明史演义
清史演义

中国历朝通俗演义

1935年会文堂铅印本简体版权威定本

蔡东藩 著

北京理工大学出版社
BEIJING INSTITUTE OF TECHNOLOGY PRESS

版权专有　侵权必究

图书在版编目（CIP）数据

明史演义；清史演义 / 蔡东藩著 . — 北京：北京理工大学出版社，2019.10（2019.12重印）

（中国历朝通俗演义）

ISBN 978-7-5682-7537-8

Ⅰ . ①明… Ⅱ . ①蔡… Ⅲ . ①章回小说 – 小说集 – 中国 – 现代 Ⅳ . ① I246.4

中国版本图书馆 CIP 数据核字（2019）第 185487 号

出版发行 / 北京理工大学出版社有限责任公司
社　　址 / 北京市海淀区中关村南大街5号
邮　　编 / 100081
电　　话 / (010) 68914775（总编室）82562903（教材售后服务热线）
　　　　　 68948351（其他图书服务热线）
网　　址 / http：//www.bitpress.com.cn
经　　销 / 全国各地新华书店
印　　刷 / 三河市华骏印务包装有限公司
开　　本 / 880毫米 × 1230毫米　1/32
印　　张 / 33.25
字　　数 / 1148千字
版　　次 / 2019年10月第1版　2019年12月第4次印刷
定　　价 / 408.00元（共6册）

责任编辑 / 魏　诺
责任校对 / 陈　玉
责任印制 / 边心超

图书出现印装质量问题，请拨打售后服务热线，本社负责调换

目 录

明史演义

《明史演义》自序 ………………………………………… 3
《明史演义》世系图 ……………………………………… 5
第 一 回　揭史纲开宗明义　困涸辙避难为僧 ………… 7
第 二 回　投军伍有幸配佳人　捍孤城仗义拯主帅 …… 11
第 三 回　攻城掠地迭遇奇材　献币释嫌全资贤妇 …… 15
第 四 回　登雉堞语惊张天祐　探虎穴约会孙德崖 …… 20
第 五 回　郭家女入侍濠城　常将军力拔采石 ………… 24
第 六 回　取集庆朱公开府　陷常州徐帅立功 ………… 29
第 七 回　朱亮祖战败遭擒　张士德縶归绝粒 ………… 33
第 八 回　入太湖廖永安陷没　略东浙胡大海荐贤 …… 38
第 九 回　刘伯温定计破敌　陈友谅挈眷逃生 ………… 43
第 十 回　救安丰护归小明王　援南昌大战伪汉主 …… 47
第 十一 回　鄱阳湖友谅亡身　应天府吴王即位 ……… 51
第 十二 回　取武昌移师东下　失平江阖室自焚 ……… 56
第 十三 回　檄北方徐元帅进兵　下南闽陈平章死节 … 60
第 十四 回　四海归心诞登帝位　三军效命直捣元都 … 65
第 十五 回　袭太原元扩廓中计　略临洮李思齐出降 … 70
第 十六 回　纳降诛叛西徼扬威　逐枭擒雏南京献俘 … 74
第 十七 回　降夏主荡平巴蜀　击元将转战朔方 ……… 79
第 十八 回　下征书高人抗志　泄逆谋奸相伏诛 ……… 83
第 十九 回　定云南沐英留镇　征漠北蓝玉报功 ……… 88

第二十回	凤微德杳再丧储君	鸟尽弓藏迭兴党狱	93
第二十一回	削藩封诸王得罪	戕使臣靖难兴师	98
第二十二回	耿炳文败绩滹沱河	燕王棣诈入大宁府	103
第二十三回	折大旗南军失律	脱重围北走还都	107
第二十四回	往复贻书囚使激怒	仓皇挽粟遇伏失粮	112
第二十五回	越长江燕王入京	出鬼门建文逊国	117
第二十六回	拒草诏忠臣遭惨戮	善讽谏长子得承家	122
第二十七回	梅驸马含冤水府	郑中官出使外洋	127
第二十八回	下南交杀敌擒渠	出北塞铭功勒石	131
第二十九回	徙乐安皇子得罪	闹蒲台妖妇揭竿	136
第三十回	穷兵黩武数次亲征	疲命劳师归途晏驾	141
第三十一回	二竖监军黎利煽乱	六师讨逆高煦成擒	145
第三十二回	弃交趾甘隳前功	易中宫倾心内嬖	150
第三十三回	享太平与民同乐	儆权阉为主斥奸	155
第三十四回	王骥讨平麓川蛮	英宗败陷土木堡	160
第三十五回	诛党奸景帝登极	却强敌于谦奏功	165
第三十六回	议和饯别上皇还都	希旨陈词东宫易位	170
第三十七回	拒忠谏诏狱滥刑	定密谋夺门复辟	175
第三十八回	于少保沉冤东市	徐有贞充戍南方	180
第三十九回	发逆谋曹石覆宗	上徽号李彭抗议	184
第四十回	万贞儿怙权倾正后	纪淑妃诞子匿深宫	189
第四十一回	白圭讨平郧阳盗	韩雍攻破藤峡瑶	194
第四十二回	树威权汪直窃兵柄	善诙谏阿丑悟君心	199
第四十三回	悼贵妃促疾亡身	审聂女秉公遭谴	204
第四十四回	受主知三老承顾命	逢君恶八竖逞谗言	209
第四十五回	刘太监榜斥群贤	张吏部强夺彼美	214
第四十六回	入槛车叛藩中计	缚莱厂逆阉伏辜	219
第四十七回	河北盗横行畿辅	山东贼毕命狼山	224
第四十八回	经略西番镇臣得罪	承恩北阙义儿导淫	229
第四十九回	幸边塞走马看花	入酒肆游龙戏凤	234
第五十回	觅佳丽幸逢歌妇	罪直谏杖毙言官	239
第五十一回	豢群盗宁藩谋叛	谢盛宴抚使被戕	244

第五十二回	守安庆仗剑戮叛奴	下南昌发兵征首逆	248
第五十三回	伍文定纵火擒国贼	王守仁押俘至杭州	253
第五十四回	教场校射技擅穿杨	古沼观渔险遭灭顶	258
第五十五回	返豹房武宗晏驾	祭兽吻江彬遭囚	263
第五十六回	议典礼廷臣聚讼	建斋醮方士盈坛	268
第五十七回	伏朝门触怒世宗	讨田州诱诛岑猛	273
第五十八回	胡世宁创议弃边陲	邵元节祈嗣邀殊宠	278
第五十九回	绕法坛迓来仙鹤	毁行宫力救真龙	283
第 六 十 回	遘宫变妃嫔罹重辟	跪榻前父子乞私情	288
第六十一回	复河套将相蒙冤	扰都门胡虏纵火	293
第六十二回	追狡寇庸帅败还	开马市荩臣极谏	298
第六十三回	罪仇鸾剖棺正法	劾严嵩拚死留名	303
第六十四回	却外寇奸党冒功	媚干娘义儿邀宠	308
第六十五回	胡宗宪用谋赚海盗	赵文华弄巧忤权奸	313
第六十六回	汪寇目中计遭诛	尚美人更衣侍寝	319
第六十七回	海刚峰刚方绝俗	邹应龙应梦劾奸	323
第六十八回	权门势倒祸及儿曹	王府银归途逢暴客	328
第六十九回	破奸谋严世蕃伏法	剿宿寇戚继光冲锋	333
第 七 十 回	误服丹铅病归冥箓	脱身羁绁怅断鼎湖	338
第七十一回	王总督招纳降番	冯中官诉逐首辅	342
第七十二回	莽男子闯入深宫	贤法司力翻成案	347
第七十三回	夺亲情相臣嫉谏	规主阙母教流芳	352
第七十四回	王宫人喜中生子	张宰辅身后籍家	357
第七十五回	侍母膳奉教立储	惑妃言誓神缄约	362
第七十六回	据镇城哱氏倡乱	用说客叛党骈诛	366
第七十七回	救藩封猛攻平壤	破和议再战岛山	371
第七十八回	虎将征蛮破巢诛逆	蠹鱼食字决策建储	376
第七十九回	获妖书沈一贯生风	遣福王叶向高主议	380
第 八 十 回	审张差宫中析疑案	任杨镐塞外覆全军	385
第八十一回	联翠袖相约乞荣封	服红丸即夕倾大命	390
第八十二回	选侍移宫诏宣旧恶	庸医悬弹及辅臣	395
第八十三回	大吃醋两魏争风	真奇冤数妃毕命	401

第八十四回	王化贞失守广宁堡　朱燮元巧击吕公车	405
第八十五回	新抚赴援孤城却敌　叛徒归命首逆伏诛	410
第八十六回	赵中丞荡平妖寇　杨都谏纠劾权阉	414
第八十七回	魏忠贤喜得点将录　许显纯滥用非法刑	419
第八十八回	兴党狱缇骑被伤　媚奸珰生祠迭建	424
第八十九回	排后族魏阉谋逆　承兄位信邸登基	428
第九十回	惩淫恶阖家骈戮　受招抚渠帅立功	433
第九十一回	徐光启荐用客卿　袁崇焕入援畿辅	438
第九十二回	中敌计冤沉碧血　遇岁饥啸聚绿林	443
第九十三回	战秦晋曹文诏扬威　闹登莱孔有德亡命	448
第九十四回	陈奇瑜得贿纵寇　秦良玉奉诏勤王	453
第九十五回	张献忠伪降熊文灿　杨嗣昌陷殁卢象升	458
第九十六回	失襄阳庸帅自裁　走河南逆闯复炽	463
第九十七回	决大河漂没汴梁城　通内线恭进田妃鸟	468
第九十八回	扰秦楚闯王僭号　掠东西献贼横行	473
第九十九回	周总兵宁武捐躯　明怀宗煤山殉国	478
第 一 百 回	乞外援清军定乱　覆半壁明史收场	484

清史演义

《清史演义》自序		493
《清史演义》世系图		495
第 一 回	溯往事慨谈身世　述前朝细叙源流	497
第 二 回	丧二祖誓师复仇　合九部因骄致败	500
第 三 回	祭天坛雄主告七恨　战辽阳庸帅覆全军	505
第 四 回	熊廷弼守辽树绩　王化贞弃塞入关	510
第 五 回	猛参政用炮击敌　慈喇嘛偕使传书	515
第 六 回	下朝鲜贝勒旋师　守宁远抚军奏捷	520
第 七 回	为敌作伥满主入边　因间信逸明帝中计	525
第 八 回	明守将献城卖友　清太宗获玺称尊	529
第 九 回	朝鲜主称臣乞降　卢督师忠君殉节	534
第 十 回	失辎重全军败溃　迷美色大帅投诚	539

回次	回目	页码
第十一回	清太宗宾天传幼主　多尔衮奉命略中原	545
第十二回	失爱姬乞援外族　追流贼忍死双亲	550
第十三回	闯王西走合浦还珠　清帝东来神京定鼎	556
第十四回	抗清廷丹忱报国　屠扬州碧血流芳	560
第十五回	弃南都昏主被囚　捍孤城遗臣死义	565
第十六回	南下鏖兵明藩覆国　西征奏凯清将蒙诬	570
第十七回	立宗支粤西存残局　殉偏疆岩下表双忠	575
第十八回	创新仪太后联婚　报宿怨中宫易位	581
第十九回	李定国竭忠扈驾　郑成功仗义兴师	586
第二十回	日暮途穷寄身异域　水流花谢撒手尘寰	592
第二十一回	弑故主悍师徼功　除大憝冲人定计	597
第二十二回	蓄逆谋滇中生变　撤藩镇朝右用兵	603
第二十三回	驰伪檄四方响应　失勇将三桂回军	608
第二十四回	两亲王因败为功　诸藩镇束手听命	613
第二十五回	僭帝号遘疾伏冥诛　集军威破城歼叛孽	619
第二十六回	台湾岛战败降清室　尼布楚订约屈俄臣	625
第二十七回	三部内哄祸起萧墙　数次亲征荡平朔漠	630
第二十八回	争储位冢嗣被黜　罹文网名士沉冤	635
第二十九回	闻寇警发兵平藏卫　苦苛政倡乱据台湾	640
第三十回	畅春园圣祖宾天　乾清宫世宗立嗣	646
第三十一回	平青海驱除叛酋　颁朱谕惨戮同胞	651
第三十二回	兔死狗烹功臣骈戮　鸿罹鱼网族姓株连	656
第三十三回	畏虎将准部乞修和　望龙髯苗疆留遗恨	662
第三十四回	分八路进平苗穴　祝千秋暗促华龄	667
第三十五回	征金川两帅受严刑　降蛮酋二公膺懋赏	672
第三十六回	御驾南巡名园驻跸　王师西讨叛酋遭擒	678
第三十七回	灭准部余孽就歼　荡回疆贞妃殉节	684
第三十八回	游江南中宫截发　征缅甸大将丧躯	690
第三十九回	傅经略暂平南服　阿将军再定金川	696
第四十回	平海岛一将含冤　定外藩两邦慑服	701
第四十一回	太和殿受禅承帝统　白莲教倡乱酿兵灾	706
第四十二回	误军机屡易统帅　平妖妇独著芳名	712

第四十三回	抚贼寨首领遭擒　整朝纲权相伏法	718
第四十四回	布德扬威连番下诏　擒渠献馘逐载报功	723
第四十五回	抚叛兵良将蒙冤　剿海寇统帅奏捷	729
第四十六回	两军门复仇慰英魄　八卦教煽乱闹皇城	735
第四十七回	闻警回銮下诏罪己　护丧嗣统边报惊心	741
第四十八回	愚庆祥败死回疆　智杨芳诱擒首逆	746
第四十九回	征浩罕王师再出　剿叛瑶钦使报功	752
第 五 十 回	饮鸩毒姑妇成疑案　焚鸦片中外起兵端	758
第五十一回	林制军慷慨视师　琦中堂昏庸误国	763
第五十二回	关提督粤中殉难　奕将军城下乞盟	769
第五十三回	效尸谏宰相轻生　失重镇将帅殉节	775
第五十四回	奕统帅因间致败　陈军门中炮归仁	781
第五十五回	江宁城万姓被兵　静海寺三帅定约	785
第五十六回	怡制军巧结台湾狱　徐总督力捍广州城	791
第五十七回	清文宗嗣统除奸　洪秀全纠众发难	796
第五十八回	钦使迭亡太平建国　悍徒狡脱都统丧躯	802
第五十九回	骆中丞固守长沙城　钱东平献取江南策	807
第 六 十 回	陷江南洪氏定制　攻河北林酉挫威	813
第六十一回	创水师衡阳发轫　发援卒岳州麕兵	818
第六十二回	湘军屡捷水陆扬威　畿辅复安林李授首	823
第六十三回	那拉氏初次承恩　圆明园四春争宠	828
第六十四回	罗先生临阵伤躯　沈夫人佐夫抗敌	833
第六十五回	瓜镇丧师向营失陷　韦杨毙命洪酋中衰	839
第六十六回	智统领出奇制胜　愚制军轻敌遭擒	844
第六十七回	四国耀威津门胁约　两江喋血战地埋魂	851
第六十八回	战皖北诸将立功　退丹阳大营又溃	857
第六十九回	开外衅失律丧师　缔和约偿款割地	862
第 七 十 回	闻国丧长悲国士　护慈驾转忤慈颜	868
第七十一回	罪辅臣连番下诏　剿剧寇数路进兵	873
第七十二回	曾国荃力却援军　李鸿章借用洋将	879
第七十三回	战浙东包团练死艺　克江宁洪天王覆宗	885
第七十四回	僧亲王中计丧躯　曾大帅设谋制敌	892

第七十五回	溃河防捻徒分窜　毙敌首降将升官	898
第七十六回	山东圈剿悍酋成擒　河北解严渠魁自尽	903
第七十七回	戮权阉丁抚守法　办教案曾侯遭讥	908
第七十八回	大婚礼成坤闱正位　撤帘议决乾德当阳	914
第七十九回	因欢成病忽报弥留　以弟继兄旁延统绪	920
第八十回	吴侍御尸谏效忠　曾星使功成改约	927
第八十一回	朝日生嫌酿成交涉　中法开衅大起战争	933
第八十二回	弃越疆中法修和　平韩乱清日协约	939
第八十三回	移款筑园撤帘就养　周龄介寿闻战惊心	944
第八十四回	叶志超败走辽东　丁汝昌丧师黄海	950
第八十五回	失律求和马关订约　市恩索谢虎视争雄	955
第八十六回	争党见新旧暗哄　行新政母子生嫌	961
第八十七回	慈禧后三次临朝　维新党六人毕命	967
第八十八回	立储君震惊匕鬯　信邪术扰乱京津	972
第八十九回	袒匪殃民联军入境　见危授命志士成仁	978
第九十回	传谏草抗节留名　避联军蒙尘出走	985
第九十一回	悔罪乞和两宫返跸　撤戍违约二国鏖兵	992
第九十二回	居大内闻耗哭遗臣　处局外严旨守中立	998
第九十三回	争密约侍郎就道　返钦使宪政萌芽	1004
第九十四回	倚翠假红二难竞爽　剖心刎颈两地招魂	1010
第九十五回	遘奇变醇王摄政　继友志队长亡躯	1016
第九十六回	二显官被谴回籍　众党员流血埋冤	1022
第九十七回	争铁路蜀士遭囚　兴义师鄂军驰檄	1029
第九十八回	革命军云兴应义举　摄政王庙誓布信条	1036
第九十九回	易总理重组内阁　夺汉阳复失南京	1043
第一百回	举总统孙文就职　逊帝位清祚告终	1048

中国历朝通俗演义

明史演义

《明史演义》自序

　　有明一代之事实，见诸官史及私乘者，以《明史》《明通鉴》及《明史纪事本末》为最详。《明史》《明通鉴》，官史也。《明史纪事本末》，私乘也。尝考《明史》凡三百三十二卷，《明通鉴纲目》凡二十卷，《明史纪事本末》凡八十卷，每部辑录，多则数千百万言，少亦不下百万言，非穷数年之目力，不能举此三书而遍阅之。况乎稗乘杂出，代有成书，就令有志稽古，亦往往因材力之未逮，不遑搜览；即搜览矣，凭一时之猎祭，能一一记忆乎？且官私史乘，互相勘照，有同而异者，有异而同者，有彼详而此略者，有此讳言而彼实叙者，是非真伪之别，尤赖阅史者之悉心鉴衡，苟徒事览观，能一一明辨乎？鄙人涉猎史乘有年矣，自愧蠢愚，未敢论史，但于前数年间，戏成《清史通俗演义》百回，海内大雅，不嫌芜陋，引而进之，且属编《元明演义》，为三朝一贯之举，爰勉徇众见，于去年草成《元史演义》六十回，本年复草成《明史演义》百回。《元史》多阙漏，苦乏考证，《明史》多繁复，苦费抉择，不得已搜集成书，无论为官史，为私乘，悉行钩考，乃举一代治乱兴亡之实迹，择其大者、要者，演成俚语，依次编纂。其间关于忠臣义士，及贞夫烈妇之所为，尤必表而出之，以示来许；反之，为元恶大憝，神奸巨蠹，亦皆直揭其隐，毋使遁形。为善固师，不善亦师，此鄙人历来编辑之微旨，而于此书尤三致意焉。若夫燕词郢说，不列正史，其有可旁证者，则概存之，其无可旁证而太涉荒唐者，则务从略，或下断语以辨明之。文不尚虚，语惟从俗，盖犹是元、清两演义之故例也。编既竣，爰述鄙见以为序。中华民国九年九月，古越蔡东藩自识于临江书舍。

明帝世系图

第一回　揭史纲开宗明义
　　　困涸辙避难为僧

　　江山无恙,大地春回,日暖花香,窗明几净,小子搁笔已一月有余了。回忆去年编述《元史演义》,曾叙到元亡明续的交界;嗣经腊鼓频催,大家免不得一番俗例:什么守岁,什么贺年,因此将元史交代清楚,便把那管城子放了一月的假。现在时序已过去了,身子已少闲了,《元史演义》的余味,尚留含脑中,《明史演义》的起头,恰好从此下笔。淡淡写来,兴味盎然。元朝的统系,是蒙族为主;明朝的统系,是汉族为主。明太祖朱元璋,应运而兴,不数年即驱逐元帝,统一华夏,政体虽犹是君主,也算是一位大革命家,大建设家。嗣后传世十二,凡一十七帝,历二百七十有六年,其间如何兴? 如何盛? 如何衰? 如何亡? 统有一段极大的原因,不是几句说得了的。先贤有言:"君子道长,小人道消,国必兴盛;君子道消,小人道长,国必衰亡。"这句话虽是古今至言,但总属普通说法,不能便作一代兴衰的确证。

　　小子尝谓明代开国,与元太祖、元世祖的情形,虽然不同,但后来由兴而衰,由盛而亡,却蹈着元朝五大覆辙。看官欲问这五大弊吗? 第一弊是骨肉相戕,第二弊是权阉迭起,第三弊是奸贼横行,第四弊是宫闱恃宠,第五弊是流寇殃民。这五大弊循环不息,已足斫丧元气,倾覆国祚;还有国内的党争,国外的强敌,胶胶扰扰,愈乱愈炽,勉强支持了数十百年,终弄到一败涂地,把明祖创造经营的一座锦绣江山,拱手让与满族,说将起来,也是可悲可惨的。提纲挈领,眼光直注全书。目今满主退位,汉族光复,感世变之沧桑,话前朝之兴替,国体虽是不同,理乱相关,当亦相去不远。远鉴胡元,近鉴满清,不如鉴着有明,所以元、清两史演义,既依次编成,这《明史演义》,是万不能罢手的。况乎历代正史,卷帙最多,《宋史》以外,要算《明史》。若要把《明史》三百三十二卷,从头至尾展阅一遍,差不多要好几年工夫。现在的士子们,能有几个目不窥园,十年攻苦,就使购置了一部《明史》,也不过庋藏书室,做一个读史的模样,哪里肯悉心翻阅呢? 并非挖苦士子,乃是今日实情。何况为官为商为农为工,连办事谋生,尚觉不暇,或且目不识丁,胸无点墨,怎知道去阅《明史》? 怎知道明代史事的得失? 小子为通俗教育起见,越见得欲罢不能,所以今日写几行,明日编几行,穷年累月,又辑成一部《明史演义》出来。宜详者详,宜略者略,所有正史未载稗乘偶及的轶事,恰见无不搜,闻无不述,是是非非,凭诸公议,原原本本,不惮琐陈。看官不要惹厌,小子要说到正传了。说明缘起,可见此书之不能不作,尤可见此书之不能苟作。

却说明太祖崛起的时候,正是元朝扰乱的时间。这时盗贼四起,叛乱相寻,黄岩人方国珍,起兵台温;颍州人刘福通,与栾城人韩山童,起兵汝颍;罗田人徐寿辉,起兵蕲黄;定远人郭子兴,起兵濠梁;泰州人张士诚,起兵高邮;还有李二、彭大、赵均用一班草寇,攻掠徐州,弄得四海纷争,八方骚扰。各方寇盗,已见《元史演义》中,故用简笔叙过。元朝遣将调兵,频年不息,只山童被擒,李二被逐,算是元军的胜仗,其余统不能损他分毫,反且日加猖獗。那时元顺帝昏庸得很,信奉番僧,日耽淫乐,甚么演揲儿法,即"大喜乐"之意。甚么秘密戒,亦名"双修法",均详《元史演义》。甚么天魔舞、造龙舟、制宫漏,专从玩意儿上着想,把军国大事,撇在脑后;贤相脱脱,出征有功,反将他革职充军,死得不明不白;佞臣哈麻兄弟,及秃鲁帖木儿,导上作奸,反言听计从,宠荣得甚么相似。冥冥中激怒上苍,示他种种变异,如山崩、地震、旱干、水溢诸灾,以及雨血、雨毛、雨氂、陨星、陨石、陨火诸怪象,时有所闻,无非令顺帝恐惧修省,改过迁善。不意顺帝怙恶不悛,镇日里与淫僧妖女,媚子谐臣,讲演这欢喜禅,试行那秘密法,云雨巫山,唯日不足。于是天意亡元,群雄逐鹿,人人都挟有帝王思想。刘福通奉韩山童子林儿为帝,国号宋,据有亳州;徐寿辉也自称皇帝,国号天完;张士诚也居然僭号诚王,立国称周。一班草泽枭雄,统是得意妄行,毫无纪律,不配那肇基立极奉天承运的主子,所以上天另行择真,凑巧濠州出了一位异人,姿貌奇杰,度量弘廓,颇有人君气象,乃暗中设法保佑,竟令他拨乱反正,做了中国的大皇帝,这人非他,就是明太祖朱元璋。以匹夫为天子,不可谓无天意。近时新学家言,专属人事,抹煞天道,似亦未足全信,故此段备详人事,兼及天心。

朱元璋,字国瑞,父名世珍,从泗州徙居濠州的钟离县,相传系汉钟离得道成仙的区处。世珍生有四子,最幼的就是元璋。元璋母陈氏,方娠时,梦神授药一丸,置诸掌中,光芒四射,她依着神命,吞入口中,甘香异常。及醒,齿颊中尚有余芳。至怀妊足月,将要分娩,忽见红光闪闪,直烛霄汉,远近邻里,道是火警,都呼噪奔救,到了他的门外,反看不见甚么光焰,复远立回望,仍旧熊熊不灭。大众莫名其妙,只是惊异不置。后来探听着世珍家内,生了一个小孩子,越发传为奇谈,统说这个婴儿,不是寻常人物,将来定然出色的。就史论史,不得目为迷信。这年乃是元文宗戊辰年,诞生的时日,乃是九月丁丑日未时。后人推测命理,说他是辰戌丑未,四库俱全,所以贵为天子,这也不在话下。惟当汲水洗儿的时候,河中忽有红罗浮至,世珍就取作儿衣,迄今名是地为红罗港,是真是假,无从详究。总之豪杰诞生的地方,定有一番发祥的传说,小子是清季人,不是元季人,自然依史申述,看官不必动疑。

且说朱世珍生了此儿,取名元璋,相貌魁梧,奇骨贯顶,颇得父母钟爱。偏偏这个宁馨儿,降生世间,不是朝啼,就是夜哭,想是不安民间。呱呱而泣,声音洪亮异常,不特做爹娘的日夕惊心,就是毗连的邻居,也被他噪得不安。世珍无法可施,不得已祷诸神明,可巧邻近有座皇觉寺,就乘便入祷,暗祝神明默佑。说也奇怪,自祷过神明后,乳儿便安安稳稳,不似从前的怪啼了。世珍以神佛有灵,很是感念,等到元璋周岁,复偕陈氏抱子入寺,设祭酬神,并令元璋为禅门弟子,另取一个禅名,叫作元龙。俗呼明太祖为朱元龙,证诸正史,并无是说,尝为之阙疑,阅此方得证据。光阴易过,岁月如流,元璋的身躯,渐渐的长成起来,益觉得雄伟绝伦。只因世珍家内,食指渐繁,免不得费用日增,可奈时难年荒,入不敷出,单靠着世珍一人,营业糊口,哪里养得活这几口儿?今日吃两餐,明日吃一餐,忍饥耐饿,挨延过日,没奈何命伯、仲、叔三儿,向人佣工,只留着元璋在家。元璋无所事事,常至皇觉寺玩耍,寺内的长老,爱他聪明伶俐,把文字约略指授,他竟过目便知,入耳即熟,到了十龄左右,居然将古今文字,通晓了一大半。若非当日习练,后来如何解识兵机,晓明政体?世珍以元璋年已成童,要他自谋生计,因令往里人家牧牛。看官!你想这出类拔萃的小英雄,怎肯低首下心,做人家的牧奴?起初不愿从命,经世珍再三训导,没奈何至里人刘大秀家,牧牛度日。所牧的牛,经元璋喂饲,日渐肥壮,颇得主人欢心。牧民之道,亦可作如是观。无如元璋素性好动,每日与村童角逐,定要自作渠帅,诸童不服,往往被他捶击,因此刘大秀怕他惹祸,仍勒令回家。

转眼间已是元顺帝至正四年了,濠、泗一带,大闹饥荒,兼行时疫。世珍夫妇,相继逝世,长兄朱镇,又罹疫身亡,家内一贫如洗,无从备办棺木,只好草草藁束,由元璋与仲兄朱镗,舁尸至野。甫到中途,蓦然间黑云如墨,狂飙陡起,电光闪闪,雷声隆隆,接连是大雨倾盆,仿佛银河倒泻,澎湃直下。元璋兄弟,满体淋湿,不得已将尸身委地,权避村舍,谁料雨势不绝,竟狂泼了好多时,方渐渐停止。元璋等忙去察视,但见尸身已没入土中,两旁浮土流积,竟成了一个高垅,心中好生奇异,询诸里人,那天然埋尸的地方,却是同里刘继祖的祖产。当下向继祖商议,继祖也不觉惊讶,暗思老天既如此作怪,莫非有些来历,不如顺天行事,乐得做个大大的人情,遂将这葬地慨然赠送。史中称为凤阳陵,就是此处。不忘掌故。元璋兄弟,自然感谢。谁料福无双至,祸不单行,仲、叔两兄,又染着疫病,一同去世,只剩了嫂侄两三人,零丁孤苦,涕泪满襟。这时元璋年已十七,看到这样状况,顿觉形神沮丧,日夕彷徨,辗转踌躇,无路可奔,还不若投入皇觉寺中,剃度为僧,倒也免得许多苦累,计画已定,也不及与嫂侄说明,竟潜趋皇觉寺,拜长老为师,做了僧徒。未几长老圆寂,寺内众僧,瞧他不起,有时饭后敲钟,有时闭门推月,可怜这少年落魄的朱元璋,昼不得食,夜不得眠,险些儿做了沟中瘠,道旁殣,转入轮回。受得苦中苦,方为人上人。

　　那时元璋熬受不住,想从此再混过去,死的多,活的少,不得不死里求生,便忍着气携了袱被,托了钵盂,云游四方,随处募食。途中越水登山,餐风饱露,说不尽行脚的困苦。到了合肥地界,顿觉寒热交侵,四肢沉痛,身子动弹不得,只得觅了一座凉亭,权行寄宿。昏瞆时,觉有紫衣人两名,陪着左右,口少渴,忽在身旁得着生梨,腹少饥,忽在枕畔得着蒸饼,此时无心查问,得着便吃,吃着便睡,模模糊糊的过了数日,病竟脱体。霎时间神清气爽,昂起头来,四觅紫衣人,并没有甚么形影,只剩得一椽茅舍,三径松风。见《明史·太祖本纪》,并非捏造。他也不暇思索,便起了身,收拾被囊,再去游食。经过光固汝颖诸州,虽遇着几多施主,究竟仰食他人,朝不及夕。挨过了三年有余,仍旧是一个光头和尚,袱被外无行李,钵盂外无长物。乃由便道返回皇觉寺,但见尘丝蛛网,布满殿庑,香火沉沉,禅床寂寂,不禁为之惊叹。他拣了一块隙地,把袱被钵盂放下,便出门去访问邻居。据言:"寇盗四起,民生凋敝,没有甚么余力,供养缁流,一班游手坐食的僧侣,不能熬清受淡,所以统同散去。"这数语,惹得元璋许多嗟叹。嗣经邻居檀越,因该寺无人,留他暂作住持,元璋也得过且过,又寄居了三四年。

　　至正十二年春二月,定远人郭子兴,与党羽孙德崖等,起兵濠州,元将撤里不花,奉命进讨,惮不敢攻,反日俘良民,报功邀赏。于是人民四散,村落为墟。皇觉寺地虽僻静,免不得风声鹤唳,草木皆兵。元璋见邻近民家,除赤贫及老弱外,多半迁避,自己亦觉得慌张,捏着了一把冷汗。欲要留着,恐乱势纷纷,无处募食,不被杀死,也要饿死;欲要他去,可奈荆天棘地,无处可依,况自己是一个秃头,越觉得栖身无所。左思右想,进退两难,乃步入伽蓝殿中,焚香卜爻,先问远行,不吉;复问留住,又不吉;不由的大惊道:"去既不利,留又不佳,这便怎么处?"忽忆起当年道病,似有紫衣人护卫,未免为之心动,复虔诚叩祝道:"去留皆不吉,莫非令举大事不成!"随手掷筊,竟得了一个大吉的征兆。当下跃起道:"神明已示我去路,我还要守这僧钵,做什么?"遂把钵盂弃掷一旁,只携了一条敝旧不堪的薄被,大踏步走出寺门,径向濠州投奔去了。小子恰有一诗咏道:

　　　　　　出身微贱亦何伤,未用胡行舍且藏。
　　　　　　赢得神明来默示,顿教真主出濠梁。

　　欲知元璋投依何人,且看下回续叙!

前半回叙述缘起,为全书之楔子,已将一部明史,笼罩在内;入后举元季衰乱情状,数行了之,看似太简,实则元事备见元史。此书以明史为纲,固不应喧宾夺主也。后半回叙明祖出身,极写当时狼狈情状,天降大任于是人也,必先苦其心志,劳其筋骨,饿其体肤,如明祖朱元璋,殆真如先哲之所言者,非极力演述,则后世几疑创造之匪艰,而以为无足重轻,尚谁知有如许困苦耶?至若笔力之爽健,词致之显豁,尤足动人心目,一鸣惊人,知作者之擅胜多矣。

第二回　投军伍有幸配佳人
　　　　捍孤城仗义拯主帅

却说朱元璋出寺前行,一口气跑到濠州,遥见城上兵戈森列,旗帜飘扬,似有一种严肃的气象,城外又有大营扎着,好几个赳赳武夫,守住营门。他竟不遑他顾,一直闯入,门卒忙来拦阻,只听他满口喧嚷道:"要见主帅!"当下惊动了营中兵士,也联翩出来,看他是个光头和尚,已觉令人惊异,嗣问他是何姓氏,有无介绍,他也不及细说,只说是朱元璋要见主帅。大众还疑他是奸细,索性把他反缚,拥入城中,推至主帅帐前。元璋毫不畏惧,见了主帅,便道:"明公不欲成事么?奈何令帐下守卒,絷缚壮士?"自命不凡。那上面坐着的主帅,见他状甚奇兀,龙形虎躯,开口时声若洪钟,不禁惊喜交集,便道:"看汝气概,果非常人,汝愿来投效军前么?"元璋答声称是。便由主帅呼令左右,立刻释缚,一面问他籍贯里居。元璋说明大略,随即收入麾下,充作亲兵。看官!你道这主帅为谁?便是上回所说的郭子兴。至此始点醒主帅姓名,文不直捷。

子兴得了元璋,遇着战事,即令元璋随着。元璋感激图效,无论什么强敌,总是奋不顾身,争先冲阵。敌军畏他如虎,无不披靡,因此子兴嘉他义勇,日加信任。一日,子兴因军事已了,踱入内室,与妻张氏闲谈,讲到战事得手,很觉津津有味。张氏亦很是喜慰。嗣复述及元璋战功,张氏便进言道:"妾观元璋,不是等闲人物,他的谋略如何,妾未曾晓,惟他的状貌,与众不同,将来必有一番建树,须加以厚恩,俾他知感,方肯为我出力。"张氏具有特识,也算一个智妇。子兴道:"我已拔他为队长了。"张氏道:"这不过是寻常报绩,据妾愚见,还是不足。"子兴道:"依汝意见,将奈何?"张氏道:"闻他年已二十五六,尚无家室,何不将义女马氏,配给了他?一可使壮士效诚,二可使义女得所,倒也是一举两得呢!"子兴道:"汝言很是有理,我当示知元璋便了。"次日升帐,便召过元璋,说明婚嫁的意思。元璋自然乐从,当即拜谢。子兴便命部将两人,作为媒妁,选择良辰,准备行礼。

小子叙到此处,不得不补述马氏来历。先是子兴微时,曾与宿州马公为刎颈交。马公家住新丰里,佚其名,其先世为宿州素封,富甲一乡,至马公仗义好施,家业日落,妻郑媪生下一女,未几病逝。马公杀人避仇,临行时曾以爱女托子兴,子兴领回家中,视同己女。后闻马公客死他方,益怜此女孤苦,加意抚养。子兴授以文字,张氏教以针黹,好在马氏聪慧过人,一经指导,无不立晓。与明祖朱元璋,恰是不谋而合。至年将及笄,出落得一副上好身材,模样端庄,神情秀越,秾而不艳,美而不佻;还有一种幽婉的态度,无论如何急事,她总举止从容,并没有疾言遽色。的确是国母风范。所以子兴夫妇,很是钟爱,每思与她联一佳偶,使她终身有托,不负马公遗言。凑巧元璋投军,每战辄胜,也为子兴夫妇所器重,所以张氏倡议,子兴赞成,天生了一对璧人,借他夫妇作撮合山,成为眷属,正所谓前生注定美满姻缘呢。说得斐亹可观。

吉期将届,子兴在城中设一甥馆,令元璋就馆待婚,一面悬灯结彩,设席开筵,热闹了两三日,方才到了良辰;当由傧相司仪,笙簧合奏,请出了两位新人,行交拜礼;接连是洞房合卺,龙凤交辉,一宵恩爱,自不消说。和尚得此,可谓奇遇。自此以后,子兴与元璋,遂以翁婿相称,大众亦另眼看待,争呼朱公子而不名。惟子兴有二子,素性褊浅,以元璋出身微贱,无端作为赘婿,与自己称兄道弟,一些儿没有客气,未免心怀不平。元璋坦白无私,那里顾忌得许多?偏他二人乘间抵隙,到子兴面前,日夕进谗,说他如何骄恣,如何专擅,甚且谓阴蓄异图,防有变动。子兴本宠爱元璋,不肯轻信,怎奈两儿一唱一和,时来絮聒,免不得也惶惑起来。爱婿之心,究竟不及爱子。元璋不知就里,遇有会议事件,仍是侃侃而谈,旁若无人。某日为军事龃龉,竟触动子兴怒意,把他幽诸别室。两子喜欢得很,想从此除了元璋,遂暗中嘱咐膳夫,休与进食。事为马氏所知,密向厨下窃了一蒸饼,拟送元璋。甫出厨房,可巧与张氏撞个满怀,她恐义母瞧透机关,忙将蒸饼纳入怀中,一面向张氏请安。张氏见她慌张情状,心知有异,故意与她说长论短,马氏勉强应答,已觉得言语支吾;后来柳眉频蹙,珠泪双垂,几乎说不成词。经张氏挈她入室,屏去婢媪,仔细诘问,方伏地大哭,禀明苦衷。张氏忙令解衣出饼,那饼尚热气腾腾,粘着乳头,好容易将饼除下。眼见得乳为之糜,几成焦烂了。难为这鸡头肉。张氏也不禁泪下,一面命她敷药,一面叫入厨子,速送膳与元璋。是夕,便进谏子兴,劝他休信儿言。子兴本是个没主意的人,一闻妻语,也觉得元璋被诬,即命将元璋释放,还居甥馆。张氏复召入二子,大加呵斥,二子自觉心虚,不能强辩,也只好俯首听训。嗣是稍稍顾忌,不敢肆恶,元璋也得少安了。亏得有此泰水。

越数日,接到军报,徐州被元军克复,李二败走。又越日,守卒来报,彭

第二回　投军伍有幸配佳人　捍孤城仗义拯主帅

大、赵均用率众来降，愿谒见主帅。子兴闻知，亟令开城延入，以宾主礼相见。彼此寒暄，颇为欢洽。当下设宴款待，饮酒谈心。突由探马驰入，报称元军追赶败兵，将到城下了。统帅叫作贾鲁。子兴不禁皱眉道："元兵又来，如何对待？"可见子兴没用。旁座一人起言道："元军乘胜而来，势不可当，不如坚壁清野，固守勿战，令他老师旷日，锐气渐衰，方可以逸待劳，出奇制胜。"众闻言，注目视之，乃是娇客朱元璋。明写元璋献计，是破题儿第一遭。彭大、赵均用问子兴道："这位是公何人？"子兴答是小婿。彭大便道："令婿所言，未尝不是。但闻足下起义徐州，战无不胜，此刻元兵到来，何妨出城对敌，杀他一个下马威，免使小觑。某等虽败军之将，也可助公一臂，聊泄前恨。"子兴鼓掌称善。匆匆饮毕，撤了酒肴，整备与元军厮杀。看官听着！这彭大、赵均用，本是著名盗魁，与李二通同一气。李二兵败窜死，彭、赵两人，皆被元军杀退，立脚不住，投奔濠州。子兴闻他大名，以为可资作臂助，所以甚表欢迎，虚己以听。错了念头。元璋不便再言，勉强随着子兴，出城迎敌，彭、赵也率众后随。方才布成阵势，见元军已大刀阔斧，冲杀前来，兵卒似蚁，将士如虎，任你如何抵拒，还是支撑不住。子兴正在慌忙，忽后队纷纷移动，退入城闉，霎时间牵动前军，旗靡辙乱，子兴拨马就回，元军乘势抢城，亏得元璋带领健卒，奋斗一场，方将元军战却，收兵入城；力写元璋。一面阖城固守，登陴御敌。元军复来猛攻，由元璋昼夜捍御，还算勉力保全。

子兴退回城中，彭大复来密谈，把后队退兵的错处，统推到赵均用身上。子兴又信以为真，优礼彭大，薄待赵均用，又是一番衅隙。均用从此含怨。可巧子兴党羽孙德崖，募兵援濠，突围入城，子兴与议战守事宜，德崖主战，子兴主守，意见未协，免不得稍有龃龉。均用乘此机会，厚结德崖，拟除了子兴，改奉德崖为主帅。看官！你想此时的草泽英雄，哪个不想做全城的头目？当濠州起兵时，德崖与子兴，本是旗鼓相当，因子兴较他年长，不得不奉让一筹，屈己从人，此次由均用从中媒蘖，自然雄心勃勃，不肯再作第二人思想。子兴尚是睡在鼓中，一些儿没有分晓，就是元璋在城，也只留意守御，无暇侦及秘谋。

一夕，元璋正策马梭巡，忽奉张氏密召，立命进见。当下应召入内，见张氏在座，已哭得似泪人儿一般，爱妻马氏，也在旁陪泪，不禁惊诧起来，急忙启问。张氏呜呜咽咽，连说话都不清楚。应有此状，亏他描摹。还是马氏旁答道："我的义父，被孙德崖赚去了，生死未卜，快去救他！"元璋闻言，也不及问明底细，三脚两步的跑出室外，即号召亲兵，迅赴孙家。一面遣人飞报彭大，令速至孙家救护子兴。说时迟，那时快，元璋已驰入孙门。突被门卒阻住，元璋回顾左右道："我受郭氏厚恩，忍见主帅被赚，不进去力救么？兄弟们替我出力，打退那厮！"众卒奉命上前，个个挥拳奋臂，一哄儿将门卒赶散。元璋当先冲入，跨进客堂，适德崖与均用密议，见元璋到来，料知来救子兴，恰故意问道："朱公子来此何干？"元璋厉声道："敌逼城下，连日进攻，两公不去杀敌，反赚我主帅，意欲图害，是何道理？"德崖道："我等正邀请主帅，密议军机，不劳你等费心。你且退！守城要紧，休得玩忽！"元璋道："主帅安在？"德崖怒目道："主帅自有寓处，与你何干？"元璋大忿，方欲动手，蓦闻外面有人突入道："均用小人，何故谋害郭公，彭大在此，决不与你干休！"元璋闻声，越觉气壮，雄赳赳的欲与德崖搏斗。德崖见两人手下，带有无数健卒，陆续进来，挤满一堂，不由的怕惧起来，反诡称主帅已返，不在我家。元璋愤答道："可令我一搜吗？"德崖尚未答应，彭大已从后插嘴道："有何不可？快进去！快进去！"于是元璋拥盾而入，直趋内厅，四觅无着，陡闻厅后有呻吟声，蹑迹往寻，见有矮屋一椽，扃锸甚严，当即毁门进去，屋内只有一人，铁链锒铛，向隅暗泣，凝目视之，不是别人，正是濠州主帅郭子兴，主帅如此，太觉倒霉。是时不遑慰问，忙替他击断锁链，令部兵背负而出。德崖与均用，睁着眼见子兴被救，无可奈何。元璋即偕彭大趋出，临行时又回顾德崖道："君与主帅同时举义，素称莫逆，如何误听蜚言，自相戕贼？"又语赵均用道："天下方乱，群雄角逐，君既投奔至此，全靠同心协力，共图大举，方可策功立名，愿此后休作此想！"言已，拱手而别。前硬后软，妙有权术。弄得孙赵两人，神色惭沮，反彼此互怨一番，作为罢论。此事悉本《太祖本纪》。惟《本纪》叙此事，在濠未被围之前，而谷著《纪事本末》，则言此事在被围之时，且事实间有异处，本编互参两书，以便折衷。

元璋既救出子兴，仍加意守城，会元军统帅贾鲁，在营罹病，日渐加剧，以是攻击少懈。越年，贾鲁病死，元军退去。自濠城被围，迄于围解，差不多有三四月，守兵亦多半受伤。元璋禀知子兴，拟另行招募，添补行伍，子兴照允，将此事委任元璋。元璋即日还乡，陆续募集，得士卒七百名，内中有二十四人，能文能武，有猷有为，端的是开国英雄，真皇辅弼。为后文埋根。这二十四人何姓何名？待小子开列如下：

徐达	汤和	吴良	吴桢	花云	陈德	顾时	费聚
耿再成	耿炳文	唐胜宗	陆仲亨	华云龙	常遇春	郭兴	郭英
胡海	张龙	陈桓	谢成	李新材	张赫	周铨	周德兴

元璋得了许多英材，与他们谈论时事，很是投机。当下截止招募，带领七百人回濠，禀报子兴。子兴按名点卯，七百人不错一个，便算了事，惟署元璋为镇抚，令所募七百人，归他统率。元璋拜谢如仪。隔了数日，元璋方料理簿书，有一人进来禀谒，视之乃是徐达，便问道："天德有何公干？"徐达见左右无人，便造膝密陈道："镇抚不欲成大业么？何故郁郁居此，长屈人下？"元璋道："我亦知此地久居，终非了局，但羽毛未满，不便高飞，天德如有高见，幸即

指陈!"徐达道:"郭公长厚,德崖专横,彭、赵又相持不下,公处此危地,事多牵掣,万一不慎,害及于身,奈何不先几远引?"识见高人一层。元璋道:"我欲去此他适,必须有个脱身的计策,否则实滋疑窦,转召危机。"徐达道:"郭公籍隶定远。目今定远未平,正好借此出兵,想郭公无不允行。"元璋道:"我方募兵七百名,署为镇抚,若统率南行,无论谣诼易生,即郭公亦多疑虑。"徐达道:"七百人中,可用的不过二十余人,公只将二十余人率着,便足倚任,此外一概留濠,那时郭公便不致动疑了。"元璋点头道:"天德此言,甚合我意,我当照行。"徐达乃趋出候命。达字天德,元璋称字不称名,便是器重徐达的意思。徐达为开国元勋,故从特笔。元璋即入禀子兴,出徇定远,并请将原有部兵,归属他将,只率二十四人同行。子兴欣然应允。不出徐达所料。于是元璋整装即行,这一行,有分教:

踏破铁笼翔彩凤,冲开潜窟奋飞龙。

欲知南徇定远情形,请看官续阅下回。

投军为明祖奋迹之始,成婚为明祖得助之始,救郭子兴为明祖报绩之始,募兵七百,得英材二十四,为明祖进贤之始,逐层写来,有声有色。他若郭子兴之庸柔,孙德崖之贪戾,彭大之粗豪,赵均用之刁狡,皆为明祖一人反射。尤妙在用笔不直,每述一事,辄用倒戟而出之法,使阅者先迷后醒,益足餍目。看似容易却艰辛,阅仅至此,已自击节不置。

第三回　攻城掠地迭遇奇材　献币释嫌全资贤妇

却说徐达、汤和等二十余人,随着元璋,南略定远。定远附近有张家堡,驻扎民兵,号驴牌寨。元璋请费聚往察情形,费聚返报寨中乏食,意欲出降。元璋大喜道:"此机不可坐失。"便命费聚前导,另选数人为辅,上马急行。将到寨前,遥见寨中有二将出来,大声呼着,说是来者何为。费聚心恐,叩马谏元璋道:"彼众我寡,未便深入,不如回招人马,然后前来。"元璋笑道:"多人何益,反令彼疑。"有胆有识。言毕下马,即褰裳渡濠,径诣寨门,寨主倒也出见。元璋道:"郭元帅与足下有旧,闻足下孤军乏食,恐遭敌噬,因遣我等相报,若能相从,请即偕往,否则移兵他避,免蹈孤危。"寨主唯唯从命,只请元璋留下信物,作一证据。元璋慨解佩囊,给与寨主,寨主邀与入营,献上牛酒,大家饱餐一顿。食毕,元璋即请寨主促装,寨主以三日为期。元璋道:"既如此,我且先返,留费聚在此,与君同来便了。"寨主允诺,元璋即策马而归。徐达等接见元璋,询明情状。徐达道:"恐防有变。"料事如神。元璋哂道:"我亦虑此。"所见相同。徐达道:"达闻寨兵约三千人,若负约来争,众寡不敌,请即募兵以备不虞。"元璋称善,即悬旗招兵。阅三日,约得壮士三百人。忽见费聚跟跄奔还,喘声道:"不、不好了!不好了!该寨主自食前言,将有他变。"元璋投袂道:"小丑可恨,我当立擒此贼。"于是拔营齐赴,且令壮士潜匿囊中,诡作军粮,载以小舆,顷刻抵寨,遣人告寨主道:"郭元帅命持军粮来,请寨主速出领取!"寨主正愁乏食,闻信大喜,飞步而出。元璋接见,即令运囊下车,一声呐喊,壮士皆破囊突出,立将寨主拿下。果然妙计。元璋又命部下纵火,攻毁营垒,吓得寨兵无处逃遁,齐呼愿降,乃将寨兵纵放,把旧垒一炬成墟,当下收检降兵,一律录用,只严责寨主负约,申行军律,喝令斩讫。该杀。嗣是远近闻风,多来归附。

独定远人缪大亨,拥众二万人,受元将张知院驱遣,屯踞横涧山。元璋与徐达商议,定下一条好计,密授花云,令他照行。花云分兵去讫。且说缪大亨所率部众,本系民间义勇,不受元将拘束。嗣因张知院设法联结,乃受他节制。此时闻元璋已破驴牌寨,恰也隐有戒心,日夕防范。接连数日,毫无影响,防务渐渐松懈。一夕,正阖营酣寝,梦中觉得有呼噪声,踬踏声,相率起床出视,不料外面已万炬齐明,火光烛地,把全营照得通红,顿时眼目昏花,不知所措。大亨情急欲逃,方才上马,见敌兵已毁营杀入,为首一员大将,裹着铁甲,驾着铁骊,持了一柄大刀,飞舞而来,险些儿把脑袋砍破,急忙用刀架住,启口问道:"黑将军快通名来,休得乱砍!"来将答道:"我乃濠州大将花云,特来借你的头颅。"妙语解颐。大亨道:"彼此无仇,何故相犯?"花云道:"元主无道,天怒人怨,我等仗义而来,正为吊伐起见,你既纠众起义,应具同心,为什么反受元将监督,甘心作伥?我所以特来问罪,你若悔过输诚,我亦既往不咎,倘或说一不字,我的刀下,恰不肯半点容情。"声容俱壮。大亨尚拟抗拒,怎奈部众已仓皇失措,人仰马翻,只得忍气答道:"要我投诚,也是不难,还请将军息怒!"花云道:"你既听我良言,尚有何说?你令部众弃械投诚,我亦当禁军屠戮。"大亨应允,便两下传令,一边释械,一边停刀。复经花云婉转晓谕,说得大亨非常佩服,连降众都是倾心。于是横涧山二万义兵,统随着花云,来归元璋。元璋好言抚慰,正在按名录簿,又得军士喜报,横涧山旁寨目秦把头,也率众来降了。随即传令入见,免不得温词奖勉,一面检阅秦把头部众,约共得八百人。人多势旺,威声大震。

定远人冯国用,与弟国胜,也挈众来归。元璋见他儒冠儒服,温文尔雅,不觉起敬道："贤昆玉冠服雍容，想总是读书有年，具有特识，现在天下未定，何术荡平？愿有以教我！"国用道："大江以南，金陵为最，龙蟠虎踞，向属帝王都会。公既率师南略，请先拔金陵定鼎，然后命将四出，救民水火，倡行仁义，勿贪子女玉帛，天下归心，何难平定？"后来元璋行事，悉本是言，故录述独详。元璋大悦，令国用兄弟，入居帷幄，参赞戎机。一面下令拔营，向滁阳进发。途次有一人迎谒，举止不凡，由元璋问他姓名，答称："李姓名善长，字百室，是本地人氏，籍隶定远。"元璋又欲考核才识，叩问方略，善长从容答道："从前暴秦不道，海内纷争，汉高崛起布衣，豁达大度，知人善任，不嗜杀人，五载即成帝业。今元纲既紊，天下崩裂，与秦末相同，公系濠产，距沛不远，山川王气，钟毓公身，若能效汉高所为，亦当手定中原，难道古今人必不相及么？"又一个王佐之言。元璋又欢慰非常，留居幕下，掌任书记，筹备粮运。居然作萧相国。复饬花云为先锋，带着前队，飞速进行。

花云当先开道，孑身前驱，途遇土匪数千人，毫不畏怯，提剑跃马，横冲而过。各军陆续随上，如入无人之境。群盗自相惊顾道："黑将军来了，勇不可当，休与争锋！"言毕，各分道散去。花云直至滁阳，竟薄城下。城内守吏，闻风早遁，只有流寇往来，入城抢掠，一闻花云军至，连忙逃出城外。可巧被花云截住，乱斫乱杀，信手扫荡，滚去头颅无数，眼见得滁城内外，一鼓肃清了。真是容易。元璋率军入城，安民已毕，忽来了一个少年，两个童儿，少年呼元璋为叔，一童儿呼元璋为母舅，一童儿呼元璋为义父，俱由元璋接见。欣喜之中，恰带着几分酸楚。看官道是何人？待小子说个明白：少年系元璋的侄儿，名叫文正，自从元璋为僧，彼此不通闻问，差不多有八九年。一童系元璋姊子，盱眙人，姓李名文忠，其母已死，随父避难，流离转徙，又与父相失，九死一生，方得到滁。一童系元璋的寄子，姓沐名英，定远人，幼时父母双亡，沿途乞食，元璋在濠州时，出城巡察，见他面貌雄伟，无寒乞相，特命他随归，令妻马氏抚养，视同己子。此时结伴同来，重行聚首，悲喜交集，自在意中。文忠年最幼，只十四岁，走近元璋身前，依依不舍，元璋戏摩其顶，文忠亦牵着元璋衣襟，捉弄不已。元璋笑道："外甥见舅，仿佛见母，所以如此亲昵，我看你母早亡，你父想亦殉难，不如随我姓朱罢！"文忠道："愿从舅命。"元璋又顾沐英道："你既为我寄子，也可改姓为朱。"沐英亦惟命是从。李、沐两人，后皆立功封王，故并笔详叙。三人俱留住滁阳。

元璋复遣将四出，取铁佛岗，攻三汊河口，收全椒、大柳诸寨，正在战胜攻取的时候，突有泗州差官到来，说是奉郭元帅命令，饬镇抚移守盱眙。元璋惊讶道："郭公何时到泗州？"来使道："这是彭、赵两公的计画，郭元帅择善而从。"元璋又问道："濠州何人把守？"来使道："孙公德崖，留守濠州。"元璋沉吟半晌道:"我知道了。彭、赵两人,挟主往泗,且令我移军盱眙,以便就近节制,这正是一网打尽的好计。但我只知有郭公命,不知有彭、赵命,你去回复了他,教他休逞刁谋,我元璋不是好惹呢!"彭、赵情迹,从元璋口中叙出,既省笔墨,且写元璋之智。来使语塞,告别而去。嗣是元璋格外注意,常遣侦骑至泗州,探听消息。约越两旬,侦骑回报,彭、赵两人,争权内哄,彭大中矢身亡,部曲为赵所并,气焰益张。结果彭大。元璋叹道:"均用得势,郭公更危了。"当下与李善长商议,令善长写就一书,遣人赍递均用,其书道:

> 公昔困彭城,南趋濠,使郭公闭门不纳,死矣。得濠而踞其上,更欲害之,毋乃所谓背德不祥乎?郭公即易与,旧部俱在,幸毋轻视,免贻后悔!

均用得书,心中虽是愤恨,恰也顾忌三分,不敢遽害子兴。惟元璋在滁,尚恐均用为逆,一时不及往救,左思右想,定了一条贿赂计,立遣人赍送金帛,贿通均用左右,令他设法脱免子兴。果然钱神有灵,青蚨一去,泰岳飞来,大雅不群。元璋忙开城迎接,见子兴挈着妻孥,及义女马氏,接踵而至,当即迎入城中,推子兴为滁阳王,令所有部众,悉归子兴节制。可谓长厚。子兴甚是欢悦。谁知过了一月,子兴又变过了脸,渐渐的疏淡元璋,性情反复,实是可杀。凡元璋亲信的将士,多被召用,连元璋记室李善长,也欲收置麾下。善长涕泣自诉,誓不肯行,子兴不能相强,方才罢休。

嗣是元璋格外韬晦,遇有战事,辄不与闻,子兴也不愿与议。偏是猜忌越深,谗言越盛,有说元璋不肯出战,有说元璋出战,不肯效力,子兴统记入脑中。适值寇兵到滁,子兴立召元璋入帐,令他往剿。元璋应声愿往,子兴又另遣一将,与元璋并辔出城。此将何用?分明是监督元璋。甫与寇兵相接,该将已身中流矢,拍马走还,真是饭桶。阵势几乱。寇兵俱乘间杀来,幸元璋搴旗而前,麾众直上,搏斗了好多时,方将寇兵击退,元璋驰回报功,子兴仍不加礼貌,只淡淡的敷衍了数语。元璋未免懊丧,返入内室,长吁短叹,闷闷不已。马氏在旁慰问道:"闻夫君出战得胜,妾正欣慰非常,何故夫君尚有愠色?"元璋叹息道:"卿一妇人,安知我事?"马氏道:"妾知道了,莫非因妾义父,薄待夫君么?"元璋道:"卿既知悉,何劳再说!"马氏道:"君亦察知义父的隐情么?"元璋道:"前此忌我专擅,我愿撤销兵权,今此疑我推诿,我却争先杀敌,偏他仍是未惬,今我无从揣测,想总是与我有仇罢了。"马氏道:"并非与夫君有仇,敢问夫君屡次出征,有无金帛归献?"元璋愕然道:"这却没有。"马氏道:"他将出战,还兵时必有所献,君何故与别人不同!"元璋道:"他们是房掠得来的,我出兵时,秋毫无犯,那里来的金帛?就使从敌兵处夺了些儿,也应分给部下,奈何献与主帅?"马氏道:"轸恤民生,慰劳将士,应该作此办法,但义父未察君情,反疑君为干没,是以不快于心。今妾幸有薄蓄,当出献义母,俾向义父前说情,可保后来释怨。"好马氏,好贤妇,我愿范金事之。元璋道:"依卿所言便了。"是夕无话,越日,马氏即检出金帛,亲呈义母张氏。张氏果喜,即与子兴说明。子兴怡然道:"元璋颇有孝心,我前此错疑了他。"所争仅此,令人愤叹。自此疑衅渐释,遇有军事,仍与元璋熟商。元璋感念内助,伉俪益敦。又越数日,子兴二子,邀元璋出城宴饮,马氏闻知,即密语元璋道:"君宜小心!从前义父挟嫌,多由两人播弄,今乃设宴款君,恐是不怀好意。可辞则辞,休堕他计!"元璋笑道:"区区二竖,何能害我?我当设法免难,愿卿勿忧!"言毕趋出,即与王子二人,乘马赴饮。甫至中途,元璋忽从马上跃下,对天喃喃,若有所见。既而复腾身上马,揽辔驰还。王子忙惊呼道,"同约赴饮,何为半途奔回?"元璋回叱道:"我不负你,你何故设计害我?幸空中神明指示,说你两人置毒酒中,令我中道驰归,免得中毒!"言已,纵马自去。两人汗流浃背,俟元璋走远,方密语道:"酒中下毒,是我两人的秘谋,此外无人得知,他如何瞧透机关?莫非果有神明不成?"呆鸟。当下怏怏同归,收拾了一片歹心,就使至乃父前,也决口不谈元璋功过,于是翁婿协好,郎舅无尤,好好一座滁阳城,从此巩固,元璋亦称快不置。应谢贤妻。

　　会元军进围六合,六合主将,至滁求救,子兴素与六合有隙,拒不发兵。元璋进谏道:"六合与滁,唇齿相依,六合若破,滁不独存,应即赴援为是。"子兴踌躇良久,问来使道:"元兵约有若干?"来使道:"号称百万。"子兴不禁伸舌道:"这、这般大兵,何人敢去一行?"帐下都面面相觑,不发一言。齲鼠技穷,越显出蛟龙厉害。元璋道:"某虽不材,愿当此任。"如闻其声。子兴道:"且先问卜,何如?"元璋道:"卜以决疑,不疑何卜!"子兴乃允,即令来使先返,随拨兵万人,归元璋统领,克日前往。元璋去后,子兴专望捷音,越数日得了军报,说是六合解围,自然快慰。又越一日,探马来报,元兵大举攻滁,子兴大惊道:"元璋何往?"探马报称未知,吓得人人丧胆,个个惊心,小子有诗咏道:

　　　　军事由来变幻多,猝逢大敌急如何?
　　　　若非阃外英雄在,日暮何人得返戈。

　　毕竟滁阳何故被兵,元璋何故未归,小子暂一搁笔,姑至下回交代。

　　　　昔周武有十乱而得天下,邑姜与焉。先圣叹为才难,才固难矣,愚意则更有进者,自古帝王崛起,有外辅,尤须有内助。邑姜之功,不亚周召,故武王宣誓,独厕邑姜于十乱之列,非十乱以外,必无才彦,不过德有大小,功有巨细,举十乱，可以概余子耳。若明祖朱元璋之南略定滁，外得徐、汤诸人以为之佐，犹之周召也，而内则全资马氏，马氏亦一邑姜欤？本回内外兼叙，注重得人，阅之可以知明祖开国之由来，非仅工叙述已也。

第四回　登雉堞语惊张天祐　探虎穴约会孙德崖

却说郭子兴接着军报，惊悉元兵来攻，连忙问及元璋，又未见率兵回来，究竟是何原因？待小子申说明白。原来泰州人张士诚，占据高邮，由元丞相脱脱督诸军进讨，大败士诚部众，乘胜分兵围六合。六合主将向滁阳求救，元璋率耿再成等往援，与元兵对仗，互有胜负。寻以元兵势大，未便久持，故意敛兵，潜入民舍，另遣妇女倚门，戟手痛骂，元兵恐他诱敌，相率惊愕，不敢逼入，渐渐引去。那时元相脱脱，早闻知滁阳出援，想出了一条釜底抽薪的计策，竟分兵来攻滁阳。这边元璋未归，那边元兵将到，探马遇警即报，未尝面面顾到，所以把元璋一边，答称未知。子兴旧部，统是酒囊饭袋，一些儿不中用，闻得这般警报，怎得不惊？怎得不慌？说明底细，足令阅者一快。

正是危急仓皇的时候，又一探马来报："朱将军回来了。"是一位大救星。子兴得此一信，方将出窍的魂灵，收转身中，方欲出城亲迓，缓则堕渊，急则加膝，是庸主待人常态。元璋已率众进城，彼此晤叙，不及细谈，只与商量防敌的计策。元璋道："火来水掩，兵来将挡，怕他甚么？"子兴稍稍放心，随命元璋出战。元璋自然奉命，不及休息，又复麾众出城，探听元兵行踪，距城已不过十里，连忙设伏涧旁，令耿再成带着数百人，渡涧诱敌，自己在城下立营，专待元兵到来。是谓好谋而成。元兵似风驰电掣一般，直指滁阳，途中遇着耿再成，看他手下的兵士，很是有限，全然不放在眼里，一声呼噪，争先驱杀。再成的兵好似风卷残云，顷刻逃散。分明诱敌。元兵奋力追赶，走近涧边，见败兵凫水逸去，也纷纷下马，褰裳涉流；猛听得鼓角齐鸣，两岸林间，杀出无数人马，前队都列着弓箭手，个个拈弓搭矢，向元兵射来。元兵躲避不及，忙即渡回，已是一半中箭，倒毙涧中。元璋见元兵中计，复率大队赶来。在城将吏，闻元璋得手，也不待子兴命令，一拥而出，踊跃争功。此是若辈惯技，幸元兵别无秘计，否则全城休矣。大众追了一程，还是元璋勒马停住，声言穷寇勿追，方才收兵。途中拾得元兵弃械，不计其数，统是欢喜得很，返入城中，向子兴前报捷去了。元璋尚恐元兵再至，密嘱部曲戒严，旋闻元相脱脱，已削职充戍，方喜慰道："元朝大将，只靠脱脱一人，他已贬谪，余人不必虑了。"嗣闻脱脱接连被谗，远窜赐死，禁不住一喜一叹，含蓄不尽，令阅者自思！脱脱之贬死，关系元朝存亡，故特笔提明。这是后话不提。

且说元璋在滁无事，复有一位长身铁面的英雄，自称从虹县来投，姓名叫作胡大海，特来求见朱公。又复一番叙法。元璋闻报，亟命延入，瞧将过去，觉得相貌堂堂，威风凛凛，便起身相迎，令他旁坐，一问一答，无非是说行兵要略，两下里很是投机，元璋即命他为先锋。转眼间已是至正十五年，城中兵食，日渐缺乏，子兴召诸将筹画军需，元璋进言道："困守孤城，何处得粮？邻近惟和阳城，未经骚乱，想必储有积粟，何妨遣将往取。"诸将笑道："朱公子谈何容易，和阳虽小，城高池深，又有重兵守着，如何取得？"元璋道："我亦非不知此，但不能力胜，还当智取，难道就坐困不成？"是极。子兴忙问计将安出。元璋道："从前攻民寨时，曾得庐州兵三千，颇称勇敢，今可令他椎结左衽，穿着青衣，扮作北军模样，带着橐驼四头，驾运货物，只说是庐州兵护送北使，至和阳赏赉将士，一面用绛衣兵潜随后面，俟青衣兵赚开城门，举火为号，便可掩他不备，鼓行直入。城池到手，还怕粮饷不为我有么？"子兴喜道："此计甚善。"诸将亦齐声赞成。毛遂所谓公等碌碌，因人成事者也。当下令张天祐率青衣兵先行，耿再成率绛衣兵后随，先后相隔数里，陆续向和阳进发。

天祐至陟阳关，和阳父老闻北使过境，携着牛酒，出关迎献。当由天祐接受，拣了一个僻静地方，欢呼畅饮，几忘朝暮。得鱼忘筌，煞是可笑。至再成兵将近和阳，眼睁睁的望着前面，并不见有烟火动静，停住了好一歇，仍是杳然。再成还道自己来迟，火已举过，忙率众趋至城下，守将也先帖木儿，急令闭城，用飞桥缒兵出战。再成不见天祐，已是心乱，勉强招架元兵，战了数合，突来了一支硬箭，慌忙躲闪，已中左肩，险些儿跌下马来，仓皇失措，只好拨马返奔。元兵追至千秋坝，日暮收兵，从容归去。不期行到半途，斜刺里杀到一支青衣兵，横冲直撞，任意蹂踏，想是靠着酒力。元兵措手不及，被他一鼓冲散。看官不必细猜，便可知是张天祐所领的兵马。至此才到。天祐既冲散元兵，一口气跑到城边，但见西门上面，立着一位长身阔面的大将，盔甲耀光，似曾相识，写出昏黄景象。正疑讶间，只听得大将呼道："张将军来迟了。"这是何人？令我无从捉摸。这一语传到耳中，方觉闻声知名。看官道是何人？乃是朱元璋部下的汤和。点出姓名，尚不知从何而来？笔法奇变，可推绝顶。天祐又喜又惊，待汤和开城放入，忙即问明底细。汤和道："我是奉朱元帅密令，从间道到此，接应诸公，乃到了城下，并没有诸公踪迹，只有飞桥架着城上，我就乘便登城，想去拿也先帖木儿，谁料他却刁狡得很，竟一溜烟走了。我看夜色已昏，不便穷追，因在城上恭候诸公。"说毕大笑，天祐未免怀惭。就汤和口中，叙出原因，真是计中有计，极写元璋智虑。一笑一惭，尤是好看。汤和再问耿再成下落，天祐茫无头绪，反还问汤和，汤和蹶然道："与君偕行，君尚未知，我本绕道而来，如何得晓？想是两下失约，他见机回去了。目今已得此城，遣使报捷，自见分晓。"当下写就捷书，遣人赴滁去讫。

且说耿再成败归，禀报军情，子兴问及天祐。再成道："末将薄城，并不见他形影，想他必先行入城，被敌察觉，一律加害。"子兴道："如此奈何？"元璋在旁道："恐尚未然。"恃有汤和之遣。正说着，又闻元使叩城，赍书招降。子兴道："招降书又到，想天祐必陷没了。"元璋道："且先接来书，后见来使。"子兴点头，即令门卒索交来书，递进察阅。书中只说："大兵将到，速宜投诚，毋自贻悔"等语。元璋道："咄！何物胡虏，敢出此言？为今计，应整兵示威，休使轻觑！"子兴道："兵多调出，城守空虚，如何示威？"元璋道："某自有计，王见来使，幸勿自馁！"随即趋出，令三门守卒，总集南门，两旁森列，填塞街衢，方开南门呼来使入。既至帐前，叱来使膝行进见。来使倔强不允，经元璋喝令左右，揿翻地上，才匍匐入帐。子兴语来使道："汝主昏庸，海内大乱，我为保民起见，特起义师，濠滁一带，以次敉平，汝主反妄怒逞兵，要约招降，难道我果偷生怕死么？"来使道："降与不降，任凭裁酌，我系奉命而来，应该以礼相见，为何这般威虐？"子兴道："威虐甚么？"来使道："小小一座滁州城，靠着几千名乌合之众，竟敢背叛天朝，屈辱天使，还说不是威虐么？"口硬如此，真是个倔强汉。诸将在旁，听着此语，不由的气愤填胸，彼此拔剑出鞘，欲杀来使。元璋忙摇手阻住，只大声道："来使无礼，应即驱逐！"子兴遂喝令左右，撵出来使。过了一日，并不见有元兵到来，元璋方语诸将道："诸公欲杀来使，不知杀了一人，于我何益？且彼将谓我杀使灭口，竞奋而来，转滋大患，何如恫喝示威，纵之使去，令他传闻大众，有所忌惮，自不敢进。"虚者实之，即此之谓。诸将方才无言。

元璋又以张、汤诸将，各无音耗，复禀准子兴，亲率镇抚徐达，参谋李善长，及健卒千人，往略和阳。途次始接和阳捷报，大众欢欢喜喜的驰入和阳。既入城，查闻天祐部下，横行杀掠，乃邀天祐至前，与语道："诸军自滁来，多劫人财帛，掠人妇女，此等行为，窃所不取，应申明军纪，方能安众。"天祐道："前事不必提起，此后当禁止劫掠便了。"元璋不便再言，心下很是不悦。未几，得子兴来檄，令元璋总领和阳军事。元璋以天祐等人，多系子兴部曲，虑不相下，乃将来檄留存，暂不发布；只令开军事会议，在厅上设着两席，左右分列。俗例向是尚右，诸将先入，各占右席，元璋后至趋左，提议军事，诸将皆瞠目相顾，独元璋剖决如流，屈服众人，诸将方稍稍敬服。元璋遂创议辟城，分工增筑，诸将任其半，自己任其半，约三日竣工。届期，元璋工竣，诸将尚未就，于是元璋宣召诸将，出檄宣读。读毕，就南面坐，正色道："奉滁阳王檄，统

第四回　登雉堞语惊张天祐　探虎穴约会孙德崖

诸公兵,并非由我专擅,今只一筑城小事,乃皆愆期,试问他事曷济?自今以后,违令当斩,愿诸公莫怪!"示之以才,临之以庄,方可压倒一切。诸将始惶恐听命。元璋即传令将士,所得财帛妇女,一应归还原主,于是人民大悦,有口皆碑了。明祖之所以得民在此。

是时元世子秃坚,枢密副使绊任马,及民军元帅陈埜先,分屯新塘、青山、鸡笼山等处,阻绝和阳饷道。元璋留李善长居守,自率兵分道往攻,秃坚等俱败退。独陈埜先乘元璋出兵,竟绕道来袭和阳,亏得善长预先防备,俟埜先薄城,率锐出战,一番搏击,俘获无算,埜先落荒遁去。至元璋归来,得悉此事,极称善长智勇,自不必说。一日,有门卒进报,濠州帅孙德崖到了。元璋不识来因,坦然出迎,彼此接见,并马入城。既登堂,元璋问明来意,德崖道:"濠州乏食,特来乞粮。"元璋允诺,留宴数日,一面禀报子兴。不意子兴与德崖有隙,竟亲领大兵,自滁赴和,来执德崖。度量太窄,何能成事?迨元璋闻知,默料子兴此来,定与德崖寻衅,顿时左右为难,不得已先与德崖说明,德崖即起身告别。元璋恐他中道遇仇,复亲送至二十里外。可谓仁至义尽。及归,与子兴接着。子兴勃然道:"你为何放走德崖?"元璋道:"德崖虽得罪吾王,然究竟患难初交,不应遽绝;且前此构衅,都由赵均用谗诌所致。现在居守濠州,保我梓桑,尚无大过,还望吾王矜宥!"言之有理。子兴听说,无可奈何,勉强住了一宿,仍率兵回滁,郁怒之下,得了一个肝逆症,水米不进,不到数日,一命呜呼。不死胡为。其子天叙,忙遣人飞报元璋,元璋得讣,星夜驰至滁州,发丧开吊,悲恸不已。子兴旧部,见元璋如此忠义,各自感愧,议奉元璋为王。元璋不从,经大众再三怂恿,方权为统帅,兼领子兴部曲。一面驰檄各处,一面挈领妻孥,仍返和阳。

那时孙德崖已返濠州,接到滁州檄文,不禁愤愤道:"元璋那厮,煞是可恨!我前去问他借粮,他佯为允诺,暗中恰通知子兴,与我寻仇,幸我早走一着,方得免害。此次子兴去世,他未尝与我函商,擅为统帅,藐我太甚,我当兴兵前去,与他赌个雌雄。"部将吴通献计道:"元璋并有滁和,气焰方盛,若出兵与争,恐难取胜,不如借开会庆贺为名,诱他来濠抚众,就席间刺杀了他,借泄余恨。"德崖连称好计,计固甚善,如皇天不佑何。遂令部下缮就一书,只说是公为统帅,舆情欢忭,兹于濠城开会庆贺,取名兴隆,愿即日速驾惠临,俾资瞻仰,无任翘企等语。当由德崖缄印,遣人赍投和阳。元璋得书,欣然愿往。徐达道:"德崖桀骜,恐有诈谋,元帅不宜前行。"元璋道:"鸿门与宴,汉高未尝罹害,但教得人保护,便可无虞。"隐然以汉高自居。言未已,旁闪出一人道:"末将不才,愿随元帅同往。"元璋视之,系是吴桢,乃笑道:"樊哙重生,尚有何虑?"元璋非不知冒险,亦好奇之意尔。胡大海亦挺身道:"某亦愿往。"元璋道:

"你与徐天德等,率军后随,遇有急变,速即杀出为要。"徐、胡二人,俱唯唯听命。当下检选壮士千名,令徐达、胡大海等率着,自与吴桢纵辔前行,即日至濠。

孙德崖已得使人还报,急命吴通等布置妥当,然后离城十里,来迎元璋。遥见元璋当先而来,后面护卫的兵马,也不过千人,暗中大喜道:"那厮中吾计了。"慢着!遂下马相见,挽手入城。寒暄已毕,即令开宴,并将元璋所带将士,一齐调开帐外,尽令畅饮。只吴桢一人,紧紧的随着元璋,寸步不离。仿佛《黄鹤楼》中之赵子龙。当下分席坐定,酒过数巡,德崖语元璋道:"日前进谒,蒙足下惠爱,脱我陷阱,甚是感激,今郭帅已亡,兵权无统,以辈次论,应属不才掌管,乃前得来檄,知足下已为统帅,难道不分长幼乎?"元璋道:"这是郭帅旧部,共同推戴,我不过权时统辖,他日再当另议。"德崖道:"今日便可让我,何待他日。"元璋起座道:"这却不能。"德崖便大呼道:"众将何在?"一声喝令,万众齐入,霎时间刀械并举,都上前来杀元璋。正是:

萧墙隐有干戈伏,豪杰都从险难来。

未知元璋性命如何,且看下回分解。

智取和阳,俱本正史,一经叙述,便写得奇畟突兀,曲折回环,此由用笔之妙,故神变乃尔。至若孙德崖邀宴事,未见正史,而稗乘相传,以及乡曲妇孺,俱知有兴隆会一事,或者史官失载,亦未可知。且德崖与子兴并起,子兴生卒,及其子天叙之存亡,史笔俱详,而德崖不见下落,其有阙文也无疑。作者援引稗官,补入此事,有文征文,无文征献,宁得以虚诬目之?

第五回　郭家女入侍濠城 　　　　常将军力拔采石

却说孙德崖喝令左右,来杀元璋,元璋身旁只一吴桢,双手不敌四拳,任你力大无穷,怎能敌得住众人?他却情急智生,仗着剑来奔德崖,德崖不是吴桢敌手,猛被抓住,充作护盾,抵挡众兵,惊得德崖魂飞天外,魄散九霄,忙道:"不、不要如此!"吴通等恐伤及德崖,缩手不迭,但闻吴桢厉声道:"你从前到了和阳,我主帅如何待你,今乃借名宴会,诱我主帅到此,伏兵求逞,试想我主帅践信而来,大众闻知,你乃设计陷害,无论有我保护,不令主帅遭你毒手,就使不然,你的狡诈手段,难道可得人信服么?"这数语理直气壮,说得大众都是咋舌。比樊哙尤为智勇。德崖喘急道："依将军言,应该如何?"吴桢道："要你送我主帅出城,万事全休。"德崖不待说毕,满口答应。吴桢仍扭着德崖,不肯放松,出了厅,招呼徐达、胡大海等,保着元璋先行,自与德崖后随。吴通等不敢动手,只好任他出去。既出城阃,吴桢把德崖一推,道声去罢。德崖方眼花缭乱,站立不住,谁料胡大海持斧奔还,手起斧落,把德崖劈作两段。该杀!该杀!吴通等见德崖被害,愤怒的了不得,便号令众兵,倾城出战。吴桢见大海闯祸,忙令徐达卫着元璋,急行而去,自与大海领着壮士,截住厮杀,两下死斗,赌个你死我活,约半时,胜负未分。吴桢恐寡不敌众,传令且战且行,未及里许,见元璋带着大队人马,回来援应,顿时欢喜万分,精神陡长,又返身来夺濠城。吴通知不可敌,飞马奔还,不防吴桢紧紧随着,吴通入城,吴桢也跃马疾上,掷剑过去,适中吴通脑后,倒撞马下。此时城不及闭,由元璋驱军拥入,如削瓜切菜一般,杀死了许多濠将,濠兵走投无路,元璋乃下令降者免死,于是大众投械,匍匐乞降。

看官阅至此处,恐未免动起疑来,濠州与和阳相隔,虽是不远,究竟非一时三刻,可能往还,元璋才得脱身,如何即能率兵来援呢?我亦要问。原来李善长恐元璋有失,复命郭兴、郭英等,带着万人,前来接应,将到濠城,适与元璋相值,遂由元璋亲自统辖,返身来救吴桢等人,得获大胜。当下抚兵息民,全城立定。元璋触起乡情,复命椎牛醑酒,号召故乡父老,入城宴饮。这真所谓兴隆会。席间来了郭山甫,就是郭兴、郭英的父亲,元璋格外优待,并命兴英兄弟,侍父劝餐。山甫善相人术,尝相元璋状貌,称为大贵,复语兴英道："我观汝侪,亦可封侯。"以此元璋在濠募兵,应第二回。山甫即令二子相从,至此饮毕入谢,并愿令爱女入侍,想该女状相亦应封妃。元璋欣然允诺。次日,即令兴英兄弟,去迎妹子,约阅半日,即挈妹进见。元璋瞧着,淡妆浅抹,冲雅宜人,是一个闲静妃子。心中很是喜慰,婉问芳龄,答称二九,便命为簉室,即夕设宴称觞,合欢并枕。脂香满满,人面田田,从教凤夜在公,允合衾裯长抱。后来元璋登基,封为宁妃,姑且搁下慢题。

且说元璋住濠数日,留兵戍守,自率郭兴兄妹,及徐达、吴桢等一班人众,径回和阳。入城后,接到亳州来檄,上书大宋龙凤元年,不禁奇异起来,瞧将下去,乃是封郭天叙为都元帅,张天祐为右副元帅,自己的名下,有左副元帅字样。便召天祐问道："这檄何来?"天祐道："刘福通现据亳州,迎立韩林儿为主,自称小明王,国号宋,建元龙凤,传檄至此,想是令我归附的意思。"元璋道："大丈夫岂甘为人下么?"志大言大。天祐道："韩林儿自称宋裔,又有刘福通为辅,占踞中原,势力方张,元帅亦不可轻视。"元璋笑道："君愿往归,不妨做他的右副元帅,我恰不受。"快人快语。天祐道："元帅不愿受职,确是高见,难道不材便贪职不成？但刘福通既然势大，不妨权时联络，免他与我作对，这也是将计就计的法子。"未免畏葸。元璋沉吟半晌，方道："这也有理。"遂遣谢来使，一面号令军中，称是年为龙凤元年。此举未免失当。是年为元至正十五年。

　　转瞬旬余，忽由胡大海引入一人，年方弱冠，威武逼人。元璋问他姓名？当由胡大海代述："姓邓名友德，与大海同籍虹县，现自盱眙来归。"元璋又问道："他从前充过何役？"大海道："他父名顺兴，曾起义临濠，与元兵战死，兄友隆，又病没，经他代任军事，每战得胜。今闻元帅威名，愿由末将介绍，来投麾下。"元璋道："据你说来，他的勇略，过于乃父乃兄，我当替他改名，易一愈字，可好吗？"事见《邓愈列传》。那人即拜谢赐名。元璋甚喜，立命为管军总管。复简阅军士，日夕操练，拟乘此击楫渡江，规画金陵。会有怀远人常遇春，禀性刚毅，膂力过人，出常遇春。年二十三，为盗魁刘聚所得。遇春见他四出抄掠，毫无远图，便弃了刘聚，来投元璋。行至半途，忽觉疲倦起来，遂假寐田间，恍惚间遇一金甲神，拥盾呼道："起起！你的主君来了。"当下惊悟，才觉是南柯一梦。忙把双目一擦，四面探望，正值元璋带着数骑，巡弋而来。他即迎谒马前，自报姓氏，并陈述过去的事实，愿投效戎行。元璋微笑道："想你为饥饿乏食，所以到此，况你本有故主，我如何夺他？"遇春顿首泣道："刘聚只是一盗，不足有为，闻公智勇深沉，礼贤下士，是以不嫌道远，特来拜投，得承知遇，虽死犹生。"下文死事，隐伏于此。元璋道："你愿从我渡江么？"遇春道："公如有命，愿作先锋！"元璋道："先锋么？且俟取太平后，授你此职。"遇春拜谢，遂与元璋同归。

　　元璋以渡江不可无舟，正在忧虑，忽报巢湖帅廖永安兄弟，及俞廷玉父子，遣人纳款，愿率千艘来附。元璋大喜道："这是天赐成功，机不可失。"便谕来使先归，一面召集众将，亲往收军。原来巢湖帅廖、俞诸人，尝结连水砦，防御水寇，庐州盗魁左君弼招降，廖、俞不从，君弼遂遣众扼住湖口，不令出入，乃从间道贻书，输款元璋，无非是乞援的意思。至元璋已到巢湖，廖永安与弟永忠，俞廷玉率子通海、通渊、通源，及余将桑世杰、张德胜、华高、赵庸、赵鉴等，均上前迎接，由元璋慰劳一番，即令调集各船，扬帆出湖，直至铜城闸，已越湖口，寰宇澄清，一碧如洗，并没有敌舟拦阻。永安方入贺元璋道："明公到此，先声夺人，寇众不战自溃，从此可安心渡江了。"言未已，忽报前面有大舰驶至，元璋即与永安出舱遥望，但见楼船数艘，逐浪而来，上载兵士无数，并悬着一幅大旗，写着"元中丞"等字样，奇笔不测。永安惊讶道："莫非是元将蛮子海牙么？他现为中丞，屯兵百里外，如何闻报至此，与我作梗？"元璋道："不是左君弼勾结，定是贵部下与君未协，泄漏军机，现不如暂避敌锋，改觅间道出去，方为得计。"永安道："此间只有两路可出，除此地外，只有马肠河了。"元璋即命回走马肠河，迅驶而去，元兵恰也不来追赶。转入马肠河中，凝神远眺，也隐隐有重兵驻扎。元璋大疑，亟令永安检查各舟，有无缺乏？寻查得众人俱在，只少一小舟，掌舟的叫作赵普胜。元璋便语永安道："照此看来，马肠河口，亦有元兵阻住，我等不便越险，且择要屯泊，再作计较。"永安乃令各舟退屯黄墩。元璋复与永安约，拟从陆路归和阳，取舟同攻。实则元璋无舟，恐永安亦有异图，意欲借着兵力，镇服永安等人，所以匆匆登岸，取道竟归。窥透元璋心事。

既返和阳，急募集商船，载着精兵猛士，复至黄墩督众往攻元兵。时值仲夏，气候靡常，江上忽刮起一阵怪风，黑云随卷，如走马一般，霎时间大雨滂沱，河水陡涨。元璋乘机奋勇，令各舟鱼贯而前，一齐从小港中，杀出峪溪口，奔向大船而来。蛮子海牙忙跃上船头，迎风抵敌，不意巢湖各舰，轻捷便利，忽东忽西，忽左忽右，忽环攻，忽飚去，恁你蛮子海牙如何威猛，怎奈船高身重，进退不灵，顾了这边，不及那边，顾了那边，不及这边；相持数时，料知杀他不过，一声呼啸，竟回船自去。倒是三十六计中的上计。元璋督兵追赶，夺了许多器械。至元兵去远，方从浔阳桥通舟，直入江中。天雨已霁，两岸波平，红日当空，青山欲滴。绝妙一幅大江图。元璋正临流四眺，忽见永安入舱，禀问所向。元璋道："此去有采石镇，素称险要，兵备必固；惟牛渚矶前临大江，不易扼守，我且攻下牛渚，再图采石未迟。"于是乘风举帆，舳舻齐发，不多时，前军已达牛渚矶。矶上不过数百元兵，被常遇春等一阵击射，逃得一个不留。元璋复传令各军，趁着锐利，转攻采石矶。这采石矶陡绝江滨，高出江面约丈许，元兵屯积如蚁，守矶统领，便是蛮子海牙。他在峪溪拒战不利，预料元璋必乘胜渡江，因此踞矶坐守，专待元璋到来。元璋督领舟师，正要近岸，猛听得一声鼓号，矶上的矢石，如骤雨一般，飞洒过来。元璋料难轻敌，命将战船一字儿排住，下令军中道："有先登此矶者受上赏，当为正先锋！"郭英应声而出，领着一班长枪手，冒险前进，将及上矶，不意前面的士卒，多中箭倒毙，郭英也几乎被射，幸亏退避得快，矢力未及，才得脱险。胡大海见郭英败退，气冲牛斗，奋勇继上，那矶上的炮箭，注射愈密，竟似无缝可钻，随你力大无穷，一些儿不中用，也只好渐渐退回。连写郭英、胡大海之败退，以衬常遇春之勇。

元璋到此，亦无法可施。突见常遇春率着藤牌军，飞舸疾至，忙高呼道："常将军欲夺头功，正在此日。"说时迟，那时快，遇春已左手执盾，右手挺戈，鼓勇而前，看看距矶不远，竟不管什么死活，奋身一跃，直上矶头。元将老星卜喇先，急用长矛刺来，遇春将戈盾挟住矛杆，大喝一声，把老星卜喇先推仆，顺手刺死。郭英、胡大海等，复一拥登矶，刀劈枪刺，把元兵杀死无数。蛮子海牙已立足不住，只好收拾残兵，一哄儿走了。采石已拔，元璋大喜，遂授常遇春为先锋。赏足副功。自是沿江诸垒,多望风迎降。

　　元璋闻将士聚议,多欲收取粮械,为班师计,因语徐达道:"此次渡江,幸而克捷,若引兵归去,元兵复至,功败垂成,江东终非我有了。"徐达奋然道:"何不进取太平?"正要你说此语。元璋称善,当即下令,将各船斩断缆索,放急流中,顺水东下,一面谕诸将道:"太平离此甚近,愿与诸将偕行,取了再说。"诸将见无可归,只得随着元璋,直薄太平城下,架梯悬索,四面齐登。元平章完者不花,万户万钧,达鲁花赤,亦元官名。普鲁罕忽里等,抵敌不住,弃城遁去,惟太平路总管靳义,赴水自尽。元璋入城安民,严申军律,一卒违令,立斩以徇,全城肃然。一面具棺葬靳义尸,碣书义士,一面延访耆硕,优礼相待。

　　耆儒陶安、李习等,率父老入见,元璋与陶安语时事,安乃进言道:"方今四方鼎沸,豪杰并争,攻城屠邑,互相雄长,窥他志趣,惟在子女玉帛,毫无拨乱安民的思想。明公率众渡江,神武不杀,以此顺天应人,何患不成大业?"元璋道:"我欲取金陵,何如?"安复答道:"金陵帝王都,形胜称最,乘此占领,作为根踞,然后分兵四出,所向必克。古语有云:'天与不取,反受其咎。'明公何不速图?"与冯国用之言暗合。元璋甚喜,遂改太平路为太平府,置太平兴国翼元帅府,自领元帅事。授李习为知府,用李善长为帅府都事,汪广洋为帅府令吏,陶安参赞幕府,仍沿用宋龙凤年号,旗帜战衣,皆尚红色。小子有诗咏道:

　　　　炎汉由来火德王,赭袍赤帜亦何妨。
　　　　只因年号称龙凤,犹愧男儿当自强。

　　太平已定,哨马来报,元将蛮子海牙,又遣兵来了。那时又有一场厮杀,且至下回说明。

　　自朱元璋投营起义,所有举动,未免以智术服人,然犹不失为王者气象。惟用韩林儿年号,为一生之大误。林儿姓韩不姓赵,何得诡称宋裔,且宋亡久矣,豪杰应运而兴,当迈迹自身,何用凭藉?厥后有瓜步之沈,近于弑主,始基不慎,贻玷终身,可胜概欤!至若常遇春之力拔采石矶,为渡江时第一大功,元璋即授任先锋,既足报功,尤得践信,于此可见其能用人,于此可见其能立功。且入太平后,严军纪,恤义士,延耆儒,种种作用,无非王道。而龙凤年号,仍然沿袭,意者由徐李诸人,为霸佐而非王佐乎?瑕瑜并录,褒贬寓之。体会入微,是在阅者。

第六回　取集庆朱公开府
　　　　陷常州徐帅立功

却说元璋得了太平，城中原是安静，惟城外一带，尚统属元兵势力。元中丞蛮子海牙，调集巨舰，截住采石姑孰口，并檄令义兵元帅陈埜先，及裨将康茂才，率水陆兵二万人，进逼太平。元璋乘他初至，立率诸将出战，一面命徐达、邓愈，别出奇兵，绕道至敌后，潜伏襄城桥。埜先到了城下，摩拳擦掌，专待厮杀。未几，城门大开，守兵一齐杀出，后面有许多健卒，拥着一位大元帅，龙姿凤表，器宇不凡，正暗暗惊异间，忽见空中起了一道霞光，结成黄云，护住元璋麾盖，益觉惊疑不已。各兵亦相率观望，不意元璋已麾兵杀来，横厉无前，人人披靡。埜先料不可敌，率众退走。奔至襄城桥，炮声骤发，徐达、邓愈两路兵马，左右杀出，急得埜先无路可奔，没奈何挺着长枪，来战邓愈。约数合，被邓愈用矛格枪，舒开猿臂，把埜先活擒过去。写邓愈。余军见主帅被擒，纷纷溃散。有一半逃得慢的，都做了刀头之鬼。康茂才潜遁。徐达、邓愈得胜回城，即将埜先推入帐前，元璋命左右将他释缚，好言抚慰。埜先道："要杀便杀，生我何为？"元璋道："天下大乱，豪杰蜂起，胜得人附，败即附人，你既自称豪杰，正当通时达变，何苦轻生？"埜先迟疑半晌，方称愿降。迟疑二字，已伏下文。元璋复令招降旧部，埜先即发书去讫。

至埜先出帐，冯国用进谏道："此人獐头鼠目，不可轻信。"写冯国用。元璋默然。越宿，埜先入帐，报称部曲多来投降。元璋令他召入，一一记名，仍命归埜先统辖。埜先称谢而出。元璋又饬徐达等，分道略地，溧水、溧阳、句容、芜湖等处，接连攻下，拟进取集庆路。埜先忽入禀道："某蒙主帅不杀之恩，愿率旧部自效，往取集庆。"元璋许诺。冯国用又暗中谏阻，元璋道："人各有志，从元从我，听他自便罢了。"元璋此言，令人不解。埜先既去，阅数日，遣人赍书报闻，由元璋启阅，略云：

　　集庆城右环大江，左枕崇岗，三面据水，以山为郭，以江为池，地势险阻，不利步战。昔王浑、王浚造战船，谋之累年，而苏峻、王敦，皆非陆战以取胜，隋取江东，贺若弼自扬州，韩擒虎自庐州，杨素自安陆，三道战舰，同时并进。今环城三面阻水，元师与苗军联络其中，建寨三十余里，攻城则虑其断后，莫若南据溧阳，东捣镇江，据险阻，绝粮道，示以持久，集庆可不战而下也。

元璋览至此，辴然一笑，含有深意。即以书示李善长。善长道："埜先狡诈，欲令我老师旷日么？"一语道破，然不若元璋之尤为深沉。元璋道："不烦多言，只劳你与我作覆。"善长应命，即提笔写道：

　　历代之克江南者，皆以长江天堑，限隔南北，故须会集舟师，方克成功。今吾渡江据其上游，彼之咽喉，我已扼之，舍舟而进，足以克捷，自与晋隋形同势异，足下奈何舍全胜之策，而为此迂回之计耶？此复。

写毕，呈上察阅，元璋鼓掌称善，遂发还来使，并命张天祐至滁阳，邀同郭天叙部兵，助攻集庆。此举又有深意。郭天叙接着天祐，怀疑未决，天祐道："得了集庆，便可南面称帝，北图中原，足下何惮。乃不敢进。"天叙大喜，立刻发兵，也不及会同元璋，竟与天祐率军东下。甫抵秦淮河，元南台御史大夫福寿，督师阻住，两下对垒，福寿执着大刀，左旋右舞，势甚凶猛，不特天叙当他不住，就是天祐上前，战了数合，也杀得浑身是汗，拨马逃回。正在退走，忽前面遇着一枝人马，为首一员统领，挺枪而来，视之乃是陈埜先。天祐喜甚，只道他前来救应，忙上前招呼，谁知两马甫交，竟被埜先一枪，刺中咽喉，倒毙马下。天叙见天祐被杀，急欲从旁逃遁，巧值福寿赶到，手起刀落，挥作两段。想做皇帝的趣味。埜先遂与福寿合兵，任意扫荡，有几个命不该死，逃向元璋处通报去了。阅至此，始知元璋之计。

埜先追赶败兵，道过葛仙乡，肆行劫掠。乡中有民兵数百人，头目叫作卢德茂，颇有侠气，至是闻报，密遣壮士五十人，各着青衣，持牛酒出迎。埜先不知是计，遂与十余骑先行。约里许，青衣兵自后突起，攒槊竞刺，把埜先等十余人，杀得片甲不回。袭人者亦被人袭，可见狡诈无益。及埜先从子兆先，得知凶信，来乡报复，卢德茂已潜自引去，乡民亦大半远飏，只剩了空屋数百间，无可杀掠，方挈着部曲，还屯方山。元璋闻知各种消息，一面收集天叙败卒，一面拟进攻方山，为天叙复仇。借名兴师，计中有计。

忽又接得军报，蛮子海牙，复带领舟师数万，袭踞采石矶，将进窥太平了。元璋大愤，便欲亲去一战。常遇春挺身道："不劳元帅亲征，只教末将前行，便可杀退那厮。"元璋道："将军此去，须要小心，若有挫失，太平即尚可保，和州必遭陷没。大众家眷，都从此休了。"遇春领命，率着廖永忠、耿炳文等，驾舟而去。将至采石矶，海牙已联樯来迎，遇春先授诸将密计，令各舟散布江心，四面攻击，自率健卒驾一舸，奋勇冲突。海牙恰也不惧，仗着舰大兵多，麾旗酣斗。是时已为至正十六年仲春，江上轻飙，荡漾不定，百忙中叙入此文，看似闲笔，实是要语。初战时，海牙尚据着顺风，颇便击射，不意相持半日，风竟随帆而转，遇春一方面的将士，竟顺风纵起火来，风助火烈，火仗风威，一霎时把海

第六回　取集庆朱公开府　陷常州徐帅立功

牙船缆，尽行烧断，分作数截，那船上亦被烧着，连扑救都是不及，还有何心恋战？遇春左右指挥，各舟四集，都乘势跃上敌船，乱砍乱剁，可怜一班元兵，不是赴水，便是饮刀。海牙忙改乘小舟，抱头窜去，所有兵舰，尽被遇春等夺住，奏凯而回。采石矶两次得胜。

自是江上无一元兵，高掌远跖的朱元帅，无西顾忧，遂亲督诸将，进取集庆路，真个是水陆并行，兵威浩荡。陈兆先不知死活，还率众来争。一场角逐，生擒了陈兆先，收降了三万六千人，兆先亦情愿投诚。释兆先而不杀，可知为天叙复仇之说，尽是虚言。诸将恐降众过多，防有他变，元璋叹道："去逆效顺，还有何求？"当下挑选降众，得勇士五百人，令备宿卫，环榻而寝。帐中除元璋自己外，只留冯国用一人。想他当亦谏阻，故特留侍以试之。元璋独解甲登床，酣眠达旦，一夕无事，众心乃安。全是权术。

越数日，元璋复令冯国用，带着五百降卒，作为冲锋，五百人感激思奋，驰至蒋山，先登陷阵，击退元兵，长驱至金陵城下。元将福寿，筑栅为垒，屯兵固守，冯国用率队攻栅，前仆后继，徐达、常遇春等，次第踵至，你推我扳，竟将各栅毁去。元兵四溃，元将福寿，督兵出战，众寡不敌，又被杀退。徐、常等猛力围攻，一连数日，伺隙齐登，福寿尚巷战竟夕，至筋尽力疲，方大呼道："城存与存，城亡与亡。"言讫，举剑向颈上一横，鲜血直喷，顿时毙命。旌扬忠臣。金陵已破，诸将奉元璋入城，揭榜安民，一面召集官吏父老，温言慰谕道："元朝失政，生民涂炭，我率众至此，无非为百姓除害，汝等各守旧业，勿生疑惧！贤人君子，能相从立功，我当重用。旧政不善，汝等可一一直陈，我当立除。官吏毋得贪暴，虐我良民！"大众闻言，拜谢而出，互相庆慰。各处义兵，次第来降，康茂才等亦闻风钦服，共得士卒五十万人，乃改集庆路为应天府，置天兴建康翼元帅府，以廖永安为统军元帅，礼聘儒士夏煜、孙炎、杨宪等十余人，一律录用。复以福寿为元殉节，敛尸礼葬，阖城大定。乃命徐达为大将，率诸将浮江东下，攻克镇江，又分兵下金坛、丹阳等县，以汤和为统军元帅，驻守镇江，再命邓愈、邵成、华高、华云龙等，率兵攻克广德路，改名为广兴府，即以邓愈为统军元帅，驻守广兴。诸将以元璋威名日著，劝进爵为王，元璋不允，只自称吴国公，置江南等处行中书省，亲督省事，授李善长、宋思贤为参议，陶安、李梦庚等为左右司郎中员外郎都事等官，复置江南行枢密院，以徐达、汤和同金枢密院事，置帐前亲军，以冯国用为总制都指挥使，设前后左右中五翼元帅府，及五部都先锋，设官分职，井井有条。一面遣将至和州，迎接眷属，护送至府，即就元御史台居住。骨肉欢聚，喜气重重，大明二百数十年的基业，便自此创始了。点清本旨，暂作一束。

先是徐达、汤和等下镇江，收降盗目陈保二，及徐达兵归，汤和复入金枢密院事，保二心变，竟诱执詹、李二守将，奔投张士诚。士诚此时，正迭陷平江、松江、湖州、常州等处，又收得蛮子海牙的遗众，声势甚盛，至保二归降，自然收留，并将詹、李二将拘住。警报达应天府，元璋以二将被拘，恐遭毒手，只得先与通好，以便索还二将。遂修书一缄，命杨宪赍送士诚。杨宪驰至平江，入见士诚，士诚遂展阅道：

  昔隗嚣据天水以称雄，今足下据姑苏以自王，吾深为足下喜。吾与足下，东西境也，睦邻守圉，保境息民，古人所贵，吾甚慕焉。自今以后，通使往来，毋惑于交构之言，以生边衅。

  士诚阅至此，即把书掷下道："元璋欲比我为隗嚣么？"恐你且不若隗嚣。喝令左右将杨宪拘禁，立发水师攻镇江。元璋即遣徐达往御，到了龙潭，把士诚兵一鼓击退，总道士诚气沮，不敢再来，遂收兵驻镇江城。谁料士诚不得镇江，却移兵潜袭宜兴，守将耿君用不及防备，城陷身亡。元璋闻报大惊，忙遣使驰谕徐达道："士诚起自盐枭，诡计多端，今来寇镇江，已与我为敌；且袭据宜兴，志不在小，将军宜速出毗陵，先机进取，毋堕狡谋。"此亦一袭魏救赵之计。徐达得令，即向常州进发。

  常州即古毗陵地，徐达军至常州，筑垒围攻，士诚遣张、汤二将来援，达即退军十八里，设伏以待，自率老弱残兵，前去诱敌。张、汤二将，出营交战，望见徐达部下，器械不整，七长八短，不禁大笑起来，互相告语道："人说朱元璋用兵如神，为什么这般羸弱，看来是不值一扫呢！"你既闻他威名，如何不加疑虑。当下麾兵出战，直前相搏。徐达不及遮拦，且战且行；一走一追，忽达十余里，突然间闪出铁骑数千，横冲而来。当先一员大将，铁盔铁甲，好生威武，手提方天画戟，直刺张、汤二将。看官道是何人？乃是徐达部下，行军总管赵均用。张、汤二将，见均用杀至，料是遇伏，慌忙用枪招架。两人敌住一人，还觉得有些费力，怎禁得徐达翻身杀来，与均用双战二将。二将见不是路，拨马返奔，走不多远，又听得一声呼哨，伏兵复起，吓得张、汤二将，魂飞九霄，连坐骑都不由驾驭，沿路四窜。想也被吓慌了。豁喇一响，二将都马失前蹄，身随马蹶。巧值均用杀到，喝令擒缚，两个中捉住一双。此段从《士诚本传》，不从《纪事本末》。余众溃走，还报士诚。

  士诚惶恐，乃奉书求和，遣裨将孙君寿，赍至应天，愿岁输军粮二十万石，黄金五百两，白金三百斤。元璋复书，责他开衅召兵，罪有所归，既愿乞和，应释归使人将校，每岁输粮应增至五十万石。当令孙君寿持书去讫。转瞬旬余，士诚并无复音。又越数日，得徐达军报，略称："镇江新附军，被士诚所诱，谋变牛塘，达几为所困，幸常遇春、廖永安、胡大海等来援，方得脱险。并擒住士诚部将张德"云云。元璋勃然大愤，复命耿炳文率兵万人，进攻长兴，俞通海、张德胜等率舟师略太湖，张鉴、何文正，募淮军攻泰兴，赵继祖、郭天禄、吴良等，合师攻江阴。先后并举，环击士诚。一面促徐达速下常州，不得迟误。接连叙下，如火如荼。士诚闻常州围急，遣吕珍赴援，别命赵打虎驰救长兴，炳文驰至长兴城下，守将李福安、答失蛮等，登陴守御。两下正相持未决，适值赵打虎到来，喘息未定，被炳文兜头痛击，立营不住，只好退走，奔至城西门。不意城门紧闭，屡呼不开，后面追兵又到，只得向湖州遁去。名曰打虎，实是没用。原来赵打虎系著名悍目，自投士诚部下，屡立奇功，此次来援宜兴，城守李福安等，总料他唾手却敌，不想一到便败，方知耿军难敌，有意献城，待打虎被拒而去，遂出城投降。

炳文收了两人，并得战船三百余艘，立即报捷。元璋命置永兴翼元帅府，以耿炳文任元帅职，统兵居守。士诚又遣左丞潘原明，元帅严再兴，来寇长兴。距城数里，猝遇炳文偏将费聚，从旁突击，杀获数百人，原明等遁去。只常州尚相持未下，常遇春分兵四出，断他饷道，城中兵士乏食，免不得惶急起来。吕珍屡出城相争，统被徐达击退。俄而城中食尽，只有数千饿卒，哪里还支持得住？那时吕珍也顾不得城池，黉夜开门，冲围自走。城中无主，当然失陷，徐达遂引兵入城。自至正十六年九月，围攻常州，至十七年三月乃下，也算是一番劲敌。小子有诗赞徐达道：

  辍耕陇上喜从龙，迭战江东挫敌锋。
  不是濠梁应募去，谁知乡曲有奇农。达世业农。

常州告捷，徐达又奉元璋命令，移师宁国。欲知宁国战事，容待下回续详。

  本回前半截以攻集庆为主，后半截以攻常州为主，集庆下则踞江而守，可进可退，常州下则屏蔽有资，可东可西，此朱氏王业之所由创，抑徐达首功之所由建也。若纵楚先，遣天叙、天祐，饬诸将鏖士诚，无在非元璋之智谋，一经作者揭出，便如燃犀烛渚，无处不显。而全神贯注，则总在集庆与常州。元璋之注意在此，作者之注目亦在此。即如后之阅者，可借此以知当日之军事，并可以知是书之文法。否则势如散沙，毫无纪律，便不成妙事妙文矣。

第七回 朱亮祖战败遭擒
张士德絷归绝粒

  却说徐达奉元璋命，率常遇春等往攻宁国，宁国城守甚坚，与常州不相上下，守将杨仲英、张文贵等，尚没有甚么能耐，惟有一将勇悍异常，姓名叫作朱亮祖。点笔不弱。亮祖六安人，称雄乡曲，号召民兵，元廷授为义兵元帅，元璋取太平时，亮祖曾率众投诚，嗣因性急难容，与诸将未协，复叛归元军。至是闻徐、常等进围宁国，遂联络守将，悉心协御。徐达将到城下，立营未定，亮祖即出掇战，一枝长枪，直前挑拨，飘飘如梨花飞舞，闪闪如电影吐光，任你徐元帅麾下，个个似虎似罴，也一时敌他不住，逐渐倒退。极写亮祖。当下恼了常遇春，抖擞精神，上前迎敌。彼此交锋，大战五十余合，不分胜负。亮祖虚晃一枪，佯败退走，遇春拍马赶去，不防亮祖挺枪回刺，竟戳中遇春左腿，遇春忍痛返奔，亮祖又回马追来，亏得赵德胜、郭英二将，并出敌住，两下里鼓声震天，重行鏖战。城中又来了张文贵，接应亮祖，亮祖枪法愈紧，连赵德胜、郭英等，也觉心慌，同时退下。徐达恐诸将有失，忙鸣金收军，被亮祖追杀一阵，丧亡了千余人。次日又与亮祖接战，仍一些儿不占便宜。接连数日，未得胜仗，反又失了许多人马。徐达情急得很，不得已据实禀报。

元璋闻亮祖如此骁勇，即亲率大军，兼程而至。徐达接着，申述交战情形，元璋道："擒他不难，明日临阵便了。"翌晨升帐，召吴桢、周德兴、华云龙、耿炳文四将至前，授他密计，令随驾出征，一面命唐胜宗、陆仲亨等，率步兵数千，亦授以密计，令他先去。吴良、吴桢等，只待元璋出营，便好厮杀，偏偏元璋并不动身，朱亮祖反率众挑战，元璋又延了数刻，方从容上马，率军而出。两阵对圆，吴桢跃马而前，与亮祖交战数十合，返骑而走。亮祖来追，周德兴又提刀接战，大约亦数十合，又纵马回阵。华云龙复出去接着，又是依样葫芦。待至耿炳文出战后，杀得亮祖性起，竟挺枪驰入元璋阵内，来杀元璋。中他计了。元璋麾众倒退，诱他追了数里，复回身杀搏，命四将并力围攻。前轮战，后合围，不怕亮祖不入彀中。亮祖身敌四将，尚不觉怯，左挡右架，又战了一时许，渐觉气力不加，方伺隙杀出圈子，驰回原路。吴桢等紧紧随着，一些儿不肯放松，亮祖且战且走，将要返城，忽突出唐、陆诸将，拦住马首，他亦不与争锋，只执着短刀，乱砍马足。亮祖猝不及防，被他剁着马蹄，马力已乏，禁不起痛楚，顿蹶倒地上。那时亮祖还一跃而下，不随马蹶，可奈吴桢、耿炳文两将，已追至背后，双枪并举，来刺亮祖。亮祖急忙转身，奋斗两将，陆仲亨乘他酣战，竟取出绊马索，潜套亮祖的双足。亮祖不及顾着，右足一蹴，误入套中，仲亨尽力一扯，亮祖站立不稳，方似玉山颓倒，吴、耿二人，急下马揿住，才得将他捆缚，饬军扛抬而去。缚亮祖用着全力，文笔亦不放松。守将杨仲英、张文贵亟来相救，已是不及，反被掩击一阵，杀得七零八落，踉跄逃回。时已天暮，元璋收兵还营，令将亮祖推入。元璋笑语道："你降而复叛，今将如何？"踌躇满志之言。亮祖朗声道："公若生我，当为公尽力，否则就死，何必多言！"元璋道："好壮士！"便下座亲为解缚，亮祖乃叩谢。

第七回　朱亮祖战败遭擒　张士德絷归绝粒

越宿,元璋饬造飞车,编竹为重蔽,一夕即就,数道并进。守将杨仲英度不能支,开城迎降。张文贵守志不屈,先杀妻孥,然后自刎。元璋既入宁国,拟往攻宣城,亮祖愿率兵自行,经元璋特许,去后才数日,捷报已到,宣城由亮祖攻下了。此从《纪事本末》及《通鉴辑览》,与《朱亮祖传》小异。元璋乃留徐达、常遇春等驻宁国,静俟后命,自率军返金陵。未几,接得赵继祖、俞通海军报,太湖大捷,降士诚将王贵,击走吕珍,元璋欣慰。嗣闻通海接战时,矢中右目,仍奋勇击退敌军,当下赞不绝口,并遣使慰问去讫。无非激励他将。接连复得张鉴、何文正捷音,说是泰兴已克,擒住援将杨文德,元璋道:"两路得胜,士诚应丧胆了。但未知赵继祖、吴良等,进兵江阴,胜负如何?"吴桢闻言入禀道:"兄长在外,尚无确实消息,愿主公增兵协助为是!"好兄弟。元璋道:"将军骨肉情深,何妨竟往!我拨兵五千人,令你带去便了。"吴桢拜谢,次日即领兵出发。未到江阴,已有捷报赍入金陵,略称先据秦望山,后入城西门,全城平定。元璋嘉吴良功,擢为分院判官,令督兵防守江阴,并传谕吴桢,不必班师,令他与兄协守,严备士诚。原来江阴地扼大江,实为东南要冲,又与平江接壤,相距仅百余里,因此令他协防。吴良、吴桢奉命后,戮力设备,军容甚盛,士诚屡遭将往攻,都被击走,江阴方安。归结前回三路人马,笔不渗漏。

元璋又命邓愈、胡大海进攻徽州,檄徐达、常遇春等进兵常熟,又是两路兵马。小子只有一支笔,不能并叙,只好先叙徽州事。邓、胡两将,率兵至绩溪,守将不战而降。转入休宁,一鼓登城,遂长驱抵徽州。元守将八尔思不花,及万户吴纳等,开门拒敌,怎禁得邓、胡二将的锐气,战不多时,便即败回。邓愈便督兵猛攻,八尔思不花等乘夜潜遁,愈入城,忙遣胡大海分兵穷追,至白鹤岭,击死吴纳,余将遁去。元璋闻捷,改徽州路为兴安府,命邓愈镇守,饬胡大海攻婺源。

既而元苗帅杨完者,自杭州率众数万,来攻徽州。徽州甫经攻克,守备未完,又分军与胡大海,只剩数千人在城,如何敌得住数万苗兵?邓愈飞檄胡大海,回军援城,一面鼓励将士,潜伏门右,令将城门大开,静待苗兵。苗兵掩至,忽见此状,相率惊愕,不敢遽入。仿佛是空城计。正在踌躇,突闻西北角上,有一彪人马杀至,当先的不是别人,就是胡大海。苗将吕才,忙提刀接战,不及三合,被大海大喝一声,劈死马下。邓愈见大海驰还,亦率兵出应,杀得苗兵七颠八倒,四分五裂,苗帅杨完者拨马先逃,偏将吴辛、董旺、吕升等,走得稍慢,都被邓愈军擒住,入城斩讫。嗣恐完者复至,留住胡大海,别命裨将王弼、孙虎攻婺源,亦应手而下。于是驰报金陵,再行请令。

这边方得胜仗,那边又获渠魁。接入徐达一路。徐达、常遇春等,出师常熟,行至半途,由探马来报:"张士德率兵来援了。"徐达道:"士德么?他小字叫作九六，系士诚亲弟。士诚作乱，统是他一人主谋，浙西一带，亦是他略定，闻他素得士心，智勇兼备，此次到来，定有一番恶斗，恐怕是不易轻敌呢！"士德出身，借此叙过。言未已，忽有一将上前道："偌大一个盐贩，怕他甚么？末将愿充头阵，若叨元帅洪福，定能把他擒住。"达视之，乃是领军先锋赵德胜，便道："将军愿去，不患不胜，但总须慎重小心，千万不要轻战，我便当前来接应哩。"是谓临时而惧。德胜领命，带着万人，踊跃前去。将到常熟，恰遇士德军到，两军不及答话，就兵对兵，将对将，鏖斗起来。德胜善用槊，士德善使刀，刀槊对舞，端的是棋逢敌手，将遇良材，自午至申，差不多有百余合，士德刀法，毫不散乱，德胜暗暗喝采，意欲设计擒他，便用槊将刀一格，回马就走。偏是士德刁狡，见德胜未败而奔，料知有诈，竟勒马停住，鸣金收军。确是有些智识。德胜见士德去远，亦据险下寨。次日复率众迎战，士德也毫不畏避，复提刀对仗，又战了几十回合。德胜正在设计，突闻有弓弦响声，忙留神顾着，可巧一箭飞来，距德胜咽喉，不过咫尺，德胜用槊一劈，这飞来的箭杆，方的溜溜般抛向别处去了。德胜大呼道："张九六！你想用暗箭伤人么？大丈夫当明战明胜，如何用这诡计？"士德闻言，拨马回阵，两下里复各收军。不是写士德，是写德胜。德胜返营，闷坐帐中，适由大营赍书投到，当即延入，展书阅毕，发还来使，便密令手下亲兵，照书行事，亲兵应令而去。德胜复吩咐军士，一鼓造饭，二鼓披挂，三鼓往劫士德营，不得有误。军士纷纷议论，统说士德足智多谋，难道不虑及此？只因将令难违，不得已如命而行。反衬下文。是夕天气晦暗，斜月无光，时交三鼓，德胜上马先行，令军士后随，静悄悄的驰去。及至士德营前，只准军士呐喊，不准入营，自己恰从斜刺里去讫。军士莫名其妙，惟有遵令呼噪，突见营门大开，士德跃马提刀，率众杀出，惊得军士不知所措，正思退走，适值德胜转来，麾众旁行，士德紧紧追着，约有半里，突遇一山，见德胜引兵进去，也赶入谷口，转了数弯，德胜兵恰不见了。是时已知中计，急命部众退还，行未数步，不期一脚落空，连人带马，跌入陷坑。他却奋身一跃，跳出坑外，谁知坑外又有一将，持着槊，向他背后一捺，复坠入坑中。奇事奇笔。两边的挠钩手，一齐奋勇，将他钩起，捆绑去了。看官！你道持槊是谁？便是赵先锋德胜。德胜见士德成擒，好生欢喜，复呼令军士，把士德部众杀散，驰回营中。这次计划，都是徐达密书指授，经德胜运用入神，益觉先后迷离，令人无从揣测。原来徐达书中，只令德胜乘夜袭营，赚士德出营追赶，用陷坑计活擒士德。德胜尚恐士德乖刁，瞧破机谋，恰好亲兵队里，有一人面貌，与德胜相似，德胜密付衣甲，令与掘堑兵同行，约以夜间三鼓，潜至士德营旁，易了装，与自己参换，于是有真德胜，复有假德胜，假德胜驰至军前，麾军旁趋，真德胜却伏在陷坑左右，专待士德。果然士德中计，迭坠陷坑，乃得成

第七回　朱亮祖战败遭擒　张士德絷归绝粒

擒。士德受擒后，尚疑德胜有分身法，就是德胜部下的军士，也待至战毕回营，方才分晓。若非有此详释，我亦含惑不解。这且休提。

且说士德成擒，常熟守将，闻风逃去，德胜入城安民，一面遣人押解士德，至徐达营。达讯明属实，复转解至应天，元璋不去杀他，软禁别室，待以酒食，令通书士诚，归使修好。士德恰重贿馆人，另易一函，从间道驰送士诚，教他拜表降元，连兵攻金陵。士诚尚是未决，嗣闻士德绝粒身亡，由悲生惧，乃决计归顺元朝，致书江浙平章达什帖睦尔，请他代奏。达什为言于朝，授士诚太尉，连士诚弟士信，亦授官有差。这消息传到应天，诸将多生疑虑，元璋道："士诚狡悍，怎肯倾心归元？不过现当新败，假此吓人，我哪里就被他吓呢？"料敌如见。

正说着，有探子来报，青衣军元帅张明鉴，袭据扬州，逐元镇南王孛罗普化，日肆屠戮，满城居民，多被杀死了。元璋奋然道："我有志救民，怎忍看他糜烂？部下诸将，何人敢往讨罪？"缪大亨应声道："末将愿往。"李文忠亦闪出道："甥儿愿往。"元璋见二人相争，便语文忠道："你年未弱冠，便期破敌，我心甚慰。依我所见，往攻扬州，着缪将军去，你去策应池州兵便了。"文忠道："池州有何人先往？"元璋道："我已檄调常、廖诸将，自铜陵进取池州，你快去策应为是！"文忠年少，未曾领兵冲锋，故军事或未与闻，而叙笔即借此纳入，是文中之善于销纳者。文忠乃喜，与缪大亨各率偏师，分投去讫。才阅旬余，大亨已攻破扬州，收降青衣军数万，自押降帅张明鉴、马世熊等，前来缴令。元璋命即延入，大亨道："张明鉴日屠居民，残害太甚，现查得城内遗黎，只有十八家，末将虽收降明鉴，不敢擅为安置，所以亲押而来，请主帅自行发落！"元璋道："将军有劳了。"当下命将明鉴传入，责他无故殃民，罪无可赦，喝令枭首，惟赦他妻孥死罪。次及马世熊，世熊道："屠害居民，俱出张明鉴一人，某不敢为非，现有义女孙氏为证，某部下得了孙氏，某且收为义女呢。"元璋命领孙氏进来，世熊即出挈孙氏入厅，弓鞋细碎，冉冉而前，面如出水芙蓉，腰似迎风杨柳，美固美矣，然未必永年。一道神采，映入众目，都不禁为之暗羡。既至案下，敛神屈膝，低声称是难女孙氏禀见。元璋亦温颜问道：温颜二字，已写出元璋心思。"你是何方人氏？"孙氏道："难女籍隶陈州，因父兄双亡，从仲兄蓄避兵扬州，又被马世熊部众所掠，世熊悯氏孤苦，育为义女，因此得保余生。"元璋不待说毕，便道："你年龄几何？曾字人未？"问她字人与否？亦有徵意。孙氏答称十八岁，及说得尚未字人一语，顿觉红云上颊，弱不胜娇。元璋道："说也可怜，你不如在此居住罢！"孙氏嘿然不答。元璋即令起身，饬屏后仆媪，导入后宫，一面发落马世熊，令他食禄终身。阅一日，便纳孙氏为妾，命她侍寝。孙氏含羞俯首，任所欲为。弱女及笄，已是帐中解舞，将军尚武，何妨枕上弄兵。

柔情似水，艳笔难描，至元璋即真后，封为贵妃，位众妃上，与马氏仅隔一肩，宠遇有加。天恩浩荡，大约是格外怜悯的意思。语中有刺。小子有诗咏道：

不经患难不谐缘，得宠都因态度妍。
自古英雄多好色，恤孤原属口头禅。

元璋正在欢娱，忽池州有急报到来，当即传入问话，欲知详细军情，待小子再续下回。

朱亮祖，骁将也，非极力叙写战谋，不足以见元璋之智。张士德，勍敌也，非极力叙写战事，不足以见德胜之勇。亮祖受擒，宁国自破，士德被执，常熟自下，此犹为表面文字。再进一解，则元璋之不杀亮祖，益以见操纵之神，而他将自心服矣。德胜之得获士德，益以孤强敌之势，而士诚亦夺魄矣。关系颇大，故演述从详。余事皆依次带入，无非一文中销纳法也。

第八回　入太湖廖永安陷没
　　　　略东浙胡大海荐贤

却说常遇春、廖永忠二将，率水陆兵攻下池州，擒杀天完将洪元帅等，当即遣人告捷。元璋问明来人，便令传谕常、廖二将，说是："天完将士，多不足虑，惟他部下有陈友谅，方在猖獗，不可不防！"言毕，即命来人驰回。小子前演元史，曾将天完僭国的详情，及陈友谅出身，一一表白，独此书未曾叙过，不得不约略说明。天完两字，便是第一回中，所说罗田人徐寿辉的国号。友谅乃渔家子，起自沔阳，往攻寿辉，寿辉闇弱，为部帅倪文俊所制，友谅即诣奉文俊，愿受指挥。文俊谋杀寿辉，未克而去，友谅尚佯与委蛇，从至黄州，暗中恰嗾使文俊部众，说他背主不祥，宜为寿辉除害。部众信为真言，仓猝起变，击死文俊。当下并有文俊部众，自称平章政事，不过通信寿辉，阳为报告，寿辉制不住文俊，哪里制得住友谅？数语了了。自是友谅顺江东下，破安庆，陷龙兴、瑞州，分兵取邵武、吉安，自入抚州。寻又取建昌、赣汀、信衢等地，直捣池州。池州被陷，遂与太平为邻。元璋乃遣常、廖诸将，攻取池州，并因池州已下，传谕严防友谅。友谅果遣战舰百余艘，猛将十数员，来争池州，幸常遇春等先已筹备，一俟友谅兵到，四面冲击，杀退各船。

元璋闻池州退敌，调李文忠南下，会同邓愈、胡大海等，徇建德路。文忠奉令南趋，略定青阳、石埭、旌德诸县，至徽州昱岭关，会同邓愈、胡大海军，出

第八回　入太湖廖永安陷没　略东浙胡大海荐贤

遂安,抵建德。沿途屡破敌众,进逼城下,一鼓齐登。元守将不花等,弃城遁去。文忠得擢为帐前统制亲兵指挥使,入城镇守,改建德路为严州府。嗣邓愈往徇江西,胡大海往略浙东,只李文忠扼守孤城,不防张士诚遣将来袭,水陆掩至。文忠在城外设伏,先把他陆军杀退,复将所斩俘馘,载巨筏中,乘流而下,连他的水军,也一哄儿吓走了。统是没用的家伙。士诚心总未死,西边失势,又到东边,屡发兵进窥常州。亏得汤和驰援,连败敌众。未几,又转寇常熟,复为廖永安击走。元璋以宜兴密迩常州,此时为士诚所据,常州总未免被兵,遂命大将军徐达率领将士,往攻宜兴。兵方发,忽闻友谅遣党赵普胜,攻陷池州,守将赵忠战死。太平守将刘友仁往援,亦败没。元璋惊悼不已,奈因各路兵将,统去截击张士诚,一时无可调拨,只好令赵德胜固守太平一带,防他深入。一面促徐达速下宜兴,以便移攻池州。此时元璋亦觉受困。偏徐达等到了宜兴,一攻数月,还是未下,急得元璋满腹焦烦,出兵以来,无此忧劳。日夕筹画,定下一计,忙写就密书,遣使驰至徐达营中,令他察阅。达展读道:

宜兴城小而坚,未易猝拔,闻其城西通太湖,张士诚饷道所由,若断其饷道,军食内乏,破之必矣。

达览书大喜,发使还报,遵令即行。遂遣总兵丁德兴,分兵遏太湖口,自与平章邵荣等,并力攻城。果然粮尽兵溃,宜兴随下。廖永安趁着胜仗,竟率兵深入太湖,舟至半途,却值士诚麾下的吕珍,鼓舟而至。冤家遇着对头,就在湖滨大战起来。向来太湖两岸,水势深浅不一,芦苇纵横,烟波浩渺,吕珍乖巧得很,令各舟忽出忽没,忽进忽退,害得永安跋来赴往,使不出甚么勇劲,顿时焦躁异常,命掌篙的人,尽力赶去。哪知吕珍轻舟诱敌,实是一条诡计。永安的坐船,先时很是活泼,撑了里许,忽被浅滩搁住,休想再动分毫,正在着急,蓦见芦苇中荡出几只小舟,舟子统是渔人打扮,永安不辨谁何,命将小舟撑近大船,一舟甫至,永安即一跃而下,尚未立稳,那舟子竟拔出短刀,把永安砍伤右臂。永安动弹不得,竟被舟子一声鼓噪,将永安掀翻缚住。看官不必细问,便可知这种舟子,统是吕珍手下的将士了。不解之解。永安被擒,当由吕珍押献士诚,士诚颇爱永安才勇,劝他归顺。永安怒目视道:"我岂肯降你这枭目么?"写永安之忠。士诚遂把他拘住狱中。至元璋闻耗,立即遗书士诚,愿归所获三千人,易一永安。士诚记着亡弟遗恨,拒绝去使,永安卒死于平江。寻元璋封为楚国公,迎丧郊祭,很是尽礼。暂且按下不表。

且说永安败陷,另授杨国兴统带舟师。国兴复出太湖口,收集各舰,迭破张士信兵,平宜堰口二十六寨,一面赶修宜兴城,城完守固。士诚复遣水陆军夹击,统由国兴杀退,宜兴无恙。元璋方调徐达兵规复池州,达率俞通海、赵德胜等到池州城下。那时友谅党赵普胜，尚驻扎池州，一闻徐达兵到，即执着双刀，出来对阵。俞通海望见普胜，大喝道："你是我的旧部，为什么叛归友谅？"回应第五回。普胜道："人各有志，你休来管我！"通海大愤，遂挺矛与战。矛去刀迎，刀来矛抵，恶狠狠的战了多时，通海几败。德胜见通海战他不下，忙拨马往助，双战普胜，尚只杀得一个平手。嗣经徐达麾兵杀上，方将普胜击退。徐达回营，语通海道："普胜那厮，骁勇绝伦，怪不得他叫作双刀，若明日再战，我当用计胜他。"次日，先令侦骑哨探，回报赵普胜濒江立营，四面竖栅，倚以自固。徐达道："有了。俞将军可带领舟师，袭他后面，我与赵将军领着陆军，攻他前面，明攻暗袭，不忧不胜。"俞通海领命前去。徐达密语赵德胜，令他率兵先出，杀至普胜营前。普胜即开营抵敌，由赵德胜奋起精神，与他酣斗数十合，普胜越战越勇，德胜虚晃一刀，勒马就走。普胜乘势赶来，约四五里，适值徐达引军驰至，接应德胜，德胜又回马奋斗，两下夹攻，普胜倒也不惧。忽闻后面隐隐有号炮声，恐是江营有失，不敢恋战，晓得迟了。遂舍德胜，驰回原营，将到营前，叫苦不迭。看官道是何故？乃是营栅上面，已悬着俞字旗号。原来俞通海乘普胜远追，已袭入江营，夺了巨舰数艘，把普胜营兵逐去。普胜见了，懊悔不及，尚欲拼命夺营，怎奈徐达、赵德胜军赶至，通海军又复杀出，腹背受敌，势不能支，没奈何大吼一声，向西遁去。

徐达、赵德胜即移军攻城，池州守将洪钧，不知厉害，尚麾兵出城，与德胜交锋。战未数合，被德胜卖个破绽，把洪钧活擒过来。守兵见主帅被擒，都弃城逃走，池州立下。徐达一面报捷，一面檄调俞廷玉、张德胜等，联兵进攻安庆。俞廷玉率舟师先进，不期与赵普胜相遇。普胜自池州败走，到了安庆，料知徐达等必乘胜进攻，他便伏兵港中，专待截击，遥见廷玉到来，便顺风吹起胡哨，各舟闻声竞至，围攻廷玉坐船。廷玉挺立船头，督兵猛战，约有一两个时辰，兀自支持得住。谁知普胜觑住廷玉，猝发标箭，适中廷玉左腮，廷玉忍不住痛，晕仆舱中。将军难免阵中亡。顿时舟中大乱，亏得通海前来接应，才将全舟救出，余舟多被普胜夺去。廷玉竟痛极身亡。通海大恸，忙奔回徐达营中，报明败状。徐达也不禁叹息，即令通海送柩归乡，并遣人驰报应天。

是时，元璋以胡大海出师浙东，屡攻婺州未下，正思督兵亲往，得着此耗，倒也沉吟起来。诸将以普胜如此强悍，恐再出池州，为长江患。元璋道："普胜勇而寡谋，友谅贪而忮功，若用计离间，一夫已足，何庸过忧？"随遣一员牙将，潜至安庆，与普胜门客赵盟，叙起乡谊，格外交欢。嗣复投书赵盟，恰故意误送普胜。普胜私下展阅，语多隐约难详，心中大疑，遂疏赵盟。赵盟不能自安，竟与牙将同至应天，来附元璋。不特普胜中计，连赵盟亦中计。元璋格外优待，给他重金，令往友谅军中，散布谣言，无非是普胜恃功，谋叛友谅等语。友谅果然动疑，也中计了。遣使觇普胜虚实。普胜哪里得知，见了使人，尚满口侈述战功，骄矜不已。使人返报友谅，友谅即带着重兵，自至安庆，只说与普胜会师，进攻池州。普胜忙至雁汊口迎迓，才登舟，即被拿下，一语未完，已经身首异处了。可报廷玉之仇。赵盟回禀元璋，元璋大喜，厚赏赵盟。是奉之也。遂调回徐达，令与李善长留守应天，自率兵十万，用常遇春为先锋，由宁国出徽州，转向婺州进发。

至兰溪，有士人王宗显进谒，并呈上胡大海荐书。元璋接见，问他籍贯，答称原籍和州，寄寓严州。元璋道："君寓此有年，能识婺州内容么？"宗显道："某有故人吴世杰，居近婺城，可以探问。"元璋即令他去讫。不数日，宗显驰还，报称："守将离心，不难攻入。"元璋喜道："我得婺州，当令汝作知府。"宗显拜谢。又启行至婺州，会着胡大海。大海进谒，行过了礼，便禀道："婺州与处州为犄角，元参政石抹宜孙，为处州守将，常发兵来援，所以屡攻未下。现因主公将到，他探知消息，又遣参谋胡深，运着狮子车数百辆，前来抵御。目下闻已到松溪了。"元璋道："石抹宜孙，用车师来援此城，未免失计。松溪山多路狭，车不可行，若遏以精兵，便可破他。援兵一破，此城自不劳而下了。"应该嘲笑。大海答声称是。元璋又道："闻你义子德济，很是骁勇，何不拨与健卒数千，令他去截援师？"大海应令出去，即遣子德济，领锐卒数千，竟往松溪。至梅花门，已遇胡深运车驰到，德济鼓噪而前，惊得胡深迎战不及，意欲将车退后，以便厮杀。可奈梅花门依着龙门山，林箐丛杂，岭路崎岖，就是未遇敌时，已觉七高八低，难以行车，此时大敌当前，进退失据，没奈何弃了车辆，引军逃去。不出元璋所料。

德济返营报功，元璋即督兵攻城。城中守将帖木烈思与石抹厚孙，即石抹宜孙之弟。两不相下，无心防御，裨将宁安庆，知不可守，夜遣都事李相缒城请降，约开东门纳兵。元璋许诺，李相返城，即将东门大启，常遇春、胡大海等一拥而入，竟把帖木烈思、石抹厚孙等擒住。全城已破，当由元璋入城，下令禁止侵暴，并改婺州路为宁越府，即用王宗显知府事。算是践言。开郡学，聘硕儒，延叶仪、宋濂为五经师，戴良为学正，吴沈为训导。时丧乱日久，学校湮废，至此始闻有弦诵声。

未几，又有乐平儒士许瑗进谒。瑗有才智，放浪吴、越间。及入见，语元璋道："方今元祚垂尽，四方鼎沸，窃闻有雄略乃可驭雄才，有奇识乃能知奇士，明公欲扫除僭乱，非收揽英雄，难于成功。"元璋道："诚如君言。我今求贤若渴，方广揽群材，共图康济。"许瑗道："果如此，天下不难定了。"元璋大喜，即授为博士，留居帷幄。既而元璋欲还归应天，乃召胡大海与语道："宁越为浙东重地，我因你勇，特命你居守。现闻衢州守将宋伯颜不花，多智术，处州守将石抹宜孙，善用士，绍兴为士诚将吕珍所据，数郡与宁越相近，我留常遇春在此，与你协力乘间往取三郡。但此三郡守将，俱系劲敌，千万小心为要！"大海顿首拜受。元璋又嘱咐常遇春数语，令与胡大海协同行事，乃即日起程，率军返应天。

元璋去后，常遇春即进攻衢州，用吕公车、仙人桥、长木梯、懒龙爪等攻具，拥至城下，高与城齐。又于大西门城下潜穴地道，高下并攻。守将宋伯颜不花，煞是厉害，束苇灌油，烧吕公车，用长斧砍木梯，架千斤秤钩懒龙爪，并筑夹城防穴道，井井有条，毫不慌忙。遇春屡攻不克，乃用声东击西的法子，明攻北门，潜袭南门。宋伯颜不花未及防备，竟被突入南门瓮城中，毁坏守具，合城惊惶。院判张斌度不能支，遣使约降，夜出小西门迎大军入城，守兵尽溃。宋伯颜不花逃避不及，被常遇春活擒而归。遇春还宁越，胡大海留遇春驻守，自约耿再成攻处州。想因遇春得衢，故亦不甘坐守。再成曾出兵缙云，倚黄龙山为根据，立栅屯兵，借遏敌冲。元参政石抹宜孙，自驻处州，另遣将分守要塞，备御再成。诸将皆怠玩无斗志。胡深时守龙泉，闻胡、耿合兵来攻，料知守地难保，竟弃军来降。无非为德济吓慌。大海问他处州详情，深言兵弱易攻，遂出师樊岭，与再成会，夹击桃花岭、葛渡等寨，应手而下，进薄处州城。宜孙出战败绩，走闽中。大海入城抚民。再成又出兵西略，建宁七邑皆降。既而宜孙复收集散卒，欲复处州，至庆元，为再成击毙。捷书迭达应天，元璋喜甚，命耿再成驻守处州，胡大海还镇宁越。寻复改宁越府为金华府。大海雅意揽贤，查得金处有四大儒，遂一一登诸荐牍，请元璋立刻征用。元璋即遣使赍币，礼聘四贤，有三人应征而往，一个就是浦江人宋濂，一个是龙泉人章溢，一个是丽水人叶琛，还有一位青田名士，位置自高，经元璋再三征求，方出山来辅真主。仿佛刘备之遇诸葛。正是：

得逢雷雨经纶日，才识风云际会时。

欲知此人是谁，且至下回再详。

此回为过渡文字。元璋得金陵后，除附近元军外，只有张士诚一路，与他为难。元军涣惰不足道，士诚尚以战为守，无甚大志，元璋处之，犹易与耳。至友谅猖獗，顺江而下，于是元璋左右受敌，几不胜防。廖永安陷没太湖，俞廷玉战死长江，皆足为金陵夺气。非敌将被间，浙军获胜，元璋其危矣乎！作者双管齐下，东西夹叙，虽曰按时述事，而不为分段表清，忽说与士诚兵战，忽说与友谅兵争，盖隐隐绘一忙乱情形，俾阅者知当日大势，若是其亟。至青田定计，熟权缓急，而战事次序，乃可得而分矣。故曰本回为过渡文字。

第九回　刘伯温定计破敌
　　　　　陈友谅挈眷逃生

　　却说青田名士,迭征乃至。这人为谁?系姓刘名基,字伯温,就是翊赞朱氏,创成明室的第一位谋臣。郑重出之。先是元至顺间,基举进士,博通经史,兼精象纬学,时人论江左人物,推基为首,以为诸葛孔明,不过尔尔。江浙大吏,屡征不出,至石抹宜孙守处州,经略使李国凤屡称基才,请他重用。宜孙仅召为府判,不与兵事,基仍弃官归青田。时黄岩人方国珍,据温、台、庆元等路,骚扰浙边,大吏犹专事羁縻,不加讨伐,基屡请严剿,不见从,乃归募同志,部勒成军,借避寇患。及胡大海下处州,闻名往聘,基仍谢绝。大海乃请命元璋,赍币往聘,犹不肯起。及元璋命总制孙炎,致书固请,乃慨然道:"我昔游西湖,见西北有异云,曾谓是天子气,十年后当应在金陵。今朱氏创兴,礼贤下士,应天顺人,我不妨前往,助他一臂,得能有成,也不负我生平志愿了。"于是束装就道,径诣应天。

　　元璋闻他来见,忙下阶恭迎,赐以上坐,从容与论经史,及咨以时事,基应对如流,畅谈要策,共得十八条。元璋喜甚,便道:"我为天下屈先生,先生幸毋弃我!如有指陈,愿安受教。"可谓虚己以听。基乃语元璋道:"明公据有金陵,甚得地势,但东南有张士诚,西北有陈友谅,屡为公患。为明公计,必须扫除二寇,方可北定中原。"元璋蹙额道:"这两人势颇不弱,如何可以剿灭?"基答道:"御敌当权缓急,用兵贵有次序,张士诚一自守虏,尚不足虑,陈友谅劫主称兵,地据上游,无日忘金陵,应先用全力,除了此害。陈氏灭,张氏势孤,一举可定。然后北向中原,造成王业,明公曾亦设此想么?"确是坐言起行之计,不比前文进谒之士,专务泛论,无裨军谋。元璋道:"先生妙计,很是佩服,此后行军,全仗先生指导!"基始应声而出。元璋即命有司筑礼贤馆,使基入居,宋濂、章溢、叶琛三人,亦住馆内。嗣命濂任江西等处儒学提举,并遣世子受经。授章、叶为营田司金事。惟留基入主军务,事无大小,一律咨询。基颇感知遇,遂一意参赞,知无不言。元璋尝呼为先生而不名,语人时,每比基为张子房,不愧留侯。真所谓君臣相遇,如鱼得水了。

　　元璋方简阅军马,准备出师,忽闻陈友谅挟了徐寿辉,舣舟东下,进攻太平,正拟遣将往援,忽由太平逃来溃兵,禀称太平失陷,花将军阖门死事,连知府许瑗、院判王鼎,统已殉节了。叙太平被陷事,恰先述禀报,后及详情,是倒戟而出之法,与上文各节不同。元璋不禁失惊道:"有这般事么?我的义儿文逊,怎么样了?"来兵答道:"想亦尽忠了。"元璋失声大恸,经诸将从旁劝解,尚是流涕不止。原来黑将军花云与元璋养子朱文逊,同守太平。及友谅来攻,两人率兵三千名,鏖战三日,友谅不能入。会大雨水涨,友谅引巨舟薄城西南,令士卒夜登舟尾,缘梯登堞,遂入城。花云、文逊,巷战一夜,力屈遭擒。文逊被杀,云忽奋臂大呼,激断绳索,夺了守兵的短刀,左右乱砍,杀死五六人。众兵一齐杀上,伤他右臂,复被絷住,云大骂道:"贼奴敢伤害我,我主且至,必砍尔等为肉泥!"有声有色,虽死不朽。众兵闻言大怒,竟把他缚住船樯,一阵射死。云妻郜氏,亦赴水殉节。子炜,方三岁,侍女孙氏,抱炜远窜,被乱兵掠至九江。元璋常求花氏后裔,苦无所得,至友谅败殁,才见一皓首庞眉的老人,带着孙氏,负儿而来。当下接儿在手,置着膝上,抚顶叹道:"虎头燕颔,不愧将种,黑将军算不虚死了。"言毕,即命赐老人衣。谁知老人倏忽不见,四处找寻,仍无下落,弄得元璋也惊疑起来,依史而陈,并非虚谩。随即问明孙氏,孙氏泣拜道:"奴自逃出太平,为乱军所掳,军中恨儿夜啼,由奴拔质簪珥,寄养渔家。嗣奴复潜窃儿出,脱身东走,登舟渡江,江中复遇乱军,将奴与儿推入江心,幸得断木附着,飘入芦渚。七日无食,只取莲实充饥。巧逢老人到来,救奴及儿同行至此。奴万死一生,得将此儿保存,伏乞推恩收育,不负小主人一番忠诚。"孙氏可谓义婢。元璋亦流泪道:"主忠仆义,万古流芳,我不惟保养此儿,连你亦应矜恤。只与你同来的老人,究竟何姓何名?为何不知去向?"孙氏道:"他只自称雷老,不说实名。"元璋迟疑半响,方说了"忠孝格天"四字,应有此理。仍命孙氏抚养花炜,岁给禄稭。至炜年长成,累官指挥佥事,孙氏亦受旌封,这是后话,暂且不表。

且说陈友谅既得太平,急谋僭号,遣壮士椎杀寿辉,便假采石五通庙为行宫,自称皇帝,国号汉,改元大义。命邹普胜为太师,张必先为丞相,张定边为太尉,一面遣使约张士诚,同攻应天。士诚不敢遽允,遣还来使。此刘基所谓自守虏也。不然,东西相应,应天宁不危乎?友谅怒道:"盐侩不来,我岂不能下金陵么?"大言不惭。遂大集舟师,自江州直指应天。舳舻蔽空,旌旗掩日,自头至尾,差不多有数十里。仿佛曹操八十万大兵。警报飞达应天,元璋即召众将会议,众将纷纷献计,有说友谅兵盛,宜出城迎降的,有说应走据钟山,徐图规复的,独刘基瞑目无言。胸有成竹。元璋退入,召基问话,基答道:"说降说走,都可斩首,斩了他方可破贼。"我亦云然。元璋道:"依先生高见,计将安出?"基答道:"天道后举者胜,我以逸待劳,何患不克?"元璋称善。基复密语良久,下文统暗括在内。元璋益喜,复出厅升座。众将又上来献议,或请遣兵先复太平,或请主帅亲自出征,又换了一派议论,想是斩首之言,已被闻知。统被元璋驳

第九回　刘伯温定计破敌　陈友谅挈眷逃生

去，只命参谋范常，赍书胡大海，命他出捣信州，牵制友谅后路。范常应声而出，自去照行。元璋又召康茂才入内，与语道："闻汝与友谅相知，能否通诈降书么？"茂才道："愿如尊命！且家有老阍，曾事友谅，遣使赍书，必信无疑。"元璋喜道："既如此，快修书出发！"茂才应令，立写就诈降书，并密嘱司阍数语，令乘一小舟，径投友谅军前。友谅得书，便问道："康公何在？"司阍答道："现守江东木桥。"友谅即待以酒食，令他还报道："归语康公，我到江东桥，三呼老康，即当倒戈内应，不可误事！"利令智昏。司阍唯唯连声。返报茂才，茂才即入禀元璋，元璋笑道："友谅友谅！已入我彀中了。"急令李善长带了工役，乘着月夜，把江东木桥，改为铁石，一夕而成，大书"江东桥"三字，令人一望便知。善长还报，元璋即命常遇春、冯国胜、此时冯国用已殁，弟胜承袭兄职。华高等，率帐前五翼军，伏石灰山侧，徐达伏兵南门外，并各嘱道："我当统兵至卢龙山，你等可遥望山上，竖着赤帜，便知寇至；改竖黄帜，乃可麾兵杀出，休得有误！"诸将领命去讫。此两路是防陆。又命杨璟驻兵大胜港，张德胜、朱虎等，领舟师出龙江关外。此两路是防江。分拨已定，乃亲自督兵出城，至卢龙山驻扎，专待友谅兵来。

不一日，友谅果联舟东下，至大胜港，口甚狭，仅容三舟，濒岸又见有重兵驻着，杨璟兵出现。恐被出击，不敢停留，遂退出大江，径来觅江东桥。距桥约半里，已有"江东桥"三字，映射眼波，只桥是大石砌成，并非木质，未免心中怀疑，至此尚不知中计，确是笨伯。复驶近桥边，连呼"老康老康"，凭他叫破喉咙，并没有人出应，只有空中声浪，回了转来，也答他是老康两字。妙甚。趣甚。友谅才知中计，但因船多人众，恰还没有慌忙，复下令向龙江进发。既抵龙江，即遣万人登岸立栅，声势锐甚。时方酷暑，烈日炎炎，元璋服紫茸甲，在山上张盖督兵，嗣见将士挥汗如雨，立命去盖，与将士同曝日中。驭兵之道在此。将士欲下山夺栅，元璋道："天将下雨，汝等且就食，俟乘雨往击未迟。"想是刘军师教他。诸将昂头四顾，并没见有云翳，大都莫名其妙，只好遵令就食。食方毕，西北风骤起，黑云四至，大雨倾盆而下，元璋即命将士下山拔栅，一面竖起赤帜。友谅见立栅被拔，亦麾众力争。两下相杀，雨忽停止。元璋复改竖黄帜，并发鼓声。于是常遇春等自左杀到，徐达自右杀到，把登岸的敌兵，统驱入水中。友谅忙麾舟渡军，舟甫离岸，张德胜、朱虎又领舟师杀来，吓得友谅不知所为，偏偏潮神又与他为仇，来时潮涨，去时潮落，把数百号兵船，一概胶住浅滩，不能移动。友谅无法可施，忙改乘小舟，飞桨逃出，其余军士，亦多投水逃生，有一半不善泅水的，统沉没江心，至河伯处当差去了。元璋复命诸将追袭，自率亲兵，收夺败舰，共得巨舰百余艘，战舸数百，连友谅所乘的大船，亦一律获住，船中尚留着康茂才书，元璋不觉失笑道："呆鸟呆鸟！"言已，复检点俘虏，共得七千余人，押领而归。

且说友谅易舟西遁，又见敌舟远远追来，忙下令加桨飞逃，至慈湖，距敌舟不过数丈，正在着急，又遇火箭射至，烈焰飞腾，那时急不暇择，只好驶舟近岸，一跃登陆，鼠窜而去。这边的张德胜、朱虎及廖永忠、华云龙等，哪里肯舍，毁了友谅的舟，复上岸力追，直抵采石。不防友谅得了援兵，回马来战，张德胜首先陷阵，致受重伤，死于军中。廖永忠、华云龙等，见德胜陷没，勃生义愤，舍命冲锋，一场死斗，仍将友谅杀败，友谅方弃甲曳兵，逃回江州去了。友谅一败。嗣是徐达复太平，胡大海取信州，冯国胜等取安庆，露布飞驰，欢声腾跃。偏友谅不肯干休，遣张定边攻安庆，李明道攻信州，安庆竟被夺去，信州由李文忠往援，擒住明道，献至应天。明道愿降，并言友谅可取状，于是元璋复造了龙骧巨舰，亲率舟师，再攻安庆。廖永忠、张志雄等，奋勇当先，拔了水寨，进兵攻城，自旦至暮不能下。刘基献议道："安庆城高而固，急切不能攻下，何若移师江州，破他巢穴。"的是胜着。元璋不待说毕，即下令撤围，鼓舟西上。聪明人不消细说。舟过小孤山，遇有数舟来降，舟中有两员大将，一个叫作傅友德，一个叫作丁普郎。元璋召入，问明来历，知系友谅部将，弃暗投明，自然心喜。且见友德较为英武，便命他仍率原舟，作为前导。沿途遇着江州巡兵，一概招降，稍有不服，立刻扫净。片帆风顺，径达江州城下。友谅闻报，尚疑是士卒误传，待至城外鼓角喧天，方知敌兵果到，慌忙整兵守御。仿佛做梦。惟江州抱水依山，也是一座坚城，友谅倚作巢穴，简直是不易攻的。当下一攻一守，相持两日，城完如故。友谅稍稍放心，不想到了夜间，敌兵竟登城杀入，急得友谅手足无措，忙挈妻逃出城门，乘舟西奔，逃至武昌去了。友谅二败。原来元璋用刘基计，密测城堞高度，令工兵在各舰尾，搭造天桥，乘着暗夜，一列将船倒行，直逼城下，天桥与城堞，巧巧衔接，将士援桥登城，不费甚么气力，竟得杀入城中，友谅还道神兵自天而下，哪得不仓猝逃去？原来如此。

江州已下，南昌守帅胡廷瑞，也遣使郑仁杰输诚，惟请勿散他旧部。元璋颇有难色，刘基在后，潜踢元璋所坐胡床，元璋大悟，又似张子房之蹑沛公。乃遣仁杰还，并赐书慰谕，准如所请。廷瑞即遣甥康泰赍书请降，自是余干、建昌、吉安、南康诸郡县，相继投诚。元璋又命赵德胜、廖永忠、邓愈等，分兵四出，略瑞州、临江、拔浮梁、乐平，并攻克安庆、赣皖一带，十得七八。元璋乃率军东还，道出南昌，胡廷瑞率甥康泰及部将祝宗等，出城迎谒。元璋慰劳有加，并令廷瑞等同归应天，留邓愈驻守南昌，叶琛任知府事。临行时，廷瑞密白元璋，以祝宗、康泰二人，不甚可恃，元璋乃令二人归徐达节制，从征武昌；不意元璋才归，祝宗、康泰果谋叛返兵，袭入南昌。叶琛战死，邓愈单身逃免。幸徐达旋师平乱，诛祝宗，赦康泰，南昌复定。元璋闻报，方转忧为喜道："南昌控引荆、越,系西南藩屏,今为我有,是陈氏一臂断了,但非骨肉重臣,恐不可守。"乃改南昌为洪都府,命侄儿朱文正为大都督,统率赵德胜、薛显等,与参政邓愈,一同往守。各将方去,忽由浙东迭来警耗,报称胡大海、耿再成两将,被刺身亡,元璋又出了一大惊,小子走笔至此,又有一诗咏道:

　　　　大功未就已身捐,百战沙场总枉然。
　　　　只有遗名垂竹帛,忠魂犹得慰重泉。

毕竟胡、耿两将如何被刺,且看下回分解。

　　本回所叙,纯系朱、陈两方战事,而朱氏之得胜,又全属刘基之功。陈友谅既得太平,即乘胜东下,声势锐甚,金陵诸将,议降议避,莫衷一是,元璋虽智不出此,然非刘基之密为定计,则未必全胜。史传多归美元璋,此系善则称君之常例,演史者所当推陈出新,不得仍如史官云云也。至若江州之役,南昌之降,则刘基本传中,亦历述其匡赞之功。天生一朱元璋,复生一刘伯温,正所以成君臣相济之美,非揭而出之,曷由显刘青田之名乎? 惟近世小说家,有以神奇称基者,则未免附会,转失其真,是固本书所不取也。

第十回　救安丰护归小明王
　　　　　　援南昌大战伪汉主

　　却说胡大海留守金华,耿再成留守处州,本是犄角相应,固若金汤。惟金、处本多苗军,胡、耿两将,多雅意招揽,不分畛域。苗将蒋英、刘震、李福等,归降胡大海;李佑之、贺仁德等,归降耿再成。胡、耿皆留置麾下,一例优待,怎奈狼子野心,终不可恃。为滥收降将者,作一棒喝。蒋英、李福等先谋作乱,商诸刘震,震颇不忍,李福谓举行大事,不能顾及私恩,于是震亦相从,先以书勾通处州苗将,令同时举兵,一面禀请大海,至八咏楼下观弩。大海不知是诈,挺身而出,将上马,忽有苗将钟矮子跪马前,诡禀蒋英罪状。大海未及答,回顾蒋英,不料被英突出铁锤,击中头脑,顿时脑浆迸出,死于非命。英即断大海首,胁从大海部兵。大海子关住及郎中王恺,俱被英等杀死。惟典史李斌,怀着省印,缒城至严州告急。李文忠亟遣何世明、郭彦仁等往讨,张德济亦自信州奔赴。这边方闹个不了,那边又响应起来。此所谓铜山西崩,洛钟东应。李佑之、贺仁德等,先接蒋英等书,尚未敢动,至大海被杀,即放胆作乱。耿再成方与客饮,闻变调军,兵卒未满二十人,佑之等已经杀入,再成叱道:

"贼奴！何负尔等,乃敢造反?"言未已,佑之等已攒槊环刺,再成挥剑,连断数槊,卒因贼众槊多,不胜防备,身中数创,大骂而死。分省部事孙炎及知府王道同,均遇害。再成子天璧,方奉命往处州,征发苗兵,中途闻变,亟遣人至李文忠处乞援,一面纠集再成旧部,急赴父难。

这时候的警报,早达应天,元璋未免痛悼,并语刘基道:"金、处有失,衢州恐亦被兵,如何是好?"刘基道:"贼众乌合,尚不足虑,且严州有李将军,就近赴援,制贼有余,若虑及衢州,不材愿往镇抚。且前因兵事倥偬,以至丧母未葬,此时正可乘便回籍,为公及私了。"元璋喜道:"先生愿行,尚有何说!"遂拨了得力将士,令基带去,以便调遣。基星夜前进,到了衢州,守将夏毅,忙迎基入城,并语衢州亦多讹言,基云无妨,当下派兵四驻,并揭榜安民,一夕即定。确是大材。嗣发书至各处属县,谕以镇静无恐,休得自扰!各县亦相安无事。一瞬旬余,闻金华叛将蒋英等已败投张士诚,处州叛将李佑之等,亦由李文忠部将与耿天璧等击死,不出先生所料。遂遣使驰报应天,自回原籍葬母去了。元璋得刘基使报,又接李文忠捷书,自然欣慰,遂命李文忠为浙江行中书省左丞,总制严、衢、信、处诸郡军马。以耿天璧袭父职,留守处州。后由李文忠出攻杭州,得获蒋英等,刺血祭大海,寻复追封大海为越国公,再成为高阳郡公,事且慢表。归结胡大海、耿再成二人。

且说刘基回籍葬母,在家丁忧,方国珍亦驰书慰唁,基答书称谢,并宣示元璋威德,劝他归附。国珍乃遣使至应天,进贡方物。元璋甚喜,贻书刘基,慰劳备至。又常遥咨军事,并约期促赴应天。基于至正二十二年春还籍,至二十三年春复出,适元璋拟亲援安丰,基即进谏道:"友谅、士诚,眈眈思逞。为主公计,不如勿行为是。"元璋道:"小明王被围甚急,我向奉他龙凤年号,不忍袖手旁观,因此不得不往。"基嘿然。原来基初至应天,见中书省曾设御座,奉小明王韩林儿虚位,每当春秋佳节,自元璋以下,皆向座前行庆贺礼,基独不往,且愤愤道:"一个牧竖,奉他何为?"独具只眼。至是韩林儿居亳州,为元统帅察罕帖木儿所败,偕刘福通遁至安丰。张士诚又乘隙往攻,率众十万,围住安丰城。刘福通不能敌,飞使从间道至应天,哀乞援师。基不欲往援,所以谏阻,偏偏元璋不从,竟率徐达、常遇春等,兼程而往。及至安丰,城已失守,福通被杀,林儿在逃。士诚将吕珍,据城列栅,水陆连营,徐达等拔他中垒,乘胜进击,不想前面阻着大濠,一时不能逾越,后面偏遇吕珍杀至,分着左右两翼,围裹拢来,竟把徐达等困住垓心。亏得常遇春率军横击,三战三胜,才得击走吕珍,追了一程,吕珍复得庐州左君弼援军,翻身再战,复被徐达、常遇春等杀退。元璋乃命徐达等攻庐州,自率兵往觅林儿,得诸途中,送居滁州,自回应天。为此一行,险些儿把龙蟠虎踞的都城,被人暗袭。亏陈友谅见

第十回　救安丰护归小明王　援南昌大战伪汉主

近忘远,只把五六十万的大兵,专攻南昌,不袭应天,令这位暗叨天佑的元璋公,还好从容布置,与友谅鏖战鄱阳湖,决最后的胜负。说来话长,由小子从头至尾,演述出来,以便看官详阅。欲叙鄱阳战事,先用如椽之笔,承上起下,见得此战关系甚大,非寻常战事可比。

这友谅因疆宇日蹙,愧愤交集,意欲破釜沉舟,与元璋决一死战,于是大作战舰,每舟分三级,高约数丈,上下人语不相闻,房室俱备,中可走马,行军之道,全在灵活,况江中之战,不比海中,造此大舰何为者？当下载着百官家属,及所有士卒六十万,悉数东来。孤注一掷,越是呆鸟。到了南昌,便把各舰停住,准备攻城。何不直捣金陵。守帅朱文正,闻友谅倾国而来,急命邓愈守抚州门,赵德胜守官步、士步、桥步三门,薛显守章江、新城二门,牛海龙等守琉璃、澹台二门,自率精锐二千人,居中节制,往来策应。那友谅亲自督兵,猛扑抚州门,兵士各持笠帽大的盾牌,上御矢石,下凿城垣。不多时,但听得一声怪响,城竟坍坏二十多丈。各兵方拟拥入,忽见里面铳声迭发,射出许多火星,熊熊炎炎。闪铄如电,稍被触着,不是焦头,就是烂额,此时欲用盾牌遮蔽,哪知盾系竹制,遇着火尤易燃烧,大众多是畏死,自然逐步倒退。邓愈即饬兵竖栅,栅未竖成,外兵又进,两下接仗,不得不血肉相搏。正危急间,文正督诸将来援,且战且筑。外兵怎肯歇手,连番杀入,连番退出,等到城墙修毕,内外尸骸,好似山积。文正麾下的猛将,如李继先、牛海龙、赵国旺、许珪、朱潜等,统已战死了。友谅休兵数日,复攻新城门,忽城内突出一支人马,似龙似虎,锐不可当,首将便是薛显,提刀突阵,尤为凶猛。友谅将刘震,不顾好歹,上前拦住,被薛显横腰一刀,挥作两段,余众披靡。薛显杀了一阵,收兵而回。入城后,检点将士,只不见百户徐明,探问下落,才知穷追被擒,惋惜不已。友谅愤攻城不下,自己没用,愤亦何益？增修战具,移攻水关。水关有栅,文正集壮士防守,见友谅兵至,从栅缝中迭出长槊,迎头刺击。友谅兵也是厉害,夺槊更进,不防里面换用铁戟刺出,奋手去夺,都一声惨号,七颠八倒。看官道这铁戟上有何物？乃是用火淬过,一经着手,立即灼烂。自是无人近前,水关又无恙了。友谅乃分兵攻陷吉安、临江,招降李明道,杀死曾万中,复擒住刘齐、朱叔华、逍天麟三人,至南昌城下开刀,并呼城上守兵道:"如再不降,以此为例。"守兵不为动。友谅复攻官步、士步两门,赵德胜日夕巡城,指麾士卒,忽来了一支硬箭射中腰眼,深入六寸,顿时忍痛不住,拔剑叹道:"我自壮岁从军,屡受创伤,未有如此厉害,今日命该当绝,只恨不能从我主公,扫清中原。"言至此,猝然晕仆,竟尔逝世。出师未捷身先死,长使英雄泪满襟。德胜殁后,军士越奋,友谅亦越攻不下,但总不肯舍去,镇日里围住这城。真是呆鸟。文正佯遣兵纳款,令他缓攻,阴令千户张子明,偷越水关,赴应天告急。

子明扮做渔夫模样，摇着渔舟，唱着渔歌，混出石头城，昼行夜止，半月始达应天，易服见元璋。元璋始悉南昌被困状，且问友谅兵势如何？子明道："友谅倾国而来，兵势虽盛，战死恰也不少。现在江水日涸，巨舰转驶不灵，且师久粮匮，蹙以大兵，不难立破。"元璋道："你先归报文正，再坚守一月，吾当亲自来援。"子明领诺，仍改作渔翁装，摇舟疾返，不意到了湖口，竟被友谅逻卒拘住。去时得脱，归时始被执，暗中也有天意。友谅道："你是何人？敢如此大胆。"子明道："我是张子明，至应天乞援的。"直言得妙。友谅复道："元璋曾来援否？"子明道："即日便至。"尤妙。友谅道："你若有志富贵，不如出语文正，说是应天无暇来援，令他速降。"子明瞪目道："公休欺我！"反诘尤妙。友谅道："决不欺你。"子明道："果不相欺，我便去说。"友谅便命人押至城下，命与文正答话。子明高声呼道："朱统帅听着！子明使应天已回，主上令我传谕，坚守此城，援军不日就到了。"仿佛春秋时之晋解扬，但楚庄不杀解扬，而友谅杀子明，安能成霸？友谅闻言大怒，立将子明杀死，这且按下。

且说元璋因南昌围急，飞调徐达等回军，集师二十万，祃纛龙江，克期出发。至湖口，先遣指挥戴德，率着两军，分屯泾江口、南湖嘴，遏友谅归路。又檄信州兵马，守武阳渡，防友谅逃逸。安排已就，然后驶舟再进。友谅自围攻南昌，已阅八十五日，至是闻元璋来援，遂撤围东下，至鄱阳湖迎战。元璋率着舟师，从松门入鄱阳湖，抵康郎山，遥见前面樯如林立，舰若云连，料是联舟逆战的友谅军，便语诸将道："我观敌舟首尾连接，气势虽盛，进退欠利，欲要破他，并非难事。"徐达在旁道："莫如火攻。"元璋道："我意亦然。"乃分舟师为二十队，每舟载着火器弓弩，令各将士驶进敌船，先发火器，次放硬箭。众将士依计而行，果然一战获胜，杀敌军一千五百余人。徐达身先诸将，夺住巨舟一艘。俞通海复乘风纵火，焚敌舟二十余只，余将宋贵、陈兆先等，亦相率死战。这时候，前后左右的敌船，多半被火，连徐达所坐的大船，也被延烧，达忙令兵士扑灭火势，奋力再战。元璋恐达有失，遣舟往援，达得了援舟，越觉耀武扬威，争先驱杀。不意敌兵避去徐达，却争来围攻元璋，元璋见敌兵趋集，急欲鼓船督战，船行未几，忽被胶住。友谅骁将张定边，乘隙入犯，一声号召，四面的汉兵，摇橹云集，把元璋困住垓心。指挥程国胜，与宋贵、陈兆先等，忙率兵抵住，一当十，十当百，拼个你死我活，真杀得天昏地黯，日色无光。那张定边煞是勇悍，只管四面指麾，重重围裹。宋贵、陈兆先舍命抗拒，身中数十创，竟毙舟中。元璋至此，也不觉失色。死是人人所怕。裨将韩成进禀道："杀身成仁，人臣大义，臣愿代死纾敌，敢请主公袍服，与臣易装，总教主公脱难，臣死何妨！"纪信又复出现。元璋沉吟不答。韩成方欲再言，只听得敌舟兵士，呼噪愈急，声势汹汹中，约略有速杀速降等字样，益令朱公急杀。急得韩成不遑再待，只呼道："主公快听臣言，否则同归于尽，有何益处？"元璋乃卸下衣冠，递与韩成。韩成更衣毕，复把冠戴在头上，顾道元璋道："主公自重！韩成去了。"比易水歌尤为悲壮。元璋好生不忍，奈事在眉急，不得不由他自去。韩成登着船头，高叫道："陈友谅听着！为了你我两人，劳师动众，糜烂生灵，实属何苦？我今且让你威风，你休得再行杀戮！你看你看。"说至看字，扑咚一声，竟投入水中去了。小子有诗赞韩成道：

荥阳诳楚愿焚身，谁意明初又有人。
水火不情忠骨灭，空留史笔纪贞臣。

韩成既死，敌攻少缓，只张定边尚不肯退，忽觉飕的一声，一支雕翎箭，正向张定边右额射至。定边失声道："罢了！罢了！"小子不知此箭何来，待查明底细，再行详述。

是回本旨，系欲承接上文，叙入南昌被围、鄱阳大战事。因中间有胡、耿被害，及安丰一段情节，不能不叙，故随手插入。胡、耿为有功之臣，叙其始，纪其末。安丰之行，关系尤大，南昌几乎失守，金陵几乎被袭，揭而出之，非特事实之不漏，抑以见军国事之不能稍失也。陈友谅不袭应天，专攻南昌，着手之误，不待细说。且以六十万众，攻一孤城，相持至八十余日，犹不能下，是殆所谓"强弩之末，鲁缟难穿"，奚待鄱阳之战，始见胜负耶？惟朱、陈二氏之兴亡，实以鄱阳一战为关键，故是回下笔，不敢苟且，亦不敢简率，阅者于此得行文之法焉。

第十一回　鄱阳湖友谅亡身
　　　　应天府吴王即位

却说陈友谅骁将张定边，正围攻元璋，突被一箭射来，正中右额，这箭不是别人所射，乃是元璋部下的参政常遇春。当下射中定边，驶舟进援，俞通海亦奋勇杀到。定边身已负创，又见遇春诸将，陆续杀来，没奈何麾舟倒退。这江中水势，却也骤涨，把元璋的坐船，涌起水面，乘流鼓荡，自在游行。想是韩成应死此地，不然，大江之水，何骤浅骤涨耶？元璋趁势杀出，复令俞通海、廖永忠等，飞舸追张定边。定边身受数十箭，幸尚不至殒命，轻舟走脱。时已日暮，元璋乃鸣金收军，严申约束，并叹道："刘先生未至，因罹此险，且丧我良将韩成，可悲可痛！"当下召徐达入舱，并与语道："我恐张士诚袭我都城，所以留刘先生守着，目下强寇未退，势应再战，你快去掉换刘先生，请他星夜前来，为我决策，方免再误！"刘基未至，从元璋口中叙出，以省笔墨。徐达奉夜去讫。

阅数日，基尚未至，友谅复联舟迎战，旌旗楼橹，遥望如山。元璋督兵接仗，约半时，多半败退。恼得元璋性起，立斩队长十数人，尚是倒退不止。郭兴进禀道："敌舟高大，我舟卑下，敌可俯击，我须仰攻，劳逸不同，胜负自异。愚见以为欲破敌军，仍非火攻不可。"元璋道："前日亦用火攻，未见大胜，奈何？"正说着，只见扁舟一叶，鼓浪前来，舟中坐着三人，除参谋刘基外，一个服着道装，一个服着僧装，道装的戴着铁冠，尚与元璋会过一面，姓名叫作张中，别字景和，自号铁冠道人，元璋在滁时，铁冠道人曾去进谒，说元璋龙瞳凤目，有帝王相，贵不可言。元璋尚似信未信，后来步步得手，才知有验。补叙铁冠道人，免致遗珠。此时与刘基同来，想是有意臂助。只有一个僧装的释子，形容古峭，服色离奇，素与元璋未识。至是与元璋晤着，方由刘基替他报名，叫作周颠，系建昌人氏，向在西山古佛寺栖身，博通术数，能识未来事，刘基尝奉若师友，因亦邀他偕行。不没周颠。元璋大喜，忙问破敌的法儿。刘基道："主公且暂收兵，自有良策。"元璋依言，便招兵返旆，退走十里，方才停泊，于是复议战事。刘基也主张火攻，元璋道："徐达、郭兴等，统有是说，奈敌船有数百号，哪里烧得净尽？况纵火全仗风势，江上风又不定，未必即能顺手，前次已试验过了。"说至此，铁冠道人忽大笑起来，元璋惊问何因？铁冠答道："真人出世，神鬼效灵，怕不有顺风相助么？"元璋道："何时有风？"周颠插入道："今日黄昏便有东北风。"此系测算所知，莫视他能呼风唤雨。元璋道："高人既知天象，究竟陈氏兴亡如何？"周颠仰天凝视，约半响，把手摇着道："上面没他的坐位。"元璋复道："我军有无灾祸？"周颠道："紫微垣中，亦有黑气相犯，但旁有解星，当可无虑。"都为下文伏线。元璋道："既如此，即劳诸君定计，以便明日破敌。"周颠与铁冠道人齐声道："刘先生应变如神，尽足了事，某等云游四方，倏来倏往，只能观贺大捷，不便参赞戎机。"不愧高人。元璋知不可强，令他自由住宿，复顾刘基道："明日请先生代为调遣，准备杀敌。"刘基道："主公提兵亲征，应亲自发令为是，基当随侍便了。"元璋允诺。基复密语元璋道："如此如此。"元璋益喜。遂令常遇春等进舱，嘱授密计，教他一律预备，俟风出发，常遇春领命而去。

转瞬天晚，江面上忽刮起一阵大风，从震、坎两方作势，阵阵吹向西南。友谅正率兵巡逻，遥见江中来了小舟七艘，满载兵士，顺风直进，料是敌军入犯，忙令兵众弯弓搭箭，接连射去，哪知船上的来兵，都是得了避箭诀，一个都射不倒。趣语。反且愈驶愈近。此时知射箭无用，改令用槊遥刺，群槊过去，都刺入敌兵心胸，不意敌兵仍然不动，待至抽槊转锋，那敌兵竟随槊过来，仔

第十一回　鄱阳湖友谅亡身　应天府吴王即位

细一看,乃是戴盔环甲的草人。大众方在惊疑,忽敌船上抛过铁钩,搭住大船,舱板里面的敢死军,各爇着油渍的芦苇,并硫磺火药等物,纷纷向大船抛掷,霎时间烈焰腾空,大船上多被燃着。友谅急令兵士扑灭,怎奈风急火烈,四面燃烧,几乎扑不胜扑。常遇春等又复杀到,弄得友谅心慌意乱,叫苦不迭。<u>所授密计,一概发现。</u>恼动了友谅两弟,一名友仁,一名友贵,带领平章陈普略等,冒火迎战。友仁眇一目,素称枭悍,普略绰号新开陈,也是一条胆壮力大的好汉。偏偏祝融肆虐,凭你甚么大力,但教几阵黑烟,已薰得人事不知,所以友仁、友贵等,接战未久,已陆续倒毙水中。友谅知不能敌,麾兵西遁,无如大船连锁,转掉不灵,等到断缆分逃,焚死溺死杀死的,已不计其数。只元璋部将张志雄等,舟樯忽折,为敌所乘,竟被围住。志雄窘迫自刭,他将余昶、陈弼、徐公辅皆战死。还有丁普郎一人,身受十余创,头已脱落,尚植立舟中,持刀作战状。及援兵四至,救出那舟,将士大半伤亡,只夺得尸骸,令他归葬罢了。<u>战虽获胜,尚伤亡多人,是之谓危事。</u>

友谅逃了一程,见敌舟已远,顿时咬牙切齿,与诸将计议道:"元璋狡狯,用火攻计,折我大军无数,此仇如何得报?我见元璋坐船,樯是白色,明日出战,但望见白樯,并力围攻,杀了他方泄我恨。"<u>恐无此好日。</u>部众领命。到了翌晨,又鼓勇东来,只望白樯进攻,谁意前面列着的船樯,统成白色,辨不出甚么分别,<u>不叙元璋这边,含蓄得妙。</u>顿时相顾惊愕;但已奉出战命令,不好退回,只得上前奋斗。元璋自然麾众接战,自辰至巳,相持不下。忽刘基跃起大呼道:"主公快易坐船!"元璋亦不遑细问,急依及基言,改乘他舟。基亦随至,并用双手虚挥,面作喜色道:"难星过了。难星过了。"言未已,但闻一声炮响,已将原舟弹裂。元璋且惊且喜,复语刘基道:"此后有无难星?"基答道:"难星已过,尽可放心。"<u>既写刘基,亦回应周颠语。</u>于是元璋麾舟更进,时友谅高坐舵楼,正辨出元璋坐船,用炮击碎,满疑元璋必死,不想元璋又督兵杀来,很是惊骇,没精打采的下舵楼去了。

且说元璋部将廖永忠、俞通海等,驾着六舟,深入敌中,舟为大舰所蔽,无从望见,好似陷没一样。俄顷见六舟将士,攀登敌舟,逢人便杀,见物即烧,那时元璋所有的将士,益觉勇气百倍,呼声震天,波涛立起,日为之暗。敌船大乱,怎禁得元璋部下,杀一阵、烧一阵,刀兵水火,一齐俱到,害得进退无路,只好与鬼商量,随他同去。最可笑的,舟高且长,操橹的人,不识前面好歹,兀自载了同舟敌国,呐喊狂摇,到了火炽,已是不及逃命。<u>大舟之害,如是如是。</u>友谅到此,狼狈已极,亏得张定边拼命救护,才得冲出重围,退保鞋山。元璋率诸将追至罂子口,因水面甚狭,不好轻进,便在口外寄泊,友谅亦不敢出战。相持一日,元璋部将欲退师少休,请示元璋,未得邀允。俞通海复入禀道:"湖水渐浅,不如移师湖口,扼江上流。"元璋因问诸刘基。基答道:"俞将军言之有理,主公且暂时移师,待至金木相犯的日时,方可再战。"乃下令移师,至左蠡驻扎。友谅亦出泊渚矶,两下又相持三日,各无动静。元璋乃遣使遗书友谅道:

> 公乘尾大不掉之舟,顿兵敝甲,与吾相持。以公平日之强暴,正当亲决一死战,何徐徐随后,若听吾指挥者,无乃非丈夫乎?唯公决之!尽情奚落,令人难堪。

使方发,忽报友谅左右二金吾将军,率所部来降。元璋甚喜,接见后,慰劳备至,问明情由,乃是左金吾主战,右金吾主退,俱不见从,两人料友谅不能成事,因此来降。元璋道:"友谅益孤危了。"既而复有人来报,说是去使被拘,并将所获将士,一律杀死,元璋道:"他杀我将士,我偏归他将士,看他如何?"遂命悉出俘虏,尽行纵还,受伤的并给药物,替他治疗;此等处全是权术。并下令道:"此后如获友谅军,切勿杀他。"一面又致书友谅道:

> 昨吾舟对泊渚矶,尝遣使赍书,未见使回,公度量何浅浅哉?江淮英雄,惟吾与公耳。何乃自相吞并?公今战亡弟侄首将,又何怒焉?公之土地,吾已得之,纵力驱残兵,来死城下,不可再得也。设使公侥幸逃还,亦宜却帝名,待真主。不然,丧家灭姓,悔之晚矣!丈夫谋天下,何有深仇?故不惮再告。嘲讽愈妙。

友谅得书忿恚,仍不作答,只分兵往南昌,劫粮待食。偏又被朱文正焚杀一阵,连船都被他毁去,嗣是进退两穷。元璋复命水陆结营,陆营结栅甚固,水营置火舟火筏,戒严以待。一连数日,突见友谅冒死出来,急忙迎头痛击,军火并施。友谅逃命要紧,不能顾着兵士,连家眷都无心挈领,只带着张定边,乘着别舸,潜渡湖口,所有余众,且战且逃。由元璋追奔数十里,自辰至酉,尚不肯舍。蓦见张铁冠自棹扁舟,唱歌而来,元璋呼道:"张道人!你何闲暇至此?"铁冠笑道:"友谅死了,怎么不闲?怎么不暇?"元璋道:"友谅并没有死,你休妄言!"铁冠大笑道:"你是皇帝,我是道人,我同你赌个头颅。"趣甚。元璋亦笑道:"且把你缚住水滨,慢慢儿的待着。"彼此正在调侃,忽有降卒奔来,报称友谅奔至泾江,复被泾江兵袭击,为流矢所中,贯睛及颅,已毙命了。张铁冠道:"何如?"言毕,划桨自去。身如闲鸥,真好自在。

元璋又追擒败众,共获得数千人,及一一查核,恰有一个美姝,及一个少年,问明姓氏,美姝系友谅妃阇氏,少年系友谅长子善儿。越日,复得降将陈荣,及降卒五万余名,查询友谅死耗,果系确实。已由张定边载着尸身,及友谅次子理,奔归武昌去了。友谅称帝仅四年,年才四十四。初起时,父普才曾

第十一回　鄱阳湖友谅亡身　应天府吴王即位

戒他道："你一捕鱼儿,如何谋为大事?"友谅不听。及僭号称帝,遣使迎父,父语使人道："儿不守故业,恐祸及所生。"终不肯往,至是果败。

元璋方奏凯班师,至应天,语刘基道："我原不应有安丰之行,使友谅袭我建康,大事去了,今幸友谅已死,才可无虞。"回应前回,且明友谅之失计。于是告庙饮至,欢宴数日。元璋亦高兴得很,乘着酒意,返入内寝,偶忆着阇氏美色,比众不同,遂密令内侍召阇氏入室,另备酒肴,迫她侍饮。阇氏初不肯从,寻思身怀六甲,后日生男,或得复仇,没奈何耐着性子,移步近前。元璋令她旁坐,欢饮三觥,但见阇氏两颊生红,双眉舒黛,波瞳含水,云鬟生光,不由的越瞧越爱,越爱越贪,吾未见好德如好色者也。蓦然离座,把阇氏轻轻搂住,拥入龙床。阇氏也身不由已,半推半就,成就了一段风流佳话。每纳一姬,必另备一种笔墨,此为个人描写身份,故前后不同。后来生子名梓,恰有一番特别情事,容至后文交代。次日复论功行赏,赐常遇春、廖永忠、俞通海等采田,余赐金帛有差。只张中、周颠二人,不知去向,未能悬空加赏,只好留待他日。

大众休养月余,再率诸将亲征陈理,到了武昌,分兵立栅,围住四门,又于江中联舟为寨,断绝城中出入,又分兵下汉阳、德安州郡。未几,已值残年,元璋还应天,留常遇春等围攻武昌,次年即为元至正二十四年,正月元日,因李善长、徐达等屡表劝进,乃即吴王位,建百司官属,行庆贺礼。以李善长为左相国,徐达为右相国,刘基为太史令,常遇春、俞通海为平章政事,汪广洋为右司郎中,张昶为左司都事,并谕文武百僚道："卿等为生民计,推我为王,现当立国初基,应先正纪纲,严明法律。元氏昏乱,威福下移,以致天下骚动,还望将相大臣,慎鉴覆辙,协力图治,毋误因循!"李善长等顿首受命。转瞬兼旬,武昌尚未闻报捷,乃复亲往视师,这一次出征,有分教:

江汉肃清澄半壁,荆杨混一下中原。

欲知武昌战胜情形,且俟下回再表。

周颠仰天,铁冠大笑,刘基之手挥难星,王者所至,诸神效灵,似乎战胜攻取,皆属天事,无与人谋。吾谓友谅亦有自败之道,江州失守,根本之重地已去,及奔至武昌,正宜敛兵蓄锐,徐图再举,乃迫不及待,孤注一掷,丧子弟,失爱妃,甚至身死人手,为天下笑,是可见国之兴亡,实关人谋,不得如项羽之刎首乌江,自诿为非战之罪也。阇氏一节,正史未载,而秘史独有此事,谅非虚诬。冶容诲淫,何怪元璋?失道丧身,遑问妻孥?惟后文有潭王梓之叛,乃知色为祸根,大倾人国,小倾人城,如元璋之智,犹不免此,其他无论已。表而出之,以为后世戒云。

第十二回　取武昌移师东下
失平江阖室自焚

却说吴王元璋，因武昌围久未下，遂亲往视师。既至武昌，即相度形势，探得城东有高冠山，耸出城表，汉兵就此屯驻，倚为屏蔽。吴王审视毕，此后叙述元璋俱称吴王。便语诸将道："欲破此城，必夺此山，哪个敢率兵上去？"诸将面面相觑，独傅友德奋然道："臣愿往！"元璋大喜，便问需兵若干名？友德道："何用多人！只得数百锐卒，便可登山。"元璋令他自行简选。友德拣得壮士五百人，乘夜至山下，一鼓齐登。山上守兵，矢石叠下，友德面中一矢，镞出脑后，胁下复中一矢，仍然当先杀上。郭兴等见他奋勇，也麾兵驰应，立将守兵杀退，占住此山，自是俯瞰城中，了如指掌。城中守将陈英杰，素称骁桀，见高冠山被占，气愤的了不得。越日，挨至二鼓，竟缒城出来，混入吴营，径至中军帐下。吴王方坐胡床，突然瞧着，便大呼道："郭四快为我杀贼！"郭四即郭英小字，是夕正轮着值帐，闻着呼声，忙持枪奔入，适与刺客照面，手起枪落，将他刺死。吴王即解所服红锦袍，披在郭英身上，并拍肩奖谕道："卿系我的尉迟敬德，贼谋虽狡，难逃我虎将手中，不怕他不为我灭了。"元璋以汉高祖自比，复以唐太宗自居，是谓有志竟成。郭英拜受而出。

又越日，探马来报，汉岳州守将张必先，率潭岳兵来援，已到夜婆山了，吴王道："泼张到来，宜用计胜他。"遂召常遇春入帐，授以密计，令他速去，遇春领命，率兵径往。过了五日，遇春已擒住张必先，即来缴令。元璋复命将必先推至城下，使谕守将道："你等只靠一泼张，今已为我擒，还有何人可靠？速即投诚！免致糜烂。"张定边立在城上，呼必先道："你如何被他擒住？"必先道："不必说了，汉数已终，兄亦应速降为是。"定边至此，也瞠目不能答，自下城楼去了。原来必先善槊，以骁捷闻，绰号叫作泼张，此次被遇春用了埋伏计，把他擒住，因此守城诸将，为之夺气，连胆力兼全的张定边，也不觉恼丧异常。吴王知城中胆落，乃遣降将罗复仁入城谕降，且语复仁道："你去传谕陈理，教他即日来降，不失富贵。"复仁顿首道："主上仁德，使陈氏遗孤，得保首领，尚有何言？臣前事陈氏，旧主气谊，不敢竟忘，今得主上推恩，使臣不致食言，臣死亦无恨了。"吴王道："我决不欺你。"复仁乃去。越半日，返报陈理愿降，吴王乃大开军门，行受降礼。陈理衔璧肉袒，率张定边等趋入，俯伏座前。理尚年幼，战栗不敢仰视，吴王不禁怜惜，亲自扶起，并婉谕道："我不尔罪，休要惊

第十二回　取武昌移师东下　失平江阖室自焚

慌！"言已，又命理入城，劝慰其母，所有府中储蓄，令他自取，一切官僚，俱命挈眷自行，城中百姓饥荒，运米给赈，阖城大悦。只纳了一个阇氏，未免失德。汉、沔、荆、岳诸郡，皆望风归降。遂立湖广行中书省，令参政杨璟居守。带了陈理，还归应天，封他为归德侯。陈理还算造化。会江西行省，赍献友谅镂金床，吴王道："这便是蜀孟昶的七宝溺器，留他何用？"仍隐以唐太宗自比宋太祖。立命毁讫。为阇氏计，恐有遗憾。一面命在鄱阳湖康郎山及南昌府两处，各建阵亡诸将士祠，算是褒忠报功的至意。一将功成万骨枯。

陈氏既平，乃改图张氏。张士诚闻吴王西征，乘间略地，南至绍兴，北至通泰、高邮、淮安、濠泗，又东北至济宁，幅员渐广，日益骄恣，令群下歌颂功德，并向元廷邀封王爵。元廷不许，士诚遂自称吴王，同时有两个吴王，恰也奇异。治府第，置官属，以弟士信为左丞相，女夫潘元绍为参谋，一切政事，俱由他二人作主。士信荒淫无状，镇日里戏逐樗蒲，奸掠妇女，谐客歌妓，充满左右。有王敬夫、叶德新、蔡彦夫三人，充做箓片，最邀信任。军中有十七字歌谣道："丞相做事业，专用王、蔡、叶，一朝西风起，干瘪！"好歌谣。吴王元璋乘这机会，遣徐达、常遇春等略取淮东，大军所至，势如破竹，下泰州，围高邮，士诚恰也刁猾，潜遣舟师数百艘，溯流侵江阴。守将吴良、吴桢，严阵待着，正拟与士诚兵接仗，却值吴王元璋亲自来援，一番夹击，大败士诚舟师，获士卒二千人。徐达等闻江阴得胜，努力攻城，守兵溃去，即将高邮占住，转攻淮安。士诚将徐义，率舟师援应，被徐达夜出奇兵，掩杀一阵，夺了战船百余艘，徐义连忙逃走，还算保全性命。淮安守将梅思祖，见机出降，并献所部四州。统是一班饭桶。徐达复还攻兴化，也是一鼓而下，淮东悉平。

先是士诚曾遣将李济，袭据濠州，想是从元璋处学来。元璋攻他高邮，他也遣据濠州。至是吴王元璋，命韩政、顾时等进攻，城中拒守甚坚，经政等鼓励士卒，用着云梯炮石，四面并攻，毁坏无数城堞。李济知不可支，开城迎降。吴王元璋闻濠州已下，乃率濠籍属将，还乡省墓，置守塚二十家，赐故人汪文、刘英粟帛，并招集父老，置酒欢宴。兴半酣，语父老道："我去乡日久，艰难百战，乃得归省坟墓，与父老子弟重复相见，今苦不得久留，与父老畅饮尽欢，所愿我父老勤率子弟，孝弟力田，蔚成善俗，一乡安，我也得安了。"父老皆欢声称谢。吴王临行，复令有司除免濠州租赋。力效汉高。

还至应天，又命徐达为大将军，常遇春为副将军，率师二十万讨张士诚，并下令军中道："此行毋妄杀！毋乱掠！毋发邱垄！毋毁庐舍！毋毁损士诚母墓！违令有刑。"军律固应如此，然亦非笼络人心。一面召徐达、常遇春入内，密问道："尔等此行，先攻何处？"遇春道："逐枭必毁巢，去鼠必薰穴，此行当直捣平江。平江得破，余郡可不劳而下。"吴王道："你错想了。士诚起自盐贩，与张天麒、潘原明等,强梗相同,倚为手足,士诚穷蹙,天麒等恐与俱死,必并力相救,天麒出湖州,原明出杭州,援兵四合,如何取胜?今宜先攻湖州,剪他羽翼,然后移兵平江,不患不胜。"又密语徐达道:"前日士诚部将熊天瑞来降,看他来意,非出本心,将军勿泄吾谋,只令天瑞从行,但云直捣平江,他必叛归张氏,先去通知,如此,便堕我计中了。"达与遇春,俱受命去讫。吴王又檄李文忠趋杭州,华云龙向嘉兴,同时发兵,牵掣敌势,文忠、云龙等自然依令而行。分兵三路。

且说徐达、常遇春率二十万众,自太湖趋湖州,沿途遇着敌将,无战不胜,擒住尹义、陈旺、石清、汪海等人。张士信驻守昆山,闻风遁去。徐达查阅将士,不折一人,只少了一个熊天瑞,想是叛归士诚去了,果如元璋所言。当下乘机前进,直至湖州三里桥。张天麒受士诚封职,官右丞,驻兵湖州,闻徐达来攻,忙率偏将黄宝、陶子宝等,分道迎战。黄宝出南路,适与常遇春相值,一战便走,真不耐战。遇春追至城下,黄宝不及入城,回马再战,被遇春手到擒来。天麒、子宝得黄宝被擒消息,顿时气馁,不战自退。天麒也是如此,吴王所言,未免太看重他了。徐达进兵围城,守兵各无斗志,相率惊惶。会得援将李伯昇,由荻港潜入城中,人心稍定。探马报知徐达,达乃分派将士,环布四面,严截援军。忽又闻士诚将吕珍、朱暹及五太子等,率兵六万,已到城东了。达语遇春道:"吕珍、朱暹,都称骁悍,还有甚么五太子,闻系士诚养儿,短小精悍,能平地跃起丈余,今率重兵来援,须小心防战方好哩。"遇春道:"公围城,某截援师,相机进战,定可无虞。"达许诺,遂分兵十万,给遇春调遣。遇春率兵至姑嫂桥,连筑十垒,分守要隘。吕珍等不敢近城,只在城东旧馆,设立五寨,与遇春相持,遇春也不与交锋,唯留意截他饷道。会探得士诚女夫潘元绍,运粮至乌镇,遂发兵夜袭,一阵击退。寻复闻士诚遣将徐志坚,领舟师来袭姑嫂桥屯兵,复令男士埋伏桥边,乘他初至,突出邀击;老天也有意相助,风狂雨骤,日暗天昏,害得徐志坚进退无路,竟被诸勇士生生擒去。还有冒失鬼徐义,奉士诚命,前来探听旧馆战事,也遭截住,亏得士诚遣了赤龙船亲兵,前来援义,义始得脱。遇春急遣王铭等,载着火具,往毁赤龙船,船中不及防备,受着烈火,霎时俱尽,徐义等遁去。那时五太子屯兵旧馆,因各军败溃,忿不可遏,竟收集舟师,来击遇春营。遇春出营接仗,见五太子麾下,齐唱军歌,哗噪而至,真是人人奋勇,个个争先,两下里厮杀起来,似乎遇春一边,稍逊一筹,险些儿被他击却。巧值薛显鼓舟而至,顺风纵火,把五太子的兵船,又烧得乌焦巴弓,于是五太子也有力难施,只好逃还旧馆,与吕珍、朱暹等,商议一个善全的法儿。吕珍、朱暹彼此相觑,支吾了好一歇,只想了一条纳款输诚的计策。确是好计。五太子也顾不得甚么,便与吕珍、朱暹,出降遇春军前。跳不出圈子去了。遇春即驰报徐达,达令吕珍等至城下,招呼李伯昇、张天麒等出降。伯

第十二回　取武昌移师东下　失平江阁室自焚

昇、天麒没奈何赍送降书,迎徐达入城,湖州遂下。

士诚闻湖州被陷,甚是惊慌,不料杭州、嘉兴,又迭来警信,平章潘原明,以杭州降李文忠,同金宋兴,以嘉兴降华云龙,两路用虚写。不由的魂飞天外,连身子都发颤起来。嗣闻吴江又复失陷,参政李福,知州杨彝,统已降敌,乃亟遣部将窦义等,出城扼守。谁知窦义等毫不中用,到了城南鲇鱼口,战不数合,就败了回来,丧失战船千余艘。士诚满怀忧惧,又越二日,城外炮声隆隆,鼓声渊渊,知是敌军杀到,忙调兵登陴,饬令固守。翌晨,恰自己巡城,一登城楼,俯视四面八方,统竖着敌军旗帜,葑门驻着徐达军,虎邱驻着常遇春军,娄门驻着郭兴军,胥门驻着华云龙军,阊门驻着汤和军,盘门驻着王弼军,西门驻着张温军,北门驻着康茂才军,东北驻着耿炳文军,西南驻着仇成军,西北驻着何文辉军,杀气腾腾,几无余隙。阅者至此,亦为胆落。弄得这位张大王,心烦意乱,不知所为,下城后,只命一班勇胜军,加意防守。勇胜军统是剧盗出身,每遇战斗,慓悍异常,士诚格外宠遇,统赏他银铠锦衣,并赐他美号,叫作十条龙。这十条龙恰是不弱,受命御敌,无不效死,因此徐达等昼夜环攻,不能得手。另遣俞通海带了偏师,往略太仓、昆山、崇明、嘉定诸州县,次第平定,还军缴令,见平江仍屹峙如故,不觉怒气填膺,当先扑城,谁知城上矢石,煞是厉害,攻了一时,身中数矢,痛甚乃还。徐达看他病剧,送回应天,数日而亡。吴王元璋,未免悲恸。且因平江围久未下,贻书士诚,许以窦融、钱俶故事,士诚不报。光阴易过,又是数月,士诚焦灼得很,竟遣徐义、潘元绍等,率勇胜军潜出西门,绕至虎邱,往袭常遇春营。遇春先已侦知,驰至盘门,与王弼联军截住。两军相会,你冲我突,良久未决。士诚复亲督锐师出援,来势甚猛,遇春麾下杨国兴战死,余众稍却。遇春拊王弼背道:"君系著名猛将,能为我奋勇杀敌否?"王弼应声出马,挥着双刀,大呼入敌阵,敌众不觉辟易。遇春复乘势掩杀,竟将士诚部众,逼至沙盆潭,士诚连人带马,堕入潭中,几乎溺死。十条龙统下水相救,及士诚登岸,十条龙已死了九条。想是龙王乏使,故一律招去。士诚肩舆还城,检点残兵,伤亡无数,竟捶胸痛哭起来。有何益处?忽有一客求见,愿陈至计。士诚召入道:"你有何言?"客答道:"公可知天数么?从前项羽暗呜叱咤,百战百胜,终为汉高所败,自刎乌江,天数难逃,可为前鉴。公以十八人入高邮,击退元兵百万,东据三吴,有地千里,南面称孤,不亚项羽,若能爱民恤士,信赏必罚,天下不难平定,何至穷困若此?"士诚道:"足下前日不言,今日已不及了。"客复道:"前日公门如海,子弟亲戚,壅蔽聪明,败一军不知,失一地不闻,内外将帅,美衣玉食,歌儿舞女,日夕酣饮,哪里防有今日?就使叩门入谏,公亦不愿与闻。"侃侃而谈,确中隐害。士诚喟然道:"事成既往,尚有何说?"客复道:"鄙见却有一策,未知公肯从否?"士诚道:

"除死无大难,果有良策,亦不妨相告。"客又道:"公试自思,比陈友谅何如?友谅且兵败身丧,可知天命所在,人力难争。今公恃湖州,湖州失了,恃嘉兴,嘉兴失了,恃杭州,杭州又失了,今独守此地,誓以死拒,徒死何益?不如早从天命,自求多福。况应天已有书至,曾许公以窦融、钱俶故事,公即去王号,尚不失为万户侯,何得何失,愿公早自为计!"虽为说客,语亦甚是。士诚沉吟良久道:"足下且退,容我熟图!"客乃退去。看官道此客为谁?乃是李伯昇遣来的说士。士诚踌躇达旦,决计不降,乃复率兵突出胥门,复被常遇春杀退。张士信督兵守城,又被飞炮击中头颅,立时身死。独熊天瑞死力抵御,因城中木石俱尽,甚至拆毁祠宇民居,作为炮料,连番击射。徐达令军中架木如屋,伏兵攻城,矢石不得伤。接连又是数日,方才攻破葑门。常遇春亦攻破阊门新寨,蚁附而进,守将唐杰、周仁、徐义、潘元绍等,抵敌不住,先后迎降。士诚尚收集余兵二三万,至万寿寺东街督战。那时大势已去,不到片时,已是纷纷溃散,士诚忙逃归内城。徐达等复乘势杀入,但见士诚宫中,猛腾烈焰,仿佛似雨后长虹,红光四映。小子有诗叹道:

    群雄逐鹿肇兵争,坐失机谋国自倾。
    成败相差惟一著,阃宫自毁可怜生。

究竟士诚宫内如何被火,且待下回说明。

  陈理降而士诚不降,士诚似尚为硬汉。顾吾谓士诚之智,且出陈理下,陈理幼弱无能,且经乃父之败没,兀守危城,自知不支,虽衔璧乞降,犹得受封为归德侯,保全其母,不失富贵,友谅有知,应亦自慰。若张士诚以泰州盐侩,据有浙东,拓及吴江,设能礼贤爱民,明刑敕法,则江南虽小,固可坐而王也。况乎朱、陈相竞,连岁交兵,彼为蚌鹬,我为渔人,宁不足以制胜?乃优柔寡断,内外相蒙,卒予朱氏以可乘之隙。至于兵败地削,孤城被围,齐云一炬,阃室自焚,妻孥且不保,亦何若长为盐侩之为愈乎?读本回,胜读《张士诚列传》,而笔势蓬勃,亦庄亦谐,尤足令人餍目。

第十三回　檄北方徐元帅进兵
　　　　　　下南闽陈平章死节

  却说张士诚宫中,有一座齐云楼,系士诚妻刘氏所居。士诚兵败,尝语刘氏道:"我败且死,尔等奈何?"刘氏道:"君勿过忧,妾决不负君。"至城陷,即

第十三回　檄北方徐元帅进兵　下南闽陈平章死节

命乳媪金氏，抱二幼子出室，驱群妾侍女登楼，令养子辰保，置薪楼下，放起火来。霎时间烈焰冲霄，把一座高楼，尽成灰烬；所有群妾侍女，统被祝融氏收去，刘氏即投环毕命。自死便了，何必将群妾侍女，尽付一炬。士诚独坐室中，左右皆散走，徐达命降将李伯昇，往劝士诚出降。伯昇径诣士诚室门，屡叩不应，至坏门而入，但见士诚冠冕龙裳，两脚悬空，也做了悬梁客。伯昇忙令降将赵世雄，解绳救下，士诚竟苏醒转来。何必复活。适值潘元绍亦至，再三开导士诚，士诚终瞑目无言。乃用旧盾载了士诚，舁出葑门，登舟送应天。士诚仍不食不语，奄奄待毙。到了龙江，仍然坚卧不起。众兵将士诚舁至中书省，由李善长晓譬百端，劝他归顺。士诚竟出言不逊，倔强何用？恼动了李善长，禀报吴王元璋，拟置诸死。吴王尚欲保全，哪知士诚乘人不备，竟自缢死。士诚起兵，在元至正十三年，至二十四年，自称吴王，二十七年，缢死金陵，由吴王元璋，给棺殓葬。降将多赦罪不问，惟叛将熊天瑞被执，枭首示众。吴会皆平，改平江为苏州府，吴王又论功行赏，封李善长为宣国公，徐达为信国公，常遇春为鄂国公，余皆进爵有差。

惟平江未下时，吴王曾遣廖永忠至滁州，迎韩林儿归应天，诸将以林儿到来，拟仍奉为帝，独刘基不可。嗣闻林儿至瓜步，竟尔暴卒，或说刘基密禀吴王，令廖永忠覆林儿舟，致遭溺毙，是真是假，也无从证实，但林儿本不足为帝，乘此死了，还算得时。吴王元璋，替他丧葬，然后除去龙凤年号，改为吴元年，立宗庙社稷，建宫室，订正乐律，规定科举。至平江已下，江东大定，乃分道出师，用正兵略中原，遣偏师徇南方。又是双管齐下。

先是元相脱脱，谪死云南。从脱脱贬死事，接入元廷略史，既回应第四回文字，且使阅者便于接洽。河北一带，多半沦没，幸察罕帖木儿起兵关陕，转战大河南北，平晋冀，复汴梁，定山东，灭贼几尽。吴王元璋，曾遣使致书察罕，与他通好，察罕留使不遣，只贻书作答。嗣察罕为降将田丰所杀，元廷以察罕养子王保保，代理军务。王保保即扩廓帖木儿，率兵复仇，擒杀田丰，乃归还吴王使人，并致书劝吴王归元。元廷亦遣尚书张昶，航海至庆元，授吴王元璋为江西平章，吴王不受。扩廓智勇，不让乃父，惟与河南平章孛罗帖木儿，屡次构兵，牵动宫掖。元太子爱猷识理达腊，与扩廓善，令调兵讨孛罗。孛罗即举兵犯阙，逐太子，幽二皇后奇氏。亏得威顺王和尚，阴结勇士，刺死孛罗，元廷少安。扩廓送太子还都，受封为河南王，总制诸道军马，代太子出师江南。不意关中四将军，抗命不服，四将军为谁？一名李思齐，一名张良弼，一名孔兴，一名脱列伯，彼此联盟，推李思齐为盟主，拒绝扩廓。扩廓怒不可遏，竟转旆西趋，与李思齐等力争，两下相持经年，元廷屡遣使和解，各不奉诏。授人以隙，大都由此。寻顺帝复特别赐谕，令扩廓专事江淮。扩廓必欲略定关中，然后南下,于是顺帝不悦。太子还都时,密谋内禅,与扩廓商议未协,亦怀隐恨。父子同忌扩廓,乃削他官职,夺他兵权,并由太子总统诸军,专备扩廓。看官!你想扩廓英年好胜,哪里肯受此屈辱,卸甲归田呢?当下占据太原,抗命不臣。顺帝正拟调兵进讨,哪知应天一方面,已命徐达为征虏大将军,常遇春为副将军,率师二十五万,北向进行,追溯前事,简而不陋。并驰檄齐、鲁、河、洛、燕、蓟、秦、晋间,其文道:

自宋祚倾移,元主中国,此岂人力?实乃天授。自是以后,元之臣子,不遵祖训,废坏纲常,有如大德废长立幼,泰定以臣弑君,天历以弟鸩兄,至于弟收兄妻,子烝父妾,上下相习,恬不为怪。夫君人者斯民之主,朝廷者天下之本,礼义者御世之防,其所为如彼,岂可为训于天下?及其后世,荒淫失道,加以宰相擅权,宪台报怨,有司毒虐,于是人心离叛,天下兵起。使我中国之民,死者肝脑涂地,生者骨肉不保,虽因人事所致,实天厌其德而弃之也。当此之时,天运循环,亿兆之中,当降生圣人,立纲陈纪,救济斯民,今一纪于兹,未闻有济世安民者,徒使尔等战战兢兢,处于朝秦暮楚之地,诚可矜悯!方今河、洛、关、陕,虽有数雄,阻兵据险,互相吞噬,皆非人民之主也。予本淮右布衣,因天下乱,为众所推,率师渡江,居金陵形势之地,得长江天堑之险,今十有三年。西抵巴蜀,东连沧海,南控闽、越,湖、湘、汉、沔、两淮、徐、邳,皆入版图,奄及南方,尽为我有,民稍安,食稍足,兵稍精,控弦执矢,日视我中原之民,久无所主,深用疚心。予恭承天命,罔敢自安,方欲遣兵北伐,拯生民于涂炭,复汉官之威仪,虑人民未知,反为我仇,挈家北走,陷溺尤深。故先谕告,兵至民人勿避!予号令严肃,无秋毫之犯,尔民其听之!

先是吴王元璋,与诸将筹议北伐事宜,常遇春谓当直捣元都,吴王不以为然,谓宜先取山东,继入河南,进拔潼关,然后往攻元都,令他势孤援绝,自然易下。再西向云中、太原,进及关、陇,以期统一。戕其手足,方及元首,的是胜算。下文进兵次序,俱括在内。于是诸将称善,即由徐达、常遇春统着重兵,由淮入河,向山东进发。达等去讫,又命汤和为征南将军,吴桢为副,率常州、长兴、宜兴、江淮诸军,讨方国珍,胡廷美亦为征南将军,廷美即廷瑞,见第九回。因避元璋字,故改瑞为美。何文辉为副,率师攻闽,平章杨璟,左丞周德兴、张彬,率武昌、荆州、潭、岳等卫军,由湖广进取广西,从两路中分出四路。小子不能并叙,只好依着战胜的次序,陆续写来。

方国珍自通好应天,尝遣使贡献方物,及吴王元璋与陈友谅、张士诚相角逐,他复乘隙略地,据有濒海诸郡县。吴王遣博士夏煜、杨宪往谕国珍,国珍

第十三回　檄北方徐元帅进兵　下南闽陈平章死节

答语,多半支吾。吴王恨他反复,进兵温州,国珍又使人谢过,且诡称俟克杭州,便当纳土。至杭州已平,国珍据土如故,吴王乃致书责问,并征贡粮二十万石,国珍置之不理。已而汤和、吴桢奉命南征,用舟师出绍兴,乘潮夜入曹娥江,夷坝通道,直至余姚,守吏李枢降,分兵攻上虞,亦不战而服,遂进围庆元。国珍方治兵守城,谁意院判徐善,已率父老,开城纳款,害得国珍孤掌难鸣,不得已带领余众,浮海而去。如此无用,何必倔强。汤和遂分徇定海、慈溪等县,得军士三千人,战船六十艘,银六千九百余锭,粮三十五万四千六百石,正拟航海追讨,闻吴王又遣廖永忠,自海道南来,遂出师与会,夹攻国珍。国珍遁匿海岛,尚望台、温二路,未尽沦陷,借为后援,乃迭接警耗,台、温诸地,也被吴王麾下朱亮祖,次第夺去。弟国瑛,子明完,俱赤着双手,遁入海来。至是穷蹙无策,怎禁得汤和、廖永忠的人马,又复两路杀到,仿佛搅海龙一般,气势甚锐,那时欲守无险,欲战无兵,惶急得甚么相似。幸汤将军网开一面,遣人赍书招降,乃令郎中承广,员外郎陈永,偕至军前,献上铜印银印二十六方,银一万两,钱二千缗,又令子明完奉表称臣。其词云:

　　臣闻天无不覆,地无不载,王者体天法地,于人亦无所不容。臣荷主上覆载之德旧矣,不敢自绝于天地,故一陈愚衷。臣本庸才,遭时多故,起身海岛,非有父兄相借之力,又非有帝制自为之心。方主上霆击电掣,至于婺州,臣愚即遣子入侍,固已知主上有今日矣。将以依日月之末光,望雨露之余润,而主上推诚布公,俾守乡郡,如故吴越事。臣遵奉条约,不敢妄生节目,子姓不戒,潜构衅端,猥劳问罪之师,私心战兢,用是令守者出迎,然而未免浮海,何也?孝子之于亲,小杖则受,大杖则走,臣之情事,正与此类。即欲面缚,待罪阙廷,复恐婴斧钺之诛,使天下后世,不知臣得罪之深,将谓主上不能容臣,岂不累天地大德哉?迫切陈词,伏惟矜鉴!

吴王元璋,本怒国珍狡诈,意欲声罪加戮,及览表,见他词旨凄惋,情绪哀切,录表之意在此,然亦无非喜谀耳。不觉转怒为怜道:"方氏未尝无人,我亦何必苛求?"随即赐复书道:"我当以投诚为诚,不以前过为过,汝勿自疑,幸即来见!"国珍得书,乃率部属谒汤和营,和送国珍等至应天。吴王御殿升座,由国珍行礼毕,即面责道:"汝何为反复,劳我戎师?今日来谒,毋乃太迟!"国珍顿首谢罪。亏他忍耐。吴王又问前日呈表,出自何人手笔?国珍答系幕下士詹鼎所草。吴王点首,遂命詹鼎为词臣,其余尽徙濠州,浙东悉平。后来吴王即真,厚遇国珍,赐第京师,又官他二子,国珍竟得善终,这是后话不题。国珍了。

　　且说汤和等既克国珍,遂由海道赴闽,接应胡廷美军。闽地为陈友定所据,友定福清人,起自驿卒,事元平寇,屡著功绩,元授为福建行省平章政事,尝遣兵侵处州,为参军胡深所败。深进拔松溪,获守将陈子玉,入攻建宁,为友定将阮德柔所袭,马蹶被擒。友定颇加优礼,嗣为元使所迫,遂杀深。深有文武才,守处州五年,威惠甚著,及被执,天象告变,日中现黑子,刘基谓东南当失大将,已而果验。吴王闻报震悼,饬使赐祭,追封缙云郡伯。不没胡深,所以叙入。及胡廷美、何文辉等率兵南下,由江西趋杉关,先遣使赴延平,招降友定。友定怒杀使人,沥血酒中,与众酹饮,誓死不降。廷美闻知,督众猛进,陷光泽,克邵武,下建阳,直逼建宁。友定简选精锐,往守延平,留平章曲出,同金赖正孙、副枢谢英辅、院判邓益等,以众二万守福州。汤和、吴桢、廖永忠等,扬帆出海,不数日,掩至福州五虎门,驻师南台。守将曲出等,领众出南门拒战,为汤和部将谢得成等击败,退入城中。汤和遂率兵围城,攻至黄昏,接着守将袁仁降书,愿开门纳师,以翌晨为约。待至黎明,果然南门大启,乘机拥入,曲出、赖正孙、谢英辅等皆遁去,邓益战死,参军尹克仁,赴水自尽,金院伯铁木儿,杀妻妾及两女,纵火焚尸,复拔剑自刎。和入城后,抚辑军民,获马六百余匹,海船一百五艘,粮十九万余石,分兵略兴化及莆田等十三县,一律平定,遂鼓行而西。

　　适胡廷美、何文辉等,已克建宁,降守将达里麻及翟也先不花等,亦鼓行而南。两军相距,不过百里,延平大震,陈友定督师出城,遇汤和等驰至,一阵厮杀,友定军败退,汤和进薄城下。城中守将,复请出战。友定道:"彼军远来,锐气方张,我若与战,徒伤吏士,不如以山为埤,以壑为堑,蓄利器,饱士马,与他久持,看他如何胜我?"计非不善,但如公太福急何? 诸将乃唯唯听命。友定率诸将登城,日夜勒吏士击刁斗,披甲兀立,不得更番休息,亦不得交头接耳,违令立斩。于是兵吏多有怨声,部将萧院判、刘守仁,偶有违言,友定大怒,杀萧院判,夺守仁兵。守仁缒城出降,士卒亦多遁去。会军器局被火,城中炮声震地,汤和等知有内变,蚁附上城,城遂破。友定呼谢英辅等,入与永诀道:"公等自为计,我当为大元死,誓不降敌。"英辅含涕而出,与鲁达花赤官名见上。白哈麻,着了朝服,自经而死。友定坐省堂,仰药自尽。赖正孙等出降。汤和等既入城,抚视友定,尚有微温,遂令人将他舁出,至水东门外,天大雷雨,友定复苏。其子名海,自将乐驰谒军门,愿与父共死,遂由汤和遣使,把他父子并解应天。吴王面诘道:"元室将亡,你为谁守? 你害我胡将军,又杀我使人,凶暴太甚,今被擒至此,尚有何说?"友定厉声道:"要杀便杀,何必多言?"吴王乃命卫士,将他父子牵出,枭首市曹。小子有诗赞友定道:

　　　　王师南下奋貔貅,大将成擒八闽休。
　　　　父既捐躯儿亦死,忠臣孝子足千秋。

友定既死,汀、泉、漳、潮诸郡,相继归降,闽地悉平。闽事亦了。还有杨璟一路偏师,俟至下回交代。

张士诚之死,与陈友定之死,死等耳,而士诚不能为义士,友定恰可为忠臣。士诚始叛元,继复降元,又继复叛元,反复无常,一盗窃所为,被虏不食,自经而死,何足道乎?友定则始终事元,至于兵败身虏,誓死不降,应天入对之言,尚凛凛有生气,谓非忠臣不得也。若方国珍之束手归降,乞怜金陵,以视士诚且不若,遑论友定?篇中依事叙述,各具身分,至插入北伐一段,叙及元朝诸将,寥寥数语,亦寓抑扬。阅者于词旨中窥之,皮里阳秋,昭然若揭矣。

第十四回　四海归心诞登帝位
　　　　　　三军效命直捣元都

却说杨璟、周德兴、张彬等,自湖广出师,南达永州,守将邓祖胜拒战,当即败退,元全州平章阿思兰赴援,亦被击走。祖胜敛兵固守,璟分营筑垒,就西江造了浮桥,渡兵攻城。计历数旬,城中食尽,祖胜仰药死,永州遂下。复由周德兴、张彬移攻全州,平章阿思兰遁去,全州亦陷。时廖永忠等已平闽地,奉吴王命,会同赣州指挥使陆仲亨,进掠广东,元左丞何真,遣都事刘克佐,缴上印章,并籍所部郡县户口,甲兵钱谷,奉表归附。吴王闻报,称他保境息民,令永忠好生看待,视作汉窦融、唐李勣一般,且特令乘传入朝。永忠至东莞,何真出迎,永忠即传着主命,待以殊礼,遣使与偕,同赴应天,自率兵进广州。元参政邵宗愚诈献降书,被永忠察觉,乘夜往袭,擒住宗愚,立命斩讫。嗣复会集朱亮祖军,径入梧州,击死元吏部尚书普颜帖木儿,进次藤州,守将吴镛出降。亮祖复分兵西进,所向皆捷,连破浔桂郁林。元海南海北道元帅罗福等,及海南分府元帅陈乾富等,均望风纳款,情愿输诚。只杨璟、周德兴、张彬等,自永州进攻靖江,数旬不下。朱亮祖亦领兵往会,各驻象鼻山下,四面围攻,仍然未克。杨璟愤极,令将西江濠水,一律放干,从濠中筑起土堤,通城北门,然后誓师猛扑,一鼓登城。惟内城兀守如故,元平章也儿吉尼,驱兵出战,大败而回。万户皮彦高、杨天寿,被杨璟部将胡海擒住,璟优待彦高,命至城下招降。城中总制张荣,与彦高善,遂用书系矢,射入璟营,约以是夜出降。俟至二鼓,荣又遣使裴观,缒城出见,杨璟即给白皮帽百余,俾作标识,以免误杀。裴观还城,即于四鼓后启宾贤门,纳杨璟军。元平章也儿吉尼,走投无路,窜至伏波门,适遇朱亮祖等杀入,略一交手,便被擒去。先是张彬攻城,为守将所诟,彬大愤,至是入城,欲将兵民一概屠戮,亏得杨璟下令,不准妄杀一人,彬无可如何,只得罢手,归美杨璟,意在尚仁。众心乃安。嗣是移师郴州,降两江土官黄英、岑巴延等,廖永忠亦遣指挥耿天璧,攻破宾州、象州,元平章阿思兰,偕子僧保,赍印归诚。两广大定,杨璟等振旅而还,是年为元顺帝至正二十八年,即明太祖洪武元年。特别点醒,画分朝代。

自方国珍降顺后,李善长等复奉表劝进,吴王不允,表至三上,乃命具仪以闻。李善长等便参酌成制,定了一篇宜古宜今的大礼,呈上吴王察阅。吴王略加损益,乃由太史令刘基,择定吉日,准于戊申年正月四日即皇帝位,国号明,改元洪武。先期三日,筑坛南郊,一应礼仪俱备。吴王复命群臣,斋戒沐浴,至期同赴南郊,先祭天地,次及日月星辰、风云雨雷、五岳四渎、名山大川诸神。坛下鼓乐齐奏,坛上香烟缭绕,当由吴王亲自登坛,行祭告礼。旁立太史令刘基,代读祝文道:

洪武元年岁次戊申,正月壬申朔,越四日乙亥,天下大元帅皇帝臣朱元璋,敢昭告于皇天后土,日月星辰,风云雷雨,天神地祇之灵曰:天地之威,加于四海,日月之明,昭于八方,云雷之势,万物咸生,雨露之恩,万民咸仰。伏以上天生民,俾以司牧,是以圣贤相承,继天立极,抚临亿兆。尧舜相禅,汤武吊伐,行虽不同,受命则一。今胡元乱世,宇宙昏濛,四海有蜂虿之忧,八方有蛇蝎之祸。群雄并起,使山河瓜分,寇盗齐生,致乾坤弃灭。臣生于淮河,起自濠梁,提三尺以聚英雄,统万民而救困苦。托天之德,驱一队以破肆毒之东吴,仗天之威,连千艘以诛枭雄之北汉。因苍生无主,为群臣所推,臣承天之基,即帝之位,恭为天吏,以治万民。今改元洪武,国号大明,仰仗明威,扫尽中原,肃清华夏,使乾坤一统,万姓咸宁。沐浴虔诚,齐心仰告,专祈协赞,永荷洪庥。尚飨!

祝毕,吴王率群臣拜跪如仪。是日天宇澄清,风和景霁,氤氲香雾,缥缈祥辉,与连朝雨雪,阴霾的气象,迥不相同。人人说是景运休征,升平豫兆。冠冕堂皇。祭毕下坛,李善长率文武百官,都城父老,扬尘舞蹈,山呼万岁。五拜三叩首毕,吴王引世子及诸王子,文武群臣,祭告宗庙。追尊高祖考曰玄皇帝,庙号德祖。尊祖考曰恒皇帝,庙号懿祖。祖考曰裕皇帝,庙号熙祖。皇考曰淳皇帝,庙号仁祖。妣皆皇后。礼成返跸,升殿受群臣朝贺,并命刘基奉册宝,立妃马氏为皇后,世子标为皇太子,仍以李善长、徐达为左右丞相,刘基为御史中丞兼太史令。诸功臣皆进爵有差。自是明室肇基,帝位已定,史家称他为明太祖,小子也要改称了。

第十四回　四海归心诞登帝位　三军效命直捣元都

太祖罢朝还宫,语马后道:"朕起自布衣,得登帝位,外恃功臣,内恃贤后,每忆从前与郭氏同居,备尝艰苦,若非皇后从中调停,日贮糗糒脯修等物,济朕匮乏,朕亦安有今日?芜蒌豆粥,滹沱麦饭,时记于心,永久不忘。他如为朕司书,为朕随军,为朕亲缉甲士衣鞋,种种劳苦,不胜枚举。古称家有良妇,犹国有良相,今得贤惠如后,朕益信古语不虚了。"不忘贤后,固所宜然。较诸唐明皇之长生殿,情景不同。马后道:"妾闻夫妇相保易,君臣相保难,陛下不忘妾同贫贱,愿无忘群臣同艰难。"后来明太祖薄待功臣,已为马后瞧破。太祖道:"唐有长孙皇后,尝谏太宗不忘魏徵,卿亦可谓媲美古人呢。"马后道:"妾何敢上比古人。"太祖道:"卿无父母,尚有宗族,朕当访召入朝,悉加爵秩,何如?"马后叩谢道:"爵禄所以待贤,不应私给外家,妾愿陛下慎惜名器,勿徇私恩!"至理名言。太祖点首。

是夕无事,越宿视朝,颁即位诏于天下,追封皇伯考以下皆为王,又封后父马公为徐王,后母郑媪为王夫人,修墓置庙,四时致祭。越月丁祭,祀先师孔子于国学,用太牢。又越数日,诏衣冠悉如唐制,令群臣修女诫,戒后妃毋预政,征天下贤才为守令,命四方毋得妄献。所有兴利除弊诸事宜,次第增损,笔难尽述。

且说徐达、常遇春等,引兵入山东,至沂州,致书义兵都元帅王宣,谕令速降。王宣扬州人,曾为司农掾,治河有功,命为招讨使。寻从元平章也速复徐州,授为都元帅。宣子名信,亦随察罕帖木儿破田丰,以功叙官,令与乃父同镇沂州。信得达书,一面遣使犒军,一面奉表应天。太祖即命徐唐臣至沂州,授信江淮平章政事,令从大将军徐达北征。哪知王信意在缓兵,并不是真心降顺。他却密往莒、密募兵,拟来袭击明师。至唐臣到后,信尚未返,宣乃佯为迎入,使居客馆,夜间调兵兴甲,为劫使计。幸亏唐臣预先防备,易装走脱,潜入达军,达即命都督冯胜,即冯国胜。率师急攻,胜开坝放水,灌入城中,宣料不能支,乃开门迎降。达令宣作书招信,遣镇抚孙惟德驰往,反为所杀。于是达责宣反复,将他枭首,王信走山西。峄州赵蛮子,莒州周黼,海州马骊,及沭阳、日照、赣榆诸县,俱相率来降。转攻益都路,元宣慰使普颜不花,力战不支,与母妻诀别,出城鏖斗,卒为明军所擒,不屈被杀。元总管胡濬,知院张俊,皆自尽。普颜不花妻阿鲁真,亦抱了子女,同入井中。夫死忠,妻死节,元季人物,应首屈一指了。阐扬忠义。由是下东平,降东阿,拔济南,陷济宁,取莱阳,各路守将,不是闻风遁去,便是解甲投降。太祖又遣汤和修造海舟,接济北征军饷,并命康茂才再率万人,援应北征军,兵多粮足,威焰尤盛。常遇春分兵克东昌,元平章申荣自缢,徐达引兵徇乐安,元郎中张仲毅投诚。山东全境,尽为明有。

达乃移军入河南,与遇春会师并进。湖广行省平章邓愈,亦受命为征戍将军,率襄、汉军略南阳,遥应达军。达克永城、归德、许州,直入陈桥,元汴梁守将李克彝,联络左君弼、竹昌等,互为犄角,力抗明师。左君弼本庐州盗魁,_{应第五回。}受元廷招抚,驻兵河南,李克彝令守陈州,声势颇也不弱。太祖闻知,拘住君弼母妻。一面遣使致书道:

囊者兵连祸结,非一人之失,予劳师暑月,与足下从事,足下乃舍其亲而奔异国,是皆轻信群下之言,以至于此。今足下奉异国之命,与予接壤,若欲兴师侵境,其中轻重,自可量也。且予之国乃足下父母之国,合肥乃足下邱陇之乡,天下兵兴,豪杰并起,岂惟乘时以就功名?亦欲保全父母妻子于乱世。足下以身为质,而求安于人,既已失策,复使垂白之母,糟糠之妻,天各一方,以日为岁,足下纵不以妻子为念,何忍忘情于父母哉?功名富贵,可以再图,生身之亲,不可复得。足下能留意,盍幡然而来?予当弃前非,待以至诚,决不食言!

君弼得书未报,太祖又特遣使臣,送君弼母归陈州,母子相见,免不得有一番谈话。况明太祖虽拘他母妻,仍旧以礼相待,他母到了陈州,自然据实晓谕,就使君弼素性骁鸷,至是也感激流涕,便邀同竹昌,率所部诣徐达营,情愿归降。_{这是太祖权术动人。}李克彝失了犄角,孤立无助,顿时弃城西走。徐达遂安安稳稳的收了汴梁城,留金事陈德居守,自率步骑入虎牢关。至河南塔儿湾,元将脱目帖木儿,领兵五万,在洛水北岸列阵,旗帜整齐,刀矛森峙。常遇春怒马当先,左手执弓矢,右手执长枪,突入敌阵。敌军二十余骑,各执长戟,来刺遇春,遇春弯弓射箭,喝一声着,将他前锋射毙,余骑倒退。遇春麾动大军,奋力掩击,杀得敌军七零八落,东倒西歪。脱目帖木儿窜去,达遂进薄河南城下。元河南行省平章梁王阿鲁温,顾命要紧,也不管什么气节,只好送款军门,开城迎降。_{蒙族臣子,理应与城存亡,乃望风崩角,无乃非忠。笔诛之以声其罪。}嵩、陕、陈、汝诸州,次第平定。

明太祖闻河南已平,乃亲至汴梁,会大将军徐达,谋取元都。达与遇春等,俱至行在谒见,由太祖慰劳毕,便议进取元都的计画。徐达道:"臣自平齐、鲁,下河、洛,王保保即扩廓帖木儿,详见上,后仿此。逡巡太原,观望不进,张良弼、李思齐等,局促西陲,毫无远略,元都声援已绝,就此进兵,必克无疑。"太祖携图指示道:"卿言固是,惟北土平旷,骑战为先,今宜先选骁将,作为先锋,将军率水陆两军,作为后应,发山东粟米,充给馈饷,由秦趋赵,转临清而北,直捣元都,那时绝他外援,自然内溃,都城可不战即下了。"又语冯胜道:"卿可发兵往取潼关,潼关得手,勿遽西进,且选将守关,阻他出来,尔即回汴

第十四回　四海归心诞登帝位　三军效命直捣元都

梁,声应大将军,毋得有误!"达与胜受命而出。胜即日出师,往攻潼关,元将李思齐、张良弼,已率师分遁关外,胜未至关,先遣健卒夜携火具,潜至良弼营前,放起一把火来,烧得营帐通红。良弼自梦中惊起,总道敌兵潜来劫营,立饬各兵披甲上马,出营迎战,谁知杀了一场,统是自家人马,连忙收兵,已伤亡了数百名,自知立营不住,退入关内。李思齐闻这消息,也惊慌起来,即移军葫芦滩。此之谓勇于私斗,怯于公战。两军迁移未定,那冯胜已率兵掩去,杀进潼关。思齐弃辎重,走凤翔,良弼也遁入鄜城去了。冯胜入关,引兵西至华州,守将多遁去。胜因奉太祖命,不得不中道辍回,调指挥于光、金兴旺等留守,自率军还汴梁。

　　太祖闻潼关得手,北伐军已无后虑,乃自回应天,命徐达等进取元都,以毋妄杀人为约。达遂檄都督同知张兴祖,平章韩政,都督副使孙兴祖,指挥高显等,调集益都、济宁、徐州诸军,会集东昌,规定计画,分道徇河北地,连下卫辉、彰德、广平,进次临清,获元将李宝臣,都事张处仁,用为向导。使傅友德带着轻兵,开陆路,通步骑,顾时浚河通舟师,水陆并进,直抵长芦,元守将左金院遁去。达分兵下德州、青州,复会师进达直沽,得海舟七艘,用架浮桥,借通人马。常遇春、张兴祖等,各率舟师沿河而进,步骑遵陆而前,元丞相也速防御海口,未曾交战,部众先奔,也速也只好遁去。达又进兵通州,立营河东岸,遇春立营河西岸,诸将欲乘锐攻城,指挥郭英进言道:"我师远来,敌军居守,劳逸相殊,不宜急攻。何若乘其不意,掩击为是。"翌晨,天忽大雾,四面阴霾,英用千人伏道旁,自率精骑三千,直抵城下。元知枢密院事卜颜帖木儿,率敢死士万余名,张两翼而出。英与战数合,佯作败走状,卜颜帖木儿率兵来追,中途遇伏,被他截作两橛。郭英又转身杀来,卜颜帖木儿猝不及防,由英挺手中枪,刺坠马下,当经英军缚住,牵了过去。元军没了主帅,哪个还敢争锋,顿时大溃。英乘胜追杀,斩首数千级。及收兵回来,统帅徐达,已引兵入城,擒住的卜颜帖木儿,已枭首悬竿,号令军前。休息三日,复出师进捣元都,不意元顺帝已先出走,只有淮王帖木儿不花,及左丞相庆童等,尚是留着。小子有诗叹元顺帝道:

　　　　彼昏日甚太无知,都下沦胥悔已迟。
　　　　争说蒙儿好身手,昔何强盛后何衰。

　　未知元都如何被陷,容至下回续详。

　　南方戡定,而明祖称帝,天道后起者胜,诚非虚言。且有史以来,得国之正,首汉高,次明祖,汉高时尚有吕后,不无遗憾,明祖则得耦马氏,聿著徽音。

终明之世，无宫壸浊乱事，殆较汉代而上之矣。本回插入马后一段，所以表扬妇德，不敢没美也。至如徐达之北征，皆由庙算所定，告捷成功，事事不出明祖之所料，有明祖之雄才大略，始能拨乱世，反之正，且始终以不嗜杀人为本，其卒成大业，传世永久也宜哉！若元顺帝之致亡，吾无讥焉。

第十五回　袭太原元扩廓中计
　　　　略临洮李思齐出降

　　却说元顺帝闻通州被陷，惶急异常，亟御清宁殿，集三宫后妃，及太子爱猷识理达腊，准备北行。左丞相失烈门，及知枢密院事黑厮，宦官伯颜不花进谏道："陛下宜固守京都，臣等愿募集兵民，出城拒战。"顺帝道："李罗、扩廓，屡次构乱，京中守备，空虚已久，如何可守？"伯颜不花大恸道："天下是世祖的天下，陛下当以死守，奈何轻去？"顺帝道："今日岂可复作徽、钦？朕志已决，毋庸多言！"伯颜不花再三泣谏，顺帝拂袖还宫。到了黄昏，召淮王帖木儿不花，及丞相庆童入内，嘱令淮王监国，庆童为辅。两人受命趋出，遂于夜半三鼓，开建德门，挈后妃太子北去。徐达率着明师，进薄齐化门，将士填濠登城而入，达亦上齐化门楼，擒住元淮王帖木儿不花，及左丞相庆童，平章迭儿必失朴赛不花，右丞相张康伯，御史中丞满川等，劝令归降，皆不从，一律处斩。宦官伯颜不花，先已自尽，元宣府镇南威顺诸王子六人，亦为明军所擒。达遂封府库图籍宝物，用兵守故宫殿门，不准侵入。宫人妃主，令原有宦侍护视。号令士卒，秋毫无犯，人民安堵，市肆不移。于是遣将赴应天告捷，一面命薛显、傅友德、曹良臣、顾时等，率兵分巡古北诸隘口，一面令华云龙经理故元都，增筑城垣，专待太祖巡幸。是段为元亡之结束。

　　太祖闻报，下诏褒奖北征军，且以应天为南京，开封为北京，并订定六部官制，各设尚书侍郎等官。先是明初官制，略仿元代，立中书省，总天下吏治。置大都督府，统天下兵政。设御史台，肃朝廷纲纪。至是改立六部，定为吏、户、礼、兵、刑、工等名目。后来胡惟庸伏法，复罢中书省，废丞相等官，以尚书任天下事，侍郎为副。复分大都督府，为五军都督府，统属兵部节制，权力远不如前。并增设都察院，统辖台官，这是后话慢表。叙述明初官制，以便阅者考核。

　　且说太祖以元都既定，启跸北巡，留李善长与刘基居守，自率文武百官，渡江北行。雨师洒道，风伯清尘，遥望六龙，相率额手，沿途所经，蠲免逋赋。

第十五回　袭太原元扩廓中计　略临洮李思齐出降

既至北京，御奉天门，召元室故臣，询问元政得失。故臣中有一文吏，姓马名昱，顿首道："元得国以宽，失国亦以宽。"太祖道："朕闻以宽得国，不闻以宽失国。元季君臣，日就淫佚，驯至沦亡，是所失在纵弛，并非由过宽所致。圣王行政，宽亦有制，不以废事为宽；简亦有节，不以慢易为简。总教施行适当，自可无弊。"马昱之言，不能无失，明祖之言，恐亦未能实践。马昱惭谢而退。太祖又令放元宫人，免致怨旷。此外一切布置，概如徐达所定。当下命徐达、常遇春出师取山西，副将军冯胜，偏将军汤和，平章杨璟，随军调遣，太祖自还南京。

达受命西征，分道并进。常遇春攻下保定、中山、真定等处，冯胜、汤和、杨璟等，下怀庆，越太行，取泽潞，将逼太原。元将扩廓帖木儿，遣麾下杨札儿，来攻泽州，与杨璟、张彬等相遇于韩家店。两阵对圆，刀枪并举。杨璟、张彬等藐视元军，只道他没甚能力，一鼓便可击退，哪知杨札儿很是骁悍，部下又统经百战，个个拚命争先，战了多时，非但击不退元军，反被他冲动阵势，禁遏不住，只好一同败下，一骄便败。连忙禀报大将军。大将军徐达，调都督副使孙兴祖，佥事华云龙，出守北平，自率大军趋太原。途次闻元顺帝赦扩廓罪，还他原官，令出雁门关，由保安州经居庸关，来攻北平。当下集诸将会议，诸将或禀请回援，徐达道："北平重地，有孙都督等扼守，定能抵敌得住，此次王保保全师远出，太原必虚，我军如乘他不备，直抵太原，倾他巢穴，他进无可战，退无可依，在兵法上，所谓批亢捣虚的计策，就使他还救太原，已是不及，那时进退失利，必为我所擒了。"计议已定，遂引兵径进。果然扩廓还兵自救，前锋万骑突至，差不多有排山倒海的声势。这边傅友德、薛显，两骑并出，指麾健卒，与他酣斗一场，方才把他击退。扩廓扎营城西，兵约数万，郭英登高遥望，返报遇春道："敌兵虽多，不甚整齐，立营虽大，不甚谨饬，请乘夜踹营，当可决胜。"遇春入语徐达，达亦以为然。正筹画间，忽报扩廓营中，有密使赍书至此。当由达开缄览毕，退入帐后，写好复书；遣使去讫。随即升帐调兵，陆续出发。是夜天气阴晴，薄云四布，将及三鼓，郭英率精骑三百人，蹑至敌营附近，一声炮响，四面纵火，红光炎炎，不殊晓日。遇春也统着大队，鼓噪前进。敌营里面，也有一队人马，呐喊出来。两边相见，并不厮杀，反传了一声暗号，引着明军，扑向主营而去。故作疑阵。扩廓帖木儿方燃烛坐帐中，使两童子捧书侍立，正拟接书展阅，忽闻营外喊杀连天，料知内外有变，急忙推案而起，连靴子都不及穿齐，赤着一脚，跑出帐外，跨上一匹劣马，举鞭乱敲，觅路北遁，手下只有十八骑跟去。遇春等杀入营帐，营中已纷纷溃乱，经遇春下令，降者免死，于是相率弃械，跪降马前。共得兵四万人，马四万匹。看官听着！这扩廓也是有名大将，难道强敌在前，全不防备？况他至三鼓以后，尚燃烛看书,明明不是个糊涂人物,为何明军劫营,慌急到这般情形呢?原来扩廓部下,有一将名豁鼻马,默睹元运已终,明祚方盛,早有率众归降的意思,且闻徐达虚心下士,不杀降人,越觉投诚心亟,因此背了扩廓,暗中递书徐达,愿为内应。达即复书相约,互通暗号,所以得手如此容易。叙明原因。扩廓既遁,太原自下,徐达又乘势收大同,分遣冯胜等徇猗氏、平阳诸县,擒元右丞贾成、李茂等,榆次、平遥、介休,以次攻克,山西悉平。

太祖接着捷报,心中愉快,自不消说。倏忽间已是洪武二年,太祖亲定功臣位次,命在江宁西北鸡笼山下,建立功臣庙,已死的功臣,设像崇祀,未死的虚着坐位,共得二十一人,以大将军徐达为首。小子依史录述如下:

徐达字天德,濠州人。常遇春字伯仁,怀远人。李文忠字思本,盱眙人,太祖甥。邓愈虹人,初名友德。汤和字鼎臣,濠人。沐英字文英,定远人,太祖养子。胡大海字通甫,虹人。冯国用胜之兄,定远人。赵德胜濠人。耿再成字德甫,五河人。华高含山人。丁德兴定远人。俞通海字碧泉,濠人,徙于巢。张德胜字仁甫,合肥人。吴良定远人,初名国兴。吴桢良之弟,初名国宝。曹良臣安丰人。康茂才字寿卿,蕲人。吴复字伯起,合肥人。茅成定远人。孙兴祖濠人。

未几,又以廖永安、俞通海、张德胜、桑世杰、耿再成、胡大海、赵德胜七人,配享太庙,并因徐达攻破元都,得元十三朝实录,乃诏修元史,命李善长为监修,宋濂、王祎为总裁,并征隐士汪克宽、胡翰、陶凯、曾鲁、高启、赵汸等十六人为纂修,阅六月书成。惟顺帝未有实录,又遣使往访遗事,于次年续修,不到几月,也即告竣。后人谓史多简率,不足征信,这也不在话下。

且说徐达等既平山西,复奉命进图关陕,关中诸将,已推李思齐为统帅,驻兵凤翔。太祖尝遣使谕降,思齐不报,至是因大军将发,复贻书诏谕道:

前者遣使通问,至今未还,岂所使非人,忤足下而留之与?抑元使适至,不能隐而杀之?若然,亦事势之常,大丈夫当磊磊落落,岂以小嫌介意哉?夫坚甲利兵,深沟高垒,必欲竭力抗我军,不知竟欲何为?昔足下在秦中,兵众地险,虽有张思道即张良弼。专尚诈力,孔兴等自为保守,扩廓以兵出没其间,然皆非劲敌。足下不以此时图秦自王,已失其机,今中原全为我有,向与足下为犄角者,皆披靡窜伏,足下以孤军相持,徒伤物命,终无所益,厚德者岂为是哉?朕知足下凤翔不守,则必深入沙漠以图后举,然非我族类,其心必异。倘中原之众,以塞地荒凉,一旦变生肘腋,妻孥不能相保矣。且足下本汝南之英,祖宗坟墓所在,深思远虑,独不及此乎?诚能以信相许,幡然来归,当以汉窦融之礼相报,否则

第十五回　袭太原元扩廓中计　略临洮李思齐出降

非朕所知也。

　　思齐得书,颇有降意,独思齐养子赵琦,不愿降明,劝思齐西入吐蕃,思齐乃迟疑未决。明大将军徐达,遂统兵入关,直捣奉元。张良弼正与孔兴、脱列伯等,分驻鹿台,为奉元援,忽闻明将郭兴,卷甲而来,不禁大惧,立即遁去。奉元守将哈麻图,弃城走盩厔,为民兵所杀。元西台御史桑哥失里,郎中王可,检讨阿失不花,三原尹朱春,俱抗节自尽。时关中苦饥,达奉太祖命,每户赈米二三石,民心大悦。遇春遂进攻凤翔,李思齐从赵琦言,径奔临洮。遇春遂入凤翔,徐达亦至,复会议进兵事宜。众将献议道:"李思齐现走临洮,本应乘胜追杀,但张良弼尚据庆阳,良弼才智,不如思齐,庆阳地势,不如临洮,且先将庆阳夺来,再攻临洮未迟。"徐达道:"诸君但知其一,不知其二。庆阳城险兵悍,未易猝拔,临洮西通番戎,北界河湟,倘被思齐久踞,联外固内,将来根深蒂结,为患非浅。今乘他初往,麾以重兵,思齐不西走,只束手就缚罢了。临洮既克,旁郡自不劳而下。"此谓避实击虚。于是众将称善,即留汤和守营垒,指挥金兴旺等守凤翔,自率兵度陇克秦州,下宁远,入巩昌。遣冯胜攻临洮,顾时、戴德攻兰州。兰州一攻即下,惟冯胜至临洮,李思齐尚欲固守,不意赵琦起了歹心,私窃宝货妇女,逃匿山谷间,思齐长叹数声,没奈何举城乞降。思齐尚如此,良弼更不足道,可见关中四将,俱不足恃。冯胜将思齐送至达营,达又命人送至南京,太祖却也优礼相待,并命为江西行省左丞。思齐不之官,留居京师。太祖又传谕军前,除饬常遇春还备北平外,余军令尽随大将军往攻庆阳。且谓张良弼兄弟多诈,即或来降,亦宜小心处置,勿堕狡计!徐达受命即行,出萧关,拔平凉。张良弼大惧,令弟良臣守庆阳,自奔宁夏。途次遇着扩廓军,被他活捉而去。良臣闻警,遂以庆阳降明军。徐达遣薛显入城,慰谕军民,良臣出迎道左,匍匐马前,非常恭顺。显入城慰谕毕,出屯城外。亏有此着,然亦未始非徐达所授。良臣骁捷善战,军中号为小平章,他本欲诱显入城,等到夜间,闭城劫杀,至显屯兵城外,计不得逞,乃于夜间潜开城门,领兵杀出。显率骑兵五千人,拚命抵拒,夜间昏黑莫辨,被良臣四面攒射,中了流矢,负创急奔,驰至达营。检阅兵士,已伤亡了一半,又失去了指挥张焕。达语诸将道:"主上明见万里,今日事出意外,果如所言。但良臣困守一隅,终取败亡,我当与诸君共灭此獠!"诸将齐称得令。于是俞通源出略西路,顾时出略北路,傅友德出略东路,陈德出略南路,达率诸将出中路,直趋庆阳,四面围住。良臣出兵挑战,被徐达麾军奋击,败入城中,一面遣人至扩廓处求援。扩廓时在宁夏,遣将韩札儿攻陷原州,为庆阳声援,达即遣冯胜出驿马关,御韩札儿。驿马关距庆阳三十里,冯胜驰至,闻韩札儿又陷泾州,忙星夜前进,途遇韩札儿军,一鼓击退,进至邠州,因札儿去远,方还屯驿马关。是时常遇春早至北平,偕偏将李文忠,驱兵北进,至锦州,击败元将江文清,入全宁,又败元丞相也速,进攻大兴州,守将又遁。一路马不停蹄,径达开平。元顺帝自燕京出走,正在开平驻扎,闻明军复至,又仓皇遁去。遇春追奔数十里,擒斩元宗王庆生,及平章鼎珠等,降将士万人,得车万辆,马三千匹,牛五万头,蓟北悉平,乃还军。

遇春拟驰回庆阳,协攻张良臣,不防到了柳河州,竟遇暴疾,霎时间全体疼痛,连从前医愈的箭创,也无端溃裂起来。那时自知不起,亟召李文忠入帐,嘱托军事,与他永诀。正是:

北虏已燔臣力竭,西征未捷将星沉。

未知遇春性命如何,且至下回分解。

本回总旨,在叙扩廓、李思齐事。扩廓、李思齐,皆元室大将,一则驻兵太原,遇敌劫营,仓猝惊溃,一则称长关中,闻敌即退,穷蹙乞降。始何其悍?终何其衰?得毋所谓强弩之末,不能穿鲁缟者耶?张良弼辈,更出思齐下,良臣虽悍,困守庆阳,已同瓮鳖。晋、冀下而秦、陇去,虽有鲁阳,不克返戈。然原其祸始,莫非自离心离德之所致也。观元室之所以亡,益知涣群之获咎,观明祖之所以兴,益信师克之在和。

第十六回　纳降诛叛西徼扬威
　　　　　　　逐枭擒雏南京献俘

却说常遇春偶罹暴疾,将军事嘱托李文忠,复与诸将诀别,令听文忠指挥,言讫即逝,寿仅四十岁。遇春沉鸷果敢,善抚士卒,陷阵摧锋,未尝少怯,虽未习书史,用兵却暗与古合。自言能将十万众,横行天下,所以军中称他为常十万。大将军徐达,年齿比遇春尚轻二岁,遇春为副,受命惟谨,尤为难得。太祖闻报,不胜悲悼,丧至龙江,用宋太宗丧赵普故事亲往祭奠,赐葬钟山原,赠太保中书右丞相,追封开平王,谥忠武,配享太庙。明室功臣,首推徐、常,故于死事后,叙述较详。诏命李文忠代遇春职,趋会徐达师,助攻庆阳。文忠行至太原,由巡卒走报,元将脱列伯等,围攻大同,文忠语左丞赵惟庸等道:"将在外,君命有所不受,总教有利于国,专擅何妨?目今大同被攻,正宜急救,若必禀命后行,岂不失机?"惟庸等皆以为然,遂由代郡出雁门,至马邑,猝遇元平章刘帖木儿,率游骑数千掩至,当即迎头痛击,杀败敌众,并将刘帖木儿,亦擒了过来。再进至白杨门，拿住黠寇四天王。因天色将晚，雨雪纷飞，乃拟择地安营。营既下，下雪愈大，漫山皆白，文忠却未敢休息，引着数骑，入山巡察。走了一转，觉山前山后，雪地上似有行人踪迹，便策马回军，麾众前行五里，才阻水立寨。诸将莫名其妙，未免私议。文忠召诸将入帐道："我看山上雪径分明，定有伏兵出没，前地立营，定多危险，今移驻此地，稍觉安稳。但亦须严装待着，静候号令，如有妄动等情，军法具在，莫怪无情！"初任统帅，不得不先行晓谕。诸将唯唯听命。果然到了夜半，敌兵大至，文忠下令营中，只准守，不准战。至敌兵近前，见营门紧闭，呐喊了好几次，并不见有接战的兵马，再拟上前冲突，哪知梆声一发，炮矢如飞蝗般射来。敌兵队里的主帅，就是脱列伯，料知营中有备，麾兵渐退。未几，鸡声报晓，晨光熹微，文忠令将士蓐食秣马，先发两营挑战。饬令奋斗，不得少却，自在营中静待消息。脱列伯军，正在晨炊，突见明军到来，不遑朝餐，即上马迎敌，自寅至辰，两下相搏，未分胜负。探马因元军甚盛，恐众寡不敌，屡来报知文忠，意欲请他援应，文忠仍夷然自若，并不发兵。胸有成竹。未几，日过巳牌，雪已初霁，淡淡的露着阳光，景色如绘。文忠陡然出帐，上马先驱，引着两翼大兵，驰入敌阵。至此才知妙计。元军已有饥色，正在勉强支持，怎禁得一支生力军，如泰山压顶一般，包抄过来，此时欲战无力，欲走无路，个个惊惶失措，就是这位脱列伯，也似哑子吃黄连，说不出的苦楚。方拟杀条血路，向北遁走，哪知文忠跃马上前，一枪刺来，正中脱列伯马首，顿时马蹶前蹄，脱列伯随马仆地，明军一拥而上，把脱列伯擒捉而去。余众见主将被擒，自然无心恋战，纷纷下马乞降。文忠命即停刃，收集降卒，约得万余，马匹辎重，不计其数。当下返营，召入脱列伯，亲为解缚，与他共食，脱列伯感激不置。后来被解至京，太祖亦命释缚，赐他冠带衣服，且语群臣道："桀犬吠尧，各为其主，况朕不逮尧舜，何必复念前嫌？"自是脱列伯安居南京，以禄寿终。还有孔兴一人，本与脱列伯偕攻大同，及脱列伯被擒，孔兴走绥德，为部将所戕，携首降明。元顺帝时走和林，得此消息，不禁叹息道："天命已去，无可为矣。"不怨己而怨天，是为亡国之君。原来脱列伯等攻大同，本受元主命令，经此挫折，乃不敢再行南向，忧忧闷闷的过了一年，竟尔病逝，事见下文。

且说李文忠既定大同，拟驰赴庆阳，途中接到捷音，得知庆阳已下，乃禀请行止，静待后命。这庆阳攻克的情形，小子也不能不表白一番。张良臣悍骘绝伦，且有养子七人，各善用枪，人呼为七条枪。当时张良弼麾下，有一骁将绰号金牌张，为军中冠，自有良臣七个养子，军中又相语道："不怕金牌张，只怕七条枪。"良臣恃此七人，所以不肯屈服。且因庆阳城高险，上有井泉，可以据守，又倚扩廓为声援，贺宗哲、韩扎儿为羽翼，姚晖、葛八为爪牙，满望就此胜敌，徐图恢复。徐达围攻数月，恰也一时难下，惟每日鼓励将士，严行攻守。良臣屡出突围，东门被顾时击却，西门被冯胜杀退，遣人赴宁夏求援，又被明军缉获，弄到粮汲俱穷，兵民俱困，不得已登城乞降。徐达以他反复无常，不肯应允。可怜良臣计穷力竭，援绝食空，甚至杀人煮汁，和泥为食，勉强充腹救死。姚晖等知事不济，私下开门纳降。达勒兵自北门进去，良臣与养子七人，已是饿惫不堪，无力再战，没奈何投入井中。达军倒戟而出，缚至达前，由达数责罪状，立命推出斩首。良臣父子八人，只好伸颈就戮。七条枪变作七条鬼了。先是元将贺宗哲阴援良臣，入寇凤翔，金兴旺死力抵御，宗哲不能入，及庆阳已下，宗哲引退，徐达遣顾时、薛显、傅友德等，往追不及，乃引军还。谁意宗哲转掠兰州，警报迭至达营，又由达遣冯胜往击，宗哲遁去，于是奏凯班师，留冯胜总制军事。达南还后，扩廓乘虚袭兰州，明指挥张温，为兰州守将，整兵迎战，扩廓兵少却。温敛兵入城，扩廓复进兵合围，绕城数匝。巩昌守将于光，率兵往援，至马王滩，遇伏马蹶被擒，至兰州城下，令呼张温出降。光大呼道："我不幸被执，大兵即至，公等但坚守好了。"敌兵怒披光颊，遂遇害。城中守御益固，冯胜亦发兵往援，扩廓知不能下，卷旆引去。太祖闻知，赠恤于光，擢张温为都督佥事，一面下令北征，仍命徐达为大将军，李文忠、邓愈为左副将军，冯胜、汤和为右副将军，于洪武三年正月，袆纛出发。

临行时，太祖问诸将道："元主迟留塞外，王保保犯我兰州，日夕图逞，不灭不已。卿等出师，何处为先？"诸将道："保保屡寇边疆，无非因元主犹在，有心翊助，若我军直取元主，保保自然失势，可以不战而降。"太祖道："王保保方率兵寇边，正应出师往讨，若舍了保保，直取元主，是忽近图远，不能算作善策。朕意拟分兵两道：一令大将军自潼关出西安，直取王保保，一令左副将军出居庸关，入沙漠，追袭元主，使他自救不暇，方可得胜。这就所谓一举两得呢！"诸将共称妙计，遂各分道而行。

太祖又爱扩廓才，意欲招他来降，又遣李思齐持书往谕。思齐与扩廓有仇，太祖宁不知之？此时令往谕降，亦有借刀杀人之意。思齐不敢违命，硬着头，出使宁夏。扩廓却以礼相待，惟说及招降二字，独毅然不答，寻遣骑士送思齐还，至塞下，语思齐道："主帅有命，请留一物为别。"思齐道："我远来无所赍送，奈何？"骑士道："珍玩财宝，我主帅并无所爱，但爱公一臂，幸乞相赠！"欲取思齐之臂，是嫉他不以臂助，扩廓之意如见。思齐知不可免，遂拔出佩剑，自砍左臂，臂断血流，竟致晕倒。痛哉痛哉！骑士替他裹创，并敷以药，至思齐苏醒，即拾起左臂，作别上马去了。思齐负创归来，见过太祖，不数日即报毙命。最不值得。徐达闻扩廓不肯受诏，兼程疾进，直抵安定。扩廓退屯车道岘，达遣左副将军邓愈，步步进逼，步步立栅。扩廓复退驻沈儿峪，两军隔沟立垒，一日数战，彼

第十六回　纳降诛叛西徼扬威　逐枭擒雏南京献俘

此戒严。明左丞胡德济，即大海子。扎营东南，时至夜半，突闻营外火起，仓猝不知所为，一营大乱，元军乘势杀入，亏得徐达自督亲兵，前来相救，才将元军杀退。原来扩廓夜遣千余人，从间道逾沟，潜劫德济营，德济未及防备，几致陷没。至徐达出援后，立传德济入帐，责他怠弛，喝令左右将他绑下，并语诸将道："德济违律当斩，念他是功臣后裔，权寄头颅，械送京师，请皇上自行发落便了。"言毕，又饬拿德济部将，自赵指挥以下将校数人，统行推出营外，一律正法。真是军令如山。诸将不敢请恕，大家瞠目伸舌，震悚异常。次日整众出战，全军争奋，片刻逾沟，扩廓尚未成阵，明军早已杀到，亮晃晃的大刀，威棱棱的长枪，泼剌剌的硬箭，一齐都至，仿佛似电掣雷轰，无人敢当。元郯王、济王，及国公阎思孝，平章韩札儿、虎林赤、严奉先、李景昌、察罕不花等，都纷纷落马，被明军生擒活捉，扛抬而去。扩廓知不能支，忙挈妻子数人，落荒遁去，慌忙中不及辨路，狂奔了一日夜，但闻流水声潺潺不绝，立足细看，原来已是黄河沿岸，待要过河，恨无船只，正踌躇间，只听后面喊声又起，不禁叹道："前阻大河，后有追兵，真天绝我了。"言未已，忽见上流有一段浮木，随水漂来，长约数丈，大可十围，不觉转悲为喜，忙率妻子跨上浮木，将手中所持的方天戟，当了篙桨，飞摇而去。后面追赶的兵将，正是明都督郭英，望着河边，寂无一人，只道他奔入宁夏，还是觅路穷追，及到宁夏相近，仍然杳无踪迹，方才回军。哪知扩廓帖木儿，已奔投和林去了。这场大战，明军获得元将千余人，士卒八万余人，马万余匹，骆驼驴畜，亦差不多有二万余只，遂进克洮州，入连云栈，攻下兴元。邓愈亦自临洮进克河州。可见兵贵有律，亦贵作气。惟都督孙兴祖，率孤军出五郎口，猝遇敌军，力战身死。奏报南京，由太祖追封为燕山侯。胡德济械送至京，太祖念大海功劳，不忍加罪，立命释放，只传谕徐达道："将军欲效卫青不杀苏建故事，难道不闻穰苴立诛庄贾么？且将军在军中，执法如山，不妨立诛，今械送来京，朕且念他前功，不忍正法。自今以后，将军休得姑息，轻纵法度！"太祖此言，仍以权术待人。达将此谕传示军中，将士益遵约束，不敢怠慢，这也不在话下。

且说李文忠出居庸关，降服兴和，进兵察罕诺尔，擒元平章祝真，入骆驼山，击走元太尉蛮子，平章沙不丁、朵儿只八剌等，乘胜捣开平。元平章上都罕等，惊得甚么相似，无可设法，只得把开平图籍，双手捧献，乞降军前，会闻元顺帝病殁应昌，太子爱猷识理达腊嗣位，秩序未定，遂乘隙进兵，倍道往赴。元嗣主爱猷识理达腊迭接警报，哪里还敢抵挡？忙带同嫡子买的里八剌，及后妃宫娥，诸王将相家属数百人，开城出走，不防明军前锋已到，竟将他一班人众，截作两段。元将百家奴、胡天雄等，保着爱猷识理达腊拚命北走，剩下买的里八剌等，生生被明军擒去。应昌没有主子，自然被陷，李文忠率军径入，搜得宋、元玉玺、金宝玉册、镇圭、大圭、玉斧等物，并驼马牛羊无算。又麾兵追元嗣主，直至北庆州，未及乃还。道出兴州，遇元国公江文清，战不数合，即将他擒住，降兵卒三万多人，至红罗山，又降杨思祖部众万余人，当下遣使告捷，并押解买的里八剌等至南京。太祖临朝，群臣称贺，中书省臣杨宪，且请献俘太庙，太祖道："古时虽有献俘的礼仪，但周武王代殷时，曾否有此制度？"杨宪道："武王事已不可知，唐太宗时曾行此制。"太祖道："唐太宗待王世充，原有此举，若遇隋朝子孙，自不出此。况元主中国百年，朕与卿等父母，统赖他生养，后王不肖，乃致灭亡，何忍将他子孙，作为俘虏？"言毕，即令买的里八剌，以本服朝见。见毕，太祖温言慰谕，赐他冠带，封为崇礼侯，所房妃嫔人等，只令入朝中宫，马后也好生待遇。退出后，又由太祖赐第龙光山，畀他居住。元代子孙，得此优待，总算天幸。还有宝册等物，令贮府库，不必进呈。先是诸将克元都，得所有宝物，一律上献。马后语太祖道："元有是宝，乃不能守，大约帝王自有宝呢。"太祖笑道："后意谓得贤为宝么？"马后拜谢道："诚如陛下言！"好皇后。太祖记着，因命宝册悉贮库内，一面颁平朔漠诏于天下。阅数月，徐达、李文忠等，振旅入朝，至龙江，太祖亲出郊劳，还都欢宴，不消细说。越二日，以武成告郊庙，令大都督府暨兵部，叙诸将功绩。太祖自定次第，妥为处置，乃于洪武三年十一月丙申日，亲御奉天殿，大封功臣，王公以下文武百官，分列两阶，只见御炉香袅，集万道之祥光，旭日晨升，启九天之阊阖。重睹汉官仪制，束带峨冠，备聆盛世元音，敲金戛玉。赞扬语原不可少。群臣拜舞毕，即由丹陛传下纶音，进封李善长为韩国公，徐达为魏国公，常茂即遇春子。为郑国公，李文忠为曹国公，邓愈为卫国公，冯胜为宋国公，汤和以下皆封侯，共得二十八人，所有分封诸臣，悉赐诰命铁券。善长、徐达等顿首拜谢，太祖即退朝。越数日，又封中书右丞汪广洋为忠勤伯，御史中丞刘基为诚意伯，史称太祖屡欲相基，且累拟进爵，基再三辞谢，所以基功不亚善长，善长封公，基只封伯，这是基所自愿，并非太祖薄待。表明刘基谦德。小子有诗咏明初功臣道：

>　　入朝拜爵作公侯，功到成时应重酬。
>　　不是沙场经百战，旂常安得姓名留。

太祖既封功臣，尚有一篇议论，表明开国情由，容小子下回再述。

关中四将，毫无智略，一经大敌，非降即死，此所谓乱事有余，成事不足者也。张良臣降而复叛，力竭被杀，事虽未成，心尚可恕。王保保为将门子，乃前败于太原，后败于沈儿峪，屡蹶不振，孑身远遁，明祖称为奇男子，得毋为不虞之誉耶？元太子爱猷识理达腊，昔在燕都，好预军事，以致瓦裂，嗣入应昌，未经迎敌，即已狂奔，嫡子被俘，母妻不保，是殆所谓景升之子豚犬耳？然尚得苟延残喘，幸存宗祀者，得毋由元世祖之待遇宋裔，犹为尽礼，天特留之以示报欤？然明祖之封侯赐第，禁令献俘，亦不可谓其非仁，宜乎其遗祚之长，不亚唐、宋也。

第十七回　降夏主荡平巴蜀　　击元将转战朔方

却说太祖封功臣后，又赐宴三日，宴毕，群臣入谢，太祖赐坐华盖殿，与论开国原因，怡然道："朕起乡里，本图自全，及渡江后，遍览群雄，徒为民害，张士诚、陈友谅，尤为巨蠹，士诚恃富，以昏庸败。友谅恃强，以卤莽败。朕独无所恃，惟不嗜杀人，布信义，行节俭，与卿等同心共济，初与二寇相持，士诚尤逼近，或谓宜先击士诚，朕以友谅志骄，士诚器小，志骄必喜事，器小无远图，所以先攻友谅。鄱阳一役，士诚不能出姑苏一步，为他援应。若使先攻士诚，姑苏坚守，友谅必空国而来，那时恐腹背受敌了。至北定中原，先山东，次河、洛，兵及潼关，尚缓图秦、陇，无非因王保保与关中四将，统是百战余生，未能遽下；且彼知情急，并力一隅，更不易定，所以突然返旆，北捣燕都。燕都既举，然后西征张、李，使他望绝势穷，不战自克。惟王保保犹力抗不屈，确是枭悍，假使燕都未下，与他角力，恐至今尚未必决胜呢。"言毕大笑。踌躇满志之言，但未尝归功诸臣，只自夸张智略，为功臣计，应早告退，宁必待兔死狗煮耶？群臣交口称颂，毋庸细表。

惟大封功臣以前，尚有分封诸王一事，小子因前文顺叙战功，不便夹入，只好在此处补叙出来。标明次序，一笔不苟。原来太祖深意，拟惩宋、元孤立的弊端，欲仿行封建制度，元初亦分封诸王，太祖宁未闻之？乃审择名城大都，预王诸子，待他年长，一律遣就藩封，作为屏蔽。当时曾封子九人，从孙一人，俱为王爵，列表如下：

第二皇子樉为秦王，封西安。第三皇子㭎为晋王，封太原。第四皇子棣即成祖。为燕王，封北平。第五皇子橚为吴王，后改周王。封开封。第六皇子桢为楚王，封武昌。第七皇子榑为齐王，封青州。第八皇子梓为潭王，封长沙。第九子早殇。第十皇子檀为鲁王，封兖州。从孙守谦太祖兄子，文正子。为靖江王，封桂林。

所有制禄,亲王岁万石,置相傅官属,护卫甲士,多至万九千人,最少三千人。冕服车旗邸第,仅下天子一等,公侯不得抗礼,体制甚是隆重。后来尾大不掉,遂成燕王靖难的祸祟,这也是立法防弊,弊反愈多了。后文再表。列入此段,原为后文理根。

且说洪武四年正月,点醒年月。下诏伐蜀,令中山侯汤和,为征西将军,江夏侯周德兴,德庆侯廖永忠为副,率舟师自瞿塘进。颍川侯傅友德为征虏前将军,济宁侯顾时为副,率步骑自秦、陇进。浩浩荡荡,往讨明昇。这明昇是何等人物?前文未曾提及,此处不得不急为表明。先是徐寿辉部下,有随州人明玉珍,身长八尺余,目重瞳子,受寿辉命,屯守沔阳。嗣与元兵相搏,飞矢中右目,遂成独只眼。项羽重瞳,尚难成事,况一目已眇耶?后来入据重庆,奄有蜀地,至寿辉被弑,遂自称陇蜀王。元至正二十二年事。未几,复称帝,国号夏。僭号四年,未尝远略。既而病逝,子昇袭位。明军克元都,昇亦致书称贺。太祖遣使求大木,昇亦应命。寻复遣平章杨璟,往谕归降,昇独不从。璟归,复贻昇书,晓谕祸福。其书云:

古之为国者,同力度德,同德度义,故能身家两全,流誉无穷,反是者辄败。足下幼冲,席先人业,据有巴、蜀,不容至计,而听群下之议,以瞿塘、剑阁之险,一夫负戈,万人无如之何,此皆不达时变,以误足下之言也。昔据蜀最盛者,莫如汉昭烈,且以诸葛武侯助之,综核官守,训练士卒,财用不足,皆取之南诏,然犹朝不谋夕,仅能自保。今足下疆场,南不过播州,北不过汉中,以此准彼,相去万万。而欲借一隅之地,延命顷刻,可谓智乎?我主上仁圣威武,神明响应,顺附者无不加恩,负固者然后致讨,以足下年幼,未忍加师,数使使谕意,复遣璟面谕祸福,所以待明氏者不浅,足下可不深念乎?且向者如陈、张之属,窃据吴、楚,造舟塞江河,积粮过山岳,强将劲兵,自谓无敌,然鄱阳一战,友谅授首,旋师东讨,张氏面缚。此非人力,实天命也。足下视此何如?友谅子窜归江夏,王师致伐,势穷衔璧,主上宥其罪愆,剖符锡爵,恩荣之盛,天下所知。足下无彼之过,而能幡然觉悟,自求多福,则必享茅土之封,保先人之祀,世世不绝,岂不贤智矣哉?若必欲倔强一隅,假息顷刻,鱼游沸鼎,燕巢危幕,祸害将至,恬不自知,璟恐天兵一临,凡今为足下谋者,他日或各自为身计,以取富贵,当此之时,老母弱子,将安所归?祸福利害,了然可睹,惟足下图之!

明昇得书,仍是不答。及明军水陆进攻,蜀丞相戴寿,及平章吴友仁,定计设防,用铁索为链,横断瞿塘峡口。又于峡内羊角山旁,亦凿穿石壁,系以铁链,架着飞桥,上载炮石,抵御敌军。此吴人故智耳,何足抵御敌军?汤和等率

第十七回　降夏主荡平巴蜀　击元将转战朔方

舟至峡，竟不得进。独傅友德疾趋至峡，潜度陈仓，即韩信暗度陈仓之计。扳援山谷，昼夜行抵阶州。守将丁世珍，猝不及防，弃城遁去。友德得了阶州，又进拔文州、绵州，将渡汉江。适水涨不得渡，乃削木为牌，约数千张，书克阶、文、绵日月，投汉水中，顺流而下。蜀中拾牌视书，相率惊骇。戴寿闻报，忙与吴友仁还援，会同司寇向大亨，出御汉州。友德驱军进攻，连战皆捷。戴寿、向大亨败走成都，吴友仁走保宁。时瞿塘守御渐疏，明副将军廖永忠，密遣健卒数百人，穿着青蓑衣，持粮粮水筒，并舁小舟，逾山度关。蜀山多草木，明军蹑迹潜行，多为草木所蔽；又因服色皆青，更不能辨，因此无人知晓。永忠料健卒已越关西，遂率舟师猛攻，各舟用铁裹头，中载火器，逆流而进。守将邹兴，尽锐来拒，永忠令军士奋力上前，一面接战，一面纵火，霎时间江上通红，铁索尽断。果然不中用。邹兴正不能支，忽后面有数十小舟，驾着青衣兵，鼓噪而下，那时前后夹攻，就使邹兴浑身是胆，到此也脚忙手乱，不知所为；突然间一箭飞至，穿透脑袋，眼见得一个蜀帅，倒入舟中，魂灵儿往见阎王去了。邹兴既死，蜀兵大溃，永忠遂进趋夔州。只见城门大开，城中已无一兵，任他自由进去。越日，汤和亦至，与永忠会晤，议捣重庆。永忠即挺身登舟，麾军复进，入次铜罗峡，重庆大震。明昇年尚幼稚，越吓得魂不附体，当下集群臣会议，左丞刘仁，劝昇出奔成都，昇母彭氏涕泣道："成都可到，也不过苟延旦夕，不如早降，尚得保全民命。"彭氏此言，还算明白。昇闻言，乃遣使赍表乞降。汤和与廖永忠偕至重庆，昇面缚衔璧，率官属迎降马前。和下马受璧，永忠亦替他解缚，好言抚慰，并下令诸将不得侵扰，随即入城安民，并遣使押送明昇，并昇母彭氏，同赴南京。

惟成都、保宁，尚坚守不下，傅友德进围成都。戴寿、向大亨并马跃出，带领一班弓弩手，飞箭射来，明军前队，多被射倒，连友德也身中流矢。友德裹创复战，部兵亦拚死杀上，戴、向二人，方抵敌不住，回马入城。越数日，城门复启，友德忙麾军入城，不防城中突出象阵，踊跃前来，势不可当。幸友德已预备炮石，接连击射，把象阵裂作数截，象返奔入城，门卒多被践踏，不及闭门，明军便一拥而入。戴寿、向大亨不能再战，只得束手请降。友德复移军保宁，巧值周德兴等，亦领兵到来，两下夹攻，顿时城垣击破，一齐杀进。吴友仁无路可逃，被明军擒住，保宁遂下。只丁世珍自阶州遁去，复集余众来袭文州，杀明将朱显忠。友德亲自赴援，世珍复遁。嗣复进寇秦州，又被友德击败，走宿梓潼庙，为其下所杀，于是蜀地悉平。

明昇至南京，待罪午门外，群臣又请太祖御殿受俘，如孟昶降宋故事。无非贡谀。太祖道："昇年幼稚，事由臣下，与孟昶不同。可令他进来朝见，不必伏地待罪。"言毕，即宣昇入见。昇战栗异常，太祖复和颜婉谕，立授爵归义侯,赐第京师。又是一个陈理。及汤和等自蜀班师,带着戴寿、向大亨、吴友仁等,道出夔峡,戴寿、向大亨凿舟自沉,吴友仁曾导昇抗明,被缚舟中,无从觅死,所以解至南京,太祖命斩首市曹。其余降将,发戍徐州。越年,有人告陈理、明昇,俱有怨言,太祖道:"童稚无知,不应苛求,但恐被小人蛊惑,将不能保全始终,不若迁处远方,免生衅隙。"乃将陈理、明昇,转徙高丽国去了。降王终觉没趣。

且说元扩廓败奔和林,元嗣主爱猷识理达腊,仍以兵事相委,扩廓乃发兵扰边。太祖复命徐达为征北大将军,出雁门,趋和林。李文忠为左副将军,出居庸,趋应昌。冯胜为右副将军,出金兰,趋甘肃。达用都督蓝玉为先锋,至野马川,遇扩廓部下的游骑,临川饮马,遂掩杀过去。敌骑惊遁,弃马数百匹。追入图拉河,与扩廓接仗,战约数时,扩廓败走,蓝玉长驱直进,各军仗着威力,争先追敌。扩廓恰窜入山谷,越岭北窜。蓝玉防有伏兵,拟饬军士少停,军士不肯驻足,定欲灭敌方体。太轻觑扩廓了。一逃一追,统已越过岭北,猛闻一声胡哨,元兵四出,统将就是贺宗哲,来战蓝玉。扩廓又复杀回,把明军冲为数截。首尾不能相顾,腹背统是受敌。更兼岭路崎岖,进退两难,大众到此,才晓得扩廓厉害,叫苦不迭。迟了迟了。蓝玉忙令择路回军,亲自断后,哪知喊声四起,草木皆兵。各军急不择路,不是坠崖,就是填壑。元军又紧紧追逼,杀一阵,伤亡数百人,杀两阵,又伤亡数百人。正在危急难分的时候,幸徐达督师来援,方得杀退敌兵,救出孤军。达回营,检查军士,共死万余人,不禁叹息道:"刘诚意伯曾与上言,扩廓不可轻视,我此番略一轻意,便中他计,这是我的过失,不能专责将校呢。"躬自厚而薄责于人,确是大将器度。遂上表自劾。表方发,接到左右两路捷音,方转闷为喜道:"两军告捷,主上也可宽心了。"真心为主,全无妒忌,令人可敬可爱。

原来冯胜从兰州进兵,由傅友德先行,直趋西凉,连败元兵,射死元平章卜花,降元太尉锁纳儿加等。进至亦集乃路,次别驾山,击退元岐王朵耳只班,擒住元平章长加奴等二十七人。又分兵至瓜沙州,斩获甚众,方才折回。右路的李文忠,率都督何文辉等,至胪朐河,留部将韩政守住辎重,自率轻兵持二十日粮,倍道急进。元太师合剌章蛮子,悉众来拒,列阵阿鲁浑河岸,军容甚盛。文忠督兵与战,他却麾众直上,围裹拢来。自午至申,战他不退,反且越来越众。明将曹良臣、周显、常荣、张耀等,陆续战死。文忠也马中流矢,下骑督战。偏将刘义,亟以身蔽文忠,直前奋击。指挥李荣,复将自己乘马,授与文忠,自夺敌骑乘着,拚命冲杀。文忠得马,又据鞍横槊,当先突围。士卒也鼓勇死战,一当十,十当百,顿将元兵击退。追至青海,敌又大集,文忠据险自固,多张疑兵。敌疑有伏,皆引去。文忠亦椎牛飨士而还。顾时与文忠分道入沙漠,持粮且尽,陡遇元兵,部众疲乏不能战,时独引锐卒数百人,跃马前趋,大呼杀敌。元兵惊走,弃掉的辎重牛马,都被明军搬归。叙左右两路战事,与中路稍分详略,以别轻重。

太祖迭接军报,慰劳三军,所有徐达败仗,亦宽宥不问,只命徐达、李文忠,回镇山西、北平,练兵防边。自是边疆虽稍有战事,亦不过彼来我拒,无复远出。扩廓亦不敢深入,随元嗣主远徙金山。到了洪武七年,诏遣崇礼侯买的里八剌北还,令故元宦官二人护行,并遗书谕元嗣君,令他撤除帝号,待若虞宾。元主不答。太祖又招降扩廓,前后七致书,终不见报。扩廓于洪武八年八月,病殁哈拉那海的衙庭。哈拉那海系一大湖,在和林北,妻毛氏,亦自经死。太祖尝宴集群臣,问天下奇男子为谁?群臣皆以常国公对。太祖拊髀叹道:"卿等以常遇春为奇男子么,遇春虽是人杰,我尚得他为臣,惟元将王保保,终不肯臣我,这正是奇男子呢!"群臣愧服。先是明军入元都,曾掳得扩廓妹子,充入宫廷,至是竟册为秦王樉妃。兄不屑臣明,妹甘为明妇,究竟须眉气胜于巾帼。小子有诗赞扩廓道:

抗命称兵似逆伦,谁知板荡识忠臣。
疾风劲草由来说,毕竟奇男自有真。

扩廓既殁,后来残元能否保存,且俟下回说明。

元末群雄,以明玉珍僭号为最晚,即以明玉珍据地为最僻。本书叙至十六回,未曾提及,非漏也。玉珍僻处偏隅,无关大局,前文不遑叙述,故置诸后文,以便总叙,且俾阅者易于览观。盖此书与编年史不同,布局下笔,总以头绪分明为主。且书中于追溯补叙等事,必有另笔表明,于总叙之中,仍寓事实次序,可分可合,诚良笔也。至若北征扩廓一段,三路分写,亦觉条分缕析,眉目分明,是殆集史家小说家之长,兼而有之,故能头头是道,一览了然。若夫明昇之致亡,扩廓之不屈,事迹已著,无俟赘述云。

第十八回　下征书高人抗志
泄逆谋奸相伏诛

却说元扩廓病殁后,尚有元太尉纳哈出,屡侵辽东。太祖饬都指挥马云、叶旺等,严行戒备。至纳哈出来攻,设伏袭击,大败元兵。纳哈出仓皇遁去,嗣是北塞粗安。惟太祖自得国以后,有心偃武,常欲将百战功臣,解除兵柄,只因北方未靖，南服亦尚有余孽，一时不便撤兵，只好因循过去，但心中总不免怀忌，所以草创初定，即拟修明文治，有投戈讲学的意思。洪武二年，诏天下郡县皆立学。三年复设科取士，有乡会试等名目。乡试以八月，会试以二月，每三年一试，每试分三场。第一场试四书经义，第二场试论判章表等文，第三场试经史策。看官听着！我中国桎梏人才的方法，莫甚于科举一道，凡磊落英奇的少年，欲求上达，不得不向故纸堆中，竭力研钻，到了皓首残年，仍旧功名未就，那大好光阴，统已掷诸虚耗了。尝闻太祖说过："科举一行，天下英雄，尽入彀中。"可见太祖本心，并不是振兴文化，无非借科举名目，笼络人心。科举亦有好处，不过以经义取士，太不合用。到了后来，又将四书经义，改为八股文，规例愈严，范围愈狭，士子们揣摩迎合，莫不专从八股文用功，之乎者也，满口不绝，弄得迂腐腾腾，毫无实学经济。这种流毒，相沿日久，直至五六百年，方才改革，岂不可叹惜痛恨么？后人归咎明祖作俑，并非冤屈。论断谨严。

太祖又征求贤才，遣使分行天下，采访高人逸士，并及元室遗臣。是时山东有一侠士，姓田名兴，尝往来江淮，以商为隐。太祖微时，与兴相遇，兴识为英雄，出资赒恤，并与太祖结为异姓兄弟。至太祖得志，兴恰远引，遇有军士不法情状，乃致书报闻，书中不写己名，但云某当惩治。太祖知系兴所为，按书照办，惟无从访他住址。洪武三年，江北六合、来安间，有猛虎害人，官吏悬赏捕虎，无人敢应。兴乃奋身出来，与虎相搏，十日间格杀七虎，居民都欢呼不已，争迎兴至家，设宴款待，官吏亦赍金为谢，兴独不受。不愧侠名。这事奏达京师，太祖料是田兴，立即遣使往征，兴不赴召。嗣又由太祖手书，赍递与兴，书云：

元璋见弃于兄长，不下十年，地角天涯，无从晤觌。近闻兄在江北，为除虎患，不禁大喜。遣使敦请，不我肯顾。未知何开罪至此？人之相知，莫如兄弟。我二人虽非同胞，情逾骨肉。昔之忧患，与今之安乐，所处各当其时。元璋固不为忧乐易交也。世未有兄因弟贵，而闭门逾垣，以为得计者，皇帝自皇帝，元璋自元璋，元璋不过偶然作皇帝，并非一作皇帝，便改头换面，不是朱元璋也。本来我有兄长，并非作皇帝便视兄长如臣民也。国家事业，兄长能助则助之，否则听兄自便，只叙兄弟之情，不谈国家之事。美不美？江中水，清者自清，浊者自浊，再不过江，不是脚色。兄其听之！

兴得此书，乃野服诣阙，太祖出城亲迎，入城欢宴，格外亲昵，比自家骨肉，还要加上一层。一过月余，太祖敬礼未衰，席间偶谈及国事，兴正色道："天子无戏言。"于是太祖不敢再谈。兴又屡次告别，经太祖苦留，方羁居京

第十八回　下征书高人抗志　泄逆谋奸相伏诛

师,未几即殁。不亚严光,事见《田北湖田兴传》。

还有元行省参政蔡子英,自元亡后,从扩廓走定西,扩廓败遁,子英单骑走关中,亡入南山。太祖闻他姓名,遣人绘形往求,得诸山中。传诣京师,至江滨,又潜遁去。未几,复被获,械过洛阳,见汤和,长揖不拜。和呼令下跪,仍抗颜不从。和命爇火焚须,复不为动。乃遣送至京,太祖亲为脱械,待以客礼。嗣命列职授官,终不肯受,因沥诚上书道:

> 陛下乘时应运,削平群雄,薄海内外,莫不宾贡。臣鼎鱼漏网,假息南山,曩者见获,复得脱亡,重烦有司追迹。而陛下以万乘之尊,全匹夫之节,不降天诛,反疗其疾,易冠裳,赐酒馔,授以名爵,陛下之恩,包乎天地矣。臣非不欲自竭犬马,但名义所存,不敢辄渝初志。自惟身本韦布,知识浅陋,过蒙主将知荐,仕元十有五年,愧无尺寸功以报国士之遇。及国家破亡,又复失节,何面目见天下士?管子曰:"礼义廉耻,国之四维。"今陛下创业垂统,正当挈持大经大法,垂示子孙臣民,奈何欲以无礼义寡廉耻之俘囚,而厕诸新朝贤士大夫之列哉?臣日夜思维,咎往昔之不死,至于今日,分宜自裁,陛下待臣以恩礼,臣固不敢卖死立名,亦不敢偷生苟禄。若察臣之愚,全臣之志,禁锢海南,毕其生命,则虽死之日,犹生之年。昔王蠋闭户以自缢,李芾阖门以自屠,彼非恶荣利而乐死亡,顾义之所在,虽汤镬有不得避也。眇焉之躯,上愧古人,死有余恨,惟陛下裁察!

太祖览书,更加敬重,留馆仪曹。一夕,子英忽大哭不止,旁人问为何事?子英说是记念旧君,因此流涕。太祖知不可夺,乃命有司送出塞外,令从故主。足愧贰臣。

子英以外,又有元行省都事伯颜子中,曾守赣州。陈友谅破赣,子中仓猝募吏民,与战不胜,脱走闽中。陈友定辟为员外郎,计复建昌,浮海至元都报捷,累迁吏部侍郎,持节发广东何真兵救闽。适何真降明,子中跳堕马下,跌损一足,为明军所得,执送廖永忠军前。永忠胁令投降,誓死不屈,乃释缚令去。子中变姓名,戴黄冠,游行江湖间,太祖求之不得,簿录子中妻子,子中仍不往。寻复由明布政使沈立本密荐,遣使币聘,子中太息道:"今日死已迟了。"作歌七章,遍哭祖父师友,饮鸩而死。死有重于泰山者。子中得之。

太祖又恐廷臣蒙蔽,尝与侍从数人,易服微行,一面采访才能,一面侦察吏治,一面调查民情,所以江淮一带,恒有太祖君臣踪迹。相传太祖微幸多宝寺,步入大殿,见幢幡上尽写多宝如来佛号,因语侍从道:"寺名多宝,有许多多宝如来?"学士江怀素闻言,知太祖意在属对,便脱口答道:"国号大明,无更大大明皇帝。"恰是绝对。太祖大喜,而擢为吏部侍郎。迨入游方丈,见有纸条粘贴门首,上书维扬陈君佐寓此。君佐少有才,脱略不羁,曾与太祖有一面交,太祖立呼相见。君佐出谒毕,太祖笑问道:"你当初极善滑稽,别来已久,犹谑浪如昔么?"君佐默然。太祖又问道:"朕今已得天下,似前代何君?"君佐道:"臣见陛下龙潜时候,饭糗茹草,及奋飞淮泗,与士卒同甘苦,犹食菜羹粝饭,臣以为陛下酷肖神农,否则何以尝得百草?"妙语解颐。太祖鼓掌大笑,令他随行。偶过酒肆,太祖即带同入饮,酒肆甚小,除酒豆外,没甚菜蔬。太祖又出对道:"小村店三杯五盏,没有东西。"君佐随声应道:"大明君一统万方,不分南北。"属对亦工。太祖又大笑,并语君佐道:"你随朕入朝,做一词臣,何如?"君佐道:"陛下比德唐虞,臣愿希踪巢许,各行其志,想陛下应亦许臣。"是田兴第二,兴且不入正史,遑问君佐?此史笔之疏忽处。太祖乃不加强迫,与他告别自归。

越数日,又出外微行,偶遇一士人,见他文采风流,便与坐谈。士人自称重庆府监生,太祖又命属对,出联道:"千里为重,重水重山重庆府。"士人也不假思索,便对道:"一人为大,大邦大国大明君。"太祖大喜。无非喜谀。问明寓址,方与作别。次日,即遣使赍赏千金,士人才知是遇着太祖,欣幸不已。大约有些财运。太祖又尝于元夕出游,市上张灯庆赏,并列灯谜。谜底系画一妇人,手怀西瓜,安坐马上,马蹄甚巨。太祖见了,不禁大怒,还朝后,即命刑官查缉,将做灯谜的士民,拿到杖死。刑部莫名其妙,奏请恩宥。太祖怒道:"亵渎皇后,犯大不敬罪,还说可宽宥么?"刑官仍然不解,只好遵旨用刑。后来研究起来,才知马后系淮西妇人,向是大脚,灯谜寓意,便指马后,所以触怒太祖,竟罹重辟。做了一个灯谜,便罹大辟,可见人贵慎微。

太祖尝自作诗云:"百僚已睡朕未睡,百僚未起朕先起。不如江南富足翁,日高一丈犹拥被。"先是江南富家,无过沈秀,别号叫作沈万三。太祖入金陵,欲修筑城垣,苦乏资财,商诸沈秀。秀愿与太祖分半筑城,太祖以同时筑就为约,秀允诺。两下里募集工役,日夜赶造,及彼此完工,沈秀所筑这边,比太祖赶先三日。豪固豪矣,奈已遭主忌何?太祖阳为抚慰,阴实刻忌。嗣沈秀筑苏州街,用茅山石为心,太祖说他擅掘山脉,拘置狱中,拟加死罪。还是马后闻知,替他求宥。太祖道:"民富侔国,实是不祥。"马后道:"国家立法,所以诛不法,非以诛不祥。民富侔国,民自不祥,于国法何与?"太祖不得已释秀,杖戍云南。秀竟道死,家财入官。太祖原是忮刻,然亦可为聚财者鉴。至太祖作诗自怨,为苏州某富翁所闻,独叹息道:"皇上积怨已深,祸至恐无日了。"遂力行善举,家产荡然。既而太祖又吹毛求疵,诛求富人,富家荡产丧身,不计其数,独某富翁已经破产,得免罪名,这也说不胜说。

第十八回　下征书高人抗志　泄逆谋奸相伏诛

且说太祖得国,武臣立功,要推徐达、常遇春,文臣立功,要推李善长、刘基。刘基知太祖性质,所以封官拜爵,屡辞不受。善长官至右丞相,爵韩国公,免不得有些骄态。太祖有意易相,刘基谓:"善长勋旧,能调和诸将,不宜骤易。"太祖道:"善长屡言卿短,卿乃替他说情么?朕将令卿为右相。"基顿首道:"譬如易柱,必得大木,若用小木作柱,不折必仆,臣实小材,何能任相?"太祖道:"杨宪何如?"基答道:"宪有相材,无相器。"太祖复问道:"汪广洋如何?"基又道:"器量褊浅,比宪不如。"太祖又问及胡惟庸,基摇首道:"不可不可,区区小犊,一经重用,偾辕破犁,祸且不浅了。"太祖默然无言。已而杨宪坐诬人罪,竟伏法。善长又罢相,太祖竟用汪广洋为右丞相,胡惟庸为左丞。广洋在相位二年,浮沉禄位,无所建白,独惟庸狡黠善谀,渐得太祖宠任。太祖遂罢广洋职,令惟庸升任右相。刘基大戚道:"惟庸得志,必为民害,若使我言不验,还是百姓的幸福呢。"惟庸闻言,怀恨不置。会因瓯闽间有隙地,名叫谈洋,向为盐枭巢穴。基因奏设巡检司,盐枭不服管辖,反纠众作乱。基子琏据实奏闻,不先白中书省,惟庸方掌省事,视为蔑己,越加愤怒,遂嗾使刑部尚书吴云劾基,诬称谈洋有王气,基欲据以为墓,应加重辟。太祖似信非信,只把基夺俸,算作了案。基忧愤成疾,延医服药,反觉有物瘤积胸中,以致饮食不进,遂致疾笃。太祖遣使护归青田,月余逝世。后来惟庸得罪,彻底查究,方知毒基致死,计出惟庸,太祖很是惋惜。怎奈木已成舟,悔亦无及了。<small>刘基非无智术,惟如后人所传,称为能知未来,不无过誉,使基能预算,何致为惟庸谋毙?</small>

惟庸既谋毙刘基,益无忌惮,生杀黜陟,惟所欲为。魏国公徐达,密奏惟庸奸邪,未见听从,反被惟庸闻知,引为深恨,遂阴结徐达阍人,嗾使弒主。不料阍人竟直告徐达,弄巧转成拙,险些儿禄位不保,惊慌了好几日,幸没有甚么风声,才觉少安。<small>患得患失,是谓鄙夫。</small>继思与达有隙,究竟不妙,遂想了一计,嘱人与善长从子作伐,把侄女嫁给了他,好与善长结为亲戚,做个靠山。善长虽已罢相,究尚得宠,有时出入禁中,免不得代为回护。<small>善长之取死在此。</small>惟庸得此护符,又渐觉骄恣起来。会惟庸原籍定远,旧宅井中忽生竹笋,高至数尺,一班趋附的门客,都说是瑞应非凡。又有人传说,胡家祖父三世坟上,每夜红光烛天,远照数里。<small>看似瑞应,实是咎征。</small>惟庸闻知消息,益觉自负。是时,德庆侯廖永忠,僭用龙凤,太祖责他悖逆,赐令自尽。平遥训导叶伯巨,上书言分封太侈,用刑太繁,求治太速,又触太祖盛怒,下狱瘐死。<small>此二事插入,是宾中宾。</small>内外官吏,岌岌自危。寻又因安吉侯陆仲亨,擅乘驿传,平凉侯费聚,招降蒙古,无功而还,皆奉诏严责。<small>此二事是主中宾。</small>二人心不自安,惟庸乘机勾结,联为羽翼,令在外收辑兵马。又阴结御史中丞陈宁,私阅天下兵籍,招勇夫为卫士,纳亡命为心腹。一面又托亲家李存义,<small>即李善长弟。</small>往说善长,伺间谋逆。善长初颇惊悸，以为罪当灭族。嗣经存义再三劝告，也觉依违两可，不能自决。为此一误，已伏死征。惟庸以善长并未峻拒，以为大事可就，即遣明州卫指挥林贤，下海招约倭寇，又遣元故臣封绩，致书元嗣君，请为外应。丧心病狂，一至于此。正在日夜谋变，又闻汪广洋赐死事，益加急迫。原来广洋罢相数年，又由惟庸荐引，入居相位，惟庸所为不法，广洋虽知不言。会御史中丞涂节，上陈刘基遇毒，广洋应亦与闻，太祖遂责广洋欺罔，贬戍云南，寻又下诏赐死。于是惟庸益惧，一面贿通涂节臂助，一面密结日本贡使，作为退步。洪武十三年正月，惟庸入奏，诡言宅中井出醴泉，邀太祖临幸。太祖信以为真，还是梦梦。驾出西华门，内使云奇，突冲跸道，勒马言状，气逆言结，几不成声。太祖以为不敬，叱令左右，挝棰乱下。云奇右臂将折，势且垂毙，尚手指惟庸宅第。太祖乃悟，忙返驾登城，遥望惟庸宅中，饶有兵气，知系谋逆，立发羽林军掩捕。涂节得知此信，也觉祸事临头，意图脱罪，急奔告太祖，说是惟庸妄谋劫主。道言未绝，羽林军已将惟庸缚至，由太祖亲自讯究。惟庸尚不肯承，经涂节质证，不能图赖，乃将惟庸牵出，寸磔市曹。小子有诗咏道：

怪底人君好信谀，怕闻吁咈喜都俞。
佞臣多是苍生蠹，磔死吴门未蔽辜。

惟庸磔死，还有惟庸党羽，究属如何办法，待下回赓续叙明。

　　田兴抗节不臣，蔡子英上书不屈，伯颜子中作歌自尽，此皆所谓仁人义士，本书极力表彰，所以扬潜德，显幽光，寓意固甚深也。惟太祖一书，子英一书，犹有可考，而伯颜子中之歌词七章，无从搜录，为可惜耳。太祖微行，未见正史，而稗乘备传其事，益见太祖之忮刻。忮刻者必喜阿谀，故杨宪、汪广洋、胡惟庸诸人，陆续登庸，虽依次黜戮，而误国已不少矣。刘基有先见之明，犹遭毒毙，俭人之不可与共事，固如此哉！然亦未始非太祖好谀之过也。

第十九回　定云南沐英留镇
　　　　　　征漠北蓝玉报功

　　却说太祖既磔死惟庸，复将陈宁等一律正法，涂节虽自首，究属与谋，亦加以死刑，僚属党羽，连坐甚众，诛戮至万余人。惟李善长、陆仲亨、费聚三人，因患难初交，不忍加罪，特置勿问。嗣闻云奇伤重身亡，大为悼惜，追封右少监，赐葬钟山。翰林学士承旨宋濂，时已致仕，仲子璲与长孙慎，俱坐惟庸

第十九回　定云南沐英留镇　征漠北蓝玉报功

党被刑,并饬有司械濂至京,下狱论死。马后亟进谏道:"民家为子弟延师,尚始终相敬,况宋濂亲授皇子,独不可为他保全么?"太祖道:"既为逆党,何能保全?"马后又道:"濂早家居,必不知情。"太祖愤然道:"此等事非妇人所知。"后乃嘿然。会后侍食,不御酒肉,太祖问故?后流涕道:"妾闻宋先生将要被刑,不胜痛惜,愿为诸儿服心丧呢。"太祖投筯而起,即命赦濂,安置茂州。屡叙马后谏事,实为贤后留芳。濂行至夔州,得病而殁。通计濂傅太子十余年,言动必以礼,一生为文,未尝苟作。日本使尝奉敕请文,以百金为献,却不受。海外诸国,朝贡使至,必问濂安否。卒时年已七十二,朝野中外,无不痛惜。述濂之贤,以形太祖之刻。这且按下不提。

且说洪武十四年秋季,诏命傅友德为征南将军,蓝玉为左副将军,沐英为右副将军,率步骑三十万,往征云南。云南,古滇地,素称蛮服。汉武帝时,彩云现南方,遣使往察,起自洱河,因置云南郡,谕滇酋入朝。唐以后为段氏所据,国号大理。元世祖南下,擒段兴智,以第五子忽哥赤为云南王,仍录段氏子孙,协守封疆。忽哥赤死,子松山嗣,受封梁王。至元顺帝时,把匝剌瓦尔密袭位,为明玉珍所攻,走营金马山,寻得大理援军,击退玉珍。元主北去,云南如故。太祖以地甚僻远,不欲用兵,特命翰林院待制王祎,持节招谕,颇得优待。嗣因元嗣主遣使征饷,胁令降祎,祎不屈遇害。寻复遣湖广行省参政吴云往谕,又被杀。于是命傅友德等南征,旌旗蔽江而下。既至湖广,友德调都督郭英、胡海、陈桓等,领兵五万,由四川永宁趋乌撒,自督大军由辰沅趋贵州,克普定,下普安。元梁王把匝剌瓦尔密,遣司徒平章达里麻,将兵十余万,出驻曲靖,抵御明军。沐英献议道:"元兵料我远来,一时不能深入,我若倍道急趋,出其不意,定可破敌。"友德点首称善,遂夤夜进师,将至曲靖,忽大雾四塞,茫不见人。明军冒雾疾进,直抵白石江。江在曲靖东北,距城不过数里,达里麻才得闻知,急率锐卒万人,濒江截阻。友德又用沐英计,整师临流,佯作欲渡状,暗中却别遣奇兵,从下流潜渡,出敌阵后,树帜鸣鼓。达里麻大惊,忙分军抵敌。沐英见敌阵已动,料知敌已中计,急麾军渡江,长刀蒙盾,破他前队。元军气索,倒退数里。明军乘势进逼,矢石雨发,呼声动天地。英复亲麾铁骑,横冲而入,直至达里麻纛下,大喝一声,挺枪直刺。达里麻被他一吓,竟颠仆马下,那时明军伸手过来,自然把他擒去。当下俘众二万余,横尸十余里。友德慰谕俘囚,纵使归业,蛮人大喜,到处欢迎。

友德复分遣蓝玉、沐英等趋云南,自率众趋乌撒,为郭英等声援。元梁王把匝剌瓦尔密,闻知达里麻败耗,无心守城,遁入罗佐山。适右丞驴儿自曲靖遁归,至梁王前,极陈明军强盛状,梁王慨然道:"生为元裔,死作元臣。"言毕,遂将龙衣卸下,用火焚去,复驱妻子投溺滇池,自与左丞达的,右丞驴儿,向北遥拜,刎颈而死。元室亲藩,死事最烈,莫若梁王。故《明史·梁王列传》,亦特别旌扬。蓝玉、沐英,军至板桥,右丞观音保出降。玉等整军入城,戒辑军士,安定人民。又分兵进取临安诸路,迎刃皆下。是时郭英、胡海、陈桓等,早入赤水河,斩木造筏,夜半齐渡。元右丞实卜引军拒战,相持未决。至傅友德大军赴援,实卜顾视惊惶,立即遁去。友德遂得乌撒地。因乌撒无城,饬军筑造,尚未竣工,实卜复招集蛮众,鼓噪而来。友德倚山为营,戒兵士不得妄动,俟至敌气已懈,才开营出战,自高临下,势如瀑布喷涌,无人敢当。是即彼竭我盈之计。实卜回马就走,途遇芒部土酋,率众来援,又翻身接仗。恼动了十万明军,左驰右突,前进后随,杀死了许多蛮官,蛮众大溃,实卜又落荒窜去,好称逃将军。乌撒遂得完城。又进克七星关,直通毕节,远近蛮部,如东川、乌蒙、芒部等,统望风降附。

自是云南境内,大半平定,只有大理未下。蓝玉、沐英自云南进攻,土酋段世,聚众扼下关,守御甚固。沐英审度形势,料不易拔,遂别出奇兵,令王弼、胡海两将,各授密计,分道去讫。原来大理城倚点苍山,西临洱河,并有上下二关,势甚险固。沐英遣王弼密趋上关,胡海潜登点苍山,都从间道绕越,攀援而上。段世是个蛮牛,只晓得防着下关,谁意王弼、胡海两军,已绕出背后,从内杀出,沐英又从外杀入,两路夹攻,就使段世三头六臂,也是不能脱逃,一阵哗乱,被明军击翻地上,活捉去了。段世就擒,城即陷入。沐英又分兵取鹤庆,略丽江,破石门关,下金齿,诸蛮部一律降服,云南悉平。沐英偕蓝玉回军云南,与傅友德等会集滇地,联名报捷,并筹办善后事。嗣接太祖诏谕,令傅友德、蓝玉等班师,留沐英镇守云南。英设官立卫,垦田屯兵,均力役,定贡额,民赖以安。太祖念沐英功,遂命沐氏世守云南,这且待后文再表。

惟当时云南边境,有平缅部,与金齿接壤,前代未通中国,至元朝始遣使招降,授土酋为宣慰司。元末的宣慰司,叫作思伦发,因闻金齿降明,恐遭讨伐,亦遣使朝贡。诏仍授他为宣慰使,寻又命兼统麓川地。思伦发渐渐桀骜,居然造起反来,有众十余万,入寇景东。沐英檄都督冯诚往御,战败引还,千户王昇死难。英拟亲督军往讨,会接诏敕,只令他屯兵要害,以逸待劳,乃遵旨筹防,自楚雄至景东,每百里置一营,率兵屯种,观衅后动。思伦发见无懈可击,也退伏了一两年。后谋诱集群蛮,入寇摩沙勒寨,都指挥宁正,受沐英命,迎头痛击,大破群蛮,斩首千五百级,思伦发引为深耻,竟倾寨前来,众号三十万,入寇定边。沐英闻报,急选骁骑三万,昼夜兼行,及抵敌营,压垒而阵,令都督冯诚挑战。敌营内忽跃出万人,驱象三十余只,舞蹈而前。冯诚欲返奔,指挥张因,时为前锋,独不慌不忙,弯弓搭矢,叫一声着,中象左膝,象即仆地,复一矢射中敌帅。冯诚见张因得手,亦命兵士接连注射,死敌数百人,获一象而还。沐英

第十九回　定云南沐英留镇　征漠北蓝玉报功

喜道："贼无他技，容易破灭了。"<small>知彼知己，百战百胜。</small>乃下令军中，置火铳神机箭为三行，先后列着，更迭击射。复分军为三队，命冯诚居前，宁正居左，都指挥汤昭居右，鼓勇前进。敌复驱象出营，象皆披甲，两旁置槊，以备击刺。阵既交，群象突出，明军铳箭俱发，声震山谷。象返走，敌遂四溃。蛮目昔剌，独麾健卒来斗明军，势甚凶猛。沐英登高遥望，见左军少却，即取下佩刀，命左右取帅首来。左帅见一人握刀驰下，料知不佳，遂拚着性命，奋呼突阵，各军随上，无不以一当百，蛮众大败，斩首三千级，俘获万余人，得生象三十七头。敌渠各身受巨创，伏毙象背。有几个侥幸逃生的，都不知去向，思伦发亦单身遁走。沐英回军，休养数月，拟集众深入，思伦发得报大惧，遣使谢罪，并愿岁贡象马白金等物，乃仍令为宣慰使。麓川、平缅俱平。<small>结束滇事。</small>

话分两头，且说元嗣主爱猷识理达腊，于洪武十一年夏季谢世，子脱古思帖木儿嗣位，免不得又来侵边。大将军徐达，及副将军汤和等，奉命驰御，擒住元平章别里不花，元兵败退。既而徐达、李文忠先后病殁，太祖很是悲悼，追封达为中山王，文忠为岐阳王，立碑赐祭，备极荣哀。太祖尝语诸将道："受命即出，成功即归，不矜不伐，妇女无所爱，财帛无所取，中正无疵，光同日月，只有大将军徐达一人。<small>达为功首，故备录太祖赞语。</small>今不幸溘逝，丧一良弼了。"言下很是唏嘘。嗣是饬边固守，好几年不出塞。至洪武二十年，元太尉纳哈出，拥众金山，屡侵辽东，乃命冯胜为大将军，傅友德、蓝玉为左右副将军，率师二十万北征。胜至通州，遣哨马出松亭关，探悉元兵多屯驻庆州，遂令蓝玉轻兵往袭。时适大雪，元兵未曾防备，不意明军突至，连逃走都是不及。元平章果来被杀，果来子不兰奚受擒，明军得胜回营，胜遂会集大军，齐出松亭关，进逼金山，并遣降将乃剌吾，往谕纳哈出，速即归降。纳哈出未免心动，令左丞刘探马赤等，至胜营献马。胜遣人送赴京师，一面驱军急进，径薄纳哈出营。纳哈出惊惶失措，由乃剌吾再与劝导，乃率数百骑诣蓝玉军前。玉大喜，设宴款待。纳哈出酌酒酬玉，玉解衣给纳哈出，令他穿着，然后饮酒。纳哈出不允，彼此争让许久，纳哈出竟取酒浇地，且操着蒙语，戒饬从骑。适郑国公常茂，系冯胜女夫，随胜出征，亦在座中。茂部下或解蒙语，密告常茂，说是纳哈出谋遁。茂即上前搏击，刺伤纳哈出右臂。<small>常茂此举，殊太卤莽。</small>纳哈出大愤，亏得都督耿忠，代为排解，引他见大将军。大将军冯胜，好言抚慰，并令耿忠与同寝食，纳哈出方才无语。胜以纳哈出既降，即将他所有妻孥将校，一律招集，相偕同归。临行时命都督濮英，率兵三千人断后。濮英迟行一程，突被溃卒邀击，马蹶被擒，英剖腹自尽。冯胜失了濮英，无从报命，不得已诿罪常茂，说他无端激变，把他械系入京。茂与胜名虽翁婿，事辄龃龉，抵关后，大为不服，亦讦奏胜罪状。<small>翁婿相残，常茂固非，冯胜亦误。</small>太祖密令侦查，有言胜私匿名马,强纳敌女,并使阉人至纳哈出妻前,行酒求珠宝。恐未尽实。于是太祖忿怒,将冯胜、常茂一并惩治,谪茂至龙州安置,收胜大将军印绶,勒令归第凤阳。再命蓝玉为大将军,唐胜宗、郭英为副,仍出军北征,进至庆州。时元嗣主脱古思,屯捕鱼儿海,距庆州约数百里,玉谍知消息,从间道驰入,直抵百眼井,已近捕鱼儿海,四望寂寥,杳不见敌。玉勒马欲归,定远侯王弼道:"我等提十万众,深入沙漠,未见敌人,遽行班师,如何复命?"玉沉吟未决。弼请令军士穴地为炊,毋使敌望见烟火,至夜乃可发兵。玉依计而行。是晚大风扬沙,漫天昏黑,玉用弼为前锋,径趋捕鱼儿海。见元主果营海岸,呐喊而入,吓得元主心惊胆落,挈同家眷,骤马奔逃。元太尉蛮子,仓猝拒战,约略交锋,头已落地。弼率大军追赶,擒住元主次子地保奴,及故太子必里秃妃,并公主以下百余人,还有官属三千,男女七万,马牛驼羊十五万,一并籍录,驰报京师。太祖大悦,遣使劳军,谕中比玉为卫青、李靖,总算是纶音优渥了,及还师,晋封玉为凉国公。玉身长面赤,有大将才,屡次立功,渐膺宠眷,且娶常遇春妻弟,遇春女为太子标元妃,与太子为转弯亲戚,因此恃功挟势,浸成骄蹇。自地保奴及妃主入京,太祖赐与居第,月给廪饩,元妃颇有姿色,玉日夕过从,免不得有勾搭情事。都中人言啧啧,为太祖所闻,召玉切责。元妃因此怀惭,自经而死。死得不清白。太祖命将所赐蓝玉铁券,镌入玉罪,令他鉴戒。玉仍不改,多蓄庄奴假子,霸占东昌民田,种种不法,遂以速死。是时,马后早崩,太子随逝,鲁王檀嗜药亡身,潭王梓谋变自焚,秦王樉召还被锢,周王橚弃国被迁,酿成太祖懊恨,迭兴党狱。韩国公李善长,尚且赐死,那跋扈专恣的蓝玉,还有甚么生望?小子有诗叹道:

　　　　功狗由来未易全,况兼骄恣挟兵权。
　　　　朱公泛棹留侯隐,毕竟聪明足免愆。

以上所叙各种情迹,俟小子逐段交代,看官欲知详细,请阅下回。

　　本回叙云南事,传梁王,亦传沐英也。梁王之忠,已见细评,若明得云南,全出沐英力,而云南人民,亦戴德不忘,终明世二百七十余年,沐氏子孙守云南,罕闻乱事,黔宁之功,固不在中山开平下也。蓝玉与沐英,同事疆场,为明立勋,不一而足。捕鱼儿海一役,谋虽出于王弼,而从善如流,不为无功。自是残元余孽,陵夷衰微,数十年无边患,谁谓玉不足道者?乃身邀宠眷,志满气溢,既不能急流勇退,复不能恭让自全,遂致兔死狗烹,引颈就戮。明虽负德,蓝亦辜恩。藉非然者,玉氏子孙,亦何至不沐氏若乎?前后相照,一则食报身后,一则族灭生前,后之君子,可以知所处矣。

第二十回　凤微德杳再丧储君
　　　　　乌尽弓藏迭兴党狱

　　却说马皇后翊赞内治，所有补阙匡过等事，屡见前文，恰是古今以来一位贤后，洪武十五年八月崩逝，不但太祖恸哭，终身不复立后，就使宫廷内外，也歌思不忘。小子读马后遗传，时常景仰，所以前文叙述，于马后有关系事，必援笔写入。还有数条轶闻，也须一一补出，作为后来的女范。可谓有心人。先是太祖起兵，战无虚日，后随军中，辄语太祖以不嗜杀人。至册后以后，俭约如故，身御浣濯，虽敝不即易，尝谓此系弋绨遗法。宫嫔敬服，拟为东汉时的明德马后。后生五子，周王橚最幼，放诞不羁，至就藩开封，后遣慈母江贵妃随往，给以常御敝衣一袭，及杖一支，语贵妃道："王如有过，请披衣加杖，倘再倔强，驰驿报闻，毋得轻恕！"橚闻言悚惧，就藩后不敢为非。后崩，橚始少纵，弃国游凤阳。太祖愤怒，命徙至云南，寻因怀念后德，仍勒令归藩。随笔说明周王橚事。后遇岁灾，辄率宫人蔬食，太祖谓已发仓赈恤，不必怀忧，后谓赈恤不如预备，太祖甚以为然。平时又累问百姓安否？且云："帝为天下父，自己为天下母，赤子不安，父母如何可安？"名论不刊。及太祖幸太学还，后问及生徒，知有数千人，便慨然道："诸生皆有廪食，可以无饥，但他的妻子，从何取给？"太祖亦为动容。乃立红板仓储粮，岁给诸生家属，生徒颂德不置。后虽贵，犹亲自主馈，早晚御膳，格外注视。妃嫔等劝她自重，后语妃嫔道："事夫须亲自馈食，从古到今，礼所宜然。且主上性厉，偶一失饪，何人敢当？不如我去当冲，还可禁受。"既而进羹微寒，太祖举碗掷后，后急忙躲闪，耳畔已被擦着，受了微伤，更泼了一身羹污。后热羹重进，从容易服，颜色自若。妃嫔才深信后言，并服后德。宫人或被幸得孕，后倍加体恤，妃嫔等或忤上意，后必设法调停。有言郭景祥子不孝，尝持槊犯景祥，太祖欲将他正法，后奏道："妾闻景祥止一子，独子易骄，但亦未必尽如人言，须查明属实，方可加刑。否则杀了一人，遽绝人后，转似有伤仁惠了。"的是仁人之言，不得视为妇人之仁。嗣太祖察知被诬，方叹道："若非后言，险些儿将郭家宗祀，把他斩断呢。"李文忠守严州时，杨宪上书诬劾。后谓宪言不宜轻信，文忠乃得免罪。春坊庶子李希贤，授诸王经训，用笔管击伤王额，太祖大怒，后劝解道："譬如使人制锦，只可任他剪裁，不应为子责师。"太祖乃罢。此外隐护功臣，事多失传，就在宫禁里面，也不能尽详。至病亟时，群臣请祷祀求良医，后语太祖道："生死有命,祷祀何益？世有良医,亦不能起死回生。倘服药不效,罪及医生,转增妾过。"明淑如此,我愿终身崇拜之。太祖叹息不已,继问后有无遗言。后呜咽道："妾与陛下起布衣,赖陛下神圣,得为国母,志愿已足,尚有何言？不过妾死以后,只愿陛下亲贤纳谏,慎终如始罢了。"亲贤纳谏四字,括尽古今君道。言讫而逝。寿五十一岁。宫人恸哭失声,即外廷百官,亦一律衔哀。宫中尝作追忆歌道：

  我后圣慈,化行家邦,抚我育我,怀德难忘。怀德难忘,于万斯年,毖彼下泉,悠悠苍天。

九月葬孝陵,临葬遇风雨雷电,太祖愀然不乐,召僧宗泐入,与语道："后将就窆,令汝宣偈。"泐随口说偈道：

  雨落天垂泪,雷鸣地举哀。
  西方诸佛子,同送马如来。

宣偈毕,天忽开霁,乃启辅往葬,太祖甚是心慰,赐泐百金。后来尊谥马后为孝慈皇后。马后以下,位置要算孙贵妃。奈孙贵妃已早去世,乃令李淑妃摄六宫事。淑妃,寿州人,父名杰,洪武初曾任广武卫指挥,北征战死。太祖闻杰女慧美,遂纳为妃嫔,倍加宠遇。未几,淑妃又殁,乃以郭宁妃充摄六宫。述李、郭二妃,回应第五回及第七回。终太祖身世,不复立后,总算是不忘伉俪的遗意。

太子标系马后长子,太祖与陈友谅交战时,马后尝负标从军,及标得立储,绘成负子图,藏怀中。会李善长等赐死,太子进谏道："皇父诛夷太滥,恐伤和气。"太祖默然。次日,以棘杖遗地,令太子拾起,持在手中。太子有难色,太祖笑道："朕令汝执杖,汝以为杖上有刺,怕伤汝手,若得棘刺除去,就可无虞。朕今所戮诸臣,便是为汝除刺,汝难道不明朕意么？"棘刺原属宜防,但有害过棘刺者,何不防之？太子顿首道："上有尧舜之君,下有尧舜之民。"言未毕,太祖面忽改色,突然离座,持榻欲投。太子起身急走,一面探怀中所绘图,弃掷地上。太祖拾视,顿时大恸,方免追责。

适鲁王檀好饵金石,毒发致死,太祖谥他为荒,隐寓恨意。潭王梓有心谋变,弄到夫妇俱焚,太子益不自安,日怀危惧。忮刻之私,危及骨肉,可见人主不宜好刻。原来潭王梓的来历,小子于十一回中,曾叙他母妃阇氏,系陈友谅妃子,遗腹生梓。梓年渐长,就封长沙。临行辞母,母问道："汝将何往？"梓答称："至国。"母问："汝国何在？"答言："在长沙。"母又问："何人封汝？"答言："受父所封。"母又道："汝父何在,尚能封汝？"梓知有异,跪询母意。母乃流涕与语,详述前事,并言前日屈身事仇,实为汝一点骨血,汝今年长,毋忘前

第二十回　凤微德杳再丧储君　鸟尽弓藏迭兴党狱　95

恨。梓饮泣受命而去。到了长沙，终日闷闷不乐，惟日与府僚设醴赋诗，聊作消遣。既而妻父于显，及妻弟琥，坐胡惟庸党被诛，遂潜谋作乱。太祖遣使召见，梓惧谋泄，因愤愤道："宁见阎王，不见贼王。"言已，纵火焚宫，与妃于氏并投火中，霎时间骨肉焦灼，同归于尽。其母阇氏，亦忧悔成疾，数日遂亡。与子妇同归冥途，恰也可喜，惟见陈友谅恐不能无愧耳。史传谓梓由达定妃所出，达定妃又不著姓氏，想因明代档案，讳莫如深，无从参考，所以含糊过去。

　　至若李善长赐死一案，仍是被胡惟庸牵连。善长弟存义，与惟庸结儿女亲，惟庸得罪，存义本须连坐，太祖因顾念勋戚，赦他死罪，贬置崇明。善长未尝入谢，遂致太祖怀恨。善长又营建大厦，向信国公汤和，假用卫卒三百名，汤和虽是应允，暗中恰封章入告。已而京中吏民，为党狱诛累，坐罪徙边，共约数百人，内有丁斌等系善长私亲，善长替他求免，益触主怒，竟命将丁斌逮问。斌本给事胡惟庸家，一经讯鞫，反将李存义当日，如何交通惟庸情事，和盘说出。丁斌不至如此没良，总由狱吏承旨诱供之故。刑官不好怠慢，复逮李存义父子严讯。存义父子，熬刑不住，又把通逆情由，诿与善长。怙彼为韩国公耶？那时一班朝臣，希承意旨，联章交劾善长，统说是大逆应诛。落井下石，令人悲叹。太祖还欲议亲功，格外宽宥，猫拖老鼠，装甚么假慈悲。偏偏太史又奏言星变，只说此次占象，应在大臣身上，须加罚殛，于是太祖遂下了严旨，赐善长自尽。可怜善长已七十七岁，活活的投缳毕命。所有家属七十余人，尽行被戮。只有一子李琪，曾尚临安公主，得蒙免死，流徙江浦。既说占象应在大臣，则善长一死足矣，何必戮及家属多至七十余人。外如吉安侯陆仲亨，延安侯唐胜宗，平凉侯费聚，南雄侯赵庸，江南侯陆聚，宜春侯黄彬，豫章侯胡美，即胡定瑞。荥阳侯郑遇春等，一并坐狱论死。总算杀得爽快。太祖且条列诸臣罪状，作奸党录，布告天下。

　　当时只有虞部郎中王国用，痛善长被诬，浼御史解缙起草，替他讼冤。拜本上去，好似石沉大海，毫无复音。国用还是运气，否则又将下狱矣。太子标仁恕性成，心中很过不下去，颇肖马后。至进谏被责，越觉怏怏。会太祖以关中险要，竟欲迁都，秦王樉恐失去封地，颇有怨言。太祖又召还拘禁，命太子亲往关中，卜都相宅，并调查秦王过失。太子还都，代陈秦王无罪，涕泣请免。太祖尚未深信，太子遂忧悒成疾，于洪武二十五年夏月，瞑目归天。丧葬礼毕，谥为懿文太子。前回结末数语，至此方一律叙清。

　　是时，太祖已迭纳数妃，连生十数子，椿为蜀王，皇十一子。柏为湘王，皇十二子。桂为代王，皇十三子。楧为肃王，皇十四子。植为辽王，皇十五子。㮵为庆王，皇十六子。权为宁王，皇十七子。楩为岷王，皇十八子。橞为谷王，皇十九子。松为韩王，皇二十子。模为沈王，皇二十一子。楹为安王，皇二十二子。桱为唐王,皇二十三子。栋为郢王,皇二十四子。㰘为伊王,皇二十五子。连从前所封九王,共得二十四子。这二十四子中,惟燕王棣最为沉鸷。太祖谓棣酷肖自己,特别钟爱。至太子薨逝,意欲立棣为储君,只因太子已生五子,嫡长早殇。次子叫作允炆,即建文帝。年亦浸长,倘或舍孙立子,未免于礼未合,乃亲御东角门,召群臣会议。太祖先下谕道:"国家不幸,太子竟亡。古称国有长君,方足福民,朕意欲立燕王,卿等以为何如?"学士刘三吾抗奏道:"皇孙年富,且系嫡出,孙承嫡统,是古今的通礼。若立燕王,将置秦王、晋王于何地?弟不可先兄,臣意谓不如立皇孙。"援经立议,不得以靖难兵变,咎及三吾。太祖闻言,为之泪下,乃决立允炆为皇太孙。

先是太子在日,凉国公蓝玉,与太子有闻接戚谊,尝相往来。接入前回蓝玉事,以便承上起下。自北征还军,语太子道:"臣观燕王在国,举动行止,与皇帝无异。又闻望气者言,燕有天子气,愿殿下先事预防,审慎一二!"太子道:"燕王事我甚恭,决无是事。"蓝玉道:"臣蒙殿下优待,所以密陈利害,但愿臣言不验,不愿臣言幸中。"太子默然。及蓝玉趋退后,未免有人闻知,传报燕王,燕王衔恨不已。及太子薨逝,燕王入朝,即奏称:"在朝公侯,纵恣不法,将来恐尾大不掉,应妥为处置"云云。这句话,虽是冠冕堂皇,暗地里却指着蓝玉,请太祖按罪严惩。蓝玉桀骜如故,一些儿不加检点,寻又出捕西番逃寇祁者孙,并擒建昌卫叛帅月鲁帖木儿,威焰愈盛,意图升爵。哪知太祖反冷眼相待,并不升赏。至皇太孙册立,乃命他兼太子太傅,别召冯胜、傅友德归朝,令兼太子太师。玉攘袂大言道:"难道我不配做太师么?"嗣是怏怏不乐。遇有入朝侍宴,所有言动,一味骄蹇,太祖越加疑忌。从此玉有奏白,无一见从。玉尝私语僚友,指斥乘舆道:"他已疑我了。"既知见疑,何不速退。此语一传,便有锦衣卫蒋瓛,密告蓝玉谋逆,与鹤庆侯张翼,普定侯陈垣,景川侯曹震,舳舻侯朱寿,东莞伯何荣,及吏都尚书詹徽,户部侍郎傅友文等,设计起事,将伺皇上出耕藉田,乘机劫驾等情。太祖得了此信,立命锦衣卫发兵掩捕,自蓝玉以下,没一个不拿到殿前,先由太祖亲讯,继由刑部锻炼成狱,无论是真是假,一古脑儿当作实事,遂将他一并正法,并把罪犯族属,尽行杀死。甚至捕风捉影,凡与蓝玉偶通讯问的朝臣,也难免刀头上的痛苦,因此列侯通籍,坐党夷灭,共万五千人,所有元功宿将,几乎一网打尽。比汉高待功臣,还要加惨。太祖意尚未足,过了年余,颍国公傅友德,奏请给怀远田千亩,非但不准,反将他赐死。定远侯王弼,居家叹道:"皇上春秋日高,喜怒不测,我辈恐无噍类了。"为这一语,又奉诏赐死。宋国公冯胜,在府第外筑稻场,埋瓶地下,架板为廊,加以碌碡,取有鞺鞳声,走马为乐。有怨家入告太祖,讦胜家居不法,稻场下密藏兵器,意图谋变云云。太祖遂召胜入,赐酒食慰谕道:"卿可安心!悠悠

第二十回　凤微德杳再丧储君　鸟尽弓藏迭兴党狱

众口,朕何至无端轻信?"言下,甚是欢颜。胜以为无虞,尽量宴饮,谁知饮毕还第,即于是夜暴病,害得七孔流血,数刻即亡。可痛可恨!

总计开国功臣,只有徐达、常遇春、李文忠、汤和、邓愈、沐英六人,保全身名,死皆封王。但徐、常、李、邓四公,都死在胡、蓝党狱以前,沐英留镇云南,在外无事,得以考终。汤和自死最迟,他是绝顶聪明,见太祖疑忌功臣,便告老还乡,绝口不谈国事,所以享年七十,寿考终身。叙明六王生卒,是用笔绵密处。这也不必细表。

且说太祖既迭诛功臣,所有守边事宜,改令皇子专任。燕王棣最称英武,凡朔漠一带,统归镇守,他遂招兵养马,屡出巡边。洪武二十三年,率师出古北口,收降元太尉乃儿不花;二十九年,复出师至撒撒儿山,擒斩元将字林帖木儿等数十人。太祖闻报大喜,尝谓肃清沙漠,须赖燕王。至三十一年,秦王樉、晋王棡俱薨,乃命燕王棣总率诸王,得专征伐。其时太祖已经老病,尚传谕燕王道:

朕观成周之时,天下治矣。周公告成王曰:"诘尔戎兵,安不忘危之道也。"朕之诸子,汝独才智,秦、晋已薨,汝实为长。攘外安内,非汝而谁?尔其总率诸王,相机度势,用防边患,奠安黎庶,以答上天之心,以副吾付托之意! 其敬慎之,毋怠!

自是燕王权力愈盛,兵马益强,又兼燕京为故元遗都,得此根据,越觉雄心勃勃了。统为下文伏线。洪武三十一年闰五月,太祖崩,年七十有一,遗诏命太孙允炆嗣位。且言诸王镇守国中,不必来京。允炆依着遗诏,登了御座,一面奉着梓宫,往葬孝陵,追谥为高皇帝,庙号太祖,以明年为建文元年。允炆后遭国难,没有庙谥,明代沿称为建文帝。清乾隆元年,始追谥为恭闵惠皇帝。小子编述至此,也援明朝故例,称他做建文帝便了。本回就此结束,只有一诗咏明太祖道:

濠梁崛起见真人,神武天生自绝伦。
独有晚年偏好杀,保邦从此少能臣。

欲知建文帝即位后事,且至下回续叙。

是回叙事,看似拉杂写来,头绪纷繁,实则一线到底。太祖性本雄猜,赖有马后之贤,从容补救,故洪武十五年以前,虽有胡惟庸一狱,而李善长、宋濂、陆仲亨、费聚等,尚得保全,党祸固未剧也,至马后崩而杀机迫矣。父子尚怀猜忌,遑问功臣? 善长赐死,株连多人,甚至秦、周诸王,亦拟加罪。懿文太子,虽不能保全元功,犹能保全骨肉,不可谓非仁且恕者。然卒以是忧郁成疾,至不永年,是太子之薨,亦未始非太祖促之也。太子殁而蓝狱即兴,连坐至万余人,元功宿将,相继俱尽,何其残忍至此?燕王之酷肖乃父,亦无非天性忮刻,相感而孚耳。故是回总旨,在叙太祖之好猜,隐为燕王靖难张本,自翦羽翼,反害子孙,忮求果奚为乎?

第二十一回　削藩封诸王得罪
　　　　　　戕使臣靖难兴师

却说建文帝嗣位,诏令各地藩王,毋须来京,于是诸王皆遣使朝贺,不复入觐。独燕王棣星夜南下,将至淮安,被兵部尚书齐泰闻知,禀白帝前,遣使出阻,促令还国,燕王怏怏北还。自是启嫌。先是太祖在日,因建文帝头颅少偏,性又过柔,恐不能担负重器,时以为忧。一日,令他咏月,收束两句:"虽然隐落江湖里,也有清光照九州。"隐伏诗谶。太祖见了,颇为不悦。后复令他属对,出语云:"风吹马尾千条线。"建文帝答道:"雨打羊毛一片膻。"太祖闻言,面色顿变。是时燕王在侧,独上前奏对,乃是"日照龙鳞万点金"七字,太祖不禁叫绝道:"好对语!"恰是冠冕堂皇。自是太祖愈爱燕王,不欲立建文为储。偏学士刘三吾,请立太孙,乃勉徇所请。俗语说得好,棋无一着错,为这一着,遂酿成骨肉相戕的祸祟,以致兵戈迭起,杀运侵寻。回应首回第一弊,且隐为下文作引。

建文帝本是个仁柔寡断的人物,但他对各地藩王,恰也有些疑忌。即位以后,亲信的侍臣,第一个便是齐泰,第二个乃是侍读黄子澄。齐、黄二人,实为首祸,故特笔提出。一夕,忽召子澄入内,与语道:"先生可记得东角门谈话么?"子澄应声道:"臣不敢忘。"建文帝遂令子澄为太常侍卿,参领国事。原来建文帝为太孙时,尝坐东角门,语子澄道:"诸叔各就藩封,拥兵自固,设有变端,如何对付?"子澄答称无妨,且举汉平七国的故例,作为证据,建文帝方才欢慰。建文不及景帝,子澄宁欲作晁错耶?至此回忆前言,乃复与子澄语及,无非是令他辅翼,监制外藩的意思。既而户部侍郎卓敬,密书上奏,略称:"燕王智虑过人,酷类先帝,现在镇抚北平,地势形胜,士马精强,万一有变,不易控制,应徙封南昌为是。"建文帝览毕,于次日召敬入殿,语敬道:"燕王骨月至亲,应无他变。"敬叩首道:"陛下岂不闻隋文杨广的故事么?父子至亲,尚具逆谋。"不导建文以亲亲之谊,反促其疑忌诸王,未免悖谬。建文帝不待说毕,便道:"卿且休言!容朕细思。"这语传出外廷,顿时流言四起,都说新主有意削藩。那时燕王先侦知消息,上书称疾。他如周、齐、湘、代、岷诸王,多不自安,互相

第二十一回　削藩封诸王得罪　戕使臣靖难兴师

勾结。周王橚次子有爋,曾封汝南王,竟密告橚不法事,以子证父不得为直。辞连燕、齐、湘三王。建文帝忙召齐泰、黄子澄,入内密议。齐泰道:"诸王中惟燕最强,除了燕王,余人可不讨而服。"黄子澄插口道:"齐尚书说错了,欲要图燕,先须翦他手足。周王系燕王母弟,今既密谋不轨,何妨将他拿来,先行处罪。一足除周,二足惩燕。"建文帝道:"周、燕相连,岂肯就捕?"子澄道:"陛下不必过忧,臣自有计。"建文帝大喜道:"朕得先生,可无他忧了。凡事当尽委先生。"太过信了。子澄顿首谢命,偕齐泰出来,当下召曹国公李景隆,即李文忠子。授他密计,令即前往。景隆依计而行,出都时,率兵千人,扬言奉命防边,道出汴梁,周王橚闻着此信,毫不防备,哪知景隆到了开封,竟率兵袭入王宫,把周王橚及妃嫔人等,统行拿下,押解至京。建文帝见了周王,恰又怜悯起来,意欲放他回国。是谓妇人之仁。泰与子澄坚持不可,乃废橚为庶人,流窜蒙化。橚子皆别徙。未几,又召橚还京,锢禁狱中。

越月余,天象告警,荧惑守心。四川岳池教授程济,夙通术数,上书言星应兵象,并在北方,来年必有战祸。这书到京,建文帝未免动疑,只面子上恰不便相信,只说是程济妄言,饬四川长官拿解进京。济入都,由帝亲讯,济大呼道:"陛下囚臣,明岁无兵,杀臣未迟。"乃将济下狱。都督府断事高巍,痛心时政,独剀切上书道:

  昔我高皇帝上法三代之公,下洗嬴秦之陋,封建诸王,凡以护中国,屏四裔,为圣子神孙计,至远也。然地大兵强,易致生乱。诸王又多骄逸不法,违犯朝制,不削则废法,削之则伤恩。贾谊曰:"欲天下之治安,莫若众建诸侯而少其力。力少则易使以义,国小则无邪心。"今盍师其意,勿施晁错削夺之谋,而效主父偃推恩之策,令西北之子弟诸王,分封于东南,东南诸王子弟,分封于西北,小其地,大其城,以分其力,如此则藩王之权,不削而自削矣。臣又愿陛下益隆亲亲之礼,岁时伏腊,使问不绝,贤如河间东平者,下诏褒赏;不法如淮南济北者,始犯则容,再犯则赦,三犯而不改,则告庙削地而废处之,宁有不顺服者哉?谨奏!

疏入不报。齐泰、黄子澄等,承建文帝密旨,日思削燕,只因燕王棣地广兵强,一时不便下手。燕王虽在北平,所有京中消息,无不闻知,一面佯称疾笃,一面谋诸僧人道衍。这道衍系是何人?他本姚姓,名广孝,籍隶苏州,出家为僧,法名道衍,自称得异人传授,预知休咎。从前太祖封藩,多择名僧为诸王师傅,此举实令人不解。道衍得派入燕邸,一见燕王,便说他当为天子。燕王大悦,待若上宾,所有谋议,均与道衍熟商。道衍又荐引两人,一个姓袁名珙,善相术,一个姓金名忠,善卜易。珙入见燕王时,即趋前拜贺。燕王惊问何意？珙对道："殿下龙行虎步，日角插天，怕不是个太平天子么？"燕王道："近日廷臣屡议削藩，区区北平，尚恐难保，还有甚么奢望？"珙对道："殿下已年近四十了，一过四十，须必过脐，便登大宝。若有虚言，愿挖双目。"燕王益喜，复令金忠卜筮，得爻大吉。因此有意发难，与三人朝夕聚谋。

　　道衍首倡练兵，为整备计，但恐有人泄漏消息，暗地里穴通后苑，筑室地下，围绕重墙，密砌瓴甓瓦缶。室内督造兵械，室外养了无数鹅鸭，令他觥觥齐鸣，扰乱声浪。这种行动，除燕王左右外，没人与闻，还道是神不知，鬼不觉。可奈天下事，若要不知，除非莫为。这燕邸日夕储兵，免不得有人发泄，一传十，十传百，闹得南京城内，也统说燕王不臣，指日图变。齐泰、黄子澄两人，本是留心燕事，得有音闻，便去报知建文帝。建文帝忙问良策。黄子澄谓先发制人，不如讨燕。齐泰独以为未可，只请遣将戍开平，调燕藩护卫兵出塞，密翦羽党，然后观衅讨罪。两人计议，先后矛盾，已是不能成事。建文帝从齐泰言，命工部侍郎张昺为北平布政使，都指挥谢贵、张信，掌北平都司事。一面令都督宋忠，出屯开平，调燕邸卫兵，隶忠麾下，但称是防御北寇。掩耳盗铃。并遣都督耿瓛，练兵山海关，徐凯练兵临清，严行戒备。又飞召燕番骑指挥关童等，驰还京师。布置已定，乃命修太祖实录，追尊懿文太子为孝康帝，庙号兴宗，母吕氏为皇太后，册妃马氏为皇后，子文奎为皇太子，封弟允熥为吴王，允熞为衡王，允熙为徐王，免不得有一番忙碌。又用侍讲方孝孺议，更定官制，内外官品勋阶，悉仿周礼更定，且条订礼制，颁行天下。方氏虽一代正人，然未免迂腐，看他下手，便是急其所缓。正在整修内政的时候，忽报湘王柏、齐王榑、代王桂等，统蓄异图。当由建文帝分道遣使，发兵收印。柏自焚宫室，弯弓跃马，投火身亡。榑逮锢京师，桂幽禁大同，均废为庶人。一波才平，一波又起，西平侯沐晟，又奏称岷王楩行事不法，得旨照齐、代例，亦削职为民，流徙漳州。连削诸藩，无怪燕王速反。随饬刑部侍郎暴昭，户部侍郎夏原吉，充采访使，分巡天下。暴昭到了北平，侦悉燕王阴谋，飞使告密，请即预防。建文帝方在踌躇，忽报燕世子高炽、高煦、高燧，因太祖小祥，来京与祭，当饬令传入，与帝相见。彼此问答，除高煦有矜色外，两世子执礼甚恭，建文帝稍觉心安。至小祥祭毕，齐泰拟留住三人，作为质信，因此一时未行。燕王正防这一着，急遣人驰奏，只说病危且死，速遣三子北归。明明是假。建文帝复召齐、黄二人，示以奏牍。齐泰仍主持原议，不欲遣回。黄子澄独启奏道："不若遣归，令他勿疑。"乃传旨令三子归国。旨方下，忽有魏国公徐辉祖入见。辉祖系徐达子，达女为燕王妃，燕王三世子，皆达女所出，与辉祖有甥舅谊。至是辉祖入奏道："臣三甥中，唯高煦勇悍无赖，非但不忠，且将叛父，他日必为后患，不如留住京中，免得胡行。"建文帝默然不答。建文之病，便在于此。辉祖退

第二十一回　削藩封诸王得罪　戕使臣靖难兴师

出,帝复召问辉祖弟增寿,及驸马王宁,都祖护高煦,保他无事。且云王言不宜反汗,乃悉听北去。高煦临行,潜入辉祖厩中,盗了一匹名马,加鞭疾驰。至辉祖察觉,遣人往追,已是不及。煦渡江而北,沿途乱杀吏民,至涿州,又杀驿丞,返见燕王。燕王也不及细问,惟满脸堆着笑容,并语三子道:"我父子重得相聚,真是天助我了。"过了数日,忽有朝旨下来,严责高煦擅杀罪状,燕王置诸不问。又越数日,燕官校于谅、周铎等,被张昺、谢贵赚去,执送南京,燕王忙遣人探问,已而返报,两人都被戮京师,害得燕王懊丧异常,嗟叹不已。未几,又奉旨切责,燕王遂佯狂披发,走呼街头,夺取市人酒食,语言颠倒,有时奄卧沟渠,竟日不起。亏他装作。张昺、谢贵,闻王病状,入邸问视。时方盛夏,红日炎炎,燕邸内独设着一炉,炽炭甚烈,燕王身披羔裘,兀坐炉旁,还是瑟瑟乱抖,连呼天冷。张、谢二人,与他谈话,他却东掇西扯,满口荒唐。孙膑假疯,不是过也。张、谢信为真疾,辞别后,暗报朝廷。独燕长史葛诚,与张、谢莫逆,密语张、谢道:"燕王诈疾,公等慎勿为欺。"张、谢尚似信非信。嗣燕王使百户邓庸,诣阙奏事,齐泰将邓庸拿住,请帝亲讯,具言燕王谋逆状。乃发符遣使,往逮燕府官属,并密令谢贵、张昺,设法图燕,使约长史葛诚及指挥卢振为内应。又以北平都指挥张信,旧为燕王信任,命他掩执燕王。

信受命不知所措,入内白母。母大惊道:"不可不可。吾闻燕王当有天下,王者不死,岂汝一人所能擒他么?"张信之母,岂亦知术数谙相卜耶?言未毕,京中密旨又到,催信赶紧行事。信艴然道:"为甚么性急至此?"乃往燕邸请见。燕王托疾固辞,三造三却。信却想了一计,易了微服,乘着妇人车,径入燕府,说有要事密禀。燕王乃召入,信见燕王卧着,拜倒床下。燕王仍戟指张口,作疯癫状。信顿首道:"殿下不必如此,有事尽可告臣。"燕王尚瞪目道:"你说甚么?"信又道:"臣有心归服殿下,殿下恰故意瞒臣,令臣不解。实告殿下,朝旨令臣擒王,王果有疾,臣当执王解京,否则应早为计,无庸深讳。"张信未免负主。言至此,猛见燕王起床下拜道:"恩张恩张!生我一家,全仗足下。"信答拜不迭,彼此扶掖而起。信遂将京中密旨,和盘说出。燕王立召僧道衍等,入内密议。适天大风雨,檐瓦飞堕,燕王有不悦色。道衍进言道:"这是上天示瑞,殿下何故不怿?"燕王谩骂道:"秃奴纯是瞎说,疾风暴雨,还说是祥瑞么?"道衍笑道:"飞龙在天,哪得不有风雨?檐瓦交堕,就是将易黄屋的预兆,为什么说是不祥?"燕王乃转忧为喜,徐问道衍,如何措置?道衍道:"殿下左右,惟张玉、朱能两人,最为可恃,请速召入,令他募集壮士,守卫府中,再图良策未迟。"燕王称善,遂命张玉、朱能,依计行事。寻又与道衍等商定良策,方才散会。

越数日,朝使至北平,来逮燕府官属,张昺、谢贵等,遂亲督卫士,围住燕府，迫令将官属交出。朱能入报，燕王道："外兵甚众，我兵甚寡，奈何？"又是假话。朱能道："擒杀张昺、谢贵，余何能为？"燕王方道："教你募集壮士，共得若干人？"朱能道："已有八百人到此。"燕王道："已够用了。你与张玉分率四百人，潜伏两庑，待我诱入贵、昺，掷瓜为号，你等一齐杀出，便可除此二奸。"朱能领命而去。

燕王遂称疾愈，亲御东殿，受官僚谒贺。退殿后，即遣使往语贵、昺道："朝廷遣使来收官属，可悉依所坐姓名，一一收逮，请两公速来带去！"贵、昺闻言，尚迟疑未至。燕王复遣中官往催，只说所逮官属，已经缚住，请即收验，迟恐有误。贵、昺乃带着卫士，径诣府门，司阍阻住卫士，但令贵、昺入内。贵、昺不便回身，只好令卫士在门外候着，自随中官径入。既到殿上，见燕王曳杖出来，笑脸相迎。两人谒见毕，便由燕王赐宴，酒过数巡，忽出瓜数盘，置于席上。燕王语两人道："适有新瓜进献，愿与卿等共尝时味。"贵、昺称谢。燕王自进片瓜，忽怒詈道："今编户齐民，对着兄弟宗族，尚相瞯恤，乃身为天子亲属，性命偏危在旦夕，天下何事可为，亦何事不可为。"越是帝王家，越不能顾恤宗族，燕王乃犹未知耶？言毕，掷瓜于地。瓜方坠下，蓦见两庑杀出伏兵，鼓噪而入，捽住贵、昺，并葛诚、卢振下殿。燕王掷杖起立道："我生什么病！我为奸臣所迫，以致此。今已擒获奸臣，不杀何待！"遂命将贵、昺等四人，一律枭首。贵、昺被杀，门外关着的卫兵，尽行散逸。连围城将士也闻报溃散。

北平都指挥彭二闻变，急跨马入市，集兵千余人，欲入端礼门。燕王遣壮士庞来兴、丁胜等，麾众出斗，格杀数人，便即逃散。彭二见不可支，亦仓皇遁去。燕王遂收逮葛诚、卢振家族，尽行处斩。一面下令安民，城中大定。都督宋忠，得着此耗，自开平率兵三万，至居庸关，因胆怯不敢进攻，退保怀来。于是燕王誓师抗命，削去建文年号，仍称洪武三十二年，自署官属，以张玉、朱能、邱福为都指挥佥事，擢李友直为布政司参议，拜金忠为燕纪善，秣马厉兵，扬旗击鼓，居然造起反来。他恰自称为靖难军，小子有诗咏道：

北平兴甲似无名，发难偏称靖难兵。
如此强藩真跋扈，晋阳书叛岂从轻？

毕竟燕王能否成功，且看下回分解。

封建制度，莫盛于周，而东周之弱，实自此致之。厥后汉七国，晋八王，唐藩镇，元海都笃哇诸汗，皆尾大不掉，酿成祸乱。明祖不察，复循是辙，未几而即有靖难之师。论者谓建文嗣祚，道贵睦亲，乃听齐泰、黄子澄之言，削夺诸藩，激成燕王之变，是其咎应属建文。说固似矣，但大都耦国，终为后患。削亦反,不削亦反,误在案验未明,屡兴大狱。周、齐、湘、代、岷诸王,连日芟除,豆煎釜泣,兔死狐悲,宁有智虑过人之燕王,甘心就废,束手归罪耶?且所倚以谋燕者,惟责之张昺、谢贵、张信诸人,信既反复不忠,贵、昺又未能定变,为燕所缚,如豚犬然。内乏庙谟,外无良弼,坐使靖难军起,一发难收,是不能不为建文咎也。本回所叙,即为建文启衅之源,福为祸倚,由来渐矣。

第二十二回　耿炳文败绩滹沱河
　　　　　　燕王棣诈入大宁府

却说燕王棣誓师抗命,下谕将士,大旨以入清君侧为名,招降参政郭资,副使墨麟,佥事吕震,及同知李浚、陈恭等,一面遣使驰驿,赍奏朝廷。其辞云:

　　皇考太祖高皇帝,艰难百战,定天下,成帝业,传至万世,封建诸子,巩固宗社,为磐石计。奸臣齐泰、黄子澄,包藏祸心,橚、榑、柏、桂、楩五弟,不数年间,并见削夺,柏尤可悯,阖室自焚。圣仁在上,胡宁忍此?盖非陛下之心,实奸臣所为也。心尚未足,又以加臣,臣守藩于燕,二十余年,寅畏小心,奉法循分。诚以君臣大义,骨肉至亲,恒思加慎,为诸王先。言重言重,恐怕未必。而奸臣跋扈,加祸无辜,执臣奏事人,箠楚交下,备极苦毒,迫言臣谋不轨,遂分派宋忠、谢贵、张昺等于北平城内外,甲马驰突于街衢,钲鼓喧阗于远迩,围守城府,视臣如寇仇,迫护卫人执贵、昺,始知奸臣欺诈之谋。窃念臣于孝康皇帝,同父母兄弟也,今事陛下如事天也,譬伐大树,先翦附枝,亲藩既灭,朝廷孤立,奸臣得志,社稷危矣。臣伏睹祖训有云:"朝无正臣,内有奸恶,则亲王训兵待命,天子密诏诸王统领镇兵讨平之。"臣谨俯伏俟命。

书入,建文帝尚迟疑未决,总是因循致误。那燕王已出师通州,降指挥房胜,进陷蓟州,擒杀都督指挥马宣,乘夜趋遵化。指挥蒋云、郑亨等,又皆开城迎降,复遣锐卒击夺居庸关。守将余瑱,败走怀来。时都督宋忠,正在怀来驻扎,闻居庸关失守,忙率兵来援,并下令军中道:"尔等家属,统在北平,现闻被燕兵屠戮,积尸盈途,快随我前行,报仇泄恨。"激怒之计,未始不善,但惜系诈言耳。军士闻了此言,个个怒目切齿,摩拳奋掌,争向居庸关杀去。一到关前,遥见燕军前队的旗帜,统系熟识,旗下列着士卒,不是父兄,就是子弟,彼此慰问,都称无恙。当下恼动军心,大呼宋都督欺我,一声哗噪,相率倒戈。宋忠列阵未定，不防这前军哗变，自相残杀，正在脚忙手乱，那燕军复乘势杀来，眼见得人仰马翻，不可收拾，当下全军大溃。都指挥孙泰，本是一员骁将，也被流矢所中，战死阵中。宋忠逃奔入城，门不及闭，被燕军一拥而入，四处搜杀，至厕间觅获宋忠，并擒住余瑱，一律杀死。诸将校先后受缚，共一百余人，统因主将已亡，情愿捐生，或自刎，或被杀，怀来遂陷。山后诸州皆震动。开平、龙门、上谷、云中诸守将，望风降附。谷王橞镇守宣府，也因地近怀来，恐遭兵祸，竟弃了国土，逃奔南京去了。

京中迭闻警耗，建文帝乃祭告太庙，削棣属籍，废为庶人，诏示天下，特命宿将耿炳文，为征虏大将军，驸马都尉李坚、都尉宁忠为副，率师讨燕。子澄又请命安陆侯吴杰，江阴侯吴高，都督都指挥盛庸、潘忠、杨松、顾成、徐凯、李文、陈晖、平安等，分道并进。且从狱中放出程济，擢为翰林院编修，充作军师，护诸将北行。一面传檄山东、河南、山西三省，合给军饷。临行时，建文帝谕令将士道："昔萧绎举兵入京，常号令军中，谓一门以内，自逞兵威，实属不祥。今尔等将士，与燕王对垒，亦须善体此意，毋使朕有杀叔父名。"湘东故事，何足取法。况湘东因此失国，建文宁未之闻乎？耿炳文等领命出师，共计三十万人，陆续至真定，当命徐凯率兵驻河间，潘忠率兵驻莫州，杨松率先锋九千人驻雄县，约忠为应。

燕王使张玉往探虚实，玉返报道："炳文年老，潘、杨有勇无谋，行军安营，统乏纪律，看来俱不足为。惟我军欲南下，宜先取潘、杨，方可通道。"宿将凋零久矣，只一炳文亦老羸不胜任，谁为为之？以至于此。燕王称善，即命移军涿州，进屯桑娄。时值中秋，天高月朗，燕军统渡过白沟河，直薄雄县城下。杨松毫不防备，乘着中秋佳节，大家宰牛饮酒，醉饱酣眠，不料时至夜半，燕军缘城而上，大刀阔斧，砍入城中，等到杨松惊起，慌忙迎敌，已是不及措手，霎时间九千兵士，悉数战殁，杨松亦死于乱军之中。一班酒鬼，尽入冥途。燕王既得雄县，便谕诸将道："潘忠近在莫州，未知城破，必引众来援，我便好生擒他了。"妙算在胸。当下命千户谭渊，领兵千余，渡月漾桥，埋伏水中，俟潘忠兵过，据住桥梁，断他归路。谭渊受计去讫。燕王即麾兵出城，列阵待着。果然潘忠引兵前来，越过月漾桥，直趋雄县。将到城下，望见前面统是燕军，不禁心慌，一经交绥，燕军如生龙活虎，锐不可当，潘忠料不可支，只好且战且行。回至桥边，忽由水中跳出一人，大喝道："谭渊在此！何不受缚？"潘忠尚未看清，已被谭渊手起枪落，刺倒马下。谭渊手下诸兵士，抢步出水，把潘忠擒去。潘军腹背受敌，纷纷投水溺死。潘、杨俱了。

燕王遂趋入莫州，休息三日，复会议进兵所向。张玉道："何不径趋真定？彼众新集，我军乘胜进攻，一鼓可下。"燕王依言，即向真定进发。途次获

第二十二回　耿炳文败绩滹沱河　燕王棣诈入大宁府

得耿部下张保,由燕王好言抚慰,保自称愿降。燕王遂问耿军情形。保答道:"耿军共三十万人,先到的有十三万,分营滹沱河南北岸。"燕王道:"你既诚心归降,我纵你归去,只说是兵败被执,窃马逃归,所有雄、莫战状,及我兵直趋真定,统可直告炳文便了。"张保唯唯而去。诸将上前禀道:"大王直趋真定,本欲掩他不备,奈何遣保返告?"我亦欲问。燕王笑道:"诸将有所不知。前未知耿军虚实,因欲袭他不备,今知他半营河南,半营河北,南北互援,不易取胜,何若令他知我行踪,使他并南归北,才可一举尽歼。且使闻雄、莫败状,挫损锐气,这是兵法上所谓先声后实呢。"诸将方齐称妙计。燕王即带着数骑,径趋真定东门,擒住耿军二人,讯问耿军情状,果将南兵尽移北岸,随即遣张玉、谭渊、马云、朱能等,绕出城西南,连破耿军二营。炳文出城迎战,张玉等率军奋击,两下里喊杀连天,争个你死我活。不防燕王复亲率铁骑,沿城夹攻,横贯南阵,耿军大乱。炳文支持不住,慌忙逃回。朱能率敢死士后追,至滹沱河,炳文众尚数万,复列阵向能。能奋勇大呼,冲入炳文阵中,炳文军士,已经重创,无心恋战,相率披靡。一时践踏死的,不计其数。弃甲投降的,又有三千余人。副将李坚、宁忠,都督顾成,都指挥刘燧等,统被擒去。炳文逃入真定,闭门固守。燕军攻城,三日不能下,引还北平去了。

建文帝闻炳文战败,很是懊恼,便召问齐泰、黄子澄道:"炳文老将,尚且摧锋,为之奈何?"子澄道:"胜败兵家常事,不足深虑,臣思曹国公李景隆,材堪大用,不如命代炳文。"齐泰道:"景隆能文不能武,断不可用。"建文不听,即拜景隆为大将军,赐通天犀带,亲饯江浒,行推毂礼。景隆赴军,耿炳文卸任自归,监察御史韩郁,以出师无功,独愤然上疏道:

　　臣闻人主亲其亲,然后不独亲其亲。今诸王亲则太祖之遗体也,贵则孝康帝之手足也,尊则陛下之叔父也,乃竖儒偏见,病藩封太重,疑虑太深,于是周王既废,湘王自焚,齐、代相继被摧,为计者必曰兵不加则祸必稔,实则朝廷激之变也。今燕举兵两月矣,前后调兵不下五十万,而一矢无获,将不效谋,士不效力,徒使中原赤子,困于转输,民不聊生,日甚一日,臣恐陛下之忧方深也。谚曰:"亲者隔之不断,疏者属之不坚",此言深有至理。伏愿陛下鉴察,兴灭继绝,释齐、代之囚,封湘王之墓,还周王于京师,迎楚、蜀为周公,俾各命世子持书,劝燕罢兵守藩,慰宗庙之灵,笃亲亲之谊,不胜幸甚。是亦迂腐之谈。

建文帝得了此奏,置诸高阁。只催命景隆进兵。景隆至德州,收集炳文将卒,并调诸路兵五十万,进营河间。燕王闻报,喜谕诸将道:"从前汉高祖用兵如神,还只能将兵十万,景隆竖子,有甚么才能,乃给他五十万众?这正是自取败亡呢。"言未已,有探马报说:"明将吴高、耿瓛、杨文等,进军永平。"燕王投袂遽起,即欲麾军往援,诸将入请道:"大王出援永平,倘景隆乘虚来袭,如何是好?"燕王道:"景隆不足畏,我出援永平,正欲诱他前来,先破吴高,后破景隆,统在此举。"当下令世子高炽居守,并戒他坚守勿战,自率军径诣永平。吴高本来胆小,忽闻燕军大至,竟弃了辎重,退保山海关,燕军从后追去,斩首数千级。景隆闻燕王出援永平,果引兵薄北平城下,筑垒九门,燕世子高炽,督城固守,连妇女也令登陴,乱掷瓦砾。景隆军令不严,竟尔骤退。瓦砾犹能退军,矢石乎?景隆竖子,固不足畏。高炽又夜遣勇士,缒城劫营,营中自相惊扰,竟退到十里以外,方敢驻足。独有都督瞿能,愤怒交迫,自率二子及精骑千余,直攻张掖门,势且登城,偏景隆因他擅出,满怀猜忌,勒令缓攻。既不知兵,又怀私意,不败何待?守兵连夜用水沃城,翌晨结水成冰,很是光滑,不能再登。两军相持不下,这时候,燕王已移师东北,潜袭大宁。原来大宁属宁王权镇守,东控辽左,西接宣府,所属朵颜三卫骑兵,都骁勇善战。燕军发难,明廷恐宁王与合,召还京师,宁王抗不受命,坐削护卫。燕王乘隙贻书,并潜师随后。诸将以大宁无患,北平垂危,请燕王熟权缓急,还救北平。燕王道:"今从刘家口径趋大宁,数日可达,闻大宁城内,只有老弱居守,所有将士,均派往松亭关,我能袭取大宁,抚绥将士家属,松亭关自不战而降。若北平深沟高垒,纵有雄师百万,一时也难攻取,待我取了大宁,还援北平,尚是未迟。"陆续叙来,统见燕王妙算。遂从间道登山,驰抵大宁城下,暗令健卒四伏,自己单骑入城,一见宁王,握手大恸,只说建文负我,现在北平被围,旦夕且下,求吾弟设法救我,替我表谢请赦。真做得像,更兼宁王此时亦有狐兔之悲,能不堕其彀中耶?宁王也相对歔欷,备加慰藉。一面代草表章,情词娓娓,请贷燕王一死。表发后,设宴相待,笑语殷勤。接连数日,城外的伏兵,多混迹入城,与三卫部长,互相联络。燕王方托故告辞,宁王送出郊外,置酒饯行。第一杯递与燕王,一饮而尽;第二杯复递到燕王手中,燕王忽将杯掷地道:"伏兵何在?"人情反覆,一至于此,煞是可叹。言甫毕,一声呼噪,燕军尽至,竟拥了宁王南行,三卫驺骑,袖手旁观,大宁都指挥朱鉴,上前争夺,竟被燕军杀死。燕王又麾兵入城,揭示安民,只把宁府妃妾世子,及所有宝货,一拥而出,驰至松亭关。关上将士,已接家属通报,有心归燕,统在马首迎降。燕王派兵分守要害,随驱着大宁降众,还向北平。至会州,简阅将士,设立五军,命都指挥张玉将中军,朱能将左军,李彬将右军,徐忠将前军,房忠将后军,每军各置左右副将,以大宁降众,分隶各军,浩浩荡荡,驰援北平。

是时,天气严冷,雨雪纷飞,燕王兵至孤山,暂驻北河西,河水汪洋,无舟可渡。燕王望空默祝道:"天若助我,今夜河水结冰。"这一语也是燕王希冀非分，不意上天竟似有耳，河伯也是效灵，一夕严风，将河冰结得甚固。天神果助逆乎？抑助顺乎？燕军凌晨探视，诧为奇异，反报燕王。燕王大喜，即麾兵渡河。适值李景隆移营河滨，先锋都督陈晖渡河截击，被燕军一阵驱杀，大败奔回。燕军渡河上岸，回视河冰复解，大家喜得神助，遂抖擞精神，直捣景隆大营。自午至申，连破七寨，景隆不能抵御，夤夜遁去。燕军进抵城下，见城外尚有南军九垒，奋呼杀入，城中亦鼓噪出兵，内外夹攻，哪有不破之理？顿时杀得尸横遍野，血流成渠。有几个逃脱的兵士，星夜南奔，追上景隆残军，同返德州去了。景隆既至德州，不免懊怅得很，拟再调军马，期至来春大举，忽闻有朝旨下来，吓得面如土色，至开诏跪读，竟加封景隆为太子太师，这是事出意外，连景隆都莫名其妙呢。小子有诗叹道：

> 败军偾辙有明刑，谁料恩荣赐阙廷。
> 莫怪建文终逊国，误施赏罚失常经。

毕竟景隆如何邀赏，容至下回叙明。

明太祖杀戮功臣，几无唯类，至建文嗣位，所存者第一耿炳文。炳文系偏将才，非大帅才也，滹沱河一役，事事不出燕王所料，其才之劣，已可概见。然耿炳文败回真定，燕军攻城不下，三日即引还，意者其犹以炳文为宿将，未易攻取乎？至若景隆仅优文学，素未典兵，安可寄以干城之任？子澄误荐，建文误用，宜其丧师覆辙也。史称燕王善战，宁王善谋，燕宁接壤，燕既发难，正应优诏谕宁，令蹑燕后，为两面夹攻之计，乃复削其护卫，为渊驱鱼，即非燕王之计诱，恐燕宁亦必相联，兔死狐悲，谁不知之？建文帝不谋及此，而盈廷诸佐，又不闻举此以告，坐使燕藩日盛，祸及滔天，天下事之可长太息者，孰逾于是？读之令人作三日呕云。

第二十三回　折大旗南军失律
　　　　　脱重围北走还都

却说李景隆败回德州，明廷反加封太子太师，赏罚倒置，究是何因？看官不要性急，待小子补叙出来。原来景隆败报到京，由黄子澄暗中匿住，反奏称交战获胜，不过因天气寒冷，未便行兵，所以暂回德州，俟春再举。建文信为实事，遂封景隆为太子太师，景隆受诏后，自己都是不解，嗣接子澄密书，方知子澄代为掩饰，真是感激不尽；且书中勉令再举，亦合己意。遂飞檄各处，招集兵士,到建文二年孟春,各处兵马齐集,差不多有五六十万人,正拟祭旗出发,忽报燕王出攻大同,亟督师往援,道出紫荆关,余寒尚重,冰雪齐封,军士各叫苦不迭。幸得侦骑反报,燕王已由居庸关,入返北平,于是相率趋归。军士南归情急,抛弃无数铠仗,以便速行。还有一班敝兵羸卒,不能熬受冻饿,多半死亡。未曾对仗,且如此狼狈,真令人短气。

景隆回军月余,又誓师德州,会同武定侯郭英,安陆侯吴杰等,进兵真定,得兵六十万,列阵数十里。燕王闻报,语诸将道:"李景隆等都无能为,惟靠了数十万兵卒,想来谋我,哪知人多易乱,前后不相应,左右不相谋,将帅不专,号令不一,何能成事?尔等但严装待着,敌来即击,怕他甚么?"虽是安定军心,恰亦寓有至理。张玉道:"何不先往白沟河,扼住要害,以逸待劳?"燕王点头道:"尔言却也有理。"遂麾众先往。到了三日,侦悉景隆前锋都督平安,已将驰到,燕王道:"平安竖子,前曾从我出塞,今日敢来冲锋,我当前去破他。"当下拔营复进,渡过五马河,直抵苏家桥。猛闻炮声骤响,伏兵猝起,当先一员大将,挺矛突阵,就是南军都督平安。随后又有都督瞿能父子,亦跃马而来,刀光闪闪,逢人便砍。燕兵猝不及防,向后倒退,几乎旗靡辙乱。忽有三员骁将,出阵拦阻,与平安交战起来,燕军望将过去,一是内官狗儿,一是千户华聚,一是百户谷允,三对儿盘旋厮杀,颇似棋逢敌手,将遇良材,战至日暮,方各鸣金收军。次日,景隆、英、杰等俱到,还有魏国公徐辉祖,亦奉命至师,数人商定一计,暗将火器埋着地下,然后出兵诱敌。燕军不知是诈,一鼓赶来,突觉火器爆发,烟焰冲天,燕军多烧得焦头烂额,连忙返奔,燕王也不能禁止,只好亲自断后。逃了一程,天色已昏,四顾手下,只有三骑,愁云惨淡,林树苍茫,竟不辨东西南北。俄闻水声潺潺,料知已到白沟河,急急跑到水滨,下马伏地,谛视河流,方得辨明方向,仓卒渡河,直达北岸,始见本营所在地,驰入帐中,才得安息。随谕诸将秣马蓐食,翌日再战。

转瞬天明,使张玉将中军,朱能将左军,陈亨将右军,房宽为先锋,邱福为后应,共率马步兵十余万,渡河列阵。南军营内的瞿能父子,约了平安,先后趋出,巧值房宽到来,两下相交,不到十合,平安怒马陷阵,宽众披靡,顷刻奔溃。张玉等见宽已败阵,统有惧色,独燕王大喝一声,自麾健卒数千人,先出阵前,舍命冲突,高煦率张玉等继进,一场恶战,真杀得山摇地动,日暗天昏。忽南军阵里,梆声一响,发出了无数硬箭,向燕军射来,这箭镞好像生眼,都到燕王马头旋绕,马屡被创,三易三蹶,南军复乘势相逼,急得燕王无法可施,也取强弩对付,连射一阵,箭又尽了,乃拔剑左右奋击,砍伤数人,剑又缺折不堪用,适身旁有骑兵中箭,倒毙马下,那马溜缰欲驰,被燕王一手拉住,纵身上马,加鞭北走。马甫上堤,忽听后面大呼道:"燕王休走!徐能来擒你了。"燕

第二十三回　折大旗南军失律　脱重围北走还都

王也不及回顾，只扬鞭作招呼状，情急智生，仿佛曹操之入濮阳城。徐能疑有伏兵，不敢穷追。约过片时，燕王得高煦等救兵，复回马杀来，巧值平安驰到，一枝矛神出鬼没，刺死北军统领陈亨，徐忠急来相救，又被平安拔剑乱斫，伤了二指，指头将断未断，忍痛将残指砍去，裂衣裹创，奋勇再战。高煦恐燕王有失，也当先奋斗，几杀得难解难分。时已晌午，燕军少懈，瞿能父子，乘隙上前，大呼灭燕，连砍燕骑百余人。越巂侯俞通渊、陆凉卫指挥滕聚，见瞿能父子得手，也纵马随入，正在踊跃争先的时候，忽觉北风陡起，猛扑南军，沙石飞扬，迷人双目，接连是一声怪响，把景隆身前的大纛，折做两段。天意可知。景隆料知不佳，正拟鸣金收军，忽然燕军队里，射出各种火具，火随风发，霎时燎原。南军有力难施，只好回马逃走，阵势一动，便至大乱。燕王趁这机会，亲率劲骑数千，绕出景隆阵后，突入驰击。前面的高煦，复督领将士，一齐纵火，顺风痛杀。可怜这瞿能父子，及俞通渊、滕聚等，俱战殁阵中，葬身火窟。平安独力难支，也只好匹马奔逃。南军大溃，势如山崩。燕王麾众奋追，直至月漾桥，除南军弃械投降外，被杀死的数不胜数。郭英向西遁去。郭英也是宿将，至此亦不中用，可见主有福，方觉将有力。景隆南走德州，抛弃器械辎重，好似山积，连御赐的玺书斧钺，也一并抛去。还亏徐辉祖率兵断后，方不至片甲不回。过了数日，燕王复进攻德州，未到城下，景隆先已出走，剩下储粮百余万石，至燕军入城，安安稳稳的得了粮草，声势越振。

是时，山东参政铁铉，方督饷赴景隆军，闻景隆败还，忙驰入济南，与参军高巍，收集溃亡，共誓死守。景隆也遁至济南，扎营城外。燕军乘胜进攻，景隆众尚十余万，仓猝迎战，又被燕军杀败，单骑遁去。于是燕军筑垒围城，经铁铉、高巍两人，督众固守，围久不下。警报飞达南京，建文帝不免心慌，没奈何与齐泰、黄子澄商量，佯示罢免，遣使赴燕军议和。一面召李景隆还京，所有军务，饬左都督盛庸代理，并升铁铉为山东布政司使，帮办军事。看官！你想这燕王棣狠鸷心成，既已发难，哪肯半途罢手？见了朝使，置诸不理，只命将士奋力攻城，且射书城中，谕令速降。铁铉撕破来书，掷出城外，燕王大愤，令将士决水灌城，城内陡成泽国，顿时军民汹汹。铁铉下令道："军民无恐，本司自有良策，静守三日，便可破敌。"军民得了此令，也不知他葫芦中卖什么药，且依令安心待着。我亦张目瞧着。这位布政使铁铉，居然不慌不忙，暗中差遣干役，出城求降。及差人还报，燕王已允，约明日入城，铁铉佯撤守具，又召集父老数百人，密嘱一番，令出城赴燕王营。燕王闻有父老到来，未免诧异，遂出营巡视。只见父老等俱俯伏道旁，涕泣请道："奸臣不忠，使大王蒙犯霜露，跋涉至此，大王系高皇帝子，民等乃高皇帝百姓，哪敢违大王命？但民等不习兵革，骤见大兵压境，未识大王为国为民的苦心，还疑是有心屠戮。大王如真心爱民，请退师十里，单骑入城，民等当备具壶浆，欢迎大王。"燕王大喜。也入彀中，若非命不该绝，必死铁板之下。好言抚慰，令他回城。次日下令退军，只率劲骑数人，跨马张盖，渡过吊桥，直达城下。城门果已大开，门内有无数兵民伏着，高呼千岁。燕王扬扬得意，徐行而入，方至门首，蓦听得踢踏一声，连忙上视，不瞧犹可，瞧了一眼，那城上竟放下一块铁板，差不多有数千斤，亏得眼明手快，勒马倒退，未及数尺，板已压下，正中马首，碎成齑粉。为燕王捏一把汗。燕王惊堕马下，旁有骑士扶起，另进一马，纵辔驰去。桥下本设有伏兵，见燕王将要过桥，出水来拆桥板，偏偏桥筑甚坚，一时不能遽毁，竟被燕王越桥逸去。真是天意。铁铉忙出城来追，已是不及。至回城后，叹息不已。

越宿闻炮声震天，燕军又到，铉忙督兵登陴，那炮石煞是厉害，弹着城墙，多成窟窿。燕军且击且攻，声势张甚，铉恐城被击破，又想了一计，悬出了一方神牌，上书"太祖高皇帝之灵"七字，想入非非。字样甚大，射入燕王目中，自觉难以为情，停止炮击。守兵得运土补隙，城复坚固。铉复密约盛庸，内外夹攻，击败燕众。燕王愤急得很，左思右想，一时无从得计。僧道衍进谏道："顿兵坚城，师老且殆，不如暂归北平，容图后举。"燕王乃撤围北去。铉及盛庸等出兵追敌，直至德州，城内燕军，闻燕王北还，亦无心固守，弃城遁去，德州遂复。庸、铉拜表奏捷，有旨封庸为历城侯，擢铉为兵部尚书，寻复诏庸总兵北伐，拜平燕将军。副将军吴杰进军定州，都督吴凯进军沧州，遥为犄角，合图北平。

这消息传达燕王，燕王不以为意，恰下令出击辽东。又捣鬼了。诸将士各有异言，兵至通州，张玉、朱能入禀道："大敌当前，正应抵御，乃出师辽东，舍近图远，窃为不解。"燕王闻言，屏退左右，又与两人密语道："如此如此。"两人方顿首称善，遂倍道趋天津，过直沽，下令将士，循河而南。将士复惊诧起来，燕王道："尔等道我欲东反南，走错路头么？我夜见白气二道，东北至西南，占得南征大利，所以改道南行。"还要捣鬼。将士方才无言。燕王更引军疾趋，一昼夜行三百里，遇着南军侦骑，尽行杀毙。走到天明，已抵沧州城下。沧州镇帅吴凯，探得燕军出击辽东，毫不设备，只遣兵四出伐木，修筑城墙，不意燕兵猝至，亟督兵分守城堞，众皆股栗，不及穿甲，燕将张玉，遽率壮士登城东北隅，肉薄齐飞，仍不少却。吴凯料不能守，忙与都督程暹，都指挥俞琪、赵浒、胡原等，开城出走。行了里许，突遇着燕将谭渊，带着健卒，截住去路。吴凯等心忙意乱，勉强抵敌，可奈手下统已溃散，被燕军左擒右斫，伤毙了万余人。还有兵士三千名，见不是路，都下马降敌，剩得吴凯、程暹等数员将官，如何抵挡，也只得束手就缚。谁知那谭渊凶险得很，佯收降卒，密令军士掘下坑

第二十三回　折大旗南军失律　脱重围北走还都

堑,至夜间尽驱降卒入坑,活活埋死,只把那吴凯、程暹等,械送燕王。燕王见功成计遂,一语道破,举上文各种疑团,均已了明。很是喜慰,命将所有俘虏,所得辎重,悉数解运直沽舟中,送达北平。自率众循河而南,复抵德州。盛庸坚壁不出,燕王攻城不下,引兵掠临清、大名,越汶上,至济宁。盛庸遂大合铁铉、平安各军,出屯东昌,杀牛犒将士,誓师厉众,背城列阵,并排着火器毒弩,专待燕军到来。燕军仗着屡胜的威风,飞行而至,一见南军,即鼓噪杀入,怎禁得火器迭发,继以毒弩,不是糜烂,就是惨毙。燕王见前队将士,多半受伤,愤懑的了不得,竟亲率精骑,冒着险来冲南军。盛庸见燕王亲至,恰故意分开两翼,一任燕王杀入,待燕王冲入中坚,复纠兵包围,绕至数匝。燕王才知中计,慌忙夺路,左驰右突,好似铜墙铁壁一般,无从得脱。燕将朱能、周长等,望见燕王被困,急率番骑驰救,突入围中,奋力死斗,才杀开一条血路,护翼燕王出围。张玉还道燕王未脱,拚命杀入,突被南军一阵乱箭,射毙马下。看官览到此处,几疑南军能射死张玉,独不能射中燕王,难道燕王有避箭诀,所以南军不敢放箭,听他逃去么?我亦要问。这个原因,试回阅前叙建文帝的命令,便可晓得。建文帝曾饬临阵诸将,毋使朕负杀叔父名,应二十一回。因此诸将不敢加矢燕王,只想燕王窘迫自缚,投降军前,哪知燕王有帝王相,凭你如何设计,他总遇着救星,化凶为吉,所以全军虽败,恰令各将前奔,自己独匹马单刀,且战且退。南军纷纷追逼,又被他弯弓搭箭,射毙数人。等到南军齐上,却又来了高煦、华聚等,一阵击退南军,扬长而去。

燕王奔还北平,检阅将士,丧失二三万,复闻大将张玉战殁,不禁恸哭道:"兵败不足虑,独丧我良辅,实可痛恨。"诸将闻言,亦涕下不已。燕王经此次大创,意欲少休,独道衍进言道:"臣前谓师行必克,但费两日,两日就是东昌的昌字,今东昌遭败,已成过去,此后必获全胜。"于是燕王复搜卒补乘,俟至来年再举,暂且按下。

且说建文帝闻东昌大捷,欢慰非常,一面祭告太庙,一面开复齐泰、黄子澄原官,就是召还京师的李景隆,也赦罪勿问。有罪勿诛,如何振饬军纪?御史大夫练子宁,宗人府经历宋征,御史叶希贤,并奏言景隆失律丧师,且怀二心,须亟正刑典,然后可谢宗社,励将士。黄子澄亦上书请诛。是你举荐包庇,何不自请坐罪?各奏上去,只留中不发。是时已是建文三年,建文帝方大祀圜丘,行庆贺礼,忽报燕王棣又出师北平,由保定南下了。帝乃命盛庸各军严行堵御,正是:

　　　　　　捷书上达方相贺,敌骑重来又启争。

欲知两军决战情形,且至下回再表。

本回叙南北战事,一误于李景隆,再误于盛庸,白沟河之战,燕王矢尽剑折,逸走登堤,景隆不麾军追擒,使燕王得遇救杀回,转致败溃,是景隆之咎,固无可辞。若盛庸固明明奏捷东昌矣,乌得而言其误乎?曰,既诱燕王入围,何不仍用火器强弩,对待燕王。乃任其得救而逸,非误而何?或谓建文有诏,不杀叔父,盛庸不敢违命,以至于此。曰:将在外,君命有所不受。苟利于国,专之可也。使乘此得杀燕王,则燕军瓦解,大功告成,何至有再出之患乎?由斯以观,则李景隆固有误国之罪,盛庸亦不得谓非误国也。故吾谓盛庸之罪,不亚于李景隆。

第二十四回　　往复贻书囚使激怒
　　　　　　　仓皇挽粟遇伏失粮

　　却说燕王棣信道衍言,于建文三年春月,复出师南犯,临行时,自撰祭文,哭奠阵亡将士张玉等,并脱下所服战袍,焚赐阴魂。将士家父兄子弟,无不感泣。燕王见人心奋激,即整兵至保定,与诸将议所向。邱福等请攻定州,燕王谓不如攻德州,乃移军东出。途次接着侦报,说盛庸已驻兵夹河。燕王便自率三骑,来觇庸阵。庸结阵甚坚,见燕王掠阵而过,忙遣千骑追赶。燕王仗着善射,连发数箭,射倒追骑五六人,加鞭驰脱。嗣又率步骑万余,来薄庸阵。庸军拥盾自蔽,矢刃不能入。燕王恰令壮士用着长矛,上前钩盾。两下牵扯,燕军即乘隙攻入。燕将谭渊,见敌阵内尘埃滚滚,想已蹂乱,急欲上前争功,策马而出,部下指挥董中峰,亦随着出来,正要冲入敌阵,兜头遇着一员敌将,执着长枪,来战谭渊。不数合,敌将虚晃一枪,勒马回阵,谭渊纵马追入,不防被敌将回枪一刺,适中咽喉,撞落马下。坑人者卒死人手。董中峰忙来相救,又被敌将拔剑一挥,砍作两段。这敌将叫作庄得,乃是盛庸麾下的都指挥,燕军见谭渊陷没,不觉惊退。庄得乘势驱杀,燕军大挫,燕王且战且行。可巧燕将朱能,率铁骑前来接应,燕王即让过两人,令他当先,自己从间道绕出,来袭南军背后。惯用此着。南军专向前面截杀,不防后面又有一军杀来,这是盛庸疏虞处。南军措手不及,顿时大乱。燕王击破庸阵,与朱能、张武等,合军喊杀,恼得这个庄指挥,不管死活,一味向前乱闯,还有骁将楚智、张能,也拚命相争。燕军见他勇悍,索性把他围住,用了强弩毒矢,四面攒射,庄得身中数箭,竟致毙命,张能兀自擎着皂旗,往来冲突,不到片时,也集矢如猬,死于非命,他尚手执大旗,植立不仆,燕军素畏张能,呼他为皂旗张,及死后兀立,还不敢近前。惟楚智持着双刀,左劈右砍,杀死燕军数人,几已突出重围,谁知一箭飞

第二十四回　往复贻书因使激怒　仓皇挽粟遇伏失粮

来,正中右臂,箭头有毒,痛不可支,顿时晕倒在地,被燕军活捉而去,嗣后苏醒转来,乱骂燕王,遂致遇害。时已天暮,两边各敛兵入营。燕王检点将士,也伤了无数,又失了大将谭渊,悲愤交迫,竟带同十余骑,逼盛庸营,露宿一宵。意不可测。

到了天明,四面皆围着庸兵,左右请燕王急遁。燕王仍谈笑自若,待至日出,吹动画角,招集骑兵,从容上马,穿营而去。盛庸诸将,相顾愕眙,连一箭也不敢发,由他往返自如。燕王固奇,盛庸诸将,亦觉可怪。越日复战,燕军阵东北,盛庸阵西南,苦战一日,互有杀伤。两军统觉疲乏,各拟鸣金收兵,忽东北风大起,尘雾蔽天,砂砾击面,两军眯目,咫尺不见人影。风师又来助阵。燕王麾旗大呼,纵左右翼横击庸军,鼓声震地。庸军正思归休,哪禁得燕军杀来,不战而溃。燕军乘风追赶,至滹沱河口,逼庸军入水,践溺死的,不计其数。盛庸退保德州,没奈何据实申报。

建文帝正因宫嫔翠红,投缳自尽,颇为伤感,及接着败报,益觉惊惶无措。原来翠红姓王,临淮人,年十八入宫,二十得幸,貌既可人,才又轶众,早知燕王有异志,劝帝翦除,帝斥她离间骨肉,降隶宫娥。至燕兵发难,颇忆翠红前言,仍欲把她复位,偏宫中多怀妒忌,暗进谗言。翠红闻着,愤无可泄,竟取了三尺白绫,断送一条性命。还是死得干净。建文帝闻她自缢,也为悲泪不置,瘗葬水西门外的万岁冈。述翠红事,可补正史之缺。悲怀未了,警信复来,又只得召入齐泰、黄子澄,密商许久,令他出外募兵,恰故意下诏宥逐,遣使与燕王议和。燕王不从,且上书请罢盛庸、吴杰、平安各兵。建文帝又召问方孝孺。孝孺道:"燕兵久叛大名,天将暑雨,势且不战自疲,今宜令辽东诸将,入山海关攻永平,真定诸将,渡芦沟桥捣北平,彼必归救,我用大兵蹑后,不难擒住燕王。现且佯与报书,往返数月,懈彼军心,谋定势合,便可进兵往蹴,一鼓荡平。"看似好计,奈不足欺骗燕王。建文帝连声称善,即遣大理寺少卿薛嵓,持诏赦燕王罪,令即罢兵归藩。嵓尚未至,燕王又与吴杰、平安等,交战藁城。吴杰、平安夹攻燕军,矢如雨集,燕军多中箭阵亡,燕王所建大旗,亦被丛矢注射,七洞八穿。方惊虑间,空中大风倏至,又来帮助燕王,比夹河一战的风势,还要厉害,拔木飞沙,吼声如雷。燕王复麾兵四蹙,恁你吴杰、平安,如何勇力,也不得不弃兵遁走,可怜南兵走投无路,多被燕军杀死。骁将邓戬、陈鹏等,陆续被擒。吴杰、平安走入真定,丧师数万。燕王俘获南军万人,除将士外,悉数纵还。又分兵略顺德、广平、河北诸郡县,气焰越盛。

大理寺少卿薛嵓,赍诏入燕营,燕王读诏毕,怒对薛嵓道:"汝临行时,上有何言?"嵓答道:"皇上有旨,殿下早晨释甲,朝廷暮即班师。"燕王狞然笑道:"这语不能诳三尺小儿,乃欲来诳我么?"嵓战栗不能对,使非其人,多辱君命。燕将大哗，群请杀嵩。燕王道："两国相争，不斩来使，况他曾奉诏到此，尔等休得妄言！"既知有君，如何造反？这也是欺人之语。乃令嵩遍观各营，戈矛旗鼓，相接百余里，吓得嵩汗流浃背，踽蹐不安。燕王留嵩数日，嵩告别欲归，燕王语嵩道："为我归语天子，我父即天子之大父，天子父系我同产兄，我为亲藩，富贵已极，尚复何望？无非望做皇帝，何必过谦？且天子待我素厚，只因权奸诪构，酿成衅隙，我为救死起见，不得已发兵南来，今幸蒙诏罢兵，不胜感戴。但奸臣尚在，大军未还，我军心存惶惑，未肯遽散，望皇上立诛权奸，遣散各军，我愿率诸子归罪阙下，恭候皇上处治。"一派甘言，恐亦不能欺三尺小儿。嵩唯唯听命。燕王复令中使送他出境。

嵩沿途不敢逗留，数日到京。方孝孺先与嵩晤，详问燕事。嵩把燕王所言，具述一遍，孝孺嘿然。及嵩入见帝，亦备述前意，且言燕军甚盛，不易破灭。帝语孝孺道："果如嵩言，是曲在朝廷，齐、黄二人，误朕太甚了。"孝孺道："陛下使嵩宣谕燕王，嵩反为燕王作说客，如何可信？"于是帝又游移未决。总是优柔寡断。既而吴杰、平安等，收集溃卒，往断北平饷道，燕王未免怀忧，乃遣指挥武胜，复驰奏到京，大略言朝廷已许罢兵，盛庸等独拥兵未撤，且绝臣饷道，显违诏旨，请从严惩办云云。建文帝得了此奏，颇有罢兵意，便将原奏示方孝孺，且语孝孺道："燕王为孝康皇帝同产弟，系朕亲叔父，若逼他过甚，如何对得住宗庙神灵？"孝孺抗奏道："陛下果欲罢兵么？兵罢不可复聚，若他长驱犯阙，如何对付？臣愿陛下毋为所欺，速诛武胜，与他决绝，那时士气一振，自必得胜。"前云伴与往来，今复请与决绝，且欲诛使以激其怒，自相矛盾，安望成功。建文帝又信了孝孺，缚胜下锦衣狱。忽宽忽严，太无定见。

燕王闻报大怒，即遣都指挥李远等，率轻骑六千余人，改换南军衣甲，混入济宁、谷亭一带，与南军混杂，乘机纵火，把南军所积粮饷，一炬成灰。燕将邱福、薛禄，复合兵破济州城，潜遣兵抄掠沛县，又放起一把无名火，将南军粮船数万艘，一齐毁尽，所有军资器械，统成煨烬，河水尽热，鱼鳖皆浮死。仿佛曹军之焚乌巢。自是南军乏粮，愈觉短气，至盛庸闻耗，遣将袁宇率军邀截，又被李远设伏击败，斩首数千级。这消息传到京城，大为震动。方孝孺乃献上一计，欲离间燕王父子，请遗书高炽，允他王燕，令他父子相疑，自成乱衅。建文帝称为奇谋，慢着！即命孝孺草书，遣锦衣卫千户张安，赍书投燕。燕世子高炽，偏是乖巧，得书后并不启封，竟差了骑兵数名，卫着张安，送交军前。燕中官黄俨，本谄奉高燧，与高炽不甚相合，他闻知张安来意，即遣人驰报燕王，燕王颇也疑心，转问高煦。高煦本是个狠戾人物，管甚么兄弟情谊，自然添些儿坏话。凑巧差骑已到，送入张安，并呈原书。燕王展阅毕，不禁惊喜道："险些儿杀我世子。"遂命将张安拘禁，更复书慰勉高炽，那时方孝孺一番计画，又

第二十四回　往复贻书囚使激怒　仓皇挽粟遇伏失粮

徒成画饼了。计固未佳。

盛庸因饷道不通，焦闷异常，即檄大同守将房昭，引兵入紫荆关，据易州西水寨，窥伺北平。平安亦从真定出兵，拟向北平进击。燕王时在大名，遣将朱能等截击平安，自领大军往攻房昭。房昭被困多日，向真定乞援，真定发兵往救，被燕王设伏齐眉山下，一鼓击退，斩获无数。房昭势穷援绝，只得弃寨西遁，溃围时丧亡多人。平安到了半途，也被朱能杀败，走还真定。燕王得了许多辎重，凯旋北平。

建文帝屡闻败耗，无计可施，忽忆着太祖临崩，尝有遗嘱委托梅殷，要他力扶幼主，遂召他入朝，商决军事。梅殷系汝南侯梅思祖从子，通经史，善骑射，曾尚太祖女宁国公主，素得太祖宠眷，太祖弥留时，殷亦传侧，太祖嘱他道："诸王强盛，太孙稚弱，烦你尽心辅佐，如有犯上作乱，应为朕出师讨罪。"殷顿首受命。至是奉诏入朝，建文帝提起遗言，意欲命他出镇，殷直任不辞，遂受职总兵，出镇淮安，募集淮安兵民，号四十万，驻守淮上，防扼燕军。一面由宁国公主，致书燕王，责以君臣大义，燕王不答。是时朝廷中官，出使外省，多半侵暴百姓，怨言四起，台臣交章劾奏，建文帝格外懊恼，严旨斥责，并令所在地方官，逮系罪犯，尽法惩治。中官怨忿交迫，索性丧尽天良，密遣人驰赴北平，具言京师如何空虚，如何可取。蠹国殃民，端在此辈。燕王不禁慨然道："频年用兵，何时得了？要当临江一决，不再返顾呢。"道衍亦劝燕王直趋南京，燕王遂大举誓师，择日出发。一路驰突，所向无前，连陷东平、济阳诸州县，断绝徐州饷道，并破萧沛及宿州。京师闻警，命徐辉祖往援山东。辉祖星夜前行，至小河，闻都督何福，与燕军交战，大获胜仗，平安转战至北阪，亦杀败燕军，两处胜仗，随笔写过。心下大慰。即驱众至齐眉山，与何福合兵，复与燕军厮杀。两下里舍命角逐，自午至酉，胜负相当。燕将李斌，冲锋突阵，忽被流矢射中马首，马倒被擒。斌系著名健将，受擒后尚格杀数人，方才毙命，燕军为之夺气，随即溃散。燕将王真、陈文，亦皆战死。燕王退走数十里，才得安营。众将因屡次败起，请还师休养，俟衅再动。燕王道："兵事有进无退，稍稍失败，何可遽回？公等但顾目前，宁识大计？"言已，复下令军中道："欲渡河北归，请趋左！否则趋右。"此令殊误。众将多趋左。燕王大声道："尔等既不愿南行，任从自便！"言下很有怨容。朱能即出为调停道："诸君独不闻汉高遗事么？汉高十战九败，终有天下，今我军尚胜多败少，如何便有退心？"太祖屡效汉高，朱能亦以汉高拟燕王，父子皆思创业，安得不骨肉相戕耶？诸将始嘿然无言。燕王恐兵士哗变，好几日衣不解甲，夜不安寝。

这消息传将出来，南军很是相庆，还有京内一班廷臣，闻这捷报，争说燕军且遁，京师不可无良将镇守，应召魏国公还京等语。建文帝又疑惑起来，遂下诏召还辉祖。辉祖一返,何福势孤,燕王复遣朱荣、刘江等,率轻骑截南军饷道,且令游骑扰他樵采。何福支持不住,只得移营灵璧,以便就粮。平安运粮赴何福营,率马步兵六万为卫,令粮车居中,陆续进发,将到灵璧,不防燕军已预先待着,骤出邀击,竟来夺粮。平安慌忙抵敌,杀了半日,未能退敌,再命弓弩手更迭放箭,射倒燕军千余名,敌始稍却。平安方欲进行,忽见燕王督军亲到,来势很猛,一时不及拦阻,竟被燕军横贯入阵,分作两橛。说时迟,那时快,何福闻平安到来,也开壁来援,与平安合击燕军,酣战多时,杀伤相当,燕王又麾军退去。未败又退,仍是狡计。平安、何福两人,总道燕军已退,可无他虑,慢慢儿押着粮车,往灵璧营。约行数里,天色微昏,暮霭四合,野景苍茫,前面丛林错杂,浓绿成阴,只见黑压压的一团,辨不出甚么枝干。既写夜色,又点夏景。各军正放心过去,猛闻胡哨四起,钲鼓随鸣,林间杀出千军万马,冲断南军,当先驰入的统将,不是别人,就是燕王次子高煦。南军已经战乏,哪禁得这支生力军?况兼林深色暝,不知有多少人马,兵刃未交,心胆已碎,大家逃命要紧,还管那甚么粮饷?平安、何福,尚想勉力抵御,后面又来了燕王的大军,眼见得不能抵敌,只好夺路逃走,及到灵璧,不但粮车尽失,且丧师万余人,伤马三千余匹。何福、平安以下,统是相对欷歔,勉强闭寨拒守,是夜还幸没事,未见燕军进攻,只营中粮食已尽,势难复留,当由众将会议,移师至淮河就粮。何福也以为然,定于次日夜间,以放炮三声为号,一齐拔营。众将得令,好容易挨过一日,晚餐以后,各军收束停当,专待炮响起程。俄闻外面炮声已起,接连三响,正与号令相合,遂一齐开门,趋出营外。谁知四面八方,统列着燕军,一俟南军出营,捉一个,杀一个,好似砍瓜切菜一般。这一番,有分教:

  全巢尽覆无完卵,巨劫难逃尽作灰。

未知南军能否逃生,且至下回交代。

　　燕王起兵三年,身临战阵,亲冒矢石,濒死者屡矣,而卒不死,虽曰天命,要莫非自建文帝纵之。燕王无君,建文帝亦不必有叔。如以为叔侄之谊,不忍遽忘,则曷若迎归燕王,让以大位,俾息兵安民之为愈乎?乃既削燕王属籍,废为庶人,又复下诏军前,毋使朕负杀叔父名,坐使燕王放胆,任意横行,无人敢制。且闻败即惧,闻捷即喜,喜怒无常,恩威妄用,当国家多难之秋,顾可若是之胸无定见乎?燕王始终不臣,建文游移失据,成败之机,胥于此分之。故本回以燕王为宾,以建文帝为主,而军事之胜败,尚不过为一种之形容。阅者赏其词,尤当识其意,庶不负作者苦心。

第二十五回　越长江燕王入京
　　　　　　出鬼门建文逊国

　　却说何福、平安等，拔营欲走，偏遇燕军薄垒，猝不及防，而且号炮三声，也是燕军所放。燕军并不知何福号令，只因黉夜袭营，鸣炮进攻，可巧与何福号令相合，福军误为自己鸣炮，争欲出走，这真所谓冤冤相凑呢。说明前回情事。燕军趁势乱杀，顿时全营纷扰，人马蹂躏，濠堑俱满。副总兵陈晖，侍郎陈性善等三十余人，或战殁，或被执，连骁将平安，也仓猝马蹶，为燕军获住，只有何福单身逃脱。这次战事，所有南军精锐，悉数伤亡，嗣是一蹶不振。黄子澄闻报大哭道："大势已去，我辈万死，不足赎误国罪名。"你也自悔么？乃上书请调辽兵十万，至济南与铁铉合，截击燕军归路。建文帝准奏，飞饬总兵杨文，调辽兵至直沽。不料又被燕将宋贵，兜头袭击，辽兵皆溃，杨文就擒，并没有一兵一将，得至济南。

　　燕王遂长驱至泗州，收降守将周景初。安民已毕，往谒祖陵。陵下父老，都来叩见。燕王遍赐酒肉，亲加慰劳。父老皆喜，拜谢而去。燕王即欲渡淮，闻盛庸领马步兵数万，战舰数千，列淮南岸，严阵以待，恰也不敢造次进兵，乃遣使至淮安，往见驸马梅殷。只说要进香淮南，恳他假道。梅殷道："皇考有训，禁止进香，不遵先命，便是不孝。"叱使令去。使人返报，燕王大怒，复致书梅殷，略言："本藩出兵到此，为入清君侧起见，天命有归，何人敢阻？不早见机，后悔无及。"殷得书亦愤，竟将来使耳鼻，尽行割去，并语来使道："暂留你口，归报殿下，君臣大义，可不晓得么？"这语回报燕王，燕王无可奈何，另拟取道凤阳。凤阳知府徐安，闻燕王至淮，拆浮桥，匿舟楫，断绝交通。燕军又不能渡。

　　燕王踌躇一会，想出了一条好计，召邱福、朱能等入帐，密嘱令去，自引军至淮水北岸。指挥将士，舣舟扬筏，张旗鸣鼓，伪作欲渡状。南军对岸瞧着，整备兵械，严装设防，专待燕军南渡，袭击中流。哪知燕军鼓噪多时，并没有一舟一筏，渡越过来。明明有计，盛庸如何不防？南军瞪目遥望，差不多有小半日，各自还营暂息，忽营外喊声骤起，杀到许多燕军，人乱马嘶，吓得南军魂不附体。看官道这支燕军，从何而来？原来是邱福、朱能等，受了密计，带着骁勇数百人，西行二十里，从上流雇了渔舟，偷渡淮水，绕至南军营前，奋勇杀入。盛庸并不预防，还疑燕军飞到，慌忙出帐上马，意图逃走，不意马亦惊跃，反将盛庸掀了下来,庸跌仆地上,手足被伤,几乎不能动弹,亏得手下亲兵,把他扶起,掖登小舟,仓皇遁去。蛇无头不行,兵无主自乱,顿时全营大溃。燕王乘机飞渡,上岸夹击,立将南军扫净,尽获淮南战舰,遂下盱眙,陷扬州,杀死都指挥崇刚,及巡按御史王彬,别遣指挥吴庸,谕下高邮、通泰、仪真等城,遂进营高资港,舣舟江上,旗鼓蔽天。

京师震恐异常,建文帝忙遣御史大夫练子宁,侍郎黄观,修撰王叔英等,分道征兵。各镇观望不前,或且输款燕王,有意归附。还有朝上六卿大臣,恐在京遭困,多半吁请出守,以便四逸,京内越觉空虚。建文帝亦越觉惶急,没奈何下诏罪己,暗中恰召还齐泰、黄子澄,商决最后的要策。一误再误胡为乎?方孝孺入奏道:"今日事急,且许割地议和,暂作缓兵之计。俟至募兵四集,再决胜负。"此老又出迂谋。建文帝流泪道:"何人可使?"孝孺道:"不如遣庆城郡主。"建文帝点首,乃以吕太后命,遣郡主往燕营。郡主系燕王从姊,既见燕王,燕王先哭,真耶伪耶?郡主亦哭,彼此对哭一场。燕王方问道:"周、齐二王何在?"郡主道:"周王已召还京师,齐王仍在狱中。"燕王叹息不置。郡主徐申帝意,燕王道:"皇考分土,尚不能保,何望割地?且我率兵来此,无非欲谒孝陵,朝天子,规复旧章,请赦诸王,令奸臣不得蒙蔽主聪,我即解甲归藩,仍守臣礼,若徒设词缓兵,今日议和,明日仍战,徒令吾姊往返,反堕奸臣计中,我非愚人,赚我何为?"孝孺迂谋,又被燕王一口道破。郡主不便再言,只得告归。燕王送出营外,复语郡主道:"为我归谢皇上,我与皇上至亲相爱,并无歹意。只恐未必。但请皇上从此悔悟,休信奸谋!且为传语弟妹,我几不免,赖宗庙神灵,佑我至此。相见当不远了。"是满意语。

郡主还白建文帝,帝复问方孝孺,孝孺道:"长江天堑,可当百万兵,陛下不必畏惧。"还是迂谈。言未毕,锦衣卫走报,苏州知府姚善,宁波知府王琎,徽州知府陈彦回,乐平知县张彦方,永清典史周缙,各率兵来勤王了。建文帝稍稍放心,便一一召见,温言慰勉,令各出屯城外。一面命兵部侍郎陈植,往江上督师。会燕王进军瓜州,命中官狗儿,不愧燕王功狗,偕都指挥华聚,领前哨兵,出浦子口。盛庸、徐辉祖,合兵逆击,杀败狗儿、华聚等。败兵返报燕王,燕王欲议和北还,凑巧次子高煦,引兵到来,燕王大喜,忙出营相见,抚煦背道:"世子多疾,转战立功,所赖惟汝。"此语足启高煦夺嫡之心,燕王乱国不足,尚欲传诸高煦耶。高煦闻命踊跃,遂努力来击庸军,庸军小却。会侍郎陈植到营,慷慨誓师,甚至痛哭流涕,可奈军心已变,恁你舌吐莲花,也是没效。都督金事陈瑄,竟受燕王运动,领舟师往降燕王。还有陈植麾下的金都督,亦欲叛去,植窥破金意,召入诘责,不料反触动彼怒,竟将陈植杀死,率众降燕。燕王问明底细,立诛金都督,且具棺敛植,遣官送葬白石山。权术可爱。于是设祭

第二十五回　越长江燕王入京　出鬼门建文逊国

江神,誓师竞渡。舳舻衔接,旌旗蔽空,微风轻飐,长江不波,钲鼓声远达百里,南军相率骇愕。盛庸等麾众抵御,未曾交战,已先披靡,燕军前哨登岸,只有健卒数百,来冲庸军,庸军大乱,霎时尽溃。至燕王渡江后,引军穷追,直达数十里。南军除被杀外,统已散逸,单剩盛庸一人一骑,落荒走脱。燕军乘胜下镇江,拟休养数日,进薄京城。

　　建文帝闻报,徘徊殿廷,束手无策,复召方孝孺商议。孝孺请速诛李景隆,建文不从。廷臣邹公瑾等十八人,闻孝孺言,即拥景隆上殿,各举象笏,没前没后的乱击,把他打得头破血流。景隆原是可诛,但事已至此,诛亦无益。一班廷臣,攒笏乱击,更失朝仪,可笑可叹!建文帝且喝住众官,只命景隆上前奏对。景隆俯伏丹墀,叩首不已。到了后来,方说出议和二字。亏他想着。建文帝即委任景隆,令与兵部尚书茹瑺,再至燕营议和。两人见了燕王,俱伏地顿首。龟诣无耻。燕王冷笑道:"公等来此何干?"景隆接连碰头道:"奉主上命,特来乞和,愿割地分南北。"燕王不待说毕,便道:"我从前未有过举,无端加罪,削为庶人,公等身为大臣,未闻替我缓颊,今反来作说客么?我今救死不暇,要土地何用?况今割地何名?皇考已明明给我北藩,都由奸臣播弄,下诏削夺,总教缴出奸臣,我便罢兵。天日在上,决不食言!"敢问后来何故篡国?景隆等拜谢回京。建文帝令景隆再赴燕营,只说:"罪人已加窜逐,俟拿住后即当缴出。"景隆颇有难色,帝乃命诸王偕行。燕王见诸王到来,开营迎入。诸王具述帝意,燕王道:"诸弟试思上言,是真是假?"诸王齐声道:"大兄明鉴,想必不谬。"燕王道:"我此来但欲得奸臣,余无他意。"遂设酒宴饮。诸王遣使归报。廷臣以燕王不肯议和,多劝帝他徙,暂避兵锋。方孝孺独抗奏道:"京城里面,尚有劲兵二十万,城高池深,粮食充足,今宜尽撤城外民居,驱民运木入城,令北军无可依据,彼时将不战自走呢。"迂腐极矣。建文帝依计而行,令民撤屋运木。时方盛暑,居民不愿搬拆,各纵火焚屋,连日不息。孝孺复请令诸王分守都城,帝亦依言,命谷王穗、安王楹率着民兵,分段防守。齐泰、黄子澄,尚欲出外募兵,请命帝前,不待建文准奏,便即自去。泰奔广德州,子澄奔苏州,无非为避难计。建文帝不禁太息道:"事出若辈,乃弃朕远遁么?"这叫做罪归于主。正说着,外面已报燕军薄城,建文帝尚召方孝孺问计。孝孺请坚守待援,万一不济,当死社稷。可与适道,未可与权。

　　帝闻奏,倍加惶急。御史魏冕,跟跄趋入,报称左都督徐增寿密谋应燕,帝尚未信,寻复有人接连入奏,乃命左右拿到增寿,面数罪状,亲自动手,掣出佩刀,把他砍死。怒尚未息,复见翰林院编修程济,跑入殿中,大呼道:"不好了,不好了,燕军已入城了!"建文帝道:"这么容易,莫非有人内应么?"程济道:"谷王穗、李景隆等,开金川门,迎入燕王,所以京城被陷。"建文帝流泪道:"罢!罢!朕未尝薄待王公,他竟如此负心,还有何说?"程济道:"御史连楹,曾伴叩燕王马前,欲刺燕王,不幸独力难成,反被杀死。"建文帝复道:"有此忠臣,悔不重用,朕亦知过,不如从孝孺言,殉了社稷罢。"言毕,即欲拔刀自尽。少监王钺在侧,忙伏奏道:"陛下不可轻生,从前高皇帝升遐时,曾有一箧,付与掌宫太监,并遗嘱道:'子孙若有大难,可开箧一视,自有方法。'"程济插口道:"箧在何处?"王钺道:"藏在奉先殿左侧。"左右闻了此言,都说大难已到,快取遗箧开视。建文帝即命王钺取箧,须臾有太监四人,扛一红箧入殿,这箧很觉沉重,四围俱用铁皮包裹,连锁心内也灌生铁。当由王钺取了铁锥,将箧敲开。大家注视箧中,统疑有甚么秘缄,可以退敌,谁知箧中藏着度牒三张,一名应文,一名应能,一名应贤,连袈裟僧帽僧鞋等物,无不具备,并有薙刀一柄,白银十锭,及朱书一纸,纸中写着,应文从鬼门出,余人从水关御沟出行,薄暮可会集神乐观西房。建文帝叹息道:"数应如此,尚复何言?"程济即取出薙刀,与建文祝发。想曾习过薙发司务。吴王教授杨应能,因名符度牒,愿与帝祝发偕亡。监察御史叶希贤道:"臣名希贤,宜以应贤度牒属臣。"遂也把发薙下。三人脱了衣冠,披着袈裟,藏好度牒,整备出走,一面命纵火焚宫。顿时火光熊熊,把金碧辉煌的大内,尽行毁去。皇后马氏,投火自尽。妃嫔等除出走外,多半焚死。建文帝痛哭一场,便欲动身。在殿尚有五六十人,俱伏地大恸,愿随出亡。可云难得。建文帝道:"人多不便出走,尔等各宜自便。"御史曾凤韶牵住帝衣,且叩头道:"臣愿一死报陛下恩。"建文帝也不及回答,麾衣出走。那时誓死相从的,还有九人,从帝至鬼门。鬼门在太平门内,系内城一矮扉,仅容一人出入,外通水道。建文帝伛偻先出,余亦鱼贯出门。门外适有小舟待着,舟中有一道装老人,呼帝乘舟,并叩首称万岁。帝问他姓名,答称:"姓王名昇,就是神乐观住持。"奇极怪极。且云:"昨夜梦见高皇帝,命臣来此,所以舣舟守候。"想是太祖僧缘未满,故令乃孙再传衣钵。帝与九人登舟,舟随风驶,历时已至神乐观,由王昇导入观中。时已薄暮,俄见杨应能、叶希贤等十三人同至,共计得二十二人,由小子按着官衔,编次如下:

兵部侍郎廖平　刑部侍郎金焦　编修赵天泰、程济　检讨程亨
按察使王艮　参政蔡运　刑部郎中梁田玉　监察御史叶希贤
中书舍人梁良玉、梁中节、宋和、郭节　刑部司务冯㴋　镇抚牛景先、王资、杨应能、刘仲　翰林待诏郑洽　钦天监正王之臣
徐王府宾辅史彬　太监周恕

杨应能、叶希贤等见帝,尚俯伏称臣。建文帝道:"我已为僧,此后应以师弟相称,不必行君臣礼了。"诸臣涕泣应诺。廖平道:"大家随师出走,原是

第二十五回　越长江燕王入京　出鬼门建文逊国

一片诚心,但随行不必多人,更不可多人,就中无家室牵累,并有膂力可以护卫,方可随师左右,至多不过五人,余俱遥为应援,可好么?"建文帝点首称善。于是席地环坐,由王昇呈进夜膳,草草食毕。比御厨珍馐何如?当约定杨应能、叶希贤、程济三人,日随帝侧。应能、希贤称比丘,济称道人,冯㴠、郭节、宋和、赵天泰、牛景先、王之臣六人,往来道路,给运衣食。六人俱隐姓埋名,改号称呼。余十数人分住各处,由帝顺便寓居。帝复与诸人计议道:"我留此不便,不如远去滇南,依西平侯沐晟。"史彬道:"大家势盛,耳目众多,况新主意尚未释,倘或告密,转足滋害,不如往来名胜,东西南北,皆可为家,何必定去云南?"帝随口作答,是夜便寄宿馆中。天将晓,帝足痛不能行,当由史彬、牛景先两人,步至中河桥,觅舟往载。适有一艇到来,舟子系吴江人,与史彬同籍。彬颇相识,问明来意,系由彬家差遣,来探消息。彬大喜,反报建文帝,愿奉帝至家暂避。帝遂出观驾舟,同行为叶、杨、程、牛、冯、宋、史七人,余俱作别,订后会期。及舟至吴江,彬奉帝还家,居室西偏曰清远轩,帝改名水月观,亲笔书额,字作篆文。越数日,诸臣复至,相聚五昼夜。帝命归省。至燕王即位,削夺逃亡诸臣官衔,并命礼部行文,追缴先时诰敕。苏州府遣吴江邑丞巩德,至史彬家索取诰敕等件,彬与相见,巩德谓:建文皇帝,闻在君家,是否属实?彬答言未至,巩德微哂而去。建文帝闻着此信,知难久住,遂与杨、叶两比丘,及程道人,别了史彬,决计往云南去了。建文帝好文章,善作诗歌,曾记他道出贵州,尝题诗壁间,留有二律云:

　　风尘一夕忽南侵,天命潜移四海心。
　　凤返丹山红日远,龙归沧海碧云深。
　　紫微有象星还拱,玉漏无声水自沉。
　　遥想禁城今夜月,六宫犹望翠华临。

　　阅罢楞严磬懒敲,笑看黄屋寄团瓢。
　　南来瘴岭千层迥,北望天门万里遥。
　　款段久忘飞凤辇,袈裟新换衮龙袍。
　　百官此日知何处,惟有群乌早晚朝。

建文去国,京中作何情状,且待下回表明。

　　燕王渡淮,南京已不可守,此时除议和外,几无别法。然野心勃勃如燕王,岂肯就此议和,解甲归去?郡主之遣,诸王之行,益令燕王藐视。至若李景隆、茹瑺辈,伏地乞怜,更为国羞,尚何益乎?至金川门启,大内自焚,乃有建文出亡之说,红箧留贻,君臣祝发,事属怪诞不经,岂太祖果有先觉,预为乃孙计耶？或谓由青田刘基之预谋。考之正史，基亦无甚奇迹，不过建文出亡，剃度为僧，未必无据。就王鏊、陆树声、薛应旗、郑晓、朱国桢诸人，所载各书，皆历历可稽。即有舛讹，亦未必尽由附会，惟红箧事或属诸子虚耳。乃祖以僧而帝，乃孙由帝而僧，往复循环，殆亦明史中一大异事耶？

第二十六回　拒草诏忠臣遭惨戮
　　　　　　善讽谏长子得承家

却说燕王棣入京后，只魏国公徐辉祖，尚抵敌一阵，兵败出走，此外文武百官，多迎谒马前。燕王接见毕，驰视周、齐二王，相见时互相慰问，涕泪满颐，随即并辔归营，召集官吏会议。兵部尚书茹瑺，先至燕王前叩头劝进。可丑。燕王道："少主何在？"茹瑺道："大内被火，想少主已经晏驾了。"燕王蹙额道："我无端被难，不得已以兵自救，誓除奸臣，期安宗社，意欲效法周公，垂名后世，不意少主不谅，轻自捐生，我已得罪天地祖宗，哪敢再登大位，请另选才德兼备的亲王，缵承皇考大业呢。"得罪是真，辞位是假。茹瑺复顿首道："大王应天顺人，何谓得罪？"言未已，一班文武官僚，都俯伏在前，黑压压跪满一地，齐声道："天下系太祖的天下，殿下系太祖的嫡嗣，以德以功，应正大位。"何功何德。燕王犹再三固辞，群臣固请不已。燕王道："明日再议。"翌晨，群臣又叩营劝进。燕王乃命驾入城，编修杨荣迎谒道："殿下今日先谒陵呢？先即位呢？"也是无聊之言。燕王闻言，即命移驾谒陵，一面令诸将守城，大索齐泰、黄子澄、方孝孺等，分别首从，悬赏通缉。至谒陵礼毕，复回京安抚军民，并谕王大臣道："诸王群臣，合词劝进，我实不德，未能上承宗庙，怎奈固辞不获，只得勉徇众志。王大臣等各宜协力同心，匡予不逮！"王大臣等唯唯听命。遂诣奉天殿即皇帝位，受王大臣朝贺。可谓如愿以偿。

先是建文中有道士游行都市，信口作歌道："莫逐燕，逐燕日高飞，高飞上帝畿。"都人不解所谓，已而道士杳然。至燕王即位，方惊称道士为神，这也不必细表。单说燕王即位，下令清宫三日，诸宫人女官太监，多半杀死，惟前曾得罪建文，方得宽宥。燕王召宫人内侍，询以建文所在。宫人等无从证实，把马皇后残骸，称为帝尸。乃命就灰烬中拨出尸首，满身焦烂，四肢残缺，辨不出是男是女，只觉得惨不忍睹。燕王也不禁垂泪道："痴儿痴儿？何为至此？"试问是谁致之？是时，侍读王景在侧，由燕王问他葬礼。王景谓当以天子礼敛葬。燕王点首，便令将马后残尸，敛葬如仪。猫拖老鼠假慈悲。忽有一人满身缟素，趋至阙下，伏地大哭，声震天地。燕王闻着，即喝令左右速拿，当由

第二十六回　拒草诏忠臣遭惨戮　善讽谏长子得承家

镇抚伍云，拿住入献。燕王凝视道："你就是方孝孺么？朕正要拿你，你却自来送死。"孝孺抗声道："名教扫地，不死何为？"燕王道："你愿就死，朕偏待你不死，何如？"言讫，命左右带孝孺下狱。原来燕王大举南犯，留僧道衍辅佐世子，居守北平。道衍送燕王出郊，跪启道："臣有密事相托。"燕王问是何事？道衍道："南朝有文学博士方孝孺，素有学行，倘殿下武成入京，万不可杀此人。若杀了他，天下读书种子，从此断绝了。"虽是器重孝孺，未免言之太过。燕王首肯，记在心里，所以大索罪人，虽列孝孺为首犯，意中恰很欲保全，迫他臣事。且召他门徒廖镛、廖铭等，入狱相劝。孝孺怒叱道："小子事我数年，难道尚不知大义么？"廖镛等返报燕王，燕王也不以为意。

未几，欲草即位诏，廷臣俱举荐孝孺，乃复令出狱。孝孺仍衰经登陛，悲恸不已。燕王怡降座慰谕道："先生毋自苦！朕欲法周公辅成王呢。"孝孺答道："成王何在？"燕王道："他自焚死了。"孝孺复道："何不立成王子？"燕王道："国赖长君，不利冲人。"孝孺道："何不立成王弟？"燕王语塞，无可置词，勉强说道："此朕家事，先生不必与闻。"遁辞知其所穷。孝孺方欲再言，燕王已顾令左右，递与纸笔，且婉语道："先生一代儒宗，今日即位颁诏，烦先生起草，幸勿再辞！"孝孺投笔于地，且哭且骂道："要杀便杀，诏不可草。"燕王也不觉气愤，便道："你何能遽尔？就使你不怕死，独不顾九族么？"孝孺厉声道："便灭我十族，我也不怕。"说至此，复拾笔大书四字，掷付燕王道："这便是你的草诏。"燕王不瞧犹可，瞧着纸上，乃是"燕贼篡位"四字，触目惊心，然孝孺也未免过甚。不由的大怒道："你敢呼我为贼么？"喝令左右用刀抉孝孺口，直至耳旁，再驱使系狱。诏收孝孺九族，并及朋友门生，作为十族。每收一人，辄示孝孺。孝孺毫不一顾，遂一律杀死。旋将孝孺牵出聚宝门外，加以极刑。孝孺慷慨就戮，赋绝命词道："天降乱离兮，孰知其由？奸臣得计兮，谋国用犹。忠臣发愤兮，血泪交流。以此殉君兮，抑又何求？呜呼哀哉！庶不我尤。"孝孺弟孝友，亦被逮就戮，与孝孺同死聚宝门外。临刑时，孝孺对他泪下，孝友口占一诗道："阿兄何必泪潸潸，取义成仁在此间。华表柱头千载后，旅魂依旧到家山。"都人称为难兄难弟。可惜愚忠。孝孺妻郑氏，及二子中宪、中愈，皆自经。二女年未及笄，被逮过淮，俱投河溺死。宗族亲友，及门下士连坐被诛，共八百七十三人，廖镛、廖铭等俱坐死。灭人十族，不愧燕贼大名。

齐泰、黄子澄先后被执，由燕王亲自鞠讯，两人俱抗辩不屈，同时磔毙。还有兵部尚书铁铉，受逮至京，陛见时毅然背立，抗言不屈。燕王强令一顾，终不可得，乃命人将他耳鼻割下，爇肉令熟，纳入铉口，并问肉味甘否？自古无此刑法。铉大声道："忠臣孝子的肉，有何不甘？"燕王益怒，喝令寸磔廷中。铉至死犹骂不绝口，燕王复令人昇镬至殿，熬油数斗，投入铉尸，顷刻成炭。

导使朝上，尸终反身向外。嗣命人用铁棒十余，夹住残骸，令他北面，且笑道："你今亦来朝我么？"一语未完，镬中热油沸起，飞溅丈余，烫伤左右手足。左右弃棒走开，尸身仍反立如前。不愧铁铉。燕王大惊，乃命安葬。户部侍郎卓敬，右副都御史练子宁，礼部尚书陈迪，刑部尚书暴昭、侯泰，大理寺少卿胡闰，苏州知府姚善，御史茅大芳等，皆列名罪案，陆续逮至，彼此不肯少屈，备受惨毒，不是击齿，就是割舌，甚且截断手足，到了杀死以后，还要灭他三族。他如太常少卿廖昇，修撰王艮、王叔英，都给事中龚泰，都指挥叶福，衡府纪善周是修，江西副使程本立，大理寺丞邹瑾，御史魏冕，皆在燕王攻城时，见危自杀。又有礼部尚书陈迪，户部侍郎郭任，礼部侍郎黄观，左拾遗戴德彝，给事中陈继之、韩永，御史高翔、谢昇，宗人府经历宋徵，刑部主事徐子权，浙江按察使王良，漳州教授陈思贤等，先后死难。既而给事中黄钺，赴水死；御史曾凤韶，自经死；王度谪戍死；谷府长史刘璟，刘基次子。下狱死；大理寺丞刘端，被捶死；中书舍人何申，呕血死。小子也述不胜述，但就死事较烈的官僚，录写数十人。最奇怪的是东湖樵夫，姓氏不传，每日负柴入市，口不二价，一闻建文自焚，竟伏地大恸，弃柴投湖，这统叫作壬午殉难的忠臣义士。建文四年，岁次壬午，故称壬午殉难。惟左佥都御史景清，平时倜傥尚大节，至燕王即位，闻他重名，令还旧任，他仍受命不辞，委蛇朝右。有人从旁窃笑，说他言不顾行，偷生怕死，他也毫不为意。迁延至两月余，钦天监忽奏称异星告变，光芒甚赤，直犯帝座。燕王颇为留意。八月望日，燕王临朝，蓦见景清衣绯而入，未免动疑。朝毕，景清忽奋跃上前，势将犯驾，燕王立命左右将他拿下，搜索身旁，得一利刃，便叱问意欲何为？清慨然道："欲为故主报仇，可惜不能成事。"燕王大怒，把他剥皮。清含血直喷御衣，谩骂至死，骨肉被磔，悬皮长安门。一日，燕王出巡，驾过门右，所悬的皮，自断绳索，扑向燕王面前。燕王很是诧异，立命取皮付火。既而昼寝，梦清仗剑入宫，突然惊觉，愤愤道："何物鬼魂，还敢作祟？"随令夷灭九族，辗转牵连，称为瓜蔓抄，株累甚众，村落为墟。淫刑以逞，何苦乃尔？自是建文旧臣，除归附燕王外，死的死，逃的逃，只魏国公徐辉祖，与燕王为郎舅亲，燕王不忍加诛，亲自召问。辉祖垂泪，不发一言，似受教桃花夫人，不免太怯。遂命下法司审治，迫他引罪自供。辉祖不言如故，惟索笔为书，写着父为开国功臣，子孙免死数字。难辞偷生之诮。燕王览后，越加动怒，转念他是元勋后裔，国舅至亲，究应特别从宽，只削爵勒归私第。追封徐增寿为武阳侯，进爵定国公，子孙世世袭爵。一来是悯他被杀，二来是令继中山。徐达封中山王，曾见前文。燕王又想到驸马梅殷，尚驻兵淮上，未免可虑，遂迫令宁国公主，啮指流血，作书招殷。殷得书恸哭，并问建文帝下落。来使答言出亡。殷喟然道："君存与存，我且忍死少待。"乃偕来使还

第二十六回　拒草诏忠臣遭惨戮　善讽谏长子得承家

京。燕王闻殷至，下殿迎劳道："驸马劳苦。"殷答道："劳而无功，徒自汗颜。"燕王默然，心中很是不乐，只因一时不便加罪，且令归私第，慢慢儿的设法，事见下文。直诛其隐。

且说燕王怀恨建文，始终未释，乃下诏革去建文年号，凡建文中所改政令条格，一概废去，仍复旧制。且追夺兴宗孝康皇帝庙号，仍谥懿文太子，迁太后吕氏至懿文陵，废兴宗子允熥、允熞为庶人，禁锢凤阳。只兴宗少子允熙，令随母居陵，改封瓯宁王，奉太子祀。四年后邸中被火，允熙暴卒，或疑为燕王所使，未知是否。建文帝长子文奎，曾立为皇太子，至是年才七龄，燕王遍觅不得，大约是随后马氏，投入火中。少子文圭，只二岁，时尚未死，幽住中都广安宫，号为建庶人。自命为周公者，乃作此举动乎？改建文四年为洪武三十五年，以明年为永乐元年，大祀天地于南郊，颁即位诏，大赦天下。命侍读解缙，编修黄淮，入直文渊阁，侍读胡广，修撰杨荣，编修杨士奇，检讨金幼孜，同入直预机务，称为内阁。内阁之名自此始。参预机务亦自此始。"九天阊阖开宫殿，万国衣冠拜冕旒"，依然是升平盛世了。语带讽刺。后来燕王棣庙号成祖，史家都称他成祖皇帝，小子也不得不依样称呼，改名燕王为成祖。言下有不满意。且燕王即位有日，至是始呼成祖寓贬之意益见。成祖复大封功臣，公爵二人，侯爵十四人，伯爵亦十四人，叙次如下：

邱福淇国公	朱能成国公	张武成阳侯	陈珪泰宁侯	郑亨武安侯
孟善保安侯	火真同安侯	顾成镇远侯	王忠靖安侯	王聪武成侯
徐忠永康侯	张信隆平侯	李远安平侯	郑亮成安侯	房宽思恩侯
王宁永春侯	徐祥兴安伯	徐理武康伯	李浚襄城伯	张辅信安伯
唐云新昌伯	谭忠新宁伯	孙岩应成伯	房胜富昌伯	赵彝忻城伯
陈旭云阳伯	刘才广恩伯	王佐顺昌伯	茹瑺忠诚伯	陈瑄平江伯

前此战死将士，尽行追封。周、齐、代、岷四王，统复原爵，各令归国。谷王橞以开门功，厚加赏赐，改封长沙。惟宁王权被诱入关，曾由成祖面许，事成后当平分天下。及成祖即位，搁置不提，但把他留住京师。想是贵人善忘。宁王权也不敢争约，只因大宁残破，势无可归，乃上书乞徙封苏州。成祖不许，权复乞徙封钱塘，又不许。两地逼近南京，所以成祖不许。宁王屡不得请，竟屏去从兵，只与老中官数人，偕往南昌，卧病城楼，久不还京。成祖乃把南昌封他，就布政司署为王邸，瓴甋规制，一无所更。权亦自是韬晦，惟构精庐一区，读书鼓琴，不问外事，才得保全性命。总算明哲保身。

成祖立妃徐氏为皇后，后系徐达长女，幼贞静，好读书，册妃后，孝事高皇后。高皇后崩，后蔬食三年。至靖难兵起，世子高炽居守，一切部署，多由后悉心规画。及立为皇后,上言:"南北战争,兵民疲敝,此后宜大加休息,所有贤才,皆高皇帝所遗,可用即用,不问新旧。"成祖深为嘉纳。当追封徐增寿时,后又力言椒房至戚,不应加封,成祖不从,竟封定国公,命子景昌袭爵。后闻命,以意所未愿,竟不致谢。悍如成祖,有此贤后,也是难得。成祖也不加诘责。惟成祖三子,统系后出,后位既定,应立太子,高煦从战有功,不免自负,意图夺嫡,暗中运动淇国公邱福,驸马王宁,密白成祖,请立高煦。成祖亦以高煦类己,有意立储,独兵部尚书金忠,力持不可。金忠由道衍所荐,随军占卜,迭有奇验,应二十一回。至是已任职兵部,恰援古今废嫡立庶诸祸端,侃侃直陈,毫不少讳。守经立说,不得目为江湖人物。成祖颇信任金忠,因此左右为难,不能骤决。是时北平已改称北京,设顺天府,仍命世子高炽居守。高煦随侍南京,设谋愈亟。金忠知不利太子,尝与解缙、黄淮等,说及此事,共任调护。会成祖以建储事宜,问及解缙。解缙应声道:"皇长子仁孝性成,天下归心,请陛下勿疑!"成祖不答。缙又顿首道:"皇长子且不必论,陛下宁不顾及好圣孙么?"原来成祖已有长孙,名叫瞻基,系世子高炽妃张氏所生。分娩前夕,成祖曾梦见太祖,授以大圭,镌有"传之子孙永世其昌"八大字,成祖以为瑞征。既而弥月,成祖抱儿注视,谓此儿英气满面,足符梦兆,以此甚为钟爱。及成祖得国,瞻基年已十龄,嗜书好诵,智识杰出,成祖又誉不绝口。解缙察知已久,遂提及长孙瞻基,默望感动主心,可谓善谏。成祖果为所动,惟尚不能决定。隔了数日,成祖出一虎彪图,命廷臣应制陈诗。彪为虎子,图中一虎数彪,状甚亲昵,解缙见图,援笔立就,呈上成祖。成祖瞧着,乃是一首五绝,其诗道:

虎为百兽尊,谁敢触其怒?
惟有父子情,一步一回顾。

瞧毕,不禁暗暗感叹。究竟世子得立与否,且看下回续表。

方孝孺一迂儒耳,观其为建文立谋,无一可用,亦无一成功。至拒绝草诏,犹不失为忠臣,然一死已足谢故主,何必激动燕王之怒,以致夷及十族,试问此十族之中,有何仇怨,而必令其同归于尽乎?燕王任情屠戮,考诸历史,即暴如桀纣,亦不至若是之甚。一代忠臣义士,凌夷殆尽,而懿亲如徐辉祖、梅殷,亦不肯轻轻放松,甚至兄嫂之尊,亦视若仇雠,贬死侮生,不顾后议。惟于党恶诸臣,则不问是非,悉加封赏,翘首天阍,胡为使此阴贼险狠之叛王,得享其成耶?本回详叙死难诸臣,旌之也。历叙封赏诸臣,愧之也。后文立储一段,几又启骨肉相争之祸,微金忠、解缙之力谏,则喋血萧墙,燕王将及身见之矣。不令燕王得见此祸,吾犹恨天谴之未及也。昭昭者天,梦梦者亦天,读此回令人感慨无穷。

第二十七回　梅驸马含冤水府
　　　　　　郑中官出使外洋

　　却说成祖得解缙诗，知他借端讽谏，心中很是感叹。寻复问及黄淮、尹昌隆等，大家主张立嫡，乃决立世子高炽为皇太子，高煦封汉王，高燧封赵王。煦应往云南，燧应居北京，燧本与太子留守北平，奉命后没甚异议，独高煦怏怏不乐，尝对人道："我有何罪？乃徙我至万里以外。"于是逗留不行。成祖恰也没法，暂且听他自由，后文再表。

　　单说成祖杀戮旧臣，不遗余力，只盛庸留镇淮安，反封他为历城侯。想由前时屡纵燕王，因此重报。李景隆迎降有功，加封太子太师，所有军国重事，概令主议。导臣不忠，莫妙于此。又召前北平按察使陈瑛，为副都御史，署都察院事。瑛滁州人，建文初授职北平，密受燕府贿赂，私与通谋，为佥事汤宗所劾，逮谪广西，至是得成祖宠召，好为残刻，遇狱事，往往锻炼周纳，牵连无辜。狱囚累累，彻夜号冤，两列御史掩泣，瑛独谈笑自若，且语同列道："此等人若不处治，皇上何必靖难。"因此忠臣义士，为之一空。未几，又诬劾盛庸心怀异谋，得旨将盛庸削爵，庸畏惧自杀。不死于前，而死于后，死且贻羞。耿炳文有子名浚，曾尚懿文太子长女，建文帝授为驸马都尉，成祖入京，浚称疾不出，坐罪论死。炳文自真定败归，郁郁家居，瑛又与他有隙，捕风捉影，只说炳文衣服器皿，有龙凤饰，玉带用红笺，僭妄不道。这一语奏将上去，正中成祖皇帝的猜忌，立饬锦衣卫至炳文家，籍没家产。炳文年将七十，自思汗马功劳，徒成流水，况复精力衰迈，何堪再去对簿，索性服了毒药，往地下寻太祖高皇帝，替他执鞭去了。语冷而隽。李景隆做了一年余的太师，也由瑛等联结周王，劾他谋逆，遂致夺职，禁锢私第，所有产业，悉数归官。这却应该。

　　自此陈瑛势焰愈盛，迎合愈工，忽想到驸马梅殷，与成祖不协，应前回。遂又上了一道表章，略称殷畜养亡命，与女秀才刘氏朋邪诅咒等情。成祖即谕户部尚书，考定公侯伯驸马仪仗人数，别命锦衣卫执殷家人，充戍辽东。至永乐三年冬季，召殷入朝，都督谭深，指挥赵曦，奉成祖命，迎接殷驾，并辔至笪桥下，竟将殷挤入水中，殷竟溺死。谭、赵二人非密授成祖意旨，安敢出此？谭、赵二人，返报成祖，只说殷自投水，成祖不问。其情愈见。偏都督同知许成，备知二人谋杀底细，原原本本，据实陈奏。成祖不便明言，只得将谭、赵二人逮系，命法司讯实惩办。那时宁国公主，闻着凶耗，竟趋入殿中，牵衣大哭，硬要成祖赔她驸马。这一着颇是厉害。成祖好言劝慰,公主只是不受,一味儿乱哭乱撞。还是徐皇后出来调停,好容易劝她入宫,一面启奏成祖,立诛谭、赵,并封她二子为官,算做偿命的办法。成祖不好不从,即封她长子顺昌为中府都督同知,次子景福为旗手卫指挥使,并命把谭深、赵曦限日正法。两人真十足晦气。一面遣中官送归公主,为殷治丧,赐谥荣定,特封许成为永新伯。偏他恰是交运。梅殷麾下,有降人名瓦剌灰,事殷有年,很是忠诚。殷死后终日恸哭。至谭、赵伏法时,他却伏阙呼吁,请断二人手足,并剖肠挖心,祭奠阴灵。成祖本已心虚,又不好不从他所请。瓦剌灰叩头谢恩,趋出朝门,立奔法场,把谭、赵二人的尸首,截断四肢,又破胸膛,挖出鲜血淋淋的一副心肠,跑至梅殷墓前,陈着祭案,叩头无数,且大哭了一场;随解下衣带,套颈自缢,一道忠魂,直往西方。不没义仆。宁国公主,至宣德九年始殁,这且搁下不提。

且说皇太子高炽,奉命南来,将职务交与高燧,自偕僧道衍等趋入京师。成祖见了高炽,不过淡淡的问了数声,及道衍进谒,恰赐他旁坐,推为第一功臣,立授资善大夫,及太子少师,并命复原姓,呼为少师而不名。好一个大和尚。道衍舞蹈而出,扬扬自得,至长洲探问亲旧,大家以道衍贵显,多半欢迎,独同产姊拒不见面,道衍不禁惊异,硬求一见。姊使人出语道:"我的兄弟曾做和尚,不闻有什么太子少师。"是一个奇妇人。道衍没法,改易僧服,仍往见姊。姊仍拒绝,经家人力劝,方出庭语道衍道:"你既做了和尚,应该清净绝俗,为甚么开了杀戒,闯出滔天大祸,害了无数好人?目今居然还俗,来访亲戚,人家羡你贵显,我是穷人,不配做你的阿姊。你去罢!休来歪缠!"快人快语,我读至此,应浮一大白。道衍不敢与辩,反被她说得汗流满面,跟跄趋出,悯悯然去访故友王宾。宾亦闭门不纳,但从门内高声道:"和尚错了!和尚错了!"八字足抵一篇绝交书。道衍乃归京,以僧寺为居宅,除入朝外,仍着缁衣。成祖劝他蓄发,不受命;赐第及两宫人,亦皆却还。至永乐十七年乃死,追封荣国公。

先是太祖在日,严禁宦官预政,在宫门外竖着铁牌,为子孙戒。建文嗣位,待遇内侍,亦从严核。至靖难兵起,宦官多私往燕营,报知朝廷虚实,应二十四回。所以成祖得决计南下,攻入京师。即位后封赏既颁,宦竖等尚嫌不足,弄得成祖无可设法。所谓小人难养。会镇远侯顾成,都督韩观、刘真、何福等,出镇贵州、广西、辽东、宁夏诸边,乃命有功的宦官,与他偕行,赐公侯服,位诸将上。既而云南、大同、甘肃、宣府、永平、宁波等处,亦各遣宦官出使,侦察外情。宦寺专横,实自此始。寻复派宦官郑和,游历外洋,名为宣示威德,实是踪迹建文。原来建文帝出亡云南,驻锡永嘉寺,埋名韬晦,人无从知,成祖疑他出亡海外,因命郑和出使,副以王景和等,特造大船六十二艘,载兵士三万七千余人,多赍金币,从苏州刘家港出发,沿海而南,经过浙、闽、两粤,直达

第二十七回　梅驸马含冤水府　郑中官出使外洋

占城。占城在交趾南，距南洋不远，当时地理未明，还道是由东至西，可以算做西洋，并呼郑和为三保太监，所以有三保太监下西洋之说。注释明晰。

郑和等既到占城，并不见有建文帝形迹，暗想建文无着，未免虚此一行，不如招致蛮方，令他入贡，方不负一番跋涉。当下与王景和等商议，决意遍历诸邦，自占城南下，直至三佛齐岛国。这岛系广东南海人王道明所辟，道明出洋谋生，得了此岛，开创经营，遂成部落，自为酋长。后为邻岛爪哇所灭，改名旧港。海盗陈祖义，又将爪哇兵民逐去，据有此地，南面称王。郑和到了旧港，别遣王景和等，率舟二十余艘，往谕爪哇婆罗洲，自领随从百人，往见祖义，并传大明天子命令，赐给金帛。祖义闻得厚赏，自然出迎，设酒款待，一住数日，郑和便劝他每岁朝贡。看官！你想这陈祖义是积年大盗，只知利己，不知利人，起初闻有金帛颁来，喜出望外，因此出迎郑和，嗣闻要他年年进贡，哪里肯割舍方物，便即出言拒绝。郑和拂袖而出，回至船上，点齐兵士，往攻祖义。祖义也出来抵敌，究竟乌合之众，不敌上国之兵，战不多时，败北而逃。郑和据住海口，与他相持。祖义穷蹙得很，遣人至邻岛乞援。不意爪哇婆罗洲各岛，已受王景和诏谕，归服明朝。去使懊丧归来，祖义越加惶急，入夜潜逃，偏被郑和探悉情形，四面布着伏兵，一俟祖义出来，把他团团围住。祖义只乘一小舟，带了三十余人，哪里还能抵敌？眼见得束手就缚，俘献和前。问你再要金帛否？和便领兵上岸，直入岛中，召集居民，宣示祖义罪状，命他另举一人，作为岛主，按时入贡，永为大明属地。岛民顿首听命，和遂押解祖义，退出岛外。再向尼科巴、巴拉望、麻尼拉等处，宣扬诏命，示以罪犯，远近震慑，纷纷归附，多愿随和入贡。

和乃回京报命，一次出洋，算是得手。成祖大喜，又命他载着金帛，遍赐归化诸邦。一帆出海，重至外洋，自三佛齐国以下，统优礼相待，奉若神明。郑和给赏已毕，复发生奇想，纵舟西航。颇有冒险性质。烟波浩渺，海水苍茫，凭着一路雄风，直达西方的锡兰国。锡兰也是一岛，孤悬海表，岛中气候极热，不分冬夏，草木蕃盛，禽兽孳生。居民多系巫来由种，酋长叫作亚列苦奈儿，郑和到此，亚列苦奈儿恰也出迎，又是一个陈祖义。引和遍观猛兽，曲示殷勤。原来亚列苦奈儿，喜蓄虎豹狮象，遇着闲暇，辄弄狮为乐，居民得罪，便投畀虎豹，任他争食。郑和不知底细，经亚列苦奈儿与他说明，才觉惊异起来。越日，亚列苦奈儿复请和观狮斗，和恐他怀着异心，托疾不往，遣人探视，果得亚列苦奈儿狡情，意欲嗾狮噬和，和遂潜身遁去。看官阅此，或疑和在异域，语言不通，如何能察悉异谋？这是情理上应该表明。原来隋唐以后，已有我国商船，往来南洋，能通蛮语。此次郑和出使，即雇商人为向导，彼此语言，由他翻译，所以外域情形，不难侦悉。亚列苦奈儿自知谋泄，即发兵民数千，追捕郑和。和已早至舟中，运兵登陆，准备厮杀。亚列苦奈儿不识好歹，与他搏斗，有败无胜。后来又放出虎豹狮象，作为前驱，来冲和军。和军备有巨炮，轰将过去，这种虎豹狮象，忍不住苦痛，望后奔逸，反冲扰亚列苦奈儿的兵民。亚列苦奈儿大败逃归，和军乘胜进击，如入无人之境，不一日捣破巢穴，生擒亚列苦奈儿，几似《三国演义》中之木鹿大王，但彼系虚造，此实真事。并将他所有妻子，一古脑儿捉来，二次又得手了。槛送到京。成祖越加喜慰，至郑和谒见时，慰劳备至，厚给赏赐。

郑和休息数月，又自请出洋，成祖自然准奏，驾轻就熟，往至南洋一大岛中。这岛叫作苏门答剌，也有国王、世子。世子名叫苏干利，得罪国王，将他下狱。世子的爪牙心腹，没命的跑至海口，适值郑和到来，与他相遇，他便一一详告，和遂乘机出兵，助他一臂。那时内应外合，岛中大乱，国王不能支持，立即远飏。苏干利出狱为王，和令他称臣入贡，苏干利恰又不允。和怒道："忘恩负义，如何立国？"遂麾兵进薄王宫，宫墙高峻得很，仿佛似一座大城，苏干利募兵固守，急切不能攻下。和四面布兵，把王宫围得水泄不通，宫中无粮可食，无水可汲，只有数十头牺畜，宰杀当粮，也不足一饱。苏干利无法可施，不得已夺门逃走，和军掩杀过去，顿将他一鼓擒住。当下抚定岛民，别立新主，与他订了朝贡的约章，然后敛兵退出，转至邻近各岛，无不望风投诚，愿遵约束。和复西南航行，绕出好望角东北，直至吕宋。吕宋国王，亦奉币称臣，然后还京。郑和三次出洋，屡擒番酋，论其功绩，不亚西洋哥伦布。

后来复屡往南洋，直至七次，有一次骤遇飓风，天地为昏，波涛汹涌，和所率六十余船，多半漂去，等到日暮风息，只剩了十多艘，所失不可胜计。惟成祖好大喜功，因郑和出洋以后，虽不获建文踪迹，却能使南洋各国，尽行归化，也要算他是一位佐命功臣，一切耗失，悉数不问。南洋商民，欣羡中国货物，多来互市，中国东南海中，尝有番舶出没，自是航路日辟，交通日盛，渐渐的成为华洋通商时代了。

这时候的安南国，适有内乱，又惹起一场南征的兵事来。说来话长，小子且略叙本末，方好说到战事。安南古名交趾，元时曾服属中国。洪武初，国王陈日煃，遣使朝贡，得太祖册封，仍使为安南国王。日煃卒，兄子日熞嗣位，熞兄叔明，弑熞自立，复遣使入贡明廷。廷臣以王名不符，请旨斥责，叔明乃上书谢罪，愿让位于弟日煓。日煓忽殂，弟日炜嗣。煓、炜相继为王，暗中大权，实仍由叔明把持。叔明与占城构兵数年，战争不息，其女夫黎季犛，颇有智勇，击退占城兵，与叔明并执国政。叔明病死，季犛独相，竟弑了国王日炜，别立叔明子日焜。未几，又将日焜弑死，并将他二子颙奃，陆续杀毙，遂大戮陈氏宗族，立子苍为皇帝，自为太上皇，诈称系舜裔胡公满后人，国号大虞，纪元天圣。想只知一胡公满，故不惮改黎为胡。适值成祖即位，竟上表称贺，季犛改名胡一元，苍改名为奆，且诡言陈氏绝后，奆是陈甥，为众所推，权署国事。成祖亦防他是诈，传谕安南国陪臣耆老，询明陈氏有无后嗣？胡奆遣使还奏，仍照前言，成祖乃循例加封。不意安南旧臣裴伯耆，诣阙告难，接连是故王日煃弟天平来奔，请兵复仇，成祖立遣使赴安南，责问胡奆篡弑罪状。胡奆与乃父商议，想出一条调虎离山的计策，愿请陈天平归国，成祖信为真言，命都督佥事黄中、吕毅，大理卿薛嵒，率兵五千，护天平南归。既到芹站，山路奇险，林菁丛深，军行不得成列，突遇伏兵四起，鼓噪而前，天平不及防备，被他杀死，薛嵒亦遇害，黄中、吕毅，夺路窜还，才得保全首领。当下拜表至京，恼动了成祖皇帝，遂发大兵八十万，命成国公朱能等，祃牙南征，正是：

　　　　　　不殊汉武开边日，犹是元廷黩武时。

　　欲知南征情状，且至下回再详。

　　本回前段是承接上文，大意已见前评，惟梅殷溺死，显系谭深、赵曦默承上意而为之，成祖之刻，于此益见。诛谭赵，官梅殷二子，只足以欺妇人，不足以欺后世。且薄待懿亲，重用阉寺，酿成一代厉阶，更为失德之尤。呜呼成祖！倒行逆施，不及身而致乱，其殆徼有天幸乎？后半叙郑和出使事，虽宣威异域，普及南洋，为中国历史所未有，然以天朝大使，属诸阉人，亵渎国体，毋亦太甚。且广赍金帛，作为招徕之具，以视西洋各国之殖民政策，何其大相径庭耶？人称郑和为有功，吾独未信。

第二十八回　下南交杀敌擒渠　　出北塞铭功勒石

　　却说成国公朱能，受命为征夷大将军，统师南行，西平侯沐晟，新城侯张辅为副，以下共有二十五将军，及兵士八十万，分道并进，一军出广西，一军出云南。朱能到了龙州，得病身亡，有旨以张辅升任。辅自广西出兵，进破隘留、鸡陵二关，南抵芹站，搜捕伏兵，造桥济师。沐晟亦由蒙自进军，拔木通道，斩关夺隘，立营白鹤江，遣使至张辅军，约期相会。胡奆闻明军入境，派兵四驻，依宣江、洮江、沱江、富良江四川，树栅筑寨，绵长九百里。且沿江置桩，尽取国中舟舰，排列桩内，所有江口，概置横木，严防攻击。张辅入次富良江，命骁将朱荣，往嘉林江口，击破敌兵，再进至多邦隘。沐晟亦沿洮江北岸，与多邦隘对垒，两军南北列峙，互为声援。

多邦隘已设土城，很是高峻，城下设有重濠，濠内密置竹刺，濠外多掘坎地，守具严备，人马如蚁。张辅下令军中道："安南所恃，莫若此城，此城一拔，便如破竹。大丈夫报国立功，就在今日，若能先登此城，不惮重赏。"从张辅口中述多邦隘之险要。将士踊跃听命。辅复以夜为期，是夜四鼓，遣都督佥事黄中，率锐骑数千，赍着攻具，衔枚疾走，越重濠，架云梯，缘城而上，指挥蔡福等先登，诸军后继，霎时间万炬齐明，铜角竞响，敌兵仓皇失措，矢石不得发，皆退走城下。蔡福入城破扉，放入大军，与敌兵巷战起来。敌驱大象出阵，尽力冲突，几不可当，谁知张辅军中，忽拥出无数猛狮，两旁护着神铳，随狮进去，接连击射。大象见了猛狮，立即返奔，自相蹴踏，又被一阵铳击，害得人象并仆，血肉模糊，敌酋梁民献、祭伯乐等，同时被杀，余众半死半逃，由辅军穷追数十里，斩馘了好几万名。

看官听着！这象阵是南方惯习，倒也没甚希奇，惟张辅阵中，如何得了许多猛狮？几令人莫明其妙。实在大象是真的，猛狮是假的。张辅身在军中，早探悉城栅中间，列有象阵，暗地里裂布绘狮，蒙在马上，一俟象阵冲来，便将假狮突出。究竟象是畜类，不知真假，蓦见狮至，尽皆却走。就是蒙马虎皮的法儿。辅军因获大胜，长驱薄东西两都。东都即古龙编城，西都即古九真城。张辅、沐晟至东都，一鼓即下，遣参将李彬向西都。西都守将，亦闻风遁去。三江州县，次第归降。辅、晟两军，复节节进剿，连败敌兵。到了胶水县闷海口，地势潟暑，不便驻兵，敌众却负屿自固，辅与晟商定秘计，佯为退师，至咸子关，令都督柳升驻守，大军竟退至富良江。果然敌舰纷来，佐以步卒，水陆兵不下数万，辅麾兵回击，大败敌众，斩首无算，江水为赤。又南追入闷海口，季犛父子，仅率数小舟，向海门泾遁去，适遇水涸，弃舟登岸，辅等率舟师追至，被胶不得前，忽天大雷雨，水涨数尺，各舟毕渡。咸称天助，乃飞檄柳升夹攻，水陆并进。直至奇罗海口，由柳升部下王柴胡，擒住季犛及其子澄。次日，土人武如卿，亦缚献黎苍，及苍子芮，并苍臣黎季貔等，于是安南悉平。

辅奏称安南本中国地，陈氏子孙，已被黎氏戮尽，无一子遗，不若改为郡县，如中国制，或得一劳永逸云云。成祖准奏，乃置交趾布政使司，都指挥司，按察司，分十七府，设四十七州，一百五十七县，卫十二，所一，市舶司一，改鸡陵关为镇彝关，以尚书黄福兼布按二司，都督吕毅为都司，黄中为副。布置已定，先由都督柳升，槛送黎季犛父子至阙前。成祖御奉天门受俘，置季犛及子苍于狱，赦澄及芮。既而出季犛戍广西，释苍居京师，封张辅为英国公，沐晟为黔国公，所有将士，封赏有差。凯奏时，饮至受赏，成祖且亲制平安南歌，作为宠锡，这是永乐六年春间事。不遗年月。

孰料由春至秋，仅历半年，安南复乱，免不得又要劳师。夷性难驯。先是明军至安南，陈氏故官简定出降，随征黎氏，颇得战功。嗣因安南平定，不复立陈氏后，心中不服，乘间脱逃至化州，联合群盗邓悉等，自称日南王，国号大越。乘大军北还，出攻咸子关，扼三江府往来要道。简定对于陈氏，不可谓不忠，但反抗明朝，未免不度德，不量力。诸州县相率响应，黎氏余党，亦多往附。内有陈季扩、邓景异等，尤称猖獗。交趾布政司黄福，飞奏至京，亟请增兵。成祖立命黔国公沐晟，发兵数万，由云南出征。且令兵部尚书刘儁，往赞军事。沐晟率军南下，至生厥江，与简定相遇，彼此交锋，简定佯败却走。刘儁等驱军追赶，不防陈季扩、邓景异等，两路杀出，冲动阵势，竟致大乱。刘儁马蹶被执，都督吕毅，及布政使参政刘昱等皆战死。这是狃胜而骄之故。沐晟仓猝收军，计已伤亡万人，没奈何奏报败状。成祖也出了一惊，只好再请出英国公张辅，令他前往。又命清远侯王友为副帅，率师二十万启行。这边尚在中途，那边情形又变，简定为陈季扩所逼，将王位让与季扩，自称上皇。季扩系蛮人，诡托陈氏后裔，号召全国。蛮人有何知识，信以为真，大众趋附，势愈猖獗。邓景异恰进攻盘滩，守将徐政阵亡。沐晟沿边固守，专待辅军到来。至永乐七年秋季，辅军方至，进薄咸子关。安南兵联舟蔽江，不下千艘，辅饬各军乘风纵火，猛烧敌舰。敌众惊溃，溺死无算。生擒敌目二百余人，获船四百余艘。邓景异等登岸狂奔，辅麾军追杀，景异返身接仗，各用短兵相击，又敌不过辅军，败投季扩。季扩自称陈氏后人，上书乞封，辅拒绝不受，进军清化，季扩远遁。简定迟了一步，不及远行，但匿迹美良山中。辅军入山搜寻，见简定缩做一团，当即牵出，送入大营。辅遂将简定槛送京师，至即伏法。再进军追陈季扩等，至冻潮州，生擒季扩党羽范友、陈原卿等二千人，悉数坑死，筑尸为京观。

会有朝使驰至，召辅还京，留沐晟镇守。辅引军自归，晟复追陈季扩至灵长海口，击败敌众。季扩穷蹙，奉表乞降。成祖以师劳日久，姑从所请，谕令季扩为交趾右布政使。季扩阳为受命，阴仍四掠，乃复令张辅往讨。辅至安南，严申军令，都督金事黄中，违命不顺，立斩以徇，众皆股栗，相率用命。于是与沐晟合军，决计平寇，越月常江，渡神投海，过西心江，至爱子江，所有沿途敌众，尽行扫荡。敌将阮师桧，以象阵来攻，辅亲为前驱，连发二矢，一矢将象奴射落，再矢将象鼻射破，象惊跃四散，敌众大愕。前用象阵，为辅所败，至此复用象阵，真是呆鸟。经辅军乘势掩击，顿将敌兵冲成数截，乱斫乱剁，杀得尸横遍野，血流成渠。阮师桧窜入深山，由辅率将校徒步入捕，竟得寻获。邓景异也在山中，一并拿住，立刻磔死。陈季扩出走老挝，都指挥师祐蹑迹穷追，攻破老挝三关，蛮人溃散。只剩陈季扩及妻妾数人，生絷以归。辅命囚解至京,双双斩首。与妻妾同时伏法,可谓不愿同日生,只愿同日死。自辅三下安南,三擒伪王,威震蛮服,无不畏怀。成祖暂命留守交趾,南陲得以无事。

小子且把南方搁下,再叙及北方时事。从前元嗣主脱古思帖木儿,为明将蓝玉所破,败走喀喇和林,应十九回。至土拉河畔,为长子也速迭儿所弑,部众不服,相率离散。是时,蒙古疏族帖木儿,方平定中央亚细亚,统辖西域诸汗国,略印度,破埃及,声势大震。元初分封诸王,西北一带,有察合台、窝阔台、伊儿、钦察四汗国。窝阔台国先亡,余汗亦次第衰微。帖木儿起自察合台国,并有各地,参阅作者《元史演义》便见详情。闻元嗣为明军所逼,窜走一隅,不禁愤怒起来,遂招集残元部众,大举东征,竟欲恢复中原,统一世界。好大志向。军报直达南京,成祖忙饬西宁卫守将宋晟,统率陕甘各军,加意守御。幸帖木儿在道病殁,西徼少安。帖木儿子孙争位,无暇及明,蒙族终致不振。也速迭儿篡位后,国中弑戮相寻,数传至坤帖木儿,又为臣下鬼力赤一作郭勒齐。所弑,自去蒙古国号,别称鞑靼可汗。元室改号鞑靼,以此为始。部民以鬼力赤并非元裔,多不从命。元太祖弟溯只后裔阿噜台乘间杀鬼力赤,迎立坤帖木儿弟本雅失里为汗,自为太师,号召四方,渐臻强盛。鞑靼西边有瓦剌部,为元臣猛可帖木儿后裔,与鞑靼不睦,酋长叫作玛哈木,成祖起兵北平,曾防玛哈木内袭,与他通和。及入京为帝,封玛哈木为顺宁王。玛哈木恃有内援,遂常与鞑靼为难。借他人以敌同族,玛哈木也是失算。阿噜台往击瓦剌,反为所败。成祖闻他互相仇杀,亦欲乘此机会,收服鞑靼。永乐六年,特遣降臣刘铁木儿不花,持着玺书,并织锦文绮等物,往抚鞑靼汗本雅失里,本雅失里不受命。越年,又遣给事中郭骥往谕,竟为所杀。成祖不便罢手,遂授淇国公邱福为征虏大将军,偕王聪、火真、王忠、李远等,统兵十万,北征鞑靼。一面先谕瓦剌部,出兵夹攻。瓦剌部酋玛哈木,不待邱福兵至,已袭破鞑靼都城。本雅失里与阿噜台,徙居胪朐河旁。

邱福一至,探悉鞑靼已败,总道是势穷力蹙,立可扫灭,遂率轻骑千人先行,途次遇鞑靼游兵,迎头击破,追杀过河,擒住敌目一人,问明本雅失里下落。敌目答已仓皇北走,去此不过三十里。福大喜道:"擒贼先擒王,此行定可得手了。"参将李远谏道:"敌众恐有诈谋,须侦查确实,方可进兵。且后军尚未到齐,姑俟大兵会集,再进未迟。"福怒道:"你敢挠我军心么?敌酋在前,不擒何待?"一闻谏言,便即动怒,活画邱福卤莽。李远又道:"将军辞行时,皇上亦再三告诫,兵宜慎重,毋为敌绐,难道将军忘了不成?"借李远口中,补出成祖嘱语。邱福愈怒道:"将在外,君命有所不受,你妄托天子威灵,敢来哓舌。军法具在,莫怪无情。"李远不敢再言。王忠复力陈不可,福仍不从,麾众直

第二十八回　下南交杀敌擒渠　出北塞铭功勒石

入。蒙兵遇着，未战即走，诱至深林丛菁中，吹起胡哨，伏兵四起，把邱福等困住垓心，缭绕数匝。邱福、火真、王忠等，冲突不出，先后战殁。李远、王聪率五百骑突围出走，被敌兵追至，酣战了好几时，亦力尽身亡。后军闻警赶至，又被蒙兵大杀一阵，伤毙了一大半，余众遁还。

成祖闻报，因邱福不听良言，追夺封爵，下令来春亲征。转眼间已是永乐八年，遂率师北巡，命户部尚书夏元吉，辅皇长孙瞻基，留守北京，接运军饷。自领王友、柳升、何福、郑亨、陈懋、刘才、刘荣等，督师五十万出塞，至清水原，水多咸苦不可饮，人马皆渴，成祖方以为忧。忽西北二里许，有泉涌出，味甚甘洌，军中赖以不困。成祖赐名神应泉。再进至胪朐河，次苍山峡，前锋巡弋队获敌数人，箭一枝，马四匹，料知去敌不远，遂由成祖下令，渡河前进。本雅失里不敢接战，北走斡难河。即元太祖肇兴地。成祖饬众奋追，至斡难河畔，追及本雅失里，驱杀过去，大败敌众。本雅失里弃辎重牲畜，只率七骑遁去。先是本雅失里闻帝亲征，拟与阿噜台率众西遁，阿噜台不从，于是君臣离析，本雅失里走而西，阿噜台走而东。成祖以本雅失里远遁，不欲穷追，即命移师征阿噜台，时已盛暑，兵行沙漠，挥汗如雨，日间不便跋涉，只好乘夜东行。既渡飞云壑，侦悉阿噜台住处，便遣使持敕谕降。阿噜台诡言遵谕，即派数骑随使报命，自率精锐潜蹑于后。成祖得去使还报，即登高东望，遥见数里以外，尘土飞扬，差不多有千军万马，急奔而来，不禁瞿然道："阿噜台既云来降，为何带此重兵？莫非前来袭我么？"处处留心，确是智囊。亟命诸将严阵以待。阿噜台到了阵前，果然纵兵入犯，成祖麾令奋击，铳、矢齐发，射中阿噜台马首，阿噜台翻落马下，至部兵扶起阿噜台，众已大乱。阿噜台料知不支，易马返奔，被明军追杀过去，好似风扫落叶，顷刻而尽。成祖以天气过热，收军还营，休养一日，即命班师。阿噜台闻大军退去，又派残骑尾行，成祖正防他来袭，沿途设伏，佯令数人满载辎重，在后尾随。蒙骑贪掠货物，竞来争夺，猝遇伏发，四面围攻，杀得一骑不留，乃安安稳稳的奏凯而回。还次擒狐山，勒石铭功，有"瀚海为镡，天山为锷，一扫风尘，永清朔漠"十六字。再还次清流泉，有"于铄六师，禁暴止侮，山高水清，永彰我武"十六字。至七月中旬，始至北京，御奉天殿，大受朝贺，论功行赏有差。

诸将方共庆功，不意都御史陈瑛，竟劾奏宁远侯何福，私怀怨望。成祖以福为建文旧臣，未免动疑，福竟惧罪自缢。那时成祖闻知，未免怏怏不乐。过了秋季，启跸南归，行至山东临城县，侍妃权氏，忽得暴疾，竟尔逝世，累得成祖哀悼异常。小子有诗咏道：

　　赤日炎炎扈六飞，王师力敝始南归。
　　临城一恸红颜逝，不重功臣重爱妃。

欲知权妃来历,且至下回表明。

明代之好大喜功,莫如成祖,观其讨安南,征漠北,莫非穷兵黩武之举。彼盖因得国未正,惧贻来世口实,不得不耀武扬威,期盖前愆于万一,然已师不胜劳,财不胜费矣。成国公张辅,颇有远图,不特三擒番酋,叠著奇功,即如建设郡县,主张殖民,实不愧为拓边胜算。假令长畀镇守,教养兼施,吾知南人当不复反矣,何至后日之屡服屡叛乎?成祖志在张威,不在务本,故于张辅之三下安南,暂命留守,未几即行召还,而漠北一役,未曾平定蒙族,即铭功勒石,自夸功绩,谓非好大喜功不得也。成祖之成,殆不能无愧云。

第二十九回　徙乐安皇子得罪　闹蒲台妖妇揭竿

却说成祖南返临城,遇爱妃权氏病逝,不觉哀恸异常。小子欲述权氏来历,还须先将徐后事,补叙出来。徐皇后秉性贤淑,善佐成祖,成祖亦颇加敬爱,所有规谏,多半施行。后常召见各命妇,赐冠服钞币,并婉谕道:"妇人事夫,不止馈食衣服,须要随时规谏。朋友的言语,有从有违,夫妇的言语,婉顺易入。我旦夕侍上,尝以生民为念,汝等亦宜勉力奉行"云云。嗣后复搜采女宪女诫,作内训二十篇,又类编古人嘉言懿行,作劝善书,颁行天下。永乐五年七月,忽然患病不起,竟致去世。成祖很是悲悼,特命于灵谷、天禧二寺间,荐设大斋,听群臣致祭。追谥仁孝皇后,历六年方安葬长陵。后有妹名妙锦,端静有识,成祖闻她贤名,欲聘为继后,偏偏妙锦不从。内使女官,络绎至第,宣示上意,妙锦固拒不纳。女官直入闺中,坚请妙锦出见。妙锦不得已,乃徐徐起立道:"我无妇容,不足备六宫选,乞代奏皇上,另择贤媛。"女官敦劝再三,妙锦只是不答。及女官内使,还宫复命,妙锦竟削发为尼。<u>姊为贤后,妹作贞女,可与中山王并传不朽。</u>成祖懊丧得很,不复立后,只命王贵妃摄六宫事。<u>曲摹乃父。</u>

会朝鲜国贡美女数人,内有权氏,最为娇艳,肌肤莹洁,态度娉婷,端的是闭月羞花,沉鱼落雁;又有一种特别技艺,善吹玉箫,著名海曲。成祖当面试吹,抑扬抗坠,不疾不徐,到后来兴会入神,竟把那宛转娇喉,度入箫中,莺簧无此谐声,燕语无此叶律,<u>确是美女吹箫</u>,不得移作他用。惹得成祖沉迷声色,击节称赏。曲罢入宫,即夕召幸,华夷一榻,雨露宏施,说不尽的倒凤颠鸾,描不完的盟山誓海。<u>点染风流。</u>越宿即列为嫔御,逾月复册为贤妃,授妃父永均为

第二十九回　徙乐安皇子得罪　闹蒲台妖妇揭竿

光禄卿,备极宠眷。到了成祖北征的时候,权妃请随驾同行,成祖也非她不欢,遂令她戎装偕往。至奏凯班师,权妃竟冒了暑气,恹恹成疾,红颜命薄,芳苞无灵,她尚勉强伴驾,挨到山东,至临城县行幄,实是支持不住,风凄月落,玉殒香消,可怜一载鸳俦,竟化作昙花幻影。成祖格外哀恸,赐葬峄县,亲自祭奠,予谥恭献。返京后,尚追念不置,复于朝鲜所贡美女中,选幸四人,各封女职。最美的为任顺妃,次为李昭仪,又次为吕倢伃,又次为崔美人。四女虽各具姿容,究竟色艺不及权妃,成祖无可奈何,只得将就了事。

其时有位王嫔姝,家住海南,才艺无双,永乐二年,召入宫掖,充为司彩。司彩系明宫女官,宫中聚藏缎匹,归她掌管。成祖有意召幸,尝命与权妃同辇。王氏跪启道:"妾系嫠妇,不敢充下陈,请陛下收回成命!"成祖嘉她节烈,特赐金币,许令归家。她在宫时常作记事诗,流传禁掖。小子曾记得一绝云:"璚花移入大明宫,一树芳香倚晚风。赢得君王留步辇,玉箫吹彻月明中。"此外佳句尚多,小子也记不胜记了。*徐女王嫠,俱不见正史,得此阐扬,可作彤史数则。*这且休表。

且说成祖次子高煦,本就封云南,煦不肯行,*应二十七回。*及成祖北征,煦亦随往,凯旋时,因嗣子尚留北京,请乘便挈还,暗寓深意。成祖听他所为。嗣又请得天策卫为护卫,自开幕府,未几复乘间请增两护卫,密语左右道:"如我英武,难道不配做秦王李世民么?"*居然欲杀建成、元吉。*又尝自作诗云:"申生徒守死,王祥枉受冻。"这两句诗,明明是挟恨乃父,流露夺嫡的意思。某日,成祖命太子高炽,偕煦谒孝陵,太孙瞻基亦随往。太子体肥重,且遇足疾,由两太监扶掖而行,尚屡失足,煦在后大言道:"前人蹉跌,后人知警。"语未毕,忽后面有人应声道:"还有后人知警哩。"煦闻言回顾,见是太孙瞻基发言,不禁失色。*自己心虚。*煦长七尺余,轻骁善骑射,两腋有龙鳞数片,以此自负。成祖虽已立储,心常不忘煦功,每与诸大臣微语东宫事,大臣总说是太子贤明,将来必是守成令主,因此成祖不便再言。贵妃王氏,又密受徐后遗命,始终保护太子。太子妃张氏,且亲执庖爨,事帝甚谨,为此种种原因,所以储位尚得保全。

会齐、岷二王,复以骄恣得罪,削爵废藩。*两王之废,随笔带过。*煦遂乘间进言,谮及侍读解缙,内外壅蔽,且漏泄禁中密语,应按罪惩罚等语。成祖余怒未息,便将缙谪徙广西,降为参议。会成祖北征,留太子居守南京,缙入谒太子,即还原任。*无故归谒东宫,缙亦不能辞咎。*这事被煦闻知,说他私觐东宫,必有隐谋。*几危太子。*顿时激怒成祖,立逮缙入京下狱,拷掠备至。还是缙自认罪状,一语不及太子,方得免兴大狱,但将缙囚禁天牢。后来锦衣卫掌管纪纲,受煦密嘱,令狱卒用酒饮缙,醉移雪中,活活冻毙。大理寺丞汤宗,宗人府经历高得旸，中允李贯，编修朱纮，检讨萧引高等，俱坐缙罪被系，瘐死狱中。原来太子得立，由解缙力谏所致，事为高煦探悉，衔恨切骨，定欲置诸死地。缙被诬死，还有编修黄淮，亦曾预议立储，时已升任右春坊大学士，颇得帝眷，一时动弹不得，煦尤日夜计虑，谋去黄淮，本拟联结都御史陈瑛，伺隙弹劾，不料成祖自北还南，查得瑛平生险诈，诬陷多人，竟将他下狱论死，这是好谗的果报。天下称快。只高煦失一臂助，怏怏不已。至永乐十一年间，成祖北巡，命太子监国，留辅诸臣，除尚书蹇义，谕德杨士奇，洗马杨溥外，便是学士黄淮。越年，成祖还京，太子遣使往迎，稍迟一步，煦即构造蜚语，中伤太子。成祖亦起疑心，竟将黄淮、杨溥等逮问，意欲加诛。且密令兵部尚书金忠，按验太子罪状。亏得金忠极力挽救，愿以全家百口，为太子保证，太子乃得免祸。金忠名副其实。惟黄淮、杨溥，仍系狱中，终成祖世不得释。

高煦越加骄纵，私选各卫健士为爪牙，潜图变逆。成祖稍稍察觉，乃把煦改封青州，饬令就国。煦仍奏请留传左右，不愿就道。复经成祖申谕，煦尚迁延自如，且擅募军士三千余人，不使隶籍兵部，但终日逐鹰纵犬，骚扰京都。兵马指挥徐野驴，捕得一二人，按罪惩治，煦竟到署亲索，与野驴谈了一二语，不称己意，竟从袖中取出铁爪，挝杀野驴。骄横已极。廷臣尚不敢详奏，嗣煦复僭用乘舆车服，为帝所闻，乃密询尚书蹇义，义惧煦威焰，推辞未知。及复问杨士奇，士奇顿首道："汉王初封云南，不肯行，复改青州，又仍不行，心迹可知，无待臣言。惟愿陛下早善处置，使有定所，保全父子恩亲，得以永世乐利。"还是他较为忠直。成祖默然不答。疑乎信乎？越数日，又访得高煦私造兵器，蓄养亡命，及漆皮为船，演习水战等事。于是勃然大怒，立召煦至，面诘各事。煦无可抵赖，一味支吾。当由成祖勒褫冠服，囚絷西华门内，势且废为庶人，还是太子从旁劝解。太子义全骨肉，所以后称仁宗。成祖厉声道："我为你计，不得不割去私爱，你欲养虎自贻害么？"太子泣请不已，乃削高煦两护卫，诛左右数人，徙封山东乐安州，勒令即日前行。煦计无所出，只好拜别出京，一鞭就道了。下文再表。

且说成祖既平定南北，加意内治，命工部尚书宋礼浚会通河，兴安伯徐亨，工部侍郎蒋廷瓒、金纯，浚祥符县黄河故道。漕运既通，河流亦顺，又命平江伯陈瑄，督筑海门捍潮堤八十余丈。且于嘉定海岸，培筑土山，以便海舟停泊。山周四百丈，高五十余丈，立堠表识，远见千里。成祖赐名宝山，后来立邑于此，名宝山县，便是明永乐时的遗迹，略作纪念。惟沿海一带，屡有倭寇出没，频年未息。倭寇即日本国民，来华寇掠，所以叫作倭寇。日本在朝鲜国东境，距朝鲜只一海峡，元世祖时，威振四夷，独日本不服，世祖发兵十余万东征，途遇暴风，全军覆没。日本终抗命不庭。嗣日本南北分裂，时相攻伐，及南败北

第二十九回　徙乐安皇子得罪　闹蒲台妖妇揭竿

胜,南方残众,流寓海口,侵及朝鲜。朝鲜方拥李成桂为国王,成桂颇有智勇,力足防边,且遣使通好中国,得明太祖册封,为明外藩。朝鲜历史,亦从此处插入,是用笔销纳处。倭寇遂迁怒明朝,剽掠中国海岸。太祖尝贻书日本,请禁边寇,终不见答。乃特设沿海卫所,专意防倭。成祖时,日本足利义满氏,统一南北,航海入贡,受封为日本国王。成祖又饬令严禁海盗,怎奈海盗不服王化,足利氏亦无能为力,所以入寇如故。经明廷先后出师,如安远伯柳升、平江伯陈瑄,及总兵官刘江,皆破倭有功,沿海才得少安。为嘉靖时征倭作引。

会接贵州警报,思州宣慰使田宗鼎,与思南宣慰司田琛,构怨兴兵,仇杀不已。成祖密令镇远侯顾成,率兵前往,相机剿抚。先是明平云南,贵州土官,闻风归附,太祖嘉他效顺,概令原官世袭,赋税由他自输,不立制限,但设一都指挥使,择要驻守。永乐初年,镇守贵州的长官,便是镇远侯顾成。顾成既密受朝命,遂潜入思州、思南二境,出其不意,把宗鼎与琛,一并拿住,槛解京师。成祖将他二人斩讫,分贵州地为八府四州,设布政使司,及提刑按察使司,派工部侍郎蒋廷瓒,署贵州布政使事。陆续叙过,都是本回中销纳文字。

谁知到了永乐十八年,山东蒲台县中,忽出了一场乱事,为首的巨匪,乃是一个女妖名叫唐赛儿。下半回以此为主脑,故提笔较为注重。赛儿为县民林三妻,并没有什么武略,不过略有姿首,粗识几个文字,能诵数句经咒。林三病死。赛儿送葬祭墓,回经山麓,见石隙中露有石匣,她即取了出来,把匣启视,内藏异书宝剑,诧为神赐。书中备详秘术及各种剑法,当即日夕诵习,不到数月,居然能役使鬼神;又剪纸作人马可供驱策,如欲衣食财物,立令纸人搬取,无不如意。她复削发为尼,自称佛母,把所得秘法,辗转传授,一班愚夫愚妇,相率信奉,多至数万。无非是平原吕母及平原女子迟昭平之类。地方官闻她讹扰,免不得派役往捕,唐赛儿哪肯就缚,便与捕役相抗。两下龃龉,当将捕役杀毙数人。有几个见风使帆的狡捕,见赛儿持蛮无礼,先行溜脱,返报有司,有司不好再缓,便发兵进剿。赛儿到此地步,索性一不做,二不休,竟纠集数万教徒,杀败官兵,据住益都卸石棚寨揭竿作乱。奸民董彦杲、宾鸿等,向系土豪,武断乡曲,一闻赛儿起事,便去拜会,见赛儿仗剑持咒,剪纸成兵,幻术所施,竟有奇验,遂不胜惊服,俱拜倒赛儿前,愿为弟子。佛母收佛徒,皆大欢喜。从此日侍左右,形影不离,两雄一雌,研究妖法,越觉得行动诡秘,情迹离奇。怕不是肉身说法。训练了好几月,便分道出来,连陷益都、诸城、安州、莒州、即墨、寿州诸州县,戕杀命官,日益猖獗。青州卫指挥高凤,带领了几千人马,星夜进剿,到了益都附近,时已三鼓,前面忽来了无数大鬼,都是青面獠牙,张着双手,似蒲扇一般,来攫凤军。凤军虽经过战阵,从没有见过这般鬼怪,不由的哗噪起来。董彦杲、宾鸿,率众掩至,凤军不能再战,尽被杀害,凤亦战死。

莒州千户孙恭等,得悉败状,恐敌不住这妖魔鬼怪,只好遣人招抚,许给金帛,劝他收兵。董彦杲等抗命不从,反将去使杀毙。

那时各官错愕,不得不飞章奏闻,成祖敕安远侯柳升,及都指挥刘忠,率着禁卫各军,前往山东。各官统来迎接,且禀称寇有妖术,不易取胜。是为谀过起见。柳升冷笑道:"古时有黄巾贼,近世有红巾寇,都是借着妖言,煽惑愚民。到了后来结果,无非是一刀两段。诸君须知邪不敌正,怕什么妖法鬼术?况是一个民间孀妇,做了匪首,凭她如何神奇,也不过么麽伎俩,我自有法对待,诸君请看我杀贼哩。"言罢,即进击卸石棚寨,密令军士备着猪羊狗血,及各种秽物,专待临阵使用。途次遇着寇兵,当即接战,忽见唐赛儿跨马而来,服着道装,仿佛一个麻姑仙,年龄不过三十左右,尚带几分风韵。半老徐娘。两旁护着侍女数名,统是女冠子服式。赛儿用剑一指,口中念念有词,突觉黑气漫天,愁雾四塞,滚滚人马,自天而下。柳升忙令军士取出秽物,向前泼去,但见空中的人马,都化作纸儿草儿,纷纷坠地,依旧是天清日朗,浩荡乾坤。妖术无用。赛儿见妖法被破,拨马便走,寇众自然随奔,逃入寨中,闭门固守。

柳升麾军围寨,正在猛攻,忽有人出来乞降,只说是寨中粮尽,且无水饮,情愿叩降军前,乞贷一死。柳升不许,且遣刘忠往据汲道。忠至东门,夜遇寇兵来袭,飞矢如蝗。忠不及预防,竟被射死。柳升安居营中,总道是妖术已破,无能为力,前言确是有识,至此偏独轻敌,遂至丧师纵寇,可见骄兵必败。不意夜半溃军逃还,报称刘忠陷没,慌忙往救,已是不及。还攻卸石棚寨,寨中已虚无一人,赛儿以下,尽行遁去。惟宾鸿转攻安邱,城几被陷,幸都指挥佥事卫青,方屯海上备倭,闻警飞援,与邑令张玛等内外合攻,杀败宾鸿,毙寇无数,剩了些败残人马,逃至诸城,被鳌山卫指挥使王贵,截住中途,一阵杀尽,只唐赛儿在逃未获。及柳升至安邱,卫青迎谒帐前,升反斥他无故移师,喝令捽出,于是刑部尚书吴中,劾升玩纵无状,由成祖召还下狱,擢卫青为都指卫使,一面大索赛儿,尽逮山东、北京一带的尼觋道姑,到京究辨。可怜大众无辜,枉遭刑虐,结果统是假赛儿,不是真赛儿。俄得山东军报,说是真赛儿已拿到了,盈廷官吏,相率庆贺,丑。正是:

篝火狐鸣天地暮,昆冈焰炽鬼神愁。

未知赛儿曾否伏诛,且至下回交代。

本回宗旨,内叙高煦夺嫡,外叙唐赛儿揭竿,而外此各事,俱用销纳法插入,但亦不至渺无关系。因高煦事叙入宫中,而徐后诸人之品节以彰,因唐赛儿事叙入畿外，而边疆诸事之叛服以著，如绳贯钱，有条不紊，此可见著述之苦心，非信手撷拾者比也。且高煦骄纵，弊由溺爱，赛儿诡秘，弊在重僧，于欲言之中，更得不言之秘，善读者自能知之。

第三十回　穷兵黩武数次亲征
疲命劳师归途晏驾

却说唐赛儿乱后，山东各司官，多以纵寇获谴，别擢刑部郎中段民为山东左参政。段民到任，颇能实心办事，所有冤民，尽予宽宥，惟密饬干役，往捕赛儿。不数日赛儿缚到，由段民亲讯，她却谈笑自若，直认不讳。段民觉有变异，命以利刃截她手足，谁知纯钢硬铁，反不及玉臂莲钩，刀锋已缺，手足依然，不得已严加桎梏，把她娇怯身躯，概用铁索缠住，然后置入囚车，派遣得力人员，解送京师。行到半途，天光渐黑，蓦见前后左右，统是狰狞厉鬼，高可数丈，大约十围，腰间系着弓矢，手中执着大刀，恶狠狠的杀将过来。看官！你想这等押解巨犯的兵役，如何抵敌？大家顾命要紧，弃了囚车，四散避开。何不用秽物解之。待至厉鬼已去，返顾囚车，里面只有一堆镣铐，并没有甚么唐赛儿。彼此瞠目许久，只好回报段民。段民没法，也只得据实复奏。明廷一班官吏，方闻妖妇解京，都想前去验视，至段民奏至，越发诧为奇事。成祖也不加责问，但命将所拘尼媪，一律放还，这颇能知大体。连柳升亦释出狱中，释放柳升未免失刑。内外安谧，只唐赛儿究不知何处去了。

话分两头。且说成祖击败阿噜台，奏凯还京，越年，阿噜台却遣使贡马，且奉表称臣。成祖以他悔罪投诚，特命户部收受贡物，并厚犒来使，遣令去讫。会瓦剌部酋玛哈木，攻杀鞑靼汗本雅失里，另立答里巴为汗，自专政权。阿噜台复使人来告，成祖乃命驾北巡，亲探虚实。既至北京，复得阿噜台表奏，略言："玛哈木弑主逞强，请天朝声罪致讨，臣愿率所部，效力冲锋"云云。成祖大喜，封阿噜台为和宁王，一面谕责玛哈木，且征使朝贡。玛哈木竟不受命，当由成祖下诏，再行亲征，仍带了柳升、郑亨、陈懋、李彬等，一班宿将，浩荡前行，太孙瞻基，亦随驾出发。成祖语侍臣道："朕长孙聪明英睿，智勇过人，今肃清沙漠，使他躬历行阵，备尝艰苦，才知内治外攘，有许多难处呢。"侍臣称颂不已。无非面谀。是年为永乐十二年，二月间启行，四月间至兴和，五月间出塞，次杨林城，六月间到三峡口。前锋刘江，遇着敌骑数千名，一鼓击退。成祖料敌必大至，严阵以待。寻获间谍数名，问明详细。得悉玛哈木离此不远，索性兼程前进；至忽兰忽失温地方，望见尘头大起，有无数蒙兵踊跃而来，后面拥着麾盖，蔽着两人，一是鞑靼汗答里巴，一是瓦剌酋玛哈木。成祖登高指挥，命柳升、郑亨等攻敌中坚，陈懋、王通攻右翼，李彬、谭青、马聚攻左翼。三军奉令进攻，火器齐发，声震天地。玛哈木恰也能耐，领着蒙兵，左拦右阻，并迭发强弩，射住明军。郑亨身中流矢，负痛退还。陈懋、王通，也被蒙兵截住，不能取胜。李彬、谭青等与敌酣斗，杀伤相当。都指挥满都，受伤过重，倒毙阵中。成祖见各队相持，未分胜负，遂自高阜跃下，亲率铁骑冲阵，横扫敌军。柳升以下，见主上躬冒矢石，也不得不舍命争先，大呼杀敌。俗语说得好："一夫拚命，万夫莫当。"况有数万人努力前驱，无论甚么强敌，总是抵挡不住。玛哈木败阵而逃，部众自然溃散。明军追越两高山，直达土拉河，斩首数千级。成祖尚欲穷追，还是皇太孙叩马谏阻，才令班师。穷寇勿追，皇太孙恰是有识。还至三峰山，阿噜台遣头目锁住等来朝，且言阿噜台有疾，所以不至。成祖好言抚慰，并给米百石，驴百匹，羊百头，别赐他属部米五千石。锁住等拜谢而去。成祖还京，玛哈木也贡马谢罪，词极卑顺。勉效阿鲁台。成祖又纳贡馆使，宥他前愆，惟玛哈木与阿噜台，始终不和，互相仇杀，亦互来报捷。成祖亦利他构衅，随意敷衍，毫不诘问。无非欲自做渔翁。既而玛哈木病死，子脱欢嗣位，遣使朝贡，仍许袭爵。独阿噜台生聚渐繁，兵储渐富，居然桀骜起来，每遇明使，箕踞谩骂，有时且把明使拘留。成祖一再驰谕，阿噜台全然不改，反驱众入寇边疆。

　　警报屡达京师，成祖以胡人反复，必为后患，决计迁都北京，就近控驭。永乐十九年春间，车驾北迁，特旨大赦。明迁北京自此始。廷臣以迁都不便，纷纷有异言。未几，忽发火灾，把奉天、谨身、华盖三殿，烧得墙坍壁倒，栋折榱崩，成祖未免惶悚，令群臣条奏阙失，直言无隐。僚属奉旨上言，多以迁都为非是。主事萧仪，及侍读李时勉，语尤痛切。成祖大怒，竟杀了萧仪，下李时勉于狱中，并将给事柯暹、御史郑维垣等，谪徙边疆。既令群臣直言，复以直言加罪，出尔反尔，殊属不情。一面再议北征。兵部尚书方宾，力言粮储支绌，未便兴师，乃复召户部尚书夏原吉，问边储多寡。原吉奏称所有边储，只足供戍卒，不足给大军。且言频年师出无功，戎马资储，十丧八九，灾眚间作，内外俱疲，应顺时休养，保境息民为要。即如圣躬少安，亦须调护，毋须张皇六师。成祖闻言，为之不怿，仍令原吉往查开平粮储。既而刑部尚书吴中入对，大旨与方宾同，成祖怒道："你亦学方宾么？我将杀宾，免你效尤。"宾闻言大惧，竟自经死。成祖竟命将吴中系狱，并饬锦衣卫逮原吉还京，再问亲征得失。原吉具奏如初。成祖益怒，亦饬令下狱。专制淫威，煞是厉害。遂命侍郎张本等，分往山东、山西、河南及应天诸府，督造粮车，发丁夫挽运，会集宣府，以次年二月为期。

第三十回　穷兵黩武数次亲征　疲命劳师归途晏驾

光阴易过，倏忽新春，成祖即率军起程，师次鸡鸣山，探悉阿噜台远遁，诸将请率兵深入。成祖道："阿噜台非有他计，譬诸贪狼，一得所欲，即行遁去，追他无益。且俟草青马肥，出开平，逾应昌，出其不意，直抵敌巢，然后可破穴犁庭了。"前则执意亲征，兹复禁止深入，总之予智自雄，不欲群臣多口。嗣是徐徐进行，一路过去，不见有甚么敌骑，如入无人之境。成祖命军士开枪猎兽，或临场校射，赐宴作乐。御制平戎曲，使全军歌唱节劳。至五月中旬，始度偏岭，发隰宁，至西凉亭。亭为故元往来巡幸地，故宫禾黍，野色萧条，成祖慨然道："元朝创筑此亭，本欲子孙万代，永远留贻，哪里防有今日？古人谓天命无常，总要有德的皇帝，方才保守得住。否则万里江山，亦化作过眼烟云，何况区区一亭呢。"乃下令禁止伐木。六月出应昌，次威远，开平探马走报，阿噜台进寇万全，诸将请分兵迎击，成祖道："这是阿噜台诈计，不能相信。他恐我直捣巢穴，佯为出兵，牵制我师。我若分兵往援，正中彼计。"遂疾驰而进，敌果遁去。成祖料敌可谓甚明。大兵进驻沙胡原，拿住阿噜台部属，一一讯问。据言："阿噜台闻大军到来，惶恐已极，他母及妻，统骂阿噜台昧良，无端负大明皇帝，所以阿噜台穷极无奈，已尽弃家属，及驼马牛羊辎重，向北远遁了。"成祖道："兽穷必走，也是常情，但恐他挟有诈谋，不可不防。"嗣复获得敌骑数人，所言悉与前符。乃命都督朱荣、吴成等，尽收阿噜台所弃牛羊驼马，焚毁辎重，指日还师，乘便击兀良哈三卫。兀良哈三卫，即大宁属地，自辽、沈起，直至宣府，延长三千余里，元置大宁路于此。元得大宁，即封皇子权为宁王，另封兀良哈三卫，处置降人，以阿北失里等为三卫都指挥同知。成祖起兵，诱执宁王权，应二十二回。并将宁王部属，悉数移入北平。兀良哈三卫，奉命惟谨，且发兵从战，所向有功。成祖即以大宁地尽畀兀良哈，作为犒赐。此是东周封秦之覆辙，成祖何故蹈之。

自此辽东、宣府一带，藩篱撤去，门庭以外，就是异族。成祖约他为外藩，平居使侦探，有急使捍卫，无如异族异心，未免携贰。自阿噜台恃强抗命，遂与兀良哈三卫勾通。三卫中朵颜卫最强，次为泰宁卫，次为福余卫，既附合阿噜台，遂时入塞下。成祖北征旋师，语诸将道："阿噜台恃兀良哈为羽翼，所以敢为悖逆，今阿噜台远遁，兀良哈势孤，应移师往讨，平定此寇。"当下简选精锐数万人，分五路捣入，自率郑亨、薛禄等，直入西路。师次屈裂儿河，兀良哈驱众数万，前来抵敌，忽被陷入泽中，成祖即指挥骑兵，冲杀过去，斩首数百级。敌自相践踏，势几散乱。成祖登高瞭望，见敌兵散而复聚，料有接应兵至，遂命吏士持神机弩，潜伏深林，自张左右翼出阵夹击。敌兵突冲左翼军，左翼军佯退，引敌入深林中，一声号炮，伏兵齐发，箭如飞蝗般射去，敌遂惊溃。左翼军反击敌腹，右翼军猛攻敌背，敌兵死伤无算，追奔三十余里，尽毁三卫巢穴,然后下令班师,还京受贺。又是一番跋涉了。

次年七月,又有阿噜台寇边消息,成祖笑道:"去秋亲征,渠意我不能复出,朕当先驻兵塞外,以逸待劳。"即命皇太子监国,车驾择日发京师。三次北征。师行月余,进至沙城,阿噜台属下知院阿失帖木儿、古纳台等,率妻子来降,由成祖详问阿噜台情形。阿失帖木儿禀道:"今夏阿噜台为瓦剌所败,部属溃散,势日衰微。今闻大军远出,必疾走远避,哪里还敢南向呢?"成祖甚喜,赐他酒食,俱授千户。惟大军仍然前进,至上庄堡,由先锋陈懋来报,说是鞑靼王子也先土干,挈眷投诚。成祖大喜,语侍臣道:"远人来归,应格外旌异,方便招徕。"随即令陈懋引见,当面奖谕,特封他为忠勇王,赐名金忠。是时兵部尚书金忠已卒,岂成祖欲令他后继,所以不嫌复名欤? 并授他甥把罕台为都督,部属察卜等统为都指挥,赐冠带织金袭衣,一面下诏南旋。此次北征最属无谓。

越年,为永乐二十二年,即成祖皇帝末年,谍报阿噜台复寇大同,忠勇王金忠,请成祖发兵,愿为前锋自效,于是成祖复大举北征。第四次了。行抵隰宁,仍不见有敌人踪迹,心知边报不实,未免爽然。会有金忠部将把里秃,获到敌哨,具言阿噜台早已远飏,现闻在答兰纳木儿河。成祖即督军疾趋,直达开平,遣中官伯力哥,往谕阿噜台属部道:"王师远来,只罪阿噜台一人,他无所问,倘若头目以下,输诚来朝,朕当优与恩赉,决不食言。"至伯力哥还报,阿噜台部落,亦多远遁,无可传命,成祖乃决计入答兰纳木儿河。沿途见遗骸甚众,白骨累累,因饬柳升督率军士,掇拾道殣,妥为瘗埋,自制祭文,具酒浆等物,奠爵酹土,聊慰孤魂。又进次玉沙泉,以答兰纳木儿河已近,即命前锋金忠、陈懋等先发,自为后应。金忠、陈懋等到了答兰纳木儿河,弥望荒芜,不特没有敌寨,就是车辙马迹,也是一律漫灭,无从端倪。大家瞭望一番,不知阿噜台所在,只好遣人复奏。成祖又遣张辅等穷搜山谷,就近三百里内外,没一处不往搜寻,也只有蔓草荒烟,并不见伏兵逃骑,张辅等亦只好空手复命。真是彼此捣鬼。成祖不禁诧异道:"阿噜台那厮,究到何处去了?"张辅奏道:"陛下必欲擒寇,愿假臣一月粮,率骑深入,定不虚行。"成祖道:"大军出塞,人马俱劳乏得很,北地早寒,倘遇风雪,转恐有碍归途,不如见可而止,再作计较。"言未已,金忠、陈懋等亦已回营,奏称至白邙山,仍无所遇,以携粮已尽,不得不归。成祖叹息多时,便下令还京。又是白跑一次。

道出清水源,见道旁有石崖数十丈,便命大学士杨荣、金幼孜,刻石纪功,并谕道:"使万世后知朕过此。"不见一敌,何功可言? 然自知不再到此,亡征已见。铭功毕,成祖少有不豫,升幄凭几而坐,顾内侍海寿问道:"计算路程,何日可到北京?"海寿答道:"八月中即可到京。"出塞四次,连路程都不能计,不死何待?

成祖复谕杨荣道："东宫涉历已久，政务已熟，朕归京后，军国重事，当悉付裁决。朕惟优游暮年，享些安闲余福罢了。"恐老天不肯许你，奈何？杨荣闻言，免不得谀颂数语。至双流泺，遣礼部尚书吕震，以旋师谕皇太子，并昭告天下。入苍崖戍，病已甚笃，夜不安寐，偶一闭目，便见无数冤鬼，前来索命。好杀之验。待至惊醒，但见侍臣列着左右，不禁唏嘘道："夏原吉爱我！"再行至榆木川，气息奄奄，不可救药了。自知不起，遂召英国公张辅入内，嘱咐后命，传位皇太子高炽，丧礼一如高皇帝遗制。言讫，呼了几声痛楚，当即崩逝。张辅与杨荣、金幼孜商议，以六师在外，不便发丧，遂熔锡为椑，载入遗骸，仍然是翠华宝盖，拥护而行。暗中遣少监海寿，驰赴太子，太子遣太孙奉迎，太孙至军，始命发丧。及郊，由太子迎入仁智殿，加殓纳棺，举丧如仪。成祖卒年六十五，尊谥文皇帝，庙号太宗，至嘉靖十七年，复改庙号为成祖。太子高炽即位，以次年为洪熙元年，史称为仁宗皇帝，小子自然沿称仁宗了。本回就此收场，唯有一诗咏成祖道：

> 闲关万里有何求，财匮师劳命亦休。
> 车载沙邱遗恨在，枭雄只怕死临头。

欲知仁宗即位后情形，请看官再阅下回。

阿噜台、玛哈木等，叛服靡常，原为难驭之寇。然成祖一出，靡战不胜，其不足平可知矣。此后即有犯顺消息，可遣一智勇深沉之将，如英国公张辅者，出为战守，当亦足了此事。乃必六师远出，再三不已，万里闲关，甚至不见敌军踪影，何其仆仆不惮烦乎？况按夏原吉所奏，当日度支，已甚支绌，以全国之赋税，糜费于无足重轻之边事，可已不已，讵非太绌。要之一好大喜功之心所由致也，迨中道弥留，始言夏原吉爱我，晚矣。好酒者以酒亡，好色者以色亡，好兵者以兵亡，成祖诚好兵者哉！然以滥刑好杀之成祖，犹得令终，吾尚为成祖幸矣。

第三十一回　二竖监军黎利煽乱
　　　　　　六师讨逆高煦成擒

却说仁宗即位，改元洪熙，立命将夏原吉、黄淮、杨溥等，释出狱中，俱复原官。应二十九回。原吉入朝奏对，大旨以赈饥蠲赋，罢西洋取宝船，及云南交趾各路采办，仁宗一一依行。未几，以杨荣、金幼孜、杨士奇、黄淮等，皆东宫旧臣，忠实可倚，遂进荣为太常卿，幼孜为户部侍郎，兼文渊阁大学士，士奇为礼部侍郎，兼华盖殿大学士，黄淮为通政使，兼武英殿大学士，杨溥为翰林学士。既而荣与士奇，统擢为尚书，内阁职务，自是渐重了。

先是仁宗少时，太祖未崩，尝命他分阅章奏。仁宗留意考察，凡关系军民利病，必先呈上览，至文字稍有错误，并未表出。太祖指示道："儿阅章奏，奈何不核及文字？"仁宗答道："偶有笔误，不足渎天听，所以未曾表明。"太祖点首不答。嗣复问及尧、汤时候，水旱连年，百姓如何生活？仁宗答以尧、汤仁政，惠及民生，因此水旱无忧。太祖大喜道："好孙儿！有君人度量了。"所谓少成若天性。嗣为皇太子，屡被高煦、高燧等谗构，终以诚敬孝谨，得免祸难。及即位，任用三杨，修明庶政，与民休息，俨然有承平景象。仁宗尝在池亭纳凉，吟成五律一首道："夏日多炎热，临池憩午凉。雨滋槐叶翠，风过藕花香。舞燕来青琐，流莺出建章。援琴弹雅操，民物乐时康。"引入此诗，注重结末二语。后人读到此诗，每想仁宗风仪，几似虞舜鼓琴，薰风解愠，不愧为守文令主。又尝在思善门外，建弘文馆，与儒臣讲论经史，终日不倦。夏日遍赐水果诸鲜，冬日遍赐貂狐等物。每语诸臣道："朕与诸卿讲论，觉得津津有味，若一入后宫，对着内侍宫人，便觉索然，未知卿等厌弃朕否？"诸臣闻命，顿首称颂，自不必说。皇后张氏，为彭城伯张麒女，册妃时，谨修妇道，成祖尝谓幸得佳妇，仁宗得保全储位，也亏着贤后从中调停，所以仁宗敬爱有加，宫闱中虽有妃嫔，没甚宠幸。除张后外，只谭妃一人，善承意旨，得蒙恩遇罢了，*为殉主伏笔*。这且慢表。

且说安南平定，曾设交趾布政司，留英国公张辅镇守，未几即召辅还京，从征漠北，别命丰城侯李彬继统军事，尚书黄福综理民政。福有威惠，颇得交人畏服。惟李彬麾下，曾有太监马骐任职监军，骐按定交趾贡物，每岁需扇万柄，翠羽万袭，正供以外，还要多方勒索。交民痛苦得很，互相怨恨，遂互相煽动，因复闯出一个渠魁，扰乱安南。*都是小人坏事*。这渠魁叫作何名？便是俄乐县土官黎利。

黎利初从陈季扩，充金吾将军，季扩就擒，利归降明军，令为巡检。至马骐肆虐，他即乘机驱胁，挟众作乱，自称平定王，用弟黎石为相国，段莽为都督，聚党范柳、范宴等，四出剽掠。参政侯保、冯贵，率军往讨，被他围住，力战身亡。明廷闻警，遣荣昌伯陈智为左参将，助李彬出剿，转战有年，才得削平乱党，惟黎利逃匿老挝，屡捕未获。嗣李彬应召还京，由陈智代任，监军亦另易中官，名叫山寿。*去了一个，又来一个*。这山寿贪财好货，与马骐相似。黎利乘间纳贿，潜自老挝遁还宁化州，诈言乞降。山寿得了贿赂，遂替他奏请朝廷，求赦黎利。适成祖崩逝，仁宗践位，寿入朝庆贺，且言利已愿降，若遣使往

第三十一回　二竖监军黎利煽乱　六师讨逆高煦成擒

谕,定然来归。仁宗踌躇良久,方道:"蛮人多诈,不便深信。"山寿叩头道:"如利不来,臣当万死。"利令智昏。仁宗复道:"黄福有无异议?"山寿又奏道:"福居交趾,已十八年,从前马骐密奏先帝,谓有异志,臣不敢仍如骐言。但久居异域,与民同利,今交趾知有黄福,不知有朝廷,恐亦非怀柔本旨呢。"善于进谗,比马骐还要阴险。仁宗默然无语。俟山寿退出,即下旨召黄福还京,已为邪言所惑。饬兵部尚书陈洽,代掌交趾布按司事。福在交趾,编户籍,定赋税,兴学校,置官司,屡召父老宣谕德意。中官马骐,怙恩虐民,福辄遇事裁抑,骐怀恨在心,所以诬奏。成祖搁过不提,至山寿入谗,仁宗驰谕召归,福奉命即行,交人扶老携幼,相率走送,甚至挽辕号泣,不忍言别。福好言婉谕,只托称后会有期,才得离了安南,径还京师。

黎利闻黄福召还,谋变益急,遂纠众攻茶龙州。交趾都司方政,领兵往援,与战不利。指挥伍云阵殁,守将琴彭亦战死。利陷入茶龙,转寇谅山,杀死守吏易先,硬把谅山占去。荣昌伯陈智,懦弱无能,又与都司方政,不相辑睦,遂没法定乱,只好飞使驰奏,候旨定夺。全然不智,如何名智?仁宗方信山寿言,遣寿赍敕往谕,授黎利为清化知府。及接陈智奏报,还道是山寿有材,足以抚寇,即飞饬陈智按兵以待,候山寿到了交趾,协议以闻。于是陈智推诿上命,一任黎利猖獗,勒兵不发。尚书陈洽,见陈智迁延酿乱,甚是懊恼,即奏称贼首黎利,名虽求降,实是携贰,招聚逆党,日益滋蔓,乞饬统帅陈智,早灭此贼,绥靖边疆云云。仁宗乃复授陈智为征夷将军,出讨黎利。智尚在徘徊,至山寿入境,又一意主抚,贼势从此益张了。

且说仁宗既册定皇后,随立子瞻基为皇太子,余子瞻埈、瞻墉、瞻墡、瞻垠、瞻墺、瞻垲、瞻垍、瞻埏皆封王,命太子居守南京,意欲仍还南都,诏令北京都司,复称行在。一面宥建文诸臣,放还永乐时坐戍家属,并复魏国公徐钦原爵。钦系辉祖子,辉祖忤成祖意,夺爵归第。应二十七回。未几,辉祖病殁,子钦复得袭封。永乐十九年,钦入朝,不辞径去,成祖怒钦无礼,削职为民,至是乃给还故爵。且屡命法司慎刑,谕杨士奇、杨荣、金幼孜三人,审决先朝重囚,必往同谳,遇有冤抑,不惜平反云云。他如免租施赈,亦时有所闻。不意洪熙元年五月中,二竖为灾,帝躬不豫,才越两日,病竟垂危。忙饬中官海寿,驰召皇太子瞻基。海寿甫抵南京,仁宗先已归天。太子即日就道,自南而北,谣传汉王高煦,谋在途中设伏,邀击太子,左右请整兵为卫,或言应从间道北行。太子道:"君父在上,何人敢妄行?"当下驰驿入都。至良乡,太监杨瑛,偕尚书夏原吉、吕震,捧遗诏来迎,传位皇太子。太子受诏,入哭尽哀,越十日即皇帝位,追尊皇考为昭皇帝,庙号仁宗,皇后张氏为太后,又以谭妃投缳殉主,追赠为昭容恭禧顺妃。得未曾有。统计仁宗在位,仅越一年,享年四十有八。太子瞻基即位,改元宣德,史称他为宣宗。小子亦沿例称呼。宣宗立后胡氏,系锦衣卫百户胡荣女,并册孙氏为贵妃。并举贵妃,为后文废后张本。召翰林学士杨溥入内阁,与杨士奇等同参机务。命大理寺卿胡㮣,参政叶春,巡抚南畿。自是遇有灾乱,辄遣大臣巡抚,后来置为定员,三司职权,乃日渐从轻了,明初外省官制,置布政、按察、都指挥三司,分掌政、刑、兵三事。及巡抚设而三司失权。这却不必细说。

惟汉王高煦,自徙居乐安后,仍然不法,闻仁宗猝崩,召还太子,本欲发兵邀击,因迫于时日,不及举行。宣宗即位,恰奏陈利国安民四事,宣宗如奏施行。及改元初日,煦复遣人献元宵灯,侍臣入启宣宗道:"汉府来使,多是窥探上意,心存叵测。前时汉王子瞻圻,留居北京,每将朝廷情事,潜报汉王,平均一昼夜间,多至六七次,先帝防他漏泄,徙至凤阳守陵。此次陛下登基,汉王又藉口奏献,使人常至,诡情可见,不可不防。"仁宗徙瞻圻事,就此带出,以省笔墨。宣宗道:"永乐年间,皇祖尝谕皇考及朕,谓此叔有异心,但皇考待他甚厚,朕亦应推诚加礼,宁他负我,毋我负他。"乃驰书报谢。煦日夜制造军器,籍丁壮为兵,出死囚,招亡命徒,夺府州县官民畜马,编立五军四哨,授指挥王斌为太师,知州朱恒,长史钱巽为尚书,千户盛坚,典仗侯海为都督,教授钱常为侍郎,遣人约山东都指挥靳荣为助,期先取济南,然后犯阙。

御史李濬,致仕归田,家住乐安,得着这个消息,急弃家易服,从间道驰入京师,上书告变。山东文武军民,与真定等卫所,亦飞报高煦乱状。适煦遣心腹枚青,往约英国公张辅,请为内应,辅絷青以闻。宣宗遣中官侯泰,赐高煦书,慰勉备至。煦反盛兵见泰,厉声道:"靖难兵起,若非我出死力,哪有今日?太宗轻听谗言,削去护卫,徙我乐安,仁宗徙以金帛饵我,今又动言祖制,胁我谨守臣节,我岂能郁郁居此,毫无举动?你试看我士饱马腾,兵强力壮,欲要横行天下,也是不难。速归报你主,执送奸臣,免我动手!"竟欲效乃父耶?但福命不及乃父,奈何?泰不敢抗辩,唯唯而出;既还京,也含糊复命。

隔了数日,煦遣百户陈刚,赍奏入朝,奏中语多悖逆,且指夏原吉为罪首,定欲索诛。宣宗乃动愤起来,夜召诸大臣入议,拟遣阳武侯薛禄,往讨高煦。大学士杨荣抗言道:"陛下独不见李景隆事么?"宣宗转顾原吉,原吉先免冠谢死罪。宣宗矍然道:"卿何为作此态?莫非为高煦奏请么?煦无从启衅,只得借卿为口实,朕非甚愚,何至为煦所欺?"原吉谢恩毕,方奏道:"为今日计,宜卷甲韬戈,星夜前往,方可一鼓荡平。若命将出师,迂远无济,转蹈李景隆覆辙。荣言甚是。"杨荣遂劝帝亲征。宣宗召张辅入内,与商亲征事,辅对道:"高煦有勇无谋,外强中怯,今请假臣二万人,即可缚煦献阙,何必劳动至尊。"杨荣道:"煦谓陛下新立,必不自行,所以肆行无忌,若临以天威,事无不

第三十一回　二竖监军黎利煽乱　六师讨逆高煦成擒

济,臣愿负弩前驱。"宣宗为之动容,乃决意亲征,以高煦罪状,申告天地宗庙山川百神,命阳武侯薛禄、清平伯吴成为先锋,少师蹇义,少傅杨士奇,少保夏原吉,太子少傅杨荣,太子少保吴中,尚书胡濙、张本,通政使顾成等,扈跸随征。留郑王瞻埈,襄王瞻墡居守。定国公徐永昌,彭城伯张昶,安乡侯张安,广陵伯刘瑞,忻城伯张荣,建平伯高远,及尚书黄淮、黄福、李友直等,协守京师。复敕遣指挥黄谦,暨平江伯陈瑄,出守淮安,防煦南窜。部署既定,遂统率大营五军将士,即日出京,钲鼓声远达百里。既至杨村,宣宗顾从臣道:"卿等料高煦今日,计将安出?"蹇义道:"乐安城小,不足展布,彼或先取济南,为根据地。"言未已,杨溥又插口道:"高煦前日,尝请居南京,今必引兵南去。"宣宗笑道:"卿等所料,未必尽然。济南虽近,未易攻取,且闻大军将至,亦不暇往攻。若防他走入南京,未始非高煦夙愿,但他的护卫军,家属多居乐安,岂肯弃此南走?高煦性多狐疑,今敢谋反,无非因朕年少新立,未能亲征;若遣将往讨,他得甘言厚利,作为诱饵,希图与他联合。今朕亲至,已出彼料,哪里还敢出战?朕意煦必成擒了。"料敌如神,然亦皆由杨荣等指导之力。从臣等唯唯听命。又向前行进,遇着乐安逃军,备述高煦情形,略如宣宗所料。宣宗大喜,发给揭帖数纸,令回乐安贴示,一面仍贻书高煦道:

　　朕惟张敖失国,本诸贯高,淮南受诛,成于伍被。自古小人事藩国,率因之以身图富贵,而陷其主于不义,及事不成,则反噬主以图苟安,若此者多矣。今六师压境,王能悔过,即擒倡谋者以献,朕与王削除前过,恩礼如初,善之善者也。王如执迷不悟,大军既至,一战成擒,又或麾下以王为奇货,执王来献,王何面目见朕,虽欲保全,不可得也,王之转祸为福,一反掌间耳。其审图之!

书发后,得前锋薛禄驰奏,报称高煦已下战书,约于明日出战。宣宗遂令大军蓐食兼行,夜半至阳信县,官吏皆入乐安城,无人迎谒。大军即趋至乐安,围攻四门。时已天明,守城兵慌忙登陴,举炮下击。宣宗命发神机铳箭,仰射城上。硝烟四散,声震如雷。守兵股栗,多半窜伏逃生。日光晌午,危城将堕,诸将拟攀城而入,宣宗不允,暂行停攻,复传书入城,谕高煦出降。煦仍不答。宣宗又命书诏敕数道,令将士系诸箭上,射入城中,晓示祸福利害。城中人士,得了谕旨,多欲将高煦执献。煦狼狈失据,乃密遣心腹将士,缒城至御幄前,奏称限期一夕,与妻子诀别,即当出城归罪。前云可横行天下,如何未战即降?宣宗允准,来使去讫。是夜高煦尽取所造兵器,与各处交通文书,尽付一炬。火光烛天,通宵不绝。转眼间天已大明,煦拟出城听命,忽来一人阻住道:"殿下宁一战而死,如何出降受辱?"煦视之,乃是太师王斌。煦怅然道:

"城池卑狭，不足御敌，奈何？"王斌再欲有言，煦复道："你且照常办事，容我细思。"斌乃退出。煦遂潜行出城，径至宣宗行幄前，席藁待罪。群臣奏谓正法，宣宗道："煦固不义，但祖宗待遇亲藩，自有成例，勿为已甚。"群臣复举大义灭亲四字，坚请加刑，宣宗不许，只令高煦入见，取群臣弹章视煦。煦略略瞧着，面色如土，忙顿首道："臣罪万死万死，生杀唯陛下命。"昔日威风，而今安在？宣宗令煦作书，召诸子同归京师。王斌、朱恒等倡导不轨，罪在不赦，亦一律系归。改乐安为武定州，令薛禄、张本二人镇守，余军凯旋。高煦父子家属，被系入京，宣宗命废为庶人，筑室西安门内，禁锢高煦夫妇，号为逍遥城，饮食供奉如常。王斌、朱恒等皆伏诛。煦被禁数年，宁王权上书，请赦煦父子，不获见允，煦大为怨望，宣宗亲往察视，见煦箕踞坐地上，免不得斥责数语。及宣宗转身欲归，煦竟伸出一足，把宣宗勾倒地上。宣宗大怒，俟起立后，令力士昇出铜缸，覆住煦身。缸重三百余斤，煦用力负缸，缸竟移动。宣宗复命积炭熏缸，越一时，炭炽铜熔，任你高煦力大无穷，也炙得乌焦巴弓了。好似竹管煨泥鳅。小子有诗叹高煦道：

> 庸材也欲逞强梁，暴骨扬灰枉自伤。
> 莫向釜中悲煮豆，追原祸始是文皇。

高煦炙死，诸子皆诛，还有赵王高燧，亦被嫌疑，是否能保全性命，且看下回叙明。

仁宗在位，不过一年，而任贤爱民，善不胜书。史称天假之年，俾其涵濡休养，则德化之盛，应与汉文景比隆，是仁宗固不愧为仁也。惟信用宦官山寿，召还黄福酿成交阯之乱，不无微憾，然亦为安边息民起见，因为抚之一字所误，仁有余而智不足，略迹原心，其尚堪共谅欤。高煦不道，竟欲上效乃父，藉口除奸，幸宣宗从谏如流，决意亲征，六师一至，煦即失措，出城乞降，席藁待罪，彼才智不逮成祖，而君非建文，臣非齐黄，多见其速毙已也。厥后铜缸燃炭，身首成灰，何莫非煦之自取乎？明有仁宣，足与言守成矣。

第三十二回　弃交阯甘隳前功　易中宫倾心内嬖

却说赵王高燧，与高煦是一流人物，难兄难弟。从前亦常思夺嫡，与中官黄俨等，密谋废立，事泄后，黄俨伏诛，燧以仁宗力解，始得免罪，仁宗徙燧封彰德。及高煦抗命，暗中也勾结高燧，约同起事。煦既受擒，六师毕归。户部尚书陈山，出京迎驾，奏称应乘胜移师，袭执赵王。宣宗转问杨荣，荣很是赞成。复问蹇义、夏原吉，两人亦无异言。遂由杨荣传旨，令杨士奇草诏。士奇道："太宗皇帝惟三子，今上惟两叔父，罪无可赦，法应严惩，情有可原，还宜曲宥。若一律芟除，皇祖有灵，岂不深恸？"荣厉声道："此系国家大事，岂你一人所得沮么？"杨荣名为贤臣，胡亦执拗成性。士奇道："高煦受擒，赵王必不敢反，何苦要皇上自戕骨肉，士奇不敢草诏。"时杨溥在侧，与士奇意合，遂从容说道："且入谏皇上，再作计议。"荣闻溥言，艴然径去，即往见宣宗。溥与士奇，接踵而入，司阍只放入杨荣，不令二人入内。二人正彷徨间，适蹇义、夏元吉，奉召前来，士奇即浼令入谏。蹇义道："上意已定，恐难中阻。"士奇道："王道首重懿亲，如可保全，总宜调护为是。还望二公善为挽回！"蹇义颔首而入，即以士奇言转陈帝前。宣宗乃返入京师，不复言彰德事。既而廷臣犹有烦言，或请削赵王护卫，或请拘赵王入京，宣宗沉吟未决，复召士奇入问道："朝右多议及赵王，究应如何处置？"士奇道："今日宗室中，惟赵王最亲，陛下当曲予保全，毋惑群议！"宣宗道："朕今日只有一叔，怎得不爱？但欲为保全，须有良法。朕意拟将群臣劾章，封示赵王，令他自处，卿意以为何如？"士奇道："得一玺书，更为周到。"宣宗便命士奇起草，亲自阅过，盖好御印，即令驸马都尉广平侯袁容，与左都御史刘观，同赴彰德，示以玺书，并廷臣劾章。赵王喜且泣道："我得更生了。"遂优待袁容、刘观，并上表谢恩，愿献护卫。自是群议始息。宣宗乃重用士奇，薄待陈山，且岁赐赵王，概如常例。赵王得以令终，于宣德六年去世，幸全首领。这且休表。

且说荣昌伯陈智，与都指挥方政，协守交趾，因黎利叛服无常，奉命往讨，续前回。至茶龙州，两人意见未洽，反为黎利所乘，吃了败仗。那时宣化贼周臧，太原贼黄菴，芙留贼潘可利，云南宁远州红衣贼长擎，俱蜂起作乱，遥应黎利。宣宗闻警，谕责智、政，削夺官爵，令在军中效力赎罪。特简成山侯王通，佩征夷大将军印，充交趾总兵官，都督马瑛为参将，率师南征。仍命尚书陈洽，参赞军务。通与瑛先后南下，瑛至清威，适黎利弟黎善，陷广威州，分军四扰，与瑛军相遇。被瑛军兜头痛击，纷纷败去，瑛方扎营休息。王通亦引兵到来，两下合军，进屯宁桥。通欲乘胜进击，尚书陈洽道："前面地势险恶，宜慎重进行，不如择险驻师，觇贼虚实，再定行止。"通叱道："兵贵神速，何得迟疑？"洽不便再谏。通即麾兵渡河。适遇天雨，道路泥泞，人马不能成列，霎时间伏兵骤起，纵横冲荡，通受创即走，全师大溃。陈洽愤起，怒兵突阵，身中数创，颠坠马下；左右掖起，愿与俱还，洽勃然道："我身为大臣，见危致命，正在今日，难道可偷生苟免么？"足愧王通。随即挥刀复入，斫死贼兵数人，自知力竭，刎颈而死。通败回交州，尚得自言神速么？黎利即自率精兵，入犯东关。通闻报大惧，阴遣人与利议和，愿为利乞封，且割清化以南地，俾利管辖。利阳为受款，限日受地，通遂不待朝命，擅檄清化等州，令官吏军民，尽还东关，即以土地让与黎利。知州罗通，掷檄痛诋道："名为统帅，擅敢卖城，看他如何复命？我只知守土，不知有他。"遂撄城拒守，黎利往攻不能下。

先是都督蔡福守义安，为黎利所围，未战即降，至是黎利令招致罗通。通见福至城下，厉声呵责，说他不忠不义。福羞惭满面，低头驰去。利知清化难下，移兵攻镇城、平州。知州何忠怀，潜行出城，拟至交州乞援，中途为贼所执，押送黎利。利酌酒与饮道："何知州的大名，我仰慕久了。能从我，不患不富贵。"忠怀大骂道："贼奴！我乃天朝臣，岂食汝狗彘食？"当下夺杯在手，掷中利面，流血盈颐。利大怒，遂将忠怀杀害，一面麾众寇交州。王通出兵与战，竟得胜仗，斩获伪官以下万余人，利惶惧遁去。诸将请王通追击，通又惮不敢发。一年怕蛇咬，三年烂稻索。利得整军复出，围攻昌江。都指挥李任、顾福，日夜拒战。至九阅月，粮尽援绝，竟被攻陷，任、福皆自刎毕命。中官冯智，北向再拜，与指挥刘顺，知府刘子辅，投缳殉难。冯智颇不愧忠臣。子辅有惠政，民素爱戴，子辅死后，阖家全节，吏民亦相率死难，无一降贼，全城为墟。阐扬忠节。

警报遥达京城，宣宗又命安远侯柳升，统兵往援，保定伯梁铭为副，都督崔聚充参将，尚书李庆参赞军务。且以黄福旧在交趾，深得民心，亦令随军同往，仍掌交趾布按二司。柳升会集诸军，进至隘留关，黎利与王通，已有和议，闻升等南下，诡称应立陈氏后裔，具书乞和。升得书，并未启视。只将原书奏闻，一面督军入境，连破关隘数十，直达镇夷关。梁铭、李庆皆因瘴致病，惟升意气自若，尚欲长驱直入。郎中史安，主事陈镛，问李庆疾，且语庆道："主帅已涉骄矜，拥兵轻进，倘遇敌伏，易致挫衄。宁桥覆辙，可为前鉴，还望公代为谏阻，宁可持重，不可躁率。"庆倚枕称善，强自起床，走告柳升。升笑道："我自从军以来，大小经过百战，难道怕这么麼小丑么？"轻敌甚矣。庆复言之再三，升含糊答应，令庆等留营养疴，自率百骑至倒马坡，跃马逾桥。后队正拟随上，桥梁猝断，迫不及渡，但见对岸伏兵猝起，把升围住。升左冲右突，竟不能脱，未几即中镖身死。所随百骑，尽行战殁。那时后军只好退回，梁铭、李庆竟致急死。崔聚复整军入昌江，与贼酣斗，贼驱众大至，飞矢攒射，聚受伤被执，史安、陈镛等皆阵亡，官军大溃，七万人只剩数千，逃入交州。

黄福至鸡鸣关，亦为贼所得，掣出佩刀，意欲自刎。贼众把刀夺去，且下马罗拜道："公系我生身父母，何可遽死？前时公若不归，我等哪敢出此？"福叱道："朝廷未尝负尔等，尔等为何从逆？"贼众复道："守土官僚，如果尽若我

第三十二回　弃交趾甘隳前功　易中宫倾心内嬖

公,就使教我为逆,我等也不忍为。怎奈官逼民反,不得不然。"言下都有惨容,且语且泣,福亦为之下泪。贼目取出白金餱粮,作为馈物,并令数人舁着肩舆,送福出境。福至龙州,举所赠物尽归入官。

是时,王通在交州,闻升军败没,越加惶惧,忙与黎利议和,出城筑坛,束帛载书,教利立陈暠为陈氏后,订约休兵。其实交趾并没有陈暠,全系王通、黎利,串同捏造,借此蒙蔽明廷。通赠利绮锦,利赂通珍宝,彼此欢宴了一日,议定由黎利遣使,奉表献方物。通亦令指挥阚忠,偕黎使入朝,当由鸿胪寺代呈表章,其词云：

安南国先臣陈日煃三世嫡孙陈暠,惶恐顿首上言：曩被贼臣黎季犂父子篡国,弑戮臣族殆尽。臣暠奔窜老挝,以延残息,历二十年。近者国人闻臣尚在,逼臣还国,众言天兵初平黎贼,即有诏旨访求王子孙立之,一时访求未得,乃建郡县。今皆欲臣陈情请命,臣仰视天地生成大恩,谨奉表上请,伏乞明鉴！

宣宗览毕,即召集廷臣会议,示以来表。英国公张辅道："这是黎利诈谋,必不可从,当再益兵讨贼,臣誓将元凶首恶,絷献阙下。"蹇义、夏原吉,也说是不可轻许。独杨荣、杨士奇,料宣宗有意厌兵,因言交趾荒远,不如许利,藉息兵争。宣宗乃决计罢兵,遂遣侍郎李琦、罗汝敬等,赍诏抚谕交趾,赦除利罪,令具陈氏后人事实以闻。一面召王通、马瑛,及三司卫所府州县官吏,悉数北还。于是三十年来经营创造的安南,一旦弃去。李琦等未到交趾,王通已由陆路还广西,陈智及中官马骐、山寿,由水路还钦州。及奉诏到京,群臣交章弹劾,统说通弃地擅和,骐恣虐激变,寿庇贼殃民,情罪最重,应即明正典刑。宣宗意存宽大,只把王通、马骐、山寿等,暂系狱中,便算罢休。宣宗号称英明,奈何姑息养奸？嗣李琦自交趾还京,黎利又遣人随至,奉表言陈暠已死,陈氏绝嗣,由臣利权时监国等语。宣宗明知有诈,只因事已至此,无可奈何,就将错便错的,混过去了。

是时已为宣德三年,边事总算搁起,宫中忽起暗争。小子于前回表过,宣宗立后胡氏,并册孙氏为贵妃。已见得后妃并重,隐肇争端。果然不到二年,即闹出废后问题来。原来孙贵妃出身颇微,系永城主簿孙忠女,幼时颖慧绝伦,貌亦姣美,天生丽质。偶为张太后母所见,大为称羡。张太后母即彭城伯夫人,当张为妃时,已出入宫中,成祖拟为皇太孙择配,彭城夫人即盛称孙氏贤淑,应选为太孙妃。当下传旨选入,见孙氏女尚仅十龄,乃令在宫抚养,从缓定夺。过了七年,太孙年长,奉旨选妃,司天官奏称星气在奎娄间,当自济河求佳女。适济宁人百户胡荣,生女七人,独饬第三女充选。成祖见她贞静端淑,遂册为太孙妃。彭城夫人,闻了此信,以孙氏女既有定约,偏为胡氏女所夺,心中很是不平,即入宫启奏成祖,请他改命。成祖不便反汗,但命立孙氏女为太孙嫔。及仁宗嗣阼,张后正位,彭城夫人又向张后前喋喋不休。老媪然是多事。张后素性寡言,任她如何怂恿,只是默然不答。到了宣宗登基,亦稍稍倾向孙嫔,所以册后礼成,便册孙嫔为贵妃。明初定例,册后用金宝金册,册贵妃有册无宝,宣宗特命尚宝司制就金宝,赐给贵妃,一如后制。已隐露并后匹嫡的意思。这位孙贵妃体态妖娆,性情狡黠,少成若天性。百般取悦上意,几把这位宣宗皇帝,玩弄在股掌中。宣宗年已三十,尚无嫡子,未免愁叹,尝语孙贵妃道:"后有疾不育,卿无疾亦不育,难道朕命中应无子么?"孙贵妃闻言,猝然下跪,佯作羞态道:"妾久承雨露,觉有异征,红潮不至,已阅月余,莫非是熊梦不成?"你难道定知生男? 宣宗大喜道:"卿如生男,当立卿为后。"孙贵妃佯惊道:"后位已定,妾何敢相夺? 愿陛下勿出此言!"宣宗道:"好贵妃! 好贵妃!"随亲为扶起,抱置膝上,喁喁与语,大约有厌恨胡后的意思。贵妃且曲为解劝,宣宗嘉她有德,益称叹不置。将欲取之,必固与之,此阴柔之所以可畏也。

流光易逝,倏忽间已八九月,孙贵妃居然分娩,生下一个麟儿,当由宫人报闻宣宗。宣宗喜出望外,即至贵妃宫中验视,经侍媪抱出佳儿,啼声响亮,觉为英物。后来庙号英宗,宜为英物。宣宗满面笑容,取儿名为祁镇,并慰劳贵妃数语,随即趋出,传旨大赦。看官! 你道这皇子祁镇,果是贵妃所生么? 贵妃想欲夺后,恰想出一条秘计,暗中与怀孕的宫人,定了易吕为嬴的密约。适值宫人生男,遂取作己子,诳骗宣宗。宣宗哪知秘谋,总道是贵妃亲生。才阅数日,即拟立乳儿为皇太子,廷臣希承意旨,也接连上章奏请。恐也由贵妃运动。宣宗遂召张辅、蹇义、杨荣、夏原吉、杨士奇入内,随谕道:"朕有一大事,与卿等商议,卿等为我一决。朕三十无子,中宫有病不得育,据术士推算,谓中宫禄命,不能产麟,今幸贵妃有子,当立为嗣,朕闻母以子贵,乃是古礼,但不知何以处中宫? 卿等为朕设一良法!"辅等奉旨,面面相觑,不发一言。宣宗又略举后过,杨荣矍然道:"如陛下言,何妨废后呢?"荣前时欲拘赵王,及此又倡议废后,吾不知其具何肺肠。宣宗道:"废后有故事么?"杨荣道:"宋仁宗废郭后为仙妃,便是成例。"宣宗复顾辅等道:"卿等何皆无言?"士奇忍耐不住,便顿首奏道:"臣事帝后,犹子事父母,母即有过,子当几谏,怎敢与议废母事?"辅与原吉,亦跪启道:"此乃宫廷大事,须待熟议。"宣宗复问道:"此举得免外议否?"士奇道:"宋仁宗废郭后,孔道辅、范仲淹等,力谏被黜,至今贻讥史册,怎得谓为无议?"还是士奇守正。宣宗不怿,拂袖竟入,辅等乃退。

越日,宣宗御西角门,复召杨荣、杨士奇至前,问以昨议如何? 荣从怀中取出一纸,奉呈宣宗。宣宗瞧着,所书皆诬后过失,多至二十事,不禁变色道:

"渠曷尝有此大过？这般诬毁，独不怕宫庙神灵么？"宣宗非无一隙之明，乃杨荣逢君诬后，罪实可杀。随顾士奇道："尔意究应如何？"士奇道："汉光武废后诏书，尝谓事出异常，非国家福。宋仁宗废后后，亦尝见悔，愿陛下慎重。"宣宗仍不为然，麾令退去。又越数日，仍召问张辅等数人，辅等仍依违两可。独士奇启奏道："皇太后神圣，应有主张。"宣宗道："与卿等协议，便是太后旨意。"我却未信。士奇不便多言。宣宗见士奇不答，遂令辅等皆退，独命士奇随入文华殿，屏去左右，密谕士奇道："朕意非必欲黜后，但事不得已，总须卿为朕设策。"意亦太苦，无非为一孙贵妃。士奇固辞，经宣宗谕至再三，方仰顾道："中宫与贵妃，有无夙嫌？"宣宗道："彼此很是和睦，近日中宫有病，贵妃时常往视，可见深情。"这便是她狡诈。士奇道："既然如此，不若乘中宫有疾，由陛下导使让位，尚为有名。"宣宗点首，士奇即退出。约过旬日，宣宗复召见士奇，与语道："卿策甚善，中宫果欣然愿让，虽太后不许，贵妃亦不受，但中宫的让志，已甚坚决了。"恐亦由受迫所致。士奇道："宋仁宗虽废郭后，恩礼不衰，愿陛下善保始终，无分厚薄。"无聊语。宣宗道："当依卿奏，朕不食言。"于是废后议遂定，小子有诗咏道：

> 宁有蛾眉肯让人，诡言熊梦幻成真。
> 长门从此悲生别，一样皇恩太不均。

欲知废后立储详情，且俟下回续叙。

交趾一役，误在遣将之非人。王通、柳升，俱非将才，乃命为专阃，悃悃出师，通一蹶而不振，升再入而战殁。卒至下诏遣使，修好撤藩，城下之盟，耻同新郑，割地之议，辱甚敬瑭，宣宗固不善筹边，而张辅、骞义、夏原吉、三杨诸人，要亦不能辞其咎也。若夫废后之议，更属不经。后无可废之罪，乃堕狡谋而乖恩义，失德孰甚。士奇再三谏阻，卒不能格正君心，徒以劝让一策，曲为补苴，实则一掩耳盗铃耳。观此回乃知宣宗不得谓明，其臣亦不得谓良，宁特杨荣之足斥已哉？

第三十三回　享太平与民同乐
　　　　　　傲权阉为主斥奸

却说宣宗用士奇言，劝后退位，布置已定，先立子祁镇为太子，由礼臣奉上册宝。孙贵妃欣喜过望，恰故意禀白宣宗道："后病痊，自当生子，妾子敢先后子么？"口仁义而心鬼蜮，此等人最属可恨。宣宗道："朕当立你为后，休得过谦！"贵妃又佯为固辞，宣宗不允。会胡后已上表辞位，遂命退居长安宫。后性喜静，不好华饰，至是黄老学，益怀恬退。张太后深加怜悯，尝召居清宁宫。内廷朝会宴飨，必命后居孙后上，孙后尝怏怏不乐。无如太后隐为保护，也只好得过且过，不便与争。后来宣宗亦颇自悔，尝自解为少年事，年已逾壮，安得称为少年？因赐号故后为静慈仙师。至英宗正统七年，太皇太后张氏崩，后号恸不已，越年亦殂，这是后话不提。

　　且说宣宗既册立孙后，很是欣慰，遂设宴西苑，宴集大臣。西苑在禁城西偏，中有太液池，周十余里，池中架着虹梁，藉通往来。桥东为圆台，台上有圆殿，其北即万岁山，山上有殿亭六七所，统系金碧辉煌，非常闳丽。沿池一带，满植嘉树，所有名花异卉，更不胜数。池上玉龙盈丈，喷泉出水，下注池中，圆殿后亦有石龙吐水相应，仿佛与瀑布相似。宣宗更命在殿旁筑一草舍，作为郊天祭地时斋宫，虽是矮屋三间，恰筑得格外精雅，真个是琅嬛福地，差不多阆圃仙居。蹇义、夏原吉、杨荣、杨士奇等十八人，奉召入苑，宣宗已在苑中候着，由诸臣谒毕，命驾环游，先至万岁山，次泛太液池，宣宗亲指御舟道："治天下有如此舟，利涉大川，全赖卿等。"蹇义诸人，闻命叩谢。宣宗令内侍举网取鱼，约得数尾，饬交司厨作羹，即在舟中小饮，遍及群臣。乘着酒兴，赋诗赓唱。你一语，我一句，无非是颂扬政绩，鼓吹休明。既而舍舟登殿，赐宴东庑，饮的是玉液琼浆，吃的是山珍海错，且由宣宗特旨，有君臣同乐，不醉无归二语，因此诸臣开怀畅饮，无不尽欢。席终，复各赐金帛绦环玉钩等物，大家顿首称谢，方才散归。

　　过了数旬，值张太后生辰。大受群臣朝贺。礼毕后，宣宗亲奉太后游西苑，词臣毕从。既至苑中，由宣宗亲掖慈舆，上万岁山，奉觞上寿，太后大悦，酌饮宣宗，且与语道："方今天下无事，我母子得同此乐，皆天与祖宗所赐。天下百姓，就是天与祖宗的赤子，汝为人君，能保安百姓，不使饥寒，庶几我母子可长享此乐了。"仁人之言。宣宗离席叩谢，是日亦尽欢始散。未几，又奉太后谒陵，宣宗亲执橐鞬，骑马前导，至清河桥，下马扶太后辇，徐徐行进，畿民夹道拜观，陵旁老稚，亦皆山呼迎拜。太后顾宣宗道："百姓爱戴皇帝，无非以帝能安民，应慎终如始，毋负民望！"宣宗唯唯遵教。俟谒陵已毕，复奉太后过农家。太后宣召村妇，问及生业安否？村妇应对俚朴，如家人然，太后喜甚，赐给钞币饮食。村妇亦进献野蔬家酿，太后取尝讫，复畀宣宗道："这是农家风味，不可不尝。"随事教导，不愧贤母。宣宗亦领食数味。及还，宣宗见道旁有耕夫，特向他取耒，亲自三推，随顾侍臣蹇义等道："朕三推已不胜劳，况长此劳动呢？"亦赐给耕夫钞币。其他所过农家，各有特赏，顿时欢声载道，交颂圣明。

第三十三回　享太平与民同乐　儆权阉为主斥奸

嗣是励精图治，君臣交儆，兴利除弊，任贤去佞，仍以北京为帝都，免致重迁。仁宗意欲南迁，见三十一回中，本回特叙此文，补笔不漏。一面命工部尚书黄福，及平江伯陈瑄，经略南漕，妥为输运。又选郎中况钟、赵豫、莫愚、罗以礼，及员外郎陈本深、邵旻、马仪，御史何文渊、陈鼎等九人，出为知府，一律称职。况钟守苏州，锄强植良，号称能吏。赵豫守松江，恤贫济困，号称循吏。两太守遗爱及民，声名较著。嗣复用薛广等二十九人，亦多政绩。又擢曹弘、吴政、赵新、赵伦、于谦、周忱为侍郎，分任南北巡抚。谦在山西，忱在江南，任官最久，尤得民心。大书特书，不没贤能。"喜逢国泰民安日，又见承平大有年。"这位从容御宇的宣宗皇帝，制祖德歌，作猗兰操，吟织妇词，著豳风图诗，扬风扢雅，坐享安闲；有时且作画数张，所绘人物花卉，备极精工，尝画黑兔图、松云荷雀图、黑猿攀槛图，赏赐王公，珍为秘宝。又敕造宣纸，至薄能坚，至厚能腻，裁剪成笺，有菊花笺、红牡丹笺、洒金笺、五色粉笺等名目。他若褐色香炉，蓝纱宫扇，青花脂粉箱，统由大内创制，流传禁外。香炉形式不一，炉底多用匾方印，阳铸大明宣德年制，印地光滑，蜡色可爱。宫扇用竹骨二十余，粘以蓝纱，承以木柄，可收可放，随意卷舒，尝有御制六字诗云："湘浦烟霞交翠，剡溪花雨生香。扫却人间烦暑，招回天上清凉。"所赋便是此物。青花脂粉箱系是磁质，花纹曼体，覆承两洼，子母隔膜，周围有小窦可通，灵妙无匹。或谓先由暹罗国贡入，宣宗饬匠仿造，穷年累月，仅成十具。两具给与孙后，余均分赏宫嫔。宫中又尝斗蟋蟀，宣宗最爱此戏，曾密召苏州地方官，采进千枚。当时有歌谣云："促织瞿瞿叫，宣宗皇帝要。"种种玩耍，无非因天下太平，有此清赏。好在宣宗未尝荒耽，不过借物抒怀，为消遣计，看官休要误视，当作宋徽宗、贾似道一流人物呢。点醒正意。

宣宗一日微行，夜漏已迟，尚带四骑至杨士奇宅。士奇仓皇出迎，顿首道："陛下一身，关系至重，奈何轻自到此？"宣宗笑道："朕思卿一言，所以亲至。"遂与士奇谈了数语，方才还宫。越数日，宣宗复遣内监范弘，往问士奇，谓微行有何害处？士奇道："皇上惠泽，未必遍洽寰区，万一怨夫冤卒，伺间窃发，岂不是大可虑么？"后过旬余，果由捕盗校尉，获住二盗，鞫供得实，乃欲乘帝出行，意图犯驾。宣宗方喟然吸道："今才知士奇爱朕呢。"以此益器重士奇。士奇亦知无不言，屡有献替。三杨中要推士奇。

宣德三年，宣宗出巡朔方，击败兀良哈寇众，五年及九年，又两出巡边，俱至洗马林。诸将请乘便击瓦特部，士奇与杨荣，极力奏阻，因此偃武而归。会夏原吉、金幼孜先后病殁，蹇义亦老病，国事悉赖三杨。宣宗优游一二年，忽然得病，竟至大渐，令太子祁镇嗣位，所有国家大事，禀白太后而后行。诏书甫就，竟报驾崩。统计宣宗在位十年，寿三十有八，生二子，长即太子祁镇，次名祁钰，为贤妃吴氏所出。祁镇年才九龄，外廷啧有烦言，争说太子年幼，不能为帝，甚至侵及太后，谓太后已取金符入内，将召立襄王瞻墡。杨士奇语杨荣道："嗣主幼冲，谣诼纷起，倘有不测，危及宫廷。我辈受先皇厚恩，理应力保幼主，扶持国祚。"荣允诺，遂率百官入临。适太后御乾清宫，女官佩刀剑值侍，召二杨入见。二杨叩首毕，即请见太子。太后道："我正为此事，特召二卿。二卿系先朝耆旧，须夹辅幼主，毋负先帝！"二杨复顿首道："敢不遵旨。"太后遂令二杨宣入百官，一面召太子出见，指示群臣道："这就是新天子，年甫九龄，全仗诸卿调护！"群臣闻太后言，各伏谒呼万岁。戏剧中有二进宫一出，便是就此演出。当下奉太子登位，大赦天下，以明年为正统元年，是为英宗，追谥皇考为章皇帝，庙号宣宗。尊张太后为太皇太后，孙后为皇太后，封弟祁钰为郕王。

会吏部尚书蹇义已殁，旧臣除三杨外，资格最崇，要算英国公张辅。其次即尚书胡濙。太皇太后委任五臣，凡遇军国重务，悉付裁决。内侍请垂帘听政，太皇太后道："祖宗成法，明定禁律，汝等休得乱言！"彭城伯张昶、都督张昇，皆太皇太后兄弟，但令朔望入朝，不得与闻国政。昇有贤名，杨士奇请加委任，终不见从。是时宫中有一个巨蠹，名叫王振，为司礼太监，特笔表明，隐寓惩恶之义。振狡黠多智，曾事仁宗于东宫，宣德时，已有微权。英宗为太子，振朝夕侍侧，及英宗即位，遂命掌司礼监，格外宠任，且尝呼他为先生。振遂擅作威福，于朝阳门外筑一将台，请帝阅兵，所有京营各卫武官，校试骑射，名为阅武，其实是收集兵权，为抵制文臣起见。直诛其隐。且矫旨擢指挥纪广为都督佥事，广以卫卒守居庸，往投振门，大为契合，遂奏广为武臣第一，不待朝旨，即予超擢，宦官专政自此始。应第一回权阉之弊。振尚虑威权不足，意欲加谴大臣，隐示势力，适值兵部尚书王骥，及右侍郎邝埜，奉旨筹边，迟延未复。振遂潜导英宗，令召骥、埜二人入殿，面责道："尔等欺朕年幼么？如此怠玩，成何国体？"随喝令左右，执二人下狱，右都御史陈智，希振意旨，亦劾张辅回奏稽延，并讦科道隐匿不发，应该连坐。那时九岁的小皇帝，晓得甚么，自然由王振先生作主。振因张辅是历朝勋旧，不便加刑，只命将科道等官，各杖二十。及太皇太后闻知，忙令停杖，已是不及。惟王骥、邝埜，总算由太皇太后特旨，释出狱中。太皇太后甚是不悦，亲御便殿，召张辅、杨士奇、杨荣、杨溥、胡濙五人入见。英宗东首上立，五大臣西首下立。太皇太后顾英宗道："此五大臣系先帝简任，留以辅汝，一切国政，应与五大臣共议，非得他赞成，不准妄行！"英宗含糊答应。太皇太后又回顾五臣，见杨溥在侧，召他至前道："先帝念卿忠，屡形愁叹，不意今复得见卿。"溥不禁俯伏而泣，太皇太后亦流涕不止。原来仁宗为太子时，因僚属被谗，溥及黄淮等皆下狱，见第三十回。仁宗

第三十三回 享太平与民同乐 儆权阉为主斥奸

每在宫中言及,嗟叹不已,及即位,始一概释放。见三十一回。黄淮于宣德八年辞归,惟杨溥擢任礼部尚书,与杨士奇等同直内阁。太皇太后感念前事,乃有是言。呜咽片时,复由太皇太后饬令女官,宣王振入殿。振向前跪伏,太皇太后勃然道:"汝侍皇帝起居,多不法事,罪不可赦,今当赐汝死!"振闻言大惊,正拟复辩,那左右女官,已拔剑出鞘,架振颈上,吓得他魂不附体,连一句话都说不出。何不将他一刀杀死,免得后来闻祸。英宗见这情形,忙匍匐地上,替他求免,五臣亦依次跪下。太皇太后道:"皇帝年少,不识此等小人,佐治不足,误国有余,我今姑听皇帝及诸大臣,暂将他头颅寄下,但从此以后,切不可令他干预国政!"随又命王振道:"汝若再思预政,决不饶汝!"振叩首谢恩,太皇太后叱令退去,振战栗而出,五大臣亦奉旨退朝。

太皇太后挈英宗入宫,不劳细叙,惟王振经此一跌,不得不稍稍敛戢,约有三四年不敢预事。至正统五年,太皇太后老病,杨士奇、杨荣等,亦多衰迈,王振又渐萌故态,想乘此出些风头,便步入内阁,适与杨士奇、杨荣相见,徐问道:"公等为国家任事,劳苦久了,但公等已皆高年,后事待何人续办?"与你何干?士奇道:"老臣尽瘁报国,死而后已。"言未毕,荣复插入道:"此言错了,我辈衰残,不能长此办事,当选举少年英材,使为后任,才得仰报圣恩。"振喜形于色,方告别而去。士奇与荣道:"这等小人,如何与他谦逊?"荣答道:"渠与我等,厌恨已久,一旦中旨传出,牵掣我等,势且奈何?不如速举一二贤人,入阁辅政,尚可杜他狡谋。"语虽近似,但三杨同心,尚不能去一奸珰,后人其如振何?士奇始释然道:"如公高见,胜我一着,很是佩服。但应举贤人,如侍讲马愉、曹鼐等,何如?"荣答道:"还有侍讲苗衷、高榖等,不亚愉、鼐,亦可保荐。"士奇唯唯,散值后即草好荐表,于次日进呈。有旨但令"马愉、曹鼐,入阁参预机务,苗、高二人罢议"。

未几,杨荣病殁,阁臣中失一老成,王振又问士奇道:"吾乡中何人堪作京卿?"无非欲市恩乡人。士奇道:"莫若山东提举佥事薛瑄。"原来薛瑄籍隶山西,与王振同乡,振遂奏白英宗,召瑄为大理寺少卿。瑄至京,士奇使谒振,瑄瞿然道:"拜爵公朝,谢恩私室,瑄岂敢出此么?"名论不刊。士奇赞叹不已。越数日,会议东阁,振亦在座,公卿见振皆趋拜,惟一人独立,振知为薛瑄,先与拱手,瑄始勉强相答,自是振衔怨乃深。会奉天、华盖、谨身三殿,修筑告成,永乐时,三殿被灾,至是始成。大宴群臣,独王振不得与宴。英宗如失左右手。潜命内侍往候王先生。内侍至王振宅,闻振方厉声道:"周公辅成王,有负扆故事,我独不可一坐么?"前时永乐帝尝自命周公,此次轮着王振,正一蟹不如一蟹。内侍复命,英宗明知祖宗成制,宫内太监,不得与外廷宴享,奈心中敬爱王先生,只恐惹他动恼,不得不破例邀请,好一个徒弟。便命开东华中门,宣振入宴。振始扬扬自得，骑马而来，到了门前，百官已迎拜马前，振乃下马趋入，饮酣乃去。

正统七年，册立皇后钱氏，一切礼仪，免不得劳动王先生，王先生颐指气使，哪个还敢怠慢？司礼监应出风头。英宗反加感激。是年十月，太皇太后张氏病剧，传旨问杨士奇、杨溥，以国家有无大事未举。士奇忙缮好三疏，逐日呈递。第一疏言建文帝临御四年，虽已出亡，不能削去年号，当修建文帝实录。第二疏言太宗有诏，收方孝孺等遗书者论死，今应弛禁。第三疏尚未呈入，太皇太后已崩。士奇等入哭尽哀，独这位阴贼险狠的王先生，心中大喜，好似拔去眼中钉，从此好任所欲为了。小子有诗咏道：

误国由来是贼臣，权阉构祸更逾伦。
三杨甘作寒蝉侣，莫谓明廷尚有人。

欲知王振不法行为，且俟下回再叙。

本回叙宣宗事，过不掩功，亦善善从长之义。明代守文令主，莫若仁宣，著书人未尝讳过，亦未敢没功。律以董狐直笔，紫阳书法，庶几近之。且于太皇太后张氏，及大学士杨士奇，极力表彰，无美不著。至若况钟，赵豫诸贤吏，亦一律叙入，扬清激浊，殆有深意存焉。王振用事，祸启英宗，太皇太后洞烛其奸，令女官拟刃于颈，其明智更不可及。乃帝臣乞请，不即加诛，大奸未去，贻误良多。至于慈躬大渐，垂询国事，士奇拟上三疏，仅呈其二，而未闻列振罪恶，力请严惩，是士奇之谋国，尚不太皇太后若也。明多贤后。若太皇太后张氏者，其尤为女中人杰乎？

第三十四回　王骥讨平麓川蛮
　　　　　英宗败陷土木堡

却说司礼监王振，因太皇太后既崩，遂得肆行无忌。先是太祖置铁牌于宫门，高约三尺，上铸"内官不得干预朝政"八字，振竟将铁牌携去。自在皇城筑一大宅，宅东建智化寺，竖碑祝厘，侈述功德。翰林院侍讲刘球，上言十事，大旨在勤圣学，亲政务，用正士，选礼臣，核吏治，慎刑罚，罢土木，定法守，息兵争，储武备，说得井井有条，颇切时弊，惟未尝劾及王振，振亦不以为意。偏有个钦天监正彭德清，倚振为奸，公卿多趋谒。球与同乡，独不为礼，德清恨甚，遂摘球疏中语，谓振道："这便是有意劾公呢。"一语够了。振闻言大怒，

第三十四回　王骥讨平麓川蛮　英宗败陷土木堡

遂逮球下狱，且嘱锦衣卫指挥马顺，置球死地。顺遂夜携小校入狱，令持刀杀球。球大呼太祖太宗，声尚未绝，首已被断，血流遍体，尚屹立不动。顺竟命将尸身支解，瘗狱户下。毕竟忠魂未泯，先祟小校，暴病毙命，次祟马顺子，病狂大哭，突揪顺发，拳足交下，并痛詈道："老贼！我刘球并无大过，你敢趋附逆阉，害死我么？看你等将来如何？我先索你子去罢。"言已，两目上翻，仆地而死。事见正史，足为奸党者戒。顺附振如故，振且恣肆益甚。

　　会某指挥病殁，有一遗妾，很是妖艳，振从子山，与她勾搭，拟娶还家，偏为指挥妻所阻。山嗾妾诬妻毒夫，至都御史衙门，击鼓申诉。最毒妇人心。都御史王文，亲自讯究，初颇持正不阿，后竟受山运动，严刑胁供，迫令诬服。大理寺少卿薛瑄，洞悉冤诬，驳还谳案。文遂劾瑄受贿，故出人罪，朝旨竟将瑄严谴，系狱论死。瑄有三子，上书以长子淳代死，次幼二子戍边，乞赎父罪。有诏不许，瑄将被刑。振有老仆，在爨下坐泣，为振所见，问明缘由。这老仆呜咽道："闻薛夫子将受刑，不禁心伤呢。"权阉家中，难得有此义仆。振意少解。会兵部侍郎王伟，亦上书申救，乃免死除名，放归田里。既而国子监祭酒李时勉，请改建国子监，由振奉旨往验，时勉不加礼貌，振竟怀恨，即坐时勉擅伐官树罪，枷号监门。太学生三千多人，上疏营救，并经孙太后父孙忠，为白太后，转述帝前，方才得释。是时，杨士奇忧愤成疾，乞病告归。士奇子稷不肖，为言官所劾，逮入狱中。可怜士奇忧上加忧，竟尔逼死。还有大学士杨溥，孤掌难鸣，敷衍了两三年，亦得病谢世。士奇号西杨，溥号南杨，前时杨荣号东杨，并称三杨。三杨为四朝元老，尚为振所敬惮，至是陆续病终，振正好坐揽大权，任情生杀。内使张环、顾忠，匿名评振，受了磔刑。驸马都尉石璟，偶詈了家阉吕宝，为振所闻，说他贱视同类，饬令下狱。大理寺丞罗绮，参赞宁夏军务，尝诋中官为老奴，由总兵官讨好王振，讦他罪状，坐戍边疆。监察御史李俨，谒振不跪，亦被戍。霸州知州张需，得罪中官，又被逮至京，箠楚几死。惟光禄寺卿余亨，诈称诏旨，日支御膳供振，得擢为户部侍郎。工部郎中王祐，拜振为义儿，不敢蓄须，尝对振言儿当似爷，亦得擢为工部侍郎。府部院诸大臣，及在外方面大僚，每当朝觐，必先至振第，最少纳百金，多则千金万金，称爷称父，不计其数。龌龊已极。

　　其时有麓川一役，也是王振始终主张，用兵数次，虽得获胜，究竟劳师数十万，转饷半天下，得不偿失，功不补患，待小子叙述出来，以便看官细评。麓川地接平缅，在云南西徼，洪武中沐英平云南，平缅酋思伦发，亦率众内附，太祖命兼统麓川，为平缅麓川宣慰司。应第十九回。已而思伦发复叛，复经沐英讨平，分地为三府，一名孟养，一名木邦，一名孟定，皆属云南管辖。思民失官，伦发病死，子思任发桀黠喜兵，谋复乃父故地，适孟养、木邦，与缅甸相仇杀,遂乘机出击,侵略麓川。黔国公沐晟,据实奏闻,且请发兵进讨。明廷会议,或主剿,或主抚,议论不一。王振欲示威荒服,决计出师,乃命都督方政,会集沐晟,及晟弟沐昂,率兵讨思任发。思任发闻大军将至,贻书沐晟,愿入贡输诚,晟信以为真,无出征意,政以为诈,必欲进击,且请造舟济师,晟皆不许。政独引兵渡龙川江,至高黎共山下,击败蛮众,斩首三千余级,乘胜深入,拟捣思任发巢穴,转战力疲,遣使至晟处乞援,晟恨他违制,延不发兵。思任发料政疲乏,突出象阵冲击,政竟战死,全军覆没。明廷接到警耗,严旨责晟,晟惧罪暴卒,乃令昂代统各军,久亦无功。思任发却遣头目陶孟等,带着象马金银,入京贡献,且奉表谢罪。廷臣请就此罢兵,独王振定欲平蛮,调还甘肃总兵官蒋贵等,令在京待命。兵部尚书王骥,揣知振意,亦力主用兵。于是令蒋贵为平蛮将军,都督李安、刘聚为副,王骥总督军务,侍郎徐晞转输军饷,大发东南诸道十五万人,刻期并进。既至云南,由王骥部署诸将,分三路攻入。思任发立营龙川江,树栅固守,官军合攻不能下,会大风骤起,骥遂命纵火焚栅,蛮众乃溃,长驱抵木笼山,连破七寨,直捣蛮巢。思任发恰也狡黠,暗地分兵,从间道绕出,来袭官军背后,幸骥预先戒备,但令各营坚壁勿动。蛮众冲突数次,好似铜墙铁壁,不能挫损分毫。骥却令都指挥方瑛,潜攻敌寨,思任发排着象阵,来截方瑛,被方军矢射铳击,象阵溃散。思任发尚死守寨中,会右参将冉保,亦由东路击破诸寨,率兵来会,骥命截守西峨渡,自率诸将四面环攻,西风又作,复行纵火,敌寨立破,斩馘无算。思任发挈了二子,窜走缅甸,骥留兵屯守,奏凯班师。明廷饮至论赏,进封蒋贵为定西侯,王骥为靖远伯,余皆升赏有差。已发兵两次了。

思任发闻大军北旋,复自缅甸入寇,英宗语蒋贵、王骥等道:"蛮众未靖,死灰复燃,卿等为再行。"贵、骥等顿首受命,遂起兵如前。发卒转饷,多至五十万人。大军至金齿,檄缅人献思任发,缅人佯诺不遣。骥语贵道:"缅甸党贼,不得不讨。"贵亦赞成骥言,遂邀同都督沐昂,分道大进。贵身为前驱,麾众渡江,焚敌舟数百艘,大战一昼夜,杀敌几尽。再谕缅人缚献巨魁。缅人答书,以思任发子思机发,窃据者蓝,<small>麓川别寨。</small>恐他致仇为解。骥乃率兵赴者蓝,捣入思机发寨中,思机发遁去,只获他妻子,及部目九十余人,当即露布告捷。廷议以劳师已久,饬令还军。骥遂置陇川宣慰司,引师北归。<small>三次往返。</small>越年余,云南千户王政,奉敕币宣谕缅酋,令缴出思任发,否则大军且至。缅酋恐惧,乃执思任发及妻孥部属三十二人,付与王政。思任发不食垂死,政遂将他斩首,函献京师。惟思机发仍出据孟养,屡谕不从,诏令沐晟子沐斌往讨。<small>晟死后,斌袭爵。</small>斌至孟养,以粮尽瘴作引还。王振必欲生擒思机发,再怂恿英宗,仍命王骥总督军务,率都督宫聚,左右副总兵张轨、田礼等,克日南征。四次用兵。骥渡龙川江，直抵金沙江，思机发列栅西岸，抵拒官军。官军造浮桥济师，大呼奋击，毁栅攻入。思机发不能支，退保鬼哭山巅，又被官军击破，落荒遁去。骥追至孟冉海，地去麓川千余里，土番皆望风惊顾道："自古汉人，从没有渡过金沙江，今王师到此，莫非天威不成？"骥沿途宣抚，因恐馈饷不继，收军引还。不意思机发少子思陆，复由蛮众拥戴，仍据孟养。骥知寇终难灭，乃与思陆约，立石金沙江为界，与他宣誓道："石烂海枯，尔乃得渡。"思陆亦惶惧听命，骥乃班师还朝。总计麓川一役，自正统四年出兵，直至十四年，方算做一场归束。文亦止此，作一归束。

但当时军书旁午，日有征发，免不得骚扰民间，东南一带的土匪，乘隙煽乱，统以诛王振为名，所在揭竿。闽贼邓茂七，据陈山寨，自称铲平王，攻陷二十余县，经御史丁瑄，集众往剿，驰击半年，才得荡平。矿盗叶宗留、陈鉴湖等，遥应茂七，剽掠浙江、江西、福建诸境，势日猖獗。茂七伏诛，鉴湖自欲为王，杀死宗留，居然建立伪号，纠众攻处州。浙江大理寺少卿张骥，遣人往抚，晓以利害，鉴湖还算听命，情愿归降。

东南才报平靖，西北陡起烽烟，先是兀良哈三卫，屡次入寇，宣宗北巡，曾击退寇众，后来仍出没塞下。英宗尝遣成国公朱勇等，勇系朱能子。分兵四出击兀良哈，连破敌营，斩获万计。兀良哈三卫浸衰，惟怀恨甚深，竟去连结瓦剌部，入犯边疆。瓦剌部长马哈木死后，子脱欢嗣，应三十回。与鞑靼部头目阿噜台，日相仇敌，阿噜台竟为脱欢所杀，余众东徙。鞑靼汗答里巴已死，脱欢立脱古思帖木儿曾孙脱脱不花为鞑靼继汗，自为太师，专揽权势。既而脱欢又死，子也先嗣。也先亦作也先，《通鉴辑览》作额森。也先尝遣使入贡，王振以粉饰太平为名，赏赉金帛无数。至正统十四年，也先以二千人贡马，号称三千，振令礼部点验人数，按名给赏，虚报的一概不与，所有请求，只准十分之二，也先大愤，又经兀良哈三卫往诉，遂大举入寇。鞑靼汗脱脱不花，劝阻不从，也只好随他发兵。于是脱脱不花率兀良哈部众，入寇辽东。阿拉知院寇宣府，并围赤城。也先自拥众寇大同。至猫儿庄，参将吴浩迎敌，一战败死。西宁侯宋瑛，武进伯朱冕，率兵往援，又均战殁宁和。

警报与雪片相似，飞入京城，英宗只信任王振先生，便向他问计。王振道："我朝以马上得天下，太祖太宗，都是亲经战阵，皇上春秋鼎盛，年力方强，何不上法祖宗，出师亲征呢？"说得冠冕堂皇，奈后人不及前人何？英宗闻言大喜，便召集群臣，谕令随跸北征。是时，荧惑入南斗，廷臣都防有他变，兵部尚书邝埜，侍郎于谦，遂力言六师不宜轻出，英宗不从。吏部尚书王直，又率百官再三谏阻，亦不见纳。先生之言，原不可违。竟下诏令郕王居守，自率六军亲征。英国公张辅，暨公侯伯尚书侍郎以下，一律随行，军士凡五十万人。王振侍帝左右，寸步不离，沿途命令，统由他一人主持。不愧为先生。及至居庸关，群臣请驻跸，俱被驳斥。进次宣府，连日风雨，人情汹汹，群臣又交章请留。振大怒道："朝廷养兵千日，用兵一时，难道未见一敌，便想回去么？语似近理，但问他有何把握？再有抗阻，军法不贷。"好像一位王军师。遂麾兵再进。一路上威风凛凛，无人敢撄。成国公朱勇等白事，皆膝行听命。尚书邝埜、王佐等，偶忤振意，罚跪草中，俯伏竟日。钦天监正彭德清，系振私人，入语振道："象纬示儆，不可复前，若有疏虞，危及乘舆，何人当此重责？"振又大声道："即或有此，亦是天命。"学士曹鼐进言道："臣子不足惜，主上系社稷安危，岂可轻进？"振终不从。至阳和，兵已乏粮，僵尸满路，众益危惧，振仍拟决计北行。直至大同，中官郭敬，向振密阻，振始有还意，下令班师。总是同类之言，还易入听，然亦迟了。大同总兵郭登，告学士曹鼐等，请车驾速入紫荆关，方保无虞。曹鼐转白振前，振又不听。振系蔚州人，初欲邀帝至家，向蔚州进发，嗣恐损及乡禾，复改道宣府。忽有侦骑来报，乜先率众来追，将到此地了。振不以为意，只遣朱勇率三万骑，往截乜先，勇轻率寡谋，仓猝就道，进军鹞儿岭，突遇敌兵杀出，左右夹攻，杀掠几尽。邝埜闻知此信，急请车驾长驱入关，严兵断后。奏牍上呈，并不见报。埜再诣行殿力请，振叱道："腐儒晓得甚么兵事？再言必死。"难道腐竖反知兵事么？喝左右将埜推出。振偕英宗徐徐南还，至土木堡，日尚未晡，去怀来仅二十里。群臣欲入保怀来，振检点自己辎重，尚少千余辆，命驻兵待着。辎重可换性命否？时当仲秋，天气尚热，人马行了二日，很是燥渴，四处觅水，不得涓滴。及掘井二丈余，仍然干涸，军士惊慌得很，急遣侦骑远觅。返报南去十五里，有一小河，奈敌军前哨，已到河边，不便往汲了。诸将闻敌军将到，越觉慌乱，振尚意气自如。延至夜半，敌军纷纷趋至，都指挥郭懋等，急上马迎战，杀了半夜，敌越来越多，竟将御营团团围住。正在惶急，忽报乜先使至，持书议和。英宗命曹鼐草敕，遣通事二名，随北使偕去。振急传令拔营，想是辎重已到，不然，前何迟迟？后何急急？将士等得此机会，好似重囚遇赦，赶先奔走。行不上三四里，行伍又乱，蓦闻炮声四起，敌骑又复杀到，大刀阔斧，奋砍官军。那时官军饥渴难当，逃归心急，还有甚么气力，对付敌兵？敌兵左驰右骤，大呼快降。官军要命，弃甲投械不迭。英国公张辅、泰宁侯陈瀛、驸马都尉井源、都督梁成、王贵，尚书邝埜、王佐，内阁学士曹鼐、张益等百余人，还想勒兵抵御。哪知敌兵接连放箭，所有将士，多被射死，连张辅等一班辅臣，也都中箭身亡。张辅老臣，至此始死于沙场，可谓建文帝吐气。英宗不禁慌张，只睁着眼顾视王振，振至此亦抖个不住。王先生威福享尽了。护卫将军樊忠，愤愤道："皇上遭此危难，都是王振一人主使，即如将士伤亡，生灵涂炭，亦何一不自他闯祸？我今为天下杀此贼子。"言至此，即袖出铁锤,猛击振首,扑踢一声,头颅击碎,鲜血直喷,倒毙地上。快哉!快哉!当下请英宗上马,率领骑兵,冒死突围。怎奈敌兵层裹,竟没有一毫出路,忠竟力战身亡。英宗见忠已死,无法可施,重下雕鞍,坐地休息。忽有敌兵一队,破围竟入,竟将英宗一拥而去,正是:

滚滚寇氛敢犯驾,堂堂天子竟蒙尘。

未知英宗性命如何,且看下回续叙。

麓川之役,以一隅骚动天下,可已而不已者也。瓦剌入寇,决议亲征,张皇六师,亦匪无策,较诸麓川之劳师动众,宜较为有名矣。然王振擅权,威逾人主,公侯以下,俱受制于逆阉之手,几曾见刑余腐竖,能杀敌致果者耶?鱼朝恩监军,而九节度皆溃,智勇如郭子仪,且亦在溃散之列。况出塞诸将,不逮子仪远甚,安在其不败衄也。惟王振之决意劝驾,实肇自麓川之捷,彼以为麓川可胜,则瓦剌亦何不可胜,设能一战克敌,则功莫与匹,掉天子且如反掌,遑问张辅、朱勇诸人耶?然天道恶盈,佳兵不祥,古有明征,矧属阉竖?樊忠一锤,大快人心,惜乎其为时已晚也。

第三十五回　诛党奸景帝登极
　　　　　却强敌于谦奏功

却说英宗被虏北去,警报驰达阙下,在京留守诸臣,将信未信,正与郕王议毕军情,退朝归第,忽见败卒累累,奔入京城。随后有萧维桢、杨善等,亦踉跄驰来,百官惊问道:"乘舆归来么?"萧、杨统是摇首。百官又问道:"你两人都随着乘舆,怎么你等已归,乘舆不返?"萧、杨被他诘住,瞠目不答。经百官再三究询,才说出"乘舆被陷"四字。百官忙入报郕王,郕王又转禀孙太后,那时宫廷鼎沸,男妇徬徨,孙太后、钱皇后等,更哭得似泪人儿一般。至穷究英宗下落,连萧、杨都不知情。喧攘了好几日,方接怀来守臣飞章,报称英宗被留虏廷,已有旨遥索金帛。于是太后搜括宫中珍宝,载以八骏名马,皇后钱氏,复添入金珠文绮,遣使诣也先营,愿赎皇帝还京。看官!你想也先既得了英宗,岂肯轻轻放还?所遗金宝马匹等物,老实收受,但羁住英宗不放。去使还报太后,太后无法,只好召集群臣,大开会议。侍讲徐珵上言道:"京师疲卒羸马,不满十万,倘也先乘胜进来,如何抵敌?愚意不若且幸南京。"尚书胡濙道:"我能往,寇亦能往。某只知固守京师,不宜惧敌南迁。"侍郎于谦道:

"哪个敢倡议迁都？如欲南迁，实可斩首。试思京师为天下根本，京师一动，大事去了。北宋南渡，可为殷鉴。请速召勤王兵，誓死固守。"学士陈循道："于公所言，很是合理。"太监兴安大声道："京师中有陵庙，如或大众南去，何人再来守着？徐侍讲贪生畏死，不足与议国事，快与我出去！"言固甚当，但太监又来干政，实是不祥。珵怀惭而退，议遂定。太后遂命郕王总统百官，嗣复立皇长子见深为太子，见深甫二岁，令郕王翼辅，诏告天下道：

迩者寇贼肆虐，毒害生灵，皇帝惧忧宗社，不遑宁处，躬率六师问罪。师徒不戒，被留敌廷。神器不可无主，兹于皇庶子三人，选贤与长，立见深为皇太子，正位东宫，仍命郕王为辅，代总国政，抚安百姓，布告天下，咸使闻知。特录此诏，见得太子已定，后来景泰帝擅易，贪私可知。

郕王祁钰，既受命辅政，每日临朝议政，令于谦为兵部尚书，缮修兵甲，固守京城，谦直任不辞。一语已见忠忱。廷臣复交章追劾王振，言振倾危宗社，罪应灭族，若不奉诏，死不敢退。郕王迟疑未决。迟疑何为？指挥马顺，叱群臣道："王振已死，说他甚么？"这语甫出，恼动了给事中王竑，越班向前，一把抓住顺发，怒目顾视道："汝仗着王振，倚势作威，今尚敢来多嘴么？"马顺还是不服，亦执住王竑，你一拳，我一脚，斗殴起来。众官见马顺倔强，都气得发竖冠冲，顿时一拥上前，交击马顺。顺虽武夫，奈双手不敌四拳，竟被众官拖倒，拳殴足踢，立刻打死。刘球之言验矣。朝仪大乱，郕王惊避入内，众复拥入，定要族诛王振。太监金英，传旨令退，众又欲捽英，英忙走脱。晦气了毛、王两中官，被众拖出门外，一阵乱殴，复致击毙。郕王又欲抽身，于谦抢进一步，扶住郕王，请即降旨，从众所请。郕王乃令都御史陈镒，率卫卒籍王振家，并将他阖门老幼，尽行拿下。镒奉命即往，不到一时，已把王振家族，及振从子王山，一概押到，山反缚跪庭中，众官都向他唾骂，呶呶不绝。此时某指挥妾，不知亦在列否。于谦即传郕王命令，驱出罪犯，尽行斩讫。至陈镒籍产复命，共得金银六十余库，玉盘百座，珊瑚树六七十株，其他珍玩无算。众官再请籍振党，郕王一一允从。自彭德清以下各家，次第籍没。中官郭敬，正自大同逃归，亦饬令下狱，抄没家资，众始拜谢退出。是日事起仓猝，赖谦镇定。谦排众翊王，累得袍袖俱裂。既退朝，吏部王直执谦手道："朝廷幸赖有公，若如我等老朽，虽多何益？"谦逊谢而散。

话分两头，且说也先既虏住英宗，从部下伯颜帖木儿议，好生看待，并欲以女弟嫁给英宗。英宗侍臣，只有校尉袁彬，及译使吴官童等数人，官童密语英宗道："也先欲以妹配陛下，殊不可从。陛下为万乘主，岂可下为胡婿么？"英宗踌躇半响，方道："身被羁絷，不便拒绝，奈何？"官童道："臣自有言对

第三十五回　诛党奸景帝登极　却强敌于谦奏功

付。"便往语也先道："令妹欲配给皇上,足见盛情,但皇上在此,不当野合,须俟车驾还都,厚礼聘迎,方为两全。"也先乃止。嗣复欲选胡女荐寝,又由官童婉辞道："留俟他日,为尔妹从嫁,当并以为嫔御。"语颇合体。也先乃不复多言,惟总不肯放还英宗,且拥至宣府城下,伪传上命,饬守将杨洪、罗守信开门迎驾。杨洪令守卒答道："臣只知为皇上守城,他事不敢闻命。"也先见杨洪固拒,复拥至大同,坚索金币。广宁伯刘安,都督郭登,亦闭城不出,校尉袁彬,用首触门,大呼接驾,刘安等乃出城见英宗。英宗密语道："也先声言归我,情伪难测,卿等须严行戒备。"安等受命,献上蟒龙袍一袭。英宗转赐敌目伯颜帖木儿。也先见了刘安,仍索资犒军。安以金至驾还为约。乃入城搜括金银,约得万余,送给也先。郭登闻信,语手下亲信将弁道："这是明明欺我呢,不若将计就计,劫还车驾,方为上策。"遂募壮士七十余人,激以忠义,约事成畀他爵禄。士皆踊跃听命,正拟乘夜出劫,忽报也先拥帝驰去,计遂不行。登乃练兵修械,誓死捍边,大同赖以保全。明廷擢他为总兵官,镇守大同。又封杨洪为昌平伯,镇守宣府。惟居庸关一带,尚属空虚,由于谦荐举员外郎罗通,令提督各军,尽力守御。也先见边备日严,恰也不敢进攻,只拥着这位奇货可居的英宗,往来塞外,所有苏武庙、李陵碑诸名胜,统去游览。行至黑松林,也先设宴款待英宗,且令自己妻妾,奉觞上寿,歌舞为乐。仿佛强盗请财神。英宗得过且过,除与也先宴会外,常住在伯颜帖木儿营中,虽得伯颜夫妻优礼相待,毕竟身在房中,事事受制;兼且中外风俗,全然不同,所居的是毳幕韦帐,所食的是膻肉酪浆,状况凄凉,不劳细述。

　　惟郕王祁钰,留守京师,免不得有左右侍臣,怂恿为帝。郕王恰也有意,但一时不便即行。直揭郕王隐衷,并非深刻。会都指挥岳谦,出使瓦剌,回京后口传帝旨,令郕王继统。并无书证,安知非郕王暗中授意?郕王佯为谦让,廷臣复合辞劝进,俱说车驾北狩,皇太子幼冲,当此忧患危疑的时候,断不可不立长君,俾安宗社。郕王犹再三固辞,经群臣入奏太后,太后降旨,令郕王即位,郕王方才受命,喜可知也。遥尊英宗为太上皇帝,择日践阼。看官记着!这年是正统十四年九月,郕王登基,以次年为景泰元年。后来英宗复辟,复将他削去帝号,仍称郕王。至宪宗成化十一年,追还尊称,立庙祭飨,谥为景帝。小子此后,也以景帝相称,暂称英宗为上皇,以存实迹。特别表明,俾清眉目。

　　话休叙烦,且说景帝即位,遣都指挥佥事季铎,诣上皇所,详述情事,并致书也先,亦举即位事相告。也先本挟上皇为奇货,至是闻景帝嗣立,似把上皇置诸度外,不由的失望起来。适有太监喜宁,从上皇北狩,叛附也先,也先遂与他商议。喜宁献计道："现在紫荆关一带,守备空虚,不如乘此叩关,诡言奉上皇还京,令守吏开关相迎,我等留下守吏,乘势入关,直薄京城,京城被攻,定要南迁,燕都可为我有了。"阉人之狡诈如此。也先大喜,遂拥上皇至紫荆关,途次遇通政使谢泽。斗了一仗,泽败绩被杀。也先直抵关下,诡传上皇谕旨,命守备都御史孙泽、都指挥韩青接驾。孙、韩率千骑出关,往迎上皇,不意伏兵骤起,把他困住垓心,两人冲突不出,自刎而亡。关吏闻主将战死,立时溃散。也先率军入关,长驱东进,京师大震。

明廷赦成山侯王通罪,命为都督,升鸿胪寺卿,杨善为副都御史,协守京城。于谦复请释放石亨,令总京营兵马。石亨初守万全,因土木被围,勒兵不救,坐逮诏狱。景帝从于谦言,令他带兵赎罪。独任谦总督各营,令诸将均归节制,凡都指挥以下,有不用命,先斩后奏。谦乃召集军士,约得二十二万人,列阵九门外。石亨请毋出师,但坚壁以待,谦怫然道:"寇势张甚,奈何示弱!"乃身先士卒,擐甲出城,自营德胜门,涕泣誓师,期以必死。于是人人感奋,勇气百倍。可见行军全在作气。也先拥上皇过易州,至良乡,进次芦沟桥,沿途无人拦阻,只有父老接驾,进献茶果羊酒等物。上皇遥为抚慰,一面作书三封,一奉皇太后,一致景帝,一谕诸大臣,由番使递入京营。太监喜宁,并嘱番使传语,邀大臣迎驾。番使依词直达,并赍交上皇三书,当由于谦传报景帝,帝命通政司参议王复,为右通政,中书舍人赵荣为太常少卿,出城朝见。喜宁又私语也先道:"来使官卑,当更易大臣。"也先点首,遂与王复、赵荣道:"尔皆小官,可速去,当令于谦、石亨、胡濙、王直等来。若要上皇还驾,除非金帛,万万不可。"王复、赵荣,无可答辩,只与上皇遥见一面,便被也先勒归。

廷臣尚欲议和,遣人至军中问谦。谦答道:"今日只知有军旅,他不敢闻。"也先待了两日,不得议和消息,遂纵兵大掠,焚三陵殿寝祭器,自麾劲骑攻德胜门。谦设伏空舍,但遣数百骑诱敌。也先弟博啰及平章卯那孩,率众轻进,伏兵从暗处觑着,待敌兵将近,一齐杀出,迭用火器击射,博啰当先受创,倒撞马下。卯那孩来救博啰,不防火箭射来,正中咽喉,立即毙命。余众纷纷逃去。石亨出安定门,来截逃兵,也先也遣兵接应,两下里又厮杀起来,亨与从子石彪,各持巨斧,劈入敌阵,敌向西溃走,追至西城,敌复却而南。也先乘官军拒战,潜袭西直门,都督孙镗,慌忙迎敌,力斩敌前队数人,乘势追逼。也先驱军大进,一场混战,镗渐觉不支,返身欲趋入城中。给事中程信,闭门不纳,只与都督王通,都御史杨善,在城上鼓噪助威,并用枪炮遥击敌军。镗见无归路,也只好麾军奋斗,人人血战,喊杀连天。正在拚命相持的时候,石亨亦率军驰到,两下夹攻,始将也先击退。也先曾奉上皇居土城,至是退还,为居民所击,乱投砖石。明将王竑、毛福寿等又至,也先望见旗帜,不敢复前。退至土城数里外,勉强安营。于谦探知上皇未去,命石亨等夜半出兵,往击也先营,出其不意,击死万人。也先复遁,一面召还土城兵,仍劫上皇西去。

第三十五回　诛党奸景帝登极　却强敌于谦奏功

谦遣将穷追,石亨及从子彪,追至清风店,复败敌众。孙镗等追至固安,又得胜仗。也先愤无所泄,令伯颜帖木儿拥着上皇,出紫荆关,自引军攻居庸关。时已天寒,守将罗通,汲水灌城,水沍成冰,坚而且滑,敌不得近。也先住城下七日,料知城不易攻,只好还师。偏偏罗通追来,三战三北,伤亡无算,弄得也先神色沮丧,狼狈遁去。也先实是无能。上皇出紫荆关,连日雨雪,跋涉甚艰,亏得袁彬随侍,昼为执鞭,夜为温寝。还有蒙古人哈铭,及卫沙狐狸,亦镇日相随,侍奉不懈。也先劫上皇至瓦剌部,脱脱不花亦不甚得手,引众北归,见了上皇,也总算以礼相待,别遣使人赴京献马,意欲议和。景帝拟却还马匹,胡濙、王直道:"闻脱脱不花与也先有隙,名虽君臣,阴实猜忌,何妨收受献物,优待来使,这也是兵法上的反间计呢。"景帝称善,乃命来使入见,赐他酒馔,并赏金帛及衣服,来使欢谢而去。景帝以也先退走,京师解严,论功行赏,以于谦、石亨,立功最大,封亨为武清侯,加谦少保衔,总督军务。谦固辞不允,方才受命。既而也先复遣使来京,仍言欲送上皇还驾,廷臣又主张和议,谦独毅然道:"社稷为重,君为轻,毋堕敌人狡计。"遂拒绝来使,一面申戒各边,专力固守,勿为敌愚。复加派尚书石璞守宣府,都御史沈固守大同,都督王通守天寿山,佥都御史王竑昌平,都御史邹来学,提督京都军务,平江伯陈豫守临清,副都御史罗通守山西,此外防边诸将,概仍原职,暂不变迁。乘着朝廷少暇,尊皇太后孙氏为上圣皇太后,生母贤妃吴氏为皇太后,景帝生母,与英宗异,前文已详。立妃汪氏为皇后。典礼修明,宫廷庆贺。

过了残腊,就是景泰元年,也先复遣兵寇大同。总兵郭登,出师抵御,师行数十里,始与敌兵相值,登高遥望,敌兵如攒蚁一般,差不多有万余名。登手下只有八百骑,众寡悬殊,免不得各有惧色,遂纷纷禀请还军。登叱道:"我军去城将百里,一思退避,人马疲倦,寇骑来追,还能自全么?"说至此,拔剑置案道:"敢言退者斩。"此与前文王振意,自觉不同。言下即驱兵前进,径薄敌营。敌来迎战,登连发二矢,射毙敌目二人,乘势跃出,复手刃敌目一人,敌众披靡。登麾众继进,呼声震天地,吓得敌众心惊胆战,只恨爷娘少生两脚,逃的不快。一奔一赶,直至栲栳山,复斩首二百余级,尽夺所掠而还。自土木败后,边将无敢与寇战,登以八百骑破寇万人,推为战功第一。明廷闻他战捷,封为定襄伯,自是边将益奋,争思杀敌。朱谦在宣府得胜,杜忠在偏头关得胜,王翱在辽东得胜,马昂在甘州得胜,修城堡,简精锐,军气大振,无懈可击。还有一桩可喜的事情,那叛阉喜宁,竟被宣府参将杨俊擒送京师,小子也为明廷庆幸,然已是贻误多了。因咏有一诗道:

　　　　引狼入室由王振,为虎作伥有喜宁。
　　　　恶贯满盈惟一死,诛奸尚恨乏严刑。

未知喜宁如何被擒,容至下回声明。

郕王祁钰,为英宗介弟,英宗被虏,由皇太后命,立英宗子见深为皇太子,以郕王为辅,是郕王只有摄政之责,监国可也,起而据天位,不可也。于少保忠诚报国,未闻于郕王即位,特别抗议,意者其亦因丧君有君,足以夺敌之所恃乎?昔太公置鼎,汉高尝有分我杯羹之语,而太公得以生还,道贵从权,不得以非孝目之。于公之意,毋乃类是。且诛阉党,拒南迁,身先士卒,力捍京师,卒之返危为安,转祸为福,明之不为南宋者,微于公力不及此。其次则即为郭登,于在内,郭在外,也先虽狡,其何能为?所未慊人心者,第郕王一人而已。书中叙述甚明,褒贬外更有微词,阅者于此,可以觇笔法矣。

第三十六回　议和饯别上皇还都
　　　　　　希旨陈词东宫易位

却说太监喜宁,自叛降也先后,尝导他入边寇掠,且阻上皇南还。上皇恨宁切骨,辄与侍臣袁彬密议,谋杀叛阉,但急切不能下手。宁亦最忌袁彬,诱彬出营,把他困住,亏得上皇闻报,亲往解救,方得脱身。彬乃与上皇定一密计,只说遣喜宁还国,索取金帛,一面令卫士高磐,与宁偕行。宁不知是计,忙去通报也先,愿为一往。临行时,袁彬暗授锦囊,内藏密书,令系髀间,投递宣府总兵官。磐唯唯从命,即与喜宁就道。不数日即到宣府,参政杨俊,闻上皇遣使到来,即出城迎接,把酒接风。磐已解下锦囊,暗付杨俊。俊托故离座,私下一阅,统已分晓,便潜令军士,小心伺候。喜宁恰也机警,见杨俊多时不出,防有他变,即立起身来,意欲逃席。不防高磐在旁,竟将他双手挟住,大呼杨参将快拿逆阉。俊正引兵出来,令数人齐上,似老鹰拖小鸡一般,立刻抓去,打入囚车,押送京师。那时还有何幸,自然问成极刑,磔死市曹。死有余辜。

高磐返报上皇,上皇大喜道:"逆阉受诛,我南归有日了。"当命袁彬转达也先,略言喜宁挺撞边吏,因此被擒。也先愤愤,便遣兵入寇宣府,与喜宁报仇。偏遇着守将朱谦,纵兵奋击,杀得他七零八落,大败而逃。嗣复以奉还上皇为名,转寇大同。先锋队至城下,都仰首叫道:"城内守将,速来迎驾!"定襄伯郭登,料知有诈,佯同镇将以下,各着朝服出迎,暗中却令人伏在城上,俟上皇入城,即下闸板,布置就绪,才开城高叫道:"来将既送归上皇,请令上皇先行,护从随后。"敌兵置诸不理,仍拥着上皇前来。郭登等返入门内,候着乘

第三十六回 议和饯别上皇还都 希旨陈词东宫易位

舆,不意敌兵竟尔停住,迟疑半刻,即奉上皇返奔,疾驰而去。登不便驰击,只好闭城自守罢了。乜先见计又不行,越觉气沮,惘惘然还至部落,默思明廷已有皇帝,徒挟一废物,毫无用处,且脱脱不花与阿拉知院,屡有龃龉,不若与明廷议和,送还上皇,既得市惠,尤可结援。计画已定,便令阿拉知院,遣参政完者脱欢,借贡马为名,进入怀来,互商和议。

边将转奏朝廷,廷臣拟遣使往报,太监兴安出呼群臣道:"公等欲报使,何人堪为富弼、文天祥?"太监又来出头,然窥他语意,实是希承风旨。尚书王直道:"据汝所言,莫非使上皇陷虏,再为徽、钦不成?"一语直诛其心,且以宋事答宋事,尤不啻以彼之矛,攻彼之盾。兴安语塞。乃命给事中李实为礼部侍郎,大理寺丞罗绮为少卿,及指挥马显等,令赍玺书,往谕瓦特君臣。既而脱脱不花及乜先,先后遣使至京,决计送还上皇。景帝犹豫未决,尚书王直首先上疏,请即遣使恭迎。胡濙等又复联名奏请。景帝乃御文华殿,召群臣会议,且谕道:"朝廷因通和坏事,欲与寇绝,卿等乃屡言和议,是何理由?"王直跪奏道:"上皇蒙尘,理宜迎复。今瓦剌既有意送归,何不乘此迎驾,免致后悔。"景帝面色顿变,徐答道:"朕非贪此位,乃卿等强欲立朕,今复出尔反尔,殊为不解。"贪恋帝位,连阿兄俱可忘却,富贵之误人大矣哉!众闻帝言,瞠目不知所答。于谦从容道:"大位已定,何人敢有他议?惟上皇在外,理应奉迎,万一敌人怀诈,是彼曲我直,我得声罪致讨,何必言和。"景帝颜色少霁,乃对于谦道:"从汝从汝。"帝位不移,自可曲从。乃再拟遣使。右都御史杨善,慨然请行,中书舍人赵荣亦请往,乃命二人为正使,更以都指挥同知王恩,锦衣卫千户汤胤勋为副,赍金银书币,出都北行。适礼部侍郎李实等南归,中途相值,实述乜先语,谓迎使夕来,大驾朝发。善额手道:"既如此,我等迎归上皇便了。"两下相别,南北分途,实等还京复命,不消细说。

善以此次出使,决不虚行,检阅所赍各物,除金币外无他赐,乃独捐资俸,添购各种新奇等件,随身带往。既至瓦剌,暂寓客馆。馆伴田氏亦中国人,留饮帐中。善与语甚欢,即以所赍各物,酌送田氏。田氏甚喜,即入语乜先。越宿,善等与乜先相见,亦大有所遗。乜先亦大喜。善因诘问道:"太上皇帝在位时,贵国遣来贡使,多至二三千人,各有赏给,金币载途,相待不薄,乃反背盟见攻,果属何意?"乜先道:"何为削我马价?且所给币帛,多半翦裂,前后使人,多留京不返,难道非待我太薄么?"善答道:"太师贡马,岁有增加,常常如此,恐难为继;又不忍固拒,所以给价略少。太师试自计算,总给价目,比从前多少何如?至若翦裂币帛,乃通事所为,朝廷亦时常查考,事发即诛。就是太师贡马,亦有劣弱,貂裘亦有敝坏,难道是太师本意吗?且太师贡使,多至三四千人,有为盗的,或犯法的,归恐得罪,潜自逃去,于我朝无干,我朝亦不欲留他，留他果有何用呢？"也先听着，也觉得语语合理，不由的辞色渐和。善又道："太师一再出兵，攻我边陲，戮我兵民数十万，太师部曲，料亦死伤不少，上天好生，太师好杀，难道不要犯天忌么？今若送还上皇，和好如故，化干戈为玉帛，宁不甚善？"善于词令，不愧善名。也先听了天忌二字，不禁失色。原来也先虏住上皇，尝欲加害，一夕正思犯驾，忽天大雷雨，把他乘骑击死，因此中沮。嗣复见上皇寝幄，每夜有赤光罩住，似龙蟠状，异谋为之益戢。是补笔。至是闻杨善言，适与所见相符，自然气馁色恭，当下复问杨善道："上皇归国，更临御否？"善答道："天位已定，不便再移。"也先复问道："中国古时有尧舜，称为圣主，究竟事实如何？"善答道："尧把帝位让舜，今上皇把帝位让弟，古今固一辙呢。"娓娓动人。也先益悦服。伯颜帖木儿劝也先留善，别遣使赴燕京，要求上皇复位。也先道："曩令遣大臣来迎，今大臣已至，不应失信。"遂引善见上皇。择定吉日，送上皇启行。也先早在营前，设宴祖饯，奉上皇上坐，自率妻妾等奉觞上寿，并弹琵琶侑酒。杨善旁侍，也先顾善道："杨御史何不就座？"善口中虽是答应，身子仍直立不动。上皇亦顾善道："太师要你坐，你何妨就坐？"善复启道："君臣礼节，不敢少违。"上皇笑道："我命你就座罢。"善乃叩头称谢，然后坐在偏席，少顷即起。也先赞道："中国大臣，确是有理，非我等所敢仰望呢。"当下开樽畅饮。上皇因指日得还，也饮得酩酊大醉，日暮各散归原营。到了次日，伯颜帖木儿等，也各轮流饯行。越日又饯饮各使，及随从诸臣。又越日，上皇才启驾南行。也先预筑土台，请上皇登座，自挈妻妾部长，罗拜台下。礼毕登程，也先及部长等，送至数十里外，各下马解脱弓箭战裙，作为献礼，然后洒泪而别。独伯颜帖木儿，送上皇至野狐岭，携榼进酒，并挥泪道："上皇去了，不知何日再行相见？"上皇感他供奉的私惠，一面称谢，一面也流泪两行。饮毕，伯颜帖木儿屏去左右，密语上皇侍臣哈铭道："我等敬事上皇，已阅一年，但愿上皇还国，福寿康强，我主人设有缓急，亦得遣人告诉，请转达上皇，莫忘前情！"哈铭允诺。上皇劝伯颜帖木儿回马，伯颜帖木儿尚依依不舍，直送出野狐岭口，重进牛羊等物。上皇揽辔慰藉，彼此又复垂泪，经杨善等促驾南行，才与伯颜帖木儿言别。伯颜帖木儿大哭而归，如此气谊，实是难得，想与英宗前生，定有夙缘。仍命麾下头目，率五百骑护送上皇还京。

这消息早达京城，景帝不能不迎，命礼部具仪以闻。尚书胡濙，议定礼节，即日复奏。景帝偏从减省，只命以一舆两马，迎上皇入居庸关，待入安定门，方易法驾。给事中刘福，上言礼贵从厚，不宜太薄。景帝道："朕恐堕寇狡计，所以从简。且昨得上皇书，曾言礼毋过烦，朕岂得违命？"言不由衷，然已如见其肺肝。群臣不敢再言。会千户龚遂荣，投书大学士高穀，略言："上皇为

第三十六回　议和饯别上皇还都　希旨陈词东宫易位

兄,今上为弟,奉迎应用厚礼。且今上亦当避位恳辞,俟上皇固让,才得受命。唐肃宗故事,可为成法"云云。高穀袖书入朝,与王直等商议。尚书胡濙,即欲把原书上呈,都御史王文,独以为未可。两下里方在龃龉,给事中叶盛,已入内面奏,有诏索书。濙等即以书进,且言肃宗迎上皇礼,正可仿行。景帝怒道:"遂荣何人,敢议朝廷得失!"随传旨逮问遂荣。遂荣倒也硬朗,自缚诣阙,仍执前词,竟至下狱坐罪,一系数年,始得脱囚。景帝遣太常少卿许彬至宣府,翰林院侍读商辂至居庸,迎上皇入京。约过数日,上皇已至京城,景帝出东安门迎接,下马载拜。上皇亦下马答拜,相持悲泣,各述授受意。逊让良久,乃送上皇入南宫。百官随入,行朝见礼,随即下诏大赦。诏词中有数语道:"礼惟有隆而无替,义则以卑而奉尊,虽未酬复怨之私,庶稍遂厚伦之愿。"轻描淡写了几句,分明将监国二字,变成篡国,涕泣推逊,无非掩饰耳目,自欺欺人罢了。直书无隐。

上皇自居南宫后,名似尊崇,实同禁锢。闲庭草长,别院萤飞,遇着岁时生诞,并没有廷臣前来朝贺,虽有胡濙等上表申请,一概置诸不理。惟脱脱不花及乜先等,颇时时念及上皇,遣人贡献,上皇每次俱有答礼。景帝心滋不怿,即谕敕乜先道:"前日朝廷遣使,未得其人,飞短流长,遂致失好。朕今不复遣,设太师有使,朕当优礼待遇,但人数毋得过多,赏赉乃可从厚,惟太师鉴原,勿违朕意!"这道谕敕,方才颁发,适脱脱不花使人又至,且还所掠招抚使高能等,请修旧好。景帝欲将他拒绝,还是王直等痛陈利害,始款待来使,赐他酒宴。但朝使依然不遣,只令来使赍书还报,算作了事。极写景帝懊怅情形。

会岷王楩子广通王徽煠,及弟阳宗王徽焟,以景帝构夺兄位,心中不服,竟煽诱诸苗,颁发伪敕,封苗酋杨文伯等为侯,令纠众攻武冈州。是时湖广总督侯班,与副总兵田礼正,击破贵州叛苗,俘获甚众。杨文伯闻风畏惧,不敢受徽煠私敕,只遣部众二千名,随去使蒙能等赴武冈。事被徽煠兄徽煣所闻,急上表呈报。徽煣曾封镇南王,由景帝颁谕嘉奖,一面发兵拿逮徽煠,禁锢京师,徽焟亦被锢凤阳,皆废为庶人。及蒙能等至武冈,两王已就逮,那时顾命要紧,慌忙窜去,潜入粤西,勾结生苗,自号蒙王,骚扰了好几年,始由官兵荡平,这且慢表。

且说景帝迎还上皇,内外无事,苗众虽有乱耗,亦不日肃清。时已景泰三年,会当盛夏,景帝闲坐宫中,语太监金英道:"东宫诞辰将到了。"英答道:"尚未。"景帝道:"七月初二日,不就是太子生日么?"英顿首道:"是十一月初二日。"景帝默然不答。看官!你道景帝此言,果是记错日子么?他因世子见济,是七月二日生辰,年已十余岁,意欲立为太子,可继帝统,无如兄子见深,已立为青宫,一时不好改换,所以把见济生辰,佯作太子生日,佯作错误,试探金英口气。偏金英据实申陈,好似未明意旨一般。实是以伪应伪。弄得景帝无词可说,又踌躇了数日,毕竟忍耐不住,再与中官兴安等熟商。安初亦颇以为难,经景帝再三谆嘱,不得不勉从上命,代为设法,暗中与陈循、高穀、江渊、王一宁、萧镃、商辂等,旦夕密议。各人依违两可,不敢遽决。事有凑巧,来了一道边疆的奏章,署名叫作黄玹,玹系广西土目,因平匪有功,得擢为都指挥使。他有庶兄黄瑚,曾为思明土知府。瑚年老,子钧袭官,玹谋夺世职,率领己子,及骁悍数千人,夜袭瑚家,杀死瑚父子,支解尸首,纳入瓮中,埋诸后圃。总道是无人发泄,谁知瑚仆福童,竟走告宪司。巡抚李棠,及总兵武毅,联衔奏闻,有旨严捕黄玹父子。玹急得没法,忙遣千户袁洪,到京行贿,意图保全性命。当有内监被他贿通,令他奏请易储。当即倩了名手,缮就奏牍,呈入宫中,由景帝瞧着,其词道:

太祖百战以取天下,期传之万世。往年上皇轻身御寇,驾陷北廷,寇至都门,几丧社稷。不有皇上,臣民谁归?今且逾二年,皇储未建,臣恐人心易摇,多言难定,争夺一萌,祸乱不息。皇上即循逊让之美,复全天叙之伦,恐事机叵测,反复靡常,万一羽翼长养,权势转移,委爱子于他人,寄空名于大宝,阶除之下,变为寇仇,肘腋之间,自相残戮,此时悔之晚矣。语语打入景帝心坎。乞与亲信大臣,密定大计,以一中外之心,绝觊觎之望,天下幸甚!臣民幸甚!

景帝阅毕,不禁喜慰道:"万里以外,不料有此忠臣。"兄且可杀,宁知有君。遂下旨令释玹罪,并将原书发交礼部,传示群臣集议:且命兴安赍着金银,分赐内阁诸学士,每人黄金五十两,白银百两。越日,礼部尚书胡濙,即召集百官,与议易储事。王直、于谦以下,各相顾眙愕。都给事中李侃、林聪,及御史朱英,抗言不可,议久未决。太监兴安厉声道:"此事不能不行。如以为未可,请勿署名,何必首鼠两端?"王振已死,即有兴安继起,何明代之好用阉人耶?众官不敢再抗,只好唯唯署议。于少保未免模棱。乃由胡濙复奏,但称:"陛下膺天明命,中兴邦家,绪统相传,宜归圣子,黄玹奏是。"这奏呈入,不到半日,即下旨报可,着礼部具仪,择吉易储,一面简置东宫官。官属既定,遂立皇子见济为皇太子,改封故太子见深为沂王,有诏特赦,宫廷宴贺。不料皇后汪氏,偏据着正理,力为谏阻,竟与景帝反目,又闹出一场废立的事情。小子有诗咏道:

监国翻成篡国谋,雄心未厌又伎求。
如何巽语犹难入,甘把中官一旦休。

欲知废后底细,待至下回说明。

历述瓦剌饯别情状，见得也先、伯颜辈，尚有深情，而景帝之不欲迎驾，勉强举行，负愧多矣。继述景帝易储情形，见得金英、兴安辈，实为谋主，而廷臣之相率受赂，婥阿卑鄙，寡耻甚矣。若夫录杨善之才辩，益所以表其忠，载黄玹之疏词，益所以著其谲。外此或抑或扬，从详从简，具有微意，有心人吐属，固非寻常笔述家所得与同日语也。

第三十七回　拒忠谏诏狱滥刑
　　　　　　　定密谋夺门复辟

　　却说皇后汪氏，性颇刚正，力持大体，惟所生皆女，独无子嗣，皇子见济，系杭妃所出，景帝欲立见济为太子，汪后独谏阻道："陛下由监国登基，已算幸遇，千秋万岁后，应把帝统交还皇侄。况储位已定，诏告天下，如何可以轻易呢？"景帝不悦，后来决意易储。汪氏又复力谏，说至再三，惹得景帝动恼，竟奋然道："皇子非你所生，所以怀妒得很，不令正位青宫。你不闻宣德故例，胡后无出，甘心让位，前车具在，未知取法，反且多来饶舌，难道朕要你管么？"言毕，抽身而起，竟往杭妃宫中去了。汪后遭此诃责，心甚不甘，呜呜咽咽的哭了一夜，竟令女官代草一疏，愿将后位让与杭妃。景帝顺水行舟，自然照准，遂援了宣德废后的故事，颁告群臣，不待臣工议奏，即将汪后迁入别宫，改册杭妃为皇后。父作子述，可见贻谋不可不臧。

　　且因太监兴安，有易储功，格外宠用。兴安素性佞佛，建了一座大隆福寺，费至数十万，逾年始成，非常闳丽，便面请景帝临幸。礼部郎中章纶，上章奏阻，盐运判官杨浩，除官未行，亦直言申奏，景帝乃中辍不行。会御用监阮浪，在南宫服侍上皇，上皇爱他勤敏，赏给镀金绣袋，及镀金刀各一件。浪与内使王瑶，甚是亲昵，竟将赐物转赠。赐物安可赠人？阮浪太属莽浪。王瑶年龄尚轻，并无阅历，得了绣袋宝刀，欣然佩带身边，不意为锦衣指挥卢忠所见，隐为诧异，即邀瑶至家，设酒与饮，闲谈甚欢，渐渐问及宝刀绣袋。瑶和盘说出，卢忠索阅一番，不由的计上心来，便假意殷勤，且命妻出为劝酒。瑶不便却情，并见他妻颇貌美，益觉目眩神痴，酒不醉人人自醉，色不迷人人自迷，不消多时，已将他灌得烂醉，东斜西倒，一步也走不得。忠令人扶瑶起座，就客厅睡下，轻轻的解了金刀绣袋，星夜打点公文，并呈入刀袋等物，具说阮浪受上皇命，以袋刀结瑶，意图复辟，瑶自醉中说出，因此飞章上告。景帝震怒，立降严旨，将阮浪、王瑶二人，逮系诏狱，令法司穷究。刑讯了好几回，浪、瑶不肯诬供，只把实情上诉。瑶此时酒已醒了。卢忠闻着，未免后悔，暗想他二人如此抗直,倘或反坐起来,还当了得,不如往询卜筮,预占吉凶。患得患失,自是小人情状。遂屏去侍从,独行至卜者仝寅家。仝寅少瞽,性聪敏,学占验术,所言多奇中。及与卢忠代卜,得了一个天泽履卦,忠尚未表明实情,寅不禁摇首道:"易言:'履虎尾,咥人凶。'不咥人犹可,咥人则凶。"这一语说出,吓得卢忠面如土色,勉强答道:"汝试依卦占断,不必隐讳。"寅复道:"上天下泽为之履,天泽不分,凶象立见。敢问所为何事?请即示明。"忠见他语语中肯,仿佛似仙人一般,只好说明大略。寅笑道:"无怪卦象甚凶,试思今上与上皇,前为君臣,今为兄弟,天泽素定,岂可紊乱?汝乃欲他叛君背兄,是明明所谓咥人了。此大凶兆,一死且不足赎罪。"大义微言,非江湖卖卜者比。忠闻言大惧,忙求寅替他禳解。寅答道:"获罪于天,禳解何益?"忠再三哀恳,寅方道:"履道坦坦,幽人贞吉,君能作幽人么?"忠战栗道:"我为原诉,何从隐避?"寅想了一会,悄悄与忠附耳,说了几句,忠才拜谢而去。不数日,忽传卢忠病狂,在市上行走,满口胡言,歌哭无常,于是中官王诚,及学士商辂,入白景帝道:"卢忠病风不足信,望陛下休听妄言,致伤大伦!"景帝意始少释,并逮卢忠下狱。未几又释出,谪戍广西,令他戴罪立功。仍是有意回护。阮浪久锢,王瑶磔死,只他最是晦气,然亦可为好酒耽色者戒。一场大案,总算化作冰消了。

是年冬月,也先复遣使至京,贺来年正旦,且贡名马。尚书王直,请遣使答报,有诏饬兵部议决。于谦道:"去年也先使来,臣闻他弑主为逆,尝请发兵讨罪,未邀俞允,今反欲遣使答报么?"原来景泰二年,也先曾弑主脱脱不花,于谦请讨逆复仇,景帝不从,至是乃复阻遣使,竟得罢议。惟脱脱不花被弑情由,亦须补叙明白。先是脱脱不花娶也先姊,生了一子,也先欲立以为嗣,脱脱不花未允,且与也先夙有违言。也先遂攻脱脱不花,脱脱不花败走,经也先追击,杀死脱脱不花,把他妻孥收没,自称监国。至景泰四年,且僭立为汗,复遣使致书,称大元田盛可汗。田盛二字的音义,与天圣相似,末署添元元年。景帝答书,亦称他为瓦剌汗。景帝不从于谦之请,且称他为汗,亦是投鼠忌器之意。也先遂日渐骄恣,且据有脱脱不花的妃妾,左抱右拥,朝欢暮乐,害得朝政不理,部众分解。蛾眉误国,中外一辙。阿拉知院求为太师,也先不许,且将阿拉二子,尽行杀毙。阿拉大怒,纠众攻也先,也先沉湎酒色,毫不设备,竟被阿拉拿住,数他三罪道:"汉儿血在汝身,脱脱不花汗血在汝身,乌梁海血亦在汝身。天道好还,今日汝当死。"也先无词可答,竟被阿拉一刀,挥作两段。阿拉欲继立为汗,忽被鞑靼部目孛来杀入,战败身死。孛来夺也先母妻,并玉玺一方,访得脱脱不花子麻儿可儿,仍拥立为鞑靼汗,号称小王子。自是瓦剌骤衰,鞑靼复炽,事见后文,姑且慢表。此段是承前启后文字。

且说皇子见济,立为东宫,仅阅一年有余,忽得奇疾,竟致不起。可谓没

第三十七回 拒忠谏诏狱滥刑 定密谋夺门复辟

福。景帝悲恸得很,命葬西山,谥为怀献。礼部郎中章纶,及御史钟同,以东宫已殁,并无弟兄,不如仍立沂王,藉定人心。凑巧两人入朝,途中相遇,彼此谈至沂王,甚至泣下,遂约定先后上疏,同为前茅,纶为后劲。退朝后,同即抗疏上陈,略云:

父有天下,固当传之于子。乃者太子薨逝,足知天命有在。今皇储未建,国本犹虚,臣窃以为上皇之子,即陛下之子,沂王天资厚重,足令宗社有托,伏望扩天地之量,敦友于之仁,择日具仪,复还储位,实祖宗无疆之休。臣无任待命之至!

疏入后,景帝心殊不悦,勉强发交礼部,令他议奏。礼部尚书胡濙等,窥上意旨,料知原奏难行,只将"缓议"二字,搪塞了事。那时章纶依着原约,因月朔日食,进呈修德弭灾十四事,差不多有数千言,内有悖孝悌一条云:

孝悌者百行之本,愿陛下退朝后,朝谒两宫皇太后,修问安视膳之仪。上皇君临天下,十有四年,是天下之父也。陛下亲受册封,是上皇之臣也。上皇传位陛下,是以天下让也。陛下奉为太上皇,是天下之至尊也。陛下宜率群臣,于每月朔望,及岁时节旦,朝见于延安门,以尽尊崇之道,而又复太后于中宫,以正天下之母仪,复皇储于东宫,以定天下之大本,则孝弟悉敦,和亲康乐,治天下不难矣。

景帝览到此奏,不禁大怒。时已日暮,宫门上钥,有旨自门隙中传出,命锦衣卫执纶下狱。越日,复逮系钟同,饬刑部严究主使。同、纶两人,供称意由已出,并非人授。刑部说他抵赖,尽情拷掠,一连血比三日,语不改供。会大风扬沙,天地昼晦,伸手不辨五指,刑官也害怕起来,方将二人还系狱中,把狱案渐渐缓下。不意南京大理寺少卿廖庄,又遥上奏章,请景帝朝谒上皇,优待上皇诸子。景帝阅未终疏,即搁过一边。过了一年,庄因事到京,诣东角门朝见,顿触起景帝旧嫌,说他平时狂妄,饬杖八十,谪为定羌驿丞。可怜这廖庄无辜受灾,既受杖伤,还要奔波万里,辛苦备尝,正是祸来天上,变出意中。谁要你多嘴?内侍复入白帝前,言罪魁祸首,实自同、纶。景帝乃特取巨梃,交给法司,令就狱中杖同及纶,每人五百下。同竟杖毙,纶死而复苏,仍拘狱中。刑部给事中徐正,揣摩迎合,上言沂王尝备位储副,恐被臣民仰戴,不宜久居南宫,应徙置封地,以绝人望。这奏上去,总料是餍惬帝心,足邀宠眷,哪知降旨下来,语语驳斥,谪戍穷边。该死。自此廷右诸臣,统做了反舌无声,把建储事绝不提起。

忽忽间已是景泰七年,元宵甫届,皇后杭氏,竟罹了风寒,起初是寒热交侵,嗣后变成重症,一到仲春,呜呼哀哉,景帝又复悼亡,自不消说。其时宫中有个李惜儿,本系江南土娼,流转京师,姿态妖艳,色艺无双,都下狭邪子弟,评骘花榜,目为牡丹花。声誉传入禁中,为景帝所闻,更令内侍召入,一见倾心,即夕侍寝。惜儿是妓女出身,枕席上的奉承,比妃嫔等不啻天渊,景帝畅快异常,备极恩遇。可怜无德的女人,往往因宠生骄,因骄成悍,入宫不过两三年,与景帝恰反目数次。毕竟龙性难驯,耐不住妇女磨折,一场吵闹,逐出宫外。未免薄幸。杭皇后本得帝宠,又遭病殁,此外虽有妃嫔数人,仅备小星,没甚才貌,情怀恻恻,长夜漫漫,教景帝如何度日?当下采选秀女,得了一个丽妹,体态轻盈,身材袅娜,性情容止,都到恰好地位,惹得景帝越瞧越爱,越爱越宠,春风一度,无限欢娱,因她生父姓唐,遂封为唐妃。越半年又晋封贵妃。每游西苑,必令贵妃乘马相随。一日,马惊妃堕,几乎受伤。景帝鞭责马夫,打个半死,别令中官刘茂,拣选良骏,控习以待。又增建御花房,罗致各省奇葩名卉,作为游赏处所。风流天子,绰约佳人,相对含欢,无夕不共,好一座安乐窝,尝遍那温柔味,无如好梦难长,彩云易散,到了景泰八年元旦,朝贺礼毕,忽觉龙体违和,好几日不能临朝。百官问安左顺门,太监兴安出语道:"公等皆朝廷股肱,不能为社稷计,徒日日问安,有何益处?"众官语塞,诺诺而退。到了朝房,大众以兴安所言,意在建储,御史萧维桢等,拟请复沂王为太子。学士萧镃,以沂王既退,不便再立,须另择元良为嗣。彼此酌定,遂缮好奏折,呈请立储。待了数日,方有中旨颁下,谓朕偶有寒疾,当于十七日临朝,所请着无庸议。众官见了此旨,又面面相觑,莫名其妙。会将郊祀,帝舆疾出宿斋宫。明代故例,每岁正月大祀天地于南郊。因病日加剧,势难亲临,乃召武清侯石亨至榻前,命摄行祀事。

亨见帝病甚,退语都督张軏,及太监曹吉祥道:"公等欲得功赏么?"张、曹二人闻言,不禁奇诧起来,便惊问何事?亨密语道:"皇帝病已深了,立太子,何如复上皇。"吉祥跃起道:"石公好计!石公好计!"小人无不好事。亨复道:"此系我一人主见,还须得老成一决。"张軏道:"商诸太常卿许彬,可好么?"亨点首称善。当下同至许彬宅,与商密计。彬蹙然道:"这是不世大功,事在速为,可惜我年已老,无能为力,惟意中恰有一人,何不往商?"亨问为谁?彬答道:"便是徐元玉。"亨等喜谢而出。看官道徐元玉是何人?就是当年倡议南迁的徐珵。珵因南迁议,为景帝所薄,久不得迁,他却谄事大学士陈循,屡托保荐,循果屡登荐牍,景帝见徐珵名,好似一个眼中钉,辄摈不用。循语珵道:"官家怕见你名,须改易为是。"珵乃易名有贞,别字元玉。无巧不成话,适值黄河决口,屡埋屡圮,循遂运动廷臣,荐举有贞。景帝果也忘怀,竟擢他为金都御史,督治黄河。有贞福至心灵,把屡埋屡圮的决口,熔铁下水,竟得塞住。且疏浚下流,畅达河道,河患遂灭。还京复命,复邀奖叙,进左副都御史,寻调右副都御史。追溯徐有贞履历,要言不烦。及石亨等到有贞家,说及复辟大计,有贞很是赞成,并云须令南宫知此意。轨答道:"昨已密达上皇了。"有贞道:"俟得复报乃可。"越日为上元节,有贞夜至亨家,复密议了一宵。又越日黄昏,亨等又访告有贞,谓已得南宫复报,请早定计。有贞至屋后露台上,仰观天象已毕,即下对亨等道:"紫薇垣已有变象,事在今夕,不可失机。"是否捣鬼?随又报语道:"如此如此,不患不成。"石亨、张轨、曹吉祥三人,当即趋出,自去筹备。有贞焚香祝天,默祷一番,随即与家人诀别道:"事成后功在社稷,共享富贵,否则祸必杀身,除非做鬼回来。"家人揽袂挽留,有贞不顾,挥手竟去。时当三鼓,禁中卫士,因有十七日视朝的旨意,已启禁门。有贞踉跄趋入,径至朝房候着,约历半时,亨、轨等率领群从子弟,一拥并入。依据《天顺实录》,不从《纪事本末》。是时,天色晦冥,星月无光,亨、轨等左顾右盼,方见有贞,便问道:"事果济否?"有贞道:"必济无疑。"此时即不能济事,亦只好舍命做去。遂率众薄南宫门,门扃甚固,连叩不应。有贞命众取巨木至,悬绳于上,用数十人举木撞门。门右墙垣,陡被震坍,大众乘隙进去,入谒上皇。上皇时尚未寝,秉烛观书,见他排闼而入,不觉惊问道:"你等何为?"众俯伏称万岁。上皇道:"莫非请我复位么?这事须要审慎。"可见上皇已经接洽。有贞等齐声道:"人心一致,请陛下速即登舆!"言毕即起,呼兵士举舆入内。众兵士遑遽不能举,有贞等掖着上皇,出坐乘舆,助挽以行。忽见天色明霁,星月皎然,上皇顾问有贞等职名,有贞一一奏对。须臾至东华门,司阍厉声呵止。上皇亦厉声道:"我是太上皇,有事入宫,何人敢拒?"司阍闻声趋视,果然不谬,遂由他进去。直入奉天殿,有贞为导,两阶武士,用铁爪击有贞,也亏上皇呵叱,才行退走。时黼座尚在殿隅,由众推至正中,请上皇下舆登座,一面鸣钟擂鼓,大启诸门。百官方至朝房,候景帝视朝,闻奉天殿有呼噪声,呵叱声,继而有钟鼓声,相率惊骇。蓦见有贞出殿,大呼道:"太上皇复位了,众官何不进谒?"百官闻言益惊,但变出非常,事已至此,何人敢行抗拒?不得已各整衣冠,登殿排班,依次跪伏,三呼万岁。正是:

冕旒重见当王贵,嵩岳依然效众呼。

欲知复辟后事,请看官再阅下回。

景帝居上皇于南宫,情同禁锢,其蔑视上皇也久矣。卢忠假事生风,而阮浪、王瑶,遂致获罪,至于见济病殁,杭后随逝,景帝已无子嗣,亦可返躬愧省,复立沂王,乃犹拒谏饬非,淫刑以逞,奚怪石亨辈之再图复辟乎?惟景帝病已危笃,神器岂能虚悬?他日立君,舍英宗其将奚属?石亨希邀功赏,结合徐有贞等，遽为复辟之计，行险侥幸，成亦无名。夺门二字，贻笑千秋，然亦何莫非景帝猜忌之深，始激而成此变也。若乜先弑主之不讨，李妓、唐妃之邀宠，犹其余事，然亦可以见景帝之深心，投鼠而辄忌器，纳妾而思毓麟，天不从人，蔑伦者其亦观此自返乎？

第三十八回　于少保沉冤东市　　　　徐有贞充戍南方

　　却说景帝方卧疾斋宫，正值残梦初回，炉香欲烬，忽闻钟鼓声喧，来自殿上，不禁惊异起来，忙呼问内侍道："莫非是于谦不成？"此语颇奇。内侍错谔未答。既而内监走报，说及南宫复辟事。景帝连声道："好！好！好！"说着，气喘不已，面壁而卧。这边方独卧欹歔，那边正盈廷庆贺，徐有贞复辟功成，即刻受命入阁，参预机务。一面与大学士陈循，草诏谕群臣，日中再正式即位，历史上复称英宗，小子也自然沿称英宗。文武百官，再行朝谒，由有贞宣读谕旨，略称："土木一役，乘舆被遮，建立皇储，并定监国，不意监国挟私，遽攘神器，易皇储，立己子，皇天不佑，嗣子先亡，殃及己身，遂致沉疾。朕受臣民爱戴，再行践阼，洎尔臣工，各协心力。"云云。朗读已毕，群臣顿首听命。忽又有诏旨传下，逮少保于谦，大学士王文、陈循、萧镃、商辂，尚书俞士悦、江渊，都督范广，太监王诚、舒良、王勤、张永下狱。谦等尚列朝班，当由锦衣卫一一牵去锢入狱中。迅雷不及掩耳。先是石亨为谦所荐，统师破敌，城下一役，亨功不如谦，独得封侯，未免内愧，乃疏荐谦子冕为千户。谦上言："国家多事，臣子不得顾私恩，石亨身为大将，未闻举一幽隐，乃独保荐臣子，理亦未协，臣决不敢以子滥功。"这数语传入亨耳，未免愤恨。亨从子彪，行为贪暴，又为谦所奏劾，出戍大同，因此亨益怨谦。徐有贞尝求官祭酒，浼谦先容，谦亦尝登入荐牍，卒不得用。有贞疑谦未肯尽力，亦生怨隙。及英宗复辟，两人得为功首，正好借此报复，遂诬称于谦、王文，欲迎立襄王瞻墡，瞻墡系仁宗第五子，曾见三十一回中。应即下狱惩罪。陈循、萧镃、商辂等，从前尝倾向景帝，罪有所归，亦难宽贷。英宗正感念二臣，自然言听计从，不待群臣退朝，即将数人拿下。越日，即饬徐有贞等讯究。王文、于谦，出狱对簿，文抗辩道："迎立外藩，须有金牌符信，遣人必用马牌，究竟有无此事，内府兵部二处，可以查验，何得无故冤人？"有贞道："事尚未成，自无实迹，但心已可诛，应当定罪。"文复抗声道："犯罪必须证据，天下有逆揣人心，不分虚实，遂可陷人死地么？"说至此，辞色俱厉。谦顾语王文道："石亨等报复私仇，定欲我等速死，虽辩何

第三十八回　于少保沉冤东市　徐有贞充戍南方

益？"都御史萧维桢在座，也插口道："于公可谓明白。事出朝廷，承也是死，不承也是死。"专制之世，方有是语。当下将谦、文等还系诏狱，即由徐有贞、萧维桢诸人，以"意欲"二字，锻炼成词，仓猝入奏，英宗犹豫未忍道："于谦实有功，不应加刑。"有贞攘臂直前道："不杀于谦，今日事有何名誉？"杀了于谦，难道便有大名么？英宗乃诏令弃市。临刑这一日，愁云惨雾，蔽满天空，道旁人民，莫不泣下。岳王之死，称为三字狱，于少保之死，可称为二字狱。太后闻谦死，亦嗟悼累日。曹吉祥麾下，有一指挥名朵耳，亦作多喇。亲携酒醴，哭奠于谦死所。吉祥闻知，把他痛打一顿，次日复哭奠如故，吉祥亦无可奈何。谦妻子坐罪戍边，当锦衣卫查抄时，家无余资，只有正屋一间，封镝甚固，启门查验，都系御赐物件，连查抄的官吏，也为涕零。都督同知陈逵，收谦遗骸，归葬杭州西湖，后人称为于少保墓。每年红男绿女，至墓前拜祷，络绎不绝。相传祈梦甚灵，大约是忠魂未泯的缘故，这也不在话下。

　　且说谦、文既死，太监舒良、王诚、张永、王勤等，一并就刑。陈循、俞士悦、江渊谪戍。萧镃、商辂削职为民。范广与张軏有嫌，锢禁数日，复遭刑戮。軏复潜杀前昌平侯杨俊，以俊在宣府时，不纳英宗，所以坐罪。嗣軏入朝，途中猝得暴疾，舁归家中，满身青黑，呼号而死。或谓范广为祟，或谓杨俊索命，事属渺茫，难以定论。惟叙功论赏时，軏得封太平侯，贵显不过月余，即致暴毙，真所谓过眼浮云，不必欣羡呢。得保首领，还算幸事。其时石亨得封忠国公，张軏弟軴，得封文安侯，都御史杨善封兴济伯，石彪封定远伯，充大同副总兵。徐有贞晋职兵部尚书，曹吉祥等，予袭锦衣卫世职，袁彬为锦衣卫指挥同知，出礼部郎中章纶于狱，授礼部侍郎，召廖庄于定羌驿，给还大理寺少卿原官，追赠故御史钟同，大理寺左丞，赐谥恭愍，并令一子袭荫，大家欢跃得很。惟有贞意尚未足，常向石亨道："愿得冠侧注从兄后。"侧注系武弁冠名，石亨为白帝前，乃晋封武功伯，嗣复录夺门功臣，封孙镗为怀宁伯，董兴为海宁伯，此外加爵晋级，共三千余人。一朝天子一朝臣，尚书王直、胡濙，及学士高穀，均见机乞归，英宗命吏部侍郎李贤，太常寺卿许彬，前大理寺少卿薛瑄，入阁办事。一面改景泰八年为天顺元年，大赦天下。复称奉太后诰谕，废景泰帝仍为郕王，送归西内。太后吴氏，复号宣庙贤妃，削皇后杭氏位号，改称怀献太子为怀献世子。钦天监正汤序，且请革除景泰年号，总算不允。未几，郕王病殁，年仅三十，英宗命毁所营寿陵，改葬金山，与夭殇诸王坟，同瘗一处，且令郕王妃嫔殉葬。唐妃痛哭一场，当即自尽。毕竟红颜命薄。被废的汪后，曾居别宫，至是亦欲令殉葬，侍郎李贤道："汪妃已遭幽废，所生两女，并皆幼小，情尤可悯，请陛下收回成命。"皇子见深，此时已届十龄，粗有知识，备陈汪后被废，由谏阻易储事。英宗乃免令殉葬，寻复立见深为太子。太子请迁汪妃出宫,安居旧邸,所有私蓄,尽行携去。既而英宗检查内帑,记有玉玲珑一物,少时曾佩系腰间,推为珍品,屡觅无着,当问太监刘桓,桓言景帝曾取去,想由汪妃收拾。乃遣使向妃索归,只称无着。再三往索,终不肯缴。左右劝妃出还,妃愤愤道:"故帝虽废,亦尝做了七年天子,难道这区区玉件,也不堪消受么?我已投入井中去了。"英宗因此衔恨。后有人言汪妃出携甚多,又由锦衣卫奉旨往取,得银二十万两,他物称是。可怜这汪妃身畔,弄得刮垢磨光,还亏太子见深,念着旧情,时去顾问;太子母周贵妃,与汪妃素来投契,亦随时邀她入宫,叙家人礼,汪妃方得幸保余生,延至武宗正德元年,寿终旧邸。这是守正的好处。郕王于成化十一年,仍复帝号,追谥曰景,修缮陵寝,祭飨与前帝相同。汪妃葬用妃礼,祭用后礼,合葬金山,追谥为景皇后,这都是后话不题。

单说襄王瞻墡,就封长沙,资望最崇,素有令誉。英宗北狩,孙太后意欲迎立,曾命取襄国金符,已而不果。襄王却上书太后,请立太子,命郕王监国。及英宗还都,襄王又上书景帝,宜朝夕省问,朔望率群臣朝谒,毋忘恭顺等语。英宗全然未知。复辟以后,信了徐有贞、石亨谗言,诬戮于谦、王文,且疑襄王或有异图,嗣检得襄王所上二书,不禁涕泪交下,忙赐书召他入叙。有二书俱在,始信金縢等语。金縢系周公故事。襄王乃驰驿入朝,赐宴便殿,慰劳有加。且命添设护卫,代营寿藏。至襄王辞归,英宗亲送至午门外,握手泣别。襄王逡巡再拜,伏地不起。英宗衔泪道:"叔父尚有何言?"襄王顿首答道:"万方望治,不啻饥渴,愿省刑薄敛,驯致治平。"敢拜昌言。英宗拱手称谢道:"叔父良言,谨当受教。"襄王乃起身辞行。英宗依依不舍,待至襄王行出端门,目不及见,才怏怏回宫。自是颇悔杀谦、文,渐疏徐、石。晓得迟了。

石亨自恃功高,每事辄揽权恣肆,嗣被英宗稍稍裁抑,心知有异,遂与曹吉祥朋比为奸,倚作臂助。独徐有贞窥伺帝意,觉得石亨邀宠,渐不如前,不得不微为表异,要结主眷,以此曹、石自为一党,与有贞貌合神离。凶终隙末,小人常态。可巧英宗与有贞密语,被内竖窃听明白,报知曹吉祥。吉祥见了英宗,却故意漏泄出来,引得英宗惊问,只说是有贞相告,英宗遂益疏有贞。会曹、石二人,强夺河间民田,御史杨瑄列状以闻,英宗称为贤御史,将加重用。吉祥大惧,忙至英宗前哭诉,说是杨瑄诬妄,应即反坐罪名,英宗不许。继而彗星示儆,掌道御史张鹏、周斌等,约齐同僚,拟交章请惩曹、石,挽回天变。事为给事中王铉所闻,密达石亨。亨急转告吉祥,同至英宗前,磕头无算。英宗不禁大讶,问明情由。曹、石齐声奏道:"御史张鹏,为已诛太监张永从子,闻将为永报仇,结党构衅,陷害臣等。臣等受皇上厚恩,乞赐骸骨,虽死不忘。"说至此,又呜呜咽咽的哭将起来。亏他装诈。英宗道:"陷害不陷害,有朕

第三十八回 于少保沉冤东市 徐有贞充戍南方

作主，张鹏何能死人？卿等且退！朕自留心便了。"两人拜谢而出。

隔了一宵，果然弹章上陈，痛诋曹、石，为首署名的便是张鹏，次为周斌，又次为各道御史，连杨瑄也是列名。英宗阅未终章，便出御文华殿，按着奏疏上的名氏，一一召入，掷下原奏，令他自读，明白复陈。斌且读且对，神色自若，读至冒功滥赏等语，英宗诘问道："曹、石等率众迎驾，具有大功，朝廷论功行赏，何冒何滥？"斌答道："当时迎驾，止数百人，光禄寺颁赐酒馔，名册具在，今超迁至数千人，不得谓非冒非滥。就使明明迎驾，也是贪天功为己有，怎得无端恣肆呢？"这数语理直气壮，说得英宗无词可答，但总不肯认错，仍命将瑄、鹏诸人，一律下狱。所谓言莫予违。刑官等讨好曹、石，搒掠备至，责问主使，词连都御史耿九畴、罗绮，亦逮系狱中。石亨、曹吉祥，意欲乘此机会，一网打尽，复入陈御史纠弹，导自阁臣，徐有贞、李贤等，与臣有嫌，阴为主谋，所以瑄、鹏等有此大胆，诳奏朝廷。英宗闻言益愤，索性将徐有贞、李贤两人，并下图圄。全狱冤气，上激天空，风发雨狂，电掣雷轰，下雹如鸡卵，击毁奉天门角，连正阳门下的马牌，都飞掷郊外。石亨家内，水深数尺，曹吉祥门前，大树皆折，闹得人人震恐，个个惊慌。大约是天开眼。钦天监正汤序，本系亨党，至是亦上言天象示儆，应恤刑狱。我谓其胆小如鼷。英宗乃释放罪囚，出徐有贞为广东参政，李贤为福建参政，罗绮为广西参政，耿九畴为江西布政使，周斌等十二人为知县。杨瑄、张鹏戍边卫。别命通政使参议吕原，及翰林院修撰岳正，入阁参预机务。尚书王翱，以李贤无辜被累，奏请留京，英宗亦颇重贤，乃从翱所请，并复原官，寻又擢为吏部尚书。

曹、石见李贤复用，很是懊丧，适值内阁中有匿名书帖，谤斥朝政，为曹、石二人闻知，遂奏请悬赏查缉。岳正入奏道："为政有礼，盗贼责兵部，奸宄责法司，哪有堂堂天子，悬赏购奸的道理？且急则愈匿，缓则自露，请陛下详察。"是极。英宗称善，不复深究。既而正复密奏英宗，言："曹、石二人，威权过重，恐非皇上保全功臣的至意。"英宗道："卿为朕转告两人。"正遂往语曹、石，曹、石复入内跪泣，免冠请死。曹系阉竖，宜有妇人性质，亨一武夫，何专学泣涕耶？英宗未免自愧，温言劝慰，一面责正漏言。既要他转告，又责他漏言，英宗之昏庸可知。正对道："曹、石二家，必将以背叛灭族，臣体陛下微旨，令他自戢，隐欲保全，他尚未识好歹么？"此语太激烈了。英宗默然无言。曹、石二人闻着，愈加忿恨。会承天门灾，命正草罪己诏，正历陈时政过失，曹、石遂构造蜚语，谓正卖直讪上，得旨贬正为钦州同知。正入阁仅二十八日，既被谪，道过本籍漷县，入家省母，留住月余，复为尚书陈汝言所劾，逮系诏狱，杖戍肃州。

岳正去后，曹、石又追究匿名书，诬指徐有贞所为，英宗也不遑细察，竟令将有贞拿还，下狱搒治，终无供据。曹、石复入奏英宗道："有贞尝自撰武功伯券，辞云:'缵禹武功,禹受舜禅。'武功为曹操始封,有贞觊觎非分,罪当弃市。"捕风捉影,何其叵测。英宗迟疑半晌,令二人退出,转询法司马士权。士权道:"有贞即有匿谋,亦不至自撰诰券,败露机关呢。"英宗方才省悟,乃命有贞免死,发金齿为民。后来石亨伏法,有贞得释归田里,放浪山水间,十余年乃死。了结有贞,然比曹、石之诛,得毋较胜。礼部侍郎薛瑄,见曹、石用事,喟然道:"君子见机而作,不俟终日,还欲在此何为?"遂乞归引去。江西处士吴与弼,由李贤疏荐,被征入朝,授为左谕德,与弼固辞。居京二月,托辞老病,亦引归。英宗尚为故太监王振立祠,封曹吉祥养子钦为昭武伯,宠幸中涓,始终未悟。惟有一事少快人心,看官道是何事?乃是释建庶人文奎于狱。文奎系建文帝少子,被系时年仅二龄,见二十六回。至是始得释出,令居凤阳,赐室宇奴婢,月给薪米,并听婚娶出入。时文奎年已五十七,出见牛马,尚不能识。未几即病殁。小子有诗咏道:

> 王道由来不罪孥,乳儿幽禁有何辜?
> 残年始得瞻天日,牛马未知且乱呼。

欲知后事如何,且俟下回续叙。

英宗复辟以后,被杀者不止于少保,而于少保之因忠被谗,尤为可痛。曹、石专恣以来,被挤者不止一徐有贞,而徐有贞之同党相戕,尤为可戒。于少保君子也,君子不容于小人,小人固可畏矣。徐有贞小人也,小人不容于小人,小人愈可畏,君子愈可悯也。故前回前半篇,以于少保为主,后半篇以徐有贞为主。与于少保同时就戮,及徐有贞同时被谪者,虽不一而足,要皆主中宾耳。标目之仅及于少保、徐有贞,可以知用意之所在矣。

第三十九回　发逆谋曹石覆宗
　　　　　上徽号李彭抗议

却说兵部尚书陈汝言,与曹、石通同一气,平时甚趋奉曹、石,因得由郎中迁擢尚书,自是勾结边将,隐树爪牙,渐渐的威福自专,看得曹、石二人,平淡无奇,不肯照前巴结,且暗把曹、石过恶,入奏帝前。看官!你想这曹、石二人,靠了徐有贞的密计,得封高爵,后来还要排陷有贞,况陈汝言由他提拔,偏似狂狗反噬,如何不气?如何不恼?一报还一报,何必懊恨?当下嘱使言官,奏劾汝言贪险情形,即蒙准奏,把汝言逮狱,查抄家产,不下数十百万。英宗命

第三十九回　发逆谋曹石覆宗　上徽号李彭抗议

将抄出财物,悉陈入内庑下,召石亨等入视,并勃然道:"于谦仕景泰朝,何等优遇?到了身死籍没,并无余物。汝言在位,不过一年,所有财物,多至如此,若非贪赃受贿,是从哪里得来?"你才晓得吗？言下复连呼道:"好于谦!好于谦!"亨等自觉心虚,不敢回答,只是垂头丧气,逼出了一身冷汗。英宗含怒而入,亨等扫兴而出。

　　既而鞑靼部头目字来,见三十六回。入犯安边营。由大同总兵定远伯石彪,率众奋击,连败敌众,斩馘数百,获马驼牛羊二万余,遣使报捷。英宗依功行赏,进彪为侯。彪为亨侄,亨既封公,彪又封侯,一门鼎盛,表里为奸,那时权力越大,气焰越盛,无论内外官吏,统要向他叔侄前巴结讨好,才得保全官职。只是天下事盛极必衰,满极必覆,饶你如何显荣,结果是同归于尽。争权夺利者听之！石彪纵恣异常,免不得有人密奏,激动帝怒,遂有旨召彪还朝。彪贪恋权位,阴使千户王斌等,诣阙乞留。英宗料知有诈,收斌等入狱,严刑拷问,果得实情,即飞饬石彪速归。彪既到京,立刻廷讯,并令王斌等对质,更供出他种种不法,藏有龙衣蟒服,违式寝床等情。还有一桩最大的要件,乃是英宗归国,彪先曾遵着前约,前约见三十五回。送女弟至大同,托石彪转献京师,彪见女姿色可人,佯为应允,暗中恰用强占住,自行消受。所以有违式寝床。其时英宗尚居南宫,内外隔绝,哪知此事？彪先也不遑问及,后来复为阿拉所杀,越觉死无对证,谁料天网恢恢,疏而不漏,竟被王斌等说明情伪,无从抵赖,于是英宗大怒,夺他未婚妻,安得不怒。置彪狱中。

　　石亨急得没法,只好上章待罪,请尽削弟侄官爵,放归田里,有旨不许。至法司再三鞫彪,辞连石亨,因交章劾亨恣肆,应置重典,于是勒亨归第,罢绝朝参。且召李贤入问道:"石亨当日有夺门功,朕欲稍从宽宥,卿意以为何如?"贤答道:"陛下尚以夺门二字为美名么？须知天位系陛下固有,谓为迎驾则可,谓为夺门则不可。夺即非顺,如何示后？当日算侥幸成功,若使事机先露,亨等死不足惜,不审置陛下何地。"入情入理。英宗徐徐点首。贤又道:"若景泰果不起,群臣表请复位,岂不名正言顺？亨等虽欲升赏,何从邀功？而且老成耆旧,依然在职,何至有杀戮黜陟等事,致干天象？就是亨等亦无从贪滥。国家太平气象,岂不益盛？今为此辈减削过半了。"英宗道:"诚如卿言。"及贤退后,诏令此后章奏,勿用夺门字样,并饬查冒功受官诸人,得四千余名,一律黜革,朝署为清。

　　先是石亨得势,卖官鬻爵,每以纳贿多寡,作授职高下的比例。时人有"朱三千,龙八百"的谣传。朱是朱诠,龙是龙文,两人都赂亨得官,所以有此传言。金都指挥逯杲,也奔走石亨门下,钻营贿托,因得保举。至石彪得罪,石亨被嫌,杲遂独上一本,备陈石亨招权纳贿等情。想是可惜银钱,否则尔以贿来,如何励人？英宗嘉他忠诚,遂令伺亨行动。他恐石亨复用,势且报复,遂专心侦察。也是石亨命运该绝,有一家人为亨所叱,遂将亨怨望情形,密告逯杲。适值天顺四年正月,彗星复现,日外有晕,杲遂上书奏变,说是石亨怨望日甚,与从孙石俊等,日造妖言,谋为不轨,宜赶紧治罪。英宗览奏,亟颁示阁臣。阁臣希旨承颜,自然说应正法。那时石亨无路可走,只得束手受缚,就系狱中。狱吏冷嘲热讽,朝拷暮逼,所谓打落水狗。害得石亨受苦不堪,活活的气闷死了。石亨一死,石彪的头颅,哪里还保得住？一道诏旨,将他斩首。两家财产,尽行充公。何苦作威作福,惟乜先的妹子,不知如何下落？

一波未平,一波又起,太监曹吉祥,怀着兔死狐悲的想头,恐自己亦遭波及,不得不先行防备。他在正统年间,尝出监军,辄选壮士隶帐下。及归,仍将壮士蓄养家中,所以家多藏甲。养子钦得封昭武伯,手下亦多武弁。至是复招集死党,作为羽翼。千户冯益,曾与往来,钦尝问益道:"古来有宦官子弟,得为天子么？"益答道:"君家魏武帝,便是中官曹节后人。"钦大喜,留益宴饮,醉后忘形,密谈衷曲,且令他娇娇滴滴的妻妾,出侍厅中,与益把盏。不怕作元绪公耶？益擅口辩,且滔滔不绝,满口恭维,说得曹钦心花怒开,不啻身居九重,连他娇妻美妾,也吃吃痴笑,好几张樱桃小口,都合不拢来。涉笔成趣。等到酒阑席散,益又说是相机而行,幸勿躁率,钦连声称是,嘱益秘密。益自然从命,所以一时未曾举动,也未曾泄漏。

倏忽间又是一年,鞑靼部头目孛来等,分道入寇,攻掠山陕甘肃边境。明廷正拟遣尚书马昂,及怀宁伯孙镗,督军往讨。兵尚未发,孙镗等留待京中。英宗注意军务,日夕阅奏,忽见了一本奏章,乃是诸御史交劾曹钦,说他擅动私刑,鞭毙家人曹福来。心下一动,随即提起笔来,批了数语,大旨以朝廷法律,不得滥用,大小臣工,俱应懔遵。曹钦擅毙家人,殊属不合,当彻底查究云云。批好后,即将原奏颁发。一面令指挥逯杲按治,毋得徇情。曹钦闻知此事,不禁惊愕道:"去年降敕捕石将军,今番轮着我了。若不早图,难免大祸。"祸已临头,早图何益？当下邀请冯益等,密谋大事。钦天监正汤序,亦在座中,报称七月二日,发遣西征师,禁城早辟,此时正可设法。冯益大喜道:"机会到了,机会到了。"要杀头了。曹钦忙问良策,益答道:"请伯爵密达义父,约他于朔日夜间,潜集禁兵,准备内应,伯爵号召徒众,从外攻入,内外合力,何患不成？"钦喜道:"好极好极。我兵入殿,即可废帝,事成后,请冯先生为军师,可好么？"想是做梦。益称谢不尽。

计划已定,过了数夕,便是七月朔日,召党人夜宴,专待夜半行事。指挥马亮,曾与谋在座,酒过数巡,猛然触起心事,默念事若不成,罪至灭族,不若出首为是,遂逃席而去。奔入朝房,巧遇恭顺侯吴瑾,在朝值宿,竟一一告知。

第三十九回　发逆谋曹石覆宗　上徽号李彭抗议

吴瑾大惊道："有这般事么？怀宁伯孙镗，明日辞行，今夜亦留宿朝堂，我去通报他便了。"言已，疾趋出室，往语孙镗。镗急草疏数语，从大内门隙塞入。英宗得了此疏，忙遣禁旅收逮曹吉祥，并敕皇城及京师九门，勿得遽启。是时曹钦尚未及觉，马亮逃席，尚且未晓，还能成大事么？乘着数分酒兴，带了家将，及弟铉、镨、铎三人，跨马而出，直奔长安门。见门扃如故，料知事泄，即转身驰至逯杲家。杲方欲入朝，启门出来，突遇曹钦兄弟，手起刀落，毙于非命。钦斩下杲首，持奔西朝房，见御史寇深待朝，复一刀杀死了他。转入西朝房，正与吏部尚书李贤相遇，贤不及趋避，被钦手下家将，击伤左耳。幸钦在后喝住，并握贤手道："公系好人，我今日为此事，实由逯杲激变，并非出我本心，烦公代为奏辩！"情愿不做皇帝了。贤尚在惊疑，那曹钦竟掷下一个首级，大声道："你可看是逯杲么？"一面说，一面走入朝房，见尚书王翱，亦在内坐着，便不分皂白，上前击缚。贤忙趋入道："君不要这般莽撞！我与王公联衔入奏，保你无罪，何如？"钦大喜，乃释翱缚，当由贤索笔缮疏，模模糊糊的写了数语，交与曹钦。钦携疏至长安左门，从门隙投疏。门坚密，疏不得入，便令家将纵火焚门。守门兵士，拆卸御河砖石，将门紧紧堵住，一时烧不进去。钦等只在门外呼噪，声彻宫中。怀宁伯孙镗，看调兵不及，急语长次二子，令在长安门外，大呼有贼谋反。霎时间集得西征军二千人，奋击曹钦。工部尚书赵荣，亦披甲跃马，高呼杀贼有赏，也集得数百人。两边夹攻，钦等料难成功，且战且走。这时候天色大明，恭顺侯吴瑾，率五六骑出观，猝与贼遇，力战而死。尚书马昂，及会昌侯孙继宗，率兵陆续到来，才把钦兵杀死过半。钦弟铉、镨、铎等，都被击毙。天又大雨，钦狼狈奔归，投入井中。官军一齐追至，杀入钦家，不论男女长幼，统赏他一碗刀头面。曹钦妻妾想做后妃，不意变作这般结果。只不见逆贼曹钦，嗣至井中找寻，方见钦已溺毙，当将尸首捞出，拖至市曹，专待旨下。须臾英宗临朝，众官入奏，即命将曹吉祥绑赴市中，与曹钦兄弟四人尸首，一古脑儿聚在一处，鱼鳞寸割，万剐凌迟。极言重刑，为阅者一快。汤序、冯益等，自然连坐。所有曹氏的亲党，与钦同谋，尽问成死罪，先后伏诛。于是晋封孙镗为侯，马昂、李贤、王翱，并加太子少保，马亮告叛有功，擢为都督，将士等升赏有差。追封吴瑾梁国公，赠寇深少保，以擒贼诏示天下。曹、石两家，从此殄灭了。

且说内变粗定，西征军暂不出发，留卫京师，怎奈西北警报，日有数起，乃命都督冯宗充，及兵部侍郎白圭，代马昂、孙镗等职，统军西行，屡战获胜。孛来欲大举入犯，会鞑靼汗麻儿可儿，与孛来仍然未协，彼此仇杀无虚日，因此孛来不能如愿，只好上书乞和。英宗遣指挥使唐昇，赍敕往谕。孛来乃允岁贡方物，总算暂时羁縻罢了。看似插叙之笔，实与前后统有关系，阅者幸勿错过。会粤西苗瑶作乱,据住大藤峡,出掠民间,由都督金事颜彪,奉旨往剿,连破七百余寨,瑶势稍平。为后文韩雍征瑶张本。英宗以内外平靖,免不得久劳思逸,便大兴土木,增筑西苑,殿阁亭台,添造无数。除奉太后游览,及率妃嫔等临幸外,亦尝召文武大臣往游,并赐筵宴。且于南宫旧居,亦增置殿宇,杂植四方所贡奇花异树,备极工雅。每当春暖花开,命中贵及内阁儒臣,随往玩赏,赐果瀹茗,把酒吟诗,仿佛与宣德年间,差不多的快活。怎奈光阴易过,好景难留,太后孙氏于天顺六年告崩。至天顺八年正月,英宗亦罹疾,卧病文华殿。适有内侍谗间太子,乃密召李贤入内,告明一切。贤伏地顿首道:"太子仁孝,必无他过,愿陛下勿信迩言。"英宗道:"依卿所说,定须传位太子么?"贤又顿首道:"宗社幸甚!国家幸甚!"英宗蹶然起床,立宣太子入殿。贤扶太子令谢,太子跪持上足,涕泪交下。英宗亦为感泣。父子欷歔一会,方才别去。越数日,英宗驾崩,享年三十八,遗诏罢宫妃殉葬,太子见深嗣位,尊谥皇考为英宗,以明年为成化元年,是谓宪宗皇帝。

当下议上两宫尊号,又惹起一番争论。原来英宗后钱氏无子,太子见深,系周贵妃所出,英宗雅重钱后,尝欲加封后族,后辄逊谢,因此后家未闻邀封。英宗北狩,钱后倾资送给,每夜哀泣吁天,倦即卧地,致折一股,并损一目。英宗还国,幽居南宫,行止不得自由,时常烦闷,亏得钱后随时劝慰,方能释忧。明多贤后,钱后亦算一人。至复辟后,太监蒋冕,入白太后,谓周贵妃有子,当升立为后。语为英宗所闻,当将蒋冕斥出。及孙太后崩逝,钱后复追述太后故事,且为胡废后白冤。应三十二回。英宗始知非孙后所生,且追上胡废后尊谥,称为恭让皇后。钱后弟钦钟,殉土木难,英宗欲封其子雄,后又固辞,有此种种贤德,遂令英宗敬爱有加。到龙体弥留时,尚顾命李贤,说是钱后千秋万岁后,应与朕同葬。李贤将遗言恭录,藏置阁中。宪宗即位,周贵妃密嘱太监夏时,令运动阁臣独立自己为太后。夏时遂倡言钱后无子,且损肢体,当视胡废后成例,独立上生母为太后。李贤力争道:"口血未干,何得遽违遗命?"夏时道:"先帝在日,不尝尊生母为太后么?难道治命尚不可从?"学士彭时道:"胡太后以让位故,所以迟上尊号,今钱皇后名位具在,未尝让去,怎得照办?"夏时道:"钱皇后亦无子嗣,何妨就草让表。"彭时道:"先帝时未曾行此,我辈身为臣子,乃敢迫太后让位么?"夏时厉声道:"公等敢有贰心么?难道不怕受罪?"情理上说不过去,便乃狐假虎威,小人之无忌惮如此。彭时拱手面天道:"太祖太宗,神灵在上,敢有贰心,不受显诛,亦遭冥殛。试思钱皇后不育,何所规利,必之与争,不过皇上当以孝治人,岂有尊生母,不尊嫡母的道理?"说至此,李贤复插入道:"两宫并尊,理所当然,彭学士言甚是,应请照此复命。"夏时不能与辩,负气径去。寻由中官覃包,奉谕至阁,命草两宫并尊诏旨。彭时又道:"两宫并尊,太无分别,应请于钱太后尊号,加入正宫二字,方便称呼。"覃包再去请命,未几即传谕准议,乃尊皇后钱氏为正宫慈懿皇太后,贵妃周氏为皇太后。草诏既定,包潜语李贤道:"上意原是如此,因为周太后所迫,不敢自主,若非公等力争,几误大事。"言已,持草诏去讫。越宿颁下诏旨,择日进两宫太后册宝,小子有诗咏道:

　　　　嫡庶那堪议并尊,只因子贵作同论。
　　　　若非当日名臣在,一线纲常不复存。

两宫既上尊号,未知后事如何,请看官再阅下回。

　　石亨怨望,尚只凭家人数语,逯杲一疏,而谋逆实迹,尚未发现,安知非由落井下石之所为者?且石彪镇守大同,威震中外,而飞诏促归,即行抵京,不闻拥兵以叛,是石彪尚知有朝廷,未若曹钦之居然肆逆也。钦为曹吉祥养子,吉祥籍隶中涓,竟令养子为逆,敢为内应,可见钦之逆谋,吉祥实属与闻,或且为之倡议,亦未可知,阉竖之祸人家国,固如此哉!宪宗即位,两宫并尊,本属应有之理,而贵妃阴恃子贵,密嘱内监夏时,参预阁议,时乃狐假虎威,呵叱大臣,若非彭时等守正不阿,鲜有不为所摇夺者。先圣有言,唯女子与小人为难养也,近之不逊,远之则怨,观于此而益信。

第四十回　万贞儿怙权倾正后
　　　　　　纪淑妃诞子匿深宫

　　却说两宫太后,既上尊号,第二种手续,便是册立皇后的问题。先是孙太后宫中,有一宫人万氏,小字贞儿,本青州诸城人氏,父贵为本县掾吏,坐法戍边,贞儿年仅四岁,没入掖廷,充小供役,过了十多年,居然变成一个绝色的女子,丰容盛鬋,广颊修眉,秀慧如赵合德,肥美似杨太真,万贵妃以体肥闻。孙太后爱她伶俐,召入仁寿宫,令司衣饰。宪宗幼时,尝去朝见孙太后,贞儿从旁扶掖,与宪宗相亲近,渐渐狎昵。到了宪宗复册东宫,贞儿年逾花信,依然往来莫逆,彼此无猜。天顺六年,孙太后崩,宪宗年已十四岁了,知识粗开,渐慕少艾,便召这位将老未老的万贞儿,入事东宫。贞儿年过三十,犹是处子,华色未衰,望将过去,不啻二十许人。她生平不作第二人想,因从前无机可乘,不能入侍英宗,未免叹惜,至此得服侍太子,便使出眉挑目逗的手段,勾搭储君。好在宪宗已开情窦,似针引线,如漆投胶,居然在华枕绣衾间,试那鸳鸯的勾当。一个是新硎初发，努力钻研，一个是久旱逢甘，尽情领受，半榻风光，占尽人间乐事。绝似《红楼梦》中之初试云雨，但宝玉、袭人年龄相当，不足为异，万妃之于宪宗，年几逾倍，居然勾合得未曾有，且彼幻此真，尤称奇事。自此相亲相爱，形影不离。英宗哪里知晓，只道儿年渐长，应与他选妃，当有中官奉旨，选入淑媛十二名，由英宗亲自端详，留住三人，一姓王，一姓吴，一姓柏，俱留居宫中，未曾册立。英宗崩后，两宫太后，以嗣主新立，年已十六，不可不替他册后，使为内助，遂命司礼监牛玉，重行选择。玉以先帝时曾选入三人，吴氏最贤，可充后选，当由太后复加验视，见吴女体态端方，恰也忻慰。便命钦天监择吉，礼部具仪，册吴女为后。宪宗迫于母命，不好不从。

　　后位既定，即命万贞儿为贵妃，王氏、柏氏为贤妃。万贵妃虽然骤贵，心中很不自在，前时只一人专宠，至此参入数人，无怪芳心懊恼。每次谒见吴后，装出一副似嗔似怒的脸儿。惹得吴后懊恼，起初还是勉强容忍，耐到二十多日，竟有些忍受不住，免不得出言斥责。万贵妃自恃宠幸，半句儿不肯受屈，自然反唇相讥，甚至后说一句，她说两句，那时吴后性起，竟命宫监将她拖倒，由自己取过杖来，连击数下。吴后亦太卤莽。

　　看官！你想这万贵妃肯遭委屈么？回入己宫，哭泣不止，凑巧宪宗进来，益发顿足大哭，弄得宪宗莫名其妙，连呼贵妃，询明缘故。贵妃恰故意不说，经侍女禀明原委，顿时触怒龙心，挥袖奋拳，出门欲去。贵妃见宪宗起身，料必往正宫争闹。年少气盛，或反闹得不成样子，便抢上一步，牵住宪宗衣裙，返入房中，佯为劝慰。欲擒反纵。宪宗又是懊恨，又是怜恤，慢慢儿替贵妃解衣，见她雪肤上面，透露好几条杖痕，不由的大怒道："好一个泼辣货，我若不把她惩治，连皇帝都不做了。"万贵妃呜咽道："陛下且请息怒！妾年已长，不及皇后青年，还请陛下命妾出宫，休被皇后碍目。那时皇后自然气平，妾亦免得受杖了。"明是反激。宪宗道："你不要如此说法，我明日就把她废去。"万贵妃冷笑道："册立皇后，是两宫太后的旨意，陛下废后，不怕两太后动恼么。"再激一句。宪宗道："我自有计。"贵妃方才无言。计已成了。宪宗命内侍设酒，亲酌贵妃，与她消气。酒后同入龙床，又是喁喁私语，想无非是废后计划，谈至夜半，方同入好梦去了。

　　次日，宪宗起床，便入禀太后，只说吴后轻笑轻怒，且好歌曲，不足母仪天下，定须废易为是。钱太后一语不发，周太后却劝阻道："一月夫妇，便要废易，太不成体统了。"宪宗道："太后如不见许，儿情愿披发入山，不做皇帝。"肯抛弃万贵妃么？周太后沉吟半响，方道："先帝在日，曾拟选立王女，我因司礼监牛玉，说是吴后较贤，且看她两人姿貌，不相上下，所以就立吴女，哪知她是这般脾气呢。现据我的意见，皇儿可将就了些，便将就过去，万一不合，就请

第四十回　万贞儿怙权倾正后　纪淑妃诞子匿深宫

改立王女便了。"总是溺爱亲生子。宪宗不便再言,只得应声而出。意中实欲立万贵妃。转身去报万贵妃,贵妃仍不以为然。宪宗一想,且废了吴后,再作计议,遂出外视朝,面谕礼部,即日废后。礼部已受万贵妃嘱托,并不谏阻,遂承旨草诏。略云:

先帝为朕简求贤淑,已定王氏,育于别官,待期成礼。太监牛玉,以复选进吴氏于太后前,始行册立。礼成之后,朕见其举动轻佻,礼度率略,德不称位,因察其实,始知非预立者。用是不得已请命太后,废吴氏退居别官。牛玉私易先帝遗意,罪有应得,罚往孝陵种菜,以示薄惩。此谕!

这诏颁下,吴后只好缴还册宝,退居西宫。万贵妃尚觊觎后位,尝怂恿宪宗,至太后前陈请。宪宗恰也有心,替她说项。太后嫌她年长,始终不允。好容易过了两月,后位尚是未定,复经太后降旨,促立王氏,宪宗无奈,乃立王氏为皇后。好在王氏性情柔婉,与万贵妃尚是相安,因此迁延过去。王后亦恐蹈覆辙。成化二年,万贵妃生下一子,宪宗大喜,遣中使四出祈祷山川诸神,祝为默佑。谁知不到一月,儿竟夭殇。嗣是贵妃不复有娠,只一意妒忌妃嫔,不令进幸。宪宗或偷偷祟祟,得与妃嫔交欢一次,暗结珠胎,多被贵妃暗中察觉,设法打堕。宪宗不但不恨,反竭力奉承贵妃。贵妃所亲,无不宠用,贵妃所疏,无不贬斥。妃父贵授都督同知,妃弟通授锦衣卫都指挥使,还有眉州人万安,由编修入官礼部,与贵妃本非同族,他却贿通内使,嘱致殷勤,自称为贵妃子侄行。贵妃遂转达宪宗,立擢为礼部侍郎,入阁办事。

成化四年正月,宪宗命元夕张灯,将挈贵妃游览。翰林院编修章懋、黄仲昭,检讨庄㫤,上疏谏阻。宪宗不从,且责懋等妄言,降谪有差。当时以懋等三人,与修撰罗伦,同著直声,称为"翰林四谏"。罗伦的谏诤,是因大学士李贤,以父丧起复,奏称非礼,触动帝怒,被黜为福建市舶司副提举。贤亦不为挽救,未几贤卒。贤历仕三朝,称为硕辅,惟居丧恋官,不救罗伦,为世所诟,因此罗伦成名,李贤减誉。插入此段,实为结束李贤起见,且彰四谏士美名。内侍梁芳、韦兴、钱能、覃勤、王敬、郑忠、汪直等,日进美珠珍宝,谄事万贵妃,外面且托言采办,苛扰民间,怨声载道。宪宗亦有所闻,终以贵妃宠任数竖,不敢过问。芳、兴等且为妃祈福,召集番僧羽流,侈筑祠庙宫观,动用内帑,不可胜计,甚至府藏为虚,宪宗也未尝禁止,总教贵妃合意,无论甚么事件,都可听他所为。贵妃年已四十,尚宠幸如此,想是善房中术耳。

会慈懿皇太后钱氏崩,周太后欲另营陵寝,不使与英宗合葬,万贵妃亦希承周太后意,劝帝从母后命,宪宗意颇怀疑,遂召群臣会议。彭时首先奏对道：“合葬裕陵，英宗陵名。神主祔庙，此系故制，何必另议。”宪宗道：“朕岂不知？但母后旨意，不以为然，奈何？”彭时复对道：“皇上以孝事两宫，从礼即为大孝，祔葬何妨？”是时，商辂已经召还，仍令入阁，并有学士刘定之等，亦在朝列，俱合词上奏道：“皇上大孝，当以先帝心为心，今若将大行太后梓宫安厝左首，另虚右首以待将来，便是两全其美了。”宪宗略略点首，便即退朝。越日仍未见诏，彭时复恭上一疏，略云：

> 大行皇太后祔位中宫，陛下既尊之为慈懿皇太后，在先帝伉俪之情，与陛下母子之义，俱炳然矣。今复以祔葬之礼，反多异议。是必皇太后千秋之后，当与先帝并尊陵庙，惟恐二后同配，非本朝制耳。夫有二太后，自今日始，则并祔陵庙，亦当自今日始。且前代一帝二后，其并配祔者，未易悉数。即如汉文帝尊薄太后，虽吕后得罪宗社，尚得与长陵同葬。宋仁宗尊李宸妃，虽章献刘后无子，犹得与真宗同祭太庙。何则？并尊不相格也。今陛下纯孝，远迈前代，而祔葬一节，反出汉文、宋仁下，臣未之信。且慈懿既祔，则皇太后千秋之后，正足验两宫雍穆，在生前既共所尊，而身后更同其享，此后嗣观型所由起也。今若陵庙之制未合，则有乖前美，贻讥来叶矣。伏乞皇上采择施行！

宪宗得了此疏，复下礼部集议。礼部尚书姚夔合廷臣九十九人，皆请如彭时言。宪宗尚召语群臣道：“悖礼非孝，违亲亦非孝，卿等为朕筹一良法。”群臣执议如初，并由姚夔率百官等，跪文华门候旨。自巳至申，仍未降旨，只传谕百官暂退。百官伏地大哭道：“若不得旨，臣等不敢退去。”廷臣哭谏自此始。商辂、刘定之等，复入内劝上降旨，如群臣议。群臣乃齐声呼万岁，依次退归。祔葬议行，盈廷无词。过了一年，成化五年。柏贤妃生下一子，取名祐极。又阅一年，成化六年。复由纪淑妃生下一子，这子便是后来的孝宗。生时无名，且亦不令宪宗与闻。看官欲问明原因，请看小子叙述！

原来纪妃系贺县人，本土官女，饶有姿色，性亦灵敏，蛮中推为女中选。成化三年，西南蛮部作乱，襄城伯李瑾及尚书程信等，督师往讨，先后焚蛮寨二千，俘获男女无算。随手带过征蛮事。纪女亦被俘至京，充入掖庭。王皇后见她秀慧，亲授文字，命守内藏。宪宗偶至内藏临幸，适与纪女相值，问及内藏多寡数目。纪女口齿伶俐，应对详明，顿时契合龙心，便就纪女寝榻中演了一出龙凤合串，雨露恩浓，熊罴梦叶。过了数月，纪女的肚腹，居然膨胀起来，不料被万贵妃侦知，令心腹侍婢，密往钩治。那侍婢颇有良心，复报贵妃，只说是纪氏病痞。贵妃疑信参半，惟勒令退出内藏，谪居安乐堂。目无皇后，任所欲为。纪氏十月妊足，分娩生男，料知不便抚养，忍着性把

第四十回　万贞儿怙权倾正后　纪淑妃诞子匿深宫

儿抱出,交与门监张敏,嘱使就溺。敏惊叹道:"皇上未有子嗣,奈何轻弃骨血?"随将儿藏入密室,取些粉饵饴蜜,暗地哺养。万贵妃尚遣人伺察,始终未见动静,却也罢休。奇妒若此,亦是奇闻。幸喜废后吴氏,贬居西内,与安乐堂相近,颇知消息,往来就哺,才得保全婴儿生命。有十八年帝位可居,自然遇着救星。宪宗全未闻知,但知有皇子祐极一人,生长二龄,即命为皇太子。到了次年二月,太子竟患起病来,势甚凶猛,医药无灵,才越一昼夜,竟尔夭逝。宫人太监等,都知这事有些希奇,暗暗查访,果系万贵妃下的毒手。但因贵妃宠冠六宫,威行禁掖,哪个敢向虎头上去搔痒?确是个雌老虎。大家箝口结舌,还是明哲保身的上计。

时光易过,倏到了成化十一年,宪宗因受制贵妃,亦常怏怏,又兼思念亡子,更觉抑郁寡欢。一日召太监张敏栉发,揽镜自照,见头上忽有白发数茎,不觉愁叹道:"老将至了,尚无子嗣,何以为情?"张敏伏地顿首道:"万岁已有子了。"宪宗愕然道:"朕子已亡,哪里还有子嗣?"敏又叩首道:"奴言一出,性命不保,愿万岁为皇子作主,奴死不恨。"此时司礼监怀恩,亦在上侧,也跪奏道:"张敏所言不虚。皇子久育西内,现已六岁了。因惧祸患,所以匿不上闻。"宪宗大喜,即日驾幸西内,遣张敏等至安乐堂,迎接皇子。纪氏抱儿大哭道:"我儿既去,我命恐难保了。儿在此处潜养,已阅六年,今日前去,看见穿黄袍有须的,就是儿父,儿去恭谒便了。"说着时,即为儿易一小绯袍,抱上小舆,命张敏等拥护而去。及至西内阶下,儿尚胎发未剪,髭髭垂肩,竟自舆中趋下,投入宪宗怀中。宪宗抱置膝上,抚视良久,悲喜交集,垂着泪道:"是儿类我,确是我子。"敏即将纪氏被幸年月,及生子情状,详述一遍。宪宗并召见纪氏,握手涕泣,命居西内。一面命司礼监怀恩,往告内阁,阁臣无不欢喜。随即饬礼部定名,叫作祐樘,颁诏中外,越日册封纪氏为淑妃。大学士商辂,因此事揭露后,仍恐惹祸,蹈太子祐极的覆辙,但又不便明言,只好与同僚酌定一疏,呈将进去,略说:"皇子聪明岐嶷,国本攸系,更得贵妃保护,恩逾己出。但外议谓皇子母因病别居,久不得见,宜移就近所,令母子朝夕相接,一切抚育,仍藉贵妃主持。"云云。宪宗准奏,移纪妃居永寿宫,且时常召见,与饮甚欢。嗣是宫内妃嫔,稍稍放胆,蒙幸怀妊,及已经分娩的皇子,次第报闻。邵宸妃生子祐杬,张德妃生子祐槟,还有姚安妃、杨恭妃、潘端妃、王敬妃等陆续进御,亦陆续生男,螽斯衍庆,麟趾呈祥,只万贵妃满怀痛苦,日夕怨泣,到了忍无可忍的时候,又用那药死太子的手段,鸩杀纪妃。有说是纪妃被逼自缢的,有说是贵妃遣人勒死的,这也不必细考,总之被贵妃害毙,无甚疑义。太监张敏,闻纪妃暴卒,情知不能免祸,即祷祝苍天,求佑皇子祐樘安康,自己也吞金死了。好中官。小子有诗咏道:

祸成燕啄帝孙残，雏子分离母骨寒。
瓜熟不堪经再摘，存儿幸有一中官。

宫中情事，已见一斑，此后要叙入外事了。看官少安毋躁，待小子续述下回。

以三十余岁之万贵妃，乃宠冠后宫，权倾内外，窃不知其何术而得此。意者其有夏姬之术欤？观其阴贼险狠，娼嫉贪私，则又与吕雉、武曌相似。天生尤物，扰乱明宫，虽曰气数使然，亦宪宗不明之所致耳。柏贤妃生子祐极，中毒暴亡，纪淑妃生子祐樘，至六龄而始表露，宫掖之中，几同荆棘，不罹吕、武之祸，犹为宪宗幸事。然于人彘、醉瓮，已相去无几矣。本回主脑，纯为万贵妃着笔，而宫廷大小诸事，随手插入，尤得天衣无缝之妙。阅其钩心斗角之处，便知非率尔操觚者所得比也。

第四十一回　白圭讨平郧阳盗
　　　　　　韩雍攻破藤峡瑶

却说宪宗即位以后，宫闱中的情事，前回已略见一斑，其间有荆襄盗贼、湘粤苗瑶、平凉叛酋，亦时常出没往来，屡为民患。明廷亦发了好几次兵马，遣了好几回将帅，总算旗开得胜，渐渐敉平，小子亦不能含糊说过，只好一一叙明。荆襄上游为郧阳，地界秦、豫、楚三省，元季流贼啸聚，终元世不能制。洪武初，卫国公邓愈，出兵往讨，始得剿洗一空。怎奈是地多山，箐深林密，官军凯旋，流寇复聚。起初还不敢出头，到了成化元年，适遇年岁饥荒，流民日聚，遂闹出一场乱案来了。内中有个头目，姓刘名通，力能举千斤石狮子，绰号叫作刘千斤。刘千斤有个同伴，本名石龙，绰号叫作石和尚。两人纠集党羽数万，占据梅溪寺，高揭黄旗，推刘千斤为汉王，建元德胜，伪署将军元帅数十人，以石和尚为谋主，四出劫掠。无非明火执仗的强盗，安能成大事？指挥陈昇等，带了数千人马，前去征剿，反被他四面夹攻，杀得片甲不回。明廷接着警报，方知贼势猖獗，非同小可，乃命抚宁伯朱永，为讨贼总兵官，兵部尚书白圭，提督军务，太监唐慎、林贵为监军。处处不脱太监，我实不懂。别令湖广总督李震，副都御史王恕，会同三路兵马，直捣贼巢。白圭到了南阳，侦悉刘千斤等，在襄阳、房县、豆沙河等处，分作七寨，据险自固，遂拟用四路进军，一自南漳入，一自安远入，一自房县入，一自谷城入，犄角并进，互相策应。当下拜表奏闻，朝旨俞允，遂自率大军出南漳，派偏将林贵、鲍远等出安远，喜信、王信

第四十一回　白圭讨平郧阳盗　韩雍攻破藤峡瑶

等出房县，王恕率指挥刘清等出谷城。总兵官朱永有疾，留镇南阳。东西南北四路兵马，浩浩荡荡，杀奔贼寨。刘千斤自恃力大，亲来抵截大军。白圭用诱敌计，引刘千斤至临城山中，猝发伏兵，左右夹攻，杀得他七颠八倒。刘千斤夺路逃脱，方知官军厉害，千斤之力，不足恃了。意欲从寿阳窜出陕西，不意到了寿阳，已有官军截住，为首的统兵大将，系是明指挥田广。刘千斤知不是路，转身就走，由田广率兵尾追，直至古口山。刘千斤逃入山中，负嵎踞守。田广扼住山口，俟诸军陆续到来，一路杀入，人人奋勇，个个争先，当时格毙刘千斤子刘聪，及伪都司苗虎等一百余人。刘千斤退保后岩，山势愈峻，天又下雨，泥淖难行。适尚书白圭亲至，身先士卒，麾兵直进。山上的木石，如雨点般掷将下来，破头碎额，不计其数。白圭命刘清率千余骑，从间道绕出贼后，一面率诸军从前攻入。刘千斤率贼数万，迎头抵拒，只管前面，不管后面，方在酣战的时候，突闻后面喊声大震，鼓角齐鸣，各贼返身一顾，但见满山是火，烟焰冲天，不由的魂胆飞扬，纷纷乱窜。怎奈山路崎岖，七高八低，越性急，越踏空，坠崖堕涧，跌死过半。此外逃避不及的，统作刀头之鬼。刘千斤尚提着大刀，左右飞舞，官兵数百人上前，尚不能挨近身躯，反被他劈死数十人，嗣经强弩四射，面中数创，方大吼一声，倒在地上。各军一拥上去，把他揪住，用了最粗的铁链，缠住他身，才觉动弹不得，一任扛抬而去。恃勇无益。还有苗龙等四十人，亦一并擒住，囚解京师，眼见得是照叛逆例，磔死市曹了。惟石和尚、刘长子二人，越山遁去，转掠四川，招集败众，屯匿巫山。各军进逼，合围月余。石和尚在巢穴内，粮食俱尽，当由指挥朱英，奉白圭命，诱招刘长子，令他缚石和尚，解送军前。刘长子没法，遂将石和尚拿下，送交喜信营。喜信将石和尚打入囚车，佯慰刘长子，命诱执刘千斤妻连氏，及伪职常通、王靖、张石英等六百余人。至诸人一一诱到，竟变过了脸，也把刘长子一并就缚，奏凯还朝。石和尚、刘长子磔死，余犯尽行斩首，荆、襄告平。朱永封伯，白圭进太子少保，余将各加官进禄。只指挥张英，为诸将所忌，进谗朱永，说他受贿，被永捶死，真所谓冤沉地下呢。朱永坐享成功，反捶死首功张英，可叹可恨。这是成化二年间事。

　　后至成化六年，刘千斤余党李胡子，复纠合小王洪、石歪膊等，往来南漳、内乡、渭南间，复集流民为乱，伪称太平王，立一条蛇、坐山虎等绰号。官军累捕不获，再命都御史项忠，总督河南、湖广、荆、襄军，四面兜剿，擒李胡子于竹山县，擒小王洪等于钧州尤潭，俘斩二千人，编成万余人，遣还乡里，共四十万人。内中有许多流民，未尝为恶，亦不免玉石俱焚，弃尸江浒。项忠且自诩功绩，竖平刑襄碑，或呼为堕泪碑，实是冷嘲热讽的意思。比羊祜堕泪碑何如？又越六年，经都御史原杰，经略郧阳，就地设府，垦荒田，编户籍，人民乐业，阖境帖然。杰劳苦成疾,奉旨召还,竟在驿舍中逝世。鄅民闻讣,无不泣下,这且搁过不提。

且说荆、襄未平的时候,广西大藤峡苗瑶,亦啸聚为乱,湖南、靖州苗,群起响应。右都督李震,受命讨靖州苗,连破八百余寨,威振西南。苗瑶呼为金牌李,不敢复反。惟大藤峡在广西浔州境内,万山盘曲。有一大藤横亘两崖,仿佛似天造地设的桥梁,因此呼为大藤峡。峡中瑶人,缘藤往来不绝。峡北岩洞,多至一百余处,最幽深险峻的,有仙人关、九层崖等洞。峡南有牛肠村、大峝村,亦称险要。英宗时,瑶人作乱,经都督佥事颜彪,连破瑶寨,瑶患少息。应三十九回。惟瑶酋侯大狗,始终未获。至颜彪班师,仍出掠广东高、廉、雷、肇等境,守臣无术剿平,上书待罪,且请选将征讨。兵部尚书王竑,奏称浙江左参政韩雍,文武全才,可令往讨,乃召雍为佥都御史,赞理军务。特简都督赵辅,为征夷将军,统兵南征。

雍先至南京,会齐诸将,共议进兵方略。诸将齐声道:"两广残破,群盗屯聚,应分兵扑灭为是。为今日计,莫若令一军入广东,驱使散去,然后用大军直入广西,节节进剿,方可困贼。"雍闻言冷笑道:"诸将只知其一,未知其二,试思贼已蔓延数千里,随在与战,适足疲我将士,何若仗着锐气,直捣大藤峡巢穴?心腹既溃,余贼如釜底游魂,怕他甚么?"擒贼先擒王,的是行军要着。诸将不敢多言。至赵辅一到,与雍谈及军事,很是投机,便把一切行止,听雍调度。雍即带领诸军,倍道前进,由全州出桂林,途次遇着阳洞诸苗,即麾兵与战,势如破竹,洞苗大溃。惟指挥李英等四人,观望不前,立斩以徇,众皆股栗,壁垒一新。

雍披按地图,晓谕诸将道:"贼众以修仁、荔浦为羽翼,宜先剿平二处,使孤贼势。"诸将此时,无不应命。乃督兵十六万人,分五路攻入,所向披靡。修仁先平,荔浦随下,遂乘胜向峡口进发。俄见道旁有数百人跪着,老少不一,老年服饰似里民,少年服饰似儒生,口称:"我等百姓,苦贼已久,今闻大兵到此,愿为向导。"雍不待说毕,便喝兵役,将数百人一一拿下,带入帐中。诸将皆诧异起来,但见雍升座怒叱道:"你等统是苗贼,敢来谎我!左右快与我搜来!"兵士不敢违慢,把数百人身上一搜,果皆藏着利刃,锋芒似雪,便命推出辕门,尽行枭首。复饬把尸首支解,刳出肠胃,分挂林箐间,累累相属。瑶众闻知,惊为天神。就是雍麾下将士,亦不禁叹服。我亦服他有识。

雍严肃如王公相等,营门设铜鼓数千,仪节详密。三司长吏见雍,皆长跪白事,悚慴如小吏。忽有新会丞陶鲁入见,长揖不拜,雍叱道:"你来此何为?"陶鲁道:"来与明公击贼。"雍复道:"贼众据险自卫,非大兵不可入。我看部下文武数百人,无一可往,方在愁虑,你能当此重任么?"陶鲁道:"不但

第四十一回　白圭讨平郧阳盗　韩雍攻破藤峡瑶

言能,且很容易。"雍怒道:"蕞尔小邑,尚不能理,今遇悍贼,反说得如此容易,正是大言不惭,快快退去,免得受笞!"鲁又道:"明公不欲平贼么?从前蒋琬、庞统,辄废邑事,后乃为蜀汉名臣,公幸勿弃鲁,愿平贼自效。"雍见鲁神色自若,料有异才,不禁改容道:"丞肯为国效力,尚有何说,但不知需兵多少?"并不执拗到底,韩雍可谓将才。鲁答道:"三百人够了。"雍笑道:"三百人哪里够用?"鲁复道:"兵贵精不贵多,三百人已是多了。但必需严行选练,才可使用。"雍令他自择。鲁标式为约,号令军前道:"有能力举百钧,矢射二百步者来!"是时大军共十五六万人,合式如约,只得二百五十名。得用之兵,其难如此。复另募数日,方得凑成三百名数目,自行督练,椎牛犒饷,共尝甘苦,士卒争愿为死,称为陶家军。

雍督诸将四面并进,瑶酋侯大狗,闻大军齐至,把妇女辎重,安置贵州横石、李塘诸崖,自纠死党数万,悉力堵截峡南,排栅坚密,滚木礌石镖枪毒矢等,更番迭射。官军登山仰攻,煞费气力。雍申令军中,有进无退。阅数时,山上的瑶众,及山下的官军,统有些疲倦起来,枪声箭声,若断若续,蓦见陶鲁拥盾而出,大呼道:"麾下壮士,快从我来!"两语未毕,那三百名陶家军,都左手执盾,右手持刀,鱼贯以进,呼声震山峡。瑶众急忙抵拒,乱下矢石,不料这陶家军,很是勇悍,兔起鹘落,狄迅猱升,任他矢石如雨,毫不胆怯,只管向前猛登。韩雍见前军得势,复督兵继进,瑶众支持不住,逐步退后。至官军各上山冈,又由雍出令,纵火焚山,烈焰飞腾,可怜这瑶众东奔西走,无处躲避,多烧得焦头烂额,剩得数千名悍瑶,拥着侯大狗,窜入横石崖。雍饬兵穷追,道行数日,始见崖谷。侯大狗上九层楼等山,绝崖悬壁,势控霄汉,且用着千斤礌石,滚压下来,响声若雷,岩谷皆应。雍令军士停住崖下,鼓噪不绝,一面遣陶家军绕出后山,潜陟巅顶,令他觑贼懈怠,举炮为号。自卯至未,贼渐渐力疲,木石亦尽。雍正拟进攻,隐隐间闻有炮声,急督将士冒险登山,大众援藤扳葛,蚁附而上。陶家军亦自后攻入,漫山奋击,连数日夜,鏖战百合,方把瑶众削平,生擒侯大狗七百八十余人,斩首三千二百余级,磨崖勒石,载明平瑶岁月,并将大藤斩断,绝瑶人往来的孔道,改名大藤峡为断藤峡,复分兵捕雷、廉、高、肇诸寇,先后肃清。捷报驰抵京师,宪宗传旨嘉奖,即召赵辅还朝,晋封武靖伯,韩雍为右副都御史,提督两广军务,擢陶鲁为佥事,余亦按功给赏。嗣命雍开府梧州,令行禁止,盗贼屏息。至成化十年,为中官黄沁所潜,罢归乡里,越五年病殁。粤人怀念不忘,立祠致祭,正德中始追谥襄毅,也是褒功恤死的意思。

还有平凉一役,出了好几次大兵,才得奏捷。平凉在甘肃西境,从前明平陕西,故元平凉万户把丹,率众归附。太祖授为平凉卫千户,令仍旧俗,不起科谣。传孙满俊，与王豪、李俊相连结，挟赀称雄，土人称他为满四。平凉奸民，犯法避罪，往往倚满四为护符。有司饬役往捕，统由满四出头硬阻，日久成习，不得不劳动官军，前去搜剿。满四遂激众为乱，叛据石城，来与官军反抗。石城系唐吐蕃石堡城，高踞山巅，四壁削立，只有一线可通出入。官军屡次上山，都被击退。实是没用。满四遂与李俊分踞要害，四称招贤王，俊称顺理王，两下里各有万余人。俊攻固原千户所，中箭毙命，惟满四负嵎如故。都指挥邢瑞、申澄，率各卫军至石城，猛扑一昼夜，不意满四竟纠众杀下，由高临卑，势如建瓴，官军坠死无数，申澄也马蹶被杀，只有邢瑞狼狈逃归，贼势大盛，关中震动。明廷得耗，飞檄陕西巡抚都御史陈介，总兵宁远伯任寿，广义伯吴琮，及巡抚延绥都御史王锐，参将胡恺，会兵进剿。陈介等率军轻进，不待延绥兵至，便直趋石城，距城约十里许，忽有贼众数千，遮道出迎，佯称乞降。陈介颇为踌躇，吴琮道："无论他是真降，或是假降，我军总有进无退为是。"遂麾兵直入。将到城下，只见贼驱着牛羊出来，望将过去，差不多有数千头，官军还道他是真心投降，用了牛羊犒劳，大家不及防备，忽听胡哨四起，前后左右，统是贼兵杀到，那时官军叫苦不迭，连忙招架，已是不及。陈介、任寿、吴琮等，舍命冲突，方杀开一条血路，走保东山，遗失军资甲械，均以千计。事闻于朝，命将陈介、任寿、吴琮三人，逮解至京，按罪下狱。另授都督刘玉，为平虏副将军，副都御史项忠，总督军务，再讨石城。又起复前大理寺少卿马文升为都御史，巡抚陕西，调兵协剿。项忠、马文升先后至固原，分六路进兵，连败贼众。刘玉一至，见各军得胜，乘势长驱，进薄城下。满四倾寨出战，发矢如蝟，刘玉身中流矢，顿时惊退，诸军皆却。贼步步进逼，玉几被困。幸项忠停住不行，亲斩千户一人，作为众戒，于是全军复振，易退为进。满四料不可敌，敛众入城，刘玉乃裹痛徇军，下令合围。相持兼旬，尚不能下。项忠以持久非计，督兵急攻，贼颇恟惧，潜缒城出降。忠给票纵还，自是出降益众。会有贼目杨虎狸，乘夜出汲，为官军所擒，忠喝令斩首，杨虎狸俯伏乞命，乃劝令降顺。虎狸允诺，且请自效。忠知虎狸可用，赐以金带钩，纵使入城，诱满四出战东山，用了四面埋伏的计，专候满四到来。正是：

　　　　整备铁笼囚猛虎，安排香饵钓金鱼。

　　欲知满四曾否就擒？请看下回便知。

　　语有之："川泽纳污，山薮藏疾。"故林深菁密之中，往往为盗贼藏身之地，兵去则出，兵来则伏，非有善谋之将，敢死之士，犁其穴而扫其庭，则必不能绝其迹。刘千斤，荛夫耳，侯大狗，蠢奴耳，何足以称王争霸？不过有山可恃，有穴可藏，借此以抗王命，为一时负嵎计耳。有白圭之督师，而刘千斤失所恃，虽勇何益？有韩雍之主谋，而侯大狗失所据，虽险亦夷？崔符之盗，必尽杀乃止，始知宁猛毋宽，公孙侨固有先见也。至若平凉一役，亦幸有项忠之为先驱耳。项忠擒李胡子、小王洪等，已见奇绩，而满四又为彼所擒，时人以堕泪讥之，吾谓一家哭何如一路哭也。刑乱国用重典，刑乱民亦何独不然乎？

第四十二回　树威权汪直窃兵柄
　　　　　　　善谲谏阿丑悟君心

　　却说叛酋满四，正在穷蹙，见杨虎狸被擒复归，亟问他脱逃情由。虎狸随口胡诌，并说官军辎重，尽在东山停顿，不妨乘夜掩取，说得满四转忧为喜，即于夜间率众出城。行至东山附近，伏兵四起，竞前相扑。满四仓皇突阵，坠马就擒，余众多半受戮。项忠乘胜扑城，城中另立头目火敬为主，仍然拒守。忠令各军围住东西北三面，独留南面不围，鼓噪了一昼夜。火敬等料不能支，竟于夜半遁去。官军从后追蹑，复将火敬擒住。只有满四从子满能，逃入青山洞，渐被项忠侦悉，用火薰入洞中。满能仓皇出走，亦被擒获，并拿住满四家属百余口。诸军穷搜山谷，又获贼五百余人，男妇老幼共数千人，并将石城毁去，所有俘虏，就地正法。惟把满四、火敬两人，械送京师，按律伏诛，自在意中。项忠、刘玉班师到京，按功升赏，不消细说。

　　宪宗闻各处叛寇，依次荡平，心下很是喜慰。万贵妃殷勤献媚，每遇捷报，辄在宫中张筵庆贺。可谓善承意旨，无怪宠冠后宫。就中有个太监汪直，年少慧黠，善事贵妃，因得宪宗宠幸。为主及奴，真是多情天子。这汪直系大藤峡瑶种，瑶贼平定后，被俘入宫，充昭德宫内使。昭德宫便是万贵妃所居，汪直能伺贵妃喜怒，竭力趋承，贵妃遂一意抬举，密白帝前，令掌御马监事。第二个安禄山。先是妖人李子龙，妖言妖服，蛊惑市人，内使鲍石、郑忠等，非常敬信，常引子龙入宫游玩，并导登万岁山，密谋为逆。不意被锦衣卫闻知，预先举发，当将二监拿下，并诱执李子龙，一并枭首。嗣是宪宗欲侦知外事，令汪直改换衣服，带领锦衣官校，私行出外，查察官民举动，但有街谈巷议，无不奏闻。宪宗益以为能，即于东厂外设一西厂，命汪直为总管。东厂系成祖时所建，专令中官司事，伺察外情。至是别张一帜，所领缇骑人数，比东厂加倍，因此声势出东厂上。锦衣百户韦瑛，职隶东厂，谄事汪直。直即倚为心腹，往往掀风作浪，兴起大狱，所有冤死的官民，不计其数。朝廷诸臣，虽皆侧目，莫敢发言。惟大学士商辂抗疏上奏道：

近日伺察太繁，政令太急，刑网太密，人情疑畏，汹汹不安。盖缘陛下委听断于汪直，而直又寄耳目于群小也。中外骚然，安保其无意外不测之变？往者曹钦之反，皆逯杲有以激之，一旦祸兴，猝难消弭。望陛下断自宸衷，革去西厂，罢汪直以全其身，诛韦瑛以正其罪，则臣民悦服，自帖然无事矣。否则天下安危，未可知也。臣不胜惶惧待命之至。

宪宗览疏大怒道："用一内监，何足危乱天下？"即命内监怀恩，传旨诘责。商辂并不慌忙，正色说道："朝臣不论大小，有罪当请旨逮问。汪直敢擅逮三品以上京官，是第一桩大罪。大同宣府，乃边疆要地，守备官重要，岂可一日偶缺？汪直擅械守备官，多至数人，是第二桩大罪。南京系祖宗根本重地，留守大臣，直擅自搜捕，是第三桩大罪。宫中侍臣，直辄易置，是第四桩大罪。直不去，国家哪得不危？"这数语侃侃直陈，说得怀恩为之咋舌，当即回去复旨。项忠已升任兵部尚书，也率九卿严劾汪直，宪宗不得已，令直仍归掌御马监，调韦瑛戍边卫，暂罢西厂，中外大悦。惟宪宗犹宠直未衰，仍令秘密出外，探刺阴事。适有御史戴缙，九年不迁，非常懊丧。至此见汪直仍邀宠眷，索性迎合上意，密奏一本，极言西厂不应停止，汪直所行，不但可为今日法，且可为万世法。竟视汪直为圣人，大小戴有知，必不认其为子孙。宪宗准奏，下诏重开西厂。汪直的气焰，从此益盛。

先是直掌西厂，士大夫无与往还，惟左都御史王越，与韦瑛结交，遂间接通好汪直。吏部尚书尹旻，也是个寡廉鲜耻的人物，想去巴结权阉，因浼越为介，谒直西厂中，甚至向他磕头。身长吏部，无耻若此，我为明吏羞死。直不禁大喜。独兵部尚书项忠，傲不为礼，一日遇直于途，直下舆相看，忠竟不顾而去。是亦太甚。直恨忠益深，王越谋代忠职，每与直言及忠事，作切齿状。忠且倡率九卿，劾奏直不法事，先令郎中姚璧，请尹旻署名。尹旻道："兵部主稿，当由项公自署便了。"姚璧道："公系六卿长，不可不为首倡。"尹旻怒道："今日才知我为六卿长么？"不中抬举。当将草奏掷还，不肯签名。一方通报韦瑛，令他转达汪直。会西厂果停，直忿怒异常，与忠势不两立，至重设西厂，引用了一个吴绶，作为爪牙。吴绶曾为锦衣卫千户，尝从项忠讨荆、襄盗，违法被劾，致受谴责。他竟与忠挟嫌，至汪直处求掌书记，直即允诺。且因绶颇能文，密行保荐，有旨授他为镇抚司刑。绶即嗾使东厂官校，诬忠受太监黄赐请托，用刘江为江西都指挥，宪宗真是糊涂，竟令忠对簿。看官！你想这项忠高傲绝俗，哪肯低首下心？当下抗辩大廷，毅然不屈。恼得宪宗性起，竟将他削职为民。汪直又谮商辂纳贿，辂亦乞罢，听令自归。尚书薛远、董方，右都御史李宾等，并致仕归田，于是蝇营狗苟的王越，居然升兵部尚书，兼左都御史掌院事。愈荣愈丑。王越以外，还有辽东巡抚陈钺。先是辽东寇警，陈钺因冒功

第四十二回　树威权汪直窃兵柄　善谲谏阿丑悟君心

掩杀，激变军民，明廷命马文升往抚，开诚晓谕，相率听命。汪直偏欲攘功，请命宪宗，挟同私党王英，驰向辽东，一路上耀武扬威，指叱守令，不啻奴仆，稍有违忤，立加鞭挞。各边都御史，左执鞭弭，右属橐鞬，趋迎恐后，供张极盛。既至辽东，陈钺郊迎蒲伏，恪恭尽礼，凡随从汪直的人员，各有重贿。汪直大喜，筵宴时穷极珍错，饮得汪直酩酊大醉，满口赞扬。难得邀他褒奖。越宿即赴开原，再下令招抚。文升知他来意，便把安抚功劳，推让与他，惟所有接待仪文，不如陈钺。汪直未免失望，草草应酬，即返辽东，且与陈钺述及文升简慢。钺不但不为解免，反说文升恃功自恣等情，小人最会逞刁。一面加意款待，格外巴结。酬饮了好几日，直欲辞归，复经钺再三挽留，竟住了数十天，方才回京。一入京城，即劾奏文升行事乖方，应加严谴。宪宗也不分皂白，竟逮文升下狱，寻谪戍重庆卫，并责诸言官容隐不发，廷杖李俊等五十六人。

是时鞑靼汗麻儿可儿已死，众立马固可儿吉思为汗，马固可儿吉思汗，与孛来不和，屡生嫌隙，阴结部属毛里孩等，使图孛来，偏为孛来所知，竟弑了马固可儿吉思汗。毛里孩不服，纠众攻杀孛来，遣使通好明廷。宪宗以无约请和，恐防有诈，竟却使不纳。毛里孩遂纠集三卫，见三十九回。屡寇山陕。抚宁侯朱永等，出师抵御，得了几次胜仗，毛里孩始退。谁料一敌甫退，一敌又来。长城西北境有河套，黄河由北绕南，与圈套相似，因得此名，唐张仁愿曾筑三受降城于此。地饶水草，最宜耕牧。蒙古属部孛鲁乃、札加思兰、孛罗忽等，潜入套中，据地称雄，屡寇延绥。朱永移师往御，王越亦奉旨参赞。塞外未闻杀敌，京中屡得捷音，想是王越妙计。越等升赏有差，寇仍据套自若。既而越为三边总制，延绥、甘肃、宁夏为三边，设立总制，自王越始。札加思兰且迎元裔满都鲁为汗，自称太师，一意与明边为难，大举深入，直抵秦州、安定诸邑。总算王越出力，侦悉寇房妻子畜产，俱在红盐池，潜率总兵官许宁，游击将军周玉，星夜前进，袭破敌帐，杀获甚众。及寇饱掠而返，妻子畜产，荡然无存，只好痛哭一场，狼狈北去。

嗣闻札加思兰为部众脱罗干、亦思马因等所杀，满都鲁亦死，诸强酋相继略尽。越遂讨好汪直，怂恿北征，说是乘势平寇，大功无比云云。直喜甚，忙面奏宪宗，当即下诏，命朱永为平虏将军，王越提督军务，监军便是汪直。克期兴师，向西进发。越与直会着，恰劝直令朱永绕道南行，自与直带领轻骑，径诣大同。探悉敌帐在威宁海子，泊名。即挑选宣府、大同两镇兵马，共得二万名，倍道深入。适值天大风雨，兼以下雪，白昼晦冥，空山岑寂。越等直至威宁，寇众毫不防备，如何抵敌，纷纷溃散，只剩老弱妇女，作为俘虏，并马驼牛羊数千匹，一齐搬归，便驰书告捷。宪宗即封越为威宁伯，增直俸禄三百石。惟朱永迂道无功，不得封赏，怅怅的领兵回来。上了王越的当。

亦思、马因等以庐帐被袭，密图报复，待王越退师，复纠众出掠，且犯宣府。那时汪直、王越两人，又想借寇邀功，请旨出发，偏偏寇众狡诈，闻直等又至，移众西走，转寇延绥，直等赴援不及，亏得指挥刘宁、巡抚何乔新、千户白道山等，分道出御，各得胜仗，寇焰少衰。亦思、马因病死，谁知又出了一个悍酋，仍称小王子，率众三万，寇大同，连营五十里，声势张甚。总兵许宁，敛兵固守，小王子竟到处焚掠，毁坏代王别墅。代王成𬭸，从宁出战，宁无奈出驻城外，与巡抚郭镗分营立栅，互为犄角。寻见有寇骑十余，控弦而来，太监蔡新部下，首出迎击，宁所部军士，亦次第杀出，寇骑拍马逃走，官军不肯舍去，猛力追赶。途中遇着伏兵，被杀得落花流水，幸将周玺等驰至，才救出各兵，驰入城中。检点败卒，已丧失了千余人。许宁尚掩败报捷，奈寇众长驱直入，虽经宣府巡抚秦纮、总兵周玉，力战却敌，寇焰尚是未衰。巡按程春震，乃劾宁败状，宁得罪被谪，连郭镗、蔡新统同获谴。一面颁诏，令汪直、王越严行防剿，毋得少懈。直与越方拟还京，得了这道诏旨，弄得进退两难，只好乞请瓜代，有诏不许。其时陈钺已入居兵部，复为代请，又经宪宗切责，把钺免官。未几罢西厂，又未几调王越镇延绥，降汪直为南京御马监，中外欣然。只王越、汪直两人，不知为什么缘故，竟失主眷，彼此叹息一番，想不出什么法子，没奈何遵着朝旨，分途自去。谁叫你喜功出外？谁叫你恃势横行？

小子细阅明史，才知汪直得罪的原因，复杂得很。若论发伏摘奸的首功，要算是小中官阿丑。一长可录，总不掩没。阿丑善诙谐，且工俳优，一日演戏帝前，扮作醉人的模样，登场谩骂，另有一小太监扮作行人，出语阿丑道："某官长到了。"阿丑不理，谩骂如故。小太监下场后，复出场报道："御驾到了。"阿丑仍然不理。及三次出报，说是"汪太监到了"。阿丑故作慌张状，却走数步。来人恰故意问道："皇帝且不怕，难道怕汪太监么？"阿丑连忙摇手道："休要多嘴！我只晓得汪太监，不可轻惹呢！"阿丑可爱。此时宪宗曾在座中，闻了这语，暗暗点首。阿丑知上意已动，于次日再出演剧，竟仿效汪直衣冠，手中持着两把大斧，挺胸而行。旁有伶人问道："你持这两斧做什么？"阿丑道："是钺，不是斧。"那人又问持钺何故？阿丑道："这两钺非同小可。我自典兵以来，全仗着这两钺呢。"那人又问钺为何名？阿丑笑道："怪不得你是呆鸟，连王越、陈钺，都不知道么？"宪宗闻言微哂。及戏剧演毕，又接览御史徐镛奏折，系劾奏汪直罪状，略云：

> 汪直与王越、陈钺，结为腹心，互相表里，肆罗织之文，振威福之势，兵连西北，民困东南，天下之人，但知有西厂，而不知有朝廷，但知畏汪直，而不知畏陛下，浸成羽翼，可为寒心。乞陛下明正典刑，以为奸臣结党怙势者戒！于此时始上弹章，亦是揣摩迎合之意。

第四十二回　树威权汪直窃兵柄　善谲谏阿丑悟君心

宪宗览后，尚在踌躇。还是恋恋不舍。会东厂太监尚铭，以获贼邀赏，恐汪直忌功，不无谗构，遂探得汪直隐情，及王越交通不法情事，统行揭奏。宪宗乃决意下诏，迁谪直、越。礼部侍郎万安，及太常寺丞李孜省等，又先后纠弹直、越。遂并直奉御官，一体革去。削王越伯爵，夺还诰券，编管安陆州。直党陈钺，及戴缙、吴绶等，俱削职为民。韦瑛谪戍万全卫。瑛复自撰妖言，诬指巫人刘忠兴十余人，暗图不轨，及到庭对质，全属子虚，方将瑛正法枭首。且起用前兵部尚书项忠，给还原官；召还前兵部侍郎马文升，令为左都御史，巡抚辽东。中外都喁喁望治。

其实一党方黜，一党复升，荧惑不明的宪宗，哪里能久任正士，尽斥憸人？万安内结贵妃，得邀宠眷，李孜省系江西赃吏，学五雷法，厚结中官梁芳、钱义，以符箓进，得授为太常寺丞。还有江夏妖僧继晓，与中官梁芳相识，自言精通房术，不亚彭篯。适宪宗春秋正高，自嫌精神未足，不足对付妃嫔，就是老而善淫的万贵妃，亦未免暗中憎恨。梁芳双方巴结，即将继晓荐入，令他指导宪宗，并广采春药，进奉御用。宪宗如法服饵，尽情采战，果然比前不同，一夕能御数女，喜得宪宗心满意足，亟封继晓为国师。继晓母朱氏，本娼家女，丧夫有年，免不得有暧昧情事。继晓却极陈母节，有旨不必勘核，立予旌扬。继晓精通房术，想是得诸母教。饮水思源，其母应得旌表。自是继晓所言，无不曲从。继晓愿为帝祈福，就西市建大永昌寺，逼徙民居数百家，糜费帑项数十万，这还不在话下。惟继晓淫狡性成，见有姿色妇女，往往强留入寺，日夜交欢，京中百姓，被他胁辱，自然怨声载道，呼泣盈途。刑部员外郎林俊，忿懑的了不得，遂上疏请斩继晓及太监梁芳。看官！你想宪宗如何肯听？阅疏才毕，立饬逮俊下狱，拷讯主使。都督府经历张黻，抗表救解，又被逮系狱中。司礼太监怀恩，颇怀忠义，便面奏宪宗，请释二人。宦官中非无善类。宪宗大愤，遽提起案上端砚，向怀恩掷去。幸怀恩把头一偏，砚落地上，未曾击中。宪宗拍案大骂道："你敢助林俊等谤朕吗？"恩免冠伏地，号哭不止。宪宗又把恩叱退。恩遣人告镇抚司道："你等诣事梁芳，倾陷林俊，俊死，看你等能独生么？"镇抚司方不敢诬罪，也为奏免。宪宗气愤稍平，乃释二人出狱，贬俊为云南姚州判官，黻为师宗知州。二人直声震都下，时人为之语道：

御史在刑曹，黄门出后府。

二人被谪，感动天阍。成化二十一年元旦，宪宗受贺退朝，午膳甫毕，忽闻天空有巨声，自东而西，仿佛似霹雳一般。究竟是否雷震，容小子下回表明。

汪直以大藤余孽，幼入禁中，不思金日䃅宝瑟之忠，妄有安禄山赤心之诈，刺事西厂，倾害正人，酷好弄兵，轻开边衅，吏民之受其荼毒，不可胜计，要之皆万贵妃一人之所酿成也。王越、陈钺等，倚直势以横行，朝臣岂无闻见？乃皆箝口不言，反待一优孟衣冠之阿丑，借戏进谏，隐格主心，是盈廷察察不及一阿丑多矣。迨巨蠹受谴，始联章劾奏，欲沽直名，曾亦回首自问，靦颜目愧否耶？况劾奏诸人，仍不出万安、李孜省等，彼此同是偷邪，不过排除异党，为自张一帜计耳。观此回纯叙汪直事，我敢为述古语曰朝无人。

第四十三回　悼贵妃促疾亡身　审聂女秉公遭谴

却说宪宗闻空中有声，疑是雷震，亟出宫门瞻望，只见天空有白气一道，曲折上腾，复有赤星如碗，从东向西，轰然作响，不禁为之悚惧。是夜心神不安，越宿临朝，即诏群臣详陈阙失。吏部给事中李俊，应诏陈言，略云：

> 今之弊政最大且急者，曰近幸干纪也，大臣不职也，爵赏太滥也，工役过烦也，进献无厌也，流亡未复也。天变之来，率由于此。夫内侍之设，国初皆有定制，今或一监而丛十余人，一事而参六七辈，或分布藩郡，享王者之奉，或总领边疆，专大将之权，援引憸邪，投献奇巧，司钱谷则法外取财，贡方物则多端责赂，杀人者见原，债事者逃罪，如梁芳、韦兴、陈喜辈，不可枚举。惟陛下大施刚断，无令干纪，奉使于外者，悉为召还，用事于内者，严加省汰，则近幸戢而天意可回矣。今之大臣，非夤缘内臣，则不得进。其既进也，非凭依内臣，则不得安。此以财贸官，彼以官鬻财，无怪其赂受四方，而计营三窟也。惟陛下大加黜罚，勿为姑息，则大臣知警，而天意可回矣。夫爵以待有德，赏以待有功，今或无故而爵一庸流，或无功而赏一贵幸，方士献炼服之书，伶人奏曼衍之职，掾吏胥徒，皆叨官禄，俳优僧道，亦玷班资，一岁而传奉或至千人，数岁而数千人矣。数千人之禄，岁以数十万计，是皆国之租税，民之脂膏，不以养贤才，乃以饱奸蠹，诚可惜也。如李孜省、邓常恩辈，尤为诞妄，此招天变之甚者，乞尽罢传奉官，毋令污玷朝列，则爵赏不滥，而天意可回矣。都城佛刹，迄无宁工，京营军士，不复遗力，如国师继晓，假术济私，糜耗特甚。中外切齿，愿陛下内惜资财，外恤民力，不急之役，姑赐停罢，则工役不烦，而天意可回矣。近来规利之徒，率假进奉为名，或录一方书，市一玩器，购画图，制簪珥，所费不多，获利十倍，愿陛下留府库之财，为军国之备，则进

第四十三回　悼贵妃促疾亡身　审聂女秉公遭谴

献息而天意可回矣。陕西、河南、山西，赤地千里，尸骸枕藉，流亡日多，崔苻可虑，愿陛下体天心之仁爱，悯生民之困穷，追录贵倖盐课，暂假造寺资财，移赈饥民，俾苟存活，则流亡复而天意可回矣。臣奉明诏陈言，不敢瞻徇，谨乞陛下采纳施行，无任跂望之至！

疏入，宪宗却优诏褒答，竟降调李孜省、邓常恩等，且把国师继晓，革职为民，斥罢传奉官至五百余人。给事中卢瑀，御史汪莹，主事张吉，及南京员外郎彭纲等，见李俊入奏有效，都摭拾时弊，次第奏陈。今朝你一本，明朝我一本，惹得宪宗厌烦起来，索性不愿披览，只密令吏部尚书尹旻，此人还在么？将奏牍所署的名衔，纪录屏右，俟有奏迁，按名远调。俊、瑀等遂相继出外，或以他事下吏。事君数，斯辱矣。孜省、常恩等仍复原官，得宠尤甚。

一日，宪宗查视内帑，见累朝所积金银，七窖俱尽。遂召太监梁芳、韦兴入内，诘责道："糜费帑金，罪由汝等。"兴不敢对。芳独启奏道："建寺筑庙，为万岁默祈遐福，所以用去，并非浪费。"宪宗冷笑道："朕即饶恕你等，恐后人无此宽大，恰要同你等算账。"此语几启巨衅，若非贵妃速死，太子能不危乎？说得梁芳等浑身冰冷，谢罪趋出，忙去报知万贵妃。时贵妃已移居安喜宫，服物侈僭，与中宫相等。梁芳一入，即叩头呼娘娘不置。贵妃问为何事？梁芳将宪宗所言，传述一遍，并说道："万岁爷所说后人，明明是指着东宫，倘或东宫得志，不但老奴等难保首领，连娘娘亦未免干连呢！"贵妃道："这东宫原不是好人，他幼小时，我劝他饮羹，他竟对着我说，羹中有否置毒，你想他在幼年，尚如是逞刁，今已年将弱冠，怕不以我等为鱼肉。但一时没法摆布，奈何？"梁芳道："何不劝皇上易储，改立兴王？"贵妃道："是邵妃所生子祐杬么？"言下尚有未愜之意，奈己子已先天殇何？梁芳道："祐杬虽封兴王，尚未就国，若得娘娘保举，得为储君，他必感激无地，难道不共保富贵么？"掀风作浪，统是若辈。贵妃点首。等到宪宗进宫，凭着一种蛊媚的手段，诬称太子如何暴戾，如何矫擅，不如改立兴王，期安社稷等语。你是个野狐精，安可充土神谷神。宪宗初不肯允，哪禁得贵妃一番柔语，继以娇啼，弄得宪宗不好不依。年将六十，尚能摇惑主心，不知具何魔力？次日，与太监怀恩谈及，怀恩力言不可。宪宗大为拂意，斥居凤阳，正拟下诏易储，忽报泰山连震，御史奏称应在东宫。宪宗览奏道："这是天意，不敢有违。"遂把易储事搁起。万贵妃屡次催逼，宪宗只是不睬。贵妃挟恨在胸，酿成肝疾，成化二十三年春，宪宗郊天，适遇大雾，人皆惊讶，越日庆成宴罢，将要还宫，有安喜宫监来报道："万娘娘中痰猝毙了。"宪宗大诧道："为什么这般迅速？"官监默然无言。经宪宗至安喜宫，审视龙榻，但见红颜已萎，残蜕仅存，不禁涕泪满颐，再诘宫监，才知贵妃连日纳闷，适有宫女触怒，她用拂子连挞数十下，宫女不过觉痛，她竟痰厥致毙。宪宗怃然道："贵妃去世,我亦不能久存了。"仿佛唐明皇之于杨玉环。当下治丧告窆,一切拟皇后例,并辍朝七日,加谥万氏为恭肃端慎荣靖皇贵妃。

丧葬既毕,宪宗常闷闷不乐,惟李孜省善能分忧,有时召对,多合帝心,乃擢为礼部侍郎。毕竟鸿都幻术,不能亲致红妆,春风桃李,秋雨梧桐,触景无非惨象,多忧适足伤身,是年八月,宪宗寝疾,命皇太子祐樘,视事文华殿,越数日驾崩,享年四十一。太子即位,是为孝宗,谥皇考为宪宗皇帝,尊皇太后周氏为太皇太后,皇后王氏为皇太后,以次年为弘治元年。赦诏未下,即降旨斥诸幸臣。侍郎李孜省,太监梁芳,外戚万喜,万贵妃弟。及私党邓常恩、赵玉芝等,俱谪戍有差。并罢传奉官二千余人,夺僧道封号千余人,宫廷一清,乃大赦天下,随立妃张氏为皇后。鱼台丞徐顼,疏请上母妃尊谥,并追究薨逝原因,孝宗饬群臣会议,或言宜逮万氏亲族究治。万安已擢为大学士,闻著廷议,惶急的了不得,忙对群僚道:"我、我久与万氏不通往来。"群僚皆相顾窃笑。有何可笑?恐大众多是如此。幸孝宗天性仁厚,恐伤先帝遗意,尽置不问,万安才得无事,方在欣慰,不意过了数日,太监怀恩到阁,手持一小木箧,付与万安道:"皇上有旨,这岂是大臣所为?"万安尚莫名其妙,发箧后见有小书一本,末尾署着"臣安进"三字,系是从前亲笔所写,才忆当日隐情,不禁愧汗浃背,俯伏地上。庶吉士邹智,御史姜洪、文贵等,正在阁中,窥见书中所列,俱系房中术,遂哄堂散去。怀恩亦回宫复旨,万安仰首起来,见阁中已无一人,慌忙起身趋归。越二日宣安入朝,令怀恩朗诵弹章,起首署名,就是庶吉士邹智等人,读至后来,都开列万安罪状。安尚磕头哀求,毫无去志。恩读毕,走近万安身前,摘去牙牌,大声道:"速去速去,免得加罪!"安始惶遽归第,乞休而去。实是便宜。

孝宗尝悲念生母,遣使至贺县访求外家,终不可得。其后礼臣上言,请仿太祖封徐王故事,拟定母后父母封号,且立祠桂林,春秋致祭。一面追谥生母纪氏为孝穆太后,有旨允准,并答复礼部道:

> 孝穆太后,早弃朕躬,每一思念,恝焉如割。初谓宗亲尚可旁求,宁受百欺,冀获一是,卿等谓岁久无从物色,请加封立庙,以慰圣母之灵。皇祖既有故事,朕心虽不忍,又奚敢违?可封太后父为庆元伯,母为伯夫人,立庙桂林府,饬有司岁时致祭,毋得少懈,以副朕报本追源之至意!

大学士尹直,奉旨撰册文,有云:"睹汉家尧母之称,增宋室仁宗之恸。"孝宗记在心中,每当听政余暇,回环诵此二语,往往欷歔泣下。又因宪宗废后吴氏,保抱维谨,具有鞠育深恩,一切服膳,概如太后礼,这也可谓孝思维则了。允宜褒扬。

第四十三回　悼贵妃促疾亡身　审聂女秉公遭谴

且说宪宗末年，所用非人，当时有纸糊三阁老、泥塑六尚书的谣传。三阁老指万安、刘翊、刘吉，六尚书指尹旉、殷谦、周洪谟、张鹏、张蓥、刘昭，这九人旋进旋退，毫无建白，所以有此时评。及孝宗即位，励精图治，黜佞任贤，起用前南京兵部尚书王恕，为吏部尚书；进礼部侍郎徐溥，为礼部尚书，兼文渊阁大学士；擢编修刘健为礼部侍郎，兼翰林学士，入阁办事；召南京刑部尚书何乔新，为刑部尚书；南京兵部尚书马文升，为左都御史；礼部侍郎邱濬，进《大学衍议补》一书，得赉金币，下诏刊行，寻升为礼部尚书；令徐溥专理阁务；逮梁芳、李孜省下狱，孜省瘐死，梁芳充戍，流邓常恩、赵玉芝等至极边，诛妖僧继晓，所有纸糊泥塑的阁老尚书，淘汰殆尽。

惟刘吉尚存，右庶子张昇，上疏劾吉，说他口蜜腹剑似李林甫，牢笼言路如贾似道，应即予罢斥等语，未见俞允。庶吉士邹智，进士李文祥，监察御史汤鼐，又交章弹劾，鼐尤抗直，疏中所陈，不止刘吉一人，连王恕、马文升等所为，亦具有微词。廷僚未免忌鼐，吉更衔恨刺骨，御史魏璋，系吉私人，密受吉命，日伺鼐短。适寿州知州刘槩，馈鼐白金，并遗以书云："梦一人牵牛陷泽中，得君手提牛角，引牛出泽。人牵牛，适象国姓朱字，大约是国势将倾，赖君挽救，因有此兆。"鼐得书甚喜，宣示友人。_{沾沾自足，适以取祸。}璋闻风得间，遂劾鼐妖言诽谤，致逮入狱。槩亦连带被系。刘吉且诬鼐私立朋党，与邹智、李文祥等，统是一鼻孔出气，于是智与文祥亦坐罪。御史陈景隆等，与璋为莫逆交，希附吉意，奏请一体加刑，幸刑部尚书何乔新，及侍郎彭韶，坚持不可，王恕亦上疏申救。_{不念被劾之嫌，王恕不愧恕字。}乃将鼐、槩戍边，邹智、李文祥贬官，魏璋反得擢为大理寺丞。惟刘吉以鼐等获生，都是何乔新主持，恨恨不已。会乔新外家与乡人争讼，遂暗唆御史邹鲁，劾奏乔新受贿曲庇。乔新知系刘吉挟嫌，拜疏乞归，既而穷治无验，邹鲁停俸，乔新竟致仕不起，刑部尚书一职，即由彭韶代任。吉复倾排异己，奏贬御史姜洪、姜绾，诬陷南京给事中方向等，中外侧目，呼他为刘棉花，因他屡弹屡起的缘故。

只是日中则昃，月盈必亏，从古无不衰的显宦，亦无不败的佞臣，_{可作达官棒喝。}刘吉造言生事，免不得为孝宗所闻。渐渐的减损恩宠，吉尚恋栈不休。孝宗后张氏，系都督同知张峦女，册妃后，伉俪甚欢。及张氏进妃为后，父峦得封寿宁伯，峦卒，加赠昌国公，子鹤龄袭封侯爵，还有鹤龄弟延龄，未曾晋爵，孝宗亦拟加封，命吉撰诰券，吉请尽封周、王二太后家子弟，方可挨及后族。_{此语恰似有理。}孝宗不怿，竟遣中宦至吉家，勒令致仕，吉乃谢病告归。既而王恕、彭韶等，多为贵戚近臣所嫉，先后引去。邱濬病殁，礼部侍郎李东阳，及少詹事谢迁，相继入阁。迁颇守法奉公，东阳第以文学著名，不及王恕、彭韶诸人的忠直，所以谏疏渐稀。

其时海内乂然,承平无事,贵州都匀苗,稍稍作乱,由巡抚邓廷瓒讨平。北方小王子,及脱罗干子火筛,虽偶为边患,又经甘肃总兵官刘宁,战守有方,敛众退去。边事用略笔叙过。孝宗政体清闲,自然逐渐怠弛。内监李广、杨鹏辈,得乘隙希宠,导帝游畋。太子谕德王华,入侍经筵,讲唐李辅国与张后表里用事,说得非常恳切。侍讲玉鳖,详陈书义,至文王不敢盘于游田句,再三引伸,孝宗也颇感悟,优礼相答。可奈外臣的规讽,不若近侍的诣谀,一曝十寒,未见巨效,且因东厂未革,仍然由内侍作主,舞文弄弊。凑巧有一件讼案,为刑部郎中丁哲,员外郎王爵承审,违犯了东厂意旨,竟欲将哲等论罪,拟定徒流,这案的曲直,待小子叙述出来,以便看官评断。先是千户吴能,生女名满仓儿,姿首妖冶,性情淫荡,能屡戒不悛。以女付媒媪,售与乐妇张氏,张妇又转售与乐工袁璘为妻。能妻聂氏,与能本非同意,至能死后,访女下落,前往领认。哪知满仓儿不认为母,白眼相待。聂氏愤甚,与子定计,诱劫满仓儿归家,藏匿秘室。袁璘往赎不允,告至刑部。丁哲、王爵,同讯得情,驳斥袁璘数语。璘竟信口谩骂,恼动了丁哲、王爵,竟饬衙役重笞袁璘。璘受笞归家,愤无所泄,数日病死。御史陈玉等,检验袁璘尸身,确系病毙,即填就尸格备案,由他埋葬了结。谁料杨鹏从子,素与满仓儿有染,满仓儿竟自秘室逸出,往诉冤情。杨鹏从子,引她进见叔父,只说是刑部枉断,袁璘屈死。杨鹏不知就里,但觉满仓儿楚楚可怜,为浼东厂镇抚司,奏劾丁哲、王爵杀人无辜,罪应论抵。有旨令法司再讯,细细盘诘。满仓儿无从抵赖,仍然水落石出,奈因东厂面子,不敢不委曲顾全,只将满仓儿予杖,嫩皮肉怎禁笞杖,我尚为满仓儿呼冤。且坐丁哲等杖人至死的罪状,奏拟徒流。刑部吏徐珪,代抱不平,竟抗疏奏道:

　　　　聂女之罪,丁哲等断之审矣。杨鹏暗唆镇抚司,共相欺蔽,陛下令法司审问得实,因惧东厂,莫敢公断。夫以女诬母,仅予杖责,丁哲等才能察狱,反坐徒流之罪,轻重倒置如此,皆东厂劫威所致也。臣在刑部三年,见鞫问盗贼,多东厂镇抚司缉获,或校尉挟私诬陷。或为人报仇,或受首恶赃,令旁人抵罪。刑官洞见其情,莫敢改正,以致枉杀多人。臣愿陛下革去东厂,以绝祸源,则太平可致。臣一介微躯,自知不免,与其死于虎口,孰若死于朝廷?愿陛下斩臣首,行臣言,虽死无恨!

　　言疏上去,朝旨非但不准,反斥他情词妄诞,革职为民。丁哲、王爵,亦一同放归。小子有诗叹道:

　　　　一朝纲纪出中官,腐竖刑余惯作奸。
　　　　抗疏甫陈严谴下,忠臣空自贡心丹。

欲知后事若何，且看下回分解。

宪宗非无一隙之明，观其优答李俊，立斥佞人，何尝不辨明善恶。至于内帑用尽，责及中官，泰山连震，保全太子，虽得谓非明主之所为。误在小人日多，君子日少，内嬖近臣，互相炀蔽，于是中知之主，往往为所盅惑，忽明忽昧，有始鲜终，宪宗其较著者也。若夫孝宗之明，远过宪宗。即位以后，勤求治理，置亮弼之辅，召敢言之臣，斥奸佞之竖，杜嬖幸之门，人材济济，卓绝一时，乃无何而外戚进，又无何而内竖横，老成引退，威宜肆行，满仓儿一案，颠倒是非，罪及能吏。明如孝宗，犹蹈此辙，人君进贤退不肖之间，其关系为何如哉？读此能无慨然！

第四十四回　受主知三老承顾命
　　　　　　逢君恶八竖逞谗言

却说弘治八年以后，孝宗求治渐怠，视朝日晏，太监杨鹏、李广，朋比为奸，蔽塞主聪，广且以修炼斋醮等术，怂恿左右，害得聪明仁恕的孝宗，也居然迷信仙佛，召用番僧方士，研究符箓祷祀诸事。大学士徐溥，及阁臣刘健、谢迁、李东阳等，俱上书切谏，引唐宪宗、宋徽宗故事为戒，孝宗虽无不嘉许，心中总宠任李广，始终勿衰。广越加纵恣，权倾中外，徐溥忧愤得很，致成目疾。不能拔去眼中钉，安得不成目疾？三疏乞休，乃许令致仕。适鞑靼部小王子等，复来寇边，故兵部尚书王越，贬谪有年，复遣人贿托李广，暗中保荐，乃复特旨起用，令仍总制三边军务。越年已七十，奉诏即行，七十老翁，何尚看不破耶？驰至贺兰山，袭破小王子营，获驼马牛羊器仗，各以千计，论功晋少保衔。李广所举得人，亦邀重赏。广每日献议，无不见从。会劝建毓秀亭于万岁山，亭工甫成，幼公主忽然夭逝，接连是清宁宫被火。清宁宫为太皇太后所居，被灾后，由司天监奏称，谓建毓秀亭，犯了岁忌，所以有此祸变。太皇太后大恚道："今日李广，明日李广，日日闹李广，果然闹出祸事来了。李广不死，后患恐尚未了呢。"这句话传到李广耳中，广不觉战栗异常，暗语道："这遭坏了，得罪太皇太后，还有何幸？不如早死了罢！"也有此日。遂悄悄还家，置鸩酒中，一吸而尽，睡在床上死了。

孝宗闻李广暴卒，颇为惋惜，继思李广颇有道术，此次或尸解仙去，也未可知，他家中总有异书，何勿着人搜求。孝宗也有此呆想，可知李广盅惑之深。当下命内监等，至广家搜索秘籍，去不多时，即见内监挟着书簿，前来复命。孝宗大喜，立刻披览，并没有服食炼气的方法，只有那出入往来的账目，内列某日某文官馈黄米若干石，某日某武官馈白米若干石，约略核算，黄米白米，何啻千万，不禁诧异起来。黄米白米，便是服食炼气的方法，何用诧异？便诘问左右道："李广一家，有几多食口？能吃许多黄白米？且闻广家亦甚狭隘，许多黄白米，何处窖积？"真是笨伯。左右道："万岁有所未知，此乃李广的隐语，黄米就是黄金，白米就是白银。"孝宗听到此语，不觉大怒道："原来如此！李广欺朕纳贿，罪既难容，文武百官，无耻若此，更属可恶！"至此方悟，可惜已晚。即手谕刑部，并将簿据颁发，令法司按籍逮问。看官听说，李广当日，声势烜赫，大臣不与往还的，真是绝无仅有，一闻此信，自然一个个寒心，彼此想了一法，只好乞救寿宁侯张鹤龄，昏夜驰往，黑压压的跪在一地，求他至帝前缓颊。寿宁侯初不肯允，奈各官跪着不起，没奈何一力担承，待送出各官，即亲诣大内，托张后转圜，张后婉劝孝宗，才得寝事。

　　孝宗经此觉悟，乃复远佞臣，进贤良。三边总制王越，经言官交劾，忧愤而死，特召故两广总督秦纮，代王越职。纮至镇，练壮士，兴屯田，申明号令，军声大振。内用马文升为吏部尚书，刘大夏为兵部尚书。文升在班列中，最为耆硕，所言皆关治平。大夏曾为户部侍郎，治河张秋，督理宣大军饷，历著功绩。是时为两广总督，迭召始至，孝宗问何故迟滞？大夏顿首道："臣老且病，窃见天下民穷财尽，倘有不虞，责在兵部，恐力不胜任，所以迟行，意欲陛下另用良臣呢。"孝宗道："祖宗以来，征敛有常，前未闻民穷财尽，今日何故至此？"大夏道："陛下以为有常，其实并无常制，臣任职两广，岁见广西取铎木，广东取香药，费以万计，其他可知。"孝宗复道："今日兵士如何？"大夏道："穷与民等。"孝宗道："居有日粮，出有月粮，何至于穷？"大夏道："将帅侵克过半，哪得不穷！"孝宗叹息道："朕在位十五六年，乃不知兵民穷困，如何得为人主呢？"人君深居九重，安能事事尽知？故历代明主，必采纳嘉言。乃下诏禁止供献，及各将帅扣饷等情。

　　普安苗妇米鲁作乱，由南京户部尚书王轼，督师往讨，连破贼营，格杀米鲁。琼州黎人符南蛇，聚众为逆，经孝宗用户部主事冯颙计，以夷攻夷，悬赏购募土兵，归巡守官节制，令斩首恶。转战半年，遂得平定，南蛇伏诛。孝宗益究心政务，尝与李东阳、刘健、谢迁三人，详论利害，三人竭诚尽虑，知无不言。遇有要事入对，又由孝宗屏去左右，促膝密谈，左右不得闻，从屏间窃听，但闻孝宗时时称善。当时有歌谣云："李公谋，刘公断，谢公尤侃侃。"还有左都御史戴珊，亦以材见知，与刘大夏宠遇相同。适小王子、火筛等入寇大同，中官苗逵贪武功，奏请出师。孝宗颇欲准奏，阁臣刘健等委曲劝阻，尚未能决，乃召大夏及珊，入问可否。大夏如刘健言。孝宗道："太宗时频年出塞，今何故不可？"大夏道："陛下神武，不亚太宗，奈将领士马，远不及前，且当时淇国公邱福，稍违节制，即举十万雄师，悉委沙漠，兵事不可轻举，为今日计，守为上策，战乃下策呢。"珊亦从旁赞决。孝宗爽然道："非二卿言，朕几误事。"由是师不果出。

一日，刘大夏、戴珊，同时入侍，孝宗与语道："时当述职，诸大臣皆杜门，廉洁如二卿，虽日日见客，亦属无妨。"言至此，即袖出白金赏给，且语道，"聊以佐廉，不必廷谢，恐遭他人嫉忌呢。"有功加赏，乃朝廷之大经，何必私自给与？孝宗此举，未免失当。珊尝以老疾乞归，孝宗不许，大夏代为申请，孝宗道："卿代为乞休，想是由彼委托。譬如主人留客，意诚语挚，客尚当为强留，戴卿独未念朕情，不肯少留吗？"也是意诚语挚。大夏顿首代谢，趋出告珊。珊感且泣道："上意如此，珊当死是官了。"到了弘治十八年，点明岁次，为孝宗寿终计数，与上文述成化二十三年事，同一笔法。户部主事李梦阳，上书指斥弊政，反复数万言，内指外戚寿宁侯，尤为直言不讳。寿宁侯张鹤龄，即日奏辩，并摘疏中陛下厚张氏语，诬梦阳讪皇后为张氏，罪应处斩。孝宗留中未发。后母金夫人，复入宫泣诉，不得已下梦阳狱。金夫人尚吁请严刑，孝宗动怒，推案入内。既而法司上陈谳案，请免加重罪，予杖示惩。孝宗竟批示梦阳复职，罚俸三月。越日，邀金夫人游南宫，张后及二弟随侍，入宫筵宴，酒半酣，金夫人与张皇后皆入内更衣，孝宗独召鹤龄入旁室，与他密语，左右不得与闻，但遥见鹤龄免冠顿首，大约是遭帝诘责，惶恐谢罪的缘故。孝宗善于调停。自是鹤龄兄弟，稍稍敛迹。孝宗复召刘大夏议事，议毕，即问大夏道："近日外议如何？"大夏道："近释主事李梦阳，中外欢呼，交颂圣德。"孝宗道："若辈欲杖毙梦阳，朕岂肯滥杀直臣，快他私愤么！"大夏顿首道："陛下此举，便是德同尧舜了。"未免近谀。

孝宗与张后，始终相爱，别无内宠，后生二子，长名厚照，次名厚炜。厚照以弘治五年，立为太子，厚炜封蔚王，生三岁而殇。孝宗宵旰忘劳，自释放梦阳后，仅历二月，忽然得病，竟至大渐。乃召阁臣刘健、李东阳、谢迁至乾清宫，面谕道："朕承祖宗大统，在位十八年，今已三十六岁，不意二竖为灾，病不能兴，恐与诸先生辈，要长别了。"健等叩首榻下道："陛下万寿无疆，怎得遽为此言？"孝宗叹息道："修短有命，不能强延，惟诸先生辅导朕躬，朕意深感，今日与诸先生诀别，却有一言相托。"言至此，略作休息，复亲握健手道："朕蒙皇考厚恩，选张氏为皇后，生子厚照，立为皇储，今已十五岁了，尚未选婚，社稷事重，可即令礼部举行。"健等唯唯应命。孝宗又顾内臣道："受遗旨。"太监陈宽扶案，李璋捧笔砚，戴义就前书草，无非是大统相传，应由太子嗣位等语。书毕，呈孝宗亲览。孝宗将遗诏付与阁臣，复语健等道："东宫质颇聪颖，但年尚幼稚，性好逸乐，烦诸先生辅以正道，使为令主，朕死亦瞑目了。"知子莫若父，后来武宗好游，已伏此言。健等又叩首道："臣等敢不尽力。"孝宗乃嘱令退出。翌日，召太子入，谕以法祖用贤，未几遂崩。又越日，太子厚照即位，是为武宗，以明年为正德元年。

是时太皇太后周氏已崩，崩于弘治十七年，此是补笔。太后王氏尚存，乃尊太后为太皇太后，皇后张氏为太后，加大学士刘健，及李东阳、谢迁等为左柱国，以神机营中军二司内官太监刘瑾，管五千营。叙武宗即位，便提出刘瑾，为揭出首恶张本。刘瑾本谈氏子，幼自阉，投入刘太监门下，冒姓刘氏，来意已是叵测。得侍东宫。武宗为太子时，已是宠爱。刘瑾复结了七个密友，便是马永成、谷大用、魏彬、张永、邱聚、高凤、罗祥七人，连刘瑾称为八党，后又号作八虎。这八人中，瑾尤狡狯，并且涉猎书籍，粗通掌故，七人才力不及，自然推他为首领了。武宗居苫块中，恰也不甚悲戚，只与八人相依，暗图快乐，所有应兴应革的事情，概置勿问。大学士刘健等，屡次上疏言事，终不见报。健乃乞请罢职，才见有旨慰留。兵部尚书刘大夏，吏部尚书马文升，见八虎用事，料难挽回，各上章乞赐骸骨，竟邀俞允。两人联袂出都，会天大风雨，坏郊坛兽瓦，刘健、李东阳、谢迁，复联名奏陈，历数政令过失，并指斥宵小逢君，甚是痛切。哪知复旨下来，只淡淡的答了"闻知"两字。转瞬间册后夏氏，大婚期内，无人谏诤。刘瑾与马永成等，日进鹰犬歌舞角觝等戏，导帝游行。给事中陶谐，御史赵佑等，看不过去，自然交章论劾。原奏发下阁议，尚未禀复，户部尚书韩文，与僚属谈及时弊，欷歔泣下，郎中李梦阳进言道："公为国大臣，义同休戚，徒泣何益！"文答道："计将安出？"梦阳道："近闻谏官交劾内侍，已下阁议，阁中元老尚多，势必坚持原奏，公诚率诸大臣固争，去刘瑾辈，还是容易，此机不可轻失哩。"文毅然道："汝言甚是。我年已老，一死报国便了。"随命梦阳草奏。稿成，更由文亲自删改。次日早朝，先于朝房内宣示九卿诸大臣，浼他一同署名，当由各官瞧着，略云：

伏睹近日朝政益非，号令失当，中外皆言太监马永成、谷大用、张永、罗祥、魏彬、邱聚、刘瑾、高凤等，造作巧伪，淫荡上心，击球走马，放鹰逐犬，俳优杂剧，错陈于前，至导万乘与外人交易，狎昵媟亵，无复礼体，日游不足，夜以继之，劳耗精神，亏损志德，此辈细人，惟知蛊惑君上，以便己私，而不思皇天眷命，祖宗大业，皆在陛下一身，万一游宴损神，起居失节，虽齑粉若辈，何补于事？窃观前古阉宦误国，为祸尤烈。汉十常侍，唐甘露之变，其明验也。今永成等罪恶既著，若纵而不治，将来益无忌惮，必患在社稷。伏望陛下奋乾纲，割私爱，上告两宫，下谕百僚，明正典刑，潜消祸乱之阶，永保灵长之祚，则国家幸甚！臣民幸甚！

大众瞧毕，便道甚好甚好，当有一大半署名签字。俟武宗视朝，即当面呈

第四十四回　受主知三老承顾命　逢君恶八竖逞谗言

递。武宗略阅一周，不由的愁闷起来，退了朝，呜呜悲泣，过午不食。一派孩儿态。诸阉亦相对流涕。武宗踌躇良久，乃遣司礼监王岳、李荣等，赴阁与议，一日往返至三次，最后是传述帝意，拟将刘瑾等八人，徙置南京。刘健推案大哭道："先帝临崩，执老臣手，嘱付大事，今陵土未干，遂使宦竖弄权，败坏国事，臣若死，何面目见先帝？"谢迁亦正色道："此辈不诛，何以副遗命？"王岳见二人声色俱厉，颇觉心折，慨然道："阁议甚是。"遂出阁复旨。越日，诸大臣奉诏入议，至左顺门，当由刘健提议道："事将成了，愿诸公同心协力，誓戮群邪。"尚书许进道："过激亦恐生变。"健背首不答。许进之言，非无见地，刘健等亦未免过甚耳。忽见太监李荣，手持诸大臣奏牍，临门传旨道："有旨问诸先生。诸先生爱君忧国，所言良是，但奴辈入侍有年，皇上不忍立诛，幸诸先生少从宽恕，缓缓的处治便了。"大众相顾无言。韩文独抗声数八人罪，侍郎王鏊亦续言道："八人不去，乱本不除。"荣答道："上意原欲惩治八人。"王鏊又道："倘再不惩治，将奈何？"荣答道："不敢欺诸先生，荣颈中未尝裹铁，怎得欺人误国？"刘健乃语诸大臣道："皇上既许惩此八人，尚有何言？惟事在速断，迟转生变，明日如不果行，再当与诸公伏阙力争。"诸大臣齐声应诺，乃相率退归。

　　武宗意尚未决，由司礼监王岳，联络太监范亨、徐智等，再四密议，决议明旦发旨捕奸。时吏部尚书一职，已改任了焦芳，芳与瑾素来交好，闻得这般消息，忙着人走报。瑾正与七个好友密议此事，得报后，都吓得面如土色，伏案而哭。独瑾尚从容自若，冷笑道："你我的头颅，今日尚架住颈上，有口能言，有舌能掉，何必慌张如此？"不愧为八虎首领。七人闻言，当即问计，瑾整衣起身道："随我来！"七人乃随瑾而行。瑾当先引导，径诣大内，时已天暮，武宗秉烛独坐，心中忐忑不定。瑾率七人环跪座前，叩头有声。武宗正要启问，瑾先流涕奏陈道："今日非万岁施恩，奴辈要磔死喂狗了。"说得武宗忽然动容，便道："朕未降旨拿问，如何遽出此言？"瑾又呜咽道："外臣交劾奴辈，全由王岳一人主使，岳与奴辈同侍左右，如何起意加害？"武宗道："怕不是么！"瑾又道："王岳外结阁臣，内制皇上，恐奴辈从中作梗，所以先发制人，试思狗马鹰犬，何损万机，岳乃造事生风，倾排异己，其情可见。就是阁臣近日，亦多骄蹇，不循礼法，若使司礼监得人，遇事裁制，左班官亦怎敢如此？"轻轻数语，已将内外臣工，一网打尽。武宗道："王岳如此奸刁，理应加罪。只阁员多先帝遗臣，一时不便处置。"瑾又率七人叩首泣奏道："奴辈死不足惜，恐众大臣挟制万岁，监督自由，那时要太阿倒持呢。"对症发药，真是工谗。武宗素性好动，所虑惟此，不禁勃然怒道："朕为一国主，岂受阁臣监制么？"中计了。瑾又道："但求宸衷速断，免致掣肘。"再逼一句，凶险尤甚。武宗即提起砾笔，立书命刘瑾入掌司礼监，兼提督团营，邱聚提督东厂，谷大用提督西厂，张永等分司营务,饬锦衣卫速逮王岳下狱。数语写毕,交与刘瑾,照旨行事。瑾等皆大欢喜,叩谢退出,当夜拿住王岳,并将范亨、徐智等,一律拘至,拷掠一顿。

到了天明,诸大臣入朝候旨,不意内旨传出,情事大变,料知事不可为,于是刘健、谢迁、李东阳皆上疏求去。瑾矫旨准健、迁致仕,独留李东阳。东阳再上书道:"臣与健、迁,责任相同,独留臣在朝,何以谢天下?"有旨驳斥。看官道是何故?原来阁议时健尝推案,迁亦主张诛佞,惟东阳缄默无言,所以健、迁被黜,东阳独留。究竟是少说的好,无怪忠臣短气。一面令尚书焦芳,入为文渊阁大学士,侍郎王鏊,兼翰林学士,入阁预机务。鏊曾议除八人,乃尚得入阁,想是官运尚亨。充发太监王岳等至南京。岳与亨次途中,为刺客所杀。惟徐智被击折臂,幸亏逃避得快,还得保全性命。这个刺客,看官不必细猜,想总是瑾等所遣了。刘健、谢迁、致仕出都,李东阳祖道饯行,饮甫数杯,即叹息道:"公等归乡,留我在此,也是无益,可惜不得与公同行。"言毕为之泣下。健正色道:"何必多哭!假使当日多出一言,也与我辈同去了。"东阳不禁惭沮,俟健、迁别后,怅怅而返。小子有诗咏道:

> 名利从来不两全,忠臣自好尽归田。
> 怪他伴食委蛇久,甘与权阉作并肩。

嗣是中外大权,悉归刘瑾,瑾遂横行无忌,种种不法情形,待至下回再叙。

自李广畏惧自杀,按籍始知其贪婪,于是孝宗又黜佞崇贤,刻意求治,此如日月之明,偶遭云翳,一经披现,则仍露清光,未有不令人瞻仰者也。惜乎天不假年,享年仅三十有六,即行崩逝。嗣主践阼,八竖弄权,刘健等矢志除奸,力争朝右,不得谓非忠臣,但瑾等甫恃主宠,为恶未稔,果其徙置南京,睽隔天颜,当亦不致祸国,必欲迫之死地,则困兽犹斗,况人乎?尚书许进之言,颇耐深味,惜乎刘健等之未及察也。要之嫉恶不可不严,尤不可过严,能如汉之郭林宗、唐之郭汾阳,则何人不可容?何事不可成?否则两不相容,势成冰炭,小人得志,而君子无噍类矣。明代多气节士,不能挽回气运,意在斯乎?

第四十五回　刘太监榜斥群贤
　　　　　　　张吏部强夺彼美

却说刘瑾用事,肆行排击,焦芳又与他联络,表里为奸,所有一切政令,无非是变更成宪,桎梏臣工,杜塞言路,酷虐军民等情。给事中刘蒨、吕翀,上疏

第四十五回　刘太监榜斥群贤　张吏部强夺彼美

论刘瑾奸邪,弃逐顾命大臣,乞留刘健、谢迁,置瑾极典云云。武宗览疏大怒,立饬下狱。这疏草传至南京,兵部尚书林瀚,一读一击节道:"这正是今世直臣,不可多得呢!"南京给事中戴铣,素有直声,闻林瀚称赏吕、刘,遂与御史薄彦徽,拜疏入京,大旨言元老不可去,宦竖不可任,说得淋漓感慨,当由刘瑾瞧着,忿恨的了不得。适值武宗击球为乐,他竟送上奏本,请为省决。恶极。武宗略阅数语,便掷交刘瑾道:"朕不耐看这等胡言,交你去办罢!"昏愦之至。刘瑾巴不得有此一语,遂传旨尽逮谏臣,均予廷杖,连刘蒍、吕翀两人,亦牵出狱中,一并杖讫。南京御史蒋钦,亦坐戴铣党得罪,杖后削籍为民。出狱甫三日,钦复具疏劾瑾,得旨重逮入狱,再杖三十,旧创未复,新杖更加,打得两股上血肉模糊,伏在地上,呻吟不绝。锦衣卫问道:"你再敢胡言乱道么?"钦忽厉声道:"一日不死,一日要尽言责。"愚不可及。锦衣卫复将他系狱,昏昏沉沉了三昼夜,才有点苏醒起来,心中越想越愤,又向狱中乞了纸笔,起草劾瑾,方握管写了数语,忽闻有声出自壁间,凄凄楚楚,好像鬼啸,不禁为之搁笔。听了一回,声已少息,复提笔再书,将要脱稿,鬼声又起,案上残灯,绿焰荧荧,似灭未灭,不由的毛发森竖,默忖道:"此疏一入,谅有奇祸,想系先灵默示,不欲我草此疏呢。"当下整了衣冠,忍痛起立,向灯下祝道:"果是先人,请厉声以告。"祝祷方罢,果然声凄且厉,顿令心神俱灰,揭起奏稿,拟付残焰,忽又转念道:"既已委身事主,何忍缄默负国,贻先人羞?"遂奋笔草成,念了一遍,矍然道:"除死无大难,此稿断不可易呢。"鬼声亦止。钦竟属狱吏代为递入,旨下又杖三十,这次加杖,比前次更加厉害,昏晕了好几次。杖止三十,连前亦不过九十,安能立刻毙人,这明是暗中受嘱,加杖过重,令其速毙耳。至拖入狱中,已是人事不省,挨了两夜,竟尔毙命。惟谏草流传不朽,其最末一奏,小子还是记得,因录述于后。其词道:

> 臣与贼瑾,势不两立。贼瑾蓄恶,已非一朝,乘间启衅,乃其本志。陛下日与嬉游,茫不知悟,内外臣庶,懔如冰渊,臣昨再疏受杖,血肉淋漓,伏枕狱中,终难自默,愿借上方剑斩之。朱云何人,臣肯稍让。臣骨肉都销,涕泗交作,七十二岁之老父,不复顾养,死何足惜?但陛下覆国亡家之祸,起于旦夕,是大可惜也。陛下诚杀瑾,枭之午门,使天下知臣钦有敢谏之直,陛下有诛贼之明。陛下不杀此贼,当先杀臣,使臣得与龙逄、比干,同游地下,臣诚不愿与此贼并生也。临死哀鸣,伏冀裁择。

这时候的姚江王守仁,任兵部主事,王文成为一代大儒,所以特书籍贯。见戴铣等因谏受罪,也觉忍耐不住,竟诚诚恳恳的奏了一本。哪知这疏并未达帝前,由刘瑾私阅一遍,即矫诏予杖五十,已毙复甦,谪贵州龙场驿丞。守仁被谪出京,至钱塘,觉有人尾蹑而来,料系为瑾所遣,将置诸死,遂设下一计,乘着夜间,佯为投江,浮冠履于水上,遗诗有"百年臣子悲何极?夜夜江潮泣子胥"二语。自己隐姓埋名,遁入福建武夷山中。嗣因父华就职南京,恐致受累,乃仍赴龙场驿。那时父华已接到中旨,勒令归休去了。户部尚书韩文,为瑾所嗛,日伺彼短,适有伪银输入内库,遂责他失察,诏降一级致仕。给事中徐昂疏救,亦获谴除名。文乘一骡而去。瑾又恨及李梦阳,矫诏下梦阳狱中,因前时为文草疏,竟欲加以死罪。梦阳与修撰康海,素以诗文相倡和,至是浼康设法,代为转圜。康与瑾同乡,瑾颇慕康文名,屡招不往。此时顾着友谊,不得已往谒刘瑾。瑾倒屣出迎,相见甚欢。康乃替梦阳缓颊,才得释狱。为友说情,不得谓康海无耻。嗣是阉焰熏天,朝廷黜陟,尽由刘瑾主持,批答章奏,归焦芳主政。所有内外奏本,分为红本白本二种。廷臣入奏,必向刘瑾处先上红本。一日,都察院奏事,封章内偶犯刘瑾名号,瑾即命人诘问,吓得掌院都御史屠滽,魂飞天外,忙率十三道御史,至瑾宅谢罪。大家跪伏阶前,任瑾辱骂。瑾骂一声,大众磕一个响头,至瑾已骂毕,还是不敢仰视,直待他厉声叱退,方起身告归。屠滽等原是可鄙,一经演述,愈觉龌龊不堪。瑾以大权在手,索性将老成正士,一古脑儿目为奸党,尽行摈斥,免得他来反对。当下矫传诏旨,榜示朝堂,其文云:

> 朕以幼冲嗣位,惟赖廷臣辅弼其不逮,岂意去岁奸臣王岳、范亨、徐智窃弄威福,颠倒是非,私与大学士刘健、谢迁、尚书韩文、杨守随、林瀚、都御史张敷萃、戴珊、郎中李梦阳,主事王守仁、王纶、孙磐、黄昭、检讨刘瑞,给事中汤礼敬、陈霆、徐昂、陶谐、刘蒍、艾洪、吕翀、任惠、李光翰、戴铣、徐蕃、牧相、徐暹、张良弼、葛嵩、赵仕贤,御史陈琳、贡安甫、史良佐、曾兰、王弘、任诺、李熙、王蕃、葛浩、陆昆、张鸣凤、萧乾元、姚学礼、黄昭道、蒋钦、薄彦徽、潘铠、王良臣、赵祐、何天衢、徐珏、杨璋、熊偉、朱廷声、刘玉翰、倪宗正递相交通,彼此穿凿,各反侧不安,因自陈休致。其敕内有名者,吏部查令致仕,毋俟恶稔,追悔难及。切切特谕!

榜示后,且召群臣至金水桥南,一律跪伏,由鸿胪寺官朗读此谕,作为宣戒的意思。群臣听罢诏书,个个惊疑满面,悲愤填膺。自是与瑾等不合的人,见机的多半乞休,稍稍恋栈,不遭贬谪,即受枷杖,真所谓豺狼当道,善类一空呢。到了正德三年,午朝方罢,车驾将要还宫,忽见有遗书一函,拾将起来,大略一瞧,乃是匿名揭帖,内中所说,无非是刘瑾不法情事,当即饬交刘瑾自阅。瑾心下大愤,仗着口材,辩了数语,武宗也无暇理论,径自返宫。想是游戏要紧。

瑾即至奉天门,立传众官到来,一起一起的跪在门外,前列的是翰林官,俯首泣请道:"内官优待我等,我等方感激不遑,何敢私讦刘公公?"哀求如此,斯文扫地。刘瑾闻言,把头略点,举起右肱一挥,着翰林官起去。后列的是御史等官,见翰林院脱了干系,也照着哀诉道:"我等身为台官,悉知朝廷法度,哪敢平空诬人?"谏官如此,亦足齿冷。瑾闻言狞笑道:"诸君都系好人,独我乃是佞贼,你不是佞贼,何人是佞贼?如果与我反对,尽可出头告发,何必匿名攻讦,设计中伤。"说至此,竟恨恨的退入内室去了。众官不得发放,只好仍作矮人,可怜时当盛暑,红日炎蒸,大众衣冠跪着,不由的臭汗直淋,点滴不止。太监李荣看他狼狈情状,颇觉不忍,恰令小太监持与冰瓜,掷给众官,俾他解渴,一面低声劝慰道:"现时刘爷已经入内,众位暂且自由起立。"众官正疲倦得很,巴不得稍舒筋骨,彼此听了李荣言语,起立食瓜。瓜未食完,只见李荣急急走报道:"刘爷来了!来了!"大众忙丢下瓜皮,还跪不迭。犬豕不如。刘瑾已远远窥见情形,一双怪眼,睁得如铜铃相似,至走近众官面前,恨不得吞将下去。还是太监黄伟,看了旁气不服,对众官道,"书中所言,都是为国为民的事,究竟哪一个所写?好男子,一身做事一身当,何必嫁祸他人?"刘瑾听了"为国为民"四字,怒目视黄伟道:"什么为国为民,御道荡平,乃敢置诸匿名揭帖,好男子岂干此事?"说罢,复返身入内。未几,有中旨传出,撤去李荣、黄伟差使。荣与伟太息而去。等到日暮,众官等尚是跪着,统是气息奄奄,当由小太监奉了瑾命,一齐驱入锦衣卫狱中,共计三百多名,一大半受了暑症。越日,李东阳上疏救解,尚未邀准,过了半日,由瑾察得匿名揭帖,乃是同类的阉人所为,乐得卖个人情,把众官放出狱中。三百人踉跄回家,刑部主事何钺,顺天推官周臣,礼部进士陆伸,已受暑过重,竟尔毙命。死得不值。

是时东厂以外,已重设西厂,应上文且补前未明之意。刘瑾意尚未足,更立内厂,自领厂务,益发喜怒任情,淫刑求逞。逮前兵部刘大夏下狱,坐戍极边,黜前大学士刘健、谢迁为民,外此如前户部尚书韩文,及前都御史杨一清等,统以旧事干连,先后逮系。经李东阳、王鏊等,连疏力救,虽得释出,仍令他罚米若干,充输塞下。众大臣两袖清风,素鲜蓄积,免不得鬻产以偿。还有一班中等人民,偶犯小过,动遭械系,一家坐罪,无不累及亲邻。又矫旨驱逐客籍佣民,勒令中年以下寡妇尽行再醮;停棺未葬的,一概焚弃。名为肃清辇毂,实是借端婪索。京中人情汹汹,未免街谈巷议。瑾且令人监谤,遇有所闻,立饬拿问,杖笞兼施,无不立毙。他还恐武宗干涉,乘间怂恿,请在西华门内,造一密室,勾连栉比,名曰豹房,广选谐童歌女,入豹房中,陪侍武宗,日夜纵乐。武宗性耽声色,还道是刘瑾好意,越加宠任。因此瑾屡屡矫旨,武宗全然未闻。李东阳委蛇避祸,与瑾尚没甚嫌隙。王鏊初留阁中,还想极力斡旋,嗣见瑾益骄悖，无可与言，乃屡疏求去。廷臣还防他因此致祸，迨经中旨传出，准他乘传归乡，人人称为异数。鏊亦自幸卸肩，即日去讫。乞休都要防祸，真是荆棘盈途。

此时各部尚书，统系刘瑾私人，都御史刘宇，本由焦芳介绍，得充是职，他一意奉承刘瑾，与同济恶。凡御史中小有过失，辄加笞责，所以深合瑾意。瑾初通贿赂，不过数百金，至多亦只千金，宇一出手，即以万金为贽仪。可谓慷慨。瑾喜出望外，尝谓刘先生厚我。宇闻言，益多馈献。未几，即升任兵部尚书，又未几晋职吏部尚书。宇在兵部，得内外武官贿赂，中饱甚多，他自己享受了一半，还有一半送奉刘瑾。及做了吏部尚书，进账反觉有限，更兼铨选郎张綵，系刘瑾心腹，从中把持，所有好处，被他夺去不少。宇尝自叹道："兵部甚好，何必吏部。"这语传入瑾耳，瑾即邀刘宇至第，与饮甚欢，酒至数巡，瑾语刘宇道："闻阁下厌任吏部，现拟转调入阁，未知尊意何如？"宇大喜，千恩万谢，尽兴而去。次日早起，穿好公服，先往刘瑾处申谢，再拟入阁办事。瑾微哂道："阁下真欲入相么？这内阁岂可轻入？"想是万金，未曾到手。宇闻此言，好似失去了神魂一般，呆坐了好半天，方怏怏告别。次日即递上乞省祖墓的表章，致仕去了。腰缠已足，何必恋栈，刘宇此去，还算知机。

宇既去位，张綵即顶补遗缺，不如馈瑾若干。变乱选格，贿赂公行，金帛奇货，输纳不绝。苏州知府刘介，夤缘张綵，由綵一力提拔，入为太常少卿。介在京纳妾，虽系小家碧玉，却是著名尤物。綵素好色，闻着此事，便盛服往贺，介慌忙迎接，殷勤款待。饮了几觥美酒，綵便要尝识佳人，介不能却，只得令新人盛妆出见，屏门开处，但见两名侍女，拥着一个丽姝，慢步出来，环珮声清，脂粉气馥，已足令人心醉，加以体态轻盈，身材袅娜，仿佛似嫦娥出现，仙女下凡，走至席前，轻轻的道声万福，敛衽下拜。惊得张綵还礼不及，急忙离座，竟将酒杯儿撞翻。綵尚不及觉，至新人礼毕入内，方知袍袖间被酒淋湿，连自己也笑将起来。描摹尽致。早有值席的侍役，上前揩抹，另斟佳酿，接连又饮了数杯。酒意已有了七八分，綵忽问介道："足下今日富贵，从何处得来？"介答道："全出我公赏赐。"綵微笑道："既然如此，何物相报？"介不暇思索，信口答道："一身以外，统是公物。凭公吩咐，不敢有私。"綵即起座道："足下已有明命，兄弟何敢不遵？"一面说着，一面即令随人入内，密嘱数语，那随役竟抢入房中，拥出那位美人儿，上舆而去。綵亦一跃登舆，与介拱手道："生受了，生受了。"两语甫毕，已似风驰电掣一般，无从追挽。刘介只好眼睁睁的由他所为，宾众亦惊得目瞪口呆，好一歇，方大家告别，劝慰主人数语，分道散去。介只有自懊自恼罢了。到口的肥羊肉，被人夺去，安得不恼。

张綵夺了美人，任情取乐，自在意中。过了数月，又不觉厌弃起来，闻得平阳知府张恕家，有一爱妾，艳丽绝伦，便遣人至张恕家，讽他献纳。恕自然不肯，立即拒复。綵讨了没趣，怀恨在心，便与御史张袷密商。綵即运动同僚，诬劾恕贪墨不职，立逮入京。法司按问，应得谪官论戍，恕受此风浪，未免惊骇，正要钻营门路，打点疏通，忽见前番的说客，又复到来，嘻嘻大笑道："不听我言，致有此祸。"恕听着，方知被祸的根苗，为珍惜爱妾起见，愈想愈恼，对了来使，复痛骂张綵不绝。来使待他骂毕，方插口道："足下已将张尚书骂够了，试问他身上，有一毫觉着么？足下罪已坐定了，官又丢掉了，将来还恐性命难保，世间有几个绿珠，甘心殉节，足下倘罹不测，几个妾媵，总是散归别人，何不先此回头？失了一个美人，保全无数好处哩。"说得有理。恕沉吟一回，叹了口气，垂首无言。来使知恕意已转，即刻趋出，竟着驿使至平阳，取了张恕爱妾，送入张綵府中，恕方得免罪。小子有诗叹道：

    毕竟倾城是祸胎，为奴受辱费迟徊。
    红颜一献官如故，我道黄堂尚有才。

阉党窃权，朝政浊乱，忽报安化王寘𫓧，戕杀总兵官，传檄远近，声言讨瑾，居然造反起来。欲知成败情形，且待下回续表。

  本回纯为刘瑾立传，见得刘瑾无恶不为，比前时王振、曹吉祥、汪直一流人物，尤为狠戾，读之尤令人切齿。李东阳委蛇其间，尚得久居相位，无怪世人以靦颜讥之。然陈太邱之吊张让，亦自有枉尺直寻之见，不得全为东阳咎也。刘宇、张綵，皆系阉党，刘宇去而张綵得势，两夺他人爱妾，无人讦发，明廷尚有公理乎？吾谓明臣未必畏张綵，实畏刘瑾，金水桥之听诏，奉天门之跪伏，令人胆怵心惊，何苦为刘介、张恕一伸冤愤。且介亦自取其咎，恕复仍得好官，多得少失，无怪其尽为仗马寒蝉也。武宗不明，甘听阉党之播弄，国之不亡，犹幸事耳。

第四十六回　　入槛车叛藩中计
    缚菜厂逆阉伏辜

  却说安化王寘𫓧，系庆靖王朱㮵曾孙，㮵为太祖第十六子，就封宁夏，其第四子秩炵，于永乐十九年间，封安化王，孙寘𫓧袭爵。寘𫓧素性狂诞，觊觎非分，尝信用一班术士，为推命造相体格，俱言后当大贵。还有女巫王九儿，教鹦鹉妄言祸福，鹦鹉见了寘鐇，辄呼他为老皇帝。寘鐇益自命不凡，暗结指挥周昂，千户何锦、丁广等，作为爪牙，招兵买马，伺机而动。会值正德五年，瑾遣大理寺少卿周东，至宁夏经理屯田，倍征租赋。原田五亩，勒缴十亩的租银，原田五十亩，勒缴百亩的租银，兵民不能照偿，敲扑胁迫，备极惨酷。更兼巡抚安惟学，系刘瑾私人，抵任后，一味行使威福，甚至将士犯过，杖及妻孥。必杖其妻何为？想是爱看白臀肉。部众恨至切骨。宁夏卫诸生孙景文，与寘鐇素相往来，遂入见寘鐇道："殿下欲图大事，何勿乘此机会，倡众举义？"寘鐇大喜，即由景文家置酒，邀集被辱各武弁，畅饮言欢。席间说及寘鐇素有奇征，可辅为共主，趁此除灭贪官，入清阉党，不但宿愤可销，而且大功可就。各武弁都欣然道："愿如所教。就使不能成事，死亦无恨！"当下歃血为盟，订定始散。景文即转告寘鐇，寘鐇遂密约周昂、何锦、丁广等，即日起事。

可巧陕边有警，游击将军仇钺，及副总兵周英，率兵出防。总兵姜汉，别简锐卒六十人为牙将，令周昂带领，何锦为副。昂、锦两人，遂与寘鐇定计，借设宴为名，诱杀巡抚总兵以下各官。总兵姜汉，及镇守太监李增、邓广汉等，惘惘到来，入座宴饮，惟周东及安惟学不至。大家正酣饮间，忽见周昂、何锦等，持刀直入，声势汹汹。姜汉慌忙起座，正要启问原因，谁知头上已着了一刀，顿时晕倒，再复一刀，结果性命。李增、邓广汉，无从脱逃，也被杀死。当下纠众至巡抚署，把安惟学一刀两段，转至周少卿行辕，又将周东拖出，也是一刀了结。杀得爽快。寘鐇遂令景文草檄，声讨刘瑾，及张绥诸人罪状，传布边镇，一面焚官府，劫库藏，放罪囚，夺河舟，制造印章旗牌，令何锦为讨贼大将军，昂、广为左右副将军，景文为军师，招平卤城守将张钦为先锋，定期出师，关中大震。

陕西守吏，忙遣使飞驿驰奏，瑾尚想隐瞒过去，暂不上闻，只矫旨饬各镇固守，命游击将军仇钺，及兴武营守备保勋，发兵讨逆。钺方驻玉泉营，闻寘鐇谋叛，率众还镇，途次遇寘鐇使人劝他归降，钺佯为应诺，及至镇，卧病不出。寘鐇因他久历戎行，熟悉边疆形势，随时遣何锦、周昂等，往询战守事宜。仇钺道："朝内阉党，煞是可恨，今由王爷仗义举兵，较诸太宗当日，还要名正言顺，可惜屡躯遇疾，一时不能效命，俟得少愈，即当为王前驱，入清君侧呢。"何锦颇也狡黠，恐他言不由衷，随答道："仇将军情义可感，现有贵恙，总宜保养要紧，惟麾下兵精士练，还乞暂借一用，幸勿推却！"钺不待思索，便答道："彼此同心，何必言借？"说着，即将卧榻内所贮兵符，交与何锦。锦喜形于色，接受而去。何锦乖，不知仇钺尤乖。

钺乃暗遣心腹，密约保勋兵至，里应外合。适陕西总兵曹雄，亦遣人持书约钺，具言杨英、韩斌、时源等，各率兵屯扎河上，专待进兵，请为接应等语。

第四十六回 入槛车叛藩中计 缚菜厂逆阉伏辜

铖拈须半晌，计上心来，婉覆来人去讫，当即报告寘镭，谓官军已集河东，请速派兵阻住，毋使渡河。寘镭自然相信，亟遣何锦等往截渡口，仅留周昂守城。寘镭复出城祭祀社稷旗纛等神，使人呼铖陪祭，铖复以疾辞。寘镭祭毕返城，遣周昂往视铖病，铖暗中布置壮士，俟昂入寝室，由壮士握着铁锤，从后猛击，可怜他脑浆迸流，死于非命。铖即一跃起床，披甲仗剑，跨马出门，带着壮士百余人，直抵城下。城卒见是仇铖到来，只道他病恙已痊，前来效力，忙大开城门接入。铖等拥入安化王府，凑巧孙景文等出来迎接，铖竟指挥壮士，出其不意，将他拿下，一共捉住十余人，再大着步趋入内厅。寘镭方闻外庭呼噪，抢步出视，兜头遇着仇铖，刚欲上前握手，不防铖右臂一挥，竟将寘镭扑倒，壮士从后趋上，立刻把寘镭揿住，绑缚起来，寘镭才晓得是中计，追悔也不及了。以百余人往执寘镭如缚犬豕一般，此等庸奴，还想做皇帝，可笑！寘镭子台濬，及党羽谢廷槐、韩廷璋、李蕃、张会通等忙来抢救，又被铖率着壮士，抖擞精神，将他打倒，一并擒住。统是不中用的人物。随即搜出安化王印信，钤纸书檄，命何锦速还。何锦部下，有都指挥郑卿，与仇铖素来认识，铖遣部将古兴儿，密劝郑卿反正，使图何锦。锦留丁广等守河，方率众退归，不防郑卿已运动军士，中途为变，事起仓猝，如何抵挡？锦只好孤身西走。其时曹雄、保勋等已渡河而西，杀败丁广、张钦诸人，丁、张等也向西窜去。适与何锦相遇，同奔贺兰山。官军陆续往追，至贺兰山下，堵住山口，分兵向山中搜索，把丁广、张钦等捉得一个不留。统计寘镭倡乱，只有一十八日，便即荡平。

京中尚未接捷音，只闻着仇铖助逆消息，刘瑾也遮瞒不住，没奈何入报武宗。武宗忙集诸大臣会议，李东阳奏请宥充军罚米官员，停征粮草等件，冀安人心。刘瑾尚有难色，武宗此时，也不能顾及刘瑾，竟照东阳所奏，颁诏天下，复命泾阳伯神英充总兵官，太监张永监军，率京营兵前往讨逆。廷臣请起用前右都御史杨一清，提督军务，武宗亦惟言是从，立召一清入朝，托付兵权。急时抱佛脚，可见武宗全无诚心。刘瑾与一清不合，独矫诏改户部侍郎陈震，为兵部侍郎，兼佥都御史，一同出征。明是监制一清。各将帅方出都门，仇铖等捷书已到，乃召泾阳伯神英还都，命张永及杨一清等，仍往宁夏安抚。时道路相传，总督率京营兵至，将屠宁夏，一清恐谣言激变，亟遣百户韦成赍牌晓谕，略称："大憝已擒，地方无事，朝廷但遣重臣抚定军民，断不妄杀一人。"云云。既至宁夏，又出示："朝廷止诛首恶，不问胁从，各部官员，不许听人诬陷，敢有流造讹言，当以军法从事！"于是浮言顿息，兵民安堵。太监张永，檄镇守抚按，逮捕党犯千余人。一清分别轻重，重罪逮系，轻犯释放，先遣侍郎陈震，押解寘镭等入京，自与张永留镇待命。寘镭等到京伏诛，有旨令张永回朝，封仇铖为咸宁伯，留杨一清总制三边军务。一场逆案，总算了清。

先是杨一清与张永西行，途中谈论军事，很是投机，至讲及刘瑾情状，永亦恨恨不平，一清探他口气，才知刘瑾未柄政时，原与张永等莫逆，到了专权以后，张永等有所陈请，瑾俱不允。又尝欲以他事逐永，永巧为趋避，方得免祸。密谈了好几日，一清方扼腕叹道："藩宗有乱，还是易除。宫禁大患，不能遽去，如何是好？"永惊问何故，一清移座近永，手书一瑾字。连瑾字都不敢明言，阉焰可知，然他日仍假手阉党，除去此獠，益见有势不可行尽。永亦附耳语道："瑾日夕内侍，独得恩宠，皇上一日不见瑾，即郁郁寡欢，今羽翼既成，耳目甚广，欲要除他，恐非易事。"一清悄悄答道："公亦是皇上信臣，今讨逆不遣他人，独命公监军，上意可知。公若班师回朝，伺隙与皇上语宁夏事，上必就公，公但出宣镂伪檄，并说他乱政矫旨，谋为不轨，海内愁怨，大乱将起，我料皇上英武，必听公诛瑾。瑾诛后，公必大用，那时力反瑾政，收拾人心，吕强、张承业后，要算公为后劲，千载间只有三人，怕不是流芳百世么？"说得娓娓动听，非满口阿谀者可比。永皱眉道："事倘不成，奈何？"一清道："他人奏请，成否未可知，若公肯极言，无不可成。万一皇上不信，公顿首哀泣，愿死上前，上必为公感动，惟请当即施行，毋缓须臾，致遭反噬。"永听言至此，不觉攘臂起座道："老奴何惜余年，不肯报主？当从公所言便了。"一清大喜，又称扬了好几句，方搁过不提。至张永奉旨还朝，一清饯别，复用指蘸着杯中余滴，在席上画一瑾字。永点首会意，拱手告别。将至京，永请以八月望日献俘，瑾故意令缓。原来瑾有从孙二汉，由术士余明，推算星命，据言福泽不浅，该有九五之尊。又是术士妄言致祸，可为迷信者戒。瑾颇信以为真，暗中增置衣甲，联络党羽，将于中秋起事。适值瑾兄都督刘景祥，因病身亡，不至杀身，好算运气。瑾失一帮手，未免窘迫。永又请是日献俘，与瑾有碍，所以令他延期。但天下事若要不知，除非莫为，京城里面，已哗传刘瑾逆谋，众口一词，只有这位荒诞淫乐的武宗，还一些儿没有知晓。昏愦至此，不亡仅耳。

　　张永到京，恰有人通风与他，他即先期入宫，谒见武宗。献俘已毕，武宗置酒犒劳，瑾亦列席，从日中饮到黄昏，方才撤席，瑾因另有心事，称谢而出。永故意逗留，待至大众散归，方叩首武宗前，呈上宣镂伪檄，并陈瑾不法十七事。又将瑾逆谋日期，一一奏闻。武宗时已被酒，含糊答道："今日无事，且再饮数杯！"祸在眉睫，尚作此言，可发一笑。永答道："陛下畅饮的日子，多着呢。现在祸已临头，若迟疑不办，明日奴辈要尽成齑粉了。"武宗尚在沉吟，永又催促道："不但奴辈将成齑粉，就是万岁亦不能长享安乐呢！"武宗被他一激，不觉酒醒了一大半，便道："我好意待他，他敢如此负我么？"正说着，太监马永成亦入报道："万岁不好了！刘瑾要造反哩。"武宗道："果真吗？"永成道："外面已多半知晓，怎么不真？"永复插口道："请万岁速发禁兵，往拿逆

第四十六回 入槛车叛藩中计 缚菜厂逆阉伏辜

贼。"武宗道:"甚好,便着你去干罢!我到豹房待你。"永立即趋出,传召禁卒,竟至刘瑾住宅,把他围住。时已三鼓,永麾兵坏门直入,径趋内寝。瑾方在黑甜乡中,做着好梦,是否梦做太上皇?蓦地里人声喧杂,惊逐梦魇,披衣起问,一辟寝门,即遇张永,永即朗声道:"皇上有旨,传你去呢!"瑾问道:"皇上在哪里?"永答道:"现在豹房。"瑾顾家人道:"半夜三更,何事宣召?这真奇怪呢!"永复道:"到了豹房,便知分晓。"瑾整了衣冠,昂然趋出。行未数步,即有禁兵上前,将他缚住,瑾尚是呵叱不休,禁兵不与计较,乱推乱扯的,牵了出去,连夜启东朱门,缚瑾菜厂内。

越日早朝,武宗即将张永所奏,晓示阁臣,阁臣面奏道:"非查抄刘瑾府中,不足证明谋反的真假,恐瑾尚不肯认罪呢。"武宗迟疑半晌道:"待朕自往查抄便了。"言下尚有疑衷。即带着文武百官,亲至瑾宅,由锦衣卫一一搜索,自外至内,无不检取,共得金二十四万锭,又五万七千八百两,元宝五百万锭,一百五十八万三千六百两,宝石二斗,奇异珍玩,不计其救。还有八爪金龙袍四件,蟒衣四百七十件,衣甲千余,弓弩五百,最可怪的是两柄貂毛扇,扇柄上暗藏机栝,用手扳机,竟露出寒光闪闪的一具匕首。武宗不禁瞠目道:"好胆大的狗奴!他果然谋逆了。"到此方深信吗?乃整驾回朝,立传旨下瑾诏狱,尽法审鞫,一面钩捕逆党,把吏部尚书张䌽,锦衣卫指挥杨玉、石文义等,一并下狱。于是六科十三道,共劾瑾罪,一古脑儿有三四十条,就是刘瑾门下的李宪,也上书劾瑾,比别人更说得出透。大家打落水狗,如李宪辈,更是狗自相咬。刘瑾闻李宪讦奏,冷笑道:"他是我一手提拔,今也来劾我么?"谁叫你去提拔他?越日廷讯逆案,牵瑾上阶。刑部尚书刘璟,见了瑾面,不由的脸红耳热,连一句话都说不出来。平日党附巨奸,至此不便落脸,我还说他厚道。瑾睁着两眼,厉声道:"满朝公卿,尽出我门,哪个敢来审我?"不啻自供。众官闻言,多面面相觑,退至后列,独有一人挺身出语道:"我敢审你。我是国家懿戚,未尝出入你门,怎么不好审你?"瑾瞧将过去,乃是驸马都尉蔡震,也不觉吃了一惊。蔡震又道:"公卿百官,统是朝廷命吏,你乃云出你门下,目无皇上,应得何罪?"随叱左右道:"快与我批颊!"左右不敢违慢,把刘瑾的两颊上,狠狠的挞了数十下,瑾禁不住叫痛起来。笞杖别人,比你痛苦何如。震复叱道:"你在家中,何故擅藏弓甲?"瑾支吾一会,方说道:"这、这是保卫皇上呢!"震笑道:"保卫皇上,须置在宫禁中,如何藏在你室?就是龙衮蟒袍,亦岂你等可服?若非谋为不轨,那得制此衣物?真迹已露,还有何辩?"这数语,说得刘瑾哑口无言,只好俯首叩头。震即令牵还狱中,入内复旨。即日下诏,谓逆瑾罪状确凿,毋庸复讯,着即磔死。所有逆瑾亲属,一律处斩。于是威焰熏天的逆阉,竟遭脔割,都人士争啖瑾肉,以一钱易一脔,顷刻而尽。肉不足食,都人士独不怕腌臜吗?

瑾亲族十五人,——伏法,从孙二汉,自然也赏他一刀。想做皇帝的结果。二汉临刑时,涕泪满颐道:"我原是该死,但我家所为,统是焦芳、张䌽两人,撺掇起来。张䌽今亦下狱,谅他也不能幸免,独焦芳安然归里,未见追逮,我心实是未甘呢。"原来焦芳、张䌽,先后附瑾,芳尝称瑾为千岁,自称门下,瑾妄作妄行,多半由芳嗾使,及张䌽得势,芳势少衰,䌽于瑾前举芳阴事,瑾即当众辱芳,芳惭沮乞归,距瑾死不过两月余。张䌽狱成拟斩,他竟在狱毙命,下诏磔尸,指挥刘玉、石文义等,皆处死,惟芳止除名。芳子黄中,已由侍读升任侍郎,性甚狂恣。芳有美妾,系土官岑濬家眷,濬得罪没入,为芳所据。黄中也觉垂涎,平时在父左右,已不免与那美人儿有眉挑目逗等情,及芳失势将归,愁闷成疾,他竟以子代父,把美人儿诱入己室,居然解衣同寝,做些无耻的勾当。那美人儿厌老喜少,恰也两相情愿,但外人已纷纷传播,至焦芳除名,黄中尚未曾受谴,御史等交章论劾,并把那子烝父亲的罪状,一并列入,乃将黄中褫职。美人儿仍得团圆,较诸张䌽之死,不容二妾陪去,所得多矣。外如户部尚书刘玑,兵部侍郎陈震等,统削籍为民。小子有诗咏道:

一阳稍复化冰山,天道难云不好还。
到底恶人多恶报,刑场相对泪空潸。

罪人伏法,有功的例当封赏,张永以下诸人,又弹冠相庆了。欲知详细,请阅下回。

有刘瑾之不法,而后有寘𫓧之叛。有寘𫓧之为逆,而后有刘瑾之诛。两两相因,同归于尽,不得谓非武宗之幸事。天意不欲亡明,因使寘𫓧作乱,以便张、杨二人之定谋,卒之处心积虑之二凶,一则未战而即成擒,一则甫出而遽就缚,外忧方弭,内患复除,谓非天祐得乎?不然,如昏迷沉湎之武宗,乃能仓猝定变耶?阅者乃于此觇恶报焉。

第四十七回　河北盗横行畿辅
　　　　　　山东贼毕命狼山

却说刘瑾等伏罪遭诛,张永以下,相率受赏,永兄富得封泰安伯,弟容得封安定伯,魏彬弟英,得封镇安伯,马永成弟山,得封平凉伯,谷大用弟大疠,得封永清伯,均给诰券世袭。张永等出了气力,可惜都给与兄弟。张永等身为太

第四十七回　河北盗横行畿辅　山东贼毕命狼山

监，虽例难封爵，究竟权势烜赫，把持政权，不过较刘瑾时稍差一点。阁中换了两个大臣，一是刘忠，一是梁储，两人前日，俱为瑾所排斥，至是同召入阁，俱授吏部尚书兼文渊阁大学士。李东阳居官如故。弊政微有变更，大致仍然照旧，百姓困苦，分毫未舒，免不得有盗贼出现。

其时有个大盗张茂，窟穴霸州，家中有重楼复壁，可藏数十百人。邻盗刘六、刘七、齐彦名、李隆、杨虎、朱千户等都与他往来，倚为逃薮。茂又与太监张忠，对宇同居，结为兄弟，时常托忠纳贿权阉。马永成、谷大用诸人，得了好处，也引他为友，他竟假扮阉奴的模样，混入豹房，恣行游览。武宗哪里管得许多，镇日与三五美人，蹴鞠为乐，就是有十个张茂，也只道是中官家人，不为张茂所刺，想是百神呵护。茂遂出入自由，毫无忌惮；有时手头消乏，仍去做那劫夺的勾当。一日在河间府出手，突被参将袁彪，率兵来捕，茂虽有同党数人，究因众寡不敌，败阵逃还，偏偏袁彪不肯干休，查得张茂住处，竟带领多兵，要与他来算账。茂闻风大惧，忙向好兄弟张忠处求救。忠言无妨，便留住张茂，一面预备盛筵，俟袁彪到来，即请他入宴。彪不便推却，应召赴饮。忠竟令张茂陪宾，东西分坐。饮了数巡，张忠酌酒一大觥，送与袁彪道："闻参戎来此捕盗，为公服务，足见忠心。但兄弟恰有一事相托！"说至此，即手指西座张茂，转语袁彪道："此人实吾族弟，幸毋相厄！"又举一卮与茂道："袁将军与你相好，今后勿再扰河间。"茂自然唯唯从命。彪亦没奈何应诺，饮尽作别，即率兵自归。茂幸得脱险，转瞬间故态复萌，仍是四出劫掠。可巧御史宁杲，奉命捕盗，到了霸州，察悉张茂是个盗魁，即召巡捕李主簿入见，饬他捕茂。李主簿知茂厉害，且素闻茂家深邃，一时无从搜捕，左思右想，情急智生，他竟扮了弹琵琶的优人，邀二三伴，径诣张茂家弹唱。茂是绿林豪客，生性粗豪，不防他人暗算，遂召他入内侑酒。李主簿善弹，同伴善唱，引得张茂喜欢不迭，留他盘桓数日。他得自在游行，洞悉该家曲折，那时托故告别，即于夜间导着宁杲，并骁勇数十人，逾垣直入，熟门熟路的进去，竟将张茂擒住，用斧斫断茂股，扛缚而归。

余盗杨虎、齐彦名、刘六、刘七等闻张茂被擒，慌忙托张忠斡旋。忠入与马永成商议，永成索银二万两，方肯替他说情。强盗要掳人勒赎，不意明廷太监，反要掳盗索贿。看官！你想这强盗所劫金银，统是随手用尽，哪里来的余蓄？大家集议一番，不得主意，杨虎起言道："官库中金银很多，何不借些使用？"劫官偿官，确是好计。言尚未终，竟大踏步去了。是夕即邀集羽翼，往毁官署。署中颇有准备，一闻盗警，救火的救火，接仗的接仗，丝毫不乱，杨虎料难得手，一溜烟的走了。刘六、刘七闻杨虎失败，恐遭祸累，忙向官署自首。当由官署收留，令他捕盗自效，一住数月，也捉到好几个毛贼。但是盗贼性情，不喜约束,经不起官厅监督,又复私自遁去。嗣是抗官府,劫行旅,不到数旬,竟聚众至好几千人,骚扰畿南。

霸州文安县诸生赵鐩,颇有膂力,豪健自诩,人呼他为赵疯子。六等乱起,鐩挈妻女避难,暂匿河边芦苇中,不料被众贼所见,前来掳掠。鐩慌忙登岸,妻子亦随着同逃,无如三寸莲钩,不能速行,走不数步,被贼追及,把他妻女拉住,看她有几分姿色,竟欲借河岸为裀褥,与她做个并头花。那妻女等惊骇异常,大呼救命,鐩转身瞧着,怒气填胸,竟三脚两步,抢将过去,提起碗大的拳头,左挥右击,无人可当,众贼一哄而散,有两人逃得稍慢,被他格毙。凑巧刘六、刘七等大队到来,见赵鐩如此威风,不由的愤怒起来,当即麾众上前,将赵鐩困在垓心。鐩孤掌难鸣,敌不住许多盗党,不一时即被擒住。刘六顾鐩道:"你是何人?胆敢撒野。"鐩张目叱道:"好一个呆强盗,连赵疯子都不认识么?"颇有胆气。刘六闻言,亲与解缚,一面劝慰道:"原来是赵先生,久仰侠名,惜前此未曾面熟,竟致冒犯,还乞先生原谅!"鐩复道:"你走你的路,我走我的路,何必与我客气?"刘六道:"贪官污吏,满布中外,我等为他所逼,没奈何做此买卖。今得先生到此,若肯入股相助,指示一切,我情愿奉令承教呢!"刘六颇善笼络。赵鐩一想,刘六颇有义气,不如将就答应,一来可保全性命,二来可保全妻孥,且到后来再说,随语刘六道:"欲我入股,却也不难,但不要奸淫掳掠,须严申纪律,方可听命。"想为妻女受惊之故,因有此语。刘六道:"全仗先生调度。"鐩又道,"家内尚有兄弟数人,不若一并招来,免受累。"六亦允诺。鐩即率妻女还家,收拾细软,并与弟镭、镐等,募众五百人,径诣河间,遣人通报刘六等,一同来会。于是畿南一带,统是盗踪。

是时承平日久,民不知兵,郡县望风奔溃,甚至开门揖盗,以故群盗无忌,越发横行。赵鐩与杨虎、刘三、邢老虎等往掠河南,刘六、刘七与齐彦名等往掠山东,分道扬镳,所至蹂躏。明廷亟命惠安伯张伟充总兵官,都御史马中锡提督军务,统京营兵出剿流贼。伟系仁宗后侄曾孙,出自纨袴,素不知兵,中锡又是个白面书生,腐气腾腾,竟欲效汉龚遂治渤海故事,招抚贼众,沿途尽出榜示,大略谓:"潢池小丑,莫非民生,所在官司,不得无故捕获,好好的供给劝导。如若悔过听抚,一律宥死。"确是迂腐。刘六等见了此示,倒也禁止杀掠,将信将疑。中锡至德州桑儿园,居然单车简从,直投贼垒。刘六出寨迎谒,由中锡开诚晓谕,六随口答应,惟命是从。待中锡已返,便拟遣散党羽,往降官军。刘七奋臂道:"俗语说得好,'骑虎难下',目今内官主政,国事日非,马都堂能自践前言么?"六乃不敢决议。潜令党人到京,探听中贵,并无招降消息。又将山东所劫金银,运送权倖,求下赦令,计复不行。刘六、刘七等遂大肆劫掠。惟至故城县中,相戒勿入马都堂家。马籍隶故城,举室独完。遂

第四十七回 河北盗横行畿辅 山东贼毕命狼山

谤腾中外。廷臣统劾他玩寇殃民,连张伟一并就逮。伟革职闲住,中锡竟瘐毙狱中。

兵部尚书何鉴,以京军不能讨贼,请发宣府、延绥二镇兵助讨。有旨允准,且命兵部侍郎陆完,总制边军,所有边将许泰、郤永、冯祯等悉听调遣。师出涿州,忽报寇众已至固安,将犯京师。武宗闻着,也惶急得很。此时尚清醒么?亟亲御左顺门,召大学士李东阳、梁储、杨廷和及尚书何鉴商议,且谕道:"贼向东来,师乃西出,彼此相左,奈何?"何鉴道:"陆侍郎去京不远,可飞驿召还,贼闻大军入卫,自然远遁了。"武宗鼓掌称善。鼓掌二字用得妙。鉴即饬使追还陆完,令他东趋固安,堵截贼众。许泰、郤永亦自霸州进攻,前后夹击,连破贼寨。完请再发大同、辽东兵协助,以便早日荡平,乃调大同总兵张俊,游击江彬等入征。江彬进来,又是一个大祸来。谷大用以贼势渐衰,自请督师,冀邀封赏。武宗遂以大用提督军务,伏羌伯毛锐为总兵官,太监张忠监神枪营,皆出会完。张忠为大盗张茂好友。如何令他监军?刘六等闻王师大出,避锐南下,连破日照、海丰、寿张、阳谷、曲阜等县城,进攻济宁,焚去粮船千二百艘。大用等到了临清,遥闻贼势浩大,观望不前。想是要追悔了。六料他没用,竟舍了济宁,从间道卷甲北趋,意欲乘武宗祀天,潜行劫驾,哪知被尚书何鉴侦觉,立刻奏闻,即夕严设守备,防得水泄不通。待至黎明,武宗召问何鉴,应否郊祀?鉴奏称:"兵防严密,尽可无虑,不如早出主祭,藉安人心。"武宗准奏,即乘辇出城,直抵南郊,从容礼成而还。六知有备,不敢入犯,西掠保定去了。

这时候的赵疯子等方转掠河南,横行而东,直至徐州,分众攻宿迁。淮安知府刘祥,率兵逆贼,未战先溃。贼众追逼至河,官军溺毙无算,祥马蹶被执。赵鐩审讯刘祥,尚无虐民情事,纵使归去,随即渡河南行,杀高邮等卫官军三百余人,劫住指挥陈鹏。转攻灵璧,突入城中,又把知县陈伯安缚住。赵鐩劝他入党,伯安不屈,反斥责贼众。刘三在旁,听不下去,竟拔出宝刀,奔向伯安,欲借他的头颅。鐩急忙拦阻,语刘三道:"陈大令忠直可嘉,不如放他归去为是。"刘三乃停住了手,当由鐩放还伯安,并将指挥陈鹏,也释缚纵归。嗣是所过州县,先约官吏师儒,无庸走避,但教望风迎顺,一体秋毫无犯。疯子不疯,颇有儒者气象。后至钧州,以前吏部尚书马文升,家居城中,戒毋妄入,绕城径去,转入泌阳,至焦芳家搜掠一番。芳已远匿,鐩令束草为人,充作芳像,自持刀乱剁道:"我为天下诛此贼。"言已,即令手下放火,把焦氏一座大厦,烧得干干净净。如此方真成焦氏。并将焦氏先冢,尽行铲平。官吏听者。复渡河北行,陷归德府。守备万都司,及武平卫指挥石坚,率兵千余,来击赵鐩。鐩收众南遁,将渡小黄河,还顾官军追至,返身接战,杀得官军七零八落,大败而逃。鐩令众休息一日,然后渡河。杨虎自恃勇悍,独率死党杨宁等九人,临河夺舟,踊跃欲渡。不意武平卫百户夏时,率兵伏着,俟虎已下船,鼓噪而出,用了强弩巨石,一齐掷去,竟将杨虎的坐船,击沉河中,虎等溺毙。鐩闻虎被溺,急忙驰救,但见流水潺潺,烟波渺渺,不但杨虎等无影无踪,就是官军亦不见一个,只得凭吊一番,整众南渡。刘三因杨虎已死,同党中没有鸷类,遂思拥众自尊,当下与赵鐩商议,只说是无主必乱。鐩已瞧透私意,索性顺风使帆,推他为主。他遂自称为奉天征讨大元帅,令鐩为副,分众十三万为二十八营,说是上应二十八宿,各树大旗为号,又置金旗二面,大书:"虎贲三千,直抵幽燕之地;龙飞九五,重开混沌之天。"尝见太平天国中亦有此联,惟混沌二字,改作尧舜,想是从此处抄来。这四语是赵疯子手笔,刘三为之大喜。复约刘六、刘七等分掠山东、河南,刘六复攻霸州。明廷召回谷大用、毛锐等,抵御刘六,途次与六相遇,大用骇急先奔,只配做太监,不配做监军。毛锐也随后趋避,官兵都走了他娘,管甚么刘六、刘七。六与七反追杀一阵,夺了官兵许多甲仗。大用等狼狈回京,武宗也不去罪他,但别遣都御史彭泽,咸宁伯仇钺,接统军务。泽与钺颇有威望,既奉命出师,遂倡议按地圈剿。山东一方面,归兵部侍郎陆完征讨,自率军径趋河南。适赵鐩等攻唐县,二十八日不能下,邢老虎得病身亡,得保首领,算是幸事。鐩并有邢众,转掠襄阳、樊城、枣阳、随州等处,可巧彭泽、仇钺统军到来,与赵疯子遇着西河,两下交锋,混杀一阵。此次官军都是精锐,更兼泽、钺两人持刀督阵,退后立斩,所以人人效命,个个先驱,任你赵疯子如何权略,也吃了一大败仗,伤亡了二千余人,丧失马骡器械无数,剩了残兵败卒,向南急奔,至河南府地方,会同刘三,直攻府城。总兵冯祯,领军追至,鏖战了一昼夜,祯竟阵亡,贼亦被杀多人,夜奔汝、颍。朱皋镇官兵截击,斩馘甚众,贼仓皇渡河,先后淹毙,又不计其数。仇钺复率大军趋至,连战皆捷,逼至土地坡,由指挥王瑾,射中刘三左目。三痛不可忍,纵火自焚。只赵鐩窜走德安,行至应山,料知事不能成,适遇行脚僧真安,因愿受剃度,怀牒亡命。其党邢本道等散奔随州,被湖广巡抚刘丙拿住,细细拷问,方知赵疯子做了和尚。前时不做和尚,至此已是迟了。乃檄各镇饬兵迹捕。赵疯子行至武昌,走入饭店中,要酒要肉,大饮大嚼,和尚吃荤,安得不令人瞧破,想是命中该死,所以有此糊涂。武昌卫军人赵成、赵宗等见他形迹可疑,跟入店中,等到赵疯子酒意醺醺,方相约动手,前牵后扯,把他推倒店楼,抬至府署报功。当由府解入省中,搜出度牒,的系赵鐩无疑,遂槛送京师,依大逆不道例,凌迟处死。群盗中还算是他,乃亦不免极刑,毕竟盗不可为。河南肃清。

　　彭泽、仇钺等移师山东,往助陆完。陆完正与刘六、刘七等往来争斗,互有杀伤。刘六、刘七复得了一个女帮手,很是厉害。这女盗为谁?便是杨虎妻崔氏。崔氏本系盗女,练习一身拳棒,兼带三分妩媚,平时尝骑着一匹黄骠马,往返盗窟,盗众见她勇过乃夫,送给一个混号,叫作杨跨虎。本是杨虎之妻,乃绰号叫作跨虎,可见雌虎更凶于雄虎。及杨虎死后,又称她为杨寡妇。清有齐寡妇,明有杨寡妇,诚不约而同。杨寡妇谋复夫仇,潜至山东招集旧好,投入刘六、刘七垒中。刘六等自然欢迎,是否存着歹心?相偕四掠,转入利津,偏偏遇着佥事许逵。这许逵很通兵法,前为乐陵知县,捍守孤城,屡次却敌,积功擢为佥事,此次引兵到来,个个如生龙活虎一般,怎你百战的刘六、刘七,跨虎的杨寡妇,也觉招架不住,败退枣林。途次复为督满御史张缙及千户张瀛截杀一阵,弄得七零八落,逃入河南,转至湖广,为官军所迫,刘六死水中,刘七与杨寡妇挟众东走,出没长江。侍郎陆完,自临清驰至江上,分扼要害,与贼相持。贼尚行踪飘忽,倏东倏西。仇钺又自山东驰至,还有副总兵刘晖率辽东兵,千总任玺率大同兵,游击郃永率宣府兵,一古脑儿齐集大江,与贼死战,且用火焚毁贼舟。刘七等走保狼山,各军陆续进攻。刘晖在山北,郃永在山南,皆拥盾跪行而上,手施枪炮,且上且攻,盾上矢集如蝟,仍然不退,遂攻入贼寨。刘七自山后逃下,身中流矢,赴水毙命。齐彦名中枪死,只有杨寡妇一人,不知下落,大约是死于乱军中了。小子有诗叹道:

为扫萑苻动六军,三年零雨始垂勋。
昆岗焚尽遗灰在,玉石谁为子细分。

盗魁尽死,余众皆殚,自正德五年至七年,用兵三载,方得平定,陆完、彭泽等奏凯还朝,以后情事,下回再表。

河北群盗之起,势似乌合,若得良将出剿,一鼓可以荡平,乃所用非人,议抚不成,议剿无力,遂至盗贼横行,蔓延五省。幸得彭泽、仇钺等倡议分剿,各专责成,于是盗之在河南者,平定于先,盗之在山东者,亦逼入长江,歼除于后。盗虽削平,而五省生灵,鱼糜肉烂,又复竭诸道兵力,费若干帑项,经三载而约定,乃叹星星之火,易至燎原,非杜渐防微不可也。惟赵疯子假仁仗义,卒至身名两败,竟受极刑,最不值得。刘六、刘七、杨虎、齐彦名等不足诛焉。

第四十八回　经略西番镇臣得罪　承恩北阙义儿导淫

却说河北群盗,一体荡平,免不得又要酬庸。陆完、彭泽,俱得加封太子少保,仇钺竟封咸宁侯,内阁李东阳、杨廷和、梁储、费宏俱得加荫一子,连谷大用弟大宽也得封高平伯。还有太监陆訚内掌神枪营，说他督械有功，贻封弟永得为镇平伯。又是太监弟运气。方在君臣交庆的时候，忽由四川递到警报，乃是保宁贼蓝廷瑞余党连陷州县，势日猖獗，总制尚书洪钟无力剿平，乞即济师等语。先是湖广、江西、四川等省，连年饥馑，盗贼并起。湖广有沔阳贼杨清、邱仁等，江西有东乡贼王钰五、徐仰三等，桃源贼汪澄二、王浩八等，华林贼罗先权、陈福一等，赣州贼何积钦等，所至蔓延。明廷遣尚书洪钟，总制湖广、四川军务，左都御史陈金，总制江西军务。陈金到了江西，剿抚兼施，依次平靖。洪钟出湖广，檄布政使陈镐及都指挥潘勋，击破贼党，肃清湖湘，再移师入蜀。蜀寇蓝廷瑞自称顺天王，鄢本恕自称刮地王，廖惠自称扫地王，结众十万，纵掠川中。洪钟与巡抚林俊，总兵杨宏，相机剿捕，尚称得手。廖惠就擒，嗣复诱降蓝廷瑞、鄢本恕等，设伏邀宴，把他一并擒斩。余党廖麻子、喻思俸等在逃未获，不到数月，又复结成巨党，分劫州县。巡抚林俊，素得民心，至是与洪钟有嫌，且因中官弟侄，寄名兵籍，往往冒功求赏，拒不胜拒，遂疏乞致仕。朝旨准奏，蜀民乞留不允，因此民情愈怨，相率从盗。廖麻子、喻思俸等，结众至二十万。洪钟派兵分剿，日不暇给，乃奏请增兵。此段系是补叙，并及湖广、江西乱事，是补笔中销纳法。武宗召群臣廷议，或请派兵助剿，或请简员督师，议论不一。独御史王绘，劾奏洪钟纵寇殃民，请即另易大员。于是将钟罢职，命太子少保都御史彭泽率总兵时源西征。

泽至四川，征集苗兵，圈剿贼众，但开东北一面，纵贼出走。廖麻子、喻思俸等遂窜入汉中。泽又逼他入山，四面围攻，竟将廖、喻诸贼，次第擒诛。复回军扫平内江、营昌等处，四川大定。蜀寇虽多，不及河北群盗之狡悍，所以用笔从略。有诏封彭泽为太子太保，授时源为左都督。泽请班师回朝，廷议未许，令他暂留保宁镇抚。未几即调任甘肃，令他提督军务，经理哈密。哈密一事，说来又是话长，不得不追溯源流，表明大略。边塞重事，特别表明。原来哈密在甘肃西北，即唐时伊吾庐地。今属新疆省。元末以威武王纳忽里镇守。明太祖定陕西、甘肃诸镇，嘉峪关以西，暂置不问，至永乐二年，方传檄招降。其时纳忽里已死，子安克帖木儿嗣，奉诏贡马，受封为忠顺王，即置哈密卫。忠顺王，再传为孛罗帖木儿，被弑无子，由王母代理国事。寻因鞑靼部加兵，避居赤斤苦峪，且遣使奏请明廷，愿以外孙把塔木儿，袭封王爵，镇守哈密。时已成化二年，宪宗览奏，颁发兵部议闻。兵部复请以把塔木儿为右都督，代守哈密，摄行王事。当下依议传旨，把塔木儿自然奉命。既而把塔木儿病死，子罕慎嗣职，哈密邻部土鲁番，适当强盛，头目阿力，自称速檀，一作苏勒坦，意即可汗之类。率众袭哈密，逐走罕慎，掳了王母，劫去金印。甘肃巡抚娄良以闻，廷臣主张恢复，因举高阳伯李文，右通政刘文，驰往征讨，将至哈密，闻众已溃散，

第四十八回　经略西番镇臣得罪　承恩北阙义儿导淫

不敢深入,止调集番兵数千,驻守苦峪。会速檀阿力,遣使入贡,且致书李文,只称王母已死,金印缓日归还。李文等不待朝命,即还兵复旨。过了半年,并不闻还印消息,乃更铸哈密卫印,颁赐罕慎,即就苦峪立卫,给他土田,俾得居住。越数年,速檀阿力死。罕慎得乘间进兵,复入哈密。嗣又为阿力子阿黑麻所诱,杀死城下。阿黑麻恐明廷诘责,遣人入贡,并请代领西域。有旨令归还城印,且饬哈密卫目写亦虎仙往谕。阿黑麻总算听命,缴上金印,及归还城池。于是兵部尚书马文升,议别立元裔为王,藉摄诸番,乃诏求忠顺王近裔。元安定王,从子陕巴,纳入哈密,阿黑麻复屡与构衅,陕巴复被擒去。经甘肃巡抚许进等,潜入哈密,逐去阿黑麻,留守牙兰,又绝土鲁番互市。阿黑麻始惧,乃将陕巴释归。至正德元年,陕巴去世,子拜牙郎袭爵,淫虐无道,不亲政事。土鲁番酋阿黑麻亦死,子满速儿据位,用了甘言厚币,诱引拜牙郎。拜牙郎弃了哈密,投往土鲁番。甘心弃国,令人不解。满速儿夺他金印,即遣部目火者他只丁,往据哈密,又投书甘肃巡抚,辞多倨悖。都御史邓璋,方总制甘肃军务,当即奏闻。大学士杨廷和等,乃交荐彭泽可用,出略甘凉。

泽得调任消息,再辞不许,乃自川中启节,径抵甘州。适火者他只丁入掠赤斤、苦峪诸处,声言与我万金,当即卷甲退兵,返还哈密城印。泽正筹议剿抚事宜,忽报哈密卫目写亦虎仙到来,忙急召入,询及土鲁番与哈密近状。写亦虎仙道:"满速儿势焰方强,一时恐难平定,不若啖以金帛,俾就羁縻,那时哈城可还,金印可归,比劳师动众,好得多了。"泽听了此言,暗思番人嗜利,失了些须金帛,免动多少兵戈,也未始非权宜计策,遂依了写亦虎仙所言,并遣他赍币二千定,白金器一具,往给满速儿,说令和好,速还哈密城印。赂番使和,泽太失计。哪知写亦虎仙已与满速儿通同一气,此次见泽,实是为满速儿作一说客,泽不知是诈,反将金帛厚遗,他便往报满夷儿,教他再请增币,即还城印。泽以增币小事,遽从所请,一面上言番酋悔过效顺,不必用师,哈密城印,即可归还。武宗大喜,便召泽还京。巡按御史冯时雍,奏称彭泽讲和辱国,应加惩处,疏入不报。

满速儿探知彭泽还朝,兵事已寝,哪里肯归还城印?反且四出侵掠。甘肃巡抚李昆,遣使诘问满速儿,满速儿又遣写亦虎仙等,来索所许金币。俗语所谓你讨上船钱,我讨落船钱。昆欲遵原约,有兵备副使陈九畴,出阻道:"彭总督处事模棱,今抚帅又欲赍寇么?不可不可!"昆答道:"并非赍寇,不过原约在先,不便失信。"九畴道:"欲要增币,必须归还城印,且令送拜牙郎归国,方可行得。但番人多诈,应留写亦虎仙为质,等到城印缴清,拜牙郎送归,才把写亦虎仙放他回去。"昆乃留住写亦虎仙只令随使回去,给他杂币二百匹,令将拜牙郎及哈密城印,来换写亦虎仙。随使去后,好几日不得回报。李昆正在疑虑,忽有探卒入禀道:"满速儿引兵万骑,来犯肃州了。"昆即召九畴商议,九畴道："火来水掩,将来兵挡,怕他什么？"遂调兵守城,遣游击芮宁出御。芮宁战死,番兵迫城下,九畴昼夜梭巡,渐闻哈密降回居肃州,有内应消息,即发兵掩捕,获得降回头目失拜烟答等,捶死杖下。潜于夜间缒兵出城,袭破番营。满速儿败走瓜州,又被副总兵郑廉邀击,狼狈不堪,驰还土鲁番,复遣人求和。九畴谓满速儿狡黠不臣,应拒绝来使,勿令与通。李昆不从,竟驰驿奏闻。

兵部尚书王琼曾与彭泽有隙,方偕锦衣卫钱宁,设谋构陷,请穷诘增币主名,严加部议。适失拜烟答子米儿马黑麻诣阙讼冤,说是陈九畴屈死乃父。王琼遂劾泽欺罔辱国,九畴轻率激变,一并逮鞠。连哈密卫目写亦虎仙亦解至京师。户部尚书石玠谓："将在外,君命有所不受,彭泽、陈九畴,出镇边疆,为国定谋,功足掩罪,请免重遣！"王琼闻言大忿道："纳币寇廷,致贻后患,尚得谓功足掩罪么？"玠不能答。彭、陈二人,几不免死刑。幸杨廷和代为转圜,乃将彭、陈减死,削职为民。写亦虎仙竟得脱罪,留居京师。他本狡黠多诈,与米儿马黑麻结为一党,趋奉锦衣卫钱宁,入侍宫廷。武宗爱他敏慧,逐渐宠幸,赐他国姓,列为义儿。当时义儿甚多,无论外吏中官,亡虏走卒,总教得武宗欢心,都得赐姓为朱,拜武宗做干儿子,统共计算,约有二百余人。可谓博爱。这二百余人中,第一个得宠要算钱宁,第二个便是江彬。钱宁幼时,贫苦得很,寄鬻太监钱能家。能死后,宁年已长,转事刘瑾,因得入侍武宗。平居善承意旨,渐邀宠幸。甚至武宗昏醉,尝倚宁为枕,彻夜长眠。仿佛弥子瑕,想他面庞儿定亦俊白。有时百官候朝,待至晌午,尚未得武宗起居消息,从此君王不早朝。必须俟钱宁通报,方可入殿排班。宁以此得掌锦衣卫,招权纳贿,势倾百僚。江彬为大同游击,自调入剿盗后,班师获赏。应前回。他闻钱宁大名,靠着战争所得财物,私下投赠。财物自乾没而来,原不足惜。宁遂引彬入豹房,觐见武宗。彬本有口才,又经钱宁先容,奏对自然称旨。武宗大喜,升为左都督,嗣复与钱宁一同赐姓,充做义儿,留侍左右,与同卧起。又多一个陪夜。钱宁见彬夺己宠,替他作枕,还不好么。深悔从前引进,未免多事,谁教你爱财物。渐渐的有意排挤。彬从旁察觉,想了一计,入与武宗谈及兵事。武宗问长道短,正中彬意,遂乘机奏道："目今中原劲旅,要算边兵最强,京营士卒,远不及他。试看河北群盗,全仗边兵荡平,若单靠京营疲卒,恐至今尚未肃清哩！"徐徐引入。武宗动色道："京营如此腐败,哪足防患？若欲变弱为强,须用何法？"彬又奏道："莫妙于互调操练,京兵赴边,边兵赴京,彼此易一位置,内外俱成劲旅了。"武宗点首,极称妙计,遂饬调四镇兵入京师。大学士李东阳等极力谏阻,俱不见纳。四镇兵奉旨到京,四镇兵即宣府、大同、辽东、延绥。由武宗戎装披挂,亲临校阅,果然军容壮盛,手段高强,心中大悦,立召总兵许泰、刘晖等,温言嘉奖,各赐国姓。嗣是称四镇兵为外四家军,又命江彬为统帅,

第四十八回　经略西番镇臣得罪　承恩北阙义儿导淫

兼辖四家。于是江彬权势越张，就使有十个钱宁，也不能把他扳倒了。江彬计划，至此说明。武宗且挑进宫监，教他习练弓箭，编成一军，亲自统率，与彬等日夕驰逐，呼噪声、弓马声，遍达九门，嘈杂不绝。宫廷内外，统是不安，独武宗欢慰异常，李东阳屡谏无效，乞休而去。也亏他熬练到此。杨廷和因丁忧告归，吏部尚书杨一清，入预阁务，不过办事几个月，已与江彬、钱宁等做了对头，情愿谢职归田。各大员多半归休，江彬益肆行无忌，导上纵淫。会延绥总兵官马昂，以奸贪骄横革职闲居，闻江彬新得上宠，入京谒彬，希图开复原官。江彬沉思一会，带笑说道："足下能办到一事，保你富贵如故。"昂亟问何事，江彬笑道："不必说了。就是说明，恐你亦办不到。"故意不说，尤为奸险。昂情急道："除是杀头，没有办不到的事情。"彬乃密授昂计，昂欣然应声而去。

看官道是何策？原来马昂有一妹子，容颜绝世，歌舞骑射，般般皆能，年甫及笄，嫁与指挥毕春。彬与昂同籍宣府，从前曾见过数次，暗中垂涎，偏偏弄不到手，此次因武宗渔色，嘱他采访佳人，彬遂借端设计，欲令昂送妹入宫，一则可销前日闷气，二则可固后来荣宠。昂也为得官要紧，竟依计照行，托词母病，诱妹归宁，及到家内，方说出一段隐情。那妹子闻入宫为妃，恰也情愿，只一时不好承认，反说阿哥胡闹。经昂央告多时，方淡扫蛾眉，由他送入京中。江彬接着，见她丰姿秀媚，比初见时尤为鲜艳，不禁色胆如天，搂住求欢。那美人儿本认识江彬，素羡彬威武出众，就也半推半就，任他玩弄，足足享受了三天，先尝后进，江彬毕竟效忠。方令她盛饰起来，献入豹房。武宗见了如花如玉的美人，管甚么嫁过不嫁过，赐了三杯美酒，即令侍寝。妇女家心存势利，格外柔媚，惹得武宗视为珍奇，朝夕不离。当下将马昂开复原官，昂弟炅、昺等，都蒙宠赐蟒衣，又赐昂甲第于太平仓东，真所谓君恩汪涉，光耀门楣了。只是毕春晦气。御史给事中等，闻这消息，联表奏谏，甚且举以吕易嬴，以牛易马的故事，引为炯戒，武宗均搁置不报，美人情重国家轻。且时常与彬夜游，幸昂私第。君臣欢饮，适有一盘鱼脍，味甚佳美，武宗赞不绝口，并问由何人烹调？彬奏称为箧室杜氏承办。武宗道："卿妾至马家司肴，确见友谊。但君臣一伦，比友较重，朕亦欲暂借数天，可好么？"彬不防武宗有此一语，心中懊恼不及，但言既出口，驷马难追，只好唯唯从命。你也有这错着么？次日硬着头皮，嘱杜氏装饰停当，辇送豹房。武宗见这位杜美人，比马美人差不多，日间命她烹鱼，夜间竟唤她侍寝，日调鱼脍，夜奉蛤汤，杜氏确是能手。从此久假不归，彬亦无可奈何，只徒呼负负罢了。惟武宗得陇望蜀，有了马、杜两美人，尚嫌未足。一日，召问江彬道："卿籍隶宣府，可知宣府多美人吗？"想是从马、杜两美人推类及之。彬答道："宣府本多乐户，美妇恰也不少。圣意如欲选择，何妨亲自游观。"武宗眉头一皱道："朕亦甚欲出游，但恐无故游幸，大臣要来谏阻,奈何？"彬又答道："秋狩是古时盛典,目今时当仲秋,何妨借出猎为名,暂作消遣。况乘此游历边疆,也可校阅兵备,何必郁郁居大内呢？"武宗沉吟半晌,又道："朕未曾举行秋狩事宜,今欲创行此典,必须整备扈跸,检选吉日,就使大臣们不来谏阻,也要筹备数天。况扈从人多,仍是不得自由,朕不如与卿微服出行,省却无数牵制呢。"彬应声遵旨,遂于正德十二年八月甲辰日,乘着月夜,与江彬急装微服,潜出德胜门去了。正是：

风流天子微行惯,箴片官儿护驾来。

欲知游幸后如何情形,容待下回再表。

彭泽一出平河北盗,再出平四川贼,不可谓非良将材。至后经略哈密,纳币土鲁番,致为所欺,岂长于平盗贼,短于驭番夷欤？毋亦由朝气已衰,暮气乘之,乃有此措置失当欤？然王琼以私嫌构衅,罪彭泽并及陈九畴,假公济私,情殊可恶。故吾谓彭泽非不当劾,劾彭泽由于王琼,乃正不应劾而劾者也。若夫钱宁、江彬本无大功,骤膺殊宠,彬尤导上不法,罪出宁上,武宗喜弄兵,彬即导以调练,武宗好渔色,彬即导以纵淫,甚至夺毕春之妻,进献豹房,一意逢君,无恶不为。然天道好还,夺人妻者,妻亦为人所夺,吾读至此,殊不禁为之一快也。然武宗之淫荒,自此益甚矣。

第四十九回　幸边塞走马看花
　　　　　　入酒肆游龙戏凤

却说武宗带着江彬,微服出德胜门,但见天高气爽,夜静人稀,皓月当空,凉风拂袖,飘飘乎遗世独立,精神为之一爽,两人徐步联行,毫不觉倦。转瞬间鸡声报晓,见路上已有行车,遂雇着舆夫,乘了车径赴昌平。是日众大臣入朝,待了半日,方侦得武宗微行消息,大家都惊诧起来。大学士梁储、蒋冕、毛纪等急出朝驾了轻车,马不停蹄的追赶,行至沙河,才得追及武宗,忙下车攀辕,苦苦谏阻。偏是武宗不从,定欲出居庸关。梁储等没法,只得随着同行。可巧巡关御史张钦,已得武宗到关音信,即驰使呈奏,其词道：

比者人言纷纷,谓车驾欲度居庸,远游边塞,臣谓陛下非漫游,欲亲征北寇也。不知北寇猖獗,但可遣将狙征,岂宜亲劳万乘？英宗不听大臣言,六师远驾,遂成土木之变,匹夫犹不自轻,奈何以宗社之身,蹈不测之险？今内无亲王监国,又无太子临朝,国家多事,而陛下不虞祸变,欲

第四十九回　幸边塞走马看花　入酒肆游龙戏凤

整辔长驱，观兵绝塞，臣窃危之！比闻廷臣切谏皆不纳，臣愚以为乘舆不可出者有三：人心摇动，供亿浩繁，一也；远涉险阻，两宫悬念，二也；北寇方张，难与之角，三也。臣职居言路，奉诏巡阅，分当效死，不敢爱死以负陛下。惟陛下鉴臣愚诚，即日返跸，以戢人言而杜祸变，不胜幸甚！

原来武宗出游时，鞑靼部小王子，颇有寇边的警耗。张钦不欲直指武宗的过失，因借边警为言，谏阻乘舆。可奈武宗此时，游兴正浓，任你如何奏阻，总是掉头不顾。行行复行行，距关不过数里，先遣人传报车驾出关。张钦令指挥孙玺，紧闭关门，将门钥入藏，不准妄启。分守中官刘嵩，拟往迎谒，钦出言阻住道："此关门钥，是你我两人掌管，如果关门不开，车驾断不能出，违命当死！若遵旨开关，万一戎敌生心，变同土木，我与君职守所在，追究祸源，亦坐死罪。同是一死，宁不开关，死后还是万古留名呢。"正说着，前驱走报，车驾已到，饬指挥孙玺开关。玺答道："臣奉御史命，紧守关门，不敢私启。"前驱返报武宗，武宗又令召中官刘嵩问话。嵩乃往语张钦道："我是主上家奴，该当前去，御史秉忠报国便了。"刘嵩尚算明白。钦见嵩去后，负了敕印，仗剑坐关门下，号令关中道："有言开关者斩！"相持至黄昏，复亲自草疏，大略言："车驾亲征，必先期下诏，且有六军护卫，百官扈从，今者寂然无闻，乃云车驾即日过关，此必假托圣旨，出边勾贼的匪徒。臣只知守关捕匪，不敢无端奉诏"云云。疏已草就，尚未拜发，使者又至关下，催促开关。钦拔剑怒叱道："你是什么人，敢来骗我？我肯饶你，我这宝剑，却不肯饶你呢。"来使慌忙走还。武宗益愤，方拟传旨捕钦，忽见京中各官的奏疏，如雪片般飞来，就是张钦拜发的奏牍，亦着人递到，一时阅不胜阅，越觉躁急得很。江彬在旁进言道："内外各官，纷纷奏阻，反闹得不成样子，请圣上暂时涵容，且返京师，再作计较。"武宗不得已，乃传旨还朝。一语便能挽回，若彬为正人，岂非所益甚多？隔了数日，饬张钦出巡白羊口，别遣谷大用代去守关，随即与江彬易了服装，混出德胜门，加一混字，全不像皇帝行径。星夜赶至居庸关，只与谷大用打个照面，遂扬鞭出关去了。

一出了关，即日至宣府，是时江彬早通信家属，嘱造一座大厦，名为镇国府第，内中房宇幽深，陈设华丽，说不尽的美色崇轮。武宗到了宅中，已是百色俱备，心中大喜，一面饬侍役驰至豹房，辇运珍宝女御，移置行辕，一面与江彬寻花问柳，作长夜游。但见宣府地方，所有妇女，果与京中不同，到处都逢美眷，触目无非丽容，至若大家闺秀，更是体态苗条，纤秾得中。袁子才诗云："美人毕竟大家多。"于此益信。江彬导着武宗，驾轻就熟，每至夜分，闯入高门大户，迫令妇女出陪。有几家未识情由，几乎出言唐突，经江彬与他密语，方知皇帝到来，各表欢迎，就使心中不愿，也只好忍气吞声，强为欢笑。武宗也不管什么，但教有了美人儿，便好尽情调戏，欢谑一场。有合意的，就载归行辕，央她奉陪枕席，江彬也不免分尝禁脔，真是恩周雨露，德溥乾坤。讽刺俱妙。

过了月余，复走马阳和，适值鞑靼小王子率众五万入寇大同，总兵官王勋登陴固守，相持五日，寇不能下，复移众改掠应州。应州与阳和密迩，警报纷至，武宗自恃知兵，便拟调兵亲征。江彬奏道："此系总兵官责任，陛下何必亲犯戎锋。"武宗笑道："难道朕不配做总兵官么？"彬又道："皇帝自皇帝，总兵官自总兵官，名位不同，不便含混。"武宗道："皇帝二字，有甚么好处？朕却偏要自称总兵官。"言至此，又踌躇半晌，才接着道："总兵官三字上，再加总督军务威武大将军，便与寻常总兵官不同了。"彬不便再言，反极口赞成。这叫作逢君之恶。武宗遂把"总督军务威武大将军总兵官"十二字，铸一金印，钤入钧帖，调发宣大戍兵，亲至应州御寇。小王子闻御驾亲征，倒也吓退三分，引军径去。武宗运气，比英宗为佳，所以遇着小王子，不似也先厉害。武宗率兵穷追，与寇众后队相接，打了一仗，只斩敌首十六级，兵士却死伤了数百。幸喜寇众已有归志，只管远扬，不愿进取，所以武宗得饬奏凯歌，班师而回。全是侈汰。乘着便路，临幸大同。京中自大学士以下，屡驰奏塞外，力请回銮，武宗全然不睬，一味儿在外游幸。南京吏科给事中孙懋，闻武宗出塞未归，也赍疏至大同，略云：

> 都督江彬，以枭雄之资，怀憸邪之志，自缘进用以来，专事从谀导非，或游猎驰驱，或声色货利，凡可以蛊惑圣心者，无所不至。曩导陛下临幸昌平等处，流闻四方，惊骇人听，今又导陛下出居庸关，既临宣府，又过大同，以致寇骑深入应州。使当日各镇之兵未集，强寇之众杳来，几不蹈土木之辙哉？是彬在一日，国之安危，未可知也。伏乞陛下毋惑憸言，将彬置罪，即日回銮以安天下，然后斥臣越俎妄言，枭臣首以谢彬，臣虽死不朽矣！谨请圣鉴！

看官！你想京师中数一数二的大员，接连奏请，还不能上冀主听，指日还銮，何况一个小小给事中并且路途遥远，去睬他什么？录述奏疏，恰是为他卑远。会杨廷和服阕还京，得知此事，也拜疏一本，说得情理俱到，武宗虽不见从，恰称他忠诚得很，仍令入阁。廷和即约了蒋冕，驰至居庸关，拟出塞促上还跸。偏是中官谷大用，预承帝嘱，硬行拦阻，廷和等无法可施，只好怏怏还京。武宗留驻大同，游幸数日，没有甚么中意，想是没有美人。便语江彬道："我等不若到家里走罢！"原来武宗在宣府行辕，乐而忘返，尝信口称为家里，江彬已是惯闻，便饬侍从整备銮驾，驰还宣府。

一住数日，武宗因路途已熟，独自微行，连江彬都未带得，信步徐行，左顾

第四十九回　幸边塞走马看花　入酒肆游龙戏凤

右盼,俄至一家酒肆门首,见一年轻女郎,淡妆浅抹,艳丽无双,不禁目眩神迷,走入肆中,借沽饮为名,与她调遣。那女子只道他是沽客,进内办好酒肴,搬了出来,武宗欲亲自接受,女子道:"男女授受不亲,请客官尊重些儿!"随将酒肴陈设桌上。武宗见她措词典雅,容止大方,益觉生了爱慕,便问道:"酒肆中只你一人么?"女子答道:"只有兄长一人,现往乡间去了。"武宗又问她姓氏,女子腼腆不言。武宗又复穷诘,并及乃兄名字,女子方含羞答道:"奴家名凤,兄长名龙。"武宗随口赞道:"好一个凤姐儿。凤兮凤兮,应配真龙。"绝妙凑趣。李凤听着,料知语带双敲,避入内室。武宗独酌独饮,不觉愁闷起来,当下举起箸来,向桌上乱敲,惊动李凤出问。武宗道:"我独饮无伴,甚觉没味,特请你出来,共同一醉。"李凤轻詈道:"客官此言,甚是无礼,奴家非比青楼妓女,客官休要错视!"武宗道:"同饮数杯,亦属无妨。"李凤不与斗嘴,又欲转身进内。武宗却起身离座,抢上数步,去牵李凤衣袖。竟要动粗。吓得李凤又惊又恼,死命抵拒,只是一个弱女子,哪及武宗力大,不由分说,似老鹰拖鸡一般,扯入内室。李凤正要叫喊,武宗掩她樱口道:"你不要惊慌,从了我,保你富贵。"李凤尚是未肯,用力抗拒,好容易扳去武宗的手,喘吁吁的道:"你是甚么人,敢如此放肆?"武宗道:"当今世上,何人最尊?"李凤道:"哪个不晓得是皇帝最尊。"武宗道:"我就是最尊的皇帝。"李凤道:"哄我作甚么?"武宗也不及与辩,自解衣襟,露出那平金绣蟒的衣服,叫她瞧着。李凤尚将信未信,武宗又取出白玉一方,指示李凤道:"这是御宝,请你认明!"李凤虽是市店娇娃,颇识得几个文字,便从武宗手中,细瞧一番,辨出那"受命于天既寿永昌"八字,料得是真皇帝,不是假皇帝,且因平时曾梦身变明珠,为苍龙攫取,骇化烟云而散,至此始觉应验。况武宗游幸宣府,市镇上早已传扬,此番侥幸相逢,怕不是做日后妃嫔,遂跪伏御前道:"臣妾有眼无珠,望万岁恕罪!"武宗亲自扶起,趁势抱入怀中,脸对脸,嘴对嘴,亲了一会美满甘快的娇吻。上方面舌度丁香,下方面手宽罗带,霎时间罗襦襟解,玉体横陈,武宗自己,亦脱下征袍,阖了内户,便将李凤轻轻的按住榻上,纵体交欢。正是庐家少女,亲承雨露之恩,楚国襄王,又作行云之梦。落殿红于寝褥,狼藉胭脂,沾粉汗于征衫,娇啼宛转。刚在彼此情浓的时候,李龙已从外进来,但见店堂内虚无一人,内室恰关得很紧,侧耳一听,恰有男女媟亵声,不由的愤怒起来,呕出门飞报弁兵,引他捉奸。不意弁目进来,武宗已高坐堂上,呼令跪谒。自作皇帝自喝道,煞是好看。弁目尚在迟疑,李凤从旁娇呼道:"万岁在此,臣下如何不跪?"弁目听得万岁两字,急忙俯伏称臣,自称万死。李龙亦吓得魂不附体,急跪在弁目后面,叩头不迭。武宗温谕李龙,着至镇国府候旨。一面命弁目起身,出备舆马,偕李凤同入镇国府中。李龙亦到府申谒,得授官职,蒙赐黄金千两。

转瞬间已是残冬，京内百官，又连篇累牍的奏请回銮。武宗亦恋着凤姐儿，无心启程，且欲封凤姐为妃嫔，令她自择。李凤固辞道："臣妾福薄命微，不应贵显，今乃以贱躯事至尊，已属喜出望外，何敢再沐荣封？但望陛下早回宫阙，以万民为念，那时臣妾安心，比爵赏还荣十倍呢。"好凤姐比江彬胜过十倍。武宗为之颔首。且见李凤玄衣玄裳，益显娇媚，所以暂仍旧服，不易宫妆。李凤又尝于枕畔筵前，委婉屡劝，武宗乃择于次年正月，车驾还京。光阴似箭，岁运更新，武宗乃启跸回都，带着李凤及所有美人，一同就道，到了居庸关，忽天大雷雨，惊动娇躯，关口所凿四大天王，又是怒气勃勃，目若有光。毕竟李凤是小家碧玉，少见多怪，偶然睹此，不觉惊骇异常，晕倒车上。武宗忙把她救醒，就关外借着驿馆，作为行宫，令李凤养疾。李凤伏枕泣请道："臣妾自知福薄，不能入侍宫禁，只请圣驾速回，臣妾死亦瞑目了。"我不忍闻。武宗亦对她垂泪道："朕情愿抛弃天下，不愿抛弃爱卿。"李凤又呜咽道："陛下一身，关系重大，若贱妾生死，何足介怀？所望陛下保持龙体，惠爱民生。"说至此，已是气喘交作，不能再言，过了片刻，两目一翻，悠然长逝了。化作烟云，应了梦兆，但观她将死之言，恰是一位贤女子。武宗大为震悼，命葬关山上面，待以殊礼，用黄土封茔，一夜即变成白色。武宗道："好一个贤德女子，至死尚不肯受封，可惜朕无福德，不能使她永年，作为内助。但一女子尚知以社稷为重，朕何忍背她遗言？"当下命驾入关。

　　不数日即至德胜门，门外已预搭十里长的彩棚，悬灯结彩，华丽非常。还有彩联千数，尽绣成金字序文，以及四六对句，无非是宣扬圣德，夸美武功。最可笑的，是对联颂词上，所具上款，只称威武大将军，下款百官具名，也将臣字抹去，但列着职衔名姓，闻系武宗预先传示，教他这般办法，所以众官不敢违旨，一切奉令而行。真同儿戏。杨廷和、梁储等率领众官，备着羊羔美酒，到彩棚旁恭候，但见全副銮驾，整队行来，一对对龙旌凤翣，一排排黄钺白旄，所有爪牙侍卫，心腹中官，以及宫娥彩女，不计其数。随后是宝盖迎风，金炉喷雾，当中拥着一匹红鬃骏马，马上坐着一位威武大将军，全身甲胄，仪表堂皇，就是明朝的武宗正德皇帝。褒中寓贬。众官一见驾到，伏地叩头，照例三呼。武宗约略点首，随下坐骑，徐步入彩幄中，升登临时宝座。众官复随入朝谒，杨廷和恭捧瑶觞，梁储执斝斟酒，蒋冕进奉果榼，毛纪擎献金花，次第上呈，庆贺凯旋。想是战胜无数美人，所以具贺凯旋哩。武宗饮了觞酒，尝了鲜果，受了金花，欣然语众官道："朕在榆河，亲斩一敌人首级，卿等曾知道吗？"好算是虚前空后的武功。廷和等闻旨，不得不极力颂扬。正是无可奈何。武宗大喜，复下座出帐，驰马入东华门，径诣豹房去了。众官陆续归第。小子有诗咏道：

仗剑归来意气殊，百官蒲伏效嵩呼。
贾皋射雉夫人笑，我怪明廷尽女奴。

武宗还京以后，曾否再游幸，且俟下回说明。

武宗性好游嬉，而幸臣江彬，即觇其所好，导以佚游。彬之意，不但将顺逢迎，且欲避众揽权，狡而且鸷，已不胜诛；甚且多方蛊惑，使之流连忘返，怙过遂非，索妇女于夜间，称寓府为家里，失德无所不至；而又自称总兵，不君不臣，走马阳和，猝遇强敌，其不遭寇盗之明击暗刺，尚为幸事。然其行事，一何可笑也。游龙戏凤一节，正史不载，而稗乘记及轶闻，至今且演为戏剧，当不至事属子虚。且闻武宗还宫，实由李凤之死谏，以一酒家女子，能知大体，善格君心，殊不愧为巾帼功臣，杨廷和辈，且自惭弗如矣。亟录之以示后世，亦阐扬潜德之一则也。

第五十回　　觅佳丽幸逢歌妇
　　　　　　罪直谏杖毙言官

却说武宗还京，适南郊届期，不及致斋，即行郊祀礼。礼毕，纵猎南海子，且令于奉天门外，陈设应州所获刀械衣器，令臣民纵观，表示威武。忙碌了三五天，才得闲暇。又居住豹房数日，猛忆起凤姐儿，觉得他性情模样，非豹房诸女御所及，私下嗟叹，闷闷不乐。江彬入见，武宗便与谈及心事，江彬道："有一个凤姐儿，安知不有第二个凤姐儿？陛下何妨再出巡幸，重见佳人。"武宗称善，复依着老法儿，与江彬同易轻装，一溜烟似的走出京城，径趋宣府。关门仍有谷大用守着，出入无阻。杨廷和等追谏不从，典膳李恭，拟疏请回銮，指斥江彬。疏尚未上，已被彬闻知，阴嗾法司，逮狱害死。给事中石天柱刺血上疏，御史叶忠，痛哭陈书，皆不见报。闲游了两三旬，忽接到太皇太后崩逝讣音，太皇太后见四十四回。不得已奔丧还京，勉勉强强的守制数月。到了夏季，因太皇太后祔丧有期，遂托言亲视隧道，出幸昌平。到昌平后，仅住一日，竟转往密云，驻跸喜峰口。

民间讹言大起，谓武宗此番游幸，无非采觅妇女，取去侍奉，大家骇惧得很，相率避匿。永平知府毛思义，揭示城中，略言："大丧未毕，车驾必无暇出幸，或由奸徒矫诈，于中取利，尔民切勿轻信！自今以后，非有抚按府部文书，若妄称驾至，藉端扰民，一律捕治勿贷！"民间经他晓谕，方渐渐安居，不意为武宗所闻，竟饬令逮系诏狱；羁禁数月，才得释出，降为云南安宁知州。武宗住密云数日,乃返至河西务,指挥黄勋,借词供应,科扰吏民。巡按御史刘士元,遣人按问,勋竟逃至行在,密赂江彬等人,诬陷士元。武宗命将士元拿至,裸系军门,杖他数十。可怜士元为国为民,存心坦白,偏被他贪官污吏,狼狈为奸,平白地遭了杖辱,无从呼吁。武宗管甚么曲直,总要顺从他才算忠臣,例得封赏,否则视为悖逆,滥用威刑,这正所谓喜怒任情,刑赏倒置呢。实是专制余毒。

到了太皇太后梓宫,出发京师,武宗方驰还京中,仍著戎服送葬,策马至陵,就饮寝殿中。一杯未了又一杯,直饮得酒气薰蒸,高枕安卧,百官以梓宫告窆后,例须升主祔庙,不得不请上主祭。入殿数次,只听得鼾声大作,不便惊动,只好大家坐待;直至黄昏,武宗方梦回黑甜,起身祭主,猛听得疾风暴雨,继以响雷,殿上灯烛,一时尽灭,侍从多半股栗,武宗恰谈笑自如。此君也全无心肝。礼毕还宫,御史等因天变迭至,吁请修省。疏入后,眼睁睁的望着批答,不料如石沉大海一般,毫无影响。过了数日,恰下了一道手谕,令内阁依谕草敕,谕中言宁夏有警,令总督军务威武大将军朱寿,统六师往征,江彬为威武副将军扈行。可发一噱。大学士杨廷和、梁储、蒋冕、毛纪等见了这谕,大都惊愕起来,当下不敢起草,公议上疏力谏。武宗不听,令草诏如初。杨廷和称疾不出,武宗亲御左顺门,召梁储入,促令草制。储跪奏道:"他事可遵谕旨,此制断不敢草。"武宗大怒,拔剑起座道:"若不草制,请试此剑!"储免冠伏地,涕泣上陈道:"臣逆命有罪,情愿就死。若命草此制,是以臣令君,情同大逆,臣死不敢奉诏。"武宗听了此语,意中颇也知误,但不肯简直认错,只把剑遥掷道:"你不肯替朕草诏,朕何妨自称,难道必需你动草么?"言已径去。

越宿,并未通知阁臣,竟与江彬及中官数人,出东安门,再越居庸关,驻跸宣府。念念不忘家里,可谓思家心切。阁臣复驰疏申谏,武宗非但不从,反令兵、户、工三部,各遣侍郎一人,率司属至行第办事。一面日寻佳丽,偏偏找不出第二个凤姐儿。江彬恐武宗愁烦,又导他别地寻娇,乃自宣府趋大同。复由大同渡黄河,次榆林,直抵绥德州。访得总兵官戴钦,有女公子,色艺俱工,遂不及预先传旨,竟与江彬驰入戴宅。戴钦闻御驾到来,连衣冠都不及穿戴,忙就便服迎谒,匍匐奏称:"臣不知圣驾辱临,未及恭迎,应得死罪。"武宗笑容可掬道:"朕闲游到此,不必行君臣礼,快起来叙谈!"特别隆恩。戴钦谢过了恩,方敢起身。当即饬内厨整备筵席,请武宗升座宴饮,彬坐左侧,自立右旁。武宗命他坐着,乃谢赐就坐。才饮数杯,武宗以目视彬,彬已会意,即开口语钦道:"戴总兵知圣驾来意否?"戴钦道:"敢请传旨。"江彬道:"御驾前幸宣府,得李氏女一人,德容兼备,正拟册为宫妃,不期得病逝世。今闻贵总兵生

第五十回　觅佳丽幸逢歌妇　罪直谏杖毙言官

有淑女，特此临幸，亲加选择，幸勿妨命！"戴钦不敢推辞，只好说道："小女陋质，不足仰觐天颜。"彬笑道："总兵差了，美与不美，自有藻鉴，不必过谦。"戴钦无奈，只得饬侍役传入，饬女出见。不多时，戴女已妆罢出来，环珮珊珊，冠裳楚楚，行近席前，便拜将下去，三呼万岁。武宗亟宣旨免礼，戴女才拜罢起来。但见她丰容盛鬋，国色天香，端凝之中，另具一种柔媚态度。是大家女子身份。当由武宗瞧将过去，不禁失声称妙。江彬笑语戴钦道："佳人已中选了，今夕即烦送嫁哩！"戴女闻着，芳心一转，顿觉两颊绯红。武宗越瞧越爱，还有何心恋饮，匆匆喝了数杯，便即停箸。江彬离座，与戴钦附耳数言，即偕武宗匆匆别去。过了半日，即有彩舆驰至，来迎戴女。钦闻了彬言，正在踌躇，蓦见彩舆已到，那时又不敢忤旨，没奈何硬着头皮，遣女登舆。生离甚于死别，戴女临行时，与乃父悲泣相诀，自不消说。去做妃嫔，还要哭泣吗？武宗得了戴女，又消受了几日，复命启跸，由西安历偏头关，径诣太原。

太原最多乐户，有名的歌妓，往往聚集。武宗一入行辕，除抚按入觐，略问数语外，即广索歌妓侑酒。不多时，歌妓陆续趋至，大家献着色艺，都是娇滴滴的面目，脆生生的喉咙，内有一妇列在后队，独生得天然俏丽，脂粉不施，自饶美态，那副可人的姿色，映入武宗眼波，好似鹤立鸡群，不同凡艳。当下将该妇召至座前，赐她御酒三杯，令她独歌一曲。该妇叩头受饮，不慌不忙的立将起来，但听她娇喉婉转，雅韵悠扬，一字一节，一节一音，好似那么凤度簧，流莺绾曲，惹得武宗出了神，越听越好，越看又越俏，不由的击节称赏。到了歌阕已终，尚觉余音绕梁，袅袅盈耳，江彬凑趣道："这歌妇的唱工，可好么？"武宗道："此曲只应天上有，人间难得几回闻。"溺情如许。说毕，复令该妇侍饮。前只赐饮，此则侍饮。那歌妇幸邀天眷，喜不自禁，更兼那几杯香醪，灌溉春心，顿时脸泛桃花，涡生梨颊，武宗瞧着，忍不住意马心猿，便命一班女乐队，尽行退去，自己牵着该妇香袂，径入内室，那妇也身不由主，随着武宗进去。看官！你想此时的武宗，哪里还肯少缓？当即将该妇松了钮扣，解了罗带，挽入罗帏，饱尝滋味。比侍饮又进一层。最奇的是欢会时候，仍与处子无二，转令武宗惊异起来，细问她家世履历，才知是乐户刘良女，乐工杨腾妻。武宗复问道："卿既嫁过杨腾，难道杨腾是患天阉么？"刘氏带喘带笑道："并非天阉，实由妾学内视功夫，虽经破瓜，仍如完璧。"武宗道："妙极了，妙极了。"于是颠鸾倒凤，极尽绸缪。写刘女处处与戴女不同，各存身份。自此连宵幸御，佳味醰醰，所有前此宠爱的美人，与她相比，不啻嚼蜡。武宗心满意足，遂载舆俱归，初居豹房，后入西内，宠极专房，平时饮食起居，必令与俱，有所乞请，无不允从。左右或触上怒，总教求她缓颊，自然消释。宫中号为刘娘娘，就是武宗与近侍谈及，亦尝以刘娘娘相呼。因此江彬以下，见了这位刘娘娘，也只好拜倒裙下，礼事如母，尊荣极矣，想为杨腾妻时，再不图有此遇。这且慢表。

且说武宗在偏头关时，曾自加封镇国公，亲笔降敕，有云："总督军务威武大将军总兵官朱寿，统领六师，扫除边患，累建奇功，特加封镇国公，岁支录五千石，着吏部如敕奉行！"*愈出愈奇*。杨廷和、梁储等，联衔极谏，都说是名不正，言不顺，请速收回成命。武宗毫不见纳，又追录应州战功，封江彬为平虏伯，许泰为安边伯，此外按级升赏，共得内外官九千五百五十余人。及载刘娘娘还京，群臣奉迎如前仪，未几又思南巡，特手敕吏部道："镇国公朱寿，宜加太师。"又谕礼部道："威武大将军太师镇国公朱寿，今往两畿山东，祀神祈福。"复谕工部，速修快船备用。敕下后，人情汹汹，阁臣面阻不从。翰林院修撰舒芬，愤然道："此时不直谏报国，尚待何时？"遂邀同僚崔桐等七人，联名上疏道：

陛下之出，以镇国公为名号，苟所至亲王地，据勋臣之礼以待陛下，将朝之乎？抑受其朝乎？万一循名责实，求此悖谬之端，则左右宠幸之人，无死所矣。陛下大婚十有五年，而圣嗣未育，故凡一切危亡之迹，大臣知之而不言，小臣言之而不尽，其志非恭顺，盖听陛下之自坏也。尚有痛哭泣血，不忍为陛下言者：江右有亲王之变，*指宁王宸濠事，见后*。大臣怀冯道之心，以禄位为故物，以朝宇为市廛，以陛下为弈棋，以委蛇退食为故事，特左右宠幸者，智术短浅，不能以此言告陛下耳。使陛下得闻此言，虽禁门之前，亦警跸而出，安肯轻亵而漫游哉？况陛下两巡西北，四民告病，今复闻南幸，尽皆逃窜，非古巡狩之举，而几于秦皇、汉武之游。万一不测，博浪、柏人之祸不远矣。臣心知所危，不敢缄默，谨冒死直陈！

兵部郎中黄巩，闻舒芬等已经入奏，乞阅奏稿，尚以为未尽痛切，独具疏抗奏道：

陛下临御以来，祖宗纪纲法度，一坏于逆瑾，再坏于佞幸，又再坏于边帅之手，至是将荡然无余矣。天下知有权臣，而不知有陛下，宁忤陛下而不敢忤权臣，陛下勿知也。乱本已生，祸变将起，窃恐陛下知之晚矣。为陛下计，亟请崇正学，通言路，正名号，戒游幸，去小人，建储贰，六者并行，可以杜祸，可以弭变，否则时事之急，未有甚于今日者也。臣自知斯言一出，必为奸佞所不容，必有蒙蔽主聪，斥臣狂妄者，然臣宁死不负陛下，不愿陛下之终为奸佞所误也。谨奏！

员外郎陆震，见他奏稿，叹为至论，遂愿为联名，同署以进。吏部员外郎夏良胜，及礼部主事万潮，太常博士陈九川，复连疏上陈。吏部郎中张衍瑞等十四人,刑部郎中陈俸等五十三人,礼部郎中姜龙等十六人,兵部郎中孙凤等十六人,又接连奏阻。连御医徐鏊,亦援引医术,独上一本。武宗迭览诸奏,已觉烦躁得很,加以江彬、钱宁等人从旁媒蘖,遂下黄巩、陆震、夏良胜、万潮、陈九川、徐鏊等于狱,并罚舒芬等百有七人,跪午门外五日。既而大理寺正周叙等十人,行人司副余廷瓒等二十人,工部主事林大辂等三人,连名疏又相继呈入。武宗益怒,不问他甚么奏议,总叫按名拿办,一律逮系。可怜诸位赤胆忠心的官员,统是铁链郎当,待罪阙下,昼罚长跪,夜系囹圄。除有二三阁臣,及尚书石玠疏救外,无人敢言。京师连日阴霾,日中如黄昏相似。南海子水溢数尺,海中有桥,桥下有七个铁柱,都被水势摧折。金吾卫指挥张英,慨然道:"变象已见,奈何不言?"遂袒着两臂,挟了两个土囊,入廷泣谏。武宗把他叱退,他即拔刀刺胸,血流满地。卫士夺去英刃,缚送诏狱,并问他囊土何用。英答道:"英来此哭谏,已不愿生,恐自到时污及帝廷,拟洒土掩血呢。"也是傻话。嗣复下诏杖英八十。英胸已受创,复经杖责,不堪痛苦,竟毙狱中。复由中旨传出,令将舒芬等百有七人,各杖三十,列名疏首的,迁谪外任,其余夺俸半年。黄巩等六人,各杖五十,徐鏊戍边,巩、震、良胜、潮俱削籍,林大辂、周叙、余廷瓒各杖五十,降三级外补,余杖四十,降二级外补。江彬等密嘱刑吏,廷杖加重,员外陆震,主事刘校、何遵,评事林公黼,行人司副余廷瓒,行人詹轼、刘槩、孟阳、李绍贤、李惠、王翰、刘平甫、李翰臣,刑部照磨刘珏等十余人,竟受刑不起,惨毙杖下。明之尽罪谏官,以此为始。武宗又申禁言事,一面预备南征,忽有一警报传来,乃由宁王宸濠,戕官造反等情,说将起来,又是一件大逆案出现。小子有诗叹道:

> 宁死还将健笔扛,千秋忠节效龙逄。
> 内廷臣子无拳勇,可奈藩王未肯降。

毕竟宸濠如何谋反,待小子稍憩片刻,再续下回。

观武宗之所为,全是一个游戏派、滑稽派。微服出游,耽情花酒,不论良家女子,及乐户妇人,但教色艺较优,俱可占为妃妾,是一游戏派之所为也。身为天子,下齿臣工,自为总兵官,并加镇国公及太师,宁有揽政多日,尚若未识尊卑,是一滑稽派之所为也。阁臣以下,相率泣谏,宁死不避,其气节有足多者,而武宗任情侮辱,或罚廷跪,或加廷杖,盖亦由奴视已久,处之如儿戏然。充类至尽,一桀而已矣,一纣而已矣,岂徒若汉武帝之称张公子,唐庄宗之称李天下已哉?书中陆续叙来,情状毕现,可叹亦可笑也。

第五十一回 豢群盗宁藩谋叛 谢盛宴抚使被戕

却说宁王宸濠,系太祖子宁王权五世孙,宁王权为成祖所给,徙封江西,见第二十二回及二十七回。历四世乃至宸濠,宸濠父名觐钧,尝纳娼女为妾,乃生此儿。及年长,轻佻无威仪,术士李自然、李日芳等,反说他龙姿凤表,可为天子。又是术士作祟。又谓南昌城东南,有天子气,因此宸濠沾沾自喜。当刘瑾得志时,曾遣中官梁安,辇金银二万到京,贿通刘瑾,朦胧奏请,准改南昌左卫为宁藩护卫,且准与南昌河泊所一处,宸濠遂得养兵蓄财,阴图潜窃。及刘瑾伏诛,兵部议奏,又将他护卫革去,他越觉心中怏怏,谋变益亟。

先是兵部尚书陆完,为江西按察使,与宸濠颇为投契,及完掌兵部,宸濠复馈遗不绝,求完代为设法,给还护卫。完复书宸濠,请他援引祖训,上书自请,方可代为申奏等语。适值伶人臧贤,得宠武宗,有婿在御前司钺,犯了国法,充南昌卫军,宸濠力为照拂,并托他转达乃翁,在京说项,臧贤自然应允。宸濠一面上疏,一面暗遣心腹,载宝入京,寓居臧贤家中,将所携的珍品,分馈权要,乞为疏通,大家亦无不心许。只有大学士费宏,籍隶江西,素知宸濠蓄有异谋,尝在朝中宣言道:"闻宁王辇金入京,谋复护卫,若听他所为,我江西人必无噍类,我在阁一日,必不允行。"陆完、臧贤,闻费宏言,不敢卤莽行事,只好商诸钱宁。钱宁已得了厚赂,遂与陆完定计道:"三月十五日,系廷试进士的日子,内阁与部院大臣,皆须至东阁读卷,公可于十四日,投复宁王乞复护卫疏,我与杨公廷和说知,请他即日批准,那时还怕费宏反抗么?"陆完大喜,依计行事,果然手到成功,竟复宁藩护卫。嗣复恐费宏反对,大家进谗诬宏,勒令致仕。宏南归时,宸濠又遣人行劫,纵火焚宏舟,行李皆为灰烬,只宏挈眷走脱,还算幸事。

宸濠又讨好武宗,知武宗性爱玩具,特于元宵节前,献入奇巧灯彩,所有鱼龙人物,活动如生;且遣人入宫悬挂,代为装置,依檐附壁,张着数十百盏异灯。武宗见了,大加赞赏。及武宗回入豹房,猛听得人声鼎沸,警铎乱鸣,不知是何变故?忙驰向院中仰望,但见一片红光,冲达云霄,把全院照得通红,心中大为惊异。又走上平台观看,那火势越烧越猛,远近通明。内侍凭着臆测,即启奏武宗道:"这失火的地方,怕不是乾清宫么?"武宗反笑说道:"好一棚大烟火,想是祝融氏趁着元宵,也来点缀景色哩。"正是笑话。次日并不查勘,还是杨廷和等上疏,请武宗避殿修省,武宗才下了一道诏旨,略将遇灾交做的套话,抄袭几句,便算了结。张灯失火,原不得谓天灾,修省何用?

宸濠已潜结内援,复私招外寇,剧盗杨清、李甫、王儒等百余人,统是江湖有名的响马,都受了宁藩招抚,入居府中,号为把势。宸濠以无人统率,未免散漫,又礼聘鄱阳湖盗首杨子乔,做了群盗的统领,并闻举人刘养正,读书知兵,延入府中,密访机务。刘举宋太祖陈桥兵变故事,作为谈资,听得宸濠孜孜忘倦,叹为奇材,就把那历年隐图,和盘说出,请他臂助。刘养正本是个篾片朋友,一味儿献谀贡媚,称他为拨乱真人,宸濠益喜,竟呼养正为刘先生,留居幕府,待若军师。江西按察司副使胡世宁,侦知宁府举动,不便隐忍,乃发愤上疏道:

> 宁王自复护卫以来,骚扰闾阎,钤束官吏,礼乐政令,渐不出自朝廷,臣恐江西之患,不止群盗也。伏乞圣明广集群议,简命才节威望大臣,兼任提督巡抚之职,假以陈金、彭泽之权,陈金、彭泽事见四十八回。销隙寝邪于无形;并饬王自主其国,仰遵祖训,勿挠有司以防未然,庶内有以安宗社,外有以保懿亲,一举两善,无逾于此。谨祈准奏施行!

这疏一上,武宗颇也疑惧,遂命河南左布政孙燧,为右副都御史,巡抚江西。宸濠闻着,未免反侧不安,只得申奏朝廷,透过近属,先将自己的罪状,洗刷一番;又奏胡世宁离间亲亲,妖言诽谤,请立刻逮问等说。这奏章方才拜发,朝旨已升世宁为福建按察使。宸濠佯为饯别,请他入宴,饮食中置着毒物,一时未曾发泄。至世宁就道后,腹痛异常,泻了几次恶血,几乎丧命。道经浙江,因家住浙境,就便省墓,哪知捕逮世宁的中旨,已至浙江,着巡浙御史潘鹏,就近拘拿。幸浙江按察使李承勋,与世宁交好,急留世宁入署,令他改姓埋名,从间道归命京师,免致暗算。世宁依计前行。果然潘鹏受了宸濠密托,遣人在要途守候,拟拿到世宁,即置死地。亏得世宁先事预防,不遭毒手。到京后又奏辩宁王必反,有旨驳斥,拘系狱中。世宁虽入囹圄,依旧孤忠未泯,接连上了三书,俱不见报。锦衣校尉,反受了中官密嘱,连番拷掠,害得世宁气息奄奄,仅存残喘。中官钱宁等,尚说他诬告亲王,定欲加他死罪。大理寺少卿胡瓒抗言道:"宁王谋为不轨,幸得世宁举发,这般功臣,反欲加他死罪,奈何服天下?"未几,江西抚按孙燧、李润等,复奏称世宁无罪,乃得减死,仍谪戍辽东沈阳卫。胡瓒夺俸受惩。

宸濠因武宗无嗣,糟蹋许多妇女,尚未得产一儿,可见寡欲生男之说,实有至理。复阴托钱宁,令取中旨,召己子入京,司香太庙。宁又替他面奏,但说宁王如何勤孝,怂恿武宗,用异色龙笺报赐。这异色龙笺,寻常罕用,只有御赐监国书牍,方用此笺。武宗也不分皂白,就依了钱宁言,裁答下去。宸濠得书大喜,遂欲拓建府居,制拟大内。左布政张贲,以土地属自己管辖,不许侵占,宸濠乃送他食品四项,一系干枣,一系鲜梨,一系生姜,一系芥菜。赟启视毕,呼来使刘吉道:"我知宁王的用意了。他欲我早离此地,免得与他反对。但臣子受命朝廷,行止一切,不得擅专,宁王也是人臣,难道得干预我么?"说得刘吉哑口无言。赟即将原物退还,交给刘吉携归。宸濠没法,只好取出金帛,再去求钱宁设法。宁嘱吏部调赟还都,升为光禄寺卿,赟乃离任去讫。还是运气。

宸濠又令党羽王春、余钦等,招募剧盗凌十一、闵廿四、吴十三等五百余人,与杨清等同匿丁家山寺,劫掠民财商货,储入府库。复厚结广西土官狼兵,以及南赣、汀、漳等处各峒蛮,使为外援。一面遣人往广东,收买皮帐,制成皮甲。且在邸第内私立冶厂,督造枪刀盔甲,并佛郎机铳等,砧锤丁当的声音,彻夜不绝。会吴十三等,往劫新建库银七千两,藏置窝主何顺家中,事为巡抚孙燧闻悉,立饬南昌知府郑瓛,率役破寨,取归库银,拘戮何顺。孙燧复派兵捕盗,拿住吴十三等,械系南康府狱中。凌十一、闵廿四,竟往报宸濠,召集群盗,劫还吴十三。不愿做藩王,甘去做盗魁,想是做藩王的趣味,不如盗贼为佳。孙燧大愤,迭行奏闻,书凡七上,都被宸濠遣党邀截,无一得达。惟自劾乞休一疏,总算到京,也不见有甚么批答。

时金事许逵,见四十七回。就任江西按察司副使,密谒孙燧,请他先发制人。燧恐兵力未足,迟迟不发,适宸濠父死,居苫块间,矫情饰礼,阴嗾南昌生徒揄扬孝行,一面胁迫孙燧,据事奏闻。燧欲缓他逆谋,依言具奏。武宗览奏道:"百官贤应该升职,宁王贤何必申奏,孙燧也太糊涂了。"糊涂皇帝,应有此糊涂臣子。太监张忠在旁,即启奏道:"称宁王孝,便讥陛下不孝;称宁王勤,便讥陛下不勤。"武宗惊异道:"孙燧敢如此么?"张忠道:"这恐由钱宁、臧贤所主使。他两人交通宁王,早谋为逆,难道陛下尚未闻知么?"原来江彬与钱宁有隙,张忠素附江彬,所以乘间倾宁。都是好人。武宗被忠一说,为之动容。东厂太监张锐,大学士杨廷和,初亦党濠,无非有钱到手。至是知濠谋逆,且闻武宗已入忠言,乃议再削宁藩护卫,以免后患。御史萧淮,又尽情举发,并言宁藩侦卒,多寄匿臧贤家。于是诏饬校尉,至贤家搜查。贤家多复壁,外蔽木橱,内通长巷,宁藩侦卒林华,竟从复壁中逸去。校尉以形迹可疑四字,入复上命。杨廷和请仿宣宗处赵府故事,见三十二回。遣勋戚大臣往谕,叛迹已著,岂宣谕所得了耶?武宗准奏,因令太监赖义,驸马都尉崔元,都御史颜颐寿等,持谕戒饬,乘便收撤护卫。

这边方奉命登程,那边正开筵祝寿,原来宸濠生辰,系六月十三日,届期悬灯演戏,设宴征歌,宁府中非常热闹。所有镇守官、巡抚官、按察司、都御史等,都趋府祝贺,齐集一堂,大家欢呼畅饮,兴高采烈。忽报林华到来,当由宸濠传入,林华跟跄登堂,尚带三分气喘,意欲禀报京事,无奈众官满座,不便直陈,只得张皇四顾。宸濠心知有异,便召他入内,屏人与语。约历片时,方再

第五十一回　纂群盗宁藩谋叛　谢盛宴抚使被戕

出陪宾。大众正在酣醉时候，也无暇问及，等到酒阑席散，客去天昏，宸濠便召刘养正、刘吉密议，将林华所报情形，复述一遍。养正道："事急了，俗语有云，先下手为强，若再迟疑，要为人所制了。"宸濠即请他设计，由养正沉思一会，方道："有了有了。"随即与宸濠附耳道："如此如此。"两个有了，两个如此，好一对仗。说了数语，把一个宁王宸濠，引得欢天喜地。当下召入盗首吴十三、凌十一、闵廿四等，授他密计，令各率党羽，带领兵器，分头埋伏去讫。

转瞬天明，即召致仕都御史李士实入府，将乘机起事的意思，与他说了。士实本与宸濠交游，听知此话，唯唯从命。辰牌将近，巡镇三司各官，陆续前来谢宴，依次拜毕，但见府中护卫，带甲露刃，尽入庭中。宸濠出立露台，大声道："孝宗在日，为李广所误，抱民家养子，紊乱宗祧，我列祖列宗，不得血食，已是一十四年。昨奉太后密旨，令我起兵讨贼，尔等曾知道么？"众官闻言，面面相觑。独巡抚孙燧毅然道："密旨何在？取来我瞧！"宸濠叱道："不必多言，我今拟往南京，你愿保驾么？"居然自称御驾。孙燧怒目视濠道："你说什么？可知道天无二日，臣无二主，太祖法制具在，哪个敢行违悖？"言未已，但听宸濠大呼道："把势快来！"四字说出，吴十二、凌十一、闵廿四等，俱应声入内。当由宸濠发令，将孙燧绑缚起来，众官相顾失色。按察司副使许逵，上前指濠道："孙都御史，是朝廷大臣，你乃反贼，擅敢杀他么？"复顾孙燧道："我曾云先发制人，未邀允许，今已为人所制，尚有何言？"孙燧尚是忠臣，但不从逵言，亦嫌寡断。宸濠复指令群盗，缚住许逵，并问逵有何说？逵叱道："逵只有一片赤心，哪肯从你反贼？"且缚且骂。燧亦痛詈不绝。宸濠大怒，令校尉火信等，把两人痛殴，击断孙燧左臂，逵亦血肉模糊，两人气息仅属，由宸濠喝令牵出城门，一同斩首。逵临死，尚痛骂道："今日贼杀我，明日朝廷必杀贼。"至两人殉义时，天空中炎炎的烈日，忽被黑云遮住，惨淡无光，宸濠反借此示威，并将御史王金，主事马思聪、金山，右布政胡濂，参政陈杲、刘斐，参议许效廉、黄宏金事顾凤，都指挥许清、白昂，及太监王宏等，统行拘住，械锁下狱。马思聪、黄宏，绝粒死了。宸濠遂令刘养正草檄，传达远近，革去正德年号，指斥武宗，授刘养正为右丞相，李士实为左丞相，参政王纶为兵部尚书，总督军务大元帅。分遣逆党娄伯、王春等四出收兵，胁降左布政使梁宸，按察使杨璋，副使唐锦诸人。一面令吴十三、闵廿四等，夺船顺流，往攻南康，知府陈霖遁去，转攻九江，兵备副使曹雷，及知府汪颖等亦遁。数城俱陷，大江南北皆震。

为了这番乱事，遂引出一位允文允武的儒将，削平叛藩，建立奇功，这位儒将是谁？就是前时反对刘瑾，谪戍龙场驿的王守仁。大书特书。守仁自谪居龙场，因俗化导，苗黎悦服。当刘瑾伏诛，调任庐陵知县，未几召入京师，累迁鸿胪寺卿。寻因江西多盗，擢他为佥都御史，巡抚南赣、汀、漳。既莅任，即檄闽、广两省会兵,先讨大帽山贼,连破四十余寨,擒贼首詹师富。复进讨大庾、横水、左溪诸贼,逐去贼首谢志山等,所在荡平。赣州知府邢珣,吉安知府伍文定,亦奉檄平定桶冈,招降贼首蓝廷凤,破巢八十有四,俘斩六千有奇。守仁又诱斩浰头贼首池仲容,及弟仲安,追余贼至九连山,扫清巢穴,芟雉无遗。数十年巨寇,一并肃清,远近惊服如神明。守仁因境内大定,往谒宸濠。濠留他宴饮,适李士实亦同在座,彼此谈论时政得失。士实道:"世乱如此,可惜没有汤武。"已有煽动宸濠之意。守仁道:"即有汤武,亦须伊吕。"宸濠道:"有汤武便有伊吕。"守仁道:"有了伊吕,必有夷齐。"彼此标示暗号,煞是机锋暗对。宴毕散去。宸濠知守仁不肯相从,屡欲加害,守仁也暗中防备,巧值福州三卫军人进贵等作乱,警报传至京师,兵部尚书王琼,语主事应典道:"进贵事小,宁藩事大,我意欲调王守仁一行,借着进贵乱事,给他敕书,俾他得调动兵马,相机行事,他日有变,不患呼应不灵了。"王琼此言,恰是有识,然亦由守仁命不该死。应典很是赞成。遂奏请赐敕王守仁,令查处福州乱军。守仁奉命即行,所以宸濠起事,江西守臣多遇害被执,独守仁得免。守仁行至丰城,丰城知县顾佖,已得宸濠反信,告知守仁,并说宸濠有悬购守仁的消息,守仁临机应变,立刻易服改装,潜至临江。知府戴德孺闻守仁远来,倒屣出迎,请他入城调度,这一番有分教:

奇士运筹期破贼,叛藩中计倏成擒。

毕竟守仁如何定计,且看下回表明。

本回叙宸濠谋变始末,简而不漏,详而不烦。宸濠包藏祸心,已非一日,宫廷岂无所闻?误在当道得贿,暗中袒护,俾得从容布置,蓄盗贼,制兵甲,直至戕害抚臣,名城迭陷,设无王琼之先行设法,王守仁之驰归决策,则大江上下,遍布贼党,明廷尚有豸乎?大学士杨廷和,身居重要,初亦与叛藩往来,至萧淮等举发奸谋,尚欲援宣德故事,遣使往谕,促使为变。孙燧、许逵之被害,未始非廷和致之。廷和之误国且如此,彼钱宁、臧贤辈,何足责乎?

第五十二回　守安庆仗剑戮叛奴
　　　　　下南昌发兵征首逆

却说王守仁到了临江,与知府戴德孺接谈,德孺向守仁问计,守仁道:"是处地濒大江,且与省会甚近,易攻难守,不若速趋吉安,还可整顿防务,抵

第五十二回　守安庆仗剑戮叛奴　下南昌发兵征首逆

御叛贼。"德孺又问道："我公晓畅军机,料敌如神,今日宸濠举兵,应趋何向?"守仁道："为宸濠计,恰有上中下三策:若他直趋京师,出其不意,最是上策。否则径诣南京,大江南北,亦必受害,虽非上策,也是中策。如或专据南昌,不越雷池一步,便是下策。他日王师齐集,四面夹攻,便如瓮中捉鳖,束手成擒了。"确是料敌如神。德孺很是佩服。守仁即转赴吉安,与知府伍文定,筹商战守机宜。守仁道："贼若出长江,顺流东下,南京必不可保,我已定下计策,令他不敢东行。十日以后,各军调集,那时可战可守,便不足虑了。"文定道:"宁王暴虐无道,久失人心,哪里能成大事?得公为国讨贼,何患不济?"守仁道："古人说的临事而惧,好谋而成,现在发兵伊始,须先备粮食,修器械,治舟楫,一切办齐,方免仓皇。"此是用兵要诀。文定道:"公言甚是。某虽不才,愿为效力。"守仁大喜,即与文定筹备军事,一面遣骑四出,向各府州投递檄文,略言"朝廷早知宁王逆谋,已遣都督许泰率京军四万南下,两湖都御史秦金,两广都御史杨旦,及本都御史会兵,共十六万人,趋集南昌。大兵所过,沿途地方有司,应供军粮,毋得因循误事,自干罪咎"等语。一派虚言。这檄传出,早被宸濠侦悉,信为实事,但紧紧的守住南昌,不敢出发。

李士实与刘养正两人,恰日日怂恿宸濠,早攻南京,宸濠颇为心动。忽由侦骑递到蜡书,亟忙展视,不禁失色。原来蜡书一函,是巡抚南赣王守仁,密贻李士实、刘养正两人,内称:"两公有心归国,甚是钦佩,现已调集各兵,驻守要害,专待叛酋东来,以便掩击,请两公从中怂恿,使他早一日东行,即早一日歼灭,将来论功行赏,两公要算巨擘呢。"这一封密书,若由明眼人瞧着,便料是守仁的反间计,宸濠哪里晓得,还道是李、刘二人,私通守仁,暗地里将书搁起,所有二人言语,从此皆不肯轻信。二人亦无可奈何,但暗暗嗟叹罢了。上文叙宸濠中计,从守仁一边着笔,此处从宸濠一边着笔,妙有参换。

宸濠坚守南昌,阅十余日,并不见有大兵到来,方知中了守仁的诡计,追悔不及,迟了。忙请李士实、刘养正商议,两人仍依着前言,劝宸濠急速东行。宸濠乃留宜春郡王拱樤,与内官万锐等守南昌,自率李士实、刘养正、闵廿四、吴十三等,共六万人,号称十万,分五哨出鄱阳湖,蔽江而下。令刘吉为监军,王纶为参赞,指挥葛江为都督,宸濠亲督中坚,所有妃嫔、世子、侍从等,都载舟从行。比陈友谅还要呆笨。舟至安庆,投书城中,招守吏出降。猛闻城头一声鼓响,士卒齐登,顿时旗帜飞扬,刀矛森列,从刀光帜影中,露出三员大将,一个是都督佥事杨锐,一个是知府张文锦,一个是指挥崔文,统是满身甲胄,八面威风,写得精神奕奕。齐声道:"反贼休来!"宸濠亦高声答道:"本藩奉太后密旨,亲自讨贼,并非造反,你等休得认错,快快开城出降,免得一死!"知府张文锦道:"我奉皇上命令,守土抚民,不似你反贼横行无状,你若自知罪恶,早些束手受缚,我等还好替你洗刷。如再执迷不悟,即日身首分离,宗祀灭绝,你休后悔!"宸濠大怒,即督众攻城。城上矢石雨下,把前列的攻卒,射伤多人,连宸濠的盔缨上面,也中了一箭,险些儿射破头颅。宸濠吃了一惊,麾众暂退。次日复进兵扑城,城上固守如故。自晨至暮,一些儿不占便宜。接连数日,城守依然。时浙江留守太监毕贞,起兵应濠,遣佥事潘鹏,即上文巡浙御史时,已就职佥事。到了安庆,助濠攻城。鹏本安庆人,遣家属持书入城,谕令速降。崔文撕碎来书,拔剑在手,将来使挥作两段,复枭下首级,掷出城外。宸濠复令鹏至城下,呼崔文等答话。崔文道:"你食君禄,受君恩,为什么甘心降贼?我不配与你讲谈。"一言至此,复把使人的尸首,剁作数截,一块一块的投将下来,并说道:"叛奴请看!就是你日后的榜样。"鹏愤怒交迫,戟手指詈。文在城上拈弓搭箭,意欲射鹏,鹏慌忙走脱。既而城上缚着罪犯数十人,由张文锦亲自监斩,并呼城下军士道:"你等皆朝廷兵士,朝廷也养你不薄,如何错了念头,反为叛贼效力?须知大逆不道,罪至灭族。看看!这是叛奴潘鹏的家属,今日为鹏受罪呢。"言毕,即喝令左右,把潘鹏家属,无论男妇老幼,都是一刀一个,枭首示众。宸濠的军士,眼睁睁的瞧着城上,颇有些悔惧起来,独潘鹏悲忿异常,请命宸濠,誓破此城。奈张文锦等协力同心,随机应变,饶你如何愤激,全不中用。宸濠不觉愁叹道:"偌大一座安庆城,尚是攻不进去,还想甚么金陵呢?"看似容易做似难,谁叫你造反。

  王守仁在吉安,已征集各兵,出发漳树镇。临江知府戴德孺,袁州知府徐琏,赣州知府邢珣,端州通判胡尧元、童琦,推官王昈、徐文英,以及新淦知县李美,太和知县李楫,宁都知县王天与,万安知县王冕等,各率兵来会,共得八万人,悉听守仁号令,进抵丰城。守仁集众官会议,推官王昈进言道:"现闻宁王攻安庆城,连日不能下,谅他必兵疲气沮,若率大兵往援,与安庆守兵,前后夹攻,必能破贼。宁贼一败,南昌可不战而下了。"此是行兵常道。守仁道:"君但知其一,未知其二。试想我军欲救安庆,必越南昌,困难情形,且不必说,就是与宸濠相持江上,势均力敌,未见必胜,安庆城内的守兵,也可劳敝,但能自保,不足为我援应,彼时南昌贼兵,出我后面,绝我饷道,南康、九江的贼众,又合力谋我,使我腹背受敌,岂非自蹈危地么?依我意见,不如径攻南昌。"见识高人一筹。王昈又道:"宁王经画旬余,方才出兵,他恃南昌为根据,势必留备甚严,我军进攻,未必一时可拔。安庆被围日久,孤城易陷,未得南昌,先失安庆,恐非良策。"守仁微笑道:"你太重视这反贼了。他迟迟发兵,实是中了我计,徘徊未决,后知为我所绐,忿激而出,精锐多已随行,所有南昌守兵,必甚单弱,我军新集,气势正锐,不难攻破南昌。他闻南昌危急,哪肯坐失巢穴,势必还兵自救,安庆自可撤围。等他到了南昌,我已把南昌夺下,贼众自然夺

第五十二回　守安庆仗剑戮叛奴　下南昌发兵征首逆

气。首尾牵制，贼必为我所擒了。"所谓知彼知己，百战百胜。王昉方才悦服，众官亦相率赞成。乃将全队人马，分为十三哨，每哨多约三千人，少约千五百人，伍文定愿为先锋，守仁应允，只嘱他次第薄城，各攻一门。九哨作正兵，四哨作游兵。正兵责成攻击，游兵往来策应。正在分嘱的时候，忽有侦骑来报，宁王曾在南昌城南，预置伏兵，作为城援。守仁道："知道了。"布置从容，毫不着急。遂召知县刘守绪入内道："宸濠虽预置伏兵，谅不过数千人，我给你骑兵五千，黉夜出发，须从间道潜行，掩袭过去，不怕伏兵不灭，这就叫作将计就计。"守绪领命自去。

守仁遂于七月十九日发兵，至二十日黎明，齐至汎地，当即下令军中，一鼓薄城，再鼓登城，三鼓不登者斩，四鼓不登，戮及队将。一面写了檄谕，缚在箭上，射入城中，令城中百姓，各闭户自守，勿助乱，勿恐畏逃匿，遂饬各军整顿攻具，携至城下。霎时间鼓声大震，各军蚁附城下，把云梯绳索等物，一概扎缚停当，竖将起来，等到鼓声再响，都缘梯齐上，奋勇攀城。城上虽有守卒，抛下矢石，怎奈官军拚命而来，前仆后继，御不胜御。又远远望着城南伏兵，并不见到，但觉得一片火光，返射城头，料知伏兵亦遭截击，刘守绪一路用虚写。不禁魂飞魄散，大家呐喊一声，索性走了他娘，各逃性命。至第三通击鼓，各军已半入城内，开了城门，招纳外兵。守仁麾军大进，如入无人之境。刘守绪亦已扫荡伏兵，随入城中。全城已破，分帖安民告示，并严申军律，不准骚扰。赣州、奉新的兵马，多系收来降盗，一入城中，多行劫掠，不遵约束，事为守仁所闻，饬各将官捕获数人，立斩以徇，兵民才得相安。纪律不得不严。守仁复带领各兵，围搜王宫，忽见王宫高处，黑烟腾涌，如驱云泼墨一般，继而烟雾中钻出一道火光，冲上层霄，照得全城皆赤，顿时爆裂声，坍陷声，及号哭声，陆续不绝。守仁令各兵用水扑火，一时火势炎炎，无从扑灭。各兵正忙个不了，突见火光影里，拥出一群人来，疾走如飞，伍文定眼快，喝令军士，速即拿住。众兵追上，手到拿来，不曾走脱一人，献至军前审问，就是宜春郡王拱橼，以及逆党万锐等人，当将他系入槛车，再行灭火入宫。宫人多葬身火窟，有未曾被火的，一律拘系，讯系胁从吏民，尽行遣散。检点仓库，金银钱谷，存蓄尚多，这都由宸濠穷年累月，横征暴敛，所得百姓的脂膏，作为谋叛的费用。守仁取了一半，犒赏从征的将士，余剩的统检数登籍，严加封闭，这且慢表。

且说守仁在吉安时，已将宸濠反状，飞报京师，并疏请速黜奸邪，禁止游幸等情。武宗时在豹房，接到此奏，也觉慌张起来，当召诸大臣集议。许泰、刘晖等纷纷献计，议论不一，尚书王琼独宣言道："有王伯安在，不久自有捷报，虑他什么？"伯安便是守仁别字。琼前时请敕征调，正为防备宸濠起见，所以有此一说。应上回。大众将信将疑，江彬独请武宗亲征，武宗早欲南巡，正好借此为名，好算凑巧。遂传旨内阁，略称："宸濠悖逆天道，谋为不法，即令总督军务威武大将军镇国公朱寿，统各镇边兵征剿，所下玺书，改称军门檄。"杨廷和等上疏谏阻，毫不见从，只收逮太监萧敬、秦用、卢朋，都督钱宁，优人臧贤，尚书陆完等，一并下狱，籍没家产。一面令江彬速发禁军，前驱出发，自己带着妃嫔人等，启跸出京。此时最宠爱的刘美人，适有微疾，不及随行，武宗与她密约，拟定车驾先发，遣使续迎。美人出一玉簪，交给武宗，作为日后迎接的证据。*本是个乐妇出身，生就水性杨花，何需信物？*武宗藏簪袖中，至芦沟桥，策马疾驱，簪竟失落，大索数日不得。到了临清州，遣中使往迎美人，美人辞道："不见玉簪，怎敢赴召？"中使返报，武宗独乘着单舸，昼夜疾行，驰至京师，才将美人并载，一同南行。内外从官，竟没有一人知觉，可见武宗的本意，并不在亲征宸濠，实是要亲选南威哩。驾才出京，王守仁捷音已到，武宗留中不发，只慢慢儿的南下。

小子且把南巡事暂搁，先将守仁擒宸濠事，叙述明白。*插入武宗南征一段，以便下文接笋。*守仁既得了南昌，休息二日，即拟遣伍文定、徐琏、戴德孺等，分道出兵。忽由侦卒走报，宁王宸濠，撤安庆围，来援南昌了。守仁道："我正要他还兵自救哩。"*回应前言。*众官道："此次叛王宸濠，挟怒而来，兵锋必锐，恐不可当，我军只宜坚壁固守，休与他战。待他久顿城下，粮尽援绝，势将自溃，那时可乘隙追擒了。"*亦似有理。*守仁道："诸君又说错了。宸濠兵马虽众，多系乌合，闻他所到的地方，徒恃焚掠，威驱势迫，并没有部勒的方法，严肃的号令。且自谋变以来，未曾经过大敌，与他旗鼓相当，一决胜负，所称士马精强，不过徒有虚名，毫不足惧。他所诱惑人心的要着，无非是事成封爵，富贵与共等套话。现在安庆不能取，南昌又被我攻下，进无可进，退无可退，众心懈乱，自在意中，试问世上哪一个人，肯平白地拚了性命，去求那不可必得的富贵呢？我今仗着机势，发兵邀击，他必不战自溃，岂尚能与我相持么？"正说着，帐外又报抚州知府陈槐，亦率兵到来，守仁喜道："兵厚力集，不擒逆藩，更待何时！"当下接见陈槐，温言慰劳，并检阅新兵，一一安顿，不消絮述。越宿，复得侦报，说是宸濠的先锋队，已至樵舍。守仁即登堂升座，召集各将士道："今日是叛藩就擒的日子，望诸君为国效劳，努力破贼！"众将士齐声应令。守仁传伍文定至座前道："前驱的责任，仍然劳君，请君勿辞！"文定欣然应诺，便召余恩道："你去接应伍太守，我有锦囊一枚，内藏秘计。可至军前启视，与伍太守依计而行，不得有误！"言讫，遂取出锦囊，递与文定。两人领命去讫。又传邢珣近前道："我亦授你锦囊一个，你可照计行事，小心勿违！"邢珣亦受命而去。复语徐琏、戴德孺道："两公可分兵两队，作为左右翼，夹击贼兵，不患不胜。"两人亦唯唯去讫。*上文用虚写，此处用明示，无非为笔法矫变计耳。*

守仁分遣诸将后，也带着亲兵数千名，出城驻扎，专待各路捷音。小子有诗咏道：

> 谁言文吏不知兵，帷幄纤筹似孔明。
> 试看洪都操胜算，千秋犹自仰文成。文成系守仁谥法。

欲知胜负如何，待小子下回续详。

宁藩之叛，料敌决胜，志平叛逆者，全赖一王守仁。而杨锐、张文锦、崔文等，亦不为无功。守仁计赚宸濠，俾其株守南昌，不敢东下者旬日，可谓巧矣。但旬日以后，宸濠出攻安庆，若非杨锐、张文锦等，以三人捍孤城，则安庆一陷，乘势东行，金陵岂尚可保乎？虽宸濠智谋有限，纪律不严，未必能画江自守，与钱镠比，然既得金陵，可战可守，如欲指日荡平，恐非易事。故守仁为本回之主脑，而杨锐、张文锦、崔文等，亦一宾中主也。观文中叙安庆之守，及南昌之下，皆写得有声有色，跃动纸上，有是事不可无是文，有是文不可无是笔。

第五十三回　伍文定纵火擒国贼
王守仁押俘至杭州

却说宸濠围攻安庆，相持半月有余，尚不能下，正拟督兵填濠，期在必克，忽接到南昌被围消息，不免心慌意乱，急令撤兵还救。李士实进谏道："南昌守兵单弱，敌不过王守仁，我若还救，恐已不及了。"也有见识。宸濠道："丞相欲再攻安庆么？"士实道："这也不必。依着愚见，南昌无须还救，安庆亦可撤围。"宸濠道："照你说来，此后到哪里去？"士实道："何不径取南京，即位称尊？那时传檄天下，大江南北，容易平定，还怕江西不服么？"这便是守仁所说中策。宸濠沉吟半晌，复道："南昌是我根本重地，金银钱谷，积储尚多，我若失去这项积储，何处再得军用？现在无论如何，只好还救南昌，顾全根本，然后再图别策。"已不劳你费心了。士实见进谏无益，默然退出，自叹道："不用吾言，还有何望呢？"谁叫你明珠暗投。

宸濠见士实退出，即督率将士登舟，溯江而上，直抵扬子江口，先遣精兵二万，还救南昌，自率大兵后应。先锋队顺风扬帆，联舟直上，越过樵舍，进逼黄家渡，望见前面已有战船，分作两排列着，船上各插旗号，在前的是伍字旗，在后的是余字旗，伍、余两军出现。他也不管什么伍、余、元、卜，只仗着顺风顺势，鼓噪前进。伍、余两人，早已展阅锦囊，依着诱敌的秘计，佯为交战，斗不数合，返舟急走，一逃一追，逃的是假，追的是真。宸濠闻前军得利，也率众继进，只前军与后军，相隔尚远，前军亦不胜相顾，争先恐后，弄得断断续续。恰巧邢珣奉了密计，绕出敌军先锋队后面，冲击过去，邢军出现。敌军不及防备，顿时忙了手脚，哪知前面的伍、余两军，又复翻身杀来，一阵扫荡，把敌船击沉无数。宸濠远远瞧见，即饬各舟赴援，不料行近战线，左右炮响，杀出两路兵船，左边兵船上，悬着徐字旗号，右边兵船上，悬着戴字旗号，徐、戴两军也出现。两翼官兵，拦腰截击。宸濠顾东失西，顾西失东，战不多时，撞舟折舵声，及呼号惨叫声，搅成一片，扰扰不已。伍、余各军，已将前行的敌船扫净，来助戴、徐。四五路的官兵，夹击宸濠。宸濠惶急异常，只好下令退走，好容易在官兵里面，冲开一条血路，向东逃生。官兵赶了数十里，擒斩二千余级，夺得船械无数，方才收兵。

　　宸濠退保八字脑，夜间泊舟，与黄石矶相对。宸濠见矶势颇险，问左右道："此矶叫作何名？"左右多云未知，惟有一小卒是饶州人，素悉地形，即上前答道："这地名黄石矶。"宸濠大怒道："你敢来讪笑我么？"言未毕，已拔出佩刀，把小卒杀死。咄咄怪事。刘养正进谏道："大王何故杀此小卒？"宸濠尚带着怒气，悍然道："他说是王失机，难道此矶已知我失败，不是明明讪笑我么？"养正道："他说的黄字，是黄色的黄字，不是大王的王字。他说的石字，是石板的石字，不是失败的失字。矶字与失机的机字，也是不同，幸勿误会。"宸濠方知为误杀，乃令军士将小卒尸首，舁瘗岸上，叹息罢了。但附从各将士，见宸濠如此昏愦，料知不能成事，纷纷散去。

　　宸濠正愁闷无聊，忽又接着军报，守仁已遣知府陈槐、林械等攻九江，曾玙、周朝佐等攻南康。宸濠大惊道："曾玙是建昌知府，颇有材名，他也帮助王守仁，去攻南康么？借宸濠口中，叙出曾玙，省却文中转折。若南康、九江被他夺去，我还有什么土地？奈何奈何！"养正道："事已至此，不必说了。现在只有振作军心，再图一战。若得战胜守仁，夺还南昌，即无他虑。"宸濠道："我看此间将士，为了前次一败，多已懈体，不如尽发南康、九江兵，与他一战，何如？"官军正图南康、九江，他却欲调兵助战，正是牛头不对马尾。养正道："重赏之下，必有勇夫，大王何惜些须金帛，不肯犒士？若悬赏购募，与守仁决一死战，当可得胜，何必调兵他处呢？"宸濠尚疑信参半，一面檄调南康、九江兵马，一面出了赏格，将士有当先效命的，赏千金，突阵受伤，加给百金。这令一下，果然人人拚死，鼓舟再进。

　　行未数里，已与官军相遇。两下对仗，宸濠的将士，比前日大不相同，刀枪并举，炮铳迭发，一股锐气，直扑官军。官军被他杀伤，竟至数百名，稍稍退却。伍文定统领全师，瞧这情形，忙跃登船头，掣出佩剑，把临阵退缩的兵士，砍死了五六名；又把令旗一挥，率动各战船，向那枪林弹雨中，掩杀上去。是时战云密布，毒焰漫空，拳头大的火星，一颗颗，一点点，飞入伍文定舟中。文定毫不胆怯，仍然挺身矗立，督军死战，蓦然间火星爆裂，弹向文定面上，将文定连鬓长须，烧去一半。文定只用手一拂，坠落火星，一些儿没有惊惶，指挥如故。垂败的官兵，见主将如此镇定，毫不畏死，也不由的感奋起来。当下将对将，兵对兵，枪对枪，炮对炮，酣战多时。宸濠见不能取胜，也拨船突阵，不防有一炮射来，正中他坐船，一声怪震，把船头击得粉碎，江中波浪，随同震荡，各战船都摇动起来。宸濠在百忙中，移过别船，部众相率惊骇，顿时大溃。等到烟消火灭，只见官军尚在那里，所有宸濠的战船，已逃至樵舍去了。伍文定检查战功，复擒斩二千余级，申报守仁，预备再战。

　　宸濠吃了第二次败仗，懊怅得很，复收合余烬，联结残舟，成了一个方阵，连樯自守；尽出所有金帛，赏犒死士。这事被守仁闻悉，忙遣人致文定书，当由文定启视，书中没有别语，只有"急用火攻"四字。文定道："我亦已有此意。"仿佛瑜、亮。遂邀集余恩、邢珣、徐琏、戴德孺等，议定埋伏夹击等计策，各携火具，分道并进。会宸濠召见群下，迭述败状，拟将临阵先逃的部目，牵出数人，斩首示惩。各部目多系剧盗，哪肯奉谕枉送性命，遂一哄儿争辩起来，你推我诿，嘈个不住。你要收罗盗贼，还你这般结果。探卒忽入船哗报道："官军来了！官军来烧我舟了！"宸濠听着，大惊失色，忙推案出望，但见前后左右，已是火势炎炎，烧个正着。时值秋燥，江上的秋风大作，四面八方，火头乱越，就是要想救灭，急切也是不及。官军乘着火势，纷纷跃上舟阵。原来纵火的官军，便是余恩、邢珣、徐琏、戴德孺四路水师，与伍文定计议妥当，各驾轻舟，埋伏隐处，等到风色一顺，分头举火，所以东西南北，面面烧着。宸濠在船头上，痴望多时，只见邢珣自左杀来，戴德孺自右杀来，余恩攻后，伍文定攻前，自己部下的将士，纷纷投水，毫无抵御的能力，不禁流涕道："大事去了！"正说着，副舟也已被火，吓得宸濠几乎晕倒，慌忙走入船舱，与妃嫔等相对痛哭。这等无用的人物，也想造反吗？正妃娄氏，挺身立起道："妾前时曾谏止殿下，休负国恩，殿下不从，乃有今日。罢罢！殿下负了皇上，妾不忍负着殿下。"说至此，疾步趋至船头，奋身一跳，投入水中。义烈可敬。各妃嫔见娄妃殉难，也都丢开性命，又听得哔哔剥剥，火势愈烧愈近，大家料难逃生，各启舟舱，陆续投水，统向龙宫处报到。只有宸濠泣涕涟涟，何不随妃嫔入水？挈着世子仪宾，兀在舟中坐住。官军四面跃入，即将宸濠父子，用着最粗的铁链，捆缚停当，牵出船外，移向伍文定坐船。宸濠举目一瞧，所有丞相元帅等，都已两手反剪，缚置船中。这叫作患难与共。彼此吁叹，闭目待毙。伍文定等分头擒拿，将著名叛党，一应锁住，不曾漏脱一个。如李士实、刘养正、徐吉、涂钦、王纶、熊琼、卢行、罗璜、丁喷、王春、吴十三、凌十一、秦荣、葛江、刘勋、何镗、王信、吴国士、火信等，尽行械系，共有数百余人。还有被执及胁从各官，如太监王宏、御史王金，主事金山，按察使杨源，佥事王畴、潘鹏，参政陈杲，布政司梁宸，都指挥郏文、马骥、白昂等人，也一并拘住。共擒斩叛兵三千余级，溺死的约三万人，烧死逃去的，无可计算。所有烧不尽的军械军需，以及溺水的浮尸，积聚江心，掩蔽数里。尚有数百艘贼船，临时斩断绳索，四散狂逃，经伍文定遣兵追剿，依次荡灭。

守仁所遣陈槐、曾屿等，亦攻复九江、南康二郡，并在沿湖等处，捕戮叛党二千余人。各将吏陆续返报，回到南昌。守仁尚在城外驻节，一一迎劳，彼此甚欢。伍文定手下将士，押住宸濠，推至守仁座前。守仁正欲诘责，宸濠忽开口哀呼道："王先生！本藩被你所擒，情愿削去护卫，降为庶人，请先生顾着前谊，代为周全。"谈何容易？守仁正色道："国法具在，何必多言！"宸濠方才无语。南昌士民，聚观道旁，齐声欢呼道："这位叛王，酷虐无道，既有今日，何必当初。可见天道昭彰，报应不爽哩！"有几个江西官吏，本与宸濠相识，见了宸濠，也出言指示。宸濠泣语道："从前商朝的纣王，信了妇言，致亡天下，我不信妇言，乃至亡国。古今相反，追悔已迟。娄妃！娄妃！你不负我，我却负你，死也晚了。"家有贤妻，夫不遭祸，宸濠何独未闻？守仁闻了此言，也为叹息，随命水夫捞认娄妃尸骸，从丰殓葬。众将献上宸濠函箧，内贮书信，多系京官疆吏，往来通问，语中未免有勾结情形。守仁不暇细阅，悉付与祝融氏，托他收藏；力持大体，造福不浅。一面露布告捷，才率军入城。嗣闻武宗已启跸南征，应上回。急奏上封章，略云：

　　臣于告变之际，选将集兵，振扬威武，先收省城，虚其巢穴，继战鄱湖，击其惰归。今宸濠已擒，逆党已获，从贼已扫，闽广赴调军士已散，惊扰之民已定。窃惟宸濠擅作威福，睥睨神器，招纳流亡，辇毂之动静，探无遗迹，臣下之奏白，百不一通。发谋之始，逆料大驾必将亲征，先于沿途伏有奸党，期为博浪、荆轲之谋。今逆不旋踵，遂已成擒，法宜解赴阙门，式昭天讨，然欲付之部下各官，诚恐潜布之徒，乘隙窃发，或虞意外，臣死有余憾矣。盖时事方艰，贼虽擒，乱未已也。伏望圣明裁择，持以镇定，示以权宜，俾臣有所遵循，不胜幸甚！

这疏本意，明明是谏阻南巡，且请将逆藩就地正法，以免意外。不料武宗得奏，毫不采用，只饬令将逆藩看管，听候驾到发落。太监张忠，及安边伯许泰等，因守仁前日上疏，有罢斥奸邪，禁止游幸等语，应上回。心中未免挟嫌，想是贼胆心虚。入奏武宗，但云："守仁先曾通逆，虽有功劳，未足掩罪。"幸武宗尚有微明，不去理睬。忠、泰又贻书守仁，谓"逆藩宸濠，切勿押解来京。现在皇上亲征，须将宸濠纵入鄱湖，待皇上亲与交战，再行一鼓成擒，论功行赏。如此办理，庶几功归朝廷，圣驾不虚此行了。"煞是可笑，亏他写得出来。守仁不为之动，竟不待武宗旨意，自将宸濠押出南昌，拟即北发。偏偏忠、泰两人，遣使赍威武大将军檄文邀截途中，勒令将宸濠交付。守仁又复不与，避道走浙江，欲从海道押解至京，亟夜到钱塘，不料太监张永，又在杭州候着。守仁见了张永，先把那计除刘瑾的功绩，赞美一番，说得张永非常欢慰。见风使帆，不得不然。计除刘瑾，事见四十六回。守仁复进言道："江西百姓，久遭濠毒，困苦不堪；况且大乱以后，天复亢旱成灾，百姓有衣无食，有食无衣，若复须供给京军，将必逃匿山谷，聚众为乱。当日助濠，尚是胁从，他日揭竿，恐如土崩瓦解，剿抚两穷。足下公忠体国，素所钦佩，何不在京中谏阻御跸，免多周折呢？"委婉动人。张永叹道："王先生在外就职，怪不得未识内情。皇上日处豹房，左右群小，蛊惑主聪，哪个肯效忠尽言？我是皇上家奴，只有默辅圣躬，相机讽谏便了，我此次南行，非为掩功而来，不过由皇上素性固执，凡事只宜顺从，暗暗挽回；一或逆命，不但圣心未悦，并且触怒群小，谗言易入，孤愤谁知，王先生试想！于天下大计，有甚么益处？"至情至理，令人心折。守仁点首道："足下如此忠诚，令人敬服。"张永道："我的苦心，也惟有先生知道呢。"守仁乃将忠、泰邀取宸濠，并从前致书等情，一一说明。张永道："我所说的群小，便指若辈。王先生将若何处置？"守仁道："逆藩宸濠，已押解到此，好在与足下相遇，现拟将这副重担，卸与足下，望足下善为处置，才毕微忱。"张永道："先生大功，我岂不知，但不可直遂径行。有我在，断不使先生受屈，务请放心！"守仁乃将宸濠囚车，交付张永，乘夜渡浙江，绕道越境，还抵江西。

张永押解宸濠，即日就道，途次语家人道："王都御史赤心报国，乃张忠、许泰、江彬等，还欲害他，日后朝廷有事，将何以教忠？我总要替他保全呢。"庸中佼佼，还算张永。是时武宗已至南京，命张忠、许泰、刘晖等，率京军赴江西，再剿宸濠余党。军尚未发，永已驰到，入见武宗，备说守仁如何忠勤，且奏明忠、泰诸人伪状，武宗方才相信。江彬等再进谗言，一概不准。张忠又入奏道："守仁已至杭州，如何不来南京，谒见圣躬？就使陛下有旨召他，恐他也未必肯来。目无君上，跋扈可知。"谗入周极。武宗又遣使江西，促召守仁。又被他蛊惑了。守仁奉召，驰至龙江，将要入见。张忠复遣人截住，不使进谒。守仁愤甚，即脱下朝衣，着了巾绅野服，避入九华山去了。张永闻知此事，又入奏武宗道："守仁一召即来，中道被阻，今已弃官入山，愿为道士。国家有此忠臣，乃令他投闲置散，岂不可惜！"武宗乃驰谕守仁，即令还镇，授江西巡抚。擢知府伍文定为江西按察使，邢珣为江西布政司右参政，且令守仁再上捷书。

守仁乃改易前奏，言奉威武大将军方略，讨平叛逆，复将诸壁幸姓名，亦一一列入，说他调剂有功。江彬等方无后言。武宗遂于南京受俘，令在城外设一广场，竖着威武大将军旗纛，自与江彬等戎服出城。到了场中，饬令各军四面围住，方将宸濠放出，去了桎梏，令他兀立，亲自擂起鼓来，饬兵役再缚宸濠，然后奏凯入城。仿佛做猢狲戏。小子有诗咏道：

> 国事看同儿戏场，侈心太甚几成狂。
> 纵囚伐鼓夸威武，笑柄贻人足哄堂。

未知武宗何日回銮，且俟下回续表。

宸濠聚集媵从百官，联舟江上，不特上中二策，未能举行，即下策亦不能用，直无策而已矣。李士实谋取南京，尚从大处落手，而宸濠恋恋南昌，自投死路，娄妃初谏不从，至于投水殉难，宸濠有此谋士，有此贤妃，而执迷不悟，宜乎速毙。但李士实误投暗主，娄妃误嫁叛王，士实尚自取其咎，娄妃并非自取，乃承父母之命而来，夫也不良，竟遭惨死，吾不能不为之痛惜也。守仁亲建大功，几为宵小所构，酿成冤狱，幸有太监张永，为之斡旋，岂忠可格天，彼苍不忍没其功，乃出张永以调护之耶？吾谓守仁智足达权，其心固忠，其忠非愚，故尚得明哲保身，否则不为岳武穆、于少保也几希。

第五十四回　教场校射技擅穿杨
　　　　　　　古沼观渔险遭灭顶

却说武宗在南京受俘，本可即日回銮，但武宗南巡的本旨，实为着南朝金粉，羡慕已久，因此托词亲征，南来游幸，哪里肯指日回京？况路过扬州时，先由太监吴经，采选处女寡妇，供奉行在，武宗正乐得左拥右抱，图个尽欢；并生平最爱的刘娘娘，又载与俱南，体心贴意，般般周到，那时武宗安心行乐，还记得甚么京师。有时觉得闲暇，即带着数骑，出外打猎。尝猎扬州城西，留宿上方寺，甚是满意。嗣后成为习惯，屡出驰逐。亏得这位刘娘娘，爱主情深，婉言劝阻，每经武宗出游，往往轻装随去。算一个女监督。武宗也不忍拂意，但身旁带着刘妃，未便东驰西骤，只好往各处寺观，游憩了事。所赐幢幡锦绣，梵贝夹册，悉署威武大将军名号，及刘娘娘的姓氏，或竟写着刘夫人。江彬等扈跸南京，巴不得武宗留着，多一日好一日，他好蹧蹋妇女，凌辱官民。

太监张忠，安边伯许泰，因前旨未曾取消，竟率京军赴江西，沿途逗着威

第五十四回　教场校射技擅穿杨　古沼观渔险遭灭顶

风,任情勒索,且不必说,及到了南昌,与守仁相见,傲慢无礼。守仁却殷勤款待,备尽东道情谊,忠、泰毫不知感。还有给事中祝续,御史章纶,随军司事,望风附势,日与兵士等,造作蜚语,诬蔑守仁,由朝至暮,各呼守仁姓名,谩骂不绝。有时守仁出署,兵士等故意冲道,预备彼此争闹,可以乘隙启衅。守仁一味包容,非但置之不较,反且以礼相待。兵士无法,只好退去。守仁又密遣属吏,潜诫市人,令将所有妇女,暂徙乡间,免生事端。一面安排牛酒,犒赏京军。许泰闻信,先往阻止,并饬军士勿受。守仁乃遍张揭帖,略称北军远来,离乡作客,自有各种苦处,本省居民,以主待宾,务宜尽礼,如有狎侮等情,察出勿贷。居民本敬服守仁,看了揭帖,无不惟命是从,因此与北军相处,格外退让。守仁以柔道待人,确是良法,但亦由平日爱民,民皆奉命维谨,故不致惹祸。守仁每出,遇见北军长官,必停车慰问,亲切异常。北军有病,随时给药,北军病殁,厚给棺葬。看官!你想人非木石,遭此优待,宁有不知感激的道理?<small>插此数语,可见张忠、许泰不得齿列人类。</small>大众统相语道:"王都堂待我有恩,我等何忍犯他。"自此南昌城内,恰安静了许多。

　　会值冬至节日,居民新经丧乱,免不得祭奠亡魂,酹酒举哀。北军触景生悲,动了思家的念头,纷纷求归。张忠、许泰,概不准请,军士多出怨声,忠、泰佯若不闻,反欲往教场校阅。令出如山,谁敢不遵?先期这一日,由忠、泰赍书抚署,邀请守仁率军到场。守仁复书照允,越日昧爽,守仁带着江西军,先往教场候着。约阅片时,方见张忠、许泰,策马而来,后面随着的兵士,不下万人。守仁鞠躬相迎,忠、泰才下马答礼。三人步至座前,分了宾主,依次坐下。许泰开言道:"今日天高气爽,草软马肥,正是试演骑射的时候,所有南北将士,统是军国干城,现在叛乱初平,惩前毖后,应互相校射,以示扬激,这也是我辈带兵官,彼此应尽的职务。"言毕,呵呵大笑。守仁暗想,昨日书中,只称校阅京军,并未叙及南北校射,今日到了教场,骤提出校射二字,明明是乘我未备,有意刁难。且罢!我自有对待的方法,何必多忧,<small>忠、泰两人的暗计,借此叙出。</small>随即答道:"伯爵不忘武备,显见忠忱,但敝处所有精锐,统已遣派出去,分守要区,现今在城的兵弁,多半老弱,恐不堪一较呢。"张忠微哂道:"王都堂何必过谦,如逆藩宸濠,聚众十万,横行江湖,阁下调集劲旅,奉行天讨,闻捷书上面,报称宸濠起事,只有三十五日,便即荡平。这三十五日内,与宸濠交战,想不过十多日,若非兵精将勇,哪有这般迅速哩?"<small>三十五日平逆,亦借张忠口中补叙,惟张忠所言,看似誉扬,实多讽刺。</small>守仁道:"只全仗皇上的威灵,诸公的教导,守仁何力之有?"许泰道:"一誉一谦,谈至何时,虚言不如实验罢。"遂传令校射,军士已鹄候多时,闻了令,即在百步外张着靶子,先请江西军射箭。守仁道:"主不先宾,自然由京军先射呢。"京军闻言,当下选出善射的数十人，接连发矢，十箭内约中七八箭，铜鼓声冬冬不绝，张忠也连声喝采，自觉面上生光。许泰却笑着道："十得七八，总算有数箭未中，不能算做甚么精呢。"京军射毕，自然轮到江西军。江西军弓马生疏，不过十中四五，张忠不禁失笑道："强将手下无弱兵，为什么这般没用？"当面奚落。许泰道："有了强将，兵弱何妨？"守仁怡神色不变，便道："我原说不堪一较，两公休怪！"张忠又接口道："许公谓有了强将，兵不妨弱，想王都堂总有神技呢。"许泰道："王都堂能射箭么？"愈逼愈紧。守仁道："射法略知一二，惟素习文事，未娴武技，还祈两公原谅！"许泰道："既知射法，何妨试箭。"守仁道："班门之下，怎敢弄斧？"张忠道："有斧可弄，何畏班门？"两人一吹一唱，逼得守仁无词可答，遂奋身离座道："两公有命，敢不敬从，就此献丑便了。"言已，就走将下去，呼随从带马过来，当即一跃上马，先跑了一回蹚子，到了箭靶竖着，留神一瞧，然后返辔驰回，就众人发矢的位置，取了弓，拔了箭，不慌不忙，拈弓搭矢，左手如抱婴儿，右手如托泰山，喝一声着，那箭已放了出去，不偏不倚，正中红心。南北军士，齐声喝采，铜鼓声亦震得异响。一箭甫中，一箭复来，巧巧与第一支箭，并杆竖着，相距仅隔分毫。鼓声又震，喝采愈高。守仁跃下马来，拈着第三支箭，侧身续射，这一箭射去，正对准第二支箭杆，飕的一声，将第二支箭，送了出去，这箭正插入第二支箭原隙内。王公固擅绝技，文笔亦自不群。大众睹此奇异，没一个不踊跃欢呼，连鼓声都无人听见。守仁尚欲再射，不防背后有人掷着，急忙返顾，乃是安边伯许泰，便道："献丑了，献丑了。"许泰道："都堂神箭，不亚当年养由基，怪不得立平叛逆，我等已领教过了，就此歇手罢。"原来忠、泰两人，总道守仁是个文官，没甚武艺，可以借端嘲笑，谁知他竟有这般技射，这还不过出人意料；偏是守仁射中一箭，北军也同声喝采，声震远迩。于是张忠在座，密语许泰道："我军都输服他了，如何是好？"许泰闻言，即下座止住守仁，教他休射。守仁正好借此收场，遂撤队而归。守仁与忠、泰告别时，见两人面色，很是怏怏，不觉肚中暗笑。回署以后，过了一天，便闻忠、泰有班师消息，再阅一宵，果然两人同来辞行。守仁免不得设着盛筵，临歧饯别。总计忠、泰驻兵江西，共历五月有余，假肃清余孽为名，蟠据南昌，其实是叛党早歼，不劳再剿；北军并没有出城，只有忠、泰两人，捕风捉影，罗织平民，无辜株连，没收财产，人民受他荼毒，不知凡几。待至班师令下，相率归去，真是人心喜悦，如去芒刺，这且搁下不题。

且说武宗驻跸南京，游行自在，大有乐不思蜀的形景。江彬又乘机怂恿，劝武宗游幸苏州，下浙江，抵湖湘。武宗在京时，尝闻苏州多美女，杭州多佳景，正欲亲往一游，饱看景色，闻着彬言，适中下怀。自正德十四年冬季至南京，至十五年正月，尚未言归，反饬群臣议行郊礼。此时大学士梁储、蒋冕等，

第五十四回　教场校射技擅穿杨　古沼观渔险遭灭顶

亦随驾出行,接奉诏敕,谓郊礼一行,回銮无日,万不可依诏定议,乃极力谏阻。疏至三上,始得邀准。就是游幸苏、浙,倒也罢议,惟总不肯回銮。悠悠忽忽,过了半年,尚没有还京音信。但闻江彬倚势作威,驱役官民,如同走狗,成国公朱辅,因事忤彬,罚他长跪军门,才得了事。独魏国公徐鹏举,<small>徐达七世孙</small>。邀彬赴宴,中门不启,又不设座中堂,顿时惹动彬怒,大声问故。鹏举恰正襟拱手道:"从前高皇帝曾幸私第,入中门,坐中堂,此后便将中门封闭,中堂也同虚设,没人再敢僭用的。今蒙将军辱临,怎敢亵慢?但若破了故例,便与大逆相等,恐将军也不愿承受哩。"彬听了此言,明知鹏举有心为难,但是高皇帝三字,抬压出来,如何抵抗得过?只好变嗔作喜,自认无知,勉勉强强的饮了数杯,即行告别。还有南京兵部尚书乔宇,守正不阿,彬尝遣使索城门锁钥,宇独正言拒绝,大旨以门钥一项,关系甚大,从前列祖列宗的成制,只令守吏掌管,虽有诏敕,不敢奉命。彬闻报无法,只得罢休。有时彬矫旨需索,宇又必请面复始行。究竟伪难作真,臣难冒君,任你江彬如何摆布,也不免情虚畏罪,自愿取消。<small>直道事人也有好处</small>。宇又倡率九卿台谏,三次上章,请即回銮。武宗召彬与商,彬请下诏严谴,武宗踌躇道:"去年在京师时,加罪言官,未免太甚,今日何可再为,不如由他去罢。"彬乃嘿然。武宗只谕令各官,尽心治事,稍迟数日,便当回銮云云。各官接到此旨,没奈何再行恭候。过了一月,仍旧不见动静,惟行宫里面,屡有怪异传闻,或说有物如猪首,下坠御前,或说武宗寝室中,悬着人首,谣言百出,人情汹汹。大学士梁储语蒋冕道:"春去秋来,再不回銮,恐生他变。况且谣诼纷纭,多非佳兆,我辈身为大臣,怎忍坐视。"蒋冕道:"不如伏阙极谏,得请乃已。"梁储允诺,即于夜间缮疏,至次日,两人跪伏行宫外,捧着奏章,带哭带号,约历两三时,方有中官出来,把奏章取去。又阅一时,由中官传旨令退,两人叩首道:"未蒙准奏,不敢退去。"中官又入内代奏,武宗乃宣谕还京,两人方起身退出,即令扈从人等,筹备还跸事宜。又越数日,诸事都已备妥,申请启跸。武宗还想延挨,忽闻宸濠在狱,有谋变消息,乃起程北归。

是夕武宗亲祭龙江,驻跸仪征,次日至瓜州地面,大雨时行,暂就民家避雨。待雨过天霁,乃从瓜州渡江,临幸金山,遥望长江一带,气象万千,很觉快慰。隔了一日,登舟南渡,幸故大学士杨一清私第,饮酒赋诗,载赓迭和,又流连了两三日。一清从容婉谏,请武宗速回京师。武宗才离了杨宅,向扬州进发。到了宝应地界,有一巨浸,名叫泛光湖,武宗见湖光如镜,游鱼可数,不禁大喜道:"好一个捕鱼的地方。"遂传旨停舟。扬州知府蒋瑶,正来接驾,武宗即命备办网罟等物。蒋瑶不敢违慢,即日照办,呈交御船。偏偏太监邱得,有意索贿,一味挑剔,甚至召责蒋瑶,把他锁系起来。蒋瑶无奈,只好挽人疏通,奉了厚赂,方得销差脱罪。清官碰着贪竖,还有何幸。武宗命宫人侍从等,抛网湖心,得鱼较多的有赏,得鱼过少的则罚。大家划着坐船,分头下网,武宗开舱坐观,但见三三五五,揽网取鱼,不觉心旷神怡,流连忘倦,约历半日,各舟方摇荡过来,纷纷献鱼。武宗按着多寡,颁了赏赐,大众拜谢,乃下令罢渔。嗣见进献的鱼中,有一鱼长可数尺,暴睛巨口,比众不同,随即戏说道:"这鱼大而且奇,足值五百金。"江彬在侧,正恨蒋瑶未奉例规,此例安在？邱得已经妄索,江彬又要寻隙,正是好官难为。即启奏道:"泛光湖得来巨鱼,应卖与地方有司。"武宗准奏,着将巨鱼送与蒋瑶,守取价值复命。弄假成真,无非儿戏。过了一时,蒋瑶亲来见驾,叩首已毕,即从怀中取出簪珥等物,双手捧呈道:"臣奉命守郡,不敢妄动库银,搜括臣家所有,只有臣妻佩带首饰,还可上应君命,充做银钱,此外实属无着,只得束身待罪。"武宗笑道:"朕要此物做甚么,适才所说,亦不过物归原主,应给赏银。你既没有余资,便作罢论。你所携来各物,仍赏与你妻去罢!"蒋瑶叩谢。可见武宗并非残虐,不过逢场作戏,喜怒任情而已,所有不法行为,俱为宵小导坏。武宗又道:"闻此地有一琼花观,究竟花状如何?"蒋瑶顿首道:"从前隋炀帝时,尝到此赏玩琼花,至宋室南渡,此花憔悴而死,今已绝种了。"武宗怏怏道:"既无琼花,可有另外的土产么?"蒋瑶道:"扬州虽号繁华,异产却是有限。"武宗道:"苎麻白布,不是扬州特产吗?"蒋瑶不敢多言,只好叩头道:"臣领命了。"武宗命退,瑶即返署,备办细布五百匹,奉作贡物,比较鱼价如何。武宗方下旨开船。

从扬州行抵清江浦,重幸太监张阳家,设宴张灯,征歌选色,君臣共乐,接连三日。武宗问张阳道:"朕过泛光湖,观鱼自适,颇足快意,清江浦是著名水乡,谅亦有湖沼大泽,足以取鱼。"张阳奏对道:"此间有一积水池,是汇集涧溪各流,水势甚深,鱼族繁衍,或者可以布网呢。"武宗喜道:"你可先去预备网罟,朕择明日观渔。"张阳领旨,即去办就。到第二日,武宗带着侍从,即往积水池滨,瞧将过去,层山百叠,古木千章,环抱一沼,颇似洞壑清幽,别具一种雅致。武宗语张阳道:"这池占地不多,颇觉幽静,但欲取鱼,不能驾驶大船,只好用着渔舟呢。"张阳道:"池中本有小舟,可以取用。"武宗道:"在哪里?"张阳道:"多泊在外面芦苇中。"武宗道:"知道了。"当下舍陆登舟,行不一里,果见两岸蒙茸,泊有渔船。武宗命侍从等,各驾小舟,四散捕鱼。武宗瞧了一会,不觉兴发,也拟改乘渔船,亲自捕鱼。张阳道:"圣上不便亲狎波涛。"武宗道:"怕甚么?"遂仗着威武,跃登小舟,有太监四名,随着下船。二太监划桨,二太监布网,渐渐的荡入中流。那水中适有白鱼一尾,银鳞灿烂,晔晔生光,武宗道:"这鱼可爱,何不捕了它去?"二太监领命张网,偏偏这鱼儿刁滑得很,不肯投网,网到东,鱼过西,网到西,鱼过东,网来网去,总不能取。武宗懊恨起来，竟从舟中取出鱼叉，亲自试投，不防用力太猛，船势一侧，扑咚扑咚数声，都跌落水中去了。小子有诗咏道：

    千金之子不垂堂，况复宸躬系万方。
    失足几成千古恨，观鱼祸更甚如棠。

未知武宗性命如何，且至下回续详。

  有文事者必有武备，孔子所谓我战必克是也。王守仁甫立大功，即遭疑谤，幸能通变达机，方得免咎。至忠、泰校射，独令试技，夫身为大将，宁必亲执弓刀，与人角逐，诸葛公羽扇纶巾，羊叔子轻裘缓带，后世且盛称之，何疑于守仁？然此可为知者言，难与俗人道也。迨迭发三矢，无不中鹄，宵小庶无所借口矣，此文事武备之所以不容偏废也。武宗任情游幸，偏爱渔猎，泛光湖观鱼，尚嫌未足，积水池捕鱼，且欲亲试，岂得鱼数尾，便足为威武大将军耶？未懔冯河之戒，几占灭顶之凶，假令无王守仁之先平叛逆，而欲借张忠、许泰辈随驾亲征，其不蹈建文之覆辙者鲜矣。然则武宗不覆于鄱阳湖，仅溺于积水池，受惊成疾，返殂豹房，其犹为幸事乎。

第五十五回　返豹房武宗晏驾　祭兽吻江彬遭囚

  却说武宗坠入水中，险些儿被水淹死，幸亏操舟的两太监，曾在京内太液池中，习惯泅水，虽遭覆溺，毫不畏惧，亟游近武宗身旁，将武宗手脚握住，推出水面。各舟闻警齐集，才将武宗掼入舟中，还有两太监入水，用力挣扎，也经旁人救起。惟武宗生平，并未经过游泳，并且日日纵欲，元气甚亏，寒秋天气，又是凛冽，所以身虽遇救，已是鼻息细微，人事不省了。威武大将军，乃不堪一溺么？那时御舟中曾带着御医，赶紧用着方法，极力施救，武宗才把池水吐出，渐渐苏醒，只元气总难挽回，龙体从此乏力。大学士杨廷和等，请速还京，武宗也觉倦游，遂传旨速归。轻舟荡漾，日行百里，不数日即抵通州，随召各大臣集议，处置宸濠。杨廷和等上言，请如宣宗处高煦故例，御殿受俘，然后议刑。独江彬谓应即诛逆，免滋他患。武宗正恐宸濠为变，北还时，每令濠舟与御舟，衔尾行驶，以防不测。至是用江彬言，遽令宸濠自尽。濠死后乃令燔尸，越三日，始还京师，大耀军容，首逆已死，耀军何为？辇道东西，列着许多兵士，盔甲森严，戈铤并耀，各逆党一并牵至，令他两旁跪着。尚书陆完，都督钱宁，统因逆案牵连，做了矮人，大家褪去上身衣服，赤条条的反缚两手，背上悬揭白帜，大书姓名罪状。还有逆党眷属，不问男妇长幼，都是裸体反接，挨次跪着。妇女裸体露出白肉，却是好看。武宗戎装跨马，立正阳门下，阅视良久，才将附逆著名的奸党，饬令正法，悬首竿上，延长数里，余犯仍回系狱中，武宗方策马入内，还憩豹房。后来钱宁伏法，陆完谪戍，只太监萧敬，独运动张忠，愿出二万金，买了一个性命。钱可通灵。余党多瘐毙狱中，不消细说。

武宗以亲征凯旋，复降特旨，令定国公徐光祚，驸马都尉蔡震，武定侯郭勋，祭告宗庙社稷。越数日，又补行郊祀大典。武宗只好亲自主祭，驾至天坛，循例行礼，初次献爵，由武宗跪拜下去，不觉心悸目晕，支撑不住，侍臣连忙扶掖，半晌方起，哇的一声，吐出一口鲜血，自觉腥秽难当，浑身发颤，再也不能成礼了。当下委着王公，草草毕祭，自己乘着安舆，返入大内。转眼间已是残年，爆竹一声除旧，桃符万户更新，武宗因病体未痊，饬免朝贺。一病数月，又届季春，月朔适遇日蚀，阴霾四塞，都人士料为不祥，惟江彬等越加骄恣，竟矫传上旨，改西官厅为威武团营，自称兵马提督，所领边卒，也是狐假虎威，桀骜愈甚。都下汹惧，不知所为。武宗卧病豹房，憏然罔觉，经御医尽心调治，日进参苓，终不见效。真元耗损，还有何救？司礼监魏彬，密询御医，统已摇首，乃走至内阁，语大学士杨廷和道："皇上不豫，医力已穷，不如悬赏巨金，求诸草泽。"廷和闻着，知他言中有意，是何意思？请看官一猜。沉吟一会，方启口道："御医久侍圣躬，必多经验，譬如人生伦序，先亲后疏，亲近的人，关系痛痒，自然密切，疏远的人，万不能及。据我想来，总须亲近的人，靠得住呢。"哑谜中已表大旨。魏彬唯唯而去。过了两日，武宗病愈沉重，自知不起，从昏昏沉沉中，偶然醒来，开眼一瞧，见太监陈敬、苏进两人，侍着左右，便与语道："朕疾至此，已不可救了，可将朕意传达太后，此后国事，当请太后宣谕阁臣，妥为商议便了。"言至此，气不相续，喘息良久，复太息道："从前政事，都由朕一人所误，与你等无涉，但愿你等日后谨慎，毋得妄为！"武宗已知自误，则此次顾命，应即召大臣入嘱，何为仅及中官？况逢恶长非，全出若辈，乃云与他无涉，可见武宗至死，尚是未悟。陈敬、苏进，齐声遵旨，俟武宗安睡后，才去通报张太后。待张太后到了豹房，武宗已不能言，惟眼睁睁的瞧着太后，滴下几点泪珠儿。太后尚含泪慰问，谁知他两眼一翻，双脚挺直，竟自归天去了，寿仅三十一岁。笔下俱含刺意。

太后亟召杨廷和等至豹房，商议立储事宜。廷和请屏去左右，方密禀太后道："江彬不臣，势将谋变，若闻皇上晏驾，必且迎立外藩，挟主兴兵，为祸不浅。请太后先事预防呢！"太后道："如此奈何？"廷和道："现只有秘不发丧，先定大计。此处耳目甚近，不如还至大内，好作计较。"太后闻言，也不及悲恸,即刻乘辇还宫。廷和随入宫中,略行筹议,便即赴阁。太监谷大用及张永,亦入阁探信。廷和道:"皇上大渐,应立皇储。"张永道:"这是目前最要的事情。"廷和即袖出祖训,宣示诸人道:"兄终弟及,祖训昭然。兴献王长子,系宪宗孙,孝宗从子,皇帝从弟,按照次序,当然继立。"梁储、蒋冕、毛纪等,齐声赞成道:"所言甚是,就这般办罢!"张永、谷大用,亦无异言,乃令中官入启太后。廷和等至左顺门,排班候旨。忽见吏部尚书王琼,率九卿入左掖门,厉声道:"立储岂是小事?我为九卿长,乃不使与闻么?"廷和等也无暇与辩,琼亦自觉没趣,正懊怅间,中官已传宣遗诏,及太后懿旨,颁诏群臣。遗诏有云:

朕绍承祖宗丕业,十有六年,有辜先帝付托,惟在继统得人,宗社生民有赖。皇考孝宗敬皇帝亲弟兴献王长子厚熜,聪明仁孝,德器夙成,伦序当立。遵奉祖训兄终弟及之文,请于皇太后与内外文武群臣,合谋同辞,即日遣官迎取来京,嗣皇帝位,恭膺大统。

群臣览此遗诏,方知武宗已经宾天,大家都相惊失色。只因遗诏已下,帝统有归,即欲辩论,也是无益,乐得含忍过去。吏部尚书王琼,也只好一言不发,随进随退罢了。还算见机。廷和等返入内阁,一面请命太后,遣谷大用、张永等,往豹房奉移梓宫,入殡大内,一面议遣官迎兴世子入都。明朝故例,奉迎嗣主,必须由中贵勋戚,及内阁一人偕行。勋戚派定寿宁侯张鹤龄,及驸马都尉崔光,中官派定谷大用、张锦,部臣派定礼部尚书毛澄,惟所有阁员,除廷和外,要算梁储、蒋冕二人,资望最优。廷和方握政权,无暇出使,蒋冕是廷和帮手,若遣他出去,转令廷和势孤。廷和暗中属意梁储,只怕他年老惮行,默默的想了一会,方顾着梁储道:"奉迎新主,例须派一阁员,公本齿德兼尊,应当此任,但恐年高道远,未便首途呢。"故意反激。储奋然道:"国家最大的政事,莫如迎主,我虽年老,怎敢惮行呢?"廷和大喜,遂遣发各人去讫。

是时国中无主,全仗廷和一人主持。廷和复入白太后,请改革弊政。太后一一照允,遂托称遗旨,罢威武团练诸营,所有入卫的边兵,概给重资遣归,黜放豹房番僧,及教坊司乐人;遣还四方所献妇女;停不急工役;收宣府行宫金宝,悉归内库。还有京城内外皇店,一并撤销。原来武宗在日,曾令中官开设酒食番肆,称为皇店,店中借酒食为名,罗列市戏妓歌,及斗鸡逐犬等类,非常热闹。武宗时往店中游冶,至必微服,醉或留髡。中官且藉店纳贿,官民为之侧目。补笔不漏。至是统令停罢,中外大悦。

独有一个倔强骜悍,睥睨宫闱的贼臣,闻了此事,甚是不乐,看官不必细问,便可知是提督兵马的江彬。彬自改组团营,日在外面办事,无暇入宫,就是武宗晏驾,他也尚未得闻,忽奉饬罢团营,及遣归边卒的遗诏,不禁动色道:

"皇上已宾天么？一班混账大臣，瞒得我好紧哩。"这正所谓晓得迟了。适都督李琮在侧，便进言道："宫廷如此秘密，疑我可知。为总戎计，不如速图大事，幸而成功，富贵无比，万一不成，亦可北走塞外。"为江彬计，确是引此策最佳。彬犹豫未决，即邀许泰商议。泰亦颇费踌躇，徐徐答道："杨廷和等敢罢团营，敢遣边卒，想必严行预备，有恃无恐，提督还应慎重为妙。"有此一言，江彬死了。彬答道："我不作此想，但未知内阁诸人，究怀何意？"许泰道："且待我去一探，何如？"彬乃点首。

泰即与彬别，驱马疾驰，直抵内阁，巧巧遇着杨廷和。廷和毫不慌忙，和颜与语道："许伯爵来此甚好，我等因大行皇帝，仓猝晏驾，正在头绪纷繁，欲邀诸公入内，协同办事，偏是遗诏上面，罢团营，遣边兵，种种事件，均仗公与江提督，妥为着叠，所以一时不敢奉请呢。"许泰道："江提督正为此事，令兄弟前来探问，究系军国重事，如何裁夺？"廷和道："奉太后旨，已去迎立兴世子了。来往尚需时日，现在国务倥偬，全无把握，请伯爵往报江公，可能一同偕来，商决机宜，尤为欢迎。"罢兵事归诸遗诏，立储事归诸太后，自己脱然无累，免得许泰多疑。许泰欣然允诺，告别而去。着了道儿。廷和料他中计，即招司礼监魏彬，及太监张永、温祥，共入密室，促膝谈心。事事靠着中官，可见阉人势力，实是不小。廷和先开口语彬道："前日非公谈及，几误大事。现已嗣统有人，可免公虑。但尚有大患未弭，为之奈何？"魏彬道："说了御医，便谈伦序，可见我公亦事事关心。"借魏彬口中，补出前次哑谜，文可简省，意不渗漏。今日所说的大患，莫非指着水木旁么？"仍用半明半暗之笔。廷和尚未及答，张永接口道："何不速诛此獠？"快人快语。廷和道："逆瑾伏法，计出张公，今又要仰仗大力了。"张永微笑。廷和又将许泰问答一节，详述一遍，复与张永附耳道："这般这般，可好么？"又用虚写法。永点首称善，转告魏彬、温祥，两人俱拍手赞成。计议已定，当即别去。魏彬遂入启太后，禀报密谋，太后自然允议。

过了一日，江彬带着卫士，跨马前来，拟入大内哭临。魏彬先已候着，即语彬道："且慢！坤宁宫正届落成，拟安置屋上兽吻，昨奉太后意旨，简派大员及工部致祭，我公适来，岂不凑巧么？"江彬闻着，很是欢喜，便道："太后见委，敢不遵行。"魏彬入内一转，即赍奉懿旨出来，令提督江彬及工部尚书李鐩，恭行祭典等语。江彬应命，改着吉服，入宫与祭。祭毕退出，偏遇着太监张永，定要留他宴饮。都是狭路相逢的冤鬼。江彬不便固辞，随了他去。即在张永的办事室内，入座飞觞。想是饯他死别。才饮数巡，忽报太后又有旨到，着即逮彬下狱。彬掷去酒杯，推案即起，大踏步跑了出去，驰至西安门，门已下钥，慌忙转身北行，将近北安门，望见城门未闭，心下稍宽，正拟穿城出去，前面忽阻着门官，大声道："有旨留提督，不得擅行。"彬叱道："今日何从得旨！"

第五十五回　返豹房武宗晏驾　祭兽吻江彬遭囚

一语未了,守城兵已一齐拥上,将他掀翻,紧紧缚住。彬尚任情谩骂,众兵也不与多较,只拔他胡须出气。彬骂一声,须被拔落一两根,彬骂两声,须被拔落三五根,待彬已骂毕,须也所剩无几了。倒是个新法儿。彬被执下狱,许泰亦惘惘到来,刚被缇骑拿住,也牵入狱中。还有太监张忠,及都督李琮等,亦一并缚到,与江彬亲亲昵昵,同住囹圄。一面饬锦衣卫查抄彬家,共得金七十柜,银二千二百柜,金银珠玉,珍宝首饰,不可胜计。又有内外奏疏百余本,统是被他隐匿,私藏家中。刑部按罪定谳,拟置极刑,只因嗣皇未到,暂将此案悬搁,留他多活几天。既而兴世子到京,入正大位,乃将谳案入奏,当即批准,由狱中牵出江彬,如法捆绑,押赴市曹,凌迟处死。李琮为江彬心腹,同样受刑。钱宁本拘系诏狱,至是因两罪并发,一同磔死。又有写亦虎仙,亦坐此伏诛。惟张忠、许泰,待狱未决,后来竟夤缘贵近,减死充边,这也是未免失刑呢。了结江彬党案。

闲话休表,且说杨廷和总摄朝纲,约过一月有余,每日探听迎驾消息,嗣接谍报,嗣皇已到郊外了,廷和即令礼官具仪。礼部员外郎杨应奎,参酌仪注,请嗣皇由东安门入,居文华殿,择日即位,一切如皇太子嗣位故例。当由廷和察阅,大致无讹,遂遣礼官赍送出郊,呈献嗣皇。兴世子看了礼单,心中不悦,顾着长史袁崇皋说道:"大行皇帝遗诏,令我嗣皇帝位,并不是来做皇子的,所拟典礼未合,应行另议。"礼官返报廷和,廷和禀白太后,由太后特旨,令群臣出郊恭迎,上笺劝进。兴世子乃御行殿受笺,由大明门直入文华殿,先遣百官告祭宗庙社稷,次谒大行皇帝几筵,朝见皇太后。午牌将近,御奉天殿,即皇帝位,群臣舞蹈如仪。当下颁布诏书,称奉皇兄遗命,入奉宗祧,以明年为嘉靖元年,大赦天下,是谓世宗。越三日,遣使奉迎母妃蒋氏于安陆州,又越三日,命礼臣集议崇祀兴献王典礼,于是群喙争鸣,异议纷起,又惹起一场口舌来了。正是:

　　　　多言适启纷争渐,贡媚又来佞幸臣。

欲知争论的原因,且从下回详叙。

　　武宗在位十六年,所行政事,非皆暴虐无道,误在自用自专,以致媚子谐臣,乘隙而入,借巡阅以便游幸,好酒色以致荒亡,至于元气孱弱,不克永年,豹房大渐之时,尚谓误出联躬,与群小无涉,何始终不悟至此?或者因中涓失恃,恐廷臣讦其前罪,矫传此命,亦未可知,然卧病数月,自知不起,尚未禀白母后,议立皇储,置国家大事于不问,而谓甚自悟祸源,吾不信也。若夫江彬所为,亦不得与董卓、禄山相比,不过上仗主宠,下剥民财,逞权威,斥忠直,暴庋恣睢已耳。迨罢团营而营兵固安然,遣边卒而边卒又安然,未闻哗噪都中,谋为陈桥故事,然则彬固一庸碌材也。杨廷和总揽朝纲,犹必谋诸内侍,方得诛彬,内侍之势力如此,奚怪有明一代,与内侍同存亡乎？观于此而不禁三叹云。

第五十六回　议典礼廷臣聚讼　　建斋醮方士盈坛

却说世宗即位,才过六日,便诏议崇祀兴献王,及应上尊号。兴献王名祐杬,系宪宗次子,孝宗时就封湖北安陆州。正德二年秋,世宗生兴邸,相传为黄河清,庆云现,瑞应休征,不一而足。恐是史臣铺张语,不然,世宗并无令德,何得有此瑞征？至正德十四年,兴献王薨,世宗时为世子,摄理国事,三年服阕,受命袭封。至朝使到了安陆,迎立为君,世子出城迎诏,入承运殿开读毕,乃至兴献王园寝辞行,并就生母蒋妃前拜别。蒋妃呜咽道:"我儿此行,入承大统,凡事须当谨慎,切勿妄言！"世子唯唯受教。临行时,命从官骆安等驰谕疆吏,所有经过地方,概绝馈献,行殿供帐,亦不得过奢。至入都即位,除照例大赦外,并将正德间冒功鬻爵,监织榷税诸弊政,尽行革除。所斥锦衣内监旗校工役等,不下十万人。京都内外,统称新主神圣,并颂杨廷和定策迎立的大功。世宗遣使迎母妃,并起用故大学士费宏,授职少保,入辅朝政,朝右并无异议。只尊祀兴献王一节,颇费裁酌。礼部尚书毛澄,因事关重大,即至内阁中,向杨廷和就教。廷和道:"足下不闻汉定陶王、宋濮王故事么？现成证据,何妨援引。"毛澄诺诺连声,立刻趋出,即大会公卿台谏诸官,共六十余人,联名上议道:

窃闻汉成帝立定陶王为嗣,而以楚王孙景后定陶,承其王祀,师丹称为得礼。今上入继大统,宜以益王子崇仁,益王名祐槟,宪宗第六子。主后兴国,其崇号则袭宋英宗故事,以孝宗为考,兴献王及妃为皇叔父母,祭告上笺,称侄署名,而令崇仁考兴献,叔益王,则正统私亲,恩礼兼尽,可为万世法矣。

议上,世宗瞧着,勃然变色道:"父母名称,可这般互易么？"言已,即令原议却下,着令再议。时梁储已告老归里,惟蒋冕、毛纪,就职如故,与大学士杨廷和坚持前议。重复上疏,大旨:"以前代君主,入继宗祧,追崇所生,诸多未合。惟宋儒程颐,议尊濮王典礼,以为人后者谓之子,所有本生父母,应与伯叔并视，此言最为正当。且兴献祀事，今虽以益王子崇仁为主，他日仍以皇次子为兴国后，改令崇仁为亲藩。庶几天理人情，两不相悖了。"世宗览到此疏，仍是不怿，再命群臣博考典礼，务求至当。杨廷和等复上封章，谓："三代以前，圣莫如舜，未闻追崇瞽瞍。三代以下，贤莫如汉光武，未闻追崇所生南顿君。惟陛下取法圣贤，无累大德。"这疏竟留中不报。毛澄等六七十人，又奏称："大行皇帝，以神器授陛下，本与世及无殊。不过昭穆相当，未得称世。若孝庙以上，高曾祖一致从固，岂容异议？兴献王虽有罔极深恩，总不能因私废公，务请陛下顾全大义！"世宗仍然不纳。惟追上大行皇帝庙号，称作武宗，把崇祀濮王典礼，暂且搁起。适进士张璁，入京观政，欲迎合上旨，独自上疏道：

朝议谓皇上入嗣大宗，宜称孝宗皇帝为皇考，改称兴献王为皇叔父，王妃为皇叔母者，不过拘执汉定陶王、宋濮王故事耳。夫汉哀宋英，皆预立为皇嗣，而养之于宫中，是明为人后者也。故师丹、司马光之论，施于彼一时犹可。今武宗皇帝，已嗣孝宗十有六年，比于崩殂，而廷臣遵祖训，奉遗诏，迎取皇上入继大统，遗诏直曰兴献王长子，伦序当立，初未尝明著为孝宗后，比之预立为嗣，养之宫中者，较然不同。夫兴献王往矣，称之为皇叔父，鬼神固不能无疑也。今圣母之迎也，称皇叔母，则当以君臣礼见，恐子无臣母之义。礼长子不得为人后，况兴献王惟生皇上一人，利天下而为人后，恐子无自绝父母之义。故皇上为继统武宗而得尊崇其亲则可，谓嗣孝宗以自绝其亲则不可。或以大统不可绝为说者，则将继孝宗乎？继武宗乎？夫统与嗣不同，非必父死子立也。汉文帝承惠帝之后，则弟继，宣帝承昭帝之后，则以兄孙继，若必强夺此父子之亲，建彼父子之号，然后谓之继统，则古当有称高伯祖皇伯考者，皆不得谓之统矣。臣窃谓今日之礼，宜别为兴献王立庙京师。使得隆尊亲之孝，且使母以子贵，尊与父同，则兴献王不失其为父，圣母不失其为母矣。

世宗览到此疏，不禁心喜道："此论一出，我父子得恩义两全了。"即命司礼监携着原疏，示谕阁臣道："此议实遵祖训，拘古礼，尔等休得误朕！"杨廷和将原疏一瞧，便道："新进书生，晓得甚么大体！"言已，即将原疏封还。司礼监仍然持入，还报世宗。世宗即御文华殿，召杨廷和、蒋冕、毛纪入谕道："至亲莫若父母，卿等所言，虽有见地，但朕把罔极深恩，毫不报答，如何为子？如何为君？今拟尊父为兴献皇帝，母为兴献皇后，祖母为康寿皇太后，卿等应曲体朕意，毋使朕为不孝罪人呢！"区区尊谥，未必果为大孝。廷和等不以为然，但奉召入殿，不便当面争执，只好默默而退。待退朝后，复由三阁臣会议，再拟定一篇奏疏，呈入上览，略云：

皇上圣孝,出于天性,臣等虽愚,夫岂不知。礼谓所后者为父母,而以其所生者为伯叔父母,盖不惟降其服而又异其名也。臣等不敢阿谀将顺,谨再直言渎陈!

疏入不报。给事中朱鸣阳、史于光,及御史王瀠、卢琼等,又交章劾璁,其词云:

臣等闻兴献王尊号,未蒙圣裁,大小之臣,皆疑陛下垂省张璁之说耳。陛下以兴献王长子,不得已入承大统,虽拘长子不得为人后之说,璁乃谓统嗣不同,岂得谓会通之宜乎?又欲别庙兴献王于京师,此大不可。昔鲁桓僖宫灾,孔子在陈闻火,曰其桓僖乎?以非正也。如庙兴献王于京师,在今日则有朱熹两庙争较之嫌,在他日则有鲁僖跻闵之失,乞将张璁斥罚,以杜邪言,以维礼教,则不胜幸甚!

各疏次第奏入,世宗一味固执,始终不从。嗣兴献王妃蒋氏,已到通州,闻朝议欲考孝宗,不禁愤恚道:"是我亲生的儿子,奈何谓他人父?谓他人母?"妇人尤觉器小。并谕朝使道:"尔等受职为官,父母等犹承宠诰,我子为帝,兴献王的尊称,至今未定,我还到京去做什么?"说至此,竟呜呜咽咽的哭将起来。描摹尽致。朝使等奉命恭迎,瞧着这般形状,反致踯躅不安,只好入报世宗。世宗闻报,涕泣不止,入禀张太后,情愿避位归藩,奉母终养。也会做作。张太后一面慰留,一面饬阁臣妥议,杨廷和无可奈何,始代为草敕,略言"朕奉圣母慈寿皇太后懿旨,慈寿皇太后即张太后,武宗五年,以寘鐇平定,上太后尊号曰慈寿。以朕缵承大统,本生父兴献王宜称兴献帝,母宜称兴献后。宪庙贵妃邵氏称皇太后,即兴献王母。仰承慈命,不敢固违"云云。在廷和的意思,以为这次礼议,未合古训,只因上意难违,不得已借母后为词,搪塞过去,显见得阁臣礼部,都是守正不阿,免得后人訾议了。谁知张璁得步进步,又上《大礼或问》一书,且谓:"议礼立制,权出天子,应奋独断,揭父子大伦,明告中外。"于是世宗又复心动。适值礼官上迎母礼仪,谓宜从东安门入,世宗不待瞧毕,即将原议掷还。礼官再行具议,改从大明东门,世宗意仍未怿,竟奋笔批示道:"圣母至京!应从中门入,谒见太庙。"总算乾纲奋断。这批示颁将下来,朝议又是哗然。朝臣也徒知聚讼。大众都说:"妇人无入庙礼。太庙尊严,更非妇人所宜入。"那时张璁又来辩论道:"天子虽尊,岂可无母?难道可从偏门出入么?古礼妇三日庙见,何尝无谒庙礼。九庙祭祀,后亦与祭,怎得谓太庙不宜入呢?"张璁之议,虽是拘泥,然廷议更属不通,无怪为张璁所扼。世宗又饬锦衣卫安排仪仗,出迎圣母。礼部上言,请用王妃仪仗,世宗不听,乃备齐全副銮驾,迎母自中门入都,谒见太庙。杨廷和以璁多异议,心甚怏怏,遂授意吏部,出

第五十六回　议典礼廷臣聚讼　建斋醮方士盈坛

除南京主事。璁虽南去,世宗已先入璁言,复颁下手诏,拟于兴献帝后,加一皇字。杨廷和等复上疏谏阻,世宗概置不理。巧值嘉靖元年正月,清宁宫后殿被火,廷和等趁这机会,奏称:"宫殿被灾,恐因兴献帝后加称,未安列圣神灵,特此示儆"云云。给事中邓继曾,亦上言:"天有五行,火实主礼,人有五事,火实主言。名不正即言不顺,言不顺即礼不兴,所以有此火灾。"恐怕未必。世宗颇为感惧,乃勉徇众请,称孝宗为皇考。慈寿皇太后为圣母,兴献帝后为本生父母,暂将皇字搁起。称孝宗帝后为继父母,称兴献帝后为本生父母,两言可决,于义最协,聚讼何为乎?

过了两月,因世宗册后陈氏,特上两宫尊号,称慈寿皇太后为昭圣慈寿皇太后,武宗皇后为庄肃皇后,皇太后邵氏为寿安皇太后,兴献后为兴国太后,萱荫同春,夭桃启化,好算是两宫合德,一室太和。老天无意做人美,偏偏寿安皇太后邵氏,生起病来,医药无效,竟尔崩逝。这位邵太后本宪宗贵妃,为兴献王母,兴王就藩,母妃例不得行,仍住宫中。所以不必奉迎。及世宗入继大统,邵年已老,双目失明,喜孙为帝,摸世宗身,自顶至踵,欢笑不绝。至是得病归天,世宗仍欲祔葬茂陵,即宪宗墓。屡下廷议,礼官不敢固争。杨廷和等上疏,只托言:"祖陵久閟,不应屡兴工作,惊动神灵。"世宗不纳,决意祔葬,只别祀奉慈殿罢了。礼部尚书毛澄,以议礼未协,忧患成疾,抗疏乞休,至五六次,未邀允准。既而疾甚,又复申请,乃准奏令归。澄匆匆就道,舟至兴济,竟致谢世。先是澄在部时,申议大礼,世宗尝遣中官谕意。澄奋然道:"老臣虽是昏耄,要不能隳弃古礼,只有归去一法,概不与闻便了。"以道事君,不合则去,毛澄有焉。惟世宗颇器重毛澄,虽再三忤旨,恩礼不衰。及闻澄病殁道中,犹加惋悼,赠为少傅,谥曰文简,这且休表。

且说世宗改元以后,除廷议大礼,纷纷争论外,甘肃、河南、山东数省,亦迭有乱警。甘肃巡抚许铭,与总兵官李隆不睦,隆唆部兵殴杀许铭,居然作乱。世宗起用陈九畴为金都御史,巡抚甘肃,按验铭事,诛隆及叛党数人,才得平靖。河南、山东的乱事,系由青州矿盗王堂等,流劫东昌、兖州、济南,杀指挥杨浩。有旨限山东将吏,即日荡平,将吏等恐遭严谴,分道逐贼,贼不便屯聚,流入河南。嗣经提督军务右都御史俞谏,调集两畿、山东、河南各军,悉力围剿,方把流贼一律扫除。录此两事,以昭事实,否则嘉靖初年,岂竟除议礼外,无他事耶?

嘉靖二年夏季,西北大旱,秋季南畿大水,世宗未免忧惧。太监崔文,奏称修醮可以禳祸,乃召见方士邵元节等,在宫中设立醮坛,日夕不绝。香花灯烛,时时降召真仙,锣钹幢幡,处处宣扬法号。又拣年轻内监二十人,改服道装,学诵经忏等事,所有乾清宫、坤宁宫、西天厂、西番厂、汉经厂、五花宫、西暖阁、东次阁等，次第建醮，几将九天阊阖，变作修真道院。大学士杨廷和代表阁臣，吏部尚书乔宇代表部臣，俱请斥远僧道，停罢斋醮。给事中刘最，又劾崔文引进左道，虚糜国帑诸罪状，乞置重典。世宗非但不从，且谪最为广德州判官，作为惩一儆百的令典。杨廷和、乔宇等，只好睁着双眼，由他醮祀。最被谪出京，崔文犹憾最不已，嗾使私人芮景贤，诬奏一本，内称刘最在途，仍用给事中旧衔，擅乘巨舫，苛待夫役，顿时激动帝怒，立将最逮还京师，拘系狱中，已而革职充戍。世宗之刚愎自用，于此益见。给事中郑一鹏，目击时弊，心存救国，因抗疏力谏道：

> 臣巡光禄，见正德十六年以来，宫中自常膳外，鲜有所取。迩者祷祀繁兴，制用渐广，乾清、坤宁诸宫，各建斋醮，西天、西番、汉经诸厂，至于五花宫、西暖阁、东次阁，亦各有之。或日夜不绝，或间日一举，或一日再举，经筵俱虚设而无所用矣。伤太平之业，失天下之望，莫此为甚。臣谓挟此术者，必皆魏彬、张锐之余党，曩以欺先帝，使生民涂炭，海内虚耗，先帝已误，陛下岂容再误？陛下急诛之远之可也。伏愿改西天厂为宝训厂，以贮祖宗御制诸书，西番厂为古训厂，以贮五经子史诸书，汉经厂为听纳厂，以贮诸臣奏疏，选内臣谨畏者，司其管钥。陛下经筵之暇，游息其中，则寿何至不若尧舜？治何至不若唐虞乎？臣虽愚钝，千虑不无一得，敢乞陛下立停斋祀，放归方士，如有灾祸，由臣身当之。谨此具奏！

世宗览奏，方批答道："天时饥馑，斋祀暂且停止。"未几又颁内旨，令中官提督苏杭织造。杨廷和以监织已罢，仍命举行，实为弊政，当即封还敕旨，直言谏阻，世宗大为不悦。自世宗入都即位，廷和以世宗英敏，虽值冲年，颇足有为，自信可辅导太平，所以军国重事，不惮谏诤。及大礼议起，先后封还御批凡四次，执奏几三十疏，世宗虽示优容，意中已是衔恨；内侍遂从中挑衅，只说他跋扈专恣，无人臣礼，孟贼未除，终为国害。说得世宗不能不信。至谏阻织造一事，大忤上意。廷和乃累疏乞休。正在君臣相持的时候，那南京刑部主事桂萼，忽遥上封章，请改称孝宗为皇伯考，兴献帝为皇考，兴国太后为圣母，并录侍郎席书，员外郎方献夫二疏以闻。为此一奏，复惹起一番争执，几乎兴起大狱来了。小子有诗咏道：

> 甘将唇舌作干戈，可奈无关社稷何。
> 一字争持成互斗，谁知元气已销磨？

毕竟桂萼所奏，有何理由，且看下回详叙。

明自太祖得国,至于武宗,盖已更十主矣。除景帝祁钰,因变即位外,皆属父子相传,无兄终弟及者。惟武宗崩后,独无子嗣,当时岂无武宗犹子,足承统绪,而必迎立世宗,惹起大礼之议,此实杨廷和等之第一误事也。世宗既已入嗣,于孝宗固有为后之义,然以毛里至亲,改称叔父叔母,于情亦有未安。诚使集议之初,即早定本生名号,加以徽称,使世宗得少申敬礼,则张璁等亦无由乘间进言;乃必强词争执,激成反对,此尤杨廷和等之第二误事也。不宁惟是,廷和等身为大臣,既因议礼龃龉,隐忤帝意,则此后宵小进谗,政令未合,亦无自绳愆纠谬,格正君心。盖君臣之际,已启嫌疑,虽有正论,亦难邀信。如斋醮一事,明为无益有损之举,而世宗惑于近言,以致遂非拒谏,其情弊已可见矣。故世宗之刚愎自用,不无可议,而吾谓激成世宗之刚愎者,杨廷和等实主之焉。

第五十七回　伏朝门触怒世宗　讨田州诱诛岑猛

却说南京主事桂萼,与张璁同官,璁至南京,与萼相见,谈及礼议,很是不平。萼极力赞成璁说,且主张申奏。适闻侍郎席书,及员外郎方献夫,奏称以孝宗为皇伯,兴献帝为皇考,俱由阁臣中沮,不得上达。萼乃代录两疏,并申明己意,运动京官,代为呈入。当由世宗亲阅,其词云:

> 臣闻古者帝王事父孝故事天明,事母孝故事地察,未闻废父子之伦,而能事天地主百神者也。今礼官以皇上与为人后,而强附末世故事,灭武宗之统,夺兴献之宗,夫孝宗有武宗为子矣,可复为立后乎?武宗以神器授皇上矣,可不继其统乎?今举朝之臣,未闻有所规纳者何也?盖自张璁建议,论者指为干进,故达礼之士,不敢遽言其非。窃念皇上在兴国太后之侧,慨兴献帝弗祀三年矣,而臣子乃肆然自以为是,可乎?臣愿皇上速发明诏,循名考实,称孝宗曰皇伯考,兴献帝曰皇考,而别立庙于大内,兴国太后曰圣母,武宗曰皇兄,则天下之为父子君臣者定。至于朝议之谬,有不足辩者,彼所执不过宋濮王议耳。臣按宋臣范纯仁告英宗曰:"陛下昨受仁宗诏,亲许为仁宗子,至于封爵,悉用皇子故事,与入继之主不同。"则宋臣之论,亦自有别。今皇上奉祖训,入继大统,果曾亲承孝宗诏而为之乎?则皇上非为人后,而为入继之主明矣。然则考兴献帝,母兴国太后,可以质鬼神俟百世者也。臣久欲上请,乃者复得见席书、方献夫二臣之疏,以为皇上必为之惕然更改,有无待于臣之言者。乃

至今未奉宸断，岂皇上偶未详览耶？抑二臣将上而中止耶？臣故不敢爱死，再申其说，并录二臣原疏以闻。

世宗读一句，点一回首，读数句，把首连点数次，直至读毕，方叹赏道："此疏关系甚大，天理纲常，要仗他维持了。"遂下廷臣集议。尚书汪俊，正承乏礼部，会集文武众臣二百余人，并排尊议，世宗不听。给事中张翀等三十二人，御史郑本公等三十一人，又复抗章力论，以为当从众议。世宗斥他朋言乱政，诏令夺俸。修撰唐皋，上言宜考所后以别正统，隆所生以备尊称。后经内旨批驳，说他模棱两可，亦夺俸半年。汪俊等见帝意难回，乃请于兴献帝后，各加皇字，以全徽称。世宗尚未惬意，召桂萼、张璁，还京与议，并因席书督赈江淮，亦并召还。杨廷和见朝政日非，决意求去，世宗竟准他归休。言官交章请留，俱不见答。嗣遇兴国太后诞辰，敕命归朝贺，宴赏有加。至慈寿太后千秋节，独先期饬令免贺，修撰舒芬，疏谏夺俸，御史朱淛、马明衡、陈逅、季本，员外郎林惟聪等，先后奏请，皆遭谴责。原来兴国太后入京时，慈寿太后，犹以藩妃礼相待，兴国太后甚为失望。及世宗朝见，太后情亦冷淡，因此世宗母子，力遏众议，必欲推重本生，把兴献帝后的尊称，驾出孝宗帝后的上面，才出胸中宿忿。补叙此段，可见世宗母子，全出私情。都御史吴廷举，恐璁等入都，仍执前说，乃请饬诸生及耆德大臣并南京大臣，各陈所见，以备采择。璁、萼复依次上疏，申明统嗣不同的理由。璁且谓今议加称，不在皇与不皇，实在考与不考，世宗很是嘉纳。即召大学士蒋冕、毛纪、费宏等，谕加尊号，并议建室奉先殿侧，祀兴献帝神主。冕启奏道："臣愿陛下为尧舜，不愿陛下为汉哀。"又是隔靴搔痒之谈。世宗变色道："尧舜之道，孝悌而已，这两语非先贤所常称么？"冕等无词可答，只好唯唯而退。世宗遂敕谕礼部，追尊兴献帝为本生皇考恭穆献皇帝，上兴国太后尊号为本生圣母章圣皇太后。又谓："朕本生父母，已有尊称，当就奉先殿侧，别立一室，奉安皇考神主，聊尽孝思"云云。礼部尚书汪俊又上议道：

> 皇上入奉大宗，不得祭小宗。为本生父立庙大内，从古所无。惟汉哀帝尝为共王立庙京师，师丹以为不可。臣意请于安陆庙增饰，为献皇帝百世不迁之庙，俟后袭封兴王子孙，世世奉享。陛下岁时遣官祭祀，亦足以伸至情矣。宁必建室为乎？乞即收回成命，勿越礼训！

世宗一概不纳，只促令鸠工建室，限日告成，俊遂乞休，奉旨切责，准令免官，遗缺命席书继任。书未到京，由侍郎吴一鹏权署部事。既而一鹏受命，与中官赖义等，迎主安陆。一鹏上疏奏阻，并不见纳，只好束装就道，迎主入京。时已建室工竣，即就室安主，名为观德殿。大学士蒋冕，以追尊建室，俱由世

第五十七回　伏朝门触怒世宗　讨田州诱诛岑猛

宗亲自裁决，未经内阁审定，不由的愤愤道："古人谓有官守，有言责，不得其职，便可去位。我备员内阁，不能匡救国事，溺职已甚，还要在此何用？"因连疏求罢。世宗以詹事石宝，素与廷和未协，拟引他入阁，赞成大礼，乃听冕致仕，即命宝为吏部尚书，兼文渊阁大学士，入预机务。宝入阁后，偏不肯专意阿容，一切政论，多从大体。适户部侍郎胡瓒，上言大礼已定，席书督赈江淮，实关民命，不必征取来京。宝亦以为言，并请停召璁、萼二人。世宗不得已准奏，饬璁、萼仍回原任。时璁、萼已奉召启程，途中闻回任消息，意大沮丧，乃复合疏上呈，极论两考为非是。且云"本生二字，对所后而言，若非将二字除去，则虽称皇考，仍与皇叔无异。礼官有意欺君，臣等愿来京面质"等语。世宗得疏后，心又感动，复令二人入都。璁、萼遂兼程至京，既入都门，闻京官与他反对，势甚汹汹，欲仿先朝马顺故事，激烈对待。马顺事见三十五回。萼惧不敢出，璁避居数日，方才入朝。退朝后恐仇人狙击，不敢走回原路，悄地里溜出东华门，避入武定侯郭勋家。勋为郭英五世孙。勋与璁晤谈，意见颇合，允为内助。偏偏给事中张翀等，连章劾璁、萼及席书、方献夫等，乞即正罪。有旨报闻。翀取群臣弹章，汇送刑部，令预拟璁等罪名。尚书赵鉴，私语翀道："若得谕旨，便当扑杀若辈。"翀大喜而退，免不得与同僚谈及。哪知一传十，十传百，竟被深宫闻悉，切责翀、鉴，并擢璁、萼为翰林学士，方献夫为侍讲学士。璁、萼与献夫，恐众怒难犯，奏请辞职，世宗不许。学士丰熙，修撰舒芬、杨慎、廷和子。张衍庆，编修王思等，均不愿与璁、萼同列，各乞罢归，有诏夺俸。给事中李学曾等，御史吉棠等，上疏申救，俱遭谴谪，甚至下狱。还有南京尚书杨旦、颜颐寿、沈冬魁、李克嗣、崔文奎，及侍郎陈凤梧，都御史邹文盛、伍文盛等，复以为言，又被内旨斥责。员外薛惠，著《为人后解》，力驳璁、萼奏议，也被世宗察知，逮系狱中。当下恼动了尚书乔宇，竟抗疏乞休，略言"内降恩泽，先朝辄施诸佞倖小人，士大夫一经参预，即为清议所不容。况且翰苑清华，学士名贵，乃令萼、璁等居此，小人道长，君子道消，何人愿与同列？臣已老朽，自愧无能，愿赐罢黜，得全骸骨"云云。世宗责他老悖，听他归田。于是萼、璁两人，以臆说得售，益发兴高采烈，条陈十三事，差不多有数千言。小子述不胜述，但将十三条的大纲，列表如下：

（一）三代以前，无立后礼。（二）祖训亦无立后明文。（三）孔子射于矍圃，斥为人后者。（四）武宗遗诏，不言继嗣。（五）礼无本生父母名称。（六）祖训侄称天子为伯叔父。（七）汉宣帝、光武，俱为其父立皇考庙。（八）朱熹尝论定陶事为坏礼。（九）古者迁国载主。（十）祖训皇后治内，外事无得干预。（十一）皇上失行寿安皇太后三年丧。（十二）新颁诏令，决宜重改。（十三）台官连名上疏，势有所迫，非出本心。

这十三条纲目,奏将上去,世宗非常称赏,立遣司礼监传谕内阁,除去册文中本生字样。大学士毛纪,力持不可。世宗御平台,召毛纪等面责道:"此礼决当速改,尔辈无君,欲使朕亦无父么?"毛纪等免冠趋退。世宗遂召百官至左顺门,颁示手敕,更定章圣皇太后尊号,除去本生字样,正名圣母,限四日恭上册宝。百官不服,会同九卿詹事翰林给事六部大理行人诸司,上章力争。疏凡十三上,俱留中不报。尚书金献民、少卿徐文华倡言道:"诸疏留中,必改称孝宗为皇伯考了,此事不可不争。"吏部右侍郎何孟春道:"宪宗朝,议慈懿太后徽号,及合葬典礼,亏得先臣伏阙力争,才得邀准,今日又遇此举了。"回应三十九回。杨慎道:"国家养士百余年,仗节死义,正在今日。"言之太过。编修王元正,给事中张翀亦齐声道:"万世瞻仰,在此一举,今日如不愿力争,应共击勿贷。"当下大集群僚,共得九卿二十三人,翰林二十二人,给事二十人,御史三十人,诸司郎官及吏部十二人,户部三十六人,礼部十二人,兵部二十人,刑部二十七人,工部十五人,大理寺属十二人,都跪伏左顺门,大呼高皇帝孝宗皇帝不置。世宗居文华殿,闻声才悉,即遣司礼监谕令退去,群臣跪伏如故。尚书金献民道:"宰辅尤宜力争,如何不至?"即遣礼部侍郎朱希周,传报内阁。大学士毛纪、石宝,亦赴左顺门跪伏。自辰至午,屡由中官谕退,终不肯去。世宗大怒,命锦衣卫收系首事,得丰熙、张翀、余翱、余宽、黄待显、陶滋、相世芳、毋德纯八人,一律下狱。杨慎、王元正乃撼门大哭,一时群臣齐号,声震阙廷。几同病狂。世宗愈怒,索性一不做,二不休,命尽录诸臣姓名,拘住马理等一百三十四人。惟大学士毛纪、石宝,尚书金献民,侍郎何孟春等,勒令退归待罪。越数日,谪戍首事八人,四品以上夺俸,五品以下予杖,编修王相等十六人,因杖受伤,先后毕命。死得不值。大学士毛纪,请宥伏阙诸臣罪,被世宗痛责一番,说他要结朋奸,背君报私,纪遂致仕而去。世宗遂更定大礼,称孝宗为皇伯考,昭圣皇太后为皇伯母,献皇帝为皇考,章圣皇太后为圣母。嗣是修献皇帝实录,立献皇帝庙于京师,号为世庙,并命席书至京,编成《大礼集议》,颁示中外。到了嘉靖五年,章圣皇太后谒见太庙及世庙,大学士费宏、石宝,力谏不从,费宏入阁后,未曾出言规谏,至是才闻力谏,想是饭碗已满了。反被璁、萼等暗中进谗,害得他不能不去。自是辅臣丧气,引为大戒,终世宗朝,内阁大臣,大半委蛇朝右,无复强谏了。明朝气运,亦将衰亡了。再越二年,即嘉靖七年。《大礼集议》成,由世宗亲制序文,改名为《明伦大典》,刊布天下,且追论前议礼诸臣罪状,明降敕文道:

> 大学士杨廷和,谬主濮议,尚书毛澄,不能执经据礼,蒋冕、毛纪,转相附和,乔宇为六卿之首,乃与九卿等官,交章妄执,汪俊继为礼部,仍从邪议,吏部郎中夏良胜,胁持庶官,何孟春以侍郎掌吏部,煽惑朝臣,伏阙

第五十七回　伏朝门触怒世宗　讨田州诱诛岑猛

喧呼,朕不为已甚,姑从轻处。杨廷和为罪之魁,以定策国老自居,门生天子视朕,法当戮市,特宽宥削籍为民。毛澄病故,追夺前官。蒋冕、毛纪、乔宇、汪俊,俱已致仕,各夺职闲住。何孟春情犯特重,夏良胜酿祸独深,俱发原籍为民。其余南京翰林科道部属大小臣衙门各官,附名入奏,或被人代署,而己不与闻者,俱从宽不究。其先已正法典,或编戍为民者不问。尔礼部揭示承天门下,俾在外者咸自警省。

议罪以后,应即议功。以张璁为吏部尚书,兼文渊阁大学士。桂萼为礼部尚书,兼武英殿大学士。两人私自称庆,喜出望外,且不必说。

惟当变礼筑庙的时候,田州指挥岑猛作乱,免不得劳动王师,出定乱事。田州为广西土司,诸族聚处,岑氏最大,自称为汉岑彭后裔。明初,元安抚总管岑伯颜以田州归附,太祖嘉他效顺,特设田州府,令伯颜知府事。四传至猛,与思恩知府岑浚构衅。浚亦猛族,互争雄长。浚攻陷田州,猛遁走得免。都御史总督广西军务潘蕃,发兵诛浚,把思恩、田州两府统改设流官,降猛千户,东徙福建。正德初年,猛赂刘瑾,得复为田州府同知,兼领府事,招抚遗众,觊复祖职。嗣从征江西流贼,所至侵掠,惟以流贼得平,叙功行赏,进授指挥同知。猛尚未满意,遂怀怨望。先是猛尝纳贿有司,自督府以下,俱为延誉。至受职指挥,未得复还原官,他想从前贿赂,多系虚掷,不如仗着兵力,独霸一方,免得趋奉官府,耗费金银。自是督府使至,骄倨相待,使人索贿,分毫不与,甚且侵夺邻境,屡为边患。巡抚都御史盛应期,奏猛逆状。请兵讨猛,尚未得报。应期以他事去官,都御史姚镆继任,甫至广西,即再疏请剿。得旨允准,乃檄都指挥沈希仪、张经、李璋、张佑、程鉴等,率兵八万,分五道进兵。别令参议胡尧元为监军,总督军务。猛闻大军入境,情殊惶急,不敢交战,竟出奔归顺州。归顺州知州岑璋,系猛妇翁,猛不喜璋女,与璋有嫌,想是同姓为婚之故。至此急不暇择,乃率众往投。姚镆闻猛奔归顺,悬赏通缉,又恐璋为猛妇翁,不免助猛,因召沈希仪问计。希仪道:"猛与璋虽系翁婿,情不相洽,末将自有计除猛,约过数旬,必可报命。"胸有成竹,不待多言。姚镆甚喜,即令他自去妥办。希仪至营,与千户赵臣商议。臣与璋本来熟识,闻希仪言,愿往说璋,令诱猛自效。希仪即遣赴归顺,两下相见,寒暄甫毕,璋即设宴款臣,臣佯为不悦。璋再三诘问,臣终不言。璋心益疑,挽臣入内,长跪问故。臣潸然泣下,这副泪,从何处得来?璋亦流泪道:"要死就死,何妨实告。"中计了。臣又嗫嚅道:"我为故人情谊,所以迂道至此。但今日若实告足下,足下得生,我反死了。"璋大惊道:"君果救我,我决不令君独死。"言毕,指天为誓。臣乃语璋道:"邻境镇安,非与君为世仇么?今督府悬赏缉猛,闻猛匿君处,特令我往檄镇安,出兵袭君。我不言,君死。我一出口,君必为自免计,我死。奈何奈何？"璋顿首谢道："请君放心。猛娶吾女，视同仇雠，我正欲杀他，恐他兵众，所以迟迟。若得天兵相助，即日可诛猛了。猛子邦彦，现守隘口，我先遣千人为内应，君可驰报大营，发兵往攻，内外夹击，邦彦授首，杀猛自容易呢。"臣大喜而返，报知希仪，即夕往攻邦彦。果然内应外合，把邦彦的头颅，唾手取来。猛闻邦彦被杀，惊惶的了不得。璋反好言劝慰，处猛别馆，日没供张，环侍美女，令他解闷图欢。猛忧喜交集，日与美女为乐，比故妇何如？问及大兵，诡称已退。至胡尧元等到了归顺，檄索猛首，璋乃持檄示猛道："天兵已到，我不能庇护，请自为计。"一面递与鸩酒，猛接酒大骂道："堕你狡计，还有何说？"遂将鸩酒一口饮下，霎时毒发，七窍流血而死。璋斩下猛首，并解猛佩印，遣使驰报军前，诸将乃奏凯班师。猛有三子，邦彦败死，邦佐、邦相出亡，所有猛党陆绶、冯爵等俱被擒，惟卢苏、王受遁去。隔了一年，卢苏、王受，又纠众为乱，陷入田州城，正是：

芟夷未尽枝犹在，烽燧才消乱又生。

毕竟乱事能否再平，且至下回续表。

大礼议起，诸臣意气用事，以致世宗忿激，称宗筑庙，世宗固不为无失，而群臣跪伏喧呼，撼门恸哭，亦非善谏之道。事君数，斯辱矣，岂学古入官之士，尚未闻圣训耶？杨慎谓仗节死义，张翀谓万世瞻仰，几若兴邦定国，全赖此谏，试问于伏阙纷争之后，有何禆益？即令世宗果听其言，亦未必果能兴邦、果能定国也。明代士大夫，积习相沿，几成锢疾，卒之廷议愈滋，君心愈愎，有相与沦胥而已。田州一役，小丑跳梁，剿平固易。惟岑猛之被赚于妇翁，与世宗之被惑于本生父母，两两相对，适成巧偶，是亦文中之映合成趣者也。故善属文者，无兴味索然之笔。

第五十八回　胡世宁创议弃边陲
　　　　　　邵元节祈嗣邀殊宠

却说卢苏、王受，系岑猛余党，既陷田州，并寇思恩。右江一带，人情汹汹，或说岑猛未死，或说猛党勾结安南，已陷思恩州，正是市中有虎，杯影成蛇。姚镆力不能制。飞檄调兵，藩臬诸司，与镆有隙，又倡言"猛实未诛，镆为所绐"等语。御史石金闻悉，遂劾镆攘剿无策，轻信罔上，惹得世宗动怒，饬革镆职，授王守仁为兵部尚书，总督两广军务，往讨田州，一面即用御史石金为

第五十八回 胡世宁创议弃边陲 邵元节祈嗣邀殊宠

巡按，同赴广西。守仁到任，闻苏、受二寇，势焰颇盛，遂与石金商议，改剿为抚。乃使人招谕田州，令来谢罪。苏、受疑惧，不敢径至。守仁复遣使与誓，决不相欺。苏、受乃盛兵自卫，来辕赴约。经守仁开诚告诫，二人踊跃罗拜，自缚待罪。守仁数责罪状，各杖数十，才谕归俟命。已而驰入苏、受营中，抚定叛众，乃缮疏遥陈，略言"田州外捍交趾，纵使得克，别置流官，亦恐兵弱财匮，易生他变。且岑氏世效边功，欲治田州，仍非岑氏子孙不可。现请降府为州，以猛子邦相为吏目，署行州事，设巡检司十九处，令苏、受等为巡检。惟思恩府未曾被陷，仍设流官，命他统辖田州。邦相以下，悉遵约束"云云。朝旨报可。守仁遂依疏处置，田州以安。

嗣守仁自田州还省，父老遮道攀辕，禀称断藤峡猺，又复猖獗，盘踞三百余里，大为民害。守仁乃留住南宁，佯为罢遣诸军，示不再用，暗中却檄令卢苏、王受，嘱他攻断藤峡，立功自赎。苏、受奉守仁令，潜军突出，连破断藤峡诸寨，诛匪首，散胁从，藤峡复宁。守仁上苏、受功，赏赉有加。惟尚书桂萼，令乘机取交趾，守仁不应，桂萼遂劾守仁征抚交失，停止奖谕。未几，守仁得疾，表乞骸骨，且举郧阳巡抚林富自代，朝命尚未复颁，守仁因病日加重，不及待命，离任竟归，行至南安，一瞑长逝。桂萼复说他擅离职守，请世宗毋予恤典，且停世袭。失志则夤缘当道，得志则媚嫉同僚，这是小人通病。独江西军民，素怀守仁德惠，灵輀所经，无不缟素哭临，香花载道，哀奠盈郊。直道尚在人心，忠魂亦堪自慰。至穆宗隆庆初年，始追谥文成。守仁系浙江余姚人，曾读书阳明洞中，当时号为阳明先生。平生学问，出入道佛，总旨以儒教为归。尝谓知是行的主要，行是知的工夫，知是行始，行是知终，人须知行合一，方为真道学。这数语，是阳明先生的学说，门徒多遵守不衰。就是海外日本国，也靠着阳明遗绪，实力奉行，才有今日。极力赞扬，不没大儒。这且不暇细表。

且说世宗践阼，曾逮兵部尚书王琼下狱，谪戍榆林，复起彭泽为兵部尚书，陈九畴为佥都御史，巡抚甘肃，这次黜陟，实因西番一役，王琼陷害彭、陈，经给事中张九叙追劾琼罪，才有此番变换。应四十八回。九畴到了甘州，适值土鲁番酋纠众入寇，由九畴督兵力御，战败满速儿，追至肃州，又与肃州总兵官姜奭，夹击一阵，杀死敌将火者他只丁，寇众仓皇遁去。边民哗传满速儿已死，九畴亦依据谣传，拜表奏捷。未免卤莽。明廷正遣尚书金献民，都督杭雄，统兵西讨，闻九畴得胜，寇已败退，乃自兰州折还。谁知满速儿依然无恙，西归后，休养了两三年，又遣部将牙木兰，出据哈密，并侵及沙州、肃州。世宗闻警，又起用前都御史杨一清，总制三边。一清至是三为总制，温诏褒美，比他为郭子仪。土鲁番闻一清威名，颇也知惧，稍稍敛迹。一清请权事招抚，先令他缴还哈密城印。既而一清奉召入阁，以尚书王宪代任，宪仍用一清计，遣使往谕土鲁番,命悔过伏罪,归还哈密。满速儿置诸不理。

会大礼议起,大学士杨廷和去位,廷和与彭泽、陈九畴等,本来莫逆,就是大礼申议,泽亦附同廷和,联名抗奏。廷和既去,泽亦乞休。张璁、桂萼,方仇廷和,恨不得将廷和党与,一网打尽,至土鲁番再据哈密,遂上书论西番事,谓:"哈密不靖,自彭泽赂番求和始。彭泽复用,自杨廷和引党集权始。今日人才,实惟王琼可用。除王琼外,无人可安西鄙了。"世宗正信任璁、萼,惟言是从,遂复召王琼为兵部尚书,代王宪总制三边。琼既被召,即奏言满速儿未尝战死,陈九畴诳报蒙君,金献民党同欺上,俱应复按问罪。还有百户王邦奇,亦上疏弹劾陈九畴、金献民,以及杨廷和、彭泽等,说得痛激异常。再经张璁、桂萼二人,火上添油,自然激动世宗,立降手诏数百言,遣官逮九畴、献民下狱。璁、萼拟九畴坐斩,献民夺籍,杨廷和、彭泽,俱应加罪。谳案将成,独刑部尚书胡世宁,不肯照署,上言"九畴误信谣传,妄报贼死,罪固难免,但尝奋身破贼,保全甘、肃二州,功足抵罪,应从轻议"云云。世宗乃命将九畴减死,谪戍极边,削夺献民、彭泽原官。只廷和未曾提及,总算涵容过去。所谓不为已甚,想即在此。

先是九畴在甘肃,力言土鲁番不可抚,宜闭关绝贡,专固边防。世宗尝以为然,因令将贡使拘系,先后凡数十人。及九畴得罪,琼督三边,竟遣还旧俘,且许通贡。满速儿气焰愈骄,遣部将牙木兰入据沙州,并限令转拔肃州。牙木兰转战愆期,致遭满速儿严责,并欲定罪加刑。牙木兰大惧,率麾帐兵二千,老稚万人,奔至肃州,叩关乞降。满速儿以讨牙木兰为辞,纠合瓦剌部众,入犯肃州。副使赵载,游击彭浚,发兵截击,复得牙木兰为助,审知敌人虚实,一场鏖斗,杀得他旗靡辙乱,马仰人翻。满速儿知机先走,还幸保存性命,越年复遣使贡狮,且赍呈译书,愿以哈密城易牙木兰。琼据实奏报,并欲从他所请。世宗饬群臣会议,或言哈密难守,不必索还,或言哈密既还,理宜设守。詹事霍韬,主张保守哈密,尚书胡世宁,主张弃置哈密,两人所议,各有理由,小子依次录述。霍韬议案有云:

置哈密者,离西北之郊以屏藩内郡,或难其守,遂欲弃之,将甘肃难守,亦弃不守乎?太宗之立哈密,因元遗孽,力能自立,借虚名以享实利,今嗣王绝矣,天之所废,谁能兴之?惟于诸戎中求雄力能守城印,戢部落者,因而立之,毋规规忠顺后可也。议亦有见。

胡世宁的议案,独云:

先朝不惜弃大宁、交趾,何有于哈密?哈密非大宁、交趾比也。忠顺后裔,自罕顺以来,狎比土鲁番,且要索我矣。国初封元孽和宁、顺宁、安定俱为王,安定又在哈密之内,近我甘肃,今存亡不可知,一切不问,而

第五十八回　胡世宁创议弃边陲　邵元节祈嗣邀殊宠

议者独言哈密,何也?臣愚谓宜专守河西,谢哈密,无烦中国使,则兵可省而饷不虚縻矣。牙木兰本一番将,非我叛臣,业已归正,不当遣还,唐悉怛谋之事可鉴也。牙木兰固不应遣还,哈密亦岂可遽弃?

　　世宗瞧着两议,却以世宁所说,较为得当,一面命王琼熟计详审,再行复奏。琼再疏仍申前议,又经张璁等议定,留牙木兰不遣,移置诸戎于肃州境内。自是哈密城印,及哈密主拜牙郎,悉置不问,哈密遂长沦异域,旋为失拜烟答子米儿马黑木所据,并服属土鲁番,惟按年入贡明廷。土鲁番失一牙木兰,遂乏健将,满速儿虽然桀骜,却也不能大举,有时或通贡使,有时贡使不至,明廷也无暇理睬,但教河西无事,便已庆幸得很了。舌战甚勇,兵战甚弱,历朝衰季,统蹈此弊。

　　且说张璁、桂萼用事后,原有阁臣,先后致仕。御史吉棠,请征还三边总制杨一清,藉消朋党。世宗乃召一清入阁,张璁亦欲引用老臣,以杜众口,遂力举故大学士谢迁。迁不肯就征,经世宗遣官至家,持敕令起,抚按又敦促上道,不得已入京拜命。迁年已七十有九,居位数月,即欲乞归。世宗加礼相待,每遇天寒,饬免朝参。除夕赐诗褒美,勉勉强强的过了一年,再三告病,方准归休。归后三年乃殁,予谥文正。惟一清在阁稍久,即与璁、萼有隙,给事中孙应奎,疏论一清及璁、萼优劣,乞鉴三臣贤否,核定去留。王准、陆粲,与应奎同官,独劾奏璁、萼引用私人,日图报复,威权既盛,党羽复多,若非亟行摈斥,恐将来为患社稷,贻误不浅了。世宗乃免璁、萼官。詹事霍韬,尝与璁、萼约同议礼,及见两人去职,攘臂说道:"张、桂既行,势且及我,我难道坐视不言么?"遂为璁、萼讼冤,且痛诋一清,说他嗾使王准、陆粲,诬劾璁、萼。并云:"臣与璁、萼,俱因议礼见用,璁、萼已去,臣不能独留。"为这一疏,世宗又念及张璁前功,立命召还,贬王准为典史,陆粲为驿丞。说起议礼两字,世宗便不能不袒护,可知霍韬之言,无非要挟,居心实不可问矣。韬再劾一清,世宗令法司会集廷臣,核议一清功罪,张璁却佯乞宽假。看官!你想此时的杨一清,还有甚么颜面?一疏乞休,再疏待罪。世宗准予致仕,一清即日出都。可巧故太监张永病死,永弟容代为介绍,求一清作墓志铭。一清与永为旧交,情不能却,至撰成后,免不得受些馈礼。偏被张璁闻知,暗嘱言官劾奏,竟坐一清受赃夺职。一清还家,得知此信,不禁忿恨道:"我已衰年,乃为孺子所卖,真正令人气死。"果然不到数月,背上生一大疽,流血而亡。又阅数年,始复故官,寻又追谥文襄,但身已早殁,何从再知,也不过留一话儿罢了。一清也自取其咎。

　　璁既复用,萼亦召还,两人仍然入阁,参预机务。适世宗有意变法,拟分祭天地日月,建立四郊,商诸张璁,璁不敢决。给事中夏言援引周礼,奏请分祭,大合世宗意旨,璁亦顺水推舟,力赞言议。有几个主张合祭的,尽被驳斥。霍韬反抗最烈,竟致逮系。韬本与璁、萼毗连,此时何不党附?遂命建圜丘方丘于南北郊,以二至日分祭,建朝日夕月坛于东西郊,以春分秋分日分祭。郊祀已定,复更定孔庙祀典,定孔子谥号为至圣先师,不复称王,祀宇称庙不称殿,用木主不用塑像。以叔梁纥为孔子父,颜路、曾皙、孔鲤,为颜、曾、子思父,别就大成殿后,增筑一堂,祀叔梁纥,配以颜路、曾皙、孔鲤。是从献皇帝庙附会出来。所有祀仪,比郊天减轻一级,以汉后苍、隋王通、宋欧阳修、胡瑗、蔡元定从祀。御制正孔子祀典说,宣付史馆,又行禘祭,定配享,作九庙,改太宗庙号为成祖,尊献皇帝庙号为睿宗,升安陆州为承天府,种种制度,无非粉饰铺张,与国家治乱,毫无干涉呢。

桂萼再入阁后,在位年余,没甚议论,嗣因病乞归,未几即死。惟张璁规定各制,极蒙宠眷。璁因犯帝嫌名,奏请改易,世宗手书孚敬二字,作为璁名。世宗名厚熜,与张璁之璁,偏旁不同,璁乃自请改名,无非贡谀而已。廷臣因他得宠,相率附和,不敢生异。只夏言方结主知,与孚敬分张一帜,一切制作,多由夏言解决,世宗很是信从,孚敬反为减色,因此屡欲倾言,暗加谗间。谁料世宗反袒护夏言,斥责孚敬,孚敬无法,致仕而去。世宗命侍郎翟銮、尚书李时,先后入阁,升任夏言为礼部尚书。翟、李两人,遇着大政,必与言商。言虽未预闻阁务,权力且出阁臣上,李时、翟銮,不过备位充数罢了。

世宗因在位十年,尚无皇嗣,复拟设醮宫中,令夏言充醮坛监礼使,侍郎湛若水、顾鼎臣充迎嗣导引官,文武大臣,逐日排班进香。世宗亦亲诣坛前,虔诚行礼。主坛的大法师,便是前文所叙的邵元节。元节系贵溪人氏,幼得异人范文泰传授龙图龟范的真诠,自言能呼风唤雨,驱鬼通仙。世宗闻他大名,征召入京,叩问仙术,元节只答一个静字诀,静字以外,便是无为二字。世宗甚为称赏,敕封真人。未几,命他祷雪,果然彤云密布,瑞雪纷飞。想是凑巧。看官!你想世宗到了此时,尚有不竭诚敬信么?当下加号致一真人,饬领金箓醮事,给玉金银象印各一枚,秩视二品,并封元节师元泰为真人,敕在都城建真人府,糜费巨万,两年始成,由夏言作记勒碑,赠田三十顷,供府中食用,遣缇骑四十人,充府中扫除的役使,真个是敬礼交加,尊荣备至。到了祈嗣设醮,当然由邵真人登坛,主持坛事,朝诵经,夕持咒,差不多有一两年。偏偏后宫数十,无一宜男。监察御史喻希礼,乞赦免议礼得罪诸臣,世宗大怒道:"希礼谓朕罪诸臣,致迟子嗣么?"立命将希礼谪戍。编修杨名,劾奏邵元节言近无稽,设醮内府,尤失政体,又遭世宗怒斥,下狱戍边。元节以祈嗣无效,暂乞还山。且上言皇上心诚,不出一二年,定得圣嗣。世宗大喜,使中官至贵溪山中,督造仙源宫,俾资休养。宫既成,元节入朝辞行,世宗设筵钱别,凄然问道:"真人此去,何时再得相见?"元节用指轮算,欣然答道:"陛下多福多寿,兼且多男,草莽下臣,来谒圣躬,当不止一二次呢。"后来看似有验,吾总谓其偶中耳。世宗道："吾年已三十,尚无子嗣,他日如邀神佑,诞育一二,便已知足,何敢多求呢?"元节道:"陛下宽心,试看麟趾螽斯,定多毓庆,那时方知所言不谬了。"言毕,举拂即行,飘然而去。

说也奇怪,元节出京数十日,后宫的阎贵妃,居然有娠。倏忽间又是数月,世宗因贵妃得产,还需祈祷,乃遣锦衣千户孙经,赍敕往召。元节奉命登程,舟至潞河,又有中使来迎,相偕入京。世宗在便殿召见,慰劳有加,即赐彩蟒衣一袭,并阐教辅国王印。次日再命设坛,世宗格外虔诚,沐浴斋戒,才诣坛前祷祀,但见香烟凝结,佳霭氤氲,大家说是庆云环绕,非常瑞征。世宗亦信为天赐。过了三日,阎妃分娩,果得石麟,群臣排班入贺。世宗道:"这都是致一真人的大功呢。"慢着。遂加授元节为礼部尚书,给一品服俸,赐白金文绮宝冠,法服貂裘,并给元节徒邵启为等禄秩有差。元节果有道术,岂肯拜受虚荣?文成五利之徒,何足道乎?大修金箓醮于立极殿,凡七日夜,作为酬神的典礼。小子有诗叹道:

得嗣宁从祈祷来,胡为迷信竟难回?
卢生以后文成继,秦汉遗闻剧可哀。

皇嗣已生,后事果属如何,且看下回申叙。

弃大宁,弃交趾,并弃哈密,此皆明代衰微之兆。昔也辟国百里,今也蹙国百里,可为世宗咏矣。况封疆之寇未除,中央之争已起,陈九畴有御番才,乃为张璁所倾陷,代以王琼,满速儿请以哈密易牙木兰,竟欲勉从所请,胡世宁主张不遣,是矣,然必谓哈密可弃,得毋太怯。我退一步,寇进一步,玉关以外,从此皆戎,较诸明初之威震四夷,能毋生今昔之感耶?世宗不察,反日改祀典,藻饰承平,至于设坛修醮,礼延方士,祷雪而雪果降,祈嗣而嗣又生,世宗之迷信,由是深矣,然亦安知非一时之侥幸耶?国家将亡,必有妖孽,吾谓邵元节辈,亦妖孽类也。

第五十九回　绕法坛迓来仙鹤
　　　　　　毁行宫力救真龙

却说世宗既得皇嗣,取名载基,益信方士有灵,非常宠信。自是道教盛行,佛教衰灭,菩萨低眉,不能不让太上老君,独出风头。涉笔成趣。巧值大兴隆寺被灾,御史诸演,揣摩上意,奏请顺天心,绝异端。夏言又请除禁中佛殿。原来明宫里面，有大服千善殿神佛，藏有金银佛像，及各种器具，相传系元代敕建，至明未毁。世宗得夏言奏章，即命偕武定侯郭勋，大学士李时，先去察视。言等奉命入殿，殿中所列，无非是铜铸的如来，金装的观音，以及罗汉、韦驮、弥勒佛等类，恰也习见不鲜，没甚奇异。及步入最后一殿，但见壁上的蜃灰，半成污垩，檐前的蛛网，所在纵横，殿门关得甚紧，兽环上面，衔看大锁，锁上所积尘垢，差不多有数寸厚。当问殿中住持，索取锁钥，住持谓中有怪异，不宜轻启，夏言怒叱道："我等奉旨而来，怕甚么妖怪不妖怪？"住持不得已，呈上钥匙，哪知钥已生锈，插入锁心，仍然推启不动。夏言更命侍役击断大锁，启门入内。门内黝黑深邃，差不多似酆都城，各人鱼贯进殿。凝神细瞧，并不见有丈六金身，庄严佛像，只有无数的奇形鬼怪，与那漆鬟粉脸的女像，抱腰亲吻，含笑斗眉；最看不过去的，是有数男像及数女像，统是裸着身体，赤条条一丝不挂，彼此伏着地上，作那交媾情状。秘戏图无此猥亵，欢喜禅竟尔穷形。夏言不禁愤愤道："佛门清净，乃有这等秽事么？"言毕，即与郭、李两人，一并出来，入廷复旨，直陈不讳，且请把所有的异像，瘗诸中野，不得渎留。世宗道："既有这般邪秽，应一律销毁，免得愚民无知，发掘供奉。"世宗识见，颇过夏言。随即发遣工役，尽行拆毁，把各种支离偶像，一一销熔，共得一万三千余斤。还有金函玉匣，内贮佛首佛牙等，统共毁去。殿宇遗址，改筑慈庆、慈宁宫，奉两宫太后居住，这也不消细说。

惟皇子载基，才生两月，忽然间生了绝症，竟至夭逝，想是诸佛作祟。世宗不胜哀悼。幸王贵妃又复怀孕，足月临盆，生下一男，取名载壑。接连是杜康妃、卢靖妃各生一男，杜妃子名载垕，便是后来的穆宗，卢妃子名载圳，后封景王，就国安陆，继迹兴藩。世宗连得三子，方减悲怀，只把那亡儿载基，赐谥哀冲，称为哀冲太子罢了。死了一子，生了二子。毕竟祈祷有灵。后来世宗又得四子，一名载墅，一名载㙔，一名载𡷫，一名载𡻕，俱系妃嫔所出，并皆夭亡。看官听着，世宗八子，统出妃嫔，想正宫皇后，当然是无子呢。小子查阅明史，世宗共有三后：第一后是陈氏，前文亦曾叙过，陈后性颇褊狭，一日与世宗同坐，张、方二妃进茗，世宗见二妃手似柔荑，握视不释，后投杯遽起，触怒天颜，大声呵斥。后适怀妊，坐是堕胎，惊悸成疾，一病即崩。第二后就是张妃，妃既继位中宫，从夏言议，亲蚕北郊，嗣又率六宫嫔御，听讲章圣女训，倒也有些淑德，不知何事忤了世宗，竟于嘉靖十三年废居别宫，十五年谢世，明史上未曾叙及被废情由，小子也不敢杜撰。第三后乃是方氏，世宗久无子嗣，用张孚敬言，广选淑女，为毓嗣计，即选方氏、郑氏、王氏、阎氏、韦氏、沈氏、卢氏、沈氏、杜氏九人，同册为九嫔。强依古礼。张后被废，方氏以九嫔首选，继立为后。旧制立后，第谒内庙，世宗独援庙见礼，率方氏谒太庙及世庙，仍本张孚敬议。颁诏天下，饬命妇入朝中宫。统计世宗册立三后，要算立方后时，礼节最繁，

第五十九回　绕法坛迓来仙鹤　毁行宫力救真龙

但玄鸟降祥，偏锡下陈，这也是命中注定，不能勉强呢。这一段叙明各后，万不能省。世宗以正宫无出，理应立长，遂于嘉靖十八年，立子载壡为太子，封载垕为裕王，载圳为景王。载壡事见后文，姑且慢表。

单说世宗既信任邵元节，屡命设醮，其时四方道流，趋集都下，江西龙虎山中的张天师，名叫彦頨，亦入都谒见。世宗与他谈论道法，他以清心寡欲四字为对，元节所对只三字，彦頨所对有四字，宗旨相去不远，应足齐名。颇合上意，遂加封为正一嗣教真人，赐金冠玉带蟒衣银币，留居京邸，令与元节分坛主事。元节多一敌手。坛场铺设，尤为繁备，上下共计五层：下一层，按照五方位置，分建红黄蓝皂白五色旗；第二层，统是苍松翠柏扎就的亭台曲槛；第三层，有八十一名小太监，各穿法服，手执百脚长幡，按方排立；第四层，陈列钟鼓鼎彝等物；第五层上面，方是正坛，金童玉女，列队成行，四面环着香花，中央爇着巨烛，上供三清等像，青狮白象，跃跃欲生，香烟袅绕九霄中，清磬悠扬三界上。这位正一真人张天师彦頨，备叙名号，扬中寓抑。戴金冠，系玉带，服蟒衣，手秉象简，通诚祷告。世宗就坛行拜叩礼，只听张天师口中，念念有词，呼了几十回天尊，诵了两三次祝文，忽觉炉内香烟，冉冉上升，氤氲不散，凝成祥云；巧值红日当空，与那缥缈的云烟，映照成采，红黄蓝白，回环交结，坛下文武各官，都说是卿云氤缦，捧日光华。世宗瞧着，亦很觉奇异，正在惊喜交集的时候，又听得空中嘹亮，声婉且清，举头上眺，恰有一双白鹤，从采云深处，回翔而下，绕坛翩跹，三匝后，依旧冲天飞去。真耶幻耶？此时的世宗愈信仙人指化，望空拜谢。待至还朝，百官齐声称贺，三呼万岁。世宗益喜，赏赐张天师彦頨，金帛无算。彦頨遂请还山，世宗挽留不住，乃遣中使送归。天师归后，不意住宅被火，由中使复奏，忙发内帑万金，重与建筑。想无仙源宫，故意纵火索偿。给事中黄臣谏阻道："从前栾巴、郭宪，噀酒止火，彦頨果有道力，何致回禄临门？请陛下不必代治！"世宗不听。天师遂坐享华厦，禄养逍遥。未几，天师病死，世宗命如列侯例，厚给恤典，且为之叹息数日。

已而世宗南幸承天，即安陆州。谒见显陵，即献皇帝墓。邵元节在京中，患病不从。病且死，语门徒邵启为道："我将逝世，不能再赴行在，一见皇上，但烦你转达行辕，我死后，陶典真可继我任。"言讫即逝。邵启为谨遵师命，驰讣行在，世宗方驻跸裕州，闻报大恸。哭他什么？世宗若果聪明，应知仙人也要病死，更宜破涕为笑。亲书手谕，颁发礼部，所有营葬恤典，如伯爵例，并命中官护丧归籍。一面召陶典真至行在，加给禄俸，令他扈跸南行。

典真南冈人，一名仲文，少时为黄冈县掾吏，性喜神仙方术，尝在罗田万玉山中，练习符箓，颇得微验。邵元节微时，曾与往来。元节得宠，念着友谊，代为疏通，得除授辽东库大使，秩满至京，往谒元节，免不得恭维数语。元节叹道："你初次到京,哪知我的苦处?我年已老迈,精力欠佳,屡次上表乞归,偏是皇上不准,留我在京,演授法事,我实是力不能及了。神仙也怕吃力么?现在宫中兴妖作怪,惊惶的了不得,委我祷禳,我尤日夕无暇,你来此正好,替我出力,我也可以息肩了。"仲文道："果承荐举,尚有何说。"当下寄寓真人府内,由元节入宫面禀,愿荐仲文自代,世宗自然准奏。仲文仗着道法,即日至宫中驱禳,焚符讽咒,祷告了三日三夜,果然妖氛不起,怪异潜踪。究竟这宫中有妖无妖,有怪无怪,据《明宫轶闻》,谓有黑气为祟,漫如浓烟,又每夜闻木鱼声,一宫娥颇有胆力,闻声夜起,到处细听,但闻怪声出自阶下,便用小石为记,待至黎明,面奏世宗,当命人移阶掘土,挖至数尺,果有木鱼一具,质已朽腐,投诸烈火,有绿烟一缕上冲,气甚臭恶,袅袅不绝。嗣经仲文入禳,黑眚消灭,禁掖平安。世宗虽颇信重仲文,但总道是元节传授,所以有此法力,灵效非常。及元节临终,复荐仲文,当即记着前事,立命召至,令他从行。

到了卫辉,时当白昼,天日清和,春光明媚,事见嘉靖十八年二月中。世宗心舒意惬,对景流连。猛然间有一阵旋风,从西北来,吹得驾前的节旄,都在竿头盘绕,沙飞石走,马鸣声嘶,护驾的官吏,都吓得面如土色。世宗忙召见仲文,问这旋风,主何朕兆?仲文跪奏道："臣已推算过了,今夜防有火灾。"不知从何术推测,想是俗语所谓旗门遁呢。世宗惊道："既有火灾,应该醮禳。"仲文道："劫数难逃,禳亦无益,况行道仓猝,一时亦不及设坛呢。"世宗道："这却如何是好?"仲文道："圣驾应有救星,料亦无妨。惟请陛下饬令扈从,小心保护为要。"世宗点首。是夕黄昏,便令扈从等人,熄灯早睡,又饬值夜吏役,分头巡逻,不得怠慢。戒令已毕,世宗才入御寝,亦吹熄灯烛,早早的就寝安眠。谁知睡到夜半,行宫后面,忽然火起,熊熊焰焰,顷刻烛霄,宫中扈从各人,骤遇火灾,统是仓皇失措,夺门乱窜。又奈这火从外面烧入,竟将各门挡住,仿佛是祝融、回禄,代守宫门。宫内窜出各吏役,逃命要紧,管不及有火没火,统从火堆中越过,不是焦头烂额,也被燎发燃眉,有几个应罹火劫的,受着几阵浓烟,已皆晕倒,烧得乌焦巴弓。世宗本有戒心,闻外面是哔剥声,慌忙起床,启户一瞧,已是红光满目,照胆惊心,当有内监等前来扈驾簇拥而出,不防外面已成火圈,无路可走,只好重行退还。世宗因仲文言,自知无碍,便语内侍道："休要惊慌!朕躬自有救星。"道言未绝,门外已有人抢入,不及行君臣礼,忙将世宗背在身上,从烟焰稍淡处,冲将出去,走至宫外,俱幸无伤,才将世宗息下。世宗瞧着,乃是锦衣卫指挥使陆炳。炳顿首问安,世宗亦慰谕道:"非卿救朕,朕几葬身火窟了。但陶卿曾谓朕有救星,不料救星就是卿呢。"正说着,陶仲文亦跟跄奔至,须眉多被焚去。世宗与语道:"卿何故也遭此灾?"仲文道:"陛下命数,应罹小灾,臣适默祷,以身相代,所以把些须惊恐,移至臣身。陛下得安,臣何惜这须眉呢。"吾谁欺,欺天乎？世宗大喜。及火势已熄,回视行宫,已成焦土,检查吏役,伤亡了好几百人,世宗命循例抚恤。授仲文为神霄保国宣教高士,给予诰敕印绶,特准携带家属,随官就任。仙眷安可拆开？及至承天,谒显陵毕,命作新宫,以章圣太后合葬。是时章圣太后已崩,世宗有意南祔,所以南巡承天,阅视幽宫。至此南祔议决,才还京师。是年九月,奉葬章圣太后于显陵。世宗又送葬南下,不消细说,惟世宗南巡时,曾命太子监国,四岁小儿,何知监国？至还都后,陶仲文又进清净养心的道诀,身为人君,一日二日万机,如何清净？世宗甚是信从。一日临朝,谕廷臣道："朕欲命太子监国一二年,俾朕在宫摄养,康强身体,再行亲政。"廷臣都错愕相顾,不知所对。太仆卿杨最,心中很是反对,因见廷臣无言,也只得暂时含忍,待退朝后,恰抗疏上奏道：

  臣入朝时,闻圣谕由东宫监国,暂得静修,此不过信方士之言,为调摄计耳。夫尧舜性之,汤武身之,非不知修养可以成仙,以不易得也。不易得所以不学,岂尧舜之世无仙人？尧舜之智不知学哉？孔子谓老子犹龙,龙即仙也,孔子非不知老子之为仙,不可学也,不可学岂易得哉？臣闻皇上之谕,始则惊而骇,继则感而悲,犬马之诚,惟望陛下端拱穆清,恭默思道,不迩声色,保复元阳,不期仙而自仙,不期寿而自寿。若夫黄白之术,金丹之药,皆足以伤元气,不可信也,幸陛下慎之！

为这一疏,大忤帝意,竟下诏逮最下狱,饬镇抚司拷讯。最不胜搒掠,瘐毙狱中。冤哉！枉也。随进陶仲文为忠孝秉一真人,领道教事；寻加少保礼部尚书,晋授少傅,食一品俸。半官半道,煞是可笑。还有方士段朝用,交结武定侯郭勋,谓能化器物为金银,当将所化银杯,托勋进奉。世宗称为天授,立封朝用为紫府宣忠高士,即将所献银杯,荐享太庙,加郭勋禄米百石,嗣复加封翊国公。嗣是东宫监国,说虽不行,惟世宗常不视朝,日事斋醮,工作烦兴。给事中顾存仁、高金、王纳言,皆以直谏得罪。监察御史杨爵,忍耐不住,竟上疏直陈五大弊：一由郭勋奸蠹,任用肆毒；二由工作不休,朘民膏血；三由朝御希简,经筵旷废；四由崇信方术,滥加保傅；五由阻抑言路,忠荩杜口。看官！你想这五大弊,都是世宗视为美政,瞧着此奏,能不震怒异常么？当下逮狱拷掠,血肉狼藉,死了一夜,方得苏醒。主事周天佐,御史浦铉,上疏论救,皆下狱受刑,先后瘐死。因此群臣相戒,无敢再言。时大学士张孚敬,屡进屡出,于嘉靖十八年卒于家,世宗尚追悼不已,赠职太师。李时亦已病终,礼部尚书监醮使夏言,升任武英殿大学士；导引官顾鼎臣,升任文渊阁大学士,两人最得帝宠,所有建醮时的荐告文,尝由两人主稿,创用青藤纸书朱字,称为青词,青词以外，又有歌功颂德的诗章，亦多属两人手笔。顾鼎臣进步虚词七章，夏言进修醮诗，有"宫烛荧煌太乙坛"等句，均为世宗所称赏。内外官吏，彼此相效，盛称祥瑞，侈颂承平，风气一开，谀词竞进，遂引出一个大奸贼来。应首回奸贼专权。前此如江彬诸人，未尝不奸，但未及若人耳。正是：

方外诸人刚获宠，朝中巨猾又专权。

欲知奸贼为谁，待下回详述情由。

邵元节以外，有张彦頨，张彦頨以外，又有陶仲文，何仙人之多耶？或谓卿云绕日，白鹤绕坛，史策流传，非尽虚语。至若旋风示兆，果遇火灾，陶真人独能先觉，陆指挥即是救星，就令君非世宗，亦安得不为之敬信者？不知人君抚有天下，应以福国利民为本务，国而治，不言瑞而瑞自至；民而安，不求福而福自来。否则瑞反为妖，福转伏祸，宁有济耶？况乎法坛之鹤，宁知非彦頨之预储，故示灵应；行宫之毁，安知非仲文之纵火，藉践妖言。古今来之欺世惑民者，往往如此，非必其果有异术也。本回陆续叙写凡方士之售欺，与世宗之受欺，尽在言中，明眼人自能知之，宁待明示乎？

第六十回　遘宫变妃嫔罹重辟　　跪榻前父子乞私情

却说嘉靖中年，有一位大奸臣，乘时得志，盘踞要津，秉政二十余年，害得明朝元气，剥削殆尽，几乎亡国败家。这奸臣姓甚名谁，就是分宜人严嵩。大忠大奸，俱用特笔。弘治年间，嵩举进士，有术士替他相面，说他后当大贵，但有饿纹入口，恐至枵腹亡身。嵩笑道："既云大贵，又云饿毙，显见得自相矛盾，不足深信呢。"严嵩以进士成名，独不闻周亚夫故事耶？嗣是浮沉宦乡，没甚出色。他遂变计逢迎，多方运动，竟得了尚书夏言的门路，就职南京，洊任至吏部尚书。会值夏言入阁，遂调嵩入京，就任礼部尚书，所有一切礼仪，无不仰承上旨，深合帝心。又因建坛设醮，屡现庆云，遂仗着历年学问，撰成一篇《庆云赋》，呈入御览。世宗从头至尾的阅读一遍，觉得字字典雅，语语精工，就是夏、顾两大臣的青词，亦似逊他一筹，免不得击节称赏。未几，又献《大礼告成颂》，越觉镂金琢玉，摘藻扬芬，世宗遂大加宠眷，所有青词等类，概令严嵩主笔。夏、顾二人，转因此渐渐失宠。顾鼎臣不该遭祸，竟于嘉靖十九年，得病逝世，追赠太保，居然生荣死哀，完全过去。确是幸免。惟夏言自恃勋高，瞧不起这位严尚书,且因严嵩进阶,都由自己一手提拔,所以待遇严嵩,几与门客相等。严嵩与言同乡,科第比言为早,因须仗言援引,不得不曲意迎承。谁知言竟一味骄倨,意气凌人,嵩遂暗暗怀恨,不过形式上面,尚是格外谦恭。是谓奸臣。一日,置酒邀言,赍柬相请,言竟谢绝。嵩复自至夏第,入门求见,言复不出。这般做作,无怪速死。嵩不得已长跪阶前,手展所具启帖,和声朗诵,委婉动人,言乃回嗔作喜,出来应酬,遂偕嵩赴宴,兴尽乃归。言以为嵩实谦抑,坦然不疑。俗语说得好:"明枪易躲,暗箭难防。"严嵩是个阴柔险诈的人物,"阴柔险诈"四字,真是严嵩的评。受了这等暗气,哪有不私图报复?凑巧翊国公郭勋,与言有隙,嵩遂与勋相结,设计害言。先是言加封少师,特进光禄大夫上柱国,并蒙赐银章,镌"学博才优"四字,得密封白事。自世宗至承天谒陵,郭勋、夏言、严嵩等,俱扈驾随行,谒陵已毕,嵩请表贺,言请俟还京再议。世宗竟从嵩请,遽御龙飞殿求贺。嵩遂揣摩意旨,与郭勋暗伺言隙,一再进谗,顿时恼了世宗,责言傲慢不恭,追缴银章手敕,削夺勋阶,勒命致仕。既而怒意渐解,复止言行,把银章手敕,一并赏还。言知有人构陷,上疏谢恩,内有"一志孤立,为众所忌"二语,世宗复下诏切责。言再疏申谢,并乞归休,有旨不许。会昭圣太后病逝,世宗饬群臣酌议服制,言报疏未惬帝意,且间有讹字,复遭严旨驳斥。原来昭圣太后张氏,自世宗称为伯母后,奉待浸薄。后弟昌国公张鹤龄,及建昌侯张延龄,以僭侈逾制,为人所讦,先后下狱。张太后至席藁待罪,请免弟死,世宗不从。鹤龄瘐死狱中,延龄长系待决。张太后忿恚致疾,竟尔告终。世宗意欲减轻服制,偏夏言以礼相绳,仓猝间又缮错一二字,遂被世宗指毛索瘢,斥为不敬。言只好推称有疾,以致昏谬贻愆。世宗复勒令归田,言奉命将行,诣西苑斋宫叩辞。世宗又动了怜念,令还私第治疾,徐俟后命。夏言经此播弄,尚复恋栈,岂必除死方休耶?张太后的丧葬,草草完事,就是世宗父子,亦不过持服数日,便算了结。张延龄竟致弃市。第知尊敬父母,未及锡类之仁,安得为孝?插入张氏情事,以明世宗之负心。

时言官交劾郭勋,勋亦引疾乞假。京山侯崔元新得主眷,入直内苑,世宗与语道:"郭勋、夏言,皆朕股肱,为什么彼此相妒呢?"元踌躇未答。世宗又问勋有何疾?元答道:"勋实无疾,但忌夏言,言若归休,勋便销假了。"世宗为之颔首。御史等闻这消息,又联名劾勋,有诏令勋自省,并将原奏发阅,勋辩语悖慢,失人臣礼。给事中高时,乃尽发勋贪纵不法十数事,遂下勋锦衣狱。勋既得罪,言复被召入直。法司审谳勋案,多由言暗中指授,狱成议斩。世宗尚有意宽贷,饬令复勘,不意复勘一次,加罪一次,复勘两次,加罪两次,一个作威作福的翊国公,不被戮死,也被搒死,盈廷称快。只严嵩失一帮手,未免心中怏怏。

明代冠制，皇帝与皇太子冠式，用乌纱折上巾，即唐朝所称的翼善冠。世宗崇尚道教，不戴翼善冠，独戴香叶冠，嗣命制沉水香冠五顶，分赐夏言、严嵩等。夏言谓非人臣法服，却还所赐。严嵩独遵旨戴着，且用轻纱笼住，藉示郑重。世宗遂嫉言亲嵩，适当日食，因诏称："大臣慢君，以致天象告儆，夏言慢上无礼，着即褫职，所有武英殿大学士遗缺，令严嵩补授！"这诏颁发，嵩遂代言入阁，跃登相位。时嵩年已六十余，不异少壮，朝夕入直西苑椒房，未尝一归洗沐，世宗大悦，赐嵩银章，有"忠勤敏达"四字。寻又陆续赐匾，遍悬嵩第，内堂曰"延恩堂"，藏书楼曰"琼翰流辉"，修道阁曰"奉玄之阁"，大厅上面独擘窠大书"忠弼"二字，作为特赏。嵩遂窃弄威柄，纳贿营私。长子世蕃，得任尚宝司少卿，性尤贪黷，父子狼狈为奸，朝野侧目。世宗之所谓忠者，得毋由是。

　　嘉靖二十一年十月，宫中竟闯出谋逆的大变来。谋逆的罪首，乃是曹妃宫婢杨金英。一个宫婢，也入国史中，传播百世，可谓值得。原来世宗中年，因求储心切，广置妃嫔，内有曹氏，生得妍丽异常，最承宠爱，册为端妃。每遇政躬有暇，必至端妃宫内，笑狎尽欢，后宫佳丽三千人，三千宠爱在一身，差不多有这般情形。修道者固如是耶？端妃侍婢杨金英，因侍奉未周，屡触上怒，几欲将她杖死，还是端妃替她缓颊，才把性命保全，金英未知感恩，反且衔恨。可巧雷坛告成，世宗往祷雷神，还入端妃宫中，同饮数杯，酒酣欲睡，眠倒榻上，竟入黑甜。端妃替他覆衾，放下罗帏，恐怕惊动睡梦，因轻闭寝门，趋至偏厢去了。不料杨金英觑着闲隙，悄地里挨入寝门，侧耳细听，鼾声大起，她竟放着胆子，解下腰间丝带，作一套结，揭开御帐，把带结套入帝颈，正在用力牵扯，突闻门外有履舄声，不禁脚忙手乱，掷下带子，抢出门外。看官听着！这门外究系何人？原来是另一宫婢，叫作张金莲。又是一个救星。金莲正从寝门经过，偷视门隙，见金英解带作结，不知有甚么勾当，她本欲报知端妃，转思金英是端妃心腹，或由端妃遣入，亦未可知，不如速报皇后，较为妥当。主意已定，遂三脚两步的趋至正宫，禀称祸事。方皇后闻言大惊，忙带着宫女数名，随金莲赶入西宫，也不及报知端妃，竟诣御榻前探视，揭帐一瞧，见世宗颈中，套丝带一条，惊得非同小可，忙用手向口中一试，觉得尚有热气，心下始放宽三分，随即检视带结，幸喜是个活结，不是死结。看官，这杨金英既欲弑帝，何以不用死结，恰用活结呢？小子想来，料系世宗命不该绝，杨金英忙中致误，所以带结不牢，当用力牵扯时，反将带结扯脱一半，又经张金莲觑破，不及再顾，所以世宗尚未毕命。方后将带解去，端妃才闻报进来，这时候的方皇后，瞧着端妃，不由的柳眉倒竖，凤眼圆睁，用着猛力，将丝带掷向端妃面上，并厉声道："你瞧！你瞧！你敢做这般大逆事么？"平时妒意，赖此发泄。端妃莫明其妙，只吓

第六十回　遘宫变妃嫔罹重辟　跪榻前父子乞私情

得浑身乱抖，还算张金莲替她辩明，说是杨金英谋逆，方后即令内侍去捕金英，一面宣召御医，入诊世宗。至御医进诊，金英已是拿到，方后也不及审问金英，先由御医诊视帝脉，说是无妨，立即用药施治。果然世宗苏醒转来，手足展舒，眉目活动，惟项间为带所勒，虽未伤命，究竟咽喉被逼，气息未舒，一时尚不能出言。方后见世宗复生，料知无碍，便出外室严讯金英。金英初尚抵赖，经金莲质证，无从狡辩，只好低首伏罪。偏方后不肯罢手，硬要问她主谋。金英一味支吾，待至用刑胁迫，恰供出一个王宁嫔。方后遂命内监张佐，立将王宁嫔牵至，也不问她是虚是实，即用宫中私刑，打她一个半死。随召端妃入问道："逆犯金英，是你的爱婢，你敢与她通同谋逆，还有何说？"端妃匍伏地上，诉明冤屈。方后冷笑道："皇上寝在何处，你还想推作不知么？"便命张佐道："快将这三大罪犯，拖将出去，照大逆不道例，凌迟处死便了。"拔去眼中钉，快意何如？端妃闻言，魂灵儿已飞入九霄，几至不省人事，及惊定复苏，还想哀求，已被张佐牵出宫外。可怜她玉骨冰肌，徒落得法场寸磔，暴骨含冤。为美人恃宠者鉴。王宁嫔及杨金英，依例极刑，不消细说。世宗病痊，忆着端妃的情爱，遍诘宫人，都为称冤，哀悼不置，嗣是与后有隙。至嘉靖二十六年，大内失火，世宗方居西内，闻着火警，竟向天自语道："莫谓仙佛无灵，看那厮妒害好人，今日恐难逃天谴呢。"宫人请往救方后，世宗默然不答。及火已扑熄，接到大内禀报，皇后为火所伤，抱病颇重，世宗亦不去省视，后竟病殁。已而世宗又追悼亡后，流涕太息道："后尝救朕，朕不能救后，未免负后了。"又要追悔，愈见哀怨无常。乃命以元后礼丧葬，亲定谥法，号为孝烈，预名葬地曰永陵，这是后话慢表。

且说世宗既遭宫变，并将杨金英族属，逮诛数十人，遂以平定宫变，敕谕内阁道："朕非赖天地鸿恩，鬼神默佑，早为逆婢所戕，哪有今日？朕自今日始，潜心斋祓，默迓天庥，所有国家政事，概令大学士严嵩主裁，择要上闻。该大学士应曲体朕心，慎率百僚，秉公办事"等语。严嵩接到此谕，欢喜的了不得，遇事独断，不问同僚，内外百司，有所建白，必先启嵩，然后上闻。嵩益贪婪无忌，恃势横行。大学士翟銮，以兵部尚书入阁办事，资望出严嵩上，有时与嵩会议，未免托大自尊，嵩竟因此挟嫌，阴嗾言官，疏论翟銮，并劾銮二子汝俭、汝孝，与业师崔奇勋，亲戚焦清，同举进士及第，营私舞弊，情迹昭然。世宗震怒，命吏部都察院查勘。翟銮上疏申辩，语多侵及严嵩，世宗益怒道："銮被劾待勘，尚敢渎陈么？他二子纵有才学，何至与私人并进，显见得是有情弊呢。"遂饬令翟銮父子削籍，并将崔奇勋、焦清，俱斥为民。一场欢喜一场空。又有山东巡按御史叶经，尝举发严嵩受贿事，嵩弥缝得免，怀恨在心，适经在山东监临乡试，试毕呈卷，嵩摘录卷中文字，指为诽谤。欲加之罪，何患无辞？世宗遂逮经入京，加杖八十，创重而死。试官周镳，提调布政使陈儒，皆坐罪谪官。御史谢瑜、喻时、陈绍，给事中王翙、沈良材、陈垲，及山西巡抚童汉臣，福建巡按何维柏等，皆以劾嵩得罪，嵩自是气焰益横。世宗命吏部尚书许瓒，礼部尚书张璧，入阁办事，各授为大学士，嵩看他们不在眼中，仍然独断独行，不相关白。瓒尝自叹道："何故夺我吏部，令我仰人鼻息。"遂上疏乞休，并言："嵩老成练达，可以独相，无烦臣伴食"云云。明是讥讽语。嵩知瓒意，亦上言："臣子比肩事主，当协力同心，不应生嫌，往岁夏言与郭勋同列，互相猜忌，殊失臣道，臣嵩屡蒙独召，于理未安，恐将来同僚生疑，致蹈前辙，此后应仿祖宗朝'蹇夏三杨'故事，凡蒙召对，必须阁臣同入"等语。以假应假，煞是好看。两疏皆留中不报。世宗自遭宫变后，移居西内，日求长生，郊庙不亲，朝讲尽废，君臣常不相见，只秉一真人陶仲文，出入自由，与世宗接见时，辄得旁坐，世宗呼为先生而不名。严嵩尝贿托仲文，凡有党同伐异的事件，多仗他代为陈请，一奸一邪，表里相倚，还有何事再应顾忌？不过大明的国脉，被他斫丧不少呢。

既而张璧去世，许瓒以乞去落职，严嵩竟思独相，不意内旨传出，复召回夏言入阁，尽复原官。言奉诏即至，一入阁中，复盛气凌嵩，既去何必再来？且盛气如故，不死何待？一切批答，全出己意，毫不与嵩商议。就是嵩所引用的私人，多半驱逐，嵩欲出词袒护，都被言当面指摘，反弄得嗫不敢声。御史陈其学，以盐法事劾论崔元，及锦衣都督陆炳，炳时已升都督。世宗发付阁议。言即拟旨，令二人自陈。二人惶惧，径造嵩家乞救。嵩摇手道："皇上前尚可斡旋，夏少师处不便关说，两位只去求他罢了。"二人没法，先用三千金献纳夏第，言却金逐使，吓得二人束手无策，又去请教严嵩。嵩与附耳数语，二人领教出门，即至夏言处请死，并长跪多时，苦苦哀吁。言乃允为转圜，二人才叩谢而出。夏言已中嵩计。嗣因嵩子世蕃，广通贿路，且代输户转纳钱谷，过手时任情剥蚀，悉入贪囊，事被夏言闻悉，拟即参奏。有人报知世蕃，世蕃着急，忙去求那老子设法。严嵩顿足道："这遭坏了，老夏处如何挽回？"世蕃闻言，急得涕泪交下。毕竟严嵩舐犊情深，踌躇半晌，方道："事在燃眉，我也顾不得脸面了。好儿子！快随我来。"真是一个好儿子。世蕃应命，即随嵩出门驾舆，竟趋夏第，请见夏少师。名刺投进，好半日传出话来，少师有病，不能见客。严嵩听着，拈须微笑，曲摹奸态。袖出白银一大锭，递与司阍道："烦你再为带引，我专为候病而来，并无他事。"阍人见了白镪，眉开眼笑，乐得做个人情，天下无难事，总教现银子。一面却说道："丞相有命，不敢不遵，但恐敝主人诘责，奈何？"严嵩道："我去见了少师，自有话说，请你放心，包管与你无涉。"阍人及导他入内，直至夏言书室。言见嵩父子进来，不便呵斥阍人，只好避入榻中，佯作病状,蒙被呻吟。严嵩走至榻前,低声动问道:"少师政体欠安么?"夏言不应。乐得摆架子。连问数声,方见言露首出来,问是何人?严嵩报明姓名,言佯惊道:"是室狭陋,奈何亵慢严相?"说着,欲欠身起来。嵩忙道:"嵩与少师同乡,素蒙汲引,感德不浅,就使嘱嵩执鞭,亦所甘心,少师尚视嵩作外人么?请少师不必劳动,尽管安睡!"言甘心辣。言答道:"老朽多病,正令家人挡驾,可恨家人不谅,无端简慢严相,老朽益难以为情。"嵩复道:"此非尊价违慢,实因嵩闻少师欠安,不遑奉命,急欲入候,少师责我便是,休责尊价。但少师昨尚康强,今乃违和,莫非偶冒寒气么?"言长吁道:"元气已虚,又遇群邪,群邪一日不去,元气一日不复,我正拟下药攻邪哩。"分明是话中有话。严嵩一听,早已觉着,急挈着世蕃,扑的一声,跪将下去。世蕃又连磕响头,惊得夏言起身不及,忙道:"这、这是为着何事,快快请起!"嵩父子长跪如故,接连是流泪四行,差不多似雨点一般,坠将下来。好一个老法儿。小子有诗讥严嵩父子道:

> 能屈能伸是丈夫,奸人使诈亦相符。
> 试看父子低头日,谁信将来被厚诬?

未知夏言如何对付,请看官续阅下回。

本回以严嵩为主,夏言及世宗为宾,内而方后、曹端妃等,外而翟鸾、叶经、许瓒等,皆宾中宾也。世宗与夏言,皆以好刚失之,世宗惟好刚故,几罹弑逆之变,夏言惟好刚故,屡遭构陷之冤,独严嵩阴柔险诈,象恭滔天,世宗不能烛其恶,夏言反欲凌以威,此皆为柔术所牢笼,堕其术中而不之悟,无惑乎为所播弄也。宫变一节,虽与严嵩无关,而世宗因此潜居,使严嵩得以专柄,是不啻为嵩添翼。端妃屈死,而严氏横行,天何薄待红颜,而厚待奸相乎?吾故谓本回所叙,处处注意严嵩,余事皆随笔销纳,项庄舞剑,意在沛公,观此文而益信神妙矣。

第六十一回 复河套将相蒙冤
扰都门胡虏纵火

却说严嵩父子,跪在夏言榻前,泪珠似雨点一般,洒将下来,妇女惯会落泪,不意堂堂宰相,也与妇女相等,故孔子谓小人女子,皆为难养。夏言再三请起,严嵩道:"少师若肯赏脸,我父子方可起来。"夏言明知为参奏事,恰不得不问着何故？严嵩方将来意说明，世蕃又磕头哀求，自陈悔过。夏言笑道："这事想是误传了，我并无参劾的意思，请贤桥梓一概放心！"严嵩道："少师不可欺人。"夏言道："大丈夫一言既出，驷马难追，尽管放心起来，不要折煞我罢！"言必践信，原是君子所为，但施诸小人，未免失当。严嵩父子，方称谢而起。彼此又谈数语，方才告别。夏言只说了"恕送"二字，依旧拥被坐着。架子太大。严嵩归家，暗想世蕃虽得免劾，总不免受言所辱，意中很是怀恨，日与同党阴谋，设计害言。言却毫不及觉。有时言与嵩入直西苑，世宗屡遣左右宫监，伺察二人动静，无非好猜。与言相遇，言辄傲然不顾，看他似奴隶一般。转入嵩处，嵩必邀他就座，或相与握手，暗中便把黄白物，塞入宫监袖中。本是傥来物，何足爱惜。看官！你想钱可通神，何人不爱此物？得人钱财，替人消灾，自然在世宗面前称赞严嵩的好处。那夏言不但没钱，还要摆着架子，逞些威风，大家都是恨他，背地里常有怨声，世宗问着，还有何人与言关切，略短称长；而且设醮的青词，世宗视为非常郑重，平日所用，必须仰仗二相手笔，言年渐衰迈，又因政务匆忙，无非令幕客具草，糊糊涂涂的呈将上去，世宗每看不入眼，弃掷地上。嵩虽年老，恰有儿子世蕃帮忙，世蕃狡黠性成，善能揣摩帝意，所撰青词，语语打入世宗心坎中，世宗总道是严嵩自撰，所以越加宠幸。只世蕃仗着父势，并没有改过贪心，仍旧伸手死要，严嵩倒也告诫数次，偏世蕃不从，嵩恐夏言举发，上疏遣世蕃归家。世宗反驰使召还，加授世蕃太常寺少卿。世蕃日横，嵩因见主眷日隆，索性由他胡行罢了。这且慢表。

且说嘉靖三年，大同五堡兵作乱，诱鞑靼部入寇，虽经佥都御史蔡天祐等，抚定叛众，只鞑靼兵屡出没塞外。鞑靼势本中衰，至达延可汗嗣立，达延可汗系脱古思帖木儿六世孙。颇有雄略，统一诸部，自称大元大可汗，复南下略河套地，奄有朔漠，分漠南漠北为二部。漠北地封幼子札赉尔，号为喀尔喀部，漠南地分封子孙，令次子巴尔色居西部，赐名吉囊。亦作济农。吉囊二字，是副王的意思。嫡孙卜赤居东部，号为察哈尔部，达延汗殁，卜赤嗣为可汗，巴尔色亦病死，子究弼哩克袭父遗职，移居河套，为鄂尔多斯部的始祖，巴尔色弟俺答，居阴山附近，为土默特部的始祖，彼此不相统属。未几究弼哩克又死，俺答并有二部，势日强盛，与究弼哩克子狼台吉，屡寇明边。明将发兵抵御，互有胜负。约略叙明。嘉靖二十五年，兵部侍郎曾铣，总督陕西三边军务，锐意图功，辄有杀获。且建议规复河套，上书力请道：

> 寇居河套，侵扰边鄙，今将百年。出套则寇宣大三关，以震畿服；入套则寇延宁甘固，以扰关中，深山大川，势固在彼而不在我。臣枕戈汗马，切齿痛心，窃尝计之：秋高马肥，弓劲矢利，彼聚而攻，我散而守，则彼胜；冬深水枯，马无宿藁，春寒阴雨，壤无燥土，彼势渐弱，我乘其敝，则中

第六十一回　复河套将相蒙冤　扰都门胡虏纵火

国胜。臣请以锐卒六百,益以山东枪手二千,多备矢石,每当秋夏之交,携五十日之饷,水陆并进,乘其无备,直捣巢穴。材官骁发,炮火雷击,则彼不能支。岁岁为之,每出益励,彼势必折,将遁而出套之恐后矣。俟其远出,然后因祖宗之故疆,并河为塞,修筑墩隍,建置卫所,处分戍卒,讲求屯政,以省全陕之转输,壮中国之形势,此中兴之大烈也。夫臣方议筑边,又议复套者,以筑边不过数十年计耳。复套则驱斥凶残,临河作阵,乃国家万年久远之计,惟陛下裁之!

这疏呈入,有旨下兵部复议。兵部以筑边复套,俱系难事,两事相较,还是复套为难,筑边较易,请先事筑边,缓图复套。世宗转问夏言,言独请如铣议。世宗乃颁谕道:"河套久为寇据,乘便侵边,连岁边民,横遭荼毒,朕每宵旰忧劳,可奈边臣无策,坐视迁延,没一人为朕分忧。今侍郎曾铣,倡议复套,志虑忠纯,深堪嘉尚,但作事谋始,轻敌必败,着令铣与诸边臣,悉心筹议,务求长算。兵部可发银三十万两与铣,听他修边饷兵,便宜调度,期践原议,勿懈初衷!"叙入此谕,见得世宗初意,本从铣奏。铣得谕后,自然募集士卒,添筑寨堡,忙碌了好几月,督兵出寨,击退寇众,斩馘数十人,获牛马橐驼九百有五十,械器八百五十余件,上表奏捷。世宗按功增俸,并赐白金纻币有差。曾铣遂会同陕西巡抚谢兰,延绥巡抚杨守谦,宁夏巡抚王邦瑞,及三镇总兵,协议复套方略,且条陈机要,附上营阵八图,世宗很是嘉纳。奏下,兵部尚书王以旗等,亦见风使帆,复陈曾铣先后奏请,均可施行云云。

会值大内失火,方后崩逝,应上回。世宗颇加戒惧,命释杨爵等出狱,应五十九回。一面诏求直言。那时阴贼险狠的严嵩,得了机会,疏陈:"灾异原因,由曾铣开边启衅,误国大计所致。夏言表里雷同,淆乱国事,应同加罪惩处,藉迓天庥。"东拉西扯,毫没道理。嵩疏一上,廷臣遂陆续上本,大都归咎铣、言两人。明明是严嵩主使。世宗竟背了前言,别翻一调,谕言"逐贼河套,师果有名否?兵食果有余,成功可必否?一曾铣原不足惜,倘或兵连祸结,涂炭生灵,试问何人负责"等语。大人说错话,话过便是这等举动。这谕一下,中外多诧异不置。接连是罢夏言官,逮铣诣京,出兵部尚书王以旗,凡从前与议复套官吏,分别惩罚。世宗自问应否加罪?一番攘外安内的政策,片刻冰消。

这严嵩心尚未足,定要借着此事,害死夏言,方肯罢休。先是咸宁侯仇鸾,仇钱子。镇守甘肃,素行贪黩,为铣所劾,逮入京师下狱。鸾与嵩本是同党,嵩遂从中设法,暗令子世蕃替鸾草疏,辩诉冤屈,并诬铣克扣军饷,纳贿夏言,由言继妻父苏纲过付,确凿无讹。世宗到此,也未尝彻底查究,便饬法司谳案,援照交结近侍律,斩铣西市,妻子流二千里。铣有智略,颇善用兵,性尤廉洁,死后家无余资,都人俱为称冤,惟严嵩以下一班走狗,扳倒曾铣,就是扳倒夏言。铣既坐斩，言自然不能免罪了。当下有诏逮言，言才出都抵通州，闻铣已定谳，吃一大惊，从车上跌下，忍痛唏嘘道："这遭我死了。"在途次缮着奏疏，痛诋严嵩，略谓："仇鸾方系狱中，皇上降谕，未及二日，鸾何从得知？此必严嵩等诈为鸾疏，构陷臣等。严嵩静言庸违似共工，谦恭下士似王莽，奸巧弄权，父子专政，似司马懿，臣的生命，在严嵩掌握，惟圣恩曲赐保全。"你从前何不预劾，至此已是迟了。疏才缮定，缇骑已到，即就逮至京，把缮好的奏折，浼人呈入，世宗不理，无非是掷向地上。命刑部援曾铣律，按罪论死。尚书喻茂坚，颇知夏言的冤情，因世宗信嵩嫉言，不便替他诉冤，只好将议贵议能的条例，复陈上去，请将言罪酌减。世宗览毕，愤愤道："他应死已久了，朕赐他香叶冠，他不奉旨，目无君上，玩亵神明，今日又有此罪，难道还可轻恕么！"尚记得香叶冠事，煞是可笑。随批斥茂坚，说他不应包庇。嵩闻刑部主张减罪，恐言或从此得生，正拟再疏架害，一步不肯放松，小人之害人也如此。适值掩答寇居庸关，边报到京，遂奏称居庸告警，统是夏言等主张复套，以致速寇。这道奏章，仿佛是夏言的催命符，竟由世宗准奏，置言重辟，言妻苏氏流广西，从子主事克承，从孙尚宝丞朝庆，尽行削籍。于是严嵩得志，独揽大权，世宗虽自南京吏部，召入张治，命为礼部尚书，兼文渊阁大学士，并命李本为少詹事，兼翰林院学士，两人入阁，一个是疏不间亲，一个是卑不敌尊，无非是听命严嵩，唯唯诺诺罢了。也是保身之道，否则即被逐出。

且说俺答入寇居庸，因关城险阻，不能得手，便移兵犯宣府，把总江瀚，指挥董旸，先后战死，寇遂进逼永宁。大同总兵官周尚文，督师截击，仗着老成胜算，杀败寇众，戮一渠帅，俺答乃仓皇遁去。严嵩父子，与尚文又有宿憾，屡图倾陷，幸喜边患方深，世宗倚重尚文，未遭谗害。哪知天不假年，将星遽陨，死后应给恤典，偏被严嵩中沮，停止不行。给事中沈束，上书代请，忤了严嵩，奏请逮狱。束妻张氏，留住京师，无论风霜雨雪，总是入狱探望，所有狱中费用，全仗十指的针绣，易钱缴纳，狱卒颇也加怜，不忍意外苛索。小卒犹怀悲感，大相偏要行凶。张氏一日上书道：

> 臣夫家有老亲，年已八十有九，衰病侵寻，朝不计夕。臣妾欲归奉舅，则夫之饘粥无资，欲留奉夫，则舅又旦夕待尽，辗转思维，进退无策，臣愿代夫系狱，令夫得送父终年，仍还赴系，实惟陛下莫大之德，臣夫固衔感无穷，臣妾亦叨恩靡既矣。

这疏求法司代呈，法司亦悚然起敬，附具请片，一并呈入。偏偏世宗不许，原来世宗深嫉言官，每以廷杖遣戍，未足深创，特命他长系狱中，为惩一儆百计，且令狱卒日夕监囚，无论语言食息，一律报告，就是戏言谐语，亦必上闻。沈束一系至十八年,但闻狱檐上面,鹊声盈耳,束谩语道:"人言鹊能报喜,我受罪多年,何来喜信,可见人言都是无凭呢。"这句话,报入大内,世宗忽记起张氏哀词,竟心动起来,当命将沈束释狱。夫妇踉跄回家,江山依旧,景物全非,老父已病死数年了。两人号啕恸哭,徙棺安葬,不消细叙。

单表周尚文病殁大同,朝旨令张达补授,俺答闻边将易人,复来犯塞。达有勇无谋,与副总兵林椿,带着边兵,出关接仗。两下里恶战一场,彼此各死伤多人,敌兵已经退去。达偏穷追不舍,中途遇伏,马蹶被戕。林椿麾兵往救,不及衣甲,也被敌兵攒刺,受了重伤,毙于非命。这是有勇无谋的坏处。俺答召集全部人马,大举入犯,边疆尤震。严嵩得仇鸾厚贿,竟代为保举,赦出狱中,授大同总兵官。鸾至大同,适值俺答到来,吓得手足无措。悔不如安居狱中。还是养卒时义、侯荣,替鸾设法,赍着金帛,往赂俺答,求他移寇他塞,勿犯大同。俺答得了贿赂,遗还剑矗,作为信据,允准移师,还算有情。遂东沿长城,至潮河川南下,直抵古北口。都御史王汝孝,悉众出御,俺答佯退,别遣精骑绕出黄榆沟,破墙而入。汝孝部下,不意敌兵猝至,相率惊溃,俺答遂掠怀柔,围顺义,长驱疾走,径达通州,巡按顺天御史王忬,先日至白河口,将东岸舟楫,悉数拢泊西岸,不留一艘,因此寇众大至,无舟可渡,只得傍河立寨,潜分兵剽掠昌平,蹂躏诸陵,奸淫劫夺,不可胜纪。

是时京城内外,已紧急的了不得,飞檄各镇勤王,分遣文武大臣各九人,把守京城九门,一面诏集禁军,仔细检阅,只有四五万人,还是一半老弱残兵,不足御敌。看官听说!自武宗晏驾后,禁军册籍,多系虚数,所有兵饷,尽被统兵大员没入私囊,有几个强壮兵丁,又服役内外提督及各大臣家,一时不能归伍,所以在伍各兵,不是老疾,就是疲弱,一闻寇警,统是哭哭啼啼,一些儿没有勇气。都御史商大节,受命统兵,只得慷慨誓师,虚言激励,兵民闻言思奋,颇也愿效驰驱。大节命至武库,索取甲仗,不料各兵去了转来,仍然是赤手空拳。大节问明缘故?大众答道:"武库中有什么甲械,不过有破盔数十顶,烂甲数百副,废枪几千杆罢了。"大节叹道:"内使主库,弄到这般情形,教我如何摆布呢?"言下,沉吟了一会,复顾大众道:"今日事在眉急,也说不得许多了。你等且再至武库,拣了几样,拿来应用,待我奏请圣上,发帑赶制,可好么?"实是没法,只好搪塞。大众含糊答应,陆续退去。大节据实奏报,有旨发帑金五千两,令他便宜支付。大节布置数日,还是不能成军。幸是年适开武科,四方应试的武举人,恰也来的不少,便由大节奏准应敌,才得登陴守城。过了两天,俺答已潜造竹筏,饬前队偷渡白河,约有七百骑,入薄京城,就安定门外的教场,作为驻扎地。京师人心愈恐。世宗又久不视朝,军事无从禀白,廷臣屡请不应,礼部尚书徐阶,上书固请,方亲御奉天殿,集文武百言议事。

谁知登座以后，并不闻有什么宸谟，只命徐阶严责百官，督令战守罢了。想是仗着天神保护，不必另设军谋。百官正面面相觑，可巧侍卫入报，大同总兵官仇鸾，及巡抚保定都御史杨守谦，统率本部兵到京，来卫皇畿了。世宗道："甚好。仇鸾可为大将军，节制各路兵马，守谦为兵部侍郎，提督军务。兵部何在？应即传旨出去。"昏头磕脑，连兵部尚书都不认识。兵部尚书丁汝夔，忙跪奉面谕，世宗竟退朝入内去了。汝夔起身出外，私叩严嵩，应该主战主守。严嵩低语道："塞上失利，还可掩饰，都下失利，谁人不晓。你须谨慎行事，寇得饱掠，自然远飏，何必轻战。"恰是好计，但如百姓何？汝夔唯唯而别。嗣是兵部发令，俱戒轻举。杨守谦以孤军力薄，亦不敢战，相持三日，俺答复至，竟麾众纵火，焚毁城外庐舍，霎时间火光烛天，照彻百里，正是：

寇众突来惟肆掠，池鱼累及尽遭殃。

未知京城能否保守，且至下回交代。

复套之议，曾铣创之于先，夏言赞之于后，固筹边之胜算也。河套即蒙古鄂尔多斯地，东西北三面，俱濒黄河，南与边城相接，黄河自北折南，成一大圈，因称河套。其地灌溉甚便，土壤肥美，俗有"黄河百害，只富一套"之说，设令乘机规复，发兵屯垦，因地为粮，倚河结寨，岂非西北之一大重镇耶？世宗初从铣议，后入嵩言，杀道济而自坏长城，死得臣而遂亡晋毒，一误再误，何其昏愦若此？及俺答入塞，直薄京城，朝无可恃之将帅，营无可用之兵戎，乃犹安居西内，至力请而后出，出亦不发一言，徒因仇鸾、杨守谦两人，入京勤王，即畀大权，身为天子，乃胸无成算，一至于此乎？读此回，令人作十日恶。

第六十二回　追狡寇庸帅败还
　　　　　　　开马市荩臣极谏

　　却说俺答率众到京，沿途大掠，又放起一把无名火来，将京城外面的民居，尽行毁去。百姓无家可住，东逃西散，老的小的，多半毙命，年纪少壮的，遇着寇众，不是被杀，就是被掳。内中有一半妇女，除衰老奇丑外，尽被这班鞑奴，牵拉过去，任情淫污，最有姿色的几人，供俺答受用，轮流取乐。大将军仇鸾，本畏俺答，因听时义、侯荣言，讨好朝廷，勉强入援，既至京师，哪敢与俺答对仗？只得仍遣时义、侯荣，再去说情。两人至俺答营，见俺答踞坐胡床，左右陪着妇女数人，统是现成掳掠，临时妻妾，平常妇女，得做番王临时妻妾，也算交运。两人也顾不得甚么气节,只好跪叩帐下。俺答道:"你来做什么?想是又把金币送我,倒难为你主人好意。"眈眈逐逐,无非为了金帛。时义道:"大王欲要金币,也是不难,但深入京畿,震动宫阙,恐我皇上动疑,反不愿颁给金币了。"俺答道:"我并不愿夺你京城,我只教互市通贡,岁岁得沾些利益,便可退兵。"可见俺答原无大志。时义道:"这也容易,谨当归报便了。"两人返报仇鸾,鸾闻帝意主战,一时却不敢上闻。俺答待了三日,并无信息,乃遣游骑至东直门,闯入御厩,掠得内监八人,还至虏营。俺答也不去杀他,反将他一律释缚,好言抚慰道:"烦你等作个传书邮,我有一书,寄与你主便是。"说罢,便将书信取出,交与八人。八人得了命,出了番帐,奔回东直门,入城禀见世宗,呈上番书。书中大意,无非是要求互市,请通贡使,结末有如不见从,休要后悔等语。世宗阅罢,便至西苑,召见大学士严嵩、李本,尚书徐阶,出书使视道:"卿等以为何如?"严嵩瞧着来书,语多恫吓,暗想此事颇不易解决,依他也不是,不依他也不是,当下眉头一皱,计上心来,便启奏道:"俺答上书求贡,系关系礼部的事情,陛下可详问礼部。"火烧眉毛,轻轻扑去。礼部尚书徐阶,听了嵩言,暗骂道:"老贼!你要嫁祸别人么?"心中一忖,也即启奏道:"求贡事虽属臣部掌管,但也须仰禀圣裁。"你推我,我推别人,徐阶也会使刁。世宗道:"事关重大,大家熟商方好哩。"阶踌躇半晌,方道:"现在寇患已深,震惊陵庙,我却战守两难,不便轻举,似应权时允许,聊解眉急。"世宗道:"他若果肯退去,皮币珠玉,俱不足惜。"阶复道:"若只耗费些皮币珠玉,有何不可?但恐他得步进步,要索无厌,为之奈何?"世宗蹙额道:"卿可谓远虑了,惟目前寇骑近郊,如何令退?"阶又道:"臣却有一计在此。俺答来书,统是汉文,我只说他汉文难信,且没有临城胁贡的道理,今宜退出边外,别遣使赍呈番文,由大同守臣代奏,才可允行。他若果然退去,我却速调援兵,厚集京畿,那时可许则许,不可许,便与他交战,不为他窘了。"此言只可欺小孩。世宗点头称善,命阶照计行事。

　　阶即遣使往谕,嗣得俺答复书,务须照准,令以三千人入贡,否则将添兵到此,誓破京师。阶见此书,先召百官会议,并宣布俺答来书。各官瞠目伸舌,莫敢发言。忽有一人高声道:"我意主战,不必言和。"徐阶瞧将过去,乃是国子司业赵贞吉,便问道:"君意主战,有何妙策?"贞吉道:"今日若许入贡,他必拣选精骑三千,即刻入城,阳称通贡,阴图内应,内外夹攻,请问诸公如何抵敌?就使他诚心通好,无意外的变故,也是一场城下盟。堂堂中国,屈辱敌人,宁不羞死!"也是一番虚骄语。检讨毛起接口道:"何人不知主战?但今日欲战无资,只好暂许要求,邀使出塞,然后再议战备。"贞吉叱道:"要战便战,何必迟疑!况寇众狡诈异常,岂肯听我诱约么?"徐阶见两下龃龉,料知不能决议，索性起座而去，自行入奏。

　　是夕，城外火光，越加猛烈，德胜、安定两门外，统成焦土，世宗在西内遥望，只见烟焰冲霄，连夜不绝，不禁搔首顿足，只唤奈何。内侍也交头接耳，互述日间廷议情状，适被世宗闻知，问明详细，即令宣诏赵贞吉入对。贞吉奉命即至，由世宗颁给纸笔，饬他条陈意见。贞吉即援笔直书，大旨"以寇骑凭陵，非战不可，陛下今日，宜亲御奉天门，下诏罪己，追奖故总兵周尚文，以励边帅，释放给事沈束出狱，以开言路，饬文武百司，共为城守，并宣谕各营兵士，有功即赏，得一首功，准赏百金，捐金数万，必可退敌"云云。虽似理直气壮，亦嫌缓不济急。这疏一上，世宗颇也感动，立擢贞吉为左春坊左谕德，兼河南道监察御史，饬户部发银五万两，宣谕行营将士。惟贞吉所请追励各条，仍未举行。是时俺答已纵掠八日，所得过望，竟整好辎重，向白羊口而去。有旨饬仇鸾追袭，鸾无奈，发兵尾随敌后，谁料敌兵竟返旆来驰，吓得仇鸾胆战心惊，急忙退步。部兵亦霎时溃散，等到敌兵转身，徐徐出塞，然后收集溃卒，检点人数，已伤亡了千余人。鸾反在途中枭斩遗尸，得八十余级，只说是所斩虏首，献捷报功，世宗信以为真，优诏慰劳，并加鸾太保，厚赐金帛。

　　京中官吏，闻寇众退去，互相庆贺。丑不可耐。不意有严旨下来，饬逮尚书丁汝夔、都御史杨守谦下狱。原来京城西北，多筑内臣园宅，自被寇众纵火，免不得一并延烧。内臣入奏世宗，统说是丁、杨二人，牵制将帅，不许出战，以致烽火满郊，惊我皇上，伏乞将二人治罪，为后来戒。都把皇帝做推头，这叫作肤受之愬。世宗闻言大怒，所以立刻传旨，将二人逮系起来。汝夔本受教严嵩，才命各营停战，至此反致得罪，连忙嘱着家属，向嵩乞救。嵩语来人道："老夫尚在，必不令丁公屈死。"来人欢谢去讫。嵩驰入见帝，谈及丁汝夔，世宗勃然变色道："汝夔负朕太甚，不杀汝夔，无以谢臣民。"这数语吓退严嵩，只好踉跄趋出，不发一言。至弃市诏下，汝夔及守谦，同被绑至法场，汝夔大哭道："贼嵩误我！贼嵩误我！"言未已，刀光一下，身首两分。守谦亦依次斩首，毋庸细述。

　　过了一日，又有一道中旨颁下，着逮左谕德赵贞吉下狱。看官听说！这赵贞吉因奏对称旨，已得超擢，如何凭空得罪呢？先是贞吉廷议后，盛气谒嵩，嵩辞不见。贞吉怒叱阍人，说他有意刁难。正在吵嚷的时候，忽有一人走入，笑语贞吉道："足下何为？军国重事，慢慢的计议就是了。"贞吉视之，乃是严嵩义子赵文华，官拜通政使，不禁愤恨道："似你等权门走狗，晓得甚么天下事？"言毕，悻悻自去。文华原不足道，贞吉亦属太傲。文华也不与多辩，冷笑而入，当即报知严嵩，嵩仇恨益甚。至俺答已退，遂奏称："贞吉大言不惭，毫无规画，徒为周尚文、沈束游说，隐谤宸聪。"这句话又激起世宗的怒意，遂命将贞吉拘系数日,廷杖一顿,谪为荔波典史。

当贞吉主战时,廷臣俱袖手旁观,莫敢附和,独有一小小官吏,位列最卑,恰朗声道:"赵公言是。"吏部尚书夏邦谟,张目注视道:"你是何等官儿,在此高论?"那人即应声道:"公不识锦衣经历沈炼么?由他自己报名,又是一样笔墨。公等大臣,无所建白,小臣不得不说。炼恨国家无人,致寇猖獗,若以万骑护陵寝,万骑护通州军饷,再合勤王军十余万,击寇惰归,定可得胜,何故屡议不决呢?"邦谟道:"你自去奏闻皇上,我等恰是无才,你也不必同我空说。"炼益愤愤,竟拜表上陈,世宗全然不理。炼闷闷不乐,纵酒佯狂。一日,至尚宝丞张逊业处小饮,彼此纵论国事,谈及严嵩,炼停杯痛骂,涕泪交颐。既晚归寓,余恨未平,慨然太息道:"自古至今,何人不死?今日大奸当国,正忠臣拚死尽言的时候,我何不上书痛劾?就是致死,也所甘心。"计划已定,遂研墨展毫,缮就奏牍道:

> 昨岁俺答犯顺,陛下欲乘时北伐,此正文武群臣,所共当戮力者也。然制敌必先庙算,庙算必当为天下除奸邪,然后外寇可平。今大学士严嵩,当主忧臣辱之时,不闻延访贤豪,咨询方略,惟与子世蕃,规图自便,忠谋则多方沮之,谄谀则曲意引之,索贿鬻官,沽恩结客,朝廷赏一人,则曰由我赏之,罚一人,则曰由我罚之,人皆伺严氏之爱恶,而不知朝廷之恩威,尚忍言哉!姑举其罪之大者言之:纳将帅之贿,以启边陲之衅,一也;受诸王馈遗,每事隐为之地,二也;揽御史之权,虽州县小吏,亦皆货取,致官方大坏,三也;索抚按之岁例,致有司递相承奉,而闾阎之财日削,四也;隐制谏官,俾不敢直言,五也;嫉贤妒能,一忤其意,必致之死,六也;纵子受贿,敛怨天下,七也;运财还家,月无虚日,致道途驿骚,八也;久居政府,擅权害政,九也;不能协谋天讨,上贻君父忧,十也。明知臣言一出,结怨权奸,必无幸事,但与其纵奸误国,毋宁效死全忠。今日诛嵩以谢天下,明日戮臣以谢嵩,臣虽死无余恨矣。

写至此,读了一遍,又自念道:"夏邦谟恰也可恶,索性连他劾奏。"遂又续写数语,无非是吏部尚书夏邦谟,谄谀黩货,并请治罪等情。次日呈将进去。看官试想!一个锦衣卫经历,居然想参劾大学士及吏部尚书来,任你笔挟龙蛇,口吐烟云,也是没有效力。况世宗方倚重严嵩,哪里还肯容忍?严旨一下,斥他诬蔑大臣,榜掠数十,谪佃保安。同时刑部郎中徐学诗,南京御史王宗茂,先后劾嵩,一并得罪。学诗削籍,宗茂贬官。还有叶经、谢瑜、陈绍,与学诗同里同官,俱以劾嵩遭谴,时称为上虞四谏官。此外所有忤嵩各官,都当京察大计时,尽行贬斥,真个是一网打尽,靡有孑遗。

惟仇鸾党附严嵩，愈邀宠眷。适值吏部侍郎王邦瑞，摄兵部事，以营政久弛，疏请整饬，略谓"国初京营，不下七八十万，自三大营变为十二团营，又变为两官厅，逐渐裁并，额军尚有三十八万余人。今武备积弛，现籍止十四万，尚是虚额支饷，有名无实。近届寇骑深入，搜括各营，只有五六万人，尚且老弱无用，此后有警，将仗何人"等语。何不叫中饱的官吏去？世宗览奏，立命废止团营两官厅，仍复三大营旧制，创设戎政府，命仇鸾为总督，邦瑞为副。鸾既揽兵权，并欲节制边将，因请易置三辅重臣，以大同总兵徐珏驻易州，大同总兵署授徐仁，宣府蓟镇总兵李凤鸣、成勋，亦彼此互易。并选各边兵更番入卫，分隶京营。塞上有警，边将不得征集，必须报明戎政府，酌量调遣云云。世宗一律允准，将原奏发下兵部。王邦瑞以为不可，极力谏阻，仇鸾所请，全是私意，即愚者亦知其非，世宗反深信之，邦瑞虽谏何益？不意反受了一番斥责。且特赐仇鸾封记，令得密上封章，一切裁答，俱由内批发行，不下兵部。邦瑞又屡疏争辩，恼动世宗，竟令削职。邦瑞归去，仇鸾益无忌惮，扬言将大举北征，命户部遣使四出，尽括甫都及各省积贮，并催征历年逋赋，作为兵饷，所在苛扰。经礼部尚书徐阶，从中奏阻，始得稍寝。

既而俺答又有入寇消息，鸾忙令时义出塞，赍了金币，贿结俺答义子脱脱，情愿互市通贡，不可动兵。脱脱禀知俺答，俺答自然乐许，遂投书宣大总督苏祐，转致仇鸾。鸾与严嵩定议，每岁春秋两市，俺答进来的货物，无非是塞外的马匹，因此叫作马市。马市既开，命侍郎史道掌领。兵部车驾司员外郎杨继盛，独抗疏陈奏道：

互市者，和亲别名也。俺答蹂躏我陵寝，虔刘我赤子，而先之曰和，忘天下之大仇，不可一；下诏北伐，日夜征缮兵食，而忽更之曰和，失天下之大信，不可二；堂堂天朝，下与边寇互市，冠服倒置，损国家之重威，不可三；此语未免自大恶习。海内豪杰，争磨励待试，一旦委置无用，异时号召，谁复兴起，不可四；去岁之变，颇讲兵事，无故言和，使边镇将帅，仍自懈弛，不可五；边卒私通外寇，吏犹得以法裁之，今导之使通，其不勾结而危社稷者几希，不可六；盗贼伏莽，本慑国威，今知朝廷畏寇议和，适启睥睨之渐，不可七；俺答往岁深入，乘我无备，备之一岁，仍以互市终，彼谓我尚有人乎？不可八；俺答狡诈，出没叵测，我竭财力而辇之边，彼或负约不至，即至矣，或阴谋伏兵突入，或今日市，明日复寇，或以下马索上直，或责我以他赏，或责我以苛礼，皆未可知也，不可九；此条所见甚是。岁帛数十万，得马数万匹，十年以后，帛将不继，不可十。凡为谬说者有五：不过曰吾外假马市以羁縻之，而内足修我武备，夫俺答何厌之有？吾安能一一应之？是终兆衅也，且吾果欲修武备，尚何藉于羁縻？此一谬也；又或曰互市之马，足资吾军，夫既已和矣，无事战矣，马将焉用？且彼亦安肯损其壮马以予我，此二谬也；抑或曰互市不已，彼且朝贡，夫至于朝贡，而中国之捐资以奉寇益大矣，此三谬也；或且曰彼既利我，必不失信，亦思中国之所谓开市者，能尽给其众乎？不给则不能无入掠，此四谬也；或又曰兵为危道，佳兵不祥，试思敌加我而我乃应之，胡谓佳兵？人身四肢皆痈疽，毒日内攻，而惮用药石，可乎？此五谬也。夫此十不可五谬，匪惟公卿大夫知之，三尺童子皆知之，而敢有为陛下主其事者，盖其人内迫于国家之深恩，则图幸目前之安以见效，外慑俺答之重势，则务中彼之欲以求宽。公卿大夫，知而不言，盖恐身任其责，而自蹈危机也。陛下宜振独断，发明诏，悉按言开市者。然后选将练兵，声罪致讨，不出十年，臣请得为陛下勒燕然之绩，悬俺答之首于藁街，以示天下后世。

世宗览到此疏，意颇感奋，下内阁及诸大臣集议。严嵩等不置可否，独仇鸾攘臂痛詈道："竖子目不识兵，乃说得这般容易。"遂自上密疏，力诋继盛。世宗意遂中变，遽下继盛锦衣狱，令法司拷讯。继盛持论不变，竟贬为狄道典史。小子有诗咏道：

    朝三暮四等狙公，政令纷更太自蒙。
    直谏翻遭严谴下，空令后世慨孤忠。

继盛既贬，马市大开，究竟俺答受驭与否，且至下回再详。

  本回叙俺答入寇，以及议和互市，无非是幸臣误国，酿成寇患。夫俺答虽称狡诈，而未尝有入主中原之想，观其大掠八日，饱飏而去，可知赵贞吉之主战，未尝非策。果令宸衷独断，奋发有为，则岂竟不足却敌？于少保当土木之败，犹能慷慨誓师，捍守孤城，况俺答不及乜先，世宗权逾景帝，宁有不事半功倍乎？至若仇鸾之创开马市，取侮敌人，杨继盛抗疏极言，其于利害得失，尤为明畅，世宗几为感动，复因仇鸾密陈，以致中变，盖胸无主宰，性尤好猜，奸幸得乘间而入，而忠臣义士，反屡受贬戮，王之不明，岂足福哉？读屈原言而不禁同慨矣。

第六十三回　罪仇鸾剖棺正法
劾严嵩拚死留名

  却说马市既开，由侍郎史道主持市事，俺答驱马至城下，计值取价，起初还不失信用，后来屡把羸马搪塞，硬索厚值，一经边吏挑剔，即哗扰不休。有时大同互市，转寇宣府，宣府互市，转寇大同，甚且朝市暮寇，并所卖的羸马，亦一并掠去。大同巡按御史李逢时，一再上疏，略称："俺答屡次入寇，与通市情实相悖，今日要策，惟有大集兵马，一意讨伐，请饬京营大将军仇鸾，赶紧训练，专事征讨，并命边臣合兵会剿，勿得隐忍顾忌，酿成大患。"兵部尚书赵锦，亦上言御寇大略，战守为上，羁縻非策。世宗乃令仇鸾督兵出塞，往讨俺答。

鸾本认严嵩为义父，一切行止，都由嵩暗中庇护。自总督京营后，权力与严嵩相埒，免不得骄傲起来，将严嵩撇诸脑后。严嵩怨他负恩，密疏毁鸾，鸾亦密陈严嵩父子贪横情状。凶终隙末，小人常态，至两下密疏，尤甚好看。世宗渐渐疏嵩，只命徐阶、李本等，入直西内，嵩不得与，其时张治已殁。嵩衔恨益甚。至是命鸾出兵，料知鸾是胆怯，因嗾使廷臣，请旨督促。看官！你想仇鸾身为大将，并未曾与外寇交绥，单靠着时义、侯宗等，买通俺答，遮盖过去，此刻奉命北征，真个要他打仗！他是无谋无勇，如何行军？况且有严嵩作对，老法儿统用不着，又不能托故不去，只好硬着头皮，祃纛出师。途中缓一日，好一日，挨一刻，算一刻。不料警报频来，边氛日恶，大同中军指挥王恭，战死管家堡，宁远备御官王相，又战死辽东卫。朝旨又严厉得很，把大同总兵徐仁，游击刘潭等拿问，巡抚都御史何思削籍。内外情事，都从仇鸾一边叙入，省却无数笔墨。俗语所谓兔死狐悲，物伤其类，益发令仇鸾短气。好容易行到关外，探听得俺答部众，驻扎威宁海，他居然想出一计，乘敌不备，掩杀过去。当下麾兵疾走，甫至猫儿庄，两旁胡哨陡起，霎时间走出两路人马，持刀挺戟，旋风般的杀来，仇鸾叫声不好，策马返奔，部兵见大帅一走，还有何心恋战，纷纷弃甲而逃，逃不脱的晦气人物，被敌兵切菜般的举刀乱砍，所有辎重等物，挟了便走，驴马等物，牵着便行，不消多少工夫，敌兵已去得无影无踪了。仇鸾逃了一程，才有侦骑来报，说是"俺答的游击队，在此巡弋，并非全部巨寇，请大帅不必惊慌"云云。仇鸾闻言，又惭又恨，叱退侦卒，驰入关中。挖苦仇鸾，笔锋似刀。

嗣是羞恚成疾，恹恹床褥，蓦地里生了一个背疽，痛不可忍，日夕呼号。本拟上表告辞，奈顾着大将军印绶，又是恋恋难舍，没奈何推延过去。偏是礼部尚书徐阶，密劾鸾罪，兵部尚书赵锦又奏称："强寇压境，大将军仇鸾，病不能军，万一寇众长驱，贻忧君父不小，臣愿率兵亲往，代鸾征讨。"说得世宗性急起来，颁诏兵部，以尚书不便轻出，令侍郎蒋应奎，暂摄戎政，总兵陈时，代鸾为大将军，惟这大将军印尚在仇鸾掌握，饬赵锦收还。鸾得报后，即日返京，养病私第。赵锦夤夜亲往，持诏取印，仇鸾已病不能起，闻得此信，呵哟一声，倒在榻上，顿时疽疮迸裂，鼻息悠悠。家人忙了手脚，急将仇鸾叫醒，鸾开目一瞧，禁不住流泪两行，至印信缴出，赵锦别去，鸾即断气而亡。保全首领，实是侥幸。

世宗已知仇鸾奸诈，遣都督陆炳，密查遗迹。炳素嫉鸾，尝侦悉鸾事，因

第六十三回　罪仇鸾剖棺正法　劾严嵩拚死留名

恐没有案证，未敢上闻。会鸾旧部时义、侯荣等，已冒功授锦衣卫指挥等官，闻鸾病死，料难安居，竟出奔居庸关，意欲往投俺答，可巧被陆炳知悉，着急足驰至关上，投书关吏，请发兵查缉鸾党。冤冤相凑，时义、侯荣等人，叩关欲出，被关吏一并拘住，押解京师。当下法司审讯，诱供逼招，尽发鸾通虏纳贿诸事。陆炳一一奏明，那时世宗大怒，暴鸾罪恶，剖鸾棺，戮鸾尸，并执鸾父母妻子，及时义、侯荣等，一体处斩。*近报则在己身，远报则在妻孥*。布告天下，立罢马市。俺答闻信，稍稍引去。世宗又命宣大总督苏佑，与巡抚侯钺、总兵吴瑛等，出师北伐。*画蛇添足，未免多事*。钺率万余人出塞，袭击俺答，又陷仇鸾故辙。谁料被俺答闻知，设伏待着，俟侯钺兵至，伏兵四起，首尾夹击，杀死把总刘歆等七人，士卒死亡无算，钺等拚命逃还，才得保全性命。巡抚御史蔡朴，据实奏劾，留中不发。惟刘歆等死后恤典，总算命兵部颁发。既而俺答又犯大同，副总兵郭都出战，孤军无援，复遭战殁，乃逮侯钺至京，削籍为民。

世宗记恨仇鸾，尚是不置，因思杨继盛劾鸾遭贬，未免冤枉，遂召继盛还京，从典史四次迁升，复为兵部员外郎。严嵩与鸾有隙，以继盛劾鸾有功，也从中说项，改迁兵部武选司。继盛哪里知晓，*就是知晓，恐也不肯感嵩*。只是感激主知，亟图报国。抵任甫一月，即草疏劾嵩罪状。属稿未成，妻张氏入室，问继盛奏劾何人？继盛愤愤道："除开严嵩，还有哪个？"张氏婉劝道："君可不必动笔了。前时劾一仇鸾，被困几死，今严嵩父子，威焰薰天，一百个仇鸾，尚敌不过他，老虎头上搔痒，无补国家，转取祸戾，何苦何苦！"*言亦近情*。继盛道："我不愿与这奸贼同朝共事，不是他死，就是我死。"张氏道："君死无益，何若归休！"继盛道："龙逄、比干，流芳百世，我得从古人后，愿亦足了。你休阻我！"张氏知不可劝，含泪趋出。继盛草就奏疏，从头誊正，内论严嵩十大罪五奸，语语痛切，字字呜咽，正是明史上一篇大奏牍。小子节录下方，其词云：

方今在外之贼为俺答，在内之贼为严嵩。贼有内外，攻宜有先后，未有内贼不去，而外贼可除者。故臣请诛贼嵩，当在剿绝俺答之先。嵩之罪恶，除徐学诗、沈炼、王宗茂等，论之已详，然皆止论贪污之小，而未发其僭窃之大。去年春，雷久不声。占云："大臣专政。"夫大臣专政，孰有过于嵩者？又是冬，日下有赤色，占云："下有叛臣。"凡心背君者皆叛也。夫人臣背君，又孰有过于嵩者？如四方地震，与夫日月交食之变，其灾皆感应贼嵩之身，乃日侍左右而不觉，上天警告之心，亦恐殆且孤矣。臣敢以嵩之专政叛君十大罪，为陛下陈之：祖宗罢丞相，设阁臣备顾问，视制草而已，嵩乃俨然以丞相自居，百官奔走请命，直房如市，无丞相而有丞相权，是坏祖宗之成法，大罪一；陛下用一人，嵩曰："我荐也"，斥一人，曰："此非我所亲"，陛下宥一人，嵩曰："我救也"，罚一人，曰："此得罪于我"，群臣感嵩，甚于感陛下，畏嵩，甚于畏陛下，窃君上之大权，大罪二；陛下有善政，嵩必令子世蕃告人曰："主上不及此，我议而成之"，欲天下以陛下之善，尽归于己，是掩君上之治功，大罪三；陛下令嵩票拟，盖其职也，岂可取而令世蕃代之？题疏方上，天语已传，故京师有大丞相小丞相之谣，是纵奸子之僭窃，大罪四；严效忠、严嵩厮役。严鹄，世蕃子。乳臭子耳，未尝一涉行伍，皆以军功官锦衣，两广将帅，俱以私党躐府部，是冒朝廷之军功，大罪五；逆鸾下狱，贿世蕃三千金，嵩即荐为大将，已知陛下疑鸾，乃互相排诋，以泯前迹，是引悖逆之奸臣，大罪六；俺答深入，击其惰归，大计也，嵩戒丁汝夔勿战，是误国家之军机，大罪七；郎中徐学诗，给事中厉汝进，俱以劾嵩削籍，厉汝进劾世蕃，窃弄父权，嗜贿张焰，嵩上疏自理，且求援中官，以激帝怒，遂廷杖削籍。内外之臣，中伤者何可胜计，是专黜陟之大权，大罪八；文武选拟，但论金钱之多寡，将弁惟贿嵩，不得不朘削士卒，有司惟贿嵩，不得不掊克百姓，毒流海内，患起域中，是失天下之人心，大罪九；自嵩用事，风俗大变，贿赂者荐及盗跖，疏拙者黜逮夷齐，守法度者为迂滞，巧弥缝者为才能，是败天下之风俗，大罪十。嵩有此十大罪，昭人耳目，以陛下之神圣而若不知者，盖有五奸以济之。知陛下之意向，莫过于左右侍从，嵩以厚贿结之，凡圣意所爱憎，嵩皆预知，以得遂其逢迎之巧，是陛下左右，皆嵩之间谍，其奸一；通政司为纳言之官，嵩令义子赵文华为之，凡疏到必有副本，送嵩与世蕃，先阅而后进，俾得早为弥缝，是陛下之纳言，乃嵩之鹰犬，其奸二；嵩既内外周密，所畏者厂卫之缉谤也，嵩则令世蕃笼络厂卫，缔结姻亲，陛下试诘彼所娶为谁氏女，立可见矣，是陛下之爪牙，乃嵩之瓜葛，其奸三；厂卫既已亲矣，所畏者科道言之也，嵩于进士之初，非亲知不得与中书行人之选，知县推官，非通贿不得与给事御史之列，是陛下之耳目，皆嵩之奴隶，其奸四；科道虽入其牢笼，而部臣如徐学诗之类，亦可惧也，嵩又令子世蕃，将各部之有才望者，俱网罗门下，各官少有怨望者，嵩得早为斥逐，是陛下之臣工，多嵩之心腹，其奸五。夫嵩之十罪，赖此五奸以济之，五奸一破，则十罪立见，陛下何不忍割一贼臣，顾忍百万苍生之涂炭乎？陛下听臣之言，察嵩之奸，或召问景、裕二王，令其面陈嵩恶，或询诸阁臣，谕以勿畏嵩威，重则置之宪典，以正国法，轻则谕令致仕，以全国体，内贼去而后外贼可除也。臣自分斧钺，因蒙陛下破格之恩，不敢不效死上闻，冒渎尊严，无任悚惶待命之至！

世宗是时，正因众言官奏阻斋醮，下诏逮捕，继盛恐益触帝怒，将疏暂搁不上。更越十有五日，斋戒沐浴，才将此疏拜发。谁知朝上奏章，暮入诏狱，

第六十三回 罪仇鸾剖棺正法 劾严嵩抈死留名

原来世宗览奏,已是懊恨,立召严嵩入示。嵩见有召问二王语,遂启奏道:"继盛敢交通二王,诬劾老臣,请陛下明鉴!"两语够了。世宗益怒,遂饬逮继盛下狱,岂不忆谏阻马市,其言已验耶?命法司严讯主使。继盛道:"发言由我,尽忠亦由我,难道必待他人主使么?"法司问何故引入二王,继盛又厉声道:"满朝都怕严嵩,非景、裕二王,何人敢言?"景、裕二王,皆世宗子,已见五十九回。法司也不再问,只说他诬毁宰臣,杖至百数,送交刑部。刑部尚书何鳌,受嵩密嘱,欲坐继盛诈传亲王令旨罪,即欲将他杖死,郎中史朝宾进言道:"奏疏中但说召问二王,并不说由亲王令旨,朝廷三尺法,岂可滥加么?"说得何鳌哑口无言,即去报达严嵩。严嵩确是厉害,竟立黜朝宾为高邮判官。又因奏中有严效忠、严鹄冒功情事,奉旨饬查,由世蕃自为辩草,送兵部武选司郎中周冕,嘱他依草上复。冕偏铁面无情,竟据实复奏道:

> 臣职司武选,敢以冒滥军功一事,为陛下陈之:按二十七年十月,据通政司状送严效忠,年十有六,考武举不第,志欲报效本部,资送两广听用。次年据两广总兵平江伯陈圭,及都御史欧阳必进,题琼州黎寇平,遣效忠奏捷,即援故事授锦衣卫镇抚。无何效忠病废,严鹄以亲弟应袭,又言效忠前斩贼首七级,例官加陛,遂授千户。及细察效忠为谁?曰:"嵩之厮役也。"鹄为谁?曰:"世蕃之子也。"不意嵩表率百僚,而坏纲乱纪,一至于此。今蒙明旨下本部查核,世蕃犹私创复草,架虚贻臣,欲臣依草复奏,天地鬼神,昭临在上,其草现存,伏望圣明特赐究正,使内外臣工,知有不可犯之法,国家幸甚!

这疏一人,朝右大臣,多为严嵩父子捏一把冷汗,谁意严嵩竟有神出鬼没的手段,居然打通关节,传出中旨,说是周冕挟私捏造,朋比为奸,把他下狱削职,且擢世蕃为工部左侍郎,愈加优眷。真正令人气煞。一面再令法司严讯继盛。继盛披枷带索,由狱入廷,道旁人士,两旁聚观,见继盛身受重刑,各叹息道:"此公系天下义士,为何遭此荼毒?"又指着枷索,互相私语道:"奈何不将这种刑具,带在奸相头上,反冤屈了好人?"公论难逃。国子司业王材,听着舆论,往谒严嵩道:"人言也是可畏,相公何不网开一面,救出继盛,否则贻谤万世,也为我公不取哩。"王材本阿附严嵩,此番良心未泯,竟有此请,嵩颇有些悔悟,慨然答道:"我亦怜他忠诚,当替他代奏皇上,恕他一点便是。"王材唯唯而出。嵩即与子世蕃商议,世蕃道:"不杀继盛,何有宁日?"杀了继盛,难道可长久富贵么?这所谓其父行劫,其子必且杀人。嵩迟疑半晌,复道:"你也单从一时着想,不管着日后哩。"世蕃道:"父亲若有疑心,何不商诸别人?"嵩点头道:"你去与胡植、鄢懋卿一商,何如?"世蕃领命,即至鄢懋卿宅中,说明就里。懋卿道:"这便叫作养虎贻患哩。尊大人缜密一生,今反有此迟疑,殊不可解。"世蕃道:"我也这般说,家父必欲问君,并及胡公,我不能不到此一行。"顺父之命,还算孝思。懋卿道:"老胡怕也不赞成哩!我去邀他前来,一决可否便了。"当下令家人去招胡植,植与懋卿同出入严门,自然闻召即至。彼此会叙,谈及杨继盛事,也与懋卿同一见解。世蕃即匆匆告别,即将两人所说,还报严嵩。严嵩道:"既然众论一致,我也顾不得什么了。"一个儿子,两个私人,便好算作公论吗?自是决定主意,要杀继盛。可巧倭寇猖獗,赵文华出视海防,与兵部侍郎张经等,互有龃龉,文华妒功忌能,构陷经等,严嵩任意牵扯,将继盛一并列入,可怜这赤胆忠心的杨老先生,竟不免就义市曹。曾记继盛有一遗诗云:

　　浩气还太虚,丹心照千古。
　　平生未报恩,留作忠魂补。

继盛妻张氏,闻夫将被刑,独上疏营救,愿代夫死。继盛尽忠,张氏尽义。正是:

　　巾帼须眉同一传,忠臣义妇共千秋。

张氏一疏,不可不录,待小子下回续述。

世宗因严嵩提挈仇鸾,遂假重柄,至于丧师辱国,讳败为胜,尚一无闻知,反加宠眷,是正可谓养痈贻患矣。追夺大将军印绶,致鸾背疮溃裂,是不啻国家之痈疮溃裂耳。盖严、仇互攻,严贼之势,虽一时未至动摇,然譬之治病者,已有清理脏腑之机会,杨继盛五奸十大罪之奏,正千金肘后方也,暂不见用,而后来剔除奸蠹,仍用此方剂治之,杨公虽死,亦可瞑目矣。且前谏马市,后劾严嵩,两疏流传,照耀简策,人以杨公之死为不幸,吾谓人孰无死,死而流芳,死何足惜?至若张氏一疏,附骥而传。有是夫并有此妇,明之所以不即亡者,赖有此尔。

第六十四回　却外寇奸党冒功
　　　　　　　媚干娘义儿邀宠

却说杨继盛妻张氏,本是个知书达礼的贤妇,前此知劾嵩无益,劝阻继盛,嗣因继盛不从,竟致待罪诏狱。世宗本不欲加戮,因被严嵩构陷,附入张经案内,遂将他一同处决,急得张氏痛切异常,誓代夫死,遂草疏上奏道:

第六十四回　却外寇奸党冒功　媚干娘义儿邀宠

臣夫谏阻马市，预伐仇鸾，曾蒙圣上薄谪，旋因鸾败，首赐湔雪，一岁四迁。臣夫衔恩图报，误闻市井之语，尚狃书生之见，妄有陈说，荷上不即加戮，俾从吏议，杖后入狱，割肉二斤，断筋二条，日夜笼箍，备诸苦楚，两经奏谳，并沐宽恩，今忽阑入张经疏尾，奉旨处决，臣仰惟圣德，昆虫草木，皆欲得所，岂惜一回宸顾，下逮覆盆？倘以罪重，必不可赦，愿即斩臣妾首，以代夫诛。夫生一日，必能执戈矛，御魑魅，为疆场效命之鬼，以报陛下。与沈束妻张氏一疏，前后相应，但沈束尚得全生，杨继盛竟致毕命，是亦有幸有不幸耳。

原来继盛入狱，有人送与蚺蛇胆一具，说是可解血毒。继盛却谢道："椒山自有肝胆，无须此物。"椒山即继盛别号。嗣经数次杖笞，体无完肤，两股上碎肉片片，累坠不堪，而且筋膜被损，愈牵愈痛。继盛咬住牙根，竟用了手爪，将腐肉挖去，又把饭碗磕碎，拾了磁片，割断股筋二条。痛哉痛哉，我不忍闻。所以张氏疏中，列入此语，冀动天听。可奈妇人不便伏阙，只好倩人代呈，那万恶死凶的严嵩，怎肯轻轻放过，令这奏疏呈入？张氏一片苦心，仍然白用，结果是法场流血，燕市沉冤。

但兵部侍郎张经等，如何被赵文华构陷，说来话长，待小子从头至尾，略述一遍。

中国沿海一带，向有倭寇出没。从前明太祖时，曾设防倭卫所，控遏海滨，及成祖年间，屡破倭兵，倭寇少戢。日本将军足利义满，遣使入贡，受封为日本国王，足利氏遂与中国交通，并代为诛逐海寇，只准商民入市，不准掳掠，因此沿海一带，尚称平安。到了世宗即位，有宁波鄞县人宋素卿，罹罪远飏，往投日本，适值义满去世，义植嗣位，暗弱不能制盗，盗众遂与素卿联络，借入贡为名，大掠宁波沿海诸郡邑。亏得巡按御史欧珠，及镇守太监梁瑶，诱执素卿，下狱论死，总算除了一个汉奸。谁知除了一个，反引出了好几个。甚么汪五峰，甚么徐碧溪，甚么毛海峰，甚么彭老生，统是中国人民，逸据海岛，勾结倭兵，劫掠沿海。历代都有虎伥，无怪外人讽我谓无爱国心。巡按浙江御史，已改任陈九德，当即拜本入京，请置沿海重臣，治兵捕讨。世宗乃以朱纨为右都御史，巡抚浙江，兼摄福州、兴化、泉漳诸州事。纨莅任后，下令禁海，日夕练兵甲，严纠察，破毁舶盗渊薮，擒斩寇谍数百人，不料反中时忌，被御史周亮等，劾他措置乖方，专杀启衅。朝旨竟夺纨官职，还要把他审问起来，纨忿恚自杀。忠臣结果，往往如是。遂将巡抚御史的官职，悬搁不设。直至嘉靖三十一年，安徽人汪直，亡命海上，为寇舶巨魁，又有徐海、陈东、麻叶等，与汪直通同联络，直尤狡悍，纵横无敌，连海外的倭寇，都是望风畏服，愿受指挥。直遂登岸犯台州，破黄岩，扰及象山、定海诸处，浙东骚动。于是廷臣会议，复设巡视重臣，命王忬巡抚浙江，提督沿海军务。

忬方巡抚山东，既奉朝旨，即日至浙，察知参将俞大猷、汤克宽，材勇可任，招为心膂，一面召募士卒，激厉将校，夜遣俞、汤二将，率兵剿袭。汪直正结砦普陀山，踞岛自固。俞大猷带领锐卒，乘风先发，汤克宽为后应，径趋贼寨，四面放起火来。汪直等猝不及防，慌忙逃走，官军追击过去，斩首百五十级，生擒百余人，焚死溺死的，无从查核。直逼至闽海，又被都指挥尹凤，迎头痛击，杀得他七零八落，狼狈遁去。浙江经此一战，人心少定。哪知汪直刁狡得很，复去勾引诸倭，大举入寇，连舰数百，蔽海而至。浙东西同时告警，忬遣汤克宽防东，俞大猷防西，两将如砥柱一般，捍卫中流，凭你汪直如何勇悍，也不能越雷池一步。直变计北犯，转寇苏、松，两郡素来饶沃，又无守备，被寇盗乘虚袭入，任情劫夺。还有贼目萧显，暴戾异常，率着劲倭数十人，屠上海、南汇、川沙，直逼松江城。余众围嘉定、太仓，所过残掠，惨不忍闻。敢问江南大吏，做甚么事？王忬急遣都指挥卢镗，倍道掩击，突入萧显营内。萧显措手不及，顿被杀死，贼众大乱，由卢镗麾兵截杀，砍去了无数头颅。杀不尽的毛贼，奔回浙境，巧与俞大猷相遇，正好借着开刀，一刀一个，两刀两个。霎时间杀得精光，不留一人。只有汪直一路，破昌国卫，劫乍浦、青村、柘林等处，尚是沿途剽掠，大为民患。忬复调汤克宽北援，适疫气盛行，士卒多病，克宽无可奈何，只好任寇北窜。汪直复趋入江北，大掠通州、如皋、海门诸州县，焚毁盐场，进窥青、徐交界，山东大震。那时廷臣又要劾奏王忬，说他以邻为壑，坐视不救，可为一叹。还算世宗圣量包容，不遽加罪，讽刺语。只改忬为右副都御史，调抚大同，另命徐州兵备副使李天宠代任。

忬一去浙，浙复不宁，天宠力不能制，奏请改简重臣，乃命南京兵部尚书张经，前文俱追朔前事，至此方说到张经。为右都御史，兼兵部侍郎，总督江南北、浙江、山东、福建、湖广诸军，便宜行事。经尝总督两广，颇有威惠，为狼土兵所敬服，朝议欲征狼土兵剿倭，因有是命。并且擢俞大猷、汤克宽为总兵，归经节制，指日平寇。经颇慷慨自负，矜气使才，这也是致死之由。且以狼土兵夙听指挥，必得死力，遂飞檄往调，命各省统兵官，就汛驻守，不得擅动。看官！你想就地的将校，本是不少，偏要至远地去调狼土兵，这种命令，能使众将心服么？于是彼此观望，不复效力。那时汪直正导引倭寇，由北而南，仍回掠苏、松，驰入浙境，犯乍浦、海宁，陷崇德，转掠塘西、新市、横塘、双林、乌镇、菱湖等处，距省会仅数十里。李天宠居守省城，束手无策，但募人缒城，自毁附郭民居，算是防寇的妙法。张经时驻嘉兴，亦不闻发兵往援，幸副使阮鹗，金事王询，协守省城，无懈可击，才将寇兵却退。

是时通政司赵文华，已升授工部侍郎，上陈备倭七事，第一条乃请遣官望

第六十四回 却外寇奸党冒功 媚干娘义儿邀宠

祭海神,第一策,便不足道,余六事,不问可知。然亦无非因帝信斋醮,乃有此瞎说耳。世宗览着,即召问严嵩。嵩与文华结为父子,哪有不竭力撺掇的道理,并说文华颇娴兵事,不妨令他往祀,乘便督察军情。世宗照准,遂命文华南下。文华得了这个美差,自然沿途索贿,恃宠横行,到了江南,祷祭已毕,便与张经晤谈军务,经自命为督军元帅,瞧文华不起,文华又自恃为钦差大臣,瞧张经不起,两人止谈数语,已是意气不投,互相冰炭。可巧广西田州土官妇瓦氏,引狼土兵数千,到了苏州,经尚按兵不动。巡按御史胡宗宪,谄事文华,彼此联同一气,促经发兵,经绝不答复。及再四催促,方复言永顺、保靖两处人马,尚未到齐,俟到齐后,出发未迟。原来张经恐文华轻浅,漏泄师期,所以模糊答复。文华忿甚,遂上疏劾经,只说经才足平寇,但因身为闽人,与海寇多属同乡,所以徇情不发,养寇失机云云。笔上有刀。疏方拜发,经已调齐永顺、保靖各兵,分道并进,适倭寇自柘林犯嘉兴,与参将卢镗相遇,镗此时已授参将。镗本率狼土兵,作为冲锋,两下交战,水陆夹攻,把寇众杀败石塘湾,寇众北走平望,又碰着总兵俞大猷,强将手下无弱兵,寇众勉强对仗,不到半个时辰,已杀伤了一半;转奔王江泾,又是两路兵杀到。一路是永顺兵,由宣慰使彭冀南统带,一路是保靖兵,由宣慰使彭荩臣统带,两路生力军,似虎似狼,前后互击,直令寇众上天无路,入地无门,拚着命敌了一阵,该死的统入鬼门关,还有一时不该死的,窜回柘林。四路得胜的大兵,一齐追杀,到了柘林贼砦,四面纵火,乱烧乱斫,寇众知是厉害,先已备好小舟,等到火势一发,大家都逃入舟中,飞桨遁去。这次战胜,斩首二千级,焚溺无数,自出师防海以来,好算是第一次战功。不没张经功绩,以见下文之冤死。张经大喜,立刻拜表告捷。这时候的明廷中,早接到文华劾奏,世宗正要派官逮经,不意捷报驰来,乃是张经所发,接连又是文华的捷奏,内称狼兵初至,经不许战,由臣与胡宗宪督师,出战海上,方有此捷。彼此所报异辞,惹得世宗也动疑起来,只好又召严相问明。偏又问这老贼。称为严相,是从世宗心中勘出。看官!试想仇人遇着对头,义儿碰着干爷,直也变曲,曲也变直,还要问他甚么?当下遣使逮经,并李天宠、汤克宽等,一并拿问。到了京师,随你如何分辩,总说他冒功诬奏,尽拟处死。严嵩又把那杨继盛等,附入疏尾,共有一百余人。心同蛇蝎。当奉御笔勾掉九名,于是张经、李天宠、汤克宽及杨继盛等九名,尽死西市。缴足杨继盛死案。

经既被逮,改任周珫,天宠遗缺,就委了胡宗宪。未几,周珫复罢,以南京户部侍郎杨宜为总督,杨宜恐蹈经辙,凡事必咨商文华,文华威焰愈盛。惟狼土兵只服张经,不服文华、杨宜等人,遂不受约束,骚扰民间,倭寇探悉内情,又入集柘林,分众犯浙东,转趋浙西,直达安徽,从宁国、太平,折入南京,出秣林关,劫溧阳、宜兴,抵无锡,趋浒墅,转斗数千里,杀伤四千人。应天巡抚曹邦辅，亟督兵出剿，与寇相遇，佥事董邦政，怒马突阵，连斩贼首十余级。邦辅麾军齐上，贼大败飞奔，被官军追至杨家桥，拦入绝地，会集各部兵，四面围住，见一个，杀一个，见两个，杀一双，所有柘林遣来的寇党，杀得一个不留。文华闻寇众被围，兼程趋赴，欲攘夺邦辅功劳，及行至杨家桥，寇已尽歼，邦辅已驰表告捷，归功邦政。不劳费心。文华愤甚，乃选集浙兵，得四千人，与胡宗宪一同督领，拟进剿柘林老巢，一面约邦辅会剿。江南兵分三道，浙兵分四道，东西并进。到了松江，闻柘林贼已进据陶家港，遂进营砖桥，贼悉锐冲浙兵，浙兵惊溃，文华等不能禁遏，只好退走。一出手，便献丑。江南兵也陷贼伏中，死了二百多人。文华只诿罪邦辅，及佥事邦政，奏言两人愆约后期，以致小挫等情。世宗又要下旨逮问。给事中孙濬、夏栻等，力言邦辅实心任事，前此杨家桥一役，尽歼流贼，功绩显然，此次愆期，定有别故。文华遽请罪斥，殊属非是。世宗乃申饬文华秉公视师。文华料贼未易平，乃萌归志，会川兵破贼周浦，总兵俞大猷，复破贼海洋，文华遂上言水陆成功，请即还朝，有旨准奏。及文华到了京师，又奏称余倭无几，杨宜、曹邦辅等，不足平贼，只有胡宗宪可以胜任，于是杨宜免职，邦辅谪戍，独进宗宪为兵部侍郎，总督东南军务。

　　已而东南败报，相继入京，世宗颇疑文华妄言，屡诘严嵩，嵩曲为解免。文华未免惊惶，又想了一法，推在吏部尚书李默身上，只说他与张经同乡，密图报复，所遣东南将吏，多不得人，以致败衄。世宗将信未信，会李默发策试士，试题中有"汉武征四夷，海内虚耗，唐宪复淮蔡，晚节不终"等语。文华又得了间隙，即将策题封入，劾奏李默讪谤朝廷。这奏上去，当即降旨，将李默夺职，下狱拷讯，坐罪论死。又屈死了一个。

　　先是文华自浙返京，携回珍宝，先往严府请安，见了严嵩及世蕃，当将上等奇珍，奉献数色，严嵩自然喜欢，文华又入内室，叩见嵩妻欧阳氏，复献上精圆的珍珠，翡翠的宝玉，且口口声声，呼欧阳氏为母亲，说了无数感激的话儿。妇人家最爱珍饰，又喜奉承，瞧着这义子文华，比世蕃要好数倍，正是爱上加爱，喜上加喜。方在慰问的时候，严嵩适自外入内，文华忙抢步迎接，步急身动，腰间的佩带，两边飘舞，也似欢迎一般。至嵩入就座，与文华续谈数语，欧阳氏忽插口道："相公年迈，所以遇事善忘。"嵩惊问何故？欧阳氏微笑，指着文华的腰带道："似郎君为国效劳，奔走南北，乃仍服着这项腰带，难道相公不能替他更新么？"这句话，明明是暗讽严嵩，叫他为文华保举，升任尚书的意思。统是珠玉之力。嵩以手扪须道："老夫正在此筹画哩，夫人何必着忙。"文华急下拜道："难得义父母如此厚恩，为儿设法升官，这正所谓欲报之德，昊天罔极呢。"叫你多送点珍宝，便好报德。嵩随口说道："这没有甚么难处。"欧阳氏复亲自离座，去扶文华，文华此时，非常快活，接连磕了几个响头，方才起来。

这段描摹,惟妙惟肖。当即由嵩赐宴,加一赐字妙。两老上座,文华坐左,世蕃坐右,欢饮至晚,方才告别。

不到数日,即有李默一案发生。默与嵩本不相协,天然如此,不然,文华何敢劾奏。文华把他劾去,嵩亦暗中得意,乃入白世宗,极称文华的忠诚。世宗遂擢文华为工部尚书,并加封太子少保。文华喜出望外,忙去叩谢严嵩。嵩语文华道:"我窥上头的意见,还是有些疑你,不过看我的颜面,加你官爵,你须想个法子,再邀主眷,方好保住这爵位呢。"文华复叩头道:"还仗义父赐教。"嵩捻着须道:"依我看来,不如再出视师。"文华道:"闻得兵部议定,已遣侍郎沈良才出去,如何是好?"嵩笑道:"朝旨尚可改移,部议算作什么!据此两语,可见严氏势力。你自去奏请视师,我再替你关说数语,保管易沈为赵了。"文华大喜,叩别回寓,即忙拜本自荐。嵩又为言良才不胜重任,不如仍遣文华,江南人民,感念文华德惠,现尚引领遥望呢。不是江南人感德,却是分宜人感馈呢。世宗乃命文华兼右副都御史,提督浙闽军务,再下江南,沈良才仍回原职,自不必说。小子有诗叹道:

　　　　黜陟权由奸相操,居然贼子得荣褒。
　　　　试看献媚低头日,走狗宁堪服战袍。

文华再出视师,果能平倭与否,且至下回叙明。

　　倭寇与海盗联络,屡犯江浙,自当以御击为先。朱纨、王忬,皆专阃材,足以办贼,乃先后去职,忬且饮恨自尽。至张经继任,虽傲然自大,不无可訾,然王江泾一役,斩馘至二千级,当时推为第一胜仗,要不得谓非经之功。赵文华何人?乃敢冒功诬奏乎?是回于张经功过,鳌然并举,而功足掩过之意,即在言外。文华既诬死张经,复诬罪曹邦辅,回朝以后,复陷害李默,种种鬼蜮,仿佛一严嵩小影。嵩为义父,文华为义儿,臭味相投,无怪其然。故文华所为之事,嵩必曲护之,至叙入嵩妻欧阳氏一段,描摹尽致,尤见得龌龊小人,善于献媚,后世之夤缘内室,借此博官者,无在非文华也。试展此回读之,曾亦自觉汗颜否乎?铸奸留影,为后人戒,知作者之寓意深矣。

第六十五回　胡宗宪用谋赚海盗　赵文华弄巧忤权奸

　　却说赵文华再出视师,仗着监督的名目,益发耀武扬威,凌胁百官,搜括库藏,两浙、江淮、闽、广间,所在征饷,一大半充入私囊。不如是,不足馈严府。

到了浙江，与胡宗宪会着，宗宪摆酒接风，格外恭谨。为报德计，理应如此。席间谈及军事，宗宪叹道："舶盗倭寇，日结日多，万万杀不尽的，若必与他海上角逐，争到何时，愚意不若主抚。"文华道："抚倭寇呢，抚舶盗呢？"据此一问，已见文华之不知兵。宗宪道："倭寇不易抚，也不胜抚，自然抚舶盗为是。"文华道："兄既有意主抚，何不早行筹办？"宗宪道："承公不弃，力为保荐，自小弟忝督军务，巡抚一缺，即由副使阮鹗继任，他偏一意主剿，屡次掣肘，奈何？"文华道："有我到此，可为兄作主，何畏一鹗？"宗宪道："舶盗甚多，也不是全然可抚呢。目下舶盗，汪直为魁，但他有勇无谋，尚不足虑，只有徐海、陈东、麻叶三人，刁狡得很，恰不可不先收服。"文华道："徐海等既系刁狡，难道容易收服么？"宗宪笑道："小弟自有计较，只待公到，为弟作主，便好顺手去办了。"言至此，即与文华附耳数语，宗宪颇有干才，只因他趋附严、赵所以失名。文华大喜，便将一切军事，托付宗宪，自己惟征发军饷，专管银钱要紧。这是他的性命。

话分两头，且说宗宪既议决军情，便放心安胆，照计行去，先遣指挥夏正，往说徐海。海系杭州虎跑寺僧，因不守清规，奸淫大家姬妾，为地方士绅所逐，他遂投奔海上，与海寇陈东、麻叶结合，自称平海大将军，东劫西掠，掳得两个女子，作为侍妾，一名翠翘，一名绿珠，面貌很是妖艳，海遂左抱右拥，非常宠爱。夏正受宗宪计，拣了最好的珠宝簪珥，往赠翠翘、绿珠，嘱她们乘间说海，归附朝廷，一面竟入见徐海道："足下奔波海上，何若安居内地？屈作倭奴，何若贵为华官？利害得失，请君自择！"徐海沉思良久道："我亦未尝不作此想，但木已成舟，不便改图。就使有心归顺，朝廷亦未必容我呢。"已被夏正说动了。夏正道："我奉胡总督命，正为抚君而来，君有何疑？"海复道："我此时变计归顺，胡总督即不杀我，也不过做了一个兵士罢了。"夏正道："胡总督甚爱足下，所以命我到此，否则足下头颅，已恐不保，还要我来甚么？"利诱威吓，不怕徐海不入彀中。海投袂起座道："我也不怕胡总督，你去叫他前来，取我头颅。"夏正道："足下且请息怒，容我说明情由。"一面说着，一面恰故意旁视左右，惹得徐海动疑起来，遂命左右退出，自与夏正密谈。夏正复道："陈东已有密约，缚君归降呢。"徐海大惊道："可真么？"正复道："什么不真！不过陈东为倭人书记，胡总督恐多反复，所以命我招君，君如缚献陈东、麻叶两人，归顺朝廷，这是无上的大功，胡总督定然特奏，请赏世爵哩。"徐海不禁沉吟。夏正道："足下尚以陈东、麻叶为好人么？君不负人，人将负君。"海乃道："待我细思，再行报命。"正乃告别。

徐海即令人窥探陈东消息，可巧陈东已闻他迎纳夏正，适在怀疑，见了徐海的差人，恶狠狠的说了数语，差人返报徐海，海默忖道："果然真了，果然真了。"入与二妾商议,二妾又竭力怂恿,叫他缚寇立功。贪小失大,妇女之见,往往如此。海遂诱缚麻叶,献至军前。宗宪毫不问讯,即令左右将他释缚,好言抚慰,且嘱他致书陈东,设法图海。麻叶方恨海入骨,哪有不惟命是从?立刻写就书信,呈缴宗宪。宗宪并不直寄陈东,偏令夏正寄与徐海,兵不厌诈,此等反间计,恰好用这三人身上。徐海即将麻叶原书,寄与萨摩王旁弟。萨摩王是倭寇中首领,陈东正在他亲弟幕中,充当书办,见了此书,恼怒非常,也不及查明虚实,竟将陈东拿下,解交徐海。徐海得了陈东,东尚极口呼冤,海却全然不睬,带领手下数百人,押住陈东,竟来谒见胡宗宪。宗宪邀同赵文华,及巡抚阮鹗,邀鹗列座,无非是自鸣得意。依次升堂。文华居中,胡、阮分坐两旁,传见徐海。海戎装入谒,叩头谢罪,并向宗宪前跪下。宗宪起身下堂,手摩海顶道:"朝廷已赦汝罪,并将颁赏,你休惊恐,快快起来!"海应声起立,当由海手下党羽,牵入陈东。宗宪只诘责数语,也未尝叱令斩首。此中都有作用。一面取出金帛,犒赏徐海。海领赏毕,请借地屯众,宗宪笑道:"由你自择罢。"海答道:"莫若沈庄。"宗宪道:"你去屯扎东沈庄,西沈庄我要驻兵呢。"海称谢自去。原来沈庄有东西两处,外海内河,颇称险固,徐海请就此屯扎,尚是一条盘踞险要的计划。早已入人牢笼,怕你飞到哪里去。

宗宪见徐海已去,却转问陈东道:"你与徐海相交多年,为何被他擒献呢?"反诘得妙。陈东正气愤填胸,便说徐海如何刁奸,并言自己正思归降,反被海缚献邀功,狡黠如此,望大帅切勿轻信!宗宪微笑道:"原来如此,你果有心归诚,我亦岂肯害你?纯是谎语。但你手下可有余众么?"陈东道:"约有二三千人。"宗宪道:"你去招他进来,扎居西沈庄,将来我仍令你统率,好伺察这徐海呢。"东大喜称谢。宗宪忙令解缚,令他即日发书招众至西沈庄,暗中恰诈为东书,往寄东党道:"徐海已结好官兵,指日剿汝,汝等赶紧自谋,不必念我。"这封书到了西沈庄,东党自然摩拳擦掌,要去与东沈庄厮杀。个个中宗宪计,好似猴人弄猴。徐海见东党来攻,与他交战几次,互有杀伤。东党退去,徐海方顿足大悟道:"我中计了。"晓得迟了。急忙修好密书,投递萨摩王,说明自己与陈东,皆被宗宪所赚,悔之无及,今反自相残杀,势孤力穷,请王速发大兵,前来相救,事尚可图等语。当下遣偏裨辛五郎,赍书潜往,谁知早被胡宗宪料着,遣参将卢镗,守候途中,辛五郎适与相遇,无兵无械,被卢镗手到擒来。徐海尚眼巴巴的望着倭兵,忽有党羽来报,赵文华已调兵六千,与总兵俞大猷,直趋沈庄来了。徐海忙了手脚,忙令手下掘堑筑栅,为自守计。文华所调兵士,先到庄前,望见守御甚固,一时不敢猛攻,只在栅外鼓噪。文华无用,连他所调兵士,也是这般。幸俞大猷从海盐进攻,竟从东庄后面,乘虚攻入。徐海不及防备,只好弃寨逃命,一直奔至梁庄,官军从后追击,巧值大风卷地,乘风纵火,把徐海手下的贼众,烧毙大半。徐海逃了一程,前面适阻着一河,无路可奔,没奈何投入水中。官兵内有认识徐海的,大声呼道:"不要纵逃贼首徐海,他已入水去了。"徐海方在凫水,听着此语,忙钻入水底,有善泅水的官兵,抢先入水,纷纷捞捉。此时残寇败众,陆续投水,横尸满河,打捞费事,等到捉着徐海,已是鼻息全无,魂灵儿早入水府去了。徐海已死,立即枭首,只翠翘、绿珠两美女,查无下落,大约在东沈庄中,已经毙命。倒是同命鸳鸯。这也不在话下。

且说东沈庄已破,西沈庄亦立足不住,陈东余党,相率逃散。赵文华等奏称大捷。世宗命械系首恶,入京正法,文华乘此入朝,押解陈东、麻叶到了京师,行献俘礼,陈东、麻叶磔死。加授文华为少保,宗宪为右都御史,各任一子锦衣千户,余将升赏有差。只阮鹗未曾提起。文华得此厚赏,又跑至严府叩谢,所有馈遗,比前次更加一倍,严嵩夫妇,倒也欢喜得很。独世蕃满怀奢望,闻得文华满载而归,料有加重的馈遗,文华恰知他生性最贪,平常物件,不必送去,独用了黄白金丝,穿成幕帐一顶,赠与世蕃,又用上好的珍珠,串合拢来,结成宝髻二十七枚,赠与世蕃的姬妾。原来世蕃贪淫好色,平时闻有美姝,定要弄她到手,所有爱妾,共得二十七人,几似天子二十七世妇。侍婢不计其数。这二十七位如夫人,个个享受荣华,鲜衣美食,寻常珍奇玩好,不足邀她一顾,此次文华还京,除馈献严嵩夫妇父子外,连他二十七个宠姬,都一一馈赠宝髻,在文华的意思,也算是不惜金钱,面面顾到,确是阔绰。哪知这种姬妾,瞧着宝髻,竟视作普通首饰,没有甚么希罕。世蕃见了金丝幕帐,也是作这般想,心上很是不足,只因不便讨添,勉强收受罢了。惟文华既得帝宠,一时的权位,几与严嵩相等,他暗想所有富贵,全仗严家提拔,自古说道盛极必衰,严氏倘若势倒,势必同归于尽。谁知自己势倒,比严氏还早。况且馈遗严氏珍物,共值数万金,世蕃对着自己,并不道谢,反装出一副懊恼的形容,长此过去,怕难为继,不如另结主知,免得受制严门。计非不是,其如弄巧反拙何?计划已定,遂一心一意的等候时机。

一日,至严嵩府第,直入书斋,只见严嵩兀坐小饮,文华行过了礼,便笑说道:"义父何为独酌?莫非效李白举杯邀影么?"严嵩道:"我哪里有此雅兴?年已老了,发都白了,现幸有人,传授我药酒方一纸,据言常饮此酒,可得长生,我照方服了数月,还有效验,所以在此独酌哩。"文华道:"有这等妙酒,儿子也要试服,可否将原方借抄一纸。"严嵩道:"这也甚便,有何不可?"即命家人将原方检抄一份,给与文华。文华拜别自去。到了次日,便密奏世宗,言:"臣有仙授药酒方一纸,闻说依方常服,可以长生不老。大学士严嵩,试饮一年,很觉有效,臣近日才知,不敢自私,谨将原方录呈,请皇上如法试服,当可

第六十五回　胡宗宪用谋赚海盗　赵文华弄巧忤权奸

延年。"有翼能飞，便相啄毋，奸人之不足恃如此。世宗览疏毕，便道："严嵩有此秘方，未尝录呈，可见人心是难料呢。今文华独来奏朕，倒还有些忠心。"当下配药制酒，自不消说。

惟内侍闻世宗言，暗中将原疏偷出，报告严嵩，嵩不禁大怒，立命家人往召文华，不一时，已将文华传到。文华见了严嵩，看他怒容满面，心中一跳，连忙施礼请安。严嵩叱道："你向我行什么礼？我一手提拔你起来，不料你同枭獍，竟要坑死我么？"急得文华冷汗遍身，战兢兢的答道："儿、儿子怎敢！"丑态如绘。严嵩冷笑道："你还要狡赖么？你在皇上面前，献着何物？"文华支吾道："没，没有什么进献。"严嵩更不答语，取出袖中一纸，径向文华掷去。文华忙接过一瞧，乃是一张奏折，从头看去，不是别样文字，就是密奏仙方的原疏。这一惊非同小可，吓得面如土色，只好双膝跪地，磕头似捣蒜一般。严嵩厉声道："你可知罪么？"文华嗫嚅道："儿子知罪，求义父息怒！"嵩复道："哪个是你的义父！"文华尚是叩头，嵩顾着家人道："快将这畜生拖出去！我的座前，不配畜生跪伏！"连跪伏尚且不许，严家之威焰可知。家人听着此语，还有什么容情，当有两人过来，把文华拉出相府。

文华回到私第，左思右想，无法可施，可怜他食不得安，夜不得眠。到了次日，天明即起，早餐才毕，盘算了许多时，方命舆夫整车，怏怏的登车而行，舆夫问往何处？文华才说是快往严府。须臾即至，由文华亲自投刺，门上的豪奴，煞是势利，看见文华，故意不睬。文华只好低声下气，求他通报。门奴道："相爷有命，今日无论何人，一概挡驾。"文华道："相爷既如此说，烦你入报公子。"门奴道："公子未曾起来。"想与二十七姬共做好梦哩。文华一想，这且如何是好，猛然记起一人，便问道："萼山先生在府么？"门奴答道："我也不晓得他。"文华便悄悄的取出一银包，递与门奴，并说了无数好话，门奴方才进去。转瞬间便即出来，说是萼山先生有请，文华才得入内。看官！你道这萼山先生是何人？他是严府家奴的头目，呼作严年，号为萼山，内外官僚，夤缘严府，都由严年经手，因此人人敬畏，统称他为萼山先生。文华出入严府，所有馈遗，当然另送一份。此时彼此相见，文华格外客气，与严年行宾主礼，严年佯为谦恭，互相逊让一回，方分坐左右。一个失势的义儿，不及得势的豪奴。文华便问起严嵩父子。严年摇首道："赵少保！你也太负心了。该骂。相爷恨你得很，不要再见你面，就是我家公子，也与你有些宿嫌，暗应上文。恐此事未便转圜哩。"文华道："萼山先生！你无事不可挽回，此次总要请你斡旋，兄弟自然感激。"与家奴称兄道弟，丢尽廉耻。严年犹有难色，经文华与他附耳数语，才蒙点首。用一蒙字，妙。时已晌午，严年方入报世蕃，好一歇，这一歇时，未知文华如何难过。始出来招呼文华。文华趋入，世蕃一见，便冷笑道："吾兄来此何为?想是急时抱佛脚呢。"文华明知他语中带刺,但事到其间,无可奈何,只好高拱手,低作揖,再三告罪,再四哀恳,世蕃才淡淡的答应道:"我去禀知母亲,瞧着机缘,当来报知。"文华乃去。

过了两三日,不见世蕃动静,再去谒候,未得会面。又越两日,仍无消息,但闻严嵩休沐,料此日出入严府,定必多人,他也不带随役,独行至严府内,冲门直入。门役已屡受馈金,却也不去拦阻。到了大厅外面,停住脚步,暗从轩楹中探望,遥见严嵩夫妇,高坐上面,一班干儿子及世蕃,侍坐两旁,统在厅中畅饮,笑语声喧;正在望得眼热,忽见严年出来,慌忙相迎。严年低语道:"公子已禀过太夫人了,太夫人正盼望你呢!"文华即欲趋入,严年道:"且慢!待我先去暗报。"言毕自去。文华侧耳听着,又阅半响,方闻嵩妻欧阳氏道:"今日阖座欢饮,大众都至,只少一个文华。"嗣又由严嵩接口道:"这个负心贼,还说他甚么?"从文华耳中听出,叙次甚妙。文华心中一跳,又在楹隙中偷瞧,见严嵩虽如此说,恰还没甚怒容,随又听得欧阳氏道:"文华前次,原是一时冒失,但俗语说得好,宰相肚里好撑船,相公何必常念旧恶呢。"接连是严嵩笑了一声。这时候的赵文华,料知机会可乘,也不及待严年回报,竟大着胆闯将进去,走至严嵩席前,伏地涕泣。严嵩正欲再责,偏是欧阳夫人,已令家婢执着杯箸,添置席上,并叫起文华,入座饮酒,一面劝慰道:"教你后来改过,相公当不复计较了。"文华叩谢而起,方走至坐位前,勉饮数巡。这番列座,趣味如何?未几,酒阑席散,文华待外客谢别,方敢告辞。犹幸严嵩不甚诃责,总算放心归去。哪知内旨传来,令他督建正阳门楼,限两日竣工,文华又不免慌张起来。正是:

相府乞怜才脱罪,皇城限筑又罹忧。

欲知文华何故慌张,容待下回分解。

胡宗宪用谋赚盗,计划层出不穷,颇得孙吴三昧,徐海、陈东、麻叶,俱因此致戮,不得谓非宗宪之功。惟阿附赵文华,掠夺张经战绩,致为士论所不齿,可见有才尤须有德,才足办盗,而德不足以济之,终致身名两败,此君子之所以重大防也。文华患得患失,心愈苦,计愈左,纳宝髻反结怨世蕃,献酒方即得罪严嵩,彼岂竟顾前忘后,卤莽行事者?盖缘势利之见,横亘方寸,当其纳宝髻时,心目中只有严嵩,不遑计及世蕃,及献药方时,心目中只有世宗,不遑顾及严嵩,卒之左支右绌,处处受亏,所谓心劳日拙者非耶?一经作者演述,愈觉当日情形,跃然纸上。

第六十六回　汪寇目中计遭诛
　　　　尚美人更衣侍寝

　　却说嘉靖三十六年四月间，奉天、华盖、谨身三殿，偶然失火，损失甚巨，世宗下诏引咎，修斋五日。嗣用术士言，拟速建正阳门楼，作为厌禳。文华职任工部，无可推诿，奈朝旨命他两日竣工，一时仓猝，哪里办得成就，因此慌张起来。当下鸠工赶筑，早夜不绝，偏是光阴易过，倏忽间过了两天，门楼只筑成一半。适严嵩入直，世宗与语道："朕令文华督造门楼，兴工两日，只筑一半，如何这般懈弛，敢是藐朕不成？"嵩复奏道："文华自南征以来，触暑致疾，至今未愈，想是因此延期，并非敢违慢圣旨呢。"也算回护文华。世宗默然不答。嵩退直后，即饬世蕃报知文华，令他见机引疾，免得遭谴。文华自然遵行，拜疏上去，当由世宗亲自批答，令他回籍休养。文华接旨，只好收拾行装，谢别严府。欧阳夫人，尚是怜他，命他留住数日，文华也就此留京，意中还望复职。适世宗斋祀，停进封章，文华令荫子怿思，文华、宗宪子，各任锦衣千户，已见上回。请假宫中，说是送父启程，无非望世宗再行留他。不料有旨传下，竟斥怿思顾家忘国，着即戍边；文华意存尝试，目无君上，应削职为民。又是弄巧成拙。文华见了此旨，不由的涕泪交流，形神俱丧，又经父子泣别，愁上加愁，没奈何带着家眷，雇舟南下。他平时本有蛊疾，遇着这番挫折，正是有生以来第一种失意事，哪得不故疾复发。一夕，忽胀闷异常，用手摩腹，扑的一声，腹竟破裂，肠出而死。想是中饱太多，致此孽报。所有娇妻美妾，扶丧归去，把从前富贵荣华，都付作泡影了。

　　且说胡宗宪闻文华罢归，失了内援，心中未免懊怅，所应剿的海寇，虽已除了徐海、陈东诸人，尚有汪直未死，仍然纵横海上。宗宪与汪直，同系徽人，直为海寇，母妻未曾带去，被拘狱中，宗宪令同乡士卒，至徽州释直母妻，迎至杭州，款待甚厚，且亲去慰问一次，嘱他母妻致书招直。直得家书，才知家属无恙，意颇感动。宗宪又遣宁波诸生蒋洲往说汪直，直喟然道："徐海、陈东、麻叶三人，统死在胡督手中，我难道也自去寻死么？"蒋洲道："此言错了。徐海、陈东等人，与胡督并非同乡，所以为国除害，不得不尔。君与他同籍徽州，应有特别情谊。现在足下宝眷，俱在杭州，一切衣食，统由胡总督发给。足下试思，若非念着乡亲，肯这般优待么？"直复道："据你说来，胡督真无意害我么？"蒋洲道："非但无意害君，还要替君保奏。"直踌躇半晌，方道："既如此，你且先去！我便率众来降了。"洲遂与他约期而别，返报宗宪，据事陈明，宗宪大喜。谁知待了数日，毫无影响。巡按周斯盛，入语宗宪道："此必汪直诈计，蒋洲被贼所绐，反来诳报，也不能无罪呢。"当下将蒋洲系狱。洲复追述宣谕始末，并言汪直为人，粗鲁豪爽，不致无故失约，此次愆期，或为逆风所阻，亦未可知。供簿才毕，外面有骑卒禀报，称是："舟山岛外，有海船数艘，内有寇众多人，头目便是汪直，他虽说是来降，沿海将吏，因他人多滋疑，已经戒备，只禀大帅，如何处置便了。"宗宪道："他既愿来投诚，何必疑他。"当与周斯盛商议，仍拟遣蒋洲招直。斯盛尚恐蒋洲难恃，请另遣别人。宗宪乃将蒋洲还系，蒋洲系狱，由斯盛一言，蒋洲得生，亦由斯盛一言，乃知塞翁失马，未始非福。另遣指挥夏正，往招汪直。直见将吏戒严，未免心慌，当问夏正道："蒋先生何故不来？"夏正道："蒋先生适有别遣，无暇到此。"汪直道："胡督疑我误期么？我因中道遇风，舟为所损，还易他舟，所以误期。"夏正道："胡督心性坦白，断不致疑。"直终未信，只遣养子王澂，随夏正见宗宪。宗宪问直何为未至，王澂道："我等好意投诚，乃闻盛兵相待，莫怪令人滋疑了。"宗宪解谕再三，王澂乃道："汪头目极愿谒见大帅，奈被左右阻住，如蒙大帅诚意招待，可否令一贵官同去，易我头目上来，以便推诚相见。"宗宪道："这也何妨，仍着夏指挥同行便了。"夏正奉命，只好再与王澂同往，当由王澂留住舟中，一面请汪直登岸，去见宗宪。宗宪居然开门相迎，直入门请罪，跪将下去。宗宪忙亲自扶起，笑说道："彼此同乡，不啻弟兄，何必客气。"遂邀他坐了客位。直既坐定，慨然道："大帅不记前非，招我至此，身非木石，宁有不感激隆情？此后当肃清海波，借赎前罪。"宗宪道："老兄敢战有为，他日为国家出力，分土酬庸，爵位当在我辈之上。"直大喜道："这全仗大帅提拔呢。"宗宪遂盛筵相待，一面令麾下发给蔬米酒肉，送与直舟，即派夏正为东道主，款待舟中党目。直此时已喜出望外，感激十分，筵宴既罢，留直住居客馆，命文牍员缮好奏疏，请赦汪直前罪，即日拜发出去。

过了数天，复旨已到，由宗宪展开恭读，不禁皱起眉来，原来复旨所称："汪直系海上元凶，万难肆赦，即命就地正法"云云。宗宪一想："这事如何了得，但朝旨难违，只好将直枭首，夏指挥的生死，当然不能兼顾了。"随即不动声色，即日置酒，邀汪直入饮。酒至数巡，宗宪拱手道："我日前保奏足下，今日朝旨已转，足下当高升了。"直才说了"感谢"二字，但见两旁的便门齐辟，拥出无数持刀佩剑的甲士，站立左右，汪直甚为惊异。宗宪高声语直道："请足下跪听朝旨。"直无奈离座，当由宗宪上立，直跪在下面，宗宪依旨朗读，念到"就地正法"四字，即有甲士上前，竟将直捆绑起来。直厉声道："胡宗宪！胡宗宪！我原说你靠不住，不料又堕你计，你真刁狡得很！"骂亦无益。宗宪道:"这恰要你原谅,奏稿具在,不妨检与你看。"直恨恨道:"还要看什么奏稿,总之要我死罢了。"宗宪也不与多辩,当命刀斧手百名,将汪直推出辕门,号炮一声,直首落地。这信传到直舟,那班杀人不眨眼的党目,个个气冲牛斗,立把夏正拿下,你一刀,我一剑,剁作肉泥,无端为汪直偿命,这是宗宪误人处。当即扬帆自去。党众尚有三千人,仍然联络倭寇,到处流劫,宗宪也不去追击,夏正死不瞑目。竟奏称巨憝就诛,荡平海寇等语。世宗大悦,封宗宪为太子太保,余皆迁赏有差,这且慢表。

且说世宗闻外寇渐平,正好专心斋醮,且云:"叛恶就擒,统是鬼神有灵,隐降诛殛。"因此归功陶仲文,加封为恭诚伯。惟紫府宣忠高士段朝用,伪谋被泄,下狱诛死。朝用由郭勋进身,勋已早死,朝用何能长生?一面命翰林院侍读严讷,修撰李春芳等,并为翰林学士,入直西内,代撰青词。内外臣工,统是揣摩迎合,阴图邀宠。徽王载埨,系英宗第九子见沛曾孙,承袭祖荫,嗣封钧州。他父厚熼,素与陶仲文结交,仲文称他忠敬奉道,得封真人,颁给金印。藩王加封真人,古今罕闻。厚熼死后,载埨嗣爵,奉道贡媚,世宗仍命佩真人印。时有南阳方士梁高辅,年逾八十,须眉皓白,两手指甲,各长五六寸,自言能导引服食,吐故纳新。载埨遂请他入邸,虔求指教。高辅慨然应允,除面授吐导外,再替他修合妙药。看官!你道他药中用着何物?据《明史杂闻》上记及,是用童女七七四十九人,第一次天癸,露晒多年,精心炼制,然后可服。服食后,便有一种奇效,一夕可御十女,恣战不疲,并云:"可长生不死,与地仙无异。"原来是一种春药。载埨依法服食,即与妃嫔等实地试验,果然忍久耐战,与前此大不相同。他恰不敢蔽贤,遂通书仲文,请为高辅介绍,荐奉世宗。世宗年已五十,精力浸衰,后宫嫔御,尚有数十,靠了一个老头儿,哪里能遍承雨露,免不得背地怨言,世宗也自觉抱歉,就使微有所闻,也只好含忍过去。此次由仲文荐入高辅,传授婴儿姹女的奇术,并彭祖、容成的遗方,一经服习,居然与壮年一般,每夕能御数妃,喜得世宗欣幸过望,立授高辅为通妙散人,且因载埨荐贤有功,加封为忠孝真人。载埨益自恣肆,擅坏民屋,作台榭苑囿,杖杀谏官王章,又微服游玩扬州,被巡兵拘住,羁留三月,潜行脱归,暗中却贻书高辅,托词借贷,私索贿赂,高辅搁置不报。载埨待了多日,未得复音,再拟发书诘责,凑巧高辅有信寄到,总道是有求即应,惠我好音,谁知展书一瞧,并没有什么财帛,载在书中,只说是皇上需药,一时不及提炼,忆尊处尚有余药,特遣人走取云云。那时载埨不禁大愤,勃然说道:"兀那负心人,不有本藩,何有今日?我欲求他,他绝不提起,他欲求我,我还要答应他么?"当下复绝来使,只说是存药已罄,无从应命。来使去后,恰着人赍药入京,给与陶仲文,托他权词入献。你不送去也罢了,偏要多一周折,真是弄巧反拙了。高辅闻知此事,很是忿恨，便入奏世宗，把载坖在邸不法事，和盘说出。未免负心。世宗即隐遣中官密访，至中官还奏，所有高辅奏请的事情，语语是实。并说载坖诈称张世德，自往南京，强购民女等因，于是世宗震怒，夺去载坖的真人印。陶仲文虽爱载坖，也不敢代为辩护。冤冤相凑，有南中民人耿安，叩阍诉冤，告称载坖夺女事，安知非梁高辅主使。当下遣官按治，复得实据，狱成具奏。有诏废载坖为庶人，幽锢凤阳。载坖悔恨交迫，竟尔投缳自尽，妃妾等亦皆从死，想是房术的感念。子女被徙开封，徽王宗祀，从此中绝了。

　　载坖既死，世宗益宠信梁高辅，高辅为帝合药，格外忠勤，且选女八岁至十四岁的凡三百人，入宫豢养，待他天癸一至，即取作药水，合入药中。由高辅取一美名，叫作先天丹铅。嗣又选入十岁左右的女子，共一百六十人，大约也是前次的命意。这四五百童女，闲居无事，或充醮坛役使，或司西内供奉。内中有个姓尚的女子，年仅十三，秀外慧中，选值西内，一夕黄昏，世宗坐诵经偈，运手击磬，忽觉困倦起来，打了一个磕睡，把击磬的槌，误敲他处，诸侍女统低头站着，不及瞧见，就使瞧着了他，也不敢发声。独尚女失声大笑，这一笑惊动天颜，不禁张目四顾，眼光所射，正注到尚女面上，梨涡半晕，尚带笑痕，本拟疾声呵叱，偏被她一种憨态，映入眼波，不知不觉的消了怒气，仍然回首看经。可奈情魔一扰，心中竟忐忑不定，只瞳神儿也不由自主，只想去顾尚女。尚女先带笑靥，后带怯容，嗣又俯首弄带，越显出一副娇痴情状。灯光下看美人，愈形其美。世宗越瞧越爱，越爱越怜，那时还有甚么心思念经？竟信口叫她过来，一面令各侍女退出。各侍女奉旨退班，多半为尚女捏一把汗。偏这世宗叫过尚女，略问她履历数语，便掷去磬槌，顺手牵住尚女，令坐膝上。尚女不敢遽就，又不敢竟却，谁意世宗竟拢她笑靥，硬与她亲一个吻。想是甘美异常，比天癸还要可口。尚女急摆脱帝手，立起身来，世宗岂肯放过，复将她纤腕携住，扯入内寝。当下服了仙药，霎时间热气满腹，阳道勃兴，看官！你想此时的尚女，还从哪里逃避？只好听世宗脱衣解带，同上阳台；但嫩蕊微苞，遽被捣破，这尚女如何禁当得起？既不敢啼，又不敢叫，没奈何啮齿忍受。此时恐笑不出来。世宗亦格外爱怜，留些不尽的余地，偏是药性已发，欲罢不能，一时间狂荡起来，尚女无法可施，只得在枕畔哀求。毕竟皇恩隆重，不为已甚，勉强停住云雨，着衣下床，出令内侍宣召庄妃。庄妃事在此处插入，销纳无痕。庄妃姓王，从丹徒徙居金陵，由南都官吏选入，初未得宠，寂寞深宫，未免伤怀。她却幼慧能诗，吟成宫词数律，借遣愁衷。适被世宗闻知，因才怜色，遂召入御寝，春宵一度，其乐融融，遂册为庄妃。嗣加封贵妃，主仁寿宫事。先是方后崩后，应五十九回。正宫虚位，世宗属意庄妃，陶仲文窥知上意，暗向庄妃索赂，当为援助。偏偏庄妃不与，仲文因此怀恨，遂上言帝命只可特尊，不应他人敌体。世宗本信重仲文,况连立三后,依然中绝,想是命数使然,不便强为,遂将立后事搁起不提。惟宠爱庄妃,不让中宫,此番宣召,实是令她瓜代的意思。待至庄妃召至,尚女已起身别去,世宗也不遑与庄妃谈论,便令她卸妆侍寝,续梦高唐。庄妃年逾花信,正是婪尾春风,天子多情,佳人擅宠,恰似一对好凤凰,演出两度风流事,这且不必琐述。已不免琐述了。越两宿,世宗复召幸尚女,尚女还是心惊,推了片时,无法违旨,只好再去领赐。不意此夕承欢,迥殊前夕,始尚不免惊惶,后竟觉得畅快,一宵欢爱,笔难尽描。世宗称她为尚美人,后复册封寿妃。又要大笑了。正在老夫少妻,如胶如漆的时候,忽有一内监趋入,呈上一幅罗巾,巾上有无数血痕,由世宗模模糊糊的,细览一番,方辨出一首七言的律句来。其诗道:

闷倚雕栏强笑歌,娇姿无力怯宫罗。
欲将旧恨题红叶,只恐新愁上翠蛾。
雨过玉阶天色净,风吹金锁夜凉多。
从来不识君王面,弃置其如薄命何。

世宗阅罢,不禁流下泪来,究竟此诗为谁氏所作,且看下回表明。

明有两汪直,一为宫役,一为海寇,两人以直为名,非但不足副实,且皆为罪不容死之徒。然彼此互较,吾宁取为海寇之汪直。直亡命有年,顾闻母妻之居养杭州,即有心归顺,似尚不失为孝义。后与蒋洲约降,中途遇风,仍舁身而来,其守信又可概见。宗宪为之保奏,使之清海自赎,亦一时权宜之计,明廷不察,必令诛戮降附,绝人自新之路,且使被质之夏正,为所支解,吾不禁为汪直呼冤,吾又不禁为夏正呼冤也。世宗有意修醮,乃好杀如彼,而好仙又如此,方士杂进,房术复兴,清心寡欲者,固如是乎?况年逾五十,竟逼十三龄之女子,与之侍寝,当时只图色欲,不计年龄,其后不肇武曌之祸者,犹其幸尔。或谓尚美人不见史传,或系子虚,然稗乘中固明载其事,夫庄妃且不载正传,况尚美人乎?史笔多从阙略,得此书以补入之,亦束晰补亡之遗义也。

第六十七回　海刚峰刚方绝俗
　　　　　　邹应龙应梦劾奸

却说世宗看罢血诗,不禁流泪。这血诗系宫人张氏所作。张氏才色俱优,入宫时即蒙召幸,但性格未免骄傲,平时恃着才貌,不肯阿顺世宗,当夕数次，即致失宠。秋扇轻捐，人主常态。嗣是禁匿冷宫，抑郁成疾，呕血数月，夭瘵而亡。未死前数日，便将呕出的余血，染指成诗，书就罗巾上面，系着腰间。明代后宫故例，蒙幸的宫人，得病身亡，小殓时必留身边遗物，呈献皇上，作为纪念。张氏死后，宫监照着老例，取了罗巾，赍呈世宗。世宗未免有情，哪得不触起伤感？当下便诘责宫监，何不早闻？宫监跪奏道："奴婢等未曾奉旨，何敢冒昧上渎？"这语并未说错。世宗闻言，不觉变悲为怒，斥他挺撞，喝令左右将他拿下，一面趋出西内，亲自去看张氏。但见她玉骨如柴，银眸半启，直挺挺的僵卧榻上，不由的叹息道："朕负你了。"说毕，揾着两行泪珠，叱将内侍撵出数人，与前时拿下的宫监，一同加杖。有几个负痛不起，竟致毙命，这且休表。

且说前锦衣卫经历沈炼，因劾奏严嵩，谪戍保安，炼独赴戍所，应六十二回。里中父老，闻悉得罪原因，共为扼腕，遂辟馆居炼，竞遣子弟就学。炼谆谆教诲，每勖生徒以忠孝大节，及严嵩父子作奸罔上等情，塞上人素来戆直，既闻炼语，交口骂嵩，且缚草为人像，一书李林甫，一书秦桧，一书严嵩，用箭攒射，拍手称快。炼或单骑游居庸关，登山遥望，往往戟手南指，詈嵩不已，甚至痛哭乃归。嫉恶太严，亦是取死之道。这事传达京师，嵩父子切齿痛恨。适宣府巡按路楷，及总督杨顺，统系嵩党，世蕃遂嘱使除炼。路、杨两人，自然奉命惟谨。会蔚州获住妖人阎浩，连坐颇众，杨顺语路楷道："此番可以报严公子了。"路楷道："莫非将炼名窜入么？"一吹一唱，确是同调。杨顺点头，遂诬炼勾通妖人，意图不轨。奏牍上去，内有严嵩主持，还有什么不准。即日批复，着令就地正法。杨顺便命缚炼，牵入市中，将他斩首，籍没家产。嵩给顺一子锦衣千户，楷擢太常卿，顺意尚未足，怏怏道："严公不加厚赏，难道心尚未惬么？"复将炼子襄、衮、褒三人，一同系狱。衮、褒不堪遭虐，先后致死。襄发戍极边。

未几，有鞑妇桃松寨，叩关请降，当由杨顺传入，桃松寨以外，尚有头目一人。桃松寨自言，系俺答子辛爱妾，受夫荼毒，因此来归。顺不及细讯，即将两人送入京师。其实两人是一对露水夫妻，恐被辛爱察出，或至丧命，所以同来降顺。辛爱遣使索妾，为顺所拒，遂集众二十万，入雁门塞，连破应州四十余堡，进掠大同，围右卫数匝。杨顺大恐，只得致书辛爱，愿送还桃松寨，乞令缓兵。一面申奏朝廷，诡言辛爱款关，愿以叛人邱富等，易还桃松寨，奏下兵部复讯。尚书许论，请如顺议，乃给桃松寨出塞，使杨顺阴告辛爱。辛爱捕戮桃松寨，仍然围攻大同右卫，且分兵犯宣蓟，顺又大惧，贿巡按路楷七千金，求为掩蔽。楷爱财如命，自然代他遮瞒。可奈天下事若要不知，除非莫为，杨路交蔽的情形，渐被给事中吴顺来察觉，抗疏并劾。世宗方怒顺召寇，见了此

第六十七回　海刚峰刚方绝俗　邹应龙应梦劾奸

奏，立命逮顺及楷下狱。兵部尚书许论，亦连坐罢官，另简杨博为兵部尚书。廷议以博素知兵，欲御北寇，非博不办，乃命博出督宣大军务。博驰檄各镇，谕诸帅克日会集，同仇御侮。辛爱闻知此信，引兵径去。博抵大同，励士恤死，筑堡浚濠，边境以固，寇不敢近。已而辛爱复号召诸部，入寇滦河，蓟辽总督王忬，发兵剿剿，号令数易，遂致失利，寇大掠而去。

先是杨继盛冤死，王忬令子世贞，代为治丧，且作诗哀吊，暗刺严嵩，嵩因此恨忬。忬有古画一幅，为世蕃所闻，遣人丐取，得画而归。嗣因画系赝鼎，料知为忬所欺，心益不平。全是私意。至是滦河闻警，震动京师。都御史鄢懋卿，密承嵩嘱，令御史王渐、方辂等，交章劾忬，说他纵寇殃民，遂由嵩拟旨逮问，锻炼成狱，竟罹大辟。嵩以鄢懋卿构死王忬，得泄隐恨，意欲把他升官，作为酬报。适盐课短绌，遂乘机保荐懋卿，极称他熟悉鹾政，可为总理。世宗立即允准，特命懋卿总督全国盐运。明制分设两浙、两淮、长芦、河东盐运司，各专责成，运司以上，无人统辖。懋卿总理盐政，乃是当时特设，格外郑重。自奉命出都后，挈着家眷，巡查各区，沿途市权纳贿，势焰薰天，所有仪仗，非常烜赫，前呼后拥，原不必说，惟后面又有五彩舆一乘，用十二个大脚妇女，充作舆夫，舆中坐着一位半老徐娘，金翠盈头，罗绮遍体，俊目四顾，旁若无人，这人不必细猜，料应是总理盐政鄢懋卿的妻室。抬出乃夫的官衔，不啻出丧时的铭旌。彩舆以后，又有蓝舆数十乘，无非是粉白黛绿，鄢氏美姬。一日不可无此。每至一处，无论抚按州县，无不恭迎，供张以外，还要贿送金钱，才得懋卿欢心。及巡至两浙，道出淳安，距城数里，并不见有人迎接，复行里许，才见有两人彳亍前来，前面的衣服褴缕，仿佛是一个丐卒，后面同行的，虽然穿着袍服，恰也敝旧得很，几似边远的驿丞模样。未述姓氏，先叙服色，仍是倒戟而出之法。两人走近舆旁，前后互易，由敝袍旧服的苦官儿，上前参谒。懋卿正在动怒，不由的厉声道："来者何人？"那人毫不畏怯，正色答道："小官便是海瑞。"久仰大名。懋卿用鼻一哼，佯作疑问道："淳安知县，到哪里去，乃令汝来见我。"海瑞复朗声道："小官便是淳安知县。"懋卿道："你便是淳安知县么？为何不坐一舆，自失官体？"海瑞道："小官愚昧，只知治理百姓，百姓安了，便自以为幸全官体。今蒙大人训诲，殊为不解。"驳得有理。懋卿道："淳安的百姓，都亏你一人治安吗？"当头一棒。险恶之甚。海瑞道："这是朝廷恩德，抚按规为，小官奉命而行，何功足录？惟淳安是一瘠县，并且屡遭倭患，凋敝不堪，小官不忍扰民，为此减役免舆，伏求大人原谅！"懋卿无言可责，只好忍住了气，勉强与语道："我奉命来此，应借贵署权住一宵！"海瑞道："这是小官理应奉迎。但县小民贫，供帐简薄，幸大人特别宽宥哩！"懋卿默然。当由海瑞前导，引入县署。瑞自充差役，令妻女充作仆婢，茶饭酒肉以外，没有甚么供品。懋卿已怀着一肚子气，更兼那妻妾等人，都是骄侈成习，口餍膏粱，暗中各骂着混账知县，毫没道理。懋卿反劝慰道："今日若同他使气，反似量小难容，将来总好同他算账。我闻他自号刚峰，撞在老夫手中，无论如何刚硬，管教他销灭净尽呢。"海瑞别号，乘便带出。当下在淳安挨过一宿，翌日早起，便悻悻然登程去了。过了月余，海瑞在署中接到京信，闻被巡盐御史袁淳所劾，有诏夺职。海瑞坦然道："我早知得罪鄢氏，已把此官付诸度外，彭泽归来，流芳千古，我还要感谢鄢公呢！"言下超然。便即缴还县印，自归琼山去了。海瑞以外，尚有慈溪知县霍与瑕，亦因清鲠不屈，忤了懋卿，一同免官。懋卿巡查已毕，饬加盐课，每岁增四十余万，朝旨很是嘉奖。懋卿得了重贿，自然与严家父子一半平分。南京御史林润，劾他贪冒五罪，留中不报。不加罪于林润，暗中已仗徐阶。

是时，严嵩父子，权倾中外，所有热中士人，无不夤缘奔走，趋附豪门，独有翰林院待诏文征明，狷介自爱，杜绝势交。世蕃屡致书相招，终不见答。征明原名文璧，后来以字为名，能文工绘，与祝允明、唐寅、徐祯卿三人，同籍吴中，号为吴中四才子。祝允明别号枝山，唐寅字伯虎，号六如居士，徐祯卿字昌毂，三人皆登科第，文采齐名。祝善书，唐善画，徐善诗，放诞风流，不慕荣利，惟征明较为通融。世宗初年，以贡生诣吏部应试，得授翰林院待诏，预修武宗实录，既而乞归，张璁、杨一清等，俱欲延致幕下，一律谢绝。四方乞求征明书画，接踵到来，征明择人而施，遇着权豪贵阀，概不从命，因此声名愈盛。叙入吴中四子，于征明独有褒辞，是谓行文不苟。就是外国使臣，过他里门，亦低徊思慕，景仰高踪。严嵩父子，夙加器重，奸人亦爱高士，却也奇怪。至屡招不往，世蕃遂欲设法陷害。可谓险毒。可巧嵩妻欧阳氏患起病来，一时不及兼顾，只好把文征明事，暂且搁起。

欧阳氏为世蕃生母，治家颇有法度，尝见严嵩贪心不足，颇以为非，每婉言进谏道："相公不记钤山堂二十年清寂么？"看官听着！这钤山堂，系严嵩少时的读书堂，嵩举进士后，未得贵显，仍然清苦异常，闭户自处，读书消遣，著有《钤山堂文集》，颇为士林传诵。当时布衣蔬食，并不敢有意外妄想，及躐入仕途，性情改变，所以欧阳氏引作规诫。不没善人。嵩未尝不知自愧，可奈近朱者赤，近墨者黑，既已习成贪诈，就使床笫中言，也是不易入耳。欧阳氏见嵩不从，复去训斥世蕃，世蕃似父不似母，闻着母教，亦当作耳边风一般，平时征歌选色，呼类引朋，成为常事；惟一经欧阳氏瞧着，究属有些顾忌，不敢公然纵肆。至欧阳氏病殁，世蕃当护丧归籍，嵩上言臣只一子，乞留京侍养，请令孙鹄代行。世宗准奏，于是世蕃大肆佚乐，除流连声色外，尚是干预朝事。惟名为居丧，究未便出入朝房，代父主议。嵩年已衰迈，时常记忆不灵，诸司遇事请裁，尝答道："何不与小儿商议？"或竟云："且决诸东楼。"东楼便是世蕃别字。可奈世蕃身在苫块,心在娇娃,自母氏殁后,不到数月,复添了美妾数人,麻衣缟袂中,映着绿鬓红颜,愈觉俏丽动人。欲要俏,须带三分孝。那时衔哀取乐,易悲为欢,每遇朝臣往商,辄屏诸门外;至严嵩飞札走问,他正与狎客侍姬,酣歌狂饮,还有什么闲工夫,去议国家重事;就使草草应答,也是模糊了事,毫不经心。从前御札下问,语多深奥,嵩尝瞠目不能解,惟经世蕃瞧着,往往十知八九,逐条奏对,悉当上意。又阴结内侍,纤悉驰报,报必重赏,所以内外情事,无不闻知。迎合上意,赖有此尔。此次世蕃居丧,专图肉欲,所有代拟奏对,多半隔膜,有时严嵩迫不及待,或权词裁答,往往语带模棱,甚至前言后语,两不相符。世宗渐渐不悦,嗣闻世蕃在家淫纵,更加拂意。

适值方士蓝道行,以扶乩得幸,预示祸福,语多奇中,世宗信以为神。一日,又召道行扶乩,请乩仙降坛,问及长生修养的诀门。乩笔写了数语,无非是清心养性,恭默无为等语。世宗又问现在辅臣,何人最贤?乩笔又迅书道:"分宜父子,奸险弄权,大蠹不去,病国妨贤。"十六字胜于千百本奏章。世宗复问道:"果如上仙所言,何不降灾诛殛?"乩笔亦随书道:"留待皇帝正法。"妙。世宗心内一动,便不再问。究竟蓝道行扶乩示语,是否有真仙下降,小子无从证实,请看官自思罢了。不证实处,过于证实。

隔了数日,世宗所住的万寿宫,忽遇火灾,一时抢救不及,连乘舆服御等件,尽付灰烬,御驾只得移住玉熙宫。玉熙宫建筑古旧,规模狭隘,远不及万寿宫,世宗悒悒不乐,廷臣请还大内,又不见从。自杨金英谋逆后,世宗迁出大内,故不愿还宫。严嵩请徙居南内,这南内是英宗幽居的区处。世宗生性,多忌讳,谨小节,览了嵩奏,怎得不恼,这也是严嵩晦运将至,故尔语言颠倒,屡失主欢。时礼部尚书徐阶,已升授大学士,与工部尚书雷礼,请重行营建,计月可成。世宗喜甚,即行许可。阶子璠为尚宝丞,兼工部主事,奉命督造,百日竣工。世宗心下大慰,即日徙居,自是军国大事,多谘徐阶,惟斋醮符箓等类,或尚及严嵩。言官见嵩失宠,遂欲乘机下石,扳倒这历年专政的大奸臣。御史邹应龙,尤具热诚。一夕,正拟具疏,暗念前时劾嵩得罪,已不乏人,此次将如何下笔?万一弹劾无效,转蹈危机,如何是好?想到此处,不觉心灰意懒,连身子也疲倦起来。忽有役夫入请道:"马已备好,请大人出猎去。"应龙身不由主,竟离座出门,果然有一骏马,鞍鞯具备,当即纵身腾上,由役夫授与弓箭,纵辔奔驰。行了里许,多系生路,正在惊疑交集,蓦见前面有一大山,挡住去路。山上并无禽兔,只有巨石岩岩,似将搏人,他竟左手拔箭,右手拈弓,要射那块怪石,一连三箭,都未射着,免不得着急起来。忽闻东方有鸟鹊声,回头一望,见有丛林密荫,笼住小丘,仿佛一座楼台,参差掩映,写得逼真。他恰不管甚么,又复拈弓搭箭,飕的射去,但听得豁喇一声,楼已崩倒。为这一响,不由的心中一跳,拭目再瞧,并没有甚么山林,甚么夫马,恰只有残灯闪闪,留置案上,自身仍坐在书室中,至此才觉是南柯一梦。迷离写来,令人不可端倪,直到此笔点醒,方见上文用笔之妙。是时谯楼更鼓,已闻三下,追忆梦境,如在目前,但不识主何吉凶,沉思一会,猛然醒悟道:"欲射大山,不如先射东楼,东楼若倒,大山也不免摇动了。"解释真确,并非牵强。遂重复磨墨挥毫,缮成奏稿,即于次日拜发。小子曾记有古诗二语,可为严嵩父子作证。其诗道:

时来风送滕王阁,运退雷轰荐福碑。

欲知疏中如何劾奏,且待下回补录。

　　海瑞以刚直名,固明史中之所谓佼佼者,坊间小说,及梨园戏剧间,每演严嵩,必及海瑞,或且以严嵩之得除,由海瑞一人之力,是皆属后世之附会,不足采及。严氏专政,海瑞第宰淳安,即欲劾嵩,亦无从上奏。后人且于严嵩时间,窜入吕调阳、张居正等,与嵩为难,尤属盲说。惟鄢懋卿南下,道出淳安,瑞供帐简薄,抗言贫邑,不能容轩车,致为懋卿所嗛,嗾令巡盐御史袁淳,弹劾落职,是固备载史传,非子虚乌有之谈也。此外如蓝道行扶乩,邹应龙梦猎,俱见正史,亦非捏造,惟一经妙笔演述,则触处成春,靡不豁目。中纳文征明一段,旁及吴中四才子,尤足为文献之征。史家耶?小说家耶?合而为一,亦足云豪矣。

第六十八回　权门势倒祸及儿曹
　　　　　　王府银归途逢暴客

　　却说御史邹应龙,因得了梦兆,专劾东楼,拜本上去,当由世宗展览,疏中略说:

世蕃凭借权势,专利无厌,私擅爵赏,广致馈遗,每一开选,则视官之高下,而低昂其值;及遇升迁,则视缺之美恶,而上下其价;以致选法大坏,市道公行,群丑竞趋,索价转巨。如刑部主事项治元,以一万二千金而转吏部;举人潘鸿业,以二千二百金而得知州。至于交通赃贿,为之通关节者,不下十余人,而伊子锦衣卫严鹄,中书严鸿,家奴严年,中书罗龙文为甚,即数人之中,严年尤为狡黠,世蕃委以腹心,诸鬻官爵自世蕃所者,年率十取其一。不才士夫,竟为媚奉,呼曰萼山先生,不敢名也。遇嵩生日,年辄献万金为寿。嵩父子原籍江西袁州,乃广置良田美宅于南京、扬州等处，无虑数十所，而以恶仆严冬主之，押勒侵夺，怙势肆害，所在民怨入骨。尤有甚者，往岁世蕃遭母丧，陛下以嵩年老，特留侍养，令其子鹄，代为扶榇南旋，世蕃名虽居忧，实系纵欲。狎客曲宴拥侍，姬妾屡舞高歌，日以继夕。至鹄本豚鼠无知，习闻赃秽，视祖母丧，有同奇货，骚扰道路，百计需索。其往返所经，诸司悉望风承色，郡邑为空。今天下水旱频仍，南北多警，民穷财尽，莫可措手者，正由世蕃父子，贪婪无度，掊克日棘，政以贿成，官以赂授，凡四方小吏，莫不竭民脂膏，偿已买官之费，如此则民安得不贫？国安得不竭？天人灾警，安得不迭至？臣请斩世蕃首，以示为臣不忠不孝者戒！其父嵩受国厚恩，不思报而溺爱恶子，弄权黩货，亦宜亟令休退，以清政本！如臣言不实，乞斩臣首以谢嵩、世蕃，幸乞陛下明鉴！

世宗览罢，即召入大学士徐阶，与他商议。阶密请道："严氏父子，罪恶昭彰，应由陛下迅断，毋滋他患。"世宗点首。阶即趋出，径造严府。此时严嵩父子，已闻应龙上疏，恐有不测，见阶到来，慌忙出迎。寒暄甫毕，即问及应龙劾奏事。阶从容答道："今日小弟入值西内，适应龙奏至，上头阅罢，不知何故大怒，立召小弟问话。弟即上言严相柄政多年，并无过失，严公子平日行为，应亦不如原奏的利害，务乞圣上勿可偏听。小弟说到此语，但见天威已经渐霁，谅可无他虞了。"这是徐阶弄巧处。嵩忙下拜道："多年老友，全仗挽回，老朽应当拜谢。"对付夏言故态，又复出现。世蕃亦随父叩头，惊得徐阶答礼不迭，连称不敢，一面还拜，一面扶起严嵩父子。世蕃且召出妻孥，全体叩首，阶又谦让不遑，并用好言劝慰，方才别去。

严嵩父子，送阶出门，还家未几，即有锦衣卫到来，宣读诏书，勒令严嵩致仕，并逮世蕃下狱。嵩跪在地下，几不能起，但见世蕃已免冠褫衣，被锦衣卫牵扯而去。嵩方徐徐起来，泪如雨下，呜呜咽咽的说道："罢了！罢了！徐老头儿明知此事，还来探试，真正可恶！"你也被人播弄么？转又自念："现在邀宠的大臣，莫如徐阶，除他一人，无可营救。"正在满腹踌躇，鄢懋卿、万寀等，都来探望。万寀为大理寺卿，懋卿时已入任刑部侍郎，两人都是严府走狗。见了严嵩，嵩方与交谈，不防锦衣卫又到，立索世蕃子严鹄、严鸿，及家奴严年，吓得严嵩说不出话，鄢、万两人，也是没法，只好将三人交出，由锦衣卫带去。忽又由家人通报，中书罗龙文也已被逮了。真要急杀。这时候的严府内外，统是凄惶万状，窘迫十分，大众围住鄢懋卿、万寀，求他设法。懋卿搔头挖耳的，想了一会，方道："有了！有了！"与罢了罢了四字，相映成趣。大家闻了此语，忙问何法？懋卿道："你等休要慌张，自有处置！"说罢，便与严嵩附耳数语。嵩答道："这也是无法中的一法，但恐徐老头儿作梗，仍然不行。"万寀道："何妨着人往探,究竟徐老头儿是何主见?"嵩乃遣心腹往探徐阶,未几还报,传述徐阶言语,谓我非严氏,无从得高官厚禄,决不负心等语。懋卿道:"这老头儿诡计多端,他的言语,岂可深信,我等且照计去办再说。"随即匆匆别去。不一日,有诏将蓝道行下狱,原来道行扶乩,已被懋卿等察知,此次欲救世蕃,遂贿通内侍,倾陷道行,只说应龙上疏,由道行主唆所致。世宗果然中计,竟将道行拘系起来。懋卿等复密遣干役,嘱令道行委罪徐阶,便可脱罪。道行道:"除贪官是皇上本意,纠贪罪是御史本职,何预徐阁老事?"偏不受绐,鄢懋卿等奈何?严嵩父子奈何? 这数语报知懋卿,弄得画饼充饥,仍然没法,不得已减等拟罪,只坐世蕃得赃八百两,余无实据,于是世蕃得谪戍雷州卫,其子鹄、鸿,及私党罗龙文,俱戍边疆,严年永禁,擢邹应龙为通政司参议,侍郎魏谦吉等,皆坐奸党,贬谪有差。

未几,御史郑洛,劾奏鄢懋卿、万寀,朋比为奸,鄢、万皆免官。又未几,给事中赵灼、沈淳、陈瓒等,先后劾工部侍郎刘伯跃,刑部侍郎何迁,右通政胡汝霖,光禄寺少卿白启常,副使袁应枢,湖广巡抚都御史张雨,谕德唐汝楫,国子祭酒王材,俱系严家亲故,陆续罢去。舆论大快。

已而朝旨复下,加恩有严鸿为民,令侍嵩归里。徐阶见诏,以世宗竟复向嵩,不无后患,急欲入内启奏。世宗望见徐阶,便召他上前,与语道:"朕日理万机,不胜劳敝,现在庄敬太子载壑,虽已去世,幸载垕、载圳,俱已年长,朕拟就此禅位,退居西内,专祈长生,卿意以为何如?"阶叩头极谏,力持不可。世宗道:"卿等即不欲违大义,但必天下皆仰奉朕命,阐玄修仙,然后朕可在位呢。"阶尚欲申奏,世宗又道:"严嵩辅政,约二十多年,他事功过不必论,惟赞助玄修,始终不改,这是他的第一诚心。今嵩已归休,伊子已伏罪,敢有再来多言,似邹应龙一般人物,朕决不宽贷,定当处斩!"欲禁止徐阶之口,故尔先言。阶不禁失色,唯唯而退。及归至私第,默念:"严嵩已去,一时未必起复,这且还是小事,惟裕王载垕、景王载圳,并出邸中,居处衣服无殊,载圳意图夺嫡,莫非运动内禅,致有今日之谕,此事不可不预防呢。"看官总还记着!小子于五十九回中,曾叙过世宗八子,夭逝五人,只载壑立为皇太子,载垕封裕王,载圳封景王。载壑年逾弱冠,又遭病殁,当时廷臣曾请续立裕王,世宗以两次立储,皆不永年,因拟延迟时日,再行册立。景王本册封安陆,只是留京不遣,徐阶乃潜结内侍,嘱他乘间奏请,说是景邸在京,人言藉藉,应早事安排云云。此策一行,才有旨令景王就国。景王就封四年,尝侵占土地湖陂,约数万顷,既而病逝,世宗语徐阶道:"此儿素谋夺嫡,今已死了。"言下似觉惬意,并无悲感。阶亦不过敷衍两语,暗中恰不免失笑,这是后话不表。复应第五十九回事,看似闲文,实是要笔。

第六十八回　权门势倒祸及儿曹　王府银归途逢暴客

且说严嵩就道后，尚密赂内侍，令讦发道行奸状。道行竟长系不放，瘐死狱中。*乩仙何不助他一臂*。及嵩到南昌，正值万寿期近，即与地方官商议，在南昌城内铁柱观中，延道士蓝田玉等，为帝建醮，祈求遐福。田玉自言能书符召鹤，嵩即令他如法施行，田玉登坛诵咒，捏诀书符，在炉中焚化起来，纸灰直冲霄汉，不到片刻，居然有白鹤飞来，绕坛三匝，望空而去。嵩遂与田玉交好，令授召鹤的秘法，一面制成祈鹤文，托巡抚代奏。时陶仲文已死，*又死了一个神仙*。朝命御史姜儆、王大任等，巡行天下，访求方士，以及秘书符箓等件。姜、王二人，到了江西，与嵩会晤，嵩便将蓝田玉所授符箓，浼他入献。旋得朝旨，温词褒奖，并赐金帛；随即上表谢恩，并乘机干请，略言："臣年八十有四，惟一子世蕃及孙鹄，赴戍千里，臣一旦填沟壑，无人可托后事。惟陛下格外矜怜，特赐臣儿放归，养臣余年"等语。谁料世宗竟怫然道："嵩有孙鸿侍养，已是特别加恩，还想意外侥幸么？"这语也出严嵩意外。嵩闻世宗谕旨，甚是怏怏，忽见世蕃父子，自外进来，不觉又惊又喜，便问道："你如何得放回家！"世蕃道："儿不愿去雷州卫，所以暗地逃回。"嵩复道："回来甚好，但或被朝廷闻知，岂非罪上加罪么？"世蕃道："不妨事的。皇上深居西内，何从知悉？若虑这徐老儿，哼！哼！恐怕他这头颅，也要不保哩。"嵩惊问何谓？世蕃道："罗龙文亦未到戍所，现逃入徽州歙县，招集刺客，当取徐老头儿及应龙首级，泄我余恨。"嵩跌足道："儿误了。今幸圣恩宽大，俾我善归，似你赃款累累，不予重刑，但命谪戍，我父子仍然平安；尚未吃一点苦楚，他日君心一转，可望恩赦，再享荣华。如你所说，与叛逆何异？况且朝廷今日，正眷重厚升，*徐阶别字*。升迁应龙，倘闻你有阴谋，不特你我性命难保，恐严氏一族，也要尽灭了。"*为世蕃计，尚是金玉之言*。世蕃不以为然，尚欲答辩，忽闻人声鼎沸，从门外喧嚷进来。嵩大惊失色，正要命家人问故，但见门上已有人进报，说是伊王府内，差来三十名校尉，二十余名乐工，硬索还款数万金，立刻就要付他。嵩叹道："有这等事么？他也未免逼人了。"当下责备门役道："你所司何事，乃容他这般噪闹？"门役回答道："他已来过数次，声势汹汹，无理可喻。"嵩闻言，气得面色转青，拈须不语。看官！道这伊王是何人？原来是太祖二十五子厉王㰘的六世孙，名叫典楧，贪戾无状，性尤好色，尝夺取民舍，广建邸第，重台复榭，不啻宫阙；又令校尉乐工等人，招选民间女子，共得七百余人，内有九十名中选，留侍王宫，其余落选的女子，勒令民家纳金取赎。校尉乐工等，乐得从中取利，任情索价，并择姿容较美的，迫她荐枕。上下淫乱，日夕取乐，就是民间备价赎还，也是残花败柳，无复完璧。巡抚都御史张永明等，上言罪状，有旨令毁坏宫室，归还民女，并执群小付有司。典楧抗不奉诏，永明等又复奏闻，经法司议再加罪，照徽王载埨故例，废为庶人，禁锢高墙。*载埨事见六十六*

回。典楧方才恐惧，即遣人赍金数万，求严嵩代为转圜。严嵩生平所爱的是金银，便老实收受，一口答应；哪知自己也失了权势，惘惘归来。典楧闻这消息，因令原差索还，不要加息，我说伊王还是厚道。接连数次，都被门上挡住，他乃特遣多人，登门硬索。严嵩不愿归还，又不好不还，沉吟了好一歇，怎禁得外面越噪越闹，不得已将原金取出，付还来使。乐工校尉等，携金自去，到了湖口，忽遇着绿林豪客，蜂拥而来，大都明火执仗，来夺金银，乐工等本是没用，彼此逃命要紧，管着甚么金银，校尉三十名，还算有点气力，拔刀相向，与众盗交斗起来，刀来刀往，各显神通，究竟寡不敌众，弱不敌强，霎时间血染猩红，所有三十名校尉，只剩得八九人，看看势力不及，也只好弃了金银，落荒逃去。众盗攫金归还，顺路送到严府。看官阅此！这班绿林豪客，难道是严府爪牙么？据小子所闻，乃是世蕃暗遣家役，及带来亡命徒多人，扮作强盗模样，劫回原金。严氏父子，喜出望外，自不消说。世蕃狡险，一至于此。典楧已经得罪，还向何处申诉，眼见得这项劫案，没人过问了。

　　世蕃见无人举发，胆子越大，益发妄行，招集工匠数千人，大治私第，建园筑亭，豪奴悍仆，仍挟相府余威，凌轹官民。适有袁州推官郭谏臣，奉公出差，道过嵩里。但见赫赫华门，百工齐集，搬砖运木，忙碌非常，内有三五名干仆，狐裘貂袖，在场监工，仍然是颐指气使，一呼百诺的气象。谏臣私问随役道："这不是严相故第么？"随役答一"是"字，谏臣乘便过去，将入工厂，观察形景，不防厂中已有人喝道："监工重地，闲人不得擅入，快与我退下去！"谏臣的随役，抢上一步，与语道："家主是本州推官。"言未已，那人复张目道："什么推官不推官，总教推出去罢了。"推官的名义，想是这般。谏臣听了，也不禁启问道："敢问高姓大名？"那人复道："谁不晓得是严相府中的严六？"谏臣冷笑道："失敬失敬！"严六尚谩辱不绝，随役正要与他理论，被谏臣喝止，悄然走出。厂内也有稍稍知事的，语严六道："地方有司，应该尊敬一点，不要如此怠慢。"严六道："京堂科道等官，伺候我家主人，出入门下，我要叱他数声，哪个敢与我抗？偌大推官，怕他什么？"谏臣跼蹐趋走，工役等一齐嘲笑，随手拾起瓦砾，接连掷去，作为送行的礼物。放肆已极。那时谏臣忍无可忍，不能不发泄出来。小子有诗咏道：

　　　　　意气凌人太不该，况遭州吏一麾来。
　　　　　豪门转瞬成墟落，才识豪奴是祸媒。

　　毕竟谏臣如何泄愤，容俟下回表明。

　　徐阶之使诈，不亚于严嵩，然后人多毁嵩而誉阶，以阶之诈计，为嵩而设，明无阶,谁与黜嵩?然后知因地而施,诈亦成名。古圣贤之所以重权道者,正为此也。但严氏之被谴,何一不由自取?于阶固无尤焉。嵩以青词得幸,骤跻显位,柄政至二十余年,无功于国,专事殃民,而其子世蕃,贪黩尤过乃父,放利而行,怨愈丛,祸愈速,安得不倾?安得不亡?况逃戍所,豢恶客,劫还贿银,嵩之所不敢为者,而世蕃独为之。死已临头,犹且大肆,此而不遭覆殁,天下尚有是非乎?至于豪奴走狗,凌辱推官,恃势行凶,更不足道,然亦未始非严嵩父子之所酿成。有悍主乃有悍仆,敢告当世,毋挟强以取祸焉。

第六十九回　破奸谋严世蕃伏法
　　　　　　剿宿寇戚继光冲锋

　　却说袁州推官郭谏臣,因受严六的凌辱,无从泄愤,遂具书揭严氏罪恶,呈上南京御史林润。巧值林润巡视江防,会晤谏臣,又由谏臣面诉始末,把罗龙文阴养刺客事,亦一一陈明。林润遂上疏驰奏道:

　　臣巡视上江,备访江洋群盗,悉窜入逃军罗龙文、严世蕃家。龙文卜筑深山,乘轩衣蟒,有负险不臣之志,推严世蕃为主。世蕃自罪谪之后,愈肆凶顽,日夜与龙文诽谤朝政,动摇人心。近者假治第为名,聚众至四千人,道路汹汹,咸谓变且不测,乞早正刑章,以绝祸本!

　　疏入后,世宗大加震怒,立命林润捕世蕃等,入京问罪。林润得旨,一面檄徽州府推官栗祁,缉拿罗龙文,一面亲赴九江,与郭谏臣接洽。谏臣先白监司,将严府工匠四千人,勒令遣散,然后围住世蕃府第。罗龙文在徽州,闻有缉捕消息,急忙逃至严府,不防严府已围得水泄不通,此时自投罗网,还有甚么侥幸?一声呼喝,已被拿住。严世蕃本无兵甲,所有工匠,已被遣散,只好束手受缚。林润乃谕袁州府,详访严氏罪状,汇集成案,复上疏劾严嵩父子道:

　　世蕃罪恶,积非一日,任彭孔为主谋,罗龙文为羽翼,恶子严鹄、严鸿为爪牙,占会城廒仓,吞宗藩府第,夺平民房舍,又改厘祝之官以为家祠,凿穿城之池以象西海,直栏横槛,峻宇雕墙,巍然朝堂之规模也。袁城之中,列为五府,南府居鹄,西府居鸿,东府居绍庆,中府居绍庠,而嵩与世蕃,则居相府,招四方之亡命,为护卫之壮丁,森然分封之仪度也。总天下之货宝,尽入其家,世蕃已逾天府,诸子各冠东南,虽豪仆严年,谋客彭孔,家资亦称亿万,民穷盗起,职此之由,而曰朝廷无如我富。粉黛之女,列屋骈居,衣皆龙凤之文,饰尽珠玉之宝,张象床,围金幄,朝歌夜弦,宣淫无度,而曰朝廷无如我乐。甚者畜养厮徒,招纳叛卒,旦则伐鼓而聚,暮则鸣金而解,明称官舍,出没江广,劫掠士民,其家人严寿二、严银一等,阴养刺客,昏夜杀人,夺人子女,劫人金钱,半岁之间,事发者二十有七。而且包藏祸心,阴结典横,在朝则为宁贤,居乡则为宸濠,以一人之身,而总群奸之恶,虽赤其族,犹有余辜。严嵩不顾子未赴伍,朦胧请移近卫,既奉明旨,居然藏匿,以国法为不足遵,以公议为不足恤,世蕃稔恶,有司受词数千,尽送父嵩。嵩阅其词而处分之,尚可诿于不知乎?既知之,又纵之,又曲庇之,此臣谓嵩不能无罪也。现已将世蕃、龙文等,拿解京师,伏乞皇上尽情惩治,以为将来之罔上行私,蔑法谋逆者戒!

这疏继上,世宗自然动怒,立命法司严讯。世蕃在狱,神色自若,反抵掌笑道:"任他燎原火,自有倒海水。"龙文已经下狱,难道能请龙王么?严氏旧党,在京尚多,统为世蕃怀忧,暗中贿通狱卒,入内探望。世蕃道:"招摇纳贿,我亦不必自讳,好在当今皇帝,并未办过多少贪官,此层尽可无虑。若说聚众为逆,尚无实在证据,可讽言官削去。我想杨、沈两案,是廷臣常谈,据为我家罪案,今烦诸位当众宣扬,只说这两案最关重大,邹、林两人,并未加入奏疏,哪里能扳倒严氏?他们听以为真,再去上疏,那时我便可出狱了。"奇谈。大众道:"杨、沈两案,再或加入,情罪愈重,奈何谓可出狱?"我亦要问。世蕃道:"杨继盛、沈炼下狱,虽由我父拟旨,终究是皇上主裁,若重行提及,必然触怒皇上,加罪他们,我不是可脱罪么?"世宗脏腑,已被他窥透,故在京时所拟奏对,无不中彀,几玩世宗于股掌之上。此次若非徐阶,亦必中彼计,奸人之巧伺上意也如此。大众领计而去,故意的游说当道,扬言都中。刑部尚书黄光升,左都御史张永明,大理寺卿张守直等,果然堕入狡谋,拟将杨、沈两案,归罪严氏,再行劾奏。属稿已定,走谒大学士徐阶,谈及续劾严氏的事情。徐阶道:"诸君如何属稿,可否令我一闻?"光升道:"正要就正阁老呢。"说罢,即从怀中取出稿纸,交与徐阶。阶从头至尾,瞧了一遍,淡淡的说道:"法家断案,谅无错误,今日已不及拜疏,诸君请入内厅茗谈罢。"于是阶为前导,光升等后随,同入内厅,左右分坐。献茗毕,阶屏退家人,笑向光升等问道:"诸君意中,将欲活严公子么?"奇问,恰针对世蕃奇谈。光升等齐声答道:"小严一死,尚不足蔽罪,奈何令他再活?"阶点首道:"照此说来,是非致死小严不可,奈何牵入杨、沈两案?"老徐出头,小严奈何。张永明道:"用杨、沈事,正要他抵死。"阶又笑道:"诸君弄错了,杨、沈冤死,原是人人痛愤,但杨死由特旨,沈死由泛旨,今上英明,岂肯自承不是吗?如果照此申奏,一入御览,必疑法司借了严氏,归罪皇上,上必震怒,言事诸人,恐皆不免,严公子反得逍遥法外,骑款段驴出都门去了。"仿

第六十九回　破奸谋严世蕃伏法　剿宿寇戚继光冲锋

佛孙庞斗智。光升闻到此言，才恍然大悟，齐声道："阁老高见，足令晚辈钦服，但奏稿将如何裁定，还乞明教？"阶答道："现在奸党在京，耳目众多，稍一迟延，必然泄漏机谋，即致败事，今日急宜改定，只须把林御史原疏中，所说聚众为非的事件，尽情抉发，参入旁证，便足推倒严氏了。但须请大司寇执笔。"光升谦不敢当，永明等复争推徐阶，阶至此，方从袖中取出一纸，示众人道："老朽已拟定一稿，请诸公过目，未知可合用否？"预备久了。众人览稿，见徐阶所拟，与林润原奏，大略相似，内中增入各条，一系罗龙文与汪直交通，贿世蕃求官；二系世蕃用术者言，以南昌仓地有王气，取以治第，规模不亚王阙；三系勾结宗人典楧，阴伺非常，多聚亡命，北通胡房，南结倭寇，互约响应等语。光升道："好极！好极！小严的头颅，管教从此分离了。"徐阶即召缮折的记室，令入密室，阖门速写。好在光升等随带印章，待已写毕，瞧了一周，即用印加封，由光升亲往递呈，大众别去徐阶，专待好音。

是时世蕃在狱，闻光升、永明等，已将杨、沈两案加入，自喜奸计得行，语龙文道："众官欲把你我偿杨、沈命，奈何？"龙文不应。世蕃握龙文手，附耳语道："我等且畅饮，不出十日，定可出狱。皇上因此还念我父，再降恩命，也未可知。惟悔从前不先取徐阶首，致有今日，这也由我父养恶至此，不消说了。功则归己，过则归父。今已早晚可归，用前计未迟，看那徐老头儿，及邹、林诸贼等，得逃我手吗？"除非后世。龙文再欲细问，世蕃笑道："取酒过来，我与你先痛饮一番，到了出狱，自然深信我言，毋劳多说。"原来两人在狱，与家居也差不多。没有如夫人相陪，究竟不及家里。他手中有了黄金，哪一个不来趋奉，所以狱中役卒，与家内奴仆一般。两人呼酒索肉，无不立应，彼此吃得烂醉，鼾睡一宵。到了次日午后，忽有狱卒走报，朝旨复下，着都察院大理寺锦衣卫鞫讯，已来提及两公了。世蕃诧异道："莫非另有变卦吗？"言未已，当有锦衣卫趋入，将两人反鞫而去。不一时，已到长安门，但见徐老头儿，正朝服出来，三法司等一同恭迓，相偕入厅事中，据案列坐。两人奉召入厅，跪在下面，徐阶也未尝絮问，只从袖中取出原疏，掷令世蕃自阅。世蕃瞧罢，吓得面色如土，只好连声呼冤。徐阶笑道："严公子！你也不必狡赖了，朝廷已探得确凿，方命我等质问，以昭信实。"世蕃着急道："徐公！徐公！你定要埋死我父子吗？"何不立取彼首。徐阶道："自作孽，不可活，怨我何为？"言毕，便语三法司道："我等且退堂罢！"法司应命，仍令世蕃等还系。徐阶匆匆趋出，还至私第，亲自缮疏，极言事已勘实，如交通倭寇，潜谋叛逆，具有显证，请速正典刑，借泄公愤！这疏上去，好似世蕃的催命符，不到一日，即有旨令将世蕃、龙文处斩。世蕃还系时，已与龙文道："此番休了。"奸党齐来探望，世蕃只俯首沉吟，不发一言。还有何想？既而下诏处斩，两人急得没法，只得抱头痛哭。其时世蕃家人，多到狱中，请世蕃寄书回家，与父诀别。当下取过纸笔，磨墨展毫，送至世蕃面前。世蕃执笔在手，泪珠儿簌簌流下，一张白纸，半张湿透，手亦发颤起来，不能书字。也有今日。转瞬间监斩官至，押出两人，如法捆绑，斩决市曹。难为了数十个如夫人。朝旨又削严嵩为民，令江西抚按籍没家产。抚按等不敢怠慢，立至严府查抄，共得黄金三万余两，白金三百余万两，珍异充斥，几逾天府。更鞫彭孔及严氏家人，得蔽匿奸盗，占夺民田子女等状，计二十七人，一律发配，将严嵩驱出门外，家屋发封。嵩寄食墓舍后，二年饿死。相士之言，不为不验。二十余年的大奸相，终弄到这般结局，可见古今无不败的权奸，乐得清白乃心，何苦贪心不足哩。大声呼喝，不啻暮鼓晨钟。

　　嗣是徐阶当国，疏请增置阁臣，乃以吏部尚书严讷，礼部尚书李春芳，并兼武英殿大学士，参预机务，一面再惩严党，将鄢懋卿、万寀、袁应枢等，充成边疆，了结奸案。总督东南军务胡宗宪，因素党严嵩，心不自安，又见倭患未靖，恐遭谴责，乃于一岁中两获白鹿，赍献京师，并令幕下才士徐文长，附上表章，极称帝德格天，祥呈仙鹿等因。世宗览表，见他文辞骈丽，雅颂同音，不由的极口的赞赏，当晋授宗宪为兵部尚书，兼节制巡抚，如三边故事。且告谢元极宝殿及太庙，大受朝贺。已而宗宪复献白龟二枚，五色芝五茎，草表的大手笔，又仗着徐文长先生。名副其实。世宗越加喜欢，赐名龟曰玉龟，芝曰仙芝，告谢如前。赍宗宪有加礼。小子叙到此处，不得不将徐文长履历，略行叙述。越中妇孺，多道文长轶事，故不得不提出略叙。文长名渭，浙江山阴人氏，少具隽才，且通兵法，惟素性落拓不羁，所作文词，多半不中绳墨，因此屡试不合，仅得一衿。至宗宪出督浙东，喜揽文士，如归安人茅坤、鄞人沈明臣等，均招致幕府。文长亦以才名见知，受聘入幕，除代主文牍外，且屡为宗宪主谋。凡擒徐海，诱汪直，统由文长筹画出来，所以宗宪很是优待。后来宗宪被逮，文长脱归，佯狂越中，卒致病死。至今越中妇孺，谈及徐文长三字，多能传述轶闻，说他如何忮刻，其实都是佯狂时候的故事，文长特借此取乐，聊解牢骚呢。力为文长解免。

　　话休叙烦，且说胡宗宪位置愈高，责任愈重，他平时颇有胆略，与倭寇大小数十战，屡得胜仗，每临战阵，亦必亲冒矢石，戎服督师，不少畏缩。嘉靖三十八年，江北庙湾，及江南三川沙，连破倭寇，江、浙倭患稍息，流劫闽、广。宗宪既节制东南，所有闽、广军务，亦应归他调遣，凡总兵勋戚大臣，走谒白事，均从偏门入见，庭参跪拜。宗宪直受不辞，稍稍违忤，即被斥责。以此身为怨府，积毁渐多。且自严氏衰落，廷臣多钩考严党，宗宪虽然有功，总难逃严党二字。到了嘉靖四十一年，已经谤书满箧，刺语盈廷。世宗本是个好猜的主子，今日加褒，明日加谴，几成常事，至给事中陆宗仪等，劾他为严氏余党，始

第六十九回　破奸谋严世蕃伏法　剿宿寇戚继光冲锋

终自恣等罪,遂下旨夺宗宪职,放归田里。越年复有廷臣续弹,有诏逮问,宗宪被逮至京,自恐首领不保,服毒身亡。颇为宗宪下曲笔,然谓其难逃严党,已成定评。宗宪一死,倭益猖獗,竟陷入福建兴化府,焚掠一空。自倭寇蹂躏东南,州县卫所,屡被残破,从未扰及府城。兴化为南闽名郡,夙称殷富,既被陷入,远近震动,幸有一位应运而生的名将,为国宣劳,得破宿寇,终以此平定东南。这位名将是谁,就是定远人戚继光。各儿郎齐声喝采。继光字元敬,世袭登州卫都指挥佥事,初隶胡宗宪部下,任职参将,能自创新法,出奇制胜。闽患日急,巡抚游得震飞章入告,且请调浙江义乌兵往援,统以继光。世宗准奏,并起复丁忧参政谭纶,及都督刘显,总兵俞大猷,合援兴化。刘显自广东赴援,部兵不满七百人,惮寇众不敢进,但在府城三十里外,隔江驻兵。俞大猷前被宗宪所劾,遣戍大同,至是复官南下,兵非素统,仓猝不便攻城,亦暂作壁上观,专待继光来会。倭寇据兴化城三月,奸淫掳掠,无所不至,既饱私欲,乃移据平海卫,都指挥欧阳深战死。事闻于朝,罢巡抚游得震,代以谭纶,令速复平海卫所。适戚继光引义乌兵至,乃令继光将中军,刘显率左,大猷率右,进攻平海。倭寇忙来迎战,第一路遇着戚继光,正拟摇旗呐喊,冲将过去,不防戚家军中,鼓角骤鸣,各军都执筒喷射,放出无数石灰,白茫茫似起烟雾,迷住眼目,连东西南北的方向,一时都辨不清楚。倭兵正在擦目,戚家军已经杀到,手中所执的兵器,并非刀枪剑戟,乃是一二丈长的筤筅,随手扫荡,打得倭兵头破血流,东歪西倒。这筤筅究是何物? 据戚继光所著练兵实记上载着,系将长大的毛竹,用快刀截去嫩梢细叶,四面削尖枝节,锋快如刀,与狼牙棒、铁蒺藜相似,一名叫作狼筅,系继光自行创制的兵器。倭兵从未见过这般器械,惊得手足无措,急忙四散奔逃。哪知逃到左边,与刘显相遇,一阵乱砍,杀死无数。逃到右边,与俞大猷相值,一阵乱搠,又杀得一个不留。还有返奔的倭人,经继光驱军杀上,头颅乱滚,颈血飞喷,顿时克复平海卫,把余倭尽行杀死,转攻兴化,已剩得一座空城,所有留守的倭兵,统皆遁去。这番厮杀,共斩虏首二千数百级,被掠的丁壮妇女,救还三千人。小子有诗赞戚继光道:

　　　　偏师制胜仗兵韬,小丑么幺宁许逃。
　　　　若使名豪能代出,亚东何自起风涛?

欲知以后倭寇情形,且从下回再表。

　　严世蕃贪婪狡诈,几达极点,而偏遇一徐阶,层层窥破,着着防备,竟致世蕃授首,如庞涓之遇孙膑,周瑜之遇诸葛孔明,虽有谲谋,无从逃避,看似世蕃之不幸,实则贪诈小人,必有此日。不然,人何乐为正直而不为贪诈乎?严氏党羽，多非善类，惟胡宗宪智勇深沉，力捍寇患，不可谓非专阃材，乃以趋附严、赵，终至身败名裂。一失足成千古恨，有识者应为宗宪慨矣。书中褒贬甚公，抑扬悉当，而叙及戚继光一段，虽与俞大猷、刘显等，并类叙明，笔中亦自有高下，非仅仅依事直书已也。

第七十回　误服丹铅病归冥箓
　　　　　　脱身羁绁怅断鼎湖

　　却说戚继光等克复兴化，福州以南，一律平靖，惟沿海等处，尚有余倭万余人，往来游弋，扰害商旅，未几又进攻仙游。继光闻警，即引兵驰剿，与倭人相遇城下，一声号令，如风驰潮涌一般，突入敌阵。那倭酋见戚军旗帜，已是心惊胆落，略战数合，急奔向同安而去。继光挥兵追击，至王仓坪地面，杀敌数百。余寇奔漳浦。继光督各哨兵，直捣倭酋巢穴，擒斩殆尽；还有杀不尽的余党，都逃向广东潮州方面，又被俞大猷迎头截击，几无噍类。统计倭寇起了二十多年，攻破城邑，杀伤官吏军民，不可胜纪，转漕增饷，天下骚然，至是受了大创，才不敢入寇海疆，东南方得安枕了。<small>归结倭患。</small>
　　当下以海氛肃清，封章入告。世宗以为四方无事，太平可致，越发注意玄修。方士王金、陶㒦、刘文彬、申世文、高守中等，陆续应募，先后到京，作伪售奸等事，不一而足。一夕，世宗方在御幄中，闭目跌足，演习打坐的工夫，忽闻席上有一物下坠，开目寻视，见近膝处有大蟠桃两枚，连枝带叶，色甚鲜美，随手取食，味甘如醴。次日临朝，与廷臣言及，都说皇上诚敬通神，所以仙桃下降，世宗愈加虔信，即命方士等建醮五日夜。醮坛未撤，又降仙桃。万寿宫内所畜白兔寿鹿，各生三子，群臣又复表贺。世宗下诏褒答，有三锡奇祥等语。<small>上欺下蒙，成何政体。</small>并授各方士为翰林侍讲等官。<small>得勿与清季牙科进士，工科举人，同ца共笑乎？</small>陶仲文子世恩，希邀恩宠，伪造五色灵龟灵芝，呈入西内，称为瑞征。又与王金、陶㒦、刘文彬、申世文、高守中等，杜撰仙方，采炼药品进御。其实此类药品，统非神农本草所载，燥烈秽恶，难以入口。世宗求仙心切，放开喉咙，服食下去。不料自服仙药后，中心烦渴，反致夜不成寐。问诸众方士，统说是服食仙药，该有此状，乃擢世恩为太常寺卿，王金为太医院御医，陶㒦为太医院使，刘文彬等为太常寺博士。<small>滥假名器，无逾此日。</small>
　　时有陶仲文徒党胡大顺，得罪被斥，复希进用，竟伪造《万寿全书》一册，诡说由吕祖乩授，内有秘方，系用黑铅炼白，服饵后可以长生，名叫先天玉粉丸，当遣党徒何廷玉，赍送京师。可巧江西道士蓝田玉，由姜儆、王大任，邀他

第七十回　误服丹铅病归冥箓　脱身羁绁怅断鼎湖

入京,屡试召鹤秘法,颇得世宗宠信。回应六十八回。廷玉遂走此门路,复贿通内侍赵楹,将方书进献。世宗披览数页,大半言词怪僻,情节支离,不由的奇诧起来,便问赵楹道:"既云乩示,扶乩的人,现在何处?"赵楹答说:"现住江西。"世宗不答。揣世宗不答意,恐已疑为严党。赵楹走报田玉,田玉转告廷玉道:"你师傅大喜了。皇上正在此惦念哩!"廷玉也欢喜不迭,即与田玉计较,诈传上命,征大顺入京。大顺到京后,往见田玉,自恐前时有罪,不便再入面君。田玉也不免迟疑起来,又去与赵楹商议。赵楹笑道:"这也何妨,皇上老眼昏花,难道尚能记得吗?就使记得姓名,亦不难改名仍姓。前名胡大顺,今名胡以宁,不就可没事么?"大顺心喜,当由蓝田玉出面,具疏上奏,只说是扶乩的人,已经到京。世宗随即召见,大顺硬着头皮,趋入西内,三呼舞蹈毕,跪伏下面。偏是世宗眼快,瞧见他的面目,似曾相识,只一时记不起来,略问数语,便令退去。

　　世宗的体质,本是不弱,精神也很过得去,平时览决章奏,彻夜不倦,自从服过仙方,遂致神经错乱,状类怔忡,白日间遇着鬼物,或有黑气一团,瞥眼经过,不见仙而见鬼,莫非遇着鬼仙。其实是真阳日耗,虚火上炎的缘故。世宗不知此因,反令蓝田玉等,入宫祈禳。可奈祷了数日,毫无灵验。这岂祈禳所能免的?田玉恐缘此得罪,只说是蓝道行下狱冤死,所以酿成厉鬼等语。同姓应该帮助,且为同业预防,田玉之计,可谓狡矣。世宗似信非信,不得不问大学士徐阶。徐阶奏道:"胡大顺不畏法纪,乃敢冒名以宁,混入斋宫。蓝田玉私引罪人,胆大尤甚,臣意请严行惩处,休信妄言!"世宗愕然道:"胡以宁便是大顺么?怪不得朕召见时,装出一种鬼鬼祟祟的模样,朕亦粗忆面目,似曾见过,这等放肆小人,岂可轻恕?"至此才知,想世宗已死了半个。徐阶道:"宫中黑眚,出现已久,亦当因道行瘐死,致成鬼魅。况蓝田玉系严氏党羽,妄进白铅,居心很是叵测。甚至伪传密旨,外召大顺,若非执付典刑,何以惩恶?"说得世宗勃然奋发,立饬锦衣卫拿问蓝、胡两人,交付法司严讯。待至供证确实,拟成大辟,并因狱词牵连赵楹,一并问罪。不意世宗反悔惧起来,又欲把他宽宥,徐阶忙入谏道:"圣旨一出,关系甚重,若听诈传,他日夜半发出片纸,有所指挥,势将若何?"世宗乃命将蓝田玉、胡大顺、赵楹三人,一概处斩。但世宗虽诛此三恶,斋醮事依旧奉行。是时,前淳安知县海瑞,因严、鄢伏罪,复起为户部主事,见世宗始终不悟,独与妻孥僮仆等,预为诀别,竟誓死上疏,当由世宗展阅。其词云:

　　　　陛下即位初年,敬一箴心,冠履分辨,天下欣然。望治未久,而妄念牵之,谬谓长生可得,一意修玄,二十余年,不视朝政,法纪弛矣;推广事例,名器滥矣。二王不相见,人以为薄于父子;以猜疑诽谤戮辱臣下,人以为薄于君臣；乐西苑而不返，人以为薄于夫妇。吏贪官横，民不聊生，水旱无时，盗贼滋炽，陛下试思今日天下为何如乎？古者人君有过，赖臣工匡弼，今乃修斋建醮，相率进香，仙桃天药，同词表贺，建宫筑室，则将作竭力经营，购香市宝，则度支差求四出。陛下误举之，而诸臣误顺之，无一人肯为陛下言者，谀之甚也。自古圣贤垂训，未闻有所谓长生之说，陛下师事陶仲文，仲文则既死矣，彼不长生，而陛下何独求之？诚一旦幡然悔悟，日御正朝，与诸臣讲求天下利病，洗数十年之积误，使诸臣亦得自洗数十年阿君之耻，天下何忧不治？万事何忧不理？此在陛下一振间而已。

　　世宗览到此处，竟致怒气直冲，将奏本掷至地上，顾语内侍道："竖子妄言，快与朕拿住此人，不要放走了他！"太监黄锦，方在帝侧，即还奏道："闻此人上疏时，已预买棺木，与妻子诀别，僮仆等亦皆遣散，坐待斧钺，决不遁走的。"当下传旨，命将海瑞系狱。锦衣卫奉命去后，黄锦复将原疏检起，仍置座右，世宗取疏重读，不觉心有所触，默念蓝田玉、胡大顺等，都是假药为名，蒙蔽朕躬，海瑞所言，亦有足取。遂自言自语道："这人可拟比干，但朕确非商纣呢。"相去无几。自是世宗遂患痼疾，渐将批奏事搁起。自四十四年孟冬，心常烦懑，直到次年正月，服药无效，病反加重。这是仙药的灵效。意欲往幸承天，亲谒显陵，取药服气，遂召徐阶入见，问明可否？阶劝帝保重，不可轻出。世宗又道："朕觉得自己烦躁，不愿理事，因此欲闲游散闷。倘恐朕出外后，京都震动，朕却有一法在此。裕王年已及壮，不妨指日内禅，此后朕无所牵累，便好逍遥自在了。"阶又奏称："龙体违和，但教保养得宜，自可告痊，内禅一事，暂从缓议为是。"世宗又道："卿不闻海瑞詈朕么？朕不自谨惜，致此病困，若使朕得御便殿，坐决机宜，何至被他毁谤呢。"始终是恶闻直言。阶复奏道："海瑞语多愚戆，心尚可谅，还乞陛下格外恕他！"瑞之不死，赖有此言。世宗叹道："朕也不愿多杀谏臣了。"阶退出后，法司奏称海瑞讪上，罪应论死，世宗略略一瞧，便即搁过一边，并不加批，瑞因得缓死。

　　转眼间已是暮春，徐阶荐吏部尚书郭朴，及礼部尚书高拱，可任阁事。于是命朴兼武英殿大学士，拱兼文渊阁大学士，既而自夏入秋，世宗痼疾愈深，气喘面赤，腹胀便闭。求仙结果，如是而已。乃自西苑还入大内。太医等轮流诊治，无可挽回，延至冬季，竟崩于乾清宫，享寿六十，当由徐阶草就遗诏，颁示中外道：

　　　　朕奉宗庙四十五年，享国长久，累朝未有，一念惓惓，惟敬天勤民是务，只缘多病，过求长生，遂致奸人诳惑，自今建言得罪诸臣，存者召用，

第七十回　误服丹铅病归冥箓　脱身羁绁怅断鼎湖

殁者恤录,现在监者即释复职,特此遗谕!

遗诏一下,朝野吏民,无不感激涕零,独郭朴、高拱两阁臣,以阶不与共谋,未免怏怏。朴语拱道:"徐公手草遗诏,讪谤先帝,若照律例上定罪,不就要处斩么?"嗣是两人与阶有隙,免不得彼此龃龉,后文再表。

且说世宗既崩,承袭大统的嗣皇,当然轮着裕王载垕。王公大臣,遂奉载垕即位,大赦天下,以明年为隆庆元年,是谓穆宗。上皇考尊谥为肃皇帝,庙号世宗,追尊生母杜氏为孝恪皇太后,立继妃陈氏为皇后。先是裕王元妃李氏,生一子翊钎,五岁即殇,李妃随逝,以陈氏为继妃,追谥李妃为孝懿皇后,翊钎为宪怀太子。凡先朝政令,未尽合宜,悉奉遗诏酌改,逮方士王金、陶倣、申世文、刘文彬、高守中、陶世恩下狱,一并处死,释户部主事海瑞于狱。瑞自下狱后,早拚一死,世宗崩逝的消息,丝毫不及闻知,只有提牢主事,已得风闻,并因宫中发出遗诏,有开释言官等语,料知海瑞必然脱罪,且见重用,此人颇有特识。乃特设酒馔,携入狱中,邀瑞共饮。瑞见提牢官如此厚待,自疑将赴西市,倒也并不恐惧,依旧谈笑饮啖。酒至半酣,与提牢官诀别,托他看顾妻子。提牢官笑道:"今日兄弟薄具东道,非与先生送死,乃预贺先生得官呢。"海瑞不禁诧异,急问情由。提牢官起身离座,低声语瑞道:"宫车已晏驾,先生不日将大用了。"瑞惊起道:"此话可真么?"提牢官道:"什么不真!今已有遗诏下来,凡建言得罪诸官,存者召用,殁者恤录,现在监者释出复职。"瑞不待说毕,即丢了酒杯,大哭道:"哀哉先皇!痛哉先皇!"两语出口,哇的一声,将所食的肴馔,尽行吐出,狼藉满地,顿时晕倒狱中,良久方苏,复从夜间哭到天明,知将死而反恣啖,闻驾崩而反恸哭,如此举动,似出情理之外。人谓海瑞忠君,吾谓此处亦未免矫强。果然释狱诏下,提牢官拱手称贺。瑞徐徐出狱,入朝谢恩。诏复原官,越数日,复擢迁大理寺丞。过了三年,除佥都御史,巡抚应天等府。

瑞轻车简从,出都赴任,下车后,即访查贪官污吏,无论大小,概登白简。并且微服出游,私行察访,以此江南属吏,咸有戒心。自知贪墨不职,早乞致仕归田。就是监督织造的中官,也怕他铁面无情,致遭弹劾,平日减去舆从,格外韬晦。一切势家豪族,把从前朱门漆户,都黝墨作黑,以免注目。或有在籍作恶的士绅,避往他郡,不敢还乡。瑞又力摧豪强,厚抚穷弱,下令雷厉风行,有司皆栗栗危惧,不敢延误。吴中弊政,自海瑞到后,革除过半。又疏浚吴淞白茆河,通流入海,沿河民居,无泛滥忧,有灌溉利,食德饮和,互相讴颂。历举政绩,不愧后人称述。只是实心办事的官吏,往往利益下民,触忤当道,其时秉政大臣,如资望最崇的徐阁老,与郭朴、高拱未协,屡有争议,又严抑中官,以致宵小侧目,他遂引疾乞归。郭朴亦罢,高拱去而复入。此外有江陵人张居正,尝侍裕邸讲读,穆宗即位,立命为吏部侍郎,兼东阁大学士,入参大政。拱与居正统恃才傲物,目空一切,闻海瑞峭直严厉,不肯阿容,暗中亦未免嫉忌。自己刚傲,偏不许别人刚直,所以直道难行。瑞抚吴仅半年,言官已迎合辅臣,劾瑞数次,有旨改瑞督南京粮储。吴民闻瑞去位,多半攀辕遮道,号泣乞留。瑞只挈一仆,乘夜出城,方得脱身。百姓留瑞不获,大家绘了瑞像,朝供香,暮爇烛,敬奉甚虔。瑞督粮未几,又不免为言路所攻,乃谢病竟去。直至居正没后,始复召为南京右都御史。一行作吏,两袖清风,到了神宗十六年,病殁任中,身后萧条,毫无长物。佥都御史王用汲入视,只有葛帏敝衾,寥寥数事,不禁叹息异常,当为醵金棺殓,送归琼山原籍,买地安葬。发丧时,农辍耕,商罢市,号哭相送,数百里不绝。后来赐谥忠介,这就是海刚峰先生始末的历史。小子爱慕清官,所以一直叙下,看官不要认做一团糟呢。了却海瑞,免得后文另叙。且有佳句一首,作为海刚峰先生的赞词道:

  由来贤吏自清廉,不慕荣名不附炎。
  怎奈孤芳只自赏,一生坚白总遭嫌。

欲知后事如何,且从下回交代。

语云:"服食求神仙,多为药所误。"世宗致死之由,即伏于此。夫辟谷为隐者之寓言,炼丹系方士之伪论,天下宁真有长生不老之术耶?况乎年将耳顺,犹逼幸尚美人,色欲薰心,尚望延寿,是不啻航舟绝港,而反欲通海,多见其不自量也。迨元气日涸,又服金石燥烈之剂,至于目眩神迷,白昼见鬼,且命蓝田玉等为之祈禳,至死不悟,世宗有焉。海瑞一疏,抉发靡遗,可作当头棒喝,而世宗乃目为诟詈,微内监黄锦,及大学士徐阶,几乎不随杨、沈诸人,同归地下乎?世宗崩而海瑞出狱,观其巡抚江南,政绩卓著,乃复不容于高拱、张居正诸人。张江陵称救时良相,乃犹忌一海瑞,此外更不必论矣。直道事人,焉往而不三黜,海刚峰殆亦如是耶?

第七十一回　王总督招纳降番
　　　　　　 冯中官诉逐首辅

却说穆宗即位以后,用徐阶言,力除宿弊。及徐阶去位,高拱、张居正入掌朝政。拱与徐阶不协,专务倨怨,遗诏起用诸官,一切报罢,引用门生韩揖等,并居言路,任情抨击。尚宝卿刘奋庸,给事中曹大野等,上疏劾拱,均遭贬谪。就是大学士陈以勤,与张居正同时入阁,见前回。亦为拱所倾轧,引疾归去。资格最老的李春芳,素尚端静,自经徐阶荐入后,见六十九回,当时与严讷同兼武英殿大学士,在位仅半年而罢,春芳于隆庆初任职如故。委蛇朝端,无所可否,因此尚得在位。先是嘉靖季年,谕德赵贞吉,由谪籍召入京师,贞吉被谪,见六十二回。曾擢为户部侍郎,旋复罢归。至穆宗践阼,又起任礼部侍郎,寻升授尚书,兼文渊阁大学士。贞吉年逾六十,性情刚直,犹是当年,穆宗颇加优礼,怎奈与高拱两不相下,彼此各张一帜。拱尝考察科道,将贞吉的老朋友,斥去二三十人,还是恨恨不已。归罪高拱,持论公允。阴嗾门生给事中韩楫,奏劾贞吉庸横。贞吉上疏辩论,自认为庸,独斥高拱为横,愿仍放归田里。有旨允贞吉归休,拱仍任职如故,气焰益张。春芳不能与争,依然伴食,只有时或出数言,从容挽救,后来复为高拱所忌,唆使言官弹劾。春芳知难久任,一再乞休,至隆庆五年,也致仕归去了。

惟边陲一带,任用诸将,颇称得人,授戚继光为都督同知,总理蓟州、昌平、保定三镇练兵事宜。继光建敌台千二百座,台高五尺,睥睨四达,虚中为三层。每台驻百人,甲仗糗粮,一律齐备。险要处一里两三台,此外或一里一台,二里一台,延长二千里,星罗棋置,互为声援。又创立车营,每车一辆,用四人推挽,战时结作方阵,中处马步各军。又制拒马器,防遏寇骑,每遇寇至,火器先发,寇稍近,用步军持拒马器,排次面前,参列长枪军,筤筅军,步伐整齐,可攻可守。寇或败北,用骑兵追逐,辎重营随后。且以北方兵性质木强,应敌未灵,特调浙兵三千人,作为冲锋。浙兵到了蓟门,陈列郊外,适天大雨,由朝及暮,植立不敢动。边兵见了,统是瞠目咋舌,以后始知有军令。自继光镇边数年,节制严明,器械犀利,无论什么巨寇,都闻风远避,不敢问津了。极写继光寥寥数语,胜读一部练兵实纪。复起曹邦辅为兵部侍郎,与王遴等督御宣府大同。都御史栗永禄守昌平,护陵寝,刘焘屯天津,守通州粮储,总督王崇古、谭纶,主进剿机宜,戴才管理饷运,彼此协力,边境稍宁。乃值鞑靼部酋俺答,为了色欲薰心,酿出一件萧墙祸隙,遂令中国数十百年的寇患,从此洗心革面,归服大明,这也是明朝中叶的幸事。巨笔如椽。

原来俺答第三子铁背台吉,早年病殁,遗儿把汉那吉,年幼失怙,为俺答妻一克哈屯所育。哈屯一作哈敦,系鞑靼汗妃名号。既而长成,为娶比吉女作配,因相貌丑劣,不惬夫意。嗣自聘袄尔都司女,袄尔都司,即鄂尔多斯,为蒙古部落之一。号三娘子,就是俺答长女所生,依名分上论来,是俺答的外孙女,娶作孙妇,倒也辈分相当。《纪事本末》谓三娘子受袄儿都司之聘,俺答闻其美,夺之,别以那吉所聘免撦金的女,偿袄儿,《通鉴》谓系直接孙妇,今从之。这位三娘子貌美似花,仿佛一个塞外昭君,天然娇艳。把汉那吉正为她艳丽动人,所以再三央恳,才得聘定。至娶了过门,满望消受禁脔,了却相思滋味。谁知为俺答所见,竟艳羡的了不得,他想了一计,只说孙妇须入见祖翁,行盥馈礼。把汉那吉不知有诈,便令三娘子进去。三娘子自午前入谒,到了晚间,尚未出来。想是慢慢儿的细盥,慢慢儿的亲馈。那时把汉那吉,等得烦躁起来,差人至俺答帐外探望,毫无消息,匆匆返报,把汉那吉始知有异,自去探听,意欲闯入俺答内寝,偏被那卫卒阻住,不令入内。把汉那吉气愤不过,想与卫卒斗殴,有几个带笑带劝道:"好了好了,这块肥羔儿,已早入老大王口中了。此时已经熔化,若硬要他吐了出来,也是没味,何若由他去吃,别寻一个好羔儿罢。"俺答夺占孙妇,不配出艳语点染,但从卫卒口中,以调侃出之,最为耐味。把汉那吉闻了此语,又是恨,又是悔,转思此言亦似有理,况且双手不敌四拳,平白地被他殴死,也不值得;想到此处,竟转身趋出,回到住所,与部下阿力哥道:"我祖夺我妇,且以外孙女为妻,大乖不如,我不能再为他孙,只好别寻生路了。"阿力哥道:"到哪里去?"把汉那吉道:"不如去投降明朝。中国素重礼义,当不至有此灭伦呢。"恐也难必。阿力哥奉命,略略检好行囊,遂与把汉那吉,及那吉原配比吉女,黉夜出亡,竟奔大同,叩关乞降。大同巡抚方逢时,转报总督王崇古,崇古以为可留,命他收纳。部将谏阻道:"一个孤竖,何足重轻,不如勿纳为是。"崇古道:"这是奇货可居,如何勿纳?俺答若来索还,我有叛人赵全等,尚在他处,可教他送来互易;否则因而抚纳,如汉朝质子故例,令他招引旧部,寓居近塞。俺答老且死,伊子黄台吉不及乃父,我可命他出塞,往抗台吉,彼为蚌鹬,我作渔人,岂非一条好计么?"计固甚善。随命一面收纳降人,一面据实上奏,并申己意。廷议纷纷不决,独高拱、张居正两人,以崇古所议,很得控边要策,力主照行。穆宗亦以为外人慕义,前来降顺,应加优抚云云。于是授把汉那吉为指挥使,阿力哥为正千户,各赏大红纻丝衣一袭。

  俺答妻一克哈屯,恐中国诱杀爱孙,日夜与俺答吵闹,俺答亦颇有悔心,遂纠众十万,入寇明边。王崇古飞檄各镇,严兵戒备,大众坚壁清野,对待俺答。俺答攻无可攻,掠无可掠,弄得进退两难,不得已遣使请命。崇古命百户鲍崇德往谕,令缚送赵全等人,与把汉那吉互换。鲍崇德素通蒙文,至俺答营,俺答踞坐相见,崇德从容入内,长揖不拜。俺答叱道:"何不下跪?"崇德道:"天朝大使,来此通问,并没有拜跪的礼仪。况朝廷待尔孙甚厚,今无故称兵,岂欲令尔孙速死么?"开口即述及乃孙,足使俺答夺气。俺答道:"我孙把汉那吉,果安在否?"崇德道:"朝廷已封他为指挥使,连阿力哥亦授为千户,岂有不安之理?"俺答乃离座慰劳,并设酒款待崇德,暗中却遣骑卒驰入大同,正待禀报巡抚,入候那吉,猛见那吉蟒衣貂帽,驰马出来,气度优闲,居然一个天朝命吏。想是逢时特遣出来。当下与骑卒说了数语,无非是抱怨祖父,怀念祖母等情。骑卒回报俺答,俺答感愧交集,便语崇德道:"我孙得授命官,足见上国隆情,但此孙幼孤,为祖母所抚育,祖母时常系念,所以吁请使归,还望贵使替我转报。"崇德道:"赵全等早至,令孙必使晚归。"俺答喜甚,便屏退左右,密语崇德道:"我不为乱,乱由全等,天子若封我为王,统辖北方诸部,我当约令称臣,永不复叛,我死后,我子我孙,将必袭封,世世衣食中国,尚忍背德么?"已被恩礼笼络住了。崇德道:"大汗果有此心,谨当代为禀陈,想朝廷有意怀柔,断不辜负好意。"俺答益加欣慰,遂与崇德钱行。入席时,折箭为誓道:"我若食言,有如此箭!"崇德亦答道:"彼此一致,各不食言。"当下畅饮尽欢,方才告别。俺答复遣使与崇德偕行,返谒崇古,崇古亦厚待来使,愿如前约。俺答乃诱执赵全等九人来归。

先是山西妖人吕镇明,借白莲妖术,谋为不轨,事败伏诛。余党赵全、李自馨、刘四、赵龙等,逃归俺答,驻扎边外古丰州地,号为板升。已而明边百户张文彦,游击家丁刘天祺,边民马西川等,统往依附,有众万人,因尊俺答为帝。全治第如王府,门前署着开化府三字,声势显赫,且屡嗾俺答入寇,于中取利。为虎作伥,全等之肉,其足食乎?至是俺答托词进兵,诱令赵全等入见。全等欣然而来,不图一入大营,即被伏兵擒住,当由俺答遣众数千,押赵全等至大同。王崇古亦发兵收受,悉送阙下。鸷鸟入笼,暴虎投阱,还有什么希望?只落得枭首分尸,脔割以尽,死有余辜。这且不消细说了。

惟把汉那吉,有诏令归,那吉犹恋恋不欲行,崇古婉谕道:"你与祖父母,总是一脉的至亲,现既诚心要你归去,你尽管前行。倘你祖再若虐待,我当发兵十万,替你问罪。我朝恩威及远,近正与你祖议和,将来你国奉表通贡,往来不绝,你亦可顺便来游,何必怏怏呢。"那吉闻言,不由的双膝跪下,且感且泣道:"天朝如此待我,总帅如此厚我,我非木石,死生相感。如或背德,愿殛神明。"北人不复反了。崇古亲自扶起,也赐酒为钱,酒阑席散,那吉才整装辞行,挈妻偕归。阿力哥亦随同归去。俺答见了那吉,倒也不加诘责,依然照常相待,惟据住三娘子,仍不归还,亏他厚脸。只遣使报谢,誓不犯边。王崇古遂为俺答陈乞四事:一请给王印,如先朝忠顺王故事;二请许贡入京,比从前朵颜三卫,各贡使贡马三十匹;三请给铁锅,议广锅十张,炼铁五斤,洛锅生粗每十斤,炼铁三斤,但准以敝易新,免他铸为兵器;四请抚赏部中亲族布匹米豆,散所部穷兵,僦居塞上,俾得随时小市。穆宗览奏,诏令廷臣集议。高拱、张居正等,请外示羁縻,内修战备,乃封俺答为顺义王,名所居城曰归化城。俺答弟昆都力,并其子辛爱等,皆授都督同知等官。封把汉那吉为昭勇将军,指挥如故。后来河套各部,也求归附,明廷一视同仁,分授官职。嗣是西塞诸夷,岁来贡市,自宣大至甘肃,边陲晏然,不用兵革,约数十年,这且慢表。

且说穆宗在位六年,一切政令,颇尚简静,内廷服食,亦从俭约,岁省帑项数万金。惟简约有余,刚明不足,所以辅政各臣,互相倾轧,门户渐开,浸成积弊。这是穆宗一生坏处。高拱、张居正,起初还是莫逆交,所议朝事,彼此同心,后来亦渐渐相离,致启怨隙。想总为权利起见。拱遂荐用礼部尚书高仪,入阁办事,无非欲隐植党与,排挤居正。会隆庆六年闰三月,穆宗御皇极门,忽然疾作,还宫休养。又过两月,政躬稍愈,即出视朝政,不料出宫登陛,甫升御座,忽觉眼目昏黑,几乎跌下御座来。幸两旁侍卫,左右扶掖,才得还宫。自知疾不可为,亟召高拱、张居正入内,嘱咐后事。两人趋至榻前,穆宗只握定高拱右手,款语备至,居正在旁,一眼也不正觑。嗣命两人宿乾清门,夜半病剧,再召高拱、张居正,及高仪同受顾命,未几驾崩,享年三十六岁。穆宗继后陈氏无子,且多疾病,尝居别宫。隆庆二年,立李贵妃子翊钧为太子。五年,复立翊钧弟翊镠为潞王。翊钧幼颇聪慧,六岁时,见穆宗驰马宫中,他即叩马谏阻道:"陛下为天下主,独骑疾骋,倘一衔橛,为之奈何?"小时了了,大未必佳。穆宗爱他伶俐过人,下马慰勉,即立为太子。陈皇后在别宫,太子随贵妃往候起居,每晨过从,很得皇后欢心。后闻履声,尝为强起,取经书琐问,无不响答。贵妃亦喜,所以后妃情好,亦甚密切,向无闲言。至是太子嗣位,年才十龄,后来庙号神宗,小子亦即以神宗相称。诏命次年改元,拟定"万历"二字。

这时候有个中官冯保,久侍宫中,颇得权力,本应依次轮着司礼监,适高拱荐举陈洪及孟冲,保几失位,遂怨高拱。独张居正与他相结,很是契合。当穆宗病重时,居正处分十余事,均用密书示保。拱稍有所闻,面诘居正道:"密函中有什么大事?国家要政,应由我辈作主,奈何付诸内竖。"居正闻言,不禁面颊发赤,勉强一笑罢了。确有些难以为情。到了穆宗晏驾,保诈传遗诏,自称与阁臣等同受顾命。及神宗登极,百官朝贺,保竟升立御座旁,昂然自若,举朝惊愕,只因新主登基,不便多说。朝贺礼成,保即奉旨掌司礼监,又督东厂事务,总兼内外,权焰逼人。拱以主上幼冲,应惩中官专政,遂毅然上疏,请减轻司礼监权柄,又嘱言官合疏攻保,自己拟旨斥逐。计算停当,即遣人走报居正,嘱他从中出力。居正假意赞成,极口答应,暗地里却通知冯保,令他设法自全。居正为柱石大臣,谁意却如此叵测。保闻言大惧,亟趋入李贵妃宫中,拜倒尘埃,磕头不绝。贵妃问为何事?保只磕头,不说话。待贵妃问了三五次,方流下两行眼泪,呜呜哭诉道:"奴才被高阁老陷害,将加斥逐了。高阁老忿奴才掌司礼监,只知敬奉太后皇上,不去敬奉他们,所以嗾使言官,攻讦奴才。高阁老擅自拟旨,将奴才驱逐,奴才虽死不足惜,只奴才掌司礼监,系奉皇上特旨,高阁老如何可以变更?奴才不能侍奉太后皇上,所以在此悲泣,请太后作主,保全蚁命。"无一语不中听,无一字不逗引。说到此处,又连磕了几个响头。李贵妃怒道:"高拱虽系先皇旧辅,究竟是个臣子,难道有这般专擅么?"保又道："高拱跋扈,朝右共知,只因他位尊势厚,不敢奏劾,还请太后留意!"贵妃点首道："你且退去!我自有法。"保拭泪而退。越日召群臣入宫,传宣两宫特旨,高拱欣然直入,满拟诏中必逐冯保,谁知诏旨颁下,并不是斥逐冯太监,乃是斥逐一个高大学士。正是:

> 骑梁不成,反输一跌。
> 古谚有言,弄巧反拙。

高拱闻到此诏,不由的伏在地上,几不能起。欲知高拱被逐与否,且至下回说明。

俺答恃赵全等为耳目,屡犯朔方,城狐社鼠,翦灭不易,设非把汉那吉叩关请降,亦何自弭兵戢衅?而原其致此之由,则实自三娘子始。何来尤物,乃胜于中国十万兵耶?且为鞑靼计,亦未尝无利。中外修和,交通贡市,彼此罢兵数十年,子子孙孙,均得安享荣华,宁非三娘子之赐?然则鞑靼之有三娘子,几成为奇人奇事,而王崇古之因利招徕,亦明季中之一大功臣也。穆宗在位六年,乏善可纪,惟任用边将,最称得人,意者其亦天恤民艰,暂俾苏息耶?至穆宗崩而神宗嗣,中官冯保,又复得势,内蠹复萌,外奸乘之,吾不能无治少乱多之叹矣。

第七十二回　莽男子闯入深宫
　　　　　贤法司力翻成案

却说高拱入朝听旨,跪伏之下,几乎不能起身。看官!你道这旨中如何说法,由小子录述如下:

> 皇后皇贵妃皇帝旨曰:"告尔内阁五府六部诸臣!大行皇帝宾天先一日,召内阁三臣至御榻前,同我母子三人,亲受遗嘱曰:'东宫年少,赖尔辅导。'乃大学士高拱,揽权擅政,威福自专,通不许皇帝主管。我母子日夕惊惧,便令回籍闲住,不许停留。尔等大臣受国厚恩,如何阿附权臣,蔑视幼主?自今宜悉自洗涤,竭忠报国,有蹈往辙,典刑处之。"

还有一桩触目惊心的事件,这传宣两宫的诏旨,便是新任司礼监的冯保。高拱跪着下面,所闻所见,全出意料,真气得三尸暴炸,七窍生烟;可奈朝仪尊重,不容放肆,那时情不能忍,又不敢不忍,遂致跪伏地上,险些儿晕了过去。至宣诏已毕,各大臣陆续起立,独高拱尚匍伏在地,张居正不免惊疑,走近扶掖。拱方勉强起身,狼狈趋出,返入京寓,匆匆的收拾行李,雇了一乘牛车,装载而去。居正与高仪,上章乞留。居正、冯保,通同一气,还要假惺惺何为？有旨不许。嗣复为请驰驿归籍,才算照准。未几,高仪又殁,假公济私的张江陵,遂岿然为首辅了。

先是居正入阁后,由吏部侍郎,升任尚书,兼太子太傅,寻晋封少傅,至是又加授少师。高仪的遗缺,任了礼部尚书吕调阳,惟一切典礼,仍由居正规定。追谥先考为庄皇帝,庙号穆宗。又议将陈皇后及李贵妃,各上尊号。明制于天子新立,必尊母后为皇太后,若本身系妃嫔所出,生母亦得称太后,惟嫡母应特加徽号,以示区别。是时太监冯保,欲媚李贵妃,独讽示居正,拟欲并尊。居正不便违慢,但令廷臣复议。廷臣只知趋承,乐得唯唯诺诺,哪个敢来拦阻？当下尊陈后为仁圣皇太后,李贵妃为慈圣皇太后,仁圣居慈庆宫,慈圣居慈宁宫。居正请慈圣移居乾清宫,视帝起居,当蒙允准。慈圣太后驭帝颇严,每日五更,必至御寝,呼令起床,敕左右掖帝坐着。进水盥面,草草供点,即令登舆御殿,朝罢入宫,帝或嬉游,不愿读书,必召使长跪,以此神宗非常敬畏。且与仁圣太后,始终亲切,每遇神宗进谒,辄问往慈庆宫去未？所以神宗谒慈圣毕,必往谒仁圣。至外廷大事,一切倚任阁臣,未尝干预。冯保虽承后眷,却也不敢导帝为非。居正受后嘱托,亦思整肃朝纲,不负倚畀,可见母后贤明,得使内外交儆。于是请开经筵,酌定三六九日视朝,余日御文华殿讲读,并进《帝鉴图说》,且在旁指陈大义。神宗颇喜听闻,即命宣付史馆,赐居正银币等物。万历改元,命成国公朱希忠,及张居正知经筵事。居正入直经筵,每在文华殿后,另张小幄,造膝密语。一日,在直庐感病,神宗手调椒汤,亲自赐饮,真所谓皇恩优渥,无微不至呢。

是年元宵,用居正言,以大丧尚未经年,免张灯火。越日早朝,神宗正出乾清宫,突见一无须男子,神色仓皇,从甬道上疾趋而入。侍卫疑是宦官,问他入内何干,那人不答。大众一拥上前,将他拿住,搜索袖中,得利匕首一柄,即押至东厂,令司礼监冯保鞠讯。保即刻审问,供称姓王名大臣,天下宁有自名王大臣者,其假可知。由总兵戚继光部下来的。保问毕,将他收系,即往报张居正,复述供词。居正道:"戚总兵方握南北军,忠诚可靠,想不至有意外情事。"保迟疑未答。居正微笑道:"我却有一计在此。"保问何计？居正附保耳低语道:"足下生平所恨,非高氏么？今可借这罪犯身上,除灭高氏。"何苦乃尔。保大喜道:"这计一行,宿恨可尽消了。还有宫监陈洪,也是我的对头,从前高拱尝荐为司礼,此番我亦要牵他在内,少师以为何如?"居正道:"这由足下自行裁夺便了。"保称谢而去,即令扫厕小卒,名叫辛儒,授他密言,往教罪犯王大臣。辛儒本是狡黠,趋入狱内,先与大臣婉语一番。嗣后备了酒食,与大臣对饮,渐渐的问他履历。大臣时已被酒,便道:"我本是戚帅部下三屯营南兵,偶犯营规,被他杖革,流落京师,受了许多苦楚。默念生不如死,因闯入宫中，故意犯驾，我总教咬住戚总兵，他也必定得罪。戚要杖我，我就害戚，那时死亦瞑目了。"犯规被斥，犹思报复，且欲加戚逆案，叵测极矣。辛儒道："戚总兵为南北保障，未见得被你扳倒，你不过白丢了一条性命，我想你也是个好汉，何苦出此下策？目今恰有一个极好机会，不但你可脱罪，且得升官发财，你可愿否？"大臣听到此言，不禁起立道："有这等好机会么？我便行去，但不知计将安出。"辛儒低声道："你且坐着！我与你细讲。"大臣乃复坐下，侧耳听着。辛儒道："你但说是高相国拱，差你来行刺的。"大臣摇首道："我与高相国无仇，如何扳他？"不肯扳诬高相国，如何怨诬戚总兵。辛儒道："你这个人，煞是有些呆气。高相国为皇太后皇上所恨，所以逐他回籍，就是大学士张居正，司礼监冯保，统是与高有隙，若你扳倒了他，岂不是内外快心，得邀重赏么？"大臣道："据你说来，我为高相国所差。我既愿受差使，岂不是先自坐罪么？"辛儒道："自首可以免罪。且此案由冯公审讯，冯公教我授你密计，你若照计而行，冯公自然替你转圜呢。"大臣听至此处，不禁离座下拜道："此言果真，你是我重生父母哩。"辛儒把他扶起，复与他畅饮数杯，便出狱报知冯保。

　　保即提出大臣复讯。大臣即一口咬定高拱，保不再细诘，即令辛儒送他还狱，并给大臣蟒袍一条，剑二柄，剑首都饰猫睛异宝，俟将来廷讯时，令说为高拱所赠，可作证据。并嘱使不得改供，定界你锦衣卫官职，且赏千金，否则要掠至死，切记勿忘！大臣自然唯唯听命。冯保即据伪供上闻，且言内监陈洪，亦有勾通消息，已逮入狱中。一面饬发缇骑，飞速至高拱里第，拿回家仆数人，严刑胁供。居正亦上疏请诘主使，两路夹攻，高拱不死，亦仅矣。闹得都下皆闻，人言藉藉。

　　居正闻物议沸腾，心下恰也未安，私问吏部尚书杨博，博正色道："这事情节离奇，一或不慎，必兴大狱。今上初登大宝，秉性聪明，公为首辅，应导皇上持平察物，驯至宽仁。况且高公虽愎，何至谋逆，天日在上，岂可无故诬人？"居正被他说得羞惭，不由的面赤起来，勉强答了一二语，即归私第。忽报大理寺少卿李幼孜到来，李与居正同乡，当然接见。幼孜扶杖而入，居正便问道："足下曳杖来此，想系贵体违和。"幼孜不待说毕，就接口道："抱病谒公，无非为着逆案，公若不为辩白，将来恐污名青史哩。"居正心中一动，勉强应道："我正为此事担忧，何曾有心罗织。"幼孜道："叨在同乡，所以不惮苦口，还祈见谅！"居正又敷衍数语，幼孜方才别去。

　　御史钟继英上疏，亦为高拱营救，暗中且指斥居正，居正不悦，拟旨诘问。左都御史葛守礼，往见尚书杨博道："大狱将兴，公应力争，以全大体。"博答道："我已劝告张相国了。"守礼又道："今日众望属公，谓公能不杀人媚人，公奈何以已告为辞？须再去进陈，务免大狱方好哩！"博乃道："我与公同去，何如?"守礼欣然愿行,遂偕至居正宅中。居正见二人到来,便开口道:"东厂狱词已具,俟同谋人到齐,便奏请处治了。"守礼道:"守礼何敢自附乱党!但高公谅直,愿以百口保他。"居正默然不应。杨博亦插入道:"愿相公主持公议,保全元气。东厂中人,宁有良心?倘株连众多,后患何堪设想?"居正仍坐在当地,不发一言。博与守礼,复历数先朝政府,如何同心辅政,弼成郅治,到了夏言、严嵩、徐阶、高拱等人,互相倾轧,相名坐损,可为殷鉴。居正甚不耐烦,竟忿然道:"两公今日,以为我甘心高么?厂中揭帖具在,可试一观!"说至此,奋身入内,取厂中揭帖,出投博前道:"公请看来!与我有无干涉!"全是意气用事。博从容取阅,从头细瞧,但见帖中有二语云:"大臣所供,历历有据。"这"历历有据"四字,乃是从旁添入,默认字迹,实系居正手笔。偏露出马脚来。当下也不明说,惟哂然一笑,又将揭帖放入袖中。居正见一笑有因,猛忆着四字窜改,只好支吾说道:"厂中人不明法理,故此代易数字。"守礼道:"机密重情,不即上闻,岂可先自私议?我两人非敢说公甘心高氏,但是目下回天,非仗公力不可!"杨、葛两公,可谓有心人,看出破绽,仍用婉言,不怕居正不承。居正至此,无可推诿,方揖谢道:"如可挽回,敢不力任。但牵动牛尾,很觉费事,如何可以善后呢?"杨博道:"公特不肯力任呢!如肯力任,何难处置,现惟得一有力世家,与国家义同休戚,便可托他讯治了。"居正感悟,欣然道:"待我入内奏闻,必有以报两公。"两人齐声道:"这是最好的了,造福故家,留名史策,均在此举哩!"说罢,拱手告别。

居正送出两人,即入宫请独对,自保高拱无罪,请特委勋戚大臣,彻底查究。神宗乃命都督朱希孝,左都御史葛守礼,及冯保会审王大臣。希孝系成国公朱希忠弟,接了此旨,忙与乃兄商议道:"哪个奏闻皇上,弄出这个难题目,要我去做?一或失察,恐宗祀都难保了。"说着,掩面涕泣。正是庸愚。希忠也惶急起来,相对哭着。一对饭桶,不愧难兄难弟。哭了半晌,还是希忠有点主意,令希孝去问居正。居正与语道:"不必问我,但去见吏部杨公,自有方法。"希孝当即揖别,往谒杨博,且语且泣。博笑道:"这不过借公勋戚,保全朝廷大体,我等何忍以身家陷公?"希孝呜咽道:"欲平反此狱,总须搜查确证,方免谗言。"博又道:"这又何难!"当下与希孝密谈数语。希孝才改忧为喜,谢别而回,暗中恰遣了校尉,先入狱中,讯明刀剑来由。大臣始不吐实,经校尉威吓婉诱,方说由辛儒缴来,并将他指使改供事,略说一遍。是一个反复无常的罪犯,冯保也未免自误。校尉复说道:"国家定制,入宫谋逆,法应灭族,奈何自愿引罪?你不如吐实,或可减免。"大臣凄然道:"我实不知。辛儒说我持刀犯驾,罪坐大辟,因教我口供如此,不特免罪,且可富贵,谁知他竟诓我呢!"说至此,大哭不止。校尉反劝慰一番,始行复命。

第七十二回　莽男子闯入深宫　贤法司力翻成案

适高氏家人,已逮入京,希孝乃偕冯保、葛守礼,三人升厅会审。明朝故事,法司会审,须将本犯拷打一顿,叫作杂治。大臣上得法庭,冯保即命杂治,校尉走过,洗剥大臣衣服,大臣狂呼道:"已经许我富贵,为何杂治我?"校尉不理,将他搒掠过了,方推近公案跪下。希孝先命高氏家人,杂列校役中,问大臣道:"你看两旁校役,有无认识?"大臣忍着痛,张目四瞧,并无熟人,便道:"没有认识。"冯保即插嘴道:"你敢犯驾,究系何人主使,从实供来!"大臣瞪目道:"是你差我的。"保闻言大惊,勉强镇定了神,复道:"你不要瞎闹!前时为何供称高相国?"大臣道:"是你教我说的。我晓得什么高相国?"*又证一句,直使冯保无地自容。*保失色不语。希孝复问道:"你的蟒袴刀剑,从何得来?"大臣道:"是冯家仆辛儒,交给我的。"*索性尽言,畅快之至。*保听着这语,几欲逃座,两肩乱耸,态度仓皇。还是希孝瞧不过去,替保解围道:"休得乱道!朝廷的讯狱官,岂容你乱诬么?"遂命校尉将大臣还押,退堂罢讯。

保踉跄趋归,暗想此案尴尬,倘大臣再有多言,我的性命,也要丢去,便即遣心腹入狱,用生漆调酒,劝大臣饮下,大臣不知是计,一口饮讫,从此做了哑子,不能说话。此时宫内有一般太监,年已七十多岁,系资格最老的内侍,会与冯保同侍帝侧,谈及此事。殷太监启奏道:"高拱忠臣,岂有此事!"又旁顾冯保道:"高胡子是正直人,不过与张居正有嫌,居正屡欲害他,我辈内官,何必相助!"原来高拱多须,所以称为胡子。保闻言,神色渐沮。内监张宏,亦力言不可,于是狱事迁延。等到刑部拟罪,只把大臣斩决,余免干连。一番大风浪,总算恬平,这也是高拱不该赤族,所以得此救星。拱闻此变,益发杜门谢客,不问世事。拱本河南新郑人,嗣后出仕中州的官吏,不敢再经新郑,往往绕道而去。*统是偷生怕死的人物。*至万历六年,拱方病殁,居正奏请复拱原官,给与祭葬如例。*又似强盗发善心。*惟冯保余恨未释,请命太后一切赐恤,减从半数。祭文中仍寓贬词,后来追念遗功,方赠拱太师,予谥文襄。小子有诗咏高拱道:

　　自古同寅贵协恭,胡为器小不相容?
　　若非当日贤臣在,小过险遭灭顶凶。

欲知明廷后事,且俟下回续陈。

冯保一小人耳,小人行事,阴贼险狠,固不足责。张居正称救时良相,乃与内监相毗,倾害高拱,彼无不共戴天之仇,竟思戮高氏躯,赤高氏族,何其忮刻若此耶?设非杨、葛诸大臣,力谋平反,则大狱立兴,惨害甚众。居正试反己自问,其亦安心否乎?殷、张两内监,犹有人心,令居正闻之,能毋汗下。至于冯保讯狱，三问三供，世之设计害人者，安能尽得王大臣，使之一反噬乎？保益恚恨，且药哑王大臣，令之不能再说。小人之心，甚于蛇蝎，良足畏也！然观王大臣供词，令我心快不已，为之饮一大白。

第七十三回　夺亲情相臣嫉谏
　　　　　规主阙母教流芳

　　却说张居正既握朝纲，一意尊主权，课吏治，立章奏，考成法，定内外官久任法。百司俱奉法守公，政体为之一肃。两宫太后，同心委任，凡遇居正进谒，必呼先生，且云皇上若有违慢，可入内陈明，当为指斥云云。于是居正日侍经筵，就是讲解音义，亦必一一辨正，不使少误。某日，神宗读《论语·乡党篇》，至"色勃如也"句，"勃"字误读作"背"字，居正在旁厉声道："应作勃字读。"神宗吓了一跳，几乎面色如土。同列皆相顾失色，居正尚凛凛有怒容。后来夺官籍家之祸，即基于此。嗣是神宗见了居正，很是敬畏。居正除进讲经书外，又呈入御屏数幅，各施藻绘，凡天下各省州县疆域，以及职官姓名，均用浮签标贴，俾供乙览。一日讲筵已毕，神宗问居正道："建文帝出亡，做了和尚，这事果的确否？"居正还奏道："臣观国史，未载此事，只闻故老相传，披缁云游，题诗田州寺壁上，约有数首，有'流落江湖四十秋'七字，臣尚记得。或者果有此事，亦未可知。"神宗叹息数声，复命居正录诗以进。居正道："这乃亡国遗诗，何足寓目！请录皇陵石碑，及高皇帝御制文集，随时备览，想见创业艰难，圣谟隆盛呢。"神宗称善。至次日，居正即录皇陵碑文呈览。神宗览毕，即语居正道："朕览碑文，读至数过，不觉感伤欲泣了。"居正道："祖宗当日艰难，至于如此。皇上能效法祖宗，方可长保大业哩。"乃申述太祖微时情状，及即位后勤俭等事。神宗怆然道："朕承祖宗大统，敢不黾勉，但也须仗先生辅导呢！"由是累有赏赐，不可胜纪。最著的是银章一方，镌有"帝赉忠良"四字。又有御书匾额两方，一方是"永保天命"，一方是"弼予一人"。

　　居正以在阁办事，只有吕调阳一人，不胜烦剧，复引荐礼部尚书张四维。四维尝馈问居正，四时不绝，所以居正一力荐举。向例入阁诸臣，尝云同某人等办事，至是直称随元辅居正等办事。四维格外谦恭，对着居正，不敢自称同僚，仿佛有上司属吏的等级。平时毫无建白，只随着居正拜赐进宫罢了。卑屈至此，有何趣味。惟四维入阁后，礼部尚书的遗缺，就用了万士和。士和初官庶吉士，因忤了严嵩，改为部曹，累任按察布政使，并著清节，及入任尚书，屡上条奏，居正颇嫉他多言。会拟越级赠朱希忠王爵，士和力持不可，给事中余懋学，

第七十三回　夺亲情相臣嫉谏　规主阙母教流芳

奏请政从宽大,被居正斥他讽谤,削籍为民。士和又上言懋学忠直,不应摧抑,自遏言路。种种忤居正意,遂令给事中朱南雍,奏劾士和,士和因谢病归休。

适蓟州总兵戚继光,击败朵颜部长董狐狸,生擒狐狸弟长秃,狐狸情愿降附,乞赦乃弟。继光乃将长秃释回,酌定每岁贡市,一面由巡按辽东御史刘台,上书奏捷。居正以巡按不得报军功,劾台违制。台亦抗章劾居正,说他擅作威福,如逐大学士高拱,私赠成国公朱希忠王爵,引用张四维等为爪牙,排斥万士和、余懋学等,统是罔上行私的举动,应降旨议处等情。居正自入阁秉政,从未遇着这种弹章,见了此疏,勃然大怒,当即具疏乞归。神宗急忙召问,居正跪奏道:"御史刘台,谓臣擅威福,臣平日所为,正未免威福自擅呢。但必欲取悦下僚,臣非不能,怎奈流弊一开,必致误国。若要竭忠事上,不能不督饬百官。百官喜宽恶严,自然疑臣专擅。臣势处两难,不如恩赐归休,才可免患。"说至此,随即俯伏,泣不肯起。无非要挟。神宗亲降御座,用手掖居正道:"先生起来!朕当逮问刘台,免得他人效尤。"居正方顿首起谢。当下颁诏辽东,逮台入京,拘系诏狱,嗣命廷杖百下,拟戍极边。居正反上疏救解,故智复萌。乃除名为民。未几,辽东巡抚张学颜,复诬劾台匿赎镪,想是居正嗾使。因复充戍浔州。台到戍所,就戍馆主人处,饮酒数杯,竟致暴毙。这暴毙的情由,议论不一,明廷并未诘究,其中弊窦,可想而知,毋庸小子赘说了。不说之说,尤胜于说。

到了万历五年,居正父死,讣至京师。神宗手书宣慰,又饬中使视粥止哭,络绎道路,赗仪格外加厚,连两宫太后,亦有特赗,惟未曾谕留视事。时李幼孜已升任户部侍郎,欲媚居正,首倡夺情的议论。冯保与居正友善,亦愿他仍然在朝,可作外助,遂代为运动,传出中旨,令吏部尚书张瀚,往留居正。居正也恐退职以后,被人陷害,巴不得有旨慰留,但面子上似说不过去,只好疏请奔丧,暗中恰讽示张瀚,令他奏留居正。瀚佯作不知,且云:"首相奔丧,应予殊典,应由礼部拟奏,与吏部无涉。"居正闻言,很是忿恨。又浼冯保传旨,责瀚久不复命,失人臣礼,勒令致仕。于是一班趋炎附势的官员,陆续上本,请留首辅,奏中大意,无非把移孝作忠的套话,敷衍满纸。移孝作忠四字,岂是这般解法。居正再请终制,有旨不许。又请在官守制,不入朝堂,仍预机务,乃邀允准。连上朝都可免得,是居正死父,大是交运。居正得遂私情,仍然亲裁政务,与没事人一般。

会值日食告变,编修吴中行,及检讨赵用贤,刑部员外郎艾穆,主事沈思孝等,应诏陈言,均说居正忘亲贪位,炀蔽圣聪,因干天变云云。居正得了此信,愤怒的了不得,当下通知冯保,教他入诉神宗,概加廷杖。大宗伯马自强,急至居正府第,密为营解。居正见了自强,略谈数语,便扑的跪下,带哭带语道:"公饶我!公饶我!"自强正答礼不迭,忽闻掌院学士王锡爵到来,居正竟踉跄起身,趋入丧次。锡爵径至丧次中,晤见居正,谈及吴、赵等上疏,致遭圣怒等事。居正淡淡的答道："圣怒正不可测哩。"锡爵道："圣怒亦无非为公。"语尚未讫，居正又跪倒地上，勃然道："公来正好！快把我首级取去，免致得罪谏官！"一面又举手作刎颈状，并道："你何不取出刀来，快杀我！快快杀我！"好似泼妇撒赖。锡爵不防到这一着，吓得倒退倒躲，一溜烟的逃出大门去了。马自强亦乘势逃去。隔了数日，吴中行、赵用贤、艾穆、沈思孝四人，同受廷杖。侍讲于慎行、田一儁、张位、赵志皋，修撰习孔教、沈懋学等，具疏营救，俱被冯保搁住。进士邹元标，复上疏力谏，亦坐杖戍。南京御史朱鸿谟，遥为谏阻，并斥为民。且诏谪吴、赵、艾、沈四人，吴中行、赵用贤即日出都，同僚相率观望，无一人敢去送行，只有经筵讲官许文穆赠中行玉杯一只，用贤犀杯一只，玉杯上镌着三语道：

斑斑者何？卞生泪。英英者何？蔺生气。追追琢琢永成器。

犀杯上镌着六语道：

文羊一角，具理沉黝，不惜刻心，宁辞碎首？黄流在中，为君子寿。

古人说得好："人心未泯，公论难逃。"为了居正夺情，各官受谴等事，都下人士，各抱不平。黉夜里乘人不备，竟向长安门外，挂起匿名揭帖来。揭帖上面，无非是谤议居正，说他无父无君，迹同莽、操。事为神宗所闻，又颁谕朝堂道：

奸邪小人，藐朕冲年，忌惮元辅，乃借纲常之说，肆为诬论，欲使朕孤立于上，得以任意自恣，兹已薄处，如此后再有党奸怀邪，必从重惩，不稍宽宥，其各凛遵！

这谕下后，王锡爵、于慎行、田一儁、沈懋学等，先后乞病告归。既而彗星现东南方，光长竟天，当下考察百官，赵志皋、张位、习孔教等，又相继迁谪，算作厌禳星变的计画，这正是想入非非了。越年，神宗将行大婚礼，令张居正充纳采问名副使。给事中李涞，奏称居正持丧，不宜与闻大婚事，乞改简大臣。神宗不允，传皇太后谕旨，令居正变服从吉，居正遂奉旨照办。等册后礼成，方乞归治葬。神宗召见平台，特赐慰谕道："朕不能舍去先生，但恐伤先生孝思，不得已暂从所请。惟念国事至重，朕无所依赖，未免怀忧。"居正叩首道："臣为父治葬，不能不去，只乞皇上大婚以后，应撙节爱养，留心万机。"说毕，伏地恸哭。*恸哭何为？无非要结人主。*神宗亦为之凄然，不禁堕泪道："先生虽行，国事尚宜留意。此后倘有建白，不妨密封言事。"居正称谢而起，进辞两宫太后，各赐赆金，慰谕有加。

居正归后，神宗复敕大学士吕调阳等，如遇大事，不得专决，应驰驿至江

第七十三回　夺亲情相臣媒谏　规主阙母教流芳

陵,听居正处分。既而由春入夏,又有旨征令还朝。居正以母老为辞,不便冒暑北行,请俟秋凉就道。神宗又遣指挥翟汝敬,驰驿敦促,更令中使护居正母,由水道启行。居正乃遵旨登程,所经州县,守臣多跪谒;就是抚按长吏等,亦越界送迎,身为前驱。及到京师,两宫又慰劳备至,赏赉有加。居正母至,概照前例。惟吕调阳自惭伴食,托病乞休,起初未蒙俞允,至居正还朝,再疏告归,乃准令致仕,解组归田去了。还算有些气节。

是时神宗已册后王氏,伉俪情深,不劳细说。独李太后以帝已大婚,不必抚视,仍返居慈宁宫,随召居正入内,与语道:"我不便常视皇帝,先生系国家元辅,亲受先帝付托,还希朝夕纳诲,毋负顾命!"居正唯唯而退。嗣是居正格外黾勉,所有军国要政,无不悉心筹画。内引礼部尚书马自强,及吏部侍郎申时行,参赞阁务,外任尚书方逢时,总督宣大,总兵李成梁,镇抚辽东。方逢时与王崇古齐名,崇古内用,逢时专任边事,悉协机宜。李成梁骁悍善战,屡摧塞外巨寇,积功封宁远伯,内外承平,十年无事。

居正又上肃雝殿箴,劝神宗量入为出,罢节浮费,复尽汰内外冗员,严核各省财赋。只神宗年龄浸长,渐备六宫,令司礼监冯保,选内竖三千五百人入宫,充当使令。内有孙海、客用两阉竖,便佞狡黠,得邀宠幸,嘉靖、隆庆两朝,非无秕政,而中官不闻横行,良由裁抑得宜之故。至此又复开端,渐成客、魏之弊。尝导神宗夜游别宫,小衣窄袖,走马持刀,仿佛似镖客一般。既而出幸西城,免不得饮酒陶情,逢场作戏。一夕,神宗被酒,命随侍太监,按歌新声。曲调未谐,竟惹动神宗怒意,拔出佩剑,欲斫歌竖头颅,还是孙、客两人,从旁解劝,方笑语道:"头可恕,发不可恕。"遂令他脱下头巾,将发割去,想是从曹操处学来。惟彼割己发,而此割人发,不无异点。这事被冯保闻知,便去禀诉李太后。太后大怒,自着青布袍,撤除簪珥,此是姜后脱簪珥待罪之意。令宣神宗入宫,一面传语居正,速即上疏极谏。神宗得着消息,不免惊慌,可奈母命难违,只好硬着头皮,慢慢儿的入慈宁宫。一进宫门,便闻太后大声催促。到了望见慈容,形神服饰,与寻常大不相同,不觉心胆俱战,连忙跪下磕头。太后瞋目道:"你好!你好!先皇帝付你大统,叫你这般游荡么?"神宗带抖带语道:"儿、儿知罪了,望母后宽恕!"太后哼了一声道:"你也晓得有罪么?"说至此,冯保已捧呈张居正谏疏,由太后略瞧一遍,语颇简直,便掷付神宗道:"你且看来!"神宗取过一阅,方才瞧罢,但听太后又道:"先帝弥留时,内嘱你两母教育,外嘱张先生等辅导,真是煞费苦心,不料出你不肖子,胆大妄为,如再不肯改过,恐将来必玷辱祖先,我顾宗社要紧,也管不得私恩,难道必要用你做皇帝么?"母教严正,不愧贤妃。又旁顾冯保道:"你去到内阁中,取《霍光传》来!"保复应声而去。不一时,返入宫内,叩头奏道:"张相国浼奴才代奏,据言皇上英明,但教自知改过,将来必能迁善。霍光故事,臣不敢上闻!今不如草诏罪已罢了。"太后道:"张先生既这般说,就这般办罢,你去教他拟诏来!"保又起身趋出。未几,返呈草诏,太后叱令神宗起来,亲笔誊过,颁示朝堂。可怜神宗双膝,已跪得疼痛异常,更兼草诏中语多卑抑,不禁懊恨得很,偏是太后督着誊写,一些儿不肯放松,那时只好照本誊录,呈与太后览过,交冯保颁发去了。太后到了此时,禁不住流泪两行。神宗又跪泣认悔,方得奉命退出。京中闻了这事,谣言蜂起,统说两宫要废去神宗,别立潞王翊镠。见七十一回。后来杳无音信,方渐渐的息了浮言,这且休表。

且说李太后既训责神宗,复将孙海、客用两人,逐出宫外,并令冯保检核内侍,所有太监孙德秀、温泰等,向与冯保未协,俱被撵逐。神宗虽然不悦,终究是无可奈何,只好得过且过,再作计较。张居正恐神宗启疑,因具疏乞休,作为尝试。疏中有"拜手稽首归政"等语。居正自命为禹皋。那时神宗自然慰留,手书述慈圣口谕:"张先生亲受先帝付托,怎忍言去,俟辅上年至三十,再议未迟。"居正乃仍就原职,请嘱儒臣编纂累朝宝训实录,分四十章,次第进呈,作为经筵讲义。大旨如下:

(一)创业艰难。(二)励精图治。(三)勤学。(四)敬天。(五)法祖。(六)保民。(七)谨祭祀。(八)崇孝敬。(九)端好尚。(十)慎起居。(十一)戒游侠。(十二)正宫闱。(十三)教储贰。(十四)睦宗藩。(十五)亲贤臣。(十六)去奸邪。(十七)纳谏。(十八)守法。(十九)敬戒。(二十)务实。(二十一)正纪纲。(二十二)审官。(二十三)久任。(二十四)考成。(二十五)重守令。(二十六)驭近习。(二十七)待外戚。(二十八)重农。(二十九)兴教化。(三十)明赏罚。(三十一)信诏令。(三十二)谨名分。(三十三)却贡献。(三十四)慎赏罚。(三十五)甘节俭。(三十六)慎刑狱。(三十七)褒功德。(三十八)屏异端。(三十九)饬武备。(四十)御寇盗。

看官!你想神宗此时,已是情欲渐开,好谀恶直的时候,居正所陈各种请求,实与神宗意见并不相符,不过形式上面,总要敷衍过去,当下优诏褒答,允准施行。待至各项讲义,次第编竣,由日讲官陆续呈讲,也只好恭己以听。一俟讲毕,即散游各宫,乐得图些畅快,活络筋骸。一日,退朝罢讲,闲踱入慈宁宫,正值李太后往慈庆宫闲谈,不在宫中,正拟退出宫门,忽见有一个年少的女郎,袅袅婷婷的走将过来,向帝请安。这一番有分教:

浑疑洛水仙妃至,好似高唐神女来。

毕竟此女为谁,且由下回说明。

张居正所恃,惟一冯保,冯保所恃,不外张居正,观其狼狈相倚,权倾内外,虽不无可取之处,而希位固宠之想,尝憧扰于胸中。居正综核名实,修明纲纪,于用人进谏诸大端,俱能力持大体,不可谓非救时良相。然居父丧而思起复,嫉忠告而斥同僚,人伦斁矣,其余何足观乎!冯保闻神宗冶游,密白太后,为补衮箴阙起见,亦不得谓其下情,然窥其隐衷,无非挟太后以制幼主;至若孙德秀、温泰等,则又因睚眦之嫌,尽情报复,狡悍著矣,其他何足责乎?吾读此回,且愿为之易其名曰:"是为冯保、张居正合传",而是非可不必辨云。

第七十四回　王宫人喜中生子
　　　　　　张宰辅身后籍家

　　却说神宗跸入慈宁宫,巧遇一个宫娥,上前请安,磕过了头,由神宗叫她起来,方徐徐起身,侍立一旁。神宗见她面目端好,举止从容,颇有些幽娴态度,不禁怜爱起来,后来要做贵妃太后,想不致粗率轻狂。随即入宫坐下。那宫人亦冉冉随入,当由神宗问明太后所在,并询及姓氏,宫人答称王姓。神宗约略研诘,仔细端详,见她应对大方,丰神绰约,尤觉雅致宜人,不同俗态,当下沉吟半晌,复与语道:"你去取水来,朕要盥手哩!"王宫人乃走入外室,奉匜沃水,呈进神宗。神宗见她双手苗条,肤致洁白,越觉生了怜惜,正要把她牵拉,猛记有贴身太监,随着后面,返身回顾,果然立在背后,便令他回避出去。王宫人见内侍驱出,料知帝有他意,但是不便抽身,只好立侍盥洗,并呈上手巾。由神宗拭干了手,即对王氏一笑道:"你为朕侍执巾栉,朕恰不便负你呢。"王宫人闻言,不由的红云上脸,双晕梨涡。神宗见了,禁不住意马心猿,竟学起楚襄王来,将她按倒阳台,做了一回高唐好梦。恐就借太后寝床做了舞台。王宫人得此奇遇,正是半推半就,笑啼俱有,等到云散雨收,已是暗结珠胎。两人事毕起床,重复盥洗,幸太后尚未回宫,神宗自恐得罪,匆匆的整好衣襟,抽身去讫。次日即命随去的内侍,赍了头面一副,赐给王宫人,并嘱内侍谨守秘密。谁知那文房太监,职司记载,已将临幸王宫人的事情,登簿存录了。嗣是神宗自觉心虚,不便再去临幸,虽晨夕请安,免不得出入慈宁宫,只遇着王宫人,恰是不敢正觑。王宫人怨帝薄幸,也只能藏着心中,怎能露出形迹?转眼数月,渐渐的腰围宽大,茶饭不思起来。太后瞧着,觉得王氏有异,疑及神宗,但一时不便明言,惟暗中侦查神宗往来。

　　这时候的六宫中,有个郑妃,生得姿容美丽,闭月羞花。神宗很是宠爱,册封贵妃,平时常在她宫中住宿,非但妃嫔中没人及她,就是正宫王皇后,也不能似她宠遇。太后调查多日,不见可疑情迹,惟看这王宫人肚腹膨胀,行步艰难,明明是身怀六甲,不必猜疑,便召入密问。王宫人伏地呜咽,自陈被幸始末。好在太后严待皇帝,厚待宫人,也不去诘责王氏,只命她起居静室,好生调养,一面饬文房太监,呈进皇上起居簿录,果然载明临幸时日,与王宫人供语,丝毫无误。亏有此簿。当命宫中设宴,邀同陈太后入座,并召神宗侍宴。席间谈及王后无出,陈太后未免叹息。李太后道:"皇儿也太不长进,我宫内的王氏女,已被召幸,现已有娠了。"神宗闻言,面颊发赤,口中还要抵赖,说是未有此事。王氏幸怀龙种,还得出头,否则一度临幸,将从此休了。李太后道:"何必隐瞒!"随把内起居簿录,取交神宗,并云:"你去看明,曾否妄载?"神宗到了此时,无言可辩,没奈何离座谢罪。李太后又道:"你既将她召幸,应该向我禀明,我也不与你为难,叫她备入六宫,也是好的。到了今日,我已查得明明白白,你还要抵赖,显见得是不孝呢,下次休再如此!"神宗唯唯连声,陈太后亦从旁劝解。李太后又道:"我与仁圣太后,年均老了,彼此共望有孙。今王氏女有娠,若得生一男子,也是宗社幸福。古云:'母以子贵',有什么阶级可分哩?"保全王氏,在此一语。陈太后很是赞成。宴饮已毕,陈太后还入慈庆宫,神宗亦谢宴出来,即命册王宫人为恭妃。册宝已至,王宫人即拜谢两宫太后,移住别宫。既而怀妊满期,临盆分娩,果然得一麟儿,这就是皇长子常洛。后来嗣位为光宗皇帝。过了三日,神宗御殿受贺,大赦天下,并加上两宫太后徽号。陈太后加康静两字,李太后加明肃两字,喜气重重,中外称庆,且不必细述。

单说皇长子将生的时候,大学士张居正,忽患起病来,卧床数月,仍未告痊。百官相率斋戒,代为祈祷。南都、秦、晋、楚、豫诸大吏,亦无不建醮,均替他祝福禳灾。神宗命张四维等,掌理阁中细务,遇着大事,仍饬令至居正私第,由他裁决。居正始尚力疾从公,后来病势加重,渐觉不支,竟至案牍纷纭,堆积几右。会泰宁卫酋巴速亥,入寇义州,为宁远伯李成梁击毙,露布告捷,朝廷归功居正,晋封太师。明代文臣,从未有真拜三公,自居正柄政,方得邀此荣宠。怎奈福为祸倚,乐极悲生,饶你位居极品,逃不出这生老病死四字。见道之言。居正一病半年,累得骨瘦如柴,奄奄一息,自知死期将至,乃荐故礼部尚书潘晟,及吏部侍郎余有丁自代。晟素贪鄙,不满人望,因冯保素从受书,特浼居正荐举,神宗立刻允准,命晟兼武英殿大学士,有丁兼文渊阁大学士。诏下甫五日,言官已交章劾晟,不得已将他罢官。未几,居正病逝,神宗震悼辍朝,遣司礼太监护丧归葬,赐赙甚厚。两宫太后及中宫,俱加赍金币,并赐祭十六坛,赠上柱国,予谥文忠。

只是铜山西崩,洛钟东应,居正一死,宫内的权阉冯保,免不得成了孤

第七十四回　王宫人喜中生子　张宰辅身后籍家

立。更兼太后归政已久,年力浸衰,也不愿问及外事,所以保势益孤。当潘晟罢职时,保方病起,闻报遽怒道:"我适中小恙,不致遽死,难道当今遂没有我么?"还要骄横,真是不识时务。是时皇长子已生,保又欲晋封伯爵。长子系神宗自生,与冯保何与,乃欲封伯爵耶?张四维以向无此例,不便奏议,只拟予荫他弟侄一人,作为都督佥事。保复怒道:"你的官职,从何处得来?今日乃欲负我,连一个虚衔,都不能替我转圜,未免不情!"说得四维哑口无言。会东宫旧阉张鲸,素忌保宠,意图排斥。宗有同事张鲸,前被保放逐,至是复入。两人遂交相勾结,伺隙白帝,历诉保过恶,及与张居正朋比为奸等情。神宗本来恨保,一经挑拨,自然激动起来。御史江东之,又首劾保党锦衣同知徐爵,神宗遂将爵下狱,饬刑部定了死罪,算是开了头刀。言官李植,窥伺意旨,复列保十二大罪,统是神宗平日敢怒不敢言的事情。此时乾纲独断,毫无牵掣,遂谪保为南京奉御,不准须臾逗留;并令锦衣卫查抄家产,得资巨万。东之并劾吏部尚书梁梦龙,工部尚书曾希吾,吏部侍郎王篆,均为保私党,应即斥退。当下命法司查明,果得实证,遂下诏一一除名。看官!你道这实证从何处得来?原来冯保家中,藏有廷臣馈遗录,被查抄时一并搜出,梁、曾等姓氏骈列,所以无可抵赖,同时斥退。此外大小臣工,名列馈遗录中,不一而足。

独刑部尚书严清,与冯保毫无往来,且素不党附居正,因得神宗器重,名曰严清,果足副实。乃调任为吏部尚书,代了梁梦龙遗缺。清搜讨故实,辩论官材,自丞佐以下,都量能授职,无一幸进,把从前夤缘干托的情弊,尽行扫除。可惜天不假年,在任仅阅半载,得病假归,未几即殁。还有蓟镇总兵戚继光,从前由居正委任,每事辄与商榷,动无掣肘,所向有功。及是居正已殁,给事中张鼎思,上言继光不宜北方,不管人材可否,专务揣摩迎合,这等人亦属可杀。阁臣拟旨,即命他调至广东,继光不免怏怏,赴粤逾年,即谢病回里,越三年乃殁。继光与兵部尚书谭纶,都督府佥事俞大猷,统为当时名将。谭纶卒于万历五年,俞大猷卒于万历八年,一谥襄敏,一谥武襄。继光至十一年乞归,十四年病终原籍,万历末追谥武毅,著有《练兵实纪》、《纪效新书》,所谈兵法,均关窾要,至今犹脍炙人口,奉为秘传,这也不消絮叙。已足与史传扬名不朽,且随笔叙结谭、俞两人,尤为一带两便。

且说冯保得罪,以后新进诸臣,又交攻居正,陆续不绝。有旨夺上柱国太师官衔,并将赐谥一并镌去。大学士张四维,见中外积怨居正,意欲改弦易辙,收服人心,何不述冯保语,质之曰:"你的官职,从何处得来?"因上疏言事,请荡涤烦苛,宏敷惠泽,一面请召还吴中行、赵用贤、艾穆、沈思孝、余懋学等,奏复原官。神宗颇加采纳,朝政为之稍变。已而四维以父丧归葬,服将阕而卒。朝旨赠官太师，赐谥文毅。结果比居正为胜，足为四维之幸。嗣是申时行进为首辅，申时行见前回。引荐礼部尚书许国，兼任东阁大学士。许本是时行好友，同心办事，阁臣始沉瀣相投，不复生嫌，无如言路一开，台官竞奋，彼此争砺锋锐，搏击当路，于是阁臣一帜，台官一帜，分竖明廷。嗣复为了张居正一案，闹得不可开交，遂致朝臣水火，又惹出一种争执的弊端。明臣好争，统是意气用事。

先是居正当国，曾构陷辽王宪㸅，废为庶人。宪㸅系太祖十五子植七世孙，植初封卫王，寻改封辽，建文时又徙封荆州，七传至宪㸅，尝希旨奉道，得世宗欢心，加封真人，敕赐金印。穆宗改元，御史陈省劾他不法，夺去真人名号及所赐金印。居正家居荆州，故隶辽王尺籍，至宪㸅骄酗贪虐，多所凌轹，以此为居正所憾。且因宪㸅府第壮丽，暗思攘夺，可巧巡按御史郜光，奏劾宪㸅淫虐僭拟诸罪状，居正遂奏遣刑部侍郎洪朝选，亲往勘验，且嘱令坐以谋逆，好教他一命呜呼。待至朝选归京，只说他淫酗是实，谋反无据。朝旨虽废黜宪㸅，禁锢高墙，居正意尚未惬，密嘱湖广巡抚劳堪，上言朝选得贿，代为宪㸅掩饰。朝选遂因此获罪，羁死狱中。那时辽王府第，当然为居正所夺，遂了心愿。至居正死后，辽府次妃王氏，运动言官，代为讼冤。当有御史羊可立，追论居正构害辽王事，正在颁下部议，王妃复上书诉讼，大略言："居正贪鄙，谋夺辽王府第，因此设计诬陷。既将辽府据去，复将所有金宝，悉数没入他家。"神宗览奏，即欲传旨籍没，但尚恐太后意旨未以为然，一时不便骤行。可巧潞王翊镠，将届婚期，需用珠宝，无从采备。恐由神宗故意为此。太后召神宗入内，向他问道："名为天府，难道这些些珠宝，竟凑办不齐么？"神宗道："近年以来，廷臣没有廉耻，都把这外方贡品，私献冯、张二家，所以天府藏珍，很是寥寥了。"太后道："冯保家已经抄没，想可尽输入库。"神宗道："冯保狡猾，预将珍宝偷运去了，名虽查抄，所得有限。"太后慨然道："冯保是个阉奴，原不足责，但张居正身为首辅，亲受先皇遗命，乃亦这般藏私，真是人心难料呢！"太后虽明，亦为所愚。神宗复述及辽府讼冤，归罪居正等情，太后默然。嗣是张先生、张太师的称号，宫中一律讳言，神宗知太后意转，亟命司礼监张诚等，南下荆州，籍居正家。张诚先遣急足，潜投江陵守令，命他速往查封，休使逃匿。守令得了此信，自然格外巴结，即召集全班人役，围住张氏府第，自己亲入府内，把他阖家人口，悉数点查，驱入一室，令衙役在室外守着。顿时反宾为主，一切服食，统须由衙役作主，可怜张氏妇女，多半畏愤，宁自绝粒，竟饿死了十数人。及张诚一到，尤觉凶横，饬役搜查，倒箧倾箱，并没有甚么巨宝，就是金银财帛，也是很少，较诸当日严相府中，竟不及二十分之一。张诚怒道："十年宰相，所蓄私囊，宁止此数？此必暗中隐匿，或寄存亲族家内，别

第七十四回　王宫人喜中生子　张宰辅身后籍家

人或被他瞒过,我岂由他诳骗么?"遂召居正长子礼部主事敬修,迫令和盘献出。敬修答言,只有此数。张诚不信,竟饬虎狼卫役,把敬修褫去衣冠,拷掠数次;并将张氏亲族,一一传讯,硬说他有寄藏,不容剖白。敬修熬不住痛苦,寻了短见,投缳毕命。亲族等无从呼吁,没奈何各倾家产,凑出黄金一万两,白银十万两,不是查抄,竟是抢劫。张诚方才罢手。大学士申时行得悉此状,因与六卿大臣,联名上疏,奏请从宽。刑部尚书潘季驯,又特奏居正母年过八旬,朝不保暮,请皇上锡类推恩,全他母命云云。乃许留空宅一所,田十顷,赡养居正母。惟尽削居正官阶,夺还玺书诏命,并谪戍居正子弟,揭示罪状。有诏云:

张居正诬蔑亲藩,箝制言官,蔽塞朕聪,私占废辽宅田,假名丈量遮饰,骚动海内。迹其平日所为,无非专权乱政,罔上负恩,本当斫棺戮尸,因念效劳有年,姑免尽法。伊弟张居易,伊子张嗣修等,俱令烟瘴地面充军,以为将来之谋国不忠者戒!

张居易曾为都指挥,张嗣修曾任编修,至是皆革职远戍,一座巍巍然师相门第,变作水流花谢,雾散云消,令人不堪回首呢。所谓富贵如浮云。张诚回京复命,御史丁此吕,又追劾侍郎高启愚,主试题系"舜亦以命禹"五字,实系为居正劝进,不可不惩。神宗得了此疏,颁示内阁,申时行勃然道:"此吕何心,陷人大逆,我再缄默不言,朝廷尚有宁日么?"当即疏陈此吕暧昧陷人,应加重谴等语。小子有诗咏道:

炎凉世态不胜哀,落井还防下石来。
稍有人心应代愤,好凭只手把天回。

未知神宗曾否准奏,且看下回再表。

　　神宗临幸宫人,暗育珠胎,至于太后诘问,犹不肯实言,虽系积畏之深,以致如此,然使太后处事未明,疑宫人为外遇,置诸刑典,得毋沉冤莫白,终为神宗所陷害乎?一宵恩爱,何其钟情,至于生死之交,不出一言以相护,是可忍,孰不可忍?观于居正死后,夺其官,籍其产,戍其子弟,且任阉竖张诚,勒索财贿,株连亲族,甚至逼死居正子敬修,未闻查究。古云:"罪人不孥。"神宗习经有素,岂竟漫无所闻?况居正当国十年,亦非全无功绩,前则赏过于功,后则罚甚于罪,"凉薄寡恩"四字,可为神宗一生定评。惟居正之得遇宠荣,为明代冠,而身后且若是,富贵功名,无非泡影,一经借鉴,而世之热中干进者可以返矣。

第七十五回 侍母膳奉教立储
惑妃言誓神缄约

却说申时行上疏以后,尚书杨巍,又请将丁此吕贬斥,顿时闹动言官,统说时行与巍,蔽塞言路。御史王植、江东之交章弹劾两人,神宗为罢高启愚,留丁此吕。于是申、杨两大臣,抗疏求去。大学士余有丁,上言殿阁大臣,关系国体,不应为一此吕,遂退申、杨。许国尤不胜愤懑,亦专疏乞休。神宗乃将此吕外调。王植、江东之始终不服,遂力推前掌院学士王锡爵,可任阁务。锡爵曾积忤居正,谢职家居。见七十三回。至是因台官交推,重复起用,晋授礼部尚书,兼文渊阁大学士。又因日讲官王家屏,敷奏诚挚,由神宗特拔,命为吏部侍郎,兼东阁大学士。两人相继入阁,言官只望锡爵得权,抵制时行,不防锡爵却与时行和好,互为倚助,遂令全台御史,大失所望。万历十四年正月,郑妃生下一子,取名常洵,神宗即晋封郑妃为贵妃。大学士申时行等,以皇长子常洛,年已五岁,生母恭妃,未闻加封,乃郑妃甫生皇子,即晋封册,显见得郑妃专宠,将来定有废长立幼的事情,遂上疏请册立东宫。时行初意,原是不错。疏中有云:

> 臣等闻早建太子,所以尊宗庙,重社稷也。自元子诞生,五年于兹矣,即今麟趾螽斯,方兴未艾,正名定分,宜在于兹。祖宗朝立皇太子,英宗以二岁,孝宗以六岁,武宗以一岁,成宪具在。惟陛下以今春月吉,敕下礼部早建储位,以慰亿兆人之望,则不胜幸甚!

神宗览疏毕,即援笔批答道:"元子婴弱,少待二三年,册立未迟。"批旨发下,户科给事中姜应麟,及吏部员外郎沈璟,复抗疏奏道:

> 窃闻礼贵别嫌,事当慎始。贵妃所生陛下第三子,神宗第二子常溆,生一岁而殇。犹亚位中宫,恭妃诞育元嗣,翻令居下,揆之伦理则不顺,质之人心则不安,传之天下万世则不正,请收回成命,先封恭妃为皇贵妃,而后及于郑妃,则礼既不违,情亦不废。陛下诚欲正名定分,别嫌明微,莫若俯从阁臣之请,册立元嗣为东宫,以定天下之本,则臣民之望慰,宗社之庆具矣。

这疏一上,神宗瞧了数语,便抛掷地上,勃然道:"册封贵妃,岂为立储起见?科臣等怎得妄言谤朕呢!"当下特降手敕道:"郑贵妃侍奉勤劳,特加殊

第七十五回　侍母膳奉教立储　惑妃言誓神缄约

封,立储自有长幼,姜应麟疑君卖直,着降处极边,沈璟亦降级外调,饬阁臣知之!"申时行、王锡爵等,接奉此敕,又入朝面请,拟减轻姜应麟罪名。神宗怫然道:"朕将他降处,并非为了册封,只恨他无故推测,疑朕废长立幼。我朝立储,自有成宪,若以私意坏公论,朕亦不敢出此。"既不敢以私废公,何不径立皇长子。申时行等唯唯而出,遂谪应麟为广昌典史,沈璟亦降级外调。既而刑部主事孙如法,又上言"恭妃生子五年,未得晋封,郑妃一生皇子,即册贵妃,无怪中外动疑"云云。神宗复动恼起来,立谪为朝阳典史。御史孙维城、杨绍程等,续请立储,统行夺俸。礼部侍郎沈鲤,再上书请并封恭妃,神宗实不耐烦,复召申时行入问道:"朕意并不欲废长立幼,何故奏议纷纷,屡来絮聒?"时行道:"陛下立心公正,臣所深佩,现请明诏待期立储,自当加封恭妃,此后诸臣建言,止及所司职掌,不得越俎妄渎,那时人言自渐息了。"时行此言,未免迎合意旨,与初意不符。神宗点首,遂命时行拟旨颁发。为了这事,言官愈加激烈,你上一疏,我奏一本,统是指斥宫闱,攻击执政。神宗置诸不理,所有臣工奏疏,都掷诸败字篓中。会郑贵妃父郑承宪,为父请封,神宗欲援中宫父永年伯王伟故例,拟封伯爵。礼部以历代贵妃,向无祖考封伯的故事,不便破例,乃只给坟价银五百两。

　　小子阅明朝稗史,载有郑贵妃遗事一则:据言贵妃父承宪,家甚贫苦,曾将女许某孝廉为妾,临别时,父女相对,不胜悲恸。某孝廉素来长厚,看这情形,大为不忍,情愿却还,不责原聘。郑女感激万分,脱下只履,赠与孝廉,誓图后报。已而入宫,大得宠幸,虽是贵贱有别,终究是个侧室。追怀前情,耿耿未忘。不意孝廉名字,竟致失记,只有一履尚存,特命小太监向市求售,索值若干。过了一年,无人顾问,不过都下却传为异闻。某孝廉得着消息,乃袖履入都,访得小太监售履处,出履相证,果然凑合。小太监遂问明姓氏,留住寓中,立刻报知郑贵妃。贵妃泣诉神宗,备言前事,并云:"妾非某孝廉,哪得服侍陛下?"算是知恩报恩。神宗为之动容,遂令小太监通知某孝廉,令他谒选,即拔为县令,不数年任至盐运使。这也是一种轶闻,小子随笔录述,作为看官趣谈,此外无庸细叙。

　　单说郑贵妃既身膺殊宠,又生了一个麟儿,意中所望,无非是子得立储,他日可做太后,便与李太后的境遇相同。有时宫闱侍宴,及枕席言欢,免不得要求神宗,请立己子常洵为太子。这也是妇人常态。神宗恩爱缠绵,不敢忤逆贵妃,用不敢忤逆四字甚妙。自然含糊答应。到出了西宫,又想到废长立幼,终违公例,因此左右为难,只好将立储一事,暂行搁起。偏偏礼科都给事王三余,御史何倬、钟化民、王慎德,又接连奏请立储。还有山西道御史除登云,更劾及郑宗宪骄横罪状。神宗看了这种奏折,只瞧到两三行,便已抛去,一字儿不加批答。独李太后闻了这事,不以为然。一日,值神宗侍膳,太后问道:"朝廷屡请立储,你为什么不立皇长子?"神宗道:"他是个都人子,不便册立。"太后怒道:"你难道不是都人子么?"说毕,投箸欲起。神宗慌忙跪伏,直至太后怒气渐平,方才起立。原来内廷当日,统呼宫人为都人,李太后亦由宫人得宠,因有是言。神宗出了慈宁宫,转入坤宁宫,与王皇后谈及立储事,王皇后亦为婉劝。后性端淑,善事两宫太后,就是郑贵妃宠冠后宫,后亦绝不与较。所以神宗对于皇后,仍没有纤芥微嫌。此次皇后援经相劝,神宗亦颇为感动。

待至万历十八年正月,皇长子年已九岁,神宗亲御毓德宫,召见申时行、许国、王锡爵、王家屏等,商议立储事宜。申时行等,自然援立嫡以长四字,敷奏帝前。神宗道:"朕无嫡子,长幼自有次序,朕岂有不知之理?但长子犹弱,是以稍迟。"时行等复请道:"元子年已九龄,蒙养豫教,正在今日。"神宗点头称善。时行等叩首而退,甫出宫门,忽有司礼监追止道:"皇上已饬宣皇子入宫,与先生们一见。"时行等乃再返入宫。皇长子皇三子次第到来,神宗召过皇长子,在御榻右面,向明正立,并问时行等道:"卿等看此子状貌如何?"时行等仰瞻片刻,齐声奏道:"皇长子龙姿凤表,岐嶷非凡,仰见皇上仁足昌后呢。"神宗欣然道:"这是祖宗德泽,圣母恩庇,朕何敢当此言?"时行道:"皇长子春秋渐长,理应读书。"王锡爵亦道:"皇上前正位东宫,时方六龄,即已读书,皇长子读书已晚呢。"神宗道:"朕五岁便能读书。"说着时,复指皇三子道:"是儿亦五岁了,尚不能离乳母。"乃手引皇长子至膝前,抚摩叹惜。时行等复叩头奏道:"有此美玉,何不早加琢磨,畀他成器?"神宗道:"朕知道了。"时行等方才告退。

谁料这事为郑贵妃所悉,一寸芳心,忍不住许多颦皱。用元词二句甚妙。遂对了神宗,做出许多含嗔撒娇的状态,弄得神宗无可奈何,只好低首下心,求她息怒。刚为柔克,古今同慨。贵妃即乘势要挟,偕神宗同至大高元殿,祗谒神明,设了密誓,约定将来必立常洵为太子。又由神宗亲笔,载明誓言,缄封玉盒中,授与贵妃。仿佛唐明皇之对于杨妃。自此贵妃方变嗔为喜,益发竭力趋承。神宗已入情魔,镇日里居住西宫,沉湎酒色,于是罢日讲,免升授官面谢,每至日高三丈,大臣俱已待朝,并不见神宗出来;或竟遣中官传旨,说是圣体违和,着即免朝。今日破例,明日援行,甚且举郊祀庙享的礼仪,俱遣官员代,不愿亲行。女蛊之深,一至于此。大理评事雒于仁,疏上酒色财气四箴,直攻帝失,其词略云:

> 臣备官岁余,仅朝见陛下者三,此外惟闻圣体违和,一切传免,郊祀庙享,遣官代行,政事不亲,讲筵久辍,臣知陛下之疾,所以致之者有由也。臣闻嗜酒则腐肠,恋色则伐性,贪财则丧志,尚气则戕生。陛下八珍

第七十五回　侍母膳奉教立储　惑妃言誓神缄约

在御,觞酌是耽,卜昼不足,继以长夜,此其病在嗜酒也。宠十俊以启幸门,时有十小阉被宠,谓之十俊。溺郑妃靡言不听,忠谋摈斥,储位久虚,此其病在恋色也。传索帑金,括取币帛,甚且掠问宦官,有献则已,无则谴怒,此其病在贪财也。今日搒宫女,明日搒中官,罪状未明,立毙杖下,又宿怨藏怒于直臣,如姜应麟、孙如法辈,一诎不申,赐环无日,此其病在尚气也。四者之病,胶绕身心,岂药石所能治?故臣敢以四箴献陛下。肯用臣言,即立诛臣身,臣虽死犹生矣。

　　神宗览疏大怒,几欲立杀于仁,还是申时行代为解免,才将他削职为民。后来吏部尚书宋纁,礼部尚书于慎行等,率群臣合请立储,俱奉旨严斥,一律夺俸。大学士王锡爵,素性刚直,尝与申时行言及,以彼此同为辅臣,总须竭诚报上,储君一日未建,国本即一日未定,拟联合阁部诸大臣,再行力奏云云。时行以曾奉上旨,稍延一二年,自当决议,此时不如暂行从缓。锡爵乃勉强容忍,既而耐不过去,特疏请豫教元子,并录用言官姜应麟等,说得非常恳切。谁知奏牍上陈,留中不报。锡爵索性申请建储,仍不见答。自知言终不用,乃以母老乞休,竟得准奏归林。神宗只知有妾,锡爵不能无母。未几,申时行等再疏请立东宫,得旨于二十年春举行。到了十九年冬季,工部主事张有德,请预备建储仪注,为帝所斥,夺俸示罚。适时行因病乞假,许国与王家屏语道:"小臣尚留心国本,力请建储,难道我辈身为大臣,可独无一言么?"遂仓卒具疏,竟不待与时行商及,即将他名衔首列。神宗以有旨在前,不便反汗,似乎有准请立储的意思。看官!你想这郑贵妃宠冠六宫,所有内外政务,哪一件不得知晓!当下携着玉盒,跪伏神宗座旁,呜呜咽咽的哭将起来。但说是"生儿常恼,年小没福,情愿让位元子,把从前誓约,就此取消。"神宗明知她是有心刁难,怎奈神前密誓,口血未干,况看她一种泪容,仿佛似带雨海棠,欺风杨柳,就使铁石心肠,也要被她熔化。随即亲扶玉手,令她起立,一面代为拭泪,一面好言劝慰,委委婉婉的说了一番,决意遵着前誓,不从阁议。可巧申时行上呈密揭,略言臣在假期,同官疏列臣名,臣实未知等语。于是神宗顺风使帆,竟将许国等原疏,及时行密揭,一并颁发出来,故事阁臣密揭,悉数留中,此次神宗违例举行,明明是讽斥许国等人,教他自行检过。给事中罗大纮,奋上弹章,疏陈时行迎合上意,希图固宠,阳附廷臣请立之议,阴为自处宫掖之谋。中书舍人黄正宾,亦抗疏痛诋时行,有旨削大纮籍,廷杖正宾,亦革职为民。许国、王家屏又有"臣等所言,不蒙采择,愿赐罢职"等语,神宗因他迹近要挟,竟下旨斥责许国,说他身为大臣,不应与小臣为党,勒令免官。许国一去,舆论更不直时行。时行不得已求请解职,神宗一再慰留,到了时行三次乞归,并荐赵志皋、张位等自代,才邀神宗允准。时行之屡疏乞休,还算知耻。时行去后，即以赵志皋为礼部尚书，张位为吏部侍郎，并兼东阁大学士，参预机务。

至万历二十年，礼科给事中李献可，以宫廷并无建储消息，特请豫教元子，不意忙中有错，疏中误书弘治年号，竟被神宗察出，批斥献可违旨侮君，贬职外调。王家屏封还御批，具揭申救，大忤帝意。六科给事中孟养浩等，各上疏营救，神宗命锦衣卫杖孟百下，革去官职，此外一概黜退。王家屏知不可为，引疾归田。吏部郎中顾宪成、章嘉桢等，上言家屏忠爱，不应废置。神宗又恨他多言，夺宪成官，谪嘉桢为罗定州州判。宪成无锡人，里中旧有东林书院，为宋杨时讲道处，宪成曾与弟允成，发起修筑，至被谴归里，即偕同志高攀龙、钱一本、薛敷教、史孟麟、于孔兼等，就院讲学，海内闻风景附，往往讽议时政，裁量人物。朝士亦慕他清议，遥为应和，后来遂称为东林党，与大明一代江山，沦胥同尽。小子有诗叹道：

盛世宁无吁咈时，盈廷交哄总非宜。
才知王道泯偏党，清议纷滋世愈衰。

内本未定，外变丛生，欲知当日外情，请至下回再阅。

立嫡，古礼也。无嫡则立长，此亦礼制之常经。神宗溺于郑贵妃，乃欲舍长立幼，廷臣争之，韪矣，但必谓储位一定，即有以固国本，亦未必尽然。兄挚废而弟尧立，后世尝颂尧为圣人，不闻其有背兄之恶玷。然则择贤而嗣，利社稷而奠人民，尤为善策，宁必拘拘于立长耶？惟典学亲师，最关重大，士庶人之子，未有年逾幼学而尚未就傅者，况皇子耶？廷臣争请立储，致忤帝意，甚至豫教元子之请，亦遭驳斥，神宗固不为无失，而大臣之不善调护，徒争意气，亦未始不足疵也。至于东林讲学，朝野景从，处士横议，党祸旋兴，汉、唐末造，类中此弊，明岂独能免祸乎。

第七十六回　　据镇城哱氏倡乱
　　　　　　用说客叛党骈诛

却说鞑靼部酋俺答，自受封顺义王后，累年通使，贡问不绝。万历九年，俺答病殁，朝旨赐祭七坛，采币十二双，布百匹，三娘子率子黄台吉上表称谢，并贡名马。黄台吉系俺答长子，年已渐老，不喜弄兵，且迷信佛教，听从番僧，禁止杀掠，因此西北塞外，相安无事。先是王崇古、方逢时次第督边，亦次第卸职，继任总督，叫作吴兑，兑颇驾驭有方，各部相率畏服，贡市无失期。三娘

第七十六回　据镇城哱氏倡乱　用说客叛党骈诛

子尤心慕华风，随时款塞，尝至总督府谒兑。兑视若儿女，情甚亲昵。有时三娘子函索金珠翠钿，兑必随市给与，藉敦睦谊。或各部稍稍梗化，三娘子总预先报闻，兑得筹备不懈。黄台吉袭封顺义王，改名乞庆哈，也恭顺无愆，奉命惟谨。惟黄台吉素性渔色，先配五阑比妓，后经西僧怂惠，纳妇一百八人，取象数珠。多妻若此，安得不病？怎奈百余番妇，姿色多是平常，没一个比得三娘子。黄台吉暗暗垂涎，欲据三娘子为妻。三娘子嫌他老病，不肯迁就，意将率属他徙，适吴兑卸任，另授郑洛为总督，洛抵任，闻知此事，私下叹念道："若三娘子别属，我朝封这黄台吉，有何用处？"乃遣使往说三娘子道："汝不妨归王，天朝当封汝为夫人。汝若他去，不过一个寻常妇人，有什么显荣呢？"子收父妻，胡俗固然，但不应出诸中国大员之口。三娘子为利害所逼，乃顺了黄台吉的意思，与他成为夫妇。两口儿和好度日，倏忽间已是四年。谁料黄台吉得病又亡，三娘子仍作哀嫠。那时黄台吉子扯力克，应分袭位，倒是一个翩翩公子，气宇轩昂。其时把汉那吉已死，遗妻大成比妓，为扯力克所纳。三娘子曾生一儿，名叫不他失礼，本欲收比妓为妻，偏偏被扯力克夺去，心中很是不悦，连三娘子也有怨词，竟至挈子他徙。郑洛闻报，又欲替他调停，先遣人往说三娘子，劝她下嫁扯力克，三娘子颇也乐从，前时少妇配老夫，尚且肯允，至此老妇配少夫，自然格外乐从。只要扯力克尽逐诸妾，方肯应命。洛乃复传谕扯力克道："娘子三世归顺，汝能与娘子结婚，仍使你袭封，否则当别封他人了。"扯力克欣然应诺，且愿依三娘子规约，把所有姬妾，一并斥还；竟整了冠服，备齐舆马，亲到三娘子帐中，成合婚礼。三娘子华年虽暮，色态如前，眉妩风流，差幸新来张敞，脂香美满，何期晚遇韩郎，谐成了欢喜缘，完结了相思债。曾感念冰人郑总督否？郑洛为她请封，得旨封三娘子为忠顺夫人，扯力克袭封如旧。三娘子历配三主，累操兵枋，常为中国保边守塞，始终不衰。山、陕一带诸边境，商民安堵，鸡犬无惊。

　　哪知到了嘉靖二十年，宁夏地方，竟出了一个哱拜，纠众作乱，又未免煽动兵戈。这哱拜本鞑靼部种，先时曾得罪酋长，叩关入降，隶守备郑印麾下，屡立战功，得任都指挥。未几，以副总兵致仕，子承恩袭职。承恩初生时，哱拜梦空中天裂，堕一妖物，状貌似虎，奔入妻寝。他正欲拔剑除妖，不意呱呱一声，惊醒睡梦，起床入视，已产一男。他也不知是凶是吉，只好抚养起来，取名承恩。承恩渐长，狼状枭形，番人本多犷悍，哱拜视为常事，反以他狰狞可畏，非常钟爱。至哱拜告老，承恩袭为都指挥，凑巧洮河以西，适有寇警，巡边御史周弘禴，举承恩及指挥土文秀，并哱拜义子哱云等，率兵往征，正拟指日出发，会值巡抚党馨，奉总督郑洛檄文，调遣土文秀西援，哱拜时虽家居，尚多蓄苍头军，声言报国，至是闻文秀被调，不禁嗟叹道："文秀虽经战阵，难道能独当一面么?"遂亲诣郑洛辕门,陈明来意,并愿以所部三千人,与子承恩从征。洛极力嘉奖,乐从拜请。

于是文秀、承恩,陆续启行。偏这巡抚党馨,恨他自荐,只给承恩羸马。承恩怏怏就道,到了金城,寇骑辟易,追杀数百人。奏凯归来,取道塞外,见诸镇兵皆懦弱无用,遂藐视中外,渐益骄横。馨不以为功,反欲按名核粮,吹毛索瘢,嗣闻承恩娶民女为妾,遂责他违律诱婚,加杖二十。明是有意激变。看官!试想承恩骄戾性成,哪肯受这般委屈?就是他老子哱拜,亦觉自损脸面,怨望得很。还有土文秀、哱云两人,例应因功升授,偏也由馨中阻,未得偿愿。数人毒气,遂齐向巡抚署中喷去。冤冤相凑,戍卒衣粮,久欠勿给,军锋刘东旸,心甚不平,往谒哱拜,迭诉党馨虐待情形。哱拜微笑道:"汝等亦太无能为,怪不得被他侮弄。"两语够了。东旸闻言,奋然径去,遂纠合同志许朝等,借白事为名,哄入帅府,总兵张维忠,素乏威望,见众拥入,吓得手足无措。东旸等各出白刃,胁执副使石继芳,拥入军门。党馨闻变,急逃匿水洞中。只有此胆,何故妄行。旋被东旸等觅得,牵至书院,历数罪状,把他杀死。该杀。石继芳亦身首两分。遂纵火焚公署,收符印,释罪囚,大掠城中;硬迫张维忠,以侵粮激变报闻。维忠不堪受迫,自缢而亡。死得无名。

东旸遂自称总兵,奉哱拜为谋主,承恩、许朝为左右副将,哱云、文秀为左右参将,当下分道四出,陷玉泉营及广武,连破汉西四十七堡。惟文秀进围平卤,守将萧如薰,率兵登陴,誓死固守。如薰妻杨氏,系总督杨兆女,语如薰道:"汝为忠臣,妾何难为忠臣妇。"可入女诫。遂尽出簪珥,慰劳军士妻女,由杨氏亲自带领,作为一队娘子军,助兵守城。文秀攻围数月,竟不能下。东旸复分兵过河,欲取灵州,且诱河套各部,愿割花马池一带,听他驻牧,势甚猖獗。总督尚书魏学曾,飞檄副总兵李昫,权署总兵,统师进剿。昫遣游击吴显、赵武、张奇等,转战而西,所有汉西四十七堡,次第克复。惟宁夏镇城,尚为贼据。河套部酋著力兔,带领番兵三千骑,来援东旸,进屯演武场。东旸益掠城中子女,馈献套部,套人大悦,扬言与哱王子已为一家,差不多有休戚与共的情形。哱云引著力兔再攻平卤,萧如薰伏兵南关,佯率羸卒出城,挑战诱敌。哱云仗着锐气,当先驰杀,如薰且战且行,绕城南奔;看看南关将近,一声号炮,伏兵尽发,将哱云困在垓心,四面注射强弩,霎时间将哱云射死。著力兔尚在后队,闻前军被围,情知中计,遂麾众北走,出塞遁去。利则相亲,害则相舍,外人之不足恃也如此。朝旨特擢萧如薰为总兵,调麻贵为副总兵,进攻宁夏,并赐魏学曾尚方剑,督军恢复,便宜行事。

御史梅国桢,保荐李成梁子如松,忠勇可任,乃命如松总宁夏兵,即以国桢为监军。会宁夏巡抚朱正色,甘肃巡抚叶梦熊,均先后到军,并逼城下。学

第七十六回　据镇城哱氏倡乱　用说客叛党骈诛

曾与梦熊定计，毁决黄河大坝，用水灌城。内外水深约数尺，城中大惧，由许朝缒城潜出，径谒学曾，愿悔罪请降，学曾令还杀哱拜父子，方许赎罪。许朝去后，杳无音信，如松遣骑四探，忽闻套部庄秃赖及卜失兔，纠合部落三万人，入犯定边小盐地，别遣万骑从花马池西沙湃口，衔枚疾入，为哱拜声援。那时如松飞报学曾，学曾才知他诈降缓兵，亟遣副总兵麻贵等，驰往迎剿，方将套众击退。既而著力兔复率众万余，入李刚堡，如松等复分兵邀击，连败套众，追奔至贺兰山，套众尽遁。官军捕斩百二十级，悬诸竿首，徇示宁夏城下，守贼为之夺气。独监军梅国桢，与学曾未协，竟劾他玩寇误兵，遂致逮问，由叶梦熊代为督师。梦熊下令军中，先登者赏万金，嗣是人人思奋，勉图效力。过了五日，水浸北关，城崩数丈，承恩、许朝等忙趋北关督守。李如松、萧如薰潜领锐卒掩南关，总兵牛秉忠，年已七十，奋勇先登。梅国桢大呼道："老将军且先登城，诸君如何退怯？"言甫毕，但见各将校一麾齐上，肉薄登城，南关遂下。承恩等惶急非常，急遣部下张杰，缒城出见，求贷一死。梦熊佯为允诺，仍然大治攻具。监军梅国桢，日夕巡逻，严行稽察。一日将晚，正在市中巡行，忽有歌声一片，洋洋入耳。其词道：

痈不决，毒长流。巢不覆，枭常留。兵戈未已我心忧，我心忧兮且卖油。

国桢听着，不禁诧异起来，便谕军士道："何人唱歌，快与我拘住！"军士奉命而去。未几即拿到一人，国桢见他状貌非凡，便问他姓氏职业。那人答道："小人姓李名登，因业儒不成，转而习贾。目今兵戈扰攘，无商可贩，只好沿街卖油，随便糊口。"此子颇似伍子胥。国桢道："你所唱的歌词，是何人教你的？"李登道："是小人随口编成的。"国桢暗暗点头，复语道："我有一项差遣，你可为我办得到么？"李登道："总教小人会干，无不效力。"国桢乃亲与解缚，赐他酒食，授以密计，并付札子三道，登受命驰去，缚木渡东门，入见承恩道："哱氏曾有安塞功，监军不忍骈诛，特令登赍呈密札，给与将军。将军如听登言，速杀刘、许自赎，否则请即杀登。"斩钉截铁，足动悍番之心。承恩沉吟半响，旋即许诺。登趋而出，又从间道诣刘、许营。亦各付密札道："将军本系汉将，何故从哱氏作乱，甘心婴祸？试思镇卒几何，能当大军？将军所恃，不过套援，今套部又已被逐，区区杯水，怎救车薪？为将军计，速除哱氏，自首大营，不特前愆可免，且有功足赏哩。"与刘、许言又另具一种口吻，李登洵不愧说客。刘、许二人亦觉心动，与登定约，登遂回营报命。

国桢仍督兵攻城，猛扑不已。未几，得东旸密报，土文秀已被杀死了，又未几，城上竟悬出首级三颗，一个是土文秀头颅，两个便是刘东旸、许朝首领。

原来东旸既诱杀文秀，承恩知他有变，遂与部党周国柱商议。国柱与许朝曾夺一镇民郭坤遗妾，两不相让，遂生嫌隙。又为一妇人启衅。至是与承恩定计，托词密商军务，诱刘、许两人登楼，先斩许朝。东旸逃入厕房，被国柱破户搜出，一刀两段，于是悬首城上，敛兵乞降。李如松、萧如薰等遂陆续登城，揭示安民，并搜获宁夏巡抚关防，及征西将军印各一颗。哱拜尚拥苍头军，安住家中，总督叶梦熊方去灵州，闻大城已下，亟遣将校赍谕入城，大旨以诘旦不灭哱氏，应试尚方剑。时承恩正驰至南门，谒见监军梅国桢，为参将杨文所拘，李如松即提兵围哱拜家。拜知不能免，闭户自缢，家中放起一把无名火来，连人连屋，尽行毁去。参将李如樟，望见火起，忙率兵斩门而入，部卒何世恩，从火中枭哱拜首，生擒拜次子承宠，养子哱洪大，及余党土文德、何应时、陈雷、白鸾、陈继武等众。

总督叶梦熊，巡抚朱正色，御史梅国桢，先后入城，安抚百姓，一面慰问庆王世子帅锌。帅锌系太祖十六子㮵七世孙，曾就封宁夏，哱拜作乱，曾向王邸中索取金帛，适值庆王伸域薨逝，世子帅锌，尚在守制，未曾袭封，母妃方氏，挈世子避匿窨中，既而惧辱自裁，所有宫女玉帛，悉被掠去。至梦熊等入府宣慰，帅锌方得保全。当下驰书奏捷，并将一切缚住人犯，押献京师。神宗御门受俘，立磔哱承恩、哱承宠、哱洪大等，颁诏令庆王世子帅锌袭封。王妃方氏，建祠旌表。不没贞节。给银一万五千两，分赈诸宗人，大赏宁夏功臣。叶梦熊、朱正色、梅国桢各荫世官。武臣以李如松为首功，特加宫保衔，萧如薰以下，俱升官有差。如薰妻杨氏，协守平卤，制敕旌赏。魏学曾亦给还原官，致仕回籍。其余死事诸将卒，亦各得抚恤。宁夏复平，哪知一波才静，一波随兴，东方的朝鲜国，复遭倭寇蹂躏，朝鲜王李昖，火急乞援，免不得劳师东出，又有一场交战的事情。正是：

　　　　西陲才报承平日，东国又闻抢攘时。

欲知中外交战情形，待小子下回再表。

　　宁夏之变，倡乱者为哱拜，而刘东旸、许朝等，皆缘哱拜一言而起，是哱拜实为祸首，刘、许其次焉者也。本回叙宁夏乱事，以哱拜为主，固有特识，而党馨之激变，以及萧如薰夫妇之效忠，备载无遗，有恶必贬，有善必彰，史家书法，例应如是。李登一卖油徒，乃得梅国桢之重任，令其往说叛寇，两处行间，互相残噬，羽翼已歼，哱拜仅一釜底游魂，欲免于死得乎？然则宁夏敉平，当推李登为首功，而明廷酬庸之典，第及将帅，于李登无闻，武夫攘功，英雄埋没，窃不禁为之长慨矣！

第七十七回　救藩封猛攻平壤
　　　　　　破和议再战岛山

　　却说朝鲜在中国东方，旧号高丽，明太祖时，李成桂为朝鲜国主，通好中朝，太祖授印封王，世为藩属。惟朝鲜与日本，只隔一海峡，向与倭人往来互市，交通颇繁。到了神宗时代，日本出了一个平秀吉，外史作丰臣秀吉。统一国境，遣使至朝鲜，迫他朝贡，且嗾使攻明，令为前导。国王李昖，当然拒绝。这平秀吉履历，当初是为人奴仆，嗣随倭关白倭国官名，犹言丞相。信长代为画策，占领二十余州。会信长为参谋阿奇支所杀，秀吉统兵复仇，遂自号关白，劫降六十余州。因朝鲜不肯从命，竟分遣行长清正等，率舟师数百艘，从对马岛出发，直逼釜山。朝鲜久不被兵，国王李昖，又荒耽酒色，沉湎不治，一闻倭兵到来，大家不知所为，只好望风奔溃。倭兵进一步，朝鲜兵退一步，李昖料不能支，但留次子晖权摄国事，自己弃了王城，逃至平壤。未几又东走义州。倭兵陷入王京，劫王子陪臣，毁坟墓，掠府库，四出略地。所有京畿、江原、黄海、全罗、庆尚、忠清、咸镜、平安八道，几尽被倭兵占去。李昖急得没法，接连向明廷乞援。廷议以朝鲜属国，势所必救，急遣行人薛潘，驰谕李昖，扬言大兵且至，令他无畏等语。此亦列国中晋使解扬令宋无降楚之虚言。李昖信以为真，待了数日，只有游击队一二千人，由史儒等带领到来，惘惘的进抵平壤。天适霖雨，误陷伏中，仓猝交绥，史儒败死。副总兵祖承训统兵三千，渡鸭绿江，拟为后应，不防倭兵乘胜东来，锐不可当，承训忙策马回奔，还算天大侥幸，保全了一条生命。涉笔成趣。

　　明廷闻报，相率震惧，且。乃诏兵部右侍郎宋应昌，经略军务，出兵防倭。倭人仗着锐气，径入丰德等郡。明兵稍稍四集，倭行长清正等，狡黠得很，倭人狡黠，由来已久。遣使至军前，诡说不敢与中国抗衡，情愿息战为和。此时兵部尚书石星，向来胆怯，闻有求和的消息，忙募一能言善辩的说客，遣往倭营。可巧有一嘉兴人沈维敬，素行无赖，他竟不管好歹，遽尔应募。石星大喜，遂遣往平壤，与倭行长相见。行长执礼甚恭，且语维敬道："天朝幸按兵不动，我军亦不久当还，此后当以大同江为界，平壤以西，尽归朝鲜，决不占据。"满口诳言，这是倭人惯技。维敬即驰还奏闻，还是有几个老成练达的大臣，说是倭人多诈，不可轻信，于是促应昌等，只管进兵。偏石星惑维敬言，以为缓急可恃，命他暂署游击，参赞军谋。

　　宋应昌抵山海关，征调人马，一时难集，朝旨又特遣李如松为东征提督，与弟如柏、如梅等,鼓行而东,与应昌会师辽阳。沈维敬入见如松,复述倭行长言,如松怒叱道:"你敢擅通倭人么?"旁顾左右,拟将他推出斩首。参谋李应试,力言不可,且密语如松道:"阳遣维敬通款,阴出奇兵袭敌,这就是明修栈道,暗度陈仓的计策。"如松不待说毕,便称好计,往语应昌。应昌亦一力赞成,乃留置维敬,一面誓师东渡。水天一色,风日俱清,倒映层岚,云帆绕翠。大众击楫渡江,差不多有乘风破浪的情势。烘染有致。监军刘黄裳慷慨宣言道:"今日此行,愿大家努力,这便是封侯机会呢。"太觉踌躇满志。

先是沈维敬三入平壤,约以万历二十一年新春,由李提督赍封典到肃宁馆。是时大军到肃宁,倭行长疑为封使,遣牙将二十人来迎。如松饬游击李宁生缚住来使,不料遣来的牙将,也曾防变,个个拔刀格斗,一场奋杀,逃去了十七名,只有三人擒住。倭行长方伫风月楼,得知此信,急忙登陴拒守。如松到了平壤,相度形势,但见东南临江,西北枕山陡立,迤北有牡丹台,势更险峻。倭人列炮以待,如松料知利害,先遣南兵往薄,果然炮火迭发,所当皆靡。如松麾南兵暂退,权在城外立营。到了夜间,倭兵来袭营盘,亏得如松预先防备,令如柏出兵迎击,一阵杀退。如松默默的筹思一番,翌日黎明,令游击吴惟忠,带兵攻牡丹峰,余将分队围城,独缺西南一角。如柏入问如松道:"西南要害,奈何不攻?"如松笑道:"我自有计。"如柏退后,如松即召副总兵祖承训至帐前,密嘱数语,承训自去。又越一宿,如松亲率各将,一鼓攻城,那时牡丹台上的炮火,与平壤城头的强弩,仿佛似急雨一般,注射过来。各将校不免却步。如松手执佩剑,把先退的兵士,斩了五六名,大众方冒死前进,逼至城脚,取出预备的钩梯盘索,猱升而上。倭兵煞是厉害,各在城上死力撑拒,城内外积尸如山,尚是相持不下。忽然平壤城的西南隅,有明军蜂拥登城,吓得倭兵措手不迭,急忙分兵堵御,如松见倭兵纷乱,料知西南得手,遂督众将登小西门。如柏等亦从大西门杀入,火药并发,毒焰蔽空,这时候的吴惟忠,正猛攻牡丹峰,一弹飞来,洞穿胸臆,尚自奋呼督战,好容易占住牡丹台。如松入城时,在烟焰中指挥往来,坐骑被炮,再易良马,麾兵愈进。倭兵始不能支,弃城东逸,纷纷渡大同江,遁还龙山去了。逐层写来,见得倭人实是劲敌。

这次鏖战,还亏祖承训预受密计,潜袭西南隅,方能将倭兵杀退,夺还平壤。原来如松知倭寇素轻朝鲜,特令承训所部,尽易朝鲜民服,衷甲在内,绕出西南,潜行攻城。倭兵并不措意,等到承训登城,卸装露甲,倭兵才知中计,慌忙抵拒,已是不及。明军斩得倭寇头颅,共得一千二百八十余级。烧死的,溺死的,及跳城毙命的,尚不胜数。裨将李宁、查大受等率精兵三千,潜伏江东僻路,又斩倭首三百余。李如柏进复开城,也得倭首数百级。嗣是黄海、平安、京畿、江原四道,依次克复。

第七十七回　救藩封猛攻平壤　破和议再战岛山

如松既连胜倭人,渐渐轻敌,趾高气扬。骄必败了。忽有朝鲜流兵,报称倭兵已弃王京,如松大喜,自率轻骑,趋碧蹄馆,察看虚实。那碧蹄馆在朝鲜城西,去王京只三十里,如松乃驰至大石桥,隐约望见碧蹄馆,不防扑踏一声,坐马忽倒,连人连鞍,堕于马下,可巧如松的右额,撞在石上,血流不止,险些儿昏晕过去。从行将士,忙上前扶掖,猛听得一声唿哨,四面八方,统有倭兵到来,把如松麾下一队人马,团团围住,绕至数匝,幸喜随征诸将,均是骁悍善战,左支右挡,舍命相争,自己鏖战至午后,将士等尽汗透征袍,腹枵力敝,剑也缺了,刀也折了,弓袋内的箭干,也要用尽了,兀自援兵未至,危急非常。倭兵队中,有一金甲酋,抡刀拍马,前来击取如松。禆将李有升,亟挺身保护,舞起大刀,连刃数倭。谁料倭兵潜蹑背后,伸过铁铙钩,把有升从马上钩落,一阵乱剁,身如肉泥。亏得如柏、如梅,先后驰至,杀入垓心,金甲酋复来拦截,被如梅觑得亲切,只一箭射倒了他,结果性命。是偿李有升的命。未几,又到杨元援军,协力冲杀,倭兵乃溃。

其时大雨滂沱,平地悉成泽国,骑不得骋,步不能行,明军又经了这番挫折,伤亡无数,不得已退驻开城。既而侦得倭将平秀嘉,屯兵龙山,积粟数十万。如松夜募死士,纵火焚粮,倭乃乏食。但兵经新败,未敢进逼,顿师绝域,渐觉气阻。宋应昌急欲了事,复提及沈维敬的原约,倭人因乏粮并烬,亦愿修和。应昌乃据实奏闻,明廷准奏,遂由应昌派遣游击源弘谟,往谕倭将,令献朝鲜王京,并归还王子。双方如约,纵他还国。倭将果弃了王京,退兵釜山。如松与应昌入城,检查仓粟,尚有四万余石,刍豆大略相等。安抚粗定,意欲乘倭退归,待势尾追。偏倭人晓明兵法,步步为营,无懈可击。祖承训、查大受及别将刘綎等,追了一程,知难而退。兵部尚书石星,力主款议,谕朝鲜国王还都王京,留刘綎屯守,饬如松班师。倭人从釜山移西生浦,送回王子陪臣等。宋应昌遂上书乞归,朝命顾养谦代为经略,更饬沈维敬前赴倭营,促上谢表。倭遣使小西飞入朝,定封贡议。神宗命九卿科道,会议封贡事宜,御史杨绍程独抗疏力争,略云:

> 臣考之太祖时,屡却倭贡,虑至深远。永乐间或一朝贡,渐不如约,自是稔窥内地,频入寇掠,至嘉靖晚年,而东土受祸更烈,岂非封贡为厉阶耶?今关白谬为恭谨,奉表请封之后,我能闭关拒绝乎?中国之衅,必自此始矣。且关白弑主篡国,正天讨之所必加,彼国之人,方欲食其肉而寝处其皮,特劫于威而未敢动耳。我中国以礼义统驭百蛮,恐未见得。而顾令此篡逆之辈,叨天朝之名号耶?为今计,不若饬朝鲜练兵以守之,我兵撤还境上以待之,关白可计日而败也。封贡事万不宜行,务乞停议!

这疏上后,礼部郎中何乔远、科道赵完璧、王德完、逯中立、徐观澜、顾龙、陈维芝、唐一鹏等，交章止封。还有蓟、辽都御史韩取善，亦奏称倭情未定，请罢封贡。独兵部尚书石星，始终主款。经略顾养谦，亦希承石星意旨，拟封关白平秀吉为日本国王，借弭边衅。嗣因廷议未决，养谦竟荐侍郎孙矿自代，托疾引归。倒是个大滑头。倭使小西飞入阙，廷臣多半漠视，惟石星优礼相待，视若王公。廷臣过亢，石星过卑，皆非外交之道。译官与他议约，要求三事：一勒令倭众归国；二授封不必与贡；三令宣示毋犯朝鲜。小西飞一一允从。三条约款，倭使悉允，明廷尚是上风，可惜后来变卦。乃命临淮侯李宗城充正使，都指挥杨方亨为副，与沈维敬同往日本。宗城等奉命观望，迁延不进。直至万历二十四年，方相偕抵釜山。沈维敬托词侦探，先行渡海，私奉秀吉蟒袍玉带，及地图武经，又取壮马三百，作为馈礼；自娶倭人阿里马女，居然在日本境内，宜室宜家。真是可杀。还有李宗城贪色好财，沿途索货无厌，进次对马岛。岛官仪智格外欢迎，夜饬美女二三人，更番纳入行辕。宗城翻手作云，覆手作雨，镇日里恣意欢娱，竟把所任职务，搁起不提。如此蠢奴，奈何充作专使？仪智且屡招入宴，席间令妻室出见，宗城瞧着，貌可倾城，适有三分酒意，身不自持，竟去牵她衣袖，欲把她搂抱过来。看官试想！仪智妻系行长女，比不得营业贱妓，当即拂袖径去。仪智也不觉怒意陡生，下令逐客。得保首领，尚是万幸。宗城踉跄趋出，有倭卒随后追来，意图行刺，急得宗城落荒乱跑，情急失道，辨不出东西南北；且因玺书失去，料难复命，一时没法，只好身入树间，解带自缢。偏是命不该绝，由随卒觅到，将他救活，导奔庆州。副使杨方亨，上章讦奏，乃逮问宗城，即以方亨充正使，加沈维敬神机营衔，充作副使。

　　方亨渡海授封，秀吉初颇礼待，拜跪受册。嗣因朝鲜王只遣州判往贺，秀吉大怒，语维敬道："我遵天朝约款，还他二子三大臣三都八道，今乃令小官来贺，辱敝邦呢？辱天朝呢？我与朝鲜誓不两立，请为我还报天朝，速请天子处分朝鲜。"维敬慰谕百端，秀吉意终未释，遂留兵釜山，不肯撤还，所进表文，词多潦草，钤用图书，仍不用明朝正朔。方亨驰还，委罪维敬，并石星前后手书，奏请御览。神宗怒逮维敬，兼及石星，用邢玠为兵部尚书，总督蓟、辽；授麻贵为备倭大将军，经理朝鲜；命金都御史杨镐，出驻天津，严申警备。

　　于是和议决裂，倭行长清正等复入据南原、全州，进犯全罗、清尚各道，更逼王京。杨镐率军驰救，倭兵始退屯蔚山。蔚山虽不甚高峻，但缘山为城，颇踞险要。镐会同邢玠、麻贵各军，协议进取，分兵三路，合攻蔚山。倭倾寨出战，明军佯败，诱他入伏，斩倭兵四百余级，倭人大败，奔据岛山。岛山在蔚山南，倭叠结三栅，坚壁固守。游击陈寅，身先士卒，冒险跃登，连破二栅，更攻第三栅，势将垂拔。偏杨镐鸣金收军，寅不得不退。看官知道杨镐何故鸣金？据明史上载着，镐与李如梅为故交，如梅也奉命赴军，时尚未至，镐欲留住三

第七十七回　救藩封猛攻平壤　破和议再战岛山

栅,令如梅夺寨建功,因此鸣金暂退。全是私意,如何行军。等到如梅驰至,倭兵已经完守,围攻十日,竟不能拔。忽报倭行长清正,航海来援,镐不及下令,竟策马西奔,诸军相继溃败,被倭兵从后追击,杀死无数。游击卢继忠,率兵三千人殿后,死得一个不留。及镐奔还王京,反与邢玠、麻贵等,诡词报捷。参议主事丁应泰,入问善后计策,镐反自诩战功,恼得应泰性起,尽将败状列入奏牍,飞报明廷。神宗乃罢镐听勘,遣天津巡抚万世德,继镐后任。邢玠复招募江南水兵,筹画海运,为持久计。既而都督陈璘以粤兵至,刘綎以川兵至,邓子龙以江、浙兵至,水陆军分为四路,各置大将,中路统带李如梅,东路统带麻贵,西路统带刘綎,水路统带陈璘,四路并进,直扑倭营。适值辽阳寇警,李如松出塞战殁,朝旨调如梅往援,乃命董一元代任。

小子只有一支笔,不能并叙辽阳事,只好将朝鲜军务,直叙下去。刘綎出西路,击毁倭舰百余艘,偏被倭行长潜师袭后,竟致腹背受敌,仓猝退师。陈璘亦弃舟遁还。两路已败。麻贵至蔚山,颇有斩获,倭人弃寨诱敌,贵不知是计,攻入寨中,见是空垒,慌忙退出,伏兵四起,旗帜蔽空,幸喜脚生得长,路走得快,才能逃出重围。一路又败。董一元进拔晋州,长驱渡江,迭毁永春、昆阳二寨,并下泗州老倭营,游击卢得功战殁阵前。一元复移攻新寨,寨栅甚固。正在挥兵猛扑,不期营内火药陡燃,烟焰冲天,倭兵乘势杀来,游击郝三聘、马呈文先溃,一元禁遏不住,也只得奔还晋州。四路尽败。时明廷方遣给事中徐观澜,查勘东征军务,闻四路丧败,据实奏报。有旨斩郝、马两人徇军,董一元等各戴罪留任,立功自赎。诸将因连战皆败,统不免垂头丧气。迁延数月,忽报平秀吉病死,行长清正夜遁。那时陈璘、麻贵、刘綎、董一元等,又鼓勇出追。麻贵入岛山西浦,杀了几十名残倭。陈璘督水师邀击釜山,纵火毁敌舟数十,杀死倭将石蔓子,生擒倭党平秀政、平正成,惟前锋邓子龙战死。刘綎夺回曳桥砦,与陈璘水陆夹击,斩获无数,诸倭各无斗志,统抱头乱窜,奔入舟中,扬帆东去。自倭乱朝鲜七载,中国丧师数十万,糜饷数百万,迄无胜算。至平秀吉死,战祸始息。小子有诗叹道:

　　　　议封议剿两无成,七载劳兵困战争。
　　　　假使丰臣夭假祚,明师何日罢东征?

　倭乱已平,又有一番酬功的爵赏,容俟下回再详。

　　世尝谓中国外交,向无善策。夫外交岂真无策者?误在相庸将骛,与所使之不得其人耳。日本平秀吉,虽若为一世雄,然入犯朝鲜,骚扰八道,非真如后世之志在拓地,不夺朝鲜不止也。李如松计复平壤,骤胜而骄,遂有碧蹄馆之挫，是将之不得其人也可知。杨镐辈挟私忌功，更不足道矣。石星身为尚书，一意主款，对于倭使小西飞，待遇如王公，未识外情，先丧国体，赵志皋、张位诸阁臣，又不闻有所建白，相臣如此，尚得谓有人乎？沈维敬以无赖子而衔皇命，李宗城以酒色徒而驾星轺，应对乏材，徒为外邦腾笑。幸倭人尚未进化，秀吉又复病终，得令勍敌尽还，藩封无恙，东祸得以暂息。否则与清季中东之役，相去无几矣。观于此而叹明代外交之无人！

第七十八回　虎将征蛮破巢诛逆　蠹鱼食字决策建储

却说倭寇已退，诸军告捷，明廷发帑金十万两犒师，叙功行赏，首陈璘，次刘綎，又次麻贵。陈、刘各擢为都督同知，麻贵升任右都督，邢玠晋封太子太保，予荫一子。万世德毫无战功，至是亦同膺懋赏，加右副都御史，并予世荫。董一元、杨镐，俱复原职。惟沈维敬弃市，石星瘐死狱中，所俘平秀政、平正成等，解京磔死，传首九边，总算了事。其时泰宁卫酋炒花，屡寇辽东，互有杀伤。炒花为巴速亥从弟，巴速亥被李成梁击毙，其子巴土儿，与炒花思复旧怨，数来侵边，先后皆为李成梁击退。成梁去职，总兵董一元代任，巴土儿、炒花等，且纠合土默特部，大举入犯。一元伏兵镇武堡，令羸卒诱敌深入，奋起搏击，大破敌众。巴土儿身中流矢，负创而逃，未几毙命。炒花情不甘休，且嗾使青海酋火落赤、永邵卜等，相继犯边。幸甘肃参将达云，伏兵要害，潜扼敌背，杀得青海部众，十亡八九，当时称为战功第一。云升总兵官，镇守西陲，寇不敢犯。及李如松自东班师，言路交章诋劾，说他和亲辱国，悉留中不报。会辽东总兵董一元调赴朝鲜，神宗特任如松继任，如松感激主知，率轻骑出塞。适值土默特部众内犯，便迎头痛剿，斩杀过当；乘胜进逼，势将捣入巢穴。那番众四面来援，竟把如松困住。如松孤掌难鸣，饷尽援绝，活活的战死沙场。总是骄慎之咎。有旨令李如梅往代，如梅惩兄覆辙，不敢进战，卒坐拥兵畏敌的罪名，被劾罢官。后来复起李成梁镇辽东。成梁素有威名，年已七十有六，莅任后，仍与番人息战互市，番人乐就羁縻，以此再镇八年，辽左粗安。诸子究不逮乃父。当朝鲜鏖战时，播州宣慰使杨应龙，上书自效，愿率五千人征倭。朝旨报可，应龙方率众登程。会因倭人议和，中途截留，乃怏怏而返。看官！你道这应龙果有心报主么？他的祖宗叫作杨端，曾在唐乾符年间，据有播州，称臣中国。洪武初，其裔孙复遣使奉贡，太祖授为宣慰使。传至应龙，从征蛮夷，恃功骄蹇，历届贵州巡抚叶梦熊，及巡按陈效，迭奏应龙凶恶诸罪。明廷以边境多事，不暇查问。

第七十八回　虎将征蛮破巢诛逆　蠹鱼食字决策建储

应龙益肆无忌惮，拥兵嗜杀，所居宅第，侈饰龙凤，擅用阉寺为使令。小妻田雌凤，妖媚专宠，与正室张氏不和，帷闼中屡有谮言，应龙竟诬称张氏卖奸，把她砍死，并杀妻母，屠妻家。残忍已极。妻叔张时照，上书告变，叶梦熊请发兵往讨，朝议令川、黔会勘。应龙赴重庆对簿，坐法当斩，他愿出二万金赎罪。长官不允，乃请征倭自效。及中道罢兵，有旨特派都御史王继光，巡抚四川，严提勘结。应龙似鱼脱网，怎肯复来上钩？至官军一再往捕，免不得纠众抗拒，杀死官军多名。王继光遂决意主剿，驰至重庆，与总兵刘承嗣、参将郭成等，三道进兵，越娄山关，至白石口。应龙佯称愿降，暗中恰招集苗兵，袭破军营。都司王之翰全队皆覆。各路兵将，仓卒遁还。继光遭此一挫，职位自然不固，当下奉旨夺官，改任谭继恩为四川巡抚，且调兵部侍郎邢玠，总督贵州。玠檄重庆太守王士琦，前往宣谕，令应龙束身归罪。应龙囚服郊迎，委罪部下黄元、阿羔、阿苗等十二人，一体缚献；并愿输款四万金，先出次子可栋为质，金到回赎。士琦乃还，黄元等枭首市曹。可栋羁留重庆，事不凑巧，竟生起病来，卧床数日，遂至毕命。应龙不胜痛愤，领取尸棺，索性将四万认款，尽行抵赖。一子值四万金，似乎太贵。士琦催缴赎款，应龙复语道："我子尚得复活否？若我子复活，当如数输金。"嗣是纠合诸苗，据险自守，焚劫草塘、余庆二司，及兴隆、都匀诸卫，进围黄平、重安，戕官吏，戮军民，奸淫掳掠，无所不为。适贵州巡抚一缺，改任江东之，东之令都司杨国柱，指挥李廷栋，率部兵三千，往剿应龙。到了飞练堡，应龙子朝栋，及弟兆龙等，率众来争。战不数合，纷纷倒退。国柱等追至天邦囤，陷入绝地，被朝栋、兆龙等，两翼包抄，左右猛击，三千人不值一扫，霎时间杀得精光。国柱、廷栋等统行战殁。江东之被谴夺职，代以郭子章。又特简前四川巡按李化龙为兵部侍郎，总督川、湖、贵州三省军务。檄东征诸将刘綎、麻贵、陈璘、董一元，悉赴军前。

应龙闻大兵将至，先纠众八万，入犯綦江。綦江城中，守兵不满三千，哪里敌得住叛众？应龙督众围攻，绕城数匝，遍竖云梯，南仆北登，西坠东上，参将房嘉宠自杀妻孥，与游击张良贤，舍命防堵，终因众寡不敌，巷战身亡。应龙劫库辎师，屠城示威，投尸蔽江而下，流水尽赤。既而退屯三溪，更结九股生苗，及黑脚苗等，倚为臂助。李化龙驰至重庆，侦得应龙五道并出，已攻破龙泉司，乃大集诸路兵马，登坛誓师，分八路而进。共计川师四路，总兵刘綎，由綦江入，马孔英由南川入，吴广由合江入，副将曹希彬受广节制，由永宁入。黔师三路，总兵董元镇，出发乌江，参将朱鹤龄，受元镇节制，统宣慰使安疆臣，出发沙溪，总兵李应祥，出发兴隆。楚师一路，分作两翼，由总兵陈璘统辖，陈良玭为副。陈璘由偏桥进攻，良玭由龙泉进攻，每路兵约三万，十成之三为官兵，十成之七为土司。化龙自将中军，分头策应。又檄贵州巡抚郭子章屯驻贵阳,湖广巡抚支可大,移节沅州,扼守要区,防贼四逸。部署既定,刘綎师出綦江,进攻三峒。三峒皆峻岭茂箐,夙称奇险,贼首穆炤等踞险自固,被刘綎手执大刀,斩关直入,依次破灭。应龙素闻刘綎威名,嘱子朝栋简选苗兵,从间道出击,巧与綎军相遇,綎怒马跃出,首先陷阵,一柄亮晃晃的大刀,盘旋飞舞,苗兵不是被砍,就是被伤。大众抵挡不住,相顾惊走道:"刘大刀到了!刘大刀到了!"朝栋尚不知厉害,执戈来战,由刘綎大叱一声,已吓得脚忙手乱,说时迟,那时快,刀起戈迎,砉的一声,火光乱迸,朝栋手中的戈头,已被斫缺,慌忙掷去了戈,赤手逃命。綎大杀一阵,苗众多毙,乘胜拔桑木关、乌江关、河渡关,夺天邦诸囤,杀入娄山关,驻军白石。应龙情急万分,决率诸苗死战,潜令悍将杨珠,抄出后山,袭綎背后。都司王芬战死,綎大呼突阵,击退应龙,另遣游击周敦吉,守备周以德,杀退杨珠,追奔至养马城。巧值马孔英自南州杀到,曹希彬自永宁攻入,会师并进,大破海云囤,直逼海龙囤。海龙囤为贼巢穴,高可蠹天,飞鸟腾猿,不能逾越。三道雄师,压囤为营,急切未能下手。已而陈璘破青蛇囤,安疆臣夺落濛关,吴广从崖门关捣入,营水牛塘,连战败敌,截住贼巢樵汲诸路,于是应龙大窘,与子朝栋相抱大哭,一面上囤死守,一面遣使诈降。总督李化龙,斩使焚书,饬诸道兵速集囤下,限日破巢。当下八路大兵,一时并至,筑起长围,更番迭攻。叙得烨烨有光。会化龙闻父丧,疏乞守制,诏令墨绖从事。化龙歠粥草檄,督战益急,且授计马孔英,令从囤后并力攻入。应龙所恃,以杨珠为最,珠恃勇出战,为炮击毙,贼众益惧。适天大霖雨,数日不晴,将士往来泥淖,猛扑险囤,甚以为苦。一日,天忽开霁,刘綎奋勇跃上,攻克土城,应龙散金悬赏,募死士拒战,无一应命,乃提刀巡垒,俄见火光烛天,官军四面登囤,遂退语家属道:"我不能再顾汝辈了。"遂挈爱妾二人,阖室自经。大兵入囤搜剿,获应龙尸,生擒朝栋、兆龙等百余人,并应龙妾田雌凤。为渠启衅,渠何不速死?总督化龙,露布奏闻,诏磔应龙尸,戮朝栋、兆龙等于市,分播地为遵义、平越二府。遵义属蜀,平越属黔。刘大刀叙功称最,奏凯还师。播州事了。

外事稍稍平静,朝内争论国本的问题,又复进行。先是万历二十一年,王锡爵复邀内召,既入朝,仍密请建立东宫,昭践大信。神宗手诏报答,略云:"朕虽有今春册立的旨意,但昨读皇明祖训,立嫡不立庶,皇后年龄尚轻,倘得生子,如何处置?现拟将元子与两弟,并封为王,再待数年,后果无出,才行册立未迟。"原来王恭妃生子常洛,郑贵妃生子常洵,周端妃复生子常浩,所以有三王并封的手谕。锡爵想出一条权宜的计策,欲令皇后抚育元子,援引汉明帝马后,唐玄宗王后,宋真宗刘后,取养宫人子故事,作为立储的预备。议虽未当,不可谓非煞费苦心。神宗不从,仍欲实行前谕,饬有司具仪,顿时盈廷大哗。

礼部尚书罗万化,给事中史孟麟等,诣锡爵力争。锡爵道:"并封意全出上裁,诸公奈何罪我?"工部郎中岳元声,时亦在座,起对锡爵道:"阁下未尝疏请并封,奈何误引亲王入继故例,作为储宫待嫡的主张。须知中宫有子,元子自当避位,何嫌何疑?今乃欲以将来难期的幸事,阻现在已成的诏命,岂非公争论不力么?"这一番话,说得锡爵哑口无言,不得已邀同赵志皋、张位等,联衔上疏,请追还前诏。神宗仍然不允。已而谏疏迭陈,锡爵又自劾求罢,乃奉旨追寝前命,一律停封。未几锡爵又申请豫教元子,于是令皇长子出阁讲学,辅臣侍班。侍臣六人侍讲,俱如东宫旧仪。

越年,锡爵又乞归,特命礼部尚书陈于升,南京礼部尚书沈一贯,入参阁务。于升入阁,与赵志皋、张位等,谊属同年,甚相投契,怎奈神宗深居拒谏,上下相蒙,就是终日入直,也无从见帝一面,密陈国政。当时京师地震,淮水泛决,湖广、福建大饥,甚至乾清、坤宁两宫,猝然被火,仁圣皇太后陈氏又崩。陈皇后崩逝,就此叙过。天灾人患,相逼而来,神宗全然不省,且遣中官四处开矿,累掘不得,勒民偿费;富家巨族,诬他盗矿;良田美宅,指为下有矿脉,兵役围捕,辱及妇女。开矿本属不利,而举行不善,弊至于此。旋复增设各省税使,所在苛索。连民间米盐鸡豕,统令输税。直是死要,毫无法度。全国百姓,痛苦的了不得。于升日夕忧思,屡请面对,终不见报。乞罢亦不许,遂以积忧成疾,奄奄至毙。张位曾密荐杨镐,镐东征丧师,位亦坐谴,夺职闲住。赵志皋亦得病而终,另用前礼部尚书沈鲤、朱赓入阁办事,以沈一贯为首辅。惟是建储大事,始终未定。郑贵妃专宠如故,王皇后又多疾病,宫中侍役,预料皇后若有不讳,贵妃必正位中宫,其子常洵,当然立为太子。中允黄辉,为皇长子讲官,从内侍察悉情形,私语给事中王德完道:"这是国家大政,恐旦夕必有内变。如果事体变更,将来传载史册,必说是朝廷无人了。公负有言责,岂可不说?"德完称善,即属黄辉具草,列名奏上。神宗览奏,震怒非常,立将德完下狱,用刑拷讯。尚书李戴,御史周盘等,连疏论救,均遭切责。辅臣沈一贯,方因病请假,闻了此事,忙为奏请。神宗意尚未怿,命廷杖德完百下,削籍归田,复传谕廷臣道:"诸臣为德完解免,便是阿党,若为皇长子一人,慎无渎扰,来年自当册立了。"无非是空言搪塞。

会刑部侍郎吕坤,撰有《闺范图说》,太监陈矩,购入禁中,神宗也不遑披阅,竟搁置郑贵妃宫中。妃兄国泰,重为增刊,首列汉明德马后,最后把妹子姓氏,亦刊入在内。郑贵妃亲自撰序,内有"储位久悬,曾脱簪待罪,请立元子,今已出阁讲学,藉解众疑"等语。欺人耶,欺己耶?这书传出宫禁,给事中戴士衡,阳劾吕坤,暗斥贵妃,说是逢迎掖庭,菀枯已判。还有全椒知县樊士衡,竟大着胆纠弹宫掖,至有"皇上不慈,皇长子不孝,皇贵妃不智"数语。神宗却尚未动怒。想是未曾看明。郑贵妃偏先已含酸,凄凄楚楚的泣诉帝前。神宗正欲加罪二人，忽由郑国泰呈入《忧危竑议》一书，书中系问答体，托名朱东吉，驳斥吕坤原著，大旨言《闺范图说》中，首载明德马后，明明是借诶郑贵妃。马后由宫人进位中宫，郑贵妃亦将援例。贵妃重刊此书，实预为夺嫡地步。神宗略略览过，便欲查究朱东吉系是何人，经国泰等反复推究，谓东吉即指东朝，书名《忧危竑议》，实因吕坤尝有忧危一疏，借此肆讥。大约这书由来，定出二衡手著。顿时恼动神宗，将二衡谪戍极边，就此了案。

到了万历二十八年，皇长子常洛，年将二十。廷臣又请先册立，再行冠婚各礼。郑国泰请先冠婚，然后册立。神宗一概不睬。越年，阁臣沈一贯，复力陈册储冠婚，势在必行。神宗尚在迟疑，郑贵妃复执盒为证，坚求如约。经神宗取过玉盒，摩挲一回，复揭去封记，发盒启视，但见前赐誓书，已被蠹鱼蛀得七洞八穿，最可异的，是巧巧把常洵二字，啮得一笔不留，不禁悚然道："天命有归，朕也不能违天了。"这语一出，郑贵妃料知变局，嗔怨齐生，神宗慰谕不从，只在地上乱滚，信口诬谤，好像一个泼辣妇。那时神宗忍耐不住，大踏步趋出西宫，竟召沈一贯入内草诏，立常洛为皇太子。一贯立刻草就，颁发礼部，即日举行。越宿，又有旨令改期册立。一贯封还谕旨，力言不可，乃于二十九年十月望日，行立储礼。小子有诗咏道：

> 谏草频陈为立储，深宫奈已有盟书。
> 堪嗟当日诸良佐，不及重缄一蠹鱼。

立储已定，冠婚相继，其余诸王，亦俱授封，欲知详细，请看下回。

本回前叙外乱，后及内政，两不相涉，全属随时顺叙文字。然应龙之叛，为宠妾田雌凤而起，神宗之阻议立储，亦无非为一郑贵妃耳，于绝不相蒙之中，见得祸败之由，多缘内嬖。应龙嬖妾而致杀身，一土官尚且如此，况有国有天下者，顾可溺情床笫，自紊长幼耶？迨至蠹鱼食字，始决立皇长子为皇太子，天意尚未欲乱明，因假虫啮以儆之。不然，玉盒之缄封甚固，蠹何从入乎？或谓出自史家之附会，恐未必然。

第七十九回　获妖书沈一贯生风
　　　　　谴福王叶向高主议

却说皇长子常洛，既立为皇太子，遂续封诸子常洵为福王，常浩为瑞王，还有李贵妃生子常润、常瀛，亦均册封。润封惠王，瀛封桂王，即日诏告天下，皇太子申行冠礼。次年正月,并为太子册妃郭氏。婚礼甫毕,廷臣方入朝庆贺,忽有中旨传出,圣躬不豫,召诸大臣至仁德门听诏。及大臣趋列仁德门,又见宫监出来,独召沈一贯入内。一贯随入启祥宫,直抵后殿西暖阁,但见神宗冠服如常,席地踞坐。李太后立在帝后,太子诸王跪着帝前,不由的诧异起来。当下按定了心,叩头请安。神宗命他近前,怆然垂谕道:"朕陡遭疾病,恐将不起,自念承统三十年,尚无大过,惟矿税各使,朕因宫殿未竣,权宜采取,今可与江南织造、江西陶器,俱止勿行。所遣内监,概令还京。法司释久羁罪囚,建言得罪诸臣,令复原官。卿其勿忘!"言毕,即令左右扶掖就寝。一贯复叩首趋出,拟旨以进。是夕阁臣九卿,均直宿朝房。漏至三鼓,中使捧谕出来,大略如面谕一贯等语,诸大臣期即奉行。待至天明,一贯正思入内取诏,不期有中使到来,说是帝疾已瘳,着追取前谕,请速缴还。一贯闻言,尚在沉吟,接连又有中使数人,奉旨催索,不得已取出前谕,令他赍去。前曾封还谕旨,此时何不坚持?司礼太监王义,正在帝前力争,说是王言已出,不应反汗。神宗置诸不理,义尚欲再谏,见中使已持着前谕,入内复命,顿时气愤已极,奋然趋出,驰入阁中,适与一贯相遇,以涎唾面道:"好一位相公,胆小如鼷!"一贯尚茫无头绪,瞠目不答。义又道:"矿税各使,骚扰已甚,相公独未闻么?今幸得此机会,谕令撤除,若相公稍稍坚持,弊政立去,为什么追取前谕,即令赍还呢?"不期太监中,也有此人,其名日义,可谓不愧。一贯方才知过,唯唯谢罪。

嗣是大臣言官,再请除弊,概不见答。未几楚宗事起,又闹出一场狱案。楚王英㷿,系太祖第六子桢七世孙,英㷿殁后,遗腹宫人胡氏,孪生子华奎、华璧,一时议论纷纷,统言非胡氏所生。赖王妃力言无讹,事乃得寝。华奎袭爵,华璧亦得封宣化王。时已二十多年,偏有宗人华越,又讦奏华奎兄弟,系出异姓,罪实乱宗。奎系王妃兄王如言子,璧系妃族人王如绺家人王玉子。这疏呈入,沈一贯以袭封已久,不应构讼,嘱通政司暂行搁置。嗣由华奎闻知,劾奏华越诬告,乃一并呈入,诏下礼部查复。礼部侍郎郭正域,向系楚人,颇得传闻,此时正署理尚书,遂请勘明虚实,再定罪案。一贯以亲王不当行勘,但当体访为是。正域不可,乃委抚按查讯。俱复称事无左证,诬告是实。怎奈华越妻系王如言女,硬出作证,咬定华奎为胞弟,幼时曾抱育楚宫。华越妻为夫卸罪,不得不尔。惟华越拨灰燃火,未免多事。廷议再令复勘,卒不能决。嗣由中旨传出,略言楚王华奎,袭封已二十余年,何故至今始发?且夫讦妻证,情弊显然,不足为据。华越坐诬奏罪,降为庶人,禁锢凤阳。这旨一下,郭正域失了面子,自不消说。御史钱梦皋,又讨好一贯,劾奏正域陷害亲藩,应当处罪。正域亦讦发一贯匿疏沮勘,且说一贯纳华奎重贿,因此庇护等情。毕竟一贯势大,正域势小,苍蝇撞不过石柱,竟将正域免官。

一案未了，一案又起。阁臣朱赓，在寓门外，拾得一书，取名《续忧危竑议》。书中措词，假郑福成为问答，系说："帝立东宫，实出一时无奈，将来必有变更。现用朱赓为内阁，已见帝心。赓更同音，显寓更易的意思。"朱赓阅罢，取示同僚，大家揣测一番，统说郑福成三字，无非指郑贵妃及福王，成字是当承大统，无容细剖。大家目为妖书，朱赓即呈入御览。这等无稽谰言，宁值一辩，何必进呈御览，酿成大狱。神宗怒甚，急敕有司大索奸人。看官听说！自来匿名揭帖，只好置诸不理，将来自有败露的日子。若一经查办，愈急愈慢，主名愈不易得了。断制得妙。当日锦衣卫等，索捕多日，毫无影响。沈一贯方衔恨郭正域，且因同官沈鲤素得士心，颇怀猜忌，当下与钱梦皋密商，嘱他伪列证据，奏称："此次妖书，实出沈鲤、郭正域手笔。"梦皋遂遵嘱照行。御史康丕扬，亦联章迭上，不待下旨，便发兵往追正域。正域正整装出都，乘舟至杨村，追兵已到，将正域坐舟团团围守，捕得正域家役十数人，到京拷讯。甚至正域所善医生沈令誉，及僧达观，琴士钟澄，百户刘相等，一同捕至，严刑杂治，终究不得实据。逻校且日至鲤宅搜查，胁逼不堪。幸皇太子素重正域，特遣左右往语阁臣，毋害郭侍郎。都察院温纯，代讼鲤冤，唐文献、陶望龄，先后至沈一贯宅，为鲤解免，鲤方得安。正域在舟观书，从容自若，或劝令自裁，免致受辱。想由一贯等嘱托。正域慨然道："大臣有罪，自当伏尸都市，怎得自经沟渎呢？"静待数日，还算未曾逮问。

最后由锦衣卫卒，拿住顺天生员瞰生光。生光素行狡诈，往往胁取人财，不齿士类，曾有富商包继志，慕他才学，属令代纂诗集，刊入己名。胸中无墨，何妨藏拙。奈何冒名延誉，自取祸虐？生光有意敲诈，羼入五律一首，有"郑主乘黄屋"五字。包继志晓得什么，总道是字字珠玑，即行付梓。诗集出版，生光恰预将自己的写本，索回烧毁，一面密托好友，向继志索诈，说他诗集中，有悖逆语，指出黄屋二字，谓是天子所居，郑主二字，是指郑贵妃，及皇子常洵。若向当官出首，管教你杀身亡家。继志到此，方知被生光侮弄，欲待分说，集中已明列己名，无从剖白，只好自认晦气，出钱了结。生光又教书国泰，并将刻诗呈入，为恫吓计。国泰本来胆小，情愿输财了事。无缘无故，被生光赚了两次金银。哪知失马非祸，得马非福，妖书一出，国泰疑出生光手，因将他一并拘至，到庭审讯。问官故意诘问道："你莫非由郭正域主使么？"生光瞋目道："我何尝作此书。但你等硬要诬我，我就一死便了。奈何教我迎合相公意旨，陷害郭侍郎？"生光虽是无赖，恰还知有直道。问官不便再讯，命将生光系狱，延宕不决。中官陈矩，方提督东厂事务，屡次提讯，不得要领，因与同僚计议，恐不得罪人，必遭主怒。或更辗转扳累，酿成党祸，不如就生光身上，了结此案。于是迭讯生光，屡用酷刑，打得生光体无完肤，昏晕数次。生光乃凄然叹

第七十九回　获妖书沈一贯生风　遣福王叶向高主议

道："朝廷得我一供，便好结案，否则牵藤摘蔓，纠缠不休，生光何惜一身，不替诸君求活。罢罢！我承认便了。应斩应磔，尽听处断。"倒还直爽。陈矩乃将生光移交刑部，按罪议斩。神宗以生光谋危社稷，加罪凌迟，遂将生光磔死，妻子戍边。沈鲤、郭正域与案内牵连等人，尽得免坐。其实妖书由来，实出武英殿中书舍人赵士桢手笔。士桢逍遥法外，至后来病笃，喃喃自语，和盘说出，肉亦碎落如磔，大约为皦生光冤魂所附，特来索命，也未可知。

话分两头，且说皇长子常洛，得立储嗣，生母王氏，仍未加封。王妃寂居幽宫，终岁未见帝面，免不得自叹寂寥，流泪度日，渐渐的双目失明，不能视物。至万历三十四年，皇太子选侍王氏，生子由校，为神宗长孙。明制太子女侍，有淑女选侍才人等名号，王选侍得生此子，神宗自然心惬，即上慈圣太后徽号，并晋封王恭妃为贵妃。惟名义上虽是加封，情分上仍然失宠，就是母子相关，也不能时常进谒。看官！你想妇女善怀，如何耐得过去？光阴易过，愁里销磨，自然怏怏成疾，渐致不起。子为太子，母犹如此，可为薄命人一叹。皇太子闻母病剧，请旨往省，不料宫门尚键，深锁不开，当下觅钥启锁，抉门而入，但见母妃惨卧榻上，面目憔悴，言语支离，睹此情形，寸心如割，免不得大恸起来。我阅此，亦几堕泪。可煞作怪，王贵妃闻声醒悟，便用手撩住太子衣服，呜咽道："你便是我儿么？"太子凄声称是。贵妃复以手摩顶，半晌方道："我儿我儿，做娘的一生困苦，只剩你一些骨血。"言至此又复咽住。那时皇太子扑倒母怀，热泪滔滔，流个不止。贵妃复哽咽道："我儿长大如此，我死亦无恨了。"说至恨字，已是气喘吁吁，霎时间瞽目重翻，痰噎喉中，张着口再欲有言，已是不能成声，转瞬间即气绝而逝。刻意描摹，实恨神宗薄幸。太子哭踊再三，泪尽继血。还是神宗召他入内，好言劝慰，方才节哀。

是时沈一贯、沈鲤，因彼此未协，同时致仕，续用于慎行、李廷机、叶向高三人，为东阁大学士，与朱赓同办阁务。慎行受职才十日，即报病殁，赓亦继卒，廷机被劾罢官，只叶向高独秉国钧，上言："太子母妃薨逝，礼应从厚。"折上不报。重复上疏，乃得允议，予谥温肃端靖纯懿皇贵妃，葬天寿山。郑贵妃以王妃已死，尚思夺嫡，福王常洵，应封洛阳，群臣屡请就藩，统由贵妃暗中阻住。神宗又为所迷，温柔乡里，亲爱如故。常洵婚娶时，排场阔绰，花费金钱，多至三十万。又在洛阳相地，建筑王邸，百堵皆兴，无异宫阙，用款至二十八万金，十倍常制。且在崇文门外，开设官店数十家，售卖各般物品，与民争利，所得赢余，专供福邸岁用。一切起居，似较皇太子常洛，更胜数筹。及洛阳府第，业已竣工，叶向高等奏请福王就邸，得旨俟明春举行，时已在万历四十年冬季。转眼间已是新春，礼部授诏申请，留中不报。到了初夏，兵部尚书王象乾，又诚诚恳恳的奏了一本，神宗无可驳斥，只说是亲王就国，祖制在春，今已逾期,且待来年遣发云云。溺爱不明。未几,又由内廷传出消息,福王就藩,须给庄田四万顷,盈廷大骇。向例亲王就国,除岁禄外,量给草场牧地,或请废壤河滩,最多不过数千顷。惟景王载圳,即世宗子,见六十九回。就封德安,楚地本多闲田,悉数赐给。又由载圳自行侵占,得田不下四万顷,不期福王亦欲援例,奏请照行。当由叶向高抗疏谏阻道:

福王之国,奉旨于明春举行,顷复以庄田四万顷,责抚按筹备,如必俟田顷足而后行,则之国何日。圣谕明春举行,亦宁可必哉?福王奏称祖制,谓祖训有之乎?会典有之乎?累朝之功令有之乎?王所引祖制,抑何指也。如援景府,则自景府以前,庄田并未出数千顷外,独景府逾制,皇祖一时失听,至今追咎,王奈何尤而效之?自古开国承家,必循理安分,始为可久。郑庄爱太叔段,为请大邑,汉窦后爱梁孝王,封以大国,皆及身而败,此不可不戒也。臣不胜忠爱之念,用敢披胆直陈!

这疏上后,批答下来,略云:"庄田自有成例,且今大分已定,尚有何疑?"向高又以"东宫辍学,已历八年,且久已不奉天颜,独福王一日两见。以故不能无疑,但愿皇上坚守明春信约,无以庄田藉口,疑将自释"等语。看官不必细猜,便可知种种宕约,无非是郑贵妃一人暗地设法,牵制神宗。可巧被李太后闻知,宣召郑贵妃至慈宁宫,问福王何不就国?郑贵妃叩头答道:"圣母来年寿诞,应令常洵与祝,是以迟迟不行。"狡哉贵妃,巧言如簧。太后面色转怒道:"你也可谓善辩了。我子潞王,就藩卫辉,试问可来祝寿么?"以矛刺盾,李太后可谓严明。郑贵妃碰了这个大钉子,只好唯唯而退。

既而锦衣卫百户王曰乾,讦奏奸人孔学、王三诏,结连郑贵妃、内侍姜严山等,诅咒皇太子,并用木刻太后皇上肖像,用钉戳目,意图谋逆。并约赵思圣东宫侍卫,带刀行刺等情。这奏非同小可,瞧入神宗目中,不由的震怒异常,即欲将原疏发交刑部,彻底究治。向高得悉,忙上密揭道:

王曰乾、孔学,皆京师无赖,诪张至此,大类往年妖书,但妖书匿名难诘,今两造俱在法司,其情立见。皇上第静以处之,勿为所动,动则滋扰。臣意请将乾疏留中,别谕法司治诸奸人罪。且速定福王明春之国期,以息群喙,则奸谋无由逞,而事可立寝矣。

神宗览到此揭,意乃稍解,久之概置不问。太子遣使取阁揭,向高道:"皇上既不愿穷究,殿下亦无须更问了。"向高力持大体。去使还报皇太子,太子点首无言。寻御史以他事参王曰乾,系置狱中,事遂消释。神宗乃诏礼部,准于万历四十二年,饬福王就藩。翌年二月,李太后崩逝,宫廷内外,相率衔哀。郑贵妃尚欲留住福王,恐忤神宗,下谕改期,经向高封还手敕,再三力谏,不得已准期遣行。启程前一夕，郑贵妃母子相对，足足哭了一夜。翌晨福王辞行，神宗亦恋恋不舍，握手叮嘱。及福王已出宫门，尚召还数四，与约三岁一朝，赐给庄田二万顷。中州素乏腴田，别取山东、湖广田亩，凑足此数。又畀淮盐千三百引，令得设店专卖。福王意尚未足，又奏乞故大学士张居正所没家产，及江都至太平沿江荻洲杂税，并四川盐井榷茶银。多财自殖，必至召殃。后来为流贼所戕，已兆于此。神宗自然照允，且每常怀念不置。

那皇太子常洛，居住慈庆宫，非奉召不得进见，因此父子二人，仍然隔绝。越年五月，忽有一莽汉状似疯魔，短衣窄裤，手持枣木棍一根，闯入慈庆宫门，逢人便击，打倒了好几个宫监，大踏步趋至殿檐下。宫中呼喝声、号救声，扰成一片，亏得内官韩本用，带领众役，把他拿住。正是：

　　妖孽都从人事起，狂徒忽向副宫来。

未知此人为谁，且俟下回表明。

　　妖书之发现，巫蛊之讦发，以及梃击之突乘，何一非由郑妃母子所致。郑贵妃不得专宠，福王常洵当然无夺嫡思想，风恬浪静，诸案何由发生？然后知并后匹嫡，实为乱本，古语信不诬也。沈一贯力请立储，始颇秉正，乃以楚宗一案，衔恨郭正域，遂欲借妖书以报私仇，甚且牵累沈鲤。天下无论何人，一涉私念，便昧公理，沈一贯其前鉴也。皦生光磔死而郭、沈脱罪，实为大幸。厥后王曰乾之讦奏，事涉虚无。其时幸一贯去位，叶向高进为首辅，奏请静处，大祸乃消。否则比妖书一案，当更烦扰矣。要之专制时代，责在君相，君相明良，国家自治。有相无君，尚可支持，君既昏庸，相亦贪私，鲜有不乱且亡者也。稽古者可知所鉴矣！

第八十回　审张差宫中析疑案　任杨镐塞外覆全军

　　却说内官韩本用等，既拿住莽汉，即缚付东华门守卫，由指挥朱雄收禁。越宿，皇太子据实奏闻，当命巡城御史刘廷元，秉公讯鞫。廷元提出要犯，当场审问。那罪犯自供系蓟州人，姓张名差。两语以外，语言颠倒，无从究诘。廷元看他语似疯癫，貌实狡猾，再三诱供，他总是信口乱言，什么吃斋，什么讨封，至问答了数小时，仍无实供，惹得廷元讨厌起来，立即退堂，奏请简员另审。乃再命刑部郎中胡士相、岳骏声等复审，张差似觉清楚，供称："被李自强、李万仓等,烧我柴草,气愤已极,意欲叩阍声冤,特于四月中来京,从东走入,不识门径,改往西走,遇着男子二人,畀我枣木棍一条,谓执此可作冤状,一时疯迷,闯入宫门,打伤守门官,走入前殿,被擒是实。"仍是模糊惝恍之谈。士相等以未得要领,难下断词,仍照廷元前奏,复旨了事。当时叶向高因言多未用,引疾告归,改用方从哲、吴道南为阁臣,资望尚轻,不敢生议。但与刑部商议,拟依宫殿前射箭放弹投石伤人律,加等立斩。草奏未上,会提牢主事王之寀,散饭狱中,私诘张差。差初不肯承,嗣复云不敢说明。之寀麾去左右,但留二吏细问。差乃自称:"小名张五儿。父名张义,已经病故。近有马三舅、李外父,叫我跟一不知姓名的老公公,依他行事,并约事成当给我田地。我跟他到京,入一大宅,复来一老公公,请我吃饭,并嘱咐我道:'你先冲一遭,撞着一个,打杀一个,杀人不妨,我等自能救你。'饭罢后,遂导领我由厚载门,入慈庆宫,为守门所阻,被我击伤。后因老公公甚多,遂被缚住了。"之寀知老公公三字,系是太监的通称,复问马三舅、李外父名字,及所入大宅的住处。差又答非所问,且云:"小爷福大,就是柏木棍、琉璃棍等,也无从下手,何况这枣木棍呢?"之寀问了数次,总无实供,乃出狱录词,因侍郎张达以闻。并云:"差不癫不狂,有心有胆。惧以刑罚不招,示以神明仍不招,啜以饮食,欲语又默。但语中已涉疑似,乞皇上御殿亲审,或敕九卿科道三法司会审,自有水落石出的一日。"户部郎中陆大受,及御史过庭训,复连疏请亟讯断,均留中不报。无非顾及郑贵妃。

　　庭训乃移文蓟州,搜集证据,得知州戚延龄复报,具言:"郑贵妃遣宫监至蓟,建造佛寺,宫监置陶造甓,土人多鬻薪得利。差亦卖田贸薪,为牟利计,不意为土人所忌,纵火焚薪。差向宫监诉冤,反为宫监所责,自念产破薪焚,不胜愤懑,激成疯狂,因欲上告御状,这是张差到京缘由。"廷臣览到此文,均说差实疯癫,便可定案。若果照此定案,便省无数枝节。员外郎陆梦龙,入告侍郎张达,谓事关重大,不应模糊了案,乃再令十三司会鞫。差供词如故。梦龙独设词劝诱,给与纸笔,命绘入宫路径,并所遇诸人姓名,一得要领,许他免罪,且准偿还焚薪。张差信为真言,喜出望外,遂写明:"马三舅名三道,李外父名守才,同住蓟州井儿峪。前云不知姓名的老公公,实是修铁瓦殿的庞保,不知街道的住宅,实是朝外大宅的刘成。三舅、外父,常到庞保处送灰,庞、刘两人,在玉皇殿前商量,与我三舅、外父,逼我打上宫中。若能打得小爷,吃也有了,穿也有了,还有姊夫孔道,也这般说。"写毕数语,复随笔纵横,略画出入路径,当即呈上。梦龙瞧毕,递示诸司道:"案情已露,一俟案犯到齐,便可分晓,我说他是未尝疯癫呢。"便佯慰张差数语,令还系狱中,即日行文到蓟州,提解马三道等。一面疏请法司,提庞保、刘成对质。庞、刘均郑贵妃内侍,这次由张差供出,饶你郑贵妃能言善辩,也洗不净这连带关系。就是妃兄郑国泰,也被捏做一团糟,担着了无数斤两。我为贵妃兄妹捏一把汗。国泰大惧,忙出揭白诬。给事中何士晋,直攻国泰,且侵贵妃,疏词有云:

> 罪犯张差,梃击青宫,皇上令法司审问,原止欲追究主使姓名,大宅下落,并未直指国泰主谋。此时张差之口供未具,刑曹之勘疏未成,国泰岂不能从容少待?辄尔具揭张皇,人遂不能无疑。若欲释疑计,惟明告贵妃,力求皇上速令保、成下吏考讯,如供有国泰主谋,是大逆罪人,臣等执法讨贼,不但贵妃不能庇,即皇上亦不能庇。设与国泰无干,臣请与国泰约,令国泰自具一疏,告之皇上,嗣后凡皇太子皇长孙一切起居,俱由国泰保护。稍有疏虞,即便坐罪,则人心帖服,永无他言。若今日畏各犯招举,一惟荧惑圣聪,久稽廷讯,或潜散党羽,使之远遁,或阴毙张差,以冀灭口,则国泰之罪不容诛,宁止生疑已耶?臣愿皇上保全国泰,尤愿国泰自为保全,用敢直陈无隐,幸乞鉴察!

先是巫蛊一案,词已连及郑贵妃内侍,至是神宗览到此疏,不禁心动,便抢步至贵妃宫中。当由贵妃迎驾,见帝怒容满面,已是忐忑不定,嗣经神宗袖出一疏,掷示贵妃,贵妃不瞧犹可,瞧着数行,急得玉容惨淡,珠泪双垂,忙向驾前跪下,对泣对诉。只有此法。神宗唏嘘道:"廷议汹汹,朕也不便替你解免,你自去求太子便了。"言毕自去。贵妃忙到慈庆宫,去见太子,向他哭诉,表明心迹,甚至屈膝拜倒。太子亦慌忙答礼,自任调护。贵妃方起身还宫。太子即启奏神宗,请速令法司具狱,勿再株连。于是神宗亲率太子、皇孙等,至慈宁宫,召阁臣方从哲、吴道南及文武诸臣入内,大众黑压压的跪满一地。神宗乃宣谕道:"朕自圣母升遐,哀痛无已,今春以来,足膝无力,每遇节次朔望忌辰,犹必亲到慈宁宫,至圣母座前行礼,不敢懈怠。近忽有疯子张差,闯入东宫伤人,外廷遂有许多訾议。尔等谁无父子,乃欲离间朕躬么?"说至此,又复执太子道:"此儿极孝,朕极爱惜。"言未已,忽闻有人发声道:"皇上极慈爱,皇太子极仁孝,无非一意将顺罢了。"神宗听不甚悉,问系何人发言,左右复奏道:"是御史刘光复。"神宗变色道:"什么将顺不将顺?"光复犹大言不止,此人亦似近狂。恼得神宗性起,喝称锦衣卫何在!三呼不应,遂令左右将光复缚住,梃杖交下。神宗又喝道:"不得乱殴,但押令朝房候旨!"左右押光复去讫。方从哲等叩头道:"小臣无知乱言,望霁天威!"神宗怒容稍敛,徐徐谕道:"太子年已鼎盛,假使朕有他意,何不早行变计,今日尚有何疑?且福王已就藩,去此约数千里,若非宣召,他岂能飞么?况太子已有三男,今俱到此,尔等尽可视明!"随命内侍引三皇孙至石级上,令诸臣审视道:"朕诸孙均已长成,尚有何说?"三皇孙从此处叙出。复顾问太子道:"尔有何语,今日可对诸臣尽言。"太子道:"似此疯癫的张差,正法便了,何必株连。外廷不察,疑我父子,尔等宁忍无君?本宫何敢无父?况我父子何等亲爱,尔等何心,必欲令我为不孝子么?"神宗待太子言毕,复谕群臣道:"太子所说,尔等均已听见否?"群臣齐称领诲,随命大众退班,乃相率叩谢而出。隔了数日,罪案已定,张差磔死,马三才等远流,李自强、李万仓,笞责了案。嗣将庞保、刘成,杖毙内廷。王之寀为科臣徐绍吉等所劾,削职为民。何士晋外调,陆大受夺官,张达夺俸,刘光复拘系狱中,久乃得释。仍是袒护郑贵妃。惟梦龙独免。总计神宗久居深宫,不见百官,已是二十五年,此番总算朝见群臣,藉释众疑,这也不必细说。

　　越年,为万历四十四年,清太祖努尔哈赤,崛兴满洲,建元天命,后来大明国祚,便被那努尔哈赤的子孙,唾手夺去,这真是明朝史上一大关键呢。为此特笔提明,隐寓涑水、紫阳书法。相传努尔哈赤的远祖,便是金邦遗裔。金邦被蒙古灭亡,尚有遗族逃奔东北,伏处长白山下。清室史官,颂扬神圣,说有天女下降,共浴池中,长名恩古伦,次名正古伦,幼名佛库伦。会有神鹊衔一朱果,堕在佛库伦衣上,佛库伦取来就吃,竟致成孕,十月满足,生下一男,取名布库哩雍顺,姓爱新觉罗氏。爱新与金字同音,觉罗犹言姓氏,详见《清史演义》。养了数年,渐渐长成。他用柳条编成一筏,乘筏渡河,流至一村,村中只有三姓,方在构衅,见有一人漂至,惊为异人,迎他至村,愿奉为主子,相率罢兵。巧村中老丈,爱他俊伟,配以爱女伯哩,他便安心居住,部勒村民,成一堡寨,号为鄂多哩城。自是子孙相继,传至孟特穆,渐渐西略,移住赫图阿拉地。赫图阿拉即后来奉天省的兴京。孟特穆四世孙,名叫福满,福满有六子,第四子觉昌安,缵承基绪,余五子各筑城堡,环卫赫图阿拉城,统名宁古塔贝勒。觉昌安又生数子,第四子塔克世,即努尔哈赤父亲,努尔哈赤天表非常,勇略盖世。时明总兵李成梁镇守辽东,与图伦城尼堪外兰,合兵攻古埒城。古埒城主阿太章京的妻室,便是觉昌安的女孙,努尔哈赤的从姊。觉昌安恐女孙被陷,偕塔克世率兵往援,协守城池。成梁不能克,尼堪外兰诡往招抚,城中人为所煽惑,开门迎降。阿太章京及觉昌安父子,竟死于乱军中。叙述源流,简而能赅。努尔哈赤年方二十有五,闻祖父被害,大哭一场,誓报大仇,乃检得遗甲十五副,往攻尼堪外兰。尼堪外兰屡战屡败,屡败屡走,及逃入明边,努尔哈赤遂致书明朝边吏,请归还祖父丧,及拿交尼堪外兰。明边吏转达明廷,明神宗方承大统,不欲黩兵,便许归觉昌安父子棺木,并封努尔哈赤为建州卫都督,加龙虎将军职衔。努尔哈赤北面受封,只因尼堪外兰未曾交到,仍遣差官往索。明边吏也得休便休,索性拿住尼堪外兰,交给与他。他斩了仇人,才

第八十回　审张差宫中析疑案　任杨镐塞外覆全军

与明朝通好，岁输方物，可见努尔哈赤原是明朝臣子。一面招兵买马，拓地图强。

其时辽东海滨，共分四部，一名满洲部，努尔哈赤实兴于此。一名长白山部，一名东海部，一名扈伦部。扈伦部又分为四，首叶赫，次哈达，次辉发，次乌拉。叶赫最强，明廷亦随时羁縻，倚为屏蔽，称作海西卫。叶赫主闻努尔哈赤崛兴满洲，料他具有大志，意欲趁早剪除，遂纠合哈达、辉发、乌拉三部，并及长白山下的珠舍哩、纳殷二部，又去联络蒙古的科尔沁、锡伯、卦勒察三部，共得三万余人，来攻满洲。哪知努尔哈赤厉害得很，一场战争，被他杀得七零八落，大败亏输。各部陆续降顺努尔哈赤，只叶赫靠着明朝，始终不服。明廷屡发兵帮助，且遣使责备努尔哈赤。努尔哈赤心甚不平，就背了明朝，自做满洲皇帝，筑殿立庙，创设八旗制度，屏去万历正朔，独称天命元年。作者虽著有《清史演义》详述无遗，然此处亦不能尽行略过，故挈纲如上。过了二载，努尔哈赤竟决计攻明，书七大恨告天，详见《清史演义》。集兵二万，直趋抚顺。降守将李永芳，击死援将张承荫、颇廷相、蒲世芳等人，辽东大震。

大学士方从哲，保荐了一个人材，称他熟悉边情，可任辽事。看官道是何人？便是前征朝鲜，讳败为胜的杨镐。杨镐姓名上，加了八字头衔，已见保举非人。神宗遂起镐为兵部尚书，赐他尚方宝剑，往任辽东经略。镐到了辽东，满洲兵已克清河堡，守将邹储贤、张旆战死，副将陈大道、高铉逃回。镐请出尚方剑，将两逃将斩首示众，新硎立试，威风可知。随即四处传檄，令远近将士，赶紧援辽，自己恰按兵不动。次年新春，蚩尤旗出现天空，光芒闪闪，长可竟天。都下人士，料有兵祸。偏大学士方从哲，与兵部尚书黄嘉言等，迭发红旗，催镐进兵。镐不得已统兵出塞，幸四处已到了许多兵马，叶赫、朝鲜也各来了二万人。当下派作四路，分头前进。中路分左右两翼，左翼兵委山海关总兵杜松统带，从浑河出抚顺关，右翼兵委辽东总兵李如柏统带，从清河出鸦鹘关，开原总兵马林，与叶赫兵合，从开原出三岔口，称左翼北路军，辽阳总兵刘𬘩，与朝鲜兵合，从辽阳出宽甸口，称右翼南路军。四路兵共二十多万，镐却虚张声势，号称四十七万，明是外强中干。约于季春初吉，至满洲境内东边二道关会齐，进攻赫图阿拉城。努尔哈赤亦倾国而来，凑足十万雄师，抵敌明军。杨镐徐徐东进，每日间四遣侦骑，探听各路消息，忽有流星马报到，杜总兵至吉林崖，被满洲伏兵夹击，中箭身亡，全军尽覆了。镐大惊道："有这等事么？"未几，又有败报到来，马总兵至三岔口，被满洲兵乘高奋击，大败而回。佥事潘宗颜阵殁了。镐越加惶惧，连坐立都是不安，暗想两路败亡，余两路亦靠他不住，不如令他回军为是。迟了。遂即发檄止刘、李两军。哪知李如柏最是没用，甫抵虎栏关，闻山上有吹角声，疑是满洲兵杀来，不待檄到，已先逃归。独有大刀刘𬘩，深入三百里，连破三寨，直趋栋鄂路，被满洲世子代善，改作汉装，混充杜松军士，捣乱绖军。绖不知杜军已覆，遂中他诡计，一时措手不及，竟死敌手。前二路用虚写，后二路用明写，笔法矫变，惟证以《清史演义》，觉得此处尚是略叙。叶赫兵伤亡大半，朝鲜兵多降满洲，马林奔还开原，又由满洲兵杀到，出城战殁，弄得杨镐走投无路，只好没命的跑回山海关。小子有诗叹道：

> 不才何事令专征，二十万军一旦倾。
> 从此辽东无静日，庸臣误国罪非轻。

杨镐到此，势不能诡报胜仗，只好实陈败状。毕竟明廷如何下旨，且至下回再详。

张差一案，是否由郑贵妃暗遣，明史上未曾证实，例难臆断。惟郑贵妃之觊图夺嫡，确有此情。内监庞、刘等，遂隐承意旨，欲假张差之一击，以快私意，以徼大功，然则谓非衅自贵妃，不可得也。神宗始终惑于女蛊，故疑案叠出，不愿深究，阳博宽大之名，阴济帷房之宠，彼王之寀、何士晋、陆大受辈，得毋太好事乎？然内变尚可曲全，外患不堪大误，杨镐以伪报获谴，乃犹听方从哲之奏请，无端起用，欲以敌锐气方张之满洲太祖，几何而不覆没耶？明清兴亡，关此一举，作者虽已有《清史演义》，格外详叙，而此处亦不肯略过，书法谨严，于此可见矣。

第八十一回　联翠袖相约乞荣封　服红丸即夕倾大命

却说杨镐覆军塞外，败报上闻，盈廷震惧。言官交章劾镐，当下颁诏逮问，另任兵部侍郎熊廷弼，经略辽东，也赐他尚方宝剑，令便宜行事。廷弼奉命即行，甫出山海关，闻铁岭又失，沈阳吃紧，兵民纷纷逃窜，亟兼程东进。途次遇着难民，好言抚慰，令他随回辽阳。有逃将刘遇节等三人，缚住正法，诛贪将陈伦，劾罢总兵李如桢，督军士造战车，治火器，浚濠缮城，严行守御。又请集兵十八万，分屯要塞，无懈可击。满洲太祖努尔哈赤，探得边备甚严，料难攻入，遂改图叶赫。叶赫兵尽援绝，眼见得被他灭亡了。详见《清史演义》，故此处只用虚笔。

神宗仍日居深宫，就是边警日至，亦未见临朝。大学士方从哲，及吏部尚书赵焕等，先后请神宗御殿，召见群臣，面商战守方略。怎奈九重深远，竟若无闻，任他苦口哓音，只是闭户不出。半个已死，哪得长生。未几，王皇后崩逝，

第八十一回　联翠袖相约乞荣封　服红丸即夕倾大命

尊谥孝端,又未几,神宗得疾,半月不食,外廷虽稍有消息,未得确音。给事中杨涟,及御史左光斗等,<small>杨、左两人特别提出。</small>走谒方从哲,问及皇上安否? 从哲道:"皇上讳疾,即诘问内侍,亦不敢实言。"杨涟道:"从前宋朝文潞公,问仁宗疾,内侍不肯言。潞公谓天子起居,应令宰臣与闻,汝等从中隐秘,得毋有他志么? 内侍方说出实情。今公为首辅,理应一日三问,且当入宿阁中,防有他变。"从哲踌躇半响,方道:"恐没有这条战例,奈何?"涟又道:"潞公事明见史传,况今日何日,还要讲究故例么?"从哲方才应诺。<small>实是一个饭桶。</small>越二日,从哲方带领群臣,入宫问疾,只见皇太子踝躄宫前,不敢入内。杨涟、左光斗,时亦随着,瞧这情形,急遣人语东宫伴读王安道:"闻皇上疾亟,不召太子,恐非上意。太子当力请入侍,尝药视膳,奈何到了今日,尚踝躄宫外?"王安转语太子,太子再四点首,照词入请,才得入内。惟群臣待至日暮,终究不得进谒。

又过了好几日,神宗自知不起,乃力疾御弘德殿,召见英国公张维贤,大学士方从哲,尚书周嘉谟、李汝华、黄嘉善、张问达、黄克缵,侍郎孙如游等,入受顾命。<small>吴道南时已罢去,故未及与列。</small>大旨勖诸臣尽职,勉辅嗣君,寥寥数语,便即命诸臣退朝。又越二日而崩,遗诏发帑金百万,充作边赏,罢一切矿税,及监税中官,起用建言得罪诸臣。太子常洛承统嗣位,是谓光宗,以明年为泰昌元年,上先帝庙号为神宗。总计神宗在位四十八年,寿五十八岁,比世宗享国,尚多三年。明朝十六主中,算是神宗国祚最长,但牵制宫帏,宴处宫禁,贤奸杂用,内外变起,史家谓为亡国祸胎,也并非深文刻论呢。<small>独下断语,隐见关系。</small>

话休叙烦,且说光宗登位以后,因阁臣中只一方从哲,不得不简员补入。从哲籍隶乌程,同里好友沈㴶,曾为南京礼部侍郎,给事中亓诗教等,趋奉从哲,特上疏推荐,并及吏部侍郎史继阶。光宗遂擢沈、史两人为礼部尚书,入兼阁务。㴶初官翰林,尝授内侍书。刘朝、魏进忠皆㴶弟子,㴶既入阁,密结二人为内援。后来进忠得势,闹出绝大祸祟,好一座明室江山,便被那八千女鬼,收拾净尽,<small>当时都中有"八千女鬼乱朝纲"之谣,八千女鬼即魏字。</small>这且到后再述,先叙那光宗时事。从前郑贵妃侍神宗疾,留居乾清宫,及光宗嗣位,尚未移居,且恐光宗追念前嫌,或将报复,因此朝夕筹画,想了一条无上的计策,买动嗣主欢心。看官道是何计? 她从侍女内挑选美人八名,个个是明目善睐,纤巧动人,又特地制就轻罗彩绣的衣服,令她们穿着,薰香傅粉,送与光宗受用。另外配上明珠宝玉,光怪陆离,真个是价逾连城,珍同和璧。光宗虽逾壮年,好色好货的心思,尚是未减,见了这八名美姬,及许多珍珠宝贝,喜得心痒难搔,老老实实的拜受盛赐。当下将珠玉藏好,令八姬轮流侍寝,快活异常,还记得什么旧隙。八姬以外,另有两个李选侍,素来亲爱,也仍要随时周旋。一选侍居东,号为东李,一选侍居西,号为西李。西李色艺无双,比东李还要专宠。郑贵妃联络西李,日与她往来谈心,不到数月,居然胶漆相投,融成一片,所有积愫,无不尽吐。女子善妒,亦善相感,观此可见一斑。但郑贵妃是有意联结,又与寻常不同。贵妃想做皇太后,选侍想做皇后,统是一厢情愿。两人商议妥当,便由选侍出头,向光宗乞求两事。光宗因故妃郭氏,应八十九回。病殁有年,也有心册立选侍,只对着郑贵妃一面,颇觉为难,怎奈选侍再三乞请,也只好含糊答应。不念生母王恭妃牵衣诀别时耶?一日挨一日,仍未得册立的谕旨,郑贵妃未免着急,又去托选侍催请。可巧光宗生起病来,旦夕宣淫,安得不病?一时不便进言,只好待病痊以后,再行开口。偏偏光宗的病,有增无减,急得两人非常焦躁,不得已借问疾为名,偕入寝宫,略谈了几句套话,便问及册立日期。此时光宗头昏目晕,无力应酬,禁不起两人絮聒,索性满口应承,约定即日宣诏,命礼部具仪。可恨贵妃老奸巨猾,偏要光宗亲自临朝,面谕群臣,一步不肯放松,煞是凶狡。光宗无可奈何,勉强起床,叫内侍扶掖出殿,召见大学士方从哲,命尊郑贵妃为皇太后,且说是先帝遗命,应速令礼部具仪,不得少缓。先帝遗命,胡至此时才说。言已,即呼内侍扶掖还宫。从哲本是个糊涂虫,三字最配从哲。不管什么可否,便将旨意传饬礼部。侍郎孙如游奋然道:"先帝在日,并未册郑贵妃为后,且今上又非贵妃所出,此事如何行得?"遂上疏力谏道:

  自古以配而后者,乃敌体之经,以妃而后者,则从子之义。故累朝非无抱衾之爱,终引割席之嫌者,以例所不载也。皇贵妃事先帝有年,不闻倡议于生前,而顾遗诏于逝后,岂先帝弥留之际,遂不及致详耶?且王贵妃诞育陛下,岂非先帝所留意者?乃恩典尚尔有待,而欲令不属毛离里者,得母其子,恐九原亦不无怨恫也。郑贵妃贤而习礼,处以非分,必非其心之所乐,书之史册,传之后禩,将为盛代典礼之累,且昭先帝之失言,非所为孝也。中庸称达孝为善继善述,义可行,则以遵命为孝,义不可行,则以遵礼为孝,臣不敢奉命!

此疏一上,光宗约略览过,便遣内监赍示郑贵妃。郑贵妃怎肯罢休,还想请光宗重行宣诏,无如光宗病势日重,势难急办,乃令内医崔文升,入诊帝疾。文升本不是个国医手,无非粗读过几本方书,便自命为知医,诊过帝脉,说是邪热内蕴,应下通利药品,遂将大黄、石膏等类,开入方剂,撮与帝饮;服了下去,顿时腹痛肠鸣,泻泄不止,一日一夜,下痢至四十三次,送终妙手。接连数日,害得光宗气息奄奄,支离病榻。原来光宗肆意宣淫,日服春药,渐渐的阳

第八十一回 联翠袖相约乞荣封 服红丸即夕倾大命

涸阴亏,哪禁得杀伐峻剂,再行下去!一泄如注,委顿不堪,都下人士,啧有烦言。都说郑贵妃授意文升,致帝重疾。外家王、郭二戚,且遍谒朝臣,泣诉宫禁危急,郑、李交崇等情。于是杨涟、左光斗与吏部尚书周嘉谟,往见郑贵妃兄子养性,责以大义,要他劝贵妃移宫,并请收还贵妃封后成命。养性不得不从,便入宫禀闻。郑贵妃恐惹大祸,勉强移居慈宁宫,就是册尊贵妃的前旨,亦下诏撤销。寻命礼部侍郎何宗彦、刘一燝、韩爌,及南京礼部尚书朱国祚,并为礼部尚书,兼东阁大学士,入参机务。又遣使召用叶向高。韩、刘在京,先行入直,给事中杨涟,见阁臣旋进旋退,毫无建白,独抗疏劾崔文升道:

贼臣崔文升,不知医理,岂宜以宗社神人托重之身,妄为尝试?如其知医,则医家于有余者泄之,不足者补之,皇上哀毁之余,一日万几,于法正宜清补,文升反投相伐之剂。然则流言藉藉,所谓兴居之无节,侍御之蛊惑,必文升借口以盖其误药之奸,冀掩外廷攻击也。如文升者,既益圣躬之疾,又损圣明之名,文升之肉,其足食乎?臣闻文升调护府第有年,不闻用药谬误,皇上一用文升,倒置若此,有心之误耶?无心之误耶?有心则齑粉不足偿,无心则一误岂可再误?皇上奈何置贼臣于肘腋间哉?应请伤下法司严行审问,量罪惩处,以儆贼臣,则宫廷幸甚!宗社幸甚!

这疏上后,过了一天,光宗传锦衣官宣召杨涟,并召阁臣方从哲、刘一燝、韩爌及英国公张维贤,并六部尚书等入宫,众臣都为杨涟担忧,总道他抗疏得罪,将加面斥。独杨涟毫不畏惧,坦然入谒,随班叩见。光宗注目视涟,也没有甚么吩咐。迟了半晌,乃宣谕群臣道:"国家事机丛杂,暂劳卿等尽心,朕当加意调理,俟有起色,便可视朝。"群臣禀慰数语,奉旨退出。越日又复召见,各大臣鱼贯进去,但见光宗亲御暖阁,凭几斜坐,皇长子由校侍立座侧,当下循例叩安,由光宗面谕道:"朕迭见卿等,心中甚慰。"说毕微喘。从哲叩首道:"圣躬不豫,还须慎服医药。"光宗道:"朕不服药,已十多日,大约是怕泻之故。现有一事命卿:选侍李氏,侍朕有年,皇长子生母薨逝,也赖选侍抚养,王选侍之殁,就此带出。勤劳得很,拟加封为皇贵妃。"言甫毕,忽屏后有环珮声,铿锵入耳,各大臣向内窃窥,只见屏帏半启,微露红颜,娇声呼皇长子入内,隐约数语,复推他使出。光宗似已觉着,侧首回顾,巧与皇长子打个照面。皇长子即启奏道:"选侍娘娘乞封皇后,恳父皇传旨。"光宗默然不答。皇长子侍立帝侧,李选侍得随意驱使,是真视光宗如傀儡者。各大臣相率惊诧,当由从哲奏请道:"殿下年渐长成,应请立为太子,移居别宫。"光宗道:"他起居服食,尚靠别人调护,别处如何去得?卿等且退,缓一二天,再当召见。"大众叩首趋出。

鸿胪寺丞李可灼,谓有仙方可治帝疾,居然上疏奏陈。光宗乃再宣召众大臣,入问道:"鸿胪寺官说有仙方,目今何在?"从哲叩首道:"李可灼的奏请,恐难尽信。"光宗痰喘吁吁道:"且、且去叫他进来!"左右即奉命出召,少顷,可灼已到,谒见礼毕,便命他上前诊脉。可灼口才颇佳,具言致病原由,及疗治合药诸法。谚言识真病,卖假药,便是这等医生。光宗心喜,便令出去和药。一面复语群臣,提及册立李选侍,并云李选侍数生不育,只有一女,情实可怜。死在目前,还念念不忘选侍,光宗可谓多情。从哲等齐声奏称,当早日具仪,上慰圣怀。光宗复命皇长子出见,顾谕群臣道:"卿等他日辅导朕儿,须使为尧舜,朕亦瞑目。"从哲等方欲有言,但听光宗又谕道:"寿宫尚无头绪,奈何?"从哲道:"先帝陵寝,已经齐备,乞免圣虑!"光宗用手自指道:"便是朕的寿宫。"从哲等复齐声道:"圣寿无疆,何遽言此!"光宗歔欷道:"朕已自知病重了。但望可灼的仙药,果有效验,或可延年。"语至此,已气喘的了不得,用手一挥,饬诸臣退去。

　　诸臣甫出宫门,见可灼跟跄趋入,便一同问讯道:"御药已办好么?"可灼出掌相示,乃是一粒巴豆大的红丸。吃下就死,比巴豆还要厉害。大众也不遑细问,让可灼进去,一群儿在宫门外小憩,听候服药消息。约过一时,有内侍趋出,传语:"圣上服药后,气喘已平,四肢和暖,想进饮食,现在极赞可灼忠臣呢。"诸臣方欢跃退去。到了傍晚,从哲等又至宫门候安,适见可灼出来,亟问消息,可灼道:"皇上服了丸药,很觉舒畅,惟恐药力易竭,更进一丸,服了下去,畅快如前,圣体应可无碍了。"从哲等才放心归去。不期到了五鼓,宫中传出急旨,召群臣速进宫。各大臣等慌忙起床,连盥洗都是不及,匆匆的着了冠服,趋入宫中。但听宫中已经举哀,光宗于卯刻已经归天了。这是红丸的效力。

　　看官!你道红丸以内,是何药合成?原来是红铅为君,参茸等物为副,一时服下,觉得精神一振,颇有效验,但光宗已精力衰惫,不堪再提,况又服了两颗红丸,把元气一概提出,自然成了脱症,不到一夜,即至告终。这数语恰是医家正鹄,崔文升、李可灼等晓得么?诸臣也无词可说,只得入宫哭临。谁知到了内寝,又有中官出来阻住,怪极。弄得群臣莫名其妙。杨涟上前抗声道:"皇上大行,尚欲阻群臣入临,这是何人意见,快快说来!"中官知不可阻,乃放他进去。哭临礼毕,刘一燝左右四顾,并不见有皇长子,乃启问道:"皇长子何在?"问了数声,没人回答。一燝愤愤道:"哪个敢匿新天子?"言未已,东宫伴读王安,入白选侍,见选侍挽着皇长子,正与太监李进忠密谈。进忠何多?王安料他有诈,亟禀选侍道:"大臣入临,皇长子正宜出见,俟大臣退去,即可进来。"选侍乃放开皇长子,当由王安双手掖引,疾趋出门。进忠暗令小太监等,追还皇长子,方在揽袪请返,被杨涟大声呵斥,才行退去。一燝与张维贤等,遂掖皇长子升辇，至文华殿，各向他俯伏，山呼万岁，返居慈庆宫，择日登极。李选侍与李进忠秘议，才不得行。原来李选侍奉侍帝疾，入居乾清宫，至光宗宾天，意欲挟持皇长子，迫令群臣，先册封自己为后，然后令他登位。偏被阁臣等强行夺去，急得没法，还想令进忠带同内侍，劫皇长子入宫，可奈锦衣帅骆思恭，受阁臣调遣，散布缇骑，内外防护，那时宫内阴谋，几成画饼。御史左光斗，复疏请选侍移宫，接连是御史王安舜，痛陈李可灼误投峻剂，罪有专归，于是移宫案、红丸案同时发生，纷纷争议。史官以前有梃击一案，后有移宫、红丸两案，共称三案。小子有诗叹道：

疑案都从内嬖生，盈廷聚讼至相争。
由来叔世多如此，口舌未销国已倾。

毕竟移宫、红丸两案，如何办理，容待下回表明。

光宗之昏淫，甚于神宗，即李选侍之蛊惑，亦甚于郑贵妃。郑贵妃专宠数十年，终神宗之世，不得为后。光宗甫经践祚，李选侍遽思册封，是所谓一蟹不如一蟹，每况而愈下者。然莫为之前，即无后起，有神宗之嬖郑贵妃，始有光宗之宠李选侍。且郑贵妃进献美姬，戕贼光宗，又令不明医理之崔文升进以泄药，一泻如注，剥尽真元，虽无李可灼之红丸，亦难永祚。是死光宗者实郑贵妃，而贵妃之致死光宗，尤实自神宗贻之。至如李选侍之求为皇后，以及挟皇长子，据乾清宫，皆阴承贵妃之教而来。不有杨、左，庸鄙如方从哲辈，能不为选侍所制乎？故君子创业垂统，必思可继，不惑声色，不殖货利，其所以为子孙法者，固深且远也。

第八十二回　选侍移宫诏宣旧恶
　　　　　庸医悬案弹及辅臣

却说移宫、红丸两案，同时发生，小子一时不能并叙，只好分案叙明。李选侍因前计不成，非常愤懑，必欲据住乾清宫，与皇长子同居。廷臣等均言非是，当由御史左光斗，慨然上疏道：

内廷有乾清宫，犹外廷之有皇极殿也，惟皇上御天居之。惟皇后配天，得共居之。其他妃嫔，虽以次进御，不得恒居，非但避嫌，亦以别尊卑也。今选侍既非嫡母，又非生母，俨然尊居正宫，而殿下乃退处慈庆，不得守几筵，行大礼，名分倒置，臣窃惑之。且殿下春秋十六龄矣，内辅以忠直老成，外辅以公孤卿贰，何虑乏人？尚须乳哺而襁负之哉？及今不早断决，将借抚养之名，行专制之实，窃恐武氏之祸，再见于今，此正臣所不忍言也。伏乞殿下迅速裁断，毋任迁延！数语未免太激，卒至祸及杀身。

疏入，为李选侍所闻，气得柳眉倒竖，杏靥改容，便与李进忠商量，借议事为名，邀皇长子入乾清宫。进忠奉命往邀，甫出宫门，巧与杨涟相值。涟即问选侍何日移宫？进忠摇手道："李娘娘正在盛怒，令我邀请殿下入议，究治左御史武氏一说。"涟故作惊诧道："错了错了！幸还遇我。皇长子今非昔比，李娘娘若果移宫，他日自有封号。你想皇长子年已渐长，岂无识见，你等也应转禀李娘娘，凡事三思而行，免致后悔。"晓以利害，颇得戒微之法。进忠默然退去。既而登极有期，仍未得选侍移宫消息，直至登极前一日，选侍尚安居如故。杨涟忍耐不住，即挺身上疏道：

先帝升遐，人心危疑，咸谓选侍外托保护之名，阴图专擅之实，故力请殿下暂居慈庆，欲先拨别宫而迁之，然后奉驾还宫。盖祖宗之宗社为重，宫帏之恩宠为轻，此臣等之私愿也。今登极已在明日矣，岂有天子偏处东宫之礼？先帝圣明，同符尧舜，徒以郑贵妃保护为名，病体之所以沉重，医药之所以乱投，人言藉藉，至今抱痛，安得不为寒心？惩前毖后，断不能不请选侍移宫。臣言之在今日，殿下行之，亦必在今日。阁部大臣，从中赞决，毋容泄泄，以负先帝凭几辅殿下之托，亦在今日。时不可失，患宜预防，幸殿下垂鉴，迅即采行！

杨涟一面拜疏，一面往催方从哲，令速请选侍移宫。从哲徐徐道："少缓几日，亦属无妨。"涟急语道："天子不应再返东宫，选侍今日不移，亦没有移居的日子了，这事岂可少缓？"火燎鬼碰着慢医生，真要气煞！刘一燝、韩炉亦正在侧，也语从哲道："明日系登极期，选侍亟应移宫，我等不如同去请旨便了。"从哲不得已，相偕至慈庆宫门。当有内侍出来，问明底细，便道："难道不念先帝旧宠么？"涟随在后面，忙上前厉声道："国家大事，怎得徇私？你等敢来多嘴，待要怎的。"涟本声若洪钟，更兼此时焦躁已极，越觉响激，震入宫中。皇长子令中官传旨，已请选侍移宫，诸臣少安毋躁。大众闻言，伫立以待。嗣见司礼监王安趋出，语诸人道："选侍娘娘，已移居仁寿殿了，改日当再徙哕鸾宫。现更奉殿下特旨，收系李进忠、田诏、刘朝等人，因他私盗宝藏，为此究办。"刘一燝等都有喜色，且以王安人素诚信，当无诈言，遂相率退归。越日皇长子由校，即皇帝位，是为熹宗，诏赦天下，当下议改元天启。惟神宗于七月崩逝，光宗于九月朔日又崩，彼时曾有旨于次年改元泰昌，至是又要改

第八十二回　选侍移宫诏宣旧恶　庸医悬案弹及辅臣

元,连泰昌二字,都未见正朔,或议削泰昌勿纪,或议去万历四十八年,即以本年为泰昌,或议以明年为泰昌,后年为天启元年,大家争议未决。还是御史左光斗,请就本年八月以前为万历,八月以后为泰昌,明年为天启,最是协情合理。众人也都赞成,熹宗随即听从。朝贺礼成,没甚变事,过了数日,忽由御史贾继春,上书阁臣,书中略云:

> 天地之大德曰生,圣人之大德曰孝。先帝命诸臣辅皇上为尧舜,尧舜之道,孝弟而已矣。父有爱妾,其子当终身敬之不忘。先帝之于郑贵妃,三十余年天下侧目之隙,但以笃念皇祖,涣然冰释。何不辅皇上取法,而乃作法于凉?纵云选侍原非淑德,凤有旧恨,此亦妇人女子之常态。先帝弥留之日,亲向诸臣,谕以选侍产育幼女,欷歔情事,草木感伤,而况我辈臣子乎?伏愿阁下委曲调护,令李选侍得终天年,皇幼女不虑意外,是即所谓孝弟之道也。惟陛下实图利之!

阁臣方从哲等,接到此书,又觉得左右为难,惶惑未定。左光斗得知此事,往见阁臣道:"这也何难取决。皇上还居乾清,选侍自当移宫。惟移宫以后,不要再生枝节,多使选侍不安。现在李进忠、田诏等,既已犯法,应该惩治,此外概从宽政,便是仁孝两全了。"从哲等依违两可,光斗遂将自己意见,登入奏牍。哪知谕旨下来,竟暴扬选侍罪状,其词道:

> 朕幼冲时,选侍气凌圣母,成疾崩逝,使朕抱终天之恨。皇考病笃,选侍威挟朕躬,传封皇后,朕心不自安,暂居慈庆,选侍复差李进忠等,命每日章奏文书,先奏选侍,方与朕览。朕思祖宗家法甚严,从来有此规制否?朕今奉养选侍于哕鸾宫,仰遵皇考遗爱,无不体悉。其李进忠、田诏等,盗库首犯,事干宪典,原非株连,卿等可传示遵行。

方从哲等读完谕旨,相顾惊愕。乃由从哲主张,封还原谕,且具揭上言,陛下既仰体先帝遗爱,不应再有暴扬等情。熹宗不听,仍将原谕发抄,颁告天下。葬神宗帝后于定陵,追谥皇妣郭氏为孝元皇后,尊生母王氏为孝和皇太后。寻又葬光宗帝后于庆陵,具仪发丧,正忙个不了。李选侍已移居哕鸾宫,不料宫内失火,势成燎原,亏得内有宫侍,外有卫卒,从火光熊熊中,扶出选侍母女两人。这火起自夜间,仓猝得很,余物不及抢救,尽付灰烬。当时群阉惧谴,已造蜚言,又因这次猝不及防的火灾,愈觉谣诼纷起,有说选侍母女,均被焚死,有说未火以前,选侍已经投缳,其女亦已投井,种种谣言,喧传宫禁。无非是李进忠一党人物。熹宗也有所闻,忙颁谕朝堂,略说:"选侍、皇妹,均属无恙。"贾继春又致书阁中,竟有"皇八妹入井谁怜,未亡人雉经莫诉"等语。给事中周朝瑞,谓继春造言生事,具揭内阁。

继春又不肯相下,双方打起笔墨官司来。杨涟恐异议益滋,申疏述移宫始末,洋洋洒洒,差不多有数千言,小子录不胜录,只好节述大略。其文云:

前选侍移宫一事,护驾诸臣知之,外廷未必尽知。移宫以后,蜚语忽起,有谓选侍徒跣踉跄,欲自裁处,皇妹失所,至于投井。或传治罪瑢过甚,或称由内外交通。臣谓宁可使今日惜选侍,无使移宫不早,不幸而成女后垂帘之事。况迭奉圣谕,选侍居食,恩礼有加,哕鸾宫火,复奉有选侍、皇妹无恙之旨,方知皇上虽念及于孝和皇太后之哽咽,仍念及于光宗先帝之唏嘘。海涵天盖,尽仁无已。伏乞皇上采臣戆言,更于皇弟皇妹,时勤召见谕安,不妨曲及李选侍者,酌加恩数,遵爱先帝之子女,当亦圣母在天之灵所共喜也。

光宗阅毕,下旨褒奖,又特谕群臣,仍陈选侍过恶,略云:

朕冲龄登极,开诚布公,不意外廷乃有谤语,轻听盗犯之讹传,酿成他日之实录,诚如科臣杨涟所奏者,朕不得不再申谕以释群疑。九月初一日,皇考宾天,诸臣入临毕,请朝见朕,李选侍阻朕于暖阁,司礼官固请,既许而后悔。又使李进忠请回者,至再至三。朕至乾清宫丹陛上,大臣扈从前导,选侍又使李进忠来牵朕衣,卿等亲见,当时景象,危乎安乎?当避宫乎?不当避宫乎?初一日朕至乾清宫,朝见选侍毕,恭送梓宫于仁智殿,选侍差人传朕,必欲再朝见方回,各官皆所亲见,明是威挟朕躬,垂帘听政之意。朕蒙皇考命依选侍,朕不住彼宫,饮食衣服,皆皇祖皇考所赐,每日仅往彼一见,因之怀恨,凌虐不堪。若避宫不早,则彼爪牙成列,盈虚在手,朕亦不知如何矣。既殴崩圣母,又每使宫眷王寿花等,时来探听,不许朕与圣母旧人通一语,朕之苦衷,外廷不能尽知,今停封以慰圣母之灵,奉养以尊皇考之意,该部亦可以仰体朕心矣。臣工私于李党,不顾大义,谕卿等知之,今后毋得植党背公,自生枝节!

这谕下后,御史王养浩等,又上言殴崩圣母四字,有伤先帝盛德,不宜形诸谕旨,垂示后世。此折留中不报。还有与继春同党的人,且诋涟内结王安,私图封拜,涟遂乞归。继春出按江西,且驰疏自明心迹。熹宗降旨切责,次年以继春擅造入井雉经等语,放归田里,永不叙用。后至魏阉专权,矫旨封李选侍为康妃,这系后话慢表。

惟有李可灼呈入红丸一案,当光宗初崩时,已由方从哲拟诏赏给可灼银五十两。总算酬谢他送命的功劳。朝臣啧有烦言,以可灼误下劫剂,不无情弊,却为何还要给赏?即由御史王安舜首先争论,上疏极谏道:

医不三世，不服其药。先帝之脉，雄壮浮大，此三焦火动，面唇赤紫，满面火升，食粥烦躁，此满腹火结。宜清不宜助，明矣。红铅乃妇人经水，阴中之阳，纯火之精也，而以投于虚火燥热之症，几何不速之死乎？然医有不精，犹可借口，臣独恨其胆之大也。以中外危疑之日，而敢以无方无制之药，假言金丹，轻亦当治以庸医杀人之条，乃蒙殿下颁以赏格，臣谓不过借此一举，塞外廷之议论也。夫轻用药之罪固大，而轻荐庸医之罪亦不小，不知其为谬，犹可言也，以其为善而荐之，不可言也。伏乞殿下改赏为罪，彻底究办！

　　看这疏中语味，还说李可灼不过误医，就是提及荐医的人，也未尝指出姓名，没有甚么激烈。从哲乃改为夺可灼罚俸一年。及熹宗即位，御史郑宗周复劾崔文升罪，请下法司。从哲又拟旨令司礼监察处。于是御史冯三元、焦源溥、郭如楚，给事中魏应嘉，太常卿曹珖，光禄少卿高攀龙，主事吕维祺，交章论崔、李罪状，并言："从哲徇庇，国法何在！"给事中惠世扬，竟直纠从哲十罪三可诛，疏中有云：

　　方从哲独相七年，妨贤病国，罪一；骄蹇无礼，失误哭临，罪二；梃击青宫，庇护奸党，罪三；恣行凶臆，破坏丝纶，罪四；纵子杀人，蔑视宪典，罪五；阻抑言官，蔽塞耳目，罪六；陷城失律，宽议抚臣，罪七；马上催战，覆没全师，罪八；徇私罔上，鼎铉贻羞，罪九；代营榷税，蠹国殃民，罪十。贵妃求封后，举朝力争，从哲依违两可，当诛者一；选侍乃郑氏私人，从哲受其官奴所盗美珠，欲封为贵妃，又听其久据乾清，当诛者二；崔文升用泄药，伤损先帝，廷臣交章言之，从哲拟为脱罪，李可灼进劫药，以致先帝驾崩，从哲反拟加赏，律以春秋大义，弑君之罪何辞，当诛者三。如此尤任其当国，朝廷尚有法律耶？务乞明正典刑，以为玩法无君者戒！

　　看官！你想方从哲尚有人心，到了此时，还有甚么脸面，在朝执政？当即上表力辞，疏至六上，乃命进中极殿大学士，赏银币蟒衣，允他致仕。从哲尚有廉耻，较之严分宜辈，相去多矣。但从哲虽已辞职，尚羁居京师。崔、李二人，终未加罪。御史焦源溥、傅宗龙、马逢皋、李希孔，及光禄少卿高攀龙等，又先后劾奏崔、李二人。既而礼部尚书孙慎行，又追劾李可灼进红丸事，并斥从哲为弑逆。略云：

　　李可灼进红药两丸，实原任大学士方从哲所进。未免锻炼。夫可灼官非太医，红丸不知何药，乃敢突然进呈，昔许悼公饮世子药而卒，世子即自杀，春秋犹书之为弑，然则从哲宜何居？速引剑自裁，以谢先帝，义之上也。合门席藁以待司寇，义之次也。乃悍然不顾，至举朝共攻可灼，仅令罚俸,岂以己实荐灼,恐与同罪,可灼可爱,而先帝可忍乎?纵无弑之心,却有弑之事,欲辞弑之名,难免弑之实。即有百口,亦无能为天下万世解矣。陛下以臣言有当,乞将从哲大正肆放之罚,速严两观之诛,并将李可灼严加考问,置之极刑。若臣言无当,即以重典治臣,亦所甘受,虽死何辞!

这疏上去,有旨令廷臣集议。大臣到了一百十余人,多以原奏为是,纷纷欲罪从哲。独刑部尚书黄克缵,御史王志道、徐景濂,给事中汪庆百数人,颇袒从哲。从哲也上疏辩驳,结末有"请削官阶,愿投四裔,以谢先帝并谢天下"等语。熹宗令阁臣六卿,再行慎议。大学士韩爌述进药始末,吏部尚书张问达,户部尚书汪应蛟等,亦将始末具陈。大旨言:"可灼自请进药,由先帝召问,命他和丸急进,非但从哲未能止,即臣等亦未能止。从哲坐罪,臣等均应连坐。惟从哲拟赏可灼,及御史王安舜争谏,仅令罚俸,论罪太轻,实无以慰先帝、服中外,宜如从哲请,削夺官阶,为法任咎。至可灼罪不容诛,崔文升先进大黄凉药,罪比可灼尤重,法应并加显戮,藉泄公愤"云云。熹宗乃命将可灼遣戍,文升放南京,惟从哲仍不加罪。孙慎行见公论难伸,引疾归田。后来尚宝司少卿刘志选,反劾孙慎行妄引经义,诬毁先帝,更及皇上。得旨令宣付史馆,且赦免可灼。看官!你道熹宗出尔反尔,是何理由?原来即位以后,宠用魏阉,可灼、文升等人,俱向魏阉贿托,魏阉权焰薰天,无论甚么大事,均可由他主张,何论这文升、可灼两人呢?小子闻当时有一道士,作歌市中云:

委鬼当头立,茄花满地红。

委鬼二字,明指魏姓,茄花二字,应作何解,看官少安毋躁,容小子下回说明。

移宫、红丸两案,群议纷滋,直扰扰至明亡而止。平心论之,选侍之应即移宫,与红丸之应罪可灼,议之最正者也。杨、左等之主张此议,正大光明,何私何疑?但必斥选侍为武氏,与李可灼之有心弑逆,则太苛太激,未免不平。方从哲之过,在失之模棱,必谓其勾通选侍,授意可灼,亦觉深文周内,令人难堪。晋伯宗好直言,卒致及难,杨、左等读书有素,宁未闻之。熹宗不明,暴扬选侍过恶,不留余地,而可灼、文升之应加罪,反迁延不发,嗣虽一戍一放,乃久后复有赦免之旨,如此昏愦,不值一争。良禽择木而栖,良臣择主而事,如杨、左诸臣,毋乃失先几之智乎?

第八十三回　大吃醋两魏争风
　　　　　　真奇冤数妃毕命

　　却说道士作歌都市,有"委鬼当头立,茄花满地红"二语,委鬼二字相拼,便是魏字,茄花究属何指,据明史上说及,茄字拆开,便是客字。此语未免牵强。小子愚昧,一时未能明析,只好照史誊录,看官不要贻笑。闲文少叙,原来熹宗有一乳母,叫作客氏,本是定兴县民侯二妻室,生子国兴,十八岁进宫。又二年,侯二死了,客氏青年守孀,如何耐得住寂寞?况且她面似桃花,腰似杨柳,性情软媚,态度妖淫,仿佛与南子、夏姬,同一流的人物。比较确切。不过在宫哺乳,未能出外,朝夕同处,无非是宫娥太监等人,就使暗地怀春,也无从觅一雄狐,替她解闷。事有凑巧,偏司礼监王安属下,有一魏朝,性甚儇黠,颇得熹宗宠爱,随时出入宫中。他见客氏貌美,非常垂涎,趁着空隙,常与客氏调笑,渐渐的亲昵起来,遂至捏腰摸乳,无所不至。既而熹宗渐长,早已辍乳,客氏仍留居宫禁,服侍熹宗,惟职务清闲,比不得从前忙碌。一夕,正在房中闲坐,蓦见魏朝入内,寒暄数语,朝复施出故技,逗引客氏,惹得客氏情急,红潮上脸,恨恨的说道:"你虽是个男子,与我辈妇人相同,做此丑态何为。"朝嬉笑道:"妇人自妇人,男子自男子,迥不相同,请你自验!"客氏不信,竟伸手摸他胯下,谁知白鸟鹤鹤,与故夫侯二,毫无异样,奇哉怪哉!不禁缩手道:"哪里来的无赖,冒充太监,我当奏闻皇上,敲断你的狗胫。"还是割势最妙。言已,抽身欲走。魏朝四顾无人,竟尔色胆如天,把客氏牵住,拥入罗帏,小子不敢导淫,就此截住亵语。但魏朝本由太监入宫,为何与侯二无二,莫非果真冒充么?若果可以冒充,宫内尽成真男,倒也普济宫娥。此中情节,煞费猜疑。相传魏朝净身后,密求秘术,割童子阳物,与药石同制,服过数次,重复生阳,所以与客氏入帏以后,仍然牝牡相当,不少减兴。魏朝既偿了凤愿,客氏亦甚表同情,相亲相爱,不啻伉俪。朝恐出入不便,教客氏至熹宗前,乞赐对食。什么叫作对食呢?从来太监净身,虽已不通人道,但心尚未死,喜近妇女,因此太监得宠,或亦由主上特赐,令他成家授室,只不能生子育女,但相与同牢合卺罢了,因此叫作对食。自汉朝以后,向有这个名目,或亦称为伴食,亦称菜户。客氏入奏熹宗,熹宗便即允从,自此与魏朝做了对食,名义上的夫妇,变成实质上的夫妇。实沾皇恩。
　　魏进忠与魏朝同姓,就此夤缘,得入宫中,进忠初名尽忠,河间肃宁人,书中惟大忠大奸，特表籍贯。少时善骑马射箭，尤好赌博，尝与悍少年聚赌，输资若干，无力偿还，被悍少年再三窘迫，愤极自宫。遂与魏朝认了同宗，由他介绍，至熹宗生母王选侍宫内典膳，改名进忠。熹宗省视生母，与进忠相见，进忠奉承惟谨，颇得熹宗欢心。及选侍逝世，进忠失职，魏朝又至王安前，替他说项，改入司礼监属下。嗣又托客氏进白熹宗，熹宗尚在东宫，记得进忠巧慧，便令他入宫办膳。进忠善伺意旨，见熹宗性好游戏，遂令巧匠别出心裁，糊制狮蛮滚球，双龙赛珠等玩物，进陈左右，镇日里与客氏两人，诱导熹宗，嬉戏为乐。熹宗大喜，遂倚两人为心腹，几乎顷刻难离。祸本在此。至熹宗登极，给事中杨涟，曾参劾进忠导上为非，进忠惧甚，泣求魏朝保护。魏朝转乞王安解免，安乃入奏熹宗，只说是杨涟所参，恐指及选侍宫中的李进忠，同名误姓，致此讹传。幸有李进忠代他顶罪，可见名与人同，有利有害。熹宗遂坦然不疑。且恐廷臣再有谬误，遂教进忠改名忠贤。忠贤深德魏朝，与朝结为兄弟，差不多似至亲骨肉一般。都为后文伏笔。魏朝受他笼络，所有宫中大小事件，无不与忠贤密谈，甚至采药补阳，及与客氏对食等情，也一一说知。逢人须说三分话，未可全抛一片心。忠贤正艳羡客氏，只虑胯下少一要物，无从纵欲，此时得了魏朝的秘授，当即如法一试，果然瓜蒂重生，不消数月，结实长大，仍复原阳。乘着魏朝值差的时候，与客氏调起情来。客氏见忠贤年轻貌伟，比魏朝高出一筹，也是暗暗动情，但疑忠贤是净身太监，未必有此可意儿，所以遇他勾引，不过略略说笑，初不在意。哪知忠贤佯与扑跌，隐动机关，竟按倒客氏，发试新硎，一番鏖战，延长至二三时，客氏满身爽适，觉得忠贤战具，远过魏朝，遂把前日亲爱魏朝的心思，一古脑儿移至忠贤身上，嗣是视魏朝如眼中钉。魏朝觉得有异，暗暗侦察，才知忠贤负心，勾通客氏，好几次与客氏争闹。客氏有了忠贤，哪顾魏朝，当面唾斥，毫不留情。水性杨花，至此已极，可为世之轧姘头者作一棒喝。忠贤知此事已发，索性一不做，二不休，竟占据了客氏，不怕魏朝吃醋。一夕，忠贤与客氏正在房闼，私语喁喁，可巧魏朝乘醉而来，见了忠贤，气得三尸暴炸，七窍生烟，便伸手去抓忠贤。忠贤哪里肯让，也出手来抓魏朝，前日情谊，何处去了。两人扭做一团，还是忠贤力大，揪住魏朝，殴了数下。朝知敌他不过，慌忙闪脱，转了身竟将客氏扯去。忠贤不防这一着，蓦见客氏被拥出房，方才追出，魏朝且扯且斗，哄打至乾清宫西暖阁外。原来乾清宫东西廊下，各建有平屋五间，向由体面宫人居住。客氏、魏朝，也住于此。时熹宗已寝，陡被哄打声惊醒，急问外面何事？内侍据实陈明，熹宗即将三人召入，拥被问讯。三人跪在御榻前，实供不讳。熹宗反大笑道："你等都是同样的人，为何也解争风？"三人都低头不答。熹宗又笑道："这件事朕却不便硬断，还是令客媪自择。"好一个知情的皇帝。客氏闻言，也没有甚么羞涩，若稍有廉耻，也不至

第八十三回　大吃醋两魏争风　真奇冤数妃毕命

出此丑事。竟抬起头来，瞟了忠贤一眼。熹宗瞧见情形，便道："哦，哦！朕知道了。今夕应三人分居，明日朕替你断明。"三人方遵旨自去。客氏不免孤栖一夕。越夕，竟颁下谕旨，立撵魏朝出宫。魏朝无可奈何，空落得短叹长吁，垂头自去。谁要你引用忠贤。那客氏真是狠辣，想出了一条斩草除根的计策，竟令忠贤假传圣旨，将魏朝遣戍凤阳，一面密嘱该处有司，待魏朝到戍，勒令缢死。有司奉令遵行，眼见得魏朝死于非命。抢风吃醋之结果，如是如是。客、魏两人，从此盘踞宫禁，恃势横行，熹宗反越加宠幸，封客氏为奉圣夫人。其子国兴，荫袭官爵。授忠贤兄魏钊，及客氏弟客光先，俱为锦衣千户。

　　司礼监王安，持正不阿，目睹客、魏专权，不由的懊怅起来。御史方震孺曾劾奏客、魏，王安亦从中怂恿，请令客氏出宫，忠贤改过。熹宗颇也允从，当将忠贤发安诘责，客氏退出宫外。怎奈熹宗离此两人，寝不安席，食不甘味，一时虽勉从安请，后来复怀念不忘。客氏得知消息，复夤缘入宫，仍与忠贤同处，日夕谋害王安。也是王安命数该绝，内侍中出了一个王体乾，想做司礼监，与忠贤朋比为奸，往见客氏道："夫人比西李何如？势成骑虎，无贻后悔。"客氏既有心图安，又遭体乾一激，忙与忠贤商议，唆使给事中霍维华，弹劾王安。又令刘朝、田诏等上疏辩冤，说由王安诬陷成狱。再经客氏入内加谮，惹得熹宗怒起，饬令王安降职，由王体乾继任。忠贤更矫旨赦免刘朝，且命他提督南海子，降安为南海净军，勒令自裁。

　　先是光宗为太子时，忧谗畏讥，赖王安左右调护，始得免祸。及梃击案起，安又为属草下谕，解释群疑，神宗非常信任。及光宗即位，特擢为司礼监，劝行善政，内外称贤。熹宗嗣祚，又全亏他从中翼助，至是为客、魏陷害，竟至毙命。看官试想！冤不冤呢？善善从长，不以阉人少之。王安既死，忠贤益无忌惮，又有司礼监王体乾为耳目，及李永贞、石元雅、徐文辅等为腹心，李实、李明道、崔文升等为指臂，势倾内外，炙手可热。天启二年，册立皇后张氏，客、魏二人，自然在内帮忙。大婚礼成，忠贤得荫侄二人，客氏得赐田二十顷，作为护坟香火的用费。给事中程注、周之纲，及御史王一心等，相继奏阻，俱遭斥责。又有给事中侯震旸，亦奏斥客、魏，奉诏夺职。吏部尚书周嘉谟，上疏营救，留中不报。嘉谟以霍维华谄附忠贤，把他外调，忠贤益怒，遂阴嘱给事中孙杰，纠弹嘉谟朋比辅臣，受刘一燝指使，谋为王安复仇。熹宗遂将嘉谟免官，刘一燝因此不安，亦累疏乞休，特旨允准。叶向高奉诏起用，早已到阁，应八十一回。见刘、周相继归休，不能自默，遂上言："客氏既出复入，一燝顾命大臣，反不得比保姆，令人滋疑，不可不防。"熹宗全然不睬。大学士沈㴶，内通客、魏，令门客晏日华，潜入大内，与忠贤密议，劝开内操。忠贤大喜，遂令锦衣官召募兵士，得数千人，居然在宫禁里面，演操起来，钲鼓炮铳的声音，震动宫闱。皇长子生未满月，竟被惊死。既而内标增至万人，衷甲出入，肆行无忌。内监王进尝试铳帝前，铳炸伤手，余火乱爆，险些儿伤及熹宗。熹宗反谈笑自若，不以为意。所有正士邹元标、文震孟、冯从吾等，俱因积忤忠贤，一并斥逐。更引用顾秉谦、朱延禧、朱国桢、魏广微一班人物，入阁办事。秉谦、广微庸劣无耻，但知谄附忠贤，因得幸进。霍维华、孙杰等，且优升京堂。总之宫廷以内，知有忠贤，不知有熹宗，只教忠贤如何处断，便可施行。客氏尤淫凶得很，平日与光宗选侍赵氏，素不相容，她竟与忠贤设计，矫旨赐赵选侍自尽。选侍恸哭一场，尽出光宗所赐珍玩，罗列座上，拜了几拜，悬梁毕命。裕妃张氏，因言语不慎，得罪客氏，客氏蓄恨多时，会张妃怀妊，约已数月，偏由客氏暗入谗言，只说张妃素有外遇，怀孕非真帝种，顿时惹动熹宗疑心，把她贬入冷宫。客氏禁膳夫进食，可怜一位受册封妃的御眷，活活的饿了好几日，竟至手足疲软，气息仅属。会值天雨，张妃匍匐至檐下，饮了檐溜数口，无力返寝，宛转啼号，竟死檐下。客氏之肉，其足食乎？冯贵人才德兼优，尝劝熹宗停止内操，为客、魏所忌，不待熹宗命令，竟诬她诽谤圣躬，迫令自尽。熹宗尚未曾知晓，经成妃李氏从容奏闻，熹宗毫不悲切，置诸不问。哪知客氏恰已得知，又假传一道圣旨，把成妃幽禁别室。幸成妃已鉴裕妃复辙，在壁间预藏食物，一禁半月，尚得活命。熹宗忽记及成妃，问明客氏，才知她幽禁有日。自思从前与成妃相爱，曾生过两女，虽一并未育，究竟余情尚在，因向客氏前替她缓颊，始得放出，结局是斥为宫人，迁居乾西所。熹宗并未与客氏相通，乃受她种种挟制，反不能保全妾妃，令人不解。惟是张皇后素性严明，察悉客、魏所为，很是愤恨，每见熹宗，必痛陈客、魏罪恶。熹宗厌她絮烦，连坤宁宫中，都不常进去。一日，闲步至宫，后方据案阅书，闻御驾到来，忙起身相迎。熹宗入视案上，书尚摊着，便向后问道："卿读何书？"后正色答道："是《史记》中赵高传。"熹宗默然。随后支吾数语，便又出去。看官！读书稽古，应知赵高指鹿为马，是秦二世时一个大权阉，二世信任赵高，遂至亡国，此次张后所览，未必定是赵高传，不过借题讽谏，暗指魏忠贤，提醒熹宗，熹宗昏迷不悟，倒也罢了，偏这客、魏两人，贼胆心虚，竟卖嘱坤宁宫侍女，谋害张后，是时后亦怀娠，腰间觉痛，由侍女替她捶腰，侍女暗施手术，竟将胎孕伤损。过了一日，遂成小产。一个未满足的胎形，堕将下来，已判男女，分明是一位麟儿，坐被客、魏用计打落，小人女子之难养，一至于此。熹宗从此绝嗣。小子有诗叹道：

　　　　王圣赵娆无此恶，江京曹节且输凶。
　　　　一朝遗脉伤亡尽，从此朱明便覆宗。

客、魏既计堕后胎，还要捏造谣言，污蔑张后，说将起来，令人发指。小子演述下去，也不禁气愤起来，姑将秃笔暂停，少延片刻再叙。

是回历叙客、魏入宫，非法妄为等情事，魏忠贤与魏朝，同争客氏，明明是宫中丑史，稍有心肝之人主，应早动怒，一并撵逐，何物熹宗，反将客氏断与忠贤，坐令秽乱而不之防！吾恐桀纣当日，亦未必昏迷至此。客、魏见熹宗易与，自然日肆诪张，忠贤阴狠，客氏淫凶，两人相毗，何事不可为，如斥正士，引匪类，尚意中事，甚至欲斫丧龙种，于已生之皇长子，则震死之，于怀妊之裕妃张氏，则勒死之，于张皇后已孕之儿胎，则堕死之。熹宗均不加察，仍日加信任，此而欲不亡国绝种得乎？自古权阉，莫甚于魏贼，自古乳媪，亦莫甚于客氏，读此回而不愤发者，吾谓其亦无心肝。

第八十四回　王化贞失守广宁堡　　朱燮元巧击吕公车

却说熹宗皇后张氏，本祥符人张国纪女，国纪由女得封，授太康伯。客、魏尝欲倾后，无词可谤，左思右想，竟造出一种蜚言，谓后非国纪女，乃是系狱海寇孙官儿所出，想入非非。且扬言将修筑安乐堂，遣后居住。安乐堂在金海桥西，从前孝宗生母纪氏，为万贵妃所构害，谪居于此。此时欲张后入居，明明是讽劝熹宗，实行废后故事。熹宗不愿允从，还算有一线明白。客氏还不肯罢休，适归家省母，母极力劝止，悚以危言，方才搁过一边。

看官听着！小子叙述客、魏行事，多半是假传圣旨，难道熹宗果耳无闻、目无见么？我亦动疑。原来熹宗颇有小慧，喜弄机巧，刀锯斧凿，丹青髹漆等件，往往亲自动手，尝于庭院中作小宫殿，形式仿乾清宫，高不过三四尺，曲折微妙，几夺天工。宫中旧有蹴圆亭，他又手造蹴圆堂五间，此外如种种玩具，俱造得异样玲珑，绝不惮烦。倒是一个工业家。惟把国家要政，反置诸脑后，无暇考询。忠贤尝趁他引绳削墨的时候，因事奏请，熹宗未免厌恨，随口还报道："朕知道了，你去照章办理就是。"至如廷臣奏本，旧制于所关紧要，必由御笔亲批；若例行文书，由司礼监代拟批词，亦必书遵阁票字样，或奉旨更改，用朱笔批，号为批红。熹宗一概委任魏阉，以此魏阉得上下其手，报怨雪恨，无所不为。

魏阉置第宫南，客氏置第宫北，两屋相去，不过数武，中架过廊一栋，以便交通往来。两人除每夕肆淫外，统是设计营谋，倾排异己。客氏又在凤彩门，另置值房一所，或谓客氏虽私忠贤，尚嫌未足，免不得再置面首，就是大学士沈㴶，也曾与客氏结露水缘，是真是假，且勿深考。惟客氏日间在宫，夜间必往私宅，无非寻欢。侍从如云，不减御驾。灯炬簇拥，远过明星。衣服华丽似天仙，香雾氤氲如月窟。既至私宅，仆媪等挨次叩头，或呼老太太，或呼千岁，喧阗盈耳，响彻宫廷。至五更入宫，仍然照旧铺排，丝毫不减。我说客氏夜来明往，不能与所欢日夕同居，还是失策。客氏又性喜妆饰，每一梳洗，侍女数辈，环伺左右，奉巾理发，添香簪花，各有所司，不敢少懈；偶欲湿鬓，即选三五美人津液，充作脂泽，每日一易。自云此方传自岭南老人，名群仙液，令人老无白发。天不容你长生，如何是好。又喜效江南妆，广袖低髻，备极妖冶，宫中相率模仿，惟张皇后很是厌薄，凡坤宁宫侍女，概禁时装，客氏尝引为笑柄，后虽微有所闻，仍然吾行吾素，不改古风。还有客氏一种绝技，是独得烹饪的秘诀。熹宗膳餐，必经客氏调视，方得适口，所以客氏得此专宠，恩礼不衰。相传熹宗不喜近色，所以宠幸客氏者，在此，故特别叙明。

话休叙烦，且说辽东经略熊廷弼，守辽三年，缮完守备，固若金瓯，惟廷弼索性刚正，不肯趋附内臣，免不得有人訾议。太监魏忠贤，心中也是恨他，当遣吏科给事中姚宗文，赴辽阅兵。宗文系白面书生，何知军务。此次奉遣，明是教他需索陋规，廷弼毫无内馈，并且薄待宗文，宗文失望回京，即上疏诬劾廷弼。廷弼便即免官，改任袁应泰为经略。应泰文事有余，武备不足，把廷弼所定的规律，大半变易，且招降满洲饥民，杂居辽、沈二城。满洲太祖乘势袭击，降人多为内应，据了沈阳，直逼辽阳。应泰登陴督御，偏偏城中自乱，将校潜遁，一时失措，竟被满洲兵陆续登城。应泰自缢，辽阳又失，辽东附近五十寨，及河东大小七十余城，尽被满洲兵占去。都是魏阁拱手奉送。朝议乃再用廷弼，赐宴饯行。急时抱佛脚。

廷弼到山海关，与辽东巡抚王化贞，商议军务。化贞主战，廷弼主守，彼此又龃龉起来，两造各持一说，奏报明廷。起初廷议颇赞成廷弼，嗣因辽阳都司毛文龙，取得镇江城，报知化贞，化贞遂奏称大捷，请即进兵。兵部尚书张鹤鸣，轻信化贞，令化贞专力图辽，不必受廷弼节制，一面偏促廷弼出关，为化贞后援。既教化贞专力图辽，为何又令廷弼接应？化贞五次出师，俱不见敌，廷弼请敕化贞慎重举止，化贞独上言得兵六万，可一举荡平满洲。大言不惭。叶向高为化贞座主，颇袒化贞，张鹤鸣尤信任不疑。化贞意气自豪，出驻广宁，方拟大举，哪知满洲兵已西渡辽河，击死明副将罗一贯，长驱入境，势如破竹。化贞即遣爱将孙得功，及参将祖大寿，总兵祁秉忠往援，与满洲兵交战平阳桥。得功未败先奔，阵势大乱。秉忠战死，大寿遁去。得功潜降满洲，且欲缚住化贞，作为赘仪，好一个爱将。佯率败军逃回广宁，待满洲兵一到，即为内应。化贞全然不知，关了署门，整缮文牍。忽有参将江朝栋，排闼入报道："敌

第八十四回 王化贞失守广宁堡 朱燮元巧击吕公车

兵来了，请公速行。"化贞莫明其妙，尚在瞠目不答，当由朝栋一把掖住，出署上马，踉跄出城。好好一座广宁城，平白地奉送满洲，毫不言谢。趣语。

此时廷弼已奉命出关，进次闾阳驿，闻广宁已经失守，料想不及赴援，遂退屯大凌河。巧值化贞狼狈回来，下马相见，不禁大哭。绝似一个儿女子，如何去御敌兵？廷弼微笑道："六万军一举荡平，今却如何？"乐得奚落，难为化贞。化贞带哭带语道："还求经略即速发兵，前截满人。"廷弼道："迟了迟了。我只有五千兵，今尽付君，请君抵挡追兵，护民入关！"言未已，探马来报，孙得功已降满洲，锦州以西四十余城，统已失陷。廷弼急将麾下五千人，交给化贞，令他断后，自与副使高出、胡嘉栋等，焚去关外积聚，护送难民十万人入关。败报到了京中，一班言官，也不辨廷弼、化贞的曲直，但说他一概有罪，请即逮问。熹宗糊涂得很，当即照准，饬将二人逮押来京，即交刑部下狱。张鹤鸣惧罪乞休，寻即罢官。

御史左光斗，因广宁一失，辽事日棘，特荐一老成练达的孙承宗，督理军务。熹宗乃授为兵部尚书，兼东阁大学士，另用王之晋为辽东经略。王之晋莅任，请添筑重关，增设守兵至四万人，佥事袁崇焕，以为非计，入白叶向高，向高不能决。承宗自请往视，由熹宗特许，兼程到关，相度形势，与之晋所见未合，因还言之晋不足任，自愿督师。熹宗甚喜，遂命他督师蓟辽，赐尚方剑，御门亲饯，送他启程，承宗拜辞而去。及到了关外，定军制，明职守，筑堡修城，练兵十一万，造铠仗数百万，开屯田五十顷，兵精粮足，屹成重镇。满洲兵不敢觊觎，相戒近边，俨然有一夫当关，万夫莫入的情形。为政在人。明廷少安，便拟讯鞫熊廷弼、王化贞的罪案。刑部尚书王纪，以廷弼守辽有功，足以赎罪，应从末减。独阁臣沈㴶，劾他袒护罪臣，例应同坐。明是受意魏阉。王纪心中不服，亦奏称沈㴶贪鄙龌龊，酷似宋朝的蔡京。熹宗初颇下旨调停，令两人同寅协恭，不得互相攻讦，嗣被魏忠贤从中唆惑，竟将王纪削籍。纪去后，叶向高言："纪、㴶交攻，均失大臣体裁，纪独受斥，㴶尚在位，怎得折服人心。"阁臣朱国祚，亦具揭论王纪无罪，㴶心中颇不自安，引疾退归。魏忠贤衔恨朱、叶，屡欲陷害，国祚明哲保身，连上十三疏乞休，乃蒙允准。史继偕亦致仕而去。继偕两字，不愧尊名。小子因随笔叙下，无暇他及，致将内地两大乱事，一时无从插入，可巧明廷大臣，纷纷乞休，正好乘这空隙，补叙出来。此是作者欺人之笔。

天启元年，四川永宁土司奢崇明作乱。奢氏本猓猡遗种，洪武中入附明朝，命为永宁宣抚使。数传至奢崇周，殁后无嗣。崇明以族人继立，素性阴狡，内悍外恭，有子奢寅，骁桀好乱，明廷方募兵援辽，檄至四川，崇明父子，上疏请行，先遣土目樊龙、樊虎等，径赴重庆。巡抚徐可求点核土兵，见有老弱夹杂，拟加裁汰。樊龙不服，定要可求照数给饷。可求呵叱数语，龙即挺起槊来，刺杀可求，并击毙道府总兵官二十余人，占住重庆府城。是时川境久安，守备日弛，为了此弊，所以抚道各员，俱被杀死，乾典守何事，乃竟令彼猖獗耶？闻得重庆警报，附近兵民，纷纷逃逸。樊龙等遂乘势出兵，攻合江、纳溪，复报知崇明父子，请即援应。崇明父子，踊跃而来，统率部众及徼外杂蛮，不下数万，破泸州，陷遵义、兴文，全蜀大震。播州杨应龙余孽，播州事见七十八回。及诸亡命奸人，随处响应，势日猖獗。崇明居然悬旗僭号，伪称大梁，设丞相以下等官，麇众进逼成都。蜀王至澍，为太祖第十一子椿八世孙，世袭藩封，见城内守兵寥寥，仅有镇远营七百人，如何守御得住？急忙檄调近地兵士，陆续到来，亦只有一千多人。偏偏左布政使朱燮元，正奉旨入觐，出城北上，燮元以知兵闻，当这军务吃紧的时候，哪可失此良佐，蜀王情急得很，忙率百姓驰出国门，追留燮元。燮元见遮道攀辕，非常恳切，遂慷慨返驾，入城誓师，热忱壮士。当下与右布政使周著，按察使林宰等，督励兵民，分陴固守。一面驰檄各道，飞调援兵。不意寇兵已至，四面环攻。燮元加意严防，督令士卒放炮擂石，昼夜不懈。贼拥革为蔽，被炮击毁，接竹为梯，被石击断，累攻不能得手，反死伤了数百人。适值冬濠水涸，贼率降民持蒭束薪，满填濠中，高如土垒，上筑蓬荜，形类竹屋，藉避铳石，暗中恰伏弩仰射，齐注城头。燮元已预备竹帘，撑架起来，挡住敌矢。夜半恰令壮士缒城而出，持刍涂膏，纵火焚薪，薪燃垒坏，上面倚据的贼兵，不被烧死，也遭跌死。燮元又遣人潜决江水，流满城濠，贼计无所施，但射书入城，煽惑兵民。当有奸徒二百余人，谋为内应，被燮元一一查出，枭首悬城。贼又四面架起望楼，高与城齐，也由燮元暗遣死士，放火焚去，斩了贼目三人，相持至十余日，孤城屹峙，不损丝毫。可谓善守。

诸道援兵，次第趋集，就中有一个巾帼英雄，系石驻宣抚司女总兵秦良玉，也率队到来。良玉忠州人，曾嫁宣抚使马千乘，千乘病死，良玉英武知兵，代为统领。崇明凤慕英名，发难时曾厚遗良玉，乞为臂助，良玉语来使道："你不闻我秦氏世笃忠贞么？我兄邦屏、邦翰，奉旨援辽，俱死王事，只有我弟民屏，负伤归来，现在伤痕已痊，我当带领弟侄，效死报国，什么盗物，敢来污我！"英气勃勃，足愧须眉。秦良玉为明末女杰，故叙述履历，格外从详。言毕，将所遗金银，掷还来使。来使出言不逊，恼得良玉性起，拔出佩剑，砍作两段。爽快之至。当下率所部精兵，与弟民屏、侄翼明等，卷甲疾趋，潜越重庆，分兵为二。留翼明屯南坪关，截贼归路，又留兵一千，多张旗帜，护守忠州，作为南坪关的犄角。自率锐卒三千人，沿江而上，直抵成都，离城数里下寨。崇明父子，见援兵日至，也陆续募集党羽，分头拦阻。且督众更番攻城，自初冬至暮冬，岁已且尽，仍然围攻不辍。城中人伏腊不祭，岁朝不贺，一意同悍寇拚命，与城

第八十四回　王化贞失守广宁堡　朱燮元巧击吕公车

存亡。非燮元之抚驭有方，安能得此。元夕已过，贼攻少懈，燮元方下城少憩，忽城上来了守卒，大呼道："有旱船来了，请主帅速即登城！"燮元忙上城楼，但见有数千悍贼，自林中大噪而出，拥物如大舟，高可丈许，长约五百尺，内筑层楼数重，上面站着一人，披发仗剑，旁竖羽旗，中载数百人，各挟机弩毒矢，翼以两云楼，用牛牵曳，势将近城，较诸城楼上面，还高尺许。这是何物？费人疑猜。守陴的老幼妇女，顿时大哭起来。燮元忙即慰谕道："不妨不妨，这是吕公车，可以立破。"是谓知兵。随即命守卒道："我有巨木预备，搁置城下，无论大小，一并取来！"守卒忙即运至，由燮元亲自指点，长木为杆，短木为轴，轴上已有巨索，转索运杆，可发大炮。炮中有千斤石，飞射出去，好似弹丸。这边已装好大炮，那边吕公车适至，第一炮轰去，击毁车旁云楼，第二炮轰去，不偏不倚，正将这披发仗剑的贼目，一石打倒。看官听说！这全车的举动，全仗他一人指挥，他已被击，车中人都成傀儡了。燮元更用大炮击牛，牛负痛返奔，冲动贼阵。那时燮元乘势出击，大杀一阵，便即还城。

崇明父子，尚不肯退去，会有裨将刘养鲲，报称贼将罗乾象，遣私人孔之谭输诚，情愿自拔效用。燮元即遣之谭复往，令与乾象俱来。及乾象既至，燮元方卧城楼，起与共饮，饮至酣醉，复呼令同寝，鼾声达旦。这是有诈，莫被燮元瞒过。不然，崇明未退，乾象新降，安得冒昧若此？乾象因此感激，誓以死报。燮元遂与他密约，令诱崇明登城，设伏以待。果然乾象去后，即于是夜偕崇明登城，甫有一人悬梯而上。守兵遽行鼓噪。崇明料知有备，跳身逸去，等到伏兵突出，追赶不及，只拿住他随卒数人。乾象即纵火焚营，崇明父子，仓猝走泸州，成都围解，乾象率众来归。燮元上书奏闻，朝旨擢为四川巡抚，于是复率诸军进讨，连复州县卫所四十余，乘胜攻重庆。

重庆为樊龙所据，已九阅月，贼守甚固，自二郎关至佛图关，为重庆出入要道，悍贼数万扼守，连营十有七座。总兵杜文焕，及监军副使邱志充、杨述程等，率兵进攻，连战不下。石砫女官秦良玉，请从间道绕出关后，两路夹击，定可破贼等语。燮元很是嘉许，遂命良玉带领部兵，觅路径去。贼兵只管前敌，不防后袭，谁知后面竟来了一位女将军，铁甲银枪，蛮靴白马，在垒后麾军直入，乱杀乱戮，无人敢当。极写良玉。前面的杜文焕等，也踹入贼营，似削瓜刘稻一般，遮拦不住。那时贼众大溃，连拔二郎、佛图二关，直捣重庆。樊龙出战不利，守了数日，粮道被断，城中竟致乏食，只好开门潜遁。行不一里，但听得四面八方，都呼樊贼休走，正是：

将军巧计纵鹰犬，悍贼穷途陷网罗。

未知樊龙曾否就擒，请看下回分解。

熊廷弼为明季名将,守辽有功,乃为王化贞牵制,致同坐罪,此事为明廷一大失着。作者前著《清史演义》,叙述甚详,而此回亦不肯从略,盖嫉王化贞,惜熊廷弼,且以见明廷之刑罚不明,贤奸倒置,其亡国之征,所由来也。朱燮元亦一大将材,观其固守成都,卒却悍寇,破吕公车于城下,识罗乾象于寇中,智勇双全,难能可贵。而秦良玉之出身巾帼,远过须眉,尤为明代一人。本回从大处着笔,更写得烨烨有光,善必彰之,恶必瘅之,谓非良史家可乎?

第八十五回　新抚赴援孤城却敌
　　　　　叛徒归命首逆伏诛

却说樊龙开门潜走,正遇着朱燮元的伏兵,四面围住,任你樊龙凶悍过人,至此也无从狡脱,只好束手就擒,余酋亦多被缚住。燮元遂克重庆,移兵攻泸州,崇明父子,弃城夜走,直奔遵义。遵义已为贵州兵所复,不防水西土目安邦彦,也揭竿起事,响应崇明。贵州兵调攻邦彦,遵义空虚,只剩推官冯凤雏居守。崇明父子,猝至遵义,凤雏无兵无饷,如何守得?当被崇明父子陷入,眼见得这位冯推官,杀身成仁了。崇明复破遵义,留子奢寅,及部目尤朝柄、杨维新、郑应显等占据,自率余众返永宁,这且慢表。

且说水西土目安邦彦,系宣慰使安尧臣族子,尧臣病殁,子位嗣职。位年尚幼,由尧臣妻奢社辉摄事。社辉系奢崇明女弟,尝与崇明子寅争地为仇,不通闻问。独邦彦与崇明往来,素怀异志,及崇明作乱,或说他已得成都。邦彦遂挟位母子叛应崇明,自称罗甸大王,纠合诸部头目安邦俊、安若山、陈其愚、陈万典等,进陷毕节。更分兵四出,西破安顺、沾益,东下瓮安、偏桥,邦彦自率水西部众,渡陆广河,直趋贵阳。适贵阳城中,藩臬守令,均已入觐,巡抚李橒,亦因乞休得请,专待后任交卸,陡闻此变,慨然督军,又是一个朱燮元。与巡按御史史永安,提学佥事刘锡元,悉力拒守。但虑城大兵单,不敷堵御,当由刘锡元号召学官,并及诸生,督促城中丁壮,分堞守护。邦彦率众攻城,城上矢石齐下,无隙可乘。他却想了一计,沿城筑栅,断绝城中出入,为久围计。流寇宜速不宜缓,乃筑栅久围,已非胜算。镇将张永芳,闻省会被围,即率二万人入援,为邦彦所阻,不得进行。他将马一龙、白自强等,与贼兵交锋,战败阵亡。邦彦攻城愈急,占住城东山冈,搭设厢楼,登高俯击。李橒令兵士遥射火箭,迭毁贼楼,接连三日三夜,尚是火光熊熊。邦彦乃不敢登山,但据住各栅,不令放松。城中久持力惫,将校多病,更兼饷绝粮空,害得大家枵腹,先食糠秕,继食草本败革,后且食死人血肉,最后连尸骸俱被刮尽,不得已杀食生人,

第八十五回 新抚赴援孤城却敌 叛徒归命首逆伏诛

甚至亲属相啖。里居参政潘润民,一女被食,知县周思稷,且自杀饷军,幸得人心坚固,到了这个地步,还是以城为重,视死如归。比朱燮元之守成都,尤为坚忍。

明廷方注重辽事,不遑兼顾,只有新任巡抚王三善,已经简放,驰抵平越。巡按史永安飞檄敦促,且上疏诋三善观望不前,请朝旨星夜催迫。三善乃在平越募兵,大会将士,毅然面谕道:"省城危急万分,不能久待,我辈若再不往援,他日省城失守,必至坐法。与其坐法论死,还不若驰往死敌,或尚可望不死呢。"是极。将士等齐声赞成,遂分三道进兵。道臣何天麟、杨世赏等,左右夹进,三善自与道臣向日升,从中路驰入,衔枚疾走,直抵新安,距贵阳只数十里。乃命刘超为前锋,自为后劲。超麾军大进,与寇相值,两下对垒,贼首阿成操着长槊,奋勇杀来。超兵遽退,超下马手斩二人,复上马冲出,亲当阿成。阿成已持槊飞舞,突被刘超用刀格住,方拟抽槊回刺,不防超背后闪出一人,趋近阿成身旁,拦腰一刀,挥作两段。贼兵失了主将,自然披靡,可巧三善亦驱军大至,乃奋呼杀贼,追了一程,收复龙里城。当由刘超禀报,掩杀阿成,乃是麾下亲兵张良俊。为叙明姓氏补笔。三善大喜,簿录首功,遂乘胜入援贵阳城。

邦彦闻新抚到来,防有数十万大兵,不禁手足无措,踌躇半晌,才语部众道:"我当亲出调兵,与他决一胜负。"言毕自去。贼众待久不至,相顾惊诧,怎禁得官军杀到,似山崩地震一般,压入垒中,纷纷瓦解。贼将安邦俊,不管死活,还想上前招架,但听得扑的一声,已是中了一弹,洞胸殒命。大众顾命要紧,各将甲仗弃去,四散奔逃。官军直抵城下,先有五骑传呼道:"新抚到了。"城中兵民,欢呼相和,共庆更生。贵阳被围十余月,城中户口十余万,至是只剩数百人,兀自守住,这全仗故抚李橒,及永安、锡元等的功绩呢。越数日,左右两部兵才至,又数日,楚、粤、蜀各兵亦到,李橒乃卸任而去。城已保全,才行卸任,我钦爱李公忠荩。

是时,朱燮元已升任四川总督,兼兵部侍郎,再举讨贼,大集将佐等计议道:"我与永宁贼相持已久,尚不得志,无非因贼合我分,贼逸我劳呢。今拟尽撤各防,会剿永宁,捣穴平巢,在此一举。"秦良玉首先允议,诸将亦拱手听命,遂令副将秦衍祚等,往攻遵义,自率大军进讨,历破诸险,将薄永宁。奢寅自遵义还援,带着樊虎等人,前来搏战,被燮元督军猛击,杀得弃甲曳兵。奋追至老君营、凉伞铺,尽毁贼垒。寅身中二枪,仓皇遁走,樊虎伤重即死。燮元还破青岗坪,进扑永宁城,一鼓齐上,生擒贼目周邦泰等,降贼二万。惟崇明得脱,败奔旧蔺州城。罗乾象已由燮元保举,擢为参将,愿率一军穷追崇明,燮元遣他去讫。乾象甫行,遵义捷音亦至,逐去贼目尤朝柄、杨维新、郑应显等，降贼党安銮，克复遵义全城。于是燮元再自永宁出师，为乾象后援，途次接到乾象军报，奢贼计穷，已走水西、龙场，向安氏借兵，再图报复。燮元乃长驱直进，与乾象会师，向蔺州进发，忽由探马报到，安邦彦已出兵两路，帮助奢氏，一窥遵义，一窥永宁，已过赤水河，向狮子山来了。燮元遂命罗乾象攻蔺州，自往狮子山截击贼锋。乾象督兵至蔺，用了火炮火箭，击射城中，把奢氏的九凤楼，片刻毁去。城中自相哗噪，当由乾象乘隙攻入，扫尽贼众。崇明父子，时已转走龙场，无从缉获。蔺州方下，燮元至芝麻塘，遇着安氏所遣的贼众，一阵击退，再进兵至龙场，崇明已如惊弓鸟，漏网鱼，未战先逃，连妻弟都不及带去。官兵遂将他妻安氏，弟崇辉，一并擒住，斩首以千万计。复四处追觅崇明父子，嗣闻崇明父子，相继遁入水西，燮元以王三善方在得手，不欲攘功，便勒兵不追。申明燮元意旨，可见燮元之不追，并非畏怯。

那时三善正会师六万，进击水西，连战皆捷，遂渡渭河，直达大方。安邦彦逃入织金，安位及母奢社辉，窜居火灼堡，三善乃檄令安位母子，速擒安邦彦及崇明父子，解献军门，请旨赎罪。安位母子倒也惊慌，只恐三善未必践言，特遣人赴镇远，至总督杨述中处乞降，述中当即允许，致书三善，令他撤兵。三善以元凶未翦，不如即抚即剿，述中一意主抚，彼此辩论不明，反将军务搁起。安邦彦侦知情形，日夜聚兵，为再出计，且勾通四川乌撒土目安效良，作为外援，一面与悍党陈其愚密商，令他诈降三善。三善见了其愚，初颇怀疑，经其愚狡黠善辩，遂以为诚信可靠，引作参谋。燮元收降罗乾象，三善收降陈其愚，同一招抚，而结果迥异，是仍在知人与不知人耳。其愚诈言邦彦远窜，势不足虑，不如撤还贵州。三善因出师连捷，颇有骄心，且久住大方，粮食将尽，遂信了其愚的计画，焚去大方庐舍，率兵东归。其愚自请断后，三善许诺，乃将各队兵马，陆续先发，自与副将秦民屏等，揽辔徐行。哪知其愚早已报知邦彦，令他发兵追击，等到邦彦兵至，恰密遣心腹，驰禀三善，只说是其愚遇贼，速请回援。三善返旆往救，遥见其愚跃马奔来，还道他被贼所追，急忙出马救护，说时迟，那时快，其愚见三善在前，故意的策马数鞭，马性起前蹄，竟将三善的坐骑撞翻，三善从马上跌将下来，自知有变，即将帅印掷付亲兵，自抽袜中小刀，横颈欲刎。其愚很是厉害，意欲生缚三善，便下马夺刀，三善怒骂不止。秦民屏正来相救，偏偏贼兵大至，围拥上来，民屏战死，三善被杀。秦佐明、祚明等，突围出走。贼兵尚并力追赶，还亏前行将校，回马迎击，方得杀退贼兵。监军御史傅宗龙，闻三善被戕，矢志复仇，独率壮士数百人，潜蹑陈其愚后尘。其愚正在得意，扬鞭归去，口唱蛮歌，不防宗龙赶到，一声唿哨，乱刀齐起，立将其愚斫落马下，连人带马，剁作数段。三善至此，亦堪瞑目。宗龙割下其愚首级，招呼壮士，飞马还走，贼兵闻警来追，那宗龙与壮士数百名，似风

第八十五回　新抚赴援孤城却敌　叛徒归命首逆伏诛

驰电掣一般,霎时间走得很远,无从追及了。

明廷闻王三善被害,命总督刘述中,回籍听勘,改任蔡复一为总督。复一遣总兵鲁钦、刘超等,捣织金贼巢。织金四面皆山,林深箐密,向称天险,官兵从未入境,鲁、刘二军,凿山开道,攀藤穿窦,用了好几月工夫,才得到了织金,途次遇着数千贼兵,由官军努力上前,斩杀千余人,余众溃败。及捣入贼巢,只是空空一寨,四面搜觅,并不见有邦彦踪迹,没奈何下令退兵。已中邦彦诡计。行了一程,忽由岩壑间钻出贼众,左右奔集,来击官军。鲁钦知事不妙,慌忙整军抵敌,怎奈路径崎岖,如鼠斗穴,贼兵驾轻就熟,官军路陌生疏,又兼意乱心慌,如何招架得住?不到数时,多半溃散。钦等急寻归路,且战且行,好容易杀出危途,手下的兵士,十成中已丧亡六七了。还是幸免。复一见钦军败还,只好上章自劾,朝旨责令罢官,特授朱燮元为兵部尚书,总督云、贵、湖、广、四川五省军务,出驻遵义。

适值乌撒土目安效良,南向入滇,纠合蔺州、水西、乌撒三部,入据沾益。云南巡抚闵洪学,急饬副总兵袁善,宣抚使沙源等,激励将士,血战沾益城下,相持五昼夜,屡出奇兵破贼,效良乃去。燮元闻云南有警,正拟调兵往救,嗣得闵抚报捷,因即停遣。既而探知水西贼情,拟由三路入犯,一攻云南,一攻遵义,一攻永宁。永宁的贼将,就是奢崇明子奢寅。燮元语诸将道:"奢寅是抗命的首逆,此贼不除,西南哪有宁日?我当设法除他。"诸将请即进剿。燮元道:"且慢!可能不劳一兵,除灭此贼,那是最好的呢。"诸将不知何计,也不敢复问,但见燮元按兵不动,每日只遣将校数名,出外行事。约阅旬日,方拨兵千人,令他往迎降将。果然派兵往迓,降将随来,当即呈上首级一颗,看官道是何人首级?就是燮元所说首逆奢寅。点醒眉目,尚伏疑团。原来寅素凶淫,每见附近番妇,稍有姿色,即行强奸,遇豪家富室,往往尽情勒索,稍不如命,立杀勿贷。就是部下兵士,也是朝不保暮,因此兵民戒惧,多生变志。部目阿引,尝受奢寅鞭责,怀恨在心,燮元暗地探知,特遣总兵李维新,诱他降顺,歃血为誓。阿引很是欢洽,愿乘隙诛寅,作为报效,两下里非常秘密,偏被寅稍稍觉察,令左右将阿引缚去,拷问了好几次,且用利刃穿他左足,至一昼夜,阿引宁死不承,才得释放。蛮人究竟悍忍。看官!你想阿引受此痛苦,怎肯甘休?巧有同党苗老虎、李明山等,与阿引素来莫逆,代为不平,阿引遂与同谋,只苦足胫受伤,不便举事。苗、李两人,奋袂而起,愿当此任,密约已定,专待下手。一夕,奢寅与部众痛饮,传入几个蛮女,酣歌侑酒,自午至申,竟饮得酩酊大醉,登床熟寝。苗老虎佯为奢寅盖被,见寅方酣睡,暗拔佩刀,向胸刺入。李明山乘势进去,也用刀助砍,眼见得恶贯满盈的首逆,肠破血流,霎时归阴。苗老虎割了寅首,与明山遁出帐外,邀同阿引,来投官军。待至贼党追来,已由官军接着,欢迎去了。首逆得诛,故特笔详叙。朱燮元喜诛奢寅,遂建议滇、蜀、黔三省进兵,共剿邦彦,自率大军出发遵义,满期一举荡平,廓清天日,不意家中来了急报,由燮元亲自启阅,瞧了数行,禁不住大恸起来,险些儿昏晕过去。这一番有分教:

将军归去循丧礼,悍贼余生稽显诛。

毕竟燮元为着何事,待至下回再详。

奢崇明先反,而安邦彦继之。蛮苗殊俗,叛服不常,固其天性然也。惟奢酋窃发,尚止蜀道一隅,且未几即遭挫败,安氏则转战西南,勾通各部,至逃入织金后,且收拾余烬,再出骚扰,狡悍情形,盖比奢酋为尤甚矣。若夫王三善之才略,亦远逊朱燮元,三善因胜而骄,卒堕贼谋,致为所害。燮元独用兵如神,始降罗乾象而却崇明,继降苗老虎等而诛奢寅,并不闻有其愚之凶,猝遭反噬,是非驾驭有方,乌能使悍蛮之束身归命耶?他若李㮣之守贵阳。亦与燮元之守成都相似,无独有偶,是亦一明史之光欤。

第八十六回　赵中丞荡平妖寇
　　　　　　　杨都谏纠劾权阉

　　却说朱燮元接着家报,系是父殁的讣音,燮元忠孝性成,自然悲号不止。当由众将上前劝慰,才行停泪,即上疏乞归居丧,熹宗不得不准,特命偏沅巡抚闵梦得继任。奢、安两酋,因部众凋零,暂拟休养,彼此按兵不动,且至后文再提。且说西南鏖兵的时候,山东亦出一妖徒徐鸿儒,揭竿作乱。先是深州人王森,尝救一妖狐,藏狐断尾,颇有异香,以此煽惑愚民,敛钱聚众,号为闻香教,亦名白莲教,自称教主,收集徒侣,有大小传头及会主诸名目,蔓延各省。嗣森为有司所拘,下狱瘐死,遗有巨万家资,由森子好贤承受。好贤散财结客,与武邑人于弘志,及巨野人徐鸿儒互相往来,密图叛乱,好贤席有父产,何妨酒食逍遥,乃必结党营谋,自寻死路,真是何苦!约于天启二年八月望日,三方同起。鸿儒制造甲械,号召党羽,免不得泄漏风声,当由地方官吏,派兵往捕。鸿儒不及待约,先期发难,便在卞家屯刑牲誓众,令党徒各挈家属,寄居梁山泊,然后起兵两路,一攻魏家庄,一攻梁家楼。两处都被得手,遂进陷巨野县城,僭号中兴福烈帝,称大成兴胜元年。据一县城,便僭称帝,想亦自知不久,遂窃帝号以自娱。一时不及制办冠服,只令大众用红巾包头,算作标记便了。明太

第八十六回 赵中丞荡平妖寇 杨都谏纠劾权阉

祖起兵,曾投入红巾党,鸿儒岂亦欲效明太祖耶?

巨野既陷,转趋郓城,郓城无兵可守,知县余子翼,偷生惜命,一溜烟的逃走。于是曹濮一带,相继震动。兖西道阎调羹,飞书至省会乞援,巡抚都御史赵彦,忙檄同总河侍郎陈道亨,合兵剿办,一面奏报明廷。廷议以小丑跳梁,不甚可虑,只命赵彦赶紧荡平。赵彦职任疆圻,恰也无从推诿,怎奈山东武备久虚,重兵难集,且因辽事日亟,朝廷日括辽饷,几已把所有地皮,尽行剥去,此时饷缺兵稀,如何平乱?当下赵彦奉命,无法可施,不得已募练乡勇,权时救急。既而邹、滕两县,警报迭传,邹县署印通判郑一杰,及滕县知县姚之胤,都逃得不知去向,两城俱被匪徒占去。赵彦即饬着司杨国盛、廖栋等,带着兵勇,前去截击。那匪徒本无纪律,亦无勇谋,不过借着一些江湖卖艺的幻技,说是能剪纸成人,撒豆成兵,哄骗这愚夫愚妇,吓走那庸吏庸官。此次杨、廖两都司,居然有点胆量,效力杀贼,一班乌合的党徒,哪里是两将对手?杀一阵,败一阵,纷纷如鸟兽散去,不数日便克复郓城,夺还巨野。但官军虽屡获胜仗,贼势终是未衰,这边奔散,那边啸聚,杨国盛、廖栋,日夕追剿,也不免疲于奔命。赵彦乃上言妖贼日众,官兵日敝,乞截住京操班军,及广东援辽军,留备征调。并荐故大同总兵杨肇基,统山东军讨贼,朝旨一一照准。

肇基尚未到山东,鸿儒已令贼党潜袭兖州,为知县杨炳所败,_{也有这个好知县。}移犯夏镇、韩庄。夏镇近彭家口,为运河孔道,适有粮船四十余艘,运往京师,经过此地,偏为贼目诇知,纠众劫夺,粮船上没甚防兵,如何阻拦得住?不消半刻工夫,被他连船劫去,侍郎陈道亨闻警,飞章告急,亏得沙沟营姚文庆,招集军壮乡勇,临流阻截,擒贼十一人,杀贼五十余人,贼众窜走,方将漕艘夺回,运道复通。贼众奔回滕县,与邹县贼会合,同攻曲阜,共计马步四万余,拥至城下。知县孔闻礼,率城中丁壮,极力捍御,飞矢掷石,毙贼甚众。_{不愧孔氏后裔。}贼料不能克,撤围引去。道经杨国盛军营,他竟出其不意,袭击过去。国盛措手不及,跳身走免,游击张榜等均战殁,营内粮草器械,俱没入贼中。贼焰复盛,扬言当先取兖州,继取济南。武邑于弘志,也杀人祭旗,起应鸿儒,王好贤亦倡乱深州,还有艾山贼赵大,奉刘永民为主,得死党二十八人,各用五色涂面,谓上应二十八宿,_{仿佛儿戏。}聚众至二万余人,合邹、滕贼众,共得一十七支。省会中的警报,好似雪片相似。赵彦以悍贼聚邹、滕间,鸿儒复在邹县居住,拟先攻邹县,为擒渠计。副使徐从治进言道:"攻坚不若攻瑕,捣实不如捣虚,去他羽翼,那两城悍贼,亦当胆落,渠魁办不难就擒了。"赵彦尚在迟疑,可巧杨肇基到来,会商军务,亦赞同从治计划。当下发兵往剿,分徇武邑、艾山。已而武邑捷闻,于贼弘志击毙,接连又是艾山捷报,生擒了刘永明,赵彦即批令就地正法。永明临刑,尚自称寡人,官兵传为笑话。

然是可笑。彦即偕肇基同赴兖州,至演武场阅兵,蓦闻贼众已到城下,肇基即起身出战,命杨国盛为左翼,廖栋为右翼,两翼分击,毙贼千余人,贼众仓皇败退,复回滕县去了。实是无用。

肇基既获胜仗,遂与赵彦定计攻邹,大军齐发,共趋邹城,途次闻贼众精锐,麇集峄山,乃令游兵至邹,牵制城中守贼,自率大军径袭峄山。贼众未曾防备,突被杀入,多作刀头之鬼,有一小半逃回邹城,赵抚、杨总兵,即追薄城下,鸿儒自知穷蹙,与党魁高尚宾、欧阳德、鄸九叙、许道清等,誓死坚守,屡攻不下。邹、滕两县,相为犄角,赵彦料滕县未复,邹亦难克,遂遣杨国盛、廖栋等,攻拔滕县,又大破贼党于沙河,邹城乃成孤立。官军筑起长围,困得水泄不通,渐渐的城中食尽,守卒统有饥色。赵彦下令招降,除鸿儒外,一概免死。伪都督侯五,伪总兵魏七等,遂拔去城上旗帜,情愿投诚。鸿儒单骑夜走,甫出城闉,即被官兵擒住。赵彦等乃入城宣抚,安插乡民二万余人,收获军资无算,遂将鸿儒槛送京师,照例磔死。鸿儒受刑时,仰天叹道:"我与王好贤父子,经营二十年,党羽不下二百万,乃先期泄谋,致遭此败,岂非天意?"项羽乌江自刎,称为天意。鸿儒亦欲援天自解,真是不度德,不量力。总计鸿儒举事,凡七阅月,尽行灭亡。王好贤闻鸿儒伏法,遁走蓟州,私挈家属二十余人,南奔扬州,后来事露被擒,也遭骈戮。该死。明廷录平贼功,擢赵彦为兵部尚书,杨肇基以下,进秩有差。赵彦查得五经博士孟承光,系亚圣后裔,邹城被陷时,为贼所执,不屈遇害,至是并上书奏闻。又经御史等申请抚恤,乃下旨准奏,修葺孟庙,光复孟祀,且不必说。

再说魏忠贤专宠怙权,由司礼秉笔监,提督东厂,车马仪卫,僭拟乘舆,任用同党田尔耕,掌厂卫事,许显纯为镇抚司理刑,罗织善类,屠害忠良,呼号敲扑的声音,昼夜不绝。杨涟已任左副都御史,目击忠贤不法情状,忍无可忍,遂劾忠贤二十四大罪。略云:

> 太监魏忠贤者,本市井无赖,中年净身,窜入内地,初犹谬为小忠小佞以幸恩,继乃敢为大奸大恶以乱政,今请列其罪状,为陛下言之!祖制拟旨,专责阁臣,自忠贤擅权,多出传奉,或径自内批,坏祖宗政体,大罪一;刘一燝、周嘉谟,皆顾命大臣也,忠贤令其党论去,急于蹑己之忌,不容陛下不改父之臣,大罪二;先帝宾天,实有隐憾,孙慎行、邹元标以公义发愤,悉为忠贤排去,顾于党护选侍之沈㴶,曲意绸缪,终加蟒玉,亲乱贼而仇忠义,大罪三;王纪为司寇,执法如山,钟羽正为司空,清修如鹤,忠贤构党斥逐,必不容盛时有正色立朝之臣,大罪四;国家最重,无如枚卜,忠贤一手握定,力阻首推之孙慎行、盛以宏,更为他词以锢其出,是真欲门生宰相乎?大罪五;爵人于朝,莫重廷推,去岁

第八十六回　赵中丞荡平妖寇　杨都谏纠劾权阉

南太宰,北少宰,俱用陪推,一时名贤不安于位,颠倒铨政,掉弄机权,大罪六;圣政初新,正资忠直,乃满朝荐文震孟、江秉谦、侯震旸等,抗论稍忤,立行贬黜,屡经恩典,竟阻赐环,长安谓天子之怒易解,忠贤之怒难调,大罪七;然犹曰外廷臣子也,传闻官中有一旧贵人,以德性贞静,荷圣上宠注,忠贤恐其露己骄横,托言急病,置之死地,即指冯贵人,《纪事本末》作胡贵人。大罪八;犹曰无名封也,裕妃以有娠传封,中外方为庆幸,忠贤恶其不附己,矫旨勒令自尽,大罪九;犹曰在妃嫔也,中官有庆,已经成男,忽然告陨,虹流电绕之祥,变为飞星堕月之惨,传闻忠贤与奉圣夫人,实有谋焉,大罪十;先帝在青官四十年,操心虑患,所以护持孤危者,惟王安一人,即陛下仓猝受命,拥卫防维,安亦不可谓无劳?忠贤以私忿矫旨,掩杀于南海子,是不但仇王安,而实敢仇先帝之老仆,略无顾忌,大罪十一;今日奖赏,明日祠额,要挟无穷,王言屡亵,近又于河间府毁人房屋,以建牌坊,镂凤雕龙,干云插汉,又不止于茔地擅用朝官,规制僭拟陵寝而已,大罪十二;今日荫中书,明日荫锦衣,金吾之堂,口皆乳臭,诰敕之馆,目不识丁,如魏良弼、魏良卿及傅应星等,滥袭恩荫,亵越朝常,大罪十三;用立枷之法以示威,戚畹家人,骈首毕命,意欲诬陷国戚,动摇中官,若非阁臣力持,言官纠正,椒房之戚,又兴大狱矣,大罪十四;良乡生员章士魁,以争煤窑,伤忠贤坟脉,遂托言开矿而致之死,赵高鹿可为马,忠贤煤可为矿,大罪十五;王思敬以牧地细事,径置囚阱,草菅士命,使青燐赤壁之气,先结于璧官泮藻之间,大罪十六;科臣周士朴,执纠织监,原是在工言工,忠贤竟停其升迁,使吏部不得专铨除,言官不敢司封驳,大罪十七;北镇抚刘侨,不肯杀人媚人,忠贤以不善锻炼,遂致削籍,大明之律令可不守,忠贤之命令不可不遵,大罪十八;魏大中为吏科,遵旨莅任,忽传旨切责,及大中回奏,台省交章,又再亵王言,煌煌纶绰,朝夕纷更,大罪十九;东厂之设,原以缉奸,自忠贤任事,日以快私仇行倾陷为事,投匦告密,日夜未已,势不至兴同文之狱,刊党锢之碑不止,当年西厂汪直之僭,未足语此,大罪二十;边警未息,内外戒严,东厂缉访何事,前韩宗功潜入长安,侦探虚实,实主忠贤司房之邸,事露始去,假令天不悔祸,宗功事成,未知九庙祖灵,安顿何地?大罪二十一;祖制不蓄内兵,原有深意,忠贤与奸相沈㴶,创立内操,薮匿奸宄,安知无大盗刺客,潜入其中,一旦变生肘腋,可为深虑,大罪二十二;忠贤进香涿州,警跸传呼,清尘垫道,人以为御驾出幸,及其归也,改驾驷马,羽幢青盖,夹护环遮,则俨然乘舆矣,大罪二十三;夫宠极则骄,恩多成怨。闻今春忠贤走马御前,陛下射杀其马,贷以不死,忠贤不自伏罪,进有傲色,退有怨言,朝夕提防,介介不释,从来乱臣贼子,只争一念放肆,遂至不可收拾,奈何养虎兕于肘腋间乎?此又寸磔忠贤,不足蔽其辜者,大罪二十四。凡此逆迹,昭然在人耳目,乃内廷畏祸而不敢言,外廷结舌而莫敢奏,间或奸伏败露,又有奉圣夫人为之弥缝,更相表里,迭为呼应。伏望陛下大发雷霆,集文武勋戚,敕刑部严讯以正国法,并出奉圣夫人于外,以消隐忧,臣死且不朽矣!谨奏。

涟缮折已毕,本欲因熹宗早朝,当面呈递,偏偏次日免朝,涟恐再宿机泄,不得已照例封入,自己缮写奏稿,尚恐再宿机泄,可见魏阉心腹,已遍都门。当已有魏阉心腹,走漏风声。忠贤也颇惶迫,往谒阁臣韩爌,请代为解免。爌严行拒绝。忠贤不得已泣诉御前,并托客氏从旁洗饰。熹宗本是个麻木不仁的人物,总道客、魏理直,杨涟理曲,便令魏广微拟旨斥涟。广微虽备位辅臣,无异权阉走狗,所拟诏旨,格外严厉。忠贤且佯辞东厂,自愿出宫,又经熹宗再三慰谕,接连三日辍朝。至第四日,方御皇极门,两旁群阉夹侍,刀剑森立,涟欲对仗再劾,偏已有旨传下,勒左班诸臣,不得擅出奏事。比周厉监谤,厉害十倍。于是廷臣大愤,罢朝以后,各去缮备奏章,陆续上陈。给事有魏大中、许誉卿等,御史有刘业、杨玉珂等,京卿有太常卿胡世赏,祭酒蔡毅中等,勋戚有抚宁侯朱国弼等,先后纠劾忠贤,不下百余疏,或单衔,或联名,无不危悚激切,均不见报。陈道亨调任南京兵部尚书,已引疾杜门,不与公事,乃见杨涟参疏,奋然出署,联合南京部院九卿诸大臣,剀切敷陈,拜表至京,只博得一顿训斥。道亨决计致仕,洁身引去。无道则隐,正在此时。大学士叶向高,及礼部尚书翁正春,请将忠贤遣归私第,聊塞众谤,熹宗仍然不从。工部郎中万燝,实在看不过去,便上言:"内廷外朝,只知忠贤,不知陛下,岂可尚留左右"等语。忠贤正愤无所发,见了此疏,大怒道:"一个小小官儿,也敢到太岁头上动土么?若再不严办,还当了得。"随即传出矫旨,廷杖万燝百下,一班腐竖,接了此谕,都跑到万燝寓中,把燝扯出,你一拳,我一脚,且牵且殴,及牵到阙下,已是气息奄奄,哪禁得刑杖交加,惨酷备至。小子有诗叹道:

古刑不上大夫身,何物权阉毒搢绅?
试看明廷笞杖日,恨无飞剑戮奸人。

未知万燝性命如何,且至下回续叙。

徐鸿儒一外妖也,魏忠贤一内孽也,古称在外为奸,在内为宄,奸宄交作,祸必随之。吾谓妖孽之萌，尤甚于奸究，而内孽尤甚于外妖。鸿儒举事，仅七阅月，即报荡平，忠贤蟠踞宫禁，甚至内外大臣，弹劾至百余疏，尚不能动其分毫。伊古以来，殆未有得君如忠贤者。观都御史杨涟一疏，觉忠贤不法情状，罪不容死，外如群臣各奏，明史虽多未录述，而大致应亦从同，熹宗违众庇私，甘为蛊惑而不悟，是诚何心？窃不禁为之恨恨矣！

第八十七回　魏忠贤喜得点将录
　　　　　　许显纯滥用非法刑

　　却说万燝受杖阙廷，昏绝复苏，又经群阉任情蹴踏，哪里还保得住性命？阉党将他拖出，由家人昇归京寓，不到数日，便即去世。哪知忠贤又复矫旨，饬群阉去拿御史林汝翥，依万燝例惩治。这林御史系叶向高族甥，尝巡视都城，见有二阉夺人财物，互相斗殴，因即斥他闹事，薄笞了案。偏偏二阉入诉忠贤，忠贤正杖燝示威，索性将林汝翥一并逮办。想是并案处治。汝翥闻信，恐未受廷杖，先遭殴辱，即逃出城外。群阉无处拘拿，总道他避匿向高寓中，哄然直入，谩骂坐索。向高愤极，上言："国家二百年来，从没有中使鸱张，敢围阁臣私第。臣乃遭彼凌辱，若再不去，有何面目见士大夫？"熹宗总算温旨慰留，收回中使。已而林汝翥赴遵化军门，乞为代奏，愿自至大廷受杖，不愿受阉党私刑。奏入后，科道潘云翼等，疏救不从，仍执前旨如故。汝翥遂自诣阙下，受杖百下，不过吃了几日痛楚，还不致伤损大命。辛亏先逃后至。向高目睹时弊，料不可为，迭上二十余疏，无非是乞休回籍，乃命行人送归。总计向高两出为相，秉性忠厚，颇好扶植善类，至魏阉专权，尚且从中补救，为清流所倚赖。惟袒庇门生王化贞，贻误边疆，致惹物议，这是他平生第一缺憾。后三年病殁家中，崇祯初始追赠太师，予谥文忠。神宗以后诸相臣，应推叶向高，故总断数语。

　　向高既去，韩爌进为首辅，屡与魏广微等龃龉。爌亦抗疏乞归，中旨反责他悻悻自专，听令罢官。爌与向高，素为东林党所推崇。东林党见七十五回。两人相继去职，只有吏部尚书赵南星，算是领袖。魏忠贤颇仰赵名，曾遣甥傅应星往谒，被拒不纳。阁臣魏广微，本为南星故友，魏允贞子，有通家谊，素相往来。及广微谄附忠贤，夤缘入阁，南星乃绝不与通，尝叹为见泉无子。见泉即允贞别字。广微闻言，未免怀恨。又尝三谒南星，始终不见，嫉恶太严，亦足取祸。遂与南星有隙，协比忠贤，设法排挤。南星在朝，以高攀龙、杨涟、左光斗、魏大中等，均系正人，引为知交，共期佐治。可奈忠贤在内，广微在外，均欲扰乱朝纲，誓倾正士，那时薰莸异器，臭味差池，渐渐的君子道消，小人道长。况明朝气运将尽，出了一个昏愦绝俗的熹宗，专喜小人，不喜君子，凭你如何方正，也是无益，反被那小人侧目，贻祸身家，说将起来，正令人痛恨无穷呢！慨乎言之，为下文作一总冒。

且说明朝故事，巡按御史回道，必经都御史考核称职，才得复任。御史崔呈秀，巡按淮扬，赃私狼藉，及还朝复命，凑巧高攀龙为左都御史，秉公考察，尽得他贪秽实迹，立行举发。赵南星职掌铨衡，上议应戍，有旨革职听勘。呈秀大惧，忙怀挟金宝，夜投忠贤私第，叩首献珍，且乞为义子。廉耻何存？忠贤自然喜欢，居然上坐，受他九拜。呈秀趁这机会，极言南星、攀龙等人，故意寻隙，此辈不去，我等将无死所。忠贤听一句，点一回首，便道："老子尚在，不怕他不落我手，你休要担忧呢！"呈秀拜谢而去。会山西巡抚出缺，南星荐举大常寺卿谢应祥，既邀俞允，偏是御史陈九畴上言："应祥尝任嘉善知县，与魏大中谊属师生，大中为师出力，私托选郎夏嘉遇，谋任是缺，徇私当斥"云云。希承魏阉意旨，已在言中。大中、嘉遇，闻有此奏，自然上疏辩驳："南星、攀龙，亦奏称推举应祥，实协人望，大中、嘉遇，并无私情，九畴妄言，实是有人授意，请勿过听"等语。忠贤见了此奏，明知有意讽己，特矫旨降调大中、嘉遇，并将陈九畴一并议罪，镌去三级。俗所谓讨好跌一交。且责南星等朋谋结党，有负委任。南星遂乞罢，攀龙亦请归，有旨一一批准，立命免官，复议推选吏部尚书。侍郎于廷，推乔允升、冯应吾、汪应蛟等人，杨涟注籍不预，忠贤又矫旨责涟，坐他大不敬三字的罪名。是亦三字狱也。又以允升等为南星私人，斥责于廷徇私荐引，左光斗与涟朋比为奸，均应削籍，另擢徐兆魁为吏部侍郎，乔应甲为副都御史，王绍徽为佥都御史，这三人俱系南星所摈，转附魏阉，于是朝廷大权，尽归魏阉掌握了。

魏阉既得崔呈秀，相见恨晚，倚为腹心，日与计画。给事中李恒茂，趋奉魏阉，即为呈秀讼冤，忠贤遂矫旨复呈秀官。时矫旨迭下，浑称中旨，廷臣均以为未合。给事中李鲁生，独谓："执中者帝，宅中者王，谕旨不自中出，将属何处？"大众目为笑话，忠贤恰非常嘉许。阁臣顾秉谦、魏广微等，编造《缙绅便览》一册，如叶向高、韩爌、赵南星、高攀龙、杨涟、左光斗诸人，统称邪党，黄克缵、王永光、徐大化、贾继春、霍维华等，统算正人，私下呈与忠贤，用一呈字妙。令做进退百官的蓝本。呈秀复进《同志录》、《天鉴录》两书，《同志录》均属东林党，《天鉴录》均非东林党。最可笑的，是佥都御史王绍徽，编了一部《点将录》，无论是东林党、非东林党，但教与他未合，统列入东林党中，统计得一百八人，每人名下，系以宋时梁山泊群盗诸绰号：比叶向高为宋公明，就叫他作及时雨。此外号缪昌期为智多星，文震孟为圣手书生，杨涟为大刀，惠

第八十七回 魏忠贤喜得点将录 许显纯滥用非法刑

世扬为霹雳火,郑鄤为白面郎君,顾大章为神机军师,也按着天罡地煞,分类编列。天罡星部三十六,地煞星部七十二,用了洛阳佳纸,蝇头细楷,写得明明白白,浼呈秀献与忠贤。忠贤识字无多,正苦东林党人,记不胜记,惟梁山泊诸盗名目,从幼时得诸传闻,尚含着脑筋中,未曾失忆。此番有了《点将录》,正好两两对证,容易记着,便异常欢喜,目为圣书。究竟不及宋公明的天书。令王体乾等各抄一本,暗挟袖中。每阅廷臣章奏,先将《点将录》检览,录中姓氏相符,即粘纸条寸许,赍送忠贤直房。忠贤即除去纸条,奏请责处。但有时尚恐遗误,必与那位奉圣夫人细商,奉圣夫人入直处,统用红纱大幔遮蔽,幔上绣着花鸟,仿佛如生,幔中陈列寝榻几案,无不精巧。忠贤入幔对食,就把责处廷臣的方法,与她密谈。奉圣夫人有可有否,忠贤无不照允。到了宴笑尽欢的时候,便相抱相偎,做一回鸳鸯勾当,内廷中人,没一个不知晓。只因他权焰薰天,哪个去管这种闲事?大家都是过来人,原是不必多管。惟《天鉴录》中,统是魏阉门下士,崔呈秀、田吉、吴淳夫、李夔龙、倪文焕,与主谋议,时人号为五虎。田尔耕、许显纯、孙云鹤、杨寰、崔应元,代行杀戮,时人号为五彪。还有尚书周应秋,大仆寺少卿曹钦程等,出入阉门,时人号为十狗。此外又有十孩儿、四十孙名号,书不胜书。最有势力的,要算崔呈秀,自复官后,不二年即进职兵部尚书,兼左都御史,舆从烜赫,势倾朝野,因此前时客、魏并称,后来反变作崔、魏了。

先是神宗末年,朝局水火,党派纷争,有宣昆党、齐党、楚党、浙党诸名目。汤宾尹、顾天埈,为宣昆党魁首。亓诗教、周永春、韩浚、张延登,为齐党魁首。官应震、吴亮嗣、田生金,为楚党魁首。姚宗文、刘廷元,为浙党魁首。四党联成一气,与东林党为仇敌。至叶向高、赵南星、高攀龙等,入掌朝纲,四党气焰渐衰,又有歙县人汪文言,任侠有智,以布衣游京师,输赀为监生,党附东林,计破他党。向高嘉他同志,引为内阁中书。韩爌、赵南星、左光斗、魏大中等,俱与交游,往来甚密。适桐城人阮大铖,与光斗同里,光斗拟荐为吏科给事中,南星、攀龙等,以大铖轻躁,不足胜任,乃改补工科,另用魏大中为吏科给事。大铖遂与光斗、大中有嫌,暗托同寅傅櫆,劾奏文言,与光斗、大中,交通为奸。得旨将文言下狱。吏工两部,虽少有分别,然名位相等,大铖即以此挟嫌,谋害左、魏,是之谓小人。幸镇抚司刘侨,从御史黄尊素言,只将文言廷杖除名,不及左、魏。忠贤正深恨东林党人,欲借此为罗织计,偏偏侨不解事,因将他削籍除名,改用许显纯继任。御史梁梦环,窥透忠贤意旨,复上疏申劾文言。当由中旨传出,再逮文言下狱,令许显纯鞫治。看官!你想显纯是魏阉门下有名的走狗,得了这个差使,自然极力承办,尽情锻炼,狱连赵南星、杨涟、左光斗等二十余人,还有故巡抚凤阳都御史李三才,也牵连在内。三才当神宗时,以都御史出抚凤阳,镇淮十年,颇得民心,尝与东林党魁顾宪成,深相结纳,宪成亦乐为揄扬。但材大气豪,不矜小节,多取多与,伐异党同,以此干触时忌,屡上弹章。三才倒也见机,累请辞官,甚至疏十五上,尚不得命,他竟挂冠自去。是为补叙之笔。王绍徽《点将录》中,亦曾列入,惟绰号加他托塔天王,不入梁山泊排行。熹宗暇时,亦由忠贤呈上《点将录》,看到托塔天王四字,懵然不解。忠贤代为解说,谓:"古时有托塔李天王,能东西移塔,三才善惑人心,能使人人归附,亦与移塔相似。"牵强附会,确是魏阉口吻。熹宗微笑无言。至是亦拦入案中,都诬他招权讷贿,目无法律。这贿赂从何处得来?便把移宫一案,加在诸人身上。大理寺丞徐大化,至魏阉处献策道:"选侍移宫,皇上亦尝赞成,何赃可指?不若说他纳杨镐、熊廷弼等贿赂,较为有名。且封疆事关系重大,即使一并杀却,后人也不能置议呢。"忠贤大喜,便嘱徐大化照计上奏,一面令许显纯照奏审问。等到徐疏发落,显纯即严鞫文言,迭加惨刑,令他扳诬杨、左诸人。文言始终不承,至后来不胜掠,方仰视显纯道:"我口总不似你心,汝欲如何?我便依你。"显纯乃令松刑,文言忍痛跃起,扑案厉声道:"天乎冤哉!杨、左诸贤,坦白无私,宁有受赃情弊?我宁死不敢诬人。"说毕,仆倒地上,奄然无语。显纯料不肯供,自检一纸,捏写文言供状。文言复张目道:"你不要妄写!他日我当与你对质。"显纯被他一说,倒也不好下笔,便令狱卒牵退文言。

是夕,即将文言掠毙,仍伪造供词,呈将进去。杨、左两人,各坐赃二万,魏大中坐赃三千,御史袁化中坐赃六千,太仆少卿周朝瑞坐赃一万,陕西副使顾大章坐赃四万。忠贤得此伪证,飞骑逮六人系狱,由许显纯非法拷掠,血肉狼藉,均不肯承。光斗在狱中私议道:"他欲杀我,不外两法;我不肯诬供,掠我至死,或夜半潜令狱卒,将我等谋毙,伪以病殁报闻。据我想来,同是一死,不如权且诬供,俟移交法司定罪,再陈虚实,或得一见天日,也未可知。"周、魏等均以为然,俟再讯时,一同诬服。哪知忠贤阴险得很,仍不令移交法司,但饬显纯严行追赃,五日一比,刑杖无算,诸人始悔失计,奈已是不及了。自来忠臣义士,多带憨气,试想矫旨屡颁,已非一次,哪有天日可见?就使移交法司,亦岂能免死耶?

过了数日,杨涟、左光斗、魏大中,俱被狱卒害死,光斗、大中,死后均体无完肤,涟死尤惨,土囊压身,铁钉贯耳,仅用血衣裹置棺中。又逾月,化中、朝瑞亦毙,惟大章未死。群阉谓诸人潜毙,无以服人,乃将大章移付镇抚司定罪。大章已死得半个,料知不能再生,便招弟大韶入狱,与他永诀,各尽一卮,惨然道:"我岂可再入此狱?今日当与弟长别了。"大韶号哭而出,大章即投缳自经。先是涟等被逮,秘狱中忽生黄芝,光彩远映,适成六瓣。或以为祥,

第八十七回　魏忠贤喜得点将录　许显纯滥用非法刑

大章叹道："芝本瑞物，乃辱生此间，是即为我等六人朕兆，还有甚么幸事！"后来果如所言，世称为六君子。

六人已死，忠贤还饬抚按追赃，光斗兄光霁，坐累自尽，光斗母哭子亡身，家族尽破。大中长子学洢，微服随父入京，昼伏夜出，欲称贷赎父，父已毙狱，学洢恸哭几绝，强起扶榇，归葬故里，日夕哭泣，水浆不入口，竟致丧命。赵南星、李三才，亦坐是削籍，饬所在抚按追赃。未几，又将南星遣戍，终殁戍所。吏部尚书崔景荣，心怀不忍，当六君子未死时，曾请魏广微谏阻。广微本预谋此狱，不料天良未泯，居然听信景荣，上了一道解救的奏章，惹得忠贤大怒，召入私第，当面呵斥。广微汗流浃背，忙出景荣手书，自明心迹，忠贤尚嘲骂不已。广微趋出，忙上疏求归，景荣亦乞罢，先后去职。阁臣中如朱国桢、朱延禧等，虽未尝反对魏阉，但亦不肯极力趋奉，相继免归。忠贤乃复引用周如磐、丁绍轼、黄立极，为礼部尚书，冯铨为礼部侍郎，入阁预事。绍轼及铨，均与熊廷弼有隙，遂以杨、左诸人，因赃毙狱，不杀熊廷弼，连杨、左一狱，也属无名，乃将廷弼弃市，传首九边。可怜明廷一员良将，只为积忤权阉，死得不明不白。他如轻战误国的王化贞，曾经逮问拟死，反邀赦免，竟获全生。御史梁梦环，且奏言廷弼侵军资十七万，刘徽又谓廷弼家资百万，应籍没输军，中旨一概照准，命锦衣卫追赃籍产，络绎道途。廷弼子兆珪，受迫不堪，竟至自刎。所有姻族，连类破产。武弁蔡应阳为廷弼呼冤，立置重辟，太仓人孙文豸、顾同寅，作诗诔廷弼，又坐诽谤罪斩首。编修陈仁锡，修撰文震孟，因与廷弼同郡，亦均削籍。小子有诗叹道：

逆予者死顺予生，辗转钩连大狱成。
一部古今廿四史，几曾似此敢横行。

穷凶极恶的魏忠贤，意尚未足，还要将所有正人，一网打尽，说来煞是可恨，容小子下回再详。

予阅此回，予心益愤，于逆阉等且不屑再责矣。但予不屑责及小人，予且不忍不责备君子。古圣有言："邦有道，危言危行，邦无道，危行言孙。"又曰："所谓大臣者，以道事君，不可则止。"盖当炀灶蔽聪之候，正诸君子山林潜迹之时，非必其无爱国心也。天下事剥极必复，静以俟之，或得一贤君御宇，再出图治，容或未迟。乃必肆行捃击，酿成大狱，填尸牢貑，血髑交横，至怀宗践阼而朝野已空，人之云亡，邦国殄瘁，是诸君子之自速其亡，咎尚小，自亡不足，且致亡国，其咎为无穷也。或谓明之亡不亡于邪党，而亡于正人，言虽过甚，毋亦一春秋责备贤者之意乎？

第八十八回　兴党狱缇骑被伤
媚奸珰生祠迭建

　　却说魏忠贤既除杨、左诸人，遂拟力翻三案，重修光宗实录。御史杨维垣，及给事中霍维华，希旨承颜，痛诋刘一燝、韩爌、孙慎行、张问达、周嘉谟、王之寀，及杨涟、左光斗诸人，请旨将《光宗实录》续行改修。又有给事中杨所修，请集三案章疏，仿《明伦大典》，编辑成书，颁示天下。《明伦大典》，见世宗时。于是饬修《光宗实录》，并作《三朝要典》，即神、光、熹三朝。用顾秉谦、黄立极、冯铨为总裁，施凤来、杨景辰、孟绍虞、曾楚卿为副，极意诋斥东林，暴扬罪恶。挺击一案，归罪王之寀，说他开衅骨月，既诬皇祖，并负先帝，虽粉身碎骨，不足蔽辜。红丸一案，归罪孙慎行，说他罔上不道，先帝不得正终，皇上不得正始，统由他一人酿成。移宫一案，归罪杨涟，说他内结王安，外结刘一燝、韩爌，诬蔑选侍，冀邀拥戴首功。大众咬文嚼字，胡言乱道，瞎闹了好几月，才得成书。忠贤令顾秉谦拟御制序文，载入卷首，刊布中外。

　　御史卢承钦，又上言："东林党人，除顾宪成、李三才、赵南星外，如高攀龙、王图等，系彼党中的副帅；曹于汴、杨兆京、史记事、魏大中、袁化中等，系彼党中先锋；丁元荐、沈正宗、李朴、贺烺等，系彼党中敢死军人；孙丕扬、邹元标等，系彼党中土木魔神，宜一切榜示海内，垂为炯戒。"忠贤大喜，悉揭东林党人姓名，各处张贴。是谓一网打尽。惟党中魁桀，已大半得罪，尚有高攀龙、缪昌期数人，在籍家居，未曾被逮。崔呈秀又欲杀死数人，聊快己意，遂入白忠贤，先用矫旨去逮高攀龙，攀龙闻缇骑将至，焚香沐浴，手缮遗疏，封固函内，乃授子世儒，且嘱道："事急方启。"世儒未识情由，只好遵命收藏。攀龙复给令家人，各自寝息，不必惊慌。家人还道他有妙计安排，都放心安睡，到了夜半，攀龙四顾无人，静悄悄的着衣起床，加了朝服朝冠，望北叩头，未免太迂。自投池中。翌晨世儒起来，趋入父寝，揭帐省视，只剩空床，慌忙四觅，但见案上留有一诗，隐寓自沉的意思。遂走向池中捞取，果得父尸。适值缇骑到来，见了尸骸，无话可说。世儒泣启遗缄，乃是遗疏数行，略言："臣虽削籍，曾为大臣，大臣不可辱，辱大臣，与辱国何异？谨北向叩头，愿效屈平遗则，君恩未报，期结来生，望钦使驰此复命！"句句是泪。世儒瞧毕，便缴与缇骑，缇骑携疏自去。

　　攀龙，无锡人，学宗濂、洛，操履笃实，不愧硕行君子，死后无不悲感。惟呈秀尚以为恨，复命将世儒逮狱，问成徒罪。蛇蝎无此险毒。再下手逮缪昌期。

第八十八回　兴党狱缇骑被伤　媚奸珰生祠迭建

昌期尝典试湖广，策语引赵高、仇士良故事，暗讽魏忠贤。至杨涟劾忠贤二十四罪，或谓亦由昌期属稿。高攀龙、赵南星回籍，昌期又送他出郊，置酒饯行，执手太息。忠贤营墓玉泉山，乞昌期代撰碑铭，昌期又不允。以此种种积嫌，遂由呈秀怂恿，把他拘来。昌期慷慨对簿，词气不挠。许显纯诬他坐赃三千，五毒交加，十指堕落，卒死狱中。一道忠魂，又往西方。

第三着下手，是逮御史李应升、周宗建、黄尊素，及前苏松巡抚周起元，吏部员外郎周顺昌。应升尝劾魏忠贤，有"千罪万罪，千真万真"等语，宗建亦劾忠贤目不识丁，尊素素有智虑，见忌群小，以此一并被逮。会吴中讹言，尊素欲效杨一清诛刘瑾故事，联络苏杭织造李寔，授他秘计，令杀忠贤。忠贤闻信，忙遣私人至吴，侦探真伪。其实李寔是贪婪无耻，平时尝谄附魏阉，并不及正德年间的张永，张永、杨一清事，均见前四十六回。一闻有人侦察，便寻邀入署，赠与金银若干，托他辩明。且言："自己与故抚起元，夙有嫌隙，或即由他造言污蔑，也未可知。"来人得了贿赂，自然依了李寔的言语，回报忠贤。忠贤翻阅《点将录》，曾有起元名氏在内，又遣人到李寔处，索取空印白疏，嘱李永贞伪为寔奏，诬劾起元抚吴时，干没帑金十余万，且与攀龙等交好莫逆，谤毁朝廷，就中介绍人士，便是吏部员外郎周顺昌。

看官！这周顺昌时已辞职，返居吴县原籍，为何平白地将他牵入呢？原来魏大中被逮过吴，顺昌留住三日，临别泪下，愿以女字大中孙。缇骑屡次促行，顺昌瞋目道："尔等岂无耳目？难道不知世间有好男子周顺昌么？别人怕魏贼，无非畏死，我周顺昌且不怕，任你去告诉阉贼罢！"也觉过甚。缇骑入京，一五一十的报告忠贤，忠贤怒甚，就在李寔伪疏中，牵连进去。御史倪文焕，并举顺昌缔婚事，奏了一本，当时魏阉权力，赛过皇帝，不过借奏牍为名目，好即出票拘人，当下缇骑复出，飞逮两周。宗建与顺昌同籍，先已逮去，不三日又有缇骑到来，吴中士民，素感顺昌恩德，至是都代为不平。苏抚毛一鹭，召顺昌到署，开读诏书，顺昌跪听甫毕，外面拥入诸生五六百人，统跪求一鹭，恳他上疏解救。一鹭汗流满面，言语支吾，缇骑见议久不决，手掷锁链，琅然有声，并呵叱道："东厂逮人，哪个敢来插嘴！"语未已，署外又拥进无数市民，手中都执香一炷，拟为顺昌吁请免逮，可巧听着缇骑大言，便有五人上前，问缇骑道："圣旨出自皇上，东厂乃敢出旨么？"缇骑还是厉声道："东厂不出旨，何处出旨？"五人闻言，齐声道："我道是天子命令，所以偕众同来，为周吏部请命，不意出自东厂魏太监。"说着时，大众都哗噪道："魏太监是朝廷逆贼，何人不知？你等反替他拿人，真是狐假虎威，打！打！打！"几个打字说出，各将焚香掷去，一拥而上，纵横殴击，当场将缇骑殴毙一人，余众亦皆负伤，逾垣逸去。毛一鹭忙奔入内，至厕所避匿，大众无从找寻，始各散去。恨不令一鹭吃屎。

顺昌遂分缮手书,诀别亲友,潜自赴都,入就诏狱。宗建、应升、尊素三人,先已受逮,彼此相见,各自叹息。次日即由许显纯讯鞫,无非是笞杖交下,锁夹迭加。顺昌尤大骂忠贤,被显纯指令隶役,椎落门牙。他且嘌血上喷,直至显纯面颊,呼骂益厉,无一语乞哀。显纯即于是夜密嘱狱卒,把他结果了性命。三日出尸,皮肉皆腐,仅存须发。宗建横受箠楚,偃卧不能出声,显纯尚五日一比,勒令交赃,并痛诋道:"看你还能骂魏公不识一丁么?"寻即用沙囊压宗建身,惨毙狱中。尊素知狱卒将要害己,即啮指血为诗,书于枷上,并隔墙呼应升别字道:"我先去了!"言已,即叩首谢君父,触墙而死。越日,应升亦死。起元籍隶海澄,离京较远,及被逮至京,顺昌等均已遇害,显纯更横加拷掠,迫令缴赃十万。起元两袖清风,哪里来此巨款?只把这身命相抵,朝笞夜杖,血肉模糊,自然也同归于尽了。时人以顺昌等惨死诏狱,与杨、左诸人相同,遂与高、缪两贤,并称为后七君子。

此外屈死的人,也属不少,但资望不及诸贤,未免声名较减,小子也不忍再录。惟前刑部侍郎王之寀,后来亦被逮入京,下狱瘐死。前礼部尚书孙慎行,坐戍宁夏,还是知府曾樱,令他从缓数月。慎行未行,忠贤已败,才得免罪。这两人关系三案,小子不能不详。又有吴中五人墓,合葬虎邱,传播人口,虽是市中百姓,恰也旌表万年。大书特书,隐为后人表率。看官听说!这五人便是吴中市民的代表,叫作颜佩韦、杨念如、周文元、马杰、沈扬。

先是缇骑被逐,毛一鹭即飞章告变,忠贤恰也惊心,忙饬一鹭查缉首犯。一鹭本魏阉义儿,好容易谋得巡抚,他本无才无能,干不了什么事,幸知府寇慎,及吴县令陈文瑞,爱民有道,颇洽舆情。当下由一鹭下书,令府县办了此案。寇、陈两官,自巡市中,晓谕商民,叫他报明首犯,余俱从赦。商民尚未肯说明,还是那五人挺身自首,直认不讳。寇慎不得不将他拘住,禀知一鹭。一鹭又报告忠贤,忠贤令就地正法。五人被缚至市,由知府寇慎监刑,号炮一声,势将就戮。五人回顾寇慎道:"公系好官,应知我等好义,并非好乱呢。"说罢,延颈就刃,面色如生。寇慎恰也不忍,但箭在弦上,不得不发,只得令市民好好收尸,含泪回署去讫。惟缇骑经此一击,后来不敢径出都门,忠贤也恐人心激变,稍从敛戢,是恶贯满盈,天道有知,也不容他再横行了。这且表过不提。

且说苏杭织造李寔,因前时被人造谣,几乎罹罪,嗣蒙忠贤开脱,任职如故,不由的感激异常。浙江巡抚潘汝桢,又是个篾片官儿,平时很巴结魏阉,寻见魏阉势力愈大,越想讨好,每与李寔商议,要筹画一个特别法儿,买动魏阉欢心。李寔很表同情,奈急切无从设法。汝桢日夜筹思,居然计上心来,不待与李寔商量,便即奏闻。看官道是何法?乃请就西湖胜地,辟一佳壤,为忠贤建

第八十八回 兴党狱缇骑被伤 媚奸珰生祠迭建

筑生祠，却是妙法，为他人所未及。忠贤得疏，喜欢的了不得，当即矫旨嘉奖。湖上旧有关壮缪、岳武穆两祠，相距不过半里，中留隙地，汝桢遂择这隙地中，鸠工庀材，创建祠宇，规模宏敞，气象辉煌，比关岳两祠，壮丽数倍。关岳有灵，应该把他殛毁。李寔被汝桢走了先着，自悔落后，急忙补上奏章，乞授杭州卫百户沈尚文等，永守祠宇，世为祝厘崇报，中旨自然照准，并赐名普德，由阁臣撰文书丹，俾述功勋。祠已落成，李、潘两人，朔望尝亲去拈香，真个是必恭必敬，不愆不忘。挖苦得妙。孰意一人创起，百人效尤，各地寡廉鲜耻的狗官，纷纷请援例建祠，无不邀准。且中旨命毁天下书院，正好就书院基址，改筑魏公祠，恰是一举两便。不到一年，魏忠贤的生祠，几遍天下，小子试录表如下：

苏州　普惠祠。松江　德馨祠。巡抚毛一鹭，巡按徐吉同建。淮安　瞻德祠。扬州　沾恩祠。总督漕运郭尚友，巡抚宋桢模、许其孝同建。芦沟桥　隆恩祠。工部郎中曾国桢建。崇文门　广仁祠。宣武门懋勋祠。顺天府通判孙如洌，府尹李春茂，巡抚刘诏，巡按卓迈，户部主事张化愚同建。济宁　昭德祠。河东　褒勋祠。巡抚李精白，巡按李灿然、黄宪卿，及漕运郭尚友同建。河南　戴德祠。成德祠。巡抚郭宗光，巡按鲍奇谋，守道周锵同建。山西　报功祠。巡抚牟志夔、曹尔桢，巡按刘弘光同建。大同　嘉德祠。巡抚王占，巡按张素养，汪裕同建。登莱　报德祠。巡按李嵩建。湖广　隆仁祠。巡抚姚宗文，巡按温皋谟同建。四川　显德祠。工部侍郎何宗圣建。陕西　祝恩祠。巡抚朱童蒙，巡按庄谦、王大中同建。徽州　崇德祠。知府颉鹏建。通州　怀仁祠。督漕内监李道建。昌平二镇亦属通州。崇仁祠。彰德祠。总督阎鸣泰建。密云　崇功祠。巡抚刘诏，巡按倪文焕同建。江西　隆德祠。巡抚杨廷宪，巡按刘述祖同建。林衡署中永爱祠。庶吉士李若林建。嘉蔬署中洽恩祠。上林署中存仁祠。上林监丞张永祚建。

上述各祠，次第建设，斗巧竞工，所供小像，多用沉香雕就，冠用冕旒，五官四肢，宛转如生人。腹中肺腑，均用金玉珠宝妆成。何不用狼心狗肺相代？髻上穴空一隙，俾簪四时香花。闻有一祠中像头稍大，不能容冠，匠人性急，把头削小，一阉抱头大哭，严责匠人，罚令长跪三日三夜，才得了事。统观上述诸祠，只供忠贤生像，惜未将奉圣娘娘一并供入，犹为缺点。每祠落成，无不拜疏奏闻。疏词揄扬，一如颂圣，称他尧天舜德，至圣至神，何不去尝忠贤粪秽？阁臣亦辄用骈文褒答，督饷尚书黄运泰，迎忠贤生像，甚至五拜五稽首，称为九千岁。独蓟州道胡士容，不愿筑祠，为忠贤所知，矫旨逮问。遵化道耿如杞，入祠不拜，亦即受逮，由许显纯讯问拷掠，都累得九死一生。所有建祠碑文，多半施凤来手笔，所有拟旨褒答，多出王瑞图手笔。忠贤均擢他为礼部尚书，兼东阁大学士,入预机务。冯铨、顾秉谦反为同党所轧,相继归休。到了天启七年,监生陆万龄,请以忠贤配孔子,忠贤父配启圣公,疏中大意,谓:"孔子作《春秋》,魏公作《要典》;孔子诛少正卯,魏公诛东林党人。理应并尊,同祠国子监。"司业林釬,见疏大笑,援笔涂抹,即夕挂冠自去。嗣经司业朱之俊代为奏请,竟得俞允,林釬反坐是削籍。小子有诗叹道:

媚奥何如媚灶灵,蛆蝇甘尔逐膻腥。
一般廉耻销磨尽,剩得污名秽简青。

建祠以后,有无荒谬事情,容俟下回续叙。

崔、魏力翻三案,非真欲翻三案也,为陷害东林党计耳。前六君子,与后七君子,合成十三人,为逆阉构陷,死节较著。而高攀龙之自溺池中,最为得当而死,无辜被逮,不死不止,与其死于黑索之下,何若死于白水之间?所谓蝉蜕尘秽,皭然泥而不滓者也。颜佩韦、杨念如等五人,率众殴击缇骑,虽似有干国法,实足为一时快意之举。逆阉可以擅旨,市民亦何尝不可擅为?况经此一殴,缇骑乃不敢轻出国门,牺牲者仅五人生命,保全者不止什百。虎邱遗垄,彪炳千秋,不亦宜乎?潘汝桢创筑生祠,遂致各地效尤,遍及全国,观其廉耻道丧,本不值污诸笔墨,但为世道人心计,不得不表而出之,为后世戒。语有之:"豹死留皮,人死留名。"后之人毋污名节,庶不负记者苦心云。

第八十九回　排后族魏阉谋逆 　　　　承兄位信邸登基

却说天启六年三月间,有辽阳人武长春往来京师,寄迹妓家,好为大言,当由东厂探事人员,指为满洲间谍,把他拘住,当由许显纯掠治,张皇入奏。略说:"是皇上威灵,厂臣忠智,得获敌间,立此奇功。"长春并非敌间,就使实为间谍,试问东厂所司何事?厂臣所食何禄?乃称为奇功,令人羞死。当即优诏褒美,并封忠贤从子良卿为肃宁伯,得予世袭,并赐养赡田七百顷。是时蓟、辽督师孙承宗,因魏阉陷害正士,拟入朝面奏机宜,阉党早已闻风,飞报忠贤。忠贤哭诉帝前,立传谕旨,饬兵部飞骑禁止。承宗已抵通州,闻命还镇,阉党遂痛诋承宗,目为晋王敦、唐李怀光一流人物。承宗遂累疏乞休,廷议令兵部尚书高第继任。第恇怯无能,一到关外,即将承宗所设各堡,尽行撤去。惟宁前参师袁崇焕,誓死不徙。果然满洲兵来攻宁远,声势张甚,高第拥兵不救,赖崇焕预备西洋大炮,击退满洲兵士。明廷闻报,乃将高第削职,另任王之臣为经略,且命崇焕巡抚辽东,驻扎宁远。此段是带叙之笔。熹宗正日忧边事,闻魏忠贤得获敌间,差不多与除灭满洲同一功绩,因此格外厚赏。其实辽阳男子武长春,并不是满洲遣来,为了多嘴多舌,平白地问成磔刑,连骨肉尸骸,无从还乡,反弄好了一个魏忠贤。

是年满洲太祖努尔哈赤病殂,传位第八子皇太极,以次年为天聪元年,就是《清史》上所称的清太宗。载明清太宗嗣位,为清室初造张本。太宗一面与崇焕议和,一面发兵击朝鲜,报复旧恨。为前时杨镐出塞,朝鲜发兵相助之故。朝鲜遣使,向明廷告急。明廷只责成袁崇焕,要他发兵往援。崇焕正拟遣将东往,偏东江总兵毛文龙,也报称满兵入境,乞调兵增守。那时足智多能的袁崇焕,明知满洲太宗,用了缓兵疑兵的各计,前来尝试,怎奈缓兵计便是和议,不便照允,疑兵计恐要成真,不能不防。乃派水师援文龙,另遣总兵赵率教等,出兵三岔河,不过是牵制满人,使他后顾。无如朝鲜的君民,实是无用,一经满兵杀入,势如破竹。朝鲜国王李倧,弃了王城,逃至江华岛,看看饷尽援绝,只好派使向满洲乞和,愿修朝贡。满洲太宗得休便休,就与朝鲜订了盟约,调兵回国。

既而崇焕与王之臣未协,明廷召还之臣,令崇焕统辖关内外各军。崇焕命赵率教守锦州,自守宁远,蓦闻满洲太宗,亲督大军,来攻锦州,他知率教足恃,一时不致失守,独遣总兵祖大寿,领了精兵四千,绕出满兵后面,截他归路。自督将士修城掘濠,固垒置炮,专防满兵来袭。果然满兵攻锦不下,转攻宁远,被崇焕一鼓击退。满洲太宗,再欲益兵攻锦州,闻有明军截他后路,不得已整队回去。祖大寿见满兵回国,纪律森严,也是知难而退。崇焕拜本奏捷,满望论功加赏,哪知朝旨下来,反斥他不救锦州,有罪无功,气得崇焕目瞪口呆,情愿乞休归里;奏乞解职,有旨照准,仍命王之臣继任。看官不必细猜,便可知是淫凶贪狡、妒功忌能的魏忠贤,弄出来的把戏。不是他是谁?原来各处镇帅,统有阉党监军,阉党只贪金钱,所得贿赂,一半中饱,一半献与忠贤。前时熊廷弼得罪,孙承宗遭忌,无非为这项厚礼,不肯奉送的原故。此次袁崇焕督师关外,也有太监纪用监军,崇焕只知防敌,哪肯将罗掘得来的饷项,分给阉人?纪用无从得手,忠贤何处分肥,以此宁、锦叙功,崇焕不预。解释明白,坐实魏阉罪状。

忠贤安坐京师,与客氏调情作乐,并未尝筹一边务,议一军情,反说他安攘有功,得旨褒叙。安字注解,即是安坐绣幔中;攘字注解,当是攘夺的攘,或训作攘内,意亦近是。还有王恭厂被火,又得叙功。王恭厂就是火药局,夏季遇雷,火药自焚,地中霹雳声,震响不已,烟尘蔽空,白昼晦冥,军民晕仆,死了无数。

忠贤足未出户，阉党薛贞，偏说他扑灭雷火，德可格天，又获奖敕。余尝见有人慰失火书，说系吉人天相，薛贞所奏，毋乃类是。兵部尚书王永光，以天象告儆，请宽讼狱，停工作，慎票旨。给事中彭汝楠，御史高弘图，亦上书奏请，大致相似，中旨斥他迹近讽刺，一并罢官。又因皇极殿建筑告成，熹宗御殿受贺，这殿系魏、崔两人督办，太监李永贞，即表奏忠贤大功，吏部尚书周应秋，相继奏陈，又是极力揄扬。熹宗大悦，竟破格加恩，特封忠贤为上公。忠贤从子魏良卿，前已晋封侯爵，至是又进授宁国公，加赐铁券。从孙鹏翼只二岁，封安平伯，从子良栋只三岁，封东安侯，崔呈秀为少傅，荫子锦衣卫指挥。吏部尚书周应秋等十八人，俱加封宫保衔，工部侍郎徐大化、孙杰，升任尚书，傅应星加太子太傅，魏士望等十四人，均升授都督佥事，各赐金银币有差。惟忠贤特别加赐，给他庄田二千顷。宁国公魏良卿禄米，照忠贤例，各支五千石。阁臣拟旨锡封，悉拟曹操九锡文。曹操为中常侍曹腾从子，援例比拟，亦尚相合。内外章奏，各称忠贤为厂臣，不得指名。要把大明江山，送与别人，原非容易，应该受此懋赏。会山东奏产麒麟，大学士黄立极等，上言厂臣修德，因致仁兽，何不径称尧舜，劝熹宗让位忠贤？正是贡媚献谀，无微不至，连忠贤自己，也不知自居何等呢。

　　忠贤以复仇修怨，均已快心，惟有一憾未了，免不得心存芥蒂。看官道是何憾？便是正位中宫的张皇后。张后深恨客、魏，因进谏不从，致疏宸眷。后亦无所怨望，惟以文史自娱，但熹宗生平，不喜渔色，待遇后妃，都不过淡淡相交，就是与后未协，亦无非怕她烦絮，并没有特别嫌疑，所以客、魏等虽有谗言，熹宗始终不睬。会厚载门外，有匿名揭帖，备列忠贤逆状，且及阉党七十余人，忠贤遂欲诬陷后父，即召私党邵辅忠、孙杰两人入商。两人闻言，陡然一呆，彼此相觑。忠贤猛笑道："这有何难？教你两人合奏一本，只说后父国纪私张揭帖，且与中宫勾连，谋害厂臣，我想上头览奏，必要究治。后若因此被废，我侄儿良卿，生有一女，年已及笄，好进立为后了。"曹操只做国丈，魏阉想做太国丈，比曹操又高一筹。两人唯唯趋出，缮好一篇奏草，但心中总尚畏祸，不敢径呈。猛然想到顺天府丞刘志选，年老嗜利，可浼他出头。当下相偕往见，说明意思，并示他奏稿。志选暗想道："我年已老，不妨一行。他日忠贤失势，我已不知死在何处？今日趁他专权，帮一个忙，必有重赏到来，我享了几年荣华富贵，再作计较。"到老尚不看破，势利之害人如此。随即欣然领命，录奏进呈。疏中极论后父国纪罪状，结末数语，有"毋令人凿丹山之穴，蓝田之种"云云。奏上数日，并不见有批答下来。御史梁梦环，复申论志选奏章，故意诘问丹山蓝田二语。熹宗仍然不答，惟密饬国纪自新。国纪知为忠贤所嫉，竟见几远引，飘然回籍去了。

第八十九回 排后族魏阉谋逆 承兄位信邸登基

忠贤见此计不成，又想了一策，暗募壮士数人，怀藏利刃，伏匿殿中，自己恰预报熹宗。至熹宗御殿视朝，先遣锦衣卫搜查，果然获住怀刃的壮士。当下缚交东厂，令忠贤发落。忠贤欲令壮士诬供后父，说他意图不轨，谋立藩王，可巧王体乾入白他事，忠贤即与熟商，体乾道："皇上诸事糊涂，独待遇兄弟夫妇，恰也不薄。倘若意外生变，我等恐无噍类了。"得此一沮，不知是阉党的运气，还是张后的运气？忠贤沉吟半晌，方道："这却也是可虑呢。但缚住的壮士，如何处置？"体乾道："速即杀却，免得多口。"忠贤复为点首，依计而行，只晦气了数名壮士。此着恰不及曹操，曹操能弑伏后，忠贤不能弑张后，这尚未免胆小呢。熹宗哪知就里，总教他已经处治，便算了事。魏忠贤心尚未死，暗想张后如此难除，不如做一番惊天动地的事业，索性连这糊涂皇帝，亦掇开了他。险毒小人，非此不止。但熹宗尚有三个叔父，留住京邸，一个是瑞王常浩，一个是惠王常润，一个是桂王常瀛，都是神宗皇帝的庶子，欲要举行大事，必须将他三位皇叔，尽行外徙，免得在此作梗。当下嗾令御史张讷，疏促就藩，于是瑞王赴汉中，惠王赴荆州，桂王赴衡州，仪物礼数，务从贬损。熹宗反听信邪言，嘉他节费为国，褒美厂臣。既而享祀南郊，祭荐太庙，竟遣宁国公魏良卿往代，虽然做候补皇帝。且加封良卿为太子太师，太师两字，实可截去，不如竟称太子为是。世袭伯爵。魏良栋加封太子太保，魏鹏翼加封太子少师。良栋、鹏翼尚在襁褓，如何为东官师保？此种命令，比演戏还要弗如。崔呈秀适遭父丧，诏令夺情视事，不用缞经，且任他为兵部尚书，兼职少傅及太子太傅，并左都御史。明朝二百数十年间，六部九卿，从没有身兼重职，与呈秀相似，这都是熹宗宠任魏阉，推恩锡类，貤及义儿。又赐奉圣夫人金币无数，加恩三等，予荫子侄一人，世袭锦衣卫指挥。任你如何封赠，总未餍他欲望。

从前熹宗亲祀方泽，乘便游幸西苑，与客、魏并驾大舟，泛入湖中，畅饮为欢。偏是熹宗素性好动，饮至半酣，竟欲改乘小舟，自去泛棹，当由二小珰随帝易船，船前后各坐一阉，划桨而去。熹宗坐在船中，也手携片桨，顺流摇荡，不意一阵大风，刮将过来，竟把小舟吹覆，熹宗竟堕入波心，灌了一肚子的冷水。还亏湖中另有他船，船上载有侍从，七手八脚，得将熹宗救起，两小珰堕水多时，不及施救，竟至溺死。仿佛与正德皇帝相似。客、魏所乘的大舟，相去不过里许，他只对斟酣饮，佯作不知。两人正在行乐，还顾什么皇帝？加一佯字，恐太锻炼。熹宗遭此一吓，染病了好几日，幸为张后所闻，宣召太医数人为帝医治，总算告痊，但病根自此种着，常有头晕腹泻诸疾。且熹宗好动恶逸，年已逾冠，尚有童心，或斗鸡，或弄猫，或走马，或捕鸟，或打秋千，或蹋毬蹴踘。又有两大嗜好，一喜斫削雕琢，斫削事已见前文，见八十四回。雕琢玉石，颇也精工，尝赐客、魏二人金印，各重三百两。魏忠贤的印中，刻有"钦赐顾命元臣"

数字，客氏的印中，刻有"钦赐奉圣夫人"数字，相传俱由熹宗自刻。此外所刻玉石，随赐宫监，也不胜数。甚且随手抛弃，视作废物罢了。一喜看戏扮演，熹宗尝在懋勤殿中，设一隧道，召入梨园子弟，就此演剧，台榭毕具，暇时辄与客、魏两人，看戏为乐。一夕，演《金牌记》，至《疯僧骂秦桧》一出，魏阉匿入屏后，不敢正视。也有天良发现时。熹宗偏故意宣召，还是客氏设词应答，替他求免。又尝创演水傀儡戏，有《东方朔偷桃》，及《三保太监下西洋》等剧，装束新奇，扮演巧妙。熹宗每召张后同观，后屡辞不获，勉与偕行。熹宗却口讲指画，与后笑谈。后微笑无语，屡失帝欢。到了看戏尽兴的时候，竟挈内侍高永寿、刘思源等，亲自登台，扮演宋太祖夜访赵普故事。熹宗自装太祖，应仿雪夜戎装景象，虽当盛暑，也披兜服裘，不惮挥汗，为此种种嬉戏，遂酿成许多病症。二十多岁的人物，偏尪瘵异常，面少血色，尚书霍维华，制造一种灵露饮，说系特别仙方，久服可以长生。又有仙方出现。什么叫作灵露饮呢？相传用粳糯诸米，淘尽糠粃，和水入甑，用桑柴火蒸透，甑底置长劲空口大银瓶一枚，俟米溶成液，滗出清汁，流入银瓶，取出温服，味如醍醐，因此媵一美名，叫作灵露饮，进供御食。熹宗饮了数匙，清甘可口，遂令维华随时进呈。哪知饮了数月，竟成了一种臌胀病，起初是胸膈饱闷。后来竟浑身壅肿，遂致奄卧龙床，不能动弹。煮米取汁，当不至酿成胀病，想此系别有隐疾，不得过咎维华。御医诊治无效，眼见得病象日危，去死不远了。熹宗无嗣，只有皇弟由检，曾封信王，尚居京师，当下召他入宫，自言病将不起，令承大统。信王固辞，经熹宗叮嘱再三，劝他不必谦让，勉为尧舜之君，信王始含泪受命。熹宗又道："皇后德性幽闲，你为皇叔，嗣位以后，须善为保全。魏忠贤、王体乾等，均恪谨忠贞，可任大事。"善事中宫之谕，见得熹宗尚有恩情，至嘱及委任权阉，殊属至死不悟。信王也唯唯允诺。嗣复召各部科道入宫，约略面谕，大致仍如前言。信王及众大臣等，暂且退出，越宿大渐，又越宿驾崩，共计在位七年，只二十三岁。

　　皇弟由检，系光宗第五子，为刘贤妃所生，刘妃早殁，由李选侍抚育成人。李选侍便是东李，应八十一回。名位本居西李上，独得宠不及西李。天启初曾册封庄妃，庄妃素嫉魏阉，恒呼他为女鬼。魏阉闻知，遂与客氏相连，交谮帝前，并将庄妃宫中应给服食，一概裁损。庄妃遂抑郁成疾，渐成瘵症。皇五子每日晨起，叩首祷天，复退谒庄妃，庄妃抱病与游，至东宫后面，置有二井，皇五子戏汲井中，得一金鱼，再汲次井，仍有金鱼出现。庄妃稍开笑颜，语皇五子道："此乃异日吉兆。"语至此，复呜咽道："可惜我不得相见了。"皇五子随说梦征，谓"夜间熟寝时，见有金龙蟠着殿柱，陡被惊寤"云云。庄妃道："龙飞九五，也是祯祥，但不应泄漏为是。"皇五子亦私自心喜，随着庄妃回宫。到了熹宗归天，庄妃早已去世了。叙入此段，为庄妃封后伏线。

熹宗崩后，由魏忠贤夜召信王，信王素知忠贤奸邪，自觉背生芒刺，没奈何同他入宫。翌晨，诸大臣俱入宫哭临，忠贤凭棺大恸，双目并肿，既而呼崔呈秀入谈，密语多时，无人与闻。或云忠贤谋逆，呈秀以时机未至，才行罢议，或谓由张后保护信王，魏阉无从下手，这且不必细说。单说信王由检，择日即位，以次年为崇祯元年，世称为崇祯帝，后来号为怀宗，亦称毅宗。即位这一日，忽闻天空有声，惹得大众惊疑起来。至朝贺礼成，响声亦止。司天监谓为天鼓忽鸣，主兆兵戈。是明祚将终预兆。但因新主登极，相率讳言。魏忠贤上表辞职，有诏不许，惟奉圣夫人客氏，令出外宅。客氏就梓宫前，出一小函，用黄色龙袱包裹，内贮熹宗胎发痘痂，及累年落齿剃发等，一一检出焚化，痛哭而去，阉党稍稍自危。不意逆阉门下走狗杨维垣，竟先纠劾崔呈秀，不守父丧，显违礼制，解铃还是系铃人。奉旨免呈秀官，勒令回籍。呈秀一去，弹劾魏阉的奏章，陆续进呈，有分教：

妖雾常霾只畏日，冰山忽倒又回阳。

欲知魏阉得罪情形，待至下回再表。

本回叙熹宗绝续之交，见得魏阉实具逆谋，不过因种种障碍，以致中沮，说者谓王体乾、崔呈秀辈，谏阻逆谋，不为无功。讵知自古以来，无逆阉篡国之理，王体乾、崔呈秀辈，并非效忠明室，不过揆情度理，自知难成耳。然明朝元气，已为魏阉一人，斫削殆尽，魏阉虽未篡国，实足亡国，百世而下，犹播腥闻，不特为有明罪人已也。独怪熹宗之失，不过嬉戏，而贻祸至于如此，鲁昭公犹有童心，君子知其不终，观熹宗而益信矣。

第九十回　惩淫恶阉家骈戮　受招抚渠帅立功

却说怀宗嗣位以后，当有人弹劾魏、崔两人。崔呈秀已经罢官，那魏忠贤亦被廷臣纠弹。工部主事陆澄源，首先奏劾，次即主事钱元悫，又次为员外史躬盛，还有嘉兴贡生钱嘉征，更劾忠贤十大罪：一并帝；二蔑后；三弄兵；四无二祖列宗；五克削藩封；六无圣；七滥爵；八掩边功；九伤民财；十通关节。均说得淋漓痛切，无恶不彰。魏阉何止十大罪？就是杨涟所奏二十四罪，也嫌未足。忠贤闻有此疏，忙入宫哭诉。此时却用不着。怀宗命左右朗读原疏，吓得忠贤惊心动魄，只是磕着响头，蓬蓬勃勃，大约有数十百个。随被怀宗叱退，忠贤急得没法，忙至私第取出重宝，往会信邸太监徐应元，贿托调停。应元本忠贤赌友，倒也一力担承，便入谒怀宗，替他说情。怀宗不待说毕，即把他一顿斥责，撵出宫门。次日即传出严旨，表明魏忠贤罪状，谪置凤阳，司香祖陵。徐应元亦谪守显陵。忠贤束装就道，护从尚数百人，复经言官评奏，更颁谕旨，饬兵部发卒逮治。谕中有云：

> 逆恶魏忠贤，盗窃国柄，诬陷忠良，罪当死。姑从轻降发凤阳，不思自惩，犹畜亡命之徒，环拥随护，势若叛然。著锦衣卫速即逮讯，究治勿贷！

忠贤此时，方至阜城，寓宿驿舍，忽由京中密报谕旨，料知锦衣卫到来，被拘入京，必至伏法，遂与干儿李朝钦，对哭一场。双双解带，自缢身亡。怀宗闻忠贤自尽，饬将家产籍没，并逮魏良卿下狱。一面查客氏家资，搜得宫女八人，多怀六甲。看官道是何故？原来熹宗无子，属望颇殷，客氏出入掖廷，竟带出宫女若干名，令与子弟同寝，好使怀妊，再进宫中，谋为以吕易嬴、以牛代马的秘计。以吕易嬴，有秦时吕不韦故事。以牛易马，是晋朝小吏牛金故事。怀宗命太监王文政讯究，那一班弱不胜衣的宫女，怎禁得刑驱势迫，一经恫吓，便一一吐出实情，归罪客氏，文政据实奏陈，触起怀宗怒意，立命将客氏拘至浣衣局，掠死杖下。于是穷奢极欲，挟权怙势的老淫妇，把雪白的嫩肌肤，去受这无情刑杖，挨不到数十下，便已玉殒香销，惨赴冥司，与成妃李氏，裕妃张氏，及冯贵人等，对簿坐罪去了。也有此日，令人浮一大白。

客氏弟客光先，子侯国兴，一同拘到，与前封宁国公魏良卿，俱绑至法场，一刀一个，送他归阴。所有客、魏家属，无论长幼男女，尽行斩首。有几个乳儿婴孩，尚是盹睡未醒，也被刽子手一时杀尽。都下人士，统说是客、魏阴毒，应该受此惨报，并没有一人怜惜。可见福善祸淫，古今常理，君子乐得为君子，何苦陷害好人！肆行无忌，弄到这一番结果呢？当头棒喝。

客、魏已诛，阉党失势，给事中许可征，复劾崔呈秀为五虎首领，宜肆市朝。诏令逮治，并籍家产。呈秀归蓟州，闻这消息，罗列姬妾，及诸般珍玩，呼酒痛饮，饮尽一卮，立将酒卮掷去，随饮随掷，掷碎了数十卮，乃阖户自缢。山阴监生胡焕猷，越俎上书，极论黄立极、施凤来、张瑞图、李国楷等，身居揆席，一意媚阉，并应斥罢。怀宗以祖宗旧例，监生不得言事，便将焕猷论杖除名。黄立极料难久任，辞职归休。施凤来等尚是恋栈，怀宗颇也动疑，令九卿科道，另荐阁臣，仿古时枚卜遗典，将所荐阁臣姓名，贮入金瓯，焚香肃拜，依次探取，得钱龙锡、李标来、宗道、杨景辰四人。复因天下多事，更增二人，又得周道登、刘鸿训,遂并命入阁,同为大学士。辅臣以得人为主,全凭君主藻鉴,岂得暗中摸索,便称得人?怀宗首为此举,已是误事。罢施凤来、张瑞图、李国楮等。国楮在三人中,还算持正,就是罢官归去,也是他自己乞休。临行时,并荐韩爌、孙承宗自代,怀宗乃复召韩爌入阁。爌尚未至,阉党杨维垣等,又力诋东林党人,明斥韩爌。谓与崔、魏等,同为邪党。你算不是邪党,如何前时阿附崔、魏?编修倪元潞,上疏驳斥,且请毁《三朝要典》,其词云:

梃击、红丸、移官,三议哄于清流,而《三朝要典》一书,成于逆竖。其议可兼行,其书必当速毁。盖当事起议,与盈廷互讼,主梃击者力护东官,争梃击者计安神祖;主红丸者仗义之言,争红丸者原情之论;主移宫者弭变于几先,争移宫者持平于事后。数者各有其是,不可偏非也。未几而魏阉杀人,则借三案,群小求富贵,则借三案,而三案面目全非矣。故凡推慈归孝于先皇,正其颂德称功于义父。批根今日,则众正之党碑;免死他年,即上公之铁券。由此而观,三案者天下之公议,《要典》者魏氏之私书,三案自三案,《要典》自《要典》,以臣所见,惟毁之而已。夫以阉竖之权,而役史臣之笔,亘古未闻,当毁一;未易代而有编年,不直书而加论断,若云仿佛《明伦大典》,则是魏忠贤欲与肃皇帝争圣,崔呈秀可与张孚敬比贤,悖逆非伦,当毁二;矫诬先帝,伪撰宸编,既不可比司马光《资治通鉴》之书,亦不得援宋神宗手制序文为例,假窃诬妄,当毁三;况史局将开,馆抄具备,七载非难稽之世,实录有本等之书,何事留此骈枝,供人唾骂?当毁四。愿敕部立将《要典》锓毁,一切妖言市语,如旧传点将之谣,新腾选佛之说,毋形奏牍,则廓然荡平,邪慝去而大经正矣。伏惟圣鉴施行!此折最为持平,故录述一斑。

先是魏阉伏法,所有历年奖敕,尽行收还,各处生祠,尽行撤除,至是复毁去《三朝要典》,乃将阉党所著邪议,一律推翻,遂赠恤天启朝被害诸臣,如前六君子,后七君子等,概赠官爵,悉予嘉谥,罢免追赃,释还家属。内外人心,喁喁望治。既而韩爌至京,命为首辅,令定魏阉逆案,爌不欲广搜穷治,仅列四十五人,呈入拟罪。怀宗不悦,命再钩考,且面谕韩爌道:"忠贤不过一个内竖,乃作奸犯科,无恶不作,若非内外臣僚,助他为虐,哪有这般凶暴?现在无论内外,须要一律查明,共同加罪,才见得是明刑敕法呢。"爌复奏道:"外廷臣工,未知内事,不便捉风捕影,任情罗织。"怀宗微笑道:"只怕未必,大约不敢任怨,所以佯作不知。明日朕当示卿。"言毕,即退殿入宫。越日,又召见韩爌等人,指案上布囊,语爌等道:"囊中章奏累累,统是逆阉旧党,赞导拥戴,颂美谄附,卿可一一案名,列表惩处。"爌又叩首道:"臣等职司辅导,

不习刀笔。"怀宗面有愠色,又顾吏部尚书王永光道:"卿系职掌铨衡,彰善瘅恶,应有专责。"永光亦回奏道:"臣部止任考功,未曾论罪。"阉党罪恶滔天,害人奚止十百?此次怀宗践阼,敕定逆案,正当罗列无遗,为后来戒,乃彼推此诿,果属何为?怀宗又回顾刑部乔允升,及左都御史曹于汴道:"这是二卿的责任,不要再推诿了。"当下命左右携下布囊,缴给允升,自己竟下座进内。允升不能再诿,只好与曹都御史,捧囊出来,启囊检视,按名列表,共得二百余人,呈入钦定。怀宗亲自裁夺,科罪七等。首逆魏忠贤、客氏,依谋反大逆律,枭首磔尸。次与首逆同谋,如崔呈秀、魏良卿、侯国兴等六人,立即斩决。又次为交结内侍,如刘志选、梁梦环、倪文焕、许显纯等十九人,均拟斩首,秋后处决。还有交结近侍次等,如魏广微、周应秋、阎鸣泰、杨维垣等十一人,及逆孽魏志德等三十五人,一并充军。再次为谄附拥戴,如太监李寔等十五人,亦俱充军。又有交结近侍末等,如顾秉谦、冯铨、王绍徽等一百二十八人,俱坐徒三年。最轻是交结近侍减等,如黄立极等四十四人,俱革职闲住。这二百多名罪人,统榜列姓名,各注罪状,刊布中外,且饬刑部照案惩办,不得再纵。于是客、魏两贼的尸首,再加寸磔,此外已经伏法,不必再核,未经伏法的罪犯,悉照钦定逆案,应斩、应戍、应徒、应革职,处置了结。八千女鬼,化作春婆,不消细说。

且说怀宗生母刘贤妃,生前已经失宠,殁葬西山。怀宗年甫五岁,未识生母瘗所,及年渐长,询及近侍,方知窆穸所在,密付内侍金钱,具楮往祭。到了即位,追尊生母为孝纯皇后。且因东李庄妃,鞠育有恩,特上妃封号,并赐妃弟李成栋田产千顷,庙号大行皇帝为熹宗,尊熹宗后张氏为懿安皇后,立后周氏,册田氏、袁氏为妃,为下文伏笔。典礼粗定,谋修治术,起袁崇焕为兵部尚书,督师蓟、辽。崇焕至都,入见平台,怀宗咨及平辽方略,崇焕对道:"愿陛下假臣便宜,约五年可复全辽。"怀宗心喜,又问了数语,入内少憩。给事中许誉卿,便问崇焕道:"五年的限制,果可践言否?"崇焕道:"皇上为了辽事,未免焦劳,所以特作慰语。"誉卿道:"主上英明,岂可漫对?倘若五年责效,如何覆命?"崇焕俯首不答。自知说错,所以俯首,然后来被置重辟,已伏于此。既而怀宗复出,崇焕又上前跪奏,略言:"辽事本不易奏功,陛下既已委臣,臣亦不敢辞难。但五年以内,户部转军饷,工部给器械,吏部用人,兵部调兵遣将,须内外事事相应,方能有济。"怀宗道:"朕知道了。朕当饬四部大臣,悉如卿言。"崇焕又奏称制辽有余,杜谗不足,一出国门,便成万里,设有妒功忌能的人员,便足坏事。怀宗闻言,为之起座道:"卿勿疑虑,朕当为卿作主便了。"大学士刘鸿训等,复请赐崇焕尚方剑,令便宜从事。怀宗概行照允,即遣崇焕去讫。

忽接福建巡抚熊文灿奏章,内称海盗郑芝龙,已经招降,应乞加恩授职

第九十回　惩淫恶阖家骈戮　受招抚渠帅立功

等语。小子叙到此处，不得不将芝龙来历，详述一遍。芝龙泉州人，父名绍祖，为泉州库吏。太守蔡善继公出，突被一石子击中额上，立饬卫卒查捕。嗣捕到一个幼童，问明姓氏，便是库吏绍祖子芝龙。绍祖闻报大惊，急忙入署待罪，巧值芝龙出来，谓已蒙太守释放，绍祖不知就里，再入谒太守，叩首请罪。善继笑道："芝龙便是你子么？我见他相貌非凡，他日必当富贵，现在年尚幼稚，稍有过失，不足为罪，我已放他去了。"以貌取人，失之芝龙。绍祖才叩谢回家。后来善继去任，绍祖病逝，芝龙贫不能存，竟与弟芝虎流入海岛，投海盗颜振泉属下，去做剽掠勾当。振泉身死，众盗无主，欲推一人为首领，一时不能决定。嗣经大众公议，祷天择帅，供起香案，案前贮米一斛，用一剑插入米中。各人次第拜祷，剑若跃出，即推何人为长。说也奇怪，别盗拜了下去，剑仍一毫不动，偏偏轮着芝龙拜祷，那剑竟陡然跃出，落地有声。真耶假耶？大众疑为天授，遂推芝龙为盗魁，纵横海上，官兵莫与抗衡。闽中长官，以善继有德芝龙，再调任泉州道，贻书招抚。芝龙颇也感德，复书愿降，独芝虎不从，率众大哗。芝龙没法，仍留踞海岛，劫掠为生。福建巡抚朱一冯，新任抚缺，决计剿捕，遂遣都司洪先春，从水路出师，把总许心素、陈文廉，从陆路出师，两路夹攻，总道是可灭芝龙，哪知陆军失道，只有洪先春舟师，进攻海岛，日间战了一仗，还是胜负相当，夜间由芝龙潜遣盗众，绕出先春后面，袭击先春，芝龙又从前面杀出，两下里夹击官军，害得先春跋前疐后，身被数刃，拚命走脱。芝龙也不追赶，擒住了一个卢游击，恰好生看待，释令还闽。

惟明廷接得败报，撤去朱一冯，改任熊文灿。文灿到任，温言招谕，且言归降以后，仍得统辖原部，移作海防。芝龙乃率众降顺，文灿即飞章奏闻。给事中颜继祖，上言芝龙既降，应责令报效，方可酌量授职。怀宗准奏，当将原疏抄发到闽，令文灿照办。文灿转谕芝龙，芝龙恰也允诺。当时海盗甚多，李魁奇、钟彬、刘香老等，统是著名盗目，出没海乡。芝龙先击李魁奇，魁奇战败，走入粤中，被芝龙追杀过去，一炮轰毙。复移众攻钟彬，恰也战胜了好几仗，彬竟窜死。文灿又复奏闻，乃有旨授芝龙为游击。芝龙得了官职，复大击刘香老。香老为盗有年，寇掠闽广沿海诸邑，势甚猖獗。芝龙与他角逐海上，正是旗鼓相当，差不多的本领。香老因闽海边防，得一芝龙，恰是劲敌，不如窜入粤海，当下鼓行而南。粤中相率戒严。明廷升调熊文灿为两粤总督，文灿仍用招抚的老法儿，命守道樊云蒸，巡道康永祖，参将夏之本、张一杰等，同往抚谕。偏偏香老不从，竟把他四人拘住，急得文灿仓皇失措，飞调郑芝龙到粤，并拨粤兵相助，进击田尾远洋。香老见闽、粤联兵，战舰麇至，料知不是对手，遂硬胁樊云蒸出舟，止住来兵。云蒸大呼道："我已誓死报国了，诸君努力击盗，正好就此聚歼，切勿失此好机会呢！"数语甫毕，已被盗众杀死。参将夏之本、张一杰等，自知难保，索性夺刀奋斗。芝龙见寇船大噪，飞行过去，登舟一跃，纵上盗船，部众次第跃上，乱杀乱剁，霎时间扫得精光，把康永祖及夏、张二参将，一齐救出，越是拚死，越是不死。遂上前围裹香老坐船。香老支撑不住，欲走无路，没奈何纵火自焚，与船同尽。小子有诗叹道：

> 海上横行已有年，一朝命绝总难全。
> 杀人寻亦遭人杀，果报循环自有天。
> 此诗别具感慨，并非专指刘香老。

香老自尽，海氛顿息，芝龙得升任副总兵，欲知后事，且看下回。

魏忠贤恶贯满盈，中外切齿，但伪恭不及王莽，善诈不及曹操，无拳无勇，职为乱阶，故以年少之崇祯帝，骤登大位，不假手于他人，即行诛殛，可见当日明臣，除杨、左诸人外，大都贪鄙龌龊，毫无廉耻，魏阉得势，即附魏阉，魏阉失势，即劾魏阉，杨维垣之行事可鉴也。即如杨、左诸人，伉直有余，权变不足，故俱遭陷害；否则如韩琦之治任守忠，杨一清之除刘瑾，捽而去之，尚非难事，何至残善类而残国脉耶？若夫郑芝龙一海盗耳，善于驾驭，非必不可为我用，观其击杀群盗，所向有功，亦似一海外干城，但只可任之为偏裨，不能予之以特权，若终其身为游击副总兵，亦不至有日后事矣。故惟有大材智者乃足以御奸，亦惟有大材智者并足以使诈，惜乎明廷内外之未得其人也。

第九十一回　徐光启荐用客卿　　袁崇焕入援畿辅

却说怀宗用枚卜遗制，采得钱龙锡、李标来、宗道、杨景辰、周道登、刘鸿训等六人，同时入阁，总道是契合天心，定可得人，哪知来、杨两臣，系魏阉余党，景辰且曾为《三朝要典》副总裁，一经授职，廷臣已是大哗，后来交章弹劾，乃将来、杨两人罢官。刘鸿训素嫉阉党，次第斥杨维垣、李恒茂、杨所修、孙之獬、阮大铖等，人心大快。独阉党余孽犹存，恨刘切骨。会惠安伯张庆臻，总督京营，敕内有"兼辖捕营"语，提督郑其心，谓有违旧例，具折讦陈。怀宗以所拟原敕，本无此语，因御便殿问诸阁臣，阁臣俱云未知。既而御史吴玉言："由鸿训主使，兵部尚书王在晋，及中书舍人田嘉璧，统同舞弊。"乃将鸿训落职，谪戍代州，王在晋削籍，田嘉璧下狱。未免有人倾害。阁臣去了三人，免不得又要推选。廷臣列吏部侍郎成基命，及礼部侍郎钱谦益等，共十一人，呈入御定。礼部尚书温体仁，与侍郎周延儒，早已望为宰辅，偏偏此次廷推，两人均不在列，当下气愤填胸，遂将这廷推十一人中，吹毛索瘢，有心寻衅。巧巧查得钱谦益，曾典试浙江，略涉嫌疑，即劾他营私得贿，不配入阁。谦益后为贰臣，心术固不甚可取，但温、周二人，误明亡国，罪比谦益尤甚。原来天启二年，谦益为浙江典试官，适有奸人金保元、徐时敏等，伪作关节，用一俚句，有"一朝平步上青天"七字，谓嵌入七义结尾，定可中选。试士钱千秋，本是能文，因求名性急，遂依了金、徐两人的密嘱，入场照办，揭晓以后，果然中了第四名。后来探得确音，本房拟荐第二，被主司抑置第四，料知关节非真，竟与保元、时敏相争，索还贿赂，猫口里挖鳅，也是多事。两造几至用武，闹得天下闻名。至部科磨勘，卷中实有此七字，报知谦益。谦益大惊，忙具疏劾奏二奸，并及千秋。有旨俱下狱论戍，谦益亦坐是夺俸。二奸瘐毙，千秋遇赦释还，案情已成过去。此次又为体仁讦发，当由怀宗召入谦益，与体仁对质。谦益虽未受赃，究竟事涉嫌疑，只好婉言剖辩。偏体仁盛气相凌，言如泉涌，且面奏怀宗道："臣职非言官，本不必言，会推不与，尤宜避嫌不言，但枚卜大典，关系宗社安危，谦益结党受贿，没人讦发，臣不忍见皇上孤立，所以不得不言了。"怀宗英明好猜，英明是好处；好猜是坏处。久疑廷臣植党，闻体仁言，再三点首。此时阁部科道，亦均被召，多为谦益辩白。吏部给事中章允儒，尤痛诋体仁，激得怀宗怒起，命礼部缴进千秋原卷，指斥谦益，谦益不得已引罪。怀宗叹道："今日若无体仁奏发，岂非误事？"体仁在天启初，已官礼部，彼时不闻纠弹，直至此时讦发，明是假公济私，怀宗奈何中计？遂叱令左右，缚允儒下狱，并切责诸大臣。周延儒又申奏道："廷推阁臣，名若秉公，奈暗中主持，实不过一二人，此外都随声附和，哪敢多言招尤？即如千秋一案，早有成谳，何必复问。"怀宗乃传令退班，即日降旨，罢谦益官，并罢廷推十一人，悉置不用。独用韩爌为首辅，且召爌面谕道："朕观诸大臣中，多半植党，不知忧国，卿为朕执法相绳。"爌叩首奏道："人臣原不应以党事君，人君也不可以党疑臣，总当详核人品，辨别贤奸，然后举错得当。若大廷上妄起戈矛，宫府中横分畛域，臣恐非国家幸福呢。"名论不刊。怀宗默然不答，不以爌言为然，是怀宗一生致病处。爌即见机叩退。未几，召见周道登，因奏对失言，又下旨放归。

崇祯二年五月朔，钦天监预报日食，届期失验时刻，怀宗遂严责钦天监官。原来中国历法，犹本唐尧旧制，相沿数千年，只墨守了一本旧书，不少增损。汉唐及宋，岁时节气，及日蚀月蚀，往往相差至数时，甚且差至一二日。中国人不求进化，于此可见一斑。至元太史郭守敬，遍参历法，编造授时新历，推步较精，但中间刻数，尚有舛错，所以守敬在日，已有日月当食不食、不当食反食等事。一班吹牛拍马的元臣,反说日月当食不食,系帝后昭德回天,非常庆幸,日月不当食而食,说将若何?其实统是意外献谀,不值一辩。及明祖崛兴,太史刘基,上大统历,仍然是郭守敬的成书,以讹沿讹,怎能无误?可见刘基犹是凡人,并不是神仙等侣。夏官正戈丰,据实复奏,略言:"谨守成历,咎在前人,不在职等。"倒是善于卸责。独吏部左侍郎徐光启,上历法修正十事,大旨谓:"中历未合,宜参西法",并举南京太仆寺少卿李之藻,及西洋人龙华民、邓玉函,同襄历事。怀宗立即批准,饬召李之藻及龙、邓两西人入京,擢光启为礼部尚书,监督历局。中国用外人为客卿,及采行西洋新法,便是从此起头。大书特书。

看官!你道徐光启如何认识西人?说来话长,待小子略略补叙。自元代统一亚洲,东西两大洋,交通日繁,欧洲人士,具有冒险性质,往往航海东来。葡萄牙人,首先发现印度航路,从南洋麻六甲海中,附搭海船,行至中国,出没海疆,传教通商。嗣是愈来愈众,至明世宗四十三年,竟在粤海沿边的澳门地方,建筑商馆,创业经营,大有乐不思蜀的气象。粤省大吏,屡与交涉,方要求租借,每年出赁金二万两,彼此定约。此后荷兰国人,西班牙国人,英吉利国人,纷纷踵至,多借澳门为东道地。会意大利人利玛窦,亦航海来华,留居中国数年,竟能通中国语言文字,往来沿海各口,广传耶稣教福音。徐光启生长上海,与利玛窦会晤,谈论起来,不但畅陈博爱平等的教义,并且举天文历数,统是融会贯通。光启很是钦佩,引与为友,往往与他研究学术,通宵达旦,时人目为痴呆,光启全然不顾,竟把西学研通大半。实是一个热心人物,若后人尽如光启,中国也早开化了。到了入任侍郎,邀利玛窦入京,早思将他推荐。因利玛窦年已垂老,不愿任职,乃将他同志龙华民、邓玉函两人,荐修历法。李之藻亦热心西学,所以一并举用。光启且舍家宅为教堂,并请准在京师建会堂。寻又保举西人汤若望、罗雅谷等,同入历局,翻译天文算术各书,约有数种。并制造仪器六式,推测天文。一名象限悬仪,二名平面悬仪,三名象限立运仪,四名象限座正仪,五名象限大仪,六名三直游仪,复有弩仪、弧矢仪、纪限仪诸器,统是适用要件,可法可传。光启又自著日躔历指,测天约说日躔表,割圜八线表,黄道升度,黄赤道距度表,通率表等书,又译《几何原本》一书,至今尚流传不绝,推为名著。利玛窦于崇祯三年,病殁京师,赐葬阜城门外。墓前建堂两重,堂前立碣石一方,上刻铭词,垂为纪念。铭词计十六字,分为四句,首二句是"美日寸影,勿尔空过",次二句是"所见万品,与时并流",遗迹至今尚存。光启卒于崇祯六年,后来清帝入关,汤若望等,尚在清廷为钦天监,这是后话不提。

且说袁崇焕奉命赴辽,修城增堡,置戍屯田,规画了一年有余,颇有成效。

只因毛文龙镇守东江，势大官尊，免不得跋扈难驯，不服崇焕节制。崇焕早欲除去文龙，适文龙亲来谒见，乃以宾礼相待。文龙也不谦让，居然分庭抗礼，与崇焕对坐谈天。崇焕约略问了数语，当即谢客令归，既而借阅兵为名，径至东江，就双岛泊船。文龙循例迎接，崇焕恰格外谦和，留他在舟宴饮。欢语多时，方才谈及军务。崇焕拟改编营制，别设监司，文龙心中，独以为东江一岛，本是荒凉，全仗自己一人，招集逃民，经营起来，此次来了袁崇焕，无端硬来干涉，哪肯低首忍受？当即将前因后果，叙述一番，并说是岛中兵民，全系恩义相联，不便另行编制。崇焕微笑道："我亦知贵镇劳苦，但目今外患交迫，兵务倥偬，朝中大臣，又未必肯谅苦衷，我是奉皇上特遣，不得已来此，为贵镇计，倒不如辞职还乡，乐得安闲数年呢。"崇焕此时，尚不欲杀文龙。文龙勃然道："我亦久有此意，只是满洲事情，还没有办了，眼前知道边务的人，又是很少。据文龙的意思，平了满洲，夺得朝鲜，那时功成名立，归去未迟。"太属狂言。说至此，竟放声大笑起来。死在目前，还要笑甚。崇焕嘿然无语，勉勉强强的与他再饮数杯，即命左右收拾残肴，文龙也即告辞。临别时，崇焕与他订约，邀阅将士较射山上，文龙自应诺去讫。次日五更，崇焕已召集将校，授他密计，趁着晨光熹微的时候，便率众上山，一面遣人往催文龙。文龙尚高卧未起，一闻督师催请，没奈何起身盥洗，等吃过早点，催请的差人，已来过三五次，当下穿好衣冠，匆匆出署，带着护兵，趋上山来。只见这位袁督帅，早已立马待着，正欲上前参见，偏被他握住了手，笑容可掬道："不必多礼，且同行上山罢！"文龙便随了崇焕，拾级上升，护军要想随行，却被督师手下的将弁，出来拦住，不得并进。崇焕与文龙，到了半山，突语文龙道："我明日就要回去，今日特向贵镇辞行。贵镇膺海外的重寄，杀敌平寇，全仗大力，理应受我一拜。"说着，即拜将下去，吓得文龙答礼不迭。正是奇怪。崇焕又与他携手同行，到了帐中，忽变色道："谢参将何在？"参将谢尚政，应声即出，崇焕将文龙一推，便道："我将此人交代了你。"尚政背后，即跳出好几个健将，把文龙拿下。出其不意。文龙大呼道："我得何罪？"崇焕道："你的罪不下十种，就是本部院奉命到此，改编营制，你便抗命不遵，背了我还是小事，你心中早无圣上，即此一端，已当斩首。"文龙此时，已似砧上肉，釜中鱼，只好叩头乞免。崇焕道："不必说了。"便望着北阙，三跪九叩首，请出尚方宝剑，缴与谢尚政，令将文龙推出处斩。不一时献首帐前，崇焕即整辔下山，驰谕文龙部众道："罪止文龙一人，余皆无罪。"又传唤文龙子承祚至前，面谕道："你父违叛朝廷，所以把他正法，你本无罪，好好儿镇守此处，我为公事斩了你父，我私下恰很念你父。你果勉盖父愆，我当替你极力保举哩。"说至此，又召过副将陈继盛，令他辅翼承祚，镇守东江，分编部兵为四协。并到文龙灵前，哭奠一番，然后下船回去。崇焕所为,全是做作,怎得令人敬服?一面奏报明廷,怀宗未免惊疑,转念文龙已死,方任崇焕,只好优旨报闻。后来决杀崇焕,便是为此而起。

哪知文龙部下,有两大义儿,一个叫作孔有德,一个叫作耿仲明,二人素受文龙恩惠,到了此时,便想为文龙报复私仇,所有"忠君爱国"四大字,尽行抛去,竟自通款满洲,愿为前驱,除这崇焕。满洲太宗,自然准降,惟仍教他留住东江,阳顺明朝,阴助满洲,作为牵制崇焕的后盾。自己径率大军,用蒙古喀尔沁台吉布尔噶图,台吉系蒙古官名。作为向导,攻入龙井关,分两路进兵。一军攻洪山口,一军攻大安口,统是马到成功,长驱并进,浩浩荡荡的杀至遵化州。明廷闻警,飞檄山海关调兵入援,袁崇焕奉檄出师,遣总兵赵率教为先行,自率全军为后应。率教倍道前进,到了遵化州东边,地名三屯营,望见满洲军士,与蜂蚁相似。把三屯营困住,他却不顾利害,不辨众寡,单靠着一腔忠愤,杀入满兵阵中。满兵见有援师,让他入阵,复将两翼兵围裹拢来,把率教困在垓心。率教左冲右突,东斫西砍,恰杀死满兵多名。怎奈满兵越来越众,率教只领着孤军,越战越少,满望营中出兵相应,谁知营中守将朱国彦,只怕满兵混入,竟紧闭营门,拒绝率教。率教杀到营前,已是力竭声嘶,待至呼门不应,弄得进退无路,不禁向西遥呼道:"臣力竭了!"举剑向颈上一横,当即殉国,全军尽覆。满兵乘胜扑营,朱国彦知不可守,与妻张氏投缳自尽。等是一死,何不纳赵率教?

三屯营已失,遵化当然被兵,巡抚王元雅率同保定推官李献明,永平推官何天球,遵化知县徐泽,及前任知县武启潜等,凭城拒守,支撑了好几日。争奈满兵势大,援师不至,偌大一个孤城,哪里保守得住?眼见得城池被陷,相率沦亡。明廷闻遵化失守,惊慌的了不得,吏部侍郎成基命,奏请召用故辅孙承宗,督师御敌。怀宗深以为然,立征承宗为兵部尚书,兼中极殿大学士,视师通州。并命基命为礼部尚书,兼东阁大学士,参预机务。承宗奉召入觐,具陈方略,即率二十七骑,驰入通州城,与保定巡抚解经传,总兵杨国栋等,整缮守具,协力抵御。是时勤王诏下,宣府、大同等处,各派兵入援,怎奈见了满兵,统是畏缩不前,甚且半途溃散。满洲太宗遂连破蓟州、三河、顺义,直薄明京,都中大震。亏得总兵满桂,由崇焕遣他入援,已至德胜门下营。满桂也是一员猛将,见满兵到来,即率五千骑卒,与满兵交锋起来,战了半日,不分胜负,城上守将,发炮助威,满兵霎时驰退,满桂手下的兵士,反被炮弹轰死数百名,桂亦负伤收军。怀宗正遣中官赍送羊酒,慰劳满桂,令入休瓮城。忽闻袁崇焕亲率大军,偕总兵祖大寿、何可纲等入卫,怀宗大喜,立刻召见平台,温言慰勉。崇焕请入城休兵,偏不见许,再请屯兵外城,如满桂例,亦不见答。这是何意?崇焕乃出屯沙河门外,与满兵遥遥对垒,暗中在营外布着伏兵,防备满兵劫营。果然满兵乘夜袭击,着了道儿,还亏援应有人,步步为营,才得卷甲回去。怀宗遂命崇焕统辖诸道援师,崇焕料满兵远来,不能久持,意欲按兵固守,养足锐气,等到满兵退还,方才尾击。这是以逸待劳的上计。于是相度地势,择得都城东南角上,扼险为营,竖木列栅,竟与满兵久抗起来。满洲太宗正防这一着,忙率兵来争,崇焕坚壁相待,任他如何鼓噪,只令将士射箭放炮,挡住满兵,独不许出营一步。满兵驰去,越日又来攻营,崇焕仍用这老法儿对付,那时满兵又只得退去。如是相持,有好几日,蓦然间接奉诏旨,命他入见。当下驰入平台,叩谒怀宗,不意怀宗竟换了一张脸色,责他擅杀毛文龙,及援兵逗留的罪状。崇焕正欲剖辩,偏被怀宗喝住,只叱令锦衣卫缚住了他,羁禁狱中。小子有诗叹道:

    率师入卫见忠贞,固垒深沟计亦精。
    谁料君心太不谅,错疑道济坏长城。

  欲知崇焕下狱详情,且至下回交代。

  怀宗能用西洋人为客卿,独不能容一袁崇焕,岂外人足恃,而内臣不足恃耶?盖由怀宗好猜,所重视者惟将相,所歧视者亦惟将相,即位甫期年,已两易阁臣,阁臣虽未尽胜任,然如温体仁、周延儒辈挟私寻隙,反信而不疑,偏听失明,已见一斑。崇焕为明季将材,诱杀毛文龙,固近专擅,然文龙亦非足恃之人,盘踞东江,虚张声势,安保其始终不贰乎?且满兵西入,京畿大震,崇焕奉旨派兵,随即亲自入卫,不可谓非忠勇之臣。乃中外方倚为干城,而怀宗即拘令下狱,临阵易将,犹且不可,况以千里勤王之良将,而骤遭械系乎?制全辽有余,杜众口不足,我闻崇焕言而不禁太息矣!

第九十二回　中敌计冤沉碧血
　　　　　　遇岁饥啸聚绿林

  却说袁崇焕被系诏狱,实堕满洲太宗的反间计。崇焕抚辽时,曾与满洲往来通使,有意议和,嗣因两造未协,和议乃破。朝中一班大臣,全然不识边情,统说是和为大辱,有战无和,此次满兵到京,反诬称崇焕召他进京,为胁和计。冤哉!枉也!怀宗渐有所闻,心中不能无疑。满洲太宗足智多谋,侦得明廷消息,遂写好两封秘密书信,暗投明京德胜门外及永定门外。可巧被太监拾得,呈与怀宗。怀宗折书一阅,第一行即列着满洲国主,遗书袁督师麾下,顿时大诧起来。及看到后文，无非是两下和议，偏又写得模模糊糊，隐隐约约，在可解不可解之间。若经明眼人一瞧，便已知是反间计。再三复阅，越觉动疑，意欲立召崇焕，诘问底细，无如京都危急，还想靠他保护，不得已暂时容忍。嗣有被敌擒去的杨太监，私下逃来，入谒怀宗，报称："督师袁崇焕，已与满洲主子，潜订和约，将为城下盟了。"怀宗沉着脸道："可真么？"杨太监道："敌将高鸿中等，自行密谈，由奴才窃听得实，所以乘夜潜逃，特来奏闻。"怀宗愤愤道："怪不得他按兵不动，停战了好几天。他已擅杀毛文龙，难道还要擅自议和么？"杨太监又说了几句坏话，惹得怀宗忍无可忍，遂召入崇焕，把他系狱。成基命慌忙入请，叩求怀宗慎重，怀宗怒道："慎重二字，就是因循的别名，有损无益。"不因循，便有益吗？基命复叩头道："兵临城下，非他时可比，乞陛下三思后行！"怀宗不待说毕，竟拂袖而起，返身入内。基命撞了一鼻子灰，只好退出。总兵祖大寿、何可纲，闻崇焕被系，恐亦坐罪，遂拥众出走，径向山海关外去了。

满洲太宗计中有计，不乘势攻打明京，反分兵游弋固安、良乡一带，掳掠些子女玉帛，复回军至芦沟桥。明廷却用了一个游弋僧，名叫申甫，能制造战车，由庶吉士金声上荐，说他善长兵事，特旨召见，擢为副总兵，令募新军。看官！你想申甫平日，并没有经过战阵，无非靠了一些小聪明，造了几辆车儿，哪里能抵挡大敌？况要他仓猝募兵，更是为难的事情。当下开局召募，所来的多是市井游手，或是申甫素识的僧侣，一时乌合，差不多有四五千人，竟到芦沟桥列着车营，阻截满军。是谓不度德，不量力。满洲将士，呐喊一声，驱杀过来，申甫忙饬众抵敌，哪知所有新兵，全然不懂打仗的格式，闻着号令，吓得心胆俱裂，就是推车的人，事前本东驰西骤，无往不宜，此刻竟麻木不仁，仿佛手足已染了疯病，不能动弹。那满兵似狼如虎，提起大刀阔斧，杀入车营，见车就劈，见人就杀，不到一时，已将申甫手下的新兵，扫除净尽，连申甫也不知下落，大约已直往西方去了。白送性命。

满兵乘胜薄永定门，怀宗惶急得很，特设文武两经略，文经略一职，简任尚书梁廷栋，武经略一职，就命总兵满桂充当，分屯西直、安定二门。满桂主张坚守，与崇焕一样的规画，怎奈怀宗此时，以廷臣多不足恃，仍在阉党余孽中，拣出曹化淳、王应朝、吕凤翔等，作为心腹，不到两年，就易初念，怀宗之致亡，即在于此。这班刑余腐竖，晓得甚么战略，只望两经略杀退敌兵，便好放下愁肠，安享富贵，因此怂恿怀宗，屡促两经略出师。廷栋是个文职，当然由满桂当冲，满桂不便抗命，只得带领总兵官孙祖寿等，出城三里，与敌交绥。自午牌起，杀到酉牌，尚是胜败未决。满洲太宗确是能军，潜令部兵伪作明装，趁着天昏地黑时，闯入明军队里，捣乱一场，满桂措手不及，竟与孙祖寿等，仓猝

第九十二回　中敌计冤沉碧血　遇岁饥啸聚绿林

战殁,同作鬼雄。

明京危急异常,偏这满洲太宗,下令退军,竟率令全队,向通州而去。原来满洲太宗的意见,因明京急切难下,就使夺得,也是不能长守,一旦援军四集,反恐进退两难,不若四处骚扰,害得他民穷财尽,方好大举入京,占住那明室江山,所以得了胜仗,转自退去。怀宗本传宣密旨,饬备布囊八百,且令百官进马,意欲避敌迁都,嗣闻满兵退赴通州,方才罢议。

御史高捷、史𥳑,本是魏阉党中的人物,不知如何漏网,仍得在职,大学士钱龙锡,平时很瞧不起这两人,两人怀恨在心,遂因崇焕下狱,讦奏龙锡。略说:"崇焕通款杀将,都由龙锡主使,当与崇焕并罪。"龙锡抗章申辩,高、史再疏力攻,那时龙锡心灰意懒,当即引疾告退。怀宗还算有恩,准他归休,不遑加谴。尚宝卿原抱奇,又劾奏首辅韩爌,谓爌系崇焕座师,也是主和误国,应并罢官。怀宗想去龙锡,已为群小所卖,所以劾奏韩爌接踵而至。怀宗颇斥他多言,夺俸示罚。不防左庶子丁进,及工部主事李逢申,弹章又上。韩爌乐得引退,三疏乞归。爌先后入相,老成慎重,引正人,抑邪党,中外称贤。怀宗命定逆案,爌不欲刻意苛求,以致阉党尚存,终为所诬。怀宗也无意慰留,任他归去,当命礼部侍郎周延儒,尚书何如宠,侍郎钱象坤,俱为礼部尚书,入阁办事。

转眼间已是崇祯三年,满兵由通州东渡,克香河,陷永平,副使郑国昌,知府张凤奇等,一概殉节。兵部侍郎刘之纶,约总兵马世龙、吴自勉等,赴永平牵制满兵,自率部众直趋遵化,屯娘娘庙山。世龙等违约不赴,满兵竟趋击之纶,似檄并至。之纶带有木炮,出自手制,初发时,击伤满兵数十名,再发出去,那弹子不向前行,反向后击,自己打倒自己,顿时哗乱起来。天意耶?人事耶?满兵乘隙进攻,之纶拚死再战,足足的斗了一日,矢尽力穷,之纶知不可为,大呼道:"死,死!负天子恩!"遂解佩印付与家人,令他走报朝廷。家人才走数步,之纶已身中两矢,倒毙地上,所剩残兵,被满兵一扫而空。满洲太宗复进拔迁安、滦州,直至昌黎,却由守令左应选,誓死守城,屡攻不下。有此邑令,不愧应选二字。这时候的孙承宗,已早由通州奉旨,调守山海关,继崇焕后任。此笔补叙,甚是要紧,不然,满洲太宗至通州时,承宗岂竟作壁上观耶?满洲太宗夙闻承宗重名,恐他截断后路,当即匆匆收兵,回国去了。承宗正招谕祖大寿、何可纲,令他敛兵待命,大寿亦上章自请,愿立功赎督师罪,明廷传旨宣慰,才免瓦解。嗣闻满兵退归,承宗乃派兵西出,收复滦州、迁安、永平、遵化四城,这也不在话下。

且说周延儒既夤缘入阁,遂替温体仁帮忙,竭力说项,大学士李标见周、温毗连,不愿与伍,索性见机致仕。成基命也辞职归里,体仁遂得奉旨入阁,居然为大学士了。应该奚落。先是崔、魏擅权,体仁尝与相往来,杭州建魏阉

生祠,他曾作诗数首,颂扬魏阉功德。又尝私赂崔呈秀,求为援引。言官交章
讦发,怀宗还道他无党,攻讦愈众,信任愈专。真是南辕北辙。阉党高捷、史䈮,
遂仗体仁为护符,大出风头,他已弹去钱龙锡,意尚未足,复由史䈮上疏言:
"龙锡主使崇焕,卖国欺君,罪浮秦桧。且闻他罢职出都,尚将崇焕所畀重赂,
转寄姻家,谋为开复地步。"怀宗览疏动怒,立敕刑官定谳,限期五日。刑部力
为持平,呈上谳案谓:"斩将是崇焕擅杀,议和闻龙锡未许,罪坐崇焕,与龙锡
无涉。"怀宗尚不肯信,召谕廷臣,饬置崇焕极刑。且逮龙锡下狱,命群臣议
罪。可怜这功多罪少的袁督师,竟磔死市曹,平白无辜的钱故辅,复拘案待
质。温体仁与史䈮等,且欲力翻逆案,把逆字的恶名,移加袁、钱两人身上,以
袁为逆首,钱为次逆,还有一班持正不阿的大臣,均依次附名,更立一逆案,网
尽群贤,商诸兵部尚书梁廷栋。廷栋不敢赞成,何不将他亦列入逆案?乃议龙
锡大辟,立即取决。中允黄道周,上书为龙锡讼冤,怀宗把他贬秩外调,但心
下颇也感动,只命将龙锡长系,既而减等论罪,遣戍定海卫,但已是冤屈得很
了。论断平允。

且说明朝赋税,颇折衷古制,不尚烦苛,自神宗创行矿税,中官四出,任意
诛求,海内为之渐困。至辽东事起,岁需边饷,又不得不尽情罗掘,加派民间,
百姓益困苦得很。明廷又裁节内地兵饷数十万,减省各处驿站又数十万,兵
不得饱,驿无遗粮,那时逃兵戍卒,往往亡命山谷,啸聚为盗,且乘时胁迫良
民,同入盗薮,百姓既无恒产,哪有恒心?乐得投奔绿林,还好劫夺为生。自
古祸乱,多源于此。天意也是奇怪,又迭降灾祲,只恐百姓未肯为乱,偏令他今
岁水荒,明岁旱荒,弄得他寸草无生,只得相偕从盗,于是极大的乱端,就从崇
祯改元以后,发生出来。

先是云南、贵州等处,蛮众作乱,首领奢崇明与安邦彦,统同一气,负嵎自
固,总督闵梦得,敷衍了两三年,未曾奏效。应八十五回。怀宗即位,奢、安两
酋,越发鸱张,崇明自号大梁王,邦彦称四裔大长老,出巢四扰,到处掳掠。怀
宗复起用朱燮元为总督,调集云南、四川、贵州三路大兵,直捣贼巢,枭崇明,
斩邦彦。安位穷蹙乞降,由燮元分设土司,筹垦荒田,筑堡置戍,立驿通道,庐
井毕备,苗汉相安,西南一带,才得无事。承前启后,是最好销纳法。惟西北又复
遭劫,连年饥荒,陕西巡抚乔应甲,延绥巡抚朱童蒙,又统是魏阉余党,专务虐
民,不加体恤,遂酿成一班流贼,四出为殃,把大明一座完好江山,扰得东残西
缺,地坼天崩。应首回流贼横行。第一个作乱的盗魁,就是府谷民王嘉胤。嘉
胤部下又有两大剧贼,一个就是李自成,一个就是张献忠。提出李、张独握纲
领。献忠延安人,阴贼多智,尝与嘉胤往来。嘉胤劫富家粟,被有司悬赏缉
捕,遂揭竿为盗,献忠纠众往从,尤称骁桀,贼中号为八大王。自成米脂人,狡

第九十二回　中敌计冤沉碧血　遇岁饥啸聚绿林

黠善走,并能骑射,因家贫投为驿卒,驿站裁并,自成无所得食,亦奔投嘉胤。嘉胤拥众五六千人,聚居延庆府中的黄龙山,又有白水贼王二、宜川贼王左挂、安塞马贼高迎祥、饥民王大梁、逃兵周大旺等,率众响应,三边饥军,亦群起为盗,剽掠四方。陕西巡抚,已改任刘廷宴,衰迈无能,讳言盗贼,至州县相继告警,尚叱退来使道:"这是地方饥民,有何大志?略缓数日,自然解散了。"请你等着。嗣是贼氛愈炽,所在遭殃,刘廷宴无可如何,只好据实奏闻。怀宗授左副都御史杨鹤,为兵部尚书,出督三边军务,剿捕流贼。杨鹤抵任,商洛道刘应遇,已击毙王二,追斩王大梁;督粮道洪承畴,亦击破王左挂,捕斩周大旺,贼渠半就诛灭。偏杨鹤主张从抚,檄令各军不得妄杀,遂至余灰复燃,转衰为盛。会满军入犯京畿,诏令各省派兵入卫,陕甘兵奉调东下,中途逃散,山西兵哗溃良乡,巡抚耿如杞逮狱论死,一班窜走的溃兵,不是向东,就是向西,结果是挺身走险,同为匪类。游兵不戢,必为国殃。

明廷复起前总兵杜文焕,督延绥、固原各兵,便宜讨贼。文焕檄谕王嘉胤、王左挂二寇,令他投诚,左挂时方穷蹙,与党羽王子顺、苗美等请降,独嘉胤不肯受抚,竟陷入府谷,据城抗命。总督杨鹤,反匿不上闻,只遣官四出招贼,黠盗王虎、小红狼、一丈青、掠地虎、混江龙等,托词求抚,俱授给免死牌,安插延绥、河曲间。其实盗性未改,淫掠如故,不过形式上面,算是不放火,不杀人,就自称为安分的良民。百姓忍气吞声,无从控诉,孤男弱女,束手待毙,有一半刁狡强悍的,都随贼而去。朝旨复擢洪承畴为延绥巡抚,与副总兵曹文诏,协力搜剿。文诏忠勇过人,仗着一杆蛇矛,东西驰击,贼众似羊遇虎,多半被诛。王嘉胤不自量力,竟率众与他对垒,一场鏖战,杀得嘉胤大败而逃。文诏追至阳城,再与嘉胤接仗,嘉胤招架不住,遂被文诏刺死。八大王张献忠,率属二千人,奔降洪承畴,李自成走依高迎祥,迎祥为自成母舅,当然收留。还有嘉胤余党,另推李自用为首,绰号紫金梁,仍是誓不畏死,出没西陲,并且纠合群贼,多至三十六营。这三十六营的贼目,真姓名多不可考,只有绰号相传,仿佛与梁山泊群盗一般。小子试录述如下:

神一元	不沾泥	红军友	老回回	八金刚	扫地王
闯塌天	破甲锥	邢红狼	乱世王	混天王	显道人
乡里人	活地草	革里眼	左金王	曹　操	关　索
混天星	过天星	独行狼	蝎子块	一字王	射塌天
混十万	可天飞	混天飞	点灯子	王老虎	金翅鹏
一条龙	满天星	混天猴	上天龙	马老虎	独头虎
上天猴	黑煞神	飞山虎	一只虎	撞天王	翻山鹞
整齐王	紫微星	托天王	十反王	小秦王	混世王

| 上天王 | 一连莺 | 一盏灯 | 钻天哨 | 开山斧 | 一座城 |
| 通天柱 | 爬天王 | 抓地虎 | 滚地龙 | 滚地狼 | |

以上诸贼，或一人为一营，或二三四五人，合为一营，分作三十六营。李、献两贼，不在其内，外此么么小丑，尚不胜数。小子有诗叹道：

区区三户足亡秦，况值关中尽乱民。
大好江山同瓦裂，半由天意半由人。

毕竟群盗能否扑灭，且至下回续详。

戮逆阉，定逆案，是怀宗第一英断，后人之推重怀宗，就在此着。乃曾几何时，而复用阉人，贻误国事，何始明而继又暗耶？杨太监既遭敌掳，安能骤然脱逃，况拘系敌营，宁肯以秘密军机，被其窃听？此中中智之主，当已可知为敌人狡计，陈平之间项羽，周瑜之间曹阿瞒，流传史册，怀宗宁独未闻？乃误信阉言，自坏长城若此。崇焕死而全辽危，谓非怀宗之自误，其可得乎？至宠任曹化淳、王应朝、吕凤翔等，尤属昏谬，阉党得志，善类复空，不特名将满桂，致陷沙场已也。厥后天怒人怨，相逼而来，陕西闹荒，嘉胤发难，星星之火，竟致燎原，天其既厌明德矣，彼偏听好猜之怀宗，尚能拨乱反正乎？论者谓明之亡，咎在熹宗不在怀宗，吾未敢信！

第九十三回　战秦晋曹文诏扬威　闹登莱孔有德亡命

却说三边总督杨鹤，专事招抚，如王左挂等一班盗目，概令免死。左挂复叛，后乃伏诛。鹤复招降神一元弟神一魁。一元陷保安，为副总兵张应昌击败，受伤身死。一魁以弟承兄，代领贼众，寻为总兵贺虎臣、杜文焕所围，弃城南走，转攻庆阳，陷合水。杨鹤遣使招降，一魁果至，伏地谢罪。别贼金翅鹏、过天星、独头虎、上天龙等，亦先后求抚，均至固原谒见。鹤命在城楼上虚设御座，遍竖旌旄，贼皆罗拜城下，齐呼万岁。当下传宣诏谕，令设誓解散，或归伍，或归农，贼众勉强应命，那心目中恰藐视杨鹤，见他军容未整，只仗着一个虚名皇帝，空作威福，有什么可怕呢？抚难于剿，全恃威德服人，方能就我范围，否则无不酿祸？随即起身同行，仍去做那盗贼生涯。就是一魁住城数日，因杨鹤诱诛同党刘金，也即叛去。御史谢三宾，及巡按御史吴甡，交劾杨鹤纵盗殃民，乃将杨鹤逮问，坐罪谪戍，特调延绥巡抚洪承畴，总督三边。承畴方收降

第九十三回　战秦晋曹文诏扬威　闹登莱孔有德亡命

张献忠，编为部曲，献忠奉命维谨，还道他真心诚意，不妨援例主抚，因此调往总督，也是随剿随抚，恩过于威。会高迎祥、李自成等，收集山西溃卒，有众万人，推迎祥为闯王，自成为闯将，转寇山西、河南。且潜遣人勾结献忠，献忠遂叛了承畴，与高迎祥联合，横行山西，于是秦贼为一路，晋贼为一路。

秦、晋世为婚姻，谁知变成盗薮？所过淫戮，惨不忍闻。或淫人妻女，令妇与夫面缚相观，稍一违忤，即被杀死。或令父淫女，或迫子淫母，待他淫毕，一概斩首。或掳住孕妇，剥去衣服，共猜腹中胎产，是男是女，剖腹相验，偶得猜中，大家贺饮，否则罚酒。又用大锅煮人油，掷入小孩，看他跳跃啼号，作为乐事，否则用矛刺入儿股，高举空中，令他盘旋矛上，叫号而死。或列木为台，令男妇共登台上，四面纵火焚烧，惨声震地，贼反拍手称快，狂笑不已。又或杀人剖腹，挖去脏腑，纳入人血米豆，用以喂马，使马肥壮，足以冲敌。最可恨的，是攻城不下，必使所掠妇女，裸体辱骂，稍一愧阻，乱刀交下，砍为肉泥。见有姿色的妇女，彼此轮奸，至奄奄就毙，即割去首级，把尸首倒埋土中，令下体向上，谓可压制炮火。惟一入人家，妇女欣然从淫，或还可以免死，因此贼兵过境，妇女不得不首先出迎，甚至自褪衣裳，供他侮弄，淫声秽语，遍达里间，贼兵方才心欢，扬长而去。这真是古今罕有的奇劫，不知这明明在上的老天，何苦令若辈小民，遭此惨毒呢？我亦云然，大约天阍已闭，不见不闻。

且说总督洪承畴，与总兵曹文诏，先拟剿除秦贼，次及晋贼，文诏转战而前，连败绥德、宜君、清涧、米脂诸贼，擒斩了点灯子，杀死了扫地王，再从鄜州间道，绕出庆阳，与甘肃总兵杨嘉谟、副将王性善合军，掩击红军友、李都司、杜三、杨老柴等，大战西濠。贼三战三北，杜三、杨老柴就擒，红军友、李都司脱走，转陷华亭，攻庄浪。文诏与嘉谟，从后追及，纵反间计，绐令贼党攻杀红军友，复乘势击败贼众，贼众奔据唐毛山。游击曹变蛟，系文诏从子，鼓勇先登，余军随上，把贼众捕斩殆尽，惟李都司得脱，邀集可天飞、独行狼，及他盗郝临庵、刘道江等，围攻合水。文诏又星夜往援，将至城下，有赢贼千骑逆战，不到数合，纷纷退走。文诏麾众直进，已抵南原，忽闻胡哨四起，贼兵遍野而来，将文诏四面围住。城上守兵，互相惊告道："曹将军陷没贼中了，奈何奈何？"言未已，但见文诏挺着长矛，左驰右突，匹马盘旋，万众披靡。<small>极写文诏。</small>守兵暗暗喝采，也被他振起精神，鼓噪杀出，夹击贼兵，杀得尸横遍野，血流成渠。李都司等且战且走，到了铜川桥，十停中少去七八停，方抱头窜去。文诏乃收兵回城，翌日黎明，复与宁夏总兵贺虎臣、固原总兵杨骐，会师追贼，驰至甘泉县的虎兕凹，贼众方才造饭，不期官军到来，惊得魂飞天外，大众弃了甲仗，拚命飞逃。可巧总督洪承畴，带着锐卒，整队前来。原来承畴一军，与文诏分道扬镳，转战至平凉，途中适遇可天飞，便迎头痛击，可天飞正在逃命，怎禁得这支生力军,略略一战,当即毙命。李都司见不是路,慌忙下马乞降,独郝临庵、独行狼等,落荒窜去,遁匿耀州锥子山,由文诏率军进攻,围堵山麓,贼众槁饿垂毙,自相残杀。独行狼、郝临庵等,为众所戕,函首出降。适承畴督军继至,令贼众解甲缴械,把大小头目四百人,正罪伏法,余均遣散。是时神一魁叛据宁塞,为同党黄友才杀毙,友才又为副总兵张应昌击死,混世狼占据襄乐,亦被守备马科击败,授首部兵。关中巨寇,多半就诛,巡抚范复粹,上书奏报,极言文诏为第一首功,应该优叙。巡按御史吴甡,亦推奖备至,独洪承畴奏中,绝不提及。已蓄异志,无怪后来甘为贰臣。复粹再疏申请,兵部仍将他抑置,不得叙功,惟饬令赴剿晋贼。

闯王高迎祥及李自成、张献忠等,方分头四出,连陷大宁、隰州、泽州、寿阳诸州县,还有绰号紫金梁的李自用,绰号曹操的罗汝才,并邢红狼、上天龙各贼,骚扰太原、汾州等处。宣大总督张宗衡,出堵平阳,巡抚许鼎臣,出堵汾州,分地设汛,防贼阑入。已而参将李卑、贺人龙、艾万年,率关中兵援晋,鼎臣檄令自卫,宗衡恨他专擅,独驱使还陕。群盗如毛,尚不协力堵御,何能底定?三将无所适从,坐看贼众鸱张,横行无忌。老回回、过天星、混世王等,皆乘隙窜入,大肆劫掠,亏得曹文诏渡河而东,越霍州,抵汾河,与贼众相值,屡战屡胜。贼众逃至盂县,又被文诏击败,转走寿阳,正与许鼎臣麾下张宰,兜头撞着。张宰系鼎臣谋士,所率从骑,也只有一二千人,他不过在途巡哨,并未尝有意堵贼,贼反被他吓退,随处乱窜。混世王纵马飞奔,冤冤相凑,碰了对头,被他一矛刺来,由胸贯背,好像一个穿心国内的人物,立刻坠马身死。来将非别,就是总兵官曹文诏。另换一种笔墨,益令文诏生色。文诏既刺死混世王,又奋力驰击,把寿阳、泽州的贼众,尽行逐去。紫金梁、老回回、过天星各贼,见了文诏大旗,便即飞遁。连高迎祥及李献两盗,亦立脚不住,一古脑儿流入河北,有几股潜逾西山,大掠顺德、真定间,扰及畿南,为大名兵备副使卢象升,一鼓击退。有几股从摩天岭西下,直抵武安,副将左良玉率河南兵,驰往拦截,为贼所诱,陷入伏中,所有六七千兵士,死亡殆尽。良玉退走,贼氛大炽,河北怀庆、彰德、卫辉三府,所属州县,焚掠一空,潞王常淓,系穆宗孙,父名翊镠,曾就封卫辉,常淓袭封,闻流贼逼境,飞章告急,有诏遣总兵倪宠、王朴,率京营兵六千往援,并命内阉杨进朝、卢九德监军,复用太监干预戎政,煞是可叹。一面促曹文诏移师会剿。文诏奉命,自山西趋河北,到了怀庆,那贼首滚地龙,正在奸淫掳掠,非常高兴,猛闻文诏到来,不及遁走,却硬着头皮,上前抵敌,怎禁得曹军一股锐气,大刀阔斧,杀将过来,一时遮拦不及,好好一个头颅,被他砍去。滚地龙应改名滚头龙。余贼四散,由文诏追至济源,老回回望尘远遁。嗣与李卑、艾万年、汤九州、邓玘,及左良玉诸将,迭破高迎祥、李自成、

第九十三回　战秦晋曹文诏扬威　闹登莱孔有德亡命

张献忠、罗汝才诸贼，方拟圈地兜剿，杀他片甲不留，哪知巡按御史刘令誉，挟着凤嫌，竟劾文诏恃胜心骄，致挂部议，调回大同。李广数奇，千古同慨。高迎祥等闻文诏调还，去了一个劲敌，心宽了一大半。但前面有河南兵，后面有京营兵，戈铤蔽空，无从飞越，他又想出假降的计策，把沿途所夺金帛，密赂各处带兵官，伪词乞降。各将不敢作主，独太监杨进朝，伸手要钱，代为入奏，且檄各将停战。总是若辈坏事。会值天寒冰合，高迎祥等潜从毛家寨渡河，狡脱而去。河南兵寂处寨中，无一出阻，等到渑池、伊阳、卢氏三县，相继告警，巡抚元默，始督军会剿，贼众竟窜入卢氏山中，从间道入内乡，大掠南阳、汝宁，窜入湖广去了。

小子叙了西边，又不能不夹叙东边。当西寇紧急的时候，登州游击孔有德、耿仲明等，竟纠众作乱。孔有德与耿仲明，同为毛文龙义子，文龙被杀，他曾通款满洲，逗留东江。见九十一回。东江参将刘兴治，戕害副将陈继盛，拥众叛去。有德与他异志，逃入登州。登莱巡抚孙元化，尝居官辽东，素言辽东人可用，遂授有德、仲明为游击。还有孔耿同党李九成，亦得为偏裨。会满洲兵复寇辽东，围大凌城，元化遣有德赴援，有德佯为出师，至吴桥，天大雨雪，众不得食，顿时大哗。李九成与子应元，诱众为乱，入劫有德。有德本蓄异图，自然顺水推舟，拱手听命。李九成之主使，恐亦由有德主使。当下还兵大掠，陷陵县、临邑、商河，残齐东，围德平，转破新城、青城。山东巡抚余大成，遣兵往御，均为所败，正要亲自出师，忽来了登莱巡抚孙元化，两下晤谈，元化尚力主抚议，前既误用，还要主抚，真是笨伯。大成也乐得少安。至元化归署，飞饬所属郡县，不必邀击，另派人驰谕有德，速即归诚。有德佯允来使，即与李九成直抵登州，总兵官张可大，方驻军城外，以有德狡诈宜防，不待元化命令，竟去截击有德，有德倒也一惊，两下交锋，斗了多时，眼看有德的军马，将要败阵下去，偏元化遣将张焘，谕令停战，可大军心一乱，反被有德杀了一阵。可大气愤愤的回入城中，有德尚在城外，见天色已暮，略略休息。夜餐毕后，忽见城内火光四起，料有内应，忙率众薄城。可巧东门大开，门首迎接的，却有三人，为首的就是同党耿仲明，余二人乃是都司毛承禄、陈有时。有德大喜，进了城门，忙奔抚署，一入署中，见元化正图自尽，也要自尽么？当即阻住，且云："蒙大帅恩，决不加害！"元化默然。此外同城各官，均被九成等拘住，惟总兵张可大，已将妾陈氏杀死，悬梁殉节了。不可有二，不能无一。有德推九成为主，自居次位，又次为仲明，又次为承禄、有时，即用巡抚的关防，檄征州县兵饷。且令元化移书大成，再行求抚。大成据事上闻，怀宗命将大成、元化，一并褫职候勘，另简徐从治为山东巡抚，谢琏为登莱巡抚，并驻莱州，协力讨贼。

有德等已破黄县，陷平度，集兵攻莱，四面围住。从治屡出兵掩击，颇有斩获,只有德等终不肯退。相持数月,忽闻明廷特简侍郎孙元烈,总督山东,统马步兵二万五千,浩荡东来。徐从治、谢琏等,总道是大军来援,可以即日解围,哪知这孙元烈逗留中道,只管遣使议抚。有德等只把议抚条款,与他敷衍,且纵还故抚元化,及所拘官吏,表明就抚的意思,一面暗运西洋大炮,猛轰莱城。徐从治方登陴督守,不料炮弹无情,击中要害,立时殒命。莱城益危,又固守了月余,元烈不至,城中已力竭难支。有德侦知消息,因遣人伪约降期,请文武官出城守抚。谢琏也料他有诈,留总兵杨御蕃守城,自与知府朱万年,出城招降。有德与九成、仲明等,见了谢琏,下马跪拜,佯作叩首涕泣状。谢琏、朱万年,也下马慰谕。未及数语,有德等陡然起身,指麾左右,把两人牵拥而去。杨御蕃见两人中计,忙紧闭城门,登陴守御,果然叛军大至,猛力扑城,城上矢石交下,才得击却。俄由叛军拥着万年,推至城下,胁令呼降。万年厉声道:"我死了!汝等宜固守!"我闻其言,如见其人。御蕃俯视万年,不禁垂泪。万年又道:"我堕贼计,死不瞑目。杨总兵!你快发大炮,轰死几个叛贼,也好替我复仇。"说到"仇"字,首已落地。一死成名,死也值得。御蕃大愤,即令军士开炮,扑通扑通的放了数声,击死叛军多人,有德乃收兵暂退。谢琏竟绝粒自尽。怀宗闻这警耗,大加痛愤,遂逮元烈下狱,诛元化,戍大成,命参政朱大典为佥都御史,巡抚山东,一意主剿。饬中官高启潜监护军饷,兼程而进。又是一个监军的太监。

大典令副将靳国臣、参将祖宽为前锋,直至沙河,孔有德督军迎战。祖宽跃马突出,挺枪死斗,勇不可当。国臣驱军大进,一当十,十当百,饶你孔有德如何枭桀,也被杀得大败亏输,拨马奔走。祖宽等追至城下,有德等料不可敌,夜半东遁。莱州被围七阅月,至是始解,阖城相庆。越日,总兵金国奇等,进复黄县,斩首万三千级,活擒了八百多名。别将牟文绶驰救平度,阵斩贼魁陈有时。有德、九成、仲明等,窜归登州,大典会集全师,进薄登州城下,亲自督攻。登州城三面倚山,一面距海,北有水城,与大城相接。水城有门,可通海舶,叛军恃此通道,所以屡攻不下。及被围日久,李九成出城搏战,中矢毙命。祖宽等乘胜驱杀,攻破水门外面的护墙,于是城中汹汹。孔有德忙收拾财帛,携挈子女,航海遁去。耿仲明、毛承禄,及九成子应元等,相继出走,登州遂下。有德等奔至旅顺,忽由岛中驶出战舰数十艘,最先一舰,立着一位铁甲银盔的大将,持槊高叫道:"叛贼休走!"正是:

濒海围城方幸脱,冤家狭路又相逢。

毕竟来将为谁?请看下回表明。

流贼不可抚,叛军愈不可抚。庸帅之所以纵寇,明廷之所以覆国,皆"抚"之一字误之也。观曹文诏之勇敢无前,所向有功,其得力全在一战字。朱大典一意进兵,不数月间,即荡平登莱,其得力全在一攻字。可知流贼揭竿,叛军据险,并非不易剪除,其所以蔓延日甚,痈溃日深者,俱由于将不得人,志在苟安故也。是回叙剿流寇,而注意惟一曹文诏,叙讨叛军,而结局在一朱大典,此外不过就事论事,作为衬笔而已。藉非然者,满盘散沙,成何片段耶?

第九十四回　陈奇瑜得贿纵寇
　　　　　　　秦良玉奉诏勤王

　　却说孔有德等北走旅顺,偏被一舰队截住,当先一员大将,乃是岛帅黄龙。有德令毛承禄、李应元等,上前迎敌,自与耿仲明东走,投降满洲。毛承禄等敌不过黄龙,均被击倒。应元已死,承禄尚未毕命,当被黄龙生生擒住,押献京师。大逆不道的罪状,还有何幸?无非是问成极刑,磔死市曹。登莱一带,总算平定了。

　　小子前回曾叙入满兵攻大凌城,未曾交代明白,不得不补叙清楚。自孙承宗督师关上,收复滦州、迁安、永平、遵化四城,复整缮关外旧堡,军声大振,偏来了辽东巡抚邱禾嘉,与承宗常要龃龉。承宗拟先筑大凌城,禾嘉恰要同时筑右屯城。工分日久,两城均未完工,满兵已进薄城下。禾嘉率总兵吴襄、宋伟,往援大凌,连战皆败,逃回锦州。大凌城守将,便是祖大寿、何可纲两人,坚守了两三月,粮尽援绝,满洲招降书,屡射入城,大寿欲降,可纲不从,大寿竟坏了良心,把可纲杀死,开城出降。满洲太宗即班师回国。邱禾嘉被劾罢去,孙承宗亦致遭廷议,乞休回籍。叙此一段,注意在孙承宗免归,承宗去后,守辽自此无人。

　　那孔有德、耿仲明两人,奔降满洲,即怂恿满洲太宗,袭取旅顺。他的本意,无非恨着岛帅黄龙,想借了满洲兵力,灭龙复仇。虎伥可恨。满洲太宗乐得应允,先出兵鸭绿江,作为疑兵,然后令孔、耿两人,导引满兵,潜袭旅顺。黄龙果然中计,遣水师阻截鸭绿江,岛中仅存千余人,至满兵到来,仓猝堵御,已是寡不敌众。兼之军械军储,诸多单薄,孤守数日,竟至不支,龙自刎死,部将李惟鸾、项祚临、樊化龙等均战殁,满兵稳稳得了旅顺。旅顺岛外,有一广鹿岛,互为犄角,副将尚可喜居守。可喜亦系毛文龙旧部,由孔有德贻书相招,也率众出降满洲。当由满洲太宗,留可喜仍守二岛,令孔、耿率兵归去。

孔、耿以两岛为贽见仪,当然叙功给赏,孔得封满洲都元帅,耿得封满洲总兵官,后来可喜亦得封满洲总兵,事且慢表。

且说洪承畴调督三边,延绥巡抚一缺,用了一个陈奇瑜,分遣诸将,擒斩贼目金翅鹏、一条龙等,又进攻延水关。关前阻大山,下临黄河,势甚险固。贼首钻天哨、开山斧等,据关负嵎,屡却官军。奇瑜佯遣兵他攻,自率精骑衔枚疾走,夜入山寨。钻天哨、开山斧两人,正拥着妇女,大被长眠,蓦闻寨外喊杀连天,揭帐一瞧,但见红光四绕,火星迸射,急得呼叫不及,都赤条条的跃出床外,百忙中觅得短刀,出来迎敌。那官军已如潮涌入,长枪巨槊,攒刺过去,两贼统是赤膊身体,禁得住几多创痛,不到片刻,两贼中死了一双。贼众走投无路,不是被火烧死,就是被官兵杀死。逆巢已破,大关随下,偏冒冒失失的来了贼党一座城,带着悍徒千人,居然想抢还大关。奇瑜麾军出击,不到一两个时辰,已把贼徒扫尽,一座城也驰入鬼门关去了。鬼门关中形势,比延水关何如?延水盗平,奇瑜威名大振。会值闯王高迎祥等,窜入湖广,大掠襄阳、郧阳诸境,老回回、过天星等,又自郧阳入四川,径陷夔州。明廷遂擢奇瑜兵部侍郎,总督河南、山、陕、川、湖五省军务。又以大名道员卢象升知兵,调抚郧阳,奇瑜乃驰至均州,分檄陕西巡抚练国事,河南巡抚元默,湖广巡抚唐晖,及郧阳巡抚卢象升,四面蹙击,大小数十战,擒住贼渠十余人,斩首至万余级。夔州贼驰还郧阳,来援楚贼,又被卢象升击败。贼众狂奔乱窜,或入河南,或趋浙川,或走商雒,张献忠亦向商雒遁去,只高迎祥、李自成等,奔入汉中的车厢峡。峡在万山中间,有进路,无出路,里面山岭复杂,绵延数十里不断,闯王闯将,误入此处,已陷绝地;贼众并无粮饷,单靠着四处劫掠,随夺随食,此时窜入山中,满山统是荆棘,何从得粮?这天空中又接连霪雨,淋漓了三四十日,弓脱胶,箭离干,马乏刍,弄得智尽力穷,无法可施,要想越出原路,那峡口外统是官军,枪戟层层,炮石累累,就是插翅也难飞去。高迎祥惶急万状,束手待毙,还是李自成集党商议,得了顾君恩诡计,搜集重宝,出赂奇瑜左右。浼令转达降意。奇瑜见贼众被困,渐有骄色,便命他面缚出降。自成竟自缚双手,大胆出来,叩首奇瑜马前,哀乞免死。何不一刀两段?奇瑜趾高气扬,率尔轻许,检阅贼众,共得三万六千余人,悉数遣归原籍。每贼百名,用一安抚官押送,且命所过州县,给发糇粮。高迎祥、李自成等,均叩谢而去。贼众出峡已尽,离开大军,差不多有数十里,自成突起,刺杀安抚官,余贼也一同下手,把所有安抚官五十多人,尽行杀毙。沿途残戮,饱掠而西,一拥入秦中去了。

给事中顾国宝,御史傅永淳,交章劾奇瑜受贿纵贼,有旨逮问,戍边了事,别饬洪承畴代任。承畴不过一寻常将材,既要总督三边,又要兼辖五省,凭他

第九十四回　陈奇瑜得贿纵寇　秦良玉奉诏勤王

如何竭力，也顾不得许多。并且山、陕、河南一带，不是水荒，便是旱荒，遍地哀鸿，嗷嗷中泽，怀宗虽下诏发仓，再三筹赈，怎奈区区粟帛，救不活几千百万饥民。还有黑心中使，奉旨经理，一半儿施赈，一半儿中饱。不诛群阉，能无亡国。俗语说得好："饿杀不如为盗"。一班饥民，统成千成万的去跟流贼。至闯王闯将，还走陕西，亡命无赖，随路收集，多至二十余万，蹂躏巩昌、平凉、临洮、凤翔诸府，惨无天日。承畴檄山西、河南、四川、湖广各路兵马，分道入陕。迎祥、自成，复东走河南。副将左良玉，方扼守新安、渑池，裹甲自保，任贼逸出。灵宝、氾水、荥阳诸处，又聚贼踪。承畴以秦中少靖，拟亲出潼关，督军讨贼。群贼闻得此信，遂大会荥阳，共计得十四家七十二营，列述如下：

高迎祥　李自成　张献忠　老回回　曹操　革里眼　左金王　改世王
射塌天　横天王　混十万　过天星　九条龙　顺天王

这十四家七十二营，都是著名贼目，当下会集一处，议敌官军，彼此谈论纷纷，许久未决。李自成悍然进言道："匹夫尚思自奋，况众至一二十万，岂有半途自废的道理？官兵虽多，未必个个可用，为今日计，我辈宜各定所向，分认地点，与官兵决一雌雄，胜负得失，听诸天数，有甚么顾虑哩！"自成此言，恰是一个乱世豪雄，但何不申明纪律，收拾人心，所谓知其一不知其二，终弄到没有结局。大众见他意气自豪，都不禁摩拳擦掌道："闯将此言，很是有理，我等就这么办罢。"遂议定革里眼、左金王，抵挡川、湖兵，横天王、混十万抵挡陕西兵，过天星扼住河上，抵挡河南兵，迎祥、自成及献忠，出略东方，老回回、九条龙，往来策应，还恐陕兵势锐，更令射塌天、改世王，帮助横天王、混十万两人。所破城邑，子女玉帛，照股均分，总算公道。大家允议。迎祥、自成、献忠三人，率众东出，陷霍州，入颍州，径趋凤阳。凤阳无城郭，贼众大至，留守朱国相，偕指挥袁瑞征、吕承荫等，领兵三千名，拚死抵截，卒因众寡不敌，为贼所乘。国相自刎身亡，余皆战殁。贼遂焚皇陵，楼殿为烬，燔松三十万株，杀守陵太监六十余人，纵高墙罪宗百余人，囚知府颜容暄，由迎祥、自成、献忠三人，高坐堂上，张乐鼓吹，把容暄活活杖死。又杀推官万文英等数十人，毁公私邸舍二万二千六百余间，光烛百里。献忠掠得皇陵小阉，颇善鼓吹，自成向他索请，献忠不与。自成遂怒，竟偕迎祥走还，西趋归德。献忠独东陷庐江、巢县、无为、潜山，及太湖、宿松诸城邑，每陷一城，掠得妇女，必由献忠先择，拣取绝色数人，轮流伴寝。上半身令之艳妆，下半身褪去亵衣，令之裸体。或着五色背心一件，无论昼夜，一经淫兴勃发，立使横陈，任情污辱。宠爱数日，即将她们洗剥干净，杀死蒸食。至若掠得婴儿，亦视作羔儿豚儿一般，炮燔烹炙，用以佐酒。贼中残忍，无过献忠。献忠东掠数月，巡按凤阳御史吴振缨方将皇陵被祸，具奏上闻。怀宗素服避殿，饬逮凤阳巡抚杨一鹏及振缨下狱。一鹏弃市，振缨遣戍。别命侍郎朱大典,总督漕运,巡抚凤阳。

献忠闻大典将至,颇慑威名,更兼江北诸邑,素多山民,所在结寨,药弩窝弓,与贼相角,颇多杀伤。遂西出麻城,取道汉口,仍入陕西。高迎祥、李自成等,因归德一带,官兵四集,也窜入陕境,秦中复为贼鏨。往来无定,是之谓流贼。副将艾万年、柳国镇等,先后阵亡。总兵曹文诏,自调赴大同后,复奉命剿贼,至是闻秦中贼警,急趋信阳,谒见承畴,自请入陕一行。承畴怡然道:"非将军不能灭此贼,但我兵已分,无可策应,将军若行,我当由泾阳趋淳化,自为后劲。"孤军深入,兵法所忌,承畴虽有后劲之言,然缓不济急,观前日抑功不奏,可知承畴之许,未必定怀好意。文诏乃只率三千人,从宁州进发,抵真宁县的湫头镇。见前面贼旗招展,蜂拥而来,当即布阵迎敌。从子变蛟,带着前队,跃马出阵,横扫贼兵,斩首五百级,追奔三十里。文诏率步兵继进,天色骤晚,忽然贼兵大集,四面合围,流矢似飞蝗一般,射将过来。文诏左右跳荡,用矛刺杀百余贼,贼初不知为文诏,有叛卒大呼道:"这是曹总兵,怪不得有此神勇呢。"贼目闻知曹总兵三字,怎肯轻轻放过?指麾群贼,合围益急。文诏尚挺矛乱刺,耆然一声,矛头竟断,身上复中了数矢,忍痛不住,竟拔出佩刀,自刎而死。游击平安以下,共死二十余人,惟变蛟得脱。贼众乘胜掠地,到处纵火,西安城中,光同白日。及承畴到了泾阳,文诏已战死数日,不过扼住中途,贼不得越。献忠仍出关东走,惟高迎祥、李自成尚留秦中。怀宗闻文诏阵殁,深为痛悼,钦赐祭葬,世荫指挥佥事。一面命卢象升为兵部侍郎,总理江北、河南、山东、湖广、四川军务,与洪承畴分头讨贼。承畴办西北,象升办东南,双方各有责成,军务稍有起色。

承畴击迎祥、自成,大战渭南、临潼间,自成大败东走,迎祥亦屡败,与自成分道东行,由河南至江北,围攻庐州,累日不下,转陷含山、和州,进犯滁州。总理卢象升,方招集诸将,出师凤阳,闻庐州被围,即率总兵祖宽,游击罗岱,驰抵滁州城下,击走贼众,追杀无算,伏尸蔽野,滁水为赤。迎祥、自成复渡河西走,再入陕西,时已崇祯九年了。百忙中标明年历,为下文接入清主称尊张本。

是年满洲太宗平定察哈尔部,收复内蒙古属境,获得元朝遗下的传国玺,遂自称为帝,易国号为大清,改天聪十年为崇德元年。惟察哈尔部酋林丹汗,向西遁走,清太宗恐死灰复燃,复派兵追赶,直到归化城,未见下落。军士捉不住林丹汗,遂顺路突入明边,骚扰宣州、应州、大同等处,夺得人口牲畜七万六千,唱着凯歌,返旆自去。嗣又遣将入喜峰口,由间道至昌平,巡关御史王肇坤战殁。清兵连下畿内各州县,顺义知县上官荩,宝坻知县赵国鼎,定兴教谕熊嘉志及在籍太常少卿鹿善继,安肃知县郑延任,统同殉节。

警报飞达明廷,给事中王家彦,因陵寝震惊,奏劾兵部尚书张凤翼,不知

第九十四回　陈奇瑜得贿纵寇　秦良玉奉诏勤王

预备,有负职守。凤翼乃自请督师,命与中官罗维宁、宣大总兵梁廷栋,互为犄角,防堵敌军。其实凤翼是畏葸无能,只因言路纠弹,没奈何请命出师,杜塞众口。离都以后,仍然逗留不进,作壁上观。那时畿辅告警,仍与雪片相似,当由怀宗下诏,飞饬各镇兵入京勤王。且谕廷臣助饷,并括勋戚文武诸臣马匹,作为军需。粮马等物,索及廷臣,实乖政体,何不将所有中官,一律查抄,较有着落。各镇或退缩不前,或为流贼牵制,无暇入援。唐王聿键,系太祖第二十三子桱七世孙,袭封南阳,尝蠲金筑城,捍御流贼,至是独仗义勤王。行至裕州,谁料朝命特下,反说他擅离封土,居心叵测,勒令退还。聿键摸不着头脑,只好遵旨南归。后来部议加罪,竟把他废为庶人,幽锢凤阳。叙入聿键,隐伏后文闽中拥立事。且申明怀宗政令,出尔反尔,令人莫测。总理卢象升,鞠躬报主,闻近畿各镇,多半观望,不由的慷慨洒泣,誓众入援。还有一位出类拔萃的女丈夫,不惮千里,星夜奔波,竟自川东起程,入卫怀宗。看官道是何人?便是前时助剿蛮酋,连破贼寨的秦良玉。应八十四回。原来良玉自永宁、水西,依次荡平以后,叙功加赏,得授三品朝服。良玉遂撤去钗珥,除去环珮,竟改易男装,峨冠博带,居然扑朔迷离,做了一个美貌的男子。并且挑选健妇,得三五百人,也令她们易服相随,作为亲兵。当流贼窜入蜀道,进陷夔州,她已出兵扼险,阻贼西进。应前回。及闻勤王诏下,竟召集各部士兵,勉以忠义,倍道驰援。入都后,清兵已饱掠飏去,京师解严。怀宗闻她到来,也觉诧异,立即传旨召见。良玉仍朝服朝冠,登阶叩首,山呼万岁。当由怀宗温言慰勉,她却不慌不忙,从容奏对。不但怀宗大悦,连朝右一班大臣,均为改容起敬。当下颁布纶音,晋封良玉一品夫人,复由怀宗亲制诗章,作为特别的宠赐,小子尚记得一绝句云:

蜀锦宫袍手制成,桃花马上请长缨。
世间不少奇男子,谁肯沙场万里行?

后人诬谤良玉,说她勤王入都,公然带美貌男妾十余人,哪知她貌是男装,体属女身,并没有亏辱名节呢!力为良玉辩白,是替奇女子吐气。良玉拜赐后,仍带兵还蜀去了。欲知后事,且看下回表明。

闯王闯将,误入车箱峡,正陈奇瑜歼贼奏绩之时,况自成面缚乞降,不诛何待?设戮渠魁,赦胁从,则自成授首久矣,何至有甲申之惨变。然则纵寇误国之罪,实不容诛。崇焕磔死,奇瑜乃减至谪戍,功罪之倒置如此,几何而不亡国也。曹文诏忠勇冠时,复为群小挤排,陷入大敌,不死于滥刑,即死于贼寇,良将尽而国祚危矣。至清军入塞,勤王诏下,张凤翼、梁廷栋辈,毫无经济,徒事畏缩,各镇又多观望,入援者惟一义士卢象升,及一奇女秦良玉。象升固忠,并世尚有之,独如良玉者实难多得,特笔加褒,为女界吐气,即为男子示愧,有心人下笔,固自不苟也。

第九十五回　张献忠伪降熊文灿
　　　　　　杨嗣昌陷殁卢象升

却说卢象升奉诏入卫,至已解严,适宣大总兵梁廷栋病殁,遂命象升西行,总督宣大山西军务,象升受命去讫。惟自崇祯三年至九年,这六年中,阁臣又屡有变易,如吴宗达、钱象坤、郑以伟、徐光启、钱士升、王应熊、何吾驺、文震孟、林釺等,差不多有一二十人,内中除郑、徐、林三人,在职病逝外,统是入阁未久,即行退免。看官听着!这在任未久的原因,究是为着何事?原来都是那材庸量狭的温体仁,摆布出来。体仁自崇祯三年入阁,似铜浇铁铸一般,毫不更动,他貌似廉谨,遇着国家大事,必禀怀宗亲裁,所以边境杂沓,中原纷扰,并未闻他献一条陈,设一计议。怀宗自恃刚断,还道他温恭将事,任为首辅,哪知他专排异类,善轧同僚,所有并进的阁臣,无论他智愚贤否,但与他稍有违忤,必排斥使去。钱象坤系体仁门生,先体仁入阁,至体仁辅政,他便执弟子礼,凡事谦让,惟不肯无端附和,体仁以为异己,竟排他出阁。就是暗为援引的周延儒,应九十二回。也中他阴谋,致失上意,引疾告归。先是体仁见怀宗复任中官,遂请起用逆案中的王之臣等,讨好阉人。怀宗转问延儒,延儒谓:"若用之臣,崔呈秀亦可告无辜。"延儒辅政,惟此二语,最为明白。说得怀宗为之动容,立将体仁奏牍,批驳下来。体仁由是挟嫌,阴嗾言官交劾延儒。延儒还望体仁转圜,体仁反暗中下石,及延儒察知,乃乞休而去。谁教你引用小人?给事中王绍杰,员外郎华允诚,主事贺三盛等,连疏弹劾体仁,均遭谴责。工部侍郎刘宗周,累疏指陈时弊,语虽激切,尚未明斥体仁,体仁竟恨他多言,拟构成宗周罪状,宗周因乞假出都。适京畿被兵,道梗不通,乃侨寓天津,再疏论政刑乖舛,至数百言,结末有"前后八年,谁秉国成,臣不能为首揆温体仁下一解语"云云。体仁大怒,竟入奏怀宗,情愿辞官。怀宗正信任体仁,自然迁怒宗周,当即传旨将宗周削籍。宗周山阴人,襆被归里,隐居讲学去了。后来宗周讲学蕺山,世称蕺山先生,殉节事见后文。体仁又倡言密勿宫廷,不宜宣泄,因此所上阁揭,均不颁发,亦未尝存录,所以廷臣被他中伤,往往没人知晓。但天下事若要不知,除非莫为,自己陷害别人,免不得为别人陷害。冤冤相报,总有一日。世人其听之!常熟人张汉儒,希体仁旨,讦奏钱谦益居乡不法,体仁遂拟旨速问谦益。谦益惧甚,贿通关节,向司礼监曹化淳求救。化淳故王安门下,谦益曾为安作碑铭,一脉相关,颇有意为他解免。汉儒侦悉情形,密告体仁,体仁复白怀宗,请并坐化淳罪。化淳系怀宗幸臣,竟泣诉帝前,自请案治。最后查得体仁、汉儒,朋比为奸,乃始邀怀宗省悟,觉他有党,先将汉儒枷死,继将体仁免官。体仁还退食委蛇,自谓无虞,哪知免官诏下,惊得面如土色,连匕箸都失坠地下。弄巧成拙,安得不悔?归未逾年,即行病逝。不死何为?

怀宗复另用一班阁臣,如张至发、孔贞运、贺逢圣、黄士俊、刘宇亮、傅冠、薛国观等,大都旅进旅退,无所匡益,甚至内外监军,统是阉人柄政。京外的监军大员,以太监高启潜为首,京内的监军大员,以太监曹化淳为首。旋复召杨嗣昌为兵部尚书,兼东阁大学士,参预机务。嗣昌曾巡抚永平,丁父忧回籍,诏令夺情视事,当即入朝受职。他胸中没甚韬略,单靠一张利嘴,能言善辩,觐见时奏对至数百言,且议大举平贼,分各省官军为四正六隅,号为十面罗网,与景廷广十万横磨剑相似。所任总督总理,应从贼征讨,复上筹饷四策:一因粮,每亩加输六合,岁折银八钱;二溢地,土田须核实输赋;三开捐,富民输资,得为监生;四裁驿,原有驿站,概属军官管理,裁节各费,悉充军饷。四策无一可取。统共预算,可增饷二百八十万,增兵十二万,怀宗一一照行,诏有"暂累吾民一年,除此腹心大患"等语。嗣昌复留意将才,引荐一人,就是陈奇瑜第二,叫作熊文灿。文灿就职广西,怀宗因嗣昌推荐,即遣中使往觇虚实,留饮十日,得贿数百金。开手即用贿赂,已足觇知品概。席间谈及中原寇乱,文灿酒酣耳热,不禁拍案痛骂道:"都是庸臣误国,贻祸至此。若令文灿往剿,何异鼠辈?"中使起立道:"上意方欲用公,公果有拨乱才,宠命且立下了。"文灿尚是抵掌狂谈,说个不休。次日酒醒,自悔失言,又与中使谈及,有五难四不可条件。中使疑他谦慎,敦劝再三而别。

过了数日,诏命果下,即授文灿为兵部尚书,总理南畿、河南、山西、陕西、湖广、四川军务,文灿也直受不辞,既知五难四不可,何勿上表辞职?大募粤人,用以自卫。弓刀甲胄,很是整齐,乃就道北行,东出庐山,谒僧空隐。空隐素有才学,因痛心世乱,弃家为僧,文灿与为故交,两下相见,空隐也不致贺,但对他唏嘘道:"错了错了!"文灿觉言中寓意,即屏去从骑,密询大略。空隐道:"公此番受命将兵,自问能制贼死命么?"当头一棒,不啻禅偈。文灿踌躇半晌,答称未能。空隐复道:"剿贼各将,有可属大事,独当一面,不烦总理指挥,自能平定剧贼么?"文灿道:"这也难必。"空隐道:"公既无一可恃,如何骤当此任?主上望公甚厚,若一不效,恐罪遭不测了。"文灿闻言,不禁色变,却立数步,嗣又问道:"议抚何如?"空隐道:"我料公必出此计,但流寇与海寇不同,公宜慎重,幸勿自误误国!"文灿尚似信未信,即行别去。空隐说法,不亚生公,独顽石不知点头奈何？到了安庆,左良玉率兵来会,叙谈一番,很是投契。两人俱善大言,所以意气相投。当由文灿拜疏,请将良玉所部六千人,归自己直接管辖,得旨俞允。看官！你想良玉桀骜不驯,果肯受文灿节制么？彼此同住数日,良玉部下,已与粤军不和,互相诟詈,文灿不得已遣还南兵,只与良玉同入襄阳。

是时闯王高迎祥,为陕抚孙传庭所擒,解京磔死,贼党共推自成为闯王。自成欲由陕入川,甫出潼关,总督洪承畴,檄令川陕各兵,南北夹击,斩贼数千级,将自成所有精锐,杀戮殆尽。连自成妻小,也都失去。自成走脱,欲依献忠,忽闻献忠已降熊文灿,没奈何窜走浙、川,投入老回回营,卧病半年,仍率众西去。看官谅可记着,前时献忠曾降顺洪承畴,旋即叛去。此次何故又降熊文灿？原来文灿驰抵襄阳,沿途刊布抚檄,招安群贼。献忠狡黠善战,独率众截击,不肯用命,偏被总兵左良玉、陈洪范二军,两路夹击,一败涂地,额上中了流矢,血流满面,险些儿被良玉追及,刀锋所至,仅隔咫尺,亏得坐骑精良,纵辔跳免。贼目闯塌天,与献忠有隙,竟诣文灿处乞降。献忠闻知,恐他导引官军,前来复仇,自己又负创过重,不堪再战,遂遣人至洪范营,献上重币,纳款输诚。献忠初为盗时,曾为洪范所获,因他状貌奇伟,释令归伍,他竟暗地逃去,至是复由来人传述,谓凤蒙大恩,愿率所部自效,杀贼赎罪。洪范大喜,转告文灿,受献忠降。文灿不鉴承畴,已是大误,洪范且不知自鉴,比文灿罪加一等。献忠遂至文灿营,匍匐请罪。文灿命起,详询余贼情状,献忠自言能制郧、襄诸贼,文灿信以为真,遂命他仍率旧部,屯驻榖城。献忠又招降罗汝才,汝才绰号曹操,狡悍不亚献忠,当时湖、广、河南贼十五家,应推他两贼为魁桀。两贼既降,余贼夺气,文灿很是欢慰,拜表请敕,特旨准奏。哪知他两贼悍骛性成,并非真心愿降,他因连战连败,进退无路,特借此投降名目,暂息奔波。暗中仍勾结爪牙,养足气力,那时再行叛逸,便不可当,这就所谓欲取姑与,欲奋先敛的秘计呢。议抚之足为贼利,阐抉无遗。

中原稍得休息,东北又起战争。清太宗征服朝鲜,又大兴兵甲,命亲王多尔衮、岳托,同为大将军,率左右两翼,分道攻明,入长城青山口,至蓟州会齐。蓟辽总督吴阿衡败死,监军官太监邓希诏遁走,清兵乘势攻入,抵牛阑山,适遇总监高启潜,带着明兵扼守,启潜晓得什么兵事,平安时擅作威福,紧急时马上奔逃,一任清兵杀入,由芦沟桥直趋良乡,连拔四十八城,高阳县亦在其内。前大学士孙承宗,在籍家居,服毒自尽。子孙十余人,仗着赤手空拳,与清兵搏击,杀伤了数十人,次第毕命。明季将才,只熊廷弼、袁崇焕、孙承宗三人,至

第九十五回　张献忠伪降熊文灿　杨嗣昌陷殁卢象升

此无子遗了。清兵又从德州渡河，南下山东，破州县十有六，并陷入济南。德王由枢，系英宗子见潾六世孙，在济南袭封，竟被掳去。布政使张秉文，巷战中矢，力竭自刎。妻方氏，妾陈氏，投入大明湖中，一同殉节。巡按御史宋学朱，及副使周之训等，或被杀，或自尽，大小忠魂，统归冥漠。只有巡抚颜继祖，已由杨嗣昌调赴德州，途中与清兵相左，因得免祸。但济南防兵，多随继祖北去，城内空虚，遂致仓猝失守，这也不能不归咎嗣昌呢。

　　嗣昌复檄宣大总督卢象升，督兵入援，象升方遭父丧，固辞未获，遂缞绖从戎，忘家赴难，甫入京师，闻杨嗣昌与高启潜，有议和消息，心中甚以为非。会怀宗召对平台，谘询方略，象升慨然道："皇上命臣督师，臣意主战。"一味主战，也觉愚戆。怀宗不禁色变，半响方道："廷议或有此说，朕意何尝照准。"象升复历陈守御规画，怀宗也为点首，只命与嗣昌、启潜，会议战守事宜。象升退朝，与两人晤谈，当然未合，复入内复旨，即日陛辞。既出都门，又疏请与杨、高二人，各分兵权，不相节制。廷议以宣、大、山西三师属象升，山海关、宁远兵士属启潜。象升得晋职尚书，感念主恩，拟即向涿州进发。不意嗣昌亲到军前，与商和议，戒毋轻战。象升道："公等坚持和议，独不思城下乞盟，春秋所耻。长安口舌如锋，难道不防袁崇焕覆辙么？"嗣昌被他一说，顿时面颊发赤，徐徐方言道："如公所言，直欲用尚方剑加我了。"象升又愤愤道："卢某既不奔丧，又不能战，尚方剑当先加己颈，怎得加人？"语固近正，未免过激。嗣昌道："公休了！愿勿以长安蜚语陷人。"象升道："周元忠赴边讲和，往来数日，全国皆知，何从隐讳？"嗣昌无词可对，怏怏而去。原来周元忠曾在边卖卜，与边人多相熟识，所以嗣昌遣他议和，但亦未得要领，不过敷衍塞责。既要议和，亦须选一使才，乃委诸江湖卖艺之流，不特无成，且不免为敌人所笑。象升心直口快，索性尽情说透。越日，象升复晤着启潜，两下谈论，越发龃龉。象升遂一意进行，道出涿州，进据保定，闻清军三路入犯，即遣将分头防堵。怎奈象升麾下，未及二万人，不敷遣调，清兵又疾如暴雨，驰防不及，列城多望风失守。嗣昌竟奏劾象升调度失宜，削尚书衔，仍以侍郎督师，象升恝不以为意。最苦是兵单饷薄，没人援应，每至夜间，独自饮泣，及到天明，又督厉部卒，有进无退，一面檄兵部输粮，偏被嗣昌阻住不发，看看粮饷已尽，将士皆饥，自知去死不远，遂于清晨出帐，对着将士下拜，并含泪道："我与诸君同受国恩，只患不得死，不患不得生。"言之痛心。众将士闻言，个个感泣，都请与敌军决一死战。象升乃出发巨鹿，检点兵士，只剩五千名。参赞主事杨廷麟，因启潜大营，相距只五十里，拟前去乞援。象升道："他、他肯来援我吗？"廷麟坚请一行，象升握廷麟手，与他诀别道："死西市，何如死疆场？我以一死报君，犹自觉抱歉呢。"

廷麟去后,象升待了一日,毫无音信,遂率兵径趋嵩水桥,遥见清兵如排墙一般,杀将过来,部下总兵王朴,即引兵逃去,只留总兵虎大威、杨国柱两人,尚是随着。象升分军为三,令大威率左,国柱率右,自率中军,与清兵拚死相争,以一当十,兀自支持得住。大战半日,杀伤相当。傍晚各休战小憩,到了夜半,象升闻鼓声大震,料知敌兵前来,出帐一望,见自己一座孤营,已被清兵团团裹住,忙率大威、国柱等,奋力抵御。迟至天明,清兵越来越众,围至三匝,象升麾兵力战,炮尽矢穷,大威劝象升突围出走,象升道:"我自从军以来,大小数十百战,只知向前,不知退后。今日内扼奸臣,外遇强敌,死期已至,尚复何言?诸君请突围出去,留此身以报国,我便死在此地了!"言已,竟手执佩剑,杀入敌阵,身中四矢三刃,尚格杀清兵数十人,力竭乃亡。一军尽没,惟大威、国柱得脱。启潜闻败,仓皇遁还,杨廷麟徒手回营,已成一荒郊惨野,暴骨盈堆,中有尸首露着麻衣,料是象升遗骸,惨心椎血,有如是耶?乃邀同顺德知府于颖,暂为掩埋,并联衔入奏。嗣昌已闻败耗,犹匿不上闻,及廷麟疏入,不便隐讳,反说象升轻战亡身,死不足惜。怀宗竟误信谗言,不给恤典。及言官交劾启潜,说他拥兵不救,陷没象升,乃将启潜下狱,审讯得实,奉旨伏诛。直至嗣昌败后,乃加赠恤,这且慢表。
　　且说象升已死,清兵未退,明廷急檄洪承畴总督蓟、辽,孙传庭总督保定、山东、河北军务。传庭疏请召见,嗣昌恐他奏陈己过,拟旨驳斥,只令他速即莅任。传庭愠甚,引疾乞休。嗣昌又得了间隙,遂劾传庭逆旨偷生。怀宗也不辨皂白,竟逮传庭下狱,削籍为民。还幸清兵只来骚扰,无意略地,一经饱掠,即班师回去,明祚尚得苟延了五六年。小子有诗叹道:

　　　　一蚁凭堤尚溃防,况令孤鼠握朝纲。
　　　　忠良惨死群阴沍,国祚何由不速亡。

　　清兵退后,中原流贼,又乘隙猖獗起来,待小子下回再表。

　　读此回,见怀宗之为国,非惟不得人,抑且不得法。寇不可抚而抚之,清可与和而不和,是实为亡国之一大祸苗。推怀宗之意,以为流寇吾民也,叛则剿,服则抚,抚则安民。清国吾敌也,只可战,不可和,和则怯敌。讵知寇已跳梁,流毒半天下,人人欲得而诛之,尚可言抚乎?清主本非同族,远峙关外,暂与言和,亦属何伤?设令一面与和,一面会剿,待扫平流寇,休养数年,再俟关东之隙,出师征讨,清虽强,不足平也,乃内则主抚,外则讳和,流寇忽降忽叛,清兵自去自来,顾西失东,顾东失西,将士疲于奔命,而全国已瓦解矣,欲不亡得乎?或谓主抚者为熊文灿,不主和者为卢象升,皆非怀宗之咎,不知庙谟失算,众将纷呶,贷死之诏,自谁发乎? 耻和之言,与谁语乎? 尚得谓怀宗无咎乎? 至若温体仁、杨嗣昌之得邀宠任,并及中官之滥用监军,贤奸倒置,是非不明,我更不欲责矣。

第九十六回　失襄阳庸帅自裁
　　　　　　　　走河南逆闯复炽

　　却说熊文灿既收降张、罗二贼,余贼胆落,湖广河南一带,稍稍平静。文灿遂上言"兵威大震,潢池小丑,计日可平"等语,怀宗优诏报答。至洪承畴调督蓟辽,孙传庭无辜下狱,关陕中失两统帅,张献忠遂密图自逞,拥兵索饷,日肆劫夺。谷城知县阮之钿,屡禀文灿,乞为预防,文灿不省。献忠遂杀之钿,毁谷城,胁众复叛。罗汝才闻献忠动手,自然起应,与献忠同陷房县,杀知县郝景春,及其子鸣銮。左良玉率兵追剿,至罗睺山,遇伏败绩,丧士卒万人,并亡副将罗岱。杨嗣昌闻报大惊,亟面奏怀宗,请自出督师讨贼。无非恐文灿得罪,自己连坐,因请自出以试怀宗,自谋不可谓不巧,但人有千算,天教一算,奈何? 怀宗乃削文灿官,降良玉职,命嗣昌代文灿任,赐尚方剑,及督师辅臣银印。临行时,由怀宗亲饯三爵,赐诗勒石。又弄错了。嗣昌拜谢而出,驰抵襄阳,此行恐非初志。入文灿军。文灿方在交卸,缇骑忽至,把他逮解京师,寻即弃市。空隐之言验矣。

　　嗣昌大会诸将,誓师穷剿,左良玉、陈洪范等毕至,良玉英姿特达,词辩生风,大受嗣昌赏识。以貌以言,宁可取人。嗣昌即奏良玉有大将才,请破格任用,应拜为平贼将军,有旨报可。良玉即佩将军印,偕诸将至枸平关,与献忠遇,出师合击,战败献忠。献忠遁入蜀界。良玉复从后追蹑,正驱军大进,忽接嗣昌来檄,令他驻兵兴平,遣别将贺人龙、李国安等,入蜀追贼。良玉愤愤道:"我正要乘胜图功,剿灭此贼,乃无端阻我前进,真是何意?"言毕,把来檄掷诸地上,仍饬进兵,似此骄将,安肯受嗣昌笼络? 直抵太平县境的玛瑙山。山势险峻,方拟倚险立营,蓦闻山上有鼓噪声,仰首眺望,见贼已踞住山巅,乘高大呼。良玉戒军士轻动,自己从容下马,周览一番,才分兵为三队,三面登山,且下令道:"闻鼓声乃上。"各将踊跃听令,等了半响,尚不闻有鼓声。大众惊疑参半,遥望山上各贼,或坐或立,阵势错乱,都不禁交头私议,谓此时不上山进攻,更待何时? 偏偏中军帐下,仍寂无音响,大众未免焦躁。候已天晚,突闻鼓声大起,随即三面齐登,直上山顶。献忠也拟乘夜下山,不防良玉已先驰上,且分军三路,堵不胜堵,顿时脚忙手乱起来。官军冲突入阵,锐厉无前,献忠料不可支,策马先奔。贼众见献忠一走,都是逃命要紧,纷纷四窜。怎奈天色已昏,忙不择路,有坠崖的,有陨涧的,稍稍仔细,徐行一步,便被官军杀死。贼党扫地王曹威、白马邓天王等十六人,统不及逃避,陆续毙命。只献忠逃至山后,回顾残众,仅得数百人,连自己的妻妾,也不知去向了。你要掳人家妻妾,你的妻妾,何妨暂让。此时无暇寻觅,但急急忙忙的遁入兴归山中。罗汝才自旁道出,犯蜀夔州,偏遇石柱女官秦良玉,率众来援,智曹操碰着勇貂蝉,一些儿没有胜着,大纛旗被她夺去,所率勇悍贼目,又被她斫死六人,没奈何遁入大宁。

　　杨嗣昌闻两贼穷蹙,飞檄左良玉及贺人龙,令他穷搜会剿,指日歼除。哪知左良玉不肯深入,贺人龙也是逗留。原来玛瑙山未战以前,嗣昌以良玉违令进兵,拟夺良玉封印,给与人龙,且曾与人龙面谈,嘱令尽力。至玛瑙山捷报驰至,嗣昌又左右为难,不得已婉告人龙,静待后命。主见未定,如何做得统帅?良玉虽未曾夺印,闻着这个消息,心中很是怏怏。人龙也好生怨望,遂致你推我诿,把贼寇搁起一边。献忠复遣人游说,至良玉营,与语道:"献忠尚在,所以公得见重,否则公亦无幸了。"木朽蛀生,即此可见。良玉也以为然,乐得观望徘徊,按兵不动。献忠遂得潜收溃卒,西走白羊山,与罗汝才会合,再出渡江,陷大昌,攻开县,沿途追胁,气焰又张。

　　嗣昌闻贼又啸聚,自出赴蜀,驻节重庆。监军评事万元吉,入白嗣昌谓:"左、贺两军,均不足恃,贼或东窜,必为大患,须亟从间道出师,截他去路,方为万全。"嗣昌不从,只檄令左、贺各军,蹙围贼众,毋令他逸。人龙本屯兵开县,托词饷乏,引军西去,良玉迟久方至。嗣昌拟水陆并进,追击献忠,且下令军中道:"汝才若降,免罪授官。献忠罪在不赦,若得献忠首,立赏万金,保举侯爵。"此令下后,过了一日,那行辕里面,四处张着揭帖,上面写着,"能斩督师杨嗣昌,赏银三钱"。妙不可言。嗣昌瞧着,不胜骇愕,还道左右皆贼,遂限令进兵,军心已变,速进何益?自统舟师下云阳,令诸将陆行追贼。总兵猛如虎,参将刘士杰,奋勇前驱,与献忠相值。士杰当先突阵,贼众辟易。献忠遁入山中,凭高俯瞰,但见如虎一军,有前无继,遂想了一计,命部下悍贼,绕道山谷中,抄出官军后背,自率众从高驰下,夹击官军。士杰与游击郭开,先后战死。惟如虎突围而出,甲仗军符,尽行失去。良玉军本在后面,不但不肯进援,反且闻风溃走。献忠遂席卷出川,复入湖北,途次房嗣昌使人,从襄阳返四川,询知襄阳空虚,遂将他杀死,取得军符,密令二十八骑,改易官军衣饰,令持符入襄城,潜为内应。

　　襄阳为嗣昌军府,军储军械,各数十万,每门设副将防守,监察颇严。及贼骑夜至城下,叩门验符,果然相合,遂启城纳入。是时城内官民,未得开县

第九十六回　失襄阳庸帅自裁　走河南逆闯复炽

败报,个个放心安睡,不意到了夜半,炮声震地,火光烛天,大家从睡梦中惊醒,还是莫名其妙,至开门四望,好几个做了无头之鬼,才知贼兵入城,霎时间阖城鼎沸,全局瓦解,知府王承曾,潜自出走,望见城门洞开,一溜烟的跑了出去。兵备副使张克俭,推官郦曰广,游击黎民安,仓猝巷战,只落得临阵捐躯,表忠千古。旌扬忠烈,阐发幽光。贼众纵火焚襄王府,襄王翊铭,系仁宗子瞻墡六世孙,嗣爵袭封,至是被虏,由贼众拥至南城楼。献忠高坐堂皇,见襄王至,命左右持一杯酒,劝王令饮,且语道:"王本无罪,罪在杨嗣昌。但嗣昌尚在川境,不能取他首级,只好把王头一借,令嗣昌陷藩得罪,他日总好偿王性命,王宜努力尽此一杯!"悍贼亦解调侃。襄王不肯遽饮,顿时恼动献忠,将他杀害,投尸火中。宫眷殉节,共四十三人。还有未死宫女,都被贼众掠去,任意淫污。所有军资器械,悉为贼有。献忠觅得自己妻妾,尚在狱中,不禁喜慰,遂发银十五万两,赈济难民。乐得慷慨。留居二日,又渡江陷樊城,破当阳,入光州。杨嗣昌方追贼出川,至荆州沙市,闻襄阳失陷,急得魂魄俱丧,飞檄左良玉军往援,已是不及。寻又闻李自成陷河南府,福王常洵被害,不禁掩泣道:"我悔不听万元吉言,今已迟了。"言已,呕了好几口鲜血,又自叹道:"失二名郡,亡两亲藩,此系何等重事,皇上岂肯赦我?我不若自尽,免得身首两分。"遂绝粒数日,竟致饿死。还算硬朗。

看官听说!前回说到李自成穷蹙无归,亏得老回回留他在营,卧病半年,才得逃生,此时何故势焰复盛,陷入河南呢?说来话长,且听小子说明底细。自成率领残众,窜入函谷关,又被官军围住,不得他逸,意图自尽。经养子李双喜力劝乃止。官军围攻甚急,杨嗣昌时在襄阳,独檄令军中道:"围师必缺,不若空武关一路,令他出走,追擒未迟。"又是他的妙计,放令出柙。诸将依令而行。自成将所掠妇女,尽行杀毙,单率五十骑,从武关逃出郧阳,纠合诸贼,再出淫掠。总兵贺人龙等,屡剿屡胜,擒滚地狼,斩蝎子块,所有混十万、金翅鹏、扫地王、小秦王、托天王、过天星、关索、满天星、张妙子、邢家米,及自成部将火天王、镇天王、九条龙、小红狼、九梁星等贼,相继投诚。惟自成始终不降。

自成有骁将刘宗敏,本蓝田县锻工,随从自成,独得死力,至是见众势日蹙,亦欲归降官军,自成察得隐情,便邀他走入丛祠密语道:"人言我当为天子,不意一败至此。现有神明在上,且向神卜,如若不吉,你可断了我首,往投官兵。"宗敏闻言,即与自成一同叩祷,三卜三吉。神明亦助剧贼,想是劫数难逃。宗敏跃起道:"神明指示,谅必不差,我当誓死从汝。"自成乃道:"官军四逼,除非人自为战,无可突围。我的妻小,前已失去,所掠妇女,亦都杀死,单剩一个光身子,倒也脱然无累。只兄弟们多带眷属,未免累赘,一时不能尽走,奈何?"宗敏道:"总教你得做皇帝,撇去几个妻妾,亦属何妨。"随即相偕归营。到了次日,宗敏携着两颗首级,入见自成。自成问首级何来?宗敏道:"这是我两妻的头颅,杀死了她,可同你突围,免生挂碍。"自成大喜道:"好!好!"人家杀死妻妾,还连声称好,可见得是盗贼心肠。宗敏把两妻首级,掷示余党道:"古人说的妻子如衣服,衣服破碎,尽可改制,我已杀死两妻,誓保闯王出围,诸君如或同志,即请照办。他日富贵,何愁没有妻妾,否则亦任令自便。"贼党被他激动,多半杀死妻孥,誓从闯王。又是许多妇女晦气。自成又尽焚辎重,微服轻骑,从郧阳走入河南。适河南大饥,斗斛万钱,自成沿路鼓煽,不到一月,又得众数万人,破宜阳,陷永宁,连毁四十八寨,势又猖獗。

杞县举人李信,系逆案中李精白子,尝出粟赈济饥民,百姓很是感德,争呼李公子活我。会绳妓红娘子作乱,把李信掳去,见他文采风流,硬迫他为夫妇。李信勉强应允,趁着空隙,孑身逃归。地方官糊涂得很,说他是盗,拘系狱中。红娘子闻知,竟来劫牢,饥民相率趋附,戕官破狱,把信救出。信见大祸已成,不得不求一生路,遂与红娘子及数百饥民,往投自成,备陈进行规画。自成大喜,与他约为兄弟。同是姓李,应做弟兄。信改名为岩,且遗书招友,得了一个牛金星。金星系卢氏县举人,因磨勘被斥,颇怨朝廷,既得信书,遂挈了妻女,往依自成,为主谋议。自成初妻韩氏,本属娼家出身,在米脂时,与县役盖君禄通,被自成一同杀死,旋即为盗,掠得邢家女郎,作为继妻。邢氏矫健多智,自成令掌军资,每日发给粮械,必由贼目面领。翻天鹞高杰,曾在自成部下,尝至邢氏营领械支粮,邢氏看他状貌魁梧,躯干伟大,不由的意马心猿,暗与他眉来眼往。高杰也是个色中饿鬼,乐得乘势勾引,遂瞒着自成,背地苟合。既有红娘子,又有邢氏,正是无独有偶。两人情好异常,想做一对长久夫妻,竟乘夜潜遁,降顺官军。自成失了邢氏,又掠得民女为妻,潼关一战,仍然失去。牛金星既依自成,情愿将自己爱女,奉侍巾栉,又荐一卜人宋献策。献策长不满三尺,通河洛数,见了自成,陈上谶记,有"十八子,主神器"六字。十八子隐寓李字。自成大喜,封为军师。李岩又劝自成不妄杀人,笼络百姓,复将所掠财物,散给饥民。百姓受惠,不辨为岩为自成,但浑称:"李公子活我。"岩又编出两句歌谣,令儿童随处唱诵,歌词是"迎闯王,不纳粮"二语。前六字,后亦六字,语不在多,已足煽乱。百姓方愁加税,困苦不堪,听了这两句歌词,自然欢迎闯军。

自成遂进攻河南府,府为福王常洵封地,母即郑贵妃,受赏无算,豪富甲天下。应七十九回。先是援兵过洛,相率哗噪,统称王府金钱山积,乃令我等枵腹死贼,殊不甘心。前尚书吕维祺,在籍家居,适有所闻,即劝王散财饷士,福王不从。至自成进攻,总兵陈绍禹等,入城守御,绍禹部兵多变志,从城上

第九十六回　失襄阳庸帅自裁　走河南逆闯复炽

呼贼,贼亦在城下相应,互作笑语。副使王胤昌厉声呵禁,被绍禹兵拘住。绍禹忙为驰解,兵士竟噪道:"敌在城下,还怕总镇甚么?"自成见城上大哗,立命贼众登城,贼皆缘梯上升,城上守兵,并不堵御,反自相戕害,绍禹遁去。贼众趁势拥入,竞趋福王府,福王常洵,与世子由崧,慌忙逸出,被贼众入府焚掠,所有金银财宝,一扫而空。守财房听者!自成大索福王,四处搜寻,福王正匿迎恩寺,遇前尚书吕维祺。维祺道:"名义甚重,王毋自辱!"语尚未毕,贼众大至,将福王一把抓住,连那尚书吕维祺,也一并被拘。惟福王世子由崧,赤身走脱。后来就是弘光帝。自成怒目数福王罪,吓得他觳觫万状,匍匐乞命。维祺又羞又恼,不由的愤怒交迫,诟骂百端。自成大怒,喝将维祺杀死,一面见福王体肥,指语左右道:"此子肥壮,可充庖厨。"侍贼应命,将福王牵入厨中,洗剥脔割,酿作肉糜。又由自成命令,羼入鹿肉,并作菹酱,随即置酒大会,取出肉菹,令贼目遍尝,且与语道:"这便是福禄酒,兄弟们请畅饮一卮!"言毕大笑。贼众无不雀跃。欢宴三日,又搜掘富室窖藏,席卷子女玉帛,捆载入山,令书办邵时昌为总理官,居守府城,自率众围开封。巡抚李仙风,正率军阻贼,与贼相左,那时开封城内,只留巡按高名衡,及副将陈永福等数人,幸城高且坚,尚得固守。周王恭枵,系太祖第五子樉十世孙,嗣爵开封,因发库金五十万,募死士击贼,贼毙甚众,退避数舍。可巧李仙风收复河南府,复督军还援,内外夹击,一日三捷,自成乃解围引去。福王惜金被虏,周王发金解围,得失昭然。道遇罗汝才率众来会,势复大震。

汝才本与献忠合,因献忠陷入襄阳,所得财帛,悉数自取,遂为之不怿,自引部众投自成。自成已拥众五十万,至是益盛。会献忠东犯信阳,为左良玉等所败,众散且尽,所从止数百骑,亦奔投自成。自成佯为招纳,暗中却有意加害。还是汝才入白自成,谓不如使扰汉南,牵制官军,自成点首称善。汝才乃分给五百骑,纵使东行,自偕闯众掠新蔡。陕西总督傅宗龙,与保定总督杨文岳,方率总兵贺人龙、李国奇等,出关讨贼,途次为闯、罗二贼所袭,人龙先走,国奇继溃,文岳亦径自驰去。单剩宗龙孤军当贼,被围八日,粮尽矢绝,夜半出走,宗龙马蹶被执,贼拥宗龙攻项城,大呼道:"我等是秦督官军,快开门纳秦督!"宗龙亦奋呼道:"我是秦督傅宗龙,不幸堕入贼手,左右皆贼,毋为所绐!"贼怒甚,抽刀击宗龙,中脑立仆,尚厉声骂贼。寻被贼劓鼻削耳,遂惨死城下。小子有诗叹道:

杲卿骂贼光唐史,洪福晋奸报宋朝。
明季又传傅总督,沙场应共仰忠标。

宗龙被杀,贼众遂猛攻项城,毕竟项城是否被陷,且至下回表明。

本回全叙闯、献事,闯献两贼,非有奇材异能,不过因饥煽乱,啸聚为患耳。假令得良将以讨伐之,则贼焰未张,其势可扑;贼锋屡挫,其弱可擒;贼党自离,其衅可间。虽百闯、献,不难立灭。乃献忠屡降而不之诛,李闯屡败而不之掩,一误于陈奇瑜,再误于熊文灿,三误于杨嗣昌,而闯献横行,大局乃瓦解矣。襄阳陷而粮械空,河南失而财帛尽,腹心既敝,手足随之,观于此回,而已决明之必亡矣。

第九十七回　决大河漂没汴梁城　通内线恭进田妃舄

却说陕督傅宗龙,惨死项城,全军覆没。项城孤立无援,怎禁得数十万贼兵?当即被陷,阖城遭难。贼又分众屠商水、扶沟,进陷叶县,杀死守将刘国能。国能就是闯塌天,初与自成、汝才结为兄弟,旋降官军,为汝才所恨,遂乘胜入城,拘住国能,责他负约,把他杀害。再进攻南阳,总兵猛如虎,正在南阳驻守,凭城拒战,杀贼数千,嗣因众寡不敌,城被贼陷。如虎尚持着短刀,奋力杀贼,血满袍袖,力竭乃亡。唐王聿镆,系太祖第二十三子桎七世孙,袭封南阳,至是亦为所害。贼众连陷邓县等十四城,再攻开封。开封巡抚李仙风,已坐罪被逮,由高名衡代为巡抚。名衡及副将陈永福,登陴力御,矢石齐下。李自成亲自招降,被永福拈弓搭箭,飕的一声,正中自成左目。自成大叫一声,几晕马下,经贼众掖住,始得回帐,便勒众退至朱仙镇养病去了。惜不射死了他。

先是陕抚汪乔年,接奉密旨,令掘自成祖茔。乔年即饬米脂县令边大绶,遵旨速行。大绶募役往寻,一时无从搜掘,嗣捕得李氏族人,讯明地址,乃迫令导引,去县城二百里,乱山中有一小村,叫作李氏村,约数十家,逾村又里许,蹊径愈杂,荒塚累累,有十六塚聚葬一处。内有一塚,谓系自成始祖坟,穴由仙人所造,圹内置有铁钉綮,仙人言"铁钉不灭,李氏当兴"云云。大绶即督役开掘,穴发过半,但见蝼蚁围集,火光荧荧,再斫棺验视,尸骨犹存,黄毛遍体。脑后有一穴,大如制钱,中蟠赤蛇长三四寸,有角隆然,见日飞起,高约丈许。经兵役奋起力劈,蛇五伏五起,方才僵毙。乔年乃拾尸颅骨,并腌腊死蛇,遣官赍奏。未几,自成即被射中左目,伤瞳成瞽,世人因称为独眼龙。堪舆之言不可尽信,若果风水被破,则自成应被射死,何至仅中左目?

汪乔年以李坟已破,遂会师出讨,得马步军三万名,令贺人龙等分领各军,兼程东下,直抵襄阳城。襄阳新遭兵燹,守备未固,乔年迟疑不敢入。襄

第九十七回　决大河漂没汴梁城　通内线恭进田妃骨

城贡士张永祺,率邑人出迎,不得已屯扎城下。立营才定,贼兵大至,贺人龙等未战即溃,余众骇散,只剩乔年亲卒二千名,随乔年入城拒守。贼尽锐猛攻,历五昼夜,守兵伤亡过半,遂被陷入。乔年自刎未死,猝遇贼兵,将他絷去,骂贼罹害。自成立索永祺,永祺匿免。吕氏本支共九家,杀得一个不留。又因此恨及诸生,捕得二百人,一半刖足,一半割鼻,并杀守将李万庆。万庆就是射塌天,弃贼降官,因遭杀死。贼众一住数日,复出陷河南各州县,进攻开封。贺人龙等溃入关中,沿途淫掠,不亚流寇。左良玉逗兵郾城,只说是防堵献忠,并不赴援。

　　河南警报到京,日必数起,急得怀宗没法,只好向诏狱中释出孙传庭,再三奖劳,授为兵部侍郎,令督京军援开封。急时抱佛脚,毋乃太晚。传庭行至中途,又接旨令任陕督,且密谕诛贺人龙。原来自成再围开封,仍然未克。开封军报少纾,乃调传庭入陕,另简兵部侍郎侯恂,出援开封。传庭不敢违慢,便驰入秦中,召集各将。固原总兵郑家栋,临洮总兵牛成虎,援剿总兵贺人龙等,均率兵来会,传庭不动声色,一一接见,至人龙参谒,即叱令左右,将他拿下。人龙自称无罪,传庭正色道:"你尚得称无罪么?新蔡、襄城迭丧二督,都是你临阵先逃的缘故。就是从前阝项降,献贼出枊,迄今尚未平定。你自己思想,应该不应该么?"遂不由人龙再辩,将他斩首,诸将均战栗失容。人龙勇力过人,初出剿寇,杀贼甚众,贼呼为贺疯子,及为杨嗣昌所欺,始有变志,正法以后,贼众酌酒相庆,争说贺疯子已死,取关中如拾芥了。贺人龙之罪应该论死,但亦为杨嗣昌所误,我嫉人龙,我尤嫉嗣昌。

　　孙传庭既诛贺人龙,即命将人龙部兵,分隶诸将,指日讨贼。适朝旨又下,命他速率陕军,驰援开封。开封佳丽,为中原冠,贼众久欲窥取,只因城坚守固,急切难下。自成前后三攻,总想把他夺去。明廷恰也注意开封,令河南督师丁启睿,保定总督杨文岳,及左良玉、虎大威、杨德政、方国安四总兵,联军赴援。再命兵部侍郎侯恂,作为后劲,总道是兵多势厚,定可胜贼,哪知各军到了朱仙镇,与贼垒相望,左良玉先不愿战,拔营径去,诸军继溃,启睿、文岳也联骑奔汝宁,是谓土崩,是谓瓦解。反被贼众追击,掠去辎重无数。朝旨逮问启睿,谴责文岳,仍促孙传庭出关会剿。此段是承上起下文字。传庭上言:"秦兵新募,不能速用,应另调别军。"廷议只促他出师,传庭不得已启行。甫至潼关,接得河南探报,开封失陷。传庭大惊,问明侦骑,才知开封被陷详情。开封被围日久,粮械俱尽。人且相食。周王恭枵,先后捐金百余万,复捐岁禄万石,赡给守兵,仍不济事。高名衡因城濒大河,密令决河灌贼,期退贼军,偏偏被贼骑侦悉,移营高阜,亦驱难民数万决河。河水自北门灌入,穿出东南门,奔声如雷,士民溺死数十万。名衡猝不及防,忙与副将陈永福等,乘舟登城，城内水势愈涨，周王府第，尽成泽国。王率宫眷及世子，从后山逸出，露栖城上七昼夜。幸督师侯恂，率舟迎王，王乃得脱。这尚是捐金的好处，否则不为贼虏，百姓亦未必容他自走。名衡等见不可守，亦航舟出城，贼遂浮舟突入，搜掠城中，只有小山土阜，及断垣残堞上面，尚有几个将死未死的难民，一古脑儿掳将拢来，不过数千人。此外满城珍宝，尽已漂没，贼亦无可依恋，但将所遗子女，掠入舟中，驶出城头。河北诸军，遥用大炮轰击，贼舟或碎或沉，或弃舟逸去，被掠子女，夺回一半。

　　贼众竟移攻南阳，传庭因得此警报，倍道至南阳城，用诱敌计，杀败自成。自成东走，沿路抛弃粮械。陕军正愁冻馁，恣意拾取，无复纪律。不意贼众又转身杀来，一时措手不迭，当即奔溃。传庭也禁喝不住，没奈何回马西走，驰入关中。自成声势大震，老回回、革里眼、左金王、争世王、乱世王五营，统归入自成，连营五百里，再屠南阳，进攻汝宁，总兵虎大威中炮身亡。保定总督杨文岳，正走入汝宁，城陷被执，大骂自成。自成令缚至城南，作为炮的，几声轰发，可怜这文岳身中受了无数弹子，洞胸糜骨，片刻而尽。兵备佥事王世琮，前屡却贼，中矢贯耳，仍不为动，贼呼为王铁耳，至是亦被执不屈，均遭杀害。知府傅汝为以下，一同殉难。河南郡县，至此尽行残破，朝廷不复设官。遗民各结寨自保，如洛阳李际遇、汝宁沈万登、南阳刘洪起兄弟，自集民兵数万，或受朝命，或通贼寨，甚或自相吞并，残杀不已，中原祸乱，已达极点。张献忠且乘隙东走，据亳州，破舒城，连陷庐州、含山、巢、庐江、无为、六安诸州县，径向南京，下文再行交代。

　　且说清太宗雄据辽沈，闻中原鼎沸，不可收拾，正好来作渔翁，实行收利。当下入攻锦州，环城列炮，抢割附近禾稼，作为军粮。城中守兵出战，统被击退。蓟、辽总督洪承畴，及巡抚邱民仰，调集王朴、唐通、曹变蛟、吴三桂、白广恩、马科、王廷臣、杨国柱八总兵，统兵十三万赴援，到了松山，被清兵截击，败了一阵。最要紧的是辎重粮草，屯积塔山，也被清兵劫去。承畴部军大溃，八总兵逃去六人，只有曹变蛟、王廷臣两总兵，随着洪、邱两督抚，被困松山，相持数月，粮尽援绝，副将夏承德，竟将松山城献了清军，开门延敌。邱民仰自杀，曹变蛟等战殁，承畴披掳，杏山、塔山一齐失守。怀宗闻警，不胜惊悼，且闻承畴已经死节，诏令设坛都城，赐承畴祭十六坛，民仰六坛，并命建立专祠，洪、邱并列，正拟亲自临奠，那关东传来奏报，承畴竟叛降清廷，不禁流涕太息，愁闷了好几日。松山战事，详见《清史演义》，故此特从略。

　　兵部尚书陈新甲，以国内困敝，密奏怀宗，与清议和，怀宗颇也允从，嘱令新甲缜密，切勿漏泄。何必如此。新甲遂遣职方郎中马绍愉，赍书赴清营，与商和议。清太宗倒也优待，互议条款。绍愉当即密报新甲，新甲阅毕，置诸几

第九十七回　决大河漂没汴梁城　通内线恭进田妃鸟

上,竟忘检藏,家僮误为塘报,付诸钞传,顿时盈廷闻知,相率大哗。言官交劾新甲,到了此时,还要意气用事,口舌相争,实是可杀!怀宗以新甲违命,召入切责,新甲不服,反诩己功,遂忤了上意,下狱论死。清太宗以和议无成,攻入蓟州,分道南向,河间以南多失守。至山东连下兖州等府,攻破八十八城,鲁王以派,为太祖第十子檀六世孙,袭封兖州,被执自杀。清兵又回入京畿,都城大恐。

复由大学士周延儒,奉命督师,出驻通州。这延儒曾为温体仁所排,回籍有年,此时何复入相。见九十五回。原来体仁免官后,即用杨嗣昌为首辅,所有旧任阁臣,如张至发、孔贞运、黄士俊、傅冠、刘宇亮、薛国观等,或免职,或得罪,另用程国祥、蔡国用、方逢年、范复粹及姚明恭、张四知、魏照乘、谢陞、陈演等一班人物,尤觉庸劣不堪,朝进暮退。怀宗复记及周延儒,可巧延儒正夤缘复职,私结内监,贿通宠妃,遂因此传出内旨,召延儒重为辅臣。看官欲问宠妃为谁?就是小子九十回中叙及的田贵妃。田妃陕西人,后家扬州,父名弘遇,以女得贵,受职左都督。弘遇以商起家,素好佚游,购蓄歌妓,恣情声色,田妃生而纤妍,长尤秀慧,弘遇遂延艺师乐工,指授各技,一经肄习,无不心领神会。凡琴棋书画,暨刺绣烹饪诸学,俱臻巧妙。尤善骑射,上马挽弓,发必中的,确是个神仙俦侣,士女班头。既入信邸,大受怀宗宠幸。如此好女,我愿铸金拜之,无怪怀宗宠爱。怀宗即位,册为礼妃,嗣进皇贵妃,每宴见时,不尚妆饰,尤觉得鬒发如云,美颜如玉,芳体如兰,巧舌如簧,有时对帝鼓琴,有时伴帝奏笛,有时与帝弈棋,无不邀怀宗叹赏。又尝绘群芳图进呈,仿佛如生,怀宗留供御几,随时赏玩。一日,随怀宗校阅射场,特命她骑射,田妃应旨上马,六辔如丝,再发并中。内侍连声喝采,怀宗亦赞美不已,赏赉有加。

惟田妃既受殊遇,自炫色泽,免不得恃宠生骄,非但六宫妃嫔,看不上眼,就是正位中宫的周皇后,及位次相等的袁贵妃,亦未曾放入目中。这是妇女通病。如秀外慧中之田贵妃,犹蹈此习,令人叹惜!周皇后素性严慎,见她容止骄盈,往往裁以礼法。一年,元日甚寒,田妃循例朝后,至坤宁宫庑下,停车候宣。等了半响,并没有人宣入,庑下朔风猎猎,几吹得梨涡成冻,玉骨皆皴。周后亦未免怀妒,累此美人儿受寒。及密询宫监,才知袁贵妃先已入朝,与后坐谈甚欢,因将她冷搁庑下。至袁妃退出,方得奉召入见。后竟华服升座,受她拜谒,拜毕亦不与多言,令即退去,气得田妃玉容失色,愤愤回宫。越日得见怀宗,即鸣鸣泣诉,经怀宗极力劝慰,意乃少解。

过了月余,上林花发,怀宗邀后妃赏花。大众俱至,田妃见了周后,陡触着前日恨事,竟背转娇躯,佯若未见。周后瞧不过去,便走近上前,诉称田妃无礼。怀宗亦佯若不闻,周后仍然絮述,反至怀宗惹恼,挥肱使退。怀宗颇有瞽力,且因心中恼恨,挥手未免少重,周后立足不住,竟跌仆地上,宫人慌忙搀扶,走过了十二名,才将周后掖起。后泣道:"陛下不念为信王时,魏阉用事,日夜忧虑,只陛下与妾两人,共尝苦境,今日登九五,乃不念糟糠妾么?妾死何难?但陛下未免寡恩。"言讫,径返坤宁宫。越三日,怀宗召坤宁宫人,问起居,宫人答言:"皇后三日不食。"怀宗为之恻然,即命内监持貂鬈赐后,传谕慰解,且令田妃修省。后乃强起谢恩,勉为进餐。惟田妃宠眷,仍然未衰。周延儒得悉内情,遂向田妃处打通关节,托为周旋。怀宗因四方多事,夜幸西宫,亦常愁眉不展,田妃问长道短。由怀宗说入周延儒,遂旁为怂恿,即日传旨召入延儒,仍为大学士。

怀宗非常敬礼,尝于岁首受朝毕,下座揖延儒道:"朕以天下托先生。"言罢,复总揖诸阁臣。怎奈延儒庸驽无能,阁臣又只堪伴食,坐令中原涂炭,边境丧师,驯至不可收拾。到了清兵入境,京都戒严,延儒也觉抱愧,自请视师。怀宗尚目为忠勤,比他为召虎、裴度,并赐白金文绮上驷等物。延儒出驻通州,并不敢战,惟日与幕友饮酒自娱,想学谢安石耶?一面伪报捷状。怀宗信以为真,自然欣慰,进至西宫,与田妃叙欢。宫中后妃,要算田妃的莲钩,最为瘦削,如纤纤春笋一般,差不多只有三寸。是日应该有事,怀宗瞧见田妃的绣舄,精巧异常,不由的将它举起。但见绣舄上面,除精绣花鸟外,恰另有一行楷书,仔细一瞧,乃是"周延儒恭进"五字,也用金线绣成,顿时恼动了怀宗皇帝,面责田妃道:"你在宫中,何故交通外臣?真正不得了!不得了!"田妃忙叩头谢罪,怀宗把袖一拂,掉头径去。后人有诗咏此事道:

花为容貌玉为床,白日承恩卸却妆。
三寸绣鞋金缕织,延儒恭进字单行。

未知田贵妃曾否遭谴,且至下回再详。

李自成灌决大河,汴梁陆沉,腹心已溃,明之亡可立足待矣。说者多归咎高名衡,谓名衡自溃其防,坐令稽天巨浸,反资贼手。吾以为名衡固未尝无咎,但罪有较大于名衡者,左良玉诸人是也。四镇赴援,良玉先走,开封被围日久,饷尽援穷,至于人自相食,名衡为决河计,亦出于万不得已之策,其计固非,其心尚堪共谅。假使此策不用,城亦必为贼所陷。自成三攻乃下,必怒及兵民,大加屠戮,与其汙刃而死,何若溺水而死?且精华尽没,免贵寇盗,不犹愈于被掠乎?惟怀宗用人不明,坐令塞帅庸相,丧师失地,殊为可痛。至清兵入犯,复令一庸鄙龌龊之周延儒,出外督师,讳败为胜,推原祸始,实启宠妃。传有之:"谋及妇人,宜其死也。"怀宗其难免是责乎?

第九十八回　扰秦楚闯王僭号　掠东西献贼横行

却说田贵妃所着绣鞋,上有"周延儒恭进"五字,顿时恼动天颜,拂袖出去,即有旨谴谪田妃,令移居启祥宫,三月不召。既而周后复侍帝赏花,袁妃亦至,独少田妃。后请怀宗传召,怀宗不应。后令小太监传达懿旨,召使出见,田妃乃至。玉容憔悴,大逊曩时,后也为之心酸,和颜接待,并令侍宴。夜阑席散,后劝帝幸西宫,与田妃续欢,嗣是和好如初。可见周后尚持大度。惟田妃经此一挫,常郁郁不欢,且因所生皇五子慈焕,及皇六七子,均先后殇逝,尤觉悲不自胜,渐渐的形销骨立,竟致不起。崇祯十五年七月病殁。怀宗适祷祀群望,求疗妃疾,回宫以后,入视妃殓,不禁大恸。丧礼备极隆厚,且加谥为恭淑端慧静怀皇贵妃。亏得早死二年,尚得此饰终令典,是美人薄命处,亦未始非徼福处。

田妃有妹名淑英,姿容秀丽,与乃姊不相上下,妃在时曾召妹入宫,为帝所见,赠花一朵,今插髻上。及妃病重,亦以妹属托怀宗。怀宗颇欲册封,因乱势愈炽,无心及此,只命赐珠帘等物,算作了事。国破后,淑英避难天津,珠帘尚在,寻为朝士某妾,这也不在话下。

且说周延儒出驻数月,清兵复退,延儒乃还京师。怀宗虽心存鄙薄,但因他却敌归朝,不得不厚加奖励。嗣经锦衣卫掌事骆养性,尽发军中虚诈情事,乃下旨切责,说他蒙蔽推诿,应下部议。延儒亦席藁待罪,自请戍边。怀宗怒意少解,仍不加苛求,许令驰驿归田。还是田妃余荫。又罢去贺逢圣、张四知,用蒋德璟、黄景昉、吴甡为大学士,入阁办事。

是时天变人异,不一而足,如日食地震,太白昼现,荧惑逆行诸类,还算是寻常变象。最可怪的,是太原乐静县民李良雨,忽变为女,松江莫翁女已适人,忽化为男,密县民妇生旱魃,河南草木,有战斗人马及披甲持矛等怪状。宣城出血,京师城门哭,声如女子啼。炮空鸣,鬼夜号。蕲州有鬼,白日成阵,行墙屋上,揶揄居人,奉先殿上,鸱吻落地,变为一鬼,披发出宫。沅州、铜仁连界处,掘出古碑,上有字二行云:"东也流,西也流,流到天南有尽头。张也败,李也败,败出一个好世界。"又于五凤楼前得一黄袱,内有小函,题词有云:"天启七,崇祯十七,还有福王一。"到了崇祯十六年正月,京营巡捕军夜宿棋盘街,方交二鼓,忽来一老人,嘱咐巡卒道:"夜半子分,有妇人缟素泣涕,自西至东,慎勿令过! 若过了此地,为祸不浅,鸡鸣乃免。我系土神,故而相告。"言毕不见。

巡卒非常诧异,待至夜半,果见一妇人素服来前,当即出阻,不令前行,妇人乃返。至五鼓,巡卒睡熟,妇已趋过,折而东返,蹴之使醒,并与语道:"我乃丧门神,奉上帝命,降罚此方,你如何误听老人,在此阻我。现有大灾,你当首受!"言讫自去。行只数武,也化气而去。巡卒骇奔,归告家人,言尚未终,仆地竟死。既有丧门神,奉天降罚,土地也不能阻挠。且土地嘱咐巡卒,虽系巡卒自误,也不至首受疫灾,此事未能尽信。疫即大作,人鬼错杂,每届傍晚,人不敢行。商肆贸易,多得纸钱,京中方哗扰未已,东南一带,又迭来警报。李自成已陷承天,张献忠又占武昌,闯、献僭号,自此为始,故另笔提出。小子惟有一枝秃笔,只好依次叙来。

自成连陷河南诸州县,复走确山,向襄阳,并由汝宁掳得崇王由㰒,令他沿路谕降。由㰒系英宗第六子见泽六世孙,嗣封汝宁,自成把他执住,胁令投降。由㰒似允非允,暂且敷衍度日。自成乃带在军间,转趋荆、襄诸郡,迭陷荆州、襄阳,进逼承天。承天系明代湖广省会,仁宗、宣宗两皇陵,卜筑于此。巡抚宋一鹤,偕总兵钱中选,副使张凤翥,知府王玘,钟祥令萧汉固守,相持数日。偏城中隐伏内奸,暗地里开城纳贼,贼众一拥入城。宋一鹤下城巷战,将士劝一鹤出走,一鹤不听,挥刀击杀贼数人,身中数创而死,总兵钱中选等亦战殁。惟萧汉被执,幽禁寺中。自成素闻汉有贤声,戒部众休犯好官,并嘱诸僧小心服侍,违令当屠。剧贼亦推重贤吏。汉自贼众出寺,竟自经以殉。自成改承天府为扬武州,自号顺天倡义大元帅,称罗汝才为代天抚民德威大将军,遂率众犯仁宗陵。守陵巡按李振声迎降,钦天监博士杨永裕,叩谒自成马前,且请发掘皇陵。天良何在? 忽闻陵中暴响,声震山谷,仿佛似地动神号一般,自成恰也惊慌,饬令守护,不得擅掘。明代令辟,无逾仁宗,应该灵爽式凭。

先是自成毫无远图,所得城邑,一经焚掠,便即弃去。至用牛金星、李岩等言,也行点小仁小义,收买人心,且因河南、湖广,已为所有,得众百万,自以为无人与敌,俨然想称孤道寡起来。牛金星献策自成,请定都荆襄,作为根本,自成甚以为然,遂改襄阳为襄京,修葺襄王旧殿,僭号新顺王,创设官爵名号,置五营二十二将,上相左辅右弼六政府,要地设防御使,府设尹,州设牧,县设令,降官降将,各授伪职。并封故崇王由㰒为襄阳伯,嗣因由㰒不肯从令,把他杀害。杨永裕且靦然劝进,牛金星以为时尚未可,乃始罢议。自成以革、左诸贼,比肩并起,恐他不服,遂用李岩计,佯请革里眼、左金王入宴,酒酣伏发,刺死两人,兼并左、革部众。又遣罗汝才攻郧阳,日久未下,自成亲率二十骑,夜赴汝才营,黎明入帐,汝才卧尚未起,自成即饬骑士动手,把汝才砍作

第九十八回　扰秦楚闯王僭号　掠东西献贼横行

数段，一军皆哗，七日始定。于是流寇十三家七十二营，降死殆尽，惟李自成、张献忠二寇，岿然独存，势且益炽。

河南开州盗袁时中，最为后起，横行三年，至是欲通款明廷，亦被自成分兵击死。自成行军，不许多带辎重，随掠随食，饱即弃余，饥且食人。所掠男子，令充兵役，所掠妇女，随给兵士为妻妾。一兵备马三四匹，冬时用裀褥裹蹄，割人腹为糟，每逢饲马，往往将掠得人民，割肉取血，和刍为饲。马已见惯，遇人辄锯牙欲噬。临阵必列马三万，名三垛墙，前列反顾，后列即将它杀死，战久不胜，马兵佯败，诱敌来追。步卒猝起阻截，统用长枪利槊，击刺如飞。骑兵回击，无不大胜。自成所著坚甲，柔韧异常，矢镞铅丸，都不能入。有时单骑先行，百万人齐跟马后，遇有大川当前，即用土囊阻塞上流，呼风竟渡。攻城时更番椎凿，挖去墙中土石，然后用柱缚绳，系入墙隙，再用百余人猛力牵曳，墙辄应手坍倒，所以攻无不陷，如或望风即降，入城时概不杀戮；守一日，便杀死十分中的一二；守两日，杀死加倍；守三日，杀死又加倍；三日以上，即要屠城，杀人数万，聚尸为燎，叫作打亮。各种残酷情状，惨不忍闻。

自成有兄，从秦中来，数语未合，即将他杀死。惟生平纳了数妻，不生一子，即以养子李双喜为嗣。双喜好杀，尤过自成。自成在襄阳，构殿铸钱，皆不成，令术士问紫姑，数卜不吉。*紫姑亦知天道耶？*因立双喜为太子，改名洪基，铸洪基年钱，又不成。正在愤闷的时候，闻陕督孙传庭督师出关，已至河南，他即尽简精锐，驰往河南抵御。前锋至洛阳，遇总兵牛成虎，与战败绩，宝丰、唐县，皆为官军克复。自成忙率轻骑赴援，至郏县，复被官军击败，自成狂奔得脱。贼众家眷，多在唐县，自唐县克复，所有流贼家口，杀戮无遗，贼因是恸哭痛恨，誓歼官军。*孙传庭未免失计。*会天雨道泞，传庭营中，粮车不继，自成复遣轻骑出汝州，要截官军粮道。探马报知传庭，传庭即遣总兵白广恩，从间道迎粮，自率总兵高杰为后应，留总兵陈永福守营。传庭既行，永福兵亦争发，势不可禁，遂为贼众所乘，败退南阳。传庭即还军迎战，贼阵五重，已由传庭攻克三层，余二重悉贼精锐，怒马跃出，锐不可当。总兵白广恩，引八千人先奔，高杰继溃，传庭亦支持不住，只好西奔。为这一走，被自成乘胜追击，一日夜逾四百里，杀死官军四万余人，掠得兵器辎重，不计其数。传庭奔河北，转趋潼关，自成兵随踪而至。高杰入禀传庭道："我军家属，尽在关中，不如径入西安，凭坚扼守。"传庭道："贼一入关，全秦糜烂，难道还可收拾么？"遂决意闭关拒贼。已而自成攻关，广恩战败，传庭自登陴，督师力御，不料自成遣侄李过，绰号一只虎，从间道缘山登崖，绕出关后，夹攻官军，官军大溃。传庭跃马挥刀，冲入贼阵，杀贼数十名，与监军副使乔迁高，同时死难。*传庭一死，明已无人。*自成遂长驱入秦，陷华阴、渭南，破华商、临潼，直入西安，据秦王宫,执秦王存枢,令为权将军。存枢系太祖次子樉九世孙,嗣封西安,至是竟降自成,惟王妃刘氏不降,语自成道:"国破家亡,愿求一死。"自成不欲加害,独令存枢遣还母家。存枢无耻,何以对妻?巡抚冯师孔以下,死难十余人。传庭妻张氏在西安,率三妾二女,投井殉节。不没烈妇。布政使陆之祺等皆降,总兵白广恩、陈永福等亦降。永福曾射中自成目,踞山巅不下,经自成折箭为誓,乃降自成。自成屡陷名城,文武大吏,从未降贼,至此始有降布政,降总兵,惟高杰曾窃自成妻,独走延安,此时邢氏若在,应有悔心。为李过所追,折向东去。自成遂改西安为长安,称为西京。牛金星劝令不杀,因严禁杀掠,民间颇安。自成复率兵西掠,乃诣米脂县祭墓,改延安府为天保府,米脂为天保县,惟凤翔、榆林,招降不从,自成亲攻凤翔,数日被陷,下令屠城,转攻榆林。兵备副使都任,督饷员外郎王家禄,里居总兵汪世钦、尤世威、世禄等,集众守陴,血战七昼夜,妇人孺子,皆发屋瓦击贼,贼死万人,城陷后阖城捐躯,无一生降,忠烈称最。贼复降宁夏,屠庆阳,韩王亶㙉,系太祖第二十子松十世孙,袭封平凉,被贼掳去,副使段复兴一门死节。贼复移攻兰州,雪夜登城。巡抚林日瑞,总兵郭天吉等战死,追陷西宁、甘肃,三边皆没。越年,自成居然僭号,国号顺,改元永昌,以牛金星为丞相,改定尚书六府等官,差不多似一开国主了。

　　明总兵左良玉,因河南陷没,无处存身,遂统帅部兵东下。张献忠正扰乱东南,为南京总兵刘良佐、黄得功等所阻,未能得志。又闻良玉东来,恐为所蹙,即移众溯江而上,迭陷黄梅、广济、蕲州、蕲水,转入黄州,自称西王。黄州副使樊维城,不屈被杀,官民尽溃,剩下老幼妇女,除挑选佳丽数名,入供淫乐外,余俱杀死,弃尸填堑。复西破汉阳,直逼武昌,参将崔文荣,凭城战守,颇有杀获。武昌本楚王华奎袭封地,华奎系太祖第六子桢七世孙,前曾为宗人华越所讦,说系抱养楚宫,嗣因查无实据,仍得袭封。应七十九回。华奎以贼氛日逼,增募新兵,为守御计,那知新兵竟开城迎贼,城遂被陷。文荣阵亡,华奎受缚,沉江溺死。故大学士贺逢圣,罢相家居,与文荣等同筹守备,见城已失守,仓猝归家,北向辞主,载家人至墩子湖,凿舟自沉,妻危氏,子觐明、光明,子妇曾氏、陈氏,孙三人,同溺湖中。逢圣尸沉百七十日,才得出葬,尸尚未腐,相传为忠魂未泯云。历述不遗,所以劝忠。献忠尽戮楚宗,惨害居民,浮骴蔽江,脂血寸积。楚王旧储金银百余万,俱被贼众劫去,辇载数百车,尚属未尽。何不先行犒军,免为内应?献忠改武昌为天授府,江夏为上江县,据楚王府,铸西王印,也居然开科取士,选得三十人,使为进士,授郡县官。

　　明廷以武昌失守,飞饬总兵左良玉,专剿献忠。良玉召集总兵方国安、常安国等,水陆并进,夹攻武昌,献忠出战大败,弃城西走。良玉遂复武昌,开府

第九十八回 抚秦楚闯王僭号 掠东西献贼横行

驻师。黄州、汉阳等郡县,以次克复。献忠率众攻岳州,巡抚李乾德、总兵孔希贵等,三战三胜,终以寡不敌众,出走长沙。献忠欲北渡洞庭湖,向神问卜,三次不吉,他竟投笅诟神,麾众欲渡。忽然间狂风大作,巨浪掀天,湖中所泊巨舟,覆没了百余艘。何不待献忠半渡,尽行覆没,岂楚、蜀劫数未终,姑留此贼以有待耶?献忠大怒,尽驱所掠妇女入舟,放起大火,连舟带人,俱被焚毁,光延四十里,夜明如昼,献忠方才泄忿,由陆路赴长沙。长沙系英宗第七子见浚故封,七世孙慈煃嗣爵,料知难守,与李乾德会商,开门夜走;并挈惠王常润,同趋衡州,投依桂王常瀛。常润、常瀛皆神宗子,常润封荆州,为李自成所逐,奔避长沙。常瀛封衡州,见三人同至,自然迎入。偏贼众又复驰至,桂王情急得很,忙与吉王、惠王等走永州。献忠入衡州城,拆桂王宫殿材木,运至长沙,构造宫殿,且遣兵追击三王。巡抚御史刘熙祚,令中军护三王入广西,自入永州死守。永州复有内奸,迎贼入城,熙祚被执,囚置永阳驿中。熙祚闭目绝食,自作绝命词,题写壁上,贼再三谕降,临以白刃,熙祚大骂不已,遂为所害。献忠又陷宝庆、常德,掘故督师杨嗣昌墓,枭尸见血。再攻辰州,为土兵堵住,不能行进,乃移攻道州。守备沈至绪,出城战殁,女名云英,涕泣誓师,再集败众,突入贼营。贼众疑援军骤至,仓皇骇散。云英追杀甚众,夺得父尸而还,州城获全。事达明廷,拟令女袭父职,云英辞去,后嫁昆山士人王圣开,种梅百本,阶隐以终。也是一个奇女。献忠复东犯江西,陷吉安、袁州、建昌、抚州诸府,及广东南韶属城,嗣因左良玉遣将马士秀、马进忠等,夺还岳州,进复袁州,遂无志东下,转图西略,竟将长沙王府,亦甘心弃去,挈数十万众,渡江过荆州,尽焚舟楫,窜入四川去了。献忠志在偏隅,不及自成远甚。

怀宗以中原糜烂,食不甘味,寝不安席,默溯所用将相,均不得人,乃另选吏部侍郎李建泰,副都御史方岳贡,以原官入直阁务。寻闻自成僭号,惊惶益甚,拟驾出亲征,忽接得自成伪檄一道,其文云:

新顺王李,诏明臣庶知悉!上帝监视,实惟求莫,下民归往,祇切来苏。命既靡常,情尤可见。尔明朝久席泰宁,浸弛纲纪,君非甚暗,孤立而炀蔽恒多;臣尽行私,比党而公忠绝少。赂通官府,朝端之威福日移;利擅宗神,闾左之脂膏殆尽。公侯皆食肉纨袴,而倚为腹心,宦官悉龁糠犬豕,而借其耳目。狱囚累累,士无报礼之心;征敛重重,民有偕亡之恨。肆昊天聿穷乎仁爱,致兆民爰苦乎浸灾。朕起布衣,目击憔悴之形,身切痌瘝之痛,念兹普天率土,咸罹困穷,讵忍易水燕山,未苏汤火,躬于恒冀,绥靖黔黎。犹虑尔君若臣未达帝心,未喻朕意,是以质言正告,尔能体天念祖,度德审几,朕将加惠前人,不吝异数。如杞如宋,享祀永延,用章尔之孝;有室有家,民人胥庆,用章尔之仁。凡兹百工,勉保乃辟,绵商孙之厚禄,赓嘉客之休声,克殚厥猷,臣谊靡忒。唯今诏告,允布腹心,君其念哉!罔怨恫于宗公,勿贻危于臣庶。臣其慎哉!尚效忠于君父,广贻谷于身家。檄到如律令!

怀宗阅罢,不禁流涕涔涔,叹息不止。可巧山东佥事雷演祚入朝,讦奏山东总督范志完,纵兵淫掠,及故辅周延儒招权纳贿等情,怀宗遂逮讯志完,下狱论死,并赐延儒自尽,籍没家产。晓得迟了。一面集廷臣会议,欲亲征决战。忽有一大臣出奏道:"不劳皇上亲征,臣当赴军剿贼。"怀宗闻言,不禁大喜。正是:

> 大陆已看成巨浸,庸材且自请专征。

未知此人是谁,且看下回交代。

语曰:"不嗜杀人者能一之。"李闯为乱十余年,忽盛忽衰,终不得一尺寸土,迨用牛金星、李岩等言,稍稍免杀,而从贼者遂日众。可见豪杰举事,总以得民心为要领,凶狡如李闯,且以稍行仁义,莫之能御,况其上焉者乎?张献忠则残忍性成,横行东西,无恶不作,卒至长江一带,无立足地,厥后窜入西蜀,尚得残逞二三年。盖由中原无主,任其偏据一方,莫之过问,蜀中受其涂毒,至数百里无人烟,意者其劫数使然欤?然国必自亡而后人亡之,闯献之乱,无非由明自取,观李闯伪檄,中有陈述明弊数语,实中要肯,君子不以人废言,读之当为怅然!

第九十九回　周总兵宁武捐躯
　　　　　　　明怀宗煤山殉国

却说怀宗令群臣会议,意欲亲征,偏有一大臣自请讨贼,这人就是大学士李建泰。建泰籍隶曲沃,家本饶富,至是以国库空虚,愿出私财饷军,督师西讨。若非看至后文,几似忠勇过人。怀宗喜甚,即温言奖勉道:"卿若肯行,尚有何言?朕当仿古推毂礼,为卿一壮行色。"建泰叩谢,怀宗遂赐他尚方剑。越日,幸正阳门,亲自祖饯,赐酒三卮。建泰拜饮讫,乘舆启程,都城已乏健卒,只简选了五百人,随着前行。约行里许,猛闻得砉然一声,舆杠忽断,险些儿把建泰扑跌,建泰也吃了一惊,不祥之兆。乃易舆出都。忽由山西传来警报,闯军已入山西,连曲沃也被攻陷了。这一惊非同小可,方悔前日自请督师,殊太孟浪,且所有家产,势必陷没,为此百忧齐集,急成了一种怔忡病,勉勉强强的扶病就

第九十九回　周总兵宁武捐躯　明怀宗煤山殉国

道,每日只行三十里。到了定兴,吏民还闭城不纳,经建泰督军攻破,笞责长吏,奏易各官,一住数日,复移节至保定。保定以西,已是流贼蔓延。没有一片干净土,建泰也不敢再行,只在保定城中住着,专待贼众自毙。完了。

怀宗以建泰出征,复命少詹事魏藻德,及工部尚书范景文,礼部侍郎邱瑜,入阁辅政。景文颇有重名,至是亦无法可施。小人之使为国家,灾害并至,虽有善者,亦无如之何矣！怀宗虚心召问,景文亦惟把王道白话,对答了事。此时都外警耗,日必数十起,怀宗日夜披阅,甚至更筹三唱,尚赍黄封到阁。景文等亦坐以待旦,通宵不得安眠。一夕,怀宗倦甚,偶在案上假寐,梦见一人峨冠博带,入宫进谒,且呈上片纸,纸上只书一"有"字,方欲诘问,忽然醒悟,凝视细想,终不识主何兆验。次日与后妃等谈及,大家无非贡谀,把大有富有的意义,解释一遍。嗣复召问廷臣,所对与宫中略同。独有一给事中上言道:"有字上面,大不成大,有字下面,明不成明,恐此梦多凶少吉。"可谓善于拆字。怀宗闻言,尚未看明何人,那山西、四川的警报,接连递入,便将解梦的事情,略过一边。当下批阅军书,一是自成陷太原,执晋王求桂,巡抚蔡懋德以下,统同死节。一是献忠陷重庆,杀瑞王常浩,巡抚陈士奇以下,统同遇害。怀宗阅一行,叹一声,及瞧完军报,下泪不止。各大臣亦面面相觑,不发一言。怀宗顾语景文道:"这都是朕的过失,卿可为朕拟诏罪己便了。"言已,掩面入内。景文等亦领旨出朝,即夕拟定罪己诏,呈入内廷,当即颁发出来。诏中有云:

朕嗣守鸿绪,十有七年,深念上帝陟降之威,祖宗付托之重,宵旦兢惕,罔敢怠荒。乃者灾害频仍,流氛日炽,忘累世之豢养,肆廿载之凶残,赦之益骄,抚而辄叛;甚至有受其煽惑,顿忘敌忾者。朕为民父母,不得而卵翼之,民为朕赤子,不得而怀保之,坐令秦豫邱墟,江楚腥秽,罪非朕躬,谁任其责？所以使民罹锋镝,陷水火,殚量以鏊,骸积成丘者,皆朕之过也。使民输刍挽粟,居送行赍,加赋多无艺之征,预征有称贷之苦者,又朕之过也。使民室如悬磬,田卒污莱,望烟火而凄声,号冷风而绝命者,又朕之过也。使民日月告凶,旱潦荐至,师旅所处,疫疠为殃,上干天地之和,下丛室家之怨者,又朕之过也。至于任大臣而不法,用小臣而不廉,言官首鼠而议不清,武将骄懦而功不奏,皆由朕抚驭失道,诚感未孚,中夜以思,踌躇无地。朕自今痛加创艾,深省厥愆,要在惜人才以培元气,守旧制以息烦嚣。行不忍之政以收人心,蠲额外之科以养民力。至于罪废诸臣,有公忠正直、廉洁干才尚堪用者,不拘文武,吏兵二部,确核推用。草泽豪杰之士,有恢复一郡一邑者,分官世袭,功等开疆。即陷没胁从之流,能舍逆反正,率众来归,许赦罪立功,能擒斩闻献,仍予封侯九赏。呜呼！忠君爱国,人有同心,雪耻除凶,谁无公愤？尚怀祖宗之厚泽，助成底定之大功，思免厥愆，历告朕意。

这道谕旨，虽然剀切诚挚，怎奈大势已去，无可挽回。张献忠自荆州趋蜀，进陷夔州，官民望风逃遁。独女官秦良玉驰援，兵寡败归，慷慨誓众道："我兄弟二人，均死王事，独我一孱妇人，蒙国恩二十年，今不幸败退，所有余生，誓不降贼。今与部众约：各守要害，贼至奋击，否则立诛。"部众唯唯遵令。所以献忠据蜀，独石柱免灾。全国将帅，不及一秦良玉，我为愧死。四川巡抚陈士奇已谢事，留驻重庆，适神宗第五子瑞王常浩，自汉中避难来奔，与士奇协议守御。献忠破涪州，入佛图关，直抵重庆城下。城中守御颇坚，贼穴地轰城，火发被陷。瑞王、士奇等皆被执。指挥顾景，亦为所掳，泣告献忠道："宁杀我！无杀帝子！"献忠怒他多言，竟杀瑞王，并杀顾景，又杀士奇等。天忽无云而雷，猛震三声，贼或触电顿死。献忠指天诟詈道："我要杀人，与你何干！"遂令发巨炮，与天角胜。帝阍有灵，何不殛死这贼？复大杀蜀中士人，尸如山积。后更攻入成都，杀死巡抚龙文光，及巡按御史刘之勃。蜀王至澍，系太祖第十一子椿九世孙，袭封成都。闻城已被陷，率妃妾同投井中，阖室被害。献忠更屠戮人民，惨酷尤甚。男子无论老幼，一概开刀，甚且剥皮醢酱。所掠妇女，概令裸体供淫，且纵兵士轮奸，奸毕杀死。见有小脚，便即割下，叠成山状，名为莲峰。随命架火烧毁，名为点朝天烛。又大索全蜀绅士，一到便杀，末及一人，大呼道："小人姓张，大王也姓张，奈何自残同姓？"献忠乃命停刑。原来献忠好毁祠宇，独不毁文昌宫，尝谓："文昌姓张，老子也姓张，应该联宗。"且亲制册文，加封文昌。不知说的什么笑话，可惜不传。此次被执的人，自己并不姓张，因传闻此事，遂设词尝试，也是命不该绝，竟得活命。献忠复开科取士，得张姓一人为状元，才貌俱佳，献忠很是宠爱，历加赏赐，忽语左右道："我很爱这状元，一刻舍他不得，不如杀死了他，免得记念。"遂将状元斩首。复又悬榜试士，集士子数千人，一齐击死。相传张献忠屠尽四川，真是确凿不虚。或谓献忠是天杀星下凡，这不过凭诸臆测罢了。

献忠入蜀，自成亦入晋，破汾州、蒲州，乘势攻太原。巡抚蔡懋德，与副总兵应时盛等，支持不住，与城俱亡。晋王求桂，系太祖第三子棡十世孙，嗣封太原，竟为所掳，后与秦王存枢，俱不知所终。秦王被掳事见前。自成遂进陷黎晋、潞安，径达代州，那时尚有一位见危致命，百战死事的大忠臣，姓周名遇吉，官拜山西总兵，驻扎代州。硕果仅存，不得不郑重出之。他闻自成兵至，即振刷精神，登城力御，相持旬余，击伤闯众千名。无如城中食尽，枵腹不能杀贼，没奈何引军出城，退守宁武关。自成率众蹑至，在关下耀武扬威，大呼五日不降，即要屠城。遇吉亲发大炮，更番迭击，轰毙贼众万人。自成大怒，但驱难民当炮，自率锐卒，伺隙猛攻。遇吉不忍再击难民，却想了一条计策，密令军

第九十九回　周总兵宁武捐躯　明怀宗煤山殉国

士埋伏门侧，亲率兵开关搦战。贼众一拥上前，争来厮杀，斗不上十余合，遇吉佯败，返奔入关，故意的欲闭关门。巧值贼众前队，追入关中，一声号炮，伏兵杀出，与遇吉合兵掩击，大杀一阵。贼众情知中计，不免忙乱，急急退出关外，已伤亡了数千人。自成愤极，再欲督众力攻，还是牛金星劝他暂忍，请筑起长围，为久困计。果然此计一行，城中坐敝。遇吉遣使四出，至宣、大各镇，及近畿要害，请饷增兵，偏偏怀宗又用了一班腐竖，如高启潜、杜勋等，分任监军，统是观望迁延，揹住不发。怀宗至此尚用这班腐竖，反自谓非亡国之君，谁其信之？遇吉料难久持，只是活了一日，总须尽一日的心力，看看粮食将罄，还是死守不懈。自成知城中力敝，也用大炮攻城，城毁复完，约两三次；到了四面围攻，抢堵不及，遂被贼众捣入。遇吉尚率众巷战，徒步跳荡，手杀数十人，身上矢集如猬，才晕仆地上，仓猝中为贼所得，气息尚存，还喃喃骂贼不已，遂致遇害。遇吉妻刘氏，率妇女登屋射贼，贼纵火焚屋，阖家俱死。城中士民，无一降贼，尽被杀毙。

自成入宁武关，集众会议道："此去历大同、阳和、宣府、居庸，俱有重兵，倘尽如宁武，为之奈何？不如且还西安，再图后举。"牛金星、李岩等，亦踌躇未决，但劝他留住数日，再作计较。忽大同总兵姜瓖，及宣府总兵王承允，降表踵至，自成大喜，即督众起行，长驱而东，京畿大震。左都御史李邦华，倡议迁都，且请太子慈烺，抚军江南，疏入不报。大学士蒋德璟，与少詹事项煜，亦请命太子至江南督军，李建泰又自保定疏请南迁，有旨谓"国君死社稷，朕知死守，不知他往"等语。一面封宁远总兵吴三桂、唐通，及湖广总兵左良玉，江南总兵黄得功，均为伯爵，召令勤王。唐通率兵入卫，怀宗命与太监杜之秩，同守居庸关。又是一个太监。自成至大同，姜瓖即开门迎降，代王传济被杀。传济系太祖第十三子桂十世孙，世封大同，阖门遇害。巡抚卫景瑗被执，自成胁降，景瑗以头触石，鲜血淋漓，贼亦叹为忠臣，旋即自缢。大同已失，宣府当冲，太监杜勋，蟒玉鸣驺，出城三十里，恭迎贼兵。巡抚朱之冯登城誓众，无一应命，乃南向叩头，缢死城楼下。自成遂长驱至居庸关，太监杜之秩，首议迎降，唐通亦乐得附和，开关纳贼。怀宗专任内监，结局如是。贼遂陷昌平，焚十二陵。总兵李守镢战死，监军高启潜遁去，督师李建泰降贼，贼遂直扑都城。都下三大营，或降或溃。

襄城伯李国桢，飞步入宫，报知怀宗，怀宗即召太监曹化淳募兵守城，还要任用太监，可谓至死不悟。且令勋戚大珰，捐金助饷。嘉定伯周奎，系周皇后父，家资饶裕，尚不肯输捐，经太监徐高，奉命泣劝，仅输万金。国戚如此，尚复何言？太监王之心最富，由怀宗涕泣面谕，亦仅献万金，余或千金、百金不等。惟太康伯张国纪，输二万金。怀宗又搜括库金二十万，充作军资。此时守城无一大将，统由太监主持。曹化淳又托词乏饷，所有守陴兵民，每人只给百钱，还要自己造饭。大众买饭为餐，没一个不怨苦连天，哪个还肯尽力？城外炮声连天，响彻宫禁，自成设座彰仪门外，降贼太监杜勋侍侧，呼城上人，愿入城见帝。曹化淳答道："公欲入城，当缒下一人为质，请即缒城上来。"杜勋朗声道："我是杜勋，怕甚么祸祟，何必用质？"降贼有如此威势，试问谁纵使至此？化淳即将他缒上，密语了好多时。无非约降。勋又大胆入宫，极言自成势大，皇上应自为计，怀宗叱令退去。还不杀他。诸内臣请将勋拘住，勋笑道："有秦、晋二王为质，我若不返，二王亦必不免了。"乃纵使复出。勋语守阉王则尧、褚宪章道："我辈富贵自在，何必担忧？"穷此一念，何事不可为？当下缒城自去。曹化淳一意献城，令守卒用空炮向外，虚发硝烟，尚挥手令贼退远，然后发炮。就中只有内监王承恩，所守数堵，尚用铅弹实炮，击死贼众数千人。兵部尚书张缙彦，几次巡视，都被化淳阻住，转驰至宫门，意欲面奏情形，又为内侍所阻。内外俱是叛阉，怀宗安得不死？怀宗还是未悟，尚且手诏亲征，并召驸马都尉巩永固入内，令以家丁护太子南行。也是迟了。永固泣奏道："亲臣不得藏甲，臣那得有家丁。"怀宗麾使退去。再召王承恩入问，忽见承恩趋入道："曹化淳已开彰义门迎贼入都了。"怀宗大惊，急命承恩迅召阁臣。承恩甫出，又有一阉入报道："内城已陷，皇上宜速行！"怀宗惊问道："大营兵何在？李国桢何往？"那人答道："营兵已散，李国桢不知去向。"说至"向"字，已三脚两步，跑了出去。待承恩转来，亦报称阁臣散值。是时夜色已阑，怀宗即与王承恩步至南宫，上登煤山，望见烽火烛天，不禁叹息道："苦我百姓！"言下黯然。徘徊逾时，乃返乾清宫，亲持硃笔写着："成国公朱纯臣，提督内外诸军事，夹辅东宫。"写毕，即命内侍赍送内阁。其实内阁中已无一人，内侍只将硃谕置诸案上，匆匆自去。怀宗又命召周后、袁贵妃，及太子永王、定王入宫。原来怀宗生有七子，长名慈烺，已立为皇太子，次名慈烜，早殇，三名慈炯，封定王，这三子俱系周后所出；第四子名慈炤，封永王，五名慈焕，早殇，俱系田贵妃所出，还有第六第七两子，亦产自田妃，甫生即逝。百忙中偏要细叙，此为详人所略之笔，即如前时所述诸王，亦必表明世系，亦是此意。此时尚存三子，奉召入宫。周后、袁贵妃亦至。怀宗嘱咐三子，寥寥数语，即命内侍分送三人，往周、田二外戚家。周后拊太子、二王，凄声泣别，怀宗泣语周后道："尔为国母，理应殉国。"后乃顿首道："妾侍陛下十有八年，未蒙陛下听妾一言，致有今日，今陛下命妾死，妾何敢不死？"语毕乃起，解带自缢。怀宗又命袁贵妃道："你也可随后去罢！"贵妃亦叩头泣别，自去寻死。怀宗又召长公主到来，公主年甫十五，不胜悲恸。怀宗亦流泪与语道："你何故降生我家？"言已，用左手掩面，右手拔刀出鞘，砍伤公主左臂，公主晕绝地上。袁贵妃自缢复苏，又由怀

第九十九回　周总兵宁武捐躯　明怀宗煤山殉国

宗刃伤左肩，并砍死妃嫔数人。乃谕王承恩道："你快去取酒来！"承恩携酒以进，怀宗命他对饮，连尽数觥，遂易靴出中南门，手持三眼枪，偕承恩等十数人，往成国公朱纯臣第，阍人闭门不纳。怀宗长叹数声，转至安定门，门坚不可启。仰视天色熹微，亟回御前殿，鸣钟召百官，并没有一人到来。乃返入南宫，猛记起懿安皇后，尚居慈庆宫，遂谕内侍道："你去请张娘娘自裁，勿坏我皇祖爷体面。"内侍领旨去讫，未几返报，张娘娘已归天了。怀宗平时，颇敬礼张后，每届元日，必衣冠朝谒。后隔帘答以两拜，至是亦投缳自尽。或谓懿安后青衣蒙头，徒步投成国公第，殊不足信。怀宗复啮了指血，自书遗诏，藏入衣襟，然后再上煤山，至寿皇亭自经，年只三十五岁。太监王承恩，与帝对缢，时为崇祯十七年甲申三月十九日。特书以志明亡。

李自成毡笠缥衣，乘乌骏马，入承天门，伪丞相牛金星，尚书宋企郊等，骑马后随。自成弯弓指门，语牛、宋两人道："我若射中天字，必得一统。"当下张弓注射，一箭射去，偏在天字下面插住，自成不禁愕然。金星忙道："中天字下，当中分天下。"自成乃喜，投弓而入，登皇极殿，大索帝后不得。至次日，始有人报帝尸所在，乃令舁至东华门，但见帝披发覆面，身着蓝袍，跣左足，右朱履，襟中留有遗诏，指血模糊，约略可辨。语云：

> 朕凉德藐躬，上干天咎，致逆贼直逼京师，此皆诸臣误朕，朕死无面目见祖宗于地下。自去冠冕，以发覆面，任贼分裂朕尸，毋伤百姓一人。

自成又索后尸，经群贼从宫中舁出，后身着朝服，周身用线密缝，容色如生，遂由自成伪命，敛用柳棺，覆以蓬厂，寻移殡昌平州。州民醵钱募夫，合葬田贵妃墓。先是禁城已陷，宫中大乱，尚衣监何新入宫，见长公主仆地，亟与费宫人救醒公主，背负而出。袁贵妃气尚未绝，亦另由内侍等救去。宫人魏氏大呼道："贼入大内，我辈宜早为计。"遂跃入御河。从死的宫人，约有一二百名。惟费宫人年方十六，德容庄丽，独先与公主易服，匿眢井中，至闯贼入宫，四觅宫娥，从眢井中钩出费氏，拥见自成。费宫人道："我乃长公主，汝辈不得无礼。"自成见她美艳，意欲纳为妃妾，乃问及宫监，言非公主，乃赐爱将罗某。罗大喜，携费出宫，费宫人又道："我实天潢贵胄，不可苟合，汝能祭先帝，从容尽礼，我便从汝。"罗立从所请，于是行合卺礼。众贼毕贺，罗醉酣始入，费宫人又置酒饮罗，连奉数巨觥，罗益心喜，便语费道："我得汝，愿亦足了。但欲草疏谢王，苦不能文，如何是好？"费宫人道："这有何难，我能代为，汝且先寝！"罗已大醉，欢然就卧。费乃命侍女出房，挑灯独坐，待夜阑人寂，静悄悄的走至榻前，听得鼾声如雷，便从怀中取出匕首，卷起翠袖，用尽平生气力，将匕首刺入罗喉。罗颈血直喷，三跃三仆，方才殒命。读至此，稍觉令人

一快。费氏自语道："我一女子,杀一贼帅,也算不徒死了。"遂把匕首向颈中一横,也即死节。小子有诗咏费宫人道:

> 裙钗队里出英雄,仗剑枭仇溅血红。
> 主殉国家儿殉主,千秋忠烈仰明宫。

还有一段明亡的残局,请看官再阅下回。

怀宗在位十七年,丧乱累累,几无一日安枕,而卒不免于亡。观其下诏罪己,闻者不感,飞檄勤王,征者未赴,甚至后妃自尽,子女沦胥,啮血书诏,披发投缳,何其惨也?说者谓怀宗求治太急,所用非人,是固然矣。吾谓其生平大误,尤在于宠任阉珰,各镇将帅,必令阉人监军,屡次失败,犹未之悟。至三边尽没,仍用阉竖出守要区,宁武一役,第得一忠臣周遇吉,外此无闻焉。极之贼逼都下,尚听阉人主张,勋戚大臣,皆不得预。教猱升木,谁之过欤?我读此回,为怀宗悲,尤不能不为怀宗责。臣误君,君亦误臣,何怀宗之至死不悟也?

第一百回 乞外援清军定乱 覆半壁明史收场

却说费宫人刺死罗贼,便即自刎,贼众排闼入视,见二人统已气绝,飞报自成。自成亦惊叹不置,命即收葬。太子至周奎家,奎闭门不纳,由太监献与自成,自成封太子为宋王。既而永、定二王,亦为自成所得,均未加害。当时外臣殉难,叙不胜叙,最著名的是大学士范景文,户部尚书倪元璐,左都御史李邦华,兵部右侍郎王家彦,刑部右侍郎孟兆祥,左副都御史施邦曜,大理寺卿凌义渠,太常少卿吴麟征,右庶子周凤翔,左谕德马世奇,左中允刘理顺,检讨汪伟,太仆寺丞申佳允,给事中吴甘来,御史王章、陈良谟、陈纯德、赵谌,兵部郎中成德,郎中周之茂,吏部员外郎许直,兵部员外郎金铉等,或自刎,或自经,或投井亡身,或阖室俱尽。勋戚中有宣城伯卫时春,惠安伯张庆臻,新城侯王国兴,新乐侯刘文炳,驸马都尉巩永固,皆同日死难。襄城伯李国桢,往哭梓宫,为贼众所拘,入见自成,自成令降,国桢道:"欲我降顺,须依我三件大事。"自成道:"你且说来!"国桢道:"第一件是祖宗陵寝,不应发掘;第二件是须用帝礼,改葬先皇;第三件是不宜害太子及永、定二王。"自成道:"这有何难?当一一照办!"遂命用天子礼,改葬怀宗。国桢素服往祭,大恸一场,即自经死。还有一卖菜佣,叫作汤之琼,见梓宫经过,悲不自胜,触石而死。江南

第一百回 乞外援清军定乱 覆半壁明史收场

有一樵夫,自号髯樵,亦投水殉难。又有一乞儿,自缢城楼,无姓氏可考,只衣带中有绝命书,是"身为丐儿,也是明民,明朝既亡,我生何为"十余字。正是忠臣死节,烈士殉名,樵、丐亦足千秋,巾帼同昭万古,有明一代的太祖太宗,如有灵爽,也庶可少慰了。插此转笔,聊为明史生光。统计有明一代,自洪武元年起,至崇祯十七年止,凡十七主,历十二世,共二百七十六年。结束全朝。

李自成既据京师,入居大内,成国公朱纯臣,大学士魏藻德、陈演等,居然反面事仇,带领百官入贺,上表劝进。文中有"比尧舜而多武功,迈汤武而无惭德"等语。无耻若此,令人发指。自成还无暇登极,先把朱纯臣、魏藻德、陈演诸人,拘系起来,交付贼将刘宗敏营,极刑榜掠,追胁献金。就是皇亲周奎,及豪阉王之心各家,俱遣贼查抄。周奎家抄出现银五十二万,珍币也值数十万,王之心家抄出现银十五万,金宝器玩,亦值数十万。各降臣倾家荡产,还是未满贼意,仍用严刑拷逼,甚至灼肉折胫,备极惨酷,那时求死不遑,求生不得,嗟无及了,悔已迟了。卖国贼听着! 未几自成称帝,即位武英殿,甫升座,但见白衣人立在座前,长约数丈,作欲击状,座下制设的龙爪,亦跃跃欲动,不禁毛骨俱悚,立即下座。又命铸永昌钱,字不成文,铸九玺又不成,弄得形神沮丧,不知所措,惟日在宫中淫乐,聊解愁闷。

一夕,正在欢宴,忽有贼将入报道:"明总兵平西伯吴三桂,抗命不从,将统兵来夺京师了。"自成惊起道:"我已令他父吴襄作书招降,闻他已经允诺,为什么今日变卦呢?"来将四顾席上,见有一个美人儿,斜坐自成左侧,不禁失声道:"闻他是为一个爱姬。"自成会意,便截住道:"他既不肯投顺,我自去亲征罢!"来将退出,自成恰与诸美人,行乐一宵。次日,即调集贼众十余万,并带着吴三桂父吴襄,往山海关去了。

看官听着! 这吴三桂前时入朝,曾向田皇亲家,取得一个歌姬,叫作陈沅,小字圆圆,色艺无双,大得三桂宠爱。嗣因三桂仍出镇边,不便携带爱妾,就在家中留着。至自成入都,执住吴襄,令他招降三桂,又把陈圆圆劫去,列为妃妾,实地受用。三桂得了父书,拟即来降,启程至滦州,才闻圆圆被掳,怒从心上起,恶向胆边生,当即驰回山海关,整军待敌。可巧清太宗病殂,立太子福临为嗣主,改元顺治,命亲王多尔衮摄政,并率大军经略中原。这时清军将到关外,闯军又逼关中,恁你吴三桂如何能耐,也挡不住内外强敌。三桂舍不掉爱姬,索性一不做,二不休,便遣使至清营求援。为一美人,甘引异族,这便叫作倒行逆施。多尔衮得此机会,自然照允,当下驰至关前,与三桂相见,歃血为盟,同讨逆贼。闯将唐通、白广恩,正绕出关外,来袭山海关,被清军一阵截击,逃得无影无踪。多尔衮又令三桂为前驱,自率清军为后应,与自成在关内交锋。自成兵多,围住三桂,霎时间大风刮起,尘石飞扬,清军乘势杀入,吓得闯军倒退。自成狂叫道："满洲军到了！满洲军到了！"顿时策马返奔，贼众大溃，杀伤无算，沟水尽赤。三桂穷追自成，到了永平，自成将吴襄家属，尽行杀死，又走还京师。怎禁得三桂一股锐气，引导清军，直薄京师城下。自成料知难敌，令将所得金银，熔铸成饼，每饼千金，约数万饼，用骡车装载，遣兵先发，乃放起一把无名火来，焚去宫阙，自率贼众数十万，挟太子及二王西走。临行时，复勒索诸阉藏金，金已献出，令群贼一一杖逐。阉党号泣徒跣，败血流面，一半像人，一半像鬼。阉党昧尽天良，狗彘不若，处以此罚，尚嫌太轻。那时京师已无人把守，即由三桂奉着大清摄政王整辔入城。三桂进了都门，别事都无暇过问，只寻那爱姬陈圆圆。一时找不着美人儿，复赶出西门，去追自成。闯军已经去远，仓卒间追赶不上，偏偏京使到来，召他回都，三桂无奈，只好驰回。沿途见告示四贴，统是新朝安民的晓谕，他也无心顾及，但记念这圆圆姑娘，一步懒一步，挨入都中，复命后返居故第，仍四处探听圆圆消息。忽有一小民送入丽姝，由三桂瞧着，正是那日夕思念的心上人，合浦珠还，喜从天降，还管他甚么从贼不从贼，当下重赏小民，挈圆圆入居上房，把酒谈心，格外恩爱，自不消说。惟此时逆闯已去，圆圆如何还留？闻说由圆圆计骗自成，只说是留住自己，可止追兵。自成信以为真，因将她留下。这是前缘未绝，破镜重圆，吴三桂尚饶艳福，清朝顺治皇帝，也应该入主中原，所以有此尤物呢。冥冥中固有天意，但实由三桂一人造成。清摄政王多尔衮，既下谕安民，复为明故帝后发丧，再行改葬，建设陵殿，悉如旧制。就是将死未死的袁贵妃，及长公主，也访知下落，令她辟室自居。袁贵妃未几病殁，长公主曾许字周世显，寻由清顺治帝诏赐合婚，逾年去世。独太子及永、定二王，始终不知下落，想是被闯贼害死了。结过怀宗子女。京畿百姓，以清军秋毫无犯，与闯贼迥不相同，大众争先投附，交相称颂。于是明室皇图，平白地送与满清。清顺治帝年方七龄，竟由多尔衮迎他入关，四平八稳，据了御座，除封赏满族功臣外，特封吴三桂为平西王，敕赐册印。还有前时降清的汉员，如孔有德、耿仲明、尚可喜、洪承畴等，各封王拜相，爵位有差。

清廷遂进军讨李自成，自成已窜至西安，屯兵潼关。清靖远大将军阿济格，定国大将军多铎，分率吴三桂、孔有德诸人，两路夹攻，杀得自成走投无路，东奔西窜，及遁至武昌，贼众散尽，只剩数十骑入九宫山。村民料是大盗，一哄而起，你用锄，我用耙，砑死了独眼龙李自成，并获住贼叔及妻妾，及死党牛金星、刘宗敏等，送与地方官长，一并处死。李岩已为牛金星所谮，早已被自成杀死，不在话下。红娘子未知尚在否？自成已毙，清廷又命肃亲王豪格，偕吴三桂西徇四川。张献忠正在西充屠城，麾众出战，也不值清军一扫。献忠正要西走，被清将雅布兰，一箭中额，翻落马下。清军踊跃随上，一阵乱刀，剁为肉浆。闯、献两贼,俱恶贯满盈,所以收拾得如此容易。

河北一带,统为清有,独江南半壁,恰拥戴一个福王由崧。由崧为福王常洵长子,自河南出走,见九十六回。避难南下。潞王常淓,亦自卫辉出奔,与由崧同至淮安。凤阳总督马士英,联结高杰、刘泽清、黄得功、刘良佐四总兵,拥戴由崧,拟立为帝。南京兵部尚书史可法,秉性忠诚,独言福王昏庸,不如迎立潞王。偏这马士英意图擅权,正想利用这昏庸福王,借他做个傀儡,遂仗着四总兵声势,护送福王至仪真,列营江北,气焰逼人。可法不得已,与百官迎入南京,先称监国,继即大位,改元弘光,用史可法、高弘图、姜曰广、王铎为大学士,马士英仍督凤阳,兼东阁大学士衔。这谕甫下,士英大哗,他心中本思入相,偏仍令在外督师,大违初愿,遂令高杰等疏促可法誓师,自己拥兵入觐,拜表即行。既入南京,便与可法龃龉,可法乃自请督师,出镇淮扬,总辖四总兵。当令刘泽清辖淮海,驻淮北,经理山东一路;高杰辖淮泗,驻泗水,经理开归一路;刘良佐辖凤寿,驻临淮,经理陈杞一路;黄得功辖滁和,驻庐州,经理光固一路,号称四镇。分地设汛,本是最好的布置,怎奈四总兵均不相容,彼此闻扬州佳丽,都思驻扎,顿时争夺起来。还是可法驰往劝解,才各归汛地。未曾遇敌,先自忿争,不亡何待? 可法乃开府扬州,屡上书请经略中原。弘光帝独信任马士英,一切外政,置诸不理。士英本是魏阉余党,魏阉得势时,非常巴结魏阉,到魏阉失势,他却极力纠弹,做一个清脱朋友。至柄政江南,又欲引用私亲旧党,作为爪牙。会大学士高弘图等,拟追谥故帝尊号,称为思宗,士英与弘图不合,遂运动忻城伯赵之龙,上疏纠驳,略言:"思非美谥,弘图敢毁先帝,有失臣谊。"乃改"思"为"毅"。先是崇祯帝殉国,都中人士,私谥为怀宗,小子上文叙述,因均以怀宗相称,至清廷命为改葬,加谥为庄烈愍皇帝,所以后人称崇祯帝,既称怀宗,亦称思宗、毅宗,或称为庄烈帝,这也不必细表。

且说马士英既反对弘图等人,遂推荐旧党阮大铖。大铖冠带陛见,遂上守江要策,并自陈孤忠被陷,痛诋前时东林党人。他本有些口才,文字亦过得去,遂蒙弘光帝嘉奖,赐复光禄寺卿原官。大学士姜曰广、侍郎吕大器等,俱言大铖为逆案巨魁,万难复用,疏入不报。士英又引用越其杰、田卿、杨文骢等,不是私亲,便是旧党,吕大器上书弹劾,大为士英所恨,遂阴召刘泽清入朝,面劾大器,弘光帝竟将大器黜逐。适左良玉驻守武昌,拥兵颇众,士英欲倚为屏蔽,请旨晋封良玉为宁南侯。良玉与东林党人,素来联络,闻士英斥正用邪,很以为非,即令巡按御史黄澍,入贺申谢,并侦察南都动静。澍陛见时,面数士英奸贪,罪当论死。士英颇惧,潜赂福邸旧阉田成、张执中等,替他洗刷,一面佯乞退休。弘光帝温谕慰留,且令澍速还湖广。澍去后,诏夺澍官,且饬使逮问。良玉留澍不遣,且整兵待衅。

弘光帝是个糊涂虫,专在酒色上用功,暗令内使四出,挑选淑女。内使仗着威势,见有姿色的女子,即用黄纸贴额,牵扯入宫。居然用强盗手段。弘光帝恣情取乐,多多益善。且命太医郑三山,广罗春方媚药,如黄雀脑、蟾酥等,一时涨价。阮大铖又独出心裁,编成一部《燕子笺》,用乌丝阑缮写,献入宫中,作为演剧的歌曲。复采集梨园弟子,入宫演习。弘光帝昼看戏,夜赏花,端的是春光融融,其乐无极。乐极恐要生悲,奈何?刘宗周在籍起用,命为左都御史,再三谏诤,毫不见从。姜曰广、高弘图等,为了一个阮大铖,不知费了多少唇舌,偏弘光帝特别加宠,竟升任大铖为兵部侍郎,巡阅江防。曰广、弘图,及刘宗周等,不安于位,相继引退。士英且再翻逆案,重颁《三朝要典》,一意的斥逐正人,蒙蔽宫廷。史可法痛陈时弊,连上数十本章疏,都是石沉大海,杳无复音。清摄政王多尔衮闻可法贤名,作书招降,可法答书不屈,但请遣兵部侍郎左懋第等,赴北议和。此时中原大势,清得七八,哪肯再允和议?当将懋第拘住,胁令归降。懋第也是个故明忠臣,矢志不贰,宁死毋降,卒为所害。

清豫王多铎,遂率师渡河,来夺南都,史可法飞檄各镇,会师防御。各镇多拥兵观望,只高杰进兵徐州,沿河设戍,并约睢州总兵许定国,互相联络,作为犄角。不意定国已纳款清军,反诱高杰至营,设宴接风,召妓侑酒,灌得高杰烂醉如泥,一刀儿将他杀死,翻天鹞做了枉死鬼,但未知邢氏如何?定国即赴清营报功。清军进拔徐州,直抵宿迁,刘泽清遁去。可法飞书告急,南都反促可法入援。原来宁南侯左良玉,以入清君侧为名,从九江入犯,列舟三百余里。士英大恐,因檄令可法入卫。可法只好奉命南旋,方渡江抵燕子矶,又接南都谕旨,以黄得功已破良玉军,良玉病死,令他速回淮扬。可法忙返扬州,尚拟出援淮泗,清兵已从天长、六合,长驱而来。那时扬州城内的兵民,已多逃窜,各镇兵无一来援,只总兵刘肇基,从白洋河赴急,所部只四百人。至清军薄城,总兵李栖凤,监军副使高岐凤,本驻营城外,不战先降,单剩了一座空城,由可法及肇基,死守数日,饷械不继,竟被攻入。肇基巷战身亡,可法自刎不死,被一参将拥出小东门。可法大呼道:"我是史督师!"道言未绝,已为清兵所害,戎马蹂躏,尸骸腐变。直至次年,家人用袍笏招魂,葬扬州城外的梅花岭,明史上说他是文天祥后身,是真是伪,不敢臆断。南都殉难,以史公为最烈。

惟扬州已下,南都哪里还保得住?清兵屠了扬州,下令渡江,总兵郑鸿逵、郑彩守瓜州,副使杨文骢驻金山,闻清兵到来,只把炮弹乱放,清兵故意不进,等到夜深天黑,恰从上流潜渡。杨、郑诸位军官,到了天明,方知清兵一齐渡江,不敢再战,一哄儿逃走去了。警报飞达南京,弘光帝还拥着美人,饮酒取乐,一闻这般急耗,方收拾行李,挈着爱妃,自通济门出走,直奔芜湖。马士英、阮大铖等,也一并逃去。忻城伯赵之龙,与大学士王铎等,遂大开城门,恭迎清军。清豫王多铎,驰入南都,因是马到即降,特别加恩,禁止杀掠。休息一天,即进兵追弘光帝,明总兵刘良佐,望风迎降。

是时江南四镇,只剩了一个黄得功,他前曾奉命攻左良玉,良玉走死,乃还屯芜湖。会值弘光帝奔到,不得已出营迎驾,勉效死力。隔了一日,清兵已经追到,得功督率舟师,渡江迎战,正在彼此鏖斗的时候,忽见刘良佐立马岸上,大呼道:"黄将军何不早降?"得功不禁大愤,厉声答道:"汝为明将,乃甘心降敌么?"正说着,突有一箭飞来,适中喉间左偏,鲜血直喷,得功痛极,料不可支,竟拔箭刺吭,倒毙舟中。史公以外,要推黄得功。总兵田雄,见得功已死,起了坏心,一手把弘光帝挟住,复令兵士缚住弘光爱妃,送至对岸,献入清营。一位风流天子,只享了一年艳福,到了身为俘虏,与爱妃同解燕京,眼见得牺牲生命,长辞人世。江南一带,悉属清朝,遂改应天府为江宁府。大明一代,才算得真亡了。点醒眉目,作为一代的结局。

后来潞王常淓,流寓杭州,称为监国,不到数月,清兵到来,无法可施,开门请降。故明左都御史刘宗周,绝粒死节。鲁王以海,自山东航海避难,转徙台州,由故臣张国维等,迎居绍兴,亦称监国,才历一年,绍兴为清兵所陷,以海遁入海中,走死金门。唐王聿键,前因勤王得罪,幽居凤阳,南都称帝,将他释放,他流离至闽,由郑芝龙、黄道周拥立为帝,改元隆武。明贼臣马士英、阮大铖二人,私降清军,导入仙霞关,唐王被掳,自尽福州。马、阮两贼,也被清军杀死。马、阮之死,亦特别提明,为阅者雪愤。唐王弟聿𨮁,遁至广州,由故臣苏观生等,尊他为帝,改年绍武,甫及一月,清军入境,聿𨮁又被掳,解带自经。桂王由榔,系神宗子常瀛次子,常瀛流徙广西,寓居梧州,南都已破,在籍尚书陈子壮等,奉他监国,未几病殁,子由榔曾封永明王,至是沿称监国,寻称帝于肇庆府,改元永历。这永历帝与清兵相持,迭经苦难,自清顺治三年起,直熬到顺治十六年,方弄得寸土俱无,投奔缅甸。居缅两年,由清降将平西王吴三桂,用了兵力,硬迫缅人献出永历帝,把他处死。明室宗支,到此始尽。外如故明遗臣,迭起迭败,不可胜记,最著名的是郑芝龙子郑成功。芝龙自唐王败殁,降了清朝,独成功不从,航海募兵,初奉隆武正朔,继奉永历正朔,夺了荷兰人所占的台湾岛,作为根据,传了两世,才被清军荡平。小子前编《清史演义》,把崇祯以后的事情,一一叙及。清史出版有年,想看官早已阅过,所以本回叙述弘光帝,及鲁、唐、桂三王事,统不过略表大纲,作为《明史演义》的残局。百回已尽,笔秃墨干,但记得明末时代,却有好几首吊亡诗,凄楚呜咽,有巫峡啼猿的情景,小子不忍割爱,杂录于后,以殿卷末。诗曰:

盈廷抛旧去迎新,万里皇图半夕论。
二百余年明社稷,一齐收拾是阉人。

画楼高处故侯家,谁种青门五色瓜?
春满园林人不见,东风吹落故宫花。

风动空江羯鼓催,降旗飘飐凤城开。
将军战死君王系,薄命红颜马上来。

词客哀吟石子冈,鹧鸪清怨月如霜。
西宫旧事余残梦,南内新词总断肠。

　　本回举三桂乞援,清军入关,闯、献毙命,南都兴废,以及鲁、唐、桂三王残局,统行包括,计不过五千余字,得毋嫌其略欤?曰非略也。观作者自道之言,谓已于《清史演义》中一一叙明,此书无庸复述。吾谓即无清史之演成,就明论明,亦应如是而止,不必特别加详也。盖明史尽于怀宗,《明史演义》即应以怀宗殉国为止,后事皆与清史相关,当列诸清史中以分界限。不过南都半壁,犹可为明室偏安之资,假令弘光帝励精图治,任贤去邪,则即不能规复中原,尚可援东晋、南宋之例,绵延十百年,谓为非明不可得也。自南都破而明乃真亡,故本回犹接连叙下。至如鲁、唐、桂三王,僻处偏隅,万不足与满清抗衡,约略叙及,所以收束全明宗室,简而不漏,约而能赅,全书以此为终回,阅者至此,得毋亦叹为观止乎?

中国历朝通俗演义

清史演义

《清史演义》自序

革命功成，私史杂出，排斥清廷无遗力；甚且摭拾宫闱事，横肆讥议，识者哂焉。夫使清室而果无失德也，则垂至亿万斯年可矣，何至鄂军一起，清社即墟？然苟如近时之燕书郢说，则罪且浮于秦政隋炀，秦、隋不数载即亡，宁于满清而独永命，顾传至二百数十年之久欤？昔龙门司马氏作《史记》，蔚成一家言，其目光之卓越，见解之高超，为班、范以下诸人所未及，而后世且以谤史讥之；乌有不问是非，不辨善恶，并置政教掌故于不谭，而徒采媟亵鄙俚诸琐词，羼杂成编。即诩诩然自称史笔乎？以此为史，微论其穿凿失真也，即果有文足征，有献可考，亦无当于大雅；劝善惩恶不足，鸷奸导淫有余矣。鄙人自问无史才，殊不敢妄论史事，但观夫私家杂录，流传市肆，窃不能无慊于心，憬然思有以矫之，又自愧未逮；握椠操觚者有日，始终不获一编。而孰知时事忽变，帝制复活，筹安请愿之声，不绝于耳，几为鄙人所不及料。顾亦安知非近人著述，不就其大者立论，胡人犬种，说本不经，卫女狐绥，言多无据；鉴清者但以为若翁华胄，夙无秽闻，南面称尊，非我莫属；而攀鳞附翼者，且麇集其旁，争欲借佐命之功，博封王之赏，几何不易君主为民主，而仍返前清旧辙也。窃谓稗官小说，亦史之支流余裔，得与述古者并列；而吾国社会，又多欢迎稗乘。取其易知易解，一目了然，无艰僻渊深之虑。书籍中得一良小说，功殆不在良史下；私心怦怦，爰始属稿而勉成之。自天命纪元起，至宣统退位止，凡二百九十七年间之事实，择其关系最大者，编为通俗演义，几经搜讨，几经考证，巨政固期核实，琐录亦必求真；至关于帝王专制之魔力，尤再三致意，悬为炯戒。成书百回，凡五六十万言，非敢妄拟史裁，以之供普通社会之眼光，或亦国家思想之一助云尔。稿甫就，会文堂迫于付印，未遑修饰，他日再版，容拟重订，阅者幸勿诮我疏略也。是为序。中华民国五年七月，古越蔡东藩自识于临江书舍。

清代世系图

第一回　溯往事慨谈身世
　　　　　述前朝细叙源流

　　"帝德乾坤大，皇恩雨露深。"开场白若庄若谐，寓有深意，读者莫被瞒过。这联语是前清时代的官民，每年写上红笺，当作新春的门联，小子从小到大，已记得烂熟了。曾记小子生日，正是前清光绪初年间，当时清朝虽渐渐衰落，然全国二十余行省，还都是服从清室，不敢抗命；士读于庐，农耕于野，工居于肆，商贩于市，各安生业，共乐承平，仿佛是汪洋帝德，浩荡皇恩。比今日何如？到小子五六岁时，尝听父兄说道："我国是清国，我辈便是清朝的百姓。"因此小子脑筋中，便印有清朝二字模样。嗣后父兄令小子入塾，读了赵钱孙李，念了天地玄黄，渐渐把清朝二字，也都认识。至《学》、《庸》、《论》、《孟》统共读过，认识的字，差不多有三五千了，塾师教小子道："书中有数字，须要晓得避讳！"小子全然不懂，便问塾师以何等字样，应当避讳？塾师写出玄字，烨字，胤字，弘字，颙字，𬣞字，指示小子道："此等字都应缺末笔。"又续写歷字，宁字，淳字，随即于歷字，宁字，淳字旁，添写一曆字，甯字，湻字，指示小子说道："歷字应以曆字恭代，宁字应以甯字恭代，淳字应以湻字恭代。"小子仍莫名其妙，直待塾师详细解释，方知玄字烨字是清康熙帝名字，胤字是清雍正帝名字，弘字歷字是清乾隆帝名字，颙字是清嘉庆帝名字，宁字、𬣞字、淳字是清道光、咸丰、同治帝的名字，人民不能乱写，所以要避讳的。这等塾师也算难得了。

　　后来入场考试，益觉功令森严，连恭代的字，都不敢写，方以为大清统一中原，余威震俗，千秋万岁，绵延不绝，可以与天同休了。虚写得妙。谁知世运靡常，兴衰无定，内地还称安静，海外的风潮，竟日甚一日。安南缅甸，是中国藩属，被英法两国夺去，且不必说。清朝原是慷慨得很。忽然日本国兴兵犯界，清朝遣将抵御，连战连败，没奈何低首求和，银子给他二百四十兆两，又将东南的台湾省，澎湖群岛，双手捧送，日本国方肯干休。过了两三年，奉天省内的旅顺大连湾，被俄国租占了去，山东省内的胶州湾，被德国租占了去，胶州湾东北的威海卫，被英国租占了去，广东省内的广州湾，被法国租占了去，而且内地的矿山铁路，也被各国占去不少。这便叫作国耻。

　　嗣是清朝威势全失，外患未了，内忧又起，东伏革命党，西起革命军，扰乱十多年，清廷防不胜防；后来武昌发难，各省响应，竟把那二百六十八年的清室推翻了，二十二省的江山光复了。自此以后，人人说清朝政治不良，百般辱骂；甚至说他是犬羊贱种，豺虎心肠，又把那无中生有的事情，附会上去，好像清朝的皇帝，无一非昏淫暴虐，清朝的臣子，无一非卑鄙龌龊，这也未免言过其实呢。平心之论。我想中国的人心，实在是靠不住的，清朝存在的时候，个个吹牛拍马，说他帝德什么大，皇恩什么深，到了清室推翻，又个个批他一钱不值，这又何苦？帝王末路大都如是。小子无事时，曾把清朝史事，约略考究，有坏处，也有好处；有淫暴处，也有仁德处；若照时人所说，连两三年的帝位，都保不牢，如何能支撑到二百六十多年？是极是极。不过转到末代，主弱臣庸，朝政浊乱，所以民军一起，全局瓦解。现在清朝二字，已成过去的历史，中国河山，仍然照旧，要想易乱为治，须把清朝的兴亡，细细考察，择善而从，不善则改，古人说的"殷鉴不远"便是此意。揭出全书宗旨，何等正大光明，不比那寻常小说家，瞎三话四，乱造是非。

闲文少表，且说清朝开基的地方，是在山海关外沈阳东边，初起时，只一小小村落，聚群而居，垒土为城，地名鄂多哩，人种叫作通古斯族，他的远祖，相传是唐虞以前，便已居住此地，称为肃慎国，帝舜二十五年，肃慎国进贡弓箭，史册上曾见过的。传到后代，人口渐多，各分支派，大约每一部落，戴一首领，多生得骨格魁梧，膂力强壮，并且熟习骑射，百步穿杨；赵宋时代，金太祖阿骨打，是他族内第一个出色人物，开疆拓土，直到黄河两岸，宋朝被他搅扰的了不得。后来蒙古兴起，金邦渐衰，蒙古与南宋联兵，将他吞灭，还有未曾死亡的遗族，逃奔东北，伏处海滨，经过了二百多年，又产出一个大人物来；这个人物，说是天女所生，真正奇事！天女如何下降，不知与天孙织女作何称呼？小子尚不敢凭空捏造，是从史籍上翻阅得来：天女生在东北海滨长白山下，有姊妹三人，长名恩古伦，次名正古伦，幼名佛库伦，三人系出同胞，相亲相爱。只是塞外风俗，与内地不同，男子往来游牧，迁徙无常，女子亦性情活泼，最爱游玩。一日，姊妹三人，散步郊原，到了长白山东边，有一座布库里山，洞壑清幽，别有一种可人的景致；那时正是春风澹荡，春日迷离，黄鸟双飞，绿枝连理，暗藏春色。三人欢喜非常，便从山下蹀躞前行，约里许，但见一泓清水，澄碧如镜，两岸芳草茸茸，铺地成茵，真是一副好床褥。就假此小坐。佛库伦天真烂漫，春兴正浓，就约两姊妹解衣洗浴。浴未毕，忽闻鸟声嘎喈前来，三人昂首上观，约有两三只灵鹊，仿佛像姊妹花一般。绝妙对偶。就中有一鹊吐下一物，不偏不倚，正坠在佛库伦衣上，佛库伦眼快手快，急忙拾取，视之，乃一可口的食物。是何物耶？试掩卷猜之！她也不辨名目，就衔在口内，两姊问她所拾何物，她已从口中囫囵下，模糊答道："是一颗红色的果子。"拾到便吃，真是一个半开化的女子。两姊也不及细问，遂各上岸，着好衣服，缓步同归。谁知佛库伦服了此药，肚子竟膨胀起来，她自己也不知所以。到十个月后，竟产出一

第一回　溯往事慨谈身世　述前朝细叙源流

男,不但状貌魁奇,并且语言清楚,佛库伦不忍抛弃,就在家中抚养。

光阴迅速,襁褓婴儿,竟作髫年童子。只是佛库伦无夫而孕,未免惹人议论,幸而穷荒草昧,人迹稀少,始得抚育成人。可见天女之说,本来荒诞。儿名叫作布库里雍顺,系是佛库伦所取,因她在布库里山下,食了朱果,以致孕育,所以特地将布库里三字,作为儿名,留一纪念。布库里雍顺,到了十多岁,颖悟非凡,自念有母无父,当属何族,遂问他母亲佛库伦。佛库伦命以爱新觉罗四字。爱新觉罗,是长白山下居民的土音。其后布库里雍顺遗裔建一满洲国,遂相传为满洲语,若作汉文解说,爱新与金字同音,觉罗即姓氏意义,布库里雍顺的族系,即此可以明白了解。佛库伦是否天女,小子也不消细说了。以不解解之。

且说布库里雍顺渐渐长大,也学些骑马射箭的技艺,闲暇时又在河边折柳编筏。看官！你道他折柳编筏,是何意思？他是具有大志,暗想穷居草莽,终究没有生色,若将柳条编成一筏,可以驾筏出游。果然天下无难事,总教有心人！柳条越编越多,越多越大,居然成了一叶扁舟,布库里雍顺喜不自禁,就轻轻在筏上坐住,顺着河流,飘扬而去。英雄冒险,胆大敢为,冥冥中亦像有风伯河神,当先引导,竟把那布库里雍顺送到一个安乐的地方。这是乘风破浪的模样。

原来长白山东南有一大野,名叫鄂谟辉,野中有一村落,约数十百家,这数十百家内,只分三姓,习成强悍,专喜械斗,因此自相残杀,连岁不休。近时中国内地村民,亦有好械斗者,岂亦为三姓遗风所传染耶？一笑。一日,有女子汲水,见一柳筏,随流漂至,其间有青年男子,端坐在内,顿时骇异非常,急忙回告父兄。那时父兄即临河眺望,果然岸旁有一少年,头角峥嵘,仪表英伟,不觉失声道:"这是天生神人。"随即引之登陆,问从何来？布库里雍顺从容对答,说是天女所生,由长白山下至此。霎时间哄动乡间,无论男女老幼,一齐出观,见了布库里雍顺,都道这个好郎君,真正难得。于是各邀布库里雍顺至家,仿佛一桃花源。东牵西扯,几至大家争论起来,还是布库里雍顺从旁劝解,说我初到此地,辱承待爱,自当次第谒候。又指汲流女子的父兄道:"我与他相见最早,理应先到他家,问候起居。"众人见他举止谦恭,吐属风雅,便个个叹服,一无异言。布库里雍顺就随了汲流女子的父兄,直至家内。那家格外优待,饷以酒食;饮半酣,座上老人更详问氏族,布库里雍顺一一还答。老者又问已婚未,布库里雍顺答言未婚。老者即起身入室,半晌间引一少女出室来前。走近视之,虽是乡村弱质,倒也体态端方。未知亦是天女否？仔细端详,就是汲流女子。老者嘱女子对答行礼,布库里雍顺亦离座作答。礼毕,女子转身入室,老者便对布库里雍顺道:"小女伯哩年将及笄,如蒙不弃,愿附姻好。"布库里雍顺不得不推逊一番。老者执意不允,布库里雍顺方与老者行翁婿礼。老者拟择日成婚,自是布库里雍顺就住在此家。暇时到村中各家问讯,村人见他彬彬有礼,无不欢迎。

到了吉日,一对小夫妻,谐了眷属,大众都到老者家贺喜。顿时高朋满座,佳客盈门,就中有一个白发朱颜的老丈,对主人道:"好一个小郎君,被你家夺作女婿。"又向众人道:"这是圣人出世,到吾村内,也算是阖村幸福。吾村连岁械斗,弄得家家不安,人人耽忧,现在不若奉此小郎君为主,一切听他指挥,倒可解怨息争,安居乐业,大众以为何如?"众人听这一席言语,个个鼓掌赞成,欢声如雷。也不待布库里雍顺允与不允,竟一齐请他上坐,奉他作为部长,呼为贝勒。布库里雍顺得此天假的奇缘,遂运用智谋,部勒村居人民,建设堡寨,创造鄂多哩城,成了一个爱新觉罗部,作满洲开基的始祖。后人有诗赞道:

  峨峨长白映无垠,朱果祥征佛库伦。
  集庆星源三百载,觉罗禅亦衍云礽。

布库里雍顺后,传了数代,又出一个惊天动地的人物,比布库里雍顺似还强得多哩。看官!你道是谁?且少待片刻,容小子下回报名。

是回为全书总冒,将下文隐隐呼起,并将作书总旨,首先揭示。入后叙满洲源流。运实于虚,亦有弦外深意,确是开宗明义之笔。

成为帝王,败即寇贼,何神之有?我国史乘,于历代开国之初,必溯其如何祯祥,如何奇异,真是谬论。是回叙天女产子、朱果呈祥等事,皆隐隐指为荒诞,足以辟除世人一般迷信,不得以稗官小说目之。

第二回 丧二祖誓师复仇
　　　　合九部因骄致败

却说布库里雍顺所建的鄂多哩城,在今辽宁省勒福善河西岸,去宁古塔西南三百多里,此地背山面水,形势颇佳,究竟是小小部落,无甚威名。当时明朝统一中原,定都燕京,只在山海关附近设防,塞外荒地,视同化外;就是比鄂多哩城,阔大几倍,也不暇去理保,何况这一个小小土堡呢?谁知深山大泽,实生龙蛇,自布库里雍顺开基后,子子孙孙,相传不绝,其间虽迭有兴衰,

第二回 丧二祖誓师复仇 合九部因骄致败

到了明朝中叶,出了一个孟特穆,智略过人,把祖基格外恢拓,渐渐西略,移住赫图阿拉地。赫图阿拉在长白山脉北麓,后来改名兴京便是。

孟特穆四世孙名叫福满,福满有六子,第四子觉昌安,继承先业,居住赫图阿拉城,还有五子,亦各筑城堡,环卫赫图阿拉,统称宁古塔贝勒。觉昌安率领各贝勒,攻破邻近部落,拓地渐广,生了数子,四子名塔克世,娶喜塔喇氏为妇,这喜塔喇氏并非天女,呼应得妙。偏生出一个智勇双全、出类拔萃的儿子来。这人就是大清国第一代皇帝,清朝子孙,称为太祖,努尔哈赤是他英名。众儿郎喝一声采。他出世时,祖、父俱存。他有一个堂姊,是觉昌安女孙,出嫁与古埒城阿太章京,已有数年,不料明朝遣总兵李成梁,驻守辽西,阴忌觉昌安,招诱图伦城主尼堪外兰,合兵围攻古埒城。这古埒城地方狭小,哪里当得住大军,连忙差人到觉罗部求救。觉昌安得报,恐女孙被陷,遂与塔克斯带领全部兵士,驰救古埒城,与敌兵接仗,不分胜负。阿太章京见救兵已到,开城迎入,城中得了一支生力军,人心少安。

觉昌安上城巡视,不分昼夜,每日指挥部众,极力防御。忽见城下一人,扣马而至,大呼开门,觉昌安从上俯视,其人非他,乃图伦城主尼堪外兰也。原来尼堪外兰,旧隶觉昌安部下,因此相识。便问汝来何意?答言闻主子到此,特来禀见。觉昌安见无随兵,即开门纳入。尼堪外兰既入城,至觉昌安前,即抱膝请安。觉昌安命之起坐,问何故联明攻城?尼堪外兰婉言谢罪,并云:"前未知古埒城主,与主子有亲,故敢冒犯,今闻主子远道驰救,方识有婚姻关系;现已向明李总兵前,盛说主子威德及人,不宜与敌,李总兵已愿退兵,若主子再令古埒城主,向明廷岁献方物,李总兵且当上表明廷,请给主子封爵,管领建州。"明称长白山部为建州卫。觉昌安道:"汝言果真么?"尼堪外兰急得发誓道:"如有狂言,愿死乱刀之下。"大诈似信。觉昌安大喜,令阿太章京设宴相待,席间叙谈。尼堪外兰极力趋承,越说得天花乱坠,什么龙虎将军印,什么建州卫都督敕书,不由觉昌安不信。喜人家拍马屁,总要吃亏。饮毕,辞去。次日城下各军,果然齐退。阿太章京见敌军退尽,拜谢觉昌安父子救援之恩,一面备办盛筵,款待觉昌安父子,一面烹羊宰猪,犒飨军士。大众饮得酩酊大醉,至晚各自鼾睡。醉死梦生。谁知蓦地里炮声大震,喊杀连天,众人从睡梦中惊醒,不识何处大兵,从天而下,身不及披衣,而头已断,手不及持刃,而臂已离,纷纷扰扰的一夜,城中的兵民,多半向鬼门关上挂号报到;觉昌安父子及阿太章京两夫妻,也亲亲热热,一淘儿归阴去了。趣语。古人说得好:"福兮祸倚,乐极悲生。"只为觉昌安误信奸言,遂中了尼堪外兰的诡计。到此方说出原因。

是时努尔哈赤年方二十五岁,因祖、父二人往援古埒城,常着人探听消息,先接到明军撤围的音信,颇自安心,嗣后续闻警耗,至祖、父被害一节,不觉大叫一声,晕倒于地。颇有孝思。及众人救醒,放声大哭。连他伯叔兄弟,都各凄然。当下检查武库,只留遗甲十五副,一一携出,指示伯叔兄弟,提出复仇二字,哀恳臂助。那时伯叔兄弟,自然感愤得很,分着遗甲,一拥出城,向东而去。君父之仇,不共戴天,此举不谓无名。

且说尼堪外兰用诡计袭破古埒城,携了些金银财宝,搬回图伦,终日流连酒色,任情取乐。想是活得不耐烦了。忽报努尔哈赤兵到,顿觉仓皇失措,勉强招集部众,出城对敌。努尔哈赤不待图伦兵列阵,即纵马直出。当先踹入敌阵中,部众乘势跟上,逢人便杀,见首辄斫,仿佛是生龙活虎一般,图伦兵从未见过这般厉害,霎时间纷纷退走。尼堪外兰见事不妙,忙拍转马头,落荒逃走。此时恰无计可施了。努尔哈赤追赶不及,收兵入图伦城,下令降者免死。城内外兵民,闻此号令,都投首乞降。休息一天,复发兵追寻尼堪外兰,终无下落。旋探知尼堪外兰已窜入明边,乃回赫图阿拉城,修书致明朝边吏,书中大意,是请归祖、父丧,及拿交尼堪外兰。明边吏将此书上达明廷,此时正在明朝万历年间,老成凋谢,佞人用事,文武各官,多半是酒囊饭袋,误国该死。见了此书,就纷纷议论起来:有的说是万不能允的;有的说是允他一半。嗣经执掌朝纲的大员,以李成梁无故兴兵,亦属非是,但执送尼堪外兰,有损国威,不若归丧给爵,买他欢心为是。神宗皇帝准了此议,遂令差官奉敕三十道,马三十匹,建州卫都督册书一函,龙虎将军印一颗,并送还觉昌安父子的棺木。若此,努尔哈赤,也算是万分荣幸了。

差官到了赫图阿拉城,努尔哈赤以礼迎入,北向受封。是已有君臣之分了。只因尼堪外兰未曾拿交,仍央差官回请。差官去后,待至数月,毫无音响。努尔哈赤复仇心切,镇日里招兵买马,大修战具,分黄红蓝白四旗,编成队伍,旌旗变色,壁垒生新。一日升帐宣令,饬部下头目,排队出发,直指明边。众头目请道:"此去攻明,必须经过某某部落,须先向假道方可。"努尔哈赤道:"不必!有我当先开路,汝等紧随便是。"大众无言可说,便跟着努尔哈赤出城。车驰马骤,风驰电掣,所过各部落,毫无防备,由他进行;稍强横的部民,拦阻马头,不是被刀杀死,便是被箭射死。太不讲理!行了数日,距明境只三十里,努尔哈赤便命部众停住,扎好了营,令队长齐萨率壮士数十人,往明境叩关,索交尼堪外兰。是时明总兵李成梁,已由明廷谴责,说他无端启衅,褫职回籍。调了一个新总兵,懦弱无能,闻觉罗部遣众叩关,惊慌得了不得,不得已派一属弁,与军士百人,出城与齐萨会议。齐萨所说的,无非是索交尼堪外兰,否则兵戎相见,差弁无可辩驳,只得唯唯而还。也是尼堪外兰恶贯满盈,命数该绝,正在城中探听消息,踯躅前行,无巧不成话,偏与差弁相遇;差弁即

第二回　丧二祖誓师复仇　合九部因骄致败

将他骗入署中,禀明总兵,一声呼喝,将尼堪外兰反绑起来,推入囚车,遣两役异出,像扛猪的扛了去,趣绝。扛到郊外,送交清营。当由垂辫的兵役数名,从囚车内一把抓出,拖入帐中,尼堪外兰已魂飞天外,但闻得一声惊堂木,接连有"你这骗贼,也有今日"两语,正思开目张望,可奈乱刃交下,血晕心迷,霎时间一道魂灵,归入地府,适应了前日誓言。一报还一报,骗子究竟做不得,假愿也是罚不得。

自是努尔哈赤与明朝和好,每岁输送方物,明廷亦岁给银八百两,蟒缎十五匹,并许彼此人民互市塞外。

这觉罗部渐渐富强,名为明朝藩属,实是明朝敌国;句中有眼。远近部落,又被他并吞不少。那时这雄心勃勃的努尔哈赤,乘着这如日方升的气象,想统一满洲,奠定国基,当命工匠兴起土木,建筑一所堂子,作为祭神的场所。工匠等忙碌未了,忽掘起一块大碑,上有六个大字,忙报知努尔哈赤。努尔哈赤不见犹可,见了碑文,暗觉惊诧异常。他却阳为镇定,仔细摩挲了一回,突然向工人道:"这妖言不足信,快与我击断此碑!"确肖雄主口吻。看官!你道这碑文是如何说?乃是"灭建州者叶赫"六字。煞是可惊,隐为后文伏笔。此碑既由工人击断,努尔哈赤始退回帐中,心中却闷闷不乐。次日来了一个外使,说是奉叶赫贝勒命,来此下书,努尔哈赤暗想道:"偌大这叶赫部,乃竟来与我作对么?"踌躇了一会,方唤来使入帐。来使呈上书信,努尔哈赤展视之,但见书上写着:

叶赫国大贝勒纳林布禄,致书满洲都督努尔哈赤麾下:尔处满洲,我处扈伦,言语相通,势同一国,今所有国土,尔多我寡,盍割地与我?

努尔哈赤看到此句,不由的怒气上冲,将来书扯得粉碎,掷还来使,并向来使说道:"我国寸土寸金,就使汝主首级来换,也是不允。"说罢,命左右逐出来使。使者抱头鼠窜而去。努尔哈赤即于次日出城阅兵,严行部勒,详申军律,并命军士日夜操练,专待叶赫兵到,与他厮杀。有备无患。

且说叶赫国在满洲北方,与哈达、辉发、乌拉三部,互为联络,名扈伦四部,明朝称他为海西卫。又以哈达居南,叫作南关,叶赫居北,叫作北关。叶赫为扈伦大国,清灭叶赫,始及明境,故叙述较详。叶赫最强,又与明朝互通聘问,明朝亦略给金帛,令他防卫塞外。叶赫主纳林布禄闻努尔哈赤统一满洲,料他具有大志,宜趁势力未足的时候,剪灭了他,方无后虞,思想也自不错,可惜没有能力。只是无故不能发兵,遂想出下书的计策,借些因头,作为发兵的话柄。到了差人回国,将努尔哈赤的言语,一一传达,纳林布禄勃然道:"有这样大言,我明日便去灭除了他。"差人道:"主子不要轻觑满洲,他部下多是勇夫,不容易对仗呢!"纳林布禄道:"你休长他人志气,灭自己威风!看你爷明日踏平满洲哩。"越会说大话,越是没用。次日,便差各将弁四路下书,纠合远近各部,合攻满洲,事成当平分满洲土地。过了数日,哈达、辉发、乌拉三部,各率三千兵到叶赫;又过了数日,长白山下的珠舍哩、讷殷二部,已有复书,说已各发兵二千,在中途等候;又过了数日,蒙古的科尔沁、锡伯、卦勒察三部,或发兵一千,或发兵一千五百,也到叶赫境内。是时纳林布禄欢喜异常,忙把部下的兵卒,一齐发出,除老弱不计外,统计有一万多人,会合各部联军,祭旗出发。途中又会着长白山下二部兵士,共得三万多人,浩浩荡荡,杀奔满洲来。写得有声有色,以衬下文努尔哈赤之能。

惊报传到努尔哈赤耳中,即饬兵士驻守札喀城,阻住叶赫各部兵来路。纳林布禄到了札喀城,望见城上旗帜鲜明,刀枪森竖,料知有备,令军士退后三里,扎定营寨。次日,有探马来报,说满洲主努尔哈赤带领全部人马,扎住古垺山,纳林布禄全不在意。原来札喀城在赫图阿拉西北六十里,城右有古垺山,蜿蜿蜒蜒,包围大城。兵法云:"倚山为寨。"所以努尔哈赤在山下立营。纳林布禄不知占夺此山,已输了一着。又次日,纳林布禄正准备迎敌,闻报敌兵已到,即出帐上马,率军对仗。但见前面来的满洲军,只有百余骑,老少不一,带兵的头目,也没有十分骁勇。分明是诱敌的兵。他在马上大笑道:"这样小妮子,也想同我对仗,真是满洲的气数。"慢着!话未毕,旁闪出一将道:"人人说满洲强盛,看这等老弱残兵,教咱们一队兵士,已杀他片甲不留,各部将弁,都可休息,主子更不必劳动呢。"纳林布禄视之,乃是叶赫西城统领,名叫布塞,即大喜道:"你去罢!"布塞便率队上前,呐一声喊,直扑满洲军,满洲军不与交战,竟向后退去。其诈可知。布塞一马当先,乘势追赶,只见满洲军都退入山谷中,布塞也不管好歹,追入山谷。粗莽之至。忽喊声大起,一彪军从谷内拥出,截住布塞厮杀,正酣斗间,科尔沁部统领明安亦率部兵追至,他恐布塞得了首功,故急急赶来。满洲军见布塞得了援军,又纷纷退走。此路伏兵,乃是诱敌。布塞仍策马前进,明安率兵紧随,转了一坡,又过一坡,越走越险,越险越窄。走入死路去了。刺斜里喊声又起,复来一彪军,将布塞、明安的兵,截作两段,前面的满洲军,也回转身来,夹攻布塞。布塞军顿时大乱,忽有一将持刀突入,到布塞马前,布塞措手不及,被他一刀劈于马下。部下军士,无处逃生,都做了刀头之鬼。真正片甲不留。明安知前军被截,急忙退走。确是胜不相让、败不相救的情形。不想满洲军已满山遍野的掩杀前来,明安只得纵马而逃,不顾山路上下,拼命的奔走。忽闻扑塌一声,马被陷入淖中,明安急忙下马,轻轻的抓上山壁,已是拖泥带水的要不得,他便弃了鞍马,带爬带走的逃了去。要想争功,便落到这般田地。

当时纳林布禄信了布塞的言语,回到帐中,满望捷报,忽听帐外喊声震地,急上马出视,正遇着一彪雄军,为首的一员大将,眉现杀气,眼露威棱,手中持一大刀,旋风般杀将来。看官!你道是谁?就是满洲主努尔哈赤。此处方现。纳林布禄忙拔刀对敌,战了三五回合,不是努尔哈赤的对手。正惶急间,旁边走过了布占泰,是乌拉部贝勒的兄弟,见纳林布禄刀法散乱,忙向前敌住,纳林布禄才一歇手,猛听得大喝一声,布占泰已被努尔哈赤活擒了去。这纳林布禄吓得魂不附体,忙转身向寨后逃走,各部兵见主寨已破,尚有何心再与抵敌,人人丧魄,个个逃生。正是:

　　　　一声鼙鼓喧天日,八面威风扫地时。

不知纳林布禄得逃脱与否,且待下回说明。

　　图伦城主尼堪外兰,与叶赫部主纳林布禄,名为满洲之仇敌,实皆满洲之功臣。自古英雄豪杰,不经心志之拂乱,未必能奋发有为,故敌国外患之来,实磨砺英豪之一块试金石也。本回上半截,叙努尔哈赤之勇,下半截,述努尔哈赤之智,智深勇沉,信不愧为开国主,然皆由激励而成。古所谓生于忧患、死于安乐者,于此可见矣。文中运实于虚,写得英采动人,确是妙笔。

第三回　　祭天坛雄主告七恨
　　　　战辽阳庸帅覆全军

　　却说纳林布禄从寨后逃走,直驰至数十里,不见满洲军,方教停住。少顷,喘息已定,各部兵亦逐渐趋集,约略检点,三停里少了一停,自己部下,且丧失一半;正在垂头丧气,忽见一人踉跄奔入,正是科尔沁部统领明安,尚未行礼,即大哭道:"全部军士都败没了,贵统领布塞闻已战死了。"纳林布禄也忍不住垂泪道:"可惜可恨!不想努尔哈赤有这般厉害。"晓得迟了。旋与各部统领,商量和战事宜,大众怵于前创,都是赞成和议。纳林布禄无计可施,只得遣使求和,彼此往来商议,约定和亲,叶赫主的侄女,拟嫁与努尔哈赤的代善,西城统领布塞的遗女,即献与努尔哈赤为妃,才算暂时了结。赔了夫人又折兵。

　　努尔哈赤得胜班师,尚恨长白山下二部,结连叶赫,趁势蚕食,把他灭亡。前时擒住的布占泰,因他降顺,给了他一个宗女,放他回国。嗣后布占泰复被叶赫主煽惑,服从叶赫,叶赫主又故意出攻哈达,令哈达向满洲借兵,唆使半路埋伏,歼灭满军。谁知努尔哈赤已瞧破机关,暗率部兵,绕道至哈达城,混入城中,活擒了哈达部长孟格布禄。叶赫主闻此计不成,遣使到明朝,令归还哈达部长,努尔哈赤因明使相请,将孟格布禄子武尔古岱放还,武尔古岱从此归服满洲,努尔哈赤又收服了辉发部,并乘势讨布占泰,攻入乌拉城。布占泰逃至叶赫,努尔哈赤接还宗女,差人向叶赫索布占泰。叶赫主不允,反把这许字满洲的侄女,另嫁蒙古。看官!你想这努尔哈赤,到此还肯忍耐吗?此段看似琐屑,却是不能不叙。只是努尔哈赤想攻叶赫,偏这明朝屡次出来帮护,努尔哈赤就背了明朝,自己做了满洲皇帝,比做建州卫都督,原强得多了,然不可谓非背明。筑造宫殿,建立年号,叫作天命元年,这正是明朝万历四十四年的事情。前数回不点年号,此处因满洲已建国称帝,故大书特书。自此以后,努尔哈赤就是清国太祖高皇帝,小子作书到此,也只得称他作满洲太祖,把努尔哈赤四字,暂时搁起。此后都说满洲太祖,为醒目计,非贡谀也。

太祖有十多个儿子,第八子皇太极最聪颖,太祖便立他为太子。还有二子,亦是非常骁勇,一名多尔衮,一名多铎,后来入关定鼎,全仗这二人做成,这且慢表。单说满洲太祖,自建国改元后,招兵添械,日事训故,除黄红蓝白四旗外,加了镶黄镶红镶白镶蓝四旗,共成八旗,分作左右两翼,准备了两年有余,锐意出发,他想不入虎穴,焉得虎子,欲灭叶赫,不如先攻明朝,遂于天命三年四月,择日誓师,决意攻明。命太子皇太极监国,自率二万劲旅,到天坛祭天。当由司礼各官,爇烛焚香,恭行三跪九叩首礼,读祝官遂朗诵祝文道:

满洲国主臣努尔哈赤谨昭告于皇天后土曰:"我之祖父,未尝损明边一草寸土,明无端起衅边陲,害我祖父,恨一也;明虽起衅,我尚修好,设碑立誓,凡满汉人等,无越疆圉,敢有越者,见即诛之,见而故纵,殃及纵者。讵明复渝誓言,逞兵越界,卫助叶赫,恨二也;明人于清河以南,江岸以北,每岁窃逾疆场,肆其攘夺,我遵誓行诛,明负前盟,责我擅杀,拘我广宁使臣纲古里方吉纳,胁取十人,杀之边境,恨三也;明越境以兵助叶赫,俾我已聘之女,改适蒙古,恨四也;柴河、三岔、抚安三路,我累世分守,疆土之众,耕田艺谷,明不容刈获,遣兵驱逐,恨五也;边外叶赫,获罪于天,明乃偏信其言,特遣使臣遗书诟詈,肆行凌侮,恨六也;昔哈达助叶赫二次来侵,我自报之,天既授我哈达之人矣,明又党之,胁我还其国,已而哈达之人,数被叶赫侵掠,夫列国之相征伐也,顺天心者胜而存,逆天意者败而亡,岂能使死于兵者更生,得其人者更还乎?天建大国之君,即为天下共主,何独构怨于我国也?初扈伦诸国,合兵侵我,天厌扈伦启衅,惟我是眷,今助天谴之叶赫,抗天意,倒置是非,妄为剖断,恨七也。欺凌实甚,情所难堪,因此七大恨之故,是以征之。谨告。"

第三回　祭天坛雄主告七恨　战辽阳庸帅覆全军

诵毕,便望燎奠爵,外面已吹起角声,催师出发。太祖离了天坛,骑了骏马,御鞭一指,部众齐行,一队一队的向西进发。

师行数日,由前队报说,距明边抚顺城,只二三十里了。太祖便扎住营帐,正拟遣将攻城,忽有一书生求见,自称系明朝秀才;太祖唤入,见他状貌魁奇,已有三分羡慕;及与他谈论,语语中入心坎,不由的击节叹赏;就赐他旁坐,问及姓氏里居。秀才道:"仆姓范名文程,字宪斗,沈阳人氏。"清朝得国,都是汉人引导进来,范文程就是首魁。太祖道:"我闻得中原宋朝,有个范文正公,名叫仲淹,是否秀才的远祖?"文程答道:"是。"太祖道:"我已到此,距抚顺城不远,抚顺的守将,姓甚名谁?"文程道:"姓李名永芳。"太祖问李永芳本领如何?文程道:"没甚本领。"太祖道:"这是一鼓可下了。"文程道:"以力服人,何如以德服人?确是书生口吻。明主且不必用兵,请先给他一封书信,劝他投降,他若顺从,何劳杀伐。"太祖喜道:"这却仗先生手笔。"文程应命作书,一挥而就。太祖大悦,便道:"我国正少一个文馆的主持,劳你任了此责,参赞军机。"文程叩首谢恩。次日,太祖即遣将到抚顺城下,射进书信,率队而退。这抚顺守将李永芳,本是个没用的人物,他闻满洲军入境攻城,已吓得没了主意,及见此信,召集文武各官,会议了一夜,竟商就了"惟命是从"四字。亏他大众想出。翌晨开城迎接,为首的跪在城下,恭递降册,就是为明守土的李永芳。太抢苦人。太祖命侍卫接了降册,策马入城,部军一齐随入。幸亏得范先生一言,城中的百姓,总算不遭杀戮,太祖便记范文程为首功,更命诸贝勒格外敬礼,称先生而不名,从此大家都呼文程为范先生。保全百姓之功,也不可没。

满洲兵休息三日,忽报广宁总兵张承荫,领了三路兵马,来夺抚顺了。太祖问李永芳道:"张承荫系何等样人?"李永芳答言:"是一员勇将。"太祖道:"既是勇将,想必不肯投顺,不若先发制人为妙。"遂一面派兵守城,一面发兵迎敌。离城约十里,闻报明军已相去不远,太祖仍命部众前进。此时明总兵张承荫,正与左翼副将颇廷相,右翼参将蒲世芳,率军前来,两阵对圆,人人酣战,恰是棋逢敌手,将遇良材,张承荫也是不弱。自日中至傍晚,两边都余勇可贾,不肯退兵。忽然天色昏暗,一阵大风从西北吹来,猛扑明军,明军正支持不住,接连又是数阵狂飚,把明军的旗帜,刮去了好几面。岂非天乎?满洲军占住上风,格外精神抖擞,如泰山压顶般驱入明军,那时明军不由的退走,任你张承荫胆力过人,也自禁止不住。当下且战且退,适值路旁有山,正思觅径而入,为扼守计。忽山侧闪出一支满洲军,大叫道:"满洲贝勒多铎在此,敌将何不下马受缚?"来得突兀。原来满洲太祖见战明军不下,特派多铎绕出后面,夹攻明军。承荫腹背受敌,无心恋战,只得杀开血路,领兵前走。可奈天色昏暮,不辨南北,满洲军又紧追不舍,惹起承荫血性,与颇、蒲二将道:"战亦死,不战亦死，不如与他拼命，就使死了，也不失为大明忠臣。"可敬可佩。于是三将复转身抵敌，舍命冲突。满洲军恰不防他出此一着，前面的兵士，被他杀死无数。俄听一声鼓响，满洲军阵内万弩齐发，箭如飞蝗，可怜三员勇将见危致命，俱死于乱箭之下。死且不朽。

这败报传到明京，神宗大惊，召见群臣，问京外将帅，何人可御胡虏？大学士方从哲保荐了一个人材，姓杨名镐。神宗准奏，立即召见，授兵部尚书，赐他尚方宝剑，往任辽东经略。看官！你道这杨镐是什么角色？他是河南商丘县人，前任佥都御史，曾充朝鲜经略，万历二十五年的时候，倭寇犯朝鲜，杨镐奉朝命往援，打了一个败仗，诡词报捷；后来调抚辽东，又是乱杀边民，被御史奏参，革去官职；此时复起任边防，难道他的谋略，能敌得过清太祖努尔哈赤么？堂堂一个大明帝国，偏用了这等欺君罔上的臣子，去做统兵的元帅，哪得不破？哪得不亡？极大议论。

杨镐既到辽东，闻报沈阳南面的清河堡，又被满洲军夺去，守将邹储贤、张旆两人，统已战死。副将陈大道、高炫逃回辽东，见了杨镐，杨镐却仗着声威，请出尚方宝剑，把二逃将斩首示众。逃将可诛，不当死于杨镐之手。每日檄令附近将士，赶紧援辽！自己却按兵不动。大学士方从哲，闻他逗留不进，常发红旗催他出战。杨镐没法，只得领兵出塞，好在四处已到了许多兵马。叶赫兵也来了二万名，朝鲜兵又来了二万名，杨镐便派作四路，分头前进。中路分左右两翼，左翼兵委山海关总兵杜松统带，从浑河出抚顺关。右翼兵委辽东总兵李如柏统带，从清河出鸦鹘关。又令开原总兵马林，合了叶赫兵，从开原出三岔口，叫作左翼北路军。辽阳总兵刘綎合了朝鲜兵，从辽阳出宽甸口，叫作右翼南路军。四路军共二十多万，他却虚张声势，说有四十七万，吓不倒努尔哈赤，奈何？满望仗此大兵，攻入满洲。预先与四路将官，定约于满洲国东边二道关会齐，进攻赫图阿拉，这正明万历四十七年二月间时事。这次战事，为明清兴亡关键，所以详叙时日。

先一月间，天空中出现一颗长星，光芒四射，天文家称作蚩尤星，说是主兵，又说是不祥之兆。小子未曾研究星学，只援据历史，人云亦云便了。说明得妙。到了二月，塞外一带，大雪飘飘，明军在途，受了无数辛苦，人马大半冰冻，只好缓缓前行。独有山海关总兵杜松，仗着膂力，想立首功，令军士冒雪西进；到了浑河，冰冻未开，杜松驱兵径渡，河中冰冻忽解，溺死军士多名。渡至对岸，有满洲军两三小队，上前拦截。怎禁得杜军一股锐气，乱杀乱斫，顿时纷纷退走。杜军争先追赶，约里许，见前面有座高山，满洲败军，统向山谷中退去。杜松恐山内设有埋伏，暂止不追，令军士堵住谷口。也自仔细，然作者因恐与前回重复，故作此活笔。一面饬役侦探，回报满洲兵聚集界藩城。杜松遂

第三回　祭天坛雄主告七恨　战辽阳庸帅覆全军

把军士分作两支，一支仍令堵住谷口，一支由自己亲领，直攻界藩城。

原来杜军屯留山谷，叫作萨尔浒山，此山距界藩城，约有数里。界藩城筑在铁背山上，系满洲要塞，满洲太祖正令兵役一万五千，运石添筑，此时闻杜军进攻，急遣长子代善，引二旗兵去防界藩城；自率六旗兵四万五千人，直攻萨尔浒明营。到了萨尔浒山正当日中，两军相遇，不及答话，便列阵开战，霎时天地晦冥，咫尺间不辨人影。明军点起火炬，与满洲军酣斗，谁知明军从明击暗，箭弹只射中柳林，满洲军由暗击明，箭弹都射着明军，这明军不知不觉的倒毙了无数。满洲军乘势驱杀过来，刀斩斧劈，好像削瓜切菜一般，眼见得明军七零八落了。

这时候的杜松正领兵到吉林崖，与铁背山相近，忽听后面喊声大起，满洲大贝勒代善，带了二旗兵杀来。杜松急命后军作前军，前军作后军，与满洲军混战。未分胜败，骤闻后军复纷纷大乱，界藩城的兵役，也一齐杀到。杜松忙命后军又作前军，迎截界藩城兵。杜松也算能手。正在你死我活的相拼，不料深林中又冲出一支人马，把杜军夹断。杜军已是腹背受敌，哪里禁得三面夹攻？杜松方舍命突围，飕的来了一箭，正中心窝，坠马而死。众军见无主帅，逃的逃，死的死，弄得干干净净。完了一路。看官！你道深林中人马，从哪里来的？这便是满洲太祖扫平萨尔浒明营，派来夹攻杜松的兵。至此叙明。

开原总兵马林方出三岔口，闻得杜军败没，一面飞报杨镐，一面倚山立营，停止前进。天色将晚，山上忽驰下满洲军，杀入营内，马军不及防备，自相溃乱；监军潘宗颜，还想整军前敌，不意向前数步，头颅已被削去了半个。马林急忙奔窜，还算逃出了一个性命。完了二路。

这个辽东总兵李如柏，最是没用，说将起来，益发可笑。百忙中着此闲笔。他是慢慢的出了清河，到了虎栏关，猛听得关外山上，吹起螺来，山谷响应，木叶震动，仿佛有千军万马，追杀前来。李如柏忙令退军，军士也道满洲兵杀到，各自逃生，互相践踏，恰死了一千多人。其实山上并没有什么敌兵，只满洲军二十名，上山侦探，见明军出关，作鸣螺状，偏偏这个没用的李如柏上了他的当。完了三路。

独有辽阳总兵刘铤，曾经过数十百战，有万夫不当之勇，手持镔铁刀百二十斤，绰号叫作刘大刀，他已深入三百里，连攻下三个营寨，直入栋鄂路，望见前面有一山，山上有一军扎住，龙旌凤旆，护着銮驾，他想这不是满洲国王的扈军么？当即横刀跃马，跳上冈来，来杀满洲太祖。满洲太祖正由萨尔浒移兵至此，猛见刘铤上冈，急命军士下迎。刘铤舞起镔铁大刀，左右盘旋，确是有些凶勇，即满洲军抵死拦阻，只杀得一个平手。刘铤暗想仰面上攻，实是费力，不如退至冈下，与他鏖战，便将大刀一摆，率军士下冈。满洲军亦随下，自午至暮,杀得难解难分,两军都有些疲倦起来。惟刘綎越战越勇,全无惧怯。忽有一彪军杀到,万炬齐明,刘綎从火光中望将过去,但见大旗上书一杜字,不觉喜道:"杜总兵到来助我,是天使我灭满洲了。"休作妄想!话未毕,一将已到马前,头戴金盔,身穿铁甲,正是一员明将,只面目恰不认识,刚思动问。那来将先问道:"你莫非就是刘大刀?"刘綎应声未完,来将手起刀落,劈刘綎于马下。奇极怪极。众军急来相救,已是不及,只见杀入的杜军,随手乱杀,弄得明军茫无头绪,自相屠戮,一时间全军尽没。四路都完结了。小子凑了四句俚言,作为刘大刀的定论:

奉命西征胆气豪,大刀示勇姓名高。
臣心原是忠明者,可惜胸中欠六韬。

毕竟杀刘綎者是谁,看官不必滋疑,待小子下回道来。

满洲太祖以七恨誓师,未必无深文周纳之言,然明之无端起衅,亦不得谓无咎。自满洲出兵以后,复用一庸驽之杨镐,经略辽东,委二十万军于辽塞,是非明之自取其亡耶?明之亡在此,满洲之兴亦即在此。是此回为明清兴亡关键,故作者亦叙述独详,不稍渗漏。

第四回　熊廷弼守辽树绩
　　　　王化贞弃塞入关

却说刘綎被杀,全军丧亡,大众入柱死城中,还是莫明其妙。实则夹入的杜军,统是满洲军假冒。满洲大贝勒代善,杀尽杜军,得了盔甲旗帜,教军士改装,扮作杜军模样,从界藩城来应太祖,巧巧碰着两军恶战,他便竖起杜字旗帜,蹿入刘綎军中。刘綎深入敌境,尚未悉杜军败耗,还道来的是真杜军,因此中计,猝被杀死。从此刘大刀已化作两段,明朝失去了一员勇将,防边愈觉无人。可为朱氏一哭。

那时经略杨镐,还因马林败报,飞速檄止刘綎、李如柏两军,过了数日,只有李如柏领军回来。还算是他。马林因逃还开原后,坚守不出;是年六月,满洲军乘胜进攻,马林颇效死抵御,其后内无粮草,外无救兵,终被满洲军攻破,马林巷战死节,开原失守,铁岭亦不保了。明廷御史交章劾奏杨镐,说他丧师误国,罪无可赦。杨镐固无可赦,而言官亦只能以成败论人,奈何?朝命拿杨镐入京,令兵部侍郎熊廷弼代任经略。

第四回　熊廷弼守辽树绩　王化贞弃塞入关

熊廷弼系湖北江夏人氏，身长七尺，素有胆略，至是奉命出京，途中闻开原失守消息，叹道："盈廷大臣，不知边事，一味主战，以致如此。"遂即缮就奏折，遣使赍京，折中略道：

> 臣闻辽左京师肩背，河东辽镇腹心，开原又河东根本，开原今已破，则北关难保，朝鲜亦不可恃，辽河亦何可守？乞速遣将备刍粮，修器械，毋窘臣用，毋缓臣期，毋中格以阻臣气，毋旁挠以掣臣肘，毋独遗臣以艰危，以致误臣误辽兼误国也。谨奏。

奏入，神宗报允，并赐尚方宝剑，令便宜行事。

廷弼出山海关，见难民纷纷逃来，停车细问，方知铁岭又失，沈阳吃紧，居民为避难计，因此西奔；遂用好言抚慰，令他随回辽阳，不必惊慌。难民乃随了前行。将到辽阳，遇着逃将数人，缚住正法；逃兵令回城赎罪。既入城，复劝告百姓一番。当即督率军士，造战车，备火器，修葺城池，招集流亡；复冒雪出巡，至沈阳修城阅兵，并自制一篇痛哭淋漓的祭文，亲祭阵亡将士。随祭的军士，都感激涕零。自有此一番振作，辽、沈得以渐固。不愧将材。又请聚兵十八万，分守要地，任他智勇双全的满洲太祖，也没法摆布，这正是熊经略守辽的政绩。有此良将，不能长用，明之亡也无疑。

满洲太祖见辽、沈无隙可乘，便移兵去攻叶赫。叶赫主纳林布禄已死，其弟金台石袭位，闻满洲军将到城下，忙集兵保守东城，并知照西城贝勒布扬古赶紧守御，互相援应。不几日满洲军已到，直逼东城，一攻一守，两不相下，满洲太祖固是能军，金台石颇也不弱。适西城遣军来援，被满洲太祖分兵杀败，追至城下，围住西城，东城守兵，望见满洲军已去了一半，略一宽懈，不防满洲军已缘梯而上，城上急掷矢石，已是不及，反被满洲军残杀多人，未死的守兵，统下城逃走。金台石闻城已被陷，登台死守，并纵火自焚屋宇。奈满洲军蜂拥前来，一齐杀入台中，金台石冒死突围，猛被一箭射倒，被满洲军擒拿而去。全城已破，满洲太祖入城升帐，由军士推上金台石。金台石怒气勃勃，语多不逊，恼得太祖性起，喝令枭首。但听金台石厉声道："我生前不能抗满洲，我死后无如则已，死若有知，定不使叶赫绝种，将来无论传下一子一女，总要报此仇恨。"颇是好汉，且预为后文伏笔。语未竟而首已落。太祖即令多尔衮拾起金台石首级，挑在竿上，往西城招降。

西城贝勒布扬古，系布塞的儿子。布塞的女儿，曾献与满洲太祖为妃，上回已交代明白，此番闻东城已破，惶急的了不得，经多尔衮在城下招降，用了一片顾念亲谊的话儿，说动了布扬古的心，又把金台石的首级，示作榜样，威吓利诱，不怕布扬古不拜倒马前。布扬古降了妹丈，忘却父仇，有愧金台石多矣。

西城一降，叶赫遂亡，满洲太祖心已快慰，把从前的碑文，撇在脑后，哪里晓得二百年后，复生出一桩大祸祟呢？这且慢表，小子又要讲那熊廷弼了。

熊廷弼守辽三年，人民安堵，鸡犬不惊，偏偏神宗、光宗，相继晏驾，嗣位的称号熹宗，用了一个太监魏忠贤，搅乱朝纲，暗中嫉忌熊廷弼，遣吏科给事中姚宗文，到辽、沈阅兵。白面书生，何知军务？这分明是遣他需索。偏这熊廷弼抗傲性成，不但没有馈献，抑且不甚礼貌，姚宗文甚为恚恨，阳为阅兵，阴已定稿；回朝后，即结了一班狐群狗党，诬劾廷弼。廷弼闻知，大加叹息，便拜本辞职。朝旨允准，换了一个袁应泰来代廷弼。

应泰是进士出身，曾升任巡抚，为人颇是精敏，但不是用兵能手。既到辽东，见廷弼待下甚严，他却格外放宽，把旧制更张了好几条。适值蒙古大饥，部民多入塞乞食，应泰抚慰饥民，令在部下当兵，居住辽、沈二城。小不忍则乱大谋，为此一大失着，辽、沈人民，又要遭劫了。妇人之仁，安可为将？

这满洲太祖灭了叶赫，正愁没法图辽，得了这个消息，喜不自胜，即发兵进攻沈阳。沈阳总兵贺世贤，忙登陴守御，并着人飞报袁应泰。应泰刚想三路出师，规复清河、抚顺，得了此报，急调集诸军，拟援沈阳。忽一探马来报道："沈阳失守，贺总军殉节。"此处用虚写。应泰大惊，及问明细底，方知沈阳有蒙人内应，贺世贤为他所卖，以致与城俱亡；这都是应泰害他。当下顿足自悔，急饬亲兵搜查城内蒙民，果得了好几封通敌书信，当即一一正法，令军士沿城掘濠，沿濠环列火器，以便守御，自率总兵侯世禄、姜弼、梁仲善等，出城五里迎战。

满洲军前队已到，梁仲善不分皂白，拍马杀入，侯世禄、姜弼恐梁有失，即上前接应，不料敌兵放进梁仲善，截住侯世禄、姜弼。侯、姜二人，几次冲阵，都被敌阵中射回。霎时间一声呐喊，满洲军并力上前，突入明军阵内。明军支撑不住，望后退走，袁应泰手刃逃兵数人，仍不济事，用宽的坏处。只得退入城中；检点军士，已丧失三分之一，侯、姜二将，又身负重伤，梁仲善一去不还，想总是阵亡了。火焦鬼安得复生？

袁应泰还仗着城濠深广，分陴固守，谁知到了次日，满洲军已将城西大闸掘开，把濠中水一泄无余，军士竟渡濠攻城，分作左右两翼，左翼兵奋勇直上，时已日暮，应泰列炬拒战，自暮至旦，守城兵士，多半伤亡，兵官牛维曜、高出等，不知去向，城中大乱。翌晨，右翼兵又陆续登城，应泰避入城北镇远楼，邀巡按御史张铨至，流涕道："我为经略，城亡俱亡。公文官无城守责，宜急去，退保河西，图后举。"张铨道："公知忠国，铨岂未知？"应泰无言，挂了剑印，悬梁毕命。还是忠臣。张铨见应泰已死，亦解带自缢。满洲军上镇远楼，见两人高悬梁上，就一齐解下，抬至满洲太祖前。太祖失声道："好两个忠臣！"语尚未已，但见张铨两眼活动，尚有生气，忙令军士用姜汤灌救。张铨徐徐醒来，望见上面坐着一位大头目，料是满洲主子，便道："何不杀我？"太祖劝他归降，张铨道："生作大明臣，死作大明鬼。"可敬！太祖道："忠臣忠臣，杀之何忍？"遂纵令还署。张铨既返署中，北向辞阙，西向辞父母，复自缢死。背主事仇者，对此曾知愧否？太祖命军士好好埋葬。

辽阳既下，辽东附近五十寨，及河东大小七十余城，皆望风投降。这信传到明廷，众明臣又记起熊廷弼来，熹宗亦有悔意，悔已迟了！命将姚宗文削职，仍召熊廷弼还朝，出任辽东经略。廷弼上三方布置策，以广宁一方为陆路界口，拟用马步军驻守，以天津、登莱二方为沿海要口，拟各用舟师驻守。熹宗准奏，仍赐尚方宝剑，且于五里外赐宴钱行。

廷弼谢恩出朝，即日就道，出山海关，到了广宁，文武各官，统出城迎接，辽东巡抚王化贞亦来相见，寒暄既毕，共商战守事宜。化贞拟分兵防河，廷弼欲固守广宁，言下未免争论起来。廷弼慨然道："今日之事，只有固守广宁一策，广宁能守，关内外自可无虞，若分兵防河，势单力弱，一营不支，诸营皆溃，尚能守么？"言之甚当。化贞终不以为然，怏怏而退。廷弼申奏朝廷，请实行三方分置策，化贞亦上沿河分守议。明廷依廷弼言，把化贞奏议搁起，化贞愈加不乐。廷弼又致书化贞，再言沿河分守之非，化贞不答。

歇了数天，辽阳都司毛文龙，有捷报到广宁说，已攻取镇江堡，化贞大喜，亟议乘胜进兵。廷弼不可，化贞径自出奏。大略谓："东江有毛文龙可作前锋，降敌之李永芳今已知悔，愿作内应，蒙古兵可借助四十万，此时不规复辽、沈，尚待何时？愿假臣六万精兵，一举荡平，与景延广十万横磨剑相似。惟请朝廷申谕熊廷弼毋得牵掣。"此奏一上，廷弼已探闻消息，遂由广宁回山海关。化贞专待朝旨一下，指日进兵。不多日朝使已到，令化贞专力恢复，不必受熊廷弼节制。廷弼亦受朝命，令他进驻广宁，作化贞后援。化贞带了广宁十四万兵士，渡河西进，廷弼不得已，亦出驻右屯。此时廷弼兵只有五千，徒拥经略虚名，心中愤闷已极，遂抗奏道：

  臣以东西南北所欲杀之人，适遘事机难处之会，诸臣能为封疆容，则容之，不能为门户容，则去之，何必内借阁部，外借抚道以自固！

奏上，明廷留中不发。廷弼连章数上，大旨谓："经、抚不和，恃有言官；言官交攻，恃有枢部；枢部佐斗，恃有阁臣。今无望矣。"语语切直，激怒政府，正欲罢廷弼，专任化贞，不防化贞已经败回。看官！欲知化贞败回的缘故，待小子一一叙来。

化贞率领大兵渡河，满望得胜奏凯，第一次出兵，走了数十里，并不见敌，只得引回；第二、三次，也是这般；直到五次，依旧不见一人。李永芳毫无信息，蒙古兵也没有到来，化贞却安安稳稳的过了一年。至熹宗二年正月，满洲军西渡辽河，进攻西平堡，守堡副将罗一贯飞报化贞，化贞亟遣游击孙得功、参将祖大寿、总兵祁秉忠，带兵往援。至半途遇总兵刘渠，奉廷弼命来援西平堡，四将会师前进，到平阳桥，闻报西平堡失守，副将罗一贯阵亡，得功欲走回广宁，刘渠、祁秉忠二人，却是血性男儿，不肯中止，且欲进复西平堡，得功勉强相随，陆续过桥。不数里，见前面尘头大起，满洲军已整队而至。刘渠、祁秉忠等，忙率兵前敌，独得功按兵不动。刘、祁二将，正与满洲军厮杀，忽闻梆子声响，敌军中万矢齐发，伤了明军数百名。明军方拟持盾蔽矢，后面大声叫道：“兵已败了，为何不逃？难道兄弟们不要性命吗？”这声一发，好像楚歌四起，人人惊惶，霎时间逃去一半，刘渠、祁秉忠舍命遮拦，已是截留不住，眼见得兵残力竭，以死报国。人生自古谁无死？留取丹心照汗青。但是后面的大声，发自何人？诸君一猜，便晓得是狼心狗肺的孙得功。该骂。得功本是王化贞心腹，化贞倚作长城，谁料他见了满兵，吓得心胆俱落；又恨刘、祁二公，硬要争先杀敌，因此未败叫败，摇乱军心。他却早早逃回，扬言敌兵薄城，居民闻信惊惶，相率移徙出城。得功暗想，一不做，二不休，索性缚住了王化贞，作为赘仪，做个满洲的大员，也自威风，就在城内扎定了兵，专待满洲兵到，作为内应。化贞视他为心腹，他却要化贞的脑袋，险极奸极！

　　化贞尚全然不知，阖着署门，整理文牍，从容得很。忽有人排闼入道：“事急矣，请公速行！”化贞仓皇失措，也不知为着何故，只是抖个不住。那人也不及细讲，竟拉住化贞上马，策鞭出城。行了数里，化贞方望后一看，随着的是总兵江朝栋，并仆役两人，他尚莫明其妙，只管自摸头颅。直到了大凌河，见有一支人马疾驱前来，为首的一员大帅，威风凛凛，正是辽东经略熊廷弼，写熊廷弼处，仍不减声色。化贞到此，方稍觉清楚，仔细一想，惭愧了不得，顿时下马大哭。是村妇丑态，不意得之王化贞。廷弼笑道：“六万军一举荡平，今却如何？”快人快语，然却是廷弼短处。化贞闻了此言，益发号啕不止。廷弼道："哭亦何益？熊某只有五千兵，今尽付君，请君抵挡追兵，护民入关。"化贞此时，进退两难，欲与廷弼回救广宁。廷弼道："迟了迟了。"语未毕，探马来报，孙得功已将广宁献与满洲，锦州、大小凌河、松山、杏山等城，都已失陷。廷弼急令化贞尽焚关外积聚，护难民十万人进山海关。败报达明京，给事中侯震旸、少卿冯从吾、董应举等，奏请并逮廷弼、化贞以伸国法。熹宗也不明功罪，即日降旨，将化贞、廷弼拿交刑部下狱。黑暗之至！

　　当日御史左光斗，推荐东阁大学士孙承宗，督理军务。熹宗准奏，遂命承宗为兵部尚书。承宗高阳人，素知兵，既受兵部职，即上表奏道：

迩年兵多不练，饷多不核，以将用兵，而以文官操练，以将临阵，而以文官指挥，以将备边，而日增置文官于幕，以边任经抚，而日问战守于朝，此极弊也。今当重将权，择沉雄有气略者，授之节钺，如唐任李、郭，自辟置偏裨以下，边事小胜小败，皆不必问，要使守关无阑入，而徐为恢复之计。

熹宗览奏，深为嘉纳。喜怒不常，确肖庸主状态。是时王在晋继任辽东经略，请于山海关八里铺地方，添筑重关；并请岁给粮饷百万，招抚关外诸蒙部。朝议未决，承宗自请往视，由熹宗特许，出关相度形势，与在晋所见不合，回奏在晋不足恃，筑重关不如筑宁远城。原来宁远城为关外保障，宁远有失，山海关亦觉孤危，所以孙承宗主筑宁远，不筑重关。熹宗准奏，就令孙承宗督师蓟、辽，照例赐尚方剑一口，由御跸亲送承宗启行。

承宗拜辞御驾，径至宁远，更定军制，申明职守；以马世龙为总兵官，令游击祖大寿守觉华岛，副将赵率教守前屯，遂于宁远附近，筑堡修城，练兵十一万，造铠仗数百万，开屯田五十顷，兵精粮足，壁垒森严。他在辽坐镇四年，关内外固若苞桑，不失一草一木。偏这妒功忌能的魏忠贤，又在皇帝老子前，阴行媒蘖。他起初尚想联络承宗，固结权势，暗中私馈无数物品，嗣经承宗尽行却还，反抗疏弹劾。此老别有肺肠。看官！你想这魏忠贤尚肯干休么？第一着下手，先谗杀熊廷弼，传首九边；冤哉枉也。第二着就泣谮承宗，说他兵权太重，将有异图。自此承宗迭次奏陈，大半束诸高阁，一腔热血，无处可挥，自然不安于位。小子曾有绝句一首，以纪其事：

坐镇边疆见将材，四年安堵两无猜。
如何自把长城撤？甘使胡人牧马来。

欲知孙承宗后来情事，且待下回再说。

熊廷弼、孙承宗二人，为明季良将，令久于其位，何患乎满洲？廷弼可杀，承宗可罢，镇辽无人，满军自乘间而入。明之祸，满洲之福也。虽曰天命，宁非人事？本回章法，实是一篇熊、孙合传，而袁应泰、王化贞等，皆陪宾也。

第五回　猛参政用炮击敌　慈喇嘛偕使传书

却说孙承宗在辽，因朝中阉宦用事，刑赏倒置，心中懊怅异常；适届熹宗寿期，意欲借祝贺为名，入朝面劾阉竖。到了圣寿前一日，偕御史鹿善继，同到通州，忽兵部发来飞骑三道，止其入朝。承宗知计不成，急急回关，不意朝右阉党，已劾其擅离职守，交章论罪。承宗大愤，遂累疏求罢，熹宗便糊糊涂涂的许他免官，改任高第为经略。高第一到山海关，就把关外守具，尽行撤去。自弛守备，适启戎心，又请他满洲太祖出来了。人必自侮而后人侮之，国必自伐而后人伐之。

且说满洲太祖自闻孙承宗守辽，数载不敢犯，但派兵丁至沈阳营造城池，招募良匠，建筑宫殿，把沈阳城开了四门，中置大殿，名笃恭殿，前殿名崇政殿，后殿名清宁宫，东有翔凤楼，西有飞龙阁，楼台掩映，金碧辉煌，虽是塞外都城，不亚大明京阙。太祖定议移都，遂率六宫后妃，满朝文武，齐至沈阳，犒饮三日。后来改名盛京，便是此地。移都事毕，专着人探听明边消息，嗣闻孙承宗免职，改由高第继任，正思发兵犯边，旋接到守备尽撤的实信，顿时投袂而起，立宣号令，饬大小军官，召集兵队，出发沈阳；途中一无阻挡，渡过辽河，直达锦州，四望无营垒城堡，私幸关外可以横行，遂命军士倍道前进。到了宁远城，遥见城上旗帜鲜明，戈矛森列，中架大炮一具，更是罕见之物，太祖不觉惊异起来，命军士退五里下寨。

次日，太祖率部众攻城，将到城下，但听城楼上一声鼓角，竖起一面大旗，旗中绣着一个大大的袁字，点出袁字，已有声色。旗下立一员大将，金盔耀目，铁甲生光，面目间隐隐露着杀气，描写威容，不可逼视。太祖见了此人，却暗暗称赞。英雄识英雄。旁有一贝勒呼道："你是守城的主么？"城上大将答道："我是东莞人袁崇焕，大名鼎鼎。逐节叙来，至此始现姓名，愈为崇焕生色。现任殿前参政，为国守城，不畏强敌。"二语雄壮。贝勒道："关外各城，已成平地，只有区区宁远，成什么事？我劝你不如献了城池，降我满洲，倒不失高官厚禄，否则督军围攻，立成齑粉。请你三思！"崇焕厉声道："尔满洲屡次兴兵侵我边界，无理已甚，吾奉天子命，来治此土，誓死守城，宁肯降你鞑么？"语语成金石声。说毕，梆声一响，矢石雨下。太祖急率军队，一齐回寨。众贝勒请就此进攻，太祖道："我看这袁蛮子，不是好惹的，我等且休养一天，来日誓拔此城。"

是夕，袁崇焕与总兵满桂，会集军士，泣血立誓。军士见主将如此忠诚，莫不感愤。崇焕即与满桂分陴固守，坐待天明。鸡声初唱，东方渐白，百忙中叙此闲文，格外生采。遥听敌营中吹起号角，随发炮声，料知敌军将来攻城，越发抖擞精神，指麾军士。不多时，敌骑蔽野而来，将近城濠，城上的矢石，如飞蝗般射去，满军前队，伤亡多名，后军复一拥而上，又受一阵矢石，伤亡无数，只是抵死不退。刚相持间，忽见满军中拥出一队盾牌兵，把盾牌护住头颅，跃过城濠，城上射下的矢石，被盾牌隔住，不生效力。这盾牌兵便聚集城脚，架起云梯,攀援而上。崇焕急命军士缒下大石,杂以火器,把云梯拆毁殆尽。盾牌兵不能登城,复在城脚边用器凿穴。崇焕命开大炮。这大炮,是西洋人所造,初入中国,当时崇焕手下,只有闽卒罗立,颇能开放,闻崇焕命,随即燃炮,轰然一声,炮弹立发,把满洲前队的兵士,弹向空中,随弹飞舞。可怜这满洲鞑子,未曾遇着这等利器,霎时间烟雾蔽天,血肉遍地。太祖急挥众逃走,脚长的方逃了一半性命。*奇语。* 众贝勒经此厉害,不愿再攻,各劝太祖返驾,再图后举。太祖无法,只得应允。到了沈阳,检点军士,丧失数千,不禁叹息道:"我自二十五岁起兵,战无不胜,攻无不取,不料今日攻一小小宁远城,遇着这袁蛮子,偏吃了一场大亏,可恨可恼!"*处顺境者,最忌逆风。* 众贝勒虽百般劝慰,无奈这满洲太祖好胜,终自纳闷。古语道:"忧劳所以致疾。"满洲太祖又是六十多岁的老人,益发耐不起忧劳,因此遂恹恹成病。到天命十一年八月,一代雄主,竟尔长逝,传位于太子皇太极。

皇太极系太祖第八子,状貌奇伟,膂力过人,七岁时,已能赞理家政,素为乃父所钟爱。满俗立储,不论嫡庶长幼,因此遂得立为太子。*家法未善,故卒有康雍之变。* 大贝勒代善等,承父遗命,奉皇太极即位,改元天聪,清史上称他为太宗文皇帝。*详清略明,所以标示清史也。* 太宗嗣位后,仍遵太祖遗志,把八旗兵队,格外简练,候命出发。一日,适与诸贝勒商议军务,忽报明宁远巡抚袁崇焕,遣李喇嘛等来吊丧,并贺即位。看官!你想明、清本是敌国,袁崇焕又是志士,为什么遣使吊贺?这却有一段隐情,待小子叙明底细。原来袁崇焕自击退满军后,疏劾经略高第撤去守备、拥兵不救之罪,朝旨革高第职,命王之臣代为经略,升崇焕为辽东巡抚,仍驻宁远,又命总兵赵率教镇守关外。崇焕欲复孙承宗旧制,与赵率教巡视辽西,修城筑垒,屯兵垦田,正忙个不了,会闻满洲太祖已殂,遂思借吊贺的名目,窥探满洲虚实;又以满俗信喇嘛教,并召李喇嘛偕往。李喇嘛等既到满洲,由满洲太宗召入,相见后递上两道文书,与吊贺礼单。太宗披阅一周,见书中有释怨修和的意思,便向李喇嘛道:"我国非不愿修好,只因七恨未忘,失和至今。今袁抚书中,虽欲敛兵息怨,尚恐未出至诚,请喇嘛归后,劝他以诚相见为是。"李喇嘛亦援述教旨,请太宗慈悲为念,免动兵戈。太宗乃令范文程修好答书,交与部下方吉纳,命率温塔石等,偕李喇嘛赴宁远,同见袁崇焕,当由方吉纳递上国书,崇焕展开读之,其书云:

  大满洲国皇帝,致书于大明国袁巡抚:尔停息兵戈,遣李喇嘛等来吊丧,并贺新君即位,既以礼来,我亦当以礼往,故遣官致谢。至两国和好之事,前皇考至宁远时,曾致玺书,令尔转达,尚未见答。汝主如答前书,欲两国和好,当以诚信为先;尔亦无事文饰。

崇焕读到此语,将书一掷,面带怒容,对方吉纳道:"汝国遣汝等献书,为挑战么?为请和么?"方吉纳见他变色,只得答言请和。崇焕道:"既愿请和,何故出言不逊?余且不论,就是书中格式,汝国欲与我朝并尊,谬误已甚。今着汝回国,借汝口传告汝汗,欲和宜修藩属礼,欲战即来。本抚宁畏汝等么?"闻其声,如见其人。说毕,起身入内。

方吉纳等怏怏退出,即日东渡,回报太宗。太宗即欲发兵,众贝勒上前进谏,说是:"国方大丧,不宜动众,现不若阳与讲和,阴修战备,俟明边守兵懈怠,然后大举未迟。"话虽中听,其实是怕袁崇焕。太宗乃自草国书,命范文程修饰誊写,仍差方吉纳、温塔石等投递。方、温二人,迫于上命,硬着头皮,再至宁远,先访着李喇嘛,邀同进见袁崇焕,捧上国书。崇焕复展读道:

> 大满洲国皇帝,致书明袁巡抚:吾两国所以构兵者,因昔日尔辽东广宁臣高视尔皇帝,如在天上,自视其身,如在云汉,俾天生诸国之君,莫能自主,欺藐陵轹,难以容忍,用是昭告于天,兴师致讨。惟天不论国之大小,止论事之是非,我国循理而行,故仰蒙天佑。尔国违理之处,非止一端,可与尔言之:如癸未年,尔国无故兴兵,害我二祖,一也。癸巳年,叶赫、哈达、乌拉、辉发与蒙古会兵侵我,尔国并未援我,后哈达复来侵我,尔国又未曾助我;己亥年,我出师报哈达,天以哈达畀我,尔国乃庇护哈达,逼我复还其人民,及已释还,复为叶赫掠去,尔国则置若罔闻;尔既称为中国,宜秉公持平,乃于我国则不援,于哈达则援之,于叶赫则听之,偏私至此,二也。尔国虽启衅,我犹欲修好,故于戊申年勒碑边界,刑白马乌牛,誓告天地,云:"两国之人,毋越疆圉,违者殛之。"乃癸丑年,尔国以卫助叶赫,发兵出边,三也。又曾誓云:"凡有越边境者,见而不杀,殃必及之。"后尔国之人,潜出边境,扰我疆域,我遵前誓杀之,尔乃谓我擅杀,缧系我使臣纲吉礼、方吉纳,索我十人,杀之边环,以逞报复,四也。尔以兵备助叶赫,俾我国已聘叶赫之女,改适蒙古,五也。尔又发兵焚我累世守边庐舍,扰我耕耨,不令收获,且移置界碑于沿边三十里外,夺我疆土,其间人参、貂皮、五谷、财用、产马,我民所赖以生者,攘而有之,六也。甲寅年,尔国听信叶赫之言,遣我遗书,种种恶言,肆我侮慢,七也。我之大恨,有此七端,至于小忿,何可悉数?陵逼已甚,用是兴师。今尔若以我为是,欲修两国之好,当以金十万两,银百万两,缎百万匹,布十万匹,为和好之礼。既和之后,两国往来通使,每岁我国以东珠十颗,貂皮千张,人参千斤馈尔;尔国以金十万两,银十万两,缎十万匹,布三十万匹报我。两国诚如约修好,则当誓诸天地,用矢勿渝。尔即以此言转奏尔皇帝,不然,是尔仍愿兵戈之事也。

崇焕览毕，不由的心中愈愤；转思辽西一带，守备尚未完固，现且将计就计，婉词答复，待一二年后，无懈可击，再决雌雄。笔法变换，然必如此互写，方显得有胆有谋。若说得一味粗莽，便不成为袁崇焕矣。遂命左右取过笔砚，伸纸疾书道：

辽东提督部院，致书于满洲国汗帐下：再辱书教，知汗渐息兵戈，休养部落，即此一念好生，天自鉴之，将来所以佑汗而昌大之者，尚无量也。往事七宗，抱为长恨者，不佞宁忍听之。但追思往事，穷究根因，我之边境细人，与汗家之部落，口舌争竞，致起祸端，今欲一一辨晰，恐难问之九原。不佞非但欲我皇上忘之，且欲汗并忘之也。然十年苦战，为此七宗，不佞可无一言乎？今南关北关安在？辽河东西，死者宁止十人？俘离者宁止一老女？辽沈界内之人民，已不能保，宁问田禾？是汗之怨已雪，而志得意满之日也，惟我天朝难消受耳。今若修好，城池地方，作何退出？官生男妇，作何送还？是在汗之仁明慈惠，敬天爱人耳。天道无私，人情忌满，是非曲直，原自昭然。一念杀机，启世上无穷劫运，一念生机，保身后多少吉祥，不佞又愿汗图之也！若书中所开诸物，以中国财用广大，亦宁靳此，然往牒不载，多取违天，亦汗所当酌裁也。我皇上明见万里，仁育八荒，惟汗坚意修好，再通信使，则懔简书以料理边情，有边疆之臣在，汗勿忧美意之不上闻也。汗更有以教我乎？为望！

写毕，视李喇嘛在旁，令他亦作一书，劝满洲永远息兵。两书一并封固，遣使杜明忠，偕方吉纳同去沈阳。

过了数日，去使未回，警信纷至：一角文书，是平辽总兵毛文龙来报，说满洲入犯东江，一角文书，是朝鲜国王李倧，因满军入境，向明乞援。崇焕一一阅毕，立命赵率教等，领了精兵，驻扎三岔河，复发水师往救东江。方调遣间，见杜明忠入帐，呈上满洲复书。崇焕约略一阅，大约分作三条：不叙原书，免与上文重复。第一条，是画定国界；山海关以内属明，辽河以东属满洲。第二条，是修正国书；满洲国主让明帝一格，明诸臣亦当让满洲主一格。第三条，是输纳岁币；满洲以东珠、参、貂为赠，明以金银布缎为报。崇焕道："他犯我东江，并出兵朝鲜，一味蛮横，还有什么和议可言？"遂置之不答，但饬水陆各军，赶紧出发。无奈朝鲜路远，一时不及驰救，崇焕至此，也觉焦急，眼见得朝鲜要被兵祸了。正是：

玉帛未修，杀机又促；
虽鞭之长，不及马腹。

毕竟朝鲜能抵挡满洲否？且看下回分解。

本回全为袁崇焕一人写照。崇焕善战善守，较诸熊廷弼、孙承宗，尤为出色。初为殿前参政，誓守宁远，继为辽东巡抚，遗书议和，非前勇而后怯，盖将藉和以懈满军，为修复辽西计也。读《明史袁崇焕传》，曾奏称守为正着，战为奇着，和为旁着，可知崇焕之心，固非以议和为久计者。然清太宗亦一英雄，与崇焕不相上下，书牍往还，无非虚语，读其文，可以窥其心。

第六回　下朝鲜贝勒旋师
　　　　守宁远抚军奏捷

且说朝鲜国地滨东海，古时是殷箕子分封地，后来沿革不一，到了明朝，朝鲜国王李成桂，受明太祖册封，累年进贡，世为藩属。当杨镐四路出塞的时候，朝鲜曾出兵相助。应第四回。杨镐败还，朝鲜兵多被满洲擒获，满洲太祖释归朝鲜部将十数人，令他遗书国王，自审去就。此番太祖逝世，朝鲜国亦未尝差人吊问，太宗即位半年，方欲出兵报复，适值朝鲜人韩润、郑梅，得罪国王，逃入满洲，愿充向导。虎伥可恨！太宗遂命二贝勒阿敏为征韩大元帅，当日点齐军马，逐队出发。临行时，阿敏入辞太宗。太宗道："朝鲜得罪我国，出师声讨，名正言顺。只是明朝总兵毛文龙，蟠踞东江，遥应朝鲜，不可不虑！"阿敏道："依奴才愚见，须两路出师。"太宗道："这且不必。"就向阿敏耳边，授了密计，虚写。阿敏领命去了。

探子报到东江，说是满洲兵入犯，这东江是登莱海中的大岛，一名叫作皮岛，岛阔数百里，颇踞形势。自从明都司毛文龙，招集辽东逃民，随时教练，建寨设防，遂成了一个重镇。明朝封他为平辽总兵，他心中也自得意。有时出攻满洲，互有胜负，他却屡报胜仗。取死之由。此次闻满兵入犯，急忙发兵出防，一面向宁远告急。其实满兵此来，并非欲夺东江，不过是声东击西的计策。点明太宗密授之计。文龙只知固守东江，严防海口，不料满洲军已纷纷渡过鸭绿江，直攻朝鲜的义州。及袁崇焕调发水师，到了东江，满洲太宗恐明兵窥破虚实，就亲自出巡，到辽河左岸，扎了好几天的营寨，实在也是虚张声势，牵制宁远的援兵。太宗确是能手。

那时满洲军入攻朝鲜，势如破竹，初陷义州，府尹李莞被杀，判官崔明亮自尽；随后又攻破定州，占据汉山城，任情杀戮，到处抢劫，吓得朝鲜兵民，屁滚尿流。微词。这朝鲜国王李倧，一向靠着明朝的威势，偷安半岛，靠人终归无益。此次闻满军进攻，边要尽失，正惊慌得了不得，忽有一大臣来报，安州又失，满军已长驱到国都，急得李倧目瞪口呆，如死人一般。还是这位大臣有点

第六回　下朝鲜贝勒旋师　守守远抚军奏捷

主见,一请遣使求和,一请国王速奔江华岛。原来这江华岛在朝鲜内海中,四面环水,称作天险。李倧闻了此言,忙召集妃嫔,踉跄出走;随命大臣修好国书,遣使求和。朝鲜使到满营,被阿敏训斥一顿,不允和议。嗣经贝勒济尔哈朗等,与阿敏密商,以明与蒙古两路相伺,国兵不应久出,彼既乞和,不若就此修好,收兵回国。阿敏迫于众议,方语朝鲜使臣,令他谢罪订约。朝鲜使才应命而去。

阿敏又发令进攻都城,诸贝勒复入帐谏阻,阿敏不从。帐后来了李永芳,也抗言进谏,被阿敏拍案大骂,斥他降臣走狗,不配与议,该骂!说得永芳面红耳赤,哑口无言。良心发现了。当下将令如山,莫敢违拗,便拔寨前进,直指平山。看官!你道这阿敏执意进兵,是为何故?他自领兵攻入朝鲜,战无不克,沿途掳掠,得了许多子女玉帛,金银财宝,他想朝鲜都内,总还要繁华一点,趁此攻入,抢一个饱,岂不是大大的一桩利市么?画龙点睛。满军既到平山,离朝鲜国都不远,阿敏拟夤夜入城,忽报朝鲜国王,遣族弟李觉求见。阿敏召入,见李觉献上礼单,内开马百匹,虎豹皮百张,棉绸苎四百匹,布万五千匹,不由的喜动眉睫,令军士检收。便遣副将刘兴祚,偕李觉同往,并嘱兴祚道:"若要议和,总须待我入都。"念兹在兹。兴祚告辞出帐,帐外已立着贝勒济尔哈朗,与兴祚密谈许久。兴祚点头会意,遂随李觉赴江华岛去了。故作疑团,惹人索解。

且说阿敏自遣刘兴祚后,仍饬军士攻城,军士虽不敢不去,却只在城下鼓噪,并没有什么大举动。接连好几日,仍未攻入,恼得阿敏性起,日夕詈骂不休。济尔哈朗等婉言解劝,没奈何耐住性子。一日,又拟亲督攻城,适值刘兴祚回来,先见了济尔哈朗,说明朝鲜已承认贡献,现偕李觉同来订约。济尔哈朗道:"如此便好订盟。"兴祚道:"须禀过元帅。"济尔哈朗说是不必。兴祚道:"倘元帅诘责,奈何?"济尔哈朗微笑道:"有我在,不妨。"胸有成竹。便召李觉进见,与他订定草约,随后入见阿敏,说已定盟。阿敏怒道:"我为统帅,如何全未报知?"济尔哈朗道:"朝鲜已承认贡献,理应许和,何苦久劳兵众?"阿敏道:"你许和,我不许和。"铜气攻心。济尔哈朗仍是微笑。忽帐下来报道:"圣旨到,请大帅迎接!"阿敏急令军士排好香案,率大小官员出帐跪迎。差官下马读诏,内称:"朝鲜有意求和,应即与订盟约,克日班师,毋得骚扰。"阿敏无奈,起接圣旨,饯送差官毕,方把盟约签字;暗中却埋怨济尔哈朗,料知此番旨到,定是他秘密奏闻;从阿敏意中想出,以便回应上文。他要硬做名誉,钳制咱们,咱们偏要掳掠一回。就暗暗嘱咐亲信军队,四出抢夺,又得了无数子女玉帛,金银财宝,满载而归。只苦了朝鲜百姓。

李觉随了满兵入朝。满主太宗出城犒军,与阿敏行抱见礼,便赐阿敏御衣一袭，诸贝勒马一匹；李觉随即叩见，命他起坐，并赏他蟒衣一件，大开筵宴，封赏各官。过了数天，李觉回国去了。

太宗既征服朝鲜，遂一意攻明，传令御驾亲征，命贝勒杜度阿巴泰居守，自己带领八旗，由贝勒德格类、济尔哈朗、阿济格、岳托、萨哈廉、豪格等作为前队，攻城诸将，携着云梯盾牌，并橐驼负着辎重，作为后队。前呼后拥，渡过辽河，向大小凌河进发。

是时辽东经略王之臣，与崇焕不睦，明廷召还之臣，命崇焕统领关内外各军。崇焕闻满兵又来犯边，急令赵率教率师往援。率教到了锦州，由探马报说："大凌河已陷。"率教急命军士浚濠掘堑，多运矢石上城；复遣人向宁远告急。次日，忽来明兵一二千人，在城下大叫开门。率教上城探视，问所自来？城下兵士，答称从大凌河逃至。率教见彼无狼狈情形，竟喝声道："养兵千日，用兵一时，难道叫汝等临阵逃走么？汝等既负了朝廷豢养之恩，还有何颜入城见我？"义正词严。说毕，城下兵士，尚哗噪不已。率教拈弓搭箭，射倒兵目一人，并厉声道："汝等再如此喧嚷，教你人人这般。"于是城下兵士，一哄而散。原来这等兵士，有一半是被满兵获住的明军，有一半是满兵伪服汉装，冒充明军来赚锦州，幸亏率教窥破，不中他计。写赵率教机智。率教下城，暗想："满主诡计，虽已瞧破，然明日必来猛攻，现在守兵不足，援师未至，倘有疏虞，如何是好。"踌躇良久，忽猛省道："有了。"当命亲卒请钦差纪用商议。

纪用本是明廷太监，因钻入魏阉门路，得了巡视锦州的差使，太监也预军事，实是明朝气数。不料满兵前来，一时不能出城，正在着急，闻率教相请，勉强出来应酬。率教与他耳语一番，纪用本来没用，只好答道："遵命！"率教大喜，遂修好文书，由纪用署名，差人赍往满营。满洲太宗阅毕，问道："尔是纪钦差遣来的么？"明使答道："是。"太宗道："纪钦差既欲求和，可出城面陈衷曲。尔边将平日欺我，正思与尔钦差言明，转奏尔主，就使攻破尔城，我亦不妄加杀害。纪钦差可自立记号，别居他所，免致误伤。"说罢，令差官回报。率教闻知，命差官再往满营，传说："明日当出城议和。"明日纪用不出。又次日，满营遗书诘责，率教令纪用优待来人，设词延约。接连三日，太宗未免动疑，夜睡时辗转不寐，忽心中猛悟，披衣起坐道："错了，错了！我中他计了！"到底聪明，然亦晚矣。原来率教令纪用求和，分明是缓兵之计，他要纪用出名，一面是阳为推崇，使纪用心欢，一面因太监署名求和，易使敌人相信，待至满洲太宗窥破兵谋，援师已到城下，这正是赵率教的机智。极力褒奖。

是夕，满洲太宗即传集军士，黄夜薄城，一声霹雳，三军齐动，直向锦州城扑来。迟了。赵率教也曾防着这一层，日夜留心，猛听得远远角声，料是

第六回 下朝鲜贝勒旋师 守守远抚军奏捷

满营出发,忙上城指挥守兵,四面防守。霎时间满军已到,急麾众齐掷矢石。满军受伤颇多,忽向城西聚集,抵死猛攻。城上守兵,亦分队来援,满兵少却。此时天色黎明,两造军士,都有倦容,蓦见满军后面,队伍自乱,隐约露出明军旗帜。率教见援军已到,一声号炮,开城出攻,满军前后受敌,只得突围而退,且战且走。明军趁势会合,并力追杀,约五里许,方鸣金收军而去。这一阵,杀得满军七零八落,幸亏太宗素有约束,不致全军溃散。语有分寸。

太宗见明军已退,扎住了营,遣人至沈阳调发军队,报恨泄忿。不多日,沈阳兵到,太宗令新军作了前锋,乘夜间寂静时候,偷越锦州,去袭宁远。也是妙计。此时正是仲夏天气,草木阴浓,虫声嘈杂,满军衔枚疾进,直达宁远城北冈,太宗先上冈了望,见城上旌旗不整,刁斗无声,便命军士倚冈下寨。众贝勒请速攻城,太宗道:"这是袁蛮子驻守的城池,难道没有防备么?此中必有诡计。"也自精细。立营未定,忽西北来了一彪人马,挂着袁字旗号,疾驱而至。太宗命军士迎敌,两边混战起来。不一时,明军望后而退,太宗乘势追赶,将到城下,忽刺斜里杀出一员大帅,手执令旗,指挥杀敌。这人非别,正是统辖关内外的袁崇焕。此老又复出现。他自锦州开仗,便防着满军分袭宁远,是日由密探报知,便令城内偃旗息鼓,诱引满兵攻城,他却分兵两路,埋伏左右,俟满军一到,出来夹击。偏偏太宗倚冈立寨,逗军不进。崇焕见此计不中,就暗令左翼兵上前挑战,自己尚埋伏城右。此次太宗却上他的当,追赶前来,他就从右侧杀出,横截满军。被追的明军,又转身奋斗,太宗忙分兵抵御,可奈明军越战越勇,看看有些支持不住;猛见袁崇焕带领诸将,冲入中军,太宗急命阿济格、萨哈廉等,上前抵敌,阿、萨二人,正奉命出战,不防一矢前来,正中阿济格右肩,险些儿落下马来,幸亏萨哈廉猛力救护,阿济格方逃入军中。太宗见阿济格受伤,别令部将瓦克达,率精兵接应萨哈廉,一面令军士向后渐退。崇焕被萨、瓦二人牵制,不及追赶。太宗退军数里,检点军士,已丧失不少。只萨、瓦二人未回,待了好多时,始见二人身负重创,带着残兵,踉跄奔还。太宗咬牙切齿道:"这个袁蛮子,真正厉害!怪不得先考在日,也吃一场大亏。此人不除,哪里能夺得明朝江山?"为后文伏笔。当下令济尔哈朗断后,把败军徐退锦州。满军虽败,仍有节制,写太宗,亦是写袁崇焕。崇焕闻满军退去,料想太宗定有准备,也收兵不追。

太宗过了锦州,仍令后队猛攻一番,这是假作攻势,以进为退之计。自己却排齐队伍,一队一队的退归沈阳。话分两头,单说袁崇焕逐退满军,遣使告捷,满望明廷降旨叙功,不料朝旨下来,反斥他不救锦州之罪。真正发昏。崇焕接旨大愤,即上表乞休。圣旨准奏,仍命王之臣代崇焕。满洲太宗探得此信，方额手称庆，意图再举，只因兵士新败，不得不休养一年，拟至来岁出兵。到了冬季，探报明熹宗崩，皇五弟信王嗣位，魏忠贤伏诛，太宗尚不介意。至明崇祯元年四月，探报袁崇焕复督师蓟辽，太宗顿足道："我刚想发兵攻明，如何这袁蛮子又来了？"看官！你道袁崇焕如何再出督师？原来崇焕免官，都由魏忠贤暗中反对，至崇祯帝嗣位，开手便放戮魏阉，召用袁崇焕。崇焕陛见时，崇祯帝问他治辽方略，他却奏称假臣便宜，五年可复全辽。未免自夸。当时给事中许誉卿，已说他言过其实。崇焕复奏称五年以内，户部发军饷，工部给器械，吏部用人，兵部调兵遣将，须中外事事相应，方能济事。但恐一出国门，便成万里，忌能妒功的人，即不明掣臣肘，亦能暗乱臣谋云云。崇焕之言，虽确中时弊，然语近要挟，后来动帝之疑，实伏于此。崇祯帝为之动容，援为兵部尚书，赐尚方剑，命他即日启行。

崇焕到了关上，复缮折奏称恢复之计，应以辽人守辽土，以辽土养辽人，守为正着，战为奇着，和为旁着，法在渐不在骤，在实不在虚，愿至尊任而勿贰，信而勿疑，毋偏听左右，毋堕敌反间等语。崇焕所虑在末二语，乃后文情如所料，令人长叹！奏上，复由崇祯帝优诏褒答。崇焕方渐渐放心，遂将关内外紧要地方，修城增堡，置戍屯田，不到一年工夫，已有成效，正是一夫当关，万夫莫入。

那时满洲太宗闻了这信，不敢轻动，只自嗟叹不已，光阴易过，转眼间便是明崇祯二年，满洲国天聪三年，编年亦不可少。太宗无聊已甚，并恐军心懈怠，时常出猎校阅，既便消遣，又资搜讨。到了初秋，太宗正出猎回来，有亲卒报道："明朝来了两员将官，说是到我国投降，现有名单在此。"太宗接单一阅，写着孔有德、耿仲明二名。太宗迟疑一回，便召贝勒多尔衮，及内阁学士范文程入帐，将名单与他传阅，多尔衮道："恐是明朝奸细。"范文程道："闻他不带兵马，只有两个光身子，何必惧他？不如召他进来，一问便知。"太宗点头称善，即命手下召入。二人入见太宗，即伏地大哭。正是：

窥辽方虑名臣在，作伥偏逢降将来。

未知二人何故愿降，且看下回便知。

满洲太宗确系能手，观其声东击西，征服朝鲜，其兵谋不亚乃父。朝鲜一失，明之左臂已断，袁崇焕虽智，至此亦穷于应付，然满军出攻宁、锦，袁、赵二将，计却强敌，满洲太宗亦遭败衄，可见明有袁崇焕，辽西未易动也。是故国家不可无良将。至五年复辽之语，虽近虚夸，要不得为崇焕咎。满洲所畏者惟崇焕一人而已。本回写满洲太宗处，即是写袁崇焕处。

第七回　为敌作伥满主入边
　　　　因间信谗明帝中计

　　却说孔、耿二明将，见了满洲太宗，伏地大哭。太宗问为何事？二人奏道："臣等都是东江总兵毛文龙部将，因袁崇焕督师蓟辽，无故将我毛帅杀死，恳求大皇帝发兵攻明，替毛帅报仇，袁崇焕杀毛文龙事，从明朝二降将口中叙出，省却无数笔墨。臣等愿为前导，虽死无恨。"朝鲜有韩润、郑梅，明朝有孔有德、耿仲明、尚可喜，何虎伥之多也！原来毛文龙蟠踞东江，素性倔强，崇焕恐他跋扈难制，借阅兵为名，诱文龙往迎。文龙见了崇焕，语多傲慢。崇焕便赚文龙登出阅兵，帐下伏了军士，把文龙拿住，数他十二大罪，请出尚方剑，将文龙斩首。这孔、耿二人，统认文龙为义父，因文龙被杀，随即逃往满洲甘作虎伥。为私灭公，二人可诛。太宗道："照汝等说来，是真心投降么？"二人便设誓道："如有异心，神人殛之！"太宗道："汝二人欲我报仇，也可代为出力，但山海关内外，有袁崇焕把守，不易进取，汝等可有良策否？"二人沉吟许久，耿仲明先开口道："关内外不易得手，何不绕道西北，从龙井关攻入？"太宗道："龙井关在何处？"孔有德接口道："龙井关是明都东北的长城口，此去须经过蒙古，方可沿城入关。此关若入，便可向洪山、大安二口，分路进捣，直入遵化，遵化一下，明京便摇动了。"仿佛《三国演义》中，张松献益州地图。太宗喜形于色，便道："汝等愿作向导么？"二人齐声称愿。旁闪出多尔衮道："二将弃逆归顺，正是识时俊杰，但二将前来，曾被明廷察觉否？"二人齐声答道："我等潜踪而来，不但明廷未知，连关上的袁崇焕，也未必晓得。"多尔衮道："既如此，请尔等速还登州。"太宗道："我要他作攻明的向导，你如何教他速还登州？"此事我亦要问。多尔衮道："我军此次攻明，料非一二个月可以回国，若被袁崇焕闻知，从登莱调遣水师，潜入我境，岂不是顾彼失此？好在二将前来，彼尚未晓，现仍回据登州，阳顺明朝，阴助我国，倘袁崇焕令他攻我，他可逗留勿进，若差了别将，他可预先报知，以便堵截，岂不是好？"太宗道："好是好的，但无人导入龙井关，奈何？"多尔衮道："蒙古喀尔沁部，已归顺我国，我军到了蒙古，择一熟路的作了向导，便可入龙井关。从前蒙古尝入贡明廷，岂无人熟识路径？"太宗大喜，便手指多尔衮，对孔、耿二人道："这是皇弟多尔衮，足智多谋，计出万全，现请汝等依了他计，仍回登州，秘密行事，将来为我立功，不吝重赏。"孔、耿二人领命去讫。多尔衮此计，仍是未信孔、耿二人，意欲借此试二人虚实，用心更细，设计更险。《明史》崇祯四年，载登州游击孔有德叛事,此处尚是崇祯二年,故有此斡旋之笔。

是年十月,太宗亲率八旗劲旅,大举攻明,方欲启行,闻报蒙古喀尔沁部,遣台吉布尔噶图入贡。太宗接见,就问龙井关路径,曾否认识?布尔噶图道:"奴才数年前,曾去过一次,略识路程。"太宗即令他作为向导,顿时满城文武,除居守外,尽随驾出发。戈铤耀日,旌旗蔽天,一程行一程,一队过一队,回环曲折,越水穿林,在途中过了数天,方到喀尔沁部。喀尔沁亲王,迎宴犒劳,不待细说。

太宗即日抵龙井关,关上不过几百名守卒,见满洲军蜂拥而来,都吓得魂飞天外,四散逃去。满军整队而入,遂分两路进攻,一军攻大安口,由济尔哈朗岳托为统领。共四旗;一军攻洪山口。太宗亲率四旗兵队,连夜进发。此时明军专防守山海关,把大安、洪山二口,视作没甚要紧的区处,空空洞洞,毫不设备,一任满军攻入,浩浩荡荡的杀奔遵化州。

明廷闻警,飞檄山海关调兵入援。总兵赵率教,奉檄出兵,星夜前进,到了遵化州东边,地名三屯营,望见前面密密层层的都是满军,把三屯营围得铁桶相似。率教自顾部众,不及他四分之一,眼见得不是对手,只是忠臣不怕死,有进尺,无退寸,当下激励将士,分为数队,呐喊一声,竟向满军中冲入。满军见有援师,让他入阵,复将两面的兵合裹拢来,把率教困在垓心。率教全无惧怯,率众血战,见一个,杀一个,见两个,杀一双,自辰至午,也杀了满军多名。怎奈满军越来越众,率教只领着孤军,越战越少,满望城中出兵相应,谁知寂无声响。又复死战多时,看看日光已暮,不由的愤急起来,索性拍马当先,杀开一条血路,直奔城下,大声叫道开城。城上乱下矢石,率教大叫道:"我是山海关总兵,来援此城,请速放入!"但闻城上守兵答道:"主将有令,不论敌兵援兵,一概不得入城。"率教此时已身受重创,至此进退无路,视部下残兵,亦受伤过半,不能再战,便下马向西再拜道:"臣力竭矣。"把剑自刎而亡。可敬可悲。

那时满兵已逼到城下,把残兵扫得精光,不留一个,当即乘胜登城。城中守将朱国彦,只守着闭关的主见,不纳援军,害得赵率教自刎身亡,到了满军登城,他已无能抵御,忙回署穿好冠带,望阙叩头,与妻张氏并投缳毕命。愚不可及。

满军夺了三屯营,又攻遵化,巡抚王元雅昼夜巡守,满军竖起云梯,四面进攻,守兵措手不及,被满军一拥而上。王元雅以下文武各官,统同殉节。满洲太宗入城,命军士检埋元雅尸首,杀牛犒饮,庆赏一天。翌日即率师进发,所过皆墟。不到一月,蓟州、三河、顺义、通州等处,都被满军占据,乘胜直到明都城下。明廷大震,幸亏关上满桂,带兵入援。满桂也是明朝有名的猛将,见满军大至,亟麾兵迎战。两军厮杀了半日,不分胜负。忽城上放了一声大炮,弹丸四迸,烟雾蔽天,满军霎时驰退,满桂军猝不及防,反被打伤了数百名,满桂也中了一弹。冤枉得很!

太宗收了兵马,就在城北土城关的东面,扎定了营,令明日奋力攻城。忽见贝勒豪格及额驸恩格德尔两人,匆匆走入道:"袁崇焕又来了。"太宗惊道:"袁蛮子当真又来么?"所留意者此人。原来明京自满军深入,飞诏各处迅速勤王,袁崇焕奉旨,立遣赵率教、满桂等率军入援,自己亦带领祖大寿、何可纲两总兵,随后启程。所过各城,都留兵驻守。及到明京,各道援师,亦渐渐云集。崇焕入见崇祯帝,帝大加慰劳,命他统率诸道援师,立营沙河门外,与满军对垒。满洲太宗闻崇焕又至,不觉惊叹失声。豪格及恩格德尔见太宗不悦,便仗着胆道:"袁蛮子没有三头六臂,何故畏他?他现在率兵初到,未免劳苦,趁此机会,劫他营寨,何愁不胜?"太宗道:"汝言虽是有理,但袁蛮子饶智有略,宁不预先防备?汝等既愿劫营,须处处防他埋伏。左右分军,互相策应,方是万全之策。"可谓小心。豪格等应命出兵。

这时满营在北,袁营在南,由北趋南,须经过两道隘口,恩格德尔自恃勇力,一到右隘,就带了本部人马,从隘口进去。卤莽可笑。豪格一想,彼从右入,我应从左进,但若两边都有埋伏,那时左右俱困,不及救应,岂不是两路失败么?现不若随入右隘,接应前军为是。亏此一想。便命军士随入右隘,起初还望见恩格德尔的后队,及转了几个湾头,前军都不见了。正惊疑间,猛听得一声号炮,木石齐下,把去路截断。豪格料知前面遇伏,忙令军士搬开木石,整队急进。幸喜山上没有伏兵下来,尚能疾行无阻。行未数里,见前面聚着无数明军,把恩格德尔围住,恩格德尔正冲突不出。当由豪格催动前骑,拚命杀入,方将明军渐渐杀退,保护恩格德尔出围。非写豪格,实写袁崇焕。随令恩格德尔前行,自己断后,徐徐回营。明军见有援应,也不追赶。

恩格德尔回见太宗,狼狈万状,禀太宗道:"袁蛮子真是厉害,奴才中了他计,若非贝勒豪格相救,定然陷入阵中,不能生还。"太宗道:"我自叫你格外小心,你如何这等莽撞?本应治罪,念你一点忠心,恕你一次。"恩格德尔叩首谢恩,又谢过了豪格。太宗道:"袁蛮子在一日,我们忧愁一日,总要设法除他方好。"令军士分头出哨,严防袭击。

当夜无话,次日满洲探马,来报敌营竖立棚木,开濠掘沟,比昨日更守得严密了。太宗道:"他是要与我久持,我军远道而来,粮饷不继,安能与他相持过去?"当即开军士会议,文武毕集,太宗令他们各抒所见。诸将纷纷献议,或主急攻,或主缓攻,或竟提出退师的意见。太宗都未惬意。旁立一位文质彬彬的大臣,一言不发,只是微笑。别有成算。太宗望着,乃是范文程,便问先生有何良策?文程道:"有一策在,此刻不可泄漏,容臣秘密奏明。"太宗即命文武各官,尽行退出,独与文程秘密商议。帐外但听得太宗笑声,都摸不着头脑。是何妙计?看官试一猜之!好一歇,文程亦出帐而去。过了一天,传报明京德胜门外,及永定门外,遗有两封议和书,系是满洲太宗致袁崇焕的。疑案一。又过一天,满军捉住明太监二名,太宗不命审问,就令汉人高鸿中监守。疑案二。又过一天,满军退五里下寨。疑案三。又过一天,高鸿中报明太监脱逃,太宗也不去罪他。疑案四。又过一天,高鸿中面带喜色,入报明督师袁崇焕下狱,总兵祖大寿、何可纲奔出关外去了。疑案五。太宗道:"范先生好似一个智多星,此番得除掉袁蛮子,真是我国一桩大幸事。"

看官!你道这位神出鬼没的范先生,究竟是何妙策?说将起来,乃是兵书上所说的反间计。原来明京两门外的议和书,都是范文程捏造情由,遣人密置。守门的兵目,得了此书,飞报崇祯帝,崇祯帝便命亲近太监,出城访查,不料途中伏着满兵,被他拿去两名。这两名太监,拿入满营,由高鸿中监守。高系汉人,与明太监言语相通,渐渐说得投机,非但不加刑具,并且好酒好肉的款待。是夕,鸿中与二太监酬饮,有一兵官模样入会鸿中,见二太监在座,慌忙退出。鸿中假作酒醉,忙起座追出门外,与兵官密谈。二太监见无人在座,便掩到门后窃听,模模糊糊的,听得袁崇焕已经允议,明晨我兵退五里下寨。末后这一语,是故令明太监闻知。言毕,匆匆径去。二太监以目相视,忙即回座,鸿中亦入门再饮数巡,说是要摒挡行李,恕不陪饮。鸿中别去,二太监趁这时光,走出帐外,见帐外无人把守,便一溜烟的跑回明京,详禀崇祯帝。崇祯帝因崇焕擅杀毛文龙,已自不悦,及闻了私自议和的消息,便召见崇焕,责他种种专擅,立命锦衣卫缚置狱中。总兵祖大寿、何可纲,闻主帅无故下狱,顿时大愤,率兵驰回山海关。你想满洲太宗得了此信,有不格外喜欢么?陈平间范增,周瑜弄蒋干,都是这般计策,崇祯帝号称英明,应亦晓明史事,乃竟堕入敌计,自坏长城,真正可叹!

明军失了主帅,惊惶的了不得。偏这满洲太宗计中有计,不乘势攻打明京,反向固安、良乡一带,去游弋了一回。明廷还道是满兵退去,略略疏防,不料满兵复回转北京,直逼芦沟桥。此时守城大将,只有满桂一人,还靠得住,此外都是酒囊饭袋,全不中用。崇祯帝封满桂为武经略,屯西直、安定二门,统辖全军,一面命各官保荐人才。好好一个大将才,缚置狱中,还要人才何用。当由庶吉士、金声保荐两人,一个是游僧申甫,想是会念退兵咒。一个是翰苑出身刘之纶。崇祯帝立刻召见,适刘之纶未曾在京,应召的只有申甫一人。陛见时问他有何才具?申甫答称:"能造战车。"当场试验,颇觉灵动,遂擢他为副总兵,令他招募新军,即日赴敌。急时抱佛脚,有何益处?申甫奉了上命,就在京中开局招兵,所来的无非市井游手,或是申甫素识的僧徒,全然不晓得临阵打仗的格式，冒冒失失的领了出城，战车在前，步兵在后，大喊一声，向满营冲将过去。满军守住营寨，全然不动，前面的战车，也在途中停住了。蓦闻满营中一声战鼓，把寨门一开，千军万马，拥＊过来，申甫还催战车急进，怎奈推车的人，早已不知去向。满军将战车尽行拨倒，提起大刀阔斧，杀入明军，好像削瓜切菜一般。这等游手僧徒，只恨爹娘少生两脚，没命的夺路乱跑。申甫也转身逃走，不到数步，被一满员赶到，刀起头落，把申甫一道魂灵，送到西方极乐世界去了。调侃得妙。

崇祯帝闻申甫败死，越加惶急，命满桂出城退敌。满桂奏言众寡悬殊，未可轻战。偏这明廷的太监，日日怂恿崇祯帝，催令速战。是满桂催命符。崇祯帝既诛魏阉，如何尚用阉寺？令人难解。满桂只得督领兵官孙祖寿等，出城三里，与满军搏战。这场厮杀，与申甫出战，全然不同，兵对兵、将对将，赌个你死我活，自早晨起，竟杀得天昏地黑。叙满桂处亦是不苟。满洲太宗见部队战明军不下，想了一计，令侍卫改作明装，就夜黑时混入明军队里。满桂不防，误作城内援兵，不料这伪明军专杀真明军，一阵骚扰，明军大乱。可怜这临阵惯战的满桂，竟死于乱军之中。满桂又死，明其危矣。满军大获胜仗，个个想踊跃登城，不意太宗竟下令退军，弄得众贝勒都疑惑起来。小子且停一停笔，先诌成一诗，以纪其事云：

大好京畿付劫灰，强胡饱掠马方回，
谁云明社非清覆，内讧都从外侮来。

毕竟满洲太宗何故退军，请到下回交代。

袁崇焕杀毛文龙，后人多议其专擅，愚意不然。将在外，君命有所不受，有利于国，专之可也。况崇祯帝固许其便宜行事乎！惟文龙被杀，部下多投奔满洲，甘为虎伥，绕道入塞，不得谓非崇焕疏忽之咎。然勤王诏下，即兼程前进，忠勇若此，而崇祯帝多疑好猜，竟信阉竖之谗，误堕敌人之计，崇焕下狱，满桂阵亡，明之不亡亦仅矣。读此回令人嗟叹不置。

第八回　明守将献城卖友
　　　　　清太宗获玺称尊

却说满洲太宗下令退军，众贝勒都来谏阻，太宗把意见详述一番，说得众贝勒个个叹服。原来太宗的意思，恐师老日久，有前无继，转犯兵家之忌。就使乘胜攻城,应手而下,也是万不能守。一旦援军四集,反致进退两难,所以决意离京,把畿辅打扰一番,扰得他民穷财尽,激起内乱,方好乘隙而入,唾手夺那明室江山。这正是亟肆以敝的计策。确是妙算。当下率领全军,退至通州,是时已天聪四年了。点目。到通州后,复渡河东行,克香河,陷永平;将到遵化,忽见前面有明军拦住,历历落落的炮弹,向满军打来。太宗方令军士退后,猛听得豁喇一声,明军这边的大炮,无故炸开,弄得自己打自己。太宗趁这机会,再令军士向前猛进,此时明军已纷纷自乱,哪里挡得住满军。只是这位统兵大员,偏不肯逃走,麾军士拼命拦截,自辰至酉,明军已矢尽力穷,这统兵大员,中了满兵两箭,坠马身亡。看官!你道这明将是谁?就是金声保荐的刘之纶。之纶平日颇研究武备,尝借贷百金,造成木质大炮;又造独轮车、偏箱车、兽车,都是轻便利用,因闻崇祯帝召见的信息,夤夜到京,入奏称旨,超擢兵部侍郎,协理京营戎政,闻得满营齐退,之纶誓师出追,到了通州,闻满军东去,料他必取道遵化,退出关外,遂约总兵马世龙、吴自勉二人,尾满军后,趋向永平,自己由间道到遵化,截满军归路,与马、吴两总兵前后夹攻。计亦甚善。谁知马、吴两人,违约不追,之纶只领了一支孤军,驻扎娘娘庙山。待满军到来,两边相较,已是众寡不敌;偏这大炮又炸,越加危急。左右请结阵徐退,之纶怒道:"吾受天子厚恩,誓捐躯以报,战若不胜,愿死,敢言退者斩。"好汉子。到了矢尽力穷的时候,之纶见不可支,大呼道:"死死!负天子恩!"急解佩印付给家人道:"持此归报朝廷。"不一时,即被满军射倒。又死了一个忠臣。所剩残兵,霎时间一扫而空。

　　太宗复领兵攻陷迁安、滦州,进至昌黎,却由该县左应选,率兵民固守,连番进攻,都被击退。倒难为他。寻闻明廷复起用孙承宗,代袁崇焕守山海关,恐他遣将前来,截断归路,遂匆匆的收兵回国。既至国都,文武各官,都上表庆贺,惟太宗犹有忧色。众贝勒各来进问,太宗道:"袁蛮子虽已下狱,终究未死,倘或赦罪出来,又要与我国做死对头,所以放心不下。待他死了,汝等贺我未迟。"过了数日,侦察明京大事的探子,密书驰报,略说:"袁崇焕已经磔死,连家产亦被籍没。"太宗方欣然道:"难得此公已死,咱们可长驱入明了。"自拆股肱,适以利敌。是时范文程在旁,太宗复顾着道:"这是范先生第一功。"文程道:"崇焕虽死,承宗尚在,山海关尚未易下。"太宗道:"待来年再行图他。只是明兵惯用大炮,我国恰无此火器,须赶紧制造,方可攻明。"文程道:"这正是最要紧的事情。"遂招募工匠,铸起红衣大炮,命军士演习燃放。

　　转瞬间又是一年,众贝勒复请攻明,太宗约以秋高马肥,方可进兵。是时孙承宗督师关上,收复滦州、迁安、永平、遵化四城,复整缮关外旧地,军声大震。怎奈来了一个邱禾嘉,做了辽东巡抚,偏与承宗意见不合。狭路相逢,无非冤家。承宗议先筑大凌河城,以渐而进,邱禾嘉恰要同时筑右屯城。工程日久,两城都未曾完工,满军已进薄城下,这是天聪五年八月内的事情。

太宗带领精骑,到了大凌河,掘濠竖栅,四面合围,令贝勒阿济格等率兵往锦州,遮击山海关援兵。邱禾嘉闻满军已至,急率总兵吴襄、宋伟等,自宁远趋锦州,是时阿济格军尚在中途,锦州城下,未见敌人踪迹。禾嘉令吴襄、宋伟,率兵进发,到长山口,遇着满军,彼此交战,不分胜负。两边鸣金收军,各扎住营寨,准备明日厮杀。是夕,满洲太宗亦到阿济格营内,亲自督战。次日,天色微明,满兵已张开两翼,向明营扑来。明总兵宋伟,坚垒不动。满军连冲数次,都被宋伟的营兵枪炮打回。宋伟亦能。太宗命转攻吴襄营,吴襄忙令营兵,齐放枪炮,满兵亦枪炮迭施。正轰击间,忽东北角上,刮起一阵狂风,顿时飞石扬沙,天昏如墨,襄军乘风举火,烈焰腾腾,扑入满军。满军正在着急,俄见大雨奔下,风随雨转;火势反向襄军扑回。襄军出其不意,霎时大乱,满军乘风猛攻,杀得襄军零零落落,吴襄忙率残兵逃走。岂真天意?满军复驰向宋伟营,此时伟军见襄军败走,已自胆怯,怎禁得满军踊跃前来?不消一个时辰,被满军冲入营内,宋伟左右阻拦,争奈支撑不住,也只得向后退下。满军随后赶来,两路残军,抱头疾走。约数里,忽前面来了一支人马,统是满洲服式,当住去路,后面追兵又至,吴襄、宋伟只得拼了性命,向前冲突;等到杀出重围,已失去了监军张道春,副将祖大乐,将士伤亡,不计其数,疾忙趋回锦州。邱禾嘉见了败军,惊惶万状,弄得束手无策;自是大凌河城,虽连章告意,禾嘉装作痴聋一般,全不理睬了。这样无能,何苦与孙承宗反对。且说大凌城守将,便是祖大寿、何可纲二人。他们本是怨恨明帝,只因孙承宗面上,坚守此城。闻援兵已经败还,格外懊丧。只大寿有一兄弟名叫大弼,曾官副总兵,有万夫不当之勇,军中称为万人敌,又因他素性粗莽,不管死活,别号作"祖二疯子"。他仗着勇力,一意主战,夜率死士百二十人,易服辫发,缒城而下,来袭满营。此公颇有机智,不是一味疯癫。适值太宗未寝,在帐中阅视文书,大弼执着大刀,当先入帐,把大刀左右乱劈,斫倒满侍卫两员。太宗见大弼入帐行凶,忙拔腰下佩剑,挡住大弼的大刀。幸亏太宗有些武力。当下交战数合,太宗力不逮大弼,渐渐退后。大弼手下的死士,亦陆续入帐,太宗正在着忙,亏得阿济格等带领侍卫十员,赶来护驾。一场酣斗,满侍卫中,尚有一人被斫断半臂。极写大弼。至满军越来越众,大弼始呼啸一声,冲围而出,此时大寿始知大弼出城劫营,出兵接入城去。大弼检点党羽,不折一人,只有数名负伤。甘宁百骑劫曹营,祖大弼可谓媲美。次晨,太宗遂下令急攻,大寿、可纲抵死击退。又过数日,满军运红衣大炮至,击坏城外数堡,复接连轰城。城上短堞,一半被毁,城中犹是固守。直到冬季,大凌粮尽,食牛马;牛马又尽,人自相食。大寿日盼援师，只是不至。惟满主招降书，屡射入城来，大寿未免动心，与可纲密议。可纲不从，大寿此时，也顾不得可纲了。卖国卖友，我恨大寿。夜间令部下亲兵，缒城至满营，投书愿降，即于次夕献城。可纲闻知，急来拦截，被大寿一箭射倒，由满军擒捉而去。城内兵士，非降即走。可纲见了太宗，劝降不允，从容就刑。算一个烈士。大弼不服兄意，早率同志出城去了。

　　大寿叩见太宗，太宗格外优待，命之起坐，亲赐御酒一樽。是夕，大寿仍宿大凌城，梦寐间只见何可纲索命。贼胆心虚。及至惊醒，自觉卖友求荣，于情理上很过不去。想是夜气发现。当时踌躇了一回，又忏悔了一回。翌晨，起见太宗，正值太宗升帐，会议进取锦州。大寿献计道："取锦州不难。臣的家小，亦在锦州，现在锦州的守将，尚未知臣降顺天朝，若臣佯作溃奔状，归赚锦州，作为内应，陛下发兵为外合，取锦州如反掌。臣的家小，亦可藉此取来。"言甘心苦。太宗道："你不要诳语！"大寿设誓允诺，太宗当即命出发。到了锦州，闻邱禾嘉已经被劾，调往南京。关上督师孙承宗亦被言官弹击，乞休回里。承宗又罢。大寿又把锦州缮城固守，诡报满洲太宗，说是："心腹人甚少，各处客兵甚多，巡抚巡按，防守甚严，请缓发兵为是。"太宗乃班师而去。

　　是年冬，孔有德大闹登州，逐登莱巡抚孙元化，杀总兵张可大。越年，明兵四万攻登莱，有德等不能敌，驰书满洲告急。太宗以朝鲜已服，登莱无用，复书令有德等仍返满洲。有德遂偕耿仲明把子女玉帛载了数船，直到沈阳。应前回。见了太宗说："辽东旅顺，乃是要塞，现在守备空虚，可以袭取。"太宗遂发兵千名，偕孔、耿二人往袭旅顺。过了数日，军中报捷，说是旅顺已下，杀死明总兵黄龙，招降副将尚可喜。太宗大悦，即令孔、耿二人回国，留尚可喜居守旅顺。孔、耿奉命回国，孔受封为都元帅，耿受封为总兵官，嗣后可喜亦得封总兵。从此耿、尚、孔三将，居然做满洲开国功臣了。讥讽得妙。

　　话休叙烦，且说满洲太宗自大凌城班师，养精蓄锐，又历一年。一日，校阅军队毕，饬令随征察哈尔部，并征集各部蒙古兵，向辽河进发。这察哈尔部在满洲西北，源出蒙古，就是元朝末代顺帝的子孙。当满洲太祖起兵时候，察哈尔势颇强大，曾做内蒙古诸部的盟长。他的头目，叫作林丹汗。天命四年，尝遗书满洲，自称统领四十万众蒙古国主，致书水滨三万满洲国主。这便是自大的自吻。嗣后尝胁掠蒙古诸部，诸部受苦不堪，多来归服满洲，请满洲出兵讨伐。太宗趁兵马强壮，遂发兵渡了辽河，绕越兴安岭，向察哈尔背后攻入。林丹汗只防前面的境界，不料满军从后面扑来，蒙古本无大城，不过有几个小小的土阓，便算是头目所居的都城。满军扑到城下，林丹汗似梦初觉，仓猝不及抵敌，只得徒步飞逸。满军乘势追杀，直到了归化城，捉不住林丹汗，反把明朝边境的百姓，拿来出气。明民何辜？当下由太宗命分四路兵入明边：

第八回　明守将献城卖友　清太宗获玺称尊

第一路从尚方堡进宣州，到山西省大同、应州；第二路从龙门口进长城，到宣州与第一路会齐；第三路从独石口进长城，到应州；第四路从得胜堡进朔州。四路的兵，长驱直入，好像一群豺狼虎豹，钻入犬羊队里，乱咬乱嚼，随心所欲，明边的百姓，无缘无故的遭此大劫。语语含有深意。幸亏宣大总督张宗衡，总兵曹文诏、张全昌等，固守城池，击退满兵，城中的百姓，还算保全身家性命。满兵掳了人口牲畜七万六千，已是满意，遂即唱了得胜歌，出关而去，不料明廷反将张宗衡、曹文诏等，革职坐戍。功罪不明，刑赏倒置，眼见得明室不久了。

只这位满洲太宗两次入明，所得财帛，不计其数。又把内蒙古各部落，统已收服，正是府库日充、版图日廓的时候。一日，有察哈尔部遗族来降，太宗问明情由，方知林丹汗逃奔青海，一病身亡，其子额哲，势孤力竭，只得率领家属，向满洲乞降。当下开城纳入，行受降礼。额哲叩见毕，献上一颗无价的宝物。看官！你道是什么宝贝？乃是元朝历代皇帝的传国玺。太宗得玺后，焚香告天，非常得意，于是大开朝贺。诸贝勒联名上表，请进尊号。边外诸国，亦都遣使奉书，愿为臣属。蒙古各部，且挑选几个有姿色的女子，献入满洲，甘作太宗的妾媵。吹牛拍马，一至于此。太宗遂创设三院：一名内国史院，一名内秘书院，一名内弘文院。国史院是编制实录，记注起居，秘书院是草拟敕书，收发章奏，弘文院是讨论古今政事得失，命范文程作为总监，汇集三院文员，恭定称尊典礼。复营建天庙天坛，添造宫室殿陛，不到数月，大礼已定，建筑告成，遂尊太宗为宽温仁圣皇帝，易国号为大清，改天聪十年为崇德元年。这是清室初造，所以叙述独详。择了吉日，祭告天地。当命在天坛东首，另筑一坛，排齐全副仪仗，簇拥御驾，登坛即真。适值天气晴和，晓风和煦，满洲文武百官，都随太宗至天坛，司礼各官，已鹄候两旁，焚起香烛。太宗下了御驾，龙行虎步的走近香案，对天行礼。拜跪毕，由司礼官读过祝文，于是诸贝勒拥着太宗，从中阶升上即真的坛上，到中间绣金团龙的大座椅前，徐徐坐下。但觉得万人屏息，八面威风。今而知皇帝之贵。诸贝勒大臣，及外藩各使，都恭恭敬敬的向上行三跪九叩礼。孔有德、耿仲明等降将，格外谨肃，遵礼趋跄，不敢稍错分毫。可愧可耻。宣诏大臣，捧了满、汉、蒙三体表文，站立坛东，布告大众，坛下军民人等，黑压压的跪了一地。等到宣诏官读完谕旨，一齐高呼万岁万岁的声音，远驰百里。确是咸阳，怪不得人人想做皇帝。礼毕，太宗慢慢下坛，由众贝勒大臣扈跸还宫。次日，上列代帝祖尊号，谥努尔哈赤为承天广运圣德神功肇纪立极仁孝武皇帝，庙号太祖，追封功臣，配享太庙。名宫殿正门为大清门，东为东翊门，西为西翊门，大殿正殿，仍遵太祖时所定名目，惟后殿改名中宫，皇后居之。中宫两旁，添置四宫，东为关雎宫，西为麟趾宫，次东为衍庆宫，次西为永福宫，罗列妃嫔，作为藏娇的金屋。册封大贝勒代善为礼亲王，贝勒济尔哈朗为郑亲王，多尔衮为睿亲王，多铎为豫亲王，豪格为肃亲王，岳托为成亲王，阿济格为武英郡王。此外文武百官，都有封赏。拜范文程为大学士，作为宰相。孔有德、耿仲明、尚可喜三降将，亦因劝进有功，得了什么恭顺王、怀顺王、智顺王的称号。看似铺叙，实则奚落。盈廷大喜，独太宗尚未尽惬意。看官！你道为何？当日称尊登极，外藩各使，统行跪拜礼，只有一国使臣，不肯照行，因此逆了太宗的意思，又想出一条以力服人的计策来了。正是：

南面称尊，居然天子；
西略东封，雄心莫止。

欲知何国得罪太宗，请向下回再阅。

满军攻明，起初是专攻辽西，追得了向导，始由蒙古入塞，多一间道，从此左驰右突，飘忽无常。明兵则处处设防，以劳待逸，胜负之势，已可预决。至察哈尔折入满洲，长城以北，皆为满洲所有，明已防不胜防。虽无李闯之肇乱，而明亦不可为矣。若夫满洲太宗之获玺，论者谓天意攸归，故假手额哲以赍献之。夫玺之得不得，亦何关兴替？孙坚、袁术，尝得汉家之传国玺矣，试问其果终为帝耶？然则满洲太宗之改号称尊，实为图明得志，借获玺之幸，而作成之耳。虽曰天命，宁非人事？惟清室二百数十年之国祚，由太宗之获玺称尊始。故书中特详述之，所以志始也。

第九回　朝鲜主称臣乞降　卢督师忠君殉节

却说清太宗登极之日，称清太宗自此始。有不愿跪拜的外使，并非别国，乃是天聪元年征服的朝鲜。朝鲜国王李倧，本与满洲约为兄弟，此次遣使来贺，因不肯行跪拜礼，即由太宗当日遣还，另命差官赍书诘责。过了一月，差官回国，报称朝鲜国王，接书不阅，仍命奴才带回。太宗即开军事会议，睿亲王多尔衮与豫亲王多铎，请速发兵出征。太宗道："朝鲜贫弱，谅非我敌，他敢如此无礼，必近日复勾结明廷，乞了护符，我国欲东征朝鲜，应先出兵攻明，挫他锐气，免得出来阻挠。"仍是声东击西之计。多尔衮道："主上所虑甚是，奴才等即请旨攻明。"太宗道："汝二人当为东征的统帅，现在攻明，但教扰他一番，便可回来,只令阿济格等前去便了。"是日即召阿济格入殿,封为征明先锋,带兵二万,驰入明畿,并授他方略,教他得手便回,阿济格即领命而去。不到一月,阿济格遣人奏捷,报称入喜峰口,由间道趋昌平州,大小数十战,统得胜仗,连克明畿十六城,获人畜十八万等语。太宗即复令阿济格班师,阿济格奏凯而回。此次清兵入明,不过威吓了事,明督师兵部尚书张凤翼,宣大总督梁廷栋,闻得清兵入边,把魂灵儿都吓得不知去向,一个不如一个,大明休矣!日服大黄药求死,听清兵自入自出。瘟官当道,百姓遭殃,实是说不尽的冤屈。

话分两头,且说清廷自阿济格班师后,即发大兵往讨朝鲜。时已隆冬,太宗祭告天地太庙,冒寒亲征,留郑亲王济尔哈朗居守,命武英郡王阿济格屯兵牛庄,防备明师,睿亲王多尔衮豫亲王多铎,率领精骑作了冲锋的前队。太宗亲率礼亲王代善等及蒙旗汉军,作为后应。这次东征,是改号清国后第一次出师,比前时又添了无数精采。清太宗穿着绣金龙团开气袍,外罩黄缎绣龙马褂,戴着红宝石顶的纬帽,披着黄缎斗篷,腰悬利剑,手执金鞭,脚下跨一匹千里嘶风马,左右随侍的,都是黄马褂宝石顶双眼翎,亲王贝子,前后拥护的,都是雄赳赳气昂昂的满、蒙、汉军,画角一声,六军齐发,马队、步队、长枪队、短刀队、强弩队、藤牌队、炮队、辎重队,依次进行,差不多有十万雄师,长驱东指。描写军容,如火如荼。

到了沙河堡,太宗命多尔衮及豪格,分统左翼满、蒙各兵,从宽甸入长山口,命多铎及岳托,统先锋军千五百名,径捣朝鲜国都城。这朝鲜国兵,向来是宽袍大袖,不经战阵,一闻清兵杀来,早已望风股栗,逃的逃,降的降,义州、定州、安州等地,都是朝鲜要塞,清兵逐路攻入,势如破竹,直杀到朝鲜都城。朝鲜国王李倧,急遣使迎劳清兵,奉书请罪,暗中恰把妻子徙往江华岛。那时朝鲜使臣,迎谒太宗,呈上国书。太宗怒责一番,把来书掷还,喝左右逐出来使。即以其人之道,还治其人之身。李倧闻了这个信息,魂不附体,早知今日,何必当初。亟率亲兵出城,渡过汉江,保守南汉山,清兵拥入朝鲜国都。都内居民,还未曾逃尽,只得迎降马前,献上子女玉帛,供清兵使用。覆巢之下,岂有完卵?幸亏太宗有心怀远,谕禁奸淫掳掠。假仁假义。入城三日,已是残腊,太宗就在朝鲜国都,大开筵宴,祝贺新年。好快活。

又过数天,复率大兵渡过汉江,拟攻南汉山,适朝鲜国内的全罗、忠清二道,各发援兵,到南汉城,太宗遂命军士停驻江东,负水立寨。先锋多铎,率兵迎击朝鲜援兵,约数合,朝鲜兵全不耐战,阵势已乱,多铎舞着大刀,左右扫荡,好像落叶迎风,飕飕几阵,对面的敌营,成了一片白地。造语新颖。李倧闻援兵又溃,再令阁臣洪某,到满营乞和。太宗命英俄尔岱、马福塔二人,赍敕往谕,令李倧出城亲觐,并缚献倡议败盟的罪魁。李倧答书称臣,乞免出城觐见，缚献罪魁两事。太宗不允，令大兵进围汉城。

是时多尔衮、豪格二人，领左翼军趋朝鲜，由长山口克昌州，败安黄、宁远等援兵，来会太宗。太宗命多尔衮督造小舟，往袭江华岛，一面令杜度回运红衣大炮，准备攻城。多尔衮即派兵伐木，督工制船，昼夜不停，约数日，造成数十号，率兵分渡。岛口虽有朝鲜兵船三十艘，闻得清兵到来，勉强出来拦阻，怎禁得清兵一股锐气，踊跃登舟。不多时，朝鲜兵船内，已遍悬大清旗帜，舟中原有的兵役，统不知去向。大约多赴龙王宫内当差。

清兵夺了朝鲜兵船，飞渡登岸，岸上又有鸟枪兵千余名，来阻清兵，被清兵一阵乱扫，逃得精光。清兵乘势前进，约里许，见前面有房屋数间，外面只围一短垣，高不逾丈。那时清兵一跃而入，大刀阔斧的劈将进去，但觉空空洞洞，寂无人影。多尔衮令军士搜寻，方搜出二百多人，大半是青年妇女，黄口幼儿，当由清兵抓出，个个似杀鸡般乱抖。多尔衮也觉不忍，婉言诘问，有王妃，有王子，有宗室，有群臣家口，还有仆役数十名，即命软禁别室，饬兵士好好看守，不叫妇女侍寝，算是多尔衮厚道，然即为下文埋根。一面差人到御营报捷。

是时杜度已运到大炮，向南汉城轰击，李倧危急万分，又接到清太宗来谕，略说："江华已克，尔家无恙，速遵前旨缚献罪魁，出城来见。"至是李倧已无别法，只得上表乞降，一一如命。清太宗又令献出明廷所给的诰封册印，及朝鲜二世子为质。此后应改奉大清正朔，所有三大节及庆吊等事，俱行贡献礼；此外如奉表受敕，与使臣相见礼，陪臣谒见礼，迎送馈使礼，统照事明的旧例，移作事清，若清兵攻明，或有调遣，应如期出兵，清兵回国，应献纳犒军礼物，惟日本贸易，仍听照旧云云。李倧到此，除俯首受教外，不能异议半字。当即在汉江东岸，筑坛张幄，约日朝见，届期率数骑出城，到南汉山相近，下马步行，可怜！行至坛前，但见旌旗灿烂，甲仗森严，坛上坐着一位雄主，威稜毕露，李倧又惊又惭，当时呆立不动。到此实难为李倧。只听坛前一声喝道："至尊在上，何不下拜！"慌得李倧连忙跪下，接连叩了九个响头。可叹！两边奏起乐来，鼓板声同磕头声，巧巧合拍。作书者偏要如此形容，未免太刻。乐阕，坛上复宣诏道："尔既归顺，此后毋擅筑城垣，毋擅收逃人，得步进步，又有两条苛令。每年朝贡一次，不得逾约。尔国三百年社稷，数千里封疆，当保尔无恙。"较诸今日之扶桑国，尚算仁厚。李倧唯唯连声。太宗方降座下坛，令李倧随至御营，命坐左侧，并即赐宴。是时多尔衮已知李倧乞降，带领朝鲜王妃王子，及宗室大臣家眷，到了御营。太宗便命送入汉城，留长子溰，次子淏为质。次日，太宗下令班师，李倧率群臣跪送十里外，又与二子话别，父子生离，惨同死别，不由的凄惶起来，无奈清军在前，不敢放声，相对之下，暗暗垂泪。太宗见了这般情形，也生怜惜，遂遣人传谕道："今明两年，准免贡物，后年秋季为始，

第九回　朝鲜主称臣乞降　卢督师忠君殉节

照例入贡。"猫哭老鼠假慈悲。李倧复顿首谢恩。太宗御鞭一挥,向西而去。清军徐徐退尽,然后李倧亦垂头丧气的归去了。弱国固如是耳。

太宗振旅回国,复将朝鲜所获人畜牲马,分赐诸将。过了数日,朝鲜遣官解送三人至沈阳,这三人便是倡议败盟的罪魁,一姓洪,名翼溪,原任朝鲜台谏,一姓尹名集,原任朝鲜宏文馆校理,一姓吴名达济,原任朝鲜修撰,尝劝国王与明修好,休认满洲国王为帝,也是鲁仲连一流人物,可惜识不及。此次被解至满洲,尚有何幸,自然身首异处了。清太宗既斩了朝鲜罪首,无东顾忧,遂专力攻明。适值明朝流寇四起,贼氛遍地,李闯、张献忠十三家七十二营,分扰陕西、河南、四川等省,最为猖獗。明朝的将官,多调剿流贼,无暇顾边,太宗遂命孔有德、耿仲明、尚可喜三降将,攻入东边,明总兵金日观战死,复于崇德三年,授多尔衮为奉命大将军,统右翼兵,岳托为扬武大将军,统左翼兵,分道攻明,入长城青山口,到蓟州会齐。

这时明蓟辽总督吴阿衡,终日饮酒,不理政事,还有一个监守太监邓希诏,也与吴阿衡性情相似,真是一对酒肉朋友。至清兵直逼城下,他两人尚是沉醉不醒,等到兵士通报,阿衡模模糊糊的起来,召集兵将,冲将出去,正遇着清将豪格,冒冒失失的战了两三回合,即被豪格一刀,劈于马下。到冥乡再去饮酒,恰也快活。麾下兵霎时四散,清兵上前砍开城门,城中只有难民,并无守兵,原来监守太监邓希诏,见阿衡出城对敌,已收拾细软,潜开后门逃去,守兵闻希诏已逃,也索性逃个净尽。还是希见机,逃了性命,可惜美酒未曾挑去。清兵也不勾留,进行至牛阑山,山前本有一个军营,是明总监高起潜把守。高起潜也是一个阉竖,毫无军事知识,闻清兵杀来,三十六策,走为上策。崇祯帝惯用太监,安得不亡?清兵乘势杀入,从芦沟桥趋良乡,连拔四十八城,高阳县亦在其内。故督师孙承宗,时适家居,闻清兵入城,手无寸柄,如何拒敌?竟服毒自尽。子孙十数人,各执器械,愤愤赴敌,清兵出其不意,也被他杀了数十名,嗣因寡不敌众,陆续身亡。完了孙承宗,完了孙承宗全家。此外四十多城的官民,逃去的逃去,殉节的殉节。

清兵又从德州渡河,南下山东。山东州县,飞章告急,兵部尚书杨嗣昌,仓猝檄调,一面檄山东巡抚颜继祖,速往德州阻截,一面檄山西总督卢象昇,入卫京畿。继祖奉到檄文,忙率济南防兵,星夜北趋,到了德州,并不见清兵南来,方惊疑间,探马飞报清兵从临清州入济南,布政使张秉文等,统已阵亡,连德王爷亦被掳去。看官!你道德王爷是何人?原来是大明宗室,名叫由枢,与崇祯帝系兄弟行,向系受封济南,至此被掳,这统是杨嗣昌檄令移师,以致济南空虚,为敌所袭,害了德王,又害了济南人民。颜继祖闻报大惊,又急率兵回济南,到了济南,复是一个空城,清兵早已渡河北行。继祖叫苦不迭,只得据实禀报。杨嗣昌至此,惶急异常,密奏敌兵深入,胜负难料,不如随机讲和,崇祯帝不欲明允,暗令高起潜主持和议,适卢象昇奉调入京,一意主战,崇祯帝令与杨嗣昌、高起潜商议,象昇奉命,与二人会议了好几次,终与二人意见不合。未曾出兵,先争意见,已非佳兆。象昇愤甚,便道:"公等主和,独不思城下之盟,春秋所耻。长安口舌如锋,宁不怕蹈袁崇焕覆辙么?"嗣昌闻言,不禁面赤,勉强答道:"公毋以长安蜚语陷人。"象昇道:"卢某自山西入京,途次已闻此说,到京后,闻高公已遣周元忠与敌讲和,象昇可欺,难道国人都可欺么?"是一个急性人物。随即怏怏告别。寻奏请与杨、高二人,各分兵权,不相节制。折上,由兵部复议,把宣大、山西兵士属象昇,山海关、宁远兵士属高起潜。崇祯帝准议,加象昇尚书衔,克日出师。

象昇麾下,兵不满二万名,只因奉命前驱,也不管好歹,竟向涿州进发。忠而近愚。途中闻清兵三路入犯,亦遣别将分路防堵,无如清兵风驰雨骤,驰防不及,列城多望风失守。嗣昌即奏削象昇尚书衔,又把军饷阻住不发。象昇由涿州至保定,与清兵相持数日,尚无胜败,奈军饷不继,催运无效,转瞬间军中绝食,各带菜色。象昇料是杨嗣昌作梗,自知必死,清晨出帐,对着将士四向拜道:"卢某与将士同受国恩,只患不得死,不患不得生。"众将士被他感动,不由的哭作一团。我看到此,亦自泪下。旋即收泪,愿随象昇出去杀敌。象昇出城至巨鹿,顾手下兵士,只剩五千名,参赞主事杨廷麟,禀象昇道:"此去离高总监大营只五十里,何不前去乞援?"象昇道:"他只恐我不死,安肯援我!"廷麟道:"且去一遭何如?"象昇不得已,令廷麟启行。临别时执着廷麟手,与他一诀,流涕道:"死西市,何如死疆场?吾以一死报国,犹为负负。"语带寒潮鸣咽声。廷麟已去,象昇待了一日,望眼将穿,救兵不至。象昇道:"杨君不负我,负我者高太监,我死何妨,只要死在战场上面,杀几个敌人,偿我的命,方不徒死。"遂进至蒿水桥,正见清兵蜂拥前来,胡哨一声,把象昇五千人围住。象昇将五千人分作三队,命总兵虎大威领左军,杨国柱领右军,自己领中军,与清兵死斗。清兵围合数次,被象昇杀开数次,十荡十决。清兵亦怕他厉害,渐渐退去。象昇收兵扎营。是夜三鼓,营外喊杀连天,炮声震地,象昇知清兵围攻,忙率大威、国柱等,奋力抵御,可奈清兵越来越多,把明营围得铁桶相似。两下相持,直到天明,明营内已炮尽矢竭,大威劝象昇突围出走。象昇道:"吾受命出师,早知必死。此处正我死地。诸君请突围而出,留此身以报国!卢某内不能除奸,外不能平敌,罢罢!从此与诸君长别。"此恨绵绵无尽期。遂手执佩剑,单骑冲入敌中,乱斫乱劈,把清兵杀死数十百名,自身也被四箭三刀,大叫一声,呕血而亡。如此忠臣。为权阉所陷没,可恨!

象昇自擢兵备,与流寇大小数十战,无一不胜,且三赐尚方剑,未曾戮一偏裨，爱才恤下，与士卒同甘苦，此次力竭捐躯，部下亲兵，都随了主帅殉难，大威、国柱，因象昇许他突围，方杀开血路而去。象昇既死，杨廷麟始徒手回来，到了战场；已空无一人，只见愁云如墨，暴骨成堆，二语可抵一篇吊古战场文。廷麟不禁泪下。检点遗尸，已是模糊难辨，忽见一尸首露出麻衣，仔细辨认，确是卢公象昇。原来象昇新遭父丧，请守制不许，无奈缞绖从戎。廷麟既得遗尸，痛哭下拜，我亦欲拜之。亲为殓埋，遂会同顺德知府于颖，联名奏闻。杨嗣昌无可隐讳，只说象昇轻战亡身，死不足惜。崇祯帝误信谗言，竟没有什么恤典。到了高起潜星夜遁回，廷臣始知起潜拥兵不救，交章弹劾。起潜下刑部狱，审问属实，有旨正法。这杨嗣昌仍安然如故，后来督师讨贼，连被贼败，始畏惧自杀。小子曾有一诗吊卢公象昇云：

慷慨誓师独奋戈，臣心未死耻言和。
可怜为国捐躯后，空使遗人雪涕多。

欲知后事如何，下回再行表明。

朝鲜之不敌满洲，固意中事，然亦由朝鲜漫无防备之故。乞盟城下，屈膝称臣，受种种胁迫之条约，真是可怜模样，然亦未始非其自取耳。若明廷统一中原，宁不足与满清敌？顾于熊廷弼、袁崇焕，则杀之磔之，于孙承宗则免职回里，任其殉节。独遗一善战之卢象昇，又为权阉所忌，迫死疆场。谁为人主，而昏愦至死？故人谓亡明者熹宰，吾谓熹宗犹不足亡明，亡明者实崇祯帝。

第十回　失辎重全军败溃
　　　　　迷美色大帅投诚

却说清兵屡次得胜，正拟进取，忽由太宗寄谕，命回本国。多尔衮、多铎等，因不敢违命，只得率领兵士，仍取道青山口而归；归国后，问太宗何故班师？太宗道："欲夺中原，必须先夺山海关，欲夺山海关，必须先夺宁、锦诸城。否则我兵深入中原，那关内外的明兵，把我后路塞断，兵饷不继，进退失据，岂不是自讨苦吃么？"多尔衮、多铎等，即奏请出攻宁、锦，太宗准奏，即令发兵，直抵锦州。锦州守将，还是祖大寿，多方抵御，屡却清兵，相持两年，仍屹然不动，反伤亡了清朝大将岳托。崇德五年，太宗亲征，攻锦州不下，遗书责大寿欺罔之罪，大寿不答。太宗把锦州城外四面的禾稼，尽行刈获，捆载而归。即是釜底抽薪之计。

六年,太宗大发兵攻锦州,大寿闻知,急向蓟辽总督处乞援。蓟辽总督洪承畴,巡抚邱民仰,带了王朴、唐通、曹变蛟、吴三桂、白广恩、马科、王廷臣、杨国柱八个总兵,统兵十三万,马四万匹,由蓟州东指,直到宁远,所带粮草,足支一年。探马飞报清太宗,太宗即令拔营,向松山进发,不多日已到松山。原来松山在锦州城南十八里,西南一座杏山,两峰相对,作为锦州城的犄角,向有明兵屯扎,保护锦州。太宗率范文程等,上山瞭望,见冈峦起伏,曲折盘旋,遥望杏山的形势,与松山也差不多,只有杏山后面,还有一层隐隐的峰峦。太宗把鞭遥指,问范文程道:"杏山外面的峰峦,叫什么山?"文程答道:"便是塔山。"太宗望了许久,又俯瞰山麓,见远远的有旗帜飘扬,料是明军大营,便下山回帐,令全军摆成长蛇一般,自松山至杏山,接连扎寨,横截大道。明军见清营挡住去路,忙来冲突,被清兵一阵炮箭击退。次日,清兵亦去冲突明营,明军照例对敌,也将清兵射回。

　　是夜太宗复与范文程等商议军务,太宗道:"我兵依山据险,立住营寨,尽可无虑,只是彼此相持,旷日持久,如何是好?"文程道:"何不前去袭他辎重。"这一番把太宗提醒,便道:"他的粮草,我想定在杏山后面,莫非就在塔山这边。"回应上文,方知上文不是闲笔。文程道:"据臣所料,也是如此。"太宗道:"此去塔山,未知有无间道?"文程把辽西地图,仔细审视,寻出一条僻径,乃是从杏山左首,曲折绕出,可通塔山,忙将地图呈阅。太宗阅过地图,见有间道,心下大喜,便召多尔衮、阿济格入帐,令率领步卒,趁夜去袭明军辎重,并将地图付给,嘱他按图觅路,不得有误。二人领命,急选健卒数千名,静悄悄的出营,靠着杏山左侧,盘旋过去。可巧星月双辉,如同白昼,疾走数十里,到了塔山,正交四鼓,昂头四望,并没有什么粮草。故作一折。阿济格道:"这都是老范主使出来,叫咱们白跑了许多路程。"多尔衮道:"且待上山一望,再定行止。"二人便令军士停住山下,只带亲兵数十名,上山探视,见前面复有一冈,冈上林木蓊翳,辨不出有无辎重,只冈下有七个营盘扎住,寂静无声。多尔衮对阿济格道:"我看前面七营,定是护着粮草的人马,正好乘他不备,杀将过去。"遂即下山把部兵分作两翼,阿济格率左,多尔衮率右,向明营扑入。这明营内军士,因有松山大营挡住敌兵,毫不防备,正是鼾声四起的时候,猛被清兵捣入,人不及甲,马不及鞍,连逃走都是无暇,哪里还能抵敌?霎时间七座营盘,统已溃散,清兵驰至冈上,见有数百车辎重,立即搬运下山,从原路驰回。至洪承畴闻报,率兵追赶,已是不及,急得洪承畴面如土色。承畴之才,已可概见。

　　当承畴出师时,颇小心谨慎,不肯卤莽,既到宁远,又由祖大寿遣卒缒城,传语切勿浪战,只宜步步立营,逐渐出境。谁知兵部尚书,已换了陈新甲,屡

第十回　失辎重全军败溃　迷美色大帅投诚

遣人促承畴出战，承畴只得出师松山，把粮草运至笔架冈，留兵七营守护，此次闻被劫去，安得不恼？安得不悔？迟了。没奈何进逼清营，拟与清兵大战一场，分个胜负。清太宗料知明军前来，必舍命冲突，只饬部下坚壁不动。承畴率将士冲杀数次，毫不见效，想出一个偷营的法子，故意的退兵十里下寨。随令军士饱了夜餐，扎束停当，静待中军号令。是夕天色微黑，淡月无光，到了三鼓，传令王朴、唐通为第一队，白广恩、王廷臣为第二队，马科、杨国柱为第三队，曹变蛟、吴三桂为第四队，依次进发，后先相应，自己与巡抚邱民仰守住大营。也算持重。王朴、唐通，率兵到清营附近，先叙第一队。只见清营中裹着一股杀气，阴森逼人。王朴素来胆怯，向唐通道："我看清营有备，不如退归。"唐通道："奉命前来，有进无退，安可中道折回？"于是唐通在前，王朴在后，整队望清营扑入。猛听得一声号炮，骨辘辘的弹子，豁喇喇的箭杆，从清营齐射出来，把前队冲锋的明军，一半打倒。王朴、唐通，急令军士退回，行不数步，两边突出两支清兵，左系多尔衮，右系多铎，以两将对两将。将明军冲作两截。唐通、王朴忙夺路逃走，清兵随后赶来。正危急间，白广恩、王廷臣已到，明军第二队出现。放过唐通、王朴，把清军截住。两边酣斗起来，互有杀伤。忽刺斜里又杀到一支人马，为首的有三员大将，红顶花翎，乃是清降将孔有德、耿仲明、尚可喜。以明将攻明将，是清军二次接应。白广恩、王廷臣，见有清兵续至，无心恋战，遂且战且走，清兵不住的追赶，幸亏马科、杨国柱兵到，明军第三队出现。得了援应，方得走脱。

那时曹变蛟、吴三桂一军，本是明营内的后应兵，待三队兵马统行出发，方率兵出营。约里许，见唐通、王朴，率领残兵回来，两下晤谈，始知清营有备。第一队军已经败还，二将急策马前进，接应第二、三队人马。叙明军第四队，另换笔法。忽听后面鼓角声喧，炮声迭发，吴三桂回头一望，向曹变蛟道："莫非清兵攻我大营。"曹变蛟道："如何我们一路行来，并不见有清兵？"语尚未毕，忽一卒从背后赶到，气喘吁吁的报说大帅有令，请二将军速回。吴三桂问他情由，答说清兵闯入大营，所以调回二将军，速去救应。吴、曹二人，忙令军士转身驰归。到了大营相近，见有无数清兵，往来冲阵，洪承畴亲自督战，唐通、王朴等，亦协力抵御，左阻右拦，尚是招架不住。曹变蛟一马当先，杀入清兵队里，吴三桂率兵继入，与清兵驰战多时，清兵尚是气势蓬勃，不肯退回。待白、王、马、杨四将齐到，方并力将清兵杀退。这一场恶战，明军损伤多人，方识得清兵厉害，人人畏惧。

原来清太宗料明营未败而退，必有诈谋，令豪格、阿济格等，从间道绕出明军背后，袭击明营，一面令多尔衮、多铎，伏在寨外，孔有德、耿仲明、尚可喜接应两边，所以明军不能得手，反被清兵前后攻击，受了损失。迤逦写来，至此方一归宿。太宗又料明军经此一挫,势必退走,当令得胜诸将,于次夜抄出杏山、塔山,分路埋伏,并一一授以密计;自己却亲督大军,严阵以待。一朝易过,渐渐天昏,约值初更时候,探报明营已动,太宗即率军驰向明营,明洪承畴、邱民仰,率领曹变蛟、王廷臣两总兵,当即迎战。那时唐通、白广恩、马科、杨国柱、王朴、吴三桂六总兵,因营中饷绝,奉命退回宁远。六总兵更番断后,陆续退去,将到杏山,忽山侧冲出一彪清军,截住去路。明军因前次劫营,受了苦恼,至此复见清兵在前,都吓得毛发直竖,勉强上前冲突,方交战间,这胆小如鼷的王朴,已率部队爬过山头,逃入杏山城去了。剩下五个总兵,与清兵相持,但见清兵刀削剑剁,勇悍异常,不由的心惊胆战,争先逃走,当即旗靡辙乱,无复行列。蓦听山腰里鼓声如雷,驰出一支人马,高扯明军旗号,五总兵各自惊异,还疑是宁远救兵,前来接应,谁知到了面前,这支人马,不杀清兵,专杀明军,前授密计,至此始觉。弄得五总兵茫无头绪,叫苦不住。霎时间七零八落,眼见得不能驰回宁远,只得同王朴一般思想,奔入杏山城内。清兵见他们奔入杏山城,也不追赶,只将明兵所弃的甲胄炮械,搬运一空,向别处去了。不回清营,暗伏下文。

且说洪承畴、邱民仰等,向清兵混战许久,清兵有增无减,明军有减无增,方思向西退走,谁知清兵厚集西面,无从杀出;营盘又站立不住,没奈何退入松山城,鳌入瓮中了。清兵将松山城围住。过了一日,从杏山回来的清兵,都到御营报功,说是杏山兵欲奔宁远,被我军杀得四散,由杏山到塔山,积尸无数,逼入海里的,也不可胜计。吴三桂、王朴等人,只带了几个残兵,落荒逃去。此处恰从虚写,免与上文重复。太宗大喜,命范文程一一记功,随道:"此番洪承畴已中我计,恐插翅也难飞去,现请先生写一招降书,令他来降。"文程道:"招降洪承畴,恐还没有这般容易,现只有多写数书,分致他部下各将,先扰惑他的军心,方可下手。"太宗称善,即连写招降书,逐日射进城去。城中只是坚守,毫不回答。太宗令军士猛攻,也未见效。这日,李永芳上帐献计道:"城内有副将夏承德,与臣向系故交,不如臣去一书,饵他高官厚禄,令他献城。"太宗道:"既有此人,速即修书为是。"永芳写就书信,呈上太宗。太宗欲召人射入城中,永芳道:"这且不便,须要秘密行事方好。"太宗道:"这是又费周折了。"范文程在旁道:"这也不难。"太宗问他何计,文程道:"臣料松山现已食尽,应想突围出走,只因我军四面围住,无隙可钻,所以闭城固守,现请暂开一面,令他出来突围,我即伏兵堵截,不许放出,他定然走回城中,趁此开城的机会,令干员假扮汉装,混入城内,便可致书夏承德,暗中行事。"太宗道:"好好! 依计而行。"立命豪格授计城西将士,令他遵办。

是夜,松山城西面围兵,撤去一角,果然曹变蛟开城出走,被伏兵截住,仍

第十回　失辎重全军败溃　迷美色大帅投诚

然回城。当时投书的干员,乘隙混入。次夜干员回营,报称与夏承德之子,缒城同来,当于明日夜间献城。太宗喜甚,命将承德子留住营内,专待明日破城。是时松山城内,粮食已尽,洪承畴等束手无策,只待一死,何不便死？是日上城巡阅一周,因清兵围攻略懈,到了傍晚,下城晚餐,到了黄昏时候,忽报清兵已经登城,承畴急命曹变蛟、王廷臣,率兵抵截。自己方思上马督战,蓦见军士来报道:"王总兵阵亡。"承畴大惊。少顷,邱民仰又踉跄趋入,说是:"曹变蛟亦已战死,公宜自行设法,邱某一死报君便了。"道言未绝,拔出佩刀自刎。可敬。承畴此时,亦拔剑向项,转思我死亦须保全尸首,不如投缳为是,要死就死,全尸何用？就解下腰带,挂在梁上。不防背后来了一人,将他一把抱住,旁边又转出数人,把承畴捆缚而去。这抱住承畴的人,便是夏承德,捆缚承畴的人,便是李永芳等。承畴知己身被擒,闭目无语,被夏承德等牵到清太宗前。太宗忙令范文程代为解缚,并劝令归降。承畴道:"不降！不降！"范文程即接口道:"洪先生既到此地,徒死无益,不如归顺清朝,图后半生的事业。"承畴道:"我知有死,不知有降。"此时恰是满怀忠义。旁边恼了多铎、豪格等,齐说道:"他既要死,赏他一刀就是,何必同他絮聒。"文程以目示意,多铎、豪格等全然不睬,想拔刀来杀承畴。太宗喝令出帐。即将承畴交与范文程,令他慢慢劝降。原来承畴颇有威望,素为孔、耿诸人所推重,禀明太宗,此次太宗费尽心机,方将承畴擒住,必欲降他以资臂助,所以把他交付文程。文程引承畴到自己营中,把什么时务不时务,俊杰不俊杰,足足的谈了半夜。偏这洪老先生垂着头,屏着息,像死人一般,随你口吐莲花,他终不发一语。次日,仍自闭目危坐,饭也不吃,茶也不喝。范文程又变了一套言语,与他谈论许久,他总是一个没有回答,文程也不觉懊恼起来。惟御营内接连报捷,锦州下了,祖大寿投降了,数年倔强,又出此着。如何对得住何可纲？杏山塔山但已攻克了。太宗命拔营回国,范文程带了洪承畴,同到国都,又劝了承畴一回,只是不理,回报太宗,太宗也无可如何。但因得胜回来,文武百官,上朝称贺,原是照例的规矩,宫里各妃嫔,亦打扮得花枝招展,迎接太宗,一齐的贺喜请安。太宗最爱的,是永福宫庄妃,生得轻盈娥媚,聪明伶俐,她本是科尔沁部贝勒寨桑的女儿,姓博尔济吉特氏,大书特书。自献与清太宗后,列为西宫,生下一子,就是入关定鼎的世祖章皇帝福临。是夕,太宗便宿在永福宫。次日辰刻,太宗出宫视事,问范文程道:"洪承畴如何？"文程答道:"此老固执太甚,看来是无可晓谕了。"太宗道:"且慢慢再商。"忽报明朝遣职方司郎中马绍愉等,持书乞和,现在都城二十里外。太宗道:"明朝既来乞和,理应迎接。"便命李永芳、孔有德、祖大寿三人出城,迎接明使。李永芳等去讫,太宗亦退入便殿。才过午牌,有永福宫太监入见,跪报洪承畴已被娘娘说下了。太宗惊喜道:

"果有此事么?"连我也自惊异。

原来洪承畴人本刚正,只是有一桩好色的奇癖。这日正幽在别室,他是立意待死,毫无他念,到了巳牌,红日满窗,几明室净,正是看花时节。听门外叮哨一声,开去了锁,半扉渐辟,进来了一个青年美妇,袅袅婷婷的走近前来,顿觉一种异香,扑入鼻中。承畴不由的抬头一望,但见这美妇真是绝色,鬓云高拥,鬟凤低垂,面如出水芙蕖,腰似迎风杨柳,更有一双纤纤玉手,丰若有余,柔若无骨,手中捧着一把玉壶,映着柔荑,格外洁白。妖耶仙耶。承畴暗讶不已,正在胡思乱想,那美妇樱口半开,瓠犀微启,轻轻的呼出将军二字。承畴欲答不可,不答又不忍,也轻轻的应了一声。这一声相应,引出那美妇问长道短,先把那承畴被掳的情形,问了一遍。承畴约略相告。随后美妇又问起承畴家眷,知承畴上有老母,下有妻妾子女,她却佯作凄惶的情状,一双俏眼,含泪两眶,亏她装得像。顿令承畴思家心动,不由的酸楚起来。那美妇又设词劝慰,随即提起玉壶,令承畴喝饮。承畴此时,已觉口渴,又被她美色所迷,便张开嘴喝了数口,把味一辨,乃是参汤。美妇知已入彀,索性与他畅说道:"我是清朝皇帝的妃子,特怜将军而来。将军今日死,于国无益,于家有害。"承畴道:"除死以外,尚有何法?难道真个降清不成?"其心已动。美妇道:"实告将军,我家皇帝,并不是要明室江山,所以屡次投书,与明议和,怎奈明帝耽信邪言,屡与此地反对,因此常要打仗。今请将军暂时降顺,为我家皇帝主持和议,两下息争,一面请将军作一密书,报知明帝,说是身在满洲,心在本国。现在明朝内乱相寻,闻知将军为国调停,断不至与将军家属为难。那时家也保了,国也报了,将来两国议和,将军在此固可,回国亦可,岂不是两全之计么?"娓娓动人,真好口才。这一席话,说得承畴心悦诚服,不由的叹息道:"语非不是,但不知汝家皇帝,肯容我这般举动否?"五体投地了。美妇道:"这事包管在我身上。"言至此,复提起玉壶,与承畴喝了数口,令承畴说一允字,遂嫣然一笑,分花拂柳的出去。看官!你道这美妇是何人?便是那太宗最宠爱的庄妃。因闻承畴不肯投降,她竟在太宗前,作一自荐的毛生,不料她竟劝降承畴,立了一个大大的功劳。只小子恰有一诗讽洪承畴道:

   浩气千秋别有真,杀身才算是成仁。
   如何甘为娥眉劫,史传留遗号贰臣。

  从此清太宗益宠爱庄妃,竟立她所生子福临为太子,以后遂添出清史上一段佳话。诸君试看下回,便自分晓。

  杨镐率二十余万人出塞,洪承畴率十三万人赴援,兵不可谓不众,乃一遇清军,统遭败衄。清军虽强,岂真无敌? 咎在将帅之非材。且镐止丧师,洪且降清,洪之罪益浮于镐矣,读《贰臣传》,可知洪承畴之事迹,读此书,更见洪承畴之心术。

第十一回　清太宗宾天传幼主
　　　　多尔衮奉命略中原

　　前卷说到洪承畴降清,此回续述,系承畴降清后,参赞军机,与范文程差不多的位置;又蒙赐美女十人,给他使用,不由的感激万分。只因家眷在明,恐遭杀害,就依了吉特氏的训诲,自去施行。当时明朝的崇祯帝,还道承畴一定尽忠,大为痛悼,辍朝三日,赐祭十六坛;又命在都城外建立专祠,与巡抚邱民仰等一班忠臣,并列祠内。崇祯帝御制祭文,将入词亲奠,谁知洪承畴密书已到,略说:"暂时降清,勉图后报,"崇祯帝长叹一声,始命罢祭。阅书中有勉图后报之言,遂不去拿究承畴家眷。崇祯帝也中了美人计。并因马绍愉等赴清议和,把松山失败的将官,一概不问。吴三桂等运气。

　　且说马绍愉等到了清都,由李永芳等迎接入城,承接上回。见了太宗,设宴相待,席间叙起和议,相率赞成,彼此酌定大略。及马绍愉等谢别,太宗赐他貂皮白金,仍命李永芳等送至五十里外。马绍愉等回国先将和议情形,密报兵部尚书陈新甲,新甲阅毕,搁置几上,被家僮误作塘报,发了抄,闹的通国皆知。朝上主战的人,统劾新甲主和卖国,那时崇祯帝严斥新甲,新甲倔强不服,竟被崇祯帝饬缚下狱。不数日,又将新甲正法。看官! 你道这是何故? 原来新甲因承畴兵败,与崇祯帝密商和议,崇祯帝依新甲言,只是要顾着面子,嘱守秘密,不可声张。若要不知,除非莫为。况中外修和,亦没有多少倒霉,真是何苦! 所以马绍愉等出使,廷臣尚未闻知。及和议发抄,崇祯帝恨新甲不遵谕旨,又因他出言挺撞,激得恼羞成怒,竟冤冤枉枉的把他斩首。从此明清两国的和议,永远断绝了。

　　太宗得知消息,遂令贝勒阿巴泰等率师攻明,毁长城,入蓟州,转至山东,攻破八十八座坚城,掠子女三十七万,牲畜金银珠宝各五十多万。居守山东的鲁王以派,系明廷宗室,仰药自尽。此外殉难的官民,不可胜计。是时山海关内外设两总督,昌平、保定又设两总督,宁远、永平、顺天、保定、密云、天津六处,设六巡抚,宁远、山海、中协、西协、昌平、通州、天州、保定设八总兵,在明廷的意思,总道是节节设防,可以无虞,谁知设官太多,事权不一,个个观望不前,一任清兵横行。阿巴泰从北趋南,从南回北,简直是来去自由,毫无顾忌。

明廷乃惶急的了不得，拣出一个大学士周延儒，督师通州。周本是个龌龊人物，因结交阉寺，纳贿妃嫔，遂得了一个大学士头衔。当时明宫里面，传说延儒贡品，无奇不有，连田妃脚上的绣鞋，也都贡到。绣鞋上面用精工绣出"延儒恭进"四个细字，留作纪念。想入非非。这田妃是崇祯帝第一个宠妃，暗中帮他设法，竭力抬举。此次清兵入边，延儒想买崇祯帝欢心，自请督师，到了通州，只与幕客等饮酒娱乐，反日日诡报胜仗。这清将阿巴泰等抢劫已饱，不慌不忙的回去，明总兵唐通、白广恩、张登科和应荐等，至螺山截击，反被他回杀一阵。张和二将，连忙退走，已着了好几箭，伤致身死，那清兵恰鸣鞭奏凯的回去了。清兵快活，明民晦气。

清太宗闻阿巴泰凯旋，照例的论功行赏，摆酒接风。宴飨毕，太宗回入永福宫，这位聪明伶俐的吉特氏，又陪了太宗，饮酒数巡。是夕，太宗竟发起寒热，头眩目晕。想亦爱色过度了。次日，宣召太医入宫诊视，一切朝政，命郑亲王济尔哈朗、睿亲王多尔衮暂行代理，倘有大事，令多尔衮到寝宫面奏。又数日，太宗病势越重，医药罔效，后妃人等，都不住的前来谒候。多尔衮手足关怀，每天也入宫问候几回。句中有眼。一夕，太宗自知病已不起，握住吉特氏手，气喘吁吁道："我今年已五十二岁了，死不为夭。但不能亲统中原，与爱妃享福数年，未免恨恨。现在福临已立为太子，我死后，他应嗣位，可惜年幼无知，未能亲政，看来只好委托亲王了。"吉特氏闻言，呜咽不已。太宗命宣召济尔哈朗、多尔衮入宫。须臾，二人入内，到御榻前，太宗命他们旁坐。二人请过了安，坐在两旁。太宗道："我已病入膏肓，将与二王长别，所虑太子年甫六龄，未能治事，一朝嗣位，还仗二王顾念本支，同心辅政。"二人齐声道："奴才等敢不竭力。"太宗复命吉特氏挈了福临，走近床前，以手指示济尔哈朗道："他母子两人，都托付二王，二王休得食言！"二人道："如背圣谕，皇天不佑。"多尔衮说到皇天二字，已抬头偷瞧吉妃，但见她泪容满面，宛似一枝带雨梨花，不由的怜惜起来。偏这吉特氏一双流眼，也向多尔衮面上，觑了两次。心有灵犀一点通。多尔衮正在出神，忽听得一声娇喘道："福哥儿过来，请王爷安！"那时多尔衮方俯视太子，将身立起，但见济尔哈朗早站立在旁，与小太子行礼了，自觉迟慢，急忙向前答礼。礼毕，与济尔哈朗同到御榻前告别，趋出内寝。回邸后，一夜的胡思乱想，不能安睡。寤寐求之，辗转反侧。

次晨，来了内宫太监，又宣召入宫。多尔衮奉命趋入，见太宗已奄奄一息，后妃人等拥列一堆，旁边坐着济尔哈朗，已握笔代草遗诏了。他挨至济尔哈朗旁，俟遗诏草毕，由济尔哈朗递与一瞧，即转呈太宗。太宗略略一阅，竟气喘痰涌，掷纸而逝。当时阖宫举哀，哀止，多尔衮偕济尔哈朗出宫，令大学士范文程等，先草红诏，后草哀诏。红诏是皇太子即皇帝位，郑亲王济尔哈

第十一回　清太宗宾天传幼主　多尔衮奉命略中原

朗、睿亲王多尔衮摄政。哀诏是大行皇帝,于某日宴驾字样。左满文,右汉文,满汉合璧,颁发出去,顿时万人缟素,全国哀号。未必。济尔哈朗、多尔衮一面率各亲王郡王贝勒贝子,暨公主格格福晋命妇等,齐集梓宫前哭临,一面命大学士范文程,率大小文武百官,齐集大清门外,序立哭临。接连数月,用一百零八人请出梓宫,奉安崇政殿,由部院诸臣,轮流齐宿,且不必细说。

单说太子福临,奉遗诏嗣位,行登极礼,六龄幼主,南面为君,倒也气度雍容,毫不胆怯。登极这一日,由摄政两亲王,率内外诸王贝勒贝子及文武群臣朝贺,行三跪九叩首各仪。当由阁臣宣诏,尊皇考为太宗文皇帝,嫡母生母并为皇太后,以明年为顺治元年。王大臣以下,各加一级。王大臣复叩首谢恩。新皇退殿还宫,王大臣各退班归第。自是皇太后吉特氏,因母以子贵,居然尊荣无比;但她是聪明绝顶的人,自念孤儿寡妇,终究未安,不得不另外画策。画什么策?幸亏这多尔衮心心相印,无论大小事情,一律禀报,并且办理国事,比郑亲王尤为耐劳。正中太后心坎。过了数日,又由多尔衮举发阿达礼、硕托诸人,悖逆不道,暗劝摄政王自立为君,当经刑部讯实,立即正法,并罪及妻孥。吉特太后闻知,格外感激,竟特沛殊恩,传出懿旨,令摄政王多尔衮便宜行事,不必避嫌。叫他上钩。多尔衮出入禁中,从此无忌,有时就在大内住宿。宫内外办事人员,不谅皇太后摄政王两人苦衷,就造出一种不尴不尬的言语来。连郑亲王济尔哈朗也有后言。正是多事。多尔衮奏明太后,令济尔哈朗出师攻明,此旨一发,济尔哈朗只得奉旨前去,涉辽河,抵宁远。适值明吴三桂为宁远守将,严行抵御,急切难下。济尔哈朗也不去猛攻,越过了宁远城,把前屯卫、中前所、中后所诸处,骚扰一番,匆匆的班师回国。

过了一年,便是大清国顺治元年,明崇祯帝十七年,是年为明亡清兴一大关键,故特叙明。元旦晴明,清顺治帝御殿,受朝贺礼,外藩各国,亦遣使入觐。"九天阊阖开宫殿,万国衣冠拜冕旒",别有一种兴旺气象。过了一月,太宗梓宫奉安昭陵,辒辌首辙,辂仗庄严,旌幡亭盖,车马驼象,非常热闹。皇太后皇帝,各亲王郡王贝子贝勒,暨文武百官,以及公主格格福晋命妇,都依次恭送。正是生荣死哀,备极隆仪。偏这摄政王多尔衮,格外小心服侍吉特太后;又见太后后面,有一位福晋,生得如花似玉,与太后芳容,恰是不相上下。多尔衮暗想道:"我只道太后是个绝代佳人,不料无独有偶。满洲秀气,都钟毓在两人身上,又都是咱们自家骨肉,倘得两美相聚,共处一堂,正是人生极乐的境遇,还要什么荣华富贵?可笑去年阿达礼、硕托等人,还要劝我做皇帝。咳!做了皇帝,还好胡行么?"看官!你道这位福晋是何人眷属?我亦正要问明。乃是肃亲王豪格的妻,摄政王多尔衮的侄妇。正名定分,暗伏下文。

小子且把多尔衮的痴念搁过一边,单说奉安礼毕,清廷无事,郑亲王济尔哈朗,仍令军士修整器械,储粮秣马,俟塞外草木蕃盛,大举攻明。时光易逝,又是暮春,济尔哈朗拟出师进发,多尔衮恰不甚愿意,因此师期尚未决定。这日,多尔衮在书斋中,批阅奏章,忽来了大学士范文程,向多尔衮请过了安,一旁坐下,随禀多尔衮道:"明京已被李闯攻破,闻崇祯帝已自尽了。"多尔衮道:"有这等事?"文程道:"李闯已在明京称帝,国号大顺,改元永昌了。"多尔衮道:"这个李闯,忽做中原皇帝,想是有点本领的。"文程道:"李闯是个流寇的头目,闻他也没甚本领,只因明崇祯帝不善用人,把事情弄坏,所以李闯得长驱入京。现听得李闯非常暴虐,把城中子女玉帛,搜掠一空,又将明朝大臣,个个绑缚起来,勒令献出金银;甚至灼肉折胫,备诸惨毒。金银已尽,一一杀讫。明朝臣民,莫不切齿痛恨。若我国乘此出师,借着吊民伐罪的名目,布告中国,那时明朝臣民,必望风归附,驱流贼,定中原,正在此举。"明社之屋,借范文程口中叙出,免与本书夹杂。多尔衮听罢,沉吟半晌,方答道:"且慢慢商量!"文程又竭力怂恿,说是此机万不可失。可奈多尔衮恰另有一番隐情,只是踌躇未决。所为何事?范文程怏怏告别,次日,复着人至睿亲王邸第,呈上一书,多尔衮拆书视之,只见上写道:

　　大学士范文程敬启摄政王殿下:洒者有明流寇,踞于西土,水陆诸寇,缓于南服,兵民煽乱于北陲,我师燮伐其东鄙,四面受敌,君臣安能相保?良由我先皇帝忧勤肇造,诸王大臣祗承先帝成业,夹辅冲主,忠孝格于苍穹,上帝潜为启佑,此正欲我摄政王建功立业之会也。窃惟成丕业以垂休万禩者此时,失机会而贻悔将来者亦此时,盖明之劲敌,惟在我国,而流寇复踩蹦中原,我国虽与明争天下,实与流寇角也。为今日计,我当任贤抚众,使近悦远来。曩者弃遵化,屠永平,两经深入而返,彼地官民,必以为我无大志,纵来归附,未必抚恤,因怀携贰。是当严申纪律,秋毫勿犯,复宣谕以昔日守内地之由,及今进取中原之意,官仍其职,民仍其业,录其贤能,恤其无告,将大河以北,可传檄而定也。河北一定,可令各城官吏,移其妻子,避患于我军,因以为质;又拔其德誉素著者,置之班行。俾各朝夕献纳,以资辅翼。王于众论择善而行,则闻见可广,而政事有时措之宜矣。此行或直趋燕京,或相机攻取,要于入边之后,山海关以西,择一坚城顿兵,以为门户,我师往来甚便,惟我摄政王察之!

　　多尔衮阅毕,叹道:"这范老头儿的言语,确是不错,但我恰有一桩心事,不能与范老头儿说明,我且到夜间入宫,与太后商量再说。"

　　是夕,多尔衮入宫去见太后,便把范文程的言语,叙述一遍。太后吉特氏道:"范老先生的才识,先皇在时,常佩服他的。他既主张出师,就请王爷照他行事。"多尔衮道:"人生如朝露,但得与太后长享快乐,已自知足,何必出兵打仗,争这中原?"太后道:"这却不是这样说,我国虽是统一满洲,总不及中国的繁华,倘能趁此机会,得了中国,我与你的快乐,还要加倍。况你不过三十多岁的人,多尔衮的年纪,就太后口中叙出,无怪太后特沛殊恩。来日正长,此时出去立场大功,何等光辉?何等荣耀?将来亲王以下,人人畏服,还有哪个敢来饶舌?"此妇见识,毕竟胜人一筹。多尔衮尚是沉吟,太后见他不愿出师,便竖起柳眉,故作怒容道:"王爷要什么,我便依你什么。今天要你出师攻明,你却不去,这是何意?"慌得多尔衮连忙赔罪,双膝请安道:"太后不必动怒,奴才愿去!"太后便对多尔衮似笑非笑的瞅了一眼,多尔衮道:"奴才出师以后,只有一事可虑。"太后问他何事,多尔衮道:"只豪格那厮,很与我反对,屡造谣言,恐于嗣君不利。"太后道:"这却凭你处置便是。"多尔衮应命出宫。便召固山额真何洛会,秘密商议了一回。次晨,何洛会即联络数人,共奏肃亲王豪格言词悖妄,恐致乱政。多尔衮即偕郑亲王等,公同审鞫。豪格不服,仍出词顶撞。多尔衮遂说他悖妄属实,废为庶人。无端遭黜,请阅者猜之。于是多尔衮奏请南征,由顺治帝祭告天地太庙,不日启行。启程这一日,范文程恭拟诏敕。便在笃恭殿中,颁给多尔衮大将军敕印,敕曰:

> 朕年冲幼,未能亲履戎行,特命尔摄政和硕睿亲王多尔衮代统大军,往定中原。特授奉命大将军印,一切赏罚,便宜行事。至攻取方略,尔王钦承皇考圣训,谅已素谙。其诸王贝勒贝子公大臣等,事大将军当如事朕,同心协力以图进取,庶祖考英灵,为之欣慰。钦此。

多尔衮叩首受印,随同豫亲王多铎,武英郡王阿济格,恭顺王孔有德,怀顺王耿仲明,智顺王尚可喜,贝子尼堪博洛,辅国公满达海等,率领八旗劲旅,蒙汉健儿,进图中原,陆续登程,向山海关去了。正是:

> 虽有智慧,不如乘势。
> 天道靡常,一兴一替。

欲知多尔衮出师后事,且待下回再详。

和战未定,尚非致亡之因,误在崇祯帝所用非人,卒致外患日迫,内讧乘之。甲申之变,谁谓非崇祯自召耶?若清则国势方盛,太宗晏驾,以六龄之幼主,安然即位,多尔衮等忠心辅幼,竟尔匕鬯无惊。至于明社之屋,又由多尔衮出师,唾手中原。后人谓多尔衮之肯出死力,皆孝庄后有以笼络之,然则孝庄后固一代尤物乎?明亡清继,成于一妇人之手,吾誉其德,吾服其才。

第十二回　失爱姬乞援外族
追流贼忍死双亲

且说山海关内外的守将，就是明总兵吴三桂，其时三桂已封平西伯。驻守宁远，因有廷旨促他入援，遂率众西行。到山海关，闻京师已陷，明帝殉国，遂令军士扎住营寨，徘徊不进，忽探马来报道："爵帅家属，尽被李闯拿去了。"三桂大怒，率兵入关。适李闯派降将唐通，赍白银五万两，并三桂父吴襄书札，来招降三桂，途次遇三桂军，便入帐进见。三桂问明来意，唐通取出吴襄书，交与三桂，三桂拆阅，大略说是："君逝父存，汝宜早降，不失通侯之赏，犹全孝子之名"云云。三桂迟疑未决，唐通又说道："崇祯已殁，明已无君，君不能使再生，父宁可以再死？不如归降为是。"三桂道："既如此，我为老父故，无奈投降，请君先行回复，我当入京来见新主。"唐通复索回书，三桂便潦潦草草写了几句，并加了封，交与唐通带回。来往书信，无关紧要，故略之。遂即召集众将，把降顺李闯的缘故，约略说明。部将冯鹏谏阻，三桂不从，即在关上守候交卸。不数日，李闯差来的守关将吏，已率兵赶到，三桂把关上事务，交与来将，遂带了数千精兵，望燕京进发。

到了滦州，有家人求见。三桂唤人，详问家中近状。家人便将吴襄被掳，家产被抄情形，详细告禀。三桂道："这倒无妨。我现到京，我父自然释放，家产也自然发还了。"家人道："现在京内是闹得不像样子，闯王入京，拷逼大臣，苛索财物，且不必说。宫内的皇后妃嫔，多半随崇祯帝殉节，还有未死的宫娥彩女，都被闯王收为妃妾，日夕奸淫。昨闻我家的姨太太，亦被这闯王选入后宫，不知死活哩。"三桂急问道："哪个姨太太？"家人道："便是陈……"三桂便接口道："是否陈圆圆姑娘？"家人道："不是陈圆圆姑娘，还有谁人？"三桂不听犹可，听了此语，叫了一声爱姬，望后便倒。爱姬重于亲父。

小子要述陈圆圆历史，且把吴三桂生死，略搁一搁，请诸君先听我说这位圆圆姑娘。圆圆本太原故家，姓陈名沅，能诗能画，又善弹琴，因遭乱流落，鬻为玉峰歌伎，艳帜高张，缠头价重。吴三桂在京师时，曾与她有一面缘，彼此企慕。嗣后沅娘艳名，为藩府田畹所闻，千金购艳，充入下陈，遂改名圆圆。田畹系崇祯帝宠妃父亲，仗着皇亲势力，蓄有数百万家私，自得了陈圆圆，百般爱宠，怎奈老夫少妇终嫌非匹。"石崇有意，绿珠无情"，田畹亦无可如何。

第十二回　失爱姬乞援外族　追流贼忍死双亲

适值李闯陷西安，秦王存柩被执，转陷太原，晋王求柩又被杀。秦、晋二邸，累代积蓄，都扫得干干净净。田畹暗暗着急，终日愁眉不展，圆圆窥破情景，便乘机进言，说是："宁远总兵吴三桂部下都是精锐，国丈何不与他结交，作为护符？"已寓深意。田畹大喜，可巧吴三桂入京觐见，遂设宴相请。三桂正忆着陈圆圆，闻她身入田邸，苦难会面，一闻田畹相邀，忙即赴席。席间说起清兵强悍，与流寇猖獗的事情，田畹便把全家托他保护。三桂谦让一番，田畹恐他不允，格外殷勤，向后房叫出众歌姬，奏曲侑酒。三桂仔细一瞧，虽是个个妖艳，但不见那可人儿圆圆姑娘，便问田畹道："前闻玉峰歌伎陈沅娘，曾入贵邸，如何众歌姬中，独无此人？"田畹听三桂提起圆圆，呆了半响，只因有事相干，不得不召圆圆出来。少顷，圆圆应召而出，田畹令向三桂行礼。三桂举手相让，一面瞧那圆圆，宛似宝月祥云，别具神采，比当年初见时，虽稍清减，却越显出玉质娉婷。圆圆见三桂瞧她，恰嫣然一笑，低垂粉颈，另有一种娇羞态度。作书者亦另具一种笔墨。三桂便转眼看众歌姬，觉得蠢俗异常，仿佛嫫盐，便向田畹道："西子在前，难为众艳，请国丈令众姬入室，免得多劳，吴某只请沅姬鼓琴一曲，静心领悟，便感国丈厚谊。"田畹即令众姬退出，命圆圆侧坐鼓琴。侍女抱琴与圆圆，圆圆便轻舒皓腕，默运慧心，弹了一曲《湘妃怨》。弦外寓音。三桂系将门之子，颇识琴心，料知圆圆自怨非偶，不由的自念道："可惜可惜。"

田畹方欲启问，忽见家人呈进邸报，接过一瞧，不觉魂驰魄落。三桂从旁遥望，邸报上写着是："代州失守，周遇吉阵亡"九个大字，便道："代州一失，京畿要戒严了。"田畹道："老夫风烛残年，偏要遭此丧乱，奈何？"三桂趁此机会，竟借着酒意，慨然答道："吴某蒙国丈雅爱，愿力护尊邸，但有一事相求，请国丈见赐！"田畹问他何事？三桂道："便是这位沅姬，若承国丈赐与吴某，吴某誓为国丈效死。"田畹听到此语，又是怒，又是悔，勉强答道："老夫也不惜一歌伎，但未知圆圆愿否？"此时圆圆琴已弹完，就禀告田畹道："妾随国丈数年，安忍轻离国丈，但贱妾事小，国丈事大，国丈有命，敢不敬从！"三桂大笑道："沅姬愿了，沅姬愿了。"忙起身向田畹谢赐，随命自己仆役，抬进暖轿，令陈圆圆拜别皇亲，押着圆圆上轿，出了藩府，自己上了马，扬鞭径去。这位田国丈，弄得目瞪口呆，既不忍割舍，又不好拦阻，只得眼睁睁的由他劫去。

那三桂劫娶圆圆回家，像活宝贝的看待。圆圆又素羡他是当世英雄，三生有幸，两意相同，真个是你贪我爱，说不尽的绸缪。不料明廷谕旨，饬三桂迅速出关。军中不能随带姬妾，三桂硬着头皮，别了爱姬，率兵赶到关上，心中恰时时思念这陈姑娘。儿女情长，英雄气短，自古皆然，不足为三桂责。但为一爱妾故，背了君父，将何以自解？此番得了家人的传报，知陈姑娘被李闯劫夺了去，顿时魂灵儿飞在九霄云外，立即晕倒。你要劫人妻，人亦劫你妾，天道循环，何必着急。幸亏家人相救，苏醒转来，便咬牙切齿，誓报此恨。妻妾之仇，也是不共戴天，礼经上须加入一条。当即率诸将驰回山海关，逐去关上的闯将，令军士为崇祯帝服丧，设座遥奠，啮血结盟，决志扫灭李闯，为明复仇。这消息传达燕京，李闯方在宫中取乐，三日不朝，想是得了陈圆圆，格外荒淫。及接到此报，不觉大惊，亟发兵二十万，下令亲征。又命降将唐通、白广恩，率二万骑绕出关外，夹攻三桂。

三桂方整备抵御，忽报清国摄政王多尔衮，带领雄兵十万，将到宁远。三桂惶急道："内有闯贼，外有清兵，叫我如何对付？"转念道："与其把明室江山，送与闯贼，不若送与满洲人。闯贼闯贼！你要夺我爱姬，我也顾不得许多了。"本心已坏。遂修好一书，令副将杨坤、游击郭云龙，赴清军乞援。此时清摄政王多尔衮正领兵到了翁后，距宁远城只数里，闻报平西伯吴三桂遣使求见，乃传令入帐。由杨坤呈上书信，多尔衮即展阅道：

> 明平西伯山海关总兵吴三桂，谨上书于大清国摄政王殿下：三桂初蒙先帝拔擢，以蚁负之身，荷辽东总兵重任，弃宁远而镇山海者，正欲坚守东陲，而巩固京师也。不意流寇逆天犯阙，京城人心不固，奸党开门纳款，先帝不幸，九庙灰烬，贼首僭称尊号，掳掠妇女财帛，罪恶已极，天人共愤，众志已离，败可立待。我国积德累仁，讴思未泯，各省宗室，如晋文光武之中兴者，容或有之。远近已起义兵，山左江北，密如星布，三桂受国厚恩，悯斯民之罹难，欲兴师以慰人心，奈京东地小，兵力未集，特泣血求助。我国与北朝通好二百余年，今无故而遭国难，北朝应恻然念之，夫除暴剪恶，大顺也。拯颠扶危，大义也。出民水火，大仁也。兴灭继绝，大名也。取威定霸，大功也。流贼所聚金帛子女，不可胜数，义兵一至，皆为王有，又大利也。王以盖世英雄，值此摧枯拉朽之会，诚难再得之时也。乞念亡国孤臣忠义之言，速选精兵，直入中协西协，三桂自率所部，合兵以抵都门，灭流寇于宫廷，示大义于中国，则我朝之报北朝者，岂惟财帛？将裂地以酬，不敢食言。

多尔衮阅毕，见范文程、洪承畴在旁，便将书递阅。两人阅过了书，范文程先开口道："王爷大喜，此番可手定中原了。"不枉前番苦劝。多尔衮道："这且仗先生等费心。"洪承畴道："此去中原，何患不灭李闯？但此番是为明讨贼的义师，与前次入塞不同，还请王爷发令，申谕将士，经过各府州县，毋屠人民，毋焚庐舍，毋掠财物。有敢违令，照军法从事。如此施行，中原人民，定当望风投诚，万里江山，唾手可下。求王爷明鉴！"多尔衮点点头，随道："吴三

第十二回　失爱姬乞援外族　追流贼恶死双亲

桂的来书,如何答复?"范文程道:"请先招降三桂,令他与李闯交战,待他两边困乏,我却率领精锐,援应三桂,驱逐李闯,定卜大胜。"一鼓一吹,描尽虎伥。多尔衮道:"好好!就请先生写了复书便是。"这位才学深通的范老先生,就濡墨拈毫,伸纸疾书道:

大清国摄政王,复书吴平西伯麾下:向欲与明修好,屡行致书,曾无一言相答,是以三次进兵攻略,欲明国之君,熟筹而通好也。若今日则不复出此,惟有底定国家,与明休息而已。予闻流寇攻陷京师,明主惨亡,不胜发指,用是率仁义之师,沉舟破釜,誓必灭贼,出民水火。及伯遣使致书,深为喜悦,遂统兵前进。夫伯思报主恩,与流贼不共戴天,诚忠臣之义也。伯虽向与我为敌,今亦勿因前故怀疑。昔管仲射桓公中钩,后为仲父以成霸业。今伯若率众来归,必封以故土,晋为藩王,一则国仇得报,一则身家可保,世世子孙,长享富贵,当如带砺河山,永永无极!

文程写毕,呈与多尔衮。多尔衮看了一遍,命文程加封,交给来使去讫。多尔衮遂拔营进发,到了连山,遇明使复来,催清兵入关。多尔衮应允,遣回来使。

那时吴三桂日盼清兵到来,不料清兵未至,李闯先到,三桂急将关内的百姓,驱入营中,复挑选精锐,登关固守。正筹备间,猛听得一声大炮,如雷震耳,三桂向西了望,但见尘头起处,千军万马,向东而来,后面隐隐有一黄盖,簇拥着一个须眉如戟,鹰目鹳鼻的主帅。三桂料是李闯,恨不得一手抓来,把他碎尸万段;你的爱姬,倒被他享用久了。当即激励将士,开关出战。李闯见三桂出来,驱众直上,把三桂困在垓心。三桂毫不惧怕,率着铁骑,左冲右突,顿时喊杀连天,山摇地动。从早晨杀到日暮,闯军尚是未退,三桂恐兵士疲乏,无奈冲开敌阵,率兵入关。李闯也不敢紧逼,令部下一齐下寨。

三桂入关,升堂检点军士,已伤亡多人,不禁号啕大哭。非哭军士,实哭爱姬。众将士亦皆感泣。忽报闯将唐通、白广恩,昔为明将,今为闯将,何无心肝乃尔?已带兵二万,从关外杀来,三桂大惊,即登陴遥望,果见东南角一军,悬着大顺旗号,旋风般的过来。三桂自语道:"真个贼将又来了,内外受敌,奈何?"急煞!语未毕,听得东北角上,又炮声震天,一军复疾驰而至,旗帜飞扬,隐隐有红黄蓝白四色,三桂又自语道:"莫非清兵已到么?"方在踌躇,见探子已上城飞报,说是清豫王多铎、英王阿济格,已率前队兵到此。三桂不禁转悲为喜,谢天谢地,为公乎?为私乎?便下关用过夜膳,命众将士道:"清军已到,可以无虑。今夜请诸位一意守关,明日我当出见清军。"

是夕,各军都休息勿动。至翌晨,唐通、白广恩进兵攻关,三桂选了五百精兵,携着大炮,开关东出。关门甫辟,炮弹随发,冲开一条血路,直到清营,即下马求见,当由多尔衮遣将迎入。三桂既入帐,见上面坐着威风凛凛的多尔衮,即倒身下拜。为爱姬故,何妨屈膝。多尔衮出座相扶,请三桂起坐。三桂即哭诉李闯不道、残毁宫阙、故主自尽、全家被掳的情形。多尔衮道:"说来也是可恨。我到此地,即为贵爵雪仇雪恨而来。"三桂忙接着道:"王爷仗义兴师,为吴某报仇雪恨,某非木石,敢负鸿慈?"好入贰臣传了。多尔衮道:"如天之福,得定中原,当以王爵相报。"三桂称谢,并请速发兵相救。多尔衮点头,命多铎、阿济格入帐,先与三桂相见,随即对二人道:"你二人带兵五千,去杀退关外贼军!"二人奉命前去。多尔衮召进洪承畴、祖大寿等,与三桂共叙寒暄。承畴是三桂故帅,大寿是三桂母舅,至此谈及明室情形,各自叹息。叹息而已,何足道哉?

不多时,多铎、阿济格二人,入帐报捷,说贼将唐通、白广恩已逐走了。原来唐通、白广恩,自松山一战,早识清兵厉害,今见清兵来援山海关,早已望风生畏,鼠窜而去。关外未曾大战,正好虚写。三桂便请多尔衮入关,守关将士,由三桂点名参谒,复祭告天地,歃血为盟,当下多尔衮命分列座次,会议军事。洪承畴道:"现在闯贼率众东出,都城必然空虚,若潜军从关外绕道,逾入居庸,袭破京师,待贼回援,我在关之军蹑其后,在京之军扼其前,任他李闯非常凶悍,也要一鼓成擒,这却是万全的计策。"若从承畴之计,三桂家属,或犹可保。三桂听这番议论,暗暗着急,忙说道:"关内人民,望大军如望云霓,若潜师袭京,多费时日,转失民望,现不如乘着锐气,驱逐逆闯,况王爷以顺讨逆,正应用着堂堂正正的举动,义师所至,无人不服,何必用这秘谋?"三桂心中,只为那人入京,早一日好一日,所以闻承畴计,极力阻挠,然亦亏他说得圆到。多尔衮道:"闯贼的兵势如何?"三桂道:"贼兵虽多,统是乌合之众,三桂只有七千人马,尚能与他杀个平手,何况王爷带来大队,个个英雄,哪有杀不过闯贼的道理?三桂不才,愿冲头阵。"多尔衮道:"既如此,明日与他决一胜负,再作计较。"

翌晨,多尔衮升帐,令吴三桂率领本部人马,攻贼右面,自己的兵马,攻贼左面,一声鼓号,开关出战。两边排着阵势,李闯的兵,约多一倍。多尔衮向吴三桂道:"贵爵愿冲头阵,请先攻入!"三桂得令,领着本部人马,向闯兵最多处,杀进去了。多尔衮恰领着英、豫二王,驰上东山,立马观战。洪承畴、祖大寿、孔有德、尚可喜等,也随着多尔衮上山,但见对面山上,李闯亦挟着明太子诸王等,指挥贼众,贼众张开两翼,把三桂军围了四五重。三桂军人人血战,冲荡数十回,呼杀声震动海峤。多尔衮道:"好厉害! 好厉害! 自我带兵以来,入塞也好几次,从没有经过这般恶斗。"对异族则怯,对同室则勇,明朝所以

第十二回　失爱姬乞援外族　追流贼忍死双亲

终亡。说时迟,那时快,海滨忽起了一阵怪风,把地土尘沙,卷入空中,顿觉天昏地暗,不辨彼此。多尔衮惊道:"不好了!吴三桂要陷没阵中了,快去救他!"多铎、阿济格应声而出,跃马下山,洪承畴、祖大寿、孔有德、尚可喜等亦随下,一声号召,万马奔腾,齐向敌阵冲入。

李闯正在山上督战,见大风过处,飞尘四散,霎时尘开见日,有无数辫发兵,横跃入阵,督兵的都是红顶花翎,不觉失声道:"这是满洲兵,如何到此?"急麾盖向山下退走。闯军不见主子,纷纷大乱,满汉各军,追赶四十里,斩首数万级,方收兵回关。

多尔衮令关内兵民,尽行剃发,吴三桂首先遵令,发可剃,爱姬不可失。剃发已毕,即请作前驱,多尔衮命率兵二万名,即日就道,星夜前进。李闯奔一城,三桂捣一城。李闯遣使求和,三桂只是不允。一逃一追,直抵燕京城下。李闯驰入京中,令部众扎在城外,分作十二寨,抵敌三桂。哪禁得三桂当先踹营,无人可当,不到半日,十二寨已攻破八寨,余四寨亦绕城遁去。李闯又遣兵出城迎战,又被三桂一阵杀退,真是一夫拼命,万夫莫当。李闯大惧,复遣使求和,愿与三桂平分中原。三桂见了来使,也不令他开口,急喝令斩讫,当即命军士猛攻京城。忽听得城上一片哭声,由三桂抬头一望,乃是自己的亲父母,并妻子等三十多名,都是两手被缚,负带刑具,向城下哀告道:"阖家性命,都在呼吸,你不如投降了罢!"三桂到此,愤气填胸,大呼不降。城上复答道:"你莫非连爹娘都不管么?你身从何而来?今日为爹娘的,为你一人,要身死刀下,你心何忍!"惨不忍闻。三桂抗声道:"父母深恩,儿非不知。但儿与闯贼誓不两立,今日有闯无儿,有儿无闯。若闯贼敢害我父母,儿誓把闯贼生擒活剥,偿我父母的命。"忍哉三桂!道言未绝,听城上扑的一声,掷下一颗血淋淋的首级,接连又是二三十颗。三桂令军士拾起一瞧,不由的从马上坠下。小子叙到此处,又有一诗咏吴三桂道:

　　　　秦庭痛哭亦忠臣,可奈将军为美人。
　　　　流贼未诛家已破,忍看城上戮双亲。

欲知三桂性命如何,请诸君再阅下回。

"恸哭三军皆缟素,冲冠一怒为红颜。"此系后人咏吴三桂诗。缟素句是宾,红颜句是主。不有红颜,何有缟素?是三桂之心,本不可问。且清师入关,不与定酬劳之约,竟尔臣事满清,甘心剃发,且愿为先导,拼命穷追,激成李闯之怒,戮其父母妻孥。不忠不孝,三桂一人实兼之。读本回如燃犀照奸,直穷其隐。

第十三回　闯王西走合浦还珠
　　　　　清帝东来神京定鼎

却说吴三桂见城上掷下首级，拾起一看，正是他父母妻子的首级，惊得面色如土，从马上坠下。当由军士扶起，不禁捶胸大哭。想是不见陈圆圆首级，故尚未曾晕倒。恰好清兵亦赶到城下，闻报三桂家属被害，多尔衮即下了马，劝三桂收泪，并安慰他一番。三桂谢毕，清兵乘着锐气，攻了一回都城，到晚休息。城内的李闯王，闻满洲兵也到城下，急得屁滚尿流，忙与部下商议了一夜，除逃走外无别法。遂命部下将所索金银，及宫中帑藏器皿，夤夜收拾，铸成银饼数万枚，载上骡车，用亲卒拖着，出后门先发，自率妻妾等开西门潜奔。临走时，放了一把火，将明室宫殿，及九门城楼，统行烧毁，这是何意？并把那明太子囚挟而去。

时已黎明，清兵方出寨攻城，忽见城内火光烛天，烈焰飞腾，城上的守兵，已不知去向；随即缘城而上，逾入城内，把城门洞开。吴三桂一马冲入，军士亦逐队进城。外城已拔，内城随下，皇城已开得洞穿。三桂率兵到宫前，只见颓垣败瓦，变成了一个火堆。三桂遂令军士扑灭余焰，自己恰急急忙忙的，到了家内。故庐尚在，人迹杳然。转了身，向各处搜寻一番，只有鸠形鹄面的愚夫愚妇，并没有这个心上人儿。我亦替他一息。他亦无心去迎多尔衮，竟领兵出了西门，风驰电掣般追赶李闯。到了庆都，见李闯后队不远，便愤愤的追杀过去。李闯急令部将左光先、谷大成等，回马迎战，不数合，已被三桂军杀败，勒马逃走。抛弃甲仗无数，拥积道旁，三桂军搬不胜搬，移不胜移。等到拨开走路，眼见得闯军已去远了。三桂尚欲前进，祖大寿、孔有德等，已从京城赶到，促令班师。三桂道："逐寇如追逃，奈何中止？"大寿道："这是范老先生意见，说是穷寇勿追，且回都再议。"三桂犹自迟疑，大寿言："军令如山，不应违拗。"三桂无奈，偕大寿等回见多尔衮。多尔衮慰劳一番，三桂道："闯贼害我故君，杀我父母，吴某恨不立诛此贼。只因军命难违，姑且从归，现请仍行往追！"口头原是忠孝。多尔衮道："将军原不惮劳，军士已经疲乏，总须休养几天，方可再出。"三桂无言可答，只得辞别到家，仍密遣心腹将士，探听陈圆圆消息。念念不忘此人。接连两日，毫无音信，三桂短叹长吁，闷闷不乐。忽有一小民求见，三桂召入。那小民叩见毕，呈上一书，三桂即展读道：

　　　贱妾陈沅谨上书于我夫主吴将军麾下：妾以陋姿，猥蒙宠爱，为欢三

第十三回　闯王西走合浦还珠　清帝东来神京定鼎

日,遽别征旌,妾虽留滞京门,魂梦实随左右。陌头之感,不律难宣。三月终旬,闯贼东来,神京失守,妾以隶于将军府下,遂遭险难,以国破君亡之际,即以身殉,夫亦何惜？第以未见将军,心迹莫明,不敢遽死。闯贼屡图相犯,妾以死拒。幸闯贼犹畏将军,未下毒手,令妾得以瓦全。妾之偷息以至于今者,皆将军之赐也。及闯贼举兵西走,妾得乘间脱逃,期一见将军之面,捐躯明志。乃闻将军复出追寇,不得已暂寓民家,留身以待。今幸将军凯旋,将别后情形,谨陈大略。伏维垂鉴,书不尽意,死待来命。

看官！这陈圆圆既被李闯掳去,如何李闯西奔,恰把圆圆撇下呢？前未提起,阅者早已怀疑。原来圆圆秉性聪明,闻三桂来追,李闯欲走,她思破镜重圆,故意的在李闯面前,说明三桂心迹。李闯以留住圆圆,可止追军,并因妻妾多与相嫉,阴阻其行,故圆圆犹得留京,流徙民家。

三桂得了圆圆书,不禁大喜,忙赏小民二百金,这小民恰得了一注横财。令兵役肩舆至民家,接回圆圆。不一时,圆圆已到,款步而入,三桂忙起身相迎。文姬归来,丰姿如旧。圆圆方欲行礼,三桂已将她一把掖住,拥入怀中,与她接了一回吻,真是活宝贝。才对圆圆道："不料今日犹得见卿。"圆圆道："妾今日得见将军,已如隔世,惟妾身虽幸保全,左右不无疑虑,请今日死在将军面前,聊明妾志。"说毕,已垂下珠泪数滴,把三桂双手一推,意图自尽。一哭一死,这是妇女惯技。三桂将她紧紧抱住,便道："我为卿故,间关万里,日不停驰,今日幸得重会,卿乃欲舍我而死。卿死,我亦不愿再生。"比君父何如？圆圆呜咽道："将军知妾,未必人人知妾。"三桂急忙截住道："我不疑卿,谁敢疑卿！"圆圆道："将军如此怜妾,妾不死,无以自白,妾死,又有负将军,正是生死两难了。"三桂又急道："往事休提,今日是破镜重圆的日子,当与卿开樽畅饮,细诉离情。"于是命侍役安排酒肴,到了上房对酌,叙这数月的相思。妾貌似花,郎情如蜜,金缸影里,半軃云鬟,秋水波中,微含春色。既而夕阳西下,更鼓随催,携手入帐,重疗相如渴病,含羞荐枕,长令子建倾心。此时三桂的心中,全把君父忘却,未知这位陈圆圆,还记念李闯否？过了数日,少不得从宜从俗,替吴襄开丧受吊。白马素车,往来不绝。嗣闻多尔衮保奏为王,又是改吊为贺,小子也不愿细叙了。

且说清摄政王多尔衮入京后,一切布置,都由范文程、洪承畴酌定。特志两人,是春秋书法。范、洪二人,拟就两道告示,四处张贴。一道是揭出"除暴救民"四字,羁縻百姓,一道是为崇祯帝发丧,以礼改葬,笼络百姓。那时百姓因李闯入京,纵兵为虐,受他奸淫掳掠的苦楚,饮恨的了不得,一闻清兵入城,把闯贼赶出,已是转悲为喜。又因清兵不加杀戮,复为故帝发丧,真是感激涕零,达到极点,还有哪个不服呢？小信小惠,已足服人。多尔衮见人心已靖,急召集民夫，修筑宫殿。武英殿先告竣工，多尔衮升殿入座，摆设前明銮驾，鸣钟奏乐，召见百官。故明大学士冯铨及应袭恭顺侯吴维华，亦率文武群臣，上表称贺。富贵固无恙也。是日，即缮好奏折，令辅国公屯齐喀和托，及固山额真何洛会，到沈阳迎接两宫。

两大臣去讫，多尔衮退了殿，忽由部将呈上密报。多尔衮一瞧，即召入范文程、洪承畴递阅。二人阅毕，范文程道："福王朱由崧在南京监国，将来定与我为难，这事颇要费手。"洪承畴道："朱由崧是个酒色之徒，不足深虑，只是南京兵部尚书史可法，素具忠诚，未知他曾任要职否？"多尔衮道："洪先生谅识此人。"承畴道："他是祥符县人，素来就职南京，所以不甚熟识。唯他有一弟在京，日前已会晤过了。"多尔衮道："最好令伊弟招降了他。"承畴道："恐他未必肯降。但事在人谋，当先与商议便是。"多尔衮点头，二人随即退出。

过了数日，迎銮大臣饬人回报，两宫准奏，择于九月内启銮。多尔衮遂派降臣金之俊为监工大臣，从京城至山海关，填筑大道，未竣工的宫殿，加紧筑造；又招集侍女太监，派往各宫承值，宫中需用的器具物件，特遣专员往各处采办；多尔衮当政务余闲的时候，亦亲去监察，吉特太后所居之宫，想必监察较周。一日，由探马报称明福王称帝南京，改元弘光，命史可法开府扬州，统辖淮扬凤庐四镇，江淮一带，都驻扎重兵了。多尔衮闻报，仍延这洪老先生密议邸中。此时这洪老先生，已托史可法兄弟寄书招降，又与多尔衮代作一书，寄与史公。此书曾载入史鉴，首末无非通套，中间恰说得委婉动人。其文云：

予向在沈阳，即知燕京物望，咸推司马。及入关破贼，与都人士相接，识介弟于清班，曾托其手书奉致衷绪，未知以何时得达。比闻道路纷纷，多谓金陵有自立者，夫君父之仇，不共戴天，春秋之义，有贼不讨，则故君不得书葬，新君不得书即位，所以防乱臣贼子，法至严也。闯贼李自成，称兵犯阙，手毒君亲，中国臣民，不闻加遗一矢。平西王吴三桂，介在东陲，独效包胥之哭，朝廷感其忠义，念累世之宿好，弃近日之小嫌，爰整貔貅，驱除狗鼠。入京之日，首崇怀宗帝后谥号，卜葬山陵，悉如典礼。亲郡王将军以下，一仍故封，不加改削。勋戚文武诸臣，咸在朝列，恩礼有加。耕市不惊，秋毫无扰。方拟秋高天爽，遣将西征，传檄江南，联兵河朔，陈师鞠旅，戮力同心，报乃君父之仇，彰我朝廷之德。岂意南州诸君子，苟安旦夕，弗审时机，聊慕虚名，顿忘实害，予甚惑之。国家抚定燕都，乃得之于闯贼，非取之于明朝也。贼毁明朝之庙主，辱及先人，我国家不惮征缮之劳，悉索蔽赋，代为雪耻，孝子仁人，当如何感恩图报？慈乃乘逆寇稽诛，王师暂息，遂欲雄据江南，坐享渔人之利，揆诸情理，岂可谓平？将谓天堑不能飞渡，投鞭不足断流耶？夫闯贼为明朝祟，未尝得

第十三回　闯王西走合浦还珠　清帝东来神京定鼎

罪于我国家也,徒以薄海同仇,特申大义,今若拥号称尊,便是天有二日,俨为劲敌,予将简西行之锐,转膽东征,且拟释彼重诛,命为前导。夫以中华全力,受制潢池,而欲以江左一隅,兼支大国,胜负之数,无待蓍龟矣。予闻君子之爱人也以德,细人则以姑息,诸君子果识时知命,笃念故主,厚爱贤王,宜劝令削号归藩,永绥福禄,朝廷当待以虞宾,统承礼物,带砺山河,位在诸王侯上,庶不负朝廷仗义,兴灭继绝之初心。至南州群彦,翩然来仪,则尔公尔侯,有平西之典例在,惟执事实图利之!晚近士大夫,好高树名义,而不顾国家之急,每有大事,辄同筑舍。昔宋人议论未定,兵已渡河,可为殷鉴。先生领袖名流,主持至计,必能深维终始,宁忍随俗浮沉,取舍从违,应早审定,兵行在即,可西可东,南国安危,在此一举。愿诸君子同以讨贼为心,毋贪瞬息之荣,而重故国无穷之祸,为乱臣贼子所笑,予实有厚望焉。记有之:"惟善人能受尽言。"敬布腹心,伫闻明教。江天在望,延跂为劳,书不尽意。

书成,命故明副将韩拱薇及参将陈万春,赍书去讫。多尔衮照常办事,除处理国务外,仍是监视工作,足足忙了两个多月,方报竣工。一日,接到沈阳谕旨,知两宫已经启銮,遂派阿济格、多铎等,率兵出城巡察。嗣是连接来报,圣驾已到某处某处了。多尔衮令于通州城外,先设行殿,命司设监去设帷幄御座,尚衣监去呈冠服,锦衣卫去监卤簿仪仗,旗手卫去陈金鼓旗帜,教坊司去备各种细乐。大致齐备,传闻御驾已入山海关,进次永平,即传集满汉王大臣,统穿着吉服,往行殿接驾。是日銮驾已到通州,龙旗焕采,鸾辂和铃,两旁侍卫拥着一位七龄天子,生得秀眉隆准,器宇非凡,七岁童子,入做中原皇帝,想必器宇非凡。后面便是两宫皇太后。这位吉特氏,华服雍容,端严之中,偏露出一种妩媚。想从多尔衮眼中看出。多尔衮忙率王大臣等,排班跪接。由太监传旨平身,始一齐起立,随銮驾进了行殿。七龄天子,升了御座,旁立鸿胪寺官,俟王大臣等依次排列,一一唱名,赞行五拜三叩首礼。礼毕,退殿少息,约两三小时,复命起銮,从永定门入大清门,王大臣等仍送迎如仪。是时城内的居民,早已奉到命令,家家门前,各设香案,烟云缭绕,气象升平。銮驾徐徐经过,入了紫禁城,王大臣等始起身而退,只多尔衮随驾而入。猛见那已革的肃亲王豪格,仍然翎顶辉煌,昂头进去,多尔衮满腹狐疑,当时不便明问,只好随驾入宫。肃亲王的福晋,想尚在后未到。

接连忙了数日,无非是安顿行装,排设器具,毋庸细说。到了十月朔,顺治帝亲诣南郊,祭告天地社稷,并将历代神主,奉安太庙,随即升武英殿,即中国皇帝位。满汉文武各官,拜跪趋跄,高呼华祝,正是说不尽的热闹。汉代衣冠一旦休。礼毕,遂颁诏天下,大旨为"国号大清,定都燕京,纪元顺治"等语。

这是满清入主中原之始，故不惮详述。是日，即加封多尔衮为叔父摄政王，因他功绩最高，特命礼部建碑勒铭，并定摄政王冠服宫室各制。另定摄政王宫室制度，恐多尔衮尚未快意。又加封济尔哈朗为信义辅政叔王，名为加封，实是降级。晋封阿济格为武英亲王，复肃亲王豪格爵，赐吴三桂平西王册印。谕旨一下，多尔衮因豪格复爵，心中未免不乐，恰又不便拦阻，只好缓缓设法。是日亲王及各大臣家属，亦统同到京。前文未叙及肃王福晋，故特补叙一笔，非闲文也。畿内已定，复令直隶巡抚卫国允等，平定畿外，于是决议远略。闻李闯西奔入陕，遂授阿济格为靖远大将军，率同吴三桂、尚可喜等，由大同边外，会诸蒙古兵，入榆林延安，攻陕西的背后。多铎为定国大将军，率同孔有德等，由河南趋潼关，攻陕西的前面。两路进兵，都用汉将为前导，以汉攻汉，的是妙计。只可惜这平西王又要与爱姬话别了。两将军率兵去讫，多尔衮又遣豪格出师山东，语首特加多尔衮三字，阅者勿滑过。豪格不敢违慢，亦即奉令而去。

那时朝政始稍稍闲暇，多尔衮随时入宫，与吉特太后共叙离情。一日，正自大内回邸，忽由洪承畴入见，报称江南遣使左懋第、陈洪范、马绍愉等，携带白金十万两，绸缎数万匹，来此犒师。多尔衮道：“何处的军士，要他犒赏？”承畴道：“说来可笑。他说是犒我朝军士呢！还有史可法一封复书。”说至此，即袖出一书呈上，多尔衮拆开一阅，不禁惊叹起来。正是：

河山半壁留残局，简牍千秋表血诚。

毕竟书中如何说法，且看下回自知。

顺治帝之入关，人谓由多尔衮之力，吾不云然。不由多尔衮，将由吴三桂乎？应之曰唯唯否否。三桂初心，固未尝欲乞援满洲也，为一爱姬故，迫而出此。然则导清入关者，非陈圆圆而谁？圆圆一女子耳，乃转移国脉如此。夏有妹喜，商有妲己，周有褒姒，圆圆殆其流亚欤？若多尔衮之经略中原，入关定鼎，亦自吉特太后激励而来，是又以一妇人之力，肇成大统者，孰功孰罪，阅此书者当于夹缝中求之。

第十四回　抗清廷丹忱报国
　　　　　屠扬州碧血流芳

且说清摄政王多尔衮，展阅史可法复书，不禁惊叹，因史公来书，是洋洋二大篇，比原书字数还要加倍。当即交洪承畴朗诵，承畴遂徐声念道：

第十四回　抗清廷丹忱报国　屠扬州碧血流芳

大明国督师兵部尚书兼东阁大学士史可法顿首,谨启大清国摄政王殿下:南中向接好音,法随遣使问讯吴大将军,未敢遽通左右,非委隆谊于草莽也,诚以大夫无私交,春秋之义。今倥偬之际,忽奉琬琰之章,真不啻从天而降也。循读再三,殷殷致意,若以逆贼尚稽天讨,烦贵国忧,法且感且愧。惧左右不察,谓南中臣民偷安江左,竟忘君父之怨,敬为贵国一详陈之:我大行皇帝敬天法祖,勤政爱民,真尧舜之主也。以庸臣误国,致有三月十九日之事,法待罪南枢,救援无及,师次淮上,凶问随来。地坼天崩,山枯海泣。嗟夫!人孰无君?虽肆法于市朝,以为泄泄者戒,亦奚足谢先皇帝于地下哉?尔时南中臣庶,哀恸如丧考妣,无不拊膺切齿,欲悉东南之甲,立翦凶仇;而二三老臣,谓国破君亡,宗社为重,相与迎立今上,以系中外之心。今上非他,神宗之子,光宗犹子,而大行皇帝之兄也。名正言顺,天与人归。五月朔日,驾临南都,万姓夹道欢呼,声闻数里。群臣劝进,今上悲不自胜,让再让三,仅允监国,迫臣民伏驾屡请,始以十五日正位南都。从前凤集河清,瑞应非一,即告庙之日,紫云如盖,祝文升霄,万目共瞻,欣传盛事。大江涌出枬梓数十万章,助修宫殿,岂非天意哉?越数日,遂命法视师江北,克日西征,忽传我大将军吴三桂,借兵贵国,破走逆成,为我先皇帝后发丧成礼,扫清宫阙,抚辑群黎,且罢薙发之命令,示不忘本朝,此等举动,震古铄今,凡为大明臣子,无不长跪北向,顶礼加额,岂但如明谕所云,感恩图报已乎?谨于八月薄治筐篚,辽使犒师,兼欲请命鸿裁,连师西讨,是以王师既发,复次江淮,乃辱明诲,引春秋大义,来相诘责,善哉言乎!然此为列国君薨,世子应立,有贼未讨,不忍死其君者立说耳。若夫天下共主,身殉社稷,青宫皇子,惨变非常,而犹拘牵不即位之文,坐昧大一统之义,中原鼎沸,仓卒出师,将何以维系人心?紫阳纲目,踵事春秋,其间特书如莽移汉鼎,光武中兴,不废山阳,昭烈践阼,怀、愍亡国,晋元嗣基,徽、钦蒙尘,宋高嗣统,是皆于国仇未翦之日,亟正位号,纲目未尝斥为自立,率以正统予之。甚至如玄宗幸蜀,太子即位灵武,议者疵之,亦未尝不许以行权,幸其光复旧物也。本朝传世十六,正统相承,自治冠带之族,继绝存亡,仁恩逮被,贵国昔在先朝,凤膺封号,载在盟府,宁不闻乎?今痛心本朝之难,驱除乱逆,可谓大议复著于春秋矣。昔契丹和宋,止岁输以金缯,回纥助唐原非利其土地,况贵国笃念世好,兵以义动,万代瞻仰,在此一举。若乃乘我蒙难,弃好崇仇,规此幅员,为德不卒,是义始而以利终,为贼人所窃笑也。贵国岂其然?往者先帝轸念潢池,不忍尽戮,剿抚互用,贻误至今,今上天纵英武,刻刻以复仇为念,庙堂之上,和衷体国,介胄之士,饮泣枕戈,忠义民兵,愿为国死,窃以为天亡逆闯,当不越于斯时矣。语曰:"树德务滋,除恶务尽。"今逆贼未服天诛,谍知卷土西秦,方图报复,此不独本朝不共戴天之恨,抑亦贵国除恶未尽之忧。伏乞坚同仇之谊,全始终之德,合师进讨,问罪秦中,共枭逆贼之头,以泄敷天之恨,则贵国义闻,照耀千秋,本朝图报,惟力是视,从此两国世通盟好,传之无穷,不亦休乎?至于牛耳之盟,则本朝使臣,久已在道,不日抵燕,奉盘盂从事矣。法北望陵庙,无涕可挥,身陷大戮,罪应万死,所以不即从先帝者,实为社稷之故。《传》曰:"竭股肱之力,继之以忠贞。"法处今日,鞠躬致命,克尽臣节,所以报也。惟殿下实昭鉴之!弘光甲申九月日。

洪承畴读毕,随道:"据书中意思,史可法是不肯降顺我朝,但照陈洪范传说,现在明福王用了马士英、阮大铖等人,入阁办事,恐怕就要灭亡呢。"多尔衮问他何故?承畴道:"马士英向来贪鄙,阮大铖是魏阉的干儿,这等人执掌朝纲,还有何幸?"多尔衮道:"有史可法在。"承畴道:"单靠这史老头儿,也不中用。"史老头儿不中用,洪老头儿恰很中用。多尔衮道:"此外有无别说?"承畴道:"来使左懋第恰有四件事要求我朝:第一件,是要在天寿山特立园陵,改葬崇祯帝;第二件,是要索还北京,只肯把山海关外,割畀我朝,每年赠我岁币,只有十万两;第三件,我朝与他国书,只许称可汗,不能称帝;第四件,来使聘问,要照故明会典,不肯屈膝。"多尔衮勃然道:"左懋第何人?敢说这样话!"承畴道:"闻他为兵部右侍郎,兼右佥都御史。左懋第系南朝忠臣,故特借承畴口中表明官职,这也是紫阳书法。多尔衮想了一回,便道:"且令他三人暂居鸿胪寺中,再作计较。"

歇了几天,承畴因染病乞假,不去上朝,忽闻朝中已遣回南使,大吃一惊,忙来见多尔衮,问道:"王爷把南使都遣回了么?"多尔衮道:"两国相争,不斩来使,自然令他回去。"承畴道:"老臣已与陈洪范密约,愿招降江南将士。洪范可去,左、马二人不应遣归。"多尔衮道:"你日前未曾声明,今已遣归,奈何?"承畴道:"请速派得力人员,追回左、马二人,只放陈洪范回南。"多尔衮点头,即令学士詹霸,带着禁军,飞骑南追,不到两三日工夫,即将左、马二人截回。

多尔衮正思遣将南下,忽接西征捷报,说西安已攻下了,不禁大喜。原来李闯率众入陕,攻陷长安,复令部众分扰四川、河南等省,寻闻清豫王多铎已下河南,急遣部将张有声守洛阳,张有曾守灵宝,不防清兵势大,二张俱被击败,退回关中。李闯又命骁将刘宗敏,带着人马,出守潼关,与清兵战了数次,有败无胜。李闯复亲率铁骑到关,两下都是百战精兵,一攻一守,杀伤相当。这时候,清英王阿济格等,已向长城绕边入保德州,结筏渡河,入绥德,克延

第十四回　抗清廷丹忱报国　屠扬州碧血流芳

安,下郧州,直趋西安。警报传至李闯,李闯又只得回援,途次正遇阿济格军,被他大杀一阵,急急的遁入城中。那时潼关也由多铎攻破,降了闯将马世尧,乘胜来会阿济格,李闯急上加急,仍如在京时放火而逃。始终是一强盗行径,如何能统中原？这一场,被清兵前截后追,杀得尸横遍野,血流成渠,是恶贯满盈之报。只剩了几十百个残卒,保着李闯,落荒逃走去了。李闯入陕,已如强弩之末,故书中叙述,亦约略及之。

　　阿济格既逐去李闯,与多铎相会,即联名报捷。多尔衮大喜过望,即奏请顺治帝御殿受贺。此时已是顺治二年春天了。受贺毕,由多尔衮等会议,令阿济格仍遵前旨,追剿李闯,多铎移师下江南。小子只有一支笔,不能并叙,且先述多铎下江南事。

　　且说南朝的福王,系明神宗孙,福恭王常洵长子,崇祯十六年袭封。因流寇四扰,偕从叔潞王常淓,避难淮安。崇祯帝殉国,凤阳总督马士英拟迎立福王,独南京兵部尚书史可法,以福王有七不可立,一贪,二淫,三酗酒,四不孝,五虐下,六不读书,七干预有司,一之为甚,其可七乎？拟迎立潞王常淓。偏这马士英硬要推戴,勾结总兵高杰、刘泽清、黄得功、刘良佐四人,备齐甲杖,护送福王到仪真。可法无奈,与百官迎入南京,先监国,继称尊,以次年为弘光元年。士英带兵入南京,与可法同为东阁大学士,两人心术不同,屡有龃龉。可法乃自请出镇淮扬,率总兵刘肇基于永绥等,同到江北,建议分徐泗、淮海、滁和、凤寿为四镇,即命高杰、刘泽清、黄得功、刘良佐四总兵,分地驻扎。名目上归可法节制,其实统是士英羽翼,哪个肯听可法号令？史阁部死矣！四总兵闻扬州华丽,争思居住,先到扬州城下,自杀一场。亏得可法驰往劝解,方各至汛地。自是史可法在扬州驻节,屡上书请经略中原,都被马士英搁留不报。这位弘光皇帝,偏信马士英,一切政务,全然不管,专在女色上用心。宫中不足,取诸外府。时命太监出城搜寻,见有姿色的女子,一把扯去。可怜母哭儿号,生离惨别,那弘光帝恰左拥右抱,非常快活。广罗春方服媚药,尽情取乐,无愁天子。谁知春宵不永,好事多磨,霓裳之曲未终,鼙鼓之声已起。北朝的豫亲王多铎,已分军南下了。

　　多铎自奉了移师的上谕,便别了阿济格,把军士分作三支,望河南进发。一出虎牢关,一出龙门关,一出南阳,约至归德府会齐。时河南尚为南朝属地,巡按御史陈潜夫,保奏汝宁宿将刘洪起,可为统领,令他号召两河义旅,阻截清兵。马士英不许,反召回陈潜夫,清兵长驱河上,如入无人之境。史可法闻警,亟令高杰出师徐州,沿河筑墙,专力防御。寻因清兵已下河南府,复促高杰进屯归德。高杰欲与睢州总兵许定国,互相联络,作为犄角,不意定国已纳款清兵,送二子渡河为质。高杰尚在梦中,领了数骑,从归德趋睢州,被定国赚入城内,设宴接风,召妓侑酒。灌得高杰烂醉如泥,连从骑也没人不醉,大家挟妓酣寝。一声鼓号,伏兵齐起,高杰从醉梦中惊醒,被四妓揿住,手足动弹不得,刀锋一下,身首两分。其余从骑,也一一被他杀死。一班风流鬼,都入森罗殿去了。牡丹花下死,做鬼亦风流。

定国即至多铎处报功,多铎随进取归德,三路兵陆续会集。适清都统准塔,随豪格至山东,因山东已平,奉朝命接应多铎,亦到归德来会多铎军。多铎令准塔率本部军出淮北,自率部队出淮南。又是二路。准塔到徐州,守将李成栋乞降,进攻宿迁,刘泽清率步兵四万,船千余,夹淮相拒。准塔令兵士放炮遥击,自己悄潜渡上游,绕出泽清背后,泽清不及防备,顿时骇退。准塔追至淮安,泽清遁入海。淮北一带,望风降清。多铎由归德趋泗州,明淮河守将李际遇,焚桥遁去。清兵遂安安稳稳的渡了淮河。

那时赤胆忠心的史可法,闻高杰被杀,流涕太息,忙令高杰甥李本身,往收部众,又立杰子元爵为世子,抚定军心。忽报清兵已渡淮河,急督师出御;行至半途,又报泗州紧急,复移师向泗州;行未数里,南京又飞檄召还,说是左良玉谋反,从九江入犯,赶即入卫。风鹤惊心,楚歌四面,可法因勤王事急,不得已舍了泗州,折回江南。史公可怜!

看官!你道这左良玉何故入犯?左良玉夙有战功,福王封他为宁南侯,驻守武昌,节制长江上游,作为南都屏障。这马士英偏暗中嫉忌,遇事裁抑,恼得良玉性起,索性借入清君侧为名,引兵东下,从汉口到蕲州,列舟三百多里。士英大惊,一面命阮大铖等,率兵至江上,会同黄得功防堵,一面飞召史可法、刘良佐等入援。可法方渡江抵燕子矶,又遇南京差官,传来谕旨,以黄得功已破良玉军,令可法速回淮扬。可法犹欲趋援泗州,探报泗州已失,急还扬州。好像磨盘心。谁知清兵已从天长、六合长驱而来,距扬州城只三十里。扬州守兵,多半逃窜,至可法入城,城中已无兵可守。飞檄各镇入援,只一总兵刘肇基,从白洋河趋赴,报称:"军心多变,刘泽清已潜降清军。"弄得可法战无可战,只得决计死守。

当时有清室降将李世春,奉多铎命,入城劝降。看官!你想这效死勿贰的史督师,肯甘心降敌么?愧杀洪、吴诸人。世春尚未详说,已被可法叱逐出城。世春去后,可法急令总兵李栖凤监军,副使高岐凤扎营城外,作为援应,自率刘肇基登城巡阅。猛见清兵如江潮海浪一般,推涌前来,倒也不慌不忙,待清兵将临城下,一声号令,炮弹矢石,统向清兵打去。清兵前队,多半死伤,方略略退去。相持两昼夜,可法望见城外两营,杳无声响,只有虚幌幌两座营帐;隔了一宿,连营帐都没有了。凤兮凤兮,何德之衰?可法叹道:"文官三只手,武官四只脚,奈何奈何?"刘肇基献策道:"城内地高,城外地低,可决淮河之水,灌入敌军,不怕敌军不退!"可法道:"民为贵,社稷次之。敌军未必丧亡,淮、扬先成鱼鳖,于心何忍?"到了此时,还顾恋百姓,可谓仁人。遂不从肇基之言,专务固守。

多铎接连攻城,已是数日,兵士已被伤无数,顿时愤不可遏,督兵猛扑数次,都被守兵击退。可法检点守兵,亦已许多受伤,料知城孤援绝,终难持久,啮了指血,草定遗表,还劝这位弘光皇帝去谗远色,勉力图存。又作书寄与母妻,不及家事,但云我死当葬我高皇帝陵侧。精忠报国,如见其心,读此为之泫然。遂交与副将史得威,令他逸出城外驰报去讫。到了第七日,城内的炮弹矢石,所剩无几,可法正在着急,陡闻炮声突发,城堞随崩,凭你史督师忠心贯日,也是无法可施,只好拼着命与他血斗。两下激战许久,城内外尸如山积,清兵践尸入城,刘肇基率士民巷战,杀伤十余人而死。可法见清兵已入,肇基阵亡,忙拔剑自刎。忽来了参将张友福把剑夺去,拥可法出小东门。可法大呼道:"我便是史督师。"此时城内外统是清兵,闻可法自呼,不问真伪,一阵乱剁,可怜柱石忠臣,已成碧血,从此精诚浩气,直上青云。逾年,家人以袍笏招魂,葬于扬州城外的梅花岭。明史上说他是文文山后身,小子曾有《梅花岭吊古诗》道:

休言史乘太荒唐,燕市扬州一样芳。
留得忠魂埋此土,岭梅万树益馨香。

多铎既得了扬州,下令屠杀十日,这般惨戮的情形,小子恰有些不忍说了。后人著有《扬州十日记》,看官可以参阅,小子且停一停笔,待下回再叙。

史阁部一书,义正词严,可夺敌人之气,惜所主非人耳。向使明福王任贤勿贰,去邪勿疑,则正位南京,犹仍汉代衣冠之旧。吾正望其不亡,乃淫荒无度,黜正崇邪;马、阮用事,援引阉党;中书随地有,都督满街走,监犯多如羊,职方贱如狗,相公只爱钱,皇帝但吃酒。胡儿南下,四镇抛戈,徒一憨遗之史阁部,怀才莫试,茹苦含辛,卒抗节扬州城下,岂不哀哉?本回全为史阁部写照,历表忠悃,令人不忍卒读。

第十五回　弃南都昏主被囚
　　　　　捍孤城遗臣死义

却说扬州被清兵攻入,警报传至南京,与雪片相似。马士英急遣总兵郑鸿逵,副使杨文骢,率师堵截江上。这郑杨两人,统是马党,钻营奔去,得了一个高官，晓得什么兵略，只把炮弹隔江乱放，诡报胜仗。偏这清兵故意趋避，到了炮弹声歇，他却乘着黑夜，渡江而来。待明营惊醒，清兵已经杀入，郑杨二人不知所措，只得率兵逃走。杨文骢逃至苏州，郑鸿逵越加胆小，直奔到杭州，好算是逃将军第一。清兵遂进陷镇江。那时弘光皇帝恰罗列美女，饮酒取乐，不让当年陈叔宝。至镇江失守的信息，报入宫中，他还拥着美人，不住的饮酒。亏他镇定。次日，又由太监入报，清兵自丹阳句容，迤逦前来，至是弘光帝方有些着急，连唤奈何。太监道："现闻黄得功屯兵芜湖，请皇上赶紧前去，叫他保驾才好。"弘光帝忙收拾行装，挈了爱妃，潜开通济门出走。次晨，马士英入朝，闻弘光帝已经逃去，忙入宫中，见太后皇后，正在着忙，哭得似泪人儿一般。太后都不管，弘光帝全无心肝。士英命侍卫备驾出宫，自与阮大铖率亲兵数千名，挟了太后皇后等，匆匆逃去。

南京城内，人心惶惶，总督京营圻城伯赵之龙，束手无策，与大学士王铎等，密议了一条救急的妙法，倒也大家心安。过了两日，清兵始到城下，赵之龙即将议定的法子，施行出来，令属员写了降书一道，赍赴清营。多铎大喜，准其投降。赵之龙即率十七侯伯，开了城门，匍匐道旁，迎接清兵，衣冠扫地。多铎入城安民。因马到即降，破格宽宥，禁止部兵掳掠，所以南京还算安静。特别提出，想见其掳掠多矣。休息一天，即遣贝勒尼堪、贝子屯齐，进兵芜湖，追擒弘光帝。适明将刘良佐，奉檄入援，途次遇着清兵，并不抵御，当即迎降。尼堪令为前驱，直达芜湖江口。

是时江南四镇，高杰被杀，二刘降清，单剩了一个黄得功，他前时奉命去攻左良玉，良玉已死，其子梦庚败走，得功因回屯芜湖。忽见弘光帝狼狈奔到，大惊道："陛下何故轻身到此？"弘光帝流泪道："南京无一人可恃，唯卿秉性忠诚，所以冒死前来，仗卿保护。"何不叫马士英、阮大铖等保护？得功道："陛下死守京城，臣等尚可尽力，奈何轻身来此？且臣方对敌，何能扈驾？"弘光帝不禁大哭。得功无法，只得留住弘光帝，愿效死力。

不数日，清兵已到江口，得功戎装披挂，执了佩刀，坐下小舟，督部下渡江迎战。遥闻对岸有人大叫道："黄将军何不早降？"视之，乃刘良佐，不觉怒叱道："汝乃甘心降敌么？"言未毕，忽有一箭射来，正中喉间左偏，鲜血直喷，得功痛极，将佩刀掷去，拔去箭镞，大叫一声，晕绝舟中。总兵田雄，见得功已死，起了坏心，一手将弘光帝掖住，复令兵士缚住弘光爱妃，送至对岸，献入清营。尼堪命将弘光帝及爱妃，推入囚车，解至南京，多铎即遣使献俘。可怜这位风流天子，只享了一年艳福，到此身为俘虏，与爱妃同毕命燕京，长辞人世去了。与爱妃同死，冥中有伴了。

江南已定，范文程、洪承畴等，撰颂词，修贺表，又有一番忙碌。过了数

第十五回　弃南都昏主被囚　捍孤城遗臣死义

日，又有两处捷报，一是英亲王阿济格，报称追逐李闯，无战不胜，李闯遁至武昌，入九宫山，被村民斫毙，获住闯叔及妻妾，并死党左光先、刘宗敏等，俱审实正法了。了结李闯，即从阿济格奏报中叙明，以省笔墨。一是豫亲王多铎，报称安庆、宁国、常州、苏州、松江各府，统已降顺，别遣贝勒博洛，及新授援浙闽总督张存仁，南下杭州去了。此时佳音迭至，喜气盈廷，皇太后吉特氏，及摄政王多尔衮，统喜欢得了不得。偏提出他两人，笔亦尖刻。两人复私下商议，南征西讨诸将帅，在外多时，应召他回朝休养，再作后图，国家大事，偏称私议，句中有句。遂令英、豫两亲王，奏凯还朝。

是时英亲王阿济格，正由武昌顺流东下，略定江西，降左良玉子梦庚，得师十万，闻廷寄到来，仍自江西回湖北，规定全省，随即北还。豫亲王多铎，接到召还的谕旨，收拾金银财帛，并选了江南美妇数名，带同北返。那时美妇中有一个嬬姝，姓刘名三季，后来做了豫王福晋，便是从这次掣去，稗史中曾称作嬬姝奇遇，小子不得不略略说明：这个刘三季，系虞邑黄亮功的继妻。亮功病殁，三季守嬬，被清军掠献多铎。多铎见她天然秀媚，不同凡艳，就要逼她侍寝。三季抵死不从，把头触柱，险些儿作了血污美人。幸亏婢媪众多，把她拦住。她尚大哭大踊，弄得乱头散发，别个妇女，到这般田地，也没甚可观，偏这三季发长委地，万缕香丝，光同黑漆，尤觉动人怜爱。多铎不敢相强，只令婢媪小心服侍，多方劝解。到了回京的时候，便带了三季同还，居以大厦，被以华縠，奉以珍馐，三季毫不转意，随后闻她有个爱女，名叫珍儿，流落江南，遂令清兵沿途访觅，竟被寻着，致书三季，三季始渐渐解忧。事有凑巧，豫邸福晋忽喇氏，一病身亡，多铎又令能说能话的婢媪，许她作为继室。毕竟妇女心肠，未免势利，不由的化刚为柔。妇女失贞，大都如此。多铎遂派良工制就凤冠命服，赐与三季，三季亲手收了。多铎喜极，就命侍女十余名，把三季换了穿戴，簇拥登堂，成就大礼。从此下邑孤嬬，居然做极品命妇了。

当时英、豫二王还朝后，与摄政王多尔衮相见，俱蒙殷勤款待，独肃王豪格，自山东还京，见了摄政王，偏碰着许多钉子，竟不知所为何因。读者试猜之！摄政王平日，喜欢中亦带着三分愁闷，一班攀龙附凤的功臣，从旁窥测，无从捉摸。可巧贝勒博洛的捷音，又到北京，原来马士英自南京出走，奉了弘光帝母妃，南走杭州，适潞王常涝，流寓在杭，马士英就劝他监国。潞王尚未允洽，不意清贝勒博洛，已率兵抵余杭，马士英与总兵方国安，上前迎敌，连战连败，向西窜逸。清兵追至钱塘江，沿江立营，杭人料他潮至必没，谁知潮神也趋奉清兵，竟三日不至。清兵渡江攻城，潞王无兵无饷，哪里还能固守？只好与巡抚张秉贞等，开门乞降罢了。摄政王看了捷报，也无甚得意，淡淡的搁过一边，他的心思，无非与豪格反对，苦于无法可除，正在踌躇。忽报故明兵部尚书张国维等,奉了鲁王朱以海,监国绍兴,故明礼部尚书黄道周等,奉了唐王朱聿键,称帝福建,多尔衮皱了一回眉,便召范文程、洪承畴等会议,并问:"鲁唐二王,是否前明嫡派?"承畴答称:"鲁王是明太祖十世孙,世封山东,唐王是明太祖九世孙,世封南阳。"多尔衮道:"明朝的子孙,为何有这般多呢?一个弘光,方才除掉,偏偏又兴起两个来。"言未毕,复有警报传到,明给事中陈子龙,总督沈犹龙,吏部主事夏允彝,联合水师总兵黄蜚、吴志葵,起兵松江;明兵部尚书吴易,举人沈兆奎,起兵吴江;明行人卢象观,奉宗室子瑞昌王盛沥,起兵宜兴;明中书葛麟,主军王期昇,奉宗室子通城王盛濙,起兵太湖;明主事荆本彻,员外郎沈廷扬,起兵崇明;明副总兵王佐才,起兵昆山;明通政使侯峒曾,进士黄淳耀,起兵嘉定;明礼部尚书徐石麟,平湖总兵陈梧,起兵嘉兴;明典吏阎应元、陈明遇,起兵江阴;明金都御史金声,起兵徽州;有几个是通表唐王,遥受封拜,有几个是近受鲁王节制,还有明益王朱由本据建昌,永宁王朱慈炎据抚州,明兵部侍郎杨应麟据赣州,各招五岭峒蛮,冒险自守等语。螳斧虽不足当车,然皆为故明宗室遗臣,不谓无志,故每条上皆系以明字。多尔衮皇然起立道:"这么,这么!起兵的人,东数支,南数支,看来东南一带,是不容易到手了。"范文程道:"爝火之光,何足以蔽日月?总教天戈一指,就可一概荡平。"多尔衮道:"英豫二王,甫命还朝,不便再发,现在驱遣何人?"文程道:"莫如洪老先生。他能文能武,请他督理南方军务,定能奏效。"承畴闻言,谦逊一番。多尔衮不允,承畴唯唯听命。既作贰臣,何必强辞?拟令贝勒博洛,仍驻杭州,贝勒勒克德浑暨都统叶臣,出守江南。三人议定,便照例奏请,即于次日下旨。承畴以下,除博洛在杭外,各奉命去讫。

越宿复下一谕,令海内军民人等,薙发易服,违者立斩。原来清帝入关,政从宽大,薙发与否,暂听民便,此次谕下,怕死的人,哪个敢以头易发?自然奉旨遵行。是时江南使臣左懋第,尚羁居北京太医院,他的随员艾人选,也遵旨薙发,被懋第杖死。多尔衮闻了此事,命懋第弟懋泰进去诘责。懋第正色道:"汝乃满清降官,何得冒称吾弟?"叱出懋泰,懋泰回报多尔衮,多尔衮亲自提审,懋第直立不跪。多尔衮喝令跪下,懋第道:"我乃天朝使臣,安肯屈膝番邦?"多尔衮道:"汝国已亡,汝主已戮,尚有何朝可说?"懋第道:"大明宗支,散处东南,一日不尽,一日不亡,就使绝灭,我是明臣,甘为明死,要杀就杀。"多尔衮道:"汝已食清粟一年,还得自称明臣么?"懋第道:"汝夺明粟,无理已甚,反说我食清粟,真是强横!"可杀不可劫,确是纯儒。多尔衮道:"你何故杀你随员?"懋第道:"我杀随员,与你何干!"多尔衮道:"你为何不肯薙发?"懋第道:"头可断,发不可断。"如闻其声。多尔衮道:"好个倔强的男子!"颇识英雄。语未毕,左侧闪出一人道:"懋第为崇祯帝来,可饶命,为福王来,不可饶命。"懋第怒目道："你是大明会元陈名夏，有何面目敢来插嘴？你怕死，我不怕死。"多尔衮道："你不怕死，就令你死。"命左右推出宣武门外处斩。懋第已死，多尔衮暗暗叹息道："明朝的臣子，如此忠义，恐怕中原是未能平定呢。"

　　不言多尔衮担忧，且说清贝勒勒克德浑率兵南下，沿途所经，多望风迎降。苏州巡抚王国宝，松江提督吴兆胜，吴淞总兵李成栋，统遣使奉书，愿效麾下。勒克德浑用以汉攻汉的计策，令降臣前驱，出兵略地。到了常州，击败松江水师黄蜚、吴志葵，进略昆山，战胜王佐才，旁陷崇明，又破了荆本彻，乘胜到嘉定，围攻数日。偏这侯峒曾、黄淳耀二人，激励兵民，死守不下。那时为虎作伥的李成栋，运到大炮数尊，接连攻城，守兵犹随缺随修，毫不退怯。可奈天意偏不令固守，一阵阵的大雨，似倾盆的下来，雨过炮发，随处崩陷，成栋引着清兵，一拥入城。侯、黄二人，犹率死士巷战，自朝至暮，峒曾力竭，挈二子投水死。淳耀入僧舍自缢死。城中尚有未死的兵民，被成栋下令屠戮。今日屠，明日屠，后日又屠，接连三天，共死了数万人，遍地皆血肉了。成栋之肉，其足食乎？幸亏勒克德浑檄成栋攻松江，方才罢手，率兵离城。后人称为嘉定三日屠，便是这场惨剧。

　　成栋既离了嘉定，便与清将马喇希恩格图会合，进袭松江。松江系沈犹龙把守，成栋恰想出一条赚城计，令兵士伪作汉装，冒充黄蜚、吴志葵军，黄夜叩城。犹龙堕入狡谋，开城放入。成栋饬兵士乱杀乱斫，并一阵乱箭，射死了沈犹龙。松江既陷，成栋复出师攻江阴，正在发兵，忽有清兵入报，将黄蜚、吴志葵二人，由金山获到。看官！你道这吴、黄二人，如何被获呢？原来吴、黄二人，自常州退至松江，被马喇希恩格图，分兵追袭，连战连败，船既被焚，身亦遭擒。成栋恰视为奇货，竟带了二人至江阴。暗伏下文。江阴故典史阎应元，夙谙兵法，为城中士绅推举，一意抗清，清将军勒克德浑，曾遣降将刘良佐往攻。那城上的守具，一是毒矢，一是火砖，一是木铳，毒矢射人即死，火砖着人即燃，木铳中储火药，投下时，机发木裂，火药猛爆，所当立靡，这都是阎应元监工造成，用御敌军。良佐的部兵，围攻数日，多烧得焦头烂额。良佐想得一法，用牛皮帐遮蔽兵士，令之穴城，不意城上掷下巨石，牛皮洞穿。良佐复将牛皮帐作三层，用九梁八柱，架将起来，挡住巨石。那时城上恰用烧滚的桐油，泼将下去，帐篷又破。良佐正急的了不得，李成栋已到，率生力军去猛扑一番，也被守兵击退。成栋大怒，将黄蜚、吴志葵，推至城下，令他劝降。读至此，始知成栋用意。黄、蜚缄口无言，还是吴志葵说了数语。应元答道："大明有降将军，无降典史。"降将军听着。良佐亦拍马向前，遥语应元道："区区江阴，宁能久守，若变计降清，爵位不在良佐下，请足下三思！"应元道："大明养士三百年,不料出汝等侯伯,毫无廉耻。应元犹有心肝,宁为义死,不为利生。"言毕,一声梆响,火箭齐发,慌得良佐连忙倒退,拍马而回。黄蜚、吴志葵已被火箭射伤,由军士牵回清营,未几病殁。会江宁运到大炮数十尊,马喇希恩格图亦率兵赶到,四面夹攻,守兵死伤无数,仍是抵死勿动。奈老天又连日霪雨,把城堞冲坏数处,守兵防不胜防,竟被清兵攻入后门。应元血战一场,身中数箭,乃下马投入水中。清兵追至,将应元曳出,牵至刘良佐、李成栋前,应元骂不绝口,遂被杀。陈明遇举家自焚,满城男妇,无一降者。李成栋又倡议屠城,将城内外居民,一一杀讫,尸如山积,共计城内死九万七千余名,城外死七万五千余名。后来江阴遗民,只有五十三人,躲避寺观塔上,方得保全。自从清兵南下,杀戮最惨的地方,扬州、嘉定以外,要算江阴。坚强不屈的好男儿,要算故典史阎应元。**大书特书。**小子曾记江阴城楼,有阎典史绝笔一联云:

> 八十日带发效忠,表太祖十七朝人物。
> 十万人同心死守,留大明三百里江山。

欲知以后情事,且看下回分解。

　　弘光帝之死不足惜。四镇中有黄得功,使臣中有左懋第,临难捐躯,足为南朝官吏留一气节。至鲁王监国,唐王称帝,故明遗老,多投袂而起,力图规复,事虽不成,志实可嘉。阎典史以区区微官,死守孤城八十日,尤见忠诚。本回直叙事实,而详略不同,亦费斟酌。

第十六回　南下鏖兵明藩覆国
　　　　　　西征奏凯清将蒙诬

　　却说江阴被陷,明遗臣已亡了一半,只有宜兴、太湖、吴江、徽州等处,尚有抗清的明臣。至是势孤力危,眼见得要保不住了。宜兴的瑞昌王盛泓,是由卢象观拥戴,象观谋潜袭南京,密约城内同党,作为内应。适洪承畴到江南,搜出奸细,设伏城外,待象观率兵到来,伏兵四起,把象观的兵,杀得七零八落,连瑞昌王也遭擒戮。只象观夺路乱窜,奔投葛麟王期昇。象观方到太湖,清降将吴兆胜,已奉洪承畴命令,率兵踵至。两下打了一仗,葛麟王期昇的兵舰,统被清兵火箭射入,随风延烧,葛王等跃岸逃去。通城王盛澂,已随了火德星君,归位去了。**又亡了两个明宗室。**

第十六回　南下鏖兵明藩覆国　西征奏凯清将蒙诬

吴兆胜又进攻吴江，途中遇着吴易伏兵，杀得大败亏输，失去兵船二十艘。当贝勒博洛，自杭州北还，击败徐石麟于嘉兴，逐走陈梧于平湖，沿途略地，直至吴江，遇着吴兆胜败军，与之联合，再攻吴易。吴易总道兆胜败走，不复防备，谁知清兵四面分攻，炮击火燃，将吴易军舰，烧得一只不留。

江南民兵，至此已尽。洪承畴遂遣都统叶臣，总兵张天璜，进攻徽州。故明佥都御史金声，方招募义勇，分驻要塞，联络故巡抚邱祖德，职方郎中尹民兴，推官温璜、吴应箕等，互为援应，并遣使通表福州。是时唐王在福州称帝，年号隆武，接阅金声奏牍，喜不自胜，命他为右都御史，兼兵部右侍郎，总督诸道兵马。金声亦感激图报，取旌德，拔宁国，声威颇振。怎奈人心未死，天意难违，节守忠操，行不让乎孤竹，志图规复，事更棘于厓山。清兵从间道入丛山关，直趋绩溪，绕出金声背后，金声急麾兵回援，正与清兵相持。忽来了贼心贼肝的黄澍，口口声声，说要恢复大明，金声道他是故明臣子，可共患难，不意他竟暗通清将，乘夜开城，放入清兵。一班遗老，被杀被擒，只逃脱一个尹民兴。内中有个江天一，系金声高足弟子，同时被清兵擒住，见了承畴，说承畴是个死人，竟将崇祯帝祭承畴文朗诵起来。<small>身虽临危，语总快意。</small>承畴听得面红耳赤，不禁老羞成怒，将擒住的人，一一斩讫。

此时建昌抚州，已被清降将金声桓，率兵攻克。益王朱由本、永宁王朱慈炎俱殉死。长江上下游略定，捷报纷纷到京，提心吊胆的摄政王，又稍稍称快。只鲁、唐二王，尚踞浙闽，不得不再行进攻。意欲遣豪格前去，适流贼张献忠，盘踞四川，任情屠掠，难民流徙他处，纷纷泣吁清廷。多尔衮遂趁这机会，命豪格为靖远大将军，<small>不如加他绿头巾。</small>令偕平西王吴三桂等西略四川。浙闽的军事，仍令博洛前行，封他为征南大将军，偕都统图赖，贝子屯齐，南下杭州。

小子不能并叙，只好先叙博洛南下事：博洛奉命南下，仍到杭州，闻鲁、唐二王，自相水火，不觉大喜。看官！你道这鲁、唐二王，何故相仇呢？唐王是叔，鲁王是侄，唐王欲鲁王退就藩属，尝遣使赍饷银十万两，犒劳浙东军士，鲁王不纳。这饷银却被方国安劫去，<small>强盗行为，何知礼义？</small>浙、闽遂成仇敌。博洛闻此消息，正好乘隙进攻，<small>渔人来了。</small>率兵渡钱塘江涉江将半，东南风起，来了一只乘风鼓浪的大舰，舰首立着一位盔甲鲜明的主将，正是故明兵部尚书张国维。<small>特为表暴。</small>两下麾众搏战，不一时，博洛的坐船，被明军击了一个大窟窿，惊驶回岸，清兵亦相率奔回，登岸返城。国维乘胜至城下，竭力攻打，忽报方国安拥了鲁王已至东岸，国维只得退回迎驾，暂时休息。可巧马士英、阮大铖二人，亦奔到国安营，国安与他臭味相投，便在鲁王面前，力为保荐，<small>又要这两贼来送浙东了。</small>又请调国维守义乌。国维一去，清兵遂运舟载炮，大举渡江。

国安不敢力拒，亟挟鲁王遁回绍兴。清兵渡江而进，国安大恐，马、阮二人，遂劝他降清，且嗾执鲁王以献。幸亏鲁王察觉，单身走脱，至石浦，遇着故定西侯张名振，航海东去。方国安竟率马士英、阮大铖等，赴清营投降。

大铖复导清兵进攻金华，金华城守未坚，被清兵用炮轰入，杀戮甚惨，故明大学士朱大典阖门殉节。转攻义乌，张国维抵死守御，无如势孤力弱，饷匮兵虚，相持数日，渐渐支撑不住。国维知不可为，遥望江南，拜别明陵，作了绝命诗三章，投水而死。浩气千秋。清兵遂入义乌，进拔衢州，明知府伍经正等皆死节。浙东已定，博洛遂下令移师福建，眼见得唐王也保不住了。唇亡齿寒。

且说唐王据守福建，颇思振作，不似弘光帝的昏庸，宫内也没有什么嬖宠，只有王妃曾氏，知书达礼，好算一位贤内助。当时长江下游的民兵，统已沦亡，只杨廷麟尚固守赣州，受唐王封为兵部尚书，又有故湖广总督何腾蛟，收降李闯余众，与湖南巡抚堵胤锡，上书唐王，力谋恢复。唐王封腾蛟为定兴伯，兼东阁大学士，胤锡为兵部右侍郎，兼右佥都御史。

腾蛟请唐王移都湖南，被郑芝龙等所阻。芝龙系海盗出身，崇祯初，始投降明朝，代平海寇，明朝擢封为南安伯。他仗着拥戴功劳，握了重权，挟制唐王。唐王无奈，命大学士黄道周出关募兵，为扈卫计。道周手无寸铁，只带着幕客数员，闲关跋涉，直抵婺源。偏这洪承畴侦悉行踪，竟遣兵袭击中途，将他截获。那时忠诚贯日的黄道周，怎肯做承畴第二？迫降不允，但从容赋诗，书绝命词于衣带间。临刑这一日，过东华门，立住不走，向监斩官道："此处与高皇帝陵寝相近，便是道周死地，不必他去。"监斩官怜他忠烈，就在东华门外行刑，幕下士赖雍、蔡绍谨、赵士超等皆从死。

唐王闻道周殉难，痛哭一场，决意冒险赴湘，自福州出发，直至延平。其时杨廷麟亦遣使迎驾，怎奈郑芝龙嗾使军民，劫王留闽，自愿出关拒敌。唐王行推毂礼，送他出关。他一到关前，适洪承畴遣使招降，许他侯爵，他遂假托海寇入犯，须往备御，拜疏即行。何不叫唐王再行推毂礼。守关将士，多随了芝龙前去，仙霞岭二百余里，空无一人。清贝勒博洛遂自衢州出发，率兵过岭，长驱入关。方国安、马士英、阮大铖三人，引导入金衢，未得褒赏，怏怏失望，有不愿随行的意思。清兵迫令速行，大铖稍为迟慢，被清兵推入崖下，脑裂身死。该死久了。国安、士英，随至建宁，密议通闽，被博洛搜出私书，将二人双双斩首。好为崇祯弘光出气。

博洛既陷了建宁，直指延平，唐王闻报大惊，急召左右商议，延平知府王士和请唐王速奔汀州，唐王欲士和扈跸，士和道："臣有守城责，当与城存亡，只求圣驾无恙，臣死亦瞑目了。"于是唐王急挈了曾妃，并拥十余麓残书，仓皇

第十六回　南下縻兵明藩覆国　西征奏凯清将蒙诬

出走。是梁湘东一流人物。士和闻清兵将到,亦麾众出避,自己退入内署,整冠自缢。清兵入城后,复西追唐王。唐王奔至汀州,从骑已多半溃散,只有故总兵姜正希,率兵来卫,方得入城守御。清前锋统令努山,阅七日始抵汀州城下,正希出战不利,退回城中。忽报城西有明军数百名,竖帜前来,正希只道是遗老入卫,开城相应,谁料来者都是敌兵,急忙挥众抵敌,已是不及。那时清兵蜂拥入城,霎时间已将唐王曾妃等掳去。正希还思截夺,可奈箭如飞蝗,不能上前,部兵多被射伤,只得遁走。清兵掳了唐王等,东渡九泷江,渡将半,忽听得一声呜咽道:"陛下宜殉国,妾先去了。"清兵忙各注视,见曾妃已跃入水中,捞救无及,只落了汪汪碧水,渺渺贞魂。贤哉曾氏,不愧知书达礼。曾妃已死,清兵监守愈严,唐王屡思自尽,苦无觅死地,遂想了一个绝粒的法子,沿途不食半菽。连寻死也要用计,可怜可叹。既到福州,城内外已统是清兵扎驻,贝勒博洛早袭占福州了。努山牵唐王见博洛,博洛也不细问,令幽系别室。这唐王已槁饿数日,奄奄垂尽,是夕便滴下血泪几许,长叹一声,瞑目而逝。福唐桂三王中,还算唐王死得明白。博洛分兵下漳泉诸郡,闽地尽为清有。郑芝龙即奉表降清,独芝龙的儿子成功,前蒙唐王赐姓,封为御营中军都督,受明厚恩,不肯携贰,竟约了郑鸿逵、郑彩,出奔海岛去讫。犁牛之子骍且角。博洛在闽休养数天,尚想发兵下赣,嗣接到洪承畴咨文,说已遣降将金声桓,攻拔吉安及赣州,明守将杨廷麟投水自尽,江西郡县已次第肃清了。杨廷麟殉节事,于此处叙明。博洛遂拜本告捷,静待后命。

　　话分两头,且说清肃亲王豪格偕平西王吴三桂,发兵西行,到了陕西,适明旧将孙守法、王光恩、武大定、贺珍等,起兵兴安、汉中,进踞西安。豪格令总督孟乔芳和洛辉,率兵攻破西安,连下兴安、汉中,孙守法等遁走,遂留贝子满达等,搜陕西余孽。自与吴三桂进军四川,此时四川人民,已被张献忠杀死大半。献忠自得四川后,僭号大西国王,无一日不杀人民,将卒以杀人多少论功,小孩多被蒸食,妇女被掳,令部众轮流奸淫,并割下弓足,聚成一大堆,号称莲峰。缠足妇女其听之!伪府中养獒数千,部下朝会,必纵獒使嗅,被嗅者立斩,叫作天杀。又立出一种剥皮刑,皮未剥尽,其人已死,就将司刑的人,剥皮抵罪。伪都督张君用、王明等数十人,杀人最少,即加剥皮刑,并屠全家。自古以来,无此残贼。因此兵民交愤,常欲暗杀献忠。献忠闻知,不问谁何,一意屠戮;复尽毁成都宫室,拆去城墙,自率部众出川北,欲尽杀川北守兵。伪将刘进忠遁入陕西,到汉中遇着清兵,下马乞降,愿为向导。豪格遂令进忠前行,部兵后随,日夕催趱,直达四川西充县界,扎下营盘,饬前哨往探。回报献忠正在西充屠城,豪格立命拔营,到了凤凰山,正值漫天大雾,晓色迷濛,遂即逾山前进。适献忠屠尽西充,麾众出城,两下相遇,被清兵冲杀过去,一阵乱劈，献忠不知清兵多少，还拿着杀人的手段，左抵右挡。霎时间日光微逗，大雾渐开，献忠左右四顾，手下所剩无几，连义子孙可望、刘文秀、李定国等人都不知去向，此时方着急起来，大吼一声，杀开血路，望西而走。献忠嗜杀人粗莽可知，故作者又另具一种叙法。清章京雅布兰见献忠脱逃，忙抽弓搭箭，觑住献忠头颅，射了过去，一声喝着，献忠已翻身落马。雅布兰即纵马上前，拔刀去杀献忠，清兵踊跃随上，刀斩枪戳，把这穷凶极恶的剧贼，菹为肉酱。不足偿川民之命。豪格遂分兵四剿，计破贼营百有三十，四川略定。

吴三桂忙向豪格贺喜，偏这豪格闷闷不乐。三桂问故，豪格只是不答，反滴下几点泪来。三桂越加动疑，只是呆看豪格。迟了半晌，方见豪格答道："兔死狗烹，也是常事，但我又不在此例。"三桂惊异道："莫非功高招忌么？"豪格叹道："并非功高招忌，乃是色上有刀。"说至此，又复停住。三桂已是猛悟，不敢再提此事，另说拜本奏捷等情。豪格道："劳你嘱咐文稿员，办一奏折便了。"写尽豪格牢骚。三桂应声退出，饬缮奏疏，与豪格联衔报捷。

过了一月，谕旨已下，命豪格还朝，留吴三桂镇守汉中，特简总兵李国英为四川巡抚，豪格就把一切政务，交与李国英，自偕吴三桂回至汉中，复与三桂话别。临别时握三桂的手道："汝宜保重！咱们恐不复相见了。"断头语。三桂劝慰一番，并托豪格寄书家中，择日迁移家眷。沅姬有福，豪格可怜。豪格应允，就带了本旗人马，回京复命。

顺治帝御殿慰劳，赐宴回邸。征夫远归，陌头宜慰，谁知香衾未稳，缇骑忽来，蓦地将豪格牵入宗人府，缚置图圄，说他克扣军饷，浮领兵费。豪格欲上书辩诬，偏偏被上峰阻抑，好似哑子吃黄连，说不尽的苦恼。又闻得福晋博尔济锦氏，竟日夜留住摄政王府中，原来为此。那时羞愤交并，免不得恹恹成病。不到一月，把生龙活虎的英雄，变作了骨瘦形枯的病鬼。

是时郑亲王济尔哈朗，英亲王阿济格，统纷论摄政王的过失，连他兄弟多铎，也有后言。弟偎红，兄亦倚翠，何庸后言？不意贝子屯齐，竟讦告郑亲王罪状，有旨革去亲王爵，降为郡王，罚银五千两。英亲王张盖午门，又犯大不敬的罪名，亦降为郡王。豫亲王把黄纱衣一袭，赠与吴三桂子应熊，复说他私馈礼物，罚银二千两。这几个豪贵勋戚，为了细故，或贬或罚，还有何人敢忤摄政王？自然人人吹牛，个个拍马，今日一本奏疏，说是摄政王如何大功，宜免跪拜礼，明日又上一本奏疏，说是摄政王视帝如子，帝亦当视王如父。此时顺治帝不过十余龄，外事统由摄政王主持，内事都由太后吉特氏处置，这数本奏折呈入太后眼中，不由的满怀欢喜，就降下两道懿旨，一道是说摄政王勋劳无比，不应跪拜，着永远停止，一道是说叔父古称犹父，此后皇上宜尊摄政王为皇父。名足副实。从此摄政王多尔衮，毫无拘忌，凡宫中什物，及府库财帛，随意挪移,太后尚赐他禁脔,遑论什物财帛。日间在宫与太后叙旧,夜间在邸,与肃王福晋取乐,好算是清皇亲内第一个福星了。小子曾有一诗为豪格呼冤云:

> 欲加之罪岂无辞,缧绁横施不自知。
> 为语人休贪艳福,由来祸水出娥眉。

欲知后事如何,且待下回续叙。

南中义旅,屡仆屡兴,其弊在散而无纪,涣而不群。唐、鲁二王,以叔侄之亲,亦自相水火,独不思辅车相依,唇亡齿寒。曩令戮力同心,共图兴复,则清将虽勇,亦多属酒色之徒,岂必不可敌者,乃满盘散沙,不值一扫,鲁王遁,唐王俘,东南遗老,大半沦亡,宁不可恫?若张献忠之残虐,自古罕匹,史称川中人民,被杀亦万万有奇,天道好生,胡不早为诛殛,而必假手于清军耶?清豪格为明诛马阮,复为川民戮献忠,系清帅中之最得人心者,乃偏令其衅起帷房,不得其死,天耶人耶?帝阍何处,欲问无从,读本回,令人感叹不置。

第十七回　立宗支粤西存残局
　　　　　　殉偏疆岩下表双忠

且说明唐王败没后,其弟聿𨮁,逃至广州,故明大学士苏观生等,倡议兄终弟及,奉聿𨮁为帝,改年绍武,招海上徐、马、郑、石四姓盗魁,授为总兵,又去招安海盗,太属不鉴覆辙。冠服不及裁制,就假诸优伶,暂时服用。正是一班优孟,可笑!同时肇庆恰拥立桂王由榔。桂王系明神宗孙,世封梧州,由故明兵部尚书丁魁楚,及兵部侍郎瞿式耜,迎驾劝进,改年永历,颁诏湖南云贵等省。湖广总督何腾蛟,与湖南巡抚堵胤锡,奉诏称臣,愿为拥护。那时桂王恰遣给事中彭耀,主事陈嘉谟,敕谕广州,令聿𨮁退就藩王礼,并与苏观生争叙伦次,断断抗辩,恼得观生性起,将彭、陈二人杀讫,即日发兵攻肇庆,令番禺人陈际泰督师。桂王亦遣兵部林嘉鼎,率兵赴三水拒敌。比闻、浙情形,又降一等。这陈际泰用了诱敌计,杀败林嘉鼎,乘势薄肇庆,亏得瞿式耜督兵至峡口,力御际泰,肇庆方安。

观生得了捷报,不由的意气扬扬,大作威福。小胜即骄,何足成事?忽闻清降将李成栋,奉贝勒博洛命,由闽趋粤,连下潮州惠州,观生尚毫不在意。过了数日,城外炮声四起,始出署探望,蓦见清兵已拥进东门,急忙召兵搏战。仓猝调遣,哪里还来得及?就使来了几个兵卒,也统做了无头之鬼。

观生没法,逃至给事中梁鍙家,邀鍙同死。鍙佯为应诺,分室投缳,观生已直挺挺的悬在梁上,梁鍙恰慢腾腾的踱出房中,妙对。当即解下观生尸首,献与清军,复导清军追擒聿𫓧。观生以此等人为友,安得不死?聿𫓧用此等人为臣,安得不亡?聿𫓧被获,清卒仍照常馈食。聿𫓧道:"我若饮汝一勺水,何以见先人于地下?"挥去食具,夜间乘守卒不备,即解带自缢。与乃兄聿键相似,可谓难兄难弟。

　　成栋既得广州,分兵攻高雷各州,自督军进攻肇庆。此时瞿式耜尚在峡口,即奏请增兵,决一死战。偏偏桂王左右,有个司礼监王坤,只劝桂王西走。丁魁楚也附和王坤,遂不从式耜言,连夜出奔。式耜闻信,急回军挽驾。到了肇庆,闻桂王已西去数日;驰至梧州,又闻桂王已奔平乐;及抵平乐见桂王,那时肇庆、梧州,统已失陷。复由王坤倡议,转走桂林。式耜想出言劝阻,转思桂林通道湖广,可与何腾蛟相倚,亦非无策,乃扈驾前行。

　　独丁魁楚迟迟不发,密遣人至成栋处求降,比王坤且不如。数日未得回音,只得收拾财帛,挈领妻妾子女出城。城外雇了四十号船,装载眷属及行李,一帆风顺,直达岑溪,巧与成栋船相遇,魁楚便投刺请谒,总道成栋以礼相待,既过了成栋船,但见成栋端坐不动,忽一声拍案道:"左右与我拿下这匹夫!"魁楚尚欲有言,可奈两手已被反缚。又见有数十人绑缚过来,仔细一望,不是别人,正是自己的娇妻美妾,宠子爱女,不由的心如刀割,忙即跪下,哀求饶命。晚矣晚矣!成栋道:"你的主子,哪里去了?"魁楚道:"已去桂林。"成栋道:"你为何不随去?"魁楚道:"闻得将军到此,特来投诚。"成栋道:"我处却不容你贪诈的贼子。"魁楚道:"魁楚并没有什么贪诈。"成栋笑道:"你不贪诈,哪里有许多金帛?你今不必狡赖,吃我一刀便了。"魁楚哭道:"愿尽献船中所有,赎我老命!"早知命重财轻,何必贪财坏命?成栋道:"你的金帛,已在我处,还劳你献什么?"魁楚大哭道:"愿乞一子活命!"成栋不由分说,喝令左右,将魁楚子斩讫,接连又将他妻女斩讫,妾四人斩了两个,留了两个。以两妾代一子,总算成栋有情,然被人受用,何如尽付刀下?魁楚吓得魂飞天外,跌倒船中,砉然一声,化为两段。可为贪诈者鉴。

　　成栋既杀了魁楚,即入据平乐,越宿复进攻桂林。桂王闻报大恐,适武冈镇将刘承胤,奉何腾蛟命,率兵到全州。王坤复请桂王往投,式耜苦谏不从,自愿留守桂林,桂王乃命麾下焦琏为总兵,助式耜守城,当偕王坤等走全州。不二日,清兵已到桂林城下,总督朱盛浓,巡按御史辜延泰,皆杳如黄鹤,只式耜仗着一片忠心,激励将士,由焦琏带领出城,与清兵连战两昼夜。式耜亦出城督阵,再接再厉,连却清兵。及回城后,苦乏库帑,将夫人邵氏的簪珥,尽行取出,充作军饷。守兵感激涕零,誓杀退清兵。是夕,即捣入清营,人自为战,把清兵杀得落花流水,弃甲而逃,当即追赶数十里而回。越是拼命,越是得生。

式耜又命焦琏收复平乐、梧州,遣人至桂王处报捷。时桂王已至全州,镇将刘承胤开城出迎,起初尚未尽礼,后来渐渐跋扈,自称安国公,党羽爪牙,统封伯爵,将司礼监王坤,逐出永州,王坤该逐,只是桂王吃苦。且扬言清兵将至,瞿式耜已降清,迫桂王徙武冈州。既到武冈,承胤愈加专恣,桂王不堪胁迫,密遣人求救于何腾蛟。是时清廷正命孔有德为平南大将军,偕耿仲明、尚可喜等,进兵湖南,所向皆克。腾蛟麾下的镇将,或遁或亡,连腾蛟也不能抵御,自长沙走衡州,堵胤锡亦出走永定卫。清兵连拔长沙、湘阴,进薄衡州,腾蛟又自衡奔永,寻又被清兵追逼,直走白牙市。途次接桂王密函,匆匆走谒。桂王与他密议良久,怎奈腾蛟只赤手空拳,没有能力可除承胤。适赵印选、胡一青两将从赣州到武冈,桂王乃命二将隶属腾蛟,密令后图。腾蛟领命,辞还白牙,途次被承胤党羽围住,亏得赵、胡两人,前护后拥,杀出重围。既还白牙市,闻瞿式耜战胜桂林,并规复广西全省,遂徒步往依。到了桂林,与式耜相见,情投意合,稍稍安心。寻闻刘承胤已降清兵,武冈被陷,免不得一番惊惶,式耜愈加着急。嗣探得桂王已潜走象州,乃联名奏请还驾。至桂王已回桂林,即开了一番会议,命湘粤诸将分路出守,互相接应,诸将领命去讫。

这清将军孔有德,降了武冈,进拔梧州,正拟入攻桂林,忽闻金声桓、李成栋统已附明,江西、广东两省,复为明有,不觉大惊,忙引兵趋还湖南。途中已接到促归的上谕,别命尚可喜、耿仲明移师救江西,他乐得半途歇舵,匆匆北上去了。

单说金声桓本左良玉部将,清师南下,声桓自九江趋降,清廷授声桓为总兵,令取江西全省。江西已定,声桓自恃功高,欲升巡抚,不意清廷却简任章于天抚赣,一场大功,化作流水,免不得怏怏失望,密与党羽王得仁,拟通款永历。事尚未发,被巡按御史董学成察悉,告知章于天。声桓得此消息,索性一不做,二不休,令王得仁闯入抚署,杀了学成,缚住于天,迎在籍故明大学士姜曰广入城,号召全省,通表桂王,又做那故明臣子。反复小人,不足道也。

此事传到广东,广东提督李成栋,与声桓的境遇,大略相似。成栋本高杰部将,以徐州降清,奔走东南,屡作功狗,自桂林败退后,又击死明遗臣陈邦彦、张家彦、陈子壮等,还扎广州,未沐重赏,总督佟养甲,复遇事抑制,忿懑的了不得。一日,接到金声桓密函,约他反正,他尚踌躇未定;是夕,入爱姜珠圆室,闷闷不乐。这珠圆是云间歌伎,被成栋掳掠得来,宠号专房,一双慧眼,煞是厉害,窥破成栋情形,即喁喁细问。成栋将声桓密函,递与一阅。珠圆阅毕，便问成栋道："据将军看来，反正的事情，应该不应该？"成栋沉吟不语。珠圆道："清朝是满族，我辈是汉人，为什么帮了满清，自戕同种？妾看反正事情，极是正当办法。况将军曾为明臣，如何甘降异族？妾实难解。"这妇人大有见识，与陈圆圆判若天渊。成栋不觉起立道："看你不出，你却有这番议论，我非无意反正，但恐反正后，清兵到来，胜负难料，万一战败，如卿玉质娉婷，也恐殃及。"珠圆也起立一旁，柳眉微蹙道："将军为妾故，甘心遗臭，这反是妾累将军，妾请即死，以成将军之志。"言毕，将成栋身上的佩剑拔出，刺入颈中。成栋连忙拦阻，已是血溅蜻蛉，遗蜕委地，遂抱尸大哭一场，随说道："女子，女子，是了，是了！"煞是可佩！遂取了前明冠服，对着珠圆的尸首，拜了四拜，该拜。命即入殓。

次晨，令部兵齐集教场，声言索饷，佟养甲出城抚辑，成栋劫养甲叛清，一面传檄远近，一面上表桂王。此报一传，四方骚动，蜀中故将李占春，及义勇杨大展等起兵，分据川南、川东，张献忠余党孙可望、李定国等，率众据云南、山西，大同镇将姜壤据山陕，皆上表桂王，愿为臣属。何腾蛟复自桂林出发，乘湖南空虚，攻克衡、永各州，联络湖南诸镇将。鲁王以海，亦遣张名振等进略闽、浙海滨。风云变色，斥骑满郊，弄得清廷遣将调兵，非常忙碌。

当由摄政王多尔衮，大开军事会议，以汉将多不可恃，应派亲贵重臣，分地征剿。遂命都统谭泰为征南大将军，同着都统和洛辉，自江宁赴九江，会了耿仲明、尚可喜，专攻江西、广东，复济尔哈朗亲王原爵，封勒克德浑为顺承郡王，会了孔有德，专攻湖南、广西，连孔、耿、尚三王，亦差亲贵监守，真是严密得很！进博洛为端重郡王，尼堪为敬谨郡王，令攻大同，吴三桂、李国翰等，分征川陕，洪承畴仍留镇江宁，经略沿海各地。大兵四出，昼夜不停。

谭泰等到了江西，连拔九江、南康、饶州诸府，直达南昌省城。金声桓方攻赣州，闻报急返，谭泰令精兵四伏，另率羸卒诱敌，遇着声桓前队，一战便走。声桓驱兵前进，到了七里街，伏兵尽起，四面放箭，将声桓射下马来。清兵正上前来杀声桓，忽闪出一员丑将，面目漆黑，发具五色，手执一柄大刀，盘旋左右，把清兵吓得个个倒退。眼见得声桓被救，走入城中。这丑将尚与清兵酣斗一场，从容回城。清兵探得丑将姓名，就是王得仁，因呼他为王杂毛。谭泰命军士用锁围法，掘濠载版，遍筑土垒，为久攻计。声桓大窘。王得仁请出袭九江，断敌饷道，声桓不从，只遣人缒出城外，向李成栋处求救。谁知待了月余，杳无音信，城中粮食又将告尽，不由的紧急万分。

这王杂毛日夕巡城，始终不懈，清兵怕他厉害，不敢猛攻。可巧城东武都司署内，有一年轻女子，身容窈窕，楚楚动人，被王杂毛窥见，即到都司署求为继室，不由武都司不肯，巧凤随鸦，难为都司女。克日成婚，大开筵宴。自金声

第十七回　立宗支粤西存残局　殉偏疆岩下表双忠

桓以下,都去贺喜,不是贺喜,直是贺死。各尽欢而散。居围城中,有何欢喜？大约都是祈死。三更将尽,城外炮声大震,声桓亟登陴探视,见清兵群集德胜门,忙率众抵御,不料有清兵一队,暗从进贤门缘梯而上,城遂陷。声桓率众巷战,身中两箭,旧时的箭疮复发,遂投水死。姜曰广亦赴水自尽,清兵即搜剿余众,到了王杂毛署内,还是闭门高卧。此时王杂毛想尚在研究箭法。当即斩门而入,猛见王杂毛裸体出来,清兵晓得厉害,一阵乱箭,把杂毛身上,插成刺猬一般,可怜这武都司女,亦死于乱军之中。箭尚不怕,何惜开刀。原来清兵已侦得王杂毛娶妇消息,先数日故意缓攻,到了杂毛娶妇这一夕,始下令攻城,却又佯攻得胜门,暗令奇兵从进贤门入,遂得了南昌城。

南昌既下,进趋赣州,赣州守将王进库,本未归明,前时金声桓攻赣,进库伪称愿降,只是诱约不出。后来声桓向粤乞援,李成栋亦越岭来攻,进库仍用老法子,去赚成栋。成栋还军岭上,嗣因进库背约,复大举攻赣,进库乘其初至,突出精骑拒战,击退成栋。成栋走信丰,清兵由赣州南追,警报达成栋左右,佥议拔营归广州。成栋不允,部下大半亡去。那时成栋进退两难,只命左右进酒痛饮;饮尽数斗,醺然大醉,左右挽他上马,到了河边,不辨水陆,策马径渡,渡至中流,人马俱沉,明时遗臣,多亡于成栋之手,一死不足赎罪,但是有负珠圆。部兵四散,清兵遂进陷广州。

是时清郑亲王济尔哈朗亦率兵下湖南,湖南诸镇将,望风奔溃。何腾蛟闻警,亟自衡州趋长沙,到了湘潭,探悉清兵将到,遂入湘潭城居守。城内虚若无人,正想招集溃兵,忽有旧部将徐勇求见,腾蛟开城延入,徐勇带数骑入城,见了腾蛟,低头便拜。拜毕,劝腾蛟降清。腾蛟道："你已降清么？"徐勇才答一"是"字。腾蛟已拔剑出鞘,欲杀徐勇,勇跃起,夺去腾蛟手中剑,招呼从骑,拥腾蛟出城,直达清营。腾蛟不语亦不食,至七日而死。湘、粤诸将,闻腾蛟凶信,多半逃入桂林。桂王复欲南奔,式耜力谏不听,遂走南宁。一味逃走,真不济事。

会清恭顺王孔有德,已转战南下,克衡、永各州,进逼桂林。式耜檄诸将出战,皆不应;再下檄催促,相率遁去。桂林城中,至无一兵,只有明兵部张同敞,自灵州来见。式耜叱道："我为留守,理应死难,尔无城守责,何不他去？"同敞正色道："昔人耻独为君子,公乃不许同敞共死么？"可谓视死如归。式耜遂呼酒与饮,饮将酣,式耜取出佩印,召中军徐高入,令赍送桂王。是夕,两人仍对酌。至天明,清兵已入城,有清将进式耜室,式耜从容道："我两人待死已久,汝等既来,正好同去,"倒也有趣。便与偕行。至清营,危坐地上。孔有德对他拱手道："哪位是瞿阁部先生？"式耜道："即我便是,要杀就杀。"有德道："崇祯殉难,大清国为明复仇,葬祭成礼,人事如此,天意可知。阁部毋再固执。我掌兵马，阁部掌粮饷，与前朝一辙，何如？"式耜道："我是明朝大臣，焉肯与你供职？"有德道："我本先圣后裔，时势所迫，以致于此。"同敞接口大骂道："你不过毛文龙家走狗，递手本，倒夜壶，安得冒托先圣后裔？"骂得痛快，读至此应浮一大白。有德大愤，自起批同敞颊，并喝左右刀杖交下。式耜叱道："这位是张司马，也是明朝大臣，死则同死，何得无礼？"有德乃止，复道："我知公等孤忠，实不忍杀公等。公等何苦，今日降清，明日即封王拜爵，与我同似，还请三思。"式耜抗声道："你是一个男子汉，既不能尽忠本朝，复不能自起逐鹿，靦颜事虏，作人鹰犬，还得自夸荣耀么？本阁部累受国恩，位至三公，夙愿殚精竭力，扫清中原，今大志不就，自伤负国，虽死已晚，尚复何言。"语语琳琅。有德知不可屈，馆诸别室，供帐饮食，备极丰盛。臬司王三元，苍梧道彭炉，百端劝说，只是不从，令薙发为僧，亦不应，每日惟赋诗唱和，作为消遣。过了四十余日，求死不得，故意写了几张檄文，置诸案上，被清降臣魏元翼携去，献诸有德。有德命牵出两人就刑，式耜道："不必牵缚，待我等自行。"至独秀岩，式耜道："我生平颇爱山水，愿死于此。"遂正了衣冠，南面拜讫。同敞在怀中取出白网巾，罩于身上，自语道："服此以见先帝，庶不失礼。"遵同就义。同敞直立不仆，首既坠地，犹猛跃三下。时方隆冬，空中亦霹雳三声。浩气格天。式耜长孙昌文，逃入山中，被清降将王陈策搜获，魏元翼劝有德杀昌文，言未毕，忽仆地作吴语道："汝不忠不孝，还欲害我长孙么？"须臾，七窍流血死，但闻一片铁索声。有德大惊，忙伏地请罪，愿始终保全昌文。也只有这点胆量。一日，有德至城隍庙拈香，忽见同敞南面坐，懔懔可畏，有德奔还，命立双忠庙于独秀岩下。瞿张二人唱和诗，不下数十章，小子记不清楚，只记得瞿公绝命诗一首道：

　　从容待死与城亡，千古忠臣自主张。
　　三百年来恩泽久，头丝犹带满天香。

式耜一死，自此桂王无柱石臣，眼见得灭亡不远了，容待下回再叙。

　　何腾蛟、瞿式耜二公，拥立桂王，号召四方，不辞困苦，以视苏观生之所为，相去远矣。梁鉴、丁魁楚、刘承胤辈，吾无讥焉。然何、瞿二公，历尽劳瘁，至其后势孤援绝，至左右无一将士，殆所谓忠荩有余，才识未足者。至若金声桓、李成栋二人，虽曰反正，要之反复阴险，毫不足取，即使战胜，亦岂遂为桂王利？是亦梁鉴、丁魁楚、刘承胤等之流亚也。本回为何、瞿二公合传，附以张司马同敞，余皆随事叙入，为借宾定主之一法，看似夹杂，实则自有线索，非徒铺叙已也。

第十八回　创新仪太后联婚
　　　　　报宿怨中宫易位

　　却说清郑亲王济尔哈朗及都统谭泰两军,俱已奏捷清廷,郑亲王且奉旨还朝,独博洛尼堪,出征大同,尚与姜瓖相持不下,且四处接到警耗,统是死灰复燃的明故官,招集数百人,或千人,东驰西突,响应姜瓖。博洛不得不分兵堵御,一面遣人飞报北京,请速添兵。摄政王多尔衮,竟率英王阿济格等,自出居庸关,拔去浑源州,直薄大同,多时不出风头,想是心中又痒了。与博洛相会。攻扑数日,城坚难下。适京中赍来急报,因豫王多铎出痘,病势甚重,促多尔衮班师。多尔衮得了此信,遣人招姜瓖投降,瓖答以阖城誓死,乃留阿济格帮助博洛,自率军退还。到了居庸关,闻多铎已殁,忙入京临丧。刘三季仍要守孀,大约是个孤鸾命。越日,肃亲王豪格亦毙狱中,多尔衮许豪格福晋,往狱殓葬。侄妇葬夫,必由其叔允许,想是满清特别法。又数日,孝端皇太后崩,孝端太后系顺治帝嫡母,她生平不预政治,所以宫内大权,统由吉特氏主张,此次崩逝,宫廷内应有一番忙碌。惟吉特太后,前时虽握大权,总不免有些顾忌,到此始毫无障碍,可以从心所欲了。伏笔。

　　多尔衮因太后崩逝,召阿济格还,令贝子吴达海往代。过了月余,始接到大同军报,略称各处叛兵,多半平定,只大同仍然未下。多尔衮未免焦急,再遣阿济格西行。阿济格一到大同,城内已经食尽,守将杨振威,刺杀姜瓖,开城降清。阿济格入城,恨城内兵民固守,杀戮无数,并铲去城墙五尺,当即上书奏捷。朝旨令诛杨振威,即日班师。阿济格奉旨,将杨振威绑出正法,该杀。随将政务交与地方官,奏凯还朝。

　　摄政王多尔衮,既接山陕捷音,心中自然舒畅,在邸无事,正好与肃王福晋,朝欢暮乐。偏这摄政王元妃,屡与摄政王反目。醋瓶倒翻了。摄政王看她似眼中钉,气得元妃终日发抖,酿成一种鼓胀病。心病还须心药治,心药难求,心病日重,到了临危时候,欲与摄政王诀别。怎奈贵人善忘,待久不至,那元妃越发气闷,霎时间痰涌而逝。死不瞑目。当时大小官员,得此消息,忙去吊丧。太后亦赠了许多赙仪。两白旗牛录章京以上各官,及官员妻妾,都为服孝,其余六旗统去红缨。发靷这一日,车马仪仗,不亚梓宫。送葬的大员,拟了敬、孝、忠、恭四字,作为元妃的谥法。想又是范老先生手笔。摄政王也无心推究,遂将这四字封赠元妃,算是饰终的道礼。以后继室的问题,不言可知，总轮着这位袅袅婷婷的侄妇了。

丧事已毕，摄政王拟择定吉日，与肃王福晋成婚，成就了正式夫妇。忽来了宫监二人，说是奉太后命，召王爷入宫。摄政王不敢违慢，即随了宫监入见太后。太后屏去宫女，与摄政王密谈半日，摄政王方出宫回邸。是何大事？既到邸中，即着人去请范老先生，又令邀同内院大学士刚林，及礼部尚书金之俊议事。三人应召而至，摄政王格外谦恭，将三人邀入内厅，命左右进酒共饮。饮到半酣，摄政王令左右至外厢伺候，自与范老先生耳语良久。说话时，摄政王面目微赪，范老先生也觉皱眉。刻画尽致，令人费解。语毕，由范老先生转告刚林、金之俊。毕竟金之俊职掌礼部，熟谙仪注，说是这么办，这么办，便好成功。愈叙愈迷。摄政王闻言大喜，即向三人拱手道："全仗诸位费心！"三人齐声道："敢不效力。"次日即由金之俊主稿，推范老先生为首，递上那从古未有的奏议。看官！你道奏说什么话？小子尚记大略。内称皇父摄政王新赋悼亡，皇太后又独居寡偶，秋宫寂寂，非我皇上以孝治天下之道。依臣等愚见，宜请皇父皇母，合宫同居，以尽皇上孝思。伏维皇上圣鉴云云。原来为此，真是从古未有。此本一上，奉批王大臣等议复。郑亲王济尔哈朗等，向知多尔衮厉害，不敢不随声附和。复命礼部查明典礼，由金之俊独奏一本，援引比附，说得尽善尽美。如何援引，如何比附，惜著书人未曾录明。当于顺治六年冬月，由内阁颁发一道上谕，略云：

朕以冲龄践祚，抚有华夷，内赖皇母皇太后之教育，外赖皇父摄政王之扶持，仰承大统，幸免失坠。今皇母皇太后独居无偶，寂寂寡欢，皇父摄政王又赋悼亡，朕躬实深歉仄。诸王大臣合词吁请，佥谓父母不宜异居，宜同宫以便定省，斟情酌理，具合朕心。爰择于本年某月某日，恭行皇父母大婚典礼，谨请合宫同居，着礼部恪恭将事，毋负朕以孝治天下之意！钦此。

上谕即颁，太后宫内及礼部衙门，忙碌了好几天。到了皇父母大婚这一日，文武百官，一律朝贺，内阁复特颁恩诏，大赦天下。各省风化案，不惟宜赦，还应加赏，金之俊何见不及此？京内外各官加级，免各省钱粮一年。

太后与摄政王倍加恩爱，不必细说，只是摄政王尚忆念侄妇，未免偷寒送暖，嗣经太后盘诘，无可隐讳，不知摄政王如何恳求，始由太后特恩，许为侧福晋。顺治七年春月，摄政王多尔衮复立肃王福晋博尔济锦氏为妃，百官仍相率趋贺。后人曾有数句俚词道："汉经学，晋清谈，唐乌龟，宋鼻涕，清邋遢"，即指此事，惟《东华录》上，只载摄政王纳豪格福晋事，不及太后大婚，闻由乾隆时纪昀所删。

第十八回　创新仪太后联婚　报宿怨中宫易位

闲文少叙，单说摄政王多尔衮，既娶了太后，又娶了肃王福晋，真是一箭双雕，非常快乐。此外妃嫔，虽尚有一二十人，多尔衮都视同媵母，不去亲幸。旁人各自艳羡，无如好色的人，有一种癖病，得了这一个，又想那一个，得了那一个，又想把天下美人，都收将拢来，藏在一室。销金帐里，夜夜试新，软玉屏中，时时换旧，方觉得心满意足。俗语说得好："痴心女子负心汉。"多尔衮也未免要作负心人了。偷汉者其听之！

一日，朝鲜国王李淏，遣使进贡，并呈一奏折，内称："倭人犯境，欲筑城垣，因恐负崇德二年之约，故特吁请，俾免残破之患"等语。多尔衮览了一遍，猛触起一件情绪来，即命朝鲜来使，暂住使馆，候旨定夺。又宣召内大臣何洛会入府，授了密语，到使馆中，与朝鲜使臣相见。两下商议多时，朝使唯唯听命，别饬随员驰禀国王。这国王李淏，前曾入质清朝，因其父李倧殁后，得归国嗣位，深感多尔衮厚恩，此时不得不唯命是从，立命返报。当由何洛会禀知多尔衮，次日即发下朝鲜国奏牍，批了"准其筑城钦此"六字。使臣即奉命而回。著书人又故作秘密，令阅者猜疑。

过了月余，摄政王府内，竟发出命令，率诸王大臣出猎山海关。王大臣奉命齐集，等候出发。越宿，摄政王出府，装束得异样精采，由仆从拥上龙驹；一鞭就道，万马相随，不多日，已到关外。此时正是暮春天气，日丽风和，草青水绿，一路都是野花香味，四面蜂蝶翩翩，好像欢迎使者一般。语带双关，非寻常稗官家笔墨。经过了无数高山，无数森林，并不闻下令驻扎，到了宁远，方入城休息。一住三日，亦没有围猎命令。醉翁之意不在酒。诸王大臣纷纷议论，统是莫明其妙。只何洛会出入禀报，与摄政王很是投机。王大臣向他诘问，也探不出什么消息。何洛会捣鬼，著书人亦捣鬼。次日，又下令往连山驿，诸王大臣一齐随行。到了连山，何洛会已经先到，带了驿丞，恭迎摄政王入驿。但见驿馆内铺设一新，五光十色，烂其盈门，把王大臣弄得越发惊疑。我亦越疑。摄政王直入内室，何洛会也随了进去。歇了片刻，始见何洛会出来，招呼诸王大臣略谈原委，王大臣俱相视而笑，阅者尚在梦中，无从笑起。随即偕何洛会同赴河口，迤逦前行。淡光映目，但见岸侧有一大船，岸上有两乘彩舆，舆旁有朝鲜大臣站立，见王大臣至，请了安，便请舱中两女子登陆上舆。两女子都服宫装，高绾髻云，低垂鬟凤，年纪统将及笄，仿佛一对姊妹花。当由何洛会及诸王大臣，导引入驿，下了舆，与摄政王交拜，成就婚礼。诸王大臣照例恭贺，便在驿中开起高宴。这一夕间，巫峡层云，高唐双雨，说不尽的欢娱。

但这两女究系何人？恐阅者已性急待问，待小子从头叙来。这两女子系朝鲜公主，崇德年间，多尔衮随太宗征朝鲜，攻克江华岛，将朝鲜国王家眷，一一拿住，当面检验，曾见有幼女二人，年仅垂髫，颇生的丰姿楚楚。多尔衮映入眼波,料知长成以后,定是绝色。及朝鲜乞盟,发还家属,多尔衮亦搁过不提。此次朝鲜国奏请筑城,陡将十年前事,兜上心来,遂遣何洛会索娶二女,作为允许筑城的交换品。朝鲜国此番筑城,应称作公主城。朝鲜国王无可奈何,只得伤使臣送妹前来。多尔衮恐太后闻知,所以秘密行事,假出猎为名,成就了一箭双雕的乐事。一箭双雕四字,格外确切。住驿月余,方挈了朝鲜两公主入京。此时对了肃王福晋,未免薄幸,多尔衮也管不得许多,由她怨骂一番,便可了事。只太后这边,不便令知,当暗嘱宫监等替他瞒住。

自是多尔衮时常出猎,临行时,定要朝鲜两公主相随。不耐福晋怨骂,所以挈艳出猎,可惜瞒不住阎罗何奈何? 青春易过,暑往寒来,多尔衮一表仪容,渐渐清减,旦旦而伐之,可以为美乎? 只出猎的兴趣,尚是未衰。是年十一月,往喀喇城围猎,忽得了一种喀血症,起初还是勉强支持,与朝鲜两公主,研究箭法,后来精神恍惚,竟至上床闭着眼,只见元妃忽喇氏,开了眼,乃是朝鲜两公主。多尔衮自知不起,但对了如花似玉的两公主,怎忍说到死字? 可奈冥王不肯容情,厉鬼竟来索命,临危时,只对着两公主垂泪,模模糊糊的说了"误你误你"四字。半年恩爱,即成死别,确是误人不少。

多尔衮已殁,讣至北京,顺治帝辍朝震悼。越数日,摄政王柩车发回,帝率诸王大臣缟服出迎。太后未知在列否? 奠爵举哀,命照帝制丧葬。帝还宫,令议政诸王,会议睿亲王承袭事。是时已值残腊,王大臣照例封印,暂从拦置。至顺治八年正月,始议定睿亲王袭爵,归长子多尔博承受。只是人在势在,人亡势亡,当多尔衮在日,势焰熏天,免不得有饮恨的王大臣,此次正思乘间报复,适值顺治帝亲政,下诏求言。王大臣遂上折探试,隐隐干涉摄政王故事。惟皇太后尚念摄政王旧情,从中调护,折多留中不发。王大臣探悉此情,复贿通宫监,令将多尔衮私纳朝鲜公主禀白太后。太后方悟多尔衮时常出猎,就是借题取巧,竟发恨道:"如此说来,他死已迟了。"王大臣得了此句纶音,便放胆做去,先劾内大臣何洛会,党附睿亲王,其弟胡锡,知其兄逆谋,不自举首,应加极刑。得旨,何洛会及弟胡锡,着即凌迟处死。要捣碎酱了。

原来顺治帝已十五龄,窥破宫中暧昧,亦怀隐恨,方欲于亲政后加罪泄愤,巧值王大臣攻讦何洛会,便下旨如议。王大臣得了此旨,已知顺治帝隐衷,索性推郑亲王列了首衔,追劾睿亲王多尔衮罪状。虽是多尔衮自取,然亦可见炎凉世态。大略说他种种骄僭,种种悖逆,并将他逼死豪格,诱纳侄妇等事,一一列入。又贿嘱他旧属苏克萨哈詹岱穆济伦,出首伊主私制帝服,藏匿御用珠宝等情,顺治帝不见犹可。见了这样奏章,就大发雷霆,赫然下谕道:

据郑亲王济尔哈朗等奏,朕随命在朝大臣,详细会议,众论佥同,谓宜追治多尔衮罪,而伊属下苏克萨哈詹岱穆济伦,又首伊主在日,私制帝服、藏匿御用珠宝，曾向何洛会吴拜苏拜罗什博尔惠密议，欲带伊两旗，移驻永平府，又首言何洛会曾谒肃亲王诸子，肆行骂詈，<u>不述肃王福晋事，想系为吉特太后遮盖。</u>朕闻之，即令诸王大臣详鞫皆实，除将何洛会正法外，多尔衮逆谋果真，神人共愤，谨告天地太庙社稷，将伊母子并妻，所得封典，悉行追夺。布告天下，咸使闻知。"

此谕下后，复诏雪肃亲王豪格冤，封豪格子富寿为显亲王。郑亲王富尔敦，亦受封为世子。又将刚林、祁充裕二人，下刑部狱，讯明罪状，着即正法。大学士范文程，也有应得之罪，命郑亲王等审议。吓得这位范老头儿，坐立不安，幸亏他素来圆滑，与郑亲王不甚结怨，始议定了一个革职留任的罪名。范老头儿免不得向各处道谢，总算是万分侥幸。

话休叙烦，且说顺治帝尚未立后，由睿亲王在日，指定科尔沁卓礼克图亲王吴克善女为后。是年二月，卓礼亲王吴克善送女到京，暂住行馆，当由巽亲王满达海等，请举行大婚典礼。顺治帝不许。<u>明明迁怒。</u>延至秋季，仍没有大婚消息。这位科尔沁亲王在京，已六七月，未免烦躁起来，只得运动亲王，托他禀命太后，由太后降下懿旨，令皇帝举行大婚礼。顺治帝迫于母命，不好遽违，只得命礼部尚书准备大典，即于八月内钦派满、汉大学士尚书各二员，迎皇后博尔济锦氏于行辕。龙旌凤辇，倍极辉煌，宫娥内监侍卫执事人等，分队排行，簇拥皇后入宫，至丹墀降舆。这时候天子临轩，百官侍立，诸王贝勒六部九卿，没有一个不到，正是清室入关后第一次立后盛举。<u>大书特书。</u>宫女搀扶皇后，徐步上殿，那皇后穿着黄服绣帔，满身都是金凤盘绕，珍翠盈头，珠光耀目，当即面北而立，由礼部尚书捧读玉册，鸿胪寺正卿赞礼，导皇后跪伏听命。册读毕，鸿胪寺导皇后起立，文华殿大学士，捧上皇后宝玺，武英殿大学士，捧上玺绶，由坤宁宫总监跪接，转授宫眷，佩在皇后身上。皇后再向帝前俯伏，口称臣妾博尔济锦氏，谨谢圣恩。谢讫，帝退朝，皇后正位，群臣朝贺。礼毕入宫，笙箫迭奏，仙乐悠扬，随与皇帝行合卺礼。次日，帝率后到慈宁宫请安，遂加上皇太后尊号，称为昭圣慈寿恭简皇太后。<u>叙立后事，已见大礼齐备，不应无端废立。</u>只是顺治帝终究不乐，隔了两年，竟将皇后降为静妃，改居侧宫。大学士冯铨等，奏请"深思详虑，慎重举动，万世瞻仰，将在今日。"帝不省，反严旨申饬。礼部尚书胡世安等复交章力谏，奉旨"皇后博尔济锦氏，系睿王于朕幼冲时，因亲定婚，册立之始，即与朕意志不协，宫闱参商。该大臣等所陈，未悉朕意，着诸王大臣再议。"郑亲王济尔哈朗复奏圣旨甚明，无庸再议。<u>全是私意。</u>于是改册科尔沁镇国公绰尔济女为后，从前的正宫博尔济锦氏，竟自此不见天日，幽郁而死。

小子曾有诗咏顺治帝废后事云：

国风开始咏雎鸠,王化由来本好逑。
为怨故王甘黜后,伦常缺憾已先留。

清宫事暂且按下,小子又要叙那明桂王了。诸君少安,请看下回。

本回全叙多尔衮事,纳肃王福晋与娶朝鲜二女,《东华录》纪载甚明,固非著书人凭空捏造。至如母后下嫁事,乾隆以前,闻亦载诸《东华录》。胡人妻嫂,不以为怪,嗣闻为纪昀删去。此事既作为疑案,然证以张苍水诗,有"春官昨进新仪注,大礼恭逢太后婚"二语,明明指母后下嫁事,是固无可讳言者也。多尔衮好色乱伦,罪状确凿,但身殁以后,诸王弹劾,竟为其暗蓄逆谋,此则罗织成文,未足深信。以手握大权之多尔衮,捽孤儿如反掌,何所顾忌而不为乎?彼投井下石之徒,诬陷成案,吾转为多尔衮慨矣。若顺治帝为隐怨故,至废其后博尔济锦氏,尤失人君之道。观其敕谕礼臣,谓"后办睿王所主议,册立之始,即与朕意志未协",是则后固明明无罪者,特嫉睿王而迁怒于后耳。迁怒于后而废之,谓非冤诬得乎?冤诬臣子且不可,况夫妇乎?本回历历表明,于睿王之功过,顺治帝之得失,已跃然纸上。

第十九回　李定国竭忠扈驾
　　　　　　郑成功仗义兴师

却说明桂王自窜奔南宁后,湖广各省,已为清有,清封孔有德为定南王,镇守广西,耿仲明为靖南王,尚可喜为平南王,镇守广东。为后三藩伏根。旋耿仲明死,其子继茂袭爵,镇守如旧。桂王势日穷蹙,不得已求救于孙可望。这可望系张献忠党羽,认献忠为义父,本是个杀人不眨眼的魔星,献忠伏诛,他即窜入云南。云南本故明黔国公镇守地,被土官沙定洲所逐,夫人焦氏自焚死,可望伪称焦夫人兄弟,助天波复仇,击退定洲,乘势蟠踞。其党李定国、刘文秀、艾能奇、白文选、冯双礼等,推可望为部长。可望遣定国追杀定洲,定洲死,云南全省,统归可望,可望遂僭称为王,国号后明,以干支纪年,铸兴国通宝钱,居然称孤道寡起来。南面王人人想做,何怪可望?只是李定国与可望同等,可望称尊,定国不乐,可望借阅武为名,到了操场,专寻定国隙头,将定国杖了五十,定国愤恨不已。可望恐人心离散,思借名服众,遂备黄金三十两,琥珀四块,马四匹,遣使至桂王处求封。桂王命可望为景国公,定国、文秀等封列侯。可望不受,自称秦王,竟派兵袭黔东,陷川南,把故明的镇将,杀逐得干干净净。强盗管什么忠义。桂王穷窜南宁,朝不及夕,没奈何再遣钦使,封可

第十九回　李定国竭忠扈驾　郑成功仗义兴师

望为翼王,可望仍不受。又加封真秦王,乃令部将到南宁迎驾。一面派李定国、冯双礼等,率步骑八万,由全州攻桂林,一面派刘文秀、王复臣、张光璧等,率步骑六万,分道出叙州、重庆,直攻成都。

这李定国一支兵,锋利无前,所到之处,无人敢当。沅靖、武岗、全州,统被定国攻破,孔有德忙檄部将沈永忠,出去抵截,不值定国一扫。永忠退至桂林,定国亦接踵追至。桂林兵少,有几个守陴将士,瞧见定国兵到,都静悄悄的溜脱。有德不能守御,奔入府中,偕其妻痛哭一场,双双自缢。可偿瞿式耜等性命。百姓献了城,定国飞章告捷,使者回来,报称永历帝已移驾安隆,封主帅为西宁郡王,定国倒也心喜。忽报清亲王尼堪率队至湘,清经略洪承畴,又自江宁至长沙,湖南危急。定国立率步骑往救,到了辰州,阵斩清降将徐勇,可偿何腾蛟性命。进至衡州,遇着清尼堪大兵。两下对仗,定国佯败,诱清兵追至丛林,一声号炮,推出无数伟象,张牙舞爪,向清兵乱扑。这清兵向来没有见过,顿吓得魂胆飞扬,逃命都来不及,还管什么主帅?尼堪正想拍马回奔,突遇一象冲到,将马推翻,把尼堪掀倒地下,这象便从尼堪身上腾过,霎时皮破血流,死于非命。极写定国,为后文扈驾张本。

定国得了胜仗,暂驻武岗,方思进攻衡州,忽报秦王有使命到来,请至沅州议事。定国欲行,右军都督王之邦,出帐谏阻。定国问他缘由,之邦道:"近闻秦王劫了永历帝,居安隆所,阳为尊奉,实是禁锢,每日肴馔,很是恶劣,他早已有心篡逆,只怕你王爷一人,此番请至沅州,有何好意?倘或前去,必遭毒手。"定国道:"我若不去,孙可望必定追来,衡州尚有清兵,两面夹攻,如何对待?"之邦道:"不如退回广西,再作后图。"定国点头,谢绝来使,竟引本部向广西退去,冯双礼自回。

孙可望得去使回信,不由的心中愤怒,亲率人马追赶;途次遇着刘文秀败还,方知入川各军,已被吴三桂杀败,复臣中箭身亡,川中打仗,用虚写实,为李定国抬高身份。惊愕之余,越加懊恼,没奈何带了文秀,向宝庆进发。中道又会着冯双礼一同进行。到了宝庆,巧与清兵相遇。这清兵就是尼堪部众,由贝勒屯齐接领,南徇衡永,望见可望军中的龙旗,随风飘舞,屯齐即拔箭在手,搭在弓上,飕的一箭,射倒龙旗,立率精骑冲入敌阵。可望部下,不见帅旗,已自慌张,又经清兵捣入,锐不可当,便拥着可望逃走。文秀双礼,本是不得已相随,至此亦一齐退去。可望吃了一场大亏,遁至贵州,搜获故明宗室,一律杀死,贼性复发。遂自率内阁六部等官,立太庙,定朝仪,改邱文为八叠,尽易旧制。一心思想做皇帝。

桂王在安隆闻报,料知可望心变,与中官张福禄,阁老吴贞毓等密商,遣林青阳至广西,召李定国前来扈驾。青阳出发,托词乞假归葬,一去不还。桂王等得不耐烦，又差翰林院孔目周官前往催促，不料被马吉翔得知消息。马本孙可望心腹，自然暗报可望，可望立派部将郑国至安隆，迫桂王交出首谋，曹操、司马懿尚亲自逼宫，可望只令部将进逼，可谓每况愈下。桂王战慄不能答。还亏中官福禄自出承认，明末总算这个中官。与吴贞毓等同受械系，由郑国严刑拷讯，共得通谋十八人，即将福禄凌迟，吴贞毓处绞，其余斩首。冤冤相凑，林青阳回来复命，亦被郑国杀死。郑国回报可望，可望即遣白文选至安隆劫驾。桂王闻文选到来，吓得魂不附体，只是呜呜哭泣。活像一儿女子状态，安得成中兴事业？文选进宫，见桂王神色惨沮，也觉黯然，遂跪奏道："孙可望遣臣迎驾，原来不怀好意。臣闻西宁王将到，令他护驾，尚可无虑。"桂王扶起文选道："得卿如此，不愧忠臣。但可望势力浩大，奈何？"文选道："可望蓄谋不轨，部下都说他不是，刘文秀已通款西宁了。他逆我顺，何必畏他？"桂王才放了心。

　　过了数日，果闻定国兵到，即开城延入。定国恰恭恭敬敬的行了臣礼，桂王喜出望外，亲书诏敕，封定国为晋王。定国即请桂王驾幸云南，并言刘文秀在云南待驾，可以无虞。桂王恨不得立刻脱险，即令定国、文选等扈跸，克日出发，安安稳稳的到了云南。刘文秀果不爽旧约，排队迎入；进了城，把可望府第改作行宫。文秀受封为蜀王，文选受封为巩昌王。部署甫定，警报遥传，孙可望兴兵犯阙，桂王命文选驰谕可望，与他议和。可望将文选拘住，伪上奏章，请归妻孥。桂王即派人送还可望妻子。可望因妻子还黔，遂大起兵马，入犯云南。可望部将马进忠等，多不直可望，与文选定了密计，进说可望道："文选威名服众，欲要攻滇，非令他为将不可。"可望道："他与李定国勾通，如何可使为将？"马进忠道："闻他现已悔过，愿为大王效力。"可望遂命进忠引入文选，文选佯作恭顺状态，一味趋承，喜得可望手舞足蹈，立命文选为大元帅，马进忠为先锋，发兵十四万先行，留冯双礼守贵州，自率精兵为后应。

　　警报飞达滇中，桂王下旨削可望封爵，命晋王李定国、蜀王刘文秀发兵讨贼。定国、文秀不过带了万人，甲仗又不甚完全，到了三岔河，望见敌军已扎住对岸，众寡相去，不啻数倍。定国与文秀商议，文秀拟借交趾地界，作战败退处地，定国慨然道："永历孤危，全仗你我两人，协力御敌，若未战先怯，是自丧锐气，何以行军？现在只有拼命与战，决一雌雄。我想孙贼部下，多半离心，未必定是他胜我败。"定国、文秀的心术，可见一斑。计议已定，即于翌晨渡河前进。那对岸的敌军，却退后数里，一任定国兵上岸。定国望将过去，见敌阵中悬有龙旗，龙旗又来了。料知可望亦到，遂率兵径捣中坚。此冲彼阻，才交得三五合，定国部将李本高身中两箭，跌毙马下。定国大惊失色，方欲退兵，忽见可望阵后纷纷大乱。左有马进忠，右有白文选，旗帜鲜明，从可望军内自行杀出，招呼定国挥兵大进。弄得可望神志昏乱，忙拍马而逃。定国驱杀至

第十九回　李定国竭忠虺驾　郑成功仗义兴师

十里外,方与白文选、马进忠两人,并辔而回。看官!你想这次打仗,不是白文选等暗中用计,哪肯容定国渡河、战胜可望呢?

可望奔回贵州,遥望城门紧闭,城上竖着的旗帜,大书明庆阳王冯字样,不觉惊讶起来,正思呼城上人答话,猛见冯双礼上城俯视道:"我已归顺永历帝了,永历帝封我为庆阳王,命守此城,与你无涉。"这数语气得可望发昏,回顾手下残骑,所剩无多,不能再战;且妻子统在城中,若与他争闹起来,定是性命难保,不得已忍气吞声,求双礼还他妻子。老贼也有今日。双礼乃开了半扉,就门隙中放出数人,可望一瞧,妻孥如故,财物荡然,禁不住垂下泪来。他的妻子更不必说。半生抢劫,一旦全休。可望痴立一回,方挈着妻子径奔长沙,投降清经略洪承畴去了。

这事且搁过一边,小子要叙出一个海外英雄来。看官!你道海外英雄,姓甚名谁?就是郑芝龙的儿子郑成功。应第十六回。芝龙降清,成功独航海赴厦门,募兵兴义,仍奉隆武正朔;至隆武帝殉国,永历帝正位,复遣使奉表永历,受封为延平郡公。成功竟大举攻闽,连陷漳浦、海澄等县,进围长泰。清闽、浙总督陈锦,自舟山移师赴援,一场海战,被成功杀得大败亏输,不但长泰被陷,连平和、诏安、南靖等处,统被成功夺去。陈锦惶急万状,急向清廷求援,清封芝龙为同安侯,令作书劝成功归降。成功接阅文书,看到"父既归清,儿亦宜薙发投诚"等语,不禁愤愤道:"今来一薙发国,当即薙发,倘来一穿心国,我亦将遵命穿心么?"快人快语。即拒绝来使,下令进攻漳州,并悬赏购陈锦首。

歇了几天,忽来了两个闽人,献上陈锦首级。成功问两人姓名职务,一个是陈锦记室李进忠,一个是陈锦仆人库成栋。成功又问是谁杀陈锦,成栋应声是我,说声未绝,两手已被成功亲卒反缚,由成功喝令处斩,怪极!吓得成栋跪求饶命,连进忠亦跪倒叩头。成功指成栋道:"你与陈锦有主仆之谊,如何忍心害主,把他首级来献?我原是悬赏购陈锦首,但你不应杀他,所以我特罪你。"复问进忠道:"这罪奴有妻子否?"进忠道:"有的,现亦随来。"成功道:"好好。他妻子到来,应照赏格发给,教他死亦瞑目。"赏罚确得当,是英雄作用。便命左右推出成栋斩讫,随将赏银付与进忠,令他转交成栋妻子。进忠领了赏银,不敢多说,就退出帐外去了。保全性命,还算幸事。忽厦门又来使人,报称鲁王以海,自舟山逃到厦门,应否接待?成功道:"鲁、唐叔侄,自相鱼肉,太属可恨。"应该责备。使人说:"鲁王已奉表永历,削去监国名号了。"成功道:"既如此,应照明宗室例优待便是。"看官!你道鲁王何故到厦门?他自窜身海外,随身只有张名振一人,应十六回。很是萧条,幸浙中遗臣张肯堂等,渡海奔赴,约得十余人,遂依南澳作了根据地。嗣后袭踞舟山,约故行人张煌言,共图恢复。不料清总督陈锦、都统金砺,提督田雄等,驾着大舰来攻舟山。鲁王也遣张名振、张煌言等,率兵迎敌。开了几仗,倒也没甚胜负,怎奈天不容明,海面上陡起大雾,罩住舟山。清兵乘雾攻入,守兵措手不及,相率溃散。名振、煌言,亟奉鲁王出走。名振弟名扬,阖室自焚。张肯堂自缢死。鲁王的妃子张氏及礼部尚书吴钟峦、兵部尚书李向中等皆殉难。清兵复分追鲁王,鲁王穷蹙无归,不得已走依成功。成功遣使人回厦门,自督军围攻漳州,适清都统率兵至璋,与城中守兵夹攻成功。成功腹背受敌,只得退保海澄。金砺追至城下,被成功一阵击退,乃留兵守海澄,自回厦门见鲁王,复与张名振、张煌言晤谈。两下各述已志,二张是始终为鲁,成功是始终为唐,彼此不便节制,商定了一个分地驻扎、互相援应的计策。二张奉鲁王移驻金门,煌言复招集遗众,进窥南京,到了吴淞口,袭夺清舰数十艘,进破崇明,转趋丹阳,谒明太祖陵,激励军士,直指南京进发。忽闻鲁王逝世,只得折回吴淞,寻又闻名振病亟,驰回金门。到金门后,名振已死,仅留遗书一函,劝他勉图恢复。主丧友殁,日暮途穷,煌言至此,不禁涕泪交并。天实为之,谓之何哉?没奈何为主发丧,为友营葬,把出兵的念头,暂时搁置。

这且慢表,且说郑成功驻节厦门,改称厦门为思明州,分所部为七十二镇,设立储贤馆、储才馆、察言司、宾客司、印局、军器局等,井井有条。厅间供永历帝位,有所封拜,必向座奏闻。部下感他忠义,无不敬服。当张煌言带兵入江,正拟出师策应,嗣闻鲁王、名振相继谢世。煌言退回金门,也自叹息一番,专使吊唁,暂休兵不动。一日,清廷派了两位钦差,赍敕来厦,封成功为海澄公。成功道:"我只知奉明帝敕,不知有清帝敕。"将来使遣回。隔了一月,成功弟渡,随了清使三人,又到厦门。成功与清使相见于报恩寺中,清使令成功跪受诏书,成功道:"成功系大明臣子,不受清诏。"直截了当。清使阿山道:"今日奉皇上圣旨,赐汝福、兴、泉、漳四府地,皇恩不可谓不重,汝宜受诏,薙发投诚。"成功正色道:"四府本是明地,何劳尔国赏赐?尔国旧封,只建州一区,如今踞我中原,太属无理,成功愧不能为明恢复,还说要我薙发降敌么?海不枯,石不烂,成功不降清。"言毕,拱手自回。光明磊落。是晚,郑渡入见成功,出其父芝龙书,并略说"兄若不降,父命难保。"成功阅父书毕,慨然道:"忠孝不能两全,为禀老父,乞谅愚忠。"郑渡再三相劝,成功只是不从,郑渡痛哭而出。次日,清使挈郑渡北去,成功忙写了复书,遣郑说追上郑渡,将书交讫,郑说自回。郑渡随清使归报芝龙,呈上复书。芝龙拆书瞧阅,上写道:

儿以孤身僻居海隅,尝欲效秀夫之节,修包胥之忠,藉报故国,聊达素志。不意清廷海澄公之命,突然而至,儿不得已按兵以示信,继而四府之命又至,儿又不得已按兵以示信,谈席未终,敕使乃哓哓以薙发为请。

嗟嗟！今中国土地数万里,亦已沦陷,人民数万万,亦已效顺,官吏亦已受命,衣冠礼乐,制度文物,亦已更易,所仅留为残明故迹者,儿头上数根发耳。今而去之,一旦形绝身死,其何以见先帝于地下哉？且自古英雄豪杰,未有可以威力胁者,今乃喷喷以薙发为词,天下岂有未称臣而轻自去发者乎？天下岂有彼不以实许,而我乃以实应者乎？天下岂有不相示以信而遽请薙发者乎？天下岂有事体未明,而遂欲糊涂了事者乎？父试思之！儿一薙发,将使诸将尽薙发耶？又将使数十万兵士皆薙发耶？中国衣冠相传数千年,此方人性质,又皆不乐与满夷居,一旦尽变其形,势且激变,尔时横流所激,不可抑遏,儿又窃窃为满夷危也。昔吾父见贝勒时,甘言厚币,父今日岂尽忘之？父之尚有今日,天之赐也,非满夷之所赐也。儿志已决,不可挽矣。倘有不讳,儿只缟素复仇,以结忠孝之局。儿成功百拜。

芝龙阅毕,蹙着眉道："我的老命,看来要断送在他手中了。"随将原书呈奏顺治帝。顺治帝本封芝龙为同安侯,至是将他削职圈禁。一面命沿海督抚,固守汛界；一面饬郑亲王世子济度为定远大将军,率师防闽。济度出京,闻成功已连扰闽、浙海滨,进据舟山,遂兼程南下。到闽后,与成功连战数次,一些儿没有便宜,反失了战舰几艘,丧了战将几员。成功连获胜仗,遂大治兵马,锐意规复。从征甲士,选定十五万,五万习水战,五万习骑射,五万习步击,另外挑选万人,来往策应。适自滇中来使,封成功为延平郡王,招讨大将军、金门张煌言亦率兵来会,成功大喜,遂竖起奉旨招讨的大旗,命中军提督甘辉为先锋,总兵马信、万礼为第二队,亲统大军为后援,请张煌言前导。扬旗鼓棹,陆续前进,行到羊山,忽遇着数阵飓风,撞沉巨舰数十艘,漂没士卒数千名,不祥之兆。于是只好停泊舟山,修理舟楫。

忽接到数处警报,海澄守将黄梧及旧部将施琅,俱背郑降清,清兵三路攻滇,成功不觉大愤,忙将舟楫修竣,扬帆再出。张煌言统领前部,由崇明入江,至金、焦二山,但见江中横截铁索,舟不能前。煌言令人泅水,暗把铁索斫断,遂乘着风潮,联樯而进。到了瓜洲,与清提督管效忠相遇。两下酣斗,郑军奋勇齐上,效忠寡不敌众,凫水而逃,被郑军水师统领罗蕴章,入水追擒,推出斩首；当下扫清瓜洲敌舰,直逼镇江,炮声隆隆,震惊天地。城外北固山上,驻有清兵,下山来救,由郑军一阵乱斫,杀得马仰人翻,濠平尸积。败兵逃入城中,门未及闭,郑军一拥而入,城遂陷。镇江属邑,望风迎降。成功命直捣南京,帐下一人大叫道："不可,不可！"正是：

斗力不如斗智,用兵先在用谋。

未知此人是谁,待下回再行交代。

有孙可望之跋扈,适形李定国之忠,有郑芝龙之卑鄙,益见郑成功之义,一则扈跸滇中,一则兴师海外,虽其后赍志以终,卒鲜成效,然忠义固有足多者。成功心迹光明,尤加定国一等,故叙述亦格外生色。张煌言、张名振二人夹写在内,即为明捐躯诸遗老,亦并叙姓名,作者风世之心,可概见矣。文字之不苟作如此。

第二十回　日暮途穷寄身异域
　　　　　　水流花谢撒手尘寰

却说郑成功欲进攻南京,帐内有部将谏阻,这部将便是中军提督甘辉,当下献计道:"我军深入南京,清廷必发兵来救,前有守兵,后有援兵,我军孤处其间,岂非陷入重围?现不如将我军分作两路,一路取扬州,堵住山东来军,一路据京口,截断两浙漕运,严扼咽喉,号召各郡,南畿不战自困,那时可以唾手而得了。"甘辉之说,未始非策,然必须云贵未破,方用得着,否则能保清军不自江而下耶?成功道:"此计未免太迂。据我看来,南京清兵,多已调往云贵,现在不乘胜攻取,更待何时?况清提督马进宝,已自松江遣人通款,南京城虚援绝,还有多大本领,敢与我对敌?自然是马到成功了。"遂不听甘辉之言,命水军溯江而上,直至南京。先向孝陵前率军祭奠,随后作了一篇檄文,传布远近;令张煌言别率所部,由芜湖进取徽、宁各路,自率兵攻南京。

两江总督郎廷佐闻郑军已至,急遣将分守要害,成功围攻不下,惟接连得煌言捷报,说是太平、宁国、徽州、池州等府,都已攻克,成功不胜欣喜,料想南京一城,不日可拔。成功之心已骄矣。忽报郎廷佐遣人下书,成功传见,把来书阅看,乃是愿献城池,惟城内人心不一,须要慢慢劝导,限期半月,方可献纳。成功喜甚,即批回照准。其实郎廷佐的书信,乃是缓兵之计,他已闻得云、贵获胜,桂王远遁,清兵可自西返东,来援南京,因此托词献城,宽延时日。成功不知是诈,竟堕入他计中,按兵不攻了。

小子且把云、贵获胜的事情,插叙数行:自孙可望降了洪承畴,具述桂王庸弱的情形,承畴遂上表清廷,请乘机大举。清政府本无心西略,欲弃云、贵两省,给与桂王偏安,及得了承畴奏疏,承畴为灭永历之魁。遂定议西征,命贝子洛讬为宁南靖寇大将军,会同经略洪承畴,从湖南进发;命平西王吴三桂为平西大将军,偕都统墨尔根、李国翰,从汉中、四川进发;命都统卓布泰为征南

第二十回　日暮途穷寄身异域　水流花谢撒手尘寰

大将军,率提督钱国安,向广西进发。三路兵马,拟至贵州会齐,同入云南。洛讬、承畴一军,出靖沅、镇远,至贵阳,击走守将马进忠,遂入据贵阳城。三桂一军,由重庆至遵义,击退守将刘镇国,获粮三万石,降兵五千,遂入占遵义城。卓布泰一军,亦连陷南丹、那地、独山诸州,至贵阳来会。三路连章告捷,清廷复授豫王子信郡王铎尼为安远大将军,率禁旅至贵州,总统三路兵马。铎尼令洛讬、承畴,略屯贵阳,办理粮饷,自督诸军三路入滇。每路兵五万,各带着半月粮草,浩荡前进。

是时,桂王部下刘文秀已死,军政统归李定国执掌。定国闻贵州已陷,亟遣白文选至七星关,抵住西路,冯双礼至鸡公背,抵住中路,张光璧至黄草坝,抵住东路,自守北盘江铁索桥,居中策应。清兵三路,明兵亦三路。七星关系滇、蜀交界的要险,峭岸阻江,山同壁立,三桂到了关外,见关内已有人守住,料难攻入,他却佯作攻状,别遣部将绕出苗疆,抄击背后,文选只防前面进攻,不料后面复有清兵出现,顿时惊溃,窜入霑益州。明军一路已败。黄草坝在南盘江右岸,由张光璧率师扼守,将江中各船,一概击沉,阻住清军渡江。卓布泰到了左岸,无船可济,便在岸上扎营。两边隔江发炮,未曾接仗,适有泗城土司岑继禄,到卓布泰前献策,教他绕道下游,渡过对岸。卓布泰从土司言,遂于夜间分兵,直走下游,用人洇水,把凿沉各船,扛至岸侧,塞好漏洞,乘夜潜渡。张光璧尚呆守南盘江,谁知清兵已至北盘江。李定国闻清兵过河,急率兵三万,堵住双河口。清兵杀奔前来,定国挥军死战,击退清兵。到了次日,清兵复至,乘风纵火,火随风卷,野燎烛天,定国抵挡不住,只得退走。明军二路俱败。到了北盘江见冯双礼亦狼狈奔回,报称清兵势大,不胜抵御,鸡公背已被夺去。明军三路俱败。定国惊惧,将江内铁索桥烧断,与双礼走回云南,清兵追至北盘江,见对岸已无明兵,便搭造浮桥,逾江而进。

明桂王闻定国败还,拟连夜出奔,行人任国玺独请死守,尚在未决,只见定国进来,泣奏一切,桂王便与议去守情形,定国道:"行人议是,但前途尚宽,今暂移跸,卷土重来,犹为未迟。"桂王听了此语,遂决意出走永昌,命定国断后。行未数里,白文选自霑益追至,定国遂把殿后军,付与文选,自率精骑扈驾前去。清兵三路会齐,直入云南城,洪承畴亦自贵阳趋云南。铎尼令诸军进追桂王至玉龙关,遇着白文选军,乘势猛扑。文选部下,只有数千人马,哪里禁得住三路大军? 苦战多时,人马将尽,便拍转马头,率领残卒,逃出右甸去了。

警报传至永昌,桂王复匆匆逃走。定国令总兵靳统武,带兵四千扈驾,自率精兵六千据住磨盘山,专待清兵。磨盘山在永昌城东,一名高黎贡山,为西南第一穹岭,山路崎岖,仅通一骑,定国料清兵穷追,必从此山经过,遂把六千兵分作三支,令部将窦名望,率兵二千伏住山口,高文贵率兵二千伏住山腰,王玺率兵二千伏住山后。自己高坐山巅,管着号炮。遥望清兵迤逦前来,正是漫山遍野,不辨多少,他却自言自语道:"任你无数人马,到了此地,恐怕虎落槛阱,无能为力了。"慢着!

歇了半晌,见清兵已从山口进来,因山口狭隘,将横队变作直队,鱼贯而进,不禁大喜。约历一二时,清兵入山,还不过一万多名,猛听得一声炮响,清兵个个下马,停住不进。接连又是无数炮声,霎时烟雾迷蒙,只觉得鼓角声、喊杀声、兵器碰撞声,合着天上的风声,山谷的回声,闹成一片,正自惊疑不定,突然来了一个飞炮,向空坠下,不偏不倚的,在定国头上滚将下来,故作惊人之笔。吓得定国心头乱跳,急忙把头一偏,那飞炮恰恰在定国身边擦过,坠落脚边。前面尘土,被这飞炮一激,扬起空中,任你定国智勇深沉,也自镇定不住,忙回身逃落山下,向西急走。到了半路,始见高文贵踉跄奔来,手下残兵,只剩一千多人,报称:"清兵迭放巨炮,烟火满山,我军无从暗伏,不得已出来对仗,可奈清兵势大,窦、王二将,已经阵亡,六千人已失四千,某只得冲围前来。"定国道:"可恨可恨,不知谁人泄漏消息。"随即合兵而去。

原来清兵自云南出发,渡过潞江,沿途经过,不遇一敌,他即仗着锐气,越岭进行,适有故明大理寺卿卢桂生,热心富贵,竟至铎尼军前,报说山上有伏。桂生可憎。铎尼急令前队,舍骑而步,以炮发伏。伏兵齐起,与清兵鏖斗一场,杀死清都统以下十余员,精兵数千。窦名望、王玺亦战死。此次若非桂生泄计,就使不能杀尽清兵,也要大大吃亏,只是天已亡明,不容定国成功,所以清兵得转败为胜。可为长太息者此也。

那时桂王西走腾越,为从官李国泰、马吉翔所阻,转走南甸,顺着江流前去。到一大河,四望无际,招问土人,答称此河名囊木河,过河即是缅甸国界。靳统武请走还腾越,李国泰、马吉翔不从。桂王恐清兵追来,亦不愿退回,巧值故黔国沐天波前来扈驾,说与缅人相识,遂决议渡河。惟靳统武不愿,仍奔觅定国去了。

桂王至缅甸境,缅人令从官尽去兵器,方许前行。桂王无奈,命从官抛弃兵械,雇了车马,进蛮暮,缅人具四舟来迎。行三日,至缅都,不令桂王登岸。又五日,至赭硓停舟,方导桂王上陆,引入草屋中。屋外编竹为城,左右都是缅妇贸易。缅人多短衣赤足,桂王从官,亦忘却本来面目,杂入缅妇贸易场中,坐地喧笑,呼奴纵酒,正是孱君无志,徒成失国之寓公,从吏贪生,甘作穷途之丐卒,这且按下慢提。

且说清信郡王铎尼,因桂王已奔缅甸,奏捷北京,得旨令大军回朝,留吴三桂镇守云南,封三桂妻为福晋,命其子应熊在京供职,妻以太宗第十四女和

第二十回　日暮途穷寄身异域　水流花谢撒手尘寰

硕公主,清降将中,要算是第一优待了。顺治帝以荡平云、贵,方拟郊迎功臣,饮至策赏。不期江南警报,纷纷递到,顺治帝大惊,忙召满廷文武,商议退敌,便道:"朕即位十数年,南征北讨,没有一日安息,现闻云、贵已捷,明宗垂尽,朕道是舆图一统,得享承平,不料这个郑成功,又来作祟,江南四府三州二十二县,都报失守,南京危在旦夕,看来还不能安枕。朕想做皇帝很没趣味,倒不如做个和尚,像西藏的达赖、班禅,安闲也安闲,尊荣也尊荣,岂不快活自在么?"顺治帝自知苦趣,颇已悟道,奈何后人偏喜做皇帝?当时文武百官都跪奏道:"天子英武圣明,古今无两,区区小丑,不日剿平,何庸过劳圣虑。"确肖马屁朋友的口吻。顺治帝道:"朕拟简率六师,自去亲征,除绝那厮逆众,然后脱卸万几,择个安静地方,去享清福。明日各王大臣,随朕至南苑阅师,不得有误!"文武百官,齐声遵旨而出。次日,各官都先集南苑,恭候御驾,到了辰牌时候,御驾已至,两旁文武站立,俟顺治帝登座,个个请过了安,遂命满汉健儿,八旗劲旅,整整的操练了一天。操毕,御驾回宫,次晨升殿,拟择日出师。适兵部尚书呈递驿奏,系是江南总督郎廷佐拜发,内称崇明总兵梁化凤,击退郑逆,阵斩贼将甘辉等,镇江、瓜州俱已克复。世祖大喜,命梁化凤为江南提督,先图形进呈,并授内大臣达素为安南将军,会同闽、浙总督李率泰进击厦门,务绝根株。旨下,文武百官,又皆叩贺,随即退朝不表。

惟这梁化凤如何击退郑成功,应由小子表明。上文说到郑成功进薄南京,中了郎廷佐的缓兵计,按兵不攻,这是成功第一失着。郎廷佐恰飞檄调兵,梁化凤即奉檄往援,两边相持数日,化凤登高望敌,遥见敌营不整,樵苏四出,军士都在后湖嬉游,郑军如此怠玩,安得不败?然亦由骄盈而致。便入署禀明廷佐,贪夜袭营。是夕,化凤带了劲骑五百,潜出神策门,先捣白土山,出郑军不意,冲入前锋余新寨内。余新从睡梦中惊醒,仓卒起来,不及持械,被化凤活擒而去。成功闻报,忙率军相救,化凤已自入城,无从夺回余新。次晨,成功因廷佐失信,令甘辉守营,自出江上调发水师,夹攻南京。不料成功去后,清兵倾城出来,杀入郑营,甘辉上前拦阻,两下酣战,胜负未分。突闻营后射入铳炮,后队不战先乱。甘辉前后受敌,只自死战不退,无奈部将多已逃走,仅剩数百残兵,东冲西突,哪里还支持得住?清兵执着长枪,四面攒聚,甘辉尚竭力招架,无如马已被挪,蹶倒前蹄,眼见得甘辉坠地,不得生存了。

此时成功适在江上,见败军陆续奔来,方知大营已破,长叹一声,命残兵次第下船,自己亦匆匆下舱。未曾坐定,梁化凤已率水师追到,把火箭火球抛掷过来。成功无心恋战,急饬军舰东走,驶到崇明,已丧失了好几艘,遂扬帆出海,逃回厦门。张煌言尚在徽宁,闻报郑军败退,刚在惊疑,忽长江上游,来了一支清兵,乃是从贵州凯旋,还援江南,煌言挥兵奋击,打沉敌舰数艘,余舰退去。谁知夜间炮声震天,煌言登舟四望,前后左右,都是敌舰,连忙换坐小船,偷出重围。回头一瞧,自己的舰队,尽由祝融氏替他收拾,也无暇顾惜,只命水手驶入小港,舍舟登陆,逾山过岭,绕出浙省,仍渡钱塘江出海。到了海外,闻郑成功去夺台湾,顿足浩叹,遂贻书成功,略说道:

>中原板荡,明社为墟,仅存思明州一块土,为四海所属望,遗民所依归。殿下奈何弃此十万生灵,而与红毛夷争海岛乎?且苟安一隅,将来金、厦两门,亦不可守。古人云:"宁进一寸死,毋退一尺生。"惟殿下实图利之!

原来闽海中有一大岛,名叫台湾,直长二千五百里,横阔五百里,倒是一个海外桃源。成功父芝龙为海盗时,曾恃此岛为出没地,芝龙入降,此岛为荷兰人所据。荷兰向称红毛夷,在岛中寄泊市舶,并筑土城数十处,屯住侨民。成功自江南败归,以进取无成,谋夺台湾为窟穴,适清靖南王耿继茂,自广东移镇闽地,与将军达素,总督李率泰,分出漳州同安,合攻厦门,被成功一鼓击退。回应前文。成功遂移师至台湾,巧值潮涨风顺,麾舰进鹿耳门,荷人仓卒难支,遂与成功议和,愿即迁让。荷人已去,成功遂入居台湾,与金厦作为犄角。独这张煌言恐他无志恢复,因作书相劝,待了多日,不见回音,乃浮海至台州,到南田岛停泊,入居岛中,暂且慢表。

再说吴三桂留守云南,本没有什么大事,可以安稳度日,他偏欲剿灭明宗,上了一本奏章,这奏叫作"三患二难疏"。他说:"李定国、白文选等,托名拥戴,引着溃众,肆扰边境,患在门户;土司易被煽惑,偏地蜂起,患在肘腋;投诚将士,或系念故明,边闻有警,携贰乘机,患在膝理;这便叫作三患。"又说:"滇中米粮腾踊,输挽络绎,在在需资,养兵难,安民亦难;这便叫作二难。"总结是:"当及时进剿,净尽根株,方得一劳永逸。"等语。顺治帝因中原混一,已存一厌世心,不欲再劳兵众,清不欲除永历,偏这三桂硬要出头,真正可杀!览了此奏,犹在迟疑。朝上一班大臣,都赞成三桂议论,乃命内大臣爱星阿为定西将军,赴滇会剿。爱星阿到滇后,与三桂进兵木邦,擒住白文选,直入缅境;一面传谕缅酋,索献桂王,一面飞报捷音。

顺治帝得此捷奏,料知大功告成,已在旦夕,悠然远念,有心高蹈。只是宫中有位董鄂妃,乃是南中汉人,被虏北去,没入宫内,顺治帝见她身材窈窕,秀外慧中,竟把她格外宠幸,封为贵妃。"回头一笑百媚生,六宫粉黛无颜色。"少年天子,未免多情,为此一缕丝牵,未忍遽辞尘网。这老天偏要成全顺治帝初志,竟降了二竖下来,陪着董妃左右,从此董妃日渐瘦弱,一病不起,膏肓成痼,药石无灵,可怜一朵娇花,竟与流水同逝。顺治帝十分悲痛,辍朝五日,特谕礼部,略称:"皇贵氏董鄂妃薨逝,奉圣母皇太后懿旨,宜追封为皇后,以示褒崇。朕仰承慈谕,用特追封,加以谥号,谥曰孝献庄和至德宣仁端敬皇后。"顺治帝颇称英武,只废后宠妃两大案,为一生缺憾。礼部奉旨,办理丧葬事宜,自必格外从丰,无庸细说。这是顺治十七年仲秋事。梧桐叶落,翡翠衾寒,转眼间霜雪连天,益增忉怛。顺治帝经此惨事,益看破世情,遂于次年正月,脱离尘世,只留重诏一纸,传出宫中。诏曰:

> 太祖太宗创垂基业,所关至重,元良储嗣,不可久虚。朕子玄烨,佟氏所生,八岁岐嶷颖慧,克承宗祧,兹立为皇太子;即遵典制,持服二十七日,释服即皇帝位,特命内大臣索尼、苏克萨哈、遏必隆、鳌拜为辅臣。伊等皆勋旧重臣,朕以腹心寄托,其勉矢忠荩,保翊冲主,佐理政务,布告中外,咸使闻知。

此诏一传,各王大臣非常惊疑,都说昨日早朝,皇上康健如恒,怎么今日会晏起驾来?且遗诏上面,亦并没有说起病源,正是奇怪得很。当下照例哭临,辅政四大臣及信郡王铎尼、大学士洪承畴等,奉了八龄的新主,即帝位于太和殿,这便是皇三子玄烨嗣位。拟定年号叫康熙,次年改元,尊为清圣祖仁皇帝。后人有清凉山赞佛诗,相传是咏清世祖事,其诗道:

> 双成明靓影徘徊,玉作屏风璧作台。
> 薤露雕残千里草,清凉山下六龙来。

诗中有双成及千里草字样,是暗指董鄂妃,清凉山是五台山上一峰,是暗指世祖出家,小子也不能辨别真假,只好作为疑案。顺治朝事已终,下回开篇,要说康熙朝了。

翦灭明宗之策,尸之者洪承畴,成之者吴三桂。二人旧为明臣,何无香火情乃尔?清世祖颇称知足,本欲留片土以存明祀,而洪、吴二臣,先后怂恿,箭在弦上,不得不发,其初心固堪共谅也。厥后中原大定,敝屣尊荣,借过眼之昙花,证前途之觉果,斯正所谓大解脱者。明眼人浏览本章,应知所褒贬矣。

第二十一回　弑故主悍师徼功　除大憝冲人定计

却说康熙帝即位,由四位辅政大臣,尽心佐理,首拟肃清宫禁,将内官十三衙门,尽行革去。什么叫作十三衙门?即司礼监、尚方司、御用监、御马监、内官监、尚衣监、尚膳监、尚宝监、司设监、兵仗局、惜薪司、钟鼓司、织染局便是。这十三衙门中，所用的都是太监，顺治帝在日，曾立内十三衙门铁牌，严禁太监预政，只因衙门未撤，终不免鬼鬼祟祟，暗里藏奸，康熙帝即位，就裁撤十三衙门，宫廷内外，恭读上谕，已自称颂不置。清圣祖为一代令主，所以开场叙事即表明德政。到了元年三月，平西王吴三桂、定西将军爱星阿，先书三桂，特标首恶。奏称："奉命征缅，两路进兵，缅酋震惧，执伪永历帝朱由榔献军前，滇局告平。"此奏一上，特降殊旨，进封三桂为亲王，镇守如故，命爱星阿即日班师。原来桂王寄居缅甸，本已困辱万分。李定国时在景线，连上三十余疏，迎驾往彼，都被缅人阻住。定国复出军攻缅城，缅人固守不下，忽闻清兵亦来攻缅，只得引还景线。适缅酋巴哇喇达姆摩弑兄自立，欲借清朝的势力，压服缅人，遂阴使通款清兵，愿执献桂王。三桂应允，限期索献。缅酋遂发兵三千，围住桂王住所，托名诅盟，令从官出饮咒水。马吉翔先出，开了头刀，李国泰作了吉翔第二，接连是走出一个，杀死一个，共死四十二人。惟沐天波与将军魏豹，格死缅人数名，自刎而亡。马、李等死有余辜，惟沐天波似觉可惜。桂王自知不免，含泪修书，遣人投递清营，交与吴三桂，其辞非常沉痛，详录如下：

> 将军新朝之勋臣，亦旧朝之重镇也。世膺爵秩，封藩外疆，烈皇帝之于将军，可谓厚矣。国家不造，闯贼肆恶，覆我京城，灭我社稷，逼我先帝，戮我人民，将军志兴楚国，饮泣秦庭，缟素誓师，提兵问罪，当日之初衷，固未泯也。奈何遂凭大国，狐假虎威，外施复仇之名，阴作新朝之佐？逆贼既诛，而南方土宇，非复先朝有矣。诸臣不忍宗社之颠覆，迎立南阳，枕席未安，干戈猝至，弘光北狩，隆武被弑，仆于此时，几不欲生，犹暇为社稷计乎？诸臣强之再三，谬承先绪，自是以来，楚地失、粤东亡，惊窜流离，不可胜数。犹赖李定国迎我贵州，接我南安，自谓与人无患，与世无争矣。而将军忘君父之大德，图开创之丰功，提师入滇，覆我巢穴，由是仆渡荒漠，聊借缅人以固我圉，山遥水长，言笑谁欢，只益悲矣。既失山河，苟全微息，亦自息矣。乃将军不避阻险，请命远来，提数十万之众，穷追逆旅，何以视天下之不广哉？岂天覆地载之中，犹不容仆一人乎？抑封王赐爵之后，犹欲歼仆以徼功乎？既毁我室，又取我子，读鸱鸮之章，能不惨然心恻乎？将军犹是世禄之裔，即不为仆怜，独不念先帝乎？即不念先帝，独不念列祖列宗乎？即不念列祖列宗，独不念己之祖若父乎？不知大清何恩何德于将军，仆又何仇何怨于将军也？将军自以为智，适成其愚，自以为厚，适成其薄，千载而下，史有传，书有载，当以将军为何如也？仆今日兵衰力弱，茕茕之命，悬于将军之手矣，如必欲仆首领，则虽粉骨碎身，所不敢辞；若其转祸为福，或以迟方寸土，仍存三恪，

第二十一回　弑故主悍师徼功　除大憝冲人定计

更非敢望，苟得与太平草木，同沾雨露于新朝，纵有亿万之众，亦当付于将军矣。惟将军命之！

这封书信，若到别人手中，也要存点恻隐，为桂王顾恤三分，偏这忍心害理的吴三桂，毫不动心，仍檄催缅酋速献桂王。桂王方等三桂复书，忽见缅兵七八十名，蜂拥而入，不问情由，把桂王连人带座，抬了就走。还有桂王眷属二十五人，号哭相随。桂王此时精神恍惚，由他抬着，经过了若干路程，满望是荆蔓葛藤，无情一碧。正是荆天棘地。到了缅都城外，见有大营数座，旗帜分悬，右首是平西大将军字样，左首是定西大将军字样，缅兵从平西大将军营内进去，放下桂王，出营自去。这里自有营兵接住，桂王问此处是哪里？营兵道："是清平西大将军吴王爷大营。"桂王道："是否平西王吴三桂。"营兵应了一个"是"字，桂王叹了数声。又见眷属多蓬头赤足，被缅兵押令入营，到桂王前，个个放声大哭。营内走出一员部将，大喝道："王爷出来，休得胡闹！"狐假虎威。眷属被他一吓，噤住哭声。

少顷，一位雄赳赳气昂昂的大员，带了数名护卫，缓步出来，对了桂王，一个长揖。桂王见他头戴宝石顶，身穿黄马褂，早料着是大将军模样，恰故意问是谁人？答称"清平西王吴……"说到吴字，停住。桂王道："你便是大明平西伯吴三桂么？"偏要提出大明二字，桂王也算辣口。三桂闻得"大明"二字，好像天雷劈顶一般，顿时毛骨俱悚，不由的双膝跪下，颤声道："是。"天良终自难泯。桂王道："好一个平西伯，果然能干！可惜是忘本了。但事到如今，也不必说，朕正思北去，一谒祖宗十二陵寝，你能替朕办到，朕死亦瞑目了。"三桂仍颤声道："是。"桂王命他起来。三桂即辞归营内，对众将道："我自从军以来，大小经过数百战，并没有什么恐惧，不意今日见这末代皇帝，偏令我踯躅难安，真正不解，真正不解。"有何难解？随令部将护着桂王及桂王家眷，簇拥前行，自己邀同爱星阿，拔营归滇。不几日到了云南省城，将桂王拘禁别室，与爱星阿商议处置桂王的法子。爱星阿拟献俘北京，听朝廷发落。吴三桂道："倘中途被劫，奈何？据我愚见，不如奏请就地处决为是。"爱星阿系满人，尚不欲死永历，何物三桂，悍忍至此？爱星阿不便抗议，照三桂意拜发奏折。到了四月十四日，奉了清圣祖谕旨："前明桂王朱由榔，恩免献俘，着即传旨赐死。钦此。"志明月日，作为明宗绝灭一大纪念。三桂立即升帐，传齐马、步各军，将桂王及眷属二十余人，都拥到篦子坡法场，令即绞决。桂王也不多说。只有桂王储嗣，年只十二龄，大骂三桂道："三桂黠贼！我朝何负于汝？我父子何仇于汝？乃竟置我死地。天道有知，必不令黠贼善终！"是日，天昏地暗，天霾交作，滇人无不悲悼，改唤篦子坡为迫死坡。福、唐、桂三藩事，至此结局。

时李定国方联结暹罗、古剌诸国，拟大举攻缅，索还桂王，忽闻缅人已把桂王献与吴三桂,急引兵追截;途中,又闻桂王被弑,望北大哭,呕血数升。兵士见主帅已病,请即退还。回到猛猎,病势日重一日,临危时尚三呼永历帝,悠然而逝。还算是他。

定国已死,西陲无遗患,独东南尚有张煌言、郑成功。煌言隐居南田岛,随从只有数人,明知大势已去,无能为力,只是忠心未泯,还与台湾常通音问,屡促成功进兵。不料成功一病身亡,煌言闻讣大哭道:"延平一殁,还有何望?"从此深岛屏居,谢绝一切,暇时或著书遣闷,借酒消愁。一日,方在门外闲眺山水,见有数人着了明装,走到煌言面前,瞧了又瞧。煌言方自惊诧,但听来人道:"君非张煌言先生么?"煌言不便道出姓名,却转问来人。来人道:"我等皆故明遗民,因闻先生居此,特来拜谒。先生何必隐匿名姓,难道疑我等为奸细么?"煌言便邀到窟穴,彼此各道姓字,无非是张三李四一流人物。坐谈之顷,满口思明,声声忠义,与煌言说得非常投机,并云:"岛口有来舟数号,舟中同志,约数百人,一成一旅,也可中兴,请先生出去一会,订定盟约,共图恢复便是。"煌言热心复明,便随了来人,步至岛口,果见口外泊船数艘,将要上船,舟中突起数人,都是辫发的清兵,煌言始知中他诡计。清兵提起铁索来缚煌言,煌言厉声道:"士可杀不可辱!"道言未绝,岸上引诱煌言的来人,即摇手阻住。当下偕煌言上船,乘着风势,到了宁波,复由宁波转达杭州,由清兵上岸,雇了肩舆,抬煌言入署。巡抚赵廷臣下阶迎接,请他上坐,便唠唠叨叨的劝他降清。煌言道:"如公厚谊,非不足感,但煌言义不事清,有死无二。任他辩如秦、仪,不能摇动方寸,还是早日就死,完我贞心。"廷臣见无可说,便从他志愿,送出清波门,令他就义,把遗骸送入凤凰山中。迄今凤凰山有张苍水先生墓,就是煌言遗冢。

这时候,镇守闽地的耿继茂,复与闽督李率泰,水师提督施琅,借了荷兰国夹板船数艘,攻克金、厦二岛,复名思明州为厦门。郑军退保台湾,由成功子经据守台地,仍奉永历正朔,效节海外。清廷将郑芝龙正法,并其子郑成恩、世恩、世荫等,亦一律斩首。芝龙临刑时,长叹道:"早知如此,何必投降。"悔已迟了。郑经闻芝龙受刑,痛乃祖之被戮,悲厥考之无成,抢地呼天,枕戈饮血,可奈遁地徒成孤立,衔石不足填波,只得遵晦养时,再作计较。

那时八龄天子,坐享承平,归马放牛,修文偃武,太常纪绩,颁世禄以报功,胜国搜贤,予隆谥以表节。光阴荏苒,已是四年,天子大婚,册内大臣噶布喇女何舍里氏为皇后,龙凤双辉,满廷庆贺。太皇、太后与皇太后,各上徽号,虽是照例应有的事情,免不得锦上添花,愈加热闹。只范文程、洪承畴等一班勋臣,先后逝世,朝纲国计,统归辅政四大臣管理。这四大臣中,索尼是四朝元老,资格最优,人品亦颇公正。遏必隆、苏克萨哈勋望较卑,凡事俱听索尼

第二十一回　弑故主悍师徼功　除大憝冲人定计

主裁。独这鳌拜随征四方，自恃功高，横行无忌，连索尼都不在眼中，他想把索尼诸人，一一除掉，趁着皇帝冲幼，独揽大权，因此暗中设法，先从苏克萨哈下手。苏克萨哈系正白旗人，鳌拜乃镶黄旗人，顺治初年，睿亲王多尔衮曾把镶黄旗应得地，给与正白旗，别给镶黄旗右翼地，旗民安居乐业，已二十多年。鳌拜倡议，欲将原地各归原旗，明明是借题生衅。宗人府会议照准，遂命直隶总督朱昌祚，巡抚王登联，会同国史馆大学士苏纳海，经理易地事宜。俗语说道："多一事不如少一事。"这安居乐业的旗民，无缘无故要他迁徙，不免要多费财力；况且原地易还，屯庄亦须互换，彼此各有损失，各有困难，自然而然的怨恨起来。苏纳海、朱昌祚、王登联等，俯顺舆情，奏请停止，康熙帝召见四大臣，将原奏交阅。鳌拜怒道："苏纳海拨地迟误，朱昌祚阻挠国事，统是目无君上，照例应一律处斩。"这是鳌拜自创的律例。康熙帝问索尼等人道："卿等以为何如？"遏必隆连忙答道："应照辅臣鳌拜议。"索尼亦随即接口道："臣意也是如此。"口吻略有不同，然都是敲顺风锣。只苏克萨哈俯首无言。鳌拜怒目而视，恨不将苏克萨哈吞入肚中，转向康熙帝道："臣等所见皆同，请皇上发落！"康熙帝犹在迟疑，鳌拜即向御座前，检出片纸，提起御用的朱笔，写着："苏纳海、朱昌祚、王登联，不遵上命，着即处斩"十七个大字，匆匆径出。索尼等亦随了出来。鳌拜就将矫旨付与刑部，刑部安敢怠慢，即提到苏纳海、朱昌祚、王登联三人，绑出市曹，一概枭首。暗无天日。

康熙帝见鳌拜这副情形，遂有意亲政，阴令给事中张维赤等联衔奏请。贝勒王大臣同声赞成，独鳌拜不发一词。康熙帝又延了年月，直到康熙六年秋季，始御乾清门听政。隔了数日，索尼病逝，鳌拜愈加专恣，苏克萨哈恐不能免祸，遂呈上奏折，略云：

　　臣以菲材，蒙先皇帝不次之擢，厕入辅臣之列，七载以来，毫无报称，罪状实多。兹遇皇上躬亲大政，伏祈令臣往守先皇帝陵寝，如线余息，得以生全，则臣仰报皇上豢育之恩，亦得稍尽。谨此奏闻。

帝览奏，即用另纸写就朱谕道：

　　尔辅政大臣等，奉皇考遗诏，辅朕七载，朕正欲酬尔等勤劳。兹苏克萨哈奏请守陵，如线余息，得以生全，不识有何逼迫之处？在此何以不得生？守陵何以得生？着议政王贝勒大臣会议具奏。

此谕一下，鳌拜已经闻知，遂至议政王处运动。这时候，议政王中，要算康亲王杰书，位望较高，然见了鳌拜，亦非常畏惧。鳌拜便授意杰书，教他如此如此，杰书唯唯听命，遂照鳌拜意奏复。康熙帝见了复陈，不觉惊异起来。看官！你道他复奏中是什么说话？他说："苏克萨哈系辅政大臣，不知仰体遗诏，竭尽忠诚，反饰词欺蔑主上，怀抱奸诈，存蓄异心，本朝从无犯此等罪名，应将苏克萨哈官职，尽行革去，即凌迟处死，所有子孙，俱着正法。"云云。查清朝律例，凌迟处死，乃是大逆不道的处分，苏克萨哈请守陵寝，不过语言激烈一点，如何可加他凌迟，并且还要灭族？康熙帝幼年岐嶷，那有不惊异之理？便召康亲王杰书等，及遏必隆、鳌拜二人入内，说他复奏谬误，鳌拜即上前辩驳。康熙帝道："你与苏克萨哈不知有什么仇隙，定要斩草除根，朕意恰是不准。"总算圣明。鳌拜道："臣与苏克萨哈并无嫌隙，只是秉公处断。"康熙帝道："恐怕未必。"鳌拜道："若不如此办法，将来臣下都要欺君罔上了。"康熙帝道："欺君罔上的人，眼前何曾没有？朕看苏克萨哈倒还是有些规矩。"鳌拜仍是力请，康熙帝坚执不允。鳌拜不禁大怒，攘臂直前，欲以老拳相饷。康熙帝究属少年，吓得惶恐失色，便支吾道："就要办他，亦不应凌迟处死。"鳌拜抗声道："即不凌迟，也应斩首。"鳌拜真穷凶极恶。康熙帝战栗不答，还是杰书同遏必隆，参了末议，定了绞决。亏他调停。鳌拜方无言而出。可怜苏克萨哈七载勤劳，竟被权奸构陷，惨死法场。专制之世，其惨如此。

康熙帝经此一激，到慈宁宫内去见太后，泣述鳌拜不法情状。太后女流，无计可施，只用好言抚慰。究竟圣明天子，别有心思，他向各王邸中，选了百名亲正子弟，年纪多与康熙帝仿佛，一班儿练习武艺，研究拳术。将门之子，骨种不同，不到一年，都学得拳术精通，武艺高强，连康熙帝也得了一点本领。于是康熙帝不动声色，先封鳌拜为一等公，歇了数日，单召鳌拜入内议事。鳌拜欣然前往，到了内廷，见康熙帝端坐上面，两旁站立的，便是一班少年贵胄。鳌拜昂着头，走至康熙帝前。死在目前，还是这般桀骜。说道："皇上召臣何事！"康熙帝竖起龙目，怒向鳌拜道："你知罪么？"劈头劈脑的一句。鳌拜毫不畏惧，直答道："臣有何罪？"康熙帝道："你结党树私，妨功害能，罪不胜举，还说无罪！"鳌拜听了此语，恼着性子，忍耐不住，仍旧发作攘臂故态。原是要你如此。康熙帝索性激他一激，便道："左右与我拿下！"鳌拜厉声道："那个敢来拿我！"言未毕，一少年应声而出，走近鳌拜，鳌拜即拍面一拳，那少年不慌不忙，把鳌拜拳头接住，喝声道："去。"鳌拜站立不住，倒退数步。众少年趁这机会，拥住鳌拜，你一拳，我一脚，鳌拜不防这童子军，竟有如许能力，方想极力招架，谁知已被众少年揿翻，打得皮破血流，奄奄一息。康熙帝便召杰书遏必隆入内，痛骂一顿。两人连忙下跪，捣头如蒜。康熙帝便命两人拖出鳌拜，叫他们据实讯鞫，不得徇私。这两人魂胆消扬，自然遵旨勘实，奏复鳌拜罪状共三十款。末后有鳌拜为勋旧大臣，正法与否，出自皇上圣裁等语。还想回护这贼子。正是：

当道豺狼遭失势，满城狐鼠亦寒心。

未知鳌拜性命如何，且看下回分解。

吴三桂率军南下，严檄缅人，令献永历帝自劾，此实三桂之一失计，若稍有远识，谁肯悍然不顾，冒大不韪之名？迨缅人献出永历，复手自加弑，彼以为可免清帝之嫌，不知愈中清帝之忌。康熙帝固英断有余，观其不动声色，立除鳌拜，鳌拜能除，宁不能除三桂耶？篇中虽依次叙事，然钩心斗角处，隐具匣剑帷灯之妙。微而显，明而晦，吾于是书亦云。

第二十二回　蓄逆谋滇中生变　撤藩镇朝右用兵

却说清康亲王杰书等，既审问鳌拜，明白复奏，不日，由内阁传下谕旨。其词道：

鳌拜系勋旧大臣，受国厚恩，奉皇考遗诏，辅佐政务，理宜精白乃心，尽忠报国。不意鳌拜结党专权，紊乱国政，纷更成宪，罔上行私，凡用人行政，鳌拜欺藐朕躬，恣意妄为。文武官员，欲令尽出其门。内外要路，俱伊之奸党。班布尔善、穆里玛、塞本得、阿思哈、噶褚哈、讷谟、泰壁图等，结为党羽，凡事先于私家商定乃行；与伊交好者，多方引用，不合者即行排陷，种种奸恶，难以枚举。朕久已悉知，但以鳌拜身系大臣，受累朝宠眷甚厚，犹望其改行从善，克保功名以全始终。乃近观其罪恶日多，上负皇考付托之重，暴虐肆行，致失天下之望。遏必隆知其恶，缄默不言，意在容身，亦负委任。朕以罪状昭著，将其事款命诸王大臣公同究审，俱已得实，以其情罪重大，皆拟正法。本当依议处分，但念鳌拜效力多年，且皇考曾经倚任，朕不忍加诛，姑从宽免死，着革职籍没，仍行拘禁。遏必隆无结党事，免其重罪，削去太师职衔及后加公爵。班布尔善、穆里玛、阿思哈、噶褚哈、塞本得、泰壁图、讷谟，或系部院大臣，或系左右侍卫，乃皆阿附权势，结党行私，表里为奸，擅作威福，罪在不赦，概令正法。其余皆系微末之人，一时苟图侥幸，朕不忍尽加诛戮，宽宥免死，从轻治罪。至于内外文武官员，或有畏其权势而倚附者，或有身图幸进而依附者，本当察处，姑从宽免。自后务须洗心涤虑，痛改前非，遵守法度，恪共职业，以期副朕整饬纪纲、爱养百姓之至意。钦此。

刑部奉到谕旨，即遵照办理，自是文武百官，方晓得康熙帝英明，不敢肆无忌惮。这事传到外省,别人倒还不甚介意,只有那两朝柱石功高望重的吴三桂,偏觉心中不安起来。事有凑巧,广东镇守平南王尚可喜,因其子之信酗酒暴虐,不服父训,恐怕弄出大祸,遂用了食客金光计,奏请归老辽东,留子镇粤,他的意思,无非望皇上召还,得以面陈一切,免致延累。适值康熙帝除了鳌拜,痛恨权臣,见了此奏,即令吏部议复。吏部堂官,早窥透康熙的意思,议定藩王现存,儿子不得承袭,尚可喜既请归老,不如撤藩回籍等语。康熙帝遂照议下谕。

吴三桂在云南,日日探听朝廷消息,他的儿子吴应熊曾招为驸马,在京供职,所有国事,朝夕飞报。尚可喜还未接谕,吴三桂早已闻知,当下写了密函,寄到福建。此时靖南王耿继茂已死,由其子靖忠袭封,仍镇守福建地方,得了三桂密书,就照书中行事,上了折子,奏请撤兵。折奏到了北京,吴三桂奏折亦到,大致与靖忠相同。如此恭顺,殊出意料。及看到后文,始知吴、耿命意。康熙帝召集廷臣会议,各大员多胆小如鼷,主张勿撤;又命议政王及各贝勒议决,也是模棱两可。康熙帝道:"朕阅前史,藩镇久握重兵,总不免闯出祸来,朕意还是早撤。况吴三桂子应熊,耿精忠弟昭忠、聚忠等,都在京师供职,趁此撤藩,彼等投鼠忌器,尚不至有变动。"独具见解。兵部尚书明珠,户部尚书米思翰,刑部尚书莫洛,听到此语,就随声附和起来,不是说圣意高深,就是说圣明烛照。极力谄媚。康熙帝遂准奏撤藩,差了侍郎哲尔旨,学士博达礼往云南,户部尚书梁清标往广东,吏部左侍郎陈一炳往福建,经理各藩撤兵起行事宜。

三桂闻了此信,大吃一惊,暗想道:"我去奏请撤藩,乃是客气说话,不料他竟当起真来。"遂密与部下夏国相、马宝计议。马宝道:"这乃调虎离山之计,王爷若愿弃甲归田,也不必说,否则当速谋自立,毋再迟疑。"夏国相道:"马公之言甚是。但现在且练兵要紧,等待朝使一到,激动军心,便好行事。"一吹一唱,吴氏香火,要被他断送了。三桂便于次日升帐,传齐藩标各将,往校场操演。各部将遵着号令,不敢懈怠。以后日日如此,除夏国相、马宝及三桂两婿郭壮图、胡国柱外,统是莫明其妙。

一日,传报钦使到来,三桂照常接诏,一面留心腹部员款待两使,一面部署士卒,检点库款,宛似办理交卸的样子。整顿已毕,便召众将士齐到府堂,令家人抬出许多箱笼,开了箱盖,搬出金银珠宝,绸缎衣服各类,摆列案前,随向将士说道:"诸位随本藩数十年,南征北讨,经过无数辛苦,现今大局渐平,方想与诸位同享安乐,不期朝廷来了两使,叫本藩移镇山海关,此去未知凶吉,看来是要与诸位长别了。"并不要他就死,如何说是长别?众将士道:"某等随王爷出生入死,始有今日,不知朝廷何故下旨撤藩?"三桂道:"朝旨也不便揣测,大约总是'鸟尽弓藏,兔死狗烹'的意思。本藩深悔当年失策,辅清灭明,

第二十二回　蓄逆谋滇中生变　撤藩镇朝右用兵

今日奉旨戍边,不知死所,这也是本藩自作自受。确是自作自受。只可怜我许多老弟兄,汗马功劳,一旦化为乌有。"说到此处,恰装出一种凄惶的形状;并把手指向案前道:"这是本藩历年积蓄,今日与诸位长别,各应分取一点,留个纪念。他日本藩或有不测,诸位见了此种什物,就如见了本藩。罢罢罢,请诸位上来,由我分给!"众将士都下泪道:"某等受王爷厚恩,愿生死相随,不敢再受赏赐。"三桂见众将士已被煽动,随即说道:"钦使已限定行期,不日即当起程,诸位还要这般谦逊,反使本藩越加不安。"众将士方欲再辞,忽从大众中闪出两人,抗声道:"什么钦使不钦使?我等只知有王爷,不知有钦使。王爷若不愿移镇,难道钦使可强逼么?"三桂视之,乃是马宝、夏国相,却假作怒容道:"钦使奉圣旨前来,统宜格外恭敬,你两人如何说出这等言语,真是瞎闹!"马宝、夏国相齐声道:"清朝的天下,没有王爷,哪里能够到手?这语是极。今日他已非常快乐,反使王爷跋涉东西,再尝苦味,这明明是不知报德。王爷愿受清命,某等恰心中不服!"三桂道:"休得乱言!俗语说道:'君要臣死,不得不死。'只我前半生是明朝臣子,为了闯贼作乱,借兵清朝,报了君父大仇。你尚知有君父么?本藩因清朝颇有义气,故尔归清,至永历帝到云南时,本藩也有意保全,无如清廷硬要他死,不能违拗,只得令他全尸而亡,亏他饰词。把他好好安葬。现在远徙关外,应向永历帝陵前祭奠一回,算作告别,诸位可愿随去么?"众将士个个答应。

　　三桂入内更衣,少顷,即出。众将士见他蟒袍玉带,竟浑身换了明朝打扮,所谓反复小人。又都惊异起来。三桂令家人扛了牛羊三牲,带同将士,到永历帝坟前酹酒献爵,伏地大哭。这副急泪,如何预备?众将士见他哭得悲伤,也一齐下泪,正在悲切之际,不料两钦差又遣使催行。三桂背后跃出胡国柱,拔了佩刀,把来人砍翻。三桂大哭道:"你如何这般卤莽?叫我如何见钦使?军士快与我捆了国柱,到钦使前请罪!"众将士呆立不动,三桂催令速捆。马宝上前道:"王爷如要捆绑国柱,不如将某等一齐捆去。"三桂道:"你们如此刁难,难道钦使不要动气么?"马宝道:"两个京差,怕他什么!"三桂道:"钦使不怕,还有抚台,你可怕么?"胡国柱道:"不怕不怕,我就去杀他!"众将士道:"我等同去!"三桂连忙拦阻,只拦得一半,一半随着国柱忿忿前去。不消多少工夫,胡国柱提着血淋淋的人头,向地下一掷。三桂拾起一看,正是巡抚朱国治的首级,复恸哭道:"朱中丞!朱中丞!本藩并不要害你,九泉之下,休怨本藩!"分明叫国柱去杀朱抚,还说不要害他,哪个相信?复对众将士道:"你等无法无天,叫我如何办理?"众将士同声道:"请王爷做了主子,杀往北京便了。"满盘做作,都为这两句说话。三桂收泪道:"当真么?当真可做此事么?"众将士道:"王爷系明朝旧臣,复明灭清,乃堂堂正正的事情,如何不可?"此语乃三桂所厌闻。三桂道:"北兵到来,奈何?"众将士道:"火来水淹,将来兵挡,有什么害怕?"三桂道:"你等陷我至此,肯为我尽力么?"大家统大呼道:"愿尽死力!"这一声,仿佛像雷声一般,震惊百里。三桂率兵回府,急命手下将哲博两钦差捉住,拘禁狱中,写了旗帜,竖起府前,旗上写的是"天下都招讨兵马大元帅吴"十一字,一面赶撰檄文,其文道:

> 本镇深叨明朝世爵,统镇山海关,一时李逆倡乱,聚众百万,横行天下,旋寇京师,痛哉毅皇烈后之崩摧,痛矣东宫定藩之颠跌。文武瓦解,六宫纷乱,宗庙邱墟,生灵涂炭,臣民侧目,莫敢谁何,普天之下,竟无仗义兴师。本镇独居关外,矢尽兵穷,泪血有干,心痛无声。不得已许虏藩封,暂借夷兵十万,身为前驱,斩将入关,李贼遁逃,誓必亲擒贼帅,斩首以谢先帝之灵,复不共戴天之仇。幸而渠魁授首,方欲择立嗣君,更承宗社,不意狡虏再逆天背盟,乘我内虚,雄踞燕京,窃我先朝神器,变我中国冠裳,方知拒虎进狼之非,追悔无及。将欲反戈北逐,适值先皇太子幼孩,故隐忍未敢轻举,避居穷壤,艰晦待时,盖三十年矣。彼夷君无道,奸邪高位,道义之士,悉处下僚,斗筲之辈,咸居显爵。君昏臣暗,彗星流陨,天怨于上,山岳崩裂,地怨于下。本镇仰观俯察,正当伐暴救民,顺天听人之日也。爰率文武共谋义举,卜甲寅正月元旦,推奉三太子,水陆兵并发,各宜懔遵谆诫!

上首署衔,就是大旗上面的十一字,只是檄文中有推奉三太子一语,他是凭空捏造,说是崇祯帝三太子,留在周皇亲家,当迎他为主,自己权称元帅以便号召。遂以甲寅年为周元年,甲寅年乃康熙十三年。令军民蓄发易服,改张白帜,择日祭旗出兵。

三桂处置已毕,时已夜深,退入内寝,甫抵寝门,忽一妇人号啕前来,扯住三桂袍袖道:"你要杀我儿子了。"三桂一看,乃是继室张氏。原来三桂元配,被李闯所杀,三桂即继配张氏为妻,应熊即张氏所出。后来重得陈圆圆,不甚宠爱继室。三桂嗔目道:"死一儿子何妨,叫我不死便好。"君父尚且不管,管什么儿子? 把袖一扯,摔倒张氏,张氏放声大哭。这时陈圆圆早到云南,正在内室,闻得门外吵闹,急移步出来,两面劝解,一面扶起张氏,劝慰一番,令侍女送回正寝,一面迎三桂入卧室,问明原委。三桂将当日情形,叙述一遍,圆圆俯首长叹。三桂问道:"爱妃亦以此举为未然否?"圆圆道:"妾自出世以来,起初遭家不造,鬻为歌伎,辗转流离,得侍王爷。每忆当年留住京师,为寇所掠,心中尚时常震恐,到了今日,安荣已极。妾闻知足不辱,知止不殆,长此奢华,恐遭天忌,愿王爷赐一净室,俾妾茹素修斋,得终天年,实为万幸!"三桂

第二十二回　蓄逆谋滇中生变　撤藩镇朝右用兵

道："我正思创立帝业，册你为后，你却欲净室修斋，令我不解。"圆圆道："自古到今，都为了争帝争王，扰得人民不宁，实在是做了皇帝，一日万机，也是没甚趣味。妾少年时，自顾姿容，亦颇不陋，常有非分的妄想，目今身为王妃，安享荣华，反觉尘俗难耐。为王爷计，倒不如自卸兵权，偕隐林下，做个范大夫泛舟五湖，宁不快乐？何苦争城夺地，再费心力，再扰生灵？"陈圆圆颇已了解，可惜三桂不醒。三桂默然不答。圆圆复再三相劝，怎奈三桂已势成骑虎，不能再下，喟然道："不能流芳百世，亦当遗臭万年。"为此一念，误尽人心。圆圆知无可挽回，便于次晨起来，向三桂前求一僻室静居。三桂此时心乱如麻，便即应允。当下圆圆即出游城外，见城北一带地方空敞，枕水倚山，中间有一沐氏废园，甚为幽雅，便入园布置，令奴仆等就地整刷，作为净修的居室。一住数年，三桂也不去缠扰，别选美人，充了下陈。圆圆毕竟有福，到三桂将败时，一病身逝，三桂命葬在商山寺旁。绝代尤物，倒安安稳稳的与世长辞了。

这也不在话下，单说三桂既叛了清朝，号召远近，贵州巡抚曹申吉，提督李本深，云南提督张国柱，亦起兵相应。独云贵总督甘文焜，得了此信，仓猝出贵阳府，带了一子及十余从骑，兼程赶至镇远，调兵守城。偏这兵士不从号令，反把甘文焜围住。文焜先将儿子杀死，然后自刎。兵部郎中党务礼，户部员外郎萨穆哈，正在贵州办差，迎接三桂眷属至京，一闻警信，吓得魂不附体，忙坐上快马，疾忙加鞭，星夜趱行，一口气跑到北京，下了马，闯入午内。守门侍卫，拦阻不住。他二人直到殿下，大声报道："不好了！不好了！吴三桂反！"说到反字，已神昏气厥，扑倒阶前。适值早朝未罢，殿上百官下阶俯视，回奏是党务礼、萨穆哈二人，康熙帝即命侍卫将二人抹入。二人尚是神昏颠倒，歇了半响，方渐渐醒转，开眼一看，乃在殿上。这二人官微职卑，从没有上殿启奏的故例，到了此时，悚惶万状，急忙跪伏丹墀，口称："奴才万死，奴才万死。"康熙帝传旨，叫他们据实奏来！二人把三桂造反，抚臣朱国治、督臣甘文焜被杀事，详奏一遍。复称："奴才昼夜疾驰，一路到京，已十二日，只望奏渎天听，不意神魂不定，闯入殿前，自知谬戾，求皇上处重！"康熙帝道："尔等闻警驰报，星夜前来，倒也忠实可嘉。只是欠镇定一点，以致如此。朕特赦尔罪，下次须谨伤方好！"两人忙谢恩趋出。

康熙帝问王大臣道："这事应如何办理？"大学士索额图奏道："奴才前日曾虑撤藩太速，致生急变，现在事已如此，只好安抚三桂，令世守云南，当可了事。"康熙帝道："三桂已反，难道尚肯听命么？"索额图道："三桂若不肯听命，请将主张撤藩的人，从重治罪，这也是釜底抽薪的一法。"米思翰、明珠、莫洛三人，亦在殿上，听到治罪一语，不觉面如土色。既要诹媚，何必畏缩？康熙帝道："胡说！撤藩是朕的本意，难道朕先自己治罪，谢这叛贼？"索额图连忙跪伏，自称不知忌讳，该死该死。康熙帝叱退索额图，立命兵部尚书明珠，在殿前恭录上谕，命都统巴尔布，率满洲精骑三千，由荆州驰守常德，都统珠满率兵三千，由武昌驰守岳州，都督尼雅翰、赫叶、席布根特、穆占、修国瑶等，分驰西安、汉中、安庆、兖州、郧阳、汝宁、南昌诸要地，听候调遣。写到此处，外面又递到湖广总督蔡毓荣，加紧急报，也是奏闻云南变事。康熙帝旁顾顺承郡王勒尔锦道："劳你一行，就封你为宁南靖寇大将军，统师前敌！"勒尔锦遵旨谢恩。又顾莫洛道："命你为经略大臣，督理陕西军务！"莫洛亦遵旨谢恩。康熙帝复命明珠，录写三桂罪状，削除官爵，宣布中外；并令锦衣卫拿逮额驸吴应熊下狱。明珠恭录圣旨毕，即奏道："闽、粤两藩，如何处置，应乞圣旨明示！"康熙帝道："暂令勿撤可好么？"明珠奉命续录，随即退朝。自是羽檄飞驰，劲旅四出，周太尉发兵泗上，乘传前来，裴节度进捣蔡州，轻车夜至，这一场有分教：

荡荡中原开杀运，隆隆方镇挫强权。

欲知战事如何，请诸君续看下回。

自古藩镇，鲜有不生变者。撤亦反，不撤亦反；与其迟撤而养祸益深，不若早撤而除患较易。清圣祖力主撤藩，正英断有为之主。洎乎仓卒告警，举朝震动，圣祖独从容遣将，镇定如恒，且不允索额图之请，自损主威，圣祖诚可谓大过人者。或谓满汉相猜，由圣祖始，不知满人入关，汉人实为之伥，罪在汉人，不在满人。吴三桂为汉贼之魁，天道有知，断不令其长享安荣也。本回叙三桂狡诈，及圣祖英明，非颂圣祖，实病三桂，插入陈圆圆一段，尤足令三桂愧死。

第二十三回　　驰伪檄四方响应
　　　　　　　失勇将三桂回军

却说吴三桂既据了云贵，遂遣部将王屏藩攻四川，马宝等自贵州出湖南，陷了沅州。三桂闻湖南得胜，复令夏国相、张国柱等，引兵继进。湖南守将，已十多年不见兵革，弓马战阵，统已生疏，此番遇着吴军，个个望风奔窜。吴军直逼长沙，巡抚卢震，即调提督桑额入援，谁知桑额早已逃去。卢震仓皇无措，也只得弃了长沙，奔往他方。清都统巴尔布、珠满等，奉命出师，行至途次，闻报吴军已得长沙，惊慌的了不得，遂扎住营寨，逗留不进。满员多是没用。于是常德、岳州、衡州、澧州一带，先后失陷，四川巡抚罗森，因王屏藩攻入境内，急就近向湖广乞救，寻闻湖南已经失守，清兵不敢前进，他暗想吴军势大，清兵不能救湖南，哪里能救四川？遂召提督郑蛟麟，总兵谭洪、吴之茂等商议。郑蛟麟已受三桂密札，方想动手，到了巡抚署内，遂怂恿降吴，罗森正中下怀，命通款吴军，联络王屏藩，背叛清朝。眼见得四川全省，又为三桂所有了。

耿精忠镇守福建，本与三桂通同一气，至是闻三桂已得湘、蜀，欲起兵遥应，是时福建总督范承谟，系三朝元老文程之子，与精忠谊关亲戚，精忠也管不得许多，把他拘禁起来；易了汉装，三路出兵，派总兵曾养性出东路，攻打浙江省内的温州、台州、白显忠出西路，攻打江西省内的广信、建昌、饶州，又令都统马九玉出中路，攻打浙江省内的金华、衢州。滇、闽、粤三藩中，已是两路构变，独尚可喜始终事清，毫无叛志。三桂通书招诱可喜，可喜将来使拘住，把来书呈奏清廷。三桂闻使人被拘，大怒，急密函致耿精忠，令攻击广东。精忠遂勾通潮州总兵刘进忠，差他进兵图粤，复约台湾郑经，夹攻粤海。中原大震，各地告急本章，像雪片般传达清廷。康熙帝复令贝勒尚善为安远靖寇大将军，出助顺承郡王勒尔锦，由鄂攻湘，贝勒洞鄂为定西大将军，出助经略大臣莫洛，由陕攻蜀，这两路是协攻吴三桂。又命安亲王岳乐为定远平寇大将军，出师江西，康亲王杰书为奉命大将军，贝子傅喇塔为宁海将军，出师浙江，这两路是攻耿精忠。另授简亲王喇布为扬威大将军，镇守江南。这一路是策应四路。

诏旨甫下，忽报广西将军孙延龄戕杀巡抚，降顺三桂，康熙帝叹气道："不料孙延龄也是这般。"原来延龄系故定南王孔有德女婿，有德殉难广西，阖门死事，仅遗一女，名四贞，留养宫中，视郡主食俸，及长，嫁与延龄为妻。夫以妻贵，因命他镇守广西，管辖南藩，禄位与滇、闽、粤三王，相去无几。只是这位孔郡主，仗着自己势力，常要挟制延龄，延龄屡与他反目。三桂起事，密使相招，延龄想背了清朝，免受闺房压制，<small>为了河东狮，甘从滇南狼，延龄殊不值得。</small>因此降顺三桂。康熙帝还道是待他厚恩，无端背义，谁知他却是为厚恩所迫，生了异心。

闲文少表，单说康熙帝闻延龄附逆，急封尚可喜为亲王，授可喜子之孝为平南大将军，之信为讨寇将军，会同广西总督金光祖，进讨延龄。四面八方，派遣停当，满望旗开得胜，马到成功，不料湖南、四川、江西、浙江、广西诸省，还没有克复消息，陕西的警报，又纷达北京了。

先是清经略大臣莫洛入陕西境，提督王辅臣、总兵王怀忠，先去迎接。莫洛自以为身任经略，节制全省，要摆点威风出来，镇压军心，见了王辅臣、王怀忠两人，并不用好言抚慰，反责他观望迁延，不即赴敌。<small>速死之兆。</small>辅臣等怏怏退出。莫洛到了西安，西安将军瓦尔喀与莫洛同是满人，两下会叙，颇觉亲热。莫洛发议，欲把提督以下，尽易满员，还亏瓦尔喀谏阻，说是"用兵之际，难易生手"，因此辅臣、怀忠官职如旧，但心中已未免怀恨了。

莫洛令瓦尔喀出师汉中，自己留守西安。瓦尔喀带了辅臣、怀忠，兼程前进，到汉中，尚无敌踪，遂一路进至保宁。忽有探马来报，敌将王屏藩已出略阳，分扼栈道了。瓦尔喀大惊，与王辅臣等商议行止。辅臣道："略阳一断，水运阻塞，栈道一断，陆运阻绝。我军无饷可运，不战亦困，看来只好急退广元，向经略处催饷，免致意外疏虞。"瓦尔喀依了辅臣的计议，退至广元驻扎，遣人到西安催饷。西安饷道亦断，哪里还发得出？分明是辅臣狡谋。待了月余，毫无音响。军中你言我语，互相怨望。瓦尔喀令王怀忠出去劝谕，兵士反哗噪起来，都说没有粮饷，如何打仗？怀忠制服不住，只得回禀瓦尔喀。又令王辅臣出帐抚慰，辅臣甫出帐外，外面顿时大闹，喧声四起，吓得瓦尔喀惊魂不定，身子都发抖起来。幸王怀忠犹有良心，一手扯住瓦尔喀，从帐后逃走。还是保全官职的好处。外面的兵士，随辅臣入帐，见瓦尔喀不知去向，也不喧哗了。显见是辅臣授意。

辅臣向兵士道："将军已逃，将来劾奏一本，我等都要受罪，奈何？"兵士道："闻得平西王优礼将士，到处传檄，现在不如前去通款，免得受死。"辅臣道："汝等既有此心，我可为汝等成全。吾初意欲事一而终，今事已至此，只得与汝等共生死了。"道言未绝，帐外递进驿报，乃是莫经略出发西安，将到宁羌州。辅臣道："莫洛前来，如何是好？"兵士道："大家上前抵御，杀死这混帐经略，便可了事。"辅臣道："既如此，快随我前行。"兵士都踊跃愿从，星夜赶到宁羌，分头埋伏；又在大路中立了虚营，竖着大清旗帜，专等莫洛到来。

莫洛因清廷屡次催战，又遣贝子洞鄂来陕，他想洞鄂一到，我若仍在西安，显是逗留不进，没奈何带兵出城，一步懒一步，一日缓一日。辅臣等得不耐烦，着人催逼，只说是："保宁兵变，急求援应。"莫洛方催兵趱程。这日正到宁羌，已近日暮，宁羌四面皆山，径路崎岖，树木丛杂。莫洛上冈瞭望，见山下有清营驻扎，料是辅臣遣来接应，忙令部队向前接进。猛听得一声号炮，伏兵四起，箭弹齐发，统向莫洛军中射来。莫洛茫无头绪，只是率兵前进。不向后退，偏望前进，想是责人观望，所以如此。他想过了此地，便好与辅臣合军，就使伤折几个人马，也没甚要紧。原来为此。行出山口，巧遇辅臣前来，莫洛大喜，不防一弹射中咽喉，翻身落马。死得爽快。辅臣杀了莫洛，便大叫道："降者免死！"莫洛部兵，见无路可逃，只得投降。

贝子洞鄂，方到西安，适瓦尔喀逃回，已知保宁兵变；旋又闻莫洛被戕，哪里还敢出来？都是一班饭桶。忙饬八百里加紧驿报，飞递入京。

辅臣即与王屏藩会合，乘势攻陷各郡。三桂闻陕南得手，发银二十万，犒赏辅臣部下，命与王屏藩分扰秦陇，自率大兵出发云南，赴常澧督战。临行

第二十三回　驰伪檄四方响应　失勇将三桂回军

时,其妻张氏复要向三桂索还儿子,三桂乃放出哲、博二钦使,浼他回京复奏,愿与清廷议和,清廷如肯裂土分封,不杀应熊,当即罢兵。哲、博二使唯唯连声,回京去讫。算是明哲保身。三桂又通使西藏,请达赖喇嘛代为奏陈,大约不外息事罢兵数语。康熙帝连接警报,也焦灼万分;又因哲、博二使复奏,及达赖喇嘛疏陈,越加忐忑不定,复开军士会议。

此时明珠已升任协办大学士,上前奏道:"三桂不除,朝廷断没有安枕日子,乞皇上始终用兵,勿为摇动。"康熙帝道:"朕意亦是如此,可惜各路将士,都不肯用力。"明珠道:"各路将士,受了国恩,亦未必个个无良;但将士固应效劳,军械亦贵精利。奴才闻得西洋人南怀仁,善造火炮,比我国红衣大炮厉害得多,并且非常轻便,可以越山渡水。若令他多制此炮,运到军前,不怕三桂不败。"康熙帝道:"南怀仁么?是否现任钦天监副官?"明珠应了声是。康熙帝忙谕兵部传旨,户部发银,叫南怀仁招募西人,赶紧制炮。明珠又奏道:"三桂子应熊,现已监禁,应即处死,俾各路将帅,晓得天威震赫,不敢观望。就是西藏达赖,亦应严旨申斥方好。"康熙帝便命将吴应熊处绞,及应熊子世霖,亦俱绞死。一面传旨严斥达赖,复向明珠道:"陕西兵变,辅臣附逆,莫洛闻已被戕,恐怕洞鄂亦靠不住。"明珠道:"辅臣子继贞,前曾举发逆札,驰奏来朝,怎么今朝甘心附逆?"康熙帝道:"莫非与莫洛有隙么?"明珠道:"继贞尚在京中,请召他一问便知。"康熙帝即令侍卫召入继贞,继贞只道是为父受罪,跪在阶下,身子乱抖。驸马且要处绞,怪不得继贞发抖。康熙帝见他觳觫情形,反怜恤起来,随问道:"你父与莫洛,是否有隙?"继贞颤声道:"是。"康熙帝道:"你父果与莫洛有隙,朕意还可恕他。"继贞仍答称:"是是。"康熙帝又道:"朕命你持敕招抚,叫你父速即归诚。"继贞不说别话,只接连说了好几个"是"字。多说"是",少说话,是清吏秘诀。明珠向继贞道:"何不谢恩?"继贞被明珠提醒,方磕头道:"谢万万岁隆恩!"康熙帝命他急速动身,继贞还是俯伏谢恩。外面呈进驿奏,乃是甘肃提督张勇,奏称:"斩了伪使,附缴伪札。"康熙帝即命张勇为靖逆将军,便宜行事,交来使领诏回去。康熙帝退朝,王大臣散班,只有王继贞在阶下,还像犬儿一般的伏着;确是犬儿。幸得太监通知,方起身趋出,向内阁领了诏敕,匆匆奔回。脚膝倒还不痛吗?

且说三桂既到湖南,夏国相等连请渡江北犯,三桂不从,他只望清廷允他要求,划江为国;嗣闻其子应熊被戮,勃然大愤,遂留兵七万,守住岳澧诸水口,又分兵七万,守住长沙及湘、赣交界,亲率精骑赴湖北松滋县,遥应西北,拟从陕西绕攻京畿。是时王辅臣已由陕入陇,攻陷平凉、巩昌、秦州一带,烽火四彻。甘肃提督张勇,偕总兵王进宝,急至巩昌阻遏敌军,两边相持不下,忽闻宁夏提督陈福,为标兵所戕,急向清廷告急。清廷遣天津总兵赵良栋,驰赴宁夏,并命大学士都统图海为抚远大将军,任西征事,节制洞鄂以下诸军。图海颇谙兵略,为满大臣中翘楚。因闻王辅臣占据平凉,当即向平凉进发,一面约张勇夹攻。到了平凉,张勇亦率王进宝来会,图海道:"王辅臣在平凉,王屏藩在汉中,两人隐为犄角,我军围攻平凉,王屏藩必来相救,现请两将军轻骑入陕,截住屏藩,此处待老夫督兵围攻,不患不胜。"张勇、王进宝奉命去讫。

图海扎住了营,自去相度形势,回帐召集部将,各授密计。是夜严装以待,到了二更时候,闻城内隐隐有号炮声,随率部将出营。不多时,王辅臣开城潜出,率兵到清营前,一声喊杀,突入清寨,不料寨中毫无人影,只有灯光数点,辅臣知是中计,急率军退出,见寨外已布满清兵,好像天罗地网一般。辅臣一马当先,提起大刀,左斫右劈,把清兵冲开两边,剩出一条血路,率军逃走。奔至城下,见有一军前来接应,辅臣一看,乃是虎山墩守兵,忙道:"谁叫汝等前来?"守兵答道:"适有一卒来报,据言主帅劫营被困,所以特来援应。"辅臣顿足道:"吾中图海诡计,看来此城难保了。"部将问明情由,辅臣道:"此城保障,全在虎山墩,我故用精兵扼守,不料清兵冒充我卒,调兵离山,他却不费气力,占住此墩,居高望下,城内虚实,都被瞧见,如何能守?"图海密计,从辅臣口中叙出。部将道:"某等前去夺回便好。"辅臣道:"他用心占住此墩,还肯被我夺回么?"部将执意要去,辅臣乃派兵五千,前去夺墩,自率兵入城防守。不到数时,果然五千兵只剩一半,踉跄逃回。辅臣忙差人去汉中乞援,数日不见回音,复派兵出城冲突数次,都被清兵杀退。图海分兵断敌饷道,城中益加惶恐。又闻炮声隆隆,流弹飞入城中,守兵多被打伤。辅臣恐兵心溃变,没奈何上城弹压,昼夜不懈。

这日正在巡城,见城下来一清将,叫开城门,辅臣开城延入,通问姓名,乃是参议道周昌,奉抚远大将军命,前来招抚。辅臣踌躇未决,周昌道:"将军困守孤城,身处绝地,此时不亟图反正,尚待何时?况圣恩高厚,前曾遣令郎特敕抚慰,格外体恤,将军当早接洽。趁此自返,朝廷决不加罪,将军仍可完名,岂不甚善?"辅臣道:"犬子继贞,曾持敕到来,某亦尝具疏谢罪,但至今未蒙赦诏,恐怕一旦归降,仍遭不测。"继贞持敕事,即从两人口中补叙。周昌道:"将军如虑及此事,尽可放心。现在抚远大将军,因前日一战,将军能杀出重围,格外爱重,曾嘱某致意将军,倘虑天威不测,愿力为担保,誓不相负。"周昌也算能言。辅臣道:"既如此,请阁下先回!某当遣部将前来订约。"

周昌随出城回营,禀报图海。图海道:"现已接得固原捷报,张勇等将王屏藩击退,辅臣内乏粮草,外无救兵,不怕他不降。"到了次日,果然来了谢天恩,由辅臣遣至乞降。图海召入天恩,呈上辅臣书,内称如蒙保全,即愿投诚。图海当即批回。辅臣即开城迎入清兵。图海入城,表闻清廷,并请特颁赦诏,康熙帝自然应允,这也不在话下。

时三桂已到松滋,方遣降将杨来嘉等进略郧阳,命与王辅臣、王屏藩联络进兵。忽传到王屏藩败报,接连又闻平凉失守,辅臣降清,三桂面色骤变。正惊疑间,有一将匆匆奔入,递上急报,三桂连忙拆阅,乃是留守长沙夏国相乞援,即问道:"常澧并没有警信,如何长沙告起急来?"我亦要疑。来将道:"现因江西军大至,运到西洋大炮数十尊,我军不能抵挡,所以前来告急。"三桂道:"江西的耿军,已被清兵杀退么?"来将道:"耿军没有什么确实消息,大约总是败仗。现闻江西的清兵,乃是什么安亲王岳乐统带,来攻湖南的。"三桂道:"军情如此,看来只好回援湖南,再作计较。"于是拔营回湘,先令胡国柱、马宝火急前进,去守长沙,自率水师顺流而下。途次,闻勒尔锦出虎渡口,尚善入洞庭湖,江湖险要,多被清兵占去,不觉大惊;忙令舟子扬帆飞驶,到了虎渡口,见岸上已无清兵,略略放心;转入洞庭湖,亦没有什么尚善,越加宽慰。原来勒尔锦、尚善等,闻三桂回军援湘,早已遁去,因此三桂由江入湖,毫无阻挡。到了长沙,马宝已扎营城外,四围浚掘重濠,布满铁蒺藜。三桂见守法严密,大加奖励。入城见胡国柱,方知夏国相往醴陵御敌,遂命部将高大节带领精骑四千,往助夏国相。高大节骁勇善战,乃是三桂部下最得用的大将,此番出赴醴陵,又有一番恶战。正是:

> 彼思逐鹿,此愿从龙;
> 不有天甲,谁戡元凶。

未知高大节能得胜否,请向下回再阅。

本回以吴三桂为主脑,耿精忠、孙延龄、王辅臣等,皆旁枝也。然叙辅臣事独详,盖三桂既得湖南,非不欲涉江北上,只因清兵云集荆襄,不得已按兵常澧,待衅而动。王辅臣兵变之日,正有衅可乘之时,若使通道秦晋,潜袭燕京,则荆襄重兵,几成虚设,勒尔锦、尚善辈,又皆庸懦无能,未必能返斾回援。是知辅臣之叛降,实三桂成败之关键。叙辅臣,即所以叙三桂也。阅本回,方见详略之间,自费斟酌。

第二十四回　两亲王因败为功　诸藩镇束手听命

却说高大节到了醴陵,来助夏国相,相见毕,国相道:"前时我军已入江西,夺了萍乡县,方思与耿军会合,直攻南昌,不料清安亲王岳乐,杀败耿军,把广信、建昌、饶州等处，都占了去，他又从袁州来攻长沙。我领军至江西阻御，因他有西洋大炮数十尊，很为厉害，所以敌他不过，退回醴陵。"高大节道："岳乐前来，江西必然空虚，末将不才，愿带本部兵四千，绕出岳乐背后，公击其前，我掩其后，必获全胜。"夏国相道："此计甚妙！但将军只有四千部兵，恐怕不够，须就我处拨添兵马方好。"大节道："兵在精不在多，从前岳飞只有崑兵五百，能破金人数万。况部下的兵，已有四千，哪里还不够用？"的是将才。国相大喜，即令大节去讫。

且说清安亲王岳乐，奉命南征，到了建昌，适值闽藩总兵白显忠，攻陷城池，岳乐督攻不下。嗣从北京运到西洋大炮，接连轰城，显忠大恐，弃城遁去，岳乐乘胜克复广信、饶州。会清廷命他进攻湖南，遂从袁州进发，遇着夏国相前锋，一阵炮弹，把他击退，乃在袁州休息三日，进攻湖南，一面咨请简亲王喇布，移镇江兵至南昌，在后策应，也算精细。自是放心大胆，督兵前进。将至醴陵，忽闻流星马来报，敌将高大节已率兵数万，从间道去攻袁州了。岳乐惊道："袁州是吾后路，若被占领，大有不便，这却如何是好？"部将伊坦布道："看来只好催简王爷进守袁州，我军方可前进。若不如此，恐要腹背受敌哩。"岳乐依议，扎住营寨，差人飞咨简亲王。不防前面又有探子前来，报称夏国相从醴陵来了。岳乐急传令回军，霎时大营齐拔，卷旆还辕，约行百余里，天色已晚，见前面有一大山，岳乐便命倚山扎营，待明日再行。这时候军心已懈，巴不得扎营留宿，部署已毕，埋锅造饭，饱餐一顿，正欲就寝，突闻山下炮声响亮，全营大惊。岳乐急命侦骑探望，回报这山名螺子山，山形如螺，树木蓊蔚，也不知敌兵多少，只是偏插伪周旗号，岳乐道："山势既如此峭峻，我军不宜上山，速发大炮向山轰击。"营兵得令，就扛着西洋大炮出营。岳乐亲自督放，对着山上，扑通扑通的放着无数弹子。等到烟雾飞散，遥望过去，大周旗帜，仍然如旧。岳乐再命放炮，又是扑通扑通的一阵，山上旗帜，虽打倒了数十面，还有多半竖在那里。岳乐道："不好了，我中了敌计了。"伊坦布惊问缘由，岳乐道："这分明是疑兵，你听山下并没影响，反使我军失却无数弹子。"晓得迟了，炮弹已放完了。便止住兵士放炮，命将大炮抬还营内。甫入营，忽山上鼓声乱鸣，矢石齐发。岳乐复出营观望，见山上有一队敌兵驰下，当先一骑，大叫道："岳乐休走！"此时岳乐魂胆飞扬，急上马逃走。营兵见统帅已逃，还有哪个敢去截阵，自然没命的乱跑了。一阵乱窜，自相践踏，竟死了无数人马，连伊坦布也不知下落，西洋大炮，更不必说。

岳乐既逃过了螺子山，天已黎明，惊魂渐定，遂收拾残兵，奔回袁州，满望简亲王喇布，在袁州接应，不料袁州城上，已插了大周旗帜。周帜又见，能不惊心。岳乐正在惊疑，又听城东北角有一片喊杀声音，岳乐忙登高遥望，正是周

第二十四回　两亲王因败为功　诸藩镇束手听命

兵追杀清兵。岳乐捏了一把汗，暗想："此时不上前救应，我军亦没有站足地了。"遂下山部勒队伍，绕城驰救。周兵见后面有清军杀到，只得回马来敌岳乐。岳乐驱兵掩杀，怎奈周兵队里的大将，一支枪神出鬼没，竟把清兵刺倒无数。岳乐知不能取胜，领兵杀出，望东北而去。那将也不追赶，收兵入袁州城。原来那将正是高大节，他从间道绕出袁州，把袁州城夺下，当下遣了百骑，埋伏螺子山，作为疑兵。他料岳乐回军，必从此山经过，见了旗帜，定要放炮，炮弹已尽，那时回到袁州，可以截击。适值清简亲王喇布，来应岳乐，到了大觉寺，大节即出兵对仗，杀得喇布大败而逃。总算岳乐去挡了一阵，大节方才退回。只是大节部兵，仅有四千，为什么探马报称恰有数万？这叫作兵不厌诈，大节欲恐吓清军，所以有此诈语。

语休叙烦，这一句是说部常套，实则上文数语，乃是要言，若非如此表明，阅者都要不明不白。且说岳乐迤逦奔回，喇布等还道是敌军追赶，后来见了清帜，方把部兵扎住，与岳乐相会。两下细叙，岳乐始知高大节厉害，叹道："此人若在江西，非朝廷福。"言未毕，探报吉安亦已失守。岳乐与喇布道："看来我等只好暂回南昌，再图进取。"喇布已经丧胆，自然依了岳乐，同到南昌去了。

那边高大节既得了全胜，复分兵占据吉安，飞遣人至醴陵、长沙告捷。此时吴三桂已移师衡州，只留胡国柱居守。国柱得了捷报，也自欢喜。不意国柱部下，有副将韩大任素与大节不睦，入见国柱道："大节确是勇将，但恐不能保全始终。"国柱道："你何以见得？"大任道："平凉的王辅臣，非一员勇将么？援此进谗，不怕国柱不信。为什么转降清朝？"国柱道："他前时本是清臣，所以仍旧降清。"大任道："清臣且不怕再降，何况大节？前闻大节在王爷下，常自谓智勇无敌，才力出王爷上，若使清廷遣人招致，封他高爵，哪有不变心之理？"谗人之口，偏是格外中听。国柱道："据你说来，如何而可？"大任献了调回的计策，国柱道："调回大节，何人去代？"大任又做了自荐的毛遂，国柱遂令大任去代大节，大节不服，大任也不与争论，遣人飞报国柱，说他拥兵抗命。四字足矣。国柱大怒，飞檄召回，大节无奈，把军事交与大任，出城叹道："周家气运，看来要断送在他们手中了。"随即怏怏而回。既到长沙，又被国柱痛斥一番。大节愤无可泄，遂致得疾。临危时，函报夏国相，请他注意袁州，末署"大节绝笔"四字。也是伤心，可惜事非其主。

国相接读来函，大为叹息，急向长沙添兵，拟再进江西略地。忽接江西警信，袁州已失，韩大任退守吉安，不禁顿足道："大节若在，何至于此？"正欲发兵赴援，适长沙遣马宝、王绪带兵九千来到，国相遂命两人去救吉安。两人行了数日，已抵洋溪下游，隔溪便是吉安城，遥见城下统扎清营，布得层层密密，城上虽有守兵，恰不十分严整。马宝向王绪道："我看清兵很多，城中应危急万分,为什么城上守兵,不甚起劲?"王绪道:"我们且先开炮,遥报城中。若城中有炮相应,我军方可渡河。"马宝点了点头,便命兵士开炮,接连数响,城中恰寂然无声。马宝道:"这正奇怪!莫非韩大任已降清兵么?"王绪道:"大任害死大节,刁狡可知,难保今日不投降清兵?"马宝道:"他若已经降清,我等不宜深入,还须想个善全的法子。"言未毕,见清营已动,忙道:"不好了!清兵要过河来了。"忙令后军作了前军,前军作了后军。马宝与王绪亲自断后,徐徐引退。行未数里,后面喊声大起,清兵已经追到。马宝令军士各挟强弩,等到清兵相近,一声号令,箭如雨发,清兵只得站住。马宝能军。马宝复退数里,清兵又追将过来,马宝仍用老法子射住清兵。此法用了数回,清兵仍依依不舍,马宝恼了性子,大喝一声,领兵回马厮杀。这边清兵,系简亲王喇布统带,喇布本是个没用人物,因见敌军退走,想趁此占些便宜,立点功劳,不防马宝回身酣斗,眼见得敌他不过,即拍马驰回,军士都跟了退去,反被马宝杀了一阵,夺了许多甲仗,从容归去。

喇布仍退到吉安城下,也不敢急攻。城内的韩大任,并未曾投降清兵,只因隔河鸣炮,还疑是清兵诱他出来,所以寂然不动,嗣闻清兵追击马宝,已自懊悔不及,遂于昏夜间开城逃去。喇布还道大任出来劫营,只令部兵守住营寨,由他渡河去讫。康熙帝用了这等庸将,反能逐去敌军,一来是康熙帝洪福齐天,二来是吴三桂恶贯满盈,天道不容,所以转败为胜。

江西略定,浙江亦迭报胜仗,康亲王杰书等,起初到了浙江,亦没有什么得利,幸亏总督李之芳,扼守浙西,连败曾养性、马九玉等军,敌势少衰。无如马九玉固守衢州,之芳累攻不下,曾养性固守温州,杰书等亦围攻无效,清廷屡次诘责,杰书焦急异常,还亏贝子傅喇塔,请移师衢州,与之芳并力合攻,免得兵分力弱。杰书依议,便舍了温州,连夜赶到衢州,与之芳合军攻打。时马九玉拥兵数万,占住衢河南岸的九龙山,保护城池,又分兵万人屯扎大溪滩,保护饷道。傅喇塔复献了截击敌饷的计策,带了精骑,冲破大溪滩敌营。九玉闻饷道被截,急下山来救,巧遇杰书、李之芳两军,渡河过来,九玉欲乘流邀击,偏这清兵连放西洋大炮,伤了九玉兵数百,九玉立足不住,引兵退还。杰书、之芳渡河追杀,九玉急收兵回营,可奈山下密布木桩,前时想阻住清兵,到此反把自己阻住,须要鱼贯而入,不能骤进。清兵又接连放炮,可怜九玉部下的兵,不是折胫,便是断臂。之芳复令兵士纵火,烈烈腾腾的烧将起来,大小木桩,一概燃着,顿时飞焰扑叠,焚去营帐无算。九龙山变作火焰山。九玉见势不支,忙领了步骑数百,从山后逃下。冤冤相凑,碰着傅喇塔回军接应,数百残兵,不值喇塔一扫,九玉没命的乱跑,走了数里,见喇塔不来追赶,方才停住。检点手下,只剩了三十骑,长叹一声,逃回福建去了。

第二十四回　两亲王因败为功　诸藩镇束手听命

杰书等立拔衢州，令李之芳回军攻击曾养性，自偕傅喇塔南下，转西攻仙霞关。这时候的耿精忠，方联络郑经，去攻广东，陷潮州、惠州二郡，平南亲王尚可喜，急命其子之孝，趋惠州拦截耿军，不料广西提督马雄，与孙延龄通同一气，来攻高、雷二州，总兵祖泽清，又望风迎降。可喜东西受敌，一面向江西乞援，一面促其子之信拒敌。之信本不服父训，至是已隐受三桂伪札，运动部兵，把可喜幽禁起来，可喜忠清不忠明，故受逆子之信之报应。也自易帜改服，叛了清朝。可喜气愤已极，呕血身亡。

之信越加猖獗，江西将军舒恕，及都统莽依图，率兵援广州，反被之信用炮击退。总督金光祖及巡抚佟养巨，亦与之信相连，通款三桂。三桂封之信辅德亲王，命他助款充饷，又遣董重民来代金光祖，冯苏来代佟养巨。这信传到之信耳中，暗想三桂索饷遣款，分明是来箝制，忙与金光祖商议，仍旧背周降清。等了董重民等到粤，把他拘住，率军民薙发反正，西出兵拒马雄，东出兵拒耿精忠。

精忠方拟对敌，闻报清兵已破马九玉，攻入仙霞关，急回军福建，途次，又闻曾养性、白显忠二将，统已降清，不觉魂飞天外。原来李之芳回军浙东，适遇白显忠自江西败回，声言将由浙趋闽，断绝康亲王后路，之芳颇觉惊恐。随营委员陆孔昭入帐禀道："某与白显忠二裨将，素来相识，请前去说降，教他擒献白显忠。"之芳大喜，立命前去。隔了数日，果然把白显忠擒来。之芳召入，当由陆孔昭引二将进来，代为绍介。一姓范名时荣，一姓王名镐，之芳奖慰一番，随后将白显忠推入。之芳下座，亲解其缚，劝他悔过投诚，显忠便即依允。之芳与显忠同到温州，又命显忠入城劝降。曾养性势孤力蹙，哪有不愿降之理。看官！你想耿精忠三路出兵，至此尽归乌有，能不进退维谷吗？赶到福州，又闻清兵将到，精忠忙檄令各处总兵严守。檄差回报，建宁、延平等郡，已投降清军，漳州、泉州、汀州等郡，已献降郑经，精忠经此一吓，晕绝于地。左右用姜汤灌醒，下泪道："这遭休了！"

坐定后，见府外递进文书，精忠拆阅，乃清康亲王前来劝降。精忠一想，欲要不降，如何抵敌清军？欲要降清，总督范承谟尚在，定要陈他逆迹，将来仍难保全。左思右想，毫无计策，忽想了一条两头烧通之计。一面遣他儿子显祚，赴延平去接清兵，并献出伪总统印，一面将范承谟绞死，省得将逆迹表扬。到了此时，还要杀害范承谟，煞是凶狡过人，然亦是速死之道。康亲王杰书，遂进据福州，耿精忠率文武百官属出城迎降，愿随大兵立功赎罪。杰书当将实迹奏闻，同时尚之信亦遣人赴江西，到清简亲王喇布军前乞降，喇布亦据实上奏。康熙帝因三桂未除，不便声罪，仍留耿、尚爵位，命他立功抵罪。

于是浙江、福建、广东三省，次第略定，只广西尚在未靖，孙延龄降周叛清时，受临江王封爵，曾瞒住郡主孔四贞。后来被四贞闻知，劝他反正，他却不从。适故庆阳知府傅宏烈，旧被三桂攻讦，谪戍苍梧，此时独招集民夫，力图恢复。莽依图复出师广东，去会宏烈，延龄闻了此信，未免悔恨，又因闽、粤二藩，统已降清，越加着急。踌躇再四，只有请教娘子军一法，当下入见四贞，四贞却满脸怒容，不去理睬。延龄挨至四贞面前，轻轻的叫了几声郡主。四贞道："你叫我什么？"延龄道："我从前不听你言，弄错主意，目下危急万分，求郡主怜念夫妇恩情，为我解围。"四贞含嗔道："像你的负恩忘义，还念什么夫妻？我从前再三相劝，叫你不要叛清，你不但一句不听，反从此不入我室，离开了我，去做什么王爷。好好！你去做王爷去！我是没福的人，不要再来惹我！"说毕，将身子扭转一边，惟妙惟肖。延龄到了此时，也顾不得什么气节，只得向郡主脚边，跪了下去，做一出梳妆跪地。一面扯着郡主衣衫，千姊姊万姊姊的哀告。从来妇女的性情，容易发恼，亦容易转软，又况延龄丰姿俊美，与四贞本是一对璧人，两美并头，卿卿我我，只因意见微异，渐致乖离，此次经延龄一番温柔，自然回过心来，便道："你悔已迟了，叫我如何解围？"延龄道："我已仍愿降清，但恐皇上罪我，求郡主入京去见太后，暗中转圜，免我受罪，我死亦感激你了。"无端说一死字，亦是谶语。四贞闻延龄说一死字，顿时泪下，毕竟还是夫妇。便道："你是好好儿活着，为什么自己咒死？你既然要我赴京，事不宜迟，我就明日动身。"延龄喜极，忙与郡主料理行装。是夕，就在郡主前极力报效一宵，只此一宵欢聚，嗣后无相见期了。次日，即送孔郡主北上。

　　事有凑巧，傅宏烈亦致书相劝，邀他共迓清军。延龄答书："请宏烈先至广东，导达悔意，此外一律遵命。"这等事情，传达湖南，三桂急调胡国柱、马宝二将，速出广东，复嘱从孙吴世琮密计，驰赴广西。世琮倍道前进，径至桂林，仍用给临江王文书，教他前来领饷。就是密计。延龄正缺饷项，还道三桂未悉彼情，乐得取些饷银，聊救眉急，当即开城出迎。世琮诱他入营，暗中却已布满伏兵，等到延龄入帐，世琮方数他背叛的罪状。延龄即欲退出，被伏兵一阵乱剁，砍为肉泥。我为孔四贞一哭。世琮入据桂林，复进占平乐。

　　时清将莽依图，正由广东赴广西，闻胡国柱、马宝奉三桂命，来夺广东，亟回军赴援，适遇于韶州城下，与战不利，退入韶州固守。胡国柱等极力攻扑，莽依图巡视城北，见城堞未坚，令部卒筑起一层土墙，两重守护。果然胡国柱兵，登高发炮，把城堞毁去，惟土墙无恙，城得不陷。莽依图正在焦灼，突闻城东鼓角喧天，回头一望，遥见清兵如飞而至，前面的大纛，绣着"江宁将军"四大字。莽依图趁这机缘，领兵杀出，内外互应，将胡国柱等杀退，追斩无算，遂接江宁兵入城。江宁将军，叫作额楚，奉廷命来援广东，巧与莽依图合军，并力杀退胡、马二人，遂留额楚守韶州，莽依图赴广西去讫。

胡国柱、马宝两人，奔回湖南，三桂大惊，又闻清廷命将军穆占，来助岳乐，连拔永兴、茶陵、攸县、酃县、安仁、兴宁、郴州、宜章、临武、蓝山、嘉禾、桂东、桂阳十三城，益自震恐。他却在恐惧的时候，发生一个痴念，竟想做起皇帝来了。不做皇帝死不休。小子又发了诗兴，凑成七绝一首，咏吴三桂道：

燕北甘招强虏入，滇南又执故皇还。
君亲陷尽思为帝，可惜皤皤两须斑。

这时候，三桂已六十七岁了。他想势力日蹙，年纪又衰，得做了一番皇帝，就使不能传世，也算英雄收场。遂令军士在衡山筑坛，居然郊天即位，小子暂停一回笔，俟下回再行细表。

陕西入清，三桂已失攻势，至江西复为清有，断湖南之右臂，三桂且不能守湖南，遑言攻耶？闽、粤二藩，更不足论。延龄辈尤出闽、粤下，小胜即喜，小挫即惧，安能为三桂臂助？三桂既失陕西、闽、粤诸奥援，其领地自云、贵以外，只存四川、湖南，及广西之一部，反欲南面称帝，岂以一称帝号，遂足笼络人心，令诸将乐为之用乎？皇帝皇帝！误尽天下英雄，害尽世间百姓，吾愿自今以后，永远不复闻此二字。本回叙江西事，是记三桂之失势，叙闽、粤及广西事，是记三桂之失援，末以称帝作总写，尽三桂一生魔障，炎炎者灭，隆隆者绝，世人可以醒矣。

第二十五回　僭帝号遘疾伏冥诛　集军威破城歼叛孽

却说吴三桂起事以来，已历五年，康熙十三年创建国号，假称迎立明裔，其实称周不称明，早已存了帝制自为的思想。所以争战五年，并没见有什么三太子。到了康熙十七年，竟在衡州筑坛，祭告天地，自称皇帝，改元昭武，称衡州为定天府，置百官，封诸将，造新历，举云贵川湖乡试，号召远近。殿瓦不及易黄，就用黄漆涂染，搭起芦舍数百间，作了朝房。这日正遇三月朔，本是艳阳天气，淑景宜人，不料狂风骤起，怒雨疾奔，把朝房吹倒一半，瓦上的黄漆，亦被大雨淋坏，莫谓天道无知。三桂未免懊恼，只得潦草成礼，算已做了大周皇帝。黄袍已经穿过，可谓心满意足。当下调夏国相回衡州，命他为相，令胡国柱、马宝为元帅，出御清兵。

是时清安亲王岳乐，由江西入湖南，前锋统领硕岱，已攻克永兴。永兴县系衡州门户，距衡州只百余里，胡国柱、马宝等，奋勇杀来，清兵出城抵敌。两下混战一场，清兵不能取胜，仍退入城中。歇了数日，清兵又出城掩击，复被胡国柱等杀回。接连数战，总是周军得胜。原来清前锋统领硕岱，也是满族中一员骁将，只因永兴是周军必争的地方，永兴一失，衡州亦保不住，所以胡国柱等冒死力争，硕岱虽勇，总不能敌，只得入城固守，静待援兵。岳乐闻周军猛攻永兴，即遣都统伊里布，副都统哈克山，前来援应，就在城外扎营，作为犄角。不防马宝分军来攻，个个是踊跃争先，上前拚命，伊里布、哈克山本没有什么勇力，遇了周军，好像泰山压顶一般，连逃走都来不及。一阵厮杀，两人都战殁阵中。硕岱出城接应，又被胡国柱截住，没奈何退入城内。将军穆占，自郴州发兵来援，因闻伊里布等战殁，不敢前进，只远远的立住营寨。胡国柱三面环攻，止留出城东一角，因有河相阻，不便合围。还亏硕岱振刷精神，昼夜督守，城坏即补，且筑且战。胡国柱又与马宝分军，马宝截住援兵，不能并力攻城，清营虽是远立，倒也还算有力。因此城尚不陷。

康熙帝恐师老日久，屡欲亲征，议政王大臣纷纷谏阻，有的说是："京师重地，不宜远离。"有的说是："贼势日蹙，无劳远出。"于是令诸将专力湖南，暂罢亲征的计策。惟这三桂因即位的时候，冒了一点风寒，时常发寒发热，由夏及秋，没有爽适的日子。好汉只怕病来磨，又况三桂年近古稀，生了几个月的病，如何支持得起？到了八月初旬，痰喘交作，咯血频频，有时神昏颠倒，谵语终宵。夏国相领了文武各员，日日进内请安。

这日，国相又复入内，到卧榻前，见三桂双目紧闭，只是一片呻吟声。国相向诸将道："永兴未下，军事紧急，皇上反病势日重，如何是好？"诸将尚未回答，忽见三桂睁开双目，瞪视国相多时，失声道："阿哟！不好了！永历皇帝到了！"寻复闭目惨呼，大叫"皇上饶命！皇上饶命！"国相等闻此惨声，都吓得毛发森竖，只得到三桂耳边，轻轻叫道："陛下醒来！"连叫数声，三桂方有些醒悟，又开眼四顾，见了夏国相等人，忍不住流泪道："卿等都系患难至交，朕还没有什么酬劳，偏这……"说到"这"字，触动中气，喘作一团。国相道："陛下福寿正长，不致有什么不测，还请善保龙体为是。"三桂把头略点一点。国相复请太医入内，诊了一回脉，退与国相耳语道："皇上脉象欠佳，看来只有一日可过了。"国相把眉一皱，也不言语。三桂气喘略平，又向国相道："朕非不欲生，但这冤鬼都集眼前，恐要与卿等长别，未识目前军事如何？"国相道："永兴已屡报胜仗，谅不日可以攻下，请陛下宽心！"三桂道："陕西、广西，有警信否？"国相等答道："没有。"三桂道："卿等且退！容朕细思，到晚再商。"国相等奉命退出，将到二更，复一同入宫，但觉宫门里面，阴风惨惨，鬼气森森，作者素乏迷信，因三桂作恶多端，理应有此果报。国相等助桀为虐，贼胆心虚，当

第二十五回　僭帝号遘疾伏冥诛　集军威破城歼叛孽

亦因虚生幻，因幻成真。甫入宫门，见众侍妾团聚一旁，不住的发颤。猛闻三桂作哀鸣状，一声是"皇上恕罪！"一声是"父亲救我！"大书君父。又模模糊糊的说了数语，仿佛是不忠不孝不仁不义八字。就三桂口中自述，笔愈透辟。国相等听了半晌，心头都突突乱跳。大家站了一回，三桂似又清醒起来，咳嗽了好几声，侍儿撩起床帐，捧过痰盂，接了三桂好几口血。三桂见帐外有许多官员，命侍儿悬起半帐，国相等复上前请安。三桂道："卿等少坐，待朕细嘱。"国相等告了坐，三桂一丝半气的说道："朕神气恍惚，时患昏晕，自思生平行事，大半舛错，今日悔已无及。人之将死，其言也善。长子应熊，也是为朕所害，目下只一孙世璠，留居云南，可惜年幼，朕死后，劳卿等同心辅助！"国相等齐声应命。三桂歇了一歇，又道："湘、滇遥隔，朕当亲书遗嘱。"命侍儿取笔墨过来，自己欲令侍儿扶起，可奈浑身疼痛，片刻难支，复睡下呻吟一回。国相便请道："陛下不必过劳，臣可恭录圣谕。"三桂点头，国相便展笺握管，待了许久，三桂一言不发，仔细一看，已自晕了过去。国相即命众侍妾上前调护，自率百官出了宫门。好一歇，复偕太医同入宫中，但听宫内已动了哭声。国相忙对大众摇手，大家方把哭声止住。国相复目示太医，令太医临榻诊视，诊毕，太医道："皇上此时，不过稍稍痰塞，还未宴驾，大家切勿再哭！"痰塞不死，这是话里有话。言毕，即匆匆退出。国相命侍儿放下御帐，朝夕守护，只是大忌哭声。众侍妾莫明其妙，只得唯命是从。

国相退出宫外，忙令人召回胡国柱、马宝。胡、马二人，自永兴急归，由国相延入，屏去左右，密语二人道："主上已宴驾了。"胡、马二人，大吃一惊，问道："何时宴驾？"国相道："就在昨夜。主上命太孙世璠嗣立，我已连夜令人去迎，阅此方知上文出去一歇的事情。并命宫中秘不发丧。主上遗嘱，要我等同心辅助，还请两公遵旨。"胡、马二人，自然答应。国相又道："我前时劝先帝疾行渡江，全师北向，先帝不从，今日敌兵四合，较前日尤觉困难，依我愚见，只好仍行前计，越是拚命，越不会死，越是退守，越不得生。这四语却是名言。不但云南、贵州可以弃去，连湖南也可不管，目前只有北向以争天下。陆军应出荆襄，会合四川兵马，直趋河南，水军顺下武昌，掠夺敌舰，据住上游。那时冒险进去，或可侥幸成功，二公以为何如？"马宝道："这且不可！先帝经过百战，患难余生，尚不肯轻弃滇、黔，自失根本，目下先帝又崩，时事日非，哪里还可冒险轻举？况滇、黔山路崎岖，进可战，退可守，万一为敌所败，还可退据一方。"国相不待马宝说毕，便叹道："我能往，寇亦能往，恐怕敌兵云集，就使重谷深岩，也是保守不住。"马宝还欲争辩，胡国柱道："现在且暂主保守，俟有机会，再图进取。"国相见识颇高，但此时清兵四合，北上亦非善策。国相默然。

过了数日，世璠已到衡州，就在衡州即位，国相率百官叩贺，议定明年为洪化元年，随发哀诏，颁布国丧。胡国柱等因新帝尚幼，不宜久居衡州，仍令随员郭壮图、谭延祚等，迎丧扈驾，还处云南。郭壮图等挈了世璠，回滇而去。

　　清兵闻三桂已死，人人思奋，个个图功，安亲王岳乐、简亲王喇布，统率大兵入湖南，克复岳州、常德，顺承郡王勒尔锦，驻扎荆州，已好几年，此时亦胆大起来，渡过长江，攻取长沙。千军万马，直逼衡州，任你夏国相足智多谋，胡国柱、马宝冲锋敢战，也只得弃城遁走。广西巡抚傅宏烈，与将军莽依图，又攻破平乐，进复桂林，吴世琮败死陕西。大将军图海，偕提督王进宝、赵良栋等，攻破汉中，连拔保宁，王屏藩穷蹙自杀，王进宝、赵良栋复乘胜入川。川地自归三桂后，只担任周军粮饷，未见兵革，忽闻王、赵二将，率军杀来，逃的逃，降的降，成都一复，川西川南，势如破竹，迎刃而下。于是吴世璠所有的地方，只剩得云、贵两省了。兔起鹘落，是一手好笔仗。

　　康熙帝迭接捷报，把亲征的议论，原是搁起不谈，且因康亲王杰书、安亲王岳乐在外久劳，召还京师，复逮回顺承郡王勒尔锦、简亲王喇布、贝子洞鄂、贝勒尚善、都统巴尔布珠满、将军舒恕等，说他劳师糜饷，误国病民，一律治罪。另命贝子彰泰为定远平寇大将军，代岳乐后任，自湖南趋云、贵，又以云、贵多山，当令步兵绿营居前，满骑居后，特授湖广总督蔡毓荣为绥远将军，节制汉兵先进。另授赵良栋为云、贵总督，统川师进捣，贝子赖塔为平南将军，统闽、粤兵进攻。三路大兵，浩浩荡荡，统向云、贵进发。彰泰既到湖南，与蔡毓荣相会，督兵进攻枫木岭，击死守将吴国贵，进攻辰龙关。径狭箐密，只容一骑，夏国相等自衡州败还，留胡国柱守住隘口，一夫当关，万夫莫入。相持数月，彰泰焦急起来，悬了重赏，招募敢死士卒，潜逾峻岭，绕入关后，袭破国柱营寨。国柱败走，退至贵阳，这枫木岭与辰龙关，系是由湘通黔的要隘，二隘既破，清兵由险入夷，勇往直前。忽又接到清廷诏旨，略道：

　　　　军兴数载，供亿浩繁，朕恐累民，不忍加派科敛，因允诸臣条奏，凡裁节浮费，改折漕贡，量增盐课杂税，稽查隐漏田赋，核减军需报销，皆用兵不得已之意，事平自有裁酌。至满洲、蒙古、汉军，久劳于外，械朽马毙，朕深悉其苦，其迅奏肤功，凯旋之日，所有借贷，无论数百万，俱令户部发币代还。朕不食言，昭如日月，其宣示中外，咸使闻知。

　　此诏一下，军士格外效命，遂自平越趋贵阳。胡国柱出战不利，退守数日。清兵用西洋巨炮，连日轰放，城陷数丈，清兵一鼓而上，国柱又弃城遁去。蔡毓荣率兵径进，彰泰暂屯贵阳，分兵复遵义、安顺、石阡、都匀、思南等府。别命提督桑格，进攻盘江。盘江守将李本深，毁去铁索桥，向后退走。桑格招

第二十五回　僭帝号遘疾伏冥诛　集军威破城歼叛孽

土官速搭浮桥,允给重资。土司齐集江边,争来搭造,众擎易举,一夕便成。钱可通灵。桑格率兵渡过对岸,急追李本深,本深还是慢慢退去,只道清兵筑桥,断没有这等迅速,谁知清兵已经追到,吓得本深心胆俱碎,忙下了马,匍匐乞降,总算蒙桑格收受了。

这时候,蔡毓荣进兵黔西,直指平远,夏国相自云南调集劲旅,练成象阵,与王会、高起隆同至平远城抵御。平远西南多山,国相令部兵依山扎营,掩住象阵,专候毓荣到来。毓荣仗着战胜的锐气,驱兵大进,路上毫不停留,既到平远,见山下敌营林立,便上前冲突,国相令营兵坚壁勿动。待清兵冲突数次,锐气少懈,然后发了密令,把营兵分开左右,推出象阵。毓荣急令兵士发炮,怎奈兵士已心慌意骇,脚忙手乱,炮未燃着,象已冲来,那时只顾保全性命,还有何心放炮？兵士逃得快,象愈赶得快,顷刻间倒毙无数,尸如山积,毓荣也没命的逃去,直退了三十里,方收拾残兵,扎住了寨。

隔了两日,复进军十里立营。又次日,复进军十里。兵士都怕象阵厉害,未敢前进,只因军令如山,不得不硬着头皮,勉强上前。是夕,毓荣升帐,召诸将听令。将士还道又要出战,个个胆战心惊,到了帐下,但见毓荣向诸将道："云南多产野象,从前敬谨亲王尼堪,为象阵所迫,身殁阵中,应前一十九回事。我前次失记,中了敌计,为他所败,部下多遭惨死,今已有计破他象阵,众将应同心敌忾,为我弟兄们复仇。"诸将听得有破敌的谋划,又复鼓舞起来,一齐喊声得令。毓荣又道："野象非人力可敌,当用火攻的计策,今夜先在营外密布火种,待明日前去诱敌,引了敌兵至此,纵火烧他,象必返奔,转为我用,乘此追杀,必得全胜。"诸将遵令自去,分头布置。

次晨,毓荣手执红旗,督兵进战,国相等开营接仗,约战数合,又把营兵两旁分开,毓荣即掉转红旗,望后急走。国相又驱出象阵,猛力追赶,毓荣佯作惊慌之状,令兵士四散奔窜。敌军恃有象阵,只望前追,约行十里,不防火种骤发,势成燎原,那些野象,已有好几只跌入火坑,余象都向后返奔,反冲动敌军本队。国相知是中计,忙令军士分列两旁,让各象奔过,勒兵再战,怎奈军心已经恐慌,队伍不免错乱,这边蔡毓荣又合兵杀来,顿时全军溃窜。国相无法阻住,令王会、高起隆率军先走,自领精骑断后。一边且战且走,一边且追且击。毓荣又传令穷追,把国相逐出贵州境界,方才收军。从此吴世璠又失贵州了。叙次明白。

且说贝子赖塔,自广西攻云南,令傅宏烈在后策应,是时马雄已死,其子马承荫降清,留守南宁,部下多桀骜不驯,仍有变志。宏烈奏请马军随征,免为内地患,未接复旨,不料为承荫所闻,邀宏烈亲往部勒。宏烈即行,部将多说承荫狡悍,不如勿去。宏烈道："承荫已降,奈何疑他？"径领数十骑往南宁。承荫率众出迎,格外恭顺。宏烈偕承荫入城,城门陡阖,伏兵齐起,竟将宏烈拿下囚送云南。吴世璠劝宏烈降,宏烈大骂道:"尔祖未叛时,我即劾奏,早知尔家必要造反,我恨不早灭尔家,难道还肯从你么?"世璠命左右将宏烈处斩,宏烈骂不绝口而死。此信传到赖塔军中,赖塔急檄莽依图攻南宁,承荫也率象阵迎敌。亏得莽依图已闻蔡军消息,也照毓荣计策,击败承荫。承荫入城拒守,莽依图围攻数日,总督金光祖亦率兵前来,两下合军攻破南宁。活擒承荫,解京磔死。

广西已定,赖塔遂一意进攻,与蔡毓荣军相遇,直趋云南。贝子彰泰继进,沿途相率迎降。各军至归化寺,距云南只三十里,世璠惶急万状,方拟遣夏国相等再出拒敌,忽报赵良栋由川赴滇,乃令夏国相、胡国柱、马宝等,移阻赵军,别命郭壮图领步骑数万迎战三十里外。郭壮图向守云南,未尝御敌,至是亦驱野象数百头,列为前军。部将武安时谏道:"夏国相曾用象阵,为敌所败,驸马何故复循覆辙?"郭壮图道:"夏国相贪功追敌,是以致败,吾不过令象冲锋,并非靠象追敌,有何不可。"谁知不然。于是直趋归化寺,与清兵接仗。清贝子彰泰在左,赖塔在右,两路夹攻,郭壮图率军死战,自卯至午,五却五进,蔡毓荣见不能取胜,忽生一计,纵火焚林,林中烈焰上腾,吓得众象纷纷乱窜。彰泰赖塔,乘势掩击,郭壮图只得败走。三用象阵,都被击退,可谓至死不悟。

清兵遂进逼云南省城,世璠复调夏国相等回救,赵良栋又尾追而来。孤城片影,四面楚歌,吴世璠保守五华山,饬健卒乞师西藏,又被赵良栋查获,眼见得围城援绝,指日灭亡。夏国相、马宝、胡国柱、郭壮图等,明知灭亡不远,只因身受遗命,以死自誓,两边复血肉相薄,延续数月。到康熙二十年十月中,城中粮尽,军心遂变,南门守将方志球,阴与蔡毓荣相通,放蔡军入城,由是诸军齐进。胡国柱急来拦阻,一炮飞来,正中面颊,立即毙命。夏国相、马宝犹督兵巷战,被清兵围裹,大叫:"降者免死。"部兵遂倒戈相向,把夏国相、马宝都戳下马来,擒献清军。蔡毓荣即驰上五华山,守将郭壮图自杀,余兵统已溃散,当即冲入世璠住所,见世璠已悬梁自尽,侍女等一齐下跪,哀乞饶命。毓荣约略一顾,忽觉侍女中间,有两人生得非常美丽,泪容满面,犹自倾城。毓荣仔细询问,方知是三桂遗下的宠姬,便命军士好生保护,不得有违。正嘱咐间,将军穆占亦率兵进来,听见毓荣嘱咐的言语,忙道:"蔡将军不要独得,须留一个与我。"这样东西,原来人人欢喜。毓荣无法,遂将一美姬分与穆占,一美姬带出自用。随后诸军至到,争取子女玉帛,只赵良栋严禁部下掳掠,仅取藩府簿籍,留献京师。捷报传达清廷,下旨析三桂骸骨,颁示海内。世璠首级及夏国相等,解送北京。后来夏国相、马宝等,尽被凌迟处死,吴氏遂亡。小子又有一诗道：

> 滇南一破籍长沦，天定由来竟胜人。
> 假使吴宗能永古，人生何必重君亲。

滇藩已灭，还有闽、粤二藩，尚在未撤，究竟作何处置，且俟下回再说。

三桂称帝之日，天大风雨，虽属适逢其会，要不可谓非天怒之兆。称帝以后，未几遘疾，曩昔冤厉，丛集而来，此亦作者烘托笔墨，然固一神道设教之苦心也。三桂已死，大局瓦解，作者故作简笔，一一收束，愈见灭亡之速。三寸不律，缭绕烟云，忽如万岫迷濛，忽如长空迅扫，不可谓非神且奇云。

第二十六回　台湾岛战败降清室 尼布楚订约屈俄臣

却说诸清将歼灭滇藩，陆续班师，到了北京，闻尚之信、耿精忠，亦已逮到治罪。原来尚之信归命后，清廷屡促出师，他只逗留不进，及三桂已死，始从征广西，驻军宣武，会之信弟之孝，谋袭藩位，遣藩下人张士选赴京告密。清廷遂遣侍郎宜昌阿等，驰往按问，当由都统王国栋出证罪状。之信闻知，自广西驰归，袭杀国栋。宜昌阿便檄粤军，擒归之信，有旨赐死。之孝亦坐罪革职。尚藩完了。耿精忠亦为诸弟所劾，召至京师，交部议罪。大学士明珠首言精忠应加极刑，遂把精忠磔死。耿藩又了。惟孙延龄妻孔四贞，为太后义女，且劝夫反正，先至京师声明，有旨实封郡主，禄赡终身。于是大赦天下，诏户部发帑代偿宿负，并减免用兵各省赋税，特下一道明谕道：

> 当滇逆初变时，多谓撤藩所致，欲诛建议之人以谢过者。朕自少时，见三藩势焰日炽，不可不撤，岂因三桂背叛，遂诿过于人？今大逆削平，疮痍未复，其恤兵养民，与天下休息。

三藩已平，中国本部十八省，及关东三省，都属大清版图，真成了浩荡乾坤，升平世界。独有台湾郑经，抗志海外，偏不受清朝命令。海外田横。先是精忠叛清时，与经同攻广东，精忠归闽降清，汀州、泉州、漳州等郡，皆为经所据。精忠与清亲王杰书，合军攻经收复各郡。经退守厦门，嗣复令部将刘国轩等，分路入犯，攻陷海澄，围攻漳泉，巡抚吴兴祚与将军赖塔，出兵泉州，总督姚启圣与提督杨捷，出兵漳州，郑军始退。只海澄仍为国轩所据，湖南水师万正色，督率战舰二百艘，由海赴闽，与兴祚、启圣等，水陆夹攻，遂复海澄，并夺回金、厦二岛。郑经及国轩,仍退据台湾。将军赖塔意欲招抚郑经,省得再来缠扰,遂着人致书郑经,意旨婉转,颇承朝廷屡次招抚苦心。其中涉及议约不成之事,均将责任推诿于封疆诸臣,执泥削发登岸,彼此龃龉,对于郑经,则匆恕词,信中有云:

> 足下父子,自辟荆榛,且眷怀胜国,未尝如吴三桂之僭妄。本朝亦何惜海外一弹丸地,不听田横壮士,逍遥其间乎?今三藩殄灭,中外一家,豪杰失时,必不复思嘘已灰之焰,毒疮痍之民。若能保境息民,则从此不必登岸,不必薙发,不必易衣冠,称臣入贡可也。不称臣,不入贡,亦可也。以台湾为箕子之朝鲜,为徐福之日本,与世无患,与人无争,而沿海生灵,永息涂炭,惟足下图之!

郑经得书,复请如约,只要把海澄县作为互市公所。赖塔倒也有意允许,不意总督姚启圣,偏说出许多后患,坚持不可。偏是汉人作梗。一场和议,化作飞灰。

郑经有子数人,长子克𡒉,最贤,颇知礼贤下士,经连年出外,一切国事,都交克𡒉管理,并不闻有什么失政。只克𡒉乃是乳婢所生,并非嫡出,家人统看他不起,不过郑经爱宠克𡒉,又无过可摘,只得大家隐忍。嗣郑经连为清军所败,退归台湾,郁郁不得志,乃效战国时信陵君故事,日近醇酒妇人,借消愁闷,哪里晓得酒能伐性,色足戕身,警世名言。天下没有流连酒色的人,能延年益寿,不到一二年,酿成一种头昏目眩的病症,心肾两亏。日渐加重,竟致不起。遗言命克𡒉嗣位,奈家人素来轻视克𡒉,群小又惮他明察,合力构谋,不怕克𡒉不死。侍卫冯锡范甘作祸首,勾通内外,此时成功妻董氏尚存,听了左右谗言,平白地将克𡒉鸩死,拥立郑经次子克塽为主,袭爵延平郡王。克塽幼弱,不能理事,诸事统由冯锡范决断。锡范骄横不法,大失人心。台湾要保不牢了。谍报传入内地,闽督姚启圣非常得意,想乘此吞灭台湾了。

姚启圣系浙江会稽人,证明汉族。少年时已胆大敢为,后来从征有功,康亲王杰书竭力保奏,竟擢为福建总督。福建迭遭兵燹,十室九空,康亲王收服耿藩,驱逐郑氏,表面看是平靖,内容实是撩乱。当时闽中住着一王、一贝子、一公、一伯,及将军、都统各员,都带着皇室禁旅、满洲健儿。这班兵士,吃了百姓的粮米,占了百姓的房屋,还要百姓的子弟,给他当差,百姓的妻女,畀他侍寝,可怜这等小百姓,敢怒而不敢言。到了康亲王奉旨班师,兵士们掳去金帛,不可胜计,还有眉清目秀一班俊仆,娇娇滴滴的一班妇女,兵士不肯舍去,也要把他们带回。姚启圣假义行仁,面请康亲王下令禁止,暗地里设法偿还,计捐金二十万两,拔还难民二万多人,这不可谓非姚氏功德。因此闽人感激异

第二十六回　台湾岛战败降清室　尼布楚订约屈俄臣　627

常,多摆着长生禄位,供奉这位总督姚公。人人说乱世时难以做官,吾谓乱世时做官反易,如若不信,请看姚启圣。启圣暗想,人民已受笼络,功劳还是寻常,总要做一件大大的事业,方不愧为清家柱石。适值台湾内乱,立即奏了一本,说是台湾主少国危,时不可失。康熙帝便令王大臣会议,内阁学士李光地请即照准,康熙帝遂降旨准奏。启圣复力保降将施琅,材可大用,得旨授施琅为福建水师提督,加太子太保衔。武将加文衔,也是清朝创举。

施琅本郑氏旧将,习知海上险要,到任后,日夕督操,练成水师军二万,分载战船三百艘,指日攻打台湾。会彗星出现,尚书梁清标,及给事中孙蕙,疏陈天象告警,不宜用兵,有诏暂停进剿。施琅力主出师,朝议又迁延数月。到康熙二十二年,因施琅屡次上奏,遂如所请。又是一个卖主求荣。台湾在福建东北,姚启圣欲候北风进取台湾,施琅独请乘南风先取澎湖。且言:"澎湖不破,台湾无取理,澎湖失,台湾不战自溃。"遂疏请力任讨贼,留督臣在厦门济饷。康熙帝又言听计从,于是施琅遂进兵澎湖。守将刘国轩四面筑垣,环列火器,把澎湖守得格外严密。施琅遣游击蓝理为先锋,乘潮进薄,自乘楼船继进。国轩令守兵连放火炮,间以矢石,自昼至夜,相持不下。忽然飓风大起,波如山立,战船随流簸荡,支撑不住。国轩驾船而出,直冲楼船,施琅急督兵迎敌,猛被一箭射来,正中琅目,琅不禁失声,几乎跌倒。幸亏总兵吴英,见主帅受伤,一面令亲卒保护施琅,一面率军士力战,炮矢齐发,射退国轩,大风亦渐渐平息,两边鸣金收兵。

次晨,施琅定计分攻,力惩前创,命总兵陈蟒,率五十艘攻鸡笼屿,总兵魏明,率五十艘攻牛心湾,自督五十六艘分作八队,直捣中坚,仍用蓝理为先锋,另具八十艘为后应。国轩见清军继出,正拟坚守,仰见东南角上,微云渐合,立命发兵。部长曾遂道:"施琅再来,必惩前辙,我军不如固守为是。"国轩道:"今日必有大风,正可一鼓歼敌,何为不出?"曾遂问道:"主帅何以知有大风?"国轩以手指东南角,示曾遂道:"汝在海上多年,难道不知海上气候,云合风生,雷鸣风止乎?"曾遂喜跃而出,率领战舰,先来迎敌。适遇一清舰驶至,舟上大书蓝理二字,曾遂知清军前锋已到,喝令水兵接仗。此时正值盛暑,蓝理裸着半体,立在船头,两手执着双刀,先把敌兵劈下了数十个,敌兵见蓝理凶猛,各执长枪刺来,蓝理将双刀乱削,削断枪杆无数,又砍了好几个敌兵。自身也着了十多枪。谁叫你裸体?陡遇一弹飞来,掠过蓝理肚腹,蓝理向后而倒。那边曾遂大呼道:"蓝理死了!"突见蓝理跃起,持刀大吼道:"蓝理尚在,曾遂死了。"应对有趣。复连呼:"杀贼,杀贼!"震声如雷。施琅闻蓝理被伤,急率军舰上前,见蓝理腹破肠出,鲜血淋漓,忙令蓝理弟蓝瑗、蓝珠,翼蓝理下了小舟,掬肠入腹,裹好创处,载回营中。

说时迟,那时快,国轩已联樯而来,接应曾遂,奋力相扑。施琅命各队分列,人自为战,枪戟并举,箭弹互施,真杀得天日无光,风云变色。突然间天空中一声霹雳,响彻海滨,国轩不胜骇愕,曾遂以下诸将士,都相顾失色,军心一乱,哪里还愿抵敌?眼见得败阵退还。清军乘势掩杀,焚毁敌舰百余艘,毙敌兵万余名,国轩仓卒退至牛心湾,遇清将魏明杀来,不敢抵挡,另走鸡笼屿,又遇着清将陈蟒,前后左右,统是清兵,没奈何逃奔台湾去了。

施琅乘胜至台湾,舟泊鹿耳门,胶浅被搁,敌舰复来攻击。施琅连忙对仗,火箭火弹,互掷一阵,怎奈敌兵如蚁而来,施琅舟不能动,被他四面围住。正紧急间,蓝理摇舟来救。敌大惊,相率披靡。蓝理左手执盾,右手执刀。跃上敌船,连斩巨魁十余人,敌兵凫水遁去。乃请施琅易舟,琅执理手,并问创疾。蓝理笑道:"主帅有急,就使创裂至死,亦顾不得许多。"副将义务,理应如此。遂与施琅轰击郑军,郑军退去。

次晨,海上大雾迷濛,潮高丈余,施琅、蓝理等鼓舟而入,国轩方在岛上督守,见清军随潮进来,推案起立,叹道:"闻先王得台湾,鹿耳门潮涨,今又这般,岂非天数么?"遂遣使迎降,缴出延平郡王招讨大将军印,献出台湾版籍。自顺治十八年,成功据台湾独立,二十三年而亡。

施琅遣人由海道告捷,七日至京,康熙帝大喜,封施琅为靖海侯,命克塽等入都,授克塽海澄公,刘国轩、冯锡范亦封伯爵。克塽以下,皆得受封,康熙帝算是厚道,然冯锡范亦得伯爵,未免赏罚不当。遂于台湾辟地垦荒,设一府三县,隶属福建省。自是清朝威力,远达海外,琉球、暹罗、安南诸国都,遣使朝贡,连欧洲的意大利、荷兰等国,亦通使修好,请开海禁,求互市。廷议准海滨通商,设粤海、闽海、浙海、江海四关,置吏榷税,这就是沿海通商的基础,小子且按下慢表。

且说中国北方,有个俄罗斯国,元朝时,已被蒙古兵灭掉大半,到了元朝衰微,俄罗斯又渐渐强盛起来,把蒙人尽行驱逐,独霸一方。满清初兴,遣兵略黑龙江,俄罗斯亦发远征军,越外兴安岭,到黑龙江北岸。会清兵入关,无暇远略,俄将喀巴罗领了几百个俄兵,将黑龙江北岸的雅克萨地占据了去,用土筑城,屯兵把守,复分兵下黑龙江,被清都统明安达礼及沙尔呼达,先后击退,只是雅克萨城占据如故。

康熙二十一年,三藩削平,海内无事,康熙帝想驱除俄人,略定东北,先差副都统郎坦,托名出猎,渡过黑龙江,侦探雅克萨城形势。郎坦回奏俄兵稀少,容易扫除,康熙帝乃决意征俄,预命户部尚书伊桑阿,赴宁古塔督造大船,并筑造墨尔根、齐齐哈尔两城,添置十驿,以便水陆通饷。又遣萨布素为黑龙江将军,筹画战备,令蒙古车臣汗,断绝俄人贸易。二十二年,俄将模里尼克

第二十六回　台湾岛战败降清室　尼布楚订约屈俄臣

率哥萨克兵六十多人，自雅克萨城出发，直到黑龙江下流。适遇清船巡弋，一鼓而起，把六十多个哥萨克兵，尽行拿住。模里尼克没有飞毛腿，自然一并捉来，送到齐齐哈尔拘禁。

二十三年，清兵至雅克萨城劝降，俄兵不从。

二十四年，清都统彭春率水陆两军北征，陆军约万人，随带巨炮二百门，水军五千人，战舰百艘，从松花江出黑龙江，齐集雅克萨城下。俄将图尔布青严行拒守，部下兵只四百多名，彭春令他把城退让，引兵归国，图尔布青恃着骁勇，不肯听命，清兵始用巨炮轰城。图尔布青开城接战，以一抵十，以十抵百，倒也一番鏖斗，确是一员勇将。怎奈众寡悬殊，究不相敌，只得弃了土城，退至尼布楚。彭春令军士将土城毁去，率兵凯旋，谁知到了次年，图尔布青偕了陆军大佐伯伊顿，又到雅克萨地，不怕死的硬头皮。筑起土垒，驻兵守御。彭春复引兵八千，运大炮四百门进攻，图尔布青令伯伊顿守住土垒，自率部兵抵死拒战。他手下不过四百多人，前次伤亡了数十名，只剩得三百多人，他独能与八千清兵往来冲突，清兵围住了这边，他冲到那边，围住了那边，复冲到这边。清初劲旅，尚难把三百俄兵一鼓歼灭，可见俄兵强悍情形。彭春焦躁起来，督令开炮。图尔布青还不管死活，来夺炮具。轰的一声，图尔布青中弹倒毙，俄兵方逃入垒中。

伯伊顿部下，亦只一二百名，同了图尔布青部下遗兵，死守不去。清兵放炮轰垒，他却掘了地洞，令部兵穴居避弹，弹来躲入，弹止钻出，垒有残缺，随时修补，弄得清兵没法。适荷兰贡使在都，自称与俄罗斯毗邻，愿作居间调人。康熙帝遂命荷兰使臣，遗书俄国，责他无故寇边。旋得俄皇大彼道复书，略言："中俄文字，两不相通，因致冲突。现已知边人构衅，当遣使臣诣边定界，请先释雅克萨围兵。"康熙帝因穷兵徼外，未免过劳，遂允与议和，饬彭春解围暂退。于是俄遣全权公使费耀多罗，到外蒙古土谢图汗边境，遣人至北京，请派官与议。康熙帝命内大臣索额图等往会，途次闻土谢图与准噶尔构兵，不便交通，复折回京师，再遣从官绕道出境，通信俄使，议定以尼布楚为会场。索额图又奉使至尼布楚，带领西洋教士张诚、徐日升作为译官，另备精兵万余人，水陆并进，直达尼布楚城外。俄使费耀多罗亦率千人到尼布楚，见清使兵卫甚盛，颇有惧色。外交全恃兵力。次日在城外张幕开会，两国公使及从人毕集，护兵各二百余人，手执兵刃，侍立两旁。俄使开议，语言辂碟，索额图全然不懂，经张诚翻译，始知俄使要求，以黑龙江南岸归清，北岸畀俄。索额图道："哪有此理？今日俄欲议和，须东起雅克萨，西至尼布楚，凡俄领黑龙江及后贝加尔湖殖民地，一律归我方可。"以尼布楚归中国，足阻俄人东来之锋，索额图初议，很是有理。俄使费耀多罗也不懂索额图的说话，复由张诚译出，交与俄使。俄使阅毕，只是摇头。索额图见和议不谐，径自回营。翌日复会，索额图稍稍退让，拟把尼布楚地，作为两国分界。俄使亦不允，索额图又盛气回营。张诚等往来调停，复由索额图少让，北以格尔必齐河及外兴安岭为界，南以额尔古纳河为界，俄人所有额尔古纳河南堡寨，当尽移河北。俄使尚坚执不从，索额图遂召水陆两军，会齐城下，拟即攻城。俄使不得已照允。遂于康熙二十八年订约互换，约凡六条，大旨如下：

　　一　自黑龙江支流格尔必齐河，沿外兴安岭以至于海，凡岭南诸川，注入黑龙江者，属中国，岭北属俄。
　　二　西以额尔古纳河为界，河南属中国，河北属俄。
　　三　毁雅克萨城，雅克萨居民及物用，听迁往俄境。
　　四　两国猎户人等，不得擅越国界，违者送所司惩办。
　　五　两国彼此不得容留逃人。
　　六　行旅有官给文票，得贸易不禁。

约成，勒碑格尔必齐河东及额尔古纳河南，作为界标，用满、汉、蒙古、拉丁及俄罗斯五体文字，这叫作中俄《尼布楚条约》。正是：

　　　　外交开始成和约，后盾坚强怵外人。

自是中俄修好，百余年不兴兵革。蒙古以北，已断辔辖，只蒙古尚未平靖，且待下回再说平定蒙古的方略。

台湾孤悬海外，郑成功占踞二十余年，至其孙克塽降清，台湾始为清有，风止潮涨，一战成功，岂真天意使然？亦强弱不敌之一证也。至若尼布楚议和，清史上称为最荣誉之条约，实则俄兵远来，势孤而弱，清军近发，势盛而强。此约之成，宁非强弱不同之再证乎？然彭春再出，穷年累月，不能破一雅克萨土垒。索额图原议不谐，终至让步，俄之强已可知已。文中一鳞一爪，莫非叙述，亦莫非眉目，在善读者默会可耳。

第二十七回　　三部内哄祸起萧墙
　　　　　　数次亲征荡平朔漠

上回说到索额图赴会时，本自蒙古通道，因土谢图与准噶尔构兵，中道被阻，以致折回。索额图与俄订约，已于上回叙毕，只准噶尔构兵一事，还未说明，本回正要续说下去。却说中国长城外，就是蒙古地方，分作三大部：一部

第二十七回　三部内哄祸起萧墙　数次亲征荡平朔漠

与长城相近，叫作漠南蒙古，亦称内蒙古；内蒙古的北境，又有一部，叫作漠北喀尔喀蒙古，亦称外蒙古，这两部统是元太祖成吉思汗的后裔；还有一部在西边，叫作厄鲁特蒙古，乃是元太师脱欢及瓦剌汗也先的后裔。漠南蒙古，内分六盟，清太宗时已先后归附，独喀尔喀、厄鲁特两大部，尚未帖服。喀尔喀还遣使乞盟，厄鲁特从未通使，清朝亦视同化外，不去过问。只厄鲁特自分四部，一名和硕特部，一名准噶尔部，一名杜尔伯特部，一名土尔扈特部。准噶尔部最强，顺治年间，准噶尔部长巴图尔浑台吉，并吞附近部落，势力渐盛。康熙初，浑台吉死，其子僧格嗣立。僧格死，其子索诺木阿拉布坦嗣立。僧格弟噶尔丹，把侄儿杀死，篡了汗位，（外人称头目为汗）并将和硕特、杜尔伯特、土尔扈特等部，尽行霸占；于是向东略地，欲夺喀尔喀蒙古。

喀尔喀蒙古，旧分土谢图、札萨克、车臣三部，土谢图与札萨克相连，札萨克汗，娶了一妾，人人说她是西施转世，天女化身，*此女又来作祟。* 艳名传到土谢图部，土谢图汗，竟成了一个单相思病，他却想出了一个计策，阳称到札萨克部贺喜，令部下包裹军械，分载橐驼身上，假说是贺喜的送礼，随带了部役数百名，向札萨克部进发。这蒙古地方，本没有什么宫室城郭，就使是头目住所，也不过立个木栅，叠些土垒，便算了事。土谢图汗既到，就有札萨克部役接着，通报头目。札萨克汗出来迎入，席地而坐。土谢图汗便道："闻得贵汗新纳宠姬，特来道贺！"札萨克汗答道："不敢当，不敢当！小妾已娶得多日了。"土谢图汗道："敝处与贵部，虽系近邻，有时也消息不通，直到近日方知，特备薄礼相遗，尚祈笑纳。"札萨克汗道："这是更不敢拜领了。"土谢图汗道："这也何必客气！只是贵姬艳名远噪，叨在邻谊，可否一容相见？"札萨克汗道："这又何妨。"说罢，便召爱姬出室，与土谢图汗行相见礼。土谢图汗见她顾长白皙，楚楚可人，不觉心旌摇曳，魂魄飞扬，即定一定神，召部役解囊入内，喝声道："何不动手？"札萨克汗茫无头绪，但见土谢图汗的部役，从囊中取出物件，光芒闪闪，都是腰刀。好一分贺礼。札萨克汗也管不得爱姬，转身就逃。那位爱姬，正想随走，怎奈两脚如钉住一般，不能前行，被土谢图汗拦腰抱住，出外就跑。喜可知也。这等部役一声吆喝，赶了橐驼，都回去了。

札萨克汗既失爱姬，顿时大怒，召齐部役，来攻土谢图部。土谢图汗知札萨克汗不肯干休，急遣人联络车臣汗与札萨克汗对敌。札萨克汗不能抵当，率众败走。三部相哄，遂惹出一个大祸祟来。祸首非别，就是准噶尔部大头目噶尔丹。其实祸首不是噶尔丹，乃是札萨克的美姬。噶尔丹闻了此信，差人到札萨克部，愿与调停。札萨克汗大喜，便叫原使到土谢图部，索还爱妾。*覆水难收，索还何用？* 原使应命至土谢图，坐索札萨克汗的爱姬。看官！你想土谢图汗费了好些心机，把这个美人儿，抱回取乐，哪里肯原璧归赵？已非全璧。偏这使人恶言辱骂，恼了土谢图汗，将使人杀死。噶尔丹借词报复，扬言借俄罗斯兵，来攻土谢图。土谢图汗大惧，忙整守备，待了数月，毫无影响，到边界窥探，亦没有俄兵入境，只有几个外来喇嘛，四处游牧。蒙俗向以游牧为生，邻境往来，也是常事，土谢图汗毫不在意。镇日里与抢来的美人调情饮酒，不防噶尔丹领了三万劲骑，道出札萨克部，越过杭爱山，直入土谢图境，与游牧喇嘛会合，使为前导，引至土谢图汗住所。时正夜静，土谢图汗拥着美人，酣卧帐中，忽觉得火焰飙起，呼声震天，宛如千军万马排山倒海而来，他也不辨是何处人马，忙从帐后窜去。噶尔丹杀入帐中，不见一人，到处搜寻，只剩得一个美人儿，睡在床上，缩做一团。噶尔丹也不去惊她，命部骑在帐外驻扎，自回内室，做了札萨克汗第三，慢慢的抱住娇娃，享受个中滋味。一夕换得二郎君，毕竟美人有福。到了次日，复分兵为两路，一路东出，袭破车臣部，一路西出，袭破札萨克部。假虞伐虢，噶尔丹颇有狡谋。他便踞着喀尔喀王庭，募集兵士数十万，声势大张。

这喀尔喀三部人民，穷蹇无归，只得投入漠南，到中国乞降。康熙帝命尚书阿尔尼发粟赈赡，且借科尔沁水草地，暂界游牧。噶尔丹也遣使入贡，康熙帝便令阿尔尼劝谕噶尔丹，要他率众西归，尽还喀尔喀侵地。噶尔丹拒绝清命，反日夕练兵，竟于康熙二十九年，借追喀尔喀部众为名，选锐东犯，侵入内蒙古。尚书阿尔尼急率蒙古兵截击。噶尔丹佯败，沿途抛弃牲畜帐幔。蒙古兵贪利争取，队伍错乱，噶尔丹返身来攻，阿尔尼不及整队，被他一阵掩击，杀得大败亏输，鼠窜而遁。

康熙帝得了败报，定议亲征，先命裕亲王福全为抚远大将军，率同皇子允禔，出长城古北口，恭亲王常宁为安北大将军，率同简亲王雅布，出长城喜峰口，并命阿尔尼率旧部，会裕亲王军，听裕亲王节制。又别调盛京、吉林及科尔沁兵助战。车驾拟亲幸边外，调度各路大兵。是年七月，康熙帝启銮出巡，方出长城，忽得探报，恭亲王军在喜峰口九百里外，被噶尔丹杀败回来，康熙帝命诸军急进；途次，又闻噶尔丹前锋，已到乌兰布通，距京师只七百里，康熙帝倒也惊愕起来，飞诏征调裕亲王军，到乌兰布通，会截敌兵。旋得裕亲王军报，已至乌兰布通驻扎，帝心少安。

且说噶尔丹乘胜南趋，到乌兰布通，遇着清营阻住，遂遣使入见裕亲王，略言追喀尔喀仇人，阑入内地，非敢妄思尺土，但教执畀土谢图汗，即当班师。裕亲王福全，把来使叱回。次日，两军对仗，噶尔丹用了驼城，依山为阵。什么叫作驼城？他用橐驼万余，缚足卧地，背加箱垛，蒙盖湿毡，环列如栅，作为前蔽，所以名叫驼城。前有象阵，后有驼城，倒是极妙巧对。清军隔河立阵，前面纯立火炮，遥轰中坚，自午至暮，驼皆倒毙，驼城中断。清军分作两翼，越河陷阵，遂破敌叠，噶尔丹乘夜遁去。次日，遣喇嘛至清营乞和。福全飞报行在，

第二十七回　三部内哄祸起萧墙　数次亲征荡平朔漠

有诏"速即进兵,毋中他缓兵之计",于是福全急发兵追赶,已自不及。噶尔丹奔回厄鲁特,遗失器械牲畜无算,复遣人赍书谢罪,誓不再来犯边,康熙帝偶有不适,遂谕来使回报噶尔丹,嗣后不得犯喀尔喀一人一畜,来使唯唯而去,遂诏诸王班师。第一次亲征,第一次班师。

三十年,康熙帝以喀尔喀新附部众数十万,应用法令部勒,且准部寇边,由土谢图汗启衅,不能不严加训斥,乃议出塞大阅,先檄内外蒙古各率部众,豫屯多伦泊百里外,静候上命。过了数日,车驾出张家口,至多伦泊,盛设兵卫,首召土谢图汗,责他夺妾开衅。土谢图汗顿首谢罪,帝乃加恩特赦,留他汗号。复谕车臣、札萨克二汗,约束本部,永远归清,二汗亦即顿首谢恩。于是编外蒙古为三十七旗,令与内蒙古四十九旗同例,又因蒙俗素信佛教,命在多伦泊附近,设立汇宗寺,居住喇嘛,仍听蒙人游牧近边,自此外蒙归命。

隔了两年,拟遣三汗各归旧牧,谁知噶尔丹又来寻衅,屡奉书索土谢图汗,并阴诱内蒙古叛清归己,科尔沁亲王据实奏闻,康熙帝令科尔沁亲王,复书噶尔丹,伪许内应,诱令深入。噶尔丹果选骑兵三万名,沿克鲁伦河南下。克鲁伦河在外蒙古东境,他到了河边,竟停住不进。康熙帝又令科尔沁致书催促,去使还报,噶尔丹声言借俄罗斯鸟枪兵六万,等待借到,立刻进兵。真是乖刁。科尔沁复驰奏北京。康熙帝道:"这都是捏造谣言,他道是前次败走,因火器不敌我军的缘故,所以佯言借兵,恐吓我朝,朕岂由他恐吓的?"料敌颇明。遂召王大臣会议,再决亲征。

康熙三十五年,命将军萨布素,率东三省军出东路,遏敌前锋。大将军费扬古,振武将军孙思克等,率陕、甘兵出宁夏西路,断敌归道。自率禁旅出中路,由独石口趋外蒙古,约至克鲁伦河会齐,三路夹攻。是年三月,中路军已入外蒙古境,与敌相近,东西两军,道阻不至,帝援兵以待。讹言俄兵将到,大学士伊桑阿惧甚,力请回銮。康熙帝怒道:"朕祭告天地宗庙,出师北征,若不见一贼,便即回去,如何对得住天下?况大军一退,贼必尽攻西路,西路军不要危殆么?"叱退伊桑阿,不愧英主。命禁旅疾趋克鲁伦河,手绘阵图,指示方略。从行王大臣,还是议论纷纷,各执一见,帝独遣使噶尔丹促他进战。噶尔丹登高遥望,见河南驻扎御营,黄幄龙纛,内环军幔,外布网城,护卫兵统是勇猛异常,不由的心惊脚痒,拔营宵遁。狡黠的人,往往胆小。翌日,大军至河,北岸已无人迹,急忙渡河前追,到拖诺山,仍不见有敌踪,乃命回军;独命内大臣明珠,把中路的粮草,分运西路,接济费扬古军。

是时噶尔丹奔驰五昼夜,已到昭莫多,地势平旷,林箐丛杂,噶尔丹防有伏兵,格外仔细,步步留心。俄闻林中炮声突发,拥出一彪兵来,统是步行,约不过四百多名,噶尔丹手下尚有万余人,统是百战剧寇,遇着这厮小小埋伏,全不在意。大众争先驰突,清兵不敢抵抗,且战且走,约行五六里,两旁小山夹道,清兵从山右趋入。噶尔丹勒马,遥见小山顶上,露出旗帜一角,大书大将军费字样,便率众上山来争。清兵据险俯击,矢铳迭发,敌兵毫不惧怯,前队倒毙,后队继进,幸亏清兵阵前,设列拒马木,阻住敌骑,噶尔丹乃止住东崖,依崖作蔽,一面令部兵举铳上击,声震天地,自辰至午,死战不退。忽山左绕出清兵千名,袭击噶尔丹后队,后队统是驼畜妇女,只有一员女将,身披铜甲,腰佩弓矢,手中握着双刀,脚下骑着异兽,似驼非驼,见清兵掩杀过来,她竟柳眉直竖,杀气腾腾,领着好几百悍贼,截杀清兵,清兵从没有与女将对仗,到了此时,也觉惊异,便与女将战了数十回合,只杀得一个平手。不料噶尔丹竟败下山来,冲动后队,山上清兵,从高临下,把子母炮接连轰放。山脚下烟雾迷漫,但见尘沙陡起,血肉纷飞,敌骑抱头乱窜,约有两三个时辰。山上山下,只留清兵,不留敌骑。清兵停放铳炮,天地开朗,准部兵倒地无数,连穿铜甲的这位女将,也头破血流,死于地下。红颜委地,吊古战场文中,却未曾载入。看官!你道这员女将是哪一个?就是噶尔丹妃阿奴娘子,准部呼她为可敦。此时札萨克汗的爱姬,未知尚生存否?若尚存在,倒可升作可敦了。可敦善战,力能抵住清兵,只因噶尔丹闻后队被袭,返顾却退,清兵乘势杀下,敌兵大乱,自相凌藉,遂至可敦战殁,只逃去了噶尔丹。

　　费扬古止诸将穷追,收兵回营,当即置酒高会,与诸将道:"今日战胜,都是殷总兵化行之力,殷总兵劝我如此设伏,方得一鼓破敌,还请殷总兵多饮数杯,聊申本帅敬意。"说毕,亲自酌酒,递与殷化行。化行双手捧杯,一饮而尽,接连又是两杯,化行统共饮干,离座道谢。化行是宁夏总兵,上文曾叙说费扬古率陕、甘兵出宁夏西路,化行随征献计,得此胜仗,所以费扬古特别奖劳。当时清营中欢声雷动,由费扬古飞报捷音,康熙帝大悦,慰劳有加,仍命费扬古留防漠北,遣陕、甘军凯旋,自率禁旅还京。第二次亲征,第二次班师。

　　噶尔丹复奔回厄鲁特,途中闻报僧格子策妄阿布坦,为兄报仇,占据准噶尔旧疆,拒绝噶尔丹。噶尔丹欲归无所,窜居阿尔泰山东麓。康熙帝闻噶尔丹穷蹙,召使归降,噶尔丹仍倔强不至。越年,康熙帝复亲征,渡过黄河,到了宁夏,命内大臣马思哈,将军萨布素,会费扬古大军深入,并檄策妄阿布坦助剿。噶尔丹闻大军又出,急遣子塞卜腾巴珠,到回部借粮。回部在天山南路,当噶尔丹强盛时,亦归服噶尔丹,至是回人将其子拘住,囚献清军。噶尔丹待粮无着,不知所为,左右亲信,又相率逃去,或反投入清营,愿为清兵向导。噶尔丹连接警信,有的说:"清兵将到。"有的说:"策妄阿布坦亦领部众来攻。"有的说:"回部亦助清进兵。"好像打落水狗。一夕数惊,徬徨达旦。噶尔丹自言自语道:"中国皇帝,真是神圣,我自己不识利害,冒昧入犯,弄得精锐丧亡,妻死子虏，目今进退无路，看来只好自尽罢了。"遂即服毒而死。

　　帐下只遗一女，他的族人丹吉喇，便挈了他的女儿，随带噶尔丹骸骨，拟至清营乞降，札萨克汗爱姬不知下落，想已被噶尔丹弄死了。不想中途被策妄阿布坦截住，将丹吉喇等捆绑起来，送交行在。康熙帝颁诏特赦，命丹吉喇为散秩大臣，噶尔丹子塞卜腾巴珠，也得了一等侍卫，俱安插张家口外，编入察哈尔旗。土谢图、车臣、札萨克三汗，遣归旧牧。此时土谢图汗与札萨克汗相遇，不知应作何状。辟喀尔喀西境千余里，增编部属为五十五旗，朔漠悉定，康熙帝铭功狼居胥山而还。第三次亲征，第三次班师。既至京师，大飨士卒，俘得老胡人数名，能弹筝，善作歌，帝赏以酒，各使奏技。中有一人能作汉语，箝歌凄楚，音调悲壮，但听他呜呜咽咽的唱道：

　　　　雪花如血扑战袍，夺取黄河为马槽。灭我名王兮虏我使歌，我欲走兮无骆驼。呜呼黄河以北奈若何！呜呼北斗以南奈若何！

　　康熙帝闻歌大笑，并赏他金银数两，橐驼一匹。小子读这歌词，又技痒起来，随作诗一首道：

　　　　绝北亲征耀六师，往还三次始平夷；
　　　　镌碑勒石夸奇绩，算是清朝全盛时。

　　看官欲知后事，请至下回再阅。

　　天生尤物，必倾人国，既亡札萨克，复亡土谢图，至车臣部亦遭累及，甚至噶尔丹亦因此兴师，因此覆灭。是可知妹喜祸夏，妲己祸商，褒姒祸周，史册垂戒，非无因也。康熙帝为有清一代英主，三次亲征，卒平朔漠，挞伐之功，未始不盛；但必镌碑纪绩，沾沾自喜，毋乃骄乎！秦始皇琅琊刻石，窦车骑燕然勒铭，殊不足训。以康熙帝之明，胡为效此？假故事以警世，揭心迹以垂讥。作者之用意深矣。

第二十八回　争储位冢嗣被黜
　　　　　　　罹文网名士沉冤

　　却说康熙帝聪明英武，算作绝顶，即位以后，灭明裔，扫叛王，降台湾，和俄罗斯，服喀尔喀，平准噶尔，他的圣德神功，小子已叙述大略。他还巡幸五台山，共计五次，南巡又六次。巡幸五台山的缘故，有人说他是出去省亲，因顺治皇帝即位十八年，看破红尘，到五台山削发为僧，康熙帝屡去探视，每到五台，必令从骑停住寺外，单身进谒，直至顺治帝已死，方才不去。这件事只可付作疑案，小子未曾目见，不敢信为实事。若讲到巡幸东南，《东华录》上，明明说为治河的缘故，其实康熙帝意思，亦并不是单为治河，当时治河能手，有于成龙、靳辅等人，专管河务，都是考究地理，熟悉水性，难道康熙帝真是生而知之的圣人，略略巡阅，便能将河道大势，了然目中，格外筹画的精密么？他的深意，无非是昭示威德，笼络人心；所以禅山谒陵，蠲租免税，凡经过的地方，威德并用；东南的小百姓，从此怕他的威严，感他的德惠，把前明撇在脑后，个个爱戴清朝，清朝二百多年的基业，就此造成。若呆读《东华录》上文字，不加体会，便是笨伯，哪里晓得康熙帝的作用？小说中有这般大议论，可谓得未曾有。但本书于叙述间，亦常夹有微议，我请将原文略换数字，指示阅者云，若呆读此书的文字，不加体会，便是笨伯，哪里晓得著书人的作用。只是康熙帝恰有一大失着，晚年来弄得懊丧异常，到去世的时候，反致不明不白，待小子细细道来：康熙帝有二十多个儿子，长子名叫允禔，就是初征噶尔丹时，作裕亲王福全的副手。古语道："立嫡以长"，论起年纪来，允禔应作太子，但他乃妃嫔所生，不由皇后产出。皇后何舍里氏，只生一子允礽，允礽生下，皇后便殁，康熙帝夫妇情深，未免心伤；且因允礽是个嫡长，宜为皇储，就于允礽二岁时，先立为皇太子。二岁立储，未免太早。后来重立皇后，妃嫔亦逐渐增加，一年一年的生出许多儿子，内中有四皇子胤禛，秉性阴沉，八皇子允禩，九皇子允禟，更生得异常乖巧，康熙帝格外爱宠一点。但既立允礽为太子，自然没有掉换的心思。允礽渐长，就令大学士张英为太子师傅，教他诗书礼乐，又命儒臣陪讲性理，南巡北幸时，亦尝带了允礽出去游历，总算是多方诱导；至亲征噶尔丹，又要太子监国，宫廷中也没有生出事来。

　　噶尔丹既平，东西南北，都已平靖，万民乐业，四海澄清，康熙帝春秋渐高，也想享点太平洪福，有时读书，有时习算，有时把酒吟诗，选了几个博学宏词老先生，陪侍左右，与他评论评论。这老先生辈，总是极力揄扬，交口称颂。康熙帝又叫他纂修几种书籍，什么《佩文韵府》，什么《渊鉴类函》，什么《数理精蕴》，什么《历象考成》，什么《韵府拾遗》，什么《骈字类编》，还有《分类字锦》，《子史精华》，《皇舆全览》等书；就是人人购买的《康熙字典》，也是这时候编成的。开了书橱，一律搬出。每种书籍，统有御制序文，究竟是皇帝亲笔，也不知是儒臣捉刀，涉笔成趣。小子无从深考。但日间与儒臣研究书理，夜间总与后妃共叙欢情，枕边衾里，免不得有阴谋夺嫡、媒孽允礽的言语。起初康熙帝拿定主意，不听妇言，后来诸皇子亦私结党羽，构造蜚语，吹入康熙帝耳中，渐渐动了疑心。宫中后妃人等，越发摇唇鼓舌，播弄是非，你唆一句，我挑一语，简直说到允礽蓄谋不轨，窥伺乘舆，可笑这个英武绝伦的圣祖仁皇帝，

第二十八回　争储位冢嗣被黜　雁文网名士沉冤

竟被他内外蛊惑,把允礽当作逆子看待。怪不得周幽、晋献。康熙四十七年七月,竟降了一道上谕,废皇太子允礽,并将他幽禁咸安宫,令皇长子允禔及皇四子胤禛看守。于是这个储君的位置,诸皇子都想补入。皇八子允禩,模样儿生得最俊,性情亦格外乖刁,在父皇面前,越自殷勤讨好,暗中却想害死允礽,绝了后患。

事有凑巧,有一个相面先生,叫作张明德,在都中卖艺骗钱,哄动一时。贝子贝勒等,统去请教,明德满口趋奉,统说他是什么富,什么贵。看官!试想社会中人,有几个不喜欢奉承?因此都说这明德知人休咎,仿佛神仙一般。允禩怀着鬼胎,暗想自己相貌,究竟配不配做皇帝,遂换了衣装,去试明德,谁知明德一边,早已有人知风通报,等到允禩进去,明德即向地跪伏,口称万岁。允禩连忙摇手,明德见风使帆,导允禩入内室,细谈一番,一面说允禩定当大贵,一面又俯伏称臣。允禩喜甚,不但露出真面,反与明德密定逆谋。明德伪称有好友十余人,都能飞檐走壁,他日有用,都可招致出来效劳。允禩遂与他定了密约,辞别回宫;甫入禁门,遇着大阿哥允禔,被他扯住,邀至邸中,原来允禔曾封直郡王,另立府邸,当时屏去左右,向允禩道:"八阿哥从哪里来?"满俗向称皇子为阿哥,所以允禔沿习俗语,叫允禩为八阿哥。允禩道:"我不过在外边闲游,没有到什么地方去?"允禔笑道:"你休瞒我!张明德叫你万岁呢。"允禩惊问道:"大阿哥如何晓得?"允禔道:"我是个顺风耳,自然听见。"允禩道:"你既晓得,须要为我瞒过父皇。"允禔道:"这个自然,只可惜允礽不死,昨日闻有消息,父皇欲仍立允礽为太子。"允禩顿足道:"这却如何是好?"允禔道:"我恰有一个妙法,但不知你做皇帝,什么谢我?"允禩道:"我若得了帝位,当封大阿哥为并肩皇帝。"允禔道:"不好不好,世上没有并肩皇帝。况我仍要受你的封,不如勿做为是。"急得允禩连忙打恭,恳求妙策。允禔道:"你既要我设法,现在牧马厂中,有个蒙古喇嘛,精巫蛊术,能咒人生死,若叫他害死允礽,岂不是好?"允禔非真心待弟,观下文便知。允禩喜甚,便托允禔即日照行,揖别而去。想做皇帝,便要弄杀阿哥,帝位之害人甚矣。

允禔即去与蒙古喇嘛商议,蒙古喇嘛名叫巴汉格隆,与允禔为莫逆交,至是允禔与商,便取出镇压物十多件,交与允禔。允禔携归,想去通知允禩,转念道:"我明明是皇长子,太子既废,我宜代立,为什么去助允禩?"当下踌躇一会,忽跃起道:"照这样办法,好一网打尽了。"葫芦中卖什么药?遂匆匆入宫,见了康熙帝,把允禩与张明德勾通事,密奏一遍。康熙帝即令侍卫捉拿张明德,霎时间,明德拿到,立召内大臣问过口供,绑出宫门,凌迟处死。张明德面貌中,定要犯凌迟罪,但明德自会相面,何不趋吉避凶?一面饬宗人府将允禩锁禁,允禩一想,这事只有大阿哥得知,我叫他瞒住父皇,他莫非转去密奏么?

他要我死，我亦要他死，一班犬子，奈何奈何？遂对宗人府正道："愿见父皇一面！"宗人府落得容情，便带入宫内。

康熙帝见了允禩，勃然大怒，把他批颊两下。允禩泣道："儿臣不敢妄为，都是大阿哥教儿臣行的。"康熙帝怒道："胡说！他教你行，还肯告诉我么？"允禩道："父皇如若不信，可去拿问牧马厂内的蒙古喇嘛。"康熙帝又命侍卫将蒙古喇嘛拿到，严刑拷讯，得供是实，随差侍卫至直郡王府，不由允禔分说，竟入内搜索，连地板尽行掘起，果然有好几个人头儿，埋在土内。侍卫取出，回宫奏复，康熙帝震怒得了不得，拔出佩刀，叫侍卫去杀允禔。侍卫至此，也不敢径行奉命，跪伏帝前，代允禔求恕。此时早有宫监报知惠妃，惠妃系允禔生母，得了此信，三脚两步的趋入，跪在地下，膝行而前，连磕了几个响头，口称求皇上开恩开恩。康熙帝见此情状，不由的心软起来，便道："爱妃且起！"惠妃谢过了恩，起立一旁，粉面中珠泪莹莹，额角上已突起两块青肿。美人几乎急杀，天子未免有情，遂将佩刀收入，命侍卫起来，带出允禔拘禁；又对惠妃道："看你情面，饶了允禔，但我看他总不是个好人，须派人看管方好。"惠妃不敢再言，谢恩回宫。康熙帝即亲书朱谕，将允禔革去王爵，即在本府内幽禁，领班侍卫，奉旨去讫。

康熙帝经此一怒，便激出病来，是晚遂不食夜膳，次日，微发寒热，便令御医诊治。诸皇子亲视汤药，皇四子胤禛晨夕请安，且从中婉说废皇太子的冤枉，深惬帝意，于是释放废太子，亦令入宫侍疾。越数日，帝疾渐愈，乃令废皇太子及诸皇子近前，并宣召诸王入内，随即申谕道："朕暇时披览史册，古来太子既废，往往不得生存，过后人君又莫不追悔。朕自拘禁允礽后，日日挂念。近日有病，只皇四子默体朕心，屡保奏废皇太子允礽，劝朕召见。朕召见一次，愉快一次，嗣命在朕前守视汤药，举止颇有规则，不似从前的疏狂，想从前为允禔镇魇，所以如此迷惑，现在既已改过，须要从此洗心。古时太甲被放，终成令主，有过何妨改之。即是今日诸臣齐集，或为内大臣，或为部院大臣，统是朕所简用，允礽应亲近伊等，令他左右辅导。崇进德业，方不负朕厚望。四皇子胤禛，幼年时微觉喜怒不定，目下能曲体朕意，殷勤恳切，可谓诚孝。五皇子允祺，七皇子允祐，为人淳厚，蔼然可亲，允礽亦应格外亲热。自此以后，朕不再记前愆，但教允礽日新又新，朕躬何憾！尔王大臣等须为我教导允礽，毋致再蹈覆辙！"诸王大臣未曾答复，只见皇四子跪奏道："儿臣奉皇父谕旨，说儿臣屡保奏废皇太子，儿臣实无其事。蒙皇父褒嘉，儿臣不敢承受。"故意推辞，所谓秉性阴沉。康熙帝微哂道："尔在朕前，屡为允礽保奏，尔以为没有证据，所以当众强辩。尔果不欲居功，尔衷尚堪共谅；尔如畏允禔、允禩，故意图赖，便非正直，转大失朕意了。"知子莫若父。皇四子叩首称谢，又奏道："十年前侍奉皇父，因儿臣喜怒不定，时蒙训诫，近十来年，皇父未曾申饬，儿臣省改微诚，已荷皇父洞鉴，今儿臣年逾三十，大概已定，喜怒不定四字，关系儿臣身上，仰恳皇父于谕旨内，恩免记载，儿臣深感鸿慈。"康熙帝便对王大臣道："近十年来，四阿哥确已改过，不见有忽喜忽怒形状，朕今不过偶然谕及，令他勉励，不必尽行记载便了。"喜怒不定四字，都要争辩，显见阴鸷。不知《东华录》已俱登出，争辩何益？

诸王大臣遵旨退出，私自议论，都料废太子又要重立，果然到了次年，复立允礽为皇太子，颁诏天下，遣官祭告天地宗庙社稷，并封皇三子允祉为诚亲王，皇四子胤禛为雍亲王，皇五子允祺为恒亲王，皇七子允祐为淳郡王，皇十子允䄉为敦郡王，皇九子允禟、皇十二子允祹、皇十四子允禵俱为固山贝子。又追究魇魅事，将蒙古喇嘛巴汉格隆，处以磔刑，人家不怕他魇死，他却被人剐死了。这事暂算了结。不料翰林院编修戴名世，作了一部《南山集》，又兴起大狱来了。

先是康熙初年，浙江湖州府庄廷鑨，素习儒业，平时颇留心史籍。一日，到市上闲游，见有一爿旧书坊，他却踱将进去，随手翻阅，旧书内中有一抄本夹入，视之，乃是明故相朱国桢的稿本。稿中记录明朝史事，自洪武至天启，都有编述。他即将此稿买回，招了几个好朋友，互览一番。友人统未曾见过，个个说是秘本。文人常态，专喜续貂，就各搜集崇祯年间事情，补入卷末，并将自己姓名，及友人姓名，一一附记，算是生平得意之作。廷鑨死后，家人将此书刊行。适故归安县令吴之荣，失业家居，见了此书，读到崇祯朝，有毁谤满人等语。之荣遂上书告讦，清廷即令浙江大吏，按书中姓名，一一搜捕。已死的开棺戮尸，未死的下狱正法。廷鑨是个首犯，开棺戮尸，不消说得，还把他兄弟骈戮，家产籍没，真是可怜。吴之荣复职升官，为了此事，士人多钳口结舌，不敢妄谈。偏这戴名世身居翰苑，清闲无事，著了一部《南山集》出来，集中采录明桂王事，乃抄袭桐城人方孝标遗书，并不是名世创造的。都察院御史赵申乔，竟指使是诽谤朝廷，拜疏奏发。又是一个拍马屁的官吏。康熙帝准了奏章，即饬拿名世下狱，命六部九卿会审。名世供词抄录方孝标《滇黔纪闻》是实。当由六部九卿议奏，内说戴名世有心抄录，作大不敬论，应置极刑，方孝标亦应戮尸，方、戴族人，俱应坐死。此奏一上，自然照准。可怜名世为这文字因缘，身被寸磔，戴氏族中，与名世五服相连，统皆斩首。进士方苞，因是方孝标同宗，亦系狱论死。幸亏大学士李光地极力洗释，方苞得以出狱。方氏族人，除孝标子弟外，也总算矜全了几个。这是康熙五十年间事。自此体制愈严，蒙蔽愈重。康熙帝年已六旬，精神亦渐渐衰退，比不得壮年时候，事事明察。到了五十一年，皇太子允礽，又不知为着什么事，触怒了康熙帝，又把允礽废黜，禁锢起来。小子但闻有御笔朱谕一道，略云：

> 前因允礽行事乖戾，曾经禁锢，继而朕躬抱疾，念父子之恩，从宽免宥。朕在众前，曾言其似能悛改，伊在皇太后众妃诸王大臣前，亦曾坚持盟誓，想伊自应痛改前非，昼夜警惕。乃自释放之日，乖戾之心，即行显露，数年以来，狂易之疾，仍然未除，是非莫辨，大失人心。朕今年已六旬，知后日有几，天下乃太祖、太宗、世祖所创之业，传至朕躬，非朕所创立，恃先圣垂贻景福，守成五十余载，朝乾夕惕，耗尽心血，竭蹶从事，尚不能详尽，如此狂易成疾，不得众心之人，岂可付托乎？故将允礽仍行废黜禁锢，为此特谕。

允礽再废后，康熙帝立定主意，不再言立太子事。诸皇子个个窥测，探不出什么消息，便浼王大臣上书奏请。谁知上一次书，受一次训责，甚且还要治罪。诸王大臣方在疑虑，忽西域来了警信，报称策妄阿布坦杀进西藏去了。正是：

> 大内未曾蠲宿衅，极边又已启兵争。

西藏系清朝藩属，遇着外侮，又要劳动清兵了。诸君试看下回，便自分晓。

冢嗣被黜，名士沉冤，皆专制之焰使然。惟专制故，天下始羡皇帝之尊严。官民受皇帝之压制，不敢妄想，独众皇子济济比肩，皆有世袭之望，于是勾通内外，觊觎储位，虽以清圣祖之英明，不能免巫盅咒诅之祸。惟专制故，天下始怨皇帝之刻毒，一语失检，罪及妻孥，祸延宗族，生固难免，死且戮尸，当时畏其威而不敢动，后世必有起而报复者，虽以清圣祖之德惠，不能逃千秋万世之讥。本回为清圣祖病，抑且为清圣祖惜。且隐悬一专制影子，留戒后世，是文字有关国体者，可谓稗官中上乘文字。

第二十九回　闻寇警发兵平藏卫　苦苛政倡乱据台湾

却说中国西偏，有最高的大山一座，名叫喜马拉雅。喜马拉雅山北，有一种图伯特人，聚族而居，号为西藏，古时与中国不相通，唐朝时部众渐盛，入侵中华，唐史上称他为吐蕃国。唐太宗李世民，因他屡次寇边，没有安靖的日子，不得已将宗女文成公主，嫁他国王噶木布，算是两国和亲，干戈得以少息。

第二十九回　闻寇警发兵平藏卫　苦苛政倡乱据台湾

这文成公主素信佛教,在西藏设立佛寺,供奉释迦牟尼佛像,自此西藏臣民,个个皈依,变成了一个佛教国。传到元朝时候,元世祖南下吐蕃,邀请吐蕃拔思巴为帝师,册封大宝法王,令他管领藏地,总握政教两大权。他的子孙,取名萨迦胡土克图。萨迦就是释迦的转音,胡土克图乃是再世的意义。服饰尚红,得娶妻生子,世人称为红教。传到明朝,红教徒渐渐不法,信用日衰,甘肃西宁卫中,出了一个宗喀巴,入大雪山修行得道,别立一派,禁娶妻生子,衣饰尚黄,称作黄教。蕃众大加敬信,势力不亚法王。宗喀巴死,有两大弟子,一名达赖,一名班禅,统居前藏拉萨地。他因教中严禁娶妻,不得生子,遂另创一嗣续法,说是达赖、班禅两喇嘛,_{喇嘛即高僧之意。}世世转生。达赖死后,第一世转生,是敦根珠巴,第二世转生,是根敦坚错。传到第三世转生,是锁南坚错,较有高行,蒙古诸部,入藏欢迎,邀他至漠南说教,黄教遂流传蒙古。第四世转生,是云丹坚错,势力越加扩张,漠北蒙古,因居地荒僻,不得亲承教旨,另奉宗喀巴第三弟子哲卜尊丹巴后身,为大胡土克图,总理外蒙古教务,居住库伦。第五世达赖转生,叫作罗卜藏坚错,用他近亲桑结为第巴。什么叫作第巴？便是中国所称管理政务的官员。达赖喇嘛,只理教务,不管政事,自第二世达赖起,已另置第巴等官,代理国政。是时红教未绝,后藏地方护法教主,叫作藏巴汗。藏巴汗反对黄教,桑结欲除灭了他,省得出来作梗,遂联络厄鲁特蒙古,遣和硕特部长固始汗,引兵入后藏,袭杀藏巴,另奉班禅喇嘛移驻后藏。从此藏地分前后二部,前藏属达赖管辖,后藏属班禅管辖。_{叙述详明。}

　　固始汗本居青海,曾受清太宗册封,康熙三十七年,固始汗第十子达什巴图尔来京朝贡,康熙帝又封他为亲王。固始汗得清廷援助,声势颇强,至是有功黄教,复得了前藏东部喀木地,命子达赉镇守,渐渐干涉前藏事情。桑结一想,杀了一个藏巴汗,又来了一个达延汗,未免引狼入室,自取祸殃。适值噶尔丹威振西域,桑结复阴与连结,叫他出兵青海,袭破和硕特部。_{桑结初意,颇高于吴三桂等,但仍不能脱离外人,终非善策。}达赖势力,亦因此一挫。未几达赖五世殁,桑结秘不发丧,伪传达赖命令,任意妄行。噶尔丹入寇中国,桑结亦阴为怂恿,至噶尔丹败走,乃遣使入贡,诈称奉达赖命,求赐桑结封爵。清廷未察真伪,封桑结为图伯特国王,到了噶尔丹走死后,丹吉喇等来降,方报桑结矫伪情状,康熙帝赐书切责。桑结还诈称部属未靖,不敢遽泄达赖丧事,今当另立达赖,择日发丧。康熙帝因道途辽远,不便细查,且由他将错便错的过去。桑结又欲去毒杀拉藏汗,事泄无成。拉藏汗即和硕部达赉侄儿。达赉死,拉藏汗嗣,闻桑结有意害他,遂集众潜入拉萨,将桑结捉来,一刀两段。_{刁狡的人,总归速死。}复把桑结所立的达赖,指为赝鼎,擒献清廷,另立新达赖伊西坚错为第六世。

康熙帝嘉他恭顺,封拉藏为翼法恭顺汗。偏这青海诸蒙古,不信伊西坚错为真达赖,另立了一个噶尔藏坚错,在青海坐床,请清廷速赐册印。自是达赖变了两个,谁真谁假,不能辨悉,倒像一出双包案。两下争论,遂引出策妄阿布坦的兵祸来了。策妄截献噶尔丹骸骨,奉表清廷,非常逊顺,康熙帝命划阿尔泰山西麓至天山北路一带,给彼游牧。策妄得此广土,竟想做第二个噶尔丹,并吞诸部。第一着下手,是娶了土尔扈特部阿玉奇汗女,做了妻室,复诱他妻弟背了阿玉奇,将父逐出俄罗斯。他假称发兵帮助,竟把土尔扈特部占据起来。土尔扈特部势本衰弱,自然也服了他。第二着下手,又是依样画葫芦,拉藏汗有一姊,年近花信,不知经策妄如何运动,复许嫁了他。我怪拉藏汗的阿姊,何故甘心做小老婆?想是策妄定有媚内手段,一笑。策妄娶了拉藏姊,又把那元配生的女儿,许与拉藏汗子丹衷,令他入赘伊犁,不即放归。亲上加亲,外面似非常亲热,谁知他满怀鬼蜮,诡计多端,丹衷离国日久,欲挈妇偕回,策妄许他归国,发兵护送。行了好几个月,方入藏境,拉藏汗闻子妇回来,率领次子苏尔札,到达穆阿附近,一面迎接新妇,一面犒赏护送军。两下相遇,丹衷夫妇,谒见已毕,拉藏汗便命在行帐开筵,令护送军一律与宴。拉藏汗素性嗜酒,至此因子妇回国,格外畅饮,一杯未了又一杯,接连是十百千杯,饮得酩酊大醉,酣卧床上。这边的护送军,饮毕出外,就在拉藏汗行帐外扎好了营。

是夜准部将官大策零又至,部下有六千兵马,会合护送军,杀入拉藏帐内。拉藏汗手下卫兵,本是不多,况又大家吃得沉醉,还有何人抵挡?准部兵一拥而入,杀死了拉藏汗,把他次子苏尔札捆绑起来,余外不是被杀,便是被捆,只剩了一对新夫妇,一个是策妄娇婿,一个是策妄娇儿,总算用些情面,不去缚他。丹衷还算运气。随即潜到拉萨,骗入拉萨城,把个半真半假的新达赖拘入暗室,做个坐关和尚。妙语解颐。

这信传到清廷,康熙帝本已遣靖逆将军富宁安,率兵驻扎巴里坤,防备西域,至是急命傅尔丹为振武将军,祁里德为协理将军,出阿尔泰山,会合富宁安军,严备准噶尔入寇,另遣西安将军额鲁特,督兵入藏,侍卫色棱为后应。康熙五十七年,两军次第渡木鲁乌苏河,分道深入。大策零分军迎战,只数合便退。明是诱敌。额鲁特率兵追入,色棱继进,到喀喇乌苏河岸,大策零留有伏兵,顿时四起,截住清兵。额鲁特等料知陷入重地,率兵猛扑,怎奈这番敌军,纯是精锐,与前时接仗,大不相同。额鲁特不能前进,只得退后,不料后面流星马又到,报称准兵绕出后路,把军饷截夺去了。清兵闻军饷被劫,不战自乱,额鲁特、色棱两人,极力弹压,勉强镇定。过了数日,粮尽矢穷,准兵四面聚集,好似天罗地网一般,一阵攻击,清兵全营覆没,都做了沙场之鬼。虽是战

第二十九回　闻寇警发兵平藏卫　苦苛政倡乱据台湾　643

死,幸而死在西方,免得童男童女接引。"

康熙帝接了败报,再命皇十四子允禵为抚远大将军,驻节西宁,升任四川总督年羹尧,备兵成都,拟分道进发。敕封噶尔藏坚错为达赖六世,檄蒙古兵扈从达赖,随大军直入西藏,于是蒙古各汗王贝勒,各率部兵至青海,恭候清兵出塞。康熙五十九年春,诏移允禵移驻木鲁乌苏河治饷,令将西宁军副都统延信出青海,年羹尧仍坐镇四川,令将川军副护军统领噶尔弼出打箭炉,分趋藏境。大策零闻清兵分出,自拒青海军,另遣部兵三千余人,抵挡噶尔弼。噶尔弼副将岳钟琪,素有胆略,领亲兵六百名,首先开路,至三巴桥,系入藏第一险要。岳钟琪招募番众,许他重赏,令诈降守桥兵,里应外合,竟把三巴桥占住。噶尔弼率军来会,忽闻准部兵来夺三巴桥,头目叫作黑喇玛,有万夫不当之勇,噶尔弼颇惊慌起来。岳钟琪道:"有钟琪在,就使来了红喇玛,也不怕他,待明日擒他便是。"是夕,岳钟琪率兵出营,潜掘陷坑,上用青草盖住,令兵士带了钩索,伏在陷坑里面。部署已定,然后回营。次晨,黑喇玛仗着勇力,飞奔前来,岳钟琪出兵对敌,诱黑喇玛至陷坑旁。黑喇玛有勇无谋,但知上前追杀,不料脚下有坑,一脚蹈空,坠入坑内,任你黑喇玛膂力过人,至此被伏兵钩住,急切不能展身。伏兵紧紧捆缚,扛入清寨。黑喇玛受擒,余众不战自降,方拟鼓行入藏,忽来了大将军檄文,令待青海军并进。噶尔弼踌躇未决,岳钟琪道:"我兵只赍两月粮饷,从川西到此,已过了四十多日,若再待青海军,粮饷食尽,如何入藏?现不如乘机疾进,沿途招抚番众,用番攻番,约十日可抵拉萨,出其不意,容易荡平。"噶尔弼欲集众议决,钟琪道:"事在必行,何须多议!钟琪不才,愿喷此一腔热血,仰报朝廷,请于明晨即行。"钟琪系岳武穆王二十一世孙,武穆仇金,钟琪忠清,似不能善绳祖武,惟为清攻藏,恰有可原。噶尔弼也不多言。

次晨,岳钟琪即用皮船渡河,直趋西藏,途中遇土司公布,用好言抚慰,公布很为感激,遂代为招集番兵七千,引钟琪入拉萨。钟琪观番兵可恃,遂分部兵三千名,绕截大策零饷道,自领番众趋拉萨城。拉萨城内,只有几个准兵,见岳军大至,尽行逃散。钟琪长驱入城,号召大小第巴,宣示威德,除助逆喇嘛的,杀了五人,并幽禁九十多人,其余一概赦免,那时僧俗都顶礼膜拜,感谢再生。

这时候,青海军统领延信,正与大策零相持,连败大策零数阵,策零欲退回拉萨,又被岳军截住,进退两难,遂爬山过岭,遁回伊犁,途中崎岖冻馁,死了大半。延信遂送新达赖入藏登座,令拉藏汗旧臣康济鼐,掌前藏政务,颇罗鼐掌后藏政务,留蒙古兵二千驻守,奉诏班师,各回原地镇守,西藏暂归平靖。康熙帝又要咬文嚼字,亲制一篇平定西藏碑文,命勒石大招寺中,小子也不暇细录。

只是康熙帝安乐一次,总有一次忧愁,相逼而来。忧乐相循,祸福相倚,是颠扑不破的事理。入藏军已报凯旋,台湾忽报大乱。说来可笑,台湾乱首,乃是一个贩鸭营生的小百姓,名叫一贵,他的姓恰与大明太祖皇帝相同。尝见人家婚丧事,排列仪仗,每借同姓的头衔,书入头行牌,以示烜赫。一贵虽是贩鸭,然与明祖同姓,亦自足夸。自施琅收服台湾后,台民虽稍有蠢动,事发即平。至康熙晚年,用了一个贪淫暴虐的王珍,实授台湾知府,没有税的要加税,没有粮的要征粮,百姓不服,就要拿来打屁股,或枷号几个月,还有一切诉讼事件,有钱即赢,无钱即输,因此台民怨愤异常。官逼民反。这个朱一贵,虽是贩鸭为生,他却有几个酒肉朋友,一叫黄殿,一叫李勇,一叫吴外。这三人素不安分,与朱一贵恰很是莫逆,一日,到了酒楼,一面吃酒,一面谈论平日事情。黄殿问一贵道:"近日朱大哥生意可好?"一贵摇头道:"不好不好!现在这个混帐知府,棺材里伸手,死要铜钱,连我贩卖几只鸭,也要加捐。我此番贩鸭一千只,反蚀了好几千本钱,看来只好罢休哩。"小本经营,不应加重捐,观此便知。李勇、吴外齐声道:"这般狗官,总要杀掉他方好。"该杀!一贵道:"只有我等几个小百姓,哪里能杀知府?"黄殿道:"要杀这个混帐知府,也是不难,只此处非讲事堂,兄弟们不要多嘴。"黄殿乖。言毕,以目示意。大家饮完了酒,由一贵付了酒钞,遂同至一贵家内,彼此坐定,黄殿道:"朱大哥你道是贩鸭好,是做皇帝好?"一贵醉醺醺的笑道:"黄二弟真吃醉了,贩鸭的人,怎么好同皇帝去比?"黄殿道:"朱大哥想做皇帝否?"一贵大笑道:"像我的人,只能贩鸭,哪里会做皇帝?"黄殿道:"明太祖朱元璋曾充庙祝,后来一统江山,好端端的做了皇帝。大哥也是姓朱,贩鸭虽贱,比庙祝要略胜三分,水无斗量,人无貌相,要做皇帝,何难之有?"一贵听了此言,不觉手舞足蹈起来,便道:"我就做皇帝,黄二弟等须要帮助我。"黄殿道:"总教大哥不要惊慌,明日就请大哥南面为王。"一贵乘着醉意,便道:"我果有一日为王,就使千刀万剐,亦是甘心。"赌什么气?罚什么咒?天道昭彰,不容妄说。黄殿道:"一言为定,不要图赖。"一贵道:"自然不赖。"黄殿便邀同李勇、吴外,告别而去。

到了次日,黄殿复同李勇、吴外,带了一二百个流氓,抬了箱笼,匆匆到一贵家来。一贵不知何故,慌忙问道:"黄二弟!你同这许多人,到我家何干?"黄殿道:"请你即日做皇帝。"一贵此时,已把昨日的酒话,统共忘记,至此始恍惚记忆起来,便笑道:"昨日乃是酒后狂言,如何作准?"黄殿道:"不能,不能!昨日你已认实,今朝不能图赖。就使你要不做,也不容你不做。"说毕,就命手下开了箱笼,取出黄冠黄袍,把朱一贵改扮起来。一贵道:"你等太会戏弄我了。"黄殿道:"哪个来戏你?"顿时七手八脚,将朱一贵旧服扯去,穿了黄冠黄服,一个贩鸭的小民,居然要他坐在南面,做起强盗大王来了。看官!你道这套黄冠黄袍,是哪里来的?他是从戏子那里借来,暂时

第二十九回　闻寇警发兵平藏卫　苦苛政倡乱据台湾

一穿,还有一套蟒袍宫裙,续行取出。黄殿趋入内室,扶出一个黄脸婆子,教她改装。可怜这黄脸婆子,吓得发抖,哪里敢穿这衣服？黄殿也顾不得什么嫌疑,竟将蟒袍披在黄脸婆子身上,引她至一贵左侧坐下。不与她系宫裙,黄殿未算周到。于是大众取出衣服,一律改扮,穿红着绿,挤作一堆,向朱一贵夫妇叩起头来。煞是好看。弄得朱一贵夫妇受也不是,不受也不是,索性像木偶一般。大家拜毕,竟去外边劫掠,携些金银财帛,做起旗帐,造了军器,占了民房数十间,就揭竿起事。

一夫作俑,万人响应,不到十日,竟招集了数千人。台湾总兵欧阳凯,急议发兵往剿,游击刘得紫素称知兵,至是请行。欧阳凯不许,偏遣一个庞大无能的周应龙,领兵前去。敌寨距府城只三十里,周应龙沿途停止,三十里路,走了三日,敌众依山拒守,应龙也不去攻击,反纵兵焚掠近村。村民大愤,相率从贼。南路奸民杜君英,亦乘此作乱,与朱一贵连合,袭杀凤山参将苗景龙,府城大震。欧阳凯带了刘得紫,及副将许云,率兵一千五百,亲剿一贵,黄殿、李勇、吴外等,出寨迎敌,许云跃马陷阵,贼皆辟易,黄殿等都逃入山中。会水师游击游崇功,亦自鹿耳门入援,欧阳凯大喜,只道是敌众胆落,毫不设备。过了两日,朱一贵、杜君英合军大至,遥见尘头起处,约有数万人马,迤逦前来。清兵先已胆寒,面面相觑。欧阳凯急出抵御,正接仗间,把总杨泰立在欧阳凯背后,忽然跃起,将欧阳凯刺落马下。刘得紫急忙趋救,不防杨泰又一枪刺来,得紫急闪,坐骑已中了一枪,那马负痛蹚地,把得紫掀落地上,也被叛兵擒住。霎时官军大乱,许云、游崇功拦阻不住,贼军又围裹拢来,只得拼命血战。到了日中,矢炮俱尽,各手刃数十人,自刎而亡。

于是水师游击张贤、王鼎等,率兵千余,战舰数十艘,逃出澎湖。台湾道梁文煊,知府王珍等,尽驱港内商舶渔艇,逃出鹿耳门。周应龙逃得更快,竟遁入内地。朱一贵进陷台湾府,大掠仓库,复得郑氏旧贮炮械硝磺铅铁等,非常欢喜。北路奸民赖池、张岳,亦同日陷诸罗县,击杀参将罗万仓,凡七日而全台陷。朱一贵大会部众,犒宴三日,自称中兴王,国号永和,封黄殿为辅国公,兼衔太师,李勇、吴外等为侯,以下封了许多将军总兵。袍服不及裁制,戴了一顶明朝冠,便算了事。里面掳了无数妇女,充作妃嫔。一贵左拥右抱,说不尽的快活。比黄脸婆子何如？台湾百姓,编出一种歌谣道:

　　头戴明朝冠,身衣清朝衣。
　　五月称永和,六月还康熙。

看了这种谣传,朱一贵的王位,恐怕是不稳固了。究竟朱一贵做了几日台湾王，下回再行详叙。

　　达赖转生，明是佛教欺人之说，狡黠诸徒，利用之以揽权势，于是真伪达赖之问题生。内哄未休，外侮已至，卒至全藏大乱，欺人者适以自欺，亦何益乎？清圣祖既遣将平藏，何不于此时设置贤吏，昌明政教，有以移其风而易其俗？乃复送一无知无识之达赖，入藏坐床，平一时之乱或有余，平一世之乱则不足，此所谓敷衍目前之计，无怪其旋平旋乱也。若台湾收入版图，已数十年，芟荆棘、夷溪洞，用夏变夷，推行风教，吾知数十年内，亦可收功。乃所用非人，徒知殃民，不知化民，一贩鸭徒揭竿作乱，仅七日而全台俱陷，何扰乱之速耶？有清一代，惟圣祖最号英明，而于绝域政教，不甚厝意，遑问自郐以下乎？阅本回，应令人叹惜。

第三十回　畅春园圣祖宾天　乾清宫世宗立嗣

　　却说朱一贵既陷台湾，逃官难民，尽至澎湖，澎湖守将，仓猝不知所为，亦尽室登舟，将渡厦门，百姓惊惶得了不得。独守备林亮决计固守，驰赴海滨，拦住官民家眷，不准内渡，人心稍稍镇定。水师提督施世骠，自厦门至澎湖，南澳总兵蓝廷珍，奉闽督檄令，亦至澎湖来会。于是命守备林亮，千总董芳为先锋，率领舰队八千人，直捣鹿耳门。适朱一贵与杜君英争长，自相残杀，确是强盗行为。乡民愤一贵暴掠，又各结民团，保护村落。清兵闻一贵内乱，百姓不附，顿时勇气百倍。到了鹿耳门，岸上大炮迭发，林亮、董芳，冒死直进，遥望岸上炮台，火药累积，林亮饬水兵用炮还击，注射火药，炮声过处，火药上冲，震得海水陡立，天地为昏。那时岸上的守兵，统弹得不知去向。林亮、董芳即舍舟登岸，率兵直入。施世骠、蓝廷珍亦带领大军随进，节节进攻，随剿随抚。看官！你想这等朱一贵、杜君英的混帐东西，哪里敌得住几员虎将？连战连败，连败连走，清兵乘势追杀，直薄台湾城下，东西南北，布满兵队，大炮的声音，镇日不息。朱一贵束手无策，只躲在伪宫内，对了一班王妃王妾，哭泣不止。此时究竟是贩鸭好？是做皇帝好？还是外面的军师黄殿，想了一个劫营的计策，于夜间潜开城门，突击清营，谁知早被蓝廷珍料着，摆了一个空营计，待李勇、吴外等杀入，伏兵一齐掩击，像砍瓜切菜一般。林亮斩了李勇，董芳刺死吴外，只剩了后队的黄殿，急忙逃回，转身一望，城门已闭，城上立着一员大将，不是别人，乃是清游击刘得紫。突如其来。原来刘得紫被杨泰擒去，

第三十回　畅春园圣祖宾天　乾清宫世宗立嗣

献与一贵，一贵颇重得紫名，不去杀他，把他禁住学宫。得紫不食三日，情愿饿死。诸生林皋、刘化鲤，密劝得紫受食，徐图恢复，得紫乃饮食如常。此次黄殿出城劫营，把城中部众，尽行拔出，林、刘二生，遂邀集良民，拥得紫出学宫，闭了城门，请得紫上城拒守。黄殿进退无路，投濠自尽。施世骠下令，降者免死，于是叛众尽降。刘得紫开城迎入，把前情叙说一遍，世骠即令导入伪宫，擒出朱一贵，审问属实，推入囚笼。室内的伪妃伪嫔，统教民间自认，令他带去。做了数日妃嫔，滋味如何？统计清兵攻入鹿耳门，进复台湾府城，也是七日。世骠复分兵搜剿南北两路，擒到杜君英等，与朱一贵槛送北京，一概凌迟处死。千刀万剐之言验了，一贵自思，甘心不甘心？复将弃台逃走的道府厅县，尽行治罪。只王珍已惧罪自尽，命即剖棺枭示。王珍是个首恶，可惜不把他凌迟。施世骠等各邀奖叙，也不必细说了。

　　且说康熙帝因台湾再平，八荒无事，自己又年将七旬，明知风烛草霜，衰年易迈，索性开了一个盛会，凡满、汉在职官员，及告老还乡，得罪被谴的旧吏，年纪六十五以上的人，统召入乾清宫，一一赐宴。这时候，正是康熙六十一年春间，天气晴和，不寒不暖，一班老头儿，团坐两旁，差不多有一千个，围住这个老皇帝，饮起酒来，皇帝又特别加恩，叫他们不要拘谨，大众奉谕，开怀畅饮。酒兴半酣，老皇帝动了诗兴，做成七律诗一首，命与宴诸臣，按律恭和。这班老头儿，把诗文一道，多半束诸高阁，满员是简直未曾用过工夫，至此要他个个吟诗，几乎变成一种虐政，幸亏这班老人有些乖刁，预料这老皇帝召他饮酒，免不得咬文嚼字，因此早打好通关，先与几个能诗作赋的老朋友，商量妥当，请他作了抢替，一面复贿通宫监，托令传递，所以当场都吟成一诗，恭呈御览，虽是好歹不一，总算不至献丑。诗中大意，千首一律，无非是歌功颂德一套烂语。等到诗已做成，日近黄昏，大众散席，谢了圣恩，出宫而去。这场盛宴，叫作千叟宴，康熙帝倒也非常得意。太监得了银子，还要得意。可奈盛筵不再，好景难留，转瞬间已是冬月，大学士九卿等，方拟次年圣寿七旬，预备大庆典礼，谁料天有不测风云，人有旦夕祸福，康熙帝竟生起病来。这场病非同小可，竟是浑身火热，气急异常，太医院内几个医官，轮流入内诊脉，忙个不了。服药数剂，稍稍减退，身子渐觉爽快，气喘也少觉平顺，只是精神衰迈，一时未能回复，所以未便起床。诸皇子朝夕问安，皇四子胤禛，此次侍奉，却不见十分殷勤，每遇夜间，总要到理藩院尚书府内，密谈一回。有何大事。这理藩院尚书名叫隆科多，乃是皇四子的母舅。句中有眼。过了数日，康熙帝病体，又好了一些，因卧床多日，未免烦躁，要出去闲逛一番。皇四子胤禛入奏，父皇要出去散心，不如至畅春园内，地方宽敞，又是近便，最好静养。康熙帝道："这也是好，只冬至郊天期已近了，朕躬不能亲往，命你恭代，须预先斋戒为是。"皇四子胤禛闻了此谕，未免踌躇。为什么事踌躇？康熙帝见他情形，便问道："你敢是不愿去？"胤禛即跪奏道："儿臣安敢违旨，但圣体未安，理应侍奉左右，所以奉命之下，不觉迟疑。"康熙帝道："你的兄弟很多，哪个不能侍奉？你只管出宿斋所，虔诚一点便好。"胤禛无奈，遵旨退出。是夜，又与这个母舅隆科多，密议了一夕大事。

次日，康熙帝到畅春园，诸皇子随驾前往，隆科多本是皇亲，也随同帮护。独皇四子胤禛已去斋所，不在其中。有隆科多作代表，已经够了。又过了数天，康熙帝病症复重，御医复轮流诊治，服了药全然无效，反加气喘痰涌，有时或不省人事，诸皇子都着了忙，只隆科多说是不甚要紧。是夜，康熙帝召隆科多入内，命他传旨，召回皇十四子，只是舌头蹇涩，说到十字，停住一回，方说出四子二字。隆科多出来，即遣宫监去召皇四子胤禛。翌晨，胤禛至畅春园，先见了隆科多，与隆科多略谈数语，即入内请安。康熙帝见他回来，痰又上涌，格外喘急，诸皇子急忙环侍。但见康熙帝指着胤禛说道："好！好！"只此两字，别无他嘱，竟两眼一翻，归天去了。诸皇子齐声号哭，皇四子胤禛，大加哀恸，比诸皇子尤觉凄惨。真耶假耶？

隆科多向诸皇子道："诸阿哥且暂收泪，听读遗诏！"此时诸皇子中，惟允禵远出未归，允礽仍被拘禁，未能擅出奔丧，允祺先已释放，一同在内，听得遗诏二字，先嚷道："皇父已有遗诏么？"隆科多道："自然有遗诏，请诸阿哥恭听！"便即开读道："皇四子人品贵重，深肖朕躬，必能仰承大统，着继朕登基，即皇帝位。"允祺、允禟齐声道："遗诏是真么？"隆科多正色道："谁人有几个头颅，敢捏造遗诏？"于是嗣位已定，皇四子趋至御榻前，复抚足大恸，亲为大行皇帝更衣，可谓诚孝。随即恭奉大行皇帝还入大内，安居乾清宫。丧事大典，悉遵旧章，不必细表。后人有满清宫词一首，纪此事道：

> 新月如钩夜色阑，太医直罢药炉寒。
> 斧声烛影皆疑案，是是非非付史官。

统计康熙帝在位六十一年，守成之中，兼寓创业，南征北讨的事情，上文已经详叙，若讲到内外各大吏，也算是清正的多，贪污的少。自鳌拜伏罪后，后来只有大学士明珠，佐命有功，得康熙帝信任，未免露出骄恣情状，然总不如鳌拜的专横。此外名臣如魏裔介、魏象枢、李光地、汤斌等，都通理学，于成龙、张伯行、熊赐履、张鹏翮、陆陇其等，都守清操，彭孙遹、高士奇、朱彝尊、方苞等，虽没有什么功业，也要算治世文臣，有的通经，有的能文，肚子中含有学问，与一班酒囊饭袋，究竟两样。康熙帝也好学不倦，上自天象地舆音乐法律兵事，下至骑射医药，蒙古西域拉丁文书字母，无乎不窥，无乎不晓；兼且自奉勤俭，待民宽惠，六十年间，蠲租减赋的谕旨，时有所闻，所以全国百姓，统是

第三十回　畅春园圣祖宾天　乾清宫世宗立嗣

畏服；满族中得此奇人，总要算出乎其类，拔乎其萃了。评论确当。

可惜晚年来储位未定，遂致晏驾后，出了一桩疑案。这位秉性阴沉的四阿哥，竟登了大宝，拟定年号是雍正两字，以次年为雍正元年，是为世宗宪皇帝。第一道谕旨，便封八阿哥允禩，十三阿哥允祥为亲王，令与大学士马齐，舅舅隆科多，总理内外事务。第二道谕旨，命抚远大将军允禵，回京奔丧，一切军务，由四川总督年羹尧接续办理。两谕俱有深意，休作闲文看过。

过了残腊，就是雍正元年元日。雍正皇帝升殿，受朝贺礼毕，连下谕旨十一道，饬督抚提镇以下文武各官，大致意思是守法奉公，整躬率物，倘有不法情事，难逃朕衷明察，毋贻后悔！次日复视朝，百官俱至，雍正帝问百官道："昨日元旦，卿等在家，作何消遣。"众官员次第回答，或说饮酒，或说围棋，或说是闲着无事；只有一个侍郎，脸色微赧，听众人俱已答毕，不能再推，只得老老实实的说道："微臣知罪，昨晚与妻妾们玩了一回牌。"雍正帝笑道："玩牌原干例禁，昨日乃是元旦，你又只与家中人消遣，不得为罪。朕念你秉性诚实，毫无欺言，特赏你一物，你持回去，与妻妾并看罢！"说毕，掷下小纸包一个。侍郎拾在手中，谢恩而退；回到家中，遵着上谕，取出御赐的物件，叫妻妾同看；当即拆开纸包，大家一瞧，个个吓得伸舌，复将昨日玩过的纸牌，仔细一检，恰恰少一张。看官试掩卷一猜！应知这纸包中，不是别物，定是昨日所失的一张纸牌儿。那时有一位姨太太道："昨日的纸牌，是我收藏，当时也不及细检，不知如何被皇帝拿去一张？难道当今的圣上，是长手佛转世么？"侍郎道："不要多嘴，以后大家留意便是。"这位姨太太偏要细问，侍郎走出户外，四周围瞧了一番，方入户闭门，对妻妾道："我今日还算大幸，圣上问我昨日的事，我晓得这个圣上，不比那大行皇帝，连忙老实说了，圣上方恕我的罪，赐我这张纸牌；若少许欺骗，不是杀头，便是革职哩！"众妻妾又都伸舌道："有这么厉害！"侍郎道："当今皇上做皇子时，曾结交无数好汉，替他当差办事，这班人藏有一种杀人的利器，名叫血滴子。"说到此处，忽听檐上一声微响，侍郎大惊失色，连忙把头抱住。疑心生暗鬼。众妻妾不知何故，有几个胆小的，忙躲入桌下。歇了半晌，一物从窗中纵入，侍郎越加胆怯，勉强一顾，乃是一只狸斑猫。侍郎至此，不觉失笑，随令众妻妾各归内室。众妻妾经此一吓，也不敢再问这血滴子。

小子恐看官尚未明白，只好补说数语，再入正传。这血滴子是什么东西？外面用革为囊，里面却藏着好几把小刀，遇着仇人，把革囊罩他头上，用机一拨，头便断入囊中，再用化骨药水一弹，立成血水，因此叫做血滴子。这乃雍正皇帝同几位绿林豪客，用尽心机想出来的。

这班绿林豪客的首领，便是四川总督年羹尧，羹尧系富家之子，幼时脾气乖张，专喜耍枪弄棍，他的父亲年遐龄，请了好几个教书先生，教他读书，都被羹尧逐去。后来得了一个名师，能文能武，把羹尧压服，方才学得一身本领。这名师临别赠言，只有"就才敛范"四字。羹尧起初倒也谨佩师训，嗣后与皇四子胤禛结交，受他重托，招罗几个好汉，结拜异姓兄弟，帮助这位皇四子。皇四子就保荐年羹尧，说他材可大用。康熙帝召见，果然是一个虎头燕颔，威风凛凛的人物，遂连次超擢，从百总、千总起，直升至四川总督。皇四子外恃年羹尧，内仗隆科多，竟得了冠冕堂皇的帝位。他恐人心不服，有人害他，遂用了这班豪客，飞檐走壁，刺探人家隐情。抚远大将军允禵，督理西陲军务，是雍正帝第一个对头，不但怕他带兵，还要防他探悉隐情。因此借奔丧为名，立刻调回，令年羹尧继任。上文第二道谕旨，已自表明。至允禵回京后，免不得有点风声闻知，且允禩、允禟辈，又要同他细叙前情，语言之间，总带了三分怨望，谁知早已有人密奏，雍正帝即调往盛京，令他督造皇陵。允禵已去，又降了一道上谕，命总理王大臣道：

贝子允禵，原属无知狂悖，气傲心高，朕屡加训诲，望其改悔，以便加恩，但恐伊终不知改，而朕必欲俟其自悔，则终身不得加恩矣。朕惟欲慰我皇妣皇太后之心，着晋封允禵为郡王，伊从此若知改悔，朕自叠沛恩施，若怙终不悛，则国法具在，朕不得不治其罪。允禵来时，尔等将此旨传谕知之！

这道上谕，真正离奇，既要封他为郡王，又说他什么无知，什么不悛，这是何意？古人说得好："将欲取之，必姑与之。"雍正帝登位，先封允禩为亲王，也是这个用意。不过允禩本得罪先帝，人人晓得他的罪孽，所以加他封爵，绝不多谈。上文第一道谕旨，更自表明。独这允禵，乃先帝爱宠的骄子，前时并没有什么处分，只可先把他无影无踪的罪名，加在身上，一面假作慈悲，封为郡王，令臣民无从推测，然后好慢慢摆布。

过了数月，又想出一个新奇法子，召集总理王大臣及满汉文武官员，齐集乾清宫。大众不知有什么大事，都捏着一把汗。雍正威权，已见一斑。到了宫内，但见雍正皇上，南面高坐，谕众官道："皇考在日，曾立二阿哥为太子，后来废而又立，立而又废。皇考晚年，常闷闷不乐，朕想立储系国家大计，不立不可，明立亦不可。尔等有何妙策？"王大臣齐声道："臣等愚昧，凭圣衷定夺便是！"雍正帝道："据朕想来，建立太子，与一切政治不同。一切政治，须劳大众参酌，立太子的事情，做主子的理应独断。譬如朕有几个皇子，倘必经大众议过，方可立储，恐怕这个王大臣，说是这个阿哥好，那个王大臣，说是那个阿哥好，岂不是筑室道旁，三年不成乎？既如此说，何必召王大臣会议？只是明立太子，又未免兄弟争夺，惹出祸端，朕再三筹画，想出一种变通的法子，将拟定皇储的诏旨，亲写密封，藏在匣内。"说到此处，把头向上面一望，手向上面一指，随即道："便安放在这块正大光明匾额后面，可好么？"诸王大臣等，自然异口同声，都说思虑周详，臣下岂有异议？雍正帝遂命诸臣退出，只留总理事务王大臣在内，自己密书太子名字，封藏匣内，令侍卫缘梯而上，把这锦匣安放匾额后面，总算储位已定。这方匾额，悬在乾清宫正中，正大光明四字，乃是雍正帝御笔亲书，这也不在话下。

总理事务王大臣，只看见这匣子，不晓得里面的名字，究竟是哪一位阿哥，后来雍正帝晏驾，方将此匣取下，开了匣子，才识密旨中写着皇四子弘历，正大光明，恐未必是这样讲法。这弘历是皇后钮祜禄氏所出。相传钮祜禄氏，起初为雍亲王妃，实生女孩，与海宁陈阁老的儿子，是同年同月同日生的。钮祜禄氏恐生了女孩，不能得雍亲王欢心，佯言生男，贿嘱家人，将陈氏男孩儿抱入邸中，把自己生的女孩子，换了出去。陈氏不敢违拗，又不敢声张，只得将错便错，就算罢休。后人也有一首宫词，隐咏这事道：

果然富贵亦神仙，内使传呼敞御筵。
不辨吕嬴与牛马，上方新赐洗儿钱。

立储事已毕，忽接到川督年羹尧八百里紧报，"青海造反"，为这四字，又要劳动兵戈了。看官少憩，待小子续编下回。

本回起首二十行，只结束台湾乱事，不足评论。接续下去，便是清圣祖晏驾事，后人互相推测，议论甚多。或且目世宗为杨广，年羹尧、隆科多为杨素、张衡，事鲜左证，语不忍闻，作书人所以不敢附和也。惟圣祖欲立皇十四子允禵，皇四子窜改御书，将十字改为于字，此则故父老皆能言之，似不为无因。但证诸史录，亦不尽相符。作者折衷文献，语有分寸。至世宗嗣位，开手即鬼鬼祟祟，绘出一种秘密情状，立储，大事也，乃亦以秘密闻，然则天下事亦何在不容秘密耶？司马温公云："事无不可对人言，"清之世宗，事无一可对人言，以视乃父之宽仁，盖相去远矣。

第三十一回　平青海驱除叛酋
　　　　　　　颁朱谕惨戮同胞

却说青海在西藏东北，本和硕特部固始汗所居地，固始汗受清朝册封，第十子达什巴图尔，又受清封为和硕亲王，前文已经表过。应二十九回。达什死,子罗卜藏丹津袭爵。罗卜藏丹津阴谋独立,欲脱清廷羁绊,遂于雍正元年,召集附近诸部,在察罕罗陀海会盟,令各复汗号,不得再遵清廷封册,自己叫作达赖浑台吉,统率诸部。又暗约策妄阿布坦为后援,拟大举入寇。偏是丹津的同族额尔德尼及察罕丹津两人,不愿叛清,被丹津用兵胁迫,两人竟挈众内奔。是时清兵部侍郎常寿,适驻西宁,管理青海事务,因额尔德尼来奔,奏闻清廷。雍正帝尚未探悉隐情,只道是青海内哄,即遣常寿往青海调停。常寿到了青海,丹津不由分说,竟将常寿拘禁起来。川督年羹尧,飞草奏报,奉命授年羹尧为抚远大将军,进驻西宁,四川提督岳钟琪,任奋威将军,参赞军务。年羹尧分兵两路,北路守疏勒河,防丹津内犯,南路守巴塘里塘,阻丹津入藏,又檄巴里坤镇守将军富宁安等,见上第二十九回。出屯吐鲁番,截住策妄援兵。丹津三路援绝,只号召远近喇嘛二十万众,专寇西宁。岳钟琪自四川出发,沿途剿抚,解散丹津党羽,西陲一带,统已廓清,乘势至西宁。遥见西北郭隆寺旁,聚集番僧无数,钟琪即令兵士前进,驱杀番僧。那时番僧并没有十分勇略,不过一点劫掠的伎俩,忽见大军纷至,势甚凶猛,哪里还敢抵敌?呼啸一声,四散奔逃,被岳军追过三条峻岭,焚去十七寨及庐舍七千余,斩首六千级,余众都窜还青海。丹津闻败大惊,送归常寿,奉表请罪。原来是银样镴枪头。清廷不许,益促年羹尧进兵。

　　羹尧拟集兵四万余名,由西宁松潘甘州疏勒河,四面进攻,约于雍正二年四月内出发。岳钟琪请道:"青海地方寥阔,寇众不下十万,我军四路会攻,彼若亦四散诱我,击彼失此,击此失彼,恐要四面受敌哩。愚见不如先期发兵,乘春草未生时,捣其不备,方为上策。"羹尧迟疑未决,钟琪飞驿上奏,并愿率精兵四千,自去杀贼。颇有胆略。雍正帝准奏,把西征事专任钟琪。钟琪遂于二月出师,途次见野兽奔逸,料知前面定有间谍,严阵前行,果遇敌骑数百,四面兜围,杀得一个不剩;复连夜进兵,沿路歼敌数千。于是敌无哨探,钟琪令部兵蓐食衔枚,宵行百六十里,直抵丹津帐外,拔栅而入。这时丹津正抱着两三个番妇,并头睡熟,不料清兵扑至,仓猝之中,扯了一件番妇衣,披在身上,从帐后逃出,骑了白驼,向西北逃去。男装女扮,倒也好看。钟琪一阵追剿,杀毙无数,真个是尸横遍野,血流成渠,一面扫穴犁庭,搜出丹津的弟妹,及敌党头目数十人,头目杀讫,弟妹押解京师,招降男女数万,夺得驼马牛羊器械甲仗无算。自出师至破敌,凡十五日,往返两月,好算奇捷。诏封年羹尧一等公,岳钟琪三等公,勒碑太学,如康熙时征准部例。岳钟琪又进剿余党,以次荡平,先后拔青海地千余里,分其地赐各蒙古,分二十九旗,设办事大臣于西宁,改西宁卫为府城。青海始定。

　　雍正帝既平外寇,复一意防着内讧。这日召舅舅隆科多入内议事,议了

第三十一回　平青海驱除叛酋　颁朱谕惨戮同胞

许久,隆科多始自大内退出。众王大臣闻这消息,料知雍正帝必有举动。到了次日,降旨派固山贝子允䄉往西宁犒师,王大臣亦看不出什么异事。过了两日,又命郡王允䄉巡阅张家口,王大臣也没有什么议论。只是廉亲王允禩未免闷闷不乐。调虎离山,其兆已见。又过了十余日,兵部参奏,"允䄉奉使口外,不肯前往,捏称有旨令其进口,竟在张家口居住"云云。有旨:"着廉亲王允禩议奏。"恶! 允禩复陈,应由兵部速即行文,仍令允䄉前往,并将不行谏阻的长史额尔金,交部议处。有旨:"允䄉既不肯奉差,何必再令前往,额尔金无关轻重,何必治罪,着允禩再议具奏。"专寻着允禩,其意何居? 允禩无法,只得再奏:"允䄉不肯前往,捏旨进口,应革去郡王,逮回交宗人府禁锢。"于是雍正帝批交诸王贝勒贝子公,及议政大臣,速议具奏。诸王大臣已俱知圣意,不得不火上添油,井中投石,把一个郡王,逮回圈禁宗人府去了。拿了一个。允䄉罪状已定,不料宗人府又上一本,弹章内称:"贝子允䄉,差往西宁,擅自遣人往河州买草,踏看牧地,抗违军法,横行边鄙,请将允䄉革去贝子,以示惩儆。"当即奉旨:"允䄉革去贝子,安置西宁。"拿下两个。

是年冬月,废太子允礽,忽在咸安宫感冒时症,雍正帝连忙着太医诊治,复派舅舅隆科多,前往探问。废太子见了隆科多愈加气恼,病势日增,服药无效。雍正帝又许他入内侍奉,不到十天,废太子竟死了。雍正帝立即下旨,追封允礽为和硕理密亲王,又封弘晳母为理亲王侧妃,命弘晳尽心孝养。理亲王侍妾曾有子女者,俱令禄赡终身。又亲往祭奠,大哭一场。并封弘晳为郡王。一班拍马屁的王大臣,都说圣上仁至义尽,就是雍正帝自说:"二阿哥得罪皇考,并非得罪朕躬,兄弟至情,不能自已,并非为邀誉起见。"吾谁欺,欺天乎? 只郡王弘晳奉了遗命,在京西郑家庄辟一所私第,奉母宁居,不闻朝事,总算一个明哲保身的贵胄。

雍正三年春,廉亲王允禩、怡亲王允祥、大学士马齐、舅舅隆科多,奏辞总理事务职任,得旨照允,惟廉亲王允禩怀挟私心,遇事阻挠,不得议叙。看官! 试想人非木石,哪有不知恩怨的道理? 这雍正帝对待兄弟,这般寡恩,这般树怨,自然那兄弟们满怀忿恨,也想报复,偏这雍正帝刻刻防备,凡允禩、允䄉、允䄉、允禵的秘密行为,令随带血滴子的豪客,格外留心侦察。一日,西宁探客来报,说:"九阿哥允䄉在西宁,用西洋人穆经远为谋主,编了密码,与允禩往来通递,大约是蓄谋不轨,请圣上密防!"随呈上一封密函,乃是九阿哥与八阿哥的书信,被探客窃取得来。雍正帝反复观看,任你聪明伶俐,恰是一句不懂;当即收藏匣中,令探客再去细察。又一日,盛京探客亦到,报称:"十四阿哥允禵,督守陵寝,有奸民蔡怀玺,到院投书,称允禵为真主,允禵并不罪他,反将书上要紧字样,裁去涂抹,所以特来报闻。"雍正帝夸奖一番,打发去讫。这个探客已去，那个探客又来，据言："八阿哥允禩，日夜诅咒，求皇上速死。"雍正帝勃然大怒，诏大学士等撰文，告祭奉先殿，削允禩王爵，幽禁宗人府，移允禵禁保定，逮回允䄉治罪。复阴令廷臣上本参奏，不到数天，参劾允禩、允禟、允䄉的奏章，差不多有数十本。隆科多等尤为着力，胪陈罪状，允禩四十大罪，允禟二十八大罪，允禵十四大罪，俱乞明正典刑。雍正帝恰令诸王大臣，再三复议。诸王大臣再三力请，尧曰宥之三，皋陶曰杀之三，本出苏东坡论说，想雍正帝定是读过，所以作此情状。方才下旨，把允禩、允禟削去宗籍，允䄉拘禁，改允禩名为阿其那，允禟名为塞思黑。"阿其那"、"塞思黑"等语，乃是满洲人俗话，"阿其那"三字译作汉文，就是猪。"塞思黑"三字译作汉文，就是狗。还有数道长篇大论的朱谕，小子录不胜录，只好将着末这一道，录供众览如下：

　　我皇考聪明首出，文武圣神，临御六十余年，功德隆盛，如征三藩，平朔漠，皆不动声色，而措置帖然。凡属凶顽，无不革面洗心，望风响化。而独是诸子中，有阿其那、塞思黑、允䄉者，奸邪成性，包藏祸心，私结党援，妄希大位，如鬼如蜮，变幻千端，皇考曲加矜全宽宥之恩，伊等并无感激悔过之意，以致皇考震怒，屡降严旨切责，忿激之语，凡为臣子者，不忍听闻。圣躬因此数人，每忧愤感伤，时为不豫，朕侍奉左右，安慰圣怀，十数年来，费尽苦心，委曲调剂，此诸兄弟内廷人等所共知者。及朕即位，以阿其那实为匪党倡首之人，伊若感恩，改过自新，则群邪无所比暱，党与自然解散，是以格外优礼，晋封王爵，推心任用。且知其素务虚名，故特奖以诚孝二字，鼓舞劝勉之。盖朕心实望其迁善改过也。乃伊办理事务，怀私挟诈，过犯甚多，朕俱一一宽免，未罚伊一人之俸，未治伊家下一人之罪，亦始终望其迁善改过耳。迄今三年有余，而悖逆妄乱，日益加甚，时以蛊惑人心，扰乱国政，烦朕心激朕怒为事。而公廷之上，诸王大臣之前，竟至指誓天日，诅咒不道，不臣之罪，人人发指。朕思此等凶顽之人，不知德之可感，或知法之可畏，故将伊革去王爵，拘禁宗人府，而阿其那反向人云："拘禁之后，我每饭加餐，若全尸以殁，我心断断不肯。"似此悖逆之言，实意想所不到，古今所罕有也。总之伊自知从前所为之事，久为朕心洞悉，且为天地所必诛，扪心自问，殊无可赦之理，遂以伊毒忍之性度朕，故为种种桀骜狂肆之行，以激朕怒，但欲朕置伊于法，使天下不明大义之人，或生议论，致朕之声名，有损万一，以快其不臣之心，遂其怨望之意。朕受皇考付托之重，统御寰区，一民一物，无不欲其得所，以共享皇考久道化成之福，岂于兄弟手足，而反忍有伤残之念乎？且朕昔在藩邸时，光明正大，诸兄弟才识，实不及朕，待朕悉皆恭敬尽礼，不但不敢侮慢，并无一语争竞，亦无一事猜嫌，此历来内外皆知者，不待朕今

第三十一回　平青海驱除叛首　颁朱谕惨戮同胞

日粉饰过言也。今登大位，岂忽有藏怒匿怨之事，而欲修报复乎？无奈朕昆弟中，有此等大奸大恶之徒，而朕于家庭之间，实有万难万苦之处，不可以德化，不可以威服，不可以诚感，不可以理喻，朕展转反复，无可如何，含泪呼天，我皇考及列祖在天之灵，定垂昭鉴。阿其那与塞思黑、允禵、允䄉、允䄎结为死党，而阿其那阴险诡谲，实为罪魁；塞思黑之恶，亦与相等；允禵等狂悖糊涂，受其笼络，听其指挥，遂至胶固而不解。总之此数人者，希冀非分，密设邪谋，贿结内外朋党，煽惑众心，行险徼幸之辈，皆乐为之用，私相推戴，而忘君臣之大义。此风渐积，已二十余年，惟朕知之最详最确。若此时不将朕所深知灼见者，分晰宣谕，晓示天下，垂训后人，将来朕之子孙，欲明晰此逆党之事，恐年岁久远，或有怀挟私心之辈，借端牵引，反致无罪之人，枉被冤抑。况朕之所深知者，在廷诸臣，未必能尽知之，三年以来，朕遇便则备悉训示，明指伊等居心行事之奸险；今在廷诸臣，虽知之矣，而天下之人，未必能知之。此是非邪正，所关甚大，朕所以不得不反复周详，剖悉晓谕也。诸王大臣胪列阿其那、塞思黑、允禵各款，合词纠参，请正典刑以彰国法，参劾之条，事事皆系实迹，而奏章中所不能尽者，尚有多端，难以悉数。今诸王大臣以邪党不翦，奸宄不除，恐为宗社之忧，数次力引大义灭亲之请者，固为得理，但朕受皇考付托之重，而手足之内，遭遇此等逆乱顽邪，百计保全而不得，实痛于衷，不忍于情。然使姑息养奸，优柔贻患，存大不公之私心，怀小不忍之浅见，而不筹及国家宗社之长计，则朕又为列祖列宗之大罪人矣。允禔、允礽、允禩，虽属狂悖乖张，尚非首恶，已皆拘禁，冀伊等感发天良，悔改过恶。至阿其那复塞思黑治罪之处，朕不能即断，俟再加详细熟思，颁发谕旨，可将诸王大臣等所奏，及朕此旨颁示中外，使咸知朕万难之苦衷，天下臣工，自必谅朕为久安长治之计，实有不得已之处也。特谕。"

这谕下后，不到数日，顺承郡王锡保入奏，阿其那死了。雍正帝故作惊讶道："阿其那有什么重病，竟致身死？看守官也太不小心，既见阿其那有病，为何不先报知？"锡保道："据看守官说，昨日晚餐，阿其那还好好儿吃饭，不料到了夜间，暴疾而亡。"雍正帝顿足道："朕想他改过迁善，所以把他拘禁，不忍加诛，谁知他竟病死了。"正嗟叹间，宗人府又来报道："塞思黑在保定禁所，亦暴疾身死。"雍正帝叹道："想是皇考有灵，不是皇考乃是血滴子。把二人伏了冥诛，若使不然，他二人年尚未老，为什么一同去世呢？"次日，诸王大臣合词奏请，阿其那、塞思黑逆天大罪，应戮尸示众，其妻子应一律正法。同党允禩、允䄉亦应斩决。允禔、允禧等即果不法，究是雍正帝兄弟，允禔、允禧已死，允禩、允䄉不过残喘苟延，诸王大臣还要奏请斩决，连妻子都要正法，若非暗中唆使，哪有这般大胆？奉旨："阿其那、塞思黑已伏冥诛，应毋庸议！其妻子从宽免诛，逐回母家，严加禁锢。允䄉、允䄉䄉，尚非首恶，暂缓上法，后再定夺。"王大臣等见了此旨，方不再奏。后人有诗咏此事道：

> 阿其那与塞思黑，煎豆燃萁苦不容。
> 玄武门前双折翼，泰陵毕竟胜唐宗。

允禩、允禟死后，雍正帝已除内患，复想出一种狠毒的手段，连年羹尧、隆科多一班人物，也要除灭了他，这真算是辣手。下回表明一切，请看官往后续阅。

荡平青海，功由岳钟琪，年羹尧第拱手受成而已，封为一等公，酬庸何厚？且闻其父年遐龄，亦晋公爵，其长子斌列子爵，次子富列男爵，赏浮于功，宁非别有深意耶？后人谓世宗之立，内恃隆科多，外恃年羹尧，不为无因。作者既于前回表明，本回第据事直叙，两两对勘，已见隐情。若允禩、允禟等，不过于圣祖在日，潜谋夺嫡而已，世宗以计得立，即视之若眼中钉，始则虚与委蛇，继则屡加呵责，匪惟斥之，且拘禁之；匪惟禁之，且暗杀之。改其名曰阿其那，曰塞思黑，曾亦思阿其那、塞思黑为何人之子孙？自己又为何人之子孙乎？辱其兄弟，与辱己何异，与辱及祖考又何异。虽利口喋喋，多见其忍心害理而已。作者仅录硃谕一道，已如见肺肝，王大臣辈无讥焉。

第三十二回　兔死狗烹功臣骈戮　鸿雁鱼网族姓株连

却说抚远大将军年羹尧，本是雍正帝的心腹臣子，青海一役，受封一等公；其父遐龄，亦封一等公爵，加太傅衔，赐缎九十匹；长子斌封子爵；次子富亦封一等男，古人说得好："位不期骄，禄不期侈"，年羹尧得此宠遇，未免骄侈起来。况他又是雍正帝少年朋友，并有拥戴大功，自思有这个靠山，断不至有意外情事，因此愈加骄纵。平时待兵役仆隶，非常严峻，稍一违忤，立即斩首。他请了一个西席先生，姓王字涵春，教幼子念书，令厨子、馆僮，侍奉维谨。一日，饭中有谷数粒，被羹尧察出，立即处斩。又有一个馆僮，捧水入书房，一个失手，把水倒翻，巧巧泼在先生衣上，又被羹尧看出，立拔佩刀，割去馆僮双臂。吓得这位王先生，日夜不安，一心只想辞馆，怎奈见了羹尧，又把话儿噤住，恐怕触忤东翁，也似厨子、馆僮一般，战战兢兢，过了三年，方得东翁命令，叫幼子送师归家。这位王先生，离开这阎罗王，好像得了恩赦，匆匆回家；到了家门，蓬荜变成巨厦，陋室竟作华堂，他的妻子，出来相迎，领着一群丫头使女，竟是珠围翠绕，玉软香温，弄得这位王先生，茫无头绪，如在梦中。后经妻子说明，方知这场繁华，统是东家年大将军，背地里替他办好，真是感激不尽。那位年少公子，奉了父命，送师至家，王先生知他家法森严，不敢叫他中道折回；到了家中，年公子呈上父书，经先生拆阅，乃是以子相托，叫幼子居住师门，不必回家。先生越发奇怪，转想年大将军既防不测，何不预先辞职，归隐山林？这真不解！其实羹尧总难免一死，即使归隐，亦恐雍正不肯放过。当时亦不便多嘴，便将来书交年公子自阅。公子阅毕，自然遵了父命，留住不归。先生也自然格外优待，且不必说。

只年将军总是这般脾气，喜怒无常，杀戮任性，起居饮食，与大内无二，督抚提镇，视同走狗，在西宁时，见蒙古贝勒七信的女儿，姿色可人，遂不由分说，着兵役抬回取乐，一面令提督吹角守夜，提督军门，总道他得了娇娃，无暇巡察，差了一个参将，权代守夜。谁知这位年大将军，精神正好，上了一次舞台。又起身出营巡逻，见守夜的乃是参将，并不是提督，遂即回营，把提督、参将，一齐传到，喝令斩决示众。但他既残忍异常，如何军心这般畏服？他杀人原是厉害，他的赏赐，也比众不同，一赐千万，毫不吝惜，所以兵士绝不谋变。惟这赏钱从哪里得来？未免纳贿营私，冒销滥报。雍正帝未除允禩、允禟等人，虽闻他种种不法，还是隐忍涵容，等到允禩、允禟，已经拘禁，他索性把同与秘谋的人，也一律处罪，免得日后泄漏。手段真辣。一日下谕，调年羹尧为杭州将军，王大臣默窥上意，料知雍正帝要收拾羹尧，便合词劾奏。雍正帝大怒，连降羹尧十八级，罚他看守城门。他在城门里面，守得格外严密，任你王孙公子，丝毫不肯容情，因此挟怨的人，愈沿愈多。王大臣把他前后行为，一一参劾，有几条是真凭实据，有几条是周内深文，共成九十二大罪，请即凌迟处死。还是雍正帝记念前劳，只令自尽，父子等俱革职了事。惟年富本不安本分，着即处斩，所有家产，抄没入官。

年羹尧已经伏法，还有隆科多未死，雍正帝又要处治他了。都察院先上书纠劾隆科多，说他庇护年羹尧，例应革职。得旨："削去太保衔，职任照旧。"嗣刑部又复上奏，劾他挟势婪赃，私受年羹尧等金八百两，银四万二千二百两，应即斩决。有旨："隆科多才尚可用，恰是有才。免其死罪，革去尚书，令往理阿尔泰边界事务。"隆科多去后，议政王大臣等，复奏隆科多私钞玉牒，存贮家中，应拿问治罪。奉旨准奏，即着缇骑逮回隆科多，饬顺承郡王锡保密审，锡保遵旨审讯，提出罪案，质问隆科多。隆科多道："这等罪案，还是小事，我的罪实不止此。只我乃是从犯，不是首犯。"锡保道："首犯是哪一个？"隆科多道："就是当今皇上。"锡保道："胡说！"隆科多道："你去问他，哪一件不是他叫我做的。他已做了皇帝，我等自然该死。"仿佛隋朝的张衡。锡保不敢再问，便令将隆科多拘住，一面锻炼成狱，说他大不敬罪五件，欺罔罪四件，紊乱朝政罪三件，奸党罪六件，不法罪七件，贪婪罪十七件，应拟斩立决，妻子为奴，财产入官。雍正帝特别加恩，特下谕旨道：

隆科多所犯四十款重罪，实不容诛，但皇考升遐之日，召朕之诸兄弟，及隆科多入见，面降谕旨，以大统付朕。是大臣之内，承旨者惟隆科多一人，不宵自认。今因罪诛戮，虽于国法允当，而朕心实有所不忍。隆科多忍负皇考及朕高厚之恩，肆行不法，朕既误加信任于初，又不曾严行禁约于继，惟有朕身引过而已。在隆科多负恩狂悖，以致臣民共愤，此伊自作之孽，皇考在天之灵，必昭鉴而默诛之。何不用血滴子？隆科多免其正法，于畅春园外，附近空地，造屋三间，永远禁锢。伊之家产，何必入官，其妻子亦免为奴。伊子岳兴阿着革职，玉桂着发往黑龙江当差。钦此。

雍正帝本是个刻薄寡恩的主子，喜怒不时，刑赏不测，他于年羹尧、隆科多二人，一令自尽，一饬永禁，惟家眷都不甚株累，分明是纪念前功，格外矜全的意思。只前回说这年大将军，系血滴子的首领，此次年将军得罪，难道这种侠客，不要替他复仇么？据故老传说：雍正帝既灭了允禩、允禟一班兄弟，复除了年羹尧、隆科多一班功臣，他想内外无事，血滴子统已没用，索性将这班豪客，诱入一室，阳说饮酒慰劳，暗中放下毒药，一古脑儿把他鸩死，绝了后患，所以血滴子至今失传。这种遗闻，毕竟是真是假，小子无从证实，姑遵了先圣先师的遗训，多闻阙疑便了。

只是年羹尧案中，还牵连文字狱两案：浙人汪景祺，作西征随笔，语涉讥讪，年羹尧不先奏闻，目为大逆罪，把汪景祺立即斩决，妻子发往黑龙江为奴；还有侍讲钱名世，作诗投赠年羹尧，颂扬平藏功德，谄媚奸恶，罪在不赦，革去职衔，发回原籍，榜书"名教罪人"，悬挂钱名世居宅，总算是格外宽典。此外文字狱，亦有数种：江西正考官查嗣庭，出了一个试题，系《大学》内"维民所止"一语，经廷臣参奏，说他有意影射，作大逆不道论。小子起初也莫名其妙，后来觅得原奏，方知道他的罪证，原奏中说"维"字"止"字，乃"雍"字"正"字下身，是明明将"雍正"二字，截去首领，显是悖逆。可怜这正考官查嗣庭未曾试毕，立命拿解进京，将他下狱，他有冤莫诉，气愤而亡。还要把他戮尸枭示，长子坐死，家属充军。欲加之罪，何患无辞！又有故御史谢济世，在家无事，注释《大学》，不料被言官闻知，指他毁谤程、朱，怨望朝廷。顺承郡王锡保参

第三十二回　兔死狗烹功臣骈戮　鸿雁鱼网族姓株连

了一本，即令发往军台效力。这个谢济世竟病死军台，不得生还。秦皇焚书坑儒，亦是此意。相传雍正年间，文武官员，一日无事，使相庆贺，官场如此，百姓可知，这真叫法网森严呢。

另有一种案子，比上文所说的，更是重大，待小子详细叙来：浙江有个吕留良，表字晚村，他生平专讲种族主义，隐居不仕。大吏闻他博学，屡次保荐，他却誓死不去。家居无事，专务著作，到了死后，遗书倒也不少，无非论点夷夏之防，及古时井田封建等语。当时文网严密，吕氏遗书，不便刊行，只其徒严鸿逵、沈在宽等，抄录成编，作为秘本。湖南人曾静，与严、沈两人，往来投契，得见吕氏遗著，击节叹赏。寻闻雍正帝内诛骨肉，外戮功臣，清宫里面，也有不干不净的谣传。他竟发生痴想，存了一个尊攘的念头。中了书毒。他有个得意门生，姓张名熙，颇有胆气，曾静与他密议，张熙道："先生之志则大矣，先生之号则不可。"曾静道："《春秋》大义，内夏外夷，若把这宗旨提倡，哪有不感动人心？你如何说是不可？"张熙道："滔滔者，天下皆是也，靠我师生两个，安能成事？"曾静道："居！吾语汝！"满口经书，确是两个书癫子。遂与张熙耳语良久。张熙仍是摇头，曾静道："他是大宋岳忠武王后裔，难道数典忘祖么？况满廷很加疑忌，他亦昼夜不安，若有人前往游说，得他反正，何愁大业不成？"张熙道："照这样说来，倒有一半意思，但是何人可去？"曾静道："明日我即前往。"张熙道："先生若去，吉凶难卜，还是弟子效劳为是。"有事弟子服其劳，张熙颇不愧真传。曾静随写好书信，交与张熙，并向张熙作了两个长揖，张熙连忙退避。次日，张熙整顿行装，到业师处辞行。曾静送出境外，复吩咐道："此行关系圣教，须格外郑重！"迂极。张熙答应，别了曾静，径望陕西大道而去。

这时川陕总督正是岳钟琪，张熙昼行夜宿，奔到陕西，问明总督衙门，即去求见。门上兵役，把他拦住，张熙道："我有机密事来报制军，敢烦通报。"便取出名帖，递与兵役。由兵弁递进名帖，钟琪一看，是湖南靖州生员张熙八个小字，随向兵弁道："他是个湖南人氏，又是一个秀才，来此做什么？不如回绝了他！"兵弁道："据他说有机密事报闻，所以特地前来。"钟琪道："既如此，且召他进来！"兵弁出去一会，就带了张熙入内。张熙见了岳钟琪只打三拱，钟琪也不与他计较，便问道："你来此何干？"张熙取出书信，双手捧呈。钟琪拆阅一周，顿时面色改变，喝令左右将张熙拿下。左右不知何故，只遵了总督命令，把张熙两手反绑。张熙倒也不甚惊惧，钟琪便出坐花厅，审问张熙，两旁兵弁差役，齐声呼喝，当将张熙带进，令他跪下。钟琪道："你这混帐东西，敢到本部堂处献书，劝本部堂从逆，正是不法已极，只我看你一个书生，哪有这般大胆，究竟是被何人所愚，叫你投递逆书？你须从实招来，免受刑罚！"张熙微笑道："制军系大宋忠武王后裔，独不闻令先祖故事么？忠武王始终仇金,晓明攘夷大义,虽被贼臣构陷,究竟千古流芳。公乃背祖事仇,宁非大误,还请亟早变计,上承祖德,下正民望,做一番烈烈轰轰的事业,方不负我公一生抱负。"钟琪大喝道:"休得胡说!我朝深恩厚泽,浃髓沦肌,哪个不心悦诚服?独你这个逆贼,敢来妄言。如今别话不必多说,但须供出何人指使,何处巢穴。"张熙道:"扬州十日,嘉定三日,这是人人晓得的故事,我公视作深恩厚泽,真正奇闻。我自读书以来,颇明大义,内夏外夷,乃是孔圣先师的遗训,如要问我何人指使,便是孔夫子,何处巢穴,便是山东省曲阜地方,所供是实。"诙谐得妙。钟琪道:"你不受刑,安肯实供?"喝左右用刑。早走上三四个兵役,把张熙揿翻,取过刑杖,连挞臀上,一五一十的报了无数,连臀血都浇了出来。张熙只连叫孔夫子,孔老先生,终没有一句实供。钟琪复命左右加上夹棍,这一夹,比刑杖厉害得多,真是痛心彻肺,莫可言状。张熙大声道:"招了,招了。"兵役把夹棍放宽,张熙道:"不是孔夫子指使,乃是宋忠武王岳飞指使的。"妙语。钟琪连拍惊堂木,喝声快夹。兵役复将夹棍收紧,张熙哼了一声,晕绝地上。兵役忙把冷水喷醒,钟琪喝问实供不实供?张熙道:"投书的是张熙,指使的亦是张熙,你要杀就杀,要剐就剐。哼、哼、哼!我张熙倒要流芳百世,恐怕你岳钟琪恰遗臭万年。"钟琪暗想道:"我越用刑,他越倔强,这个蠢汉,不是刑罚可以逼供的。"当命退堂,令将张熙拘入密室。

过了两夕,忽有一个湖南口音,走入张熙囚室内,问守卒道:"哪个是张先生?"守卒便替他指引,与张熙照面。张熙毫不认识,便是那人开口道:"张兄久违了!"张熙不觉惊异起来。那人道:"小弟与张兄乃是同乡,只与张兄会过一次,所以不大相识。"张熙问他姓名。那人道:"此处非讲话之所。惟闻张兄创伤,特延伤科前来医治,待张兄伤愈,再好细谈。"说毕,便引进医生,替他诊治,外敷内补,日渐痊可。那人复日夕问候,张熙感他厚谊,一面道谢,一面问他来历。那人自说现充督署幕宾,张熙越加惊疑。那人并说延医诊治,亦是奉制军差遣,张熙道:"制军与我为仇,何故医我创伤?"那人起身四瞩,见左右无人,便与张熙附耳道:"前日制军退堂,召我入内,私对我说道:'你们湖南人,颇是好汉。'我当时还道制军不怀好意,疑我与张兄同乡,特来窥探,我便答道:'这种人心怀不轨,有什么好处?'制军恰正色道:'他的言语,倒是天经地义,万古不易,只他未免冒失,哪里有堂堂皇皇,来投密书,我只得把他刑讯,瞒住别人耳目,方好与他密议。'随央我延医诊治。我虽答应下来,心里终不相信,所以次日未来此处。处处反说,不怕张熙不入彀中。不意到了夜间,制军复私问延医消息,并询及张兄伤痕轻重如何?我又答道:'此事请制军三思,他日倘传将出去,恐怕未便,况当今密探甚多,总宜谨慎为是。'制军怅然道:'我道你与他同乡,不论国防,也须顾点乡谊,你却如此胆小,圣言微义,从此

第三十二回　兔死狗烹功臣骈戮　鸿雁鱼网族姓株连

湮没了。'随又取出张兄所投的密书,与我瞧阅,说着:'书中语语金玉,不可轻视。'我把书信阅毕,缴还制军,随答道:'据书中意思,无非请制军发难,恐怕未易成功。'这一句话,恼了制军性子,顿时怒容满面道:'我与你数年交情,也应知我一二,为什么左推右阻?'我又答道:'据制军意见,究属如何?'制军道:'我是屡想发难,只惜无人帮助,独木不成林,所以隐忍未发,若得写书的人,邀作臂助,不患不成。你且将张某医好,待我前去谢罪,询出写书人姓字,前去聘他方好。'又叫我严守秘密,我见制军诚意,并因张兄同乡,所以前来问候。"张熙听他一派鬼话,似信非信,便道:"制军如果有此心,我虽死亦还值得。但恐制军口是心非。"那人便接口道:"现今皇上也很疑忌制军,或者制军确有隐衷,也未可知。"故作腾挪之笔,可谓善铺。说毕辞去。

　　隔了一宿,那人竟与岳制军同至密室。岳制军谦恭得了不得,声声说是恕罪;又袖出人参二支,给他调养,并说道:"本拟设席压惊,只恐耳目太多,不便张皇,还请先生原谅!"叙了许久,也不问起写书人姓字,作别而去。嗣后或是那人自来,或是制军同至,披肝露胆,竭尽真诚。张熙被他笼住,不知不觉的把曾静姓名,流露出来。岳钟琪当即飞奏,并移咨湖南巡抚王国栋,拿问曾静。雍正帝立派刑部侍郎杭奕禄,正白旗副都统海兰,到湖南会同审讯。曾静供称生长山僻,素无师友,因历试州城,得见吕留良评论时文,及留良日记,因此倾信。又供出严鸿逵、沈在宽等,往来投契等情。杭奕禄等据供上闻,雍正帝复飞饬浙江总督李卫,速拿吕留良家属,及严鸿逵、沈在宽一干人犯,并曾静、张熙,一并押解到京,命内阁九卿谳成罪案。留良戮尸,遗书尽毁。其子毅中处斩,鸿逵已病殁狱中,亦令枭首。在宽凌迟处死。罪犯家属,发往黑龙江充军。曾静、张熙,因被惑讹言,加恩释放。惟将前后罪犯口供,一一汇录刊布,冠以圣谕,取名大义觉迷录,颁行海内,留示学宫。可怜吕留良等家眷,被这虎狼衙役,牵的牵,扯的扯,从浙江到黑龙江,遥遥万里,备极惨楚,单有一个吕四娘,乃留良女儿,她却学成一身好本领,奉着老母,先日远飏去了。小子凑成七绝一首道:

　　　　文字原为祸患媒,不情惨酷尽堪哀。
　　　　独留侠女高飞去,他日应燃死后灰。

　　雍正帝既惩了一干人犯,复洋洋洒洒的下了几条谕旨,小子不暇遍录,下回另叙别情。

　　年羹尧、隆科多二人,与谋夺嫡,罪有攸归,独对于世宗,不为无功。世宗杀之,此其所以为忍也。且功成以后,不加裁抑,纵使骄恣,酿成罪恶,然后刑戮有名，斯所谓处心积虑成于杀者。读禁隆科多谕旨，不啻自供实迹。言为心声，欲盖弥彰，矫饰亦奚益乎？文狱之惨，亦莫过于世宗时，一狱辄株连数十百人，男子充戍，妇女为奴，何其酷耶？本回于雍正帝事，仅叙其大者，此外犹从阙略，然已见专制淫威，普及臣民，作法于凉，必致无后。吕嬴牛马，亶其然乎？

第三十三回　畏虎将准部乞修和
　　　　　　望龙髯苗疆留遗恨

却说罗卜藏丹津远窜后，投奔准噶尔部，依策妄阿布坦。清廷遣使索献，策妄不奉命。是时西北两路清军，已经撤回，惟巴里坤屯兵，仍旧驻扎。雍正五年，策妄死，子噶尔丹策零立，狡黠好兵，不亚乃父。雍正帝拟兴师追讨，大学士朱轼，都御史沈近思，都说时机未至，暂缓用兵，独大学士张廷玉，与上意相合。乃命傅尔丹为靖逆大将军，屯阿尔泰山，自北路进，岳钟琪为宁远大将军，屯巴里坤，自西路进，约明年会攻伊犁。雍正帝亲告太庙堂子，随升太和殿，行授钺礼，并亲视大将军等上马启行。是日天本晴朗，忽然阴云四合，大雨倾盆，旌纛不扬，征袍皆湿。不祥之兆。沿途露餐风宿，到了汛地，驻扎数月。会罗卜藏丹津，与族属舍楞，谋杀噶尔丹策零，夺据准部。事泄，丹津被执。身作寓公，还想吞灭主人翁，真正该死！噶尔丹策零遣使特磊到京，愿执丹津来献。于是有旨令两大将军暂缓出师，回京面授方略。令提督纪成斌，副将军巴赛，分摄两路军事。不料噶尔丹策零闻将军召还，竟遣兵二万，入袭巴里坤南境科舍图牧场，抢夺牲畜。纪成斌仓卒无备，不及赴援，幸亏总兵樊廷、副将冶大雄，急率二千兵驰救。总兵张元佐亦领兵来会。力战七昼夜，方杀退敌众，夺回牲畜大半。诏奖樊廷、张元佐等，降纪成斌为副将，仍令傅尔丹、岳钟琪各赴军营。

傅尔丹容貌修伟，颇有雄纠气象，无如徒勇寡谋，外强中干。一个绣花枕头。先是与岳钟琪同时出师，沿途扎营，两旁必列刀槊，钟琪问他何用？傅尔丹道："这种刀槊，统是我的家伙，摆立两旁，所以励众。"钟琪微笑，出了营，语自己的将佐道："将在谋不在勇，徒靠这个军器，恐不中用。这位傅大将军，未免要临阵蹉跌呢！"此次奉命再出，亟至科尔多，策零遣大小策零敦多布，率兵三万，进至科尔多西边博克托岭。傅尔丹闻报，命部将往探，捉住番兵数名回来，由傅尔丹讯问。番兵答道："我军前队千余人，已至博克托岭，带有驼马二万只，后队现尚未到。"傅尔丹道："你等愿降否？"番兵道："既已被捉，如何

第三十三回　畏虎将准部乞修和　望龙髯苗疆留遗恨　663

不降？"傅尔丹大喜，令为前导，即发兵万人随袭敌营。忽有数人入谏道："降兵之言不可信，大帅宜慎重方好！"傅尔丹视之，乃是副都统定寿、永国、海寿等人，便道："你等何故阻挠？"开口便说他阻挠，活肖卤莽形状。定寿道："行军之道，精锐在先，辎重在后，断没有先后倒置的道理，况据降兵报称，敌兵前队，只千余名，驼马恰有二万头，这等言语，显是不情不实，请大帅拷讯降卒，自得真供。"已经道破，人人可晓，偏这傅尔丹不信。傅尔丹叱道："他已愿降，如何还要拷讯？就使言语不实，他总有兵马扎住岭上，我去驱杀一阵，逐退贼兵，亦是好的。"总是恃勇轻敌。便令副将军巴赛，率兵万人先进，自率大兵接应。巴赛挑选精骑四千，跟降卒前行，作为先锋，三千为中军，三千为后劲，勒马衔枚，疾趋博克托岭。去寻死了。到了岭下，望见岭上果有驼马数十头，番兵数十名，巴赛忙驱兵登岭，番兵立刻逃尽，剩下驼马，被清兵获住。是钓鱼的红曲蟮。复向岭中杀入，山谷间略有几头驼马，四散吃草，仍是诱敌。前锋不愿劫夺，大抵嫌少。只管疾行。后队见有驼马，争前牵勒，猛听得胡笳远作，番兵漫山而来。巴赛亟想整队迎敌，各兵已自哗乱，霎时毡裘四合，把清兵前后隔断，前锋到和通泊陷入重围，只望后队援应，后队的巴赛又望前队回援，两不相顾，大众乱窜。番兵趁这机会，万矢齐射，清兵前锋四千名陷没和通泊，巴赛身中数箭，倒毙谷中。六千人不值番兵一扫，荡得干干净净。

　　这时候，傅尔丹已到岭下，暂把大兵扎住，拟窥探前军情形，再定进止。忽见番兵乘高而下，呼声震天，傅尔丹亟命索伦蒙古兵抵御，科尔沁蒙古兵，悬着红旗，土默特蒙古兵，悬着白旗，白旗兵争先陷阵，红旗兵望后遁走。索伦兵惊呼道："白旗兵陷没，红旗兵退走了。"各军队闻了此语，吓得心惊胆战，你也逃，我也走，只恨爹娘少生两条腿子，拚命乱跑。傅尔丹惊惶失措，也只得且战且走。勇在哪里？番兵长驱掩杀，击毙清兵无数，伤亡清将十余员，只傅尔丹手下亲兵二千名，保住傅尔丹逃回科尔多。番兵俘得清兵，用绳穿胫，盛入皮囊内，系在马后，高唱胡歌而去。清兵都做了入网之鱼。

　　败报传到北京，雍正帝急命顺承郡王锡保代为大将军，降傅尔丹职。别遣大学士马尔赛，率兵赴归化城，扼守后路。那边大小策零，既败傅尔丹，遂乘胜进窥喀尔喀，绕道至外蒙古鄂登楚勒河，惹出一个大对头来。这个大对头，名叫策凌，他是元朝十八世孙图蒙肯的后裔，幼时曾居北京，侍内廷，尚公主，后来带了家眷，还居外蒙古塔米尔河。他的祖宗蒙肯，尊奉黄教，达赖喇嘛给他一个三音诺颜的美号。藏俗叫善人为三音，蒙古俗叫官长为诺颜，蒙藏合词，译作汉文，就是好官长的意义。策凌袭了祖宗的徽号，隶入土谢图汗下，他因喀尔喀与准部毗连，预练士卒，防备准寇，适值小策零绕道来攻，策凌先遣六百骑挑战，诱他追来，自率精骑，跃马冲入。敌将喀喇巴图鲁，勇悍善战,持刀来迎,被策凌大喝一声,立劈喀喇巴图鲁于马下。小策零部众,见喀喇被杀,无不股栗,当即退走。策凌追出境外,俘馘数千名,方令退兵。驰书奏捷,奉旨晋封亲王,命他独立,不复隶土谢图。自是喀尔喀蒙古内,特增三音诺颜部,与土谢图、札萨克、车臣三汗,比肩而立了。

　　小策零败还后,屯兵喀喇沙尔城,至雍正十年六月,纠众三万,偷过科尔多大营,复图北犯。顺承郡王锡保,急檄策凌截击,策凌兼程前进,将至本博图山,忽接塔米尔河警信,准兵从间道突入本帐,把子女牲畜,尽行掠去,策凌愤极,对天断发,誓歼敌军,一面返旆驰救,一面告急锡保,请师夹攻。策凌部下,有一个脱克浑,绰号飞毛腿,一昼夜能行千里,他浑身穿着黑衣,外罩黑氅,每登高峰,探敌虚实,用两手张开黑氅,好像老鹰一般,敌兵就使望见亦疑是塞外巨鹰,不去防备,他却把敌兵情势,望得明明白白,来报策凌。活似戏子中一个开口跳。策凌至杭爱山西麓,得脱克浑报知,敌兵就在山后,便令部兵略略休息,到夜间逾山而下,如风如雨,杀入敌营。这等番兵得胜而归,饱餐熟睡,迨至惊觉,摸刀的不得刀,摸枪的不得枪,也有钻出头而头已落,也有伸出脚而脚已断,也有掣出刀,却杀了自己头目,点起铳,却打了自己部兵,只有脚生得比人长的,耳生得比人灵的,先行疾走,方得逃出。策凌奋力追赶,杀到天明,追至鄂尔昆河,左阻山,右逼水,中间横亘一大喇嘛庙,叫作额尔德尼寺,敌无去路,仍冒死回扑。策凌跃出阵前,也不顾死活,恶狠狠的与敌相搏。究竟敌兵已败,未免胆怯,蒙兵方胜,来得势盛,两下拚命,也有分别。这一场恶战,敌兵一半被杀,一半挤入水中,不但掠去的子女牲畜,尽被策凌夺回,就是小策零带来的辎重甲杖,亦统行丢弃。小策零率领残骑,爬山遁去。策凌满望锡保出兵邀击,谁知锡保所遣的丹津多尔济,观望却避,竟被小策零生还。马尔赛已奉命移守拜达里克城,亦约束诸将,闭门不出。小策零沿城西走,城内将士,请马尔赛发令追袭,马尔赛仍是不允。将士大愤,自出追敌,怎奈敌已走尽,只得了少许敌械,回入城中。策凌一一奏闻,诏斩马尔赛,革锡保郡王爵,封策凌为超勇亲王,授平郡王福彭为定边大将军,代锡保职,用策凌为副手,守住北路。

　　时西路将军岳钟琪,驻守巴里坤,按兵不动,只檄将军石云倬等,赴南山口截准兵归路。石云倬迁延不进,纵令溃兵远飏。岳钟琪劾奏治罪,大学士鄂尔泰并劾岳钟琪拥兵数万,纵投网送死之贼,来去自如,坐失机会,罪无可贷,遂诏削岳钟琪大将军号,降为三等侯,寻复召还京师,命鄂尔泰督巡陕甘,经略军务,并令副将军张广泗,护宁远大将军印。广泗奏言准夷专靠骑兵,岳钟琪独用车营,不能制敌,反为敌制,因此日久无功,雍正帝复夺钟琪职,交兵部拘禁。

第三十三回　畏虎将准部乞修和　望龙髯苗疆留遗恨

张广泗受任后,壁垒一新,无懈可击,准酋噶尔丹策零,亦遣使请和。雍正帝召王大臣会议,或主剿,或主抚,还是雍正帝乾纲独断,对王大臣道:"朕前奉皇考密谕,准夷辽远,不便进剿,只有诱他入犯,前后邀截,方为上策。现经上年大创,他已远徙,不敢深入,我两路大兵,暴露已久,不如暂时主抚,再作远图。"这谕一下,诸王大臣同声赞成,乃降旨罢征,遣侍郎傅鼐,及学士阿克敦,往准部宣抚。准酋欲得阿尔泰山故地,超勇亲王策凌,坚持不可,往复争论,直到乾隆二年,始议定阿尔泰山为界,准部游牧,不得过界东,蒙人游牧,不得过界西,总算勉就和平,这且按下慢表。

且说中国西南,有一种苗民,很是野蛮,相传轩辕黄帝以前,中国地方本是苗民居住,后来轩辕黄帝,与苗族头目蚩尤,战了一场,蚩尤战败被杀,余众窜入南方,后复逐渐退避,伏处南岭,名目遂分作几种:在四川的叫作㹱;在两广的叫作壮;在湖南、贵州的叫作瑶;在云南的叫作倮。这数省中的苗民,要算云、贵最多,官长管不得许多,向来令他自治。地方自治制,要算由苗民发起。他族中有几个头目,总算归官长约束,号为土司。吴三桂叛乱时,云、贵土司颇为所用,事平后,清廷也无暇追究,苗民不服王化,专讲劫掠,边境良民,被他骚扰的了不得,雍正皇帝用了一个镶黄旗人鄂尔泰,做了云、贵总督,他见苗民横行无忌,竟独出心裁,上了一本奏折,内说:"苗民负险不服,隐为边患,要想一劳永逸,总须改土为流,所有土司,应勒令献土纳贡,违者议剿。"这奏一上,盈廷王大臣,统吓得瞠目伸舌,这也是寻常计策,王大臣等诧为奇议,可见满廷多是饭桶,毫无远见。只雍正帝服他远识,极力嘉奖道:"奇臣,奇臣!这是天赐与朕呢。"因饬铸滇、黔、桂三省总督印,颁给鄂尔泰,令他便宜行事。鄂尔泰剿抚并用,擒了乌蒙土司禄万钟,及威远土司札铁匠,镇远叛首刁如珍,降了镇雄土司陇庆侯,及广西土府岑映震,新平土司李百叠,于是云、贵生苗二千余寨,一律归命,愿遵约束。自从雍正四年,到了九年,这五年内,鄂尔泰费尽苦心,开辟苗疆二三千里,麾下文武,如张广泗、哈元生、元展成、韩勋、董芳等,统因平苗升官,鄂尔泰亦受封伯爵,雍正帝连下批札,有"朕实感谢"等语。这位鄂伯爵的功劳,真正是独一无二了。功劳恰也不小。

雍正十年,召鄂尔泰还朝,授保和殿大学士,旋因准部内侵,命督巡陕、甘,经略军务。张广泗又早调任西北,护理宁远大将军事,自是苗疆又生变端,雍正十三年春,贵州台拱九股苗复叛,屯兵被围,营中樵汲,都被断绝。军士掘草为食,凿泉以饮,死守经月,方得提督哈元生援兵,突围出走。哈元生拟大举进剿,怎奈巡抚元展成,轻视苗事,与哈元生意见不合,只遣副将宋朝相,带兵五千,进攻台拱,甫至半途,遇苗民倾寨而来,众寡不敌,相率溃退。苗民遂迭陷贵州诸州县,有旨发滇、蜀、楚、粤六省兵会剿,特授哈元生为扬威将军，副以湖广提督董芳，嗣又命刑部尚书张照为抚苗大臣，熟筹剿抚事宜。

哈元生沿途剿苗，迭复名城，颇称得手，不想副将冯茂，诱杀降苗六百余名，暨头目三十余人，余苗逃归传告，纠众诅盟，先把妻女杀死，誓抗官兵，遍地蔓延，不可收拾。张照到了镇远，还是腐气腾腾的密奏改流非计，不如议抚。哈元生、董芳，亦因政见不同，互相龃龉。寻议分地分兵，滇、黔兵隶哈元生，楚、粤兵隶董芳，彼此不相顾应，一任苗民东冲西突，没法弭平。朝上这班王大臣，争说鄂尔泰无端改流，酿成大祸，专事咎入，实属可恨！鄂尔泰时已还朝，迫于时论，亦上表请罪，力辞伯爵，雍正帝允如所请，只仍命鄂尔泰直宿禁中，商议平苗的政策。

张广泗闻鄂尔泰被贬，心中也自不安，奏请愿即革职，效力军前，雍正帝尚在未决。一日，正与庄亲王允禄，果亲王允礼，大学士鄂尔泰、张廷玉，在大内议事，自未至申，差不多有两个时辰，方命退班。鄂尔泰因苗族未平，格外惦念，回到宅中，无情无绪的吃了一顿晚餐。忧心君国，是爱新觉罗氏忠臣。忽见宫监奔入，气喘吁吁，报称："皇上暴病，请大人立刻进宫！"鄂尔泰连忙起身，马不及鞍，只见门外有一煤骡，跨上疾走，驰入宫前，下了马，疾趋入内，但见御榻旁人数无多，只皇后已至，满面泪容。鄂尔泰揭开御帐，不瞧犹可，略略一瞧，不觉哎哟一声，自口而出。正在惊讶，庄亲王、果亲王亦到，近瞩御容，都吓了一大跳。庄亲王道："快把御帐放下，好图后事。"一面并请皇后安，皇后呜咽道："好端端一个人，为什么立刻暴亡？须把宫中侍女内监，先行拷讯，查究原因方好。"还是鄂尔泰顾全大局，随道："侍女宫监，未必有此大胆，此事且作缓图，现在最要紧的是续立嗣君。"庄亲王接口道："这话很是，乾清宫正大光明匾额后，留有锦匣，内藏密谕，应即祇遵。"随督率总管太监，到乾清宫取下秘匣，当即开读，乃"皇四子弘历为皇太子，继朕即皇帝位"二语。是时皇子弘历等，已入宫奔丧，随即奉了遗诏，命庄亲王允禄，果亲王允礼，大学士鄂尔泰、张廷玉辅政。经四大臣商酌，议定明年改元乾隆。乾隆即位，就是清高宗纯皇帝。但雍正帝暴崩的缘故，当时讳莫如深，不能详考，只雍正以后，妃嫔侍寝，须脱去衵衣，外罩长袍，由宫监负入，复将外罩除去，裸体入御。据清宫人传说，这不是专图肉欲，乃是防备行刺、惩前毖后的缘故。小子不敢深信，雍正帝能侦探内外官吏，宁独不能制驭妃嫔？惟后人有诗一首道：

> 重重寒气逼楼台，深锁宫门唤不开；
> 宝剑革囊红线女，禁城一啸御风来。

据这首诗深意，系是专指女侠，难道是上文所说的吕四娘为父报仇么？

是真是假，一俟公论。下回要说乾隆帝事情了。

惟战而后能和，惟剿而后可抚。对待外人之策，不外乎此。准部入犯，非战不可，清世宗决意主剿，善矣。乃误任一有貌无才之傅尔丹，致有和通泊之败，若非策凌获胜，不几殆甚。至苗疆之变，罪不在鄂尔泰，张照、董芳辈实尸其咎。不能剿，安能抚？此将才之所以万不可少也。世宗自矜明察，而所用未必皆材，且反以明察亡身，蒲留仙《聊斋志异》载有侠女一则，或说即吕四娘轶事，信如斯言，精明之中，须含浑厚，毋徒效世宗之察察为也。

第三十四回　分八路进平苗穴　　祝千秋暗促华龄

却说乾隆帝即位后，朝政颇尚宽大，凡宗室人等，旧被圈禁，至是一律释放。封允祯、允禵公爵，复阿其那、塞思黑红带，收入玉牒。自己的兄弟骨肉亦均封为亲王。已故弟兄，各追封赐谥。尊母钮祜禄氏为皇太后。册立元妃富察氏为皇后。母族、后族，都另眼相看。又把岳钟琪、陈泰等释出狱中。赦汪景祺、查嗣庭家属罪，命他回籍。因此宗室觉罗，勋戚故旧，官吏人民，没一个不颂扬仁德。确能干蛊。只云、贵叛苗，未曾平靖，乾隆帝初次用兵，不得不稍示威严，特逮回张照、哈元生、董芳治罪，哈元生似属可免。别授张广泗为七省经略，节制各路人马。广泗本是治苗的熟手，到了贵州，统盘筹算，想了一个暂抚熟苗、力剿生苗的计策，握定宗旨，自易下手。随即上奏道：

臣到任后，巡阅大势，默观夫叛苗之所以蔓延，张照等之所以无功者，由分战兵守兵为二，而合生苗、熟苗为一也。兵本少而复分之使单，寇本众而复殴之使合，其谬可知。且各路首逆，咸聚于上下九股、清江、丹江、高坡诸处，皆以一大寨，领数十百寨，雄长号召，声势犄角，我兵攻一方，则各方援应，彼众我寡，故贼日张，兵日挫。为今日计，若不直捣巢穴，歼渠魁，溃心腹，断不能涣其党羽。惟暂抚熟苗，责令缴凶献械，以分生苗之势，而大兵四出，同捣生苗逆巢，使彼此不能相救，则我力专而彼力分，以整击散，一举可灭，而后再惩从逆各熟苗，以期一劳永逸，庶南人不复反矣。伏乞圣鉴。

乾隆帝览毕，命他照奏办事。张广泗遂调集贵州兵马，齐屯镇远，扼守云、贵通衢，特选精兵万余人，用四千兵攻上九股，四千兵攻下九股，自统五千余名,攻清江下流各寨。号令严明,所向克捷。

乾隆元年春,复檄调各省援兵,分作八路,一齐发动,如潮前进。那时苗民虽奋死抗拒,究竟一隅草寇,不敌七省大兵,风飘雨扫,瓦解土崩,所有未死的逆苗,都逃入宿巢去了。广泗会集大军,进攻巢穴,行了数日,遥见一座大山,挡住去路,危崖如削,峻岭横空,四围又都是小山攒住,蜿蜿蜒蜒的约有数百里。好称山国。广泗扎住了营,召进熟苗数名,问道:"这个地方叫作什么?"熟苗道:"这名牛皮大箐,广阔得了不得,北通丹江,南达古州,西拒都匀八寨,东至清江、台拱,差不多有五百里方圆,向系生苗老巢。幽密得很,就是近地苗蛮,亦没有晓得底细。"广泗道:"据你说来,简直是无人可入的,本经略却是不怕,偏要进去。"不入虎穴,焉得虎子? 便令熟苗退出。

次日,召集部将,令攻牛皮大箐,将士统有难色,广泗拍案道:"养兵千日,用兵一时,国家费了无数军饷,所为何事? 难道叫你坐食不成? 本经略受国厚恩,图报正在今日,如得一战成功,好与你等同膺巨赏,万一失败,本经略亦不忍独生,愿与大众同死此地。天下事不患不成,但患不为,果使勠力同心,生死与共,何怕这牛皮大箐? 何惮这待死苗民?"慷慨激昂。将士见主帅发怒,自然唯唯从命。广泗又道:"据熟苗言这牛皮大箐内,险恶异常,本经略岂肯冒昧从事,叫你前去寻死? 但我来彼入,我去彼出,旷日持久,何时得了,好在各处已无叛苗,我军粮饷尚足,正应设法搜掘,谋个一劳永逸的善策。现在令各军分守箐口,先截叛苗出路,他向来不知耕作,料想箐内,决无良田,不出一月,他自坐困,我们却节节进攻,步步合围,何愁不济?"将士听了此言,方个个欢喜起来,争愿效力。是所谓好谋而成。

广泗遂传令诸军,密堵箐口,又在箐外四布伏兵,严防逋逸,围了半月,始渐渐进逼,得步进步,得尺进尺,叛苗无处觅食,多在箐中饿毙。起初还有几个强悍的,出来驰突,统被围军斩捕,后来不见苗踪。广泗遂驱军大进,行入箐内,但见丛莽塞径,老槐蔽天,雾雨冥冥,瘴烟幂幂,极大的蛇虺,极恶的野兽,出没其间。广泗令军士纵火焚林,霎时间火势腾上,满山满野,统是浓烟,动、植各物,无不烧死。就是这等叛苗,也躲无可躲,窜出峒外,一半被杀,一半被捉,还有这种苗妻、苗女、苗子、苗孙,都已饿得骨瘦如柴,跪在峒旁,抱着头惨呼饶命。官兵也无暇分辨,乱砍乱戳,覆巢下无完卵,游釜中无生鱼,幸亏广泗下令禁止惨戮,还算保存了几个。红顶子都由人血染成。

大箐已破,又搜剿附逆熟苗,分首恶、次恶、胁从三等,首恶立诛,次恶严办,胁从肆赦。约历数月,先后扫荡,共毁除一千二百二十四寨,赦免三百八十八寨,阵斩苗民一万七千余名,俘二万五千有零,获铳炮四万六千五百具,刀矛、弓弩、标甲,多至十四万八千件。宥其半俘,收其叛产,设九卫屯田,养

第三十四回　分八路进平苗穴　祝千秋暗促华龄　　669

兵驻守。乾隆帝闻报大喜,命广泗总督贵州,兼管巡抚事,赐轻车都尉世职,并豁免苗疆钱粮,永不征收。苗民诉讼,仍从苗俗习惯,不拘律例。自是云、贵边境,才算平靖。

苗疆已定,海内承平,乾隆帝乃偃武修文,命大学士等订定礼乐,鄂尔泰、张廷玉两大臣,悉心斟酌,规据三礼,考正八音,把朝仪定得格外严密,乐章采得格外整齐。又复连年五谷丰登,八方朝贡,真个是全盛气象,备极荣华。此时做个皇帝,方称踌躇满志。乾隆帝记起世宗遗旨,令在京三品以上,及各省督抚学政,保荐博学鸿词,嗣因世宗晏驾,不及举行,至此正好缵成先志,开试文科。遂命各省文士,一律进京,计得一百七十六员,在保和殿考试。吟风弄月,摘藻扬华,篇篇是锦绣文章,个个是鼓吹盛世。当由大总裁等评定甲乙,恭呈御览。乾隆帝拔取隽才十五员,遵照康熙年例,一等五人,授翰林院编修,二等十人,授翰林院检讨及庶吉士。各员谢恩任职,也不在话下。

只这乾隆帝坐享太平,垂裳而治,未免要想出这欢娱的事情来。禁城里面的花园,算是畅春园最大,前明时懿戚徐伟作为别墅,园内花木参差,亭台轩敞,别具一番风景。圣祖在日,曾赐名畅春,复命于园内北隅,筑屋数间,赐名圆明,令皇子在此读书。世宗未登位时,最喜在圆明园饮酒吟诗,登位后,大兴建筑,楼台亭榭,添了无数。畅春园附近,又有一长春仙馆,比畅春园规模略小,馆中倒也异样精致,乾隆帝踵事增华,令把三处并为一处,发出库中存款,命工部督工改造。这一场建筑,比世宗时阔大得多。东造琳宫,西增复殿,南筑崇台,北构杰阁,说不尽的巍峨华丽。又经这班文人学士,良工巧匠,费了无数心血,某处凿池,某处叠石,某处栽林,某处莳花,繁丽之中,点缀景致,不论春秋冬夏,都觉相宜。又责成各省地方官,搜罗珍禽异卉,古鼎文彝,把中外九万里的奇珍,上下五千年的宝物,一齐陈列园中,作为皇帝家常的供玩。略略数语,金银已不知费得多少了。从前秦始皇筑阿房宫,陈后主起临春、结绮、望仙三阁,隋炀帝营显仁宫、芳华苑,料想也不过如此。以秦始皇、陈后主、隋炀帝相比,价值何如？这年园工告成,乾隆帝奉了皇太后,到园游览,并下特旨,自后妃以下,凡公主福晋,宗室命妇,以及椒房眷属,概令入园玩赏,于是大家遵旨入园。是日,春光蔼蔼,晓色融融,乾隆帝护着皇太后銮驾,到了园内,后妃公主等,一律相随,两旁迎驾的人,统已站着。乾隆帝龙目一瞧,一半是凤鬟雾鬓,素口弯腰,此时也不暇评艳。直至行宫里面,下了舆,随太后步入,大众向两宫磕头,除老年妇人外,都装扮得天仙相似,独有一位命妇,眉似春山,眼如秋水,面不脂而桃花飞,腰不弯而杨柳舞,真个是闭月羞花,沉鱼落雁。乾隆帝顾了这个丽人,暗想道:"这人很有些面善,未识是谁家眷属？"只是当众人前,不好细问,便呆呆的坐着。众人又转向皇后处,请过了安,但见皇后起立，与那丽人握手道："嫂嫂来得好早！"丽人却娇滴滴道："应该恭候！"乾隆帝听了两人问答，方记起这位丽人，乃是皇后的亲嫂子，内务府大臣傅恒的夫人。当由太后传下懿旨道："今日来此游览，大家不必拘礼。"众人都又谢恩。太后又谕道："游览不如徐步，坐了舆，反没甚趣味。"乾隆帝恰不听见，心不在焉，听而不闻。还是皇后答了"恐劳圣体"四字。太后道："我虽年老，徐步数里，想亦不至吃力。"乾隆帝方禀道："圣母既要步行，叫辇驾跟着便是。要徐步，便徐步，要乘舆，便乘舆。"太后道："这倒很好。"宫监献茶，太后以下，统已饮毕，遂出来四处闲游。皇帝、皇后紧紧的跟着太后。皇后后面，便是傅夫人。皇帝频频回顾，傅夫人颇有些觉得，也有意无意，瞻仰御容。到一处，小憩一处。日中在离宫午餐，直到傍晚，太后方兴尽回宫，皇帝、皇后，亦一同随返。皇后与傅夫人，又是握手叙别，皇帝更恋恋不舍，临别时还回顾数次。傅夫人站立了好一歇，等到两宫不见，方坐轿回去。一缕情丝，已经牵住。

　　乾隆帝自此日起，常惦念着傅夫人，镇日里无情无绪，连皇后也不晓得他的心思，请问数次，不见回答。一日，遇着皇后千秋节，由太后预颁懿旨，令妃嫔开筵祝寿。乾隆帝竟开心起来，忙至慈宁宫谢恩，皇后更不必说。乾隆帝回到坤宁宫，对皇后道："明日是你生辰，何不去召你嫂子入宫，畅饮一天？"皇后道："她明日自应到来，何必去召？"乾隆帝道："总是去召她稳当。前日去逛圆明园，我见你两人很是亲热，此番进来，好留她盘桓数日，与你解闷。"恐要增闷。皇后嘿然。乾隆帝即传宫监，叫他奉皇后命，明晨召傅夫人入宫宴赏。宫监去了一回，复奏傅夫人正预备祝千秋节，明日遵旨入宫。是夕，乾隆帝便宿在皇后宫内。次日早起视朝，不见有什么大事，当即辍朝入宫。文武百官，随驾至宫门外，祝皇后千秋。祝毕，大众散去。乾隆帝到坤宁宫，见众妃嫔及公主、福晋等，齐集宫中，傅夫人亦已在内。此时乾隆帝目中，只见有傅夫人。因御驾进来，个个站立，按照仪注行礼。乾隆帝忙道："一切蠲免。今日为皇后生辰，奉皇太后懿旨赐宴，大家好欢饮一天。若仍要拘牵礼节，倒反自寻苦恼，朕не愿吃这苦头。"随令大家卸了礼服，一概赐坐。偏是傅夫人换了常服，越加妖艳，头上梳就旗式的髻子，发光可鉴，珠彩横生；身上穿一件桃红洒花京缎长袄，衬着这杏脸桃腮，娇滴滴越显红白；袄下露出蓝缎镶边的裤子，一双天足，穿着满帮绣花的京式旗圆。乾隆帝目不转睛的瞧着了她，她却嫣然一笑道："寿礼未呈，先蒙赐宴，这都是皇太后、皇上的厚恩，臣妾感激不尽。"理应以身报德。乾隆帝道："姑嫂一体，何用客气。"嫂可代姑，原是一体。当下传旨摆宴，乾隆帝请傅夫人上坐。傅夫人道："哪有冠履倒置的道理？"于是皇帝坐首席，皇后坐次席，第三席应属傅夫人。傅夫人又谦让一番，各位公

第三十四回　分八路进平苗穴　祝千秋暗促华龄

主、福晋等因傅夫人系皇后亲嫂，自然格外尊崇，定要傅夫人坐第三席，傅夫人仍坚执不肯。乾隆帝道："此处不是大廷上面，须按品列次，嫂子就坐了罢！"傅夫人无奈遵旨。比坐位重大的事情，亦应遵旨，但只一坐何妨。公主、福晋等依次坐下，众妃嫔亦侍坐两旁。这次寿筵，正是异常丰盛，说不尽的山珍海味。饮到半酣，大众都带着酒意，脱略形迹，乾隆帝发了诗兴，要大家即事联诗。公主福晋等嚷道："这个旨意，须要会吟诗的方可遵从，若不会吟诗，只得违旨。就使皇上要治罪，也是无可奈何了。"乾隆帝道："不会吟诗，罚饮三杯，只皇后与嫂嫂，却不在此例。"大众方各无言。当由乾隆帝起句道："坤闱设帨庆良辰。"皇后即续下道："奉命开筵宴众宾。"乾隆帝闻皇后吟毕，便道："第三句请嫂嫂联吟！"傅夫人道："这却不能，情愿遵旨罚饮三杯。"乾隆帝道："前说过嫂嫂不在此例，就使不会吟诗，也要硬吟的。况且姑姑能诗，嫂嫂没有不能的道理。"这是从姑嫂一体语推阐出来，傅夫人只得想了一想，便吟道："臣妾也叨恩泽逮。"乾隆帝道："我接罢，'两家并作一家春'，这句好不好？"恰是妙句。傅夫人极口赞扬。此心已许君皇了。乾隆帝又命众人拇战一回，钗声钏声，及一片呼三喝四的娇声，挤成一番热闹。傅夫人连饮了几杯，酡颜半晕，星眼微饧，一片春意。乾隆帝见她已醉，命宫女扶至别宫暂寝，复令大家闲散一番，乾隆帝也出宫而去。

隔了一小时，大家重复入席。饮酒数巡，时已未刻，皇后令宫女去视傅夫人，宫女去了，好一歇，未见回报。等到大家用过了膳，宫女始含笑而来，报称傅娘娘卧室紧闭，不便入内。皇后道："皇上呢？"宫女道："皇上么？"说了两声皇上，停住后文。皇后已微觉一半，不问下去。隐忍得妙。大家散了宴，少坐片刻，日影西沈，宫中统已上灯，便各谢宴退出。是晚只傅夫人不胜酒力，留住宫中。不胜酒力，却胜人力。次晨，乾隆帝仍出视朝，不愧英主。傅夫人方至坤宁宫告辞，皇后对她一瞧，云鬟半嚲，犹带睡容，昨宵的况味如何？便微哂道："嫂子恭喜！"已含醋意。这一语，说得这位傅夫人，不知不觉，面上一阵一阵的热起来了，当即匆匆辞去。

自此皇后见了乾隆帝，不似前日的温柔，乾隆帝也觉暗暗抱愧，少往坤宁宫。昭阳殿里，私恨绵绵，谁知祸不单行，皇后亲生子永琏，竟于乾隆三年，一病不起，医药无灵。这位琏哥儿，本已由乾隆帝遵照家法，密立皇储，至此溘逝，这皇后恨上加恨，痛上加痛，哭得死去活来。乾隆帝趁这时机，打叠起温柔功夫，百般劝解，再三引咎，允她再生嫡子，定当续立为储，并谥永琏为端慧皇太子，赐奠数次，皇后方才回心转来。过了数年，又生下一子，赐名永琮，总道他长命长寿，克承大统，怎奈生了两年，陡出天花，又致夭折。看官！你想这富察皇后，此时还有趣味么？乾隆帝想了一法，借东巡为名，奉皇太后率皇后启銮，暗中实为皇后忧闷，借此消遣。忧俪情也算从重。谒了孔陵，祭了岱岳，凡山东名胜的地方，统去游览。奈这皇后悲悼亡儿，无刻去怀，外边虽强自排遣，内里不知怎样难过。沿途山明水秀，林静花香，别人看了，都觉襟怀爽适，入她眼中，独成惨绿愁红；又复冒了一些风寒，遂在舟中大发寒热。乾隆帝即令随带医官，诊脉进药，服了下去，好似饮水一般，复征召山东名医，尽心诊治，亦是没效，连忙下旨回銮，甫到德州，皇后已晕了数次，乾隆帝随时慰问，也没有一言相答；到皇太后来视，方模模糊糊的说了"谢恩"二字。临终时，对着乾隆帝，只滴了数点红泪。后人有诗惋叹道：

> 星霓苍龙失国储，巫阳忽又叫苍舒。
> 长秋从此伤尽落，云黯纤阿返桂舆。

皇后已崩，乾隆帝念自结褵以来，与皇后非常恩爱，只为了傅夫人，稍稍乖离，后来又复和协，不想中道沦亡，失了一位贤后，正是可痛，遂对棺大恸一场。皇太后闻知，忙令乾隆帝先归，自己与庄亲王允禄、和亲王弘昼，缓程回京。乾隆帝遵了母训，带同大行皇后梓宫，兼程回去。欲知后事，下回再讲。

苗疆未平，清高宗无此愉快，皇后千秋节，亦无此闹热，虢姨不来，内盅何从而起？皇后富察氏之犹得永年，未可知也。本回叙平苗事，写得声威震叠，叙祝寿事，写得喜气汪洋，而最后尾声，则又写得哀痛动人。欢容变作啼容，好景无非幻景，读此可以悟往复平陂之理。

第三十五回　征金川两帅受严刑　降蛮酋二公膺懋赏

却说乾隆帝自德州回京，途次感伤，不消细说；到京后，命履亲王允祹等，总理丧事，奉安皇后梓宫于长寿宫。诸王大臣，免不得照例哭临；宫中妃嫔及福晋命妇，统为皇后服丧。傅夫人系皇后亲嫂子，自然格外尽礼。乾隆帝见她淡装素服，别具丰神，未免起了李代桃僵的思想，可惜罗敷有夫，不能强夺，只得背地里做个襄王，重证高唐旧梦。好在傅夫人每日伴灵，在宫内留宿，不是伴死，却是伴生。柳暗抱桥，花欹近岸，费长房暂缩相思地，女娲氏勉补离恨天，这位乾隆帝，方渐渐解了悼亡的忧痛。嗣因皇太后还宫，恐乾隆帝悲伤过甚，要替他续立皇后，乾隆帝以小祥为期，太后也不便勉强。因此坤宁宫中，尚是虚左以侍，只册谥大行皇后为孝贤皇后，并把大行皇后母家，格外恩遇，

第三十五回　征金川两帅受严刑　降蛮酋二公膺懋赏

晋封后兄富文公爵。余外不是封侯，就是封伯，共得爵位十四人，并升任傅恒为保和殿大学士，兼户部尚书。一大半为了令正。"外家恩泽古无伦"，这句满清宫词，就是为此而作。

内衅粗了，外衅复起，大金川土司莎罗奔，忽又侵入川边来了。这个金川土司，是四川省西边土司中的一部，本系吐蕃领地，明朝时，部酋哈伊拉本内附，因他信奉喇嘛教，封为演化禅师。嗣后分为二部，一部居大金川，一部居小金川。顺治七年，小金川酋卜儿吉细，与川吏往来，由川吏保为土司，康熙五年，复授大金川酋嘉勒巴演化禅师印。嘉勒巴孙莎罗奔，从清将军岳钟琪征藏，颇有功，清廷又升他为金川安抚司。乾隆初，莎罗奔势渐强盛，令旧土司泽旺，管辖小金川部，又把他爱女阿扣，嫁与泽旺为妻。阿扣貌美性悍，憎泽旺粗鄙，不甚和睦，泽旺事事依从，她总闷闷不乐；只泽旺弟良尔吉，生得姿容壮伟，阿扣见了，未免动心。良尔吉正在青年，哪有不知风月的勾当？与阿扣眉来眼去，非止一日，奈因泽旺在旁，不便下手，这日应该有事，泽旺拟出外游猎，良尔吉托病不从，等到泽旺已去，他即闯入内寝，想与阿扣调情。色胆天来大。阿扣正手托香腮，呆坐出神，见良尔吉进来，便起身相迎。良尔吉久蓄邪念，管什么叔嫂嫌疑，竟似饿鹰一般，将阿扣搂住求欢。阿扣假作推开，急得良尔吉下跪道："我的娘！今日须救我一救！"阿扣道："我不是观世音菩萨，如何救你？"良尔吉道："阿嫂正是救苦救难的观世音。"阿扣瞅了良尔吉一眼，便道："好一个急色儿，起来罢！"良尔吉站起身来，不由分说，竟将阿扣抱入帐中，你半推半就，我又惊又爱，小子若再描绘情状，要变作诲淫导奸，只说一句良尔吉盗嫂便了。到了步武陈平地步。

泽旺游猎回来，那时叔嫂二人，早已云收雨散，内外分居。但天下事若要不知，除非莫为，闺房中暧昧事情，免不得要传到泽旺耳中，泽旺不得不少加管束。阿扣及良尔吉，不能常续旧欢，心中未免懊恼，会闻莎罗奔侵略打箭炉土司，颇得胜仗，良尔吉乘间与阿扣商量，拟请莎罗奔调泽旺从军，省得阻拦好事。阿扣大喜，佯托归宁，密禀她老子莎罗奔，献了调遣泽旺的计策。莎罗奔遂着人征调泽旺，泽旺向来懦弱，不愿与别部土司启衅，当即辞却。来人回报莎罗奔，莎罗奔大怒，饬部众去拿泽旺。阿扣忙出帐请道："要拿泽旺，何须兴动部众，只叫着数人，随女儿前去，包管泽旺拿到。"回去续欢，也是要紧。莎罗奔遂依他女儿的计策，挑选头目二人，率健婢数十名，送女回小金川。泽旺接着，只得款待来使，犒饮已毕，来使辞归，由泽旺送出帐外；忽来使变了脸，命手下健卒擒住泽旺，泽旺大叫我有何罪。来使道："你奉调不至，所以特来请你。"泽旺部下，攘臂而起，方想夺回泽旺，当由良尔吉拦阻道："我兄系大金川女婿，此去当不至受辱，若一动兵戈，大家伤了和气，反不得了。"小金川部众，闻了此语，遂束手不动，由大金川来使，劫了泽旺而去。

良尔吉回入帐中，忙至内寝，但见阿扣含笑道："我的计策好不好？"良尔吉道："今日当竭力报效。"阿扣啐了一声，便整顿酒肴，对酌起来。饮酣兴至，两人又宽衣解带，做那鸳鸯勾当。从此名为叔嫂，暗实夫妇。

清廷闻莎罗奔内侵，遂命张广泗移督四川，相机剿治。广泗入川后，率兵至小金川驻扎，忽报良尔吉求见，当由广泗召入。良尔吉跪在地下，假作大哭道："莎罗奔不道，将长兄泽旺擒去，现在生死未卜，恳大帅急速发兵，攻破大金川，夺回长兄，恩同再造。"张广泗不知是诈，便叫他起来，劝慰一番，令作前军向导，往讨莎罗奔。

这大金川本是天险，西滨河，东阻大山，莎罗奔居勒乌围，令他兄子郎卡，居噶尔厓，勒乌围、噶尔厓两处，非常险峻，四川巡抚纪山，曾遣副将马良柱等，率兵进，未得深入。张广泗奏调兵三万，分作两路，一由川西入攻河东，一由川南入攻河西；河东又分四路，两路攻勒乌围，两路攻噶尔厓，以半年为期，决意荡平。怎奈河东战碉林立，易守难攻。什么叫作战碉？土人用石筑垒，高约三四丈，仿佛塔形，里面用人守住。四面开窗，可放矢石，每夺一碉，须费若干时日，还要伤死数百人。这碉虽毁，那碉复立，攻不胜攻，转眼间已是半年，毫无寸效。张广泗急得没法，牛皮大菁不足畏，遇着战碉，反致没法，军事之难可知。命良尔吉另寻间道。良尔吉道："此处无间道可入，只有从昔岭进攻，方可直入噶尔厓，但昔岭上面，恐已有人固守，进攻亦是难事。"张广泗道："从前贵州的苗巢，何等艰险，本制军还一鼓荡平，何怕这区区昔岭呢？倘若畏险不攻，何时得平大金川？"遂命部将宋宗璋、张应虎，及张兴、孟臣等，分路捣入，仍用良尔吉作为前导，谁知这良尔吉早已密报莎罗奔，令他赶紧防御，等到清兵四至，番众鼓噪而下，把清兵杀得四分五裂。张兴、孟臣战死，宋宗璋、张应虎逃回。广泗还道良尔吉预言难攻，格外信用。良尔吉两面讨好，莎罗奔竟将爱女充赏，令与良尔吉为夫妇。良尔吉快活异常，只瞒住张广泗一人，日间到了清营，虚与周旋，夜间回入本寨，偕阿扣通宵行乐。乐固乐矣，如天道难容何？广泗毫不觉察，惟仍用以碉逼碉的老法子，自乾隆十二年夏月攻起，到十三年春间，只攻下一二十个战碉，此外无功可报。

会闻故将军岳钟琪到来，广泗出营迎接，因他老成望重，虽起自废籍，倒也不敢轻视。钟琪入广泗营，两下会议，广泗愿与钟琪分军进攻。钟琪攻勒乌围，广泗攻噶尔厓，方在议决，忽报大学士讷亲，奉命经略，前来视师。张、岳两人，又至十里外远迎，但见讷亲昂然而至，威严得了不得，见了两帅，并不下马。两帅上前打拱，他只把头略点一点。该死的东西。既到战地，扎住大营，广泗等又入营议事，讷亲把广泗饬责一番，广泗大不谓然，负气而出。讷

第三十五回　征金川两帅受严刑　降蛮酋二公膺懋赏

亲遂调齐诸将，下令限三日取噶尔厓，总兵任举、参将贾国良，最号骁勇，奉讷亲命，领兵急进。此时良尔吉得了此信，忙遣心腹到噶尔厓，报知郎卡，教他小心抵御。郎卡遂挑选劲卒，埋伏昔岭两旁，自率精骑下噶尔厓，专待清兵厮杀。任举、贾国良驱军直入，如风驰电掣一般，到了昔岭，山路崎岖，令军士下马前行，任举在前，贾国良在后，任举兵已逾岭而进，贾国良兵尚在岭中，忽两边突出两路番兵，把清兵冲断。任举令前军排齐队伍，与番兵角斗，互有杀伤。只贾国良的后军，截留岭内，无可施展，番兵用箭乱射，任你贾国良武艺绝伦，也被无情的箭镞，攒集身中，伤重而亡。这边任举还不知国良战死，抖擞精神，驱杀番兵，不想郎卡又到，一支生力军杀入，任举不能支持，奈前后无路，自知不能生还，便拚了命，杀死番兵数十名，大叫一声，呕出狂血无数。番兵围将拢来，复格死数人，方才晕绝，兵士亦大半做了刀头之鬼。

讷亲闻了败报，方识大金川厉害，亟召张广泗等商议，随向广泗道："任举、贾国良，两员骁将，统已阵亡，我不料区区金川，有这般厉害。还请制军等别图良策！"广泗道："公爷智深勇沈，定能指日灭贼，如广泗辈碌碌无能，老师糜饷，自知有罪，此后但凭公爷裁处，广泗奉命而行便了。"这番言语，分明是讥讽讷亲。这亦是广泗短处。讷亲暗觉惭愧，勉强道："凡事总须和衷办理，制军不应推诿，亦不可别生意见。"广泗道："据愚见想来，只有用碉逼碉一法，待战碉一律削平，勒乌围、噶尔厓等处，便容易攻入了。"俟河之清，人寿几何？广泗未免呆气。岳钟琪接口道："据大金川地图看来，勒乌围在内，噶尔厓在外，若从昔岭进攻，就使得了噶尔厓，距贼巢还有数百里，道迂且长，不如改寻别路为是。"广泗道："昔岭东边，尚有卡撒一路，亦可进兵。"钟琪道："从卡撒进兵，中间仍隔噶尔厓，与昔岭也差不多。愚见不如另攻党坝，党坝一入，距勒乌围只五六十里，山坡较宽，水道亦通，破了外隘，便可进攻内穴，敢请公爷与制军斟酌！"讷亲茫无头绪，不发一言。广泗复道："党坝一方，已着万人往攻，但亦不能得手。且泽旺弟良尔吉等，都说取道党坝，不如从昔岭卡撒，两路进兵便当。良尔吉是此地土人，应熟悉地理，况又有志救兄，谅不致误。"钟琪微笑道："制军休再信良尔吉，良尔吉与他嫂子，暗里通奸，土人多已知晓，制军不可不防！"广泗道："良尔吉与嫂子犯奸，不过是个人败德，于军事没甚关系。"广泗不致这般呆，大约受了马屁的滋味。钟琪道："嫂可盗，要什么兄长，难道还肯真心助我么？"广泗道："如此说来，都是我广泗不好，嗣后广泗不来参与军情，那时定可成功呢。"说毕，起身别去。钟琪亦辞了讷亲，回到营中，暗想广泗这般负气，将来恐累及自己，遂修了一本奏折，劾广泗信用汉奸，防生他变。讷亲亦奏劾广泗老师糜饷各事。乾隆帝览奏大怒，立命逮广泗回京，又因讷亲旷久无功，另遣傅恒代任经略，亲赐御酒饯行，并命皇子及大学士，送至良乡。内嫂子已叠受厚恩，内兄自应加礼。

傅恒去后，张广泗已逮解到京，先由军机大臣审问。广泗把许多错误，都推在讷亲身上。乾隆帝亲自复讯，广泗仍照前复对。乾隆帝怒道："你果好好布置，克日奏功，朕亦不令讷亲到川，你既失误军机，还要诿过别人，显是负恩误国。朕若赦你，将来如何御将？"便问军机大臣道："张广泗应如何处罪？"军机大臣道："按律应斩。"乾隆帝即命德保勒尔森为监刑官，把广泗绑出午门斩讫。负气的人，终归自苦。随传旨令讷亲明白复奏。

过了月余，复奏已到，也是一派诿过的话头，乾隆帝又恼了性子，将原奏掷地，饬侍卫至讷亲家，取出讷亲祖父遏必隆的遗剑，发往军前，令讷亲自裁。川内三大帅，只剩岳钟琪一人，还算保全，将士们都吓得胆战心惊。

傅恒至军，由岳钟琪密禀良尔吉罪状，遂召良尔吉入帐。良尔吉从容进见，傅恒喝左右拿下。良尔吉忙道："大帅何故拿我？"傅恒喝道："你蔑兄奸嫂，漏泄军机，本经略已探闻的确，今日叫你瞑目受死。"良尔吉还想抗辩，傅恒喝左右斩讫报来。霎时间献上首级，傅恒令悬竿示众，一面摆队出营，入小金川寨中，令军士擒出阿扣，比良尔吉拥抱时趣味何如？责她背夫淫叔的罪名。阿扣哀乞饶命，凭你如何长舌，已不中用。傅恒道："万恶淫妇，还想求生么？"责人固明，责己若何？亦喝左右斩讫。可怜一对露水夫妻，双双毕命。是淫恶的果报。

敌间已除，军容复整，傅恒又定了直捣中坚的计策，随即上表奏道：

臣经略大学士傅恒跪奏。金川之事，自臣到军以来，始知本末。当纪山进讨之始，惟马良柱转战直前，其锋甚锐，斯时张广泗若速济师策应，乘贼守备未周，殄灭尚易，乃坐失机会，宋宗璋逗留于杂谷，张应虎失机于的郊，致贼将尽据险要，增碉备御，七路十路之兵，无一路得进。及讷亲至军，未察情形，惟严切催战，任举败没，锐挫气索，晏起偷安，将士不得一见，不听人言，不恤士卒，军无斗志，一以军务委张广泗，广泗又听奸人所为，惟恃以卡偪卡，以碉偪碉之法。无如贼碉林立，得不偿失，先后杀伤数千人，尚匿不实奏。臣查攻碉最为下策，枪弹惟及坚壁，于贼无伤，而贼不过数人，从暗击明，枪不虚发，是我惟攻石，而贼实攻人，且于碉外开濠，兵不能越，而贼得伏其中，自上击下，又战碉锐立，高于中土之塔，建造甚巧，数日可成，随缺随补，顷刻立就。且人心坚固，至死不移，碉尽碎而不去，炮方过而又起。客主劳佚，形势迥殊，攻一碉难于克一城。即臣所驻卡撤左右山顶，即有三百余碉，计半月旬日得一碉，非数年不能尽，且得一碉辄伤数十百人，较唐人之攻石锋堡，尤为得不偿失。如此旷日持久，老师糜饷之策，而讷亲、张广泗尚以为得计，臣不解其何心

第三十五回　征金川两帅受严刑　降蛮酋二公膺懋赏

也。兵法："攻坚则瑕者坚,攻瑕则坚者瑕",惟有使贼失其所恃,而我兵乃得展其所长。臣拟俟大兵齐集,同时大举,分地奋攻,而别选锐师,旁探间道,裹粮直入,逾碉勿攻,绕出其后,即以围碉之兵,作为护饷之兵,番众无多,外备既密,内守必虚,我兵即从捷径捣入,则守碉之番,各怀内顾,人无斗志,均可不攻自溃。卡撒为攻噶尔厓正道,岭高沟窄,臣既身为经略,当亲任其难。至党坝一路,岳钟琪虽称山坡较宽,可以水陆并进,兼有卡里等隘,可以间道长驱,但臣按图咨访,隘险亦几同卡撒,且泸河两岸,贼已阻截,舟难径达,惟可酌益新兵,两路并进,以分贼势,使其面面受敌,不能兼顾,虽有深沟高垒,汉奸不能为之谋,逆酋无所恃其险矣。至于奋勇固仗满兵,而向导必用土兵,土兵中小金川尤骁勇。今良尔吉之奸谋已诛,驱策用之,自可得力。前此讷亲、张广泗,每得一碉,即拨兵防守,致兵力日分,即使毁除,而贼又于其地立卡,藏身以伤我卒,是守碉毁碉,均为无益。近日贼闻臣至,每日各处增碉,犹以为官兵狃于旧习,彼得恃其所长,不知臣决计深入,不与争碉,惟俟大兵齐集,四面布置,出其不意,直捣巢穴,取其渠魁,约四月间当可奏捷矣。谨此上奏。

这篇大文,乃是乾隆十四年正月奏闻,乾隆帝留中不发。过了数日,反促傅恒班师回朝。傅恒复奏:"贼势已衰,我兵且战且前,已得险要数处,功在垂成,弃之可惜。若不扫穴擒渠,臣亦无颜回京"等语。乾隆帝复颁寄谕旨,反复数千言,且说:"蕞尔土司,即扫穴犁庭,不足示武。"看官！你道乾隆帝是何命意？他因兴师以后,已经二年,杀了两个大臣,又失了任举良将,未免懊悔,因此屡促班师。

此时大金川酋莎罗奔,已断内应,并因连年抵御,部众亦死了不少,遂释归泽旺,遣师至清营谢罪。傅恒叱退来使,与岳钟琪分军深入,连克碉卡,军声大震。莎罗奔又遣人至岳钟琪营,愿缴械乞降。钟琪因前征西藏,莎罗奔旧隶麾下,本来熟识,遂轻骑往抵勒乌围。莎罗奔闻钟琪亲至,遂率领部众,出寨恭迎,罗拜马前。钟琪责他背恩负义,莎罗奔叩首悔过,愿遵约束,随遣番人至大营前,辟地筑坛,预设行幄。坛成,莎罗奔父子,从钟琪坐皮船出峒,及到坛前,清经略大学士傅恒已高坐坛上,莎罗奔等俯伏坛下,由傅恒训责一番,令返土司侵地,献凶酋,纳兵械,归俘虏,供徭役。莎罗奔一一听命,乃宣诏赦罪。诸番焚香作乐,献上金佛一尊,首顶佛经,誓不复反。傅恒始下坛归营,莎罗奔率众退去。讷亲、张广泗连战无功,傅恒独一鼓平蛮,想系傅夫人的帮夫运。捷报奏达京师,乾隆帝大悦,优诏褒奖,比傅恒为平蛮的诸葛武侯,盟回纥的郭汾阳,遂封他为一等忠勇公,何不封他元绪公。岳钟琪为三等威信公,立召凯旋,命皇长子及诸王大臣郊劳。既入禁城,乾隆帝御紫光阁,行饮至礼,

赐经略大学士忠勇公傅恒,及随征将士宴于丰泽园,复赏他御制诗章。中有一联云:

> 两阶千羽钦虞典,大律官商奏采薇。

傅恒既归,傅夫人不能时常进宫,乾隆帝要继立皇后了。继后为谁?容待下回叙明。

讷亲、张广泗二人,处罪从同,而罪状不同。广泗信汉奸,比匪人,轻视讷亲,积不相容,固有难逭之罪,然金川艰险,战碉林立,非广泗之出兵捣毁,则傅恒分路深入之计,恐亦未能骤行。且广泗逮还,高宗亲讯,以其抗辩而杀之,尤为失当。广泗有罪,理屈词穷,杀之可也,乃广泗尚有可辨之处,而高宗不问曲直,立置重刑,刑戮任情,得毋太过!况广泗有平苗之大功,尤应曲为赦宥乎?傅恒一出,叛酋乞降,虽由间谍之被诛,然其时金川精锐,已皆伤亡于张广泗之手,广泗不幸而冲其坚,傅恒特幸而乘其敝耳。莎罗奔旧隶岳钟琪麾下,至此亦由钟琪轻骑往抚,始悔罪投诚,是则金川之平,功亦多出岳钟琪,傅恒因人成事,得沐荣封,兼邀诸葛、汾阳之誉,宁能无愧?意者其殆由虢姨承宠,特别弛恩欤?本回叙金川战事,实隐指高宗刑赏之失宜。至良尔吉蔑兄盗嫂,阿扣背夫淫叔,不过作为渲染词料,然其后授首军前,揭竿示众,亦可见天道祸淫之报,于世道人心,不无裨益云。

第三十六回　御驾南巡名园驻跸
　　　　　　王师西讨叛酋遭擒

却说孝贤后崩逝后,已是小祥,乾隆帝至梓宫前亲奠一回。奠毕,慈宁宫传到懿旨,宣召乾隆帝进宫。到太后前请过了安,太后道:"现在皇后去世,已满一年,六宫不可无主,须选立一人方好。"乾隆帝嘿然不答。其将谁语?太后道:"宫内妃嫔,哪一个最称你意?"乾隆帝道:"妃嫔虽多,没一个能及富察,奈何?"富察二字,含糊得妙。太后道:"我看娴贵妃那拉氏,人颇端淑,不妨升她为后。"乾隆帝沉吟半晌,便道:"但凭圣母主裁!"太后道:"这也要你自己愿意。"乾隆帝平日颇尽孝道,至此也不欲违逆母命,没奈何答了一个"愿"字。退出慈宁宫,又辗转思想了一番,想什么?乃于次日下旨,册封娴妃那拉氏为皇贵妃,摄六宫事。那拉氏不即立后,乾隆帝之意可知。直到孝贤皇后二周年,尚未册立正宫,经太后再三催促,方立那拉氏为皇后。参商之兆,已萌于此。此时

第三十六回　御驾南巡名园驻跸　王师西讨叛首遭擒

鄂尔泰已死,张廷玉亦因老乞归,鄂、张二人,本受世宗遗旨,身后俱得配享太庙,嗣因鄂、张各存党见,朝官依附门户,互相攻讦,事为乾隆帝所闻,心滋不悦。廷玉乞归时,又坚请身后配享,触忤龙颜,严旨诘责,追缴恩赐物件,革去伯爵,并不令配享。硬要做满族奴才,致触主怒,何苦何苦! 廷玉惊慌得了不得,后来一病身亡,总算乾隆帝优待老成,仍令配享太庙,廷玉好瞑目了。这是后话。

乾隆帝因宫廷中事,都未惬意,不免烦恼,便想到别处闲游,借作排遣。十五年春季,奉了皇太后,巡幸五台山,秋季又奉皇太后临幸嵩岳,两处游玩,仍不见有什么消遣的地方。他想外省的景致,还不及一圆明园,就时常到圆明园散闷。这日,在园中闲逛,起初是天气阴沉,不甚觉得炎热,到了午后,云开见日,遍地阳光,掌盖的忘携御盖,被乾隆帝大加申斥,忽随从中有人说道:"典守者不得辞其责。"乾隆帝便问道:"谁人说话?"那人便跪倒磕头。乾隆帝见他唇红齿白,是一个美貌的少年,随问道:"你是何人?"那人禀道:"奴才名和珅,是满洲官学生,现蒙恩充当銮仪卫差役,恭奉御舆。"乾隆帝道:"你是官学生,充这舁舆的差使,未免委屈,朕拔你充个别样差使,可好么?"和珅感激的了不得,便磕了九声响头,朗声道:"谢万岁万万岁天恩!"和珅初蒙主知,已极意贡谀,望而知为妄臣。乾隆帝便令他跟住身后,有问必答,句句称旨,引得龙心大开,回到宫中,竟命他作宫中总管。这和珅骤膺宠眷,打叠精神,伺候颜色,乾隆帝想着什么,不待圣旨下颁,他已暗中觉察,十成中总管八九成,因此愈加宠任,乾隆帝竟日夜少他不得。后人说他是弥子瑕一流人物,小子无从搜得确据,不敢妄说。

只乾隆帝素爱冶游,得了和珅以后,越加先意承志,说起南边风景,很是繁华。乾隆帝道:"朕亦想去游幸一次,只虑南北迢遥,要劳动官民,花费许多金钱,所以未决。"和珅道:"圣祖皇帝六次南巡,臣民并没有多少怨咨,反都称颂圣祖功德。古来圣君,莫如尧舜。《尚书·舜典》上,也说五载一巡狩,可见巡幸是古今盛典,先圣后圣,道本同揆,难道当今万岁,反行不得么? 况且国库充盈,海内殷富,就使费了些金银,亦属何妨。"乾隆帝生平,最喜仿效圣祖,又最喜学着尧舜,听了和珅一番言语,正中下怀,自来英主多愿爱民,后来亦多被小人导坏,汉武、唐玄与清高宗皆此类也。便道:"你真是朕的知己!"遂降旨预备南巡。和珅计差,督造龙舟,建得穷工奇巧,备极奢华,把康、雍两朝省下的库储,任情挥霍,好像用水一般;和珅从中得了数十万好处,乾隆帝还奖他办事干练,升他做了侍郎。这叫做升官发财。和珅复飞咨各省督抚,赶修行宫,督抚连忙募工修筑,又把水陆各道,一律疏通,准备巡幸。乾隆十六年春正月,乾隆帝奉皇太后启銮,宫中挑选了几个妃嫔,作为陪侍,皇后独没福随游,优俪之情可想。外面除留守人等，尽令扈从，仪仗车马，说不胜说，数不胜数。开路先锋，便是新任侍郎和珅，御驾所经，督抚以下，尽行跪接，一切供奉，统由和珅监视。和珅说好，乾隆帝定也说好，和珅说不好，乾隆帝定也说不好。督抚大员，都乞和珅代为周旋，因此私下馈遗，以千万计。

两宫舍陆登舟，驾着龙船，沿运河南下，由直隶到山东，从前已经游历，没甚可玩，只在济宁州耽搁一日。由山东到江苏，六朝金粉，本是有名，乾隆帝为此而来，自然要多留几天。扬州住了好几日，苏州又住了好几日，所有名胜的地方，无不游览。苏杭水道最便，复自苏州直达杭州，浙省督抚，料知乾隆帝性爱山水，在西湖建筑行宫，格外轩敞。两宫到了此地，游遍六桥三竺，果觉得湖山秀美，逾越寻常。乾隆帝非常喜悦，不是题诗，就是写碑；有时脑筋笨滞，命左右词臣捉刀，并召试诸生谢墉等，赏给举人，授内阁中书。又亲祭钱塘江，渡江祭禹陵，复回至观潮楼阅兵。

忽报海宁陈阁老，遣子接驾，乾隆帝奇异起来，还是太后叫他临幸一番，遂自杭州至海宁。此时陈阁老闻御驾将到，把安澜园内，装潢得华丽万分，陈府外面的大道，整治得平坦如镜，随率领族中有职男子，到埠头恭候。隔了数时，遥见龙舟徐徐驶至，泊了岸，便排班跪接，奉旨叫免。陈阁老等候两宫上岸登舆，方谢恩而起，恭引至家。陈老夫人，亦带了命妇，在大门外跪迎，两宫又传旨叫免，乃起导两宫入安澜园，下舆升坐。接驾的一班男妇，复先后按次叩首。两宫命陈阁老夫妇，列坐两旁，陈阁老夫妇又是谢恩。余外男妇等奉旨退出。于是献茶的献茶，奉酒的奉酒，把陈家忙个不了。幸亏随从的人，有一半扈跸入园，有一半仍留住舟中，所以园内不致拥挤。两宫命陈阁老夫妇侍宴，随从的文武百官，宫娥彩女，亦分高下内外，列席饮酒，大约有一二百席，山南海北的珍味，没一样不采列，并有戏班女乐侑宴。这一番款待，不知费了多少金钱。只乾隆帝御容，很有点像陈阁老，陈老太太有时恰偷觑御容，似乎有些惊疑的样子。究竟乾隆帝天亶聪明，口中虽是不言，心中恰是诧异。酒阑席散，奉了太后，与陈阁老夫妇，到园中游玩一周，回入正厅。乾隆帝谕陈阁老夫妇道："这园颇觉精致，朕奉太后到此，拟在此驻跸数天。但你们两位老人家，年力将衰，不必拘礼，否则朕反过意不去，只好立刻启行了。"陈阁老忙回道："两宫圣驾，不嫌亵陋，肯在此驻跸数日，那是格外加恩，臣谨遵旨！"皇帝到了家里，陈阁老以为光宠，我说实是晦气。太后亦谕道："此处伺候的人很多，你两老夫妇，可以随便疏散，不必时时候着。"阁老夫妇谢恩暂退。

是夕，乾隆帝召和珅密议，说起席间情况，嘱和珅密察。和珅奉旨，屏去左右，独自一人在园间踱来踱去，假作步月赏花的情形。更深夜静，四无人

第三十六回　御驾南巡名园驻跸　王师西讨叛酋遭擒

声,和珅不知不觉,走到园门相近,仍不闻有什么消息,正想转身回至寝室,忽见园角门房内,露出灯光一点,里面还有唧唧哝哝的声音,便轻轻的掩至门外,只听里面有人说道:"皇上的御容,很像我们的老爷,真是奇怪。"接连又有一人道:"你们年纪轻轻,哪里晓得这种故事?"前时说话的人又问道:"你老人家既晓得故事,何不说与我们一听。"和珅侧着耳朵,要听他对答,不料下文竟尔停住,只有一阵咳嗽声,咯痰声,不肯直叙,这是文中波澜。不免等得焦躁起来。亏得里面又在催问,那时又闻得答语道:"我跟老爷已数十年,前在北京时,太太生了一位哥儿,被现今皇太后得知,要抱去瞧瞧,我们老爷只得应允,谁料抱了出来,变男为女,太太不依,要老爷立去掉转,老爷硬说不便,将错就错的过去。现在这个皇上,恐怕就是掉换的哥儿呢。"这两句话,送入和珅耳中,暗把头点了数点。忽听里面又有人说道:"你这老总管亦太粗莽,恐怕外面有人窃听。"和珅不待听毕,已三脚两步的走了。路中碰着巡夜的侍卫,错疑和珅是贼,的确是个民贼。细认乃是和大人,想上前问安,和珅连忙摇手,匆匆的趋回寝室。睡了一觉,已是天明,急起身至两宫处请安。乾隆帝忙问道:"有消息么?"和珅道:"略有一点消息,但恐未必确实。"乾隆帝道:"无论确与不确,且说与朕听!"和珅道:"这个消息,奴才不敢奏闻。"乾隆帝问他缘故,和珅答称:"关系甚大,倘或妄奏,罪至凌迟。"乾隆帝道:"朕恕你罪,你可说了。"和珅终不敢说,乾隆帝懊恼起来,便道:"你若不说,难道朕不能叫你死么?"和珅跪下道:"圣上恕奴才万死,奴才应即奏闻,但求圣上包涵方好!"乾隆帝点了点头,和珅便将老园丁的言语,述了一遍。乾隆帝吃了一惊,慢慢道:"这种无稽之言,不足为凭。"聪明人语。和珅道:"奴才原说未确,所以求圣上恕罪!"乾隆帝道:"算了,不必再说了。"忽报陈阁老进来请安,乾隆帝忙叫免礼,并传旨今日启銮,还是陈阁老恳请驻跸数天,因再住了三日,奉太后回銮,陈阁老等遵礼恭送,不消细说。

　　两宫仍回到苏州,复至江宁,登钟山,祭孝陵,泛秦淮河,登阅江楼,又召试诸生蒋雍等五人,并进士孙梦逵,同授内阁中书。驻跸月余,方取道山东,仍还京师。回京后,乾隆帝欲改易汉装,被太后闻知,传入慈宁宫,问道:"你欲改汉装么?"乾隆帝不答,太后道:"你如果要改汉装,便是不忠不孝,不仁不义,我亦要让你了。"乾隆帝连称不敢,方才罢议。冕旒汉制终难复,徒向安澜驻翠葆。

　　日月如梭,忽忽间又过三年,理藩院奏称准噶尔台吉达瓦齐遣使入贡,乾隆帝问军机大臣道:"准部长噶尔丹策零,数年前身死,嗣后立了那木札尔,又立了喇嘛达尔札,扰乱数年,朕因他子孙相袭,道途又远,所以不去细问。怎么今日,换了个达瓦齐?"军机大臣道:"那木札尔,系噶尔丹策零次子,策零死,那木札尔立,后来因昏庸无道,被他女兄的丈夫弑掉了,另立策零庶长子喇嘛达尔札,现在喇嘛达尔札,又被部众弑掉,改立达瓦齐,这达瓦齐闻是准部贵族大策零子孙呢。"乾隆帝道:"照这般说,达瓦齐系策零仆属,胆敢篡立,实是可恨,朕拟兴师问罪,免他轻视天朝。"正商议间,又接边臣奏折,内称:"辉特部台吉阿睦撒纳,为达瓦齐所败,愿率众内附"等语。乾隆帝即命阿睦撒纳来京陛见,并却还达瓦齐贡使。阿睦撒纳奉了上谕,当即到京求见,由理藩院尚书带入,阿睦撒纳叩首毕,乾隆帝问道:"你便是辉特部台吉么?"阿睦撒纳答道:"是。"乾隆帝又问道:"你如何与达瓦齐开战?"阿睦撒纳道:"达瓦齐篡了准部,还想蚕食他方,臣本与他画疆自守,毫无干涉,他无端侵入臣境,臣与他战了一场,被他杀败,因此叩关内附,仰乞大皇帝俯赐矜全!"乾隆帝见他身材雄伟,言语爽畅,不觉喜悦,便道:"朕正想发兵讨达瓦齐,你来得很好。"阿睦撒纳道:"大皇帝果发义师,臣愿作为前导。"乾隆帝道:"你肯为朕尽忠,朕却不吝重赏。"阿睦撒纳谢恩而出。乾隆帝即召集王大臣,会议发兵计画,并言荡平准部,就在阿睦撒纳身上。军机大臣舒赫德奏道:"臣看阿睦撒纳相貌狰狞,必非善类,请圣上不要信他!"乾隆帝怫然不悦,便厉声道:"据你说来,达瓦齐是不应讨么?"舒赫德道:"达瓦齐非不应讨,但阿睦撒纳,乞皇上不可重用!"乾隆帝复厉声道:"阿睦撒纳是生长彼地,地理人情,都应熟悉,朕若不去用他,难道用你不成!"舒赫德素性刚直,还要接口道:"圣上要用这阿睦撒纳,请将他部下余众,徙入关内,免得后患。"乾隆帝怒道:"你这般胆小,如何好做军机大臣?"叱侍卫逐出舒赫德。舒赫德叹息而去。忠言逆耳,令人呜咽。傅恒见乾隆帝发怒,忙上前道:"圣上明烛万里,此时正好出征准部,戡定西陲。"这等拍马屁的伎俩,想是从闻训得来。乾隆帝怒容渐霁,徐答道:"究竟是你有些智谋。但还是今年出兵,明年出兵?"傅恒道:"据臣愚见,今年且先筹备起来,待明年出兵未迟。"乾隆帝准奏,遂下旨饬八旗将士先行操练,并封阿睦撒纳为亲王。

　　看官!你道这阿睦撒纳,究竟是何等样人?他的言语,究竟可靠不可靠?小子须要补述一番方好。阿睦撒纳是丹衷的遗腹子,丹衷系策妄女婿,策妄借结婚政策,灭了丹衷的父亲拉藏汗,应第二十九回。丹衷穷无所归,寄食准部,免不得怨恨策妄。策妄又把丹衷害死,将自己的女儿,改醮辉特部酋,只五六月生了一个男孩子,就是阿睦撒纳。阿睦撒纳长大起来,继了后父的位置,见准部内乱,蓄志并吞,先帮助达瓦齐,杀了喇嘛达尔札,自己迁至额尔齐斯河,胁服杜尔伯特部。达瓦齐也阴怀疑忌,大举攻阿睦撒纳,阿睦撒纳乃托名内附,想借清朝兵力,灭掉达瓦齐,自己好占据准噶尔。巧遇乾隆帝好大喜功,听了阿睦撒纳的言语,决计用兵。会准部小策零属下萨拉尔,及达瓦齐部将玛木特,先后降清,阿睦撒纳又促请出师。于是乾隆二十二年春,命尚书班第为定北将军,出北路。陕甘总督永常为定西将军,出西路。北路用阿睦撒纳为前导,授他做定边左副将军。西路用萨拉尔为前导,授他做定边右副将军。玛木特做了北路参赞,西路参赞,用了内大臣鄂容安。两副将军各领前锋先进,将军参赞等次第进行。浩浩荡荡,直达准部。沿途经过的部落,望见两副将军大纛,多识是前时故帅,望风崩角,拜谒马前。到了夏间,两路大军并至博罗塔拉河,距伊犁只三百里。达瓦齐闻报,慌做一团,仓猝征兵,已来不及,只带了亲兵万人,向西北出奔,走入格登山去了。清军长驱追袭,将到格登山,夜遣降将阿玉锡等,率领二十余骑,往探路程。阿玉锡想夺头功,竟乘夜突入敌营,拍马横矛,威风凛凛,达瓦齐部众,还道是清军齐到,四散奔逃。真不济事。达瓦齐也落荒窜去,爬过大山,投入回疆。他想平日要好的回酋,只有乌什城主霍吉斯,一口气奔到乌什城。霍吉斯也出城迎接,谁知进了城门,一声胡哨,伏兵尽发,把达瓦齐拿住。达瓦齐向霍吉斯道:"我与你一向至交,如何缚我?"霍吉斯也不与多说,取出清帅檄文,与他细瞧。达瓦齐道:"好好!你总算卖友求荣了。"该骂!当下被霍吉斯推入囚车,解送清营。清两帅回到伊犁,这时候,罗卜藏丹津还絷在伊犁狱中,遂一并擒出,与达瓦齐槛送京师。

乾隆帝得了红旗捷报,召两军凯旋,亲御午门,行献俘礼。达瓦齐及罗卜藏丹津,觳觫万状,捣头如蒜。隆乾帝大笑道:"这样人物,也想造反,正是夜郎自大,不识汉威哩。"遂传旨赦他死罪。一面大封功臣,首奖大学士傅恒襄赞有功,再加封一等公。马屁又被他拍着了。定北将军班第封一等诚勇公,副将军萨拉尔,封一等超勇公,副将军阿睦撒纳,晋封双亲王,食亲王双俸,参赞玛木特封为信勇公;铭功勒石,说不尽的夸耀。永常鄂容安等未沐荣封,不识何故。又拟复额鲁特四部遗封,封噶尔藏为绰罗斯汗,巴雅特为辉特汗,沙克都为和硕特汗,还有杜尔伯特部,就封了阿睦撒纳。乾隆帝的意思,无非是犬牙相错、互生箝制的道理,谁知阿睦撒纳雄心勃勃,竟想雄长四部,渐渐的跋扈起来。正是:

  非我族类,其心必异;
  过严则怨,过宽则肆。

不数月,留守伊犁大臣,奏报阿睦撒纳造反了,乾隆帝闻报大惊,究竟阿睦撒纳如何谋反,且看下回分解。

  此回叙陈阁老事,非传陈阁老,传高宗也。叙阿睦撒纳事,非传阿睦撒纳，亦传高宗也。高宗第一次南巡，便觉挥霍不赀，厥后南巡复数次，劳民费财，可想而知。陈阁老事，尚是本回之宾，不过假故老遗传，作为渲染耳。南巡以后，复议西征，写出高宗好大喜功气象，阿睦撒纳来降，乃是适逢其会，是阿睦撒纳亦一宾也，达瓦齐则成为宾中宾矣。阅者当如此体会，方见作书人本旨。

第三十七回　灭准部余孽就歼
　　　　　　荡回疆贞妃殉节

　　却说达瓦齐就俘后，清师奉旨凯旋，只留班第、鄂容安二人，带了随兵五百名，与阿睦撒纳，办理伊犁善后事宜。阿睦撒纳移檄邻部，讳言降清，阳称清廷命他统领各番，来平此地；又暗嘱党羽四布流言，欲安准部，必须立阿睦撒纳为大汗。班第、鄂容安遣使密奏，乾隆帝亦付他密旨，令诱诛阿睦撒纳。看官！你想阿睦撒纳率众西行，已似大鱼纵壑，哪里还肯来入网呢？况班第、鄂容安，手下只有五百名随兵，也不好冒昧举事。接了朝旨，按住不发，惟促阿睦撒纳入朝。阿睦撒纳竟号召徒众，来攻班第、鄂容安。班第、鄂容安且战且走，驰了三百余里，死的死，逃的逃，只剩了数十骑，番兵却有数千追来，班第料不能脱，拔刀自刎，鄂容安也只得步他后尘了。这是乾隆帝害他。

　　是时定西将军永常，已奉朝旨出驻木垒，闻报番兵大至，退兵巴里坤，移粮哈密，因此阿睦撒纳，声焰愈盛。清廷逮回永常，命公爵策楞前代，玉保富德、达尔党阿为参赞，出巴里坤进剿。玉保分军先进，忽有番卒来报，阿睦撒纳已由他部下诺尔布擒献，玉保大喜，即向策楞处报捷。策楞也不辨真伪，飞章奏闻，不想过了数日，毫无影响。将军参赞，先后驰至伊犁，阿睦撒纳，已远飏至哈萨克了。原来阿睦撒纳闻大兵前进，恐不能敌，特差个番卒，驰到清营，假称被擒，他却望西遁去。策楞玉保中了他的缓兵计，到了伊犁，你怨我，我怨你，怨个不了，总归无益。策楞玉保统是没用人物，还亏阿睦撒纳不用诱敌计，只用援兵计，尚得安抵伊犁。

　　乾隆帝闻知消息，复将策楞、玉保革职。令达尔党阿为将军，飞速追剿，又命巴里坤办事大臣兆惠，为定边右副将军，出兵赴援，满望旗开得胜，马到成功。谁知达尔党阿，到哈萨克边界，又被阿睦撒纳骗了一回，佯称哈萨克汗愿擒献阿酋。往返驰使，仍无要领，额鲁特三部新封台吉，反一律谋变，与阿睦撒纳通同一气。阿睦撒纳间道驰还，大会诸部。这达尔党阿还在哈萨克边境，檄索罪人，正是可笑。只定边右副将军兆惠，率兵千五百人，已至伊犁，探

第三十七回　灭准部余孽就歼　荡回疆贞妃殉节

得额尔特诸部，已皆叛乱，自知孤军陷敌，不能久驻，忙领兵驰回。沿途一带，统是敌垒，兆惠拼命冲突，走一路，杀一路，杀到乌鲁木齐，刀也缺了，弹也完了，粮也尽了，可怜这等兵士，身无全衣，足无全袜，每日又没有全餐，只宰些瘦驼疲马，勉强充饥，正苦得了不得。老天又起风下雪，非常严冷，兆惠想遣人乞援，也不知何处有清兵，驿传声息，到处隔断。忽闻番兵又踊跃前来，把乌鲁木齐围得铁桶相似，兆惠泣向军士道："事已至此，看来我辈是不得活了。但死亦要死得合算，狠狠的杀它一场，方值得死哩。"军士道："大帅吩咐，安敢不从！但粮尽马疲，奈何？"正在危急，忽东北角鼓声喧天，有一支兵马到来，兆惠登高一望，遥见清军旗帜，不禁大喜，谢天谢地。番兵见援兵已到，不知有多少大兵，一声吆喝，解围而去。番众实是无能。兆惠出寨迎接，乃是侍卫图伦楚，因兆惠久无音信，率兵二千来探信息，无意中救了兆惠。兆惠与他握手进营，住了一日，便同回巴里坤。当下飞书告急。

　　乾隆帝命逮达尔党阿回京，授超勇亲王策凌子成衮扎布，为定边左副将军，出北路，仍令兆惠出西路往剿。此次兆惠惩鉴前辙，挑选精骑，带足粮草，誓师进发，决平叛寇。巧值绰罗斯部噶尔藏汗，被兄子噶尔布篡弑，噶尔布又被部下达瓦杀死。辉特和硕特两部中，痘疫盛行，多半死亡，兆惠趁这机会，杀将过去，好像摧枯拉朽一般。番众战一阵，败一阵，诸部酋长先后败死，阿睦撒纳又弄得仓皇失措，急急如丧家犬，漏网鱼，仍窜至哈萨克。兆惠率兵穷追，到哈萨克界，哈萨克汗阿布赉，遣使至军，愿擒献阿睦撒纳。兆惠对来使道："你主愿擒献阿逆，须于三日内缴到，过了三日，本将军恰是不依，驱兵进攻，玉石俱焚，那时不要后悔！"来使唯唯而去。越二日，哈萨克又遣使到军，报称："阿睦撒纳狡黠万状，我国正欲擒献，不料被他走脱，逃入俄罗斯去了。现奉汗命，前来请罪，并贡献方物，仰求大帅赦宥！"兆惠见他惶迫情状，料知语言无欺，只得略加训斥，命他回去。一面即飞奏清廷，由理藩院行文俄国，索交叛酋。后来俄国饬人搜捕，阿睦撒纳已患痘身亡，只把尸首送交清吏。于是命成衮扎布归镇乌里雅苏台，留兆惠搜剿余孽。自乾隆二十二年至二十五年，清兵先后追剿，自山谷僻壤及川河流域，没一处不寻到，没一处不搜灭，统计额鲁特二十余万户，出痘死的约四成，窜走俄罗斯、哈萨克等处约二成，被清兵剿灭的约三成，还有一成编入蒙古籍，不过二万户，而且妇女充赏，丁壮为奴，额鲁特遗民，自此寥落了。阿睦撒纳料是绝大的扫帚星转世。

　　准部既平，清廷乃画疆分土，设官筑城，驻防用满兵，屯粮用旗兵，特简任伊犁将军，作了一个统辖的元帅。天山北路，方入清室版图，免不得镌碑勒石，旌德表功，费了几个儒臣笔墨，成了几篇煌煌大文，这也不消细说。

　　但乾隆帝得陇望蜀，平了准部，又想南服回疆。这回疆就在天山南路，与准部只隔一山，起初系元太祖次子察哈台领土，传了数世，回教祖摩诃末子孙，由西而东，争至天山南路，生齿渐蕃，喧客夺主，察哈台的后裔，反弄到没有主权。因此天山南路，变作回疆。康熙时，噶尔丹强盛，举兵南侵，把元裔诸汗，迁到伊犁，并将回教头目阿布都实特，亦拘去幽禁。噶尔丹败死，阿布都实特脱身归清，圣祖赏他衣冠银币，遣官送到哈密，令还故地。阿布都实特死，其子玛罕木特，想自立一部，不受准噶尔约束。策妄又遣兵入境，将玛罕木特及他两个儿子，统拿至伊犁，幽禁起来。及清将军班第等到伊犁后，玛罕木特已死，长子那布敦，次子霍集占，尚被拘絷。班第奏闻清廷，得旨释那布敦归叶尔羌，令他统辖旧部，留霍集占居住伊犁，职掌教务。不到数月，阿睦撒纳谋反，准部复乱，霍集占反率众助逆，等到清副将军兆惠，攻入伊犁，阿睦撒纳西走，霍集占亦遁入回疆。兆惠剿平准部，奏遣副都统阿敏图，南往招抚。

这个那布敦胆子颇小，愿遵清朝指挥，偏偏胞弟霍集占，自北路遁归，谏那布敦道：“我远祖摩诃末，声灵赫濯，天下闻名，传到我辈子孙，反受人家压制，真是惶愧万分。现在准部已亡，强邻消灭，不谋独立，更待何时？”语颇不错，可惜不度德，不量力。那布敦道：“清兵来攻，如何抵挡？”霍集占道：“清军新得准部，大势未定，料他无暇进兵，就使率军南来，我也可据险拒守，等他兵疲粮绝，逃去都来不及，怕他什么？”那布敦尚在迟疑，霍集占又道：“哥哥若要降清，恐怕从今以后，世世要做奴仆过去，他要我的金钱，我只得将金银奉去，他要我的妻子，我只得将妻子送去，他要我的头颅，我也只得把头颅献去。我们兄弟两人，还有安静的日子么？”我亦要问霍集占道，你不降清，金银管得住么？妻子守得牢么？头颅保得定么？这叫做自去寻死。那布敦被他说得动心，遂依了阿弟的计画，错了，完了。便召集回众，自立为巴图尔汗，传檄各城，戒严以待。

回户数十万众，向来迷信宗教，因那布敦兄弟，确是摩诃末后裔，称他为大小和卓木，和卓木三字，乃是回语，译作汉文，便是圣裔的意义，至此得了圣裔的檄文，自然望风响应。只库车城主鄂对，恐怕强弱不敌，率了党羽，拟奔伊犁，途次与阿敏图相遇，仍令回转库车，同去招抚。不料霍集占闻鄂对出走，已遣部下阿布都驰到库车，把鄂对亲族一一杀死，登陴固守。鄂对闻报，大哭一场，嗣与阿敏图商议，请亟归伊犁，添兵复仇。阿敏图道：“我是奉命招抚，今不见叛众，便想回去，叫我如何对将军？”鄂对再三谏阻，阿敏图只是不从，也是一个不识时务。且令鄂对先回伊犁。他只带了百余骑，驰到库车，阿布都诱他入城，一阵乱剁，凭你阿敏图如何忠诚，也入阎罗宝殿去了。清廷因兆惠剿抚准部，尚未竣事，别命都统雅尔哈善为靖逆将军，率兵征回。雅尔哈善自吐鲁番进攻库车，大小和卓木引军数千，越大戈壁来援，与清兵战了两次，都被打得落花流水，大小和卓木，退入城中。清兵乘势围攻，城坚难拔，提督

第三十七回　灭准部余孽就歼　荡回疆贞妃殉节

马得胜，募敢死兵六百名，暗掘地道，昼夜不息。将及城中，守兵闻地下隐有响声，料是穿穴，便循途按索，到了城脚边，掘下一洞，适通地道守兵，把草塞住，用火燃着，烟焰冲入穴中。可怜六百个清兵，不能进，不能退，都被烧得乌焦巴弓。好像竹管里煨泥鳅。雅尔哈善经此大创，不敢力攻，大小和卓木乘机遁还，阿布都也率众逃去。

清兵只得了一个空城，乾隆帝闻知大怒，饬将雅尔哈善、马得胜等，尽行正法，仍命兆惠移师南征。兆惠檄调各路兵，尚未到齐，因朝旨催促，即率步骑四千余先进，过了天山，收复沙雅尔、阿克苏、乌什等城，住阿克苏城数日。后兵未至，兆惠性急如火，留副将军富德驻阿克苏，等待后军，他竟带了二三千人，冒险前行。途中侦知大和卓木那布敦，在叶尔羌，小和卓木霍集占在喀什噶尔，乃再分兵八百名，使副都统爱隆阿，遏住喀什噶尔援路，自率千余骑，径趋叶尔羌。叶尔羌城东有河，叫作叶尔羌河，亦称黑水，兆惠兵少，不能进攻，便倚水立营。遥见叶尔羌城南驼马往来，是个阔大的牧场，兆惠欲夺作军用，径命兵士渡河，河上本有木桥，清兵跨桥而过，桥未拆断，诱敌可知。方过了四百骑，谁知桥下暗有伏兵，铙钩齐起，将木桥钩断，城中出回兵五千骑，前来邀击。隔河清兵，不能相救，河西四百骑，哪里当得住回兵？急忙弃了马匹，凫水逃回。贪小失大。回兵复搭好了桥，逾桥东来，后面又添了步兵万人，张着两翼，来围清兵。兆惠左右冲突，马中枪，再毙再易，总兵高天喜战殁，参赞明瑞亦受伤，虽杀了番兵千名，究竟众寡悬殊，支持不住，只得退入营中，赶紧筑垒，准备固守。番兵亦筑起长围，四面攻打，枪炮如雨，幸亏清营靠着丛林，枪弹多飞入林中，清兵伐树，得了铅弹数万枚，还击回兵，又复掘井得水，掘窖得粟，赖以不困。

兆惠遣了五卒，分路赴阿克苏告急，又檄爱隆阿还军阿克苏，催援军同至。爱隆阿未到阿克苏，富德已接警报，忙率军三千，冒雪赴援，到了呼拉玛，距叶尔羌尚三百余里，忽遇喀什噶尔回兵，截住去路，转战四昼夜，回兵越来越多，将富德军围住，接连数日，杳无援兵，富德急得了不得。一日，天气昏黑，入夜尤甚，回兵各燃着火把，轮流进扑，富德连忙抵御，拼命鏖斗，突闻一片喊声，自东而至，回兵纷纷倒退。富德乘势杀出，火光中来了一员清将，乃是爱隆阿，富德大喜，即与爱隆阿合兵。爱隆阿道："巴里坤参赞阿公亦到。"富德忙拍马去会阿大臣，这位阿大臣，名叫阿里衮，他奉了廷旨，领兵六百名，解马二千匹，驼一千头，至阿克苏，适值爱隆阿去催援军，遂合军前来，解了富德的围。回兵在夜间不辨多少，四散溃遁。富德、爱隆阿与阿里衮两下相见，欣喜过望，也不及休息，同趋叶尔羌。兆惠日望援军，遥闻炮声大作，料知援军已至，即勒兵突围，内外夹攻，杀敌千余，毁了敌垒，同还阿克苏。

过了冬，已是乾隆二十四年。阿克苏已集清兵新旧军凡三万人，分道进行,兆惠由乌什攻喀什噶尔,富德由和阗攻叶尔羌,每路兵各万五千,大小和卓木闻清兵大至,不敢迎敌,带了妻孥仆从,并携辎重,逾葱岭西遁,清兵奋勇追赶,到阿尔楚山,前面见有回众,大半是老弱残兵,富德料是诱敌,令明瑞、阿桂为左翼,阿里衮巴禄为右翼,先据了左右二峰,然后富德领着中军,从山口进去。进了山口,果然伏兵四起,那时清兵左右两翼,从上杀下,把伏兵一齐杀退,追攻二十余里,戮回兵无数,并斩他骁将阿布都,大小和卓木逃至巴达克山,大和卓木那布敦,挈了家眷先走,小和卓木霍集占,手下还有万人,倚山为阵,率众死战。富德又分军两路,左右夹攻,用了大炮,向敌轰击,霍集占不能支,逾山而遁,谁知前面山路逼促,又有辎重塞住,一时急走不脱;后面又被清军追上,进退两难。富德令降人鄂对等,竖起回纛,大呼招降,回众情愿投顺,蔽山而下,声如奔雷,霍集占忙夺路逃脱,偕那布敦急入巴达克山。巴达克山部酋,闻大小和卓木,拥众而至,遣使探问,霍集占见了来使,命回报酋长,立刻亲迎。来使出语不逊,霍集占拔出佩刀,把他斩首。穷蹙至此,还要妄为,真正该死。于是巴达克山部酋,兴兵拒战,和卓木兄弟,连妻孥旧仆,只有三四百人,被巴达克兵围住,上天无路,入地无门,都束手就缚,个个被他擒去。巴达克部酋,为使臣报仇,将大小和卓木,一齐枭首,还想将他家属,统行处死,适清使持到檄文,索献罪犯,他乐得卖个人情,把大小和卓木的头颅,及他家眷等,尽行缴出。金银也丢了,妻子也抛了,头颅也断送了。富德命军士押着回酋家属,驰归大营,与兆惠联衔奏捷。乾隆帝命陕甘总督杨应琚,筹办回疆善后事宜,兆惠等俱召还京师,遂封兆惠为一等公,加赏宗室公品级鞍辔,富德封一等侯,并赏戴双眼翎,参赞大臣阿里衮、明瑞等,俱赏戴双眼翎,又记起从前舒赫德的忠直,还他原职,其余在事各官员,俱交部议叙。又做了几篇平定回部的碑文,内外勒石,称颂功德。

到次年二月,兆惠等奏凯还朝,乾隆帝亲至良乡,举行郊劳典礼。兆惠、富德等领队到坛,格外严肃。乾隆帝下坛迎接,兆惠以下,都下马见驾,叩首谢恩。乾隆帝亲自扶起,说了许多慰劳话儿,遂一同登坛。乾隆帝升了御幄,当由军士将大小和卓木家眷,推到坛前。这时乾隆帝龙目俯瞰,见有一位绝色妇女,也是两手反绑,列入罪犯队里,乾隆帝不禁怜惜起来,便问道:"这是叛回的家眷么?"兆惠应了声"是。"乾隆帝道:"妇女无知,也遭此缧绁,瞧她情状,很是可怜,朕拟一律赦宥。"兆惠忙道:"罪人不孥,乃是圣主仁政,皇上恩赦了她,她定然感激不浅。"拍马屁的又到了。乾隆帝传旨释缚,众回家眷,叩首谢恩,独这绝色女子,虽是随班俯伏,她口中恰绝不道谢。比众不同。

郊劳礼毕,御驾还宫,立召和珅入见,和珅进内请安毕,乾隆帝问道:"朕见叛回眷属中,有个绝色妇人,未知是谁?"和珅道:"待奴才探问的确,再来奏闻!"说毕,趋出,不一时又入大内,奏称绝色妇人,乃是小和卓木霍集占的

第三十七回　灭准部余孽就歼　荡回疆贞妃殉节

妃子,回人叫她香妃,因她身上有一种奇香,天然生成,所以有此佳号。乾隆帝叹道:"朕做了天朝皇帝,不及那回部逆酋。"和珅道:"逆酋已死,这个佳人,被我军拿来,圣上要如何处置,便作如何处置。据奴才想来,回酋的幸福,究竟不及我天朝皇帝哩。"乾隆帝道:"朕想把她叫入宫中,但恐外人谈论,奈何?"和珅道:"罪妇为奴,本是我朝成例,今将香妃没入掖廷,有何不可?"小人最喜逢君之恶。乾隆帝大喜,便命宫监四名,随和珅去取香妃,好一歇,这三字乃从乾隆帝心中勘出。和珅已到,宫监导入香妃,玉容未近,芳气先来,既不是花香,又不是粉香,别有一种奇芬异馥,沁人心脾。走近御座前,乾隆帝见她柳眉微蹙,杏脸含颦,益发动人怜爱。宫监叫她行礼,她却全然不睬,只是泪眼莹莹。乾隆帝道:"她生长外域,未识中朝礼制,不必多事苛求。"便命宫监引入西苑,收拾一所寝宫,令她居住,并命宫监小心伺候。宫监已去,和珅亦退。次日,乾隆帝视朝毕,又召和珅入内,和珅见乾隆帝面带愁容,暗暗惊异,只听乾隆帝谕道:"香妃不从,如何是好?"和珅道:"她蒙恩特赦,又承圣上格外抬举,如何不从?"乾隆帝道:"她口中说的回语,朕却不能尽懂,幸宫中有个番女,颇谙回文,朕命她翻译出来,据言:'国破君亡,情愿一死。'朕亦不好强逼,你可有什么计策?"和珅想了一会,便道:"从前豫亲王多铎,得了刘三季,起初也很是倔强,后来好好儿做了豫王福晋,和睦得了不得。应二十二回。妇人家大都如此,总教待得她好,她自然回心转意。"乾隆帝道:"恐不容易。"和珅道:"她是做过回妃,一切饮食起居,统是回部格式,现若令她吃回式的菜蔬,穿回式的衣服,居回式的房屋,另择回部老妇,伺候了她,不怕她不渐渐服从。"乾隆帝依了和珅的计策,凡香妃服食,概募回教徒供奉,又在西苑造起回式房屋,并筑回教礼拜堂,选了数名老回妇,导香妃出入游览。怎奈香妃情钟故主,泪洒深宫,一片贞心,始终不改。乾隆帝百计劝诱,她却寂然漠然。有一日,被宫女苦劝不过,她竟取出一柄匕首来,刀光闪闪,冷气逼人,宫女都吓得倒躲。这事传到慈宁宫,太后恐乾隆帝被害,趁着乾隆帝郊天,住宿斋所,竟传旨宣召香妃,问她志趣。她只说了一个"死"字,太后遂勒令殉节。后人有诗咏香妃事道:

> 雏鬟生长大苑西,钿合无情宝剑携,
> 帝子不来花已落,红颜黄土玉钩迷。

　　香妃已死,乾隆帝尚未闻知,后来得了音耗,究竟伤感与否,容小子下回表明。

　　阿睦撒纳及大小和卓木,统不过胁惑徒众,盗弄潢池,故卒为兆惠所歼灭耳。不然，兆惠一卤莽武夫，只知猛进，动辄被围，得一智勇兼全之敌帅，吾恐兆惠将为塞外鬼，安能生还玉门，昂然为座上公乎？惟香妃以一被房之妇人，临以天子之尊威，始终不为所辱，凛节捐躯，临难不苟，番邦中有是妇，愧煞世人多矣。作者亟为表扬，可作彤史一则。

第三十八回　游江南中宫截发
　　　　　　征缅甸大将丧躯

　　却说乾隆帝郊天礼毕，回至宫中，闻报香妃已死，这一惊非同小可，忙走入香妃寝室，但见室迩人远，凄寂异常。便把侍过香妃的宫监，传来问话，宫监就将太后赐香妃自尽事，说了一遍。乾隆帝道："可曾入殓么？"宫监道："早经入殓，且已埋葬得两日了。"乾隆帝道："为什么不来报知？"宫监道："奉太后娘娘命，因圣上郊天，不准通报。"乾隆帝顿足道："这件事情，太后也太辣手了，"宫监道："太后娘娘，恐香妃不怀好意，所以把她赐死。"乾隆帝道："香妃死时，形状如何？"宫监道："香妃虽死，面色如生，全不见有惨死形状。"乾隆帝道："可敬，可敬，毕竟是朕没福消受。"乾隆帝得了香妃，未尝强暴，嗣闻太后赐香妃自尽，也不与太后怄气，这等举动，尚是难得。当下凭吊了一回，洒了几点惜花的眼泪。
　　自此闷闷不乐，几乎激成一种急病，还亏御医早日调治，方能渐渐平安。只是悲怀未释，无从排解，偏偏皇十四子永璐，皇三子永琪，又接连病逝；正是花凄月冷，方深埋玉之悲，芝折兰摧，又抱丧明之痛，未免有情，谁能遣此？傅恒、和珅等百计替他解闷，总不能得乾隆帝欢心，还是和珅知心着意，想出重幸江南的计议来，乾隆帝颇也愿意，到慈宁宫禀知太后，太后正因皇帝过伤，没法劝慰，闻了此语，便道："我也想出去散闷。俗语说得好：'上有天堂，下有苏杭，'这苏杭地方的风景，很是可玩。只前次南巡，皇后未曾随去，她已正位数年，也应叫她去玩耍一番，你意何如？"乾隆帝不敢违命，只得答道："圣母命她随去，谨当遵旨！"
　　当下定了日子，启跸南巡，一切仪仗，仍照前时南巡成制，不过多备了皇后凤辇一乘，龙舟等略加修饰，水陆起程，概如上年旧例。各省督抚，接驾当差，格外勤谨，只山东济宁州颜希深，下乡赈饥，擅令开仓发粟，把供奉皇差的事情，反一律搁起。两宫到了济宁州，御道上并没有什么供张，也不见知州迎驾。和珅道："哪个混帐知州，敢如此藐法么？"便令役从立传知州颜希深，回报颜希深下乡赈饥去了。和珅大怒，方想饬拿知州家属，适山东巡抚前来接

第三十八回　游江南中宫截发　征缅甸大将丧躯

驾,和珅向他发怒道:"你的属官,为什么这般糊涂?想你前时忘记下劄的缘故。"山东巡抚道:"卑职于月前下劄,早饬他恭迓銮舆,哪里敢忘记一点?"和珅道:"他下乡赈饥,应有公文申详,你既叫他办差,哪里还有工夫赈饥?这件事显见得老兄糊涂了。"山东巡抚道:"卑职也没有允他赈饥,他亦没有公事上来,真正不解。"和珅微笑道:"一点点知州官儿,不奉抚台札饬,擅敢发仓赈饥,自来也没有的。老兄欺我,我去欺谁,你自己去奏明皇上罢!"写出和珅威势。这句话,吓得山东巡抚屁滚尿流,一面令仆役去拿颜希深,一面下了龙舟,跪在两宫面前,只是磕头,口称奴才该死,奴才该死。奴膝婢颜,无逾于此。两宫倒惊疑起来,问他何故?这时和珅已踱了进来,代奏道:"济宁知州颜希深,目无皇上,既不来供差,又不来迎驾,奴才正问这山东抚臣哩。"乾隆帝道:"颜希深到哪里去了?"和珅答道:"闻说颜希深下乡赈饥,抚臣糊涂,佯作不知,求圣上明察!"寥寥数语,比上十款还要厉害。乾隆帝正想亲鞫山东抚臣,遥听岸上隐隐有哭泣声,便问和珅道:"岸上何人哭泣?"和珅出外探望,回奏:"颜希深的老母,由山东抚役拘到,是以哭泣。"乾隆帝怒道:"令她进来!"一声诏谕,外面即推进一个白发老妪,眼泪汪汪,向前跪下,口称臣妾何氏叩头。太后见她老态龙钟,暗加怜恤,急开口问何氏道:"你是济宁知州的母亲么?"何氏微应道:"是。"太后又问道:"你儿子到哪里去了?"老妪道:"前日河工出了险,地方绅士,环请急赈,臣妾儿子颜希深,因预备恭迓圣驾,不敢离身,怎奈难民纷纷来署,哀呼不休。臣妾见他凄惨万状,令儿子希深发粟赈饥,希深因未奉省饬,不敢擅行。臣妾素仰圣母仁慈,圣上宽惠,一时愚见,竟把仓粟开发,嘱子希深下乡施赈,快去快回。不料希深今尚未到,将供差接驾的大礼,竟致延误,臣妾自知万死,伏乞慈鉴!"老妇颇善口才。太后见她应对称旨,不禁喜形于色道:"你倒是一片婆心。古语说道:'国无民,何有君?'就使礼节少亏,亦应赦宥。"说到这句,便顾乾隆帝道:"赦了她罢!"不愧孝圣二字。乾隆帝尚未回答,和珅却见风使帆,忙道:"圣母仁恩,古今罕有。"忽而作威,忽而贡谀,这种人最是可恨。乾隆帝至此,自然也说出"遵旨"二字。太后便令何氏起来,何氏谢恩起立。这时山东巡抚,还是俯伏一旁,仿佛犬儿一般,太后也命他退出。山东巡抚,真是蒙着皇恩大赦,连磕数头,起身退出。外面又禀报济宁知州颜希深,恭请圣安,太后问道:"颜希深来了么?"便传旨着令进见。希深膝行而进,匍匐近前,急得"微臣该死"四字,都说不清楚。太后却笑起来道:"你不要这般惊慌!皇上已加恩赦你。本来巡幸至此,亦没有这般迅速,巧巧遇着顺风,所以先到一二天,想你总道是来得及的,因此贻误。"好太后。颜希深闻已恩赦,便放下了心,慢慢的奏道:"微臣下乡赈饥,总道事已速了,不意饥民很多,误了日子,微臣因胥吏放赈,恐致干没,不敢不亲自监察,今日返署,敬闻圣驾已巡幸到此,不及恭迎,罪当万死。幸蒙恩赦,感激莫名!"太后道:"你的母亲,亦已在此,你起来罢!"颜希深谢过了恩,慢慢起身,方见老母也站立一旁。太后复赐何氏旁坐,问了年龄子女等情,由何氏一一奏明。太后复道:"你回署去,须常教你儿子爱国爱民,方不失为贤母。"何氏连声遵旨。太后又命宫监两名,扶她上船,令颜希深随母回署。后来颜希深历级上升,做到河南巡抚,且不必细表。

　　单说两宫自济宁启行,一路上看山玩水,颇觉爽适,乾隆帝命先幸江宁,一面向和珅道:"江宁是个名胜的地方,前次南巡,只留驻了几日,闻得秦淮灯舫,传播一时,究竟不知如何?"和珅道:"此次皇上可多留数天,奴才谨当探察。"到了江宁,文武各官,照例迎驾,不消细说。和珅见了江宁总督,密令他饬办秦淮画舫,预备游览。是日两宫登陆,驻跸江宁,隔了一宵,和珅借观风问俗的名目,导皇上微行。乾隆帝早已会意,不带随员,只命和珅扈从前往,行到秦淮河岸边,早泊有绝大画舫一艘,和珅引乾隆帝登舟,舟中都是花枝招展的美人儿,一拥上前,磕头请安。乾隆帝与和珅,虽不道出真相,假名假姓的说了一番。那班美人儿,统是有名的妓女,见多识广,料知不是俗客,况经地方官饬他当差,定然是扈跸南巡的著名人物,还差一着。便格外殷勤,奉了乾隆帝上坐,大家四围簇拥。乾隆帝龙目四瞧,这一个绰约芳姿,那一个窈窕丽质,默默的品评了一回,随向和珅道:"北地胭脂,究不及南朝金粉,你道如何?"和珅应了声:"是。"当下摆好酒席,乾隆帝面南而坐,和珅面北而坐,君臣礼总算不乱。东西两旁,统是美人儿挨次坐下。席间备极丰腆,浅斟缓酌,微逗轻謦,已而酒热耳红,兴高采烈,一面令舟子划入江心,一面令众妓齐唱艳曲,娇声婉转,响遏行云,耳鬓厮磨,魂消新雨。迨至夕阳西下,已近黄昏,万点灯光,荡漾水面,仿佛此身已入仙宫,别具一番乐境。此时乾隆帝已自醺然,免不得色迷心醉,左拥右抱,玉软香温,和珅亦趁这机会,分尝数脔。好一个篾片。到了次日,尚恋恋不舍,仍在舟中饮酒言欢,忽闻外面一片闹声,送入耳中,和珅即到后舱探望,见外面有一来船,船中有数人与舟夫争闹,和珅忙探头舱外,向邻船摇手,邻船中人,见是和珅,方欲开口,和珅忙道:"知道了,你等去罢!"原来邻船不是别人,乃是两个侍卫及太监数名,奉太后命,来寻皇帝。和珅早已猜着,不便与他细说,所以含糊回答。邻船得了消息,自然回去。和珅入舱,与乾隆帝附耳数语,便命舟夫摇船拢岸,饮完了酒,起岸而返。

　　太后见皇帝已回,也不暇细究,便命起銮至杭,乾隆帝遂传旨明日启跸,次晨即自江宁启行,直达杭州。途次为了秦淮河事,与皇后反目起来。皇后自正位后,没有什么恩遇,心中早已郁闷,此次秦淮河事,被宫监泄漏,忍耐不住,便与乾隆帝斗口。乾隆帝本不爱这皇后,自然没有好话,皇后气愤不过,

第三十八回　游江南中宫截发　征缅甸大将丧躯

竟把万缕青丝，一齐剪下。这也未免过甚。满俗最忌剪发，发已剪去，连仁爱的太后，也不便回护。乾隆帝大加忿怒，竟命宫监数名，将皇后送回京师，两宫到杭，又游览数日。乾隆帝因皇后挺撞，余怒未息，也不愿久留在外，便奉太后匆匆回京。自此与皇后恩断义绝，皇后忧愤成疾，延了一载，泪尽血枯，临危时候，乾隆帝反奉皇太后，到木兰秋狝去了。皇后闻知此信，痰喘交作，霎时气绝。当由留京王大臣奏闻行在，乾隆帝下谕道：

> 据留京办事王大臣奏：皇后于本月十四日未时薨逝。皇后自册立以来，尚无失德，去年春，朕恭奉皇太后巡幸江浙，正承欢洽庆之时，皇后性忽改常，于皇太后前，不能恪尽孝道；比至杭州，则举动尤乖正理，迹类疯迷，因令先程回京，在宫调摄。经今一载余，病势日剧，遂尔奄逝。此实皇后福分浅薄，不能仰承圣母恩眷，长受朕恩礼所致，若论其行事乖违，即予以废黜，亦理所当然，朕仍存其名号，已为格外优容，但饰终典礼，不必复循孝贤皇后大事办理，所有丧仪，止可照皇贵妃例行，交内务府大臣承办，着将此宣谕中外知之！

这是乾隆二十九年八月内的谕旨。乾隆帝罢猎回京，满大臣力争后仪，只是留中不报，自是乾隆帝竟不立后，到乾隆六十年，禅位嘉庆帝，其时嘉庆帝生母魏佳氏，已经病殁，乃追封为孝仪皇后。这且慢表。

且说中国南徼的缅甸国，自执献永历后，与中国毫无往来，不臣不贡。至乾隆十八年，云南石屏州民吴尚贤，赴缅东卡瓦部开矿，立了一个茂隆银厂。尚贤运动部酋，请将矿税入贡。中国复劝缅王莽达喇上表称藩，缅王遂遣使进贡，呈上驯象数匹，涂金塔一座，乾隆帝也颇加赏赉。不料云南大吏，诱尚贤回国，说他中饱厂课，拘入狱中。尚贤一片爱国心，被疆吏无端诬陷，有冤莫诉，愤极而亡。滇吏可杀。茂隆银厂，当即闭歇。嗣后缅甸内乱，木疏地方的土司，名叫雍藉牙，率众入缅，杀平乱党，自立为缅甸王，称新缅甸国，缅都无人反对，只桂家木邦两土司，不肯服他，联兵进攻。雍藉牙命子莽纪瑞率兵迎战，把桂家、木邦部众，尽行杀败。木邦土司罕底莽被杀，桂家土司宫里雁，窜入滇边。桂家本明桂王官属后裔，尝设波龙银厂，很有资财。云南总督吴达善，闻他巨富，令他倾囊以献。贪官可杀。宫里雁不允，吴达善命边吏驱逐出境。宫里雁没法，走入孟连土司。这孟连土司刁派春，素与吴达善交通，闻知宫里雁入境，潜率部众，邀击宫里雁。宫里雁不及防备，被他擒住，并将宫里雁妻孥金银，一并拿去。

刁派春将宫里雁缚献云南，复将宫里雁的金银，一半分送吴达善，一半留作自用。只宫里雁妻囊占，颇有三分姿色，他却不忍割爱，想她做小老婆，不愧姓刁。遂于夜间召囊占入室,逼她同寝。囊占不从,他竟想用强暴手段,急得囊占路绝计生,佯言愿侍巾栉,但须释放仆役,并择吉行礼,方好从命。刁派春中了她计,遂将仆役放出,令仍侍囊占,又命大设筵宴,与囊占成婚。囊占装出柔媚态度,侍刁派春饮酒。刁派春乐的要不得,由囊占接连代斟,灌得酩酊大醉。囊占召齐故仆,将刁派春剁作几段,刁派春算刁,谁知别人比他更刁。遂命故仆引导,启户窜去。此时孟连部众,因吃了喜酒,都已睡熟,哪个去管他这种闲帐。到了次日,始知头目被杀,急忙去追囊占。谁知她早已逃入孟艮土司去了。

囊占到了孟艮,探闻丈夫已被吴达善杀死,哭得死去活来;好一个智女,好一个烈女。既怨缅甸,复怨中国,遂吁请孟艮土司,要他入犯滇边,为夫报仇。孟艮部酋,见她悲惨,也不论什么强弱,便入侵滇边。总督吴达善只知搜括金银,此外毫无本领,闻报滇边不靖,忙遣人到京运动调任。俗语道:"钱可通神。"用了几万金银,便奉旨调任川陕,令湖北巡抚刘藻,往督云南。

刘藻到任,令总兵刘得成,参将何琼诏,游击明洪等,三路防剿,没有一路不败。刘藻束手无策,朝旨严行诘责,并命大学士杨应琚往滇督师。杨应琚到云南,刘藻恐他前来查办,忧惧交并,自刎而死。这是乾隆三十年间事。

会滇边瘴疠大作,孟艮土兵退去,杨应琚乘间派兵进攻孟艮,孟艮兵多半病死,不能抵御,一半逃去,一半迎降。应琚见事机顺手,欲进取缅甸,腾越副将赵宏榜且言:"缅酋新立,木邦蛮莫诸土司,统愿内附,应乘胜急进。"应琚即上疏奏闻,极陈缅甸可取状。一面移檄缅甸,号称天兵五十万,大炮千门,将深入缅境,如该酋畏威知惧,速即投降,免致涂炭。大言何益?一面分遣译人到孟密木邦蛮莫景线各土司,诱使献土纳贡,并为具表代陈。其时缅酋雍藉牙早死,再传至次子孟骏,他见了应琚檄文,毫不畏惧,反率众略边。各土司又首鼠两端,并不是诚心内附,于是赵宏榜领兵五百,由腾越出铁壁关,袭据蛮莫土司的新街。新街系中缅交通要道,缅兵不肯干休,水陆并进。陆兵攻陷木邦、景线,水军进攻新街,赵宏榜闻缅兵突至,急抛了器械,烧了辎重,走还铁壁关。惯说大话的人,最是没用。缅兵尾追宏榜,直至关外。

应琚得了败耗,又惊又悔,顿时痰喘交作,飞章告病。清廷急令两广总督杨廷璋赴滇襄办,又遣侍卫傅灵安,带了御医,往视应琚疾,并察军事。杨廷璋驰入滇境,遣云南提督李时升,率兵万四千人,进防铁壁关。时升又分道出兵,遣总兵乌尔登额出木邦,朱仑出新街。缅酋闻清兵分出,率众佯退,遣使乞和。时升信为真情,停止两路进兵,与缅人议款。杨应琚闻了议和消息,喜欢起来,病也渐愈,遂与时升联衔奏捷。又要做假戏文了。杨廷璋知缅事难了,乐得退职,遂奏言应琚病痊,臣谨归粤,得旨召还京师。应琚也巴不得廷璋离

第三十八回　游江南中宫截发　征缅甸大将丧躯

滇,省得窥破隐情。廷璋去后,忽闻缅兵绕入万仞关,纵掠腾越边境,应琚又惶急万分,飞檄乌尔登额,及总兵刘得成赴援。缅兵见有援军,向铁壁关退走。铁壁关本由李时升等把守,不敢截击,由他杀出,应琚反匿不上闻。会傅灵安密奏赵宏榜、朱仑失地退守,李时升临敌畏避,未亲行阵,于是清廷始悉军情,严旨诘责应琚。应琚反尽推到乌尔登额、刘得成身上,得旨一并逮问,令伊犁将军明瑞,移督云、贵,明瑞未至时,由巡抚鄂宁代理。鄂宁奏称应琚贪功启衅,掩败为胜,欺君罔上各情形,乾隆帝大怒,立逮应琚到京,迫他自尽。此时杨应琚不知作何状。

及明瑞到滇,先后调满洲兵三千,云、贵四川兵二万余名,大举征缅,令参赞额尔景额,及提督谭五格,率兵九千名出北路,由新街进行,自率兵万余人,由木邦南下,约会于缅都阿瓦。启行时,连旬淫雨,泥泞难行,明瑞只得缓缓前进,自夏至冬,始至木邦。木邦守兵,闻风早遁,明瑞留兵五千驻守,使通饷道,自率军渡锡箔江,进攻蛮结,连破缅兵十二垒,军威大振。乾隆帝闻报捷音,封明瑞诚勇嘉毅公。明瑞越加感奋,向缅都进发;途次险峻异常,马乏草,牛踏途,缅人又坚壁清野,无粮可掠。走入绝路。将士请结营驻守,俟北路军有消息,再定进止,明瑞不允,仍督兵前趋。这时向导乏人,屡次迷路,旋绕了好几日,方到象孔,部兵疲惫已极,北路军仍无音信。象孔距缅都尚有七十里,明瑞因兵劳食尽,料知难达,乃回兵至猛笼,得了敌粮少许,留驻数日,待北路军;北路军仍旧不至,乃拟由原路退归,不防缅酋率众来追,声势浩大,明瑞且战且行,令部将观音保、哈国兴等,更番殿后,步步为营,每日只行三十里。缅兵虽不敢围攻,奈总尾追不舍,每晨听清军吹角起行,他也起身追逐,行至蛮化,山路丛杂,明瑞令部兵扎营山顶,缅兵亦扎营山腰。明瑞传集诸将道:"敌兵藐我太甚,须杀他一阵方好。"观音保、哈国兴等,唯唯听命。当下明瑞令观音保等分头埋伏,次日五鼓,命兵士接连吹角,呜呜之声,震彻山谷。缅兵只道清兵启行,争上山追逐,忽遇伏兵突出,万枪齐发,那时连忙奔逃,走得快的,失足陨崖,走得慢的,中枪倒毙,趾顶相藉,坑谷皆满。小胜不足喜。自是缅兵不敢近逼,每夜必遥屯二十里外。明瑞饬将士休息数日,徐徐退回。到了小猛育,已与木邦相近,猛听得胡哨齐起,四面敌兵猬集,约有好几万人,明瑞大惊道:"罢了!罢了!"正是:

　　　　瓦罐不离井上破,将军难免阵中亡。

未知明瑞性命如何,请看下回分解。

　　高宗南巡,皇后截发,当时史官讳恶,只载迹类疯迷之谕,实则伏有原因,中宫固非无端疯迷也。著书人把赏花饮酒诸事,显为揭櫫,虽或言之过甚,然亦出自故老传闻,未尝凭空蜮射。且多归罪和珅,和珅固导帝微行者,不得谓事无左证也。下半回叙征缅事,与上文不相关涉,乃是从编年体裁,接连叙下。吴达善、刘藻、杨应琚等,无一胜任,赇帅当道,蠹吏盈边,清室盖中衰矣。明瑞猛将,孤军征缅,徒自丧躯,可为太息。高宗不悟,犹以好大喜功为事,其亦可以已乎。

第三十九回　傅经略暂平南服
　　　　　　　阿将军再定金川

　　却说明瑞到小猛育,见缅兵四集,不觉大惊,急忙扎住了营,召诸将会议。将士自象孔退回,途中已行了六十日,这六十日内,昼夜防备追兵,没有一刻安闲,此时四面皆敌,眼见得不能抵挡,当下会议迎敌诸将,面面相觑。明瑞道:"敌已知我力竭,所以倾寨前来,但不知北路军情,究竟如何？难道是统已覆没么？我现在只决一死战,明知不能脱身,然到援绝势孤的时候,还没有一人不尽力,没有一人不致死,将来敌人亦知难而退,我死后,继任的人,当容易办理了。诸将以为何如？"观音保道:"大帅且不怕死,何况我辈？惟我辈死在沙场,内地还没人知晓,这到可虑。"明瑞道:"我拟乘夜突围,令兵士前行,我愿断后,那时敌兵追来,我好死挡一阵,前面的兵士,总可逃脱几个,通报内地,叫他严守边疆,奏调别帅,岂不是好？"倒是赤胆忠心。当下议决,人人已知必死,倒也没有甚么伤感。

　　转瞬间已是黄昏,鼓角不鸣,拔寨齐出,哈国兴率领前队,观音保率领中队,明瑞与侍卫数十人,率领亲兵数百名断后。哈国兴一马当先,冲杀出来,缅兵不及措手,竟被他冲开血路,杀出重围。及观音保继进,缅兵已四面包围,把观音保围住。明瑞见中队被围,急率后军援应,舍命相争,人自为战,以一当十,以十当百。怎奈缅兵密密层层,旋绕上来,明瑞、观音保等,冲破一重,又被第二重截住,冲破第二重,又被第三重截住。从黄昏杀到天明,四面一望,仍旧是铜墙铁壁一般,手下将士,已伤亡过半,再接再厉,酣斗了两小时。观音保中枪倒毙,明瑞带领的侍卫,丧失殆尽。明瑞亦着了枪弹数粒,大吼一声而死。这场死战,只哈国兴带兵数百名逃归,余都覆没,真是可痛。

　　但北路的额尔景额一军,究竟到哪里去呢？原来额尔景额从新街南行,进次老官屯,被缅兵阻住,相持月余,额尔景额病死,他的阿弟额尔登额代统

第三十九回　傅经略暂平南服　阿将军再定金川

全军,屡战屡败,退至旱塔。缅兵由间道袭击木邦,木邦兵守五千人,出战不利,飞书至滇中告急。总督鄂宁,七檄额尔登额往援。额尔登额不应,反迂道回铁壁关,再从明瑞出师的路程,往救木邦。古语说道:"救兵如救火。"他却不走近路,转回关内,远绕而出,那时木邦早已陷没。留守参赞珠鲁讷等,早已阵亡。缅兵从木邦回到小猛育,适值明瑞退到彼处,遂乘机邀击。后面追赶明瑞的缅兵,又乘势追上,还有老官屯及旱塔诸处的缅众,也一并趋至,四面楚歌,遂把明瑞逼入鬼箓。补叙得明明白白。总督鄂宁,飞报败耗,乾隆帝大怒,立命鄂宁押解额尔登额,及谭五格到京治罪,另授傅恒为经略大臣,阿里衮、阿桂为副将军,舒赫德为参赞大臣,迅速赴滇,再议大举。傅恒等遵旨起程,额尔登额、谭五格已解到,有旨将额尔登额凌迟处死,谭五格立斩决,罪犯亲族,一律充戍。

旋因鄂宁不亲援明瑞,降补福建巡抚,戴罪自效。云、贵总督,著阿桂补授。阿桂先至云南,闻缅甸与西邻暹罗国开衅,拟约暹罗夹攻缅甸,旋因交通不便,复至罢议。乾隆三十四年四月,经略傅恒至云南边境,拟分兵三路,水陆并进,调满汉精锐五六万名,骡马六万余匹,凡京城之神机火器,河南之火箭,四川之九节铜炮,湖南之铁鹿子,及在滇制造的军装药械,靡不齐备。直到新秋,经略祭纛启行,渡过金沙江上游之戛鸠江,由西而南,孟拱、孟养各土司,献象献牛,还算效顺。无如南方炎热未退,暑雨熏蒸,士马已多僵病;又未识道路,愈难深入。傅恒无可如何,退归蛮莫。

先是阿桂在蛮莫造舟,及是舟成,得战舰百艘,闽粤水师,陆续趋集,遂由蛮莫江出伊腊瓦底河,遥望缅兵,舣舟对岸,并有陆兵驻扎沙滩。阿桂、阿里衮率步兵登岸,专攻敌营,副将哈国兴,侍卫海兰察,率舟师专攻敌舟。缅兵出营截击,阿桂令步兵齐放矢铳,复用劲骑左右冲入,缅兵抵敌不住,哗然溃散。哈国兴亦乘上风进攻敌舟,正欲迎敌,被风簸荡,自相撞击,覆溺数千,江水为赤。阿里衮经此一役,积劳成病,傅恒亦病不能兴,虑深入非计,令转攻老官屯敌垒。

老官屯本额尔登额屯兵处,敌垒甚坚,编竖木栅,栅外掘濠,濠外又横卧大树,锐枝外向,清兵用大炮轰击,弹丸都被树枝隔住,不得奏效;再伐箐中数百丈老藤,系以巨钩,夜往钩栅,又被敌人斫断;复用盾牌兵持了油柴,沿栅纵火,适值反风,栅不能爇,反烧了自己的盾牌,只得却下。阿桂百计绸缪,想不出破敌法子,最后用了穴地埋药的计策,药线一燃,药性猛发,敌栅突起丈余。清兵鼓噪而前,总道这次可以破栅,谁知栅忽平落,俄顷栅复突起,旋又平落,如是三次,栅不复动。仍旧无效。缅兵也颇危惧,阿桂又遣战舰越过木栅,阻截西岸敌援,于是缅兵有乞和意,老官屯非敌根据地,傅恒出了全力去攻老官屯,已非胜算,况又不能攻入乎？强弩之末,难穿鲁缟,信然。遣使议款。傅恒令进表纳贡,返土司侵地。缅使欲归他木邦、蛮莫、孟拱、孟养诸土司。议未协,缅使竟去。会阿里衮病殁,傅恒病亦加重,乃遣哈国兴单骑入栅,与缅帅议定和约：缅甸对中国行表贡礼,归俘虏,返土司侵地,中国将木邦、蛮莫、孟拱、孟养诸部人口,还付缅甸。傅恒逐焚舟熔炮,匆匆班师。

这番出征,先后糜饷数千万,明瑞战死,傅恒、阿桂等,虽称胜敌,其实也不算有功。所订和议,两边仍未尝实行,缅人索还土司,清廷征他入贡,双方仍然龃龉。傅恒回京后,忧悸而亡。夫人尚在否。乾隆帝令阿桂备边,酌出偏师,略缅边境。阿桂探闻缅酋孟骏,破灭暹罗,气势张甚,奏言："偏师不足济事,不如休息数年,复图大举。"乾隆帝因他忤旨,将阿桂召还,遣尚书温福往代。

缅事未了,两金川警报复至。自大金川酋莎罗奔乞降后,川边平静了十多年,莎罗奔老病,兄子郎卡主土司事,渐渐桀骜,侵扰邻境,不受四川总督的命令。乾隆帝命川督阿尔泰,檄川边九土司,环攻郎卡,九土司中,惟小金川与绰斯甲,还算强大,其余如松冈、梭磨、卓克基、沃日、革布什咱、党坝、巴旺七土司,统是弱小,不是大金川敌手。阿尔泰虽奉了上谕,他意中只想苟且息事,命郎卡释怨修和。郎卡遂与绰斯甲联婚,并以女嫁小金川酋僧格桑。僧格桑即泽旺子,泽旺昏耄,由僧格桑代主土司。未几,郎卡病死。郎卡子索诺木,与僧格桑为郎舅亲,订立攻守同盟的条约。番人专恃结婚政策,为并吞邻部计,两金川以和亲故,独结攻守同盟,知识程度,颇出准部诸酋上,但其不利清室则一也。索诺木诱杀革什布咱土司,僧格桑亦屡攻沃日,阿尔泰因沃日被侵,发兵往援,僧格桑竟与川军开仗,川军退还。乾隆帝闻报,责阿尔泰养痈贻患,罢职召回,寻即赐死。另调滇督温福,自云南赴四川督师征讨,又命侍郎桂林为川督,襄赞军事。

温福、桂林先后到川,温福由汶川出西路,桂林由打箭炉出南路,夹攻小金川,南路副将薛琮,恃勇轻进,入黑龙沟,被番兵围住。薛琮向桂林处求救。桂林逗留不进,薛琮战死,全军陷没,桂林还隐匿不报。旋由温福奏闻,乃授阿桂为参赞大臣,代桂林职。阿桂至军,督兵渡小金川,连夺险要,直抵美诺。美诺系小金川巢穴,僧格桑出战不利,遂带了妻妾数人,逃入大金川,只留老父泽旺,病卧床中。宁可无父,不可无妻妾。阿桂入帐,把泽旺缚献京师,另檄索诺木缴出僧格桑。索诺木不奉命,当由温福、阿桂,请旨清廷。廷命温福为定边将军,阿桂为副将军,移师讨大金川,仍分两路进发。

大金川地本险恶,从前讷亲、张广泗,屡遭失败,至此温福进兵,也被番众阻住。温福令提督董天弼,还守小金川,自率军驻扎木果木地方。番众照昔年故事,遍筑碉卡,抗拒清兵。温福也徒知攻碉,得不偿失。两边正相持不

第三十九回　傅经略暂平南服　阿将军再定金川

下,忽有探马飞报:"番众入小金川,董军门兵溃散了。"温福令他再探,忽又报道:"粮台被劫了。"温福仍饬令再探,粮已被劫,还探什么?他却视若无事,仍不设备。如此从容,不念退兵咒,定念往生咒。俄闻枪声四起,番众如潮涌至,先夺炮局,继断汲道,清营内运粮夫役,纷纷避入。温福令营兵闭住垒门,一概不准入营。于是内外鼓噪,军心大振。番众乘势突进,枪如雨发,温福茫无头绪,一弹飞来,适中要害,当即晕毙。营兵见主将已死,霎时四散,被番众兜杀一阵。幸亏海兰察闻警往援,救出溃兵万数千名,且战且退。

　　此时阿桂方出河东,闻报小金川复陷,忙整军驰回,出屯翁古尔垄,奏报温福阵亡情形,得旨命阿桂为定西将军,丰伸额、明亮为副将军,调发键锐火器营二千名,至川助剿。阿桂再与明亮等,分攻小金川,转战五昼夜,仍抵美诺,驱出番兵,再复小金川地,仍奏请力攻大金川。乾隆帝以土司恃险反复,重劳用兵,非大举深入不可,遂先将泽旺磔死,阿扣待久了。随饬阿桂等扫穴犁庭,方许藏事。阿桂誓师进讨,复分三路进行:一军由东路入,阿桂自为统帅,一军攻大金川西南,一军攻大金川西北,由丰伸额、明亮各为统领,三道并进,如火如荼。怎奈大金川里面,重重筑垒,层层设隘,自乾隆三十九年正月,阿桂出师,奋力杀入,节节进攻,击破敌垒无数,大小数百战,直到七月,始至勒乌围附近。勒乌围前面皆山,番兵据险扼守,第一重名博瓦山,第二重名那穆山,最是险峻,阿桂令海兰察、额森特、海禄三路绕攻博瓦山后,福康安、成德、特成额三路仰攻博瓦山前。猛搏三昼夜,方杀上博瓦山,占了第一重门户。休息二日,复进攻那穆山。这山地势尤险,防守越严。阿桂仍令前后分攻,数日无效。适西北路统领明亮亦已杀到,会集阿桂军,并力攻扑,仍是不下,海兰察向称骁勇,至是大愤,遥望那穆山上,守兵布得密密层层,只西边最高峰上,虽有两个大战碉,碉里恰空若无人,他独带领死士六百名,乘昏夜时候,猱升而上,趾顶相接,直到黎明,六百人都登了高峰,捣入碉中。每碉不过数十名番兵,一阵狂扫,立刻歼除。余外守山的番众,总道是绝壁峭立,没人可上,谁料上面插起大清旗号,错疑是飞将军从天而下,顿时人心大乱,被山下的清兵,杀上山腰,番众除逃窜外,概被杀死。第二重门户又破,勒尔围已无可守,索诺木没法,鸩杀僧格桑,并将僧格桑家属,一并献出,请停止攻击。阿桂讯验僧格桑的尸首,的确是真,只僧格桑的家属内,只有僧格桑的妾,没有僧格桑的妻,索诺木颇有手足情。怒斥来人,勒兵再入。索诺木无从乞和,命部下极力防守。

　　这时已是秋末冬初,天气阴寒,雨雪霏霏,恁你阿桂奋厉无前,也不能直捣敌穴。过了年,又过了春季,渐渐冰雪消融,路上方可行动。阿桂等转战而前,只一二十里地面,却攻了三四个月,方到乌勒围。丰伸额军亦至,三路会攻，又足足一月，方破入乌勒围。可谓艰险。索诺木已与从祖莎罗奔，先期走噶尔崖，清兵整队复进，番兵又分道拒战，接连又是数月，始抵噶尔崖城下。阿桂自启行以来，至此已历两年，途中几经艰苦，恨不得立平噶尔崖，稍泄胸中忿气，奈攻了三五日，毫不见效，又攻了一二十日，虽轰坏城堞数处，仍被敌兵补好。直至乾隆四十一年二月，城中食尽，索诺木始与莎罗奔，挈家族二千余人出降，阿桂立饬人献俘京师，乾隆帝御午门受俘，因索诺木、莎罗奔等罪大恶极，着凌迟处死。其余家族人等，或斩或绞，或永远监禁，或充发为奴。封阿桂为一等诚谋英勇公，丰伸额本袭公爵，加赏继勇号子，明亮封一等襄勇伯，海兰察摧坚夺隘，格外超擢，封为一等超勇侯，额森特、福康安等，均各封赏有差，留明亮为四川将军，改大金川为阿尔吉厅，小金川为美诺厅，直隶四川省，令明亮镇守。阿桂等一律凯旋，郊劳饮至，如傅恒例。

越数月，再令阿桂赴云南，与总督李侍尧，勘定边界，严守战备，拟再图缅甸。缅酋孟驳，闻风知惧，原奉表入贡，献还俘虏，惟求开关互市。阿桂令先将俘虏释放，他只放出了一半，阿桂不允，仍移檄诘责。偏这孟驳病殁，嗣子赘角牙继立，国内大乱，叛臣孟鲁，弑了赘角牙，孟鲁又被国人杀死，迎立雍藉牙少子孟云。西邻暹罗，因缅甸内讧，背缅独立，推戴侨民郑昭为国王，规复旧土，驱逐缅甸守兵，移都盘谷，复兴兵攻缅甸，报复旧怨，并遣使航海入贡中国。郑昭殁，子华嗣，清封郑华为暹罗国王。孟云恐清廷联络暹罗，夹攻缅甸，乃由木邦赍金塔一，驯象八及宝石番毯等，款关来贡，并将俘虏一并送还。清廷乃敕赐册印，封孟云为缅甸国王，并谕暹罗、缅甸，不得继续用兵。自是暹罗、缅甸，统服属清朝，小子曾有七绝一首云：

  连番降旨命征诛，一将功成万骨枯。
  为问紫光遗像在，可曾顶上血模糊？

俚句中有紫光二字，乃是指紫光阁故事。乾隆帝命绘功臣列像于紫光阁，前傅恒，后阿桂，是乾隆朝最智勇的大将。紫光阁上，后先辉映。方在纪实铭勋，忽接台湾警报，土豪林爽文作乱；一波才平，一波又起，欲知台湾肇乱情形，请诸君续阅下回。

  傅恒、阿桂系乾隆朝名将，抑亦乾隆朝福将。有明瑞之丧师小猛育，而后傅恒乃慎重将事，有温福之战死木果木，而后阿桂乃坚忍成功。天下事经一度失败，始增一番惩创，明瑞、温福之不幸，即所以成傅、阿二人之幸耳。傅、阿二人殁，嗣后有名将，少福将，故乾隆朝为清室极盛时代，亦即清室中衰时代。此回传傅、阿二人事，实隐伏清史关键云。

第四十回　平海岛一将含冤
　　　　定外藩两邦慑服

却说台湾自朱一贵乱后,清廷因地方辽阔,添设彰化县及北淡水同知。政府意思,总道多设几个官吏,可以勤求民隐,哪里晓得多一个官,只多一分剥削,与百姓这方面,反有损无益呢？乾隆五十一年,台湾土豪林爽文乱起。这林爽文本没有什么势力,只因台民半是土著,半是客籍,彼此不睦,时常械斗,地方官不去弹压,爽文假和解为名,结了几个党羽,设起一个天地会来。起初入会的人,不过数十名,后来越结越多,连官署的差役,也都入会。官吏虽有些风闻,终究得过且过,不愿查究,因循坐误,是官吏老手段。因此天地会竟横行了数十年。适值总兵官柴大纪,受职到台,闻知天地会横行无忌,遂令台湾知府孙景燧,彰化知县俞峻,副将赫生额,游击耿世文,带兵缉捕。这孙景燧等统是酒囊饭袋,哪里敢去缉捕会匪？奈因上峰督饬,没奈何前去搜查。

林爽文本住彰化县的大理杙,地方很是险僻,孙景燧等不敢深入,只在五里外扎营,无缘无故,将五里外的村落,纵火焚毁,兵役乘势抢掳,劫夺一空。村中的百姓,并非天地会党羽,无罪遭祸,铤而走险,都逃入大理杙中,哭报爽文,哀求保护。又是一场官逼民反。爽文乃纠众出来,衮夜攻营。孙景燧等连忙逃走,带去的兵士,多被杀死。爽文遂进陷彰化,破诸罗,扰淡水,贪官污吏,死的死,逃的逃。柴大纪忙令兵备道永福,固守府城,自率兵出城五十里,到盐埕桥,遇着爽文前锋,奋力杀退,府城总算保全。大纪派人到福建告急,水师提督黄仕简,陆路提督任承恩,副将徐鼎士,陆续带兵渡海,来援台湾。大纪接着,由黄仕简分派将士,督令恢复诸城,不想福建的援兵,统是没用,都被爽文杀败;任承恩亲攻敌巢,见了路途险僻,也畏惧不前;只柴大纪收复诸罗,浚濠增垒,力任守御。

清廷因黄、任无功,严旨召还,命提督常青为靖逆将军,往台湾督师;又命署浙闽总督李侍尧,调粤兵四千,浙兵三千,驻防满兵一千,赴台助剿。且因江南提督蓝元枚,系蓝廷珍子,素习台事,调赴军前,与福州将军恒瑞,同为参赞,各将吏次第进行,蓝元枚到台病卒,常青、恒瑞率兵数千,至府城相近,与林爽文相遇,望将过去,旗戟隐隐,队伍层层,不知有多少人马,吓得常青、恒瑞拍马而逃,走入城中。林爽文料他没用,不去攻城,只蚕食村落,胁令入会,旬日得十余万众,围攻诸罗。

诸罗当南北要冲，为府城屏蔽，爽文因大纪扼守，最称勇悍，誓要破灭此城，免他作梗，因此把诸罗城团团围住，并分了一支党羽，截他饷道。大纪率守兵四千，昼夜防御，看了敌势少懈，复引兵突出，夺他辎重。城中粮饷，赖以不绝。爽文想截人饷道，谁知自己的饷，反被人夺去，所谓乌合之众，不敌纪律之师。爽文遣人诈降，又贿通内应，都被大纪察出，一一斩首。

这时候，常青也遣总兵魏大斌，参将张万魁，游击田蓝玉，副将蔡攀龙等，往援诸罗，三次进兵，三次败退。恒瑞督兵进援，亦因敌势浩大，在途中扎住。清廷屡次催问，常青、恒瑞只请添兵，乾隆帝又将他革职，命福康安代常青，海兰察代恒瑞，升柴大纪为陆路提督参赞大臣，密令大纪卫民出城，再图进取。大纪奏言："诸罗为府城北障，诸罗失陷，府城亦危，且半年来深沟高垒，守御甚固，一朝弃去，难以克复。城厢内外的百姓，不下四万，也不忍一概抛弃，任贼蹂躏，只有死守待援"等语。好总兵，好提督，好参赞大臣。乾隆帝览了奏章，眼泪都熬不住，一点一滴，湿透奏本；真耶假耶？随即传旨到台湾，嘉奖大纪，封大纪为义勇伯，改诸罗县为嘉义县，俟克复台湾，与福康安同来瞻觐云云。

福康安是傅恒的儿子，乾隆帝非常眷爱，未知是否龙种？他随阿桂出征有功，曾封三等嘉勇男，嗣复出定回疆，平了几个小小回匪，晋封侯爵。福康安往援台湾，途次闻爽文势盛，也奏请增兵，奉旨严饬。亏得海兰察愿当前敌，飞速进兵，仗着顺风，越海抵港，帆樯列数里，各村民见大兵云集，望风解散，争为向导。海兰察扬言攻大理杙，暗中拟直趋嘉义城。爽文恐大理杙有失，分兵回救，海兰察遂进兵嘉义，沿途遇着几处埋伏，统由海兰察冲散，怒马直入，所向披靡。到嘉义城下，奋战一场，杀退敌围。福康安闻前锋得胜，自然胆大起来，也领兵到嘉义，柴大纪出城相迎，只向福康安请安，不行跪拜礼，福康安心中已是不悦，佯为谦逊，叫大纪并马入城。大纪也不推辞，跨马导入，照清朝军制，下属迎接上司，须要身执櫜鞬，不能并马入城，柴大纪屡受褒封，身膺伯爵，自思与福康安也差不多，少许失礼，料亦不妨。岂知这福康安度量浅狭，挟恨怀仇，柴大纪的性命，要断送在福康安手中了。

福康安入城后，休息一昼夜，仍命海兰察先进，自率兵为后应，往捣大理杙巢穴。到了大理杙，时已昏暮，大理杙中，冲出一支人马，烈炬迎战。海兰察分兵千余，暗伏沟塍间，候敌近来，铳矢齐发。从暗击明，发无不中，敌众连忙灭火，鸣鼓来攻。海兰察复命军士按声冲击，毙敌无数，敌众倒也抵死不退。海兰察跃马入阵，冲出敌背，竟赴大理杙。部众想回马去追，福康安兵已到，此时敌众仓皇失措，霎时溃散。海兰察入大理杙，林爽文拦截不住，携家属走集埔，大理杙巢穴，一鼓荡平。只林爽文遁入集埔间，依险窜伏，叠石为垒，回环数里，海兰察偕侍卫数十名，易服缉捕，寻至集埔，已得敌踪，遂暗伐箐中老藤，扳垒而上,林爽文不及防备,被他擒住,爽文家属,没一个走脱,献至京师,尽行磔死。

福康安、海兰察,俱晋封公爵,独柴大纪偏革职拿问。读至此语,令人吃惊。自福康安入嘉义城后,已着人驰递密奏,说大纪诡谲取巧,奏报不实,乾隆帝倒也圣明,料知大纪屡蒙褒奖,稍涉自满,对福康安失礼,因被参劾,遂将这种旨意,批发出来,福康安受了几句申饬。看官!你道福康安肯就此罢手么?接连又是几本弹章,复运动那奉旨查办的德成,复奏:"大纪如何贪黩,如何宽纵",乾隆帝尚在未信,命浙、闽总督李侍尧查奏。李侍尧畏福康安威势,自然随声附和,乾隆帝又将任承恩、恒瑞等,逮回亲讯,任承恩、恒瑞等一干人犯,都说大纪酿成祸乱,暗中掣肘,恁你乾隆帝什么英明,柴大纪什么义勇,至此昏蔽诬蔑,就降了革职拿问的圣旨。

柴大纪自念无辜,到京被讯,宁有凭空自诬的道理,自然呼冤不置。乾隆帝亲加复讯,大纪仍微诉枉曲,龙颜动怒,竟命正法,可怜一片忠心的柴大纪,无罪遭刑,横尸燕市。比杀张广泗还要冤枉,可见做皇帝的人,多是没良心。任承恩、恒瑞等,反得保全性命,还有这位谄媚取容的和珅,前已屡次超升,授职大学士,至此说他办理军机,勤劳懋著,封他为三等伯,赏用紫缰。悬空夹入。

乾隆帝又命将功臣图像,方亲制功臣像赞,镇日里咬文嚼字,忽接两广总督孙士毅奏报,略称"安南内乱,国王黎维祁出亡,遗臣阮辉宿,奉王族二百多人,叩关乞援"等语。这安南国在暹罗东边,明时尝服属中国,嗣分为大越、广南二部,黎氏主大越,阮氏主广南。清顺治末年,吴三桂等定云南,大越王黎维禧,曾遣使劳军。康熙五年,嗣王黎维禧,又奉表入贡,受清册封。后来黎氏渐衰,摄政郑栋,阴图篡立,恐广南王干涉,乃阴嗾广南土酋阮文岳,举兵作乱,自为外援。文岳与弟文惠、文虑,乘此发难,转战十数年,竟将广南王攻灭,分北部三州与郑栋。文惠自称泰德王,郑栋也自称郑靖王。隔了几年,郑栋死了,栋子二人,一名宗,一名干,争夺父位。文惠引文岳趋入,阳称排解,诱杀宗干兄弟,遂进至大越。大越王黎维禧,惊慌的了不得,忙与他议和,给他两郡;又把娇娇滴滴的爱女,送与文惠,畀他受用。文惠总算罢休,在大越称臣拜相。越年,黎维禧卒,嗣孙黎维祁立,文惠载了许多珍宝,及驯象百头,还归广南,留郑氏遗臣贡整,镇守都城。贡整想扶黎抗阮,夺回象五十头,文惠大怒,发广南兵攻大越,贡整战死,维祁出走。文惠攻入黎京,尽毁王宫,把宫内妃嫔及金银财宝,搜括而去。一个爱女尚且不足,又添了许多妃嫔,许多金帛,大越总算晦气。

高平府督阮辉宿,挈了黎氏宗族二百口,遁至广西求救。乾隆帝览了孙士毅奏章,暗想黎氏守藩奉贡,理应保护,遂命孙士毅安抚黎氏家属,发兵代黎氏复仇。这旨一下,孙士毅立即调兵,与提督许世亨出镇南关,至凉山分路而进,沿途得土民欢迎,进薄富良江。阮文惠派兵扼住南岸,据险列炮,阻截清军。

许世亨见江势缭曲,望不及远,遂令军士俦运竹木,筑桥待渡,他自己率兵二千,恰绕道潜渡。南岸守卒,只防对岸的清兵,用炮轰击,不料世亨绕出背后,乘高大呼,声震山谷。是夕,天色黑暗,广南兵陡闻喊声,只道清兵大至,霎时溃退。黎明,清兵毕济,整队至大越国都,城中百姓,都来迎接,跪伏道旁。孙士毅、许世亨入城宣慰,见宫室拆毁殆尽,已平成瓦砾场,不便留驻,仍出城还营。黎维祁避匿民村,到夜间方敢出来,诣营见孙士毅,九顿首谢援。

先是乾隆帝因安南道远,奏报需时,特豫撰册封,邮寄军前,令孙士毅便宜从事。士毅遂宣诏封维祁为安南国王,且驰报广西,归黎家属。捷奏到京,乾隆帝促令班师,士毅以阮氏未俘,还想深入广南,执渠立功。贪心不足。阮文惠暗筹军备,阳言乞降,士毅信以为真,悬军黎城,专待降人。痴心妄想。乾隆五十四年元旦,士毅令军士饮酒张乐,庆祝新年,大帅逍遥,万人醺醉,自旦至暮,筵席始散。众人正要就寝,营外炮声震天,阮兵蜂拥而至。士毅即率军出营,火光中见前面排着象阵,蹀躞而来,士毅知是厉害,急令军士退走。黑夜间不辨彼此,自相践踏,当下抛戈弃甲,奔至富良江。士毅一马当先,逾桥径渡,随着的兵士,三停中只过一停,士毅回顾,对岸追兵,奋勇杀来,忙命军士将桥拆去。是时许世亨等尚未逾桥,弄得进退无路,那边追兵上前围攻,许世亨等都战死。官兵夫役万余人,一半被杀,一半落水。逃还镇南关的残兵,只剩了三千名。士毅上疏自劾,你要保全性命,还装出什么矫情?乾隆帝恰说他变出意外,罪有可原,这正是特别殊恩,令人莫测。

福康安时适督闽,奉旨调任两广,代孙士毅,福康安方到任,阮文惠已遣兄子光显,奉表请降,他的降表上改名光平,略言:"世守广南,与安南乃是敌国,并没有君臣名分。文惠曾在大越摄政,尚得谓非君臣么?且只蛮触自争,非敢抗衡上国,请来年亲觐京师,并愿立庙国中,祀中国死绥将士。"福康安得了降表,遂奏请阮光平恭顺输诚,不必用兵。乾隆帝准奏,只责他两件事情:第一件,因次年八旬万寿,饬光平来京祝嘏;第二件,饬他在安南地方,为许世亨等立祠。他已自己情愿,何用复饬?光平一一应允。遂赐光平敕印,封安南国王,黎维祁的家属,光平算不去灭他,由他投入广西。乾隆帝以天厌黎民,不堪扶植,天何言哉?命他挈属来京,编入汉军旗籍。

次年,乾隆帝八旬万寿,举行庆典,礼部定出祝嘏仪注,比从前万寿圣节,格外繁华,格外郑重。届了诞辰,阮光平遵旨入觐,先行到京,暹罗、缅甸、朝鲜、琉球及西藏两喇嘛,蒙古各盟旗,西域各部落,俱遣使表祝。乾隆帝御太和殿,受庆贺礼。八荒环叩,万众欢呼,礼毕入宫,皇子皇孙皇曾孙皇玄孙,依次舞彩,称祝如仪。宫廷内外,大宴三日,特旨普免天下钱粮,表示普天同庆的意思。真是千载一时,可惜极盛难继。

第四十回　平海岛一将含冤　定外藩两邦慑服

只西藏虽遣使祝釐，境内恰非常扰乱，驻藏大臣保泰，专务蒙蔽，经藏使来京详陈，始悉藏境情状。西藏自康熙晚年，服属中国，不侵不叛，雍正初，复设驻藏大臣，监察政治，达赖、班禅两喇嘛，不能自由行动，因此安静了数十年。乾隆帝七旬万寿时，第六世班禅喇嘛，曾至京祝寿，内廷赏赐，及王公大臣布施，约数十万金，还有许多珍品宝物。班禅欣喜过望，方拟西还，忽病痘而死。随从僧侣，奉骸骨归藏，所有遗赀，统行带回。班禅兄仲巴胡土克图，向为班禅管理内库，得了这种竟外财帛，一古脑儿收入私囊，不但没有布施寺院，分给将士，连自己的阿弟，也分文不与。知利己不知利人，世人皆然，无怪仲巴。他的阿弟玛尔巴，愤懑的了不得，遂南入廓尔喀，诱使入寇。阿兄原是无情，阿弟也是不义。廓尔喀在喜马拉耶山南麓，与藏境毗连，向系蛮民杂居，分叶楞、布颜、库木三部，嗣为西境酋长布拉吞并，合作一国，称廓尔喀。廓酋因玛尔巴的诉请，遂兴兵犯藏边，驻藏大臣保泰，檄问廓酋起衅的缘故，他却借商税增额，食盐糅土等事，作为话柄。保泰尚未奏闻，只欲与廓人议和，会藏使在京祝嘏，奏陈一切，乾隆帝始命保泰据实陈奏，一面令侍卫巴忠，将军鄂辉、成德等，援藏征廓。去了数月，巴忠等奏称廓人畏罪投诚，愿入贡乞封。乾隆帝览奏，疑是真话，召还巴忠，留鄂辉为四川总督，成德为四川将军。

次年，廓人又大举入藏，保泰奏称敌势浩大，请移班禅至前藏。班禅亦飞章告急，略说：仲巴胡土克图，已挈资遁去。后藏被廓人骚扰，有"日夕待援"等语。是时乾隆帝在热河行围，连接警报，大加惊疑，适巴忠正在扈驾，忙召入讯问，巴忠言语支吾，只说前时办理不善，愿驰赴藏地，效力赎罪。乾隆帝严加申斥，巴忠即投水寻死。乾隆帝越加怀疑，飞饬鄂辉、成德，明白复奏。鄂辉、成德不敢隐瞒，始将前时办理隐情，和盘托出，惟只称于己无与，都推在死人巴忠身上。原来巴忠、鄂辉、成德三人，前时到藏，按兵不战，只与廓人调停贿和，阳嘱廓人奉表入贺，阴令西藏许给岁币五千金，廓人乃退。达赖、班禅尚在梦里，后来廓人索交岁币，杳无回音，因再举深入，大掠后藏。乾隆帝既悉此情，方知鄂辉、成德，也是靠不住的人物，遂命嘉勇公福康安为将军，超勇公海兰察为参赞，调索伦满兵，及屯练士兵进讨。

乾隆五十七年二月，福康安等由青海入后藏，廓人已饱掠财帛，陆续运回，只留千余人驻守，探得清兵入剿，退至铁索桥，断桥相拒。福康安与敌相持，海兰察潜由上游结筏，渡河登山，绕出敌营后面，廓兵见前后受敌，自然窜去。福康安等直入廓境，廓酋遣使乞和，福康安不许，三路进兵，六战六捷，逾大山二重，先后杀敌数千，入敌境七百多里。将近廓尔喀都城，两面皆山，中隔一河，廓兵分扎山上，互为犄角，福康安采悉南岸山后，即廓尔喀国都，拟渡河直攻南山。海兰察请扼河立营，阻住北岸廓兵，福康安仗着锐气，渡过南岸，冒雨登山。山上木石雨下，隔河隔山的敌兵，又三路来犯，福康安不能支，且战且却。亏得海兰察率着后队，未曾前进，当即奋力杀敌，救还福康安。福康安的功劳，纯是海兰察帮他造成，富察氏实有天幸。

廓人赴印度行援，印度已为英吉利属国，设有总督，允他出兵，无如待久不至，廓人恐清军复攻，再遣使卑词请和。福康安乃与订和议，令献还所掠财宝，定五年一贡例，随即班师回藏，留番兵三千名，汉、蒙兵一千名，驻守藏境，余师凯旋。乾隆帝复赏福康安世袭一等轻车都尉，海兰察旧系二等公爵，晋封为一等公，随征将士，交部议叙。又因达赖、班禅的嗣续法，积久生弊，兄弟子姓，相继擅权，弄出仲巴兄弟，慢藏海盗的祸祟来，此时惩前毖后，立了一个掣签的法子，将藏俗所称达赖、班禅的化身，书名签上，插入瓶中。等到前绝后继，掣签为定。这瓶供在西藏大昭寺，叫作金奔巴瓶，无非是神道设教，笼络藏民的政策。乾隆帝遂自称十全老人，御制十全记，用满、汉、蒙、藏四种文字，刊碑立石，留作乾隆朝的大纪念。什么叫作十全？小子有杜撰的歌词道：

  清高宗，六十年，为了准噶尔，两次征边。定回疆，再定金川，靖台湾，服安南、缅甸，紫光阁上竞凌烟。又有那廓尔喀，先后乞怜，功也全，福也全，这才算十样完全。

一年一年的过去，乾隆帝已六十年了。乾隆帝年已八十五岁，想出一个内禅的计议来，欲知内禅情事，请俟下回披露。

本回为福康安立传，平台湾，曰福康安之功，平安南，曰福康安之功，平廓尔喀，曰福康安之功，其实福康安亦安得谓有功者，台湾一役，赖海兰察奋勇争先，一战破敌，即日解诸罗围，叛党夺气，大乱以平。至若廓尔喀之战，福康安冒险轻进，微海兰察在后援应，彼且无生还之望，遑能平敌耶？最可恨者，柴大纪忠勇绝伦，第以不执橐鞬礼，必欲置诸死地，良将风度，断不若是。高宗极加宠眷，无怪后世以龙种疑之。读本回，可以知福康安之为人，可以知清高宗之驭将。

第四十一回　太和殿受禅承帝统
白莲教倡乱酿兵灾

却说乾隆帝在位六十年，多福多寿多男子，把人生荣华富贵的际遇，没一事不做到，没一件不享到。他的武功，上文已经略叙，他的文字亦非常讲究。

第四十一回 太和殿受禅承帝统 白莲教倡乱酿兵灾

即位的第一年,就开博学鸿词科;第二年又令未曾预考各生,一律补试;十四年,特旨命大学士九卿督抚保举经儒,授任国子监司业;南巡数次,经过的地方,尝召诸生试诗赋,举人进士中书等头衔,赏了不少;又编造巨籍,上自经注史乘,下至音乐方术语学,约有数十种,比康熙时还要加倍;三十六年,开五库全书馆,把古今已刊未刊的书籍,统行编校,汇刻一部,命河间才子纪昀,做了总裁。

纪昀字晓岚,博古通今,能言善辩,乾隆帝特别眷遇,别样事情,讲不胜讲,只据"老头子"三字的解释,便见纪昀的辩才。他身子很是肥硕,生平最畏暑热;做总裁时,在馆内校书,适值盛夏,炎酷异常,他便赤着膊圈了辫,危坐观书。巧逢乾隆帝跮入馆门,他不及披衣,忙钻入案下,用帷自蔽,不料已被乾隆帝瞧见,传旨馆中人照常办事,不必离座,馆中人一齐遵旨。乾隆帝便跮到纪昀座旁,静悄悄的坐着。纪昀伏了许久,汗流浃背,未免焦躁起来,听听馆中人寂静无声,就展开了帷,伸首问众人道:"老头子已去么?"语方脱口,转眼一瞧,座旁正坐着这位首出当阳的乾隆帝,这一惊正是不小。向着他道:"纪昀不得无礼。"纪昀此时只得出来穿好了衣,俯伏请罪。乾隆帝道:"别的罪总可原谅,你何故叫我老头子?有说可生,无说即死。"众人听见这句上谕,都为纪昀捏一把汗。谁知纪昀却不慌不忙,从容奏道:"老头子三字,乃京中人对着皇帝的统称,并非臣敢臆造,容臣详奏。皇帝称万岁,岂不是老?皇帝居兆民之上,岂不是头?皇帝便是天子,所以称子。这'老头子'三字,从此流传了。"聪明绝顶。乾隆帝拈须笑道:"你真是个淳于髡后身,朕便赦你起来罢。"纪昀谢恩而起。自此乾隆帝越加优待,等《四库全书》告竣,连番擢用,任总宪三次,长礼部亦三次。此外如沈德潜、彭元瑞诸人,也蒙乾隆帝恩遇,然总不及纪昀的信任。

只是乾隆帝虽优礼文士,心中恰也时常防备:内阁学士胡中藻,著《坚磨生诗集》,内中有触犯忌讳等语,遂把他枭首;鄂尔泰侄儿鄂昌,做了一篇《塞上吟》,称蒙古为胡儿,也说他暗斥满人,将他赐死;沈归愚录有《黑牡丹》诗,身后被讦,追夺官阶;江西举人王锡侯,删改《康熙字典》,别著《字贯》,又械逮下狱;浙江举人徐述夔,著《一桂楼》诗,不知如何吹毛索瘢,指他悖逆,他已经病死,还要把他戮尸。乾隆朝的文字狱,比雍正朝也差不多。

总之专制时代,皇帝是神圣无比,做臣子的能阿谀谄媚,多是好的,若是主文谲谏,便说他什么诋毁,什么叛逆,不是斩首,就是灭族,所以揣摩迎合的佞臣,日多一日。到乾隆晚年,佥壬之徒,贿赂公行,乾隆帝只道是安富尊荣,威福无比,谁知暗地里已伏着许多狐群狗党,这狐群狗党的首领,系是谁人?就是大学士和珅。

无论皇亲国戚,功臣文士,没有一个及得来和珅的尊宠。乾隆帝竟一日不能离他,又把第十个公主,嫁他儿子丰绅殷德。未嫁时候,乾隆帝最爱惜十公主,幼时女扮男装,常随乾隆帝微行,乾隆帝又常带着和珅扈驾。十公主见着和珅,叫他丈人,和珅格外趋奉。十公主要什么,和珅便献什么。一日,同行市中,见衣铺中挂着红氅衣一件,十公主说了一声好,和珅便向铺中买来,费了二十八金,双手捧与十公主。乾隆帝微笑,对着公主道:"你又要丈人破钞。"十公主原是欢喜,和珅却比十公主还要得意。这件故事,都人传为趣谈,其实寻常人家的佣人,也多是趋奉东家儿女,不足为和珅责。后来十公主长成,就配了丰绅殷德,丰绅殷德比男妾差不多。和珅与乾隆帝竟作了儿女亲家。一个抬轿夫,宠荣至此,可谓古今罕闻。因此和珅肆行无忌,内外官僚,多是和珅党羽,把揽政柄三十年,家内的私蓄,乾隆帝还不及他。他的美妾娈童,艳婢俊仆,不计其数。还有一班走狗,仗着和珅威势,在京城里面,横冲直撞,很是厉害。御史曹锡宝,为了他家奴刘全,借势招摇,家资丰厚,劲奏一本;乾隆帝令廷臣查勘,廷臣并不细查,只说锡宝风闻无据,反加他妄言的罪名。一个家奴,都参他不倒,何况和珅呢?

　　一日,乾隆帝召诸王大臣入内,拟把帝位传与太子,自己称太上皇。诸王大臣,倒也没甚惊疑,不过表面上总称圣上康颐,内禅事还可从缓。独和珅吃了一大惊,他想嗣王登位,未免失却尊宠,急忙启奏道:"内禅的大礼,前史上虽是常闻,然也没有多少荣誉。惟尧传舜,舜传禹,总算是旷古盛典。但帝尧传位,已做了七十三载的皇帝;帝舜三十征庸,三十在位,又三十余载,始行受禅。当时尧舜的年纪,都已到一百岁左右,皇上精神矍铄,将来比尧舜还要长寿,再在位一二十年,传与太子,亦不算迟,况四海以内,仰皇上若父母,皇上多在位一日,百姓也多感戴一日,奴才等近沐恩慈,尤愿皇上永远庇护;犬马尚知恋主,难道奴才不如犬马么?"情现乎词。这番言语,说得面面圆到。从前的时候,和珅如何说,乾隆帝便如何行,偏这次恰是不从,也是和珅数到。只听乾隆帝下谕道:"你等只知其一,不知其二。朕二十五岁即位,曾对天发誓,若得在位六十年,就当传位嗣子,不敢上同皇祖六十有零的年数。今蒙天佑,甲子已周,初愿正偿,何敢再生奢望?皇子永琏,不幸早逝,惟皇十五子颙琰,克肖朕躬,朕已遵守家法,书名密缄,藏在正大光明匾额后面,现即立颙琰为皇太子,命他嗣位;若恐他初登大宝,或致丛脞,此时朕躬尚在,自应随时训政,不劳你等忧虑。"和珅无词可说,只得随王大臣等一同退出,暗中复运动和硕礼亲王永恩等,联名汇奏,请乾隆帝暂缓归政。乾隆帝仍把对天发誓的大意,申说一番,并拟定明年为嘉庆元年,即饬礼部恭定典礼。

　　于是内禅已决,礼部因内禅制度,乃是创例,清朝未曾行过,须要参酌古

第四十一回　太和殿受禅承帝统　白莲教倡乱酿兵灾

制,撰合时宜,定得冠冕堂皇,方餍乾隆帝的心目。巧于迎合。足足忙碌了一个月,才把内禅大典,录奏圣裁。乾隆帝见得体制尊崇,立批照行。先册立颙琰为皇太子,追封皇太子生母令懿皇贵妃为孝仪皇后,位居孝贤皇后之次。候嘉庆元年元旦,举行归政典礼。和珅知事无可挽,忙到皇太子处贺喜,说了无数恭维的话。偏这皇太子不甚喜欢,只淡淡的对答数语。和珅随即辞退。马屁拍错了。皇太子传进长史官,命601;后和珅来见,不必进报,和珅颇为惊惧。还亏乾隆帝虽拟归政,仍是大权在手,乾隆帝活一日,和珅也活一日,因此和珅早夜祝祷,但愿乾隆帝永远活着,免生意外的危险。

　　话休叙烦,且说湖南贵州交界的地方,有一大山,绵亘数百里,叫作苗岭,统是苗民居住。康、雍、乾三朝,次第招徕,苗民多改土归流,与汉民往来交接,汉民亦渐渐移居苗地,嗣后喧宾夺主,不免与苗民涉讼。地方官单论财势,不讲曲直,苗民多半吃亏,心很不悦。适贵州铜仁府悍苗石柳邓,素称桀黠,倡议逐客民,复故地。苗众同声附和,遂揭竿叛清。湖南永绥苗石三保,镇筸苗吴陇登,吴半生,乾州苗吴八月,各聚众响应,四出劫掠,骚扰川、湖、贵三省边境。于是湖南提督刘君辅,驰保镇筸,湖广总督福宁,亦调集两湖诸军,援应刘君辅,云、贵总督大学士福康安,又督云、贵兵进铜仁府,四川总督和琳,复统川兵至贵州,与福康安会攻石柳邓,柳邓败走,苗寨四十余被毁,贵州苗略定。福康安遣总兵花连布,率兵二千人攻永绥,刘君辅亦自永绥转战而至,两军相会,攻破石三保,解了永绥的围。只乾州已由吴八月等陷没,各军分道进攻,多被苗民截住,只刘君辅因乾州险阻,绕出西北,得了两三回胜仗,怎奈兵单饷寡,一时未能规复。旋经福康安迭破要塞,逐走石三保,生擒吴半生,永绥镇筸的悍苗,稍稍平定,一意规复乾州。不料石三保、石柳邓等,都窜依吴八月,吴八月复进据平陇,居然称起吴王来了。吴八月也要发赚。

　　清廷方定期内禅,急望福康安等剿平叛苗,首封福康安贝子,和琳一等伯,加赐从征兵丁一月饷银,限期荡平。福康安亦悬赏招抚,添兵会剿,吴陇登虽已愿降,并诱擒吴八月,奈吴八月的儿子廷礼、廷义,后与陇登等仇杀不休,福康安手下将士,又触冒瘴雨,病的病,死的死,弄得剿抚两穷。海兰察已死,福康安何能为。

　　转眼间已是残冬,过了除夕,便是嘉庆元年第一日。乾隆帝御太和殿,举行内禅大典,亲授皇太子御宝。皇太子敬谨跪受,率诸王大臣先恭贺太上皇,贺毕,太上皇还宫,皇太子遂登帝位,受群臣朝贺,随颁行太上皇传位诏书,普免全国钱粮,并下大赦诏。是日的繁华热闹,不消细说。授受成礼,内外开宴,欢呼之声,遍达宫廷。越数日,奉太上皇帝命,册立嫡妃喜塔腊氏为皇后。又越数日,侍太上皇帝御宁寿宫开千叟宴。正在兴高采烈的时候,外面递进湖北督抚的奏折，内说枝江、宜都二县，白莲教徒聂杰人、刘盛鸣等，纠众滋事，请派兵迅剿等语。嘉庆帝总道是区区教匪，有什么伎俩？即饬湖北巡抚惠龄，专办剿匪事宜，谁知警报接续传来，林之华发难当阳县，姚之富发难襄阳县，齐林妻王氏发难保康县，郧阳、宜昌、施南、荆门、来凤、酉阳、竹山、邓州、新野、归州、巴东、安陆、京山、随州、孝感、汉阳、惠临、龙山数十州县，同时扰乱。教徒的声势，几遍及湖北了。

嘉庆帝大惊，忙禀知太上皇，与太上皇商议妥当，即传旨命西安将军恒瑞，率兵趋湖北当阳县，剿林之华，都统永保，侍卫舒亮，鄂辉，剿姚之富及齐王氏，枝江教匪，专饬鄂督毕沅，及惠龄剿办。诸军奉诏并进，自正月至四月，先后奏报，杀贼数万，其实多是虚张功绩。只枝江教徒聂杰人，总算被总兵富志那擒住，余外的教徒，反越加鸱张。

看官！你道这等教徒，为什么这般厉害呢？白莲教的起源，也不知始自何时，小子参考史策，元末有韩林儿，明季有徐鸿儒，相传是白莲教中人，后来统归剿灭，追溯源流，方是历史小说。但总没有搜除净尽。已死的灰，尚且复燃，何况是未尽死呢？

乾隆年间，有一个安徽人，姓刘名松，他是白莲教首领，在河南鹿邑县传教，借持斋治病的名目，伪造经咒，诓骗钱财，即是黄巾贼一流人物。官吏因他妖言惑众，把他捕着，问成重罪，充发甘肃。他的徒众刘之协、宋之清等，未曾被获，仍分投川、陕、湖北一带，传播邪教，呆头呆脑的百姓，受他欺骗不少。到乾隆晚年，教徒竟多至三百万人。刘之协复捏造谣言，遣徒四播，传说劫运将至，清朝又要变作明朝，百姓若要免祸，须亟求真命天子保护。可怜这种呆百姓，闻了此言，统求刘之协指出真命天子，刘之协遂奉了鹿邑同党王姓的孩子，本名发生，冒充朱明后裔，作为真命天子。煽动流俗，择日竖旗。忽被官吏探悉，将王发生一干人犯，统同擒住，刘之协亦提拿在内，由吏役押至半途，得了刘之协重贿，将之协放走，只解到了王发生。年犹乳臭，乾隆帝格外开恩，把他充军了事，还有几个叛徒，尽行斩首。另下旨大索刘之协。河南、湖北、安徽三省的官吏，得了圣旨，遂命一班狼心狗肺的差役，骂得很是。下乡搜缉，挨户索诈，有钱的百姓，还好用钱买命，无钱的百姓，被差役指作叛徒，下狱受苦。武昌同知常丹葵，更糊涂得了不得，不怕罪人多，只怕罪人少，索性将无辜百姓，捉了数千人，罗织成罪，因此百姓大加怨愤。适值贵州、湖南、四川等处，兴师征苗，沿途不无骚扰，贩盐铸钱的愚民，又因朝旨严禁私盐私铸，穷困失业，遂仇官思乱，把"官逼民反"四字，作了话柄，趁着教民四起，一律往投；从此向入教的，原是结党成群，向未入教的，也是甘心从逆。

这班统兵剿匪的大员，又都变作和珅党羽，总教和珅处恭送金银，就使如

第四十一回　太和殿受禅承帝统　白莲教倡乱酿兵灾

何贻误军事,也属不妨。豺狼当道,安问狐狸。嘉庆帝略有所闻,因太上皇宠爱和珅,不好就用辣手,只得责成统兵各官,分地任事。保康的教徒,归永保、恒瑞剿办,当阳的教徒,归毕沅、舒亮剿办,枝江、宜都的教徒,归惠龄、富志那剿办,襄阳的教徒,归鄂辉剿办。

永保奏言教匪现集襄阳,异常猖獗,姚之富、齐王氏俱在此处,刘之协亦在其中,为各路教匪领袖,应调集诸军,合力并攻等语。嘉庆帝览奏,复命直隶提督庆成,山西总兵德龄,各率兵二千往会。无如官多令杂,彼此推诿,姚之富狡悍异常,且不必说,独这齐林妻王氏,虽是一个妇人,她却比男子还要厉害。

齐林本是教徒,起事的时候,还未曾死,经了一回小小的战仗,便中了弹子,把性命送脱。齐王氏守了寡,却继着先夫遗志,组织一大队,由襄阳府冲出安陆府,直向武昌,头上带着雉尾,身中围着铁甲,脚下穿着小蛮靴,跨了一匹骏马,仿佛是戏中装扮的一员女将军。她的脸面颇也俊俏,性情颇也贞烈,手中一对绣鸾刀,颇也有数十人敌得住,可惜迷信邪教,弄错了一个念头,徒然作了叛众的女头目。若使不然,那南宋的梁夫人,晚明的秦良玉,恐怕不能专美呢。平心之论。只是官兵遇着了她,往往望风遁走,究竟是怕她的娇力,抑不知是惧她的色艺,幸亏天公连日大雨,洪水暴发,阻住她的行踪,不令进薄武昌,湖北省城还算平静。清廷屡加诘责,命永保总统湘北诸军,打了几个胜仗,方把姚之富、齐王氏驱回西北。当阳、枝江等处,亦屡破教徒,陕、甘总督宜绵,又奉旨助剿,略定郧阳一带。湖北境内,只襄阳及宜昌二府,尚有余寇未靖,其余已统报肃清了。谁知四川达州民徐天德,与太平县民王三槐、冷天禄等,又纠众作乱,告急奏章,又似雪片一般,飞达京师。正是:

　　日中则昃,月盈则蚀;
　　乱机一发,不可收拾。

未知嘉庆帝如何处置,且待下回表明。

清高宗决意内禅,自谓不敢拟圣祖,此是矫饰之论。高宗好大喜功,达于极点,十全备绩,五世同堂,谕旨中屡有此语;但尊不嫌至,贵不厌极,因发生一内禅计议,举帝位传与仁宗,自尊为太上皇,大权依然独揽,名位格外优崇,高宗之愿,于是偿矣。岂知累朝元气,已被和珅一人,斫丧殆尽,才一内禅,才一改嘉庆年号,白莲教徒,即骚然四起,岂仁宗之福,果不逮高宗?若酿之也久,则发之也烈,谁为之?孰令致之?吾则曰惟和珅,吾又曰惟清高宗。本回处处指斥和珅,即处处揭橥高宗。用人不慎,一至于此,固后世之殷鉴也。

第四十二回　误军机屡易统帅
平妖妇独著芳名

　　却说四川的乱事,也是从搜捕教徒而起。先是金川一役,温福阵亡,官兵溃散,一班游勇,欲归无所,与失业夫役,无赖悍民,互相勾结,四处剽掠。官吏闻警往捕,遂收入白莲教会,冀他援应。适达州知州戴如煌,老昏颠倒,饬胥吏搜缉教徒,把富户拘了无数,乘势勒索。徐天德也被拘去,费了些钱财,方得释放。戴如煌仿佛常丹葵,徐天德仿佛刘之协,可谓无独有偶。天德本达州土豪,平日与教徒隐通声气,至是越加愤激,乘襄阳教徒窜入川东,遂结连举事。王三槐、冷天禄等,亦是天德要好朋友,天德倡乱,他亦闻风而起。四川总督英善,成都将军勒礼善,出兵防剿,毫无功效。徐天德等反由川入陕,大掠兴安,陕督宜绵闻警,急回军至陕,与教徒相遇,大战于兴安城外,教徒败走,陕边虽已略靖,川省仍然糜烂。警信达至北京,嘉庆帝正急得没法,幸湖南、贵州的叛苗,已由内大臣额勒登保、将军明亮等,先后剿平,乃命额勒登保移赴湖北,明亮移赴达州。

　　但前回说的征苗大员,乃是云、贵总督福康安,暨四川总督和琳,此次忽变作额勒登保等人,小子须要交代明白。嘉庆元年五月,福康安始擒住苗酋石三保。吴八月子廷礼亦病死,官兵遂进逼乾州。城将破,福康安竟卒于军中。和琳代福康安任,攻陷乾州,乃遣内大臣额勒登保等,专攻平隆。隔了两月,和琳又殁,额勒登保复奉旨继任。湖北将军明亮,亦接清廷命令,往会额勒登保,助攻平陇,到了冬天,才把平陇攻破,将吴氏庐舍,尽行焚毁。又擒斩石柳邓父子及吴廷义等,苗乱算已肃清。嘉庆帝封额勒登保为威勇侯,明亮为襄勇伯,移剿教匪。

　　额勒登保驰赴湖北,明亮驰赴达州,是时湖北方面,由永保剿办襄阳教徒,惠龄剿办宜昌教徒。永保部兵最多,本可兜围叛众,一鼓歼敌,奈永保专知尾追,不知迎击,教徒忽东忽西,横蹿无忌,嘉庆帝怒他纵敌,逮京治罪,命惠龄总统军务。惠龄至襄阳,拟圈地聚剿,飞檄河南巡抚景安,发兵截击。景安系和珅族孙,仗着和珅势力;升任抚台,得了惠龄檄文,率兵四千出屯南阳,表面上算是发兵,其实逍遥河上,无非喝酒打牌。部下的弁兵,不见有什么军令,乐得坐酒肆,嫖妓女,消遣时日。有几个狡黠的,还要去奸淫掳掠,畅所欲为,景安也不过问。因此教徒分作三队,直趋河南,姚之富、齐王氏出中路,李全出西路,王廷诏出北路,到处掳胁。不整队,不迎战,不走平原,只数百为群,忽分忽合,忽南忽北,牵制官兵。此之谓流寇。景安反避匿城中,闭门不出。湖北追兵,也是随意逗留,由他冲突。一班糊涂虫。嘉庆帝随下旨切责诸将道:

去岁邪教起长阳,未几及襄郧,未几及巴东、归州,未几四川、达州继起。至襄阳一贼,始则由湖北扰河南;继且由河南入陕西,若不亟行扫荡,非但老师糜饷,且多一日蹂躏,即多一日疮痍。各将军督抚大臣,身在行间,何忍贸无区画?若谓事权不一,则原以襄阳一路责惠龄,达州一路责宜绵,长阳一路责额勒登保,若言兵饷不敷,已先后调禁旅及邻省兵数万,且拨解军饷及部帑,不下二千余万。昔明季流寇横行,皆由阉宦朋党,文恬武嬉,横征暴敛,厉民酿患;今则纪纲肃清,勤求民隐,每遇水旱,不惜多方赈恤,且普免天下钱粮五次,普免漕粮三次,蠲免积逋,不下亿万万。此次邪匪诱煽,不过乌合乱民,若不指日肃清,何以奠九寓而服四夷?其令宜绵、惠龄、额勒登保等,各奏用兵方略,及刻期何日平贼,并贼氛所及州县若干,难民归复若干,疮痍轻重,共十分之几,善筹恤以闻。钦此。

这诏一下,各路统兵将帅,未免有些注意起来。彼议分剿,此议合攻,忙乱了一会子,仍旧没有结果。

只将军明亮及都统德楞泰,引征苗军赴达州,连败徐天德、王三槐等。四川乡勇罗思举,亦助清兵奋击,先后毙教徒数万名。徐、王、冷三人,止剩残众一二千,势少衰。忽河南教徒,将三队并为一队,趋入陕西,复由陕西渡过汉水,仍分道入川,徐天德等得了这路援兵,又猖獗起来。嘉庆帝复责惠龄、恒瑞等,追贼不力,防汉不严,尽夺从前封赏,令戴罪效力。改命宜绵总统川陕军务,惠龄以下,悉听节制。连易三帅,统是没用。

宜绵既任了统帅,仍立定合围掩群的计议,想把教徒逼至川北,一古脑儿杀个净尽,偏这齐王氏、姚之富等人,也会使刁,只怕清帅行这一策,他自突入川北,见路径崎岖,人烟稀少,掠无可掠,夺无可夺,便急急忙忙的想窜回陕西。不料川陕交界地方,清兵密密层层,截住去路。齐王氏、姚之富、王廷诏、李全等,当下会议,拟仍走湖北,独李全仍欲留川。于是齐王氏、姚之富作了头队,王廷诏作了后队,纠众东走,与李全相别。两队各带万余人,出夔州,趋巴东,破兴山,再分路疾趋。齐王氏、姚之富由东北行,出保漳、南康,直向襄阳,王廷诏由东南行,出远安、当阳,直窥荆州。叙述笔颇豪壮。清帅宜绵,急檄明亮、德楞泰等,带了精兵健马,兼程追蹑,留惠龄、恒瑞等,在川中防御李全。明亮、德楞泰,遂追入湖北,沿途转战而前,到也歼敌数千名。恐怕齐王氏等仍还据老巢,遂分作水陆两路,紧紧赶上,德楞泰自水路径趋荆州,明亮自陆路径赴宜昌。

适朝旨发吉林、黑龙江、索伦兵三千,察哈尔马八千匹,令侍卫惠伦,都统阿哈保带至河南、湖北。阿哈保至宜昌,刚与明亮接着,忽报王廷诏已到宜城东北,明亮令阿哈保为后应,自率兵先去邀击,两下相遇,兵对兵,枪对枪,酣战一场。自辰至午,不分胜败,阿哈保怒马而来,随着东三省劲旅,冲入敌阵,左荡右决,所向无敌。王廷诏乃败窜入山,由官兵追奔二十里,杀得尸横遍野,血流成渠。德楞泰至荆州,亦杀败齐王氏、姚之富等,令村民沿江树栅,筑堡自固。因此齐王氏、姚之富回到湖北,不比前次在荆襄时候,可以沿途焚掠,只得折回西走。

适留川教徒李全,与川中王三槐,互有龃龉,亦欲由陕还楚,沿汉水东行,到了兴安南岸,齐王氏、姚之富亦到,王廷诏又复窜至湖北,教徒复合为一。清将明亮、德楞泰,从东边追到西边,惠龄、恒瑞,从西边追到东边,两路大军,云集兴安,齐王氏、姚之富等,尚欲渡汉北扰,因被清军截住,不能前进,当由齐王氏定了一计,佯折军南回,暗遣党羽高均德,从间道绕出宁羌州,偷渡汉水。

明亮、惠龄等,正追赶齐王氏,忽接到宜绵札子,调恒瑞回川。恒瑞去后,又接陕西警报,闻高均德渡汉。明亮大惊道:"这番中了贼计了。"齐王氏智略,确是过人,可惜误入歧途。急与德楞泰等商议。明亮道:"论起贼情,要算齐王氏首逆,但高均德已渡过汉水,陕西又要遭殃。不但陕西又危,就是河南、湖北,亦随在可虑。看来我军只得先入陕西,截住高均德,再作计较。"德楞泰等各无异议,遂引大兵驰入汉中。

齐王氏亦由南返北,督马步二万,分道踵渡汉水,复密令高均德,引清兵向东北追去,自与姚之富、李全、王廷诏,大掠郿县、盩厔县等处,将乘势进薄西安。亏得清总兵王文雄,带了兵勇三千名,奋力击退。齐王氏等复折回东南,从山阳趋湖北。明亮、德楞泰闻报,复引兵急追,到郧西界上,飞檄郧阳乡勇,扼住敌兵前面,并悬重赏募齐王氏首。一妇人头,须重赏悬募,这个妇人,也是特钟戾气。

适四川东乡县人罗思举、桂涵,赴营投效,受扎令斩齐王氏首级。罗思举智谋出众,胆略过人,尝率乡勇数十名,劫破丰城王三槐巢穴,教徒称为罗家将。桂涵曾为大盗,能飞檐走壁,两足尝裹铁沙数十斤,行千里外,闻官募义勇,因愿效力。至是受了清帅的扎子,易服而往,探得齐王氏屯大寺内,遂到寺前后伏着,等到夜半,越墙进去,展使绝技,寻着内室。室外有数十人守护,都执着明晃晃的刀，料室内定是齐王氏卧处，二人轻轻的纵上屋檐，翻瓦一瞧，室内红烛高烧，中垂纱帐，帐外有一足露出，不过三寸有余。令人销魂。两人因室外有人，不敢径入，等了好一歇，室外人仍然未去。两人不耐久待，破檐下去，趄到床前，从帐隙窥入，海棠春睡，芍药烟笼，两语用在此处，尤觉艳丽。两人暗想道："这样齐整的妇人，也会造反，今日命合休了。"便各执巨斧，劈入帐内，突见帐中一足飞出，亏得桂涵眼明手快，一边将头让过，一边用斧劈去，削下莲钩一只，只听帐中啊唷一声。两人恐外人入救，拾了莲钩，纵上了屋，三脚两步的走了。回到清营，已交五鼓，明亮、德楞泰，尚在帐中等候，二人入帐禀见，献上莲钩一只，视之，不过三四寸左右，但已是血肉模糊，未便细辨。明亮令二人出外候赏，一面立传号令，命诸军速攻敌寨。

　　此时齐王氏将死未死，昏晕床上，部众正惊惶的了不得，陡闻帐外一片喊声，料知清兵已来攻营，急忙舁了齐王氏，由姚之富开路，杀出寨外。清兵围攻一阵，击毙敌众数千，尚有八九千悍敌，走据山中。明亮、德楞泰大呼道："今日不要再失机会，将士须一齐努力，杀净贼众方好！"诸军闻了此语，正是人人效命，个个争先，追入山内，遥见敌众分据左右两峰，矢石齐下。明亮与德楞道："首逆齐王氏等，不知在左在右，我等还是分攻还是并力一处？"德楞泰道："适有一贼目获住，尚未处斩，现不如饬他遥望，指定首逆处向，并力合攻，免他逃脱。"明亮点头称善。德楞泰遂饬军士推到贼目，问他姓名，叫作王如美，并把好言劝诱，令他探明首逆处向。王如美仔细探瞧，回报现驻左山，德楞泰拍马上冈，诸将顺势随上，只留后队在山下，防备右山敌众。那时左山的教徒，已知身陷重围，拼命拦阻。德楞泰亲冒矢石，左手执着藤牌，右手握着短刀，连步直上。这班兵士，藤牌队在前，枪炮队在后，以次毕登，仿佛明朝常遇春破鸡头山一般，涉笔成趣。把教徒逼得无路可走，乱向峻崖窜下。这峻崖本是削壁，窜将下去，不是头破，就是脚断，有几个还跌得一团糟。齐王氏已成独脚仙，一跌便死，姚之富跳到崖下，辗转晕毙。霎时间，左山上面，杀死的一半，坠崖的一半，落得干干净净，回顾右山上面的敌众，已逃得不知去向。明亮、德楞泰令军士缒崖下去，检点尸首，只有齐王氏、姚之富，是著名首逆，军士将两尸首级割下，又把他尸身支解，直一刀，横一刀，不计其数，就使三十六刀鱼鳞剐，也没有这般惨酷。还有齐王氏莲钩一只，如何不取来成对？传首三省，争说渠魁就戮，可以指日荡平。

　　谁知死了一个头目，又出了两个头目，死了两个头目，又出了四个头目。湖北一方，稍稍安静，四川教徒，偏日盛一日。川督宜绵，自明亮、德楞泰、惠龄、恒瑞等，先后东去，势成孤立，部下兵又不敷调遣，王三槐、徐天德等，乘间驰突，骚扰川东，又有罗其清、冉天俦等，复蜂起川北。州县十余处乞援，宜绵即檄调恒瑞回川,又咨调额勒登保等,自湖北入川会剿,并奏请别简大臣,总统军务,自己愿专任一方讨贼事宜。嘉庆帝以宜绵不善办理,回督陕甘,改命威勤侯勒保督师,兼四川总督,调度诸军。

这勒保系满洲人氏,是永保的胞兄,本没有甚么韬略。他的侯爵,是一个蛮寨佳人帮他造成的。这个蛮寨佳人乃是黔中土司龙跃的妹子,小名幺妹,清史上不甚提起,小子倒要替她表扬。阐幽扬隐,是稗官本分。原来苗疆自额勒登保平定后,善后事宜,无暇办理,即移师湖北。当时洞洒寨苗妇王囊仙,与当丈寨苗目韦七绺须勾通,号召徒众,扰乱南笼。清廷命勒保驰往剿捕,及到南笼后,闻得王囊仙挟有妖术,不敢急进,妖术二字,就吓住勒保,显见无能。只檄黔中各土司助剿。龙跃的曾祖,是有名的苗长,康熙初,曾帮辅清军,剿平滇乱,圣祖封他为总兵官,传到龙跃,世职递降,只剩了一个千总职衔。他的妹子龙幺妹,颇生得才貌兼全,能文能武,此次接到勒保檄文,偏值龙跃生病不能充役,龙幺妹便代兄当差,竟跨了骏马,带了数十苗女,及数百苗兵,赴清营听调。巧值王囊仙、韦七绺须,至南笼与清军对仗,两路夹攻,把勒保围住,龙幺妹飞骑陷阵,杀退王韦,救出勒保,是晚便作为向导,引勒保兵袭洞洒寨。寨主王囊仙,因出兵得胜,留住韦七绺须筵宴,正乘着酒兴,裸体讲经,肉身说法,应妖术。不防幺妹引着清兵,突入寨中,王、韦二人,连穿衣都来不及,韦七绺须赤身接战,王囊仙只着了一件小衫,也来助阵。龙幺妹匹马当先,巧与王囊仙遇着,两下厮杀,颇是一对敌手。幺妹亦防她有妖术,把手中宝剑,绕住王囊仙不放,囊仙不觉着急,只得拼命相扑。王囊仙对着韦七绺须,或有笼络的幻术,偏偏遇了龙幺妹,以女对女,哪里还使得出幻术来?此时韦七绺须,已被清兵围住,不能脱逃,你一枪,我一刀,双拳不敌四手,被清兵活捉了去。囊仙见七绺须遭擒,心中着忙,刀法散乱,幺妹一手舞着宝剑,隔开囊仙的刀,一手把囊仙腰下的丝绦用力一扯,囊仙支持不住,跌倒地上。幺妹手下的苗女,一拥上前,将她捆缚停当,扛抬去了。洞洒寨已破,当丈寨自然随陷,勒保修本报捷,只说是自己的功劳,并不提起幺妹。九重深远,哪里知晓?只命将王囊仙、韦七绺须,就地正法,封勒保为威勤侯。幺妹的官绩,都付诸流水而去。后人陈云伯留有长歌一阕,赞龙幺妹道:

　　罗旗金翠翻空绿,鬟云小队弓腰束。
　　乐府重歌花木兰,锦袍再见秦良玉。
　　甲帐香浓丽九华,玉颜龙女出龙家。
　　白围燕玉天机锦,红压蛮云鬼国花。
　　小姑独处春寒重,正峡云间不成梦。
　　唤到芳名只自怜,前身应是洞花凤。

第四十二回　误军机屡易统帅　平妖妇独著芳名

一卷龙韬荐褥薰，登坛娓媪自成军。
金阶台榭森兵气，玉寨阑干起阵云。
昔年叛将滇池起，金马无声碧鸡死。
水落昆池战血斑，多少降旛尽南指。
铜鼓无声夜渡河，独从大师挽天戈。
百年宣慰家声在，铁券声名定不磨。
起家身袭千夫长，阿兄意气凌云上。
改土归流近百年，传家犹赛龙台丈。
雪点桃花走玉骢，李波小妹更英雄。
星驰蓬水鱼婆剑，月抱罗洋凤女弓。
白莲花压黔云黑，九驿龙场堠烽逼。
一纸飞书起段功，督帅羽檄催军急。
阿兄卧病未从征，阿妹从容代请缨。
元女兵符亲教战，拿龙小部尽媌娙。
红玉春营三百骑，美人虹起鸦军避。
战血红销蛱蝶裙，军符花蔫鸳鸯字。
秋夜谈兵绣褊凉，白头老将愧红妆。
围香共指花鬘市，骠骑争看云螂娘。
敌中妖女金蚕蛊，甲仗弥空胜白羽。
金虎宵传罗鬘力，红罗夜演天魔舞。
八队云旗夜踏空，擒渠争向月明中。
晋阳扫净无传箭，都让肃娘第一功。
春山雪满桃花路，铸铜定有铭勋处。
八百明驼阿槛归，三千铜弩兰珠去。
当年有客赋从戎，亲见瑶仙玉帐中。
珠瞀翠眊天人样，艳夺胭脂一角红。
军书更有簪花格，蛮笺小幅珍金碧。
谁傍相思寨畔居，铃名红军芙蓉石。
功成归去定何如，跳月姻缘梦有无？
惆怅金钟花落夜，丹青谁写美人图。

南笼已平，清廷总道勒保很有智略，就调任四川，命他督师。究竟勒保的战略如何，容待下回分解。

　　川楚变起，宿将凋零，初任永保为统帅，而永保无功，继以惠龄，而惠龄无功，代以宜绵，而宜绵仍无功。此由和珅当道，专阃者多系庸将，第知迎合，未娴韬略，以至于此。勒保平一区区苗寨，犹仗龙么妹之力，始得成功。么妹战绩，不获上闻，赖陈云伯先生作歌赞美，始知蛮寨中有此奇女子。可见天下不患无才，一蛮女且足千秋，何况丈夫？弊在上下蒙蔽，妒功忌能，庸驽进，骐骥退，衰世之兆成矣。君子闻鼓鼙声，则思将帅之臣，读此回，应为太息，不第阐幽索隐已也。

第四十三回　抚贼寨首领遭擒　整朝纲权相伏法

却说勒保驰驿入川，川中教徒，势甚猖獗，勒保率兵进剿王三槐，擒杀几个无名小卒，便虚张功绩，连章奏捷。嘉庆帝下旨嘉奖，说他入川第一功，专令搜捕王三槐。这时候湖北教徒，因齐、姚已死，谋与川北教徒联络，悉众南趋，李全、高均德一股，由陕入川，还有张汉潮、刘成栋一股，也是齐、姚余党，由楚入川。朝旨以陕楚各贼，均逼入川境，四川满汉官兵，不下五万，勒保宜会同诸将，齐心蹙贼，毋致窜逸。其令额勒登保、明亮，专剿张汉潮、刘成栋，德楞泰专剿高均德、李全，并会同惠龄恒瑞，夹剿罗其清、冉天俦，宜绵专守陕境，毋使川寇入陕，景安专守楚境，毋使川寇入楚，勒保于专剿王三槐、徐天德外，仍兼侦各路敌情，相机布置，务期荡平等语。勒保接了此旨，自思身任统帅，总要擒住一二首逆，方好立功扬名，初意恰是不错。遂接连发兵先攻王三槐。怎奈三槐据守东乡县的安乐坪，地势很险，手下党羽又多，官兵不能进去，反被他出来攻击，伤毙不少。勒保还是一味谎奏，今天杀贼数百，明天杀贼数千，不想嘉庆帝有些觉察，竟下谕责他徒杀胁从，不及首逆，官兵阵亡，以多报少，杀贼乃以少报多，无非妄冀恩赏，有意欺上，此后不得再行尝试。这数语正中勒保心病，勒保见了，吓得浑身是汗。

想了一日，又定出一个妙计，广募乡勇，令冲头阵，绿营兵、八旗兵、吉林、索伦兵，以次列后，再教他去攻三槐。他的意思，是乡勇送死，不必上报，免得朝廷有官兵阵亡，以多报少的责罚。好主见！起初如罗思举、桂涵等人，颇也为他尽力，杀败敌兵一二阵，后来闻知自己的功劳，统被别人冒去了，也未免懊恼起来。自此乡勇同官兵，互相推诿，索性由教徒自由来往。勒保的妙策，又遭失败。朝旨复严责勒保老师养贼，勒保忧闷已极，左思右想，毫无计策。勒公也智尽能索了。无奈与几个心腹人员，私下密议，各人都蹙了一回眉头，无词可对。

忽有一个办文案的老夫子，起立道："晚生倒有一条计策，未知可行不可行?"勒保喜形于色,便拱手问计。那人道:"朝廷的谕旨,是要大帅专剿王三槐,若得擒住了他,便可复命。"勒保道:"这个自然。"那人道:"现任建昌道刘清,前做南充知县时,曾奉宜制军命,招抚王三槐,三槐尝随他至营,嗣因宜制军放他回去,他复横行无忌,现在不如仍命刘清前往招抚,诱他前来,槛送京师,那时岂不是大大的功劳?"勒保大喜,随命他办好文书,传刘道台速即来营。

刘清是四川第一个清官,百姓呼他为刘青天,王三槐、罗其清等,也素尝敬服。若使四川官员,个个似刘青天,就使叫他造反,也是不愿。无如贪污的多,清廉的少,所以激成大祸。此次刘清奉了统帅的文书,遂带了文牍员贡生刘星渠,星夜赶来,到大营禀见。勒保立即召入,见面之下,格外谦恭。刘清便问何事辱召。勒保便把招抚王三槐计策,叙说一遍。刘清道:"三槐那厮,很是刁蛮,卑职前次曾去招抚,他明允投降,后来又是变卦,这人恐不便招抚,还是用兵剿灭他才好。"勒保道:"朝廷用兵,已近三年,人马已失掉不少,军饷已用掉不少,仍然不能成功。若能招抚几个贼目,免得劳动兵戈,也是权宜的计策。老兄大名鼎鼎,贼人曾佩服得很,现在还请替我去走一趟!三槐如肯投顺,我总不亏待他。贼目一降,贼众或望风归附,也未可知,岂非川省的幸福么?"口是心非,奈何?刘清无可推诿,只得应允,当下即起身欲行。勒保令派都司一员,随同前往。

三人到了安乐坪,通报王三槐。三槐闻刘青天又到,出寨迎接,非以德服人者不能。请刘清入寨,奉他上坐。刘清就反复劝导,叫他束手归诚,朝廷决不问罪。三槐道:"青天大老爷的说话,小民安敢不遵?但前次曾随青天大老爷,到宜大人营里,宜大人并没有真心相待,所以小民不敢投顺。现在换了一个勒大人,小民未曾见过,不知他是否真意?倘将我骗去斩首,还当了得。"颇肖强盗口吻。刘清道:"这却不用忧虑。勒大帅已经承认,决不亏待。"三槐尚是迟疑,刘清心直口快,便道:"你既有意外的疑虑,就请你同了我的随员,往见勒大帅,我便坐在此处,做个抵押,可好么?"三槐道:"这却不敢,我愿随青天大老爷同往,如青天大老爷,肯将随员留在此处,已是万分感激。"刘清应诺。

三槐即随了刘清,动身出寨,安乐坪内的徒党,素知刘青天威信,也不劝阻三槐,于是刘清在前,三槐在后,直到勒保大营。先由刘清入帐禀到,勒保即传集将士,站立两旁,摆出一副威严的体统,好看不中用。传王三槐入帐。三槐才入军门,勒保就喝声拿下,两旁军士,应命趋出,如狼如虎,将王三槐捆住。刘清忙禀道:"王三槐已愿投降,请大帅不必用刑!"谁知这位勒大帅,竖起双眉,张开两目,向着刘清道:"呸!他是大逆不道的白莲教首,还说是不必用刑么?"刘清道:"大帅麾下的都司,卑职属下的文案生,统留在安乐坪中,若使将王三槐用刑,他两人亦不能保全性命,还求大帅成全方好。"勒保转怒为笑道:"你道我就将他正法么?他是朝廷严旨拿捕,自然解送京师,由朝廷发落。朝旨要赦便赦,要杀便杀,不但老兄不能作主,连本帅也不敢作主呢。若为了一个都司官,一个文案生,就把他释放,将来,朝旨诘责下来,哪个敢来担任?"总教自己官职保牢,别人的性命都又不管。刘清道:"卑职愿担此责。"到底不弱。勒保哈哈大笑道:"今朝捕到匪首,也是老兄功劳。本帅哪里好抹煞老兄,请你放心!"以小人之心,度君子之腹。刘清道:"功劳是小事,信实是大事。今朝王三槐来降,若将他槛送京师,将来贼众都要疑阻,不敢投诚,那时恐要多费兵力,总求大帅三思!"勒保道:"这恰待日后再说,且管目前要紧。"随令军士将三槐监禁,自己退入后帐,命这位定计诱贼的老夫子,修折奏捷去了。

刘清叹息而退,待了一日,文牍员刘星渠逃回,刘清问他如何得脱?答称:"贼众因三槐未归,欲将贡生及都司偿命,贡生无法,只得哄称勒公要重用三槐,自当暂时留住。贼众因贡生是刘青天属员,半疑半信,贡生就与他说代探消息,溜了出来。都司也欲同回,被众贼留住。如果勒公变计,恐怕都司的性命,是不保了。"刘清道:"勒公无信,我亦上他的当,将来办理军务,必较前为难。我们且回任去罢!"随即写了辞行的禀单,饬役夫投递大营,自己带了刘星渠,匆匆去讫。

过了数日,上谕已下,内称据勒保奏攻克安乐坪贼巢,生擒贼首王三槐,朕心深为喜悦,着晋封勒保为威勤公,伊弟永保,前因剿匪不力,革职逮京,交刑部监禁,现并加恩释放,以示权衡功罪,推恩曲宥至意。接连又是一道上谕,晋封军机大臣大学士和珅公爵,户部尚书福长安侯爵,这个旨意,显见是太上皇诰敕,嘉庆帝难违父命,方有这道谕旨。勒保遂令部将把王三槐解送京师,一面再攻安乐坪。其时安乐坪余党,闻王三槐押解进京,将都司杀死,另奉冷天禄为头目,抗拒官兵。官兵昼夜围攻敌寨,盐粮将尽,冷天禄诈请投降,夜间却偷袭清营,官兵不及防备,顿时败退。

徐天德亦屡攻川东州县,骚扰不休,勒保再想招抚,奈教徒防着王三槐覆辙,个个拼出性命,不来上钩,反比从前越加刁悍。人而无信不知其可。只川北的罗其清,被额勒登保擒获,冉其俦被德楞泰、惠龄击毙,川北巨酋,总算授首。此外如陕督宜绵,专在教匪不到的地方,安营立寨,终年未曾一战。他倒享福。景安越加无事,寇至则避,寇去则出,军中号他迎送伯。肇锡嘉名。

悠悠忽忽,已是嘉庆四年了。四年以前,外间军事,日日吃紧,宫廷里面,没甚大事,只皇后喜塔腊氏病逝,改册皇贵妃钮祜禄氏为皇后,未免忙碌了一回。四年正月,太上皇生起病来,嘉庆帝侍疾养心殿。吁天祈祷,倍切虔诚。无如寿数已终,帝阍梦梦,太上皇的病,陡然沉重,名医都束手没法,竟尔"呜

第四十三回　抚贼寨首领遭擒　整朝纲权相伏法

呼哀哉",嘉庆帝擗踊大恸,颇尽孝思;越四日,即命军机大臣拟了一道谕旨,颁给四川、湖北、陕西诸将帅道:

> 我皇考临御六十年,四征不庭,凡穷荒绝徼,无不指日奏凯,从未有劳师数年,糜饷数千万,尚未蒇事者。自末年用兵以来,皇考宵旰勤劳,大渐之前,犹时望捷音,迫至弥留,亲执朕手,频望西南,似有遗憾。若教匪一日不平,朕即一日负不孝之疚,内而军机大臣,外而领兵诸将,同为不忠之臣,迩年皇考春秋日高,从事宽厚,即如贻误军事之永保,严交刑部治罪,仍旋邀宽宥。其实各路纵贼,何止永保一人,奏报粉饰,掩败为功,其在京谙达侍卫章京,无不营求赴军,其归自军中者,无不营置田产,顿成殷富,故将吏日以玩兵养寇为事。其宣谕各路领兵大小诸臣,戮力同心,刻期灭贼,有仍欺玩者,朕惟以军法从事。

这旨一下,内外大臣,已觉得嘉庆亲政第一道上谕,便已严厉异常,不同前日,暗料数日以内,必有一番大大的黜陟。不防嘉庆帝格外迅速,过了两日,便令侍卫锁拿大学士公爵和珅,户部尚书侯爵福长安下狱。

自太上皇崩后,和珅原是栗栗危惧,不过想不到这般辣手,这日正与姬妾们谈论后事,忽有十数个侍卫,直入府中,豪仆还不知死活,上前喝阻。众侍卫大声道:"有圣旨到来,请你相爷接读!"豪仆闻圣旨二字,方个个伸舌,入内通报。和珅此时心里已七上八下,勉强出来接旨。当由宣诏官站在上面,和珅跪在下边,但听宣诏官朗诵上谕道:"和珅欺罔擅专,情罪重大,着即革职,锁交刑部严讯!钦此。"和珅不听犹可,听了数句上谕,魂灵儿飞入九霄,正在没法摆布,那侍卫铁面无情,将他牵曳而去。还有好几个侍卫,留管前后门,准备查抄。早知今日,何必当初。里面的老太太姨太太驸马爷少公子少奶奶等,都哭哭啼啼,急得没法,只得请出乾隆帝的十公主来,一班儿跪在地上,向他磕头求救。额驸丰绅殷德,且抢上几步,也顾不得夫妻名义,忙向公主绣鞋边跪下,捣头如蒜,床下踏板想亦跪惯,此次也不算奇怪。弄得公主难以为情,忙叫大众从长商议。大家方才起来,统是泪容满面,万分凄惶。公主也不禁流泪,情愿入宫转圜,当即带了侍女四名,乘舆出门。侍卫见了公主,不便拦阻,由她去讫。

谁想过了两日,又有数行谕旨道:

> 和珅受大行太上皇帝特恩,由侍卫拔擢至大学士。在军机处行走多年,叨沐殊施,无有其比。朕亲承付托之重,猝遭大故,苦块之中,每思三年无改之义,皇考简用重臣,断不肯轻为变易。今和珅情罪重大,并经科道诸臣,列款参奏,实有难以宽贷者。是以朕于恭颁遗诏日,即将和珅

革职拿问，胪列罪状，特谕众知，除交在京王公大臣会审定拟外，着通谕各督抚，将指出和珅各款，应如何议罪？并此外有何款迹？各据实复奏。

原来嘉庆帝素恨和珅，因太上皇在日不好显斥，廷臣也不敢参奏。到太上皇已崩，御史广兴，给事中广泰、王念孙等，窥破嘉庆帝意旨，一个说和珅偷改朱谕，一个说和珅擅取宫女，一个说和珅私藏禁物，一个说和珅漏泄机密，此外如遇事把持，贪赃不法，勾结党羽，残害贤良等款，不计其数，共列成二十大罪，惹得嘉庆帝怒气勃勃，立欲将和珅治罪。适值十公主入宫面请，嘉庆帝越加懊恼。嗣经公主再三哀求，只准饶了和珅家属，不饶和珅，因此遂下了这道谕旨。公主倒脸。和珅家内，还道公主不肯着力，其实公主到嘉庆帝前，也似丰绅殷德一般，下跪磕头，无如皇帝不允，公主也没奈何。嘉庆帝遂令刑部严讯，二十款大罪中，和珅虽赖了一半，有一半寻出证据，无可抵赖，只得招认。当下就着钦差查抄，钦差到和珅宅内，便将前堂后厅，内室寝房，统行查阅。但见和珅的房屋，统用楠木造成，体制仿佛宁寿宫，华丽仿佛圆明园，陈列的古玩奇珍，却比大内还多一二倍，顿时由侍卫带同番役，一一抄出。计开：

赤金首饰共三千六百五十七件，东珠八百九十四粒，珍珠一百七十九挂，散珠五斛，红宝石顶子七十三个，祖母绿翎管十一个，翡翠翎管八百三十五个，奇楠香朝珠六百九十八挂，赤金大碗五十对，玉碗十对，金壶四对，金瓶两对，金匙四百八十个，金盆一对，金盂一对，水晶缸五对，珊瑚树二十四株，玉马一只，银杯四千八百个，珊瑚筷四千八百副，镶金象箸四千八百副，银壶八百个，翡翠西瓜一个，猞猁狲皮八十张，貂皮二百六十张，青狐皮三十八张，黑狐皮一百二十张，玄狐皮统十件，白狐皮统十件，洋灰皮三百张，灰狐腿皮一百八十张，海虎皮三十张，海豹皮十六张，西藏獭皮五十张，䌷缎四千七百三十卷，纱绫五千一百卷，绣蟒缎八十三卷，猩红洋呢三十匹，哔叽三十匹，各色布四十九捆，葛布三十捆，各色皮衣一千三百件，绵夹单纱绢衣三千二百件，御用纬帽二顶，织龙黄马褂二件，酱色缎四开襟袍二件，白玉玩器六十四件，西洋钟表七十八件，玻璃衣镜十架，小镜三十八架，铜锡等物七千三百余件，纹银一百零七万五千两，赤金八万三千七百两，钱六千吊，房屋一千五百三十间，花园一所，房地契文五箱，借票二箱，杂物不计。

统共一百零九号，除金银铜钱外，有二十六号，当时估起价来，已值银二万二千三百八十九万余两。另外八十三号，还未曾估价。若照样计算，差不多有八九万万两。自古以来，无论王崇、石恺，不及和珅十分之一，就是中外的皇帝，也没有这种大家私。嘉庆帝见了查抄的数目，也不觉暗暗惊异，下旨赐和珅自尽。福长安事事阿奉和珅,着收监,候秋后处决。和珅弟和琳,追革公爵,只额驸丰绅殷德,因顾着十公主脸面,曲加体恤,免他罪名,叫他在家安住,不许出外滋事。和珅次子丰绅殷绵等,概革去封爵,回本旗当闲散差。大学士苏凌阿,系和琳姻亲,和珅引他入相,年逾八十,老迈龙钟,勒令休致。侍郎吴省兰、李潢,太仆寺卿李光云等,统系和珅引用,黜革有差。此旨一下,眼见得和珅休了。贪刻一生,徒归泡影。丰绅殷德,亏是娶了一个公主,还好安耽度日。应该补磕几个响头。就是和珅的妻妾家眷,也都是公主暗中保全。小子有诗咏和珅道:

权奸贪冒古来无,一死何曾足蔽辜?
毕竟犹留郎舅谊,九重特旨赦妻孥。

和珅伏法后,嘉庆帝振刷精神,又有一番作为,姑俟下回再详。

王三槐无端起乱,假邪教以惑民,川中生灵,因之涂炭,律以应得之罪,固无可贷。但既诱之来降,不宜再行槛送,兵不厌诈,此事恰不宜诈也。勒保急功近利,但顾目前,不顾日后,当时封为上公,固觉显赫,然勒保所恃者,惟和珅,勒保封公,和珅亦封公,内外蒙蔽,不问可知,和珅败而勒保亦无幸矣。和珅为相二十余年,家中私蓄,几乎不可胜算。乾隆时,清政府岁入,止七千万,和珅家产,适当清廷二十年岁入之一半而强,然卒之全归籍没,贪官污吏之结局如此。后之身为公仆者,亦何不奉为殷鉴耶?炎炎者灭,隆隆者绝,况为贪官?况为污吏?读此回,可为居官鉴。

第四十四回　布德扬威连番下诏
擒渠献馘逐载报功

却说和珅伏诛之日,正王三槐押解到京之时。嘉庆帝命军机大臣等,审问三槐,供称"官逼民反"四字。嗣经嘉庆帝亲讯,三槐仍咬定原供。嘉庆帝道:"四川的官吏,难道都是不法么?"三槐道:"只有刘青天一人。"三槐被刘清诱擒,仍然不怨,供出刘青天行状,可见良心未泯,公论自存,贪官污吏,不如盗贼远甚。嘉庆帝道:"哪个刘青天?"三槐道:"现任建昌道刘清。"嘉庆帝又道:"只有一个刘青天么?"三槐道:"刘青天外,要算巴县老爷赵华,渠县老爷吴桂,虽不及刘青天,还算是个好官,另外是没有了。"嘉庆帝听了此言,不由的感慨起来,随命将三槐下狱,暂缓行刑。又下谕道:

国家深仁厚泽百余年，百姓生长太平，使非迫于万不得已，安肯不顾身家，铤而走险？皆由州县官吏朘小民以奉上司，而上司以馈结和珅。今大憝已去，纲纪肃清。下情无不上达，自当大法小廉，不致复为民累。惟是教匪迫胁良民，及遇官兵，又驱为前行以膺锋镝，甚至剪发刺面，以防其逃遁，小民进退皆死，朕日夜痛之。自古惟闻用兵于敌国，不闻用兵于吾民，其宣谕各路贼中被胁之人，有能缚献贼首者，不惟宥罪，并可邀恩；否则临阵投出，或自行逃出，亦必释回乡里，俾安生业。百姓困极思安，劳久思息，谅必一见恩旨，翕然来归。其王三槐所供川省良吏，自刘清外，尚有知巴县赵华，知渠县吴桂，其量予优擢以从民望。至达州知州戴如煌，老病贪劣，胥役五千，借查邪教为名，遍拘富户，而首逆徐天德、王学礼等，反皆贿纵，民怨沸腾，及武昌府同知常葵，奉檄查缉，株连无辜数千，惨刑勒索，致聂人杰拒捕起事，其皆逮京治罪。难民无田庐可归者，勒保即督同刘清，熟筹安置，或仿明项忠、原杰，招抚荆、襄流民之法，相度经理。遍谕川、楚、陕、豫地方，使咸知朕意。

自此谕下后，内外官吏，方知嘉庆帝平日实是留心外事，并非没有知觉。且谕旨中含有慈祥恻怛意思，颇不愧庙号仁宗的"仁"字。"仁宗"二字，就此补出。但当时统兵的将帅，一时不能全换，嘉庆帝逐渐改易，另有数道谕旨，并录于后。

和珅压阁军报，欺罔擅专，致各路领兵大臣，恃有和珅蒙庇，虚冒功级，坐糜军饷，多不以实入奏。姑念更易将帅，一时乏人，勒保仍以总统授为经略大臣，其川、陕、湖北、河南督抚，及领兵各大将咸受节制，以一事权。明亮、额勒登保，均以副都统授为参赞大臣，别领官军，各当一路，有不遵军令者，指名参奏。川、楚军需，三载经费，至逾七千余万，为从来所未有，皆由诸臣内恃和珅护庇，外踵福康安、和琳积习，在军惟笙歌酒肉自娱，以国帑供其浮冒，而各路官兵乡勇，饷迟不发，致桁腹无裈，牛皮裹足，跣行山谷。此弊始于毕沅在湖北，而宜绵、英善在川，相沿为例。今其严行察核，毋得再蹈前愆，致干重咎！

宜绵前后奏报，皆屯驻无贼之处，从未与贼交锋，且已老病，令解任来京。惠龄旷久无功，为贼所轻，着即回京守制。景安本和珅族孙，平日趋奉阿附，每干奏事之便，禀承指使，恃为奥援，剿堵皆不尽力，驻军南阳，任楚贼犯豫，直出武关，惟尾追，不迎截，致有"迎送伯"之号。甚至民裹粮请军，拒而不纳，武员跪求击贼，不发一兵，为参将广福面诮，反挟愤诬劾，其获封伯爵，亦攘道员完颜岱捕浙川邪教功，张皇入奏，欺君罔上，误国病民，着即拿解来京，照律惩办！

数道上谕，真似雷厉风行，统兵各官，不寒而栗。勒保也只得打叠精神，悉心筹画，令额勒登保、德楞泰、剿徐天德、冷天禄，明亮剿张汉潮，自己驻扎梁山，居中调度。自嘉庆四年正月至六月，只额勒登保一军，斩了冷天禄，德楞泰一军，与徐天德相持，追入郧阳，明亮一军，徒奔走陕西境内，未得胜仗。勒保虽有所顾忌，不敢全行欺诈，然江山可改，本性难移，终究是见敌生畏，多方诿饰。新任湖广总督倭什布，据实参奏，嘉庆帝复下谕道：

勒保经略半载，莫展一筹，惟汇报各路情形，按旬入告。近据倭什布奏，川贼接踵入楚，不下二万，有北趋荆、襄之势，既不堵截，又不追剿，是勒保竟择一无贼之处，驻营株守，罪一；且屡奏均言不必增兵，而附奏又请拨饷五百万，若迫不及待，自相矛盾，意图浮冒，罪二；各路奏报，多王三槐余党，勒保止将首逆诱擒，而置余匪于不问，罪三；军营报奏，大半亲随之人，而兵勇钱粮，并不按期给发，以致枵腹跣行，冻馁山谷，几同乞丐，士马何由饱腾，罪四。勒保上负两朝委任之恩，下贻万民倒悬之苦，着即令尚书魁伦，副都御史广兴，赴川逮问治罪！其经略事务，暂由明亮代理。钦此。

勒保逮回京师，永保偏出署陕抚，这也奇怪。因明亮剿办张汉潮，迟延无功，陕西未能肃清，于自己方面，大有不便，因劾明亮观望，明亮亦劾永保推诿，双方互讼，嘉庆帝命陕督松筠密查。松筠上疏，大略言："经略明亮素号知兵，所言似合机宜，究无实效。将军恒瑞前在湖北，战迹称最，但年近六旬，精力大减，恐不胜任。提督庆成，身先士卒，颇有胆量，奈中无主见，只能带领偏师，不能出谋发虑。署陕抚永保无谋无勇，专图利己，过辄归人，独额勒登保英勇出群，其次惟德楞泰，若要平贼，非用此二人不可。"松公颇有知人之识。于是朝旨命尚书那彦成，佩钦差大臣关印，赴陕监明亮军，兼会同松筠勘问。那彦成到陕后，细探情实，两人俱有不合，遂与松筠联衔奏参。明亮、永保褫职逮问，连庆成也在其内。适明亮追斩张汉潮，朝旨以挟嫌偾事，功不蔽罪，仍令逮解至京，命额勒登保代任经略。

额勒登保系满洲正黄旗人，旧隶海兰察麾下，讨台湾、征廓尔喀，尝随海公建功立业，每战必策马当冲，争先陷阵。海公曾对他道："你真是个将材，可惜不识汉字。我有一册兵书，叫你熟读，他日自然会成名将。"额勒登保得了赠书，遂日夕揣摩，居然熟练，能出奇制胜。看官！你道这兵书是甚么典籍？原来是一册《三国演义》，由汉文译作满文，海公也曾作为枕中秘本，赠了额勒登保，无非是传授衣钵的意思。仿佛范仲淹授狄青《左氏春秋》。额勒登保手下，且有汉将两员，统是姓杨，一名遇春，四川崇庆州人，一名芳，贵州松桃厅人。遇春梦神授黑旗，故以黑旗率众，敌望见即知为杨家军。杨芳好读书，通经史大义，应试不售，乃出充行伍，为遇春所拔识。阵斩冷天禄，实出二杨的功劳。额勒登保为经略时，遇春已授任总兵，杨芳尚只一都司官，额公特保举遇春为提督，杨芳为副将。二人得额公知遇，尤为出力。就是罗思举、桂涵两乡勇，亦因额公做了统帅，有功必赏，愿效驱驰。可见为将不难，总在知人善任呢。

话休叙烦，单说额勒登保受了经略的印信，大权在手，不患掣肘，便统筹全局，令文案员修好奏折，独自上疏道：

> 臣数载以来，止领一路偏师，今蒙简任经略，当通筹全局，教匪本内地编氓，原当招抚以散其众，然必能剿而后可抚，且必能堵而后可剿。从前湖北教匪多，胁从少，四川教匪少，胁从多，今楚贼尽逼入川，其余川东、巫山、大宁接壤者，有界岭之险可扼，是湖北重在堵而不在剿；至川、陕交界，自广元至太平千余里，随处可通，陕攻急则折入川，川攻急则窜入陕，是汉江南北，剿堵并重；川东川北，有嘉陵江以阻其西南，余皆崇山峻岭，居民大半依山傍水，向无村落，惩贼焚掠，近俱扼险筑寨，大者数千人，小亦数百名，团练守御，而川北形势，更便于川东，若能驱各路之贼，逼归川北，必可聚而歼旃，是四川重在剿而不在堵；虽贼匪未必肯逼归一处，但使所至俱有堡寨，星罗棋布，而官兵鼓行随其后，遇贼即迎截夹击，所谓以堵为剿，宁不事半功倍？此则三省所同。臣已行知陕、楚，晓谕修筑，并定赏格，以期兵民同心麾贼。至从征官兵，每日遄征百十里，旬月尚可耐劳，若阅四五年之久，无冬无夏，即骡马尚且踣毙，何况于人？而续调新募之兵，不习劳苦，更不如旧兵之得力，臣之一军所以尚能得力者，实以兵士所到之处，亦臣所到之处；兵士不得食息，臣亦不得食息。自阃营将弁，无不一心一力，而各路不能尽然。近日不得已将臣所领之兵，与各提镇互相更调，以期人人精锐，足以歼敌。恐劳圣虑，特此奏闻。

据这奏牍看来，确是老成谋画，不比凡庸，自是军务方有起色。

会德楞泰追逐徐天德，转战陕境，与高均德等相遇，德楞泰乘着大雾，袭击高均德，把他擒住，有旨授德楞泰为参赞大臣。高均德死后，不料复有冉天元，收集均德残众，与徐天德合，非常厉害。额勒登保亲自督剿，令杨遇春领左翼，穆克登布领右翼，穆克登布也是一员骁将，但与杨遇春不甚相合。遇春因天元善战，非他贼比，须先用全力相搏，杀败了他，方好分队追击。额公亦赞成此议，独穆克登布意不为然。到了苍溪，闻与冉天元相近，穆克登布竟恃

第四十四回　布德扬威连番下诏　擒渠献馘逐载报功

勇先进，绕出冉天元前面，忽伏兵齐起，前后夹攻，将穆克登布围住。穆克登布猛力冲突，不能出围，幸亏山寨乡勇，出垒救应，始拔出穆克登布，将士伤了不少。穆克登布经此大创，别人料他总要小心，谁知他依然如故，仍力追冉天元，驰至老虎垩，旁有大山，穆克登布跃马径上，直据山巅。杨遇春据山腰，天元正伏山中，先出攻杨遇春军。遇春坚壁不动，天元无可奈何。转身攻穆克登布，冒死突上，山巅促狭，怎你穆克登布如何骁勇，也施展不出什么伎俩。天元进一步，穆克登布退一步，愈逼愈紧，穆克登布的营帐，自山巅坠下，顿时军中大乱，陷死副将十余名，兵士不能悉计。

右翼军败溃，天元再攻左翼军，乘高下压，遇春抵死力战。自傍晚杀到天明，天元始退。遇春部下，也伤亡了若干名。师克在和，不和必败。额勒登保大愤，檄德楞泰夹击冉天元，不防川北的王廷诏一股，竟由川北入汉中，西窥甘肃，额勒登保闻报，又引军星夜赴援，并令德楞泰随后策应。冉天元复东渡嘉陵江，分犯潼川、锦州、龙安，将北合甘肃诸寇。川、陕、甘一带，同时告警。清廷不得已，再用明亮为领队大臣，赴湖北，赦勒保罪，授任四川提督，赴四川，_{屡黜屡陟，清廷可谓无人。}并诏德楞泰回截冉天元，命为成都将军。

德楞泰奉命回南，探得冉天元在江油县，急由间道邀击。天元层层设伏，德楞泰步步为营，十荡十决，连夺险隘，转战马蹄冈。时已薄暮，德楞泰见伏兵渐稀，正思下马稍憩，偶见东北角上，赤的的一枝枝号火腾起，直上云霄，德楞泰惊道："我兵已陷入伏中了。"一急。话言未绝，西北角上，又见起了两支号火，_{再急。}德楞泰忙令众兵排开队伍，分头迎敌。转身一望，西南角及东南角上，都是闪闪火光，冲天四起，马声杂乱，人声鼎沸。_{三急。}德楞泰料知伏兵不止一二路，亟分作四路抵御，布置才毕，敌兵已由远及近，差不多有七八路。_{四急。}德楞泰传令齐放矢铳，放了一阵，敌兵毫不退怯，反围裹拢来。德楞泰见敌兵各持竹竿，竿上缠绕湿絮，矢中的箭镞，铳中的弹丸，多射在湿絮上，不甚伤敌，所以敌仍前进，于是传令人自为战。_{五急。}官兵知身入重围，也不想什么生还，恶狠狠的与他鏖斗，血战一夜，天色黎明，敌兵仍是不退。_{六急。}再战一日，方渐渐杀退敌兵。官兵埋锅造饭，蓐食一餐，餐毕，四面喊声又起，忙一齐上马，再行厮杀，又是一日一夜。_{七急。}是日官兵又只吃了一顿饭，夜间仍是对敌。_{八急。}德楞泰暗想道："敌兵更番迭进，我兵尚无援应，若再同他终日厮杀，必至全军覆没呢。"遂下令且战且走。

官兵阵势一动，冉天元料是败却，麾众直进，行得稍慢的，多被悍目自行杀死，此时敌众不得不舍命穷追。官兵战了三日三夜，气力已尽，肚子又饥，没奈何纷纷溃散。_{九急。}德楞泰亦觉得人困马乏，便带了亲兵数十名，跃上山巅，下马喘息，自叹道："我自从军以来，从没有遇着这等悍贼，看来此番要死在此地了。"正自言自语间，猛听得一声大叫道："德楞泰哪里走？"这一句响彻山谷。德楞泰忙上马瞭望，见山下一人，挥着鞭，舞着刀，冲上山来。这人为谁？正是冉天元。**十急**。德楞泰胸中已横着一死字，倒也没甚惊恐，且因走上山来，只有一冉天元，越发胆壮，便也大呼道："冉贼！你来送死么？"一面说话，一面拈弓搭箭，飕的一声，正中冉天元的马。那马负着痛，一俯一仰，把冉天元掀落背后，骨碌碌滚下山去。德楞泰拍马下山，亲兵亦紧随而下，见冉天元正搁住断崖藤上，德楞泰忙从亲兵手中，取了钩头枪，将冉天元钩来，掷在地上，亲兵即将他缚住。山下的兵，正上山接应冉天元，见天元被擒，拼命来夺，德楞泰复与交战，忽山后又有一支人马，逾山而至，从山顶冲下。**又为德楞泰一急**。德楞泰连忙细瞧，认得是山后的乡勇，德楞泰大喜。**此中真是天幸**。敌兵见乡勇驰到，转身复走。德楞泰偕乡勇下山招集余兵，逐北二十里。这一场恶战，自古罕有，"德将军"三字惊破敌胆，另外带兵官，多冒德将军旗帜，教徒不辨真假，一见辄逃。川西肃清，川东北虽有余孽，不足为患。适勒保至川，遂将肃清余党事，交付勒保，自赴额勒登保军。

额勒登保追王廷诏，沿途屡有斩获，王廷诏复自甘返陕，那彦成堵剿不力，有旨严谴，会河南布政使马慧裕，缉获教主刘之协于叶县，槛送京师，立正典刑。并谕军机大臣道：

前据马慧裕奏宝丰、郏县地方，有匪徒焚掠之事，旋据叶县禀，缉获首犯刘之协，本日马慧裕驰奏，已收宝丰等处，白莲教匪徒千余名，悉数歼除，并提到眼目，认明刘之协属实，刘之协为教匪首逆，勾连蔓延，荼毒生灵，乃该犯仍敢在豫省纠结，潜谋起事，并欲为陕、楚教匪接应，实堪痛恨。仰赖昊穹垂慈，皇考默佑，俾豫省新起教匪一千余人，立时剿捕净尽，擒获首逆，明正刑诛，可见教匪劫数已尽，从此各路大兵，定可刻期藏事。朕于欣慰之余，转觉恻然不忍，盖教匪本属良民，只因刘之协首先簧鼓，附从日众，征兵剿办，已阅数年，无论百姓无辜，横遭杀戮，被胁多人，迫于不得已，即真正白莲教，皆我大清赤子，只因一时愚昧，致罹重罪。至各股贼首，先后就诛者，无不身受极刑，全家被戮，虽孽由自作，亦系听从刘之协倡教而起。白莲教获罪于天，自取灭亡，其顽梗可恶，其愚蠢可怜。朕仰体上天好生之仁，于万无可贷中宽其一线，着经略额勒登保，参赞德楞泰，及各路带兵大员，与各督抚等，将刘之协擒获一事，广为宣传，并传谕贼营，伊等教首，已就诛戮，无可附从。至于裹胁之人，本系良善百姓，何苦为贼所累，自破身家，如能幡然悔悟，不但免诛，并当妥为安置。即实系同教，畏罪乞命，弃械归诚，亦必贷其一死。若经此番晓谕之后，仍复怙恶不悛，则是伊等甘就骈诛，大兵所到，诛戮无遗，亦气数使然，不能复加矜贷。额勒登保等鼓励将士，务期迅扫贼氛，莫安黎庶，同膺懋赏，将此通谕知之。

嘉庆帝又亲制一篇《邪教说》，有"但治从逆，不治从教"的意旨。自是教徒失所倚靠，逐渐变计，化作良民。此时剧寇，只有王廷诏在陕西，徐天德在湖北，德楞泰由川赴陕，与额勒登保合军，追袭王廷诏。杨遇春为先锋，至龙池场，分兵埋伏，诱廷诏追来，一鼓擒住，并获散头目十数人，余众走湖北，由德楞泰引兵追剿，与明亮夹击，圈逼徐天德、樊人杰于均州。天德、人杰，先后投水溺死。川楚陕三省的悍目，斩俘殆尽，不过还有余孽未靖了。此时已是嘉庆六年的夏季。正是：

万丈狂澜争一霎，七年征伐病三军。

诸君欲知后事，且待下回再阅。

仁宗初政，颇有黜佞崇忠、扶衰起敝之象。和珅一诛，而军务已有起色，勒保一黜，而寇氛以次肃清，可见立国之道，全恃元首，元首明则庶事康，元首丛脞则万事隳，彼额勒登保、德楞泰之得建奇功，莫非元首知人之效，然七年劳役，万众遭殃，不待洪、杨之变，而清室衰兆见矣。故善读满史者，皆以高宗之末为清室盛衰关键云。

第四十五回　抚叛兵良将蒙冤　　剿海寇统帅奏捷

却说川楚陕三省的教徒，头目虽多归擒戮，余孽尚是不少。额勒登保、德楞泰，又往来搜剿，直到嘉庆七年冬季，始报大功戡定。嘉庆帝祭告裕陵，高宗陵。宣示中外，封额勒登保一等威勇侯，德楞泰一筹继勇侯，均世袭罔替，并加太子太保，授御前大臣。勒保封一等伯，明亮封一等男，碌碌因人。杨遇春以下诸将，爵秩有差。

自此以后，裁汰营兵，遣散乡勇，兵勇或无家可归，或归家不敷食用，又经发放恩饷各官吏，层层克剥，七折八扣，煞是可恨。因此游兵冗勇，又纠众戕官，出没为患。复经额、德两将帅，东剿西抚，忙了一年，事始大定。自教徒肇乱，劳师九载，所用兵费，竟至二万万两，杀伤的教徒不下数十万，清兵乡勇的阵亡，五省良民的被难，且算不胜算，无从查考。和珅之肉，其足食乎？只这位嘉庆帝，当军事紧急时，很是审虑周详，励精图治，到西北平定，内外官吏，又是歌功颂德,极力铺张,嘉庆帝也道是功德及民,渐渐的骄侈起来。逸豫忘身,中主多半如此。庆赏万寿,下嫁公主,挑选妃嫔,仪注都非常繁备,金银也用了许多。

还有一桩赏罚倒置的事情:川楚陕平靖后,因地势阻奥,增设营汛,陕西省中添了一个宁陕镇,就用杨芳做了镇台,宁陕的地方,地险粮贵,当时创议的人,因例饷不足兵用,酌定每月加给盐米银,每人五钱,三年递减,次年届期应减一钱,布政使朱勋,以未奉部文,并四钱也都停发,兵士大哗。会陕西提督杨遇春,方奉旨入觐,宁陕总兵杨芳调署提督,副将杨之震护宁陕镇,将哗噪的兵士,不问曲直,统拿来笞杖一顿,一味蛮做。兵士愈加怨愤。内有两个小头目,都是姓陈,一名达顺,一名先伦,居然纠众抗命,杀死副将游击,劫了库中的银两,放出狱中的罪犯,趁势大乱。时杨遇春尚未出境,朝旨即命他回剿,另简成都将军德楞泰为钦差大臣,赴陕督师,遇春到方柴关,叛兵设伏以待,推蒲大芳为首领,大芳骁桀善战,竟将遇春围住,官兵叛卒,互相认识,竟不肯听遇春号令,纷纷四散。遇春止率亲兵数十名,登山断后,见大芳策马而来,大声叱道:"你何故造反?"大芳见是遇春,就下马遥跪,哭诉营官克饷的情形。遇春道:"营官克饷,你可上诉,何苦做此大逆不道的勾当。"大芳道:"现在已处骑虎之势,不能再下,须求大帅谅我!"言毕,起身径去。还亏遇春平日恩信及人,不至被迫。

是时杨芳亦驰来相救,遇春与他商议,杨芳道:"叛兵都经过百战,并非一时乌合,若要除灭了他,很不容易。况官兵九载勤劳,疮痍未复,又前时与叛兵多系同功一体,以兵攻兵,终无斗志。闻叛首蒲大芳见了大帅,尚下马遥跪,卑镇家属,亦由大芳送至石泉。可见大芳虽叛,还有旧部情谊。卑镇愿亲自出抚,若得大芳归降,便可迎刃而解。"遇春喜甚,即命杨芳去抚大芳。到了大芳营前,敌矛林立,军垒森严,杨芳的背后,有随员数名,都吓得战战兢兢,请杨芳折回。杨芳道:"天佑苍生,我必不死。且为国息兵,虽死何恨。汝等若果畏惧,不妨退还。让我一人前去便了。"遂扬鞭独进,直入大芳营。大芳忙出来迎见,杨芳向着大芳,恸哭失声道:"我与汝等戮力数年,同患难,共生死,仿佛如家人骨肉一般,今朝两下对垒,反同仇敌,我不忍见汝等身陨族灭,所以单骑前来,请你等先杀了我,免得见你惨祸。"蒲大芳等听了这番言语,不由的感激,便道:"我等小兵,安敢冒犯镇台大人?大人真心相待,大芳也有天良,宁不知感。只朝廷未必肯赦前罪,奈何?"杨芳道:"你果诚心悔过,我当于钦差大人前,极力保免,要生同生,要死同死,要犯罪同犯罪,不使你等独受灾殃。"沉痛语,亦刻挚语,安得不令大芳敬服?大芳到此,不禁涕零,即声随泪下道:"镇台大人,真是我的生身父母。我若再自逆命,恐怕皇天也不容我呢。"

已五体投地了。当下对众人道："大芳今日已悔前过,情愿听这位杨镇台大人,杨镇台令我活,我就活,杨镇台要我死,我亦甘死,若兄弟们不以为然,一概听便。"大众齐声道："愿随杨大人。"杨芳见叛兵都愿就降,便道："众位都愿相随,乃是很好的了。但倡乱的人,曾在此处么?"大芳道："不在此处。"杨芳道："这却不便赦他。他戕了官,劫了库,破了狱,无法无天,若不照律究办,还要什么政府?"先宽后紧,可谓善于操纵。大芳道："这都在大芳身上,请大人放心!"杨芳随即回营。

　　过了两日,大芳果诱缚陈先伦、陈达顺二人,献至清营,束手归命,这次乱事,若非杨芳单骑招抚,以诚服人,眼见得叛兵四出,如火燎原,比川楚陕三省的教徒,还要厉害几倍呢。德楞泰将二陈磔死,其余依了杨芳的议论,尽行赦宥,释归原伍。只奏折上却说是叛卒穷蹙乞命,把杨芳招抚事,搁起不提。

　　讵料嘉庆帝忽下严旨,说德楞泰宽纵专擅,竟要将他严遣。德楞泰急得没法,又上了一篇奏章,推在杨芳一人身上。*德公尚且不德,何况别将*。嘉庆帝遂将杨芳革职充戍,蒲大芳二百余人,亦命随杨芳发充伊犁,又密令伊犁将军松筠,将蒲大芳等诱诛。杨遇春亦坐罪降为总兵,德楞泰处罚罪轻,总算革职留任。后德楞泰调任陕西,剿平西乡叛兵,赏还原职。德公也天良发现,密奏杨芳功,方将杨芳赦回,然已受侮不少了。*忠而被谤,最堪愤惋*。西北一带,经数次痛剿,已算无事,偏偏东南的海寇,又兴起波,掀起浪来。海洋开禁,自康熙年间起头,康熙帝尝任用客卿,如西洋人汤若望、南怀仁等,俱命司历务,外洋商船,得了内援,便在中国海滨互市,往来江浙闽粤间。乾隆末年,安南阮光平父子,窃位据国,国库中很是缺乏,他却想了一个盗贼政策,招集沿海无赖,给他兵船,封他官爵,叫他在海中劫掠商船,充作国用,*这种政策,倒是特色*。于是海寇日盛一日。嘉庆五年,海寇驾艇百余艘,聚逼台州,居然想上岸劫夺,浙江定海镇总兵李长庚,生长闽海,素识海中险要,且忠勇的了不得,是日闻警,带领三镇水师,出口抵御,巧值飓风陡起,雷雨大作,寇艇多半撞溺,有几百个海寇,避风上岸,被长庚捉得一个不剩,当场审讯,内中有四个头目,系是安南总兵,佩有安南王敕印。长庚大怒,把四人磔死,并行文安南,将敕印掷还。

　　会安南又有内乱,广南王后裔阮福映,自暹罗入国,得暹人援助,恢复旧土,灭了新阮,方思联络清朝,遂一面声明纵寇诲盗,系阮光平父子所为,与己无涉,一面奉表入贡,求清册封,乞仍以越南名国。嘉庆帝封他为越南国王,令严杜海寇,阮福映遵敕照办。怎奈海寇已是不少,虽失了安南政府的保护,终究野心未戢,仍然出没海上。就中有两个悍头目,叫着蔡牵、朱渍,兼并群盗,号令一方。蔡牵有百数十艇,朱渍也有百艇,把闽海作了根据,无论何国的商船，一出海洋，须要缴通行税四百圆，进港加倍，就是买路钱的别名。因此他二人竟做了海上富豪。又交通陆地会匪，使阴济兵械，饷械充足，猖獗万分，官兵都奈何他不得。

只一智勇深沉的李长庚，还好与他酣战几场，但长庚单知忠国，不善逢迎，不如是，不足为忠臣。往往为上司所忌。可恨可叹！嘉庆帝因长庚有功，擢他为福建提督，闽督玉德，偏与长庚反对，奏称长庚籍隶福建，须要回避，似乎名正言顺。朝旨乃调任浙江。浙江巡抚阮元，系江苏仪征县人，素擅文名，兼通武略，见了李长庚，谈了一回剿寇事宜，甚为合意，遂大加赏识。惺惺惜惺惺。长庚献造船制炮两大策，阮抚台一律采用，即为筹款十余万两，交与长庚。天下无难事，总教现银子，长庚得了这项巨款，就放着胆子，造起大船三十艘，名叫霆船，铸就大炮四百尊，就各船配搭，乘风破浪，所向披靡，连败蔡牵于岐头东霍等洋，擒住贼目张如茂等，兵威大振。嘉庆八年，蔡牵至定海，到普陀山进香，长庚探悉，将霆船一齐放出，四面掩击。蔡牵不及防备，忙跳下小船，单舸逃去。余外大艇，多被长庚一阵炮弹，打得篷穿桅折；并传令舟师追赶。

此时的蔡牵，正如丧家犬，漏网之鱼，逃至闽洋，又见霆船追至，据着上风，不能冲突，他连忙取了数万银子，遣人至闽督玉德处乞降。玉德见了银子，好似苍蝇见血，叮住不放，为了此物，误尽天下官吏。还管什么真假，立饬兴泉道庆徕，赴海口招抚。蔡牵与庆徕约，如果许降，须令李长庚退兵回港，勿得穷追。庆徕飞报玉德，玉德飞饬李长庚回兵。长庚明知蔡牵诈降，无如提督的位置，要受督抚节制，总督有命，不得违拗，未免落了几点英雄泪，带兵回港。

蔡牵恰慢慢儿修好樯械，备好糇粮，扬帆遁去。暗地里恰贿通奸商，替他制造巨舰，比霆船还要高大，只说载货出洋。一出了口，便交与蔡牵。蔡牵得此巨舰，又纵横海上，劫得台湾米数千担，接济朱渍，与渍合势，再犯温州。温州总兵胡振声，仓皇失措，领了一班不整不齐的水师，出去截击，不值牵、渍两人一扫，非但全军覆没，连胡振声亦溺毙水中。牵、渍连艅八十余，返驰入闽，闽中没有一人敢上前抵敌。

嘉庆帝闻悉情形，命长庚总统闽浙水师。长庚感恩图报，令温州海坛二镇为左右翼，日夕操练，于嘉庆九年仲秋，向马迹洋出发。净海无波，水天一色，正好行军时候。兵行数十里，遥见前面有一海岛，左右两翼，泊着敌船，帆樯矗立，簇隐如林，差不多一二百艘。长庚把令旗一挥，大小战舰，并行而进，看看敌船将近，令各舰队齐放巨炮。蔡牵、朱渍也将战船驶开，一字儿的排着，用炮还击。霎时间烟雾迷濛，波飞浪立。长庚仔细一瞧，右边是蔡牵战

第四十五回　抚叛兵良将蒙冤　剿海寇统帅奏捷

船,左边是朱濆战船。他却把自己坐船,直冲中心,轰的一炮,把敌阵中间的船篷,打落半边,那船向后倒退。长庚乘势突入,将敌阵冲作两段。朱濆见阵势已乱,率舰逃走。蔡牵势成孤立,也转舵前奔。长庚扯满风篷,追杀过去,击沉敌船二艘,并将蔡牵的坐船篷索,亦都击断。亏得蔡牵的船身高大,船篷虽坏,尚能驰驶,拼命逃了出去。长庚方传令收兵。

是年冬,败朱濆于甲子洋。次年夏,又败蔡牵于青龙港,蔡牵屡败屡奋,索性聚船百余艘,东犯台湾,攻入鹿耳门,沉舟塞港,截阻官兵援应,并结连土匪万余人,围攻府城,自称镇海王。全台大震。闽督玉德,飞报清廷。嘉庆帝忙饬成都将军德楞泰,佩钦差大臣关防,调四川兵三千赴剿,将军赛冲阿为副,令速出兵。

两将军尚未出境,李长庚已到台湾,总是他捷足。他见鹿耳门已被塞住,寻出一条小港来,这港名叫安平港,可以直入府城,于是令总兵许松年、王得禄,驾了小舟,率兵潜入,自己守住南汕、北汕两口,堵住蔡牵出路。蔡牵只道鹿耳门已经塞住,尽可向前进攻,谁料许松年、王得禄,已从间道攻入。蔡牵急分兵抵御,五战都败,失了三十多号小战船,并党羽千余人。蔡牵料台湾难下,急从北汕港遁走,将要出口,见口外有大舰数艘堵住,最高的舰上,立着一位大帅,手执令旗,威风凛凛,望将过去,不是别人,正是生平最怕的李长庚。蔡牵想上前冲突,后面的追兵又至,前后都用大炮轰击,蔡牵管了前,不能管后,管了后,又不能管前,急得叫苦连天,投身无路。长庚下令道:"今日不擒蔡逆,更待何时,诸将士宜乘此努力。"这令一下,诸将士奋力前攻,巴不得立擒蔡牵。

怎奈将士固已齐心,老天偏不做美,一阵怪风,从海中掀起,波涛怒立,战舰飘摇,官兵急切不能自主,被蔡牵夺路逃走。一出海外,辽廓无垠,长庚只率兵三千,哪里阻截得住?仅夺了十多号战船。嘉庆帝还说他任贼远飏,夺去翎顶,皇帝总没良心。德楞泰等一律截回,长庚愤极,复率兵力剿,退至福宁,岸上无一卒夹击,蔡牵、朱濆,复连合来攻。长庚猛力杀退,蔡牵又与朱濆分兵,窜入浙海。只台州到定海,长庚尾追不舍,专击牵舟,牵受创又遁,有旨赏还翎顶。长庚愤怒少舒。

不防浙抚阮公,丁忧去任,长庚慨然太息,与三镇总兵商议道:"我自统领水师以来,全仗阮公帮助,稍得舒展。今阮公又去,知我无人,看来是难望成功呢?"三镇总兵道:"浙抚已去,闽督尚在,统帅何必忧虑。"长庚道:"不要提起这位闽督玉公,我要造船,他说无银;我要调军,他说无兵。台湾一役,我与诸君尽力截住蔡逆,虽是天公不公,起了飓风,被他走脱,然使玉公出兵相助,这蔡逆已被我杀败,狼狈万状,何患不能追擒?就令玉公不愿出兵。却肯预先给发银两,畀我造成大船,那时船身高大,究竟抵得住风潮,不妨冲风追袭。你看蔡逆的坐船,比我的坐船,要高五六尺,他在惊风骇浪中,尚能驾驶自如,我却不能,睁着眼由他逃去,真正可恨!"良将无功,多被上峰掣肘之故,不独李公为然。三总兵听到此语,也不禁忿恨起来,便一齐道:"统帅既要造船,某等愿捐廉相助。"长庚道:"诸君美意,煞是可敬。但我亦早有此意,还恐玉帅不允。"三总兵道:"且禀报玉帅,再作计较。"长庚修好禀单,饬呈闽督,得了回批,果然说造船需时,朝廷有旨速剿,不便久待,毋得濡滞干咎。妒功忌能,莫逾于此。长庚忙召三总兵,将回批与他瞧阅,三总兵愤愤道:"统帅本可专折奏陈,何不详报皇上呢?"长庚叹道:"我辈统是汉人,汉人十句话,不及满人一句。朝廷总是信玉帅,不信长庚,如何是好?"满汉界限,区画昪分。三总兵道:"今上圣明,或不至此,统帅总是奏陈为是。"长庚不得已,便将平日情形,据实列奏。嘉庆帝果真圣明,把闽督玉德革职拿问,另命阿林保继任闽督。

阿林保到任,长庚免不得到闽贺喜,阿林保置酒款待,席间叙起剿寇事。这位新总督阿公,拈着几根鼠须,沉吟一回,已露奸相。随笑嘻嘻的向长庚道:"大海捕鱼,何时入网?我兄弟恰有一策,不知可用得否?"长庚道:"敢不请教。"我亦要请教。阿林保道:"海外辽阔,事无左证,李总统但斩了一酋,即说是蔡牵首级,报至我兄弟衙门,我兄弟便可飞章报捷,余外的贼子,统归善后办理。照这样处置,你受上赏,我亦得邀次功,比穷年累月的跋涉鲸波,侥幸万一,岂不是较好么?"原来如此!长庚不禁勃然道:"大帅叫长庚杀贼,长庚恰不怕死,久视海舶如庐舍,若照这样捏诈虚报的办法,长庚不敢闻命。"阿林保道:"我也无非为你打算,你定要擒拿蔡牵,兄弟也不便多管。"长庚道:"长庚誓与贼同死,不与贼同生。"阿林保不待长庚言毕,便道:"算了!好好一个人,如何情愿求死?要死何难,要死不难。"长庚至此,不能不死。长庚满腹愤怒,只是不好发泄,勉强饮了几杯,谢宴趋出。阿林保即密劾长庚,不到一月,弹章三上,不是说长庚恃才,就是说长庚怯战,一心想置长庚于死地,小子叙说到此,也满怀愤激,吟成一绝句道:

岳王功败遭秦桧,道济名高嫉义康,
自古忠奸不两立,但凭人主慎端详。

未知嘉庆帝如何发落,且待下回再叙。

康熙以后,已乏练达之满员,而满汉畛域,反日甚一日。盖满员渐成无用,内而政务,外而边事,多仗汉人赞助,相形之下,未免见绌,由愧生妒,由妒生忌,于是汉员立功,往往为满员所侧目,不加残害不止。张广泗、柴大纪等事,见于乾隆朝,杨芳充戍、李长庚殉难,见于嘉庆朝,后人或目为专制之毒,实则不仅专制而已。汉人十语,不及满人一语,即为本回中眼目。德楞泰已负杨芳,后且求如德楞泰者,尚不可得,此汉满之所以终成水火也。

第四十六回 两军门复仇慰英魄
八卦教煽乱闹皇城

却说嘉庆帝连得阿林保密疏,也未免疑惑起来,只因前时阮元等人,都极力保荐李长庚,且海上战功,亦惟长庚居多,半信半疑,暂且留中不发,密令浙抚清安泰查复。清安泰虽不及阮元,恰不是阿林保的糊涂,但看他复奏一本的文词,已略见一斑了。大旨说道:

长庚熟海岛形势,风云沙线,每战自持舵,老于操舟者不能及;且忘身殉国,两载在外,过门不入,以捐造船械,倾其家资,所俘获尽以赏功,故士争效死;且身先士卒,屡冒危险,八月中剿贼渔山,围攻蔡逆,火器雨下,身受多创,将士亦伤百有四十人,鏖战不退,故贼中有"不畏千万兵,只畏李长庚"之语。惟海艘越二三旬,即须煇洗,否则苔粘蜇结,驾驶不灵,其收港并非逗留。且海中剿贼,全凭风力,风势不顺,虽隔数十里,旬日尚不能到也,是故海上之兵,无风不战,大风不战,大雨不战,逆风逆潮不战,阴雨濛雾不战,日晚夜黑不战,飓期将至,沙路不熟,贼众我寡,前无泊地,皆不战。及其战也,勇力无所施,全以大炮相轰击,船身簸荡,中者几何? 我顺风而逐,贼亦顺风而逃,无伏可设,无险可扼,必以钩镰去其皮网,以大炮坏其舵牙篷胎,使船伤行迟,我师环而攻之,贼穷投海,然后获其一二船,而余船已飘而远矣。贼往来三省,数千里皆沿海内洋,其外洋灏瀚,则无船可掠,无巢可依,从不敢往。惟遇剿急时,始间以为逋逃之地,倘日色西沉,贼直窜外洋,我师冒险无益,势必回帆收港,而贼又遁诛矣。且船在大海中,浪起如升天,落如坠地,一物不固,即有覆溺之忧。每遇大风,一舟折桅,全军失色。虽贼在垂获,亦必舍而收泊,易桅竣工,贼已远遁;数日追及,桅坏复然,故尝累月不获一贼。夫船者,官兵之城郭营垒车马也。船诚得力,以战则勇,以守则固,以迫则速,以冲则坚。今浙省兵船,皆长庚督造,颇能如式。惟兵船有定制,而闽省商船无定制,一报被劫,则商船即为贼船。愈高大,多炮多粮,则愈足资寇。近日长庚剿贼,使诸镇之兵,隔断贼党之船,但以隔断为功,不以擒获为功;而长庚自以己兵专注,蔡逆坐船围攻,贼行与行,贼止与止;无如贼船愈大,炮愈多,是以兵士明知盗船货财充足,而不能为擒贼擒王之计。且水陆兵饷,例止发三月,海洋路远,往返稽时,而事机之来,间不容发,迟之一日,虽劳费经年,不足追其前效,此皆已往之积弊也。非尽矫从前之失,不能收将来之效;非使贼尽失其所长,亦无由攻其所短,则岸奸济贼之禁,尤宜两省合力,乃可期效。谨奏。"

这篇奏牍,说得剀切真挚,把李长庚一生经济,及海上交战情形,统包括在内。确是前清奏牍中罕见之作。嘉庆帝览了此奏,方悉阿林保妒功情状,下旨切责。略说:"阿林保甫莅任旬月,专以去长庚为事,倘联误听谗言,岂非自杀良将?嗣后剿贼事宜,责成长庚一人,阿林保不得掣肘!若再忌功诬劾,玉德就是前车之鉴。"谕旨也算严切,无如巨奸未去,忠臣总无安日。并饬造大梭船三十艘,未成以前,先雇大商船助剿。阿林保见弹劾无效,反遭诘责,气得暴跳如雷,独自一人乱叫道:"有我无长庚,有长庚无我,我总要他死。他死了,方出我胸中的气。"遂飞檄催战。

原来清廷定例,总督多兼兵部尚书职衔,全省水陆各军,统归节制。长庚虽总统水师,不能不受阿林保命令。长庚方思修理船只,整备军械,为大举出洋的计划,那阿林保的催战文书,三日一道,五日两道,长庚休战,不到一月,他恰下了十数道檄文。秦桧用十二金牌,促岳武穆班帅,阿林保恰用十数道檄文,促李忠毅出战,行迹不同,用心则一。长庚叹道:"我不死在海贼手里,也难逃奸臣计中,看来不如与贼同死罢!"遂召集诸将克日出师,一面修好家书,寄与夫人吴氏,内说:"以身许国,不能顾家。"并将落齿数枚,一同缄固,着人送回家中。这次出发,凭着一股怒气,驶船出港。敌船见长庚出来,望风趋避,都逃至粤海中。长庚追至竿塘,方寻着敌船数只,接连放炮,击坏敌船两艘,活擒盗目一名,系是蔡牵侄儿,名叫天来。蔡牵因长庚至粤,复北航至浙,长庚也追到浙江,到温州海面,把他击败。他又自浙窜粤,自粤窜闽,盘旋海上,长庚只是不舍。遇着了他,便首先冲阵,不管死活,与他争战,弄得蔡牵走投无路,连败数次。

嘉庆十二年,命总兵许松年等击朱渍,自率精兵专剿蔡牵,朱渍被许松年击败,势已穷蹙,长庚亦连败蔡牵数阵,蔡牵只剩得海船三艘,长庚拟一鼓歼敌,檄福建水师提督张见升一同穷追。蔡牵逃至黑水洋,长庚率水师追及,蔡牵逃无可逃,与长庚决一死战。长庚亲自擂鼓,督众围攻,约战了两个时辰,牵船上的风帆,触着弹子,霎时破裂,长庚令兵士乘势纵火,直逼牵船后艄,火势炎炎,燔及牵船,兵士各握着兵器,想随着火势,扑将过去。猛听得蔡牵船后,一声炮发,弹丸穿入长庚船中,兵士向后一顾,见统帅长庚,已跌倒在船板上,连忙施救,咽喉中已鲜血直流,无可救药。阿林保闻报,谅必得意非凡。军中

第四十六回　两军门复仇慰英魄　八卦教煽乱闹皇城

失了主帅，自然慌乱。本来张见升跟着后面，不妨过船代督士卒，少持半日，即可歼贼，谁知他是阿林保心腹，不愁蔡牵生，但愿长庚死，当下便引船径退，众兵船亦相率退驶。蔡牵带了残船三艘，竟遁安南。这信传达京师，嘉庆帝大为震悼，何益？特旨追封壮烈伯，赐谥忠毅，饬地方官妥为保护，送柩回籍，俾立专祠。已经死了，特恩何用？随命长庚裨将王得禄、邱良功二人，升任提督，分率长庚旧部，叫他同心敌忾，为长庚报仇。

　　是时蔡牵、朱濆，俱已势衰力竭，闽督又改任方维甸，浙抚又重任阮元，军机大臣复换了戴衢亨，将相协力，内外一心，歼除这垂亡小丑，自然容易得很。许松年在闽海击毙朱濆，濆弟朱渥，率众乞降。王、邱二提督，闻松年已立大功，自己恐落人后，随慷慨誓师，决擒蔡牵，蔡牵已招集残众，再入闽浙海面，直到定海的渔山，二提督蹑踪追剿，乘着上风，奋呼轰击，转战至绿水洋，天已昏黑，纵火烧贼舟，不想风浪大起，蔡牵复乘浪脱走。二提督愤极，当晚商议，邱良功对王得禄道："前日临行时，抚帅阮公，曾教我等分船隔攻，专注蔡逆，明日要擒蔡牵，须用此策。"王得禄道："此计甚好。"次晨复出师穷追，蔡牵一见即逃，驶出黑水洋，邱良功赶忙追上，令舰队各自分堵，自己坐的船，与蔡牵坐船并列，专攻蔡牵。王得禄坐船亦至，与邱良功船并列，接应邱良功。两下里誓死猛扑，烟硝蔽天，忽良功坐船上的风篷，与蔡牵坐船上的风篷，结成一块，蔡众持着长矛，将良功的风篷扯毁，复用椗札住良功坐船。良功大喝一声，执了雪亮的宝刀，去劈敌椗，说时迟，那时快，敌众的长矛，已刺入良功脚上，血流如注。良功部下，见主帅受伤，毁椗脱出。蔡牵正思逃走，王得禄又挥众直上，弹如贯珠，蔡牵仍誓死抵拒，战至日暮，牵船中弹丸已尽，待别舟相援，又被闽浙二军隔住，自顾不暇。王得禄料敌势已蹙，纵火焚牵船尾楼，忽身上中了数颗炮弹，虽觉得疼痛，却没有弹丸的猛烈。仔细一瞧，并不是弹丸，那是外洋通用的银圆。得禄大呼道："贼船内弹药已完，打过来统是银圆，不能伤人。军士替我尽力向前，擒渠受赏。"军士一看，果见船板上面，银圆爆入不少，顿时胆子愈壮，气力愈大，一面放火，一面用枪矛钩断牵船篷桅。牵知无救，遂首尾举炮，将坐船自裂，连人连船，沉落海中。积年逋寇，逃入龙王宫里去躲避，余党大半乞降。王得禄、邱良功收兵而回，忙用红旗报捷。诏封王得禄二等子，邱良功二等男，于是闽浙二洋，巨盗皆灭。若叙首功，当推李长庚第一，阮元为次。粤洋尚存几个艇盗，被粤督百龄严断接济，饬兵搜剿，弄得个个穷蹙，情愿投诚乞命，粤盗亦平。

　　嘉庆帝内惩教匪，外惩海盗，遂下旨严禁西洋人刻书传教，适粤民陈若望，私代西洋人德天赐，递送书信地图，事发被拿，下刑部讯鞫，究出传教习教多人，遂把德天赐充发热河，幽禁额鲁特营房，陈若望充发伊犁，给额鲁特人为奴,传教习教一千人犯,亦照例充配。过了数年,西洋人兰月旺,又潜入湖北传教,被耒阳县查悉,将他获住,解入省中,报闻刑部,又照律治罪,处以绞决。教案萌芽。

这时候,英吉利人屡乞通商,亦奉旨批斥,忽广东沿海的澳门岛外,来英舰十三艘,舰长叫作度路利,投书粤督,声明愿协剿海寇,只求通商为报。粤督吴熊光,以海寇渐平,抗词拒绝,英舰仍逗留未去,反入澳门登岸,分据各炮台。熊光据事奏闻,有旨责熊光办理迟延,革职留任。并说:"英舰如再抗延,当出兵剿办。"熊光通知英将,英将乃起椗回国。五口通商之朕兆。

已而英国复遣使臣墨尔斯,直入京师,与政府直接交涉,愿结通商条约,清廷迫他行跪拜礼,他恰不从,当即驱逐回国。英人未识内情,暂时罢手,清廷还道是威震五洲,莫余敢侮。夜郎自大。嘉庆帝方西幸五台,北狩木兰,消遣这千金难买的岁月,到嘉庆十六年,彗星现西北方,钦天监奏言星象主兵,应预先防备,嘉庆帝复问星象应在何时?经钦天监细细查核,应在十八年闰八月中,应将十八年闰八月,移改作十九年闰二月,或可消弭星变。天道远,人道迩,徒将闰月移改,难道便可弭变么?嘉庆帝准奏,又诏百官修省,百官为重,君为轻,也是当时创例。这等百官,多是麻木不仁的人物,今朝一慌,明朝没事,就罢了。

忽忽间已是二年,嘉庆帝也忘了前事。七月下旬,秋狩木兰,启銮而去,不想宫廷里面,竟闹出一件大祸祟来。原来南京一带,有一种亡命之徒,立起一个教会,叫作天理教,亦名八卦教,大略与白莲教相似,号召党羽,遍布直隶、河南、山东、山西各省,内中有两个教首;一个是林清,传教直隶;一个是李文成,传教河南。他两人内外勾结,一心思想谋富贵,做皇帝,眼力。闻得钦天监有星象主兵,移改闰月的事情,便议乘间起事,捏造了两句谶语,说是:"二八中秋,黄花落地。清朝最怕闰八月,天数难逃,移改也是无益。"这几句话儿,哄动愚民,很是容易。又兼直隶省适遇旱灾,流民杂沓,聚啸成群,林清就势召集,并费了几万银子,买通内监刘金、高广福、阎进喜等作为内应,京中发难,比外省尤为厉害,我为嘉庆帝捏一把汗。一面密召李文成作为外援。

文成到京两次,约定九月十五日起事,就是钦天监原定嘉庆十八年闰八月十五日。但天下事若要不知,除非不为,林、李两人密干的谋画,只道人不知,鬼不觉,谁料到滑县知县强克捷,竟探闻这种消息,飞速遣人密禀巡抚高杞、卫辉知府郎锦麒,请速发兵掩捕。那高抚台与郎知府,疑他轻事重报,搁过一边。克捷急的了不得,申详两回,只是不应。

克捷暗想:"李文成是本县人氏,他蓄谋不轨,将来发泄,朝廷总说我不先防备。抚台府宪,今朝不肯发兵,事到临头,也必将我问罪,哪个肯把我的

第四十六回　两军门复仇慰英魄　八卦教煽乱闹皇城

详文宣布出来？我迟早终是一死，还是先发制人为妙。就使死了，也是为国而死，死了一个我，保全国家百姓不少。"好一个知县官。主见已定，待到天晚，密传衙役人众，齐集县署听差。衙役等闻命，当即赶到县衙，强克捷已经坐堂，见衙役禀到，便吩咐道："本官要出衙办事，你等须随我前去，巡夜的灯笼，拿人的家伙，统要备齐，不得迟误！"衙役不敢怠慢，当即取出铁索脚镣等件，伺候强克捷上轿出衙。

克捷禁他吆喝，静悄悄的前行，走东转西，都由强克捷亲自指点。行到一个僻静地方，见有房屋一所，克捷叫轿夫停住，轿夫遵命停下。克捷出了轿，分一半衙役，守住前后门，衙役莫名其妙，只得照行。有两三个与李文成素通声气，也不敢多嘴。还有一半衙役，由克捷带领，敲门而入。李文成正在内室，夜餐方毕，闻报县官亲到，也疑是风声泄漏，不敢出来。克捷直入内室，文成一时不能逃避，反俨然装出没事模样。强克捷原是精细，李文成恰也了得。克捷喝声拿住，衙役提起铁链，套入文成颈上，拖曳回衙。

克捷即坐堂审问，文成笑道："老爷要拿人，也须有些证据，我文成并不犯法，如何平空被拿？"克捷拍案道："你私结教会，谋为不轨，本县已访得确确凿凿，你还敢抵赖么？好好实招，免受重刑！"文成道："叫我招什么？"克捷道："你敢胆大妄为，不用刑，想也不肯吐实。"便喝令衙役用刑。衙役应声，把夹棍碰的掷在地上，拖倒文成，脱去鞋袜，套上夹棍，恁你一收一紧，文成只咬定牙关，连半个字都不说。强克捷道："不招再收。"文成仍是不招。克捷道："好一个大盗，你在本县手中，休想活命！"吩咐衙役收夹加敲，连敲几下，刮的一声，把文成脚胫爆断。文成晕了过去，当由衙役禀知。克捷令将冷水喷醒，钉镣收禁。

克捷总道他脚胫已断，急切不能逃走，待慢慢儿的设法讯供，怎奈文成的党羽，约有数千人，闻得首领被捉，便想出劫狱戕官的法子。于九月初七日，聚众三千，直入滑城，滑城县署，只有几个快班皂役，并没有精兵健将，这三千人一拥到署，衙役都逃得精光，只剩强克捷一门家小，无处投奔，被三千人一阵乱剁，血肉模糊，都归冥府。是清宫内的替死鬼。乱众已将县官杀死，忙破了狱，救出李文成。文成道："直隶的林首领，约我于十五日到京援应，今番闹了起来，前途必有官兵阻拦，一时不能前进，定然误了林大哥原约，奈何奈何？"众党羽道："我等闻兄长被捉，赶紧来救，没有工夫计及后事，如今想来，确是太卤了。"文成道："这也难怪兄弟们，可恨这个强克捷误我大事，我的脚胫，又被他敲断，不能行动，现在只有劳兄弟们，分头干事，若要入都，恐怕来不及了。林大哥！我负了你呢。"当下众教徒议分路入犯，一路攻山东，一路攻直隶，留文成守滑养病。

嘉庆帝在木兰闻警,用六百里加紧谕旨,命直隶总督温承惠,山东巡抚同兴,河南巡抚高杞,迅速合剿;并饬沿河诸将弁,严密防堵。这旨一下,眼见得李文成党羽,不能越过黄河,只山东的曹州、定陶、金乡二县,直隶的东垣、长明二县,从前只散布教徒,先后响应,戕官据城,余外防守严密,不能下手。京内的林清,恰眼巴巴望文成入援,等到九月十四日,尚无音信,不知是什么缘故?焦急万分。他的拜盟弟兄曹福昌道:"李首领今日不到,已是误期,我辈势孤援绝,不便举动。好在嘉庆帝将要回来,闻这班混帐王大臣,统要出去迎驾,这时朝内空虚,李首领也可到京,内外夹攻,定可成功。"林清道:"嘉庆回京,应在何日?"曹福昌道:"我已探听明白,一班王大臣,于十七日出去接驾。"林清道:"二八中秋,已有定约,怎好改期?"曹福昌道:"这是杜撰的谣言,哪里能够作准?"林清道:"无论准与不准,我总不能食言,大家果齐心干去,自然会成功的。"强盗也讲信实。他口中虽这般说,心中倒也有些怕惧,先差他党羽二百人,藏好兵器,于次日混入内城,自己恰在黄村暂住,静听成败。

这二百个教徒,混入城内,便在紫禁城外面的酒店中,饮酒吃饭,专等内应;坐到傍晚,见有两人进来,与众人打了一个暗号,众人一瞧,乃是太监刘金、高广福,不觉喜形于色,就起身跟了出去,到店外分头行走。一百人跟了刘金,攻东华门,一百人跟了高广福,攻西华门,大家统是白布包头,鼓噪而入。东华门的护军侍卫,见有匪徒入内,忙即格拒,把匪徒驱出门外,关好了门。西华门不及防御,竟被教徒冲进。反关拒绝军禁,一路趋入,曲折盘旋,不辨东西南北,巧值阎进喜出来接应,叫他认定西边,杀入大内,并用手指定方向,引了几步。进喜本是贼胆心虚,匆匆自去。这班教徒向西急进,满望立入宫中,杀个爽快,夺个净尽,奈途中多是层楼杰阁,挡住去路,免不得左右旋绕,两转三转,又迷住去路。遥见前面有一所房屋,高大的很,疑是大内,遂一齐扑上,斩关进去,里面没有什么人物,只有书架几百箱,教徒忙即退出,用火把向门上一望,扁额乃是文颖馆,复从右首攻进,仍然寂静无声,也是列箱数百具,一律锁好,用刀劈开,箱中统是衣服。又转身出来,再看门上的扁额,乃是尚衣监,写出昏聩形状,真是绝妙好辞。不由的焦躁起来,索性分头乱闯。有几个闯到隆宗门,门已关得紧闭,有几个闯到养心门,门亦关好。内中有一头目道:"这般乱撞,何时得入大内?看我爬墙进去,你等随后进来,这墙内定是皇宫呢。"言毕,即手执一面大白旗,猱升而上,正要爬上墙头,墙内爆出弹丸,正中这人咽喉,哎的一声,坠落墙下去了。正是:

    顺天者存,逆天者亡;
    天不亡清,宁令猖狂?

毕竟墙内的弹丸是何人放的？待小子下回表明。

　　海寇剿平，未几即有天理教之变，内乱相寻，清其衰矣。要之皆内外酣嬉，用人未慎之故。闽有玉德、阿林保，于是蔡牵、朱濆，扰攘海上数年，良将如李长庚，被迫而死。迨疆吏得人，内廷易相，王、邱二提督，即以荡平海寇闻。迨教徒隐伏直豫，温承惠、高杞等，又皆漫无觉察，尸位素餐；强克捷既已密详，高杞尚不之应，微克捷之首拘李文成，则届期发难，内外勾通，清宫尚有幸乎？然克捷被戕，高杞蒙赏，死者有知，宁能瞑目？以视李长庚事，不平尤甚。且煌煌宫禁，一任阍竖之受贿通匪，直至斩关而进，尚未识叛党之由来，吾不识满廷大吏，所司何事？嘉庆帝西巡北幸，方自鸣得意，而抑知变患生于肘腋，干戈伏于萧墙，一经爆发，几至倾家亡国，其祸固若是其酷也。展卷读之，令人感慨不置。

第四十七回　　闻警回銮下诏罪己
　　　　　　护丧嗣统边报惊心

　　却说教徒中弹坠下，放弹的人，是皇次子绵宁。皇次子时在上书房，忽闻外面喊声紧急，忙问何事？内侍也未识情由，出外探视，方知有匪徒攻入禁城，三脚两步的回报。皇次子道："这还了得！快取撒袋鸟铳腰刀来！"内侍忙取出呈上。皇次子佩了撒袋，挂了腰刀，手执鸟铳，带了内侍到养心门。贝勒绵志，亦随着后面，皇次子命内侍布好梯子，联步上梯，把头向外一瞧，正值匪徒爬墙上来，皇次子将弹药装入铳内，随手一捻，弹药爆出，把这执旗爬墙的人，打落地上，眼见得不能活了。一个坠下，又有两个想爬上来，皇次子再发一铳，打死一个，贝勒绵志，也开了一铳，打死一个，余众方不敢爬墙，只在墙外乱噪，打死一两个人，便见辟易，这等教徒，实是没用。齐声道："快放火！快放火！"大家走到隆宗门前，放起火来。皇次子颇觉着急，忽见电光一闪，雷声隆隆，大雨随声而下，把火一齐扑灭。有几个匪徒，想转身逃去，天色昏黑，不辨高低，失足跌入御河。当时内传来报，说是天雷击死，皇次子方才放心。

　　此时留守王大臣，已带兵入卫，一阵搜剿，擒住六七十名，当场讯问，供称由内监刘金、高广福、阎进喜等引入。随命兵士将三人拿到，起初供词狡展，经教徒对质，无可抵赖，始供称该死。皇次子一面飞报行在，一面入宫请安，宫中自后妃以下，都已吓得发抖，及闻贼已净尽，始改涕为欢。嘉庆帝接到皇次子禀报，立封皇次子为智亲王，每年加给俸银一万二千两，绵志加封郡王

衔,每年加给俸银一千两,并下罪己诏道:

> 朕以凉德,仰承皇考付托,兢兢业业,十有八年,不敢暇豫。即位之初,白莲教煽乱四省,黎民遭劫,惨不忍言,命将出师,八年始定。方期与我赤子,永乐升平。忽于九月初六日,河南滑县,又起天理教匪,由直隶长垣,至山东曹县,亟命总督温承惠率兵剿办,然此事究在千里之外;猝于九月十五日,变生肘腋,祸起萧墙,天理教匪七十余众,犯禁门,入大内,有执旗上墙三贼,欲入养心门,朕之皇次子亲执鸟枪,连毙二贼,贝勒绵志,续击一贼,始行退下,大内平定,实皇次子之力也。隆宗门外诸王大臣,督率鸟枪兵,竭二日一夜之力,剿捕搜拿净尽矣。我大清国一百七十年以来,定鼎燕京,列祖列宗,深仁厚泽,爱民如子,圣德仁心,奚能缕述?朕虽未能仰绍爱民之实政,亦无害民之虐事,突遭此变,实不可解。总缘德凉愆积,惟自责耳。然变起一时,祸积有日,当今大弊,在"因循怠玩"四字,实中外之所同,朕虽再三告诫,奈诸臣未能领会,悠忽为政,以致酿成汉唐宋明未有之事。较之明季梃击一案,何啻倍蓰?言念及此,不忍再言。予惟返躬修省,改过正心,上答天慈,下释民怨。诸臣若愿为大清国之忠良,则当赤心为国,竭力尽心,匡朕之咎,移民之俗;若自甘卑鄙,则当挂冠致仕,了此残生,切勿尸禄保位,益增朕罪。笔随泪洒,通谕知之。

这次禁城平乱,除皇次子及贝勒绵志外,要算仪亲王永璇,成亲王永瑆,最为出力。两亲王都是嘉庆帝的阿哥,嘉庆帝对待兄弟,颇称和睦,不像那先祖的薄情,所以平日仪成两邸,很有点势力。此次留守禁城,督剿教匪,又蒙嘉奖,将所有未经开复的处分,一概豁免。革步军统领吉纶,及左翼总兵玉麟职,命尚书托津英和回京,查办余逆,饬陕西总督那彦成为钦差大臣,督兵飞剿河南,然后从白涧回銮。

托津英和到了黄村,闻教首林清,已经擒住,赶即进京。自九月十五日起,至十九日,雷电不绝,风霾交作,镇日里尘雾蔽天,昼夜差不多的光景,因此京城里面,人心恐慌,谣言四起,亏得托津英和等,已经到京,方晓得銮舆无恙,到嘉庆帝回宫,遂渐渐镇定。都是巡幸的滋味。二十三日,嘉庆帝亲御瀛台,讯明教首林清,及通匪诸太监,证供属实,均令凌迟处死,传首畿内。

是时李文成胫疾未愈,不能远出,众教徒又为官兵所阻,只聚集道口镇,钦差大臣那彦成,偕提督杨遇春,率兵至卫辉府。遇春向来英勇,即日带亲兵数十名,由运河西进,直至道口,遇着教徒一队,约有数千人,当即大呼突击,策马先驱。教徒见他黑旗远扬,知是杨家军,先已惊慌得很,纷纷渡河遁回。

第四十七回　闻警回銮下诏罪己　护丧嗣统边报惊心

遇春追过了河，擒斩教徒二百多名，方拟回营；检点亲兵，尚少二人，复冲入敌队，夺还二尸，始暂归北岸，待那彦成到来，一齐进兵。

不想等了两日，那钦差竟不见到，原来那彦成到了卫辉，本想即日进兵，因接高抚台来文，内说教徒势大，未免也有些胆怯，高杞自己胆怯，还要去吓别人。拟俟调山西、甘肃、吉林、索伦兵来助，然后进战。遇春是个参赞，拗不过大帅，只得日日等着，亏得嘉庆帝闻知消息，严促那彦成进兵，方不敢违慢，驰至军营。

杨遇春进攻道口镇，教徒出营探望，瞧见杨家军又至，齐声叫道："不好了！不好了！髯将军又来了！"遇春年已将老，颏下多髯，因此教徒称他作髯将军。髯将军一到，教徒弃营而遁，一边逃，一边追，那钦差又渡河策应，克复桃源进围滑城。

忽探马来报，尚书托津，已平定直隶教匪，所带的索伦兵，已奉旨来助剿滑城了。接连又有人报道："山东的教匪，也被盐运使刘清，剿杀净尽。"那彦成向杨遇春道："直隶、山东统归平靖，只河南未平，滑县又是古滑州旧治，城坚土厚，一时不能攻下，奈何？"遇春道："刘清文吏，尚建奇功，参赞受国厚恩，誓破此城，擒这贼首。"那彦成道："刘清向称刘青天，不特能文，兼且能武，真不愧本朝名臣。老兄亦是本朝人杰，成功应在目前，不必着急。"这且颇得激将之法。

正谈论间，索伦兵已到，由那彦成召入，命随杨遇春攻城。遇春督兵开炮，弹丸迭发，打破城墙外面，中间恰是不动，反把弹丸颗颗裹住；经遇春仔细察看，方知墙土裹沙，炮遇土则入，遇沙则止，所以不能洞穿。遇春连攻数日，总不能破，又用了掘隧灌水的计策，亦被守兵察觉，统归无效。是时杨芳仍任总兵，也在营中，便献计道："这城坚固难下，若要攻入，必须多费时日，愚意不如三面围攻，留出北门，待他出走，掩杀过去，方可得手。"遇春依计，便将北门留出不攻。果然这日黄昏，桃源贼首刘国明，从北门潜入，护李文成出城，将西走太行山，为流寇计。杨芳连忙追击，文成走入辉县山，据住司寨，经杨芳奋勇杀入，正在乱剁乱斫的时候，猛见里面火光冲起，直透云霄，教徒统已四散。由杨芳驰入寨中，扑灭了火，拨出文成尸首，已是乌焦巴弓，当下收兵回到滑城。滑城尚未攻入，杨芳佯向北门筑栅，似乎要四面兜围，守兵专力攻御，他却到西南角上，暗掘旧隧，装满火药，等到夜半，令官兵退下三里，甲骑以待，自率亲卒燃着药线，引入地道，药性暴发，宛似天崩地陷，把城墙轰坍二十多丈，砖石上腾，尸骸飞掷，官兵争先夺城，蚁附而入。守城首领牛亮臣、徐安国等，巷战许久，都就擒获，槛献京师磔死，滑县平定，天理教徒，悉数殄灭，那彦成得晋封三等子，授太子太保，杨遇春三等男，杨芳、刘清等，赏赉有差。

强克捷首发逆谋，为贼所害，赐谥忠烈，世袭轻车都尉，饬于滑县及原籍韩城，建立专祠。

那彦成拟请入觐，朝旨命移剿陕西三才峡贼。三才峡贼，多是木商夫役，岁饥停工掠食，地方官下令捕缉，他即推了万二为首领，纠众抗命。巡抚朱勋，张皇入告，托词教匪作乱，因此朝命那彦成迅速赴剿。及那彦成到陕，这个万二的小丑，已由总兵祝廷彪、吴廷刚两人破灭掉了。此后各地乱民，亦时思蠢动：江西百姓胡秉辉，买得残书一本，内有阵图及俚语，假称天书，拥朱毛俚为首领，居然设立国号，叫作后明，适阮元调任赣抚，率兵密捕，把朱毛俚、胡秉辉等，一齐捉住，首犯凌迟，从犯斩决。安徽百姓方荣升，伪造匿名揭帖，上印九龙木戳，散布大江南北，江督百龄，多方侦探，竟得首从主名，拿到百数十人，先后正法。云南边外夷民高罗衣，聚众万人，劫掠江外土司，自称窝泥王，被滇督百龄击破，罗衣走死；从子高老五，又袭称王号。渡江攻临安府，又由百龄派兵擒获，立即正法。虽是癣疥之疾，总非承平之兆。

到嘉庆二十五年，嘉庆帝闲着无事，循例秋狩木兰，亲王贝勒，免不得出去扈驾。不意嘉庆帝到木兰后，驻跸避暑山庄，竟生了一种头痛发热的病症。起初总道偶冒暑气，不足为患，仍然照常治事，嗣后日日加重，竟尔大渐。召御前大臣赛冲阿，索特那木多布齐，军机大臣托津、戴均元、庐荫溥、文孚，内务府大臣禧恩和世泰，恭拟遗诏。嘉庆帝回光返照，心中尚是清楚，传示诸大臣，说于嘉庆四年，已遵守家法，密立次子绵宁为皇太子，现在随跸至此，着即传位于皇太子绵宁，即皇帝位。未几驾崩，皇次子智亲王，稽颡大恸，擗踊无算，当命御前侍卫吉伦，驰驿回哀，请母后安，尊母后钮钴禄氏为皇太后，封弟惇郡王绵恺为惇亲王，绵愉为惠郡王，绵忻已封瑞亲王，无从加封，仍从旧称。皇太后懿旨，传谕留京王大臣驰寄皇次子，即正大位，皇次子因梓宫未回，命即起程，奉梓宫回京，方行即位礼。八月中旬，梓宫至京师，奉安乾清宫，皇次子始即帝位于太和殿，颁诏天下，以明年为道光元年，是为宣宗，尊谥大行皇帝为仁宗睿皇帝，卜葬昌陵。

道光帝即位数日，想起自己的名字，上一字与兄弟相同，若要避讳，未免不便，遂改"绵"为"旻"，叫作旻宁。旻宁二字，饬臣民不得妄写，绵字不讳。专从小节上着想，道光帝行谊可知。他又念着乾隆、嘉庆两朝，东征西讨，南巡北幸，把库款用尽，只好格外俭省，把宫中需用的银两，省而又省，自己服食一切，也比从前的皇帝，减下若干；后妃以下，统教他屏去繁华，概从朴实；宫娥彩女，又放了许多出宫。且命亲王贝勒等，务从节俭，不得广纳姬妾，任意挥霍。用意颇善，可惜不知大体。朝上一班王大臣，揣摩迎合，上朝的时候，格外装出节俭的样子，朝冠朝服，多半敝旧，道光帝瞧着，颇也喜欢，谁知他退朝回

第四十七回　闻警回銮下诏罪己　护丧嗣统边报惊心

府,仍旧是锦衣美食,居移气,养移体呢?

还有一个豫亲王裕兴,酗酒渔色,竟闹出一桩风化案来。豫邸中有一使女,名叫寅格,年方二八,楚楚动人,裕兴看上了她,时常向她调戏,她却怀着玉洁冰清的烈志,始终不肯顺从。落花有意,流水无情,惹得裕兴懊恼,情急计生,趁着大行皇帝几筵前行大祭礼,亲王贝勒及福晋命妇,统去磕头,他也不能不去按班排列;轮着了他,匆匆忙忙的行过了礼,赶即乘车先回。别人还道他染着急病,谁知他的病证,不是什么受寒冒暑,乃是一种单思病。到了邸中,不叫别人,只叫那心上人儿寅格。寅格不知何故,忙即趋入,裕兴哄她跟入内室,将门关住。寅格方慌张起来,裕兴道:"你也不必慌张,今日不由你不从。"随手去扯寅格,急得寅格脸色通红,只说"王爷动不得"五字。裕兴见她红生两颊,愈觉可爱,色胆如天,还管什么主仆名义,竟将她推倒炕上,不由分说,乱褪下衣。寅格极力撑拒,怎奈窈窕女儿,不敌裕兴的蛮力,霎时间,被裕兴剥得一丝不挂,恣意轻薄,约过了一个时辰,方才歇手。既要磕老头,又要磕小头,裕兴此日也忙极了。寅格负着气,忍着痛,开门走出,回入自己房中,越想越羞,越羞越恨,哭了一会,闻得外面一片喧声,料是福晋等归来,急忙解带悬梁,自缢而死。身虽被污,心实无愧。这时福晋等不见寅格,正饬婢媪使唤,一呼不应,两呼三呼又不应,撬开房门,向内一瞧,吓得乱跑,顿时满屋鼎沸,通报裕兴,别人都甚惊异,独裕兴视作平常。经众人留心探视,才晓得强奸情由,一传十,十传百,被宗人府得知,据实参奏。道光帝大怒,欲将裕兴赐死,还是惇、瑞两亲王,替他挽回,从轻发落,革裕兴王爵,交宗人府圈禁三年,期满释放。强奸逼死,照清朝律例,应置大辟,裕兴从轻发落,总未免顾全面子,只难为了寅格。

道光帝余怒未消,回疆又来警报。据说回酋张格尔,纠众滋事,屡寇边界,道光帝即召集王大臣问道:"回疆已安静多年,为什么又会作乱?莫非参赞大臣斌静,昏庸失德,不能安治回民么?"王大臣道:"圣上明见,洞烛万里,大约总是斌静不好,惹出这个张格尔来。现在且令伊犁将军就近查勘,再定剿抚事宜。"道光帝准奏,即令伊犁将军庆祥,往勘回疆。

庆祥奉旨,即日出发,一到回疆,回民争来控诉,不是贪虐,就是奸淫,又是一个闯祸的祖宗。当即据实奏闻。原来回疆自大小和卓木死后,各城统设办事领队大臣,独喀什噶尔,设一参赞大臣,统辖各城官吏。参赞大臣的上司,就是伊犁将军,每年征收贡赋,十分中取他一分,以前时准部的苛求,两和卓的骚扰,宽得许多。清廷又尝慎选边吏,或是由满员保举,或是由大吏左迁,抚驭得法,回民赖以休息,视朝使如天人。到嘉庆晚年,保举不行,派往回疆各官,多用内廷侍卫,及口外驻防,这班人员,偏把回疆作了利薮,与所属司员章京,任情剥削,一切服食日用,统向回城伯克征索。伯克系回城土官的名目,他与清吏狼狈为奸,借着供官的话柄,敛派回户,需索百端,回疆通用赤铜普尔钱,钱形椭圆,中无孔,每一枚当内地制钱五文,<small>大约如近今通用的铜圆</small>。喀什噶尔每年征收普尔钱八九千缗,叶尔羌征收万余缗,和阗征收四五千缗,还有各种土产,如毡裘金玉缎布等类,统要随时奉献,只嫌少,不嫌多。伯克得四成,章京得四成,办事大臣得二成,大家作福作威,肆行无忌;甚且选有姿色的回女,入置署中,要陪酒,就陪酒,要侍寝,就侍寝。这位参赞大臣斌静,乐得同他混做一道,司员章京及各城伯克,又向参赞大臣处竭力讨好,采了上等的子女玉帛,供奉进去。斌静又是个色中饿鬼,多多益善,竟至白昼宣淫,裸体相逐。<small>好做参赞大臣肉屏风</small>。只是回女的父兄丈夫,既受了层层克剥,还要把家中女眷,由他糟塌,正是痛上加痛,气上加气。适值大和卓木孙子张格尔,随父萨木克,遁居浩罕国边境,通经祈福,传食部落,闻知参赞斌静荒淫失众,遂思报复祖仇,声言替回民雪愤,纠众寇边。头目苏兰奇忙来通报,章京绥善,反说他无风生浪,叱逐出去。苏兰奇大愤,出塞从贼,反做了张格尔的向导。当时领队大臣色普征额,领兵防御,打了一回胜仗,将张格尔驱逐出境,擒了百余人,回入喀城,与斌静同赏中秋节。斌静先将擒住各人,一概斩首,然后肆筵设席,坐花赏月。司员把盏,回妇侑歌,正高兴的了不得。讵料庆将军暗查密访,把他平日所做的事情,和盘托出,奉旨将斌静革职逮问,派永芹代任,正是:

  昨日酣歌方得意,今朝铁链竟加头。

  嗣后永芹接任,能安抚回民与否,且看下回分解。

  木兰秋狩,本清代祖制,所以示农隙讲武之意。但观兵第为末务,耀德乃是本原,仁宗连番北狩,一变而乱兴宫禁,再变而驾返鼎湖,可见讲武之举,不足为训。及宣宗嗣位,力自撙节,清帝中之以俭德闻者,莫宣宗若。然亦徒齐其末,未揣其本,省衣减膳之为,治家有余,治国不足。内如裕兴,外如斌静,荒淫失德,宁知体黼座深衷,随时返省乎? 读此回,可以知人君务末之非计。

第四十八回 愚庆祥败死回疆
      智杨芳诱擒首逆

  却说永芹到了回疆,也是没有摆布,虽不比斌静荒淫,无如庸庸碌碌,总不能立平匪乱。张格尔却外集党羽,内通回户,屡次骚掠近边,清兵出塞,他

第四十八回　愚庆祥败死回疆　智杨芳诱擒首逆

即远遁；又或诡词乞降，变端百出，弄得永芹束手无策，因循迁延，直达三年。道光五年夏季，边报张格尔大举入寇，领队大臣巴彦图，自恃勇力，率兵二百人，出塞掩捕，走了四百里，并没有张格尔踪迹，他竟勃然大愤，行到布鲁特地方，见有回众游牧，率妻挈子，约有二三百人，遂纵兵杀将过去。回众吓得四散，只有青年妇女、黄口儿童，一时不能急走，被他见一个，杀一个，可怜这班无罪无辜的妇孺，都做了身首异处的尸骸。大约命中注定，要被巴彦图杀死。巴彦图愤已少泄，当下回军，逾山越岭而还，无复行列。谁知逃走的回民，因妇子被杀，哭诉回酋汰列克，汰列克大怒，领部众二千名前来追袭，把巴彦图围住，十个杀一个，霎时间把清兵扫光，随即与张格尔联合进兵，势甚猖獗。永芹无可隐讳，慌忙拜本乞援。道光帝召还永芹，令伊犁将军庆祥往代。又命大学士长龄往代庆祥。

庆祥到喀什噶尔，召集司员章京及各城伯克会议。伯克中有个阿布都拉，自称详悉回务，庆祥便把张格尔情形，详细问他。他却说张格尔乃是假名，冒充和卓木后裔，前时乃是阿奇木王努斯谎报，遂至哄动一时，为丛驱雀。参赞大人现到此处，不必劳动兵戈，只教声明张格尔不是回裔，那时回众自不去从他，乱事便可消灭了。庆祥信以为真，一面出示晓谕回民，一面奏劾阿奇木王努斯谎报的罪状。纯是吃语。张格尔得了此信，也恐众心离散，带了五百多人，突入回城，拜奠他先祖和卓木坟墓。回徒叫和卓坟为玛杂，非常敬信。玛杂在喀城外，距喀城约八十多里，乾隆时，大小和卓木被诛，所有喀城外旧存和卓等墓，仍奉旨令回户看守，毋得樵采污秽，下此谕时，实是为了香妃。张格尔欲借祭祖为名，固结众心，因有这番举动，协办大臣舒尔哈善，领队大臣乌凌阿，忙入报庆祥。庆祥急召阿布都拉，阿布都拉已不知去向，想也去拜奠和卓墓了。顿时仓皇失措，还是舒乌两人禀道："张格尔深入喀境，非发兵驱逐不可。"庆祥点头，命二人带兵千余名，去攻张格尔。朝发夕至，仗着锐气，击杀回众四百人，张格尔退入大玛杂内，倚着三重墙垣，誓死固守；复遣人出布谣言，说清军要铲除圣墓，屠尽回族子孙。回民闻言大恐，遂聚集数千人，去救张格尔。舒、乌两大臣，正围攻玛杂，忽见回众如潮涌至，急分兵抵御，不防张格尔也乘势杀出，内外夹攻，把清兵杀得七零八落。舒大臣阵亡，乌大臣踉跄奔回，入见庆祥。庆祥急调各营卡兵，尽集喀什噶尔，保守喀城。

张格尔倒还不敢进逼，饬人往浩罕国乞援。浩罕王摩诃末阿利，新即位，知人善任，威服附近哈萨克诸部，当时有百回兵不如一安集延的传闻。安集延就是浩罕东城。张格尔联约浩罕，俟得回疆西四城后，子女玉帛，情愿公分，还许割让喀城，作为酬劳。浩罕王大喜，即允发兵，令去使先回。张格尔知有后援，遂率军大进，前哨到了浑河，探得喀域外面，只有三座清营，报知张格尔,张格尔道:"这么说来,天山北路的清军,尚未南下,我等赶紧前进方好。"遂下令渡河。

忽报浩罕王率兵亲到,不由的惊疑道:"浩罕兵来得这般迅速,真出意外,我初意总道清兵大集,所以通使浩罕,乞师相助,现在喀城守兵甚少,旦夕可下,还要浩罕兵何用?"就想抵赖。随遣使赴浩罕军前,叫他不必前进。浩罕王愤怒,竟率军渡河,围攻喀城。张格尔却止住不行,暗中密布兵队,阻截浩罕王归路。太觉阴险。浩罕王攻城数日,急切难下,又探知张格尔不怀好意,恐腹背受敌,乘夜遁回。才渡过浑河对岸,树林中杀出一班回众,大叫浩罕王休走,吃我一刀。浩罕王不瞧犹可,瞧了一瞧,正是张格尔,气得无名火高起三丈,麾兵接战,黑夜里不辨回众多少,越杀越多,只觉得四面八方,统是回子旗帜,凭尔安集延兵马精锐,到此也心慌胆怯,败阵而逃。浩罕王夺路走脱,还有安集延兵二三千名,被张格尔围住,无可投奔,没奈何缴械乞降。

张格尔收为亲兵,进攻喀城,此时喀城外面的清营,抵御安集延兵,已是数日,累得人疲马倦,药尽刀残,哪里禁得起张格尔这支生力军,又复杀到,领队大臣乌凌阿,穆克登布,统同战殁。庆祥坐守孤城,左思右想,无能为计,只认定了一个死字,投缳自尽。还算忠臣。喀城无主,即被张格尔攻破,张格尔又分据英吉沙尔、叶尔羌、和阗三城。回疆西四城俱陷。

清廷连接警信,遣兵调将,忙个不了。圣旨下来,命署陕甘总督杨遇春为钦差大臣,统陕甘兵五千,驰赴回疆,会诸军进剿。署陕西巡抚卢坤,赴肃州理饷。这旨方下,又接到伊犁将军长龄急奏,内称:"逆酋已踞巢穴,全局蠢动,喀城距阿克苏二千里,四面回村,中多戈壁,断非伊犁、乌鲁木齐六千援兵,所能克复,恳请速发大兵四万,以一万五千分护粮台,以二万五千进战"等语。道光帝览奏毕,即朱批授长龄为扬威将军,颁给印信,军营大小官员,悉听节制,伊犁将军职务,暂由德英阿代理。又命山东巡抚武隆阿,率吉林、黑龙江三千骑,出嘉峪关,与陕甘总督杨遇春,同为参赞大臣,进剿逆回。

统计回疆分八城,西四城已俱失陷,还有东四城未失,一名喀喇沙尔,一名库车,一名乌什,一名阿克苏。阿克苏为东方屏蔽,张格尔遣兵入犯,直至浑巴什河,距阿克苏只四十里,城中兵不盈千,人心惶惶,亏得办事大臣长清,遣参将王鸿仪,领兵六百,扼住河岸,再战再胜,回众始却。会援兵亦云集阿克苏,东四城方得保全。

道光帝又饬长龄查办历任回疆各吏,长龄复奏斌静、色普、征额、巴彦图、绥善各人情状,有旨拘斌静、色普、征额下狱,拟斩监候,绥善充发黑龙江,巴彦图滥杀偾事,不得因阵亡例,列入恤典。又诏令办理粮饷大臣,定则例,绘图说,核实开销,不准妄费。并开回疆铜山,铸普尔钱,拨乌里雅苏台及伊犁

第四十八回　愚庆祥败死回疆　智杨芳诱擒首逆

各牧厂中牛马橐驼，接济军用。自是回疆军务，渐有起色。

道光七年，扬威将军长龄，率步骑二万二千名，由阿克苏出发，一路进行，未见敌踪。至洋阿巴特沙漠，时已半月，粮且食尽，方惶急间，忽探报五六里外，有敌营数座。长龄下令道："我兵自阿克苏到此，粮食将尽，现闻敌营已在前面，不乘此杀贼囤粮，尚待何时！"将士得了此令，个个摩拳擦掌，踊跃愿往。长龄分军士为三队，自与杨遇春督率中军，武隆阿领左翼，杨芳领右翼，三路进攻。回众据冈迎敌，由高临下，声势颇锐。清兵夺粮心急，不顾矢石，拚命杀上，回众不能抵抗，纷纷溃窜，遗下牲畜糗粮，尽被清兵搬回。清兵得食，勇气百倍，追至沙布都特，地多苇湖，回徒四处分扎，决水成沮，阻住清兵去路。长龄命步卒冒险越渠，用短兵接战，复麾骑兵绕左右浅渠，横截入阵。回营见清兵骤至，忙开铳迎击，不料贮药失火，把自己营帐燃着，那时救火都来不及，还有何心接仗。清兵趁势杀入，射死回徒头目，夺了回徒旗鼓，回众又复四窜，追北数十里，擒馘万计。

清兵复进至阿瓦巴特，见有侦骑数百，遇清兵，慌忙反走，长龄恐有埋伏，饬兵止追，夜遣吉林劲骑，从左右间道绕出敌后，次日方拔营齐进，用枪炮兵为前列，藤牌兵为后劲，沿途果遇埋伏，两下酣斗，枪炮迭施，回众也冒死撑拒。藤牌兵自清阵内驱出，个个穿着虎衣，跃入敌阵，回众尚是死战，怎奈回马疑虎至，向后倒退，顿时辙乱旗靡。吉林劲骑，又从后面杀到，回众大溃。安集延二帅，亦被清兵杀死。

清兵再进至浑河北岸，张格尔亲率众十余万，阻河列阵，横亘二十余里，筑垒为蔽，凿穴列铳，鼓角震天。长龄望见敌势浩大，未免心怯，上文逐层叙来，长龄颇有韬略，此次见敌势浩大，便自心怯，所谓一鼓作气，再衰三竭者欤？忙与杨遇春商议，遇春道："贼势果然浩大，但我兵且坚垒不动，夜遣死士分扰敌营，不要杀入，只叫他扰乱贼心，使他自眩，便好相机进攻。"长龄依计而行，遂遣死士数百人，乘筏夜渡，鼓噪河中。张格尔屡出巡哨，喧嚣达旦。次夜，长龄拟仍用疑兵，忽西南风起，撼木扬沙，天昏如墨，不辨南北，长龄急令退营。杨遇春入帐道："大帅退营何故？"长龄道："贼据形势，逼近咫尺，且彼众我寡，恐不相敌，倘因天昏地黑，渡河而来，四面蹙我，岂不要全军覆没么？所以我拟退营十余里，俟明晨天霁，再进未迟。"总不脱一怯字。遇春道："大帅所虑虽是，据愚见想来，乃是天助我兵的时候，要擒张格尔，就在今夜。"有胆有识。长龄不觉起立，便道："参赞有何妙计？"遇春道："贼军虽众，只知并作一队，依垒自固，兵略疏浅，可想而知。我兵远来，利在速战，若与他隔河相持，今日不战，明朝不攻，师老粮竭，那时不能进，不能退，反中了深沟高垒的贼计。现在天适昏暗，贼不防我急渡，我竟渡河过去，出其不意，攻其无备，不怕张格尔不败。看杨某仗剑为大帅杀贼哩!"写得精采。长龄道:"参赞此言,也是有识,但我军渡河,倘被他半渡邀击,如何是好?"遇春道:"这也不难,大帅可遣索伦兵千骑,绕趋下游,牵制贼势,遇春愿自率亲兵,向上游急渡,据住上风,两路得手,大帅自可从容过河了。"长龄尚在踌躇,遇春道:"寇不可玩,时不可失,请大帅急速准行!"于是长龄把退营的军令,改作进兵的军令,照遇春计划,先从上下游潜渡,乘风破浪,直达彼岸。遇春令前队扛着巨炮,直薄敌营。张格尔尚在梦里,被炮声震醒,忙起床督战,这时候,炮声与风沙声相杂,宛似数十万大兵,摧压垒门,弄得人人丧胆,个个惊心。到了天明,索伦兵从下游趋至,长龄亦亲督大兵,逾河前来,风止雾霁,乘势冲入敌垒,张格尔率众窜去。回俗统着高履,履后无跟,行走时许多不便,且各裹糇粮,负载累重,至此为逃命要紧,抛了重负,弃去高履,遍地统是橐鞬。清军遂进薄喀什噶尔城下,一鼓登城,擒住张格尔甥侄及安集延两伪帅,并从逆伯克等,杀敌无算,活擒回徒四千多名。

　　长龄即将克复喀城情形,由六百里加紧驰奏,满望朝廷论功行赏,不想朝旨批回,略说:"命将出师,期歼元恶,今乃临巢兔脱,弃前功,留后患,罪无可辞,长龄夺紫缰,杨遇春夺去太子太保衔,武隆阿夺去太子少保衔,仍着勒限捕获!"这谕旨也出人意外。长龄未免怏怏,杨遇春倒不在意,仍率师攻克英吉沙尔及叶尔羌,又使杨芳复和阗。西四城都已规复,乃出塞觅捕张格尔。二杨各率兵四千,分道西进,遇春屯色勒库,芳屯阿赖,南北相去十余站。阿赖系葱岭山脊,乃回疆通浩罕要道,浩罕留兵驻守,闻清兵骤至,据险阻截,杨芳当先突阵,浩罕兵且战且退,才行一二里,岭路越险,伏兵邃发,鏖战一昼夜,清兵损失甚众,还亏杨芳素有节制,步步为营,严阵出险,方得生还。长龄复据事陈奏,有旨责"诸将孤军深入,劳师糜饷,不如罢兵。姑留官兵八千防喀城,余兵九千,即随杨遇春出关,杨芳代为参赞,与长龄、武隆阿筹画善后事宜,明白奏闻!"这旨下后,遇春自然遵旨东还,长龄与两参赞筹议一番,武隆阿议将西四城仍归回徒,长龄意见亦同,杨芳因新任参赞,不便力争,由长龄、武隆阿分上奏折,驿呈清廷。道光帝见有二奏本,先展开长龄的奏折,把官衔等不去细瞧,单瞧那善后的筹画道:

　　　　愚回崇信和卓,犹西番崇信达赖喇嘛,已成不可移之锢习,即使张逆就擒,尚有其兄弟之子在浩罕,终留后患,势难以八千留防之兵,制百万犬羊之众。若分封伯克,令其自守,则如伊萨克、玉素普等,助顺官兵,均非白回所心服之人,惟有赦故回酋那布敦之子阿布都里,乾隆中羁在京师者,令归总辖西四城,庶可以服内夷,制外患。

　　道光帝览到此处,大怒道:"长龄想是老昏颠倒了。高宗纯皇帝,费了无

第四十八回　愚庆祥败死回疆　智杨芳诱擒首逆

数心力,方将逆酋那布敦除灭,逆裔阿布都里囚解进京,给功臣家为奴,朕即位时,照例恩赦,异脱奴籍。此番因张逆作乱,照亲属缘坐例,正应将他治罪,长龄反要朕释归阿布都里,不是老昏颠倒,哪里有这种谬论？但不知武隆阿什么计法,想总说长龄的不是呢。"随即将武隆阿奏折,续行展开,大略瞧道：

善后之策,留兵少则不敷战守,留兵多则难继度支。前次大兵进剿,贼即有外袭乌什,内由和阗直驱阿克苏之谋,幸克捷迅速,奸谋始息。臣以为西四城各塞,环逼外夷,处处受敌,地不足守,人不足臣,非如东四城为中路必不可少之保障,与其糜有用兵饷于无用之地,不若归并东四城,不须西四城兵费之半,即巩若金瓯,似无需更守西四城漏扈。

道光帝不待览毕,将两奏折统行掷下,随召军机大臣入内道："长龄昏谬,欲归逆裔阿布都里,使长旧部,武隆阿趋奉长龄,亦是这样说话。你去拟旨,将他二人革职,暂时留任,另授直隶总督那彦成为钦差大臣,速赴回疆,代筹善后,方不误事。"军机大臣,当即照面谕拟定,由道光帝阅过,始行颁发。道光帝又道："阿布都里,须发往边省监禁,你可咨文刑部,立即发配。"军机大臣唯唯而退。

长龄接到革职消息,大吃一惊,不由的坐立不安,谁叫你想出纵虎归山之策？忙请杨参赞商议,杨参赞想了一回,说出了一个反间的计策,长龄方喜形于色。忽忧忽喜,患得患失。看官！你道杨参赞的反间计,从何处入手？原来回徒向分两派,一派叫做白山党,一派叫做黑山党。张格尔是白山党首领,据喀城时,尝滥用威权,虐杀黑山党,黑山党大愤,多阴通清营,长龄奏折中所说的伊萨克、玉素普等,统是黑山党徒,与白山党互有嫌隙。解释上文白回二字,笔不渗漏。杨芳遂就此生计,密遣黑山党出卡造谣,扬言官兵全撤,喀城空虚,诸回统望和卓转来。这语传入张格尔耳中,顿时喜出望外,遂纠合残众,复来窥边。先令侦骑入探,果不见官兵踪迹,遂潜入阿尔古回城。时近岁暮,张格尔拟待除夕日,袭喀什噶尔,昼夜整备军械,忙个不了。是夕,张格尔亲出巡城,遥见东北角上,隐隐有人马行动,不觉失声道："不好了！不好了！清兵来了！"急忙开城出走。后面已报清军杀到,为首大将,正是杨芳。张格尔无心恋战,拚命奔逃,杨芳也拚命追赶,至喀尔铁盖山,回徒奔散殆尽,只剩张格尔三十余骑,弃马登山。杨芳忙令副将胡超,都司段永福,绕出山后,堵住去路,自率亲卒从前面登山,兜拿张格尔。张格尔爬过山头,向山后乱跑,猛听得有人叫道："张贼快来受死！"张格尔心中一急,脚下一绊,向后便倒。正是：

准备铁笼擒虎豹,安排陷阱絷豺狼。

未知张格尔果否遭擒,容至下回叙明。

　　张格尔之倡乱,与大小和卓木不同。大和卓木有管辖回部之权,张格尔无之;小和卓木有主持回教之权,张格尔又无之。彼从挟唪经祈福之伎俩,传食部落,势不能偏惑愚民,掉而去之,本易事耳。乃斌静以后,继以永芹,永芹以后,继以庆祥,不能平乱,反致酿乱,数百回徒,直入玛杂,响应者以数万计。回疆西四城,接续被陷,何其速耶?庆祥死事,长龄继任,转战而前,连败回众,张格尔之无能可知。然浑河一役,长龄又欲折回,幸赖杨遇春之定计渡河,驱逐回酋,以次规复西四城,是长龄亦不过一庆祥之流亚,微杨忠武,吾知其亦无功也。厥后捐西守东之议,尤属悖谬,西四城为东四城之屏蔽,无西四城,尚可有东四城乎?宣宗严词诘责,迫令歼敌,而掩捕之功,复出杨芳,满员无材,事事仗汉将为之,而清廷犹以右满左汉为得计,亦安怪乱世之相寻不已耶?本回宗旨,实为二杨合传,以满员相较,尤见二杨功绩。二杨固人杰矣哉!

第四十九回　征浩罕王师再出　剿叛瑶钦使报功

　　却说张格尔失足坠地,就被清将捆缚而去,清将不是别人,就是杨芳所遣的副将胡超,都司段永福,当下红旗报捷,道光帝大喜,立封大学士长龄为二等威勇公,陕西固原提督杨芳,为三等果勇侯,命长龄率师凯旋,留杨芳驻扎回疆,与那彦成筹办善后事宜。乾隆中叶以来,久不行献俘礼,此次擒获张格尔,道光帝思绳祖武,踵行盛举,遣官告祭太庙社稷,亲御午门楼受俘,仪仗森严,不消细说。受俘后,廷讯张格尔罪状,着即寸磔枭示。又命庆祥子文辉,乌凌阿子忠泰,随监刑官同往市曹,看视行刑,并把张格尔心肺取出,交与文辉、忠泰,到该父墓前致祭,用慰忠魂。威武极了。杨遇春、武隆阿等,亦传旨嘉奖,自长龄以下,得有功将士四十人,一律绘图紫光阁。并因军机大臣曹振镛、王鼎、玉麟诸人,办事勤劳,亦许附入紫光阁列像。

　　满廷官员,歌功颂德,合词请加上尊号,道光帝已渐骄盈,怎禁得这班饭桶又来拍马。奉旨:"以康熙乾隆年间,尚未允行,势难俯准,惟念铭功偃武,皆由圣母福庇,国有大庆,允宜祗循令典,备极显扬,朕谨当躬率王大臣等,加上皇太后徽号,共伸贺悃,所有应行典礼,饬所司敬谨详议"等语。于是礼部又有一番忙碌,自夏至冬,筹备了好几月,方得举行恭上皇太后徽号,称作恭慈康豫

第四十九回　征浩罕王师再出　剿叛瑶钦使报功

安成皇太后。礼成颁诏天下,覃恩有差。越年,又亲制碑文,勒石大成殿外,比康熙乾隆两朝,尤觉得踵事增华,备极夸耀。共计出师至献俘,用去帑银约数千万两,_{节省多年不够一掷}。正热闹间,那彦成奏本到京,略说:"张逆就擒后,曾檄谕浩罕、布哈尔等国,缚献逆裔家属,今浩罕遣使来贺,只言俘虏可返,和卓子孙不可献,究应如何处置?仰求圣训,以便遵行。"道光帝便提起朱笔,批在折后,其词道:

逆孥幺么,无关边患,那彦成、杨芳等,只应严守卡伦,禁其贸易,俟夷计穷蹙,自将缚献求市,毋须檄索!

看这数句批示,便可见道光帝心思了。那彦成窥破意旨,先后奏善后章程数十条,什么安内策,什么制外策,说得津津有味,其实多是纸上谈兵,空中楼阁。_{纸糊中国}。道光帝闻内外安静,遂召那彦成、杨芳二大臣还朝。

二大臣于道光九年回京,安集延即于道光十年入寇。当时那彦成的制外策中,把浩罕留居内地的侨民,一概驱逐,且并他财产收没,_{倒是理财妙策,惜似盗贼行为}。侨民愤甚,探知大兵已归,即一面禀报浩罕王摩诃末阿利,一面至布哈尔,迎奉张格尔兄摩诃末玉素普为和卓,纠众入边。浩罕王又遣将哈库库尔及勒西克尔等,率兵策应。警报传到回疆,回郡王伊萨克,飞报参赞大臣札隆阿。札隆阿是个终日不醒的酒鬼,_{斌静第二}。接到警报,恰糊糊涂涂道:"张逆家属,统已授首,还有什么阿哥?这都是伊萨克贪功妄报,在本大臣手里,休使这般伎俩,"遂叱回来使,并恐伊萨克先行驰奏,也修好奏章,略言:"南路如果有事,惟臣是问。"_{该死}!过了数日,边城的告急文书,陆续递到,札隆阿被他吓醒,方命帮办大臣塔新哈,副将赖永贵,分路迎击。二将去讫,札隆阿复安然饮酒,昏昏沉沉的过了数天。忽外面又递到紧急公文,札隆阿恰有意无意的,取过一瞧,但见上面写着帮办大臣塔新哈,副将赖永贵,误中贼计,遇伏阵亡,顿时面如土色,把一张关公脸,变做了温元帅脸,_{趣语}。好一歇儿不说话。外面又递进叶尔羌禀报,更觉惶急万分,展开一阅,乃是叶尔羌办事大臣璧昌,驰报胜仗,不禁失声道:"还好还好。"于是督兵守城,方有一些兴会起来。

是时那彦成子容安,为伊犁参赞大臣,奉旨统伊犁兵四千。驰赴阿克苏督剿,闻敌兵势盛,拟俟乌鲁木齐兵至,然后进军。_{统是畏生怕死}。叶尔羌又复被攻,幸亏璧昌决河灌敌,出城痛击,敌兵始不敢近城,只是沿途掳掠,转入喀什噶尔。见城上守兵,颇还严整,也无意进攻,专劫城外回庄,把子女玉帛,搜掠殆尽。札隆阿忙向阿克苏乞援,容安拥重兵八九千,反绕道乌什,趋向敌兵不到的和阗去屯驻了。_{会寻快活}。清廷闻容安逗兵不进,下旨革职,命哈丰阿继任,又遣大学士公长龄,陕甘总督杨遇春,固原提督杨芳,参赞大臣哈朗阿,调兵赴援。哈丰阿先至喀什噶尔,敌兵解围而去,饱飏出塞。迨杨芳、哈朗阿等到喀城,已无一敌。

札隆阿恐朝廷问罪,与幕中老夫子商量一条诿过的法子,只说伊萨克通贼,潜袭南路,所以前此未曾闻知,有南路无事的奏报。及见了杨芳、哈朗阿,仍把这样话儿,搪塞过去。杨、哈两人,被他蒙混,也代札隆阿上奏洗刷。札隆阿钻营之力,颇也不小。会大学士长龄,行至叶尔羌,接读上谕,令与伊犁将军玉麟,会审札隆阿、伊萨克案,乃折回阿克苏。玉麟亦奉命而至,当下会谳,究出主谋草奏的幕友,得坐实札隆阿罪状,奏达清廷。部拟札隆阿斩监候,令先枷示阿克苏两月。长龄依议办法,把札隆阿枷出署门,连这位谋画刁狡的老夫子,也一律枷示。都赏他吃独桌,依旧是主宾相陪。调授璧昌为喀什噶尔参赞大臣。

长龄拟由伊犁、乌什、喀城三路,出讨浩罕,浩罕王慌张起来,亟通贡俄罗斯,乞兵相助。俄人拒绝去使,不许入境。浩罕王无奈,乃遣使臣三人到喀城,备述七十余年通商纳贡的旧好,及五年来闭关绝市的苦累,请修好如旧。长龄提出和议两条,第一条缚献叛酋,第二条放还被虏兵民。浩罕使臣,因未奉汗命,俟还报后,方与订约。长龄将来使留住一人,遣还二使,并命伯克霍尔敦同往。等了两月,霍尔敦始回,报言被虏兵民,尚可释还,惟缚献回酋,回经所无,只可代为监守,惟要求通商免税,及给还侨民资产二事。长龄即上奏道:

臣闻安边之策,振威为上,羁縻次之。浩罕与布喀尔、达尔丸斯、喀拉提锦诸部落,犬牙相错,所属塔什及安集延等七处,均无城池,其临战皆以骑贼冲阵,然不能于马上施铳,倘遇连环鸟枪,则骑贼先奔。又卡外布鲁特哈萨克,皆受其欺凌,争求内徙。而卡内回众,亦俱恨其掳掠,遂欲声罪致讨,但选精锐三四万人,整旅而出,并于伊犁乌什边境,声称三路并进,先期檄谕布哈尔等部,同时进攻,则不待直捣巢穴,而其附近伪部,已群起乘衅,四面受敌,可一举扫荡。惟是一出塞后,主客殊形,自喀浪圭卡伦,至浩罕千六百余里,中有铁列克岭,为浩罕布鲁克交界,两山夹河,仅容单骑,两日方能出山,此路最险,不值劳师远涉。拟遣还所留来使一人,令伯克霍尔敦寄信开导,为相机羁縻之计,如此,则师不劳而浩罕亦就范矣。谨奏。

道光帝准奏,命长龄从浩罕要请,定了和约。浩罕大喜过望,又遣使至喀城,抱经立盟,通商纳贡,西城事总算了结。后来喀什噶尔参赞大臣,移至叶尔羌,驻满汉兵六千,居中控驭,别留伊犁骑兵三千,陕甘步兵四千,分驻各城。回疆的防御,方渐渐稠密了。

偏偏国家多难,湖南永州瑶目赵金龙,又纠众作乱。先是永州有一种奸民,结起一个天地会。强劫瑶寨牛谷,瑶民向官厅控诉,奈官署中的胥吏,统与天地会连结,不但状词不准,反加他诬告罪名。<small>胥吏不杀,天下无治日。</small>气得瑶民发昏,个个去请教赵金龙。金龙倡言复仇,差他同党赵福才,招集广东散瑶三百余人,湖南九冲瑶四百余人,焚掠两河口,杀死会党二十多名。江华知县林光梁,永州镇左营游击王俊,率兵役往捕,被瑶众击退。总兵鲍友智调兵七百,偕永州知府李铭绅,桂阳知州王元凤等,分头夹击,乘风纵火,毁坏瑶巢,毙瑶三百名。赵金龙收拾残众,窜往蓝山,所至胁胁,竟得二三千人。蓝山官吏,向省中告急,巡抚吴荣光,飞檄提督海凌阿往援,海凌阿点了五百名将士,风驰雨骤的赶援蓝山,见前面有去路两条,一是大路,一是小路,副将马韬等,请从大路进兵,海凌道:"救兵如救火,大路总是迂回,不如由小路进去,较为直截。"正议论间,路旁有役夫数名,被海凌阿瞧见,传至军前,问大路通蓝山,与小路有无远近?役夫答称小路近十多里,海凌阿遂由小路进发,并令役夫前导,谁知役夫乃是瑶民假扮,引海凌阿走入绝路,才走数里,两旁统是仄径,天又下起雨来,满路泥泞,狼狈不堪,只路旁役夫,却是很多,都愿替官兵代舁枪械,官兵乐得快活,弯弯曲曲,行将过去。<small>好称作鄂都城。</small>一步狭一步,一路险一路,忽然山顶吹起胡哨,有无数瑶匪,乘高冲下,官兵赤手空拳,如何对敌?忙教役夫转来。那班役夫,携着官兵枪械,反转身来杀官兵,官兵上天无路,入地无门,只好伸了头颈,一个个由他开刀。海凌阿以下,统被杀死。

赵金龙既得胜仗,声势张甚,桂阳、常宁诸土瑶,都来归附,号称数万。清廷急命湖广总督卢坤,湖北提督罗思举,督师往讨,又移贵州提督余步云助剿。增调常德水师,及荆州满骑数千,归卢坤节制。卢坤偕罗思举至永州,闻报赵金龙率八排瑶,及江华、锦田各寨瑶为一路,赵福才率常宁、桂阳瑶为一路。还有赵文凤率新田、宁远、蓝山谷瑶为一路,三路都出没南岭,互为犄角。罗思举遂献策道:"瑶皆山贼,倚山为窟,我兵与他山战,他长我短,定难取胜,看来只好诱入平原,逼归一路,令他技无可施,方可歼灭。"卢坤鼓掌称善,且道:"照这样说,常德水师,荆州满骑,统是没用,不如改调镇筸苗疆兵,前来助剿方好。"罗思举道:"大帅明见极是。但此处未设粮台,输运不便,现应派兵勇护送粮饷,步步为营,一面坚壁清野,檄将弁分路防堵。贼无可掠,自然散入平原,容易中计。"卢坤道:"老兄谋略,本宪很是佩服,就请照行便了。"从善如流,可称良帅。当下奏罢常德、荆州调兵,另调苗疆兵助剿,又将罗思举计议,统行列入,末说思举定能灭贼,不致有负委任等语。思举格外感激,卢坤且叫他便宜行事。将帅乘和,帅必有大功。

于是思举分兵进逼,将西南各路扼住,免他窜入两粤,单留东面一路,由他出来。当时三路瑶四五千人,及胁胁妇女三四千,都被官兵驱逼出山,东窜常宁县属的洋泉镇。这镇为常宁水口,有溪通舟,市长数里,墙垣坚厚,叛瑶把市民逐出,拥众占守。思举从后追至,笑道:"虎落平原,虾遭浅水,不怕他不绝灭了。"忙檄各守隘兵,速来合围。适镇算兵已调到,思举亲自督阵,率镇算兵猛扑敌垣。镇算兵素称趫捷,跳跃如飞,有数十名跃上墙头,乱砍叛瑶,叛瑶倒也了得,与镇算兵相持,始终不退。镇算兵前队伤堕,后队继登,毙瑶数百,瑶众兀自守住;争杀两日,各守隘兵统已到齐,瑶众登墙,大呼乞降。思举不允,督攻益力。诸将道:"叛瑶已降,何必再攻?"思举道:"这是明明诈计,他不缴军械,不献首逆,但凭一声呼降,便好允他么?我欲允他,他仍窜入山中,那时前功尽弃,还当了得。"诸将个个敬服,遂奉思举命令,合力进攻。毁墙巷战,叛瑶虽是呼降,仍然死斗。究竟寡不敌众,被清兵击毙六千,只散瑶八九百,拒守市内大宅。思举料宅内定匿匪首,禁用大炮;定要活擒该逆,将士冒死攻入,搜寻宅内。只获头目数十名,妇女数十名,单不见赵金龙。经思举当场讯问,方知赵金龙已中枪身死,急忙饬军士寻金龙尸首,一面饬人至卢坤处报捷。

卢坤忙即奏闻,过了三日,帐外报钦差大人到来,由卢坤出营相迎,钦差不是别个,乃是户部尚书宗室禧恩,盛京将军瑚松额。卢坤先请过圣安,随接钦差入营,寒暄已毕,禧恩先开口道:"兄弟奉命视师,到此已闻大捷,真是可贺。"卢坤道:"不敢不敢,这都仗皇上洪福,将士勤劳,所以一举成功呢。"禧恩道:"现在逆首赵金龙,想已擒住。"卢坤道:"这却尚未。据提督罗思举来报,已讯过赵逆妻子,说是中枪身死了。"禧恩:"罗思举太也糊涂,未曾擒住赵金龙,如何报捷?老兄现已出奏否?"卢坤道:"坤已照思举来文,于三日前出奏。"禧恩道:"倘将来赵逆未死,反变了欺君罔上,兄弟定要得了真犯,方可复旨。"说现成话,最是容易。卢坤道:"现闻思举已搜访逆尸,不患不得确据。"瑚松额插嘴道:"卢制军亦太相信属将了。逆首未得,如何奏捷?"一吹一唱,无非妒功。卢坤默然不答。忽报罗思举回营求见,卢坤命即传入,思举入帐,向钦差前请了安。禧恩便问道:"你就是提督罗思举么?"思举答了一个"是"字,转对卢坤行礼。卢坤起立还礼,命他旁坐。思举未曾坐定,禧恩复问赵逆已拿住否?思举道:"赵逆已死,只有遗尸。"禧恩摇头道:"尸首哪里靠得住?"总要寻隙。思举道:"现已得了真尸,身上尚佩剑印,请钦差大人验明。"赖有此耳。禧恩便同瑚松额出帐验尸,并验剑印是实,再命俘虏细认,都

第四十九回　征浩罕王师再出　剿叛瑶钦使报功

说无讹。禧恩还想驳诘，只一时想不出话。

忽蓝山又来急报，由卢坤接过一瞧，捧交禧恩，禧恩阅毕，笑道："赵金龙算是真死，赵仔青又来了。我说叛瑶还没有净尽呢。"卢坤道："幸逢大人到此，就请大人出令，坤亦愿效前驱。"禧恩道："大家同去可好。"当下同至衡州，由禧恩命，仍令罗思举为前锋，余步云为后应，往剿蓝山。两人方领命前去，京中诏旨已到，卢坤、罗思举平瑶有功，赏戴双眼花翎，并世袭一等轻车都尉。禧恩见了此诏，免不得称贺一番。隔了几天，罗思举捷音已至，说是生擒赵仔青，禧恩便向卢坤道："罗提督确是一员良将，不枉老兄青眼。"越是小人，越会转风。卢坤道："这也全仗大人栽培！"自是置酒高会，朝夕谈心，与卢坤格外莫逆，卢坤也只得虚与周旋。及罗思举回到衡州，禧恩、瑚松额，都出来相迎，非常客气。思举道："赖钦差大人威灵，得活擒赵逆仔青。"禧恩道："这是罗提督的功劳，何必谦逊。"前后大不相同。当下推出赵仔青，讯明确实，命即磔死。

忽京中又来诏旨，命禧恩、瑚松额率余步云，赴广东剿连州八排瑶。禧恩、瑚松额不敢不去，只得与卢坤相别，移师广东。原来八排瑶的作乱，也是为奸民衙役激迫而起。八排瑶向有黄瓜寨，被奸民衙役劫夺，因到官厅起诉，连州同知蔡天培，断民役偿瑶千二百金，民役不偿，寨瑶遂出掠报复。天培即向粤督处告变，粤督李鸿宾，令提督刘荣庆，署按察使庆林，率兵二千堵御。荣庆主抚，庆林主剿，意见不合。会新任广东按察使杨振麟到省，闻楚师告捷，将士同膺懋赏，遂也起了贪利徼功的思想，怂恿李鸿宾出师。鸿宾遂偕提督率兵进剿，八排瑶首八人，出山跪迎，愿将黄瓜寨逆瑶献出，请即回师。鸿宾佯为应允，至逆瑶缚献到军，一律斩讫，兵仍不退，反奏称："杀贼七百名。"瑶众大愤，负隅死拒，官兵进攻，峒险箐密，接连遇伏，自相惊溃。三路皆败，游击都司等官，死了数十，兵士死了千数。清廷因褫李鸿宾、刘荣庆职，命禧恩、瑚松额移师往剿。

禧恩等到粤，初意也想奋力进攻，嗣后探得瑶峒奇险，不易深入，只是虚报捷音，所奏杀贼，皆数百计，其实按兵不动，并未尝经过一仗。专会说人，要自己去做，却如此搪塞。会闻卢坤移督广东，计程将至，心中未免焦灼起来。他在湖南时诘责卢坤，未获首逆，此次恐卢坤要来报复，你也要慌了，然何不效阿林保的计策。忙令杨振麟赴瑶寨招抚。瑶众惩八人故事，不肯出来，官兵又惩李、刘前败，不敢进去，旬日不见一瑶，禧恩愈加着急，只催振麟克日招降，迟则严参。一派官话。振麟无法，只得把库内银子取来乱用，出示布告叛瑶，如肯投诚，当有重赏。瑶众还疑是诳言，振麟又令熟瑶赴寨，作了抵质，瑶众方有一二人出来尝试，果得银洋盐布，领受而归。于是瑶众贪利踵至，十日间得数百人。并缚黄瓜寨附近瑶三人出献,算作首逆。禧恩遂奏报肃清,不欺君者如是,不罔上者如是,令人可笑可恨。俟卢坤一到,交印即行。可称狡猾。

南北暌违,道光帝自称明察,终究被他瞒过,信以为真,加封禧恩为辅国公,赏戴三眼孔雀翎、瑚松额、余步云,均世袭一等轻车都尉。王大臣等,又上表庆贺,还有宫内的全妃钮祜禄氏,用了七巧板儿,排出"六合同春"四大字,献呈御览。道光帝大喜,即封钮祜禄氏为皇贵妃。后人有宫词一首道:

> 蕙质兰心并世无,垂髫曾记住姑苏。
> 谱成六合同春字,绝胜璇玑织锦图。

全贵妃得此宠遇,未知后来如何,下回再行续叙。

中国大患所在,第一项是个欺字。夸诞锢蔽,皆由自欺而致。宣宗一平西域,即铺张扬厉,行受俘礼,绘功臣像,上母后尊号,勒石大成殿外,夸耀达于极点,要之一欺人而已。上欲欺下,下亦欺上,札隆阿、容安、禧恩、瑚松额等,无在非欺,即那彦成、长龄诸人,当时称为功首,亦曷尝实事求是乎?幸而浩罕小国不足道,土瑶乌合尤不足道,苟且即可了事,敷衍尚能塞责。宫廷上下,且以为河清海宴,可以坐享承平,庸讵知大患之隐伏其间耶?回、瑶平,宣宗愈骄,朝臣愈佞,上下愈以欺饰为务,而中国始多难,本回固一束上起下之转捩文也。

第五十回　饮鸩毒姑妇成疑案
　　　　　焚鸦片中外起兵端

却说皇贵妃钮祜禄氏,系侍卫颐龄的女儿,幼时尝随官至苏州,苏州女子,多年慧秀,通行七巧板拼字,作为兰闺清玩,钮祜禄氏随俗演习,后来熟能生巧,发明新制,斫了木片若干方,随字可以拼凑,人人羡她聪明,称她灵敏,且生就第一等姿色,模样与天仙相似,天仙的容色如何?我欲一问作者。艳名慧质,传诵一时。道光时亲选秀女,颐龄便把女儿送入,这样如花似玉的芬容,哪得不中了圣意?当下选入宫中,就沐恩幸。美人承宠,天子多情,立即封为贵人。这钮祜禄氏,本是伶俐得很,侍侧承欢,善窥意旨,道光帝越瞧越爱,越爱越宠,不一年就升为嫔,再一年复升为妃,因她才貌双全,特赐一个"全"字的封号。偏老天亦怜爱佳人,特地下一个龙种,于道光十一年六月初九日,生了一子,取名奕詝,就是后来嗣位的咸丰帝。而且事有凑巧,皇后佟佳氏,竟尔病故,全妃钮祜禄氏,既封为皇贵妃,与皇后只差一级,皇后崩逝,自然由全妃补缺。

第五十回　饮鸩毒姑妇成疑案　焚鸦片中外起兵端

道光十三年，大行皇后百日服满，皇贵妃钮祜禄氏，奉皇太后懿旨，总摄六宫事务，越一年册为皇后，追封皇后父故乾清门二等侍卫，世袭二等男，颐龄为一等承恩侯，谥荣禧，由其孙瑚图哩袭爵，册后典礼，一律照旧。只道光帝心中恰比第一次册后时，尤为欣慰。

又过一年，皇太后六旬万寿，命礼部恭稽祝典，格外准备。届期这一日，道光帝率王公大臣，诣寿康宫行庆贺礼，皇后钮祜禄氏，亦率六宫妃嫔，诣太后前祝嘏，奉皇太后命，宫廷内外，一概赐宴。

道光帝素知孝养，见皇太后康健逾恒，倍加喜悦，亲制皇太后六旬寿颂十章。皇后钮祜禄氏，向来冰雪聪明，诗词歌赋，无一不能。这会因御制皇太后寿颂，她也技痒起来，恭和御诗十章，献上太后，道光帝越加快意。

独这皇太后别寓深衷，当时虽不露声色，后来恰与道光帝闲谈，说起皇后敏慧过人，未免有些惋惜模样。道光帝甚为惊异，细问太后。太后恰道出缘由。略说："妇女以德为重，德厚乃能载福，若仗着一点材艺，恐非福相。"太后未免迂腐，然也不无见识。这句话，亦不过一时评论，没甚介意，偏偏传到皇后耳中，竟不以为然。她想："本身已做国母，又生了一个皇子奕詝，虽是排行第四，然皇长子皇次子皇三子等，统已夭殇，将来欲立太子，总轮着自生的皇儿，皇儿嗣位，自己若是在世，便也挨到太后的位置，难道还算没福么？"为此一念，遂不知不觉的，与太后成了嫌隙。

胸中有了三分芥蒂，面上总要流露出来；每日遵着宫制，到太后前请安、说长道短的时候，不免含着讥刺。看官！你想太后是个帝母，又是钮祜禄氏的亲姑，岂肯受这恶气？有时当面训斥，有时或责道光帝不善教化。帝后两人，素来恩爱，道光帝得了懿旨，免不得通知皇后。那时皇后越加懊恼，见了皇太后，也越加挺撞。妇人多半固执，观此益信。两宫嫔监，又播弄是非，摇唇鼓舌，无风尚是生浪，况明明婆媳不和呢？

蹉跎数载，蜚语流言，布满宫闱，到道光十九年腊月，皇后偶患寒热，皇太后亲自临视，详问疾苦，颇也殷勤。过了年已是元旦，皇后病已少瘥，起至太后前叩头贺喜。过了二日，太后特派太监，赐皇后一瓶旨酒，皇后谢过了恩，把酒酌饮，很是甘美，竟一饮而尽，到夜间不知怎么竟崩逝了。毕竟红颜薄命。当时宫中传出上谕道：

> 皇后正位中宫，先后事朕多年，恭俭柔嘉，壸仪足式，窃冀侍奉慈帏，藉资内佐，遽尔长逝，痛何可言！着派惠亲王绵愉，总管内务府大臣裕诚，礼部尚书奎照，工部尚书廖鸿荃，总理丧仪。钦此。

相传道光帝遇了后丧，非常痛悼，心中也很自动疑，但因家法森严，不便异论；且素性颇知孝顺，只好隐忍过去，皇太后却去亲奠三次。猫哭老鼠假慈悲。道光帝命皇四子奕詝守着苫块大礼，居侍梓宫。是年冬，封静贵妃博尔济锦氏为皇贵妃，就将皇四子交代了她，命她小心抚养。静贵妃奉了上命，自不敢违，又兼皇后在日，曾蒙皇后另眼相看，至此皇四子年甫十龄，一切俱宜照顾，便提起精神，朝夕抚养。只这位道光帝伉俪情深，时常哀戚，特谥大行皇后为孝全皇后，嗣后不另立中宫，暗报多年情谊。并拟立皇四子为皇太子，这是后话。后人却有宫词记孝全皇后事，其诗列后：

如意多因少小怜，螳杯鸩毒兆当旋。
温成贵宠伤盘水，天语亲褒有孝全。

丧事才了，忽东南疆吏报称西洋的英吉利国，发兵入寇，为此一场兵祸，遂弄得海氛迭起，贻毒百年。堂堂华夏，竟被外人窥破，把我五千年来的古国，看做一钱不值呢。言之痛心。这英吉利是欧罗巴洲中的岛国，平时政策，专讲通商。本国内的交通，固不必说，他因环国皆水，造起许多商舶，驶出外洋，这边买卖，那边贩运，得了利息，运回本国，遂渐渐富强起来。

明末清初的时候，欧洲的葡萄牙国、荷兰国、西班牙国、法兰西国、美利坚国，多来中国海面互市，英吉利人，也扬帆载货，随到中国，适值亚洲西南的印度国，为了英人通商，互生嫌隙，两边开仗，印度屡败，英人屡胜，印度没法，竟降顺英国。印度的孟加拉及孟买地方，专产鸦片，英人遂把这物运到中国，昂价兜销。

这物含有毒质，常人吸了，容易上瘾，起初吸着，精神陡长，气力倍生，就使昼夜干事，也不疲倦；及至吸上了瘾，精神一天乏一天，气力一日少一日，往往骨瘦如柴，变成饿鬼一般，此时欲要不吸，倒又不能。半日不吸这物，眼泪鼻涕，一齐进出，比死还要难过。因此上瘾的人，只会进步，不会退步，从前明朝晚年，已有此物运入，神宗曾吸上了瘾，呼为福寿膏，晏起晚朝，把国事无心办理。但输入不多，百姓还轮不着吸，到英国得了印度，遍地种植，专销别国，他自己的百姓，不准吸食，单去贻害外人。外洋的国度，晓得此物利害，无人过问，独我中国的愚夫愚妇，把它作常食品，你也吸，我也吸，吸得身子瘦弱，财产精光。既剥我财，又弱我种，英人真是妙算。嘉庆时，英国遣使至京，乞请通商，因不肯行跪拜礼，当即驱逐，通商事毫无头绪，应四十六回。只鸦片竟管进来。道光帝即位，首申鸦片烟禁，洋艘至粤，先由粤东行商，出具所进货船，并无鸦片甘结，方准开舱验货，如有欺隐，查出加等治罪。随又饬海关监督，有无收受鸦片烟重税，应据实奏闻；又申谕海口各关津，严拿夹带鸦片烟；又定失察鸦片罪名。三令五申，也算严厉得很，无如沿海奸民，专为作弊，包揽私

第五十回　饮鸩毒姑妇成疑案　焚鸦片中外起兵端

贩，仍然不绝。且因清廷申禁，那包卖的窑口，反私受英人贿赂，于中取利，大发其财。自道光初年到了中叶，禁令无岁不有，鸦片烟的输入，无岁不增，每岁漏银约数千万两，于是御史朱成烈，鸿胪寺卿黄爵滋，先后奏请严塞漏卮，培固国脉。道光帝令各省将军督抚，各议章程具奏，当时没有一人不主张严禁。湖广总督林则徐，说得尤为剀切，大略言："烟不禁绝，国度日贫，百姓日弱，数十年后，不惟饷无可筹，并且兵无可用。"道光帝览奏动容，下旨吸烟贩烟，都要斩绞；并召林则徐入京，面授方略，给钦差大臣关防，令赴广东查办。

这位林公系福建侯官县人，素性刚直，办事认真，自翰林院庶吉士，历级升官，做到总督，无论何任，他总实心实力的办去，一点没有欺骗。实是难得。此番奉旨赴粤，自然执着雷厉风行的政策，恨不把鸦片烟毒，立刻扫除。两广总督邓廷桢，也是个正直无私的好官，与林则徐相见，性情相似，脾气相投，遂觉得非常莫逆。则徐问起鸦片事件，廷桢答称已奉廷旨，吸烟罪绞，贩烟罪斩，现在已拿得无数烟犯，禁住监中，专待钦使大人发落。则徐道："徒拿烟犯，也不济事，总要把鸦片趸船，一概除尽，绝他来源，方是一劳永逸呢。"廷桢道："讲到治本政策，原是要这般办理，但恐洋人不允，奈何？"则徐道："鸦片趸船，现有多少艘数？"廷桢道："闻有二十二艘，寄泊零丁洋中。"则徐道："零丁洋虽是外海，终究与内海相近。他不过是暂时趋避，将来总要把鸦片烟设法贩卖。据兄弟意见，先令在洋趸船，把鸦片悉数缴销，方准开舱买卖。"廷桢闻言，踌躇半晌，方答道："照这么办，非用兵力不可。"则徐道："这也何消说得。鄙见先令沿海水师分路扼守，然后与他交涉便了。"两人计议已定，随传令水师提督，派兵扼守港口。林则徐本有节制水师的全权，下了几个劄子，提镇以下，唯唯听命，顿时调集兵船，分布口门内外。

广东向有十三家洋行，贩运外洋货物，则徐把洋行司事，统同传到，叫他传谕洋商，限三日内尽缴出趸船内的鸦片。各司事领了谕帖，只得转递英商，英商忙禀知英领事义律，义律毫不着急，反到澳门出逛去了。狡猾。各英商观望迁延，你推我诿，只道中国官吏，都是虎头蛇尾，没甚要紧，谁料这个林钦差，言出法随，到三日期满，见英商没有复音，便移咨粤海关监督，封闭各商舶货物，停止贸易；又将洋人雇用的买办，拿捕下狱。此事沿海商船，不止一国，为了英人违禁，把别国也都停止，免不得埋怨英人，英领事义律，无可避匿，勉强来省，入洋馆中，照会中国，愿缴出鸦片烟一千零三十七箱。则徐又把义律来文，持与邓廷桢察阅，廷桢道："鸦片趸船有二十多艘，哪里止一千多箱。"则徐道："每艘趸船，约装若干？"廷桢道："每艘装载，差不多有一千箱。"则徐不禁愤怒起来，便道："英领事太觉可恶！取了二十份中的一份，想来搪塞，林某不比别人，难道任他戏弄？"遂发陆军千名；围住洋馆，又令水师出发，截住趸船饷道，恁他狡黠万端的义律，到此亦束手无法，愿将鸦片二万零二百八十三箱，一概缴出。林则徐遂会同邓廷桢，及粤抚怡良，赴虎门验收。零丁洋内的趸船，计二十二艘，陆续驶至虎门，缴出烟箱，每箱偿茶叶五斤，复传集外洋各商，令他具永不售卖鸦片甘结，如再营私贩卖，人即正法，货船入官。

则徐遂与邓怡两督抚，联衔入奏。将先后查办鸦片烟情事，据实陈明，并请将鸦片送京销毁。道光帝召集王大臣商酌，王大臣等，多说广东距京甚远，途中恐有偷漏抽换的弊端，不如就粤销毁为便。道光帝准奏，遂传谕道：

奏悉！所缴鸦片烟土，饬即在虎门外销毁完案，无庸解送来京，俾沿海居民，及在粤夷人，共见共闻，咸知震慑。该大臣等唯当仰体朕意，核实稽查，毋致稍滋弊混！钦此。

林则徐等奉到此旨，就令在虎门海岸，把鸦片二万零二百八十三箱，统共堆积，下令焚毁。这焚毁的法儿，并不是真用一把火，将鸦片一箱一箱的烧掉，他就虎门海岸，凿起两个大塘，直十五丈，横十五丈，前设涵洞，后通水沟，先将食盐投入，引水成卤，再加石灰，使水腾沸，方把鸦片一一投下，烟随灰燃。自然熔化，开了涵洞，令随潮出海，连烟灰都荡灭无踪了。海龙大王，未知爱吸鸦片否？若爱吸这福寿膏，这个机会，很是难得。

这次焚毁鸦片，沿海居民，统来瞧看，人潮人海，拥挤不堪，内中拍手称快的，倒有一大半；只上了烟瘾的愚夫愚妇，一时没得吸，未免难过；还有运售的洋商，私贩的奸民，心中更加快怏。英领事义律，因英国商民，无端失此大利，痛恨的了不得。则徐布告各国商人，如愿通商，须具甘结，这甘结内，便是："此后如夹带鸦片，船货没官，人即正法"数语。别国统愿照约，惟义律不愿，由广州退出，航赴澳门，请则徐至澳门会议。则徐不许，禁绝薪蔬食物入澳，义律挈妻子及流寓英人五十七家，聚居尖沙嘴商船，潜招英国兵船数艘，借名索食，突攻九龙岛。被清参将赖恩爵用炮击沉一艘兵船，义律倒也有些惊慌。由葡萄牙人出来转圜，愿遵清国新律，惟请削"人即正法"一语。则徐飞奏清廷，道光帝批回奏折云：

既有此番举动，若再示柔弱，则大不可。朕不虑卿等孟浪，但诫卿等不可畏葸，先威后德，控制之良法也，特此手谕。

林则徐接此谕后，回绝英领事义律。义律再派兵船，寄泊口外，拦住遵结各船，不准入口。则徐闻报，令水师提督关天培，率领兵船五艘，出洋查办。英船见中国兵船出口，先开炮轰击，天培发炮还应，击坏英船舵楼，死了好几个水手。英船转入官浦，由天培尾追，一阵击退。天培乘胜追至尖沙嘴，把英船逐出老万山外洋。清廷连闻胜仗，王大臣遂多半主战，大理寺卿曾望颜，且请封关禁海,尽停各国贸易。全然不知世事。道光帝令则徐议奏,则徐复陈英国违禁,与他国无与,现只有禁英通商,不便一例峻拒等语。道光帝乃只停英人贸易,谕旨如下:

> 英吉利夷人,自议禁烟后,反复无常,若准其通商,殊属不成事体,至区区关税,何足计较。我朝抚绥外国,恩泽极厚,英夷不知感戴,反肆鸱张,我直彼曲,中外咸知。自外生成,尚何足惜?其即将英吉利国贸易停止!钦此。

中英两国,自此绝交,义律报达英国政府,请速发兵。英国政体,是君主立宪,向设上下两议院,当时即开议院会议,有几个力持正道的人,颇说鸦片贸易,殊不正当,若为此事开战,有损英吉利名誉。英政府因此踌躇三日,怎奈议员宗旨不一,彼此投票解决,主战派多占九票,遂下令印度总督,调集屯兵万五千人,令加至义律统陆军,伯麦统海军,直向中国进发。正是:

> 过柔则弱,过刚必折,
> 滚滚海氛,一发莫遏。

欲知后来胜负,待小子停一停笔,下回再行录叙。

鸩毒一案,千古传疑。不敢信其必有,亦不敢谓其必无。但钮祜禄氏挟才自恃,因宠生骄,姑妇之间,总不免有勃谿之隐,所以暴崩之后,遂生出种种疑议。宫中之疑团未释,而海外之战衅又开。宣宗始终自大,卒至海氛一发,不可收拾。古人有言:"刑于寡妻,至于兄弟,以御于家邦。"刑于之化未端,无怪家邦之多事也。本回前后叙事,截然不同,而从夹缝中窥入隐微,实足互勘对证,宣宗之为君可知矣。

第五十一回 林制军慷慨视师
琦中堂昏庸误国

却说英国发兵的警报,传到中国,清廷知战衅已开,命林则徐任两广总督,责成守御;调邓廷桢督闽,防扼闽海。则徐留心洋务,每日购阅外洋新闻纸,阴探西事,闻英政府已决定主战,急备战船六十艘,火舟二十只,小舟百余只,募壮丁五千,演习海战;自己又亲赴狮子洋,校阅水师,军容颇盛。能文能武,是个将相材。道光二十年五月,特书年月,志国耻之缘起。英军舰十五艘,汽船四艘,运送船二十五艘,舳舻相接,旌旗蔽空,驶至澳门口外,则徐已派火舟堵塞海口，乘着风潮出洋，遇着英船，放起一把火来。英船急忙退避，已被毁去舢板船两只。

英将伯麦贿募汉奸多名，令侦察广东海口，何处空虚，可以袭入。无奈去一个，死一个，去两个，死一对。最后有几个汉奸，死里逃生，回报伯麦，说海口布得密密层层，连渔船蛋户，统为林制台效力，不但兵船不能进去，就使光身子一个人，要想入口，也要被他搜查明白，若有一些形迹可疑，休想活着。看来广东有这林制台，是万万不能进兵呢。伯麦道："我兵跋涉重洋，来到此地，难道罢手不成？"汉奸道："中国海面，很是延长，林制台只能管一广东，不能带管别省，别省的督抚，哪里个个像这位林公，此省有备，好攻那省，总有破绽可寻；而且中国的京师，是直隶，直隶也是沿海省分，若能攻入直隶海口，比别省好得多哩。"为虎作伥，煞是可恨！伯麦闻言大喜，遂率舰队三十一艘，向北进驶。

则徐探悉英舰北去，飞咨闽、浙各省，严行防守。闽督邓廷桢，早已布置妥帖，预募水勇，在洋巡逻，见英船驶近厦门，水勇便扮做商民模样，乘夜袭击，行近英舰，突用火罐喷筒，向英舰内放入，攻坏英舰舵帆，焚毙英兵数十。英兵茫无头绪，还道是海盗偷袭，连忙抵敌，那水勇却荡着划桨，飞报内港去了。伯麦修好舵帆，复进攻厦门。金厦兵备道刘曜春，早接水勇禀报，固守炮台，囊沙叠垣，敌炮不能洞穿，那炮台还击的弹力，很是厉害，响了数声，把敌舰轰坏好几艘。伯麦料厦门也不易入，复趁着东北风，直犯浙海。

浙海第一重门户，便是舟山，四面皆海，无险可扼。浙省官吏，又把舟山群岛，看作不甚要紧的样子。英舰已经驶至，还疑外国商舶，毫不防备。当沿海戒严时，就使是外国商舶，亦须稽查，况明明是兵舰乎？英人经粤、闽二次惩创，还不敢陡然登岸，只在海面游弋。过了两三天，并没有兵船出来袭击，遂从群岛中驶入，进薄定海。定海就是舟山故地，因置有县治，别名定海，后来遂把定海舟山，分作两地名目。定海设有总兵，姓张名朝发，平时倒也怀着忠心，只谋略却欠缺一点，褒贬无私。不去袭击外洋，专知把守海口。英舰二十六艘，连樯而进，朝发方下令防御。中军游击罗建功，还说外洋炮火，利水不利陆，请专守城池，不必注重海口。越是愚夫，越说呆话。朝发道："守城非我责任，我专领水师，但知扼住海口，不令敌兵登岸，便算尽职。"随督师出港口。

英将遣师投函，略说"本国志在通商，并非有意激战，只因广东林、邓二督，烧我鸦片烟万余箱，所以前来索偿。若赔我烟价，许我通商，自应麾兵回国"等语。朝发叱回，令军士开炮轰击，英舰暂退。翌晨，英舰复齐至港口，把大炮架起桅樯上面，接连轰入，势甚凶猛。港内守兵，抵挡不住，船多被毁。朝发尚冒死督战，左股上忽中一弹，向后晕倒，亲兵赶即救回，于是纷纷溃退。

第五十一回　林制军慷慨视师　琦中堂昏庸误国

英兵乘胜登岸,直薄定海城下。定海城内无兵。知县姚怀祥,遣典史金福,招募乡勇数百,甫至即溃。怀祥独坐南城上,见英兵缘梯上城,奔赴北门,解印交仆送府,自刎死。朝发回至镇海,亦创重而亡。

败报到京,道光帝即命两江总督伊里布,赴浙视师。伊里布尚未抵浙,英将伯麦,复遗书浙抚,浙抚乌尔恭额,料知书中没甚好话,不愿拆阅,竟将原书发还。伯麦方拟进攻,适领事义律至军,请分兵直趋天津。伯麦依言,遂与义律率军舰八艘,向天津进发。

道光帝因定海失守,未免忧虑,常召王大臣会议。军机大臣穆彰阿以诏谀得宠,平时与林则徐等,本不相和协,至是遂奏林则徐办理不善,轻开战衅,宜一面惩办林则徐,一面再定和战事宜。又是一个和坤。道光帝尚在未决,忽由直隶总督琦善,递上封奏一本,内称"英国兵船,驶至天津海口,意欲求抚。我朝以大字小,不如俯顺外情,罢兵息事为是。此等言语,最足荧惑主听。且粤督林则徐,办理禁烟,亦太操切,伏乞皇上恩威并济,执两用中"等语。道光帝览了奏牍,又去召穆彰阿商量。穆彰阿与琦善,本是臭味相投的朋友,穆彰阿要害林则徐,琦善自然竭力帮忙。况且这班奸臣,屈害忠良,是第一能手,欲要他去抵御外人,他却很是怕死,一些儿没能耐。

相传义律到津,直至总督衙门求见,琦善闻英领事来署,当即迎入,义律取出英议会致中国宰相书,交与琦善。琦善本由大学士出督直隶,展开细瞧,半字不识,随令通事译读。首数句无非说东粤烧烟,起自林、邓二人,春间索偿,被他诟逐,所以越境入浙,由浙到津。琦善听了,尚不在意。后来通事又译出要约六条,随译随报。看官!你道他要求的是什么款子?小子——开录如下:

第一条　赔偿货价。
第二条　开放广州、福建、厦门、定海、上海为商埠。
第三条　两国交际,用平等礼。
第四条　索赔兵费。
第五条　不得以英船夹带鸦片累及居留英商。
第六条　尽裁洋商(经手华商)浮费。

琦善听毕,沉吟了好一会,方向义律道:"汝国既有意修和,那时总可商议。明日请贵兵官来署宴叙便了。"义律别去。次日,琦善令厨役备好筵宴,专待客到。约至巳牌时候,英国水师将弁二十余人,统是直挺挺雄赳赳的走入署中。琦善接入,见他们威武非凡,不由的心头乱跳。见了二十多人,便已畏惧,若多至十倍百倍,定然向他下拜了。英兵官虽不能直接与他谈论,然已瞧透他畏怯情状，便箕踞上坐，命随来的通事传说，"本国已发大兵若干万，炮船若干艘，即日可到中国。若中国不允要求，请毋后悔！"这番言语，吓得琦善面色如土，忙央通事说情，愿为转奏。英将弁眉飞色舞，乐得大嚼一回，吃他个饱。席散后，琦善便据事奏陈，当由穆彰阿一力推荐，道光帝便命琦善赴粤查办。琦善闻命，即与英领事义律，约定赴粤议款。义律等徐返舟出，琦善入京听训，造膝密陈，廷臣多未及闻知。迨琦善出京，部中接山东巡抚托浑布奏报，略称："义律等自津回南，路过山东，接见时很是恭顺。大约为自己写照。今因琦中堂赴粤招抚，彼亦返粤听命"云云。嗣又接到伊里布奏本，据说"与英人订休战约，愿还我定海"等语。部臣方识琦善、伊里布，统是一班和事老。有几个见识稍高，已料到后来危局，然内有穆彰阿，外有琦善、伊里布，内外朋比，说亦无益，还是得过且过，做个仗马寒蝉。这也难免误国之罪。

这且慢表，且说林则徐方加意海防，严缉私贩，每月获到贩烟人犯，总有数起，则徐一一奏闻。起初接到廷寄，多是奖勉的话头，一日，传到京抄，上载大学士琦善奉旨赴粤查办，则徐不禁浩叹，正扼腕间，又接批发奏折的朱谕道：

外而断绝通商，并未断绝；内而查拿犯法，亦不能净尽。无非空言搪塞，不但终无实济，反生出许多波澜。思之曷胜愤懑，看汝又以何词对朕也。特谕。

则徐览毕无语。幕友在旁瞧着，不禁气愤，随道："大帅这般尽力，反得这般批谕，令人不解。"则徐叹道："信而见疑，忠而被谤，古今来多出一辙。林某自恨不能去邪，所以遭此疑谤。现既奉谕申斥，不得不自去请罪。"随即磨墨濡毫，草拟请罪折子，并加附片，愿戴罪赴浙，投营效力，当下交给幕友誊清，即日拜发。甫发奏折，又来严旨一道：

前因鸦片烟流毒海内，特派林则徐驰往广东海口，会同邓廷桢查办。原期肃清内地，断绝来源，随地随时，妥为办理。乃自查办以来，内而奸民犯法，不能净尽；外而私贩来源，并未断绝。本年福建、浙江、江苏、山东、直隶、盛京等省，纷纷征调，糜饷劳师。此旨林则徐办理不善之所致。林则徐、邓廷桢着交部分别严加议处。两广总督，着琦善署理，未到任以前，着怡良暂行护理。钦此。

越数日，大学士署理两广总督琦善到任，此时粤督印信，已由林则徐交与怡良；怡良复交与琦善。琦善接印在手，别样事不暇施行，先查刺林则徐罪状，怎奈遍阅文书，无瑕可摘；随召水师提督关天培，总兵李廷钰等入见，责他首先开衅，此后须要格外谨慎，方可免咎。关、李等气愤填胸，只因总督系顶头上司，不好出言辩驳，勉强答应而退。琦善摆着钦差架子，也不出送。

忽巡捕传进英领事义律来文，琦善忙即展阅，阅罢，急下令将沿海兵防，尽行撤退；并旧募之水勇渔艇，一律解散。还是怡良闻着此信，赶到督署探问，琦善把义律来书，交与怡良瞧阅，口中却说道："兄弟并不是趋奉洋人，只圣上已经主抚，不得不从圆一点。照英领事的书中，要我退兵，我只得把兵撤退，推诚相与，方好成全抚议。"明明是畏敌如虎，反说得与己无涉。怡良道："夷情叵测，不可不防，还求中堂明察！"琦善拈须笑道："兄弟在直隶时，已与义律面约休战，还怕什么？"小骗碰着大骗。怡良无可再说，随即告别。

琦善方欣欣得意，专等义律来署议款。等了数日，毫无消息，只有属员来报，或说是获住汉奸，或说是捕到私贩，或说是英舰出入海口，侦探虚实。惹得琦善生起，大怒道："好好一个中国，都被这等混帐东西，闹成这种模样。是自己说自己。此后若再来尝试，定不姑贷！"属员碰着这个钉子，大家都回到衙中，吃着睡着，乐得安逸，不管闲帐。

琦善又招了一个粤人鲍鹏，作为翻译官，差他往来传信。鲍鹏曾在西商处，充过买办，为义律所奴视，琦中堂偏当他作奇材看待，言无不听，计无不从，因此义律越知琦善无能，日夜增船橹，造攻具，招纳叛亡，准备角战。琦善却一些儿不防，一些儿不备，只叫鲍鹏催促义律复音。

这日，鲍鹏带来复文一角，琦善即命鲍鹏译出，内说："前索六款，统求准议，还请割让香港一岛，畀英国兵商寄居，是否限三日答复！"这封书，便是外人所说哀的美敦书，是挑战的意思。琦善顿足道："这都是林则徐闯出来的祸祟，他既要我准他六款，还要什么香港一岛，如何是好？"鲍鹏道："香港是海口荒岛，就使允给了他，也没甚要紧。"分明是个汉奸。琦善道："这个却未便照准。"鲍鹏道："书中限期，只有三日，三日不复，他便要率兵进港来了。"琦善道："你却去对英领事说，叫他静心伺候，待我出奏，再行答复。"鲍鹏应命而去。琦善却令幕宾修了一个模糊影响的奏折，拜发出去。

隔了两宿，鲍鹏回报义律不肯遵命，说是："且开了仗，再好议和。"琦善大惊，正在慌张，沙角炮台将陈连升，赍文请援，琦善不愿发兵，仍遣鲍鹏赴英舰议和。鲍鹏阳虽应命，暗中却往别处耽搁了好几天，琦善还道他磋磨和议，不加着急，忽由飞骑来报："陈副将连升，与英兵开战，轰毙英兵四百多人，后因火药倾尽，力竭身亡，连升子举鹏与千总张清鹤，统已阵殁。沙角炮台，已失陷了。"琦善道："有这么事！"竟像做梦。接连又报："大角炮台，亦被英人陷没，千总黎志安，受伤出走。"琦善皱眉道："我已着鲍鹏去止英兵，怎么鲍鹏不来，英兵只管进攻。"

语未毕，署外传进手本，乃总兵李廷钰求见。琦善道："我没有传他回省,他来做什么?"真是昏蛋。传递手本的巡捕,答称李镇台说有紧急事情,因此进省禀见。琦善方命传入,相见毕,廷钰禀道:"沙角、大角两炮台,俱已陷落,英兵已进攻虎门,请大帅急速发兵,由卑镇带去把守!"琦善道:"我奉旨前来议抚,并不是与英开战,怎好添兵寻衅?"梦人说梦话。廷钰道:"英兵不愿就抚,奈何?"琦善道:"我已着鲍鹏前去相商,谅无不成,明后日便可没事,老兄不必过虑!"廷钰道:"大帅不要过信鲍鹏,鲍鹏前曾私贩烟土,犯过罪案,倘再被他通洋舞弊,恐怕祸患不浅。"琦善闭着目,只是摇头。廷钰下泪道:"虎门系粤东门户,虎门一失,省城万不能保。廷钰等死不足惜,大帅恐亦未便。"说到这一句,琦善方张目道:"据你说来,是必要添兵的。现调兵二百名,给你带去,可好么?"廷钰道:"二百名不够分布。"琦善道:"再添三百,凑成五百,想总够了。"好像买卖人论价,可笑之至。廷钰方起身告辞,琦善又道:"老兄带了五百兵出去,只可黑夜中潜渡,若被英人得知,责我添兵,那时万不肯就抚了。"廷钰又气又笑,告别出外,急赴虎门守威远炮台去了。

　　琦善正遣发廷钰出署,见鲍鹏进来,好像得了宝贝,忙问抚议如何?鲍鹏答称义律必欲照约,方许退兵。琦善道:"你如何今日才来?"鲍鹏道:"卑职前日奉命前去,义律只是不见,守候数日,方得见他,磋商许久,仍无成议。只是请大帅允准要约,非但把炮台归还,连定海亦即交付。"琦善道:"你再去与他商议,前六款中,烟价偿他若干,广州可以开放,香港亦可婉商,余事待后再谈。"鲍鹏去了一会,又回报:"义律已经首肯,请大帅出订和约。"琦善道:"话虽如此,但我尚未奏准,如何与他订约?"鲍鹏道:"可去订一草约,然后奏准未迟。"琦善从鲍鹏言,借查阅炮位为名,与义律会于莲花城,愿偿烟价七百万圆,并许开放广州,割让香港。义律亦许归还定海,及沙角、大角两炮台。双方议定草约,琦善还署,即咨伊里布接收定海,一面即据义律来文,说出不得不抚情形,奏达清廷。

　　道光帝未经大创,安肯遽允?即命御前大臣奕山为靖逆将军,提督杨芳、尚书隆文为参赞大臣,赴粤剿办,并降旨道:

　　　　览奏,曷胜愤懑。不料琦善怯懦无能,一至于此!该夷两次在浙江、粤东肆逆,攻占县城炮台,伤我镇将大员,荼毒生民,惊扰郡邑,大逆不道,覆载难容。无论缴还定海,献出炮台之语,不足深信。即使真能退地,亦只复我疆土,其被戕之官兵,罹害之民人,切齿同仇,神人共愤;若不痛加剿洗,何以伸天讨而示国威?奕山、隆文兼程前进,迅即驰赴广东,整我兵旅,歼兹丑类!务将首从各犯,通夷汉奸,槛送京师,尽法处治。至琦善身膺重寄,不能声明大义,拒绝要求,竟甘受其欺侮,已出情理之外;且屡奉谕旨,不准收受夷书,胆敢附折呈递,代为恳求,是何居心？且据称同城之将军、都统、巡抚、学政及司道府县，均经会商，何以折内阿精阿、怡良等，并未会衔？所奏显有不实，琦善着革去大学士，拔去花翎，仍交部严加议处！钦此。

琦善接旨，不由的身子发抖，又闻伊里布亦奉饬回任，料知朝廷变了和议，将来如何答复英人？惶急了数天，忽又接到京中家报，说是家产都要籍没了，心中一急，昏晕倒地，不省人事。家不可忘，国恺可卖。正是：

内家而外国，义本同休戚；
误国即误家，身败名亦裂。

未知琦善性命如何，请看下回分解。

焚烟之举，虽未免过激，然使省省有林、邓，则善战善守，英何能为？且但患畏葸，不患孟浪，本出自宣宗之口，林、邓二公，不过奉上而为之耳。何物穆彰阿，敢行炀蔽，妨贤病国，纵敌殃民，弛一日之大防，酿百年之遗毒。不知者谓鸦片之祸，起自林文忠，其知者则固谓在彼不在此也。琦善奸党，右穆左伊，骖车实，长寇仇，莫此为甚。读此回，令人惋惜，又令人愤激；虽本事实之不平，亦由抑扬之得体。

第五十二回　关提督粤中殉难
　　　　　　奕将军城下乞盟

却说琦善闻家产籍没，顿时昏绝，经家人竭力施救，方渐渐苏醒，垂着泪道："早知英人这样厉害，朝局这样反复，穆中堂这样坐视，我也不出来了。"悔已无及。于是再召鲍鹏密议。鲍鹏道："大人不必着急！总叫得英人欢心，不与大人为难。后事归后人处置，大人即可脱然无累了。"琦善思前想后，亦没有救急法子，只得搜罗歌女，摆列盛筵，时常请英使享宴，迁延时日，这英领事义律，及英将伯麦等抱着始终不让的宗旨，外面却与琦善周旋，大饮大吃，酒酣耳热，还抱着歌女取乐。广东咸水妹，想是从此而起。正在花天酒地时候，朝旨已下，琦善接读朝旨，方悉家产籍没的原因，实是怡良一奏而起。小子先录登当时的上谕道：

香港地方紧要，前经琦善奏明，如或给与，必致屯兵聚粮，建台设炮，久之觊觎广东，流弊不可胜言；旋又奏请准其在广东通商，并给与香港泊舟寄住。前后自相矛盾，已出情理之外；况此时并未奉旨允行，何以该督即令其公然占踞。览怡良所奏,曷胜愤懑!朕君临天下,尺土一民,莫非国家所有,琦善擅予香港,擅准通商,胆敢乞朕格外施恩,且伊被人恐吓,奏报粤省情形,妄称地理无要可扼,军器无利可恃,兵力不坚,民心不固,摘举数端,危言要挟,不知是何肺腑?如此辜恩误国,实属丧尽天良。琦善着即革职拿问,所有家产,即行查抄入官!钦此。

琦善读毕,眼泪复如泉水涌下,随道:"我与怡良,无仇无隙,如何把我参奏?且他的奏稿中,不知说的什么话,真是可恨!"责人不责己。当下着人到抚署中,抄出怡良奏稿,回报琦善,由琦善接瞧道:

  自琦善到粤以后,如何办理,未经知会到臣,忽外间传说"义律已在香港出有伪示,逼令彼处民人,归顺彼国"等语。方谓传闻未确,蛊惑人心,随据水师提督转据副将禀抄伪示前来,臣不胜骇异。惟大西洋自前明寄居香山县属之澳门,相沿已久,均归中国之同知县丞管辖,而议者犹以为非计,今该夷竟敢胁天朝士民,占踞全岛,该处去虎门甚近,片帆可到,沿海各州县,势必刻刻防闲,且此后内地犯法之徒,必以此为藏纳之薮,是地方既因之不靖,而法律亦有所不行;更恐犬羊之性,反复无常,一有要求不遂,必仍非礼相向,虽欲追悔从前,其何可及?伏思圣虑周详,无远不照,何待臣鳃鳃过计。但海疆要地,外夷公然主掌,并敢以天朝百姓,称为英国之民,臣实不胜愤懑!第一切驾驭机宜,臣无从悉其颠末,惟于上年十二月二十八日,钦奉谕旨,调集兵丁,预备进剿,并令琦善同林则徐、邓廷桢妥为办理,均经宣示。臣等晤见时,亦请添募兵勇,以壮声威,固守虎门炮台,防堵入省要隘。今英夷窥伺多端,实有措手莫及之势。现既见有夷文伪示,不敢缄默,谨照录以闻。

琦善瞧完,又气又惧,急得手足冰冷。忽有水师提督关天培,递来急报,说:"英舰复来攻虎门,请派兵速援!"琦善此时,已如死人一般,还有什么心思去顾虎门?随把急报搁起,一概不管。

原来英领事义律,已闻清廷主战消息,与伯麦定议续攻,趁奕山、杨芳、隆文等未曾到粤,即调齐兵舰,高扯红旗,向虎门进发。水师提督关天培,正守靖远炮台,一面飞速请援,一面督军防御;遥见英舰如飞而至,天培督令军士开炮,炮声数响,倒也击着英舰数艘,可恨未中要害,只把铁甲上面,打破了几个窟窿。英舰冒险冲入,两下里炮声震天,轰个不住。天培手下,多中炮倒毙,只望援军前来接应,谁知相持多时,毫无援音。英舰得步进步,所发炮弹,越加接近,宛如雨点雷声,没处躲避,蓦然间一颗飞弹,从天培头上落来,天培把头一偏,那弹正中左臂,接连又是数颗弹丸,把天培身边几个亲兵,大半击

第五十二回　关提督粤中殉难　奕将军城下乞盟

倒。兵士便哗乱起来，你逃我走，个个要管自己的性命。天培左臂受伤，已忍痛不住，又见兵士纷纷溃败，大呼道："英人可恶，琦善可恨！天培从此殉国了。"一恨千古。就将手中的剑，向颈上一抹，一道魂灵，直升天府。

英人乘胜登岸，占据了靖远炮台，转攻威远、横档两炮台。两炮台上的守兵，已自闻风奔溃，总兵李廷钰，副将刘大忠，禁止不住，也只得退走。眼见得两炮台尽陷，虎门失守，英人将虎门各隘，所列大炮三百余门，及上年林则徐购得西洋炮二百余门，统行夺去；并且长驱直入，进薄乌涌。乌涌距省城只六十里，镇守员是总兵祥福，率同游击沈占鳌，守备洪连科竭力拒战。杀了一两日，寡不敌众，弹药又尽，祥总兵及麾下二将，临敌捐躯，同时毕命，大帅怕死，裨将虽死无益。省城大震。幸亏参赞大臣杨芳，率湖南兵数千至城内，杨参赞素有威名，人心赖以少安。

是时畏懦无能的琦善，已由副都统英隆，奉旨押解进京，只怡良尚任巡抚，即与杨芳相见。当下谈起琦中堂议抚事情，怡良道："琦中堂在任时，单信任汉奸鲍鹏，堕了英领事义律诡计，一切措置，力反林制台所为。林制台处处筹防，琦中堂偏处处撤防，所以英人长驱直入。现在虎门险要，已经失去，乌涌地方，又复陷落，省城危急异常。幸逢参赞驰至，还好仗着英威，极力补救。"杨芳道："琦中堂太觉糊涂，抚议未成，如何就自撤藩篱？现在门户已撤，叫杨某如何剿办？看来只好以堵为剿，再作计较。"怡良道："英兵已入乌涌，海面不必讲了，现只有堵塞省河的办法。"杨芳道："省河有几处要隘？"怡良道："陆路的要隘，叫作东胜寺；水路的要隘，叫作凤凰冈。"杨芳道："这两处要隘，有无重兵防守？"怡良道："向来设有重兵，被琦中堂层层撤掉，琦中堂被逮，兄弟方筹议防守。但陆兵尚敷调遣，水师各船，被英人毁夺殆尽，弄到无舰可调，无炮可运，兄弟正在焦急哩。"杨芳道："舰队已经丧失，且扼守河岸要紧。"遂派总兵段永福，率千兵扼东胜寺；总兵长春，率千兵扼凤凰冈。两将才率师前去，探马已飞报英舰闯入省河。杨芳拟自去视师，遂起身与怡良告别，带了亲兵数百名，亲到河岸督战；行近凤凰冈，遥闻炮声不绝，知已与英兵开仗，忙拍马前进到凤凰冈前，见总兵长春，正在岸上耀武扬威，督兵痛击，英舰已向南退去。杨芳一到，长春方前来迎接，由杨芳下马慰劳一番，再偕长春沿河巡视，远望南岸河身稍狭，颇觉险要，便向长春道："那边却是天然要口，为什么不见守兵？"长春答道："河身稍狭的区处，便是腊德及二沙尾，闻林制军督师时，曾处处驻兵，后来都由琦中堂撤去，一任英使出入，所以空空荡荡，不见一兵。"杨芳刚在叹息，忽见南风大起，潮水陡涨，忙道："不好！不好！"急传令守兵，一齐整队，排列岸上。杨果勇，不愧将材，可惜大势已去。长春问是何意？杨芳向南一指，便道："英舰又乘潮来也。"长春望将过去，果见一大队轮船,隐隐驶入,比前次更多一二倍,连忙令军士摆好炮位,灌足火药,准备迎击。

顷刻间,英舰已在眼前,即令开炮出去,扑通扑通的声音,接连不断,河中烟雾迷蒙,弹丸跳掷。那英舰仗着坚厚,只管冲烟前进,还击的飞炮火箭,亦很猛烈。杨芳、长春两人,左右督战,不许兵士少懈。两边轰击许久,潮亦渐退,英舰方随潮出去。杨芳道:"真好厉害! 外人这般强悍,中国从此无安日了。"知几之言。是夜,即在凤凰冈营内暂宿。

次晨,美国领事到营求见,由兵弁入报。杨芳道:"美领事有什么事情,要来见我?"迟了半晌,方命兵弁请美领事入营。两下相见,分宾主坐定,各由通事传话。美领事先请进埔开舱。杨芳道:"我朝与贵国,本没有失好意见,上谕原准贵国通商,只是英人猖獗异常,与我寻衅,所以连累贵国。这是英人不好,并非我国无情。"美领事道:"闻英人亦不欲多事,只因天朝不准通商,两边误会,才有此战。窃想通商一事,乃天朝二百年来恩例,何妨一例通融,仍循旧制。"杨芳道:"我朝原许各国通商,宁独使英人向隅? 奈英人私卖违禁的鸦片,不得不与他交涉。且英人很是刁狡,今朝乞抚,明朝挑战,如何可以通融?"美领事道:"这倒不妨。英领事义律,已有笔据呈交呢。"随取出义律笔据,交与杨芳。杨芳瞧着,乃是几行汉文,有"不讨别情,惟求照常贸易,如带违禁货物,愿将船货入官"等语,便道:"照这笔据,似还可以商量。但英商再有贩运违禁货物,那便怎么处置?"美领事道:"英国商人,并未随同兹事,若准他通商,货船便即入口,就使英兵要战,英商也是不肯,反可制服兵船,岂不是敛兵息争的好么?"杨芳道:"贵领事既与他说情,本大臣就替他奏请便是。只英舰不得无故闯入,须等上谕下来,或和或战,再行答复。"美领事应诺而去。

杨芳回省与怡良商议,彼此意见相同,遂联衔会奏,大旨以敌入堂奥,守具皆乏,现由美领事为英缓颊,姑借此羁縻,为退敌收险之计。此奏很是。这奏一上,总道廷旨允从,失之东隅,还可收之桑榆,谁知道光帝偏偏不依,真正气数。竟下旨严斥道:

> 览奏,愤懑之至! 现在各路征调兵丁一万六千有余,陆续抵粤,杨芳乃迁延观望,有意阻挠,汲汲以通商为请,是复蹈琦善故辙,变其文而情则一,殊不可解。若如此了结,又何必命将出师,征调官兵。且提镇大员,及阵亡将弁,此等忠魂,何以克慰? 杨芳、怡良等,只知迁就完事,不顾国家大体,殊失朕望,着先行交部严议。奕山、隆文经朕面谕一切,必能仰体朕意,现已到粤,兵多粮足,自当协力同心,为国宣劳,以膺懋赏,断不准提及通商二字,坐失机宜,此次批折,着发给阅看。钦此。

第五十二回　关提督粤中殉难　奕将军城下乞盟

是时靖逆将军奕山，及参赞隆文，还有总督祁𤧛，俱已到粤，杨芳接见，便与叙起战事利害，及奏请羁縻缘由。奕山道："皇上的意思，是决计主剿，所以参赞出奏，致遭严斥。兄弟亦知粤东空虚，但难违上命，奈何？"祁𤧛道："闻得前时林制军，办理的很是严密，何妨请他一议！"奕山点头称善，当由祁𤧛取出名刺，去请林则徐。

原来林则徐虽已被遣，尚未离粤，闻祁𤧛相邀，随即入见。祁𤧛引他见了奕山，奕山便问防剿事宜。则徐道："现在寇入堂奥，剿堵两难。省城又是卑薄得很，无险可扼，欲要挽回大局，很不容易。只有暂时设法羁縻，计诱英舰，退至猎德二沙尾外面，连夜下桩沉船，用重兵大炮把守，令他无从闯入。一俟风潮皆顺，苇筏齐备，再议乘势火攻，方出万全。"奕山默然不答。意中还不以为然，想总要吃个败仗，方觉爽快。祁𤧛道："闻省河一带，都有英船出没，如何诱他出去？"则徐道："那总有法可想。"祁𤧛道："这却还仗大力。"则徐道："林某在粤待罪，恨不将英人立刻驱逐，奈因琦中堂处处反对，无能为力，负罪愈深。今日得公等垂青，林某敢不效死。"忠忱贯日。言未毕，外面报圣旨下来，要林公出接。则徐忙出去接旨，系授则徐四品京堂，驰赴浙江会办军务。则徐束装即行，粤东失了臂助。

义律待了多日，未见杨芳复音，复来催索烟价。奕山叱回，即欲发兵出战。杨芳谏道："兵船未备，水勇未集，此时不宜浪战，还请固守为是！"奕山道："各省兵士，已调集一万七千名，粤兵亦有数万，若再顿兵不战，上头亦要诘责，只好与他拼一死战便了。"若能与他拼一死战，也不失为忠臣，只怕是空说大话。于是令提督张必禄，屯西炮台，出中路，杨芳由泥城出右路，隆文屯东炮台，出左路；并遣四川客兵，及祁𤧛所募水勇三百名，驾着小舟，携火箭喷筒，驶出省河，突攻英船。英船不及防备，被焚桅船二只，舢舨船二只，小船五只，英兵亦毙了数百名，并误伤美人数十。又开罪美国了。奕山闻报，正欣喜过望，慢着！忽递到败耗，说是英兵来打回复阵，把我兵轮三艘毁去，我兵败退，英舰已闯入十三洋行面前，奕山又忧虑起来。忽喜忽忧，活绘出一个庸帅。次日，探马又飞报英兵大至，天字炮台守将段永福败走，炮台被陷，炮台上面的八千斤大炮，都被英人夺去；接着又报泥城炮台守将岱昌及刘大忠，亦已败退。奕山搓手道："不得了！不得了！"何不出去死战？忙檄两参赞及张必禄回守省城。自己不敢出战，到也罢了，还要调回别人保护自己，真是没用的东西！

公文才发，又接到紧急军报，据称："港内筏材油薪船，并水师船六十多艘，统被英兵及汉奸烧尽。现在英兵已进攻四方炮台了。"奕山此时，好像兜头浇下冷水，一盆又一盆，身子都冷了半截，免不得上城瞭望。目中遥见火光烛天，耳中隐闻炮声震地，他在城上踱来踱去，急得愁肠百结，突见东南角上有旗号展出,后面随着许多人马,不觉大惊,险些儿跌下城来,仔细一瞧,乃是自己兵队,方略定了一定神。等到兵马已到城下,后队乃是两参赞押着,忙即下城,开门延入。杨芳道:"四方炮台,据省城后山,为全城保障,现闻英兵进攻,参赞等正思驰援,因奉调回来,不敢违命。好在城中尚无要事,待杨某出去救应。"奕山道:"不,不必。昨日闽中到有水勇,已由祁督遣调往援,此刻城中吃紧,全仗诸公保护,千万不要离城。"

正议论间,探报四方炮台,又被英人夺去。杨芳着急道:"怎么如此迅速!杨芳都着急起来,我知这位奕将军,恐怕连话都说不出了。四方炮台一失,敌兵据高临下,全城军民,如坐阱中,奈何奈何?"奕山道:"这这这,全仗杨杨果勇侯,出出力保全。"杨芳不暇答应,急率军士登城固守,布置才毕,城北的火箭炮弹,已陆续射来。杨芳亲至城北督防,兀坐危楼,当着箭弹,终日不退。老天恰也怜他忠心,镇日里大雨倾盆,把英人射来的火器,沾湿不燃。城中人心,稍稍镇定。

看官!你道英人何故这么强?粤兵何故这么弱?小子细查中外掌故,方知英领事义律,虽是求抚,暗中却屡向本国调兵。水军统帅伯麦,早到中国,经过好几次战仗,上文统已叙明;陆军统帅加至义律,亦到粤多日;这时候复来了陆军司令官卧乌古,带了好几千雄兵,来粤助阵,所以英兵越来得厉害。这边粤中将弁,因海口已失,心中早已惶惧;奕山又是个纸糊将军,名目新鲜。并不敢出去督战。大帅安坐省城,将弁还肯尽力么?因此英兵进一步,粤兵退一步;英兵越进得猛,粤兵越退得远。炮台失了好几个,兵船军械,夺去无数,将弁恰是一个不伤。应为将弁贺喜。奕山住在围城中,既不敢战,又不敢逃,只好虚心下气,向属员问计。苦极!还是广州知府余保纯,献了一个救急的妙法子,无非是"议和讲款"四字。当由余保纯出去议款,经了无数口舌,复由美利坚商人,居中调停,定了四条款子,开列如下:

第一条　广东允于烟价外,先偿英国兵费六百万圆,限五日内付清。
第二条　将军及外省兵,退屯城外六十里。
第三条　割让香港问题,待后再商。
第四条　英舰退出虎门。

余保纯回报奕山,奕山唯唯听命。遂搜括藩运两库,得了四百万圆,还不够二百万圆,由粤海关凑足,缴付英人。一面又下令出城,退屯六十里外的小金山。杨芳敢怒而不敢言,只请留城弹压,奕山也没有工夫管他,径自出去。隆文随着出城,心中也愤恚万分。到了小金山,隆文生起病来,竟尔逝世。小子叙到此处,也叹息不置,随笔成一七绝道:

> 主和主战两无谋，庸帅何能建远猷？
> 城下乞盟太自馁，西江难濯粤中羞。

和议已定，英人曾否退兵？且待下回再详。

去了一个琦善，又来了一个奕山。清宣宗专信满人，以致专阃诸帅，多属庸驽，虽以老成历炼之杨芳，屡建奇绩，荐膺侯爵，至此发言建议，犹不能邀宣宗之信用；彼关天培辈，宁尚值宸衷一顾？忠愤者徒自捐躯，狡黠者专图幸免，边事之坏，自在意中。观琦善之被逮，为之一快；继任者为一奕山，又为之一叹。关天培等之殉难，为之一恸；杨芳、怡良会奏之被斥，尤为之一惜。至城下乞盟，愿允四款，更不禁涕泪交垂矣。书中自成波澜，阅者心目中，应亦辘轳不置。

第五十三回　效尸谏宰相轻生　失重镇将帅殉节

却说英国兵舰，自收到兵费后，总算拔椗出口，慢慢儿的退去，从佛山镇取道泥城，经萧关、三元里。三元里里民，因英人沿途肆掠，愤愤不平，遂纠众拦截，竖起平英团旗帜，把英兵围住。英兵终日冲突，不能出围，统帅伯麦亦受伤。义律亟遣汉奸混出围场，遗书余保纯求救。保纯亟率兵往解，翼义律等出围，始得脱去。奕山不敢实奏，捏称："焚击英船，大挫凶锋，义律穷蹙乞抚，只求照旧通商，永不售卖鸦片，惟追交商欠六百万圆。当由臣等与他议约，令他退出虎门外面。"道光帝高居九重，只道奕山是亲信老臣，不至捏饰，当下准奏，谁知他是一片鬼话。杨芳奏请抚议，并不要六百万偿银，反加中斥；奕山饰词上告，将赔偿兵费之款，捏称追交商欠，虽改重从轻，而偿银总是确实，乃反准奏不驳，谓非重满轻汉而何？

朝中只恼了一个大学士王鼎，上了一道奏章，说："抚议万不可恃，将军奕山，其偿银媚外罪，较琦善尤重。"这篇奏牍，好似朝阳鸣凤，曲高和寡，哪里能回动圣听？况王鼎是山西蒲城人氏，并非皇帝老子戚族，凭你口吐莲花，总是不肯相信。当时留中不发，后来细问内监，方知道光帝览了奏牍，倒也有点动容，经权相穆彰阿袒护奕山，不说奕山有罪，反说奕山有功，因此把奏章搁起不提。王中堂得此消息，已自愤恨，适廷议追论林则徐罪状，谪戍伊犁，协办大学士汤金钊，因保荐林则徐材可重用，亦遭严谴，连降四级。王中堂料是穆彰阿暗中唆使，气得满腹膨胀，随即嘱咐家人，愿效史鱼尸谏，草了遗疏数千言，历述穆彰阿欺君误国，不亟治罪，大局无安日，海疆无宁岁。结尾有"臣请先死以谢穆彰阿"等语。遗疏写毕，读了一遍，便叹道："奸贼若除，我死亦瞑目了。"当下将遗疏恭陈案上，并用另纸一条，留嘱家人，饬他明日拜发；随望北谢恩，悬梁自尽。其迹似迂，其心无愧。

这一死传到王大臣耳中，很是惊异。穆彰阿是个多心人，料得王中堂无病而逝，必有缘故，然而凭空悬想，总不能摸着头脑，搔头挖耳的想了一会，暗道："有了，有了！"忙饬家仆去召一个谋士。谋士非别，乃是户部主事军机章京聂沄。聂沄一到，穆彰阿嘱他探听王中堂死事。聂沄与王中堂儿子王伉，向来熟识，此番受穆彰阿嘱托，遂借吊丧为名，当夜前去侦察。行过吊礼，由王家仆役引入客厅。聂沄遂私问王中堂死状，王仆遂一五一十，告诉聂沄，并说出遗疏大略。聂沄道："我与你家大少爷，素来莫逆，你去取出遗疏，令我一瞧！"王仆道："现在少爷忙得很，不便通报。"聂沄道："你不必通报少爷，你私下去取了出来，我一瞧过，便好归还。"王仆尚是为难，聂沄允给他千金。俗语说的好："重赏之下，必有勇夫，"况不过盗取一张文牍，稍费手脚，坐得千金，哪里有做不到的道理？王仆去了片刻，即将遗疏取来。聂沄一瞧，吓得瞠目伸舌，便向王仆道："这篇遗疏，亏得未上，若上了这疏，贵东人要惹大祸了。"王仆知识有限，也吃了一惊。聂沄道："我既允你千金，快随我去取！这遗疏由我取去，另换一张方好。"当下不及告辞，匆匆径去。王仆随到聂寓，由聂沄取出笔墨，另写数行，假作王鼎遗疏，付与王仆，复检出银票千两，作为赠资。王仆称谢而去。

聂沄忙把遗疏，转呈穆彰阿。穆彰阿瞧了一遍，说道："险极，险极！这事幸亏有你，你是拔贡出身，还好应试，将来我总设法谢你一个状元。"双手瞒天，无事不可为，区区状元，值得甚么。聂沄欢喜异常，把千金都不提起，直到后来为穆彰阿所闻，方照数给还。待至礼部试期，穆彰阿不忘前言，替他暗通关节。总算信实。偏同考官中有个山西人，本充御史，得了聂沄试卷，竟藏好箧中，上了锁，绝不提起，到填榜时候，主司房考，不得聂卷，相顾错愕。还是御史自说："某夕阅卷，不戒于火，有一卷为火所烬，想来便是聂卷。榜发后，当自议请处了。"好好一个状元，被这侍御送掉，应为聂沄扼腕。嗣后御史自请处分，解职回籍，这位权势赫奕的穆中堂，倒也没法害他，只一手提拔聂沄，历任至太常侍卿，这是后话慢表。

且说奕山与英人议和，单就广东一省，议定休兵息战，此外全不相关。清廷只道是和议已定，可以没事，令江、浙各省裁兵节饷。不意英人仍不肯罢兵，一面率军舰退出虎门，经营香港，规复广东贸易，一面复思借战胜余威，率军北进。适伯麦调印度战舰至粤，遂与义律等决议北犯，途次遇着飓风，撞破

第五十三回　效尸谏宰相轻生　失重镇将帅殉节

坐船。奕山、祁贡等，张皇入告说："英舰漂没无数，浮尸蔽海。"道光帝还疑是海神有灵，饬颁藏香，令祁贡敬谢祷天。可笑！

英政府令大使璞鼎查代义律职，海军少将巴尔克代伯麦职，义律、伯麦回国。璞鼎查、巴尔克，会同卧乌古，带领军舰九艘，汽船四艘，运送船二十三艘，于道光二十一年七月，游弋闽海，进犯厦门。此时邓廷桢已得罪革职，与林则徐同戍伊犁，闽浙总督换了颜伯焘。这位颜制台，颇热心拒外，到任后方督修战备，奈朝旨反令他裁兵节饷，只好缓缓布置。忽闻英兵入犯，急驰至厦门防御；甫到厦门，英舰已闯入鼓浪屿口。颜制台急饬兵开炮，接连炮响，轰沉英国火轮船五艘。英舰反蜂拥齐进，弹丸如雨点般打来。他的炮弹，不是望空乱发，只并力攻一炮台。一台破，再攻一台。厦门口岸，本有炮台三座，起初颜制台防他分攻，也派兵分守，谁知他却一座一座的攻打，这座被毁，那座早已震动。兼且炮台统用砖石砌成，未叠沙垣，弹丸飞至，不是击坍，便是击破。自辰至酉，炮台多半毁坏。英兵用小船驳到岸边，分路登岸，官军不能抵御，水陆皆溃。金门镇总兵江继芸，身中炮弹，落水溺死。副将凌志，署淮口都司王世俊，水师把总纪国庆、杨肇基、季启明等，各力战而亡。英兵据了炮台，反将炮台上面的大炮，移转向北，对着厦门官署轰击，房屋七洞八穿，兴泉永道刘曜春，同知顾效忠，皆遁走。颜制台也只得退守同安。

英兵乘势劫掠，厦民大愤，推陈姓为首，聚集五百人，抗英五千众。英兵用大炮，厦民用抬枪，打了一仗，英兵死了百人，厦民只死三人，因此英兵不敢久驻，仍退泊鼓浪屿。越数日，又进攻厦门，副将林大椿，游击王定国，又被击毙。还亏提督普陀保，总兵那丹珠，督兵力御，击沉英舰一艘，方扬长而去。颜制台初奏厦门失守，旋即报称收复，奉旨责他先事疏防，降三品顶戴留任。

闽海少安，英舰转入浙海。适两江总督裕谦，继伊里布后任，至浙视师。裕钦差任事刚锐，可惜未娴武备。先是调林则徐到浙，亦系由他密荐，则徐方感他知遇，竭力筹防，怎奈遣戍命下，不能逗留。两下相别，彼此洒了几点热泪。裕谦虽非将才，然存心很是忠诚，著书入秉公褒贬，并不以满人少之。会裁兵节饷的上谕，颁到浙江，裕钦差心中，大不谓然，时常遣人侦探英舰动静。忽报英兵在粤，新增战舰，声言将移兵入浙，连忙写好奏本，请清廷转饬奕山，问明何故有英人入浙传言？该英人是否诚心乞抚，抑仍是得步进步故智？谁料廷旨批回，反说："英人赴浙，出自风闻，不足为据，着裕谦仍遵前旨，酌量撤兵，不必为浮言所惑，以至糜饷劳师。"这位裕钦差，看到此语，不禁叹气道："敌常增兵，我反撤兵，两不抖头，可笑可恨！想来总是穆中堂主见。穆彰阿穆彰阿！你要误尽国家了！"

随赴镇海阅防。途中接厦门失陷消息，飞檄定海镇总兵葛云飞，处州镇总兵郑国鸿，安徽寿春镇总兵王锡朋，统兵五千，严守定海。这三位总兵，统是忠肝义胆，葛公云飞，尤智勇双全。云飞系浙江山阴人氏，是武进士出身，超擢至定海镇总兵；道光十九年，丁父忧回籍；二十年，海疆事棘，夺情起用。他因定海先尝陷落，收复后，守备空虚。云飞到任，请三面筑城，环列巨炮，堵住竹山门深港，使不复通舟；且增筑南路土城，与五奎山诸岛相犄角。裕钦差到浙时，颇有心采用，奈朝廷叫他裁兵，嘱他节饷，他若还要筑城增垒，岂不是违拗圣旨？因此把筑城事中止。这时三总兵同到定海，手下兵只有五千。三总兵阅视形势，议扼要驻守。王锡朋愿守晓峰岭，郑国鸿愿守竹山门，道头街一带归葛云飞扼守。惟晓峰岭背面负海，有间道可入，三镇兵只三千名，不敷分派，且炮火亦不够用。由王、葛二公商议，请增派兵船及大炮，堵住间道。

当下飞详镇海，裕谦接到详文，邀浙江提督余步云，共议添兵事宜。步云道："浙江要口，第一重是定海，第二重是镇海，镇海比定海尤为要紧。现在镇海防兵亦只数千，自顾不暇，还有什么兵马炮火可以调遣？"王、葛两总兵，亦有详文到步云处，步云已戒他死守，毋望援兵。三总兵死了。裕谦道："这么一个要紧海口，只有几千兵马！"余步云道："上年恰不止此数，因朝旨屡促裁兵，所以减去三分之一，现在只四千名营兵了。"裕谦道："这正没法可想，只得听天由命。天若不亡浙江，定海应保得住，镇海也可无虑。本大臣以身许国，到危急时，拼死报君便了。"忠有余而智不足，即此可知。

步云退出，战信已到，英兵已来攻定海，驶进竹山门，被我军奋勇迎击，轰断英船大桅杆，英兵已退去了。裕谦稍稍放心。过了两日，又报英兵绕出吉祥门，入攻东港浦，被我炮击却，现英人改由竹山嘴登岸。郑镇台正在截击哩。接连又到紧急文书两角：一角是王总兵锡朋详文，一个是葛总兵云飞详文。裕谦展开一瞧，统是请大营济师，便道："怎么处？怎么处？定海兵尚有五千，此处兵恰只四千，难道三总兵未曾知悉么？若我亲去督战，恐怕镇海没人把守，我看这余军门步云，事事推诿，很是刁猾，恐怕也靠不住呢。现在没处调兵，奈何，奈何？"就将详文搁过一边，只自一人愁眉兀坐。

适值天气沉阴，连日霪雨，弄得越加愁闷，遂出了营，上东城眺望。突见城外招宝山，悬着白旗，不由的慌张起来，便下城去召总兵谢朝恩。朝恩未至，警信又到，乃是晓峰岭失陷，王总兵锡朋，中枪阵亡，寿春营溃散。裕谦正在惊愕，朝恩已踉跄进来，报称竹山门失守，郑总兵亦战殁了。裕谦道："莫非讹传。把王总兵误作郑总兵。"郑、王二姓，百家姓上本是联接，王已先死，郑何能免？道言未绝，外面已递进败耗，确是郑国鸿又死。裕谦道："三总兵已死二人，单剩一个葛云飞，想总支持不住。好！好！三总兵不要怨我不救，看来我也是难保了。"说毕，泪如雨下。朝恩见主帅伤心，也陪了两三点泪珠，一面恰勉强

第五十三回　效尸谏宰相轻生　失重镇将帅殉节

劝慰。裕谦道："我恰不是怕死，若怕死也不来督师了。只可惜三员大将，一朝俱尽，国家从此乏材。还有一桩可疑的事情，招宝山上，如何竖起白旗来？"朝恩道："招宝山上，乃是余提督军营，为什么竖起白旗？卑镇倒也不解。"裕谦道："开战挂红旗，乞和挂白旗，这是外洋各国通例。现在本帅并不要乞和，英兵还未到镇海，那余军门偏先悬白旗，情迹可知。我朝养士二百年，反养出这般卖国的大员来，越叫人痛惜三总兵。"朝恩道："待卑镇去问明提台，再作区处。"朝恩趋出，外面又传报葛总兵云飞阵亡。统用虚写，比实写尤觉凄惨。裕谦此时又悲又恼，悲的是三总兵阵殁，恼的是余步云异心。踌躇一夜，想出一个盟神誓众的法儿。儿戏何益？

待到天明，忽见巡捕进来，呈上手本，说是义勇徐保求见。裕谦问徐保隶何人部下？巡捕答称是葛镇台部下。裕谦遂传令入见。徐保入帐，请过了安，便禀道："葛镇台阵殁，现由小兵舁尸内渡，已到此处。"裕谦问葛镇台阵殁情状，徐保答道："英人从晓峰岭间道攻入，先破晓峰岭，次陷竹山门，王、郑二镇台先后阵亡，葛镇台扼住道头街，孤军激战，镇台手掇四千斤大炮，轰击英兵，英兵冒死不退。镇台持刀步斗，阵斩英酋安突得，无如英兵来得越多，葛镇台拼命督战，刀都斫缺三柄，英兵少却。镇台拟抢救竹山门，方仰登时，突来两三员敌将，夹攻镇台，镇台被他劈去半面，鲜血淋漓，尚且前进；不防后面又飞来一弹，洞穿胸前，遂致殒命。小兵到夜间寻尸，见葛镇台直立崖石下，两手还握刀不放。左边一目，睒睒如生，小兵欲负尸归来，那尸身兀立不动，不能挪移。随由小兵拜祝一番，请归见太夫人，然后尸身方容背负，驾着小船，潜渡至此。"裕谦叹道："好葛公！好葛公！"当下命随员偕了徐保，往去祭奠，并檄大吏护丧还葬，一面飞章出奏。

料理已毕，遂召集部将，设著神位，饬同宣誓，总兵以下，统共到来，独余步云不到。裕谦正思启问，谢朝恩已近前禀道："余军门已差武弁伺候。"裕谦冷笑道："想是本帅不曾亲邀，所以不到。"那边提辕武弁，闻了此语，急忙上前请安，禀称军门现患足疾，特来请假。裕谦摇头道："敌兵到来，那足自然会好了。"既晓得步云异心，如何不先为撤换？叱退武弁，随至神位前祭告。此时牲醴早陈，香烛齐蓺，当由裕钦差下跪叩礼，众将官亦随同跪叩。裕钦差亲读誓文，无非劝勉属下文武，同仇敌忾，倘有异心，神人共殛等语。不求己而求神，简直是捣鬼。方才读罢，猛听得隐隐炮声，自远至近，不由的惊讶起来，便即起身誓众道："本帅的誓文，想大家都已听明，不日间英兵到来，须靠大家同心抵御，有功立赏，有罪立刑。"总兵谢朝恩，先应了声"得令"，众将士也随声附和。裕谦方命军士们撤了神位祭礼，正思向谢朝恩追问招宝山白旗缘故，探马忽报英兵来了。谢朝恩即抽身告辞，裕谦执着朝恩手道："这城屏障，便是招宝山及金鸡岭两处。老兄驻守金鸡岭,本帅很是放心,只有招宝山放心不下。"朝恩道:"这要看朝廷洪福,卑镇愿以死报。"当下由裕谦亲送出营,朝恩匆匆别去。

裕谦遂登陴守城,城下忽来了余步云,由兵士将弁,启门放入。步云径上城来见裕谦,裕谦便道:"军门足疾已愈么?"步云道:"足疾尚未痊可,因敌兵入境,不得不前来请教。"裕谦道:"誓死对敌,此外没有什么法子。"步云道:"敌兵很是厉害,万一挫失,全城要糜烂了。"裕谦道:"这也没法。依你怎么处?"步云道:"据步云愚见,只可暂事羁縻。外委陈志刚,人颇能干,不如叫他前去议抚。"裕谦笑道:"我道军门有什么妙策,城下乞盟的事件,本帅却不愿闻。"步云道:"大帅既不愿议抚,此处恐守不住,只好退守宁波。"裕谦正色道:"敌到镇海,便退宁波,敌到宁波,将退何处?我与军门都受朝廷重任,难道叫我逃走么?"步云碰了一个钉子,下城自去。

约过两三个时辰,遥见招宝山上,已换了英国旗号,裕谦大惊道:"不好了!余步云卖去招宝山了。"果然探马报来,招宝山被陷,余军门不知下落。接着,又报:"英兵攻金鸡岭,谢朝恩击死英兵数百,因招宝山失守,军士惊溃,谢镇台身中数创,也即殉难,金鸡岭又被英人夺去了。"裕谦道:"罢罢罢!"言未毕,英兵已到城下。城外守兵,逃避一空。裕谦下城,解下城防,交副将丰伸泰送与浙抚,自己投奔学宫前,跳入泮池。经家人捞救,已剩得奄奄一息。文武官员,闻裕谦投水,都弃城逃走。只有县丞李向南,冠带自缢。临死对,还有两首绝命诗。其诗道:

> 有山难撼海难防,匪地奔驰尽犬羊;
> 整肃衣冠频北拜,与城生死一睢阳。

> 孤城欲守已仓皇,无计留兵只自伤;
> 此去若能呼帝座,寸心端不听城亡。

英兵遂乘胜入城,踞了镇海。欲知后事,且看下回。

本回以王相国鼎及裕钦差谦为主脑,两人皆清室忠臣,惜乎其为愚忠。王鼎尸谏,无论其遗疏未上,为奸党用贿取去,即使不然,穆彰阿方沐君宠,能一击即倒乎?古人有为国除奸者矣,宁必尸谏?裕谦明知余步云之奸,不能立申军法,如穰苴之斩庄贾,已成大错;且定海孤悬海外,与其万不可守,曷若内捍镇海,自固堂奥,乃以三镇敢死之将,置诸必不可守之城,以两端怀异之人,授以险要必争之地。用隋侯珠,弹千仞雀,卒至两城迭陷,力竭躯捐,虽曰见危授命,于国事究何补焉?故忠固足悯,忠而愚,盖不能无疵云。

第五十四回　奕统帅因间致败
　　　　　陈军门中炮归仁

　　却说英兵入镇海城，悬赏购缉裕谦，因裕谦在日，尝将英人剥皮处死，且掘焚英人尸首，所以英人非常忿恨。其时裕谦经家人救出，舁奔宁波，闻到这个信息，又由宁波奔余姚，裕谦一息余生，至此方才瞑目。进至萧山县的西兴坝，浙抚刘韵珂差来探讯，接着裕钦差尸船，替他买棺入殓。当由刘韵珂据事入奏，奏中并叙及余步云心怀两端等情。看官！你道这余步云究往何处去呢？步云自入城见裕谦后，回到招宝山，见英兵正向山后攀登，他竟不许士卒开炮，即弃炮台西走，先到宁波，继走上虞。生了三只脚，还假称有病。英兵攻入宁波，复犯慈溪，还恐内地有备，焚掠一回，出城而去。

　　清廷闻警，特旨授奕经为扬威将军，侍郎文蔚、都统特依顺为参赞，驰赴浙江防剿；粤抚怡良为钦差大臣，移驻福建，调河南巡抚牛鉴，总督两江，分任南北沿海的守御。奕经奏调川、陕、河南新兵六千，募集山东、河南、江淮间义勇，及沿海亡命徒数万。下手便错。以道光二十二年元旦至杭州，大小官员，出城迎接，不消细说。奕经格外起劲，留参赞特依顺驻守杭州，自己偕参赞文蔚，督兵渡江，进次绍兴。沿途颇也留意招徕，故福建水师提督王得禄，愿至军前投效，奕经嫌他年老，劝他回籍。前泗州知州张应云，入营献计，奕经虚心下问。应云道："英人深入内地，都由汉奸替他导引，其实汉奸所为，不过贪图贿赂，并没有什么恩义相结。现闻宁波绅民，统延颈盼望大军，那班汉奸，又都是本地百姓，若大帅亦悬重赏招抚，汉奸可变作洋谍，大军出剿，使他作为内应，定卜成功。这便是兵法上所说的'因间'二字，敢乞大帅明鉴！"张应云因间之计，并非全然纰谬，但亦视乎善用不善用耳。奕经道："这策恰是很妙，但叫谁人去招呢？"应云道："卑职不才，愿当此任。"奕经大喜，遂议定进兵方略：令参赞文蔚率兵二千，出屯慈溪城北的长溪岭；副将朱贵，参将刘天保，率兵二千，出屯慈溪城西的大宝山，专图镇海；总兵段永福率兵勇四千，偕张应云出袭宁波；故总兵郑国鸿子鼎臣，统率水勇东渡，规复定海；海州知州王用宾，出驻乍浦，雇渔舟渡岱山，策应鼎臣；奕经自率兵勇三千，驻扎绍兴东关镇，接运粮饷，调度兵马。

　　计划已定，各路同时出发，只望旗开得胜，马到成功。谁知郑鼎臣航海东去，遇着大风颠簸，先荡得七零八落，没奈何收兵回来，帆樯已损破不少，总算数千名水勇，还幸生全。王用宾出渡岱山，因鼎臣遇风回航，反致孤军深入。到定海附近，被英人侦悉，放炮的放炮，纵火的纵火，连忙逃回，渔船已一半被毁了。一路完结。

段永福与张应云居然招集许多义勇，又收买汉奸，令为内应，先由段永福伏兵城外，约期正月晦日攻城，偏这汉奸反复无常，阳与张应云联络，暗中却把师期通报英将。两面赚钱，不愧"汉奸"二字。英将巴尔克，忙与濮鼎查商议。濮鼎查是英国有名的谋士，便定了一个将计就计的法子，先期佯开城门，诱段永福入城。亏得永福刁猾，只令前队五百人进去，一入城中，两旁火弹雨下，英兵左右杀出，段军转身就逃。脚长的人，逃出了一半性命，还有一半，统做了宁波城中的炮灰。永福、应云不敢再战，先后奔回东关。两路完结。

还有出屯慈溪的两将，素称骁勇，刘天保欲立首功，先自发兵，甫至镇海城外，就大声呼噪。英兵闻警登城，接三连四的开放大炮，招宝山上的英兵，又发炮相应，凭你刘天保如何勇力，究竟血肉身子，敌不过两边炮弹，只得退回大宝山。朱贵接着埋怨他不先通知，以致败退，刘天保尚倔强不服。不想英兵反水陆并进，来攻大宝山。刘天保扎营山左，朱贵率长子昭南，扎营山右。英兵自右攻入，朱贵麾兵迎击，前队用抬炮数十，更迭激射，击毙英兵三四百名，英兵前仆后继，只是不退。朱贵父子，亦拼命相搏，从辰时战到申时，朱军饥渴交加，单望天保军相救，天保军竟镇日不到。忽来了一支人马，冲阵而入，朱贵还道是天保军至，谁知他一入阵中，倒戈相向，才识是洋人买通的乡勇，前来抗拒官军。朱贵怒极，下令搜杀，奈队伍已被冲乱，洋人乘间抄袭，后面导引水师登岸，巨炮火筒，射烧营帐，烟焰蔽天。这时候，天保军亦受冲击，反从山左窜到山右，弄得朱军越乱。朱贵见势不支，犹誓死格斗，把手中所执大旗，插在地上，抢着一柄大刀，拍马驰赴敌阵，见一个，杀一个，大约杀了几十个英人，身上亦着了数创，马亦受伤。朱贵被马掀下，英兵统用着长矛，来戳朱贵，不防朱贵突然跃起，把敌矛夺住两杆，左右冲荡，吓得英兵纷纷倒退。英将见战朱贵不下，暗中携着手枪，乘朱贵杀入，陡发一弹，可怜盖世英雄，倒毙沙场上面。长子昭南，见父已倒地，忙冲出父尸前，猛力抗拒，意中想保护父尸；怎奈英兵攒聚，双拳不敌四手，虽格杀英兵数名，已是身无完肤，大叫一声而亡。父忠子孝，朱氏有光。手下亲兵二百五十人，没一个不殉难。还有知县颜履敬，在后面督粮，距大宝山二里，闻报朱军鏖斗，登高观战，遥见朱军危急，奋然道："我与朱协台交好多年，理应出去帮助。"忙脱了外衣，拔出佩刀，下山驰赴，仆从上前谏阻，履敬道："我此去明知一死，但能上报君恩，下全友谊，死亦甘心，何足惧哉？"仆从见主子不允，也只得随着，驰入阵中，死斗一场，统中炮身死。死友义仆，足垂千古。

第五十四回　奕统帅因间致败　陈军门中炮归仁

刘天保奔回长溪岭，促文蔚往援朱贵，文蔚不允，部下亦代为力请，始许发兵二百。时已薄暮，传报朱军覆没，慌得面如土色，急令截回二百兵，贪夜逃走。我不解道光帝何故专用这等人物，想总由平时会拍马屁。到了东关，那位扬威将军奕经，早已接得败耗，遁到杭州去了。

先是两江总督伊里布，奉旨回任，因家人张喜往来英船，事涉通番，被逮入都，按律遣戍。浙抚刘韵珂与伊里布素有感情，上了一道奏章，说他因公得罪，心实无他。英人向来器重伊里布，就是伊仆张喜，亦素得洋人倾服，倘令伊里布来浙效力，该英人不复内犯，亦未可定，伏望俯赐采纳等语。保荐伊里布，无非叫他议和。道光帝竟言听计从，赦伊里布罪，赏他七品顶戴，令赴浙营效力。并授宗室尚书耆英署杭州将军，连宗室都任命出来，道光帝之心如揭。与参赞齐慎，一同赴浙。又密谕奕经，叫他注意防堵，暂勿出战，静俟机会。英将见浙省不敢发兵，遂欲转略长江，断绝南北交通，威吓中国，先勒索宁波绅士，犒军银一百二十万圆，才许退兵。绅士无奈，东凑西借，方得如数交去。英舰乃退，只留兵千余名，轮船四艘，驻守定海。

奕经忙奏陈收复宁波，刘韵珂亦照样驰奏。奏折才发，乍浦的警报又到。乍浦系浙西海口，向属嘉兴府管辖，驻有汉兵六千三百人，满兵千七百人，副都统长喜，及同知韦逢甲，率兵抵御，遥见英舰列阵而来，好像山阜一般，满、汉兵先已气索，弄得脚忙手乱。英舰尚未近岸，他却乱放枪炮，一颗儿都没有放着。等到英舰拢岸，弹药已经用尽。那边英兵，蓬蓬勃勃，炮弹如雨点般打来，岸上的官兵，赤手空拳，焉能抵挡？自然败北而逃。长喜、韦逢甲禁喝不住，也只得退回城中。英兵登陆进攻，猛扑东门，城上炮石齐发，击伤英兵多名，英兵绕攻南门，长喜亦由东至南，奋力督守。忽见城中火起，烟尘抖乱，长喜料知汉奸内应，欲下城搜捕，那时英兵已缘梯登城，长喜左拦右阻，致受重伤，遂下城投水。经亲兵救出，隔宿乃亡。韦逢甲力战多时，炮伤左胁，亦即毙命。佐领隆福额特赫，翼领英登布，骁骑校该杭阿等，统同殉难。佐领果仁布妻塔塔拉氏，惧城陷被辱，与二女投井死。生员刘棩被虏，由英人逼写告示，不从被杀。佣工陆贵，遇着英兵，叫他抬炮，他反大骂，被英兵一枪戳死。木工徐元业，也被英人执住，令他引搜妇女，他却自刎而尽。还有庠生刘东藩女，年二十二，尚未出嫁，英兵见她生有姿色，用刀胁刘，令女受污，女不从，也投入井中。刘进女凤姑，年十九，出城避难，遇英兵尾追，不能急走，反回身痛詈，甘心受刃。余外殉难的人，多不知名姓，无从记载，相传共七百多人。扬忠表节，是好稗官。自从英人犯浙，别处城邑百姓，多望风先避，独乍浦猝遭失陷，趋避不及，罹祸最酷。上自官弁，下至工役妇女，宁为玉碎，毋为瓦全，也算是历史上光荣呢。古道犹存，今亡矣夫。

适值伊里布至浙,巡抚刘韵珂,亟令赴英舰议款,英将巴尔克未许。还是家人张喜下船一谈,巴尔克只索还俘虏十数名,扬帆退去。张喜有这般能力,真也奇怪。当由刘韵珂一一奏明,伊里布遂由七品衔,升至副都统了。承蒙家人抬举。英舰自乍浦退出,转入江苏,驶至吴淞口,江南提督陈化成,夙具将略,本系福建同安县人,清廷鉴他忠勇,特破回避本乡的故例,超擢厦门提督。嗣因江防紧急,调任江南。方才到任,即迭接定海、镇海败耗。江、浙是毗连省分,浙省遇警,江南应该戒严。吴淞又是长江南面的要口,向设东、西两炮台,互为犄角,化成督兵把守,三阅寒暑,与士卒同甘苦,就使风霜雨雪,他也同将弁们,在营住宿,军中感他惠爱,呼他作为"陈佛",及英兵进逼吴淞,总督牛鉴,也到宝山县督防。牛鉴胆气很小,忙召化成熟商。宝山距吴淞只六里,一召便到,牛鉴见了,别事不闻提起,单问保全生命的法儿。化成道:"大帅不要惊慌!吴淞口向设炮台,用炮扼险,可决胜仗。只叫大帅坐镇宝山,不可轻出轻入!那时化成自能退敌。"牛鉴道:"可靠得住么?"化成道:"兵家胜负,虽是不能预料,但一夫拼命,万夫莫当。总叫上下将弁,戮力同心,何愁不胜?"牛鉴道:"全仗!全仗!"化成告退,仍回吴淞。参将周世荣接着,问制军有无对敌方略?化成微笑道:"老哥别问!只我与你的福气,统是不薄。"世荣不觉惊讶,化成道:"明日与英人开战,得了胜仗,我与你同受上赏;万一战败,死且不朽,非福而何?"当夜,遣别将守东炮台,自与周世荣守西炮台。

　　次日,化成手执红旗,登台挥战。英舰先发炮射来,化成亦发炮出去。一边仰攻,一边俯击,两下里喊杀震天,烟雾蔽日。相持多时,化成走到最大的炮门后面,亲自动手,望准英舰,放将出去,不偏不歪,正中英舰的烟囱,一声炸裂,沉下海底去了。台上的官兵,齐声欢呼。化成又开第二炮,这一炮,却没有前时的准,只击断了英舰的桅杆,放到第三炮,仍不过击断船桅;第五六回放炮,却是射不着;接连打了数十回,虽击死英兵数百名,终不能击沉英船。化成性急起来,把住锚头,仔细窥着,适有一舰鼓轮驶入,化成连击两炮,一炮击着敌舰的汽锅,一炮击着敌舰的轮叶,那舰向下一沉,又望上一跃。一跃一沉,钻入水底,只剩了桅杆的头梢,微露海面。笔笔曲折,真好笔仗。这边台上鼓噪如雷,比第一炮越发欢跃。化成亦欣喜非常。

　　这位牛大帅,闻知官兵得胜,也想到军前扬威,跨上宝马,驰出南门。不要他轻出,他偏轻出。徐州兵亦随着前来,由总兵王志元押阵。牛大帅意气扬扬,只道英舰已退出口外,他来虚张声势,托词策应。纵着马上了海塘,见两边正在酣战,你一炮,我一枪的轰击,他已惊得目瞪口呆;突然面前落下一颗流弹,险些儿把灵魂飞去,转身就跑。这一跑,跑出大祸祟来了。不要他轻入,他偏轻入。原来台上兵弁,闻制台亲来督战,正格外奋勇,忽见牛制台奔回,徐州兵统同骇散,海塘上杳无人迹,还道后面伏着英兵,不禁慌乱;心中一慌,手中渐渐疏懈。这时英兵攻西炮台不下,方转攻东炮台,东炮台守兵,闻西炮台炮声渐稀,错疑西炮台已经失守;又经牛大帅一逃,不由的魂销魄丧,弃台而走。

英兵乘势登岸,踞了东炮台,复来夹攻西炮台。化成前后受敌,危急万分,周世荣请化成退兵,化成拔剑叱道:"庸奴,庸奴!我误识汝。"世荣易服潜逃。这位陈提台化成,尚竭力支撑,手燃巨炮,猛击英兵,怎奈顾前不能顾后,后面的炮弹,接连打来,化成受了数弹,喷下几口狂血,舍生取义去了。守备韦印福,千总钱金玉、许林、许攀桂,外委徐大华、姚雁字等,见提台阵亡,感他平时的恩惠,情愿随死,乃与英兵鏖战许久,究竟众寡不敌,先后战殁。武进士刘国标,趁这血战的时候,夺出陈化成尸身,背负而出,藏在芦苇里面,嗣经嘉定县令练廷璜遣人,舁至关帝庙殡殓。百姓多扶老携幼,争来哭奠,生荣死哀,陈提台也好瞑目。只牛制军奔回宝山,未曾喘息,忽报东、西两炮台,统已失陷,提督以下,多半殉难,英兵已来攻宝山了。牛鉴不待听毕,忙带亲兵若干,拼命出走。英兵势如破竹,直入宝山,转陷上海,又扬帆入长江口,去追这位牛大帅。江浙有几句童谣道:

　　一战甬江口,制台死,提台走;再战吴淞口,提台死,制台走;死的死,走的走,沿海码头多失守。

究竟牛鉴能逃得性命否,容待下回再表。

奕经、牛鉴,平时本无功绩可言,乃用以作折冲之选,其致败也宜矣。朱贵父子,及陈提台化成,皆骁勇善战,一误于文蔚之不救,一误于牛鉴之猝逃,奕经于无可诿之中,犹可强诿,牛鉴则胆小如鼷,闻炮惊走,坐乱军心,徒委陈化成于敌手,为国家失一良将,其罪殆不可胜诛矣。本回于朱、陈战状,极力形容,即所以甚奕经、牛鉴之罪。旁及死事诸将弁,及殉节诸工役妇女,尤足愧煞庸奴。

第五十五回　江宁城万姓被兵
　　　　　　　静海寺三帅定约

　　却说牛鉴自宝山逃走,沿路不暇歇脚,一直奔回江宁。英兵即溯江直入,径攻松江。松江守将姓尤名渤,乃是寿春镇总兵,从寿春调守松江城。他闻英兵入境,带着寿春兵二千,到江口待着。英兵见岸上官军,一队一队的排列,严肃得很,他也不在心上,仗着屡胜的威势,架起巨炮,向岸上注射。尤总兵见敌炮放来,令兵士一齐伏倒;待炮弹飞过,又饬兵士尽起,发炮还击。这二千寿春兵,是经尤总兵亲手练成,坐作进退,灵敏异常,俄而起,俄而伏,由尤总兵随手指挥,无不如意。英兵放来的炮弹,多落空中,官兵放去的炮弹,却有一大半击着。相持两日,英兵不得便宜,转舵就走,分扰崇明、靖江、江阴境内,都被乡民逐出。

当下英将巴尔克、卧乌古,及大使濮鼎查,密图进兵的计策。卧乌古的意思,因长江一带,水势浅深,沙线曲折,统未知晓,不敢冒昧深入,还是濮鼎查想了一个妙计。看官!你道他的妙计是怎样?他无非用了银钱,买通沿江渔船,引导轮船驶入。中国人多是贪财,所以一败涂地。沿途进去,测量的测量,绘图的绘图,查得明明白白,并探得左右无伏,遂决意内犯。

镇江绅士,得此消息,忙禀知常镇通海道周顼。周顼同绅士巡阅江防,绅士指陈形势,详告堵截守御事宜。周顼笑道:"诸君何必过虑!长江向称天堑,不易飞渡,江流又甚狭隘,水底多伏暗礁,我料英兵必不敢深入。他若进来,必要搁浅。等他搁浅的时候,发兵夹击,便可一举成功,何必预先筹备,多费这数万银钱呢?"敌已在前,他还从容不迫,也是可哂。遂别了绅士,径自回署。谁知英舰竟乘潮直入,追薄瓜洲,城中兵民,已经逃尽,无人抵敌。英兵转窥镇江,望见城外有数营驻扎,就开炮轰将过去。这镇江城外的营兵,乃是参赞齐慎,及提督刘允孝统带,闻得敌炮震耳,没奈何出来对敌,战了一场。敌炮很是厉害,觉得支持不住,还是退让的好,一溜风跑到新丰镇去。又是两个不耐战。

城内只有驻防兵千名,绿营兵六百,老弱的多,强壮的少,军械又不甚齐备,副部统海龄,恰是个不怕死的硬汉,率兵登城,昼夜守御,英兵进薄城下,攻了两日,不能取胜。又是卧乌古等想出声东击西的诡计,佯攻北门,潜师西南,用火箭射入城中,延烧房屋。海龄正在北门抵御,回望西南一带,火光冲天,英兵已经上城,料知独力难支,忙下城回署,将妻妾儿女,一古脑儿,锁入内室,放起火来,霎时间阖门一炬,尽作飞灰。海龄在大堂上,投缳殉节。英兵入城,把余火扑灭,搜捕官吏,已经一个不留。沿江上下的盐船估舶,或被英兵炮毁,或被枭匪焚掠,一片烟焰,遮满长江。扬州盐商,个个惊恐,想不出避兵法儿,只得备了五十万金的厚礼,恭送英兵,才蒙饶恕。英舰直指江宁,东南大震。

牛制台奔回江宁,总道是离敌已远,可以无恐,城中张贴告示,略称:"长江险隘,轮船汽船,不能直入,商民人等,尽可照常办事,毋庸惊惶!"这班百姓见了文告,统说制台的言语,总可相信。那时电报火车,一些儿都没有,但叫

第五十五回　江宁城万姓被兵　静海寺三帅定约

官场如何说，百姓亦如何做，到了镇江失守，南京略有谣传，牛制军心里虽慌，外面还装出镇定模样，兵也不调，城也不守。简直是个木偶。忽然江宁北门外，烽火连天，照彻城中，城内外的居民，纷纷逃避。牛制军遣人探听，回报英兵舰八十多艘，连樯而来，已至下关。牛制军被这一吓，比在宝山海塘上那一炮，尤觉厉害。

呆了好一歇，忽报伊里布由浙到来，方把灵魂送回，才会开口，好一个救星。道了"快请"二字。伊里布入见，牛鉴忙与他行礼，献茶请坐，处处殷勤。便道："阁下此来，定有见教。"伊里布道："伊某奉诏到此，特来议抚。"牛鉴道："好极，好极！中英开衅，百姓扰得苦极了，得公议抚，福国利民，还有何说？"伊里布道："将军耆英，亦不日可到，议抚一切，朝旨统归他办理。伊某不过先来商议，免得临时着忙。"牛鉴听罢，便道："耆将军尚未到来，英兵已抵城下，这且如何是好？"伊里布道："小价张喜，与英人多是相识，现不如写一照会，差他前去投递，便可令英人缓攻。"牛鉴道："照会中如何写法？"伊里布道："照会中的写法，无非说钦差大臣耆英，已奉谕旨，允定和好，请他不必进兵。再令小价张喜，与他委婉说明，包管英人罢兵。"牛鉴喜极，随令文牍员写好照会，即挽伊里布叫入张喜，亲自嘱托，即刻令投送英船。张喜唯唯而去。老家人又出风头。去了半日，才来回报，牛鉴不待开口，忙问道："抚议如何？"张喜道："据英使濮鼎查说，和议总可商量，但耆将军到此无期，旷日持久，兵不能待，须就食城中方可。"牛鉴闻他和议可商，已觉放心；及听他就食城中的要约，又着急起来，便道："据这句话，明明是要来攻城，这却如何使得？"张喜道："家人亦这样说，同他辩驳多时，他说要我兵不入城，须先办三百万银子送我，作了兵饷，方好静候耆将军。"大敲竹杠。牛鉴道："这也是个难题目。银子要三百万，哪里去办？"

道言未绝，外面报副将陈平川禀见，牛鉴传入。平川请过了安，向牛鉴道："寿春镇的援兵，已到城下，求大帅钧示，何日开战？"牛鉴道："要开战么？这事非同儿戏，倘一失败，南京难保，长江上游，处处危急，岂不是可怕么？"平川道："不能战，只好固守，请下令闭城，督兵登陴方好。"牛鉴道："你又来了。前日将军德珠布，闻英兵已到，饬十三城门统行关锁。你想朝廷现主抚议，如何可闭城固守，得罪英人？我与伊都统费尽口舌，才争得已启申闭四字。德将军掌管全城锁钥，我没奈何去恳求他，你如何也说出这等话来？"平川道："耆将军尚在未到，抚议尚无头绪，倘英人登岸攻城，城中没有防备，如何抵敌？"牛鉴不禁变色道："英将并不来攻城，你却祝他攻城，真正奇怪！本帅自有办法，不劳你们费心！"当下怒气勃勃，拂衣起座，返身入内。不愧姓牛。平川只得退出。

牛鉴到了内厅，亲写了一封急信，叫干役两名，把信付他，令他加紧驰驿，去催着钦使。一面又命张喜，再赴英舰，与他附耳谈了数语。什么秘计，诸君试一猜之！张喜领命又去。

　　看官！你道这个家人张喜，真能够与英帅面谈么？原来英舰中有个末弁，叫作马利逊，能作汉语，张喜与马利逊认识，数次往返，统由马利逊介绍；此次仍由马利逊引见濮鼎查，两边言语，也由马利逊传译。濮鼎查就问三百万兵饷，可曾备齐么？张喜道："耆将军即日可到，和事就可开议。牛大帅恐贵使性急，特遣张某前来相告。贵国初意，无非为了通商的事情，现我朝愿允许通商，贵国当可罢兵了。"濮鼎查道："要我罢兵，也是容易，但须依我几件事情。第一件须赔偿烟价，要一千二百万圆。"张喜道："广东已给过六百万圆，如何今日还要倍索？"濮鼎查道："那是兵费，不是烟价。现在我兵由粤到此，饷项又用去数千万，亦须照例赔偿。"张喜不禁伸舌，便道："还要赔兵费么？"濮鼎查道："烟价、兵费外，香港是要割让的。香港以外，还要把广州、福州、厦门、宁波、上海五港口，开埠通商。"张喜道："款子有这么多！"濮鼎查道："还有，还有！讲和以后，俘虏是要放还；将来两国通使，应用平等款式。此外如我国的商民，损失颇多，也应酌量赔偿。烦你去通报贵国公使，如肯照允，当即退兵。"濮鼎查真是泼辣。张喜不敢辩论，便辞别了濮鼎查，当由马利逊送他登岸。张喜向马利逊道："议和的条件，这般厉害，恐怕是不易办到。"马利逊道："我与你向来熟识，不妨对你直言。这是我国所索，并非中国所许。此次我国兴兵，通商为主，不在银钱，但得两三港贸易，已能如愿，余事由中国裁酌便了。"张喜点头告别。相传马利逊本是中国人，因在英领事处，服役多年，投入英籍。英领事嘉他勤慎，所以拔他作了英官。马利逊这番言语，也算是暗地关会，格外有情。

　　张喜据实回报，牛鉴不好遽复，又延挨了两三天，忽闻钦差大臣耆英到了，牛鉴忙出城迎接。耆英入城，谈起和战事宜，与牛鉴很是投机。也是牛类。刚拟去拜会英帅，英帅的照会已到，大略照前时所说的款子。耆英按照各款，稍稍驳诘，即行咨复。不料英使濮鼎查，定要件件依他，方许讲和，否则明日开战。这个照会答复过来，急得耆英、牛鉴、伊里布，没法摆布。忽报英舰高悬红旗，声势汹汹，准备开仗。耆英不得已，复遣张喜赴英船，与约翌朝会商。濮鼎查却翻着脸道："还要商议什么？允与不允，一言可决。闻汝大帅还添调寿春兵，与我接仗，我却不怕，明日同你交锋便了。"张喜忙说："没有这事。"濮鼎查不信，还是马利逊从旁缓颊，方说："明日辰刻，如再不允，我兵一齐登岸，运炮至钟山顶上，轰碎你的全城，休要后悔！"分明恫吓。张喜还报。

　　翌晨，耆英遣侍卫咸龄，藩司黄恩彤，宁绍道台鹿泽长往英舰会商。两边

第五十五回　江宁城万姓被兵　静海寺三帅定约

磋议了一回，由濮鼎查定出数款：第一款，是清、英两国，将来当维持平和。这一条是面子上语，无关得失。第二款，是清国须给英兵费洋一千二百万圆，商欠三百万圆，赔偿鸦片烟六百万圆，共二千一百万圆，限三年缴清。第三款是，开广州、厦门、福州、宁波、上海五港，为通商口岸，许英人往来居住。第四款是，割让香港。第五款是，放还英俘。第六款是，交战时为英兵服役的华人，一律免罪。第七款是，将来两国往复文书，概用平行款式。第八款是，条约上须由清帝钤印。咸龄等见了此款，明知厉害得很，但是耆将军等一意主和，不好再行申驳，只说："即日照奏，请俟政府批回，即可定约。"濮鼎查道："须要赶紧，迟则不便。"咸龄等唯唯趋出，急报知耆英等，将条约草案呈上。耆英也不待瞧明，即与牛、伊二人会衔，饬文牍员写好奏章，由八百里加紧驿使，驰奏北京。

道光帝览奏，未免懊恼，立召军机大臣会议。军机大臣不敢多嘴，只大学士穆彰阿道："兵兴三载，糜饷劳师，一些儿没有功效，现在只有靖难息民的办法。等到元气渐苏，再图规复不迟。惟钤用御宝一条，关系国体，不便允准，应饬耆英等改用该大臣关防，便好了案。"见小失大，急近图远，真好相才。道光帝迟疑一会，才道："照你办罢！"当由军机处拟旨，饬耆、牛、伊三人遵行。

耆、牛、伊三人，奉到上谕，见各款都已照准，只有钤用御宝，须改易三大臣关防，暗想这是最后一款，谅来英使总可转圜，遂令张喜至英舰知会，约期相见。马利逊先问张喜道："议和各款，已批准么？"张喜道："件件批准，只钤用御宝事不允。"马利逊道："我国最重钤印，这事不允，各议款都无效了。"张喜突然一惊，半晌道："且待三帅等会过英使，再作计较。"马利逊道："我国礼节，与中国不同，钦使制府，必欲来会，请用我国的平行礼。"张喜道："是否免冠鞠躬？"马利逊道："免冠鞠躬，仍是平时的礼节，军礼只举手加额便是。"张喜道："简便得很，我去禀明便了。"

两人别后，转瞬届期，耆、牛、伊三帅，带领侍卫司道，径往英舟。濮鼎查出来相见，两下用了平行礼，分宾主坐定，订定盟约，倒也欢洽异常。耆、牛、伊回城后，又想了一桩拍马屁的法子，备好牛酒，于次日亲去犒师，到了英舟，濮鼎查忽辞不见。真会做作。三人驰回，急令张喜去问马利逊，一时回报，据英使意见，日前议定各款，一字不能改易，如或一字不从，只好兵戎相见，毋烦犒劳！耆英道："他如何知我消息？我昨日与英使相会，因初次见面，不好骤提易印二字，今日是借了犒师的名目，去议这件款子。偏偏他先知觉，不识有哪个预报详情？"张喜在旁，垂头不答。牛鉴道："为了这事仍要用兵，殊不值得，想圣上英明得很，且再行申奏，仰乞天恩俯准，当无不可。"耆英道："如何说法？"伊里布道："奏中大意，只叫说钤用御宝，乃是彼此交换的信用。我国用御宝,彼国君主,亦应照办,讲到平行款式,尚属可行。这么说来,想皇上亦不至再行申斥。况内有穆中堂作主,我们备一密函,先去疏通,自然容易照准了。"耆英依言照办,奏折上去,果然降旨依议。耆英等再赴英舰,与濮鼎查申明允议,约定仪凤门外的静海寺中,两下换约。届期免不得有一番手续,小子不欲再详,只好大书道光二十二年七月二十四日,即西历一千八百四十二年八月二十九日,清英结《南京条约》,和议告成,便算完案。第一次国耻。但英舰尚未退去,兵弁多上岸游览,江南华丽,远胜他省,青年妇女,妆扮得百般妖艳,英兵不懂中国禁忌,就上前去握手相亲,吓得妇女们大叫救命,恼了许多男子汉,说他怎么无礼,将英兵围住,手打脚踢,着实的敲了一顿。这一场瞎闹,几乎又惹起大交涉来。英将要下令赴斗,耆、牛、伊三人,亟遣黄藩司前去道歉。那英将不肯干休,定欲按问,没奈何将闹事的百姓,拿了几个,枷号示众。不愿作元绪公,恰要他吃独桌。并出示晓谕军民,只说:"外洋重女轻男,握手所以示敬,居民不要误会,致启嫌隙!"若比握手更亲一层,便是相敬如宾了。众百姓似信非信,因内外交相胁迫,只得忍气吞声罢了。

到八月终旬,英兵先得六百万圆偿金,方退出江宁,还屯舟山。长江一带无英兵,惟舟山及鼓浪屿,英兵尚不肯撤退,须俟偿款交清,方行撤去。清廷无可奈何,只好一期一期的解他赔款。道光帝痛定思痛,想惩办一二庸帅,遮盖自己脸面。廷臣窥伺意旨,参本弹章,陆续投呈,于是道光帝连下谕旨。牛鉴革职逮问,命耆英代任江督,奕山、奕经、文蔚,亦仿牛鉴例逮治,余步云正法。独伊里布特沐重恩,升任钦差大臣,赴粤议互市章程,这是议和的功绩,清廷原特别优待他的。

转瞬间又是一年,春王正月,诏闽督怡良谳台湾狱。革台湾总兵达洪阿、兵备道姚莹职,海内哗然。这件案情,也是从英兵入境而起。英舰入犯的时候,曾遣偏师窥台湾,达洪阿、姚莹督率参将邱镇功,守御鸡笼口,见英舰驶入,开炮抵敌,轰退英兵。当下捷报到京,道光帝下旨嘉奖。嗣后英兵又窥大安港,达洪阿、姚莹,预设埋伏,诱敌进口,英舰鼓轮直入,巧巧触着暗礁,霎时间伏兵齐起,奋勇上船,擒住白人二十四名,黑人一百六十五名,炮二十门,及英兵所得浙军器械,约数百件。捷报再上,道光帝亲书朱谕,赏达洪阿太子少保衔,加姚莹二品顶戴。达、姚二人,将英俘监住,请旨正法,有旨批准。达洪阿等也算谨慎,把黑人一百六十四名斩首,留白人不杀。到了江宁议和,两国当交还俘虏,台湾只交出白人。英使濮鼎查,寻了闲隙,遍诉江、浙、闽粤诸大吏,略说:"台中两次俘获,均系遭风难民。镇台达洪阿、道台姚莹,垂危邀功,请会奏惩处!"这位和事老耆英,连忙上奏,洋奴,洋奴! 达洪阿闻这消息,也具奏声明原委,最后的一篇奏牍,恰是自请开缺,候钦派大臣查办。道光帝遂饬

怡制台渡台讯究,一面将达、姚二人撤任。正是:

> 功罪不明先受谴,忠奸未辨已蒙冤。

毕竟怡制台讯究后,达、姚二人得罪与否,请看下回分解。

中英开衅,为禁烟而起,屡战屡败,直至江宁受困,情见势绌,不得已而乞和。种种条款,令人难堪,耆、牛、伊三大臣,唯唯诺诺,不敢少违。英人始愿,且不及此,何其怯欤?顾后人以此为五口通商之始,目为耆、牛、伊罪案,吾谓通商尚不足病,重洋洞辟,万国交通,中国宁能长此闭关乎?但战事为禁烟而起,至和议成后,于禁烟二字,绝不提及,是真可怪。英人未尝不允禁烟,我既事事如约,则禁烟二字,应不难乘此提议,数十百年之积毒,不至长遗,尚足为万一之补救。乃议和诸臣,见不及此,清宣宗亦屡败而惧,含糊了事。虎头蛇尾,能毋为外人窥破耶?本回写牛鉴,写伊里布,写耆英,暗中实写宣宗。语重心长,隐含无数感慨。

第五十六回　怡制军巧结台湾狱　徐总督力捍广州城

却说闽浙总督怡良,本是达、姚二人的顶头上司,只因军务倥偬,朝廷许他专折奏事,达、姚遂把始末战事,直接上奏,闽督中不过照例申详,多未与议,因此怡良亦心存芥蒂。此次奉旨查办,大权在手,乐得发些虎威,聊泄前恨。外不能御侮,内却偏要摆威,令人可恼!到了台湾,驺从杂沓,仪仗森严,台中百姓,闻得怡制台为办案而来,料与达镇台、姚道台一方面,有些委屈,途中先拦舆鼓噪,争说达、姚二官员的好处,制台大人,不必查究。达洪阿得了此信,连忙亲往驰谕,百姓们才渐渐解散。

怡制台一入行辕,门外又有一片闹声,经巡捕来报,外面的百姓,每人各执香一炷,闯入行辕来了。怡良问为何事?巡捕答称,百姓口中,无非为达镇台、姚道台伸冤。此时达、姚二人,见过怡制台,已自回署,怡良忙着人传见。不一时,达、姚俱到,百姓分开两旁,让两人入辕。怡良此时,只得装出谦恭模样,起身相迎,与两人行过了礼,随说:"两位统是好官,所以百姓这般爱戴。现仍劳两位劝慰百姓,禁止喧闹,兄弟自然与二位伸冤。"达、姚二人忙禀道:"大帅公事公办,卑职等自知无状,难道为了百姓,便失朝廷赏罚么?"正答议间,外面的喧声,越加闹热。怡良忙道:"二位且出去劝解百姓,再好商量。"

达、姚二人，只好奉命出来，婉言抚慰。众百姓道："制台大人，既已到此，何不出来坐堂，小百姓等好亲上呈诉。"达、姚二人，乃再请怡制台坐出堂去，晓谕百姓。怡良没法，亲自出堂，见外面有无数百姓，执着香，黑压压的跪了一地。前列的首顶呈词，由巡捕携去，呈与怡良。怡良大略一瞧，便道："本宪此来，原是与达镇、姚道伸冤，汝等百姓，好好静候，千万不要喧哗！"众百姓尚是不信，又经达、姚二人，再三劝慰，百姓方才出去。

怡良又邀达、姚二人人内，便道："二位的政声，兄弟统已知悉，但上意恐有误抚议，所以遣兄弟前来。"一面取出密旨，交与二人阅看，内有"此案如稍有隐饰，致朕赏罚不公，必误抚局，将来朕别经察出，试问怡良当得何罪"等语。炀灶蔽聪，前后多自相矛盾。两人阅过上谕，便道："卑职等的隐情，已蒙大帅明察，甚是感德不忘，现只请大帅钧示便了！"怡良道："现在英人索交俘虏，台中擒住的英人，已多半杀却，哪里还交付得出？兄弟前时曾有公文寄达两位，叫两位不要杀戮洋人，两位竟将他杀死一大半，所以今日有这种交涉。"达洪阿道："这是奉旨照办，并非卑镇敢违钧命。"怡良道："君要臣死，不得不死。专制时代的调语。现在抚议已成，为了索交俘虏一事，弄得皇上为难，做臣子们也过意不去。为两位计，只好自己请罪，供称：'两次洋船破损，一系遭风击碎，一系被风搁沉，实无兵勇接仗等事。前次交出白人数十名，乃是台中救起的难民，此外已尽逐波臣，无处寻觅。'照此说来，政府可以藉词答复，免得交涉棘手了。"计策恰好，只难为了达、姚。达洪阿不禁气忿道："据大帅钧意，饬卑镇等无故认罪，事到其间，卑镇等也不妨曲认。但一经认实，岂非将前次奏报战仗，反成谎语？欺君罔上，罪很重大，这却怎么处？"怡良道："这倒不妨，兄弟当为二位转圜。"遂提笔写道："此事在未经就抚以前，各视其力所能为。该镇、道志切同仇，理直气壮，即办理过当，尚属激于义愤。"写到此处，又停了笔，指示两人道："照这般说，两位便不致犯成大罪，就使稍受委屈，将来再由兄弟替你洗刷，仍好复原。这是为皇上解围，外面不得不把二位加罪，暗中却自有转圜余地。兄弟准作保人，请两位放心！"如此做作，可谓苦心孤诣。达、姚二人，没奈何照办。

怡良就将写好数语，委文牍员添了首尾，并附入达、姚供状，驰驿奏闻。道光帝一并瞧阅，见怡良奏中，末数语，乃是"一意铺张，致为借口指摘，咎有应得"三语。总不肯放过。遂密逮达、姚二人入都，交刑部会同军机大臣审讯。隐瞒百姓，阳谢英人，苦极苦极！道光帝自己思想，无故将好人加罪，究竟过意不去，刑部等的定谳，也是不甚加重，遂由道光帝降旨道：

> 该革员等呈递亲供，朕详加披阅，达洪阿等原奏，仅据各属文武士民禀报，并未亲自访查，率行入奏，有应得之罪。姑念在台有年，于该处

第五十六回　怡制军巧结台湾狱　徐总督力捍广州城

南北两路匪徒，叠次滋扰，均迅速蒇事，不烦内地兵丁，尚有微劳足录。达洪阿、姚莹，着加恩免其治罪！业已革职，应毋庸议！钦此。

台湾的交涉，经这么一办，英人算无异言。这是怡制台的功劳。奈自洋人得势后，气焰日盛一日，法、美各国先时尝愿作调人，江宁和约，不得与闻，免不得从旁讥议；况且中国的败象，已见一斑，自然乘势染指。是时钦差大臣伊里布赴粤，与英使濮鼎查，开议通商章程，尚未告成，伊已病殁。清廷命两江总督耆英，继了后任，订定通商章程十五条。自此英人知会各国，须就彼挂号，方可进出商船，输纳货税。法、美各商，以本国素未英属，不肯仰英人鼻息，遂直接遣使至粤，请援例通商。耆英不能拒，奏请许法、美互市，朝旨批准，随于道光二十四年，与美使柯身，协定中美商约三十四款，又与法使拉萼尼，协定中法商约三十五款，大旨仿照英例。惟约中有"利益均沾"四字，最关紧要。耆英莫名其妙，竟令他四字加入，添了后来无数纠葛，又上法、美的当。这且待后再详。

只江宁条约，五口通商，广州是排在第一个口岸，英人欲援约入城，粤民不肯，合词请耆英申禁。耆英不肯，众百姓遂创办团练，按户抽丁，除老弱残废，及单丁不计外，每户三丁抽一，百人为一甲，八甲为一总，八总为一社，八社为一大总，悬灯设旗，自行抵制英人，不受官厅约束。会英使濮鼎查，自香港回国，英政府命达维斯接办各事。达维斯到粤，请入见耆英。耆英晓得百姓厉害，即遣广州知府刘浔，先赴英舰，要他略缓数日，等待晓谕居民，方可入城相见。

知照后打道回衙，适有一乡民挑了油担，在市中卖油，冲了刘本府马头，被衙役拿住，不由分说，揿倒地上，剥了下衣，露出黑臀，接连敲了数十百板。市民顿时哗闹，统说官府去迎洋鬼子入城，我们百姓的产业，将来要让与洋人，应该打死。这句话，一传两，两传十，恼得众人性起，趁势啸聚，跟了刘本府，噪入署中。刘本府下了舆，想去劝慰百姓，百姓都是恶狠狠一副面孔，张开臂膀，恨不得奉敬千拳。吓得刘本府转身就逃，躲入内宅。百姓追了进去，署中衙役，哪里阻拦得住？此时闯入内宅的人，差不多有四五千。幸亏刘本府手长脚快，爬过后墙，逃出性命，剩得太太、姨太太、小姐、少奶奶等，慌做一团，杀鸡似的乱抖。百姓也不去理他，只将他箱笼敲开，搬出朝衣朝冠等件，摆列堂上。内中有一个赳赳武夫，指手画脚的说道："强盗知府，已经投了洋人，还要这朝衣、朝冠何用？我们不如烧掉了他，叫他好做洋装服色哩！"众人齐声赞成。当下七手八脚，将朝衣、朝冠等，移到堂下，简直一把火，烧得都变黑灰。倒是爽快，但也未免野蛮。又四处搜寻刘本府，毫无踪迹。只得罢手，一排一排的出署。

到了署外，督抚已遣衙役张贴告示，叫百姓亟速解散，如违重究。众百姓道："官府贴告示，难道我们不好贴告示么？"奇闻。当由念过书的人写了几行似通非通的文字，贴在告示旁边，略说："某日要焚劫十三洋行，官府不得干预，如违重究！"趣极。这信传到达维斯耳内，也不敢入城，退到香港去了。百姓越发高兴，常在城外寻觅洋人，洋人登岸，不是着打，就是被逐。英使愤甚，迭贻书耆英，责他背约。耆英辩无可辩，不得已招请绅士，求他约束百姓，休抗外人。绅士多说众怒难犯，有几个且说："百姓多愿从戎，不愿从抚，若将军督抚下令杀敌，某虽不武，倒也愿效前驱。"越说越远！耆英听了，越加懊恨，当即掇茶谢客。返入内宅，眉头一皱，计上心来，展毫磨墨，拂笺写信，下笔数行，折成方胜，用官封粘固，差了一个得力家人，付了这信，并发给路费，叫他星夜进京，到穆相府内投递。家人去讫，过了月余，回报穆相已经应允，将来总有好音。耆英心中甚喜，只英使屡促遵约，耆英又想了一个救急的法儿，答复英使，限期二年如约。于是耆英又安安稳稳的过了一年。

道光二十七年春月，特召耆英入京，另授徐广缙为两广总督，叶名琛为广东巡抚。这旨一下，耆英额手称庆，暗中深感穆相的大德，前信中所托之事，读此方知。日日盼望徐、叶二人到来。等了数月，徐、叶已到，耆英接见，忙把公事交卸，匆匆的回京去了。撒了一泡澜屎。

光阴如箭，倏忽间又是一年。英政府改任文翰为香港总督，申请二年入城的契约，旧事重提，新官不答。广东绅士，已闻知消息，忙入督署求见，由徐广缙延入。绅士便开口道："英人要求无厌，我粤万不能事事允行。粤民憾英已久，大公祖投袂一奋，负杖入保的人，立刻趋集，何虑不胜？"广缙道："诸君既同心御侮，正是粤省之福，兄弟自然要借重大力。"

绅士辞去，忽由英使递来照会，说要入城与总督议事。广缙忙即照复，请他不必入城，若要会议，本督当亲至虎门，上船相见。过了两日，广缙召集吏役，排好仪仗，出城至虎门口外，会晤英使文翰。相见之下，文翰无非要求入城通商，广缙婉言谢却。当即回入城中，与巡抚叶名琛，商议战守事宜。名琛是个信仙好佛的人，一切事情，多不注意；况有总督在上，战守的大计划，应由总督作主。此时广缙如何说，名琛即如何答。城中绅士，又都来探问，争说："义勇可立集十万，若要开仗，都能效力，现正伫候钧命！"广缙道："英人志期入城，我若执意不许，他必挟兵相迫，我当预先筹备。等他发作，然后应敌，那时便彼曲我直了。"绅士连声称妙。

不想隔了一宿，英船已闯入省河，连樯相接，轮烟蔽天，阖城人民，统要出去堵截。广缙道："且慢！待我先去劝导，叫他退去。他若不退，兴兵未迟。"随即出城，单舸往谕。文翰见广缙只身前来，想劫住了他，以便要求入城。两

第五十六回　怡制军巧结台湾狱　徐总督力捍广州城

下方各执一词,忽闻两边岸上,呼声动地,遂往舱外一望,几乎吓倒。原来城内义勇,统已出来,站立两岸,好像攒蚁一般,枪械森列,旗帜鲜明,眼睁睁的望着英船,口内不住的喝逐洋人。文翰一想,众寡情形,迥不相同,万一决裂,恐各船尽成齑粉,于是换了一副面庞,对着徐制台虚心下气,情愿罢兵修好,不复言入城事。中国百姓,能时时如此,何患洋人?广缙亦温言抚慰。劝他休犯众怒,方好在广州海口,开舱互市。文翰应允,就送广缙回船,下令将英船一律退去。

广缙遂与名琛合奏,道光帝览奏大悦,即手谕道:

> 洋务之兴,将十年矣。沿海扰累,糜饷劳师。近年虽累臻静谧,而驭之法,刚柔不得其平,流弊以渐而出。朕深恐沿海居民蹂躏,故一切隐忍待之,盖小屈必有大伸,理固然也。昨因英使复申粤东入城之请,督臣徐广缙等,迭次奏报,办理悉合机宜。本日又由驿驰奏,该处商民,深明大义,捐资御侮,绅士实力匡勤。入城之议已寝。该英人照旧通商,中外绥靖,不折一兵,不发一矢,该督抚安内抚外,处处皆抉摘根源,令外人驯服,无丝毫勉强,可以历久相安。朕嘉悦之忱,难以尽述,允宜懋赏,以奖殊勋。徐广缙着加恩赏给子爵,准其世袭,并赏戴双眼花翎。叶名琛着加恩赏给男爵,准其世袭,并赏戴花翎以昭优眷。发去花翎二枝,着即分别祗领!穆特恩、乌兰泰等,合力同心,各尽厥职,均着加恩照军功例,交部从优议叙。候补道许祥光,候补郎中伍崇曜,着加恩以道员尽先选用;并赏给三品顶戴。至我粤东百姓,素称骁勇,乃近年深明大义,有勇知方,固由化导之神,亦其天性之厚;难得十万之众,利不夺而势不移。朕念其翊戴之功,能无恻然有动于中乎?着徐广缙、叶名琛宣布朕言,俾家喻户晓,益励急公亲上之心,共享乐业安居之福。其应如何奖励,及给予扁额之处,着该督抚奖其劳勚,赐以光荣,毋稍屯恩膏,以慰朕意。余均着照所议办理!钦此。

这道上谕,已是道光二十九年四月内的事情。道光帝以英人就范,从此可以无患,所以有小屈大伸的谕旨。谁知英人死不肯放,今年不能如愿,待到明年;明年又不能如愿,待到后年;总要达到目的,方肯罢手。外人的长处,便在于此。这且慢表。

且说道光帝即位以来,克勤克俭,颇思振刷精神,及身致治,无如国家多难,将相乏材,内满外汉的意见,横着胸中,因此中英开衅,林则徐、邓廷桢、杨芳等几个能员,不加信任,或反贬黜。琦善、奕山、奕经、文蔚、耆英、伊里布等,庸弱昏昧,反将更迭任用。琦善、奕山、奕经、文蔚四人,虽因措置乖方,革职逮问，嗣后又复起用。御史陈庆镛，直言抗奏，竟说是刑赏失措，未足服民。道光帝也嘉他敢言，复夺琦善等职。怎奈贵人善忘，不到二年，又赏奕经二等侍卫，授为叶尔羌参赞大臣，奕山二等侍卫，授为和阗办事大臣，琦善二等侍卫，授为驻藏大臣，后竟升琦善四川总督，并授协办大学士，奕山也调擢伊犁将军。林、邓二人，未始不蒙恩起复，林督云贵，邓抚陕西，然后究贤愚杂出，邪正混淆，又有权相穆彰阿，仿佛乾隆年间的和珅，妒功忌能，贪赃聚敛，弄得外侮内讧，相逼而来。道光帝未免悒悒。俗语说得好："忧劳足以致疾。"道光帝已年近古稀，到此安能不病？天下事往往祸不单行，皇太后竟一病长逝，道光帝素性纯孝，悲伤过度。皇四子福晋萨克达氏，又复病殁。种种不如意事，丛集皇家，道光帝痛上加痛，忧上加忧，遂也病上加病了。<u>总括一段，抑扬得体。</u>正是：

天有不测风云，人有旦夕祸福。

究竟道光帝的病体，能否痊愈，待至下回续叙。

道光晚年，为民气勃发之时。台湾谳案，达洪阿、姚莹，几含不白之冤，闽督怡良，又思借端报复，微台民之合词诉枉，达、姚必遭冤戮。虽复奏案情，仍有"一意铺张，致遭指摘"等语，然上文恰谕其志切同仇，激于义愤，于谴责之中，曲寓保全之意，皆台民一争之效也。至若广州通商，为江宁条约所特许，英人入城，粤民拒之，以约文言，似为彼直我曲之举，然通商以海口为限，并非兼及城中，立约诸臣，当时不为指出界限，含糊其词曰广州，固有应得之咎，而于粤民无与。耆英诱约而去，徐广缙衔命而来，微粤民之同心御侮，广缙且被劫盟，以此知吾国民气，非真不可用也。但无教育以继其后，则民气只可暂用，而不可常用。本回于台、粤民气，写得十分充足，实为后文反击张本。满必招损，骄且致败，作者已寓有微词矣。

第五十七回　清文宗嗣统除奸
　　　　　　　洪秀全纠众发难

却说道光帝身体违和，起初尚勉强支持，日间临朝办事，夜间居圆明园慎德堂苦次。<u>孝思维则。</u>延至三十年正月，病势加重，自知不起，乃召宗人府宗令载铨，御前大臣载垣、端华、僧格林沁，军机大臣穆彰阿、赛尚阿、何汝霖、陈孚恩，季芝昌，内务府大臣文庆，入圆明园苦次，谕令诸大员到正大光明殿额

第五十七回　清文宗嗣统除奸　洪秀全纠众发难

后,取下秘匣,宣示御书,乃是"皇四子奕詝"五字,遂立皇四子奕詝为太子。道光帝时已弥留,遂下顾命道:"尔王大臣等,多年效力,何待朕言。此后夹辅嗣君,总须注重国计民生,他非所计。"诸臣唯唯听命。一息残喘,延到日中,竟尔宾天去了。皇四子遂率内外族戚,及文武官员,哭临视殓,奉安入宫,不烦细叙。

这皇四子奕詝,本是孝全皇后所出,前文已经叙过。道光帝早欲立为皇储,嗣后又钟爱皇六子奕訢,渐改初意,不过孝全崩逝,疑案未明,道光帝始终悲悼,倘若不把皇四子立为太子,总有些过意不去,因此逡巡未决。是时滨州人侍读学士杜受田,在上书房行走,授皇子读书,他与皇四子感情最深,满拟皇四子入承宗祧,将来稳稳是个傅相。旋因道光帝意有别属,未免替皇四子捏一把汗。一日,皇四子到上书房请假,适值左右无人,只一位杜老先生,兀坐斋中,皇四子便向他长揖,并说请假一日。杜老先生问他何事?皇四子答称奉父皇命,赴南苑校猎。杜老先生便走至皇四子前,与他耳语道:"四阿哥至围场中,但坐观他人驰射,万勿可发一枪一矢;并当约束从人,不得捕一生物。"皇四子道:"照这么说,如何覆命?"杜老先生道:"覆命时,四阿哥须如此如此,定能上邀圣眷。这是一生荣枯关头,须要切记!"*笔下半现半隐,令人耐读。*皇四子答应而去。行到围场,诸皇子兴高采烈,争先驰逐,独他一人呆呆坐着,诸从人亦垂手侍立。诸皇子各来问道:"今日校猎,阿哥为什么不出手?"皇四子只说是身子未快,所以不敢驰逐。猎了一日,各回宫覆命,诸皇子统有所得,皇六子奕訢,猎得禽兽,比别人更多,入报时,尚露出一种得意模样。偏偏皇四子两手空空,没有一物。道光帝不禁怒道:"你去驰猎一镇日,为何一物没有?"皇四子从容禀道:"子臣虽是不肖,若驰猎一日,当不至一物没有。但时当春和,鸟兽方在孕育,子臣不忍伤害生命,致干天和;且很不愿就一日弓马,与诸弟争胜。"道光帝听到此语,不觉转怒为喜道:"好!好!看汝不出有这么大度,将来可以君人。我方放心得下哩。"于是遂密书皇四子名,缄藏金匣。

道光帝崩,皇四子为皇太子,即皇帝位,以明年为咸丰元年,是谓文宗。即位后,尊谥道光帝为宣宗成皇帝。又因生母孝全皇后,早已崩逝,咸丰帝素受静皇贵妃抚养,至此尊为康慈皇贵太妃,奉居寿康宫;后尊为太后,奉居绮春园,就是宣宗颐养太后的住所。以七阿哥奕譞生母琳贵妃,温良贤淑,亦尊为琳贵太妃,奉居寿安居西所,统格外敬礼,一体孝养。随封弟奕誴为惇亲王,奕訢为恭亲王,奕譞为醇郡王,奕詥为钟郡王,奕譓为孚郡王;且追念杜师傅的拥戴大功,立擢为协办大学士。*知恩报恩,确不愧君人之度。*杜师傅更力图报称,所有政务,时常造膝密陈,因此求贤旌直的诏旨,连篇迭下。起擢故云贵总督林则徐,漕督周天爵,总兵达洪阿,道员姚莹等,多是杜协揆暗中保荐,中外翕然称颂。还有一种最得人心的上谕,由小子录述如下:

>　　任贤去邪,诚人君之首务。去邪不断,则任贤不专。方今天下因循废坠,可谓极矣。吏治日坏,人心日浇,是朕之过。然献替可否,匡朕不逮,则二三大臣之职也。穆彰阿身任大学士,受累朝知遇之恩,不思其难其慎,同德同心,乃保位贪荣,妨贤病国;小忠小信,阴柔以济奸回,伪学伪才,揣摩以逢主意。从前戎务之兴,穆彰阿倾排异己,深堪痛恨。如达洪阿、姚莹之尽忠宣力,有碍于己,必欲陷之。耆英之无耻丧良,同恶相济,尽力全之。似此之固宠窃权者,不可枚举。我皇考大公至正,惟知以诚心待人,穆彰阿得以肆行无忌,若使圣明早烛其奸,则必立置重典,断不姑容。穆彰阿恃恩益纵,始终不悛,自本年正月,朕亲政之初,遇事模棱,缄口不言。迨数月后,则渐施其伎俩,如英船至天津,伊犹欲引耆英为腹心,以遂其谋,欲使天下群黎,复遭涂炭。其心阴险,实不可问。潘世恩等保林则徐,伊屡言林则徐柔弱病躯,不堪录用;及朕派林则徐驰往粤西,剿办土匪,穆彰阿又屡言林则徐未知能去否。伪言荧惑,使朕不知外事,其罪即在于此。至若耆英之自外生成,畏葸无能,殊堪诧异。伊前在广东时,惟抑民以媚外,罔顾国家。如进城之说,非明验乎?上乖天道,下逆人情,几至变生不测。赖我皇考洞悉其伪,速令来京,然不即予罢斥,亦必有待也。今年耆英于召对时,数言及如何可畏,如何必应事周旋,欺朕不知其奸,欲常保禄位,是其丧尽天良,愈辩愈彰,直同狂吠,尤不足惜。穆彰阿暗而难知,耆英显而易著,然贻害国家,厥罪维钧。若不立申国法,何以肃纲纪而正人心?又何以使朕不负皇考付托之重欤?第念穆彰阿系三朝旧臣,若一旦竟真之重法,朕心实有不忍,着从宽革职,永不叙用。耆英虽无能已极,然究属迫于时势,亦着从宽降为五品顶戴,以六部员外郎候补。至伊二人行私罔上,乃天下所共见者,朕不为已甚,姑不深问。办理此事,朕熟思审度,计之久矣,实不得已之苦衷,尔诸臣其共谅之!嗣后京外大小文武各官,务当激发天良,公忠体国,俾平素因循取巧之积习,一旦悚然改悔,毋畏难,毋苟安,凡有益于国计民生诸大端者,直陈勿隐,毋得仍顾师生之谊,援引之恩,守正不阿,靖共尔位,朕实有厚望焉。布告中外,咸使知朕意,钦此。

　　原来咸丰帝即位时,天津口外,突来英船两艘,只说是赴京吊丧。直隶总督据事奏闻,咸丰帝召问穆彰阿及耆英两人,统答称英人请助执绋,无非为修好诚意,不如命他入京。独咸丰帝心中不以为然,随命直隶总督婉言谢却。

第五十七回　清文宗嗣统除奸　洪秀全纠众发难

英船亦起椗退去。于是咸丰帝因英人恭顺,回忆前次海疆肇衅,实由议抚诸臣,未战先怯,酿成种种失败的结果,遂追论前罪,将穆、耆二人分别谴责。穆、耆二人,罪无可逭,但为英人吊丧起见,亦未免近于周纳,两国通好,吊贺固宜,乃以却之使去,即目为恭顺,因追论疆事失败之罪,揆情度理,殊嫌失当。穆、耆二人,虽因新主当阳,未免有些寒心。然一年还没有过得,就使上头变脸,也不至这般迅速。谁料迅雷不及掩耳,革职夺级的上谕,陡然下来,穆彰阿欲想挽回,已经没法,只得除下了红宝石顶子,脱下了一品仙鹤补服,没情没绪的领了一班妻妾子妇,回入自己的旗籍去了。还算运气。耆英做过大学士,一落千丈,降到五品顶戴,自想也没有脸面在朝打诨,也谢职而去。这且不必细表。

但咸丰帝谕旨中,有派林则徐驰赴粤西,剿办土匪等语,小子叙到这事,竟要大大的费一番笔墨了。先是道光二十八年,两广岁饥,盗贼蜂起,广西的东南一带,做了强盗窠,变成一个强梁世界。庆远府有张家福、钟亚春,柳州府有陈亚葵、陈东兴,浔州府有谢江殿,象州有区振祖,武宣县有刘官生、梁亚九,统是著名的盗魁,四处劫掠,横行乡里。巡抚郑祖琛年老多病,很是怕事,偏偏这强盗东驰西突,没有一日安静,百姓苦的了不得,到各处地方官禀报。地方官差了几个衙役,下乡查缉,捕风捉影,简直是一个没有拿到。还有一班猾吏,与强盗多是同党,外面似奉命缉盗,暗里实坐地分赃,百姓越加焦急,又推了就地绅士,向抚院上诉。这位吃饭不管事的老抚台,见了数起呈文,都是详报盗案,免不得叫出几位老夫子,令他写好了几角公文,饬府州县严行捕盗。公文发出,郑老抚台又退入内室,吃着睡着,享那自在的闲福。笔笔成趣。这班府州县各官,早知郑抚台没甚严峻,也学那郑抚台模样,糊糊涂涂的过去,凭他什么申饬;仍旧毫不在意。百姓没法,不得已自办团练,守望相助。从此百姓自百姓,官吏自官吏,官吏不去过问百姓,百姓也不去倚靠官吏。自郑老抚台以下各官,乐得在署中安享荣华,拥着娇妻美妾,吸尽民膏民脂。不意桂平县金田村中,起了一个天空霹雳,直把那四万万方里的中国,震得荡摇不定,闹到十五六年,方才平靖,这也是清朝的大关煞,中国的大劫数。叙入洪杨乱事,应具这副如椽大笔。

金田村内,有个大首领,姓洪名秀全,本系广东花县人氏,生于嘉庆十七年。早丧父母,年七岁,到乡塾中读书,念了几本四书五经,学了几句八股试帖,想去取些科名,做个举人进士,便也满愿,怎奈应试数场,被斥数场。文字无灵,主司白眼。他家中本没有什么遗产,为了读书赶考,更弄得两手空空,没奈何想出救急的法子,卖卜为生,往来两粤。把洪氏历史,叙得格外明白,就可定实洪氏一生行谊。忽闻有位朱九涛先生,创设上帝教,劝人行道,自言平日尝铸铁香炉,铸成后就可驾炉航海。秀全疑信参半,就邀了同邑人冯云山,去访九涛。见面胜于闻名,便拜九涛为师,诚心皈依。九涛旋死,铁香炉曾铸成否?秀全继承师说,仍旧布教。适值五口通商,西人陆续来华,盛传基督教义,基督教推耶稣为教主,也尊崇上帝,有什么《马太福音》,及《耶稣救世记》等书。秀全购了一二部,暇时瞧阅,与自己所传的教旨,有些相像,他就把西教中要义,采了数条,羼入己意,汇成一本不伦不类的经文。谬称上帝好生,在一千八百年前,见世人所为不善,因降生了耶稣,传教救世。现在人心又复浇薄,往往作恶多端,上帝又降生了我,入世救人。上帝名叫耶和华,就是天父,耶稣乃上帝长子,就是天兄。异想天开。这派说话,已是戛戛独造了。

后来与云山赴广西,居桂平、武宣二县间的鹏化山中,借教惑民,结会设社,会名叫作三点会,取洪字偏旁三点水的意义。桂平人杨秀清,韦昌辉,贵县人石达开、秦日纲,武宣人萧朝贵,争相依附。秀全与萧朝贵,最称莫逆,就把妹子许嫁了他。洪妹名叫宣娇,倒有三分色艺,朝贵很是畏服;为此一段姻缘,越发鞠躬尽瘁,帮助秀全。秀全得亲这几个党羽,遂差他分投各邑,辗转招集,运动了桂平富翁曾玉珩,入会输资,信教受业。秀全趁这机会,开起教堂,更立会章,不论男女,皆可入会传教,更不论尊卑老幼,凡是男人,统称兄弟,凡是妇女,统称姊妹。越是混帐。每人须纳香镫银五两,作为会费。这桩是第一要紧。起初被诱的人,尚是寥寥,秀全与冯云山、萧朝贵等,密议了一个计策,装成假死。外面不知是假,听说洪先生已死,都来吊唁。萧朝贵因是妹婿,做了丧主,受吊开丧。秀全便直挺挺的仰卧在灵床上,但见灵帏以外,有几个上来拜奠,有几个焚化纸钱,有几个会中妇女,还对着灵帏,娇滴滴的发作哀声,你也哭声洪哥哥,我也哭声洪哥哥,这位洪哥哥,听到此处,暗中笑个不了,勉强忍住了数日。倒也亏他。日间装作死尸模样,夜间与几个知己,仍是饮酒谈心。过了七天,突把灵帏撤去,灵床抬出外面焚掉。当下惊动无数乡民,都来探问。萧朝贵答称洪先生复生,因此人人传为异事。

洪先生复遍发传单,说要讲述死时情状,叫乡民都来观听。看官!你道这等愚夫愚妇,能够不堕他术中么?当下就在堂中设起讲坛,摆列桌椅,专等乡民听讲。到开讲这一日,远近趋集,齐入教堂,比看戏还要闹热。只见上面坐着一位道冠道服,气宇轩昂,口中叨叨说法,这个不是别人,就是已死复生的洪秀全。但听秀全说道:"我死了七日,走遍三十三天,阅了好几部天书,遇了无数天神天将,并朝见天父,拜会天兄,真是忙的了不得。世间一年,天上只有一日,列位试想这七日内,天上能有多少时候?我见天上的仙阙琼宫,正是羡煞,巴不得在天父殿下,充个小差使,做个逍遥自在的仙人。怎奈天父说我尘限未满,仍要回到凡间,劝化全国人民,救出全国灾厄,方准超凡归仙。余外还有无数训辞,都是未来的世事。天机不可泄漏,我所以不便详告。最

第五十七回　清文宗嗣统除奸　洪秀全纠众发难

要紧的数句,不能不与列位说明:清朝气数将尽,人畜都要灭绝,只有敬拜天父,尊信天兄,方可免灾度厄。我前时设会传教,还是凭着理想,今到天上见过天父天兄,才信得真有此事。列位如愿入会忏悔,定能趋吉避凶,我可与列位做个保人,不要错过机会。"说到此处,即由冯云山、萧朝贵等,取出一本名簿,走到坛下,朗声呼道:"列位如愿入会,赶紧前来报名。"于是听讲的人,统愿报名入会,只愁会费没有带来,与冯、萧诸人商量暂欠。冯云山道:"暂欠数日不妨,但已经报过了名,会费总当缴纳,限期七日一律缴清,如或延宕,要把姓名除没,将来灾难万不能逃呢。"那班愚民齐声答应,一一报名,登录会簿,随退出堂外。有钱的即刻去缴,没有钱的就典衣鬻物,凑足五两数目,赶至堂内缴讫。愚民可怜。

秀全开讲数日,入会的人,累千盈万。党徒也多了,银子也够了,留住广西,秀全遂蓄着异谋,想乘机发难,遂令冯云山募集同志,自己返到广东,招来几个故乡朋友,共图起事。秀全已去,云山且招兵买马,日夕筹备,渐被地方官吏察觉,出其不意,将云山拿去。云山入狱,富翁曾玉珩等,费了无数银钱,上下纳贿,减轻罪名,递解回籍。此时秀全已招了好几个朋友,方想再赴广西,巧遇云山回来,仍好同行。转入广西省平南县,遇着土豪胡以晃,意气相投,又联作臂助,各人在以晃家一住数日。杨秀清、韦昌辉、石达开、秦日纲诸人,聚居金田村,日俟秀全到来,望眼将穿。旋探得秀全寄居在以晃家内,忙率众迎至金田。秀全见金田寨内,多了几个新来的豪客,互通姓名,一个系贵县人林凤祥,一个系揭阳县人罗大纲,一个系衡山县人洪大全,谈吐风流,性情豪爽,喜得洪秀全心花怒开,倾肝披胆的讲了一会,当下杀牛宰豕,歃血结盟,誓做异姓弟兄,大有桃园结义、梁山泊拜盟的气象。当下第一把椅子,就推了洪秀全,第二把椅子,推了杨秀清。洪、杨慨然不辞,竟自承诺,随令众人蓄发易服,托词兴汉灭胡,竟就金田村内,竖起大元帅洪的旗帜来了。小子记得石达开有一诗云:

> 大盗亦有道,诗书所不屑。
> 黄金似粪土,肝胆硬如铁。
> 策马度悬崖,弯弓射胡月。
> 人头作酒杯,饮尽仇雠血。

这一首诗中,已写尽这班人物粗莽豪雄的状态。但推那洪秀全作为首领,也未免择错主子,小子不欲细评,且至下回叙述洪杨起事的战史。

高宗用一和珅,酿成川、楚、陕之乱凡九年。清宣宗用一穆彰阿,酿成洪杨之乱凡十五年。养奸之祸,若是其甚欤！曰：一奸人进,群奸亦连类而升,内而公卿庶尹百执事,外而督抚道府州县,皆奸党也。无在非奸党,即无在非乱源,掊克聚敛,激成民怨,伏处草泽者,乘间而起,天下无宁日矣。迨至奸谋败露,灾害已至,虽诛夺元凶,亦觉其晚。齐王氏一妇人耳,犹能扰攘四五省,洪秀全传会西教,诈死惑民,一发而不可收拾。非跳梁者之果有异能,殆权奸当道,小民铤走之所由致也。本回可与五十一回参看,而用笔则详略褒贬,具见苦心。

第五十八回　钦使迭亡太平建国　悍徒狡脱都统丧躯

却说洪秀全、杨秀清等蟠踞了金田村,气焰日盛,桂平知县差了几十皂班快班,前往缉捕,不是被杀,就是被逐；而且风声日紧,有戕官据城的谣传。桂平县官连忙申详府道,府道又申详巡抚。郑抚台祖琛杜门不出,方喜盗案渐稀,清闲度日,忽接桂平警报,内说洪杨蓄谋不轨,与寻常盗贼不同,他不禁忧虑起来,搔头挖耳的思想。想了半日,尚无妙策,就邀了几位幕宾,同议剿匪事宜。三个缝皮匠,比个诸葛亮,竟想出一个奏报北京迅派大员的计策。当由幕友修好奏折,即日拜发。咸丰帝览奏之下,便召杜协揆受田入议,受田力保故云贵总督林则徐,及故提督向荣。于是朝旨特下,派林则徐为钦差大臣,向荣为广西提督,迅赴粤西剿办；一面令郑祖琛出省督师。郑抚台接到此旨,一喜一惧：喜的是有人接替,可以少卸肩子；惧的是钦使未到,仍要出省剿匪。左思右想,无可奈何,只得带了绿营兵数千,出了省城,慢慢的南下,行至平乐府,竟就此屯驻了。原来平乐府西南,就是浔州府,桂平是浔州首县,郑老抚台明哲保身,暗想平乐府尚是安靖,若再南行,便要近着盗窠,倘或被围,恐怕老命都要送脱；因此半途中止,裹足不前。这个妙策,想也是幕友教他。

会提督向荣驰到桂林,闻巡抚已出省督师,料想金田一面,由抚台亲自督剿,当不致蔓延四出,自己不如向柳州、庆远一带,先剿土匪,翦灭洪杨羽翼,然后夹攻金田,较易荡平。主见一定,遂饬弁飞陈郑抚台。郑抚台不知可否,令他便宜行事。于是向荣遂出柳州、庆远,转入思恩、南宁,沿途杀逐无数盗贼,颇有摧枯拉朽的威势。

怎奈郑抚台安驻平乐,洪杨等也暂不出发,只是蓄粮备械,从容布置,方思克日大举,忽探得钦差大臣林则徐,奉旨前来,秀全大惊道："罢了罢了！林公一到,我辈休了。"石达开在旁道："大哥何胆怯至此？难道不闻水来土掩,将到兵迎么?"秀全道:"并非愚兄胆怯。这林公智勇双全,英人尚敌他不过,何况我辈?"石达开道:"弟亦晓得林公厉害,但我军饷械充足,总可支撑数月。倘果不能支撑,兄弟们尚可航海逃命,且待林公到来,再图进止!"秀全听说,略略放心,只差人窥探林钦差行程。

过了一二天,探报林钦差已到潮州普宁县,广西巡抚郑祖琛,革职遣戍,由林钦差兼任巡抚事。秀全愈加惶急,正踌躇间,见洪大全趋入,笑容满面道:"大哥恭喜!林钦差死了。"秀全不觉跃起,便问道:"可真么?"大全道:"自然真的。现闻满清政府,已命前两江总督李星沅,继任钦差大臣,广西藩司劳崇光,署理巡抚了。"秀全道:"这全仗上帝保佑,上帝偏偏保佑他们,想是中国百姓,该遭大劫。但不识李星沅是何等人物?"大全道:"想总不及林钦差能耐。鄙意不若乘他未到,赶速发兵。"秀全道:"很好很好。"忙召杨秀清等定议出发。石达开道:"若要出兵,预先做张檄文,声明贪官污吏的罪孽,才算得师出有名呢。"秀全道:"这须劳老弟大笔!"石达开道:"论起文字一道,还要让大全兄。"秀全随令大全草檄,不到一时,草成檄文道:

奉承天道吊民伐罪大元帅洪谨以大义布告天下:窃以朝有奸臣,甚于盗贼;署中酷吏,无异豺狼,利己殃民,剥闾阎以充囊橐,卖官鬻爵,进谄佞而抑贤才;以致上下交征,生民涂炭。富贵者稔恶不究,贫穷者含愤莫伸,言者痛心,闻者裂眥。即以钱漕一事而论,近加数倍,三十年之税,免而复征,重财失信,挖肉敲脂,民财竭矣。剧盗四起,嗷鸿走鹿,置若罔闻,外敌交攻,割地赔钱,视为常事,民命穷矣。朝廷恒舞酣歌,讳乱世而作太平之宴,官吏残良害善,掩毒焰而陈人寿之书,雀苻布满江湖,荆棘遍丛道路,民也何罪?遭此鞠凶!我等志士仁人,伤心恻目,用是劝人为善。设教牖蒙,乃当道斥为莠民,诬为匪类,欲逞残民之焰,遽操同室之戈。我等环顾同胞,义难袖手,因之鼓励同志,出讨巨奸。凡我百姓兄弟,不必惊惶!商贾农工,各安生业!富者助饷,贫者效力,智者协谋,勇者仗义,共襄盛举,再造升平,则虎狼戢而天日清,蠹贼除而苗禾殖矣。倘有愚民助桀为虐,怙恶不悛,天兵所到,必予诛夷,凛之慎之!檄到如律令。

檄文一发,便制定旗帜,取炎汉以火德旺的意义,全用红色,更令人人用红布包头,扎束妥当,各执军械,排齐队伍,从金田村出发,进屯大黄江,遂分攻桂平、武宣、贵县、平南等县,前锋直到象州。清廷再授周天爵署广西巡抚,加总督衔,迅赴广西办理军务。既遣李星沅,复遣周天爵,初次着手,已嫌骈枝。复命两广总督徐广缙,派兵夹剿。广缙遣副都统乌兰泰,赴广西佐理军事,与向提督荣,分统二军,进剿洪、杨。又是歧出。

向荣兵至马鹿岭。马鹿岭在大黄江对面,由秀全遣兵堵守。向荣一鼓而上,驱散洪军,追至武宣,又与洪军酣战。洪军败走,入紫荆山。此时乌兰泰军亦到,分头攻截,又因李星沅已驰抵柳州,周天爵亦驰抵桂林,俱派兵协剿。无如李、周二人,意见未合,李星沅素重向荣名,所遣各军,统令归向荣节制。周天爵兼任督务,以权出向荣上,派遣将弁,暗中授意,令直接抚辕管辖,不受提辕干涉。乌兰泰又为广东总督所派遣,更与向荣各竖一帜,各分门户。向荣迭遭牵掣,自然要向李钦使处哓哓申诉。李钦使飞咨周署抚,又遭周署抚辩驳,李钦使也未免愤激,疏请简派统帅,一面进次武宣,忧心内焚,遂致病作。星沅系湖南湘阴人氏,秉性忠孝,叠任封疆大员,累建政绩。道光帝晏驾,他自江南入京,哭临尽礼。咸丰帝即位,召对大廷,语多称旨,并因母老乞归。咸丰帝鉴他诚挚,允他暂归省亲。适林则徐病殁普宁,乃复下旨令为钦差大臣。星沅入告母陈太夫人,即驰赴粤西,至是病日增剧,竟致不起。遗疏言:"贼不能平,不忠;养不能终,不孝;殓用常服,以彰臣咎。"咸丰帝见他遗疏,也不禁垂泪,推重李星沅,便阴贬周天爵。一面优旨嘉慰,赐予祭葬;一面令大学士赛尚阿,率都统巴清德,副都统达洪阿,督京师精兵四千人,赴粤视师。周天爵闻星沅病故,遂劾奏向荣不遵节制。咸丰帝因星沅疏中有隐怨天爵等语,遂罢天爵督师,褫总督衔,改用邹鸣鹤为广西巡抚。

赛尚阿至军,即饬各路进攻紫荆山。紫荆山前面,叫作新墟,后面叫作双髻山,猪仔峡,统是异常险隘。当下达洪阿攻西南,乌兰泰攻西北,总兵李能臣、经文岱攻东南,巴清德会集向荣军,自紫荆山后路攻入,直登猪仔峡,据住要口。洪、杨等拼命抵敌,究因要口已失,不能支持,遂率众倒退。向荣等步步紧逼,进夺双髻山要隘。洪军乃弃了紫荆山,分水陆两路,窜入永安州。赛尚阿即驰疏奏捷,得旨嘉奖。当时总道巢穴已破,可以指日肃清。不想永安失守的警信,又报入清营。原来永安本乏守备,洪、杨等窥他空虚,竟率众攻入守城,官吏早逃得不知去向。秀全既得了永安城,遂与会党拟定国号,叫作太平天国。自称天王,封杨秀清为东王,萧朝贵为西王,冯云山为南王,韦昌辉为北王,石达开为翼王,洪大全为天德王,秦日纲、胡以晃等四十余,各称丞相军师,居然要与大清国抗衡了。纯是皇帝思想,安知援救同胞?清军因他蓄发易服,称为发逆;亦叫他作长毛贼。他却呼清军为妖。

赛尚阿闻洪、杨已入永安,急移屯阳朔县,督诸军追剿。诸军统领,总要算向荣、乌兰泰最勇,追至永安城下,立营数十。向荣统北路,乌兰泰统南路,旗帜鲜明,刀枪密布,险些儿要踏破城池。怎奈两将素不相容,你要速,我要缓;你要合,我要分;一连数月不下。失机在此。乌兰泰麾下,有故秀水知县江

第五十八回　钦使迭亡太平建国　悍徒狡脱都统丧躯

忠源，素为知兵，至是往返调停，总未能解嫌释怨。会都统巴清德病殁，兵士亦多触暑瘴，锐气渐衰。江忠源夜出巡逻，见永安城北角独阙围兵，忙入营禀乌兰泰道："现在长毛都聚集城内，全靠今日合围，悉敌歼除，方免后患。卑职巡绕四周，见城北独留出不围，倘被他窜逸，将来四出为殃，大为可虑。"乌兰泰道："城北归向军门督攻，我却不便干涉。"忠源道："这事关系甚大，还请大人与向军门熟商。"乌兰泰默然不答。忠源道："大人若不便与商，待卑职自去见向军门，只请大人命下便是。"热诚可敬。乌兰泰道："这却不妨听便。"忠源奉命，径至向营求见，由向军门召入，行过了礼，便献上合围的计议。向荣道："古人说得好：'困兽犹斗。'若将这城四面围住，贼众无路可走，定然誓死固守。现已攻了两三个月，未能破入，兄弟所以撤去一隅，诱他出来，以便截击。一则得城较易，二则亦不怕他遁去，岂非两全之策乎？"忠源道："大人明见，未始不能破贼，但我现有三万多人，贼众不过万余，我众彼寡，尽可合围。若恐血肉相搏，所失亦多，何不断他樵采，绝他水道，使他自乱？不出十日，包可攻入了。"向荣仍是不依，忠源退出，自叹道："此计不用，我辈难逃大劫了。"遂回报乌兰泰，歇了数天，托病自去。可惜！

　　洪秀全见城北无兵，便有意溃围，自己带领杨秀清、冯云山、石达开出北门，令洪大全、秦日纲等出东门，萧朝贵、韦昌辉等出南门，林凤祥、罗大纲出西门，乘着黑夜，一声呐喊，便向四门杀出。清军虽也日夜防备，怎奈全城悍党，猛扑出来，好像饿虎饥鹰一般，这边围住，那边被他冲出，那边围住，这边被他冲出。乌兰泰适在东门，望见洪大全等出来，忙率兵抵敌，大全亦转寻乌兰泰角斗，两下酣战，毕竟乌兰泰勇力过人，奋战数合，将洪大全活捉过去。天德王要归天了。秦日纲忙来抢救，已是不及，复恶狠狠的与乌兰泰相扑。乌兰泰麾军四逼，把秦日纲困在垓心。日纲正在危急，巧逢萧朝贵、韦昌辉两路杀入，救出日纲，清总兵长瑞、长寿二人，忙去拦阻，怎禁得萧、韦一军，大刀阔斧，逢人便砍，二总兵措手不及，都丧掉了性命。萧朝贵、韦昌辉、秦日纲等，合众东走，乌兰泰尚不肯舍，只饬人押解洪大全入京，自率兵尾追而去。

　　是时北门无兵，由洪、杨等拍马驱出，行了一二里，突遇清兵拦住，为首大将，正是向荣。当下火光如炬，枪声如雷，两军混战多时，杀得地惨天愁，尘昏月暗。秀全部下，统是异常精锐，凭你向军门如何能耐，不过杀了一个平手。不防林凤祥、罗大纲等，又从西边杀到，秀全得了这军，格外抖擞精神，与向军死战。向荣尚拼命拦截，谁知老天又偏偏下起雨来，弄得官兵拖水带泥，有力难使。总兵董先甲、邵鹤龄，又先后战殁，眼见得这位洪天王，要被他窜去了。向荣收兵入城，检点队伍，已伤亡不少，慨然道："悔不听江忠源计策，相持数月，只得了一座空城，目下贼众北窜，定去窥伺省会，省会一失，广西全省统难保了。"前策已失,此策亦只得了一半。随即整顿兵队,出了永安城,从间道驰赴桂林去讫。

　　这边乌兰泰尾敌东追,遥望萧、韦各军,绕山北走,料知敌众将犯省垣,遂命军士竭力赶上,将到六塘墟,敌众已不知去向,当下扎住了营,令侦骑四探,回报贼兵已踞住墟中。乌兰泰升帐,传集将弁,便道:"本都统受国厚恩,愿与贼同生死,现闻贼众已踞六塘墟,想必是休养数日,出犯省城,不乘此奋力邀击,省城定要遭殃。"说到此处,令部下取过一盂,突拔佩刀,向臂上刺入,顿时血洒盂中,复令搅入清水,陈于案上,向将弁道:"诸君如热忱报国,请饮此血!"将弁等不敢违慢,便个个向前,各呷一口。饮毕,拔营北进,直指六塘墟,急如电掣,疾若星驰。勇有余而智不足。行入墟口,夕阳已是西下,但见树木丛杂,路径纷歧。副将金玉贵上前禀请,拟就此暂驻,待明晨进兵。乌兰泰道:"行军全靠锐气,若待至明日,气便衰了。本都统定要今日歼贼,虽死不辞。"诳语。金玉贵不敢多言,即随乌兰泰前进。愈入愈险,愈险愈暗,一声鼓响,长毛从暗中杀出。左有秦日纲,右有韦昌辉,乌兰泰全然不惧,列炬开战。你一刀,我一枪,争个你死我活。相搏多时,韦、秦二人率众退去,乌兰泰仍驱军穷追。直到将军桥,日纲、昌辉逾桥过去,乌兰泰亦怒马当先,跑过了桥,官兵逐队随上,甫过一半,豁喇一声,桥梁中断,坠水的人,不计其数。恼得乌兰泰怒气冲天,索性向前,不顾后面,忽见前面来了一大队长毛,打着东王、南王旗号,让过韦、秦,截住乌兰泰。乌兰泰不管死活,上前冲突。此时天尚未明,猛听得一阵炮响,弹子如飞蝗般射来,乌兰泰身先士卒,毫无遮护,身中竟着了三弹,跌下马来。部将田学韬,疾忙趋救,巧巧一弹飞到面前,躲闪不及,正中脑袋,脑浆迸出,死于非命。乌兰泰亦狂喷鲜血,大叫一声而亡。可为勇者鉴。霎时间乌军前队,统被长毛杀毙,只后队还在桥南,由金玉贵带着,正思渡水接应,见长毛兵已回杀前来,料知主将陷没,忙令部兵整阵而退。自己独怒目横矛,立于桥侧,大呼道:"长发贼敢过来斗三百合否?"长毛见他单骑直立,不觉惊异,便去禀报杨秀清。秀清拍马趋出,在桥北遥望,见玉贵身穿白袍,威风凛凛,不由的暗暗惊叹,随道:"这位白袍将,好像唐朝薛仁贵,我等不要惹他,让他去罢!"当下麾兵退去。玉贵亦舒徐不迫,回呼部兵,改道趋桂林。

　　原来洪秀全出永安时,相约北趋,至此会合韦、秦各军,得了胜仗,遂直犯桂林,进逼城下。抬头一望,守城兵统已严列,防备的非常周到。秀全对众人道:"这个邹妖,倒很有点来历。你看他防兵密布,好严肃得很哩。"话尚未毕,城上的枪炮,已一齐射来,秀全转身就走,退五里下寨。次日,复遣石达开、韦昌辉等,率众进攻,又被守兵击退。回报妖将向荣,亦在城中,秀全道:"怪不得!怪不得!我道邹妖哪有这般厉害!"又接连攻了数日,一些儿不得便宜,俄报东岸碟洲又有妖兵来了,秀全忙令冯云山前去迎敌。云山去讫,达开献计道:"广西僻处偏隅,无足轻重,我军不如悉锐北上,道出两湖,据江为守,相机以争中原,方为上策。"秀全鼓掌道:"好计,好计!"遂下令拔寨都起,东出碟洲想策应冯云山。忽接前哨来报,南王追妖兵至蓑衣渡,中炮身亡。秀全不听犹可,听了云山死信,魂灵儿都飞入九霄云外。接连又报天德王被解入京,惨遭极刑。秀全大叫道:"痛哉,痛哉!"一语出口,两眼直视,竟向前扑倒。真耶假耶? 正是:

> 揭竿才托中兴号,闻耗先惊死党亡。

洪秀全倒地后,若果身死,倒也风平浪静了;但秀全是个乱世魔王,人叫他死,天偏叫他不死,这正没法,容小子下回接叙。

洪、杨发难金田,尚是么魔小丑,林公不亡,洪、杨徒航海出走,与波臣为伍已耳。林公即亡,继起者果同心协力,合图扑灭,则聚而歼之,尚为易事。乃李、周相嫉,乌、向不睦,坐使入网之鱼,终致漏网;陷阱之兽,又复脱阱。虽曰天数,宁非人事? 本回叙洪、杨四出之原因,以见将帅不和之大弊。语曰:"和气致祥,乖气致戾。"观此益信。

第五十九回　骆中丞固守长沙城　　钱东平献取江南策

却说洪秀全晕厥过去,经众人七手八脚,扶起灌救,半响才渐渐醒来,不禁长叹道:"出师未捷,先伤两将,使我如失左右手,真是可痛可恨!"众人极力解劝。秀全又问道:"那个妖将,伤我兄弟云山?"探弁答称:"是江忠源。"看官! 你道这江忠源何故又来? 他自托病告归后,料得长毛必逸出永安,北犯桂林,桂林有失,必入湖南。湖南系忠源原籍,为保全桑梓起见,不得不募勇赴援。适有同里刘长佑,与忠源意气相投,忠源遂邀为臂助,招集乡勇千人,出援桂林,甫到碟洲,已被冯云山截住。忠源佯退,诱云山至蓑衣渡,数枪并发,将云山击死。秀全闻到江忠源姓名,还不晓得他的智略,便道:"什么江妖,敢伤我南王? 兄弟们替我前去,除灭江妖,报复大仇。"众人齐声得令,个个摩拳擦掌,向蓑衣渡杀去。

只见江军扎在蓑衣渡对岸,部下甚是寥寥。秀全命部众劫夺民船,渡将过去;才到中流,这船竟停住不动。对岸开了一炮,四面八方,小船齐集,统用火枪火箭,向长毛船上掷去。秀全仗着多人,冒火死斗。不想南风陡起,火势愈猛,一船被焚,那船又燃;要想回船逃生,恁你划桨摇橹,总是窒碍难行。秀全不信,令死党泅水窥探,回报:"船底统是大树,七丫八杈,把船只牵住,所以不便行动。"从悍党口中述出,才识江忠源妙计。秀全急弃掉大船,改乘小船,驶到岸旁,登陆东窜。这一仗,烧死了许多长毛兵,乃是洪秀全出兵以来未曾受过的大亏。不过长毛可以随处掳胁,沿途经过,村落为墟,战败时只剩残兵疲卒,转眼间又是士饱马腾。

江忠源闻长毛东走,飞禀钦差大臣赛尚阿,出师拦截。这赛大臣的行踪,小子久不提起,只好从此处补叙。原来赛大臣无他谋略,专工趋避,自长毛逸出永安后,他已从阳朔潜返桂林。嗣闻桂林又要被兵,复从桂州退至永州。永州系湖南门户,此番长毛东走,正望永州进发,所以江忠源飞请出师。忠源着急万分,那赛大臣却雍容坐镇,视作没事模样,因此洪秀全掠地攻城,势如破竹。提督余万清,驻守道州,闻长毛将至,弃城遁去,秀全等从容入城。占据月余,复分兵破江华、永明、嘉禾、蓝山等县,转入桂阳州、郴州。

警报直达长沙。长沙是湖南省城,巡抚骆秉章,与秀全本是同乡,幼时又与秀全同学,尝在暑夜同浴鱼池。秀全出了一课,要秉章属对。秀全的出句,是"夜浴鱼池,摇动满天星斗",秉章的对句,是"早登麟阁,挽回三代乾坤"。两人志趣,少小时已见一斑。两人各自惊叹。此次成为仇敌,秀全未免畏惧三分,遂在郴州逗留不进。萧朝贵上帐请道:"大哥何不去夺长沙?留在此地做什么?"秀全道:"长沙有骆秉章守住,非可轻敌,只好慢慢进兵。"朝贵道:"一日过一日,等到妖兵四集,我们要坐困了,还是赶紧进兵为是。"秀全尚在迟疑,被朝贵催逼不过,只得移攻永兴。永兴城内的县官,闻敌先溃,秀全复长驱直入。朝贵仍请进攻长沙,秀全道:"妹夫!你不要性急,骆秉章非同小可,不应冒昧进攻。"朝贵道:"大哥休张他人锐气,灭自己威风!我兵从广西到湖南,只蓑衣渡吃了场亏,此外战无不胜,攻无不取,简直是不曾费力。骆妖系湖南巡抚,湖南一省,统归他管辖,为什么不派重兵分守?据我看来,毫不中用。大哥怕他,朝贵却不怕他呢。"言未毕,探马来报:"骆秉章已罢官了,现在继任的巡抚,叫作张亮基。"朝贵便起身道:"大哥所怕的骆妖,已经罢职,这是天意叫我去取长沙,小弟愿去走一遭。"秀全道:"你既要去,须多带人马。"朝贵道:"不必,不必,小弟部下有锐卒千人,已经敷用,包管可得长沙。"秀全应允。朝贵入内,别了洪宣娇,宣娇嘱他小心,朝贵道:"区区长沙城,有何难取?若不取得,誓不回军。"你道还想生还么?随与宣娇作别,竟带了千名死士,出永兴城,向东北进发。

这萧朝贵果然厉害,一经出兵,好似风驰雨骤的过去,破安仁县,转陷攸

第五十九回　骆中丞固守长沙城　钱东平献取江南策

县,及醴陵县,进薄长沙城下。湖南新任巡抚张亮基,尚未到省,旧抚骆秉章,因总督程矞采出驻衡州,无从交卸,所以还在城中,突闻长毛已来攻城,忙率提督鲍起豹,登陴守御,并飞檄各镇入援。城内兵民,不道长毛来得这般迅速,统惊慌的了不得,幸亏骆秉章昼夜巡查,随时抚慰,鲍起豹留心防堵,甚至向城隍庙中,舁出神像,置诸城楼,与他对坐,藉安民心。想入非非。朝贵攻了数日,没有效果,气得暴跳如雷,喝令部兵猛扑。城上守兵,险些儿抵挡不住,忽见清总兵和春、常禄、李瑞、德亮等,率军驰至,朝贵才停住勿攻,固垒自守。和春等见朝贵壁垒森严,军械环列,倒也不敢惹他,只在城外扎住了营,相持又数日。

会清廷因长毛围急,赛尚阿、程矞采二人坐驻衡永,畏缩不前,严旨把他革职,调徐广缙驰督两湖,并促广西提督向荣速援湖南。向荣尝轻视赛尚阿,不愿受他节制,所以桂林围解,他便托病安居,不肯前敌,至赛已革职,方才启行。向荣未抵长沙,江忠源已倍道驰至,两人相较,优劣自见。遥望朝贵兵分据城外天心阁,立栅甚坚。忠源道:"阁上地势甚高,贼众据此,长沙危了。"急领兵争夺天心阁,一场恶战,方把朝贵兵杀退。朝贵愤极,仍督众攻南门,手执令旗,当先跃登;不防城上飞下一弹,对准朝贵头上,扑的一声,把头颅轰破,坠地而死。

死信传至永兴,秀全大吃一惊,与秀清道:"我说骆秉章有些才智,不可轻敌,偏这萧妹夫硬要前去,被他击毙,宁不痛心!"秀清未答,洪宣娇已号哭入帐,问阿哥来讨丈夫,弄得秀全无言可答。还是秀清从旁劝解,并许率众复仇,宣娇方肯止哭,于是率众北行,飞扑长沙。宣娇亦领了一班大脚妇女,自成一队,跟随军后。不愧强盗婆。其时张亮基及向荣统到长沙城内,援军大集,数近五万。秀全屡攻无效,复广募矿夫,屡凿地道。地雷两发,俱被向荣麾下邓绍良、瞿腾龙等,抢险堵塞,反伤毙长毛数百名。秀全没法,潜令解围。宣娇尚不肯从,秀全许他另置男妾,方随同西去。

江忠源率兵驰逐,途遇秀全断后军,鏖战被刺,伤腓坠马,逃免回营。入城见新抚亮基,力陈河西一带,兵备空虚,请调兵扼堵,亮基也依计调遣。奈河西诸将,都畏长毛声势,作壁上观。秀全遂从容走宁乡,破益阳,出湘阴,渡洞庭,直达岳州。岳州文武各官,自提督博勒恭武以下,统已逃去。秀全整队而入,得了武库一所,启门细瞧,甲仗炮械,不计其数,乃是吴三桂遗物。秀全喜出望外,传令进攻汉阳,先向江口劫夺商船五千余艘,驾载部众,舳舻蔽江,旌旗耀日,顺流而下,直抵汉阳。知府董振铎,死守三日,救兵不至,城被陷,振铎率家丁巷战而死。知县刘宏庚自缢。秀全转向汉口焚掠五昼夜,百货为空。

时值隆冬,江水已涸,中涨巨洲,秀全令部众连舟为梁,环贯铁索,从汉阳接到武昌,环城设垒。巡抚常大淳,督兵数百拒守。向荣自湖南驰救,至洪山下寨。洪山在武昌城东,向荣因汉口已失,不欲并守孤城,所以在洪山立营,与城中遥为犄角。驻扎不定,杨秀清率众夹攻,见向营坚壁勿动,几回冲突,统被击退。是夕月色无光,秀清总道向军初到,不敢袭击,便安心睡着。谁料到了夜半,寨外人马喧天,鼓声震地,秀清从梦中惊觉,忙起来抵敌,见向军如潮涌入,一将跃马入营,舞着大刀,左右乱砍,秀清不见犹可,见了这人,大喝道:"好个背义负盟的张嘉祥,来!来!来!我与你拼三百合罢。"随拍马向前,持刀力战,约十数合,耳边但听得一片呼声,都道:"快捉杨贼!"秀清心怯,转身便逃。怎奈向军紧追不舍,部众已被他杀得七颠八倒,正在危急,幸石达开、林凤祥前来救应,与向军恶斗一场,还杀不过向军,又来了陈坤书、郜云官等一枝新兵,方才战退向军。这番败仗,长毛兵死了不少,被毁营垒十几座,失去枪炮二千有余。秀清咬牙切齿,恨煞张嘉祥,连石达开等,亦愤愤不已。这是张国梁第一次立功。

看官!你道张嘉祥是何等样人?他本是广东高要县的大盗,洪、杨倡乱,召张入党。初次与向荣对垒,秀清令嘉祥率二百人,至向营诈降,向荣探知来意,留住二百人,另易二百壮士,从嘉祥出战,大败贼众。秀清遂将嘉祥妻子,一并杀讫。嘉祥不能转去,遂投顺向荣,改名国梁,向荣亦格外优待。只秀清还不晓得他改名,所以曾叫他为嘉祥。

向荣得此大胜,正思进兵援城,忽天雨如注,朔风凛冽,兵士不能前进,只好缓待数天。经这一雨,武昌城被地雷轰破,常大淳以下藩臬各官,统同殉难。清廷闻警,因徐广缙逗留湘潭,延不到任,以致寇势日炽,遂革职逮问;授向荣为钦差大臣;起故大学士琦善,选兵驻河南;此老又现。调张亮基署湖广总督;潘铎署湖南巡抚;截住骆秉章回京,令署抚湖北。原来骆秉章前次罢官,实被赛尚阿劾奏。赛尚阿奉命督师,道出湖南,供张独薄,遂劾他吏治废弛,因此夺职。补足上文,且贬赛尚阿。嗣因赛尚阿得罪,朝旨乃仍令抚楚。这时候,已是咸丰二年十二月了。

秀全便在武昌度岁,居然御朝受贺,大开盛宴。适外面来报,有一书生求见,递上名刺,秀全一瞧,乃是浙江归安人钱江,便道:"白面书生,何知大事。"已露骄态。言下有拒绝意。还是石达开上前说:"现时正要延揽人才,不宜谢客。"因命召入。钱江进内,长揖不拜。秀全见他气度雍容,倒也有些器重,便令钱江旁坐,问他来历。钱江答道:"钱某前时曾充林则徐幕宾,林公罢职,英兵入境,钱某集众明伦堂,鼓励绅民,方思联合上下,出去抵敌,乃混帐官府,主张和议,反说钱某无端滋事,饬知县梁星源,捕某下狱,后被押解回籍,郁郁久居。今闻大王起义,是以不远千里,前来求见。"明珠暗投,也是可惜。秀全道:"你既来此,有何见教?"钱江道:"大王欲手定中原,此处非久居之所,还应亟图进取,方可得志。"秀全道:"我亦作这般想。但闻满廷怕我北伐,已遣什么琦善,率大兵阻截河南。看来河南非急切可攻,只好暂住武昌,相机行事。"钱江道:"武昌居四战之地,万难长守。况向荣现逼城下,设或清兵再集,那时四面受困,如何是好?"秀全道:"进兵四川可么?"钱江道:"也是不好。为大王计,第一着是取江南,第二着是取河南,第三着是取山东。从前明太祖破灭胡元,也是从这三路进发,大王现欲破灭满清,何不仿行此策?"计画未尝不是,马屁也算会拍了。秀全闻到此言,不禁眉飞色舞,便道:"先生真是异才!今日正在开宴,请先生畅饮三杯,再当领教。"钱江也不推辞,只与几位头目,行过相见礼,便在洪天王侧侍宴。天王便问他表字,叫作东平。饮至半酣,议论风生,乐得秀全手舞足蹈,仿佛如刘备遇孔明,苻坚遇王猛一般。兴尽席散,钱江乘夜做了一篇好文字,于次日入呈秀全,秀全展阅道:

  草莽臣钱江上言:伏维天王起义之初,笄发易服,欲变中国二百年胡虏之制,筹谋远大,创业非常,知不以武昌为止足也明矣。今日之举,有进无退,区区武昌,守亦亡,不守亦亡;与其坐以待亡,孰若进而冀其不亡?不乘此时长驱北上,徒苟安目前,懈怠军心,甚无谓也。或谓武昌襟带长江,控汴梁而引湘鄂,据险自固,然后间道出奇。以一军出秦川,定长安,或以一军趋夔州,取成都。不知秦陇四塞,地错边鄙,人悍物啬,粮食艰难。且重关叠险,纵我攻必克,必大费兵力,劳而无成,固贻后悔。得不偿失,亦弃前功,况削其支爪,究不若动其腹心之为愈也。至于四川一局,今昔异形。其在蜀汉之时,先以诸葛之贤,继以姜维之志,六出九伐,不得中原寸土,赖吴据长江之险以为唇齿,尚难得志,况今日哉?方今天下财库,大半聚于东南,当此逐鹿于宁谧之时,欲以四川一隅敌天下,江知无能为也。以江愚昧,不如舍西而东,金陵建业,皆帝王建都之所。淮泗汴梁,实真人龙起之方。宜先取金陵,以为基本,次取开封以为犄角,终出济南以图进取。握齐鲁之运河,可以坐困通仓之食,截南北之邮传,可以牵制勤王之师。如此而有不成功者,江未信也。故为今日计,莫若急趋江南。南京底定,招集流亡,秣厉兵马,扼要南堵,挥军北上。左出则趋江北以进战,急则可调淮扬之军以继之;右出则据黄河以拒敌,急则可调开归之军以应之。再发锐卒以图西略,徇行河内州县,直抵燕翼无返斾;更遣偏师以收南服,戡定浙东郡邑,闲窥闽粤无轻举。兵不止于一路,计必出于万全。外和诸戎,内抚百姓,秦蜀一带,自可传檄而定,此千载一时之机会也。自汉迄明,天下之变故多矣。分合代兴,原无定局。晋乱于胡,宋亡于元,类皆恃彼强横,赚盟中夏,然皆不数十年而奔还旧部,从未有毁灭礼义之冠裳,削弃父母之毛血,如今之甚且久者。帝王自有真,天意果谁属?复我文物,扫彼腥膻,阵堂旗正,不必秘诈,军行令肃,所至如归。彼纵有满洲蒙古殚精竭虑之臣,吉林索伦精骑善射之将,虽欲不望风投顺,我百姓其许之乎?更有期者,草茅崛起,缔造艰难,必先有包括之心,寓乎宇宙,而后有旋乾转坤之力。知民之为贵,得民则兴;知贤之为宝,求贤则治。如汉高祖之恢廓大度,如明太祖之夙夜精勤。一旦天人应合,不期自至。否则分兵而西,武昌固不能久守,且我之势力一涣,即彼之势力复充。久而久之,大势一去,不能复振,噬脐之悔,诚非江所忍言者矣。笺见所及,不敢自隐,伏乞采择施行!

秀全阅毕,便道:"奇才,奇才!"钱江开口称臣,已中秀全之意,故极口奖赏。遂封钱江为军师,即于咸丰三年正月元旦,连舟万余,载资粮军火财帛,及所掠男妇五十万,弃武昌东下。沿江守卒,望风披靡,只寿春总兵恩长,奉江督陆建瀛命,在中流截击,麾下只松江兵二千名,不值长毛一扫,恩长战死,舟师尽溃。陆建瀛方率兵数千,移舟上驶,才到九江,接到恩长死耗,从兵恟惧,霎时溃散。建瀛手下,只有十七人,驾着二舟,踉跄走江宁。真不济事。秀全遂于正月初九日破九江,十七日陷安庆,安徽巡抚蒋文庆自尽。秀全留安庆三日,得藩库银三十余万两,漕米四十余万石,又掠得子女玉帛无数。驱运入舟,乘胜东指,连破太平、芜湖等县,击毙福山总兵陈胜元,至正月二十九日,已到江宁城下。连营二十四座,列舟自大胜关达七里洲,水陆兵号称百万,昼夜兼攻,凭南京城如何坚固,也要被他踏平了。小子有诗记事道:

  天昏地黯鬼神愁,百万强徒出石头;
  想是东南应遇劫,欃枪一现碎金瓯。

究竟江宁被陷否,下回再行分解。

本回前半截是传骆秉章,后半截是传钱东平。骆秉章系清室名臣,长沙一役,骆已罢职,犹督兵固守,始终保全。洪秀全解围西去,虽渡洞庭,陷武汉,而后路卒为所握。湖南不下,湘北宁能长有乎?且其后洪氏之灭,多出湘勇力,假使当时无骆秉章,则长沙已去,即有曾、罗诸人,何所恃而募勇?何所据而练军?以此知长沙之幸存,实为保障大江之锁钥。清有骆公,清之幸也。钱东平掉三寸舌,献取江南之计,不得谓其非策。明太祖尝建都金陵矣,安得谓江南之不必取耶?惟弃武昌而不守,殊为失算。武昌据长江下游,可南可北,可东可西,洪氏有兵百万,何不分兵东下,一守武昌,一取江南,联络长江上下以固根本,而顾劝其舍西取东也,奚为乎？助洪氏者,东平也,误洪氏者,亦东平。东平固不足道哉！

第六十回　陷江南洪氏定制
攻河北林酋挫威

　　却说江宁被困,总督陆建瀛率绿营兵守外城。将军祥厚,副都统霍隆武,率驻防兵守内城。城外商民,亦自募义勇队出击,守陴官兵发炮助战。义勇兵系临时召募,究竟不谙战阵,被长毛杀败,转身逃回,城上的炮声,还是不绝,一阵弹子,把义勇打死无数,余众骇溃。长毛兵乘势扑城,陆制台本是个文吏出身,不善督兵,勉强守了七八日,外援不至,弹丸又尽,长毛在仪凤门外,暗穴地道,埋藏地雷,一声爆发,城崩数丈。守门兵连忙抢筑,连驻守别门的将弁,也闻声赶集,专堵一隅。不防长毛别队,偏从三山门越城而入,外城遂陷。陆制台自杀,秀全等进了外城,复攻内城,祥厚、霍隆武,又拚命防御,阅两昼夜,力竭身亡,内城亦破。长毛不问好歹,不管亲仇,见财便夺,逢人便砍,遇有姿色的妇女,拖的拖,拉的拉,奸淫强暴,无所不至。岂是兴汉人物？城中官绅及兵民死难,多至四万余人,时咸丰三年四月十日也。从洪氏东下以来,连书月日,一以见各城之易失,一以志洪氏之极盛。

　　秀全出所获资财,大犒将士,部众都称他万岁,他亦居然称朕,称部下头目为卿。皇帝想到手了。随召集东王杨秀清,北王韦昌辉,翼王石达开等,及军师钱江会议。钱江复上兴王策,大旨在注重北伐；此外如设官开科,抽厘助饷,通商睦邻,垦荒开矿诸条,一一申明。秀全道：“先生的奏议,统是因时制宜的良策,朕自当次第施行。但金陵系王气所钟,朕即欲建都定鼎,可好么？”钱江尚未回答,东王杨秀清道：“弟意本欲进攻河朔,昨闻老舟子言,河南水少无粮,地平无险,倘战被困,四面受敌。此处以长江为天堑,城高池深,民富食足,正是建都的地方,何必异议！”钱江因东王势大,不好多言,只说：“东王计画,很是有理,只镇江、扬州一带,亟宜攻取,方可隔断南北清军,巩固金陵根本。”秀清道：“这看原是要紧。”遂不待秀全下令,竟向大众道：“何人敢去取镇江、扬州？”丞相林凤祥应声愿往。秀清道：“林丞相胆略过人,此去必定获胜。但一人却是不足,还须数人同去方好。”当下罗大纲、李开芳、曾立昌等,都愿随凤祥前行。秀清道：“甚好,甚好！”遂请秀全发令,命众人率众去讫。

　　秀全复道：“朕既在此地建都,难道仍称为南京么？”秀清道：“我朝既名天国,何不就称为天京?"长毛口吻。秀全大喜,就把总督衙门,改为王宫,拣择故家大宅,作为诸王府,募集工匠,大兴土木,修筑得非常华丽。于是定官制、立朝仪,订法律。官制以王位为最大,统辖一切政务,次为丞相,有天官、地官、春官、夏官、秋官、冬官等名目,兼理文武。行军则专属武职,叫作天将,有三十六检点,及七十二指挥。又设立女官,分充宫府中女簿书,算是男女平等。朝仪设君臣座位,免去一切拜跪仪文。会议时依次坐定,言者起立,方许发言。法律如蓄妾有禁、卖娼有禁、缠足有禁、鬻奴有禁、吸鸦片有禁,略似西国的摩西十诫,号为天条,犯者立诛。以三百六十六日为一年,有闰日,无闰月。每七日一礼拜,赞美上帝。另建说教台,高数丈,演说宗教,常作天父附身的模样。总之是不古不今不中不西的一般制度。宫殿既成,正殿叫作龙凤殿,匾额是"龙凤朝阳"四字,旁有两联,一联是:"虎贲三千,直扫幽燕之地;龙飞九五,重开尧舜之天。"一联是:"拨妖雾而见青天,重整大明新气象;扫蛮氛以光祖国,挽回汉室旧江山。"这两联,大约是钱军师手笔。秀全把掠取女子,选择好几十名,充作妃嫔,遂诹吉行升御礼,戴紫金冕,前后垂三十六旒,穿黄龙袍,浑身统用绣金盘成,当下升了御座,受文武百官朝贺。总算如愿。礼毕,就在殿中大飨群臣。

忽报清钦差大臣向荣统率大兵数万,已到城东孝陵卫扎营了。秀全大惊道:"这个向妖,怎么惯与我作对?总要设法除灭了他,方可安心。"道言未绝,又报清钦差大臣琦善,统率直隶、陕西、黑龙江马步各军,与直隶提督陈金绶,内阁学士胜保,已自河南出发,来攻天京了。秀全道:"怎么好?怎么好?"钱江起座道:"陛下不必着急!扬州一带,已由老将林凤祥等出去攻略,当能截住北军;况琦善那厮,前在粤时,很是没用,这路兵不足为虑。只向荣很是耐战,又有张国梁为助,声势浩大,须要派遣重兵,屯驻城外,才可无虞。"正议论间,镇江、扬州的捷音,络绎前来,并接林凤祥奏议,略说:"二月二十一日,拔镇江,二十三日,陷扬州,一路进行,毫无阻碍。现得金银若干,子女若干,赍送天京,伏祈赏收。惟满廷遣琦善到此,统率各妖,约有数万,臣观他营伍不整,攻城不力,毫不足惧,但留臣指挥曾立昌,防守扬州,已足堵御,臣愿率兵北伐"等语。秀全向钱江道:"果不出军师所料。"钱江道:"林丞相虽是雄才,惟孤军深入,未免疏虞,应请添派大兵,作为后应方好。"秀清道:"就派吉丞相文元前去。"钱江道:"吉丞相么?"言下有不足意。秀清道:"吉文元系北王亲戚,当不致有异心。"钱江道:"并非防他有异心,但为北伐计,非计出万全不可。"秀清道:"方今满清精锐,已聚南方,北省地面,料必空虚,有林、吉二人前去,何虑不胜?"钱江不便再争,遂由秀清派吉文元去讫。原来吉文元妹子,嫁与北王韦昌辉,韦为北王,杨为东王,两人势力相当,杨欲独揽大权,

第六十回　陷江南洪氏定制　攻河北林酋挫威

恐韦从旁牵掣，因此先把吉文元调开，削他羽翼，以便将来篡立。钱江窥破此意，只因洪、杨为患难交，疏不间亲，只得嘿然。韦杨内讧张本。

秀全便道："江北妖营，已不足虑，江南妖营，如何抵御？"钱江道："第一着是添派重兵，分堵要口，只叫坚守得住，不必与他开仗；待他旷日持久，兵心懈弛，自有破敌之策。第二着是分扰安徽、江西，截他后路，断他饷道，凭他如何骁勇，不能耐久，将来总是难逃吾手。"秀全亟称妙计。秀清道："安徽、江西，系江南上流，关系甚大。看来安徽一带，须劳翼王，江西一带，须劳北王，我愿与天王共守此城。现在我军部下，如李秀成、陈玉成等，统是后起英雄，叫他分堵江南，何怕向、张二妖。"仍是私意。秀全道："好！好！"遂命北王韦昌辉出兵江西，翼王石达开出兵安徽。诸王统已调开，秀清可横行无忌了。两王各带天将数十人，长毛数万众，分路而去。

秀清又遣派部下各将，分堵雨花台、天保城、秣陵关各要口，密布得铜墙铁壁相似，遂一味骄淫奢佚，恢拓府第至周围四五里，服食起居，概与秀全相等。搜取城内美女三十六人，充作妾媵，号为王娘，统是破瓜年纪，绰约丰神；又与天妹洪宣娇私相来往，亦未免有苟合勾当。每一出门，前后拥护数千人，金鼓旌旄等类数十件，又有洋绉五色巨龙一大条，长约百丈，高亦丈余，行不见人，随着音乐，大吹大打的过去；然后继以大轿，轿夫五十六人，轿内左右，立着一对男女，右系娈童，左系娇妾，一捧茗瓯，一执蝇拂，仿佛神仙相似。每晨高坐府中，官属先以次进见，随后去朝洪天王。这位天王，亦耽情酒色，镇日里在后宫取乐，十日中只有一二日视朝，军事文报，刑赏黜陟，一任秀清所为。秀清又是个色中饿鬼，渐渐弄得形神尪弱，还要怂恿天王，速开男女各科，由秀清主试，钱江为副。男状元取了池州人程文相，女状元取了金陵人傅善祥。男状元乃是陪宾，秀清注意在女状元。男科题为《蓄发檄》，程文相文中有云："发肤受父母之遗，无鬄无伐；须眉乃丈夫之气，全受全归。忍看辫发胡奴，衣冠长玷，从此簪缨华胄，髦弁重新。"由钱江拔为男状元。女科题为《北争檄》，傅善祥文中有云："问汉官仪何在？燕云十六州之父老，已呜咽百年；执左单于来庭，辽卫八百载之建胡，当放归九甸。今也天心悔祸，汉道方隆，直扫北庭，痛饮黄龙之酒；雪仇南渡，并摧北伐之巢。"由钱江拔为女状元。秀清本不甚通文，统归钱江取录，只看中这女状元，才貌俱全，便叫她充东王府女簿书，日司文牍，夜共枕席。女状元感恩图效，格外婉媚恭顺，太无廉耻。秀清非常合意。不料积宠生娇，批判笺牍，信口诋骂，屡言首事诸酋，狗矢满中，甚至秀清亦被她批得一文不值。秀清愤怒起来，竟说她嗜吸黄烟，枷号女馆，状元二字扫地了。红颜女子，受了这般凌辱，免不得恹恹成病，病中上书秀清，内称："素蒙厚恩，无以报称，代阅文书，自尽心力，缘欲夜遣睡魔，致干禁令，偶吸烟草，又荷不加死罪，原冀恩释有期，再图后效，讵意染病三旬，瘦骨柴立，似此奄奄待毙，想不能复睹慈颜，谨将某日承赐之金条脱一，金指圈二，随表纳还，藉申微意。"秀清阅毕，又动了怜惜之意，忙令释放，并令闲散养疴，许她游行无禁。原来长毛定制，除诸王丞相及大小官吏外，男归男馆，女归女馆，不得夹杂；就使本是夫妇，也不得同宿，违犯天条，双双斩首。傅善祥得任意游行，乃是秀清特令，后来善祥竟不知去向，大索不得，这是后话。

且说林凤祥带领二十一军出滁州，据临淮关，进破凤阳，兵锋锐甚。吉文元又由浦口攻亳州，与凤祥合军，北趋河南。江北清营，亟令胜保分兵追蹑，那林、吉两人，率着悍党，兼程前进，好似狂风骤雨，片刻不停。胜保未入河南，林、吉已陷归德，河南巡抚陆应谷，督兵出城，向归德防剿，谁料警报到来，长毛已由间道趋开封。开封系河南省会，陆抚台安能不急？飞檄藩司沈兆云等，登陴固守。沈兆云才接抚劄，整备守城，林凤祥前队，已扑到城下。城中守兵，仓猝聚集，正在惊惶，亏得新任江宁将军托明阿，方督三镇兵过河南，乘便入援，与城兵内外夹击，足足战了两昼夜，才把长毛兵杀退。林、吉小挫。

林凤祥因开封难下，直趋河北，分兵围郑州荥阳县，牵制南岸的清兵，自己却与吉文元潜收煤艇，夤夜渡河，进捣怀庆府城。清廷已授直隶总督讷尔经额为钦差大臣，与尚书恩华，率精兵数千，驰赴河南。到了怀庆，正与林、吉相遇，林凤祥方穴隧攻城，见援军已至，只得分兵抵截。城中闻有援兵，知府以下，个个胆壮，格外奋力，坚守不懈。凭他如何设法，总被城中堵住。隔了数日，郑州荥阳的长毛，亦败窜过河，托明阿尾追而到。李开芳谏林凤祥道："顿兵城下，兵家所忌，我军不如转旆东趋，从大名进逼天津，攻心扼吭，方为上策。"凤祥道："怀庆扼黄河要害，怀庆不下，转向东行，倘若腹背受敌，如何是好？"遂不听李开芳言，一面饬人至江宁乞援，一面竖栅为城，一面深沟高垒，为自固计。两下相持复十余日，胜保又到，开芳仍请变计，凤祥只是不从。失计在此。先后与清兵血战，计十数次，凤祥总不能稍占便宜。驹光如驶，竟逾月余，清廷下旨严责各军，讷尔经额与恩华、托明阿、胜保三人，不免焦灼，遂督励将士，誓破长毛。当下分兵三路，夺攻敌栅，那边开炮，这边纵火，霎时间烟焰蔽空，积成红光一片。林凤祥等固守不住，只得弃栅出来，抵死相扑。那官军亦拼命拦截，飞炮流弹，简直在各兵头下乱滚。吉文元躲避不及，中弹倒毙。长毛见伤了一个主将，只杀得一条血路，拥着林凤祥北走。林、吉大挫。

这一战，凤祥麾下的精锐，几已死尽。讷尔经额凯旋直隶，托明阿南赴江宁，单由胜保追击凤祥。凤祥后无退路，竟窜入山西。

山西巡抚哈芳，一些儿都没有预备，边境空虚得很。凤祥又乘虚突入，从垣曲县出曲沃县，连拔平阳府城，进至洪洞县，适江宁援兵二万人，由曾立昌、许宗扬等统带,自东而来,与凤祥相会。凤祥大喜,再合军东趋,寻出潞城、黎城两县间的小路,卷旗掩鼓,疾驱至临洺关。临洺关在直隶邯郸县北,系直隶省要隘。讷尔经额率军凯旋,方在关内驻扎,忽有探马来报,说西南角上有一大队人马,悬着大清旗号,向关上赶来。讷钦差茫无头绪,便道:"这支兵从何而至?难道是胜保的兵么?"饬令再探!探马才出,那支兵已蜂拥而至,不管三七二十一,竟冲入关中,讷军摸不着头脑,有几个上前拦阻,不料来军一齐动手,把拦阻的官军杀得一个不剩。讷尔经额尚在营内,闻外面一片喊杀声,出来探望,才叫得一声苦。原来冲入关内的人马,前队服着清装,后面统是红布包头的长毛,当时失声叫道:"长毛到了!长毛到了!"兵士闻着"长毛"两字,不由的胆战心摇,三十六着,走为上着,统抱头窜去。讷尔经额也是逃命要紧,跨马疾走。这一大队长毛,正是林凤祥用了诡计,掩袭讷军,<u>凤祥也算聪明,无如天不容他</u>。当下乘势追杀,把清兵击死多人,一径驰到深州。深州各官,早已遁去,无阻无碍,听长毛入城。

深州距京师只六百里,警报递入清廷,与雪片相似。咸丰帝亟命惠亲王绵愉为大将军,科尔沁郡王僧格林沁为参赞大臣,督京旗及察哈尔精兵,星夜驰剿。时胜保已收复山西平阳府,自山西趋入直隶,亦奉旨代讷尔经额后任,与惠亲王、僧郡王等,夹攻长毛。这位僧郡王有万夫不当之勇,是蒙旗第一个人物,手下的亲兵,也似生龙活虎一般,这番奉命视师,仗着一股锐气,连破敌营十数座,击毙长毛七八百人,杀得林凤祥不能住足,弃了深州,东走天津,又被胜保夹击一阵,凤祥不敢攻天津城,退据静海,渐渐穷蹙了。<u>三次大挫,不死何待?</u>

北方稍静,南方偏骚扰异常。安徽省城安庆府,被石达开再陷,江西省城南昌府,又被韦昌辉围攻。杨秀清又遣豫王胡以晃,丞相赖汉英、石祥贞等,分头接应。皖赣两省,糜烂不堪,几无一人与长毛对手。只有升任按察使江忠源,奉命赴江南大营帮办,行次九江,闻南昌围急,倍道往援,才算得了一回胜仗,入南昌城助守。不意吉安又起了土匪,联络长毛,围困府城,江忠源飞书至湖南告急,为这一书,激出一位清室中兴的大功臣来。看官!你道大功臣是谁?就是湖南湘乡人曾国藩。

国藩字伯涵,号涤生。他降生的时候,家人梦见巨蟒入室,鳞甲灿然,尝相传为异事。道光十八年中进士,至道光末年,已升至礼部右侍郎。咸丰元年,诏求直言,国藩应诏,有详陈圣德三端,预防流弊一折,语语切直,几干罪谴。还亏大学士祁隽藻,及国藩会试时房师季芝昌,极力解救,方得免罪。二年丁母忧回籍,适洪杨四扰,烽火弥天,有旨令他帮助巡抚张亮基,督办团练,搜查土匪。他本是理学名家,拟请守制终丧,不欲与闻军事,适友人郭嵩焘,劝他墨绖从戎,不违古礼,于是投袂而起,募农夫为义勇,用书生为营官,仿明朝戚继光束伍成法,逐日操练,遂创成团练数营。湘军发轫。已而张亮基移督湖北,骆秉章回抚湖南,国藩与秉章很是投契,练勇亦愈集愈多,是时得忠源乞援书,遂入见骆抚道:"江岷樵系戡乱才,不可不救。"原来江忠源表字岷樵,国藩在京时,江适会试,谒见国藩,谈了一会方去。国藩曾说他后必立名抗节,至此与骆抚议妥,遂遣湘勇千二百,楚勇二千,营兵六百,属编修郭嵩焘,及道员夏廷樾,知县朱孙诒,带领赴援。忠源弟忠济,暨诸生罗泽南,亦各率子弟乡人,随同前去。湘军出境剿敌,好算破题儿第一遭了。看官记着。正是:

建州一脉延王气,衡岳三湘出辅臣。

湘军出境以后,胜败如何,当于下回交代。

洪氏之不终也宜哉!定都江宁,尚无关得失,乃安居纵乐,荒淫无度,军国大事,尽归杨秀清掌握,秀清专权自恣,淫佚与洪氏同,而骄纵且倍之。君相若是,宁能成功乎?林凤祥等率众北犯,本系洪氏胜算,越淮入汴,所向无前,可谓锐矣。然不乘清军未集之时,驰入齐鲁,进窥燕都,而乃西趋怀庆,迂道力争,复从山西间道,绕入直隶,师劳力竭,安能不败?宁待深州大挫,始知其无成耶?然观洪、杨之皮相西法,荼毒同胞,即使北犯而胜,亦无救于亡。故本回为洪、杨惜,亦为洪、杨病。林凤祥、吉文元辈,犹为本回之宾。项庄舞剑,意在汉王,阅者当于言外求之。

第六十一回　创水师衡阳发轫　发援卒岳州鏖兵

却说湘军出援江西,到了南昌,长毛即上前抵敌,两下酣战起来。究竟湘军是初次出山,敌不过百战余生的悍卒。罗泽南等又统是文质彬彬的书生,凭他如何奋勇,受着这厉害的枪弹,不是倒毙,就是受伤,亏得江忠源引兵杀出,才接应湘军入城。检点兵士,湘楚军及营兵,已丧失一二百名,罗泽南的朋友,亦死了七人。当下与江忠源商议,忠源道:"钢非炼不成,剑非磨不锐,湘楚各勇,仗义而来,很是可敬,但未经磨炼,不能与悍党争锋。目下不如出击土匪,先求经验;若能把土匪剿平,也可翦长毛羽翼。那时长毛少了援应,解围而去,亦未可知。"老成远见。众人齐声赞成。于是夏廷樾出攻樟树镇,罗

第六十一回　创水师衡阳发轫　发援卒岳州鏖兵

泽南出攻安福县,江忠济及刘长佑,出攻泰和县,留郭嵩焘、朱孙诒两人,偕江忠源守城。不到半月,各路土匪统已平靖,各军亦陆续归来。忠源遂会集将士,督率出城,与长毛恶斗一场,竟将长毛杀退,追至十数里外乃回。湘楚军始有喜色。

　　郭嵩焘道:"这城虽已解围,无如贼势飘忽,来往无定。且东南各省,多半阻水,江中统是贼舟,一日遇风,可行数百里,解了这边的围,就向那边围住,我若驰救那边,他又到这边来了。他由水路,我由陆路;他用舟楫,我用营垒;他逸我劳,何能平贼?现在须亟办长江水师,沿江剿堵,方能取胜。"忠源鼓掌称善,遂令嵩焘回湖南,请国藩代为奏请。国藩具疏详陈,主张造船购炮,募兵习操,洋洋洒洒数千言,无非是肃清江面的大计划。朝旨准奏,即命国藩照奏施行。国藩奉命,自长沙移至衡州,赶造战船,创办水师,经过无数手续,问过无数熟手,才造成战船三种:一种叫作快蟹,船式最大,用桨工二十八人,橹八人;一种叫作长龙,比快蟹略小,用桨工十六人,橹四人;一种叫作三板,船最小,用桨工十人。每船各置舱长一名,炮手三名,头工二名,舵工一名,副舵二名。快蟹系营官坐船,长龙作为正哨,三板作为副哨,募集水师五千人,日夕操练,共成十营。六营兵自衡州募来,即令成名标、诸殿元、杨载福、彭玉麟、邹汉章、龙献琛六人,作为营官。四营兵由湘潭募来,即令褚汝航、夏銮、胡嘉垣、胡作霖四人,作为营官。褚汝航曾任粤省同知,颇谙水师情形,遂兼任水师总统。又增募陆师五千人,分为十三营,派周凤山、储玫躬、林源恩、邹世琦、邹寿璋、杨名声及国藩季弟国葆等,分营统带。并特保举游击塔齐布为副将,充作先锋。水陆共得万余人,由国藩总辖,一俟船炮办齐,粮械完备,即拟沿湘而下,与长毛决一雌雄。

　　忽报长毛攻陷九江,分股窜湖北。署湖广总督张亮基,兵溃田家镇,江忠源赴援,亦被杀败,长毛已进趋武昌了。国藩道:"前阅京报,湖广总督已由吴老先生补授,张署督已调抚山东,为什么出兵打仗,还是张署督主持呢?"过了数日,接到湖广总督紧急公函,拆开一瞧,乃是新督吴文熔乞援手书。原来吴文熔系国藩座师,闻武汉危急,乃驰抵武昌,张亮基才得交卸。此时长毛兵已连破黄州、汉阳,武昌吃紧万分,因向国藩处求救。国藩苦炮械未齐,一时不能出发,奈朝旨亦来催促,上奉君命,下顾师恩,不得不酌遣数营,赴鄂救急。正在派遣,又递进吴督文书,总道是二次促援,及展阅后,方知长毛已经击退,并说衡、湘水师,关系全局,宜加意训练,毋轻赴敌。国藩才放下了心,停军不发。

　　谁知安徽的警信,又日紧一日。自石达开攻破安庆,安徽文武大吏,皆避至庐州,权作省治。奈长毛酋秦日纲又至,连陷舒、桐二城,在籍侍郎吕贤基殉难,日纲直趋庐州。朝旨授江忠源巡抚安徽,且饬国藩出兵,与忠源同援庐州。国藩拟部署大定,始行出发,而忠源已由鄂赴皖,冒雨前进,到六安州,将士多病,忠源亦疲惫不堪。六安吏民,遮道乞留。忠源不可,留总兵音德布统千人入守,自率数百人,力疾至庐州。庐州城内的官吏,已多半逃去,粮械一无所有,只有千余名营兵,及千余名团勇,连忠源带去亲卒数百,统得三千人,忙督率登陴,誓死守城。才隔一宵,秦日纲已薄城下,忠源仗着一片热诚,激厉将士,日夜捍御,日纲倒也无法可施,方思撤围东去,忽胡以晄自安庆驰至,步骑约十余万,来助日纲,密结城中知府胡元炜,作为内应,从水西门掘了地道,埋药爇火,轰陷城墙十多丈。忠源犹拼死堵塞,且战且筑,不想胡元炜已潜开南门,放长毛入城,霎时间火势燎原,阖城鼎沸。忠源知不可为,掣佩刀自刎。手下一仆,从后面抽去佩刀,背忠源出走。忠源啮仆耳,血流及肩,仆不堪痛苦,将忠源委地。长毛亦已追及,忠源复徒手搏战,格杀长毛数人,身中七枪,投水自尽。果不出国藩所料。败报传至衡州,国藩叹息不已,正悲悼间,黄州又来警耗,报称湖北总督吴文镕阵亡,国藩大惊。原来吴文镕初到武昌,巡抚崇纶,拟移营城外,阴谋脱逃,文镕即至抚署,约与死守,崇纶不以为然。文镕愤甚,拔出佩刀,掷среди案上,厉声道:"城存与存,城亡与亡,司道以下敢言出城者,污吾刀!"于是崇纶不敢异议。至武昌围解,崇纶虑不相容,私念不如先发制人,遂奏劾文镕闭城坐守。朝廷信崇纶言,信汉人,总不如信满人。促文镕出省剿贼,文镕方调贵州道员胡林翼,率黔勇六百人会剿。林翼未至,朝命已到,不得已带了七千人,出赴黄州,适值残腊雨雪,满途军士,相率僵毙,崇纶又遇事掣肘,军械辎粮,不肯接应。文镕叹道:"吾年过六十,何惜一死?可惜死得不明不白。"随进薄黄州,休息数日,已是咸丰四年正月中。文镕探得长毛张灯高会,遂发兵袭击,不料反堕敌计,中途遇伏,官军哗溃。文镕率都司刘富成,往来冲突,手刃长毛数十名,究因军心懈散,寡不敌众,竟下马叩辞北阙,投河而亡。国藩闻座师凶信,复探悉崇纶倾陷状,便切齿道:"可恨崇纶,我若得志,必诛此人。"

忽又有朝旨到营,令速率炮船兵勇,出援武昌。国藩乃传集水陆兵马,从衡州起程,到长沙取齐。水师沿湘而下,陆师分道而前,这一队击楫中流,那一队扬鞭大道,正有如火如荼的声势。表扬处具有深意。途次闻长毛兵已陷岳州,破湘阴,入宁乡,不禁失声道:"了不得!了不得!"遂命水师趋湘阴,陆师趋宁乡,褚汝航率数船先进,湘阴城内的长毛,望风退去。国藩闻前队得利,督战船继进,才到洞庭湖口,十八姨忽然作怪,狂飙陡作,白浪滔天。这班战船内舱长舵工,连忙下帆抛锚,尚且支撑不住。一阵乱荡,两船相撞,慌乱了许多时辰,方有些风平浪静。检点船只,已损失好几十号,勇丁亦溺毙了数百

第六十一回　创水师衡阳发轫　发援军岳州鏖兵

名。国藩令收入内港，暂缓出师。

忽接陆军详报宁乡得胜，长毛遁去，国藩道："这是还好。"言未毕，又有兵目来报，储统领玫躬逐北阵亡，国藩连叫可惜。接连又有人报称："邹统领寿璋、杨统领名声等，杀败长毛，追至岳州，不料王统领鑫，自羊楼司溃回，冲动我军，长毛又乘势杀来，我军亦被杀败了。"国藩道："王璞山专喜大言，我前时曾劝他敛抑，他竟不信，反与我别张一帜，今朝失败，咎由自取，可惜我军亦被牵动，应亟去接应方好。"遂令褚汝航率领水师三营，赴岳州援应陆师，汝航甫去，警信又来，长毛复杀入湘江，踞住靖港，别遣一队绕袭湘潭，占住长沙上游，顿时触动了国藩的忠愤，口口声声埋怨王璞山。小子前次叙述水陆各将，未曾说起王璞山，不得不补叙明白。璞山即王鑫表字，与国藩同里，国藩治团练时，尝相助为理。嗣因王鑫负才恃气，与国藩意见不合，遂自募乡勇二千多人，别为一军，至此闻长毛窜入湖南，独率乡勇阻截，才抵羊楼司，遇着长毛大队扑来，乡勇胆怯，不战自溃。国藩既与他微有嫌隙，又因邹杨各军，被他牵扰，长毛乘胜长驱，掩入上游，心中遂越加懊恨，于是檄塔齐布回援湘潭，自督舟师迎击靖港。

方才出发，贵州道胡林翼到来。林翼字贶生，号润芝，湖南益阳县人氏，也是个进士出身，素有韬略。吴文镕初督云贵，正值林翼需次贵州，相见之下，大加赏识。及文镕移督湖广，因调林翼为助。曾、胡齐名，叙述所以独详。林翼到湖南，闻吴督已经战殁，途中又被长毛阻隔，只得来见曾国藩。国藩延入，抵掌高谈，吐弃一切，说得国藩非常倾心，当下令林翼率了黔勇，偕塔齐布同往湘潭。塔齐布系旗籍中翘楚，胡林翼系汉员中巨擘，一个膂力过人，一个智谋出众。两将直至湘潭，打一仗，胜一仗，长毛头目，没有一个是他敌手。

只曾国藩出师靖港，遇着西南风，水势湍急，被长毛乘风杀来，战船停留不住，纷纷奔溃。国藩愤极，猝投水中，亏得左右赶紧捞救，总算不死。两次出湖，第一次遭风漂没，第二次遇敌溃散，可见治军甚不容易。随退驻省城南门外妙高峰寺，定了一回神，便召众将弁商议道："靖港一败，北面受困，倘或湘潭失守，南面又要吃紧，岂不要前后受敌么？"杨载福起身道："今日的时势，只有添兵去救湘潭，湘潭得胜，后路无虞，方可并力驱逐敌船。载福不才，愿带水师一营，去助塔副将。"国藩尚在踌躇，彭玉麟道："杨君之计甚是，此处且坚守勿动，待湘潭收复，水陆夹攻，不怕长毛不败。彭某也愿同去一走！"国藩见彭、杨二人，主见相同，便即依从。彭、杨遂整集船舶，扯起风帆，命舵工水手向南速驶。

到了湘潭附近，遥听岸上一片战鼓声，震得波摇浪动，料知此时定在开战，令更加橹急进，直薄湘潭城下，见长毛水陆两路，夹攻湘军，塔齐布、胡林翼两人，分头抵敌，正是血肉相搏的时候，杨载福出立船头，当先冲入，彭玉麟继进。长毛不意水师猝至，相顾愕眙，刚思回船相扑，不防火弹火药，飞入船中，烟焰冒空直上，船内的长毛，脚忙手乱，这边未曾救灭，那边又被烧着。长毛见不是路，多半弃船登岸，剩得小船数艘，划桨飞奔，也被彭、杨手下追及，开炮轰沉。逃上岸的长毛，碰着塔、胡两军，正在截杀，杨载福、彭玉麟已烧尽敌船，也摆船近岸，跃登岸上，用刀一招，水师陆续随上，杀得长毛遍地是血，死了四五千人。长毛知湘潭难保，一溜风逃得精光。塔、胡、彭、杨四营官，收复湘潭城，差专弁至长沙报捷。

国藩日盼消息，接到捷书，乃奏陈靖港、湘潭胜负各情，并自请交部议罪。奉旨："靖港败衂，不为无咎，姑念湘潭全胜，加恩免罪，赶紧杀贼自赎。湖南提督鲍起豹，未闻带兵出省，仅知株守，有负委任，着即革职，所有提督印信事务，暂由塔齐布署理"等语。国藩接旨，即檄塔齐布回省。塔齐布入见，国藩就告知恩眷，并慰劳一番。塔齐布亦深为感谢。国藩复将水陆各军，汰弱留强，重整规模，指日进剿。

适值广西知府李孟群，率水勇千名，广东副将陈辉龙率战舰数艘，同到长沙，都向曾营内投递手本，由国藩同时接见。国藩本是虚心下气，延揽人材的主帅，无论何人进谒，总叫他不要拘束，随便自陈。这是曾公第一好处。两人纵谈了一回，统是意气自豪，不可一世，辉龙尤睥睨一切。国藩暗暗嗟叹，只嘱咐他小心两字。暗伏二人结果。

辞出后，军弁来报，华容、常德、龙阳各县城，统被贼陷。国藩道："贼势至此，我军不能再缓了。"言未已，澧州、安乡等城，又报失守，接连来了一枝湖北败兵，保着湖北巡抚青麟，逃至长沙。国藩道："巡抚有守城的责任，为什么逃至此地？莫非武昌已失守么？"看官记着湖北巡抚，本是崇纶，崇纶丁艰去职，由学政青麟摄篆，总督乃是台涌，接吴文镕职任。台涌出省剿贼，长毛偏溯江而上，连破安陆府、荆门州，直逼荆襄。幸亏荆州将军官文，遣游击王国才，率兵勇千七百人，击退长毛，长毛重复下窜，转攻武昌。青麟未谙军旅，又因城中饷匮，不能固守，只得弃了城奔到长沙。武昌再陷。青麟投刺曾营，国藩拒不见面，入城去见骆巡抚，骆秉章亦不甚款待，遂绕道奔赴荆州，途次奉旨正法，台涌亦革职，并命曾国藩迅速进剿。于是国藩分水师为三路，褚汝航、夏銮等为第一路，陈辉龙、何镇邦、诸殿元等为第二路，国藩自率杨载福、彭玉麟等为第三路。陆师亦分三路，中路属塔齐布，西路属胡林翼，东路属江忠淑、林源恩。六路大兵，一齐出发。

早有细作通报长毛，长毛倒也惊慌，退出常澧，专守岳州。褚汝航、夏銮，鼓棹直前，驶至南津，长毛出港迎战，正杀得难解难分，陈辉龙、何镇邦、诸殿元复到，两路夹攻，长毛渐却。杨载福、彭玉麟又督战船驶入，把长毛的战船，冲作四五截，眼见得长毛大败，弃掉战船十数艘，拚命的逃去了。水师乘胜驱至岳州，守城的长毛还想抵御，谁知塔齐布亦自陆驰到，与水师夹击岳州城，一阵鼓噪，把长毛赶得无影无踪。随即迎曾帅入城。安民已毕，当令前哨侦探敌踪，回报长毛水军在城陵矶，陆军在擂鼓台。国藩道："这两处离城不远，仍旧在岳州门口，还当了得。"急命水师攻城陵矶，陆师攻擂鼓台，各将都奉命出发。只国藩在城留守，眼望旌旗，耳听消息。第一次军报，城陵矶水师大胜，获战船七十六艘，毙长毛千余，生擒一百三十名；第二次军报，陆师已薄擂鼓台，战败贼酋曾天养。国藩自语道："这次可直达湖北了。"过了一日，接到第三次军报，水师追长毛至螺矶，途遇南风，为敌所乘，褚汝航、夏銮、陈辉龙、何镇邦、诸殿元等，先后战殁，国藩大惊失色，正是：

  胜败靡常，倖得倖失；军情变幻，不可预测。

欲知后来胜负情形，试看下回分解。

  曾国藩始练湘勇，继办水师，沿湖出江，为剿平洪杨之基础，后人目为汉贼，以其辅满灭汉故。平心而论，洪杨之乱，毒痛海内，不特于汉族无益，反大有害于汉族，是洪杨假名光复，阴张凶焰，实为汉族之一大罪人。曾氏不出，洪杨其能治国乎？多见其残民自逞而已。故洪杨可原也而实可恨，曾氏可恨也而实可原。著书人秉公褒贬，无私无枉，笔致曲折淋漓，犹其余事。

第六十二回　湘军屡捷水陆扬威　畿辅复安林李授首

  却说褚汝航等进兵螺矶，遇着逆风，被长毛顺风纵火，烧掉了三十多艘战船，褚汝航等不肯退走，硬要与长毛拚命。陈辉龙越加气愤，从火中跳跃进出，指挥部下，究竟水火无情，一众英雄，陆续毕命。这信传达岳州，试想这再接再厉的曾大帅，能不惊心动魄么？亏得杨、彭二将，又差军弁飞速进见，报称退守陵矶，扼住要口，长毛已经退去，国藩稍稍放心，只想褚汝航等患难至交，到此尽行战殁，未免痛心；随令同知俞晟代汝航，令他收拾余烬，再图大举。愈失败，愈激厉，遗大投艰，端恃此举。

  正布置间，军报又到，塔军门大破擂鼓台，阵斩贼目曾天养。国藩一想，陆师得此大胜，正好抄至城陵矶，会合水师，进攻长毛，只恐塔齐布势孤，不敷调遣；方在踌躇，忽报周凤山、罗泽南自长沙到来，国藩大喜，立即延入。周、罗二人行礼毕，便道："骆中丞闻水师新挫，特遣某等前来听差。"原来二人本留守长沙，奉骆抚命来助国藩，国藩遂令周凤山赴擂鼓台，罗泽南赴城陵矶。二人甫去，李孟群又到。孟群父卿谷，曾官湖北按察使，武昌再陷，卿谷殉难，孟群得此凶信，日夜泣血，禀请骆抚，愿前敌报仇；当下入见曾帅，号啕大哭。国藩也陪了数点眼泪，随即温言劝慰，令他驶至城陵矶，帮助水师。

自是水陆两军，齐集城陵矶。城陵矶附近有高桥，长毛扎下营寨，作为城陵矶犄角。塔军门奉国藩檄，匹马单刀，直趋高桥，长毛率众来扑，塔军门把刀一招，后面的罗、李各军，统赶上来杀长毛。长毛斗不过，败奔城陵矶。湘军乘势追上，城陵矶的长毛，约有二万余名，倾巢出来，恶狠狠的来敌湘军。塔军门一马当先，冲入长毛队里，打长毛时，满人中之最得力者，只一塔齐布，可谓硕果仅存。湘军随后杀入。适天雨如注，东南风大作，湘军乘风猛扑，人人拚命，个个争先，拔去竹签数丈，跃过濠沟两重，杀声与风雨声相应，震动天地，吓得长毛步步倒退。湘军越发奋勇，连毁敌垒十余座，水师亦击沉敌船数十艘，从城陵矶杀到螺山，从螺山杀到金口，简直是没有歇手，任他长毛凶悍，总是敌不住湘军。战了两三日，把东岸的旋湖港、芭蕉湖、道林矶、鸭栏矶，又西岸的观音洲、白螺矶、阳林矶，各处地方的敌垒，一扫而空。从此由岳入湘的门户，方稳固无虞了。保全湖南，亏此一战。

国藩接着捷报，就从岳州出发，进驻螺山，拜疏奏捷。有旨赏给三品顶戴。国藩上疏力辞，并附陈李孟群忠勇奋发，思报父仇，现在服尚未阕，请从权统领水师，借专责成。朝旨擢孟群为道员，不准国藩辞赏。国藩复出驻金口，饬水陆两军，乘胜穷追，声势撼天，所向无敌。适荆州将军官文，亦遣将魁玉、杨昌泗等，率五千人来会，军容愈盛，遂复蒲圻、嘉鱼等县，直入武汉境内。是时湖北总督，换了杨霈，亦收复蕲水、罗田及黄州府属各城，北路亦渐次肃清。

国藩遂召集诸将，商取武昌。罗泽南袖出一图，指示诸将道："欲攻武昌，须出洪山、花园两路，花园濒江环城，闻悍贼悉众死守，洪山贼势少减，然亦屯有重兵。罗某愿攻洪山。"塔齐布微笑道："罗山先生，避难就易，未免不公。"原来罗泽南字罗山，素讲理学，湘乡人多执贽为弟子。罗山从军，弟子亦多半相随，军中多称为罗山先生。只罗山向来持重，不轻出战，塔齐布屡次挑激，此次因花园一路，要塔往攻，所以出言诮让。国藩忙道："罗山亦并非胆怯，只虑部下不足，现加派兵二千，令罗山弟子李迪庵，统带接应，罗山便好往攻花园了。"代为解围，真好主帅。泽南应允，随率兵去讫。

塔齐布去攻洪山，泽南自为前锋，令弟子李续宾为后应。续宾即迪庵名，与泽南同隶湘乡县籍，身长七尺，膂力过人，至此始独率一军，随泽南进行。泽南将到花园，长毛已出来迎截，两造正鏖战不下，忽北岸火光烛天，大炮声陆续不绝。长毛恐江面失败，无心恋战，慌忙退入垒中。原来花园北濒大江，内枕青林湖，长毛南北列营，置炮累累，向北者阻清水师，向南者阻清陆军。国藩既遣去泽南，复令杨载福、俞晟、彭玉麟、李孟群、周凤山等，率水师前后进击，纵火焚敌船，火炮火球，飞掷如雨，敌船被毁几尽。长毛的尸首，浮满江滨。泽南趁势攻敌垒，垒有九，四面立栅，上列巨炮，泽南令军士携着手枪，俯伏而进。长毛开枪轰击，军士毫不畏惧，执枪滚入，近垒始起。前列奋登，后队继上，自辰至酉，连克八垒，还有一垒，是长毛大营，悉众来争。泽南手下，已觉疲乏，几乎不能支持，巧值李续宾到来，一支生力军，横厉无前，将长毛一阵击退。长毛尚据营自固，适俞晟、杨载福等，已自江登陆，夹攻长毛大营。长毛至此，已势穷力竭，只得弃营逃走。极写花园之不易攻入。泽南进薄武昌，塔齐布亦攻克洪山，随后踵至，城内长毛宵遁，遂复武昌。隔岸的汉阳城，由荆州军统领杨昌泗，奉曾公命，渡江收复，相距只一小时。还有黄州府城，亦由知府许赓藻率团勇攻克，侥幸生存的长毛，四散窜去。

国藩驰至武昌，奏报武昌、武汉的情形，由咸丰帝下谕道：

　　览奏，感慰实深。获此大胜，殊非意料所及。朕惟兢业自持，叩天速救民劫也。钦此。

隔了一日，又有谕旨一道，寄至武昌。其辞云：

　　此次克复两城，三日之内，焚舟千余，踏平贼垒净尽，运筹决策，甚合机宜。尤宜立沛恩施，以彰劳功。曾国藩着赏给二品顶戴，署理湖北巡抚，并加恩赏戴花翎，塔齐布着赏穿黄马褂。钦此。

国藩奉诏后，疏称母丧未除，不应就官，坚辞巡抚职任。奉旨照允，仍赏给兵部侍郎衔，另授陶恩培为湖北巡抚，饬曾国藩顺流进剿。国藩遂统领水陆各军，沿江东行，下大冶，拔兴国，破蕲州，直达田家镇。田家镇系著名险隘，东面有半壁山，孤峰峻峙，俯瞰大江，一夫为守，万夫莫开。长毛复从半壁山起，置横江铁锁四道，拦以木簰，遍列枪炮，另置战船数千艘，环为大城，好像一座巨岛，岸上又有敌垒二十余座。湘军自蕲黄东下，陆师先至，塔、罗二将为统领，与田家镇长毛开了一仗，虽擒斩了数千名，尚不能越雷池一步。

至杨载福、彭玉麟等踵至，定议分水师为四队：第一队用洪炉大斧，熔凿铁锁；第二队挟炮进攻，专护头队；第三队俟铁锁开后，驶至下游，乘风纵火；第四队守营各勇，依令并举。四队排齐，杨载福率副将孙昌凯，作为第一队先导，熔斩铁锁，驶舟骤下，余三队陆续继进。开炮的开炮，放火的放火，逼得长毛上天无路，入地无门。那时岸上的塔、罗二军，望见水师已经得手，亦各宣军令，急攻敌垒，先进者赏，退后者斩。各军士拚命向前，刀削枪截，尚不济事，也顺风纵起火来。于是江中纵火，岸上亦纵火，烧了一日一夜，就使铜墙铁壁，也变成了一片焦炭。<small>不亚当年赤壁情景。</small>可怜红巾长发，死于水，死于火，死于刀兵枪弹，都向鬼门关上报到。还有一小半长毛，不该死在此地，纷纷逃命。这次乃是湘军同长毛第一次恶战，岸上的长毛营二十三座，江中的长毛船五六千艘，被祝融氏收得精光，遂拔田家镇。自是湘军威名震天下。

长毛首领陈玉成，窜至广济，联合秦日纲、罗大纲等，分守各要隘，怎禁得塔、罗二军，乘胜前来，步步逼入，节节进剿，连趋避都来不及，还有何心抵挡？广济不能守，转走黄梅。黄梅乃湖北、江西、安徽三省总汇的地方，陈、秦、罗三个头目，并力死拒，挑选悍卒数万名，驻扎城西的大河埔，分遣万余名守小池口，万余名扼城北，数千名游戈水陆，互为援应。塔军才至双城驿，距大河埔十里，尚未立营，玉成已率众杀来，亏得塔军素有纪律，奋登山冈，立住脚跟，养足锐气，冲杀而下。正酣斗间，杨、彭等已攻进小池口，不由玉成不走。湘军水陆齐进，立毁大河埔敌营，城北的长毛，已望风遁去。塔齐布猛扑城头，首受石伤，裹创再攻，长毛不能支，缒城窜去，遂复黄梅。

国藩进驻田家镇，连日奏捷，又附陈吴文镕被陷状，<small>应前回。</small>奉旨令崇纶自尽，并优奖国藩。国藩因湖北略平，遂督军顺流东下，直攻九江。湖北下窜的长毛，纠合安庆新到的长毛，固守九江城，急切不能攻下。那时河北的长毛，恰有肃清的消息，小子只好将九江战事，暂搁一搁，别叙那河北情形。<small>笔似分水犀。</small>

长毛丞相林凤祥，自深州败走，返据静海，分兵屯独流及杨柳、青二镇，作为犄角。清将胜保，进攻不能下，且被长毛杀败一阵。咸丰四年正月，清郡王僧格林沁，亦率军趋至，会合胜军，先攻独流镇。独流镇的长毛，最是犷悍，固垒抗拒，清军连冲数次，都被击退，恼了有进无退的僧郡王，严申军法，留胜保军堵住杨柳青，自率精骑踹入敌营。长毛更番堵御，奈见了僧王虎威，都已心惊胆栗，且战且走。这边僧军更抖擞精神，上前奋杀，不一时已将敌营踏破。僧军转旆攻杨柳青，见胜军已经杀入，接踵而进，立刻荡平。二镇已破，静海的长毛，自然立脚不住，由凤祥挈领南窜，入踞阜城。

阜城县外，有堆村、连村、林家场三处，俱占要害，凤祥就分兵屯驻，连寨以待。僧王一到，相度地势，立派副都统郭什讷、达洪阿、副将史荣椿、侍卫达崇阿等，分头纵火。东延西燃，把三村房屋，烧得一间不留，逃得慢的长毛，都做了火烧鬼，逃得快的，还算走入城中。僧王正围攻阜城，满拟指日克复，忽报安徽长毛，由金陵遣至山东，偷渡黄河，攻陷金乡县，于是急遣将军善禄等，分兵驰援。

过了一日，廷寄复下，令胜保速赴山东，堵剿匪目曾立昌、许宗扬。原来曾立昌、许宗扬二人，由凤祥派遣，暗使往会山东长毛，攻扰临清州，冀解阜城的围困，凤祥确是多智，奈势已穷蹙何？所以清廷有此谕旨。胜保到了山东，临清州闻已失陷，山东巡抚张亮基，奉旨革职遣戍，连胜保、善禄等，亦遭褫革，戴罪自效。胜保气的了不得，偕善禄驰攻临清，日夜轰击。城内的长毛，颇有能耐，一味坚守，胜保大愤，督军士三面猛攻，单剩南面一隅，放走长毛。长毛因有隙可逃，渐渐松懈，被清兵一拥登城，城立拔，长毛纷纷南奔。

　　胜保不及安民，即出城追赶，到了冠县，一蓬火，烧死长毛头目陈世保。曾立昌、许宗扬等，落荒而逃，遁至曹县，四面筑起木城，为固守计。胜保追至曹县，与善禄密议道："曾、许两贼，已是穷蹙，定不能固守此城；但彼窜我追，何时方能住手？必须想一斩草除根的计策，方便收军。"善禄踌躇一会，也无良法，只请胜保周视地形。胜保留善禄攻城，自率轻骑数十名，往各处巡阅一天。是晚回营，即与善禄附耳数语，令善禄分兵去讫。

　　到了夜半，胜保传军士各执火具，往焚木栅，霎时间烟焰蔽天，吓得长毛四散奔逃，胜保恰趁这黑雾迷漫的时候，麾众上城，曾、许二人，知不可守，即弃城出窜。胜军恰紧紧追赶。时已黎明，曾、许两人，逃至漫口，见前面水色微茫，料无去路，正思沿河窜逸，忽河侧有一支兵杀到，视之，乃系清将军善禄所领的马兵。善禄于此处出现，上文附耳数语，即此可见。曾、许急忙回头，胜保又率步兵追到，马步夹攻，就使曾、许两人有三头六臂，也是抵挡不住，"咽咚咽咚"数声响，曾立昌、许宗扬都投入水中，眼见得两道灵魂，随河伯当差去了。差使不断，尚是幸事，恐怕河伯要带去问罪，奈何？其余的长毛，不是赴水，定是身死刀下，悉数殄除，无一漏网。

　　东境业已肃清，胜保整军而回，途次闻林凤祥，已窜入连州。看官！你道林凤祥何故入连州呢？他闻曾、许已攻入临清，拟乘此还军，联络曾、许，遂弃了阜城，南窜连州，占踞连镇。僧王率众南追，胜保也移师会剿，总道林凤祥已成瓮鳖，不日可平。谁知凤祥真来得厉害，自知无生还望，索性拚着老命，坚持到底。僧王攻一日，凤祥守一日，僧王攻一月，凤祥守一月，僧王方焦躁的了不得，忽有长毛自南门杀出，势甚凶悍，僧王急麾兵拦阻，已是不及，被他突围而去。这突围的长毛统领，乃是李开芳。原来凤祥尚未知山东败耗，特遣开芳南走，接应曾、许，合军来援。开芳到了山东，曾、许已溺毙多日，无处求救，疯狗噬人，不管好歹，窥见高唐州守备空虚，竟一鼓陷入，杀死知州魏文翰，他尚思分踞村庄，陡闻城外鼓角喧天，清将胜保，已率军追至城下，没奈何登陴死守。自是胜保围高唐，僧格林沁围连镇，此攻彼守，足足相持了半年。

　　僧王本是个骁悍人物，到此也无可奈何，看看冬季将尽，两湖的捷报，连日传来，僧王恨不得立破敌垒，昼攻夜扑，一息不停，方将连镇踏平了一半。

连镇系东西二砦,联络而成,所以叫作连镇,僧王费了无数气力,才将西镇攻破。凤祥收拾余烬,坚守东镇,直至咸丰五年正月,粮尽力穷,方被僧军猛力攻入。凤祥尚是死战,可奈前后左右,统是僧军,此牵彼扯,活活的被他擒住,槛送京师。僧王再移军攻高唐,高唐自胜保围攻,也是半年有奇,李开芳的坚忍,不亚凤祥,僧王仗着初到的锐气,攻扑一番,仍然无效。他却想了一计,令全军一律退去。是时城内闻僧军到来,倒也惊惶,及见城外的清兵,尽行退去,不得不乘机出窜。讵料行未数里,清兵竟漫山蔽野的掩杀过来,开芳知不能敌,回头狂奔,直到茌平县属的冯官屯,入村踞守。那时开芳手下的长毛,只有五百多人,尚与僧、胜两军,坚持了两个月。僧王决河灌敌,开芳始无路可走,终被僧军擒去,解往京师,与凤祥并受凌迟罪。河北肃清,洪天王的兵力,从此只限于南方,不能展足了。林、李一死,已定洪氏兴亡之局。小子又有俚句一首,咏林凤祥、李开芳道:

北上鏖兵固善谋,孤军转战死方休。
如何所事偏非主,空把明珠作暗投。

僧王凯旋,清廷行凯撤典体,免不得有一番热闹。那时咸丰帝喜慰非常,遂酿出一场大公案来,小子且至下回叙明。

本回为洪氏兴亡之关键,自曾国藩战胜江湖,而湘军遂横厉无前;自僧格林沁肃清燕鲁,而京畿乃完全无缺。南有曾帅,北有僧王,是实太平军之劲敌,而清祚之所赖以保存者也。林凤祥、李开芳二人,为太平军之佼佼者,转战河北,至死方休。令洪氏子一入金陵,用以攻北,即亲率全军为后应,则河北之筹备未足,江南之牵掣无多,一鼓直上,天下事殆未可料。不此之图,徒令林、李两头目,孤军图河,至京畿被困,已挽救无方,林、李死而洪氏已亡其半矣。读此回已见洪氏子之必亡。

第六十三回　那拉氏初次承恩　圆明园四春争宠

且说咸丰帝迭闻捷报,心中欣慰。少年天子,蕴藉风流,只因长毛蔓延,烽烟未靖,不免宵旰勤劳,连那六宫妃嫔,都无心召幸。这番河北肃清,江南复连报胜仗,自然把忧国忧民的思想,稍稍消释。大凡一个人,遇着安逸时候,容易生出淫乐的念头,况咸丰帝身居九五,年方弱冠,哪里能抛除肉欲?

第六十三回　那拉氏初次承恩　圆明园四春争宠

若抑若扬,绝妙好辞。即位二年,曾册立贵妃钮祜禄氏为皇后。皇后幽娴静淑,举止行动,端方得很,咸丰帝只是敬她,不甚爱她。此外妃嫔,虽也不少,都不能悉如上意。只有一位那拉贵人,芙蓉为面,杨柳为眉,模样儿原是齐整,性情儿更是乖巧;兼且通满汉文,识经史义,能书能画,能文能诗,满清二百多年宫闱里面,第一个能干人物,要算这位那拉氏。就使顺治皇帝的母亲,相传是色艺无双,恐怕还不能比拟呢。回应孝庄后。

这位那拉氏籍贯,说将起来,恰要令人一吓,她就是被清太祖灭掉的叶赫国后裔。回应第二回。太祖因掘出古碑,上有"灭建州者叶赫"六字,所以除灭叶赫。只因太祖皇后,本是叶赫国女儿,为了一线姻亲,特令苟延宗祀,但不过阴戒子孙,以后休与结婚。顺治后颇谨遵祖训,传到咸丰时候,已是年深月久,把祖训渐渐忘怀;且因那拉氏的祖宗,并非勋戚出身,入宫时只充一个侍女,后来渐遭宠幸,封为贵人。清制:皇后以下,一妃二嫔,贵人列在第三级,与皇后尚差四等,本来是不甚注意,谁知后来竟作了无上贵妇。命耶数耶!

那拉氏幼名兰儿,父亲叫作惠征,是安徽候补道员,穷苦得不可言状,遗下一妻二女,回京乏资,亏了个清江知县吴棠,送他赙仪三百两,方得发丧还京。看官!你道这吴知县何故送他厚赙?吴宰清江时,曾有副将奔丧回籍,与吴有同僚旧谊,因副将舟过清江,乃遣使送给厚仪,不意去使误送邻船。这邻船就是那拉氏姊妹北归,正虑川资不继,忽来了这项白镪,喜从天降。那时吴县官得知误送,几欲索还,旋闻系惠征丧船,从前也有一面缘,就将错便错的过去,不过把去使训斥了一顿。谁知后来的高官厚禄,都是这三百两银子的报酬。失之东隅,收之桑榆,也是吴县官运气。兰儿曾语妹道:"他日吾姊妹两人,有一得志,休要忘吴大令厚德。"志颇不小。

回京后,过了一二年,正值咸丰改元,挑选秀女,入宫备使。兰儿奉旨应选,秀骨姗姗,别具一种丰韵,咸丰帝年少爱花,自然中意,当即选入宫中,服侍巾栉。兰儿素好修饰,到此越装得秀媚。蛾眉不肯让人,狐媚偏能惑主。用讨武墨檄中语,已寓深意。只因咸丰帝政躬无暇,兰儿的佳运,尚未轮着,所以暂屈辕下。到了咸丰四年,这兰儿命入红鸾,缘来福辏,竟居然得邀天宠了。一日,咸丰帝退朝入宫,面上颇有喜色,适值皇后奉太后召,赴慈宁宫。宫嫔竞上前请安,兰儿也在后面随着跪下,被咸丰帝瞧见,不由的惹起情肠,当下令宫嫔各回原室,独留兰儿问话。兰儿一寸芳心,七上八下,也不知是祸是福,遂向咸丰帝重行叩见。咸丰帝温颜悦色道:"你且起来,立在一旁!"兰儿复叩首道:"谢万岁爷天恩。"这六个字从兰儿口中吐出,仿佛似雏燕声、黄莺语,清脆的了不得。待兰儿遵谕起侍,由咸丰帝仔细端详,身材体格恰到好处,真个是增之太长,减之太短,亭亭玉立,无一不韵。那满头的万缕青丝,尤比别人格外润泽,玄妻鬒发,不过尔尔;还有一双慧眼,俏丽动人,格外可爱。情人眼里出西施,况兰儿确是可人。顿时这位少年天子,目不转瞬的注着兰儿。兰儿不觉俯首,粉脸上晕起桃红,含着三分春意,愈觉秀色可餐。咸丰帝瞧了一回饱,方问她年岁姓名。兰儿一一婉答,咸丰帝猛然记忆道:"不错不错,你入宫已一两年了。朕被这长毛闹得心慌,将你失记,屈居宫婢,倒难为你了。"这数语传入兰儿耳膜,感激得五体投地,又叩谢温语优奖的天恩。咸丰帝见她秀外慧中,越加怜爱,恨不得立命承御,适值皇后回宫,不得不遣发出去。看官记着!这一夕,咸丰帝就在别宫,召进兰儿,特沛恩膏。兰儿初承雨露,弱不胜娇,输万转之柔肠,了三生之凤孽。绮丽中带讥讽语。一宵恩爱,曲尽绸缪,把咸丰帝引入彀中,翌日,即封她为贵人。她从此仗着色艺,竭力趋承,不到一两年工夫,竟由圣天子龙马精神,铸造出一个小皇帝来。

这且慢表,单说清宫挑选秀女,不限年例。咸丰帝因宠幸那拉贵人,免不得续添宫娥,准备服役,遂又下旨重选秀女。满蒙各族女孩儿,年在十四岁以上,二十岁以下,一概报名听选。只有财有势的旗员,不忍抛儿别女,方贿赂宫中总监,替他瞒住,余外不能隐蔽。一日,正是皇上亲视秀女期限,一班旗下的女子,都与父母哭别,随了太监,往坤宁宫门外,排班候驾。自辰至未,车驾不至,诸女来自民间,骤睹宫卫森严,已是心中忐忑;兼且站立多时,饥肠辘辘,未免怨恨起来。嗟叹声,呜咽声,杂沓并作。总监怒喝道:"圣驾将至,汝等倘再哭泣,触动天威,恐加鞭责,那时追悔无及。"诸女被他一喝,越发慌张,战栗无人色。

忽有一女排众直前,朗声道:"我等离父母,绝骨肉,入宫听选,统是圣旨难违,家贫莫赎,没奈何到此。就使蒙恩当选,也是幽闭终身,与罪犯囚奴相似。人孰无情,试想父母鞠育深恩,无以为报,生离甚于死别,宁不可惨?况现在东南一带,长毛遍地,今日称王,明日称帝,天下事已去大半,我皇上不知下诏求贤,慎选将帅,保住大清江山,还要恋情女色,强攫良家女,幽闭宫禁中,令她们终身不见天日,一任皇上行乐,历朝以来的英主,果如是么?我死且不怕,鞭扑何惧?"满清一代的奏议,多是婞阿取容惶悚感激的套话,铺写满纸,不意有此女丈夫,真正难得。这一番话,说得宫监们个个伸舌。事有凑巧,咸丰帝御驾适到,太监料已听见,忙将这女子缚住,牵至咸丰帝前请罪,叫她下跪。她偏不跪,仍抗言道:"奴一女子,粗知大义,不比你们龌龊小人,专知逢君之恶。今日特来请死,何跪之有?"咸丰帝龙目一瞧,见她庄容正色,英气逼人,不禁心折,便令太监替她释缚,温言谕道:"你前番的说话,朕在途中,只听得一半;你再与朕道来!"那女子照前复述,毫无嗫嚅情状。咸丰帝道:"你真不怕死么?"那女子道:"圣上赐奴死,奴死了,千秋万古,颇识奴名,但不知圣上将自居何等?"说到此句,便欲把头

第六十三回　那拉氏初次承恩　圆明园四春争宠

触柱。王鼎尸谏，不及此女。咸丰帝忙令太监拦住，便极口赞道："奇女，奇女！朕命宫监送你回家便了。"并召诸秀女上前，问愿入选否？诸女皆不敢答。咸丰帝道："汝等都没有答应，想是不愿入选，宫监可一一送还，不准无礼！"咸丰帝之不亡，赖有此耳。于是直言的女子，领了众女俯伏谢恩，随众太监出去。

咸丰帝回宫，尚记念这奇女子，等到太监复旨，便问此女何人？太监奏称："此女出身寒微，他父是个骁骑校官职，是小得很哩。"咸丰帝道："你不要轻视此女，此女若不识文字，断不能为此言。"太监道："万岁爷真是圣明。闻女家甚贫，全靠这女课童度日，得资养亲哩。"咸丰帝道："忠孝两全，确是奇女，不意我旗人中，恰有这般闺秀，朕倒要设法玉成，保全她一世方好。"自是咸丰帝时常留意，嗣因某亲王丧偶，遂代为指婚。小子并非杜撰，可惜这女子姓氏，一时无从搜考，只好待他时查出，再行补叙。

且说咸丰帝闻了旗女直言，颇思励精图治，日夕听政，连那拉贵人都无心召幸。一日朝罢，接阅兵部侍郎曾国藩奏报："水陆各军，合攻九江城，贼坚守不能下，臣督水师三板船驶入鄱阳湖，毁去贼船数千艘，追贼至大姑塘，被贼抄袭后路，将内湖外江隔断，贼复夜袭臣船，仓猝抵御，竟致败衄，臣座船陷没，案卷荡然。臣自知失算，愧对圣上，愿驰敌死难，经臣罗泽南劝臣自赎，臣是以待死候旨，伏乞交部严加议处！臣虽死，且感恩不朽。"云云。咸丰帝瞧了又瞧，不禁长叹，便召军机大臣入内，将奏报递阅。内中有个满军机文庆，阅奏毕，便道："曾国藩确是忠臣，即如此次败仗，毫不隐讳，据实自劾，已见他存心不欺。现在东南一带，如国藩的忠诚，实无几人，皇上果加恩宽宥，他必愈加感激，时思报称。奴才愚见，欲灭发逆，总在这国藩身上呢。"文庆颇独具真鉴。咸丰帝沉吟半晌，方道："你说亦是，你去拟旨罢！"文庆便草拟上谕，略说："曾国藩自出岳州后，与塔齐布等协力同心，扫除群丑，此时偶有小挫，尚于大局无损。曾国藩自请严议之处，着加恩宽免"等语。拟毕，由咸丰帝瞧过，随即颁发。

只咸丰帝心中，未免怏怏，有几个先意承志的宫监，便导咸丰帝去逛圆明园。这圆明园是全国著名的灵园，园中一切布置，没有一件不玲珑精巧，豁目赏心。所有楼台殿阁，不计其数；昔人所谓五步一楼，十步一阁，也差不多的景象。作者惯将亡国般鉴作为比拟，可为善讽。此外如青松翠柏，瑶草琪花，碧涧清溪，假山幻嶂，更觉得密密层层，迷离心目。咸丰帝朝罢余闲，尝去游玩。这日到了园中，正值隆冬天气，花木多半萧疏，不免闹中带寂，咸丰帝转弯抹角，向各处逛了一周，终觉得无情无绪。行一步，叹一声。宫监知龙心未悦，只得曲意奉承，多方凑趣。有一慧且黠的某总管，竟启口禀奏道："这园内的花草，得邀宸盼，也算是修来幸福。可惜经冬凋谢，不能四时皆春，现应续选名花入园，令它颜色常新，方不负圣躬宠眷。"咸丰帝闻言微笑道："世上没有不凋的花草，任它万紫千红，一遇风霜，便成憔悴，除非是有美人儿，或者还可代得。"某总管道："本年挑选秀女，万岁爷圣德如天，叫她们个个回家。倘若不然，令群女入值园内，岂不是众美毕具了？"咸丰帝道："一班都是旗女，也不见什么好处。"总管道："万岁爷贵为天子，富有天下，只叫一道圣旨，令各省选女入侍，就使西子太真，亦可立致。"历代主子，统由此辈教坏。咸丰帝道："祖制不准采选汉女，哪里可由朕作俑？"总管又道："宫里应遵祖制，园内想亦无妨。"硬要逢君之恶，殊属可恨！咸丰帝想了一回，便道："这也须秘密办理，不宜声张。"某总管说声遵旨，俟咸丰帝游毕，即随驾回宫。

不到半年，南中已献入汉女数十名，供值圆明园，分居亭馆，个个是纤秾合度，修短得中。更有那裙下双弯，不盈三寸，为此金莲瘦削，越觉体态轻盈。咸丰帝得了许多美人，每日在园中游赏，巧遇艳阳天气，春色争妍，悦目的是鬓光钗影，扑鼻的是粉馥脂芳。酒不醉人人自醉，花不迷人人自迷。香国蜂王，任情恣采，今夕是这个当御，明夕是那个侍寝，内中最得宠幸的，计有四人，咸丰帝赐她们芳名，叫作牡丹春、杏花春、武林春、海棠春。

牡丹春住在圆明园东偏，宫院名牡丹台，嗣改名镂月开云；杏花春住在圆明园西室，宫院名杏花村馆；武林春住在圆明园南池，池上建起一座寝宫，天然佳妙，池名武林春色，宫院亦就池出名；海棠春住在圆明园北面，宫院恰不是海棠名号，偏叫作绮吟堂。在咸丰帝的意思，乃是将四春佳丽，分居四隅，绾住那一年春色，自己作为护花使者。乐将极矣。无如雨露虽是宏施，膏泽总难遍及，重门寂寂，夜漏迟迟，听隔院之笙歌，恼人情绪，看陌头之杨柳，倍触愁肠。由悲生怨，由怨生妒，酸风醋雾，迷漫全园。谁意四春夺宠之时，正值太后弥留之日，咸丰帝入侍慈躬，好几日不到园内，羊车望幸，愈觉无期。接连又是太后崩逝，哭临奉安的手续，忙了两三个月。咸丰帝颇尽孝思，百日以内，未尝入园。至易夏为秋，时日已多，哀思渐杀，方再入园中游幸。当时四春娘娘，都已料圣驾将临，眼巴巴的在园探望。偏这杏花春慧心独运，捷足先登，数日前已遍赂值园宫监，叫他留意迎驾。那宫监得了好处，自然格外献功，咸丰帝未入园门，狡太监已先探报。杏花春即带领宫眷等，至要路迎迓，遥见御驾徐徐过来，早已轻折柳腰，俯伏在地。是时因太后丧期，妃嫔等都遵制服孝，杏花春浅妆淡抹，越显得云鬟鬓黑，玉骨清芬。咸丰帝瞧将过去，好似鹤立鸡群，分外夺目，多日不见，益令人醉。忙龙行虎步的走将拢来，令她起立。杏花春珠喉婉转，先禀称臣妾迎驾，继禀称臣妾谢恩，然后站起娇躯，让咸丰帝先行，自率宫眷等后随。到了寝宫，又复叩首请安。咸丰帝叫她不必多礼，并赐旁坐。这时候的杏花春自然提足精神，殷勤献媚，把这咸丰帝笼住不放。留连至晚，即留宿在杏花村馆。翌日，复由咸丰帝特旨，开群芳宴，传谕各宫妃子贵人,都到杏花村馆领宴。那时六院三宫,接奉圣谕,就使心中未惬,也只好联翩前来。园内的牡丹春、武林春、海棠春,满肚子含着醋意,终究不敢不到。只有钮祜禄后,领袖宫闱,天子不能妄召,所以未尝与宴。还有一位那拉贵人,奉了命,竟叫宫监回奏,称病不赴。咸丰帝圣度汪洋,总道她身怀六甲,无暇责备,谁知入宫见嫉,她已别有心肠。那拉氏之心术,已露一斑。是日,杏花村馆,大集群芳,"花为帐幄酒为友,云作屏风玉作堆",说不尽的绮旎风光,描不完的温柔情态。咸丰帝至此,乐得不可言喻。恐怕此时的欢乐,只有咸丰帝一人,杏花春或尚得其半,此外则阳作欢娱,阴怀妒忌,未必尽如帝意也。但天下无不散的筵席,圆则易缺,满则易倾,咸丰帝一生,也只有这场韵事,算作极乐的境遇了。后人曾有诗咏道:

纤步金莲上玉墀,四春颜色斗芳时;
圆明劫后官人在,头白谁吟湘绮词?

咸丰帝罢宴后,次日早朝,忽接到六百里加紧奏章,忙拆开一阅,乃是荆州将军官文,奏称武昌复失,巡抚陶恩培以下,大半殉难,不禁大惊。看官!要知武昌失守情形,待小子下回说明。

酒色财气四字,为人生最大之魔障,而色之一关,尤为难破,其酿祸亦最甚。士大夫之家无论已,试观历朝以来,亡国之朕,大半由于女色。若仅仅酗酒,仅仅嗜财,仅仅使气,虽不能无弊,国尚不至于亡。咸丰帝颇号英明,当时称为小尧舜,观其闻选女之谠言,不加以罪,反褒奖之,其器识已可见一斑,然卒未能屏除肉欲,幸那拉,嬖四春,为主德累,四春尚未足亡清,而那拉实为亡清之张本,夫岂真遗碑成谶,非人力可以挽回者? 主德可以格天,主不德,天数始不能逃也。本回专载清宫事,于咸丰帝之明昧,或抑或扬,隐寓劝惩之义,而于前后各回历述战事外,列此一回,尤足令人醒目。

第六十四回　罗先生临阵伤躯
沈夫人佐夫抗敌

却说湖北巡抚陶恩培,莅任两月,因省城初复,元气中枵,兵民寥落,守备空虚,陶抚方赶紧筹防,不料长毛大至,连破汉口、汉阳,直达武昌。小子于六十二回中,曾叙武昌克复事,由曾国藩苦心孤诣,塔齐布以下将弁,效死前驱,方得杀败长毛,夺回武汉,为什么长毛又得达武昌呢? 看官不必动疑,小子即要详叙。自曾国藩战败鄱阳,内湖外江,水师隔绝,长毛复分军趋长江上游。湖北总督杨霈,本有兵勇二万名,驻扎广济,适值咸丰四年除夕,营中置酒高会,总道长毛麇集九江,一时不致复来,且安安稳稳的过了残腊,再作计较。失之毫厘,谬以千里。正在欢饮酬呼的时候,营外忽然火起,急忙出营瞭望,那火势已经燎原,火光中跃出无数红巾,个个是执着大刀,横着长枪,向营内扑来。营兵醉眼模糊,错疑是祝融肆虐,带来的火兵火卒,涉语成趣。其实是长毛掩袭,纵火攻营,等得营兵回报,还有何人敢去抵敌?杨霈仓皇失措,吓得魂不附体,连逃走都来不及,幸亏将官李士林,效死抗敌,截住营前,杨霈方得向营后走脱。士林本是个长毛出身,经杨霈招降,恩礼相待,所以得他保护,逃了性命。亏此一着。奔到汉口,暗料长毛必进薄武汉,不如择个僻静处,将就安身,遂借防敌北窜的名目,一溜风趋至德安府,才住了脚。

这时长毛溯江而上,如风驰电掣一般,陷汉口,破汉阳,竟到武昌省城。巡抚陶恩培麾下,只有兵勇二千,连守城尚且不足,哪里能出城堵截?等到长毛已逼城下,勉率司道等登陴固守,一面遣人至江西求援。曾国藩正被长毛截入鄱阳,不能展足,至此闻武昌危急,只得飞檄外江水师统领俞晟,带了几艘战船,去援武昌;又保荐胡林翼为湖北臬司,付他陆军六千名,从间道赴武昌。水陆两军,星夜前进,至小河口、鹦鹉洲、白沙洲等处,被长毛阻住。开了数仗,小小获胜,谁知长毛另股,复由兴国上窜,径扑省城。陶抚台已困守多日,怎禁得长毛麇集,一时迫不及防,竟被长毛攻入。陶抚以下,如知府多山,游击陶德焘等,皆力战阵亡。武昌三陷。胡林翼等驰救无及,只得扼守金口,收集溃卒,再图恢复。

廷旨擢林翼为湖北巡抚,更饬曾国藩分军赴援。国藩想弃了江西,转援湖北,一时不能解决,乃召幕宾会议。湘乡生员刘蓉,向与国藩友善,国藩许他为卧龙,至是适襄戎幕,遂起座道:"江西形势,上下受敌,我军孤悬此地,如在瓮中,决非万全计策。但今欲往援湖北,坐弃江西,亦属非计。我军一去,九江贼众,必内破南昌,上走鄂岳,乃是越不得了。看来眼前只可整缮水师,接应陆师,务期攻克九江,才得西援东剿。"国藩点头称善;遂檄塔军门,仍围九江,不可轻动,自己驰抵南昌,添置船炮。

忽报饶州、广信两府城,接连失陷,国藩颇为惊惶,罗泽南时正在营,投袂而起,愿往一剿。国藩遂拨他高弟李续宾军,一同去讫。可见为主帅者,不可无良将为辅。去了数日,得广信捷音,报称:"罗、李两军,连克大水桥、陈家山,乘胜追剿,击毙长毛首领,立复广信府城"等语,国藩稍稍心安。

杨载福、彭玉麟,因船炮尚未备齐,暂时乞假回湖南,国藩应允。杨、彭二人甫去,九江陆师,又来了一封烧角文书,报称塔军门病殁了。又是一惊。这

第六十四回　罗先生临阵伤躯　沈夫人佐夫抗敌

位塔军门齐布，由侍卫拣发外任，从都司荐擢提督，所向有功。鄱阳湖一战，水师陷入湖中，四面皆敌，几乎全军覆没，亏得他带领陆军，截住岸上长毛，血战获胜，遥为声援。那时鄱阳湖内的长毛，多自去救应陆兵，于是杨、彭诸将，方得收拾残师，退扼上游。<small>前回叙鄱阳战事，只录曾国藩奏报中数语，未曾详明，故此处复补入事迹。</small>这回围攻九江，计已多日，愤激的了不得，致患心病，半日即剧，死于军中。国藩闻信，不暇哀悼，忙出城下船，率领水师出发九江。途中遇敌船来扑，由国藩一声号令，纷纷杀出。长毛见他来势凶猛，也即退让。国藩无心追赶，竟至九江陆师营内，哭奠一番。并闻塔军门部曲童添云，先日阵亡，免不得也去祭奠。随令几员将士，拥护丧车回籍；并命周凤山暂代塔任，用好言抚慰部众，叫他继述塔公遗志。塔军门待下有恩，与士卒同甘苦，因此塔虽病殁，军心不变。<small>满人中得此良将，也算奇特。</small>

国藩复遣水师攻湖口，初次得胜，继复失利，退扎青山，又由国藩驰抚。部署已定，回驻南康。途次闻义宁县失陷消息，又拟调兵往救；嗣复接到罗泽南来书，知已由广信驰还，收复义宁，书中复陈述厉害，称："东南大势在武昌，得武昌乃可控制江皖，江西亦得屏蔽。若株守江西，徒与贼搏战，无益大局，请自率所部，径出湖北，规复武昌，再引军东下，取登高建瓴局势，会合水陆各军，合力攻湖口，截住敌船上下，方可肃清江西。"国藩服他议论，但因江西三面皆敌，塔军门已死，杨、彭尚未到来，一旦有急，无人可使，所以迟迟未答。

泽南等待数日，未见复音，遂单骑至南康，面陈机宜，国藩允准派五千精卒为助。刘蓉进见道："大帅麾下，惟恃塔、罗两君，塔公已亡，罗公又令他远行，将来缓急谁恃？"国藩道："我也晓得这个苦况，但为东南大局计，不得不然。倘罗军能迅复武昌，自可回救江西。我是虽困犹荣了。"刘蓉道："照此说来，原是不能不去，刘某不才，愿随罗公一行，或可少资臂助。"<small>援湖北即是救江西，刘霞轩毕竟不弱。</small>说着，罗泽南已来辞行，国藩即遣刘蓉同去。泽南道："得刘君为助，还有何说！但九江一带的陆师，只宜坚守，不宜屡攻，愿明公转饬诸将。"国藩道："敬听忠告。"于是泽南启程，经国藩送出城外，握手依依，犹有留连不舍之状，<small>曾、罗二人，自此永诀。</small>国藩道："罗山此去，为国立功，不负大丈夫壮志。后会有期，谨从此别！"泽南道："不复武昌，誓不见公。"<small>壮士一去不复还，大有易水悲歌气象。</small>国藩闻言，神经为之怅触，但号令已出，不好收回，便叹息而别。郭嵩焘又送了一程，至柴桑村，泽南请嵩焘回去，嵩焘道："曾帅坐困江西，君去必不能支，如何是好？"泽南道："曾公所治水师，幸能自立，但教曾公常在，便无他患。俗语说得好：'谋事在人，成事在天。'天苟不亡清朝，此老断不至死。"<small>确论。</small>随与嵩焘揖别，至义宁领了部卒，向西进发。

沿途叠接探报，杨载福、彭玉麟二将，已由湘抚骆秉章遣募水师，赴鄂助剿,鄂署抚胡林翼,已自金口进薄武昌。泽南颇为喜慰,遂分军为三,自领中营,李续宾领左营,刘蓉领右营,风驰雨骤的赶入湖北,一战克通城,再战克崇阳,进拔蒲圻,并复咸宁。适胡林翼军,自汉阳败退,渡江而南,与泽南相会。林翼道:"长毛真厉害得很,我屡攻武昌不下,转攻汉阳,几陷贼中,幸鲍都司春霆,划船相救,方得免祸,看来长毛还不易除灭哩。"泽南道:"鲍都司非即鲍超么?他系四川奉节县人氏,曾隶塔军门部下,后由曾帅拔充哨官,随战洞庭,异常骁勇,确是一员猛将,将来必立奇功。"鲍超历史,从泽南口中叙出,笔法善变。林翼道:"罗山兄所见,与弟相同。"泽南道:"现在德安一路,消息如何?"林翼道:"从前杨制军回屯德安,欲遣我驻扎汉川,截贼北走。罗山兄!试想武汉为长江咽喉,武汉不复,贼将四出,哪里还能堵截?我便具疏力争,亏得圣明在上,俯从愚见,所以在此相持。不意杨制军弃了德安,直走枣阳,真是畏缩得很。现在改任荆州将军官文为湖广总督,西凌阿为钦差大臣,进攻德安,比从前稍有起色了。"借此数语,了结杨霈。正谈论间,忽报伪翼王石达开,率众数万,将到蒲圻城下了。泽南起身道:"蒲圻新复,又来悍寇,真个了不得。罗某且去杀他一阵再说。"林翼道:"君为前驱,我为后应,能够杀退此贼,还好合攻武汉。"于是泽南在前,林翼在后,两军趋至蒲圻,正遇石达开前锋。泽南鼓勇而前,英风锐气,辟易千人。长毛前队散去,后队继上。胡军队亦到,接应罗军。两下酣斗,直杀到天昏地暗,鬼哭神愁,石达开才麾众退去。罗、胡收军入城,次日出探,石达开已驰入江西去了。泽南道:"贼去江西,曾帅越加危急,看来我军只可急攻武昌,必待武昌克复,方得返援江西。"林翼亦以为然,遂合军直趋武昌,分屯城东洪山,及城南五里墩。

是时钦差大臣西凌阿,攻德安不克,有旨革职,令官文代任督师。官文连破德安、汉川,进薄汉阳。长毛坚守武昌,屡攻不下,江西警报,日甚一日,泽南愤极,誓死攻城。长毛亦不甘退让,每夜遣悍卒出城袭营。泽南设伏数处,诱敌进来,伏兵陡起,将长毛围住。长毛拚命杀出,已有四百个头颅,向地上滚去。妙语。自咸丰六年正月至二月,大小百数十战,罗军虽胜多败少,总不能扑入城中。

三月朔,忽有大星陨落西北。晨起,大雾漫天,长毛蜂拥出城,与罗军决一死战。这番对仗,不比往日,那长毛都是舍了命,前来猛扑,险些儿把罗军杀退。罗军多是乡里子弟,夙负气谊,不肯相弃,总算还抵挡得住。泽南执旗指挥,凭他枪林弹雨,总是不退一步。怎奈枪弹无情,射中左额,血下沾衣,泽南忍痛收军,长毛亦退入城去。

胡林翼闻泽南受伤,忙来视病,起初见泽南还可支持,到三月八日,病不能起,汗出如沈,林翼入视,不禁流涕。泽南张目,见林翼在侧,握住林翼手,

第六十四回 罗先生临阵伤躯 沈夫人佐夫抗敌

便道:"武汉未克,江西复危,不能两顾,正是可恨。我死不足惜,弟子迪庵,可承我志,愿公提挈,期灭此贼。"林翼点头,泽南遂瞑目而逝。泽南已受布政使职衔,至此出缺,由林翼疏奏,优旨照巡抚阵亡例抚恤,并赐祭葬,予谥忠节。罗山是兴清功臣,且以书生赴大敌,其志可嘉,故叙述独详。

林翼遂令李续宾代统罗军,仍扎洪山,林翼亦仍驻五里墩。会江西乞师文书,星夜投递,林翼不得已,派兵四千往援。援师未至,江西省已大半糜烂。先是太平国翼王石达开,攻入安徽省城,颇知联结民心,张榜安民,斟定赋税,百姓颇有些畏服。既而秦日纲又至,攻破庐州,击毙江忠源,安徽全省,几尽入长毛手。达开遂率众旁出,驰至湖北,被胡、罗二军击退,转入江西,连破义宁、新昌、瑞州、临江各城。广东土寇,复逃出湖南,侵入江西边境,陷安福、分宜、万载等县,联络长毛,合趋袁州,南昌戒严。

国藩飞檄周凤山军,解九江围,回驻樟树镇,屏蔽省会。此时江西陆师,只有周凤山一支人马,水师统将,如杨、彭等,又皆在湖北助剿。国藩危急万分,惟驰檄两湖,乞济援师,奈远水难救近火,一时总盼望不到。忽有一人敝衣草履,跨着大步,走入曾营。营弁欲去通报,他迫不及待,径入内见曾国藩。国藩一瞧,乃是彭玉麟,不觉大喜,便道:"雪琴来得真好。"雪琴系玉麟表字,呼字不呼名,系朋友通例。玉麟答称:"因江西紧急,徒步来此,七百里路,走得两日半,今日才到。"国藩道:"你真是我的好友!"遂派领水师,赴临江县扼剿。

正在调遣,周凤山败报已到,乃是兵溃樟树镇。国藩忙自南康趋南昌,助巡抚文俊守城,奈吉安府、抚州府等,又陆续失守,江西七府一州五十余县,统被陷没。只南昌、广信、饶州、赣州、南安五郡,尚为清属。广信府在抚州东,长毛酋杨辅清,由抚州进攻,亏得一员女将军,佐夫守城,激厉兵民,才将府城保住。这位女将军是谁?乃是林文忠公则徐女,署广信知府沈葆桢妻。大书特书。

沈葆桢自御史出任知府,原任是九江,未到任,九江已陷,乃改署广信。此时正在河口办粮,城中吏民,闻长毛将至,逃避一空。及葆桢闻信,驰归署中,只剩了一个夫人。外而幕僚,内而仆婢,统已星散。葆桢问道:"你何故独留?"林氏道:"妾为妇人,义当随夫。君为臣子,义当守城。君舍城安往?妾舍夫安适?"大义凛然,不愧林公令爱。葆桢道:"区区孤城,如何能守?"林氏道:"内署尚有金帛,妾已检出,准备犒军。大堂上已设巨锅一只,可以炊爨,准备饷军。现在且令军民暂时守城,再作计较。"葆桢道:"幕友已去,仆婢已散,何人办理文书?何人充当厨役?"林氏道:"这个不难,妾都可以代劳。"

于是葆桢召兵民入署,取出内署金帛及簪珥等属,指示兵民道:"长毛将到,这城恐不可守,汝等可取此出走,作为途中盘费。我食君禄,只能与城存亡,从此与汝等别矣。"遣将不如激将,葆桢也有智谋。兵民齐声答道:"我等愿随大老爷同守此城，长毛若来，杀他几个，亦是好的。就使杀他不过，也愿与城同尽。"葆桢道："汝等有此忠诚，应受本府一拜。"随即起座，恭恭敬敬的向兵民一揖。兵民连忙跪下，都道："小的哪里敢当！总凭大老爷使唤便是。"葆桢令兵民起立，遂将金帛等分给，兵民不肯受赐。葆桢执意不允，兵民遂各受少许，一一拜谢。

当下林夫人出堂，荆布钗裙，左手携米，右手汲水，到大锅前司炊。兵民望见，便道："太太如何执爨？"林夫人道："汝等为我守城，我应为汝造饭。"兵民道："城是国家的城，并非老爷太太应该守城，小人们不必守城；老爷太太这般恩待，小人们如何过意得去？"林夫人道："但得诸位尽力，我与老爷已感激多了。少许劳苦，何足挂齿？"随即造好了饭，令兵民饱食一餐。兵民各执了军械，踊跃登城，葆桢自去巡视一周，返入署内，与夫人林氏道："兵民等虽已感我恩义，情愿死守，但寡不敌众，奈何？"林氏道："此去至玉山，约九十里，有浙江总兵饶廷选驻守，他系先父旧部，当可乞援。"葆桢道："如此甚好，待我修起书来。"林氏道："君是巡城要紧，文牍一切，由妾代理。"随即入内修书，修好后，出交葆桢。葆桢取来一瞧，字字作淡红色，既不是墨，又不是朱，忙看下款，乃是"林氏血书"四字，即张着目呆看林氏。林氏道："君毋过虑！这是指血书成，不甚要紧。"葆桢闻言，也为堕泪。

此书一发，那总兵饶廷选，自然兼程驰到。饶廷选入城，长毛才薄城下，遥见城上旌旗严整，已自惊心，不想城中复杀出一员饶镇台，手下将士，统似生龙活虎一般，一当十，十当百，杀得长毛大败亏输，退五里下寨。次日，饶镇台又来攻营，后面是沈本府押队，带来兵勇越多，呼声震动天地，长毛先已胆怯，战了几个回合，便即逃去。这番胜仗，传入曾国藩耳中，自然将夫妇共守事，奏达清廷，廷旨擢葆桢为兵备道，后且升任江西巡抚。文肃公自此成名，夫人城并垂不朽。士民感颂慈荫，至今不绝。

这且慢表，且说江西警报，遍达两湖，经湖北巡抚胡林翼，遣兵四千，驰至湖南，巡抚骆秉章，亦派刘长佑、萧启江，分道赴援。国藩弟国华，又募兵数千，转战而东，连克新昌、上高各城，直抵瑞州。国藩乃再遣李元度、刘于浔、黄虎臣等，分头接应。自是江西与两湖，渐渐通道，军务方有起色。谁知江南大营，竟于咸丰六年五月间败溃，向荣忧死，洪天王气焰骤涨一倍，正是：

貔虎合群方逞勇，鲸鲵得势又扬鬐。

欲知大营溃败情形，且至下回再表。

塔、罗二人，为曾氏麾下之最著名者。但塔本武夫，从军是其天职，罗为文士，独能组成一旅，亲当大敌，亦古今来之罕见者也。且以理学名家，具兵学知识，尤为难能可贵。或者犹以反抗洪氏少之，抑知洪氏盗也，生平行事，无一足取。试问明火执仗，杀人越货诸徒，为民间害，设处圣明之世，其有不立杀无赦乎？周公诛管、蔡，犹不失为圣人，盖乱贼必诛，无论亲疏，不得恕罪。执是以论，于罗山何病？若沈夫人以一妇女身，具伟丈夫胆略，是殆所谓巾帼而须眉者非耶？林公家法，可于其女见之。是回为名士杰女合传，可以作士气，可以当女箴。

第六十五回　瓜镇丧师向营失陷
韦杨毙命洪酋中衰

却说江南大营，系是钦差大臣向荣统辖，张国梁为辅，自咸丰三年起，驻扎南京城外孝陵卫，与江北大营相犄角。江北大营统帅琦善，本是个没用人物，围攻扬州几一年，兵饷用得不少。左副都御史雷以諴，正奉命巡阅河防，闻琦善师久无功，请旨剿贼，捐资募勇，自成一军，扎营扬州城东面，与琦善大营作为犄角。又复仿江都仙女镇抽厘章程，创设板厘活厘的名目，收充军需。板厘是取诸坐贾，按月征收，活厘是取诸行商，设卡征收，看货物的贵贱，作为等差；大约每百文中，取他两三文，商贾尚不致病累，军饷恰赖是接济，当时称他为妙法，都照样循行。此特一时权宜之策，乃军兴以后，相沿未绝，至今益厉，商民交怨，不得谓非雷氏之作俑。琦善大营，自然照办，不必细说。

当下士饱马腾，正期一鼓歼敌，朝旨又责成琦善，叫他克日破城，歼除务尽，毋使旁突滋扰。会洪秀全遣丞相赖汉英援扬，为副都统萨炳阿等所败，琦善因胜而骄，自谓无恐，哪知赖汉英竟赴瓜洲，杀退参将冯景尼，师长镳及盐大使张翊国。扬州长毛，得知瓜洲道通，遂率全股冲出扬城，会合赖汉英，占据瓜洲，琦善徒得了一个空城，有旨责琦善不力，革职留效，冯景尼正法，师长镳等遣戍。琦善惶急异常，令总兵瞿腾龙进剿瓜洲，腾龙阵亡。警报传至扬州，急得琦善成病，不数月而逝。江宁将军托明阿，奉旨代琦善任。托明阿的才识，与琦善也差不多，只浦口一战，稍获胜仗，然亦亏向荣派员夹攻，方得此胜。嗣后拥兵自固，毫无进取，因此江北大营，远不及江南大营的威望。但向荣、张国梁，虽是有些智勇，誓复金陵，究竟金陵城大而坚，洪、杨又作为根据地，悉锐固守，被围两三年，仍旧负隅抗拒；兼且遣众四扰，牵动官兵，向荣又不能坐视不救，只得分兵援应。以故转战频年，迄无成效。褒贬处煞有分寸。

会上海一带，土匪蜂起，占住县城，与长毛勾通。江苏巡抚吉尔杭阿，督总兵虎嵩林,参将富安,守备向奎等,水陆进攻,足足攻了好几个月,始由江宁府知府刘存厚,挖地成穴,埋入地雷,轰踢城垣二十多丈,方得克复上海县。上海既复,进攻镇江,镇江已由提督余万青,奉向大臣檄,率兵万余,攻打数月。吉抚领兵八九千人,到镇江城下,与余提督分营对立,仍用了老法儿,开隧种火,轰去了一小段城墙角。正拟督兵入城,不料城中长毛,已探悉轰城的计策,遣悍卒潜出,绕至吉营背后,鼓噪而入,幸亏吉营尚有纪律,一时不致溃乱,当下返身拒敌,鏖斗一场,方将长毛杀退。回望城头,轰陷的城隙,已由长毛用土塞住。料知进攻无益,只得退休,白费了掘地埋药的工夫,蹉跎蹉跎,又是一年。镇江的长毛,与瓜洲的长毛,不但蟠踞如故,并且双方联络,气焰越盛。

金、焦两山,虽有总兵周士法、陈国泰两部,率舰分泊,怎奈逍遥坐视,一任长毛往来。长毛藐视已久,一面把两处勾结,暗袭扬州,一面遣人知会南京,请发兵接应。扬州知府世琨,安坐城中,总道瓜洲、镇江,都已围住,长毛虽插翅不能飞来,忽闻城外喊杀连天,忙上城探望,已是满地红巾,仓猝调兵,应者寥寥;只有参将祥林,领了数百个羸兵弱卒,前来听令。世琨令他登陴守御,不到一日,已被长毛攻陷。祥林巷战许久,力竭身亡。世太守也算殉城毕命。善善从长,不掩其美。这位托大臣得知此信,遣了几员将官,来救扬州。扬州城已于前日失守,援军初到城下,尚未住脚,长毛忽自城内冲出,汹汹的杀将过来。一阵乱扫,把援军扫得四散。

隔了几天,诏书特下,革托明阿及陈金绶、雷以诚职,令都统德兴阿代任。德兴阿骤遭宠遇,格外效力,亲督兵至扬州城西北隅,猛扑城头,一当十,十当百,任你长毛如何凶悍,也只得缩着手,抱着头,弃城出走。可见用兵全在冒死。扬州算是再克,镇江、瓜洲,仍然不下。苏抚吉尔杭阿,颇具血诚,默念城下顿兵,何日方了,踌躇再四,想出了一条釜底抽薪的计策,竟欲截断长毛的粮道。当下与知府刘存厚商议道:"野战不如扼要,攻坚不若断粮,这是军法上最要秘诀。我闻发贼运粮,全恃高资为通道,高资一断,贼技自穷,非但镇江、瓜洲,可以立复,即金陵逆首,亦只能束手受擒。老兄以为何如?"存厚道:"抚帅所言,确是制贼的妙策,卑职很是赞成。"吉抚道:"我欲截彼粮道,彼岂不防此一着,必须有坚忍能耐的干员,方能当此重任。"存厚慨然起立道:"卑职愿去。"吉抚道:"老兄肯去最好。万一有急,兄弟定来救应。"存厚即辞了吉抚,带领知县松寿,盐大使张翊国,飞驰而去。

看官!这粮道是全军的性命,长毛闻存厚前往,哪有不出兵力争之理?存厚既到高资,就烟墩山倚冈为寨,扎了品字式三个营盘。过了一天,已来了镇江长毛数千名,前来扑营,被存厚一阵击退。又过了两日,复来了无数长毛,乃是金陵遣来的精锐,如蝇逐臭,如蚁附膻,争向烟墩山扑来。刘存厚到

第六十五回　瓜镇丧师向营失陷　韦杨毙命洪首中衰

了此时，明知众寡悬殊，不是对手，只因奉命到此，早把生死置诸度外。长毛拚命攻扑，存厚拚命抵御，炮声震地，烟雾迷天，战了两三个时辰，忽报松寿、张国翙，均已阵亡，三营中失去二营，不由不令存厚心惊，只得收兵入寨，守住孤营，专待援应。极写刘存厚。

这消息传到吉抚军中，吉抚立率兵前往，将到高资，遥见黄旗红巾，满坑满山，连刘营都望不清楚，诸将都已失色。吉抚即欲杀入，有一偏将拦马禀道："贼为护粮而来，生死所关，安肯轻去？我军不过万人，主客情形，相去悬绝，看来不如退守为是。"吉抚忾然道："我以一部郎，不数年任开府，仗节麾，受恩深重，何敢贪生？今若一战而胜，贼粮可断，逆穴可平，上纾天子的忧思，下解生民的疾苦。万一失败，愿捐躯报知遇恩。况我与刘知府曾面约往援，岂可失信？"怀忠履信，吉抚可谓完人。言毕，即当先冲入，众将亦不得不随往，前驰后骤，竟将长毛冲倒数百名，劈开一条血路，直入刘存厚营。长毛见吉抚入内，霎时四合，百炮齐鸣，千弹并发，吉抚闻这声耗，登高四望，正觑那长毛的隙处，意欲舍坚攻瑕，俄闻蚩的一声，忙睁睛瞧着，忽有滚圆的一粒炮子飞将前来，撞着脑袋，如石击卵，顿时鲜血直流，痛极而仆。众军见主帅晕毙，统是惊骇异常，长毛即一拥前进，杀的杀，劈的劈，军士见不可敌，大家是逃命要紧。有几百名随着刘存厚左右冲突，欲翼吉抚尸身出围，可奈长毛围绕得紧，杀一重，又一重，存厚力竭气喘，大吼一声而亡。这是一场血战，故叙述较详。吉、刘两人，都已殉难，围攻镇江的余万青，也立脚不定，自然撤围，长毛遂四出纷扰。

钦差大臣向荣亟命张国梁驰剿。国梁系江南大营的栋柱，自围攻金陵后，转战无虚日，金陵悍酋屡次出犯，都由国梁杀退；各处闻警，得国梁驰救，亦无不克复。此时正收复江浦，渡江回营，接向大臣命令，不及休息，率兵即行，至丁卯桥遇着长毛，一鼓荡平；进至五峰口，又杀掉了数百名长毛；再进至九华山，见长毛驻扎较多，他却偃旗息鼓，佯为退走；至夜间挥兵前往，把敌营踏平好几座。这一股英风锐气，正足辟易千人。

长毛战不过国梁，都窜回金陵。国梁正尾追西归，遥见大营火起，营内的兵勇，狼狈奔来，料知营中遇变，加鞭疾行。到了孝陵卫不见大营，只见遍地是火，长毛正杀得高兴，仗火肆威，当下不知向公下落，只拣着长毛多处，挥刀直入，左冲右荡，尚寻不着向大帅。忽见东南角上，火光荧荧，尚现出向字旗帜，忙奋勇杀将过去。那长毛如蜂如蚁，裹将拢来，他恰不管利害，仗着一柄大刀，东劈西削，无不披靡。杀了好一歇，方逼近向字旗边，见向帅正危急万分，急呼道："国梁在此，保大帅出围！"向荣闻国梁兵到，气为一振，即众将士亦变怯为勇，拼着命随了国梁，突出重围。长毛亦不敢追赶，由国梁保着向公，自淳化镇退保丹阳。为张国梁写生，故江南大营失陷，仍写得烨烨有光。这次大营失陷,是由向大臣分兵四出,麾下兵寡将单,镇江长毛,与金陵长毛,窥破向营情形,互约夹攻,前后纵火,向军腹背受敌,以致大溃。这是顿兵坚城的坏处。

向荣至丹阳后,婴城固守,长毛分途逼围,重营叠垒,势甚鸱张。向荣忧愤成疾,由国梁收集散卒,激励将士,开城再战,连破长毛营寨,斩首数千级,丹阳方转危为安。无如向荣病终不起,临危时,以军事付国梁,并嘱咐道:"汝才足办贼,我死何憾!"国梁垂泪受命,忽向荣自床上跃起道:"终负朝廷恩。"言毕而仆,遂殒。江南提督和春,奉旨代向荣督师,国梁以提督衔帮办军务,人心稍固。

独这位洪天王秀全,闻江南大营,都被击退,向荣又死,遂自以为强盛无匹,越加骄淫。杨秀清手握大权,至此益妄作妄行,每日掠夺佳丽,轮班入侍,可怜三吴好女子,被这杨贼糟蹋无数。有崇拜洪杨者,心中所慕,亦是为此,不然,何以有杨梅都督,花界大王。奈秀清最宠的是傅善祥,善祥逸去,秀清大索不得,怅望异常,恰巧扬州献一个美人儿,姓朱名九妹,年十九,能诗文,才貌与善祥相似。秀清是欢喜极了,即令入值东王府,代善祥职,夜间即要她侍寝。九妹不从,娉婷弱质,不敌混世魔王,卒被他强暴胁迫,恣意淫污。九妹恨甚,阳作欢笑容,暗中誓不与俱生,趁着秀清饮酒,偷放砒毒。不料被秀清察破,迫她自饮,毒发而毙。又有江宁李氏女,选入东王宫,亦遭淫辱,她在髻内藏小刀寸许,伺秀清醉酒酣睡,直刺其喉。秀清适转身,误中左肩,秀清大怒,立呼左右用点天灯刑。什么叫作点天灯?系用布帛将人束住,溃油使透,倒绑杆上,烧将起来。看官!你道惨不惨呢?又有一个赵碧娘,丰姿秀美,年仅十五六,初被掳充绣馆女工,碧娘本是一手好针绣,制了二冠,呈诸东王。秀清见她精致绝伦,称赏不置。不意被同馆所妒,说她内衬秽布,裂视果然。即令馆监先加杖责,讯是何人指使?碧娘矢口自承,遂令于明晨点天灯示众。时碧娘已经昏晕,弃桂树下,夜半始醒,醒即自缢,才免惨焚。秀清怒无所泄,竟杀守者,及知情不举的数十人。看官!你道惨不惨呢。再加一语,益令人发指,崇拜洪杨者其听之!

秀清一想,民女多是靠不住,只有天妹洪宣娇,素与交好,不如娶她过来,巧值秀清妻死,便娶天妹作了继室,天妹倒也愿意成亲。这日是个伏天,秀清饬制大凉床,穷工极巧,四面玻璃,就中注水,养大金鱼百数,荇藻交横,微风习习,秀清、宣娇裸体交欢,一对淫夫淫妇,只嫌夜短,不虑昼长。但秀清本有许多姬妾,自从宣娇娶入,都成了有夫的寡妇,长夜绵绵,令人难耐。适有东府承宣陈宗扬,生得一表人材,面如冠玉,惹得这班王娘,统愿屈体俯就,要宗扬来替秀清。宗扬没有分身法儿,久之久之,自然闹出事来。*淫恶之报。*

秀清下令,斩了宗扬。宗扬是韦昌辉妻弟,昌辉时在江西,得了此信,暗暗怀恨。正值秀清恶贯已满,由秀全降下密旨,召昌辉回南京。昌辉率众回

第六十五回　瓜镇丧师向营失陷　韦杨毙命洪酋中衰

来，秀清不许入城，由昌辉再三恳请，愿留部下在城外，只带随从数十名进来，乃为秀清所许，入见秀全。秀全佯怒道："现在天国军权，归东王执掌，你岂不知？东王不要你回来，你何得擅回？快去东王府请罪！东王若肯赦你，你宜速赴汛地。"言毕，恰暗暗垂泪。昌辉觑见，料知天王见迫，不便明告，随往东王府请谒求赦。秀清立即延入，昌辉央恳向天王前缓颊。秀清道："弟事自当代请，但我将以八月生日，进称万岁，弟知之否？"昌辉道："四兄勋高望重，巍巍无比，早宜明正位号。不过弟在外征妖，未敢明请哩。"当即跪下，叩称万岁，并令随从各员，亦跪称万岁，秀清大喜，命即赐宴，昌辉以下，一律犒饮。昌辉入席，起初还是极力趋承，嗣见秀清微醉，便起立道："天王有命，秀清谋逆不轨，着即加诛！"秀清闻言欲避，昌辉从员，已一拥而上，将他砍死。想做皇帝，谁料遭此结果。拥入内室，把他子女侍媵，一一斩首，只剩了天妹洪宣娇，由昌辉搂抱而去。返入北王府内，先与宣娇合欢，然后报知天王。

不意东王余党，集众攻北王府。昌辉复开城召入部众，与东王党互斗，你杀我，我杀你，两下相杀，城河为赤。忽翼王石达开，自江西驰回，燕王秦日纲，亦自安徽趋至，两人俱奉天王密旨，入靖内乱。既入城，闻秀清已被昌辉杀死，两党鏖战不休，遂相与调停。昌辉不服，定要杀尽东王余党，当下恼了石达开，便大声道："你既杀了东王，也好罢手，为什么灭他家族？你灭他家族，还嫌不足，定要除他余党，我天国不为东王而亡，恐要为你而亡了。"昌辉不答，达开愤愤而出。是夜翼王、燕王两府，统被昌辉手下围住，秦日纲出问被杀，翼王府内，竟是全家被害。独达开不知如何察觉，竟缒城出走，将纠合部众入犯。昌辉去报秀全，秀全不觉失声道："汝不听达开言，倒也罢了，今将他全家杀死，莫怪他不肯干休。"昌辉嘿然，竟自趋出，反戈围天王府。天王兄弟仁发、仁达，暗与东王党讲和，同攻昌辉。昌辉败走，东王党趁势入北王府，见一个，杀一个，不特昌辉妻妾，统做了刀头之鬼，就是宣娇玉骨，也被大众剁成肉泥。昌辉出城，手下只剩数十人，渡江至清江浦，适遇前使在外的东王党，将他擒住，押送江宁。秀全命即磔死，将首级送与达开，温词召达开回来。

达开怨愤少泄，返入江宁，大家推他辅政，如秀清故事。怎奈秀全心怀疑忌，只恐达开如韦、杨一般，仁发、仁达又与达开意见不合，达开就辞别天王，出城径去。这次秀全谋除秀清，密召韦、石诸人，还是钱军师代他决策，后见韦、杨内哄，他竟不知去向。从此秀全失了一个参谋，内外政事，都由仁发、仁达主持，越加梦乱。了结诸王，并了结钱江。

是时曾国藩在江西，得两湖援军，攻克南康，曾国华等亦收复瑞州，李元度、刘于淳诸将，复取宜黄、崇仁、新淦等县，江西军务，渐有起色。会官文拔汉阳城，击毙长毛军的钟丞相，刘指挥。胡林翼拔武昌城，生擒长毛检点古文新等十四人，武汉三失三复。湘军遂乘胜收黄州、兴国、蕲州、蕲水、广济等处，仅十日间，肃清湖北。于是杨载福率领水师四百余艘，李续宾率领陆师八千余人，沿江东下，连战皆克，直达九江。国藩在南昌闻报，亲赴九江劳师，途次闻萧启江、刘长佑二军，已夺得袁州；其弟国荃，亦组成一部吉字军，由萍乡入会周凤山，攻取安福。喜信迭来，精神益爽。到了九江，但见水陆两军，声势甚盛，杨、李两统领，都来迎谒。那时这位奔走仓皇的曾大帅，不禁喜逐颜开，携了杨、李两将手，慰劳一番，并传见水陆将弁，一一慰谕；又出饷银分犒兵士。三湘豪杰，七泽健儿，个个欢腾，人人效命，立思踏平九江城。怎奈攻了月余，仍未见效。转瞬已是咸丰七年，国藩在营中度岁，过了正月，拟移节瑞州，忽由湘乡发来讣闻，乃是国藩父竹亭封翁寿终。国藩大恸一回，立即奔丧。瑞州的曾国华，吉安的曾国荃，亦先后驰归，到家中守制去了。正是：

出则尽忠，入则尽孝。
吁嗟曾公，无忝名教。

国藩既归，朝议令他墨绖从戎，由国藩固请终制，此是正理。乃诏令总兵杨载福，道员彭玉麟，就近统领兵勇，并命两湖巡抚，酌派陆军赴江西助剿。这回已可作结束，待小子休息一刻，再叙下回。

琦善之不逮向荣，人尽知之。顾向荣顿兵三年，师老日久，亦犯兵家之忌。行军之要素有二：一仗气势，二仗纪律。三年无功，气势馁矣，纪律亦安望常严？即非分兵四出，亦安保其不倾覆者？或谓苏抚吉尔杭阿，不攻高资，则镇江不致撤围，城内之太平军，无自纠合金陵，夹攻向营，向营即可以不覆，是说似是而实非。高资既为敌军运粮之处，则向荣早宜设法要截，宁必待吉抚乎？吉抚之不成，众寡不敌致之也。就令吉抚不死，向营宁能长保乎？惟金陵韦、杨二酋，一胜即骄，自相残杀，此可以见盗贼之必亡。不然，金陵之围已解，向荣殁，曾国藩被困南昌，洪氏正可乘势而逞，天下事，未可知也。本回前半截叙向营之被陷，有以见专阃之非才，后半截叙韦、杨之自残，有以见剧盗之必灭。

第六十六回　　智统领出奇制胜
　　　　　　　　愚制军轻敌遭擒

却说湖北巡抚胡林翼，奉旨派兵援赣，即遣李续宾赴瑞州，文翼赴吉安。湖南巡抚骆秉章，亦遣江忠义、王鑫赴临江。是时吉安、临江两处，尚在长毛

第六十六回　智统领出奇制胜　愚制军轻敌遭擒

手中。临江方面，由刘长佑、萧启江进攻，相持不下；吉安方面，自曾国荃去后，诸将各存意见，积不相容。适江西巡抚文俊罢职，代以耆龄，耆龄恐临江失守，遂一面调王鑫至吉安，一面奏起曾国荃，仍统吉安军。王鑫既到吉安，长毛酋石达开前锋正到，两下交战一场，互有胜负。这位王鑫颇有才名，他亦以安邦定国自命，至此与长毛另股，相搏数日，一些儿没有便宜，反伤失军士数百名，未免心中怏怏；其言之不怍，则为之也难。自是忧愤成病，终日在床上呻吟。忽报石达开自至，军中大愕，急禀知王鑫，急得王鑫冷汗交流，霎时间口吐白沫，竟到阎罗殿去报到。暗寓讥刺。亏得国荃驰至，军心方定。

国荃即率军击石达开，达开是长毛中一个黑煞星，至是因韦、杨内哄，孤军出走，悲愤得了不得，还有何心恋战？既到吉安，见国荃军容甚整，他竟不战而去。先到的长毛，因后队无故退回，自然一哄随行，走得稍慢的长毛，反被国荃追至，杀毙了好几百名。嗣因长毛去远，仍回军围攻吉安。

这时杨、彭二将围九江，已将一年，守城悍酋林启荣，屡出兵相扑，都被杨、彭击败；他却一意固守，始终不懈，杨、彭二将，倒也无法可施。且因外江内湖的水师，被阻三年，仍然不能沟通。杨、彭商议多日，由玉麟建议，力攻石钟山。这石钟山是江湖的要口，长毛布得密密层层，作九江城的保障，所以湘军内外隔绝。杨、彭二人，悬军九江城下，左首要防着九江，右首要防着石钟山，两面兼顾，为碍甚多，于是决意攻石钟山，密遣人暗约内湖水师，里应外合，又与陆军统领李续宾，商定秘谋，令他照行。此处用暗写，以免平衍。

发兵这一日，内湖水师，先冒死冲出湖口，依山列阵，长毛无日不防他出来，自然率众堵御。但长毛内也有能人，一则恐杨、彭夹攻，二则恐李续宾也舍陆登舟，前来接应，故写长毛防备，以显杨、彭妙策。旋探知李续宾已先日拔营，往宿太等地方去了，长毛遂专力御两面水师。杨、彭二将，闻内湖水师已出湖口，遂将战船分作两翼，鼓棹疾进。那时山上山下的长毛，已分头抵敌，这里方击楫渡江，那边已投鞭断水，两军接仗，都是把性命丢在云外，恶狠狠的搏战，自午至暮，足足斗了四五个时辰，喊杀之声，尚然未绝；两下列炬如星，再接再厉，你不让，我不走，直杀到天愁地惨，鬼哭神号。猛然见山上火起，照彻江中，映着水波，好像火龙一条，夭矫出没，顷刻间烟焰迷腾，满江皆赤。长毛都惊愕不知所措，回望山顶，恍如一座火焰山，矗起江面，凭他浑身是胆，到此也不寒而栗。一夫骇走，万夫却行，湘军趁这机会，把长毛杀得四分五裂，如摧枯，如拉朽，未及天明，已夺得战舰八十九艘，炮千二百尊，杀毙长毛万余人。外江内湖的水师，并合为一。这一场恶战，若非李续宾佯赴宿太，乘夜渡江，绕出石钟山后，登山纵火，尚未见水师定获大胜。叙明前次秘谋，可谓兵不厌诈。杨、彭至天明收军，检点部下，十分中亦死了两分，伤了三分，正是由性命换了出来。后来由曾国藩奏闻,就石钟山上建昭忠祠,便是因伤亡太多,借祠立祭,妥侑忠魂,这且慢表。

且说湖口既克,下游六十里,就是彭泽县。彭泽县南有小孤山,也是挺立江中,长毛据高为垒,就南北两岸,修筑石城,环以深濠,密排桩木,藉此守彭泽县,作为九江声援。长毛酋赖汉英,踞城扼守,已历四年,杨载福合军进取,到彭泽县南岸,饬兵士登陆,佯修营垒,作长围状。长毛出城猛扑,筑营的兵士,都纷纷逃走。那时长毛争先追赶,直到急水沟,只听得一声号炮,万马奔腾,杨载福亲统大军,于长毛背后杀到。长毛知势不妙,连忙回军,已是不及,没奈何与杨军接战,无如后面又有兵至,把长毛冲作数截。长毛心慌意乱,只得人人自顾性命,各寻生路,奔回城中。这长毛后面的敌兵,看官不必细问,就可晓得是筑营佯败的兵士了。杨载福率众掩杀,擒斩无算,立即围住彭泽城,四面攻打了一日。次日撤去两隅,单从西南两面猛攻,赖长毛汉英,亦令长毛并力抵御,自辰至暮,两造军士,都有些困乏起来。攻城的兵士,渐渐懈手,守城的兵士,亦渐渐放松。赖酋也总道无虞,不防城东突有清军登陴,拔去赖字的长毛旗,换了李字的清军旗,吓得赖酋手足失措,只好招呼部众,开了北门,一齐逃走。看官记着!杨军单攻西南,已是明明有意,留出东北两面,一面约李续宾夜袭,一面放赖汉英出逃,这有勇无谋的赖长毛,正中了杨提督的妙计。名为汉英,实是汉愚,不败何待?赖汉英出了彭泽城,拟逃往小孤山,到了江边,张目一望,只叫得一声苦,正思拍马回走,沿江已有清兵杀来,一片喊杀的声音,震动江流,不知有多少清兵。幸汉英忙中有智,急脱去军装,除下红巾,一溜烟的逃脱,所遗部众,被清兵杀得一个不留。阅至此处,方知杨载福放走赖酋,亦自有计,只赖酋尚不该死耳。后人有诗咏这事道:"彭郎夺得小姑回。"小孤山亦称小姑山,彭郎就指玉麟。

杨载福攻城时,彭玉麟已分兵攻小孤山,夺山破城,可巧是同一日,只相隔了几小时。赖酋逃至江岸,上山下水,已统悬彭字大旗,此时除微服潜逃外,还有何法?杨、彭、李既连拔要害,扫清九江上下游敌垒,遂专力攻九江。

这时候,和春、张国梁自丹阳合兵,复进攻江宁属县,攻克句容、溧水等城,仍逼镇江。镇江是金陵犄角,前次余、吉二人,围久无功,都因金陵屡次出援,所以失利。这番张国梁来攻镇江,仍用吉尔杭阿旧法,自率兵营高资,扼敌粮道,长毛屡次来争,国梁竭力抵拒。长毛战一仗,败一仗,连败四次,方不敢来敌国梁,只扼守运河北岸,筑垒相拒。可见吉抚之计,未尝不是,但兵力不逮国梁,故成败异势。国梁亦不去硬夺,但蓄养了数天,密约总兵虎嵩林、刘季三、余万青、李若珠等,合力攻城。镇江长毛,狃于前胜,不甚措意,至四总兵杀到,如狂风骤雨一般,震撼城垣,气腾貔虎,锋钊蛇虺,草木皆兵,风云变色,长

第六十六回　智统领出奇制胜　愚制军轻敌遭擒

毛见了这般军容，不觉大惊，急率众堵御，开炮掷石，忙个不了。怎奈顾了东管不到西，顾了西管不到东，方在走投无路，那赫赫威灵的张军门大旗，亦乘风飘到。长毛望见旗号，越加股栗，城外的清兵，偏格外起劲，城墙也似骇他的威望，竟一块一块的坠将下来。清兵即溃垣而入，破了城，搜杀数千人，只寻不着长毛酋吴知孝，追到江边，也没有踪迹，料是逸围而去。

国梁收复镇江城，德兴阿也克复瓜洲。原来德兴阿驻节扬州，闻镇江长毛，与清军相持，料知江南的长毛，无暇兼顾江北，遂益勒兵攻瓜洲，四面兜裹，突将土城攻破；长毛无路可逃，多被清兵杀毙。有几十百个长毛窜出城外，又由清水师截击，溺毙无遗。叙德兴阿克瓜洲，与张国梁事，简略不同，已可见两人之优劣。

南北捷书相望，和春、张国梁仍进规江宁，又组成一个江南大营。事有凑巧，江西之临江府，也由湖南遣来的援军，一鼓攻入，刘长佑积劳成病，乞假暂归，代以知府刘坤一，与萧启江军同向抚州，江西已大半平定，眼见得九江一带，亦不日可平了。暂作一束。

谁想内乱方有转机，外患又复相逼，广东省中，又闹出极大的风波来。广东的祸胎，始自和事老耆英。英商入城一案，经粤督徐广缙单舸退敌，英使文翰，才不复言入城事，接五十六回。广东安静了几年。长毛倡乱，广东亦不被兵革，只徐广缙调任湖广后，巡抚叶名琛，就升为总督，会英政府召回文翰，改派包冷来华。包冷复请英商入城，名琛不许，包冷屡次相嚷，名琛竟不答复。有时连咨请别事，他也束诸高阁，清廷因广东数年无事，总道他坐镇雍容，定有绝大才略，授他体仁阁大学士，留任广东，名琛益大言自负。咸丰六年，英政府复遣巴夏礼为广东领事，巴夏礼又来请入城，名琛仍用老法子，一字不答。巴夏礼素性负气，竟日夜寻衅，谋攻广东。适值东莞县会党作乱，按察使沈棣辉，督官绅兵勇，把会党击退，棣辉列保兵勇战功，请名琛疏荐，名琛也搁置不提，兵勇自是懈体，一任党匪逃去。党首关巨、梁楫等，遁居海岛，投入英籍，献议巴夏礼，请攻广东。名琛原是糊涂，党匪亦太丧心。巴夏礼遂训练水手，待时发作。

冤冤相凑，海外来了一只洋船，悬挂英国旗帜，船内却统是中国人。巡河水师，疑是汉奸托英保护，登船大索，将英国旗帜拔弃，并将舟子十三人，一概锁住，械系入省，以获匪报。名琛也不辨真假，交给首县收禁。忽由巴夏礼发来照会一角，名琛有意无意的接来一瞧，内称贵省水师，无故搜我亚罗船，殊属无理。舟子非中国逃犯，即使得罪中国，亦应由华官行文移取，不得擅执。至毁弃我国国旗，有污我国名誉，更出意外等语。当下名琛瞧毕，便道："我道有什么大事，他无非为索还水手，唠唠叨叨的说了许多，哪个有这般空工夫，与他计较?"随召入巡捕,叫他知照首县,发放舟子十三人,送还英领事衙门。不意到了次晨,首县禀见,报称:"昨日着典史送还英船水手,英领事匿不见面,只由通事传说,事关水师,不便接受。"名琛道:"听他便是,你且仍把水手监禁,不必理他。"首县唯唯而退。

不到三日,水师统领遣人飞报,英舰已入攻黄埔炮台。名琛道:"我并不与英人开衅,为什么攻我炮台?"好像做梦。正惊讶间,雷州府知府蒋音印,到省求见,由名琛传入。名琛也不及问他到省缘故,便与他讲英领事瞎闹情形。蒋知府道:"据卑府意见,还是向英领事处,问明起衅情由,再行对付。"名琛道:"老兄所见甚是,便烦老兄去走一遭。"蒋知府不好推辞,就去拜会英领事,相见之下,英水师提督亦在座。蒋知府传总督命,问他何故寻衅?两人同答道:"传言误听,屡失两国和好,请知府归语总督,一切事情,须入城面谈。"蒋知府回报名琛,名琛道:"前督徐制军,已与英使定约,洋人不得入城,这事如何通融?"蒋知府不敢多言,当即退出。巴夏礼又请相见期,名琛以入城不便,谢绝来使。巴夏礼再请入城相见,名琛简直不答。于是巴夏礼召集英兵,由水师提督统带,入攻省城,只听一片炮声,震天动地。名琛并不调兵守城,口中只念着吕祖真言宝训。巡抚柏贵,藩司江国霖,急忙进见,共问退敌的计策。名琛道:"不要紧!洋人入城,我可据约力争,怕他怎么?"柏贵道:"恐怕洋人不讲道理。"名琛道:"洋人共有多少?"柏贵道:"闻说有千名左右。"名琛微笑道:"千数洋人,成甚么事!现在城内兵民,差不多有几十万,十个抵一个,还是我们兵民多。中丞不闻单舸赴盟的徐制军么?英使文翰,见两岸有数万兵民,便知难而退,况城内有数十万兵民,他若入城,亦自然退去。"道言未绝,猛听得一声怪响,接连又是无数声音,柏、江两人,吓得什么相似,外面有军弁奔入,报称城墙被轰坍数丈,柏贵等起身欲走,名琛仍兀坐不动。镇定工夫要算独步。柏贵忍不住,便道:"城墙被轰坍数丈,洋兵要入城了,如何是好?"名琛假作不闻,柏、江随即退出。是夜洋人有数名入城,到督抚衙门求见,统被谢绝,洋人也出城而去。名琛闻洋人退出,甚为欣慰,忽报城外火光烛天,照耀百里。名琛道:"城外失火,与城内何干?"歇了半日,柏巡抚又到督辕,说:"城外兵勇暴动,把洋人商馆及十三家洋行,统行毁去,将来恐更多交涉。"名琛道:"好粤兵!好粤兵!驱除洋人,就在这兵民身上。"柏抚道:"闻得法兰西、美利坚商馆,亦被烧在内。"名琛道:"统是洋鬼子,辨什么法不法,美不美?"柏抚台又撞了一鼻子灰,只得退出。柏贵比叶名琛虽稍明白,然亦是个没用人物。

是时已值咸丰六年冬季,倏忽间已是残腊,各署照例封印,名琛闲着,去请柏、江二人谈天。二人即到,名琛延入,分宾主坐下。名琛开口道:"光阴似箭,

第六十六回　智统领出奇制胜　愚制军轻敌遭擒

又是一年,闻得长江一带,长毛声势少衰,但百姓已是困苦得很,只我广东,还算平安,就是洋人乱了一回,亦没甚损失,当时两位都着急得很,兄弟却晓得是不要紧呢。"柏抚道:"中堂真有先见之明。"名琛掀髯微笑道:"不瞒二位,我家数代信奉吕祖,现在署内仍供奉灵像,兄弟当日,即乞吕祖飞乩示兆,乩语洋人即退,所以兄弟有此镇定呢。"原来如此。柏抚道:"吕祖真灵显得很。"名琛道:"这是皇上洪福,百神效灵。闻得本年新生皇子,系西宫懿嫔所出,现懿嫔已晋封懿妃,懿妃夙称明敏,有其母,生其子,将来定亦不弱。看来我朝正是中兴气象,区区内乱外患,殊不足虑。"随即谈了一会属员的事情,何人应仍旧,何人应离任,足足有两个时辰,方才辞客。看官!你道名琛所说的懿妃,是什么人?便是上回叙过的那拉氏。那拉氏受封贵人后,深得咸丰帝欢心,情天做美,暗孕珠胎,先开花,后结果,第一次分娩,生了一个女孩儿,第二次分娩,竟产下一位皇儿,取名载淳。咸丰帝时尚乏嗣,得此儿后,自然喜出望外,接连加封,初封懿嫔,晋封懿妃,比皇后只差一级了。此咸丰六年事,所以夹叙在内。

这且慢表,且说英领事巴夏礼,因入攻广州,仍不得志,遂驰书本国政府,请派兵决战。英国复开上下议院,解决此事。英相巴米顿力主用兵,独下议院不从。嗣经两院磋商定议,先遣特使至中国重定盟约,要索赔款,如中国不允,然后兴兵。于是遣伯爵额尔金来华,继以大轮兵船,分泊澳门、香港;又遣人约法兰西连兵,法人因商馆被毁,正思索偿,随即听命。额尔金到香港,待法兵未至,逗遛数月,至咸丰七年九月,方贻书名琛。名琛方安安稳稳的在署诵经,忽接英人照会,展开一瞧,乃是汉文,字字认识,其词道:

　　查中英旧约,凡领事官得与中国官相见,将以联气谊,释嫌疑。自广东禁外人入城后,浮言互煽,彼此壅阏,致有今日之衅。粤民毁我洋行,群商何辜,丧其资斧?拟约期会议偿款,重立约章,则两国和好如初,否则以兵戎相见,毋贻后悔,西历一千八百五十七年十月日。大英国二等伯爵额尔金署印。

名琛阅毕,自语道:"混帐洋人,又来与我滋扰了。"接连递到法、美领事照会,无非因毁屋失赀,要求赔款,只后文独有"英使已决意攻城,愿居间排解"二语。名琛又道:"一国不足,复添两国,别人怕他,独我不怕。"有吕祖保护,原可不怕。遂将各照会统同搁起,仍咿咿唔唔的诵经去了。到了十一月,法兵已至,会合额尔金,直抵广州,致名琛哀的美敦书,限四十八小时内,答复偿款换约二事,否则攻城。名琛仍看作没事一般。将军穆克德讷,巡抚柏贵,藩司江国霖,闻着此信,都来督署商战守事。名琛道:"洋人虚声恫吓,不必理他。"穆将军道:"闻英、法已经同盟,势甚猖獗,不可不防!"名琛道:"不必不必。"穆将军道："中堂究有什么高见，可令弟等一闻否？"名琛道："将军有所不知。兄弟素信奉吕祖，去岁洋兵到来，兄弟曾向吕祖前扶乩，乩语洋兵即退，后来果然。前日接到洋人照会，兄弟又去扶乩，乩语是十五日，听消息，事已定，毋着急。祖师必不欺我，现已是十二日了，再过三四日，便可无事。"将军等见无可说，只得告退。

是日英兵六千人登陆，次日，据海珠炮台，千总邓安邦，率粤勇千人死战，杀伤相当，奈城内并无援兵，到底不能久持，竟致败退。又越日，英、法兵四面攻城，炮弹四射，火焰冲霄，城内房屋，触着流弹，不是延烧，就是摧陷，总督衙门也被击得七洞八穿。名琛此时颇着急起来，捏了吕祖像，逃入左都统署中。吕祖不来救驾，奈何？柏巡抚知事不妙，忙令绅士伍崇曜出城议和，一面去寻名琛，等到寻着，与他讲议和事宜，名琛还说"不准洋人入城"六字。倔强可笑。柏抚不别而行，回到自己署中，伍崇曜已经候着，报称洋人要入城后，方许开议。柏抚急的了不得，正欲去见将军，俄报城上已竖白旗，洋兵入城，放出水手，搜索督署去了。柏抚正在没法，只见洋兵入署，迫柏抚出去会议。柏抚身不由主，任他拥上观音山。将军、都统、藩司等，陆续被洋人劫来。英领事巴夏礼亦到，迫他出示安民，要与英、法诸官一同列衔。此时的将军、巡抚，好似狮狲上锁，要他这么便这么。安民已毕，仍导军抚都统回署，署中先有洋将占着，竟是反客为主。柏抚尚记念名琛，私问仆役，报称被洋将拥出城外去了。于是军抚联衔，劾奏名琛，奉旨将名琛革职，总督令柏抚署理，这是后话。

且说名琛匿在都统署，被洋人搜着，也不去难为他，还是吕祖暗中保佑。仍令他坐轿出城。下了兵轮，从官以手指河，教他赴水自尽，名琛佯作不觉，只默诵吕祖经。先被英人掳到香港，嗣又被解至印度，幽禁在镇海楼上。名琛却怡然自得，诵经以外，还日日作画吟诗，自称海上苏武。他的诗不止一首两首，小子曾记得二律道：

> 镇海楼头月色寒，将星翻怕客星单；
> 纵云一范军中有，争奈诸军壁上观。
> 向戍何心求免死，苏卿无恙劝加餐；
> 任他日把丹青绘，恨态愁容下笔难。
>
> 零丁飘泊叹无家，雁札犹传节度衙；
> 门外难寻高士米，斗边远泛使臣槎。
> 心惊跃虎笳声急，望断慈乌日影斜；
> 惟有春光依旧返，隔墙红遍木棉花。

名琛在印度幽禁，不久即死。英人用铁棺松榔，收殓名琛尸，送回广东。广东成为清、英、法三国公共地，英人犹不肯干休，决议北行。法、美二使，亦赞成，连俄罗斯亦牵入在内，当下各率舰队，离了广州，向北鼓轮去了。欲知后事，请阅下回。

行军之道，固全恃一智字，即坐镇全城，对待邻国，亦曷尝可不用智。杨载福之屡获胜仗，迭据要害，虽非尽出一人之力，然同寅协恭，和衷共济，卒能出奇制敌，非智者不及此。若叶名琛之种种颠顶，种种迂延，误粤东，并误中国，不特清室受累，即相沿至今，亦为彼贻误不少。列强环伺，连鸡并栖，皆自名琛启之。误中国者名琛，名琛之所以自误者，一愚字而已。且一智者在前，则众智毕集，彭、李诸人之为杨辅是也。一愚者在上，则众愚亦俱至，穆、柏诸人之为叶辅是也。此回前后分叙，一智一愚，不辨自明。

第六十七回　四国耀威津门胁约
两江喋血战地埋魂

却说英、法、俄、美四国舰队，自广东驶至上海，各遣员赍书赴苏州，见江苏巡抚赵德辙。德辙把来书瞧阅，乃是致满大学士裕诚书，当即与洋员说明，愿将来书投递北京，叫他在上海候复，洋员答应自去。赵德辙即咨送江督何桂清，何桂清时驻常州，接德辙咨文，并四国来书，遂飞驿驰奏。咸丰帝立召大学士裕诚，及军机大臣会议。议了半日，方定计简放黄宗汉为钦差，赴粤办理交涉，一面由裕诚署名，答复英、法两国，是令他速赴广东，与黄宗汉会商；并说本大臣参谋内政，未预外事，不便直接。复美使书，也是令他赴粤，不过有要他排解的意思。复俄使书，略说中俄原约，只在黑龙江互市，如有相争事件，可速赴黑龙江，自有办事大臣接商，无庸与本大臣交涉。这等复书，仍饬江督何桂清转交。偏这英使额尔金，法使噶罗，不肯照行，仍牵率俄、美两使，向天津进发。

咸丰八年三月，四国军舰，云集白河口，投书直督谭廷襄，仍请转达首相。廷襄是照例奏闻，诏令户部侍郎崇礼，内阁学士乌尔焜泰，驰赴天津，会同直督，照会各国使臣，约期开议。不意英、法两使，复称钦差非中国首相，不便和议，决词拒绝。外人得步进步，原是狡狯，然亦由中国自召。只俄美两使，算是接见，相与往来，但不过是空言敷衍，毫无效果。这位谭制台，恰格外巴结，差了武弁，驾着小船，引导洋人进出。洋人本未识大沽险要，至此往来窥测，探悉路径，又见大沽防务疏忽得很，突于四月初八日，驶入小轮船数艘，悬起英法两国红旗,开炮击大沽炮台。守台官游击沙春元、陈毅等,仓猝迎战,卒以众寡不敌,次第殉难,前路炮台陷。副都统富勒登太,守住后路,猝闻前军失守,逃得不知去向,后路炮台又陷。这一仗战争,提督张殿元,总兵达年,副将德奎,在大沽附近,吃粮不管事,由他捣入。咸丰帝闻警大怒,把提督、总兵、副将各人,革职拿问,特命亲王僧格林沁,带兵赴天津防守;又命亲王绵愉,总管京师团防事务,严行巡逻。

僧亲王抵天津后,俄、美二使,愿居间排解,只乞改派相臣议款。僧亲王复据实陈奏,咸丰帝不得已,命大学士桂良,吏部尚书花沙纳,再赴津议款。这时候,清廷大臣,如惠亲王绵愉,尚书端华,大学士彭蕴章等,关心和议,记起这位和事老耆大臣来,当即联衔保奏。要送他老命了。咸丰帝立命陛见,和事老耆英,挺然出来,造膝密陈,似乎有绝大经济,不由咸丰帝不信,叫他自展谋猷,不必附合拘泥,随赏给侍郎衔,饬至天津商办。耆英抵津,坐着绿呢轿,径去拜会英使,投刺进去,等候了好一歇,由翻译出来,说声挡驾。耆英私问翻译:"为什么不见?"翻译道:"耆大人想忘记广东的事情了。原约许英人二年入城,怎么到了四五年,尚未践约。耆大人!你还是回去的好,免得多劳往返。"讥讽之言,不堪入耳。耆英回见桂良,便将此事说明,挽桂良奏请召回。桂良随即出奏,耆英即收拾行李,驰还通州。忽有廷寄颁到,令他仍留天津,自行酌办。耆英回京心急,仍自启行;到了京师,巧遇巡防大臣绵愉,问他未奉谕旨,如何回来?耆英便说英使怀恨,不便在津,是以急回。绵愉恐坐保举失察罪,即上本参劾。咸丰帝本不悦耆英,接阅此奏,便降旨诘责,说他离差罪小,诿过罪大,有负委任,赐令自尽。可怜这位和事老,白发苍颜,还不得善终,这也是甘心误国的报应。外交官听着!

谁知耆英虽死,衣钵恰传出不少,桂良、花沙纳,统是得着耆英的秘诀。英人要约五十六条,法人要约四十二条,都一一照奏。小子于英、法要求各条款,也记不胜记,只最关紧要的,约有数条:第一是各派公使驻京;第二是准洋人持照至内地游历通商;第三是增开牛庄、登州、台湾、潮州、琼州等处为商埠;第四是长江一带,自汉口至海滨,由外人选择三口,以便往来通货;第五是洋人得挈眷属在京居住;第六是偿英国商耗银二百万两,军费亦二百万两,法国减半。奏折一上,廷臣鼓噪,都主张驳斥。你一本,我一本,大半痛哭陈辞,赛过贾长沙、陈同甫一流人物,其实统是纸上空谈,无裨实用。还是咸丰帝晓明大局,料知无人能战,无地可守,没奈何忍痛许和。

俄使公普,美使列卫廉,据利益均沾的通例,亦要求订约,桂良、花沙纳,仍行奏请。咸丰帝无话可说,只传旨准奏,钦此,便算了事。四国使臣,与清国两钦差,各订约签押,因要钤用国宝,须费一番手续,定期来年互换,于是各

第六十七回　四国耀威津门胁约　两江喋血战地埋魂

国舰队,次第退出,这叫作天津和约。

是年,江南军事,亦胜败不一。九江城为林启荣所据,坚忍能军,十易寒暑,固守如故。杨、彭、李会集水陆各军,浚濠环攻,连番猛扑,终不能下;复开地道数处,迭毁东南二门,登城者再,卒被击退。李续宾痛励将士,再行掘隧,曾国华亦自长沙趋至,助续宾连夜掘穴,地道又成。乃饬水陆军十六营,四门进攻,攻至夜半,由地道举火,地雷骤发,砖石飞腾,迤东而南的城垣,轰坍一百多丈。湘军痛两次伤亡的惨剧,誓死复仇,人人思奋,踊跃先登,呼声动天地,冲锋掩杀,约两三时,击毙长毛一万七千多名,积尸如山,流血成渠。凭启荣怎么强悍,双手不敌四拳,终被他剁为肉泥。还有悍酋李兴隆,也随了启荣,为洪天王殉节,九江乃平。李续宾因功邀赏,得加巡抚衔,专折奏事。曾国华亦得同知衔。

抚州、建昌,同时肃清,只吉安长毛,尚是死守,曾国荃屡攻未克,回湘添募营勇,大举进攻。也是吉安长毛,该当数尽。先是守城的长毛首领,计有二人,一为先锋李雅凤,一为丞相翟明海。李、翟连番出城,冲击曾营,屡被杀败,翟明海败仗尤多。两人互相埋怨,恼了李雅凤,竟将明海杀死。明海的部下,开城窜去。李雅凤势孤力弱,由国荃乘间攻入,巷战许久,将雅凤擒住,解省正法。自相鱼肉,断没有好结果,大则韦杨,小则翟李,可为前鉴。

江西已平,于是朝旨令李续宾军图安徽,再起曾国藩督师。国藩至江西,闻长毛分窜浙、闽,督师往援,途次闻浙西一带,长毛不多,尚无大碍,只闽省浦城、崇安、建阳、松溪、政和各县,窜入红巾,烽火相寻。国藩令萧启江、张运兰赴闽剿办,兵甫出发,忽有大股长毛,回扑江西抚州、建昌,两府戒严。亏得刘长佑出来督军,截住新城,把长毛击退,长毛仍还入闽境,萧、张两路兵马,分道趋闽,因天雨连绵,岭路泥泞,军士又复遇疫,中道折回。

天下不如意事,十常八九,闽中未闻报捷,皖中先已丧师。山龙过脉,自成一线。自洪天王建都江宁,恃安徽为门户,兵粮军械,全杖安徽接济,所以安徽境内的长毛,个个是几经挑选,方许驻守。督率守兵的头目,起初是翼王石达开,素称骁将,嗣后是英王陈玉成,骁勇几出达开上。玉成眼下有双疤,官军叫他四眼狗。这四眼狗,确是厉害,清将闻他悍名,个个吐舌,偏这不怕死的李续宾,硬要与他反对。与狗作死对头,殊不值得。续宾沿江入皖,仗着勇气,倍道而前,平太湖,拔潜山,下桐城、舒城,千百个小长毛,都抱头窜去。忽闻四眼狗攻扑庐州,遂麾军急进,一意赴援。部将谏道:"现在安庆未克,若进攻庐州,恐怕安庆长毛,要截我后路,不如在桐城休养数日,相机而行。"续宾道:"安庆方面,已有都将军马队进攻,长毛必并力守城,无暇与我为难,我军正可进攻庐州。"原来荆州将军都兴阿,方奉旨图皖,接应续宾,前锋为鲍超、多隆阿，正进趋集贤关，所以续宾有此计议。部将道："都将军既至安庆，我军正好与他联络，先把安庆克复，再图庐州未迟。"续宾瞋目道："救急如救火，庐州危急万分，安能不救？倘庐州一陷，狗贼回援安庆，连都将军也站立不住，我军在此何为？"部将又道："我军不过数千人，前无导，后无继，孤军直入，万一遇险，奈何？"续宾道："这可发书湖北，请兵援应便是。"当下写了一书，遣人驰送，另派兵驻守舒、桐各城，简了精锐，星夜前驰，直抵三河镇。这镇系宁皖交通的要道，距庐州只五十里，长毛筑大城，厚屯兵马，防守得非常严密，诸将又请续宾择地驻营，等待援兵。续宾才驻扎了一天，到了次日，湖北杳无援音。原来此时的胡林翼，已丁忧去位，总督官文，得续宾书，不以为意，简直是一兵不发。毕竟是个满员。续宾又待了一日，不觉焦躁起来，复麾军欲出。诸将又再三劝阻，续宾愤愤道："我自用兵以来，只知向前，不知退后。就使死敌，也是我辈带兵的本分。明日定要破他坚垒，除死方休！"可以死，可以无死，死伤勇。诸将始不敢多言。

翌晨，即下令进逼敌垒，续宾执旗当先，将士紧紧随着，不管他枪弹飞来，总是冒死冲入。自昼至夜，连平长毛九座营盘，检点部下，死了参将萧意文，都司胡在位，及兵勇千余人。忽后面战鼓喧天，喊声大震，长毛如墙而至，遥望旗号，乃是太平天国英王陈、太平天国侍王李。续宾道："四眼狗到了。什么还有侍王李？想是李世贤的狗头。"随即列好阵脚，专待敌军。说时迟，那时快，四眼狗前锋已到，与续宾部下，血战起来。长毛兵有十多万，续宾兵只有四五千人，眼见得长毛陆续趋上，把续宾军围住，围了一重，又是一重。重重围住，直围到数十重。续宾还拚命冲突，怎奈四面如铜墙铁壁，有力也没处使，将士又逐渐倒毙。续宾叹道："今日败了，是我殉节之日了。"回顾诸将，令各自逃生。诸将道："公不负国，我等岂可负公？"续宾乃传令见月出走。未几月出，续宾争先陷阵，长毛丛集，哪怕续宾三头六臂，到此也不能脱免。参将彭友胜，游击胡廷槐、饶万福、邹玉堂、杜延光，守备赵国梁，先后战死。续宾亦力竭身亡。续宾一死，军心大乱，越要急走，越是先死。同知曾国华，及知府王忠骏，知州王揆一，同知董容方，知县杨德阌等，皆殉难。道员孙守信，同知丁锐义，坚守中右营三日，弹药水火都尽，营破死之。次第叙来，可见续宾之死，亦由刚愎之咎。桐、舒、潜、太四邑，复被陷没。都兴阿也撤安庆围，退屯宿松，皖、楚大震。

湖广总督官文，湖南巡抚骆秉章，飞章入告，请调曾国藩移师援皖。朝旨令国藩统筹全局，斟酌具奏。国藩乃具疏上陈，最要紧的数语，录述如下：

就数省军务而论，安徽最重，江西次之，福建又次之。计惟大口南岸，各置重兵，水陆三路，鼓行东下。剿皖南则可以分金陵之贼势，剿皖

第六十七回　四国耀威津门胁约　两江喋血战地埋魂

北则可以分庐州之贼势。北岸须添足马步三万人，都兴阿、李续宜、鲍超等任之；南岸须添足马步二万人，臣率萧启江、张运兰任之；中流水师万余人，杨载福、彭玉麟任之。至江西军务，亦分两路，臣与抚臣耆龄任之，臣任北路，耆龄任南路，闽省兵力，足以自了，尚可无虑。

奉旨准议。惟起复胡林翼，仍任湖北巡抚。林翼受任，出驻黄州，拊循士卒，严防长毛入犯。长毛果欲溯江而上，被多隆阿、鲍超击退。国藩正拟出图皖南，忽报长毛大酋石达开，率众趋江西，攻陷南安县城。国藩急檄萧启江等往援。才到南安，达开已弃城出走。捷书方至，国藩幕下，接连又闻庐州失守，李孟群殉难。孟群自战胜湘、鄂，即由朝旨令他援皖，独当一面，以累功擢安徽布政使，兼署安徽巡抚事。其实孟群的才识，也没什么过人，闻他的妹子素贞，恰是熟谙兵法，饶有胆力。孟群出军，素姑必戎装相从。一日，孟群被围，别将都不敢往援，独素姑怒马跃入，手斩数十人，护孟群归，甲裳都赤，军中惊为天神，连长毛亦怕她雌威。比洪宣娇何如？嗣是孟群格外敬服，有所讨伐，必令素姑相随。至官、胡两军攻汉阳，孟群兄妹偕往，一场血战，素姑阵亡，年才二十岁。清廷重男不重女，到武汉克复后，把素姑的血战功，也并加在孟群身上，所以孟群由知县出身，迭次超擢，竟至方面。表扬闺阃，独显幽光。惟孟群自丧妹后，失去一个臂助，惘惘的到了安徽，正值连天烽火，遍地寇氛。到了庐州，适四眼狗纠众大至，连战数日，卒因众寡不敌，败退官亭，扎了数营，挡住庐州西面的长毛。至李续宾战死三河，都兴阿撤围安庆，四面无援，只剩孟群一军，孑然孤立，哪里还支持得住？不到数日，庐州失守，长毛大股，都来扑孟群营，副将邓清，知县李孟政两营，先被攻破，纷纷溃散。长毛并力攻中营，从早起战到晚间，中营复陷。孟群持矛屹立，厉声骂贼，长毛一拥而上，尚被孟群刺死三名，未几遇害。千总沈国泰觅获遗骸，始得归葬。国藩闻这凶耗，悲他父子殉节，格外伤心。谁知还有一妹。

寻又报石达开窜入湖南，湖南系国藩故里，桑梓攸关，急个不了。忙咨湘抚骆秉章，令他赶紧堵御。秉章正在筹防，为这一场匪警，又引出一个大人物来。为人最要立点事业，看后世稗官家，要叙一出色人物。下笔且是不苟。这位大人物是谁？乃是湘阴县人左宗棠。闻名久矣。宗棠字季高，少年倜傥不羁，常以王佐才自许，骆抚曾招致幕下，待以上宾礼。属僚有事禀白，都付他裁决。名高致谤，权重招忌，几乎把宗棠性命，断送在骆抚手中。可为有才者叹。永州总兵樊燮，刚愎自用，骆抚劾他骄倨，有旨革职，不意樊燮运动都察院，奏称无罪。廷旨令湖广总督官文查办，官文隐袒樊燮，密查骆抚弹章，出宗棠手，竟召宗棠对簿武昌，拟他重辟。骆抚疏争不得，亟函致在京编修郭嵩涛，令他向军机大臣肃顺处说情。嵩涛与宗棠同乡，自然暗中关说，并挽南书房行走潘祖荫，疏救宗棠；接连又是曾、胡二公，上疏荐宗棠才可大用。内外设法，始得将宗棠保全，脱罪回籍。险哉宗棠！至达开窜入湖南，击败总兵刘培元、彭定泰等，陷桂阳及兴宁、宜章等县，骆抚亟重宗棠，再请出山，委以军事。宗棠亟檄刘长佑、江忠义、田兴恕等还援，一月内成军四万人，泽隘设守。官、胡二督抚，复飞咨都兴阿将军，调拨吉林、黑龙江马队回鄂，驰赴湘南，并派知府肃翰庆，率水师炮船三十二只，克期会长沙。

时石达开沿途裹胁，挟众二三十万，意欲踞险自雄，与洪天王另张一帜。大约仍是帝王思想。初攻武冈、祁阳，城坚不能拔，转攻宝庆，连营百余里。刘长佑、田兴恕各援军，先后踵至，与石达开血战数次，杀伤相当。胡抚以宝庆重地，不可无良将为统帅，乃遣李续宜统五千人往，所有援军，悉归节制。达开颇惮续宜威名，闻他前来，亟挑选精悍，裹三日粮，誓破宝庆。续宜兼程而至，与刘长佑会商军务，为避实击虚计，从北路进攻，遂渡资水而西，击达开背后。达开正誓死攻城，不防续宜从后掩入，或横截，或包抄，或旁敲，或侧击，弄得达开茫无头绪，只得且战且走。清军已经得势，如旋风一般的追将过去。达开又回战几仗，总是当不住兵锋。战一回，伤亡几千长毛。战两回，又伤亡几千长毛。看看已毙了二万多人，料难住足，不得已呼啸一声，向西南逃窜去了。达开亦如强弩之末。

湖南解严，续宜还鄂，曾国藩闻桑梓无恙，方才安心。忽朝旨促他入川，令他堵截达开，国藩不敢违慢，急率兵溯江而上。及到湖北，探闻无达开入蜀消息。看官！你道达开到哪里去？他已经窜入广西，都是这位官制军，闻风虚报，奏调曾军，弄得这位曾侍郎奔波不息，官制军恰暗里笑着呢。官文人品，如是如是。

国藩行抵黄州，与林翼会叙，握手道故，非常亲昵。国藩道："官制军的脾气，煞是可怪。不知吾兄如何对付？"林翼道："为了一位官制军，左季高几丧了性命。此次石逆入湘，若非季高尚在，兄弟倒措手不及了。"国藩道："季高得生，闻仗肃军机暗中挽回，肃公颇还知人。"林翼道："这也是季高不该死。肃军机哪里靠得住？不然，本年顺天乡试，正考官柏中堂，如何被他葬死呢？"国藩叹息道："明珠、和珅，闹得如此厉害，未罹重辟，柏葰究是一个大学士，偏为了科场舞弊，竟致身首两分，天下事原有幸有不幸哩！"林翼道："科场中的弊端，闻柏中堂并未预知，榜发后查勘原卷，说是朱墨不符，误中了一个唱戏的平龄。究竟平龄是否唱戏？是否冒名？是否柏中堂家人，暗中掉卷？兄弟不在朝中，无从确查。论起理来，不过一个失察的处分，偏这肃尚书顺，定议按律处斩，与同考官程炳采同死市曹，若是一位满大员，断不至此。"柏葰处斩，是咸丰九年间事，曾、胡二公口中叙明，以省笔墨，是简略得当处。国藩道：

"议亲议贵，古今一辙，恰也莫怪。但吾兄与官制军同处，颇称莫逆，此中必有良法，倒要请教。"林翼道："说来可笑。那日官制军的姨太太，做三十岁生辰，分柬请客，司道等都不愿往贺，我为时局计，不得不例外通融，赴贺督辕。司道们见我前往，也不好不去，乐得官制军喜笑颜开，要与我约为兄弟。次日，他的姨太太亲来谢步，拜我母亲为义女，从此以后，遇着军国大事，总算承他协力同心。涤公！你想可笑不可笑么？"毕竟胡公有才。国藩道："这是枉尺直寻的办法，我也要照样一学，到武昌去走一遭。"林翼道："涤公！你去做什么？"国藩道："我现在决计图皖，恐怕官制军同我作对，几句奏语，又要我忙着。"林翼闻言，不禁失笑。国藩道："安徽长毛，厉害得很，我若往剿，兄须助我。"林翼道："这个不劳嘱咐，同为朝廷办事，可以相助，无不尽力。"国藩告别，径趋武昌，与官文谈论皖事，格外谦恭。官文亦格外敬礼。自是国藩不虑牵掣，由湖北还趋宿松去了。平勃交欢，即是此意。小子曾有诗道：

　　　　满人当道汉人轻，汉满由来是不平；
　　　　毕竟通儒才识广，好从权变立功名。

国藩去后，林翼亦移驻英山，协图安徽，将来总有一番战仗，小子下回表明。

本回叙事，看似丛杂，实则上半回是叙战将之不力，以致大沽失守，迫允要求，下半回是叙战将之尽忠，因之两江屡败，仍未退缩。至其关键处，则仍注重将相。桂良、花沙纳无外交才，唯唯诺诺以外，无他技也，若曾、胡二公，文足安邦，武能御侮，清之不亡，赖有此耳。肃顺官文，吾亦拟诸自郐以下。

第六十八回　战皖北诸将立功
　　　　　　　退丹阳大营又溃

　　却说胡巡抚林翼，移驻英山，即命多隆阿总统诸军，用鲍超为前锋，蒋凝学为后援，浩浩荡荡，杀奔太湖。四眼狗陈玉成，闻清军大集，急纠合捻匪首领龚瞎子、张洛型等，由庐州上攻，有众十多万。捻匪是什么人物？相传捻字是捏聚的意义，无赖亡命，捏聚成群，肆行劫掠，因此叫他捻匪；或又因他明火劫人，捻纸捻脂，叫作捻匪。这种匪徒，起自山东，康熙年间，已是四伏，但当清朝兴盛，官吏严行缉捕，所以随聚随散，未敢称乱；延到洪杨发难，骚扰东南，捻匪亦乘机起事。首领龚瞎子、张洛型等，占据安徽蒙城县雉河集，恣意出没。清廷曾命太仆寺卿袁甲三,率军剿办。但捻匪性质,与长毛不同,长毛有争城夺地的思想,专从险要上着手,所踞城池,总派人防守,捻匪以雉河集为根据,称作老巢,老巢以外,不去占据;有时四出掳掠,所得金银财宝,统是搬归老巢。当出发时,先传令整顿行具,名曰整旗,临行则用马前驱,叫作边马。边马在先,大股在后,遇着官兵,可战便战,不可战,就四散走开,不留人影。独老巢恰四面固守,依险负嵎,就使有千军万马,一时也攻不进去。所以这位袁太仆,剿办了好几年,仍旧不见平静。袁太仆也是没用。此次陈玉成欲犯江淮,暗中勾结龚、张两捻首,同敌清军。捻匪出现。多隆阿正到太湖,接这警信,忙令鲍超回军小池驿,阻住发捻,适与陈玉成相遇。鲍超兵只有数千,玉成兵恰有数万,那时狗性狂发,又似三河围李续宾一般,把小池驿团团围住。鲍超本是一员猛将,竭力搏战,总不能杀出重围;飞书至多隆阿处告急。多隆阿撤去太湖的围师,星夜赶援,仍被敌军隔断,不能前进。鲍超被围数日,不见援军,急得眼中出火,鼻窍生烟,忙取出两纸,各随便写了几笔,差几个得力将弁,赶至曾、胡二处乞援。

　　国藩时在建昌,正拟探听各军消息,忽由外面递进告急书,不瞧犹可,瞧着时,便道:"鲍春霆危急极了!"急传令调发营军,火速进援。后来幕府阅鲍超来书,乃是一个斗大的包字,包字外一个大圈,大圈外面,又有无数小圈,都是莫名其妙。还是曾公替他解释,讲明包字即鲍字右旁,外加大圈小圈,乃是被敌重重围住的意思。春霆若非危急异常,断不出此,所以赶派援军救应。嗣闻胡抚亦发兵驰援,便道:"胡润芝毕竟聪明,也晓得春霆用意。"润芝系抚林翼表字,春霆就是鲍总兵超。亏有曾、胡二公,方识鲍超书意,否则鲍其休矣!鲍超得了援军,遂出兵大战,两边抖擞精神,打了一日一夜,不分胜败。巧值东南风大起,清军适当上风,放起火来,风猛火烈,熊熊焰焰,扑入敌垒。长毛捻众,顿时大乱。四眼狗陈玉成,拥着黄盖羽葆,尚是兀立指挥,鲍超杀得性起,驰马直前,大呼道:"四眼狗快来受死!"刀随声下,望玉成脑袋上劈下,亏得玉成眼明手快,忙用刀架住。战了数合,见长毛已经溃散,玉成也虚掩一刀,落荒败走。龚瞎子、张洛型等,也都遁去。敌垒七十余座,成为焦土。四眼狗数年积蓄,统被祝融氏收去,狗威才渐渐落风了。

　　太湖城内的长毛,闻玉成败耗,弃城夜遁,窜入潜山。多隆阿等督兵进剿,距城数里,长毛已悉众扑来。多隆阿治军有律,见长毛大至,令部众严阵以待。长毛冲突数次,只受了无数枪弹,不动清兵分毫。蓦然间鼓角齐鸣,清军分两翼杀出,勇壮的了不得,尘埃滚滚,杀气腾腾,此时长毛锐气已衰,哪里还能抵敌?三脚两步的向北而逃。将到城下,见前面排着马队,悬着清军旗号,一铡齐的立着,吓得长毛胆战心摇,不敢入城,只好从斜刺里逃将过去。

第六十八回　战皖北诸将立功　退丹阳大营又溃

清军马步合队，向后尾追，直至青草塥，连人带草的乱刈，把长毛的头颅，砍落无数；有几个脚生得长，命不该绝，才得漏脱。

看官阅此，方知多隆阿严阵不动的时候，已暗遣马队截敌归路，瘟长毛管前不管后，自然中计。长毛已死得许多，还要说他是瘟，冤哉！于是太湖、潜山二县，都由多隆阿收复。接连克凤阳，复建德，拔太平、石埭及泾县，各路捷书，先后纷驰。老成练达的曾国藩，遂决议率部军攻安庆。适四弟国荃，复自湖南募勇驰至，国藩即分部众与国荃，令他出集贤关，规复安庆去了。

忽报江南大营又溃，张国梁战死，和春退走常州，亦伤重身亡，国藩不禁叹息。原来和春、张国梁，自组成大营，直指江宁后，第一仗，攻克秣陵关，第二仗，大破长毛于七瓮桥、雨花台等处。洪天王汹惧异常，令在安徽的长毛，占据来安县城，作大江南北的声援。偏这和大臣派了总兵成明，协领博奇等，潜师夜袭，竟将来安城克复，江宁愈形危蹙。洪遣沿江驻扎的长毛，出兵四扰。怎奈清水师已随处密布，总兵李德麟、吴全美等，分头截击，又杀毙长毛二千多名。洪天王愤恚已极，饬众出太平、神策两门，分犯大营。副将张玉良、冯子材等，踊跃入阵，夺得长毛大纛，竟将悍目的头颅，借了数颗。趣语。长毛虽称强悍，也是怕死，没奈何退回城中。和春又定了一计，令军士沟濠筑垣，把江宁周城百余里，都用短垣围住，然后将部下八万人，星罗棋布，环绕四周。江中复用舢板联络，成一水营，水陆兼顾，内外相维，竟把一座江宁城，围得水泄不通。故作反笔。

俗语说得好："狗急跳墙。"这洪秀全做了十几年天王，难道竟没有一点主见吗？况且手下有一班党羽，三个缝皮匠，比个诸葛亮，到了无可奈何的时候，穷思极想，毕竟也有一条救急的方法出来。说得入情入理。当下由李秀成献议，仍用多方误敌的计策，对付江南的大营。秀成乃是长毛中后起人杰，虽然是仍抄老文章，但欲解江宁的围困，舍此更无别法。洪天王信用了他，就命江西、安徽的长毛，分扰浙、闽，牵制江南大营，总教江宁解围，不吝重赏。江西长毛酋应命，遂出兵犯浙江。果然浙中大吏向江南大营乞援，和春只好分兵南下，派周天受援浙，忽闻长毛又窜入闽省，浙、闽是毗连的行省，既援浙，不得不援闽，复派周天培赴援。孤军转战，往往累月不归。又蹈向荣覆辙。

会四眼狗陈玉成自皖东败走，回攻浦口，德兴阿猝不及防，竟被四眼狗捣入，全营溃退，走入扬州。江浦、天长、仪征等县，次第失陷。四眼狗余威尚在，竟长驱至扬州，攻西北门，这时候的德兴阿，恰在江口水师舟中，安安稳稳的坐着，一任扬州受敌。扬州没有一定的主帅，见长毛围攻西北，便由营总富明阿，守备詹启纶，分率马步各军，出北门对敌，守备张德彪出西门迎战。两边正酣斗不下，那四眼狗刁滑得很，窥南门守御空虚，竟分兵逾城而入。城既被破，富詹等人自然不敢恋战，夺路而逃。德兴阿闻这消息，倒也惊惶起来，惊惶何用。急走邵伯湖，收集溃卒，扎营万福桥，扼守东北，一面向江南大营乞师。你的江北大营何处去了？和春不得已，遣张国梁渡江而北，会集江北军，攻扬州城。突有长毛开城出敌，由国梁飞马迎击，单刀直上，勇不可当。长毛狂奔回城，城尚未闭，国梁已一马跃入，麾兵前进，立复扬州。移攻仪征县，亦随手而下。只六合县在江宁北面，一介孤城，独当劲敌，自县令温绍原募勇居守，已历六年。这六年间，大小百战，屡歼红巾，至德兴阿退驻邵伯，扬州叠陷，六合益危。这次张国梁已克扬州，自然统兵往援。到陈板桥，距城尚十余里，长毛知张军且至，分锐出阻，一面穴隧轰城。国梁方与长毛接仗，六合城已被轰坍，绍原投水死，妻孥亦殉节。这信传至张军，恼了这位张军门，恨不把长毛立刻荡平。无如长毛来得很多，一队杀退，一队又来，杀败了数十队，方没有挡路的长毛，正思进攻六合。忽由大营传檄，令他速援溧水，军令如山，不得不南辕前往。至溧水，城早被陷，总兵张玉良，已奉调进攻。国梁巡视形势，见城西有高古山，冈峦环抱，仿佛画屏，遂依山立营，踞住要害，姑把围城的事情，责成玉良。看似国梁推诿，实则让首功于玉良，看官不要错过！玉良遂着副将冯子材、陈朝宗等，竖梯登城。城上矢石如飞，由冯、陈二将，裹创力战，卒将守陴兵杀退，率兵入城。是时正有大股长毛，来救溧水，到高古山，由张国梁带兵杀出，左冲右突，如入无人之境。长毛阵中，有个黄衣头目，不知死活，执刀来斗，战未数合，被国梁手起刀落，劈于马下。头目已毙，部众立即溃散。国梁击退援军，令玉良得复县城，可见国梁之功，亦是不小。当由两张合军穷追，各处兜截，生擒了几个长毛酋，什么洪国宗，什么铜天侯，都就军前正法，叫他到天父天兄处，销差去了。妙语解颐。

怎奈江南得捷，皖北丧师，正值李续宾战死三河，四眼狗异常猖獗，皖南的告急文书，又叠至江南大营。和春复派总兵江长贵往都门青阳，总兵戴文英，副将朱承先赴宁国，营内的兵士，又分去了万人。长毛复从九洑洲率众而来，那时仍劳动这位张军门，躬率大队，前去横扫了一阵。和春因屡次告捷，未免骄盈，遂劾奏德兴阿师久无功，清廷谏行言听，竟夺德兴阿职，令和春兼辖大江南北，自是辖地益广，军事益繁。德兴阿固是当劾，但和春立营江南，也只靠了张国梁，算不得什么大才。和春既受了兼辖的重任，不得不出些风头，当下令总兵李若珠攻六合，偏偏不如所愿，若珠败还，长毛乘胜至浦口，列营皆溃。前时援闽的周天培，正回军驻扎浦口，力战身亡，余军退保江浦。此时的长毛军，气焰越张，东伺扬仪，西逼江浦，南窥溧水，亏得张国梁渡江督剿，三战三捷，击走江浦长毛，下浦口，破沿江敌垒八大座，纵火焚九洑洲，把长毛老巢，烧得乌焦巴弓。

第六十八回　战皖北诸将立功　退丹阳大营又溃

国梁回江南,与和春定议招降,解散贼党,申明大义,谕令去逆就顺,有七里洲守营长毛谢茂廷,寿德洲守营长毛秦礼国,俱暗约投诚,愿为内应。这寿德洲系江宁上关的屏蔽,七里洲系江宁下关的藩篱,两洲内溃,待张军门国梁一到,外杀进,里杀出,弄得长毛不知头路,只好弃了关,逃命要紧。不到一昼夜,连克重关,平长毛营垒数十,获大炮百余,战船六十,拔难民男妇五千余人。自这场战胜长毛,金陵城外的犄角,削除殆尽。和春以下诸将士,满意攻克金陵,易如反手。谁知天有不测风云,人有旦夕祸福,为山九仞,功亏一篑,竟令一座威耀无比的大营,倏忽间化作子虚乌有的幻境。见道名言。

闲话休表,单说洪天王秀全,闻上下关接连失守,焦急万分,就近饬皖南军,陷泾县、旌德县,并破广德州,由广德州窜入浙江安吉县境,道出武康,直扑浙江省城。浙抚罗遵殿,分路乞援,待久未至。长毛在清波门外,暗掘地道,轰塌城垣三十余丈,罗抚麾兵抵敌,可奈众寡悬殊,战了半日,只落得忠魂千古,阖属捐躯。独有杭州将军瑞昌,与副都统来存,勒兵坚守满城,鏖战六昼夜,尚未被陷。适值张玉良奉和春命,到了杭城,长毛本无意据杭,不过为江宁撤围计,牵掣江南大营,使他分兵四顾,免注全力,所以闻玉良援浙,即开城出走,向余杭上窜,连陷长兴、建平、溧阳等县。至清军尾追痛击,他又随取随舍,把占据的县城,一概弃去。明明是巫肆以疲,多方以误之计。和春既兼辖南北,复奉旨遥督浙江军,正是趾高气扬的时候,况迭接浙江捷音,自谓无敌不摧,无战不克,麾下将士,亦逐渐骄蹇,营规日弛,防守日懈;又因饷运艰难,每四十五日,只发一月的粮饷,俟大功成后,一律补给,兵勇满怀不服,未免退有后言。咸丰十年闰三月七日,皖浙的长毛,分道并进,纷扑大营。张国梁昼夜拒战,一些儿没有休息,接连八日八夜,长毛越来越多;究竟人生只有一副血肉,一副精神,要这般的打仗,凭你无上的好汉,也闹得筋疲力衰,支持不住。十四日天大雷雨,至夜奇寒,国梁尚统兵搏战,忽营中无故火起,一刹那间,遍及各营。国梁知军心已变,急翼和春出营,退守丹阳。长毛并力追来,破了溧阳,据了宜兴,进攻丹阳城。当时尚惮国梁威名,不敢逼近,遍筑土垒,步步为营。嗣后令死士潜入清营,伺国梁出战,从后狙击,中国梁腰,国梁回刺死士,背上又中了数枪,受创甚深。尚握着刀连斫数人,冲开一条血路,至丹阳滨,下了马,向北再拜,一跃入水。水波一动,这烈烈轰轰的张军门,已漩沉水底,与世长辞了。可惜!

国梁已死,偌大的丹阳城,眼见得保守不住,当由众将士保着和春,突围出走。将抵常州,回顾后面的长毛,尚是紧追不舍。和春返身迎战,突来一粒枪弹,不偏不倚,正中胸前,当即拍马回走,退至浒墅关,狂血直喷,顿时身死。营务处湖北提督王俊,寿春总兵熊天喜,俱阵亡。独江督河桂清,率司道逃至苏州，被苏抚徐有壬所拒，桂清走上海。长毛夺了常州，进攻苏州，苏州兵不满四千，还是老弱居多，不习战事。徐抚激厉拊循，勉强支持了数日，终被长毛攻入，徐抚死之。小子有诗寄慨道：

  红巾四扰太披猖，百战将军饮血亡；
  怪底后人偏不谅，诬称汉贼实荒唐。

  警耗传至京师，朝旨把死事诸臣，一一抚恤，独将何桂清革职拿问，另简大臣为江督。朝右纷议未决，这次倒是军机大臣肃顺，保着了一个大才，后来果如所言。欲知此人是谁？看官且猜一猜，待小子下回说明。

  江皖相依，隐为唇齿。皖不复，江宁必不克。曾、胡二公，决议图皖，不以三河之覆辙为惧者，攻其所必救，兵法固然，无能避也。和春顿兵城下，蹈向荣覆辙，而骄蹇且过之。师劳必惰，将骄必败，大营之溃，固意中事，所惜者亡一良将耳。读是回，可知行军之得失。

第六十九回　开外衅失律丧师　缔和约偿款割地

  却说清廷拟简放江督，廷臣多推胡林翼，独肃顺奏称林翼未可轻动，不如任用曾国藩。肃顺以骄恣闻，推重楚贤，是其特识。咸丰帝从肃顺言，遂命国藩任两江总督，督办江南军务。国藩奉旨，即具奏道：

  目下安庆一军，已薄城下，为克复金陵张本，不可遽撤。臣奉恩命权制两江，驻扎南岸，以固吴会之人心，而壮徽、宁之声援。臣亟商官文、林翼，酌拨万人，先带起程，仍分遣员弁回湘募勇，赶赴行营，以资分拨。至于粮糈军械，必以江西、湖南为根本，臣咨商两省抚臣，竭两省之力，办江楚三省之防，布置渐定，然后可以言剿矣。是否有当？伏乞圣鉴！

  奏上，奉谕照所拟办理；并因胡林翼奏保左宗棠，特给四品京堂，襄办国藩军务。国藩复与胡林翼会商，调鲍超部下六千人，及朱品隆、唐义训等所领三千人，渡江而南，驻扎徽州祁门县。

  秀全闻曾国藩出驻皖南，料知东图江宁，遂封李秀成为忠王，带同古隆贤、赖裕新等，率长毛数万，直入安徽。时左宗棠、鲍超各军，尚未到皖，李秀成已由广德州趋宁国府，守将周天受战死，宁国被陷，徽州戒严，国藩即遣李元度接办徽防。元度甫至徽州，长毛酋侍王李世贤，率大股长毛又至，元度不

第六十九回 开外衅失律丧师 缔和约偿款割地

能支,退保开化。世贤破徽州府城,进逼祁门,国藩惶急万分,幸亏鲍超率军到来,张运兰亦闻警驰援。于是遣鲍超出守洹亭,张运兰出守黟县,正在难解难分之际,忽由北京递来八百里加紧排单,促国藩带兵勤王。突如其来,令人莫测。小子只有一枝笔,不能双方并叙,只好把祁门军事,暂搁一歇,先将那北京紧急军情,叙述一番。

上回说的天津和约,须至次年互换,次年便是咸丰九年,各国舰队,驶赴天津,遵例换约。适值僧格林沁,在大沽口经营防务,修筑炮台,丛植木桩,遥见洋舰飞驶前来,忙遣员荡舟出口,往晤各国使臣,告以大沽设防,请改由北塘驶入。使臣多半听命,独英舰长卜鲁士,系额尔金兄弟,抗不遵行,竟驶入大沽,把截住港口的铁链,用炮炸裂,卜鲁士坐船当先,随后有英俄法小轮船十三艘,鱼贯而进,居然竖起红旗,要与中国开战。外人论力不论理,可为一叹。僧王也传下军令,俟外人逼近炮台,方开炮轰击。卜鲁士竟将港内的铁锁木桩,一概毁掉,进攻炮台。守兵开炮还击,把英舰轰沉数艘,余船亦中炮不能行动,只有一艘逸去。英兵死了数百,炮台上面的武弁,亦伤亡数人。只美使华若翰遵约,改道行走,才得换约。

清廷狃于小胜,方私相庆贺,不料英人暗图报复,在广东修造船只,招募潮勇,再图入犯。咸丰十年六月,英使额尔金,法使噶罗,复率舰队,北犯天津,僧格林沁料洋人必取道大沽,或由北塘袭入大沽后路,遂派重兵守住大沽南岸,一面在北塘密埋地雷。英将额尔金狡猾异常,先将各船在口外游弋,一步儿不敢放入,暗中却派遣汉奸,入口侦探。岸上守兵,总道英舰未曾拢岸,没甚要紧,谁知里面的虚实,早已被汉奸窥去。英人用了舢板小船,乘夜入北塘口,挖去地雷,长驱而进。副都统德兴阿驻守北塘里面的新河,率兵拒战,连吃败仗,英法联兵万八千人,追入内港。适潮水退出,舟被胶住,额尔金、噶罗颇惊慌起来,连忙竖起白旗,佯称请款,僧格林沁还道他有意议和,不敢邀击。大误。谁知潮水一涨,英法各舰,鼓棹直前,僧王尚不在意,等他傍岸登陆,方麾劲骑堵御,英法联兵,排成一大队,各执精利火器,专俟清军过来,一声号令,众枪竞发,发无不中,清兵都从马上坠下,霎时间三千铁骑,如墙齐陨,只剩七人逃回。僧格林沁始悔失策,然已不可救药了。

英法联兵,遂自后面攻北岸炮台,提督乐善,忙上前迎敌,英兵连掷开花弹,飞入火药库,訇然一声,好似天崩地裂,不但守台兵弁,向空飞去,连那炮台都坍陷一半。此时的乐提台,也不知冲至何处,连尸首都不见了。僧格林沁尚兀守南炮台,朝旨飞促退还,僧王不敢违旨,遂退军张家湾。遇着大学士瑞麟,统京旗兵九千出防,僧王道:"我守南岸炮台,还好保护津门,不知上头听了何人,令我退守。我退一步,敌进一步,如何是好?"僧王之言,亦未必由衷。

瑞相道："现在顺亲王端华,尚书肃顺,都主张抚议,所以上头召王爷退守,且已令侍郎文俊,前粤海关监督恒祺,往天津议款去了。"正议论间,探报天津被陷,僧格林沁顿足不已。这是自悔失计,并非怨及召还,看官莫被瞒过!忽又报文俊、恒祺,被洋人拒回,朝旨已改派桂良前往。僧王道："此时议和,恐怕没有这般容易。"随与瑞麟同驻通州,静待后命。

桂良抵津与英人开议抚事,英使额尔金,及参赞巴夏礼,提出要求条款:一是要增军费,二是要天津通商,三是要各国公使,酌带洋兵数十名,入京换约。桂良以闻,咸丰帝严旨拒绝,饬僧格林沁、瑞麟,严防外人内犯。京师亦饬令戒严。英使见和议不就,复从天津派兵北上,扰及河西务,京城里面,一日数惊。端华、肃顺想了一个避难的法儿,请咸丰帝驾幸木兰。这语一传,廷臣大哗,十个人中倒有六七个不赞成。咸丰帝踌躇未决,因召南军入援。

副都统胜保,时在河南,接旨最早,急会同贝子绵勋,调九旗禁兵万人,驰赴通州助剿。且闻咸丰帝有北狩信息,上疏谏阻,力请咸丰帝坐镇京师,不可为一二奸佞所误。咸丰帝优诏褒答。胜保正拟出师,英法兵已逼张家湾,胜保未曾与外人交战,还道外人没有能耐,遂上马驰去,不意洋人一见面,就扑通扑通的枪声,放将过来。胜保起初倒不怕,麾军上前,往来督战。英法领队官,望见胜保戴着红顶子,穿着黄马褂,料知是督兵大帅,命军士丛枪注击,胜保防不胜防,一粒弹子,飞到面前,适中右颊,胜保忍不住痛,颠落马下。亏得亲军救起,上马逃走。主帅一逃,将士自然溃散。僧、瑞二营,不战先怯,也从通州退还北京,驻扎城外。

咸丰帝闻报,一面遣怡亲王载垣,再赴通州议和,一面收拾行李,出驻圆明园。载垣驰至通州,由桂良接着,议好照会,请英法两使入城议和。英法两使,答于次日相见。越日,载垣、桂良等,在通州城内天岳庙,预备筵宴,恭候英法使臣。约至巳牌,始报英法使臣到来。载垣等慌忙迎接,但见一排儿洋兵,护着两乘绿呢大轿,直入庙中。轿子歇下,跨出两人,一个是法使噶罗,一个不是英国正使,乃是参赞巴夏礼。英使额尔金,真会摆架子。两下相见毕,载垣便命开宴,两下分宾主坐定,酒至数巡,载垣方谈到和议。法使噶罗,倒还和颜悦色,口中说是情愿修和,独巴夏礼攘袂起道:"今日的事情,须面见中国皇帝,方可定约。"载垣、桂良两人,面面相觑,不能回答。巴夏礼又道:"我等远居欧洲,久欲观光上国,现拟每国各带千人入京观光。但两国礼节不同,此番请用军礼罢了。"舌剑唇枪,巴夏礼真英国能臣。载垣沉吟半晌,想出了"请旨定夺"四字,回答巴夏礼。巴夏礼露出不悦情状,宴毕,傲然径出。法使噶罗,总算还欢然道别。适值僧王带兵进来,探听和议消息,载垣与他谈起巴夏礼情形,僧王跃起道:"待我去拿住了他再说。"当即跳上马鞍,一鞭径去。活写

第六十九回　开外衅失律丧师　缔和约偿款割地

卤莽。桂良恐干和议,忙上马随了出来,行未数里,遥见僧王已将英法二使截住,急加鞭赶到。僧王正把巴夏礼捆缚停当,并要去缚法使噶罗。桂良连忙遥手,向僧王道:"法使恭顺,不可缚他。"僧王道:"桂中堂替他恳情,就饶他去罢!"噶罗才得脱身,由桂良送了一程,道歉告别。

英使额尔金闻参赞被擒,不由的愤怒起来,便率洋兵长驱而北。警报递入圆明园,雪片相似,端华、肃顺一班大臣,惊惶万状,唯恐惠咸丰帝北狩。于是咸丰帝命端华入宫,密挈后妃等出幸。此时康慈皇太后,早已去世,补笔不漏。只由皇后钮祜禄氏,皇贵妃那拉氏以下,统随端华至圆明园,约有一百多人,皇长子载淳亦在其内。咸丰帝又令四春娘娘,也收拾完备,于咸丰十年八月八日,启銮北狩,后妃以下,皆随驾同行。端华、肃顺及军机大臣穆荫、匡源、杜翰等,一律扈跸。途次始传旨到京,命恭亲王奕訢为全权大臣,留守京师,僧格林沁、瑞麟、胜保各军,仍驻城外防剿。

此时京内居民,闻皇帝出走,纷纷迁避。禁旅多奉调扈驾,剩下几个老弱残兵,也渐渐逃散。连僧、瑞等麾下兵弁,亦都解体。偏这英法兵不肯罢手,扬旗鸣炮,直逼京城。恭王忙召在京王大臣商议,王大臣主见不一,惟大学士周祖培,尚书陈孚恩等,仍拟主抚。恭王没法,也只有讲和的计策。忽由桂良递入英照会,索交巴夏礼,恭王再与王大臣会商,许久不决。恭王道:"巴夏礼于前日解到,我曾谓僧、怡二王,未免卤莽,现在不放不可,欲放又不能,恰是为难得很。"恒祺此时在京,便禀恭王道:"巴夏礼不放,抚议断无成日。且两国相争,不斩来使,本是我国古礼,现在不如放他回去,借他的口,去报英使额尔金,速来换约。"恭王道:"照你说来,也是有理,就着你去办罢。"到此地步,实是为难,无怪恭王多疑少决。恒祺去了半日,回报巴夏礼已放出城外,叫他去问抚议了。恭王稍稍放心。又阅半日,突闻外面人声马嘶,闹成一片,接连是隆隆的炮声,拍拍的枪声,不绝于耳。正欲派人出探,忽一内监踉跄奔入,报道:"不好了!洋兵攻入内城了。"恭王道:"僧王、瑞相、胜副都统等,到哪里去了?"内监道:"这也不知底细。但闻城外各军,见了洋兵,统已逃去,剩得僧王爷、瑞中堂、胜大人三个,赤手空拳,无可迎敌,只得由洋人入城了。"恭王大惊失色,忽见恒祺又趋入道:"洋人纵火烧圆明园。"恭王顿足道:"怎么好?"恒祺道:"现在只好向洋人说情,叫他不要纵火。"恭王道:"劳你前去一说便是。"恒祺不敢违慢,跨着马驰到圆明园,园外统是洋兵守住,恒祺会说几句英语,说是前来请和,洋兵始放他进去。一入园门,见祝融氏正在肆威,兰宫桂殿,凤阁龙楼,已被毁去数座。恒祺向没火处走入,劈面正碰着巴夏礼同一个洋装的中国人,巴夏礼佯作不见,还与那人指手画脚,导引放火。可恶。恒祺忍着一股气,先与那洋装的中国人,搭讪起来,问他姓名籍贯。他却大声道："谁人不晓得我龚孝拱,还劳你来细问!"看官!你道龚孝拱是何人?他是晚清文人龚定庵长子,他的学问,不亚乃父,旅居上海多年,各国语言文字,统知一二,只性情怪僻得很,不屑与人谈话,巧遇了英人威妥玛,在上海开招贤馆,延为秘书,月致千金。孝拱得了脩脯,便去孝敬歌妓,父母妻子,一概不管,只纳了一个妓女为妾,颇称眷爱,时人叫他龚半伦,他亦以半伦自号。半伦的意义,说他生平不知五伦,只宠爱一个小老婆,算作半伦。此人可杀。这次英人北犯,他恰跟了入京,烧圆明园,实是他唆使。巴夏礼是外人,恃强逞威,尚不足怪,半伦何物,乃敢出此?恒祺见不是路,乃与巴夏礼攀谈,巴夏礼才脱帽行礼。阎王好见,小鬼难当。恒祺便道:"现在我国与贵国议和,何故在此纵火?"巴夏礼道:"你们中国人,专会放刁,今日议和,明日又议和,终究没有结果,还要把我去监禁数日,你想天下有无此理?所以我在此纵火泄忿。"恒祺再向他谢罪,巴夏礼道:"如中国果真心议和,限你三日开紫禁城,迎我入议。再我被执的时候,还有几个从员,也被拿去,现应立刻放还,方可议和。"恒祺唯唯从命,但请他不再放火。巴夏礼也含糊答应。恒祺忙回报恭王,恭王再命恒祺释放英俘,不想到了狱中,已有英人数名倒毙。恒祺这一急,真急得手足冰冷,也不暇去问狱卒,转身就飞报恭王。恭王又呆得木偶一般,还是恒祺想了一法,照会巴夏礼,说是待和议成后,一律释放。偏这巴夏礼耳朵很长,已探悉英人监毙数名,索性大烧圆明园,把这一二百年的建筑,几千百间的殿阁,连那点缀的亭台花木,摆设的器皿什物,烧了三日三夜,变成了一堆瓦砾场。只有珍奇古玩,由龚半伦带领洋兵,搜取净尽。半伦得了百分之一,运到上海变卖,作为嫖费,嫖光吃光,发狂而死,这是后话。

且说巴夏礼既毁圆明园,复声言要攻紫禁城,恭王又召入恒祺,商量救急的法儿。恒祺想了一会,方道:"法使噶罗,倒还和平,若去请他排解,或可转圜。"恭王闻言,又欲令恒祺往会法使。恒祺道:"这个差使,还是请桂中堂去罢。桂中堂与法使有些投机,可以去得。"于是恭王遂遣桂良去见法使,法使颇肯居间调停。这是礼送法使的好处。桂良先回,随后法使的照会亦到,内说英使额尔金,索抚恤监毙英人银五十万两,须立即付过,方可莅盟修好。恭王不得已,大加搜括,凑足五十万两银子,解至英营,并约于礼部衙门内恭候议和。

九月九日,与英使议约,免不得又要设宴。恭王太苦,遭此重阳。是日黎明,恭王奕䜣,率同大学士贾桢、周祖培、尚书赵光、陈孚恩、侍郎潘曾莹、宋晋等,具了仪卫甲仗,先至礼部衙门等候。好一歇,才见英使额尔金,参赞巴夏礼,乘舆而至。恭王率众官迎入,行过了礼,分东西坐定。额尔金提议换约,

第六十九回　开外衅失律丧师　缔和约偿款割地

除八年原议五十六条外,还要加添数条,赔偿兵费,增开口岸,派驻领事。经恭王再四磋磨,通事往返传命,议定偿他兵费一千二百万两,增辟天津为商港,各口许驻英国领事。总不外谨遵台命四字。双方允妥,彼此入席,酒酣兴尽而散。翌日,复请法使噶罗,至礼部共商和议。法使算是有情,只索兵费六百万两。恭王一口应承,也照英使例盛筵相待,迎送如仪。

十一日与英使换约,恭王据实奏闻。咸丰帝已至热河,览奏未免叹息,但木已成舟,不能再变,只好降旨允准。独俄使伊格那替业幅,圆滑得很,所得权利,比英法要加数倍,他表面还非常和平,暗中却厚索利益。中俄通商,向止恰克图一处,咸丰三年,始行文中国,假勘界为名,阴图占地,清政府征剿长毛,且来不及,还有何心对付外人,自然把此事搁起。俄人竟自由行动,直入黑龙江,通过爱珲。黑龙江将军奕山,派员禁阻,俄人不听,乃奏闻清廷。政府命奕山与他交涉,俄人索龙江北岸地,奕山竟唯唯从命,订了爱珲条约。后来英法兴兵,俄使也率领舰队,随在后面,大沽一战,英法各舰,多遭损失,退还广东,独俄使入京,于咸丰十年五月,另订专约十二条,大致是两国往来,平等相待,海口通商,照英法例。还要派遣领事,随带兵船,这叫作天津专约。到了英法联军入京,硬要入城开议,恭王胆小,不敢照允,俄使伊氏,趁这机会,入劝恭王,叫他在礼部衙门会议,可以无患。原来礼部衙门,与俄使馆相近,所以担任保护。恭王才放着胆,与英法使臣相见。和议成后,俄使便来索酬,再订北京条约,举乌苏里河东岸地,统划归俄人。看官!你道这俄使乖不乖?巧不巧?正是:

　　鹬蚌相争,渔翁得利;
　　哀我中华,蹙国万里。

外患稍平,有旨阻南军入援,于是太平天国气数将尽了。小子且停一歇笔,再叙详情。

本回专叙外交事情,为国耻上增一纪念,即为交涉上广一见闻。当时内乱方亟,外患复来,为清廷计,万无可战之理。秉国诸公,早应审时度势,认定方针,天津之创,已昭覆辙,彼来换约,只好以礼相迎,不宜再开战衅。虽劝令改道,名正言顺,英使不从,曲固在英,然我果善为调停,则必不至有后此之结果。乃忽战忽和,忽和忽战,小胜即喜,小败即怯,我之伎俩,早为所窥,犹且首鼠两端,茫无定见,至于京师陷没,海淀被焚,始俯首乞盟,偿款不足,则益之,商埠不足,则增之,增之益之而又不足,则割地以畀之。谁秉国政,辨不早辨耶?长沙尚在,当不至痛哭流涕长太息而已。

第七十回　闻国丧长悲国士
护慈驾转怡慈颜

却说曾国藩驻节祁门，接到勤王诏命，与胡林翼往复驰书，筹商北援的计策。怎奈安徽军务，正在吃紧，一时不能脱身；且长毛目的，专注祁门，分三路来攻：一出祁门西边，陷景德镇，一出祁门东边，陷婺源县，一出祁门北边，逾羊栈岭，直趋国藩大营。国藩麾下，只有鲍超、张运兰二军，还是得用，奈已调发出去，弄得孤营独立，危急万状。国藩不得已自去抵敌，行至途次，闻长毛数万到来，军心大恐，霎时溃退，只得回转祁门。国藩能将将，不能将兵，所以屡出屡败。亏得左宗棠驰至婺源，六战六胜，把长毛驱逐出境，东路始通。鲍超、张运兰，复破长毛于羊栈岭，长毛亦即遁走，北路方才安靖，国藩心中稍慰。廷寄亦于此时到来，阻住入援。自是国藩益加意防剿。到咸丰十一年春季，左宗棠与鲍超合军，克复景德镇，军威大振。左宗棠得赏三品京堂，鲍超得赏珍物。已而张运兰攻克徽州，左宗棠收复建德，祁门解严。

国藩移驻东流县，檄鲍超助攻安庆。安庆为长江重镇，自曾国荃进攻，长毛遂各处窜扰，冀国荃撤围自救。偏这国荃不肯撤围，日夜攻扑；就是当祁门紧急时，国藩受困，他也无心顾及，硬要攻破此城。长毛恨极，遂集众十万，由陈玉成统带，来援安庆。国荃趁他初到，分军围城，自己却督率精锐，出其不意，冲入敌营。长毛自远道会集，方在劳乏的时候，勉强抵敌，心志未定，没有不败的道理。当被国荃一阵杀退，玉成尚思整队再战，忽报胡林翼移营太湖，遣多隆阿、李续宜等前来安庆，玉成料是不佳，改图上攻，从间道绕出霍山，一鼓攻入，接连破了英山，直趋湖北，拔了黄州，分兵取德安、随州。四眼狗到底不弱。胡林翼急檄李续宜回援，玉成留党羽守德安，自率众三万复回安庆，扑攻国荃营数日。国荃凭濠堵御，好似长城一般，玉成不能克；鲍超自南岸进攻，多隆阿自东岸进攻，玉成走踞集贤关，忙调集杨辅清等，再至安庆，筑起十九垒，援应城中；留悍酋刘玱林，屯驻关内，作为后应。国藩檄鲍超攻集贤关，杨载福率炮船水师助国荃，守住营濠；多隆阿移驻桐城，截剿长毛后援。自四月至七月，相持不下。胡林翼复遣成大吉助鲍超，两军夹攻，猛扑七昼夜，方得攻入，擒住悍酋刘玱林，解京正法。集贤关已下，陈、杨两酋，断了后应，曾国荃气焰越张，会合杨载福炮船，水陆攻击，连毁敌垒十九座，陈玉成、杨辅清等遁去。安庆城内的长毛，至是始孤立无助。到七月下旬，粮又告绝，守城悍

第七十回　闻国丧长悲国士　护慈驾转忤慈颜

酉叶芸来,悉锐突围,被国荃截住,无路可钻,只得退回。国荃逼城筑垒,掘隧埋药,于八月朔日,地雷暴发,轰坍城墙,国荃率军杀入,城内长毛,没有一个逃避,大家冒死巷战。等到筋疲力尽,枪折刀残,方个个毕命。自叶芸来以下,共死一万六千人。安庆被长毛占据,已历九年,国荃得此雄都,戡定东南的基础,才得立定。

国藩闻捷,驰至安庆受俘,当下飞章奏告。奏折甫发,忽接到一角咨文,乃是从热河发来,拆开一瞧,顿时大哭。原来七月十七日,咸丰帝驾崩热河,国藩深感知遇,悲动五中,怪不得涕泪俱下。只咸丰帝年方及壮,如何就会晏驾?待小子细细叙来。咸丰帝即位初年,颇思励精图治,振饬一新,无如国步艰难,臣工玩愒,内而长毛,外而洋人,摇动江山,日劳睿虑。咸丰帝日坐愁城,免不得寻些乐趣,借以排闷。那拉贵妃,四春娘娘,就因此得宠。但蛾眉是伐性的斧头,日日相近,容易斲丧精神;况且联军入京,乘舆出走,朝受风霜,暮惊烽火,到这个时候,就使身体强壮的人,也要急出病来。*褒贬恰当。*至和议告成,恭王遣载垣奏报行在,并请回銮日期,咸丰帝详问京中情形,载垣便据实复陈,圆明园烧了三日三夜,内外库款,搜刮净尽,你想咸丰帝得此消息,心中难过不难过呢?咸丰帝心灰意懒,自然不愿回銮,便说天气渐寒,朕拟暂缓回京,待明春再定行止。载垣也不规谏,反极口赞成,便令随行的军机大臣,录了上谕,颁发到京。载垣留住行在,算是扈驾,他与郑亲王端华,协办大学士户部尚书肃顺,本是要好得很,至此遂同揽政权,巩固权势。这三人中,肃顺最有智谋,载垣、端华的谋画,都仗肃顺主持。景寿、穆荫、匡源、杜翰、焦祐瀛五个军机,随驾北行,便是肃尚书一力保举,作为走狗。肃顺所最忌的有两人,一个是皇贵妃那拉氏,一个是恭亲王奕䜣。那拉贵妃,是个士女班头,宫中一切事务,多由那拉指使,咸丰帝非常宠任,皇后素性温厚,不去预闻。恭王系咸丰帝介弟,权出怡、郑二王上,所以肃顺时常忌他。北狩的主见,也是肃顺主张,他想离开恭王,叫他去办抚议。办得好,原不必说;办得不好,可以加罪。且恭王在京,距热河很远,内中只有一个那拉贵妃,究系女流,不怕她挟持皇帝,因此在京王大臣,陆续奏请回銮。肃顺与怡、郑二王,总设法阻止。冬季说是太寒,夏季说是太热,春秋二季,无词可藉,只说是京中被了兵燹,凄惨得很。咸丰帝得过且过,一挨两挨,挨到十一年六月,竟生成一场不起的病症。*二竖相煎,便成绝症,况三竖乎?*病已大渐,即召载垣、端华、肃顺、景寿、穆荫、匡源、杜翰、焦祐瀛八人,入受顾命,立皇子载淳为皇太子;并因太子年幼,谆谆嘱咐,要他尽心竭力,夹辅幼君。八人奉命而出,过了一日,咸丰帝竟崩于避暑山庄行殿寝宫,享年三十一岁。载垣、端华、肃顺等即扶六岁的皇太子,在枢前即了尊位,便是穆宗毅皇帝。当下尊皇后钮祜禄氏,及生母皇贵妃那拉氏，都为皇太后。拟定新皇年号，是祺祥二字。后来尊谥大行皇帝为文宗显皇帝，并上皇太后徽号，叫作慈安皇太后，生母皇太后徽号，叫作慈禧皇太后。后人呼她们为东太后、西太后。这且慢表。

单说载垣、端华、肃顺等扶新皇帝嗣位，自称为参赞政务王大臣，先颁喜诏，后颁哀诏。在京王大臣，多至恭王府议事。恭王奕䜣道："现在皇上大行，嗣主年幼，一切政权，想总在怡、郑二王，及尚书肃顺了。"言至此，叹了数声。王大臣等多与肃顺不合，且见恭王有不足意，便齐声道："王爷系大行皇帝胞弟，论起我朝祖制，新皇幼冲，应由王爷辅政，轮不到怡、郑二王身上，肃尚书更不必说呢。"恭王虽没有回答，头已点了数点。

正筹议间，忽报宫监安得海自热河到来。安得海系那拉太后宠监，恭王料有机密事件，便辞退王大臣，独召安太监进府。安太监请过了安，恭王引入秘室，与他讲了一日，别人无从听见，小子也不敢虚撰。安太监于次晨匆匆别去，恭王即发指日奔丧的折子。这折子递到热河，怡、郑二王，先去展阅，阅毕，递与肃顺。肃顺大略一瞧，便道："恭王借口奔丧，突来夺我等政权，须阻住他方好。"怡亲王道："他是大行皇帝胞弟，来此奔丧，名正言顺，如何可以阻他？"肃顺道："这有何难？即说京师重地，留守要紧，况梓宫不日回京，更无庸来此奔丧。照这样说，难道不名正言顺么？"肃顺的机谋，恰也不劣，无如别人还要比他聪明，奈何？怡亲王大喜，便令肃顺批好原折，颁发出去。

这事方布置妥帖，忽御史董元醇，遽上一折，请两宫皇太后垂帘训政。怡亲王一瞧，便道："放屁！我朝自开国以来，并没有太后垂帘的故例，哪个混帐御史，敢倡此议？"肃顺道："这是明明有人指使，应严加驳斥，免得别人再来尝试。"于是再由肃顺加批，把祖制两字，抬了出来，将原折驳得一文不值。末后有"如再莠言乱政，当按律加罪"等语。批发以后，三人总道没有后患，哪里晓得这等批语，统是没效！咸丰帝临终时，这世传受命的御宝，早被西太后取去，肃顺虽是聪敏，这件事恰先输了一着。一着走错，满盘是输，所以终为西太后所制。西太后见怡亲王等独断独行，批谕一切，并未入禀，遂去与慈安太后商议。慈安太后，本无意垂帘，被西太后说得异常危急，倒也心动起来，便道："怡、郑诸王，怀着这么鬼胎，如何是好？"西太后道："除密召恭王奕䜣外，没有别法。"慈安太后点头，遂由西太后拟定懿旨，请慈安太后用印。慈安太后道："前日先皇所赐的玉玺，可用得么？"西太后道："正好用得。"随取玉玺钤印，乃是篆文的同道堂印四字，仍遣安得海星夜趱程，去召恭王。

约越一旬，恭王奕䜣，竟兼程驰至。肃顺留意侦探，闻恭王到来，忙报知怡、郑二王。怡、郑二王，大吃一惊，正想设法对付，忽报恭王奕䜣来见。三人只得出迎，接入后，先由载垣开口，问："六王爷何故到此？"奕䜣道："特来叩

第七十回　闻国丧长悲国士　护慈驾转忤慈颜

谒梓宫,并慰问太后。"载垣道:"前已有旨,令六王爷不必到来,难道六王爷未曾瞧过?"奕䜣说是未曾接到,并问何时颁发？载垣屈指一算道:"差不多有十多天了。"奕䜣道:"这且怪不得,兄弟出京,已七八天了。"这是诡语。肃顺即插口道:"六王爷未经奉召,竟自离京,京城里面,何人负责？"奕䜣道:"这且不妨。在京王大臣,多得很哩。现在京内安静如常,还怕什么？况兄弟此来,一则是亲来哭临,稍尽臣子的道理;二则是来请两宫太后安,明后日即拟回京。这里的事情,有诸公在此,是最好的了。兄弟年轻望浅,还仗诸位指教。"肃顺尚未回答,忽从载垣背后,走出一人,朗声道:"叩谒梓宫原是应该的,若要入觐太后,恐怕未便。"奕䜣瞧将过去,乃是军机大臣杜翰,便道:"为何不便？"杜翰道:"两宫太后,与六王爷有叔嫂的名义,叔嫂须避嫌疑,所以不应入觐。"奕䜣不觉奇异,正想辩驳,奈载垣、端华、肃顺三人都随声附和,好似杜翰的言语,当作圣经贤传。恭王一想,彼众我寡,不便与他争执,还是另外设法为是。随道:"诸位的说法,却也不错,拜托诸位代为请安便了。"这是恭王深沉处。

当下辞出,回到寓所,巧值安得海已在寓守候,奕䜣又与他密议一番,安得海颇有小智,竟想出一个妙法,与奕䜣附耳低言。奕䜣眉头一皱,似乎有不便照行的意思。复经安得海细说数语,奕䜣方才应允。安得海辞去,是日傍晚,夕阳西下,暮色沉沉,避暑山庄寝门外,来了一乘车子,车中坐着的,仿佛是个宫娥,守门侍卫,正欲启问,安太监已自内出来,走到车前,搴动帘帷,搀着一位宫装的妇人下来。侍卫瞧着,确是妇女,由她随安太监进去。次日黎明,宫门一开,这位宫装的妇人,仍由安太监引导出门,乘舆径去。约到辰牌时候,恭王奕䜣,又复出现,赴梓宫前哭临。次日,即至怡、郑两王处辞行。看官！你想恭王奕䜣,奉太后密召而来,难道不见太后,便匆匆回去么？上文说的宫装的妇人,来去突兀,想来总是恭王巧扮,由安得海引他出入,暗中定计,瞒过侍卫的眼珠;若是明眼人窥着,自能瞧破机关。那班侍卫,虽是怡、郑二王的爪牙,毕竟没甚智识,总道是个妇人,也不去通报怡、郑二王,所以竟中了宫内外的秘计。叙述清楚。

恭王去后,两宫太后便传懿旨,准即日奉梓宫回京。载垣、端华、肃顺三人,又开密议。载垣意思,迟一日,好一日,肃顺道:"我们且入宫去见太后,再行定议。"三人遂一同入宫,对着两位太后,请了安,两旁站定。西太后便谕道:"梓宫回京的日子,已拟定么？"载垣道:"闻得京城情形,尚未安静,依奴才愚见,不如展缓为是。"西太后道:"先皇帝在日,早思回銮,因京城屡有不靖的谣言,以致迁延岁月,赍恨以终。现若再事逗留,奉安无期,岂不是我等的罪孽？你们统是宗室大臣,亲受先皇帝顾命,也该替先皇帝着想,早些奉安方好。"三人默然不答。西太后瞧着慈安太后道："我们两人，统系女流，诸事要靠着赞襄王大臣，前日董御史奏请训政，赞襄王大臣，也未与我辈商量，骤加驳斥，我也不去怪他。但既自命赞襄，为什么将梓宫奉安，都不提起？自己问自己，恐也对不起先皇帝呢。"慈安太后也不多说，只答了一个"是"字。肃顺此时忍耐不住，便道："母后训政，我朝祖制未曾有过，就使太后有旨垂帘，奴才等也不敢奉旨。"西太后道："我等并不欲违犯祖制，只因嗣王幼冲，事事不能自主，全仗别人辅助，所以董元醇一折，也不无可采处。你等果肯竭诚赞襄，乃是很好的事，何必我辈训政！但现在梓宫奉安，嗣主回京的两桩大事，尚且未曾办就。哼！哼！于赞襄二字上，恐有些说不过去。"载垣听了此语，心中很不自在，不觉发言道："奴才等赞襄皇上，不能事事听命太后，这也要求太后原谅。"西太后变色道："我也叫你赞襄皇上，并不要你赞襄我们，你既晓得'赞襄皇上'四个字，我等便感你不浅。你想皇上是天下共主，一日不回京，人心便一日不安，皇上也是一日不安，所以命你等检定回京日子，劳你等奉丧扈驾，早日到京，乃就是赞襄尽职了。"端华也开口道："梓宫奉安，及太后同皇上回銮，原是要紧的事情，奴才等何敢阻难。不过恐京城未安，稍费踌躇呢。"西太后道："京中闻已安静，不必多虑，总是早日回去的好。"三人随退即出。

　　肃顺气的要不得，又与怡、郑二王，回寓会商，定了一计，拟派怡亲王侍卫兵丁，护送后妃，在途中刺杀西太后，聊以泄忿；就拟定九月二十三日，皇太后皇上，奉梓宫回京。到了启行这一日，由怡、郑二王扈从皇太后皇上，肃顺、穆荫等护送梓宫。照清室礼节，大行皇帝灵榇启行，皇帝及后妃等，都行礼奠酒，礼毕，立即先行，以便在京恭迎，此次自然照例办理，銮舆在前，梓宫在后。载垣等预定的密计，拟至古北口下手，偏这西太后机警得很，密令侍卫荣禄，带兵一队，沿途保护。那拉后才具确是不小。荣禄系西太后亲戚，有人说西太后幼时，曾与荣禄订婚，后因选入宫中，遂罢婚约，这话未免虚诬。但荣禄生平，忠事西太后，西太后得此人保驾，凭你载垣、端华，如何乖巧，竟不敢下手。及至古北口，大雨滂沱，荣禄振起精神，护卫两宫，自晨至夕，不离两宫左右，一切供奉，统由荣禄亲自检视。载垣、端华二人，只有瞪着两目，由他过去。

　　九月二十九日，皇太后皇上，安抵京城西北门，恭王奕䜣，率同王大臣等，出城迎接，跪伏道旁。当由安太监传旨，令恭王起来。恭王谢恩起身，随銮舆入城，载垣、端华，左右四顾，见城外统是军营驻扎，两宫经过时，都俯伏行礼，不由的心中忐忑。只因梓宫尚未到京，想一时没有变动，便各回原邸安宿一宵。翌晨起来，刚思入朝办事，忽见恭王奕䜣，大学士桂良、周祖培，带了侍卫数十名，大着步进来。载垣接着便问何事，奕䜣道："有旨请怡王解任。"载垣道:"我奉大行皇帝遗命,赞襄皇上,哪个令我解任?"奕䜣道:"这是皇太后皇上谕旨,你如何不从?"正在争论,端华亦走入厅来,约载垣同去入朝,见了奕䜣、载垣两人相争,还不知是何故,只见奕䜣对着他道:"郑王已到,真正凑巧,免得本邸往返。现奉谕旨,着怡、郑二王解任!"端华嗤的一笑,随道:"上谕须要我辈拟定,你的谕旨,从哪里来的?"奕䜣取出谕旨,令二人瞧阅。二人不暇读旨,先去瞧那钤印。但见上面钤着御宝,末后是"同道堂印"四字。载垣问此印从何来?奕䜣道:"这是大行皇帝弥留时,亲给两宫皇太后的。"载垣、端华齐声道:"两位太后,不能令我等解任。皇帝冲幼,更不必说。解任不解任,由我等自便,不劳你费心!"奕䜣勃然大愤道:"两位果不愿接旨么?"两人连说:"无旨可接。"奕䜣道:"御宝不算,有先皇帝遗传的'同道堂印',也好不算么?"奕䜣此时,也只知太后了。喝令侍卫将两人拿下。后人有诗咏同道堂玺印道:

> 北狩经年跸路长,鼎湖弓剑望滦阳;
> 两宫夜半披封事,玉玺亲钤同道堂。

毕竟两人被拿后,如何处置,且至下回续叙。

以国士待我,当以国士报之,曾公之意,殆亦犹是。若载垣、端华、肃顺辈,以宗室懿亲,不务安邦,但思擅政,何其跋扈不臣若此?无莽操才,而有莽操之志,卒之弄巧成拙,反受制于妇人之手,宁非可愧?惟慈禧心性之敏,口给之长,计虑之深,手段之辣,于本回中已崭然毕露。吴道子摹孔子像,道貌如生,作者殆亦具吴道子之腕力矣乎?

第七十一回　罪辅臣连番下诏
剿剧寇数路进兵

却说载垣、端华两人,被奕䜣饬侍卫拿下,载垣、端华道:"我两人无故被谴,究系如何罪名?"奕䜣道:"你听着! 待我宣旨。"遂捧着谕旨朗读道:

上年海疆不靖,京师戒严,总由在事之王大臣等,筹画乖方所致。载垣等复不能尽心和议,徒诱获英国使臣,以塞己责,致失信于各国,淀园被扰,我皇考巡幸热河,实圣心万不得已之苦衷也。嗣经总理各国事务衙门王大臣等,将各国应办事宜,妥为经理,都城内外安谧如常,皇考屡召王大臣议回銮之旨,而载垣、端华、肃顺,朋比为奸,总以外国情形反覆,力排众论。皇考宵旰焦劳,更兼口外严寒,以致圣体违和,竟于本年七月十七日,龙驭上宾,朕抢地呼天,五内如焚,追思载垣等从前蒙蔽之罪,非朕一人痛恨,实天下臣民所痛恨者也。朕御极之初,即欲重治其罪,惟思伊等系顾命之臣,故暂行宽免,以观后效。孰意八月十一日,朕召见载垣等八人,因御史董元醇敬陈管见一折,内称请皇太后暂时权理朝政,俟数年后,朕能亲裁庶务,再行归政;又请于亲王中简派一二人,令其辅弼;又请在大臣中,简派一二人,充朕师傅之任。以上三端,深合朕意。虽我朝向无皇太后垂帘之仪,朕受皇考大行皇帝付托之重,惟以国计民生为念,岂能拘守常例?此所谓事贵从权,特面谕载垣等着照所请传旨。该王大臣等哓哓置辩,已无人臣之礼;拟旨时又阳奉阴违,擅自改写,作为朕旨颁行,是诚何心?且载垣等每以不敢专擅为词,此非专擅之实迹乎?纵因朕冲龄,皇太后不能深悉国政,任伊等欺蒙,能尽欺天下乎?此皆伊等辜负皇考深恩,若再事姑容,何以仰对在天之灵?又何以服天下公论?载垣、端华、肃顺,着即解任!景寿、穆荫、匡源、杜翰、焦祐瀛,着退出军机处。派恭亲王会同大学士六部九卿翰詹科道,将伊等应得之咎,分别轻重,按律秉公具奏!至皇太后应如何垂帘之仪,一并会议具奏!钦此。

　　载垣、端华听毕,便道:"恭王!你是西后的心腹,总算是亡清的功臣。灭清朝者叶赫,这句话要应验了。罢!罢!罢!我等与你同去。"句中有眼。当下恭王奕䜣,令侍卫等牵出载垣、端华,到宗人府署,交宗令看管,即入宫复旨。西太后毕竟辣手,就命将载垣、端华、肃顺,革去爵职,着宗人府会同大学士九卿等,严行议罪。一面派睿亲王仁寿,醇郡王奕譞,迅将肃顺拿问。

　　睿、醇两王,奉了懿旨,遂带领侍卫番役百名,出了京城,两人在途中密商,托词迎接梓宫,以便诱擒肃顺。计画已定,行了百余里,正与梓宫相遇,扈送梓宫的第一大员,趾高气扬,正是御前大臣肃顺。两王下了马,与肃顺拱手,肃顺亦下马相迎,随即由肃顺导至梓宫前,行过了礼。两王复对了肃顺,好言慰劳,肃顺正欲探銮舆消息,便问两宫皇太后及皇上安。睿亲王仁寿,说了一个"安"字,醇郡王奕譞,独说是到了驿站,再好细谈。三人同行了一程,已至梓宫停歇的地点,大众停住。仁寿、奕譞便在站中吃了晚餐,餐毕,又历数小时,各人都要安寝,惟肃顺尚与二王闲谈。奕譞不觉起立道:"有旨拿革员肃顺!"肃顺大惊,但见侍卫、番役等,已一齐进来,将肃顺按住,上了锁。肃顺喧噪道:"我犯何罪?"奕譞道:"你的罪多得很,且至宗人府再说。"肃顺道:"哪个叫你来拿我?"奕譞道:"奉上谕拿你。"肃顺道:"六岁小儿,何知拿人?无非是里面的那拉氏,同我作对。你等都是那拉氏走狗,她要这么,你便这

第七十一回　罪辅臣连番下诏　剿剧寇数路进兵

么！吕雉、武曌出世，我等老臣，原是该死。"从肃顺口中讥刺慈禧，用笔便灵。奕譞也不与多辩，便命侍卫带着肃顺，夤夜进京。次日巳牌，便降旨道：

前因肃顺跋扈不臣，招权纳贿，种种悖谬，当经降旨将肃顺革职，派令睿亲王仁寿，醇郡王奕譞，即将该革员拿交宗人府议罪。乃该革员接奉谕旨后，咆哮狂肆，目无君上，悖逆情形，实堪发指。且该员恭送梓官，由热河回京，辄敢私带眷属行走，尤为法纪所不容。所有肃顺家产，除热河私寓，令春佑严密查抄外，其在京家产，着即派西拉布前往查抄，毋令稍有隐匿！钦此。

是日即授恭王奕䜣为议政王，在军机处行走。何不派他西后处行走？越二日，梓宫已抵德胜门，两宫皇太后及皇上，出德胜门跪迎，奉梓宫入紫禁城，停乾清宫。于是大学士贾桢，副都统胜保等，亟请太后训政。大学士周祖培，奏改建元年号，因原拟祺祥二字，意义重复，应请更正。一班拍马屁朋友，都应时出来。当由两宫下谕，命议政王、军机大臣等，改拟新皇年号。议政王等默窥慈怀，恭拟同治二字进呈。西太后瞧这两字，暗寓两宫同治的意义，私心窃慰，遂命以明年为同治元年，颁告天下。翌日复降旨一道，其辞云：

载垣、端华、肃顺，于七月十七日皇考升遐，即以赞襄政务王大臣自居，实则我皇考弥留之际，但面谕载垣等，立朕为皇太子，并无令其赞襄政务之谕。载垣等乃造作赞襄名目，诸事并不请旨，擅自主持，即两宫皇太后面谕之事，亦敢违阻不行。御史董元醇条奏皇太后垂帘事宜，载垣等独擅改谕旨，并于召对时，有伊等系赞襄朕躬，不能听命于皇太后，伊等请皇太后看折，亦系多余之语，当面咆哮，目无君上情形，不一而足。且每言亲王等不可召见，意存离间，此载垣、端华、肃顺之罪状也。肃顺擅坐御位，于进内廷时，当差时，出入自由，目无法纪，擅用行官内御用器物，于传取应用物件，抗违不遵，并请两宫皇太后应分居召对，词气之间，互有抑扬，意在构衅，此又肃顺之罪状也。一切罪状，均经母后皇太后，圣母皇太后，面谕议政王、军机大臣，逐款开列，传知会议王大臣等知悉，兹据该王大臣等，按律拟罪，请将载垣、端华、肃顺凌迟处死，当即召见议政王奕䜣，军机大臣户部左侍郎文祥，右侍郎宝鋆，鸿胪寺少卿曹毓瑛，惇亲王奕誴，醇郡王奕譞，钟郡王奕诒，孚郡王奕譓，睿亲王仁寿，大学士贾桢、周祖培，刑部尚书绵森，面询以载垣等罪名，有无一线可原？据该王大臣等，佥称载垣、端华、肃顺，跋扈不臣，均属罪大恶极，于国法无可宽宥。朕念载垣等均属宗人，遽以身罹重罪，悉应弃市，能无泪下？惟载垣等前后一切专擅跋扈情形，实属谋危社稷，是皆列祖列宗之罪人，非独欺凌朕躬,为有罪也。在载垣等未尝不自恃为顾命大臣,纵使作恶多端,定邀宽宥,岂知赞襄政务,皇考并无此谕?若不重治其罪,何以仰副皇考付托之重?亦何以饬法纪而示万世?即照该王大臣所拟,均即凌迟处死,实属情真罪当。惟国家本有议亲议贵之条,尚可量从末减,姑于万无可贷之中,免其肆市。载垣、端华,均着加恩赐令自尽!肃顺悖逆狂谬,较载垣等尤甚,本应凌迟处死,现着加恩改为斩立决。至景寿身为国戚,缄默不言,穆荫、匡源、杜翰、焦祐瀛,于载垣等窃权政柄,不能力争,均属辜恩溺职。穆荫在军机大臣上行走最久,班次在前,情节尤重。该王大臣等,拟请将景寿、穆荫、匡源、杜翰、焦祐瀛革职,发往新疆,效力赎罪,均属咎有应得。惟以载垣等凶焰方张,受其钳制,均有难于争衡之势,其不能振作,尚有可原。御前大臣景寿,着即革职,加恩仍留公爵,并额驸品级,免其发遣。兵部尚书穆荫,着即革职,加恩改为发往军台效力赎罪。吏部左侍郎匡源,署礼部右侍郎杜翰,太仆寺卿焦祐瀛,均着即行革职,加恩免其发遣。钦此。

是旨一下,即派肃亲王华丰,刑部尚书绵森,往宗人府逼令载垣、端华二人自杀。又派睿亲王仁寿,刑部右侍郎载龄,至宗人府拿出肃顺,至午门监斩。三人临死时,都痛骂西太后及恭王奕䜣。肃顺越骂得厉害,索性连西太后历史背了一遍,方才就刑。自己失策,骂亦何益?三人已死,盈廷大吏,哪个还敢违忤母后?遂于十月甲子日,六龄幼主,在太和殿重行即位礼,受王大臣等朝贺。十一月朔日,奉两宫皇太后,在养心殿垂帘听政。同治元年二月十二日,皇帝在弘德殿入学读书,特简礼部尚书前大学士祁寯藻,管理工部事务前大学士翁心存,工部尚书倭仁,并翰林院编修李鸿藻授读。嗣是清廷政治,都由两宫太后主张,慈安后本无意训政,垂帘后不过挂个名目,万事都是慈禧专断,慈安坐受其成。慈禧后煞是英明,用人行政,多有特识。东南军务,专责成两江总督曾国藩,令他统辖江苏、安徽、江西三省,并浙江全省军务,所有四省巡抚提镇以下,悉归节制。这般重大的责任,自清朝开国以来,连皇亲国戚,都没有受此异数。国藩是个汉员,独邀朝廷重眷,岂不是慈禧太后的慧眼么?

是时湖北巡抚胡林翼,自太湖还援湖北,收复黄州、德安等处,积劳成疾,得咯血症,竟病殁武昌,遗疏荐李续宜为代。朝旨即命续宜为湖北巡抚。曾国藩以辖地太大,恐怕疏忽,特荐左宗棠督办浙江军务,奉旨令左宗棠赴浙剿贼,浙省提镇以下,均归左宗棠调遣,岂不是慈禧后的从谏如流么?

只安徽知府吴棠,经慈禧垂帘后,累次超擢,不几年竟授四川总督,这是未免私意。然古来漂母一饭,韩信犹报千金,慈禧幼年,受过吴公的大德,知

第七十一回　罪辅臣连番下诏　剿剧寇数路进兵

恩报恩，乃是慈禧后的厚道，不足为怪。圆明园内四春娘娘，后来竟不知下落，或说是发放出宫，或说是被慈禧处死。大约处死一说，不足为据。汉朝人彘，唐室醉妪，言者惨鼻，独清宫恰未闻有此惨剧，也总算是慈禧的好处。

话休烦絮，这一段是叙西太后初政时行谊。且说曾国荃克复安庆，满拟沿江而下，直捣江宁，只滨江两岸各要隘，驻扎的长毛，尚是不少，国荃会同杨载福水师，节节进剿，连克敌垒。长毛酋忠王李秀成，侍王李世贤，窜入江西，复陷瑞州。国藩飞檄鲍超赴援。鲍超兼程驰去，前面悬红绫丈余，中间大书一"鲍"字，沿途经过，长毛望见"鲍"字旗帜，即纷纷逃去。秀成、世贤，还想与他对敌，无如部众胆落，一战即溃，被鲍超连破七十余营，驱逐出境。江西又报肃清。强弩之末，难穿鲁缟。

国荃闻江西已平，上游安靖，遂与国藩会商，进攻江宁。国藩恐兵勇不足，令国荃回至湖南，添募乡勇。奉旨赏国荃头品顶戴，任浙江按察使，授鲍超浙江提督，恰是令他援浙的意思。浙江自张玉良收复后，长毛仍四扰不休，且因和春兵溃，苏、常相继沦陷，江浙交界的嘉兴县，至此也遭殃及。玉良率兵往援，连战不利，退入杭城，属县多失守。李秀成、李世贤，又自江西入浙境，攻陷严州。玉良复自省城出剿，总算将严州克复。秀成等窜至湖州，城绅赵景贤，募集团勇，一阵击退。李世贤走入江西，李秀成走入安徽。世贤被左宗棠击败，秀成被鲍超杀退，两人仍窜入浙境，复陷严州及金华，顺道浦阳江，从临浦镇攻萧山、诸暨，势如破竹，进据绍兴，转攻杭州。是时浙江巡抚，已改任王有龄，坚守两月，援绝，乃啮指写成血书，飞至安徽乞援。国藩注重江皖，不愿分师，唯促左宗棠由赣赴浙，左军未入浙境，省城已是不支。张玉良师至江干，又被长毛列炮击毙，城内粮尽援绝，遂致失守。巡抚王有龄，将军瑞昌，及总兵饶廷选，一概死难。

国藩闻浙江被陷，自请严议，诏从豁免，反授他协办大学士职衔；西太后权术，可爱可敬。并命左宗棠为浙江巡抚，令与曾国藩统筹大局，亟图补救等语。国藩感激异常，越思竭力报效，适朝旨因杭城陷没，淞沪戒严，饬国藩派员防剿。国藩物色人材，又保举一员大人物，看官道是谁人？就是后来的傅相李鸿章。鸿章字少荃，安徽合肥县人，道光年间进士，曾任福建省道员。国藩闻他多才，招为募宾，尝疏请简于江北，兴办淮扬水师，事未果行。至是因政府旁求将帅，遂荐他才大心细，劲气内敛，堪膺封疆重寄，奉旨报可。国藩即令鸿章回募乡勇，照湘军成制，练淮徐兵丁，又选湘军名将程学启、郭松林，做他帮手。鸿章初出茅庐，悉心训练，遂组成乡勇一大队，称为淮军，作湘军的后劲。淮军出现。同治元年二月，鸿章率淮勇至安庆，国荃与弟国葆，亦率湘勇驰至，于是统辖东南的曾大帅，显出生平绝大的抱负，调遣精兵猛将，分路出剿,进攻江宁的兵马,归国荃统带,佐以杨载福、彭玉麟二路水师,规取江苏的兵马,归李鸿章统带,佐以黄翼升的水师;恢复浙江的兵马,归左宗棠统带。另调广西臬司蒋益澧,率所部至浙助剿;庐州一带,归多隆阿剿办;宁国一带,归鲍超剿办;李续宜已调抚安徽,颍州一带,归他戡定。数路大军,统由曾大帅节制。余外还有淮上的袁甲三,扬州的都兴阿,镇江的冯子材,虽未经曾帅调遣,亦由曾帅统筹兼顾。正是马援聚殿前之米,张华推局上之枰,金玦分颁,铁骑四出,眼见得太平天国,要保不住了。*好一部点将录。*

国藩驻节安庆,居中指挥,军书旁午,捷报飞传。都兴阿获胜天长,左宗棠克复遂安,曾国荃、国葆,会合水陆各军,一破长毛于荻港,再破长毛于望城岗,三破长毛于铜城闸。拔巢县、含山县、繁昌县及和州,乘势夺西梁山,复太平府城。彭玉麟入金柱关,袭据东梁山,收复芜湖县,与国荃合逼江宁。

多隆阿进攻庐州,击败四眼狗陈玉成,缘梯登城,玉成遁去。玉成为太平天国名将,至此被多军击走,日暮途穷,往依练总苗沛霖。沛霖系安徽凤台县人,尝为团练头目,时人叫他苗练,颇有威名。太平天国诱他叛清,畀以封爵,旋由清副都统胜保,招抚沛霖,奏擢道员。沛霖首鼠两端,居心叵测,适胜保复出驻颍州,沛霖感胜保荐擢,遂诱四眼狗入城,出其不意,把他捆住,并将他家眷部属,尽行拿下,解送颍州胜保营。胜保劝降,玉成不从,乃槛送京师,有旨令在河南卫辉府伏法。只玉成妻很有姿色,中胜保意,留住营中,作为侍妾。妇人家水性杨花,有几个晓得贞烈? 昨日偶玉成,今日偶胜保,总教是个有情男子,就是袍衾与裯,亦所甘愿。*好一个雌狗娘。*胜保怜她秀媚,非常宠爱。后来苗练复叛,胜保被逮,连侍妾押解过河,为德楞额所见,说是陈玉成贼妇,不得随行,将侍妾轧住。其实德楞额也爱她美色,截住这个淫妇,自己受用去了。*一般是狗,一般是贼。*

玉成既死,楚皖间遂没有剧寇。鲍超又攻克宁国府城,走太平辅王杨辅清,降其将洪容海。曾国荃亦连克秣陵关、大胜关,进驻雨花台,距江宁城仅四里;分军与国葆,留屯三汊河、江东桥一带,傍水筑垒,输通饷道。好一座金陵城,至此既失了皖南的犄角,复受水陆各军的围困,洪秀全焦急万状,亟促李秀成、李世贤还援。两李未至,国荃军忽遭疾疫,病的病,死的死,国藩令国荃退守,国荃执意不允。忽报李秀成率苏、常悍党二十万人,还救江宁,要去攻扑国荃大营了。国藩闻警,亟奏请另简大臣,驰赴江南,有"分重大之责任,挽艰难之气数"等语。旋奉上谕,节录如下:

> 朝廷信用楚军,以曾国藩忠勇,发于至诚,倚以挽救东南全局。今疾疫流行,将士摧折,深虞隳士气而长寇氛,此无可如何之事,非该大臣一人之咎。意者朝廷政事多阙,是以上干天和,我君臣当痛自刻责,实力

实心,勉图禳救之方,为民请命,以冀天心转移,事机就顺。刻下在京,固无可简派之人,环顾中外,才力气量,如曾国藩者,一时实难其选。该大臣素尝学问,时势艰难,尤当任以毅力,矢以小心,仍不容一息少懈也。钦此。

　　国藩接旨,知京中已无意发兵,飞檄调苏州程学启军,浙江蒋益澧军,驰救国荃大营。怎奈接得覆书,都说军务吃紧,不能应命,竟令这足智多谋的曾大帅,弄得无法可施。正是:

　　　　帷幄方闻成算定,疆场可奈寇氛深。

　　究竟国荃大营,果被长毛陷没否？看官不要性急,续阅下回自知。

　　载垣、端华、肃顺,非无可杀之罪,但为抗争垂帘事,骤置重辟,则未免冤诬。母后临朝,历代所戒,至若两宫垂帘,尤为历代所未有。即谓嗣主冲幼,专贵从权,究不得因故旧谏诤,横加诛戮。本回选录谕旨,正以明三人罪案,无非为抗争垂帘而致。且谕中有两宫皇太后,将三人罪状,面谕议政王、军机大臣,是所谓罪状者,俱出皇太后之私意,慈安本无意构成此狱,主其事者,实为慈禧,哲如固可畏也。独信用曾国藩,实为慈禧之卓识,畀以重任,言听计从,卒能削平大难,戡定东南,清之不亡于洪氏,慈禧与有力焉。然吾闻狄仁杰姨卢氏云:"吾止有一子,不愿使事女主。"令曾公闻之,得毋为之汗颜乎？若以剿灭长毛,目为汉贼,吾尚无取此说云。

第七十二回　曾国荃力却援军
　　　　　　　　李鸿章借用洋将

　　却说曾国荃进攻江宁,长毛酋李秀成,率众驰援,国藩恐其弟有失,檄江浙军助剿,许久不至,此时江宁及苏浙三处,都在血战的时候,小子只有一枝笔,不能并叙,只好先接着上文,叙述国荃对敌事。国荃兵不满万,合杨、彭两路水师,尚不满二万人,加以瘟疫盛行,死亡相继,正危急的了不得。突闻李秀成带了数十万长毛,自苏、常到来,国荃誓众固守,预浚营濠,坚筑壁垒,准备抵敌。布置才毕,秀成已经驰到,麾众猛扑。国荃坚壁勿动,秀成不能入,乃结成营垒二百余座,围住国荃营。国荃昼不得安,夜不得眠,只指挥三军,竭力堵御。秀成令部众更迭进攻,前队不胜,后队继上;后队不胜,前队复上。无如国荃真是能耐,凭他如何攻法,总是守定营盘,一动都没有动。接连十昼夜,彼此未曾休息,到第十日早起,炮声陡发,山鸣谷应,震得营盘都摇摇不定。国荃部将倪桂,亟率军堵截,突来了一颗炮弹,滴溜溜滚将下来,扑的一声,弹丸炸开,遍地都是火星。倪桂被火触着,立即倒毙。军士汹汹道:"这是开花炮!这是开花炮!"言未绝,国荃已怒马直出,把首叫开花炮的人,一刀削去脑袋,竟上前亲挡炮弹。写得突兀。恰值第二个炮弹又至,国荃将手中令旗对弹一拂,那弹堕入濠中,偏偏不炸。实是天幸。军士瞧着,才知开花炮弹,也不是个个会炸的,胆气一壮,自然向前。国荃下令,用火箭火球,飞掷出去,长毛到死了不少,只是抵死勿退。次日,天气阴沉,间以微雨,开花炮越发没效。一连下雨好几日,长毛用枪来攻,国荃令军士持枪还击,相持之下,国荃面上受了一粒弹子,血流交颐,他忍着痛,益向前督战。军士见主帅如此奋勇,自然努力效死。到第十六日间,李世贤又自浙赶来,拥着无数人马,来助秀成,望将过去,差不多有十数万,一到濠外,就来猛扑。这时候,曾营里面,已是九死一生,逃又没处逃,躲又没处躲,索性拚了命去,与长毛死斗,杀了两昼夜,方得稍稍休息。除已死的军士外,也没一个不汗透重衣,腿臂麻木。解开战袍,有重伤的,也有轻伤的,国荃亲与将弁裹创,将弁又与部下裹创,指臂相联,痛痒相关。因此人人感德,个个齐心。带兵官听着!

过了数天,长毛反不甚起劲,似乎有些懈怠的样子,国荃向众将道:"此必有诈,须格外小心!"果然到了次晨,一声怪响,土石上飞,壁垒坍去数丈,长毛逾垣而进,前仆后继,国荃亟命将士乱掷火球,夹以枪炮,足足支撑了三个时辰,方将进来的长毛,击毙了几千名,缺口亦堵塞完工。长毛又白费心思,懊丧回营。嗣后长毛仍暗开地道,私埋火药。国荃分军为三,一军专务防堵,一军增筑内墙,一军专伺地道。长毛掘地洞七处,都被曾营发觉,抢险塞住,长毛已自心灰,守兵尚有余力。国荃竟开壁出战,鼓号一响,如潮冲出,长毛见了,无不失色。当下被国荃冲破营盘十余座,斩首数百级,方才回营。长毛见曾营难下,分兵去截饷道,饷道系国葆保护,早已防得严密,只国葆也遭时疫,寒热交乘,此时力疾从公,强起督战,与长毛打一仗,胜一仗。国荃复分军接应,又将长毛杀退。自同治元年闰八月十九日起,直至十月初四日,共计四十六天,国荃目不交睫,衣不解带,与长毛相持,愤恨已极,军士也怒气填胸。初五日黎明,长毛又来环攻,国荃率全营军士,开壁出来。这次比前次厉害,真是一当百,百当千,千当万,踏破敌营数十座,长毛望风披靡,好像瓦解土崩一般,秀成、世贤支持不住,分途溃去。国荃大营之围始解,这是湘军第一场恶战。著书人亦精心结撰。

曾营内的将士,犷目縣面,皮肉几尽;国荃亦疲惫不堪;国葆竟一病不起,于十一月十八日卒于军。国葆字季洪,易名贞幹,系本籍诸生,从军后累战有

第七十二回　曾国荃力却援军　李鸿章借用洋将

功,晋同知衔,此次复擢升知府,因积劳病殁,由李鸿章奏请逾格优恤,特旨照二品例饰终,予谥靖毅,敕建专祠,宣付史馆立传。

这且按下,且说李鸿章带领淮勇,正拟出发,适江苏绅士钱鼎铭、潘馥等,备银十八万两,至皖迎师。鸿章遂乘了便船,与程学启、郭松林诸将,同抵上海。上海系各国通商码头,与苏州相近,长毛既据苏州,并欲东图上海,苏松太道吴煦,联合英法各军,设立会防局,分头防御。美人华尔,出守松江,连破长毛,尤为出力,及鸿章至上海,部下各兵,统是衣冠朴陋,不禁大笑。鸿章道:"兵贵能战,不在华美,待吾一试,笑也未迟。"忽有吴县诸生王韬求见,由鸿章召入,王韬献计道:"此处大吏,屡借洋兵攻敌,愚意以招募洋兵,人少饷费,不如令本国壮勇充数,只雇洋人教练火器,自可收效。"鸿章甚以为是。王韬去后,道员吴煦进谒,鸿章便问洋将优劣?吴煦道:"英国水师提督何伯,法国水师提督卜罗德,统愿帮助中国,但他是外国舰长,不受我国驾驭。最好是美人华尔,他是获罪本国,逃匿上海,经吴某与美领事商洽,替他洗刷罪名,代我教练洋枪。他已死心塌地,为我出力,若招他练兵,必无变志。"鸿章大喜,便命吴道台檄调华尔。不到二日,华尔驰至,鸿章好言劝勉,令他竭诚练勇。华尔一口应承,遂募乡勇三千人,归华尔督练,叫作常胜军。

适朝旨命鸿章署理江苏巡抚,鸿章初受兵事,兼辖疆圻,遂令参将李恒嵩,会同华尔,并联络英法兵,攻克嘉定、青浦二城。英提督何伯,请鸿章会攻浦东厅县,乃令程学启、刘铭传、郭松林、滕嗣武、潘鼎新诸将,进兵南汇县的周浦镇,作为北路;英提督何伯,法提督卜罗德,自松江进金山卫,作为南路。两军才发,忽闻李秀成出攻太仓州,知州李庆琛兵溃,秀成进攻嘉定,洋兵败走,嘉定复陷,青浦垂危。鸿章急调程学启,移扼虹桥,截击秀成,复咨英法两提督,驰救青浦。时英法两提督,正攻克奉贤,接鸿章咨文,移师青浦,适遇秀成部众,两下开战,卜罗德中枪身死,何伯惊退。华尔正守青浦城,见英法各军败溃,亦突围出走松江。秀成直犯上海,薄程学启营。学启兵只八百人,秀成兵不下十万,众寡悬绝,学启毫不畏惧,亲登营墙,见长毛围营数十匝,他却自放开山炮,轰击长毛。长毛九却九进,尸与濠平,将藉尸登墙;忽东北角上,来了一支大队,旗帜飘扬。学启用远镜窥望,见旗上大书"署江苏巡抚李"六字,知是鸿章来援,大呼出击。长毛骇愕起来,随即却走。鸿章与学启,合军追杀过去,刀斩斧劈,好似削瓜切菜,杀得沿途尽是血水。秀成带来有十二个悍酋,都抱头鼠窜而去。这场大胜,映入洋人眼帘,传到洋人耳鼓,才晓得淮军勇敢,李抚英伟,不敢揶揄了。合肥自此著名。

嗣是复南汇,复金山卫,复青浦、嘉定。长毛酋慕王谭绍洸,听王陈炳文,复纠苏、杭、嘉兴长毛,从昆山、太仓入犯,鸿章檄诸军堵截,听程学启指挥。

学启分道进击,谭、陈二酋,退据三江口,绍洸屯江北,炳文屯江南。鸿章亲去督战,令刘铭传当中坚,郭松林当左,程学启当右,自辰至未,长毛坚守勿退,松林、铭传率军士冒死逾濠,匍伏而前。有黄衣酋登墙迎战,被松林觑准要害,一枪洞胸,黄衣酋堕地,长毛骇噪。学启乘势攻入,身中数伤,仍裹创疾前,长毛不能抵当,且战且走。官军三面掩杀,长毛大败而遁,松沪解严,诏实授鸿章江苏巡抚。

　　时宁绍台道史致鄂,因长毛攻陷慈溪,向沪上乞救。鸿章令华尔率常胜军往援,复慈溪城,华尔中炮死,常胜军还松江,由美人白齐文,代为统带。不料白齐文闭城索饷,随处劫夺,鸿章解白齐文兵柄,勒令归国,另用英将戈登续统常胜军。白齐文反投入李秀成处,阴为谋主,旋被浙军擒住,解至上海讯治,中途舟覆溺死,这是后话。外人之不可滥用如此。

　　鸿章既解松沪围,遂进规苏、常,招降常熟长毛骆国忠,及太仓长毛钱寿仁,捣福山,取昆山,逼苏州。李秀成自江宁败还,趋入江北,闻宁国府城已被鲍超攻破,东西梁山,又由国荃分军守御,遂回走苏州。适值李鸿章督兵进攻,秀成倍道来援,径至常熟,但见城上刀枪齐列,为首一员将官,面目很熟,仔细一瞧,确是骆国忠,不过已改服清装。秀成便大呼道:"你如何背叛天朝?"国忠道:"忠王!你也是一时豪杰,难道不识时务么?洪氏灭亡在迩,你不如下马乞降,免得玉石俱焚。"为秀成特留身分。秀成瞋目叱道:"我是烈烈丈夫,宁效汝等昧良!"道言未绝,两旁鼓声乱鸣,左有李鸿章,右有刘铭传,两路军蜂拥而来。秀成忙分军迎敌,炮声枪声,闹成一片。杀了三四个时辰,长毛毫不懈怠,越战越悍,越悍越战,不防后面杀入郭松林,戴板挥刀,十荡十决,浑身都被人血汙渍,好像一个血人儿。长毛相顾惊愕,霎时溃退。官军追至无锡,秀成入城拒守,调战舰百艘,云集城外,作为犄角。郭松林会合黄翼升水师,定议火攻,巧巧遇着顺风,一把火起,烈焰腾空,把长毛百艘战舰,烧得一只不留。李秀成兀坐城楼,见江中火发,料知战舰失守,忽报战船已被烧尽,水兵死了万余,不由的涕泪交垂,便道:"这是天绝我天国了。"何不上诉天父?

　　正欲弃城出走,城外来了白齐文,在上海掠得轮船二艘,入献秀成,并说:"船中载有巨炮,很是厉害。"秀成也管不得好歹,便出城下船,亲去一试,对着黄翼升水师,突开巨炮,一炮甫发,对面的战船,果轰破了数艘。再令开第二炮,不防对面来了两三艘划船,约离秀成座船丈许,为首的执着短刀,一跃而过,随后又有数十名兵士,陆续跳上,来杀秀成。秀成认得首领,是钱寿仁,便道:"钱寿仁!你做什么?"寿仁道:"哪个是钱寿仁?我却是周寿昌,特来取你首级。"这人比骆国忠更凶。原来钱寿仁却是假姓名,降清朝后,复姓名为周寿昌。秀成也不再多说,便持刀对敌。无如清水师越来越多,索性纵火焚船,秀成见事机已急,只得弃了座船,跳至白齐文船,拔碇遁去。

清军夺了无锡,乘胜追至苏州,秀成已先入城,与谭绍洸等固守。清军运至炸炮二十具,把城外敌垒,统行毁去。学启攻城南,戈登攻城北,鸿章亲自指挥,誓破此城,城中恟惧。秀成、绍洸率悍党万人,突出娄门拒战,学启令骁将王永胜、陈忠德、陈有升、周良才、龚生阳、朱宝元等,分头拦截,自巳至未,将城中长毛杀回。鸿章令将士射书入城,略说:"降者免死,斩酋出降者有赏。"于是城中悍将郜云官,缒城夜出,径诣副将郑国魁营,甘心投诚。国魁引至程学启处,双方订约,愿斩谭绍洸首以献。学启并命杀李秀成,云官不忍,只允杀谭而去。自此学启一面攻城,一面专等内应,接连数日,毫无影响。忽一夜,天黑如墨,胥门水溽,隐约有鼓棹声。学启闻报,忙亲自巡阅,已不见片影,因天昏月暗,不便追袭,只命军士格外留心,谁知李秀成已于是夜出走。秀成心灵眼快,窥透郜云官异谋,三十六着,走为上着,遂将城守事付与绍洸,对他恸哭一场,握手为别。秀成已做了铩羽之鸟。秀成已去,绍洸势孤,苦守数日,郜云官令部将汪有为,随绍洸巡城,出其不意,从绍洸背后一枪,贯入心窝,霎时倒毙。绍洸手下,还有亲从千余人,与云官奋斗,怎禁得云官同志,多至数万人,不到一时,统与绍洸背包裹去了。

云官开齐门迎降,学启入城,抚视降酋,共有八人,都是容貌狰狞,仿佛魔鬼。八人至学启前,仍傲然自若。学启按名检阅,第一个是太平国纳王郜云官,第二个是比王伍贵文,第三个是康王汪安均,第四个是宁王周文佳,还有范启发、张大洲、汪怀武、汪有为四人,俱自署天将。学启眉头一皱,计上心来,便好言抚慰。郜云官道:"李帅既准我等投诚,应该替我等保举,大的是总兵,小的是副将。"学启道:"这个自然,兄弟应代白李帅。"云官道:"还有一桩要求,我等部下,差不多有二十营,须仍归我八人统带,驻扎阊、胥、盘、齐四门。"盗贼心肠,总是不改。学启也随口答应,言甘心苦。匆匆出城,与李鸿章谈了一夜。次晨入城,令八人出谒受赏,八人欣然领诺。学启先出城,部署诸军,张设营幄,约至午牌,鸿章在营高坐,候八人入见。八人骑马出城,到营方才下马,由学启导入,行过了礼,鸿章令两旁坐定。学启出营,带兵径入,八人方在惊愕,不料鸿章下令,将八人拿下。八人手无寸铁,如何抵挡?即被学启部兵擒住。八人大呼无罪,学启道:"你托名投降,居心狡诈,妄想拥兵弄权,恃众横行,还说无罪么?"便请军令将八人正法。鸿章尚在犹豫,学启道:"虎已缚住,万难再放,他甘心负谭绍洸,宁不敢负我大帅?"鸿章点头,当下把八人推出,霎时间献上血淋淋的八颗首级。学启将首级悬出,传令城内外长毛,各缴军械,不得再生异心,否则以此为例。长毛觳觫万状,多将军械缴出,只有二千余人,不肯遵行,又被学启一一杀讫,遂整众入苏州城。独戈登以杀降非义,痛詈学启,誓不相容,洋人尚义,不无可敬。亏得鸿章委曲调停,才肯罢手。

鸿章加太子少保衔,戈登亦得赏头等功牌,并银万两。这是鸿章作用。遂分军两路,一路由程学启、刘秉璋、潘鼎新、李朝斌统带,兜剿浙西长毛,遥应左宗棠、蒋益澧军,肃清江浙通道;一路由鸿章自行督领,率李鹤章、刘铭传等,进攻常州,与曾国荃、鲍超军相呼应。两路大兵,分头出发,势如破竹,所向无敌。学启下平湖、乍浦、海盐、澉浦,直攻嘉兴,太平堵王黄文金,自湖州趋援,由学启一鼓击退,遂促将士登嘉兴城。城上枪炮雨下,血肉枕藉,学启愤甚,持矛亲登,额上中了一弹,复坠城下。部将刘士奇、王永胜见主将受伤,怒气填胸,麾众继上,人声鼎沸,炮弹纵横,长毛酋挺王刘得功,荣王廖发寿,不能阻拦,被他一拥而入,城遂破,刘、廖二酋战死。学启负创回苏州,医治渐愈,只额下留有败骨,饮食不便。学启非常忿懑,竟将败骨剜出,创口复裂,大叫数声而亡。这是好杀降人之报。

此时鸿章已克宜兴,拔溧阳,进围常州,水陆炮声如雷。太平守将护王陈坤书,烈王费天将,凶狠有名,至是与鸿章连战数次,无一得胜。城外营垒,陆续被毁,只好入城死守。鸿章督兵猛扑,连日不下,又值春雨绵绵,越生阻碍。鸿章调回嘉兴军,并力攻城,等到天已大晴,风向城内,遂乘风放炮,烟焰迷天。这城墙已受大雨浸渍,不甚坚固,被炮一击,顿时坍坏数十丈。陈、费二悍酋,用人塞缺,炮过弹炸,手足旗帜砖石,飞扬天中,盘旋空际。长毛原是忍心,鸿章亦乏仁术。鸿章令郭松林、王永胜、刘永奇、周盛波,携藤牌喷筒,冒死杀入,在城上接战良久,松林生擒陈坤书,周盛波生擒费天将,长毛见头目被擒,各弃械乞降。常州以咸丰十年四月六日失陷,越四年克复,月日时都不爽,时人称为奇事。苏、常已复,江苏全省,除江宁外,已都平靖。长毛多分窜江西,由曾国藩檄鲍超军还援,李鸿章亦分军代堵,独撤去常胜军,遣戈登归国。自是淮军名誉,推重世界,并称李鸿章能善驭洋将,鸿章的功劳,算是很大了。语下有不足意。小子有诗咏此事云:

淮军练就扫红巾,百战贤劳算荩臣;
可惜诛锄非异种,犹留惭德笑欧人。

这诗末韵,系指李鸿章使德,与德相俾斯麦闲谈,盛述自己打长毛的功劳。俾斯麦道:"欧洲人以杀异种为荣,若专杀同种,反属可耻。"鸿章不禁自惭。良心发现。这且不必细说,下回续叙江浙的事情,请看官接阅便了。

本回叙曾、左二人之战功,亦即叙李秀成之败史。太平军中,后起骁将,无如李秀成,率数十万众,驰救江宁,围攻曾国荃营,四十余日,终被国荃击退,众不敌寡,讵不可怪?迨转援苏州,一筹莫展,遇战即怯,临敌即溃,何其困惫若此?盖一鼓作气,再而衰,三而竭,左氏之言,其明证也。以长毛之暮气,当湘、淮各军之朝气,其败亡也宜矣!曹操至赤壁而蹶,苻坚至淝水而挫,宁特一秀成然哉?若借洋将,杀降酋,第一时权宜之策耳,不足以为训。

第七十三回 战浙东包团练死艺
克江宁洪天王覆宗

  却说李鸿章克复苏、常的时候,左宗棠在浙亦屡获胜仗。宗棠自克复遂安后,严州一带,依次肃清。太平侍王李世贤,率金华大股长毛,围衢州,宗棠亲自往援,杀败世贤,世贤回金华。台州为闽将林文察所复,宁波为宁绍台道史致鄂,及英将丢乐德克等所复。惟湖州被太平堵王黄文金,辅王杨辅清攻破,团绅赵景贤被执,不屈死。宗棠以浙省长毛,金华最众,决计由衢州攻金华,乃遣蒋益澧等,拔龙游、兰溪,金华长毛,亦弃城遁去。

  看官!你道金华长毛,为什么不战而溃?他因诸暨有个包立身,很是厉害,遂一齐拔营,去围包村。真是呆鸟!包立身世务农业,膂力过人,他幼时曾习奇门遁甲,上知天象,下知地理,他因长毛犯浙,聚集村人,筑塞设堡,专与长毛相抗。长毛去一千,死一千,去二千,死二千,因此长毛大愤,纠众围攻,有"宁失南京,毋失包村"的意义。以包村抵南京,未免拟不于伦。时苏松兵备道吴晓帆,本系浙人,代理藩司事,闻包立身有异能,欲招致幕下,引为己助,苦无人前去致意。适佐杂班中,有个冯仰山,自称系立身姑表兄弟,晓帆令他蓄发三月,备文前往。到了包村附近,见四面都扎长毛营垒,冯逡巡不敢入,巧遇包村勇目,逸出村外,与仰山素识,引他绕道二百里,始得入村。仰山单身前进,被村中巡勇捉住,疑为长毛细作,亏得仰山认包至戚,乃引冯入见,各道艰苦。是时包村附近数百里居民,都搬至包村避难,倚包先生若长城,连仰山家眷,也在其内。仰山与家族相见,不觉欣慰,便备述吴公所招意。立身叹道:"我亦知孤村无援,势难固守,且兵粮仅支两月,安能持久。只村内百姓群集,弃之不忍,欲要一同出围,恐不容易,是以尚在踌躇。"包先生颇具婆心。

  正议论间,忽闻村外炮声隆隆,料是长毛猛攻,便邀仰山登高瞭望,遥见前山上面,设有大炮,正对村施击。立身轮指一算道:"这炮在艮方,今日月神适犯我村,恐于我不利。"言未已,急推仰山伏地,自己亦向地伏着。但听得一声响亮,炮子簌簌然从上飞过,仰山吓得乱抖。立身道:"嗣后不妨,可以起来。"立身遂脱帽散发,跣足仗剑,如道家步罡状,选了勇目三名,衣皂随行,自己喃喃诵咒，飞行而去。勇目紧随不舍，仰山犹立在高阜，只见立身出村，竟驰至前山，把剑向前一指，守炮的长毛，纷纷扑地。立身即令勇目三人，将炮抬归。仰山即驰下迎迓，立身已在前面。三人所抬的炮，不下四五百斤，仰山不禁奇异，便道："弟与兄自幼同学，并未识兄有异术，后来弟赴苏州，远离乡井，闻兄尝韬晦田园，罕至城市，何时得六甲真传，具此神妙？"立身道："我于二十年前，曾遇异人授我秘册，虽非全帙，然天文地理，略知一二，此刻去取敌炮，就是六丁缩地法，可惜我所学习，还是皮毛，若能尽知底细，虽有千万长毛，亦何足虑！"仰山又问长毛何时可平？立身道："我夜观星象，并占易数，江浙长毛，不久即平。只我村恐保不住。"两人随谈随走，已至营中。

　　立身升帐，传集村勇，即发令道："明日当有大雨，汝等出战，向西杀去，定能冲破贼营，虽然不能大胜，也可杀贼数百，挫他凶锋。"仰山因天久不雨，疑信参半。到了次日，村勇三千人，执五色旗，分作五队，奉令出去。启行时，天色犹霁，一出村门，忽然黑云层合，大雨滂沱，仰山瞠目良久。约一小时，村勇已整队回来，报称破贼西营，得牲口器械数十具。仰山忙问立身道："既已得胜，何不追杀一阵？"立身道："贼势犹旺，不应追杀，追杀必败。"俄有长毛入村求见，立身命他进来，长毛说："奉天将令，愿以绍兴府城相让，嗣后毋与天兵作对。"立身笑道："这明明是诱我的计策，无论浙东俱陷，孤城难守，且入城后，如入陷阱，粮草更易断绝，将来恐无人得脱了。"喝令立斩来使，仰山请道："来使不要杀他，不如放他回去，叫他解围为是。"立身摇头道："他哪里就肯解围？杀了他，免得再来尝试。"太属粗莽！当下将通使的长毛，推出斩讫。

　　长毛酋闻了此信，越发调兵进攻，仰山未免焦急，遂请回报吴公，发兵接应，并欲挈眷同行。立身道："试为一卜。"卜得吉占，便道："老弟启行，便在今夕。"是夜大雨，立身命仰山束装，携眷出村，只饬护勇六人，仿着长毛服色，改装相送。仰山不敢多请，只与立身订约，速定行期。立身应允，与仰山握别。仰山冒雨而出，黑暗中见有无数卫兵，戴着红帽，穿着皂衣，站立两旁。仰山怯甚，私问护勇，勇但摇手，引仰山绕出小径，匆匆别去。

　　仰山去后，长毛愈集愈众，防立身有异术，遍掠民间妇女，将她们上下衣服褫去，赤身露体，驱作前队。妇女活活遭劫。又用鸡羊狗血，盛入喷筒，向村中乱射。立身被他厌禳，所用法术，未免不灵，遂决计突围。先占一卦，大惊道："细察卦象，惟今夜二鼓可出，若交子正，便无出围的日子，大祸且不远了。"遂令团勇速即收拾，约黄昏启程。夜餐已毕，便令团勇四千人，分作五队，队各八百人，用红旗队作先锋，次白旗队，又次是青黄两队，皂旗殿后。时值戌初，红旗队已发，远闻金鼓震天，枪炮声相续不绝，立身正调发白旗队，忽见村中百姓,扶老携幼,聚哭包门,都说包先生若去,我等从亦死,不从亦死,现在只有留住包先生,仗他保护,或可苟延性命。立身出来劝慰,怎奈人声鼎沸,连包先生的说话,没有一人听得清楚,只是阻住门前,不容出去。立身顿足道:"这是天数,时将错过,大限难逃,奈何奈何?"因令后队暂停不发。这时红旗队已冲围而去,白旗队随后继进。长毛料村人绝粮夜遁,不去追赶前队,独率众搗入村中,喷筒火箭,接连射入。顿时火光烛天,杀声震地,村勇已无斗志,又值难民纷扰,不战先乱,当下被长毛毁门冲入,见屋便烧,逢人便刃,满村尽被烟焰迷住,进退无路。杀到天明,村中已鸡犬不留,包先生亦不知去向,大约已死在乱军中。有人谓包先生已经遁去,只包先生有一妹子,也知兵法,被长毛擒住,五马分尸,这也不知是真是假,小子不敢妄断。恃术者卒以术败。

包军一破,蒋益澧军已到,长毛已打得筋疲力尽,闻左军到来,料知抵敌不住,霎时逃散。有几个逃得慢的,被蒋军截住,没奈何匍匐乞降,遂复诸暨。宁波军亦进克上虞、台州,并复绍兴府城。朝命授左宗棠为闽浙总督,兼署浙江巡抚。宗棠檄蒋益澧军,自诸暨直下,取道临浦、义桥,直趋萧山,渡钱塘江,规取杭州。复令水师骁将杨政谟,与益澧会杨政谟把江上敌舟,纵火烧尽,遂薄望江门。太平守将听王陈炳文,飞调附近各长毛,会援杭州,益澧遣康国器、魏喻义等,分头堵截,自督高连陞等,屯六和塔、万松岭,俯瞰杭城。既而左宗棠亦自严州移驻富阳,征法国总兵德克碑,率洋枪队攻陷富阳城。宗棠进薄余杭,命德克碑转助益澧,这时苏军已克嘉兴,海宁守将蔡元隆,向蒋益澧处纳款请降,于是杭城饷绝援穷。陈炳文出城死战,自晨至暮,不能取胜,仍回城督守。德克碑用炸炮轰凤山门,城塌三丈。炳文率众堵塞,益澧不能入,再令德克碑昼夜炮击,城中危急万分,炳文知不可守,遂黉夜开北门出走。杭城遂复。余杭守将康王汪海洋,亦弃城走德清。宗棠乃移驻省城,与益澧经营善后事宜,全浙百姓,方渐渐苏息。后人有《闻见篇》四章,古节古音,不减杜少陵《哀江头》诸作。小子走笔至此,记将起来,不忍割爱,爰次第录成,供诸君一读。

《猪换妇》 朝作牧猪奴,暮作牧猪妇,贩猪过桐庐。睦州妇人贱于肉,一妇价廉一斗粟,牧猪奴牵猪入市廛,一猪卖钱十数千,将猪卖钱钱买妇。中妇少妇载满船,蓬头垢面清泪涟,我闻此语坐长吁。就中亦有千金躯,嗟哉妇人猪不如!

《屋劈柴》 屋劈柴,一斧一酸辛,昔为栋与梁,今成樵与薪。市儿诋价苦不就,行行绕遍江之滨。江风射人天作雪,饥腹雷鸣皮肉裂,江头逻卒欺老人,夺柴炙火趋城闉。老人结舌不能语,逢人但道心中苦,明朝老人无处寻,茫茫一片江如银。

《娘煮草》 龙游城头枭鸟哭,飞入寻常小家屋。攫食不得将攫人,黄面妇人抱儿伏,儿勿惊!娘打鸟,儿饥欲食娘煮草。当食不食儿奈何?江皖居民食草多。儿不见门前昨日方离离,今朝无复东风吹。儿思食稻与食肉,儿胡不生太平时?

《船养姑》 月弯弯,动高柳,乌篷摇出桐江口。邻舟有妇初驾船,乱头粗服殊清妍,橹声时与歌声连。月弯弯,照沙岸,明星耿耿夜将半。谁抱琵琶信手弹,三声两声摧心肝,无穷幽怨江漫漫?或言妇本江山女,名隶江花第一部,头亭巨舰属官军,两妹亦被官军掳,妇人无夫惟有姑,有夫陷贼音信无。富商贵胄聘不得,妇去姑老将安图?呜呼!妇去姑老将安图?妇人此义羞丈夫。

浙江本是僻处东南的海疆,与全局没甚关系,长毛起初并不注意,后来江宁被困,长毛才窜入浙省,欲分江宁围军的势力,因此浙省被兵,百姓辛苦流离,已到这样地步。看官!你想江西、安徽的地方,三五次吃这长毛苦头,比浙江的情形,更如何呢?后人还说长毛乃是义兵,实是革命的大人物,小子万万不敢赞同。索性驳倒长毛,免得盗贼借口。

话休烦絮,小子且要补述石达开事情。应六十七回。石达开自江宁出走,初至江西,与曾国藩相持;旋走湖南,被骆秉章遣将击走;驰入广西,又为蒋益澧等所破。达开此时,已自张一帜,与洪秀全不通闻问。自思湖广一带,无可驻足,不如窜入滇蜀,还可独霸一方。其时川寇蓝大顺、李永和,方四出劫掠,达开与他勾通,乘机入蜀。清廷因骆秉章剿寇有功,令他移督四川。秉章督师西上,先剿平蓝、李二寇,然后专力围攻达开。达开生平,奔突万余里,蹂躏百余城,专以出没边地,避实蹈瑕为能事。秉章遂将计就计,与暮僚刘蓉定议,决逼达开入边,四面兜剿,使他无路可走,自入罗网。达开果率大队西渡金沙江,拟向越巂厅出发。秉章遣重兵潜蹑其后,并檄邛部土司岭承恩横截其前。达开避入小径,至柴打地方,想由大渡河过去。适值天雨如注,山水暴发,不能径渡。天意亡项,何由免脱。川将唐友耕追至,达开奔老鸦游,友耕会合土兵,左右环逼,达开尚欲渡河,甫至半渡,为诸军所蹙,大半溺死。达开妻妾五人,及幼子俱沉于河。只达开凫水而遁,直至对岸,巧遇岭承恩候着,乘他上来,一鼓擒住,槛送军前。友耕押达开至成都,对簿时犹侃侃谈论,口若悬河。自称年三十三,凡太平天国诸将,及清军诸帅,都加贬辞,独推重曾国藩,说他知人善任,规画精严,实是得未曾有的大帅。英雄识英雄,可惜达开自误。后竟被磔于成都市。

第七十三回　战浙东包团练死艺　克江宁洪天王覆宗

嗣是洪氏所有的要地,只一江宁城,余外虽尚有党羽,分扰赣皖,势已成为弩末。秀全自知穷蹙,将各处头目,一律封王,满望他感激图效,谁意封王越多,纪律越乱,一切号令,转不得行。曾国荃闻苏、浙俱已得手,独江宁未克,日夜奖厉诸军,节节进攻。李秀成领败众数万,分布丹阳、句容间,自率数百骑入江宁,劝秀全弃都避难。秀全不从,秀成贻书李世贤,约他就食江西,自留江宁助守,屡出死党扑国荃营。国荃添募兵勇,先夺雨花台,次平聚宝门外石垒九座,分军扼孝陵卫,只九洑洲为江宁对岸重镇,长毛集数百战舰,严行拥护,一面接应城中,一面遏截长江。又有阑江矶、草鞋峡、七里洲、燕子矶、上关、下关诸隘,都竖长毛旗号,气势甚盛。杨载福已改名岳斌,率水师至九洑洲,与彭玉麟分队夹击。彭玉麟自草鞋峡进,杨岳斌自燕子矶进,各带火枪火弹,随掷随入。洲两岸纯是芦荻,岳斌用油浇灌,遍地纵火,大江南北,煽成一片火光,长毛屯船,多被烧着。彭玉麟率总兵成发翔,冒烟直上,先登南岸,北岸长毛,尚与杨岳斌死战,总兵胡俊友中炮死,岳斌大愤,传令洲破乃还师,否则传餐而战,必破此洲乃已。部将俞俊明、王吉、任星元等,更番迭攻,战至日暮,将士乘暗登洲,冒炮争上,践尸而过,九洑洲竟破,万余寇无一脱死,并获马三百余匹。

自此洲破后,江宁益困,国荃乘势攻克钟山石垒。这钟山石垒,长毛叫作天保城,乃是江宁城外第一保障。天父想已死了,所以保守不住。国荃得了此隘,遂得合围。鲍超又攻克句容、金坛,长毛溃走江西,鲍超会合杨岳斌水师,同追长毛,向江西而去。彭玉麟又移驻九江。清廷恐国荃势孤,亟令李鸿章助攻江宁。看官! 你想曾国荃自进攻江宁以后,费了无数心血,吃了无数辛苦,才得把江宁城团团围住,此时功成八九,偏有人出来分功,非但国荃不愿,就是国荃部下诸将士,也是没一个情愿呢。李鸿章本是国藩保荐,自然不欲夺国荃功劳,只推说有病在身,延久不至,将轮船经费五十万两,拨充国荃营饷。国荃复鼓励将士,攻克龙膊子山阴坚垒,这垒比钟山还要坚固,长毛叫作地保城。天也不保,地也不保,洪天王不死何待? 地保城得手,就在城上造起炮台,日发大炮射击城中。可怜城中粮草早绝,饥民嗷嗷,天王府内,供给葱韭菜菔白菜,几与黄金同价。始而米尽,继之以豆;豆尽,继之以麦;麦尽,继之以熟地薏米黄精,或牛羊猪犬鸡鸭等物。复尽,用苎根草根,调糖蒸熟,糊成药丸一般,取了一个美名,称作甘露疗饥丸,还想骗人。名目虽好,无济实事。这班饥民,夜间私自缒城,出来就食,嗣后长毛也禁止不住,白日里亦缒城而出。

到同治三年五月,洪天王挨不得苦,仰药自尽。洪仁发、仁达等,拥立幼主福瑱即位,年纪不过十五六龄。国荃闻这消息,饬军士轮流苦攻,连凿地道三十余穴,俱被城内堵住。复由国荃部将李臣典,率吴宗国等,从敌炮极密处,重开地道。至六月十六日，地道告成，国荃悬不次之赏，严退后之诛，安放引线，用火燃着。不到一刻，蓦地火发，声如霹雳，轰开城垣二十余丈。烟尘蔽空，砖石如雨，李臣典率官军蚁附争登，从缺口冲入，长毛用火药倾盆而下，军队少却。彭毓橘、萧孚泗等，手刃数人，弁勇皆奋，分路齐进。王远和、王仕益、朱洪章、罗雨春、沈鸿宾、黄润昌、熊上珍等进击中路，直扑天王府。刘连捷、张诗日、谭国泰、崔文田等，进击右路，由台城趋神策门，适朱南桂、朱惟堂、梁材美诸人，亦从神策门缘梯而入，兵力益厚，鏖战至狮子山，夺取仪凤门。左路由彭毓橘、武明良等，自内城旧址，直击至通济门。萧孚泗、熊登武、萧庆衍、萧开印等，复分途夺取朝阳、洪武二门，时太平忠王李秀成，率众巷战，见大势已去，拟向旱西门夺路冲出，不料清将陈湜、易良虎等，正由旱西门攻进，被他拦住，不得已折回清凉山，隐匿民房。黄翼升率水师攻夺中关，拦江矶石垒，进薄旱西门，遂与陈湜、易良虎，夺取水西、旱西两门，全城各门皆破。

天色已晚，只天王府尚未攻入，国荃令军士暂行休息，惟督王远和、王仕益、朱洪章等，贪夜搏战。三更时，天王府突然举火，冲出悍党千余人，手执洋枪，向民房街巷狂奔。官军也不去追赶，齐入天王府内，扑灭烟焰，检点遗尸，多是府内宫女，单不见秀全尸首，及幼主福瑱。时已天明，国荃复下令闭城，搜杀三日夜。毙长毛十余万人。这也太惨。到十九日，萧孚泗搜获洪仁发、李秀成等，讯得实供，方识秀全尸首，瘗埋宫内，幼主福瑱，乘官兵夜战时，已由缺口遁走。当下飞报曾国藩，由国藩主稿，推湖广总督官文居首，连衔入告。随奉上谕道：

本日官文、曾国藩，由六百里加紧红旗奏捷，克复江宁省城一折，览奏之余，实与天下臣民，同深嘉悦。发逆洪秀全，自道光三十年倡乱以来，由广西窜两湖三江，并分股扰及直隶、山东等省，逆踪几遍天下。咸丰三年，占据江宁省城，僭称伪号，东南百姓，遭其荼毒，惨不忍言。罪恶贯盈，神人共愤。我皇考文宗显皇帝，赫然震怒，恭行天罚，特命两湖总督官文为钦差大臣，与前任湖北巡抚胡林翼，肃清楚北上游，胡林翼驻扎宿松一带，筹办东征；复特授曾国藩为两江总督，并命为钦差大臣，东征江皖，号令既专，功绩日著。十一年七月，我皇考龙驭上宾，其时江浙郡县，半就沦陷，遗诏谆切，以未能迅殄逆氛为憾。朕以冲幼，寅绍丕基，祗承先烈，恭奉两宫皇太后垂帘听政，指示机宜，授曾国藩协办大学士，节制四省军务，以一事权。该大臣自受任以来，即建议由上游分路剿贼，饬彭玉麟、杨岳斌、曾国荃等，水陆并进，迭克沿江城隘百余处，斩馘外援逆匪十数万人，合围江宁，断其接济。本年六月十六日，曾国荃率诸将克复江宁，多年悍贼，经各将士于十七八日，搜杀净尽。三日之内，毙贼十余

第七十三回　战浙东包团练死艺　克江宁洪天王覆宗

万人,伪王伪主将伪天将,及三千余名,无一得脱者。此皆仰赖昊苍眷佑,列圣垂庥,两宫皇太后孜孜求治,识拔人材,用能内外一心,将士用命,成此大功。上慰皇考在天之灵,下孚溥海人民之望。自维藐躬凉德,何以堪此?追思先皇未竟之志,不克亲见成功,悲怆之怀,何能自已?此次洪逆倡乱粤西,于今十有五载,窃踞金陵,亦十有二年,蹂躏十数省,沦陷百余城,卒能次第荡平,殄除元恶,该领兵大臣等,栉风沐雨,艰苦备尝,允宜特沛殊恩,用酬劳勚。钦差大臣协办大学士两江总督曾国藩,自咸丰三年,在湖南首倡团练,创立舟师,与塔齐布、罗泽南等,屡建殊功,保全湖南郡县,克复武汉等城,肃清江西全郡,东征以来,由宿松克潜山、太湖,进驻祁门,迭复徽州郡县,遂拔安庆省城,以为根本,分檄水陆将士,规复下游州郡。兹幸大功告蒇,逆首诛锄,实由该大臣筹策无遗,谋勇兼备,知人善任,调度得宜。曾国藩着赏加太子太保衔,锡封一等侯爵,世袭罔替,并赏戴双眼花翎。浙江巡抚曾国荃,以诸生从戎,随同曾国藩剿贼数省,功绩颇著。咸丰十年,由湘募勇,克复安庆省城。同治元二年,连克巢县、含山、和州等处,率水陆各营,进逼金陵,驻扎雨花台,攻拔伪城,贼众围营,苦守数月,奋力击退。本年正月,克钟山石垒,遂合江宁之围,督率将士鏖战,开挖地道,躬冒矢石,半月之久,未经撤队,克复全城,殄除首恶,实属坚忍耐苦,公忠体国。曾国荃着赏太子少保衔,锡封一等伯爵,并赏戴双眼花翎。记名提督李臣典,于枪炮丛中,开挖地道,誓死灭贼,从倒口首先冲入,众即随之,因而得手,实属谋勇过人,着加恩锡封一等子爵,并着赏穿黄马褂,戴双眼花翎。萧孚泗督办炮台,首先夺门而入,并搜获李秀成、洪仁发,实属勋劳卓著,加恩锡封一等男爵,并赏戴双眼花翎。钦此。

其余文武一百二十余员,亦论功进秩有差,一场大乱,总算从此结束。

曾国藩由安庆至江宁,始发掘洪秀全尸首,遍体统用绣龙黄缎包裹,头秃无发,须已间白,遵尚异教,不用棺木。国藩令即戮尸,焚骨扬灰,并将洪仁发、李秀成等处死。只洪福瑱不知下落,国藩奏称大约已死,其实洪福瑱已出走广德,转入湖州去了。小子又有一诗道:

　　　　覆巢自古无完卵,密网由来少漏鱼;
　　　　为语暴徒应反省,天心彰瘅果何如?

毕竟洪福瑱能逃出性命否,容下回续叙详情。

　　包立身以一隅团勇,抗数十万劲寇,事虽不成,亦足自豪。然天下惟正可以胜邪，断未有以邪克邪者。后世以异术推包立身，吾谓包之败，正坐此异术之害也。独怪长毛不图挽大局，徒甘心于寸土，不胜为笑，胜之不武。死一包立身，若九牛亡一毛，于官军无损，于洪氏无益，何其愚顽若此？洪氏至死不悟，尚欲以苎麻草根，取名甘露疗饥丸，令民间如法泡制。百姓无长物久矣，即有草根，何处得蔗浆？"天下饥，何不食肉糜"，自古有此笑语，洪氏子亦其流亚也。江宁一陷，毙长毛十数万众，杀戮固未免太过，抑亦长毛冥顽不灵，自致死地，强梁者不得其死，观此益信。

第七十四回　僧亲王中计丧躯　　曾大帅设谋制敌

　　前回说到洪福瑱出走，自广德转入湖州。其时浙江诸郡县，次第克复，独湖州尚为长毛酋黄文金所守，苏、浙官军，会攻未下。文金迎幼主福瑱，至湖州就食，左宗棠、李鸿章探知消息，急檄部将努力图功。于是浙将高连陞、王月亮、蔡元吉、邓光明等，攻湖州东南，苏将郭松林、刘士奇、王永胜、杨鼎勋等，攻湖州西北，迭毁城外石垒，连破敌众。黄文金率悍党数万，启西门出战，郭松林督水陆军攻其左，王永胜由山径攻其右。文金袒露两臂，衔刀狂突，往返数回，终被枪炮截住。文金尚冒死力争，忽报浙军已攻入湖州东门，顿时心慌意乱，拥福瑱西走，遁至宁国府山中，不料兜头碰着鲍超，大杀一阵，歼毙无算，没奈何回走浙江淳安。途中又遇浙将黄少春，弄得文金无路可奔，舍命相扑，身被数十创，方突出重围。闻李世贤、汪海洋等在江西，决计由浙赴赣。约行数十里，文金创病大发，呕血而亡，遗命兄弟黄文英，力卫福瑱入江西境。<small>文金亦晋荀息流亚。</small>

　　文英遂挟福瑱至广信，浙军紧追不舍，前面又有江西军要击，只得转趋石城。记名按察使席宝田，方在崇仁攻李世贤，探闻洪福瑱已入江西，防他与世贤军联合，急率轻骑由间道出截，至石城县杨家牌地方，危崖盘郁数十里，夕阳已衔挂山麓，<small>暮色如画。</small>前锋逗留不进。宝田召前锋前校，问伊何故逗留？将校以日暮对。宝田怒道："过岭即逋寇所在，汝何懈我军心？"喝令推出斩首，诸将股慄，奋勇而上。走了一夜，岭路渐平，东方亦渐明亮，遥见岭下有一簇长毛，正在早炊，军士大呼而下，长毛错愕相顾，不及逃避。黄文英勉强格拒，马蹶被擒；还有洪族中洪仁玕、洪仁政，及他渠酋数十人，亦被宝田军擒住，单不见了洪福瑱。宝田讯问黄文英等，都不肯实供，只俘虏中有一牧马小儿，由宝田诱出供词，说小天王逃遁不远，尚在山中。宝田乃分兵堵住谷口，自督部将沿山搜寻，瓮中捉鳖，网里捕鱼。不到二日，部将周家良报称已擒住洪福瑱，当下由宝田亲鞫，可

第七十四回　僧亲王中计丧躯　曾大帅设谋制敌

怜十五六岁的童子,杀鸡似的乱抖,只答了一个"是"字。宝田即将洪福瑱及黄文英等押解南昌。巡抚沈葆桢,迅速奏闻,上谕下来,叫他就地正法。自是福瑱被磔,黄文英、洪仁玕、洪仁政等,都随了小天王,同登鬼箓去了。了结洪氏。

是时太平酋康王汪海洋,正纠合余众十万,来迎福瑱,距战处仅百里,闻得福瑱被虏,众心解散,海洋气夺,窜入福建。李世贤亦自赣入闽。闽省空虚无兵,不意穷寇猝至,汀、漳二郡,尽被蹂躏。按察使张运兰,率五百人拒战,众寡不敌,陷没阵中,被他支解而死;提督林文察,亦战死漳州,闽省大震。左宗棠飞檄黄少春、刘明灯,自衢州趋延平为中路军;刘典、王德榜,自建昌趋汀洲为西路军;高连陞自宁波泛海,趋福州出兴泉为东路军。三路官军至闽,不甚得手,李鸿章亦遣郭松林、杨鼎勋,统军乘轮船至闽,合围漳州,鲍超亦自江西至武平,各军会集。李世贤、汪海洋乃由闽窜粤。海洋攻入镇平,李世贤亦至,由海洋郊迎入城。两人议论军事,意见不合,海洋竟刺杀世贤,到此还要相杀,可谓至死不悟。又欲返走江西,为席宝田所阻,杀了一场。海洋背受矛伤,仍回广东,陷嘉应州。左宗棠促鲍超率军赴粤,自己亦入粤督师。由是浙军围嘉应州东南,鲍军当州城西面,北面由粤军方耀军环攻,惟南面驻扎敌营。海洋倾寨出战,官军失利,嗣复出攻浙军,黄少春、刘典、王德榜等亦败却。长毛得胜,可谓回光返照。海洋乘胜追赶,黄少春等选枪炮队抵御海洋,更番注射,长毛反奔。诸军闻浙营得胜,三面夹攻,海洋中炮死,余党败入城中,推偕王谭体元主城守事。谭体元懦弱无能,开南门出走,官军追至黄沙嶂,山回谷绝,荒僻无人,将长毛逼入谷内,四围兜剿,长毛胆落,环跪乞降,体元及诸魁皆被诛,太平军才杀尽无遗。时已同治四年十二月了。了结长毛余众。

长毛尽歼,捻子尚骚扰山东、河南、陕西等省,清廷命科尔沁亲王僧格林沁,及湖广总督官文会剿捻子。官文本是个因人成事的角色,虽然出省督师,却只迁延观望,独僧亲王骁悍善战,所向无前。同治二年,攻破雉河集老巢,擒斩捻酋张洛型,只洛型从子张总愚遁去。适苗练沛霖复叛,陷寿州,围蒙城,攻临淮,众号百万。僧王毫不畏惧,直向蒙城进发。那时苗练部下,闻到"僧格林沁"四个大字,统已魂驰魄丧,望风归降。苗沛霖势成孤立,被僧王逼得无路可走,为部下所杀。另有沛霖一班义儿,个个生得眉清目秀,仿佛美人儿一般,遇着这粗豪勇莽的僧王,偏生成一种好杀的奇癖,每获一人,总叫刽子手细细剐碎,他却当作一样乐事,坐在上面,斟酒畅饮。犯人越哀号,他越快活。所以苗练一死,这班狡童俱同归于尽。南风固不足爱,其如惨无人道何?

僧王复回军河南,驰入湖北,降长毛余党蓝成春、马融和等,逼死扶王陈得才,独捻匪张总愚,纠合党羽任柱、赖文洸,东奔西窜。僧王追到东,他却走到西,僧王追到西,他又走到东,凭你僧王勇悍过人,他竟不与一战,专寻山谷沮洳、峰回路阻的地方，分队匍伏。僧王手下，统是满、蒙铁骑，在平原旷野间，无人敢挡，若逢着山路崎岖，骑不得骋，马不得驰，真是有力也没处用。独僧王不管利害，只饬诸将追入，诸将稍有违慢，他便鞭责杖笞，不肯少恕，所以诸将闻令，无一敢怠。奈一入山中，屡遇贼伏，良将恒龄、舒通额、苏克金等，统同战死。僧王愈怒，日夕驰二三百里。宿不入馆，衣不解带，席地而寝，天未明，即令军士造饭，早餐一顿，余外尽带干粮，僧王执鞭在手，上马疾驰，主帅一动，将士自个个随上。奈这捻子狡猾得很，从湖北窜河南，又从河南窜山东，弄得僧军昼夜穷追，气竭力弱。总兵陈国瑞、何建鳌，叩马谏阻。僧王哪里肯从，只命将士尽力追赶，一程复一程，直到曹州。已是英雄末路。此时已是同治四年四月，天气微炎，南风习习，僧军多追得气喘吁吁，汗流浃背，遥听山后隐隐有号炮声，僧王传令速进，当下爬山过岭，越了几个峦头，仍不见敌踪，只小坳内有樵夫数名，不待僧军往问，他已走谒马前，报称捻匪在前，愿为前导。分明有诈。僧王大喜，便令樵夫前行，自率军紧紧相随，但见暮霭横空，落霞散绮，孤鸦觅队，倦鸟归林，叙入暮景，另有一番描写。军士不及夜餐，已是面带饥容，勉强前进。忽闻四面呐喊，前后左右，拥出无数捻子，把僧军困在垓心。僧王尚不在意，只督令诸将杀贼，捻众偏不与力敌，专用枪炮乱击，相持一二时，天色昏黑，僧军汹汹欲溃。诸将请突围出走，僧王不许，再三固请，乃饬召引路的樵夫，仍拟从原路杀出。樵夫恰也不逃，只说王爷随小的出去，决不有误。僧王尚命亲兵进酒，饮了数斗，吃得酒气醺醺，才提鞭上马，那马偏无故倔强，兀立不动。僧王加了几鞭，马反跳跃起来，险些儿把僧王掀下。马亦有知，人不如马奈何？僧王易马突围，眼睁睁望着樵夫，杀将出去。

谁意樵夫引着僧王，偏向捻子最多处引入，总兵陈国瑞，见捻子重重拦阻，料知樵夫心怀不良，忙叫王爷速回。那樵夫闻国瑞大呼，霎时变脸，怒目相向，反叫捻子围杀僧王，国瑞忙挺身出救，无如捻子如蜂拥上，把僧王、国瑞冲作两截。国瑞舍命上前，连突数次，统被捻子击回。此时国瑞知无可救，只得自己寻条血路，冲杀出来。等到国瑞杀出，天色已经微明，检点手下残卒，只剩了数百人，方思下马暂憩，见有一队败卒，跟跄而来。国瑞忙问王爷何在？有一败卒道："黑夜中人自为战，未识王爷下落。但百忙中见有贼首戴着三眼花翎，扬扬而去。贼首哪里来的花翎，想总是王爷殉难了。"国瑞道："我等且再向前去探寻王爷踪迹，果得确实消息，方可奏闻。"部兵总不敢前行，由国瑞登高瞭望，已不见捻子片影，遂带部兵趋回原地。沿途尸如山积，仔细检视，觅得总兵何建鳌，及内阁学士全顺尸身，未免叹息。复寻将过去，只见一尸，卧丛箐中，有身无首，旁有一尸，却还身首俱全。国瑞令军士辨认，才识身首俱全的死尸，乃是僧王帐前马卒，无首的死尸，不是别人，正是亲王僧格林沁，身上已受了八创。国瑞相对泪下，遂率军士罗拜，舁尸归省。连何总兵、全学士的尸身，也一同载回。当下飞章奏告，两宫太后亟下懿旨，从优议恤，准建专祠，并令配享太庙，予谥曰忠。

小子叙到此处，于上文樵夫底细，尚未详述，究竟樵夫是真是假？不得不补叙数语。樵夫实是捻子桂三假扮，导僧王走入绝地，僧王一味粗莽，不暇详辨，所以中计。缴足上文。

这时曾国藩正在南京，闻僧王轻骑追敌，每日夜行三百里，国藩叹道："兵法忌之，必蹶上将军。"方拟草疏密陈，忽报廷寄到来，僧王在曹州战殁，令他携带钦差大臣关防，赴山东剿捻，所有直隶、山东、河南三省绿旗各营，及文武官弁，统归节制。两江总督职任，由李鸿章暂署，另命刘郇膏护理江苏巡抚。先是朝旨赐国藩为毅勇侯，国荃为威毅伯，官文为果威伯，左宗棠为恪靖伯，李鸿章为肃毅伯。国藩持盈戒满，自思于功臣中，独膺侯爵，未免高而益危，至此接节制三省的上谕，遂上疏力辞，朝旨不许，只催他速赴山东，国藩不得已受命。是时捻众方战胜僧王，鸱张益甚，自山东编造木筏，搜劫民船，蓄意北犯，畿辅戒严。两江署督李鸿章恐直隶兵单，亟遣布政使潘鼎新，统带鼎字淮军十营，由海道赴天津，与直督刘长佑，筹固京防。捻众乃还集亳州一带，窥伺雉河。又想归老巢来了。曾国藩闻这警耗，急调刘铭传、周盛波等，率本部淮军往援。刘、周两统领，向在鸿章麾下，系淮军中著名健将，此次奉调出剿，纵横扫荡，所向无前。捻首任柱、赖文洸，虽竭力抗拒，究竟不是他对手，霎时间阵势已乱，分头窜去，雉河得转危为安。

朝旨奖赏有差，并促曾国藩克期平捻。国藩老成持重，复陈目下情形，万难迅速，一因楚勇裁撤殆尽，仅存三千作为亲兵外，现只留刘松山一军，及刘铭传淮勇各军，不敷调遣，当另募徐州勇丁，就楚军规模，开齐兖风气，最快亦须数月，方可成军；二因捻匪战马极多，单靠步兵，断不足当骑贼，须派员赴古北口采办战马，在徐州添练马队，乃可进兵；三因扼贼北窜，全恃黄河天险，现办黄河水师，亦须数月，始可就绪；四因直隶一省，应另筹防兵，分守河岸，不宜令河南兵卒，兼顾河北。末后最要紧数语，乃是齐、豫、苏、皖四省，不能处处顾到，山东只能办兖、沂、曹、济四郡，河南只能办归、陈两郡，江苏只能办徐、淮、海三郡，安徽只能办庐、凤、颍、泗四郡。这十三府，系捻匪出没的地方，可以责成臣办，此外须责成本省督抚，屯驻汛地，各有专属等语。确是老成持重之言。两宫太后方倚重国藩，自然照准。

国藩恰安排多日，方出驻徐州。那时捻众恰东驰西突，随地蔓延，忽扰安徽，忽走山东，忽入河南，虽由官军四处追剿，总难圈住敌锋。朝旨免不得诘问国藩，又由国藩复奏，大致谓："捻匪已成流寇，官兵不能与之俱流，现惟择要驻军，不事驰逐，军饷器械，由水道转运，江南作根本，清江浦作枢纽，溯淮、颍而上，可达临淮关，溯运河而上，可达徐州、济宁。目下正分设四镇重兵，安徽以临淮为老营，归刘松山驻扎。山东以济宁为老营，归潘鼎新驻扎。河南以周家口为老营，归刘铭传驻扎。江苏以徐州为老营，归张树声驻扎。一处有急，三处往援，首尾相应，或可以拙补迟，徐图功效。"清廷也不能驳他，只好听他缓缓的布置。曾侯不求速效，隐惩僧邸覆辙，然平捻之机，实自此始。

会张总愚窜入南阳，两宫太后又焦急起来，令李鸿章督带杨鼎勋等军，驰赴一带防剿。结末又有"与曾国藩妥同商酌，不必拘泥谕旨，务期计出万全"云云。国藩恰奏称："河、洛无可剿之贼，淮勇亦无可调之师，李鸿章若果入洛，岂肯撤东路布置已定之兵，挟以西行，坐视山东、江苏之糜烂而不顾？"等语。看曾侯此奏，似愤懑得很。还有李鸿章一奏，更说得剀切恳挚，他奏疏中有三大纲，曾由小子忆着，节录以供众览，便知当日用兵的情形。其文云：

> 臣按我朝从前武功，专恃兵力，此次军务，全资勇力。臣初至军营，习闻周天爵、福济、琦善、向荣、和春诸臣之议论，皆谓绿旗弁兵，驯谨而易调遣，各省勇丁，桀骜而少纪律，其不得已而用勇，就地召募，随时遣汰，尚无甚流弊，若远调数千里外，终必哗溃误事。咸丰初年，广西所募潮勇最多，向荣、张国梁，带赴江南，沿途骚扰，卒至十年三月金陵之变，一溃而不可收拾矣。自曾国藩、江忠源、胡林翼、李续宾等创练楚勇，不用一兵，盖深知绿营废弛已久，习气太深，万不足以杀敌致果。而以楚将练楚勇，恩信素孚，法制严密，又由湖南北转战江皖，一水可通，人地相宜，是以历久而能成功。然李续宜、唐训方以楚勇剿淮北之捻，刘长佑以楚勇剿直隶之骑马贼，均未大著功效，则以离乡太远，南北异宜，勇性未能驯服，何能得其死力？曾国藩有鉴于斯，故于金陵克复，东南军事将竣，即将所部湘勇，全行遣撤，但属臣暂留淮勇，以备中原剿捻，自系因地制宜。
>
> 夫捻匪系皖、豫、东三省无赖纠合而成，其隶皖籍者，大都蒙、亳、颍、宿人，皆在淮北。臣籍隶庐州，实在淮南。所部淮勇，则庐州、六安、安庆、扬州人居多，皆滨江之处，于长江上下防剿最宜。军士战于其乡，亦较得力。若赴河洛山陕，水土不习，诚恐迁地勿良，勇心涣散。朝廷期望于臣，欲以西北军事相属，不过以臣在吴，粗立战功，而臣亦唯赖所部将士，踊跃用命。若令臣去，而平素所用之健将劲兵，不得随行，臣复何能为役？曾国藩筹设徐州、济宁、周家口等处防军，皆臣部最出力者。臣若不调西行，则声势不能大振。若全调他往，则东皖无以自立。若另图添募马步，而随身先无亲信可恃之兵勇，必致偾事，无裨全局，此兵势不能

第七十四回　僧亲王中计丧躯　曾大帅设谋制敌

遽分者一也。

凡欲灭贼,必先治兵,欲强兵,必先足饷,欲筹饷,必先得人与地。臣自咸丰三年至八年,皆在皖北军中,窃见和春、郑魁士之军,战阵颇勇,旋因饷缺而溃。袁甲三、翁同书继之,更因饷绝而败。即十年江南大营之溃,十一年浙江之陷,皆由于粮饷断绝。官文、胡林翼,筹鄂饷以供东征,曾国藩进图江皖,以江西、湖南、广东厘金为饷源,左宗棠以浙饷办闽浙之贼,臣以苏沪入款,办江浙之贼,皆能自我为政,转谕不匮,幸而蒇事。从古至今,言兵事未有不先筹饷糈者也。曾国藩夏间奉命剿捻,臣忝署江督,即以后路筹饷,引为己任以安其心。数月来分屯豫东、苏、皖千余里,湘、淮兵勇四万余,粮运供支,源源接济,又兼筹苏、松、扬州留防各陆营,长江外海各水师,皖南江西防剿遣撤各湘军之饷,虽以入抵出,不敷尚多,竭力匀拨,幸无贻误。臣若奉命西征,则现在进图剿捻后路分防各军之饷,尚无专责之人,即臣带兵远出,饷源当居于何处?筹饷当责成何人?且欲图兜灭北捻,必须多练马队以备冲突,广置车骡以资转运,饷需甚巨,豫中蹂躏已久,力难供应。若专指苏饷,目下苏沪税厘,分供前敌,淮军已虞饥溃,再添练马步,人数益多,道路益远,势必不支。臣一经离任,恐亦不能遥制,此饷源不能专恃者二也。

臣军久在江南剿贼,习见洋人火器之精利,由是尽弃中国习用之抬枪鸟枪,而变为洋枪队,现计出省及留防陆营五万余人,约有洋枪三四万杆,铜帽月需千余万颗,粗细洋火药,月需十余万斤,均按月在上海、香港各洋行,先期采买,陆续供支。臣每亲自料理,又有开花炮队四营,一为潘鼎新带往济宁,一交刘秉璋镇守苏州,其副将罗荣光、刘玉龙两营为臣亲兵,现分守金陵城外之下关、江东桥两处江口,以杜奸人觊觎。臣若出省督师,必须酌量调往,藉壮声势。惟炮队所用器械子弹,尽仿洋式,所需铜铁木煤各项工料,均来自外国,故须就近设局制造。苏州先设有三局,嗣因丁日昌在沪购得机器铁厂一座,将丁日昌、韩殿甲两局,移并上海铁厂,曾经奏明欲再移设金陵,为久远计。臣若远赴他省,则炮局与铁厂,久必废弛,不但技艺不能渐精,且虑工费多有缺乏,而臣军接济,亦有断绝之时,此军火不能常常接济者三也。

臣所虑者只此三端,倘蒙皇上天恩,俯悯愚忱,熟思审处,俾微臣带兵远出,日后无掣肘之患,臣得效命疆场,帮同曾国藩,为国家歼此残孽,万死何辞!谨奏。

奏入,奉谕照旧办理,毋庸更张。于是曾国藩在徐州,除分设四镇外,添练马队一支,令李鸿章弟昭庆统带,作为一队游击兵,令他先赴河南,然后移节前进,驻扎周家口,居中调度。捻众闻报,竟另辟一路,窜入湖北,任柱、赖文洸向黄冈,张总愚向襄阳、蕲黄一带,遍地寇氛。曾国藩急调刘铭传援鄂。铭军一至,任、张两大股捻子,又并窜山东,连扑运河,被潘鼎新军击败。又入河南,遇着铭军回援,复东走淮徐,忽东忽西,忽分忽合,弄得官军疲于奔命。当由从容坐镇的曾大帅,想一个防河圈捻的计策出来,正是:

> 欲防兽逸先施阱,为恐鸿飞且设罗。

毕竟曾侯所设的计策,是否有效,且看下回分解。

捻众四出滋扰,纯系盗贼性质,无争城夺地之思想,其知识更出洪、杨下。然其东西驰突,来去飘忽,比洪、杨尤为难平。以此伏迹者一二百年,构乱者十三四年。僧亲王锐意平捻,所向无前,戮张洛型,诛苗沛霖,铁骑所经,风云变色,乃其后卒为张总愚等所困,战殁曹南。盖有勇无谋,以致于此。曾、李二公,更事既多,行军自慎,读其奏疏,不啻举二十年战事,尽绘纸上,故本回可为轻躁者戒,慎重者勖云。

第七十五回　溃河防捻徒分窜　毙敌首降将升官

却说钦差大臣曾国藩,因捻众四出为患,决议扼守沙河、贾鲁河,逼捻众入西南,为竭泽而渔之计。自河南周家口以下,至槐店止,这一带属沙河,自周家口以上至朱仙镇止,这一带属贾鲁河,两处统设重兵扼守。自朱仙镇以北四十里,至汴梁省城,又北三十里,至黄河南岸,无河可扼,挖濠设防。自槐店以下至正阳关,尚是沙河余流,亦派重兵驻扎。自正阳关以下,统滨淮河,由水师与皖军会防。各分汛地,逐层布置,依次紧逼,免得捻众四溢。规画已定,遂檄刘铭传、潘鼎新、周盛波各军,分防沙河,严扼要隘,遍筑墙堡。捻首张总愚与牛老红,正渡沙河南下,任柱与赖文洸,亦渡淮并趋南路,这防河圈捻的计策,正用得着。各镇官军,方拟四面兜剿,不料夏雨过多,水势盛涨,南阳微山等湖,与运河连成一片,各路所筑堤墙,多半坍毁。想系捻众尚未该绝,所以如此。兼且积潦盈途,深过马腹,军中米粮子弹,输运迟滞,文报往来,亦多延误,民庐漂没,饿莩盈野,捻势因之益横。张、牛、任、赖并合全力,由汴梁省城附近,排墙而进,直犯豫军。豫军只有抚标二营,敌不住大股捻匪,立时溃退。那捻众夷堑填濠,向东驰去。

第七十五回 溃河防捻徒分窜 毙敌首降将升官

是时刘铭传方在朱仙镇,遥望火光渐迤西北,料知豫中汛地有警,忙令乌尔图那逊,带领马队向东驰援,唐殿魁带领步军,望北截剿。两军到开封境内,捻众大股,已渡过黄河,窜入山东,只有几个小捻匪,剩落后面,做了刀头之鬼。当下山东告警,菏泽、曹县、郓城、巨野一带,纷纷乞援。警报迭达清廷,这种酒囊饭袋的王大臣,遂交章弹劾国藩,说他暮气已深,不能再当重任。惯说现成话。事为国藩所闻,未免气愤,竟至成疾,因上疏请假。朝命李鸿章携带关防,驰赴徐州,调度湘淮各军,防卫淮徐以东,并与山东巡抚阎敬铭,商办山东军务,互相策应。

及鸿章到徐州后,刘铭传、潘鼎新两军,已蹑捻众至郓北,与捻众战了一仗,大获全胜。捻众复折回西窜,又入河南,谋决黄河,断流徒涉,方在薄河掘堤,铭鼎两军,先后追至,捻众分路散走,张总愚由河南窜陕西,任柱、赖文洸由河南窜安徽,自是张称西捻,任、赖称东捻。这位忧谗畏讥的曾侯,已告假了数日,索性再上奏章,自称剿捻无功,愿即开缺撤封,降为散员,留营效力。曾侯亦思效张子房耶?两宫太后垂念旧勋,不从所请,令他在营调理,赏假一月,这一月内,着李鸿章署理钦差大臣,国藩尚请开缺另简,以专责成。李鸿章也上疏推辞,仍把分兵筹饷的两样难处,申奏一番。朝议遂将曾、李二人,易一位置,两人不便再违,遂遵旨奉行。

当曾、李交替的时候,东捻复从安徽回河南,从河南窜湖北。国藩弟国荃,时为湖北巡抚,闻东捻窜入,出驻德安,飞咨钦差大臣李鸿章,调兵进剿。鸿章急檄刘铭传、刘秉璋等,自周家口拔队进固始商城,与周盛波、张树珊各军,分道入鄂。任柱、赖文洸,本思由湖北入陕西,联合西捻,因被曾国荃所扼,不能前进,遂率众直趋德安,绵亘数十里。周盛波、张树珊军,正自河南驰至,与捻众开仗,任、赖麾众冲突,由周、张开放炸炮,连环轰击,捻尚未退。前者仆,后者继,自未至戌,鏖战四时,周、张两军,抛了无数炸炮,遍地爆裂,毙捻无数,捻众始折奔西北。张树珊与盛波军,东西分追,相距约二十余里。树珊至德安府境王家湾,遥见捻众在前,尚不下数万名,当即麾兵直上,至新家闸。捻众列阵以待,树珊分两翼夹进,自督副队居中,用马队为外护,奋勇杀入,毙敌无算,捻众复回头窜去。兵法有云:"穷寇莫追",树珊仗着锐气,满望得当歼敌,仍率兵踊跃前进,为这一追,适中兵法所忌,又蹈僧王覆辙了。好勇者其听之!树珊前追数十里,忽后面喊声大起,有大队捻子杀到,前面的捻子,也转身夹击,把张军前后队冲断。树珊久战无继,免不得穷蹙起来,战至夜半,不得出围,所督副队及亲兵,伤亡殆尽。树珊自知必死,大呼陷阵,杀伤略当,力尽堕马,遂遇害。树珊庐州人,系张树声兄弟,自咸丰四年,随兄至皖北带勇,隶李鸿章麾下,树声以谋胜,树珊以勇胜,相辅而行,故所向有功。

至同治四年，树声赴徐海道任，树珊已洊升至右江镇总兵，此次奉命援鄂，鸿章颇虑其轻敌，令与周盛波合进。不意树珊偏孤军追敌，竟堕了捻子前后夹攻的诡计。叙明树珊履历，犹是旌忠之意。

刘铭传闻树珊败没，驰至德安，会周盛波军，追踪进蹑，击败捻众于下沙港，捻众东窜枣阳，西折至安陆府属的尹潞河。时鲍提督超，正驻军樊城，铭传与他函商，约期夹击。铭军由北而南，先至尹潞河，望见捻众均扎驻对岸，遂留王德成、龚元友两营，护守辎重，自率大众渡河。至中流，捻众作要击状，被铭军炮弹击退。铭军既登对岸，捻众不战而走，由铭军追杀五六里。铭传老将，胡犹不知捻匪诈计？此可见行军之难。忽有紧报传来，说是捻子已渡河劫辎重，铭传大惊，急分前敌步队三营，马队三营回顾后路，六营方发，任、赖二捻，竟悉众回扑铭军，铭传即分中左右三军迎敌。战不多时，左军统带刘盛藻，败退过河，捻子并力攻中右两军，中军营官李锡增，中弹身亡，铭传也不能支，只得且战且退。右军统带唐殿魁被困，战没阵中，于是捻众乘势掩杀，亏得王德成、龚元友两营，沿河救应，方得护铭传过河。捻众又渡河追来，铭传正在危急，幸鲍超亲率霆军来援，两军齐奋，方将捻众杀退，向安陆西路窜去。铭传收拾余军，五停中已丧失一停，询问王、龚两营官，才知抢劫辎重乃是捻子谣言，故意误人，摇动铭军心之计，铭传懊丧不迭，奏闻清廷，自请处分。有旨加恩宽免，只责刘盛藻督队不力，拔去花翎，撤去勇号，仍令戴罪图功。其余阵亡将士，各赐恤有差。捻匪计中有计，不可谓无人。

同治六年，李鸿章抵徐州，朝旨令他任湖广总督，仍着在营督军剿捻。鸿章接旨后，复自徐至周家口，定议先剿东捻，后剿西捻，又因树珊战殁，铭传败退的缘故，料得穷追无益，决计用曾老旧谋，仍主圈地。闻任、赖等尚在鄂境，劫掠裹胁，乃檄各路统领，陆续赴鄂，围攻捻众。赖文洸刁猾得很，与任柱商议，由鄂窜豫，至信阳州。刘铭传急统军回防，周盛波亦随后踵至，两路夹击，阵擒捻党汪老魁、陈大狗、祝老伏等十八人，斩余捻二千余名，只阵亡总兵刘启福。任、赖经此大创，只得折回，转而图皖，又被刘秉璋、杨鼎勋等击败。任、赖急得没法，还想下窜，由刘铭传驰入鄂边，拦头痛剿，连败数阵。适时当仲夏，天久不雨，湖河尽涸，人马转战疲惫，无水不足以制敌。水溢不足制敌，水涸又不足制敌，流寇确是难剿。鸿章正在忧虑，俄闻捻众又逼近南阳，忙檄刘铭传尾追，周盛波迎截，潘鼎新、刘士奇等分路兜剿。任、赖闻风东趋，竟自河南窥山东，日夕驰数百里，势如飙发。各军驰追不及，竟被他冲破运防，直达济宁。运防是什么要隘？因前次曾侯督师时，除豫省贾鲁河、沙河两岸设防外，又于山东省的运河东岸，修堤筑墙，防捻东窜。豫防溃陷，运防尚屹然如故。任、赖等远窜鄂中，距运防已远，戍卒多懈，不防捻众突然驰至，冲过运河东岸

第七十五回　溃河防捻徒分窜　毙敌首降将升官

长墙,把东军防营内的军械,抢掠殆尽,并掳胁民船,迫渡全师。东军统带王心安,水师统带赵三元,都逃得不知去向,一任捻众所为,这叫作蝗虫吃稻,蚱蜢当灾。王心安太安心了,赵三元想是癞头鼋转世,故兔水隐去。

鸿章闻报,亟自周家口赴归德,调集淮军全营,赴东防堵。刘铭传、潘鼎新为淮军领袖,因捻众渐趋登莱,遂建倒守运防,进扼胶莱的计议,鸿章甚为赞成,遂派铭军由济宁向泰安、莱芜,径趋青州为中路,鼎军由潍县昌邑赴莱州为北路,又派徐州镇董凤高,昭通镇沈宏富马步十五营,由郯城兰山进莒州为南路,三路兜截而前,期逼二捻酋到海滨,使他进退无路,束手就毙。于是将大略疏陈,复旨命他移驻东境,就近调度。鸿章乃再自归德趋济宁,又调周盛波、刘秉璋、杨鼎勋各军,分戍运河。并咨河南巡抚李鹤年,派张曜、宋庆两军扼东平,并约安徽巡抚英翰,派黄秉钧、张得胜、程文炳各军扼守宿迁上下游一带。并调水师三营,入运巡护。乃弟李昭庆,亦令守韩庄八闸。各军陆续到防,旌旗飘荡,戈戟森然。就中有坍陷的河堤,毁坏的墙垣,令弁勇赶紧修筑,不论炎风烈日,统是昼夜不停。这一番布置,真是密密层层,像铜墙铁壁一般,一些儿没有渗漏。鸿章复亲去巡视,东至运河,西至胶莱河,都已筹防完固。只淮河西岸,统是沙滩,接近海口,一时不及筑墙,当遣东军十营防堵,想亦无妨。遂回驻济宁,眼睁睁的望着捷报。布置妥帖,总望有成,谁料尚有缺点。

第一次报到,捻匪窜即墨县,由东抚率军击退;第二次报到,捻匪犯新河,由潘鼎新军击退;第三次报到,捻匪大股扑豫军,由宋庆等并力杀败,追奔二十余里。鸿章暗想道:"这番的捻匪,已入我笼中,就使插翅也难飞去了。"过了两三日,接到一角紧要文书,拆开一瞧,乃是捻匪全股,从海神庙扑渡潍河,王心安营溃,营官胡祖胜等阵亡,亡字未曾看完,不由的将来文掷下,勃然道:"混账的王心安,前次为运防失陷,已经革职,只望他效力赎罪,他又溃走,误我大事,真正可恨!但尚有王成谦十营,为什么坐视不救呢?"看官听着!这王成谦系候补道员,就是东军十营的统领,潍河西岸,归他防堵,他因营墙未成,不免心虚,左思右想,只有已革总兵王心安原扎辛安庄,颇有营墙掩护,遂与他商议,令他移驻海神庙。海神庙系在海口,心安总道捻匪不来,便亦允商。都是避难就易的想头。当下将所部四营移扎,偏这任柱、赖文洸,与他作对,竟从此冲出,心安又跳身遁去。王成谦袖手旁观,竟被捻众一拥过河。心安善走,成谦善避,真是一对好同宗。至刘铭传、潘鼎新,及董凤高、沈宏富等,闻警驰至,那捻众已似漏网鱼,脱笼鸟,远飏而去。恼得李鸿章无自泄愤,一口气都喷在王成谦身上,拜表弹劾,立即革职。一面专顾运防,亲赴台庄,妥慎布置。

清廷的王大臣,又疑议起来。一班饭桶,又想出头。说是:"胶莱且溃,何论运河?"即寄谕询问李鸿章。鸿章复奏:"胶莱河防三百余里,尚不可靠,沿运千里,似更难恃,但从前议守运河,原恐胶莱河防,仓猝难成,所以画一圆圈,扼捻归路,檄皖豫鄂各军,出境守运,既便顾外,尤便顾内。若自撤运防,令捻匪得以窜逸,将来流毒数省,贻害无穷。"这数语感动天听,有旨报可。果然任、赖二酋急欲突出运河,窜至宿迁,幸亏刘铭传、潘鼎新、周盛波各军拦住厮杀,截回捻众。任、赖又图扑苏境,经各军前截后追,打一仗,输一仗,没奈何仍返山东。是时已秋尽冬初,捻酋闻潍县有粮,想掳掠一番,为御冬计,不意铭军急急追来,任柱等方到潍县,铭军潜蹑而至,乘其不备,夤夜攻入,把捻巢截作三段,捻众大乱。捻党王双如等被斩,张斯、潘德、杨三洼等受擒,任柱、赖文洸,尚抵死拒战,当由铭军叠放排枪,中者死,着者伤。又毙捻众数千人,获住好几个头目。任、赖也几乎成擒,只得落荒逃走。任柱等经此一战,吃亏的了不得,所有精悍,多半被歼。奔到日照县,那刘铭传仍不肯舍,率马步两队追至,枪弹无情,又将任柱有耳击伤,任柱再向南窜,径奔江苏赣榆县境。遥望后面尘头又起,料知铭军杀到,不禁大愤,向手下党羽道:"今日定要决一死战,有他无我,有我无他。汝等如不从令,先血吾刃。"一味蛮抗,有何益处?当下选捻子数万名,设伏城东丛林中,自己恰裹创以待。刘铭传追至赣榆,也防任柱设伏,分兵两路,一路由城东进,派副都统善庆、温德勒克统带,一路由城西进,派总兵陈振邦及副将徐邦道、勇目陈凤楼等统带。陈振邦等甫过西关,正遇着赖文洸,率马步数千人前来,两下接仗,不到数合,赖捻即退,振邦麾众尾追,甫及里许,喊声大起,有一大股捻子,都执着长矛,相夹而进。赖捻也转身杀来,振邦颇觉心寒,幸来了刘盛休、唐定奎两将领着步队,接应振邦,夹击捻众。捻众毫不畏怯,奋勇死斗,正杀得难解难分。刘铭传亲督全军,摇旗而至,那边瞥不畏死的任柱,望见铭传亲来,就将丛林内的伏捻,一齐号召,向刺斜里杀出。说时迟,那时快,善庆、温德勒克一支人马,也从城西绕到,敌住任柱。东来西应,颇觉好看。这时候炮声飚发,弹焰星攒,一面是只思脱险,猛骛异常,一面是满望立功,悍勇无匹。酣斗了好几时,尚是不分胜负。忽然烟雾四塞,昏不见人,赖文洸一股,纷纷退走,刘铭传趁这机会,派刘克仁步队六营,及丁寿昌、滕学义等,乘着雾,由城北绕出,攻任捻的背后。自率各军会合善庆等,专攻任柱。任柱分股相拒,越斗越狠,癞狗一般不管死活,一味乱噬。不到数刻,刘克仁、丁寿昌等,从背后冲入捻阵,捻众始乱。独任柱指挥自若,仍一些儿没有惊慌。刘铭传下令,得任贼首,立膺上赏,军士越加感奋,踊跃上前。怎奈任柱手下的悍捻,煞是能耐,左挡右拦,无隙可入。猛听得一声大叫道:"任柱中枪死了!"这声传出,捻众惊噪,乃大奔。铭传挥军掩杀,穷追二十余里,擒斩千余名,夺得骡马器械无数,方才收军。

当下拜表奏捷,叙明降人潘贵升的首功。有旨自铭传以下,均加赏赉。独降人潘贵升,补用千总,并赏加游击衔,又给银二万两。看官!你道这潘贵升,何故独蒙优赏呢?原来贵升见任捻势蹙,曾向陈凤楼马队营内,密信乞降,愿杀任捻为进身阶。这日两边接仗,战久不下,贵升混入清营,密报哨官邓长安,计歼捻首。长安为语铭传,令他立功受赏。贵升即返,也是任柱命数该绝,天大烟雾,前后迷濛,被贵升抢枪洞胸,顿时毙命。贵升大呼而出,至铭军处报功。捻众无头自乱,焉有不溃之理?补叙任柱中枪之原因,是作者惯手。小子曾戏作十六字道:

任柱不任,贵升偏贵。
天道昭彰,贼死无悔。

任柱已死,只剩了一个赖文洸,独木不成林,不怕他不死了。欲知后事,且看下回。

圈地剿捻之谋,实是制捻胜算。曾国藩创之于前,李鸿章踵之于后,萧规曹随,不是过也。乃一溃河防,而言官文劾曾侯,再溃河防,而言官群诋李督,众口铄金,积毁销骨,设非老成人,坚持到底,鲜有不隳成谋,破全局者。阃外之事,将军主之,此乃颠扑不破之至理,悠悠之口无取焉。任柱为捻徒各股总头目,桀黠称最,自被其下潘贵升所刺,而捻众乃瓦解矣。然非圈地制捻之计行,则任柱之势不蹙,贵升固捻党耳,岂肯反噬乎。读此回吾服李督,吾尤服曾侯。

第七十六回　山东圈剿悍酋成擒　河北解严渠魁自尽

却说捻众自任柱死后,推赖文洸为首领,文洸激厉众捻,为任柱复仇,自赣榆县奔至海州,收拾余烬,再图大举。会清军营内又添了一员郭松林,郭向隶李督麾下,平苏常有功,应七十二回。任福建陆路提督,前时因病乞假,此番病愈来营,由李鸿章派拨马步二十营,交他统带,令赴前敌。松林与刘铭传是老同寅,自然竭力帮助,会潘鼎新至海州,击败赖文洸于上庄镇,降捻党五营头目李宗诗,复追入山东诸城县境,途次遇边马游弋,亟饬将士前进,步步为营;行不数里,果见捻众数百骑,如飞而至,被鼎军一阵痛击,都拍马逃去。鼎新向步军各统领道:"这是捻匪惯技,明明诱我,使我中伏,我恰偏要追去,汝等须步步留意,倘或伏贼齐来,不要惊惶,只教立定脚跟,静待号令。"捻匪惯技,已被清将瞧破,这叫作鼫鼠技穷,安能不毙?诸将齐声答应,鼎新即自率马队,分东西两路追入,步军随后徐进,一声胡哨,捻众从冈岭三路压下,好像风卷潮涌,飘忽而来,鼎新恰从容指挥,令前后马步两队,各自严列,用枪对敌,不得妄动,违令者斩。此令一出,各军士屹立不动,凭捻众如何冲突,只用枪弹对付,捻众无法可施,所有锐气,已自不战而挫。鼎新见捻众已怠,鸣鼓进军,前马队,后步兵,纵横驰突,锐不可当,杀得捻众叫苦连天,一霎时跑得精光。

自是赖文洸一筹莫展,只向寿光、昌邑、潍三县交界处,往来盘旋,到潍县东北安堌地方,又想抄袭陈文,从海滩窜渡内地。突见清军大队,摇旗而来,旗上都大书一刘字,不是旧日的王心安。文洸到此,逃已不及,仓皇整队,迎拒铭军。方交战间,但闻四面八方,都是清军杀到,口口声声的呼杀赖贼,文洸不免慌张,忙冲开血路,向东狂奔,一口气驰至杞城,旗靡辙乱,毫无纪律。蓦闻前面有炮声枪声,振响空中,清军随声而出,当头拦截,为首一员大将,红顶花翎,跃马突入。这位大将是谁?就是郭军门松林。文洸尚不知他厉害,呼众迎战,被郭松林手刃数人,方晓得不是等闲,正思回走原路,谁知铭军又复赶到。文洸势成死地,不得不力战求生,遂令步队居中,马队分两翼,奋张凶焰,恶狠狠的相扑,究竟弱不敌强,被铭、松各军,追至河曲,群捻自相残踏,尸横狼藉,后路的捻众多凫水逃去,赖文洸也总算幸脱。想还有几日好活。

各官军复跟踪追剿,直至胶州县的小南沟,趁他未备,又尽力掩杀一阵,只剩了几个老捻子,及七八千残众随着赖酋,窜至寿光县界。官军四路相逼,蹙至海隅,圈入南北洋河、巨弥河中间,河水甚深,捻众背水死战,松林、鼎勋两军,从东面攻入,铭传率大军从西面攻入,把捻众冲得四分五裂。文洸死斗一日,看看支撑不住,索性把马匹辎重,尽行弃掉,轻骑东奔。铭军令兵士不得妄取,专力追赶,由洋河追至弥河,捻众已零星四散,文洸还想冲突运防,奔至沭阳,遇着皖军程文炳,略战数合,当即折回,复至淮安,有李昭庆、刘秉璋、黄翼升水陆各军驻扎,眼见得不能过去,再窜扬州。适道员吴毓兰,奉李督檄,统带淮勇防戍,闻捻徒突至,出队迎击,文洸不敢恋战,仍且战且奔,追杀至瓦窑铺,天大风雨,昏黑莫辨,战至五鼓,毙捻数百名。此时文洸已入围中,无路可窜,竟纵火焚毁民屋,想借此摇惑官军,以便漏网。毓兰正防这一着,麾军冒火搜剿,但见火光中有一巨酋,骑着黄马,手执黄旗,指挥残捻,料知是赖文洸,叠发数枪,击中文洸马首,文洸随马仆地,毓兰急督亲卒突进,生生的将他擒住。审讯是实,就地正法,余捻不过数百人,擒斩殆尽,就使有几个逃出,也被各军搜杀无遗。

东捻各股,一律荡平,朝达捷书,夕颁赏典。李鸿章蒙赏加一骑都尉世职,提督刘铭传以下,均沐厚赉,曾国藩筹饷有功,已升授体仁阁大学士,至此

第七十六回　山东圈剿悍酋成擒　河北解严渠魁自尽

亦加一云骑尉世职。清廷待遇功臣，也算不薄了。红顶子都从人血染出。就中有一位勾通捻匪的张七先生，占踞山东省肥城县的黄崖山，也被官军入山穷剿，杀得一个不留。这位张七先生名叫积中，本江南仪征县人，少时曾读过诗书，应试不隽，他穷极思迁，竟去投赞周星垣门下，拜他为师。周称太谷先生，素讲修炼采补术，门徒颇盛。积中学了五六年，尽得师承。太谷被江督百龄，拿去正法，门徒统行逃匿，积中也避至山东，寻闻禁缉渐宽，遂借传教为名，不论男女，尽行收录。有时占候风角，推测晴雨，颇觉有验，因是被惑的人，日多一日；连一班莫名其妙的官僚，也有些将信将疑，远近遂称他为张圣人。不知是文圣人，是武圣人。事有凑巧，捻匪骚扰山东，他恰托词筹防，占住黄崖山，叠石为砦，依山作垒，引诱愚民，说是北方将乱，只此间可以避兵。乡民越加信从，趋之若鹜。他偏装腔作势，不轻易见人，平日讲授教旨，无非叫他高徒赵伟堂、刘耀东等，作为代表，他自己只同两个女弟子，深居密室，也不知研究什么经典。大约是闺门秘术戏图之类。这两个女弟子的芳名，一名素馨，相传是太谷孙妇；一名蓉裳，系一个吴家新孀。山中每月必设祭一二次，每祭必在深夜，香烟缭绕，满室皆馨。积中仗剑居中，两女盛装夹侍，庄严的了不得。非教中人，不能入窥，乡里都称为张圣人夜祭。谁知后来竟约会捻徒，揭竿起事。捻徒失败，一座孤危的黄崖山，哪里还保得住？被官军一阵乱杀，覆巢下无完卵，不特积中就戮，连素馨、蓉裳两女侍，也没有着落，大约不是逃，就是死，一场好姻缘，都化作劫灰了。死则同穴，可以无恨。

　　话分两头，且说东捻失势的时候，正西捻蔓延的日子。西捻首领张总愚，自河南窜入陕西，适值叛回骚扰陕甘，遂与他联络一气。陕回的头目，叫作白彦虎，甘回的头目，叫作马化隆。他因发捻肇乱，亦乘机扰清，清廷曾赦胜保旧罪，令他往讨，师久无功，逮问赐死，应第七十一回。更调多隆阿往代。多隆阿迭破回砦，嗣后亦伤重身亡，再命杨岳斌督师，又因病乞归。西警频闻，恼了这位恪靖伯左宗棠，自请往讨，为国效力。两宫太后，欣然批准，立命移督陕甘。

　　宗棠到了陕西，闻捻回勾结，上疏剿捻宜急，剿回宜缓，朝旨自然照办。宗棠即令提督刘松山，及总兵郭宝昌、刘厚基等，率军驱捻，不令捻回合势。张总愚遂自秦入晋，自晋入豫，自豫入燕，直扰保定、深州等处，京畿戒严。盛京将军都兴阿，奉命赴天津，严行防堵；并调李鸿章督师北上，会剿西捻。鸿章不敢迟慢，即檄各路兵马，启程前进。惟刘铭传创疾骤发，不能乘骑，乞假养疴，因此未与。

　　鸿章既到畿南，以河北平原旷野，无险可守，只得坚壁清野，令捻徒无处掠食，然后再用兜剿的法子。于是劝令就地绅民，赶筑圩寨，一遇寇警，即收粮草牲畜入寨内，免为匪掠。绅民倒也遵谕筹办，无如张捻已四处窜突，连筑堡也来不及。第一次接仗,郭松林、潘鼎勋各军破张捻于安平城下;第二次接仗,河南陕西各军亦到,与郭松林等会合,蹑捻至饶阳县境,袭斩捻党邱德才、张五孩;第三次接仗,捻偷渡滹沱河,松林、鼎勋兼程追到,陕军统领刘松山、豫军统领张曜、宋庆,亦先后踵至,各路截击,渡河各捻,杀毙甚众,张捻向南窜逸;第四次接仗,捻自直隶窜河南,复自河南回直隶,各军截剿于滑县的大伾山,又获大胜;第五次接仗,仍在滑县,捻用诱敌计引诱官军,记名提督陈振邦阵亡,其余各军,也伤失不少。讨东捻用详叙,讨西捻用简述,并非详略西,实因东西捻之情势,大略相同,为避重复计,不得不尔。朝旨遂易宽为严,左宗棠先已被谴,至是李鸿章亦罣吏议,连直隶总督官文,及河南巡抚李鹤年,统革职留任。

左宗棠向负盛气,督军前敌,亲至畿南,与李鸿章会商军务,决议严守运防,蹙贼海东。统是抄袭曾文。规画方定,张捻已直走天津,亏得郭松林等冒雨忍饥,日夜驰数百里,抄出敌前,击败张捻,捻始折回。从前张捻的计策,很是厉害,他从陕西到京畿,飘疾异常,本拟马到成功,立夺津沽,不期淮勇亦倍道来援,日夕争逐,未能逞志。他又故意窜至河南,牵掣淮军南下,然后疾卷回犯津沽,出人不意,掠夺奥区。偏这郭松林等,与捻众角逐已久,熟悉狡谋,防他回袭,与之并趋而北,且比他赶向上风。一场酣斗,竟得胜仗,自此敌谋乃沮,折入运东。总叙数语,申明上文。

李鸿章遂力主防运,拟先扼西北运河,联筑长墙,绝捻出路。适郭松林等追捻南下,道出沧州,沧州南有捷地坝,在运河东岸,当减河口,以时启闭,蓄泄济运,减河水深,足限敌骑窜津之路。鸿章飞饬郭松林,腾出潘鼎新、扬鼎勋两军,筑减河长墙八十余里,分兵扼守,津防以固。再调淮、直、豫、陕、皖、楚各军,各守运河汛地,运防亦因是告成。鸿章又亲率周盛波行队,由德州沿运河,察勘形势,尚未回辕。张捻果率众扑减河长墙,见淮军整队出迎,料不可敌,不战即走;至盐山附近,突遇两支大军,一支是湘军刘松山,一支是豫军张曜、宋庆,由陕督左宗棠统率前来。两下对垒,张捻大吃其亏,由盐山遁去,走入茌平、高唐境内。嗣是捻中无一步队,专恃马军,每人备马三四,倏忽易骑,势如飘风疾雨,遇敌即奔,追亦难及。鸿章只饬各军添筑长墙,一层紧一层,一步紧一步,圈地益蹙,捻势亦益衰。嗣至沙河左近,被松林等探悉行踪,乘雨潜袭,列阵而进,行十余里,渡过沙河。捻方起队欲走,行列未定,蓦见官军突至,不觉大惊,急思策马前奔,怎奈泥淖载途,骑不能骋,此时前有松林,后有鼎新,前后夹击,马步连环迭进,无不以一当百,枪丸如雨而下,呼声雷动。捻众大衄,官军乘势压追,直抵商河城下。自沙河至商河三十里,沿途伏尸,顶趾相接,张总愚尚亲率黑旗队,回战数次,被官军排枪齐放,着了弹子数粒,坠落马下。旁有骑卒数十名,忙将总愚扶起,翼之而遁。这一场大战,毙

第七十六回　山东圈剿悍酋成擒　河北解严渠魁自尽

捻徒二三千名，生擒千余名，还有五千余骑，向东驰脱。

鸿章复奏调刘铭传赴军，联络各路，逼捻入山东省，至济阳境内，斩尾捻二百余级，生获捻党郑文起，余捻折向南遁，窜入黄河沿岸的老海洼，凫水狂奔。各官军亦凫水进逼，由水登陆，把捻中最悍头目程二老坎、程三老坎、张锦泗、周六等，统共杀死。张捻辗转至德州，连番抢渡运河，都由炮船民团击溃。著名悍捻张正邦、张正位、张可师、张九临、尹汤成、李老怀、邱麻子等，率旧伙缴械乞降。张总愚再窜商河，已零零落落，不能成队。刘铭传等复率队来追，迫总愚于黄河、运河间，八面围攻，生擒总愚爱子张葵儿，及其兄宗道、弟宗先、侄正江，并悍目程四老坎、马老三、樊大等，统就阵前枭首。总愚于乱军逸出，东北走至徒骇河滨，顾手下只有八骑，不禁涕泗横流，下马与八人永诀，投水而逝。全尸而死，还是张捻之幸，看官莫从项羽相比。及官军追至，六骑死矛刃下，两骑被擒，西捻亦就此肃清。当由六百里驰驿奏捷，李鸿章、左宗棠等，自然官还原职，其余得力将弁，亦奖叙有差。军机大臣恭亲王奕䜣，暨文祥、宝鋆、沈桂芬诸人，也因赞襄机务，昕夕慎勤，得邀特赏。就是亲郡王贝勒贝子公，及内外文武，大小臣工，概蒙赏加一级。拨开云雾，重睹承平，又是一番好景象了。语中有刺。

只陕甘叛回，尚未平靖，由左宗棠入觐，奏称五年以后，定可报绩。两宫太后非常欣慰，令他即日还陕。宗棠受命，风驰电掣而去。左公好大喜功，言下自见。还有云南一带，亦有叛回滋扰，云贵总督潘铎，被叛回马荣杀死，亏得代理藩司岑毓英，密扣回酋马如龙，合击马荣，一鼓歼除。毓英本粤西诸生，带勇入滇，累著战功，潘铎死后，朝命劳崇光继任。崇光一见毓英，大加赏识，遂将云贵军事，委任毓英。会黔苗陶新春兄弟，无端倡乱，毓英又出省讨平。师出未归，迤西回酋杜文秀，聚众数十万，连陷二十余城，直犯省会。劳制军急檄毓英回援，毓英倍道返省，戈矛耀日，旌旆迎风，叛回闻他威名，先已股栗，待至交战，岑军果个个勇猛，大小回垒数十，被岑军一一踹破。文秀回踞大理府，毓英遂晋升云南巡抚。两宫皇太后，及同治皇上，料知陕甘云贵一带，不日可以荡平，遂将平日宵旰忧劳的心思，改作安闲自在的态度。慈安太后素性贞淑，倒也没甚变态，独这花容月貌，聪明伶俐的慈禧后，未免放荡起来，宠了一个安得海，闹出一场招摇撞骗的笑话。正是：

安者危之机，逸者欲之渐；
宵小伏宫闱，怪象从此现。

欲知安得海招摇情形，待下回再行表明。

东西捻同一性质，所以制东捻者在圈地，则制西捻应亦如之。本回叙东捻事较详,述西捻事少略,为省繁避复起见,细评中已言及之,阅者应自默会也。或谓洪氏子有帝王思想,与著书人寓意不同,故特加贬笔,东西捻则来去飙忽,未尝踞一城,占一地,似较洪氏为可原。不知洪氏为大盗,东西捻为流寇,大盗不可恕,流寇其可恕乎?同一病国,同一殃民,何分之有?著书人仍深斥之,所以遏乱萌,防流弊也。张积中言衹行诡,恶似较浅,而心更可诛,故特附入篇中,以垂炯戒。

第七十七回　戮权阉丁抚守法　办教案曾侯遭讥

却说慈禧太后在宫无事,静极思动,未免要想出消遣的法子。她生平最喜看戏,内监安得海,先意承志,替太后造了一座戏园,招集梨园子弟,日夕演戏。安得海亦侍着太后,日夕往观,仿佛唐宫,只慈禧厚福,恰比杨玉环要加十倍。因此安太监愈得太后欢心。安太监于两宫垂帘时,曾有参赞秘谋的功绩,至此权力越大,除两宫太后外,没一个敢违忤他,就是同治皇帝,也要让他三分。宫中称他小安子,都奉他如太后一般。慈禧后有时高兴,连咸丰帝遗下的龙衣,也赏与小安子。直视小安子如咸丰帝,比武后宠张昌宗何如?当时有个御史贾铎,素性鲠直,闻得小安子擅权,专导慈禧后看戏,每演一日,赏费不下千金,他心中愤懑得很,竟切切实实的上了一本,奏中不便指斥慈禧,只说是"太监妄为,请饬速行禁止,方可杜渐防微"等语。慈禧太后览奏,却下了一道懿旨,责成总管太监,认真严察。如太监有不法等情,应由总管太监举发,否则定将总管太监革退,还要从重治罪。内外臣工,见了此旨,都称太后从谏如流,歌颂的了不得。其实慈禧是借此沽名,宫中仍按日演戏,且令小安子为总管,权柄日盛一日。

适值粤捻荡平,海内无事,小安子活不耐烦,想出京游赏一番;恰巧同治皇上,年逾成童,两宫欲替他纳后,派恭亲王等,会同内务府及礼工二部,豫备大婚典礼。小安子乘机密请,拟亲往江南,督制龙衣。慈禧太后道:"我朝祖制,不准内监出京,看来你还是不去的好。"小安子道:"太后有旨,安敢不遵?但江南织造,向来进呈的衣服,多不合式,现在皇上将要大婚,这龙衣总要讲究一点,不能由他随便了事。而且太后常用的衣服,依奴才看来,也多是不合用的,所以奴才想自去督办,完完全全的制成几件,方好复旨。"慈禧后素爱装扮,听小安子一番说话,竟心动起来。只是想到祖制一层,又不便随口答应,当下狐疑未决。究竟是个女流。小安子窥透微意,便道:"太后究竟慈明,连采办龙衣一件事,都要遵照祖制,其实太后要怎么办,便怎么办,若被祖制二字,随事束缚,连太后都不得自由呢。"慈禧后性又高傲,被这话一激,不禁发语道:"你要去便去,只这事须要秘密,倘被王大臣得知,又要上疏奏劾,连我也不便保护。"小安子闻慈禧应允,喜得叩首谢恩。慈禧又嘱他沿途小心,小安子虽口称遵旨,心中恰不以为然。随即辞了太后,束装就道,于同治八年六月出京,乘坐太平船二只,声势烜赫,船头悬着大旗一面,中绘一个太阳,太阳中间,又绘着三足乌一只。这是何意? 大约是天子当阳的意义。两旁插着龙凤旗帜,随风飘扬。船内载男女多人,前有娈童,后有妙女。安得海是个阉人,要娈童妙女何用? 我却不解。品竹调丝,悠扬不绝。

　　道出直隶,地方官吏,差人探问,答称奉旨差遣,织办龙衣。看官! 你想这班地方官,多是趋炎附膻的朋友,听得钦差过境,自然前去奉承。况又是赫赫有名的小安子,慈禧太后以下,就算是他,哪个敢不唯命是从? 小安子要一千金,便给他一千金,小安子要一万金,也只得如数给他。安得海喜气洋洋,由直隶南下山东,总道是一路顺风,从心所欲,不意恶贯满盈,偏偏碰着一个大对头。这大对头姓丁,名宝桢,贵州省平远州人,问起他的官职,便是当时现任的山东巡抚。剿捻寇时,曾随李鸿章等,防堵有功,连级超擢。生平廉刚有威,不喜趋奉。一日,在签押房亲阅公牍,忽接到德州详文,报称钦差安得海过境,责令地方供张,应否照办? 宝桢私讶道:"这安得海是个太监,如何敢出都门? 莫非朝廷忘了祖训么?"当即亲拟奏稿,委幕友赶紧抄就,立差得力人员,嘱他由六百里驰驿到京,先至恭王邸报告,托他代递奏章。

　　原来恭王奕䜣,见安得海威权太重,素不满意,接着丁抚奏折,立刻入宫去见太后。可巧慈禧后在园观剧,不及与闻,也是安得海该死。恭王便禀知慈安太后,递上丁宝桢密奏,由慈安后展阅一周,便道:"小安子应该正法,但须与西太后商议。"恭王忙奏道:"安得海违背祖制,擅出都门,罪在不赦,应即饬丁宝桢拿捕正法为是。"慈安太后尚在沉吟,半晌才道:"西太后最爱小安子,若由我下旨严办,将来西太后必要恨我,所以我不便专主。"慈安懦弱。恭王道:"西太后么? 以祖制论,西太后也不能违背。有祖制,无安得海,还请太后速即裁夺。若西太后有异言,奴才等当力持正论。"慈安后道:"既如此,且令军机拟旨,颁发山东。"恭王道:"太后旨意已定,奴才即可谨拟。"当下命内监取过笔墨,匆匆写了数行,大致说:"安太监擅自出都,若不从严惩办,何以肃宫禁而儆效尤? 着直隶、山东、江苏各督抚速派干员,严密拿捕,拿到即就地正法,毋庸再行请旨"等语。拟定后,即请慈安太后盖印。慈安竟将印盖上,由恭王取出,不欲宣布,即交原人兼程带回。

　　直隶、山东,本是毗连的省分,不到三天,已至济南。丁抚接读密谕,立饬总兵王正起,率兵追捕,驰至泰安县地方,方追着安太监坐船。王总兵喝令截住,船上水手毫不在意,仍顺风前进,忙在河边雇了民船数只,飞棹追上,齐跃上安太监船中。安得海方才闻知,大声喝道:"哪里来的强盗,敢向我船胡闹?"王总兵道:"奉旨拿安得海,你就是安得海么?"安得海却冷笑道:"咱们是奉旨南下,督办龙衣,沿途并没有犯法,哪有拿捕的道理,你有什么廷寄,敢来拿我!"王总兵道:"你不要倔强,朝旨岂可捏造么?"便令兵弁锁拿安得海。安得海竟发怒道:"当今皇帝也不敢拿我,你等无法无天,妄向太岁头上动土,难道寻死不成?"兵弁被他一吓,统是不敢上前,气得王总兵两目圆睁,亲自动手,先挥去安得海的蓝翎大帽,然后将安得海一把扯倒,令兵弁取过铁链,把他锁住。兵弁见主将下手,不敢不从,当将安得海捆缚停当,余外一班人众,统行拿下。随令水手回驶济南。

丁抚正静候消息,过了两天,王总兵已到,立即传见,接谈之下,知安得海已经拿到,即传集两旁侍役,出坐大堂。兵弁带上安得海,便喝问:"安得海就是你么?"安得海道:"丁宝桢!你还连安老爷都不认得,作什么混账抚台?"丁抚也不与辩驳,便离了座,宣读密谕,读至"就地正法"四字,安得海才有些胆怯,也只有这点胆量。徐徐道:"我是奉慈禧太后懿旨,出来督办龙衣的。丁抚台!你敢是欺我么?"渐渐口软。丁抚道:"这是何事,敢来欺你!"安得海道:"朝旨莫非弄错,还求你老人家复奏一本,然后安某死也甘心。"丁抚道:"朝命已说是毋庸再请,难道你未听见?"安得海还想哀求,迟了。怎奈丁抚台铁面无情,竟饬刽子手将他绑出,一声号炮,安得海的头颅,应刃而落,其余一干人犯,暂羁狱中,候再请旨发落。

复奏到京,又由恭王禀报慈安太后,一不做,二不休,索性令将随从太监,一并绞决。还有一道严饬总管的谕旨,联翩而下。丁抚自然遵旨办理,将安得海随从陈玉麟、李平安等,讯系太监,立即处绞。此外男女多名,充戍的充戍,释放的释放,总算完案。

这件事情,慈禧后竟未曾得知,直至案情已了,方传到李莲英耳中,急忙转告慈禧。李莲英是什么人物?也是一个极漂亮的太监。安得海在时,莲英已蒙慈禧宠幸,只势力不及安得海。此时安得海已死,莲英心中,恰很快活,因巴结慈禧要紧,便去详报。慈禧后大惊道:"有这件事么!为何东太后全未提起?想系是外面谣传,不足凭信。"莲英道:"闻得密谕已降了数道,当不至是谣言。"慈禧后道:"你恰去探明确凿,即来禀报。"莲英得了懿旨,径往恭邸探问。恭王无从隐讳,只好实告。莲英道:"慈禧太后的性子,王爷也应晓得,此番水落石出,恐怕慈禧太后是不应许呢。"恭王道:"遵照祖制,应该这样办法。"莲英微笑道:笑里藏刀。"讲到祖制两字,两宫垂帘,也是祖制所没有，如何你老人家却也赞成？"以矛攻盾，煞是厉害！恭王被他驳倒，一时回答不出。莲英便要告辞，做作之妙。恭王未免着急，顺手扯着莲英，到了内厅，求他设法。莲英方才献策道："大公主在内，很得太后欢心，可以从中转圜。若再不得请，奴才也可替王爷缓颊。"恭王喜道："这却全仗……"莲英不待说完，即接口道："奴才将来要靠王爷照拂时候，恰很多哩！区区微效，何足挂齿？"随又请恭王缴出密谕稿底，恭王即检付一纸，那是东后的谕旨，临别时还叮咛嘱托。莲英一肩担任，连说："王爷放心，总在奴才身上。"内恃母后，外结亲王，莲英开手，便比安得海高一着。当下别了恭王，匆匆回宫，将密谕呈上。由慈禧后瞧阅道：

  本月初三日，丁宝桢奏，据德州知州赵新禀称，有安姓太监乘坐大船，捏称钦差，织办龙衣，船旁插有龙凤旗帜，携带男女多人，沿途招摇煽惑，居民惊骇等情。当经谕令直隶、山东各督抚，派员查拿，即行正法。兹按丁宝桢奏，已于泰安县地方，将该犯安得海拿获，遵旨正法。

慈禧后阅到此语，不禁花容变色，几乎要堕下泪来。随又阅下道：

  其随从人等，本日已谕令丁宝桢分别严行惩办。我朝家法相承，整饬官寺，有犯必惩，纲纪至严。每遇有在外招摇生事者，无不立治其罪。乃该太监安得海，竟敢如此胆大妄为，种种不法，实属罪有应得。经此次严惩后，各太监自当益加儆慎，仍着总管太监等，嗣后务将所管太监，严加约束，俾各勤慎当差。如有不安本分，出外滋事者，除将本犯照例治罪外，定将该管太监一并惩办。并通谕直省各督抚，严饬所属，遇有太监冒称奉差等事，无论已未犯法，立即锁拿奏明惩治，毋稍宽纵！钦此。

慈禧后阅罢，把底稿撕得粉碎，大怒道："东太后瞒得我好，我向来道她办事和平，不料她亦如此狠心，我与她决不干休。"说着，便命李莲英随往东宫。莲英道："这事也不是东太后一人专主。"索性和盘托出，免得后来枝节。慈禧后道："此外还有何人，除非是奕訢了？可恨可恨！"莲英道："太后一身关系社稷，不应为了安总管，气坏玉体。"随即替慈禧捶背。言动皆善于迎合。约半小时，见慈禧气喘少息，随道："安总管也太招摇，闻他一出都门，口口声声，说奉太后密旨，令各督抚州县报效巨款，所以闹出这桩案情。"归罪安得海，便好开脱恭王。慈禧后道："有这等事么？他亦该死！但东太后等不应瞒我。"

正絮语间，忽由宫监来报，荣寿公主求见。这荣寿公主，便是恭王女儿，宫中称她大公主，她为文宗所宠爱，文宗崩后，慈禧后因自己无女，就认她为干女儿，入侍宫中，封她为荣寿公主，莲英与恭王密谈，说起大公主，就是指她。回宫后，即密递消息，叫她前来恳求。慈禧正欲发泄怒意，便道："叫她进来!"荣寿公主入见,请过了安。慈禧后道:"你父亲做得好事!"公主佯作不解,莲英从旁插口道:"就是安总管的事情,大公主应亦好晓得了。"公主忙向慈禧跪下,叩头道:"臣女在宫侍奉,未悉外情,今日方有宫人传说,臣女即回谒臣父,据称安总管招摇太甚,东抚丁宝桢,飞递密奏,刚值圣母观剧,恐触圣怒,不敢禀白,所以仅奏明慈安太后,遵照祖制办理。"慈禧后道:"你总是为父回护。"公主再碰头乞恩,慈禧后道:"这次姑开恩饶免,你去回报你父,下次瞒我,不可道我无情。"公主谢恩趋出。慈禧后还欲往东宫,莲英道:"太后圣度汪洋,恭王爷处尚且恩释,难道还要与东太后争论么?有心不迟,不如从长计议。"伏后案。慈禧后见莲英伶俐,语语中意,遂起了桃僵李代的意思,把他擢为总管。莲英感太后厚恩,鞠躬尽瘁,不消细说。包括无穷。

　　光阴如箭,又过一年,天津地方,闹出一场教案,险些儿又开战衅,总算由曾国藩等委曲调停,方免战祸。原来中外互市以后,英、法、俄、美诸商民纷纷来华,时有交涉。天津和约,复订保护传教的条约,通商以后,又来了许多教士,更未免与华民龃龉。清廷特建总理各国衙门,并在各口岸设通商大臣专管外交。嗣是德意志、丹麦、荷兰、西班牙、比利时、意大利、奥地利、日本、秘鲁等国,各请互市,均由总理衙门与订条约。曾国藩、李鸿章等,留心外事,自愧不如,乃迭请创办新政,改习洋务。廷臣又据了用夏变夷的古训,先后奏驳。满首相倭仁,尤为顽固,事事梗议。夏虫不可语冰。幸两宫太后信用曾、李,次第准行。同治二年,在京师立同文馆;三年,遣同知容闳出洋,采办机器;四年,命两江总督,兼充南洋大臣,设江南制造局于上海;五年,置福建船政局;七年,派钦差大臣志刚、孙家榖,偕美人蒲安臣,游历西洋,与美国订互派领事,优待游学等约;九年,命直隶总督兼充北洋大臣,增设天津机器局。总叙一段,以志中国新政。在清廷方面,也算是破除成例,格局一新,其实还是洋务的皮毛,只好作为外面粉饰。评论的确。而且办事的人,统是敷衍塞责,毫无实心。内地的百姓,又是风气不通,视洋人如眼中钉。适值天津有匪徒武兰珍迷拐人口,被知府张光藻,知县刘杰缉获,当堂审讯,搜出迷药,供称系教民王三给与。民间遂喧传天主教堂,遣人迷拐幼孩,挖目剖心,充作药料。当时一传十,十传百,以讹传讹,并将义冢内露出的枯骨,均为教堂弃掷;人情汹汹,都要与教堂反对。通商大臣崇厚,及天津道周家勋,往会法国领事丰大业,要他交出教民王三,带回署中,与兰珍对质。兰珍又翻掉原供,语多支离,无可定谳。崇厚饬役送王三回教堂,一出署门,百姓争骂王三,并拾起砖石,向王三抛击,弄得王三皮破血流。王三哀诉教士,教士转诉丰大业,丰大业不问情由,一直跑到崇厚署,咆哮辱詈。崇厚用好言劝慰,他却不从,竟向袋中取出手枪,击射崇厚。崇厚忙避入内室,一击不中,愤愤出署。途中遇着知县

第七十七回　戮权阉丁抚守法　办教案曾侯遭讥

刘杰,正在劝解百姓,他又用手枪乱击,误伤杰仆。百姓动了公愤,万眦齐裂,顿时一拥而上,把他推倒,你一拳,我一脚,不到半刻,竟将这声势赫奕的丰大业,殴毙道旁。丰大业固由自取,百姓亦属无谓。随即鸣锣聚众,闯入教堂,看见洋人及教民,便赠他一顿老拳。至若器具什物等件,尽行捣毁。百姓忿尚未泄,索性放一把火,将教堂烧得精光,眼见得闹成大祸了。

是时曾国藩已调任直隶总督,方因头晕请假,朝命立即赴津,与崇厚会同办理。曾侯到津,主张和平解决,不欲重开兵端,蹈道咸年间的覆辙。又因崇厚就职多年,久习洋务,凡事多虚心听从。怎奈崇厚非常畏缩,见了法使罗淑亚,竟不能据理与辩。罗淑亚要求四事:一是赔修教堂,二是安葬领事,三是惩办地方官,四是严究凶手。崇厚含糊答应,为了含糊二字,贻误交涉不少。报知曾侯。曾侯拟允他两三条,独惩办地方官一事,因与主权有碍,不肯照允。法使罗淑亚,得步进步,反来一照会,竟欲将府县官,及提督陈国瑞抵偿丰大业性命,否则有兵戎相见等语。曾侯到此,也未免踌躇起来。崇厚又从旁撺掇,似乎非允他照办,不能了事。于是奏劾府县官的弹章,即日拜发。有旨"逮知府张光藻,知县刘杰,交部治罪"。这旨一下,天津绅民大哗,争詈崇厚及曾国藩。曾侯因亦自悔。那崇厚还欲巴结外人,力主府县议抵,并昌言洋人兵坚炮利,不许即将发难。惹得曾侯懊恼,当即发言道:"洋人道我没有防备,格外怕死么?我已密调队伍若干,粮饷若干,暗中设防。就使事情决裂,也管不得许多。况我自募勇剿贼以来,此身早已许国,幸赖朝廷洪福,将帅用命,得以扫尽狂氛。目下旧勋名将,虽止十存四五,然还有左宗棠、李鸿章、杨岳斌、彭玉麟诸人,志切时艰,心存君国,且久经战阵,才力胜我十倍。我年过花甲,有渠等在,共匡帝室,我虽死亦可瞑目了。"崇厚撞了一鼻子灰,嘿然退出,单衔独奏。略说:"法国势将决裂,曾国藩病势甚重,请由京另派重臣来津办理。"曾侯亦因谕旨垂询,据实复奏道:

> 查津民焚毁教堂之日,众目昭彰,若有人眼人心等物,岂崇厚一人所能消灭?其为讹传,已不待辨。至迷拐人口,实难保其必无。臣前奏请明谕,力辩洋人之诬,而于迷拐一节,言之不实不尽,诚恐有碍和局。现在焚毁各处,已委员兴修。教民王三,由该使坚索,已经释放。查拿凶犯一节,已饬新任道府,拿获九名,拷讯党羽。惟罗淑亚欲将三人议抵,实难再允所求。府县本无大过,送交刑部,已属情轻法重,彼若不拟构衅,则我所不能允者,当可徐徐自转。彼若立意决裂,虽百请百从,仍难保其无事。谕旨所示,弭衅仍以起衅,确中事理,且佩且悚。外国论强弱,不论是非,若中国有备,和议或稍易定。窃臣自带兵以来,早矢效命疆场之志。今事虽急,病虽深,此心毫无顾畏,不过因外国要挟,尽变常

度。区区微忱，伏乞圣鉴。

奏上，清廷派兵部尚书毛昶熙等，到津会办教案。一面调湖广总督李鸿章，及在籍提督刘铭传，到京督师，防卫近畿。毛昶熙随员陈钦，素有胆略，到津后，与法使侃侃力辩。法使不能诘，只固执前说，径行回京。崇厚奉旨出使法国，即由陈钦署理通商大臣。曾侯遂与陈钦会奏罗淑亚回京缘由，请中外一体坚持定见，并将连日会议情形，具报总理衙门。当由总理衙门转奏，奉谕着李鸿章驰赴天津，会同曾国藩等迅速缉凶，详议严办，及早拟结。曾、李乃分别定拟，把滋事人民十五人正法，军流四人，徒刑十七人。朝旨又命将张光藻、刘杰充戍黑龙江，教案才结。

一事甫了，一事又起，两江总督马新贻，被刺客张汶祥刺毙，凶信到京，这老成练达的曾侯爷，又要奉旨调动了。小子有诗咏曾侯云：

> 天为清廷降荩臣，百端尽付宰官身。
> 从知舆论难全信，后世如曾有几人？

欲知曾侯调动情形，且待下回再叙。

安得海之伏法，予服丁宝桢，予尤佩慈安太后。丁宝桢不畏强御，敢于弹劾，其胆量诚有过人之处。慈安太后遇事温厚，独于安得海一案，经恭王怂恿，即密令拿捕正法，此为慈安太后一生明断，迄今都人士，称颂不衰。至若天津教案，曾国藩办理少柔，致遭物议，实则当时有不得不柔之势。粤捻初平，西陲未靖，海内伤痍，方资休养，岂尚可轻开边衅，蹈昔时旋战旋和之失耶？予读此回，于前半见丁抚之能刚，于后半见曾侯之能柔，且以见两宫垂帘之时，廷旨多满人意，不可谓非慈安之力，谁谓慈安非贤后哉？

第七十八回　大婚礼成坤闱正位
　　　　　撤帘议决乾德当阳

却说天津教案，甫行办竣，江督马新贻被戕，有旨授李鸿章总督直隶，调曾国藩回督两江。是年适当国藩六十寿辰，御赐"勋高柱石"匾额一面，福寿字各一方，梵佛铜像一尊，玉如意一柄，蟒袍一袭，还有吉绸线绉等件。国藩入朝谢恩，当由慈禧太后问他天津情形，并令他速赴江南。国藩一一应答，随即退出，于同治九年十月出都，沿途无事，直至江宁督署接印视事。清廷以前督被刺，事关重大，并命钦差郑敦谨南下，会同审问，传集中军官，旗牌官，巡

第七十八回　大婚礼成坤闱正位　撤帘议决乾德当阳　　915

捕官、王命司、护印司、护勒司、刀斧手、捆绑手、刽子手、洋枪队、马刀队、钢叉队，排得密密层层，异常威赫。曾侯爷与郑钦使，同升公座，喝令带上张逆犯。当由两旁兵役，一声吆喝，推上张汶祥当面。曾、郑两公，先用威吓，后用刑讯。这张汶祥毫无实供，只说是刺死马新贻，可以泄忿，大事已了，愿即受死。曾侯又问他是何人主使，他却大声道："要刺马新贻是我，刺杀马新贻也是我，好汉做事一身当，凭你如何处治便了。"郑钦差还想设词诱骗，他索性说主使的人，便是你们。弄得曾、郑二公无法可施，只得奏称该犯实无主使，应处极刑。廷旨准奏，即着凌迟处死。

　　列位看到此处，应该问作书的人，究竟这张汶祥，为着何事，去刺马新贻？小子也无从实考，只听得故老相传，马新贻未显达时，曾与一个结义兄弟，非常莫逆。嗣因义兄弟娶了一位妻房，生得柳腰杏脸，妩媚过人，他就觑在眼中，艳羡的了不得。一时不便勾搭，日思夜想，几乎害成一种单思病。冶容诲淫。但他在宦途中，是个钻营的能手，由县丞起马，不数年连升总督。看官！你想中国有几个总督大员，一朝权在手，就把事来行。他外面装出一副义重情深的形状，把义兄弟立刻提拔，差他出外办公，又令他把家眷搬入衙门，说是便于照管，叫他放心前去。他义兄弟感谢不尽，即将家眷安顿督署内，奉委就道。这马新贻已摆好迷阵，不怕他妻房不上勾当；他妻房究系女流，那里晓得这种圈套？一入署中，即被他灌得烂醉，扯入寝室，宽衣解带，无所不至。等到醒来，悔已无及。马新贻又拿出温存手段，妇人家总带三分势利，暗想马新贻是现任总督，比自己的丈夫要尊贵数倍；又兼性情相貌，都比丈夫胜过几筹，事已如此，索性由他摆弄，自己也乐得快活。总是马新贻不好。后来马新贻越加宠爱，她也越加柔媚，鹣鹣比翼，合力同心，只愿地久天长，谐成眷属，单怕她丈夫回来。一年复一年，她丈夫惹动儿女情肠，屡次申文请假，马新贻不但不准，且下了一角密札，给他办事地方的长官，说他勾通大盗，证据确凿，不必审讯，饬即密捕正法。这义兄弟茫无头绪，冤冤枉枉的拿去斩首。谁叫你娶了艳妻？密报到省，喜得马新贻手舞足蹈，总道是大患已除，可以安心取乐，谁料他义兄弟竟有好友，闻知这事，动起义愤，竟到两江督署左右，专等马新贻出门，托词拦舆诉冤，三脚两步的走到舆前，手持利刃，刺入新贻胸膛。随役连忙拿住，新贻已不省人事，抬回署内，见他情妇模模糊糊的说了"我害你，你害我"两语，两眼一翻，双足一蹬，竟呜呼哀哉了。那时情妇一想，为了自己一人，害死两条性命，天良发现，也悬梁自尽。嗣经臬司审问刺客，只答称"好汉张汶祥，刺死马新贻"，余外全无实供。后经曾、郑二大员复审，供语已见上文，不必重叙。侠客做事，往往不欲宣布，这事可见一斑。近来说张汶祥也是革命人物，如徐锡麟刺恩铭相同，恐怕未必确实。将来清史告成，或有真传，也未可知,小子只好借此了案,再叙别事。好笔墨!

且说同治帝即位后,悠悠忽忽,过了十年。同治帝的年纪,已十七岁了。寻常百姓人家,也要替他授室,何况是至尊无上的天子?满蒙王公,有几个待字的女儿,哪一个不想嫁入宫中,做个椒房贵戚?只慈禧太后单生了这个儿子,那得不细心择妇,成就一对佳偶?自八年间起,筹备大婚典礼,已是留意调查,直到十年冬季,方才挑选了几个淑媛。一个是状元及第现任翰林院侍讲崇绮的女儿,系是阿鲁特氏;一个是现任员外郎凤秀的女儿,系是富察氏;一个是旧任知府崇龄的女儿,系是赫舍哩氏;一个是前任都统赛尚阿的女儿,也系阿鲁特氏,才貌统是差不多。慈禧后已经选定,免不得与慈安后商量。慈安后道:"女子以德为主,才貌到还是第二层,未知这四女中,那个德性最好,堪配中宫?"的是正论。慈禧后道:"闻得这四个女子,崇女年纪最大,今年已十九岁,凤女年纪最轻,今年才十四岁。"慈安后即接口道:"皇后母仪天下,总是年长的老成一点。"慈禧后呆了一呆,随道:"凤女虽是年轻,闻她很是贤淑。"慈安后道:"皇后册定,妃嫔也不可少,这等女孩子,都选作妃嫔便了。"慈禧后道:"且去传奕䜣进来,叫他一酌。"慈安点头,即命宫监去召恭王。不一时,恭王入见,向两太后行礼毕,慈禧后就说起立后情事,恭王也主张年长。名正言顺,说得慈禧不好不依,后来嘉顺不终,伏线在此。随于次年仲春降谕道:

  钦奉慈安皇太后,慈禧皇太后懿旨,皇帝冲龄践阼,于今十有一年,允宜择贤作配,正位中宫,以辅君德,而襄内治。兹选得翰林院侍讲之女阿鲁特氏,淑慎端庄,着立为皇后,已着钦天监诹吉,于本年九月举行。所有纳采大征,及一切事宜,着派恭亲王奕䜣,户部尚书宝鋆,会同各该衙门详核典章,敬谨办理!特谕。

这谕一下,恭亲王等揣摹慈禧后性情,很爱奢华,所定典制,比往时繁缛数倍。正在预备的时候,忽由江苏巡抚奏报,两江总督曾国藩出缺,恭亲王也吃了一惊,急忙入奏两宫太后。两宫太后很为叹息,命同治帝辍朝三日,即下谕追赠太傅,照大学士例赐恤,予谥文正,入祀京师昭忠祠、贤良祠;并于湖南原籍,江宁省城,建立专祠;生平政绩,宣付史馆。一等侯爵,着伊子曾纪泽承袭,次子附贡生曾纪鸿,长孙曾广钧,均着赏给举人。还有曾广钧、曾广铨一班孙儿,亦赏给员外郎主事等职衔。并派穆腾阿等,接连往祭。有御赐祭文碑文等,都是翰苑手笔,小子录不胜录,但抄述两篇如下:

  御赐祭文曰:朕惟功懋懋赏,信圭表延世之勋,思赞赞襄,雕俎厚饰终之典。爰申莽奠,用贲丝纶。尔原任大学士两江总督一等毅勇侯赠太

第七十八回 大婚礼成坤闱正位 撤帘议决乾德当阳

傅曾国藩,赋性忠诚,砥躬清正,起家词馆,屡持节而沦才,浡陟卿曹,辄上书而陈善。值皇华之载赋,闻风木而遄归。忽乡邻有斗之频惊,潢池盗弄,懔战阵无勇之非孝,墨绖师兴。奇功历著于江淮,大名永光于玉帛。俾正钧衡之位,仍兼军府之尊。一等酬庸,锡侯封于带砺;双轮曳羽,飘翠影于云霄。重锁钥而任北门,百僚是式;还徽戒而惠南国,万众腾欢。方期硕辅之延年,岂意遗章之入告?老成忽谢,震悼良深!颁厚赙于帑金,遣重臣而奠醊。特易名于上谥,赠太傅之崇阶。列祀典于昭忠贤良,建专祠于金陵湘渚。彝章载考,祭典特颁。天不慭遗一老,永怀翊赞于元臣,人可赎兮百身,用寄咨嗟于典册。灵其不昧,尚克钦承。

又御赐碑文曰:朕惟台衡绩懋,树峻望于三公,钟鼎勋垂,播芳徽于百世。宠颁紫绂,色焕丹珉。尔原任大学士两江总督一等毅勇侯赠太傅曾国藩,秉性忠纯,持躬刚正,阐程朱之精蕴,学茂儒宗;储方召之勋献,器推公辅。登木天而奏赋,清表风规;历芸馆而迁资,诚孚日讲。屡持使节,兼校春闱,荐擢卿班,允谐宗伯。溯建言之直节,荷殊遇于先朝。凡兹靖献之丹忱,早具忠诚之素志。乃突来夫粤匪,俾训练夫楚军。拔岳郡而克武昌,功成破竹;靖章江而平皖水,威振援枹。两江尊总制之权,九伐重元戎之命,朕丕承基绪,眷念成劳,荣衔特畀以青宫,峻望更登诸黄阁。辞节制于三省四省,弥见寅恭;精调度于湘军淮军,务严申令。联苏杭为犄角,坚垒同摧;倚昆季为爪牙,逆巢早捣。金陵奏凯,慰皇考知人善用之明;玉诏酬庸,襃元老决胜运筹之略。既析圭而列爵,亦垒翠以飘缨。既而畿辅量移,因之阙廷展觐。汲黯近懃,实推社稷之臣;杨震厚遗,无惭清白之吏。惟是疮痍未复,每厪念夫天南,锁钥攸司,仍遄归于江左。方谓功资坐镇,何期疾遽沦殂?赠太傅而阶崇,祀贤良而誉永。专祠遍祭,世赏优颁。易名以表初终,核实允孚文正。於戏!松楸在望,倍怀麟阁之遗型;金石不磨,长荷鸾纶之锡宠。钦兹異命,峙尔丰碑!

从此这效忠清室的曾侯爷,长辞人世,其生也荣,其死也哀,也算是千古不朽了。此老系清代伟人,所以叙述独详。曾侯出缺,继任的便是肃毅伯李鸿章,倒也不在话下。

日月如梭,已届同治帝大婚吉期,先封皇后父崇绮为三等承恩公,母宗室氏瓜尔佳氏均为公妻一品夫人。九月十二日甲午,因大婚期迩,遣官祭告天地太庙。次日乙未,同治帝御太和殿,阅视皇后册宝,遣惇亲王奕誴为正使,贝勒奕劻为副使,持奉册宝诣皇后邸,册封阿鲁特氏为皇后。又遣大学士文祥为正使,礼部尚书灵桂为副使,赍册印至员外郎凤秀第,封富察氏为慧妃。是夕,复命惇亲王奕誴,及贝子载容,行奉迎皇后礼。越日子刻,皇后在邸中

拜辞祖先,出升凤舆,前陈鼓乐,后拥仪卫,由大清中门行御道,至乾清宫降
舆。皇上穿好礼服,在坤宁宫等着。宫眷引进皇后,行合卺礼。皇后奉觞,皇
上赐盏,两旁细乐悠扬,笙箫迭奏。此曲只应天上有,人间哪得几回闻。<u>都为
下文反射</u>。又越日丁酉,皇上率皇后诣寿皇殿行礼,诣慈安皇太后、慈禧皇太
后前行礼。礼毕,上御乾清宫。适慧妃亦送入宫中,由皇后带领朝贺。又越
日戊戌,皇后朝两太后于慈宁宫,盥馈醴飨如仪。嗣是上两宫徽号,受群臣庆
贺,赐皇后亲属,暨满汉王大臣,及蒙古外藩使臣等宴,并赏赍办事诸臣有差。
知府崇龄女赫舍哩氏,及副都统赛尚阿女阿鲁特氏,亦次第入宫。崇龄女受
封瑜嫔,赛尚阿女受封珣嫔,少年天子,左抱右拥,今夕到这边,明夕到那边,
皇恩浩荡,雨露普施,愉快得莫可言喻。<u>这一段文字,统为嘉顺皇后叙写</u>。

隔了数天,内阁复传出上谕道:

> 钦奉两宫皇太后懿旨,前因皇帝冲龄践阼,时事多艰,诸王大臣等
> 不能无所禀承,姑允廷臣垂帘之请,权宜办理。皇帝典学有成,当春秋鼎
> 盛之时,正宜亲统万几,与中外大臣共求治理,宏济艰难,以仰副文宗显
> 皇帝付托之重。着钦天监于明年正月内选择吉期,举行皇帝亲政典礼,
> 一切应行事宜,及应复旧制之处,着军机大臣大学士会同六部九卿,敬谨
> 妥议具奏!钦此。

看官!这慈禧太后,本是个贪揽大权的英雌,为什么即肯归政呢?大约
发生此议,总由慈安后主张。慈安后本不愿垂帘,被慈禧后抬上此座,这时皇
后已经册立,皇帝已值成年,慈安后意欲息肩,遂倡议归政。慈禧后不便辩
驳,又想同治帝是亲生儿子,将来如有大政,总要禀白母后,暗中仍可揽权。
当即随声附和,下了懿旨。钦天监遵旨择吉,定于次年正月二十六日举行,礼
部衙门又要敬谨筹备起来。<u>部曹不患没饭吃</u>。事有凑巧,皇上亲政的日子,甫
行颁布,云南督抚的捷报,陆续奏闻。是时云贵总督劳崇光,在任病殁,以前
任滇抚刘岳昭升任总督,与巡抚岑毓英合剿回匪。岳昭坐镇省中,仍委岑毓
英出省剿办。回酋杜文秀,占据大理府城,僭拟王制,附近各郡县,多被吞并。
岑毓英既抚回酋马如龙,荐任提督,令他招降群回,又联结云南苗酋,协攻杜
文秀。文秀渐渐穷蹙,所裾各郡县,次第失去,只剩大理一城,孤危得很。岑
军复四面兜围,百计攻扑,文秀自知无幸,把子女分寄大司衡杨荣,大经略蔡
廷栋家中,托他照顾,自己与妻妾数人,服毒自尽。部下见他将死,舁出城外,
投降岑军。毓英先验明杜酋正身,枭首示众,随问城中情形,知回众尚有数
万,恐他后来反复,传令三日内齐缴军械,回众以半年为期,毓英佯为应诺,密
令部将杨玉科,选死士数百,同太和县官入城受降。城外恰严布重兵,掘了大

坑,专等回众出迎,玉科入城后,驱回众出城,可怜回众无知无识,个个陷入重围,跌下坑内,被岑军活活埋死。毓英仿佛李鸿章,玉科仿佛程学启。杨荣、蔡廷栋,统由岑军擒住,一律磔死。只有文秀女儿秋娘,与母何氏,逃出城外,孤身只影,流落天涯,就使有志报仇,究竟是一个女孩子,哪个肯去帮助?延了数年,老母何氏先死,秋娘也玉碎香沉,同归于尽。只留有一封书信,相传是秋娘遗墨,小子还约略记得其词云:

妾,家亡国破之人也。先君子早年,恫满人之虐,因众志,倡义旗,保固一方,以待清宴。外抗边夷,内静狂寇,比于窦融张轨,岂遑多让?妾生长深宫,略谙诗礼,亦俨然金枝玉叶也。昊天不吊,苗贼助凶,四十万人,一齐解甲。先君既抱恨泉路,弱女遂零落天涯。嗟乎!覆巢之下,岂有完卵?所含辛茹苦,苟且偷生者,希冀手屠苗贼之胆,以复不共之仇也。不意薄命人,命薄于纸,辗转风尘,所遭辄不如意,岂以平生志节犹存,不甘屈下之故耶?秣陵仓猝,沪渎流离,蹉跎之痛,遂及老母。闲关来粤,乃复逢君。欲述苦衷,难于倾吐。畴昔一夕话,君忆之否?盖改弦易辙之志,于此决矣。果也雏儿浅躁,入我彀中,不幸诟起禧闱,事机不遂,老贼狡猾,遂动猜疑。记先君子方盛之时,苗贼亲来纳款,当时妾侍于侧,贼遽以奏箫为请,先君爱妾,不欲委之虎口,以少长相远为词。彼乃愤怒,中夜斩关而出。衅起于妾,遂致覆祀灭宗。嗟乎!此耻则西江不濯,此恨则万世不复,哀哉!天下丈夫,惟君尚能垂怜薄命,用敢略述腹心,使君知区区清白身,非甘心作河间妇者也。计书达时,妾魂当散为轻尘,淹为虫沙久矣。天长地久,蒙耻饮恨,痛如之何!魂与笔销,无多赘述!

据这书看来,秋娘的大仇,实是苗酋。苗酋本与杜文秀相联,因欲求秋娘为妾,被文秀所拒,遂降服岑毓英,灭了文秀。秋娘逃出后,委身柳巷,留意英雄,得了一个如意郎君,仍不能替她报仇,秋娘自己亦不能成事,终至赍志以殁,其间曲折,苦无信史可据,只剩了一鳞一爪,遗传后世,说来也甚可怜。惟清廷得这捷音,说圣天子洪福齐天,才拟亲政,就有云南肃清的好消息,两宫太后也非常欢悦。转瞬间过了残腊,又是新年,八方升平,四海无事,宫廷内外,喜气洋洋,免不得照例庆贺,又有一番忙碌。到了二十日外,又降了上谕数行道:

钦奉慈安端裕皇太后、慈禧端佑皇太后谕旨:皇帝寅绍丕基,于今十有二载,春秋鼎盛,典学有成,兹于本月二十六日,躬亲大政。欣慰之余,倍深兢惕。因念我朝列圣相承,无不以敬天法祖之心,为勤政爱民之治。况数年来东南各省,虽经底定,民生尚未乂安。滇陇边境,及西北路军用未藏,国用不足,时事方艰。皇帝日理万机,敬念惟天惟祖宗所以托付一人者,至重且巨。祗承家法,夕惕朝乾,于一切用人行政,孳孳讲求,不敢稍涉怠忽。视朝之暇,仍略讨论经史,深求古今治乱之源。克俭克勤,励精图治,此则垂帘听政之初心,所夙夜跂望而不能或释者也。在廷王大臣等,允宜公忠共矢,勿避怨嫌,本日召见时,业已谆谆面谕。其余中外大小臣工,亦当恪恭尽职,痛戒因循,宏济艰难,弼成上理,有厚望焉。钦此。

到了二十六日,两宫撤帘,同治帝亲政,王大臣们,又有一番歌功颂德的贺表。看似挖苦,实是真相。两宫太后,又加上徽号。东太后加了康庆二字,西太后加了康颐二字。亲政数月,陕甘总督左宗棠,又收降靖边县土匪董福祥,迭复各城,逐陕回叛酋白彦虎,擒甘回叛酋马化隆,奏报关内肃清,有旨赏给左宗棠一等轻车都尉世职。将军金顺,提督徐占彪以下,俱邀升叙。并饬左宗棠督师出关,征抚西域,当下龙心大悦,遂想出及时行乐的念头来。正是:

人逢喜事精神爽,时际承平逸欲多。

未知同治帝如何行乐,请看下回便知。

本回叙事,以立后归政为大纲。有清十数传,立后事多矣,是书独于顺治立后,同治立后,叙述较详,因顺治后无故被废,同治后不得令终故也。悲于终,不得不详于始。治国之道,本自齐家,家不齐,国能治乎?至若归政之举,所以志两宫垂帘,初次告藏。慈安太后秉性冲和,倡言归政,无可讥议;慈禧太后犹在试验之期,一切用人行政,皆几经审慎,故称颂者多而毁谤者少。训政十年,东南戡定,西北渐平,两宫之力居多焉。然曾侯殁而清廷少一伟人,已有人亡政息之慨,左岑效绩边陲,反以酿九重之纵欲,外宁必有内忧,朕兆其已见乎?故本回事略,作清廷之过渡时代观可也。

第七十九回　因欢成病忽报弥留
　　　　　　以弟继兄旁延统绪

却说同治帝亲裁国政,一年以内,倒也不敢怠忽,悉心办理。只是性格刚强,颇与慈禧太后相似。慈禧太后虽已归政,遇有军国大事,仍着内监密行查探,探悉以后,即传同治帝训饬,责他如何不来禀白。偏这同治帝也是倔强,

第七十九回　因欢成病急报弥留　以弟继兄旁延统绪

自思母后既已归政，为什么还来干涉？母后要他禀报，他却越加隐瞒，因此母子之间，反生意见。独慈安太后静养深宫，凡事不去过问，且当同治帝进谒时候，总是和容愉色，并没有一毫怒意。同治帝因她和蔼可亲，所以时去省视，反把本生母后，撇诸脑后。慈禧太后愈滋不悦，有时且把皇后传入宫内，叫她从中劝谏。皇后虽是唯唯遵命，心中恰与皇帝意旨相合。花前月下，私语喁喁，竟将太后所说的言语，和盘托出，反激动皇帝懊恼。背后言语，总有疏虞，传到慈禧太后耳中，索性迁怒皇后，衔恨切骨。皇后死了。

同治帝亦很是懊怅。内侍文喜、桂宝等，想替主子解忧，多方迎合，便怂恿同治帝，重建圆明园。这条计划，正中同治帝下怀，自然准奏，即饬总管内务府择日兴工。谕中大旨却说是备两宫皇太后燕憩之用，所以资颐养，遂孝思，其实暗中用意，看官自能明白，不烦小子絮述。含蓄语，尤耐意味。惟恭亲王奕䜣，留心大局，暗想国家财政，支绌得很，如何兴办土木？便进谏同治帝，请他中阻。同治帝一番高兴，被这老头儿出来絮聒，心中很不自在。那奕䜣反唠唠叨叨，把古今以来的君德，如何勤，如何俭，说个不休，惹得同治帝暴躁起来，便道："修造圆明园，无非为两宫颐养起见。我记得孟子说过：'尊亲之至，莫大乎以天下养。'恭王要把古训规劝，所以同治帝也引古语回驳。现拟造个小园子，还不好算得养亲，皇叔反说有许多窒碍，我却不信。"奕䜣还想再谏，同治帝怒形于色，拂袖起身，踱入里边去了，奕䜣只得退出。

冤冤相凑，奕䜣退出宫门，他儿子载澂，却入宫来见同治帝，原来载澂曾在宏德殿伴读，自小与同治帝相狎，到同治帝亲政，退朝余暇，常令载澂自由入宫，谈笑解闷。这日载澂求见，内侍即入内奏闻，偏偏同治帝不令进谒。载澂莫名其妙，仍旧照往时玩笑的样子，说道："皇上平日，非常豁达，为什么今天摆起架子来？"说毕，扬长而去。内侍未免多事，竟将载澂的说话，一一奏明。同治帝大怒道："他的老子，刚来饶舌，不料他又来胡闹。他说我摆架子，我就摆与他看。"便宣召军机大臣大学士文祥进见，文祥奉旨趋入，同治帝道："恭王奕䜣，对朕无礼，他儿子载澂，更加不法，朕意将他父子赐死，叫你进来拟旨。"文祥不听犹可，听了此谕，连忙跪下，只是磕头。同治帝道："你做什么？"文祥道："恭、恭亲王奕、奕䜣，勤劳素著，就使他犯了罪，也求皇恩特赦！"同治帝冷笑道："朕晓得了！你等都是他的党羽，所以事事回护。"文祥又磕了几个头，随答道："奴才不、不敢。"同治帝又道："赐死太重，革爵便了。"文祥到此，不敢违旨，只好草草拟就，捧呈御览。同治帝阅毕，点了点头，便道："你将这稿底取去，明日就照此颁布罢！"文祥领旨退出，也不回府，一直跑到恭王邸中，密报恭王。恭王也是着急，忙邀几个知己商议。三个缝皮匠，比个诸葛亮，一面由文祥飞禀慈禧太后，一面由御史沈淮、姚百川出头，拟定奏折，内称："圣上饬造圆明园，颐养圣母，实是以孝治天下之盛德，但圆明园被焚毁后，一切景致，尽付销沉，不如三海名胜，近在宫掖，饬工修筑，易于观成"等语。巧于措词。折才拟就，文祥已自宫中出来，回报恭王。据说："草定谕旨，已由西太后取去，谅可搁置。"恭王才稍稍放心，次日沈、姚两御史，又把奏折呈上，同治帝阅到'易于观成'一语，方有些回心转意，当命内阁拟诏，即日宣布道：

前降旨谕令总管内务府大臣，将圆明园工程，择要兴工，原以备两宫皇太后燕憩，用资颐养而遂孝思。本年开工后，闻工程浩大，非克期所能蒇功，现在物力艰难，经费支绌，军务未甚平安，各省时有偏灾，朕仰体慈怀，不欲以土木之工，重劳民力，所有圆明园一切工程，均着即行停止，俟将来边境乂安，库款充裕，再行兴修。因念三海近在宫掖，殿宇完固，量加修理，工作不致过繁。着该管大臣查勘三海地方，酌度情形，将如何修葺之处，奏请办理！钦此。

过了数日，同治帝视朝，巧值恭王奕訢，随班朝见，由同治帝瞧着，翎顶依然照旧，不由的诧异起来。退朝后，立召文祥入见，问前次谕旨，已将奕訢革去亲王，何故翎顶照常？文祥无可辩说，只推在西太后一人身上。奏称："圣母闻知，饬收成命，所以恭王爷爵衔照旧。"同治帝怒道："朕既亲政，你等须遵朕谕旨，难道知有母后，不知有朕么？"随将文祥斥骂一顿，叱令滚出，立刻提起朱笔，写了数行，令内侍张示王大臣道：

传谕在廷诸王大臣等，朕自去岁正月二十六日亲政以来，每逢召对恭亲王时，语言之间，诸多失仪，着革去亲王，世袭罔替，降为郡王，仍在军机大臣上行走。并革去载澂贝勒郡王衔，以示薄惩。

这谕才行宣布，不到数时。西太后处，已由奕訢、文祥二人，进去泣诉。当蒙西太后劝慰，令他退出，即传同治帝入内，严词训责，令给还恭王父子爵衔。气得同治帝哑口无言，只好出命内阁，于次日再行降旨道：

朕奉慈安端裕康庆皇太后、慈禧端祐康颐皇太后懿旨，昨经降旨将恭亲王革去亲王世袭罔替，降为郡王，并载澂革去贝勒郡王衔，在恭亲王于召对时，言语失仪，原为咎有应得，惟念该亲王自辅政以来，不无劳勚足录，着加恩赏还亲王，世袭罔替。载澂贝勒郡王衔，一并赏还。该亲王仰体朝廷训诫之意，嗣后益加徽慎，宏济艰难，用副委任！钦此。

自有这番手续，同治帝连日怏怏。文喜、桂宝二人，又想出法子，导同治帝微行，为这一着，要把十三年的青春皇帝，断送在他两人手中了。宵小可畏。

第七十九回　因欢成病忽报弥留　以弟继兄旁延统绪

京师内南城一带，向是娼寮聚居的地方，酒地花天，金吾不禁。同治帝听了文喜、桂宝的说话，带了两人，微服出游，到了秦楼楚馆，尝试温柔滋味，与宫中大不相同。满眼娇娃，个个妖艳，眉挑目语，无非卖弄风骚，浅透轻鼙，随处生人怜惜。开琼筵以坐花，飞羽觞而醉月。灯红酒绿，玉软香温。既而玉山半颓，海棠欲睡，罗襦半解，芗泽先融，衣扣轻松，柔情欲醉。描不尽的媚态，说不完的绸缪，倒凤颠鸾，为问汉宫谁似？尤云殢雨，错疑神女相逢。从此巫峰遍历，帝泽皆春，愿此生长老是乡，除斯地都非乐境。春光漏泄，谏草上呈，当时内务府中，有一个忠心为主的满员，名叫桂庆，因帝少年好色，恐不永年，请将蛊惑的内侍，一并驱逐。至若祸首罪魁，应立诛无赦。且请皇太后保护圣躬，毋令沉溺。真是语语剀切，言言沉挚。有此谏官，还是满廷余泽。同治帝原是厌闻，西太后恰也不怿。西太后是何用心？想是左袒内监的缘故。桂庆即辞职回籍。以道事君，不可则止，桂庆颇有古大臣风度。嗣是同治帝每夕出游，追欢取乐，到了次晨，王大臣齐集朝房，御驾尚未返阙。恭亲王以下，统已闻知，因鉴前时圆明园事情，不敢犯颜直谏，只暗中略报西太后，西太后恰也训戒数次。嗣因同治帝置诸不闻，忤了慈容，索性任他游荡，惟朝廷大事，叫恭亲王等格外留心。同治帝越加惬意，适西太后四旬万寿，总算在宫中住了两天，照例庆贺。

是年没甚要政，只与中国通商的日本国，有小田县民，及琉球国渔人，航行海外，遇风漂至台湾，被生番劫杀，日本遣使诘责，清廷答称生番列在化外，向未过问。明明台湾百姓，如何说是化外？日本遂派中将西乡从道，率兵至台，攻击生番。闽省船政大臣沈葆桢，及藩司潘蔚，往台查办，又说台湾系中国属地，日本不得称兵。语多矛盾，煞是可笑！西乡从道哪里肯允，且言琉球是他保护国，所有被杀的渔人，统要中国赔偿。葆桢遂函商直督李鸿章，令奏拨十三营，赴台防边。日本见台防渐固，又遣专使大久保利通至京，与总理衙门交涉。当由英使威妥玛居间调停，令中国出抚恤银十万两，军费赔款银四十万两，才算了事，日兵乃退出台湾。其实琉球亦是中国藩属，并非日本保护国，清廷办理外交的大员，单叫台湾没有日兵，便是侥幸万分，哪里还要去问琉球？琉球已失去了。

同治帝一意寻花，连什么台湾，什么琉球，一概不管。朝朝暮暮，我我卿卿，不意乐极悲生，受了淫毒，起初还可支持，延到十月，连头面上都发现出来。宫廷里面，盛称皇上生了天花，真也奇怪。御医未识受病的缘由，只将不痛不痒的药味，搪塞过去，庸医杀人。因此蕴毒愈深，受病愈重。十一月初，御体竟不能动弹，冬至祀天，遣醇亲王奕谖恭代行礼，所有内外各衙门章奏，都呈两宫皇太后披览裁定。王大臣等，总道是皇上染了痘症，没有什么厉害，况且年未弱冠，血气方刚，也不至禁受不起，大家不过循例请安，断不料变生意外，帝疾竟至大渐，到十二月初五日，崩于养心殿东暖阁。慈禧太后飞调李鸿章淮军入都，自己与慈安太后，同御养心殿，立传惇亲王奕誴、恭亲王奕訢、孚郡王奕譓、惠郡王奕详、贝勒载治、载澂、一等公奕谟、御前大臣伯彦讷谟祜、军机大臣宝鋆、沈桂芬、李鸿藻、总管内务府大臣英桂、崇纶、魁龄、荣禄、明善、桂宝、文锡、弘德殿行走徐桐、翁同龢、王庆祺、南书房行走黄钰、潘祖荫、孙贻经、徐郙、张家骧等入见。亲王以下，尚未悉皇帝宾天情事，但见宫门内外，侍卫森列，宫中一带，又是排满太监，布置严密，大异往日状态，不禁个个惊讶；行至养心殿内，两宫太后已对面坐定，略带愁惨面色。王大臣等不暇细想，各按班次请安，跪聆慈训。慈禧后先开口道："皇上病势，看来要不起了，闻皇后虽已有孕，不知是男是女，亦不知何日诞生，应预先议立皇嗣，免得临时局促。"诸王大臣叩头道："皇上春秋鼎盛，即有不豫，自能渐渐康泰，皇嗣一节，似可缓议。"慈禧后道："我也不妨实告，皇帝今日已晏驾了。"这语一传，王大臣等，哭又不好，不哭又不好，有几个忍不住泪，似乎要垂下来形状。其实都是做作，但此时倒也为难。慈禧后道："此处非哭临地方，须速决嗣主为要。"诸王大臣不敢发议，只有恭王奕訢，仗着老成，便抗言道："皇后诞生之期，想亦不远，不如秘不发丧。如生皇子，自当嗣立，如所生为女，再议立新帝未迟。"慈禧后大声道："国不可一日无君，何能长守秘密？一经发觉，恐转要动摇国本了。"军机大臣李鸿藻，弘德殿行走徐桐，南书房行走潘祖荫，都碰头道："太后明见，臣等不胜钦佩。"慈安太后也插口道："据我意见，恭亲王的儿子，可以入承大统。"恭王闻言，连称不敢，随奏道："按照承袭次序，应立溥伦为大行皇帝嗣子。"慈禧后又不以为然，便道："溥伦族系，究竟太远，不应嗣立。"原来溥伦系过继宣宗长子奕纬，血统上稍差一层，所以被慈禧后驳去。恭王尚要启奏，慈禧后毕竟机警，便对慈安后道："据我看来，醇王奕譞子载湉可以继立，应即决定，不可耽延时候。"恭王心中很不赞成，连我也不赞成，无怪恭王。即向奕譞道："立长一层，好全然不顾么？"不特立长而已，且置大行皇帝于何地？奕譞便叩头力辞，慈禧后道："可由王大臣投票为定。"慈安太后没有异言，当由慈禧后命众人起立，记名投票。投讫发阅，只醇王等投溥伦，有三人投恭王子，其余皆如慈禧意，投醇王子，于是大位遂决。不必运动，而众大臣多投醇王子，慈禧之权力可知。看官！你道慈禧太后，何故定要立醇王子？第一层意思，是立了溥字辈为嗣，便是入继同治帝，同治帝有了嗣子，同治后将尊为太后，自己反退处无权，因此决意不愿；第二层意思，醇王福晋，便是慈禧后的妹子，慈禧入宫，作为媒妁，她想亲上加亲，必无他虞。兼且醇王子年仅四龄，不能亲政，自己可以重执大权，所以不顾公论，独断独行。众大臣竭力逢迎，才

第七十九回　因欢成病忽报弥留　以弟继兄旁延统绪

成了这样局面。这时候已当夜间九点钟,狂风怒号,沙土飞扬,天气极冷,慈禧后即派兵一队,往西城醇王邸中,迎载湉入宫,又派恭亲王留守东暖阁,不是亲他,实是防他。宫内外统用禁旅严卫,督队的便是步军统领荣禄。随即颁布遗诏道:

　　朕蒙皇考文宗显皇帝覆育隆恩,付畀神器,冲龄践阼,仰蒙两宫皇太后垂帘听政,宵旰忧劳,嗣奉懿旨,命朕亲裁大政,仰惟列圣家法,一以敬天法祖,勤政爱民为本,自维薄德,敢不朝乾夕惕,惟日孜孜。十余年来,禀承懿训,勤求上理,虽幸官军所至,粤捻各逆,次第削平,滇黔关陇,苗匪回匪,分别剿抚,俱臻安靖。而兵燹之余,吾民创痍未复,每一念及,寤寐难安。各值省遇有水旱偏灾,凡疆臣请蠲请赈,无不立沛恩施。深宫兢惕之怀,当为中外臣民所共见。朕体气素强,本年十一月适出天花,加意调护,乃迩日以来,元气日亏,以致弥留不起,岂非天乎?顾念统绪至重,亟宜传付得人,兹钦奉两宫皇太后懿旨,醇亲王之子载湉,(此二字贴黄)着承继文宗显皇帝为子,入承大统为嗣皇帝。嗣皇帝仁孝聪明,必能钦承付托。天生民而立之君,使司牧之,惟日矢忧勤惕厉,于以知人安民,永保我丕丕基。并孝养两宫皇太后,仰慰慈怀,兼愿中外文武臣僚,共矢公忠。各勤厥职,用辅嗣皇帝郅隆之治,则朕怀藉慰矣。丧服仍依旧制,二十七日而除。布告天下,咸使闻知!

同治帝崩,年只十有九岁,新帝载湉,入嗣文宗,尊谥同治帝为穆宗,封皇后阿鲁特氏为嘉顺皇后,改元光绪,即以明年为光绪元年,是谓德宗。当下诸王大臣,希旨承颜,奏请两宫皇太后重行训政。慈安太后颇觉讨厌,并不免有三分伤感,独慈禧太后,因同治帝不肯顺从,时常怀恨,此时重出训政,颇慰初念,倒也没甚悲痛。所最伤心的,莫如同治皇后,入正中宫,只有两年,突遭大丧,折鸾离凤,已是可惨,还有慈禧太后,对着她很不满意。这番立嗣,非但不令她预闻,而且口口声声,骂她狐媚子,狐媚子。她哭的凄惨一点,越触动慈禧太后恶感,戟指骂道:"狐媚子!你媚死我儿子,一心思想做皇太后!哼哼!像你这种人,想做太后,除非海枯石烂,方轮到你身上。"这番言语,已是令人难堪。嗣复下了一道懿旨,内称大行皇帝无嗣,俟嗣皇帝后生皇子,即承继大行皇帝为子,牵强得很。这正是断绝皇后希望。当时嗣皇改元,两宫训政,盈廷庆贺,热闹得很。只同治后独坐深宫,凄凉万状,暗想腹中怀妊,未识男女,即使生男,亦属无益,索性图个自尽,还是完名全节。主意已定,只望见父一面,与他诀别。巧值宫内赐宴,承恩公崇绮亦在其内,宴毕,顺道入视。父女相持大哭,到临别的时光,皇后只说了一声,儿本薄命,望父亲不必记念。阅者不忍卒读。次晨,宫内即传出皇后凶信,这般下场,何如民家?满廷臣工,很是惊异,大臣不言,小臣却忍耐不住,呈上谏章,第一个是内阁侍读学士广安奏道:

窃惟立继之大权,操之君上,非臣下所得妄预。若事已完善,而理当稍为变通者,又非臣下所可缄默也。大行皇帝,冲龄御极,蒙两宫皇太后垂帘励治,十有三载,天下底定,海内臣民,方得享太平之福。讵意大行皇帝,皇嗣未举,一旦龙驭上宾?凡食毛践土者,莫不叫天呼地。幸赖两宫太后,坤维正位,择继咸宜,以我皇上承继文宗显皇帝为子,并钦奉懿旨,俟皇帝生有皇子,即承继大行皇帝为嗣,仰见两宫皇太后宸衷经营,承家原为承国,圣算悠远,立子即是立孙。不惟大行皇帝得有皇子,即大行皇帝统绪,亦得相承勿替。计之万全,无过于此。惟是奴才尝读宋史,不能无感焉。宋太后遵杜太后之命,传弟而不传子,厥后太宗偶因赵普一言,传子竟未传侄,是废母后成命,遂起无穷驳斥。使当日后以诏命铸成铁券,如九鼎泰山,万无转移之理,赵普安得一言间之?然则立继大计,成于一时,尤贵定于一代。况我朝仁让开基,家风未远,圣圣相承,夫复何虑。我皇上将来生有皇子,自必承继大行皇帝为嗣,接承统绪,第恐事久年湮,或有以普言引用,岂不负两宫太后贻厥孙谋之至意?奴才受恩深重,不敢不言,请饬下王公大学士六部九卿会议,颁立铁券,用作奕世良谟。谨奏。

这篇奏牍,言人所不敢言,满员以内,好算得庸中佼佼,铁中铮铮了。偏偏懿旨说他冒昧渎陈,殊甚诧异,着即申饬。于是王公以下,乐得做了仗马寒蝉,哪个还敢多嘴?同治帝的丧礼,还算照着旧制,勉强敷衍,同治后的丧礼,简直是草草了事,不过加了孝哲二字的谥法,饰人间耳目。光绪四年,葬穆宗毅皇帝孝哲毅皇后于惠陵,大小臣工,照例扈送。有一个小小京官,满腔不平,欲言不可,不言又不忍,他竟抱了尸谏的意见,殉义于惠陵附近的马神桥,上了一本遗折,比广安所奏,尤为痛切。正是:

古道犹存,臣心不死;
效节史鱼,直哉如矢!

未知折中有何言论,尸谏的究是何人,且待下回再叙。

同治帝之崩,相传为游荡所致,天花之毒,明系饰言,作者固非诬毁。但慈禧后为同治帝生母,不应以帝稍忤颜,遂成闲隙,寻常民家,母子不和,犹关家计,况帝室乎?且纵帝游荡,酿成淫毒,得疾以后,又不慎重爱护,以致深沉不起。母子之间,殊不能无遗憾焉。若光绪帝之立,种种原因,备见书中,无非为慈禧一人私意。嘉顺皇后,由此自尽。"昭阳从古谁身殉,彤史应居第一流。"我为嘉顺哭,犹为嘉顺幸,而慈禧之手段,于此益见。吕武以后,应推此人。

第八十回　吴侍御尸谏效忠　曾星使功成改约

却说当时尸谏的忠臣,乃是甘肃皋兰人吴可读。可读旧为御史,因劾奏乌鲁木齐提督成禄,遭遣落职,光绪帝即位,起用可读,补了吏部主事。因见帝后迭丧,后嗣虚悬,早思直言奏请,但是广安一奏,犹且被斥,自己本是汉人,又系末秩微员,若欲奏陈大义,必遭严谴。且吏部堂官,也必不肯代奏,于是以死相要,将遗折呈交堂官。堂官谅他苦心,没奈何替他代奏,当由两宫太后展阅道:

> 奏为以一死泣请懿旨,预定大统之归,以毕今生忠爱事。窃罪臣闻治国不讳乱,安国不忘危,危乱而可讳可忘,则进苦口于尧舜,为无疾之呻吟,陈隐患于圣明,为不祥之举动。罪臣前因言事愤激,自甘或斩或囚,经王大臣会议,奏请传臣质讯,乃蒙先皇帝曲赐矜全,既免臣于以斩而死,复免臣于以囚而死,又复免臣于以传讯而触忌触怒而死。犯三死而未死,不求生而再生,则今日罪臣未尽之余年,皆我先皇帝数年前所赐也。乃天崩地坼,忽遭十三年十二月初五日之变,钦奉两宫皇太后懿旨,大行皇帝龙驭上宾,未有储贰,不得已以醇亲王之子,承继文宗显皇帝之子,入承大统,为嗣皇帝,俟嗣皇帝生有皇子,即承继大行皇帝为嗣。罪臣涕泣跪诵,反复思维,以为两宫皇太后,一误再误,为文宗显皇帝立子,不为我大行皇帝立嗣。既不为我大行皇帝立嗣,则今日嗣皇帝所承大统,乃奉我两宫皇太后之命,受之于文宗显皇帝,非受之于我大行皇帝也。而将来大统之承,亦未奉有明文,必归之承继之子,即谓懿旨内既有承继为嗣一语,则大统之仍归继子,自不待言。罪臣窃以为不然。自古拥立推戴之际,为臣子所难言,我朝二百余年,祖宗家法,子以传子,骨肉之间,万世应无间然,况醇王公忠体国,中外翕然,称为贤王,王闻臣有此奏,未必不怒臣之妄,而怜臣之愚,必不以臣言为开离间之端。而我皇上仁孝性成,承我两宫皇太后授以宝位,将来千秋万岁时,均能以我两宫皇太后今日之心为心。而在廷之忠佞不齐,即众论之异同不一,以宋初宰

相赵普之贤,犹有首背杜太后之事,以前明大学士王直之为国家旧人,犹以黄竑请立景帝太子一疏,出于蛮夷,而不出于我辈为愧。贤者如此,遑问不肖?旧人如此,奚责新进?名位已定者如此,况在未定,不得已于一误再误中,而求归于不误之策,惟仰祈我两宫皇太后再行明白降一谕旨,将来大统,仍归承继大行皇帝嗣子,嗣皇帝虽百斯男,中外及左右臣工,均不得以异言进。正名定分,预绝纷纭,如此则犹是本朝祖宗来子以传子之家法。而我大行皇帝,未有子而有子;即我两宫皇太后,未有孙而有孙。异日绳绳缉缉,相引于万代者,皆我两宫皇太后所自出,而不可移易者也。罪臣所谓一误再误,而终归于不误者此也,彼时罪臣即以此意拟成一折,呈由都察院转递,继思罪臣业经降调,不得越职言事。且此何等事?此何等言?出之大臣重臣亲臣,则为深谋远虑,出之小臣疏臣远臣,则为轻议妄言。又思在廷诸臣忠道最著者,未必即以此事为可缓,言亦无益而置之,故罪臣且留以有待。洎罪臣以查办废员内,蒙恩圈出引见,奉旨以主事特用,仍复选授吏部,迩来又已五六年矣。此五六年中,环顾在廷诸臣,仍未念及于此者。今逢我大行皇帝永远奉安山陵,恐遂渐久渐忘,则罪臣昔日所留以有待者,今则迫不及待矣。仰鼎湖之仙驾,瞻恋九重;望弓剑于桥山,魂依尺帛。谨以我先皇帝所赐余年,为我先皇帝上乞懿旨于我两宫皇太后之前。惟是临命之身,神志瞀乱,折中词意,未克详明,引用率多遗忘,不及前此未上一折一二,缮写又不能庄正。罪臣本无古人学问,岂能似古人从容?昔有赴死而行不成步者,人曰:"子惧乎?"曰:"惧!"曰:"既惧何不归?"曰:"惧,吾私也,死,吾公也。"罪臣今日亦犹是。鸟之将死,其鸣也哀;人之将死,其言也善。罪臣岂敢比曾参之贤?即死,其言亦未必善。惟望我两宫皇太后我皇上,怜其哀鸣,勿以为无疾之呻吟,不祥之举动,则罪臣虽死无憾。宋臣有言:"凡事言于未然,诚为太过;及其已然,则又无所及,言之何益?可使朝廷受未然之言,不可使臣等有无及之悔。"今罪臣诚愿异日臣言之不验,使天下后世笑臣愚,不愿异日臣言之或验,使天下后世谓臣明。等杜牧之罪言,虽逾职分,效史鰌之尸谏,只尽愚忠。罪臣尤愿我两宫皇太后我皇上,体圣祖世宗之心,调剂宽猛,养忠厚和平之福,任用老成,毋争外国之所独争,为中华留不尽!毋创祖宗之所未创,为子孙留有余!罪臣言毕于斯,愿毕于斯,命毕于斯。再罪臣曾任御史,故敢昧死具折,又以今职不能专达,恳由臣部堂官代为上达。罪臣前以臣衙门所派随同行礼司员内,未经派及罪臣,是以罪臣再四面求臣部堂官大学士宝鋆,始添派而来。罪臣之死,为宝鋆所不及料,想宝鋆并无不应派而误派之咎。时当盛世,岂容有疑

第八十回　吴侍御尸谏效忠　曾星使功成改约

于古来殉葬不情之事？特以我先皇帝龙驭永归天上，普天同泣，故不禁哀痛迫切，谨以大统所系，贪陈缕缕，自称罪臣以闻。

两宫皇太后阅毕，慈禧太后心中很是不乐，外面恰装出一种坦适样子，向慈安太后道："这人未免饶舌，前已明降谕旨，嗣皇帝生有皇子，即承继大行皇帝为嗣，还要他说什么？"慈安太后道："一个小小主事，敢发这般议论，且宁死不讳，总算难得！"慈安究竟持平。慈禧后歇了半晌，方道："且着王大臣等会同妥议，可好么？"慈安后应了声好，遂命内阁拟旨，着将吴可读原折交廷臣会议。王大臣等合议许久，多以清代家法，自雍正后，建储大典，未尝明定，此次若从可读奏请，明定继统，即与建储没甚分别，未免有违祖制。此时还有什么祖制？又因可读尸谏，确是效忠清室，一概辩驳，心中亦属难安。当下公拟了一番模糊影响的言语，复奏上去。最好是这种手段。嗣后徐桐、翁同龢、潘祖荫三人又联衔上了一折，宝廷、张之洞且各奏一本，两宫太后参酌众议，随降懿旨道：

> 前于同治十三年十二月初五日降旨，俟嗣皇帝生有皇子，即承继大行皇帝为嗣，原以将来继统有人，可慰天下臣民之望。第我朝圣圣相承，皆未明定储位，彝训昭垂，允宜万世遵守。是以前降谕旨，未将继统一节宣示，具有深意。吴可读所请颁定大统之还，实与本朝家法不合。皇帝受穆宗毅皇帝付托之重，将来诞生皇子，自能慎选元良，缵承统绪，其继大统者，为穆宗毅皇帝嗣子，守祖宗之成宪，示天下以无私，皇帝亦必能善体此意也。所有吴可读原奏，及王大臣等会议折，徐桐、翁同龢、潘祖荫联衔折，宝廷、张之洞各一折，并闰三月十七日及本日谕旨，均着另录一份，存毓庆宫。至吴可读以死建言，孤忠可悯，着交部照五品官例议恤！钦此。

此旨一下，同治帝一生事情，化作烟云四散，吴可读慷慨捐躯，也不过留个名儿罢了。

驹光如驶，倏忽间已是光绪五年。琉球国被日本灭掉，改名冲绳县，这信传到中国，总理衙门的人员，才记得琉球是我属国，与日本交涉。日本简直不理，只好作为罢论。忽又接到伊犁交涉消息，好大喜功的左宗棠，决意主战，于是总署诸公，又有一番绝大的忙碌。先是陕回叛酋白彦虎，出走西域，依附安集延酋阿古柏，安集延系浩罕东城，阿古柏即安集延城主。他因回疆蠢动，中国政府专剿粤捻，无暇西略，遂乘机攻入，踞了喀什噶尔，胁服回徒，自称毕调勒特汗。清廷以时艰饷绌，拟暂弃关外地，独左宗棠已平陕甘，决计进兵，借了华洋商款，充作军饷。光绪二年，督办新疆军务，自驻肃州调度，令都统金顺，提督张曜，率兵驻哈密，京卿刘锦棠，及提督谭上连、谭拔萃、余虎恩等，分道进攻，连败阿古柏兵，克复乌鲁木齐，及附近各城，北路略定。到光绪四年，刘锦棠军自北趋南，张曜军自西趋东，夹击阿古柏。阿古柏想走回安集延，奈浩罕全国，统被俄罗斯占夺，欲归无路，仰药而亡。只阿古柏长子伯克胡里，尚据英吉沙尔、喀什噶尔、叶尔羌、和阗四城，白彦虎又窜往依附。适遇锦棠等进剿，胡里不能抵敌，偕白彦虎遁入俄境，南路亦平。左宗棠晋封二等侯，刘锦棠加封二等男，随征将士，统邀奖叙。

只新疆西北有伊犁城，地味饶沃，俄人乘乱进来，把伊犁占去，阳称帮中国暂时保管。天下无此好人。至回乱已平，清政府欲索回伊犁，遂派吏部侍郎崇厚，出使俄国，畀他全权，商办伊犁事宜。这位崇钦使素来胆怯，天津教案，已见过他的伎俩，清廷还认是专对能手，要他前去办理这案。列位试想，如虎如狼的俄国能给他一点便宜么？果然双方开议，俄人要索很奢，崇钦使不能答辩，格外迁就，订了十八条约章，只归还伊犁一城，西境的霍尔果斯河左岸，及南境的帖克斯河上流两岸，都要割让俄人，还要中国给偿俄银五百万卢布。俄币制名，价有涨跌，价涨时一卢布约合中国规银九钱三分一厘，价跌时约七钱左右。而且增开口岸，添设领事，凡勘界行轮运货免税等条件，统是夺我权利。崇钦使不问政府，仗着全权行事的招牌，竟骤然决然的签定了押，语颇沁脾。咨报总理衙门。王大臣等把约文细阅，统说是不便照行，当下有一班意气嚣凌，文采焕发的言官，洋洋洒洒挥成千万言，奏闻两宫。你主调兵，我主调将，都要与俄开战。最利害的，是请诛崇厚，仿佛是崇厚一诛，俄人即可吓倒。书生之见。两宫太后大为感动，令总署驳斥原约，将崇厚褫职逮问，一面垂询左宗棠和战情形。宗棠慷慨激昂，上了一篇奏章，好似苏东坡万言书。小子笔不胜录，只录他后半篇道：

> 察俄人欲踞伊犁为外府，为占地自广，借以养兵之计，久假不归，布置已有成局。我索旧土，俄取兵费巨资，于俄无损而有益。我得伊犁，只剩一片荒郊，北境一二百里间，皆俄属部，孤注万里，何以图存？况此次崇厚所议第七款，接收伊犁后，霍尔果斯河及伊犁山南之帖克斯河归俄属，无论两处地名，中国图说所无，尚待详考，但就方向而言，是划伊犁西南之地归俄也。自此伊犁四面，俄部环居，官军接收，堕其度内，固不能一朝居耳。虽得必失，庸有幸乎？武事不竞之秋，有划地求和者矣，兹一矢未闻加遗，乃遽议捐弃要地，餍其所欲，譬犹投犬以骨，骨尽而噬仍不止。目前之患既然，异日之忧何极？此可为叹息痛恨者矣！金顺锡纶，拟缓收伊犁，而以沿边喀什噶尔、乌什、精河、塔尔巴哈台四城，宜足兵力，浚饷源，广屯田，坚城堡，先实边备，自非无见，惟伊犁沿边无定议，谋

第八十回 吴侍御尸谏效忠 曾星使功成改约

新疆者非合南北两路通筹不可。现在伊犁界务未定,则收还一节,自可从缓计议。喀什噶尔、乌什,规画已周,毋庸再议,其塔尔巴哈台,精河,急须加意绸缪,应由金顺锡纶,自行陈奏请旨外,所有崇厚定议画押十八款内偿费一节,业经奉有谕旨,第八款所称塔城界址,拟稍改,照同治三年界址,尚只电报,应俟崇厚奏到再议。第十款于旧约喀什噶尔、库伦设领事官外,复议增设嘉峪关,乌里雅苏台,科布多,哈密,吐鲁番,乌鲁木齐,古城七处,十四款并有俄商运俄货,走张家口、嘉峪关,赴天津、汉口,过通州、西安、汉中,运土货回国,均经总理衙门奏奉谕旨接驳外,第二款中国允即恩赦居民,业经遵旨照办,被贼官截阻赍示委员,不准张帖。第三款伊犁民人迁居俄国,入籍者,准照俄人看待,意在胁诱伊犁民人归俄。而以空城贻我,与阻截赍示委员,同一用心。第四款俄人在伊犁,准照管旧业,虽伊犁交还,中外商民杂处,无界限可分,是包藏祸心,预为再踞之计。至商务允其多设口岸,不独夺华商生理,且以启蚕食之机。总理衙门原奏,筹虑深远,实已纤细毕周。谕旨允行,则实受其害,先允后翻,则曲仍在我,应设法挽回以维全局。窃维邦交之道,论理亦论势,本山川为疆索,界画一定,截然而不可逾。彼此信义相持,垂诸久远者理也;至争城争地,不以玉帛而以兴戎,彼此强弱之分,则在势而不在理。所谓势者,合天时人事言之,非仅直为壮而曲为老也。俄踞伊犁,在咸丰十年、同治三年定界之后,旧附中国与中国民人杂处各部落,被其胁诱,俄官即视为所属,借以肆其凭陵。俄之取浩罕三部也,安集延未为所并,其酋阿古柏畏俄之逼,率其部众,陷我南疆,我复南疆,阿古柏死,逆子窜入俄境。俄乃认安集延为其所属,欲借为侵占回疆腹地之根,现冒称喀什噶尔住居之俄属,本随帕夏而来之安集延余众。俄之无端冒为己属,实与交还伊犁,仍留复踞地步,同一居心,观其交还伊犁,而仍索南境西境属俄,其诡谋岂仅在数百里土地哉? 界务之必不可许者此也。俄商志在贸易,本无异图,俄官则欲借此为通西于中之计,其蓄谋甚深,非仅若西洋各国,只争口岸可比。就商务言之,俄之初意,只在嘉峪关一处,此次乃议及关内,并议及秦蜀楚各处,非不知运脚繁重,无利可图,盖欲借通商便其深入腹地,纵横自恣,我无从禁制耳。嘉峪关设领事,容尚可行,至喀什噶尔通商一节,同治三年虽约试办,迄未举行,此次界务未定,姑从缓议。而乌里雅苏台、科布多、哈密、吐鲁番、乌鲁木齐、古城等处,广设领事,欲因商务蔓及地方,化中为俄,断不可许。此商务之宜设法挽回者也。此外俄人容纳叛逆白彦虎一节,崇厚曾否与之理论,无从悬揣,应俟其复命时,请旨确询,以凭核议。臣维俄人自占踞伊犁以来,包藏祸心,为日已久。始以官军势弱,欲诳荣全入伊犁,陷之以为质,继见官军势强,难容久踞,乃借词各案未结以缓之。此次崇厚全权出使,俄臣布策,先以巽词恬之,枝词惑之,复多方迫促以要之,其意盖以俄于中国,未尝肇启战端,可间执中国主战者之口。又忖中国近或厌兵,未便即与决裂,以开边衅,而崇厚全权出使,便宜行事,又可牵制疆臣,免生异议。是臣今日所披沥上陈者,或尚不在俄人意料之中。当此时事纷纭,主忧臣辱之时,苟心知其危,而复依违其间,欺幽独以负朝廷,耽便安而误大局,臣具有天良,岂宜出此?就事势次第而言,先之以议论委婉而用机,次之决战阵坚忍而求胜,臣虽衰庸无似,敢不勉旃!

两宫太后依议,特遣世袭毅勇侯出使英法大臣大理寺少卿曾纪泽,备述官衔,隐寓紫阳书法。使俄改约,并命整顿江海边防,北洋大臣李鸿章,筹备战舰。山西巡抚曾国荃,调守辽东,派刘锦棠帮办西域军务,加吴大澂三品卿衔,令赴吉林督办防务,饬彭玉麟操练长江水师,起用刘铭传、鲍超一班良将,内外忙个不了。俄国亦派军舰来华,游弋海上,险些儿要开战仗,亏得曾袭侯足智多谋,能言善辩,与俄国外部大臣布策反复辩难,弄得布策无词可答,只是执着原约,不肯多改。巧值俄皇被刺,新主登基,令布策和平交涉,布策始不敢坚持原议。曾袭侯虽是专对才,亦亏机缘相凑。两边重复开谈,足足议了好几个月,方才妥洽,计改前约共七条:

  一 归还伊犁南境。
  二 喀什噶尔界务,不据崇厚所定之界。
  三 塔尔巴哈台界务,照原约修改。
  四 嘉峪关通商,照天津条约办理,西安汉中及汉口字样,均删去。
  五 废松花江行船至伯都讷专条。
  六 仅许于吐鲁番增一领事,其余缓议。
  七 俄商至新疆贸易,改均不纳税为暂不纳税。此外添续卢布四百万圆。

签约的时候,已是光绪七年,虽新疆西北的边境,不能尽行归还,然把崇厚议定原约改了一半,也总算国家洪福,使臣材具了。我至此尚恨崇厚。沿江沿海,一律解严,改新疆为行省,依旧是升平世界,浩荡乾坤。王大臣等方逍遥自在,享此庸庸厚福,不意宫内复传出一个凶耗,说是慈安太后骤崩,小子曾有诗咏慈安后云:

    牝鸡本是戒司晨,和德宣仁誉亦真。
    十数年来同训政,慈安遗泽尚如春。

这耗一传,王大臣很是惊愕,毕竟慈安太后如何骤崩,且至下回分解。

本回录两大奏折,为晚清历史上生色。吴说似迂,左议近夸,但得吴可读之一疏,见朝廷尚有效死敢谏之臣工,得左宗棠之一折,见疆臣尚有老成更事之将帅。光绪初年之清平,幸赖有此。或谓吴之争嗣,何裨大局?俄许改约,全恃曾袭侯口舌之力,于左无与?不知千人诺诺,不如一士谔谔,盈廷谐媚,而独得吴主事之力谏,风厉一世,岂不足令人起敬乎?外交以兵力为后盾,微左公之预筹战备,隐摄强俄,虽如曾袭侯之善于应对,能折冲樽俎乎?直臣亡,老成谢,清于是衰且亡矣。人才之不可少也,固如此夫!

第八十一回　朝日生嫌酿成交涉
　　　　　　中法开衅大起战争

却说慈安太后的崩逝,很是一桩异事。为什么是异事呢?慈安太后未崩时,京师忽传慈禧病重,服药无效,诏各省督抚进良医,直督李鸿章,江督刘坤一,鄂督李瀚章,都把有名的医生,保荐进去。慈禧一病数月,慈安后独视朝,临崩这一日,早晨尚召见恭亲王奕䜣,大学士左宗棠,尚书王文韶,协办大学士李鸿藻等,慈容和怡,毫无病态,不过两颊微赤罢了。恭亲王等退朝后,约至傍晚,内廷忽传慈安后崩,命枢府诸人速进,王大臣等很为诧异,都说:"向例帝后有疾,宣召御医,先诏军机大臣知悉,所有医方药剂,都命军机检视,此次毫无影响,且去退朝时候,止五小时,如何有此暴变?"但宫中大事,未便揣测,只好遵旨进去。一进了宫,见慈安后已经小殓,慈禧后坐矮凳上,并不像久病形状,只淡淡的说道:"东太后向没有病,近日亦未见动静,忽然崩逝,真是出人意外。"对人言只可如此。众王大臣等,不好多嘴,惟有顿首仰慰。左宗棠意中不平,颇思启奏,只听慈禧后传谕道:"人死不能再生,你等快出去商议后事!"善藉人口。于是左宗棠亦默然无语,偕王大臣等出宫,暗想后妃薨逝,照例须传戚属入内瞻视,方才小殓,这回偏不循故例,更觉可怪。奈满廷统是唯唯诺诺,单仗自己一片热诚,也是无济于事,因此作为罢论。

天下事若要人不知,除非莫为。相传光绪帝幼时,亦喜欢与慈安后亲近,仿佛当日的同治帝,慈禧后已滋不悦。到光绪六年,往东陵致祭,慈安太后,以咸丰帝在日,慈禧后尚为妃嫔,不应与自己并列,因令慈禧退后一点。慈禧不允,几至相争,转想在皇陵旁争论,很不雅观,且要招亵渎不敬的讥议,不得已忍气吞声,权为退后;回到宫中越想越气,暗想前次杀小安子,都是恭王怂恿，东后赞同，这番恐又是他煽动，擒贼先擒王，除了东后，还怕什么奕䜣？只有一事不易处置，须先行斟酌，方好下手。看官！你道是什么事情？咸丰帝在热河，临危时，曾密书朱谕一纸，授慈安后，略说："那拉贵妃如恃子为帝，骄纵不法，可即按祖制处治。"后来慈安后取示慈禧，令她警戒一二。慈禧后虽是刚强，不敢专恣，还是为此。东陵祭后，她想消灭遗旨，正苦没法，巧遇慈安后稍有感冒，太医进方，没甚效验，过了数日，不药而愈。慈安后遂语慈禧，说服药实是无益。慈禧微笑，慈安不觉暗异。忽见慈禧左臂缠帛，便问她何故？慈禧道："前日见太后不适，进参汁时，曾割臂肉片同煎，聊尽微忱。"真乎假乎，我还欲问慈禧。慈安闻了此言，大为感动，竟取出先帝密谕，对她焚毁，隐示报德的意思，其实正中了慈禧的阴谋。一着得手，两着又来。慈安后竟致暴崩，谣言说是中毒，小子姑就轶闻，略略照叙，也不知是真是假。只慈禧后并不持服，乃是实事。笔里藏刀。

话休絮述，且说慈安后已崩，国家政治，都由慈禧太后一人专主，不必疑忌。慈禧至此，方觉得心满意足，任所欲为。国丧期未满，奉安未届，暂命恭王奕䜣等照常办事。越年，慈安太后合葬东陵，加谥孝贞，生荣死哀，临时又有一番热闹。

葬礼才毕，东方的朝鲜国，忽生出一场乱事，酿成中日的交涉。原来朝鲜国王李熙，系由旁支嗣立，封生父李应罡为大院君，主持国柄。李熙年长，亲裁大政，大院君退处清闲，党羽亦渐渐失势。王妃闵氏，才貌兼全，为李熙所宠幸，闵族中倚着王妃的势力，次第用事，尽改大院君旧政。大院君素主保守，拒绝日本，闵族公卿，多主平和，与日本结江华条约，开元山津与仁川二口岸，给日本通商。朝鲜本中国藩属，总理衙门的大员，偏视为无足轻重，绝不过问。朝鲜恰暗生内讧，一班守旧派，又请大院君出头，与闵族反对。时当光绪八年，朝鲜兵饷缺乏，军士哗变，守旧派遂趁势作乱，扬言入清君侧，闯进京城，把朝上大臣及外交官，杀死了好几个，并杀入王宫，搜寻闵妃，可巧闵妃闻风避匿，无从搜获，遂鼓噪至日本使馆，戕杀日本官吏数人。真是瞎闹。警报传至中国，署直隶总督张树声，亟调提督吴长庆等，率军入朝鲜。长庆颇有才干，到了汉城，阳说来助大院君。大院君信为真言，忙到清营会议。大鱼自来投网，正好被长庆拿住，立派干员，押解天津；还有百余个党首，亦由长庆捕获，尽置诸法。这时候日本亦发兵到来，见朝鲜已没有乱事，只得按住了兵，索偿人命。当下由长庆代作调人，令朝鲜赔款了事。日本还要屯兵开埠，朝鲜国王唯唯听从，自己与日本立约，才算了案。自后中日两国，各派兵驻扎朝鲜京城。朝鲜既为我属，日本何得驻兵？当时以吴长庆等执归大院君称为胜算，于日本驻兵事置诸不论，可谓懵然。大院君到天津后，由张树声请旨发落，奉旨李应罡

第八十一回　朝日生嫌酿成交涉　中法开衅大起战争

着在保定安置。后来朝鲜又复闹事，比前次还要瞎噪，小子本好连类叙下，只中间隔了一场中法开衅的战史，依着年月日次序，只好将中法战史开场，表叙明白。

中法战衅，起自越南，越南王阮光缵，为故广南王阮福映所灭，仍认中国为宗主国，入贡受封。惟阮福映得国时，曾赖法教士帮助，借了法国兵士，灭掉阮光缵，原约得国以后，割让化南岛作为酬谢，且许通商自由。后来越南不尽遵约，且无故戕害教民，法人愤怒，遂派军舰至越南，破顺化府沿岸炮台，乘胜阑入，夺南方要口的西贡，并陷嘉定、边和、定祥三州。越南国王，无法可施，没奈何割地请和，这是咸丰年间事。同治初，复开兵衅，再订和约，又割永隆、安江、河仙诸州，畀之法国，南圻尽为法据。法人得步进步，得尺进尺，不到几年，又说越南虐待教士，要求越南允他二事：第一条，要越南王公，信奉天主教；第二条，要在越南北圻的红河通航。两国尚未定约，法人已托词保商，派兵驻河内、海防等处。目无全牛。

是时越南有一个惯打不平的好汉，姓刘名永福，系广西上思州人氏，乃是太平国余党。他部下有数百悍卒，张着黑旗，叫作黑旗军，或叫他黑旗长毛。刘永福素性豪爽，见越南被法所逼，以大欺小，很是无礼，遂带了黑旗兵，帮越南王抗拒法人。法将安邺，勾结越匪黄崇英，谋踞全越。永福闻安邺屯兵河内，竟由间道绕赴，出其不意，攻破法兵，将法将安邺杀死。越南王闻报，一喜一惧，喜的是刘永福战败法人，惧的是法人将来报复。于是再与法国议和，于同治末年，协订和约数条，大致认越南为独立国，令断绝他国关系，以及河内通商、红河通航等条件。一面檄刘永福罢兵，封为三宣副都督，管辖宣光、兴化、山西三省，越南暂就平静。

独越匪黄崇英，尚出没越南北境，进窥南宁。两广总督刘长佑，率师巡边，连破崇英党羽，蹑崇英至河阳，一鼓擒住，并将他妻子一律骈诛。长佑奏凯入关，只留驻千人防边。光绪五年，越边又有吴终及苏啯汉等，倡乱殃民，越南王求助清廷，清政府即命粤督刘长佑，再出越南，替他靖乱。长佑遂率提督冯子材，由龙州出发，旗开得胜，马到成功，不数月间，乱党已无影无踪了。越南王很为感激，怎奈法人得知此信，据约诘责，约章上是越南独立，既认与他国断绝关系，如何请清军代平乱事？越南王绝不答复。法国遣将李威利，进攻河内，黑旗军又来出头，一阵厮杀，非但将法人击败，直把李威利杀毙。法人大举入越，海陆并进，陷河内、南定、河阳等地，只山西一带，由刘永福扼守，不能攻入。法海军转趋顺化府，顺化系越南都城，守城兵统是饭桶，一些儿都没用，闻报法兵来攻，吓得魂飞天外，保着越南王出都避难。法兵遂入据越都，越南王再向法乞和，法人要越南降为保护国，且割让东京与法。越南王但求息事，不管好歹，竟允了法人的要约。

清廷接信大惊，飞檄驻法公使曾纪泽，与法交涉，不认法越条约，又令岑毓英调督云贵，出关督师，与刘永福协力防法，擢彭玉麟为兵部尚书，特授钦差大臣关防，驰驿赴粤；故山西巡抚曾国荃，赴署粤督，筹备军粮；东阁大学士两江总督左宗棠，督办军务，兼顾江防。一班老臣宿将，分地任事。廉将军犹能强饭，马伏波再出据鞍。劲气横秋，余威慑敌，法人倒也不敢暴动，差了舰长福禄诺等，直到天津，去访直督李鸿章，无非说些愿归和好等语，但越商总要归法保护。咬定一桩宗旨，有何和议可说？李鸿章既不照允，也不坚拒，只用了模棱两可的手段，对付外交。此老未免油滑，然已带三分暮气。适粤关税司美国人德璀林，愿作毛遂，居间调停，竟与李鸿章订定五条草约，准将东京让法，清军一律撤回。惟法越改约，不得插入伤中国体面语。越南已去，还有什么体面？双方允议，鸿章当即奏闻，总理衙门的王大臣，也与李爵帅一般见识，总教体面不伤，管什么万里越南？随即核准，批令鸿章签押。

这边玉帛雍容，方与法使互订和局，那边云南兵将，已进至谅山，尚未接到和好消息，法将突勒，亦入谅山驻扎。两下相遇，滇军摩拳擦掌，专待角斗，突勒亦不肯让步，顿时开了战仗，你开枪，我放炮，相持半日，法兵受了好多损失，向后退去。中国人向来自大，闻了这场捷音，个个主战，几乎有灭此朝食的气概，偏偏法人行文总署，硬索偿款一千万磅，总署不允，法愈增兵至越南，攻陷北宁。岑毓英退驻保胜，扼守红河上游，法复派军舰至南洋，袭攻台湾，把基隆夺去。幸亏故提督刘铭传，奉旨起复，督办台湾军务，他即兼程前进，到了台湾，以守为战，法人才不敢入犯，把基隆守住。

法提督孤拔，转入闽海，攻打马尾。马尾系闽海要口，驻守的大员，叫作张佩纶。佩纶是个白面书生，年少气盛，恃才傲物，本在朝上任内阁学士官职，谈锋犀利，没人赛得他过，讲起文事来，周召不过如此，讲起武备来，孙吴还要敬避三舍。其言之不怍，则为之也难。清廷大加赏识，特简为福建船政大臣，会办海疆事宜。以言取人，失之宰予。中外官僚，方说朝廷拔取真才，颂扬圣哲。合肥伯相李鸿章，也因他多材多艺，称赏不置。这张佩纶更睥睨不群，目空一切，既到福州，与总督何璟，巡抚张兆栋会叙，高谈阔论，旁若无人，督抚等也莫名其妙。因闻他素负才名，谅来必有些学识，索性将全省军务，都推到佩纶身上。佩纶居然自任，毫不推辞；任事数月，并没有整顿军防，单是饮酒吟诗，围棋挟妓。有的说是名将风流，大都这样，有的说是文人狂态，徒有虚名。

这年秋季，在值法孤拔率舰而来，直达马江。好像是一块试金石。海军将弁，闻风飞报，佩纶毫不在意，简直如没事一般。过了一宵，法舰仍在马江游

第八十一回　朝日生嫌酿成交涉　中法开衅大起战争　　937

弋，尚未驶入口内，那时张佩纶谈笑自若，反邀了几个好友，畅饮谈心，忽报管带张得胜求见，佩纶道："我们喝酒要紧，不要进来瞎报！"才阅片刻，又报管带张成入谒，佩纶张开双目，向传报的军弁叱道："我在此饮酒，你难道不晓得么？为什么不挡住了他？"军弁道："张管带说有紧急军情，定要面禀，所以不敢不报。"佩纶道："有什么要事？你去问来。"军弁去了半晌，回称法兵轮已驶入马尾，应预备抵敌，恳大人速谕机宜。佩纶冷笑道："法人何尝欲与我接仗，不过虚声恫吓，迫我讲和，我只按兵不动，示以镇定，法人自然会退去的。我道他是何等高见，谁知恰是如此。你去传谕张管带，叫他不要妄动便好。"军弁唯唯，刚欲退出，佩纶又叫他转来，便道："你去与张管带说明，第一着是法舰入口，不准先行开炮，违令者以军法从事。"军弁又答应连声，自去通知张管带，佩纶仍安然痛饮，喝得酩酊大醉，兴尽席残，高朋尽散。佩纶一卧不醒，法舰已自进口，准备开炮轰击。中国兵轮，也有十多艘，船上管带，各着弁目走领军火，请发军令。不意佩纶尚在黑甜乡玩耍，似乎可高枕无忧的样子。门上因昨日碰了钉子，不敢通报，弁目只在门房伺候，那边兵轮内的管带，急切盼望，杳无回音，欲要架炮迎击，既无军令，又无弹丸，真正没法得很。约到巳牌时候，尚不见军令领到，法舰上已将大炮架起，红旗一招，炮弹接连飞来。中国兵轮里面，毫无防备，管带以下，急得脚忙手乱，不消一个时辰，已被击破四五艘，还有未曾击坏的兵轮，只是逃命要紧，纷纷拔桩，向西北逃命。奈法舰不稍容情，接连追入，炮声越紧，炮弹越多，中国兵轮，又被击沉了好几艘。海军舰队，丧亡几尽。这时候佩纶才醒，听得炮声震耳，还说何人擅自放炮，起床出来。外面已飞报兵轮被毁，接续传到七艘，于是轻装缓带的张大臣，也焦灼起来，急命亲兵二人，随着开了后门一溜烟的逃去。确是三十六策中的上策。法舰乘胜进攻，夺了船坞，毁了船厂，复破了福州炮台，占领澎湖各岛。廷旨令左宗棠飞速赴闽，与故陕甘总督杨岳斌，帮办闽省军务，调曾国荃就江督任，续办江防。左宗棠到闽后，奉旨查办张佩纶，佩纶已由督抚访寻，在彭田乡觅着，畴昔豪气，索然而尽，只有笔底下却还来得，草了一篇奏牍，自请处分。内中有"格于洋例，不能先发制人，狃于陆居，不能登舟共命"等语。巧于脱卸。左宗棠怜他是个名士，也为他洗刷回护。大约是惺惺惜惺惺。清廷以佩纶罪无可逃，责左宗棠袒护罪员，甘陷恶习，着传旨申斥。佩纶逮京治罪，充戍黑龙江完案。

　　马江方报败仗，谅山又闻失守，镇南关守将杨玉科阵亡。慈禧不禁震怒，把统兵的大员，议处的议处，镌级的镌级，并有一道罢免恭王的懿旨，亦蝉联而下，处心积虑久矣。立言颇极微妙，今录述如下：

　　　　钦奉慈禧康颐昭豫庄诚皇太后懿旨：现值国家元气未充，时艰犹巨，政多丛脞，民未敉安。内外事务，必须得人而理，而军机处实为内外用人行政之枢纽，恭亲王奕䜣等，始尚小心匡弼，继则委蛇保荣；近年爵禄日崇，因循日甚，每于朝廷振作求治之意，谬执成见，不肯实力奉行。屡经言者论列，或目为壅蔽，或劾其委靡，或谓簠簋不饬，或谓昧于知人。本朝家法綦严，若谓其如前代之窃权乱政，不惟居心所不敢，亦实法律所不容。只以上数端，贻误已非浅鲜，若仍不改图，专务姑息，何以仰副列圣之伟业？贻谋将来，皇帝亲政，又安能臻诸上理？若竟照弹章一一宣示，即不能复议亲贵，亦不能曲全耆旧，是岂宽大之政所忍为哉？言念及此，良用恻然。恭亲王奕䜣，大学士宝鋆，入直最久，责备宜严，姑念一系多病，一系年老，兹特录其前劳，全其末路，奕䜣着加恩仍留世袭罔替亲王，赏食亲王全俸，开去一切差使，并撤去恩加双俸，家居养疾！宝鋆着原品休致！协办大学士吏部尚书李鸿藻，内廷当差有年，只为囿于才识，遂致办事竭蹶，兵部尚书景廉，只能循分供职，经济非其所长，均着开去一切差使，降二级调用！工部尚书翁同龢，甫直枢庭，适当多事，惟既别无建白，亦有应得之咎，着加恩革职留任，仍在毓庆宫行走，以示区别！朝廷于该王大臣之居心办事，默察已久，知其决难振作，诚恐贻误愈重，是以曲示矜全，从轻予谴。初不因寻常一眚之微，小臣一疏之劾，遽将亲藩大臣，投闲降级也。嗣后内外臣工，务当痛戒因循，各摅忠悃。建言者秉公献替，务期远大，朝廷但察其心，不责其迹，苟于国事有补，无不虚衷嘉纳，倘有门户之弊，标榜之风，假公济私，倾轧攻讦，甚至品行卑鄙，为人驱使，就中受贿，必当立抉其隐，按法惩治不贷，将此通谕知之！

恭亲王既已罢免，军机处另用一班人物。恭亲王的替身，就是礼亲王世铎。还有户部尚书额勒和布、阎敬铭、刑部尚书张之万，也都命在军机上行走。工部侍郎孙毓汶，因与李莲英莫逆，亦得厕入军机。慈禧太后又下特旨："军机处遇有紧要事件，着会同醇亲王奕𫍽商办。"国子监祭酒盛昱，左庶子锡钧，御史赵尔巽见了这谕，以醇亲王系光绪帝父亲，入直军机，殊非所宜，是极。遂援古斠今，联翩入奏，请收回成命。慈禧后思想灵敏，把垂帘二字提出，说："当垂帘时代，不得不用亲藩，俟皇帝亲政，再降懿旨。在廷诸臣，当仰体上意，毋得多渎！"这旨一下，言官等又箝口无言。

只是海氛未靖，边报相寻，朝旨调湖南巡抚潘鼎新，移至广西，与岑毓英联军迎剿，并令提督苏元春与冯子材、王孝祺、王德榜等，率军援镇南关。冯、王诸将，恰是异常奋勇，一到了关，即开关出战。任凭法人枪炮厉害，他却督着人马，冒死进去。枪炮越多的地方，清军越加不怕。星驰飙卷，岳撼山摇，直至两军接近，连枪炮都成没用，当下各用短兵，互相搏击。法人虽是强悍，至此已失所长，不得不渐渐退下。清军勇气，陡增十倍，杀得尸横遍野，血流成川。自从中法开衅，这场恶斗，独出法人意外。法人才有点怕惧，弃了谅山。岑毓英闻谅山克复，亦秣马厉兵，亲督大军，鼓行前进，连败法兵，迭克要隘。临洮一战，阵斩法将七人，杀毙法兵三千数百名，获辎重枪炮军械无算，进捣河内，威声大振。法提督孤拔，困守澎湖，连接越南败耗，已是郁愤，上书政府，请速派兵再战。适值法内阁连番更迭，主战主和，毫无定见。孤拔大愤，索性带了兵舰，闯入浙江三门湾，夜深月朗，孤拔轻轻的爬上桅杆，窥探内地形势，不防一声怪响，竟将孤拔击落船中。正是：

明枪容易躲，暗箭最难防。

未知孤拔性命如何，待小子下回再说。

朝鲜越南，皆中国藩属，安能与日法两国私立条约？总理衙门人员，不闻则已，既已闻之，势不能袖手旁观，置诸不问。乃得过且过，坐听藩属之日削，一若秦越肥瘠，漠不相关者。然朝鲜之乱，吴长庆等急入汉城，诱执大院君以归。日本师至，乱事已靖，于此不惩前毖后，犹令朝日自行结约，宁非大误？法越之争有年矣，中国不闻援据公法，与法交涉，法入越境，越南王再三乞和，清廷又不过问。迨越南请兵平乱，始由粤督刘长佑等，代为戡定，其误与对待朝鲜，同出一辙。天津和约，不与法争宗主权，乃尚欲保存体面，掩耳盗铃，煞是可笑。曲突徙薪之不早，至于焦头烂额晚矣！迨焦头烂额而仍无效，不且晚之又晚耶！谅山失守，马江败绩，焦头烂额，尚且无成。谁司外交，一至于此！读此令人痛惜不置！

第八十二回　弃越疆中法修和　平韩乱清日协约

却说孤拔入袭浙境，浙江提督欧阳利，已先机预防，飞檄海口炮台守将，严行堵御。守将静候数天，未见动静，未免懈怠起来。也是孤拔命运该绝，闯入三门湾的时候，遥望岸上刁斗无声，未知有备无备，因此猱升桅杆，窥探内容。适值炮台上面，有一巡卒，见敌舰连樯而来，暗想不及通报，他竟仗着胆子，径去开炮。扑通一声，不偏不倚，正中桅杆上的孤拔。孤拔受着弹丸，脑子一晕，自然坠落。此时炮台守将，闻有炮声，惊讶的了不得，忙饬弁目查明。弁目到了炮台，那放炮的巡卒，还是接连开放。弁目厉声道："你如何未奉军令,擅自试炮?"巡卒至此,才觉得弁目来前,回头行礼,禀明原委。弁目向外瞭望,果见有兵舰数艘徐徐退去。随道:"你虽击退敌舰,然总是未奉军令,恐干军法,快到军署内请罪为是!"巡卒默然,随了弁目,去见统领。亏得统领还有些明白,仍饬查明,再定功罪。次晨,闻报法舰轰坏二艘,法提督孤拔亦已毙命,不禁喜出望外,向提督欧阳利去报捷。一面赦了巡卒擅令的罪名,拔为弁目。大约运气到了。浙江海面,浪静风平,提督欧阳利,免不得虚张战绩,奏达清廷,当即奉旨嘉奖,欧阳利以下多蒙优叙。欧阳利还是运气。

孤拔一死,法军夺气,谅山粤军及临洮滇军,都是雄心勃勃,恨不得立刻规复全越,扫除法人,正在耀武扬威的时候,忽又传到天津议和的消息。众战将疑信参半,个个扼腕兴嗟。还有钦差大臣督办粤东海防的彭玉麟,接到此信,气得白胡须根根竖起,连声叫道:"哪一个和事老专要议和?"随即拈纸抒毫,缮就奏疏数千言,大致说:"有五不可和:法人无端生衅,不加惩创,遽与议和,不可一;法人未受惩创,即来请款,是必中藏诡谲,不可二;法人即不索兵费,但求越境通商,恐将来取偿于后,必加十倍,不可三;就外强中干的法人,不问罪情,降心求和,恐各国将环向而起,不可四;云南物产富饶,西人垂涎已久,若与议和,必许通商,广传邪教,密布羽翼,一旦窃发,将何以支,不可五。"又言:"有五可战:揣敌情可战;论将才可战;察民情可战;采公法可战;卜天理可战。"言言激烈,语语忠诚。这奏拜发后,出使法国的曾纪泽,也有密电到京,说法国内阁迭更,宗旨若不定,与我国议和,必须还我越南宗主权,方可允议。谁知中外大臣的奏牍,终不敌一全权大臣肃毅伯李鸿章。鸿章与法使巴特纳,竟在天津磋定和约,共计十款,最要紧的几条:一、是法人占领东京。二、是越南归法人保护。三、是法兵不得过越南北圻,与中国边界,中国亦不派兵至北圻。四、是留据台湾的法兵,一律撤回。五、是中国允于保胜以上,谅山以北,辟商埠二处。这约订后,一二百年来的南藩,拱手让与法人,法人不索兵费,还算他的情谊。后来开龙州、蒙自两商场,许法人互市,就是彼此有情的对待。从此赫赫有名的肃毅伯,遂负了秦桧、贾似道的大名。这也未免过甚。彭、左、岑、冯、诸公,心中都是怏怏,只因廷旨许和,停战撤兵,没奈何收兵敛伍,赋了一篇归去来辞。

但这肃毅伯李鸿章,也是个中兴名臣,为什么硬主和议?他为了中外交涉,杂沓而来,法越事情,正在着紧,朝鲜又发生乱事。上次朝日交涉,朝鲜国臣朴咏孝赴日本谢罪,鉴日本国维新的效果,归谋变法,联络一班有名人物,如金玉均、洪英植等,组成维新党,主张倚靠日本。独朝内执政诸大臣,多主守旧,领袖闵咏骏,系椒房贵戚,素来顽固,愿事清朝,与维新党反对。这维新党中人,统是少年志士,意气凌人,仗着日本作了靠山,时思推倒政府,日本国

第八十二回　弃越疆中法修和　平韩乱清日协约

趁这机会，复用外交手段，勾结维新党，劝他独立，愿为臂助。维新党总道他情真意切，一些儿不疑心，这叫作引虎自卫。居然率领党人，发起难来，召日本兵入宫，先搜闵族贵官，自闵咏骏以下，一律杀死，连闵妃也饮刃而亡。只有国王李熙，尚未杀死，党人胁他速行新政。李熙变作鸡笼内的鸡儿，无论要他什么，只得唯唯听命。朴咏孝揽了大权，兼任兵部，金玉均为左相，洪英植为右相，其余一班党人统授要职。

此时驻扎朝鲜的吴长庆，因法越事起，调至金州督防。继任的提督，也与长庆同姓，名叫兆有，闻了朝鲜宫内的乱事，急召总兵张光前商议。光前推举一人，说他智勇深沉，定有妙计，应邀他解决这问题。看官！你道是谁？就是当时帮办营务，近时民国大总统袁世凯。大名鼎鼎。世凯名慰亭，河南项城县人，袁总督甲三，便是他的从祖。捻匪肇乱，他曾出驻皖豫，奉旨剿办，倒也立过战绩。世凯父名保庆，本生父名保中，少时倜傥不羁，昂藏自负。段学士靖川，有知人名，尝说他非凡品；嗣因乡试不第，弃举子业，纳粟得同知衔。提督吴长庆闻他多材，延作幕宾，襄办营务。在营时，曾替长庆约束军士，号令一新。朝鲜国王常问长庆借将练兵，长庆就荐他出去。至长庆调任，还有部兵截留朝鲜，便奏请委他管带。张总兵亦很是器重，所以经军门垂询，便欲邀他会商。吴兆有忙着亲兵携刺往招，世凯昂然而至，彼此行过了礼，两旁坐定。兆有就谈及朝鲜情形，商议救护的计策。世凯道："不入虎穴，焉得虎子。现在请急速发兵，捣入朝鲜宫内，除了乱党，护出朝王，再作计较！"此公原有胆有识。吴兆有道："闻得朝鲜宫内，有日本兵守卫，恐怕不易攻入。"世凯道："几个日本兵，怕他什么？"张光前道："袁公议论，颇是先声夺人的计策，未知军门大人以为何如？"吴兆有道："计非不是，但必须至北洋请示，方好举动。"世凯道："救兵如救火，若要请示北洋，必至迟慢，倘被别人走了先着，反为不妙。"吴、张二人尚面面相觑，世凯见他没有决断，便道："既要到北洋请示，请立办好文书，饬快轮飞递为要。"二人应允，即办就公文，派泰安轮船飞递。

兵轮才发，朝鲜国王，已密遣金允植、南廷哲至清营求救。吴、张二人，仍不敢遽允，嗣由探马密报，党人拟废去国王，改立幼君，依附日本，背叛清朝，吴兆有才有些着急，可奈北洋回音未转，自己部兵不多，恐怕不敌日本，尚是迟疑不决。外面又来了袁公世凯，未曾坐下，即向吴、张二人道："乱党的消息，两公想亦闻知。若再不发兵入宫，不但朝鲜已去，连我辈归路，都要被他截断，只好在朝鲜作鬼了。"吴、张二人，被他一激，倒也奋发起来，实是保全性命要紧。随道："据老兄高见，究竟如何办法？"世凯道："为今日计，只有迅速调兵，分路进攻，能够一鼓攻入，肃清朝鲜宫禁，我们便占上风，不怕日本出来作梗。"吴兆有道："应分几路？"世凯道："该分三路进攻。军门大人领中路，镇台大人领右路，袁某不才，愿当左路。"吴兆有尚有难色，世凯不禁愤懑，奋然道："二公如以中路为费手，袁某愿当此任！吴军门率左，张镇台率右，彼此接应，不愁不胜。"吴兆有道："就如这议，今夜发兵。"

是夜天色微明，三路清军，衔枚出发，严阵而行，到了朝鲜宫门，已是残夜将尽，袁世凯督令猛攻，里面枪声，也劈劈拍拍的放将出来。袁军前队，伤了数十名，似乎要向后却避，世凯传令，不准退后，违令立斩。这令一传，军法如山，军士方冒险前进，霎时间攻破外门，进至内门。忽后面抄到日本兵，来攻袁军，世凯分兵抵挡，这时腹背受敌，胆大敢为的袁公，倒也吃惊不小，惟队伍恰依然不乱。巧值提督吴兆有，已从左路杀到，一阵夹击，才将日本兵杀退。清军抖擞精神，再接再厉，枪声陆续不绝，震得屋瓦齐飞，宫墙洞陷。刚在得势的时候，又来了朝鲜兵数百名，由世凯一瞧，乃是曾经自己教练过的兵卒，熟门熟路，同德同心，当下把内门破入。维新党不管死活，还要前来阻拦，被清军排枪迭击，毙了几十人。洪英植亦战死在内。朴咏孝，金玉均等，方从宫后逃去。

吴、袁二人，整队而入，张光前右路兵亦到。人家得胜，他方到来，可谓知几之士。朝鲜宫内，已是空空洞洞，不见有什么人物。清军仔细搜寻，只有几个宫娥女仆，躲匿密室，余外统已不知去向。当由吴、袁、张三人，诘问国王世子踪迹，据说："乘宫中大乱时，逃出宫外。"世凯令军士赶即找寻，在王宫前后左右，寻了一周，杳无影响。世凯未免焦灼。忽有朝鲜旧臣来报："国王世子，在北门关帝庙内。"世凯大喜，遂与吴张二人，会议往迎。这个差使，吴提督恰直任不辞，确是好差使。忙率部兵前去。袁张已扫清宫阙，收兵回营，不一会，朝鲜国王及世子，也随了吴提督进来。国王见了袁世凯，很是感谢，并请追缉朴咏孝、金玉均等。世凯道："朴金诸叛党，现在想总逃至日本使馆，不如先照会日使竹添进一郎，叫他即速交出，否则用兵未迟。"张、吴连声称善，随即写好照会，遣兵弁送与日使。未几兵弁还报，日本使馆内，已无人迹，公使竹添进一郎，闻已逃回本国，往济物浦去了。于是袁、吴、张三人送朝鲜国王还宫，一场大乱，化作烟销日出，总算是袁公世凯的大功。

无如日本人煞是厉害，遣了全权大使井上馨，到朝鲜问罪，又令宫内大臣伊藤博文，农务大臣西乡从道，来与中国交涉。这三位日本大员，统是明治维新时紧要伟人，这番奉命出使，自然不肯舍脸。井上馨到了朝鲜，仍直接与朝鲜开议，要索各款，无非要朝鲜偿金谢罪等语。朝鲜国王无可奈何，别人又不便与议，只好暗中讯问袁世凯。世凯正接北洋来信，说是伊藤、西乡两日员，到了天津，声言清军有意寻衅，不肯干休，朝廷已派吴大澂、续昌二人，东来查办。看官！你想袁公是个英挺傲岸的人物，哪里肯受这恶气？当即请了假，

第八十二回　弃越疆中法修和　平韩乱清日协约

回到北洋。谒见肃毅伯李鸿章,极陈利害,大意是:"要监督朝鲜,代操政柄,免得日人觊觎。"李鸿章颇为叹赏,但心中恰是决计持重,不愿轻动,反教世凯敛才就范,休露锋芒。老袁后半生行事,实是承教合肥。世凯太息而出。

这位李肃毅伯,已受朝命,为余权大臣,与日本使臣议约。肃毅伯专讲国家体面,摆设全副仪仗,振起全副精神,在督署中请日使进见。难为后继。日使伊藤博文及西乡从道,瞻仰威仪,倒也没甚惊慌,坦然直入,侃侃辩论。议定款约两大条:第一条,清日两国,派驻朝鲜的兵,一律撤去;第二条,两国将来,若派兵到朝鲜,应互先通知,事定后即行撤回,彼此依议签约,中日已定和议。清廷吴兆有等,都遵约归国,连大院君亦放回去,朝鲜国王李熙势孤援绝,对于日本要索各款,无非是谨遵台命四字,赔了银洋十一万圆,向他谢罪了案。从此日人得步进步,已认朝鲜为保护国,中国如肃毅伯等,还说朝鲜是我藩属,两不相对,各有见解,总不免后来决裂,只好算作暂时结束。暗伏下文。

越南已去,朝鲜亦半失主权,法日两国,满意而归,英吉利不甘落后,遂乘此胁取缅甸。缅甸当乾隆年间,国王孟云,受清廷册封,定十年一贡的制度,久为中国藩属。道光初年,英并印度,与缅甸西境相接,缅甸西境有阿剌干部,适有内乱,向缅甸乞援,缅甸借出援为名,竟占据阿剌干部。阿剌干部众不服,复向印度英总督处求救。英总督遂发兵攻缅。缅人连战连败,没奈何与他讲和,愿割让阿剌干地,并偿英国兵费二百万磅。缅人不图自强,徒然衔怨英人,遇着英商入境,任意凌辱。亡国之由,多在于此。英人愤无可遏,又起兵攻略缅甸,把缅甸南境的秘古地方,占夺了去。到光绪十一年,法取越南,日图朝鲜,英人闻中国多事,索性起了大兵,直入缅京,废了国王,设官监治。中国无事时,尚不过问,多事时,还有什么工夫。光绪十二年,英人兼并上下缅甸,编入英领印度内。云贵总督岑毓英奏闻,清廷王大臣,又记起昔年档册,缅甸为我属国。事事如此,大约由贵人善忘的缘故。此时驻法使臣曾纪泽,因争论中法和约,调任英使,总署衙门又发电到英京,命他至英廷抗议。猫口里挖鳅。英人已将缅甸全部列入版图,布置得停停当当,哪里还肯交还?曾纪泽费尽心力,据理力争,起初是要他归还缅甸,英人不理,后来复要他立君存祀,仍守入贡旧例,英人又是不从。可叹这位曾袭侯说得舌敝唇焦,谈到山穷水尽,才争得"代缅入贡"四字。其实也是有名无实的条约。当时还按期进呈方物,嗣因清室愈衰,把此约亦撇在脑后。此非曾袭侯无能,乃王大臣因循之误。英人得了缅甸,还要入窥云南,滇缅勘界,屡费周折,后来结果,终究是英人得利,中国吃亏,云南边徼又被英人割去无数。昔也日辟国百里,今也日蹙国百里,这也是中国的气数。

越南、缅甸的中间,还有一暹罗国,也是中国藩属,按年朝贡,洪杨乱后,贡使中绝。自从越南归法,缅甸归英,英法各想并吞暹罗,势均力敌,互生冲突,旋由两国会议,许暹罗独立自主,彼此不得侵略。只暹罗所辖的南掌地方,取来公分,至今暹罗尚算幸存,不过与中国早脱关系。从此中国的南服屏藩,丧失无余了,说来真可叹!清廷王大臣,多是醉生梦死,不顾后患。慈禧太后逐渐骄侈,还想起造颐和园来,做个享福的区处。小子叙述至此,殊不能为慈禧讳了。有诗咏道:

> 东南迭报海氛来,割地偿金不一回;
> 圣母独饶颐养福,安排仙阙竟蓬莱。

颐和园的风景,真是一时无两,欲知建筑的原因,容待下回续述。

合肥伯李鸿章,非真秦桧、贾似道之流亚也,误在暮气之日深,与外交之寡识。越南一役,中国先败后胜,法政府又竞争党见,和战莫决,彼心未固,我志从同,乘此规复全越,料非难事。乃天津订约,将与法使议和,但求省事,不顾损失,暮气之深可知矣。朝鲜再乱,维新党召日本兵入宫,日本未尝知照中国,遽尔称兵助乱,其曲在彼,不辨自明。袁世凯倡议入援,偕吴张二将,代逐乱党,翊王免难,日使竹添进一郎,至遁回济物浦,我已一胜,日已一挫,斯时日本,犹未存与我决裂之想。为合肥计,亟应声明朝鲜之为我属,一切交涉,当由中国主持,胡为井上馨至朝鲜,仍任朝鲜自与订约?伊藤西乡至天津,乃与订公同保护之约乎?光绪三四年间,日本咨照清廷,称朝鲜为自主国,不认为我藩属,经总理衙门抗辩,内称:"朝鲜久隶中国,其为中国所属,天下皆知。即其为自主之国,亦天下皆知。日本岂能独拒?"妙语解颐,日本人尝一笑置之。合肥知识,殆亦犹此。即或稍胜,亦百步与五十步之比耳。外交无识,宁有善果?越南去,朝鲜危,缅甸暹罗,相继丧失,不得谓非合肥之咎。本回实为合肥写照,暗寓讥刺之意。书法不隐,足继董狐直笔矣。

第八十三回　移款筑园撤帘就养
　　　　　　　周龄介寿闻战惊心

却说颐和园开工,乃是光绪十一二年的时候,耗去经费,约不下三千万金。这时国帑支绌,三千万金的巨款,从何而来?相传是从海军款项下,调拨过去。中法一战,马江败绩,闽海舰队,丧亡殆尽,清廷因海氛日恶,决议大兴

第八十三回 移款筑园撤帘就养 周龄介寿闻战惊心

海军,整顿海防,将台湾划为一省,改福建巡抚为台湾巡抚,原有福建巡抚事,归浙闽总督兼管。并在北京设海军衙门,命醇亲王奕譞作为总办,奕劻、李鸿章作为会办,善庆、曾纪泽作为帮办。五大臣公同商酌,拟先从北洋入手,督练第一支海军,择定盛京旅顺口、山东威海卫为军港。醇亲王奕譞,本没有海军经验,奕劻、善庆,不消说起,只有李鸿章、曾纪泽二人,素称是究心洋务,曾纪泽又时常出使外洋,主持海军的要人,自然要推李鸿章。但海军问题,繁费得很,免不得要筹集巨资。鸿章苦心筹划,接连奏请,朝上总是驳的多,准的少。巧妇难为无米炊,妙手空空,如何兴得起海军?鸿章没法,亲自入觐,密探内廷意旨。当由太后身旁的宠监李莲英,传出消息,说是:"太后近年,有意静居,拟造个园子,以便颐养,苦的无款可筹,时常烦躁,所以遇着各省筹款的事项,往往有驳无准。"鸿章沉吟一会,便与李莲英附耳数语,莲英点了好几回头。要造颐和园,恐亦是他怂恿出来。鸿章即回至天津,嗣凡有所奏请,无不照准。

看官!你道这位李伯爷,是什么妙想?他与李莲英定议,欲借海军名目,责成各疆吏岁拨定款,就中提出一半,作了造园经费,一半作了海军经费,两事都可成就。确是筹款妙法。慈禧太后闻言欣慰,于是大兴土木,把清漪园旧址,辟地建筑,改名叫颐和园。造了两三年,方才告竣。园中的楼台殿阁,亭轩馆榭,实是数不胜数。最著名的是乐寿堂正殿,即慈禧太后住所,规模很是壮丽。又有仁寿殿亦相仿佛,系召见王大臣处。还有颐乐殿,是太后听戏的地方,更造得穷工极巧。殿外就是戏台,分上中下三层,上层颜曰庆演昌辰,中层颜曰承平豫泰,下层颜曰欢胪荣曝。将戏台叙得更详,作者之意可知。此外有知春亭、夕佳楼、芸碧馆、藕香榭、养云轩、瞰碧台、宝云阁、云松巢、邵窝、贝阙、石舫、荇桥等佳境,无妙不臻,有美毕具。这园本倚万寿山,泉清水秀,草长花香,山巅更建一佛香阁,轩敞华丽,上出云霄。慈禧太后在园时,每日必登阁游览,俯瞰全园,气象万千。下有千步廊,曲折而下,直达殿门,所以往来甚便。历述园中胜景,写尽当时奢侈。园已告成,慈禧太后将移居园内,降了一道懿旨,即日归政。醇亲王奕譞、礼亲王世铎,先后上疏,无非因帝年尚幼,恳请太后再行训政数年。太后俯准所请,随带同光绪帝,幸颐和园,把内阁军机处以下各机关,都迁入园内办理,就是梨园子弟,也与官僚一同居住。直把官场作戏场。这也不在话下。

且说北洋海军,办了一二年,既集了好多经费,总要掩饰全国耳目,购了几只战船,募了几千舰队,才报成立。奉旨派醇亲王奕譞,到天津巡阅,肃毅伯李鸿章,即饬干员办差,布置行辕,务期完美。不料内廷又来了密函,由李鸿章展阅一周,忙召办差的委员入内,叫他在行辕里面,再布置一个房间。体制虽略逊一筹，装饰须格外精雅，不得疏忽！委员不敢多问，只得小心办理，一切铺设，已觉妥当，方回辕禀报。经李伯爷自去察视，到了正厅，系预备醇亲王居住，他倒不过大略一瞧，便算了事。转入厢房，反留心检点，那一件还嫌粗率，这一件更嫌简慢。委员暗暗惊讶，私自揣测，究竟是何人来此居住，要这般仔细挑剔？我亦不解。但奉上司命令，不得不再行掉换。过了数日，醇亲王已到码头，当由李鸿章亲去迎迓，办差的委员，亦随同前去，留心窥伺。见李伯爷谒过醇亲王后，即与醇亲王旁边的随员，殷勤问话，很带着谦恭样子。委员未曾认识，嗣闻李伯爷称他总管，方晓得是赫赫有名的太监李莲英。从旁面写入，比实叙还要厉害。醇亲王与李莲英，一齐上岸，直抵行辕，由李鸿章送入，周旋一番。又引李莲英到厢房，满口说是委屈，李莲英左右一瞧，只淡淡的答了费心二字。宿了两宵，醇亲王临场校阅，李莲英随侍在后，当由李鸿章传出军令，饬海军会操。舰队排樯而至，或分或合，或纵或横，映入醇亲王眼帘中，只觉得整齐错落，如火如荼。无异盲人。阅毕，极力褒奖。李鸿章只是拈须微笑。这一笑恰有微意。又过数天，醇亲王与李莲英，方辞别回京。这次阅操，又糜费了许多银两，李莲英处又须安置妥贴，一古脑儿在海军里报销，连委员都是瞠目伸舌。

　　李莲英回京后，威势愈盛，宫中称他九千岁。御史朱一新，偏呆头呆脑的奏了一本，内有"李莲英随醇亲王阅兵，恐蹈唐朝监军覆辙"等语。慈禧后勃然震怒，立命降级，调补主事。这旨下后，还有哪个敢冲撞李莲英？一班蝇营狗钻的人物，总教钻入李总管门路，不怕没有官做。转眼间已是光绪十四年，光绪帝年已十八，大婚期届，册立皇后。这皇后是谁家淑女？说将起来，又与慈禧后大有关系。从前立同治皇后时，慈禧后的主张，原是属意凤秀的女儿。旋由东太后决立年长，因把崇绮女为皇后，后来常与慈禧后反对，至死方休。这次光绪帝又要立后，慈禧后自然加意拣选。她想胞弟桂祥，曾任副都统，生有一女，与光绪帝年纪相仿，遂与光绪帝指婚。是年十月间，特降懿旨，立副都统桂祥女叶赫那拉氏为皇后，并选侍郎长叙两女，备作妃嫔。次年二月，光绪帝大婚，一切排场，与前代略同，小子若再叙述，笔意未免重复，不如概从简略。大婚礼毕，即封长叙长女那拉氏为瑾嫔，次女为珍嫔。慈禧后即下谕撤帘。归政典礼，虽是照同治朝依样举行，总要另画一个葫芦，费点手续。况慈禧后是个喜欢热闹的人，踵事增华，自在意中。归政后连加太后徽号，于"慈禧端祐康颐昭豫庄诚"外，添了"寿恭钦献"四字，凑成了十四个。慈禧后喜溢眉宇，格外畅适。又因中外无事，没甚牵挂，遂率同李莲英等，颐养园中，或是登山，或是游湖，或是听戏，或是抹牌，有时随作书画，消遣光阴。皇后本不善书，经慈禧太后指教，亦能了悟草法，得心应手。后来能书擘窠大字，尝自

第八十三回　移款筑园撤帘就养　周龄介寿闻战惊心

署斋名，叫作延春阁。她本是慈禧后侄女，平时能得慈禧欢心，因此慈禧游玩，常令皇后随从。慈禧后既有可意的内侍，又有如愿的佳妇，左右侍奉，正是快乐得很。

忽由河道总督吴大澄，呈上奏折，乃是请尊醇亲王称号，善拍马屁！内称醇亲王督办海军，功绩卓著，且自为帝父，应予尊崇。先引孟子"圣人人伦之至"的遗训，后引史事，谓宋朝的濮议、王珪、司马光，与欧阳修所议不合，从前高宗纯皇帝御批，以欧说为是。又明朝的世宗，欲追尊生父兴献王帝号，群臣争执，高宗御批，亦加驳斥。应请皇太后特旨，加醇亲王徽号，遂皇上孝敬之忱，塞薄海臣民之望云云。奏上，太后即降旨如下：

> 本日据吴大澄奏请饬议尊崇醇亲王典礼一折，皇帝入继文宗显皇帝，寅承大统，醇亲王奕𫍽，谦卑谨慎，翼翼小心，十余年来，深宫派办事宜，靡不殚竭心力，恪恭尽职。每遇优加异数，皆再四涕泣恳辞。前赏杏黄轿，至今不敢乘坐，其秉心忠赤，严畏殊常。非从深宫知之最深，实天下臣民所共谅。自光绪元年正月初八日，醇亲王即有豫杜妄论一奏，内称历代继统之君，推崇本生父母者，以宋孝宗不改子偁秀王之封为至当，虑皇帝亲政后，佥壬幸进，援引治平嘉靖之说，肆其奸邪，豫具封章，请俟亲政时，宣示天下，俾千秋万载，勿再更张。其披沥之忱，自古纯臣居心，何以过此？此深宫不能不嘉许感叹，勉从所请者也。兹当归政伊始，吴大澄果有此奏，若不将醇亲王原奏，及时宣示，则后此邪说竟进，妄希议礼梯荣，其患何堪设想？用特明白晓谕，并将醇亲王原奏发抄，俾中外臣民，咸知我朝隆轨，超越古今，即贤王心事，亦从此可以共白。嗣后阚名希宠之徒，更何所容其觊觎乎？将此通谕中外知之！

越年，醇亲王病殁。未殁时，慈禧太后屡率光绪帝至醇邸问疾，因醇亲王福晋，本是太后亲妹子，醇亲王又始终忠事太后，恭邸罢职，醇邸即续揽军机，一切政务，随时请太后指示，不敢独断独行。怪不得太后格外亲信，格外优待。临殁，太后极为痛惜，定称号曰皇帝本生考，予谥曰贤。丧葬一切，典礼特崇。惟谕中有"不可过事奢侈，致伤王生时恭俭盛德"。仍是防他僭越。并令将醇邸分为二处，一处崇祀醇亲王祖宗，一处为光绪帝发祥地点。醇亲王次子载沣袭爵，三子载洵，四子载涛，皆封公。醇亲王薨后，光绪帝虽然亲政，凡事仍禀白慈宫，不敢专主。慈禧太后亦尝令皇后及李莲英，暗中监察，免蹈同治覆辙。光绪帝恰也养晦遵时，没甚违忤。

自十五年至二十年，只有与英吉利、俄罗斯，稍有交涉。英国为了哲孟雄，启衅构兵。哲孟雄在西藏南境，介居布丹、廓尔喀两部中间，布、廓两部，同为西藏藩属。廓、哲失和,英人尝助哲败廓,令哲王割让大吉岭,及附近印度的平原,作为己有,算是出兵的酬谢费。嗣后屡有要索,哲人愤恨,竟将英人囚住。英人遂发兵攻哲,哲王哪里能抵挡英人?免不得肉袒牵羊,乞降大不列颠旗下。引虎者终为虎噬,亚洲诸小国皆蹈此失。英人得了哲孟雄,又把布丹亦收为属部。哲、布已失,西藏藩篱被撤,藏人震惧,日思规复,至哲部隆吐地方,设立卡房。英人安肯干休?自然要与西藏为难,攻毁卡房,并据藏南要隘。中国的驻藏大臣,向不中用,至是令帮办大臣升泰赴任,与英国总理印度大臣兰士丹,在印度孟加拉会议,定藏印条约八款,承认哲为英属,勘定藏哲分界,才得和平了结。后来复把藏南的亚东地方,开为商埠,许英人互市,这也是司空见惯,不足为奇。

至与俄国交涉的事情,系为帕米尔高原。帕米尔为新疆西南边徼,在葱岭外面,北通浩罕安集延,为亚洲最高的陆地。亚洲大山,多自帕米尔发脉,中国曾建设卡伦,并据伊犁西境,遂迫中国将卡伦撤去,中国不允。已而英人复降服阿富汗,嗾阿人逐中国卡伦兵,俄国以英人复来染指,忙出兵据帕米尔。于是中、俄、英三国,皆有违言。经中国出使大臣洪钧、许竹筼,先后会议,结果是俄人得了大利,英人次之,中国最是吃亏,把帕米尔高原,尽行弃掉,只以葱岭为界,清政府因中国幅员,素号辽廓,割了一些儿荒徼,也没有十分痛苦。总教身家保住,管什么边疆荒地?到光绪二十年,是慈禧太后六旬万寿。又是天大的喜事。寿辰在十月十日。正二月间,就饬王大臣预备祝嘏典礼,仿照康熙、乾隆时故例。着各省将军督抚,先期派员来京,庆祝圣母万寿,一面饬内务府督率工役,自大内至颐和园,统要盖搭灯棚,点缀景物,并要沿途建设经坛,由喇嘛僧带领僧众,唪诵寿生真经。颐和园内,还要造大牌楼,作圣母万寿纪念。内务府因库款支绌,授意内外大员,预送寿礼,大员们哪个不想巴结?彼此会议各捐俸银二十五成,作了万寿的送费,聊表微忱。内中有个西安将军荣禄,于俸银二十五成外,更献了许多金银珍宝,顿时喜动慈颜,立召内用。荣禄本太后功臣,热河回跸,全仗荣禄随扈,为什么外任西安,就了闲散的职任?原来荣禄扈驾回京,慈禧后记念大功,擢为内务府总管,宫廷得自由出入。每有要事,慈禧后亦常与商量,同治帝宾天时,荣禄尚入直宫中,很邀宠眷。到了光绪六年,忽由光绪帝师傅翁同龢密白太后,劾荣禄浊乱宫禁的罪状,慈禧后不信,暗中恰是加意侦查,果然事出有因。这位有胆有识的荣大臣,竟在某妃房中,竭忠效力,确是有胆,确是有识。被慈禧后亲见亲闻,当下怒气勃发,立将荣禄驱逐出京,革去官职。慈安崩后,慈禧后又记起荣禄,疑是慈安设计陷害,俾折臂助,但因荣禄犯罪太重,不欲骤然起用。自是荣禄失官数年,嗣后不知荣禄

第八十三回　移款筑园撤帘就养　周龄介寿闻战惊心

如何运动,又超擢为西安将军。想来总是李总管的大力。此番奉召入都,再任步军统领,寿礼确是多送。自然格外小心,格外勤谨。预备祝寿期内,他亦着力帮忙。慈禧太后复降恩旨,晋封瑾、珍二嫔为妃,此外贵人等,亦照例递升。宗室外藩王公,及中外文武大臣都驰恩覃封,官上加官,爵上晋爵,满拟届了寿期,做一场普天同庆的旷典。谁料一到五月,朝鲜又闯起大祸,弄得中日开衅,陡起战云。清军连战连败,慈禧太后懊怅异常,不得不另降懿旨,罢除庆贺。小子曾记当时有一上谕云:

> 朕钦奉慈禧端佑康颐昭豫庄诚寿恭钦献皇太后懿旨:本年十月,予六旬庆辰,率士胪欢,同深忭祝。届时皇帝,率中外臣工诣万寿山行庆贺礼,自大内至颐和园,沿途跸路所经,臣民报效,点缀景物,建设经坛。予因康熙隆乾年间,历届盛典崇隆,垂为成宪,又值民康物阜,海宇乂安,不能过为矫情,特允皇帝之请,在颐和园受贺。讵意自六月后,倭人肇衅,侵予藩封,寻复毁我舟船,不得已兴师致讨。刻下干戈未戢,征调频仍,两国生灵,均罹锋镝。每一念及,悯悼何穷?前因念士卒临阵之苦,特颁内帑三百万金,俾资饱腾。兹者庆辰将届,予亦何心侈耳目之观,受台莱之祝耶?所有庆辰典礼,着仍在宫中举行。其颐和园受贺事宜,即行停办!朕仰承懿旨,孺怀实有未安,再三吁请,未蒙慈允。敬维盛德所关,不敢不仰遵慈意,为此特谕!钦此。

一场盛举,化作烟销,日本太是无情,海军真也不力。届寿辰时,只在园内排云殿受贺,就算完结。后人有宫词一绝道:

> 别殿排云进寿觥,慈怀日夕轸边情。
> 诸州点景皆停罢,馈饷频闻发大盈。

究竟中日何故开战,且到下回续叙。

母后训政,既非美事,亦非易事。历代有此成例,乃因主少国疑,不得已而出此耳。然阁窦临朝而常侍横,武韦专政而阉竖兴,郑李恃宠而珰祸炽。后妃专政,往往为中官所播弄,堕其术中而不之觉。以慈禧太后之英明,而前有安得海,后有李莲英。李莲英之擅权,较诸安得海,尤专且久。颐和园之建筑,李莲英导之也,六旬万寿之侈备典礼,何一非自李莲英等,曲意逢迎,隐图中饱耶?贵胄若醇亲王,元老若李肃毅伯,犹且不敢忤李莲英,遑论他人?故慈禧二次之训政,几与李莲英训政无异。本回叙慈禧,实即叙李莲英。叙李莲英,即不啻叙慈禧。清朝二百数十年之国祚,斩丧于李总管一人之手,内监之祸烈矣哉!慈禧后殆犹可原焉。

第八十四回 叶志超败走辽东
丁汝昌丧师黄海

却说朝鲜自迭遭乱事，国势愈衰，国王李熙，又是个贪安图逸的人，凡事都因循苟且，不愿振作，因此日贫日弱，寇盗纷起，日本尤为垂涎，独中国置若罔闻。驻英、法、德俄使臣刘瑞芬，明察外事，思患预防，曾致书北洋大臣李鸿章，建了两策：上策欲乘他内敝，收他全国，改为行省；次策应约同英美各国，公同保护，方足保全朝鲜。结尾是朝鲜安全，东三省亦可无虞等语。莫谓秦无人。李鸿章亦以为然，将刘书上之总署，总署诸公，多是酒囊饭袋，醉生梦死，管甚么朝鲜存亡。应骂！鸿章孤掌难鸣，也只能得过且过。

光绪二十年，朝鲜国全罗道东阜县，有东学党起事，党魁叫作崔时亨，自号"纬大夫"。这东学党徒，并不是留学东瀛，乃是剽窃佛老绪论，妄参己意，辗转传授。国王因他妖言惑众，出兵捕治。崔时亨遂揭竿起事，连败王兵，复从全罗道转攻忠清道，声势非常厉害。国王李熙忙向中国告急，并咨照中国驻使。看官！你道这驻使系是谁人？便是当年帮办营务的袁世凯。世凯接读咨文，飞电北洋，当由北洋派遣提督叶志超，及总兵聂士成等赴援。李鸿章颇也精细，遵守天津条约，电告驻日钦使汪凤藻，叫他知照日本。日本真是厉害，不肯后人一着，派大岛圭介率兵赴朝鲜。两国兵队，先后出发，钦差袁世凯闻叶提督已到牙山，随即致书叶提督，请他出示晓谕，解散乱党。乱党究系是乌合之众，见了一纸文告，吓得四散奔逃。朝鲜失守的地方，不战自复。清军拟即撤回，只日本兵，恰有进无退。袁钦使照会大岛圭介，仍援天津约文，谓彼此撤兵。此次中日交涉，中国原未违约。大岛圭介含糊照复，暗中反添兵派将，陆续运到朝鲜，分守釜山、仁川的要害。日本因两番落后，故此次用着全力来。袁钦使复电达北洋，请预防决裂，速筹战备。无如肃毅伯李鸿章，明知中日开衅，必须海战，北洋海军，虽然办了好几年，恰是外强中干，不堪一战，谁叫你把海军经费，拨造颐和园。因此复袁使电文，只要他据约力争，并咨照总理衙门，与驻华的日使小村寿太郎，速即和平办理。

总署王大臣，统是糊涂颠顶，尚说朝鲜是我藩属，所以发兵平乱，日本不得干涉。为了这语，又被日使借口，他道是朝、日两国，有直接条约，中、日两国，为了朝鲜，亦曾订有天津约章。朝鲜明明自主国，不过他国度很小，未能自保，所以由我两国共同保护，何得说我国不得干涉？据他的说话，很像理直

第八十四回　叶志超败走辽东　丁汝昌丧师黄海

气壮。总署王大臣，无可辩驳，反仗着自己余威，要与日本开战。你上一折，我上一本，统说区区日本，无理如此，宜亟发海、陆两军，声罪致讨。光绪帝少年好胜，瞧了各大臣奏章，也锐意主战，催促北洋大臣李鸿章，速剿倭寇。统是自大的口吻。此时这李伯爷，好像哑子吃黄连，说不出的苦楚。复飞电驻日汪使，叫他诘问日本外部，何故违背天津专约，不肯撤兵？日外部又提出条件，是要与中国同心协力，改革朝鲜内政。又是个冠冕堂皇的题目。汪使电复李鸿章，李鸿章尚是持重，不肯主战，奈内外官员，不识外情，不是说李伯爷胆怯，就是说李伯爷面软，连袁钦使世凯，也总道北洋海军，可以一试，请命北洋，愿即回国，决与日本开仗。李鸿章尚未答复，日本兵已入朝鲜王宫，幽禁国王李熙，推大院君主持国柄，并宣告朝鲜独立。那时连翼翼小心的李伯爷，也只得开战，召袁钦使回国。朝旨又三令五申，派副都统丰伸阿，提督马玉昆，总兵卫汝贵，左宝贵等，各带大兵，由陆路进发。

　　日本用先发制人的手段，乘清军尚未云集，即进攻牙山的清军。叶军门志超，恇弱无能，镇日里饮酒高卧，忽报日兵将来攻击，连忙向北洋求救。李鸿章闻警，还恐自己先行发兵，将来要被日本指摘，想了一计，向英商处租了高升轮船，载兵二营，出援牙山。不意到了丰岛，日本已暗伏军舰，截住去路，连珠炮发，将高升轮船击沉。船内的兵士，统行漂没。可怜可怜！叶志超待了数日，不见援兵到来，正急得没有摆布，还是总兵聂士成，有些胆量，慷慨誓师，愿决一战。忽由探马来报日兵已到成欢，士成即持鞭请行，见志超面色如土，半晌才说了两语道："老兄小心前去！兄弟当守……守住此地。"言下已有逃意。士成领命赴敌，不半日已到成欢，恰遇日兵整队前来，士成即传令开枪，两下里杀了一阵，只见烟雾迷天，弹丸蔽日。约战了两个小时，日兵恰向后退去，士成追袭一程，方收队扎营，即差兵弁往牙山报捷。到的次晨，差去的兵弁，尚没有回来，日本大队又到。这次日本兵，不似前次的怯战，遥望过去，已是精锐得很。士成倒也不怕，仍下令开营迎敌。营门甫开，炮弹已到，聂军连忙还击，正在酣战时候，差去的兵弁才到，报称牙山已没有大兵，闻叶军门已退驻平壤去了。这语一传，兵心渐懈，日本兵又是漫山遍野，杂沓而来。士成到此，未免心惊，料知支持不住，乃命部兵移前作后，严阵而退。士成好算不弱。日本兵恰不敢进逼，由士成退去。士成回到牙山，果然不见一卒，长叹了数声。暗想部下只有数千兵马，万不能保守这地，与其孤军死敌，不如全师早返，于是传令退兵，齐回平壤，眼见得牙山要地，被日兵占去。罪在叶志超，不在聂士成。

　　士成到了平壤，谒见叶志超，问他何故退兵？志超支吾了一会，士成又道："成欢已败日兵，军门大人若果多留数天，牙山也可保得住。"也未可必。志超道："老兄战功，兄弟已经探闻，报告朝廷，现在辽东派来的人马，已会集此处，总教此处得胜，牙山虽失，还可无虞。"士成也不敢多说，随即退出。志超仍然日坐营中，并没有什么举动。丰伸阿、马玉昆、左宝贵、卫汝贵等，见了志超，无非说的应酬常套，也未闻商及机宜。士成背地嗟叹，暗自灰心。日兵闻清军云集平壤，倒也扎住牙山，一时不敢进发，叶志超乐得快活几天。忽接到北京电报，令他节制各军，拜为统帅。聂士成擢为提督，将弁获奖数十员，军士得赏银二万两。志超喜出望外，设筵庆贺，置酒高会。各路统领，少不得亲自贺喜，热闹了好几天。

但志超本非将才，骤升统帅，哪个去畏服他？所有号令一切，多半是阳奉阴违，连志超营内的将弁，也是逐队四出，奸淫掳掠，无所不为。朝鲜百姓，本是爱戴清朝，箪食壶浆，来迎王师，不料清兵都妄作妄行，反致朝民失望。志超的意思，总教守住平壤，余事都可不问，因此划分守汛，令丰伸阿、马玉昆、左宝贵、卫汝贵各将，驻扎平壤城四面。看看中秋将近，日兵尚没有消息，正拟大排筵席，宴赏良辰。突闻哨卒来报，日将野津，已统兵来攻平壤，人马很是不少。志超大吃一惊，急传丰伸阿、马玉昆、左宝贵、卫汝贵，各将商议。志超道："日兵已要逼近，诸位可有退敌的计策么？"各将的资格，要算丰伸阿，他先开口答道："全凭统帅调度！"志超道："据兄弟看来，还是深沟高垒，不战为妙。"各将尚未见答，就中恼了左宝贵，向志超道："现在的战仗，不比从前刀枪时代，炮火很是厉害，断非土石所能抵挡，不如趁日本未逼近时，先行迎截，方为上计。"叶志超脸色忽变，半晌才道："我意主守，老兄主战，想老兄总有绝大勇力，可以退敌，不妨请老兄自便！"陷死左宝贵，就在此数语内。宝贵道："统帅是节制各军，卑镇安敢自由进退？但是这次开战，关系国家不少，卑镇奉命东来，早已誓死对敌，区区寸心，要求统帅原谅！"志超道："老兄晓得国家，难道兄弟不晓得国家么？"未曾开战，先自争论，焉得不败？丰伸阿等见两人闹起意见，只得双方劝解，谈论了好一歇，并没有什么定议，外边的警报，恰络绎不绝。宝贵勃然起座，对诸将道："宝贵食君禄，尽君事，敌兵已到，只有与他死斗的一法。若今日不战，明日又不战，等到日兵抄过平壤，截我归路，那时只好束手待毙了。诸公勉之！宝贵就此告辞！"已甘永诀！当即忿忿而出。丰伸阿、马玉昆亦别了志超，自回营中。只卫汝贵少留片刻，与志超密谈数语，不知是何妙计，大约总是预谋保身的秘诀。

且说左宝贵到了营中，遥闻炮声隆隆，料知日兵已近，当命部下各兵，排齐队伍，鸣角出营。宝贵当先领阵，行不一里，已见火焰冲霄，日兵的炮弹，如雨点般打将过来。宝贵自然督军还击，砰砰訇訇，扑扑簌簌，互轰了大半天。日兵煞是厉害，前敌残缺，后队补入，枪子射得越急，炮弹放得越猛。左军这

第八十四回　叶志超败走辽东　丁汝昌丧师黄海

边前队亦多伤亡,后队的兵士,亦督令照补。宝贵喝令一齐放枪,自已越小心督察,忽见后队所持的军械,多是手不应心,有的是放不出弹,有的是弹未放出,枪已炸破。宝贵还道他是操练未精,手执快刀,斫了几个,后来见兵士多是这般,他急从兵士手中夺过了枪,亲自试放,用尽气力,也不见弹子出来。仔细一瞧,机关多已锈损,不禁失声道:"罢了罢了。"看官!你道这种枪械,为何这般不中用?原来中国枪械,多从外国购来,北洋大臣李鸿章,闻德国枪炮最利,就向他工厂内订购枪械若干,不想运来的枪械,一半是新,一半是旧。当时只知检点枪支,哪个去细心辨认?这番遇着大战仗,便把购备的枪杆,陆续发出。左军前队的兵士,乃是临阵冲锋的上选,所用枪械,时常试练,把废窳的已经剔去,后队的或系临时招募,随便给发枪械,因此上了战仗,有此蹉跌。部将请宝贵退兵,宝贵叹道:"本统领早知今日,所愿多杀几个敌人,就是一死也还值得。不料来了一个没用的统帅,又领了一种没用的枪支,坐使敌军猖獗,到了这个地步。"道言未绝,突然飞到一弹,宝贵把头一偏,正中在肩膀上。日本兵又如潮涌上,冲动左军阵势。宝贵尚忍痛支持,怎奈敌炮接连不断,把左军打倒无数。宝贵身上,又着了数弹,口吐鲜血,晕倒地上。可怜可怜!蛇无头不行,兵无将自乱,霎时间全军溃散,逃得一个不留。

这时候日本兵三路进攻,丰都统、马提督也分头抵截,丰伸阿本没有能耐,略略交绥,便已却退。马玉昆颇称骁勇,督领部众,鏖战一回,只因枪械良窳不齐,打出去的枪弹,不及日本的厉害。日本的枪子,一发能击到百数步,中国的枪子,只有六七十步可击,已是客主不敌。况又有机关不灵,施放不利的弊病,哪里能长久支持?凭你马提督如何勇悍,也只得知难而退。甫到平壤城,见城上已竖起白旗,好称救命旗。马玉昆驰入城内,见叶统帅坐在厅上,身子兀自乱抖。玉昆便问高竖白旗的缘故?志超道:"左宝贵已经阵殁,卫汝贵已经走掉,阁下与丰公,闻又不能得利,偌大的平壤城,如何能守得住?只好扯起白旗,免得全军覆没。"玉昆见主帅如此怯战,也是无法可想。聂士成本随着志超,守住平壤城,一再谏阻,终不见从,也是说不尽的愤闷。

日本兵直薄城下,望见城上已竖白旗,守着万国公法,停炮不攻。志超恰趁这机会,夤夜传令,静悄悄的开了后门,率诸将遁还辽东。这计恰用着了。这诸路兵士,一半是奉军,一半是淮军,都经李鸿章训练,日人颇惮他威名,到此始觉得清军没用,益放胆进攻。据了平壤,又占了安州、定州,得机得势,要渡过鸭绿江,来夺辽东了。清朝的陆军,已一败涂地,统退出朝鲜境,还有黄海沿岸的海军,悬着龙旗,随风飘荡,日本军舰十一艘,驶出大同江,进迫黄海,清海军提督丁汝昌,闻日舰到来,也只得列阵迎敌。当时清舰共有十二艘,定远、镇远,最大;致远、靖远、经远、来远、济远、平远次之;广甲、广丙、超勇、扬威又次之。汝昌传令,把各舰摆成人字阵,自坐定远舰上,居中调度,准备开战。遥望日舰排海而来,仿佛如长蛇一般,大约是个一字阵。汝昌即饬将弁开炮,其实两军相隔,尚差九里,炮力还不能及,凭空的放了无数炮弹,抛在海中。开手便已献丑。日舰先时并不回击,只是开足汽机,向前急驶。说时迟,那时快,日本的游击舰,已从清军左侧驶入,抄袭清军后面,日本主将伊东祐亨,驾着坐船,带领余舰,来攻清军前面。那时炮才迭发,黑烟缭绕,迷濛一片。不到一时,中国的超勇舰,着了炮弹,忽然沉没。清军少见多怪,惹起了兔死狐悲的观念,顿时慌乱起来。一经慌乱,便各归各驶,弄得节节分离,彼此不相援应。这舰队中管带,只有致远管带邓世昌,经远管带林永升,具着赤胆忠心,愿为国家效死。日舰浪速,与致远对轰,两边方在起劲,又来了一艘日本巨舰,名叫吉野,比浪速舰还要高大,也来轰击致远。致远船身受伤,恼得邓世昌性起,亲督炮架,测准吉野敌楼,一炮一炮的轰去。吉野舰内的统带官,急忙驶避,世昌饬令追去,舱中报弹药已尽,不便再追,世昌慨然道:"陆军已闻败绩,海军又要失手,堂堂中国,被倭人杀得落花流水,还有何颜见江东父老?不如拚掉性命,撞沉这吉野舰,与他俱尽,死亦瞑目。"便令鼓轮前进。看看将追上吉野,不意触着鱼雷,把船底击碎,海水流入船内,渐渐的沉入海去。世昌以下,一律殉难。可怜可怜!

　　经远管带林永升,与日本赤城舰相持。赤城舰的炮火,攒射经远,经远中弹突然火发,林永升不慌不忙,一面用水扑火,一面窥准敌舰,轰的一炮,正中敌舰要害,成了一个大窟窿。敌舰回身就走,永升死不放松,传令追袭,也是气数该绝,追了一程,又被水雷触裂,沉下海中。可怜可怜!两员虎将,同时死难,余外的战舰,越加心慌。济远管带方伯谦,向来胆小,本是在旁观望,遥见致远、经远,都被击沉,还有何心观战?忙饬舵工转舵,机匠转机,向东逃走。冤冤相凑,撞在扬威舰上,扬威已自受伤,经不起这么一撞,随波乱荡,不能自主。海水泼入船内,随即沉没。济远舰只管着自己,逃入旅顺口内,广甲、广丙两舰,也跟着逃遁,只留了定远、镇远、靖远、来远、平远五艘,尚在战线范围内,被日舰围住奋击。丁汝昌还算坚忍,迭放大炮,轰沉日本西京丸一艘,并击伤日本松岛舰。奈定远舰也中了五六炮,失战斗力,靖远、平远、来远三舰,亦受了重伤,突围出走,单剩定远、镇远,势孤力竭,不得已冲出战域,驶入口内。丁汝昌尚肯自尽,故书中叙述海战,比叶志超陆军较有声势。这一场海战,兵舰失掉五艘,余舰亦多伤损。二十余年经营的海军,不耐一战,正是中国莫大的耻辱。小子叙述到此,泪随笔下,立成悲悼诗一绝道:

　　　　海滨一战覆全师,太息烟云起灭时。
　　　　我为合肥应堕泪,枸园贻误少人知。

海陆军统已失败，中日的胜负已定，日本还不肯罢战，竟想把中国并吞下去。小子要洒一番痛泪，只好把笔暂停一停，待下回再行详叙。

中日一战，为清室衰亡张本，即为中国孱弱张本。世人皆归咎合肥，合肥固不得为无罪，但不得专咎合肥一人。海军经费，屡请屡驳，合肥不得已，移其半以造颐和园，而海军才有眉目。否则甲午一役，虽欲求一败衄之海战，亦不可得，宁非尤足羞者。惟选将非人，购械不慎，不得谓非合肥之咎。叶志超、丁汝昌辈，多由合肥一手提拔，彼皆非专阃才，胡为而推毂乎？当时勇毅如左宝贵，忠愤如邓世昌、林永升，俱足为干城选，仅令其率偏师，充管带，受制于一二庸夫之下，徒令其战死疆场，饮恨以殁，以视曾文正之知人善任，合肥多惭色矣。若讥其迁延观望，不愿开战，至于内外交迫，孤注一掷，以至败亡，说虽近似，而吾且以此为合肥原。盈廷虚骄，交口主战，合肥犹知开战之非策，不可谓非一隙之明。知彼知己方足与言对外，假使当日从合肥言，勉从和议，尚不至失败若此。此回为合肥一生恨事。叙叶志超，叙丁汝昌，无一非为合肥写照。作者固别蓄深意，阅者亦当别具眼光，毋滑口读过！

第八十五回　失律求和马关订约　市恩索谢虎视争雄

却说叶志超既逃归辽东，丁汝昌又败回旅顺，警报迭达北京，光绪帝大为懊恼，即命将叶志超、丁汝昌革职，卫汝贵、方伯谦拿问，并严责北洋大臣李鸿章。李鸿章只得自请议处，又把海军败绩的缘由，推在方伯谦等身上，奉旨令将方伯谦军前正法。迟早一死，为何要逃？李鸿章咎亦难辞，拔去三眼翎，褫去黄马褂，改命提督宋庆出兵旅顺，提督刘盛休出兵大连湾，将军依克唐阿出兵黑龙江。三路兵驻守辽东，防堵日本。嗣又命宋庆统制各路人马。各路统领，与宋庆资格多是不相上下，忽接朝廷旨意，要归他节制，免不得郁郁寡欢。又是败象。宋庆到了九连城，收集平壤败兵，倚城下寨。九连城濒鸭绿江口，为辽东第一重门户，这重门户不破，辽东自可无恙。宋庆把守此处，也算是因地设险。当下传集各统将，分守汛地，叫他努力防御。各统将虽是面从，心中很是不悦，出了大营，满肚里都受着委曲，你也不愿尽力，我也不肯效命，勉强起程，按着所派汛地，率军进行。

那边的日本兵，确是勇迅，闻鸭绿江西岸，清军未曾严守，当即率兵飞度。过了鸭绿江，浩浩荡荡，杀奔九连城。这时刘盛休、依克唐阿、马玉昆、丰伸阿、聂士成诸将，沿途抵敌，都杀不过日兵。清军退一里，日兵进一里，清兵退十里，日兵进十里，待日军进薄九连城，各路统将，统已远远的避去，只剩了城中一个老宋。老宋闻诸军皆溃，独力难支，没奈何弃城出走，退守凤凰城。嗣又因凤凰城孤悬岭外，不便扼守，复弃城西遁。统帅一走，各将愈闻风而逃，日本兵遂进占凤凰城，复分三路。一路出西北，扑连山关；一路出东北，攻岫岩州；一路出东南，窥金州大连湾。不到数日，各路都已得手，只连山关一路，被依克唐阿与聂士成两军，南北夹攻，得而复失，并伤毙中尉一员。凤凰城日军来援，又被依军杀退。依将军是久败思奋，所以尚得一二回胜仗，聂军门本是个出色当行的人材，当中国初次发兵时，已拟率陆军进捣韩城，调海军进扼仁川港口。这是先发制人的妙计，可惜当时不用。嗣因空言无补，没人见用，到了牙山，又为叶提督所制，愤愤而退。此次见清军连溃，彼此不相照应，连自己也只得节节退步。后来得了依将军一臂之力，遂得转败为胜。随又行文各帅，愿自率部下人马，抄袭敌军后面，断他饷道，令他不久自乱，那时首尾夹攻，定能克敌。此计亦妙，可惜又不见用。各路将帅，有一半说是危计，有一半简直不答。适廷旨又调他入关，保护畿辅，将行的时候，还杀败日兵数次，所以凤凰城东北一带，尚没有名城失陷。东路自岫岩州陷落，日兵又连陷海城，清军都退到辽西，靠了辽河，作为防蔽，总算暂时敷衍过去。

独东南一隅，既无良将，又无重兵，只有旅顺口向称天险，内阔外狭，层山环抱，有一夫当关，万夫莫入的形势。丁汝昌反认作绝地，且因战舰待修，转入威海卫，暂避敌焰，只留了总办龚照屿居住旅顺。日兵既陷了金州大连湾，拟乘势攻旅顺，但恐旅顺险峻，不易攻入，遂先勾引汉奸，令他混入口内，四贴日人告示，声言日兵于某日取旅顺，居住的兵士，应及早投降，否则大兵一到，玉石俱焚，无贻后悔。明明是虚声恫吓。龚照屿得着此信，吓得魂不附体，忙坐了鱼雷艇，顺风逃去。还有一班驻守的人员，见照屿已遁，个个慌乱，带了枪械，各自逃生。一个重大的要口，变作杳无人影的空谷。至日兵入港，清军已逃去两日了。日兵不费一弹，不发一枪，把北洋第一个军港，唾手而得，真是绝大的喜事。

这时候日本兵舰，已纵横辽海，北面的盖平营口，已在囊中，南面的荣城登州，又仿佛握在掌内。狼狈不堪的丁汝昌，方困守威海卫外的刘公岛，只望日兵饶恕了他，不来作对。谁知日兵偏不许他独生，鼓着大舰，驾起巨炮，又向刘公岛进攻。可怜汝昌手下，只有几片败鳞残甲，一阵轰击，定远、威远、来远三艘，又被打沉，丁汝昌亦受了弹伤，刘公岛势处孤危，万不能守。日兵还是接连开炮，四围攻打。汝昌到此，垂头丧气，伤兵士竖起白旗，一面致书日将，约不得伤害地方民命，自己哭了三四次，仰药自尽。还是好汉。日兵遂据刘公岛，并入威海卫，于是北洋第二个军港，亦被日本夺去。所有败残军舰，

第八十五回　失律求和马关订约　市恩索谢虎视争雄

统归日兵占领。清廷还起恭亲王奕䜣,总理海军事务,其实辽海沿岸大小兵轮,只有旭日旗招展,并没有龙旗片影,还要管理什么海军?

　光绪帝迭闻败报,召王大臣会议,从前锐意主战,慷慨激昂的诸人物,至此都俯首无言。独有二个满员,上书言事,煞是可笑。一个满御史,请起用檀道济为大将,檀道济是刘宋时人,死了一二千年,为什么奏请起用?他因同僚拟用董福祥,假名檀道济以示意。他即问檀道济三字,如何写法?经同僚书示,遂冒昧照奏。又有一个满京堂,奏称日本东北,有两个大国,一是缅甸,一是交趾,日本畏他如虎,请遣使约他夹攻,必可得志。想是做梦。光绪帝见了这等奏章,又气又恨,只得与恭王等商议,定了一个请和的计策,命侍郎张荫桓、邵友濂,赴日本议和。日本很是厉害,拒绝两使。他说这等小官,不配讲和。弄得张邵二人,垂头丧气,踉跄归来。清廷方议改派,恼了一个安御史维峻,抗词上奏,虽不似满员的荒谬,也多牵强附会,都下偏传诵一时,小子将原奏详录,以供看官一粲,道:

　　奏为疆臣跋扈,戏侮朝廷,请明正典刑,以尊主权而平众怒,恭折仰祈圣鉴事。窃北洋大臣李鸿章,平日挟北洋以自重,当倭贼犯顺,自恐寄顿倭国之私财,付之东流,其不欲战,固系隐情。及诏旨严切,一意主战,大拂李鸿章之心,于是倒行逆施,接济倭贼煤米军火,日夜望倭贼之来,以实其言。而于我军前敌粮饷火器,故意勒掯之。有言战者,动遭呵斥。闻败则喜,闻胜则怒。淮军将领,望风希旨。未见贼,先退避,偶遇贼,即惊溃,李鸿章之丧心病狂,九卿科道亦屡言之,臣不复赘陈。惟叶志超、卫汝贵均系革职拿问之人,藏匿天津,以督署为逋逃薮,人言啧啧,恐非无因。而于拿问之丁汝昌,竟敢代为乞恩,并谓美国人有能作雾气者,必须丁汝昌驾驭。此等怪诞不经之说,竟敢陈于君父之前,是以朝廷为儿戏也,而枢臣中竟无人敢为争论者。良由枢臣暮气已深,过劳则神昏,如在云雾之中。雾气之说,入而俱化,故不觉其非耳。张荫桓、邵友濂为全权大臣,未明奉谕旨,在枢臣亦明知和议之举,不可对人言,既不能以死生争,复不能以去就争,只得为掩耳盗铃之事,而不知通国之人,早已皆知也。倭贼与邵友濂有隙,竟敢索派李鸿章之子李经方为全权大臣,尚复成何国体?李经方为倭贼之婿,以张邦昌自命,臣前劾之。若令此等悖逆之人前往,适中倭贼之计。倭贼之议和,诱我也。我既不能激励将士,决计一战,而乃俯首听命于倭贼,然则此举非议和也,直纳款耳,不但误国而且卖国。中外臣民,无不切齿痛恨,欲食李鸿章之肉。而又谓和议出自皇太后意旨,太监李莲英实左右之,此等市井之谈,臣未敢深信。何者?皇太后既归政皇上矣,若犹遇事牵制,将何以上对祖宗,下对天下臣民？至李莲英是何人？斯敢干预政事乎？如果属实，律以祖宗法制，李莲英岂复可容？惟是朝廷被李鸿章恫吓，未及详审利害，而枢臣中或系李鸿章私党，甘心左袒，或恐李鸿章反叛，姑事调停。初不知李鸿章有不臣之心，非不敢反，实不能反。彼之淮军将领，皆贪利小人，无大伎俩，其士卒横被克扣，则皆离心离德，曹克忠天津新募之卒，制服李鸿章有余，此其不能反之实在情形，若能反则早反耳。既不能反，而犹事挟制朝廷，抗违谕旨，彼其心目中，不复知有我皇上，并不知有皇太后，而乃敢以雾气之说戏侮之也。臣实耻之，臣实痛之！惟冀皇上赫然震怒，明正李鸿章跋扈之罪，布告天下，如是而将士有不奋兴，倭贼有不破灭，即请斩臣以正妄言之罪。祖宗监临，臣实不惧。用是披肝胆，冒斧锧，痛哭直陈，不胜迫切待命之至！谨奏。

奏上，有旨"安维峻呈进封奏，肆口妄言，着即革职，发往军台效力！"是日恭亲王适请假。次日入朝，始知这事，斥同僚道："这等奏折，不值一噱，付诸字篓内，便好了事。诸公欲令竖子成名么？"恭亲王尚是有识。正议论间，朝旨又下，派李鸿章为全权大臣，速赴日本议和。恭王即饬军机处办事人员，电达天津。李鸿章接着此旨，明知战败求和，还有什么光采？但事已如此，欲救眉急，不得不硬着头皮，指日前往。方就道时，先电商各国驻华公使，请为臂助。俄使喀希尼，慨然答复，愿保全中国疆土，代拒日本。言太甘者心必苦。李鸿章始航行而东，到日本山阳道海口，地名马关，日本已遣专使伊藤博文，及陆奥宗光，在马关守候。鸿章在途中，屡接中国警耗，日本北据营口，南占澎湖，心中正焦灼，见了伊藤、陆奥两人，寒暄已毕，便请停战。伊藤、陆奥不允，必欲先订和约，方许停战，经鸿章再三磋商，才提出停战条件。看官！你道条件是什么要约？他说要山海关、大沽口及天津三处，作了抵押品。这三处乃是京畿要口，押与日本，简直是引狼入室，叫这位李钦差如何答应？没奈何把停战问题，暂时搁起，先把和款商量起来。伊藤、陆奥煞是厉害，要索各款，统是不堪忍受。鸿章与他辩论，他却绝不理会，反将冷语谐词，调侃鸿章。鸿章此时，既不敢反唇相讥，又不便屈意俯就，只得熬了一肚子气闷，拿出迁延手段，敷衍他们。今朝说，明朝再议，明朝说，后日再议。未免有情，谁能遣此？一日，自会所返寓，鸿章因连日会议，毫无效果，坐在马车中，正自忐忑不定，突听得枪声一发，忙从左边一顾，不防劈面来了一颗弹子，正中左颧。鸿章忍着痛，急呼日本警察，日警过来，见鸿章颧血直喷，忙去捉拿刺客。鸿章也不及问刺客情状，匆匆回寓。病了好几日，警闻直达欧美，各国新闻纸，争说日人无理，大有攘臂直前，代鸣不平的意见。日本始自知理屈，遣使谢罪，并饬医替他调治。伊藤、陆奥亦至李寓道歉，随允转圜和议。鸿章即要约停战，伊藤、陆奥亦即照允。日本刺客,恰是清国功臣。嗣后申定和议,伊藤、陆奥终究不肯多让,李鸿章无可如何,勉依条约十一款。大纲如下:

一　认朝鲜为自主国。
二　偿日本兵费二百兆两。
三　割让辽东半岛,及台湾、澎湖。
四　开沙市、重庆、苏州、杭州为商埠。
五　中日旧订之约章,一律废止,嗣后日货进口,运往内地,得暂行租栈,免纳税钞。并于通商各口,得自由制造。

日本全权大使伊藤博文、陆奥宗光,中国全权大使李鸿章,于光绪二十一年三月二十三日签约。国耻!两江总督张之洞,凭着书生意见,谏阻和议,内有"赂倭不如赂俄,所失不及一半,就可转败为胜,恳请饬总署及出使大臣,急与俄国商定条约,如肯助我攻倭,胁倭尽废全约。即酌量划分新疆,或南路数城,或北路数城"等语。非我族类,其心必异,张之洞读书有素,难道转忘此说么?这奏虽留中不发,王大臣等多以为是,纷纷主张亲俄政策。

俄使喀希尼,居然请政府仗义责言,联合德法二国,替清廷索还辽东,先用三国联名公文,直致日本外部,迫他把辽东还清,日皇睦仁,本是全球著名的英主,到手的辽东,哪里肯归还中国?免不得直言抗驳。俄德法三国,遂各派舰队东来,有几艘寄泊辽海,有几艘直薄长崎,声势汹汹,要与日本决战。日本自与中国开衅后,虽连战连胜,势如破竹,究竟劳师糜饷,伤亡了若干人,耗费了若干银子,也弄得财力两竭。况俄德法统是有名强国,不似中国的空虚,大丈夫能屈能伸,只好暂时抱屈,允还辽东,惟增索赎辽东费一百兆两。嗣经三国公断,减至三十兆两成议。日使林董至北京,与李鸿章订还辽东半岛约,中日战事,至此才了。

只日本收领台湾时,台民大骇,恳请收回成命。清廷不答,台民推巡抚唐景崧为总统,驻守台北,拒绝日人。日本发兵赴台湾,景崧方拟抵敌,不意抚署兵叛,焚署劫库,扰得景崧手足无措,仓猝内渡。台北既失,台南系总兵刘永福驻扎,厉兵秣马,亦思与日本一战。终因寡不敌众,弃台奔还。台湾版图,遂长被日兵占领了。

中国经此大挫,方归咎李鸿章,罢直督职,令他入阁。俄使喀希尼,欲来索谢,因李闲居,暂缓申请。越年春,俄皇行加冕礼,各国都派头等公使往贺,中国亦拟派王之春作贺使。喀希尼入见总署,抗言:"俄皇加冕,典礼最崇,王之春人微望浅,出使我国,莫非藐视我国不成?"总署王大臣,吓得面色如土,急问喀希尼,须何等大员,方配贺使?喀希尼道:"非资望如李中堂不可。"朝旨乃改派李鸿章。喀希尼复贿通宫禁,转禀太后,说是还辽义举,必须报酬,请假李鸿章全权,议结这案。鸿章出使时,由慈禧太后特别召见,密谈半日,方辞别出都。一到俄都圣彼得堡,加冕期尚未至,俄大藏大臣微德,俦与李鸿章格外交欢,时常过谈,暗中恰利诱威迫,提出条约数件,令鸿章画押。鸿章方恨煞日人,自思联俄拒日,也是一策,遂草草定议。俄国不用外务大臣出头,反差了大藏大臣,与鸿章密议,实是避各国的耳目。明修栈道,暗度陈仓,不怕李伯相不堕计中。巧极狡极!

等到加冕期过,李鸿章游历欧洲,俄使喀希尼,竟将俄都所定的草约,递交总署,要中国皇上亲钤御宝。全署人员,统是惊愕,不得不进呈御览。光绪帝龙目一瞧,见草约中所列条件,开口是中俄协力御日六字,颇也心慰。仿佛是钓鱼的红曲鳝。看到后面,乃是吉林、黑龙江两省铁路,许俄国专造,复准俄驻兵开矿,暨借俄员训练满洲军队并租借胶州湾为军港。光绪帝不禁大怒道:"照这几条约文,是把祖宗发祥的地方,简直卖与俄国了。"便将草约搁过一边,不肯钤印。俄使喀希尼,闻光绪帝拒绝草约,不肯钤印,日来总理衙门胁迫。一连几天,还没有的确的回报,即告总署王大臣道:"此约若不批准,当即日下旗回国。"王大臣听了这语,好似雷劈空中,惊惶万状,忙即禀报太后,说俄使要下旗回国,明明示决裂的意思。中国新遭败衄,哪堪再当强俄?慈禧后已与李鸿章密定联俄政见,至是命交军机处,与俄使定约,不由总理衙门,也是掩耳盗铃。并亲迫光绪帝签押。光绪帝逆不过太后,勉强盖印,眼中恰忍不住泪,好像珍珠一般,累累下垂。独慈禧后面色如常,毫不动容。印已盖定,草约变作真约,由军机处发交俄使,俄使似得了活宝,即日携约就道,亲自送还俄都。东三省的幅员,轻轻断送,遂酿成日俄战争的结果。

法国亦得了滇边陆地,及广西镇南关至龙州铁路权,并辟河口、思茅为商埠,与中国订了专约,也算有了酬报。独德国未得谢礼,隐自衔恨,中国亦绝不提起。三国率率而来,独令德国向隅,必要待他开口,也是愤愤。过了一年,山东曹州府地方,偏偏出了教案,杀伤德国教士二人。总理衙门得着此信,方虑德使出来要索,又有一番大交涉,不料德使海靖,虽是行文诘责,倒也没有甚么严厉,总署还道是德使有情,延挨了好几天。忽接山东电报,德国兵舰突入胶州湾,把炮台占据去了。正是:

漏屋更遭连夜雨,破船又遇打头风。

欲知中德和战的结局,小子已写得笔秃墨干,俟下回分解。

马关议和为合肥一生最失意事,敦请再四,毫无成效,至被刺客所击,始得以歃血博和议,可为痛心!然果以此事为足辱,则应返国图强,日申儆讨,卧薪尝胆,苦心焦思以为之,安见十年生聚,十年教训,不能如范大夫之霸越沼吴乎?乃受日本之压迫,愤而求逞,反欲丐俄人以为助,张之洞等书生管见,尚不足责,合肥名为老成,顾亦作此拒虎进狼之计,殊不可解!俄索辽东,纠合德法,三国何爱于清室,肯作此仗义执言之侠举,此宁待智者而始知之耶?与日本和,割地偿金,所患者犹仅一日本,至俄德法率率而来,名为助我,实则愚我,我得辽东半岛,而仍费三万万两之巨款,受惠不多,而索酬者已踵相接,种种要挟,贻害无穷,此则合肥最大之咎;而中日一役,全军皆没,其为失固犹浅也。观于此,可知恃人不恃己之失计。

第八十六回　争党见新旧暗哄
　　　　　行新政母子生嫌

　　却说德国兵舰突入胶州湾内,占据炮台,惊报传至总理衙门,总署办事人员,都异常惊愕,忙派员去问德使海靖。海靖提出六条要约,大致是将胶州湾四周百里,租与德国,限期九十九年。何不凑成一百年?还要把胶州至济南府的铁路,归他建筑,路旁百里的矿山,归他开采。若有半语不从,立刻要夺山东省。看官!你想中国的海军,已化为乌有,陆军又一蹶不振,赤手空拳,无可打仗,除奉令承教外,还有何策?只好一律照允。但胶州湾的地方,照中俄密约,已允租与俄国,此番又转给德人,俄使自然不肯干休,急向总署诘问。总署无词可答,奈何奈何!好似哑子吃黄连,说不尽的苦楚。亏得李伯爷一张老脸,出去抵挡,把胶州湾一处,换了旅顺、大连湾二处,还算是中国便宜,租期二十五年,与德国相较,少了七十四年,这才是中国的真便宜,可惜不好算数。准他建筑炮台,并展长西伯利亚路线,通过满洲,直到旅顺为终点,才算了结。

　　总署人员,因俄德交涉,已经议妥,方想休息数天,饮酒看戏,挟妓斗牌,不意英使又来了一个照会,略说:德国租了胶州湾,俄国租了旅顺、大连湾,如何我国终没有租地?难道贵国不记得从前约章,有"利益均沾"四字么?可见从前约文,都有伏笔,苦在中国不懂,铸成大错。总署不好回驳,只得仍请这位李伯爷,与英使商议。英使索租威海卫,并要拓九龙司租界。九龙司在广东海口,北京和约,割畀英国,英人屡思展拓租界,苦无相当机会,此次适得要挟地步,遂与威海卫一同索租。李鸿章允展九龙租界,拒绝威海卫。两下争论多时,英使拍案道:"贵国何故将旅顺、大连湾租与俄人,胶州湾租与德国!俄德据了这数处地方,储兵蓄械,一旦南下,是要侵占长江的范围。长江一带,是我国通商的势力圈,若被他侵占,还当了得。所以我国索租威海卫,防他南来,并非我国硬要租借这地。"鸿章还要辩论,英使怫然起座道:"你若能索还旅顺、大连湾、胶州湾三处,我国不但不租威海卫,连九龙司也奉还中国。如若不能,休要固执!"言毕,碧眼骤张,虬髯倒竖,简直是要开仗的情形。比马关议约,还要难受。鸿章无可奈何,结果是唯唯听命。前日英名,而今安在。威海卫租期,照俄国旅顺、大连湾二处。九龙司展拓租界,照德国租胶州湾年限,这都是光绪二十四年的事情。

翌年,广州附近,突有法国兵官,被中国人民戕害,法人效德国故智,把兵舰闯进广州湾,安然占踞。总理衙门料知无力挽回,乐得客气,与法使订约,将广州湾租与法国,限期如德租胶澳例。国耻重重,何时一洒。

俄德英法都得了中国的良港,顿时惹起欧美各国的观感,欧洲南面的意大利国,无缘无故,也来索租浙江的三门湾,总署这番倒强硬起来,简直不允。意大利国总算顾全友谊,不愿硬索。廷臣以各国纷索海口,不如自己一律开放,索性给各国通商,还可彼此牵制,免生觊觎,虽非上策,却不失为下策。乃自把直隶省的秦皇岛,江苏省的吴淞口,福建省的三都澳,尽行开埠。各国见海口尽辟,无从要索,才算罢休。自此以后,中国腐败的情状,统已揭露,朝野排外的气焰,索然俱尽,且渐渐变成媚外风气。外国侨民,势力益张,华民与有交涉,不论曲直,官府总是袒护洋人。郁极思奋,愤极思通,中国从此多事了。暗为拳匪伏线。

且说光绪帝亲政,已是数年,这数年内丧师失地,一言难尽。光绪帝很是不乐,默念衰弱至此,非亟思变法不可。只朝臣多是守旧,一般顽固的官员,恐怕朝廷变法,必要另换一种人物,自己禄位不能保住,因此百计营谋,私贿李莲英,托他在太后前极力转圜,不可令皇上变法。太后因中日一役,多是皇帝主张,未经慈命,轻开战衅,弄得六旬万寿的盛典,半途打消,未免生恨;又经宠监李莲英,从旁撺掇,遂与皇帝暗生嫌隙。只是外有恭王奕䜣,再出为军机大臣领袖,老成稳练,内有慈禧后妹子醇王福晋,系光绪帝生母,至亲骨肉,密为调停,所以宫闱里面,还没有意外变动。光绪二十四年二月,恭王得了心肺病,逐日加重,太后率光绪帝视疾,前后三次,又命御医诊治,统是没效。四月初旬,病殁邸中,遗折是规劝皇上应澄清仕途,整练陆军;又言一切大政,须遵太后意旨,方可举行。恭王虽亦阿附太后,然心地尚称明白,遗折劝光绪帝遵奉慈命,亦是地位使然。若恭王尚存,戊戌之变、庚子之乱,当可不作。太后特降懿旨,临邸奠醊,赐谥曰忠,入祀贤良祠,即令恭王孙溥伟承袭亲王。光绪帝亦随附一谕,命臣下当效法恭王竭尽忠悃。懿旨在前,太后之有权可知。但天下事福不双行,祸不单至,醇王福晋又生成一不起的病症,缠绵床褥,服药无灵,竟尔溘

第八十六回　争党见新旧暗哄　行新政母子生嫌

逝。慈禧后未免伤心,光绪帝尤为悲恸,外失贤辅,内丧慈母,从此光绪帝势成孤立,内外没有关切的亲人。

当时军机处重要人材,一个是礼亲王世铎,一个是刑部尚书刚毅,一个是礼部尚书廖寿丰,一个是户部尚书翁同龢。这四个军机大臣内,刚毅最是顽固,翁同龢要算维新。刚毅在刑部时,与诸司员闲谈,称皋陶为舜王爷,驾前刑部尚书皋大夫,"陶"本读如"遥",他却仍读本音;每遇案牍中有"庚毙"字样,常提笔改"瘦"字,反叱司员目不识丁;到了入值军机,阅四川奏报剿办番夷一折,内有"追奔逐北"一语,连说川督糊涂,拟请传旨申斥。适翁同龢在旁,问他何故?他道:"'追奔逐北'一语,定是'逐奔追比'四字误写。"翁同龢仍茫然不解。他又说道:"人人称你能文,如何这语还没有悟到?逆夷奔逃,逐去捕住,追比他往时劫掠的财物,方是不错。若作逐北字样,难道逃奔的逆夷,不好向东西南三面,一定要向北么?"讲的有理,我倒很佩服他。翁不禁失笑,勉强忍住,替他解明古义。他尚摇头不信,只不去奏请。算他知几。

翁同龢系光绪帝师傅,帝五岁时,翁即入宫。他本是江苏省常熟县人,江苏系近世人文荟萃的地方,翁又学问淹博,看了迂疏愚蠢的满员,好似眼中钉,满员遂与翁有隙。光绪二十年,翁曾奏参军机孙毓汶等,经光绪帝准奏,罢斥孙毓汶,此外亦有数人免职,遂将翁补入军机。还有李鸿藻,潘祖荫二人,亦同时补入。李鸿藻系直隶人,与同治帝师傅徐桐友善。两人为北派领袖,素主守旧。潘祖荫亦江苏人,与翁同龢友善,为南派翘楚,素主维新。两派同直军机,互争势力。守旧派联结太后,维新派联结皇帝。于是李党翁党的名目,变称后党帝党。后党又诨名老母班,帝党诨名小孩班。门户纷争,不祥之兆。

光绪二十三年,潘、李统已病故,徐桐失了一个臂助,遂去结交刚毅、荣禄诸人。刚与翁本无夙怨,不过刚毅生平,素有满汉界限,他脑中含着十二字秘诀。看官!你道他是哪十二字?乃是"汉人强,满人亡;汉人疲,满人肥"十二字。无论什么汉人,他总是不肯相容。徐亦汉人,何故友善?荣禄因翁曾讦发私事,应八十三回。暗地怀恨,徐桐与他联络,势力益固。这边翁师傅孤危得很,恭王在日,尚看重他的学问,另眼相待,恭王一死,简直是没有凭藉,单靠了一个师傅的名望,有什么用处?况这光绪皇上,名为亲政,实事事受太后压制;还有狐假虎威的李莲英,常与光绪帝反对,从中播弄。这李莲英本是宫监,专务迎合,为什么单趋承太后,不趋承光绪帝?其间也有一个原因,小子正在追述祸根,索性也叙了一叙。

莲英有个妹子,貌甚美丽,性尤慧黠,并识得几个文字。莲英得宠,挈妹入宫,慈禧太后见她韶秀伶俐,极力赞美;入侍数月,太后的一举一动,一颦一笑，统被她揣摩纯熟，曲意承欢。慈禧太后怜爱异常，比李莲英尤加宠幸，常叫她为大姑娘，每日进膳，必令她侍食，且赐旁坐。连太后自己的胞妹，还没有这般优待。六旬万寿的时节，醇王福晋蒙懿旨特召，入园看戏，福晋因自己身分，反敌不过莲英妹子，佯称有疾，不肯赴召。嗣经懿旨再三催促，勉强入园。慈禧后还按礼接待，那莲英妹子，却昂然列坐，连身子都不抬一抬。福晋眼中实在看不过去，仍托疾避席，还归邸中。但莲英献妹的意思，不是单望太后爱宠，他想仗着阿妹的姿色，蛊惑皇上，备选妃嫔，将来得生一子，作慈禧太后第二，自己的后半生，还好比前半生威显几倍。第二个李延年。因此光绪帝入园请安时，他的妹子，起初遵兄吩咐，很献殷勤，眉挑目语，故弄风骚。偏偏这假痴假呆的光绪帝，对了这种柔情，好像守着佛诫，无眼耳鼻舌生意，凭她甚么美艳，甚么挑逗，总是有施无报，惹得美人儿生了懊恼，遇着皇帝入园，索性一眼不睬。这还是笼络手段，莫认她是无情。光绪帝才窥透心肠，暗想李莲英如此阴险，不可不防，辜负美人厚情，皇帝真也少福。于是把莲英也渐渐疏远。

　　莲英一计不中，又生一计，时常到太后面前，捏报光绪帝过失。慈禧后起初倒也明白，遇皇上请安，只劝他性情和平，宽待下人。后来经莲英兄妹百端谗构，遂添了太后恶感。太后回宫，皇帝必在宫门外跪接，稍一迟误，便生间言。若皇帝到园省视，也不能直入太后室中，必跪在门外，候太后传见。李莲英又作了一条新例，不论皇亲国戚，入见太后，必须先索门包，连皇上也要照例。外面还道皇上什么尊贵，谁知光绪帝反受这样荼毒，积嫌之下，不免含恨。本可与别人谈叙，藉为排遣，奈内外左右，多是太后心腹，连皇后也是个女侦探，替太后监察皇帝。彷徨四顾，郁将谁语？只有翁师傅素来密切，还好与他密谈两三语。翁师傅见皇帝忧苦，遂保荐一个人材。看官！你道是谁？就是南海康先生有为。

　　此时康先生才做了工部主事，他生平喜新恶旧，好谈变法事宜，只因官卑职小，人微言轻，没有一人服他伟论。独翁师傅竟垂青眼，一手提拔。光绪帝特别召见，奏对时洋洋数千言，仿佛淮阴侯坛上陈词，诸葛公隆中决策，每奏一语，光绪帝点一点头，良久方令退出。自从清朝开国以来，召见主事，乃是二百数十年来罕有的际遇。康主事感怀知己，连上三疏，统是直陈利弊，畅所欲言。光绪帝本有意变法，经他迭次陈请，自然倾心采用，遂于二十四年四月中，接连降旨，废时文，设学堂，裁冗员，改武科制度，开经济特科，又下决意变法的上谕道：

　　　　数年以来，中外臣工，讲求变法自强。迩者诏书数下，如开特科，裁冗兵，改武科制度，立大小学堂，皆经一再审定，筹之至熟，妥议施行。惟是风气尚未大开，论说莫衷一是。或狃于老成忧国，以为旧章必应墨守，

第八十六回　争党见新旧暗哄　行新政母子生嫌

新法必当摈除。众喙哓哓,空言无补。试问时局如此,国势如此,若仍以不练之兵,有限之饷,士无实学,工无良师,强弱相形,贫富悬绝,岂真能制梃以挞坚甲利兵乎？朕惟国是不定,则号令不行,极其流弊,必至门户纷争,互相水火,徒蹈宋明积习,于国政毫无裨益。即以中国大经大法而论,五帝三王不相袭,譬之冬裘夏葛,势不两立。用特明白宣示,中外大小诸臣,自王公以及士庶,各宜努力向上,发愤为雄,以圣贤义理之学,植其根本,又须博采各学之切于时务者,实力讲求,以救空疏迂谬之弊。专心致志,精益求精,毋徒袭其皮毛,竞腾其口说,务求化无用为有用,以成通经济变之才。京师大学堂,为各行省之倡,尤应首先举办,着军机大臣总理各国事务王大臣,会同妥速具奏！所有翰林院各部院司员,各门侍卫,候补候选道府州县以下,各官大员子弟,八旗世职,各武职后裔,其愿入学堂者,均准入学肄习,以期人才辈出,共济时艰。不得敷衍因循,徇私援引,致负朝廷谆谆告诫之至意,将此通谕知之！

这谕未下的时候,光绪帝也预备一着,先往颐和园禀白太后,太后亦未尝阻挠,恰说："变法也是要紧,但毋违背祖制,毋损满洲权势,方准施行。"太后自问,曾毋违祖制否？又言："翁同龢断不可靠,应及早罢官为是。"光绪帝唯唯而出,遂一意饬行新政,特设勤政殿,谘商政要。常召康主事密议一切,拟旨多出康手,康荐同志数人,如内阁候补侍郎杨锐,刑部候补主事刘光第,内阁候补中书林旭,江苏候补知府谭嗣同,统称他才识渊通,可以重用。光绪帝便各赏四品卿衔,令在军机章京上行走。康有为高弟梁启超,及胞弟康广仁,亦经康主事荐引。因他未曾出仕,一时不能超拔,只好缓缓录用。但这班维新党人,统是资卑望浅,一旦擢用,盈廷大员,靡不侧目。且朝变一制,暮更一令,所有改革事宜,多需礼部核议,弄得礼部人员,日无暇晷。礼部尚书怀塔布,系太后表亲,又有许应骙,亦是太后平日信任,两人素来守旧,见了这番手续,愤闷已极,恨不得将维新党人,立刻撵逐。因此一切新政,关系礼部衙门,免不得暗中搁置。御史宋伯鲁、杨深秀,与康有为等气味相投,上书参劾许应骙,说他阻挠新政。光绪帝览奏震怒,本拟即行革职,因碍着太后面子,令他明白复奏。许即按照原奏,逐条辩驳,并劾康有为妄逞横议,勾结朋党,摇惑人心,混淆国事,请即斥逐回籍。光绪帝见许复奏,揭康短处,心滋不悦。过了数日,御史文悌,又参奏："宋伯鲁、杨深秀二人,欺君罔上,若非立加罢斥,必启两宫嫌隙。"顿时触怒天颜,斥他莠言乱政,挑动党争,命即夺职。

文悌忙求怀塔布往颐和园乞救。太后不答,但迫令光绪帝速斥翁同龢。一经下手,便剧本根,太后手腕,毕竟不同。光绪帝没法,只得令开缺回籍。次日,又由太后特降懿旨,令简荣禄为直隶总督,裕禄在军机处行走。光绪帝又不能不允。两禄揽权,明夺光绪帝天禄。暗中探听消息,乃是从怀塔布逭构所致,遂也赫然下谕,把礼部尚书怀塔布、许应骙,及侍郎坤岫、徐会沣、溥颋、曾广汉等六人,一律免职。守旧党见了这旨,吓得神志颓丧,陆续至颐和园,钻营运动,求太后重执朝政。太后恰从容不迫,谈笑自若,城府深沉。暗地里恰着着安排。

还有一个不自量力的王照,次第上书,先请翦发易服,继请皇帝奉太后游历日本。这等奏牍,守旧党闻所未闻。又有最关重要的一着,触犯李总管莲英。维新党人,以欲行新政,必斥太监,光绪帝深恨李莲英,正想乘此开刀,急得李莲英走投无路,率着娇娇滴滴的妹子,泣诉太后,磕头无数,不由太后不从,当下与莲英密议,定了一个秘计,密寄荣禄。荣禄随即上折,请帝奉太后往天津阅兵。光绪帝览到此奏,满腹踌躇,即到颐和园禀闻太后。太后很是喜欢,命光绪帝即行下谕,定期九月初五日,奉太后赴津阅操。光绪帝回宫,虽遵照慈命,准即阅操,心中总怀疑不定,遂传召一班维新人物,到勤政殿面议。康主事造膝密陈:"此去阅操,前途很险,预乞圣裁!"光绪帝连忙摇手,令他出外商妥,入宫详奏。康主事退出,与同志暗地商量,议定一釜底抽薪的计策,先杀荣禄于天津督署内,既杀荣禄,即调陆军万人,星夜入都,围住颐和园,劫太后入城,圈禁西苑,俾终余年。无权无勇,奈何得行此策?商定后,即由康主事入宫密奏,光绪帝沉吟不答。经康力劝,方说待天津事定后再办。康乃退。

这时候,朝旨已命全国立官报局,任康为上海总局总办。又设译书局,命康徒梁启超总办。康梁因密图大事,尚留住京师。光绪帝听了康主事秘计,筹划了好几日,暗想畿内兵权,握在荣禄手中,不便轻举,除非得一胆大心细的人物,先夺荣禄兵权,万难成事。日思夜想,觅不出这样人材。适值直隶按察使袁世凯入觐,光绪帝闻他胆大敢为,当即召见,先问他新政是否合宜,袁极力赞扬。光绪帝不得不信,随又问道:"倘令汝统带军队,汝肯忠心事朕否?"袁即磕头道:"臣当竭力报答皇上厚恩。一息尚存,必思图效。"未必未必。次日即降谕道:

> 现在练兵紧要,直隶按察使袁世凯,办事勤奋,校练认真,着开缺以侍郎候补,责成专办练兵事务。所有应办之事宜,着随时具奏!当此时局艰难,修明武备,实为第一要务。袁世凯当勉益加勉,切实讲求训练,用副朝廷整饬戎行之至意!钦此。

守旧党见了此谕,彼此猜疑,急去禀报太后。其实宫廷内外,太后已密布心腹,时令传达,就是康有为入宫,亦经内监密报。只谋围颐和园的事情,尚未闻知。太后曾令光绪帝下谕，凡二品以上官授任，当亲往太后处谢恩，此番袁世凯擢任侍郎，官居从二品，理应照敕奉行。到颐和园谢恩时，太后立即召见，细问召对时语。袁一一照奏，太后道："整顿陆军，原是要紧，但皇帝也太觉匆忙，我疑他别有深意，你须小心谨慎方好！"袁自然答应。到八月初五日，袁请训往天津，光绪帝出乾清宫召见，用尽方法，不使言语漏泄。殿已古旧黑暗，晨光透入颇微，光绪帝坐在龙座，已是末次了。告袁密谋，命袁往津，即向督署内捉杀荣禄，随即带兵入都，围执太后；俟办事已竣，当续任直隶总督，千万勿误！袁唯唯趋出。临行时付他小箭一支，作为执行证据。袁即坐第一次火车出京。光绪帝总道是委任得人，十有九稳，不意下午五点钟，荣禄竟乘专车入京。人耶鬼耶？俗语有道：

    不如意事常八九，可与人言无二三。

  毕竟荣禄何故入京，容待下回说明。

  清室不竞，外患迭乘，此时不革故鼎新，万不能挟强返弱。顽固诸徒，迂腐荒谬，固不足责，无论刚毅之显分畛域，自速其亡，即如徐桐、李鸿藻、怀塔布、许应骙辈，但务株守，各争党见，亦何在不足误国。但维新党人，锐意更张，亦未免欲速不达。善医者诊治弱症，必先培其元，然后可以祛邪，元气未培，猛加以克伐之剂，恐转有立蹶之弊。为政之道，何以异是？且围园劫后之谋，名不正，言不顺，慈禧究非武曌，维新党人之力，宁及五王？乃欲冒天下之不韪，以皇帝作孤注，其为计不亦太疏乎？经著书人按事铺叙，随手抑扬，益知守旧派固无所逃罪，维新派亦不能免讥。一击不中，十日大索，可恫亦可惜也。

第八十七回　慈禧后三次临朝
　　　　　　维新党六人毕命

  却说袁世凯上午赴津，荣禄下午抵京，此中隐情，不烦小子说明，看官当一目了然。含糊得妙。荣禄抵京这一日，正值慈禧后还宫，亲祭蚕神。祭毕，退入西苑。照清朝故例，外省官员入京，非奉有召见特旨，不得入宫。荣禄不管禁令，他不用人引导，径至西苑叩谒。当由守门人阻住，荣禄忙道："咱们有机密要事，入禀太后，恳迅速引见。"守门人本是太后心腹，与荣禄联同一气，且荣禄系太后亲戚，仓猝入宫，必有特别大事，便引了荣禄直至太后前。荣禄急忙下跪，磕头如捣蒜，太后忙问何故？荣禄泣道："求老佛爷救命！"老佛爷三字，乃是满人尊称帝后的徽号。荣禄因乞命要紧，所以不称太后，直呼老佛爷。太后道："禁城里面，你有什么事要我救命？这里没有甚么危险？宫里也不是你避难的地方，你如何冒昧前来？"荣禄请屏去左右，太后即令内监退出，只留李莲英一人。荣禄即将皇帝密谋，一一陈奏。太后问："此事可真么？"荣禄从靴中取出小箭一支，作为确证。这支小箭，系光绪帝亲授袁侍郎，如何落在荣禄手中？太后大怒，立命荣禄传集满亲贵数人，并守旧党首领世铎、刚毅等俱到，又有怀塔布、许应骙二人，亦蒙特召，皆会集太后前，黑压压的跪满一地，叩请太后速出训政，挽救危机。太后准议，饬荣禄带兵入卫。荣禄答称亲兵已有数千人来京，大约此时可到。荣禄确有智识，无怪太后宠任。太后道："甚好，甚好！"随令荣禄召兵进来，将禁城内的侍卫，一律调出。再命荣禄仍回天津，截住康党，毋任狡脱。荣禄奉命而去。

不防会议的时候，有个孙姓太监，素为光绪帝所亲信，得了这个消息，忙去报知光绪帝。光绪帝知事已泄漏，恐康有为必遭逮捕，忙自草一谕，令孙太监密递康主事。其谕道：

谕工部主事康有为：前命其督办官报局，此时闻尚未出京，实堪诧异！朕深念时艰，思得通达时务之人，与商治法。康有为素日讲求，是以召见一次，令其督办官报，诚以报馆为开民智之本，职任不为不重，现筹有的款，着康有为迅速前往上海，毋再迁延观望！钦此。

康主事瞧罢，见确是皇帝手笔，且谕中有召见一次的话儿，亦系掩饰耳目，暗伏机关，明人不用细说，便谢了孙太监，送别出门，自己匆匆随出，不暇通报同志，连阿弟广仁，也不及详告。行至车站，天已微明，当即乘火车出京，一抵塘沽，忙搭轮直往上海。及荣禄到京，康有为已乘轮南下。荣禄忙电饬上海道速即查拿。

这时候，光绪帝已被撤政柄，幽禁瀛台。原来八月初六日清晨，光绪帝登太和殿，方阅礼部奏折，预备秋祭典礼，忽由宫监传出懿旨，宣召帝至西苑。帝出殿，宫监已在殿门外伫候，引帝入西苑内，即由李莲英带领阉党，簇拥光绪帝登舟，直达瀛台。瀛台系西苑湖中一个小岛，环岛皆水，光绪帝到了此间，料知没有好结果，不禁泪下。李莲英厉色道："太后即来，皇后亦至，难道万岁爷还怕寂静么？"言毕自去，留内监守卫。约一时许，太后已到，皇后珍妃等亦在后相随。光绪帝忙即跪接，太后怒目视帝，戟指叱道："你入宫时，年只五岁，立你为帝，抚养成人，今已将二十年，不是我一力保护，你哪得有今日？你要变法维新，我也不来阻你，你为什么听人唆弄，忘我大德，还要设计害我？

第八十七回　慈禧后三次临朝　维新党六人毕命

你试细想一想,应该不应该的?"光绪帝跪伏地上,战栗不能出声。我为光绪帝道,此后愿生生世世,勿生帝王家。太后又叹道:"我想你的薄命,有何福气做皇帝,现在亲贵重臣,统请我训政,没有一人向你。就使汉大臣中,有几个助你为恶,你还道是好人,其实统是奸臣,我自然有法处治。"说至此,恨恨不已,似乎有即行废立的形状。恼了一个珍妃,突出皇后前面,向太后跪下,吁请太后宽恕帝罪,勿加斥责。太后怒道:"像你这种狐媚子,也配着与我讲话么?"珍妃愤极,不觉大胆道:"皇帝系一国共主,圣母亦不能任意废黜。"这句话尚未说完,面上已扑的一声,受着一个嘴巴,粉靥陡起桃花,不禁垂首。但听太后厉声道:"快与我将这狐媚子,牵了出去,圈禁宫内。"当由内监请珍妃起来,带领回宫,引到一个密室,把她幽闭。长门寂寂,谁慰寂寥,免不得珠泪莹莹,长此愁苦,这且慢表。

单说慈禧后尚在瀛台,痛责光绪帝,经李莲英从旁解劝,只有他还配讲话。方命还跸,令皇后留住帝处,监视皇帝言动,此外不准擅召一人。太后回宫,飞饬步军统领,逮捕维新党人,当时拿住杨深秀、谭嗣同、杨锐、林旭、刘光第、康广仁等六人,下刑部狱中,一面密议废立事件。王大臣等都不敢决议,慈禧后究属聪明,暗想骤然废立,恐惹起中外干涉,乃即以帝名降谕道:

现在国事艰难,庶务待理,朕勤劳宵旰,日综万机,兢业之余,时虞丛脞。恭溯同治年间以来,慈禧端佑康颐昭豫庄诚寿恭钦献崇熙皇太后,两次垂帘听政,办理朝政,弘济时艰,无不尽美尽善。因念宗社为重,再三吁恳慈恩训政,仰蒙俯如所请,此乃天下臣民之福。由今日始在便殿办事,本月初八日,朕率诸王大臣,在勤政殿行礼,一切应行礼仪,着各该衙门敬谨预备!钦此。

这谕下后,眼见得光绪皇上,与废立无异了。只是维新党首康有为未曾拿获,太后哪里肯饶恕他?再饬步军统领,挨户搜查,务期拿获严办。十日大索,仍无影响。时康已乘轮赴沪,全然不知京内消息,轮船上又毫无风声,自己更不便探听,只好闷坐房舱中,消磨时日。过了三四天,轮船已到吴淞口,有为正开窗瞭望,但见有小火轮一艘,迎面而来。小轮上站着西人,喝令大轮停止,他即驶近大轮,一跃而上。手中持有照相片一纸,向舱内四处寻人,寻到康有为,将照片对证。形容毕肖,便将他一把扯住。有为未免着忙,随问何事?这个西人已通华语,便道:"你在京中闯出什么祸,由上海道严密拿拿。"有为颇谙西国法律,便说:"奉旨来办官报局,出京时,并没有这般消息,现在不知何故被逮?想因康某倡行新政,被旧党挟嫌的缘故。"西人道:"你便是维新党首康先生么?据你说来,也不过是政治犯,西国律例上不便引渡,你且放心,快随我前去!"有为不便多说,即随着西人,换坐小轮。吴淞口本是西人范围,哪个敢来过问?有为一走,大轮自然放汽进口,到了码头,见沪兵已布列岸上,遇客登岸,加意侦察。谁知这位康先生,早随西人到关上,改坐英国威海司军舰,直赴香港去了。命不该死,总有救星。

还有梁启超闻风尚早,逃出塘沽,径投日本兵船,由日本救护,直往日本,至横滨上岸,借宿旅馆,专探康先生下落。歇了好几天,康自香港到来,师弟重逢,好如隔世。谈起诸同志被拿,不胜叹息,泪下沾襟。从此师弟两人,逋亡在外,游历各地,组织报馆,倒也行动自由,言论无忌。直到宣统三年,革命军起,方才归国,这是后话。

且说八月八日,清廷大集朝臣,请出这位威灵显赫的皇太后三次临朝,光绪帝也暂出瀛台,入勤政殿,向太后行三跪九叩礼,恳请太后训政。太后俯允,仍命遵昔时训政故例。退朝后,光绪帝仍返瀛台。嗣后虽日日临朝,却是不准发言,简直同木偶一般。这班顽固老朽的守旧党,统是欣欣得意,喜出望外。太后又借了帝名,屡次下谕,托言朕躬有恙,令各省征求名医。当有几个著名医生,应征入都,诊治后,居然有医方脉案,登录官报。实在光绪帝并没有病,不过悲苦状况,比生病还要厉害。医生视病时,又由太后监视,拜跪礼节,繁重得很,已弄得头昏脑晕,还有甚么诊视心思?况医生视病,不外望闻问切四字,到了这处,四字都用不着。临诊时不好仰视,第一个望字,是抹掉了。屏气不息,系臣子古礼,医官何得故违?第二个闻字,又成没用。医官不能问皇帝病,只由旁人代述,第三个问字,也可除去。名为切脉,实是用手虚按,不敢略重,寸关尺尚不可辨,何况脏腑内的病症?第四个切字,有什么用处?诸名医视病后,未免得了贿赂,探出帝病形状,遂模模糊糊的写了脉案,开了医方,把无关痛痒的药味,写了几种,上呈军机处转奏帝前,也不知光绪帝曾否照服,这也不在话下。

只是海内的舆论,儒生的清议,已不免攻击政府,隐为光绪帝呼冤。有几个胆大的,更上书达部,直问御疾。一手不能掩天下目,奈何?其时上海人经元善,夙具侠忱,联络全体绅商,颁发一电,请太后仍归政皇上,不必以区区小病,劳动圣母。倘不速定大计,恐民情误会,一旦骚动,适召外人干涉,大为可虑。这样激烈的话头,确是得未曾有,到了太后眼中,顿时大怒,降旨严斥。还有密旨令江苏巡抚拿办。元善恰预先趋避,走匿澳门。太后又密电各省督抚下询废立事宜。两江总督刘坤一守正不阿,首先反对。高冈鸣凤。各督抚遂多半附和。各国使臣,闻着这信,亦仗义力争,于是光绪帝实际上虽已失政,名义上尚具尊称。太后还欲临幸天津,考察租界情形,兼备游览,经荣禄力阻,乃收回天津阅操的成命。召荣禄入都,授军机大臣,节制北洋军队,兼握政治大权。直隶总督一缺,着裕禄出去补授。隐伏拳匪祸乱。太后遂与荣禄商议,处置维新党事,荣禄力主严办,遂由刑部提出杨深秀、谭嗣同等六人,严加审讯,六人直供不讳,又在康寓中抄出文件甚多,无非攻讦太后隐情。六人寓中,亦有排议太后案件。太后闻报,非常震怒,不待刑部复奏,已将六人处斩,并于次日借帝名下谕道:

> 近因时事多艰,朝廷孜孜图治,力求变法自强,凡所设施,无非为宗社生民之计。朕忧勤宵旰,每切兢兢,乃不意主事康有为,首创邪说,惑世诬民,而宵小之徒,群相附和,乘变法之际,隐行其乱法之谋,包藏祸心,潜图不轨。前日竟有纠约乱党,谋围颐和园,劫制皇太后,陷害朕躬之事,幸经觉察,立破奸谋。又闻该乱党私立保国会,言保中国不保大清,其悖逆情形,实堪发指。朕恭奉慈闱,力崇孝治,此中外臣民之所共知。康有为学术乖僻,其平日著述,无非离经叛道,非圣无法之言。前因讲求时务,令在总理各国事务衙门章京上行走,旋令赴上海办理官报局,乃竟逗留辇下,构煽阴谋,若非仰赖祖宗默佑,洞烛几先,其事何堪设想?康有为实为叛逆之首,现已在逃,着各省督抚一体严密查拿,极刑惩治。举人梁启超与康有为狼狈为奸,所著文字,语多狂谬,着一并严拿惩办。康有为之弟康广仁,及御史杨深秀、军机章京谭嗣同、林旭、杨锐、刘光第等,实系与康有为结党,阴图煽惑,杨锐等每于召见时,欺蒙狂悖,密保匪人,实属同恶相济,罪大恶极。前经将各该犯革职,拿交刑部讯究,旋有人奏,若稽时日,恐有中变,朕熟思审虑,该犯等情节较重,难逃法网,倘语多牵涉,恐致株累,是以未俟覆奏,于昨日谕令将该犯等即行正法。此事为非常之变,附和奸党,均已明正典刑,康有为首创逆谋,罪恶贯盈,谅亦难逃法网。现在罪案已定,允宜宣示天下,俾众咸知。我朝以礼教立国,如康有为之大逆不道,人神所共愤,即为覆载所不容。鹰鹯之逐,人有同心。至被其诱惑,甘心附从者,党类尚繁,朝廷亦皆察悉,朕心存宽大,业经明降谕旨,概不深究株连。嗣后大小臣工,务当以康有为为炯戒,力扶名教,共济时艰,所有一切自强新政,胥关国计民生,不特已有者,亟应实力举行;即尚未兴办者,亦当次第推广,于以挽回积习,渐臻上理,朕实有厚望焉。将此通谕知之!

看官读这上谕,似除六人正法,严拿康梁外,不再株连,并言新政亦拟续行,表面上很是明恕,不想假名的上谕,又是联翩直下。尚书李端棻、侍郎张荫桓、徐致靖、御史宋伯鲁、湘抚陈宝箴,或因滥保匪人,或因结连乱党,轻罪革职,重罪充军,及永远监禁。又夺前尚书翁同龢官职,交地方官严加管束。

嗣是停办官报,罢撤小学,规复制艺,撤销经济特科,所有各种革新机关,一概反旧,这便是戊戌政变,百日维新的结果。后人推谭嗣同等六人,为杀身成仁的六君子,并有诗吊他道:

> 不欲成仁不杀身,浏阳千古死犹生。
> 即人即我机参破,斯溺斯饥道见真。
> 太极先天周茂叔,三间继述楚灵均。
> 洞明孔佛耶诸教,出入无遮此上乘。
>
> 东汉前明殷鉴在,输君巨眼不推袁。
> 爱才岂竟来黄祖,密诏曾闻讨阿瞒。
> 十日君恩嗟异数,一朝缇骑遍长安。
> 平戎三策何多事?抔土今还湿未干。

太后既尽除新党,力反新政,遂貌托镇静,安定了一年。这一年内所降谕旨,不是说母子一体,就是说母子一心,再加几句深仁厚泽的套语,抚慰百姓。百姓倒也受他笼络,没甚变动。不意到光绪二十五年十二月中,竟立起大阿哥溥儁来,究竟是何理由,待至下回再说。

维新诸子之功过,已见上回总评。至若慈禧太后之所为,一经叙述,并未周纳深文,而已觉强悍泼辣,仿佛吕武,非经绅商之电争,江督之抗议,各国使臣之反对,几何而不如吕后之私立少帝,武后之擅废中宗也。夫慈禧以英明称,初次垂帘,削平大难,世推为女中尧舜,胡为历年愈久,更事益多,反不顾物议,倒行逆施若此?意者其亦由新党之过于操切,激之使然乎?密谋被发,全局推翻,幸则窜迹海邦,不幸则杀身燕市,自危不足,且危及主上,危及全国,操切之害,一至于此,吾不能为维新诸子讳矣!

第八十八回　　立储君震惊匕鬯
　　　　　　　　信邪术扰乱京津

却说大阿哥溥儁,系道光帝曾孙,端郡王载漪的儿子,虽与光绪帝为犹子行,然按到支派的亲疏,论起继承的次序,溥儁不应嗣立。且光绪帝年方及壮,何能预料他没有生育,定要立这储君?就使为同治帝起见,替他立嗣,当时何不早行继立,独另择醇王子为帝呢?这等牵强依附的原因,无非为母子生嫌而起。慈禧后三次训政,恨不得将光绪帝立刻摔去,只因中外反对,不能

第八十八回　立储君震惊匕鬯　信邪术扰乱京津

径行，没奈何勉强含忍，蹉跎了一载光阴。但心中未免随时念及，口中亦未免随时提起。端郡王载漪，本没有什么权势，因太后疏远汉员，信任懿亲，载漪便乘间幸进。他的福晋，系阿拉善王女儿，素善词令，其时入直宫中，侍奉太后，太后游览时，常亲为扶舆，格外讨好，遂得太后宠爱。溥儁年方十四，随母入宫，性情虽然粗暴，姿质恰是聪敏。见了太后，拜跪如礼，太后爱他伶俐，叫他时常进来，随意顽耍，因此溥儁亦渐渐得宠。载漪趁这机会，觊觎非分，一面嘱妻子日日进宫，曲意承欢，一面运动承恩公崇绮，及大学士徐桐，尚书启秀。崇绮自同治后崩后，久遭摈弃，闲居私第，启秀希望执政，徐桐思固权位，遂相与密议，定了一个废立的计策，想把溥儁代光绪帝。利欲薰心，不遑他顾。只因朝上大权，统在荣禄掌握，若非先为通意，与他联络，断断不能成事。当下推启秀为说客，往谒荣第，由荣禄迎入。寒暄甫毕，启秀请密商要事，荣禄即导入内厅，屏去侍从，便问何事待商？启秀便与附耳密谈如此如此，这般这般，荣禄大惊，连忙摇首。启秀道："康党密谋，何人先发？太后圣寿已高，一旦不测，当今仍出秉政，于公亦有不利。"荣禄踌躇一会，其心已动。随道："这事总不能骤行。"启秀又道："伊霍功勋，流传千古，公位高望重，言出必行，此时不为伊霍，尚待何时？"先以祸怵之，后以利动之，小人真善于措词。荣禄道："这般大事，我却不能发难。"启秀道："崇、徐二公，先去密疏，由公从旁力赞，何患不成？"荣禄还是摇首，半晌才道："待吾细思！"启秀道："崇、徐二公，也要前来谒候。"荣禄道："诸公不要如此卤莽，倘或弄巧成拙，转速大祸。崇、徐二公，亦不必劳驾，容我斟酌妥当，自当密报。"启秀随即告别，回报崇、徐二人，崇、徐仍乘舆往见荣禄。到了荣第，门上出来挡驾，怏怏退回。又与启秀商议道："荣中堂不肯见从，如何是好？"启秀道："荣中堂非没有此心，只是不肯作俑，二公如已决计，不妨先行上疏，就使太后不允，也决不至见罪，何虑之有？"是夕，二人遂密具奏折，次晨入朝，当即呈递。

退朝后，太后览了密奏，即召诸王大臣入宫议事。太后道："今上登基，国人颇有责言，说是次序不合，我因帝位已定，不便再易，但教他内尽孝思，外尽治道，我心已可安慰。不料他自幼迎立，以至归政，我白费了无数心血，他却毫不感恩，反对我种种不孝，甚至与南方奸人，同谋陷我，我故起意废立，另择新帝，这事拟到明年元旦举行。汝等今日，可议皇帝废后，应加以何等封号？曾记明朝景泰帝，当其兄复位后，降封为王，这事可照行否？"诸王大臣面面相觑，不发一言。独大学士徐桐，挺然奏道："可封为昏德公。从前金封宋帝，曾用此号。"丧心之言。太后点头，随道："新帝已择定端王长子。端王秉性忠诚，众所共知，此后可常来宫中，监视新帝读书。"端王闻了此语，比吃雪还要凉快，方欲磕头谢恩，忽有一白发苍苍的老头子，叩首谏道："这事还求从缓！若要速行,恐怕南方骚动。太后明睿,所择新帝,定必贤良,但当待今上万岁后,方可举行。"太后视之,乃是军机大臣大学士孙家鼐,陡然变色,向孙道:"这是我们一家人会议,兼召汉大臣,不过是全汉大臣体面,汝等且退！待我问明皇帝,再宣谕旨。"王大臣等遵旨而退。独端王怒目视孙,大有欲得甘心的形状,孙即匆匆趋出,于是端王等各回邸中。

是时荣禄尚在宫内,将所拟谕旨,恭呈御览。太后瞧毕,便问荣禄道:"废立的事情,究属可行不可行？"荣禄道:"太后要行便行,谁敢说是不可。但上罪不明,外国公使恐硬来干涉,这是不可不慎！"太后道:"王大臣会议时,你何不早说？现在事将暴露,如何是好？"荣禄道:"这也无妨,今上春秋已盛,尚无皇子,不如立端王子溥儁为大阿哥,继穆宗后,抚育宫中,徐承大统,此举才为有名,未知慈意若何？"太后沉吟良久,方道:"我言亦是。"遂于十二月二十四日,召近支王贝勒,御前大臣,内务府大臣,南上两书房翰林,各部尚书,齐集仪銮殿。景阳钟响,太后临朝,光绪帝亦乘舆而至,至外门下舆,向太后拜叩。太后召帝入殿,帝复跪下,诸王公大臣等仍跪在外面。太后命帝起坐,并召王公大臣皆入,共约三十人,太后宣谕道:"皇帝嗣位时,曾颁懿旨,俟皇帝生有皇子,过继穆宗为嗣,现在皇帝多病,尚无元嗣,穆宗统系,不便虚悬,现拟立端王子溥儁为大阿哥,承继穆宗,免致虚位。"言至此,以目视光绪帝道:"你意以为是否？"光绪帝哪敢多说,只答"是是"两字。随命荣禄拟旨,拟定后,呈太后阅过,发落军机,次日颁发。太后即命退朝,翌晨即降旨道:

> 朕冲龄入承大统,仰承皇太后垂帘训政,殷勤教诲,巨细无遗,迨亲政后,正际时艰,亟思振奋图治,敬报慈恩,即以仰副穆宗毅皇帝付托之重。乃自上年以来,气体违和,庶政殷繁,时虞丛脞,惟念宗社至重,前已吁恳皇太后训政。一年有余,朕躬总未康复,郊坛宗庙诸大祀,不克亲行。值兹时事艰难,仰见深宫宵旰忧劳,不遑暇逸,抚躬循省,寝食难安。敬溯祖宗缔造之艰难,深恐勿克负荷,且入继之初,曾奉皇太后懿旨,俟朕生有皇子,即承继穆宗毅皇帝为嗣。统系所关,至为重大,忧思及此,无地自容。诸病何能望愈,用再叩恳圣慈,就近于宗室中,慎简贤良,为穆宗毅皇帝立嗣,以为将来大统之畀。再四恳求,始蒙俯允,以多罗郡王载漪之子溥儁,继承穆宗毅皇帝,钦承懿旨,欣幸莫名。谨敬仰遵慈训,封载漪之子为皇子,将此通谕知之。

旨下后,大阿哥入居青宫,仍辟弘德殿,命崇绮充师傅,徐桐充监管。大阿哥不喜读书,只有两只洋狗,是他所钟爱,入宫第二日,即带了进去,有识的

第八十八回　立储君震惊乜邕　信邪术扰乱京津

人,已料他是不终局了。只大阿哥正位青宫,端王权力,从此益大。徐桐、刚毅、启秀等,极力赞助,遂闯出一场古今罕有的奇祸。看官!你道是什么祸祟?便是拳匪肇乱,联军入京,两宫出走,城下乞盟,订约十数款,偿金数百兆,弄得清室衰亡,中国贫弱,一点儿没有生气。说将起来,正是伤心!小子未曾下笔,身已气得发颤,泪已落了无数,若使贾太傅、陈同甫一班人物,犹在此时,不知要痛哭到哪样结果?愤激到甚么地步?拳匪之祸,关系中国兴亡,故不得不慨乎言之。

话休叙烦,待小子细细表明。拳匪起自山东,就是白莲教遗孽。本名梅花拳,练习拳棒,捏造符咒,自称有神人相助,枪炮不能入。山东巡抚李秉衡,人颇清廉,性质顽固,闻得拳匪勾结,他却不去禁阻,反许聚众练习。秉衡奉调督川,继任的名叫毓贤,乃是一个满员,比秉衡还要昏谬,竟视拳匪为义民,格外优待。因此拳匪遂日盛一日,蔓延四境。当中东开战的时候,直隶、山东,异常恐慌,官商裹足,人民迁徙,未免有荡析离流的苦趣。到了马关约成,依然无恙,官商人民等,方渐渐安集。适天津府北乡,开挖支河,掘起一块残碑,字迹模糊,仔细辨认得二十字,略似歌诀,其文道:"这苦不算苦,二四加一五。满街红灯照,那时才算苦。"众人统莫名其妙。及拳匪起事,碑文方有效验。难道真有天数么?拳匪中有两种技艺,一种叫作金钟罩,一种叫作红灯照。金钟罩系是拳术,向来习拳的人,有这名号,说是能避刀兵。只红灯照的名目,未经耳闻,究竟红灯照是什么技术?原来红灯照中,统是妇女,幼女尤多。身着红衫裤,挽双丫髻,年长的或梳高髻,左手持红灯,右手持红巾,及红色折扇,先择静室习踏空术,数日术成,持扇自煽,说能渐起渐高,上蹑天空,把灯掷下,便成烈焰。时人多信为实事,几乎众口一词,各称目睹,其实统是谣传。所造经咒,尤足令人一噱。唐僧、沙僧、八戒、悟空八字,乃是无上秘诀。八字念毕,猝然倒地,良久乃起,即索刀械,捏称齐天大圣等附体,跳跃而去。又有几个,说是杨香武、纪小唐、黄飞虎附身,怪诞绝伦,不值一辩。偏偏这巡抚毓贤,尊信得很。

毓贤本系端王门下走狗,趋炎附势,得放东抚,他即密禀端王,内称:"东省拳民,技术高妙,不但刀兵可避,抑且枪炮不入。这是皇天隐佑大阿哥,特生此辈奇材,扶助真主,望王爷立即招集,令他保卫宫禁,预备大阿哥即真"等语。端王接禀,喜欢的了不得,暗想太后不即废立,实是怕洋人干涉,若得这种拳民保护,便可驱逐洋人,那时大阿哥稳稳登基,自己好作太上皇,连慈禧后都可废掉,何况这光绪帝呢?如见肺肝。便即入宫告知太后。太后起初不信,援述张角、孙恩故事,拒驳端王。若说是立刻轻信,便不成为通文达史的慈禧后!端王道:"老佛爷明见千里,钦佩莫名!但据抚臣毓贤密报,的确是真。

毓贤心性忠厚，或不至有欺罔等情。奴才愚见，不如饬直督裕禄，招集拳民数十人，先行试验。果有异术，然后添募，选择忠勇诸徒，送到内廷供奉，传授侍卫太监，将来除灭洋人，报仇雪恨，老佛爷得为古今无二之圣后，奴才等亦得叨附旗常，宁不甚妙？"太后闻他说得天花乱坠，不由的不动心，便道："这语也是有理，就饬裕禄查明真伪便了。"误入迷途，可恨可叹。

端王退出，即命军机拟旨，密饬裕禄招集拳民，编为团练，先行试办。裕禄与端王，又是一鼻孔出气，忙行文到山东咨照毓贤，毓贤即将大队拳民送至，由裕禄一一试验，只见他个个强壮，人人精悍，红巾红带，挥拳如筹。惟枪炮有关性命，不便轻试，只好模糊过去。便令设立团练局，居住拳民，竖起大旗一面，旗中大书义和团三字。拳民辗转勾引，逐渐传授，不数月间，居然聚成数万，裕禄竟当他作十万雄师。光绪二十六年春，山东直隶一带，已成拳匪世界。在天津的匪首，第一个叫作王德成，第二个叫作曹福田，第三个叫作张德成。王自称老师傅，曹称大师兄，张称二师兄，其余还有许多首领，叙不胜叙。团练局中，不敷居住，遂分居庙宇。庙宇又不足，散入民宅。令家家设坛，人人演教。见有姿色妇女，强迫她们习红灯照，日间阳令学习，夜间恣意奸淫。令人发指。又姘识津门土娼，推了一个淫妓为红灯照女首领，托名黄连圣母，能疗团民伤痛。这位糊涂昏聩的裕制军，闻圣母到津，竟朝服出迎，恭恭敬敬的接入署内，向她参拜。圣母傲然上坐，绝不少动。好看得很。制军行礼毕，由团民簇拥出署，入神庙中，仿佛如城隍娘娘一般，上供神食，黄幔低垂，红烛高烧，一班愚民，跪拜拥挤，几乎没有插足地。圣母以下，又有三仙姑、九仙姑等，年纪统不过二十岁上下，面上各带妖态，其实多是平康里中人物。后来津城失陷，圣母仙姑，都不知去向，大约已升入仙班去了。涉笔成趣。

天津拳匪，越聚越多，寻至四散，于是涞水戕官的警报，接沓而来。涞水县有天主教堂，招收教徒，某乡民与教徒涉讼，始终不胜，挟嫌成仇，适拳匪散入涞水，即在某乡民家，招众习拳。某乡民想藉他势力，报复教徒，教徒也预防祸害，密禀涞水县官。县官祝芾，据情详报大宪，由大宪札复，说是愚民无知，不必剿捕，日久自当解散。祝大令奉了此札，自然不敢剿办。旋经教士再四禀恳，又经领事照会大吏，乃由省中派出杨副将福同，率领马步兵数百人，到场弹压。杨尚未到，拳匪已号召徒党，围住教堂，攻进大门，见人便杀，不论男女长幼，统是乱刀齐下，砍成肉酱。霎时间火焰冲霄，尸骨塞路。拳匪手舞足蹈，欢声雷动。适杨副将兼程驰到，先用劝谕手段，令他抛弃兵械，便是良民。拳匪不从，各执刀枪相向。官兵仅执空枪，未及装弹，只得退后数步。不料拳匪纠众直上，乱击乱刺，杨副将饬兵士装弹，弹一装好，枪声齐发，拳匪多应声倒毙，当即溃散。既曰枪炮不入，何故应声倒毙？次日，杨副将率兵进剿，又

第八十八回　立储君震惊匕鬯　信邪术扰乱京津

毙拳匪数十名。匪徒到处号召,分途四伏,用了诱敌的计策,引杨入伏。杨副将身先士卒,冒险直进,经过好几个村落,树尽匪起,蜂拥而来。杨副将连忙抵敌,不料马惊蹄地,把杨副将掀翻地上,匪徒乘势乱戮,眼见得一位协戎,死于非命。官军失了主将,自然奔回。拳匪得胜,越加骄横,蔓延各处。裕禄不得已奏闻,朝旨虽令严拿首要,解散胁从,暗中饬饬直督妥为安插,并令协办大学士刚毅及顺天府尹兼军机大臣赵舒翘,出京剿办。

　　刚毅、赵舒翘到了涿州,正值涿州地方官,缉捕拳匪,拿住数人。刚毅即命放还,赵舒翘亦不敢多嘴,随同附和。当由刚毅带了许多拳匪,回到京师。二人入朝复旨,请太后信任义和团,用为军队,抵制洋人,断不至有失败等事。总管太监李莲英,也在内竭力赞助,屡述义和团神奇。六十多岁的老太后,至此遂误入迷团,变成守旧党的傀儡。只大学士荣禄,独说义和团全系虚妄,就使有小小灵验,亦系邪术,万不可靠,屡将此意禀白太后。怎奈太后左右,统是端王党羽,满口称赞义和团,单有荣禄一人反对,彼众我寡,哪里还能挽回?太后又令端王管辖总理衙门,启秀为副,对付交涉。庄王载勋,协办大学士刚毅,统率义和团,准备战守。于是京城里面,来来往往,无非拳匪,骚扰的了不得。

　　是时京畿设武卫前后左右四军,由宋庆、聂士成、马玉昆、董福祥四人分领。董福祥本甘肃巨匪,经左宗棠收抚后,超擢甘肃提督,调入内用,统带武卫后军,驻扎蓟州。董军部下,纯系甘勇,董又一粗莽武夫,受端王暗中笼络,命他率军入卫。看官!你想此时的拳匪,已是横行京都,肆无忌惮,又加那一班轻躁狂妄,毫无纪律的甘勇,成群结队,驱入京中,这京城还能安静么?当下毁铁路,拆电线,捣洋房,纷纷扰扰,闹个不休。并拥到正阳门内东交民巷,把各国公使馆,团团围住,镇日攻打。各公使拚命防守,一面咨照总署,严词诘问。总署已归端王管理,所有洋人公文,简直不理。正阳门内外,被焚千余家,独使馆仍岿然存在,不被攻入。一个使馆尚不能攻入,还想抵制联军,煞是可笑。清廷还要降旨,嘉奖拳民及甘勇,拳匪越加得势,甘勇也越发胡行。那个意气扬扬的端郡王,坐在总署,只望攻入使馆的捷音,忽报日本使馆书记官杉山彬,被甘勇杀死永定门外,端王大叫道:"杀得好,杀得好。"随又报德国公使克林德男爵,拟来总署,途次由拳民击毙,端王喜极,又连声叫道:"好义民!好义民!"正在说着,由外面递进一角紧急公文,乃直督裕禄所发。端王拆开一瞧,皱了皱眉,与启秀密谈数语,遂入宫奏报太后。太后道:"洋人真是可恶,联络八国,来索大沽炮台,这事倒不易处置。"端王道:"有这班义民效力,还怕什么洋鬼子?请太后即降旨宣战便了。"太后迟疑未决,端王道:"这事已成骑虎,万难下。老佛爷若瞧着外交团照会,就要不战,也是不能。"太后道:"什么照会?"端王道:"奴才已着启秀进呈,在门外恭候懿旨。"太后立命宣入,启秀行过了礼,即把照会呈上。太后不瞧犹可,瞧了一瞧,不觉大怒,把照会一掷,起座拍案道:"他们怎么敢干涉我的大权?这事可忍,何事不可忍?我也顾不得许多了。拚死一战,比受他们的欺侮,还强得多哩。"随命端王、启秀,预召各王大臣,于明晨会议仪銮殿,二人唯唯退出。看官!你道这照会中是甚么言语,激怒太后?小子探听明白,乃是端王嘱启秀假造出来,内说:"要太后归政,把大权让还皇帝,废大阿哥,并许洋兵一万入京。"太后不辨真伪,因此大怒,决意主战。正是:

既不知己,又不知彼;
以一敌八,何往不殆?

欲知王大臣会议情形,俟至下回续叙。

端王不见用,则大阿哥不立,大阿哥不立,则亦无拳匪之乱。拳匪系白莲教余孽,种种荒诞,稍有识者,即知虚妄,宁以聪明英毅之慈禧后,独见不及此?就令一时误听,偶信邪言,而最蒙亲信之荣禄,再三谏阻,则应亦幡然悔悟,胡为始终不悛,长此执迷乎?盖一念之误,在憎光绪帝,再念之误,在爱大阿哥,爱憎交迫,懂懂往来,于是聪明英毅之美德,均归乌有,而为端王辈所播弄,开古今未有之大祸,斯即欲为慈禧讳,要亦无能讳矣。诗曰:"哲妇倾城。"妇既哲矣,何故有倾城之祸?观于此而始知诗言之非诬也。

第八十九回　袒匪殃民联军入境
　　　　　　　　见危授命志士成仁

却说清廷会议这一日,军机大臣世铎、荣禄、刚毅、王文韶、启秀、赵舒翘皆到。天色将明,太后独御仪銮殿,垂询开战事宜。荣禄含泪跪奏道:"中国与各国开战,原非由我启衅,乃是各国自取;但围攻使馆,决不可行,若照端王等主张,恐怕宗庙社稷,俱罹危险。且即杀死使臣数人,也不能显扬国威,徒费气力,毫无益处。"太后怒道:"你若执定这个意见,最好是劝洋人赶快出京,免至围攻,我不能再压制义和团了。你要是除这话外,再没有别的好主意,可即退出,不必在此多话。"荣禄叩头而退。启秀由靴中取出所拟宣战谕旨,进呈慈览。太后随阅随语道:"很好,很好!我的意思,也是这样。"又问各军机大臣是否同意?军机大臣不敢异言,都说:"诚如圣意。"

太后乃入宫早膳,约过一二小时,复御勤政殿,召见各王公。光绪帝亦

第八十九回　袒匪殃民联军入境　见危授命志士成仁

到,候太后轿至,跪接而入。端王载漪、庆王奕劻、庄王载勋、恭王溥伟、醇王载沣、贝勒载濂、载滢,及端王弟载澜、载瀛,并军机大臣,六部满汉尚书,九卿,内务府大臣,各旗副都统,黑压压的挤满一殿。饭桶何多。但听太后厉声道:"洋人此次侮我太甚,我不能再为容忍。我始终约束义和团,不欲开衅,直至昨日看了外交团致总理衙门的照会,竟敢要我归政,才知此事不能和平解决。皇帝自己承认不能执掌政权,外国何得干预?现在闻有外国兵舰,驶至大沽,强索大沽炮台,无礼已极,如何忍耐得住?诸王大臣等如有所见,不妨直陈!"言毕,坐待了好一歇,不见有什么奏请。太后又侧视光绪帝,问他意见。光绪帝迟疑良久,方说:"请圣母听荣禄言,勿攻使馆,应即将各国使臣,送至天津。"言至此,仰瞻太后容貌,已是略变。太后后面站着李莲英,好像护法韦驮,威棱四射。光绪帝不禁震慑,回看各王公,正对着端王眼光,仿佛如恶煞神一般,非常凶悍,吓得战战兢兢,急回脸禀太后道:"这乃最大的国事,不敢决断,仍请太后作主。"做这种皇帝,实是可悯。太后不答。

时赵舒翘已升任刑部尚书。当即上奏,请明发上谕,灭除内地洋人,免作外国间谍,泄露军情。太后命军机大臣斟酌复奏。于是兵部尚书徐用仪、户部尚书立山、吏部左侍郎许景澄、内阁学士联元、太常寺卿袁昶,依次进谏,统说:"与世界各国宣战,寡不敌众,必至败绩。外侮一入,内乱随发,后患不堪设想,恳求皇太后皇帝圣明裁断"等语。袁昶并言:"臣在总理衙门当差二年,见外国人多和平讲礼,不致干涉中国内政。据臣愚见,请太后归政的照会,未必是真。"这句话,正打动端王心坎,即勃然变色,斥袁昶道:"好胆大的汉奸,敢在殿中妄说!"随又向太后道:"老佛爷肯听这汉奸的说话么?"太后命袁昶退出,并责端王言语暴躁,不应面辱廷臣。面辱不可,擅杀其可乎?随命军机颁发宣战的谕旨,电达各省,又令荣禄明白通知各使,如愿今晚离京,即应派兵保护,妥送至津。各王公陆续退出,只端王及弟载澜,尚留殿中,奏对多时,大约是密陈战术,外人无从闻知,小子亦无从臆造。

只许、袁二公自退朝后,又联衔上奏,极陈拳匪纵横恣肆,放火杀人,激怒强邻,震惊宫阙,实属罪大恶极,万不可赦。请责成大学士荣禄,痛行剿办,并悬赏缉获拳匪首领,务绝根株,然后可阻住洋兵,削平巨患。正是语语剀切,言言沉挚。奏上后,好似石投大水,毫无影响,此外都作仗马寒蝉;许、袁二公不胜焦灼,方拟续上谏章,忽闻外省督抚,亦通电力阻,因此暂行搁笔,再探宫廷消息。

看官!你道外省督抚,是哪个最识时务?最矢忠忱?待小子一一表来:原来这时的山东巡抚毓贤已调任山西,后任便是袁世凯。世凯知拳匪难恃,决意痛剿,只因端王等袒护拳匪,不好违背,他却想了一个妙法,札饬属吏,略说:"真正拳民,已赴京保卫宫廷,若留住本省,练拳设坛,必是匪徒冒托,应立惩无赦!"于是山东省内文武各官,日夕搜捕,所有拳匪,死的死,逃的逃,不到数日,全省肃清。此公恰是多材。还有两广总督李鸿章,老成练达,他自中东战后,调入内阁,做个闲官,因见溥儁入嗣,端王专权,宫中必生乱端,将来左右为难,不如讨个差使,离开宫禁,免致牵连。天缘凑巧,两广总督谭钟麟开缺,他正好乘机运动,果然得旨外放,补授粤督,权势自然不弱。此公恰是多智。又有一个总督张之洞,文采风流,善观时势,朝野想望丰采,也算是总督中的翘楚。此公实是狡猾。这三省外,最忠诚的要算两江总督刘坤一。刘系湖南人,洪杨乱时,曾随曾左彭杨诸人,屡立战功。曾左彭杨,次第病殁,单剩他管辖两江,与李伯相同为遗老。光绪帝未遭废立,全亏他倡议保全,这番闻拳匪肇乱,已经愤激万分。一日,正在签押房阅视文书,忽由京中传到电报,急忙译出,低声读道:

我朝二百数十年深仁厚泽,凡远人来中国者,列祖列宗,罔不待以怀柔。迨道光咸丰年间,俯准彼等互市,并乞在我国传教,朝廷以其劝人为善,勉允所请。初亦就我范围,遵我约束,讵料三十年来,恃我国仁厚,一意姑循,乃益肆枭张,欺凌我国家,侵犯我土地,蹂躏我人民,勒索我财物,朝廷稍加迁就,彼等负其凶横,日甚一日,无所不至。小则欺压平民,大则侮慢神圣,我国赤子,仇怨郁结,人人欲得而甘心。此义勇焚烧教堂,屠杀教民所由来也。

读至此,不禁失色道:"这等乱民,还说他是义勇,真正奇怪!"随又读道:

朝廷仍不开衅,如前保护者,恐伤我人民耳。故再降旨申禁,保卫使馆,加恤教民,故前日有拳民教民,皆我赤子之谕,原为民教解释宿嫌,朝廷柔服远人,至矣尽矣。乃彼等不知感激,反肆要挟,昨日公然有杜士立照会,令我退出大沽口炮台,归伊看管,否则以力袭取,危词恫喝,意在肆其猖獗,震动畿辅。平日交邻之道,我未尝失礼于彼,彼自称教化之国,乃无礼横行,专恃兵坚器利,自取决裂如此乎?朕临御将三十年,待百姓如子孙,百姓亦戴朕如天帝,况慈圣中兴宇宙,恩德所被,浃体沦肌,祖宗凭依,神祇感格,旷代所无。朕今涕泣以告先庙,慷慨以誓师徒,与其苟且图存,贻羞万古,孰若大张挞伐,一决雌雄?

读到这句,又大惊道:"阿哟!不好了!竟要同各国开战么,这事还当了得。"随即停住读声,一目瞧下:

连日召见大小臣工,询谋佥同。近畿及山东等省义兵,同日不期而

第八十九回　袒匪殃民联军入境　见危授命志士成仁

集者,不下数十万人,下至五尺童子,亦能执干戈,卫社稷。彼尚诈谋,我恃天理;彼凭悍力,我恃人心。无论我国忠信甲胄,礼义干橹,人人敢死,即土地广有二十余省,人民多至四百余兆,何难翦彼凶焰,张国之威？其有同仇敌忾,临阵冲锋,抑或仗义捐资,助益饷项,朝廷不惜破格懋赏,奖励忠勋。苟其自外生成,临阵退缩,甘心从逆,竟作汉奸,即刻严诛,决无宽贷。尔普天臣庶,其各怀忠义之心,共泄神人之愤,朕实有厚望焉！钦此。

阅毕,叹息一会,即令办理折奏的老夫子,先拟电稿,后拟奏折,统是力阻战事,次第拜发。一面分电各省督抚,详询意见,经李鸿章、张之洞、袁世凯等复电,都说:"拳匪难恃,不应开战,已发电谏阻。"刘制军稍稍放心。忽闻大沽炮台失守,罗提督荣光逃回天津,警报如雪片相似,拟再上书极谏;适前川督李秉衡,奉旨巡阅长江,亦电复到来,大致与各督抚相同,接连又来了北京电报,译出后,又有一道催办兵饷的上谕。其辞道:

昨已将团民仇教,剿抚两难,及战衅由各国先开各情形,谕李鸿章、李秉衡、刘坤一、张之洞矣。尔各督抚度势量力,不欲轻构外衅,诚老成谋国之道。无如此次义和团民之起,数月之间,京城蔓延已遍,其众不下数十万,自民兵以至王公府第,处处皆是,同声与洋教为难,势不两立。剿之则即刻祸起肘腋,生灵涂炭,只合徐图挽救。奏称:"信其邪术以保国",似不谅朝廷万不得已之苦衷。尔各督抚知内乱如此之急,必有寝食难安,奔走不遑者,安肯作一面语耶？此乃天时人事,相激相随,遂至如此。尔各督抚勿再迟疑观望,迅速筹兵筹饷,立保疆土。如有疏失,唯各督抚是问！特此电谕。

刘制军览到此谕,料知朝廷已执意主战,非笔舌可以挽回,就使屡次谏争,也是无益。但北方已经开仗,各国兵舰,必陆续来华,将来游弋海面,东南亦必吃紧,牵动全局,涂炭生灵,在所不免。当下左思右想,苦无良策,正踌躇间,接各国领事来文,都是:"中外开衅,祸由拳匪,洋人在华,仍求保护"等情。刘制军忽然触悟,想出一个保护东南,为民造福的法子来。亏得有此一着。随即电达各督抚商议大计。又由东南各督抚回电,极力赞成,遂由自己倡首,联合李鸿章、张之洞、袁世凯三总督,与各国领事开议,东南一带,决不开战,洋人亦不得无故侵扰。各国领事,统言:"须请命政府,猝难定约。"巧值联军统帅英提督西摩尔,简率轻军,自大沽进攻杨村,被董军及拳匪击退,中国哗传大捷。外人确遭小挫,各国领事,未免惊心动魄,遂竭力怂恿政府,与中国东南各督抚定约。此约一定,东南才得安枕。到了后来议和的时节,还可援为话柄,这也是东南不该遭劫,中国不应灭亡,方得此救国救民的好督抚,主持大计,这且按下慢表。各省独立之机,亦未始不萌芽于此。且说各国兵舰,自齐集大沽口后,即索让炮台,提督罗荣光婉词拒绝,洋兵即开炮轰击。罗提督不能守,奔回天津。是时天津一带,统被拳匪蟠据,山东拳匪,为巡抚袁世凯驱逐,亦相率到津,勒民供给,兼索官饷,稍有不从,肆行掳掠。并至紫竹林租界,杀人放火,见有洋行洋房,立即焚毁;并四处张贴俚词,语多不伦不类。有"天兵天将,八月齐降,重阳灭尽洋人,神仙归洞"等语。此等无稽之言,大半为小说所误。各国联军统帅西摩尔,登陆驰援,带兵不多,遇着大股拳匪,及董福祥部下甘勇,略开战仗,死了几个洋兵,西摩尔以寡众不敌,当即折回。在津拳匪,越发兴高采烈,似乎洋人已被他灭尽。总督裕禄,连忙奏捷,朝旨格外褒奖,赏拳匪及甘军银子各十万两。自是兵匪联结,抢夺不休,只有聂提督士成,素嫉拳匪,饬部众不得袒护,拳匪亦仇视聂军。当战事未开的时候,聂军门驻扎芦台,保护铁路,拳匪拟把铁路烧毁,正在倾浇煤油,沿轨放火,不料聂军门猝至,勒令解散。拳匪佯为听令,乘聂不备,挺刃而起,猛扑聂军。亏得聂军素有纪律,结阵自固。拳匪四面围攻,一匪首猱上电杆,执旗指挥,被聂军门望见,开枪遥击。初击不中,再击,正中匪首股中,颠踣地上。遂有军门亲卫跃马而出,刃及匪首腰际,匪首随仆随起,连受数刃,仍不见毙,卫卒亦惊为神;迨至下马追及,猛斫匪首项领,领始随手而落,才知拳匪实无异术,不过与江湖卖艺,稍知运气者相同,这是拳匪真本领。随即携首返报。拳匪见首领被杀,连忙逃遁,已被聂军击死数百人,拳匪遂恨聂不置。

后来大沽失守,聂奉旨赴津防守,途遇拳匪,各持刀奔至,急驰入督署;拳匪亦直入署中,指名硬索。裕禄先为剖辩,继为缓颊,复邀聂与匪首相见。匪首尚欲挟聂至坛,聂坚持不往,匪首悻悻而去。自此聂军每为拳匪所戕,诉诸裕禄。裕禄阳出排解,暗中恰上疏弹劾,朝命革职留任。聂军愤无可泄,会马提督玉昆,随宋庆来津防守,聂入马营诉苦。马玉昆道:"君斯时疑谤交乘,只有直前赴敌一法,若能胜敌,原是最妙,否则马革裹尸,也算是以身报国的大丈夫。是非千古,听诸后人。今欲与拳匪争论,实是无益。九重深远,呼吁无闻,请明见裁察!"聂闻言,亦料得进退两难,只好谨遵友教。会闻洋兵又鼓勇杀来,势如破竹,将薄天津城下,遂与母太夫人诀别,命护卫亲校,送太夫人回里,仿佛周遇吉别母。并挥将弁使去。将弁跪请效命。聂军门不禁泪下,随道:"我死是分内事,汝等进不死于敌,退必死于匪,既死还被通洋的恶名,汝等何必随我俱尽?"将弁仍不肯去,随聂出营。行了数十里,遇着洋兵前锋,聂已自知必死,当先冲敌,将校随上,勇气百倍,互击了四五时,敌已少却,战颇得手。不防后面喊声大起,枪弹齐飞,聂军道是洋兵掩袭,回首一望,乃是头裹红巾,

第八十九回　袒匪殃民联军入境　见危授命志士成仁

腰扎红带的拳匪,急呼将校道:"汝等杀退拳匪,自行逃生,我死于此便了。"将校牵着马缰,乞军门回营,军门用刀将马缰割断,冲入敌阵,身中数弹而亡。洋人嘉他勇敢,不忍伤尸,听部卒负归。拳匪反挟刃相向,意欲捽尸万段,方足泄忿。幸亏洋兵赶上,击退拳匪,始得全尸归葬。朝命还说他:"督师多年,不堪一试,殊堪痛恨!姑念他为国捐躯,着加恩开复处分,照提督阵亡例赐恤!"这正是冤枉到底呢。

聂军已败,只马玉昆统率数营,扼守京津车道,并令拳匪协力对敌。洋兵节节攻入,拳匪跳舞而前,一遇枪炮,立即反奔,反致冲动官军。官军还要让他归路,否则拳匪且倒戈相向,因此官军越加困难。会马军统带草笠,拳匪指为洋奴。屡向裕禄哓哓,欲与马军开仗,裕禄与马军门婉商数次,不得已将草笠除去。马军门亦愤恨异常,与洋人交战,常拚命相争,愿随聂军门于地下。洋兵见他奋勇,倒也惧怯三分。一日,马军又与洋兵对垒,酣战多时。马军前仆后继,一往无前,把洋兵逼还租界,正拟乘胜追逐,忽东南风大起,暴雨骤下,马军被雨扑面,不能开目,反被洋兵顺风轰击,大半伤亡,只得退回原地。自聂军门阵亡,善阵善战,要算马军门部下,亦谨守军法,临敌不避,非义不取,洋兵推为中国名将。这次败挫,全因草笠不戴,无从蔽雨,致为洋兵所乘,伤毙甚众。不特军门痛恨拳匪,即将校也辱骂不止。时宋庆已奉旨节制各军,闻马军败退,已知津城难守,三十六着,走为上着,复檄马军退守北仓,防洋兵北上。马军奉檄退守,洋兵遂进薄津城。宋庆本是无能,中日一役,已是可鉴。

裕禄不胜惊慌,忙请拳首商议守御,拳首还说:"不妨,已遣神团守护城南,定可无虑。"裕禄深信不疑。至死不变,强哉矫!拳首自去,次日召集匪党,托词开城出战,一出了城,哄然四散。洋兵趁这机会,攻入城南,裕禄尚在署中,恭候义民捷音,忽由巡捕入报,洋兵已经入城。裕禄起身便逃,耳中但闻一片枪炮声,吓得心胆俱裂,驰出北门,径投马营。只罗荣光已先服药自尽,天津既陷,联军大振。日本兵最多,计万二千人,俄兵八千人,英美兵各二千五百人,法兵千人,德兵二百五十人,奥兵一百五十人,意兵最少,只五十人。适德国统领瓦德西,复率德、奥、美军继至,联军遂改推瓦德西为统帅,长驱北向。

宫廷中屡闻惊耗,军机大臣,还不敢据实奏闻,只端王仗胆入奏道:"天津已被洋鬼子占去,都是义和团不肯虔守戒律,以致战败。现闻直督裕禄,与宋庆、马玉昆等,退守北仓,洋鬼子颇占势力。但北京极其坚固,鬼子决不能来。"太后怒道:"今晨荣禄上奏,据言前日外国照会,现已查出,乃是军机章京连文冲捏造,你同启秀唆使,现在弄到这个地步,你有几个头颅,敢这般大胆？"端王连忙叩头道："奴才不、不敢！"太后道："我今朝才晓得你的心肝了。你想儿子即位，你好监国，这等痴心妄想，劝你趁早罢休！我一天在世，一天没有你做的，放小心点，再不安分，就赶出宫去，家产充公。像你的行为，真配你的狗名！"端王名载漪，乃是犬旁，所以有如此云云。端王自用事以来，从没有太后呵斥，此番是破题儿第一遭，俯伏在地，只是磕头。由内监奏闻太后，报称甘军统领董福祥求见。太后厉色道："叫他进来！"董入内跪下，太后道："你好！你好！从上月起，已来奏过十多次，都说围攻使馆的胜仗，为什么到今朝还不攻破呢？"董福祥答道："臣来求见，正为这事。臣闻武卫军中有大炮，若攻使馆，立即片瓦不留，臣向他索取几回，荣禄立誓不肯借用。并言老佛爷即使有旨，也是不从。请老佛爷速即罢斥荣禄！"太后大怒道："不许说话！你是强盗出身，朝廷用你，不过叫你将功赎罪，像你这狂妄样子，目无朝廷，仍不脱强盗行径，大约活得不耐烦了。快滚出去！以后非奉旨意，不准进来！"董谢恩趋出，太后命速召荣禄，内监奉旨而去。

　　太后见端王尚是跪着，亦令滚出。端王出宫，正值荣禄趋入，端王在外探听消息，约有两三小时，方闻荣禄出来。当由内监密报，太后令荣中堂速办礼物，送与使馆，并要他转饬庆王，前往慰问。又命调李鸿章补授直督，由荣中堂拟旨电发。连忙回头，已经迟了。端王道："迅雷不及掩耳，真是出人意外。"那密报端王的内监道："还有许侍郎、袁京卿二人，又上疏参劾各大臣，闻连王爷亦被劾在内。"端王闻言，不禁气冲牛斗，大声道："都是这班汉奸，蒙蔽太后，所以太后痛责我们，我总要杀死他，才见老子手段。"次晨，已由军机处发出奏稿，端王不待瞧毕，便请徐桐、刚毅、赵舒翘、启秀等密议，定下计策。徐桐等方去，忽报李秉衡进谒，即由端王迎入，谈论间颇为款洽。端王又密嘱周旋，李秉衡应命而退。原来李秉衡应诏勤王，一入北京，把从前祖匪的故态，又流露出来。太后召见时，禀称："愿自赴敌，决一死战。"太后喜甚，大加信任，因此端王托他臂助，秉衡即密奏："许、袁二人，擅改谕旨，从前太后颁发各谕，于待遇洋人事件，杀字统改为保护字样，专擅不臣，应加诛戮。"太后又勃然怒发，斥为赵高复生，应加极刑。这语一传，端王不待奉旨，便令刑部尚书赵舒翘，拿许、袁二人下狱，绝不审讯，即于次日押赴市曹，令刑部侍郎徐承煜监斩，两公都以直谏得祸。袁公文学治术，尤称卓绝，所上奏本，统系袁主稿。后人有诗三章吊之云：

　　　　八国联兵竟叩阙，知君却敌补青天。
　　　　千秋人痛晁家令，曾为君王策万全。

　　　　民言吴守治无双，士道文翁教此邦。

黔首青衿各私祭，年年万泪咽中江。

西江魔派不堪吟，北宋新奇是雅音。
双井半山君一手，伤哉斜日广陵琴。

欲知二公临刑情状，请看官续阅下回。

拳匪乱起，京津涂炭，八国联兵，合从而来，犹逞其一时意气，愤然主战，真令人不可思议。中东之役，以一敌一，尚且全军覆没，乃反欲以一服八耶？就使拳匪果有异术，亦未便轻于尝试，外人并未尝与我启衅，而我乃毁教堂，戕教士，甚至围攻使馆，甚且杀害公使，野蛮已甚，无一合理。证诸有史以来，从未闻有此背谬者。聂、马二军门，良将也，以仇匪而致败，聂且甘心殉难。许侍郎、袁京卿二人，名臣也，以忠谏而致祸，同雁惨刑。丹心未泯，碧血长埋。谁为为之，以至于此？或谓东南督抚，不奉朝命，徒令一隅开战，致陷孤危。是不然。中国孱弱久矣，宁有以一服八之理？且幸得此督抚之反抗，始得障护东南，保全大局，再造之恩，殊不在曾左下。故吾谓清之亡，实皆自满人使之，于汉人无尤焉。

第九十回　传谏草抗节留名
　　　　　避联军蒙尘出走

却说许、袁二公，被刑部饬赴市曹，刑部侍郎徐承煜，系徐桐子，比乃父还要昏愦，至是奉端王命，作监斩官，既到法场，叱褫二公衣。许侍郎道："未曾奉旨革职，何为褫衣？"承煜不能答。袁京卿道："我等何罪遭刑？"承煜道："你乃著名的汉奸，还要狡辩甚么？"袁京卿道："死也有死的罪名。我死不足惜，只是没有罪证。汝等狂愚，乱谋祸国，罪该万死！我死之后，看汝等活到几时？"又转语许景澄道："不久即相见地下，将来重见天日，消灭僭妄，我辈自能昭雪，万古留名。"说着，两边已是拳匪环绕，拔刀拟颈。袁京卿亦厉声道："士可杀不可辱，我辈大臣，自有朝廷国法，何烦汝等动手？"言至此，号炮已发，二公从容就刑。忠臣殉国，谏草流传，参劾通匪各大臣，已是第三次奏章。第一疏已略见上文；第二疏是请保护使馆，万勿再攻；第三疏尤为切直，小子不忍割爱，录出如下：

奏为密陈大臣信崇邪术，误国殃民，请旨严惩祸首，以遏乱源而救危局，仰祈圣鉴事：窃自拳匪肇乱，甫经月余，神京震动，四海响应，兵连祸结，牵掣全球，为千古未有之奇事，必酿成千古未有之奇灾。昔咸丰年间之发匪捻匪,负嵎十余年,蹂躏十数省,上溯嘉庆年间之川陕教匪,沦陷三四省,窃据三四载,当时兴师振旅,竭中原全力,仅乃克之。至今视之,则前数者为手足之疾,未若拳匪为腹心之疾也。盖发匪捻匪教匪之乱,上自朝廷,下自闾阎,莫不知其为匪。而今之拳匪,竟有身为大员,谬视为义民,不肯以匪目之者。亦有知其为匪,不敢以匪加之者。无识至此,不特为各国所仇,且为各国所笑。查拳匪揭竿之始,非枪炮之坚利,战阵之训练,徒以"扶清灭洋"四字,号召群不逞之徒,乌合肇事,若得一牧令将弁之能者,荡平之而有余。前山东抚臣毓贤,养痈于先,直隶总督裕禄,礼迎于后,给以战具,傅虎以翼。夫"扶清灭洋"四字,试问何从解说?谓我国家二百余年深恩厚泽,浃于人心,食毛践土者,思效力驰驱,以答覆载之德,斯可矣。若谓际兹国家多事,时局艰难,草野之民,具有大力,能扶危而为安,扶者倾之对,能扶之即能倾之,其心不可问,其言尤可诛。臣等虽不肖,亦知洋人窟穴内地,诚非中国之利,然必修明内政,慎重邦交,观衅而动,择各国中之易与者,一震威棱,用雪积愤。设当外寇入犯时,有能奋发忠义,为灭此朝食之谋,臣等无论其力量何如,要不敢不服其气概。今朝廷方与各国讲信修睦,忽创灭洋之说,是谓横挑边衅,以天下为儿戏。且所灭之洋,指在中国之洋人而言,抑括五洲之洋人而言?仅灭在中国之洋人,不能禁其续至。若尽灭五洲各国之洋人,则洋人之多于华人,奚啻十倍?其能尽灭与否,不待智者知之。不料毓贤、裕禄,为封疆大吏,识不及此。裕禄且招揽拳匪头目,待如上宾,乡里无赖棍徒,聚千百人,持义和团三字名帖,即可身入衙署,与该督分庭抗礼,不亦轻朝廷羞当世士耶?静海县之拳匪张德成、曹福田、韩以礼、文霸之、王德成等,皆平日武断乡曲,蔑视官长,聚众滋事之棍徒,为地方巨害,其名久著,士人莫不知之,即京师之人,亦莫不知之。该督公然入诸奏报,加以考语,为录用地步,欺君罔上,莫此为甚。又裕禄奏称:"五月二十夜戌刻,洋人索取大沽炮台屯兵,提督罗荣光,坚却不允,相持至丑刻,洋人竟先开炮攻取,该提督竭力抵御,击坏洋人停泊轮船二艘。二十二日,紫竹林洋兵分路出战,我军随处截堵,义和团分起助战,合力痛击,焚毁租界洋房不少。"臣询由津来京避难之人,佥谓击沉洋船,焚毁洋房,实属并无其事。而我军及拳匪,被洋兵击毙者,不下数万人,异口同声,决非谣传之讹。甚有谓"二十日洋人攻击大沽炮台,系裕禄令拳匪攻紫竹林先行挑衅"等语。此说或者众怨攸归,未可尽信,而诳报军情,竟与提督董福祥,诈称使馆洋人,焚杀净尽,如出一辙。董福祥本系甘肃土匪,穷迫投诚,随营效力,积有微劳,蒙朝廷不次之擢,得有今职,应如

第九十回 传谏草抗节留名 避联军蒙尘出走

何束身自爱,仰答高厚鸿慈?乃比匪为奸,形同寇贼,迹其狂悖之状,不但辜负天恩,益恐狼子野心,或生他患。裕禄屡任兼圻,非董福祥武员可比,而竟昏愦乃尔,令人不可思议。要皆希合在廷诸臣谬见,误为我皇太后皇上圣意所在,遂各倒行逆施,肆无忌惮,是皆在廷诸臣欺饰锢蔽,有以召之也。大学士徐桐,索性糊涂,罔识利害;军机大臣协办大学士刚毅,比奸阿匪,顽固性成;军机大臣礼部尚书启秀,胶执己见,愚而自用;军机大臣刑部尚书赵舒翘,居心狡狯,工于逢迎。当拳匪甫入京师之时,仰蒙召见王公以下,内外臣工,垂询剿抚之策。臣等有以团民非义民,不可恃以御敌,无故不可轻与各国开衅之说进者。徐桐、刚毅等,竟敢于皇太后皇上之前,面斥为逆说。夫使十万横磨剑,果足制敌,臣等凡有血气,何尝不欲聚彼族而歼旃。否则自误以误国,其逆恐不在臣等也。五月间,刚毅、赵舒翘奉旨前往涿州,解散拳匪,该匪勒令跪香,语多诬妄。赵舒翘明知其妄,语其随员人等,则太息痛恨,终以刚毅信有邪术,不敢立异,仅出告示数百纸,含糊了事,以业经解散覆命。既解散矣,何以群匪如毛,不胜狝薙?似此任意妄奏,朝廷盍一诘责之乎?近日天津被陷,洋兵节节进逼,曾无拳匪能以邪术阻令前进,诚恐旬日之间,势将直扑京师。万一九庙震惊,兆民涂炭,尔等作何景象?臣等设想及之,悲来填膺,而徐桐、刚毅等,谈笑漏舟之中,晏然自得,一若仍以拳匪可作长城之恃,盈廷惘惘,如醉如痴。亲而天潢贵胄,尊而师保枢密,大半尊奉拳匪,神而明之。甚至王公府第,闻亦设有拳坛,拳匪愚矣,更以愚徐桐、刚毅等。徐桐、刚毅等愚矣,更以愚王公。是徐桐、刚毅等,实为酿祸之枢纽,若非皇太后皇上,立将首先袒护拳匪之大臣,明正其罪,上伸国法,恐廷臣佥为拳匪所惑,疆臣之希合者,接踵而起,又不止毓贤、裕禄数人。国朝数百年宗社,将任谬妄诸臣,轻信拳匪,为孤注之一掷,何以仰答列祖列宗在天之灵?臣等愚谓时止今日,间不容发,非痛剿拳匪,无词以止洋兵。非诛袒护拳匪之大臣,不足以剿拳匪。方匪初起时,何尝敢抗旨辱官,毁坏官物?亦何敢持械焚劫,杀戮平民?自徐桐、刚毅等称为义民,拳匪之势益张,愚民之惑滋甚,无赖之聚愈众。使去岁毓贤能力剿该匪,断不至为蔓延直隶,使今春裕禄能认真防堵,该匪亦不至阑入京师。使徐桐、刚毅等,不加以义民之称,该匪尚不敢大肆焚掠杀戮之惨。推原祸首,罪有攸归,应请旨将徐桐、刚毅、赵舒翘、启秀、裕禄、董福祥、毓贤,先治以重典,其余袒护拳匪,与徐桐、刚毅等谬妄相若者,一律治以应得之罪。不得援议亲议贵,为之末减,庶各国恍然于从前纵匪肇衅,皆谬妄诸臣所为,并非朝廷本意。弃仇寻好,宗社无恙,然后诛臣等以谢徐桐、刚毅诸臣。臣等虽死,当含笑入地。无任流涕具陈,不胜痛愤惶迫之至,伏乞皇太后皇上圣鉴!

小子统观清朝奏议,谄媚居多,切直很少,就使君相有失,也是乱拍马屁,不是说钦佩莫名,就是说莫名惶悚,哪个犯颜敢谏呢?许、袁二公,弹劾当道,不避权贵,老虎头上抓痒,虽被老虎吞噬,究竟直声义胆,流传千古,好算替清史增光了。端王杀了许、袁,又想汉尚书徐用仪、满尚书立山,及学士联元,也是与我反对,一不做,二不休,索性也把他除灭。只有荣禄得宠太后,不好妄动,暂且寄下头颅,再作计较。不论满汉,一概斩首,很是妙法。当下密嘱拳匪矫诏逮捕,将徐用仪、联元、立山三人,次第拿到,送刑部狱。徐用仪居官四十多年,谨慎小心,遇事模棱,本没有甚么肝胆,此次因拳匪事起,恰也忍耐不住,谁知竟触怒权奸,陷入死地。联元本崇绮门下士,起初亦鄙塞不通,嗣因女夫寿富,与言欧美治术,始渐开明,至是因反抗端王,疏劾拳匪,亦同罹祸。立山内务府旗籍,任内府事二十年,积资颇饶,素性豪侈,最爱的是菊部名伶,北里歌伎,都下有名伎绿柔,与立山相昵,载澜亦昵绿柔,红粉场中,惹起醋风。且载澜虽封辅国公,入不敷出,所费缠头,不敌立山,妓女见钱是血,遇着有钱的阔老,格外巴结,载澜相形见绌,挟嫌成恨。与许、袁二公相较,亦有优劣。立山死后,门客星散,独伶人十三旦,往收尸首,经理丧事。立尚书生平得了这个知己,也不枉做官一场。奚落立山,亦讽刺门客。

端王杀了五大臣,余怒尚未平息,暗地里还排布密网,罗织成文。到了七月初旬,闻报北仓败绩,裕禄退走杨村,随又报杨村失陷,裕禄自杀,端王虽然着急,心中还仗一着末尾的棋子。看官!你道是哪一着残棋?原来李秉衡奏请赴敌,朝旨遂命他帮办武卫军务,所有张春发、陈泽霖各军,统归节制。李秉衡出京督师,端王日盼捷音,谁料李秉衡到河西务,用尽心力,招集军队,张春发、陈泽霖等阳听调遣,阴怀携贰。洋人日逼日近,官兵转日懈日弛,怂你爱戴端王,有志灭洋的李秉衡,也是没法,只好服了毒药,报太后、端王的恩遇。秉衡一死,不但张、陈各军,纷纷溃退,就是各路武卫军队,也四散奔逃。还有这班义和团,统已改易前装,大肆抢掠。可怜溃兵败匪,挤做一糟,百姓不堪骚扰,反眼巴巴的专望洋兵。洋兵到一处,顺民旗帜,高悬一处。百姓虽乏爱国心,然非权奸激变,亦决不至此。

七月十七日联军入张家湾,十八日进陷通州,二十日直薄京城。荣禄连日入宫禀报太后,太后自悔不及,只有对着荣禄,呜呜哭泣。暖其泣矣,何嗟及矣!荣禄道:"事已至此,请太后不必悲伤,速图善后事宜!"太后止泪道:"前已电召李鸿章入京议和,奈彼逗留上海,不肯进来,反来一奏,说我议和不诚,硬要我先将妖人正法,并罢斥信任拳民的大臣。他是数朝元老,还作这般形

第九十回　传谏草抗节留名　避联军蒙尘出走

态,奈何,奈何?"说着,即检出李鸿章原奏,递交荣禄。荣禄接着瞧道:

自古制夷之法,莫如洞悉虏情,衡量彼己,自道光中叶以来,外患渐深,至于今日,危迫极矣。咸丰十年,英法联军入都,毁圆明园,文宗出走,崩于热河,后世子孙,固当永记于心,不忘报复;凡我臣民,亦宜同怀敌忾者也。自此以后,法并安南,日攘朝鲜,属地渐失,各海口亦为列强所据。德占胶州,俄占旅顺、大连,英占威海、九龙,法占广湾,奇辱极耻,岂堪忍受?臣受朝廷厚恩,若能于垂暮之年,得睹我国得胜列强,一雪前耻,其为快乐,夫何待言!不幸旷观时势,唯见忧患之日深,积弱之军,实不堪战,若不量力,而轻于一试,恐数千年文物之邦,从此已矣。以卵敌石,岂能幸免?即以近事言之,聚数万之兵,以攻天津租界,洋兵之为守者,不过二三千人,然十日以来,外兵之伤亡者,仅数百人,而我兵已死二万余人矣。又以京中之事言之,使馆非设防之地,公使非主兵之人,而董军围攻,已及一月,死伤数千,曾不能克。现八国联军,节节进攻,即得京师,易如反掌。皇太后皇上即欲避难热河,而今日尚无胜保其人,足以阻洋兵之追袭者。若至此而欲议和,恐今日之事,且非甲午之比。盖其时日本之伊藤,犹愿接待中国之使,如今日任用拳匪,围攻使馆,犯列强之众怒,朝廷将于王公大臣中,简派何人,以与列强开议耶?以宗庙社稷为孤注之一掷,臣思及此,深为寒心!若圣明在上,如拳匪之妖术,早已剿灭无遗,岂任其披猖为祸,一至于此?历览前史,汉之亡,非以张角黄巾乎?宋之削,非以信任妖匪,倚以御敌乎?臣年已八十,死期将至,受四朝之厚恩,若知其危而不言,死后何以见列祖列宗于地下?故敢贡其戆直,请皇太后皇上立将妖人正法,罢黜信任邪匪之大臣,安送外国公使至联军之营,臣奉谕速即北上,虽病体支离,仍力疾冒暑遄行。但臣读寄谕,似皇太后皇上仍无诚心议和之意,朝政仍在跋扈奸臣之手,犹信拳匪为忠义之民,不胜忧虑!臣现无一兵一饷,若冒昧北上,唯死于乱兵妖民,而于国毫无所益。故臣仍驻上海,拟先筹一卫队,措足饷项,并探察列强情形,随机应付,一俟办有头绪,即当兼程北上,谨昧死上闻!

荣禄瞧毕,呈还原奏,便道:"李鸿章的奏折,恰也不错。现在欲阻止洋人,只好将袒护拳匪的罪魁,先行正法,表明朝廷本心,方可转圜大局。"太后默然,忽见澜公踉跄奔入,大声叫道:"老佛爷!洋鬼子来了。"言未已,刚毅也随了进来,报称有洋兵一队,驻扎天坛附近。太后道:"恐怕是我们的回勇,从甘肃来的。"刚毅道:"不是回勇,是外国鬼子,请老佛爷即刻出走。不然,他们就要来杀了。"太后迟了半晌,才道:"与其出走,不如殉国。"荣禄道:"太后明见很是。"太后道:"你快去收集军队,准备守城,待我定一会神,再作计较。"荣禄应命退出。载澜、刚毅亦退。

是日召见军机,接连五次,直到夜半,复行召见。光绪帝亦侍坐太后旁,等了好一会,只刚毅、赵舒翘、王文韶三人进来。太后道:"他们到哪里去了,想都跑回家去了。丢下我母子二人不管,真是可恨!"刚毅道:"洋兵已经攻城,皇太后皇上不如暂时出幸,免受洋鬼子恶气!"太后道:"荣禄叫我留京,我意尚在未定。"刚毅道:"洋鬼子厉害得很,闻他带有绿气炮,不用弹子,只叫炮火一燃,这种绿气喷出,人一触着,便要僵毙,所以我兵屡败,两宫总宜保重要紧,何苦轻遭毒手。"何不叫拳匪前去抵敌?太后道:"照此说来,只好暂避。但你们三人总要跟随我走。"三人齐声遵旨。太后复向王文韶道:"你年纪太大了,我不忍叫你受此辛苦,你随后赶来罢!"王文韶道:"臣当尽力赶上。"光绪帝闻言,亦开口道:"是的,你总快快尽力赶上罢!"太后又语刚毅、赵舒翘道:"你们两人会骑马,应该随我走,沿路照顾,一刻也不能离开!"二人又唯唯连声。太后令他退出,整备行装,候旨启行。三人才退,宫监来报洋鬼子已攻进外城了,太后忙回入寝宫,卸了旗装,唤李莲英梳一汉髻,太后平时最爱惜青丝,乌云压鬓,垂老不白一茎。相传同治年间,李莲英曾得何首乌,献入太后蒸服,因有此效,每当梳洗,必令莲英篦刷,莲英做了梳头老手,每日不损太后一发。又善替太后装饰,向例宫中梳髻,平分两把,叫作叉子头,垂后的叫作燕尾,莲英为太后梳成新式,较往时髻样尤高。油光脂泽,不亚玄妻。淡淡点缀,已见慈禧后性质。这时改作汉髻,太后尚顾影自怜道:"讵料今天到这样地步。"当下叫宫监取一件蓝夏布衫,穿在身上,又命光绪帝、大阿哥,及皇后瑾妃,统改了装,扮作村民模样,随召三辆平常骡车,带进宫中,车夫也没有官帽。众妃嫔等,统于寅初齐集,太后谕众妃嫔道:"你们不必随去,管住宫内要紧!"又命崔太监至冷宫,带出珍妃。珍妃到太后前,磕头请安。太后道:"我本拟带你同行,奈拳众如蚁,土匪蜂起,你年尚韶稚,倘或被掳遭污,有损宫闱名誉,你不如自裁为是。"珍妃到此,自知必死,便道:"皇帝应该留京。"太后不待说完,大声道:"你眼前已是要死,还说甚么?"便喝崔某快把她牵出,叫她自寻死路。光绪帝见这情形,心中如刀割一般,忙跪下哀求。太后道:"起来,这不是讲情时候,让她就死罢,好惩戒那不孝的孩子们,并叫那鸱枭看看,羽毛尚未丰满,就啄他娘的眼睛。"光绪帝向外一顾,见崔太监已牵出珍妃。珍妃还是向帝还顾,泪眼莹莹,惨不忍睹。我且不忍读此文,况在当局?不到一刻,崔监回报,已将珍妃推入井中。一个凶到底,一个硬到底。光绪帝吓得浑身乱抖。太后道:"上你的车子,把帘子放下,免得有人认识。"光绪帝上了车,太后令溥伦跨辕,自己亦坐入车内,放下帘子,叫大阿哥跨辕,令皇后瑾妃亦同坐一车。又命李莲英道:"我知道你不大会

第九十回　传谏草抗节留名　避联军蒙尘出走

骑马,总要尽力赶上,跟我走。"始终不忘老李。莲英应命。太后复饬车夫,先往颐和园,倘有洋鬼子拦阻,你就说是乡下苦人,逃回家去。车夫唯唯,天尚未明,三辆骡车,已自神武门出走,只端王载漪,及刚毅、赵舒翘,乘马随行。途中幸没有洋兵拦阻,一直到颐和园,太后等入园坐了片刻,略用茶膳。外面又有太监来报,洋鬼子追来了。太后忙率着皇帝等,上车急奔。

　　行了六七十里,日已西斜,还没有吃饭的地方。又行数里,到了贯市。贯市是个荒凉市镇,只有一个回回教堂,有几个回子居住。太后见天色将晚,便令车夫向教堂借宿,回子还算有情,慨然应允。进了教堂,便饬车夫觅购食物,怎奈贯市地方,寻不出什么佳点,只有绿豆粥一物,由车夫买了一大盂,呈上两宫。太后、皇帝等人,见了这物,既是腥臊,又是冰冷,本想不去吃它,怎奈饥肠辘辘,没奈何吃了一碗,勉强充饥。这等美味,应该叫他一尝。教堂中本没有被褥等件,太后又不说真名真姓,哪个来侍奉老佛爷?到了夜间,随地卧着,只太后睡一土炕,忍冻独眠,朦朦胧胧的睡了一回。比宁寿宫况味何如?光绪帝寤不成寐,辗转反侧,未免自言自语道:"这等况味,统是义民所赐。"太后偏偏听见,便嗔道:"你岂不知属垣有耳么?休要多嘴!"翌晨早起,出了教堂,又坐着骡车赶路。接连三日,尚无官厅,统是随便歇宿,无被无褥,无替换衣服,也无饭吃,只有小米粥充饥。直到怀来县,县令吴永,起初未得报告,毫无预备。忽闻太后到署,手忙脚乱,连朝服都不及穿着,即便衣跪接,迎入署中。太后住县太太房,皇上住签押房,皇后住少奶奶房。太后至房中,手拍梳头桌道:"我腹饥得很,快弄点食物来吃!无论何物,都可充饥。"吴大令哪敢怠慢,嘱厨子备了上等菜蔬,虽不及宫中的美备,比途次的粗茶稀粥,何止十倍?这时李莲英早到,太后急命他改梳满髻,梳毕进膳。正大嚼间,庆亲王奕劻及军机大臣王文韶赶到。太后极喜,并分燕窝汤赏给,且道:"你们三日内所受困苦,大约与我等相同,我等已狼狈不堪了。"庆王、王文韶,谢过了恩,太后命庆王回京,与联军议和。庆王支吾了一会,太后道:"看来只好你去。从前英法联军入都,亏得恭王奕䜣,商定和议,你也应追效前人,勉为其难罢了。"庆王见太后形容憔悴,言语凄楚,不得已硬着头皮,遵了懿旨,在怀来县休息一天,即告别回京。后人有诗咏两宫西狩道:

　　　　官车晓出凤城隈,豆粥芜蒌往事哀。
　　　　玉镜牙梳浑忘却,慈帏今夜驻怀来。

　　欲知两宫西狩详情,及京中议和略状,统在下回表明,请看官再行续阅。

　　本回两录谏草,一为许、袁二公文,一为李伯相文。当时宫廷昏愦情状,两谏草中已备载无遗,阅者读之,不能不为慈禧咎。迨联军入京,仓猝西走,犹必置珍妃于死地,然后启程,妇人情性,辄蹈偏端,爱之则非常宠幸,虽为所播弄,至身败名裂而不恤;恶之则非常痛恨,当艰难困苦之遭,且出一泼辣手段,殄绝私仇,以泄昔时之忿。故牝鸡司晨,惟家之累,古人有深戒焉。西走之时,三日薄粥,一饱难求,曾不足以示罚,冥冥中殆隐有主宰,不欲因此毙后,必俟瓦解土崩,而后促登冥箓欤?天道无凭若有凭,叶赫亡清之谶,其信也夫!

第九十一回　悔罪乞和两宫返跸
　　　　　　撤戍违约二国鏖兵

却说两宫西狩,京城已自失守,日本兵先从东直门攻入,占领北城,各国兵亦随进京城,城内居民,纷纷逃窜。土匪趁势劫掠,典当数百家,一时俱尽,这北城先经日兵占据,严守规律,禁止骚扰,居民叩他庇护,大日本顺民旗,遍悬门外。可为一叹。各国兵不免搜掠,却没有淫杀等情,比较乱兵拳匪,不啻天渊。紫禁城也亏日兵保护,宫中妃嫔,仍得安然无恙。满汉各员,也有数十人殉难。联元女夫寿富,慷慨赋诗,与胞弟仰药自尽。大学士徐桐,也总算自缢。承恩公崇绮,偕荣禄同奔保定,住莲花书院。崇绮亦赋绝命诗数首,投缳毕命。荣禄先取崇绮遗折,着人驰奏,自己亦赶赴行在。太后闻崇绮自尽,甚为伤悼,降旨优恤。等到荣禄赶到,两宫已走太原,召见时,先问崇绮死时情状,既杀其女,焉用其父?慈禧之意,无非一顺我生逆我死之私见耳。然后议及善后计策。荣禄答道:"只有一条路可走。"太后问是哪一条路?荣禄道:"杀端王及祖拳匪的王公大臣,以谢天下,才好商及善后事宜。"太后不答。总是左袒。光绪帝亦独传荣禄入见,嘱他快杀端王,不可迟缓。荣禄答道:"太后没有旨意,奴才何敢擅行?皇上独断下谕的时候,现在业已过了。"满口怨愤,难为光绪帝。

太后侨居太原,山西巡抚毓贤,殷勤供奉,太后也不加诘责,还道他是忠心办事,只是要瞒中外耳目,不得不推皇帝出头,颁发几句罪己话头,并令直督李鸿章为全权大臣,会同庆王奕劻,与各国议和。李伯相虽是个和事老,但到这个地步,要与各国协议和局,正是千难万难,所以卸了广东督篆,行至上海,只管逗留,等到联军入京,行在的诏旨,屡次催逼,不得已启程北上,由海道至天津,由天津至北京。但见京津一带,行人稀少,满目荒凉,未免叹息。大有箕子过殷之感。既到京中,庆王奕劻先已在京,两人商议一番,遂去拜会这

第九十一回　悔罪乞和两宫返跸　撤戍违约二国鏖兵

位瓦德西统帅。

瓦德西自入京后,占居仪銮殿。当时联军驻京,多守规则,惟德军较为狠鸷,苛待居民,留守王大臣,哪个敢去争论？甚且肆筵设席,供应外国兵官,把自己的姨太太,请出侍宴,巴结的了不得,廉耻丧尽。德军益任意横行。就中有个名妓赛金花,借色迷人,居民倒受了好些厚惠。赛金花原姓傅名彩云,籍隶皖省,年十三,侨居沪上,艳帜高张,里门如市。洪学士钧,一见倾心,慨出重金,购为簉室,携至都下,宠擅专房。旋学士升任侍郎,持节使英,一双比翼,飞渡鲸波。英女皇维多利亚年垂八十,雄长欧洲,见了彩云,亦惊为奇艳,曾令她并坐照相。青楼尤物,居然象服雍容。学士卸任后,载回京邸。相如固然消渴,文君别具琴心,两三俊仆,替学士夜半效劳,学士作了元绪公,于心不甘,于情难舍,忧瘵而死。彩云不惜降尊,竟与洪仆结成腻友,既而私蓄略尽,所欢亦殁。仍返沪作卖笑生涯,改名赛金花。苏人公檄驱逐,转入津门,徐娘半老,丰韵依然。会值瓦德西统军过津,心喜猎艳,得了赛金花,很加宠爱。大清的仪銮殿,作了德帅的藏娇屋。帐中密语,枕畔私盟,瓦将军无不俯从。赛金花乘间进言,愿为京民请命,因此瓦帅严申军法,部勒各军,京民赖以少靖。王大臣的姨太太,反不及一淫妓,可愧可丑！后来联军撤回,赛金花仍入歌楼,虐婢致死,被刑官押解回籍。既知保民,何故虐婢？妇女究竟难恃？瓦将军返国,德皇闻他秽行,亦加严谴,这也不在话下。尤物毕竟害人。

且说庆王、李相拜会德帅瓦德西,瓦德西颇为欢迎。李相又曾与瓦德西会过,彼此握手,欢颜道故。及谈到和议,瓦德西亦曾首肯,不过说要与各国会议。庆王、李相又去拜会各国公使,各公使接见后,主张不一,嗣后与瓦帅协议,先提出两大款：第一条是严办罪魁,第二条是速请两宫回京。两条照允,方可续议和款。庆王、李相只得电奏行在,太后犹豫未决。各国联军,因未见复音,整队出发,攻陷保定,旁扰张家口。庆、李急得没法,一面飞电报闻,一面再晤瓦帅,极力劝阻。瓦帅拥艳寻欢,恰还无意西进,只要求速允前议。偏偏慈禧太后,闻联军从北京杀来,越奔越远,竟由太原转趋西安。临行时接着庆、李电奏,勉强敷衍,毓贤开缺,又命大臣拟谕一道,电复北京,其词云：

此次开衅,变出非常,推其致祸之由,实非朝廷本意,皆因诸王大臣纵庇拳匪,开衅友邦,以致贻忧宗社,乘舆播迁。朕固不能不引咎自责,而诸王大臣等无端肇祸,亦亟应分别重谴,加以惩处。庄亲王载勋、怡亲王溥静、贝勒载濂、载滢,均着革去官职！端郡王载漪,着从宽撤去一切差使,交宗人严加议处,并着停俸！辅国公载澜、都察院左都御史英年,均着交该衙门严加议处！协办大学士吏部尚书刚毅、刑部尚书赵舒翘,着交都察院交部议处,以示惩儆!朕受祖宗付托之重,总期保全大局,不能顾及其他。诸王大臣等谋国不臧,咎由自取,当亦天下所共谅也!钦此。

这道上谕,明明是袒护罪魁,并没一个严刑重罚。各国公使,不是小孩子,哪里肯听他搪塞,就此干休呢?庆、李二大臣,宣布电谕,各使臣当即拒绝。庆、李不得已,再行电奏。是时两宫已到西安,刚毅在途中病死,得全首领,要算万幸。又接庆、李奏牍,方将端王革职圈禁,毓贤充戍边疆,董福祥革职留任。这谕颁到北京,各使仍然不允,庆、李两大臣,因屡次迁延,一年已过,只好遵着便宜行事的谕旨,决意将各国提出两事,径行照允,然后商订和议。议了数次,听过了多少冷话,看过多少脸面,方才有些头绪,共计十二款,录下:

一　戕害德使,须谢罪立碑。
二　严惩首祸,并停肇祸各处考试五年。
三　戕害日本书记官,亦应派使谢罪。
四　污掘外人坟墓处,建碑昭雪。
五　公禁输入军火材料凡二年。
六　偿外人公私损失,计四百五十兆两,分三十九年偿清,息四厘。
七　各国使馆划界驻兵,界内不许华人杂居。
八　大沽炮台及京津间军备,尽行撤去。
九　由各国驻兵,留守通道。
十　颁帖永禁军民仇外之谕。
十一　修改通商行船条约。
十二　改变总理衙门事权。

以上十二大纲,经双方议定,由庆、李电奏,预请照行。太后到此,无可如何,即命两人全权签定草约,随又降惩办罪魁的上谕道:

京师自五月以来,拳匪倡乱,开衅友邦,现经奕劻、李鸿章与各国使臣在京议和,大纲草约,业已画押。追思肇祸之始,实由诸王大臣等,昏谬无知,嚣张跋扈,深信邪术,挟制朝廷,于剿办拳匪之谕,抗不遵行,反纵信拳匪,妄行攻战,以致邪焰大张,聚数万匪徒于肘腋之下,势不可遏。复主令卤莽将卒,围攻使馆,竟至数月之间,酿成奇祸。社稷贴危,陵庙震惊,地方蹂躏,生民涂炭。朕与皇太后危险情形,不堪言状,至今痛心疾首,悲愤交深。是诸王大臣等信邪纵匪,上危宗社,下祸黎元,自问当得何罪?前经两降谕旨,尚觉法轻情重,不足蔽辜,应再分别等差,加以惩处。已革庄亲王载勋，纵容拳匪，围攻使馆，擅出违约告示，又轻信匪言，枉杀多命，实属愚暴冥顽，着赐令自尽！派署左都御史葛宝华，前往监视。已革端郡王载漪，倡率诸王贝勒，轻信拳匪，妄言主战，致肇衅端，罪实难辞，降调辅国公！载澜随同载勋，妄出违约告示，咎亦应得，着革去爵职！惟念俱属懿亲，特予加恩，均着发往新疆，永远监禁，先行派员看管。已革巡抚毓贤，前在山东巡抚任内，妄信拳匪邪术，至京为之揄扬，以致诸王大臣，受其煽惑，又在山西巡抚任，复戕害教士教民多名，尤属昏谬凶残，罪魁祸首。前已遣发新疆，计行抵甘肃，着传旨即行正法！并派按察使阿福坤监视行刑。前协办大学士吏部尚书刚毅，袒庇拳匪，酿成巨祸，并曾出违约告示，本应置之重典，惟现已病故，着追夺原官，即行革职！革职留任甘肃提督董福祥，统兵入卫，纪律不严，又不谙交涉，率意卤莽，虽围攻使馆，系由该革王等指究，难辞咎使，本应重惩，姑念在甘肃素着劳绩，回汉悦服，格外从宽降调。都察院左都御史英年，于载勋擅出违约告示，曾经阻止，情尚可原，惟未能力争，究难辞咎，着加恩革职，定为斩监候罪名。英年、赵舒翘两人，均着先行在陕西省监禁！大学士徐桐、降调前四川总督李秉衡，均已殉难身故，惟贻人口实，均着革职，并将恤典撤销！经此次降旨后，凡我友邦，当其谅拳匪肇祸，实由祸首激迫而成，决非朝廷本意。朕惩办祸首诸人，并无轻纵，即天下臣民，亦晓然于此案之关系重大也。钦此。

过了数日，已是新年，行在虽停止庆贺，随驾的王大臣们，总不免有一番忙碌。忽又接到北京电奏，说是各国使臣，还嫌惩办罪魁，处罚不严，应酌请加重等语。于是英年、赵舒翘也不能保全了，当下赐令自尽。又有启秀、徐承煜于京城被陷时，不及逃避，被日本兵拘住，囚禁顺天府署中。庆、李两全权密奏，启、徐俱国家重臣，与其被外人拘戮，不如自请正法，还得保全主权。太后允奏，命庆、李照会日本兵官，将两人索回，行刑菜市口。启秀还神色自若，转语日本兵官道："中日本唇齿相依，同文同种，与他国异，自悔从前错误，卤莽从事，此后望贵国助我中华，变通治法，渐图自强，我死亦感德了。"日本兵官倒也好言劝慰。只徐承煜已面如死灰，口中还极称冤枉。可记监斩许、袁二公否？启秀向承煜道："你还要说甚么？我两人奉旨就刑，不是洋人的意思，死亦何怨？"言毕，即由刽子手动刑，霎时身首异处，算是袒护拳匪的结果。毓贤在甘肃正法，临刑时尚自作挽词一联道：

  臣死君，妻妾死臣，谁曰不宜？最堪怜老母九旬，孤女七龄，耄稚难全，未免致伤慈孝治。

我杀人，朝廷杀我，夫复何憾？所自愧奉君廿载，历官三省，涓埃莫报，空嗟有负圣明恩。

后人说毓贤居官时，操守廉洁，声名颇盛，死后贫无一钱，也没有一件新衣，足以备殓，可惜为攘夷一说所误，至于庇护拳匪，倒行逆施，终至首领难保，身死边疆，这真所谓失之毫厘，谬以千里了。有一善可录处，著书人总代为表扬，即此可见公道。

两宫西幸，已将一年，袒护拳匪的罪魁，死的死，杀的杀，或遣戍，或夺职，已是不留一个。只日夜随侍太后的李莲英，依然无恙。驾出走时，却也有些害怕。后来和议告成，还恐洋人指名坐罪，因此中外各官，力请两宫回銮，莲英尚从中暗阻。嗣闻洋人索办罪魁，单上不及己名，庆王又密函相告，力保无事，李总管幸逃法网，权势犹存，阻止回銮的计画，才行作罢。惟京中财产多半遗失，也就怂恿太后，催解贡银。太后本是个嗜利妇人，料得联军入京，私积已尽，正思借此规复，既为太后，还要私产何用？遂听了李总管言，竭力搜括。李总管乐得分润，中饱了若干万两，方与两宫一同还京。回銮以前，先把大阿哥废黜，复将徐用仪、立山、许景澄、联元、袁昶五人，追复原官。又命醇亲王载沣赴德，侍郎徐桐赴日本，遵约谢罪。改总理衙门为外务部，班出六部上。此外如保护洋人，改易新政，旁求贤才的上谕，亦接连下了几道。各国见清廷悔祸，命将联军撤回，只酌留洋兵一二千人，保护使馆。太后闻京中已经安靖，复得最好消息，宫中储藏的宝物，亦未被掠去，遂决意回京。

溽暑已过，正值秋凉，太后挈着光绪帝等，由西安启跸，驺从极多，沿途供张，备极完美。比北京出走时情形，大不相同。行未数程，闻报全权大臣李傅相鸿章病殁，太后下旨优恤，除各省曾经立功的地方，许立专祠外，并在京师准立一祠，赐谥文忠，备极荣典。命王文韶继任李职，商订和约未了事宜。两宫在途中行了两三月，无甚可记，直到冬季，始至北京，接见各国公使及公使夫人，都是殷勤款待。太后此时，颇欲引用贾谊五饵三表的法子，驾驭洋人，其实大错铸成。外洋各国，非匈奴比，五饵三表之法，实用不着。只恨自己未习洋文，一切应酬，不便直接，未免心中怏怏。可巧来了两个闺媛，本是旗员女儿，随父出洋好几年，能通数国语言文字，至此归国入觐，做了宫中招待员，把一个痴心妄想的西太后，喜欢极了。看官听着！待小子报明两位闺媛的姓名。这两闺媛，系同胞姊妹，一名德菱，一名龙菱，乃是曾任法钦使裕庚的女公子。裕庚系满洲镶白旗人，字朗西，由军功浔封公爵，他曾出使日本，又使法国，使节所临，眷属亦都随着。此时正卸任回国，入觐太后，太后闻他二女秀慧，遂当面传旨，令饬二女至颐和园陛见。当由裕夫人带领二女，遵旨入园。德菱、龙菱从未到过颐和园中，此次随母入觐，自然格外注意。但见园中广敞异常，所有布置,都是异样精采,目不胜睹。第八十三回中,已将园中景致,大略叙明,故此处不复复叙。既到仁寿殿外,由太监导入殿侧耳房,陈列着紫檀桌椅,统是雕镂精工,壁上悬着各式自鸣钟,短针正指到五点五十分,母女三个,少憩片时,旋由李总管到来,居然穿着二品公服,戴着红顶孔雀翎。太监亦阔绰至此,不亚当年魏忠贤。裕夫人颇有些认识,即挈女起迎,那总管也笑容可掬,与裕夫人谈了数句,无非是循例寒暄,及太后就要召见等语,语毕即去。二女问明裕夫人,方知这位翎顶辉煌的总管,就是赫赫有名的李莲英。随后又有几位宫眷,导他母女三人出了耳房,经过三重院落,到了正殿,殿额上大书乐寿堂三字,应八十三回。殿内立着妇女数人,大约年轻的居多。就中有一位旗妇,装束略异,且髻上戴着金凤凰,与别人更觉不同。裕夫人瞧着,认得是光绪皇后,正欲入殿请安,忽见数宫女护着太后,从屏后出来,到了宝座间,将身坐定。后面踱出李总管,即传旨陛见。当下裕夫人率同二女,趋跄入殿,一例拜跪报名,由特旨叫他起立。太后略问一番,裕夫人一一答述,太后又仔细瞧那二女,不觉生爱,起握二女手道:"你两人煞是可爱,难为这裕钦使,生就这粉妆玉琢的两女儿。你两人可愿在此伴我么?"两女本伶俐得很,即欲跪下谢恩。太后便道:"不必拘礼,你肯遵我的意旨,叫我做老祖宗,晨夕侍着,我就喜欢你了。"两女连声遵旨。太后复命皇后等,与她们相见,母女三人,先请过皇后的安,嗣与各宫眷一一行礼,这等宫眷们,无非是各邸的郡主,相见后,太后复嘱皇后道:"你可引她母女们,入内玩耍,我且到朝房一转,再来与她们叙谈便是。"皇后唯唯听命,太后即举步出殿。殿外早已备着露舆,俟太后上舆后,前后左右,统是很体面的太监,簇拥而去。这位李总管莲英,本与太后时刻不离,至此随着同行,更不必说了。微词。皇后以下,恭送太后上舆毕,即引裕家母女三人,转身入内,闲谈消遣,至太后回园后销差。未几太后回来,赐母女三人午餐,午后复赏她们听戏。太后最爱的是梆子调,与德菱姊妹,谈论腔调的好处。德菱姊妹,不敢不随声附和。其实一片徵声,已寓亡国之音,后人有诗叹道:

    泼寒妙乐奏升平,南府新开散序成。
    不是曲终悲伴侣,似嫌激徵杂秦声。

  未知德菱姊妹,曾否在园侍奉,且看下回分解。

  中外议和,订约十二款,不必一一推究利弊,即此四百五十兆之赔款,已足亡中国而有余。原约赔款计四百五十兆两,分三十九年偿清,息四厘,子母并计,不啻千兆。此千兆巨款,尽由中国人负担,以二三权贵之顽固昏谬,酿成莫大巨祸,以致四万万人民,俱凋瘵捐瘠,千载以后,不能不叹息痛恨于若辈也。载漪以下,黜戮有差,其实万死不足蔽辜。阉竖李莲英,且安然无恙。孔子言妇人为难养,况可使之屡次临朝,庇护此肉不足食之狐鼠耶?迨回銮以后,不能悔过图强,且反欲援五饵三表之计,驾驭洋人。当时贾长沙犹徒托空言,无当实用,况如近今之外洋各国,其智识远出匈奴上乎?至如裕家二女之入园,本属无关得失,但就微论著,可见慈禧后之心,无非为便嬖使令起见。国已危矣,卧薪尝胆且不暇,尚爱他人之希旨承颜,自图快活耶?德菱姊妹,尚有学问,非李莲英妹比,故未闻有浊乱宫禁之弊,否则不入嬖幸传者几希。

第九十二回　居大内闻耗哭遗臣　处局外严旨守中立

却说裕朗西夫人,及德菱姊妹,陪着太后,足足一日。俄见夕阳西下,天也将暝,太后方命裕家母女回家,并嘱她即日来宫。裕夫人不好违拗,自然连称遵谕。临别时,太后又赐她衣料食物等件,母女叩首谢恩,不必细说。母女回家后,即把入觐情形,及太后促召入宫的意旨,与裕庚说明。掌上双珠,虽不欲使离左右,无如煌煌懿旨,不敢有违,只得略略收拾,指日入宫。光阴似箭,倏忽两天,裕夫人仍率领二女,入宫觐见。太后见她遵旨前来,愉快得不可言喻。叫人家好儿女入宫当差,使之无暇事亲,恐非以孝治天下之道。当下引她到仁寿宫右侧房内,命她住着,所有应用各物,都叫宫监置备;惟衣服被褥等,已由裕家母女,随身带入。太后令裕夫人指导宫监,随意安排,自己带着德菱姊妹入宫,随即嘱咐德菱道:"看你聪明伶俐,恰是我一个大帮手。闻你通数国方言,倘有外妇入觐,你可与我做翻译。平日无事,好与我掌管珠宝首饰。我这里宫眷虽多,看来都不及你呢!"德菱复奏道:"老祖宗特恩,命臣女当这重差。只恐臣女年龄尚稚,更事无多,万一有误,反致辜负天恩,还请老祖宗俯鉴微忱,令臣女退就末班,学着办事便是!"太后笑道:"你亦何用自谦,我看你不致荒谬,你且试办数天,再作处置!"德菱只得谢恩受职。太后复顾龙菱道:"你年纪较轻,可跟着你姊,随便办事。"龙菱也谢过了恩。此时光绪帝适来请安,德菱欲趋前行礼,转思太后在前,恐于未便。至光绪帝趋出,德菱随着出来,循例谒驾,不料被太后觉着,已大声呼德菱名。德菱连忙走入,虽未遭太后斥责,仰见太后面上,已含有怒容。爱之欲其生,恶之欲其死,是惑也。从此德菱格外小心,一切举止,都是三思而后行。

一住数日,忽报俄使夫人勃兰康觐见,太后即令德菱迎宾,自己带着李总

第九十二回　居大内闻耗哭遗臣　处局外严旨守中立

管,至仁寿堂受觐。光绪帝也总算与座。德菱引着勃夫人,到了殿中,行觐见礼,太后亦起与握手。两下寒暄数语,统由德菱传译。勃夫人又与光绪帝行礼,光绪帝亦答礼如仪。太后下了座,引勃夫人入宫,叙谈片刻,又命德菱导她去见皇后。周旋已毕,即令赐勃夫人午餐,由众宫眷陪食。席间略仿西式,每人都设专菜。德菱奉太后命,坐了主席,殷勤款待,与勃夫人宴饮尽欢。席散后,勃夫人复进谒太后,谢了宴,由太后赐她宝玉一方,勃夫人谢了又谢。慈禧后之意,以为优待西妇,可以联络邦交,不知外人所欲,并不在此,岂区区宴赐所能笼络耶？待勃夫人去后,太后语德菱道:"你随父出使法国,并不是俄国,为何恰懂俄国语言？"德菱道:"俄语本不甚解,但俄人亦惯操法语,所以尚堪应对。"太后道:"你与勃夫人所说,统是法国语么？"德菱道:"多半是法国语。"太后道:"勃夫人的装束,也总算华丽了,但我恰不甚喜欢西装。她满身不著珠宝,总觉装潢有限。我生平恰最爱珠宝呢,可惜西幸一次,丧失甚多。目下只剩下数百盒,你应与我收管方好。"爱珠宝不爱才德,总不脱妇女习气。随起身道:"你且跟我来！"

　　德菱遵旨随着,偕太后入储珍室,但见室内箱橱林列,左首标着黄签,是珍藏内府的秘笈,右首标着红签,是供奉老佛的珠宝。太后命宫监取钥,叫德菱启视右橱,橱开后,里面都是金镶玉嵌的盒子,大小不一,有长有方。盒外只标着号码,不列物名。第一盒奉命取出,启视盒内,贮有精圆的明珠,晶莹的宝石,光芒闪闪,统是无上奇珍。第二盒又奉命取视,乃是珠玉扎成的饰物,虫鱼花草,色色玲珑。第三四盒,系玛瑙珊瑚等类,光怪陆离,无不夺目。第五六盒藏着簪环,第七八盒藏着钗钏,镂金刻玉,美不胜收。看到第十盒,方觉金饰居多,珠玉较少。太后语德菱道:"这十盒算是上选,余外亦无甚足观了。若非庚子之变,何止于此！"谁叫你信端王,谁叫你用拳匪？言下有懊丧状。亏得德菱伶牙俐齿,婉婉转转的劝慰几句,太后方从这十盒内,拣了两三件佩物,悬在身上,随令德菱藏盒扃橱,寻复向德菱道:"拳匪的乱事,外人总道我暗中作主,其实统是载漪那厮的主张。到了联军入京,我初意是愿殉社稷,经刚毅等力劝出京,方才西幸,途中受了无数苦楚。及次年回京,差不多换了个世界。我累年积蓄,被洋人携去不少,我想洋人也好知足了。未必！目下我国新败,元气难复,只好与洋人略略周旋,我的心中,总不甚相信洋人,洋人所制的器械,我国或不及他,洋人所讲的政教,难道我国果不及他吗？"可见回銮以后,所行新政,全不由衷。德菱正思回答,忽有宫监踉跄奔入,报称荣中堂已出缺了,太后惊愕道:"我昨日尚差宫监探视,闻他还不甚要紧,如何今日就死？咳！他死后,哪个还有像他忠诚？"言至此,竟似鲠在喉,扑簌簌的垂下泪来。太后一生,多仗荣禄保护,无怪闻死垂泪。德菱不好不劝,只得禀请道:"老祖宗慈体,亦请保重,祈勿过伤!"太后道:"你哪里知我的苦衷,他是我患难与共的大臣。"德菱不敢再劝,由太后凄婉许久,方见太后吩咐道:"今日你也疲乏了,你可随意出外,不必侍着!"德菱闻此数语,恍似皇恩大赦,退回自己的房中去了。这位老祖宗,实是不易侍奉。

次日太后临朝,由内务府递上荣中堂遗折,太后即启视道:

为病处危笃,恐今生不能仰答天恩,谨跪上遗折,恭请圣鉴事:窃奴才以驽下之才,受恩深重,原冀上天假以余年,力图报称。追思奴才起身侍卫、咸丰十年,国势岌岌,内则奸臣蓄谋不轨,外则英法联军,占据京师,宗庙震惊,宫驾出狩,驻跸热河。奴才备位侍从,文宗显皇帝圣躬不豫,渐至弥留,奴才乘间进言于皇太后,发觉郑、怡二王之阴谋。及圣驾宾天,奸王僭称摄政,图谋不轨,皇太后身处危险之中,有非臣下所忍言者。幸上天佑助,皇太后沉几默运,宗社危而复安。自此之后,两宫太后垂帘听政,叛乱削除,升平复睹,奴才蒙恩升任内务府大臣。当穆宗毅皇帝宾天之际,皇太后亲命奴才迎请皇上入宫,以社稷重大之事,付之奴才。受命之下,惶悚感激,易可言喻!奴才虽竭尽心力,岂能仰报于万一耶?其后受任步军统领,触犯圣怒,七年之中,闭门思罪。皇上亲政,复蒙慈恩出任西安都统,既而仍回原职。光绪二十四年,皇太后皇上鉴于国势之弱,决意采行新法,以图自强,皇上召见奴才,蒙恩简任直隶总督,命以破除积习,励行新政。孰意康有为借口变法,心怀逆谋,致为新政之阻。皇上误信夸诞之词,一时之间,偶亏孝道,亲笔书谕,言变法之事,为皇太后所阻,又谓皇太后干预国政,恐危国家,对于奴才,数动天威,几罹斧锧之诛。奴才密见皇太后,陈述康党逆谋;皇太后立允奴才等所请,再出垂帘,以迅雷之威,破灭奸党。光绪二十六年,诸王大臣昏愚无识,尊信拳匪,蒙蔽朝廷,虽以皇太后之圣明,不免为其所动,直至宗庙沦陷,社稷阽危,竟以国家之重,轻徇妖术,奴才屡请皇太后睿识独断,不蒙信纳,数奉申斥,忧惧无术。四十日中,静候严罚。然皇太后仍时时召奴才垂询,虽圣意未能全回,而得稍事补救,各国公使,不致全体遇害,故事过之后,时荷天语感谢。自西安回銮之初,即将肇祸之王公大臣,分别定罪,渐次改革庶政,不得急激,期臻实效。两年以来,改革已不少矣。圣驾回京,如日再中,东西各国,亦均感皇太后之仁慈。奴才自去年以来,旧病时发,勉强支撑,两月之前,请假开缺,蒙皇太后时派内侍慰问,赏赐人参,传谕安心调理,病痊即行销假,恩意叠沛,无奈奴才命数将尽,病久未痊,近复咳嗽喘逆,呼吸短促,至今已濒垂绝之候。一息尚存,唯愿皇太后皇上励精图治,续行新政,使中国转弱为强,与东西各国并峙。奴才在

第九十二回　居大内闻耗哭遗臣　处局外严旨守中立

军机之日，见朝廷用人，时有人地不宜者，此乃中国致弱之源。奴才以为改革之根本，尤在精选地方官吏，及顾恤民力，培养元气之一端。皇太后皇上深居九重之中，闾阎疾苦，难以尽知，拟请仿行康熙乾隆两朝出巡之故事，巡行各省，周知民情。奴才方寸已乱，不能再有所陈，但冀我皇太后皇上声名愈隆，得达奴才宿愿，则虽死之日，犹生之年。谨将此遗折，交奴才嗣子桂良呈请代递。临死语多纠缪，伏祈圣鉴赦宥！奴才荣禄跪上。备录遗折，可见以上各回之录荣禄事，无一虚诬。

太后览遗折毕，即谕王大臣道："荣禄一生忠诚，庚子乱时，尤为尽力。现在不幸病故，须格外优恤方好！"庆亲王奕劻在侧，便奏请赐陀罗经被，及赏银三千两治丧。太后点着头，并道："据他功绩，应否入贤良祠？"庆王连忙赞成。太后又道："应派亲王前去祭奠否？"庆王又奏称应派。于是派恭王率领侍卫十人，前往致祭，此恭王乃奕䜣子，看官莫误作奕䜣。并令礼部拟谥，随即退朝。越日，由礼部拟上谥法数则，太后即圈出文忠二字，复再赐祭席一桌，并命将荣禄事绩，宣付国史馆立传。在任一切处分，均予开复，并赏其子以优等袭职等语。太后待遇荣禄，好算是始终尽礼了。句中有句。

过了多日，太后把忆念荣禄的哀思，渐渐减杀，爰仍往颐和园，游览自娱。一年容易，又是春宵，园中花木盛开，太后遍邀各国公使眷属，入园游宴。美公使康格夫人，作为外眷的领袖，还有美参赞韦廉夫人，也随着前来。此外如西班牙公使佳瑟夫人，日本公使尤吉德夫人，葡萄牙代理公使阿尔密得夫人，法参赞勘利夫人，英参赞瑟生夫人等，联翩踵至，随身各带女眷，黑踏踏的聚集一堂，先行了觐见礼，然后到别宫赐宴。宴毕，统在园中游览一周。大众推康格夫人作了代表，至太后处道谢。康格夫人带着一个女子，生得细腰绰约，身态苗条，太后瞧着，觉得她俏丽绝伦，遂欲问她姓氏。当由康格夫人代答，德菱传译，叫作克姑娘，乃是个女画士。太后问她能否写真？又经德菱与克姑娘谈了一会，然后详禀太后，说是："写真系克姑娘惯技，她正欲绘就慈容，送到路易博览会去。"太后踌躇半晌，方道："她既欲绘我肖像，叫她缓日前来便好。"德菱把这语传达，然后两人兴辞而去。

太后便语德菱道："我朝旧例，帝后的像，须俟万岁千秋后，方可照绘。今克姑娘欲为我画像，我又不便当面回复，如何是好？"德菱道："现在世界开通，越是圣明的帝后，越得肖像流传各国，俾作纪念。英女皇维多利亚的肖像，几乎传遍地球，如老祖宗福寿双全，何妨破例一绘！"太后听到此语，方有些高兴起来，无非喜谀。便道："既如此，且择个吉辰，令她来绘。"当即取出历本，选了一个黄道吉日，饬人至美使馆，通知克女士。届期克姑娘入宫，对太后行礼毕，即请太后端坐开绘。太后此时已服盛装，肃容上坐，约数刻钟，见克姑娘并不开手,专睁着绿色的眸子,向太后呆瞧。太后语德菱道:"她眈眈视我,何故?"德菱道:"外人绘像与华人不同,外人落笔,先就神情上注意,所以绘成后,格外生色。闻她是画中名手,临池审慎,无怪其然。"确是游过外洋,见多识广,故言之了了。太后道:"照汝说来,待她画成,费时不少,我恰是不耐久坐的。"德菱道:"待臣女与她商量,或者可简便一点。"当下与克女士商议,传述太后的意思,克女士颇能体会,格外迁就,每日临绘一小时,绘至两星期才罢。及呈与太后,果然眉目如生。与拍照相似。太后很是喜欢,命赏千金。古人千金买骨,慈禧后独千金买容。谁知忧喜相寻,一喜之后,又是一忧。宫监报到消息,说是日俄将要开战,把东三省作交战场。东三省是中国幅员,如何被外人作为战场?太后又未免焦劳。

　　这日俄开战的事情,从何而起?小子先将原因表明。原来拳匪扰乱时,黑龙江将军寿山,阿附端王,立意排外。适俄兵入黑龙江,欲假道黑龙江省城,至哈尔滨保护铁路。哈尔滨在省城西南,系满洲铁路的中心点,寿山非但不允,反出兵去攻哈尔滨,一面厉兵秣马,反由爱珲城侵入俄境。自讨苦吃。俄人正苦无隙可乘,得了这个好机会,遂摩拳擦掌,分三路进发。东路由珲春,中路由三姓,两路趋援哈尔滨。西路陷爱珲,击毙副都统凤翔,并将中俄交界的屯驻旗人,统驱入黑龙江,进攻齐齐哈尔。即黑龙江省城。寿将军束手无策,只有一条死路,还可走得,遂仰药自尽,俄军合趋吉林,转向奉天,所至蹂躏。清兵及官吏,无一敢抗,东三省几尽归俄人掌握。奉天将军增祺,鉴了寿山覆辙,遇着俄兵,事事听命。俄兵陆续增添,多至十八万人。等到北京议和后,俄使特别要挟,拟把东三省利权,一概取去。李相不从,俄使多方恫喝,强迫李相签押。东南督抚及士绅,联电力争,英日两国,也有违言,李相气愤成病,竟至不起。东三省事,暂从缓议。

　　至光绪二十八年,始由庆王奕劻,大学士王文韶,与俄使雷萨尔,订交收东三省条约。东三省的俄兵,限十八个月内,分三期撤退。此约定后,总道俄国如约撤兵,谁知俄国狡猾得很,第一次届期,只略略减退几名。第二次届期,俄兵一个不去,反在吉林增加兵额,中国不敢诘责。那时虎视东业的日本国,与英国密订攻守同盟,又联合了美国,劝清政府急开放满洲,作为各国通商场,免得俄人垄断。清政府就将此言照会俄使,俄使百计阻挠,俄兵又迁延未撤。于是日人不肯坐视,自与驻日俄使,直接会商,硬要俄国撤兵。俄使不允所请,竟致两国决裂,于光绪二十九年十二月宣战,把辽东作了战场。

　　看官!你想这女掌男权,统辖全国的慈禧太后,女掌男权,统辖全国八字,正是西太后的好头衔。焉有不耽忧之理?立召满汉王大臣入宫,面议这事。当时满大臣领袖,要算庆亲王奕劻,汉大臣领袖,要算孙家鼐、瞿鸿玑。各人谈论多时,议定了一个良法,奏闻太后。太后道:"东三省系祖宗陵寝所在,关系甚大,汝等议定这么计策,可保陵寝无碍么?"庆王道:"俄日战线,想必不惹着陵寝,当可无虞。"太后道:"且电问各省疆吏,是否赞同?"庆王遵旨,即命军机处拟电拍发。隔了一天,各省将军督抚,多覆电赞成,复由庆王汇禀太后,太后就令拟好谕旨,颁发出去。谕云:

　　日俄两国,失和用兵,朝廷轸念彼此均系友邦,应按局外中立之例办理,着各省将军督抚,通饬所属文武,并晓谕军民人等,一体钦遵,以笃邦交而维大局,勿得疏误!特此通谕知之!钦此。

这道谕旨,乃就万国公法,援引局外中立一条,做了火烧眉毛的挡牌。两客交斗于门内,主人反作鼾睡,也是千古奇闻。复谕令驻扎俄日两国的钦使,咨照他外部,宣布中立意旨。俄国没甚答覆,只日本恰声请中国仍须防守,由驻日杨钦使电闻。太后遂派马提督玉昆带兵十营驻山海关,郭总兵殿辅带兵四营,驻张家口,复令驻日杨钦使,与日本郑重交涉,凡东三省的陵寝宫殿,及城池官廨,人命财产,交战国不得损伤。战后无论谁胜,东三省的主权,仍应归中国云云。日本总算应允,然后酌定全国中立章程,及辽东战地界限规则,颁布中外。

不到几日,辽左方面,鼓声冬冬,炮声隆隆,日俄两国的海陆军,竟开起战仗来了。太后甚注意日俄战事,每日饬人采购西报,叫德菱译呈。开战的起手,是海军交绥,仁川的俄舰,统被日军击沉。旅顺口黄金山下的俄舰,又遭日军轰没。嗣后乃是陆军对垒,日军入辽东半岛,连败俄兵,九连、凤凰、牛庄、海城等处,次第被日军占据。太后向德菱道:"俄大日小,不意反为日败。"德菱道:"行军全仗心力,不论众寡。日人此番打仗,上下一心,闻得男子荷械从军,妇人尽撤簪珥,充作军饷,所以临阵无前,屡次获胜。"太后点头,随又道:"日胜俄败,远东尚可保全,我的忧心,倒也可消释一二了。"悖人不悖己,何足解忧?言未已,外面又递进西报,由德菱译出,呈与太后。太后接着,不觉惊异,正是:

　　　　优胜劣败,弱肉强食。
　　　　国运靡常,所视惟力。

欲知太后惊异缘由,试看下回自知。

慈禧后之喜谀好奢,曾见近今印行之《清宫五年记》,原书即德菱女士所著。本回第节录一二,而慈禧后之性情举止,已可概见。拳匪之乱,联军入京,为慈禧后一大惩创,至回京以后,不思发愤图强,犹恋恋于珠宝首饰,宝非所宝,不亡何待?荣禄为慈禧一生之忠仆,荣禄死而慈禧失一臂助,恤典特优,固无足怪。惟遗折中有精选官吏,及顾恤民力,培养元气等语,人之将死,其言也善,慈禧胡不力行之耶?至如日俄之战,祸仍胎自拳乱,清廷不敢袒俄,又不敢袒日,仅守局部中立,坐视关东之横被兵革,未由保护,天下之痛心疾首,孰逾于此?当时或有以日人仗义,出于抗俄,为中国幸者。夫日本何爱清室?又何爱中国?不过报宿愤,争权势。昔俄以索还辽东抗日本,今日本遂亦以迫还关东抗俄,要之皆利我之东三省耳。观此回不能无恨于拳乱,并不能无憾于慈禧后。

第九十三回　　争密约侍郎就道 返钦使宪政萌芽

却说德菱译出的新闻,乃是日韩特订条约。韩国疆域,由日本政府保护,一切政治,亦由日本政府赞襄施行。太后阅毕,便道:"韩国就是朝鲜国,当日《马关条约》,曾迫我国承认朝鲜自主,为何今日要归日本保护呢?可见外国是没有什么公法,如此过去,朝鲜恐保不住了。"何不切唇亡齿寒之惧?正在惊愕的时候,庆王奕劻,忽入宫禀报,俄舰逸入上海,由日使照会我外务部,迫令退出,现在双方交涉,尚未议妥,因此入奏太后。太后道:"现闻日胜俄败,一切交涉,总须顾全日本体面为是。"庆王道:"据奴才愚见,诚如圣训。"太后道:"我国虽弱,究竟是个独立国,也不宜令俄舰逸入,坏我中立。你去饬知外务部,电令南洋大臣,速迫俄舰出口!"庆王遵旨退出。太后复自语道:"外人论力不论理,辽东战局,究不知如何结果,京师相距不远,未免心寒。早知日俄有这番争端,不如暂住西安,稍觉安逸呢。"德菱在旁,也不敢多谈。

当日无别事可记,到了次日,京中谣言不一,盛传两宫又要西幸。有一个汪御史凤池,竟信为实事,做了一篇奏疏,阻止西巡,待太后临朝时,率尔上陈。太后阅毕,怒道:"日俄战事,我国严守中立,京城内外,一律安堵,为什么我要西巡?这等无稽之言,如何形入奏牍?"遂向庆王奕劻道:"速叫军机处传旨申饬,嗣后如有谣言惑众,应着步军统领衙门顺天府五城御史,一体拿办!谁叫你想念西安?"庆王唯唯遵谕,自然令军机处照旨恭拟,即日颁发。这也不在话下。

过了一年,日俄战事,还是未息,中国总算没有出险,不过将各省官职,裁并了好几处,且废制艺,试策论,兴办京师大学堂,把新政办了好几桩。又派商约大臣吕海寰,与葡使新订商约二十条,出使英国大臣张德彝,与英外部会

第九十三回　争密约侍郎就道　返钦使宪政萌芽

订保工章程十五条，约中大旨，无非是保护两国工商，彼此统有些利益。只驻藏大臣有泰，恰来了一道紧急公电，报称英将荣赫鹏入藏，与藏官私自订约，请朝廷速与交涉，于是外务部又要着忙。是谓急时抱佛脚。原来日俄未战的时候，俄人曾南下窥藏，密遣员联络达赖，令他亲俄拒英。达赖颇被他运动，阴与英人龃龉。从前光绪十九年，清参将何长荣，与英使保尔，订定藏印条约，承认亚东开关，许英人通商。亚东在西藏南境，毗连印度，此约订后，英人尝从印度入境，至藏互市。达赖偏同他反对，种种掯阻，英商未免吃苦。只因俄人暗中袒护，英政府也未便发难。会日俄战起，英政府乘机图藏，令印度总督，遣将荣赫鹏率兵深入。荣赫鹏遂带了英兵三千，印兵八千，廓尔喀兵三千，及工兵二千，长驱北向，攻入藏境。看官！你想这腐败不堪的藏民，哪里能敌他纪律森严的英将？达赖不知厉害，竟召集一班番官，向释迦佛前，祈祷了好几次，居然仗着佛力，令番官一齐出来，与英将接仗。两下对垒的时光，相距还差数百步。那英兵的枪炮，已是扑通扑通的乱响，藏官不知何故遭瘟，都是应声而倒。想是佛来接引，令往西方享福，故无病而亡。前队既毙，后队自然逃走。英将率众追赶，自江孜北进，所向披靡，如入无人之境。及到拉萨，这位主持佛教的达赖喇嘛，早已闻警远扬，逃到库伦去了。何不请韦驮保护？达赖一遁，城中无主，还亏噶尔丹寺的长老，仗着胆出迓英军，与他讲和。英将荣赫鹏，遂趁势恫喝，迫他立约十条，不由寺长不允。签约后，方经驻藏大臣有泰探悉，电达清廷，清外务部茫无头绪，由尚书侍郎，会议一番，定出一个主见，仍复电令有泰就近开议。

这位有大臣，本是个糊涂人物，他当英藏开战的时候，未尝设法劝解，等到两造定约，木已成舟，还有何力挽回？况且英将荣赫鹏，已奏凯回去，再与何人商议？当下召到噶尔丹寺长，令他抄出密约，仍行电达，并奏称达赖贻误兵机，擅离招地，应革去封号。身任驻藏大臣，坐令英兵压藏，不知应革职否？清廷知他没用，也不去依他奏请，只令外务部讨论约章的利害。侍郎唐绍仪素来研究外交，遂指出约中的关碍。原约共有十条，最要紧的是除前约亚东开埠外，更辟江孜、噶大克为商埠，此后是印度边界，至亚江噶三处，藏人不得设卡，须添英员监督商务。所有英国出兵费用，应由藏人赔偿五十万磅。偿款未清以前，英兵酌留春丕，俟偿清后方得撤回。还有一条定得更凶，乃是藏地及藏事，非经英国照允，无论何国不得干预。看官试想！西藏是中国领土，兵权财权，统归驻藏大臣管辖，此次英藏私自立约，有无论何国不得干预的明文，是全把西藏占夺了去，哪里还是中国的管辖权呢？唐侍郎指出此弊，外务部堂官，自然着急，当据实奏闻，并保荐唐绍仪为全权大臣，赴藏改约。唐使至藏，照会英国，派员会议，辩论了好几年，英员坚执不允，直到三十二年，英始承认中国有西藏领土权,允不占并藏地,及干涉藏政,此外不肯改易。唐侍郎也无可奈何,只得将就画押。这是后话。

且说日俄交战,已是一年,俄国的海陆军,屡战屡败,日本战舰,进陷旅顺口,奉天省城,也被日本陆师占住,俄人尚不肯干休,竟派波罗的海舰队,大举东来。波罗的海,在欧洲北面,系俄国西境的领海,他要从西到东,绕越重洋,路有一万八千里。今日到某处,明日到某处,早被日人探悉。就是舰队中一切情形,日人也耳熟能详,因此养精蓄锐,预先筹备。知己知彼,百战百胜。俄舰远道而来,舰中人已疲乏得很,兼且未谙路径,未识险要,贸贸然驶到日本海,即使有通天手段,一时也用不出。况日本系三岛立国,四周都是海峡,海峡里面,正好设伏,掩击俄舰。他闻俄舰将至,料必从对马海峡驶入,暗集水师,密为布置,不怕俄舰不堕入计中。这俄舰也防着险要,无如势不能避,只好闯入对马峡。一入峡中,四面八方的日舰,统行驶集,把俄舰困在垓心,你开枪,我放炮,一齐动手,弄得俄兵防不胜防,御不胜御。恶龙难斗地头蛇,打了一仗,被日兵杀得大败亏输,战无可战,逃无可逃,只得束手归降,做了俘虏。日俄战事,虽与中国大有关系,然究与中外开战不同,故叙笔概从简略。

日俄胜负已决,于是美国大统领罗斯福,出来调停,劝日俄休兵息战。俄人此时,因鞭长莫及,不能再事调兵,日人以俄国究系强大,迁延非计,得休便休,遂各允了美统领的布告,各派公使到美国会议,就朴子茅斯作会议场。日使小村氏,提出要索各款共计十一条:第一条是索偿战费;第二条是承认朝鲜主权;第三条是要俄国割让桦太岛;第四条是旅顺大连湾的租借权,要让与日本;第五条是俄国撤退满洲兵;第六条是承认保全清国领土,及开放门户;第七条是哈尔滨以南的铁路,亦须割让;第八条是海参崴的干线,应作为非军事的铁道;第九条是窜入中立港的兵舰,当交与日本;第十条是限制东洋的俄国海军;第十一条是沿海州的渔业权等,亦应归与日本。这十一条款子,经俄使槐脱抗议,所有赔偿兵费,割让桦太,中立港窜入军舰的交与,及限制俄国海军四大问题,概不承诺。再四磋商,方允将桦太岛南半部,让与日本,余三条一概取消。日本亦总算承认,和议遂成。东三省的俄兵,才如约撤退,领土权交还中国,惟路矿森林渔业边地,各项交涉,仍日日相逼,清廷不敢不允。从此北满洲为俄人的势力圈,南满洲为日人的势力圈,名为中国的东三省,实则已归日俄的掌握了。总是中国晦气。

自日俄战争后,中国人士,统说专制政体,不及立宪政体的效果。什么叫作专制政体?全国政权,统归君主一人独断,所以叫作专制。什么叫作立宪政体?君主只有行政权,没有立法权,一国法律,须由国会中的士大夫议定,所以叫作立宪。日本自明治维新,改行新政,把前时专制政体,改作君主立宪,国势渐渐强盛,因此一战败清,再战胜俄,俄国政体,还是专制,终被日本战败。自是中国人的思想言论,骤然改变,反对专制的风潮,日盛一日。这是中国人惯技。慈禧太后虽然不愿,也只得依违两可,与王公大臣,商定粉饰的计策:停止科举,注重学堂,考试出洋学生,训练新军,革除枭首凌迟等极刑,并禁刑讯。复派遣载泽、绍英、戴鸿慈、徐世昌、端方五大臣出洋,考察政治,于光绪三十一年七月启行。临行这一日,官僚多出城欢送,五大臣联翩出发,才到正阳门车站,方与各同寅话别。忽听得豁喇一声,来了一颗炸弹,炸得满地是烟硝气,五大臣急忙避开,还算保全性命。大幸。载泽、绍英,已受了一些微伤,吓得面色如土,立即折回。

　　看官!你道这颗炸弹,从哪里来的?说来又是话长,小子略略叙述,以便看官接洽。原来康、梁出走时,立了一个保皇会,号召同志,招集党徒,散放富有贵为等票,传布中外。在外游学的学生,与充工贩货的侨民,倒被他联络不少。独有一个广东人孙文,表字逸仙,主张革命,与康、梁意见不同。他童年时在教会学堂肄毕,把平等博爱的道理,印入脑中,后来又到广州医学校内,学习医术。学成后,在广州住了两三年,借行医为名,结识几个志士,立了一个秘密会社。嗣因同志渐多,改名兴中会,自己做了会长。李鸿章未没时,他竟冒险到京,访到李寓,与李谈了一回革命事情。李以年老为辞,他遂回到广州,凑集几个银钱,向外国去购枪械,竟想指日起事。事不凑巧,密谋被泄,急航海逃至英国。粤督谭钟麟,拿他不住,探听他遁至外洋,飞电各国公使,密行查拿。驻英使臣龚照玙,诱他入馆,把他禁住,亏得从前有位教师,是个英国人,名叫康德利,替他设法救出。自此以后,这位孙会长格外小心,遍游欧美各国,遇有寓居外洋的华人,往往结为好友。有几个志士,愿入党的,有几个富翁,愿助饷的。他住在海外,倒也不愁穿,不愁吃,单愁革命不成,欲想回国,又恐怕自投罗网,只得时常与同志通信。有广东人史坚如,与中山是莫逆朋友,结了几个党人,要去借两广总督德寿的头颅。不料德寿的头颅,保得很牢,反将史坚如的头颅,借得去了。这是革命流血第一个志士。嗣后又有湖南人唐才常,想在汉口起事,占据两湖,又被鄂督张之洞查悉,拿获正法。才常死后,广东三合会首领郑弼臣,受孙文运动,愿听指挥,发难惠州,又遭失败。过了一年,湖南人黄兴,在长沙密谋革命,亦被泄漏。黄遁走日本,嗣又潜回上海,邀了同志万福华,刺杀前桂抚王之春。福华被拿,黄亦就获,经问官审讯,黄无证据,始得释,乃航海东去。浙江人蔡元培、章炳麟,在上海组集会社,开设报馆,鼓吹革命。四川人邹容,又著了一册《革命军》,被江督魏光焘闻知,饬上海道密拿。元培走脱,章、邹二人被捉,邹容在狱病故,章炳麟幽禁数年,方得释放。到光绪三十一年,湖商人胡瑛,湖北人王汉,谋刺钦差铁良,尾至河南彰德府,无隙可乘,王汉愤极,将手枪对着自己胸前,一发而毙。胡瑛料知无成,亦遁往日本。历历写来,简而不漏。接连又有五大臣出洋事,恼动了一位志士吴樾。樾系皖北桐城人,生得慷慨激昂,自命为暗杀党先锋,他与五大臣毫无私仇,只为了排满主义,挟着炸弹,潜身进京。这日闻五大臣乘车出发,他先在车站坐待,等到五大臣陆续入站,将上火车,就取出炸弹,突然抛去。五大臣到底有福,未遭毒手,那仆役们恰死了好几个。误中仆役,恰难为一颗炸弹。当下大起忙头,由全班巡警,分路搜查,竟不见有可疑人物,只火车外面,有好几具尸首,仔细检查,除被炸的仆役外,有一血肉模糊的尸骸,粗具面目,恰没有人认识,复将衣服内一一检查,怀中尚藏有名片,大书吴樾姓名,名下又有皖北人三字,烈士徇名。大众料是革命党中人物,彼此相戒,几乎风声鹤唳,杯弓蛇影。闹了月余,始渐平静。徐世昌、绍英不愿出洋,清廷只得改派了尚其亨、李盛铎。五大臣驾舰出游,自日本达美国,转赴英德。考察了数国政治,吸受些文明气息,遂从外洋拟了一折,把各国宪政大略,叙述进去。差不多如王荆公万言书,结末是请速改行立宪政体,期以五年。中国人的热心。这奏折传达清廷,皇太后尚迟疑未决,至次年七月,五大臣回国,由两宫召见数次,他五人各畅所欲言,说得非常痛切。太后也为动容,遂于光绪三十二年七月十三日,颁发预备立宪的上谕道:

朕奉慈禧端佑康颐昭豫庄诚寿恭钦献崇熙皇太后懿旨:我朝自开国以来,列圣相承,谟烈昭垂,无不因时损益,著为宪典。现在各国交通,政治法度,皆有彼此相因之势,而我国政令,积久相仍,日处阽危,忧患迫切,非广求智识,更订法制,上无以承祖宗缔造之心,下无以慰臣庶治平之望,是以前简派大臣分赴各国,考查政治。现载泽等回国陈奏,皆以国势不振,实由于上下相睽,内外隔阂,官不知所以保民,民不知所以护国。而各国之所以富强者,实由于实行宪法,取决公论,君民一体,呼吸相通,博采众长,明定权限,以及筹备财用,经画政务,无不公之于黎庶。又兼各国相师,变通尽利,政通民和,有由来矣。时处今日,惟有及时详晰甄核,仿行宪政,大权统于朝廷,庶政公诸舆论,以立国家万年有道之基。但目前规制未备,民智未开,若操切从事,徒饰空文,何以对国民而昭大信?故廓清积弊,明定责成,必从官制入手。亟应先将官制分别议定,次第更张,并将各项法律,详慎厘订,而又广兴教育,清理财政,整顿武备,普设巡警,使绅民明悉国政,以预备立宪基础。着内外臣工切实振兴,力求成效,俟数年后规模粗具,查看情形,参用各国成法,妥议立宪实行期限,再行宣布天下。视进步之迟速,定期限之远近。着各省将军督抚,晓谕士庶人等,发愤为学,各明忠君爱国之义,合群进化之理,勿以私见害公益,勿以小忿败大谋,尊崇秩序,保守和平,以预备立宪国民之资格,有厚望焉!钦此。

这篇谕旨,在清廷以为空前绝后的政策,其实纸上空谈,连实行的期限,尚且未定,已可见慈禧后的粉饰手段了。当下派载泽等编纂新官制,停捐例,禁鸦片,创设政务处及编制馆等,似乎锐意维新,不涉空衍。并命庆亲王奕劻为总核大臣,这庆亲王仰承慈眷,把懿旨格外凛遵,不到几日,就将京内外官制,核定崖略,具折奏陈:徒改官制,摆成一个空架子,究于国家何益?内阁军机处,暂仍旧贯,把六部改作十一部,首外务部,次吏部,次民政部,次度支部,次礼部,次学部,次陆军部,次法部,次农工商部,次邮传部,次理藩部,每部设尚书一员,侍郎二员,不分满汉,都察院改为都御史一员,副都御史二员,大理寺改为大理院,太常、光禄、鸿胪三寺,并入礼部,国子监并入学部,太仆寺并入陆军部,这算是京内官制的改革。各省督抚下,设布政、提法、提学三司,交涉纷繁的省分,增交涉使,有盐省分,仍留盐法使,或盐法道与盐茶道,东三省设民政、度支两使,代布政使职任。又裁撤分巡分守各道,添设巡警、劝业二道,分设审判厅,增易佐治员,这算是外省官制的改革。换汤不换药,何足医国。官制粗定,复开宪政编查馆,建资政院,中央立统计处,外省立调查局,并派汪大燮、于式枚、达寿三大臣,分赴英、德、日三国考察宪法。正在忙碌时候,忽报革命党人赵声肇乱萍乡,清政府方道是宣布立宪,可以抵制革命,谁知革命党仍旧横行,免不得意外忧虑。嗣闻萍乡县已经严防,党人无从侵入,有几个已拿下了,有几个已枪毙了,只主张起事的赵声,竟远扬得脱,遍索无着。有人查得赵声履历,乃是江苏丹徒人,表字伯先,系南洋陆师学堂第一次毕业生,与吴樾很是投契。吴樾未死的时候,曾遗书赵声,有"君为其难,我为其易"的密约。赵声也有赠吴的诗章,小子曾记得二绝云:

    淮南自古多英杰,山水而今尚有灵。
    相见尘襟一潇洒,晚风吹雨大行青。

    一腔热血千行泪,慷慨淋漓为我言。
    大好头颅拼一掷,太空追攫国民魂。

  清廷闻萍乡已靖,又渐渐放心,不意御史赵启霖,平白地上了一折,竟参劾黑龙江署抚段芝贵,连及农工商部尚书载振,又惹起一番公案来,看官欲明底细,请向下回再阅。

  光绪之季,清室已不可为矣。外则列强环伺,以辽东发祥地,坐视日俄之交争而不能止,西藏服属二百年,又被英人染指,剥丧主权。外交之失败,已不堪问。内则党人蜂起，昌言革命，纷纷起事，前仆后继，子房之椎，胜广之竿，皆内溃之朕兆。内外交迫，不亡可待？清廷即急起图治，实行立宪，亦恐未足固国本，树国防，况徒凭五大臣之考察，数月间之游历，袭取各国皮毛，而即谓吾国立宪，已十得八九，不暇他求，其谁信之？本回依事直书，而夹缝中屡寓贬笔，是固所谓皮里阳秋者耶。

第九十四回　倚翠偎红二难竞爽
剖心刎颈两地招魂

却说农工商部尚书载振，系庆亲王奕劻子，他因庆王执掌朝纲，子以父贵，曾封镇国将军及贝子衔。自官制改更，把工部易名农工商部，就令他作为部长。一介贵公子，只可管领花丛，如何能主持实业？少年显达，倜傥风流，前时未任部长，尝悦妓女谢珊珊，招至东城余园侑酒，备极媟亵。御史张元奇曾专折奏参，说他为珊珊傅粉调脂，失大臣体。折上留中，庆王心中似乎过不下去，令封闭南城妓馆，尽驱诸妓出京。莺莺燕燕，纷纷逃避，也算是红粉小劫，奈振贝子最爱赏花，遇着这般禁令，暗中未免埋怨。正是太杀风景。亏得境随时易，旧事渐忘，两宫宠眷，较前益隆。公子竟冠部曹，美人复来都下。一班袅袅婷婷的丽姝，渐集京津。内京有个杨翠喜，破瓜年纪，妩媚动人，又生就一副好歌喉，专演花旦戏，登台一唱，满场喝采，且将戏中淫媟情状，描摹得惟妙惟肖，顿时哄动都人。振贝子闻这艳名，哪得不亲去赏鉴？相见之下，果然名不虚传。那杨美人本藉此为生，晤着这般阔老，位尊多金，年轻貌秀，自然格外巴结。一醉留髡，愿谐白首。好一出《卖胭脂》。振贝子虽然应允，但总不免有些顾忌，未便遽贮金屋。忽被黑龙江道员段芝贵闻知，竟替翠喜赎出歌楼，充为侍婢，献进相府，喜得振贝子心花怒开，忙替他运动一个署抚缺，报他厚德。不料河南道监察御史赵启霖，竟闻风上疏，劾他私纳歌妓，并参段署抚夤缘亲贵，物议沸腾。在赵御史恰也多事，慈禧后不得不派官调查。醇亲王载沣、大学士孙家鼐等，奉派查办，把振贝子巧为开脱，只将"事出有因，查无实据"八字，做了回话手本。官场通病。赵启霖遂以谎奏革职，只这位揣摩迎合的段署抚，已先时撤去重差，未由复任，也算暂时倒运。案结后，言路大哗，庆王又令振贝子具疏辞职，奉旨虽准他开缺，恰仍温语褒奖，说他年富力强，才识稳练，有此本领，故善作护花铃。仍应随时留心政治，以资驱策。那时都御史陆宝忠、御史赵炳麟等，还是不服，上了宽容台谏一折。苍蝇碰石廊柱，终究是不生效力。

第九十四回　倚翠偎红二难竞爽　剖心刎颈两地招魂

振贝子一场趣案,既瓦解冰消,他的兄弟载搏,也有好花癖性,访艳藏娇,成为常事。此次见阿兄无累,格外放胆做去,偏来了一个苏宝宝,与搏二爷有些因果,合做露水姻缘。宝宝别号"情天楼",幼时本呆稚愚笨,不甚出色。乃姊叫作媛媛,在上海操卖淫业,名盛一时,宝宝私心艳羡,极力模仿乃姊,巧为妆饰。到了十四五岁,居然尽态极妍,一个黄毛丫头,竟变成了盛鬋丰容的丽女。还有一桩媚骨柔声,超出乃姊上。乃姊因妒成嫉,横加摧折,同胞寻仇,系中国人恒态,无怪苏媛媛。宝宝发愤为雄,偏离了阿姊,独张一帜。只因时运未至,操业不能称心。可巧有一老妓从北京回来,见了宝宝,视为奇货,即挈她北上。时来运转,迁地果良,竟结识了一个搏二爷,彼此定情,你贪我爱,这一段风流趣史,流传都中,报纸上又为她夸扬,一传十,十传百,连他老子奕劻,也都闻知,把他严词训责。搏二爷无可奈何,只得忍痛割爱,暂避讥嘲。过了数月,旧性复发,又与一个名妓洪宝宝结不解缘,搏二爷专爱宝宝。与阿兄适成匹敌,真个是难兄难弟。当时某酒楼有题壁诗四绝,很有趣味。

第一首云：

　　翠钿宝镜订三生,贝阙珠宫大有情；
　　色不误人人自误,真成难弟与难兄。

第二首云：

　　竹林清韵久沉寥,又过衡门赋广骚；
　　转绿回黄成底事,误人毕竟是钱刀。

第三首云：

　　红巾旧事说洪杨,惨戮中原亦可伤；
　　一样误人家国事,血脂新化口脂香。

第四首云：

　　娇痴儿女豪华客,佳话千秋大可传；
　　吹皱一池春水绿,误人多少好姻缘。

这四诗所指,即咏女伶杨翠喜,名妓洪宝宝事。后来御史江春霖,又劾直隶总督陈夔龙,及安徽巡抚朱家宝儿子朱纶,说陈是庆王的干女婿,朱纶是振贝子的干儿子,朝旨又责他牵涉琐事,肆意诬蔑,着回原衙门行走。时人又拟成一副谐联云：

　　儿自弄璋爷弄瓦,
　　兄会偎翠弟偎红。

这联传诵一时,推为绝对。正是一门盛事。只台谏中有了二霖,反对庆邸父子,免不得恼了老庆。江春霖籍隶福建,赵启霖籍隶湖南,此时汉大学士瞿鸿玑,与赵同乡,老庆暗怨赵启霖,遂至迁怒瞿鸿玑。肚疼埋怨灶司。满汉相轧,汉相敌不过满相,已在意中。待至运动成熟,竟由恽学士毓鼎出头,参劾瞿鸿玑四大款:什么授意言官,什么结纳外援,什么勾通报馆,什么引用私人,恼动了慈禧太后,竟欲下旨严谴。幸而查办大臣孙家鼐、铁良等,代瞿洗释,改大为小。这瞿中堂算得免斥革,有旨以"开缺回籍"四字,了结此案。二霖扳不倒,老庆一鼎已足压双木,可见清廷敝政。

自是全台肃静,乐得做仗马寒蝉,哪个还出来寻衅?这慈禧太后恰清闲了不少,每日与诸位宫眷,抹牌听戏。戏子谭鑫培,是伶界中泰斗,专唱老生戏,入园供直,相传谭演《天雷报》一剧,唱得异常悱恻,居然空中应响,起了一个大霹雳,时人因称他作"谭叫天",太后呼他为"叫天儿"。叫天儿上台,没一个不表欢迎,所以京中人都着谭迷,几乎举国若狂。当时肃亲王善耆,任民政部尚书,在宗室中称是明达,也未免嗜戏成癖。先时与叫天儿作莫逆交,得了几句真传,竟微服改装,与名伶杨小朵,合演《翠屏山》,善耆扮石秀,杨扮潘巧云,演到巧云斥逐石秀时,杨斥善耆道:"你今天就是王爷,也须与我滚出去!"听戏的人,有认得善耆的,都为杨伶捏一把汗,偏这善耆毫不介意,反觉面有喜容,所以谭叫天亦极口称赞,说是可授衣钵,惟他一人。官场原是戏场,肃王旷达,何妨小试。

一班梨园子弟,正极承慈眷的时候,忽一片骇浪,发自安徽。一个管辖全省的恩巡抚,被一候补道员徐锡麟,手枪击死。这警电传到北京,吓得这位老太后,也出了一回神,命即停止戏剧,匆匆回宫,连颐和园都不敢去。"渔阳鼙鼓动地来,惊破霓裳羽衣曲",想清宫情景,也如唐宫里差不多哩。小子闻那道员徐锡麟,系浙江绍兴人,曾中癸卯科副贡,科举废后,在绍兴办了几所学堂,得了两个好学生,一姓陈名伯平,一姓马名宗汉,嗣因自己未曾习武,复赴德国入警察学堂,半年毕业,匆匆回国。适他表亲秋女士瑾,也从日本留学回家,秋女士的仪表,不亚男子,及笄时,曾出嫁湖南人王某,两人宗旨不同,竟成怨偶。不意天壤间乃有王郎。她即赴东留学,学成归国,至上海遇着徐锡麟,谈起宗旨,竟尔相同,无非是有志革命。当下徐锡麟创设光复会,叫陈、马两学生做会员,自任为会长,联络各处同志,结成一个小团体。既而偕秋女士同回绍兴,把前立的大通学校,认真接办,注重体操,隐储作革命军,嗣接同乡好友陶成章来书,劝他捐一官阶,厕入仕途,以便暗中行事。锡麟深以为然,他家本是小康,又经同志帮助,凑成了万余金,捐了一个安徽候补道,银两上兑,执照下颁,锡麟领照到省,参见巡抚恩

第九十四回　倚翠偎红二难竞爽　剖心刻颈两地招魂

铭,恩抚不过按照老例,淡淡的问了几句。锡麟口才本是很好,见风使帆,引磁触铁,居然把恩抚一副冷肠,渐渐变热。官场中的迎合,亏他揣摩。传见数次,就委他作陆军小学堂总办;旋又因他警察毕业,兼任他做巡警会办。他得了这个差使,尽心竭力,格外讨好,暗中恰通信海外,托同志密运军火,相机起事。恩抚全然不知,常赞他办事精勤。不想两江总督端方,来了密电,内称革命党混入安徽,叫恩抚严密查拿。恩抚立传徐锡麟进见,示他译出的电文,锡麟一瞧,不由的吃了一惊。这电文内所称党首,第一名就是光汉子,幸下文没有姓名,还得暂时瞒住,佯作不解状,从容对恩抚道:"党人潜来,应亟加防备,职道请大帅严饬兵警,认真稽查!"恩抚道:"老兄办事,很有精神,巡警一方面,要托老兄了。"锡麟应声而别,回寓后与陈、马二人密商,主张速行起事,先发制人,是年已是光绪三十三年。锡麟拟赶办学堂毕业,请恩抚到堂,行毕业礼,乘间刺杀恩铭。议定后,遂备文申详,定于五月二十八日行毕业礼,经恩抚批准,锡麟即密招党人,届期会集安庆,内应外合,做一番大大的事业。谁料到二十八日外,忽由恩抚传见,命他改期。锡麟惊问何故? 这一惊比前更大。恩抚说二十八日,系孔子升祀大典,须前去行礼,无暇来堂,所以要提早两日。锡麟踌躇了一会,只推说文凭等件,都未办齐,恐不能提早。恩抚微笑,半晌才道:"赶紧一些,便好办齐,有什么来不及哩!"锡麟观形察色,未免有些尴尬,不好再说。恩抚已举茶辞客,锡麟回寓,又与陈、马二人密议多时,统是没法,只得拚了性命,向前做去。到了二十六日,锡麟命在学堂花厅内,摆设筵席,预埋炸药,俟恩抚到堂,先行请宴,索性连巡抚以下各官,一概炸死,以便发难。辰牌时候,司道等俱至堂中,恩抚亦乘轿到来,由锡麟一一迎入。献茶毕,恩抚便命阅操,锡麟忙回禀道:"请大帅先饮酒,后阅操!"恩抚道:"午后有事,不如先阅操为便。"便传集全堂学生,齐立阶下。恩抚率司道坐堂点名,忽走入学务委员顾松,请恩抚就座少缓。锡麟听着,疑顾松已知密谋,遂不管好歹,从怀中取出炸弹,向前抛去,偏偏炸弹不炸。想是司道等不该死。

恩抚听见响声,忙问何事? 顾松接口道:"会办谋反。"说时迟,那时快,恩抚面前,又是一弹飞至。恩抚忙把右手一遮,刚刚击中右腕,这颗枪弹,是马宗汉放出来的。锡麟见未中要害,竟取出手枪两支,用两手连放,击射恩铭。恩铭受了数创,最厉害的一弹,穿过小腹,立即晕倒。文巡捕陈永颐忙去救护,一弹中喉,又复毙命。武巡捕德文,也身中五弹,顿时堂中大乱。恩抚手护军将恩铭背出,恩铭尚未至毙,一声呼痛,一声叫拿徐锡麟。藩司冯煦,带了各官,越门而逃,锡麟忙叫关门,奈被顾松阻住,竟放各官出门。锡麟大愤,执了马刀,赶杀顾松,顾松欲逃,被陈伯平开了一枪,了结性命。锡麟见各官已去，与陈、马二徒胁迫学生多名，趋占军械所。城内各兵，已奉藩司命围攻，锡麟命伯平守前门，宗汉守后门，内外轰击了一回，被官兵攻入，击死陈伯平，捉住马宗汉，单单不见徐锡麟。就近搜查，到方姓医生家，竟被搜着。冤家相遇，你一手，我一脚，把锡麟打至督练公所。当由藩司冯煦、臬司毓钟山，坐堂会审。锡麟立而不跪。冯煦厉声喝道："恩抚是你的恩帅，你到省未几，即委兼差，你应感激图报，为什么下此毒手？且有同党几人？"锡麟道："这是私恩，不是公愤，你等也不配审我，不如由我自写。大丈夫做事，当磊磊落落，一身做事一身当，何容隐讳？"冯煦道："很好。"便命左右取过纸笔，令他自书。锡麟坐在地上，提笔疾书道：

我本革命党大首领，捐道员，到安庆，专为排满而来。满人虐我汉族，将近三百年，综观其表面立宪，不过牢笼天下人心，实主中央集权，可以膨胀专制力量。满人妄想立宪便不能革命，殊不知中国人之程度，不够立宪。以我理想，立宪是万万做不到的。若以中央集权为立宪，越立宪的快，越革命的快。我只拿定革命宗旨，一旦乘时而起，杀尽满人，自然汉人强盛，再图立宪不迟。我蓄志排满，已十余年，今日始达目的，本拟杀恩铭后，再杀端方、铁良、良弼，为汉人复仇，乃杀恩铭后，即被拿获，实难满意。我今日之举，仅欲杀恩铭与毓钟山耳。恩抚想已击死，可惜便宜了毓钟山。此外各员，均系误伤，惟顾松系汉奸，他说会办谋反，所以将他杀死。尔言抚台是好官，待我甚厚，诚然。但我既以排满为宗旨，即不能问其人之好坏。至于抚台厚我，系属个人私恩，欲杀抚台，乃是排满公理。此举本拟缓图，因抚台近日稽查革命党甚严，恐遭其害，故先为同党报仇。且要当大众面前，将他打死，以成我名。尔等再三问我密友二人，现已一并就获，均不肯供出姓名，将来不能与我大名并垂不朽，未免可惜，所论亦是。但此二人皆有学问，日本均皆知名，以我所闻，在军械所击死者，为光复子陈伯平，此实我之好友。被获者，或系我友宗汉子，向以别号传，并无真姓名。此外众学生程度太低，无一可用之人，均不知情。你们杀我好了，将我心剖了，两手两足斩了，全身砍碎了，均可。不要冤杀学生，学生是我诱逼去的。革命党本多，在安庆实我一人。为排满故，欲创革命军，助我者仅光复子、宗汉子两人，不可拖累无辜。我与孙文宗旨不合，他也不配使我行刺，我自知即死，因将我宗旨大要，亲书数语，使天下后世，皆知我名，不胜荣幸之至！徐锡麟供。

写毕，掷交公案。藩臬两司，已得实供，复闻恩铭已死，便商议一番，拟援

第九十四回　倚翠偎红二难竞爽　剖心刎颈两地招魂

张汶祥刺马新贻案,惩办锡麟。一面电奏北京,一面将锡麟钉镣收禁。隔了两天,京中复电照办,并命冯煦署理皖抚,冯煦即命将锡麟挪出正法,复剖胸取心,致祭恩抚灵前。刑已减轻,如何仍此惨酷?复将马宗汉讯问得供,亦推出枭首。又传电浙江,查办徐氏家属,浙江巡抚张曾敫,接着此信,忙饬绍兴府贵福遵行。锡麟父徐梅生,向来守旧,曾告锡麟忤逆,至是到会稽县自首。县令李端年调查旧卷,果有梅生控子案,遂不去逼迫,只饬交捕厅管押。锡麟弟伟,正去安徽访兄,被冯署抚拿住,供称与兄意见不合。今欲到表伯俞巡抚处省视,路过安庆,顺道访兄,不意被拿,兄事实不知情。冯抚察无虚语,又因他供与湘抚俞廉三有亲,未免袒护一点,遂把他减轻罪名,监禁十年。只绍兴府贵福,本系满人,格外巴结,不但将徐氏家产,抄没入官,并把大通学堂,也勒令封闭;并令差役入内检查。适值秋瑾女士,偶憩校中,差役不由分说,竟将她拿入府署,给她纸笔,逼令供招。秋瑾提笔写一"秋"字,经堂下令她写下,她又续书六字,凑成了一句诗,乃是"秋风秋雨愁煞人"一语。贵福道:"这句便是谋反的意想。"不知所据何典?所引何律?遂夤夜电禀张抚,说是:"秋瑾勾通徐锡麟,谋叛已有实据,现在拿获,应请正法!"张抚闻有谋叛确证,复电就地处决。可怜这位秋女士,被绑至轩亭口,愤无从泄,竟尔受刑。同善堂发棺收殓,以免暴骨。那贵福既杀了秋瑾,复令兵役到处搜查,忙乱了好几日,查不出有革命党踪迹。兵役异想天开,遇着居民行客,任意敲诈,连秃头和尚,天足妇人,统说他是徐、秋二人党羽,得了贿赂,方才释手。约有一两个月,兵役已经满意,始复称没有革命党。贵福照禀张曾敫,曾敫电达安徽,并奏报北京,才算了案。杭绍的百姓,只有三魂六魄,已吓去了一半。至民国光复后,方把徐氏家产发还,并将秋女士遗骸改葬西湖,碣书鉴湖女侠秋璿卿墓。璿卿即秋瑾表字,鉴湖女侠,乃秋瑾别号。后人有挽徐志士并秋女侠对联两副,颇觉可诵。

挽徐志士一联云:

　　铁血主义,民族主义,早已与时俱臻;未及睹白帜飘扬,地下英灵应不瞑。

　　只知公仇,安识私恩,胡竟为数所厄?幸尚有群雄继起,天涯草木俱生春。

挽秋女士一联云:

　　　　今日何年?共诸君几许头颅,来此一堂痛饮。
　　　　万方多难,与四海同胞手足,竞雄廿纪新元。

皖、浙事方了,粤省又有会党起事,正是一波才平,一波又起,清室江山,总要被他收拾了。待小子下回再叙。

　　立宪之伪，于改革官制见之。官制虽更，而一班纨袴少年，以涂脂抹粉之手段，竟尔超升高位，欲其改良政治也得乎？迨御史攻讦，老羞成怒之奕劻，不知整饬家法，反令迁谪言官，甚至同寅大僚，亦受嫌被黜，周厉监谤，不是过也。徐锡麟谓越立宪的快，越革命的快，斯言实获我心。疆吏趋承上旨，加以惨戮，激之愈烈，发之亦愈速。徐死后仅阅五年，而鄂军发难，清社墟矣。书有之："四海困穷，天禄永终。"信然！

第九十五回　遘奇变醇王摄政
继友志队长亡躯

　　却说粤东西两省，自洪杨荡平后，尚有余党孑遗，当时虽幸逃性命，本心终是未改，隐名韬姓的混了几年，联络几个老朋友，免不得又来出头。什么三点会，三合会，统是藏着洪天王的姓，想与洪天王复仇。革命党人，利用这班会党，密与通信，叫他起事，因此广东韶平县的会党，攻黄冈协镇衙门；惠州府的会党，谋变七女湖；钦州的会党，也闻风踵起，攻陷防城。只是乌合之众，终究不能济事。革命党联络会党，也太觉拉杂。官兵一出马，两三仗便把会党击败，四散逃走。清廷以为癣疥微疾，不足深虑，独直督袁世凯，以内忧外患，交迫而起，奏请实行立宪。鄂督张之洞，以各校学生，日趋浮嚣，好谈革命，奏请设存古学堂，冀挽颓风。一促维新，一拟存古，看似两岐，实是同一般用意。清廷遂召两督入京，统补授军机大臣，另下诏化除满汉畛域，令内外各官条陈办法。当下各官吏应诏陈言，有说宜许满汉通婚，有说要实行立宪，筹定年限。慈禧太后，倒也无乎不可，遂改考查政治馆为宪政编查馆，叫他按年筹备。宪政编查馆诸公，遂提出九年的期限，拟自光绪三十四年起，至四十二年止，将预定各事，陆续办齐，按年列表，上陈慈鉴。日月逝矣，岁不我与，奈何？奉谕"逐年筹备事宜，照单察阅，统是立宪要政，必须秉公认真，次第推行"云云。宫廷中的意见，总道是谕旨迭下，可以销弭隐祸，笼络人心，徒托空言，何济于事？偏偏民情愈奋，民气益张。苏浙两省，为了沪杭甬铁路，决议自办，拒绝英国借款；山西人为了外人开矿，有失利权，决立矿务公司，力图抵制；安徽又开铁矿大会，协争江浙铁路借款，并力请自办浦信铁路；广东人因外务部许税司管理西江捕权，会议力争。这一桩，那一件，都来与政府交涉。军机处的王大臣，及各部堂官，忙得日无暇晷，磋磨又磋磨，调停复调停，方才敷衍过去。

第九十五回 遵奇变醇王摄政 继友志队长亡躯

忽闻广西镇南关,又有革命党攻入,夺去右辅山炮台三座。有旨切责桂抚,令他指日克复。桂抚连忙调兵派将,运械输粮,与革命军对垒。官兵的饷械,陆续前来,革军的饷械,只是孤注。相持了好几日,革军已是械尽粮空,没奈何仍走外洋。桂抚遂上折报功,有几个有运气的将士,升官蒙赏,又沐了好些皇恩。这些甜味儿也要吃完了。

勉勉强强过了一年,已是光绪三十四年了。过年的时候,宫中照例庆祝,又有一番热闹。初十日是皇后千秋节,除太后皇帝外,众人统向皇后祝寿。元宵这一日,花灯绚彩,烟火幻奇,宫中复另具一番景色。不意日本公使,来了一个照会,内称粤海关擅扣汽船,侮辱国旗,要求外务部赔偿损失,吓得外务部瞠目结舌,正拟拍电去粤,粤省的大吏,已有电文传到,照电译出,系日本汽船二辰丸私运军火,接济民党,由粤海关查出,搜得枪支九十四箱,子弹四十箱,当将二辰丸扣留,卸去日本国旗。外务部据事答复,偏偏日使不认,硬要同清廷怄气,彼此舌战了一回,日使竟取出强权手段,欲以武力对待。外务部无如彼何,只好事事应允,释船惩官,赔款谢罪,才算了结。强国有公理,弱国无公理,可为一叹。粤民大愤,拟停止日货交易,日使又强迫外务部,令粤督严禁,中国人虎头蛇尾,五分钟热心,不久即消灭净尽,日货仍充塞街中了。我同胞听着。

那时西陲的廓尔喀尼泊尔两国,恰遣使入贡,达赖喇嘛前次避入库伦,至是闻英藏案结,回至西宁,亦上表入觐。太后特旨嘉许,命地方官优礼相待。到京后,赐居雍和宫,加封为诚顺赞化西天大善自在佛。徒事羁縻,不足以服达赖。会太后诞辰将至,便留达赖替他祝寿,自己畅游颐和园万寿山,图个尽欢。大约自己亦知不永。到了万寿期内,城内正街,装饰一新,宫中设一特别戏场,演戏五日,这是拳匪以后第一次盛典。达赖喇嘛亦带领属员,向太后叩祝,外国使臣,各遣员祝贺。只光绪帝已经抱病,不能率王大臣行礼,但于万寿日早晨,由瀛台至仪鸾殿,勉强拜祝。太后见他颜色憔悴,形容枯槁,亦未免动了慈心,命太监扶掖上轿,令帝回入瀛台。是日下午,太后挈后妃福晋太监等,泛舟湖中,天气晴和,湖光一碧,太后老兴勃发,命妃嫔福晋等,改着古衣,扮做龙女善男童子,李莲英扮韦驮,自己扮观音大士,拍一照相,留作纪念。七十余年的历史,统作幻影观可也。游至日暮,兴尽方归。归途中凉风拂拂,侵入肌骨,又多吃乳酪苹果等物,竟至病痢。翌日尚照常理事,批阅奏折多件。又越日,太后皇帝都不能御殿。达赖闻太后染疾,呈上佛像一尊,禀称可镇压不祥,应速往太后万年吉地,妥为安置。太后喜甚,病几少瘥。翌日仍御殿,召见军机大臣,命庆王送佛像至陵寝。庆王闻命,迟疑一会,才奏称:"太后、皇上,现皆有病,奴才似不便离京。"太后道:"这几日中,我不见得就会死,我现在已觉得好些了。无论怎样,你照我话办就是。"庆王不敢违旨,始奉佛像去讫。次日,太后皇帝同御便殿,直隶提学使傅增湘陛辞,太后道:"近来学生,思想多趋革命,此等颓风,断不可长。你此去务尽心力,挽回末习方好。"言下颇为伤感,傅增湘应令趋退,太后即宣召医官入内诊病。

自是光绪帝不复视朝,太后亦休养宫中,未曾御殿。御医报告两宫病象,均非佳兆,请另延高医诊视。军机处特派员请庆王速回,一面增兵卫宫,稽查出入,伺察非常。庆王接信,兼程入京,一到都下,闻光绪帝病重,太后已拟立醇王子溥仪为嗣,当下入宫谒见太后。太后即向庆王道:"皇上病重,看来要不起了。我意已决,立醇王子溥仪。"庆王道:"就支派上立嗣,溥伦是第一个应继,其次还是恭王溥伟。"太后道:"我意已定,不必异议。从前我将荣禄的女儿,与醇王配婚,便等她生下儿子,立为嗣君,报荣禄一生的忠心。荣禄当庚子年防护使馆,极力维持,国家不亡,全仗彼力。那个主张攻使馆,请太后下一转语来。今年三月,曾加殊恩与荣禄妻室,现已饬迎醇王子溥仪入宫,授醇王为监国摄政王了。"庆王闻言,暗想木已成舟,无可再说,便道:"太后明见,想亦不错。"太后又道:"皇上终日昏睡,清醒时很少,你去看他一看,倘或醒着,可将此意传知。"

庆王便转至瀛台,到光绪帝寝榻前,但见光绪帝双目睁着,气喘吁吁,瘦骨不盈一束。榻下只有一两个老太监,充当服役,连皇后瑾妃都不在侧,未免触景生悲,暗暗堕泪。当时请过了安,光绪帝亦两泪含眶,便有气无力的向庆王道:"你来得很好!我已令皇后往禀太后,恐不能长侍慈躬,请太后选一嗣子,不可再缓。"庆王便婉述太后旨意,光绪帝半响才道:"立一长君,岂不更好?但不必疑惑,太后主见,不敢有违。"到死还不敢批评太后,惊弓之鸟,煞是可怜! 庆王道:"醇王载沣,已授为监国摄政王,嗣君虽幼,可以无虑。"光绪帝道:"这且很好,但我……"说到我字,喉中竟哽咽起来。庆王连忙劝慰,便道:"皇上不必怆怀,如有谕旨,奴才当竭力遵办。"光绪帝道:"你是我的叔父行,不妨直告。我自即位以来,名目上亦有三十多年,现在溥仪入嗣,还是承继何人?"庆王闻了此语,倒也踌躇了一会;想定计画,才道:"承继穆宗,兼祧皇上。"光绪帝道:"恐怕太后未允。"庆王道:"这在奴才身上。"言未毕,太监报称御医入诊,当由庆王替光绪帝传入。医官行过了礼,方诊御脉。诊罢辞退,庆王亦随了出来,问御医道:"脉象如何?"御医道:"龙鼻已经煽动,胃中又是隆起,都非佳兆。"庆王问尚有几日可过? 御医只是摇头。

庆王料是不久,便别了御医,径禀太后。太后道:"各省不知有无良医,应速征入都方好。"还要良医何用? 庆王道:"恐来不及了。"太后道:"你却去叫军机拟旨,如有良医,速遣入诊,我也病重得很。"庆王退出。还有宫监们旁构

第九十五回　遵奇变醇王摄政　继友志队长亡躯

谗言，说皇帝前数日，闻太后病，尚有喜色。太后发怒道："我不能先他死。"小人之可恶如此。是日下午，太后闻报帝疾大渐，便亲至瀛台视疾，光绪帝已昏迷不省，太后命宫监取出长寿礼服，替帝穿着，帝似乎少醒，用手阻挡，不肯即穿。向例皇上弥留，须着此礼服，若崩后再穿，便以为不祥。太后见帝不愿穿上，便令从缓，延至五点钟驾崩，是日为光绪三十四年十月二十一日。太后、皇后、妃嫔二人及太监数人在侧。太后见帝已崩逝，匆匆回宫，传谕降帝遗诏，并颁新帝登基喜诏。庆王闻耗，急趋入宫，见遗诏已经誊清，忙走前瞧阅道：

朕自冲龄践阼，寅绍丕基，荷蒙皇太后帡育仁慈，恩勤教诲，垂帘听政，宵旰忧劳，嗣奉懿旨，命朕亲裁大政，钦承列圣家法，一以敬天法祖，勤政爱民为本。三十四年中，仰禀慈训，日理万机，勤求上理，念时势之艰难，折衷中外治法，辑和民教，广设学堂，整顿军政，振兴工商，修订法律，预备立宪，期与瀛海臣庶，共享升平。各直省遇有水旱偏灾，凡疆臣请赈请蠲，无不恩施立沛。本年顺直东三省，湖南、湖北、广东、福建等省，先后被灾，每念我民满目疮痍，难安寝馈。朕躬气血素弱，自去岁秋间不豫，医治至今，而胸满胃逆，腰痛腿软，气壅咳喘诸证，环生迭起，日以增剧，阴阳俱亏，以致弥留，岂非天乎？顾念神器至重，亟宜传付得人，兹钦奉慈禧端祐康颐昭豫庄诚寿恭钦献崇熙皇太后懿旨，以摄政王载沣子溥仪，入承大统，在嗣皇帝仁孝聪明，必能仰慰慈怀，钦承付托，忧勤惕厉，永固邦基。尔京外文武臣工，其清白乃心，破除积习，恪遵前次谕旨，各按逐年筹备事宜，切实办理！庶几九年以后，颁布立宪，克终朕未竟之志。在天之灵，藉稍慰焉。丧服仍依旧制，二十七日而除。布告天下，咸使闻知。

庆王瞧毕，便禀太后道："新皇入嗣，是否承继穆宗？"太后道："这个自然。吴可读曾至尸谏，难道竟忘记么？"庆王道："承继穆宗，原应该的，但大行皇帝，亦不可无后，应由嗣皇兼祧。"太后不应，庆王再请，太后且有怒容。庆王叩头道："从前穆宗大行，未曾立嗣，因有吴可读尸谏。现今皇上大行，若非筹一兼顾的法子，仍如穆宗无嗣，安得没有第二个吴可读，仍行尸谏故事？将来应如何对待，还乞太后圣裁。"太后被他驳住，才忍着性子道："你去拟旨来，待我一阅。"庆王即起，取纸笔，草拟遗诏道：

钦承慈禧端祐康颐昭豫庄诚寿恭钦献崇熙皇太后懿旨：前因穆宗毅皇帝，未有储贰，曾于同治十三年十二月初三日降旨，皇帝生有皇子，应承继穆宗毅皇帝为嗣。今大行皇帝龙驭上宾，亦未有储贰，不得已以摄政王载沣之子溥仪，承继穆宗毅皇帝为嗣，兼承大行皇帝之祧。

兼祧之制已定,光绪帝才算有嗣。最感激的,乃是光绪皇后。庆王等退出,时已夜半,太后才得安寝。次日尚召见军机与皇后、摄政王,及摄政王福晋,谈论多时。复用新皇帝名目,颁一上谕,尊太后为太皇太后,皇后为太后,其时尚谈及庆祝尊号,及监国授职的礼节。到了午膳,太后方饭,忽然间一阵头晕,猝倒椅上。李莲英等忙扶太后入寝宫,睡了好一歇,方才醒转,令召光绪皇后、摄政王载沣及军机大臣等齐集,咐吩各事,从容清晰。并云:"病将不起,此后国政应归摄政王办理。"随令军机大臣拟旨,大略如下:

奉太皇太后懿旨:昨已降谕,以醇王为监国摄政王,禀承予之训示,处理国事。现予病势危急,自知不起,此后国政,即完全交付监国摄政王。若有重要之事,必须禀询皇太后者,即由监国摄政王禀询裁夺。

看这道上谕,可见慈禧后爱怜侄女,与待同治皇后,大不相同。不但爱怜侄女,且暗蓄那拉族势力。慈禧后叮嘱既毕,喉中顿时痰壅,咯了几口,休养了好一会儿。军机大臣,尚未趋退,当下命草遗诏。军机拟诏毕,呈慈禧后,慈禧后还能凝神细阅,从头至尾,看了一遍。又命军机加入数语,才算定稿。到了傍晚,渐渐昏沉,忽又神气清醒,谕王大臣道:"我临朝数次,实为时势所迫,不得不然。此后勿再使妇人预闻国政,须严加限制,格外防范!尤不得令太监擅权,明末故事,可为殷鉴。"说到末句,已是不大清楚。临终时偏有此遗嘱,所谓人之将死,其言也善。喉中的痰,又壅塞起来。面色微红,目神渐散,随即逝世。时仅两日,遭了两重国丧,宫廷内外,镇定如常,这还是慈禧一人的手段。越日即传布遗诏道:

予以薄德,祗承文宗显皇帝册命,备位宫闱。迨穆宗毅皇帝,冲年嗣统,适当寇乱未平,讨伐方殷之际,时则发捻交讧,回苗俶扰,海疆多故,民生凋敝,满目疮痍,予与孝贞显皇后,同心抚视,夙夜忧劳,秉承文宗显皇帝遗谟,策励内外臣工,暨各路统兵大臣,指授机宜,勤求治理,任贤纳谏,救灾恤民,遂得仰承天庥,削平大难,转危为安。及穆宗毅皇帝即世,今大行皇帝入嗣大统,时事愈艰,民生愈困,内忧外患,纷至杳来,不得不再行训政。前年宣布预备立宪诏书,本年颁示预备立宪年限,万机待理,心力俱殚,幸予气体素强,尚可支持。不期本年夏秋以来,时有不适,政务殷繁,无从静摄,眠食失宜,迁延日久,精力渐惫,犹未敢一日暇逸。本年二月一日,复遭大行皇帝之丧,悲从中来,不能自克,以致病势增剧,遂致弥留。回念五十年来,忧患迭经,兢业之心,无时或释。今举行新政,渐有端倪,嗣皇帝方在冲龄,正资启迪,摄政王及内外诸臣,尚其协心翊赞,固我邦基!嗣皇帝以国事为重,尤宜勉节哀思,孜孜典学,

第九十五回　遘奇变醇王摄政　继友志队长亡躯

他日光大前谟,有厚望焉! 丧服二十七日而除,布告天下,咸使闻知!

遗诏既下,准备丧葬典礼,务极隆崇。加谥曰孝钦显皇后,谥光绪帝为德宗景皇帝。越月,嗣皇帝溥仪即位,年甫四龄,由摄政王扶掖登基,以明年为宣统元年,上皇太后徽号曰隆裕皇太后,并颁摄政王礼节,及覃恩王公大臣有差。

京中一吊一贺,方在热闹得很,忽报安徽省又起革命风潮。大众还道徐锡麟复生,惊疑不定,后来探听的确,方知发难的首领,乃是炮队队官熊成基。成基因徐锡麟惨死,心怀不平,适值前炮营正目范传甲,与锡麟乃是故交,锡麟死时,曾对着尸首,恸哭一回,被抚院卫队撞见,飞奔得脱。是时闻两宫崩逝,遂潜至安庆,运动熊成基起事。成基应允,密报部下营兵,宣告革命。部众倒也赞成,当即编成命令十三条,定于十月二十六日颁布。处置既定,又暗约弁目薛哲在城内接应。届期十点钟,炮营内全队俱发,先至陆军小学堂,破门而入,直趋操场军械室,取得枪杆;又至火药库,夺了子弹,正想长驱入城,不料城门已是紧闭。成基还待薛哲接应,等了许久,毫无影响,遂在沿城小山上架炮轰城。连放数炮,城不能破,反被城上轰击过来,死伤部众数十人。正在着忙,忽闻长江水师,已奉江督端方命令,来救安庆,成基料知事泄,便率众向西北遁走。途中解散部众,只身独行。沿路记念范传甲,不知如何下落。行到山东,适遇一位好友从安庆来,两下相叙,才知范传甲谋刺大吏,未成被获,已是就义,不禁涕泪交横。友人复劝他远走辽东,免被缉获,成基应诺而去。

到了宣统二年,贝勒载洵,出使英国,贺英皇加冕,道出哈尔滨,成基想把他刺死,偏偏载洵的卫队,布得密密层层,孑身无从下手,只得眼睁睁由他过去。不过成基心总未死,拟乘载洵回国,再行着手。一面联络石往宽、喻培伦二人,做了臂助。无如谋事在人,成事在天,载洵从原路归来,成基方与石、喻二友,执着手枪,拚命入刺,哪知枪还未发,已被巡警捉住。三个人拿住了一双半,解到吉林,由巡抚审讯,三人直供不讳,眼见得性命难保了。军官也要革命,虽不中,不远矣。

这且搁下不提,单说皖乱已平,江督端方,即报知摄政王,摄政王稍觉安心。只光绪帝曾有遗恨,密嘱摄政王,摄政王握了大权,便想把先帝恨事,报复一番。正是:

遗命不忘全友爱,宿仇未报速安排。

毕竟所为何事,且从下回叙明。

慈禧太后之殁,距光绪帝崩,仅一日耳,后人啧有烦言,或谓光绪帝已崩数日,宫内秘不发丧,直至嗣皇定位,慈禧复逝,因次第宣布。或谓光绪帝之崩,实在太后临终之后,守旧党人,恐光绪帝再出亲政,不免于祸,遂设法置诸死地。以讹传讹,成为千古疑案。予考中外成书,于两宫谢世,并无异论,是则悠悠之口,不足为凭。著书人据事叙录,未尝羼入谬论,存其实也。独慈禧太后两立幼君,至于光绪帝崩,复迎立四龄幼主,入宫践阼。意者其尚望延年,仍行训政欤?否则为光绪后留一地步,维持叶赫族永久权势,而因有此举也。后人曾有咏宫词云:纳兰一部首奸诛,婚媾仇雠篚脱弧。二百年来成倚伏,两朝妃后侄从姑。即是以观,叶赫亡清之谶,不特应于慈禧后一人之身,隆裕后亦与焉。皖中革命,先徐后熊,影响及仕途军界,清之不亡无几矣。隆裕后尚无亡国之咎,不过慈禧当国数十年,天人交怨,特假隆裕以泄其忿耳。慈禧考终,不及见逊位之祸,慈禧其亦幸矣哉!

第九十六回　二显官被谴回籍
　　　　　　众党员流血埋冤

　　却说摄政王载沣,因记起光绪帝遗恨,亟图报复,遂密召诸亲王会议。庆王奕劻等都至摄政王第中,由摄政王取出光绪帝遗嘱,乃是的确亲笔,朱书五个大字。庆王奕劻瞧着,便道:"这事恐行不得。"摄政王道:"先帝自戊戌政变以后,幽居瀛台,困苦的了不得,想王爷总也知道。现在先帝驾崩,遗恨终身,在天之灵,亦难瞑目。"言毕,面带泪容。庆王道:"畿辅兵权,统在他一人手中,倘欲把他惩办,以致禁军激变,如何是好?"故抱含蓄之笔。摄政王嘿然不答。庆王又道:"闻他现有足疾,不如给假数天,再作计议。"摄政王勉强点头。看官,你道光绪帝恨着何人?遗嘱内是什么要语?小子探明底细,乃是"袁世凯处死"五字。一鸣惊人。原来戊戌变政时,光绪帝曾密嘱袁世凯叫他赴津去杀荣禄。袁去后,荣禄即进京禀报太后,照应八十七回。太后再出训政,把帝幽禁终身,不能出头。你想光绪帝的心中,如何难过?能够不引为深恨么?荣禄本系太后心腹,光绪帝还原谅三分,只老袁奉命赴津,不杀荣禄,反令荣禄当日赴京,那得不气煞恨煞?荣禄死后,老袁复受了重任,统辖畿内各军,权势益盛。太后复格外宠遇,因此光绪帝愈加愤闷。临危时,闻胞弟载沣,已任摄政王,料得太后年迈,风烛草霜,将来摄政王总有得志日子,所以特地密嘱。摄政王奉了兄命,趁这大权在手,自然要遵照施行。可奈庆王从中阻止,只得照庆王的计画,从宽办理。那老袁亦得着风声,便借足疾为名,疏请辞职。摄政王便令他开缺回籍,他即收拾行李,竟回项城县养疴。摄政王

第九十六回　二显官被谴回籍　众党员流血埋冤

因老袁已去,将端方调任直督,保卫京畿。

宣统改元,半年无事,隆裕太后在宫娱养,免不得因情寄兴,想拣个幽雅地方,闲居消遣。适大内御花园左侧,有土阜一区,很是爽敞,向由堪舆家言,不宜建筑。隆裕后性颇旷达,破除禁忌,竟饬工匠在土阜上兴筑水渠,四围浚池,引玉泉山水回绕殿上。窗棂门户,无不嵌用玻璃,隆裕太后自题扁额,叫作灵沼轩,俗呼为水晶宫。土木初兴,中元复届,太皇太后梓宫,尚未奉安,隆裕记念慈恩,特饬造大法船一只,用纸扎成,长约十八丈有零,宽二丈,船上楼殿亭榭,陈设俱备,侍从篙工数十人,高与人等,统穿真衣。上设宝座,旁列太监宫女,及一切器用,下面跪着身穿礼服的官员,仿佛平日召见臣工的形状。中悬一黄缎巨帆,上书"普渡中元"四大字。船外围绕无数红莲,内燃巨烛,都人推为巨制。统是民血,何苦如此?摄政王用皇帝名致祭舟前,祭毕,将大法船运至东华门外,敬谨焚化。一时男妇老幼,都来观集,叹为古今罕见。这项报销,闻达数十万金。过了两月,奉安届期,前三日间,又焚去纸扎人物,驼马器用等,不可胜计。

奉安这一日,车马喧阗,旌旗严整,簇拥着太皇太后金棺,迤逦东行。摄政王载沣,骑马前导。隆裕太后率领嗣皇及妃嫔人等,乘舆后送。两旁都是军队警吏,左右护卫,炫耀威赫景象,几乎千古无两。极盛难继。全队向东陵进发,东陵距京约二百六十多里,四面松柏蓊蔚,后为座山,与定陵相近。定陵就是咸丰帝陵寝,从前由荣禄监陵工,只东陵一穴,共费银八百万两,这场丧费,比光绪帝丧费,要加二倍有余。光绪帝梓宫奉安,较早半年,彼时只费银四十五万两有零。太后奉安,费银一百二十五万两有零。相传摄政王曾拟节省糜费,因那拉族不悦,没奈何摆了一场体面,不过国库支绌,未免竭蹶得很,这也不必细表。

单说隆裕太后到了东陵,下舆送窆,忽见旁边山上,有一摄影器摆着,数人穿着洋装,对准新太后拍相。隆裕太后大怒,喝令速拿,侍从忙赶将过去,拿住洋装朋友两名,当场讯鞫。供称系奉直督端方差遣,隆裕太后勃然道:"好胆大的端方,敢这么无礼,我定要把他惩办!"隆裕当时,很欲效法慈禧。送窆礼毕,愤愤回京,即命摄政王加罪端方,拟将他革职拿问。还是摄政王从旁婉解,极称:"端方已是老臣,乞太后宽恕一点。"于是罪从末减,定了革职回籍,才算了案。端既革职,王大臣们,方识得隆裕手段,不亚乃姑。只端方素爱滑稽,最好用联语嘲人,同官中被他侮弄,未免衔恨,见了革职的谕旨,也很为畅快。小子曾记得端方有二联语,趣味独饶,一是嘲笑同官赵有伦,一是嘲笑同官何乃莹。二人姓名,也是天然对偶。赵有伦系京师富家儿,目不识丁,赖他母舅张翼,提拔入资郎,累得阔差,至充会典馆纂修。一块没字碑,看作藏书麓,已未免遭人谤议。赵又出了千金,购一妓女为妾,偏偏他大妇是个河东吼,立刻撵逐,不得已赁一别舍,居住小星。大妇又侦悉赵谋,禁赵自由出门,归家少迟,辄遭诟谇。端方遂做了一联,嘲笑有伦云:

一味逞豪华,原来大力弓长,不仅人夸富有。
千金买佳丽,除是明天弦断,方教我去敦伦。

又代著一额,乃是"大宋千古"四字。有伦闻知,还极口称赞。每出遇人,常讷讷自述,嗣经好友替他讲解,方绝口不谈了。何乃莹曾官副宪,性甚顽固,戊戌政变,规复八股,由何所奏,后因袒庇拳匪革职,何本庚辰翰林馆改部,签分工曹。妻室某氏,因何失翰林,大发雌威,何无言可答,直至长跪榻前,方蒙饶恕。既入工部,往拜某尚书,具贽百金。某尚书嫌他礼薄,呵斥备至,端方又撰一联道:

百两送朱提,狗尾乞怜,莫怪人嫌分润少。
三年成白顶,蛾眉构衅,翻令我作丈夫难。
<small>清例,翰林七品戴金顶,改为部曹,已成六品,例戴白顶。</small>

额曰:"何若乃尔。"这两联确是有味,但滑稽谈,容易肇祸,所以同僚中也常嫉视。此次遣人至陵前摄影,亦太儿戏,所以触怒太后,竟致革职。<small>若长此革职回籍,倒也安然,可惜还想做官,终至身死西蜀。</small>

端方去后,京中没甚大事,忽然间又到残冬。只京中虽是平安,外面恰很危险。英、法、日、俄诸国,各订立关系中国的密约。俄人增兵蒙古,英人窥伺西藏,法人觊觎云南,中国大局,危迫万分,满廷亲贵,还是麻雀叉叉,姨娘抱抱,妓女嫖嫖,简直是痴聋一样。是年各省已开谘议局,舆论以速开国会,缩短立宪期限,为救亡的计策,遂推举代表,齐赴京师,要求速开国会,至都察院递请愿书。都察院置不理,竟将请愿诸书搁过一边。各代表又遍谒当道,竭力陈请。旗籍亦举了代表,加入请愿团,都察院无可推诿,始行入奏。奉旨因不及筹备,且从缓议。各代表无可如何,只好纷纷回籍,拟至次年申请。翌年,朝鲜国又被日本并吞,国王被废,亚东震动。各省政团商会,及外洋侨民,各举代表,联合谘议局代表议员,再赴北京,递呈二次请愿书,清政府仍然不允。于是革命党人,密谋愈急。

粤人汪兆铭,曾肄业日本法政学校,毕业后,投入民报馆,担任几篇报中文字。原来民报馆正是革命党机关,报中所载的论说,无非是痛詈清廷,鼓吹革命。兆铭在此办理,显见得是个同志。他闻得载沣监国,优柔寡断,所信用的,无非叔侄子弟,已是愤激得很,会民报馆又被日本警察干涉,禁止发行,兆铭决计回国，干这革命的事业。他想擒贼必先擒王，不入虎穴，焉得虎子？便离了日本，潜赴北京，并邀同志黄树中，同至京内。树中在前门外琉璃厂，开了一爿照相馆，做了侨寓的地点，每日与兆铭往来奔走，暗暗布置，幸未有人窥破。约过数月，忽有外城巡警多人，围住照相馆，警官似虎如狼，趋入馆内，搜缉汪兆铭、黄树中。汪黄二人，料知密谋已泄，毫不畏惧，立随巡警出门，到了总厅。厅长问明姓名，二人便直认不讳，由总厅送交民政部。民政部尚书善耆，坐堂审讯，先问两人姓名，经两人实供后，随问地安门外的地雷，是否你两人所埋。两人直捷应声道："确是我们埋着。"善耆道："你埋着地雷何用？"两人答道："特来轰击摄政王。"浑身是胆。善耆道："你与摄政王何仇？"汪兆铭答道："我与摄政王没甚仇隙，不过摄政王是个满人首领，我所以要杀他。"善耆道："本朝开国以来，待你汉人不薄，你何故恩将仇报？"兆铭大笑道："夺我土地，奴我人民，剥我膏血，已经二百多年，这且不必细说；现在强邻四逼，已兆瓜分，摄政王既握全权，理应实心为国，择贤而治，大大的振刷一番，或尚可挽回一二。讵料监国两年，毫无建树，中外人民，请开国会，一再不允，坐以待亡。将来覆巢之下，还有什么完卵？我所以起意暗杀。除掉了他，再作计较。"善耆本号旷达，听了此言，也似有理，便道："你们两人，必分首从，究竟哪个是主谋？"黄树中忙说"是我。"汪兆铭怒对树中道："你何尝主张革命？你曾向我劝阻，今朝反来承认，为我替死，真正何意？"回头对善耆道："主谋的人，是我汪兆铭，并非黄树中。"树中也说："是我主谋，并非汪兆铭。"善耆见他二人争死，也不禁失声道："好烈士！好烈士！"又向二人道："你两人果肯悔过，我可赦你不死。"两人齐声道："你等满亲贵如肯悔祸，让了政权，我死亦无他恨。"善耆不能辩驳，令左右将二人暂禁，自己至摄政王第中，报明底细。摄政王道："地安门外，是我上朝的出入要路，他敢在此埋着地雷，谋为不轨，若非探悉密谋，我的性命，险些儿丧在他手，请即重办为是！"善耆道："革命党人，都不怕死，近年以来，枭首剖心，也算严酷，他们反越聚越多，竟闹到京中来了。依愚见想来，就使将他立刻正法，余外的革命党又至，办也办不完，还是暂从宽大，令他感我恩惠，或可消除怨毒，也未可知。"摄政王道："难道汪、黄两人，竟好释放么？"善耆道："这也不能，且永远监禁，免他一死。"摄政王点头，善耆退出，便令将汪、黄送交法部狱中。法部尚书廷杰愤愤道："肃王爷也太糊涂，夺我权柄，饶他死罪，是何道理？"命司狱官拣一黑狱，将汪、黄钉了镣铐，羁黑狱中。

不言二人在狱受苦，且说革命党闻汪、黄失败，又被拿禁，大家都是悲愤。赵声、黄兴，一班首领，仍拟集众大举，先夺广东为根据地。原来广东是中国富饶的地方，兼且交通便当，所以革命党人，屡次想夺广东，立定脚跟，渐图扩张。无如广东大吏,防备严密,急切不得下手,只好相时而动。暗中从南洋办到二十多万金,购到外洋枪药炸弹,因恐路中有人盘查,专用女革命党,运入广州,租了房屋,藏好火器。门条上面,统写某某公馆,或写利华研究工业所,或写学员寄宿舍。又把各种文书,如营制饷章、军律札符、安民告示,保护外人告示,照会各国领事文,取缔满人规则,预先属草。筹备了好几月,已是宣统三年,清廷方开设资政院,赞成缩短立宪期限,下旨以宣统五年为期,实行开设国会,并令民政部饬国会请愿团,即日解散。请愿团尚欲继续要求,当由清廷下令驱逐,如再逗留,还要拿办,各代表跟跄出京。大廷专制,物议沸腾,革命党以为机会已到,公推黄兴为总司令,招集义友,约于宣统三年四月朔举行。

适值粤人冯如,在美国学造飞行机,竣工回国,往见粤督张鸣岐,自言在美国学制飞艇,已二十多年,现更自出心裁,造成一艇,能升高三百五十尺,载重四百余吨,此番回国,已将飞机运归,准备试验。张督即命冯如再往海口,载回飞艇,择日试演。这个消息传出,省城官绅商民,争欲先睹为快。冯如择定日期,拟于三月初十日,在燕塘试放。届期这一日,远近到者数万人,红男绿女,络绎途中,真个是少见多怪,哄动全粤。广州将军孚琦,系荣禄从侄,闻得燕塘试演飞机,亦想一广眼界,当下坐了绿呢大轿,排仗出城。清制,将军不能擅自出城,孚琦欲广目界,违制私出,只道清廷无由遥制,谁知冥官偏不留情。一到燕塘,张督等统已出场,相见毕,彼此坐定。霎时间飞艇上升,越腾越高,但听得大众惊诧声、鼓噪声、谈笑声,闹成一片。不但百姓齐声喝采,连大小文武各员,也称为奇物。孚琦更为快慰,只因身任将军,有守城责,不便多留城外,便起身辞了各官,先行入城。甫至城门口,忽闻轰的一声,孚琦探头出望,巧巧一颗子弹,飞中额上。可谓一广额界。孚琦慌忙大喝道:"有革命党,快快拿住!"这话一说,反把手下亲兵,吓得四散,连轿夫也弃轿远走。孚琦正在惊慌,那枪弹还是接连飞来,凭你浑身是铁,也要洞穿,弹声中止,放弹的人,跳跃而去。适值张督等回来截住,刺客一时不能逃避,枪弹又未装就,即被兵警擒住。这时才去看孚将军,早已鲜血淋漓,全无气息,轿子已打得七洞八穿,玻璃窗亦碎作数片。广州府正堂,及番禺县大令,忙饬轿夫抬回尸首,一面押着刺客,随张督等一同进城。张督立饬营务处审讯,刺客供称:"姓温名生才,曾在广九铁路做工,既无父母,又无妻小,此次行刺将军,系为四万万同胞复仇。今将军已被我击死,我的义务尽了,愿甘偿命!"问官欲究诘同党,温生才道:"四万万汉人,便是我同党。"问官又欲诘他主使,温生才道:"击死孚琦是我,主使也就是我,何必多问!"视死如归。问官得了确供,便向督署中请出军令,立刻用刑。

第九十六回　二显官被谴回籍　众党员流血埋冤

温生才既死,官场中格外戒严,纷纷调兵入城。黄兴等闻这消息,顿足不已,大呼为温生才所误。当下秘密会议,有说目下未便举动,且暂时解散,再作后图。独黄兴主张先期起事,提出三大理由:

第一条是说我等密谋大举,不应存畏缩心。
第二条是说大军入城,有进无退,若半途而废,将失信用,后来难以作事。
第三条是蓄谋数年,惹起各国观瞻,若不战而退,恐被外人笑骂。

众人闻这三条理由,恰是确实情形,不得不举手赞成,遂决计起事。到了三月二十九日,官场也微悉风声,防守越严。黄兴谓束手待毙,不如冒险进取,遂于是日下午六点钟出发,他们先想了一个计策,着敢死团坐了轿子,向总督衙门内,一直抬入。管门的人,还道他是进见总督,不敢上前拦住,那敢死团已闯进衙门,便乱掷炸弹,将头门炸坏,击毙管带金振邦。敢死团复向二门捣进,直到内房,并不见有总督,也不见有总督家眷。原来总督张鸣岐,闻风声紧急,早将家眷搬在别处,只有自己留住署内。是日听得衙门外面,枪声大作,忙令巡捕探悉。巡捕未出内室,外面已报革命党进衙,不免心慌意乱,亏得巡捕扯住了他,从室中走上扶梯,开了窗,正是当铺后墙,他两人即攒出窗门,越过当铺后檐,径入当铺中。众朝奉认得张督,自然接待,张督不暇安坐,急令朝奉引出偏门,三脚两步的,走入水师统领署内。水师统领李准,已闻督署起火,正拟调兵救护,忽报张督微服前来,便迎进花厅,作揖才罢,张督即令发兵拿革命党。李准请张督暂住书室,自己忙调动城内防营,速救督署,复亲自上马出衙,赶至督辕前,见营兵已与革党酣战。党人气焰很盛,枪杆统是新式,看看防营中人,有点抵挡不住,李准大喝一声,催各兵竭力向前,能获住党人一名,便有重赏。那时众兵听见有赏二字,争先杀敌,党人虽拚命死战,究竟寡不敌众,有几个中弹死了,有几个跌倒地上,被拿去了,渐渐的剩了数十人,只得望后退走。李准带了营兵,追向前去,到了大南门,又遇着一队党人,混战一场,党人又死了一半,四散奔逃。李准见四面统有火光,复分营兵为数队,向各处兜拿。火起处不得赴救,总教要路拦住,不使党人逃窜,就算有功。所以党人无从得利,次日清晨,还有党人一大群,去夺军械局,又被营兵杀退。营兵到处搜索,党人无路可走,竟拥入米肆中将米袋运至店口,堆积如山,阻住营兵。营兵搬不胜搬,枪弹又打不进去,正在没法,李准下令,用火油浇入店中,烧将起来。可怜党人前后无路,多被烧死。这日党人死了无数,城中损失,恰不甚多。因党人不肯骚扰居民,见有老幼妇女,尝扶他回家,就是街中放火,也不过是摇惑军心的计策,往往自放自救。到了四月朔日,城中已寂静无声了。那时张鸣岐已回到督署,将捉到党人若干名,一一审讯。党人统是慷慨直陈,无一抵赖。张督便命一半正法,一半收监。旋由同善堂内检点各处尸首,向黄花冈埋葬。后来经党人自己调查,阵亡的著名首领,约有八十九人,姓名录下:

林　文	林觉民	林尹民	林常拔	方声洞	陈与燊
陈更新	陈汝环	陈文波	陈可钧	陈德华	陈　敏
陈启言	陈　福	陈　才	冯超骧	冯仁海	冯　敬
冯雨苍	刘六湖	刘元栋	刘　锋	刘钟群	刘　铎
李　海	李　芳	李雁南	李　晚	李　生	李海书
李文楷	徐满凌	徐培汉	徐礼明	徐日培	徐保生
徐广滔	徐沛流	徐应安	徐钊良	徐　端	徐容九
徐松根	徐廉辉	徐茂苗	徐培深	徐习成	徐林端
徐进台	罗　坤	罗　俊	罗　联	罗　干	罗仲霍
石经武	石庆宽	荣肇明	劳　培	马　侣	马　胜
周　华	韦云卿	梁　纬	喻纪云	庞　鸿	庞　雄
何天华	王　明	姚国梁	宋玉琳	饶辅廷	余东鸿
曰　全	雷　胜	黄鹤鸣	杜凤书	萧盛跻	游　寿
秦大诱	伍吉三	郭继梅	冼　选	程耀林	葛郭树
黎　新	吴　润	彭　容	廖　勉	江继厚	

这八十九人内,有七十二人葬在黄花冈,只黄兴、赵声、及胡汉民、李燮和数人,总算逃出香港,才免拿获。赵声恨事不成,病痢而死,与黄花冈诸君相见地下,这是广州流血大纪念。民国纪元,当三月二十九日,为黄花冈志士周年期,上海某报,曾有一副挽联云:

　　黄花冈下多雄鬼,五色旗中吊国殇。

广州流血后,水师提督李准,得了黄马褂的重赏,清政府也以为泰山可靠,越加放心。从此阳说立宪,阴加专制,不到数月,又想出一个铁路国有的计策,闯出一件大大的祸事来了。欲知后事,请看下回。

摄政王载沣,监国三年,未闻大有失德,而国势日危,实由于变乱已深,不可救药。故谓亡清之咎,专属摄政王,我不敢信。但必以摄政王可告无罪,亦岂其然?当其监国之始,严谴袁端二大臣,似觉刚克有余,乃其后太阿倒持,政权旁落,叔侄子弟遍要路,无一干济才,但惟是贪婪淫欲,掊克为生,是岂恐其亡之不速,而故速其亡耶?谁秉国政,顾任其骄纵若此?革命党人乘机骚动,一败而清廷相庆,再败而清廷益相贺,三败四败,而清廷且自以为无恐矣。抑知败者愈奋,胜者愈骄,革命革命之声喧传海外,虽欲不亡,不可得也。故广州一役,人为革党悲,吾为清室惧,天夺之鉴而益其疾,觇国者于此决兴亡焉。

第九十七回　争铁路蜀士遭囚
兴义师鄂军驰檄

却说清政府闻广州捷报,方在放心,安安稳稳的组织新内阁。庆王奕劻,资望最崇,作为总理,自不消说。汉大臣中,如孙家鼐、鹿传霖、张之洞等先后逝世,只有徐世昌历任疆圻,兼掌部务,算是一位老资格,遂令他与那尚书桐,作为内阁总理的副手。内阁以下,如外务、民政、度支、学务、吏、礼、法、陆军、农工、邮传、理藩各部,统设大臣、副大臣各一员,从前尚书、侍郎的名目,悉行改革。凡旧有的内阁军机处,亦一律撤去。又增一海军部,命贝勒载洵为大臣,并设军谘府,命贝勒载涛为管理。洵、涛统是摄政王胞弟,翩翩少年,丰姿原是俊美,可惜胸中并没有军事知识,只仗着阿兄势力,占居枢要。一对绣花枕,好看不中用。各省谘议局联合会上书,略称:"内阁应负责任,不宜任懿亲为总理,请另简大员,改行组织。"折上,留中不报。联合会再上书续请,方接复旨,据言:"用人系君主大权,议员不得干预!"顿时全国大哗。

还有邮传部大臣盛宣怀,倡起铁路国有的议论,怂恿摄政王施行。中国的铁路,自造的只有三四条,余外多借外款建筑,甚且归外人承办。光绪晚年,各省商民,知识新开,才听得借款筑路,由外人监督,连土地权也保不住,于是创议自办,把京汉北京至汉口。粤汉广东至汉口。两大干路,集款赎回,又由四川到汉口一线,亦由川汉商民,自行兴筑,这也是保全铁路的良策。偏偏这位盛大臣宣怀,要收归国有,难道果有绝大款项,能买回这铁路么?据盛大臣奏章,说是:"川粤铁路,百姓无钱续办,不如收为国有,借债造路。此路一成,偿了外债,还有盈余。"说话似乎中听,其实只好去骗摄政王。除摄政王外,若非与盛大臣串同舞弊,简直是骗不进的。盛大臣是常州人,他家私约几百万,也算是中国一个富翁。他的钱财,多半从做官来的,已经到了这个地步,也好知足,还要做什么邮传部大臣?还要想什么铁路国有的计策?无如他总想不通,看不破,家中的姨太太,弄了好几十个,费用浩大,挥金如土。他的子弟们,又是浪吃浪用,不肯简省,累得这位盛老头儿,还不能回家享福。他运动了一个邮传部缺分,本是很好,可奈晚清路航邮电各局,多抵外债,进款也是有限,他从没法中想出一法,借铁路国有的名目,去贷外款几千万,一来可以敷衍目前,二来有九五回扣,可入私囊。等到外人讨还,他已早到棺材里去了。就使寿命延长,尚是未死,借主是清朝皇帝,与己无涉,中人勿赔钱,乐得眼前受用。摄政王视事未久,不甚晓得暗中弊端。庆亲王奕劻,总教有点分润,也与盛大臣一样想头,此倡彼和,居然把盛大臣原奏,批准下来。这段文字,写得淋漓尽致。

盛大臣遂与英、美、德、法四国,订定借款,办粤汉、川汉铁路。外人正想做些投资事业,一经盛大臣与他商议,把路作押,自然谨遵台命。那时盛大臣又想出办法,把从前川、粤、汉的百姓已垫路本,统作七折八扣的计算,从中又好取利若干,而且不必还他现钱,只用几张钞票,暂时搪塞,便好将百姓的路本,取作国用,一举数得,真是无上妙法。谁知百姓不肯忍受,竟要反抗政府。谘政院也奏请开临时会,参议四国借款。各省谘议局,直接申请,要请政府收回铁路国有成命。盛大臣一概不理,且怂恿摄政王,下了几道上谕,说甚么不准违制,说甚么格杀勿论,百姓看了这等话头,越加气恼。川人格外愤激,开了一个保路大会,定要与政府为难。川督赵尔丰,与将军玉昆,将川中情形,联衔上奏。这时盛大臣已有二三百万回扣到手,哪里还肯罢休?巧值端方入京,运动起复,费了十万金,得着一个铁路总办的缺分。盛大臣本帮他运动,所以同他商议,要他去压制川民,就可升任川督。端方利令智昏,居然满口答应,要去送掉老命了。草整行装,立即启程。行抵武昌,闻川民闹得不可开交,商人罢市,学堂罢课,不觉暗想道:"赵尔丰如此无能,一任民人要挟,如何可作总督?"遂夤夜拟一奏折,叫文稿员缮就,翌晨出发,奏中极说"赵督庸懦,须另简干员",大有舍我其谁的意思。嗣得政府复电,令他入川查办,端方遂向鄂督瑞澂,借兵两队,指日入川。此时可算威风。

川督赵尔丰,本是著名屠户,起初见城内百姓,捧着德宗景皇帝的牌位,到署中环跪哀求,心中也有些不忍,因此有暂缓收回的奏请。旋闻端方带兵入川,料是来夺饭碗,不禁焦急起来。欲利人,难利己;欲利己,难利人。两利相权,总是利己要紧。人人为此念所误。忽外面传进了一纸,自保商权书,列名共有十九人,他正想把这十九人传讯,那十九人中,竟有五人先来请见。尔丰阅五人名片,是谘议局议长蒲殿俊、副议长罗纶,川路公司股东会长颜楷、张澜,保路会员邓孝可,不由的愤愤道:"都是这几人作俑,牵累老夫,非将他们严办不可!"遂传令坐堂。巡捕等茫无头绪,只因宪命难违,不得不唤齐卫队,立刻排班。赵屠户徐踱出来,堂皇上坐,始唤五人进见。五人到了堂上,瞧这情形,大为惊异。但见赵屠户大声道:"你五人来此何为?"邓孝可先发言道:"为路事,故来见制军,请制军始终保全。且闻端督办带兵入川,川民惶惧的

第九十七回　争铁路蜀士遭囚　兴义师鄂军驰檄

了不得,亦乞制军奏阻!"赵屠户道:"你等敢逆旨么?本部堂只知遵旨而行!"愿为满奴。这句话恼动了蒲殿俊,便道:"庶政公诸舆论,这明是朝廷立宪的谕旨,制军奈何不遵?况四川铁路,是先皇帝准归商办,就是当今皇上,亦须继承先志,可容那卖国卖路的臣子,非法妄为吗?"观此可知川民捧景帝牌位之用意。说得赵屠户无言可驳,益发老羞成怒,强词夺理道:"你等欲保全路事,亦须好好商量,为什么叫商人罢市,学堂罢课?你等心犹未足,且闻要抗粮免捐,这非谋逆而何?"殿俊道:"这是川民全体意旨,并非由殿俊等主张。"赵屠户取出自保商权书,掷示五人道:"你们自去看来!这书上明明只书十九人,你五人名又首列。哼哼!名为绅士,胆敢劫众谋逆,难道朝廷立宪,就可令你等叛逆么?"五人瞧着,尚思抗辩,赵屠户竟喝令卫弁,将五人拿下。卫弁奉令来缚五人,忽听大门外一片哗声,震动天地,望将过去,约不下千人。头上都顶着德宗景皇帝神牌,口口声声,要释放蒲罗等。惹得屠户性起,命卫队速放洋枪,这令一下,枪声四射,起初还是开放空枪,后来见百姓不怕,竟放出真弹子来,把前列的伤了数名。大众越加动怒,反人人拚着性命,闯入署中。正在不可开交的时候,亏得将军玉昆,飞马前来,下了马,挨入督辕,先抚慰民人一番,然后进商赵屠户,劝他不要激变。屠户铁石心肠,还是坚执一词,玉昆不待应允,竟命将蒲罗等五人,释了缚,随身带出,又劝大众散归,大众才陆续归去。

赵屠户愤犹未息,竟奏称乱民围攻督署,意图独立,幸先期侦悉,把首要擒获;嗣复联络鄂督瑞澂,迭上奏章,说如何击退匪徒,说如何大战七日,其实不过用兵监谤,与乡间百姓闹了两三场,他便捕风掠影,捏词陈奏,想就此冒点功劳,可以保全禄位。川民自保,赵督亦自保,势已分裂,如何持久?鄂督瑞澂,闻川省议员萧湘,由京过鄂,潜差人将他拘住,发武昌府看管。原来萧在京时,曾反对借债筑路,瑞澂把他拘禁,无非巴结政府,与赵屠户心计,彼此一律。看官!试想民为国本,若没有百姓,成何国度?况且清廷已筹备立宪,凡事统在草创中,难道靠了几个虎吏,就可成事么?大声疾呼。清政府阅赵督奏折,还道川境大乱,仍用前两广总督岑春煊,前往四川,会同赵尔丰办理剿抚事宜。岑意主抚,行到湖北,与鄂督商议,意见相左。又与赵尔丰通信,尔丰大惊,想道:"既来了端老四,又来了岑老三,正是两路夹攻,硬要夺我位置。"夺他位置,其患犹小,将来恐不止此,奈何?连忙写了复书,婉阻岑春煊,说是日内即可肃清,毋庸劳驾等语。岑得书,也不欲与他争功,便上书托疾,暂寓武昌,借八旗会馆,作为行辕,这是宣统三年八月初的事情。

转瞬间,已到中秋,省城戒严,说有大批革命党到了,春煊还不以为意。后来闻知总督衙门内,拿住几个革命党,他也不去细探。至十九夜间,前半夜还是静悄悄的,到了一两点钟时候,忽听得有劈劈拍拍的声音,接着又是马蹄声、炮声、枪声,嘈杂不休。连忙起床出望,外面已火光烛天,屋角上已照得通红。方惊疑间,但见仆人踉跄走来,忙问何事?仆人报称:"城内兵变。"春煊道:"恐怕是革命党。我是查办川路,侨居此地,本没有地方责任,不如走罢。"便命仆人收拾行装,挨到天明,自己扮了商民模样,只带了一个皮包,挈仆出门。到了城门口,只见守门的人,臂上都缠着白布,他也莫明其妙,混出了城,匆匆的行到汉口,趁了长江轮船,径回上海去了。<small>倒也清脱。</small>

原来这夜的扰乱,正是民军起事,光复武昌的日子。<small>是历史上大纪念日。</small>鄂督瑞澂,未出仕时,在沪曾犯拐骗珠宝案,公廨出票拘提,他即遁去。后来不知如何钻营,迭蒙拔擢,相传与泽公有葭莩谊,因此求无不应。他本识字无多,肄业的肄字,尝读作肆音,士人传为笑柄。此次擢任鄂督,除逢迎政府外,别无他能。八月初九日,接到外务部密电,略说"革命党陆续来鄂,私运军火,并有陆军第三十标步兵,作为内应,闻将于十五六日起事,宜速防范"云云。他见了这种电文,飞饬陆军第八镇统领张彪,分布军队,按段巡查。督署内外,布满军警,又命文武大小各官,不得赏中秋节,连自己亦无心筵宴,日夜不得安枕。过了十五六两日,毫无动静,方才有些安心。十七日晚间,始与妻妾,补赏中秋,大家格外欢乐。宴毕,十二巫峰,任他游历,也总算是乐极了。<small>乐极以下,便是生悲。</small>翌日,接到荆襄巡防队统领沈得龙电文,说:"在汉口英租界拿获革党刘汝夔、邱和商两名,已着护军解省。"瑞澂将电文交与巡捕,令颁发营务处,俟刘、邱两人解到听审。次日,又接张彪电话,说:"在小朝街拿革党八人,内有一女革党,叫作龙韵兰,又有陆军宪兵队什长彭楚藩,内通革党,亦已查出拿下。同时在雄楚楼北桥高等小学堂间壁洋房内,拿获印刷告示缮写册子的革党五人。"接连又接到关道齐耀珊禀,说:"洋房公所吴恺元,于汉口俄租界宝善里内,捉到秦礼明、龚霞初二名,并搜出炸弹、手枪、旗帜、印信、札文底册、信件甚多。"刚在一起一起的举发,外面又解到革党杨宏胜一名,说在黄土陂千家街地方小杂货店内,捉了来的。瑞澂被他闹昏,咐吩巡捕道:"如有革党解到,不必琐报,总叫暂收狱中,我索性总审一堂,尽行将他正法,免得耽忧。"巡捕应声而出。是晚督署内复查出炸药一箱,有教练队军兵二人形迹可疑,拿讯时,果然由他运入,立即枭首。十九辰刻,瑞澂坐了大堂,审讯革党,有几个直认不讳,把他正法,有几个尚无实供,仍令收禁。

审讯已毕,适张彪到署,瑞澂把搜出名册,交他详阅。并说:"名册中牵连新军,应即严查!"张彪告别回营,便饬将弁向各营查诘。营兵人人自危,遂密约起事,一火烧熟。定于十九夜间九点钟后,放火为号,一齐到火药局会齐,先搬子弹,后攻督署。可怜瑞澂、张彪等,尚在睡梦中。是晚月色微明,满天星斗悬在空中，听城楼更鼓，已打二下，忽然红光一点，直冲九霄。工程第八营左队营中，列队齐出，左右手各系白巾，肩章都已扯去。督队官阮荣发、右队官黄坤荣、排长张文澜等，出营阻拦。大家统说："诸位长官，如要革命，快与我辈同去！"阮、黄诸人，还是神气未清，大声喝阻。语尚未绝，枪弹已钻入胸膛，送他归位。当下逐队急趋，遇着阻挡，一律不管，只请他吃弹子。到了楚望台边，有旗兵数十人拦住，被他一阵排枪，打得无影无踪，遂扑入火药局内，各将子弹搬取。此时十五协兵士，已齐集大操场，随带弹药，同工程营联合，去攻督署。适遇防护督署的马队，阻止前进，兵士齐叫道："彼此都系同胞，何苦自相残杀？"倘令长存此心，何患国家不治？马队中听得此言，很是有理，遂同入党中。于是分兵三处，一向凤凰山，一向蛇山，一向楚望山，各将大炮架起，对着督署轰击，霎时间将督署头门毁去，各兵从炮火中，奔入督署，找寻瑞澂，谁知瑞澂早已率同妻妾，潜逃出城，到楚豫兵轮上去了。转身去寻张彪，也与瑞澂同一妙法，逃得不知去路。亏得会逃，保全老命。

　　各兵拥集督辕，天色渐明，大众公推统领，倒是齐声一致的，愿戴一位黎协统。乱世出英雄。这黎协统名元洪，字宋卿，湖北黄冈县人，从前是北洋水师学堂的学生，毕业后，娴陆海军战术，中东一役，黎曾充炮船内的兵目，因见海军败没，痛愤投海，为一水兵救起，由烟台流入江南，适值张之洞为江督，一见倾心，立写"智勇深沉"四大字，作为奖赏。嗣张督调任两湖，黎亦随去。及张入京，未几病逝，黎仍留鄂，任二十一混成协协统，为人温厚和平，待士有恩，所以军队无不乐戴。众议既定，都奔到黎营内，请出黎协统，要他去做都督。黎公起初不允，旋由大众劝迫，才说："要我出去，须要听我号令：第一条，不得在城内放炮。第二条，不得妄杀满人。此外如抢劫什物，奸淫妇女，捣毁教堂，骚扰居民等事，统是有干法律，万不可行！诸位从与不从，宁可先说，免得后悔。"大众齐声遵令，遂拥着黎公到谘议局，请他立任都督，把谘议局改作军政府，邀议长汤化龙出任民政。

　　部署渐定，遂发了密令，命统带林维新带兵去袭汉阳。林统带连夜渡江，袭据了兵工厂，随向汉阳城进发。汉阳知府，不待兵到，早已远飏，正是不劳一炮，不血一刃，唾手得了汉阳城。旋又分兵过河，占住了汉口镇。汉口有各国租界，当由鄂军政府，照会各国领事，请他中立，并愿力任保护外人生命财产。各领事见他举动文明，也是钦佩，遂与军政府声明中立条约三件：

　　一是无论何方面，如将炮火损害租界，当赔偿一亿七万两。
　　二是两方交战，必在二十四点钟前，通告领事团。
　　三是水陆军战线，必距离租界十英里外。

鄂军政府一一承认，遂由各国领事团，宣布中立文，并与军政府订定条约，凡从前清政府，与各国约章，继续有效，此后概当承认。赔款外债，照旧担负，各国侨民财产，一概保护。惟各国如有阴助清政府，及接济满清政府军械，应视为仇敌。所获物品，尽行没收。双方签定了押，遂由鄂军政府，撰布檄文，传达全国。其文道：

中华开国四千六百零九年八月是日，中华民国军政府檄曰：夫春秋大九世之仇，小雅重宗邦之义，况以神明华胄，匍匐犬羊之下，盗憎主人，横逆交逼，此诚不可一朝居也。惟我皇汉遗裔，奕叶久昌，祖德宗功，光被四海。降及有明，遭家不造，蕞尔东胡，曾不介意。遂因缘祸乱，盗我神器，奴我种人者，二百六十有八年。凶德相仍，累世暴殄，庙堂皆豕鹿之奔，四野有豺狼之叹。群兽嘻嘻，羌无远虑。慢藏诲盗，遂开门揖让，裂弃土疆，以苟延旦夕之命，久假不归，重以破弃。是非特逆胡之罪，亦汉族之奇羞也。幕府奉兹大义，顾瞻山河，秣马厉兵，日思放逐，徒以大势未集，忍辱至今。天夺其魄，牝鸡司晨，块然胡雏，冒昧居摄，遂使群小俱进，黩乱朝纲，斗聚金璧，以官为市，强敌见而生心，小民望而蹙额。犬羊之性，好食言而肥，则复有伪收铁道之举，丧权误国，劫夺在民。愤毒之气，郁为云雷。由鄂而湘而粤而川，扶摇大风，卷地俱起。土崩之势已成，横流之决，可翘足而俟。此真逆胡授命之秋，汉族复兴之会也。幕府总摄机宜，恭行天罚，惧义帅所指，或未达悉，致疑畏之徒，遇事惶惑，僻远诸彦，莫知奋起，用先以独立之义，布告我国人曰：在昔虏运方盛，则以野人生活，弯弓而斗，眣目馨舌，习为豺狼，是以索伦凶声，播越远近。入关之初，即择其强梁，遍据要津，而令吾民输粟转金，豢其丑类，以制我诸夏。传且九叶，则放诞淫侈，夤缘苟偷，以袭取高位。枯骨盈廷，人为行尸，故太平之战，功在汉贼，甲午之役，九庙俱震。近益岌岌，祖宗之地，北削于俄，南夺于日，庙堂阒寂，卿相嘻嘻，近贵以善贾为能，大臣以卖国相长，本根已斩，枝叶瞀乱。虎皮蒙马，聊有外形。举而蹴之，若拉枯朽，是虏之必败者一。昔三桂启关，汉家始覆，福酋定鼎，益因缘汉贼，为之佐命。稍浴汉风，遂事羁縻，维时中邦，大势已去，义士窜伏，迂儒小生，勿能自固，遂被迫胁，反颜事仇，渐化腥膻，遂忘大义，合薰于莸，以逆为正，孑孑贪夫，时效小忠。虏遂奋然高踞，骄吸民脂，浸淫二百年，汉族义师，屡蹶不起，爰及洪王，几复汉土，曾胡左李，以本族之彦，倒行逆施，遂使虏危而复安，久留不去，此实孝孙之已醉，非逆胡之可长也。方今大义日明，人心思汉，觥觥硕士，烈烈雄夫，莫不敬天爱祖，高其节义。虽有缙绅，已污伪命，以彼官邪，皆舆金辇璧，因货就利，鄙薄骄虚，毋任艰巨。

虏实不竞,汉臣复匿,盲人瞎马,相与徘徊,是虏之必败者二。邦国迁移,动在英豪,成于众志,故杰士奋臂,风云异气,人心解体,变乱则起。十稔以还,吾族巨子,断脰决腹者,已踵相接。徒以民习其常,毋能大起,虏遂起持其间,因以苟容,迁延至今,乃以立宪改官,诈为无信,借款收路,重陷吾民,星星之火,乘风燎原。川湘鄂粤之间,编户齐民,奔走呼号,一夫奋臂,万姓影从,颓波横流,败舟航之,是虏之必败者三。昔我皇祖黄帝,肇造中夏,奄有九有。唐虞继世,三王奋迹,则文化彬彬,独步宇内,煌煌史册,逾四千年。博大宽仁,民德久著,衡之西欧,则逊其条理已耳。先觉之民,神圣之胄,智慧优渥,宜高蹈土疆,折冲宇宙,乃锐降其种,低首下心,以为人役,背先不孝,丧国无勇,失身不义,潜德幽光,望古遥集。瞻我生身,吊景惭魂。返性则明,知耻则勇,孝子不匮,永锡尔类,则汉族之当兴者一。大道之行,天下为公,国有至尊,是曰人权。平等自由,乐天归命。以生为体,以法为界,以和为德,以众为量。一人横行,谥曰独夫,凉彼武王,遂有典刑。满虏僭窃,更益骄恣,分道驻防,坐食齐民,厚禄高官,皆分子姓。胁肩谄笑,武断朝堂,国土国权,断送唯意。束我言论,遏我大群,扰我闾阎,诬我善良,锄我秀士,夺我民业,囚我代表,杀我议员,天地晦盲,民声销沉。牧野洋洋,檀车煌煌,复我自由,还我家邦,则汉族之当兴者二。海水飞腾,雄强参会,弱国孱种,夷为犬豕。民有群德,朝有英彦,威能达旁,乃竞争而存耳。惟我中华,厄于逆虏,根本参差,国力遂靡。虏更无状,鱼馁肉败,腥闻四布,遂引群敌,乘间抵隙,边境要区,割削尽去,拊背扼吭,及其祖庙、卧榻之间,鼾声四起,耳目蔀覆,手足縶维,遂使我汉土堂奥尽失,民气痿痹,将破碎颠连,转鬻封豕,不去庆父,鲁难未已,廓而清之,骏雄良材,握手俱见,万几肃穆,群敌销声,则汉族之当兴者三。维我四方猛烈,天下豪雄,既审斯义,宜各率子弟,乘时跃起,云集响应。无小无大,尽去其害,执讯获丑,以奏肤功。维我伯叔兄弟,诸姑姊妹,既审斯义,宜矢其决心,合其大群,坚忍其德,绵系其力,进战退守,与猛士俱。维尔失节士夫,被逼军人,尔有生身,尔亦汉族,既审斯义,宜有反悔,宜速迁善,宜常怀本根,思其远祖,宜倒尔戈矛,毋逆义师,毋作奸细。维尔胡人,尔在汉土。尔为囚徒,既审斯义,宜知天命,宜返尔部落,或变尔形性,愿化齐民,尔则无罪,尔乃获赦宥。幕府则与四方俊杰,为兹要约曰:"自州县以下,其各击杀虏吏,易以选民,保境为治。又每州县,兴师一旅,会其同仇,以专征伐,击杀虏吏。肃清省会,共和为政,幕府则大选将士,亲率六师,犁庭扫穴,以复我中夏,建立民国。"幕府则又为军中之约曰:"凡在汉胡苟被逼胁,但已事降服,皆大赦勿有所问。其在俘囚,若变形革面,愿归农牧,亦大赦勿有所问。其有挟众称戈,稍抗颜行,杀无赦;为间谍,杀无赦;故违军法,杀无赦。"以此布告天下,如律令。

又有一阕兴汉军歌,尤觉得慷慨异常,小子备录于此,以供众览道:

地发杀机,中原大陆蛟龙起,好男儿濯手整乾坤,拔剑斫断胡天云。复我皇汉,完我自由,家国两尊荣。乐利蒸蒸,世界大和平,中外禔福乐无垠。好男儿!撑起双肩肩此任!

鄂军一起,清廷大震,立命陆军部及军谘府,派兵赴鄂,欲知谁胜谁负,请至下回表明。

盛宣怀为亡清罪魁,实足为民国功臣。铁路国有之策不倡,则争路之风潮不起,鄂军即或起义,其成功与否,尚未可知,故谓盛为民国功臣可也。赵、端诸人,皆为渊驱鱼,为丛驱雀之流,清无此人,乌乎亡?民国无此人,乌乎兴?然则赵、端诸人,其亦皆民国功臣耶?鄂军之起,实自天怒人怨致之。檄文一篇,说得淋漓酣畅,足为吾华生色。而本回叙事,亦气势蓬勃,抑扬得当,是固皆好手笔也。

第九十八回　革命军云兴应义举　摄政王庙誓布信条

却说清廷闻武昌兵变,即派陆军两镇,令陆军大臣荫昌督率前往,所有湖北各军及赴援军队,均归节制调遣。一闻鄂耗,即派陆军大臣前往,势成孤注,可见清政府之卤莽。又令海军部加派兵轮,饬萨镇冰督驶战地,并饬程允和率长江水师,即日赴援。一面把瑞澂、张彪等革职,限他克日收复省城,带罪图功。种种谕旨,传到武昌。黎都督元洪,恰也不慌不忙,只分布军队,严守武汉,专待北军到来,一决雌雄。从容布置,便见老成。有弁目献计军政府,请拆京汉铁路若干段,阻止北军前来。黎都督道:"我军将要北上,如何拆这铁路?目前所虑,只患兵少,不敷防御,现拟暂编步兵四协,马队一标,炮队两标,工辎队各一营,军乐队一营,权救眉急。"于是出示招兵,不到三日,已有二万人入伍,遂令各队长日夕操练,预备对垒。复出一剪发命令,无论军民人等,一律剪辫,把前清时候的猪尾巴,统行革去。剪辫是第一快事。当下择定八月二十五日祭旗,立红、黄、蓝、白、黑五色旗为标帜,届期天气晴明,黎都督率同义

第九十八回　革命军云兴应义举　摄政王庙誓布信条

师，诚诚恳恳的祷了天地，读过祝文，然后散祭。大家饮了同心酒，很有直捣黄龙的气势。

是日闻北军统带马继增，已率第二十二标抵汉口，驻扎江岸。清陆军大臣荫昌，亦出驻信阳州，海军提督萨镇冰，复率舰队到汉，在江心下椗。双方战势，渐渐逼紧。黎都督先探听汉口领事团，知已与清水陆军，签定条约，不准毁伤租界。租界本在水口一带，水口挡住，里面自可无虞，清水师已同退去一般。黎都督就专注陆战，于二十六日发步兵一标，赴刘家庙，布列车站附近。是时张彪军尚在此驻扎，鄂军放了一排枪，张军前列，伤了数十人，随即退去。鄂军也不追赶，收队回营。

次日，鄂军复分队出发，重至刘家庙接仗，那边仍来了张彪残兵，与河南援军会合，共约一镇，载以火车。鄂军队里的督战员，是军事参谋官胡汉民，令军队蛇行前进，将要接近，见河南军猛扑过来，气势甚锐，汉民复下一密令，令军队闪开两旁，从后面突开一炮，击中河南兵所坐的火车头，车身骤裂。河南兵下车过来，鄂军再开连珠炮，相续不绝，恍似千雷万霆，震得天地都响。两下相持了数点钟，河南兵伤了不少，方哗然退走，避入火车，开机驰去。一刹那间，又复驰了转来，不意扑塌一声，车竟翻倒，鄂军乘机猛击，且从旁抄出一支奇兵，把河南兵杀得落花流水，大败而逃。看官！这河南兵去而复回，明明是出人不意，攻人无备的意思，如何中途竟致覆车呢？原来河南兵初次退走，有许多铁路工人在旁，倡议毁路，以免清军复来。当时一齐动手，把铁轨移开十数丈。河南兵未曾防备，偏着了道儿，越弄越败，懊悔不迭。这便是倒灶的影子。至傍晚两军复战，清军在平地，鄂军在山上。彼此轰击，江心中的战舰，助清陆军，开炮遥击，约有二小时，鄂军队中发出一炮，正中江元炮船，船身受伤，失战斗力，遂驶去。各舰亦陆续退出，直至三十里外。翌日再战，各舰竟遁回九江去了。清水师虽是无用，亦不至怯敌若此，大约是不愿接仗之故。

至第三次开战，鄂军复夺得清营一座，内有火药六车，快枪千支，子弹数十箱，白米二千包，银洋十四箱，以及军用器物等，都由鄂军搬回。第四次开战，鄂军复胜，从头道桥杀到三道桥，得着机关炮一尊。第五次开战，鄂军用节节进攻法，从三道桥攻进漅口。清军比鄂军，虽多数倍，怎奈人人解体，全不耐战，一大半弃甲而逃，一小半投械而降。陆军大臣督兵而来，恰如此倒脸，真是气数。

自经过五次战仗，鄂军捷电，遍达全国，黄州府，武昌县，沔阳州，宜昌府，沙市，新堤，次第响应，竖满白旗。到了八月三十日，湖南民军起义，逐去巡抚余诚格，杀毙统领黄忠浩，推焦达峰为都督，陈作新为副都督，只焦达峰是洪江会头目，冒托革命党人，当时被他混过，后来调查明白，民心未免不服，暂时得过且过，徐作计较。同日，陕西省亦举旗起义，发难的头目，系第一协参谋官,兼二标一营管带张凤翔,及三营管带张益谦,两人统是日本士官学校毕业生,一呼百应,攻进抚署。巡抚钱能训,举枪自击,扑倒地下。两管带攻入后,见钱抚尚在呻吟,倒不去难为他,反令手下扶入高等学堂,唤西医疗治。其余各官,逃的逃,避的避,只将军文瑞,投井自尽,全城粗定,正副两统领,自然推举两张了。

　　余诚格自湖南出走,直至江西,会晤赣抚冯汝骙,备述湖南情形,且叙且泣。冯抚虽强词劝慰,心中恰非常焦灼,俟诚格别后,劳思苦想,才得一策,一面令布政使筹集库款,倍给陆军薪饷,一面命巡警道饬役稽查,旦夕不息,城内总算粗安。偏偏标统马毓宝,举义九江,逐去道员保恒,及九江府朴良。九江系全赣要口,要口一失,省城也随在可虞,不过稍缓时日便了。铜山西奔,洛钟东应。

　　此时各省警报,纷达清廷,摄政王载沣惊愕万状,忙召集内阁总理老庆,协理徐世昌,及王大臣会议。一班老少年,齐集一廷,你瞧我,我瞧你,面面相觑,急得摄政王手足冰冷,几乎垂下泪来。老庆睹此情形,不能一言不发,遂保荐一位在籍的大员,说他定可平乱。看官!你道是何人?乃系前任外务部尚书袁世凯。摄政王嘿然不答。老庆道:"不用袁世凯,大清休了。"用了袁世凯,大清尚保得住么?摄政王无奈下谕,着袁世凯补授湖广总督。又有一大臣道:"此次革党起事,全由盛宣怀一人激变,他要收川路为国有,以致川民争路,革党乘机起衅,为今日计,非严遣盛宣怀不可。"于是盛大臣亦奉旨革职。过了两三天,袁世凯自项城复电,不肯出山。内阁总理老庆,又请摄政王重用老袁,授他为钦差大臣,所有赴援的海陆各军,并长江水师,统归节制。又命冯国璋总统第一军,段祺瑞总统第二军,均归袁世凯调遣。袁世凯仍电奏足疾未愈。乐得摆些架子。摄政王料他纪念前嫌,不欲再召。忽由广州来电,将军凤山,被革命党人炸死。凤山在满人中,颇称知兵,清廷方命任广州将军,乘轮南下,既抵码头,登岸进城。到仓前街,一声奇响,震坍墙垣,巧巧压在凤山轿上,连人带轿,捣得粉碎。临时只有一党人毙命,闻他叫作陈军雄,余皆遁去。摄政王闻知此信,安得不惊?没奈何依了老庆计策,令陆军大臣荫昌,亲至项城,敦请袁世凯出山。那时这位雄心勃勃的袁公,才有意出来。时机已至。荫昌见他应允,欣然告别,返至信阳州,趁着得意的时候,竟想出一条好计,密令在湖北军队,打仗时先挂白旗,假作投降,待民军近前,陡起轰击,便可获胜。湖北带兵官,依计而行,果然鄂军不知真伪,被他打死了数百人,败回汉口,把刘家庙大智门车站各地,尽行弃去。荫昌闻这捷音,乐不可支,忙电奏京都,说民军如何溃败,官军如何得胜,并有可以进夺武汉等语。摄政王稍稍安心。

　　嗣闻瑞澂、张彪,都逃得不知去向,遂下令严拿治罪。其实鸿飞冥冥,弋

第九十八回　革命军云兴应义举　摄政王庙誓布信条

人何篡,摄政王也无可奈何。默思川湖各地,必须用老成主持,或可平乱,来不及了。遂命岑春煊督四川,魏光涛督两湖。岑魏都是历练有识的人,料知大局不可收拾,统上表辞职。那时只有催促这位老袁,迅速赴敌。老袁至此,始从彰德里第动身,渡过黄河,到了信阳州,与荫昌相会。荫昌将兵符印信,交代明白,匆匆回京复命。卸去肩子了。

这位袁老先生,确是有点威望,才接钦差大臣印信,在湖北的清军,已是踊跃得很,摩拳擦掌,专待厮杀。总统第一军的冯国璋,又由京南下,击退民军,纵火焚烧汉口华界,接连数日,烟尘蔽天,可怜华界居民,或搬或逃,稍迟一步,就焦头烂额。更可恨这清军仗着一胜,便奸淫掳掠,无所不为。见有姿色的妇女,多被他拖曳而去,有轮奸致死的,有强逼不从,用刀戳毙的。就是搬徙的百姓,稍有财产,亦都被他抢散。正在兴高采烈的时候,忽有鄂军敢死队数百人,上前拦截,清军视若无睹,慢腾腾的对仗。不意敢死队突起奋击,如生龙活虎一般,吓得清军个个倒退。还有后面的鄂军,见敢死队已经得势,一拥而前,逢人便杀,清军逃得快的,还保住头颅,略一迟缓,便已中枪倒毙。这场恶战,杀死清军三千五百多名,在汉口华界的清军,几乎扫荡一空。有在街头倒毙的兵,腰中还缠着金银洋钱,哪里晓得恶贯满盈,黄金难买性命,扑通一枪,都伏维尚飨了。可为贪利者作一棒喝。

清军还想报复,不意袁钦差命令到来,竟禁止他非法胡行,此后不奉号令,不准出发。各军队也莫名其妙,只好依令而行。原来袁世凯奉命出山,胸中早有成竹,他想现今革命军,且万万杀不完的,死一起又有一起,我如今不若改剿为抚,易战为和。只议抚议和的开手,也须提出几条约款,方可与议。当下先上奏折,大旨是开国会,改宪法,并罢斥皇族内阁等件,请朝廷立即施行。摄政王览了此奏,又不觉狐疑起来。正顾虑间,山西省又闻独立,巡抚陆钟琦死难。陆钟琦系由江南藩司升任,到任不过数月,因陕西已归革命军,恐他来袭边境,遂派新军往守潼关。新军初意不愿,故设种种要求,有心激变。陆抚恰一一答应,新军出城而去。次日偏又回来,闯进抚署,迫陆抚独立。陆抚说了一个不字,那新军已举枪相向,待陆抚说到第二个不字,枪弹立发,适中陆胸。陆子亮臣,系翰苑出身,曾游学外洋,至是适来省父,劝父姑从圆融,谁意祸机猝发,到署仅隔宿,竟见乃父丧躯。父子恩深,如何忍耐,即取出手枪还击。此时的革命军,还管着什么余地,顺我生,逆我死,众枪齐发,又将亮臣击毙。陆抚父子殉难,虽是尽忠一姓,心迹尚属可原,故文字间独无贬笔。再拥进内署,把陆抚眷属,复枪毙了好几人。抚署已毁,转至藩臬两署,拥藩司王庆平、提法使李盛铎至谘议局,迫他独立。两司不从,被禁密室,另推协统阎锡山为都督。锡山受任后,婉劝李盛铎出任民政,盛铎乃允。只王庆平执意如故，由锡山释放使归。

　　山西省的警信方来，江西省的耗音又至。江西自九江兵变后，省城戒严，勉强维持了几天。绅商学各界，组织保安会，将章程呈报抚署，请冯汝骙做发起人，冯抚倒也承认。嗣军界亦入保安会，请冯抚即举义旗，冯抚不允，于是各军队夜焚抚署，霎时间火光烛天，冯抚自署后逃出，匿入民房。藩司以下，亦皆走避。革命军出示安民，方拟公举统领，适马毓宝自九江驰至，由各界欢迎入城，当于教育会开会，以高等学堂为军政府，仍举冯汝骙为都督。汝骙闻这消息，料军民都无恶意，遂出来固辞，乃改举协统吴介璋任都督，刘起凤任民政长，汝骙交出印信，挈眷归去。马毓宝亦返九江。江西独立，最称安稳。

　　这时候的云南省，也由协统蔡锷倡义，与江西省同日独立。云南边隅，次第为英法所占，是年英兵复占踞片马，滇民力争不得，未免怨恨政府，兼以各省独立，军界跃跃欲试，遂由协统蔡锷开会，召集将弁，同时发作，举火为号。第一营统带丁锦不从，被他驱逐，随攻督署，迫走总督李经羲，即改督署为军政府，举蔡锷为都督。各军搜捕各官吏，拿住世藩司，因他不肯降顺，一枪结果了他的性命。只李督在滇，颇有政绩，经各军搜出后，蔡锷独优礼相待，劝他为民军尽职。李督心有未安，情愿回籍。蔡锷不便强留，由他携眷回去。可见做官不应贪虐，到变起时，尚得保全性命。且因督署总是老衙门，舍旧谋新，将都督府迁至师范学堂，会同起事诸人，组织各种机关，并电各州县即日反正。不到数日，云南大定。

　　这数省的电音，传至摄政王座前。正急个不了，内廷的王公大臣，又纷纷告假，连各机关办事人，十有九空。老庆、载泽等并没有法子，还是各争意见，彼此上奏，愿辞官职。贝勒载涛，也辞去军谘大臣的缺分，弄得这个摄政王，呆似木雕，终日只是泪珠儿洗面，到无可奈何之际，不得不请老庆商量。老庆只信任一个袁世凯，便把内阁总理的位置，一心让与袁公，且劝摄政王概从袁议。摄政王已毫无主意，遂授袁为内阁总理大臣，叫他在湖北应办各事，布置略定，即行来京。越重任，越将清社送脱。一面取消内阁暂行章程，不用亲贵充国务大臣，并将宪法交资政院协议。资政院的老臣，先请下诏罪己，速开党禁，然后好改议宪法。摄政王惟言是从，下了罪己诏，开了党人禁，方由资政院拟定宪法大纲十九条，择定十月初六日，宣誓太庙。可奈各省民气，日盛一日，凭你如何改革，他总全然反对。

　　上海的制造局，系东南军械紧要地，九月十三日，被革命党人陈其美，率众攻入，复占了上海道县各署，公举其美为沪军都督，吴淞口随即起应，遍悬白旗，宝山县亦即光复。沪上人民，欢声如雷。正在相庆，贵州独立的电报，亦到沪渎，说是巡抚沈瑜庆以下，尽行驱逐，现举杨荩诚为正都督，赵德全为

第九十八回　革命军云兴应义举　摄政王庙誓布信条

副都督,全境安谧等语,沪军政府越觉欢跃,立派军士五十余人,至苏州运动军营,共建义旗。各军官一律应允,夤夜出发军队,齐集城下。十四日天明时,城门一开,各军鱼贯而入,径至抚署喧呼革命。苏抚程德全,仗胆登堂,问他来意。各军齐请程抚独立。程抚没法,只好赞成,但饬军队勿扰百姓。各军大呼万岁,即在门外连放九炮,悬起江苏都督府大旗。至十五日,苏城内外,就遍悬白旗,程抚居然改做都督,选绅士张謇、伍廷芳、应德闳等,分任民政、外交、财政等事,并截断苏宁铁路,派兵扼守,以防南京。江苏系官长独立,真是不血一刃,较江西尤为快利。

江苏既定,沪上复遣敢死队到杭州,浙抚增韫,正焦愁万分,每日召官绅会议,绅士以独立二字为请,增抚总是不从。至敢死队到杭,密寓抚署左近,约各营乘夜举事。于是笕桥大营的兵士,入艮山门占住军械局,南星桥大营的兵士,入清波门占住藩运各署。敢死队怀着炸弹,猛扑抚署,一入署门,第一个抛弹的首领,乃是女志士尹锐志,闻她系绍兴嵊县人,尝在外洋游学,灌入革命知识,此次挈她妹子锐进,同来效力。首掷炸弹,毁坏抚署,卫队及消防队不敢抵敌,统行入党。急得增抚避匿马房,被党人一把抓出,拖至福建会馆幽禁。藩司吴引孙等,一律逃去。未及天明,全城已归革命军占领,推标统周赤城为司令官,以谘议局为军政府。临时都督,举了童训,童训自请取消,另举前浙路总理汤寿潜。汤尚在沪,由周赤城派专车往迎。只杭州将军德济,尚不肯投顺,几乎决裂,两边要开炮相斗,幸海宁士民杭幸斋,至满营妥议,方才停战。等到汤督到杭,复与满人订了简约:(一)改籍,(二)缴械,(三)暂给饷项,徐图生活。满人料不可抗,唯唯听命,自是全城遂安。浙江独立,也算迅捷,且有女志士先入抚署,尤为特色。后来增抚等人,都由汤都督释回。

长江流域各省,多半光复,只湖南都督,改推议长谭延闿。焦、陈二人,被革军查出违法的证据,将他枭首,复枪毙焦党数名,稽查数天,仍归平靖。回应上文。只驻扎信阳的袁大臣,奉了回京组阁的谕旨,先遣蔡廷干、刘承恩到武昌,与黎都督议和。黎都督定要清帝退位,方肯弭兵。经蔡、刘二员再四商榷,终不见允,只得回复袁大臣。袁大臣见议和无效,默默的筹画一番,复召冯、段二统领,密议办法,将军事布置妥当,才拟启程北上。成算在胸,可南可北。袁未到京,宣誓太庙的日期已至,摄政王率领诸王大臣到太庙中,焚香爇烛,叩头宣誓。誓文云:

> 维宣统三年十月六日,监国摄政王载沣,摄行祀事,谨告诸先帝之灵曰:惟我太祖高皇帝以来,列祖列宗,贻谋宏远,迄今将垂三百年矣。溥仪继承大统,用人行政,诸所未宜,以致上下暌违,民情难达,旬日之间,寰遍纷扰,深恐颠覆我累世相传之统绪。兹经资政院会议,广采列邦

最良宪法，依亲贵不与政事之规制，先裁决重大信条十九条。其余紧急事项，一律记入宪法，迅速编纂。且速开国会，以确定立宪政体，敢誓于我列祖列宗之前。

随即颁布宪法信条十九条：

一　大清帝国之皇统，万世不易。
二　皇帝神圣，不可侵犯。
三　皇帝权以宪法规定为限。
四　皇帝继承之顺序，于宪法规定之。
五　宪法由资政院起草议决，皇帝颁布之。
六　宪政改正提案权，属于国会。
七　上院议员，由国民于法定特别资格公选之。
八　总理大臣由国会公选，皇帝任命。其他国务大臣，由总理推举，皇帝任命。皇族不得为总理及其他国务大臣，并各省行政官。
九　总理大臣受国会弹劾，非解散国会，即总理大臣辞职，但一次内阁，不得解散两次国会。
十　皇帝直接统率海陆军，但对内使用时，须依国会议决之特别条件。
十一　不得以命令代法律。但除紧急命令外，以执行法律，及法律委任者为限。
十二　国际条约，非经国会议决，不得缔结。但宣战构和，不在国会会期内，得由国会追认之。
十三　官制官规，定自宪法。
十四　每年出入预算，必经国会议决，不得自由处分。
十五　皇室经费之制定及增减，概依国会议决。
十六　皇室大典，不得与宪法相抵触。
十七　国务员裁判机关，由两院组织之。
十八　国会议决事项，由皇帝宣布之。
十九　第八条至第十六各条，国会未开以前，资政院适用之。

颁布以后，在清室已算让到极点，与民更始。可奈民心始终不服。两广、安徽、福建等省，又次第举起独立旗来，正是：

　　　　人意难回天意去，民权已现帝权终。

看官欲知后事，请至下回再阅。

鄂师一起，四方响应，中国之不复为清有，已可知矣。荫昌、萨镇冰辈，率全国之师，对付一隅，屡战未捷，是岂皆荫、萨二人，韬略未娴，不堪与黎军敌耶？周武有言："纣有亿兆夷人，离心离德，予有乱臣十人，同心同德。"观于清末，而古人之言益信。至若载沣摄政，仅二年余，此二年间，亦非有大恶德，但以腐败之老朽，痴呆之少年，使操政柄，猝致激变，载沣亦不得谓无咎焉。迨各省告警，云集响应，始有宣誓告庙之举，晚矣。故本回只据事直书，而瓦解土崩之状，已令人目不胜接，徒有浩叹而已。

第九十九回　易总理重组内阁　夺汉阳复失南京

却说广西巡抚沈秉坤，系湖南善化人，闻湖北早起义师，湖南亦告独立，长江下游，大半响应，广西虽处偏隅，势不能免，不如由我倡起，免受黎军压制。当下召文武各官，密谋独立。藩司王芝祥、提督陆荣廷，首先赞成。再开谘议局会议，通过多数，遂举沈为广西都督，改抚署为军政府，谘议局为议院。司道府县，暂仍旧贯。原有军队，统称广西国民军。组织粗定，秉坤愿任北伐事，将都督印信，让与王芝祥、陆荣廷，自挈家眷回籍。临行时有留别父老书，说得缠绵恺切，小子也无暇详述。广西独立，较江苏尤举动文明，沈秉坤功成即退，尤为难得。

只广东尚无独立消息，王芝祥因唇齿相依，意图联络，遂发电劝粤督张鸣岐，两三日未接复音。又过了好几天，始探得广东也独立了。原来广东自凤山炸毙后，早有人提倡独立，因粤督张鸣岐，模棱两可，忽愿独立，忽又不愿独立，弄得军民各界，无从捉摸。迁延一日，闻粤西赶先起义，大众始忍无可忍，各到谘议局开会，决议用和平手段，要求独立。仍推张鸣岐为都督，提督龙济光为副手。当下办就印信公文，送到督署。不意署中已空无一人，张鸣岐不知去向，转送与龙济光。济光因张督不到，亦不愿就任，于是改推革命党人胡汉民为都督。时胡汉民甫离湖北尚未到粤，由协统蒋尊簋暂代。胡到后，乃将都督印信交出。广东独立的音信，尚未北达，安徽独立的音信，先已南来。安徽居长江下游，巡抚叫作朱家宝。朱是幕府出身，人品素来圆滑。他起初还首鼠两端，嗣为军民所迫，不得已任为都督。后来安庆稍有变乱，朱缒城出走，大众请九江分府马毓宝莅任，人心乃安。

此时东南一带，只有南京及福建两处，尚未反正。南京由各省联军进讨，福建恰乘机响应，新军统制孙道仁，与谘议局副议长刘崇佑，联络兴师，先照会总督松寿,另立新政府,所有闽省政务,应归新政府施行。再照会将军朴寿,迫驻防兵缴出军械火药。两寿统是满人,松寿犹豫未决,朴寿偏决意主战。民军闻他不允,遂出占各署,松寿仰药自尽,朴寿饬满兵对仗,恃于山为根据,开炮轰击民军。民军偏冒险登山,前仆后继,竟将满兵杀退。朴寿还不肯罢手,亲率满兵来攻汉界,螳斧当车,不自量力,战到结果,弄得一命呜呼。<small>两寿不寿,惟满人殉主,不谓无名,后人作史,书法应在陆钟琦上。</small>满兵既无统帅,只可缴械投诚,当下推孙道仁为都督,受印悬旗,与各省大致相似,不必细说。

只这位摄政王载沣,迭接警耗,正似哑子吃黄连,有说不尽的苦楚。老庆也不胜着急,默念东南半壁,尽付乌有,所恃山东、河南,尚无变动,京畿总还保得住。不意来了一个急电,系山东巡抚孙宝琦,奏请独立,不觉魂魄飞扬,几致晕倒。<small>独立二字,形诸奏牍,更属闻所未闻。</small>看官!你道是何故?因孙抚乃庆王儿女亲家,老庆总道靠得住,陡接此奏,正是事出意外。哪里晓得孙抚恰也有苦心,他受军民胁迫,不好力拒,又不便赞成,无策中想了一策,阳允军民设临时政府,暗中把苦情奏达清廷。老庆未曾详阅,险些儿几被吓煞。嗣经复电细问,方晓得孙抚意思,倒也少慰。

无如警报又逐渐到来,山东烟台商埠,真个独立,这还是一隅小事。至接到海军各舰归附民军的消息,又是不胜骇愕。原来清军舰退出鄂境,悬着白旗,拟顺流行至九江,偷过青山炮台,追抵田家镇,该镇开空炮示警,清军舰无都督护照,不敢停泊待验,乃重复折回。惟镜清、保民、楚观、江元、江亨、建威、通济、楚同、楚泰、飞鹰、楚谦、虎威、江平及张字号鱼雷艇,共十四艘,竟沿江而下,直达镇江。看官!你道十四艘兵舰如何能畅行无阻呢?相传是镜清船上,有帮管带陈复,与同志刘樾、刘勋名、杨砥中、常光球等三十余人,响应民军,暗中联络,是以途中无阻,竟一律开往镇江。镇江是时,亦已与苏州相应,推林述庆为都督,闻陈复已至,派员接收,至此清军舰十失六七,只海容、海琛、海筹、湖鹗及鱼雷艇等,孤立江心,不复成军。提督萨镇冰,见大势已去,另乘大通轮船,避往上海。那时海容、海琛、海筹三舰长,除效顺民军外,无他良法,遂向九江马都督处投诚。马都督毓宝,自然欢迎。接见后,置酒款待,彼此尽欢。惟海容舰长喜昌,海琛舰长荣续,均系满人,辞职回里,马都督各给洋五六百元,派人送沪去讫。

只老庆急上加急,每日电促袁世凯到京。袁大臣在途,请足疾假,咳嗽假,逗留又逗留,至缓无可缓,方率兵两大队,冠冕堂皇的到了京都。<small>这也是步步为营之计。</small>京中官民,闻袁大臣到来,相见恨晚,就是摄政王载沣,亦蠲除宿怨,极诚迎迓。两下相见,立开军事会议,袁大臣先将议和不成的情形,说了一遍。摄政王皱着眉道:"鄂军既不肯议和,看来只好主战。"袁大臣道:"主

第九十九回　易总理重组内阁　夺汉阳复失南京

战亦是,但没有军饷,如何是好?"此时庆王在座,百忙中想出一法,乃是孝钦太后留有遗积,现在隆裕太后手中,要摄政王入宫支取。袁大臣竭力赞成,当由摄政王入见隆裕太后。隆裕太后,方宠幸太监小德张,又是一个李莲英。安排水晶宫装设,想步孝钦后后尘,不幸福气淡薄,革命党举事武昌,竟致四方响应,不可收拾。摄政王屡次进陈,已是愁闷得很,忽又要支取内帑,弄得无词可答,只有珠泪双垂。摄政王也相对而泣,哭了一场,总是无法可施,勉强取出若干万,交付摄政王,由摄政王交给袁大臣。袁大臣遂组织内阁,选了几个有名的人才,请旨颁布道:

梁敦彦为内务大臣,赵秉钧为民政大臣,严修为度支大臣,唐景崇为学务大臣,王士珍为陆军大臣,萨镇冰为海军大臣,沈家本为司法大臣,张謇为农工商大臣,杨士琦为邮传大臣,达寿为理藩大臣。

这道旨意,颁发下来,满拟人才毕集,挽救时艰。谁知有一半不肯出山,有一半供职清廷,也上表力辞,不愿担任危局。升官发财,人之所欲,何图此时,反相枘凿？袁大臣再请任各省宣慰使,选出几位耆硕,去当此任,偏偏又无人应命。且闻吉林、黑龙江,各设保安会,奉天也杂入革命军,举党人蓝天蔚为都督,消息日恶一日。江南第九镇统制徐绍桢,又召集浙、沪、苏、宁各军,攻打南京。江督张人骏,将军铁良,及提督张勋,虽尚服从清室,与徐绍桢等相抗,究竟城孤兵少,四面楚歌,免不得向清廷乞救。袁大臣至此,亦愤闷的了不得,他想民军气焰逼人,总不肯就我羁勒,能战然后能和,射人必先射马,欲想处处兼顾,势有未能,不如力攻武汉,杀他一个下马威,令他见我手段,方才逞志。洞见肺腑。遂将内帑运至鄂中,令冯、段两统领,奋击汉阳。冯、段二人,接此命令,果然格外效力,亲率全军赴汉阳,鄂军方面,由黄兴督师,两下连战两昼夜,清军先挫。梅子山一带,为鄂军所占。嗣清军潜渡汉江,改服鄂军衣装,各持白旗,来袭美娘山。鄂军不及预防,还道是武昌遣来援军,至清军前队登山,见人辄斫,方晓得系清军伪充,连忙对仗,已是不及。恶斗了半日,清军越来越众,炮火越猛,鄂军死伤千余人,只好把美娘山弃去,退至龟山。清军乘胜追至,被鄂军一阵杀退,不意龟山方幸保全,雨淋山又闻失守。恼了这班敢死队,纠众进攻,冒死上登,竟将雨淋山夺回,并乘间渡江,拟占刘家庙。才至汉口,清军突来,战了一仗,不分胜负。清军退至歆生路,两下收军。越宿,清军又拔营齐出,群往雨淋山,用全力争汉阳。那时两军已连战五昼夜,雨淋山的鄂军,只道清军已退,令招来新兵把守。新兵未经战阵,骤见清兵如蚁而来,哗然四散。清军遂据雨淋山,突闻山下枪炮齐发,由清军俯视,只见来势勇猛,正是鄂军里的敢死队。清军也怕他骁悍,胆已先怯,勉强下迎,毕竟敢死队以少胜多，又将雨淋山夺去，并夺得清军机关枪两尊。翌日黎明，两军统帅，都亲自督阵，大战于十里铺。自辰至午，清军炮火甚烈，鄂军不能取胜，方收队休息。忽后面大起炮声，回头一望，乃是清军全队，猛力扑来。民军前后受攻，任你什么敢死团也是不济，只好退归汉阳。这支清军，如何在鄂军后面？看官听着！待小子叙明。原来汉阳城外有扁担山，系全城保障，山上有一员炮队管带，姓张名振臣，系张彪的儿子，张彪遁去，振臣尚在，黄兴未曾察破，被他勾通清军，竟将这山奉送。复卖嘱黑山、龟山、四平山、梅子山的炮弁，把炮闩除去，并将地雷火线绝断。霎时间，清军四路分攻，守山的将士，放炮炮不响，爇线线无灵，徒靠着血肉之躯，与枪弹相搏，哪有不败之理？眼见得四座峻岭，被清军陆续占去。为一张振臣，几致全军皆没，可见用人不可不慎。

这时候的汉阳总司令黄兴，早回城中，败兵入城，犹待总司令宣布军号，以便防守。谁知待了许久，杳无音响，到总司令府谒问，只剩了一间空屋，室迩人远，弄得大众面面相觑，城外又鼓声大震，清军齐来薄城。城中已无主帅，不由的军心大乱，纷纷出城。等到武昌闻警，发兵来援，全城已为清军占领，还有什么效力？但见汉阳城外的人民，夺路奔逃，渡船如蚁，飞向武昌驶去。溃军也杂民中，争船而走。军械辎重，漂流江面，不计其数。这皆由黄司令之力。黎都督闻汉阳已失，不禁叹惜道："我道这位黄司令，总有些能耐，不料懦弱如此。"忙出城抚慰兵民，并言"黄司令已往上海，去集援军，计日可至。汉阳虽失，尽可无虑，武昌有我作主，总要拚命保守"等语。兵民闻言，方觉心安。于是续派军队，沿江分驻，上自金口，下至青山，皆立栅置炮，日夜严防，武昌才算稳固。

冯、段两统领，既得汉阳，即向清廷告捷，且拟指日攻复武昌，清廷王大臣，又相庆贺，独这袁总理心中，恰另有一番计画。此公浑身是计。正踌躇间，又来了三道警电：第一道是第六镇统制吴禄贞，奉清命去攻山西，被麾下周符麟、吴鸿昌等刺死，袁见了尚不以为意，因吴禄贞是革命党人，命攻山西，乃由军谘使良弼发议，明是以毒攻毒，此次见刺，安知非从良弼授意，当即将电文搁过一旁。第二道是四川独立，端方在资州被杀，其弟端锦，亦遭惨戮，不由的太息道："端老四何苦费了数万金，卖个身首异处，真不值得。"不如公固远甚。亦将此电搁起。第三道是南京危急万分，火速求援。这电文映入袁总理眼帘，恰瞧了又瞧，默想片时，竟取出两笺，各书数字，交左右至电报处拍发。一电系寄往南京，说急切无兵可援。明明是叫他弃城。一电系寄往汉阳，说是暂且停战。明明是有意讲和。

冯、段两统领，向来尊信袁公，自然停兵勿进。独南京张人骏等，接到袁电，未免有些怨恨。张勋更暴躁得很，还要与民军争个雌雄。那时攻打南京

第九十九回　易总理重组内阁　夺汉阳复失南京

的徐绍桢,因出战不利,退回镇江,改推苏督程德全为海陆军总司令,出驻高资。程遂召集各军司令官,带兵前进。宁军总司令,仍是徐绍桢,镇军总司令,就是林述庆,还有浙军总司令朱瑞,苏军总司令刘之杰等,会集部兵三万余人,一齐杀去。南京清提督张勋,确是能耐,督率十八营如狼似虎的防军,前来对垒。交绥数次,联军未见胜仗,反伤了无数士卒,嗣经济军统领黎天才,率兵六百余人,来攻南京。黎素以勇毅闻,见各军相率逡巡,勃然大愤,即慨请先行,请浙军司令官朱瑞,派兵为后应。当下进攻乌龙山,下令首先登山者,赏银千元。军士闻令踊跃,争先抢占。清军不能支,立被占住,再攻幕府山。下令如前,一声呐喊,猛力前进。清军马步队,方在炮台上瞭望,见民军来势汹涌,行动如飞,台兵不慌不忙,也不开炮,竟下来欢迎,请天才登山。天才检点将士,共四百余员,咸请:"我辈湘人,不愿与同胞为难。"天才大喜,登山遥望,正与城内狮子山相对。狮子山也有炮台守兵,颇有整肃气象,蓦闻狮子山开炮轰来,天才颇为一惊。旋见射来的炮弹,都落山外,不觉动疑起来,问明降军,方知狮子山的守兵,亦系湘人,彼此同心,不愿轰击,所以随便开放。天才也令炮兵停击,竟分兵去夺下关。下关炮弁何明焕,度势不支,有心反正,遂悬起白旗,以示降顺。天才喜出望外,把下关两座炮台,一律收入,复会合苏浙联军,往攻孝陵卫。张勋亲率部将三员,分四路出城迎敌,联军奋力齐进,击毙张军千余名。张勋知不可胜,退入朝阳门,负嵎死守。

　　只张勋有个爱妾,芳名小毛子,生得妩媚动人,秦淮河畔,无此丽姝,白下城中,群推绝色。佳人配悍帅,尚嫌非耦。那张大帅好勇性成,生死恰付诸度外,惟瞧着这闭月羞花的籧室,未免生愁。小毛子以张勋威望素著,起初倒也不怕,只教张勋固守;寻闻险要已失,孤城坐困,也觉得忧虑起来。美人颜色,易致憔悴,怎禁得起连日警耗,渐渐腰围瘦损,华色枯凋,张勋见她形容,也无心恋战。张人骏、铁良等,毫无成见,凡事都由张勋作主,张勋要战,不得不战,张勋要逃,不得不逃。张勋一面求救清廷,一面令小毛子收拾细软,派得力兵队,潜护出城。过了两日,接袁总理复电,无兵可援,不禁懊悔道:"大家坐视,独我奋力,我也无此耐烦。"会联军又夺天保城,张勋遂与张人骏、铁良密商,不如带兵北上,徐图后举,此时且与联军议和。张、铁无计可施,遂允勋议。

　　当下拟定四大纲,令部将胡令宣,出城请和。苏军司令刘之杰,接阅和款:一是不得伤人民生命,二是不得杀旗人,三是准张勋率兵北上,四是准令张人骏、铁良北上。刘之杰瞧毕,对胡令宣道:"这事我不能作主,须禀报总司令处,方可定议,你且回城候复!"胡令宣唯唯去讫。次日由总司令答复,允他三条,独张勋北上条不许。张勋怒吼上马,再拟背城借一,经张人骏、铁良劝阻,勉过一天。翌晨正拟出发,忽报四城火起,联军已进攻南京门、神策门、太平门、仪凤门,及狮子山炮台。张人骏、铁良两人,避至日本领事馆,乞他保护出城。张勋令部兵白旗出迎,自己恰括尽库款,从旁门走脱。等到联军入城,早已虚若无人了。张大帅有人有财,毫不吃苦。南京光复,因程督不能离苏,公举镇军都督林述庆,为南京临时大都督。适值黄兴到沪,拟集联军援鄂,在上海开会,由各省代表推他为大元帅,黎元洪为副元帅,正是:

郁之益久,发之益光。
师直为壮,我武孔扬。

小子著书至此,已九十九回了,下文只有一回,便要完卷。看官且再拭目!阅那结末的第一百回。

"将军欲以巧胜人,盘马弯弓故不发。"这两语正可移赠袁公。迟迟出山,又迟迟入京,处危疑交集之秋,尚属从容不迫,其才具已可概见。汉阳一役,明以示威,得汉阳而失南京,正袁公之所以巧为处置也。从字句间体察之,可以觇袁大臣之心,可以见著书人之识。

第一百回　举总统孙文就职
逊帝位清祚告终

却说黄兴既受了大元帅的职任,正拟派兵援鄂,忽闻清廷降旨,命袁世凯为议和全权大臣,料知停战在即,因此从缓。这袁大臣恰委任尚书唐绍仪,作为代表,南下议和。唐奉命至汉口,先由驻汉英领事,转告黎都督,黎不便力拒,允与熟商,当由双方暂时停战。唐绍仪进见黎都督,交换意见,议了两天,黎以黄兴在沪,已任为大元帅,一切取决,当就上海开议。于是唐绍仪又从汉口乘轮到上海来,是时上海各代表,已公推博士伍廷芳为外交总长,议和事亦委他主持。会议地点,就在上海英租界的市政厅。两下列座,除两大代表外,尚有参赞数员。晤谈后,各取委任书交阅,互验属实,然后讨论和议。议至四点多钟,伍代表提出四事:一,清帝退位。二,改行民主政体。三,给清帝年金。四,量恤旗民。唐代表瞧这四条,不便承认,只答称须电达内阁,方可定夺,当下散会。看官!你想"清帝退位"四字,简直是要将清室河山,归还民国,清廷王大臣,焉肯即日允从?袁大臣自然不能代允,但欲峻词拒却,必致决裂,弄得战祸绵延,终非良策。恰是两难。想了又想,只好把君主民主两问题,熟详利害,复电唐代表,令他再行辩驳。唐绍仪乃续约伍廷芳,申议两次,

第一百回　举总统孙文就职　逊帝位清祚告终

伍廷芳决立民主政体,方可休兵,彼此几至决裂。当由德领事出为调停,德领事名婆黎,系上海各领事的领袖,他奉驻京德使命,有意排解。遇开领事团会议,招集英、美、法、日、俄五领事,详述意旨,五领事自然乐从。那时德领事即将意见书,交与伍、唐两代表,其文云:

> 驻扎北京德国公使馆,曾奉本国政府训令,向各议和使陈述私见。德国政府,以为中国如果继续战争,不特有危于本国,并有危于外人之利益安宁。现德国政府,依旧严守中立,但不得不尽义,为私交上之忠告。愿两议和使设法将战事早日消灭,从两造之所自愿者,办理一切事宜,有厚望焉。

伍、唐两代表接书后,只得共表同情,再事磋商。会闻山东都督孙宝琦取消独立,山西省城太原府,又由清军占领。清廷一方面,似乎有些生色。嗣由革命党大首领孙文,航海归来,沪上各民军代表,个个欢迎,一片舞蹈声,喧呼声,与吴淞江水声相应,热闹的了不得。过了两三天,各代表遂开选举大总统会,投票选举。启箱后,孙文票数最多,应任为大总统。续举副总统,是黎元洪当选。大众遂欢呼"中华共和万岁"三声,随由各代表通电各处,于辛亥年十一月十三日,即西历一千九百十二年一月一号,组织中华临时政府于上海,建号中华民国,即以此日为民国元年元月元日。是民国一大纪念,故大书特书。孙文赴南京受任,火车上面,遍插国旗,站旁军队林立,专送孙总统上车。由沪至宁,每到一站,两旁皆列队呼万岁。午后抵南京,国旗招展,军乐悠扬,政、学、军、商各界,统来站相迎。驻宁各国领事,亦到来迎接。各炮台,各军舰,各鸣炮二十一门,表示欢忱。别开生面。孙总统下车后,改坐马车至临时总统府,早有黄兴、徐绍桢等,站着左右,迎迓入内。是晚即在公堂行接任礼,各省代表,与海陆军代表,齐呼"中华民国万岁",声振屋瓦。代表团报告选举情形,请临时大总统宣读誓词。孙文即朗声宣诵道:

> 颠覆满清专制政府,巩固中华民国,图谋民生幸福,此国民之公意,文实遵之。以忠于国,为众服务,至专制政府既倒,国内无变乱,民国卓立于世界,为列邦公认,斯时文当解临时大总统之职,谨以此誓于国民!

读毕,由代表团推举景帝召,捧呈大总统印信,由孙总统接受如仪。各代表又推徐绍桢读颂词,读后,孙总统答称:"誓竭心力,勉副国民公意。"大众更欢呼而散。孙总统遂立中央政府,为行政总机关,中央设参议院,各省设省议会,为立法机关。并提议改用阳历,交参议院公决。参议院议员,暂以各省代表充选,即日通过改历议案,以十一月十三日为正月一日,并为中华民国纪元,通电各省公布。又议定政府制度,暂仿美国成制,不设总理,但设各部总次长如下：

> 陆军总长黄兴、次长蒋作宾，海军总长黄钟瑛、次长汤芗铭，司法总长伍廷芳、次长吕志伊，财政总长陈锦涛、次长王鸿猷，外交总长王宠惠、次长魏宸组，内务总长程德全、次长居正，教育总长蔡元培、次长景耀月，实业总长张謇、次长马和，交通总长汤寿潜、次长于右任。

南京政府成立，民军声焰愈张，遂创议北伐，传檄远迩。各省踊跃起应，连一班女学生，也想大出风头，组织北伐队。这也可以不必。上海名优阔妓，都借着色艺，募捐助饷，似乎直捣黄龙，指顾间事。各洋商见时势危急，恐碍商务，遂联名发电，直致清廷，要求早日改建国体，妥定大局。先是摄政王载沣，因袁大臣已任内阁总理，自己无权无勇，正好借此下台，辞退监国重任。经隆裕太后允准，令他仍醇王爵号，退归藩邸，不再预政。此后一切政务，都责成总理大臣。至保护幼帝的责任，归太保世续、徐世昌。此旨颁后，全副重担，都肩在袁总理身上。袁总理倒也不怕。有大受才。惟南北和战事宜，所关重大，且迭接南方各电，不得不与清皇族会商，遂奏请隆裕太后，开御前会议，把民军提出各条，令皇族自行酌夺。皇族多半反对，袁总理再电唐绍仪，征求意见。绍仪复称应速开临时国会，解决政体。袁总理复转达皇族，皇族仍是不从。唐遂辞职，议和事由袁总理自行直接。

会四川省杀了总督赵尔丰，新疆省杀了将军志锐，甘肃省杀了总督长庚，蒙古、西藏也居然独立起来。袁总理未免着急，仍奏请隆裕太后，如前代表唐绍仪议。太后踌躇未决，袁总理也奏请辞职，愿退居间地。急得太后束手无策，只好温词慰留。袁总理仍是固辞，太后复封他一等侯爵。清已不腊，还有什么虚名之虚位，可以笼络袁总理。袁复恳切上表，不愿就封。做作耶？真心耶？太后只得再与老庆商议，要他至袁总理邸第，竭力挽留。袁乃辞封就职，再与伍廷芳往返电商。奈民军得步进步，先争论国会地点，两方辩驳的电文，差不多有数十通。至南方政府成立，竟将国会一说搁起，定要清帝退位，才肯干休。山穷水尽，奈何奈何？

斯时清廷已无兵无饷，势难再战，只得由隆裕太后出场，再开御前会议。皇族等统已垂头丧气，隆裕太后也垂着两行酸泪，毫无主见。独军谘使良弼抗声道："太后万不能俯允民军，愚见决计主战。"只你一人主战，如何成事？太后道："兵不效力，饷无从出，奈何？"良弼道："宁可一战而亡，免受汉人荼毒。"皇族见良弼非常决裂，恰也胆大起来，随声附和。会议仍然无效，过了两三日，袁大臣出东华门，遇着炸弹，未被击中，恰拿着刺客三名，偏偏这良弼从外归家，突被炸弹击毙。拿住刺客，据供是民党彭家珍，也不知是真是假。家珍当时受戮，无从细询。自是清皇族个个惊慌，逃的逃，躲的躲，哪个还敢来

第一百回　举总统孙文就职　逊帝位清祚告终

反对逊位？在鄂统领段祺瑞，复联合北方将弁四十二人，电请逊位。隆裕太后不得已，授总理大臣袁世凯特权，电告民国代表伍廷芳，商议优待清室条件。彼此又辩论数日，适值汪兆铭等，释放回南，参赞和议，于优待清室事，恰主张从厚，才得磋商定局。袁总理禀明隆裕太后，且再请皇族议定。隆裕太后含泪道："他们都已拥资走避了，剩我母子两人，还有何说？你去拟旨便是。"言毕，痛哭一场。袁大臣却要暗笑。还是袁总理劝慰数语，才行退出。随即拟定三道谕旨，入呈太后瞧阅。太后只得钤印御宝，钤宝时，两手乱颤，一行一行的泪珠儿，流个不休，随把谕旨交与袁总理。袁总理也即署名，于宣统三年十二月二十五日，即中华民国元年二月十二日，颁布天下。

第一道谕旨云：

朕钦奉隆裕皇太后懿旨：前因民军起事，各省响应，九夏沸腾，生灵涂炭，特命袁世凯遣员与民军代表，讨论大局，议开国会，公决政体。两月以来，尚无确当办法。南北暌隔，彼此相持，商辍于途，士露于野，徒以国体一日不决，故民生一日不安。今全国人民心理，多倾向共和，南中各省，既倡议于前，北方各将，亦主张于后，人心所向，天命可知。予亦何忍以一姓之尊荣，拂兆民之好恶。是用外观大势，内审舆情，特率皇帝将统治权公诸全国，定为共和立宪国体，近慰海内厌乱望治之心，远协古圣天下为公之义。袁世凯前经资政院选举为总理大臣，当兹新旧代谢之际，宜有南北统一之方，即由袁世凯组织临时共和政府，与民军协商统一办法。总期人民安堵，海内乂安，仍合汉、满、蒙、回、藏五族完全领土，为一大中华民国，予与皇帝得以退处宽闲，优游岁月，长受国民之优礼，亲见郅治之告成，岂不懿欤！钦此。

第二道谕旨云：

朕钦奉隆裕皇太后懿旨：前以大局阽危，兆民困苦，特饬内阁与民军，商酌优待皇室各条件，以期和平解决。兹据复奏，民军所开优待条件，于宗庙陵寝，永远奉祀，先皇陵制，如旧妥修各节，均已一律担承。皇帝但卸政权，不废尊号，并议定优待皇室八条，待遇满、蒙、回、藏七条，览奏尚属周到。特行宣示皇族，暨满、蒙、回、藏人等，此后务当化除畛域，共保治安，重睹世界之升平，胥享共和之幸福，予实有厚望焉！钦此。

（甲）关于大清皇帝辞位之后，优待之条件：

今因大清皇帝，宣布赞成共和政体，中华民国于大清皇帝辞退之后，优待条件如下：

第一款　大清皇帝辞位之后，尊号仍存不废。中华民国以待各外国君主之礼相待。

第二款　大清皇帝辞位之后，岁用四百万两，俟改铸新币后，改为四百万圆，此款由中华民国拨用。

第三款　大清皇帝辞位之后，暂居宫禁，日后移居颐和园，侍卫人等，照常留用。

第四款　大清皇帝辞位之后，宗庙陵寝，永远奉祀，由中华民国酌设卫兵，妥慎保护。

第五款　德宗陵寝未完工程，如制妥修，其奉安典礼，仍如旧制。所有实用经费，并由中华民国支出。

第六款　以前宫内所用各项执事人员，可照常留用，惟以后不得再招阉人。

第七款　大清皇帝辞位之后，其原有之私产，由中华民国特别保护。

第八款　原有之禁卫军，归中华民国陆军部编制，额数俸饷，仍如其旧。

（乙）关于清皇族待遇之条件：

（一）清王公世爵，概如其旧。（二）清皇族对于中华民国国家之私权及公权，与国民同等。（三）清皇族私产，一体保护。（四）清皇族免当兵之义务。

（丙）关于满、蒙、回、藏各族待遇之条件：

（一）与汉人平等。（二）保护其原有之私产。（三）王公世爵，概仍其旧。（四）王公中有生计过艰者，设法代筹生计。（五）先筹八旗生计，于未筹定之前，八旗兵弁俸饷，仍旧支放。（六）从前营业居住等限制，一律蠲除，各州县听其自由入籍。（七）满、蒙、回、藏原有之宗教，听其自由信仰。

第三道谕旨云：

朕钦奉隆裕皇太后懿旨：古之君天下者，重在保全民命，不忍以养人者害人。现在新定国体，无非欲先弭大乱，期保乂安。若拂逆多数之民心，重启无穷之战祸，则大局决裂，残杀相寻，势必演至种族之惨痛，将至九庙震惊，兆民荼毒，后祸何忍复言？两害相形，惟取其轻者，正朝廷审时观变，痌瘝吾民之苦衷。尔京外臣民，务当善体此意，为全局熟权利害，勿得挟虚骄之意气，逞偏激之空言，致国与民两受其祸。着民政部步军统领姜桂题、冯国璋等，严密防范，剀切开导，俾皆晓然于朝廷应天顺人，大公无私之意！至国家设官分职，以为民极，内列阁府部院，外建督

第一百回　举总统孙文就职　逊帝位清祚告终

府司道,所以康保群黎,非为一人一家而设。尔京外大小各官,均宜慨念时艰,慎供职守,应即责成各长官,敦切劝诫,毋旷职守,用副夙昔爱抚庶民之至意! 钦此。

清帝退位,南北统一,临时大总统孙文,因袁世凯推翻清室,有功民国,<u>至此点眼</u>。特把大总统位置,完全让与。大众亦多半赞成。于是内阁总理袁大臣,遂任民国第二次临时大总统。至若副总统位置,当南京会议时,曾推黎都督元洪,不复再选。从此"帝德皇恩"的字样,一概删除。<u>回应首回起笔</u>。这位隆裕太后,自宣布共和后,寂居宫禁,抑郁寡欢,至次年冬间,积成胀疾,奄奄而逝。上谥为孝定景皇后,清室事从此了结。全部《清史演义》,亦就此告终。

统计清自天命建号,至宣统退位,共二百九十六年,自顺治入关,至宣统退位,共二百六十八年。小子于此书告成后,拟再从各省光复起,至袁总统谢世止,把民国历年大事,演成小说,陆续出版,以供诸君续阅。但现在笔秃墨干,脑枯力敝,只好休息数天,与诸君期诸他日。诸君少待,还有几句俚词,作为全部小说的尾声:

清自摄政始,复以摄政终。顺治推早慧,宣统亦幼聪。
孝庄与孝定,权位毋乃同。得国由吴力,逊位本袁功。
一往又一复,天道如张弓。寄语后起者,为国应效忠!
努力惩覆辙,毋以私害公! 皇帝不足贵,何苦效乃翁?
此诗归结全书宗旨。

民国成立,自南京组织临时政府始。孙中山以二十载之苦心,始得躬逢其盛,不可谓非有志竟成之举。惟推倒清室,则实自袁项城成之。袁之才具智术,实出民党诸人上。而庆王奕劻、摄政王载沣,以及满廷诸皇族,更无一足与袁比。袁固乱世之雄哉! 若隆裕太后之决计主和,下诏逊位,虽出于中外之逼迫,不得已而使然,然较诸固执成见,贻害生灵者,殆有间焉。著书人或详或略,若抑若扬,皆斟酌有当,非漫以铺叙见长,成名为小说,实侔良史。录一代之兴亡,作后人之借鉴,是固可与列代史策,并传不朽云。